KB003071

세계 시인 사전

동양편

The World's Poets IN the Orient

세계 시인 사전

동양편

원영섭 엮음

이회

세계 시인 사전_동양편

머 리 말

이 자료집(책 이름은 '세계 시인 사전'이라고 하였지만, 시인에 대한 객관적이고 일반적인 자료를 모아 놓은 것이므로, 여기에서는 '자료집'이라고 하겠습니다.)은 다음 [참고 사전]에서 그 내용을 종합 정리하여 편집한 것입니다.

[참고 사전]

· 『동아 원색 세계 대백과 사전』(동아출판사)
· 『브리태니커 세계 대백과 사전』(한국브리태니커회사)
· 『세계 대백과 사전』(동서문화)
· 『한국 민족 문화 대백과 사전』(한국정신문화연구원)

이 자료집은 다음과 같은 점에 특별히 힘을 들여 엮었습니다.

1. 시인 선정

동서고금(東西古今)의 시인들을 모두 망라한다는 것은 실제로는 불가능합니다. 우리나라에만도 몇천 명의 시인들이 각 단체나 모임이 등록되어 있으며, 그 숫자는 나날이 빠르게 불어나고 있습니다.

따라서 앞에서 밝힌 바와 같이 [참고 사전]에 올라 있는 시인만 정리하였습니다. 백과 사전에 올라 있는 시인이라면 국내외를 막론하고 그 나름대로 검증된 시인이라는 생각에서였습니다. 이렇게 하여 정해진 시인은 동양 시인 529명, 서양 시인 1,930명, 모두 2,459명이었습니다.

'동양'은 우리나라를 비롯하여 중국 · 인도 · 일본 등 아시아 지역, '서양'은 유럽을 비롯하여 남북 아메리카 · 아프리카 · 오스트레일리아와 터키를 포함한 지역으로 구분하였습니다.

2. 분 책

출판 기획 초기에는 '동서고금 시인 사전'이라고 이름 붙여 동양 시인과 서양 시인을 이름순으로 나열하여 한 권으로 묶어 발간하려고 하였으나, 책의 부피와 독자들의 편의를 위하여 '동양편'과 '서양편'으로 나누어 펴내게 되었습니다.

3. 편 집

① 시인 이름은 가나다순으로 편집하였습니다. 이름이 서로 다르게 표기될 수 있는 시인은 * 표와 →표를 하여 찾아가도록 하였습니다.

· 보기 : * **곽말약**(郭沫若) → **궈모뤄**(→38)

* **김정식**(金廷湜) → **김소월**(→73)

② 각 시인마다 고유 번호를 붙여, 다른 시인의 내용 중에서도 서로 찾아보기 쉽도록 하였습니다.

③ 본문 중에 나오는 관련 인물들은 (　) 안에 생몰년과 직책을 짧게 붙여 넣었습니다.

④ 2,459명의 시인의 대표적인 작품(시) 1편씩만 넣더라도 그 양은 대단히 많습니다. 따라서 이 자료집에서는 각 시인의 작품은 싣지 않았습니다.

⑤ 작품은 발표 연도순으로 나열하였고, 발표 연도가 확실하지 않은 것은 가나다순으로 나열하였습니다.

⑥ 작품에는 (　) 안에 게재된 책(신문 또는 잡지 등), 발행처(출판사 또는 신문사 등), 발표 연도(또는 연월일, 잡지인 경우 창간·종간 연월, 통권 호수) 등을 밝혀 두었습니다.

4. 우리말로 쉽게 설명

본문의 내용은 되도록이면 한자어를 피하고 우리말로 쉽게 풀어서 설명하려고 노력하였습니다. 우리말의 어문 규칙과 사람 이름·땅 이름·작품 이름 등의 외래어 표기는 다음 자료를 바탕으로 하였습니다.

·『국정 교과서에 나타난 띄어쓰기·맞춤법 용례』(세창출판사)

·『외래어 표기 용례』(세창출판사)

·『외래어 표기 용례집(일반 용어, 인명, 지명)』(국립국어연구원)

·『틀린 말 바른 말』(참이슬출판사)

· 찾기 마당 : 외래어 표기법(국립국어원)

5. '부록 찾아보기'

'찾아보기'를 충실히 만든 책은 좋은 책임에 틀림이 없습니다. 이 자료집의 뒷부분 '부록'에는 그 양이 다소 많아지더라도 충실한 '찾아보기'를 만들려고 애썼습니다.

① 시인의 연대별 찾아보기

② 시인의 나라별 찾아보기

③ 찾아보기(사람 이름, 작품 이름)

– 본문에 선정된 시인은 그 쪽수를 굵은 활자로 나타내었습니다.

· **보기** : 이장희(李章熙) 79, 216, 240, 287, 329, 350, **399**

시인을 연구하시는 분들에 의하여 밝혀지지 않았던 많은 기록들이 여러 매체를 통하여 속속 밝혀지고 있습니다. 이 자료집이 개정될 때에는 그러한 분들의 많은 도움과 새로운 내용을 보완하여, 시인의 밝혀지지 않은 생활이나 그들의 작품 세계에 대하여 더욱 풍부한 자료집이 되도록 꾸준히 노력할 것입니다.

이 자료집이 세상에 나올 수 있게 해 주신 김홍국 사장님과 '책'으로 만들어 주신 박현정 부장님께 특별한 감사를 드립니다.

이 자료집이 시인이나 시에 관심이 있으신 분들에게 조금이나마 도움이 될 수 있다면 엮은이로서는 크게 기쁘겠습니다.

2014년 9월 30일

엮은이 원 영 섭

세계 시인 사전_동양편

차 례

1

가가와 가게키

香川景樹 1768. 5. 25. ~ 1843. 4. 26.

일본의 시인이며 문학가·게이엔파(桂園派)의 창시자.

혼슈(本州) 남서부 동해(東海)에 면하는 돗토리현(鳥取縣)의 무사(武士) 집안에서 태어났다.

1787년(19세) 집을 떠나 교토(京都, 794~1868년 일본의 수도)의 가가와 가게모토[香川景柄, 1745~1821, 일본의 시인이며 고쿠가쿠(國學) 학자]의 제자가 되었다가 가가와 집안의 양자(養子)가 되었으나, 나중에 가가와 가게모토와 결별하였다.

1796년(28세) 오자와 로안(小澤蘆庵, 1723~1801, 일본의 시인이며 고쿠가쿠 학자)을 만났는데, 전통적이고 형식에 얽매인 시를 거부하고 감정을 꾸밈없이 솔직하게 표현할 것을 주장한 오자와 로안의 사상에서 많은 영향을 받았다.

1811년(43세) 가모노 마부치(賀茂眞淵, 1697~1769, 일본의 고쿠가쿠 학자)의 시 양식을 비판한 〈신가쿠이켄(新學異見)〉을 펴내 널리 알려졌으며, 가모노 마부치에 대항하여 현대어 사용을 주창(主唱)하였다. 이 시기에 쓴 시 가운데 여러 편을 시선집(詩選集) 〈게이엔잇시(桂園一枝)〉(1828)에 실어 펴냈다.

19세기 초에 교토에서 으뜸가는 시인이 되었으며, 시에서 지적(知的)인 내용보다는 가락이 더 중요하다는 '시라베설[調說, 시라베노세쓰(しらべの說)]'을 주창하였다. 게이엔파를 세워 '게이엔(桂園)'이라고도 한다. 스스로 시파(詩派)를 이루어 독자적인 길을 걸어가자, 가모노 마부치의 문하생(門下生)들과 기존의 다른 시파로부터 미움을 사 공격을 받았다. 가도(歌道)에 정진, 가론(歌論)에 뛰어났으며, 만년(晩年)에는 천여 명의 제자를 교육하고, 당시 게이항[京阪, 교토(京都)·오사카(大阪) 지방을 아울러 이르는 말]의 가계(歌界)에서는 비견(比肩)할 자가 없었다.

게이엔파는 기노시타 다카후미(木下幸文, 1779~1821)·구마가이 나오요시(熊谷直好, 1782~1862) 등을 비롯한 널리 알려진 시인들을 배출하였고, 그가 죽은 뒤에도 영향력을 유지하였으며, 19세기 말까지 일본 시단(詩壇)의 지배적인 위치를 지켰다.

이 밖에 지은 책으로 〈고금집정의(古今集正義)〉가 있다.

2

가네코 미쓰하루

金子光晴 1895. 12. 25. ~ 1975. 6. 30.

일본의 시인.

본명(本名)은 야스카즈(保和).

혼슈(本州) 아이치현(愛知縣) 쓰시마(津島)에서 태어났으며, 도쿄에서 죽었다.

효성중학교(曉星中學校)를 졸업한 뒤, 1914년(19세) 와세다대학(早稻田大學) 문과에 입학하였다가 1년 만에 중퇴하고, 그 해 4월 도쿄미술학교[東京美術學校, 도쿄예술대학(東京藝術大學)의 전신(前身)] 일본화과에 입학, 같은 해 8월 퇴학당하였다. 9월에 다시 게이오기주쿠대학(慶應義塾大學) 문학부에 들어갔으나 1916년(21세) 6월 중퇴하였다.

카펜터(Edward Carpenter, 1844~1929, 영국의 시인이며 사상가·사회 개혁가)와 휘트먼(Walt Whitman, 1819~1892, 미국의 민중 시인이며 저널리스트·수필가) 등의 영향을 받은 민중시파적(民衆詩派的) 색채가 짙은 시집 〈붉은 흙의 집(赤土の家)〉(1919)을 펴낸 뒤 유럽으로 갔다.

유럽에서는 베르하렌(Émile Verhaeren, 1855~1916, 벨기에의 상징파 시인)과 보들레르(Charles-Pierre Baudelaire, 1821~1867, 프랑스의 시인이며 문학 평론가)의 작품을 많이 접하였으며, 일본으로 돌아와 프랑스 상징파(象徵派)(French symbolists)와 고답파(高踏派, parnassiens)의 영향을 받은 화려한 작풍(作風)의 시집 〈황금풍뎅이(こがね蟲)〉(1923)·〈물의 유랑(水の流浪)〉(1926)을 발표하였다.

1927년(32세) 아내 모리 미치요(森三千代, 1901~1977, 일본의 여류 시인이며 소설가)와 함께 〈상어, 가라앉다(鱶沈む)〉를 펴냈으며, 1929년(34세)부터 아내와 함께 약 6년 동안 동남 아시아·유럽 등 이곳저곳을 떠돌아다녔다.

1934년(39세) 귀국하여 일본의 풍속이나 가족 제도, 천황 중심의 권력 지배, 전쟁 등을 통렬히 비판한 저항 시집 〈상어(鮫)〉(1937)를 펴낸 뒤 잠시 작품 활동을 중단하였다.

2차 대전(1939. 9. 1.~1945. 9. 2.) 중 발표를 목적으로 하지 않고 써 둔 시들을 전쟁이 끝난 뒤 시집 〈낙하산(落下傘)〉(1948)·〈나방(蛾)〉(1948)·〈도깨비 아들의 노래(鬼の兒の唄)〉(1949)·〈여인들의 비가(悲歌)(女たちのエレジー)〉(1949)·〈가네코 미쓰하루 시집(金子光晴詩集)〉(1951)·

〈아라곤 시집(アラゴン詩集)〉(1951, 번역)·〈악의 꽃(悪の華)〉(1952)·〈인간의 비극(人間の悲劇)〉[1952년 출판, 1954년 제5회 요미우리 문학상(讀賣文學賞)을 받았다.]·〈비정(非情)〉(1955)·〈수세(水勢)〉(1956)·〈하찮은 노래(屁のような歌)〉(1962)·〈IL〉(1965)·〈새 잎의 노래(若葉のうた)〉(1967)·〈정본 가네코 미쓰하루 시집(定本金子光晴詩集)〉(1965)·〈랭보 시집(ランボオ詩集)〉(1965)·〈애정 69(愛情 69)〉(1968)·〈더럽지 않은 하루(よごれてゐない一日)〉(1969)·〈앵두 복숭아 매화 자두(桜桃梅李)〉(1971)·〈꽃과 빈 병(花とあきビン)〉(1973)·〈사랑과 시의 이야기(愛と詩のものがたり)〉(1973) 등으로 펴내 일본 시단(詩壇)의 중견 작가로 자리잡았다.

이 밖에도 〈말레이 난인 기행(マレー蘭印紀行)〉(1940)·〈돌아온 호수(かえれ湖)〉(1950)·〈현대시의 감상(現代詩の鑑賞)〉(1954)·〈일본 예술에 대하여(日本の芸術について)〉(1959)·〈일본인에 대하여(日本人について)〉(1959)·〈가네코 미쓰하루 전집(金子光晴全集)〉(모두 5권, 1960)·〈절망의 정신사(絶望の精神史)〉(1965)·〈일본인의 비극(日本人の悲劇)〉(1967)·〈잔혹과 비정(殘酷と非情)〉(1968)·〈작시법 입문(作詩法入門)〉(1968)·〈가네코 미쓰하루 문학 단상(金子光晴文學斷想)〉(1969)·〈신잡사비신(新雜事祕辛)〉(1971)·〈인비인전(人非人傳)〉(1971)·〈풍류 시해기(風流尸解記)〉[1971년 출판, 1972년 예술선장 문부 대신상(藝術選奬文部大臣賞)을 받았다.]·〈해골 잔(どくろ杯)〉(1971)·〈잠들라 파리(ねむれ巴里)〉(1973)·〈천사귀(天邪鬼)〉(1973)·〈가네코 미쓰하루 자선 시화집(金子光晴自選詩畫集)〉(1974)·〈서동쪽(西ひがし)〉(1974)·〈진귀한 물건(ほりだしもの)〉(1975), 자서전(自敍傳) 〈시인(詩人)〉(1957) 등 많은 작품을 쏟아 냈다.

3

가다노 아즈마마로

荷田春滿 1669. 1. 3. ~ 1736. 7. 2.

일본의 학자이며 시인.

교토(京都, 794~1868년 일본의 수도) 후시미 이나리 신궁(伏見稻荷神宮)의 신관(神官)의 아들로, 교토에서 태어났으며, 이곳에서 죽었다.

신도(神道)와 와카[和歌, 중국의 한시(漢詩)와 대조되는 것으로, 일본 고유의 시]를 공부하였고, 한동안 에도(江戶, 지금의 도쿄)로 가서 학문을 연구하며 도쿠가와 바쿠후[德川幕府, 1603~1867, 에도 바쿠후(江戶幕府)]에서 일하였다.

1723년(54세) 이후에 교토로 돌아와 고쿠가쿠(國學) 연구와 후학(後學) 양성에 몰두하였다. 고전(古典)을 본문 비평적·주석적(註釋的)으로 연구하였고, 역사책 〈고지키(古事記)〉(모두 3권, 712)·〈니혼쇼키(日本書紀)〉(모두 50권, 720)와 〈만요슈(萬葉集)〉[일본 고유의 시를 모아 엮은, 가장 오래 된(8세기쯤) 최대 규모의 시가집(詩歌集)] 연구의 바탕을 마련하여 '고쿠가쿠의 창시자'·'고쿠가쿠의 아버지'라고 일컬어졌다.

복고신도(復古神道)의 선구자였으며, 가모노 마부치(賀茂眞淵, 1697~1769, 일본의 고쿠가쿠 학자)는 그의 문하(門下)에서 나왔다.

지은 책으로 〈만엽집 개훈초(萬葉集改訓抄)〉·〈만엽집 피안초(萬葉集僻案抄)〉·〈이세 모노가타리 동자문(伊勢物語童子問)〉·〈창학교계(創學校啓)〉 등이 있으며, 시집으로 〈슌오슈(春葉集)〉(1798)가 있다.

4

가도

賈島 779 ~ 843

중국 당(唐)나라(618~907)의 시인.

자(字)는 낭선(浪仙·閬仙).

허베이성(河北省) 판양[范陽, 지금의 베이징(北京) 부근 줘현(逐縣)]에서 태어났다.

집안이 가난하여 일찍이 출가(出家)하여 승려가 되었으며, '무본(無本)'이라는 법명(法名)을 받았다.

811년(32세) 허난성(河南省) 뤄양(洛陽)에서 한유(→504)와 교유(交遊)하면서 시재(詩才)를 인정받고 환속(還俗)하였다. 여러 차례 과거(科擧)에 응시하였으나 번번이 실패하였고, 다시 관계(官界) 진출을 지망하여 진사시(進士試)에 응시하였으나 급제(及第)하지 못하였고, 835년(56세) 쓰촨성(四川省) 창장현(長江縣)의 주부(主簿)로 출발한 벼슬 생활로 '가장강(賈長江)'이라고도 한다.

841년(62세) 쓰촨성 안웨현(安岳縣) 푸저우(普州)의 사창 참군(司倉參軍)으로 전직(轉職)되었다가 부임하기 전에 병으로 죽었다.

승려로 있을 때부터 시인으로 이름을 날렸고, 맹교(→

157) · 장적(→431) · 한유 등과 자주 어울려 시를 화답함으로써 이름이 널리 퍼졌다. 북송(北宋, 960~1126)의 시인 소동파(→234)가 같은 무렵의 맹교와 더불어 그의 시를 '교한도수(郊寒島瘦, '맹교는 차갑고, 가도는 말라 있다.')'라고 평한 것처럼 풍족한 정서는 다소 결핍되어 있지만, 서정적인 시는 매우 세련되어 세세한 부분까지 잘 묘사되어 있으며, 표현이 날카롭고 간결하며 자연스러운 것이 특징이다.

스스로 '두 구절을 짓는 데 3년이 걸리고, 한 번 읊으면 두 눈에서 눈물이 흐른다.(二句三年得 一吟雙淚流)'라고 말하였듯이 〈가랑선체(賈浪仙體)〉라는 시를 보면 자구(字句)의 선택과 표현에 무척 고심(苦心)하였음을 알 수 있다. 이렇듯 1자 1구도 소홀히 하지 않고 고음(苦吟)하여 쌓아올리는 시풍(詩風)이었으므로, '퇴고(推敲)'의 어원(語源)이 된 고사(故事)는 그의 창작 태도에서 생기게 된 것이다.

〈구당서(舊唐書)〉(모두 200권, 940~945) '가도전'에 따르면, 가도가 과거를 보기 위하여 상경하여 나귀를 타고 장안 거리를 거닐다가 갑자기 '조숙지변수 승고월하문(鳥宿池邊樹 僧敲月下門, 새는 연못가의 나무에 깃들이고, 중은 달빛 아래 문을 두드린다.)'라는 시구(詩句)가 떠올랐다[시 제목은 〈심은자불우(尋隱者不遇)〉]. 그런데 문을 '두드린다(敲)'로 할까, '민다(推)'로 할까를 망설이던 중에, 마침 한유의 행렬을 만나 한유로부터 '두드린다'가 좋겠다는 가르침을 받고 '敲'를 택하였다.

그의 시는 항상 쓸쓸하고 고적한 제재(題材)가 많으며, 시풍은 질박하고 참신하였다. 시 〈검객(劍客)〉 · 〈묘향산 증대연(妙香山贈大演, '묘향산의 대연 스님에게 주다')〉 · 〈송승유 형악(送僧遊衡岳, '형악으로 놀러 가는 스님을 보내다')〉 등이 있으며, 지은 책으로 〈시격(詩格)〉과 시집 〈장강집(長江集)〉(모두 10권)이 있다.

5

가모노 조메이

鴨長明 1155 ~ 1216. 7. 26.

일본의 시인이며 수필가.

교토(京都, 794~1868년 일본의 수도) 가모미오야 신사(賀茂御祖神社)의 신관(神官) 가모노 나가쓰구(鴨長繼)의 둘째 아들로, 교토에서 태어났으며, 이곳에서 죽었다.

1161년(6세) 니조 천황(二條天皇, 1143~1165, 일본의 제78대 천황. 재위 1158~1165)의 황후 슈시(姝子)에게서 종5위하(從五位下)의 관작(官爵)을 받았으며, 아버지의 상속자가 되었다.

비교적 천한 출신이었음에도 불구하고 철저한 예능교육을 받았고, 시인으로서의 재능을 타고난 덕에 조정(朝廷)의 인정을 받을 수 있었으며 마침내 관리(官吏)로 임명되어 확고한 위치에 올랐다.

1201년(46세)에는 고토바 천황(後鳥羽天皇, 1180~1239, 일본의 제82대 천황. 재위 1184~1198)이 재건한 와카소(和歌所)의 직원으로 뽑혔다.

1204년(49세) 고토바인(後鳥羽院)은 결원(缺員)이 생긴 다타스샤(河合社) 네기[禰宜, 신직(神職) 직위의 하나]에 조메이를 임명하려고 하였으나, 스케카네(祐兼)의 반대에 부딪혀, 그 해 승려가 되어 속세(俗世)를 떠났다. 처음 4~5년 동안에는 교토 동북쪽 히에이잔(比叡山) 기슭 오하라(大原)에서 지냈다.

관직에서 물러난 뒤에도 궁정(宮廷) 및 시단(詩壇)과는 밀접한 관계를 유지하였으며, 1205년(50세) 8번째 칙찬와카집(勅撰和歌集) 〈신고킨와카슈(新古今和歌集)〉(모두 20권, 1,978수) 초고(草稿)에 10편의 시가 실리는 행운을 얻었다.

1208(53세) 교토 남동쪽에 있는 히노산(日野山) 기슭에 작은 암자를 짓고, 이곳에서의 운둔 생활을 그린 〈호조키(方丈記)〉(1212)를 완성하였다. 이 작품에서는 자기가 지냈던 동안 교토에 닥친 여러 재앙을 차례로 짤막하게 늘어놓은 다음, 이와 대비시켜 자연의 아름다움과 은둔생활의 평화로움을 그리고 있다. 전반적으로 인간의 노력은 헛된 것이며 물질은 영원하지 않다는 사상이 흐르고 있다. 세이쇼 나곤(→231)의 〈마쿠라노소시(枕草子)〉(1002?) · 요시다 겐코(→323)의 〈쓰레즈레구사(徒然草)〉(1330?)와 함께 이른바 '일본의 3대 수필'로 일컬어지는 이 작품은 공교롭게도 요시시게 야스타네(慶滋保胤, 934?~997)가 한문으로 쓴 산문 〈지테이키(池亭記)〉(981)와 공통점이 너무 많다.

1208~1209년(54세) 무렵, 비평 · 비사(秘史) · 시에 관한 전승(傳承)을 엮은 〈무묘쇼(無名抄)〉를 썼다.

1214(59세)~1215년(60세)쯤에는 불교 설화집(說話集) 〈홋신슈(發心集)〉를 완성하였다.

속세를 등지고 산 감성적인 성격의 소유자로, 그의

시는 많은 일류 시인들이 배출되었던 당대(當代)의 시중에서도 가장 뛰어난 것으로 손꼽히며, 일본 시문학사(詩文學史)에서 중요한 위치를 차지한다.

이 밖의 작품으로 1181년(26세) 자비(自費)로 편집한 것으로 보이는 시집 〈가모노 조메이집(鴨長明集)〉과 〈이세키(伊勢記)〉가 있는데, 지금은 남아 있지 않다.

6

가와시
Ghawwāṣī 1616 ~ 1639?

인도의 다키니 어(語)(Dakhinī language) 시인.

〈아라비안 나이트[Alf laylah wa laylah(The Thousand and One Nights/The Arabian Nights' Entertainment)]〉[또는 〈천일야화(千一夜話)〉라고도 번역한다.]에서 소재를 딴 연애시 〈Qiṣṣa e Saif'ul Mulūk o Badīu'l Jamāl〉(1616/1618)을 발표하여 널리 애독되었으며, 각 지방어로 번역되었다.

궁정(宮廷) 시인으로 활약하였고, 1639년(23세) 페르시아 어(Persian language)로 된 〈앵무새 이야기(Tūtī Nāma)〉를 번역하였다.

7

가와카미 하지메
河上肇 1879. 10. 20. ~ 1946. 1. 30.

일본의 언론인이며 시인·교수.

일본 마르크스주의(Marxism) 경제학의 선구자이며 사회 사상가이다.

혼슈(本州) 남서부 야마구치현(山口縣) 히로시마만(廣島灣)에 면한 이와쿠니(岩國)에서 태어났으며, 도쿄에서 영양 실조로 숨졌다.

야마구치 심상중학교(尋常中學校)와 야마구치고등학교(山口高等學校)를 거쳐 1902년(23세) 도쿄제국대학[東京帝國大學. 도쿄대학의 전신(前身)] 법과대학 정치과를 졸업한 뒤, 1903년(24세) 같은 대학 농과대학과 전수 학교(專修學校)·타이완협회 전문학교(臺灣協會專門學校)·가쿠슈인(學習院) 등에서 강사를 맡았다.

1905년(26세) 〈요미우리신문(讀賣新聞)〉에 가명(假名)으로 〈사회주의 평론(社會主義評論)〉을 연재하여 주목을 받았지만, 자본주의(資本主義, capitalism) 사회의 이기(利己)와 이타(利他)의 모순에 고민하여 사회주의를 버리고 무아애(無我愛)를 주창하였다. 〈사회주의 평론〉의 집필을 중단하고 일체의 교직(敎職)을 떠나 가족들을 고향으로 내려 보낸 뒤, 절대적 이타주의(利他主義, altruism)를 내세워 무아원(無我苑)으로 들어갔다. 그러나 실천이 뒤따르지 못하는 데 실망하여 이듬해 그 곳을 나왔다.

1907년(28세) 〈일본경제잡지(日本經濟雜誌)〉를 창간하여 보호무역주의(保護貿易主義, protectionism) 정책을 옹호하였다. 언론인으로 활동하면서 셀리그먼(Edwin Robert Anderson Seligman, 1861~1939, 미국의 경제학자이며 교육자)의 〈역사의 경제적 해석(Economic Interpretation of History)〉을 번역하여 변증법적 유물론(辨證法的唯物論)을 일본에 처음 소개하였다.

1908년(29세) 교토제국대학(京都帝國大學. 교토대학의 전신) 법학부 강사로 초빙되어 교토로 옮겼으며, 1909년(30세) 조교수가 되었고, 1913년(34세) 유럽으로 유학을 떠났다.

1차 대전(1914. 7. 28.~1918. 11. 11.)이 일어나자 베를린에서 런던으로 옮겨 〈오사카아사히신문(大坂朝日新聞)〉[일간지. 1879년 1월 25일 창간, 1940년 9월 〈아사히신문(朝日新聞)〉으로 개제(改題)]에 기사를 송고(送稿)하였다.

1915년(36세) 귀국하여 다시 교토제국대학 교수가 되어 경제학과 경제학사를 가르쳤다. 그의 강의는 1928년(49세) 정치 활동에 문제가 되어, 그를 사직시키라는 문부성(文部省)의 요구를 교수회가 수용, 강단을 떠날 때까지 계속되었다.

1916년(37세) 〈오사카아사히신문〉에 〈빈보 모노가타리(貧乏物語, '가난 이야기')〉를 4개월 동안 연재하여 일본 자본주의의 발전에 따라 나타나기 시작한 사회악과 빈곤 문제를 정면에서 다루어 큰 반향을 불러일으켰다.

교토에 있는 동안 1919년(40세)부터 개인 잡지 〈사회문제 연구(社會問題硏究)〉를 창간하여 학생들과 노동자들에게 마르크스주의 경제학을 전파하였다. 그의 〈경제학 대강(經濟學大綱)〉(1928)과 〈자본론 입문(資本論入門)〉(1932)은 1920~1930년대 일본에서 이론 경제학이 발전하는 데 결정적인 역할을 하였다.

1926년(47세)에는 마르크스주의를 지도 원리로 한 학생 운동에 개입한 혐의를 받아 가택 수색을 받았고,

1928년(49세) 대학 당국의 압력을 받아 교수직을 사퇴하였다.

1920년대를 통하여 점차 직접적으로 정치에 참여하였으며, 비록 당선되지는 못하였으나 신노동당(新勞動黨) 후보로 출마하였다.

1932년(53세) 당시 불법화되어 있던 일본 공산당(日本共産黨, Japan Communist Party, 1922년 창당)에 입당하여 기관지 〈적기(赤旗)〉를 편집하는 등 비합법적인 정치 활동을 하다가 1933년(54세) 체포되어 치안유지법(治安維持法) 위반으로 5년의 징역형을 선고받아 도쿄 도요타마형무소(豊多摩刑務所)에 수감(收監)됨으로써 사실상 정치 참여는 끝났다.

1937년(58세) 석방된 뒤 교토로 옮겨 칩거하면서 〈자서전(自敍傳)〉(1947) 집필에 전념하였다. 이 책에서는 젊은 시절 톨스토이적 민족주의자(民族主義者, nationalist)였던 그가 마르크스주의자로 사상적 변모를 겪는 과정을 기술(記述)하였다.

죽은 뒤인 1946년에 네 권으로 된 시집이 출판되었다.

이 밖에 지은 책으로 〈근세 경제 사상사론(近世經濟思想史論)〉(1920)·〈자본주의 경제학의 사적(私的) 발전〉(1924) 등이 있으며, 번역서로 〈노임 이윤 및 가격〉(1921)·〈임노동(賃勞動)과 자본〉(1921) 등이 있다.

8

가의

賈誼 B.C.201 ~ B.C.169

중국 전한(前漢, B.C.202~A.D.9)의 시인이며 문인(文人)·학자·정치 개혁 제창자.

허난성(河南省) 뤄양(洛陽)에서 태어났다.

어릴 때부터 시문(詩文)에 뛰어났고 제자백가(諸者百家)에 정통하여 기원전 183년(18세)에 이미 수재라는 평판이 높았고, 수오공(守吳公)의 추천으로 유방[劉邦, B.C.247?~B.C.195, 중국 한(漢)나라(B.C.202~220)의 초대 황제. 고조(高祖). 재위 B.C.202~B.C.195]의 넷째 아들 문제(文帝, B.C.202~B.C.157, 중국 전한의 제5대 황제. 재위 B.C.180~B.C.157.)의 총애를 받아 기원전 181년(20세) 약관(弱冠)으로 최연소 박사관(博士官)에 임명되었다.

1년 만에 태중대부(太中大夫)에 발탁되었고, 유학(儒學)과 오행설(五行說)을 바탕으로 진(秦)나라(B.C.221~B.C.207) 때부터 내려오는 관제(官制)·역법(曆法)·예악(禮樂)·율령(律令) 등의 제도를 개정하고 전한의 관제를 정비하기 위한 많은 의견을 상주(上奏)하였다. 그러나 관영(灌嬰, ?~B.C.176, 중국 진·전한 시대의 무장)·주발(周勃, ?~B.C.169) 등 당시 수구파(守舊派) 고관(高官)들의 반대와 시기를 받아 기원전 176년(25세) 조정(朝廷)에서 쫓겨나 후난성(湖南省) 창사왕(長沙王)의 태부(太傅)로 좌천(左遷)되었다.

당시 좌천되어 배소(配所)로 가는 도중에 상수[湘水, 상강(湘江). 난링 산맥(南嶺山脈)에서 발원하여 북으로 흘러 후난성에 들어가 둥팅호(洞庭湖)에 이른다. 길이 1,150km]를 건너면서 자기의 불우한 운명을 옛날의 굴원(→37)에 비유하여 최초의 부(賦) 〈복조부(鵩鳥賦)〉(B.C.174)를 썼으며, 〈이소(離騷)〉를 모방하여 〈조굴원부(弔屈原賦)〉를 지었고, 〈초사(楚辭)〉에 실려 있는 〈석서(惜誓)〉도 그의 작품으로 알려져 있다.

그의 핍박받고 고립된 생활은 스스로 목숨을 끊었던 굴원에 비하여 더욱 괴로운 상황이었다. 그의 주장은 문제를 중심으로 하는 왕조의 권력을 안팎으로 향하여 강화하는 일에 중심을 두었다. 따라서 국내에서는 황제와 대등하게 행세하는 여러 제후국(諸侯國)을 분할하여 그 세력을 줄이고, 밖으로는 흉노(匈奴)를 회유하여 나라의 위세를 높이고자 하였던 것이다. 그는 그것을 유가적(儒家的)인 이상(理想) 아래 전개하였다. 그러나 〈조굴원부〉에서나 〈복조부〉에는 세상의 인사(人事)에 얽매이지 않고자 하는 도가적(道家的) 심경(心境)이 보인다.

그의 정치적인 견해는 〈신서(新書)〉(모두 10권 56편)에 실려 있으나, 그가 쓴 저서인지는 확실하지 않다. 이것이 〈한서(漢書)〉 '예문지(藝文志)'에 있는 '가의 58편'과 같은 것인지는 의문이다. 그러나 〈신서〉 전반부의 〈한서〉 '가의전(賈誼傳)'에 실려 있는 문제에 대한 상주로 쓴 〈치안책(治安策)〉과 대비하여 보면 이 시기의 유교적 관료였던 그의 사고 방식을 대개 찾아볼 수 있다.

기원전 180년(21세)의 '여씨(呂氏)의 난' 뒤에 문제는 대(代)나라의 왕에서 중앙으로 영접되어 황제가 되었으나, 이복 동생 회남왕(淮南王, B.C.179~B.C.122, 고조의 다섯째 아들) 등은 광대한 영토를 차지하고 문제에 대하여 군신(君臣)의 예를 갖추지 않았다. 이러한 사태에 대하여 가의는 강대한 제후국의 영토를 자손에게 분할 상속시키는 이른바 분국책(分國策)을 제창하였다. 얼핏 온정적으로 보이는 이 계책은 문제 시대에는 일부만 실행된 데 불과하였으나, 무제[武帝, B.C.156~B.C.87, 중국 한나라의 제7대 황제. 재위 B.C.141~B.C.87. 유철(劉徹)] 시대가 되어 강력하게 추진되었다.

이러한 그의 주장은 한 왕조의 중앙 집권화 정책과 일맥상통하는 것이었지만 그 때문에 그는 수구파 관료들로부터 배척되었다. 그는 그것을 법률이나 형벌과 같은 강압적인 방법으로 단행하려고 하지는 않았다. 예컨대 그는 진나라가 2세(世)로 멸망한 원인을 추구한 〈과진론(過秦論)〉에서 인의(仁義)를 돌보지 않고 획득한 천하를 안정시키는 도리를 심득(心得)하지 못하였기 때문이라고 주장하였다. 결국 어디까지나 인의를 정치의 근본에 놓고 법이나 형(刑)은 보조적 수단에 머무르게 하려고 하였다. 이 〈과진론〉은 〈사기(史記)〉의 〈진시황 본기(秦始皇本紀)〉 말미에서 사마천(司馬遷, B.C.145?~ B.C.86?, 중국 전한 시대의 역사가. 〈사기〉의 저자)도 전문(全文)을 인용하여 가의의 견식(見識)을 칭찬하고 있다.

이 밖에 그가 주장하는 경제·정치의 구체적인 대책도 이와 같은 유가적 예교론(禮敎論)에 바탕을 두고 있다. 이를테면 주전권(鑄錢權)을 일반으로부터 정부가 회수하는 것은 백성을 본래의 농업에 힘쓰게 함으로써 백성이 주조(鑄造) 성분의 속임수로 죄에 빠지는 일이 없도록 하기 위한 것이라고 하였고, 대신(大臣)을 일반 관리(官吏)나 백성보다도 형벌면에서 우대하는 일은 그들의 명예를 존중하기 위한 것이라는 것 등을 논하고 있다. 또한 북방 유목 국가 흉노에 대해서도 황제의 덕에 의하여 중국에 귀복시키라고 말하지만 그것을 논한 〈흉노편(匈奴篇)〉에 보이는 '삼표오이(三表五餌)'의 계책이라는 것은 〈한서〉 '가의전'에서는 다만 그 명칭만 보일 뿐으로 그 상세한 내용은 〈신서〉에 의하는 길밖에 달리 알 수가 없다.

4년 뒤에 조정으로 소환되어 문제의 막내아들 양회왕[梁懷王, ?~B.C.169, 재위 B.C.178~B.C.169. 유읍(劉揖)]의 태부가 되어 나랏일에 관하여 계속하여 의견을 상주하였다.

기원전 169년(32세) 양회왕이 말에서 떨어져 갑자기 죽자, 이를 애도(哀悼)한 나머지 32세로 삶을 마감하였다.

9

가지

賈至 718 ~ 772

중국 당(唐)나라(618~907)의 문신(文臣)이며 시인.

자(字)는 유기(幼幾)·유린(幼隣).

허난성(河南省) 뤄양(洛陽)에서 태어났다.

735년(17세) 진사시(進士試)에 급제(及第)하였고, 751년(33세) 명경과(明經科)에 급제하여 기거사인(起居舍人)·지제고(知制誥)가 되었다.

755년(37세) 11월 9일 '안사(安史)의 난(亂)[755~763, '안녹산(安祿山)의 난'이라고도 한다.]'이 일어났을 때에는 현종[玄宗, 685~762, 중국 당나라의 제6대 황제. 재위 712~756. 이융기(李隆基)]을 따라 쓰촨성(四川省) 수저우[蜀州, 지금의 청두(成都)]에 갔다.

한때 후난성(湖南省) 웨저우[岳州, 지금의 웨양(岳陽)]로 유배(流配)되었다가, 이곳에서 전국을 방랑 중이던 이백(→369)을 만났다. 두 사람은 매일 만나 술을 마시며 지난날 수도(首都) 창안[長安, 지금의 산시성(陝西省) 시안(西安)]에서의 우정을 떠올리기도 하고, 둥팅호(洞庭湖)에서 뱃놀이를 즐기기도 하였다. 이 밖에 두보(→143)·왕유(→314)·잠삼(→422) 등과도 시우(詩友)가 되었다.

770년(52세) 경조윤(京兆尹) 겸 어사대부(御史大夫)가 되었고, 그 뒤 산기상시(散騎常侍)에 이르렀다.

시문(詩文)에 뛰어났고 그 준일(俊逸)한 기품은 남조(南朝) 때 송(宋)나라(420~479)의 포조(→492)나 유신(→342)에게도 뒤지지 않는다고 하였다.

작품으로 칠언절구(七言絕句) 〈서정춘망(西亭春望, '서쪽 정자에서 봄 경치를 바라보며')〉과 칠언율시(七言律詩) 〈송왕도사환경(送王道士還京, '왕도사를 창안으로 보내다')〉·〈조조대명궁(早朝大明宮, '대명궁의 이른 아침 조회')〉 등이 있으며, 〈가지집(賈至集)〉(모두 20권)과 〈별집(別集)〉(모두 15권), 문집 30권이 있다.

10

가키노모토 히토마로

柿本人麻呂 660? ~ 720?

일본의 시인.

혼슈(本州) 기이 반도(紀伊半島) 중부 나라(奈良, 710~

784년 일본의 수도) 근처에서 태어나 자랐으며, 이와미구니[石見國, 지금의 혼슈 남서부 시마네현(島根縣)]에서 죽었다.

조정(朝廷)의 하급 신하로 관리(官吏) 생활을 시작하여 지방 관리가 되었고, 적어도 두 명의 아내가 있었다.

2대에 걸쳐 황태자를 섬겼는데, 천황의 치적(治績)을 찬양한 시가 몇 편 남아 있다. 그의 시는 강한 서정성, 폭넓은 인간애, 동족(同族)과의 일체감으로 가득 차 있다. 남아 있는 작품으로 당시 일본의 양대(兩大) 와카[和歌, 중국의 한시(漢詩)와 대조되는 것으로, 일본 고유의 시] 형식이었던 단카[短歌, 하이쿠(俳句)와 더불어 일본의 전통적 시가(詩歌)를 대표하는 단시(短詩). 정형시(定型詩)로, 5구 31음절로 되어 있다.]와 조카(長歌)로 쓴 시들이 있다.

세도카(旋頭歌, 각각 5 · 7 · 7음절로 된 3행의 연이 상 · 하 2개의 구를 이룬 '첫머리 반복시')도 썼는데, 이는 별로 쓰이지 않던 노래 형식으로 그가 처음으로 문학 작품에 도입하였으며, 그가 죽은 뒤에는 명맥이 끊긴 것으로 보인다.

그의 작품임이 분명한 61편의 단카와 16편의 조카를 포함하여 그가 지은 것으로 추정되는 많은 작품이 〈만요슈(萬葉集)〉[일본 고유의 시를 모아 엮은, 가장 오래 된(8세기쯤) 최대 규모의 시가집(詩歌集)]에 실려 있다. 여기에 실린 시는 편집자의 주석(註釋)과 함께 실려 있으며, 거의 알려져 있지 않은 그의 생애에 대하여 알 수 있는 중요한 자료이다.

일본이 문자 사용 이전의 사회에서 문자를 사용하는 문명 사회로 넘어가던 무렵에, 시를 통하여 원시 시대의 노래가 지닌 소박함과 새로운 시대의 좀더 세속화된 관심사 및 문학적인 기교를 어느 한쪽에 치우침이 없이 조화시켜 냈다.

문자 사용 이전의 노래로부터 엄격한 기교, 순수한 이미지, 제한된 소재와 주제를 이어받았다. 여기에 새로운 주제와 양식, 관심사뿐 아니라 새로운 수사법(修辭法)과 구성 기법(그 중 일부는 한시에서 따 온 것이다.)을 덧붙였으며, 취급법과 가락도 진지하게 다루었다. 비교적 길이가 긴 시에는 현재와 과거를 연관시킨 일종의 엄숙한 '서장(序章)'이 실려 있다.

작품으로 폐허가 된 수도(首都) 오미(近江)를 노래한 시, 가루 왕자가 아키노 평야(安芸野)로 여행 가는 것을 칭송한 시, 첫 번째 아내의 죽음을 애도(哀悼)한 시와 두 번째 아내와의 헤어진 것을 적은 시, 다케치 황자[高市皇子, 654?~696, 덴무 천황(天武天皇, 622~686, 일본의 제40대 천황. 재위 673~686)의 맏아들]의 죽음을 슬퍼한 시, 시마네 섬(島根島)에서 한 남자의 주검을 발견하고 쓴 시 등이 있다.

고대로부터 일본인에게 추앙을 받는 일본 최초의 문호(文豪)이며, 이른바 '36가선[三十六歌仙, 후지와라 긴토(藤原公任, 966~1041, 일본의 관리이며 시인)가 선정한 36명의 대표적인 와카 시인]'의 한 사람으로, 야마베 아카히토(→274)와 함께 '가성(歌聖)'으로 일컬어졌다.

11

갈리브

Mīrzā Asādullāh Khān Ghālib

1797. 12. 27. ~ 1869. 2. 15.

인도의 시인.

본명(本名)은 Mīrzā Asādullāh Khān이며, 이슬람교 신자(信者).

인도 북부 뉴델리(New Delhi, 1931년 인도의 수도가 되었다.) 근처 아그라(Agra)의 귀족 집안에서 태어났으며, 북부 델리(Delhi)에서 죽었다.

어린 시절은 유복하게 지냈으나, 나중에는 영국 정부가 주는 약간의 연금(年金)에 의지하며 가난하게 살았다.

1811년(14세)부터 2년 동안 페르시아 어(語)(Persian language)를 공부하였으며, 나중에 델리로 이주하였는데, 북동부 서(西)벵골(West Bengal) 주의 주도(州都) 캘커타[Calcutta, 1995년 전통 명칭인 콜카타(Kolkata)로 이름을 바꾸었다.]에서 약 2년 동안 산 것을 제외하고는 죽을 때까지 델리에서 살았다.

처음에는 페르시아 어로 시를 썼으나 1840년(43세)쯤부터 본격적으로 우르두 어(Urdu language)로 시를 써서 우르두 시인이며 산문가(散文家)로 명성을 떨쳤다. 뛰어난 시재(詩才)를 인정받아 무굴제국(Mughal Empire, 1526~1857. 인도 지역을 통치한 이슬람 왕조)과 영국으로부터 연금을 받았다.

1850년(53세) 바하두르 샤 2세(Bahadur Shah II, 1775~1862, 무굴제국의 마지막 황제. 재위 1837~1857)에게 계관 시인(桂冠詩人, Poet Laureate)으로 뽑혔으며, 황제의 스승이 되었다. 당시 인도에는 영국의 영토 확장 전쟁과 세포이 항쟁(Sepoy Rebellion, 1857. 5. 10.~1859) 등

격렬한 정치적 변화가 계속하여 일어났지만, 그의 작품은 그러한 현실의 반영보다는 풍물과 심리 묘사가 주를 이루었다.

시 작품은 대구(對句)를 나열한 서정시 형식의 가잘(ghazal, 사랑의 서정시)과, 윤리적 또는 신비적 비유시 마스나위[maśnavī, 운(韻)이 있는 대구], 찬가(讚歌) 카시다(qaṣīdahs, 長聯頌詩)의 세 가지 형식으로 썼다. 평론가들은 그가 보통 사람들은 알지 못하는 페르시아 어로 모호하고 겉만 번지르르한 형식으로 시를 쓴다고 비난하였다.

시야가 넓고 특히 신비주의(神祕主義, mysticism)적인 그의 시는 철학 사상을 내포하면서도 간결하고 독창적인 표현이 특색이며, 시에서 현세(現世)의 고난에 의문을 가지면서도 신(神)이 전능(全能)하다고 단언하였다. 페르시아 우르두 시의 거장(巨匠)으로 서정시의 새로운 국면을 개척하였다. 이해하기 매우 어려운 철학적 내용의 시도 많다. 고매한 사상과 풍부한 상상력의 소산인 〈갈리브 시집〉은 오늘날에도 높이 평가되고 있다. 그의 서간문(書簡文)은 형식에 구애되지 않고 곳곳에 기지(機智)가 빛나고 있다. 언문일치(言文一致)의 서간집 〈고귀한 우르두(Urdue-Mu'allā)〉(1869)는 19세기 전반의 산문학에 많은 영향을 끼쳤다.

인도 문학사상(文學史上) 근대 우르두 어 문학의 시조(始祖)로 일컬어지며, 우르두 어로 쓴 〈우르두 시집(Dīwān-e-Urdu)〉(1841)이 있다.

12

강백

姜栢 1690(숙종 16) ~ 1777(정조 1)

조선(朝鮮, 1392~1910)의 시인이며 문신(文臣).

자(字)는 자청(子靑), 호(號)는 우곡(愚谷), 본관(本貫)은 진주(晉州).

아버지는 강석주(姜碩周), 어머니는 최윤신(崔胤紳)의 딸이다. 할아버지 강무(姜珷)에게 글을 배웠고, 어려서부터 시에 재능을 보였다.

신광수(申光洙, 1712~1775, 조선의 문인) 이전에는 과시(科詩)에서 가장 이름이 높았으며, 시풍(詩風)이 호기로웠다.

1705년(15세, 숙종 31) 승보시(陞補試)에 급제(及第)하였고, 1714년(24세, 숙종 40) 사마시(司馬試)에 1등, 1727년(37세, 영조 3) 정시(庭試)에 장원(壯元)으로 급제하여, 승문원(承文院) 박사(博士)·성균관(成均館) 전적(典籍)·호분위(虎賁衛) 부사맹(副司猛)을 지냈다.

1728년(38세, 영조 4) 충청남도 성환(成歡) 찰방(察訪)으로 있을 때 이인좌(李麟佐, ?~1728, 조선의 역신)의 난이 일어나자, 순무사(巡撫使)이던 오명항(吳命恒, 1673~1728, 조선의 문신)이 강백의 도움으로 공을 세우고 분무 공신(奮武功臣) 1등이 되었는데도 그 공을 문서에 기록할 때, 강백은 오히려 찰방으로서 소임을 다하지 못하고 도주하였다는 무고(無辜)한 죄를 입어 평안북도 철산(鐵山)에 유배(流配)되었다.

유배 기간 동안 철산 지방의 젊은이들을 교육하여, 조선 건국 이래 처음으로 과거(科擧)에 많은 합격자들을 낸 공로가 참작되어 1732년(42세, 영조 8) 죄가 감형되어 정산(定山) 현감(縣監)에 제수(除授), 1769년(79세, 영조 45) 통정(通政)에 오르고, 한성부(漢城府) 우윤(右尹)이 되었으나 곧 벼슬이 바뀌어 고향으로 돌아왔다.

시인으로서의 자질이 풍부하였고 일반 유학자들의 시와 비교하면 불교를 긍정적으로 수용하는 등 보다 다양하고 넓은 시적(詩的) 세계를 지녔다.

지은 책으로 〈가훈(家訓)〉·〈해사록(海槎錄)〉이 있다고 하지만 확인되지는 않았으며, 대부분의 작품이 그의 문집 〈우곡집(愚谷集)〉(모두 6권)에 전한다.

13

강위

姜瑋 1820(순조 20) ~ 1884(고종 21)

조선(朝鮮, 1392~1910)의 시인이며 학자·개화 사상가.

이름은 성호(性澔)·위(韋)·호(浩), 자(字)는 요장(堯章)·요초(堯草)·위옥(韋玉)·중무(仲武), 호(號)는 고환당(古懽堂)·고환자(古懽子)·자기(慈屺)·청추각(聽秋閣)·추금(秋琴), 본관(本貫)은 진양[晉陽, 지금의 경상남도 진주(晉州)].

곤궁한 무반(武班) 신분의 집안에서 태어났다. 가계(家系)는 조선 중엽부터 문관직(文官職)과는 거리가 멀어져서 그의 대(代)에 이르러서는 완전히 무반 신분으로 굳어져 아버지·형·아들·조카들이 모두 무과(武科) 출신이다.

어려서부터 총명하였으며, 10세 무렵부터 과거(科擧)

에 뜻을 두고 공부할 때, 영의정(領議政)을 지낸 정원용(鄭元容, 1783~1873, 조선의 문신)의 집에 기숙하면서 그의 손자 정건조(鄭健朝, 1823~?, 조선의 문신)와 함께 공부하였는데, 이러한 인연으로 뒷날 이조판서(吏曹判書)를 지낸 정건조와는 일생의 지기(知己)로 왕래하였다. 신분상의 제약으로 문신(文臣)이 될 수 없음을 알고 과거를 포기하고, 학문과 문학에 전념하여 병(兵)·형(刑)·전(錢)·곡(穀) 등 각 방면의 학문을 닦았다.

정건조의 극력 만류에도 불구하고 당시 이단(異端)으로 몰려 숨어서 살던 민노행(閔魯行, 1782~?, 조선의 문신)의 문하(門下)에서 4년 동안 시를 배웠다. 민노행이 죽자 그의 부탁에 따라 제주도에 귀양 가 있던 김정희[金正喜, 1786~1856, 조선의 서화가이며 문신·문인·금석학자. 완당(阮堂)·추사(秋史)]를 찾아가 그의 제자가 되어 5년 남짓 배우면서 많은 감화를 받았다. 민노행과 김정희는 모두 중국 청(淸)나라(1616~1912)의 고증학(考證學)을 받아들여 자기대로의 학문 체계를 세운 실학자들로, 당대(當代)의 정주학(程朱學)과는 학문적 인식을 달리하였다. 따라서 강위도 현실적으로는 많은 어려움에 부딪혔다.

스승 김정희가 함경북도 북청(北靑)의 귀양에서 풀려난 뒤 그와 하직(下直)하고 방랑 생활로 들어갔다. 이 때의 방랑 생활을 밑받침해 준 것은 시인으로서의 명성이었다. 원래 시를 고심(苦心)하며 짓지도 않았을뿐더러 시고(詩稿)를 다시 다듬고 고치는 일도 거의 없었다. 그러나 개성이 뚜렷하고 관습적 표현을 극력 배격한 참신한 시편(詩篇)들은 그를 당대 제일의 시인으로 꼽는 데 조금도 부족함이 없었다.

전국 이곳저곳을 떠돌아다니며 시와 술로 세월을 보내다가, 현실 문제에 적극적으로 관심을 표명한 것은 1862년(42세, 철종 13) 삼남 지방(三南地方)을 비롯하여 전국적으로 확산된 민란(民亂)의 충격이었다.

같은 해 고향인 전라북도 무주(茂州)에서 난을 일으킨 난민들에게 감금당하여, 이들로부터 격문(檄文)을 지어 줄 것을 강요받았으나, 이를 거절하자 난민들은 그의 집을 불태워 버렸고, 그는 겨우 탈출하여 서울로 왔다. 이 때 동무인 판서 정건조에게 초빙되어, 그의 강권에 못 이겨 삼정(三政)의 폐단에 대한 3만여 자에 이르는 장문(長文)의 시정책(是正策) 〈의삼정구폐책(擬三政捄弊策)〉을 적어 주었다. 그러나 그 내용이 너무 혁신적이어서 정건조가 조정(朝廷)에 제출하는 데 어려움을 나타내자, 미련 없이 이를 불살라 버리고 말았다.

한편, 실학자로부터 개화 사상가로 방향을 바꾸게 된 계기는 1873(53세, 고종 10)~1874년(54세, 고종 11)에 걸친 두 차례의 중국 여행을 통해서였다. 원래 역관(譯官)들과 친숙하여 국외 사정을 어느 정도 알고는 있었으나, 이 두 차례의 여행을 통하여 서세동점(西勢東漸)의 위기를 절감하게 된 것이다. 반상(伴徜)이라는 수행원 신분으로 연행사(燕行使)를 따라가 베이징(北京)의 양무파(洋務派, 1861~1894년 청나라에서 일어난 근대화 운동인 양무운동을 주도한 사람들을 이르는 말) 관료들과 청나라 문인(文人)들과 교유(交遊)하였고, 박규수(朴珪壽, 1807~1876, 조선의 문신)와 함께 적극적인 개항론자(開港論者)가 되었다.

1876년(56세, 고종 13) 한·일(韓日) 간에 강화도조약[江華島條約, 2. 27. 병자수호조약(丙子修好條約)·조일수호조약(朝日修好條約)·한일수호조약(韓日修好條約)이라고도 한다.]이 체결될 때 전권 대신(全權大臣) 신헌(申櫶, 1810~1888, 조선의 무신이며 외교가)을 막후에서 보좌하며 필담(筆談)을 맡았고, 조약 체결의 이면을 기록한 〈심행잡기(沁行雜記)〉를 남겼다.

1880년(60세, 고종 17) 조정에서 김홍집(金弘集, 1842~1896, 조선의 문신이며 정치가)을 수신사(修信使)로 일본에 파견할 때 김옥균(金玉均, 1851~1894, 조선의 정치가. 갑신정변의 주동자)의 추천으로 서기(書記)로 수행하였다. 이 여행에서는 일본과 중국의 개화파(開化派) 인사들이 조직한 '흥아회(興亞會)'에 참석하여 그들과 교유를 맺었고, 특히 중국 대사관의 참찬(參贊)으로 파견되어 있던 황준헌(→523)으로부터 깊은 감명을 받아 귀국한 뒤에 〈조선 책략(朝鮮策略)〉으로 알려져 있는 황준헌의 '연미거아책(聯美拒俄策)'을 적극 옹호하였다.

1882년(62세, 고종 19) 김옥균과 서광범(徐光範, 1859~1897, 조선의 정치가) 등 젊은 개화파 관료들이 일본에 파견될 때 제자 변수(邊燧, 1861~1891, 조선의 개화파 정객)와 함께 이들을 수행하였다. 이 때 이들은 유럽과 아메리카까지 돌아보고자 하였으나, 임오군란(壬午軍亂, 1882. 6. 9.)이 일어났다는 소식을 듣고 모두 서둘러 귀국하였으며, 강위는 일본 남부 규슈(九州) 나가사키(長崎)에서 일행과 헤어져 홀몸으로 세 번째 중국 여행을 떠나, 장쑤성(江蘇省) 상하이(上海) 일대의 개화파 인사들과 교유한 뒤 귀국하였다. 이처럼 중국과 일본을 두 세 차례씩 오가는 과정에서 실학자답게 서구 문명의 실상을 정확하게 파악하였으며, 또한 무인답게 국력과 무력의 열세를 솔직하게 인정하면서 대책을 세울 것을 조정에 건의하였다. 벼슬은 감역(監役)에 그쳤다.

1883년(63세, 고종 20) 박영효(朴泳孝, 1861~1939, 조선의 정치가)와 함께 박문국(博文局)을 세우고, 이노우에(井上角五郎, 1860~1938, 일본의 언론인이며 정치가)를 초청하여 최초의 신문 〈한성순보(漢城旬報)〉를 발간하였다. 국한문(國漢文)이 혼용된 기사체(記事體)의 연구에 착수하여 1886년(66세, 고종 23) 〈한성순보〉를 〈한성주보(漢城週報)〉로 고친 뒤 국한문을 혼용하는 데 많은 공을 세웠다.

당대 최고의 시인으로 김택영(金澤榮, 1850~1927, 조선의 학자)·이건창(李建昌, 1852~1898, 조선의 문신이며 대문장가)·황현(→525)과 함께 이른바 '한말 4대가(韓末四大家)'로 일컬어지며, 특히 비분강개(悲憤慷慨)가 서린 격조 높은 율시(律詩)를 잘 썼다. 이건창을 비롯한 양반 자제들뿐 아니라 역관을 중심으로 한 중인 계층의 시인들과도 광범하게 교류하였다.

그의 문집은 그가 죽은 뒤 동무 방치요(房致堯)가 평소 그와 교유하던 사람들을 찾아다니며 모은 시문(詩文)들을 이건창이 편집하여 〈고환당수초(古懽堂收草)〉로 펴냈다. 그런데 갑신정변(甲申政變, 1884. 12. 4.~12. 6.) 이후의 국내 정세 때문에 그와 김옥균·서광범 등 개화파 인사들 사이에서 오고간 시문 등 개화와 관련된 내용은 모두 누락시킬 수밖에 없었다. 그러나 그의 수필본(手筆本) 〈고환당 동유 시초(古懽堂東游詩草)〉와 손자 강범식(姜範植)이 이건창이 편집할 때 빠진 글들을 모아서 편집한 〈고환당집(古懽堂集)〉이 남아 있어 그의 활동 상황을 재조명할 수 있게 되었다.

또한 고증학자로서의 업적이라고 할 수 있는 〈경위합벽(經緯合璧)〉·〈손무자주평(孫武子注評)〉과 같은 저술은 세론(世論)이 두려워서 문집을 펴낼 때 제외되었다가 흩어져 없어지고 말았다.

일본에 〈북유 담초(北游談草)〉·〈북유 속담초(北游續談草)〉·〈북유 일기(北游日記)〉가 남아 있고, 이 밖에 지은 책으로 〈동문자모분해(東文字母分解)〉·〈용학해(庸學解)〉 등이 있으며, 아세아문화사(亞細亞文化社)에서 국외 여행 때의 일기와 문집을 〈강위 전집〉으로 영인(影印)하여 펴냈다.

14

거센닝

葛賢寧 1907 ~ 1961

중국의 시인.

장쑤성(江蘇省)에서 태어났다.

상하이공학대학(上海公學大學)을 졸업하고, 중·일 전쟁[中日戰爭(Second Sino-Japanese War), 1937. 7. 7.~1945. 9. 2.]에 참전(參戰)하였다.

정부 관리(官吏), 신문사 사장, 잡지사 주간(主幹) 등을 지내다가 타이완(臺灣, Taiwan)으로 철수한 뒤, 〈문예창작(文藝創作)〉을 발간하여 1950년대 타이완 문단(文壇)의 중요한 발표 무대를 마련하는 한편, 창작과 학문에 힘써 많은 저서를 남겼다.

시집 〈봉황의 신생(鳳凰的新生)〉(1958)·〈상주봉의 청춘(常住峰的青春)〉, 수필집 〈상엽(霜葉)〉을 남겼고, 〈중국 소설사(中國小說史)〉(1956)·〈중국 시사(中國詩史)〉(1956)·〈중국 역대 문예 교육(中國歷代文藝教育)〉·〈중국 음악 무도사(中國音樂舞蹈史)〉 등은 현대적인 시각으로 중국의 문학과 예술을 체계적으로 정리한 중요한 업적이다.

* **계랑(癸娘) → 매창**(→155)
* **계생(桂生) → 매창**(→155)

15

고계

高啓 1336 ~ 1374

중국 원(元)나라(1271~1368) 말 명(明)나라(1368~1644) 초의 시인.

자(字)는 계적(季迪), 호(號)는 사헌(槎軒)·청구(靑邱)·청구자(靑邱子).

장쑤성(江蘇省) 우셴[吳縣, 지금의 쑤저우(蘇州)]에서 태어났다.

어려서부터 신동(神童)이라고 불리면서 문학 방면에서 이름을 날렸으며, 읽지 않은 책이 없을 정도로 박학다식하였다. 그러나 시국(時局)이 불안정한 탓으로 벼슬을 하지는 못하였다. 생애의 대부분을 명나라와 항쟁한 군웅(群雄) 장사성(張士誠, 1321~1367, 원나라의 무인) 정권(政權) 아래 원말의 내란(內亂) 시대에 보냈으며, 몇 차례에 걸친 저장성(浙江省) 지방으로의 여행과 명나라가 통일된 뒤 잠시 장쑤성 난징(南京)에서 관리(官吏)가 된 것 외에는 쑤저우에서 소지주(小地主)로 생활하였다. 성격이 소탈하여 예법에 구애되지 않았다.

1369년(33세) 조정(朝廷)의 부름을 받고 난징에 가서 〈원사(元史)〉 편찬에 참여하였다. 1370년(34세) 〈원사〉 편찬이 끝난 뒤 한림원(翰林院) 국사편수(國史編修)가 되었고, 명나라 공신 자제들에게 글을 가르쳤다. 호부(戶部) 우시랑(右侍郎)으로 승진하였으나 태조[太祖, 1328~1398, 중국 명나라의 초대 황제. 재위 1368~1398. 주원장(朱元璋). 홍무제(洪武帝)]가 독재 지배를 확립한 뒤 일어난 공신 배제 정책(功臣排除政策)의 여파로, 벼슬을 버리고 고향으로 돌아와 제자를 모아 가르쳤다.

고향에서 소박한 생활을 하면서 쓴 〈궁녀도(宮女圖)〉와 〈화견(畫犬)〉이 세상에 알려지면서, 자기의 문란한 궁중생활을 풍자한 것이라고 생각한 태조의 미움을 샀다.

1372년(36세) 10월 쑤저우 지사(知事)로 부임한 위관(魏觀)의 부탁으로 쑤저우 부청(府廳)의 상량식(上梁式)을 축하하기 위하여 〈군치 상량문(郡治上樑文)〉을 지어 주었다. 위관은 난징에서 〈원사〉를 편찬할 때 친하게 지냈던 동무였다. 그러나 쑤저우는 태조와 격전을 벌였던 장사성의 근거지였으므로 그곳에 부청을 지었던 위관은 역모(逆謀)를 꾀하였다는 죄명으로 죽음을 맞게 되었고, 고계 역시 상량문에 연좌되어 모반(謀叛)하였다는 모함을 받아 1374년(38세)에 저잣거리에서 요참형(腰斬刑, 허리를 베어 죽이는 형벌)에 처해졌다. 그의 요절(夭折)은 명대(明代)에 가장 뛰어날 수도 있었던 문학 활동의 중단을 뜻한다. 짧은 생애였지만 2천 수(首) 이상의 시를 남겨 명대 최고의 시인으로 꼽힌다.

시풍(詩風)이 웅건하고 여러 장점들을 겸비하였으며, 가행(歌行)·율시(律詩) 등 미치지 않는 데가 없었는데, 특히 칠언가행(七言歌行)에 뛰어나 웅장하고 화려한 자연 경관을 묘사하거나 호방하고 매서운 감정을 토로하는 솜씨가 탁월하였다. 이를테면 〈등금릉우화대망대강(登金陵雨花臺望大江, '금릉의 우화대에 올라 장강을 바라봄')〉·〈송이사군진해창(送李使軍鎭海昌)〉·〈취가증송중어(醉歌贈宋仲漁)〉 등에서 파도가 거세게 꿈틀거리는 장면을 묘사하고 있는데, 기세가 호탕하고 자유 분방하기 그지없었다.

농가 생활을 묘사한 악부시(樂府詩)만도 2천 수에 이르는데, 그 중 〈양잠사(養蠶詞)〉·〈전가행(田家行, '농가의 노래')〉·〈타맥사(打麥詞)〉 같은 작품들은 농민들의 어려운 생활상을 관심과 동정의 눈으로 세세하게 묘사하였다. 가혹한 부역(負役)과 과중한 세금을 견책하고 계급의 대립을 객관적으로 표현해 낸 것이야말로 그의 시가가 이루어 낸 가장 훌륭한 점이다.

오중사걸[吳中四傑, 중국 오(吳)나라 땅 출신인 고계·서분(徐賁, 1335~1393, 중국 명나라의 문인화가)·양기(楊基, 1332~1374, 중국 명나라의 시인이며 화가)·장우(張羽, 1333~1385, 중국 명나라의 시인)를 일컬으며, '명초사걸(明初四傑)'이라고도 한다.] 중의 한 사람으로, 네 사람 가운데 문학적 성과가 가장 높았다. 재주와 기개가 넘쳐 흘렀고, 이전 문인들의 문학을 폭넓게 공부하여 한(漢, B.C.202~220)·위(魏, 225~265) 시대부터 당·송(唐宋) 시대에 이르기까지 여러 작가들의 장점을 고루 취합하였다. 특정한 격식에 얽매이지 않았으며, 다양한 갈래를 모의(摹擬)하고 방법을 취득하여 여러 갈래에서 모두 뛰어났다.

〈사고제요(四庫提要)〉에서는 그의 문학에 대하여 '한·위 시대를 모방하면 한·위 시대의 문학과 비슷하였고, 육조 시대[六朝時代, 222~589, 중국 삼국 시대 오(吳)나라(222~280)·동진(東晋, 317~419)과 남조(南朝)의 송(宋)나라(420~479)·제(齊)나라(479~502)·양(梁)나라(502~557)·진(陳)나라(557~589)를 합한 시대]를 모방하면 육조 시대의 문학과 비슷하였으며, 당을 모방하면 당과 비슷하였고, 송을 모방하면 송과 비슷하였다. 무릇 옛 사람들이 뛰어난 바에서 갖추지 않은 것이 없었다.(擬漢魏似漢魏 擬六朝似六朝 擬唐似唐 擬宋似宋 凡古人所長 無不兼之)'고 평가하였다. 고졸(古拙)하고 질박하기는 한·위 시대의 시풍을 닮았고, 호방스럽기는 이백(→369)을 필적(匹敵)하였으며, 평이하기는 백낙천(→200)과 원진(→333)을 본받았다.

전원(田園) 생활을 사랑하는 자유인이었으며, 송(宋, 960~1279)·원 이후에 일어난 시민층의 한 전형(典型)이었다. 그의 시는 다양하지만 대체로 명쾌함·지성(知性)·애수(哀愁)·환상(幻想) 등 싱싱하고 경쾌하며 쉽다.

근체시(近體詩)에서는 주로 남강의 수향(水鄉, 강·호수 등 물이 많은 지방)의 풍물을 담백하게 노래하였고, 고체(古體)에서는 역사나 전설에서 취재한 낭만을 노래하였다.

의고(擬古)의 대가(大家)로 중국 문학사 이전 여러 시기의 문체(文體)와 풍격, 전범(典範)을 따른 것으로 알려져 있으며, 16세기에 일어났던 고문 운동(古文運動)의 선구자로도 알려져 있다.

〈청구자가(青邱子歌)〉는 자유 분방한 환상을 엮어 나가면서 시인의 사명을 노래한, 중국 문학사상(文學史上) 주목할 만한 작품이며, 〈고소잡영(姑蘇雜詠)〉(132수)은 유서(由緖) 깊은 고도(古都) 쑤저우의 명승 고적에 붙여서 쓴 시를 모은 것으로, 사실(史實)과 전설과 자연미와 환상을 섞어 짠 문체로 화려한 파노라마라고 할 수 있다.

이 밖의 작품으로 〈간예화(看刈禾, '벼베기를 구경하며')〉·〈고안(孤雁, '외기러기')〉·〈과봉구전장(過奉口戰場, '봉구의 전쟁터를 지나며')〉·〈매화(梅花)〉·〈맹호행(猛虎行, '사나운 호랑이의 노래')〉·〈목우사(牧牛詞, '소 치는 노래')〉·〈병후출곽(兵後出郭, '전쟁 뒤에 성을 나가')〉·〈봉오수재부송귀강상(逢吳秀才復送歸江上, '강가에서 동무 오수재를 잠깐 동안 만나 다시 이별함')〉·〈비가(悲歌)〉·〈사녀도 시(仕女圖詩)〉·〈서대 통곡시(西臺慟哭詩)〉·〈아나괴(阿那瓌)〉·〈야전행(野田行)〉·〈우인이주교걸미(優人李州僑乞米, '배우 이주교가 동냥을 하다')〉·〈이무행(里巫行, '마을의 무당 노래')〉·〈장절부사(張節婦詞, '장씨 열녀의 노래')〉·〈전가야춘(田家夜春, '농가의 봄밤')〉·〈조선아가(朝鮮兒歌, '조선 아이의 노래')〉·〈축성사(築城詞, '성 쌓는 노래')〉 등이 있고, 〈고청구 시집(高青邱詩集)〉(모두 19권)·〈고태사(高太史) 전집〉·〈청구 고계적 시문집(青丘高啓迪詩文集)〉(모두 25권)과 사집(詞集) 〈구현집(扣舷集)〉이 전한다. 〈고청구 시집〉에 실려 있는 〈심호은군(尋胡隱君, '호은군을 찾아가다')〉에 그의 시의 특징이 잘 나타나 있다.

도수복도수(渡水復渡水, '물을 건너고 또 물을 건너')
간화환간화(看花還看花, '꽃을 보며 다시 또 바라보면서')
춘풍강상로(春風江上路, '봄바람 부는 강가 길을 걸어가노라니')
불각도군가(不覺到君家, '어느 새 그대 집에 다다랐도다.')

16

고바야시 잇사

小林一茶 1763. 6. 15. ~ 1827. 1. 5.

일본의 작가이며 시인.

본명(本名)은 고바야시 노부유키(小林信之), 잇사는 호(號). 고바야시 미타로(小林彌太郎)라고도 한다.

가난한 집안의 맏아들로, 혼슈(本州) 중부 산악 지대를 차지하는 시나노구니[信濃國, 지금의 나가노현(長野縣) 가미미노치군(上水內郡) 시나노마치(信濃町)] 가시와바라(柏原)의 농가에서 태어났으며, 이곳에서 죽었다.

세 살 때 어머니를 여의고 8살 때 계모를 맞았는데, 10세 때 남동생이 태어난 뒤에도 줄곧 학대받는 등 불행한 소년기를 보냈다. 결국 1778년(15세) 에도(江戶, 지금의 도쿄)로 나와 여러 곳을 전전하며 남의집살이로 고초를 겪었다.

1787년(24세) 〈마사고(眞左古)〉에 처음으로 하이쿠(俳句, 5·7·5의 3구 17자로 구성된 일본 고유의 짧은 시)를 실었으며, 1788년(25세) 무렵부터 하이쿠를 공부하여 뒷날 '잇사조(一茶調)'라고 일컬어지는 작풍(作風)을 형성하였다.

1792년(29세) 14년 만에 고향으로 돌아와 〈간세이 구초(寬政句帖)〉(1792)·〈간세이 3년 기행(寬政三年紀行)〉(1792)을 썼으며, 1793년(30세)~1799년(36세)에는 하이쿠를 더 공부하기 위하여 간사이(關西)·시코쿠(四國)·규슈(九州)로 여행하였다. 이 무렵의 작품으로 하이쿠 문집 〈다비슈이(たびしうゐ)〉(1795)·〈안녕, 삿갓(さらば笠)〉(1798) 등을 펴냈다.

1802년(39세) 고향으로 돌아와 아버지를 간병하였다. 아버지는 잇사와 남동생에게 재산을 절반씩 나누어 가지라는 유언을 남기고 돌아가셨다. 이 무렵의 심경(心境)을 담은 것이 〈아버지의 임종 일기(父の終焉日記)〉(1803)이다. 그 뒤 계모와 남동생과의 유산(遺産) 싸움이 10년 이상 계속되었다.

이 무렵 〈교와 구초(享和句帖)〉(1803)와 〈분카 구초(文化句帖)〉(1804)를 발표하였는데, 기록과 하이쿠에 많은 정성을 쏟았다.

에도의 구라마에(藏前)에 있는 후다사시(札差, 고관들이 봉록으로 받는 쌀의 매매 대행업자)인 나쓰메 세이비(夏目成美, 하이쿠 선생)의 하이쿠 모임(句會)에 가입하여 지도를 받는 한편, 보소[安房·上總, 혼슈 남동단 지바현(千葉縣) 일대]의 문인(文人)들에게 하이쿠를 가르치면서 생계를 이어 나갔다. 가난하였지만, 하이쿠 작가로서 평가는 높아져 갔다.

1813년(50세) 겨울, 고향으로 돌아와 집을 빌려 살면서 유산 교섭을 계속하여 이듬해 겨우 매듭지었다.

1815년(52세) 28세의 기쿠(きく)와 결혼하여 3남 1녀를 두었으나 아이들은 모두 어려서 학질과 천연두로 죽고, 아내마저 1824년(61세) 37세의 젊은 나이로 죽었으며, 본인은 중풍을 앓는 등 불우한 일생을 보냈다. 1825년(62세) 재혼하였으나 반년 만에 이혼하였고, 1827년(64세) 야오(やを)와 세 번째로 결혼하여 유복녀(遺腹女) 야타(やた)를 얻었다.

가정적으로는 매우 불행하였으나, 기타시나노(北信濃, 지금의 나가노현) 문인들을 방문하고, 하이쿠 지도나 출판 활동을 하여 하이쿠 문집 〈나의 봄(おらが春)〉(1819), 하이쿠 일기 〈분세이 구초(文政句帖)〉·〈시치반 닛키(七番日記, '7번째 일기')〉·〈하치반 닛키(八番日記, '8번째 일기')〉 등 2만 편에 이르는 하이쿠를 남겼다.

단순하고 꾸밈없는 언어로 된 그의 작품에는 그의 인간성과 생활이 적나라하게 투영(投影)되어 있고, 사회의 저변에 사는 사람들의 고통을 실감 있게 묘사하여 정신적으로 외로운 서민들의 마음을 사로잡았다. 삶의 비극적인 역경을 딛고 지어 낸, 다감하고 소박함을 지닌 시를 통하여 사랑을 받았다. 그의 시에는 일상의 주제가 평범한 언어로 표현되어 있으나, 날카로운 비판적 시각과 연민 어린 어조(語調)를 통하여 풍부한 서정성을 느낄 수 있다.

한국에서도 그의 하이쿠 선집(選集)이 〈밤에 핀 벚꽃〉[태학사(太學社), 2008. 9. 30.]으로 번역되어 출판되었다.

고향 시나노마치에는 잇사 기념관(一茶記念館)과 국가 지정 사적 '고바야시 잇사 고택(小林一茶舊宅)'이 있다.

17

고병

高棅 1350 ~ 1423

중국 명(明)나라(1368~1644)의 시인.

일명 정례(廷禮), 자(字)는 언회(彦恢), 호(號)는 만사(漫士).

푸젠성(福建省) 창러(長樂)에서 태어났으며, 한림원(翰林院) 대조(待詔)와 전적(典籍)을 지냈다.

시는 물론 서화(書畫)에도 뛰어나 '삼절(三絕)'이라고 일컬어졌고, '민중 십재자[閩中十才子, 푸젠성 출신의 십재자, 즉 고병·당태(唐泰)·왕공(王恭)·왕칭(王偁)·왕포(王褒)·임홍(林鴻)·정정(鄭定)·주현(周玄)·진량(陳亮)·황현(黃玄) 등을 이르는 말]'의 한 사람이다.

지은 책으로 〈소대집(嘯臺集)〉(모두 20권)·〈수천청기집(水天淸氣集)〉(모두 14권)이 전하고, 〈당시습유(唐詩拾遺)〉·〈당시정성(唐詩正聲)〉·〈당시품휘(唐詩品彙)〉(모두 18권)를 편찬하였다. 특히 1384년(34세) 편찬에 착수하여 1393년(43세)에 완성한 시집 〈당시품휘〉에서는 당시(唐詩)를 초(初)·성(盛)·중(中)·만(晩)의 4기(期)로 분류하고 당(唐)나라(618~907) 시인 620명의 시 5,769수(首)를 실었는데, 작품이나 작가의 선택에서 약간의 착오도 있었지만, 후세인들에게 당시를 보급시키는 데 크게 이바지하였다.

한편, 당시의 초·성·중·만의 4기는 초당{初唐, 고조[高祖, 565~635, 중국 당나라의 창건자이며 초대 황제. 재위 618~626. 이연(李淵)]의 무덕(武德, 618)으로부터 예종[睿宗, 662~716, 중국 당나라의 제5대 황제. 재위 684~690, 710~712. 이단(李旦)]의 태극(太極, 712)까지 약 95년간}·성당{盛唐, 현종[玄宗, 685~762, 중국 당나라의 제6대 황제. 재위 712~756. 이융기(李隆基)]의 개원(開元, 713)으로부터 대종[代宗, 726~779, 중국 당나라의 제8대 황제. 재위 762~779. 이예(李豫)]의 영태(永泰, 765)까지 약 50년간}·중당{中唐, 대종의 대력(大曆, 766)으로부터 경종[敬宗, 809~826, 중국 당나라의 제13대 황제. 재위 824~826. 이담(李湛)]의 보력(寶曆, 826)까지 약 60년간}·만당{晩唐, 문종[文宗, 809~840, 중국 당나라의 제14대 황제. 재위 826~840. 이앙(李昂)]의 대화(大和, 827)로부터 애제[哀帝, 892~908, 중국 당나라의 제20대 황제. 재위 904~907. 이축(李柷)]의 천우(天祐, 906)까지 약 80년간}으로 분류한 것이다.

18

고석규

高錫珪 1932. 9. 7. ~ 1958. 4. 19.

한국의 시인이며 문학 평론가.

의사 고원식(高元植)의 외아들로, 함경남도 함흥(咸興)에서 태어났다.

함흥고등학교(咸興高等學校)를 졸업하고 지하 반공 운동을 하다가 월남(越南)하여 1950년(18세) 한국 전쟁(Korean War, 1950. 6. 25.~1953. 7. 27.) 때 자원(自願) 입대하여 참전(參戰)하였다.

한국 전쟁 중에 김일곤(金日坤)·손경하(孫景河)·송영택(宋永擇, 1933~, 한국의 시인이며 번역 문학가)·조영서

(曺永瑞, 1932~, 한국의 시인이며 언론인) · 천상병(→475) · 하연승(河然承, 1933~, 한국의 시인) 등과 〈신작품(新作品)〉 동인(同人)으로 활동을 하였다. 또한 이어령(李御寧, 1934~, 한국의 문학 평론가이며 수필가 · 교육자) · 이철범(李哲範, 1931~, 한국의 문학 평론가) 등과 현대비평가협회 동인 등 시와 평론 분야에서 활발하게 활동하였다.

1953년(21세)에는 시 〈길〉 · 〈매혼(埋魂)〉 · 〈반(盤)〉 · 〈11월〉 · 〈암역(暗域)에서〉 · 〈영상(映像)〉 · 〈울음〉 · 〈침윤(浸潤)〉 · 〈파경(破鏡)〉 등을 발표하였고, 1954년(22세)에는 김재섭(金載燮)과 함께 시집 〈달과 암초(暗礁)〉(가람동인회)를 펴냈다.

문학 평론에 주력하여 〈국제신문(國際新聞)〉 · 〈부산일보(釜山日報)〉에 시사성이 있는 평론을 발표하였으며, 현대시의 본질을 해명하려는 노력을 기울였다. 김재섭의 시와 함께 평론집 〈초극(超劇)〉[삼협문화사(三協文化社), 1954. 6.]을 비롯하여 〈지평선(地平線)의 전달(傳達)〉(1954) · 〈현대시의 전개〉(1956) · 〈현대시의 비유〉 · 〈비평가의 교양(敎養)〉(1958) · 〈현대시의 형이상성(形而上性)〉(죽은 뒤인 1959년 출판) 등을 발표하였다. 특히 1953년의 평론 〈윤동주의 정신적 소묘(精神的素描)〉는 윤동주(→358)의 시에 대한 체계적 연구로, 윤동주 시의 내면 의식과 심상(心象), 심미적 요소들을 일제(日帝) 암흑기 극복을 위한 실존적 몸부림으로 파악, 윤동주 연구의 길을 열어 놓았다. 또한 〈시인의 역설(逆說)〉[〈문학예술(文學藝術)〉, 1957. 2.]에서는 릴케(Rainer Maria Rilke, 1875~1926, 오스트리아 태생 독일의 시인)와 키에르케고르(Søren Aabye Kierkegaard, 1813~1855, 합리론을 비판한 덴마크의 종교 철학자. 실존주의 철학의 창시자)를 준거(準據)로 삼아 역설의 체계라는 방법으로 부정 · 어둠 · 죽음이라는 주제와 김소월(→73) · 윤동주 · 이상(→374) · 이육사(→390)의 시를 설명하였다.

진보적 성향의 〈문학예술〉(월간 순수 문예지. 1954. 4.~1957. 12. 통권 33호로 종간)을 통하여 등단(登壇)하였는데, 감상성(感傷性)이 짙고 상징주의(象徵主義, symbolisme) 기법이 나타나는 시를 발표하였다. 특히 실존주의(實存主義, existentialism)에 많은 관심을 갖고 있었는데, 그것은 그와 그 시대의 특징을 보여 주는 것이었다. 전쟁을 치른 뒤 곳곳에 도사린 죽음과 파괴, 절망감과 부조리 속에서 문학을 실존의 문제로 인식하고 실존주의를 이론적으로 체계화하였을 뿐 아니라 구체적 삶 속에서 실천하였다. 평론은 흔히 유럽의 존재론과 영미(英美)의 주지주의(主知主義, intellectualism) 이론에 바탕을 두었으며, 포올케의 〈실존주의〉(1956)를 번역하였다.

1956년(24세) 부산대학교(釜山大學校) 국문과와 같은 대학교 대학원을 졸업하고 모교(母校)에서 강사로 있었다.

1956년 김춘수(→95) · 김현승(→99) · 송욱(→242) · 유치환(→350) 등과 〈시연구(詩硏究)〉(시 전문 동인지. 1956. 5. 창간호로 종간)를 펴냈다.

시뿐 아니라 참신한 평론가로 촉망을 받았으나, 문학에의 열망으로 지나치게 몸을 혹사하여 심장 마비로 26세로 요절(夭折)하였다.

대학원 졸업 논문으로 썼던 〈시적 상상력(詩的想像力)〉[〈현대문학(現代文學)〉 제42~46호, 1958. 6.~10.]이 유고(遺稿)로 발표되어 그의 뛰어난 비평적 역량을 보여 주었다.

1990년 부산에서 출판된 유고 평론집 〈여백(餘白)의 존재성〉을 비롯하여, 1992년 〈별〉 · 〈자화상(自畫像)〉 · 〈전야(前夜)〉 · 〈죽음〉 · 〈1950년〉 등 140여 편의 시가 실린 유고 시집 〈청동(青銅)의 관〉, 일기를 모은 〈청동 일기〉와 번역서 〈실존주의〉, 동료 · 후배 문인(文人)들의 추모(追慕) 글과 평가를 모은 〈고석규의 면모〉가 1993년 출판됨으로써 유고 전집 5권이 완간되었다.

1996년에는 그의 문학적 업적과 그 정신을 기리기 위한 '고석규 비평 문학상'이 제정되어 해마다 시상하고 있다.

19

고숙사

高叔嗣 1501 ~ 1537

중국 명(明)나라(1368~1644)의 시인.

자(字)는 자업(子業), 호(號)는 소문산인(蘇門山人).

허난성(河南省) 샹푸현[祥符縣, 지금의 카이펑(開封)]에서 태어났다.

어려서부터 당대(當代)의 대가(大家) 이몽양(→367)을 알게 되어 그의 지도를 받았으며, 형 고중사(高仲嗣)와 더불어 재명(才名)을 떨쳤다.

1523년(22세) 진사시(進士試)에 급제(及第)하였고, 공부 주사(工部主事)와 이부 주사(吏部主事)를 거쳐 계훈낭중(稽勛郎中)을 지냈다. 그 뒤 외직(外職)으로 나아가, 산시성(山西省) 좌참정(左參政)이 되어 의옥(疑獄)을 해결하자 사람들이 신(神)이라고 일컬었으며, 호광 안찰사(湖廣按察使)에 이르렀다.

산시성(陝西省) 삼원(三原)의 마리(馬理, 1474~1555, 중국 명나라의 학자)와 산둥성(山東省) 무성(武成)의 왕도(王道) 등과 시문(詩文)으로 교유(交遊)하였다.

그의 시는 품격이 높은 것이 특징이며, 시문집 〈소문집(蘇文集)〉(모두 8권)을 남겼다.

20

고시언

高時彦 1671(현종 12) ~ 1734(영조 10)

조선(朝鮮, 1392~1910)의 위항 시인(委巷詩人)이며 학자·역관(譯官).

자(字)는 국미(國美), 호(號)는 성재(省齋)·율원(栗園), 본관(本貫)은 개성(開城).

어려서부터 총명하여 1687년(16세, 숙종 13) 사역원(司譯院) 한학과(漢學科)에 급제(及第)하여 역관이 되었으며, 여러 차례 중국 청(淸)나라(1616~1912)에 다녀와서 외교관으로서의 실력을 발휘하였다. 그 공으로 위계(位階)가 2품에 올랐으나, 부모가 돌아가신 뒤 벼슬에서 물러나 움집을 짓고 '성재(省齋)'라는 편액(扁額)을 달고 오직 소영자적(嘯詠自適)하며 학문에만 전념하였다. 특히 고문(古文)을 좋아하여 시보다 문에 더욱 뛰어나다는 평을 들었다.

1734년(63세, 영조 10) 진주사(陳奏使)를 수행하여 다시 청나라에 가다가 도중에 병으로 죽었다.

학문을 즐겨 여러 가지 책을 많이 읽고 잘 기억하였고, 경전(經典)과 백가(百家)에 능통하였으며, 사역원 후배들이 스승으로 모시고 학문을 물었다. 특히 한시(漢詩) 창작에 뛰어나 당대(當代)의 위항 시인 임준원(林俊元, ?~1697)·정내교(→437)·홍세태(→516) 등과 당풍(唐風)을 본받은 '위항의 4대 시인'의 한 사람으로 일컬어졌다.

일반적으로 사리(辭理)가 정연한 시를 짓는다는 평가를 받았으며, 대제학(大提學) 남유용(南有容, 1698~1773, 조선의 문신)도 그의 문장을 칭찬하였다.

만년(晩年)에는 세조(世祖, 1417~1468, 조선의 제7대 왕. 재위 1456~1468) 때부터 영조(英祖, 1694~1776, 조선의 제21대 왕. 재위 1724~1776) 때까지 161명의 서민시(庶民詩) 685편을 수집하여 〈소대풍요(昭代風謠)〉(모두 9권 2책. 1737)를 편찬하였는데, 이는 조선 시대의 중요한 시문학(詩文學) 자료가 되었다. 그는 이 책이 완성되기 전에 죽었으나, 책의 성격과 수록 인물의 선정에 중요한 구실을 하였다.

대표적인 시 〈효출동곽(曉出東郭, '새벽에 동곽을 나서니')〉과 지은 책으로 〈성재집(省齋集)〉·〈주차소의(註箚疏疑)〉 등이 있다.

21

고은

高銀 1933. 8. 1. ~

한국의 시인이며 소설가.

본명(本名)은 은태(銀泰), 법명(法名)은 일초(一超), 호(號)는 파옹(波翁), 본관(本貫)은 제주(濟州).

아버지 고근식(高根植)과 어머니 최점례(崔點禮)의 맏아들로, 전라북도 옥구군(沃溝郡) 미면(米面) 미룡리(米龍里) 용둔(龍屯) 부락[지금의 군산시(群山市) 삼학동(三鶴洞)]에서 태어났다.

1942년(9세)까지 향리(鄕里)의 사숙(私塾)에서 한문을 공부하였으며, 1943년(10세) 미룡국민학교(米龍國民學校)에 들어가 조기 졸업하였다.

1946년(13세) 군산중학교(群山中學校)에 수석(首席)으로 입학하였으며, 미술과 문학에 관심을 가졌다.

1950년(17세) 군산중학교 4학년에 다닐 무렵 한국 전쟁(Korean War, 1950. 6. 25.~1953. 7. 27.)이 일어나 학교를 그만두고 군산항 부두에서 검수원을 하기도 하였고, 3개월 동안 강제 동원되어 비행장 복구 작업을 한 뒤 자주 정신 착란을 일으켜 가출(家出)하였다.

1951년(18세) 1·4 후퇴 때 군산 앞바다 고군산군도(古群山群島)에 속한 선유도(仙遊島)로 피난하였다가 군산으로 돌아와 친척이 설립한 군산북중학교(群山北中學校) 교사 등을 지냈다.

1952년(19세) 군산 근처에 있는 일본 조동종(曹洞宗)의 동국사(東國寺) 승려 혜초(慧超)를 만나 교사직을 사직하고 출가(出家), 입산하였다가 혜초가 환속(還俗)하자 효봉선사(曉峰禪師, 1888~1966)의 상좌(上座)가 되어 '일초'라는 법명(法名)을 받고 승려가 되었으며, 탁발 생활을 하였다. 그 뒤 10년 동안 전국 각처의 절을 떠돌며 참선(參禪)과 방랑을 거듭하며 시를 쓰기 시작하였으며, 탁발 생활 중 많은 기행(奇行)을 남겨, 가짜 고은이 전국 여러 곳에서 나올 정도였다.

1957년(24세) 전등사(傳燈寺) 주지(主持), 해인사(海印寺) 주지 대리, 서울 선학원(禪學院)·불교 총무원(總務院) 간부 등을 지냈다.

불교신문사(佛敎新聞社) 초대 주필(主筆)로 있을 때인 1958년(25세) 조지훈(→461)의 추천으로 〈현대시(現代詩)〉(시 전문지. 1957년 창간)에 시 〈폐결핵〉을 발표하여 등단(登壇)하였고, 이어 서정주(→226)의 추천으로 〈현대문학(現代文學)〉(월간 순수 문예지. 1955. 1.~현재) 제47호(1958. 11.)에 〈눈길〉·〈봄밤의 말씀〉·〈천은사운(泉隱寺韻)〉 등을 발표하였다.

1962년(29세) 환속하여 폭음과 방랑을 계속하다가, 1963년(30세) 제주도로 가서 제주시 화북동(禾北洞)에 도서관을 설립하고 관장을 맡았으며, 원명사(圓明寺) 부설 금강고등공민학교(金剛高等公民學校)를 열어 무료 교육을 하는 등 사회 봉사 활동을 하는 한편(1964), 본격적인 시작(詩作) 활동에 몰두하였다.

1968년(35세)에 펴낸 수필집 〈인간은 슬프려고 태어났다〉에 '성(聖) 고은 에세이집'이라는 부제(副題)를 붙여 사회적인 선풍을 일으켰다. 초기의 시는 '누이'·'폐결핵' 같은 단어를 자주 써서 허무주의(虛無主義, nihilism)적이면서도 아름다운 감성을 지닌 '소명(召命)의 미학(美學)'으로 정리될 수 있다.

1969년(36세) 동화통신사(同和通信社) 부장 대우로 잠시 근무하였는데, 이것이 유일한 직장 경험이었다. 한때 번역에도 힘썼으며, 1971년(38세)에는 '문학과지성사' 편집 위원으로 일하였다.

1972년(39세)에는 연재 중이던 소설 〈1950년대〉가 한국도서잡지윤리위원회(韓國圖書雜誌倫理委員會)에 의하여 중단되자 1975년(42세) 책으로 펴냈다.

대체로 〈문의 마을에 가서〉를 펴낸 1974년(41세)을 기점으로 크게 둘로 나뉘는데, 전기(前期) 시들은 허무의 정서, 삶에 대한 절망, 죽음에 대한 심미적인 탐닉이 주를 이루는 반면, 후기 시들은 시대 상황에 대한 비판과 현실에 대한 강한 투쟁 의지를 담고 있다.

1970년대 이후 민족 민주 운동에 적극 참여하면서 자유실천문인협의회[自由實踐文人協議會. 1974년 11월 18일 설립하여 1987년 9월 17일 '민족문학작가회의(民族文學作家會議)'로 이름을 바꾸었다가 2007년 12월 8일 '한국작가회의'로 다시 이름을 바꾸었다.] 초대 대표 간사(幹事)(1974), 김지하구출위원회(金芝河救出委員會) 부위원장, 민주회복국민회의(民主回復國民會議) 중앙 위원(1974) 등 여러 재야(在野) 운동 단체에 참여하면서 1970년대 선진적 노동운동에 적극 관여하였다.

1977년(44세) 조태일(趙泰一, 1941~1999, 한국의 시인)과 함께 수감(收監)되었다가 풀려나 1978년(45세) 민주청년협의회(民主青年協議會)를 결성하여 고문(顧問)으로 추대(推戴)되었고, 한국인권운동협의회(韓國人權運動協議會) 부회장 등을 지냈다. 1978년 발표한 장시(長詩) 〈갯비나리〉는 1970년대의 참여시를 민중적 정서를 바탕으로 한 역사 의식으로 승화시킨 작품으로 평가되고 있다.

1979년(46세) 6월 카터 대통령(Jimmy Carter, 1924~, 미국의 제39대 대통령. 재임 1977~1981) 방한(訪韓)을 반대하는 데모에 참여하였다가 '국가보위(國家保衛)에관한특별조치법' 위반으로 투옥되어 10·26 사태를 감옥에서 맞이하였고, 그 해 말 석방되었다.

1980년(47세) 5월 17일 자정에 강제 연행되어, 7월 하순 육군교도소(陸軍矯導所) 특별 감방으로 송치되었다가 김대중(金大中, 1925~2009, 한국의 제15대 대통령. 재임 1998~2002) 내란(內亂) 음모 사건에 연루되어 다시 투옥, 군법 회의 1심에서 종신형을 선고받고 대구교도소(大邱矯導所)에서 복역(服役) 중 귀 수술을 받았다.

1982년(49세) 건강이 악화되어 8·15 특사(特赦)로 풀려났다.

1983년(50세) 5월 5일 영국 유학에서 돌아온 이상화(李相華, 1948~, 한국의 여류 영문학자이며 교수)와 서울 강북구(江北區) 수유동(水踰洞) 안병무(安炳茂, 1922~1996, 한국의 민중 신학자이며 인권 운동가)의 집 뜰에서 함석헌(咸錫憲, 1901~1989, 한국의 사상가이며 민권 운동가·문필가)의 주례(主禮)로 극비리에 결혼하였다.

민주헌법쟁취 국민운동본부 상임 공동 대표(1987), 민족문학작가회의 부회장(1987)과 회장(1990), 남북 작가회담 준비위원장(1989), 한국민족예술인총연합(韓國民族藝術人總聯合, 민예총) 공동 의장(1989), 내셔널 트러스트(National Trust)운동추진본부 공동 대표(1999), 세계한민족작가연합(世界韓民族作家聯合) 회장(2001) 등을 지냈다. 여러 재야 단체들과 집회에 참여하면서, 되풀이되는 투옥의 체험과 함께 그의 시 세계는 정치 사회적인 문제에 직접 다가서게 되었고, 역동적 허무주의도 역동적 현실주의(現實主義, realism)로 변모하였다.

1997년(64세) 히말라야를 순례(巡禮)하였고, 1998년(65세)에는 보름 동안 북한을 방문하였다.

1999년(66세)에는 미국 캘리포니아대학교 버클리(University of California, Berkeley/UC Berkeley) 방문 교수로서 한국학과에서 시론(詩論)을 강의하였으며, 네루다(Pablo Neruda, 1904~1973, 칠레의 시인이며 외교관 · 마르크스주의자. 1971년 노벨 문학상을 받았다.) 기념 시 축제에 참가하여 아시아 대표로 시를 낭송하였다.

2000년(67세) 6월에는 남북 정상 회담 특별 수행원으로 평양(平壤)을 방문하여 정상 회담에 참여하였으며, '6·15 남북 공동 선언(南北共同宣言)'이 발표된 만찬장에서 장시 〈대동강(大同江) 기슭에서〉를 낭송하였다. 또한 같은 해 8월에는 뉴욕에서 열린 유엔 세계평화정상회의에 참가하여 총회장에서 〈평화의 노래〉를 낭송하였고, 9월에는 스웨덴 스톡홀름대학교[Stockholms universitet(Stockholm University)]에서 주최한 한국 문학 포럼에 참가하였다.

2001년(68세)에는 유네스코(UNESCO, United Nations Educational, Scientific and Cultural Organization, 국제연합교육과학문화기구)에서 개최한 세계시인대회(世界詩人大會, World Congress of Poets, WCPs)에 참석하여 유네스코 세계 시 아카데미 창립 회원으로 선출되었으며, 한국예술종합학교(韓國藝術綜合學校, Korea National University of Arts, 1991년 설립)에서 시론을 강의하였다.

이 밖에도 2002년(69세) 4월 체코슬로바키아의 수도(首都) 프라하(Praha)에서 열린 작가 축제, 에스파냐의 수도 마드리드(Madrid)에서 가진 '고은 시 낭송회', 2003년(70세) 프랑스 파리제7대학(Université Paris 7) 동양학연구소 주최 아시아 축제, 일본 도쿄 국제 도서전의 한·일 지식인 포럼, 독일 베를린에서 열린 제3회 베를린 국제 문학제, 2004년(71세) 이탈리아 베네치아(Venezia)에서 열린 제1회 한·이 문학 포럼, 2006년(73세) 백두산에서 남북 작가 300여 명이 참가한 문학 축제, 2008년(75세) 베를린에서 열린 아시아 문학제 등 여러 국제 문학 모임에서 시 낭송과 대담 및 강연회를 가졌다.

1974년 시집 〈부활〉로 제1회 한국 문학 작가상을 받은 것을 비롯하여 1986년(53세) 〈만인보 1~3〉(모두 30권, 2010년 4월 완간)로 제12회 한국 문학 작가상, 1988년(55세) 〈만인보 4~6〉로 제3회 만해 문학상(卍海文學賞), 1991년(58세) 중앙 문화 대상 예술상, 1993년(60세) 〈내일의 노래〉로 제1회 대산 문학상(大山文學賞), 1998년 제2회 만해 대상(卍海大賞), 1999년 시집 〈묘향산〉으로 제4회 현대 불교 문학상(現代佛敎文學賞), 2002년 은관 문화 훈장(銀冠文化勳章), 2004년 〈만인보 16~20〉로 제8회 단재상(丹齋賞), 2005년 노르웨이 국제 문학제 비외른손(Bjørnson) 훈장과 제10회 늦봄통일상, 2006년에는 스웨덴에서 동아시아 시인에게 주는 시카다상(Cikada Prize), 2007년 노던캘리포니아 북 어워즈(Northern California Book Awards)와 제5회 '영랑 시문학상(永郎詩文學賞)', 2008년(75세) 캐나다 그리핀 시인상 평생 공로상(Lifetime Recognition Award)과 제53회 대한민국 예술원(藝術院)상, 제6회 유심 작품상(惟心作品賞), 2010년(77세) 단국대학교(檀國大學校)에서 명예 문학 박사 학위, 2014년(81세) 마케도니아의 제53회 '스트루가 국제 시 축제(Struga Poetry Evenings)'에서 황금 화환상(Golden Wreath)을 받았다.

대구 동구(東區) 도동(道洞) 향산마을 제현사 시비공원(詩碑公園)과 강원도 인제군(麟蹄郡) 북면(北面) 용대리(龍垈里) 백담사(百潭寺)에 〈그 꽃〉, 충청남도 보령시(保寧市) 성주면(聖住面) 개화리(開花里) 개화예술공원(開花藝術公園) 모산한국육필문예공원에 〈조감도(鳥瞰圖)〉, 군산시 내흥동(內興洞) 금강(錦江) 하구 진포(鎭浦) 시비공원에 〈노래섬〉, 나운동(羅雲洞) 은파 유원지(銀波遊園地)에 〈삶〉이 새겨진 시비가 세워졌다.

고은의 작품 연표

연도	작품 이름	장르	비 고
1960	〈피안 감성(彼岸感性)〉	소설	청우출판사(靑羽出版社)
	〈피안 감성〉	시집	청우출판사
1961	〈반야바라밀다심경 해의(般若波羅密多心經解義)〉·〈불교의 길〉		선학원(禪學院)[등사본(謄寫本)]
	〈피안앵(彼岸櫻)〉	소설	신태양사(新太陽社)[1977년 한국문학사(韓國文學社)에서 〈산산이 부서진 이름〉으로 개제(改題) 출판]

연도	작품 이름	장르	비 고
1966	〈해변(海邊)의 운문집(韻文集)〉	시집	신구문화사(新丘文化社)
1967	〈인간은 슬프려고 태어났다〉	산문집	민음사(民音社)
	〈제주 가집(濟州歌集)〉	시집	민음사(〈신, 언어의 마을〉로 개제)
1968	〈우리를 슬프게 하는 것들〉	산문집	세대사(世代社)
1969	〈어디서 무엇이 되어 만나랴: 절망의 메시지〉·〈G선상의 노을〉	산문집	중앙출판공사(中央出版公社)/영신문화사(榮信文化社)
	〈사형(死刑), 그리고 니르바나〉	시집	청하출판사
1970	〈세노야, 세노야〉	시집	신진문화사(新進文化社)
1971	〈한 시대가 가고 있다〉	산문집	동화출판사(同和出版社)
1972	〈1950년대〉	산문집	민음사
1973	〈이상 평전(李箱評傳)〉·〈이중섭 평전(李仲燮評傳)〉	전기	민음사/민음사
1974	〈당시선(唐詩選)〉·〈두시언해(杜詩諺解)〉	번역	민음사/민음사
	〈어린 나그네〉·〈일식(日蝕)〉	소설	예문관(藝文館)/예문관
	〈부활(復活)〉	시선집	민음사
	〈문의(文義) 마을에 가서〉	시집	민음사
	〈고은의 고사 편력(古寺遍歷): 나의 방랑 나의 산하(山河)〉	여행서	세대사
1975	〈초사(楚辭)〉	번역	민음사
	〈제주도〉	여행서	일지사(一志社)
	〈한용운 평전(韓龍雲評傳)〉	전기	민음사
1976	〈한국의 지식인〉·〈환멸(幻滅)을 위하여〉	산문집	삼중당(三中堂)/삼중당
	〈갠지즈 강(江)의 저녁놀〉	동화집	계몽사(啓蒙社)
	〈두보 시선(杜甫詩選)〉·〈시경(詩經)〉	번역	민음사/민음사
1977	〈밤 주막〉	소설	세종출판공사(世宗出版公社)
	〈세속(世俗)의 길〉	산문집	세종문화사(世宗文化社)
	〈대륙(大陸)〉·〈입산(入山)〉·〈역사와 더불어 비애와 더불어〉	시집	청하출판사/민음사
	〈정오(正午)의 사상〉	평론집	문예비평사(文藝批評社)
1978	〈떠도는 사람〉·〈산산이 부서진 이름〉	소설	한진출판사(韓振出版社)[1994년 진음(眞音)에서 〈한산(寒山)과 습득(拾得)〉으로 개제 출판]/신태양사
	〈가난한 이를 위하여〉·〈사랑을 위하여〉·〈진실을 위하여〉	산문집	한진출판사/전예원(傳藝苑)/새벽
	〈새벽길〉	시집	창작과비평사
1979	〈이름 지을 수 없는 나의 영가(詠歌)〉·〈지평선(地平線)으로 가는 고행(苦行)〉	산문집	예조각(藝潮閣)/예조각
1980	〈산 넘어 산 넘어 벅찬 아픔이거라〉	소설	은애출판사[1984년 창작예술사(創作藝術社)에서 〈어떤 소년〉으로 개제 출판]
1983	〈고은 시 전집(全集) 1~2〉	시집	민음사
1984	〈조국의 별〉	시집	창작과비평사
1985	〈절망과 희망의 시대〉·〈지상(至上)의 너와 나〉	산문집	동광출판사(東光出版社)/백민사(白民社)
1986	〈비 오는 날의 도깨비〉	동화집	햇빛출판사[박완서(朴婉緖)와 공저]
	〈고난의 꽃〉·〈삶이 그대를 속일지라도〉	산문집	한길사
	〈가야 할 사람〉·〈만인보(萬人譜) 1~2〉·〈시여, 날아가라〉·〈식민지와 집시〉·〈전원 시편(田園詩篇)〉	시집	민음사/창작과비평사/실천문학사/동광출판사/민음사
	〈나 고은 1~3〉·〈황토(黃土)의 아들: 나의 유년〉	자서전	민음사/한길사
	〈죽음을 살자 : 문익환 목사 시선(文益煥牧師詩選)〉	편집	형성사
	〈민족(民族)〉·〈시와 현실〉	평론집	한길사/실천문학사
1987	〈절을 찾아서〉	기행집	책세상
	〈바람의 마루턱〉·〈흘러라 물〉	산문집	나남(羅南)/기린원(麒麟苑)

연도	작품 이름	장르	비 고
1987	〈나의 파도 소리〉	시선집	나남
	〈너와 나의 황토〉·〈만인보 3~5〉·〈백두산(白頭山) 1~2〉	시집	고려원(高麗苑)/창작과비평사/창작과비평사
	〈민족 시가(民族詩歌)〉	편집	동아
	〈문학의 이해〉	평론집	실천문학사
1988	〈문학과 민족〉·〈잎은 피어 청산(靑山)이 되네〉	평론집	한길사/고려원
	〈구월병, 삼월경의 구름〉	소설	청하출판사
	〈고은 전집 1~2〉·〈그 날의 대행진〉·〈나의 저녁〉·〈네 눈동자〉·〈만인보 6〉	시집	청하출판사/전예원/한국문학사/창작과비평사/창작과비평사
	〈님의 침묵 : 한용운 시선〉·〈김남주 시선(金南柱詩選)〉	편집	-/실천문학사
1989	〈고은 통신〉·〈방황, 그리고 질주〉	산문집	조선일보사/미학사(美學社)
	〈만인보 7~9〉	시집	창작과비평사
	〈구름만 북으로 몰려가는구나〉·〈아아, 늬는 산새처럼 날아갔구나〉·〈저녁 남풍(南風)이 분다〉	편집	동아/동아/동아
1990	〈삶〉	시선집	살림[황지우(黃芝雨) 엮음]
	〈눈물을 위하여〉·〈아침 이슬〉·〈천 년의 울음이여 사랑이여: 백두산 서정시편〉	시집	풀빛/동아출판사/한샘사
	〈역사는 꿈꾼다〉·〈황혼(黃昏)과 전위(前衛)〉	평론집	민음사/풀빛
1991	〈그대는 누구인가 나는 누구인가〉·〈얼마나 나는 들에서 들로 헤매었던가〉	산문집	아침/웅진출판사
	〈내 조국의 별 아래〉	시선집	미래사(未來社)
	〈거리의 노래〉·〈백두산 3~4〉·〈선시(禪詩), 뭐냐〉·〈해금강(海金剛)〉	시집	한국문학사/창작과비평사/청하출판사/창작과비평사/한길사
	〈소설 화엄경(小說華嚴經)〉	소설	민음사
1992	〈그들의 벌판〉·〈내가 만든 사막〉	소설	책세상/책세상
	〈내일의 노래〉	시집	창작과비평사
	〈나는 아무래도 항구로 가야겠다〉	잠언집	아침
1993	〈광야(曠野)에서의 사색(思索)〉·〈구도자(求道者)〉·〈나는 성불(成佛)하지 않겠다〉·〈내가 가는 금강경(金剛經)〉	산문집	동아출판사/범우사/행복출판사(幸福出版社)/동쪽나라
	〈아직 가지 않는 길〉	시집	현대문학사
	〈신왕오천축국전(新往五天竺國傳)〉	여행서	동아출판사
1994	〈백두산 5~7〉	시집	창작과비평사
1995	〈김삿갓 1~3〉·〈소설 선 1~2〉·〈정선 아리랑〉	소설	풀빛/창작과비평사/버팀목
	〈독도(獨島)〉	시집	창작과비평사
	〈나의 청동 시대(靑銅時代)〉	자서전	민음사
1996	〈만인보 10~12〉	시집	창작과비평사
1997	〈차령이 노래〉	동시집	동쪽나라
	〈나는 시골 삽살개예요〉	동화집	삼성출판사(三省出版社)
	〈살아 있는 광장(廣場)에 서서〉	산문집	신원문화사
	〈만인보 13~15〉·〈어느 기념비〉	시집	창작과비평사/민음사
1998	〈산천(山川)을 닮은 사람들〉	여행서	효형출판사
	〈묘향산(妙香山)〉·〈속삭임〉	시집	실천문학사
1999	〈산하여, 나의 산하여〉	여행서	서울M&B
	〈수미산(須彌山)〉	소설	대원사(大圓社)
	〈머나먼 길〉	시집	문학사상사(文學思想社)
	〈시가 있는 아침〉	평론집	중앙M&B

연도	작품 이름	장르	비 고
2000	〈남과 북〉·〈히말라야 시편〉	시집	창작과비평사/민음사
2001	〈길에는 먼저 간 사람의 자취가 있다〉	산문집	마주
	〈순간의 꽃〉	시집	문학동네
2002	〈어느 바람〉	시선집	창비[백낙청(白樂晴) 등 엮음]
	〈높은 진실〉·〈늦은 노래〉·〈두고 온 시〉·〈젊은 그들〉	시집	민음사/창작과비평사/김영사
2004	〈단군(檀君)〉	오페라 대본	일명 개천(開天)
	〈만인보 16~20〉	시집	창비사
2005	〈초혼(招魂)〉	판소리 대본	
2006	〈만인보 21~23〉·〈부끄러움 가득〉	시집	창비사/시학사(詩學社)
2007	〈우주(宇宙)의 사투리(고은 문학 행로)〉	산문집	민음사
	〈만인보 24~26〉	시집	창비사
2008	〈허공(虛空)〉	시집	창비사(등단 50주년 기념집)
2009	〈개념의 숲〉·〈오늘도 걷는다〉	산문집	신원문화사/신원문화사
2010	〈나는 격류(激流)였다〉·〈나의 삶 나의 시:백 년이 담긴 오십 년〉	산문집	서울대 출판문화원/서울대 출판문화원
	〈50년의 사춘기(思春期)〉	시선집	문학동네(김형수 엮음)
	〈만인보 27~30〉	시집	민음사[모두 30권(4,100편 수록)]
2011	〈내 변방(邊方)은 어디 갔나〉·〈상화 시편(相和詩篇):행성(行星)의 사랑〉	시집	창비사/창비사
2013	〈바람의 사상〉	일기집	한길사(1973~1977년 일기)

22

고응척

高應陟 1531(중종 26)~1605(선조 38)

조선(朝鮮, 1392~1910)의 학자이며 시인.

자(字)는 숙명(叔明), 호(號)는 두곡(杜谷)·취병(翠屛), 본관(本貫)은 안동(安東).

아버지는 고몽담(高夢聃), 어머니는 정세형(鄭世亨)의 딸이며, 6형제 중 넷째 아들로 태어났다.

1543년(12세, 중종 38) 김범(金範, 1512~1566, 조선의 학자)의 문하(門下)에서 공부하였다.

1549년(18세, 명종 4) 사마시(司馬試)에 급제(及第)하였으나, 고향에서 학문 연구에 전심(專心)하여 〈대학(大學)〉·〈주자혹문(朱子或問)〉 등을 읽고 깨달은 바 있어 여러 곳을 돌아다니면서 불교를 연구하였다.

둘째 형 고응경(高應擎, 1524~?, 조선의 문신)이 중국 당(唐)나라(618~907) 한유(→504)의 문장을 읽기를 권하였으나, 성현(聖賢)의 글이 있는데 하필이면 한유의 문장을 배울 것이냐고 거절하였다. 여러 해 동안 〈대학〉을 탐독하였는데 심지어 끼니까지 거절하며 학문에 열중하여 마을 사람들이 미친 사람으로 여겼다.

1561년(30세, 명종 16) 식년 문과(式年文科)에 병과(丙科)로 급제하였으며, 1562년(31세, 명종 17) 함흥 교수(咸興敎授)로 부임하였다가, 1563년(32세, 명종 18) 사직한 뒤 한동안 시골에 묻혀 도학(道學)을 연구하고, 〈대학〉의 여러 편을 시조(時調)로 읊어 교훈시(敎訓詩)를 만드는 등 사상적 체계를 시(詩)·부(賦)·가(歌)·곡(曲) 등으로 표현하였다.

1595년(64세, 선조 28) 경상북도 풍기(豊基) 군수(郡守)에 이어 충청남도 회덕(懷德) 현감(縣監)을 거쳐 성균관(成均館) 사성(司成)을 지내다가 다시 사직하고 낙향(落鄕)하였다.

1605년(74세, 선조 38) 경상북도 경주(慶州) 부윤(府尹)으로 부임하였다가 얼마 뒤에 사임하였다.

1702년(숙종 28) 경상남도 밀양(密陽)의 낙봉서원(洛峰書院)에 배향(配享)되었다.

지은 책으로 〈대학개정장(大學改正章)〉·〈두곡집(杜谷集)〉 등이 있고, 시조 작품으로 〈도부(道賦)〉·〈두곡우음(杜谷偶吟)〉·〈유감(有感)〉·〈임인제야시(壬寅除夜詩)〉·〈차기음(差碁吟)〉·〈탄시(嘆詩)〉 등이 있다.

23

고적

高適 702?/707? ~ 765. 2. 17.

중국 당(唐)나라(618~907)의 시인.

자(字)는 달부(達夫).

보하이(渤海) 수(脩)[지금의 허베이성(河北省) 징현(景縣)]에서 태어났다.

어려서 가난을 경험하였기 때문에 서민의 아픔과 고통을 잘 알고 있었다. 젊었을 때 생업(生業)에 종사하지 않고 산둥(山東)·허베이 지방을 떠돌아다녔으며, 두보(→143)·이백(→369) 등과 교유(交遊)하였고, 왕유(→314) 등과 함께 성당시(盛唐詩)를 이루었다.

50세에 비로소 과거(科擧)에 급제(及第)하여 구위(丘尉)에 임명되었으나, 벼슬을 버리고 허시(河西)로 갔다.

755년 11월 9일 '안사(安史)의 난(亂)[755~763, '안녹산(安祿山)의 난'이라고도 한다.]'이 일어났을 때 무장(武將) 가서한(哥舒翰, ?~758)에게 발탁되어 간의태부(諫議太夫)·시어사(侍御史)·형부시랑(刑部侍郎) 등을 지냈으나, 직언(直言) 탓으로 이보국(李輔國, 704~762, 중국 당나라의 환관)에게 미움을 사서 쓰촨성(四川省) 평저우(彭州)·수저우[蜀州, 지금의 청두(成都)] 자사(刺史)로 좌천(左遷)되었으며, 이 때 이곳에 유배되어 있던 두보와 가까이 지냈다.

난이 끝난 뒤 대종[代宗, 726~779, 중국 당나라의 제8대 황제. 재위 762~779. 이예(李豫)] 때 화이난(淮南)과 검남(劍南) 절도사(節度使)가 되었고, 그 뒤 영전(榮轉)되어 좌산기상시(左散騎常侍)가 되었으며, 보하이 현후(渤海縣侯)에 봉해졌다.

감정이 자유 분방하고 품고 있는 뜻을 그대로 드러낸 시는 언어가 강하면서도 소박하고, 풍격이 깊으면서도 호쾌하였다. 칠언고시(七言古詩)를 잘 지었고, 불우한 심정을 표현하거나 백성들의 한(恨)을 슬퍼한 작품 등은 모두 크게 감동을 주는 것들이다.

동북과 서북 변경(邊境)에 간 적이 있어서, 당시 중앙 정부와 소수 민족과의 관계나 당군(唐軍) 내부의 폐단에 대하여 매우 잘 알고 있었으며, 이것이 시에 반영되어 변경에서의 괴로움과 전쟁·이별의 비참함을 읊은 변새시(邊塞詩)에 뛰어났다. 그 가운데 〈연가행(燕歌行)〉은 웅장하면서 쓸쓸한 변방(邊方) 요새(要塞)의 풍경과 병사(兵士)들의 고달픈 생활, 자신의 몸을 잊고 나라에 충성하고자 하는 정신을 그린 작품으로 정조(情操)가 비장(悲壯)하다.

잠삼(→422)과 더불어 '고잠(高岑)'이라고 일컬어지며 성당시의 일면을 대표하였다.

이 밖에 〈고상시집(高常詩集)〉과 그가 찬(撰)한 〈중간흥기집(中間興氣集)〉이 있다.

24

고정희

高靜熙 1948. 1. 17. ~ 1991. 6. 9.

한국의 여류 시인.

본명(本名)은 성애(成愛).

5남 3녀 중 맏딸로, 전라남도 해남군(海南郡) 삼산면(三山面) 송정리(松亭里)에서 태어났으며, 1979년(31세) 한국신학대학[韓國神學大學, 한신대학교(韓神大學校)의 전신(前身)]을 졸업하였다.

1967년(19세)부터 〈새농민〉(월간 농업 잡지, 1961. 10.~)에 시를 발표하였으며, 1969년(21세)부터는 전라남도 목포(木浦)와 신안군(新安郡) 문인(文人)들로 이루어진 '흑조(黑潮)' 동인(同人)으로 활동하였다.

1970년(22세) 〈새전남〉·〈주간전남(週刊全南)〉 기자로 활동하였으며, 1975년(27세) 박남수(→175)의 추천으로 〈현대시학(現代詩學)〉(월간 시 전문지, 1969. 4.~현재)에 〈부활(復活)과 그 이후〉·〈연가(戀歌)〉가 추천되어 문단(文壇)에 나왔다.

국효문(菊孝汶, 1949~, 한국의 시인)·김준태(金準泰, 1948~, 한국의 시인)·송수권(宋秀權, 1940~, 한국의 시인)·장효문(張孝文, 1941~2009, 한국의 시인)·허형만(許炯萬, 1945~, 한국의 시인) 등과 '목요시(木曜詩)' 동인으로 활동하였고, 전남일보사(全南日報社) 기자, 민족문학작가회의[民族文學作家會議, 1974년 11월 18일 자유실천문인협의회(自由實踐文人協議會)로 설립되어 1987년 9월 17일 '민족문학작가회의'로 이름을 바꾸었다가 2007년 12월 8일 '한국작가회의'로 다시 이름을 바꾸었다.] 이사, 여성문학인위원회 위원장, 시창작분과위원회 부위원장, 광주(光州) YWCA 대학부 간사(幹事)(1974), 크리스찬 아카데미 출판부 책임 간사, 여성 문화 운동 동인 '또 하나의 문화'에서 활동하였고(1984), 가정법률상담소 출판부장(1986), 여성신문사(女性新聞社) 초대 편집 주간(主幹)(1988) 등 사회 활동도 적극적으로 하였다.

1979년 처녀 시집 〈누가 홀로 술틀을 밟고 있는가〉[평민사(平民社)]를 낸 데 이어 〈실낙원(失樂園) 기행〉[인문당(人文堂), 1981]·〈이 시대의 아벨〉(문학과지성사, 1983)·〈초혼제(招魂祭)〉(창작과비평사, 1983, 제4회 대한민국 문학상 수상)·〈눈물꽃〉[실천문학사(實踐文學社), 1986]·〈지리산(智異山)의 봄〉(문학과지성사, 1987)·〈학동댁〉(또 하나의 문화, 1987)·〈저 무덤 위에 푸른 잔디〉(창작과비평사, 1989)·〈광주의 눈물비〉[동아(東亞), 1990]·〈여성 해방 출사표(女性解放出師表)〉[동광출판사(東光出版社), 1990]·〈뱀사골에서 쓴 편지〉[미래사(未來社), 1991]·〈아름다운 사람 하나〉(들꽃세상, 1991) 등 10권의 시집을 통하여 어떤 상황 속에서도 쉽게 절망하지 않는 강한 의지와 함께 생명에 대한 끝없는 사랑을 노래하였다. 특히 1980년(32세) 5·18 광주 민주화 운동을 계기로 전통적인 남도(南道) 가락과 씻김굿 형식을 빌려 민중의 아픔을 드러내고 위로하는 장시(長詩)를 잇달아 발표하였다.

자신의 시의 모체(母體)가 되어 온 지리산 등반 도중 실족(失足)으로 사망, 장례는 민족문학작가회의와 광주·전남민족문학인협의회 주관으로 치러졌다.

1992년 6월, 1주기(周忌)에 맞추어 유고(遺稿) 시집 〈모든 사라지는 것들은 뒤에 여백을 남긴다〉(창작과비평사)가 출판되었다. 1997년 광주 북구(北區) 운남동(雲南洞) 광주문화예술회관(光州文化藝術會館) 앞에 그녀의 시비(詩碑)가 세워졌으며, 2001년에는 '또 하나의 문화'에서 '고정희상'을 제정하였다.

25

공자진

龔自珍 1792. 8. 22. ~ 1841. 9. 26.

중국 청(淸)나라(1616~1912)의 학자이며 시인.

공조(鞏祚)라고도 한다. 자(字)는 슬인(瑟人)·이옥(爾玉), 호(號)는 정암(定盦·定庵).

저장성(浙江省) 런허현[仁和縣, 지금의 항저우(杭州)]에서 태어났으며, 장쑤성(江蘇省) 난징(南京)에서 죽었다.

그의 집안은 많은 학자들과 관료를 배출한 명가(名家)로, 특히 설문(說文) 연구에 뛰어난 업적이 있으며 〈설문해자주(說文解字注)〉로 널리 알려진 단옥재(段玉裁, 1735~1815, 중국 청나라의 언어학자이며 고증학자)의 외손자로, 어릴 때에는 외할아버지에게 직접 가르침을 받았다.

1815(23세)~1817년(25세)에는 〈명양론(明良論)〉·〈을병지제저의(乙丙之際著議)·숙의(塾議)〉·〈평균편(平均篇)〉을 저술하여 전제(專制) 정치의 해악을 폭로하고 비판하였다.

1819년(27세)에는 경학자(經學者) 유봉록(劉逢祿, 1776~1829)으로부터 공양학(公羊學)을 배웠다.

1829년(37세) 진사시(進士試)에 급제(及第), 내각중서(內閣中書)에 임명되었고, 종인부(宗人府) 주사(主事)를 거쳐 1837년(45세) 주객사(主客事) 주사가 되었다.

당시 청나라가 서양의 압력에 적절히 대처하지 못한 것과 국내 문제들을 염려한 나머지, 영국과의 아편 전쟁(阿片戰爭, Opium War, 1840~1842)에서 핵심 인물이었던 임칙서(林則徐, 1785~1850, 중국 청나라의 정치가이며 학자)와 같은 진보주의자(進步主義者)들과 함께 개혁을 주장하는 문학 모임을 만들었다.

개혁을 주장한 많은 글들이 나중에 캉유웨이(康有爲, 1858~1927, 중국의 학자이며 개혁 운동의 지도자)나 량치차오(梁啓超, 1873~1929, 중국의 학자이며 정치가)와 같은 혁신적인 지식인들에게는 큰 영향을 주었지만, 당시의 보수적인 청조(淸朝)는 이러한 그의 글들을 거의 받아들이지 않았다. 이에 환멸을 느낀 나머지, 1839년(47세) 벼슬에서 물러나 고향으로 돌아가서 다시는 관계(官界)에 나아가지 않았다. 귀향하여 몽골 어(蒙古語, Mongol language)를 배우고 서북(西北) 지리 연구의 선구자가 되었으며, 만년(晩年)에는 불교, 특히 천태종(天台宗) 연구에 몰두하였다.

예민한 학문 재질과 구애를 받지 않는 자유 분방한 호탕한 성격으로 학식도 넓어 위원(魏源, 1794~1856, 중국의 역사가이며 지리학자)과 더불어 재주를 칭송받았으며 정치 개혁을 강조하였다. 또한 청조 말기의 다난한 시대상과 자신의 울분을 정감 넘치는 시문(詩文)으로 표현하였다. 그의 글 속에는 이미 개혁의 의지도 엿볼 수 있었고, 정치와 경제에 대한 관심과 진보적 사상, 간결하고 깊은 문장은 그 뒤의 청대 말기에 일어난 근대화 운동을 예고하는 동시에 그 운동과 개혁가들에게 끼친 영향은 매우 컸다.

주로 산문 작가로 알려져 있으나, 서정적인 사(詞)를 짓는 데도 뛰어났으며 몇 권의 시집도 펴냈다.

이 밖에 지은 책으로 〈공정암 별집(龔定盦別集)〉·〈기해잡시(己亥雜詩)〉·〈농종(農宗)〉·〈보편(補編)〉(모두 4권)·〈부여집(附餘集)〉·〈사정본(詞定本)〉·〈서성치행성의(西城置行省儀)〉·〈속집(續集)〉(모두 4권)·〈시집 정본(詩集定本)〉(모두 4권)·〈정암 문집(定盦文集)〉(모두 3권)·〈정역(正譯)〉·〈춘추결사비(春秋決事比)〉 등이 남아 있으며, 대부분의 작품이 〈공자진 전집〉에 수집되어 있다.

26

공중인

孔仲仁 1923～1965. 11. 18.

한국의 시인.

본명(本名)은 중린(仲麟), 호(號)는 서양(曙洋), 필명(筆名)은 공화(公華)·시예리(詩藝里)·운서(雲曙).

함경남도 이원(利原)에서 태어났으며, 서울에서 죽었다.

경성고등보통학교(鏡城高等普通學校)를 졸업하였는데, 동급생 가운데는 김규동(→53)·김철(金哲, 1926~1994, 한국의 언론인이며 정치가)·신상옥(申相玉, 1926~2006, 한국의 영화 감독)·이활(李活, 1926~, 한국의 시인) 등이 있었다.

1946년(23세) 월남(越南)하였고, 같은 해 김윤성(金潤成, 1926~, 한국의 시인)·전광용(全光鏞, 1919~1988, 한국의 국문학자이며 소설가)·정한모(→448)·정한숙(鄭漢淑, 1922~1997, 한국의 소설가)·조남사(趙南史, 1923~1996, 한국의 방송 작가) 등과 〈시탑(詩塔)〉(제6호까지 발간) 동인(同人)으로 활동하면서 시를 발표하였다.

1949년(26세) 〈백민(白民)〉(월간 종합 교양지. 1945. 12. ~1950. 5. 통권 22호로 종간) 제18호(1949. 3·4. 합본호)에 〈바다〉·〈5월송(五月頌)〉 등을 발표하여 등단(登壇)하였다. 이 무렵 영국의 낭만주의(浪漫主義, romanticism)와 프랑스 상징파(象徵派)(French symbolists)에 심취하였다. 같은 해 〈신세기(新世紀)〉(월간 종합 교양지. 1939. 1.~1941. 6.의 친일 월간 종합지와는 다른 잡지) 편집을 담당하였다.

1950년(27세) 한국문화연구소(韓國文化研究所)에 입사하여 최태응(崔泰應, 1917~1998, 한국의 소설가)과 함께 기관지 〈별〉을 편집하였다.

한국 전쟁(Korean War, 1950. 6. 25.~1953. 7. 27.)이 일어났을 때에는 서울중앙방송국[1926년 11월 30일 경성방송국(京城放送局, JODK)으로 개국, 1927년 2월 16일 첫 방송, 1932년 4월 조선방송협회, 1945년 9월 서울중앙방송국(HLKA)으로 이름을 바꾸었다가 1973년 3월 문화공보부에서 독립하여 '한국방송공사(韓國放送公社)'로 전환하였다.]을 통하여 북한군의 격퇴를 호소하는 애국시를 처절한 육성(肉聲)으로 낭독하는 등 문총구국대(文總救國隊)에서 활약하였다. 〈민족 투쟁의 노래〉[〈국방(國防)〉, 1953. 6. 7.]·〈최후의 무지개〉[〈자유세계(自由世界)〉, 1953. 6.] 등 이 때 쓴 작품들은 매우 격렬한 감정으로 적을 증오하고 애국심을 고취한 것이었다.

1952년(29세) 〈희망(希望)〉 편집장을 맡으면서 가장 많은 작품을 발표하였는데, 특히 〈중앙일보(中央日報)〉에 시사 지상전(詩寫紙上展)을 1개월에 걸쳐서 연재하였다. 그 뒤 〈현대여성(現代女性)〉·〈여성계(女性界)〉(월간지. 1952년 7월 창간) 등의 편집장을 지냈고, 또한 자유신문사(自由新聞社)·〈삼천리(三千里)〉(월간 종합 교양지. 1929. 6.~1942. 1. 통권 150호로 종간) 등의 주간(主幹)을 지냈다.

1957년(34세) 3월에는 삼천리사에서 처녀 시집 〈무지개〉를, 이듬해 11월에는 사진을 곁들인 제2시집 〈조국(祖國)-시와 사진〉[예술세계문학사(藝術世界文學社)]을 펴냈다.

만년(晩年)에는 국방부에서 발행하는 일간 〈전우(戰友)〉의 문화부장으로 일하였다.

장시(長詩) 〈나무〉[〈자유문학(自由文學)〉, 1957. 11.]를 비롯하여 〈낙조(落照)〉·〈설야(雪夜)의 장(章)〉·〈열애(熱愛)의 장〉·〈유랑(流浪)〉(〈자유문학〉, 1957. 12.)·〈영곡(靈曲)〉(〈자유문학〉, 1958. 5.)·〈조국의 음악〉[〈현대문학(現代文學)〉 제42호, 1958. 6.]·〈백자부(白瓷賦)〉(〈자유문학〉, 1958. 11.)·〈회상(回想)〉, 편저(編著)로 〈전시 한국문학 시편(戰時韓國文學詩篇)〉(1955. 6.)과 〈세계 여류 시인집(世界女流詩人集)〉 등이 있고, 수필집 〈강남춘(江南春)〉을 남겼다.

*** 곽말약(郭沫若) → 궈모뤄**(→38)

27

곽박

郭璞 276～324

중국 육조 시대[六朝時代, 222~589, 중국 삼국 시대 오

(吳)나라(222~280) · 동진(東晉, 317~419)과 남조(南朝)의 송(宋)나라(420~479) · 제(齊)나라(479~502) · 양(梁)나라(502~557) · 진(陳)나라(557~589)를 합한 시대] 진(晉)나라(265~419)의 시인이며 학자.

자(字)는 경순(景純), 본관(本貫)은 산시성(山西省) 하동(河東) 문희(聞喜).

서진(西晉, 265~316) 말에 강남(江南)에 가서, 오행(五行)과 천문(天文), 특히 점술(占術)로 이름을 떨치고, 동진 왕조 성립 초에 그 장래의 운명과 길흉화복(吉凶禍福)을 예언하였다고 하는데, 그 명성이 위로는 천문을 통달하고 아래로는 지리(地理)를 꿰뚫는다고 할 정도였다.

혜제(惠帝, 259~306, 중국 삼국 시대 서진의 제2대 황제. 재위 290~306)와 회제(懷帝, 287~313, 중국 삼국 시대 서진의 제3대 황제. 재위 307~313) 때 선성(宣城) 태수(太守) 은호 참군(殷祜參軍)을 지냈고, 원제(元帝, 276~322, 중국 동진의 초대 황제. 재위 317~322) 때 저작좌랑(著作佐郎)과 상서시랑(尙書侍郎)을 지냈다. 그 뒤 정남 대장군(征南大將軍) 왕돈(王敦, 266~324, 중국 진나라의 무장이며 정치가)의 기실 참군(記室參軍)이 되었다. 322년(46세) 왕돈이 후베이성(湖北省) 우창(武昌)에서 군사를 일으키기 직전에 길흉을 점쳤는데, 곽박이 점괘가 좋지 않음을 핑계로 흉하다는 단정을 내려 모반(謀叛)에 찬성하지 않았기 때문에 324년(48세) 살해당하였다.

문학에서는 유곤(劉琨, 270~317, 중국 서진의 정치가이며 문학가)과 더불어 서진 말기부터 동진에 걸친 시풍(詩風)을 대표하는 시인으로, 동진 최고의 대가(大家)라고 평가된다. 그의 시에는 뛰어난 재능이 있었음에도 미천한 집안 출신이라는 이유로 박대를 받은 데 대한 억울한 심정이 드러나 있는데, 문체(文體)가 화려하여 '오색(五色)의 붓'이라고 일컬어졌다. 그의 노장 사상(老莊思想)에 대한 경향을 반영하여 선계(仙界)에의 동경(憧憬)을 노래한 〈유선시(遊仙詩)〉(모두 14수)는 널리 알려졌으며 새로운 풍(風)을 창시하였다는 평을 받았다. 부(賦)에서는 〈강부(江賦)〉가 널리 알려졌다.

박학 다식하고, 경학(經學)과 고문(古文)에 정통하였으며, 고문 이자(異字)에 대한 해독(解讀)과 방언(方言) 등에도 큰 흥미를 느껴 이를 채집하는데도 심혈을 기울였다. 〈목천자전(穆天子傳)〉이나 〈산해경(山海經)〉의 주석(註釋)에는 괴이한 것에 대한 관심을, 〈삼창(三蒼)〉이나 〈이아(爾雅)〉의 주석에는 고문 기자(古文奇字)에 대한 관심을 엿볼 수 있다. 〈이아〉에 주(註)를 달면서 동시에 그 음과 뜻을 고찰하여 〈도보(圖譜)〉와 〈음의(音義)〉를 찬술하였다.

이 밖에 〈방언〉 · 〈상림부(上林賦)〉 · 〈자허부(子虛賦)〉 · 〈주역(周易)〉 · 〈초사(楚辭)〉 등의 문학 작품에도 주를 달아서 해석하였는데, 이 때 속어(俗語)를 이용하여 아언(雅言)을 해석하고 당대(當代)의 말을 이용하여 고어를 풀이하는 방법을 창안함으로써 훈고학(訓詁學)은 물론 역사 지리학 · 동식물학에 대해서도 크게 이바지하였다. 이러한 모든 고전에 단 주석들은 지금도 귀중한 가치를 지니고 있다.

한편, 지리서 〈산해경〉에는 '군자(君子)의 나라에 훈화초(薰花草)가 있는데, 아침에 피었다가 저녁에 진다(君子之國 有薰花草朝生暮死).'라는 기록이 있다. '군자의 나라'는 우리나라를 가리키는 것이며, 훈화초는 무궁화의 옛 이름으로, 한반도(韓半島)에 무궁화가 많이 자라고 있었다는 가장 오래 된 기록이다.

28

관휴

貫休 832 ~ 912

중국 당(唐)나라(618~907) 말 오대(五代, 909~979)의 승려이며 시인 · 선화가(禪畫家) · 불교학자.

속성(俗姓)은 강씨(姜氏), 자(字)는 덕은(德隱), 호(號)는 선월대사(禪月大師).

저장성(浙江省) 진화현(金華縣) 란치(蘭溪)에서 태어났다.

849년(17세) 출가(出家)하여 선종(禪宗) 계통의 절에 들어가 승려가 되면서 '관휴'라는 이름을 갖게 되었다. 하루에 〈법화경(法華經)〉 1,000자를 암송하였다고 하며, 구족계(具足戒)를 받은 뒤 예장(豫章)에 가서 〈기신론(起信論)〉과 〈법화경〉을 전하였다.

862년(30세) 장쑤성(江蘇省) 홍저우(洪州)에서 불도(佛道)를 연구하고, 병란(兵亂)을 피하여 여러 곳을 돌아다녔으며, 903년(71세) 쓰촨성(四川省) 수저우[蜀州, 지금의 청두(成都)]에 들어가 왕건[王建, 847~918, 중국 전촉(前蜀, 907~925)의 창건자. 고조(高祖). 재위 907~918]의 우대를 받다가 10년 뒤에 죽었다.

수묵화(水墨畫)에 뛰어났으며, 나한(羅漢, 깨달음을 얻은 불교의 성인)의 그림으로 널리 알려졌다. 가장 널리 알려진 〈16 나한상(十六羅漢像)〉은 오·월(吳越)나라에서 공부하던 중 꿈에 십육 나한을 보고 그 상(像)을 그렸다고 하여 '응몽나한(應夢羅漢)'이라고 일컬어졌다. 괴기한 형상을 하고 있는 이 그림은 도쿄국립박물관(東京國立博物館)에 있다. 화가로뿐 아니라 시인이자 불교 학자로도 널리 알려졌다.

29

구나댜

Guṇāḍhya(Gunadhya) ?~?

인도의 시인.

안드라 왕조[Andhra Empire, 230B.C.~220, 데칸 고원(Deccan Plat) 일대를 지배하던 고대 남인도의 왕조. 사타바하나 왕조(Sātavāhana Empire)라고도 한다.]의 할라 왕{Hāla, 재위 20~24. 프라크리트[Prakrit, 고대 인도의 아어(雅語)인 산스크리트(Sanskrit) 어에 대하여 인도의 일상적인 속어(俗語)를 일컫는 말]의 서정시집 〈사타사이(Sattasai)〉의 저자}의 신하였다고도 하는데 확실하지는 않다.

중기 인도 아리안(Indo-Aryan) 속어의 일종인 파이샤티 어(語)로 쓴 방대한 이야기책 〈브리하트카타[Bṛhat-kathā(The Great Tale/Great or Long Story, '긴 이야기')]〉의 작자로 전해지고 있다. 우다야나(Udayana) 왕의 모험과 두 왕비와의 결혼 경위, 나라바하나다타 왕자(Naravahanadatta)의 모험 등을 중심으로 한 10만여 송(頌)으로 되어 있으나, 원본(原本)은 전해지지 않는다. 크셰멘드라(Kséméndra, 990?~1070?, 인도의 산스크리트 어 시인)·소마데바(→235) 등이 산스크리트 어로 요약한 각각 3종의 이야기책에 이어지고 있으며, 후세의 고전(古典) 산스크리트 문학에 많은 제재(題材)를 제공하고 있다.

30

구니키다 돗포

國木田獨步 1871. 7. 15. ~ 1908. 6. 23.

일본의 시인이며 소설가.

구니키다 가메키치(國木田龜吉)라고도 한다.

혼슈(本州) 남동단 지바현(千葉縣) 조시(銚子)에서 태어났으며, 간토 평야(關東平野) 남서부 가나가와현(神奈川縣) 지가사키(芝ケ崎)에서 죽었다.

야마구치중학교(山口中學校)를 거쳐 1888년(17세) 도쿄전문학교[東京專門學校. 와세다대학(早稻田大學)의 전신(前身)] 영어보통과에 입학하였고, 1889년(18세) 이곳에서 기독교 신자(信者)가 되었으며, 1891년(20세) 중퇴하였다.

1892년(21세) 낭만주의(浪漫主義, romanticism) 동인지(同人誌) 〈청년문학(青年文學)〉에 참여하여 에머슨(Ralph Waldo Emerson, 1803~1882, 미국의 사상가이며 시인)·워즈워스(William Wordsworth, 1770~1850, 영국의 시인)·칼라일(Thomas Carlyle, 1795~1881, 영국의 역사가이며 수필가)·투르게네프(Ivan Sergeyevich Turgenev, 1818~1883, 러시아의 시인이며 소설가·극작가)의 작품을 읽고 많은 영향을 받았다. 특히 워즈워스의 시를 읽은 것이 결정적인 계기가 되어 자연에 깊은 관심을 가지게 되었다.

1893년(22세) 남부 규슈(九州) 오이타현(大分縣) 사이키시(佐伯市)에서 10개월 동안 교사 생활을 하다가 1894년(23세) 다시 도쿄로 돌아와, 영향력 있는 도쿠토미 소호(德富蘇峰, 1863~1957, 일본의 역사가이며 문학 평론가·언론인·수필가)가 발행하는 고쿠민신문사(國民新聞社)에 입사하여 청·일 전쟁[清日戰爭(First Sino-Japanese War), 1894. 8. 1.~1895. 4. 17.]에 참전(參戰), 〈아이테이 쓰신(愛弟通信)〉을 연재(1894. 10. 21.~1895. 3. 12.)하였는데, 이것은 나중에 책으로 나왔으며, 귀국한 뒤에는 낭만적인 시를 발표하였다.

열렬한 연애 끝에 1895년(24세) 사사키 노부코(佐々城信子, 1878~1949)와 결혼하였으나 버림을 받아 1896년(25세) 4월 이혼하였다.

한편, 돗포의 작품에 큰 영향을 끼친 사사키 노부코는 1897년(26세) 북부 홋카이도(北海道)의 삿포로(札幌)에서 돗포의 딸을 낳았으나 다른 집에 입양(入養)하였다. 1901년 부모의 연이은 죽음으로, 친척 회의에서 미국에 있는 모리히로(森廣)와의 결혼을 위하여 미국행이 결정되었으나, 미국으로 가는 배에서 유부남 사무장 다케이(武井勘三郎)와 염문(艶聞)을 일으켜 샌프란시스코에 하선(下船)하지 않고 그대로 돌아왔다. 이 사건은 곧 〈도쿄니치니치신문(東京日日新聞)〉에 연재되며 큰 사회적 센세이션을 일으켰다. 모리히로의 동무였던 아리시마 다케오(有島武郎, 1878~1923, 일본의 소설가)는 노부코를 모델로 하여 장편 소설 〈어떤 여자(或る女)〉(1919)를 펴냈다. 이 소설은 1911년 1월부터 동인지 〈시라카바(白樺)〉

에 〈어떤 여자의 인상(或る女のグリンプス)〉으로 연재되었던 것을 묶은 것이다.

고백록(告白錄) 〈거짓 없는 기록(欺かざるの記)〉은 개인적으로 고통스러운 시기였던 1896년(25세) 2월부터 1897년 1월 23일까지의 일기이다. 이 일기는 메이지 시대(明治時代, 1867~1912) 청년의 내면을 엿볼 수 있는 자료로 일본 사소설(私小說)의 원형이라고 할 수 있다. 노부코와의 부분을 발췌하여 〈연애 일기(戀愛日記)〉로 출판되었다.

1897년 첫 소설 〈겐 삼촌(源叔父)〉를 발표하였다. 이 소설은 사이키시에서 교사 생활을 하며 겪은 내용을 바탕으로 쓴 것으로, 인간이 겪을 수 있는 극한의 외로움을 그려 내었다. 이어서 자연에 대한 사랑을 이야기한 〈오늘의 무사시노(今の武藏野)〉[1898, 〈무사시노(武藏野)〉로 제목을 바꾸어 1901년 출판], 〈잊을 수 없는 사람들(忘れえぬ人々)〉(1898), 이상주의(理想主義, idealism)를 추구한 〈쇠고기와 감자(牛肉と馬鈴薯)〉(1901) 등을 발표하였다.

중기의 〈운명론자(運命論者)〉(1903)는 현실적인 경향으로 호평을 받았으며, 비열한 인간들의 운명에 대한 날카로운 시각을 엿볼 수 있는 〈봄새(春の鳥)〉(1904), 만년(晩年)의 〈궁사(窮死)〉(1908)에서는 가난한 사람들의 비참한 운명을 그려 자연주의(自然主義, naturalism)의 기수(旗手)로 주목을 받았다.

일반적으로 자연주의 문학에 속하는 작가로 평가되고 있지만, 짓밟힌 평민들의 삶을 통하여 비극적인 이야기를 시적(詩的)으로 그려 낸 소설들은 사실적(寫實的)이라기보다는 낭만적이다. 메이지 시대를 대표하는 단편 작가로, 그의 작품은 자연에 대한 찬미와 소시민에 대한 사랑으로 일관되어 있으며, 워즈워스풍의 자연관이 깊이 배어 있는 단편 소설들을 발표하여 일본 문단(文壇)에 새로운 인간관을 제시하였다.

이 밖의 작품으로 〈두 소녀(二少女)〉(1898)·〈물안개(河霧)〉(1898)·〈사슴 사냥(鹿狩)〉(1898)·〈죽음(死)〉(1898)·〈교외(郊外)〉(1900)·〈늦가을(小春)〉(1900)·〈유언(遺言)〉(1900)·〈이별 선물(置土産)〉(1900)·〈첫 손자(初孫)〉(1900)·〈첫사랑(初戀)〉(1900)·〈귀거래(歸去來)〉(1901)·〈가마쿠라 부인(鎌倉夫人)〉(1902)·〈도미오카 선생(富岡先生)〉(1902)·〈비범한 범인(非凡なる凡人)〉(1902)·〈소년의 비애(少年の悲哀)〉(1902)·〈순사(巡査)〉(1902)·〈취중 일기(酒中日記)〉(1902)·〈여난(女難)〉(1903)·〈정직한 사람(正直者)〉(1903)·〈대나무 쪽문(竹の木戶)〉(1908)·〈두 노인(二老人)〉(1908)·〈해돋이(日の出)〉 등이 있고, 소설집 〈돗포집(獨步集)〉(1902)·〈운명(運命)〉(1903)·〈물가 소리(濤聲)〉(1904)·〈돗포집 제2권(獨步集第二)〉(1905)·〈물가(渚)〉(1905) 등을 펴냈다.

31

구상

具常 1919. 9. 16. ~ 2004. 5. 11.

한국의 시인.

본명(本名)은 상준(常浚), 호(號)는 운성(暈城), 본관(本貫)은 능성[綾城, 지금의 전라남도 화순(和順)].

천주교 집안으로, 아버지 구종진(具鍾震)이 쉰, 어머니 이정자(李貞子)가 마흔넷에 낳은 늦둥이로, 삼형제 중 막내로 서울 종로구(鐘路區) 이화동(梨花洞)에서 태어났다.

1923년(4세) 수도원(修道院)의 교육 사업을 위촉받은 아버지를 따라 함경남도 원산(元山)에서 가까운 문천군(文川郡) 덕원면(德源面) 어운리(魚雲里)로 이사하여 소년 시절의 대부분을 보냈다.

독실한 가톨릭 신자(信者)로, 1934년(15세) 덕원면의 성(聖)베네딕도수도원 부설 신학교(神學校) 중등과에 입학하였다가 1938년(19세) 뛰쳐나오고, 뒤늦게 진학한 중학교에서도 퇴학당하였다.

노동판에서 일하다가 일본으로 밀항하여 1941년(22세) 도쿄 니혼대학(日本大學) 전문부 종교과를 졸업하였다. 이 무렵 프랑스와 서유럽의 급진 사상을 경험한 뒤 1942년(23세) 귀국하여 1945년(26세)까지 원산에서 북선매일신문사(北鮮每日新聞社) 기자로 활동하였다.

1946년(27세) 원산문학가동맹(元山文學家同盟)에서 펴낸 동인(同人) 시집 〈응향(凝香)〉에 서정시 〈길〉·〈밤〉·〈수난(受難)의 장(章)〉·〈여명도(黎明圖)〉 등을 통하여 등단(登壇)하였고, 장정(裝幀)을 맡은 이중섭(李仲燮, 1916~1956, 한국의 서양화가)과 강홍운(康鴻運, 1909~1997, 한국의 시인이며 교육자)·노양근(盧良根, 1900~?, 한국의 소설가이며 아동 문학가)·서창훈(徐昌勳)·이종민(李鍾民) 등과 함께 〈응향〉 동인으로 활동하였다.

그러나 〈응향〉에 실은 그의 작품들이 애상적(哀想的)·회의적(懷疑的)·공상적·퇴폐적이고 허무(虛無)한 정서를 담고 있다는 이유로 12월 20일 북조선문학예술총동맹[北朝鮮文學藝術總同盟, 1946년 3월 25일 '북조선예술총연맹'으로 결성, 1946년 10월 '북조선문학예술총동맹'으로 개칭, 1951년 3월 '조선문학예술동맹'으로 개편, 1961년 3월 2일 '조선문학예술총동맹(문예총)'으로 부활] 상무위원회가 소집되면서 필화(筆禍) 사건으로 점화되었다. 상무위원회는 이 시집을 퇴폐적이며 반인민적(反人民的)인 것으로 규정한 결정서를 발표하였는데, 이듬해 4월 이 결정서가 조선문학가동맹(朝鮮文學家同盟)의 기관지 〈문학(文學)〉(1946. 6.~1948. 7. 통권 8호로 종간)에 '시집 〈응향〉에 관한 결정서-북조선문학예술총동맹 중앙상임위원회의 결정서'라는 제목으로 게재되면서 남한 문단(文壇)에도 알려져, 김동리(→60)를 비롯하여 곽종원(郭鍾元, 1915~2001, 한국의 문학 평론가)·임긍재(林肯載, 1918~1962, 한국의 문학 평론가이며 언론인)·조연현(→459) 등 우익 문인(文人)들이 반론을 발표하였다.

구상은 이 사건으로 반동(反動) 작가로 지목되면서 조직적인 탄압을 받아 1947년(28세) 가족들을 남겨 둔 채 홀로 월남(越南)하였다.

이 무렵 〈백민(白民)〉(월간 종합 교양지, 1945. 12.~1950. 5. 통권 22호로 종간)에 〈발길에 채인 돌멩이와 어리석은 사나이〉(1947)·〈유언(遺言)〉(1948)·〈사랑을 지키리〉(1949) 등과 〈비롯함도 마침도 없는 님아〉[〈대조(大潮)〉, 1949], 〈옥상실존(屋上實存)〉[〈문예(文藝)〉, 1949], 〈백련(白蓮)〉[〈신천지(新天地)〉, 1949], 〈구상무상(具常無常)〉(〈문예〉, 1950) 등을 발표하였다.

부산(釜山)에서 〈연합신문(聯合新聞)〉[1949년 1월 22일 창간, 1960년 7월 11일 〈서울일일신문〉으로 개제(改題) 발행, 1962년 1월 1일 폐간] 문화부장(1949~1950)을 지내다가 한국 전쟁(Korean War, 1950. 6. 25.~1953. 7. 27.)이 일어나자 문총구국대(文總救國隊) 육군종군작가단[陸軍從軍作家團, 1951년 5월 26일 대전(大田)에서 결성] 부단장으로 활동하였다. 동료 문인들과 절친한 동무였던 이중섭을 전쟁의 참화에서 구해 내는 일에 앞장서기도 하였는데, 그 뒤 이들은 평생 우정을 나누었다. 또한 고은(→21)·김기창(金基昶, 1913~2001, 한국의 화가)·중광(重光, 1934~2002, 한국의 승려이며 화가) 등 다양한 방면의 예술가들과 교유(交遊)하였다.

1950년(31세) 국방부 기관지 〈승리일보(勝利日報)〉를 창간하여 1953년(34세)까지 주간(主幹)으로 일하였고, 〈영남일보(嶺南日報)〉 주필(主筆) 겸 편집국장(1953~1957), 매일신문사(每日新聞社) 상임 고문(顧問)을 거쳐 경향신문사(京鄉新聞社)·가톨릭신문사 등의 편집국장 및 논설위원(1961~1965)을 지냈다. 또한 효성여자대학교(曉星女子大學校)(1952~1956)·서울대학교(1956~1958)·서강대학교(西江大學校)(1960~1961) 등에서 강의하였다. 제자들에게 사회에 올바름이 없더라도 기독교인은 바르게 살아야 한다고 가르칠 만큼 올바름에 대한 올곧은 추구를 중요하게 생각하였다. 이승만(李承晩, 1875~1965, 한국의 독립 운동가이며 초대 대통령. 재임 1948~1960) 정권(政權)에 반대하는 민주 언론 운동을 하다가 반공법(反共法) 위반으로 구속되었지만 곧 무죄(無罪)로 풀려났다.

1951년(32세) 5월 처녀 시집 〈구상 시집〉[청구출판사(青丘出版社)]을 펴냈으며, 1952년(33세) 11월 유치환(→350)을 발행인으로 김윤성(金潤成, 1926~, 한국의 시인)·김춘수(→95)·설창수(→230)·유치진(柳致眞, 1905 ~1974, 한국의 극작가이며 연출가)·이정호(李正浩, 1927 ~1991, 한국의 시인이며 언론인) 등과 함께 대구(大邱)에서 문예 동인지 〈시와시론(詩論)〉[창간호로 종간. 1958년 4월 20일 경기도 안양(安養)에서 창간된 시 동인지 〈시와시론〉과는 다른 잡지]을 창간하여 여기에 〈시단 분포도(詩壇分布圖)〉를 발표하였다.

'한국 전쟁 중 고초를 함께 한 대구 시민'에게 바친다는 사회 시평집(時評集) 〈민주 고발(民主告發)〉(1953)은 〈대구매일신문(大邱每日新聞)〉에 발표하였던 칼럼을 모은 것으로 자유당(自由黨, 1951년 창당) 때의 불의(不義)를 고발한 것이다. 그 뒤로는 현실 정치와는 거리를 두고 언론과 문학 활동에만 몰두하였다.

1956년(37세) 12월 〈초토(焦土)의 시〉(청구출판사)를 펴냈다. 전쟁을 제재(題材)로 다루면서도 전쟁의 고통을 초월하여 구원(久遠)의 세계에 이르는 과정을 견고한 시어(詩語)로 표현하였다는 평가를 받은 연작시(聯作詩) 〈초토의 시〉로 1957년(38세) 제6회 서울특별시 문화상을 받았다. 이 무렵 발표한 작품으로 〈폐허(廢墟)에서〉(〈신천지〉, 1954)·〈적군 묘지(敵軍墓地)〉[〈자유문학(自由文學)〉, 1956]·〈초토에서〉[〈문학예술(文學藝術)〉, 1956]·〈실성독백(失性獨白)〉[〈신태양(新太陽)〉, 1958]·〈목숨이여〉·〈야행 열차(夜行列車)〉·〈초토 소묘(焦土素描)〉 등이 있다.

1960년(41세) 4·19 혁명이 일어난 뒤 그의 반독재 경력을 높이 산 민주당(民主黨, 1955년 창당) 정권과 1961년

(42세) 5·16 군사 정변 이후 종군 기자 시절부터 친분을 쌓아 온 박정희(朴正熙, 1917~1979, 한국의 제5~9대 대통령. 재임 1963~1979)가 정계(政界) 입문을 권하였으나 거절하였다.

1961년부터는 주로 그의 본적지(本籍地)이며 성베네딕도 왜관수도원이 있는 경상북도 칠곡군(漆谷郡) 왜관읍(倭館邑) 왜관리의 관수재(觀水齋)에 머무르면서 작품 활동을 하였다. 관수재는 '관수세심(觀水洗心)'의 뜻으로, 낙동강(洛東江)이 바라보이는 집에서 강을 바라보며 마음을 닦는다는 자세로 시를 쓰고 삶을 살겠다고 다짐하며 붙인 이름이다. 또한 1953년부터 1974년(55세)까지 20년 동안 아내 서영옥[徐暎玉, ?~1994, 구상의 둘째 형 구대준(具大俊)이 주임 신부로 있었던 흥남천주교회(興南天主教會)에서 운영하던 대건의원(大建醫院) 여의사로, 당시 폐결핵을 앓던 구상의 담당 의사였다.]과 자식들과 사랑을 쌓았던 곳이며, 독일인 신부(神父)와 함께 북한에서 억류되었던 둘째 형 구대준과 아버지의 흔적을 찾아 낸 곳이기도 하다.

1967년(48세) 1월 1일부터 같은 해 4월 2일까지 〈주간한국(週刊韓國)〉(시사 종합 주간지. 1964. 9. 27.~현재)에 13회에 걸쳐 〈밭 일기(日記) 100편〉을 연재하였는데, 이 연작시 가운데 60편을 추려 〈구상 연작 시집(具常連作詩集)〉(1985)에 다시 실었다.

1970(51세)~1974년에는 미국 하와이대학교(University of Hawaii, 1907년 설립) 극동어문학과 초빙 교수로 〈한국 전승 문화 독본(韓國傳承文化讀本)〉(1973)을 교재로 한국 문학을 강의하였고, 1973(54세)~1975년(56세)에는 가톨릭대학교 신학부 대학원에서, 1976(57세)~1979년(60세)과 1982(63세)~1983년(64세)에는 중앙대학교(中央大學校) 예술대학에서 시론(詩論)을 강의하였다.

1979년 예술원(藝術院) 회원, 1984년(65세) 한국문화예술진흥원(韓國文化藝術振興院, 2005년 1월 한국문화예술위원회로 개편) 이사, 1986년(67세)과 1993년(74세) 아세아시인회의 서울대회장(제2차와 제5차), 1991년(72세) 국제 펜클럽(International PEN) 한국 본부 고문과 세계시인대회(世界詩人大會, World Congress of Poets, WCPs) 명예 대회장, 1996년(77세) 중앙대학교 대학원 객원 교수, 1998년(79세) 흥사단(興士團) 명예 단우(團友), 1999년(80세) 박정희대통령기념사업회(朴正熙大統領記念事業會) 이사, 2001년(82세) 한국문인협회(韓國文人協會. 文協) 고문 등으로 활동하였다.

1955년(36세) 금성 화랑 무공 훈장(金星花郎武功勳章)을 받은 것을 비롯하여 1970년 국민 훈장 동백장(冬柏章), 1980년(51세) 시 〈모과(木瓜) 옹두리에도 사연이〉로 제1회 대한민국 문학상, 1993년(74세) 제38회 대한민국 예술원상을 받았으며, 2004년 금관 문화 훈장(金冠文化勳章)이 추서(追敍)되었다.

그의 시는 주로 현실적인 관점에서 출발한 것이 많았다. 초기에는 전쟁을 주요 제재로 한 시를 비롯하여 북한 치하(治下)의 비인간적 현실을 고발하는 시를 많이 발표하였는데, 한편으로는 부조리한 현실을 극복하고 상승하려는 강한 동경(憧憬)과 희구(希求)도 표출되고 있어 그의 시는 리얼리티와 함께 강한 이상성(理想性)을 가지고 있다. 기독교적 존재론을 기반으로 미의식(美意識)을 추구하는 한편, 기독교적 구원(救援) 의식을 바탕으로 전통 사상과 선불교적(仙佛教的) 명상 및 노장 사상(老莊思想)까지 포괄하는 광범위한 정신 세계를 수용하여 인간 존재와 우주의 의미를 탐구하는 구도적(求道的) 경향이 짙다. 또한 시적(詩的) 기교와 이미지에 주력하기보다는 풍부한 의미와 암시를 자아내는 평범한 시어를 택하여 존재와 현상에 대한 의식을 형이상학적(形而上學的)으로 담아 내는 점도 특징으로 들 수 있다. '대리석에 정을 치듯 피땀을 흘려 가며 온 정신을 기울여 시를 써야 한다.'고 하였으며, 시 창작을 통하여 현실과 이상의 괴리를 극복하는 동시에 이것의 융합을 위하여 끊임없이 노력하였다.

희곡과 시나리오에도 손을 대어 희곡 〈수치(羞恥)〉(〈자유문학〉, 1963년 2월 발표, 1965년 드라마센터 초연)·〈갈매기의 묘지(墓地)〉[〈세대(世代)〉, 1967. 4.]·〈단군(檀君)〉[〈월간문학(月刊文學)〉, 1969], 희곡 시나리오집 〈황진이〉(1994) 등을 발표하였다.

이 밖에 〈허(虛)의 장(章)〉(〈자유문학〉, 1960)·〈독락(獨樂)의 장〉(〈자유문학〉, 1961)·〈요한에게〉(〈월간문학〉, 1972) 등 많은 작품을 발표하였다.

시집으로 낙동강을 배경으로 자연과의 교감을 노래한 연작시 〈강(江)〉(1969)을 비롯하여 〈말씀의 실상(實相)〉(1980)·〈그분이 홀로서 가듯〉(시문집, 1981)·〈까마귀〉[홍익사(弘益社), 1981]·〈나는 너에게 너는 나에게〉(1982)·〈드레퓌스의 벤취에서〉[시선집, 고려원(高麗苑), 1984, 1994년 독역으로도 펴냄]·〈모과 옹두리에도 사연이〉[현대문학사(現代文學社), 1984]·〈구상 연작 시집〉[시문학사(詩文學社), 1985]·〈구상 시 전집〉[서문당(瑞文堂), 1986]·〈개똥밭〉(1987)·〈다시 한번 기회를 주신다면〉(1988)·〈저런 죽일 놈〉(이야기 시집, 1988)·〈신령한 새싹〉(한영 대역 시집, 1989)·〈유치찬란〉(시화집, 1989. 1990년 영역으로도 펴냄)·〈밭과 강〉(영역 연작 시집, 1991)·〈조화(造化) 속에서〉(시선집, 1991)·〈예술가의 삶〉(자전 시문집, 1993)·〈영원한 삶〉[1996, 파리 라 디페랑스 출판사(La Difference)에서 한불 대역, 스톡홀름에서 스웨덴 어역으로 펴냄]·〈오늘 속의 영원, 영원 속의 오늘〉(연작 시선집, 1996)·〈구상·김남조·김광림〉(일역 3인 시집, 도쿄, 1998)·〈인류의 맹점(盲點)에서〉(1998)·〈구상 시선(具常詩選)〉{2000, 이탈리아 시에나대학교[Università degli Studi di Siena(University of Siena), UNISI. 1240년 설립] 비교문학연구소}·〈두 이레 강아지만큼이라도 마음의 눈을 뜨게 하소서〉(2001)·〈홀로와 더불어〉(2002, '구상 문학관' 개관 기념 시집) 등이 있다.

수필집으로는 〈침언부어(沈言浮語)〉(1960)·〈영원 속의 오늘〉(1976)·〈우주인(宇宙人)과 하모니카〉(1977)·〈그리스도 폴의 강〉(1978)·〈실존적 확신을 위하여〉(1982)·〈한 촛불이라도 켜는 것이〉(1985)·〈삶의 보람과 기쁨〉(1986)·〈시와 삶의 노트〉(1988)·〈우리 삶, 마음의 눈이 떠야〉(1995), 사회 문제 논쟁집 〈예술과 인생의 시비(是非)〉(1963), 묵상집(默想集) 〈나자렛 예수〉(1979), 시론집(詩論集) 〈현대시 창작 입문〉(1988), 〈구상 문학선〉(1975), 서간집 〈딸 자명(紫明)에게 보내는 글발〉(1985) 등이 있다.

그의 시는 1986년(67세) 파리에서 시집 〈타 버린 땅〉이 프랑스 어로 출판된 것을 시작으로 독일·스웨덴·영국·이탈리아·일본 등 여러 나라에서 번역 출판되어 널리 읽히고 있다.

2002년(83세) 10월 4일, 칠곡군에서 왜관리의 관수재에 '구상 문학관'을 건립하였고, 2008년 10월 28일 이곳에 그의 〈그리스도 폴의 강〉이 새겨진 시비(詩碑)가 세워졌다.

만년(晩年)에는 서울 영등포구 여의도(汝矣島) 시범 아파트에서 20년 넘게 살다가 2004년(85세) 지병(持病)인 폐병과 교통 사고 후유증이 악화되어 죽었는데, 그 아파트도 '관수재'라고 이름 붙였다. 경기도 안성(安城) 천주교 공원 묘지에 안장(安葬)되었다.

2009년 그의 문학적 업적과 그 정신을 기리기 위한 '구상 문학상'이 제정되어 해마다 시상하고 있다.

여의도 원효대교(元曉大橋) 남단 한강(漢江) 둔치 여의도나루터 앞에 그의 시 〈강〉·〈강가에서〉가 새겨진 시비를 비롯하여 강북구(江北區) 수유동(水踰洞) 국립4·19 민주묘지에 〈진혼곡(鎭魂曲)〉(1995. 4. 17.), 부산 부산진구(釜山鎭區) 가야3동(伽倻三洞) 주민센터 앞에 〈꽃자리〉(2007), 경기도 이천시(利川市) 관고동(官庫洞) 설봉공원(雪峯公園) 문학 동산에 〈오늘〉, 충청남도 보령시(保寧市) 성주면(聖住面) 개화리(開花里) 개화예술공원(開花藝術公園) 모산한국육필문예공원에 〈나〉, 홍성군(洪城郡) 결성면(結城面) 성곡리(城谷里) 민족시비공원(民族詩碑公園)에 〈오늘〉, 전라북도 군산시(群山市) 내흥동(內興洞) 금강(錦江) 하구 진포(鎭浦) 시비공원에 〈초토 소묘(焦土素描)〉, 제주도 서귀포시(西歸浦市) 서홍동(西烘洞) 서귀포 칠십리 시 공원에 〈한라산(漢拏山)〉이 새겨진 시비가 세워졌다.

32

구양수
歐陽脩 1007 ~ 1072. 9. 22.

중국 북송(北宋, 960~1126)의 시인이며 사학자·정치가.

자(字)는 영숙(永叔), 호(號)는 육일거사(六一居士)·취옹(醉翁), 시호(諡號)는 문충(文忠).

장시성(江西省) 지저우(吉州) 여릉현[廬陵縣, 지금의 지안현(吉安縣)]에서 태어났으며, 허난성(河南省)에서 죽었다.

1010년(3세) 쓰촨성(四川省) 멘양(綿陽)의 지방관(地方官)이었던 아버지 구양관(歐陽觀)을 여의고, 어머니를 따라 후베이성(湖北省) 쑤이저우(隨州)에 살고 있는 숙부 구양엽(歐陽曄)의 집으로 가서 그곳에서 자랐다. 집안이 너무 가난하여 모래 위에 갈대로 글씨 쓰는 연습을 하였다는 이야기는 과장된 것인지 모르지만, 집안이 궁색한 형편이었던 것은 사실인 듯하다.

1017년(10세)쯤 당대(當代)의 대문장가 한유(→504)의 전집을 읽은 것이 문학의 길로 들어선 계기가 되었는데, 케케묵은 은유와 고전(古典) 문구의 인용을 일절 배제한, 읽기 쉽고 간결한 고문체(古文體)에 크게 감명을 받았다. 뒷날 고문체 부흥의 지지자·지도자로 활약하면서 송대(宋代) 문학에 고문을 다시 도입하는 새로운 문학 운동의 전기(轉機)를 마련하였다.

1030년(23세) 진사시(進士試)에 장원(壯元)으로 급제(及第)하여 서쪽의 수도(首都)였던 뤄양(洛陽)의 유수추관(留守推官)을 제수(除授)받았다. 장래가 촉망되는 젊은 문인(文人)으로 일찍부터 명성이 높았으며, 뤄양에서 매요신(→154) 등과 교유(交遊)하였다. 이들과의 친분으로 말미암아 문학적 명성은 더욱 높아졌고, 이를 계기로 고문(古文)의 간결성·명료성에 더욱 열중하였다.

1034년(27세) 허난성 카이펑(開封)에 있는 황실 도서관 사서직(司書職)을 맡았고, 1036년(29세) 고위 관리(官吏)인 범중엄(范仲淹, 989~1052, 중국 북송의 학자이며 개혁가)이 조정(朝廷)의 제도와 정책에 대하여 반론을 제기하였다는 이유로 재상(宰相) 여이간(呂夷簡, 979~1044, 중국 북송의 정치가)에 의하여 좌천(左遷)되었을 때 구양수는 서슴지 않고 여이간을 공격하는 상소문(上訴文)을 올렸다. 그 결과 그도 후베이성·후난성(湖南省)의 하급 관리로 강등·좌천되었고, 이곳에서 거의 1000년에 이르는 정치적 혼란 시대를 다룬 역사서 〈오대 사기(五代史記)〉를 저술하였다. 이 책에서 엄격하고 공정한 사관(史觀)을 바탕으로 하여 정치적 소외(疏外) 세력인 순교자(殉敎者)·반란자·매국노 등에 대해서도 별도의 지면(紙面)을 할애하여 다루고 있는데, 이것은 그 전대(前代)의 역사가들로서는 생각할 수도 없는 파격적인 것이었다.

수도 카이펑으로 다시 돌아온 범중엄과 다른 고관(高官)들의 추천을 받아, 1043년(36세) 카이펑으로 소환되어 지간원정(知諫院正)이 되었다. 범중엄과 다른 정치 개혁가들이 파당(派黨)을 조직하였다는 이유로 파면되자, 〈붕당론(朋黨論)〉을 써서 사대부(士大夫)들의 개인적인 모임이 정치적으로 유익하다는 주장을 폈다. 그의 용기와 직언(直言)에 감복한 인종(仁宗, 1010~1063, 중국 북송의 제4대 황제. 재위 1022~1063)은 그를 황제의 일상 생활을 기록하고 조칙(詔勅)의 초안(草案)을 작성하는 직책에 임명하였다.

직언과 엄정한 비평 때문에 정적(政敵)이 많았는데, 1045년(38세)에는 여러 해 전에 조카딸과 불륜(不倫) 관계를 맺었다는 탄핵(彈劾)을 받아 재판에 회부되었다. 뤄양 시절 여자 관계가 문란하였던 점으로 미루어 볼 때 이 탄핵에는 어느 정도 근거가 있어 보인다. 비록 무죄로 방면(放免)되었지만 그의 명성은 심각한 타격을 받았다.

그 뒤 다시 강등되어 안후이성(安徽省) 추저우(滁州) 지사(知事)로 좌천되었으나, 이 고장의 아름다운 전원(田園) 풍경에 매혹되어 더욱 술을 가까이 하였다. 스스로 호를 '취옹'이라고 지은 뒤 '취옹정'이라는 정자(亭子)를 짓고 〈취옹정기(醉翁亭記)〉라는 수필을 썼다. 이 글은 중국 문학에서 가장 이름난 작품 가운데 하나로 손꼽힌다.

1050년(43세) 남쪽 수도인 허난성 구이더(貴德) 자사(刺史)를 거쳐 1054년(47세)에는 카이펑으로 소환되어 한림원(翰林院) 학사(學士)가 되었다. 좌천된 지 거의 9년 만에 카이펑으로 돌아와서 맡게 된 새로운 보직(補職)은 승진을 의미하는 것이었다. 그러나 이 때도 역시 여느 때나 마찬가지로 강직함과 직설적인 태도 때문에 동료들에게 인기가 없었다.

그의 첫 번째 임무는 〈신당서(新唐書)〉(모두 225권, 1044~1060)를 저술하는 것이었다. 1년 뒤 이 작업이 막 시작되던 때, 중국 북부의 대부분 지역을 다스리고 있던 만주(滿洲) 거란족(契丹族)에 북송의 사절로 파견되었다.

1057년(50세)에는 지공거(知貢擧, 과거 시험 위원장)에 임명되었다. 이 해의 과거(科擧) 시험에서 고문체로 답안을 작성한 사람들을 합격시키는 한편, 문학적 수사(修辭)를 많이 사용하는 태학체(太學體)로 답안을 작성한 사람들은 모두 불합격시켰다. 이렇게 합격된 사람들 가운데는 뒷날 '당송 팔대가[唐宋八大家, 중국 당나라의 유종원(→349)·한유, 북송의 구양수·소동파(→234)·소순(蘇洵, 1009~1066, 중국 북송의 문학가)·소철(→239)·왕안석(→312)·증공(曾鞏, 1019~1083, 중국 북송의 문학가)]'로 칭송되는 소동파·소철 형제와 증공이 끼어 있었다.

그러나 이처럼 자기 자신의 문학관(文學觀)을 전통적인 과거 시험에 적용하였다는 사실에 불만을 품은 낙방생들로부터 폭행을 당하였다. 이러한 어려움을 극복하면서 변려문[騈儷文, 4언·6언의 대구(對句)로 이루어진 문장. 변려체·변문·사륙문(四六文)·사륙변려문이라고도 한다.]보다 고문을 더 중시하는 결정적이고 획기적인 조치를 취함으로써 중국 문학에 새로운 지평(地平)을 열었다. 한편 소동파와 왕안석 같은 능력 있는 젊은 문인들을 칭찬하고 독려하였다.

〈신당서〉가 완성된 1060년(53세), 사회·재정·군사 등의 각 분야에서 많은 공적을 남기면서 군정(軍政)을 담당하는 추밀부사(樞密副使)로 승진하였고, 이듬해에는 부재상(副宰相)에 해당하는 참지정사(參知政事)가 되었다.

그러나 궁정에서 자리를 보전하기 어려운 사태가 발생하여 60세에 그의 관운(官運)은 끝이 났다. 며느리와 불륜 관계를 맺었다는 누명을 썼고, 그로 말미암아 명성에 타격을 받아 점점 더 고립되는 지경에 이르렀다. 거듭하여 퇴관(退官)시켜 줄 것을 건의하였으나 새로 등극한 신종(神宗, 1048~1085, 중국 북송의 제6대 황제. 재위 1067/1068~1085/1086)은 이를 거부하고 그를 안후이성·산둥성(山東省)·허난성 등지의 지방관으로 내보냈다.

산둥성의 지방관으로 있을 때 지난날 자신이 키워 준 왕안석이 제정한 신법(新法) 가운데 농민에게 낮은 이자로 대출해 주는 청묘법(靑苗法)에 특히 반대하여, 그의 관할 지역에서 그 제도를 실시하지 않았다. 이 무렵 신법의 시행에 실망을 느낀 보수주의자(保守主義者, conservatist)가 되어 있었다.

1071년(64세) 태자소사(太子小師)가 되어 은퇴하였다. 취옹정이 있는 안후이성 영주[潁州, 지금의 푸양현(阜陽縣)]에서 은퇴한 뒤의 생활을 보낼 작정이었으나 그곳에서 몇 달 살지 못하고 65세로 삶을 마감하였다.

개인적 영향력과 여러 방면에 걸친 업적은 죽은 뒤에도 지속적인 위력을 발휘하였다. 정치가로는 유교(儒敎) 원리를 통하여 당시의 정계(政界) 비판을 서슴지 않았고 능력 있는 인재들을 적극 추천하였다. 추천받은 사람들 중에는 나중에 그와 반대편에 선 사람들도 있었다.

일찍이 한유의 작품에 심취하여 한유의 억불 정책(抑佛政策)을 지지하였으나, 한유보다는 온건한 입장이었다. 맹자(孟子, B.C.371쯤~B.C.289, 중국의 고대 철학자)의 글처럼 간결 명료한 한유의 고문체 문장을 좋아하여 당시 유행하던, 지나치게 격식을 차리고 운율(韻律)을 맞춘 태학체 문장을 멀리하고 고문체 문장을 즐겨 썼다. 고문체로 쓴 그의 문장은 그 뒤의 많은 문인들에게 모범이 되었다.

산문시(散文詩, prose poem)인 부(賦)의 형태를 여러 가지 제약에서 해방시켜 자유롭게 하였고, 부와 사(詞)를 비롯한 다른 문학 형태에서 모범이 되는 훌륭한 작품을 많이 남겼다. 사작(詞作)은 비교적 많아 〈육일사(六一詞)〉(모두 3권)와 〈취옹금취외편(醉翁琴趣外編)〉에 200여 수(首)가 실려 있다. 문인 학사들의 한가로운 정취와 남녀 간의 애정, 이별 등의 제재가 대부분이다.

〈신당서〉와 〈오대 사기〉에는 전통 역사서의 형태와 범위를 확충하였고 간결하지만 정확한 기술(記述)과 도덕적 판단을 통하여 그 당시의 인물과 제도를 평하였다. 마음 속으로는 공자[孔子, B.C.551~B.C.479, 중국 춘추(春秋) 시대의 교육자이며 철학자·정치 사상가. 유교의 개조(開祖)]의 춘추필법(春秋筆法)을 의식하였다.

학자로서는 후대의 주석(註釋)을 무시하고 원전(原典)을 새롭고 직감적으로 이해하려고 노력하였다. 고고학(考古學) 연구에도 일조하였고, 화가로서는 새로운 문인화(文人畫) 화법을 창안하였다.

그의 저서로 전해져 오는 것은 역사서 외에도 시·정부 문서·편지, 그 밖의 소품들을 합쳐 150여 권이 넘는다. 그의 서재는 1만 권이 넘는 책과 고대로부터의 문학적 유품 및 고고학적 기록으로 가득 차 있었다고 한다. 송(宋)나라(960~1279)의 산문 선집(散文選集) 〈문장궤범(文章軌範)〉에 5편의 산문이 실려 있고, 〈시본의(詩本義)〉(모두 16권), 〈육일시화(六一詩話)〉 등과 전집으로 주필대(周必大, 1126~1204, 중국 남송의 학자)가 편집한 〈구양문충공집(歐陽文忠公集)〉(모두 153권)이 있으며, 〈오대사령관전지서(五代史伶官傳之序)〉를 비롯하여 많은 명문을 남겼다.

33
구엔주
阮攸 1765～1820. 8. 10.

베트남의 시인.

본명(本名)은 응우옌 주(Nguyen Du), 자(字)는 소여(素如, Tố Như), 호(號)는 청헌(淸軒, Thanh Hiên)·홍산엽호(鴻山獵戶, Hồng Sơn lạp hộ).

베트남 티엔디엔(Tien Dien)에서 태어났으며, 중부 후에(順化)에서 죽었다.

1784년(19세) 관리(官吏) 임용 시험에 합격하여, 조상 대대로 섬겨 온 레 왕조(Nhà Hậu Lê, 後黎王朝, 1428~1527, 1533~1789) 통치하의 군대에서 상당한 지위까지 승진하였으며, 1789년(24세) 왕조가 멸망할 때까지 섬겼다. 한동안 레 왕조를 회복시키려고 노력하였지만 목적을 이룰 수 없었기 때문에 태어난 마을 근처에 있는 홍린 산맥으로 물러났다.

1802년(37세) 응우옌 왕조(阮王朝, Nguyen Dynasty, 1802~1945)의 새로운 지도자 지아 롱(嘉隆, 1762~1820, 프랑스에 정복되기 전 베트남의 마지막 왕조를 창건한 황제.

재위 1802~1820)이 국가를 통일하는 데 성공하고 나서 그를 궁정(宮廷)으로 불러들이자 마지못해 응하였고, 그 뒤에는 여러 관직에 올랐다.

1813년(48세) 북베트남 꽝빈(Quang Binh)에서 복무하고 있을 때, 제국 군대의 중요한 서열에 들었고, 1814년(49세) 중국 베이징(北京)에 보내는 사절단 단장에 임명되었다. 임무를 수행하는 동안 청심재인(靑心才人, 중국 명나라의 작가)의 소설 〈금운교전(金雲翹傳)〉을 추놈 어(字喃語, 한자를 응용한 베트남 남부 문자)로 번역한 운문(韻文) 소설 〈취교전[翠翹傳, Kim Van Kieu(The Tale of Kieu)]〉을 펴냈는데, 이 작품은 베트남 고전 소설(古典小說)의 백미(白眉)로 일컬어진다.

개인의 죄로 말미암은 업보(業報)의 인과응보(因果應報)라는 불교 교리(敎理)를 탐구하는 그의 시들은 그가 경험한 개인적인 고통과 깊은 인간애를 표현하고 있다. 또한 〈젊은 모자 장사꾼 이야기(Words of a Young Hat Seller)〉와 약간 가벼운 성격의 짧은 시 〈죽은 자에게 보내는 말[Chieu Hon(Address to the Dead)]〉을 썼고, 이 밖에도 많은 작품을 베트남 어보다는 중국어로 썼다.

베이징 대사(大使)로 두 번 선임되었는데, 지병(持病) 치료를 거부하다가 세 번째 베이징으로 출발하기 전에 죽었다.

문학을 특권 계층으로부터 민중에게로 되돌리려는 이른바 '국민 문학 운동'의 기수(旗手)였으며, 베트남 사람들이 가장 좋아하는 시인으로, '베트남 문학의 아버지'라고 일컬어지고 있다.

34

구자운

具滋雲 1926. 11. 3. ~ 1972. 12. 15.

한국의 시인.

부산(釜山) 서구(西區) 부용동(芙蓉洞)에서 태어났으며, 서울 중랑구(中浪區) 면목동(面牧洞)에서 죽었다.

1949년(23세) 동양외국어전문학교(東洋外國語專門學校) 러시아 어과를 수료하였다.

소아마비에 의한 불구의 몸으로 힘겹게 살면서 시작(詩作)에 힘썼다.

1955년(29세) 대한광업회(大韓鑛業會)에 근무하였고, 1962년(36세) 국제신보사(國際新報社) 상임 논설 위원, 1966년(40세) 〈월간스포츠〉 편집장, 1971년(45세) 한국현대시인협회(韓國現代詩人協會) 이사 등을 지냈으며, 번역과 출판물의 편집 등으로 어렵게 생계를 이어 갔다.

1955년 서정주(→226)의 추천으로 〈현대문학(現代文學)〉(월간 순수 문예지. 1955. 1.~현재)에 〈균열(龜裂)〉(제3호, 1955. 3.)을 비롯하여 〈청자 수병(靑磁水甁)〉(제17호, 1956. 5.), 1957년(31세) 6월 제30호에 〈매(梅)〉·〈순수 서정(純粹抒情)〉 등을 발표하면서 등단(登壇)하였다. 같은 잡지에 〈포도도(葡萄圖)〉(제32호, 1957. 8.)·〈도가(禱歌)〉(제34호, 1957. 10.)·〈고도 이품(古陶二品)〉(제39호, 1958. 3.)·〈유상(有象)의 거리에서〉(제55호, 1959. 7.) 등을 잇달아 발표하였으며, 시 〈묘비명(墓碑銘)〉(제42호, 1958. 6.)·〈이향 이수(異香二首)〉(제48호, 1958. 12.)로 1959년(33세) 현대문학사(現代文學社) 제4회 '현대 문학 신인상'을 받았다.

한국적인 정서를 바탕으로 동양적인 사상(事象)을 산뜻하며 우아하고 세련된 언어로 다듬은 초기의 시는 형식미에 특징이 있었으나, 1960년(34세) 4·19 혁명 등 역사적 격동기를 맞게 되면서 정적(靜寂)의 세계에서 소용돌이치는 현실의 세계로 뛰어나와 서민의 생활 감정과 자기 자신의 궁핍과 실의(失意)를 자조(自嘲)하는 가혹하고 비장(悲壯)한 경향으로 흘러, 현실성과 사회성을 띠면서 정치적 성향이 스며 있는 작품들을 발표하였다. 이 무렵의 작품으로 〈봄〉·〈성〉·〈우리들은 샘물에〉 등이 있다.

1961년(35세) 5·16 군사 정변 이후에는 더욱 정치적 상황을 반영하는 작품을 썼고, 이 무렵 강위석(姜偉錫, 1931~, 한국의 시인이며 언론인)·박재삼(→189)·박희순(朴喜錞)·박희진(朴喜璡, 1931~, 한국의 시인)·범대순(范大錞, 1930~, 한국의 시인)·성찬경(成贊慶, 1930~, 한국의 시인)·신기선(申基宣, 1932~, 한국의 시인)·이경남(李敬南)·이성교(李姓敎, 1932~, 한국의 시인)·이종헌(李種憲, 1931~, 한국의 시인)·이창대(李昌大, 1929~, 한국의 시인)·정현종(鄭玄宗, 1939~, 한국의 시인이며 번역 문학가)·주명영(朱命永, 1935~, 한국의 시인)·최원규(崔元圭, 1933~, 한국의 시인)·호영송(扈英頌, 1942~, 한국의 시인) 등과 〈60년대사화집(六十年代詞華集)〉(계간 시 동인지. 1961. 9.~1967. 5. 통권 12호로 종간)을 창간하여 시 〈그대들 둘이서〉(제2호), 시론(詩論) 〈현대시의 길〉(제3호) 등을 발표하였다.

극심한 경제적인 곤란과 가정적인 불행 속에서 일문

(日文) 번역으로 생활을 지탱하였고, 위장병으로 오랫동안 고생하였다.

만년(晩年)에 이르러서는 오랜 생활고로 시형(詩形)에 변화가 생겨 종래의 깔끔하고 간결하던 형태의 시가 사라지고, 장형화(長型化)·산문화되는 경향을 보이면서 운명·죽음 따위의 인간의 본원적인 문제를 다루어 각박한 삶의 의식을 반영하였다. 이러한 계열의 작품으로 1971년에 발표한 〈네온 사인〉·〈사람들은 그 소리를 듣고〉·〈신호(信號)〉·〈횡단(橫斷)〉 등이 있다. 〈일하는 자의 손에 대하여〉에서 '한밤중에도 쉬지 않고/기름때 톱니바퀴'처럼 일을 해야 하는 시인의 손을 노래하였다.

시집으로 〈처녀 승천(處女昇天)〉(프린트판)·〈청자 수병〉[삼애사(三愛社), 1969]·〈벌거숭이 바다〉(죽은 뒤인 1976년 12월 창작과비평사에서 출판)가 있다.

35

구준

寇準 961~1023.10.24.

중국 북송(北宋, 960~1126)의 정치가이며 시인.

자(字)는 평중(平仲), 시호(諡號)는 충민(忠愍).

산시성(陝西省) 화저우(華州) 샤구이[下邽, 지금의 웨이난(渭南)]에서 태어났다.

979년(18세) 진사시(進士試)에 급제(及第), 대리평사(大理評事)·추밀원(樞密院) 직학사(直學士)·염철 판관(鹽鐵判官) 등을 지냈고, 태종(太宗, 939~997, 중국 북송의 제2대 황제. 재위 976~997)의 두터운 신임을 받았으나, 지나치게 강직하였기 때문에 지방으로 좌천(左遷)되었다.

진종(眞宗, 968~1022, 중국 북송의 제3대 황제. 재위 997~1022)의 즉위에 따라 중앙으로 복귀하였으며, 1004년(43세)에 재상(宰相)이 되었다. 같은 해 겨울, 요(遼)나라(907~1125) 성종(聖宗, 971~1031, 중국 요나라의 제6대 황제. 재위 982~1031)이 대군을 거느리고 침략하여 오자, 왕흠약(王欽若, 962~1025, 중국 북송의 문신)과 진요수(陳堯叟, 961~1017, 중국 북송의 문신) 등의 남쪽으로 천도(遷都)하자는 의논을 물리치고 황제에게 친정(親征)을 권고하여 군사를 일으켜서 황허강(黃河) 북안 찬저우(澶州)까지 원정군(遠征軍)을 진군시켰고, 이에 사기가 오른 송나라 군대는 요나라 군대를 크게 무찔렀다. 그 뒤 요나라의 요구를 받아들여 세공(歲貢)으로 은견(銀絹) 30만냥을 받는다는 조건으로 화친을 맺었다. 이것을 '전연(澶淵)의 맹(盟)'이라고 한다.

1005년(44세)에 내국공(萊國公)에 봉해졌기 때문에 '구래공(寇萊公)'이라고도 한다. 그러나 1006년(45세) 다시 왕흠약의 참소(讒訴)로 좌천되었다가 1017년(56세) 복권(復權), 다시 재상이 되었다. 1020년(59세) 정위(丁謂, 966~1037, 중국 북송의 정치가이며 문인)의 참소로 다시 좌천되어 후난성(湖南省) 헝저우(衡州) 사마(司馬)로 있다가 죽었다.

시인으로서는 당시의 고관(高官)들 사이에서 유행하던 서곤체(西崑體)와 약간 다른 시풍(詩風)을 가졌으며, 자연의 애수(哀愁)를 읊은 시가 많다.

시 〈원한(遠恨, '멀리 떨어져 있는 슬픔')〉·〈춘일등루회귀(春日登樓懷歸, '봄날 누대에 올라 고향을 생각하며')〉·〈화산(華山)〉 등과 시집으로 〈구충민공 시집(寇忠愍公詩集)〉이 있다.

36

구지정

具志禎 1647(인조 25)~1713(숙종 39)

조선(朝鮮, 1392~1910)의 문신(文臣)이며 시인.

본관(本貫)은 능성[綾城, 지금의 전라남도 화순(和順)].

공조판서(工曹判書)를 지낸 능풍 부원군(綾豊府院君) 구인기(具仁堅, 1597~1676, 조선의 문신)의 손자.

〈까마귀 검다 하고 백로야 웃지 마라〉·〈쥐 찬 소리개들아 배부르다 자랑 마라〉 등 김천택(金天澤, ?~?, 조선 영조 때의 가객이며 시조 작가)의 시조집(時調集) 〈청구영언(靑丘永言)〉(1728)과 김수장(金壽長, 1690~?, 조선 숙종·영조 때 활약한 가객이며 시조 작가)의 시조집 〈해동가요(海東歌謠)〉(1746~1769)에 전해지는 몇 수(首)의 시조에서, 당시 사회 전반에 일고 있던 불합리한 풍조를 못마땅해하고 이에 동조하지 않으려는 면모가 나타나 있다. 작품에 나타나는 중심 사상은 청빈(淸貧)을 내세우고 세도(勢道) 정치의 문란과 부패를 풍자하는 한편, 안빈낙도(安貧樂道)를 구가(謳歌)하는 것이었다. 이러한 성품이 당시의 시류(時流)에 어긋나, 1691년(44세, 숙종 17)에는 한때 죄를 받았다가 3년 뒤 관직에 복귀하였다.

1697년(50세, 숙종 23)에는 중추부(中樞府) 영사(領事) 남구만(南九萬, 1629~1711, 조선의 문신. 서인의 중심 인물.

시조 '동창이 밝았느냐 노고지리 우지진다.'의 지은이)의 추천으로 음관(蔭官)이 되었고, 승진을 거듭하여 충청남도 공주(公州) 목사(牧使)로 부임하여 한 고을의 행정을 주관하였다. 그러나 당시 암행 어사(暗行御史) 김흥경(金興慶, 1677~1750, 조선의 문신)과 이명준(李明俊)에 의하여 탐관오리(貪官汚吏)로 지적받기도 하였다.

1711년(64세, 숙종 37) 황해도 황주(黃州) 목사로 나갔는데, 이 때 사간원(司諫院)에 의하여 행정 처리를 잘못한다고 탄핵(彈劾)을 받았으나 결국에는 무사하였다.

37

굴원

屈原 B.C.343? ~ B.C.277?/289?

중국 춘추 전국 시대(春秋戰國時代, B.C.770~B.C.403, B.C.403~B.C.221) 초(楚)나라(B.C.771~B.C.221)의 정치가이며 비극 시인.

이름은 평(平), 정칙(正則)이라고 하며, 자(字)는 영균(靈均)·원(原).

생몰 연대(生沒年代)는 기본 사료(史料)인 〈사기(史記)〉 '굴원전(屈原傳)'에 밝혀져 있지 않기 때문에 여러 설이 있다. 지금은 희곡 〈굴원〉의 저자인 궈모뤄(→38)의 설에 따르고 있다.

양쯔강[揚子江, 중국인들은 창장강(長江)이라고 한다.] 중부 유역의 큰 나라였던 초나라의 왕족으로 태어났다.

학식이 뛰어나 친척이었던 회왕(懷王, ?~B.C.299. 중국 전국 시대 초나라의 제38대 왕. 재위 B.C.328~B.C.299)의 신임을 받아 20대에 좌도(左徒, 侍從)의 중책을 맡고, 내정(內政)과 외교에서 활약하였다.

법령 입안 때 정적(政敵)인 상관대부(上官大夫) 근상(靳尙)과 충돌하여, 그의 중상 모략으로 면직(免職)당하고 궁정(宮廷)에서 멀어졌다. 최대 걸작으로 꼽히는 장편 서정시 〈이소(離騷)〉는 이 때의 분함과 자신의 결백을 주장한 것이라고 〈사기〉에 적혀 있다. '이(離)'는 '만나다'의 뜻이고, '소(騷)'는 '근심'이라는 뜻이니, 〈이소〉는 곧 '근심을 만나다'라는 뜻이다. 〈이소〉를 〈이소경(離騷經)〉이라고 하는 것은 후세 사람들이 높여 부르는 이름이다. 여기에는 왕일(王逸, 89?~158?, 중국 후한의 문학가)과 주희[朱熹, 1130~1200, 중국 남송의 사상가. 주자(朱子)]의 다음과 같은 머리말이 있다.

'이것은 위로 당우(唐虞) 3후(三后)의 성왕을 법을 들어 말하고, 아래로는 걸(桀)·주(紂)·예(羿)·요(澆)의 패망함을 들어 말함으로써 군왕(君王)이 깨닫고 정도(正道)로 되돌아가 다시 자기를 불러 줄 것을 기원한 것이다.'

굴원은 제(齊)나라(B.C.1046~B.C.221)와 동맹하여 강국 진(秦)나라(B.C.221~B.C.207)에 대항해야 한다는 합종파(合縱派)였으나, 연횡파(連衡派)인 위(魏)나라(B.C.403~B.C.225)의 장의(張儀, ?~B.C.309, 중국 전국 시대의 정치가이며 유세객)와 내통하는 정적과 회왕의 애첩(愛妾) 정수(鄭袖) 때문에 뜻을 이루지 못하였다. 회왕은 제나라와 단교(斷交)하였으나 결국 진나라에 기만당하였으며, 출병(出兵)하여서도 고전(苦戰)하였다. 진나라와의 화평 조건에 따라 자진하여 초나라의 인질이 된 장의마저 석방하였다.

제나라에 사신으로 가 있다가 귀국하여, 장의를 죽여야 한다고 진언(陳言)하였으나 이미 때는 늦었고, 진나라의 소왕(昭王, B.C.325~B.C.251, 중국 전국 시대 진나라의 제28대 군주이며 제3대 왕. 재위 B.C.306~B.C.251. 昭襄王)이 회왕의 방문을 요청하였을 때 굴원은 반대하였으나 막내 아들 자란(子蘭)의 권유에 따라 방문하였다가 술책에 빠져 3년 동안 포로가 되었다가 살해당하자, 회왕의 맏아들 경양왕(頃襄王, ?~B.C.263, 중국 전국 시대 초나라의 제39대 왕. 재위 B.C.298~B.C.263)이 즉위하고 자란이 영윤(令尹, 재상)이 되었다.

자란은 아버지를 객사(客死)하게 한 장본인이었으므로 굴원은 백성들과 더불어 그를 비난하다가, 대부(大夫)의 참언으로 또다시 모함을 받아 영도(郢都)에서 양쯔강 이남의 소택지(沼澤地)로 추방되었다. 〈어부사(漁父辭)〉는 그 때의 작품이다. 〈사기〉에는 〈회사부(懷沙賦)〉를 싣고 있는데, 이는 절명(絕命)의 노래이다.

유배지에서는 무속적(巫俗的) 민속 의식을 관찰하고 그의 작품에 큰 영향을 끼친 전설들을 수집하면서, 유배에 대한 절망감으로 강가를 하염없이 거닐며 시를 읊곤 하였다.

자기가 옳고 세속이 그르다고 말하고, 난사(亂辭, 최종 악장의 노래)에서는, 죽어서 이 세상에 유(類, 법, 모범)가 되고, 스스로 목숨을 끊음으로써 간(諫)하겠다는 결의를 밝히고 있는데, 실제로 창사(長沙)에 있는 미뤄강(汨羅江, 후난성(湖南省) 상수[湘水, 상강(湘江. 난링 산맥(南嶺山脈)에서 발원하여 북으로 흘러 후난성에 들어가 둥팅호(洞庭

湖)에 이른다. 길이 865km]의 지류(支流)로 지금의 멱수(汨水). 길이 250km}에 돌을 안고 몸을 던져 죽었다. 이 때가 5월 5일이었는데 그 뒤부터 이곳에 공물(供物)을 바치는 습속이 생겼으며, 중국에서 음력 5월 5일에 벌어지는 용선(龍船) 축제는 이 애국 시인의 유체(遺體)를 찾던 것에서부터 비롯된 것이다.

〈한서(漢書)〉 '예문지(藝文志)'와 왕일의 〈초사장구(楚辭章句)〉에 따르면 굴원의 작품은 '구가(九歌)' 1편, '구장(九章)' 19편, '복거(卜居)' 1편, '어부(漁父)' 1편, '원유(遠游)' 1편, '이소' 1편, '천문(天問)' 1편 등 모두 25편이다. 그러나 이 가운데 '어부'는 〈사기〉의 '굴가열전(屈賈列傳)' 가운데에 나오는 굴원의 이야기를 인용하여 서술하고 있는 것으로 미루어 보아 굴원의 작품이 아닌 것을 알 수 있다. 그뿐 아니라 '원유'는 한대(漢代)에 유행하였던 도가(道家) 사상을 바탕으로 하고 있고, 문체(文體) 또한 산문 부체(賦體)의 형식을 갖추고 있으므로 한인(漢人)의 모작(模作)으로 여겨진다. 이 밖에 '구장' 중에 '석왕일(惜往日)'·'비회풍(悲回風)', '복거' 등도 후대 사람들의 모작인 듯하며, 믿을 수 있는 굴원의 작품으로는 '구가'·'구장'·'이소'·'천문'뿐이다.[명시 선집(名詩選集) 〈초사(楚辭)〉에 '구가' 11편, '구장' 9편, '대초(大招)'·'복거'·'원유'·'이소'·'천문' 각 1편 등 모두 25편이 실려 전한다. 이 가운데 '대초'·'복거'·'원유' 등은 후세 시인들의 위작(僞作)으로, '구가'는 초나라 전래의 민요를 개작(改作)한 것으로 보고 있으며, 또한 송옥(→241)의 작품으로 전해지는 〈초혼(招魂)〉을 굴원의 작품으로 보는 설도 있다.]

중국 고대 문학사상(文學史上) 가장 뛰어난 시인이며 초사 문학(楚辭文學)의 창시자로, 독창적이고 개성적인 그의 작품은 한부(漢賦)에 큰 영향을 주었고, 문학사에서뿐 아니라 오늘날에도 높이 평가되고 있다.

38

궈모뤄

郭沫若 1892. 11. 16. ~ 1978. 6. 12.

중국의 시인이며 극작가·사학자·정치가.

본명(本名)은 궈카이전(郭開貞), 자(字)는 정당(鼎堂), 호(號)는 상무(尙武).

부유한 장사꾼의 셋째 아들로, 쓰촨성(四川省) 자딩부(嘉定府) 러산현(樂山縣)에서 태어났으며, 베이징(北京)에서 죽었다.

5세쯤부터 〈사서오경(四書五經)〉을 읽었는데, 어릴 때부터 난폭하고 다루기 힘든 성격이었다.

전통적인 교육을 받은 뒤, 중매로 결혼한 중국인 아내 장징화(張瓊華, 1890~1980)를 버리고 1914년(22세) 일본으로 유학하여 도쿄 제1고등학교(第一高等學校) 예과(豫科)에서 일본어와 의학을 공부하였다.

1915년(23세) 혼슈(本州) 서부 오카야마현(岡山縣)의 제6고등학교(第六高等學校)에 입학하였고, 그곳에서 간호사였던 사토 후미코(佐藤富子, 1893~1994)와 사랑에 빠져 동거 생활을 하다가 곧 결혼, 4남 1녀를 두었다.

1918년(26세) 남부 규슈(九州) 후쿠오카현(福岡縣) 규슈제국대학[九州帝國大學. 규슈대학의 전신(前身)] 의학부에 입학하여 근대적인 과학 연구 방법을 공부하였으며, 이 무렵부터 시를 쓰기 시작하였다.

1919년(27세) 5·4 운동(五四運動)의 자극과 괴테(Johann Wolfgang von Goethe, 1749~1832, 독일의 시인이며 문학평론가·언론인·화가·극작가·무대 연출가·정치가·교육가·과학자)·스피노자(Benedict de Spinoza, 1632~1677, 유대계 네덜란드의 철학자이며 17세기 합리론의 주요 이론가)·타고르(→483)·휘트먼(Walt Whitman, 1819~1892, 미국의 민중 시인이며 저널리스트·수필가) 등의 영향을 받아 시를 썼으며, 외국어와 문학에 심취하였다.

초기의 시집으로 웅대하고 자유 분방하여 당시 청년들의 숭배가 된 〈여신(女神)〉(1921)과 〈별하늘〉(1922) 등이 있는데, 여기에 실린 작품들은 실러(Johann Cristoph Friedrich von Schiller, 1759~1805, 독일의 극작가이며 시인)나 휘트먼을 연상(聯想)시키는 매우 정감적인 자유시의 형태를 띠고 있다. 그가 번역한 괴테의 〈젊은 베르테르의 슬픔[Die Leiden des jungen Werthers(The Sorrows of Young Werther)]〉(1774)은 1922년(30세) 발간되자마자 중국의 젊은이들 사이에서 대단한 인기를 얻었다.

1921년(29세) 7월 장쑤성(江蘇省) 상하이(上海)에서 위다푸(郁達夫, 1896~1945, 중국의 소설가)·장쯔핑(張資平, 1893~1947?, 중국의 작가)·청팡우(成仿吾, 1897~1984, 중국의 교육자이며 문학가·번역가)·톈한(→487) 등과 낭만주의(浪漫主義, romanticism) 문학 단체 창조사(創造社)를 결성하였고, 〈창조계간(創造季刊)〉(1922. 5.~1924. 1.) 등을 발행하면서 낭만주의의 기치를 내걸고 '예술 지상주의[藝術至上主義, art for art's sake, 예술을 위한 예술(l'art pour l'art)]'을 주장하였다. 또한 여성 해방을 테마로 한 〈반역한 세 여인(三個叛逆的女性)〉은 반역적인 자아 주장(自我主張)을 잘 나타낸 작품으로, 중국 현대극 중 본격적인 역사극으로 높이 평가되고 있다.

1923년(31세) 대학을 졸업할 무렵부터 좌경화(左傾化)하여 사회 혁명에 동조하면서 혁명 문학을 제창하였다.

1924년(32세) 마르크스주의자(Marxist) 가와카미 하지메(→7)의 〈사회 조직과 사회 혁명(Social Organization and Social Revolution)〉을 번역하였는데, 그의 사상적인 영향을 크게 받아 마르크스주의 신봉자(信奉者)가 되었으며, 마침내 중국 인민 고뇌의 선두에 서서 투쟁을 전개하였다.

작품 경향은 시와 산문에서 여전히 낭만적 분위기를 띠고 있었지만, 개인주의(個人主義, individualism)적인 문학을 거부하고 프롤레타리아에 동조하는 사회주의(社會主義, socialism) 문학의 필요성을 강조하였다.

그러나 국내에서 혁명의 기운이 고조되자 붓을 버렸고, 1925년(33세) 광둥성(廣東省) 광저우(廣州)로 가서 중산대학(中山大學) 문과 학장 등을 거쳐 1926년(34세) 장제스(蔣介石, 1887~1975, 중국의 군인이며 정치가. 국민 정부의 주석)가 군벌(軍閥)들을 몰아 내고 중국을 통일하고자 벌인 국민 혁명군(國民革命軍)의 북벌(北伐)에 정치인민대표위원회 위원, 정치부 비서처장이 되었으며, 후베이성(湖北省)의 성도(省都) 우한(武漢)과 상하이 등지에서 활약하였다.

1927년(35세) 장제스가 공산주의자(共産主義者, communist)들을 중국 국민당(中國國民黨, Kuomintang of China, 1912년 창당)에서 숙청(肅淸)한 이른바 반공 쿠데타로 국공 분열(國共分裂)이 일어났을 때, 주더[朱德, 1886~1976, 중국 공산당 홍군(紅軍)을 창설한 군사 지도자] 등의 난창 봉기(南昌蜂起, 1927. 8. 1.)에 참여하였으나, 뜻을 이루지 못하고 1928년(36세) 2월 일본으로 망명하였다.

이로부터 거의 10년 동안 혼슈 남동단 지바현(千葉縣)에서 살면서 중국 고대사(古代史)·은허 문자(殷墟文字) 연구에 몰두하였다. 그것은 현실로부터의 도피가 아니라 당시의 새로운 출로(出路)를 탐구한 중국 사회 연구의 일환으로, 신비에 가려져 있던 고대 사회를 처음으로 과학적으로 연구하였다. 주로 갑골문(甲骨文)과 금석문(金石文)을 연구하였는데, 1931년(39세) 유물사관(唯物史觀)에 의한 중국 초기 고대 연구의 역작(力作) 〈중국 고대 사회 연구〉·〈갑골 문자 연구〉 등을 저술하였다. 또한 쉬웨이위(許維遹)·원이둬(→332)와 함께 춘추 시대[春秋時代, 기원전 770년 주(周)나라(B.C.1046~B.C.770)의 동천(東遷) 이후부터 기원전 221년 진(秦)나라(B.C.221~B.C.207) 시황제(始皇帝, B.C.259~B.C.210, 중국 진나라(B.C.900?~B.C.221)의 제31대 왕이며 중국 최초의 황제. 재위 B.C.221~B.C.210)의 통일까지의 시기] 제(齊)나라(B.C.1046 ~B.C.221)의 재상(宰相) 관중(管仲, ?~B.C.645)이 지었다고 하는 〈관자(管子)〉의 주해서(註解書) 〈관자집교(管子集校)〉를 펴냈다.

1937년(45세) 7월 7일, 루거우차오 사건(蘆溝橋事件)이 일어나자 가족들을 버리고 일본을 탈출, 상하이로 가서 구국군(救國軍)에 참여, 정치훈련부장 등을 맡으면서 중·일 전쟁[中日戰爭(Second Sino-Japanese War), 1937. 7. 7.~1945. 9. 2.]의 선두에 섰다. 국민 정부와 함께 우한에서 쓰촨성 충칭(重慶)으로 옮겨 문화 공작의 책임을 맡고 선전 활동에 종사하는 중에 극작(劇作)이나 평론 등을 많이 발표하였다.

장제스로부터 용공 분자(容共分子)로 몰려 정치 활동에 제약을 받자 〈청동 시대(靑銅時代)〉, 1930년대의 갑골 금문 연구서 〈십비판서(十批判書)〉 등의 고대 사상 연구에 온 힘을 쏟았으며, 굴원(→37)의 저항 정신을 그린 희곡 〈굴원(屈原)〉(1942), 테러리스트가 된 음악가 가오젠리[高漸離, 중국 연(燕)나라(B.C.1100?~B.C.222)의 축(筑, 거문고와 비슷한 악기)의 명수]를 주인공으로 한 〈축(筑)〉(1942) 등의 역사극을 썼다. 〈굴원〉은 혁명아(革命兒) 굴원이 중국을 위하여 항쟁하는 주인공으로 등장하는 것으로, 고대의 애국 시인의 말을 빌려 국민당의 부패 양상을 들추어 내기도 하였다.

1938년(46세) 여배우 위리췬(于立群, 1916~1979)과 동거하다가 1939년(47세) 결혼하여 3남 2녀를 두었다.

1948년(56세)에는 동북 해방구(東北解放區)에 참여하였고, 1949년(57세) 중화인민공화국 정권(政權)이 수립되자 정무원(政務院) 부총리 겸 과학학술원 원장에 취임하였으며, 전국문학예술연합회 주석(主席)(1950)·인민대표대회 상무위원회 부위원장(1954) 등의 요직(要職)에 있으면서 주로 문화·학술·국제 교류 등의 분야에서 지도적 역할을 맡았다. 또한 일본과의 관계 개선에도 노력하여 1963년(71세) 중·일우호협회(中日友好協會) 명예 회장이 되었다.

1966년(74세) '프롤레타리아 문화 대혁명(文化大革命, the Great Cultural Revolution, 1966~1976. 文革)'이 일어났을 때 첫 번째 비판 대상자 가운데 한 사람이 되어 모진 비판을 받았다. 마오쩌둥(毛澤東, 1893~1976, 중국 공산주의 이론가이며 군인 · 정치가. 중화인민공화국의 주석. 재임 1949~1959) 사상을 정확히 이해하지 못하였으며, 자신의 작품을 모두 태워 버려야 한다고 스스로 인정하는 등 격렬한 자기 비판으로 주목을 끌었으나, 다른 많은 동료들과는 달리 직책을 모두 빼앗기지는 않았다.

1970년대에 다시 높은 지위에 올랐으며, 만년(晩年)에는 중국사회과학원(中國社會科學院) 고고연구소(考古研究所)에서 활동하였다.

모든 장르에서 많은 작품을 남겼다. 시와 소설 외에도 희곡과 9권의 자전적(自傳的) 저작이 있으며, 괴테 · 실러 · 싱클레어(Upton Beall Sinclair, 1878~1968, 미국의 소설가이며 사회주의를 비롯한 여러 사상을 옹호한 논객) · 톨스토이(Lev Nikolaevich Tolstoi, 1828~1920, 19세기 러시아 문학을 대표하는 작가) · 투르게네프(Ivan Sergeyevich Turgenev, 1818~1883, 러시아의 시인이며 소설가 · 극작가) 및 다른 서구 작가들의 작품도 많이 번역하였다.

역사와 철학에 대한 논문들도 남겼는데, 이 가운데 가장 큰 업적은 〈은주 청동기 명문 연구(殷周青銅器銘文研究)〉(1935, 1957)이다. 청동기와 신탁용(神托用) 갑골에 새겨진 명문에 관한 연구가 집대성된 이 논문에서 공산주의 이론에 따라 고대 중국의 본질을 '노예 사회'로 논증하려고 하였다.

이 밖의 희곡으로 음탕한 여제(女帝)라는 속설을 뒤엎고 훌륭한 정치가로 그린 역사극 〈측천무(則天武)〉(1960)와 〈공작담(孔雀膽)〉 · 〈남관초(南冠草)〉 · 〈당체의 꽃(棠棣之花)〉 · 〈왕소군(王昭君)〉(1925) · 〈채문희(蔡文姬)〉(1959) · 〈호부(虎符)〉 · 〈정성공(鄭成功)〉(1962) · 〈탁문군(卓文君)〉 등이 있고, 〈이백과 두보(李白與杜甫)〉(1971) 등이 있다. 또한 소설 · 산문을 모은 문집 〈봉황(鳳凰)〉 · 〈조당집(蜩螗集)〉, 자서전(自敍傳) 〈유년 시대(幼年時代)〉(1928) · 〈창조 10년〉(1931) · 〈궈모뤄 자전 1~3(沫若自傳 1~3)〉(모두 4권), 번역 작품 〈북벌(北伐)의 길〉(1937) · 〈귀거래(歸去來)〉(1946) · 〈홍파곡(洪波曲)〉(1959) · 〈파우스트(Faust)〉, 〈궈모뤄 희곡 소설집(郭沫若戲曲小說集)〉 · 〈금강산 애화기(金剛山哀話記)〉 · 〈아침은 너무 늦다〉 · 〈족발(豕蹄)〉 · 〈지하의 웃음소리(地下的笑聲)〉 등이 있다.

39

권구현

權九玄 1898(고종 35) ~ 1944

한국의 시인.

본명(本名)은 구현(龜鉉), 아호(雅號)는 흑성(黑星), 필명(筆名)은 천마산인(天摩山人).

충청북도 영동군(永同郡) 양산면(陽山面) 송호리(松湖里)에서 태어났으며, 전라남도 순천(順天)에서 스스로 목숨을 끊었다.

1915년(17세) 영동공립보통학교(永同公立普通學校)를 졸업하였으며, 일본으로 유학하여 대학 과정을 마쳤다고 하는데, 확실하지는 않다.

1926년(28세) 평론 〈무산 계급(無産階級)의 예술〉과 시조 작품을 〈동아일보(東亞日報)〉 · 〈시대일보(時代日報)〉(일간지. 1924. 3. 31.~1926. 11. 14.) · 〈중외일보(中外日報)〉(일간지. 1926. 11. 15.~1931. 9. 2.) 등에 발표하였으며, 같은 해 〈조선지광(朝鮮之光)〉(월간 종합 교양지. 1922. 11.~1930. 11. 통권 100호로 종간) 제61호(1926. 11.)에 〈시조 6장(時調六章)〉을 발표하면서 문단(文壇)에 등단(登壇)하였다.

초기에는 주로 시조나 소품, 단곡(短曲) 등에 힘을 기울였으며, 하층 계급의 빈궁을 소재로 사회 체제에 대한 반항의 감정을 담은 경향적(傾向的)인 작품을 많이 썼다.

1927년(29세) 3월에는 사화집(詞華集) 〈흑방(黑房)의 선물〉[영창서관(永昌書館)]을 펴냈다. 제1부 '흑방의 선물'에 〈영원(永遠)의 비애(悲哀)〉 등 단곡 50편, 제2부 '무주혼(無主魂)의 독어(獨語)'에 〈님 타신 망아지〉 등의 시조 25수(首), 제3부 '봄꿈을 그리며'에 시조 22수를 실은 이 작품집은 응축된 표현미를 보이기는 하지만 추상적인 현실 인식에 머물렀다는 평을 받았다. 〈폭풍우(暴風雨)의 마음〉(1927) 등 그의 시작품은 시조와 단곡들이 주류를 이루고 있으며, 아나키즘(anarchism, 無政府主義) 사상이 언제나 우선시되어 있을 뿐 아니라 의미 내용과 기법을 일체화시키고 있다.

사회주의(社會主義, socialism) 혁명을 위하여 조직된 문예 운동 단체 카프(KAPF, 조선프롤레타리아예술동맹. 에스페란토식 표기인 'Korea Artista Proleta Federatio'의 머리글자. Korea Proletarian Artist Federation. 1925년 8월

결성)에 참여하여 부르주아 예술과 형이상학(形而上學)을 비판하였다. 그러나 프로 문학(proletarian literature)이 목적 의식을 내세워 기계주의(機械主義)·도식주의(圖式主義) 경향으로 기울자 곧바로 전환하여, 1928년(32세) 1월 이향(李鄕)·이홍근(李弘根) 등과 함께 카프에서 탈퇴하고 조선자유예술동맹(朝鮮自由藝術同盟)을 조직하여, 마르크스주의(Marxism)의 선전식 사이비 예술 운동을 철저히 배격하고 신사회 건설에 이바지할 정통 무산 계급의 예술을 강조한다고 선언하였다. 강허봉(姜虛峰)·김화산(→101) 등을 중심으로 하는 아나키즘 문학에 이경삼(李卿三)과 함께 참여하여 프로 문학파와 논쟁을 벌였다.

프로 문학으로서의 효용을 일차적으로 중시하여야 한다는 주장이었지만 비유에 그쳤을 뿐 이론적인 깊이를 갖추지는 못하였다. 김기진(→55)·박영희(→183)의 내용·형식 논쟁이 벌어졌을 때 '장검(長劍)과 백인(白刃)'이라는 비유로 논쟁에 참여한 것으로 널리 알려졌다.

1930년(32세) 1월, 충청남도 예산(禮山)에서 성진호(成瑨鎬, 1910~1933, 한국의 무정부주의자)·이향과 함께 창간호가 종간호가 된 아나키즘 잡지 〈문예광(文藝狂)〉을 펴냈으며, 이광수(李光洙, 1892~1950, 한국의 소설가)와의 친분으로 흥사단(興士團)의 국내 단체인 수양동우회(修養同友會) 기관지 〈동광(東光)〉(월간 종합 교양지. 1926. 5.~1933. 1. 통권 40호로 종간) 제10호(1927. 2.)에 평론 〈계급 문학(階級文學)과 그 비판적 요소〉, 제11호(1927. 3.)에 〈전기적(前期的) 프로 예술〉, 제11~13호(1927. 3.~5.)에 〈선사 시대 회화사(先史時代繪畫史)〉 등을 기고(寄稿)하였다.

1932년(34세) 이후 생활고(生活苦)로 낙향(落鄕)하여 시작(詩作) 활동에만 전념하였다.

서화(書畫)에도 뛰어나 제12회(1933)와 제13회(1934) 조선미술전람회(朝鮮美術展覽會, 鮮展) 동양화 부문에 입선하였고, 개인전도 몇 차례 열었으며 미술 평론들을 남겼다.

이 밖의 작품으로 단편 소설 〈폐물(廢物)〉[〈별건곤(別乾坤)〉 제4호, 1927. 2.]·〈인육 시장 점묘(人肉市場點描)〉[〈조선일보(朝鮮日報)〉, 1933. 9. 28~10. 10.], 시집 〈벗에게 부치는 편지〉(1929)·〈자중(自重)〉(1929)·〈무주혼(無主魂)〉·〈봄꿈을 그리며〉 등이 있다.

1993년 12월 4일, 고향 송호리의 송호국민관광지에 〈구천동 숯장사〉가 새겨진 시비(詩碑)가 세워졌다.

40

권섭

權燮 1671(현종 12). 3. 1. ~ 1759(영조 35). 2. 6.

조선(朝鮮, 1392~1910)의 문인(文人)이며 시인.

자(字)는 조원(調元), 호(號)는 무명옹(無名翁)·백취옹(百趣翁)·삼기자(三奇子)·오소자(迂疎子)·옥소(玉所)·옥소산인(玉所山人)·천남거사(泉南居士), 본관(本貫)은 안동(安東).

안동 권씨의 명문(名門)으로, 아버지 권상명(權尙明, 1652~1684)과 어머니 용인(龍仁) 이씨(李氏)의 맏아들로, 외가인 서울 삼청동(三淸洞)에서 태어났다.

유복한 가정 환경 속에서 태어났기 때문에 소년 시절을 상류 사회에서 귀공자로 자랐다. 어린 시절은 숙식을 인평궁(寅平宮)에서 하며, 숙휘 공주[淑徽公主, 1642~1696, 효종(孝宗, 1619~1659, 조선의 제17대 왕. 재위 1649~1659)의 넷째 딸]의 지극한 사랑을 받았고, 자의 대비[慈懿大妃, 1624~1688, 인조(仁祖, 1595~1649, 조선의 제16대 왕. 재위 1623~1649)의 계비(繼妃)]와 명성 왕후[明聖王后, 1642~1683, 현종(顯宗, 1641~1674, 조선의 제18대 왕. 재위 1659~1674)의 비(妃)], 인경 왕후[仁敬王后, 1661~1680, 숙종(肅宗, 1661~1720, 조선의 제19대 왕. 재위 1675~1720)의 비]의 사랑을 내리 받으며 성장하였다.

어린 시절부터 재동(才童)으로 칭찬을 받았고, 8세 때 한시(漢詩) 〈제생희(弟生喜)〉를 지어 문재(文才)를 떨쳤다. 그의 주변에는 좌의정을 지내며 30년 동안 그의 곁에서 관심을 쏟던 외조부 이세백(李世白, 1635~1691), 삼상(三相) 자리로 추대(推戴)받은 큰아버지 권상하(權尙夏, 1641~1721, 조선의 문신이며 학자)가 있었고, 작은아버지는 이조판서 권상유(權尙游, 1656~1724), 영의정 이의현(李宜顯, 1669~1745)은 외숙(外叔)이며 동문수학(同門修學)한 사이였다. 그러나 이러한 주변 여건에도 불구하고 그는 관직보다는 문학 쪽을 택하여 일생을 탐승(探勝) 여행과 문필 활동으로 보내며 방대한 작품을 남겼다.

1684년(13세, 숙종 10) 아버지가 세상을 떠나 큰아버지 권상하의 각별한 보살핌과 훈도(訓導)를 받으며 23년 동안 배웠다.

1686년(15세, 숙종 12) 이조판서가 된 진위(振威) 군수

(郡守) 이세필(李世弼, 1642~1718, 조선의 문신이며 학자)의 딸과 혼인하였다. 장인에게 경사백가(經史百家)를 배웠으며, 처형(妻兄)인 좌의정 이태좌(李台佐, 1660~1739, 조선의 문신)는 함께 수학한 사이로 친형제나 다름이 없었다.

1689년(18세, 숙종 15) 숙종의 세자(世子) 책봉(冊封) 문제[기사환국(己巳換局)]가 일어났을 때 소두[疏頭, 연명(連名)하여 올린 상소문에서 맨 먼저 이름을 적은 사람]가 되어 상소(上訴)를 올리는 등 한때 시사(時事)에 관심을 가지기도 하였으나, 송시열[宋時烈, 1607~1689, 조선의 문신이며 학자, 노론(老論)의 영수(領袖)]을 비롯한 김수흥(金壽興, 1626~1690, 조선의 문신) · 김수항(金壽恒, 1629~1689, 조선의 문신) 등 주변 인물들이 사사(賜死) 또는 유배되자, 일생 동안 벼슬에 나아가지 않은 채 시주(詩酒)를 벗하여 전국을 두루 유람하며 여행과 문필(文筆)로 보냈는데, 유람하면서 느낀 감회를 그때그때 작품화하였다. 따라서 그의 작품 세계는 내용이 다양하고 사실적이며 깊이가 있다. 더욱이 폭넓은 대인(對人) 관계는 다른 이의 작품에서 보기 드문 특성이 있다.

전국의 명승지는 그의 발길이 닿지 않은 곳이 없었고, 보고 겪고 느낀 바는 바로 문학 예술로 승화되어 시로 산문으로 쌓였던 것이다. 문학을 생활화하였기 때문에 그의 작품에는 한시 · 시조(時調) · 가사(歌辭) 외에도 유행록(遊行錄) · 기몽설(記夢說) 등이 있어 그 내용이 광범위하고 섬세함을 말해 주고 있다. 3천여 편이 넘는 한시 외에 가사로는 강원도 영월(寧越) · 삼척(三陟)의 경관을 노래한 기행(紀行) 가사 〈영삼별곡(寧三別曲)〉(1704)과 중국과 조선 유학(儒學)의 도통(道統)을 노래한 〈도통가(道統歌)〉(1748) 2편이 전한다. 다른 도학적(道學的)인 시가(詩歌)들과는 달리 교훈적인 내용을 겉으로 내세우지 않으면서 도학의 맥락을 묘사하였다는 점에서 의의를 찾을 수 있다.

〈황강구곡가(黃江九曲歌)〉(모두 10수)는 주희[朱熹, 1130~1200, 중국 남송의 사상가. 주자(朱子)]의 〈무이도가(武夷櫂歌)〉와 이이(李珥, 1536~1584, 조선의 문신이며 학자)의 〈고산구곡가(高山九曲歌)〉의 맥을 이은 작품으로 시사적(詩史的) 의의가 큰 것으로 평가된다. 또한 〈매화(梅花)〉 4수(首), 〈병중영분도(病中詠盆挑)〉 3수, 〈수사(壽詞)〉 5수, 각종의 전통 음악 하나하나에 대하여 읊은 〈육영(六詠)〉, 강(江) · 계(溪, 시내) · 국(菊, 국화) · 마(馬, 말) · 매(梅, 매화) · 산(山) · 선(仙) · 송(松, 소나무) · 용(龍) · 응(鷹, 매) · 이(鯉, 잉어) · 인(人) · 죽(竹, 대나무) · 학(鶴) · 해(海, 바다)를 읊은 〈십육영(十六詠)〉, 교우 관계를 읊은 〈독자왕유희유오영(獨自往游戲有五詠)〉 5수, 웃음에 대하여 읊은 〈소이호(笑矣乎)〉 4수, 슬픔에 대하여 읊은 〈비래호(悲來乎)〉 4수 등 모두 75수의 시조가 전한다.

그의 시가 작품은 양적인 비중도 크지만 근대 여명기(黎明期)를 내다보는 시점에서 주제 · 소재 · 시어(詩語) · 기법 등 여러 면에서 전위적(前衛的)인 새로운 면을 보여 준 점은 국문학사적 가치가 높은 것으로 평가된다.

평이하고 구체적인 시어를 다채롭게 구사(驅使)하여 시조의 새로운 면모를 보여 주었으며, 남아 있는 시조 75수 가운데 연시조(聯時調)가 57수를 차지할 만큼 연시조 창작에 남다른 노력을 기울였다. 시조는 종전의 작품에서 벗어난 새로운 주제와 내용을 담고 있는데, 도덕적 · 교훈적 내용을 주로 다루었던 전대(前代)의 경향에서 벗어나 제악(祭樂) · 군악(軍樂) · 여악(女樂) · 무악(巫樂) 등 특이한 소재를 다루었다.

한시와 가사 · 시조에 뛰어나 567수의 한시를 지었다. 그의 문집 〈옥소집(玉所集)〉(모두 13권 7책)에는 한문으로 표기된 작품과 한글 작품이 많이 실려 있다.

1938년 필사본(筆寫本) 〈옥소고(玉所稿)〉가 출판되었다.

충청북도 단양군(端陽郡) 단성면(丹城面) 장회리(長淮里) 옥순봉(玉荀峰) 옆에 묻혔으며, 1725년(54세, 영조 2)부터 30여 년 동안 살았던 충청북도 제천시(堤川市) 봉양읍(鳳陽邑) 신동리(新洞里) 신동공원(新洞公園)에 1993년 그의 〈영삼별곡〉을 새긴 문학비(文學碑)가 세워졌고, 마을의 문엄영당(門嚴影堂)에서 해마다 음력 7월 7일 제례를 올리고 있다. 또한 제천예총(堤川藝總)에서는 2004년부터 '옥소 예술제(玉所藝術祭)'를 부활하여 고유제(告由祭)를 비롯한 백일장, 작가 사진전, 유품전, 미술전, 편지 전시회, 국악 등 다양한 내용으로 제천에서 해마다 개최하고 있다.

41

권환

權煥 1903(고종 40). 1. 6. ~ 1954. 7. 30.

북한의 시인이며 문학 평론가.

본명(本名)은 경완(景完) · 윤환(允煥).

아버지 권오봉(權五鳳, 1879~1959)과 어머니 김혜경(金

惠卿)의 3남 1녀 중 맏아들로, 경상남도 창원군[昌原郡, 지금의 창원시 마산합포구(馬山合浦區)] 진전면(鎭田面) 오서리(五西里)에서 태어났으며, 옥중에서 얻은 폐병으로 마산합포구 완월동(玩月洞)의 요양소에서 죽었다.

아버지가 설립한 경행학교(景行學校)와 서울의 휘문의숙(徽文義塾, 지금의 휘문중·고등학교)에서 공부한 뒤 일본으로 유학하여 1925년(22세) 야마가타고등학교(山形高等學校)를 거쳐 1927년(24세) 교토제국대학[京都帝國大學, 교토대학의 전신(前身)] 독문과를 졸업하였다. 유학 중 사회주의(社會主義, socialism)에 심취하였으며, 대학 시절에 사상 운동을 하다가 독서회 사건으로 구금 투옥되기도 하였다.

1927년 일본 유학생 잡지 〈학조(學潮)〉에 소설 〈앓고 있는 영(靈)〉과 희곡 〈광(狂)〉 등을 발표하면서 작품 활동을 시작하였고, 도쿄에서 활동하던 제3전선파[第三戰線派, 김두용(金斗鎔, 1903~?, 한국의 사회주의 운동가)·이북만(李北滿, ?~?, 한국의 문학 평론가이며 사회주의 혁명가)·조중곤(趙重滾, ?~?, 북한의 소설가이며 문학 평론가)·한식(韓植, 1907~?, 한국의 문학 평론가)·홍효민(洪曉民, 1904~1976, 한국의 문학 평론가이며 소설가) 등의 소장파(少壯派) 문인들이 1927년 하반기에 도쿄에서 결성한 좌익 조선 청년 단체. 카프 도쿄 지부]가 주동이 된 잡지 〈무산자(無産者)〉(제3전선파 기관지, 1929. 5.~1930. 6.)와 관계를 맺으면서 본격적으로 활동하였다.

1929년(26세) 〈학조〉 필화(筆禍) 사건으로 또 다시 구속되었다. 이 무렵 일본 유학 중인 김남천[金南天, 1911~1953, 한국의 소설가이며 문학 평론가. 본명은 김효식(金孝植)]·안막[安漠, 1910~?, 북한의 문학 평론가. 최승희(崔承喜, 1911~1969, 북한의 무용가이며 안무가)의 남편]·임화(→419) 등과 함께 사회주의 혁명을 위하여 조직된 문예 운동 단체 카프(KAPF, 조선프롤레타리아예술동맹. 에스페란토식 표기인 'Korea Artista Proleta Federatio'의 머리글자. Korea Proletarian Artist Federation)의 도쿄 지부인 무산자사(無産者社)에서 활약하는 등 진보적 지식인의 면모를 보였다. 같은 해 5월 〈무산자〉에 〈이 꼴이 되다니〉를 발표하면서 카프에 가입하였고, 이념성이 강한 시를 썼다.

카프는, 1922년 9월 김두수(金斗洙, 1903~?, 한국의 사회주의 운동가)·김영팔(金永八, 1904~1950, 한국의 연극인)·김홍파(金紅波, ?~?, 〈북조선일보〉 기자)·박세영(→180)·박용대(朴容大, ?~?, 한국의 사회주의 운동가)·송영(宋影, 1903~1978, 한국의 소설가이며 극작가)·심훈(→261)·이적효(李赤曉, 1901~?, 한국의 사회주의 운동가)·이호(李浩, 1903~?, 한국의 사회주의 운동가)·최승일(崔承一, 1901~?, 한국의 작가이며 방송인·영화인. 최승희의 오빠) 등 사회주의 경향의 문인(文人)들이 조직한 최초의 사회주의 예술 단체인 염군사(焰群社)와, 1923년 10월 김기진(→55)·김복진(金復鎭, 1901~1940, 한국의 조각가이며 미술 평론가·문예 이론가·연극인·사회 운동가. 한국 최초로 서구식 조각 교육을 받았다.)·김형원(→100)·박영희(→183)·안석주[安碩柱, 1901~1950, 한국 소설 삽화의 선구자이며 소설가·영화인. 〈우리의 소원은 통일〉의 작사가. 안석영(安夕影)으로 더 알려졌다.]·연학년(延鶴年, ?~1938, 한국의 연극인)·이상화(→378)·이익상(李益相, 1895~1935, 한국의 소설가이며 언론인) 등이 조직한 신경향파{新傾向派, 박영희가 〈신경향파의 문학과 그 문단적 지위〉[〈개벽(開闢)〉 제64호, 1925. 12.]에서 '신경향파'라는 용어를 처음 사용하였다.} 문학 단체인 파스큘라(PASKYULA, 동인들의 이름 머리글자를 딴 것. 박영희의 'PA', 이익상의 'S', 김복진·김기진의 'K', 연학년의 'YU', 이상화의 'L', 안석주의 'A')가 1925년 8월에 하나로 통합된 우리나라 최초의 전국적인 문학 예술가 조직이었다. 창립 당시 구성원은 김기진·김복진·김양(金陽)·김영팔·김온(金穩)·박영희·박용대·박팔양(→193)·송영·심훈·안석주·이기영(李箕永, 1895~1984, 북한의 소설가)·이상화·이익상·이적효·이호·조명희(→453)·최승일·한설야(韓雪野, 1900~1976?, 북한의 소설가이며 문학 평론가) 등이었다.

1930년(27세) 임화 등과 함께 귀국한 뒤 소장파를 형성하여 구(舊)카프계인 김기진·박영희 등을 따돌리고 프로 문학(proletarian literature)의 주도권을 잡았고, 〈가려거든 가거라〉[〈조선지광(朝鮮之光)〉 제92호, 1930. 3.]·〈머리를 땅까지 숙일 때〉(〈음악과시〉 창간호, 1930. 8.) 등 정치적인 표어를 그대로 드러낸 목적 일변도의 시와 평론 〈시평(詩評)과 시론(詩論)〉[〈대조(大潮)〉 제3호, 1930. 6.], 〈중외일보(中外日報)〉(일간지, 1926. 11. 15.~1931. 9. 2.)에 〈평범하고도 긴급한 문제, 특히 경성 동지(同志)들에게〉(1930. 4. 10.~4. 18.)·〈조선 프로 예술 운동의 당면한 구체적 과정〉(1930. 9. 2.~9. 16.)·〈무산 예술 운동의 별고와 장래의 전개책〉(1931. 1. 18.)·〈생산 문학의 전망〉·〈실천적 객관주의 문학으로〉(1931), 〈동아일보(東亞日報)〉에 〈하리코프 대회 성과에서 조선

프로 예술가가 얻은 교훈〉(1931. 5. 14~5. 17.) 등 강경한 계급 문학(階級文學)의 평론을 발표하는 한편, 〈그대〉·〈소년공의 노래〉 등이 실려 있는 〈카프 시인집〉[집단사(集團社), 1931]을 펴냄으로써 1930년대 볼셰비키(Bol'sheviki) 예술 운동의 주도적인 인물로 떠올랐다.

중외일보사 기자로 서울에 정착하여 1931년(28세) 카프의 중앙 집행 위원이 되었으며, 소설 〈목화와 콩〉[〈조선일보(朝鮮日報)〉, 1931. 7. 16.~7. 24.] 등 소설과 희곡도 발표하였으나 주목받지 못하였고, 시와 평론을 주로 썼다. 특히 볼셰비키화론에 따르는 문예 대중화를 주장하여 카프의 창작 방향을 세우는 데 많은 영향을 미쳤다.

1931년 8~10월 무렵 조선공산당협의회(朝鮮共産黨協議會) 사건과 연루된 이른바 '카프 제1차 검거 사건' 때 체포되어 불기소 처분을 받았다. 이와 함께 진행된 창작 방법에 대한 논의를 받아들이면서 풍자시를 시도하고 임화의 시와 비슷한 단편 서사시를 썼으며 창작 방법의 변화를 찾았다. 그 중 대표적인 것으로 국제적인 파시즘(fascism)을 비판한 〈향락(享樂)의 봄동산〉, 풍자시 〈모던 보이 모던 걸〉 등이 있고, 단편 서사시 형식의 〈30분간〉은 도식성(圖式性)을 벗어난 시로 평가받았다.

카프 산하의 연극 운동 단체 '신건설(新建設, 1932. 8.~1935. 6.)' 창립에도 관여, 문예부에 소속되어 창립 공연으로 〈주 생원(朱生員)〉을 준비하였으나 이루지 못하였다.

또한 이기영·이북만·한설야 등이 창간한 〈문학건설(文學建設)〉(문예지. 1932. 12. 창간호로 종간)에 〈아버지 김 첨지 어서 갑시다! 쇠돌아 갓난아 어서 가자!〉 등을 발표하였는데, 예술적 가치보다는 구호적 성격이 강하였다. 그러나 1934년(31세) 7월 '제2차 카프 검거 사건[신건설사 사건(新建設社事件)이라고도 한다.]' 때 구속되어 2년 동안 옥고(獄苦)를 치른 끝에 전향(轉向) 서약서를 썼으며, 이 무렵에는 회고적(回顧的)이며 감상적(感傷的)인 글을 썼다. 이 밖에도 소설집 〈농민 소설집〉(별나라사, 1933), 희곡 〈광(狂)〉(1926)·〈인쇄한 러브레터〉, 평론 〈사실주의적(寫實主義的) 창작 메토데의 서론〉[〈중앙일보(中央日報)〉, 1933. 12.] 등이 있다.

출옥한 뒤 권전환(權田煥)으로 이름을 바꾸었고, 중앙일보사·조선일보사 등의 기자로 활약하였으며, 조선여자의학강습소[朝鮮女子醫學講習所. 경성여자의학전문학교(京城女子醫學專門學校)의 전신. 지금의 고려대학교 의과대학] 강사, 김해(金海) 농장원, 경성제국대학(京城帝國大學. 서울대학교의 전신) 부속 도서관 사서(司書) 등으로 일하였다.

1940년대 초에는 창작에 힘써 처녀 시집 〈자화상(自畫像)〉[조선출판사(朝鮮出版社), 1943. 8.]에 이어 〈윤리(倫理)〉[성문당서점(盛文堂書店), 1944. 12.]를 펴냈는데, 초기 시에서 보여 주었던 진보성을 감추거나 내면화시키고 소시민의 개인적인 윤리 세계를 노래하였다.

〈농민 문학의 제문제(諸問題)〉(1940) 등의 평론과 〈심자한(心自閒)〉·〈우리를 가난한 집 녀자라고〉·〈정지한 기계〉·〈추억(追憶)〉·〈행복(幸福)〉·〈허수아비〉 등의 시, 몇 편의 수필과 소설 등 그의 문학은 대체로 목적 의식을 강조하고 이념의 노출이 심하여 공감의 폭이 매우 제한되었다. 평론도 초기 프로 문학 이론을 기계적으로 적용하는 경향이었다.

1945년(42세) 광복이 되자 9월 17일 윤기정(尹基鼎, 1903~1955, 한국의 소설가이며 문학 평론가)·이기영 등과 함께 좌익(左翼) 문학 단체인 조선프롤레타리아문학동맹을 결성하고, 조선문학건설본부(朝鮮文學建設本部)와 통합하여 조선문학가동맹[朝鮮文學家同盟, 1945년 12월 6일 '조선문학동맹'으로 결성]이 발족하는 데 핵심 역할을 하였으며, 중앙 집행 위원을 맡는 등 활발하게 활동하였다. 또한 평론 〈현 정세와 예술 운동〉[〈예술운동(藝術運動)〉, 1945. 12.], 〈문화 전선(文化戰線)도 급속 통일하자〉[〈중앙신문(中央新聞)〉, 1946. 1. 9.~1. 11.] 등을 발표하였고, 〈고향(故鄕)〉(〈횃불〉, 1946. 4.)·〈동결(凍結)〉[건설출판사(建設出版社), 1946. 8.] 등 급진적 관념시의 경향이 짙은 시집을 발표하였다.

조선문학가동맹은, 1946년(43세) 2월 8~9일 이틀 동안 조선문학건설본부와 조선프롤레타리아문학동맹이 함께 전국문학가대회를 개최하여 발족한 좌익 문학 단체이다. 발족 당시 구성원은 권환·김기림(→54)·김남천·김영건(金永鍵, ?~?, 한국의 문학 평론가)·김오성[金午星, 1908~1953?, 한국의 공산주의 이론가이며 문학 평론가. 본명은 김형준(金亨俊)]·박세영·박치우(朴致祐, 1909~?, 한국의 문학 평론가)·박팔양·배호(裵澔)·설정식(→229)·신남철(申南澈, 1907~?, 한국의 문학 평론가)·안회남(安懷南, 1909~?, 한국의 소설가)·양주동(→282)·이병기(→370)·이서향[李曙鄕, 1915~?, 한국의 극작가. 본명은 이영수(李榮秀)]·이원조[李源朝, 1905~1955, 한국의 문학 평론가. 이육사(→390)의 아우]·이태준(李泰俊, 1904~?, 북한의 소설가)·임화·정지용(→445)·현덕(玄德, 1909~?, 한국의 소설가이며 아동 문학가)·홍구[洪九, 1908~?, 한국의 소설가. 본명은 홍장복(洪長福)]·홍명희(洪命熹, 1888~1968, 장편 소설 〈임꺽정〉의 지은이이며 북한 부수상을 지낸 북한의 소설가이며 정치가) 등이었다.

1947년(44세) 임화 등 카프 계열의 문인들이 잇달아 월북(越北)하자 마산으로 가서 한국 전쟁(Korean War, 1950. 6. 25.~1953. 7. 27.) 직전까지 교편(敎鞭)을 잡았으며, 많은 진보적인 문인들이 월북한 것과는 달리 남쪽에 남아 있었다.

카프에 참여한 좌파 작가로 철저한 프로 문학 신봉자(信奉者)였으면서도 지나친 경직성 때문에 우리 프로 문학사에서조차 소외되어 한 단역(端役)으로만 인정되고 있다가 1988년 7월 정부의 월북 문인 해금(解禁) 조치를 계기로 다시 조명을 받기 시작하였다. 1998년 작품 선집(選集) 〈깜빡 잊어버린 그 이름〉, 2002년 전집 〈아름다운 평등〉이 출판되었고, 2003년에는 소년 소설 4편, 동화 2편, 동시(童詩) 3편, 수필 5편 등의 아동 문학 작품이 발굴되었다.

2003년부터 해마다 마산에서 '권환 문학제'가 열리고 있으며, 부산 부산진구(釜山鎭區) 부전동(釜田洞) '만남의 광장'에 〈윤리〉(2008. 4. 28.), 창원시 마산합포구 산호동(山湖洞) 산호공원 '시의 거리'에 〈고향〉이 새겨진 시비(詩碑)가 세워졌다.

42

귀장

歸莊 1613 ~ 1673

중국 청(淸)나라(1616~1912)의 시인.

자(字)는 현공(玄恭), 호(號)는 보명두타(普明頭陀)·항헌(恒軒).

명(明)나라(1368~1644)의 문인(文人) 귀유광(歸有光, 1506~1571)의 증손(曾孫)으로, 장쑤성(江蘇省) 쿤산(崑山)에서 태어났다.

명나라 말 재야(在野) 주자학(朱子學) 계통의 학술과 정치 결사(結社)인 복사(復社)에 같은 고향의 고염무(顧炎武, 1613~1682, 중국 청나라의 학자이며 충신)와 함께 참여하여, 그들의 뛰어난 재주를 '귀기고괴(歸奇顧怪)'라고 하였다.

1645년(32세) 쿤산에서 반청(反淸) 투쟁에 패한 뒤로는 이름을 '조명(祚明)'이라고 바꾸고 은둔 생활을 하였다.

그의 시문(詩文)에는 전란(戰亂)의 고통과 망국(亡國)의 비분강개(悲憤慷慨)한 필치가 나타나 있으며, 특히 상고(上古)에서 명나라 말기의 장쑤성 난징(南京) 함락까지를 노래한 장시(長詩) 〈만고수곡(萬古愁曲)〉은 성인 군자에 대한 풍자와 매국노들에 대한 분노를 터뜨린 대표작이다.

지은 책으로 〈항헌 문집(恒軒文集)〉·〈항헌 시집(恒軒詩集)〉·〈현궁집(懸弓集)〉 등이 있다.

＊금농(金農) → 김농(→57)

43

금원 김씨

錦園金氏 1817(순조 17) ~ ?

조선(朝鮮, 1392~1910)의 여류 시인.

금원은 호(號)이며 성(姓)은 김(金).

강원도 원주(原州)에서 태어났다.

어려서부터 자주 앓아 몸이 허약하므로 그의 부모가 글을 배우도록 하였는데, 글을 뛰어나게 잘 하여 경사(經史)에 능통하였고, 고금(古今)의 문장을 두루 읽어 시문(詩文)에 뛰어났다.

1830년(13세, 순조 30) 3월, 남장(男裝)을 하고 홑몸으로 고향을 떠나, 충청도·강원도·황해도·평안도 일대, 즉 호동서락(湖東西洛) 등의 명승지를 주유(周遊) 관람, 여러 곳을 거쳐 금강산(金剛山)과 단양(端陽) 일대를 두루 다니면서 견문(見聞)을 넓히고 서울로 돌아왔다.

시문을 잘 써서 이 인연으로 시랑(侍郎)이며 규당(奎堂) 학사인 김덕희(金德熙)와 인연을 맺어 그의 소실(小室)이 되었다.

1843년(26세, 헌종 9) 문명(文名)을 떨쳐서 세상에서 '규수(閨秀) 사마자장(司馬子長)'이라는 칭호를 들었다.

1845년(28세, 헌종 11) 남편을 따라 관서(關西) 지방과 금강산을 유람하고, 1847년(30세, 헌종 13) 서울로 돌아와, 남편의 별장인 용산(龍山) 삼호정(三湖亭)에서 살면서 경산[瓊山, 이정신(李鼎臣, 1792~1858, 조선의 문신)의 소실]·경춘[瓊春, 금원의 아우. 홍태수(洪太守)의 소실]·운초(→328)·죽서(→468) 등 같은 처지의 여류 시인들과 이른바 '삼호정 시단(詩壇)'의 동인(同人)으로 시를 읊으며 여생을 보냈다.

1850년(33세, 철종 1) 시 〈호락홍조(湖洛鴻爪)〉 등이 실려 있는 〈호동서락기(湖東西洛記)〉를 남겼다.

1851년(34세, 철종 2)에는 같은 시우(詩友)이며 고향 동무인 죽서의 〈죽서 시집(竹西詩集)〉(1851, 1책. 서울국립중앙도서관과 고려대학교 도서관)에 발문(跋文)을 썼다. 이 발문에서, 평생 남자로 태어나지 못한 것을 한탄하여, '죽서와 함께 후생(後生)에는 남자로 태어나, 서로 창화(唱和)를 하였으면 좋겠다.'고 하였다.

시 작품으로 〈강사(江舍)〉·〈망한양(望漢陽)〉·〈용산삼호정(龍山三湖亭)〉 등이 있다.

44

기노시타 모쿠타로

木下杢太郎 1885. 8. 1. ~ 1945. 10. 15.

일본의 시인이며 극작가·소설가·의학자.

본명(本名)은 오타 마사오(太田正雄).

혼슈(本州) 시즈오카현(靜岡縣) 가모군(賀茂郡)에서 태어났으며, 도쿄에서 죽었다.

1903년(18세) 도쿄 제1고등학교(第一高等學校)에 입학하여 독일어와 의학을 공부하였으며, 1906년(21세) 도쿄제국대학[東京帝國大學. 도쿄대학의 전신(前身)] 의과에 입학하였다. 대학 재학 중인 1907년(22세) 요사노 히로시(與謝野寬, 1873~1935, 일본의 시인)·요사노 아키코(→321) 부부가 주재(主宰)하는 신시샤(新詩社)에 가입하여 동인지(同人誌) 〈묘조(明星)〉에 시를 발표하면서, 기타하라 하쿠슈(→46)와 나가타 히데오(長田秀雄, 1885~1949, 일본의 시인이며 소설가·극작가)와 함께 '묘조 시인 3인방'으로 일컬어졌다.

1908년(23세) 12월 기타하라 하쿠슈 등과 함께 문예간담회(文藝懇談會)인 '판노카이(パンの會, '빵의 모임')'를 결성하였는데, 이것은 당시 문단(文壇)을 지배하고 있던 자연주의(自然主義, naturalism) 문학에 대항하는 탐미주의(耽美主義, aestheticism, 唯美主義) 문학의 거점이 되었다. 이로써 탐미주의의 대표 작가가 되었으며, 이른바 '남만 문학(南蠻文學)'의 시풍(詩風)을 일으켰다.

1909년(24세) 소설 〈아라메 다리(荒布橋)〉 등을 발표하여 기독교 문학의 영역을 넓혔다. 시·창작·희곡·미술평론·문예 평론에도 활약하였고, 1909년 10월 기타하라 하쿠슈와 나가타 히데오와 함께 편집한 〈옥상정원(屋上庭園)〉은 당대(當代) 대표적인 시 잡지였다.

1911년(26세) 대학을 졸업한 뒤 희곡 〈이즈미야 염색집(和泉屋染物店)〉(1912)·〈교회 문 앞(南蠻寺門前)〉(1914)으로 극작가로서의 위치를 확고히 다지는 한편, 소설집 〈곡창(穀倉)〉(1915)·〈당초 표지(唐草表紙)〉(1915)를 발표하여 인상파(印象派, impressionism)의 거장(巨匠)으로 주목받기에 이르렀다.

그러나 냉철한 이성(理性)을 갖춘 의학자로서 기타하라 하쿠슈처럼 관능·향락에 탐닉하지 않았으며, 1916년(31세) 만주(滿洲) 봉천[奉天, 지금의 랴오닝성(遼寧省)의 성도(省都) 선양(瀋陽)]의 남만의학당(南滿醫學堂) 피부과 교수로 부임하면서 시인·작가로서의 생활을 스스로 마감하였다. 그 뒤 프랑스로 유학(1921~1924)하여 피부 의학을 공부하였으며, 귀국한 뒤 아이치의과대학(愛知醫科大學)(1924)·도호쿠제국대학[東北帝國大學. 홋카이도대학(北海道大學)의 전신](1926)·도쿄제국대학(1937)의 교수를 지냈다. 특히 한센병[Hansen's disease, 나병(癩病)] 연구로는 세계적인 권위자였으며, 희귀한 고전적 인도주의자(人道主義者, humanitarianist)였다.

1941년(56세) 진균(眞菌)을 연구하여 '오타-랑게롱(太田母斑) 분류법'을 발표하는 업적을 남긴 공로로 프랑스 최고 훈장인 레지옹 도뇌르 훈장(Ordre de la Légion d'Honneur)을 받았다.

시집 〈식후의 노래(食後の唄)〉(1919)·〈기노시타 모쿠타로 시집〉(1930), 평론집 〈인상파 이후(印象派以後)〉(1916)·〈지하일척집(地下一尺集)〉(1926), 소설집 〈궐후집(厥後集)〉(1926), 수필집 〈설려집(雪櫚集)〉(1934)·〈예림한보(藝林閒步)〉(1936), 〈지나 남북기(支那南北記)〉(1926)·〈대동석불사(大同石佛寺)〉(1938)·〈기노시타 모쿠타로 선집〉(1942)·〈일본 크리스천 사초(日本切支丹史鈔)〉(1943)를 펴냈다.

45

기타무라 도코쿠

北村透谷 1868. 11. 16. ~ 1894. 5. 16.

일본의 시인이며 문학 평론가.

본명(本名)은 몬타로(門太郎).

간토 평야(關東平野) 남서부 가나가와현(神奈川縣) 오다와라(小田原)에서 태어났으며, 도쿄에서 죽었다.

1881년(13세) 도쿄로 갔으며, 1882년(14세) 교바시(京橋) 타이메이소학교(泰明小學校)를 졸업하고 1883년(15세) 9월 도쿄전문학교[東京專門學校. 와세다대학(早稻田大學)의 전신(前身)] 정치과에 입학하였다. 당시 최고조에 이른 자유 민권(民權) 운동에 자극을 받고 정치에 뜻을 두었으며, 이미 하치오지(八王子) 지방의 청년 그룹과 교류를 맺고 있었다.

1885년(17세) 11월 오이 겐타로(大井憲太郎, 1843~1922, 일본의 정치가이며 사회 운동가)·후쿠다 히데코(福田英子, 1865~1927, 일본의 여성 운동가) 등 좌파(左派)의 조선 내정 개혁 계획[朝鮮內政改革計劃, 이른바 '오사카 사건(大阪事件)'. 조선으로 가서 개혁파인 김옥균(金玉均, 1851~1894, 조선의 정치가. 갑신정변의 주동자) 등의 독립당(獨立黨)을 지원하고, 이 영향으로 일본 국내에도 입헌 체제를 구축할 것을 꾀하였던 사건]에 행동대(行動隊)로 참여할 것을 요구받자 그들의 과격한 행동에 반감을 가지고 정치 운동에서 이탈하였다. 이 일로 한때 실의(失意)에 빠졌으나 심기일전하여 정치적 이상(理想)을 문학을 통하여 실현하고자 하였다.

1887년(19세) 산타마(三多摩) 민권 운동의 명사(名士)이며 가나가와현 의회 의장이었던 이시자카 마사타카(石坂昌孝, 1841~1907)의 맏딸 이시자카 미나코(石坂美那子)를 만남으로써 기독교 신앙을 갖게 되었고 세례(洗禮)를 받았다.

1889년(21세) '오사카 사건'과의 관련을 읊은 〈소슈노시(楚囚之詩)〉를 펴냈고, 1890년(22세)에는 〈조가쿠잣시(女學雜誌)〉에 사회와 문단(文壇)을 날카롭게 비판한 평론을 많이 투고(投稿)하였으며, 정열적인 장편 극시(劇詩) 〈호라이쿄쿠(蓬萊曲)〉(1891)를 발표하였다.

1892년(24세) 일본평화회(日本平和會) 기관지 〈평화〉를 창간하여 주필(主筆)을 맡았으며, 같은 해 〈조가쿠잣시〉에 연애의 순수성을 기술(記述)한 평론 〈염세 시인과 여성(厭世詩家と女性)〉을 발표, 대담한 연애관을 펼쳐 당시의 젊은 지식인들에게 큰 충격을 주었다. 이어서 〈조가쿠잣시〉에 〈신엽말집(新葉末集)〉(1892. 3.)과 〈침향 목침(伽羅枕)〉을 발표, 당시 문단의 양대 산맥인 고다 로한(幸田露伴, 1867~1947, 일본의 소설가이며 수필가)과 오자키 고요(→297)의 취향을 크게 비판하였다. 또한 봉건적(封建的) 미의식의 일그러짐에 대한 〈도쿠가와 시대의 평민적 이상(德川氏時代の平民的理想)〉 등을 펴냈다.

1893년(25세)에는 시마자키 도손(→248)과 히라타 도쿠보쿠(平田禿木, 1873~1943, 일본의 영문학자이며 번역가·수필가) 등과 함께 〈분가쿠카이(文學界)〉를 창간하여 〈인생과 함께(人生に相渉るとは何の謂ぞ)〉(제2호, 1893. 2.)·〈내부 생명론(內部生命論)〉(제5호, 1893. 5.)을 발표하는 등 그 지도적 이론가로 활약하면서 일본 초기 낭만주의(浪漫主義, romanticism) 선구자로 이 운동을 이끌어 나갔다.

그러나 현실의 두터운 벽에 부딪혀 차츰 허무주의(虛無主義, nihilism)에 빠져, 도쿄에서 26세의 나이로 스스로 목숨을 끊었다. 그러나 자아(自我)의 확립과 정신의 자유를 역설한 그의 사상은 지금도 큰 의의를 지니고 있다. 시마자키 도손·이즈미 교카(泉鏡花, 1873~1939, 일본의 낭만주의 단편 작가)·히구치 이치요(→529)와 같은 낭만주의 작가들뿐 아니라 기노시타 나오에(木下尙江, 1869~1937, 일본의 사회주의자이며 변호사·언론인·소설가) 등 사회주의 문학자들에게도 큰 영향을 미쳤다.

이 밖에 시 〈반딧불이(ほたる)〉·〈쌍나비의 이별(雙蝶のわかれ)〉, 문명 비평 〈만매(漫罵)〉, 평론 〈메이지 문학의 좁은 소견(明治文學管見)〉, 소설 〈나의 감옥(我牢獄)〉 등도 널리 알려졌으며, 〈기타무라 도코쿠 전집(北村透谷全集)〉(모두 3권, 1950~1955)·〈기타무라 도코쿠집〉(〈메이지 문학 전집〉 제29권, 1976)이 있다.

46

기타하라 하쿠슈

北原白秋 1885. 1. 25. ~ 1942. 11. 2.

일본의 시인.

본명(本名)은 기타하라 류키치(北原隆吉).

일본 남부 규슈(九州) 후쿠오카현(福岡縣) 야마토군(山門郡)에서 태어났으며, 도쿄에서 죽었다.

1897년(12세) 현립전습관중학교(縣立傳習館中學校)에 입학하였는데, 재학 시절부터 회람 잡지를 발행하였으며, '하쿠슈'라고 하는 호(號)도 이 시기에 이미 만들어졌다. 1904년(19세) 중학교를 중퇴하고, 도쿄 와세다대학(早稻田大學) 영문과에 입학하였는데, 동기로는 도키 젠마로(土岐善麿, 1885~1980, 일본의 학자이며 작사가)와 와카야마 보쿠스이(若山牧水, 1885~1928, 일본의 시인)가 있었다.

1904년 장시(長詩) 〈임하의 묵상(林下の黙想)〉이 가와이 스이메이(河井酔茗, 1874~1965, 일본의 시인)의 격찬을 받아 〈문고(文庫)〉 시단(詩壇)을 독점하였다.

1906년(21세) 요사노 히로시(與謝野寬, 1873~1935, 일본의 시인)·요사노 아키코(→321) 부부가 주재(主宰)하는 신시샤(新詩社)에 가입하여 동인지(同人誌) 〈묘조(明星)〉에 시를 발표하면서 촉망받는 젊은 시인으로 두각을 나타내어, 기노시타 모쿠타로(→44)와 나가타 히데오(長田秀雄, 1885~1949, 일본의 시인이며 소설가·극작가)와 함께 '묘조 시인 3인방'으로 일컬어졌다.

1908년(23세) 1월 신시샤에서 탈퇴하고 같은 해 12월 잡지 〈호승(方寸)〉 동료들과 함께 문예 간담회(文藝懇談會)인 '판노카이(パンの會, '빵의 모임')'를 결성하였는데, 이것은 당시 문단(文壇)을 지배하고 있던 자연주의(自然主義, naturalism) 문학에 대항하는 탐미주의(耽美主義, aestheticism, 唯美主義) 문학의 거점이 되었다.

1909년(24세) 1월 창간한 반자연주의(反自然主義, antinaturalism)적 잡지 〈스바루(昴星, スバル)〉에 참여하였고, 같은 해 3월, 16세기 일본에서 활동한 기독교 선교사들의 이야기를 그린 처녀 시집 〈자슈몬(邪宗門)〉을 펴내 찬사(讚辭)를 받으며 그의 지위를 확보하였다. 10월에는 기노시타 모쿠타로와 나가타 히데오와 함께 잡지 〈옥상정원(屋上庭園)〉을 발행하였다. 이국적이고 남국적인 정서가 풍기는 강렬한 감각적인 시집을 잇달아 발표하였는데, 우에다 빈(→324) 등의 뒤를 이어 일본 상징시에 선풍을 일으키며 현대 일본 시단에 큰 영향을 미쳤다.

1911년(26세) 서정시집 〈추억(思い出)〉을 펴내 다시 한 번 극찬을 받았다. 단카[短歌, 하이쿠(俳句)와 더불어 일본의 전통적 시가(詩歌)를 대표하는 단시(短詩). 정형시(定型詩)로, 5구 31음절로 되어 있다.]에 상징적이고 데카당(décadent)적인 새로운 문체(文體)를 도입하여 주목받았으며, 다마단카카이(多磨短歌會)를 조직하였다.

또한 〈자몽(朱欒)〉(1911)·〈지상 순례(地上巡禮)〉(1914)·〈ARS〉(1915) 등과 같은 잡지 발행을 통하여 무로 사이세이(→160)·하기와라 사쿠타로(→496)와 같은 후배 시인들을 길러 냈다.

1913년(28세) 첫 가집(歌集) 〈오동나무꽃(桐の花)〉과 시집 〈도쿄 경물시(東京景物詩及其他)〉를 펴냈으며, 1918년(33세)에는 스즈키 미에키치(鈴木三重吉, 1882~1936, 일본의 소설가이며 아동 문학가)와 함께 동요 운동을 시작하여 어린이 문학 잡지 〈빨간 새(赤い鳥)〉의 동요 부분을 담당하여 〈달밤〉·〈탱자나무꽃(からたちの花)〉 등 창작 동요도 많이 발표하였다.

1935년(50세)에는 혼슈(本州) 서부 오사카(大阪)의 마이니치신문사(毎日新聞社, 1888년 설립)의 의뢰로 '조선팔경(朝鮮八景)'을 취재하기 위하여 경성(京城)·경주(慶州)·부여(夫餘)·평양(平壤)을 여행하기도 하였다.

만년(晩年)에는 동양적 상징 취미에 몰입하여 신유현체(新幽玄體)를 수립하려고 하였으며, 풍부한 어휘와 감각을 가지고 천분을 발휘하였다.

이 밖에 〈하쿠슈 전집〉(모두 18권, 1929~1934), 시집 〈바다표범과 구름(海豹と雲)〉(1929)·〈수묵집(水墨集)〉, 가집 〈백남풍(白南風)〉(1934), 민요 〈갈대잎〉·〈하쿠슈 고타집(白秋小唄集)〉 등을 비롯하여 동요집·민요집 등 200여 권의 많은 저작을 남겼으며, 특히 각급 학교의 교가(校歌)와 응원가를 많이 만들었다.

한편, 김소운(→72)은 1920년 일본으로 밀항(密航)하여 도쿄 가이세이중등학교(開城中等學校) 야간부에 입학하였는데, 이 무렵 기타하라 하쿠슈에게 사사(私事)하였고, 1927년에는 조선 민요 번역 원고를 가지고 요양 중이던 기타하라 하쿠슈를 방문하여 보여 주었다. 이 원고를 본 기타하라 하쿠슈는 '이런 훌륭한 시심(詩心)이 조선에도 있었군요.'라면서 감탄하였고, 바로 출판을 위한 출판사를 알아보고 김소운을 소개하는 모임을 열어 일본 문단에서 활약할 수 있는 발판을 만들어 주었다. 기타하라 하쿠슈는 〈조선 민요집(朝鮮民謠集)〉[도쿄 다이분칸(泰文館), 1929. 7.]에 머리말을 써 주었고, 김소운은 번역 시집 〈조선 시집(朝鮮詩集)〉[도쿄 흥풍관(興風館), 전기(前期) 1943. 8, 중기(中期) 1943. 10. 모두 2권. 1953년 3월 합책(合冊)하여 도쿄 소겐샤(創元社)에서 재간, 1954년 11월 이와나미분코(岩波文庫)에서 재간] 권두(權頭)에 '하쿠슈 선생님의 묘 앞에 바친다'라는 헌시(獻詩)를 넣었다.

또한 1923년 교토(京都, 794~1868년 일본의 수도)의 도시샤대학(同志社大學) 영문과에 입학한 정지용(→445)은 〈도시샤문학〉에 꾸준히 기고(寄稿)하고 있었는데, 기타하라 하쿠슈는 이 작품들을 크게 칭찬하였다. 특히 일본 유학생 잡지 〈학조(學潮)〉 창간호(1926. 6.)에 발표한 전위적(前衛的)인 모더니즘의 실험성을 보여 주는 〈카페·프란스〉 등 9편의 시는 일본 시단에 큰 충격을 주었다. 기타하라 하쿠슈는 같은 해 자기가 창간한 문예지 〈근대풍경(近代風景)〉 제1권 제2호(1926. 12.)에 〈카페·프란스〉의 뒷부분 4연을 일본어로 실었고, 그 뒤에도 정지용이 쓴 22편의 일본어 시를 잇달아 게재하였다.

47

김관식

金冠植 1934. 5. 10. ~ 1970. 8. 31.

한국의 시인.

호(號)는 만오(晩悟)·우현(又玄)·추수(秋水)·현현자(玄玄子), 본관(本貫)은 사천(泗川).

한약방을 경영하면서 서원(書院)의 전교(傳敎)와 향교(鄕校)의 제관(祭官)을 하던 아버지 김낙희(金洛羲)와 어머니 정성녀(鄭性女)의 둘째 아들로, 충청남도 논산군[論山郡, 지금의 논산시] 연무읍(鍊武邑) 소룡리(巢龍里)에서 태어났다.

1938년(4세)부터 아버지에게 한문 경서(漢文經書)를 배우고 제자백가(諸子百家)를 익혔다.

1952년(18세) 고향에서 강경상업고등학교(江景商業高等學校, 지금의 강상고등학교)를 졸업한 뒤, 충남대학교(忠南大學校) 토목공학과에 입학하였다가 고려대학교(高麗大學校) 건축공학과에 편입하였고, 1953년(19세) 다시 동국대학교(東國大學校) 농학과로 옮겼으나 중퇴하였다. 본격적으로 문단(文壇) 활동을 하기 전인 1952년 8월, 조지훈(→461)의 머리말을 받아 처녀 시집 〈낙화집(落花集)〉[창조사(創造社)]을 펴냈는데, 지금은 전하여지지 않는다.

강경상고를 다닐 때 오세창(吳世昌, 1864~1953, 한국의 독립 운동가이며 언론인·서예가)·정인보(→442)·최남선(→480)·최병심(崔秉心, 1874~1957, 한국의 성리학자이며 독립 운동가) 등 당대(當代)의 대가(大家)들에게 한학(漢學)과 성리학(性理學)·동양학(東洋學)을 배웠다.

1954년(20세) 1월 서울에서 최남선의 주례(主禮)로 서정주(→226)의 처제(妻弟) 방옥례(方玉禮, 1938~?)와 혼인하여, 서정주와는 동서(同壻) 간이다. 문단의 동무로는 〈현대문학(現代文學)〉(월간 순수 문예지, 1955. 1.~현재)에 함께 추천된 박재삼(→189)을 비롯하여 고은(→21)·신경림(→251)·천상병(→475) 등이 있다.

경기도 여주농업고등학교(驪州農業高等學校) 교사로 출발하여, 경기상업고등학교(1954)·서울공업고등학교 등에서 교편(敎鞭)을 잡았다.

1955년(21세) 〈현대문학〉에 〈계곡에서〉·〈연(蓮)〉·〈자하문(紫霞門) 근처〉 등이 서정주의 추천으로 등단(登壇)하였고, 같은 해 이상로(→375)·이형기(李炯基, 1933~2005, 한국의 시인)와 함께 시집 〈해 넘어가기 전의 기도(祈禱)〉(현대문학사)를 펴냈다. 초기에는 전통적 서정(抒情)을 읊다가 차츰 가난한 자신과 이웃들에 대한 연민을 노래하였다.

1956년(22세) 12월에는 〈석상(石像)의 노래〉[자유세계사(自由世界社)] 등이 실려 있는 〈김관식 시선(金冠植詩選)〉을 펴냈다. 여기에서 나타나는 시 경향은 일찍이 한학을 익혀 동양적 정서에 바탕을 두고 청춘의 슬픔과 자연과 생명에 대한 기쁨, 인생을 폭넓게 읊어 내려가는 웅한한 경지를 보여 주고 있다. 그 뒤의 시들은 어려운 한자(漢字)를 많이 써서 동양의 유학자다운 모습을 보여 주었으나, 허세(虛勢)로 기울고 있어 삶의 절실한 체험을 담아 내지는 못하였다는 평을 받았다.

1958년(24세) 세계일보사(世界日報社) 논설 위원 등을 지냈고, 1960년(26세) 서울 용산(龍山) 갑구(甲區)에서 제5대 민의원(民議院) 국회 의원에 출마하였다가 장면(張勉, 1899~1966, 한국의 정치가. 제2대 국무 총리, 재임 1950. 11. 23.~1952. 4. 23., 제4대 부통령, 재임 1956. 8. 15.~1960. 4. 23., 제7대 국무 총리 재임 1960. 8. 19.~1961. 5. 18.)에게 낙선하여 재산을 모두 날린 뒤, 죽을 때까지 직업 없이 살았다.

1961년(27세) 종로구(鐘路區) 신영동(新營洞) 세검정(洗劍亭)의 과수원을 처분하고 서대문구 홍은동(弘恩洞) 산1번지로 이사하여 무허가 블록집을 지어 팔며, 병고(病苦)와 빈곤에 시달리며 시와 술로 지내다가 1970년(36세) 간염으로 요절(夭折)하였다.

1960년대 후반의 시 세계는 시대의 사회적 부조리와 정치적 모순에 대한 직정적(直情的)인 매도(罵倒)를 시로 표현하였고, 가난하게 사는 자신과 이웃에 대한 애정과 연민의 정이 융합된 시들을 보여 주었다. 이 무렵의 시로 〈강동(降冬)의 서(書)〉[〈자유문학(自由文學)〉, 1959. 2.]·〈자다가 일어나 보니 배추밭에서〉(1967)·〈가난 예찬(禮讚)〉(1968)·〈폐가(廢家)에 부쳐〉(1970)·〈호피(虎皮) 위에서〉(〈창작과비평〉, 1970) 등이 있다.

한평생을 심한 주벽(酒癖)과 남다른 기행(奇行)과 호쾌한 기개로, 천상병과 함께 문단의 기인(奇人)으로 또한 희귀한 동양적 예지, 한시적(漢詩的) 소양으로 많은 화제를 남겼으나, 동양인으로 투철하려고 한 몸부림은 시와 인간의 특유한 체취를 풍기게 하였다. 어려서 한학과 서예를 익히고 성리학과 동양학을 배운 덕으로 동양인의 서정 세계를 동양적인 감성으로 노래하는 특이한 시풍(詩風)을 이룩하였다.

이 밖의 작품으로 〈귀양 가는 길〉을 비롯하여 〈나의 임종(臨終)은〉·〈동양의 산맥〉·〈목양송(牧羊頌)〉·〈문복(捫腹)의 서(書)〉·〈병상록(病床錄)〉·〈성인초(聖人抄)〉(〈현대문학〉 제30호, 1957. 6.)·〈자하문 밖〉·〈춘잠(春蠶)에게〉·〈해일 서장(海溢序章)〉 등이 있으며, 시집 〈다시 광야(曠野)에〉(창작과비평사, 1976. 7.), 번역서로 〈노당 한시존(老棠漢詩存)〉·〈서경(書經)〉 등이 있다.

1970년 소룡리 유택(幽宅)에 〈무제(無題)〉, 1992년 모교(母校) 강경상고에 〈이 가을에〉, 1997년 대전(大田) 보문산(寶文山) 사정공원(沙亭公園)에 〈다시 광야에〉와 논산시 취암동(鷲岩洞) 공설 운동장에 〈거산호(居山好) I〉이 새겨진 시비(詩碑)가 세워졌다.

48

김광균

金光均 1914. 1. 19. ~ 1993. 11. 23.

한국의 시인.

호(號)는 우두(雨杜).

경기도 개성(開城)에서 태어났으며, 서울에서 죽었다.

1926년(12세) 〈중외일보(中外日報)〉(일간지. 1926. 11. 15.~1931. 9. 2.)에 시 〈가는 누님〉(12. 24.)을 발표하여 문단(文壇)에 나온 뒤, 1927년(13세) 〈조선일보(朝鮮日報)〉에 〈옛 생각〉(11. 19), 1929년(15세) 〈동아일보(東亞日報)〉에 〈한울〉(10. 12.)·〈경회루(慶會樓)에서〉(10. 14.)·〈넷 동무〉(10. 16)·〈병(病)〉(10. 19.), 1930년(16세) 〈야경차(夜警車)〉(1. 12.) 등을 발표하였다. 이 무렵에는 주로 이시카와 다쿠보쿠(→381) 초기의 감상적(感傷的)인 작풍에 많은 영향을 받았다.

송도상업고등학교(松都商業高等學校)를 졸업한 뒤, 군산(群山)과 용산(龍山) 등의 고무 공장에서 사원으로 근무하면서 틈틈이 시를 써서 〈실업자(失業者)의 오월〉[〈대중공론(大衆公論)〉 제5호, 1930. 6.]·〈소식-우리들의 형님에게〉(〈음악과시〉 창간호, 1930. 8.)·〈고도(古都)의 기억〉[〈조선문단(朝鮮文壇)〉 제24호, 1935. 7.]과 〈조선중앙일보(朝鮮中央日報)〉(일간지. 1933. 3. 7.~1937. 11. 5.)에 〈창백한 산보(散步)〉(1933. 7. 22.)·〈그·날·밤 당신은 차를 타고〉(1934. 2. 8.)·〈파도 있는 해안에 서서〉(1934. 3. 12.)·〈어두워 오는 영창(映窓)에 기대어-삼월에 쓰는 편지〉(1934. 3. 28.)·〈풍경화—No. 1 호반(湖畔)에서〉(1934. 12. 9)·〈풍금과 계절〉(1935. 4. 8.)·〈황혼보(黃昏步)〉(1935. 4. 19.)·〈사향도(思鄕圖)-상(上) 정거장, 목가(牧歌), 교사(校舍)의 오후〉(1935. 4. 24.)·〈사향도-하(下) 동무의 무덤, 언덕〉(1935. 4. 26.)·〈오후의 구도(構圖)〉(1935. 5. 1.)·〈조가(弔歌)〉(1935. 5. 7.~5. 24.)·〈석고(石膏)의 기억(記憶)〉(1935. 7. 3.)·〈외인촌(外人村)의 기억〉(1935. 8. 6.), 〈동아일보〉에 〈해안과 낙엽〉(1933. 11. 9.)·〈부두〉와 〈여름〉(1934. 7. 25.) 등을 잇달아 발표하였다.

1936년(22세) 김달진(→58)·김동리(→60)·여상현(呂尙玄, 1914~?, 북한의 시인)·서정주(→226)·오장환(→298)·함형수(→508) 등과 함께 〈시인부락(詩人部落)〉(격월간 문예 동인지. 1936. 11.~1937. 12. 통권 5호로 종간) 동인(同人)이 되었고, 1937년(23세) 민태규(閔泰奎)·박재륜(朴載崙, 1910~2001, 한국의 시인)·서정주·신백수(申百秀, 1915~1946, 한국의 시인이며 소설가)·신석초(→256)·오장환·윤곤강(→357)·이병각(李秉珏, 1910~1941, 한국의 시인)·이성범(李成範, 1915~?, 한국의 시인)·이육사(→390)·정호승(→449)·함형수 등과 함께 〈자오선(子午線)〉(시 전문 동인지. 1937. 11. 10. 창간호로 종간) 동인으로 여기에 시 〈대화(對話)〉를 발표하였다.

김기림(→54)이 도입하고 이론화한 모더니즘 시론(詩論)을 주조(主潮)로 하여 '시는 하나의 회화(繪畫)'라는 시론을 전개하면서 주지적(主知的)·시각적인 시를 계속 발표하여 시단(詩壇)에 신선한 바람을 일으켰고, 1930년대 후반 모더니즘 시 운동의 정착에 크게 이바지하였다.

1938년(24세) 〈조선일보〉 신춘 문예 시 부문에 〈설야(雪夜)〉가 당선되었으며, 1939년(25세)에는 〈시학(詩學)〉(격월간 문예지. 1939. 3.~10. 통권 4호로 종간) 창간호에 〈공원(公園)〉, 종간호에 〈조화(弔花)〉를 발표하였다.

같은 해 8월 처녀 시집 〈와사등(瓦斯燈)〉[남만서점(南蠻書店)]을 펴냈다. 1930년대 후반 한국의 시들은 이미지를 가장 중시하는 모더니즘 경향을 보였는데, 〈와사등〉

은 한국 모더니즘 시 운동의 대표적인 시집이라고 할 수 있다. 이 시집에는 〈가로수(街路樹)〉·〈공지(空地)〉·〈광장(廣場)〉·〈데생〉(〈조선일보〉, 1939. 7. 9.)·〈동화(童話)〉·〈등(燈)〉·〈밤비〉·〈벽화(壁畫)〉·〈북청(北靑) 가까운 풍경(風景)〉·〈산상정(山上町)〉·〈석고의 기억〉·〈설야〉(〈조선일보〉, 1938. 1. 8.)·〈성호 부근(星湖附近)〉(〈조선일보〉, 1937. 6. 4.)·〈소년 사모(少年思慕)〉·〈신촌(新村)서〉·〈오후의 구도〉·〈와사등〉(〈조선일보〉, 1939. 6. 3.)·〈외인촌〉·〈정원(庭園)〉·〈지등(紙燈)〉·〈창〉·〈창백한 산보〉·〈풍경〉·〈해바라기의 감상(感傷)〉·〈향수(鄕愁)의 의장(意匠)〉·〈호반의 인상(印象)〉·〈황혼(黃昏)에 서서〉·〈SEA BREEZE〉 등 27편의 창작시와 엘리엇(Thomas Stearns Eliot, 1888~1965, 미국 태생 영국의 시인이며 문학 평론가·극작가)·파운드(Ezra Weston Loomis Pound, 1885~1972, 미국의 시인)·흄(Thomas Ernest Hulme, 1883~1917, 영국의 시인이며 문학 평론가·철학자) 등의 번역시가 실려 있다. 1946년(32세) 정음사(正音社)에서 중판(重版)한 〈와사등〉에는 〈설야〉가 빠져 26편만이 실렸다.

〈설야〉·〈와사등〉·〈외인촌〉은 주지주의적 서정시의 흐름을 형성한 작품으로 초기 모더니즘적 특징을 뚜렷이 보여 준다. 〈설야〉는 비유나 이미지보다 서정적 분위기를 느끼게 하며, 그 서정성은 현대성과 조화를 이루어 주지적 서정시의 흐름을 형성하는 데 이바지하였다. 〈와사등〉은 현대 물질 문명의 현란한 무질서에 대한 고민을 그린 것으로 서구 모더니즘의 영향을 받은 지성인의 정치적 방황을 느끼게 한다. 〈외인촌〉은 현란한 색채어와 공감각 이미지로 채색되어 고독한 시선(視線)을 느끼게 해 준다.

1946년 2월 8~9일 이틀 동안 조선문학건설본부(朝鮮文學建設本部)와 조선프롤레타리아문학동맹이 함께 전국문학가대회를 개최하여 발족한 좌익(左翼) 문학 단체 조선문학가동맹[朝鮮文學家同盟, 1945년 12월 6일 '조선문학동맹'으로 결성]에 관여하면서 이념 대립을 지양하는 '제3문학론'을 내세웠다.

〈3·1 기념 시집〉(1946)에 〈3·1날이여! 가슴아프다〉를 발표하였으며, 1947년(33세) 5월에는 〈추일서정(秋日抒情)〉[〈인물평론(人物評論)〉, 1940. 7.]을 비롯하여 〈녹동묘지(綠洞墓地)에서〉·〈눈 오는 밤의 시〉·〈단장(短章)〉·〈대낮〉·〈뎃상〉·〈도심 지대(都心地帶)〉·〈망우리(忘憂里)〉·〈반가(反歌)〉·〈비(碑)〉·〈수철리(水鐵里)〉·〈야차(夜車)〉·〈은수저〉[〈문학(文學)〉 제2호, 1946. 7.]·〈장곡천정(長谷川町)에 오는 눈〉·〈조화〉·〈향수〉·〈환등(幻燈)〉·〈황량(荒涼)〉 등 광복 이전까지 쓴 시 19편을 모아 두 번째 시집 〈기항지(寄港地)〉(정음사)를 펴냈다.

그의 시는 이미지즘(imagism)적 경향이 주류를 이루고 있으나, 드물게 감상적인 요소가 포함되어 소시민의 따뜻한 서정을 노래하였고, 도시적 소재와 공감각적(共感覺的) 이미지를 즐겨 사용하였으며, 이미지의 공간적인 조형(造形)을 시도한 점에서 주목받았다.

1950년(36세) 3월에는 신석정(→255)·유치환(→350)·장만영(→426)과 함께 4인 시집 〈현대 시집 Ⅱ〉(정음사)을 펴냈다.

한국 전쟁(Korean War, 1950. 6. 25.~1953. 7. 27.)이 일어난 직후인 1951년(37세)부터 납북(拉北)된 아우 익균[金益均, 한국무역협회(韓國貿易協會) 초대 부회장]이 운영하던 건설실업(建設實業, 1946년 창업) 사장으로 37년 동안 재직하면서 실업계에 투신, 시인의 길이 아닌 기업가로 활동하여 국제상사중재위원회(國際商事仲裁委員會, International Court of Arbitration) 한국위원회 감사(監事), 한국무역협회 부회장(1960), 한일경제협력특별위원회(韓日經濟協力特別委員會) 상임 위원, 전국경제인연합회(全國經濟人聯合會, 전경련) 이사(1977), 한양로타리 클럽 회장(1984), 기림기념사업회(起林紀念事業會) 회장 등을 맡았다.

1957년(43세) 7월 〈고향(故鄕)〉·〈기적(汽笛)〉·〈노신(魯迅)〉(1947)·〈사향도〉·〈시를 쓴다는 것이 이미 부질없고나〉·〈영도(影島) 다리〉·〈황혼가(黃昏歌)〉(1947) 등이 실려 있는 세 번째 시집 〈황혼가〉[산호장(珊瑚莊)], 1969년(55세) 네 번째 시집 〈황조가(黃鳥歌)〉를 펴냈으며, 1982년(68세) 지식산업사(知識産業社)에서 〈한국 현대 시문학 대계(韓國現代詩文學大系)〉(모두 25권) 제13권으로 〈김광균·장만영〉, 1985년(71세) 문집(文集) 〈와우산(臥牛山)〉[범양사(汎洋社)], 1986년(72세)에는 〈독서(讀書)〉·〈목련(木蓮)나무 옆에서〉·〈목상(木像)〉·〈성북동(城北洞)〉·〈수반(水盤)의 시〉·〈수의(壽衣)〉·〈혼우(昏雨)〉·〈황진(黃塵) 1〉 등이 실려 있는 시집 〈추풍귀우(秋風鬼雨)〉(범양사), 1989년(75세)에는 〈무료일일(無聊日日)〉·〈산(山) 일(一)〉·〈산 이(二)〉·〈11월의 노래〉·〈임진화(壬辰花)〉·〈추일서정〉·〈해변(海邊)가의 무덤〉

등이 실려 있는 시집 〈임진화〉(범양사)를 펴냈다.

1989년(75세) 은관 문화 훈장(銀冠文化勳章), 1990년(76세) 시 〈해변가의 무덤〉으로 제2회 '정지용 문학상(鄭芝溶文學賞)'을 받았다.

당대(當代)의 문학 평론가 김기림과 백철(白鐵, 1908~1985, 한국의 문학 평론가)이 '청각(聽覺)조차 시각화(視覺化)하는 기이한 재주', '무형적인 것을 유형화하는 능력'으로 평가하였듯이 그의 시는 현대 문명의 이미지를 정교하게 풀어 내는 언어 의식 및 회화적(繪畫的) 이미지 같은 모더니즘론에 근거하였다.

2004년 5월 서울 종로구(鐘路區) 명륜동(明倫洞) 혜화역(惠化驛)에 〈설야〉가 새겨진 시비(詩碑)가 있으며, 전라남도 구례군(求禮郡) 마산면(馬山面) 황전리(黃田里) 화엄사(華嚴寺) 입구 '시비 동산'에 〈와사등〉을 새긴 시비가 세워졌다.

49

김광섭

金珖燮 1905(고종 42). 9. 22. ~ 1977. 5. 23.

한국의 시인이며 언론인.

호(號)는 이산(怡山), 본관(本貫)은 전주(全州).

김인준(金寅濬)의 3남 3녀 중 맏아들로, 함경북도 경성군(鏡城郡) 어대진(魚大津)에서 태어났으며, 서울에서 죽었다.

1911년(6세) 집안이 어려워지자 온 가족이 만주(滿洲) 북간도(北間島)로 이주하였다가 1년 만에 돌아왔다.

서당에서 한학(漢學)을 배웠으며, 1915년(10세) 경성공립보통학교(鏡城公立普通學校)에 입학하여 1917년(12세) 졸업하고, 1919년(14세) 이학순과 결혼하였다.

1920년(15세) 서울의 중앙학교(中央學校, 지금의 중앙중·고등학교)를 중퇴하고, 중동학교(中東學校, 지금의 중동중·고등학교)로 옮겨 1924년(19세)에 졸업하였다.

1925년(20세) 일본으로 유학하여 나라의과대학(奈良醫科大學)에 지원하였으나 색맹(色盲)으로 불합격되고, 1926년(21세) 도쿄 와세다대학(早稻田大學) 제1고등학원(第一高等學院) 영문과에 입학하였다. 이 때 이 대학의 불문과(佛文科)에 적(籍)을 두고 있던 이헌구(李軒求, 1905~1983, 한국의 문학 평론가)와 교유(交遊)하면서부터 문학에 뜻을 갖게 되었고, 1927년(22세) 같은 대학의 유학생 동창회지 〈R〉에 첫 작품 〈모기장〉을 발표하였다.

1927년(22세) 정인섭(→443)과 알게 되어 해외문학연구회(海外文學研究會)에 참여하였고, 그 기관지 〈해외문학〉(순문학 동인지, 1927. 1.~7. 통권 2호로 종간)의 동인(同人)으로 활동하였다. 해외문학연구회는 1926년 10월 일본 유학생 가운데 외국 문학을 전공하던 김명엽(金明燁)·김온(金鎾)·김진섭(金晉燮, 1903~?, 한국의 수필가이며 독문학자)·손우성(孫宇聲, 1904~2006, 한국의 프랑스 문학자)·이선근(李瑄根, 1905~1983, 한국의 언론인이며 교육가·역사학자)·이하윤(→408)·정인섭·함대훈(咸大勳, 1906~1949, 한국의 소설가이며 러시아 어 번역 문학가·신극 운동가)·홍재범(洪在範, 1895~?, 한국의 소설가) 등이 결성하였으며, 그 뒤 김한용(金翰容)·이병호(李炳虎)·장기제(張起悌)·정규창(丁奎昶)·함일돈(咸逸敦) 등이 제1차로 참여하였고, 김광섭·김삼규(金三奎, 1908~1989, 한국의 언론인)·이동석(李東碩)·이헌구·이홍종(李弘鍾) 등이 제2차로, 박용철(→185)·서항석(徐恒錫, 1930~1985, 한국의 독문학자이며 극작가·연출가)·유치진(柳致眞, 1905~1974, 한국의 극작가이며 연출가)·최정우(崔珽宇, 1907~1968년, 한국의 영문학자) 등이 제3차로 합류하였다.

1931년(26세)에는 박용철이 발행하고 김진섭·이하윤·이헌구 등이 참여한 〈문예월간(文藝月刊)〉(월간 순수 문예지, 1931. 11.~1932. 3. 통권 4호로 종간) 동인이 되었다.

1932년(27세) 대학을 졸업한 뒤, 1933년(28세) 귀국하여 모교(母校) 중동학교에서 10여 년 동안 영어 교사로 교편(敎鞭)을 잡았다.

1933년 〈삼천리(三千里)〉(월간 종합 교양지, 1929. 6.~1942. 1. 통권 150호로 종간)에 〈현대 영길리 시단(現代英吉利詩壇)〉을 번역하여 발표하였고, 시 〈개 있는 풍경〉을 〈신동아(新東亞)〉(월간 종합 교양지, 1931. 11.~1936. 9. 통권 59호로 폐간, 1964년 9월 통권 60호로 복간), 평론 〈문단(文壇) 빈곤(貧困)과 문인(文人)의 생활〉을 〈동아일보(東亞日報)〉(1933. 10. 2.), 〈현대 영문학에의 조선적 관심〉을 〈조선문학(朝鮮文學)〉(월간 순수 문예지, 1933. 5.~11. 제4호로 휴간, 1936. 5. 1. 속간, 1937. 8. 1. 다시 휴간, 1939. 1. 1. 속간, 6월, 통권 19호로 종간)에 발표하였다.

1934년(29세) 〈문학(文學)〉(월간 문예 동인지, 1934. 1.~4. 통권 3호로 종간) 창간호에 평론 〈수필 문학 소고(隨筆文學小考)〉를 발표하는 등 여러 장르에 걸쳐 활발한 문학 활동을 전개하였다.

본격적으로 시작(詩作)에 들어선 것은 1935년(30세) 2월 김상용(→70)·노천명(→122)·모윤숙(→159)·오일도(→296) 등과 함께 〈시원(詩苑)〉(시 동인지. 1935. 2.~12. 통권 5호로 종간)을 창간하면서 여기에 일제(日帝)에 의하여 주권(主權)을 상실한 좌절과 절망을 읊은 〈고독(孤獨)〉(제2호, 1935. 4.)을 발표하면서부터이다. 이 계열의 작품으로 〈동경(憧憬)〉[〈조광(朝光)〉 제20호, 1937. 6.]·〈초추(初秋)〉 등이 있는데, 만주 사변(滿洲事變, 1931. 9. 18.~1932. 2. 18.)을 배경으로 한 고독·불안·허무(虛無) 의식이 배경이 된 것이다. 이 무렵 〈고민(苦悶)의 풍토〉·〈푸른 하늘의 전락(顚落)〉 등 고요한 서정과 냉철한 지적(知的) 성격의 시편(詩篇)들을 발표하여 주목을 끌었고, 그 뒤의 작품에는 식민지 시대의 지성인이 겪는 고뇌와 민족 의식이 짙게 나타나 있다.

1937년(32세)에는 〈시인춘추(詩人春秋)〉(시 동인 문예지. 1937. 6.~1938. 통권 3호로 종간) 창간호에 시 〈가마귀〉를 발표하였다. 같은 해, 김진섭·서항석·유치진 등 주로 해외문학연구회 회원들과 유형목(俞亨穆)·이웅(李雄)·홍해성(洪海星, 1893~1957, 한국의 연출가) 등이 주관하여 결성한 극예술연구회(劇藝術研究會, 1931. 7.~1938. 3.)에 참여, 연극 운동에 관여하면서 함대훈 등과 교유하였다. 또한 쇼(George Bernard Shaw, 1856~1950, 아일랜드의 극작가이며 문학 평론가·사회주의 선전 문학가. 1925년 노벨 문학상을 받았다.)의 〈무기(武器)와 인간(Arms and the Man)〉(1894년 초연)을 번역·상연하는 한편, 평론 〈애란 연극 운동 소관(愛蘭演劇運動小觀)〉·〈연극 운동과 극연(劇研)〉·〈1년 동안의 극계 동향(劇界動向)〉 등을 발표하였다.

1938년(33세) 7월 처녀 시집 〈동경〉[대동인쇄소(大東印刷所)]을 펴냈다. 이 시집은 이헌구의 머리말과 셸리(Percy Bysshe Shelley, 1792~1822, 영국의 낭만파 시인)의 〈종달새에게(To a Sky-Lark)〉(1820) 원문과 번역, 본문 4부로 구성되었다. 제1부에 〈고독〉·〈독백(獨白)〉·〈동경〉·〈비 개인 여름 아침〉·〈소곡(小谷)에서〉·〈추상(追想)〉 등 12편, 제2부에 〈개성(個性)〉·〈나상(裸像)〉·〈나의 상상〉·〈촉화(燭火)〉 등 10편, 제3부에 〈길〉·〈까치〉·〈밀려난 조개 껍데기〉·〈밤〉·〈백지(白紙)〉 등 8편, 제4부에 〈범〉·〈우수(憂愁)〉·〈청춘(靑春)〉 등 8편 등 모두 38편의 시가 실려 있다. 이 작품들은 모두 1930년대를 전후하여 쓴 것으로, 식민지 사회의 지성인이 겪는 고뇌와 민족 의식을 바탕으로 하고 있다.

1939년(34세)에는 〈박문(博文)〉(월간 수필 잡지. 1938. 10.~1941. 1. 통권 23호로 종간) 제6호(1939. 3.)에 수필 〈감상(感想)〉, 〈순문예(純文藝)〉(문예 동인지. 1939. 8. 창간호로 종간)에 〈시론(詩論)〉을 발표하였다.

이 무렵 중동학교에서 아일랜드 시를 강의하면서 반일(反日) 민족 사상을 고취하고 일제의 창씨개명(創氏改名)을 공공연히 반대하여, 1941년(36세) 경찰에 체포되어 3년 8개월 동안 옥고(獄苦)를 치르고 1944년(39세) 출옥하였다.

광복된 뒤에는 민족주의(民族主義, nationalism) 문학을 건설하기 위하여 창작과 단체 활동 등을 병행하였는데, 상당 기간 문화계·관계(官界)·언론계 등에서 활동하였다. 이 무렵의 시로는 〈민족의 제전(祭典)〉·〈속박과 해방〉 등이 있는데, 광복의 환희와 민족 의식을 표현한 것이다.

1945년(40세) 중앙문화협회(中央文化協會)를 창립하였고, 1946년(41세)에는 전조선문필가협회(全朝鮮文筆家協會)를 창립하여 총무를 지냈으며, 민주일보사(民主日報社) 사회부장, 전국문화단체총연합회(全國文化團體總聯合會, 文總) 출판부장, 1947년(42세)에는 민중일보사(民衆日報社) 편집국장, 미군정청(美軍政廳) 공보국장을 거쳐 1948년(43세) 정부 수립 뒤에는 이승만 대통령(李承晩, 1875~1965, 한국의 독립 운동가이며 초대 대통령. 재임 1948~1960) 공보 비서관을 지냈다. 또한 1949년(44세) 12월 17일 발족한 한국문학가협회(韓國文學家協會) 외국문학 분과 위원장을 맡았다.

한편, 계도적인 민족주의 문학론을 활발하게 전개하여 〈40년간의 일본 죄악사〉[〈대조(大潮)〉 창간호, 1946. 1.], 〈경향신문(京鄕新聞)〉에 〈정치 의식과 문학의 기본 이념〉(1946), 〈민주일보(民主日報)〉에 〈문학의 당면 임무〉(1946), 〈만세보(萬歲報)〉(일간 신문. 1906. 6. 17.~1907. 6. 29.)에 〈민족 문학의 방향〉(1947), 〈백민(白民)〉(월간 종합 교양지. 1945. 12.~1950. 5. 통권 22호로 종간)에 〈문학의 현실성과 그 임무〉(제12호, 1948. 1.)·〈민족 문학을 위하여〉(1948)·〈민족주의 정신과 문학인의 건국 운동〉(1949) 등을 발표하였다. 이러한 일련의 시론(時論)은 그의 시 정신과 동일한 맥락을 이루는 것이었다.

1949년 12월에 펴낸 제2시집 〈마음〉(중앙문화협회)과

1957년(52세) 12월에 펴낸 제3시집 〈해바라기〉[자유문학자협회(自由文學者協會)]에서는 민족 의식과 조국애가 더욱 확대되고 심화되었다. 〈마음〉은 맑은 물과 백조(白鳥)의 조응(照應)을 통하여 한 생명의 실상을 읊은 것이고, 〈해바라기〉는 높은 이념을 해로써 상징하고 민족의 지표(指標)를 제시한 것이었다.

1952(47세)~1970년(65세)에는 주로 경희대학교(慶熙大學校) 문리과대학 교수로 있으면서 1955년(50세) 6월 자유문학자협회를 만들어 위원장에 선출되고, 그 기관지 〈자유문학〉(월간 순수 문예지. 1956. 6.~1963. 8. 통권 71호로 종간)을 창간하였다.

1958년(53세) 〈시와시론(詩論)〉[시 동인지. 1958년 4월 20일 경기도 안양(安養)에서 창간. 1952년 12월 대구에서 창간된 문예지 〈시와시론〉과는 다른 잡지] 창간호에 시론 〈시의 결정(結晶)을 위하여〉을 실었으며, 같은 해 세계일보사(世界日報社) 사장이 되었고, 1959년(54세) 예술원(藝術院) 회원으로 선출되었다.

1962(57세)~1963년(58세)에는 한국문인협회(韓國文人協會. 文協) 초대 부이사장으로 활동하였다.

1964년(59세) 〈자유문학〉이 운영난으로 무기 정간(停刊)되자 그 충격으로 고혈압 증세를 보였다.

1965년(60세) 제3시집 〈이삭을 주울 때〉를 펴냈다. 이 해 서울운동장(지금의 동대문역사문화공원)에서 야구 경기를 관람하던 중 졸도하여, 오랫동안 투병 생활을 하였다.

후기 작품들은 1969년(64세)에 펴낸 제4시집 〈성북동(城北洞) 비둘기〉[범우사(汎友社). 같은 제목으로 〈월간문학(月刊文學)〉 창간호(1968. 11.)]와 1971년(66세)에 펴낸 제5시집 〈반응(反應)-사회 시집〉[문예출판사(文藝出版社)]에 실려 있는데, 〈성북동 비둘기〉에서는 병상(病床)에서 터득한 인생과 자연·문명에 대한 통찰(洞察)과 아울러 1960년대의 시대적 비리(非理)도 비판하였고, 〈반응—사회 시집〉은 사회성을 띤 시들로서 1970년대 산업 사회의 모순 등을 드러내고 있다. 이 때의 시편들은 관념이 예술적으로 세련되고 승화되어 관조(觀照)와 각성(覺醒)의 원숙경(圓熟境)을 보여 주었다.

민족적 지조(志操)를 고수한 주지적(主知的) 시인으로 알려졌는데, 초기 작품은 관념적이고 지적(知的)이었으나, 후기에 이르러 인간성과 문명의 괴리 현상을 서정적으로 심화시켰으며, 특히 〈성북동 비둘기〉는 그의 문학적 업적의 결정(結晶)으로 높은 평가를 받고 있다.

이 밖에 시 〈생(生)의 감각〉[〈현대문학(現代文學)〉 제145호, 1967. 1.]·〈산(山)〉(〈창작과비평〉, 여름호, 1968. 6.)·〈시인(詩人)〉(〈동아일보〉, 1969. 5. 3.)·〈저녁에〉[〈월간중앙(月刊中央)〉, 1969. 11.], 번역시 〈서정 시집(抒情詩集)〉(1958), 〈김광섭 시 전집〉[일지사(一志社), 1974], 시집 〈겨울날〉(창작과비평사, 1975)·〈김광섭〉[지식산업사(知識産業社), 〈한국 현대 시문학 대계(韓國現代詩文學大系)〉 제12권. 1981], 자전 문집(自傳文集) 〈나의 옥중기(獄中記)〉(창작과비평사, 1976) 등이 있다.

1958년 제7회 서울특별시 문화상, 1965년 제4회 오월문예상(五月文藝賞), 1970년 대한민국 문화 예술상과 국민 훈장 모란장(牡丹章), 1974년(69세) 제19회 대한민국 예술원상, 1977년 건국에 이바지한 공로로 건국 포장(建國褒章, 1990년 건국 훈장 애국장으로 격상되었다.)을 받았다.

1989년 '문학과지성사'에서는 그의 문학적 업적과 그 정신을 기리기 위한 '이산 문학상(怡山文學賞)'을 제정하여 해마다 시상하고 있다.

서울 강남구(江南區) 일원동(逸院洞)에 있는 모교 중동고등학교 교정에 〈마음〉, 충청남도 보령시(保寧市) 성주면(聖住面) 개화리(開花里) 개화예술공원(開花藝術公園) 모산한국육필문예공원에 〈저녁에〉, 홍성군(洪城郡) 결성면(結城面) 성곡리(城谷里) 민족시비공원(民族詩碑公園)에 〈나의 사랑하는 나라〉가 새겨진 시비가 세워졌다.

50

김광수

金光粹 1468(세조 14) ~ 1563(명종 18)

조선(朝鮮, 1392~1910)의 시인.

자(字)는 국화(國華), 호(號)는 송은(松隱), 본관(本貫)은 안동(安東).

지례(知禮) 현감(縣監)을 지낸 아버지 김극해(金克諧)와 어머니 연안(延安) 강씨(康氏)의 아들로, 경상북도 의성(義城) 북촌(北村)에서 태어났다.

1501년(33세, 연산군 7) 진사시(進士試)에 급제(及第)하였으나, 연산군(燕山君, 1476~1506, 조선의 제10대 왕. 재위 1494~1506)의 폭정(暴政)이 계속되고 무고(無辜)한 선비들의 희생이 늘자 벼슬길에 나아가는 것을 단념하고 고향으로 가서 시가(詩歌)를 지으며 청빈하게 생애를 보냈다. 효성과 우애가 지극하여 부근의 노소현우(老少賢

愚)를 막론하고 그를 존경하지 않는 이가 없었다.

죽은 뒤 대곡산(大谷山)에 장사지냈는데, 그 뒤 외손(外孫) 유성룡(柳成龍, 1542~1607, 조선의 문인)이 왕명을 받아 제사지내고 묘를 살펴보았다. 고향 의성의 장대서원(藏臺書院)에 배향(配享)되었다.

지은 책으로 〈경심잠(警心箴)〉과 〈송은집(松隱集)〉(1740) 등이 있다.

51

김광주

金光洲 1910(순종 4). 7. 9. ~ 1973. 12. 17.

한국의 시인이며 소설가·독립 운동가.

필명(筆名)은 평(萍), 본관(本貫)은 김해(金海).

경기도 수원(水原)에서 태어났다.

1932년(22세) 〈신생(新生)〉(월간 종합 교양지. 1928. 10. ~1934. 1.) 제40호(1932. 4.)에 시 〈우후(雨後)〉를 발표하여 문단(文壇)에 나왔으나 주로 소설을 썼고, 시는 1936년(26세)까지 20여 편을 썼다.

1933년(23세) 중국 장쑤성(江蘇省) 상하이(上海)로 가서 남양의학대학(南洋醫學大學)을 다니다가 중퇴하였는데, 재학 때부터 동인지(同人誌) 〈보헤미안〉을 발간하고, 1934년(24세) 위혜원(韋惠園)·전창근(全昌根, 1908~1975, 한국의 영화 감독이며 시나리오 작가·배우·연극인) 등과 극단(劇團) '보헤미안 극사(劇社)'를 조직하여 창작극 상연 활동을 하였으며, 중국 문학을 국내에 소개하였다. 문학에 주력하여 단편 〈밤이 깊어 갈 때〉를 〈신동아(新東亞)〉(월간 종합 교양지. 1931. 11.~1936. 9. 통권 59호로 폐간. 1964년 9월 통권 60호로 복간) 제24호(1933. 10.)에 발표하면서 소설을 쓰기 시작하였고, 계속하여 〈신동아〉에 단편 〈포도(鋪道)의 우울〉(제28호, 1934. 2.)·〈파혼(破婚)〉(제36호, 1934. 10.)·〈북평(北坪)서 온 영감〉(제52호, 1936. 2.) 등을 발표하였다.

1937년(27세) 노구교 사건(盧構橋事件, 1937. 7. 7. 루거우차오 사건) 이후 광복될 때까지 중국 각지를 전전하며 방랑 생활을 하였고, 광복이 되자 귀국하여 한때 김구(金九, 1876~1949, 한국의 독립 운동가이며 정치가)를 도왔다.

1946년(36세) 4월 4일에는 김진섭(金晋燮, 1903~?, 한국의 수필가이며 독문학자)·박종화(→190)·이하윤(→408) 등이 중심으로 있던 중앙문화협회(中央文化協會)의 불투명한 성격을 거부하고, 곽종원(郭鍾元, 1915~2001, 한국의 문학 평론가)·곽하신(郭夏信, 1920~?, 한국의 소설가)·김갑순(金甲順)·김남중(金南中, 1917~1987, 한국의 언론인이며 수필가)·김달진(→58)·김동리(→60)·김상옥(→69)·김수돈(→74)·김춘수(→95)·김현승(→99)·박두진(→177)·박목월(→178)·박용덕[朴容德, ?~?, 〈단층(斷層)〉 편집·발행인]·박용구(朴容九, 1923~1999, 한국의 소설가)·백완기(白完基, 1914~?, 한국의 문학 평론가)·서정주(→226)·설창수(→230)·여세기(呂世基)·오영수(吳永壽, 191 4~1979, 한국의 소설가)·유동준(俞東濬, 1921~, 한국의 문학 평론가)·유치환(→350)·이경순(李敬純, 1905~1985, 한국의 교육자이며 시인)·이광래(李光來, 1908~1968, 한국의 연극인)·이설주(李雪舟, 1908~2001, 한국의 시인)·이영도(→384)·이윤수(李潤守, 1914~1997, 한국의 시인)·이재춘(李在春)·이정호(李正浩, 1927~1991, 한국의 시인이며 언론인)·이한직(→409)·임서하(任西河, ?~?, 한국의 소설가)·정진업(鄭鎭業, 1916~1983, 한국의 시인이며 연극인)·조연현(→459)·조지훈(→461)·조진대(趙眞大, 1920~?, 한국의 소설가)·조향(→463)·최인욱(崔仁旭, 1920~1972, 한국의 소설가)·최태응(崔泰應, 1917~1998, 한국의 소설가)·황순원(→521) 등과 함께 조선청년문학가협회(朝鮮青年文學家協會)를 결성[1949년 12월 17일 한국문학가협회(韓國文學家協會)가 결성됨에 따라 발전적으로 해산]하여 활동하였다.

1947년(37세) 잡지 〈문화시보(文化時報)〉·〈예술조선(藝術朝鮮)〉(11. 9.)을 창간하는 데 관여하였고, 경향신문사(京鄉新聞社) 문화부장·편집국장으로 일하면서 작품 활동을 계속하였다.

단편 〈악야(惡夜)〉[〈백민(白民)〉 제20호, 1950. 2.]는 사회 혼란으로 말미암은 애정 윤리의 타락과 그 희생양인 양공주(洋公主)의 집에서 하룻밤 사이에 겪은 이야기이며, 반공 소설에 속하는 장편 〈석방인(釋放人)〉(〈경향신문〉, 1953. 7.~12.)은 반공 포로 석방으로 자유를 찾은 주인공의 파란만장한 자취를 그린 이야기이다. 이 밖에도 〈경향신문〉에 〈괴로운 사람들〉(1955. 8.)·〈사랑은 죽음과 같이〉(1957) 등을 연재하였다. 광복된 뒤에 발표한 단편 소설들은 〈결혼 도박(結婚賭博)〉(1951)·〈연애 제100장(戀愛第百章)〉(〈백민〉, 1954)·〈혼혈아(混血兒)〉(1960)에 실려 있다.

1952년(42세) 〈연합신문(聯合新聞)〉[1949년 1월 22일 창간, 1960년 7월 11일 〈서울일일신문〉으로 개제(改題) 발행,

1962년 1월 1일 폐간]에 발표한 〈나는 너를 싫어한다〉는 당시의 사회상(社會相)을 고발한 작품으로 화제작이 되었다.

〈삼국지(三國志)〉[모두 3권, 삼중당(三中堂), 1954]·〈풍운검(風雲劍)〉(1969) 등 중국 작품을 번역하였으며, 〈경향신문〉에 〈정협지(情俠誌)〉(1961. 6.~1963. 11.)를 연재하여 큰 인기를 얻었다.

1970년(60세) 〈아방궁(阿房宮)〉[〈월간문학(月刊文學)〉 제15~20호, 1970. 1.~6.]을 발표한 뒤, 주로 중국 무협 소설을 번역하는 등 정래동(丁來東, 1903~1985, 한국의 중문학자이며 수필가)과 함께 중국 문학을 국내에 알리는 데 힘썼다.

그의 작품 세계는 한국 전쟁(Korean War, 1950. 6. 25.~1953. 7. 27.) 뒤의 세태를 나름의 현실 감각으로 작품화한 계열과, 오랜 기간에 걸친 중국 생활 및 자신의 대륙적 기질이 반영된 폭넓고 선이 굵은 계열로 나누어진다. 주제와 작품화 과정에서 매우 다양하고 개방적인 안목이 있어서 그의 문학은 한국 현대 소설사상 하나의 특이한 예를 보여 준다.

이 밖에 〈세계 명작선(世界名作選)〉(1962)·〈정협지〉[모두 2권, 신태양사(新太陽社), 1963]·〈비호(飛虎)〉[모두 5권, 동화출판공사(同和出版公社), 1968]·〈사자후(獅子吼)〉(1969)·〈설화(說話) 중국의 역사〉(모두 8권)·〈중국 고전문학 대계(中國古典文學大系)〉(모두 12권) 등을 번역하였으며, 장편 소설 〈태양은 누구를 위하여〉(1951)·〈장미(薔薇)의 침실〉(1957)·〈흑백(黑白)〉(1959), 단편 소설 〈장발 노인(長髮老人)〉(1933)·〈남경로(南京路)의 창공(蒼空)〉(1935)·〈리바코푸의 불안〉, 수필집 〈고국(故國)의 봄〉(1952) 등이 있다.

김훈(金薰, 1948~, 한국의 소설가이며 문학 평론가)은 그의 아들이다.

52

김구용

金丘庸 1922. 2. 5. ~ 2001. 12. 28.

한국의 시인.

본명(本名)은 영탁(永卓).

경상북도 상주군(尙州郡, 지금의 상주시) 모동면(牟東面) 수봉리(壽峰里)에서 태어났으며, 서울 성북구(城北區) 동선동(東仙洞)에서 죽었다.

4살 때부터 불교에 귀의(歸依)하여, 금강산(金剛山) 유점사(楡岾寺)의 말사(末寺) 마하연((摩訶衍)에서 불교와 한학을 공부하였으며, 광복 전까지 충청남도 공주(公州) 동학사(東鶴寺) 등 여러 사찰에서 유불선(儒佛仙) 삼가(三家)의 경전(經典)과 동서양의 고전(古典)을 두루 익히고 서울로 돌아왔다.

1936년(14세) 〈회고(回顧)〉를 시작으로, 1949년(27세) 김동리(→60)의 추천으로 〈신천지(新天地)〉(월간 종합 교양지. 1946. 1.~1954. 12. 통권 69호로 종간)에 〈백탑송(白塔頌)〉·〈산중야(山中夜)〉를 발표하면서 문단(文壇)에 등장하였다.

1953년(31세) 성균관대학교(成均館大學校) 국문학과를 졸업하였다.

관념적이고 한자(漢字)가 많은 어려운 시를 썼는데, 〈탈출(脫出)〉[〈문예(文藝)〉, 1953. 2.]을 발표하면서 본격적으로 작품 활동을 하였다. 〈분광(噴光)의 심장〉(〈신천지〉, 1953. 6.)·〈산재(散在)〉(1953)·〈오늘〉(〈문예〉, 1953. 12.)·〈충실(充實)〉[〈시정신(詩精神)〉, 1954. 6.]·〈깨독나무〉(1954. 11.), 〈현대문학(現代文學)〉(월간 순수 문예지. 1955. 1.~현재)에 발표한 〈슬픈 계절〉(제5호, 1955. 6.)·〈위치(位置)〉·〈탈출(脫出)〉 등에서는 전쟁 뒤의 극도로 불안한 현실을 그렸다. 이어 진보적 성향의 〈문학예술(文學藝術)〉(월간 순수 문예지. 1954. 4.~1957. 12. 통권 33호로 종간)에 〈심상(心像)〉(1955. 6.)·〈관조(觀照)〉(1956. 2.), 〈육체(肉體)의 명상(冥想)〉[〈사상계(思想界)〉 제27호, 1955. 7.] 등을 발표하였는데, 이 무렵에는 정교하고 섬세한 언어로 행(行)과 연(聯)을 무시한 산문시(散文詩, prose poem)를 주로 많이 썼다.

1955년(33세) 〈현대문학〉 기자로 일하였고, 부산(釜山) 상명여자중·고등학교(祥明女子中高等學校) 교사를 거쳐 뒤 서라벌예술대학[중앙대학교(中央大學校) 예술대학의 전신(前身)]·건국대학교(建國大學校)·숙명여자대학교(淑明女子大學校)·성균관대학교 등에서 강의하였다.

1956년(34세) 시 〈그네의 미소(微笑)〉·〈잃어버린 자세(姿勢)〉로 현대문학사(現代文學社) 제1회 '현대 문학 신인상'을 받았다.

1957년(35세) 〈현대문학〉에 〈관음찬(觀音讚)〉·〈소인(消印)〉·〈심장 없는 인형〉(제36호, 1957. 12.) 등에 이어 〈관화(冠花)〉[〈한국평론(韓國評論)〉, 1958. 6.]·〈꿈의 이

상(理想)〉(1958)·〈반수신(半獸身)의 독백(獨白)〉[〈성대문학(成大文學)〉, 1958. 11.]·〈주인 없는 열쇠〉(〈사상계〉 제64호, 1958. 8.)·〈침묵(沈默)〉(1958)·〈항상 미지(未知)에 만〉[〈사조(思潮)〉 제6호, 1958. 11.]·〈말하는 풍경(風景)〉[〈신태양(新太陽)〉, 1959. 6.]·〈무(無)의 존재〉(〈현대문학〉 제55호, 1959. 7.) 등을 발표하였고, 1960년대에 들어와서는 〈불협 화음(不協和音)의 꽃〉(〈현대문학〉 제61호, 1960. 1.)·〈절단된 허리〉(〈사상계〉 제82호, 1960. 2.)·〈절벽(絕壁)〉[〈청파문학(靑坡文學)〉, 1960. 3.]·〈9월 7일〉(〈사상계〉 제101호, 1961. 9.)·〈아리랑 상·중·하〉(1961)·〈누구도 가난하지 않는〉(〈사상계〉 제124호, 1963. 8.)·〈이곡(二曲)〉(1963)·〈거울을 보면서〉(〈성대문학〉, 1964. 2.)·〈맹(盲)〉(〈사상계〉 제135호, 1964. 7.)·〈삼곡(三曲)〉(1964)·〈창에 박힌 포도〉[〈문학(文學)〉, 1966. 9.]·〈어느 날〉(〈서라벌문학〉, 1967. 11.)·〈소(簫)〉(〈사상계〉 제187호, 1968. 11.)·〈육곡(六曲)〉(〈현대문학〉 제170호, 1969. 2.)·〈풍미(風味)〉[〈신동아(新東亞)〉 제128호, 1970. 5.] 등의 작품을 통하여 불교 사상을 시 세계의 근간으로 하되, 표현 기법은 서구의 초현실주의(超現實主義, surrealism) 방법을 구사(驅使)하여 기교면에서나 사상면에서 실험시(實驗詩)의 새로운 지평(地平)을 확대하였다.

그의 시는 주로 산문시이면서도 밀도 있는 언어 구사의 함축미를 내포하였으며, 한국 전쟁(Korean War, 1950. 6. 25.~1953. 7. 27.)의 상흔(傷痕)으로 말미암은 폐허적 현실 속에서 석가모니[釋迦牟尼, B.C.563?~B.C.483?, 불교의 개조(開祖)]의 세계를 바탕으로 자의식(自意識)의 세계를 추구하려는 경향을 띠었다.

2001년(79세) 〈김구용 문학 전집〉(모두 6권, 솔, 2000)으로 제36회 월탄 문학상(月灘文學賞)을 받았다.

이 밖의 시집으로 〈시집 1〉[삼학사(三學社), 1969. 4.]·〈말씀에도〉[세대(世代), 1971. 9.]·〈시(詩)〉[조광출판사(朝光出版社), 1976. 10.]·〈구곡(九曲)〉[조문각(潮文閣), 1978]·〈송백팔(頌百八)〉[정법문화사(正法文化社), 1982]·〈뇌염(腦炎)〉(솔, 2001)·〈풍미〉(솔, 2001) 등이 있고, 역서(譯書)로 〈채근담(菜根譚)〉(1955)·〈옥루몽(玉樓夢)〉(1957)·〈노자(老子)〉[정음사(正音社), 1979]·〈수호전(水滸傳)〉[모두 5권, 삼덕출판사(三德出版社), 1981]·〈열국지(列國志)〉(1990)·〈동주 열국지(東周列國志)〉(모두 12권, 2001)·〈삼국지연의(三國志演義)〉(모두 10권, 2003) 등이 있다.

2011년 계간 〈리토피아〉에서는 그의 문학적 업적과 그 정신을 기리기 위한 '김구용 문학상'을 제정하여 그의 시 정신을 창조적으로 계승하는 문인(文人)을 대상으로 해마다 시상하고 있다.

경기도 용인시(龍仁市) 처인구(處仁區) 모현면(慕賢面) 오산리(吳山里) 천주교 용인공원묘원에 안장(安葬)되었으며, 강원도 인제군(麟蹄郡) 북면(北面) 용대리(龍垈里) 백담사(百潭寺)에 〈동(冬)〉이 새겨진 시비(詩碑)가 있다.

53

김규동

金奎東 1925. 2. 13. ~ 2011. 9. 28.

한국의 시인.

호(號)는 문곡(文谷), 본관(本貫)은 전주(全州).

의사인 김하윤과 김옥길의 맏아들로, 함경북도 종성(鍾城)에서 태어났다.

1932년(7세) 향리(鄕里)의 보통 학교(普通學校, 지금의 초등 학교)에 입학하여 8년 만에 졸업하였다. 1940년(15세) 경성고등보통학교(鏡城高等普通學校) 입학, 문학 평론가이며 영문학자인 김기림(→54)에게 영어와 수학을 배웠는데, 김기림을 스승으로 만난 것이 그가 시의 길로 들어서게 된 결정적 계기가 되었다. 동급생 가운데는 공중인(→26)·김철(金哲, 1926~1994, 한국의 언론인이며 정치가)·신상옥(申相玉, 1926~2006, 한국의 영화감독)·이활(李活, 1926~, 한국의 시인) 등이 있었다.

1941년(16세) 아버지가 뇌일혈로 돌아가셨으며, 1943년(18세) 만주(滿洲) 지린성(吉林省) 옌볜(延邊) 조선족 자치주 룽징(龍井)의 독립 지사 김약연(金躍淵, 1868~1942, 한국의 독립 운동가이며 교육자)을 방문하여 문중(門中)에서 보낸 독립 자금을 전달하였다.

1944년(19세) 경성고보를 졸업한 뒤 어머니의 뜻에 따라 경성제국대학[京城帝國大學, 서울대학교의 전신(前身)] 예과(豫科)에 응시하였으나 불합격하였고, 옌볜의과대학(沿邊醫科大學) 학장 김광찬의 배려로 2년 동안 청강생으로 공부하다가 1946년(21세) 중퇴하였다. 의학 공부가 성격에도 맞지 않았지만 경성고보 때 스승이던 김기림의 시적(詩的) 영향을 떨쳐 버릴 수 없었기 때문이었다.

1947년(22세) 김일성종합대학(金日成綜合大學, 1946년 10월 1일 개교) 조선어문학과 2학년에 편입 시험을 치러 합격한 뒤, 김일성종합대학 모자를 쓴 채 1948년(23세)

1월 단신(單身)으로 월남(越南)하였다.

같은 해, 서울대학교 교수로 재직 중이던 김기림의 주선으로 상공중학교[商工中學校, 지금의 중대부고(中大付高)] 교사로 부임하였고, 〈예술조선(藝術朝鮮)〉(1947년 11월 9일 창간) 신춘 문예에 〈강(江)〉이 입선되어 등단(登壇)하였다.

한국 전쟁(Korean War, 1950. 6. 25.~1953. 7. 27.)이 일어나자 1951년(26세) 교사직을 사퇴하고 부산(釜山)으로 피난하여 〈연합신문(聯合新聞)〉[1949년 1월 22일 창간, 1960년 7월 11일 〈서울일일신문〉으로 개제(改題) 발행, 1962년 1월 1일 폐간] 문화부장으로 부임하였으며, 김경린(金璟麟, 1918~?, 한국의 시인)·김차영(金次榮, 1922~?, 한국의 시인)·박인환(→188)·양병식(梁秉植)·이봉래(→373)·이상로(→375)·임호권(林虎權)·조향(→463) 등과 함께 '후반기(後半期)' 동인(同人)으로 활동하였다.

1951년 〈애국시 33인집〉[문성사(文成社)]을 펴냈으며, 1952년(27세) 강영춘과 혼인하였고, 1953년(28세) 연합신문사를 사퇴하였는데, 그 해 12월 '후반기' 동인 모임이 해체되었다.

1954(29세)~1957년(32세) 한국일보사(韓國日報社) 문화부장으로 일하였고, 1955년(30세)에는 〈한국일보〉 신문 문예에 〈우리는 살리라〉, 〈조선일보(朝鮮日報)〉 신춘 문예 〈포대(砲臺)가 있는 풍경(風景)〉이 각각 당선되었다.

1948~1955년에 발표하였던 시를 모아 1955년 10월 처녀 시집 〈나비와 광장(廣場)〉[산호장(珊瑚莊)]을 펴냈는데, 이 시집으로 1959년(34세) 자유문학자협회(自由文學者協會) 문학상을 받았다. 1957년에는 김경린·김수영(→75)·김종문(→87)·김춘수(→95)·이상로(→375)·이인석(→394)·이흥우·임진수(林眞樹, 1926~?, 한국의 시인이며 언론인) 등과 9인 시집 〈평화에의 증언(證言)〉[삼중당(三中堂), 1957. 12.]을 펴냈고, 시집 〈갈잎피리〉[청우출판사(青羽出版社), 1958. 12.]·〈현대의 신화(神話)〉[덕련문화사(德鍊文化社), 1958], 시론집(詩論集) 〈새로운 시론〉(산호장, 1959), 〈신춘 문예 당선 시집〉[신지성사(新知性社), 1959]을 펴낸 뒤 공백 기간을 두었다. 이 무렵에는 전쟁 관련 소재, 도시 문명에 대한 비판 의식, 현실의 비판적 추구 등 모더니즘 경향의 시를 많이 발표하였다.

1957~1960년(35세) 삼중당 주간(主幹)으로 일하다가 1960년 한일출판사(韓一出版社)를 설립하였고, 1976년(51세) 최정인(崔貞仁, 1939~, 한국의 시인)에게 넘겨 주었다. 한일출판사에서는 〈무엇을 어떻게 읽을까-독서법, 일생의 독서 계획〉(1961, 수필집)·〈사색(思索)과 영원(永遠)-한국 신예 여류 시인선〉(1962, 시선집)·〈지성(知性)과 고독(孤獨)의 문학-신문학 입문〉[1962, 평론집. 1969년 〈문장 강화(文章講話)〉로 제목을 바꾸어 재출간]·〈지폐(紙幣)와 피아노〉(1962, 수필집)·〈현대시의 연구-새로운 시와 낡은 시〉(1972. 3, 평론집)·〈실험실(實驗室)〉(1976, 시선집) 등을 펴냈다.

1964년(39세) 월간 〈영화잡지(映畫雜誌)〉를 창간하였고, 1970년(45세)부터 민족 문학에 관심을 갖고 1950년대의 모더니즘 경향에서 현실 참여적인 민중시를 발표하였다.

1974년(49세) 11월 27일 창립된 반체제 재야 단체 '민주회복국민선언대회(民主回復國民宣言大會)'에 참여하였고, 1975년(50세) 자유실천문인협의회[自由實踐文人協議會. 1974년 11월 18일 설립하여 1987년 9월 17일 '민족문학작가회의(民族文學作家會議)'로 이름을 바꾸었다가 2007년 12월 8일 '한국작가회의'로 다시 이름을 바꾸었다.] '165인 문인 선언'에 서명하고 이 협회 고문(顧問)으로 추대(推戴)되었다. 1979년(54세) 6월에는 카터 대통령(Jimmy Carter, 1924~, 미국의 제39대 대통령. 재임 1977~1981) 방한(訪韓)을 반대하는 데모에 참여하였다가 '국가 보위(國家保衛)에 관한 특별 조치법' 위반으로 경찰에 체포되어 구류(拘留)를 살기도 하였다.

1980년(55세) '지식인 134인 시국 선언'에 서명하였고, 1984년(59세) 10월 16일에 발족한 민주통일국민회의(民主統一國民會議) 중앙 위원으로 선출되었다.

1977년(52세) 시집 〈죽음 속의 영웅〉[근역서재(槿域書齋)], 1979년 평론집 〈어두운 시대의 마지막 언어〉[백미사(白眉社)], 1983년(58세) 〈한국의 명시(名詩) 해설-한국 신시 80년사〉[혜원출판사(惠園出版社)], 1985년(60세) 시선집 〈깨끗한 희망〉(창작과비평사), 1986년(61세) 〈친일 문학 작품 선집(親日文學作品選集)〉[김병걸(金炳傑, 1924~2000, 한국의 문학 평론가)과 공편, 실천문학사(實踐文學社)], 1987년(62세) 시선집 〈하나의 세상〉(자유문학사)과 산문집 〈어머님 전 상서(上書)〉(한길사), 1989년(64세) 시집 〈오늘 밤 기러기 떼는〉[동광출판사(東光出版社)], 1991년(66세) 수필집 〈어머니 지금 몇 시인가요〉(나루출판사)와 시집 〈생명의 노래〉(한길사), 시선집 〈길은 멀어도〉[미래사(未來社), 한국 현대 시인 전집 제42권]를 펴냈으며,

민족문학작가회의와 한국민족예술인총연합(韓國民族藝術人總聯合, 민예총) 고문으로 있으면서 사회 현실에 적극적으로 참여하였다. 이 시기에는 통일 문제, 노사(勞使) 문제, 학생 시위 등 현실적인 문제를 적극적으로 형상화하였고, 현실 문제에 능동적인 참여와 실천을 강조한 사회파 모더니즘으로 변모하였다.

1993년(68세) 시집 〈흰각시분꽃〉, 1994년(69세) 산문집 〈시인의 빈 손-어느 모더니스트의 변신(變身)〉(소담출판사), 2011년(86세) 〈김규동 시선집〉을 펴냈다.

1996년(71세) 은관 문화 훈장(銀冠文化勳章), 2006년(81세) 시집 〈느릅나무에게〉(창비, 2005)로 제21회 만해 문학상(卍海文學賞), 2011년(86세) 제56회 대한민국 예술원(藝術院)상을 받았다.

1988년(63세)부터 시 전각(篆刻) 작업을 시작하였는데, 3년 동안 깎고 새긴 작품 102점으로 2001년(76세) 1월 30일~2월 4일 조선일보 미술관(朝鮮日報美術館)에서 '통일 염원 시각전(統一念願詩刻展)'을 열었다.

충청남도 보령시(保寧市) 성주면(聖住面) 개화리(開花里) 개화예술공원(開花藝術公園) 모산한국육필문예공원에 시 〈당부〉가 새겨진 시비(詩碑)가 있다.

54

김기림

金起林 1908(순종 2). 5. 11. ~ ?

북한의 시인이며 문학 평론가·영문학자.

본명(本名)은 인손(仁孫), 필명(筆名)은 편석촌(片石村).

과수원과 많은 논밭을 소유한 아버지 김병연과 어머니 밀양(密陽) 박씨(朴氏)의 6녀 1남 중 외아들이며 막내로, 함경북도 성진[城津, 지금의 김책시(金策市)] 학중(鶴中)에서 태어났다.

1914년(6세) 향리(鄕里)의 임명보통학교(臨溟普通學校)에 입학, 1918년(10세) 졸업한 뒤 한학자를 집으로 초빙하여 한문을 배우고, 1920년(12세) 성진보통학교 부속 농업전수학교(農業專修學校)에 입학하여 1년 동안 다녔다.

1921년(13세) 서울 보성고등보통학교(普成高等普通學校, 지금의 보성중·고등학교)에 입학하였으나 1년 휴학하였다가 1923년(15세) 중퇴하였고, 1925년(17세) 일본으로 유학하여 도쿄 릿쿄중학교(立教中學校) 4학년에 편입하였다. 이 때 혼슈(本州) 남서부 주고쿠(中國) 지방 히로시마(廣島)에서 도쿄로 온 막내 누나 선덕과 함께 2년 동안 자취 생활을 하였다.

1926년(18세) 문부성(文部省)에서 실시하는 검정 시험에 합격하여 대학 입학 자격증을 받아, 도쿄 니혼대학(日本大學) 전문부 문과에 입학하였고, 1930년(22세) 졸업한 뒤 그 해 4월 귀국하여 고향에 내려가 무곡원(武谷園)이라는 과수원을 경영하며 창작에 전념하였다.

같은 해 조선일보사(朝鮮日報社) 공채(公採) 1기로 사회부 기자로 입사하여 〈조선일보〉에 'G.W.'라는 필명으로 시 〈가거라 새로운 생활로〉(9. 6.)와 평론 〈슈르레알리스트〉(9. 30.)·〈오후와 무명(無名) 작가들-일기장에서〉를 발표하여 문단(文壇)에 나왔다. 문학을 하게 된 동기를 '우연히 신문 기자였던 까닭에 출장 갔던 기행문을 쓴 데서 비롯되었지, 별다른 동기는 없었다.'고 하였으나, 〈문장(文章)〉(월간 순수 문예지, 1939. 2.~1941. 4. 통권 26호로 종간) 제12호(1940. 1.)에서 밝혔듯이 '한 가지 문학을 한다는 것만은 스스로 결심하였고, 무엇이고 값있는 것을 만들어 보겠다는 욕심'을 가지고 있었다.

1931년(23세) 〈조선일보〉에 시 〈꿈꾸는 진주(眞珠)여 바다로 가자〉(1. 23.)와 〈신동아(新東亞)〉(월간 종합 교양지, 1931. 11.~1936. 9. 통권 59호로 폐간, 1964년 9월 통권 60호로 복간) 창간호에 〈고대(苦待)〉·〈날개만 돋치면〉 등을 발표하여 시단(詩壇)에 나왔고, 〈조선일보〉에 주지주의(主知主義, intellectualism)에 관한 단상(斷想) 〈피에로의 독백(獨白)〉(1. 27.)을 발표하여 평론계에도 등단(登壇)하였으며, 희곡 〈천국에서 왔다는 사나이〉(〈조선일보〉, 1931. 3. 3.~3. 21.)를 연재하였는데, 특히 시 창작과 평론의 두 분야에 관심을 기울였다.

초기의 평론 〈시인과 시의 개념〉(〈조선일보〉, 1930. 7. 24.~7. 30.)·〈시의 기술(記述)·인식·현실 등 제문제(諸問題)〉(〈조선일보〉 1931. 2. 11.~2. 14.)·〈시작(詩作)에 있어서의 주지주의적 태도〉(〈신동아〉 제18호, 1933. 4.)·〈현대 예술의 원시에 대한 욕구〉(〈조선일보〉, 1933. 8. 9.~8. 10.), 〈학등(學燈)〉(문예지, 1933. 10.~1936. 3. 통권 23호로 종간) 창간호에 〈전율(戰慄)하는 세기(世紀)〉 등을 발표하여 기존의 감상주의(感傷主義, sentimentalism) 경향을 비판하였다.

1932년(24세) 〈조선일보〉에 시 〈봄은 전보(電報)도 안 치고〉·〈어머니 어서 일어나요〉·〈오 어머니여〉, 〈문예월간(文藝月刊)〉(월간 순수 문예지. 1931. 11.~1932. 3. 통권 4호로 종간) 제3호(1932. 1.)에 〈관중 없는 음악회〉 등을 발표하였다.

같은 해 함경북도 길주(吉州) 출신의 신보금[申寶金, ?~1991, 나중에 김원자(金園子)로 이름을 고쳤다.]과 중매 결혼하였다.

1933년(25세) 8월 15일, 김유영(金幽影, 1908~1940, 한국의 영화 감독이며 시나리오 작가)·유치진(柳致眞, 1905~1974, 한국의 극작가이며 연출가)·이무영(李無影, 1908~1960, 한국의 소설가)·이종명(李鍾鳴)·이태준(李泰俊, 1904~?, 북한의 소설가)·이효석(李孝石, 1907~1942, 한국의 소설가)·정지용(→445)·조용만(趙容萬, 1909~1995, 한국의 영문학자이며 소설가) 등과 함께 순수 문학을 표방하는 문학 친목 단체 구인회(九人會)를 결성하였다. 1934년(26세) 6월, 김유영·이종명이 탈퇴하고, 박태원(朴泰遠, 1909~1986, 한국의 소설가)·박팔양(→193)·조벽암(→454)이 가입하여 10명이 되었다가, 다시 유치진·이무영·이효석·조벽암·조용만 대신에 김상용(→70)·김유정(金裕貞, 1908~1937, 한국의 소설가)·김환태(金換泰, 1909~1944, 한국의 문학 평론가)·이상(→374)으로 교체되어, 다시 9명의 회원을 유지하였다. 1930년대 경향 문학(傾向文學)이 쇠퇴하고 문단의 주류가 된 구인회는 계급주의(階級主義) 및 공리주의(功利主義) 문학을 배격하고 순수 문학을 확립하는 데 크게 이바지하여 당시 순수 문학의 가장 유력한 단체로 활동하였으나 3~4년 만에 해체되었다. 박태원과 이상이 중심이 되어 〈시와소설〉(동인지. 1936. 3. 창간호로 종간)을 펴냈는데, 김기림은 여기에 수필 〈걸작(傑作)에 대하여〉와 시 〈제야(除夜)〉를 발표하였다.

구인회를 조직하면서 김기림의 문학 활동은 본격화되어 시 〈들은 우리를 부르오〉(1933)·〈바다의 서정시〉(1933)·〈가을의 누나〉(1934)·〈밤의 SOS〉(1934)·〈산보로(散步路)〉[〈문학(文學)〉 창간호, 1934. 1.]·〈초승달은 소제부(掃除夫)〉(〈문학〉 창간호, 1934. 1.)·〈악마(惡魔)〉(1934)·〈아프리카 광상곡(狂想曲)〉(1936), 단편 소설 〈어떤 인생〉(〈신동아〉 제28호, 1934. 2.)을 발표하는 한편, 리처즈(Ivor Armstrong Richards, 1893~1979, 영국의 문학 평론가이며 시인·교사)의 주지주의 문학론을 바탕으로 한 모더니즘의 새로운 경향을 소개하는 데 앞장섰으며, 그러한 경향에 맞추어 창작에 임하였다. 또한 〈신(新)휴머니즘의 요구〉(〈조선일보〉, 1934. 11. 16.)·〈오전의 시론(詩論)〉(〈조선일보〉, 1935. 4. 20.~5. 2.)·〈사슴을 안고〉[〈조선일보〉, 1936. 1. 29. 백석(→202)의 시집 〈사슴〉(1936. 1.)에 대한 평론]·〈모더니즘의 역사적 위치〉[〈인문평론(人文評論)〉 창간호, 1939. 10.] 등의 평론에서는 휴머니즘을 내세우고 당시 경향파(傾向派)와 모더니즘의 종합이라는 방식으로 타개하고자 하였다.

1935년(27세)에는 〈시원(詩苑)〉(시 동인지. 1935. 2.~12. 통권 5호로 종간) 창간호에 〈현대시의 기술(技術)〉과 제2호(1935. 4.)에 〈현대시의 육체(肉體)〉를 발표하였고, 〈조선일보〉에 평론 〈시에 있어서의 기교주의(技巧主義)의 반성과 발전〉(1935. 2. 10.~2. 14.)과 단편 소설 〈번영기(繁榮期)〉(1935. 11. 1.~11. 13.), 〈조광(朝光)〉(월간 종합 교양지. 1935. 11.~1944. 12. 통권 110호로 종간) 제2~4호(1935. 12.~1936. 2.)에 중편 소설 〈철도 연변(鐵道沿邊)〉을 연재하였다.

1936년(28세) 4월 조선일보사를 휴직하고 일본 혼슈(本州) 북동부 미야기현(宮城縣) 센다이(仙臺)의 도호쿠제국대학[東北帝國大學. 홋카이도대학(北海道大學)의 전신(前身)] 영문과에 입학하였으며, 같은 해 7월 자비(自費)로 처녀 시집 〈기상도(氣象圖)〉[창문사(彰文社), 재간 산호장(珊瑚莊), 1948. 9.]를 펴냈다. 이 시집은 엘리엇(Thomas Stearns Eliot, 1888~1965, 미국 태생 영국의 시인이며 문학 평론가·극작가)의 장시(長詩) 〈황무지(荒蕪地, The Waste Land)〉의 영향을 받은 것으로, 사상과 감각의 통합을 시도한 주지주의 시로서 현대 자본주의(資本主義, capitalism) 문명을 비판하였으며, 현대시의 본질이라고 할 수 있는 주지적인 성격, 회화적(繪畫的) 이미지, 문명 비판적 의식 등을 포함한 장시로서의 가능성을 보여 주었다.

1939년(31세) 대학 졸업과 함께 귀국하여 조선일보사 학예부로 복직(復職)하여 1940년(32세) 학예부장을 지냈다. 두 번째 시집 〈태양(太陽)의 풍속(風俗)〉[학예사(學藝社), 1939. 9.]에서는 몇 편의 이미지즘(imagism) 시를 제외하고는 지적(知的) 유희성(遊戱性)이 두드러진, 이미지즘이 더욱 분명한 경향으로 자리잡은 한편, 비판 의식과 풍자 태도가 한층 약화되고 경박함에 그치는 한계를 보여 주었다. 이 무렵 시 〈공동 묘지〉(〈인문평론〉 창간호, 1939. 10.)·〈문단 불참기(文壇不參記)〉(〈문장〉 제13호, 1940. 2.)·〈흰 장미(薔薇)같이 잠드시다〉(1940) 등을 발표하였다.

1940년 8월 10일, 〈조선일보〉와 〈동아일보(東亞日

報)〉가 일제(日帝)에 의하여 강제 폐간되어 한때 실직(失職)하여 고향에 내려왔다가, 1941년(33세) 함경북도 경성(鏡城)의 경성고등보통학교(鏡城高等普通學校)에서 영어와 수학을 가르쳤다. 이 때의 제자들로 공중인(→26) · 김규동(→53) · 김철(金哲, 1926~1994, 한국의 언론인이며 정치가) · 신상옥(申相玉, 1926~2006, 한국의 영화 감독) · 이활(李活, 1926~, 한국의 시인) 등이 있었다.

1942년(34세)에는 〈춘추(春秋)〉(월간 종합 교양지. 1941. 2.~1944. 10. 통권 39호로 종간) 제18호(1942. 7.)에 시 〈새벽의 마담〉 · 〈청동(靑銅)〉과 수필 〈분원유기(分院遊記)〉 등을 발표하였고, 1944년(36세) 성진중학교 교장으로 부임하였다.

1945년(37세) 공산화된 북한에서 가족들과 함께 월남(越南)하였는데, 이 때 많은 서적과 가재(家財)를 탈취당하여 곤궁한 나날을 보냈다. 이 무렵 시 〈지혜에게 바치는 노래〉[중앙문화협회(中央文化協會), 〈해방 기념 시집〉, 1945. 12.] · 〈파도 소리 헤치고〉[〈신문예(新文藝)〉 창간호, 1945. 12.] 등을 발표하였다.

이 무렵에는 사회 의식을 짙게 드러내는 정치주의(政治主義) 시를 주장하였는데, 1946년(38세) 2월 8일에 열린 제1회 전국문학가대회에서 '조선 시에 관한 보고와 금후(今後)의 방향'이라는 연설을 하였고, 조선문학가동맹[朝鮮文學家同盟, 1945년 12월 6일 '조선문학동맹'으로 결성]에 참여하여 시부(詩部)위원회 위원장을 맡았다. 조선문학가동맹은, 1946년 2월 8~9일 이틀 동안 조선문학건설본부(朝鮮文學建設本部)와 조선프롤레타리아문학동맹이 함께 전국문학가대회를 개최하여 발족한 좌익(左翼) 문학 단체이다. 발족 당시 구성원은 권환(→41) · 김기림 · 김남천[金南天, 1911~1953, 한국의 소설가이며 문학 평론가. 본명은 김효식(金孝植)] · 김영건(金永鍵, ?~?, 한국의 문학 평론가) · 김오성[金午星, 1908~1953?, 한국의 공산주의 이론가이며 문학 평론가. 본명은 김형준(金亨俊)] · 박세영(→180) · 박치우(朴致祐, 1909~?, 한국의 문학 평론가) · 박팔양 · 배호(裵澔) · 설정식(→229) · 신남철(申南澈, 1907~?, 한국의 문학 평론가) · 안회남(安懷南, 1909~?, 한국의 소설가) · 양주동(→282) · 이병기(→370) · 이서향[李曙鄕, 1915~?, 한국의 극작가. 본명은 이영수(李榮秀)] · 이원조[李源朝, 1905~1955, 한국의 문학 평론가. 이육사(→390)의 아우] · 이태준 · 임화(→419) · 정지용 · 현덕(玄德, 1909~?, 한국의 소설가이며 아동 문학가) · 홍구[洪九, 1908~?, 한국의 소설가. 본명은 홍장복(洪長福)] · 홍명희(洪命熹, 1888~1968, 장편 소설 〈임꺽정〉의 지은이이며 북한 부수상을 지낸 북한의 소설가이며 정치가) 등이었다.

광복을 전후하여 방향을 바꾸었으며, 그 뒤 연세대학교(延世大學校) · 중앙대학교(中央大學校) · 동국대학교(東國大學校) · 국학대학교(國學大學校) · 조선대학교(朝鮮大學校) 등에서 문학을 강의하다가, 서울대학교 조교수가 되었고, 신문화연구소(新文化硏究所)를 설립하였다.

1946년 세 번째 시집 〈바다와 나비〉[신문화연구소, 1946. 4. 〈여성(女性)〉 제37호(1939. 4.)에 발표하였던 시 제목과 같다.]와 '문학의 과학'을 내세운 〈문학 개론(文學槪論)〉[문우인서관(文友印書館). 1949년 신문화연구소에서 중판]을 펴냈으며, 시 〈연가(戀歌)〉[〈중앙신문(中央新聞)〉, 1946. 4. 27.] · 〈새나라 송〉[〈문학〉 제2호, 1946. 7.], 평론 〈민족 문화의 성격〉(〈서울신문〉, 1946. 11. 4.) 등을 발표하였다.

1947년(39세) 시 〈인민 공장(人民工場)에 부치는 노래〉[〈문학평론(文學評論)〉, 1947. 4.], 평론 〈정치와 협동하는 문학〉[〈경향신문(京鄕新聞)〉, 1947. 6. 10.] · 〈민족 문화의 수립〉[〈문화(文化)〉, 1947. 12.] 등을 발표하였고, 1930년대에 영미(英美) 이미지즘과 주지주의를 도입하여 한국의 시사(詩史)를 전환시킨 중요한 시론집 〈시론〉[백양당(白楊堂)]을 펴냈다.

1948년(40세) 4월, 네 번째 시집 〈새노래〉[아문각(雅文閣)]를 펴냈는데, 좌경적(左傾的)인 시집으로 예술로 성숙하지 못한 완전한 실패작이라고 할 수 있다. 같은 해 번역서 〈과학 개론〉[을유문화사(乙酉文化社)]과 수필집 〈바다와 육체〉[평범사(平凡社)]를 펴냈으며, 평론 〈T.S. 엘리엇의 시〉 · 〈예술에 있어 정신과 기술〉(〈문장〉 속간호, 1948. 10.) 등을 발표하였다.

1949년(41세)에는 리처즈의 심리학적 이론에 따라 계몽적인 시론을 펼친 〈시의 이해〉(을유문화사)와 〈문장론신강(文章論新講)〉[민중서관(民衆書館)]을 펴냈다.

1950년(42세) 3월에는 김영랑(→79) · 노천명(→122) · 정지용과 함께 4인 시집 〈현대 시집 I〉[정음사(正音社)]과 유진오(俞鎭午, 1906~1987, 한국의 법학자이며 교육 행정가 · 정치인) · 이건호(李建鎬) · 최호진(崔虎鎭, 1914~2010, 한국의 경제학자)과 함께 시론집 〈학원(學園)과 정치〉[수도문화사(首都文化社)]를 펴냈다.

한국 전쟁(Korean War, 1950. 6. 25.~1953. 7. 27.) 때

북한군에게 붙잡혀 정치보위부(政治保衛部)에 구금되어 박영희(→183)·정인택(鄭人澤, 1909~1953, 한국의 소설가이며 언론인)·정지용 등과 함께 서대문형무소(西大門刑務所)에 갇혀 있다가 납북(拉北)되어 북한에서 1988년(80세)에 죽은 것으로 알려져 있으나, 그 정확한 시기는 알 수 없다.

그가 한국 시사에 이바지한 점은 주지주의 시의 도입과 창작, 과학적 방법에 따른 시학(詩學)의 정립을 위한 노력, 자연 발생적인 시를 거부하고 의식적인 방법에 의한 제작의 강조, 음악이나 감정보다는 이미지와 지성(知性)의 강조, 전체시(全體詩)의 주장 등으로 요약할 수 있다. 그 동안 규제 문인으로 묶여 있다가 1988년 7월 정부의 월북(越北) 문인 해금(解禁) 조치 발표로 그의 모든 작품이 해금되었다.

1988년 〈김기림 전집〉[모두 6권, 심설당(尋雪堂)]이 출판되었으며, 1990년 6월 9일 서울 송파구(松坡區) 방이동(芳荑洞)에 있는 모교(母校) 보성고교 교정에 시 〈바다와 나비〉가 새겨진 시비(詩碑)가 세워졌다.

55

김기진

金基鎭 1903(고종 40). 6. 29. ~ 1985. 5. 8.

한국의 소설가이며 문학 평론가·시인.

'팔봉(八峰)'이라는 필명(筆名)으로 널리 알려져 있는데, 구준의(具準儀)·괴진·동초(東初)·동쵸·여덟뫼·팔봉산인(八峰山人) 등 여러 가지 호(號)를 사용하였다. 창씨개명(創氏改名)한 이름은 가네무라 야미네(金村八峯), 본관(本貫)은 안동(安東).

함경북도 성진[城津, 지금의 김책시(金策市)] 군수(郡守)였던 아버지 김홍규(金鴻圭)와 어머니 김현수(金現洙)의 4남매 중 막내 아들로, 충청북도 청원군(淸原郡) 남이면(南二面) 팔봉리(八峰里)에서 태어났으며, 서울 강북구(江北區) 수유동(水踰洞)에서 죽었다.

1908년(5세) 형 김복진(金復鎭, 1901~1940, 한국의 조각가이며 미술 평론가·문예 이론가·연극인·사회 운동가. 한국 최초로 서구식 조각 교육을 받았다.)과 함께 서당에서 한문을 배운 뒤, 형과는 동무처럼 붙어 다녔다. 같은 해 아버지가 강원도 춘천(春川) 군수로 옮김에 따라 온 가족이 서울 종로구(鐘路區) 소격동(昭格洞)으로 이사하였다.

1911년(8세) 다시 아버지가 강원도 황간(黃澗)으로 옮겨 황간공립보통학교(黃澗公立普通學校)에 입학하였으나, 형이 동무들에게 구타당한 사건으로 형과 함께 자퇴(自退)하였다.

1913년(10세) 아버지가 충청북도 영동(永同) 군수로 옮기자, 다시 영동으로 이사를 가서 영동공립보통학교 2학년에 들어갔다.

1916년(13세) 형과 함께 배재학당(培材學堂, 지금의 배재중·고등학교)에 입학하였는데, 같은 해 박영희(→183, 3년 동안 같은 반)와 박팔양(→193)이 입학하였고, 휘문의숙(徽文義塾, 지금의 휘문중·고등학교)에 입학하였던 박용철(→185)이 전학왔으며, 이듬해 나도향(羅稻香, 1902~1927, 한국의 소설가)·박세영(→180)·송영(宋影, 1903~1978, 한국의 소설가이며 극작가)이 입학하여 이들과 교유(交遊)하였다.

1919년(16세) 3학년 학기말 시험이 끝나고 종로 탑골공원에 나가 3·1 운동에 참여한 뒤, 독립 선언서(獨立宣言書)를 돌리다가 박영희와 함께 체포되었다가 풀려났다. 학교 성적은 우수한 편이었으나, 1920년(17세) 고등학교를 졸업하지도 않은 채 일본으로 가서 뒤이어 온 박영희와 같은 하숙집에서 지냈다. 이 때 〈동아일보(東亞日報)〉에 시 〈가련아〉(1920)를 발표하였다.

1921년(18세) 도쿄 릿쿄대학(立敎大學) 영문학부 예과(豫科)를 거쳐 본과(本科) 1년을 중퇴하였다. 학과 공부보다는 아소 히사시(麻生久, 1891~1940, 일본의 정치가이며 노동 운동가)로부터 노동 운동의 중요성과 러시아 문학에 대하여 배웠다. 유학 시절 성악(聲樂)을 공부하던 강명희(姜明希, 1904~1983)와 결혼하였다.

1922년(19세) 도쿄에서 김을한(金乙漢, 1905~1992, 한국의 언론인이며 수필가)·박승목(朴勝木)·박승희(朴勝熙, 1901~1964, 한국의 극작가)·이서구(李瑞求, 1899~1981, 한국의 극작가)·이제창(李濟昶, 1896~1954, 한국의 화가), 형 복진 등과 함께 신극(新劇) 운동의 발판으로 '토월회(土月會)'를 조직하였고, 1923년(20세) 귀국하여 토월회 귀국 공연을 준비하였으나, 9월 2차 공연을 끝으로 탈퇴하였다.

휘문의숙 동문 박종화(→190)·안석주[安碩柱, 1901~1950, 한국 소설 삽화의 선구자이며 소설가·영화인. 〈우리의 소원은 통일〉의 작사가. 안석영(安夕影)으로 더 알려졌다.]·홍사용(→515), 배재학당 동문 나도향·박영희, 노자영(→120)·이상화(→378)·현진건(玄鎭健, 1900~1943, 한국의 소설가) 등과 함께 창간한 〈백조(白潮)〉(문예 동인지. 1922. 1. 9.~1923. 9. 6. 통권 3호로 종간) 종간호에 박영희의 권고로 시 〈가심의 별〉·〈권태(倦怠)〉·〈비 오는 날〉·〈연못에 서서〉·〈한 갈래의 길〉·〈한 개의 불빛〉 등 6편의 시와 수필 〈떨어진 조각조각〉을 발표하였다. 그러나 일본에서 유학할 때 이미 팽배하던 사회주의(社會主義, socialism) 사상에 빠져들었으며, 〈백조〉 동인(同人)들의 번뇌와 자조(自嘲)를 '도피적 영탄조(詠嘆調)'로 규정하였다.

같은 해 10월에는 김복진·김형원(→100)·박영희·안석주·연학년(延鶴年, ?~1938, 한국의 연극인)·이익상(李益相, 1895~1935, 한국의 소설가이며 언론인) 등과 함께 신경향파{新傾向派, 박영희가 〈신경향파의 문학과 그 문단적 지위〉[〈개벽(開闢)〉 제64호, 1925. 12.]에서 '신경향파'라는 용어를 처음 사용하였다.} 문학 단체 파스큘라(PASKYULA, 동인들의 이름 머리글자를 딴 것. 박영희의 'PA', 이익상의 'S', 김복진·김기진의 'K', 연학년의 'YU', 이상화의 'L', 안석주의 'A')를 조직하여 '인생을 위한 예술(art for life's sake)'을 지향하는 새로운 경향의 문예 운동을 전개하였다.

〈개벽〉(우리나라 최초의 월간 종합 교양지. 1920. 6.~1926. 8. 통권 72호로 종간. 속간 1934. 11.~1935. 2. 통권 4호로 종간. 복간 1946. 1.~1949. 3. 통권 9호로 종간)에 수필 〈프로므나드 상티망탈(Promeneade Sentimental)〉(제37호, 1923. 7.), 시 〈애련모사(愛戀慕思)〉(제38호, 1923. 8.), 평론 〈클라르테(clarté) 운동의 세계화〉(제39~41호, 1923. 9.~11.)·〈바르뷔스 대 로오망 롤랑 간의 논쟁〉(제40호, 1923. 10. 번역)·〈또 다시 클라르테에 대하여〉(제41호, 1923. 11.)·〈마음의 폐허(廢墟)〉(제42호, 1923. 12.)·〈지배 계급 교화, 피지배 계급 교화〉(제43호, 1924. 1.)·〈금일(今日)의 문학, 명일(明日)의 문학〉(제44호, 1924. 2.)·〈너희들 양심에 고발한다〉(제50호, 1924. 8.), 소설 〈붉은 쥐〉(제53호, 1924. 11.), 〈매일신보〉[한국어 일간지. 1904년 7월 18일 배설(裵說, 1872~1909, Ernes Thomas Bethell, 대한제국 때의 영국의 언론인)이 창간한 〈대한매일신보(大韓每日申報)〉를 일제(日帝)가 사들여 1910년 8월 30일부터 '대한' 두 자를 떼고 〈매일신보(每日申報)〉로 제호(題號)를 바꾸었다가, 1938년 4월 29일 〈매일신보(每日新報)〉로 바뀌었고, 1945년 11월 23일 〈서울신문〉으로 바뀌어 오늘에 이르고 있다.]에 〈지식 계급의 임무와 신흥 문학의 사명〉(1924. 1. 4.) 등을 발표하였는데, 1920년대에 발표한 작품에서 자신의 문학적 신념인 현실 변혁 의식이 강한 프로 문학(proletarian literature)을 제창하면서, 지식인들이 현실에 적극적으로 참여하거나 민중과 하나가 되라고 주장한 것이 많았다.

카프(KAPF, 조선프롤레타리아예술동맹. 에스페란토식 표기인 'Korea Artista Proleta Federatio'의 머리글자. Korea Proletarian Artist Federation) 결성을 불러온 신경향파의 의식 세계와 한계를 잘 보여 주는 〈붉은 쥐〉는 스스로 처녀작으로 내세우는 소설로, 신경향된 소설의 최초 작품으로 알려져 있으며, 경향성을 드러낸 소설의 선두주자(先頭走者)로서 문학사적 의미를 가진다. 삶의 비극에서 출발하는 그의 미의식(美意識)을 보인 이 작품은 허위와 모순으로 가득 찬 현실에 대한 비판은 잘 나타나 있지만, 구체적이지 못하고 관념에 치우쳐 있다는 평가를 받았다. 그가 신경향파에서 프로 문학으로 발전하여 카프의 이론적·실질적 지도자로 활동하기까지의 대표적인 작품이다.

한편 1923년 매일신보사에 입사하고, 1925년(22세) 시대일보사(時代日報社)로 옮겼다가, 중외일보사(中外日報社)·조선일보사(朝鮮日報社) 등에서 사회부장을 지내는 등 17년 동안 언론계에서 종사하였다.

1924년(21세) 11월에는 세계 명작 시선집(詩選集)으로 번역 시집 〈애련모사〉[박문서관(博文書館)]를 펴냈다.

1925년에는 〈개벽〉에 평론 〈붕괴의 원리, 건설의 원리〉(제55호, 1925. 1.)와 〈피투성이가 된 프로혼(魂)의 표백(表白)〉(제56호, 1925. 2.), 소설 〈불이야! 불이야!〉(제55호, 1925. 1.)·〈젊은 이상주의자(理想主義者)의 사(死)〉(제60~61호, 1925. 6.~7.), 〈생장(生長)〉(월간 순수 문예지. 1925. 1.~5. 통권 5호로 종간) 제2호(1925. 2.)에 〈감각(感覺)의 변혁(變革)〉과 〈내가 본 염상섭 씨(廉尙燮氏)-염상섭론-〉, 〈조선문단(朝鮮文壇)〉(월간 순수 문예지. 1924. 10.~1936. 6. 통권 26호로 종간) 제11호(1925. 9.)에 〈시가(詩歌)의 음악적 방면〉을 발표하였다.

또한 일본에 있을 때 〈개조(改造)〉에 실었으나 빛을 보지 못한, 전문(前文)이 삭제된 〈트릭(Trick)〉(1925)을 발표하였다. 이러한 초기 작품들에는 생활 문학에서 계급 문학(階級文學)으로 전환한 그의 문학적 신념이 반영되어 있다.

같은 해 8월, 일본에 있을 때 존경하였던 나카니시 니노스케(中西伊之助, 1887~1958, 일본의 작가이며 노동 운동가 · 정치가)가 조선에 오자 민족주의(民族主義, nationalism) 문학에 대립하는 계급 문학의 건설을 기치(旗幟)로 하는 카프를 결성하여 사회주의 문학 운동의 본격적인 활동을 전개하였고, 카프 산하의 연극 운동 단체 '신건설(新建設, 1932. 8.~1935. 6.)'에도 관여하였다.

카프는, 1922년 9월 김두수(金斗洙, 1903~?, 한국의 사회주의 운동가) · 김영팔(金永八, 1904~1950, 한국의 연극인) · 김홍파(金紅波, ?~?, 〈북조선일보〉 기자) · 박세영 · 박용대(朴容大, ?~?, 한국의 사회주의 운동가) · 송영 · 심훈(→261) · 이적효(李赤曉, 1901~?, 한국의 사회주의 운동가) · 이호(李浩, 1903~?, 한국의 사회주의 운동가) · 최승일[崔承一, 1901~?, 한국의 작가이며 방송인 · 영화인. 최승희(崔承喜, 1911~1969, 북한의 무용가이며 안무가)의 오빠] 등 사회주의 경향의 문인(文人)들이 조직한 최초의 사회주의 예술 단체인 염군사(焰群社)와, 앞서 언급한 파스큘라가 1925년 8월에 하나로 통합된 최초의 전국적인 문학 예술가 조직이었다. 창립 당시 구성원은 김기진 · 김복진 · 김양(金陽) · 김영팔 · 김온(金穩) · 박영희 · 박용대 · 박팔양 · 송영 · 심훈 · 안석주 · 이기영(李箕永, 1895~1984, 북한의 소설가) · 이상화 · 이익상 · 이적효 · 이호 · 조명희(→453) · 최승일 · 한설야(韓雪野, 1900~1976?, 북한의 소설가이며 문학 평론가) 등이었다.

그러나 김기진은 비교적 온건파였으므로, 1926년(23세) 박영희와 〈조선지광(朝鮮之光)〉(월간 종합 교양지. 1922. 11.~1930. 11. 통권 100호로 종간) 제61호(1926. 11.)의 〈월평적 산문 문예 시평(月評的散文文藝時評)〉과 제62호(1926. 12.)의 〈문예 시평〉이 '내용 대 형식'의 프롤레타리아 문학 운동의 제1차 논쟁을 일으키면서 프로 문학의 관념론에 상당한 갈등을 나타냈다.

한편, 〈시대일보〉(일간지. 1924. 3. 31.~1926. 11. 14.)에 장편 소설 〈약혼(約婚)〉을 연재(1926. 1. 2.~6. 28.)하였고, 〈개벽〉 제65호(1926. 1.)에 단편 소설 〈몰락(沒落)〉, 〈문예운동(文藝運動)〉(카프 기관지. 1926. 2.~6. 통권 3호로 종간) 창간호에 단편 소설 〈본능(本能)의 복수〉를 발표하였으며, 하디(Thomas Hardy, 1840~1928, 영국의 소설가이며 시인)의 〈테스(Tess of the d'Urbervilles)〉(1891)를 〈번롱(飜弄)〉으로 번역하여 38회 걸쳐 〈중외일보(中外日報)〉(일간지. 1926. 11. 15.~1931. 9. 2.)에 연재(1926. 11.~12. 24.)하였고, 모파상(Guy de Maupassant, 1850~1893, 프랑스의 소설가)의 〈여자의 일생[Une Vie(A Woman's Life)]〉(1883)을 〈녀자의 한평생〉으로 번역하였다.

1927년(24세) 〈조선지광〉에 〈문단 침체의 사회적 의의와 신흥 문예의 구도에 대하여〉(제63호, 1927. 1.) · 〈무산(無産) 문예 작품과 무산 문예 비평〉(제64호, 1927. 2.) · 〈문예 시평—문단상의 조선주의, '문예가협회'에 대하여〉(제64호, 1927. 2.) · 〈내용과 표현〉(제65호, 1927. 3.) · 〈시감(時感) 2편〉(제70호, 1927. 8.), 〈현대평론(現代評論)〉(월간 문예 평론지. 1927. 1.~1928. 1. 통권 11호로 종간) 제4호(1927. 5.)에 〈문단 시평 4월의 창작〉, 〈동아일보〉에 〈감상을 그대로, 약간의 문제에 대하여〉(1927. 12. 10.~1927. 12. 15.)를 발표하였다.

프로 문학 운동의 논쟁이 끝난 뒤, 카프의 주도권은 박영희에게 넘어가, 김기진은 카프의 운동 전선(戰線)에서 물러났다. 이어 〈창작계 1년〉(〈동아일보〉, 1928. 1. 1.~1. 3.), 프롤레타리아 문학의 구제책으로 제시된 평론 〈문예 시대관 단편—통속 소설 소고(通俗小說小考)〉(〈조선일보〉, 1928. 11. 9.~11. 20.) 등을 발표하였다.

이즈음 프로 문학 평론에 〈문예 사상과 사회 사상〉(1927) · 〈조선 프로 문예 운동의 선구자(先驅者)〉(1929) 등을 발표하였다.

1928년(25세) 함경남도 이원(利原)에 정어리 공장을 차렸다가 실패하였는데, 이 체험을 바탕으로 장편 〈해조음(海潮音)〉(1930년 집필, 1936년 출판)을 〈조선일보〉에 연재하였다.

1929년(26세)에는 임화와 '예술 대중화 논쟁'을 벌이면서 〈10년간 조선 문예 변천 과정〉(〈조선일보〉, 1929. 1. 1.~2. 2.) · 〈변증적 사실주의(辨證的寫實主義)〉(〈동아일보〉, 1929. 2. 25.~3. 7.) · 〈농민 문예에 대한 초안〉[〈조선농민(朝鮮農民)〉, 1929. 3.] · 〈대중 소설론(大衆小說論)〉(〈동아일보〉, 1929. 4. 14.~4. 30.) · 〈단편 서사시의 길로—우리 시의 양식 문제에 대하여〉[〈조선문예(朝鮮文藝)〉 창간호, 1929. 5.] · 〈사실주의 문제〉(〈조선일보〉, 1929. 6. 13.~6. 25.) · 〈프로 시가의 대중화〉[〈문예공론(文藝公論)〉 제2호, 1929. 6.] · 〈예술 운동에 대하여〉(〈조선일보〉, 1929. 9. 20.~9. 22.) 등 많은 평론을 썼다. 이러한 관점의 연장에서 대중에게 다가갈 수 있는 '마르크스주의 통속 소설'의 필요성을 주창하였으며, 나중에 투철한 경향성을 내세운 소장파(少壯派) 김두용(金斗鎔, 1903~?, 한국의 사회주의 운동가) · 임화(→419) 등에 의하여 비판받았다. 그의 예술 대중화론이 프로 문학 쪽의 반발을 받아 프로 문학은 권환(→41)·김남천[金南天, 1911~1953, 한국의 소설가이며 문학 평론가. 본명은 김효식(金孝植)]·안막(安漠, 1910~?, 북한의 문학 평론가. 최승희의 남편)·윤기정(尹基鼎, 1903~1955, 한국의 소설가이며 문학 평론가)·임화 등의 세력권으로 넘어가 소장파가 카프를 장악하였다.

1930년(27세)에도 〈예술의 대중화에 대하여〉(〈조선일보〉, 1930. 1. 1.~1. 14.)·〈1929년 문예계 총관(總觀)〉(〈중외일보〉, 1930. 1. 1.~1. 22.)·〈예술 운동의 1년간〉(〈조선지광〉 제90호, 1930. 1.)을 발표하였다.

1931년(28세) 8~10월 무렵 조선공산당협의회(朝鮮共産黨協議會) 사건과 연루된 이른바 '제1차 카프 검거 사건' 때 서울 종로경찰서(鍾路警察署)에서 자술서를 쓰고 열흘 만에 풀려났다.

1934년(31세) 평론 〈프로 문학의 현재 수준〉[〈신동아(新東亞)〉 제28호, 1934. 2.]과 〈입센론〉[〈문학창조(文學創造)〉, 1934. 6. 10. 창간호로 종간]을 발표하였고, 7월 '제2차 카프 검거 사건[신건설사 사건(新建設社事件)이라고도 한다.]' 때에는 형 복진과 전북경찰서(全北警察署)에 70여 일 동안 구금되었다.

금광 사업에 실패한 뒤, 형과 함께 애지사(愛知社)를 세워 〈청년조선(青年朝鮮)〉(월간지. 1934. 10.~11. 통권 2호로 종간)을 펴내고 창간사 〈청년 조선의 출발〉과 시 〈비 오는 날, 회관(會館) 앞에서〉를 실었다. 그러나 조선총독부(朝鮮總督府)로부터 발행 중지를 당하여 제2호까지만 발행하였다. 12월에는 〈신가정(新家庭)〉(월간 여성교양지. 1933. 1.~1936. 9. 통권 45호로 종간) 제24호(1934. 12.)에 〈조선 고악(古樂)과 조선 가정〉을 발표하였다. 이 무렵 러시아로부터 자금을 지원받았다는 혐의로 형제가 동대문경찰서(東大門警察署)에서 보름 동안 갇혀서 조사를 받았다. '제2차 카프 검거 사건'을 계기로 김남천·임화와의 합의하에 1935년(32세) 5월 카프를 공식적으로 해체하였다.

1938년(35세) 7월 3일, 박영희와 함께 시국대응전선사상보국연맹(時局對應全鮮思想報國聯盟) 결성 위원으로 참여한 것을 계기로 친일(親日) 노선(路線)으로 방향을 바꾸었다.

1940년(37세)부터 1945년(42세)까지 〈매일신보〉·〈신시대(新時代)〉(친일 월간 문예지. 1941. 1.~1945. 6. 통권 54호로 종간)·〈조광(朝光)〉(월간 종합 교양지. 1935. 11.~1944. 12. 통권 110호로 종간) 등을 통하여 친일 저작물을 발표하였다. 황도 정신(皇道精神)을 문예 생활의 지표(指標)로 삼는다는 내용의 〈문예 시감(文藝時感)〉(〈매일신보〉, 1940. 2. 27.), 징병(徵兵)과 학도병(學徒兵)의 출진(出陣)을 권유하는 〈국민 문학(國民文學)의 출발〉(〈매일신보〉, 1942. 1. 9.)·〈역사적 명령〉(〈매일신보〉, 1942. 1. 28.), 〈아세아주의(亞細亞主義)와 김옥균 선생(金玉均先生)〉(〈조광〉 제73호, 1941. 11.)·〈탄환(彈丸)과 충언(忠言)〉(〈매일신보〉, 1944. 1. 5.)·〈신전(神殿)의 맹세〉(〈매일신보〉, 1944. 1. 19.)·〈보도정신행〉(〈매일신보〉, 1944. 2. 20.)·〈문화인에게 격함〉(〈신시대〉 제44호, 1944. 8.)·〈이 길로 가자〉(〈매일신보〉, 1944. 9. 6.)·〈금감단편〉(〈매일신보〉, 1945. 3. 12.) 등의 평론과 시조(時調) 〈대동아 전송가(大東亞戰頌歌)〉(〈조광〉 제76호, 1942. 2.), 시 〈신세계(新世界)의 첫 장(章)〉(〈매일신보〉, 1942. 2. 20.)·〈님의 부르심을 받들고〉(〈매일신보〉, 1943. 8. 1.)·〈가라 군기(軍旗) 아래로 어버이들을 대신해서〉(〈매일신보〉, 1943. 11. 5.)·〈나도 가겠습니다〉(〈매일신보〉, 1943. 11. 5.)·〈경산 시첩(慶山詩帖)〉(〈매일신보〉, 1944. 10. 4.)·〈의기 충천(意氣沖天)〉(〈매일신보〉, 1944. 10. 18.) 등 17편을 통하여 친일 어용적(御用的) 태도를 표방하면서 부일문학(附日文學)의 오욕(汚辱)을 한국 문학사에 남겼다.

또한 1944년(41세) 11월 중국 장쑤성(江蘇省) 난징(南京)에서 열린 제3회 대동아문학자대회(大東亞文學者大會)에 이광수(李光洙, 1892~1950, 한국의 소설가)와 함께 조선 대표로 참석하였으며, 조선문인보국회(朝鮮文人輔國會, 일제의 어용 문학 단체. 1943. 4. 17.~1945. 8. 15.) 상무 이사 겸 평론수필부 회장, 언론 단체인 조선언론보국회(朝鮮言論報國會, 1945. 6. 8.~8. 15.) 이사로 선출되는 등 박영희와 함께 카프의 지도자에서 친일 문학계의 중추로 변신하였다.

광복된 뒤에는 애지사를 다시 세워 1950년(47세)까지 인쇄·출판에만 전념하였다.

한국 전쟁(Korean War, 1950. 6. 25.~1953. 7. 27.) 때에는 애지사 인쇄원의 고발로 북한군에 체포되어 인민재판(人民裁判)에서 타살형의 즉결 처분을 받았다가 구사일생으로 살아나는 등 수난을 겪었다. 그 뒤 대구(大邱)로 피난하였다가 문총구국대(文總救國隊) 육군종군작가단[陸軍從軍作家團, 1951년 5월 26일 대전(大田)에서 결성] 부단장으로 참전(參戰)하였으며, 1953년(50세)까지 〈전선문학(戰線文學)〉(육군종군작가단의 부정기 간행 잡지.

1952. 4.~1953. 12. 통권 7호로 종간)에 글을 발표하였다.

전쟁이 끝난 뒤 금성 화랑 무공 훈장(金星花郞武功勳章)을 받았으며 대표적인 반공주의(反共主義, anticommunism) 문인으로 활동하였고, 1954(51세)~1957년(54세)에는 수필과 문단(文壇) 회고(回顧)의 글을 주로 썼다. 〈통일 천하(統一天下)〉(〈동아일보〉, 1954. 4.~1955. 10, 1956년 출판)·〈군웅(群雄)〉(1955~1956)·〈날이 밝으면〉[〈사상계(思想界)〉 제45~50호, 1957. 1.~6.] 등을 연재하였고, 수필집으로 〈심두잡초(心頭雜草)〉(영문사, 1954)·〈김팔봉 수필집(金八峰隨筆集)〉[경기문화사(經紀文化社), 1958] 등이 있다.

1960년(57세) 4·19 혁명 직전에는 민권옹호투쟁위원회(民權擁護鬪爭委員會) 부위원장을 맡아 자유당(自由黨, 1951년 창당) 독재를 비판하기도 하였다.

1960년 경향신문사(京鄕新聞社) 주필(主筆), 1961년(58세) 5·16 군사 정변 직후 관제(官制) 조직인 재건국민운동중앙회(再建國民運動中央會) 회장, 1967년(64세) 소아마비아동특수보육협회(小兒痲痺兒童特殊保育協會) 회장, 1969(66세)~1972년(69세)에는 재건국민운동중앙회 고문(顧問), 세계복지연맹(世界福祉聯盟) 한국 본부 이사, 1972년에는 한국 펜클럽과 한국문인협회(韓國文人協會. 文協) 고문을 지냈으며, 1978년(75세) 예술원(藝術院) 회원으로 선출되었다.

〈조선 문학의 현단계〉(〈신동아〉 제39호, 1935. 1.) 등 80편 가량의 평론 외에도 〈황원행(荒原行)〉(〈동아일보〉, 1929. 6. 8.~10. 21.)·〈봄이 오기 전〉[〈신가정(新家庭)〉 제15호, 1934. 3.]·〈장(張)덕대〉(1934)·〈인민 봉기(人民蜂起)〉 등 많은 단편 소설과 〈전도양양(前途洋洋)〉(1929)·〈심야(深夜)의 태양〉(〈동아일보〉, 1934. 5. 3.~9. 19, 1952년 출판)·〈청년 김옥균(金玉均)〉(1936)·〈최후의 심판〉(1953)·〈성군(星群)〉(〈동아일보〉 연재, 1960) 등의 장편 소설을 발표하였고, 〈수호지(水滸誌)〉[모두 8권, 어문각(語文閣), 1984)]·〈초한지(楚漢志)〉(모두 3권, 어문각, 1984) 등의 번역서가 있다.

한국 최초로 프로 문학의 이론을 내세웠고, 카프의 실질적 지도자로 활동하였으며, 그가 주도한 카프 시대의 문학은 한국 문학사에서 중요한 전환점을 형성하는 한 단계를 이루었다. 사회적·문화적 업적으로 을지 무공 훈장(乙支武功勳章)과 문화 훈장 등을 받았다.

1988년 '문학과지성사'에서 〈김팔봉 문학 전집〉(모두 7권)을 펴냈으며, 1989년 한국일보사(韓國日報社)에서는 그의 문학적 업적을 기리기 위한 '팔봉 비평 문학상(八峰批評文學賞)'을 제정하여 1990년부터 해마다 시상하고 있다.

묘소는 경기도 포천시(抱川市) 내촌면(內村面) 마명리(馬鳴里) 서릉공원묘원(瑞陵公園墓園)에 있으며, 팔봉리 생가(生家)에 시비(詩碑)가 세워졌다.

한편, 2002년 2월 28일 '민족 정기를 세우는 국회 의원 모임'과 광복회(光復會)가 공동 발표한 '친일파 708인 명단', 2002년 8월 14일 '나라와 문화를 생각하는 국회의원 모임'·민족문제연구소(民族問題硏究所)·민족문학작가회의[民族文學作家會議. 1974년 11월 18일 자유실천문인협의회(自由實踐文人協議會)로 설립되어 1987년 9월 17일 '민족문학작가회의'로 이름을 바꾸었다가 2007년 12월 8일 '한국작가회의'로 다시 이름을 바꾸었다.]·'민족 정기를 세우는 국회 의원 모임'·〈실천문학(實踐文學)〉(계간 문예지. 1980. 3.~현재)이 공동 발표한 '친일 문학인 42인 명단', 2009년 11월 8일 민족문제연구소에서 출판한 〈친일 인명 사전(親日人名辭典)〉, 2009년 11월 27일 친일반민족행위진상규명위원회(親日反民族行爲眞相糾明委員會)가 발표한 '친일 반민족 행위 704인 명단'에 모두 포함되어 있다.

56

김남조

金南祚 1927. 9. 26. ~

한국의 시인이며 수필가.

본관(本貫)은 김해(金海).

아버지 김소도와 어머니 최정욱의 맏딸로, 대구(大邱)에서 태어났다.

1940년(13세) 대구에서 남명국민학교(南明國民學校)를 졸업하고 일본으로 유학하여 1944년(17세) 남부 규슈(九州) 후쿠오카현(福岡縣) 규슈여자고등학교를 졸업하였다. 1947년(20세) 서울대학교 문예과를 수료하고, 1951년(24세) 서울대학교 사범대학 국어교육과를 졸업하였다. 대학 재학 중인 1950년(23세) 〈연합신문(聯合新聞)〉[1949년 1월 22일 창간, 1960년 7월 11일 〈서울일일신문〉으로 개제(改題) 발행, 1962년 1월 1일 폐간]에 〈성수(星宿)〉, 〈서울대시보(時報)〉에 〈잔상(殘像)〉을 발표하여 등단(登壇)하였다.

대학을 졸업한 뒤 1951년(24세) 경상남도 마산[馬山, 지금의 창원시(昌原市) 마산합포구(馬山合浦區)] 성지여자고등학교(聖旨女子高等學校)·마산고등학교를 거쳐 1953년(26세) 이화여자고등학교(梨花女子高等學校) 교사로 근무하다가, 성균관대학교(成均館大學校) 강사를 거쳐 1954년(27세)부터 숙명여자대학교(淑明女子大學校)로 옮겨 1993년(66세) 정년 퇴임하였다.

1955년(28세) 서울대학교 조소과(彫塑科) 전임 강사였던 김세중(金世中, 1928~1986, 한국의 조각가)과 결혼하였다.

비교적 다작가(多作家)로 여러 권의 시집과 시선집(詩選集), 수필집, 일역(日譯) 시집을 펴냈다.

처녀 시집 〈목숨〉에서는 인간성의 긍정과 생명의 연소(燃燒)를 바탕으로 한 정열을 읊었으며, 제2시집 〈나아드의 향유〉에서부터 신앙을 바탕으로 한 종교적 사랑과 윤리를 읊었다. 시에서 가장 중심을 이루는 것은 가톨릭의 박애 정신과 윤리라고 하였으며, 인간 내면의 목소리로 긍정적인 삶의 태도를 노래하였고, 언어의 조탁(彫琢)을 통한 유연한 리듬과 잘 짜여진 시행(詩行)의 아름다움은 읽는 이에게 친숙한 느낌을 주고 있다.

1958년(31세) 시집 〈나무와 바람〉으로 제1회 한국자유문인협회(韓國自由文人協會) 문학상, 1963년(36세) 시집 〈풍림의 음악〉으로 제2회 오월 문예상(五月文藝賞), 1975년(48세) 시집 〈사랑 초서〉로 제7회 한국시인협회상(韓國詩人協會賞)을 받았고, 1984년(57세) 제33회 서울특별시 문화상, 1988년(61세) 대한민국 문화 예술상, 1992년(65세) 제33회 3·1 문화상, 1993년 국민 훈장 모란장(牡丹章), 1996년(69세) 제41회 대한민국 예술원(藝術院)상과 독일 홀레만출판사 예술원상, 1998년(71세) 은관 문화 훈장(銀冠文化勳章), 2000년(73세) 제25회 일본 지구상(地球賞), 2007년(80세) 제11회 만해 대상(卍海大賞)을 받았다.

1991년(64세) 서강대학교(西江大學校)에서 명예 문학박사 학위를 받았으며, 가톨릭문우회 대표(1981), 제24대 한국시인협회 회장(1984~1985), 교육개혁심의위원회 위원(1984), 한국여류문학인회 회장(1986~1988), 방송위원회(放送委員會, 1988. 8. 설립) 위원(1988), 한국방송공사(KBS) 이사(1988), 제12차 서울 세계시인대회(世界詩人大會, World Congress of Poets, WCPs) 계관 시인(桂冠詩人, Poet Laureate)·예술원 회원(1990), 방송문화진흥회(放送文化振興會, 1988. 12. 설립) 이사(2000), 대한민국 건국 60년 기념사업위원회 위원장·국민원로회의(國民元老會議) 위원·한국문인협회(韓國文人協會, 文協) 고문(顧問)(2008) 등으로 활동하였다.

부산 부산진구(釜山鎭區) 초읍동(草邑洞) 부산어린이대공원 '시가 있는 숲'에 〈산에게 나무에게〉(1988), 부산진구 당감1동(堂甘一洞) 주민센터 앞에 〈가고 오지 않는 사람〉(2007), 충청남도 보령시(保寧市) 성주면(聖住面) 개화리(開花里) 개화예술공원(開花藝術公園) 모산한국육필문예공원에 〈조국(祖國)〉, 전라남도 함평군(咸平郡) 대동면(大洞面) 운교리(雲橋里) 자연생태공원에 〈나비의 노래〉(2007. 7. 16.)가 새겨진 시비(詩碑)가 있다.

김남조의 작품 연표

연도	작품 이름	장르	비 고
1953	〈목숨〉	시집	수문관(修文館)
1955	〈나아드의 향유(香油)〉	시집	남광문화사(南光文化社)
1958	〈나무와 바람〉	시집	정양사(正陽社)
1959	〈수정(水晶)과 장미(薔薇)〉	시집	정양사(편저)
1960	〈정념(情念)의 기(旗)〉	시집	정양사
1962	〈구원(久遠)의 연가(戀歌)〉	시집	구문사(歐文社)[박목월(朴木月)과 공저]
1963	〈풍림(楓林)의 음악〉	시집	정양사
1964	〈잠시 그리고 영원히〉	수필집	신구문화사(新邱文化社)
1965	〈은은한 환희(歡喜)〉	수필집	민조사(民潮社)
	〈잠시, 그리고 영원히〉	시집	신구문화사
1966	〈그래도 못 다 한 말〉·〈시간의 은모래〉	수필집	상아출판사(象牙出版社)/중앙출판공사(中央出版公社)

연도	작품 이름	장르	비 고
1967	〈달과 해 사이〉	수필집	상아출판사
	〈겨울 바다〉·〈김남조 시집〉	시집	상아출판사
1971	〈다함 없는 빛과 노래〉	수필집	서문당(瑞文堂)
	〈설일(雪日)〉	시집	문원사(文苑社)
1972	〈여럿이서 혼자서〉	수필집	서문당
	〈김남조 전작집(全作集)〉(모두 7권)	시집	서문당
1973	〈영혼과 빵〉	시집	성바오로출판사
1974	〈사랑 초서(草書)〉	시집	서문당
1975	〈그대들 눈부신 설목(雪木)같이〉	수필집	삼중당(三中堂)
	〈김남조 육필 시선(肉筆詩選)〉	시집	문학사상사(文學思想社)
1976	〈이브의 천형(天刑)〉	수필집	범우사(汎友社)
	〈동행(同行)〉	시집	서문당
1977	〈만남을 위하여〉·〈은총과 고독의 이야기〉	수필집	갑인출판사(甲寅出版社)
1978	〈그대 사랑 앞에〉	수필집	문학예술사(文學藝術社)
1979	〈기억하라 아침의 약속을〉	수필집	여원문화사(女苑文化社)
1980	〈그 이름에게〉	수필집	주부생활사(主婦生活社)
1981	〈바람에게 주는 말〉·〈진주(眞珠)를 만드는 상처들〉	수필집	주부생활사/서문당
	〈김남조 시집〉	시집	서문당
1982	〈빛과 고요〉	시집	서문당
1983	〈사랑의 말〉·〈이제와 우리 죽을 때에〉	수필집	학원사(學園社)/홍문사(弘文社)
	〈김남조 시 전집(全集)〉·〈마음의 마음〉·〈시로 쓴 김대건(金大建) 신부(神父)〉	시집	서문당/홍성사(弘盛社)/성바오로출판사
1984	〈저희는 홀로이옵니다〉	수필집	문학세계사(文學世界社)
	〈김남조 시선〉·〈눈물과 땀의 향유〉	시집	마당문고사/열음사
	〈아름다운 사람들〉	콩트집	소설문학사(小說文學社)
1985	〈바람과 나무〉	번역 시집	가신샤(花神社, 일본)
	〈그가 네 영혼을 부르거든〉	수필집	중앙일보사(中央日報社)
	〈너를 위하여〉·〈저무는 날에〉	시집	어문각(語文閣)/성바오로출판사
	〈생각하는 불꽃〉	잠언집	어문각
1986	〈먼 데서 오는 새벽〉·〈사랑과 행복의 조건〉·〈사랑을 어찌 말로 다하랴〉·〈어느 먼 이름에게〉	수필집	어문각/백양출판사(공저)/학원사/예전사
	〈고독(孤獨)보다 깊은 사랑〉·〈둘의 마음에 산울림이〉·〈말하지 않은 말〉·〈문 앞에 계신 손님〉	시집	영언문화사(永言文化社)/예전사/문학사상사/융성출판사(隆盛出版社)
1987	〈가슴 안의 그 하나〉·〈오늘보다 다른 내일을〉·〈우리들 다시 사랑 앞에서〉	수필집	기린원/청목문화사(공저)/영학출판사(永學出版社)
	〈겨울 나무〉	시집	자유문학사(自由文學社)
1988	〈영혼의 새벽〉	수필집	청맥
	〈깨어나 주소서 주여〉·〈마음 안의 마음〉·〈바람 세례(洗禮)〉·〈사랑을 위한 낭송 시집〉(모두 2권)·〈새벽보다 먼저〉	시집	종로서적(鐘路書籍)/혜원출판사(蕙園出版社)/문학세계사/문학세계사/문학과비평사
1990	〈끝나는 고통, 끝이 없는 사랑〉	수필집	자유문학사
	〈겨울꽃〉	시집	신원문화사
1991	〈어느 날, 사랑과 하나가 될 때〉	수필집	샘터(공저)
	〈가난한 이름에게〉·〈가슴을 적시는 비〉	시집	미래사(未來社)/문화행동(文化行動)
1993	〈Selected Poems of Kim Namjo〉	번역 시집	코넬대학교(미국)
	〈예술가의 삶〉	수필집	혜화당(惠和堂)

연도	작품 이름	장르	비 고
1993	〈겨울 사랑〉	시집	동서문학사(東西文學社)
1995	〈바람 세례〉	번역 시집	화신사
	〈평안을 위하여〉	시집	서문당
1996	〈Windraufe〉	번역 시집	홀레만출판사(Horlemann Verlag, 독일)
	〈마지막 편지〉	수필집	바다출판사
1997	〈외롭거든 나의 사랑이소서〉	시집	좋은날
1998	〈한국 삼인 시집(韓國三人詩集)〉	번역 시집	토요미술사[土曜美術社, 일본. 구상(具常)·김광림(金光林) 공저]
	〈희망 학습〉	시집	시와시학사
1999	〈사랑 후에 남은 사랑〉	수필집	미래지성(未來知性)
2002	〈김남조〉(한국 대표 시인 선집)·〈김남조 시 99선〉	시집	문학사상사/선
2003	〈Antologia Poetica〉	번역 시집	혜화당
	〈사랑 초서와 촛불〉	시집	Editorial Verbum S.L.(에스파냐)
	〈밤이다 우리는 빛이 되어야 한다〉·〈사랑은 고백(告白)할 때조차 비밀로 남는다〉	잠언집	다시
2004	〈영혼과 가슴〉	시집	새미
2005	〈김남조 시 전집〉	시집	국학자료원(國學資料院)
2007	〈귀중한 오늘〉	시집	시학(詩學)

57

김농

金農 1687 ~ 1763

중국 청(淸)나라(1616~1912)의 서예가이며 화가·시인. 자(字)는 수문(壽門), 호(號)는 동심(冬心)·사농(司農). 저장성(浙江省) 첸탕현[錢塘縣, 지금의 항저우(杭州)]에서 태어났으며, 장쑤성(江蘇省) 양저우(揚州)에서 죽었다.

고향 항저우의 문인(文人)들 사이에서 자라나 시(詩)로 이름을 날렸다. 여행을 즐겨서 30세가 지나서 여러 곳을 두루 돌아다녔고, 일생 동안 벼슬을 하지 않고 시·서(書)에 정진하면서 문필(文筆) 생활을 하였다.

금석문(金石文)에 능통하고 시와 고문(古文)을 잘 지었으며, 상식을 넘어선 기행(奇行)으로 널리 알려졌고, 서풍(書風)도 특이하였다. 즉 한(漢, B.C.202~220)·위(魏, 225~265) 이후의 석비(石碑)가 가진 고아(高雅)한 서풍을 좋아하였으며, 굵은 가로획과 가느다란 세로획으로 된 예서(隸書), 굵은 선으로 된 해서(楷書)를 썼다. 자신의 서체가 팔분체(八分體, 한자 서체의 하나)에서 연유하였다고 하여 스스로 '칠분반서(七分半書)'라고 일컬었다.

본격적으로 화필을 들어 그림을 업으로 삼게 된 것은 1737년(50세)을 넘어서부터인데, 남종화(南宗畫)의 형식주의(形式主義, formalism)적 잔재주 등을 배제하여, 깔끔하고 속되지 않은 독특한 개성적인 화풍(畫風)을 이루었다.

시문(詩文) 이외에 고서화(古書畫) 감정(鑑定)과 고미술(古美術)을 감식(鑑識)하는 안목도 뛰어났고, 그림은 산수(山水)·대(竹)·매화·말(馬) 등에 능숙하였으며, 만년(晩年)에는 불화(佛畫)를 잘 그렸다.

1747년(60세)쯤부터는 양저우에서 살면서 이른바 '양저우 팔괴(揚州八怪)'의 대표적인 존재가 되었지만, 평생을 고독하게 살았다. '양저우 팔괴'란 청나라 중기 장쑤성 양저우에서 활동한 8명의 화가, 즉 고상(高翔, 1688~1754)·김농·나빙(羅聘, 1733~1799)·왕사신(汪士愼, 1686~1762)·이방응(李方膺, 1695~1754)·이선(李鱓, 1686~1762)·정섭(鄭燮, 1693~1765)·황신(黃愼, 1687~1768)을 이른다. 이들 외에 고봉한(高鳳翰, 1683~1743)·민정(閔貞, 1730~?)·화암(華嵒, 1682~1756)을 포함하여 양저우파(揚州派)라고도 한다. 이들은 대운하(大運河)의 수리(水利)와 소금 거래에 기반을 둔 호상(豪商)들의 원조를 받으려고 모여든 화가들로, 독자적인 화풍과 화역(畫域)을 가지면서 당시의 전형적인 문인화(文人畫)에서 벗어난 자유 분방한 그림을 그렸다. 시골에서 대도시로 올라와 그림을 팔아 생계를 유지하면서도 고답적인 화풍에서 벗어나 개성과 독창성을 중시, 당시로서는 기괴하게 여겨져 '괴(怪)'자가 붙여진 것이다.

지은 책으로 〈동심 선생 화죽제기(冬心先生畫竹題記)〉·〈동심자사진제기(冬心自寫眞題記)〉·〈화불제기(畫佛題記)〉 등이 있고, 그림으로 〈매화도(梅花圖)〉·〈묵매도(墨梅圖)〉(모두 4폭, 1736)·〈묵죽도(墨竹圖)〉·〈묵희(墨戲)〉(1754)·〈월하도(月下圖)〉(1761) 등이 있다.

58

김달진

金達鎭 1907(순종 1). 2. 4. ~ 1989. 6 5.

한국의 시인이며 한학자(漢學者)·번역 문학가.

호(號)는 월하(月下).

아버지 김규석(金圭奭)과 어머니 조용락(趙鏞樂)의 2남 2녀 중 둘째 아들로, 경상남도 창원군(昌原郡) 웅동면(熊東面) 소사리(素沙里)[지금의 창원시 진해구(鎭海區) 소사동]에서 태어났으며, 서울 강남구(江南區) 일원동(逸院洞)에서 죽었다.

1920년(13세) 향리(鄕里)의 계광보통학교(啓光普通學校)를 졸업하고 서울로 와서 중앙고등보통학교(中央高等普通學校, 지금의 중앙중·고등학교)를 다니다가, 병으로 학업을 중단하고 고향으로 내려가 요양하였다.

1923년(16세) 경신학교(儆新學校, 지금의 경신중·고등학교)에 입학하였으나 4학년 때 일본인 영어 교사 추방 운동을 벌이다가 퇴학당하여, 1926년(19세) 다시 낙향(落鄕)하여 모교(母校) 계광보통학교에서 교편(敎鞭)을 잡았다. 그 뒤 항일(抗日) 교육에 앞장섰다는 이유로 조선총독부(朝鮮總督府)로부터 1933년(26세) 폐교될 때까지 7년 동안 아이들을 가르쳤다.

1929년(22세) 양주동(→282)의 추천으로 〈문예공론(文藝公論)〉(월간 순수 문예지. 1929. 5.~7. 통권 3호로 종간)에 시 〈잡영수곡(雜泳數曲)〉을 발표하면서 등단(登壇)하였다.

1934년(27세) 금강산(金剛山) 유점사(楡岾寺)에서 승려 김운악(金雲岳)을 스승으로 모시며 득도(得道)하고, 같은 해 9월 〈동아일보(東亞日報)〉에 시 〈나의 뜰〉·〈유점사를 찾는 길에〉를 발표하였다.

1935년(28세) 백용성[白龍城, 1864~1940, 한국의 승려이며 독립 운동가. 3·1 운동 때 민족 대표 33인 가운데 한 사람이며, 대각교(大覺敎)를 창시하였다.]을 스승으로 경상남도 함양(咸陽) 백운산(白雲山) 화과원(華果院)에서 반농반선(半農半仙)의 수도(修道) 생활을 하였고, 〈화과원시(華果院詩)〉(〈동아일보〉, 1. 20.) 등을 발표하면서 본격적으로 문학 활동을 하였다.

1936년(29세) 유점사 공비생(公費生)으로 중앙불교전문학교[中央佛敎專門學校. 동국대학교(東國大學校)의 전신(前身)]에 입학하였으며, 이 무렵 〈시원(詩苑)〉(시 동인지. 1935. 2.~12. 통권 5호로 종간)·〈시인부락(詩人部落)〉(격월간 문예 동인지. 1936. 11.~1937. 12. 통권 5호로 종간) 동인(同人)으로 활동하였다.

1940년(33세) 중앙불교전문학교를 졸업한 뒤 같은 해 9월, 구본웅(具本雄, 1906~1953, 한국의 서양화가)의 아버지 구자혁(具滋爀)이 경영하던 청색지사(靑色紙社)에서 처녀 시집 〈청시(靑柿)〉를 펴냈다.

그 뒤 잠시 만주(滿洲) 지린성(吉林省) 옌볜(延邊) 조선족 자치주 룽징(龍井)에 다녀왔는데, 이 무렵에 쓴 〈국화(菊花)〉·〈꼬아리 열매〉·〈뜰〉·〈용정(龍井)〉·〈향수(鄕愁)〉 등이 김조규(→85)가 엮은 〈재만 조선 시인집(在滿朝鮮詩人集)〉[옌지(延吉) 예문당(藝文堂), 1942. 10.]에 실려 있다.

광복된 뒤에 이광수(李光洙, 1892~1950, 한국의 소설가)의 소개로 동아일보사 문화부 기자로 일하였다.

1946년(39세) 4월 4일에는 김진섭(金晉燮, 1903~?, 한국의 수필가이며 독문학자)·박종화(→190)·이하윤(→408) 등이 중심으로 있던 중앙문화협회(中央文化協會)의 불투명한 성격을 거부하고, 곽종원(郭鍾元, 1915~2001, 한국의 문학 평론가)·곽하신(郭夏信, 1920~?, 한국의 소설가)·김갑순(金甲順)·김광주(→51)·김남중(金南中, 1917~1987, 한국의 언론인이며 수필가)·김동리(→60)·김상옥(→69)·김수돈(→74)·김춘수(→95)·김현승(→99)·박두진(→177)·박목월(→178)·박용덕[朴容德, ?~?, 〈단층(斷層)〉 편집·발행인]·박용구(朴容九, 1923~1999, 한국의 소설가)·백완기(白完基, 1914~?, 한국의 문학 평론가)·서정주(→226)·설창수(→230)·여세기(呂世基)·오영수(吳永壽, 1914~1979, 한국의 소설가)·유동준(俞東濬, 1921~, 한국의 문학 평론가)·유치환(→350)·이경순(李敬純, 1905~1985, 한국의 교육자이며 시인)·이광래(李光來, 1908~1968, 한국의 연극인)·이설주(李雪舟, 1908~2001, 한국의 시인)·이영도(→384)·이윤수(李潤守, 1914~1997, 한국의 시인)·이재춘(李在春)·이정호(李正浩, 1927~1991, 한국의 시인이며 언론인)·이한직(→409)·임서하(任西河, ?~?, 한국의 소설가)·정진업(鄭鎭業, 1916~1983, 한국의 시인이며 연극인)·조연현(→459)·조지훈(→461)·조진대(趙眞大, 1920~?, 한국의 소설가)·조향(→463)·최인욱(崔仁旭, 1920~1972, 한국의 소설가)·최태응(崔泰應, 1917~1998, 한국의 소설가)·황순원(→521) 등과 함께 조선청년문학가협회(朝鮮青年文學家協會)를 결성[1949년 12월 17일 한국문학가협회(韓國文學家協會)가 결성됨에 따라 발전적으로 해산]하여 부회장으로 활동하였다.

1946년부터 선린상업학교(善隣商業學校) 교사를 하다가 서울 생활을 청산하고 대구(大邱)로 내려와 경북여자고등학교(慶北女子高等學校)에서 다시 교편을 잡았다.

1947년(40세) 대구에서 발간되던 〈죽순(竹筍)〉(시 전문지. 1946. 5.~1949. 7. 통권 12호로 종간, 1979. 1. 제13호 복간) 동인으로 활동하였고, 자유민보사(自由民報社) 논설 위원(1951), 동양불교문화연구원(東洋佛教文化研究院) 원장을 지냈다.

1954년(47세) 해군사관학교(海軍士官學校)에서 교관을 하면서 〈대한 군항지(大韓軍港誌)〉를 발간하였고, 1955년(48세) 남면중학교(南面中學校, 지금의 창원남중학교) 교장으로 부임하였다가 1962년(55세) 정년 퇴직하였다. 그 뒤에는 주로 불경(佛經)과 한시(漢詩)를 번역하였다.

1973년(66세) 동국대학교 안에 있는 동국역경원(東國譯經院, 1964년 7월 설립)에서 심사 위원 및 역경 위원으로 〈고려 대장경(高麗大藏經)〉 국역(國譯) 작업에 참여하였다.

1983년(76세) 불교정신문화원(佛教精神文化院)에서 고승석덕(高僧碩德)으로 추대(推戴)되었다.

대표시로는 〈겨울밤〉·〈경건한 정열(情熱)〉·〈고담(枯淡)〉·〈그 날을 위하여〉·〈그리는 세계가 있기에〉·〈금붕어〉·〈나의 청춘은〉·〈눈〉·〈돌바위〉·〈마조천변(磨造川邊)〉·〈무슨 소리 듣는다니〉·〈사랑〉·〈사촌(寺村)〉·〈산보로(散步路)〉·〈샘물〉·〈수인(囚人)〉·〈씬냉이꽃〉·〈열무꽃〉·〈임의 모습〉·〈자유〉·〈추성(秋聲)〉 등이 있는데, 초기 시는 주로 자연을 노래하고 인간과 사물이 평등하게 어울려 사는 속에서 인간의 본성이 밝아지고 사물의 제 모습이 드러난다고 하는 동양 정신의 본질에 바탕을 두고 있다. 관조(觀照)하는 태도와 소박한 언어로, 인간의 효용을 떠난 사물의 참된 모습을 찾아 내고 착각과 환상(幻想)을 몰아 냄으로써 일제(日帝) 침략을 긍정하고 정당화하려는 모든 관념에 나름대로 대항하려고 하였다. 후기 시에서는 이러한 동양 정신을 더욱 깊이 있는 시 정신으로 보여 주었다.

〈손오병서(孫吳兵書)〉[청우출판사(青羽出版社), 1954], 〈고문진보(古文眞寶)〉(청우출판사, 1957), 한역(韓譯) 시집 〈한산 시집(寒山詩集)〉[법보원(法寶院), 1962], 〈법구경(法句經)〉[현암사(玄岩社), 1965], 동양 고전(古典) 〈장자(莊子)〉(현암사, 1965), 〈국민 설화(國民說話)〉[국민서관(國民書館), 1973], 〈삼보찬(三寶讚)〉[불교사상사, 1974], 석가모니[釋迦牟尼, B.C.563?~B.C.483?, 불교의 개조(開祖)]의 일대기를 그린 장편 서사시집 〈큰 연꽃 한 송이 피기까지〉(동국역경원, 1984), 시선집(詩選集) 〈올빼미의 노래〉[시인사(詩人社), 1983], 〈한국 선시(韓國禪詩)〉[열화당(悅話堂), 1985], 〈금강 삼매경론(金剛三昧境論)〉(열음사, 1986), 〈당시 전서(唐詩全書)〉[민음사(民音社), 1987], 〈선시와 함께 엮은 장자〉[고려원(高麗苑), 1987], 〈현대 한국 선시〉(열화당, 1987), 〈붓다 차리타〉(고려원, 1988), 〈보조국사(普照國師) 전서〉(고려원, 1988) 등을 펴냈다.

죽은 뒤에 〈한국 한시〉(모두 3권, 민음사, 1989), 〈한산시(寒山詩)〉[세계사(世界社), 1989], 수필집 〈산거 일기(山居日記)〉(세계사, 1990), 선시집(禪詩集) 〈한 벌 옷에 바리때 하나〉(세계사, 1990), 〈태고집(太古集)〉(세계사, 1991), 시선집 〈청시〉[미래사(未來社), 1991], 〈한글 세대를 위한 법구경〉(세계사, 1992), 〈진각국사 어록(眞覺國師語錄)〉(세계사, 1993) 등이 출판되었다.

1990년 그의 문학적 업적과 그 정신을 기리기 위한 '김달진 문학상'이 제정되어 해마다 시상하고 있으며, 1991년 은관 문화 훈장(銀冠文化勳章)이 추서(追敍)되었고, 1996년부터 고향 진해에서 '김달진 문학제'가 열리고 있다.

2005년 11월 생가(生家)가 있는 소사동에 '김달진 문학관'이 건립되었으며, 진해구 태백동(太白洞) 진해시민회관(鎭海市民會館) 앞에 〈열무꽃〉(1995. 4.), 충청남도 홍성군(洪城郡) 결성면(結城面) 성곡리(城谷里) 민족시비공원(民族詩碑公園)에 〈씬냉이꽃〉이 새겨진 시비가 있다.

59

김대봉

金大鳳 1908(순종 2) ~ 1943

한국의 의사이며 시인.

호(號)는 포백(抱白).

경상남도 김해(金海)에서 태어났다.

평양의학전문학교(平壤醫學專門學校)를 졸업한 뒤, 경성제국대학[京城帝國大學. 서울대학교의 전신(前身)] 세균학 교실에서 의학을 연구하고, 의원을 개업하는 한편, 시작(詩作) 활동도 벌여, 1935년(27세) 〈조선문단(朝鮮文壇)〉(월간 순수 문예지. 1924. 10.~1936. 6. 통권 26호로 종간)에 시 〈동공(瞳孔)의 촉수(觸手)〉(1935)·〈심적(心寂)〉을 발표하였다.

1938년(30세)에는 김상옥(→69)·김용호(→82)·박남수(→175)·윤곤강(→357)·임화(→419)·함윤수(咸允洙, 1916~1984, 한국의 시인) 등과 〈맥(貘)〉(계간 시 전문지. 1938. 6.~1939. 4. 통권 5호로 종간)을 창간하여 창간호에 시 〈모르는 체〉·〈무상(無常)〉·〈이향자(離鄕者)〉·〈추월부(秋月賦)〉를 발표하였고, 같은 해 10월 〈무심(無心)〉을 포함하여 50여 편의 작품을 실은 시집 〈무심〉(맥)을 펴내 당시 문단(文壇)의 주목을 받았다.

시풍(詩風)은 대체로 내향적 입장에서 인간의 그늘진 면을 다루었으며, 〈무상〉·〈무심〉·〈심적〉과 같은 제목이 암시하듯이 내향적 시선(視線)으로 존재의 의미를 추구하여, 현실의 아픔을 벗어나려는 서정적 자아(自我)의 소망과 초탈(超脫)의 경지를 정적(靜的)으로 표출하였다.

단편 소설에서는 계급주의(階級主義) 경향의 문학론을 바탕으로 한 내면의 심리를 다루었으나, 심리의 변화가 사건의 전개에서 필연성을 가지지 못하였으므로 작품 구성과는 밀착되지 못하였다. 한편, 의학의 대중화를 위한 잡지 〈대중 의학(大衆醫學)〉을 주재(主宰)하였다.

1943년(35세) 3월 발진티푸스 환자에게 감염되어 순직(殉職)하였다.

이 밖에 〈시림(詩林)〉(월간 시 동인지. 1939. 3.~6. 통권 3호로 종간) 창간호에 발표한 〈10월〉 등 여러 편의 시와 〈의사의 조수(助手)〉(1932)·〈탕아(蕩兒)〉[〈형상(形象)〉 창간호, 1934. 2.]·〈환향(還鄕)한 무용가〉(1935) 등 세 편의 단편 소설, 〈동요(童謠) 비판의 표준〉(1932)·〈문학과 생활〉(1933)·〈문학과 의학〉(1937)·〈죽음〉 등의 평론과 수필을 남겼다.

60

김동리

金東里 1913. 11. 24. ~ 1995. 6. 17.

한국의 소설가이며 시인.

본명(本名)은 시종(始鍾), 이명(異名)은 창귀(昌貴), 아명(兒名)은 창봉(昌鳳)·태창(太昌)·학봉(鶴鳳), 본관(本貫)은 선산(善山).

아버지 김임수(金壬守)와 어머니 허임순(許任順)의 5남매 중 막내로, 경상북도 경주시(慶州市) 성건동(城乾洞)에서 태어났으며, 서울에서 죽었다.

1926년(13세) 경주 제일교회(第一敎會) 부설 학교인 계남소학교(啓南小學校)를 졸업하고, 대구(大邱) 계성중학교(啓星中學校)에서 2년 동안 공부하였다.

서울로 와서, 1928년(15세) 경신학교(儆新學校, 지금의 경신중·고등학교) 3학년에 편입하여 다니다가 4학년 때 중퇴하고 낙향(落鄕)하여, 박목월(→178) 등과 교유(交遊)하며 문학 수련에 전념, 동서양의 고전(古典)에 심취, 인간과 자연에 대한 관심을 기울였다. 경신학교 재학 중인 1929년(16세) 〈매일신보〉[한국어 일간지. 1904년 7월 18일 배설(裵說, 1872~1909, Ernes Thomas Bethell, 대한제국 때의 영국의 언론인)이 창간한 〈대한매일신보(大韓每日申報)〉를 일제(日帝)가 사들여 1910년 8월 30일부터 '대한' 두 자를 떼고 〈매일신보(每日申報)〉로 제호(題號)를 바꾸었다가, 1938년 4월 29일 〈매일신보(每日新報)〉로 바뀌었고, 1945년 11월 23일 〈서울신문〉으로 바뀌어 오늘에 이르고 있다.]에 시 〈고독〉, 〈중외일보〉(일간지. 1926. 11. 15.~1931. 9. 2.)에 시 〈방랑의 우수〉를 발표하였다.

1933년(20세)에 다시 서울로 와서, 김광균(→48)·김달진(→58)·여상현(呂尙玄, 1914~?, 북한의 시인)·서정주(→226)·오장환(→298)·함형수(→508) 등의 〈시인부락〉(격월간 문예 동인지. 1936. 11.~1937. 12. 통권 5호로 종간) 동인(同人)들과 교유하면서 시를 썼다. 1934년(21세) 〈조선일보〉 신춘 문예 시 부문에 〈백로〉가 가작으로 당선된 뒤 〈가톨릭청년〉(천주교 월간지. 1933. 6.~1936. 12. 통권 43호로 종간. 1947년 4월 제5권 1호로 복간, 한국 전쟁으로 휴간, 1955년 1월 속간, 1971년 9월 폐간)에 시 〈고목〉·〈망월〉 등을 발표하였으나, 곧 시 창작을 중단하고 소설로 방향을 바꾸었다.

1935년(22세) 단편 소설 〈화랑의 후예〉가 〈조선중앙일보〉(일간지. 1933. 3. 7.~1937. 11. 5.) 신춘 문예에 당선됨으로써 등단(登壇)하였다. 이 때 받은 상금으로 다솔사(多率寺)·해인사(海印寺) 등을 떠돌아다녔으며, 이주홍(李周洪, 1906~1987, 한국의 소설가이며 아동 문학가)·조연현(→459)·최인욱(崔仁旭, 1920~1972, 한국의 소설가)·홍구범(洪九範, 1923~?, 한국의 소설가) 등과 사귀었다.

1936년(23세) 단편 소설 〈산화〉가 〈동아일보〉 신춘 문예에 다시 당선되어 작가로서의 위치를 굳혔다. 그 뒤 다솔사로 다시 들어가 광명학원(光明學園)이라는 야학(夜學)을 세우고 농촌 계몽 운동에 힘썼다.

토속적 소재를 운명론적 인생관으로 다룬 소설집 〈무녀도〉·〈황토기〉, 식민지 시대의 비참한 현실을 묘사한 〈동구 앞길〉·〈찔레꽃〉 등으로 일약 신세대 작가의 기수(旗手)로 떠올랐다.

일제(日帝)의 어용(御用) 문학 단체인 조선문인보국회(朝鮮文人輔國會, 1943. 4. 17.~1945. 8. 15.)에 가입하는 것을 거절, 1940년(27세) 광명학원이 강제 폐쇄되어 만주(滿洲) 지방을 떠돌아다녔다.

경상남도 사천(泗川)에서 양곡 배급소 서기(書記)로 일하다가 광복을 맞이한 뒤, 서울로 와서 민족주의(民族主義, nationalism) 문학 진영에 참여하였다. 특히 김동석(→62)·김병규(金柄奎)와 순수 문학 논쟁을 통하여 우익(右翼) 쪽의 입장을 대표하는 인물로 두드러졌다.

좌우 문학 진영과의 이론 대립이 치열하였던 때에 발표한 평론 〈문학과 자유의 옹호〉·〈문학하는 것에 대한 사고〉·〈민족 문학론〉·〈순수 문학과 제3세계관〉·〈순수 문학의 진의〉·〈순수 이의〉·〈신세대의 문학 정신〉·〈신세대의 정신-문단 '신생면'의 성격, 사명, 기타〉·〈조선 문단의 지표〉 등은 이론적으로 낮은 수준에 있던 우익 쪽의 민족 문학론을 논리화·체계화한 글로 평가되었다. 또한 이론적 투쟁과 아울러 조직력을 중시하였다.

1946년(33세) 4월 4일에는 김진섭(金晋燮, 1903~?, 한국의 수필가이며 독문학자)·박종화(→190)·이하윤(→408) 등이 중심으로 있던 중앙문화협회(中央文化協會)의 불투명한 성격을 거부하고, 곽종원(郭鍾元, 1915~2001, 한국의 문학 평론가)·곽하신(郭夏信, 1920~?, 한국의 소설가)·김갑순(金甲順)·김광주(→51)·김남중(金南中, 1917~1987, 한국의 언론인이며 수필가)·김달진·김상옥(→69)·김수돈(→74)·김춘수(→95)·김현승(→99)·박두진(→177)·박목월·박용덕[朴容德, ?~?, 〈단층(斷層)〉 편집·발행인]·박용구(朴容九, 1923~1999, 한국의 소설가)·백완기(白完基, 1914~?, 한국의 문학 평론가)·서정주·설창수(→230)·여세기(呂世基)·오영수(吳永壽, 1914~1979, 한국의 소설가)·유동준(兪東濬, 1921~, 한국의 문학 평론가)·유치환(→350)·이경순(李敬純, 1905~1985, 한국의 교육자이며 시인)·이광래(李光來, 1908~1968, 한국의 연극인)·이설주(李雪舟, 1908~2001, 한국의 시인)·이영도(→384)·이윤수(李潤守, 1914~1997, 한국의 시인)·이재춘(李在春)·이정호(李正浩, 1927~1991, 한국의 시인이며 언론인)·이한직(→409)·임서하(任西河, ?~?, 한국의 소설가)·정진업(鄭鎭業, 1916~1983, 한국의 시인이며 연극인)·조연현·조지훈(→461)·조진대(趙眞大, 1920~?, 한국의 소설가)·조향(→463)·최인욱·최태응(崔泰應, 1917~1998, 한국의 소설가)·황순원(→521) 등과 함께 조선청년문학가협회(朝鮮青年文學家協會)를 결성[1949년 12월 17일 한국문학가협회(韓國文學家協會)가 결성됨에 따라 발전적으로 해산]하여 초대 회장으로 활동하였다.

1947년(34세) 경향신문사(京鄉新聞社) 문화부장, 1948년(35세) 민국일보사(民國日報社) 편집국장을 지냈고, 오랫동안 한국문학가협회 소설 분과 위원장을 지냈다.

한국 전쟁(Korean War, 1950. 6. 25.~1953. 7. 27.) 때는 문총구국대(文總救國隊) 공군종군문인단[空軍從軍文人團, 일명 창공구락부(蒼空俱樂部). 1951년 4월 대구에서 결성]에 소속되어 활약하였다.

〈문예〉(월간 순수 문예지. 1949. 8.~1954. 3. 통권 21호로 종간) 주간(主幹), 1953년(40세) 서라벌예술대학[중앙대학교(中央大學校) 예술대학의 전신(前身)] 교수, 1954년(41세) 예술원(藝術院) 회원, 〈월간문학(月刊文學)〉(월간 순수 문예지. 1968. 11.~현재) 주간, 1970년(57세) 한국문인협회(韓國文人協會, 文協) 초대~제8대 부이사장(1962~1969)을 거쳐 제9~10대(1970~1972), 제16~17대(1983~1988) 이사장, 1973년(60세) 중앙대학교에서 명예 문학 박사 학위를 받았으며, 같은 대학 예술대학장 등을 지냈고, 1981년(68세) 예술원 회장(제18~19대, 1981. 8. 26.~1984. 11. 23.)에 선임되었다.

한국 전쟁 이후 전쟁에서 취재한 〈귀환 장정〉, 민주주의

(民主主義, democracy)와 공산주의(共産主義, communism)라는 이념이 전쟁에 어떻게 반영되고 있는가를 보여 주는 〈흥남 철수〉, 현실적 소재를 다룬 〈밀다원 시대〉·〈실존무〉, 신(神)과 인간의 문제를 다룬 장편 〈사반의 십자가〉 등을 발표하였다.

1963년(50세) 초기의 운명론적 경향으로 돌아가 〈등신불〉, 1966년(53세) 〈까치 소리〉, 〈무녀도〉를 크게 개작(改作)하여 장편 〈을화〉를 발표하였다.

가장 특이한 소재를 빼어난 기교로 잘 처리한 소설가로 평가되는데, 토속성과 외래 사상과의 대립, 신비감과 허무감(虛無感)이 내재된 인생의 근원적 본질 추구 등을 통한 '인간성'의 문제에 깊은 관심을 기울여 왔고, 이 같은 관심은 내용으로서의 '인간'과 형식으로서의 '미(美)'라는 입장으로 반영되어 문학적 형상화를 성공적으로 이루어 냈다.

순수 문학과 신인문주의(新人文主義, new humanism)의 문학 사상으로 일관하였으며, 광복 직후의 좌우익 투쟁과 전쟁 기간을 통하여 조연현 등과 더불어 민족 문단을 수호하고 육성하는 데 큰 공적을 남겼다.

광명학원이 폐쇄된 뒤, 경상남도 함양(咸陽)에서 초등학교 교사를 하던 김월계(金月桂)와 결혼하여 5남 1녀를 두었으며, 서울 명동(明洞)의 다방 '모나리자'의 주인이며 유부녀였던 손소희(孫素熙, 1917~1987, 한국의 여류 소설가)와 1953년 재혼하였고, 1987년(74세) 결혼한 서영은(徐永恩, 1943~, 한국의 여류 소설가)이 세 번째 아내이다.

1955년(42세) 〈밀다원 시대〉와 〈흥남 철수〉로 전국문화단체총연합회(全國文化團體總聯合會, 文總)에서 주는 제3회 자유 문학상(自由文學賞, 1953~1959)을 받은 것을 비롯하여 1959년(46세) 제5회 대한민국 예술원상, 1967년(54세) 제8회 3·1 문화상, 1968년 국민 훈장 동백장(冬柏章), 1970년 제19회 서울특별시 문화상, 1979년(66세) 제7회 새싹 문학상, 1983년(70세) 제18회 5·16 민족상(예술 부문), 1990년(77세) 제4회 세계 시인상을 받았다.

1998년 그의 문학적 업적을 기리는 '동리 문학상(東里文學賞)'이 제정되었고, 2006년 3월 24일 경주시 진현동(進峴洞)에 '동리·목월 문학관(東里木月文學館)'이 건립되었으며, 강원도 춘천시(春川市) 서면(西面) 금산리(錦山里) 북한강변 문학공원(北漢江邊文學公園)(2011. 9. 30.), 충청남도 보령시(保寧市) 성주면(聖住面) 개화리(開花里) 개화예술공원(開花藝術公園) 모산한국육필문예공원에 시비(詩碑)가 세워졌다.

김동리의 작품 연표

출판·발표	작품 이름	장르	비 고
1929	〈고독(孤獨)〉·〈방랑의 우수(憂愁)〉	시	〈매일신보(每日申報)〉/〈중외일보(中外日報)〉
1934	〈백로(白鷺)〉	시	〈조선일보(朝鮮日報)〉(신춘 문예 가작)
1935. 1. 1. ~1. 10.	〈화랑(花郞)의 후예(後裔)〉	단편 소설	〈조선중앙일보(朝鮮中央日報)〉(신춘 문예 당선)
1935. 3.	〈폐도(廢都)의 시인(詩人)〉	단편 소설	〈영화시대(映畵時代)〉 제2~3호
1935. 5.	〈고목(枯木)〉·〈망월(望月)〉	시	〈가톨릭청년〉 제24호
1935	〈거미〉·〈바람 부는 날 하오(下午)〉·〈생식(生食)〉·〈폐도 시인(廢都詩人)〉	시	
1936. 1. 4. ~1. 18.	〈산화(山火)〉	단편 소설	〈동아일보(東亞日報)〉(신춘 문예 당선)
1936. 5.	〈무녀도(巫女圖)〉	단편 소설	〈중앙(中央)〉 제31호[1947년 을유문화사(乙酉文化社)에서 단행본으로 출판. 1978년 장편 〈을화(乙火)〉로 개작 출판)
	〈바위〉	단편 소설	〈신동아(新東亞)〉 제55호
1936. 8.	〈술〉	단편 소설	〈조광(朝光)〉 제10호
1936. 9.	〈산제(山祭)〉	단편 소설	〈중앙〉 종간호
1936. 11.	〈간이는 간이는 다시 없네〉·〈나긴 밤에 났지만〉·〈내 홀로 무어라 중얼거리며 가느뇨〉·〈행로음(行路吟)〉	시	〈시인부락(詩人部落)〉 창간호

출판·발표	작품 이름	장르	비 고
1936. 11.	〈팥죽〉	단편 소설	〈조선문학(朝鮮文學)〉 제11호
1936. 12.	〈허덜풀네〉	단편 소설	〈풍림(風林)〉 창간호
1937. 1.	〈어머니〉	단편 소설	〈풍림〉 제2호
1937. 8.	〈불화(佛畵)〉	단편 소설	〈조광〉 제22호
1937	〈구강산(九江山)〉	시	
	〈솔거(率居)〉	단편 소설	〈불화〉로 개제(改題)하여 〈조광〉에 게재
1938. 12. 8.~12. 24.	〈잉여설(剩餘說)〉	단편 소설	〈조선일보〉
1938. 12.	〈생일(生日)〉	단편 소설	〈조광〉 제38호
1938	〈정원(庭園)〉	단편 소설	
1939. 5.	〈황토기(黃土記)〉	단편 소설	〈문장(文章)〉 제4호[1949년 수선사(首善社), 1976년 범우사(汎友社)에서 단행본으로 출판]
1939. 7.	〈찔레꽃〉	단편 소설	〈문장〉 제6호
1939. 8.	〈두꺼비〉	단편 소설	〈조광〉 제46호
	〈순수 이의(純粹異議)〉	평론	〈문장〉 제7호
1939. 10.	〈회계(會計)〉	단편 소설	〈삼천리(三千里)〉
1939. 11.	〈완미설(玩味說)〉	단편 소설	〈문장〉 제10호
1940. 2. 21.~2. 22.	〈신세대(新世代)의 문학 정신(文學精神)〉	평론	〈매일신보〉
1940. 2.	〈동구(洞口) 앞길〉	단편 소설	〈문장〉 제13호
	〈혼구(昏衢)〉	단편 소설	〈인문평론(人文評論)〉 제5호
1940. 5.	〈신세대의 정신-문단 '신생면'의 성격, 사명, 기타〉	평론	〈문장〉 제17호
1940. 7.	〈소녀(少女)〉	단편 소설	〈인문평론〉 제10호
1940. 8.	〈오누이〉	단편 소설	〈여성(女性)〉 제53호
1940. 9.	〈다음 항구〉	단편 소설	〈문장〉 제19호
1940	〈하현(下弦)〉	단편 소설	
1941. 2.	〈소년(少年)〉	단편 소설	〈문장〉 제24호
1946. 4. 2.	〈조선 문단의 지표(指標)〉	평론	〈청년신문(青年新聞)〉
1946. 6. 6.~6. 26.	〈윤회설(輪廻說)〉	단편 소설	〈서울신문〉
1946. 9. 15.	〈순수 문학의 진의(眞意)〉	평론	〈서울신문〉
1946. 12. 1.~12.19.	〈지연기(紙鳶記)〉	단편 소설	〈동아일보〉
1946. 12.	〈미수(未遂)〉	단편 소설	〈백민(白民)〉 제6호
1947. 3.	〈혈거 부족(穴居部族)〉	단편 소설	〈백민〉 제7호
1947. 4./1977. 5.	〈달〉	단편 소설	〈문화(文化)〉 창간호/〈독서생활〉
1947. 6.	〈문학과 자유의 옹호〉	평론	〈백민〉 제9호
1947. 8.	〈순수 문학과 제3세계관〉	평론	〈대조(大潮)〉 제4호
1947. 9.	〈민족 문학과 경향 문학(傾向文學)〉	평론	〈백민〉 제10호
1947. 10.	〈이맛살〉	단편 소설	〈문화〉
1947. 11.	〈상철이〉	단편 소설	〈백민〉 제11호
1948. 1./1955. 10.	〈역마(驛馬)〉	단편 소설	〈백민〉 제12호/〈학생문단(學生文壇)〉[1950년 정음사(正音社)에서 단행본으로 출판]
1948. 3.	〈문학하는 것에 대한 사고〉	평론	〈백민〉 제13호
1948. 7.	〈문학적 사상의 주체와 그 환경〉	평론	〈백민〉 제15호
1948. 8.	〈민족 문학론〉	평론	〈대조〉 제7호
	〈어머니와 그 아들들〉	단편 소설	〈삼천리〉
	〈절 한 번〉	단편 소설	〈평화신문(平和新聞)〉

출판·발표	작품 이름	장르	비 고
1948. 10.	〈개를 위하여〉	단편 소설	〈백민〉 제16호
1948	〈김동인론(金東仁論)〉·〈김소월론(金素月論)〉·〈삼가 시인론(三家詩人論)〉·〈이효석론(李孝石論)〉	평론	
1949. 3.	〈심정(心情)〉	단편 소설	〈학풍(學風)〉 제4호
1949. 3. 4.	〈형제(兄弟)〉	단편 소설	〈백민〉 제18호
	〈유 서방〉	단편 소설	〈대조〉 제9호
1949. 4.~6./1950. 3.	〈급류(急流)〉	단편 소설	〈조선교육(朝鮮敎育)〉 제16~18호/〈혜성(彗星)〉
1949. 5. 15.~5. 28.	〈검군(劍君)〉	단편 소설	〈연합신문(聯合新聞)〉
1949. 9. 1.~1950. 2. 16.	〈해방(解放)〉	장편 소설	〈동아일보〉
1950. 5.	〈우연성(偶然性)의 연구〉	평론	〈신사조(新思潮)〉
	〈인간 동의(人間動議)〉	단편 소설	〈문예(文藝)〉 제10호
1950	〈남로행(南路行)〉	단편 소설	
	〈한내 마을의 전설〉	단편 소설	
1951	〈귀환 장정(歸還壯丁)〉	단편 소설	수교문화사
	〈문화 구국론(文化救國論)〉	평론	
	〈상면(相面)〉	단편 소설	
	〈어떤 상봉(相逢)〉	단편 소설	
1952. 10.	〈문학과 인간〉	평론집	청춘사(靑春社)
1952	〈문학 개론(文學槪論)〉	평론집	
	〈상병(傷兵)〉	단편 소설	
	〈전쟁적 사실과 문학적 비판〉	평론	
	〈피난기(避難記)〉	단편 소설	
1953. 7.~9./1954. 1.	〈풍우기(風雨記)〉	중편 소설	〈문화세계(文化世界)〉
1954. 3.	〈젊은 미국의 깃발〉	시	〈문예〉 종간호
1954	〈마리아의 회태(懷胎)〉	단편 소설	
	〈살벌한 황혼(黃昏)〉	단편 소설	
1955. 1.	〈흥남 철수(興南撤收)〉	단편 소설	〈현대문학(現代文學)〉 창간호
1955. 2.	〈청자(靑磁)〉	단편 소설	〈신태양(新太陽)〉
1955. 4.	〈밀다원 시대(蜜茶苑時代)〉	단편 소설	〈현대문학〉 제4호[1975년 삼중당(三中堂)에서 단행본으로 출판]
1955. 5.	〈용(龍)〉	단편 소설	〈새벽〉
1955. 6.	〈실존무(實存舞)〉	단편 소설	〈문학예술〉[1958년 인간사(人間社)에서 단행본으로 출판]
1955. 11.~1957. 4.	〈사반의 십자가(十字架)〉	장편 소설	〈현대문학〉 제11~28호[1958년 일신사(日新社), 1975년 삼중당에서 단행본으로 출판]
1955	〈진달래〉	단편 소설	
1956. 4.~1957. 2.	〈춘추(春秋)〉	장편 소설	〈평화신문〉
1956	〈악성(樂聖)〉	단편 소설	〈우륵(于勒)〉으로 개제
	〈원왕생가(願往生歌)〉	단편 소설	
1957. 4.	〈아가(雅歌)〉	단편 소설	〈신태양〉
1957. 7.	〈목공(木工) 요셉〉	단편 소설	〈사상계(思想界)〉 제51호
1957. 11.~1958. 4.	〈남포(南浦)의 계절〉	단편 소설	〈현대(現代)〉
1957	〈꽃〉·〈무제(無題)〉·〈추억(追憶)〉·〈탄생(誕生)〉	시	
	〈여수(旅愁)〉	단편 소설	
1958. 1.	〈고우(故友)〉	단편 소설	〈신태양〉

출판·발표	작품 이름	장르	비 고
1958. 10.	〈강유기(江遊記)〉	단편 소설	〈사조(思潮)〉 제5호
1958. 12.	〈자매(姉妹)〉	단편 소설	〈자유공론(自由公論)〉 창간호
1958	〈당고개 무당〉	단편 소설	
	〈삼국지(三國志)〉	장편 소설	박영사[博英社, 모두 5권, 황순원(黃順元)·허윤석(許允碩) 공저]
1959. 1.	〈달이와 낭이〉	단편 소설	〈씨나리오문예〉
1959. 7.~1960. 4.	〈자유의 기수(騎手)〉	장편 소설	〈자유신문〉
1959	〈광주(光州)에서〉·〈분란(盆蘭)〉	시	
	〈애정의 윤리〉	중편 소설	
	〈학정기(鶴亭記)〉	단편 소설	
1960	〈수로 부인(水路夫人)〉	장편 소설	–
	〈어떤 고백(告白)〉	단편 소설	–
	〈이곳에 던져지다〉	장편 소설	〈한국일보(韓國日報)〉
1961. 11.	〈등신불(等身佛)〉	단편 소설	〈사상계〉 제103호(1963년 정음사에서 단행본으로 출판)
1961	〈비 오는 동산〉	중편 소설	
	〈어떤 남〉	단편 소설	–
1962. 11.	〈부활(復活)〉	단편 소설	〈사상계〉 제115호
1963	〈익국〉	시조	
	〈해풍(海風)〉	장편 소설	〈국제신문(國際新聞)〉
1964. 4.	〈천사(天使)〉	단편 소설	〈현대문학〉 제12호
1964. 9.	〈늪〉	단편 소설	〈문학춘추(文學春秋)〉 제6호[1977년 문리사(文理社)에서 단행본으로 출판]
	〈심장(心臟) 비 맞다〉	단편 소설	〈신동아〉 제60호
1964. 11.	〈유혼설(遊魂說)〉	단편 소설	〈사상계〉 제139호
1965. 5.	〈보이지 않는 깃발〉	시	〈새벽〉
1965. 12.	〈자연과 인생〉	수필집	국제문화사(國際文化社)
1965	〈꽃〉	단편 소설	
	〈성문(城門)의 거리〉	단편 소설	〈허덜풀네〉를 개작
	〈연(蓮)〉	시	
1966. 1.	〈송추(松楸)에서〉	단편 소설	〈현대문학〉 제133호
1966. 7.	〈백설가(白雪歌)〉	단편 소설	〈신동아〉 제82호
	〈윤사월(閏四月)〉	단편 소설	〈문학〉
1966. 10.	〈까치 소리〉	단편 소설	〈현대문학〉 제142호[1973년 일지사(一志社)에서 단행본으로 출판]
1966	〈바람아 대추야〉	단편 소설	
	〈부정(父情)〉	단편 소설	
	〈상정(常情)〉	단편 소설	〈자유공론〉
	〈어떤 부정〉	단편 소설	
	〈염주(念珠)〉	단편 소설	
1967. 5.	〈석 노인〉	단편 소설	〈현대문학〉 제149호
1967. 9.	〈감람(橄欖) 수풀〉	단편 소설	〈신동아〉 제96호
1967	〈김동리 대표작 선집〉	선집	삼성출판사(三省出版社)
1968. 4.	〈꽃 피는 아침〉	단편 소설	〈월간중앙(月刊中央)〉
1968	〈극락조(極樂鳥)〉	중편 소설	〈중앙일보〉
1969. 4.	〈눈 내리는 저녁때〉	단편 소설	〈월간중앙〉
1971. 12.	〈아도(阿道)〉	장편 소설	〈지성(知性)〉 제2호

출판·발표	작품 이름	장르	비 고
1972	〈삼국기(三國記)〉	장편 소설	〈서울신문〉
1973. 11.	〈사색(思索)과 인생〉	수필집	일지사
1973	〈바위〉	시집	일지사
1974	〈대왕암(大王庵)〉	장편 소설	〈삼국기〉 후편
1976. 10.	〈꽃이 지는 이야기〉	단편 소설	〈문학사상(文學思想)〉 제49호
	〈선도산(仙桃山)〉	단편 소설	〈한국문학〉
1977. 12.	〈김동리 역사 소설〉	소설집	지소림(智炤林). 2001년 청동거울에서 〈소설 신라 열전〉으로 개제하여 출판
	〈저승새〉	단편 소설	〈한국문학〉
1977	〈고독과 인생〉	수필집	백만사(百萬社)
1977. 8.	〈이별 있는 풍경〉	단편 소설	〈문학사상〉 제59호
1978. 2.	〈취미와 인생〉	수필집	문예창조사(文藝創造社)
1978. 4.	〈을화〉	장편 소설	〈문학사상〉 제67호[〈중앙〉 제31호(1936. 5.)에 실었던 〈무녀도〉를 장편으로 개작(改作)]
1978. 10.	〈참외〉	단편 소설	〈문학사상〉 제73호
1978	〈꽃이 지는 이야기〉	소설집	태창문화사(泰昌文化社)
1979. 6.	〈우물 속의 얼굴〉	단편 소설	〈한국문학〉
1979. 7.	〈꿈 같은 여름〉	소설집	
1979. 10.	〈만자동경(曼字銅鏡)〉	단편 소설	〈문학사상〉 제85호
1980	〈명상(冥想)의 늪가에서〉	수필집	
	〈추격자(追擊者)〉	콩트	
1982	〈김동리 걸작선〉	선집	효종출판사
1983. 12.	〈패랭이꽃〉	시집	
1984	〈문학이란 무엇인가〉	평론집	
1985. 4.	〈생각이 흐르는 강물〉	수필집	갑인출판사(甲寅出版社)
1985. 7.	〈밥과 사랑과 그리고 영원〉	수필집	사상사회연구소(思想社會研究所)
1988. 6.	〈사랑의 샘은 곳마다 솟고〉	수필집	신원문화사(新元文化社)

61

김동명

金東鳴 1901(고종 38). 6. 4. ~ 1968. 1. 21.

한국의 시인이며 교육자·정치 평론가.

호(號)는 초허(超虛), 본관(本貫)은 경주(慶州).

아버지 김제옥(金濟玉)과 어머니 신석우(申錫禹)의 외아들로, 강원도 강릉읍(江陵邑, 지금의 강릉시) 명주군(溟州郡) 사천면(沙川面) 노동리(蘆洞里)에서 태어났으며, 서울에서 죽었다.

어려서 아버지를 여의고 1908년(7세) 함경남도 원산(元山)으로 이사하였다가, 1913년(12세) 다시 함흥(咸興)으로 이사하여 이곳에서 자랐다.

1921년(20세) 함흥 영생학교(永生學校)를 졸업한 직후 흥남(興南)에 있는 동진소학교(東進小學校) 교원(敎員)으로 출발하여, 평안남도 강서소학교(江西小學校) 등 여러 곳에서 교사 생활을 하였다.

1923년(22세) 동무 현인규[玄仁圭, ?~?, 〈조광(朝光)〉 편집인]에게 보들레르(Charles-Pierre Baudelaire, 1821~1867, 프랑스의 시인이며 문학 평론가)의 시집 〈악(惡)의 꽃[Les Fleurs du Mal(The Flowers of Evil)]〉(1857)을 빌려 읽고 깊은 감명을 받은 것이 계기가 되어 같은 해 〈개벽(開闢)〉(우리나라 최초의 월간 종합 교양지. 1920. 6.~1926. 8. 통권 72호로 종간. 속간 1934. 11.~1935. 2. 통권 4호로 종간. 복간 1946. 1.~1949. 3. 통권 9호로 종간) 제40호(1923. 10.)에 보들레르에게 바치는 헌시(獻詩) 〈당신이 만약 내게 문을 열어 주시면〉과 〈나는 보고 섰노라〉·〈애닯은 기억〉·〈회의자들에게〉로 등단(登壇)하였고,

이어 〈기원(祈願)〉(〈개벽〉 제42호, 1923. 12.)을 발표하였다. 그 뒤 〈신동아(新東亞)〉(월간 종합 교양지. 1931. 11.~1936. 9. 통권 59호로 폐간. 1964년 9월 통권 60호로 복간)·〈조광〉(월간 종합 교양지. 1935. 11.~1944. 12. 통권 110호로 종간)·〈조선문단(朝鮮文壇)〉(월간 순수 문예지. 1924. 10.~1936. 6. 통권 26호로 종간) 등에 작품을 발표, 주로 전원(田園)에 묻혀 사는 사람의 정서와 민족적 비애·고독 등을 노래하였다.

1925년(24세) 강기덕(康基德)의 도움으로 일본으로 유학하여, 낮에는 도쿄 아오야마학원(青山學院) 신학과에서, 밤에는 니혼대학(日本大學) 종교철학과에서 수학, 졸업하였다.

일본 유학을 마치고 귀국한 뒤, 흥남의 동광학원(東光學院) 원장을 지냈다.

1930년(29세) 6월 처녀 시집 〈나의 거문고〉[신생사(新生社)]를 펴냈는데, 이 무렵의 시풍(詩風)은 암담하고 우울하였던 역사적 현실과 아울러 보들레르의 영향을 받아 퇴폐적이고 감상적(感傷的)인 경향이 짙었다. 이 시기의 시로 〈공원(公園)의 밤〉(1926)·〈구라파송(歐羅巴頌)〉(1926)·〈농녀(農女)〉(1926)·〈첫봄〉(1926)·〈추억(追憶)〉(1926)·〈길손의 노래〉[〈동광(東光)〉 제11호, 1927. 3.] 등을 들 수 있다.

퇴폐적인 시에서 벗어나 건강한 전원시를 쓰면서 특유의 시 경지를 개척한 것은 1930년 무렵부터였는데, 1940년대 초까지 약 10년 동안이 그의 황금기에 해당한다. 김상용(→70)·신석정(→255)과 함께 '3대 전원파 시인'으로 일컬어졌다.

1938년(37세) 1월 함흥에서 〈구름〉·〈귀범(歸帆)〉·〈나의 뜰〉·〈나의 서재(書齋)〉·〈나의 집〉·〈동해(東海)〉·〈바닷가에서〉·〈석죽화(石竹花)〉·〈송진 냄새〉·〈해진 송가(海津頌歌)〉·〈황혼(黃昏)〉 등 습작기의 티를 벗은 47편의 시를 모아 제2시집 〈파초(芭蕉)〉[신성각(新聲閣)]를 펴냈는데, 이 중 〈파초〉는 남국을 떠나온 파초와 조국을 잃은 자신의 향수(鄕愁)를 융합시켜 읊은 것이다. 이 때 전원에 살면서 자연물을 소재로 한 시를 많이 썼다. 그러나 이들은 단순한 전원시가 아니라 심층에는 민족적 비애나 역사적 고뇌가 짙게 배어 있다. 즉 우국(憂國)의 고뇌와 정열을 전원적 이미지로 표현한 것이다. 이러한 작품으로 〈파초〉(〈조광〉 제3호, 1936. 1.)·〈수선화(水仙花)〉·〈수선(水仙) Ⅱ〉·〈내 마음은〉(〈조광〉 제20호, 1937. 6.)·〈나의 뜰〉·〈명상(冥想)〉·〈바다〉·〈하늘 Ⅰ·Ⅱ·Ⅲ〉[〈문장(文章)〉 제7호, 1939. 8.] 등이 있다.

창씨개명(創氏改名)을 거부하는 등 일제(日帝)에 항거하였고, 1942년(41세) 〈광인(狂人)〉·〈술 노래〉 등을 발표한 뒤에는 한동안 작품 활동을 그만두고 목상(木商)을 하며 살았다.

광복된 뒤 함흥 서호중학교(西湖中學校) 교장으로 부임하였고, 함흥에서 조선민주당(朝鮮民主黨, 1945년 창당)을 결성하여 함남 도위원장을 지냈으나, 1946년(45세) 함흥 학생 운동(咸興學生運動)에 동조하였다는 혐의로 교화소(敎化所)에 감금되었다가 풀려났다. 탄압을 피하여 1947년(46세) 4월 홑몸으로 월남(越南)하였다.

1947년 한국신학대학교(韓國神學大學校) 교수, 1948년(47세)부터 이화여자대학교(梨花女子大學校) 국문과 교수로 재직하였다. 같은 해 조선민주당 정치부장, 1952년(51세)에는 민주국민당(民主國民黨, 1949년 창당) 문화부장으로 활약하였다.

광복된 뒤에는 과거의 목가적(牧歌的)·서정적(抒情的)·전원적인 세계에서 벗어나 점차 정치와 사회에 대하여 관심을 기울였고, 신문·잡지에 정치에 관한 평론도 많이 썼다. 창작에만 힘써 강한 사회성과 고발 정신이 담긴 시를 썼는데, 북한의 체제를 비판한 시집 〈삼팔선(三八線)〉[문륭사(文隆社), 1947. 9.], 일제의 2차 대전(1939. 9. 1.~1945. 9. 2.)을 비판한 시집 〈진주만(眞珠灣)〉[이화여자대학교 출판부, 1954. 8.] 등이 그것이다. 〈삼팔선〉에서는 그가 삼팔선을 넘기 전까지 북한에서 겪었던 참상과 북한 인민들의 우울한 생활 모습을 다루고 있으며, 〈진주만〉에서는 일제가 저지른 전쟁의 죄악과 그 인과응보적인 멸망을 2차 대전에서 소재로 다루고 있다.

1948년 1월에는 〈밤〉 등이 실려 있는 세 번째 시집 〈하늘〉(문륭사)을 펴냈다.

1954년(53세) 〈진주만〉으로 전국문화단체총연합회(全國文化團體總聯合會, 文總)에서 주는 제2회 자유 문학상(自由文學賞, 1953~1959)을 받았는데, 여기에 실려 있는 작품으로는 〈삼팔선〉과 〈진주만〉을 비롯하여 〈레디오〉·〈미드웨이(Midway)〉·〈비에 젖은 화상〉·〈새 나라의 구도(構圖)〉·〈옥중기(獄中記) Ⅲ〉·〈우울(憂鬱)〉·〈이방(異邦)〉·〈피난민 Ⅲ〉 등이 있다.

1957년(56세) 11월에 펴낸 시집 〈목격자(目擊者)〉[인간사(人間社)]는 광복 전의 전원적 특질과 광복된 뒤의 사회적 경향을 어느 정도 무리 없이 표현하고 있다. 이 시집에는 〈서울 풍물 시초(風物詩抄)〉와 〈피난 시첩(避難詩帖)〉이 실려 있는데, 〈명동(明洞)〉·〈미아리(彌阿里) 고개〉·〈북아현동(北阿峴洞)〉·〈세종로(世宗路)〉·〈신촌동(新村洞)〉·〈자하문(紫霞門) 밖〉·〈충무로(忠武路)〉 등 주로 유명한 곳을 스케치한 풍물시가 뛰어났다.

1960년(59세) 이화여자대학교를 사직하고 초대 참의원(參議院) 의원에 당선되어 정계(政界)에 진출하였으나, 1961년(60세) 5·16 군사 정변으로 정치적 뜻을 펴지 못하였다.

1964년(63세) 11월 생전에 펴낸 마지막 시집이 된 〈내 마음〉[신아사(新雅社), 〈김동명 문집(文集)〉 제1권]에는 그의 모든 시가 실려 있다.

시 〈미아리를 지나며〉·〈백설부(白雪賦)〉·〈산(山)〉 등이 널리 알려져 있고, 수필집 〈세대(世代)의 삽화(揷畫)〉(1964)와 〈모래 위에 쓴 낙서(落書)〉(1965, 〈김동명 문집〉 제3권), 정치 평론집으로 〈동아일보(東亞日報)〉 등에 발표한 정치 평론을 모은 〈적(敵)과 동지(同志)〉(1955)와 〈역사의 배후(背後)에서〉(1958)·〈나는 증언(證言)한다〉(1964, 〈김동명 문집〉 제2권) 등이 있다.

그가 죽은 뒤에 김동명문집간행회(金東鳴文集刊行會)에서 사화집(詞華集) 〈내 마음〉(1965)을 출판하였다.

한편, 동진소학교 교원 시절 하숙집 딸로 영생고등보통학교(永生高等普通學校) 출신의 전형적인 동양 여성인 지정덕(池貞德)과 혼인하여 1남 2녀[김병우(金炳宇, 1927~)·김월하(金月河, 1934~)·김월주(金月州, 1936~)]를 두었으나 병사(病死)하였고, 1943년(42세) 이화여자대학교 음악과 출신의 이복순(李福順)과 2녀[김월정(金月汀, 1944~), 김월령(金月鈴, 1946~)]를 두었으나 1959년(58세) 상처(喪妻)하였으며, 1960년 다방의 마담 출신 하윤주(河潤珠)와 세 번째로 결혼하였다.

서울 중랑구(中浪區) 망우동(忘憂洞) 망우리공원에 안장(安葬)되었다가 2010년 10월 10일 고향의 노동리 선영(先塋)으로 이장(移葬)되었다.

1985년 사천면 미노리(美老里) 시비공원에 〈내 마음〉과 〈파초〉, 황금찬(黃錦燦, 1918~, 한국의 시인)의 송시(訟詩)가 새겨진 시비(詩碑), 경포(鏡浦) 호반(湖畔)에 1999년 〈수선화〉, 2005년 12월 〈호수(湖水)〉가 새겨진 시비가 각각 세워졌으며, 2013년 7월 생가(生家) 터에 '김동명 문학관'이 건립되었다.

62

김동석

金東錫 1913. 9. 25. ~ ?

북한의 문학 평론가이며 시인.

경기도 부천(富川)에서 태어났다.

인천공립보통학교(仁川公立普通學校)를 거쳐 인천상업학교(지금의 인천고등학교)를 다녔으나 시위를 주도하다가 퇴학당하여 서울의 중앙고등보통학교(中央高等普通學校, 지금의 중앙중·고등학교)에 편입하여 졸업하였고, 1933년(20세) 경성제국대학[京城帝國大學, 서울대학교의 전신(前身)] 예과(豫科)에 입학하였다. 영문학을 공부하여 뛰어난 영어 실력을 길렀고, 1935년(22세) 아널드(Matthew Arnold, 1822~1888, 영국의 시인이며 문학 평론가·교육자)의 교양론에 관한 졸업 논문을 썼다.

대학원을 졸업하고 모교(母校) 중앙고보 영어 교사를 거쳐 광복될 때까지 보성전문학교[普成專門學校, 고려대학교(高麗大學校)의 전신] 교수로 재직하였고, 1944년(31세)에는 조선연극문화협회(朝鮮演劇文化協會, 1942. 7.~1945. 8.) 상무 이사를 지냈다.

광복 전에 〈조선 시의 편영(片影)〉[〈동아일보(東亞日報)〉, 1937. 9. 9.~9. 14.]·〈녹음송(綠陰頌)〉[〈박문(博文)〉 제20호] 등 몇 편의 평론과 수필을 기고(寄稿)하였으며, 본격적인 활동은 광복된 뒤에 시작하여 1945년(32세) 12월 〈상아탑(象牙塔)〉(월간 순수 문예지, 1945. 12.~1946. 6. 통권 7호로 종간)을 발행하면서 여기에 평론 〈임화론(林和論)〉(제3~4호, 1946. 2.~3.)·〈시를 위한 시-정지용론(鄭芝溶論)〉(제5호, 1946. 4.)·〈소시민의 문학-유진오론(兪鎭午論)〉(종간호) 등을 발표하는 한편 〈탁류(濁流)의 음악-오장환론(吳章煥論)〉[〈민성(民聲)〉 제6호, 1946. 5.]·〈금단(禁斷)의 과실-김기림론(金起林論)〉[〈신문학(新文學)〉 제3호, 1946. 8.]·〈순수(純粹)의 정체(正體)-김동리론(金東里論)〉[〈신천지(新天地)〉 제21호, 1947. 11.] 등을 발표하면서부터였다.

1946년(33세) 2월 9일 발족한 조선문학가동맹[朝鮮文學家同盟, 1945년 12월 6일 '조선문학동맹'으로 결성] 산하 문학대중화운동위원회(文學大衆化運動委員會) 위원으로 문학 평론가로 활동하였다. 조선문학가동맹은, 1946년 2월 8~9일 이틀 동안 조선문학건설본부(朝鮮文學建設本部)와 조선프롤레타리아문학동맹이 함께 전국문학가대회를 개최하여 발족한 좌익(左翼) 문학 단체이다. 발족 당시 구성원은 권환(→41)·김기림(→54)·김남천[金南天, 1911~1953, 한국의 소설가이며 문학 평론가. 본명은 김효식(金孝植)]·김영건(金永鍵, ?~?, 한국의 문학 평론가)·김오성[金午星, 1908~1953?, 한국의 공산주의 이론가이며 문학 평론가. 본명은 김형준(金亨俊)]·박세영(→180)·박치우(朴致祐, 1909~?, 한국의 문학 평론가)·박팔양(→193)·배호(裵澔)·설정식(→229)·신남철(申南澈, 1907~?, 한국의 문학 평론가)·안회남(安懷南, 1909~?, 한국의 소설가)·양주동(→282)·이병기(→370)·이서향[李曙鄕, 1915~?, 한국의 극작가. 본명은 이영수(李榮秀)]·이원조[李源朝, 1905~1955, 한국의 문학 평론가. 이육사(→390)의 아우]·이태준(李泰俊, 1904~?, 북한의 소설가)·임화(→419)·정지용(→445)·현덕(玄德, 1909~?, 한국의 소설가이며 아동 문학가)·홍구[洪九, 1908~?, 한국의 소설가. 본명은 홍장복(洪長福)]·홍명희(洪命熹, 1888~1968, 장편 소설 〈임꺽정〉의 지은이이며 북한 부수상을 지낸 북한의 소설가이며 정치가) 등이었다.

1946년 광복 전에 쓴 수필을 모은 〈해변의 시〉[박문출판사(博文出版社)]와 시집 〈길〉[정음사(正音社)]을 펴냈다.

1946~1947년(34세)에는 김병규(金柄奎)·정진석(鄭鎭石)과 함께 김동리(→60)의 순수 문학론을 비판하였다. 즉 김동석의 〈순수의 정체〉와 김동리의 〈독과 문학(毒瓜文學)의 본질〉이라는 두 평론의 대립인데, 김동리·조연현(→459)과의 순수 문학 논쟁을 중심으로 문학과 문학 운동이 나아가야 할 길을 계급 문학(階級文學)·물질론·사회주의(社會主義) 리얼리즘(socialist realism)의 입장에서 강력하게 제시하였다. 문학을 유물론적(唯物論的)으로 파악하고 사회적 성격을 강조하였으나, 순수 문학을 지나치게 단순하게 바라보고 있어 다소 감정적으로 맞섰다. 또한 당시 중간파의 입장에 있던 김광균(→48)·백철(白鐵, 1908~1985, 한국의 문학 평론가)도 날카롭게 비판하였고, 김기림·안회남·오장환(→298)·임화 등을 예로 들어 매우 예리한 시각을 보여 주었다.

또한 모스크바3상회의(三相會議)(The Moscow Conference of Foreign Ministers, 1945. 12. 16.~12. 25.)의 한국에 대한 신탁 통치안을 지지하는 입장에 서서 평론집 〈예술과 생활〉(1947)을 펴냈으며, 이 밖에 〈실존주의 비판〉(1948)을 펴냈다.

1949년(36세)에 펴낸 〈뿌르조아의 인간상(人間像)〉은 광복 뒤에 발표된 비평들을 모은 대표적인 업적이다. 모두 3부로 구성되어 있는데, 제1부 '순수의 정체'는 김동리를 비롯하여 김광균·안회남·이광수(李光洙, 1892~1950, 한국의 소설가) 등에 대한 작가론으로 이루어져 있다. 제2부 '생활과 비평'은 셰익스피어(William Shakespeare, 1564~1616, 영국의 시인이며 극작가)에 대한 연구 논문과 아널드의 비평으로 이루어져 있다. 제3부 '고민하는 지성'은 사르트르(Jean-Paul Sartre, 1905~1980, 프랑스의 철학자이며 작가)의 실존주의(實存主義, existentialism)에 대한 비평과 다수의 짧은 소론(小論)들로 구성되어 있다. 이러한 그의 글의 특징은 감성적이고 현란한 언어에 있으며, 셰익스피어·아널드 등을 통하여 영문학에 대한 이해를 보여 주었다.

남한 단독 정부 수립 뒤에는 활동이 뜸하였고, 한국전쟁(Korean War, 1950. 6. 25.~1953. 7. 27.) 때 가족과 함께 월북(越北)한 것으로 알려져 있다. 그 동안 규제 문인으로 묶여 있다가 1988년 7월 정부의 월북 문인 해금(解禁) 조치 발표로 그의 모든 작품이 해금되었다.

63
김동환
金東煥 1901(고종 38). 9. 21. ~ ?

한국의 시인.

호(號)는 강북인(江北人)·파인(巴人), 창씨개명(創氏改名)한 이름은 시로야마 아오키(白山靑樹), 아명(兒名)은 삼룡(三龍), 1926년(25세) 동환(銅鍰)으로 개명하였다. 본관(本貫)은 강릉(江陵).

아버지 김석구(金錫龜)와 어머니 마윤옥(馬允玉)의 6남매 중 맏아들이며 셋째로, 함경북도 경성군(鏡城郡) 오촌면(梧村面) 수송동에서 태어났다. 아버지는 그가 어렸을 때 러시아로 장사하러 갔다는 설과 만주(滿洲) 간도(間島)에서 혁명 운동을 하다가 생사 불명이 되었다는 설이 있다.

1913년(12세) 경성공립보통학교(鏡城公立普通學校)를 졸업한 뒤, 1916년(15세) 서울로 와서 중동학교(中東學校, 지금의 중동중·고등학교)에 입학하였고, 1921년(20세)에 졸업하였다.

1921년 일본으로 유학하여 도쿄 도요대학(東洋大學) 영문과에 진학하였으나, 1923년(22세) 9월 1일에 일어난 관동 대진재(關東大震災)로 학교를 그만두고 귀국하였다. 그 뒤 함경북도 나남(羅南)에 있는 북선일일보사(北鮮日日報社)(1924)와 동아일보사(東亞日報社)(1925)·시대일보사(時代日報社)(1925~1926)·중외일보사(中外日報社)(1926~1927)·조선일보사(朝鮮日報社)(1927) 기자로 일하였다.

1924년(23세)에는 백기만(→199)·손진태(孫晉泰, 1900~?, 한국의 국사학자이며 민속학자)·양주동(→282)·유엽(→343)·이장희(→395) 등이 창간한 〈금성(金星)〉(문예 동인지. 1923. 11.~1924. 5. 통권 3호로 종간) 종간호에 모두 6연 19행으로 구성된 시 〈적성(赤星)을 손가락질하며〉를 처음 발표하여 추천받았다. 이 시는 이듬해 처녀 시집 〈국경(國境)의 밤〉[한성도서주식회사(漢城圖書株式會社), 1925. 3.]에 싣는 과정에서 약간의 손질과 함께 〈눈이 내리느니〉로 제목을 바꾸었다. 그 뒤 〈동광(東光)〉(월간 종합 교양지. 1926. 5.~1933. 1. 통권 40호로 종간)·〈동아일보〉·〈신동아(新東亞)〉(월간 종합 교양지. 1931. 11.~1936. 9. 통권 59호로 폐간. 1964년 9월 통권 60호로 복간)·〈신민(新民)〉(월간 종합 교양지. 1925. 5.~1932. 6. 통권 73호로 종간)·〈조광(朝光)〉(월간 종합 교양지. 1935. 11.~1944. 12. 통권 110호로 종간)·〈조선문단(朝鮮文壇)〉(월간 순수 문예지. 1924. 10.~1936. 6. 통권 26호로 종간)·〈조선일보〉·〈조선지광(朝鮮之光)〉(월간 종합 교양지. 1922. 11.~1930. 11. 통권 100호로 종간)·〈중앙일보(中央日報)〉 등 당시의 신문이나 잡지에 시·소설·희곡·수필·평론 등 여러 장르의 많은 작품을 발표하였다.

초기에는 당시 유행하던 신경향파{新傾向派, 박영희(→183)가 〈신경향파의 문학과 그 문단적 지위〉[〈개벽(開闢)〉 제64호, 1925. 12.]에서 '신경향파'라는 용어를 처음 사용하였다.}에 가까운 시를 썼으나, 향토적이며 애국적인 감정을 바탕으로 민요적 색채가 짙은 서정시를 주로 썼다.

1925년(24세) 우리나라 최초의 서사시 〈국경의 밤〉을 실은 제1시집 〈국경의 밤〉과 제2시집 〈승천(昇天)하는 청춘(靑春)〉[신문학사(新文學社), 1925. 12.]을 펴냈다. 모두 3부 72장으로 된 장시(長詩) 〈국경의 밤〉은 그의 대표작으로, 두만강(豆滿江) 일대의 겨울밤을 배경으로 하여 밀수꾼으로 위장하고 떠난 남편을 기다리는 아내의 불안한 마음을 통하여 일제(日帝) 강점기 암담한 현실에 놓인 망국민(亡國民)의 민족적 비애와 고통을 노래하였다. 이에 대하여 백철(白鐵, 1908~1985, 한국의 문학평론가)은 〈신문학 사조사(新文學思潮史)〉[신구문화사(新丘文化社), 1969]에서 '우리 시단(詩壇)에 혜성과 같이 등장한 다크호스'라고 평가하였다.

같은 해 사회주의(社會主義, socialism) 혁명을 위하여 조직된 문예 운동 단체 카프(KAPF, 조선프롤레타리아예술동맹. 에스페란토식 표기인 'Korea Artista Proleta Federatio'의 머리글자. Korea Proletarian Artist Federation)에 참여하였다.

1926년(25세) 함경남도 원산(元山) 출신의 신원혜(申元惠, 1903~1993)와 혼인하여 분가(分家), 서울 종로구(鐘路區) 돈의동(敦義洞)으로 옮겼으며, 3남 1녀[영사(英士, 1926~1942), 영창(英昌, 1930~1947), 영식(英植, 1933~2008), 영주(英珠, 1938~)]를 두었다. 이 해에 〈조선지광〉에 〈고지령(告地靈)〉(제61호, 1926. 11.)을 발표하였다.

1927년(26세)에는 〈동광〉 제11호(1927. 3.)에 〈동지(同志)〉·〈농부가(農夫歌)〉·〈배천가(背天歌)〉, 〈조선지광〉에 〈오월(五月)의 향기(香氣)〉(시, 제67호, 1927. 5.)·〈시조 배격 소의(時調排擊少義)〉(평론, 제68호, 1927. 6.)·〈망국적 가요 소멸책(亡國的歌謠消滅策)〉(평론, 제70호, 1927. 8.)·〈옥동소(玉銅簫)〉(시, 제71호, 1927. 9.)·〈추야월(秋夜月)〉(시, 제71호, 1927. 9.), 〈별건곤(別乾坤)〉(대중 월간지. 1926. 11.~1934. 7. 통권 74호로 종간) 제8~10호(1927. 8.~12.)에 〈팔도 전설 순례(八道傳說巡禮)〉를 연재하였고, 제9호(1927. 10.)에 〈거지의 꿈〉을 발표하였다.

1929년(28세) 〈조선지광〉에 〈조선 민요의 특질과 그 장래〉(평론, 제82호, 1929. 1.)·〈눈 녹기 전후(前後)〉(시, 제83호, 1929. 2.)·〈아리랑 고개〉(시, 제83호, 1929. 2.)·〈팔려 가는 섬색시〉(시, 제83호, 1929. 2.), 〈신생(新生)〉(월간 종합 교양지. 1928. 10.~1934. 1.) 제5호(1929. 2.)에 〈속요집(俗謠集) 1〉과 산문시(散文詩, prose poem) 〈내 거문고〉를 발표하였고, 6월 〈삼천리(三千里)〉(월간 종합 교양지. 1929. 6.~1942. 1. 통권 150호로 종간)를 창간하여 주재(主宰)하였다. 이 잡지를 통하여 처음에는 민족주의(民族主義, nationalism) 입장을 내세웠다. 또한 이광수(李光洙, 1892~1950, 한국의 소설가)·주요한(→466)과 함께 제3시집 〈3인 시가집(三人詩歌集)〉(삼천리사, 1929. 10.)을 펴냈으며, 〈민요 감상-군소리〉(제4호, 1930. 1.)를 발표하였다.

1932년(31세)에는 〈삼천리〉에 실린 평론들을 모은 평론집 〈평화(平和)와 자유(自由)〉(삼천리사, 1932. 2.)를, 1936년(35세)에는 시·소설·평론·희곡을 함께 묶은 〈조선 명작 선집(朝鮮名作選集)〉(삼천리사, 1936. 3.)을 펴냈다.

그러나 1937년(36세) 이후부터 점차 황국 신민화 운동(皇國臣民化運動)을 벌이면서, 이른바 '내선 일체(內鮮一體)'를 표방하며 일본어 상용(常用)·창씨개명·지원병(志願兵) 제도를 실시하는 등 강력한 민족 말살 정책을 폈던 미나미 지로(南次郎, 일본의 군인. 조선총독부 제7대 총독. 재임 1936~1941)의 〈새로운 동양의 건설〉(〈삼천리〉 제11권 제4호, 1939. 4.) 등을 〈삼천리〉에 실었다.

1938년(37세)에는 〈삼천리〉의 자매지 〈삼천리문학(三千里文學)〉(격월간 문예지. 1938. 1.~4. 통권 2호로 종간)을 창간하였다.

같은 해 6월 22일 조선총독부(朝鮮總督府)의 종용에 따라 김성수(金性洙, 1891~1955, 한국의 정치가이며 교육자·언론인. 제2대 부통령. 재임 1951. 5. 17.~1952. 5. 29.)·김활란(金活蘭, 1899~1970, 한국의 여성 운동가이며 교육자)·방응모[方應謨, 1890~1950, 한국의 언론인. 조선일보사 제9대 사주(社主). 재임 1933. 3.~1950. 7.] 등이 자발적인 총후(銃後) 봉사 활동을 내세우며 전시(戰時) 동원 선전 조직으로 '국민 정신총동원조선연맹(國民精神總動員朝鮮聯盟)'을 결성하였는데, 여기에도 모윤숙(→159)·서정주(→226)·이광수·최남선(→480) 등과 동참하여 일상생활에서의 일본화를 주장하였다.

시집 〈국경의 밤〉과 〈3인 시가집〉을 펴낼 때 집착하였던 이미저리(imagery)는 '북국·겨울·어둠'이었으나, 제4시집 〈해당화(海棠花)〉[삼천리사, 1939. 5. 재간 대동아사(大東亞社), 1942. 5.]에서는 남국과 봄의 밝은 이미저리로 바뀌었다.

1942년(41세) 3월 〈삼천리〉를 〈대동아〉(1942. 3.~1943. 3. 통권 3호로 종간)로 개제(改題)하고, 삼천리사를 배경으로 친일(親日) 단체에서 활동하면서 전쟁 지원을 위한 시를 발표하였다. 또한 1943년(42세) 4월 17일 결성된 일제의 어용(御用) 문학 단체인 조선문인보국회(朝鮮文人輔國會, 1943. 4. 17.~1945. 8. 15.) 간사(幹事)로 선임되어 활동하였다. 이러한 행각으로 광복된 뒤 이광수·최남선 등과 함께 문단의 대표적인 친일 인사로 꼽혀 반민족행위특별조사위원회(反民族特別調査委員會)에 회부되어 공민권(公民權) 제한을 받았다.

한편, 1940년(39세)부터 최정희(崔貞熙, 1906~1990, 한국의 여류 소설가)와 경기도 남양주시(南楊州市) 덕소(德沼)에서 동거 생활을 하였는데, 최정희는 1931년 삼천리사에 입사하였다가 남편 김유영(金幽影, 1908~1940, 한국의 영화 감독이며 시나리오 작가)이 1940년 사망하자, 그 동안 여러모로 보살펴 준 3남 1녀의 유부남 김동환과 동거, 두 딸[지원(知原, 1942~2013, 한국의 여류 소설가)과 채원(采原, 1946~, 한국의 여류 소설가)]을 낳았다.

한국 전쟁(Korean War, 1950. 6. 25.~1953. 7. 27.)이 일어난 지 약 한 달 뒤인 7월 23일 납북(拉北)되었으며, 평남일보사(平南日報社) 교정원을 거쳐 1958년(57세) 재북평화통일촉진협의회(在北平和統一促進協議會) 중앙 위원으로 있었으나, 같은 해 12월 평안북도 철산군(鐵山郡)의 강제 수용소로 보내진 뒤 지금은 생사를 알 수 없다.

그의 시 세계는 〈국경의 밤〉·〈북청(北青) 물장수〉(〈동아일보〉, 1924. 10. 24.) 등 북방의 정서를 보여 준 초기 시와, 〈오호(嗚呼) 태평양(太平洋) 상의 군신(軍神)〉(1942. 3. 9.)·〈우리는 칠인(七人)〉 등 자기 안주를 위하여 현실에 순응하여 친일성과 야합한 중기의 시, 〈무명 전사(無名戰士) 묘 앞에〉·〈33인의 송가(頌歌)〉 등 친일적 행각을 참회(懺悔)하고 애국주의(愛國主義)를 표방한 광복된 뒤의 후기 시로 구분하여 볼 수 있다.

그의 시 세계의 큰 맥을 형성하고 있는 일련의 민요시들 가운데 〈산 너머 남촌(南村)에는〉(〈조선문단〉 제19호, 1927. 2.)은 따사로운 자연과 순박한 인정을 노래한 것으로, 1965년 김규환(金奎桓, 1926~2011, 한국의 작곡가)이 곡을 붙여 널리 불리고 있는 대표작 가운데 하나이다. 이 밖에도 1930년(29세)에 쓴 〈봄이 오면〉(〈조선일보〉, 1928. 1. 10.)은 이듬해 평양(平壤)의 숭실중학교(崇實中學校) 5학년이던 김동진(金東振, 1913~1931, 한국의 작곡가)이 곡을 붙여 널리 알려졌고, 〈강(江)이 풀리면〉[오동일(吳東一, 1933~, 한국의 작곡가) 작곡]·〈송화강(松花江)의 뱃노래〉[〈삼천리〉 제7권 제3호, 1935. 3. 함태균(咸泰均, 1936~2006, 한국의 작곡가) 작곡]·〈아무도 모르라고〉[〈문장(文章)〉 제17호, 1940. 7. 임원식(林元植, 1919~2002, 한국의 지휘자이며 작곡가) 작곡]·〈자장가〉[1932, 이흥렬(李興烈, 1909~1980, 한국의 작곡가) 작곡]·〈즐거운 우리집〉[1939. 8. 김성태(金聖泰, 1910~2012, 한국의 작곡가) 작곡] 등이 노래로 만들어져 지금도 애창되고 있다.

이 밖에 시 〈신랑 신부〉(1925)·〈쫓겨 가는 무리〉(〈조선문단〉 제10호, 1925. 7.)·〈우리 사남매〉(〈조선문단〉 제13호, 1925. 11.)·〈시체(屍體)를 안고〉[〈개벽(開闢)〉 제64호, 1925. 12.]·〈어떤 항의(抗議)〉(〈신민〉 제9호, 1926. 1.)·〈배천가(背天歌)〉(〈동광〉 제11호, 1927. 3.)·〈추야장(秋夜長)〉[〈조선시단(朝鮮詩壇)〉, 제2·3호 합본호, 1928. 11.]·〈우유차(牛乳車)〉[〈신소설(新小說)〉, 1930. 1.]·〈한강(漢江) 지키자〉(〈삼천리〉 제7호, 1930. 7.)·〈김옥균 묘(金玉均墓)〉(〈동광〉 제17호, 1931. 1.)·〈춘우(春雨)〉[〈신생(新生)〉 제39호, 1932. 3.]·〈바다바람-민요 3제〉(〈개벽〉 속간 창간호, 1934. 11.)·〈옥통소〉(〈조광〉 창간호, 1935. 11.)·〈웃은 죄〉[〈신세기(新世紀)〉, 1938. 3.]·〈정원집(情怨集)〉(〈문장〉 제3호, 1939. 4.)·〈춘원초(春怨抄)〉(〈조광〉 제42호, 1939. 4.)·〈사나이 심정〉(〈조광〉 제50호, 1939. 12.)·〈객수(客愁)〉(〈인문평론〉 제6호, 1940. 3.)·〈춘수(春愁)〉(〈문장〉 제14호, 1940. 3.)·〈파업(罷業)〉·〈패랭이꽃〉·〈호박북〉 등이 있다.

희곡으로 〈불부귀(不復歸)〉(〈조선문단〉 제14호, 1926. 3.)·〈바지저고리〉[〈문예시대(文藝時代)〉 종간호, 1927. 1.]·〈자장가 부르는 여성〉(〈신민〉 제21호, 1927. 1.)·〈역천군(逆天群)〉[〈현대평론(現代評論)〉 제3호, 1927. 4.] 등이 있다.

평론으로는 〈애국 문학에 대하여〉(〈동아일보〉, 1927. 5. 12.~5. 19.)·〈성순(性淳)과 헤레나, 춘향(春香)과 박영채(朴英彩)〉(〈동아일보〉, 1927. 7. 9.~7. 11.)·〈시가(詩歌)와 상상력(想像力)〉(〈동아일보〉, 1927. 11. 19.)·〈문학상 긴급 문제(文學上緊急問題)〉(〈조선일보〉, 1928. 1. 1.)·〈제2방송에 활약하는 여성 군상(群像)〉[〈여성(女性)〉 제46호, 1940. 1.] 등이 있다.

소설로는 〈전장(戰場)과 연애(戀愛)〉(〈조선일보〉, 모두 109회, 1928. 3. 10.~11. 20.)·〈재판장(裁判長)과 코〉(〈조선일보〉, 1929. 3. 28.~3. 30.) 등을 발표하였고, 명사(名士)들의 기행문을 모은 〈나의 반도 산하(半島山河)〉(삼천리사, 1941. 5.), 수필집 〈꽃 피는 한반도〉[죽은 뒤인 1952년 숭문사(崇文社)에서 출판] 등이 있다.

두 번째 아내 최정희가 유고(遺稿)를 모아 1962년 3월 제5시집 〈파인 시집-돌아온 날개〉[종로서관(鐘路書館)]를 펴냈다.

경상북도 김천시(金泉市) 대항면(代項面) 운수동(雲水洞) 직지문화공원(直指文化公園)에는 〈산 너머 남촌에는〉이 새겨진 시비(詩碑)가 있다.

한편, 2002년 2월 28일 '민족 정기를 세우는 국회 의원 모임'과 광복회(光復會)가 공동 발표한 '친일파 708인 명단', 2002년 8월 14일 '나라와 문화를 생각하는 국회의원 모임'·민족문제연구소(民族問題研究所)·민족문학작가회의[民族文學作家會議. 1974년 11월 18일 자유실천문인협의회(自由實踐文人協議會)로 설립되어 1987년 9월 17일 '민족문학작가회의'로 이름을 바꾸었다가 2007년 12월 8일 '한국작가회의'로 다시 이름을 바꾸었다.]·'민족 정기를 세우는 국회 의원 모임'·〈실천문학(實踐文學)〉(계간 문예지. 1980. 3.~현재)이 공동 발표한 '친일 문학인 42인 명단', 2009년 11월 8일 민족문제연구소에서 출판한 〈친일 인명 사전(親日人名辭典)〉, 2009년 11월 27일 친일반민족행위진상규명위원회(親日反民族行爲眞相糾明委員會)가 발표한 '친일 반민족 행위 704인 명단'에 모두 포함되어 있다.

친일 작품으로는 지원병으로 참전(參戰)하였다가 전사(戰死)한 이인석(李仁錫, ?~1939, 일본군 상병으로 중국에서 전사하였는데, 1938년 지원병 제도가 실시된 이래 처음으로 전사한 한국인으로, '제1호 전사자'로 크게 선전되었다.)을 칭송하며 젊은이들에게 참전할 것을 촉구하는 시 〈권군취천명(勸君就天命)〉[〈매일신보(每日新報)〉, 1943. 11. 6.]을 비롯하여 모두 23편이 밝혀져 있다.

〈삼천리〉에 시 〈고란사(皐蘭寺)에서〉(제11권 제12호, 1939. 12.)·〈일천 병사(一千兵士)의 삶〉(제11권 제12호, 1939. 12.), 평론 〈탄환(彈丸)과 펜의 인연(因緣)〉(제12권 제7호, 1940. 7.)·〈임전보국단 결성에 제하여〉(제13권 제11호, 1941. 11.), 〈매일신보〉[한국어 일간지. 1904년 7월 18일 배설(裵說, 1872~1909, Ernes Thomas Bethell, 대한제국 때의 영국의 언론인)이 창간한 〈대한매일신보(大韓每日申報)〉를 일제가 사들여 1910년 8월 30일부터 '대한' 두 자를 떼고 〈매일신보(每日申報)〉로 제호(題號)를 바꾸었다가, 1938년 4월 29일 〈매일신보(每日新報)〉로 바뀌었고, 1945년 11월 23일 〈서울신문〉으로 바뀌어 오늘에 이르고 있다.]에 평론 〈전승(戰勝)과 문화의 융성〉(1940. 7. 6.)·〈신윤리(新倫理)의 수립〉(1940. 11. 19.)·〈문화 부대의 신궁 공역 봉사기(神宮公役奉仕記)〉(1941. 2. 24.~2. 27.)·〈건국 영웅과 문화〉(1941. 9. 18.)·〈비율빈(比律賓) 하늘 위에 일장기(日章旗)〉(1942. 1. 10.)·〈축삼배(祝三拜)〉(1942. 2. 6.~2. 7.),

시 〈대전(大戰)과 반도 아동(半島兒童)〉(1942. 1. 12.)·〈미영 장송곡(米英葬送曲)〉(1942. 1. 13.)·〈남국(南國)에서 오는 배〉(1942. 1. 14.)·〈남방 만리(南方萬里) 새 동무〉(1942. 1. 15.)·〈이십오만의 대진군(大進軍)〉(1942. 2. 6.~2. 7.)·〈오호 태평양 상의 군신〉·〈님의 부르심을 받들고서〉(1943. 8. 7.)·〈적국(敵國) 항복 받고지고〉(1944. 1. 6.), 〈신시대(新時代)〉(친일 월간 문예지. 1941. 1.~1945. 6. 통권 54호로 종간) 창간호에 평론 〈백림 개선(伯林凱旋)〉, 〈대동아〉에 평론 〈내외 동포에 호소함〉(제14권 제3호, 1942. 3.), 시 〈군복 깁는 각씨네〉(제14권 제5호, 1942. 5.)·〈남원 기행〉(제14권 제5호, 1942. 5.) 등이다.

이러한 그의 친일 문학 작품은 친일 문학인 42인 명단 수록자 가운데 5위에 해당하는 편수(篇數)임에도 창작 작업보다는 단체 활동을 통한 친일 행적이 더 뚜렷하다는 평가를 받고 있다. 황군위문작가단(皇軍慰問作家團, 전쟁 후원을 목적으로 1939년 3월 14일 구성된 문인 종군 단체), 1940년 국민총력조선연맹(國民總力朝鮮聯盟, 일제의 침략 정책 협력을 위하여 1940년 10월 16일 조직된 친일 어용 단체) 문화 위원, 1941년(40세) 조선임전보국단(朝鮮臨戰報國團, 1941년 10월 22일 결성되어 일본의 황민화 정책에 선도적 역할을 하였던 친일 어용 단체) 발기인(發起人)으로 참여하여 간부를 맡아 미영 타도 대강연회(米英打倒大講演會, 1941. 12. 14.) 등에서 강연하였으며, 1943년(42세) 조선문인협회(朝鮮文人協會, 1939년 10월 29일 결성한 조선총독부 산하 어용 문학 단체. 文協) 상임 이사, 흥아보국단{興亞報國團, 1941년 8월 중·일 전쟁[中日戰爭(Second Sino-Japanese War), 1937. 7. 7.~1945. 9. 2.] 시국에 대한 협조를 위하여 조직된 친일 어용 단체}, 국민동원총진회(國民動員總進會, 근로 정신을 계몽하여 태평양 전쟁에 협력한다는 목적으로 1944년 9월 발족한 친일 민간 단체), 대화동맹[大和同盟, 이른바 황국 공민으로서의 충성과 신도(臣道) 실천을 촉진시키기 위하여 1945년 2월 11일 조직된 친일 민간 단체], 대의당[大義黨, 이른바 황도주의(皇道主義) 확산과 전쟁 협력을 목적으로 1945년 6월 24일 조직된 친일 민간 단체] 등 많은 친일 단체에서 핵심적인 역할을 맡으면서 적극적으로 친일 매족(親日賣族)의 선봉(先鋒)에 나섰기 때문이다. 셋째 아들 영식(榮植, 1933~2008)이 아버지의 친일 행적을 인정하고 사과한 예는 친일파로 지적되는 인물의 후손이 조상에 대한 친일 혐의를 인정한 드문 예로 종종 인용된다.

64

김득신

金得臣 1604(선조 37). 10. 18. ~ 1684(숙종 10). 8. 30.

조선(朝鮮, 1392~1910)의 시인.

자(字)는 자공(子公), 호(號)는 귀석산인(龜石山人)·백곡(栢谷)·백곡노인(栢谷老人)·백옹(栢甕), 본관(本貫)은 안동(安東).

진주(晉州) 목사(牧使) 김시민[金時敏, 1554~1592, 임진왜란(壬辰倭亂, 1592. 4. 13.~1598. 11. 19.) 당시 3대첩(大捷) 중의 하나인 진주 싸움을 승리로 이끈 장군]이 할아버지이고, 아버지는 경기도 관찰사(觀察使)와 부제학(副提學)을 지낸 김치(金緻, 1577~1625), 어머니는 목첨(睦詹, 1516~1593, 조선의 문신)의 딸이며, 아내는 경주(慶州) 김씨(金氏)이다.

어릴 때 천연두를 앓아 노둔한 편이었으나, 아버지의 가르침과 훈도(訓導)를 받아 서서히 문명(文名)을 떨쳤다.

1642년(38세, 인조 20) 사마시(司馬試)에 급제(及第)하여 진사(進士)가 되었고, 1646년(42세, 인조 24) 음보(蔭補)로 참봉(參奉)이 되었으며, 1662년(58세, 현종 3) 증광문과(增廣文科)에 병과(丙科)로 급제하여 성균학론(成均館論)을 시작으로 예조좌랑(禮曹佐郎)·정선(旌善) 군수(郡守)·풍기(豊基) 군수·사헌부(司憲府) 장령(將令)·장악원정(掌樂院正) 등 여러 관직에 제수(除授)되었고, 1683년(79세, 숙종 9) 가선대부(嘉善大夫)에 올라 안풍군(安豊君)으로 습봉(襲封)되었다.

이른바 '한문 4대가[漢文四大家, 조선 중기 문장에 뛰어났던 신흠(申欽, 1566~1628, 조선의 문신)·이식(李植, 1584~1647, 조선의 문신이며 학자·문장가)·이정구(李廷龜, 1564~1635, 조선의 문인)·장유(張維, 1587~1638, 조선의 문신) 등 네 사람을 일컫는 말. '사대 문장가(四大文章家)'라고도 하며, 이들의 호를 한 자씩 따서 '월상계택(月象谿澤)'이라고도 한다.]'의 한 사람인 이식으로부터 '그대의 시문(詩文)이 당금(當今)의 제일'이라는 평을 들음으로써 이름이 세상에 알려졌다.

임유후(任有後, 1601~1673, 조선의 문신)·정두경(鄭斗卿, 1597~1673, 조선의 문신이며 학자)·홍만종(洪萬宗, 1643~1725, 조선의 학자이며 시평가)·홍석기(洪錫箕, 1606~1680, 조선의 문신) 등과 친하게 지내면서 시와 술로 풍류를 즐겼다.

공부할 때 옛 선현(先賢)들과 문인(文人)들이 남겨 놓은 글을 많이 읽는 데 힘을 쏟았는데, 그 중 〈사기(史記)〉 '백이전(伯夷傳)'은 1억 1만 3천 번이나 읽었다고 하여 자기의 서재를 '억만재(億萬齋)'라고 이름 붙였다.(조선 시대의 1억은 현재 단위로는 10만이다. 따라서 1억 1만 3천 번은 11만 3천 번을 말한다.)

지은 책들이 병자호란(丙子胡亂, 1636. 12. 9.~1637. 1. 30.) 때 많이 타서 없어졌으나, 문집 〈백곡집(柏谷集)〉에는 시 416수(首) 등 많은 글이 전하고 있다. 그 중 시가 반 이상을 차지하고 있는 것으로 보아 그가 문(文)보다는 시(詩)에 뛰어났음을 알 수 있다. 특히 오언·칠언절구(五言七言絕句)를 잘 지었다. 영감(靈感)과 직관(直觀)을 통하여 자연의 생명을 조화롭게 읊은 시가 으뜸이라고 하였다. 또한 시를 짓는 어려움보다 시를 제대로 평가하는 어려움이 더 크다고 하고, 당시 사람들이 과거(科擧)에만 열중하다 보니 시의 개성이나 예술성을 무시한 채 시가 오로지 입신양명(立身揚名)의 수단으로 쓰이고 있음을 비판하였다. 〈구정(龜亭)〉·〈용호(龍湖)〉·〈전가(田家)〉·〈한강(漢江)〉 등에서는 어촌과 산촌과 농가의 정경을 그림같이 묘사하였다.

시를 잘 지었을 뿐 아니라 시를 보는 안목도 높아, 홍만종의 〈시화총림(詩華叢林)〉에 실려 있는 시화집(詩華集) 〈종남총지(終南叢志)〉는 비교적 내용이 전문적이고 주관이 뚜렷하게 나타나 있어 시학(詩學) 연구의 좋은 자료가 된다. 〈종남총지〉에는 권필(權韠, 1569~1612, 조선의 문신)·어무적(→284)·이행(李荇, 1478~1534, 조선의 문신)·정사룡(鄭士龍, 1491~1570, 조선의 문신)·정철(→447) 같은 앞세대 유명 시인들과 김석주(金錫胄, 1634~1684, 조선의 문신)·남용익(南龍翼, 1628~1692, 조선의 문신이며 학자)·홍만종 같은 당대(當代) 문사(文士)들의 시를 뽑아, 거기에 자기 나름대로의 평론을 덧붙였다.

이 밖에 술과 부채를 의인화(擬人化)한 가전체(假傳體) 소설 〈환백 장군전(歡伯將軍傳)〉과 〈청풍 선생전(淸風先生傳)〉 등을 남겼다.

1684년(80세, 숙종 10) 충청북도 괴산(槐山)의 취묵당(醉默堂)에 우거(寓居)하던 중 재물을 노린 명화적(明火賊, 횃불을 들고 무리를 지어 돌아다니는 강도) 떼에게 피살당하였다. 묘소는 충청북도 증평군(曾坪郡) 증평읍 율리(栗里)에 있다.

*** 김립(金笠) → 김병연(→67)**

65

김명순

金明淳 1896(고종 33). 1. 20. ~ 1951. 6. 22.

한국의 여류 소설가이며 시인·배우.

자(字)는 기정(箕貞), 아명(兒名)은 탄실(彈實), 필명(筆名)은 탄실 또는 망양생(望洋生)·망양초(望洋草·茫洋草).

평양(平壤) 명문의 갑부 김희경(金羲庚)과 기녀(妓女) 출신의 소실(小室) 산월(山月, 1869~1907)의 딸로, 평양 융덕면(隆德面)에서 태어났으며, 도쿄에서 죽었다. 후대에 그녀의 어머니는 김인숙(金仁淑)이라고도 하고, 김인정(金仁貞)이라고 기록된 곳도 있는데, 아버지에게 첩이 여러 명 있었기 때문에 이러한 혼란이 생긴 것이다. 김명순은 그녀의 자전적(自傳的) 소설 〈탄실이와 주영이〉[〈조선일보(朝鮮日報)〉, 1924. 6. 14.~7. 15.]에서 어머니 이름을 '산월'이라고 기록하고 있다.

1902년(6세) 평양의 남산현학교(南山峴學校)와 사창(社倉)골 기독교 학교인 야소교학교(耶蘇敎學校)를 다녔는데, 1903년(7세) 어머니가 세상을 떠나자 서울 본댁으로 옮겨 오게 되었다. 그 재능에도 불구하고 출생의 비천함으로 말미암아 깊은 콤플렉스와 많은 어려움을 겪으며 자랐으며, 서녀(庶女)로서 겪게 되는 차별과 멸시를 극복하기 위하여 공부에 전념하였다.

1907년(11세) 서울 진명여학교(進明女學校, 지금의 진명여자중·고등학교) 보통과에 입학하였고, 1910년(14세)에는 아버지마저 사망하여 고아가 되었다. 1911년(15세) 우수한 성적으로 진명여학교를 졸업한 뒤, 1913년(17세) 일본으로 유학, 도쿄 시부야국정여학교(澁谷國定女學校) 3학년에 입학하여 4학년 2학기까지 다닌 뒤 1915년(19세) 초에 귀국하였다.

1916년(20세) 4월 숙명여자고등보통학교(淑明女子高等普通學校, 지금의 숙명여자중·고등학교)에 편입하여 1917년(21세) 3월에 졸업한 뒤, 곧 이화학당(梨花學堂, 지금의 이화여자고등학교)에 입학하였고, 김찬영(金贊永, 1893~1960, 한국의 문학 평론가이며 극작가·서양화가)과 동거하였다. 김찬영은 평양 부호(富豪)의 맏아들로, 도쿄 메이지대학(明治大學) 전문학부 법과에 입학하였으나 중퇴하고 1917년 도쿄미술학교[東京美術學校, 도쿄예술대학(東京

藝術大學)의 전신(前身)]를 졸업하고 귀국하였다.

1917년 최남선(→480)이 발행하는 〈청춘(青春)〉(월간 종합 교양지. 1914. 10.~1918. 9. 통권 15호로 종간)의 현상(懸賞) 문예에 응모한 단편 소설 〈의심(疑心)의 소녀(少女)〉(〈청춘〉 제11호, 1917. 11.)가 2등으로 당선되어 등단(登壇)하였다. 〈의심의 소녀〉는 전통적인 남녀 관계에서 결혼으로 발생하는 비극적인 여성의 최후를 그려 낸 일종의 고발 문학이며, 이 작품을 통하여 여성 해방을 위한 저항 정신을 표현하였다. 이 무렵 전통적인 결혼관에 대한 부정과 여성 해방에 대한 의식이 성숙되어 있었다. 자신의 가족 관계를 통하여 봉건적(封建的)인 가부장(家父長) 제도에 환멸을 느끼게 되며, 이는 그녀의 삶과 작품에 큰 영향을 미쳤다. 전통적인 남녀 간의 모순적 관계를 극복하는 새로운 연애를 갈망하였으며, 남녀의 주체적인 관계만이 올바르다고 생각하였다.

최남선과 함께 심사를 맡은 이광수(李光洙, 1892~1950, 한국의 소설가)는 '상당히 세련되었으며 기능도 있으며, 신비적인 분위기도 있다'는 찬사(讚辭)를 아끼지 않았다. 그러나 25년 뒤 그녀가 도쿄에서 비참한 생활을 하던 1942년(46세), 이광수는 지인(知人)들에게 그녀를 일본 문학의 표절(剽竊) 작가로 전락시켰으며, 일본 문학의 아류(亞流)라고 악평하였다. 이 때문에 〈의심의 소녀〉 등 그녀의 뛰어난 문학적 세련미가 다른 작품에서 힌트를 얻은 모방작이 아니냐는 의혹이 생겨났으며, 이러한 의혹은 현재까지도 계속되고 있다. 그러나 〈의심의 소녀〉의 발표는 근대 소설의 효시(嚆矢)로 평가되는 이광수의 〈무정(無情)〉과 같은 해로, 〈의심의 소녀〉가 비록 단편 소설이고 작품성에서 〈무정〉에 못 미친다 하더라도 역사적 의의만큼은 크게 부여하여야 할 것이라고 평가되고 있다.

1919년(23세) 이화학당을 졸업하고 김찬영의 주선으로 다시 일본으로 유학하여 도쿄여자전문학교(東京女子專門學校)에 입학하였고, 조선인 유학생 모임에도 참여, 〈여자계(女子界)〉(여성 교양지. 1917. 12.~1920. 6. 통권 5호로 종간)에 단편 소설 〈조묘(祖墓)의 묘전(墓前)에〉(1920. 3.)를 발표하였고, 〈학지광(學之光)〉(도쿄 조선유학생학우회 기관지. 연2회 발행. 1914. 4.~1930. 4. 통권 29호로 종간) 등에 시·소설·수필을 발표하였다.

또한 도쿄에서 알게 된 전영택(田榮澤, 1894~1968, 한국의 소설가이며 목사)의 소개로 김동인(金東仁, 1900~1951, 한국의 소설가)·전영택·주요한(→466) 등과 함께 〈창조(創造)〉(문예 동인지. 1919. 2.~1921. 5. 통권 9호로 종간) 동인(同人)으로 참여하여 제7호(1920. 7.)에 산문시(散文詩, prose poem) 〈조로(朝露)의 화몽(花夢)〉 등을 발표, 본격적인 문필(文筆) 활동을 전개하였다.

1920년(24세) 4월 김일엽(→83)이 창간한 〈신여자(新女子)〉(월간 종합 여성지. 1920. 3.~6. 통권 4호로 종간)의 필진(筆陣)의 한 사람으로 참여하여 창간호에 단편 소설 〈처녀(處女)의 가는 길〉 등을 발표하였고, 같은 해 7월 25일 김억(→78)·김영환[金永煥, 1898~1936, 한국의 영화감독이며 대중 가요 작곡가·각본가·변사. 일명 김서정(金曙汀)]·김일엽·김찬영·나혜석(羅蕙錫, 1896~1949, 한국의 여류 화가이며 문필가)·남궁벽(→117)·민태원(閔泰瑗, 1894~1935 한국의 소설가이며 번역 문학가·언론인)·변영로(→207)·염상섭(廉想涉, 1897~1963, 한국의 소설가)·오상순(→293)·이병도(李丙燾, 1896~1989, 한국의 사학자)·이익상(李益相, 1895~1935, 한국의 언론인이며 소설가)·이혁로(李赫魯)·황석우(→520) 등이 〈폐허(廢墟)〉(문예 동인지. 1920. 7.~1921. 1. 통권 2호로 종간)를 창간하자 동인으로 참여하는 등 김일엽·나혜석·허정숙(許貞淑, 1902~1991, 북한의 독립 운동가이며 여성 운동가·사회주의자) 등과 함께 근대 문학 1세대 여류 문인(文人)으로 봉건 체제로부터의 여성 해방을 부르짖으며 자유 연애를 구가(謳歌)하였다.

1921년(25세) 귀국하여 그 해 말부터 〈개벽(開闢)〉(우리나라 최초의 월간 종합 교양지. 1920. 6.~1926. 8. 통권 72호로 종간. 속간 1934. 11.~1935. 2. 통권 4호로 종간. 복간 1946. 1.~1949. 3. 통권 9호로 종간) 제18호(1921. 12.)와 제19호(1922. 1.)에 번민하는 여주인공의 심리 묘사에 치중한 편지 형식의 단편 소설 〈칠면조(七面鳥)〉를 발표한 것을 비롯하여 시 〈영희의 일생 1〉(〈여자계〉 종간호, 1920. 6.)·〈동경(憧憬)〉(〈개벽〉 제24호, 1922. 6.)·〈옛날의 노래〉(〈개벽〉 제27호, 1922. 9.)·〈표현파(表現派)의 시〉(〈개벽〉 제28호, 1922. 10.)·〈위로(慰勞)〉[〈폐허이후(廢墟以後)〉, 1924. 2.]·〈향수(鄕愁)〉[〈동명(東明)〉, 1924. 1.], 단편 소설 〈선례〉[〈신여성(新女性)〉 제2호, 1923. 11.]·〈돌아다볼 때〉(〈조선일보〉, 1924. 3. 29.~4. 19.)·〈외로운 사람들〉(〈조선일보〉, 1924. 4. 20.~6. 13.), 포(Edgar Allan Poe, 1809~1849, 미국의 시인이며 소설가·비평가)의 번역 소설 〈상봉(相逢)〉(〈개벽〉 제28호, 1922. 10.), 수필 〈봄 네

거리에 서서〉(〈신여성〉 제4호, 1924. 3.) 등을 발표하여 섬세한 심리 묘사와 지적(知的) 사고의 표현으로 특색 있는 경향을 보였다.

1925년(29세)에는 여성으로는 드물게 매일신보사(每日申報社)에서 공채(公採)한 기자 시험에 합격하여 기자 생활을 하였다.

같은 해 4월에는 우리나라 여성으로는 최초로 창작집 〈생명의 과실(果實)〉[한성도서주식회사(漢城圖書株式會社)]을 펴내 문단(文壇)의 주목을 받았다. 이 작품집은 모두 3부로, 제1부는 〈귀여운 내 수리〉·〈그쳐요〉·〈기도(祈禱)〉·〈길〉·〈꿈〉·〈남방(南邦)〉·〈내 가슴에〉·〈들리는 소리를〉·〈무제(無題)〉·〈밀어(密語)〉·〈바람과 노래〉·〈분신(分身)〉·〈사랑하는 이의 이름〉·〈소소(甦笑)〉·〈싸움〉·〈옛날의 노래〉·〈외롬의 부름〉·〈위로〉·〈유리관 속에〉·〈유언(遺言)〉·〈재롱〉·〈저주(咀呪)〉·〈탄식(歎息)〉·〈탄실의 초몽(初夢)〉 등 24편의 시, 제2부는 감상문 또는 수필이라고 할 수 있는 〈계통(系統) 없는 소식(消息)의 일절(一節)〉·〈네 자신(自身)의 위에〉·〈대중없는 이야기〉·〈봄 네거리에 서서〉 등 4편, 제3부는 소설 두 편 〈돌아다볼 때〉[1924. 3. 29.~4. 19. 〈조선일보〉에 실은 것의 개작(改作)]와 〈의심의 소녀〉가 실려 있다.

〈생명의 과실〉은 지금까지 그녀의 유일한 창작집으로 알려져 왔으나 〈애인(愛人)의 선물〉이라는 제2의 창작집을 회동서관(匯東書館)에서 펴낸 것으로 밝혀졌다. 그러나 이 창작집은 책의 뒷부분이 파손되어 정확한 발행 연도는 알 수 없으며, 문예사가(文藝史家)들의 연구에 의하여 1930년(34세) 출판된 것으로 알려져 있다. 초기에는 소설에 가까운 산문체의 시를 썼는데, 주로 단순한 감정 토로와 내부적 충동에서 빚어지는 위기 의식, 현실과 이상(理想)이 타협되지 않은 현실적 파탄과 정신적 긴장을 노래하였다.

김일엽·나혜석과는 달리 평론은 쓰지 않았으나, 이 시기를 전후한 몇 년 동안에 가장 활발한 창작 활동을 전개하여 〈동아일보(東亞日報)〉·〈매일신보〉[한국어 일간지. 1904년 7월 18일 배설(裵說, 1872~1909, Ernes Thomas Bethell, 대한제국 때의 영국의 언론인)이 창간한 〈대한매일신보(大韓每日申報)〉를 일제(日帝)가 사들여 1910년 8월 30일부터 '대한' 두 자를 떼고 〈매일신보(每日申報)〉로 제호(題號)를 바꾸었다가, 1938년 4월 29일 〈매일신보(每日新報)〉로 바뀌었고, 1945년 11월 23일 〈서울신문〉으로 바뀌어 오늘에 이르고 있다.]·〈조선일보〉 등의 신문과 〈개벽〉·〈문예공론(文藝公論)〉(월간 순수 문예지. 1929. 5.~7. 통권 3호로 종간)·〈별건곤(別乾坤)〉(대중 월간지. 1926. 11.~1934. 7. 통권 74호로 종간)·〈신민(新民)〉(월간 종합 교양지. 1925. 5.~1932. 6. 통권 73호로 종간)·〈신여성〉(월간 여성 교양지. 1923. 9.~1926. 10. 제31호 발간 후 휴간, 1931. 1. 속간, 1934. 6. 제41호로 종간, 통권 72호로 종간)·〈조선문단(朝鮮文壇)〉(월간 순수 문예지. 1924. 10.~1936. 6. 통권 26호로 종간)·〈창조〉·〈청춘〉·〈폐허이후〉[조선문인회(朝鮮文人會) 기관지. 1924. 2. 창간호로 종간] 등의 잡지를 발표 매체로 삼아 소설·시·수필·희곡 등 모든 장르에 걸친 순수 창작 행위를 통하여 예술적 감수성을 유감없이 발휘하였다.

즉 시 〈언니 오시는 길에〉(〈조선문단〉 제8호, 1925. 5.)·〈오오 불!〉(〈조선문단〉 제8호, 1925. 5.)·〈5월의 노래〉(〈조선일보〉, 1925. 5. 4.)·〈창궁(蒼穹)〉(〈조선문단〉 제8호, 1925. 5.)·〈무제〉(〈조선일보〉, 1925. 7. 6.과 7. 17. 두 편)·〈외로움의 변조(變調)〉(〈동아일보〉, 1925. 7. 20.)·〈추억(追憶)〉[〈신민〉 제7호, 1925. 11. 〈조선 시인 선집(朝鮮詩人選集)〉, 1926. 10.]·〈향수〉(〈조선일보〉, 1925. 12. 19.)·〈보슬비〉(〈조선문단〉 제15호, 1926. 4.)·〈그러면 가리까〉(〈조선일보〉, 1926. 8.)·〈거룩한 노래〉(〈조선시인선집〉, 1926)·〈만년청(萬年靑)〉(〈조선시인선집〉, 1926)·〈언니의 생각〉(〈조선시인선집〉, 1926), 소설로는 상당히 지적인 사고(思考) 태도를 의식적으로 취한 〈꿈 묻는 날 밤〉(〈조선문단〉 제8호, 1925. 5.)을 비롯하여 〈손님〉(〈조선문단〉 제15호, 1926. 4.)·〈나는 사랑한다〉(〈동아일보〉, 1926. 8. 17.~9. 3.)·〈일요일〉(〈매일신보〉, 1926. 11.)·〈홍한녹수(紅恨綠愁)〉(〈매일신보〉, 1926. 11. 14.), 수필 〈이상적(理想的) 연애〉(〈조선문단〉 제10호, 1925. 7.)·〈여인 장발(長髮)에 대하여〉(〈신민〉 제9호, 1926. 1.) 등을 발표하였다.

1927년(31세)에는 시 〈수건〉(〈새벗〉, 1927. 1.)·〈희망(希望)〉[〈현대평론(現代評論)〉 창간호, 1927. 1.]·〈두어라〉(〈매일신보〉, 1927. 2.)·〈불꽃〉(〈현대평론〉 제2호, 1927. 3.)·〈비가(悲歌)〉(〈동아일보〉, 1927. 11. 14.)·〈추경(秋景)〉(〈동아일보〉, 1927. 11. 27.) 등을 발표하였다.

또한 1927년에 조선키네마주식회사(1924년 7월 11일 부산에서 설립된 우리나라 최초의 영화 제작사)에 입사한 이경손(李慶孫, 1905~1978. 한국의 영화 감독이며 배우·시나리오 작가)의 권유로 영화 〈광랑(狂浪)〉에 나운규(羅雲奎, 1902~1937, 한국의 영화 감독이며 배우)와 함께 주연(主演)으로 출연하기로 하였으나 이 영화는 제작이 중단되었고, 본격적으로 출연한 영화는 1928년(32세) 2월에 완성된 〈나의 친구여〉였다. 3월에는 이경손의 〈숙영 낭자전(淑英娘子傳)〉, 1930년(34세) 안종화(安鍾和, 1902~1966, 한국의 영화 감독이며 신극 운동가)의 〈꽃장사〉·〈노래하는 시절〉, 김영환의 〈젊은이의 노래〉 등에 주연으로 출연하는 등 몇 편의 영화에 더 출연하였다. 정식으로 영화 배우나 연극 배우로 수업을 받지는 않았으나, 여배우의 수가 크게 부족하였던 당시에 그녀는 문단 활동을 하며 외국 유학도 해서 남자들과 자연스럽게 어울렸으므로 영화에 여주인공으로 발탁되었다.[최근의 연구에 따르면 영화 배우 김명순과 작가 김명순은 동명이인(同名異人)이라는 설이 제기되었다.]

1928년(32세) 수필 〈시필(試筆)〉(〈동아일보〉, 1928. 1. 20.)·〈부흥회(復興會) 가기 전에〉(〈별건곤〉 제15호, 1928. 8.), 1929년(33세) 단편 소설 〈모르는 사람같이〉(〈문예공론〉 창간호, 1929. 5.), 1931년(35세) 시 〈개척자〉[〈시대공론(時代公論)〉, 1931. 1.], 1932년(36세) 시 〈수도원(修道院)으로 가는 벗에게〉[〈신동아(新東亞)〉 제9호, 1932. 7.], 1933년(37세) 시 〈고구려 성(高句麗城)을 찾아서〉(〈신동아〉 제21호, 1933. 7.), 1934년(38세) 시 〈석공(石工)의 노래〉(〈동아일보〉, 1934. 5. 26.)·〈샘물과 같이〉[〈신인문학(新人文學)〉 제2호, 1934. 10.]·〈나 하나〉(〈동아일보〉, 1934. 11.)·〈빙화(氷華)〉(〈동아일보〉, 1934. 11.), 수필 〈귀향(歸鄕)〉(〈매일신보〉, 1934. 10.)·〈생활의 기억〉(〈매일신보〉, 1934. 11.), 동화 〈복동이와 밀감〉(〈매일신보〉, 1934. 11.), 1938년(42세) 시 〈시로 쓴 반생기(半生期)〉(〈동아일보〉, 1938. 3. 10.~3. 12.)·〈두벌 꽃〉(〈동아일보〉, 1938. 4. 23.)·〈바람과 노래〉(〈동아일보〉, 1938. 4. 23.)·〈심야(深夜)에〉(〈동아일보〉, 1938. 4. 23.), 단편 소설 〈고아원(孤兒院)〉(〈매일신보〉, 1938. 4. 3.)·〈고아의 결심〉(〈매일신보〉, 1938. 5. 29.)·〈고아원의 동무〉(〈매일신보〉, 1938. 6. 26.), 1939년(43세) 시 〈그믐밤〉[〈삼천리(三千里)〉 제11권 제8호, 1939. 8.]을 발표하였다.

정식으로 결혼도 하지 않고 떠돌던 그녀는 이따금씩 신문이나 잡지에 글을 발표하다가, 1938년 이병도의 집에서 잠시 머물며 〈조선 유학사(朝鮮儒學史)〉의 원고를 정리하였다. 이병도와는 일본 유학 중에 만났으며 〈폐허〉 동인인데다 그의 아내 조남숙(趙南淑, 1895~1967)이 진명여학교 동기 동창이었다. 그러나 창작 기력을 다하여 더 이상 작품도 발표하지 못하고, 마흔이 넘은 나이에 영화 출연도 교섭이 들어오지 않아, 남의 집에서 밥이나 빌어먹는 처지로 전락하고 말았다. 그 뒤 동창에게 피해를 줄 수 없다며 이병도의 집을 나온 뒤, 일시적으로 일본에 건너가 아이까지 데리고 귀국하였지만, 그녀의 자유로운 연애에 대한 쑥덕거림과 편견, 그의 어머니가 기녀 출신이라는 점에 대한 조롱과 비방 등을 견디지 못하고 1939년 다시 도쿄로 돌아갔다.

도쿄에서도 제대로 된 작품도 발표하지 못하고 생계를 위하여 잡일과 노동 등을 하면서 극심한 가난에 시달렸으며, 복잡한 애정 사건으로 정신 이상 증세를 보이다가 도쿄YMCA회관 뒷마당에 돼지우리 같은 판잣집에서 수양 아들로 기르던 젊은이와 함께 살았다. 그 뒤 행려병자로 신고되어 아오야마뇌병원(青山腦病院)에 수용되어 지내던 중 행방 불명이 되었다가 1951년(55세) 파란만장한 삶을 마감하였고, 수양 아들은 스스로 목숨을 끊었다.

1920년대를 대표하는 신문학(新文學) 최초의 여류 문인으로 봉건적인 여성관을 부정하고 여성 해방과 자유연애를 통한 주체적 남녀 관계를 부르짖은 선구자적 구실을 하였으며, 여주인공의 내면 심리를 치밀하게 묘사한 소설을 많이 남겼다. 그러나 한평생 고뇌와 사랑의 실패 등으로 말미암아 매우 불우한 삶을 살았다.

염상섭의 초기 소설 〈제야(除夜)〉(1922)의 모델로 알려져 있으며, 〈문장(文章)〉(월간 순수 문예지, 1939. 2.~1941. 4. 통권 26호로 종간) 제2호(1939. 3.)에 발표한 김동인의 단편 소설 〈김연실전(金姸實傳)〉의 모델로도 알려져 있다. 김동인은 〈김연실전〉에서 주인공 연실을 '연애를 좀더 알기 위하여 케이(Ellen Karolina Sofia Key, 1849~1926, 스웨덴의 여류 사상가이며 교육자·문학가)며 구리야가와 하쿠손(廚川白村, 1880~1923, 일본의 영문학자이며 문학 평론가) 박사의 저서도 숙독'하였지만, 결국 '남녀 간의 교섭은 연애요, 연애의 현실적 표현은 성교(性交)'라는 관념을 가진 음탕한 여자, 정조(貞操) 관념에는 전연 불감증인 '더러운 여자'로 묘사하였고, 김명순을 '남편 많은 처녀' 또는 '과부 처녀'라고 조롱하였다.

기녀의 딸이라는 점과 일본 유학 중 자유로운 연애 등이 비판의 대상이 되어 제 평가를 받지 못하여 그녀의 작품 중 상당수는 흩어져 없어졌지만 현재까지 밝혀진 작품은 앞에 나온 작품 외에도 〈고혹(蠱惑)〉·〈곽공(郭公)〉·〈기도, 꿈, 탄식〉·〈나 하나 별 하나〉·〈단장(斷腸)〉·〈두 마음〉·〈발자취〉·〈봉춘(蓬春)〉·〈부금조(浮金彫)〉·〈비련(悲戀)〉·〈신시(新詩)〉·〈애상(哀想)〉·〈연가(戀歌)〉·〈연모(戀慕)〉·〈외로움〉·〈우리의 이상(理想)〉·〈이심(二心)〉·〈저주된 노래〉·〈정절(貞節)〉·〈해바라기〉·〈환상(幻想)〉 등 시 86편[번역시 9편 〈나는 찾았다〉·〈눈〉·〈대아(大鴉)〉·〈비극적 운명〉·〈빈민(貧民)의 사(死)〉·〈웃음〉·〈저주의 여인들〉·〈주장(酒場)〉·〈헬렌에게〉 포함], 소설 22편과 그 밖의 번역서들, 수필·평론 20편, 희곡 2편[〈두 애인〉·〈의붓자식〉] 등이 전하고 있다. 그녀의 시는 연정(戀情), 자연의 아름다움, 추억 등을 노래한 것이 주류를 이루고 있으며, 소설은 인물에 대한 지적인 분석과 심리 묘사에 치중하고 있다.

1959년 9월 김남조(→56)가 현대 여류 시인 26명의 대표적인 작품 총 130편을 엮어 펴낸 〈수정(水晶)과 장미(薔薇)〉[정양사(正陽社)]에 그녀의 시 5편이 실려 있다.

1981년 30주기(周忌)에 이르러 시 60편, 소설 14편, 수필 7편을 엮은 〈탄실 김명순-나는 사랑한다〉(솔뫼)가 출판되었으며, 2009년 〈김명순 전집〉[현대문학(現代文學)], 2010년 12월 〈김명순 문학 전집〉(푸른사상)이 출판되었다.

한편, 〈동아일보〉(1981. 10. 9.)에 따르면, 구석봉(具錫逢, 1936~1988, 한국의 시인이며 소설가)은 김명순의 셋째 여동생 영순(英淳, 부산 거주, 당시 78세)과 넷째 아우 기성(箕成, 서울 거주, 당시 77세)을 직접 만나 다음과 같은 사실을 확인하였다.

김명순은 김동인의 단편 소설 〈김연실전〉의 모델이 아니며, 기녀 출신의 소실의 외딸이 아니고, 1895년 엄연히 8남매의 맏이로 태어났다고 한다. 아버지 김희경도 평양 감영(監營)의 이속(吏屬)이 아닌 평안남도 참사(參事)였으며, 숙부 김희선(金羲善, 1875~1925, 한국의 독립 운동가)도 일본 육군사관학교(陸軍士官學校)를 졸업한 뒤 1920년 상하이(上海) 임시 정부 시절 군무 부장(軍務部長) 노백린(盧伯麟, 1875~1926, 한국의 독립 운동가) 밑에서 군무 차장을 지냈다고 한다. 특히 부모의 귀염을 받고 자랐으며, 당당하게 유학을 떠났다고 한다. 이에 대하여 김윤식(金允植, 1936~, 한국의 문학 평론가)은 김동인이 여러 차례 글과 좌담회 등을 통하여 당시 누구나 알 수 있는 작가이며 신여성을 모델로 하였다고 밝혔고, 그 때 신여성이라면 바로 김명순·김일엽·나혜석을 가리키는 것이어서 〈김연실전〉의 모델이 김명순으로 통념화되었다고 말하였다.

66

김묵수
金默壽 ?~?

조선(朝鮮, 1392~1910)의 시인이며 가객(歌客).

자(字)는 시경(始慶).

김수장(金壽長, 1690~?, 조선 숙종·영조 때 활약한 가객이며 시조 작가)·김천택(金天澤, ?~?, 조선 영조 때의 가객이며 시조 작가) 등의 후배로 영조(英祖, 1694~1776, 조선의 제21대 왕. 재위 1724~1776) 때의 시인·가인들의 모임 '경정산 가단(敬亭山歌壇)'의 한 사람이다.

노래에 뛰어났고 글씨를 잘 썼으며, 김수장의 시조집(時調集) 〈해동가요(海東歌謠)〉(1746~1769) 추가분에 2수(首), 김천택의 시조집 〈청구영언(靑丘永言)〉(1728)과 〈화원악보(花源樂譜)〉(1885)에 6수, 모두 8수의 시조가 전해지고 있다.

67

김병연
金炳淵 1807(순조 7). 3. 13. ~ 1863(철종 14). 3. 29.

조선(朝鮮, 1392~1910)의 방랑 시인.

호(號)는 김삿갓 또는 김립(金笠), 자(字)는 성심(性深), 별호(別號)는 난고(蘭皐), 본관(本貫)은 안동(安東).

아버지 김안근(金安根)과 어머니 함평(咸平) 이씨(李氏)의 3형제 중 둘째 아들로, 경기도 양주(楊州)에서 태어났다.

1811년(4세, 순조 11) '평안도 농민 전쟁[平安道農民戰爭. 1811. 12. 18.~1812. 4. 19. 홍경래(洪景來, 1780~1812, 조선의 민란 지도자) 난이라고도 한다.]' 때 평안북도 선천(宣川) 부사(府使)로 있던 할아버지 김익순(金益淳, ?~1812)이 홍경래에게 항복한 죄로 멸족(滅族)을 당하였다.

당시 5세였던 그는 형 병하(金炳河)와 함께 종이던 김성수(金聖洙)의 도움으로 황해도 곡산(谷山)으로 피신, 그곳에서 공부하며 성장하였다. 당시 실권 세력이 안동 김씨였기 때문에 1815년(8세, 순조 15) 멸족에서 폐족(廢

族)으로 사면(赦免)을 받고 형제는 아버지에게 돌아갔으나, 아버지는 화병으로 죽었다. 어머니는 자식들이 폐족자로 멸시받는 것이 싫어서 1816년(9세, 순조 16) 강원도 영월(寧越)로 옮겼고, 가족사(家族史)를 숨기고 살았다. 이 사실을 모르는 병연이 과거(科擧)에 응시하여 '논정가산충절사탄김익순죄통우천(論鄭嘉山忠節死嘆金益淳罪通于天)'이라는 그의 할아버지 익순을 조롱하는 시제(詩題)로 장원(壯元)으로 급제(及第)하였다.

그러나 자신의 집안 내력을 어머니에게 듣고는 조상을 욕되게 한 자책과 폐족자에 대한 세상의 천대가 심하고 벼슬길도 막혀, 가족들을 둔 채 1831년(24세, 순조 31) 무렵부터 방랑 생활을 시작하였다. 이 때부터 푸른 하늘을 볼 수 없는 죄인이라고 큰 삿갓을 쓰고 죽장(竹杖)을 짚은 채 얼굴을 가리고 다녔는데, '김삿갓'이라는 별명도 여기에서 생겼다.

외가가 있는 충청남도 홍성(洪城)에 다녀오겠다고 하면서 정반대 북쪽의 금강산(金剛山) 유람을 시작으로 전국 방방곡곡을 떠돌아다니면서 발걸음이 미치는 곳마다 많은 즉흥시를 남겼다. 4년 뒤에 일단 귀향하여 1년 남짓 묵었는데, 이 때 둘째 아들 익균(翼均)을 낳았다.

또다시 고향을 떠나 서울·충청도·경상도로 떠돌아다녔으며, 안동의 도산서원(陶山書院) 아랫마을 서당에서 몇 해 동안 훈장 노릇을 하다가, 다시 전라도·충청도·평안도를 거쳐 어릴 때 자라던 곡산 김성수의 아들 집에서 1년쯤 훈장 노릇을 하였다.

충청도 계룡산(溪龍山) 밑에서, 찾아온 아들 익균을 만나 재워 놓고 도망하였다가 1년 만에 또 찾아온 그 아들과 경상도 어느 산촌에서 만났으나, 이번에는 심부름을 보내 놓고 도망쳤다. 3년 뒤 경상남도 진주(晉州)에서 또다시 아들을 만나 귀향을 마음먹었다가 다시 마음이 변하여 이번에는 용변을 핑계로 도피하였다.

전라남도 화순군(和順郡) 동복면(同福面)에서 쓰러져 있는 것을 어느 선비가 나귀에 태워 자기 집으로 데려가 거기에서 반 년 가까이 신세를 졌다. 그 뒤 지리산(智異山)을 두루 살펴본 뒤, 3년 만에 쇠약한 몸으로 다시 그 선비의 집에 되돌아와 한많은 생애를 마쳤다. 나중에 익균이 유해(遺骸)를 영월군 김삿갓면 와석리(臥石里) 일대의 태백산(太白山) 기슭에 묻었다.

그의 시는 풍자와 해학(諧謔)을 담고 있어 희화적(戱畫的)으로 한시(漢詩)에 파격적 요인이 되었다. 그 파격의 한 예를 들어 보면, '스무나무 아래 앉은 설운 나그네에게/망할 놈의 마을에선 쉰밥을 주더라/인간에 이런 일이 어찌 있는가/내 집에 돌아가 설은 밥을 먹느니만 못하다(二十樹下三十客 四十村中五十食 人間豈有七十事 不如歸家三十食)'. 전통적인 한시의 신성함 또는 권위에 대한 도전, 그 양식 파괴 등에서 이러한 파격의 의미를 찾을 수 있을 것이다.

국문학사(國文學史)에서는 '김삿갓'으로 일컬어지는 인물이 김병연 외에도 여럿 있었음을 들어, 김삿갓의 이러한 복수성(複數性)은 당시 사회의 몰락 양반 계층의 편재와 깊은 관련이 있다고 보고 있다. 특히 과거 제도의 문란으로 말미암아 선비들의 시 창작 기술(記述)은 이 같은 절망적인 파격과 조롱·야유·기지(奇智)로 나타나게 된 것이다.

그의 시 중에는 권력자와 부자를 풍자하고 조롱한 것이 많고, 또한 그러한 작품에 뛰어난 것이 많아 '민중시인(民衆詩人)'으로도 일컬어지고 있다.

1939년 2월 이응수(李應洙, 1909~1964, 북한의 문학자)가 처음으로 그의 시 177편을 모아 〈김립 시집(金笠詩集)〉[학예사(學藝社)]을 펴냈다.

1978년 광주(光州) 북구(北區) 금곡동(金谷洞) 무등산도립공원(無等山道立公園)에 그의 〈금강산〉이 새겨진 시비(詩碑)가 세워졌고, 1987년 영월군 영월읍 영흥리(永興里) 금강공원(錦江公園)에 전국시가비건립동호회(全國詩歌碑建立同好會)에서 '난고 시비(蘭皐詩碑)'를 세웠다. 2003년 10월 그의 묘소가 있는 와석리에 생가(生家)를 복원하여 '김삿갓 문학관'을 건립하고 〈정담(情談)〉을 새긴 시비를 세웠으며, 그 입구의 '시비 거리'에도 〈죽장에 삿갓 쓰고…〉 등의 노래비를 세웠고, 화순군 이서면(二西面) 창랑리(滄浪里) 물염정(勿染亭)에도 시비가 세워졌다.

* **김부용(金芙蓉) → 운초**(→328)

68

김삼현

金三賢 ?~?

조선(朝鮮, 1392~1910)의 시인.

숙종(肅宗, 1661~1720, 조선의 제19대 왕. 재위 1675~

1720) 때 품계(品階)가 정3품인 절충장군(折衝將軍)에 이르렀다.

장인(丈人) 주의식(朱義植, ?~?, 조선 숙종·영조 때의 시조 작가)과 함께 벼슬에서 물러나 강호(江湖)에 은거하며 시를 지으며 소일하였다.

시조(時調) 6수(首)가 김천택(金天澤, ?~?, 조선 영조 때의 가객이며 시조 작가)의 시조집 〈청구영언(靑丘永言)〉(1728), 김수장(金壽長, 1690~?, 조선 숙종·영조 때 활약한 가객이며 시조 작가)의 시조집 〈해동가요(海東歌謠)〉(1746~1769), 박효관(朴孝寬, ?~?, 조선의 가객)과 안민영(安玟英, ?~?, 조선의 가객)이 편찬한 시조집 〈가곡원류(歌曲源流)〉(1876)에 각각 실려 있다. 작품은 세속을 떠난 자연 예찬(禮讚), 은거 한정(隱居閑情)이나 늙음의 탄식 등을 내용으로 하고 있으나, 경향은 향락적이고 명랑하였다.

작품 가운데에는 작가 이름이 '김창흡(金昌翕)' 또는 '김창업(金昌業)' 등으로 잘못 표기된 것도 더러 보인다. 〈청구영언〉 홍씨본(洪氏本)에는 '한산인(閑散人)'으로, 〈대동풍아(大東風雅)〉에는 '숙종조 명가(肅宗朝名歌)'로 나타난다. 자세한 기록은 전하지 않고 있으나, 이러한 기록과 시조가 가창(歌唱)되었던 시대 상황으로 미루어 보아, 벼슬에서 물러난 뒤 시를 지으며 소일한 시조 작가요, 명창(名唱)의 한 사람으로 추측된다.

69

김상옥

金相沃 1920. 3. 15. ~ 2004. 10. 31.

한국의 시인.

호(號)는 초정(草汀·艸汀·草丁).

경상남도 충무[忠武, 지금의 통영(統營)] 항남동(港南洞)에서 태어났으며, 서울에서 죽었다.

서당에서 한학(漢學)을 공부한 뒤 독학(獨學)으로 문학을 공부하며 인쇄소 문선공(文選工)으로 소년기를 보냈다.

1938년(18세) 김대봉(→59)·김용호(→82)·박남수(→175)·윤곤강(→357)·임화(→419)·함윤수(咸允洙, 1916~1984, 한국의 시인) 등과 함께 창간한 〈맥(貘)〉(계간 시 전문지. 1938. 6.~1939. 4. 통권 5호로 종간) 동인(同人)으로 활동하면서 시 〈다방(茶房)〉·〈모래알〉(제3호, 1938. 10.) 등을 발표하였고, 같은 해 시 동인지 〈아(芽)〉에도 작품을 발표하였다.

1939년(19세) 시조(時調) 시인 이병기(→370)에 의하여 〈문장(文章)〉(월간 순수 문예지. 1939. 2.~1941. 4. 통권 26호로 종간) 제9호(1939. 10.)에 시조 〈봉선화(鳳仙花)〉가 추천되어 문단(文壇)에 나왔으며, 1940년(20세) 〈동아일보(東亞日報)〉 신춘 문예 동화 부문에 〈앉은뱅이꽃〉, 1941년(21세) 〈동아일보〉 신춘 문예 시조 부문에 〈낙엽(落葉)〉이 당선되었다.

항일(抗日) 운동에 관계하여 몇 차례 투옥된 적이 있으며, 1946년(26세)부터 1962년(42세)까지 마산고등학교(馬山高等學校)·삼천포고등학교(三千浦高等學校)·부산여자고등학교(釜山女子高等學校)·경남여자고등학교(慶南女子高等學校) 등에서 교편(敎鞭) 생활을 하였다.

유치환(→350)이 1945년(25세) 9월 15일 김춘수(→95)·윤이상(尹伊桑, 1917~1995, 한국의 작곡가)·전혁림(全爀林, 1916~2010, 한국의 서양화가)·정윤주(鄭潤柱, 1918~1997, 한국의 작곡가) 등 고향 후배들과 결성한 통영문화협회(統營文化協會)에 참여하여 한글 강습회를 열고, 근로자들을 위한 야간 중학교와 유치원을 운영하면서 무용·문학·미술·연극·음악 등 다양한 예술 운동을 전개하였고, 극단(劇團)을 결성하여 경남 지방 일대를 순회 공연하는 한편 꾸준히 창작 활동도 병행하였다.

1946년 4월 4일에는 김진섭(金晋燮, 1903~?, 한국의 수필가이며 독문학자)·박종화(→190)·이하윤(→408) 등이 중심으로 있던 중앙문화협회(中央文化協會)의 불투명한 성격을 거부하고, 곽종원(郭鍾元, 1915~2001, 한국의 문학 평론가)·곽하신(郭夏信, 1920~?, 한국의 소설가)·김갑순(金甲順)·김광주(→51)·김남중(金南中, 1917~1987, 한국의 언론인이며 수필가)·김달진(→58)·김동리(→60)·김수돈(→74)·김춘수·김현승(→99)·박두진(→177)·박목월(→178)·박용덕[朴容德, ?~?, 〈단층(斷層)〉 편집·발행인]·박용구(朴容九, 1923~1999, 한국의 소설가)·백완기(白完基, 1914~?, 한국의 문학 평론가)·서정주(→226)·설창수(→230)·여세기(呂世基)·오영수(吳永壽, 1914~1979, 한국의 소설가)·유동준(俞東濬, 1921~, 한국의 문학 평론가)·유치환·이경순(李敬純, 1905~1985, 한국의 교육자이며 시인)·이광래(李光來, 1908~1968, 한국의 연극인)·이설주(李雪舟, 1908~2001, 한국의 시인)·이영도(→384)·이윤수(李潤守, 1914~1997, 한국의 시인)·이재춘(李在春)·이정호(李正浩, 1927~1991, 한국의 시인이며 언론인)·이한직(→409) · 임서하(任西河, ?~?, 한국의 소설가) · 정진업(鄭鎭業, 1916~1983, 한국의 시인이며 연극인) · 조연현(→459) · 조지훈(→461) · 조진대(趙眞大, 1920~?, 한국의 소설가) · 조향(→463) · 최인욱(崔仁旭, 1920~1972, 한국의 소설가) · 최태응(崔泰應, 1917~1998, 한국의 소설가) · 황순원(→521) 등과 함께 조선청년문학가협회(朝鮮青年文學家協會)를 결성[1949년 12월 17일 한국문학가협회(韓國文學家協會)가 결성됨에 따라 발전적으로 해산]하여 활동하였다.

1947년(27세) 4월에 펴낸 첫 시조집 〈초적(草笛)〉[수향서헌(水鄕書軒)]에 실린 〈백자부(白瓷賦)〉 · 〈십일면 관음(十一面觀音)〉 · 〈청자부(靑瓷賦)〉(1939) 등 초기 작품에서는 문화 유산(遺産)에 관심을 갖고 외적인 형상미를 추구하는 전통적 서정의 세계를 그렸으나, 점차 영원한 생명에 대한 탐구와 물형(物形)에 깃들인 생명감의 위대함 등에 몰입하는 경향을 보였다.

1949년(29세) 성문사(成文社)에서 시조집 〈고원(故園)의 곡(曲)〉(1949. 1.)과 시집 〈이단(異端)의 시〉(1949. 6.)를 펴냈는데, 대부분 인생에 대한 관조적(觀照的) 명상(冥想)을 노래하였다.

시조 외에도 동시(童詩) · 시 등 여러 분야에서 뛰어난 재질을 발휘하였다. 동시집 〈석류꽃〉[현대사(現代社), 1952] · 〈꽃 속에 묻힌 집〉[청우출판사(靑羽出版社), 1958. 12.]과 〈의상(衣裳)〉(현대사, 1953. 2.) · 〈목석(木石)의 노래〉(청우출판사, 1956. 5.) 등의 시집을 펴냈는데, 〈목석의 노래〉는 현실에 대한 반성과 영혼의 순수성, 영원한 생명에 대한 탐구가 중심 주제를 이루고 있다.

1956년(36세) 통영문인협회(統營文人協會)를 설립하는 등 문학 활동도 활발히 펼쳤다. 주로 〈현대문학(現代文學)〉(월간 순수 문예지, 1955. 1.~현재)을 통하여 〈기억(記憶)〉(1955) · 〈목련(木蓮)〉(1955) · 〈승화(昇華)〉(1955) · 〈살구나무〉(1956) · 〈근작 시초(近作詩抄)〉(1957) · 〈슬기로운 꽃나무〉(1957) · 〈속(續) 초적집초(草笛集抄)〉(1958) · 〈아가(雅歌)〉(1958) 등의 작품을 내놓았다. 세 권의 동인집을 펴낸 뒤 〈조춘(早春)〉(1960) · 〈근작 수제(近作數題)〉(1964) · 〈꽃과 걸인(乞人)〉(1966) · 〈이조(李朝)의 흙〉(1966) · 〈신록(新綠)〉(1967) · 〈근작 삼행 시초(近作三行詩抄)〉(1968) · 〈십일면 관음(十一面觀音)〉(1968) · 〈백모란(白牡丹)〉(1968) · 〈꽃의 자서(自敍)〉(1969) 등 많은 시와 시조를 발표하였다.

1963년(43세)쯤부터 시조 시형의 시를 삼행시(三行詩) 또는 삼연시(三聯詩)라고 부르면서 시조시의 현대적인 실험을 작품을 통하여 보여 주었는데, 삼행시란 시조의 3장 형식을 현대식으로 풀어 쓴 말이다.

1940년대부터 백자의 아름다움에 빠져 백자를 수집하였으며, 1972년(52세)까지 서울 인사동(仁寺洞)에서 표구점 겸 골동품 가게 '아자방(亞字房)'을 경영하면서 백자에서 얻은 감흥을 시와 그림으로 작품화하였다.

그림 · 서예 · 전각(篆刻) 등에도 뛰어나 1972년 일본 교토(京都, 794~1868년 일본의 수도)에서 서화전(書畫展)을 열었다.

1973년(53세)에는 시조집 〈삼행시 65편〉을 펴냈다. 그의 시조는 어구에 얽매이지 않고 사설 시조(辭說時調)의 리듬을 살리면서 자유로운 시형(詩形)을 찾은 것이 특색이다. 현대시에서도 시조가 갖는 리듬과 균형 · 감각을 지키면서 산문식 장시(長詩)와 극시(劇詩) 등을 실험하였다.

1976년(56세) 〈목석의 노래〉로 제1회 노산 문학상(鷺山文學賞), 1982년(62세) 〈삼연시 2수(首)〉로 제1회 중앙시조 대상, 1995년(75세) 보관 문화 훈장(寶冠文化勳章)을 받았다.

1989년(69세) 고희(古稀) 기념 시집 〈향기 남은 가을〉을 펴낸 뒤에도 여전히 시작(詩作) 활동과 서화 작업을 활발히 펼쳐 2001년(81세) 6월 팔순을 넘긴 나이로 개인 서화전을 열었다.

평생 도자기를 모으면서 높은 예술적 감식안을 갖게 되었으며, 민족의 혼이 담긴 백자의 아름다움을 기리기 위하여 2000년(80세)부터 '백자 예술상'을 마련하여 시 · 서 · 화에 뛰어난 작가에게 시상하였다.

아내 김정자(金貞子, ?~2004)가 세상을 떠나자 식음을 전폐, 닷새 만에 아내의 뒤를 따랐으며, 경기도 성남시(城南市) 판교(板橋) 공원 묘지에 합장(合葬) 안치(安置)되었다.

이호우(→410)와 함께 1950년대의 한국 현대 시조계를 대표하는 시인으로, 전통 시조에 현대적 감각을 도입하여 시조의 차원을 한 단계 끌어올림으로써 시조의 새로운 경지를 개척한 작가로 평가되고 있다.

이 밖에 〈다보탑(多寶塔)〉(1947) · 〈사향(思鄕)〉(1947) · 〈추천(鞦韆)〉[〈백민(白民)〉, 1948] · 〈사립문〉[〈문예(文藝)〉, 1950] · 〈예가 어딜까요?〉(〈백민〉, 1950) · 〈한 폭 그림같이〉(〈문예〉, 1952) · 〈대인(待人)〉[〈문화세계(文化世界)〉, 1953] ·

〈동굴(洞窟)에서〉(1953)·〈위치(位置)〉(1953)·〈우수(憂愁)의 서(書)〉(〈문예〉, 1953)·〈기러기〉[〈현대공론(現代公論)〉, 1954]·〈돌〉(1956)·〈질그릇〉[〈문학예술(文學藝術)〉, 1956]·〈사표(辭表)〉[〈문예춘추(文學春秋)〉, 1965]·〈파편(破片) ②〉[〈월간문학(月刊文學)〉, 1968]·〈금추(今秋)〉(〈월간문학〉, 1969)·〈애도(哀悼)〉(〈월간문학〉, 1970)·〈강(江) 있는 마을〉 등 많은 작품을 발표하였고, 산문집 〈시와 도자(陶瓷)〉(1976), 시집 〈묵(墨)을 갈면서〉(1979)·〈김상옥·이호우〉[지식산업사(知識産業社), 〈한국 현대 시문학 대계(韓國現代詩文學大系)〉 제22권, 1983]·〈느티나무의 말〉(1998)·〈눈길 한 번 닿으면〉(2000)·〈촉촉한 눈길〉(2001) 등을 펴냈다.

첫 시조집 〈초적〉은 광복 이후 시조 문학의 최대 집대성으로 평가받는 〈한국시조큰사전〉[을지출판사(乙支出版社), 1985. 3. 현대 시조 18,331수와 고시조 3,660수 수록]에 영인본(影印本)으로 실려 있다.

2007년 3월 29일 통영 동호동(東湖洞) 남망산조각공원(南望山彫刻公園)에 〈봉선화〉가 새겨진 시비(詩碑)가 세워졌고, 2009년 4월 25일에는 대구(大邱) 달성군(達城郡) 유가면(瑜伽面) 양리(陽里) 비슬산(琵瑟山) 유가사(瑜伽寺) 일연공원(一然公園) 산책로에 〈유가사를 노닐며〉가 새겨진 시비가 세워졌다. 또한 부산 부산진구(釜山鎭區) 연지동(蓮池洞) 국립부산국악원(國立釜山國樂院) 앞에 〈옥저(玉笛)〉(2009), 경상북도 김천시(金泉市) 대항면(代項面) 운수동(雲水洞) 직지문화공원(直指文化公園)에 〈백자부〉를 새긴 시비가 세워졌다.

70

김상용

金尙鎔 1902(고종 39). 8. 27. ~ 1951. 6. 22.

한국의 시인이며 영문학자.

호(號)는 월파(月坡). 본관(本貫)은 경주(慶州).

아버지 김기환(金基煥)과 어머니 나주(羅州) 정씨(丁氏)의 맏아들로, 경기도 연천군(漣川郡) 군남면(郡南面) 왕림리(旺林里)에서 태어났으며, 한국 전쟁(Korean War, 1950. 6. 25.~1953. 7. 27.) 때 부산(釜山)으로 피난 갔다가 식중독으로 죽었다.

시조(時調) 시인 김오남(→80)이 여동생이다.

1917년(15세) 경성고등보통학교[京城高等普通學校, 지금의 경기고등학교(京畿高等學校)]에 입학하였다가, 1919년(17세) 3·1 운동에 참여하여 학업을 중단하고 고향으로 내려갔다.

같은 해 서울 보성고등보통학교(普成高等普通學校, 지금의 보성중·고등학교)로 전학하여 1921년(19세)에 졸업하였고, 1922년(20세) 일본으로 유학하여 도쿄 릿쿄대학(立教大學) 영문과에 입학하였다.

1927년(25세) 대학을 졸업하고 귀국하여 가족들과 함께 고향 연천을 떠나 서울 성북동(城北洞)으로 이사하였다. 보성고보에서 교편(教鞭)을 잡았고, 이듬해 연희전문학교[延禧專門學校. 연세대학교(延世大學校)의 전신(前身)]와 이화여자전문학교(梨花女子專門學校. 이화여자대학교의 전신) 교수가 되어 영문학을 강의하였다.

최초의 문단(文壇) 활동은 1926년(24세) 〈동아일보(東亞日報)〉에 시 〈일어나거라〉를 발표하면서 비롯되었고, 1930년(28세)부터 본격적으로 시를 써서 〈동아일보〉에 〈그러나 거문고의 줄은 없고나〉·〈무상(無常)〉·〈이 날도 앉아서 기다려 볼까〉를 발표하였는데, 이 때 발표한 창작시는 다소 미숙한 것들이었다.

한편 영문학자로서 포(Edgar Allan Poe, 1809~1849, 미국의 시인이며 소설가·문학 평론가)의 〈애너벨 리(Annabel Lee)〉[〈신생(新生)〉 제27호, 1931. 1.]와 키츠(John Keats, 1795~1821, 영국의 시인)의 〈그리스 항아리에 부치는 송가(頌歌)(Ode on a Greecian Urn)〉[〈신생〉 제31호, 1931. 5. 〈희랍 고병부(希臘古甁賦)〉], 램(Charles Lamb, 1775~1834, 영국의 수필가이며 문학 평론가)의 〈옛날의 낯익던 얼굴(The Old Familiar)〉(〈신생〉 제32호, 1931. 6.), 데이비스(William Henry Davies, 1871~1940, 영국의 시인)의 〈무제(無題, Untitled)〉(〈신생〉 제55호, 1933. 7.) 등을 번역하여 국외 문학의 소개에도 이바지하였다.

1934년(32세) 6월, 구인회(九人會)에 가입하여 활동하였다. 구인회는 1933년 8월 15일, 김기림(→54)·김유영(金幽影, 1908~1940, 한국의 영화 감독이며 시나리오 작가)·유치진(柳致眞, 1905~1974, 한국의 극작가이며 연출가)·이무영(李無影, 1908~1960, 한국의 소설가)·이종명(李鍾鳴)·이태준(李泰俊, 1904~?, 북한의 소설가)·이효석(李孝石, 1907~1942, 한국의 소설가)·정지용(→445)·조용만(趙容萬, 1909~1995, 한국의 영문학자이며 소설가) 등이 순수 문학을 표방하며 결성한 문학 친목 단체였다.

1934년 6월, 김유영·이종명이 탈퇴하고, 박태원·박팔양·조벽암이 가입하여 10명이 되었다가, 다시 유치진·이무영·이효석·조벽암·조용만 대신에 김상용·김유정(金裕貞, 1908~1937, 한국의 소설가)·김환태(金換泰, 1909~1944, 한국의 문학 평론가)·이상(→374)으로 교체되어, 다시 9명의 회원을 유지하였다. 1930년대 경향문학(傾向文學)이 쇠퇴하고 문단의 주류가 된 구인회는 계급주의(階級主義) 및 공리주의(功利主義) 문학을 배격하고 순수 문학을 확립하는 데 크게 이바지하여 당시 순수 문학의 가장 유력한 단체로 활동하였으나 3~4년 만에 해체되었다. 박태원과 이상이 중심이 되어 〈시와 소설〉(동인지. 1936. 3. 창간호로 종간)을 펴냈는데, 김상용은 여기에 시 〈눈 오는 아침〉을 발표하였다.

평단(評壇)의 주목을 받게 된 것은 1935년(33세) 2월 김광섭(→49)·노천명(→122)·모윤숙(→159)·오일도(→296) 등과 함께 〈시원(詩苑)〉(시 동인지. 1935. 2.~12. 통권 5호로 종간)을 창간하면서 여기에 〈나〉(창간호)·〈마음의 조각〉·〈무제〉(제2호, 1935. 4.)·〈오오마아·카이얌의 루바이얏 연구〉[창간호, 제2호(1935. 4.), 제3호(1935. 5.), 종간호] 등을 발표하면서부터이다.

1939년(37세) 5월에 펴낸 처녀 시집 〈망향(望鄕)〉[문장사(文章社)]에는 〈굴뚝 노래〉·〈기도(祈禱)〉·〈남(南)으로 창(窓)을 내겠소〉[〈문학(文學)〉 제2호, 1934. 2.]·〈냉이〉·〈노래 잃은 뻐꾹새〉·〈눈 오는 아침〉·〈마음의 조각〉·〈물고기 하나〉·〈반딧불〉·〈새벽별을 잊고〉·〈서글픈 꿈〉·〈어미소〉·〈추억(追憶)〉·〈포구(浦口)〉·〈한 잔 물〉·〈향수(鄕愁)〉·〈황혼(黃昏)의 한강(漢江)〉 등이 실려 있는데, 일제(日帝)의 탄압과 수탈에 대하여 소극적인 대응 태세로 보이는 자연 귀의(歸依)의 정신 경향이 나타난다. 〈남으로 창을 내겠소〉에서는 자연 속에 묻혀 살면서도 그 속에서 삶을 관조(觀照)하는 단면을 보여 주었다.

2차 대전(1939. 9. 1.~1945. 9. 2.)이 일어나자 일제의 탄압으로 대학에서 영문학 강의가 폐지되자 1943년(41세) 교수직을 사임하였다.

광복이 되자 미군정(美軍政) 아래에서 강원도 도지사(道知事)에 임명되었으나 며칠 만에 사임하고, 같은 해 이화여자대학교 교수로 복귀하였다.

1946년(44세) 미국으로 가서 북동부 매사추세츠 주 보스턴대학교(Boston University)에서 영문학을 공부하고, 1949년(47세)에 귀국하여 이화여자대학교 교수 겸 학무처장을 지냈다.

1950년(48세) 11월 1일 창간한, 서울에서 발행되는 영자(英字) 일간 신문 〈코리아 타임스(The Korea Times)〉 초대 사장과 주필(主筆)을 맡았으며, 같은 해 수필집 〈무하 선생 방랑기(無何先生放浪記)〉를 펴내 과거의 관조적인 경향보다는 인생과 사회에 대한 풍자적이고 비판적인 안목을 보여 주었다.

일반적으로 그의 작품 세계는 자연을 가까이 하려는 단면을 드러내며 그와 함께 대상에 대하여 따뜻한 마음씨로 바라보는 눈길을 보이고 있으며, 인생을 관조하여 살아가는 담담한 심정이 동양적 허무(虛無)를 느끼게 하는 독특한 시 세계를 지니고 있다.

1930년대 우리 문단 전반에 흐르고 있던 순수 서정시 운동과 맥을 함께 한 그의 시는 자연 그 자체의 아름다움을 읊었던 청록파(靑鹿派) 시인과는 다소 달랐다. 전원적(田園的)이며 목가적(牧歌的)인 삶을 읊으면서, '나'와 '자연'의 화해, 자연의 품에 안긴 삶을 지향하였다. 김동명(→61)·신석정(→255)과 함께 '3대 전원파 시인'으로 일컬어졌다.

이 밖에 수필 〈우부우화(愚夫寓話)〉(1938), 시 〈노래 잃은 뻐꾹새〉 등이 있으며, 죽은 뒤에 소설집 〈무궁화(無窮花)〉(1957), 〈김상용 전집〉(1983), 시집 〈남으로 창을 내겠소〉(1986) 등이 출판되었다.

그의 묘소가 있는 서울 중랑구(中浪區) 망우동(忘憂洞) 망우리공원에는 〈향수〉가 새겨진 시비(詩碑)가 있다.

한편, 2002년 8월 14일 '나라와 문화를 생각하는 국회의원 모임'·민족문제연구소(民族問題研究所)·민족문학작가회의[民族文學作家會議. 1974년 11월 18일 자유실천문인협의회(自由實踐文人協議會)로 설립되어 1987년 9월 17일 '민족문학작가회의'로 이름을 바꾸었다가 2007년 12월 8일 '한국작가회의'로 다시 이름을 바꾸었다.]·'민족 정기를 세우는 국회 의원 모임'·〈실천문학(實踐文學)〉(계간 문예지. 1980. 3.~현재)이 공동 발표한 '친일(親日) 문학인 42인 명단'에 포함되어 있다.

〈매일신보〉[한국어 일간지. 1904년 7월 18일 배설(裵說, 1872~1909, Ernes Thomas Bethell, 대한제국 때의 영국의 언론인)이 창간한 〈대한매일신보(大韓每日申報)〉를 일제가 사들여 1910년 8월 30일부터 '대한' 두 자를 떼고 〈매일신보(每日申報)〉로 제호(題號)를 바꾸었다가, 1938년 4월 29일

〈매일신보(每日新報)〉로 바뀌었고, 1945년 11월 23일 〈서울신문〉으로 바뀌어 오늘에 이르고 있다.]에 발표한 〈영혼의 정화(淨化)〉(1942. 1. 27.)·〈성업(聖業)의 기초 완성〉(1942. 2. 19.)·〈님의 부르심을 받들고서〉(1943. 8. 4.) 등 모두 3편의 친일 작품이 밝혀져 있다.

71

김소엽

金沼葉 1912. 1. 22. ~ ?

북한의 시인이며 소설가.

본명(本名)은 병국(炳國).

경기도 개성(開城)에서 태어났다.

개성상업학교(開城商業學校) 4년을 수료한 뒤, 1930년(18세) 중국 장쑤성(江蘇省) 상하이(上海)에 있는 신광외국어학교(新光外國語學校) 영문과 2년을 중퇴하였다.

흥사단(興士團)의 국내 단체인 수양동우회(修養同友會) 기관지 〈동광(東光)〉(월간 종합 교양지. 1926. 5.~1933. 1. 통권 40호로 종간) 제36호(1932. 8.)에 시 〈배우에게〉, 제38호(1932. 10.)에 〈흙 한 줌 쥐고〉 등을 발표하여 문단(文壇)에 나왔다.

1934년(22세) 지주(地主)와 관리(官吏)들의 수탈에 저항하는 농민 생활을 그린 〈도야지와 신문〉이 〈조선중앙일보(朝鮮中央日報)〉(일간지. 1933. 3. 7.~1937. 11. 5.) 신춘 문예에 2등으로 당선되면서부터 소설을 썼다. 주로 경향적(傾向的)인 현실주의(現實主義, realism) 소설을 쓴 농민 문학 작가로 알려졌다.

1935년(23세) 〈조선문단(朝鮮文壇)〉(월간 순수 문예지. 1924. 10.~1936. 6. 통권 26호로 종간) 제21호(1935. 2.)에 발표한 〈폐촌(廢村)〉은 그의 대표작이다. 일제(日帝)의 수탈이 극심해지자 어쩔 수 없이 고향을 떠나야 하는 어민들의 비참한 생활을 그린 이 작품을 두고 이병각(李秉珏, 1910~1941, 한국의 시인)은 '가장 자연스러운 필치로 가장 평범하게 입체적으로 그려 낸 현실주의의 전형(典型) 작품'으로 평가하였다.

시보다는 소설에서 두각을 나타냈는데, 〈만구산(萬拘山) 스케취〉[〈중앙(中央)〉 제17호, 1935. 3.], 가난한 여인을 보면서 유한(有閑) 계급과의 불균형에 회의(懷疑)를 느끼는 〈고요한 정원(庭園)〉(〈조선문단〉 제22호, 1935. 4.), 〈끝없는 평행선(平行線)〉(〈조선문단〉 제23호, 1935. 6.), 〈저녁〉[〈신인문학(新人文學)〉 제9호, 1935. 10.], 〈가물치〉[〈신동아(新東亞)〉 제49호, 1935. 11.]·〈딱한 자식〉[〈비판(批判)〉, 1936. 3.]·〈구름다리의 희열(喜悅)〉[〈창작(創作)〉 제2호, 1936. 4.]·〈서울〉[〈조선문학(朝鮮文學)〉 제3~4호, 1936. 8.~9.]·〈누님〉(〈조선문학〉 제6호, 1936. 11.)·〈성열이 부처(夫妻)〉[〈풍림(風林)〉 창간호, 1936. 12.]·〈양(楊) 서방〉[〈조광(朝光)〉 제19호, 1937. 5.]·〈함정(陷穽)〉(〈조선문학〉 제14호, 1937. 8.)·〈그늘 밑에서〉(〈조광〉 제31호, 1938. 5.)·〈바다는 얼어붙고〉(〈조선문학〉 제19호, 1939. 6.)·〈초라한 풍경〉(〈조광〉 제45호, 1939. 7.)·〈수류탄〉(〈조광〉 제47호, 1939. 9.), 농촌을 떠나 도시로 간 주인공이 그곳의 퇴폐적인 현실을 받아들이는 〈파탄(破綻)〉[〈문장(文章)〉 제6호, 1939. 7.], 〈갈매기〉(〈조광〉 제54~55호, 1940. 4.~5.)·〈한교기(閑郊記)〉(〈문장〉 제23호, 1941. 2.)·〈산성(山城)〉[〈춘추(春秋)〉 제26호, 1943. 3.] 등을 발표하였고, 1942년(30세) 작품집 〈갈매기〉[남창서관(南昌書館)]를 펴냈다.

1946년(34세) 2월 8~9일 이틀 동안 조선문학건설본부(朝鮮文學建設本部)와 조선프롤레타리아문학동맹이 함께 전국문학가대회를 개최하여 발족한 좌익(左翼) 문학 단체인 조선문학가동맹[朝鮮文學家同盟, 1945년 12월 6일 '조선문학동맹'으로 결성]에 참여하였고, 단편 〈가화(假花)〉(〈춘추〉 복간 제1호, 1946. 2.)·〈청춘(青春)〉[〈대조(大潮)〉 제2호, 1946. 6.]·〈여운(餘韻)〉[〈개벽(開闢)〉(복간), 1948. 12.]·〈세월(歲月)〉[〈신세대(新世代)〉 제30호, 1949. 1.] 등을 발표하였다. 두드러진 좌익 활동을 보이지는 않았으나 월북(越北)하였고, 그 뒤 뚜렷한 행적을 보이지 않았다.

1960년대에는 단편 〈미루벌의 승리자〉(1964)·〈물메골 사람들〉(1965)·〈바다의 윤리(倫理)〉(1966) 등 식민지 농촌의 수탈상을 고발하는 소설을 지속적으로 발표하였다.

주로 농촌의 현실을 배경으로 농촌 사회에서 흔히 발견할 수 있는 일상적인 차원의 문제에서 출발하여 당대(當代) 사회상(社會相)에 접근하고 있는 작품들의 주제는 현실성을 확보한 장점이 있으나, 소설적 미학의 새로운 가능성을 보여 주고 있는 경우는 많지 않았다. 당시로서는 세련된 묘사와 고유어를 잘 활용하였다.

그 동안 규제 문인으로 묶여 있다가 1988년 7월 정부의 월북 문인 해금(解禁) 조치 발표로 그의 모든 작품이 해금되었다.

72

김소운

金素雲 1908(순종 2). 1. 5. ~ 1981. 11. 2.

한국의 시인이며 수필가·번역 문학가.

본명(本名)은 교중(教重), 호(號)는 소운(巢雲), 필명(筆名)은 삼오당(三誤堂), 본관(本貫)은 김해(金海). 광복된 뒤에 소운(素雲)으로 개명(改名)하였다.

아버지 김옥현(金玉顯)과 어머니 박덕수(朴德水)의 맏아들로, 부산(釜山) 영도(影島)에서 태어났으며, 서울 강남구(江南區) 서초동(瑞草洞)에서 죽었다.

아버지는 을사조약(乙巳條約, 1905. 11. 17.)이 체결된 뒤 탁지부(度支部) 관리(官吏)로 일하다가 친일파(親日派)로 몰려 1910년(2세) 경상남도 진주(晉州)에서 피살되었고, 그 뒤 어머니는 고부(姑婦) 갈등을 겪다가 재혼하여 러시아로 가 버렸다.

영도 옥성보통학교(玉成普通學校) 4년을 중퇴하고, 1920년(12세) 석탄배를 타고 일본으로 밀항(密航)하여 도쿄 가이세이중학교(開成中學校) 야간부에 입학하였다가 1923년(15세) 9월 1일에 일어난 관동 대진재(關東大震災)로 중퇴하였다.

1923년 도쿄에서 시 전문지 〈지조라쿠엔(地上樂園)〉 동인(同人)으로 활동하였고, 국내에서는 〈시대일보(時代日報)〉(일간지. 1924. 3. 31.~1926. 11. 14.)에 시 〈신조(信條)〉를 발표하면서부터 작품 활동을 시작하였다.

1925년(17세) 9월 처녀 시집 〈출범(出帆)〉(부산 경남인쇄회사)을 펴내려다가 인쇄비를 내지 못하여 이루지 못하다가 1926년(18세) 9월 우문관(友文館)에서 펴냈다. 이 시집은 조명희(→453)의 서시(序詩), 안석주[安碩柱, 1901~1950, 한국 소설 삽화의 선구자이며 소설가·영화인. 〈우리의 소원은 통일〉의 작사가. 안석영(安夕影)으로 더 알려졌다.]의 장정(裝幀), 나혜석(羅蕙錫, 1896~1949, 한국의 여류 화가이며 문필가)의 표제지 그림으로 꾸며졌다.

1927년(19세) 조선 민요 번역 원고를 가지고 요양 중이던 기타하라 하쿠슈(→46)를 방문하여 보여 주었는데, 기타하라 하쿠슈는 이 원고를 보고 '이런 훌륭한 시심(詩心)이 조선에도 있었군요.'라면서 감탄하였고, 바로 출판을 위한 출판사를 알아보고 김소운을 소개하는 모임을 열어 일본 문단(文壇)에서 활약할 수 있는 발판을 만들어 주었다. 뒷날 기타하라 하쿠슈는 〈조선 민요집(朝鮮民謠集)〉[도쿄 다이분칸(泰文館), 1929. 7.]에 머리말을 써 주었고, 김소운은 번역 시집 〈조선 시집(朝鮮詩集)〉[도쿄 흥풍관(興風館), 전기(前期) 1943. 8, 중기(中期) 1943. 10. 모두 2권. 1953년 3월 합책(合冊)하여 도쿄 소겐샤(創元社)에서 재간, 1954년 11월 이와나미분코(岩波文庫)에서 재간] 권두(權頭)에 '하쿠슈 선생님의 묘 앞에 바친다'라는 헌시(獻詩)를 넣었다.

1927년 1~6월 〈조선의 농민 가요(朝鮮の農民歌謠)〉를 〈지조라쿠엔〉에 번역·소개하면서 비롯된 한국 문학 번역 작업은 민요·동요·동화·현대시·사화(史話) 등 여러 부문에 걸쳐 폭넓게 이루어졌다. 그 가운데 중요한 것으로 〈조선 민요집〉을 비롯하여 〈언문 조선 구전 민요집(諺文朝鮮口傳民謠集)〉[도쿄 다이이치쇼보(第一書房), 1933. 1.]·〈조선 동요선(朝鮮童謠選)〉[도쿄 이와나미쇼텐(岩波書店), 1933. 1.]·〈조선 민요선(朝鮮民謠選)〉(이와나미쇼텐, 1933. 8.)·〈조선 시집〉 등인데, 모두 뛰어난 번역으로, 한국 문학의 바른 모습을 일본에 알리는 데 크게 이바지하였다.

같은 해 9월 〈지조라쿠엔〉 동인들의 입회(立會)로 사이토 히데사부로(齋藤秀三郎, 1866~1929, 일본의 영문학자이며 교육자)의 제자 오카와 시즈코(小川靜子, 1899~)와 결혼하였다(1944년 1월 이혼).

1929년(21세) 귀국하여 매일신보사(每日申報社)[한국어 일간지. 1904년 7월 18일 배설(裵說, 1872~1909, Ernes Thomas Bethell, 대한제국 때의 영국의 언론인)이 창간한 〈대한매일신보(大韓每日申報)〉를 일제(日帝)가 사들여 1910년 8월 30일부터 '대한' 두 자를 떼고 〈매일신보(每日申報)〉로 제호(題號)를 바꾸었다가, 1938년 4월 29일 〈매일신보(每日新報)〉로 바뀌었고, 1945년 11월 23일 〈서울신문〉으로 바뀌어 오늘에 이르고 있다.] 학예부에서 근무하면서 〈눈〉·〈침통의장(沈痛儀仗)〉·〈호심(湖心)〉 등 생활과 현실에 관한 관념시를 발표하였다.

1930년대에는 일본인 약장수의 교활한 상술(商術)을 다룬 〈사이비(似而非)〉를 쓰면서 수필 문학에도 관심을 보이기 시작하였다.

1931(23세)~1965년(57세) 34년 동안 주로 일본에서 살았으며, 〈언문 조선 구전 민요집〉에 실었던 구전 민요들이 〈가정지우(家庭之友)〉[〈마음새〉·〈아침 이슬〉(창간

호, 1936. 12.), 〈우네 우네〉·〈처자풀이〉(제2호, 1937. 1.), 〈못 가겠네〉(제3호, 1937. 3.)] 등 여러 잡지에 실렸다.

1934년(26세) 서울에서 조선아동교육회(朝鮮兒童教育會)를 설립하고 어린이 교육 기관을 경영하면서 소년 잡지 〈목마(木馬)〉·〈신아동(新兒童)〉·〈아동 세계〉를 펴내는 등 청소년 교육에 힘썼다.

〈전래 동요선(傳來童謠選)〉[박문서관(博文書館), 1939. 5.]·〈구전 민요선(口傳民謠選)〉(박문서관, 1939. 8.)·〈구전 동요선(口傳童謠選)〉(박문서관, 1940. 5.)을 펴냈으며, 일본어 번역 시집 〈우윳빛 구름(乳色の雲)〉[도쿄 가와데쇼보(河出書房), 1940. 5.]·〈조선 민요집〉[도쿄 신초샤(新潮社), 1941. 6.]·〈삼한의 옛 이야기(三韓昔がたり)〉[사화(史話). 도쿄 가쿠슈샤(學習社), 1942. 4. 1985년 도쿄 고단샤(講談社)에서 재간]·〈돌종(石の鐘)〉[동화집. 도쿄 도와쇼인(東亞書院), 1942. 6.]·〈온다 목공(恩田木工)〉[평전. 도쿄 덴유쇼보(天佑書房), 1942. 9.]·〈푸른 잎사귀(青い葉っぱ)〉[동화집. 도쿄 산가쿠쇼보(三學書房), 1942. 11.]·〈조선사담(朝鮮史譚)〉(덴유쇼보, 1943. 1. 1986년 고단샤에서 재간)·〈황소와 흙소(黃色牛と黑い牛)〉(동화집. 덴유쇼보, 1943. 6.) 등 여러 장르의 많은 책을 펴냈다.

1945년(37세) 3월 잠시 귀국하였으며, 1948년(40세) 3월 14일, 그가 발의(發意)하고 박종화(→190)·백기만(→72) 등의 도움으로 대구(大邱) 중구(中區) 달성동(達成洞) 달성공원에 이상화(→378)의 시비(詩碑)를 세웠는데, 이것은 우리나라 최초의 문학비(文學碑)가 되었다. 문학비의 앞면에는 당시 열한 살이던 이상화의 셋째 아들 태희가 쓴 〈나의 침실(寢室)로〉[〈백조(白潮)〉 종간호, 1923. 9. 6.]의 한 구절이 새겨져 있으며, 뒷면에는 김소운이 쓴 그의 일대기가 새겨져 있다.

1948년 9월 서울 명동(明洞)에서 출판사 '청려사(靑驪社)'를 설립하여 〈만화 행진(漫畫行進)〉(1949년 9월 15일 창간된 최초의 주간 만화 잡지)과 주간지 〈청려〉를 발행하였으나, 여수·순천 사건[麗水順天事件, 1948년 10월 19일 여수 지역에 주둔하고 있는 국군 제14연대가 봉기(蜂起)를 일으켜 정부 진압군이 이를 진압한 사건. 여순 사건]이 일어나 가두 판매 금지령으로 폐간되었다.

1950년(42세) 3월에는 〈개판 조선 구전 민요집(改版朝鮮口傳民謠集)〉[영창서관(永昌書館)]을 펴냈다.

그의 활동 분야는 상당히 여러 방면에 걸쳐 있는데, 가장 중요한 것은 일본에 한국 문학을 널리 번역 소개한 것이다. 자의 또는 타의에 의하여 34년 동안 일본에서 살았던 경험을 바탕으로 일본과의 관계를 다룬 글이 많은 것도 그의 문학 활동의 큰 특징인데, 단순하게 반일(反日)이나 친일의 입장을 떠나서 객관적으로 일본을 바로 알고 그들의 장점을 배우자는 처지를 분명히 하고 있다.

또한 일본인들의 지나친 우월감과 한국의 민족 문화에 대하여 이유 없이 멸시하고 있는 것에 대하여 강력한 항의나 분노를 표시하였는데, 그 중에서도 특히 '일본에 보내는 편지'라는 부제(副題)가 붙은 장편 수필 〈목근통신(木槿通信)〉은 1951년(43세) 부산 〈국제신보(國際新報)〉(일간지. 1947. 9. 1.~현재)에 연재된 뒤, 같은 해 11월 가와바타 야스나리(川端康成, 1899~1972. 일본의 소설가. 1968년 노벨 문학상을 받았다.)의 소개로 일본의 월간지 〈주오코론(中央公論)〉에 번역, 소개되어 한·일(韓日) 양국 문단과 일본 사회에 큰 반향(反響)을 불러일으켰다. 1952년(44세) 7월 대구 영웅출판사(英雄出版社)에서 포켓판으로 출판되었고, 그 뒤 1973년(65세) 10월 삼성문화문고(三星文化文庫)에서 재간되었다.

1952년 3월 동화집 〈보리알 한 톨〉[부산 수도문화사(首都文化社)], 4월에는 첫 수필집 〈마이동풍첩(馬耳東風帖)〉[대구 고려서점(高麗書店)]을 펴냈다. 이 해 12월 유네스코(UNESCO. United Nations Educational, Scientific and Cultural Organization, 국제연합교육과학문화기구) 초청으로 이탈리아 북동부 베네토(Veneto) 주의 주도(州都) 베네치아(Venezia)에서 열린 국제예술가회의(國際藝術家會議)에 한국 대표로 참석하였다. 그러나 귀국하던 중 도쿄에서 〈아사히신문(朝日新聞)〉(1879. 1. 25.~현재)과의 인터뷰에서 이승만(李承晩, 1875~1965. 한국의 독립 운동가이며 초대 대통령. 재임 1948~1960) 정권(政權)을 비판한 것이 말썽이 되어 입국 금지를 당하여 다시 13년 동안을 일본에 체류하였다.

1953년(45세) 6월 〈임금의 귀는 당나귀 귀(ろばの耳の王さま)〉(고단샤)를 펴냈으며, 같은 해 12월에 펴낸 〈파를 심은 사람(ネギをうえた人)-조선 민화선(朝鮮民話選)〉(이와나미쇼텐)은 1954년(46세) 4월 일본도서관협의회(日本圖書館協議會)에서 6천 권 중 9권에 선정되는 상을 받았다.

1954년 11월에는 일문(日文) 수필집 〈은수 삼십 년(恩讐三十年)〉[도쿄 다빗도샤(ダヴィット社)], 1955년(47세) 5

월에는 수필집 〈삼오당 잡필(三誤堂雜筆)〉[진문사(進文社)]을 펴냈으며, 7월에는 〈파를 심은 사람〉 영역본이 도쿄 찰스 터틀사(Charles E. Tuttle Co.)에서 출판되었고, 12월에는 수필집 〈희망은 아직 버릴 수 없다(希望はまだ棄てられない)[가와데쇼보. 1964년 3월 같은 제목으로 남향문화사(南鄕文化社)에서 출판]를 펴냈다.

1956년(48세) 4월에는 수필집 〈아시아의 4등 선실(アジアの四等船室)〉(고단샤)을 펴냈으며, 1957년(49세) 5월 혼슈(本州) 서부 오사카(大阪)에 재일 교포 교육을 위한 출판사 코리안 라이브러리사(コリアンライブラリー社)를 설립하고 잡지 〈코리안 라이브러리(Korean Library)〉를 발행하여 주재(主宰)하면서 재일 교포의 조국에 대한 인식을 배양할 목적으로 〈목근 문고(木槿文庫)〉와 〈목근 소년 문고〉를 만들어 〈단종 육신(端宗六臣)〉·〈면의 종류(棉の種)〉·〈민족의 그늘과 양지(民族の日陰と日向)〉·〈세 개의 병(三つの瓶)〉 등을 발간하였다.

1965년 8월 〈이 일본 사람들을 보라〉(수도문화사)를 펴낸 뒤, 같은 해 10월 귀국하여 본격적인 수필 문학에 몰두하였다. 〈건망허망(健忘虛妄)〉(남향문화사, 1966. 1.)·〈일본의 두 얼굴〉[삼중당(三中堂), 1967. 7.], 〈가난한 날의 행복〉 등 가난 속에서 피어난 '따뜻한 부부애'라는 공통된 주제를 다룬 3편의 에피소드로 이루어진 희곡적 수필이 실려 있는 〈물 한 그릇의 행복〉[중앙출판공사(中央出版公社), 1968. 7.], 자전적(自傳的) 수필집 〈하늘 끝에 살아도〉[동화출판공사(同和出版公社), 1968. 11. 신초샤에서 1983년 〈하늘 끝에 살아도(天の涯に生くるとも)〉로 일어 출판], 〈도쿄-그 거대한 촌락(村落)〉[배영사(培英社), 1971. 9.] 등의 수필집을 내놓았으며, 1968년(60세) 5월에는 〈정해 한일 사전(精解韓日辭典)〉[휘문출판사(徽文出版社)]을 펴냈다.

1972년(64세) 7월에는 가와바타 야스나리의 소설을 번역한 〈설국(雪國)·천 마리 학(千羽鶴)〉(동화출판공사), 1974년(66세) 3월에는 수필집 〈밑 없는 항아리〉(중앙출판공사), 7월에는 〈일본이라는 이름의 기차(日本という名の汽車)〉[도쿄 후유키샤(冬樹社)], 1975년(67세)에는 〈한국 미술 전집〉(일본어역, 모두 15권, 동화출판공사, 1975. 5.)을 펴냈다.

1976년(68세) 〈애연 산책(愛煙散策)〉 등 수필 20편을 담은 수필집 〈붓 한 자루〉[범우사(汎友社), 1976. 3.]을 펴냈으며, 3년여의 편집과 번역 끝에 한국과 일본에서 공동 출판한 〈현대 한국 문학 선집(現代韓國文學選集)〉(모두 5권, 동화출판공사와 후유키샤, 1973~1976)은 우리 문학을 일본에 소개해 온 그의 업적을 총결산한 것이라고 할 수 있다. 이 선집으로 1977년(69세) 12월 27일 제18회 한국 번역 문학상을 받았다.

같은 해 수필집 〈외투(外套)-삼오당 수필초(三誤堂隨筆抄)〉[민중서관(民衆書館), 1977. 1.]·〈정원사(庭園師)의 기도(祈禱)만이〉[갑인출판사(甲寅出版社)]·〈토분 수필(兎糞隨筆)〉[민음사(民音社)]을 펴냈다.

1978년(70세)에는 그 동안의 수필을 총정리한 〈김소운 수필 선집(金素雲隨筆選集)〉[모두 5권, 아성출판사(亞成出版社). 제1권 마이동풍첩/삼오당 잡필/목근(木槿)의 뜰(1978. 10.), 제2권 물 한 그릇의 행복/밑 없는 항아리(1978. 2.), 제3권 똥개 열전(列傳)/인생의 여운(餘韻)/고독한 우상(偶像), 제4권, 일본이란 이름의 기차/한국과 일본 사이/도쿄-그 거대한 촌락(1978. 4.), 제5권 역려기(逆旅記)/일그러진 자화상(自畫像)]을 펴냈으며, 이 선집으로 1979년(71세) 3월 10일 제3회 한국 수필 문학상을 받았다. 같은 해 10월 〈김소운 대역 시집(對譯詩集)〉(모두 3권, 아성출판사), 수필집 〈가깝고도 먼 나라에서(近く遙かな國から)〉(신초샤)를 펴냈다.

1980년(72세) 자전적 수필집 〈맨발의 인생 행로〉[중앙일보사(中央日報社), 1980. 1.]와 〈마음의 벽(こころの壁)〉[도쿄 사이마루출판회(サイマル出版會)]을 펴냈으며, 은관 문화 훈장(銀冠文化勳章)을 받았다.

1981년(73세)에는 수필집 〈천 냥으로 못 사는 보배〉(중앙출판공사, 1981. 1.)·〈안개가 걷히는 날(霧が晴れる日)〉(도쿄 사이마루출판회)·〈등불이 지기 전에 젊은이와 인생을 이야기하고 싶다〉(남향출판사)를 펴냈다.

그의 수필은 유려한 필치로 사회와 인생의 문제를 다각적으로 분석하는 것을 특징으로 하고 있으며, 한국 수필 문학사에서 현대를 대표하는 중요한 수필가 가운데 한 사람으로 꼽히고 있다.

이 밖에 평론 〈손톱 위에 쓴 시론(詩論)〉[〈중외일보(中外日報)〉, 1930. 1. 10.]·〈가요 조선의 재출발〉[〈조선중앙일보(朝鮮中央日報)〉, 1934. 3. 6.~3. 12.]·〈조선의 문학을 위하여-현단계의 문학〉(〈매일신보〉, 1935. 1. 8.~1. 9.)·〈신간평(新刊評)-소월 시초(素月詩抄)〉[〈문장(文章)〉, 1940. 3.]·〈상화 시비(相和詩碑)를 끝내고〉[〈신세대(新世代)〉 제23호, 1948. 5.]·〈춘원(春園) 이광수(李光洙)의 편모(片

貌)-푸른 하늘 은하수〉[〈자유세계(自由世界)〉 제1권 제3호, 1952. 4.] 등이 있으며, 죽은 뒤에 번역 시집 〈미당 서정주 시선(未堂徐廷柱詩選)-조선 민들레의 노래(朝鮮タンポポの歌)〉(후유키샤, 1982), 수필집 〈나 자신과의 약속〉(범우사, 1982) 등이 출판되었다.

영도구 동삼동(東三洞) 태종대(太宗臺) 시민소공원과 쌈지공원(1998. 2. 21.)에 시비가 세워졌다.

1945년 11월 재혼한 아내 김한림(金韓林, 1915~1993)은 민주화실천가족운동협의회(民主化實踐家族運動協議會, 1985년 12월 12일 양심수를 후원하기 위하여 결성된 사회 운동 단체)의 전신(前身)인 구속자가족협의회(1974년 9월쯤 창립) 창립을 주도하였고, 딸 김윤(金潤, 1954~2004)은 민청 학련 사건[民青學聯事件, 전국민주청년학생총연맹 사건(全國民主青年學生總聯盟事件), 1974년 4월]으로 복역한 농민 운동가였다.

한편, 그는 2002년 발표된 친일 문학인 42인 명단에 들어 있다. 〈매일신보〉에 발표한 〈야마모도 원수(元帥)의 국장일(國葬日)〉(1943. 6. 8.)·〈재장(齋場)〉(1943. 6. 8.)·〈부조(父祖)의 오명(汚名)을 일소(一掃)〉(1943. 11. 21.) 등 모두 3편의 친일 작품이 밝혀져 있다.

73

김소월

金素月 1902(고종 39). 8. 6.(음)(양력 9. 7.) ~ 1934. 12. 24.

한국의 시인.

본명(本名)은 정식(廷湜), 호(號)는 소월(素月), 본관(本貫)은 공주(公州).

아버지 김성도(金性燾)와 어머니 장경숙(張景淑)의 맏아들로, 외가가 있는 평안북도 구성군(龜城郡) 왕인동(旺仁洞)에서 태어났으며, 백일이 지난 뒤 평안북도 정주군(定州郡) 곽산면(郭山面) 남단동[南端洞, 남산리(南山里)라고도 부른다.] 본가(本家)로 돌아왔다. 이 마을은 공주 김씨들만 백여 호 모여 살던 집성촌(集姓村)이었고, 소월은 문중(門中)의 종손(宗孫)이었다.

1904년(2세) 아버지가 정주와 곽산 사이의 철도를 부설(敷設)하던 일본인 목도꾼들에게 폭행을 당하여 정신병을 앓게 되어, 광산업(鑛山業)을 하던 할아버지의 훈도(訓導)를 받으면서 할아버지가 세운 독서당(讀書堂)에서 한문을 배웠다. 유년기 인격 형성에 가장 큰 영향을 받았던 숙모 계희영(桂熙永)에게 〈삼국지(三國志)〉[중국 진(晉)나라(265~419)의 학자 진수(陳壽, 233~297)가 편찬한 것으로, 〈사기(史記)〉·〈한서(漢書)〉·〈후한서(後漢書)〉와 함께 중국 '전사사(前四史)'로 불린다.]·〈심청전(沈淸傳)〉(지은이나 발표 연대를 알 수 없는 한국의 고전 소설)·〈옥루몽(玉樓夢)〉[남영로(南永魯, 1810~1857, 조선의 문인)가 지은 한국의 고전 소설]·〈장화홍련전(薔花紅蓮傳)〉(지은이나 발표 연대를 알 수 없는 한국의 고전 소설)·〈춘향전(春香傳)〉(지은이나 발표 연대를 알 수 없는 한국의 고전 소설) 등의 옛 이야기를 들으면서 자랐다.

1909년(7세) 문중에서 세운 향리(鄕里)의 남산보통학교(南山普通學校)에 입학, 1915년(13세) 졸업하고 그 해 4월 정주의 오산학교(五山學校) 중학부에 입학하였다. 오산학교 시절에는 조만식(曺晩植, 1882~1950, 한국의 독립운동가이며 교육자·정치가)을 교장으로, 김억(→78)·서춘(徐椿, 1894~1943, 한국의 언론인)·이돈화(李敦化, 1884~?, 한국의 천도교 사상가) 등에게 배웠는데, 학교 성적은 우수하였다. 특히 김억이 그의 시재(詩才)를 인정하여 그의 지도와 영향 아래 시를 썼으며, 뒷날 그의 시에 절대적인 영향을 끼쳤다.

1916년(14세) 할아버지의 뜻에 따라 홍명희(洪命熹, 1888~1968, 장편 소설 〈임꺽정〉의 지은이이며 북한 부수상을 지낸 북한의 소설가이며 정치가)의 딸 홍단실(洪丹實, 1899~?)과 결혼하였다.

1919년(17세) 3·1 운동 직후 일제(日帝)에 의하여 오산학교가 문을 닫자(1920년 9월 다시 개교), 1922년(20세) 서울로 와서 배재학당(培材學堂, 지금의 배재중·고등학교) 5학년에 편입하였다.

1920년(18세) 3월 김억의 추천으로 〈창조(創造)〉(문예동인지. 1919. 2.~1921. 5. 통권 9호로 종간) 제5호에 〈그리워〉·〈낭인(浪人)의 봄〉·〈야(夜)의 우적(雨滴)〉·〈오과(午過)의 읍(泣)〉·〈춘강(春崗)〉 등 5편을 발표하여 등단(登壇)하였다. 또한 같은 해 〈학생계(學生界)〉(월간 학생잡지. 1920. 7.~1924. 6. 통권 22호로 종간) 창간호에 〈거친 풀 흐트러진 모래동(洞)으로〉·〈만나려는 심사(心思)〉·〈죽으면〉, 제3호(1920. 10.)에 산문 〈춘조(春朝)〉 등을 발표하여 주목을 끌었는데, 모두 오산학교 재학시절에 쓴 작품이었다. 이 때부터 작품 발표가 활발해졌는데, 〈동아일보(東亞日報)〉에 〈바람의 봄〉(1921. 4. 9.)·〈꿈〉(1921. 6. 8.)·〈바다〉(1921. 6. 14.) 등을 발표하였고, 1922년 〈개벽(開闢)〉(우리나라 최초의 월간 종합 교양지. 1920. 6.~1926. 8. 통권 72호로 종간. 속간 1934. 11.~1935. 2. 통권 4호로 종간. 복간 1946. 1.~1949. 3. 통권 9호로 종간) 제19호(1922. 1.)에 〈개아미〉·〈금잔디〉·〈달맞이〉·〈엄마야 누나야〉, 제24호에 〈공원(公園)의 밤〉(1922. 6.)·〈닭은 꼬꾸요〉·〈먼 후일(後日)〉·〈밤 제물포(濟物浦)에서〉·〈봄밤〉·〈새벽〉·〈첫 치마〉 등을 발표하였다.

제25호(1922. 7.)에는 떠나는 임을 진달래로 축복하는, 서정시의 기념비적 작품인 〈진달래꽃〉을 비롯하여 〈강촌(江村)〉·〈개여울〉·〈님과 벗〉·〈장별면(將別面)〉·〈제비〉, 3·1 운동 이후의 시대적 분위기를 반영하고 있는 느낌을 주는 단편 소설 〈함박눈〉(제28호, 1922. 10.), 산문시(散文詩, prose poem) 〈깊은 구멍〉·〈꿈자리〉 등을 발표하여 중앙 문단으로부터 크게 각광을 받았으며, 민요 시인으로 전통적인 한(恨)의 정서를 여성적 정조(情調)로써 민요적인 율조와 민중적인 정감을 표출하였다는 점에서 특히 주목을 받았다.

1923년(21세) 배재학당을 졸업한 뒤 일본으로 유학하여 도쿄상과대학(東京商科大學) 전문부에 입학하였으나, 이 해 9월 1일에 일어난 관동 대진재(關東大震災)로 학교를 그만두고 고향으로 돌아와, 할아버지가 경영하는 광산일을 도왔다.

같은 해 〈배재〉 제2호(1923. 3.)에 시 〈길손〉·〈달밤〉·〈접동새〉와 모파상(Guy de Maupassant, 1850~1893, 프랑스의 소설가)의 소설을 번역한 〈떠돌아가는 계집〉, 〈신천지(新天地)〉(월간 종합 교양지. 1921. 7.~1923. 8. 통권 8호로 종간)에 〈왕십리(往十里)〉(1923. 8.) 등을 발표하였고, 〈개벽〉 제40호(1923. 10.)에 설움과 애한(哀恨)의 민요적 정서가 깃들인 〈예전엔 미처 몰랐어요〉를 비롯하여 〈가는 길〉·〈님의 노래〉·〈못 잊어 생각이 나겠지요〉(제목은 '思欲絕')·〈바라건대는 우리에게 우리의 보습 대일 땅이 있었더면〉[1925년 12월 매문사(賣文社)에서 출판한 〈진달래꽃〉에도 수록]·〈삭주 구성(朔州龜城)〉·〈산(山)〉·〈옛 이야기〉·〈자나 깨나 앉으나 서나〉·〈해가 산마루에 저물어도〉 등을 발표하였다.

1924년(22세) 〈진달래꽃〉의 무대인 영변(寧邊)을 잠깐 다녀왔으며, 같은 해 김관호(金觀鎬, 1890~1959, 한국의 서양화가)·김동인(金東仁, 1900~1951, 한국의 소설가)·김억·김여제(金輿濟, 1893~?, 한국의 시인이며 교육자)·김찬영(金贊永, 1893~1960, 한국의 문학 평론가이며 극작가·서양화가)·이광수(李光洙, 1892~1950, 한국의 소설가)·오천석(吳天錫, 1901~1987, 한국의 교육학자)·임장화[林長和, ?~?, 한국의 소설가이며 문학 평론가. 〈영대(靈臺)〉 편집인 겸 발행인]·전영택(田榮澤, 1894~1968, 한국의 소설가이며 목사)·주요한(→466) 등과 〈영대〉(문예 동인지. 1924. 8.~1925. 1. 통권 5호로 종간) 동인(同人)으로 활동하면서 인간과 자연을 같은 차원으로 보는 동양적인 사상이 깃들인 〈산유화(山有花)〉(제3호, 1924. 10.)를 비롯하여 〈꽃촉(燭)불 켜는 밤〉·〈나무리벌 노래〉(〈동아일보〉)·〈남의 나라 땅〉·〈무신(無信)〉·〈밭고랑 위에서〉(제3호, 1924. 10.)·〈생(生)과 사(死)〉·〈이요(俚謠)〉 등을 발표하였다.

광산업의 실패로 가세(家勢)가 크게 기울어져 1925년(23세) 처가(妻家)인 구성군 서산면(西山面)으로 이사하였다. 이 무렵에도 계속하여 〈길〉[〈문명(文明)〉 창간호, 1925. 12.]·〈물마름〉[〈조선문단(朝鮮文壇)〉 창간호, 1924. 10.]·〈서도 여운(西道餘韻)-옷과 밥과 자유(自由)〉[〈동아일보〉, 1925. 1. 1. 〈백치(白雉)〉 제2호(1928. 7.)에 〈옷과 밥과 자유〉로 재수록], 시혼(詩魂)의 음영(吟詠)과 정조(情調)를 강조한 시론(詩論) 〈시혼〉(〈개벽〉 제59호, 1925. 5.), 〈지연(紙鳶)〉(〈문명〉)·〈천리만리〉·〈초혼(招魂)〉(〈진달래꽃〉, 1925. 12.) 등을 발표하였다.

같은 해 12월 생전에 펴낸 그의 유일한 시집 〈진달래꽃〉(매문사)을 펴냄으로써 시작(詩作) 활동의 절정에 이르렀다. 〈진달래꽃〉에는 그 동안 써 두었던 〈무언(無言)〉·〈옛 임을 따라가다가 꿈 깨어 탄식(嘆息)함이라〉 등 126편이 실려 있다. 이 시집은 그의 전반기의 작품 경향을 드러내고 있으며, 당시 시단(詩壇)의 수준을 한층 향상시킨 작품집으로서 우리 시단의 이정표(里程標) 구실을 한다.

1926년(24세) 8월, 땅을 팔아 구성군 남시(南市)에서 동아일보사 지국(支局)을 개설하여 경영하였으나 운영에 실패하여 1927년(25세) 3월 문을 닫고 심한 염세증(厭世症)에 젖어들었으며, 같은 해 8월 26일 나도향의 요절(夭折)로 실의(失意)의 나날을 술로 달래는 생활에 빠져들었다.

1930년대에 들어서 작품 활동은 저조해졌고, 거기에 생활고까지 겹쳐 삶에 대한 의욕을 잃고 고향 곽산으로 돌아갔다. 1934년(32세) '1934년 5월 26일 밤'이라고 날

짜가 적힌 편지 '파인(巴人) 김동환(→63) 님에게'를 썼으며, 이 해 추석 전날인 9월 21일 스승 김억에게 절망적인 편지를 보냈다.[두 편 모두 〈삼천리(三千里)〉 제10권 제10호(1938. 10.)에 실려 있다.]

같은 해 12월 23일 아내 홍단실과 함께 취하도록 술을 마시고, 이튿날 새벽 아편을 먹고 자살(自殺)한 시체로 발견되었다.

처가가 있는 구성군 서산면 평지동(平地洞) 터진고개에 안장(安葬)되었다가 평지동 왕릉산(王陵山)으로 이장(移葬)되었다.

문단 생활은 불과 5~6년에 지나지 않았으나 그 짧은 동안에 무려 154편의 시를 남겼다.

삶에 대한 깨달음은 〈금잔디〉·〈달맞이〉·〈산유화〉·〈첫 치마〉 등에서 피고 지는 꽃의 생명 원리, 태어나고 죽는 인생 원리, 생성하고 소멸하는 존재 원리에 관한 통찰(洞察)에까지 이르고 있음을 보여 준다. 또한 시 〈꽃 촉불 켜는 밤〉·〈먼 후일〉·〈못 잊어〉·〈예전엔 미처 몰랐어요〉·〈진달래꽃〉 등에서는 만나고 떠나는 사랑의 원리를 통한 삶의 인식을 보여 줌으로써 단순한 민요 시인의 차원을 넘어서는 시인으로 평가되고 있다. 이러한 삶에 대한 인식은 시론 〈시혼〉에서 역설적 상황을 지닌 '음영의 시학(詩學)'이라는, 상징 시학으로 전개되어 있다.

시집 〈진달래꽃〉 이후의 후기 시에서는 현실 인식과 민족주의(民族主義, nationalism) 색채가 강하게 부각된다. 민족혼에 대한 신뢰와 현실 긍정적인 경향을 보인 시로는 〈들도리〉(1925)·〈건강한 잠〉(1934)·〈상쾌한 아침〉(1934)을 들 수 있고, 삶의 고뇌를 노래한 시로는 〈돈과 밥과 맘과 들〉(1926)·〈팔벼개 노래〉(1927)·〈돈 타령〉(1934)·〈삼수 갑산(三水甲山)-차안서 선생 삼수갑산운(次岸曙先生三水甲山韻)〉[〈신인문학(新人文學)〉, 제3호, 1934. 11.] 등을 들 수 있다.

이 밖에도 〈가는 봄 삼월〉·〈가막덤불〉·〈가을〉·〈가을 저녁에〉·〈개여울의 노래〉·〈고독(孤獨)〉·〈고락(苦樂)〉(1934)·〈고적(孤寂)한 날〉·〈고향(故鄕)〉·〈구름〉·〈기분 전환〉·〈기억(記憶)〉·〈기회〉·〈길차부(車夫)〉·〈깊고 깊은 언약〉·〈꿈꾼 그 옛날〉·〈나의 집〉·〈낙천(樂天)〉·〈닭소래〉·〈담배〉·〈두 사람〉·〈등불과 마주 앉았으려면〉·〈만리성(萬里城)〉·〈무심(無心)〉·〈바다가 변하야 뽕나무밭 된다고〉·〈바닷가의 밤〉·〈박넝쿨 타령〉[〈여성(女性)〉 제39호, 1939. 6.]·〈반달〉·〈밤〉·〈벗 마을〉·〈봄 못〉(〈조선문단〉 제17호, 1926. 6.)·〈봄비〉·〈부귀공명(富貴功名)〉·〈부칭추평(不稱錐枰)〉·〈부헝새〉·〈불운(不運)에 우는 그대여〉·〈붉은 조수(潮水)〉·〈생(生)과 돈과 사(死)〉(1934)·〈세모감(歲暮感)〉·〈수아(樹芽)〉·〈술〉(〈여성〉 제40호, 1939. 7.)·〈술과 밥〉(〈여성〉 제44호, 1939. 11.)·〈어버이〉·〈어인(漁人)〉·〈엄숙〉·〈여수(旅愁)〉·〈오는 봄〉·〈오시는 눈〉·〈잊었던 맘〉·〈자전거〉·〈절제(節制)〉·〈제이·엠·에쓰〉(1934)·〈추회(追懷)〉·〈풀따기〉·〈항전애창(巷傳哀唱) 명주딸기〉·〈황촉불〉·〈흘러가는 물이라 맘이 물이면〉 등이 있다.

시의 율격(律格)은 삼음보격(三音步格)을 지닌 7·5조의 정형시로서 자수율(字數律)보다는 호흡률(呼吸律)을 통하여 자유롭게 성공시켰으며, 민요적 전통을 계승 발전시킨 독창적인 율격으로 평가된다. 또한 임을 그리워하는 여성 화자(女性話者)의 목소리를 통하여 향토적 소재와 설화적(說話的) 내용을 민요적 기법으로 표현함으로써 민족적인 정감을 눈뜨게 하였다.

조연현(→459)은 '그 왕성한 창작적 의욕과 그 작품의 전통적 가치를 고려해 볼 때, 1920년대에 있어서 천재라는 이름으로 불릴 수 있는 거의 유일한 시인'이라고 평하였다. 짙은 향토성을 전통적인 서정으로 노래한 그의 시는 오늘날에도 많은 독자를 확보하고 있다.

생전에 펴낸 〈진달래꽃〉 외에 김억이 펴낸 〈소월 시초(素月詩抄)〉[박문서관(博文書館), 1939]를 비롯하여 〈진달래꽃〉[숭문사(崇文社), 1950. 2.]·〈소월 민요집〉[산호장(珊瑚莊), 1948. 1.]·〈정본(定本) 소월 시집〉[정음사(正音社), 1956. 10.]·〈소월 시선(素月詩選)〉[여원사(女苑社), 1957. 12.]·〈초혼〉[박영사(博英社), 1958. 11.]·〈못 잊어〉[성문사(成文社), 1959. 1.]·〈님의 노래〉[경문사(耕文社), 1959. 2.]·〈기억〉[문양사(文陽社), 1959. 12.]·〈그리움〉[문화공론사(文化公論社), 1977]·〈그리워〉[서림문화사(瑞林文化社), 1977]·〈산유화〉[혜원출판사(惠園出版社), 1978]·〈영원한 소월의 명시(名詩)〉(혜원출판사, 1978)·〈진달래꽃〉[동서문화사(東西文化社), 혜원출판사, 1978]·〈김소월〉[지식산업사(知識産業社), 〈한국 현대 시문학 대계(韓國現代詩文學大系)〉 제6권, 1980] 등이 잇달아 출판되었고, 특히 1969년 숙모 계희영이 장문각(章文閣)에서 〈내가 기른 소월〉·〈소월 선집(素月選集)〉을 펴냈다.

1981년 금관 문화 훈장(金冠文化勳章)이 추서(追敍)되었으며, 1987년 문학사상사(文學思想社)에서는 그의 문학적 업적과 그 정신을 기리기 위한 '소월 시문학상'을 제정하여 해마다 시상하고 있다.

1968년 한국일보사(韓國日報社)에서 서울 용산구(龍山區) 후암동(厚岩洞) 남산도서관(南山圖書館) 앞에 세운 시비(詩碑)를 비롯하여 부산 부산진구(釜山鎭區) 초읍동(草邑洞) 부산어린이대공원 '시가 있는 숲'(1991), 대전(大田) 배재대학교(培材大學校), 경기도 과천시(果川市) 막계동(莫溪洞) 서울대공원 밤나무숲, 경상남도 창녕군(昌寧郡) 고암면(高岩面) 감리(甘里) 삼림욕공원, 전라북도 군산시(群山市) 내흥동(內興洞) 금강(錦江) 하구 진포(鎭浦) 시비공원에 〈산유화〉, 모교(母校) 배재고등학교, 부산 부전동(釜田洞) '만남의 광장', 대구(大邱) 달성군(達城郡) 유가면(瑜伽面) 양리(陽里) 비슬산(琵瑟山) 유가사(瑜伽寺) 일연공원(一然公園) 산책로, 경기도 부천시(富川市) 원미구(遠美區) 춘의동(春衣洞) 진달래꽃동산, 경상북도 김천시(金泉市) 대항면(代項面) 운수동(雲水洞) 직지문화공원(直指文化公園), 충청남도 청양군(靑陽郡) 청양읍 군량리(軍糧里) 고운식물원, 충청북도 음성군(陰城郡) 생극면(笙極面) 관성리(館成里) 큰바위얼굴조각공원에 〈진달래꽃〉, 서울 성동구(城東區) 행당동(杏堂洞) 소월아트홀에 〈왕십리〉, 부산 부산진구 부전동 '만남의 광장'에 〈먼 후일〉, 서구(西區) 서대신동(西大新洞) 구덕문화공원(九德文化公園)에 〈가는 길〉, 강원도 춘천시(春川市) 서면(西面) 금산리(錦山里) 북한강변 문학공원(北漢江邊文學公園)(2011. 9. 30.), 충청남도 홍성군(洪城郡) 결성면(結城面) 성곡리(城谷里) 민족시비공원(民族詩碑公園)에 〈바라건대는〉, 큰바위얼굴조각공원에 〈먼 후일〉·〈엄마야 누나야〉, 전라남도 구례군(求禮郡) 마산면(馬山面) 황전리(黃田里) 화엄사(華嚴寺) 입구 '시비 동산'에 〈초혼〉이 새겨진 시비들이 있다.

한편, 소월이 1921년(19세) 〈학생계〉 4, 5, 12월호에 차례로 발표하였던 〈궁인창(宮人唱)〉·〈마주석(磨住石)〉·〈서울의 거리〉가 〈문학사상〉(월간 순수 문예지. 1972. 10.~현재) 2004년 5월호에 공개되었다. 이 시들은 1975년 친필(親筆)로 남긴 미발표 유고시(遺稿詩) 50여 편이 발굴된 뒤 30년 만에 찾아 낸 것이다. 〈궁인창〉은 민요시 계열이지만 문학적 수준은 다소 떨어지며, 〈마주석〉은 그의 시 가운데 예외적으로 사물에 대하여 인식론적 의미를 탐구한 작품이다. 〈서울의 거리〉는 민요적 율조를 가진 다른 시들과 달리 사람들과 전차 등으로 북적거리는 여름밤 서울의 거리를 39행에 이르는 자유시 형태로 쓴 것이다.

또한 이 잡지는 소월의 자손들에 대한 자료도 소개하고 있다. 이 자료는 1966년 5월 10일부터 7월 2일 사이, 북한의 주간 〈문학신문(文學新聞)〉이 12회에 걸쳐 연재한 탐방기 '소월의 고향을 찾아서'에 실려 있는 것으로, 남서동과 평지동 일대에 남아 있는 소월의 생가(生家)와 분묘를 찾고, 당시 생존하고 있던 소월의 자녀 등을 만난 내용을 담고 있다. 이 기록에 따르면, 맏아들 준호(俊鎬)는 고향 농장의 목수, 둘째 아들 은호(銀鎬)는 평안북도 경공업총국(輕工業總局)의 상급 지도원, 유복자(遺腹子)였던 넷째 아들 낙호(洛鎬)는 평양(平壤)의 설계 연구기관의 연구사였다. 고향 근처 문장리에 살았던 딸 구원(龜元)과, 손자·손녀인 영실·정옥·영철들의 이름도 나온다.

또한 이 기록에는 '素月'이라는 호가 고향 마을에 있는 산으로, '진달래봉'으로 일컬어지는 '소산(素山)에 뜬 달'이라는 의미라고 밝히고 있다. 생가는 한국 전쟁(Korean War, 1950. 6. 25.~1953. 7. 27.) 때 일부 파괴되었으나 맏아들 준호가 복원하였고, '문예총[文藝總, 1946년 3월 25일 '북조선예술총연맹'으로 결성, 1946년 10월 '북조선문학예술총동맹'으로 개칭, 1951년 3월 '조선문학예술동맹'으로 개편, 1961년 3월 2일 '조선문학예술총동맹(문예총)'으로 부활]' 산하 조선작가동맹 이름으로 세워진 분묘 앞 시비에는 〈초혼〉 전문(全文)이 새겨져 있다는 내용도 담고 있다.

셋째 아들 정호(正鎬, 1932~2006)는 한국 전쟁이 일어났을 때 어머니의 강권으로 인민군에 입대하였다가 반공 포로로 풀려났다. 그 뒤 국군에 자진 입대하여 1955년에 제대하였고, 교통부 임시직, 레코드 외판원 등으로 매우 어렵게 살다가 서울 봉천동(奉天洞) 셋집에서 죽었다.

74

김수돈

金洙敦 1917. 3. 21. ~ 1966. 7. 4.

한국의 시인.

호(號)는 화인(花人), 본관(本貫)은 김해(金海).

아버지 김종두(金宗斗)와 어머니 황예분(黃禮分)의 외아들로, 경상남도 마산[馬山, 지금의 창원시(昌原市) 마산합포구(馬山合浦區)] 오동동(午東洞)에서 태어났으며, 마산도립병원(馬山道立病院)에서 죽었다.

1931년(14세) 일본으로 유학하여 1936년(19세) 나고야중학교(名古屋中學校)를 졸업하고 귀국하여 그 해 5월 마산 창신학교(昌新學校)에서 교편(敎鞭) 생활을 하다가 1939년(22세) 그만두었다.

1939년 정지용(→445)의 추천으로 시 〈고향(故鄕)〉·〈낙타(駱駝)〉·〈동면(冬眠)〉·〈소연가(召燕歌)〉 등이 〈문장(文章)〉(월간 순수 문예지. 1939. 2.~1941. 4. 통권 26호로 종간) 제4호(1939. 5.)에 추천되어 등단(登壇)하였다.

같은 해 다시 일본으로 가서 도쿄 니혼대학(日本大學) 고등사범부(高等師範部) 수신공민과(修身公民科)에 입학하였으나 중퇴하고 귀국하였다.

1940년(23세) 윤계봉(尹桂鳳)과 결혼하였고, 1942년(25세) 마산의 의신유치원(義信幼稚園) 교무 주임을 하다가, 같은 해 4월부터 1946년(29세) 8월까지 경성인문중학교(京城人文中學校)·경남여자중학교(慶南女子中學校)·동래중학교(東萊中學校) 등에서 교편을 잡았다.

1946년 4월 4일에는 김진섭(金晋燮, 1903~?, 한국의 수필가이며 독문학자)·박종화(→190)·이하윤(→408) 등이 중심으로 있던 중앙문화협회(中央文化協會)의 불투명한 성격을 거부하고, 곽종원(郭鍾元, 1915~2001, 한국의 문학 평론가)·곽하신(郭夏信, 1920~?, 한국의 소설가)·김갑순(金甲順)·김광주(→51)·김남중(金南中, 1917~1987, 한국의 언론인이며 수필가)·김달진(→58)·김동리(→60)·김상옥(→69)·김춘수(→95)·김현승(→99)·박두진(→177)·박목월(→178)·박용덕[朴容德, ?~?, 〈단층(斷層)〉 편집·발행인]·박용구(朴容九, 1923~1999, 한국의 소설가)·백완기(白完基, 1914~?, 한국의 문학 평론가)·서정주(→226)·설창수(→230)·여세기(呂世基)·오영수(吳永壽, 1914~1979, 한국의 소설가)·유동준(俞東濬, 1921~, 한국의 문학 평론가)·유치환(→350)·이경순(李敬純, 1905~1985, 한국의 교육자이며 시인)·이광래(李光來, 1908~1968, 한국의 연극인)·이설주(李雪舟, 1908~2001, 한국의 시인)·이영도(→384)·이윤수(李潤守, 1914~1997, 한국의 시인)·이재춘(李在春)·이정호(李正浩, 1927~1991, 한국의 시인이며 언론인)·이한직(→409)·임서하(任西河, ?~?, 한국의 소설가)·정진업(鄭鎭業, 1916~1983, 한국의 시인이며 연극인)·조연현(→459)·조지훈(→461)·조진대(趙眞大, 1920~?, 한국의 소설가)·조향(→463)·최인욱(崔仁旭, 1920~1972, 한국의 소설가)·최태응(崔泰應, 1917~1998, 한국의 소설가)·황순원(→521) 등과 함께 조선청년문학가협회(朝鮮靑年文學家協會)를 결성[1949년 12월 17일 한국문학가협회(韓國文學家協會)가 결성됨에 따라 발전적으로 해산]하여 활동하였다.

같은 해 김춘수·박목월·서정주·유치환·이호우(→410)·조향 등과 함께 〈노만파(魯漫派)〉(시 동인지. 제4호 발간 후 폐간) 동인(同人)으로 활동하였다.

1947년(30세) 2월에 펴낸 처녀 시집 〈소연가〉[문예신문사(文藝新聞社)]는 여인과 꽃을 동일시한 탐미적(耽美的)·낭만적인 미학(美學)을 화사하게 보여 주었다.

1951년(34세) 전국문화단체총연합회(全國文化團體總聯合會, 文總) 중앙 위원이 되었고, 계속하여 진해고등학교(鎭海高等學校)·경남여자고등학교·마산제일여자고등학교(馬山第一女子高等學校) 등 여러 학교에서 교원(敎員)으로 있었다.

여러 문예지와 신문에 〈낙엽(落葉)처럼〉·〈숲〉·〈아름다운 계절(季節)에〉[〈현대문학(現代文學)〉 제28호, 1957. 4.]·〈당신의 미소는〉(〈현대문학〉 제33호, 1957. 9.)·〈꽃밭에 들어서〉(〈현대문학〉 제49호, 1959. 1.)·〈유서(遺書)〉·〈희고 슬픈 비여〉 등 사랑과 연인(戀人)을 노래한 낭만적인 시를 발표, 서정적이고 귀족적인 시 세계를 구축하였다. 이러한 특징은 1953년(36세) 2월에 펴낸 제2집 〈우수(憂愁)의 황제(皇帝)〉[대한문화사(大韓文化社)]에 잘 드러나 있는데, 여기에는 인간애를 바탕으로 한 관능(官能)의 미학(美學)을 시로 형상화하였다.

1960(43세)~1966년(49세)에는 경남대학교(慶南大學校)에서 강의하면서, 1963년(46세) 제2회 경남 문화상(문학부문)을 받았고, 1964년(47세)에는 한국문인협회(韓國文人協會, 文協) 마산 지부장을 맡았다.

낭만과 지나친 센티멘털리즘으로 특징지어지는 그의 시 세계처럼 술과 꽃과 여인과 고향을 사랑한 관능적인 낭만주의(浪漫主義, romanticism) 시인으로, 실생활에서도 무절제한 폭음을 일삼아 숙환인 폐병과 신경통이 악화되어 죽었다.

이 밖의 작품으로 〈거리(距離)〉(1958)·〈풍경(風景)〉(1958)·〈너의 영혼과 함께〉 등이 있다.

마산 무학산(舞鶴山) 학봉(鶴峰) 등산로 중간쯤의 묘소 앞 묘비에 〈고향〉이 새겨졌으며, 1974년 4월 28일 마산합포구 산호동(山湖洞) 산호공원 '시의 거리'에 〈우수의 황제〉가 새겨진 시비(詩碑)가 세워졌다.

75

김수영

金洙暎 1921. 11. 27. ~ 1968. 6. 16.

한국의 시인.

본관(本貫)은 김해(金海).

지주(地主)였던 아버지 김태욱(金泰旭)과 어머니 안형순(安亨順)의 8남매 중 맏아들로, 서울 종로구(鐘路區) 관철동(貫鐵洞)에서 태어났다.

1928년(7세) 어의동공립보통학교[於義洞公立普通學校, 지금의 효제초등학교(孝悌初等學校)]에 입학하였고, 6학년 때 뇌막염을 앓아 학교를 1년 쉬었다가, 1935년(14세) 선린상업고등학교(善隣商業高等學校) 야간부에 들어가 1941년(20세) 졸업하였다. 선린상고 시절에는 와일드(Oscar Wilde, 1854~1900, 아일랜드 시인이며 소설가 · 극작가 · 문학 평론가)의 원문들을 외워 읽을 만큼 영어 성적이 뛰어났다.

1942년(21세) 일본으로 유학하여 도쿄상과대학(東京商科大學) 전문부에 입학하였고, 미즈시나 하루키(水品春樹, 1899~1988, 일본의 무대 감독)에게 연극을 배웠다.

1943년(22세) 겨울, 학도병(學徒兵) 징집(徵集)을 피하여 귀국하였다가 1944년(23세) 가족들과 함께 만주(滿洲) 지린성(吉林省)으로 이주하여 교원(教員) 생활도 하였으며 연극 운동도 하였다.

광복과 함께 귀국하여 연희전문학교[延禧專門學校, 연세대학교(延世大學校)의 전신(前身)] 영문과 4년에 편입하였으나 중퇴하였다.

1946년(25세) 〈예술부락(藝術部落)〉(월간 종합 문예지, 1946. 1.~6. 통권 3호로 종간)에 시 〈묘정(廟庭)의 노래〉를 발표하면서 본격적인 시작(詩作) 활동에 들어가, 1949년(28세) 4월 김경린(金璟麟, 1918~?, 한국의 시인) · 박인환(→188) · 양병식(梁秉植) · 임호권(林虎權) 등과 함께 펴낸 신시론(新詩論) 동인(同人)들의 합동 시집 〈새로운 도시(都市)와 시민(市民)들의 합창(合唱)〉[도시문화사(都市文化社)]에 〈공자(孔子)의 생활난(生活難)〉 · 〈아메리카 타임지〉를 발표함으로써 모더니스트로서 주목을 끌었다. 이 무렵의 작품으로 〈가까이 할 수 없는 서적〉(1947) · 〈이(虱)〉(1947) · 〈웃음〉(1948) · 〈토끼〉(1949) 등이 있다.

그의 시는 사물에 대한 올바른 인식을 꾀하려는 진지한 태도를 보여 주며, 당시 모더니스트의 일반적인 경향인 도시 문명의 비판과 신기성(新奇性), 암담하고 불안한 시대 사조(思潮) 등을 반영하였으나, 유행이나 시사성(時事性)에 물들지 않고, 새로운 시대의 전진로를 개척하고 설익은 생경성(生硬性)을 극복하였다는 점에서 중요한 의의를 갖는다.

1950년(29세) 김현경(金顯敬, 1927~)과 결혼하여 서울 성북구 돈암동(敦岩洞)에 신혼 살림을 차렸고, 서울대학교 의과대학 부속 간호 학교 영어 강사로 출강하였다.

한국 전쟁(Korean War, 1950. 6. 25.~1953. 7. 27.) 때 미처 피난하지 못하여 북한군에 징집되어 의용군으로 끌려갔다가 거제도(巨濟島) 포로 수용소에서 석방되었다. 그 뒤 미8군의 통역, 공무원, 모교(母校)에서의 교편(教鞭) 생활, 잡지사, 평화신문사(平和新聞社) 문화부 차장 등 여러 직장을 옮겨 다녔다. 이 무렵을 전후하여 〈거리〉(1953) · 〈긍지(矜持)의 날〉(1955. 2.) 등을 발표하였고, 1950년대 후반부터는 모더니스트들이 지닌 관념적인 생경성을 벗어나 격변하는 사회 속에서 겪어야 하였던 지성(知性)의 방황과 번민을 풍자적이며 지적(知的)인 언어로 시화(詩化)하였다.

1956년(35세) 이후에는 집에서 닭을 기르며 시를 쓰는 일과 번역에 전념하였다.

1957년(36세)에는 김경린 · 김규동(→53) · 김종문(→87) · 김춘수(→95) · 이상로(→375) · 이인석(→394) · 이홍우 · 임진수(林眞樹, 1926~?, 한국의 시인이며 언론인) 등과 9인 시집 〈평화에의 증언(證言)〉[삼중당(三中堂), 1957. 12.]을 펴냈고, 이어서 〈봄밤〉(〈현대문학〉 제36호, 1957. 12.) · 〈영교일(靈交日)〉 · 〈예지(叡智)〉 등을 발표하였다. 같은 해 〈꽃〉 · 〈눈〉[〈문학예술(文學藝術)〉, 1957. 4.] · 〈동백(冬柏)〉 · 〈병풍(屛風)〉[〈현대문학(現代文學)〉 제14호, 1956. 2.] · 〈봄밤〉 · 〈생활〉 · 〈폭포(瀑布)〉(1957) 등으로 제1회 한국시인협회상(韓國詩人協會賞)을 받았다.

1959년 1월에 펴낸 〈달나라의 장난〉[춘조사(春潮社), '오늘의 시인 총서' 제1권]은 1948년(26세)부터 여러 잡지와 신문 등에 발표되었던 것을 추려 엮은, 시적(詩的) 성과를 실은 처녀 시집이다. 〈거미〉 · 〈광야(曠野)〉 · 〈꽃〉 · 〈서시(序詩)〉 · 〈아버지의 사진(寫眞)〉(1949) · 〈토끼〉·〈달나라의 장난〉(1953)·〈헬리콥터〉(1955)·〈병풍〉·〈눈〉·〈봄밤〉·〈폭포〉·〈사령(死靈)〉(1959)·〈자장가〉(〈현대문학〉 제51호, 1959. 3.)·〈달밤〉(〈현대문학〉 제57호, 1959. 9.) 등 발표 연도순으로 40여 편이 실려 있다.

광복 이후 시인 가운데 김춘수와 함께 중요한 역할을 한 문학적인 업적은 '반시론(反詩論)'에 있다. 그의 반시론은 1960년대 시의 주류인 참여 시론을 대변(代辯)하는 것이었다. 1960년대에 들어서면서 자신의 시적 경향, 즉 모더니즘을 청산하고 현실과 역사, 시대와 사회에 대하여 관심을 가졌다.

1950년대의 지적 번민 속에서 성숙해 온 그가 본격적인 자신의 세계를 구축할 수 있었던 계기가 된 것은 1960년(39세)의 4·19 혁명이며, 평등한 삶을 실현하고자 하는 자유를 위한 이 혁명에서 시적 열정을 얻었다. 강렬한 현실 비판 의식과 저항 정신에 뿌리박은 시적 탐구는 그로 하여금 1960년대 참여파 시인의 전위적(前衛的) 구실을 담당하게 하였다. 이러한 작품으로 〈푸른 하늘을〉(1960)·〈후란넬 저고리〉(1963)·〈강가에서〉(1964)·〈거대한 뿌리〉(1964)·〈그 방법을 생각하며〉·〈어느 날 고궁을 나오면서〉(1965)·〈엔카운터(Encounter)〉(1966)·〈풀〉(〈창작과비평〉 가을호, 1968), 평론 〈지식인의 사회 참여〉[〈사상계(思想界)〉 제177호, 1968. 1.] 등을 들 수 있다.

또한 소두영(蘇斗永, 1926~, 한국의 교육자)·유령(柳玲, 1917~2002, 한국의 시인이며 영문학자)과 함께 번역한 에머슨(Ralph Waldo Emerson, 1803~1882, 미국의 사상가이며 시인)의 평론집 〈20세기 문학 평론〉[중앙문화사(中央文化社), 1953]을 비롯하여 김붕구(金鵬九, 1922~1991, 한국의 프랑스 문학자이며 문학 평론가)와 함께 번역한 〈카뮈의 사상과 문학〉(1958), 이상옥(李相沃, 1936~, 한국의 시인이며 문학 평론가)과 함께 번역한 〈현대 문학의 영역〉(중앙문화사, 1962) 등이 있다.

1968년(47세) 6월 15일 밤, 서울 강북구(江北區) 수유동(水踰洞) 집 앞 거리에서 버스에 치여 그 다음 날 숨졌다. 도봉동(道峰洞)에 있는 누이 김수명의 집 뒷동산에 묻혔다.

1969년 5월, 1주기(周忌)를 맞아 문우(文友)들과 친지들이 그의 마지막 시 〈풀〉을 새긴 시비(詩碑)를 도봉동 북한산국립공원(北漢山國立公園) 입구 도봉서원(道峰書院) 앞에 세웠다. 그 뒤 전라북도 군산시(群山市) 내흥동(內興洞) 금강(錦江) 하구 진포(鎭浦) 시비공원과 경상북도 김천시(金泉市) 대항면(代項面) 운수동(雲水洞) 직지문화공원(直指文化公園)에도 〈풀〉을 새긴 시비가 세워졌고, 충청남도 홍성군(洪城郡) 결성면(結城面) 성곡리(城谷里) 민족시비공원(民族詩碑公園)에 〈푸른 하늘을〉이 새겨진 시비가 세워졌다.

1970년에 미완성의 장편 소설 〈의용군(義勇軍)〉이 〈월간문학(月刊文學)〉(월간 순수 문예지, 1968. 11.~현재)에 발표되었고, 〈거대한 뿌리〉[민음사(民音社), 1974]·〈달의 행로(行路)를 밟을지라도〉(민음사, 1976)·〈주머니 속의 시〉[열화당(悅話堂), 1977] 등의 시집과 산문 선집(散文選集) 〈시여, 침을 뱉어라〉(민음사, 1975)·〈퓨리턴의 초상(肖像)〉(민음사, 1976) 등이 출판되었다. 〈시여, 침을 뱉어라〉는 1968년 펜클럽이 마련한 부산(釜山)의 문학 세미나에서 강연한 내용으로, 원제(原題)는 '시에 있어서의 형식과 내용'이었다.

1981년 6월 〈김수영〉[지식산업사(知識産業社), 〈한국 현대 시문학 대계(韓國現代詩文學大系)〉 제24권], 9월 〈김수영 전집〉(모두 2권, 민음사)이 출판되었고, 같은 해 민음사에서 그의 문학적 업적과 그 정신을 기리기 위한 '김수영 문학상'을 제정하여 해마다 시상하고 있으며, 2001년 10월 금관 문화 훈장(金冠文化勳章)이 추서(追敍)되었다.

현실의 억압과 좌절 속에서 일어서고자 하였던 1960년대의 대표적인 시인의 한 사람으로, 200여 편의 시와 많은 시론(詩論)을 통하여 현실 참여의 생경하지 않은 목소리를 보여 줌으로써 1970년대에는 물론 1980년대까지 강력한 영향을 미쳤다.

김수영 작품의 시사적(詩史的) 맥락에 대하여 김현(金炫, 1942~1990, 한국의 문학 평론가이며 프랑스 문학자)은 '1930년대 이후 박목월(→178)·서정주(→226) 등에서 볼 수 있었던 재래적 서정의 틀과 김춘수 등에서 보이던 내면 의식 추구의 경향에서 벗어나 시의 난삽성을 깊게 극복할 수 있는 계기를 마련하였던 공로자'라고 평하였다.

76

김숭겸

金崇謙 1682(숙종 8) ~ 1700(숙종 26)

조선(朝鮮, 1392~1910)의 시인.

자(字)는 군산(君山), 호(號)는 관복암(觀復庵), 본관(本貫)은 안동(安東).

할아버지는 영의정(領議政)을 지낸 김수항(金壽恒, 1629~1689), 아버지는 성균관(成均館) 대사성(大司成)을 지낸 김창협(金昌協, 1651~1708)이며, 어머니는 부제학(副提學) 이단상(李端相, 1628~1669)의 딸이다.

일찍이 아버지에게 배워서 학문을 깊이 통달하였고, 서법(書法) 또한 절묘하였다.

1689년(7세, 숙종 15) 기사환국[己巳換局, 숙종의 희빈 장씨(禧嬪張氏, 1659~1701)의 소생을 원자(元子)로 정하는 문제를 계기로 남인(南人)이 서인(西人)을 몰아 내고 집권한 사건]으로 노론(老論)인 할아버지 수항이 사사(賜死)된 뒤 집안이 당화(黨禍)로 몰리자, 충청북도 청풍(淸風) 부사(府使)였던 아버지는 벼슬에서 물러나 가족을 이끌고 경기도 영평[永平, 지금의 포천군(抱川郡) 일대]에 은거하였다.

1694년(12세, 숙종 20) 갑술환국[甲戌換局, 서인들이 전개하던 인현 왕후(仁顯王后, 1667~1701, 숙종의 계비) 복위 운동을 반대하던 남인이 화를 입어 권력에서 물러나고 서인이 다시 집권한 사건]으로 할아버지가 신원(伸寃)되고 아버지도 여러 차례 관직이 제수(除授)되었지만 모두 사직하여, 김숭겸도 벼슬에 뜻을 두지 않고 영평의 백운산(白雲山)과 봉은암(奉恩庵) 등에서 학문에 전심(專心)하였다.

1694년부터 시를 썼는데, 주로 세상을 비판하는 시 300여 수(首)를 남겼다. 비록 18세로 요절(夭折)하였으나, 그 뜻이 높고 넓어 시격(詩格)이 호방하고 산수(山水)를 사랑하여 발길이 이르지 않은 곳이 없었다.

아버지 창협은 그의 묘비[경기도 남양주시(南楊州市) 양정동(養正洞)]에 '세상의 악착함을 보고 뜻에 맞지 않으므로 성색(聲色)에 머물지 않고 산수만을 좋아하여 풍악(楓岳)·천마(天摩)·화산(華山) 등을 다녔고, 시격이 기준창로(奇俊蒼老)하여 두보(→143)의 격을 터득하였다.'고 썼다.

지은 책으로 〈관복암 시고(觀復庵詩稿)〉가 있다.

77

김시보

金時保 1658(효종 9)~1734(영조 10)

조선(朝鮮, 1392~1910)의 시인.

자(字)는 사경(士敬), 호(號)는 모주(茅洲), 본관(本貫)은 안동(安東).

김성우(金盛遇, 1630~1657, 조선의 문신)와 목사(牧使) 윤형성(尹衡聖, 1608~1676)의 딸 남원(南原) 윤씨(尹氏)의 둘째 아들로, 음보(蔭補)로 벼슬에 나아가 공조좌랑(工曹佐郎)·무주(茂州) 부사(府使)·간성(杆城) 군수(郡守) 등을 거쳐 도정(都正)에 이르렀다.

진경시(眞景詩) 문학의 기틀을 마련한 김창흡(金昌翕, 1653~1722, 조선의 학자)의 문인(門人)으로, 같은 문하(門下)의 선배 이병연(→371)이 강원도 금화(金化) 현감(縣監)으로 있을 때(1710~1715)인 1711년(53세, 숙종 37) 8월, 이병연의 초대로 스승 김창흡과 그의 제자 정동후(鄭東後, 1659~1735, 조선의 문신)와 정선(鄭敾, 1676~1759, 조선의 화가)과 함께 금강산(金剛山)을 여행하였다.

홍주[洪州, 지금의 충청남도 홍성(洪城)] 일대에 많은 논밭과 토지를 지닌 거부(巨富)였다. 말년에는 서울 북악산(北岳山) 기슭의 자하문(紫霞門) 가까이에 대저택을 짓고 살았다. 풍류를 좋아하고 진경시에 뛰어났다.

지은 책으로 〈추야독작(秋夜獨酌, '가을 밤에 혼자 술을 마시다')〉 등이 실려 있는 〈모주집(茅洲集)〉이 있다.

78

김억

金億 1896(고종 33). 11. 30. ~ ?

북한의 시인이며 문학 평론가.

본명(本名)은 희권(熙權), 김억은 필명(筆名), 호(號)는 안서(岸曙)·AS, 예명(藝名)은 김포몽(金浦夢), 창씨개명(創氏改名)한 이름은 안서생(岸曙生), 본관(本貫)은 경주(慶州).

아버지 김기범(金基範)과 어머니 김준(金俊)의 5남매 중 맏아들로, 평안북도 정주(定州)에서 태어났다. 호적상 1896년에 태어났다고 되어 있으나, 유족(遺族)의 말에 따르면 1895년이라고 한다.

1904년(8세) 고향에서 박씨가(朴氏家)의 규수(閨秀)와 혼인하였다가 1930년(34세) 사별(死別)하였다.

1907년(11세) 정주의 오산학교(五山學校) 중학부에 입학하였고, 일본으로 유학하여 1913년(17세) 도쿄 게이오기주쿠대학(慶應義塾大學) 영문과에 진학하였다가, 아버지의 갑작스러운 죽음으로 학업을 중단하고 귀국하였다.

1912년(16세)부터 시를 발표하였고, 도쿄 유학 시절인

1914년(18세) 4월 〈학지광(學之光)〉(도쿄 조선유학생학우회 기관지. 연2회 발행. 1914. 4.~1930. 4. 통권 29호로 종간)에 시 〈미련〉·〈이별(離別)〉(제4호, 1915. 2.)·〈야반(夜半)〉·〈나의 적은 새야〉·〈밤과 나〉(제5호, 1915. 5.)와 평론 〈예술적 생활〉(제6호, 1915. 7.)·〈요구와 회한(悔恨)〉(제10호, 1916. 9.) 등을 시발점으로 하여 본격적인 문단(文壇) 활동을 시작하였다.

모교(母校) 오산학교(1916)와 평양(平壤)의 숭덕학교(崇德學校)에서 교편(敎鞭)을 잡았다. 오산학교 시절, 김소월(→73)을 가르쳐 그를 민요 시인으로 길러 냈고 시단(詩壇)에 소개하였으며, 나중에 자신도 민요조(民謠調)의 시를 많이 썼다.

1918년(22세) 〈태서문예신보(泰西文藝新報)〉(주간 문예지. 1918. 9.~1919. 2. 16. 우리나라 최초의 주간지. 통권 16호로 종간)에, 1910년대 후반부터 활발해진 프랑스 상징파(象徵派)(French symbolists)의 시를 번역하여 소개하는 한편, 창작시를 발표하였다. 즉 제4호에 투르게네프(Ivan Sergeyevich Turgenev, 1818~1883, 러시아의 시인이며 소설가·극작가)의 시를, 제5호에 〈믿으라〉·〈오히려〉, 제6호에 베를렌(Paul Verlaine, 1844~1896, 프랑스의 상징파 시인)의 〈거리에 내리는 비(Il pleure dans mon coeur)〉·〈검은 끝없는 잠은〉, 제9호에 〈봄은 간다〉(1918. 11.) 등의 시를 번역하였고, 〈프랑스 시단〉·〈소로굽의 인생관〉을 통하여 서양의 문예 이론을 소개하였다. 특히 구르몽(Rémy de Gourmont, 1858~1915, 프랑스의 문학 평론가이며 시인·소설가·극작가·철학자)·베를렌·타고르(→483)·투르게네프 등의 시를 번역, 소개하여 우리 시단에 많은 영향을 끼쳤으며, 근대 문학의 형성 과정에 매우 중요한 구실을 담당하였다.

1919년(23세) 〈태서문예신보〉 1월호에 발표한 〈시형(詩形)의 음률(音律)과 호흡〉에서 '운율(韻律)은 생리 현상인 호흡에 기초한다.'는 말을 하였는데, 이것은 클로델(Paul Claudel, 1868~1955, 프랑스의 상징파 시인이며 극작가·외교관)의 '호흡률(呼吸律)'의 영향을 받은 듯하다. 여기에서 예술의 내용과 형식의 이원 구조성을 '심령과 육체의 조화'로 표현하여 예술의 기본 개념을 밝히고 있다.

1920년(24세) 7월 25일 김영환[金永煥, 1898~1936, 한국의 영화 감독이며 대중 가요 작곡가·각본가·변사. 일명 김서정(金曙汀)]·김일엽(→83)·김찬영(金贊永, 1893~1960, 한국의 문학 평론가이며 극작가·서양화가)·나혜석(羅蕙錫, 1896~1949, 한국의 여류 화가이며 문필가)·남궁벽(→117)·민태원(閔泰瑗, 1894~1935 한국의 소설가이며 번역 문학가·언론인)·변영로(→207)·염상섭(廉想涉, 1897~1963, 한국의 소설가)·오상순(→293)·이병도(李丙燾, 1896~1989, 한국의 사학자)·이익상(李益相, 1895~1935, 한국의 언론인이며 소설가)·이혁로(李赫魯)·황석우(→520) 등과 〈폐허(廢墟)〉(문예 동인지. 1920. 7.~1921. 1. 통권 2호로 종간) 창간 동인(同人)으로 참여하여 활동하면서 〈폐허〉에 베를렌의 시를 연재하고, 번역시 〈가을의 노래〉 등 19편의 시와, 문예 이론으로 〈스핑쓰의 고뇌〉(〈폐허〉 창간호)·〈플로베르론(論)〉(〈폐허〉 종간호)·〈작시론(作詩論)〉 등을 소개하였다. 또한 〈창조(創造)〉(문예 동인지. 1919. 2.~1921. 5. 통권 9호로 종간) 동인으로 이 잡지에도 투르게네프의 시를 비롯한 많은 외국시를 번역하여 실었고, 제8호(1921. 1.)에 모파상(Guy de Maupassant, 1850~1893, 프랑스의 소설가)의 소설 〈고독(孤獨)〉을 소개하였다.

1921년(25세) 3월에 펴낸 우리나라 최초의 번역 시집 〈오뇌(懊惱)의 무도(舞蹈)〉[광익서관(廣益書館)]는 베를렌·보들레르(Charles-Pierre Baudelaire, 1821~1867, 프랑스의 시인이며 문학 평론가) 등의 시를 번역한 것으로, 〈폐허〉와 〈백조(白潮)〉(문예 동인지. 1922. 1. 9.~1923. 9. 6. 통권 3호로 종간) 동인들의 초기 시에 미친 영향이 크며, 이 땅에 상징적·퇴폐적인 경향을 낳게 하는 촉매 역할을 하였다. 그가 소개한 외국의 퇴폐주의(頹廢主義, decadence) 시인들과 작품들은 1920년대 문단에 많은 영향을 미쳐, 한때 퇴폐주의 문학이 문단을 휩쓸기도 하였다. 이와 같은 사실은 그가 수행한 전신자적(轉信者的) 구실의 중요성을 반영하고 있다.

1923년(27세) 〈개벽(開闢)〉(우리나라 최초의 월간 종합 교양지. 1920. 6.~1926. 8. 통권 72호로 종간. 속간 1934. 11.~1935. 2. 통권 4호로 종간. 복간 1946. 1.~1949. 3. 통권 9호로 종간) 제32호(1923. 2.)에 평론 〈무책임한 비평 '문단 1년을 추억하여'의 평자(評者)에게 항의〉를 발표하였다. 같은 해 6월에 펴낸 시집 〈해파리의 노래〉[조선도서주식회사(朝鮮圖書株式會社)]는 최초의 근대적인 개인 창작 시집으로, 프랑스 상징파 시와 밀접한 관계를 보여 주고 있다. 7·5조의 정형률(定型律)에 의한, 인생과 자연에 대한 창작시를 민요조의 형식으로 담담하게 노래하여, '민요 시인'이라는 평을 받았다. 전편(全篇)에 흐르고 있는 감상주의(感傷主義, sentimentalism)적 색채는 〈오뇌의 무도〉와도 그 맥락이 닿는다. 시적(詩的) 서정의 단순성을 바탕으로 그 안에 시대의 아픔을 수렴시키고 새로운 율조를 창안하려는 실험 의식에서 이 시집이 지니는 문학사적 의의를 찾아볼 수 있다.

1924년(28세)에는 김관호(金觀鎬, 1890~1959, 한국의 서양화가)·김동인(金東仁, 1900~1951, 한국의 소설가)·김소월·김여제(金輿濟, 1893~?, 한국의 시인이며 교육자)·김찬영·이광수(李光洙, 1892~1950, 한국의 소설가)·오천석(吳天錫, 1901~1987, 한국의 교육학자)·임장화[林長和, ?~?, 한국의 소설가이며 문학 평론가. 〈영대(靈臺)〉 편집인 겸 발행인]·전영택(田榮澤, 1894~1968, 한국의 소설가이며 목사)·주요한(→466) 등과 〈영대〉(문예 동인지. 1924. 8. ~1925. 1. 통권 5호로 종간) 창간에 참여하여 창간호에 번역시 〈세계의 시고(詩庫)-음악과 색채와 방향(芳香)의 기억〉을 발표하였다.

한때 동아일보사(東亞日報社)(1924)와 매일신보사(每日申報社) 학예부 기자를 지냈다.

1927년(31세) 〈동광(東光)〉(월간 종합 교양지. 1926. 5.~1933. 1. 통권 40호로 종간) 제9호(1927. 1.)에 민요시 〈고향(故鄕)의 노래〉와 제16호(1927. 8.)에 〈북관(北關) 아씨〉, 〈조선문단(朝鮮文壇)〉(월간 순수 문예지. 1924. 10.~1936. 6. 통권 26호로 종간) 제18호(1927. 1.)에 〈황포(黃浦)의 노래〉, 〈별건곤(別乾坤)〉(대중 월간지. 1926. 11.~1934. 7. 통권 74호로 종간) 제7호(1927. 7.)에 〈산(山) 고개〉, 황석우가 창간한 〈조선시단(朝鮮詩壇)〉(시 전문지. 1927. 11.~1930. 1. 통권 6호로 종간) 창간호에 〈오다 가다〉를 발표하였다.

1930년에는 〈별건곤〉 제28호(1930. 5.)에 〈내 고향〉·〈못하는 이별〉 등 민요시 6수(首)를 발표하였다.

한편, 에스페란토(Esperanto) 연구에서도 남보다 앞서 보급하기 위하여 강습소를 열었으며, 〈개벽〉에 '에스페란토 자습실'을 연재하였고, 우리말로 된 최초의 에스페란토 입문서 〈에스페란토 단기 강좌(Esperanto Kurso Ramida)〉를 펴냈다.

1934년(38세) 경성방송국[京城放送局. 1926년 11월 30일 개국, 1927년 2월 16일 첫 방송(JODK), 1932년 4월 조선방송협회, 1945년 9월 서울중앙방송국(HLKA)으로 이름을 바꾸었다가 1973년 3월 문화공보부에서 독립하여 '한국방송공사(韓國放送公社)'로 전환하였다.]에 입사하여 부국장까지 지냈으며, 한동안 〈가면(假面)〉의 편집을 맡았다. 같은 해, 노자영(→120)이 발행하는 〈신인문학(新人文學)〉(월간 순수 문예지. 1934. 8.~1936. 9. 통권 21호로 종간) 창간호에 시 〈바다〉 외 3편을 발표하였다.

1930년대에는 예명 '김포몽'으로 대중 가요도 작사하였는데, 1935년(39세)에는 〈삼천리(三千里)〉(월간 종합 교양지. 1929. 6.~1942. 1. 통권 150호로 종간) 제45호(1935. 2.)의 〈명작 유행 가요선(名作流行歌謠選)〉에 〈능라도(綾羅島)〉·〈홍루원(紅淚怨)〉, 〈조선문단〉 제21호(1935. 2.)에 〈그리운 그 옛날〉 등을 발표하였다. 특히 〈꽃을 잡고〉(1933)는 이면상(李冕相, 1908~1989, 북한의 작곡가이며 예술 행정가)이 곡을 붙이고 선우일선[鮮于一扇, 1919~1990, 북한의 여가수이며 교육자. 본명은 최창선(崔昌仙·崔昌善)]이 불러 큰 인기를 얻었다.

1937년(41세)에는 조선문예회(朝鮮文藝會, 1937년 5월 2일 결성된 친일 문예 단체)에 참여하여 〈정의(正義)의 행진〉·〈종군(從軍) 간호부의 노래〉 등을 작사하였고, 〈삼천리〉 제9권 제4호(1937. 5.)에 〈민요 정조(2)-영변가(寧邊歌)〉 등을 발표하였다.

1944년(48세) 봄, 신인순(辛仁順)과 재혼하였고, 같은 해 8월 백낙천(→200)의 한시(漢詩)를 번역한 〈지나 명시선(支那名詩選)〉[한성도서주식회사(漢城圖書株式會社), 모두 2권 중 제2권. 양주동(→282)과 공저]를 펴냈다.

일제(日帝) 말에는 국민총력조선연맹(國民總力朝鮮聯盟, 일제의 침략 정책 협력을 위하여 1940년 10월 16일 조직된 친일 어용 단체)·조선문인협회(朝鮮文人協會, 1939년 10월 29일 결성한 조선총독부 산하 어용 문학 단체. 文協)·조선문인보국회(朝鮮文人輔國會, 일제의 어용 문학 단체. 1943. 4. 17.~1945. 8. 15.) 등의 간부를 지내기도 하였다.

광복된 뒤에는 육군사관학교(陸軍士官學校)와 항공사관학교(航空士官學校), 서울여자상업고등학교에 출강하였으며, 출판사 수선사(首善社) 주간(主幹)으로 있었다.

〈박문(博文)〉(월간 수필 잡지. 1938. 10.~1941. 1. 통권 23호로 종간) 제2호에 수필 〈신변 잡화(身邊雜話)〉 등 〈개벽〉·〈동아일보〉·〈영대〉·〈조선문단〉·〈조선일보(朝鮮日報)〉 등을 통하여 300편이 넘는 시, 번역시, 150편 정도의 평론, 수필 등 많은 작품을 발표하였다.

한국 전쟁(Korean War, 1950. 6. 25.~1953. 7. 27.) 때 미처 피난하지 못하고 서울에 남아 있다가 종로구(鐘路

區) 계동(桂洞)의 자기 집에서 납북(拉北)되었으며, 1958년(62세) 행방 불명이 될 때까지 재북평화통일촉진협의회(在北平和統一促進協議會) 중앙 위원으로 있었다.

그 동안 규제 문인으로 묶여 있다가 1988년 7월 정부의 월북(越北) 문인 해금(解禁) 조치 발표로 그의 모든 작품이 해금되었다.

시집으로 〈금모래〉(한성도서주식회사, 1925)·〈봄의 노래〉[매문사(賣文社), 1925. 9.]·〈안서 시집(岸曙詩集)〉(한성도서주식회사, 1929. 4.)·〈지새는 밤〉(한성도서주식회사, 1929)·〈안서 시초(岸曙詩抄)〉[박문서관(博文書館), 1941. 7.]·〈먼동이 틀 제〉[백민문화사(白民文化社), 1947. 2.]·〈안서 민요 시집〉(한성도서주식회사, 1948. 12.) 등이 있다.

번역 시집으로 평양에서 타고르의 〈기탄잘리[Gītāñjalī (Song Offerings), '신(神)에게 바치는 송가(頌歌)']〉를 〈기탄자리〉[이문관(以文館), 1923. 4. 동양대학당(東洋大學堂)에서 〈고통(苦痛)의 속박(束縛)〉으로 개제(改題)하여 1927년 3월 출판]로 펴낸 것을 비롯하여 〈신월(新月, The Crecent Moon)〉[문우당(文友堂), 1924. 4.], 〈잃어버린 진주(眞珠)〉[평문관(平文館), 1924. 8.], 타고르의 시 〈Gardenisto (The Gardener)〉를 번역한 〈원정(園丁)〉[회동서관(匯東書館), 1924. 12.], 한시(漢詩) 번역 시집으로 〈망우초(忘憂草)〉(한성도서주식회사, 1934. 9.)·〈동심초(同心草)〉[조선출판사(朝鮮出版社), 1943]·〈꽃다발〉('조선 여류 한시 선집', 박문서관, 1944)·〈백낙천 시선(白樂天詩選)〉(한성도서주식회사, 1944)·〈선역 애국 백인 일수(鮮譯愛國百人一首)〉(1944)·〈야광주(夜光珠)〉(조선출판사, 1944)·〈금잔듸〉(1947)·〈이조 규수 한시 선집(李朝閨秀漢詩選集)〉[동인문화사(同人文化社), 1947]·〈옥잠화(玉簪花)〉(1949) 등이 있다.

이 밖에도 희곡으로 〈젊은 그들〉(1933), 편저(編著)로 〈소월 시초(素月詩抄)〉(박문서관, 1939. 12.)·〈소월 민요집(素月民謠集)〉, 수필 〈안서 수필선(岸曙隨筆選)〉[〈현대문학(現代文學)〉 제28~29호, 1957. 4~5.], 산문집으로 학창 여화(學窓餘話) 〈사상산필(沙上散筆)〉(1931)과 서간집(書簡集) 〈모범 서한문(模範書翰文)〉(1933) 등이 있다.

한편, 2002년 8월 14일 '나라와 문화를 생각하는 국회의원 모임'·민족문제연구소(民族問題研究所)·민족문학작가회의[民族文學作家會議. 1974년 11월 18일 자유실천문인협의회(自由實踐文人協議會)로 설립되어 1987년 9월 17일 '민족문학작가회의'로 이름을 바꾸었다가 2007년 12월 8일 '한국작가회의'로 다시 이름을 바꾸었다.]·'민족 정기를 세우는 국회 의원 모임'·〈실천문학(實踐文學)〉(계간 문예지. 1980. 3.~현재)이 공동 발표한 '친일(親日) 문학인 42인 명단', 2009년 11월 8일 민족문제연구소에서 출판한 〈친일 인명 사전(親日人名辭典)〉, 2009년 11월 27일 친일반민족행위진상규명위원회(親日反民族行爲眞相糾明委員會)가 발표한 '친일 반민족 행위 704인 명단'에 모두 포함되어 있다.

〈매일신보〉[한국어 일간지. 1904년 7월 18일 배설(裵說, 1872~1909, Ernes Thomas Bethell, 대한제국 때의 영국의 언론인)이 창간한 〈대한매일신보(大韓每日申報)〉를 일제가 사들여 1910년 8월 30일부터 '대한' 두 자를 떼고 〈매일신보(每日申報)〉로 제호(題號)를 바꾸었다가, 1938년 4월 29일 〈매일신보(每日新報)〉로 바뀌었고, 1945년 11월 23일 〈서울신문〉으로 바뀌어 오늘에 이르고 있다.]에 발표한 평론 〈신춘 문단의 전망〉(1939. 1. 4.~1. 6.)·〈국가와 개인〉(1940. 11. 30.), 시 〈육군 기념일에〉(1942. 3. 10.)·〈아아 야마모토 원수(元帥)〉(1943. 6. 6.)·〈신년송(新年頌)〉(1944. 1. 4.)·〈님 따라 나서자〉(1944. 1. 27.) 등 모두 6편의 친일 작품이 밝혀져 있다.

79

김영랑

金永郎 1903(고종 40). 1. 16. ~ 1950. 9. 29.

한국의 시인.

본명(本名)은 윤식(允植), 본관(本貫)은 김해(金海). '영랑'은 아호(雅號)인데, 1930년(27세) 박용철(→185)이 주관하던 〈시문학(詩文學)〉(시 동인지. 1930. 3.~1931. 10. 통권 3호로 종간)에 작품을 발표하면서부터 사용하였다.

아버지 김종호(金鍾湖)와 어머니 김경무(金敬武)의 2남 3녀 중 맏아들로, 전라남도 강진군(康津郡) 강진읍 남성리(南城里)에서 태어났다.

부유한 대지주(大地主)의 집안에서 한학(漢學)을 배우면서 자랐고, 1915년(12세) 강진보통학교(康津普通學校)를 졸업하고 이듬해 1916년(13세) 혼인하였으나, 1년 반 만에 사별(死別)하였다.

1916년 어머니의 도움으로 서울에 와서, 조선중앙기독교청년회관(朝鮮中央基督敎靑年會館)에서 영어를 공부하였고, 1917년(14세) 휘문의숙(徽文義塾, 지금의 휘문중·고등학교)에 입학한 뒤부터 문학에 대한 관심을 가졌다. 이 무렵 휘문의숙에 다니고 있던 정백(鄭栢, 1899~1950, 한국의 사회주의 운동가. 박종화와 동기 동창, 홍사용과 같은 반)·홍사용(→515, 1900년생. 1916년 입학)·안석주[安碩柱, 1901~1950, 한국 소설 삽화의 선구자이며 소설가·영화인. 〈우리의 소원은 통일〉의 작사가. 안석영(安夕影)으로 더 알려졌다. 1916년 입학]·박종화(→190, 1901년생)·박용철(1904년생. 1916년 입학, 같은 해 배재학당으로 전학) 등의 선배들과 정지용(→445, 1902년생. 1918년 입학)·이태준(李泰俊, 1904~?, 북한의 소설가. 1921년 입학)·이선근(李瑄根, 1905~1983, 한국의 언론인이며 교육가·역사학자. 1922년 졸업)·이무영(李無影, 1908~1960, 한국의 소설가. 1920년 입학) 등의 후배들, 동급반에 이승만(李承萬, 1903~1975, 한국의 삽화가) 등이 있어 문학적 안목을 키우는 데 직접·간접으로 도움을 받았다.

휘문의숙 3학년 때인 1919년(16세) 3·1 운동이 일어나자 고향 강진에서 의거하려다가 경찰에 체포되어 6개월 동안 대구형무소(大邱刑務所)에서 옥고(獄苦)를 치렀다. 출옥한 뒤 향리(鄕里)에서 김현구(→98) 등과 동인지(同人誌) 〈청구(靑丘)〉를 발간하며 문학 활동을 시작하였다.

휘문의숙을 졸업하지 못한 채, 1920년(17세) 일본으로 유학하여 아오야마학원(靑山學院) 중학부에 입학하였고, 1922년(19세) 영문과에 진학, 이 동안 로세티(Dante Gabriel Rossetti, 1828~1882, 영국의 화가이며 시인)·키츠(John Keats, 1795~1821, 영국의 시인) 등의 시를 탐독하여 서정(抒情)의 세계를 넓혔다. 이 무렵 박렬(朴烈, 1902~1974, 한국의 독립 운동가이며 무정부주의자·혁명가)과도 교유(交遊)하였다.

1923년(20세) 9월 1일에 일어난 관동 대진재(關東大震災)로 말미암아 학업을 중단하고 고향으로 돌아왔다. 이때 서울을 오가면서 최승일[崔承一, 1901~?, 한국의 작가이며 방송인·영화인. 최승희(崔承喜, 1911~1969, 북한의 무용가이며 안무가)의 오빠]을 알게 되었고, 당시 숙명여자고등보통학교(淑明女子高等普通學校, 지금의 숙명여자중·고등학교)에 다니고 있던 그의 누이동생 최승희와 사귀며 문단(文壇)에 염문(艶聞)을 뿌리기도 하였다.

1925년(22세) 개성(開城) 출신으로 호수돈여자고등보통학교(好壽敦女子高等普通學校)를 나와 교편 생활을 하던 김귀련(金貴蓮)과 재혼하였다.

1930년 박용철·이하윤(→408)·정인보(→442)·정지용 등과 함께 〈시문학〉 동인을 결성하여 창간호(1930. 3.)에 시 〈동백잎에 빛나는 마음〉(나중에 〈끝없는 강물이 흐르네〉로 제목을 바꿈)·〈쓸쓸한 뫼 앞에〉·〈언덕에 바로 누워〉·〈오매 단풍 들것네〉·〈원망(願望)〉·〈제야(除夜)〉 등 6편과 〈4행 소곡(四行小曲) 7수(七首)〉 등 13편을 발표하면서 본격적인 시작(詩作) 활동을 전개하였다. 그 뒤 〈문장(文章)〉(월간 순수 문예지. 1939. 2.~1941. 4. 통권 26호로 종간)·〈문학(文學)〉(월간 문예 동인지. 1934. 1.~4. 통권 3호로 종간)·〈백민(白民)〉(월간 종합 교양지. 1945. 12.~1950. 5. 통권 22호로 종간)·〈여성(女性)〉(월간 여성 교양지. 1936. 4.~1940. 12. 통권 57호로 종간)·〈인문평론(人文評論)〉(월간 순수 문예지. 1939. 10.~1941. 4. 통권 16호로 종간)·〈조광(朝光)〉(월간 종합 교양지. 1935. 11.~1944. 12. 통권 110호로 종간)·〈조선일보(朝鮮日報)〉 등에 80여 편의 시와 번역시·수필·평문(評文) 등을 발표하였다.

그의 시 세계는 전기와 후기로 크게 구분할 수 있다. 초기 시는 1935년(32세) 11월 박용철이 펴낸 처녀 시집 〈영랑 시집(永郎詩集)〉(시문학사) 초판에 실린 〈가늘한 내음〉(〈시문학〉 제2호, 1930. 5.)·〈꿈밭에 봄마음〉(〈시문학〉 제2호, 1930. 5.)·〈돌담에 속삭이는 햇발〉[원제(原題)는 〈내 마음 고요히 고흔 봄길 우에〉, 〈시문학〉 제2호, 1930. 5.]·〈하늘 끝 닿은 데〉(〈시문학〉 제2호, 1930. 5.)·〈내 마음을 아실 이〉(〈시문학〉 종간호)·〈4행 소곡 5수〉(〈시문학〉 종간호)·〈시냇물 소리〉(〈시문학〉 종간호)·〈모란이 피기까지는〉(〈문학〉 종간호)·〈북〉 등의 시문학사(詩文學史)에 찬연히 빛나는 주옥 같은 서정시가 여기에 해당되는데, 자연에 대한 깊은 애정이나 인생 태도에서의 역정(逆情)·회의(懷疑) 같은 것은 찾아볼 수 없다.

슬픔이나 눈물의 용어가 수없이 되풀이되면서 그의 비애 의식은 영탄(詠嘆)이나 감상(感傷)에 기울지 않고, 마음의 내부로 바탕을 둔 섬세한 감각을 민요적인 율조로 노래하여 정감(情感)의 극치를 이루고 있다. 요컨대 그의 초기 시는 같은 〈시문학〉 동인인 정지용 시의 감각적 기교와 더불어 그 시대 순수시의 극치를 보여 주고 있다. 잘 다듬어진 언어로 섬세하고 영롱한 서정을 세련된 감각과 율동적인 언어로 노래한 그의 시는 김기림(→54)의 주지주의(主知主義, intellectualism) 경향, 정지용의 감각적인 기교와는 달리 한국 순수 서정시의 새로운 경지를 개척하였다.

1940년(37세)을 전후한 일제(日帝) 말기에는 창씨개명(創氏改名)과 신사 참배(神社參拜)를 끝까지 거부하는 저항 자세와 곧은 절개를 보여 주었다.

항일기(抗日期) 말기에 발표된 〈거문고〉(〈조광〉 제39호, 1939. 1.)·〈전신주(電信柱)〉[〈시림(詩林)〉 창간호, 1939. 3.]·〈달맞이〉(〈여성〉 제37호, 1939. 4.)·〈오월(五月)〉(〈문장〉 제6호, 1939. 7.)·〈독(毒)을 차고〉(〈문장〉 제10호, 1939. 11.)·〈망각(忘却)〉·〈묘비명(墓碑銘)〉(〈조광〉 제50호, 1939. 12.)·〈한 줌 흙〉(〈조광〉 제53호, 1940. 3.)·〈춘향(春香)〉(〈문장〉 제18호, 1940. 9.) 등의 후기 시에서는 그 형태적인 변모와 함께 항일기의 강박 관념과 인생에 대한 깊은 회의와 죽음의 의식이 나타나 있다.

광복된 뒤에는 은거 생활에서 벗어나 사회에 적극 참여하여, 강진에서 우익(右翼) 운동을 주도하였고, 대한독립촉성국민회(大韓獨立促成國民會)에 관여하여 강진대한청년단(康津大韓靑年團) 단장을 지냈으며 민족 운동에 참여하는 등 자신의 시 세계와는 달리 행동파적 일면을 보여 주었다.

또한 광복의 감격을 그대로 읊은 〈겨레의 새해〉·〈바다로 가자〉·〈천 리를 올라온다〉 등에서는 적극적인 사회 참여의 의욕을 보여 주고 있는데, 항일기에서의 제한된 공간 의식과 강박 관념에서 나온 자학적 충동인 회의와 죽음 의식을 떨쳐 버리고, 새나라 건설에 참여하려는 의욕으로 충만된 것이 광복된 뒤의 시편(詩篇)들에 나타난 주제 의식이다.

1948년(45세) 5월 10일 실시된 제헌 국회 의원(制憲國會議員) 선거에 강진에서 출마하였다가 낙선하였으며, 1949년(46세)에는 공보처(公報處) 출판국장을 지내는 등 우익 보수주의자(保守主義者, conservatist)의 입장에서 정치에 참여하였다.

1949년 10월 자선(自選)으로 펴낸 〈영랑 시선(永郎詩選)〉[중앙문화사(中央文化社). 같은 제목으로 1956년 5월 정음사(正音社)에서도 출판]과 김기림·김영랑·노천명(→122)·정지용의 4인 시집 〈현대 시집 I〉(정음사, 1950. 3.), 〈영랑 시집〉[박영사(博英社), 1959. 10.] 등이 있고, 1981년 8월 문학세계사(文學世界社)에서 시와 산문을 모은 〈모란이 피기까지는〉과 〈찬란한 슬픔〉, 같은 해 시문학사에서 〈보랏빛 목련〉, 지식산업사(知識產業社)에서 〈김영랑·박용철〉[〈한국 현대 시문학 대계(韓國現代詩文學大系)〉 제7권]을 출판하였다.

평소 음악에 대한 조예가 깊어 국악이나 서양 명곡을 즐겨 들었고, 축구·테니스 등 운동에도 뛰어났으며, 비교적 여유 있는 삶을 영위하였다.

한국 전쟁(Korean War, 1950. 6. 25.~1953. 7. 27.) 때 미처 서울을 빠져 나가지 못하고 숨어 있다가, 9·28(1950) 수복(收復) 하루 전인 9월 27일 포탄 파편에 맞아 중상을 입고 이틀 뒤인 29일 죽었다.

2003년 '시와시학사'에서는 그의 문화사적 업적을 기리고 그 정신을 오늘에 살려 나아가기 위하여 '영랑 시문학상'을 제정하여 해마다 시상하고 있다.

2008년 금관 문화 훈장(金冠文化勳章)이 추서(追敍)되었고, 2013년 2월 6일 모교(母校) 휘문고교에서는 '자랑스러운 휘문인상'과 함께 93년 만에 명예 졸업장을 막내딸 애란(1944~)에게 수여하였다.

서울 이태원(梨泰院) 남산(南山) 기슭에 가매장(假埋葬)하였다가 중랑구(中浪區) 망우동(忘憂洞) 망우리공원으로 이장(移葬), 경기도 용인시(龍仁市) 처인구(處仁區) 모현면(慕賢面) 오산리(吳山里) 천주교 용인공원묘원으로 다시 이장하였다.

2007년 10월 17일 강진의 생가(生家)가 국가 지정 문화재인 중요 민속 자료로 지정되었으며, 이곳에 〈내 마음 고요히 고흔 봄길 우에〉와 〈모란이 피기까지는〉이 새겨진 시비(詩碑)가 세워졌다.

2012년 3월 5일에는 〈시문학〉 창간일(1930. 3. 5.)에 맞추어, 생가 옆에 우리나라 문학사상 최초의 문학 유파 문학관으로 기록된 '시문학파 기념관'이 개관되었다. 김영랑을 비롯한 김현구·박용철·변영로(→207)·신석정(→255)·이하윤·정인보·정지용·허보(許保, ?~?, 한국의 시인) 등 시문학파 동인 9명의 유품과 친필·저서·사진물 등을 전시하여 이들의 삶과 문학 세계를 체감할 수 있게 전시하고 있다.

〈모란이 피기까지는〉이 새겨진 시비는 박용철의 시비와 함께 있는 광주(光州) 남구(南區) 구동(龜洞) 광주공원을 비롯하여 휘문고교 교정, 경상북도 김천시(金泉市) 대항면(代項面) 운수동(雲水洞) 직지문화공원(直指文化公園), 강진읍 남성리 강진군립도서관 앞(1975. 7.), 강진읍 영랑 로터리 영랑공원(1995), 구례군(求禮郡) 마산면(馬山面) 황전리(黃田里) 화엄사(華嚴寺) 입구 '시비 동산', 전라북도 군산시(群山市) 내흥동(內興洞) 금강(錦江) 하구 진포(鎭浦) 시비공원, 충청남도 청양군(靑陽郡) 청양읍 군량리(軍糧里) 고운식물원, 제주도 제주시(濟州市) 애월읍(涯月邑) 광령리(光令里) 제주공룡원 '시가 있는 동산' 등 전국 곳곳에 세워져 있다.

80

김오남

金午男 1906(고종 43). 4. 14. ~ 1996

한국의 여류 시조(時調) 시인.

아버지는 김기환(金基煥), 어머니는 나주(羅州) 정씨(丁氏)이며, 시인이며 영문학자인 김상용(→70)이 오빠로, 경기도 연천군(漣川郡) 군남면(郡南面)에서 태어났다.

서울의 진명여자고등보통학교(進明女子高等普通學校, 지금의 진명여자중 · 고등학교)를 졸업하고, 일본으로 유학하여 1930년(24세) 도쿄 니혼여자전문학교[日本女子專門學校. 니혼여자대학의 전신(前身)] 영문과를 졸업하였다.

같은 해 8월 조선일보사(朝鮮日報社)에 입사하였다가 1931년(25세) 5월부터 진명여고보 · 수도여자고등학교(首都女子高等學校) 등에서 20여 년 동안 교사로 근무하였다.

1932년(26세) 〈신동아(新東亞)〉(월간 종합 교양지. 1931. 11.~1936. 9. 통권 59호로 폐간. 1964년 9월 통권 60호로 복간)에 시조 13수(首)를 발표하면서 우리나라 현대 시조 시인 가운데 첫 여류 작가로 문단(文壇) 생활을 시작하였다.

사회주의(社會主義, socialism) 혁명을 위하여 조직된 문예 운동 단체 카프(KAPF, 조선프롤레타리아예술동맹. 에스페란토식 표기인 'Korea Artista Proleta Federatio'의 머리글자. Korea Proletarian Artist Federation)의 계급주의(階級主義) 문학에 맞서는 국민 문학파(國民文學派)의 시조 부흥론에 여류 문학가로는 유일하게 참여하였다.

카프는, 1922년 9월 김두수(金斗洙, 1903~?, 한국의 사회주의 운동가) · 김영팔(金永八, 1904~1950, 한국의 연극인) · 김홍파(金紅波, ?~?, 〈북조선일보〉 기자) · 박세영(→180) · 박용대(朴容大, ?~?, 한국의 사회주의 운동가) · 송영(宋影, 1903~1978, 한국의 소설가이며 극작가) · 심훈(→261) · 이적효(李赤曉, 1901~?, 한국의 사회주의 운동가) · 이호(李浩, 1903~?, 한국의 사회주의 운동가) · 최승일[崔承一, 1901~?, 한국의 작가이며 방송인 · 영화인. 최승희(崔承喜, 1911~1969, 북한의 무용가이며 안무가)의 오빠] 등 사회주의 경향의 문인(文人)들이 조직한 최초의 사회주의 예술 단체인 염군사(焰群社)와, 1923년 10월 김기진(→55) · 김복진(金復鎭, 1901~1940, 한국의 조각가이며 미술 평론가 · 문예 이론가 · 연극인 · 사회 운동가. 한국 최초로 서구식 조각 교육을 받았다.) · 김형원(→100) · 박영희(→183) · 안석주[安碩柱, 1901~1950, 한국 소설 삽화의 선구자이며 소설가 · 영화인. 〈우리의 소원은 통일〉의 작사가. 안석영(安夕影)으로 더 알려졌다.] · 연학년(延鶴年, ?~1938, 한국의 연극인) · 이상화(→378) · 이익상(李益相, 1895~1935, 한국의 소설가이며 언론인) 등이 조직한 신경향파{新傾向派, 박영희가 〈신경향파의 문학과 그 문단적 지위〉[〈개벽(開闢)〉 제64호, 1925. 12.]에서 '신경향파'라는 용어를 처음 사용하였다.} 문학 단체인 파스큘라(PASKYULA, 동인들의 이름 머리글자를 딴 것. 박영희의 'PA', 이익상의 'S', 김복진 · 김기진의 'K', 연학년의 'YU', 이상화의 'L', 안석주의 'A')가 1925년 8월에 하나로 통합된 최초의 전국적인 문학 예술가 조직이었다. 창립 당시 구성원은 김기진 · 김복진 · 김양(金陽) · 김영팔 · 김온(金穩) · 박영희 · 박용대 · 박팔양(→193) · 송영 · 심훈 · 안석주 · 이기영(李箕永, 1895~1984, 북한의 소설가) · 이상화 · 이익상 · 이적효 · 이호 · 조명희(→453) · 최승일 · 한설야(韓雪野, 1900~1976?, 북한의 소설가이며 문학 평론가) 등이었다.

〈신가정(新家庭)〉(월간 여성 교양지. 1933. 1.~1936. 9. 통권 45호로 종간)에 〈애닮은 생각〉(제4호, 1933. 4.) · 〈마음 속 노래〉(제20호, 1934. 8.) 등 많은 작품을 발표하여 주목을 받았으나, 지나치게 관념 세계에 집착한다는 평을 받았다. 〈원망(怨望)〉 · 〈유곡(幽谷)〉 · 〈죽은 조카 생각〉 등에서는 유교(儒敎) 사상을 바탕으로 한 은은한 정서를 읊었다. 대부분의 작품에서 한문투의 시어(詩語)를 통하여 인생의 무상(無常)함과 자연과의 교감을 숙명론(宿命論)에 따라 노래하는 현실 도피의 성향을 보여 주었다.

1953년(47세) 5월 첫 시조집 〈김오남 시조집(金午男時調集)〉(성동공업고등학교)을 펴냈고, 수필을 쓰고 그 글의 끝에 시조를 붙인 〈심영(心影)〉[동인문화사(同人文化社), 1956. 3.] · 〈여정(旅情)〉[문원사(文苑社), 1960. 12.]을 펴냈다.

1959년(53세) 9월 김남조(→56)가 현대 여류 시인 26명의 대표적인 작품 총 130편을 엮어 펴낸 〈수정(水晶)과 장미(薔薇)〉[정양사(正陽社)]에 시조 12편이 실려 있다.

1981년(75세) 시조 〈여정〉으로 제6회 노산 문학상(鷺山文學賞)을 받았다.

81

김용제

金龍濟 1909(순종 3). 2. 3. ~ 1994. 6. 21.

한국의 시인이며 문학 평론가.

호(號)는 지촌(知村), 창씨개명(創氏改名)한 이름은 금촌용제(金村龍濟).

충청북도 음성(陰城)에서 태어났다.

일본으로 유학하여 도쿄 주오대학(中央大學)을 중퇴하였고, 1931년(22세) 일본어로 쓴 시 〈사랑하는 대륙(大陸)〉을 나프[NAPF(Nippona Artista Proleta Federacio), 전일본무산자예술동맹(全日本無産者藝術同盟)]의 기관지 〈나프〉에 발표하면서 문단(文壇)에 나왔다. 이 시는 그의 대표작으로 일본 소극장에서 극으로 꾸며져 상연되었다.

노동 생활을 체험하면서 프롤레타리아 시 운동을 전개하였으며, 일본 공산당(日本共産黨, Japan Communist Party, 1922년 창당) 소속으로 활동하였다. 〈문학 안내〉·〈신흥 시인(新興詩人)〉 동인(同人)으로 일본시인회(日本詩人會) 간사(幹事), 일본프롤레타리아작가동맹 사무국장, 프로문화동맹 조선위 도쿄 지부장 등을 지내는 등 촉망받는 투사 시인으로 활발한 활동을 펼쳤다. 1930년대의 좌익(左翼) 문학 단체를 이끌다시피 하던 그를 가리켜 '일본의 프롤레타리아 시단(詩壇)을 짊어진 시인'이라는 평이 있을 정도였다. 그러나 일본 정부의 좌익 운동 탄압으로 경향적(傾向的)인 시를 썼다는 이유로 치안 유지법(治安維持法) 위반으로 서너 차례에 걸쳐 약 4년 동안 감옥살이를 한 뒤 강제 추방되면서 전향(轉向)하였다.

사회주의(社會主義, socialism) 혁명을 위하여 조직되었던 문예 운동 단체 카프(KAPF, 조선프롤레타리아예술동맹. 에스페란토식 표기인 'Korea Artista Proleta Federatio'의 머리글자. Korea Proletarian Artist Federation. 1925년 8월 결성)가 1935년(26세) 해체된 뒤 문단의 관심사가 되었던 창작 방법 논의에 참가하여 〈조선 문학의 신세대-레아리즘으로 본 휴마니즘〉[〈동아일보(東亞日報)〉, 1937. 6. 11.~6. 16.]·〈문학에 있어서의 진취적 낙천주의(樂天主義)〉(1938) 등을 발표하였다. 여기에서 그는 임화(→419)와 함께 이상주의(理想主義, idealism)적 입장에서 '꿈'을 논하면서도 주류는 어디까지나 리얼리즘이라고 주장하였다. 이 무렵의 주요 평론으로 〈현대와 낭만적 정신〉(〈동아일보〉, 1936. 7. 24.~7. 29.)·〈문학의 침체와 허무적 경향〉[〈조선일보(朝鮮日報)〉, 1936. 8. 15.~8. 19.]·〈인간성의 문제와 근대적 문학 정신〉(〈조선일보〉, 1937. 1. 9.~1. 15.)·〈문학의 건강성과 퇴폐성〉(〈조선일보〉, 1937. 5. 19.~5. 23.)·〈시 정신과 산문 정신〉(〈동아일보〉, 1937. 7. 3.~7. 6.)·〈리얼리즘 문학 발전론〉(〈동아일보〉, 1937. 9. 14.~9. 18.)·〈리얼리즘의 옹호〉(〈동아일보〉, 1937. 10. 14.~10. 16.) 등이 있다.

1939년(30세) 귀국하여 조선문인협회(朝鮮文人協會, 1939년 10월 29일 결성한 조선총독부 산하 어용 문학 단체. 文協) 상임 이사를 맡았고, 〈동양지광(東洋之光)〉(친일 종합 월간지. 1939. 1.~1945. 5. 통권 83호로 종간) 주간(主幹)으로 일하면서 태평양 전쟁(太平洋戰爭, 1937. 7. 7.~1945. 8. 15.)에 대한 문단의 지원 필요성에 대하여 적극적인 의견을 밝히면서 주로 친일적(親日的)인 글을 썼다. 이 무렵에 발표한 〈전쟁 문학〉[〈매일신보(每日新報)〉, 1939. 3. 29.]·〈시국(時局)과 신극(新劇) 운동〉[〈무대(舞臺)〉, 1939. 8.]·〈문단 잡감(雜感)〉(〈조선일보〉, 1939. 9. 25.~9. 29.)·〈창작론의 전진 과제〉(〈매일신보〉, 1942. 3. 19.~3. 21.)·〈문학의 신세계관〉(〈매일신보〉, 1942. 8. 8.~8. 12.) 등에서는 신체제론 이후 그의 시국적 문학관(文學觀)을 잘 드러내 주고 있다.

1943년(34세) 8월 25일에 열린 제2회 대동아문학자대회(大東亞文學者大會)에 유진오(俞鎭午, 1906~1987, 한국의 법학자이며 교육 행정가·정치인)·최재서(崔載瑞, 1908~1964, 한국의 영문학자이며 문학 평론가) 등과 함께 참가하였다.

1943년에 펴낸 일본어로 된 〈아세아 시집〉[대동문화사(大東文化社), 1943. 12.]으로 제1회 국어 문예 총독상(國語文藝總督賞)을 받았다. 〈동양지광〉에 실었던 시들을 묶은 이 시집은 이광수(李光洙, 1892~1950, 한국의 소설가)가 '열렬한 일본 정신의 기백이 있다'고 평하였을 만큼 친일성이 강한 작품이었다. 김용제는 받은 상금 중 일부를 국방 헌금으로 헌납하였다.

1944년(35세) 전쟁 말기에 학도병(學徒兵) 지원을 미화(美化)하는 내용이 담겨 있는 시 〈학병(學兵)의 꽃〉[〈국민

문학(國民文學)〉, 1944. 7.]을 발표하였다.

광복된 뒤 친일 활동을 자책하면서 한동안 집필을 중단하였다가, 한국 전쟁(Korean War, 1950. 6. 25.~1953. 7. 27.)과 함께 반공주의(反共主義, anticommunism) 작가로 활동을 재개하여 시와 전기 소설(傳記小說)을 썼는데, 〈김립 방랑기(金笠放浪記)〉[개척사(開拓社), 1954. 4.]는 1950년대를 대표하는 베스트셀러가 되어, 변절한 친일 문인에서 김삿갓 전문가로 이미지를 바꾸어 놓았다.

1978년(69세) 〈고백적(告白的) 친일 문학론〉[〈한국문학(韓國文學)〉, 1978. 8.]을 발표하여 일제(日帝) 말기의 친일 행적은 독립 운동을 위한 위장(僞裝)이었으며, 〈동양지광〉은 대표 박희도(朴熙道, 1889~1951, 민족 대표 33인의 한 사람. 일제 강점기 말에 변절하여 적극적으로 친일 행위를 하였다.), 부대표 장덕수(張德秀, 1895~1947, 한국의 독립 운동가이며 정치가) 등이 결성한 항일(抗日) 지하 단체의 본거지였다고 주장하기도 하였다.

1981년(72세) 신군부(新軍部) 체제에서 민주평화통일자문회의(民主平和統一諮問會議, 평통) 자문 위원에 위촉되었다.

이 밖에 서정시집 〈산무정(山無情)〉[대신문화사(大新文化社), 1943. 3.], 한시(漢詩) 번역 〈이태백 시선(李太白詩選)〉[인간사(人間社), 1955. 5.], 전기 소설 〈이태백 방랑기〉(개척사, 1957)·〈소월 방랑기〉[정음사(正音社), 1959], 장편 소설 〈임꺽정(林巨正)〉(1961), 〈한국 해학 소설 전집(韓國諧謔小說全集)〉(1981) 등을 펴냈다.

한편, 2002년 2월 28일 '민족 정기를 세우는 국회 의원 모임'과 광복회(光復會)가 공동 발표한 '친일파 708인 명단', 2002년 8월 14일 '나라와 문화를 생각하는 국회의원 모임'·민족문제연구소(民族問題研究所)·민족문학작가회의[民族文學作家會議. 1974년 11월 18일 자유실천문인협의회(自由實踐文人協議會)로 설립되어 1987년 9월 17일 '민족문학작가회의'로 이름을 바꾸었다가 2007년 12월 8일 '한국작가회의'로 다시 이름을 바꾸었다.]·'민족 정기를 세우는 국회 의원 모임'·〈실천문학(實踐文學)〉(계간 문예지. 1980. 3.~현재)이 공동 발표한 '친일 문학인 42인 명단', 2009년 11월 8일 민족문제연구소에서 출판한 〈친일 인명 사전(親日人名辭典)〉, 2009년 11월 27일 친일반민족행위진상규명위원회(親日反民族行爲眞相糾明委員會)가 발표한 '친일 반민족 행위 704인 명단'에 모두 포함되어 있다.

〈아세아 시집〉을 비롯하여 다음과 같은 25편의 친일 작품이 밝혀져 있다.

〈전쟁 문학의 전망〉(평론, 〈동양지광〉, 1939. 3.)·〈내선 일체(內鮮一體)의 가(歌)〉(시, 〈동양지광〉, 1939. 4.)·〈민족적 감정의 내적 청산〉(평론, 〈동양지광〉, 1939. 4.)·〈황군 위문 문사 부대(皇軍慰問文士部隊)〉(평론, 〈매일신보〉, 1939. 4. 9.)·〈조선 문화 운동의 당면 임무〉(평론, 〈동양지광〉, 1939. 6.)·〈문학의 진실과 보편성-국어 창작 진흥을 위해서〉[평론, 〈경성일보(京城日報)〉, 1939. 7. 26.~8. 1.]·〈싸우는 문화 이념〉[평론, 〈녹기(綠旗)〉, 1939. 8.]·〈전장(戰場)의 미(美)〉[평론, 〈인문평론(人文評論)〉 제4호, 1940. 1.]·〈해신(海神)〉[시, 〈조광(朝光)〉 제76호, 1942. 2.]·〈사석〉[시, 〈국민시가(國民詩歌)〉, 1942. 3.]·〈창작론의 전진 과제〉(평론, 〈매일신보〉, 1942. 3. 19.~3. 21.)·〈12월 8일〉(시, 〈동양지광〉, 1942. 12.)·〈어동정(御東征)〉[시집, 녹기연맹(綠旗聯盟), 1943. 2.]·〈바다에서〉(시, 〈경성일보〉, 1943. 7. 20.)·〈위대한 전사(戰士)〉(시, 〈경성일보〉, 1943. 7. 20.)·〈불문의 도〉(시, 〈국민문학〉, 1943. 11.)·〈나는 울었다〉(시, 〈매일신보〉, 1943. 11. 9.)·〈종제(從弟)에게〉(시, 〈동양지광〉, 1944. 2.)·〈이 봄〉(시, 〈동양지광〉, 1944. 3.)·〈갑종(甲種)〉(시, 〈동양지광〉, 1944. 4.)·〈보도 시첩(報道詩帖)〉[시집, 동도서적(東都書籍), 1944. 6.]·〈장정(長征)〉(소설, 〈국민문학〉, 1944. 8.)·〈학도 동원(學徒動員)〉(시, 〈동양지광〉, 1944. 9.)·〈입단(入團)하는 아침〉[시, 〈문학보국(文學輔國)〉, 1944. 11.].

82

김용호

金容浩 1912. 5. 26. ~ 1973. 5. 14.

한국의 시인.

호(號)는 야돈(野豚)·추강(秋江)·학산(鶴山), 아명(兒名)은 만석(萬石), 창씨개명(創氏改名)한 이름은 가네모토 에이스케(金本英助), 본관(本貫)은 김해(金海).

아버지 김치완(金致琓)과 어머니 박경포(朴敬布)의 3남매 중 막내아들로, 경상남도 마산[馬山, 지금의 창원시(昌原市) 마산합포구(馬山合浦區)]에서 태어났다.

1928년(16세) 마산상업고등학교(馬山商業高等學校)를 졸업한 뒤, 금성철공소와 원동상회 등에서 한동안 직장 생활을 하였다.

1930년(18세) 4월 14일 〈동아일보(東亞日報)〉에 〈춘원(春怨)〉을 발표하면서 시작(詩作) 활동이 비롯되었다.

일본으로 유학하여 1935년(23세) 도쿄 메이지대학(明治大學) 전문학부 법과에 입학, 1941년(29세) 졸업하였다.

1935년 〈동아일보〉(1935. 10. 14.)에 〈선언(宣言)〉을 발표하였고, 같은 해 노자영(→120)이 발행하는 〈신인문학(新人文學)〉(월간 순수 문예지. 1934. 8.~1936. 9. 통권 21호로 종간)에 시 〈내 사랑하는 여인아〉·〈쓸쓸하던 그날〉·〈첫여름 밤에 귀를 기울이다〉 등을 발표하였다.

1938년(26세) 김대봉(→59)·김상옥(→69)·박남수(→175)·윤곤강(→357)·임화(→419)·함윤수(咸允洙, 1916~1984, 한국의 시인) 등과 함께 창간한 〈맥(貘)〉(계간 시 전문지. 1938. 6.~1939. 4. 통권 5호로 종간)의 동인(同人)으로 〈시그넬〉·〈역설(逆說)〉 등을 발표하였고, 같은 해 9월 〈사해공론(四海公論)〉(월간 종합 문예지. 1935. 5.~1939. 11. 통권 55호로 종간)에 낙동강(洛東江)을 배경으로 실향민(失鄕民)의 생활상과 굴욕적인 민족사적 상황에 대한 분노를 노래한 장시(長詩) 〈낙동강〉을 발표하여 시단(詩壇)의 주목을 끌었다. 그 뒤 시작 활동이 더욱 활발해져, 1941년 6월 〈가을〉·〈고독(孤獨)〉·〈담배〉·〈로타리〉·〈바닷가에서〉·〈별리(別離)〉·〈상밥집〉·〈시그넬〉·〈역설〉·〈초조〉·〈행복〉·〈향수(鄕愁)〉·〈허무(虛無)〉 등 25편의 시를 담은 처녀 시집 〈향연(饗宴)〉[도쿄 고아사(興亞社)]을 펴냈다.

1942년(30세) 메이지대학 신문고등연구과(新聞高等研究科)를 수료한 뒤 귀국하여, 선만경제통신사(鮮滿經濟通信社) 기자로 근무하였다.

1943년(31세)에는 시집 〈부동항(不凍港)〉을 펴내려고 하였으나, 일제(日帝)에 압수되는 우여곡절을 겪었다.

광복된 뒤에는 한때 좌익(左翼) 문학 단체에 관여하였으나 완전히 방향을 바꾸었고, 자유문학자협회(自由文學者協會)에 참여하여 그 기관지 〈자유문학〉(월간 순수 문예지. 1956. 6.~1963. 8. 통권 71호로 종간) 주간(主幹)을 맡아 보았다.

1946년(34세) 예술신문사(藝術新聞社) 주간을 지냈고, 그 뒤 건국대학교(建國大學校) 강사를 거쳐 단국대학교(檀國大學校) 국문과 교수(나중에 문리대 학장) 등 주로 대학에서 시문학(詩文學)을 강의하면서 시를 쓰는 일에 전념하였다.

제2시집 〈해마다 피는 꽃〉[시문학사(詩文學社), 1948. 6.]을 펴낸 초기의 시 세계는, 일제 치하(治下)를 배경으로 한 어두운 시대상과 피압박 민족의 서러움을 노래하는 절망과 비애의 시기라고 할 수 있다.

1950년대에 펴낸 제3시집 〈푸른 별〉[남광문화사(南光文化社), 1952. 3.], 제4시집인 서사시집 〈남해 찬가(南海讚歌)〉(남광문화사, 1952. 12.), 〈주막(酒幕)에서〉 등이 실려 있는 제5시집 〈날개〉[대우사(大宇社), 1956. 4.] 등 중기 시에서는 향수를 바탕으로 한 회고(回顧)와 순수 서정, 한국 전쟁(Korean War, 1950. 6. 25.~1953. 7. 27.)과 같은 현실의 충격에 기인한 구국(救國)의 의지와 민족 정기를 노래하였는데, 이 시기가 그의 시작 활동 가운데 절정기에 해당한다.

말기는 1960년대 이후로 시작 활동이 다소 침체된 느낌을 주는 가운데, 서민 의식을 바탕으로 한 생활시가 중심을 이루고 있다. 제6시집 〈의상 세례(衣裳洗禮)〉(1962)와 유작(遺作) 시집 〈혼선(混線)〉(1974)이 여기에 속한다.

1956년(44세) 〈향연〉으로 전국문화단체총연합회(全國文化團體總聯合會, 文總)에서 주는 제4회 자유 문학상(自由文學賞, 1953~1959)을 받았으며, 1962년(50세) 국제 펜클럽(International PEN) 한국 본부 부회장, 1968년(56세) 한국신시(新詩)60년기념사업회 회장 등을 지내면서 한국 문단(文壇)의 발전에 이바지하였으며, 1973년(61세)에는 단국대학교에서 명예 문학 박사 학위를 받았다.

'시는 재치로 쓰는 것이 아니다. 시는 가슴으로 써야 한다.'는 지론(持論)을 지녔으며, 현실 의식이 남달리 강하여 현실과 밀착된 참여 계통의 시를 많이 썼고, 〈낙동강〉·〈부동항(不凍港)〉 등 현실적 경향이 짙은 민족의 암담한 시절을 노래하였지만, 후기에 들어오면서 〈대폿집에서〉[〈신사조(新思潮)〉 제2권 제3호, 1963. 3.]·〈동대문 주변〉·〈주막에서〉 등 가난한 사람들의 인정과 애환을 담은, 관조(觀照)와 회고의 경향으로 흐른 일면을 보여 주었다.

이 밖의 저서와 편저(編著)로 〈시문학 입문(詩文學入門)〉(1949)·〈세계 명작 감상 독본(世界名作鑑賞讀本)〉(1953)·〈한국 애정 명시선(韓國愛情名詩選)〉[문성당(文成堂), 1954]·〈국민 애송 시선(國民愛頌詩選)〉(자유문학자협회, 1956)·〈헝가리 비가(悲歌)〉[수필집. 이영순(→385)과 공저. 자유문학자협회, 1956. 12.]·〈사랑의 서정시〉[박영사(博英社), 1957. 12.]·〈항쟁(抗爭)의 광장(廣場)〉[신흥출판사(新興出版社), 1960. 6.] 등과 〈눈 오는 밤에〉 등이 실려 있는 〈시원 산책(詩園散策)〉(1964) 등 시문학 감상집을 펴냈다.

1983년 5월, 10주기(周忌)를 맞이하여 제자들이 〈김용호 시 전집〉[대광출판사大光出版社)]을 출판하였다.

단국대학교에 〈날개 1〉, 마산합포구 산호동(山湖洞) 산호공원 '시의 거리'에 〈5월이 오면〉이 새겨진 시비(詩碑)가 세워졌다.

83

김일엽

金一葉 1896(고종 33). 4. 28. ~ 1971. 1. 28.

한국의 여류 시인이며 수필가·승려.

본명(本名)은 원주(元周), 불명(佛名)은 하엽(荷葉), 도호(道號)는 백련도엽(白蓮道葉)·하엽당(荷葉堂). '일엽'이라는 이름은 일본 유학 중에 만난 이광수(李光洙, 1892~1950, 한국의 소설가)가 일본의 여류 시인이며 소설가인 히구치 이치요(→529)의 이름에서 따 와 지어 주었고, '백련도엽'은 1934년(38세) 만공선사[滿空禪師, 1871~1946, 한국의 승려이며 독립 운동가. 본명은 송월면(宋月面)]가 하명(下命)한 도호이다.

감리교(監理敎) 목사인 아버지 김용겸(金用兼, 1868~1913)과 어머니 이말대(李馬大, 1873~1900)의 5남매 중 맏딸로, 평안남도 용강군(龍岡郡) 삼화면(三和面) 덕동리(德洞里)에서 태어났다. 5대 독자(獨子)이며 향교(鄕校)의 향장(鄕長)을 지낸 아버지가 목사였던 관계로 20대까지는 교회에 다니며 성장하였고, 기독교는 그녀에게 큰 영향을 미쳤다. 기독교 문화의 영향을 받아 일찍 개화하였던 아버지의 뜻에 따라 남자 아이들과 함께 한학(漢學)을 배웠고, 1906년(10세) 구세소학교(救世小學校)를 졸업, 진남포(鎭南浦)의 삼숭보통여학교(三崇普通女學校)에 입학하였다. 이 여학교에서 윤심덕(尹心悳, 1897~1926, 평양 출신의 여류 성악가이며 배우)을 만나 오랫동안 동무로 지냈다.

1907년(11세) 어린 여동생 인주가 죽었을 때 순한글로 된 신체시(新體詩) 〈동생의 죽음〉을 썼다. 이 시는 최남선(→480)이 〈소년(少年)〉[신문관(新文館). 월간 계몽지. 1908. 11.~1911. 5. 통권 23호로 종간. 우리나라 근대적 종합 잡지의 효시] 창간호에 발표한 〈해(海)에게서 소년에게〉보다 1년 앞서 쓴 한글 자유시라는 점에서 이 시가 사실상 우리나라 신체시의 효시(嚆矢)라는 논란이 제기되고 있다.

1913년(17세) 아버지가 돌아가셔서 외가로 갔으며, 같은 해 삼숭보통여학교를 졸업하고 서울의 이화학당(梨花學堂, 지금의 이화여자고등학교)에 입학, 1918년(22세) 3월 졸업하였다. 이화학당 시절에는 문학 동아리 '이문회(梨文會)'에서 활동하였다.

같은 해, 미국 중부 네브래스카 주의 주도(州都) 링컨(Lincoln)의 네브래스카 웨슬리언대학교(Nebraska Wesleyan University, 1887년 설립)를 졸업하고 1915년부터 연희전문학교[延禧專門學校. 연세대학교(延世大學校)의 전신(前身)] 화학 교수로 재직하고 있던 40대의 독신남이며 절름발이인 부호(富豪) 이노익(李魯益)과 서울 정동 예배당(貞洞禮拜堂)에서 결혼식을 올렸다.

1919년(23세) 남편의 지원과 외할머니의 도움으로 일본으로 유학하여 닛신여학교(日新女學校)와 도쿄영화학교(東京英和學校)에서 공부하였고, 신문학(新文學) 운동과 여성 운동을 전개하였다. 이 때 동갑내기 나혜석(羅蕙錫, 1896~1949, 한국의 여류 화가이며 문필가)을 만났으며, 이광수·허영숙(許英肅, 1897~1975, 한국의 여의사. 1921년 이광수와 결혼, 1946년 이혼)과도 교유하였다.

1920년(24세)부터 본격적으로 문학 활동을 시작하여, 우리나라 최초의 여성 잡지 〈신여자(新女子)〉(월간 종합 여성지. 1920. 3.~6. 통권 4호로 종간)를 창간, 주간(主幹)이 되어 창간호와 제2호(1920. 4.)에 시 〈새벽의 소리〉(창간호~제2호)·〈알거든 나서라〉(창간호)·〈봄이 옴〉·〈춘(春)의 신(神)〉(제2호)·〈화향(花香)〉(제2호), 단편 소설 〈계시(啓示)〉(창간호)·〈나는 가오 : 애연애화〉(창간호)·〈어느 소녀의 사(死)〉(제2호)를 발표하였다.

같은 해 7월 25일 김억(→78)·김영환[金永煥, 1898~1936, 한국의 영화 감독이며 대중 가요 작곡가·각본가·변사. 일명 김서정(金曙汀)]·김찬영(金贊永, 1893~1960, 한국의 문학 평론가이며 극작가·서양화가)·나혜석·남궁벽(→117)·민태원(閔泰瑗, 1894~1935 한국의 소설가이며 번역 문학가·언론인)·변영로(→207)·염상섭(廉想涉, 1897~1963, 한국의 소설가)·오상순(→293)·이병도(李丙燾, 1896~1989, 한국의 사학자)·이익상(李益相, 1895~1935, 한국의 언론인이며 소설가)·이혁로(李赫魯)·황석우(→520) 등과 함께 창간한 〈폐허(廢墟)〉(문예 동인지. 1920. 7.~1921. 1. 통권 2호로 종간) 동인(同人)으로 종간호에 평론 〈먼저 현상(現象)을 타파하라〉 등을 발표하는 등 시·소설·수필 등의 분야에서 활약하였다. 특히 김명순(→65) · 나혜석 등과 함께 근대 문학 1세대 여류 문인(文人)으로 봉건(封建) 체제로부터의 여성 해방을 부르짖으며 자유 연애를 구가(謳歌)하였다.

같은 해 10월에는 YMCA에서 '여성 교육과 사회 문제'에 대한 강연을 하였다.

1921년(25세) 남편과 이혼한 뒤, 다시 일본으로 건너가 도쿄에서 조선의 여성 복식 개량을 주장하는 한편, 남부 규슈(九州) 후쿠오카현(福岡縣) 규슈제국대학(九州帝國大學. 규슈대학의 전신) 법학과에 재학 중이던 오타 세이조(太田清藏, ?~1970)와 동거, 임신하였으나 오타 집안의 반대로 결혼하지는 못하였고, 도쿄의 동무 집에서 아들 태신(泰伸, 1922~, 한국의 화가이며 승려)을 낳았다.{김태신은 도쿄혼고중학교(東京本鄕中學校), 도쿄제국미술학교[東京帝國美術學校, 지금의 무사시노미술대학(武藏野美術大學)], 고야산불교대학(高野山佛教大學)을 졸업한 뒤 화가로 활동하였고, 제주도 출신의 한국인 여자와 결혼, 자녀까지 두었으나 도미(渡美), 1988년 66세에 뉴욕에서 수계출가(受戒出家)하여 승려가 되었다.}

1923년(27세) 귀국하여 유부남이었던 임장화[林長和, ?~?, 한국의 소설가이며 문학 평론가. 〈영대(靈臺)〉 편집인 겸 발행인]와 한동안 동거하였다. 이 무렵 충청남도 예산(禮山) 수덕사(修德寺)에서 만공선사의 법문을 듣고 크게 감명을 받았다.

1925년(29세)부터 3년 동안 아현보통학교(阿峴普通學校) 교사로 근무하면서 1926년(30세)부터 1928년(32세)까지 전국 각지를 다니며 자유 연애, 자유 결혼 운동을 설파하였다.

〈신민공론(新民公論)〉(1921년 5월 26일 창간) 편집 동인이었고, 〈조선일보(朝鮮日報)〉에 〈애원(哀願)〉(1926. 8. 6.) · 〈휴지(休紙)〉(1926. 8. 6.), 〈동아일보(東亞日報)〉에 〈이별〉(1926. 9. 30.) · 〈추회(秋懷)〉(1926. 9. 30.) · 〈이로(異路)〉(1926. 12. 4.) · 〈침입자(侵入者)〉(1926. 12. 4.) 등의 시, 〈혜원(蕙媛)〉(〈신민공론〉, 1921. 6.) · 〈순애의 죽음〉(〈동아일보〉, 1926. 2. 2.) · 〈사랑〉(〈조선문단〉 제15호, 1926. 4.) · 〈자각(自覺)〉(〈동아일보〉, 1926. 6. 19.~6. 26.) · 〈단장(斷腸)〉[〈문예시대(文藝時代)〉 종간호, 1927. 1.] 등의 단편을 발표하였다. 문학 활동을 하는 한편, 동아일보사 문예부 기자, 〈불교(佛敎)〉(월간 불교 잡지. 1914년 창간) 문화부장으로 활약하면서 여성의 자유와 개방을 추구하며 지위 향상 운동을 폈다.

1927년(31세)에는 사회적으로 큰 파문(波紋)을 던지며 비난과 환영을 동시에 받은 〈나의 정조관(貞操觀)〉(〈조선일보〉, 1. 8.)을 발표하였다.

초기에는 이성(異性)에 대한 그리움이 담긴 한맺힌 시를 쓰다가 불교에 귀의하면서 선시(禪詩)를 썼다. 시 〈오도송(悟道頌)〉 · 〈절구(絕句)〉에서는 사물과 중생(衆生)을 자신과 하나로 보는 좌선(坐禪)의 미학(美學)을 보여 주었다.

1928년 7월 금강산(金剛山) 표훈사(表訓寺) 신림암(神林庵)에서 하안거(夏安居)를 마치고, 10월 서울 선학원(禪學院)에서 만공선사에게 수계(受戒)하여 불교 신자(信者)가 되었다. 또한 같은 해 〈한빛〉(월간 한국학 전문지. 1928. 1.~8. 통권 8호로 종간)에 평론 〈조선 신흥 문학에 있는 여류의 업적〉을 연재하였고, 〈불교〉에 단편 〈영지(影池)〉(1928. 9.)를 발표하였다.

이 무렵 백성욱[白性郁, 1897~1981, 한국의 정치가이며 교육자 · 승려. 1925년 독일 뷔르츠부르크대학(Julius-Maximilians-Universität Würzburg)에서 철학 박사 학위를 받았고, 내무부 장관(1950)과 제2대 동국대학교 총장(1953~1961)을 지냈다.]을 만나 7~8개월 동안 사귀다가 헤어졌는데, 이 때 극심한 심적 충격을 받았다.

1929년(33세)에는 〈조선일보〉에 단편 〈희생(犧牲)〉(1929. 1.)과 〈혜로인〉, 〈불교〉에 〈파랑새로 화한 두 청춘(靑春)〉을 발표하였다. 같은 해 8월 재가승(在家僧) 하윤실(河允實)과 재혼하였다가 1932년(36세) 가을 이혼하였다.

1932년 〈삼천리(三千里)〉(월간 종합 교양지. 1929. 6.~1942. 1. 통권 150호로 종간) 제25호(1932. 4.)에 시 〈겨울밤〉 · 〈님과 고적(孤寂)〉 · 〈님에게〉 · 〈애별(哀別)〉 · 〈화원(花園)에서〉과 단편 〈애욕(愛慾)을 피하여〉, 〈불교〉 4월호에 시 〈청춘〉 · 〈행로난(行路難)〉, 5월호에 〈귀의(歸依)〉 · 〈님의 손길〉, 6월호에 〈낙화(落花)〉 · 〈낙화유수(落花流水)〉, 10월호에 〈가을〉 · 〈경대(鏡臺) 앞에서〉 · 〈만학(晩學)〉 · 〈불교지(佛敎誌)〉 · 〈세존(世尊)〉, 11~12월호에 〈무제(無題)〉, 단편 〈자비(慈悲)〉를 발표하였다. 또한 같은 해 흥사단(興士團)의 국내 단체인 수양동우회(修養同友會) 기관지 〈동광(東光)〉(월간 종합 교양지. 1926. 5.~1933. 1. 통권 40호로 종간) 제31호(1932. 3.)에 평론 〈노래가 듣고 싶은 밤〉, 〈신동아(新東亞)〉(월간 종합 교양지. 1931. 11.~1936. 9. 통권 59호로 폐간. 1964년 9월 통권 60호로 복간) 제6호(1932. 4.)에 시 〈모든 꽃을 다〉, 〈신여성

(新女性)〉(월간 여성 교양지. 1923. 9.~1926. 10. 제31호 발간 후 휴간, 1931. 1. 속간, 1934. 6. 제41호로 종간, 통권 72호로 종간) 제53호(1932. 11.)에 시 〈단념(斷念)〉·〈신여성지에〉·〈풍속〉을 발표하였다.

1933년(37세)에는 〈삼천리〉에 단편 〈50전 은화(五十錢銀貨)〉(제5권 제1호. 1933. 1.), 〈조선일보〉에 시 〈나의 노래〉(1. 30.)·〈금입새 하나〉(2. 11.)·〈봄은 왔다-그러나 이 강산에만〉(2. 28.), 〈신여성〉에 시 〈시계 소리를 들으면서〉, 〈제일선(第一線)〉[월간 종합 교양지. 1932. 5.~1933. 3. 통권 11호로 종간. 〈혜성(彗星)〉(월간 종합 교양지. 1931. 3.~1932. 4. 통권 13호로 종간)의 후신(後身)] 종간호에 시 〈어린 봄〉, 〈불교〉 7월호에 시 〈시계추를 쳐다보며〉 등을 발표하였다.

일찍이 결혼에 실패하였고, 자유 분방한 사생활과 자유 연애에 환멸을 느껴, 중년에 기독교에서 불교로 방향을 바꾸었고, 1933년 속세(俗世)와 인연을 끊고 금강산 서봉암(瑞鳳庵)에서 이성혜(李性惠) 비구니를 은사(恩師)로 하여 삭발, 수계하고, 9월 만공선사가 있던 수덕사 견성암(見性庵)에 입산하였다.

1960년(64세) 견성암을 떠나 부속 암자인 환희대(歡喜臺)로 거처를 옮겼으며, 다시 붓을 들어 자신의 심정을 고백한 수상록(隨想錄) 〈어느 수도인(修道人)의 회상(回想)〉[수덕사 견성암, 1960. 원제(原題)는 〈어느 실성인(失性人)의 회상〉]을 펴내고, 그 뒤 〈청춘을 불사르고〉[문선각(文宣閣), 1962]·〈행복과 불행의 갈피에서〉[휘문출판사(徽文出版社), 1965] 등의 수필집을 펴냈다.

1967년(71세) 8월 이광수의 장편 소설 〈이차돈(異次頓)의 사(死)〉(〈조선일보〉, 1935. 9. 28.~1936. 4. 12.)를 포교(布敎) 법극(法劇)으로 각색(脚色)하여 서울 명동(明洞) 국립극장에서 상연하였으며, 그 수익금은 지금의 견성암 건립 기금에 충당하였다.

1971년(75세) 1월 28일 법랍(法臘) 43년으로 견성암 별실에서 열반(涅槃)하였는데, 2월 1일 우리나라 불교 최초의 '전국 비구니장(葬)'으로 수덕사 다비장(茶毘場)에서 다비식을 봉행(奉行)하였다.

그녀의 문학 세계는 작품의 예술성보다도 주제에 비중을 둔 것이 특징으로, 작품 자체는 높이 평가받지는 못하였다. 그러나 근대 문학 초기에 여성으로서 대담한 사회 활동과 아울러 남성들과 어깨를 나란히 하여 작품 활동을 함으로써 오랫동안 폐쇄된 규범 속에 묻혀 있었던 여성들이 사회 진출과 문학 활동에 참여할 수 있는 길을 열어 놓았다는 점은 대체로 높이 평가받았다.

한편, 염상섭의 초기 소설 〈너희들은 무엇을 얻었느냐〉(1923~1924)의 모델로도 알려져 있다.

*** 김정식(金廷湜) → 김소월**(→73)

84

김정옥

金正鈺 1932. 2. 11. ~

한국의 시인이며 연출가.

광주(光州)에서 태어났다.

1950년(18세) 광주공립중학교, 1955년(23세) 서울대학교 불어불문과를 졸업한 뒤 1956(24세)~1958년(26세) 파리의 소르본대학교[Université de Sorbonne, 지금의 파리대학교(Université de Paris)]에서 프랑스 현대 문학과 영화·연극을 공부하였다.

1954년(22세) 2월, 전라남도 출신 대학생들로 구성된 시 동인지(同人誌) 〈영도(零度)〉 동인으로 활동하면서 시를 발표하였고, 1959년(27세) 〈사상계(思想界)〉(월간 종합 교양지. 1953. 4.~1970. 5. 통권 205호로 종간) 신인 현상(懸賞) 문예에 시 〈오후(午後)〉가 당선되어 문단(文壇)에 나왔다. 그 뒤 〈여기는 언제나〉(1961) 등 20여 편의 시를 발표하였다.

1959년 귀국하여 중앙대학교(中央大學校) 연극영화과 강사로 시작하여 외국 연극계의 소개문과 번역물을 발표하였고, 1960년(28세) 교수가 되어 1996년(64세)까지 후진 양성에 진력하였다.

1963년(31세) 1월, 양광남(梁光南, 1933~2009, 한국의 연극인)·이근삼(李根三, 1929~2003, 한국의 극작가이며 연극학자)·최명수(崔明洙, 1925~, 한국의 연극 배우)와 함께 극단 민중극장(民衆劇場)을 창단하여, 이오네스코(Eugène Ionesco, 1912~1994, 루마니아 태생 프랑스의 전위 극작가)의 희곡 〈대머리 여가수[La Cantatrice chauve(The Bald Soprano/The Bald Prima Donna)]〉 등을 번역·상연하였다.

같은 해 6월, 고원(高遠, 1925~2008, 한국의 시인)·박용구(朴容九, 1923~1999, 한국의 소설가)·이인석(→394)·장호[章湖, 1929~1999, 한국의 시인. 본명 김장호(金長好)]·최재복(崔載福)·홍윤숙(洪允淑, 1925~, 한국의 여류

시인) 등과 함께 동인 단체 시극동인회(詩劇同人會)를 조직하여 활동하였다.

1966년(34세) 이병복(李秉福, 1927~, 한국의 여류 무대 미술가)과 극단 자유극장(自由劇場)을 창단하였으며, 그 뒤 한불협회(韓佛協會) 사무국장(1968), 국제극예술협회(ITI, International Theatre Institute) 한국 본부 사무국장·부위원장(1972), 집행 위원(1981~1997)과 한국 본부 회장(1982~1993), 세계 본부 부회장(1991~1995), 국제 본부 회장(1995~2002), 한국연극협회(韓國演劇協會) 이사장(1979~1982), 예술원(藝術院) 회원(1991), 한국영화학회 회장(1992~1994), 한국문화예술진흥원(韓國文化藝術振興院, 2005년 1월 한국문화예술위원회로 개편) 원장(2000~2003), 예술원 회장(제35대, 2011. 12. 20.~2013. 12. 19.) 등을 지냈다.

〈파리 무대에 올려진 카프카〉·〈무대본(無臺本) 연극은 가능한가〉(1973) 등 외국 연극을 소개하였고, 연극 연출 이외에도 도데(Alphonse Daudet, 1840~1897, 프랑스의 소설가)의 단편 〈월요(月曜) 이야기[Contes du lundi (The Monday Tales)]〉(1873)를 번역한 〈월요 이야기〉[삼성문화문고(三星文化文庫), 1972]를 비롯하여 〈영화학 입문〉[영화진흥공사(映畫振興公社), 1982] 등을 번역하였고, 〈나의 연극 교실〉[서문당(瑞文堂), 1974. 4.]·〈영화 예술론〉[동화출판공사(同和出版公社), 1975]·〈시인이 되고 싶은 광대〉[혜화당(惠和堂), 1993]·〈바람 부는 날에도 꽃은 피네〉(혜화당, 1994)·〈연극적 창조의 길〉(시각과언어, 1997)·〈영화론의 전개와 제3의 영화〉(시각과언어, 1997) 등 영화·연극의 평론과 번역물을 펴냈다.

2004년(72세) 5월 경기도 광주시(廣州市) 남종면(南終面) 분원리(分院里)에 평생 모은 석인(石人)과 인형 1천여 점이 전시된 '얼굴 박물관'을 개관하였다.

서울 문화 예술상(1964), 〈한국일보(韓國日報)〉 연극·영화 연출상(1964), 제6회 백상 예술 대상(百想藝術大賞) 연출상(1970), 동아 연극상 연출상(1978), 제32회 서울특별시 문화상(1983), 대한민국 문화 예술상(1985), 프랑스 정부 문화 훈장(1985)과 프랑스 예술 문학 훈장(2002), 예술 문화 대상(1989), 금호 예술상(錦湖藝術賞)(1990), 제38회 대한민국 예술원상(1993), 최우수 예술인상(1995), 제20회 동랑 연극상(東朗演劇賞)(1998), 은관 문화 훈장(銀冠文化勳章)(1998), 일본 니케이(日經) 아시아상(1998), 일민 문화상(一民文化賞)(1998) 등을 받았다.

1961년(29세) 이화여자대학교(梨花女子大學校) 75주년 기념 행사의 하나로 이화여대 연극반과 함께 상연한 아리스토파네스(Aristophanes, B.C.450?~B.C.388?, 고대 그리스의 최대 희극 시인)의 희극 〈리시스트라타(Lysistrata, '여자의 평화')〉의 연출을 시작으로, 포크너(William Cuthbert Faulkner, 1897~1962, 미국의 소설가. 1949년 노벨 문학상을 받았다.) 원작을 카뮈(Albert Camus, 1913~1960, 프랑스의 소설가이며 극작가·평론가. 1957년 노벨 문학상을 받았다.)가 각색(脚色)한 〈흑인 창녀(娼女)를 위한 고백(告白)〉[원제(原題)는 〈어느 수녀(修女)를 위한 진혼곡(鎭魂曲)(Requiem for a Nun)〉]을 50년 기념작이며 100번째 연출작으로 2011년(79세) 11월 서울 대학로(大學路) 예술극장에서 상연하였다.

85

김조규

金朝奎 1914. 1. 20. ~ 1990. 12. 3.

북한의 시인.

부유한 지주(地主) 집안의 목사 김명덕의 7남 5녀 중 둘째 아들로, 평안남도 덕천군(德川郡) 태극면(太極面) 풍전리(豊田里)에서 태어났다.

평양(平壤)의 숭실중학교(崇實中學校)를 거쳐 1937년(23세) 숭실전문학교[崇實專門學校, 숭실대학교의 전신(前身). 1897년에 설립된 우리나라 최초의 종합 대학교] 영문과를 졸업하였다. 숭실중학교 재학 중인 1929년(15세) 광주 학생 운동(光州學生運動, 1929. 11. 3.)을 지원하는 학생 운동에 참여하였다가 경찰에 체포되어 6개월 동안 평양 감옥에서 복역하였다.

1931년(17세) 8월 〈조선일보(朝鮮日報)〉에 시 〈연심(戀心)〉, 12월 〈비판(批判)〉(월간 평론지, 1931. 5.~1940. 1. 통권 114호로 종간)에 〈폐허(廢墟)에 비친 가을 석양(夕陽)이여-고목(古木)에 새긴 노래〉가 실려 등단(登壇)하였다. 1931~1932년(18세)에 걸쳐 흥사단(興士團)의 국내 단체인 수양동우회(修養同友會) 기관지 〈동광(東光)〉(월간 종합 교양지, 1926. 5.~1933. 1. 통권 40호로 종간)에서 주최한 제1회 중등 학생 지상(紙上) 경기 대회에 참가하여 〈검은 구름이 모일 때〉가 신시(新詩) 부문에서 1등을 하였으나 작품은 실리지 않았다.

1930년대에는 모더니즘과 사회주의(社會主義, socialism)

경향이 함께 나타나는 시를 썼는데, 당시의 사상적 조류(潮流)와 깊은 관계가 있었다. 또한 초기에는 사회주의 혁명을 위하여 1925년 8월 조직된 문예 운동 단체 카프(KAPF, 조선프롤레타리아예술동맹. 에스페란토식 표기인 'Korea Artista Proleta Federatio'의 머리글자. Korea Proletarian Artist Federation)의 경향에 동조하는 시를 썼다. 또한 〈붉은 해가 나래를 펼 때〉(〈동광〉 제30호, 1932. 1.) · 〈어버이 잃은 가슴이〉(〈동광〉, 1932) · 〈달빛 흐르는 포구(浦口)의 밤〉[〈조선문학(朝鮮文學)〉 제6호, 1934. 1.] 등의 초기 시는 호흡이 상당히 긴 남성적인 어조(語調)로 진보성을 띤 '동반자 작가(同伴者作家, 1925년대 전후 프로 문학에 사상적으로 동조한 작가들을 통틀어 일컫는 말)' 경향을 보였다.

1935년(21세)에는 단편 소설 〈윤 초시(尹初試)〉[〈중앙(中央)〉 제16호, 1935. 2.]를 발표하여 김동인(金東仁, 1900~1951, 한국의 소설가)에 의하여 유망한 신진 작가로서 호평을 받았다.

1938년(24세) 평양에서 구연묵(具然默) · 김성집(金聖集) · 김이석(金利錫, 1914~1964, 한국의 소설가) · 김화청(金化淸, 1917~?, 한국의 소설가) · 양운한(楊雲閒, ?~?, 북한의 시인이며 평론가) · 유항림(俞恒林, 1914~1980, 북한의 소설가) · 최정익(崔正翊, ?~?, 한국의 소설가) 등과 함께 〈단층(斷層)〉(문예 동인지, 1937. 4. 22.~1938. 3. 3. 통권 3호로 종간) 동인(同人)으로 활동하였다.

1930년대 후반에는 문단(文壇)의 전체적인 침체와 맞물려 감상주의(感傷主義, sentimentalism) · 모더니즘 · 심리주의(心理主義, psychologism)의 경향을 보였는데, 〈단층〉 제2호와 종간호에 실린 〈묘(猫)〉 · 〈밤 부두〉 · 〈오후〉 · 〈피곤한 풍속〉 · 〈해안촌의 기억〉 등이 그 예이다. 당시 이러한 경향은 민병균(閔丙均, 1914~?, 북한의 시인이며 소설가) · 오장환(→298) · 이용악(→388) 등의 시인들에서도 나타났다.

숭실전문학교를 졸업한 뒤 일본 유학을 시도하였으나 학생 운동 전과(前科) 때문에 불온 학생이라는 낙인이 찍혀 이루지 못하고 함경북도 성진[城津, 지금의 김책시(金策市)]의 보신학교(普信學校)에서 교편(教鞭)을 잡고 있다가, 1940년(26세) 만주(滿洲) 간도(間島)로 갔으며, 1943년(29세)까지 옌지현(延吉縣)의 조양천농업실천학교(朝陽川農業實踐學校)에서 영어와 역사를 가르쳤다.

1942년(28세) 9월 간도에서 〈만주 시인집(滿洲詩人集)〉[제일협화구락부문화부(第一協和俱樂部文化部)]에 〈소년 일대기(少年一代記)〉 · 〈실내(室內)〉 · 〈호궁(胡弓)〉 등을 발표하였으며, 같은 해 10월 〈재만 조선 시인집(在滿朝鮮詩人集)〉[옌지 예문당(藝文堂)]을 편집하면서 〈남풍(南風)〉 · 〈밤의 윤리(倫理)〉 · 〈병든 구도(構圖)〉(1940) · 〈3등 대합실〉 · 〈선인장〉(1941) · 〈연길역(延吉驛) 가는 길〉(1941) · 〈장렬(葬列)〉 · 〈호궁〉 등의 시를 실어, 망국(亡國)의 한과 울분을 삭이는 민족주의(民族主義, nationalism)적인 시로 일제(日帝) 암흑기 시단(詩壇)의 맥을 이었다.

1943년(29세) 가을 신징[新京, 지금의 지린성(吉林省) 창춘(長春)]으로 가서 〈만선일보(滿鮮日報)〉[1933년 8월 25일 신징에서 창간한 한국어 신문 〈만몽일보(滿蒙日報)〉가 1936년 11월 지린성 옌볜(延邊) 조선족 자치주 룽징(龍井)의 〈간도일보(間島日報)〉를 매수 · 통합하여 1937년 10월 21일 제호(題號)를 바꾸었다.] 편집 기자로 입사하였고, 1945년(31세) 3월쯤 향리(鄕里)로 돌아왔다가 광복을 맞았다.

광복 이전의 시는 고향 상실자의 비애를 담고 있는 것들이 많은데, 〈회향곡(懷鄕曲)〉[〈신동아(新東亞)〉, 1932]을 비롯하여 〈귀로(歸路)〉 · 〈귀향자(歸鄕者)〉 · 〈노스탤지야〉 · 〈밤마다 흩어진 마음〉(1934) · 〈이별(離別)〉[〈조선중앙일보(朝鮮中央日報)〉 1934. 4. 4.] · 〈누이야 고향에 가면은〉(1935) · 〈풍경화〉(〈조선중앙일보〉 1935. 8. 6.) · 〈풍경화—산을 찾아서〉(〈조선중앙일보〉 1935. 10. 8.) 등이 여기에 해당하는 작품이다. 〈동아일보(東亞日報)〉 · 〈신인문학(新人文學)〉(월간 순수 문예지, 1934. 8.~1936. 9. 통권 21호로 종간) · 〈조선문학〉(월간 순수 문예지, 1933. 5.~11. 제4호로 휴간, 1936. 5. 1. 속간, 1937. 8. 1. 다시 휴간, 1939. 1. 1. 속간. 6월, 통권 19호로 종간) · 〈조선중앙일보〉(일간지, 1933. 3. 7.~1937. 11. 5.) 등에 꾸준히 작품을 발표하였고, 수필 2편과 약 70편의 시를 남겼다.

1945년 9월, 김이석 · 김화청 · 남궁만(南宮滿, 1915~1987, 북한의 극작가) · 박남수(→175) · 양명문(→278) · 오영진(吳泳鎭, 1916~1974, 한국의 극작가이며 시나리오 작가 · 영화 이론가) · 원응서(元應瑞, 1914~?, 한국의 번역 작가) · 유항림 · 장수철(張壽哲, 1916~1993, 한국의 시인이며 아동문학가) · 전재경(田在卿) · 최명익(崔明翊, 1902~1946, 북한의 소설가) · 한태천(韓泰泉, 1906~?, 북한의 극작가) · 함윤수(咸允洙, 1916~1984, 한국의 시인) · 황순원(→521) 등과 함께 우익 계열인 평양예술문화협회(平壤藝術文化協會, 평문협)를 결성하였으나 나중에 북조선문학예술총동맹[北朝鮮文學藝術總同盟, 1946년 3월 25일 '북조선예술총연맹'으로 결성, 1946년 10월 '북조선문학예술총동맹'으로 개칭, 1951년 3월 '조선문학예술총동맹'으로 개편, 1961년 3월 2일 '조선문학예술총동맹(문예총)'으로 부활]에 흡수되면서 '문예총'에서 활약하였다. 광복 직후에 쓴 〈당신이 부르시기에〉(1945)는 김일성[金日成, 1912~1994, 북한의 주석. 본명(本名)은 김성주(金成柱). 재임 1948~1994]을 환영하는 평양시 군중 대회장에서 읊은 시이다.

1947년(33세)쯤 월북(越北)하였으며, 그 뒤 평양예술대학 교수가 되었고, 한국 전쟁(Korean War, 1950. 6. 25.~1953. 7. 27.)이 일어나기 전까지 시집 〈동방(東方)〉[조선신문사(朝鮮新聞社), 1947. 9.]을 펴낸 것을 비롯하여 여러 편의 작품을 발표하였으며, 〈문화전선(文化戰線)〉[문예총 기관지. 1946년 7월 25일 창간, 1948년 1월 〈문학예술(文學藝術)〉로 제호를 바꾸었다가 1953년 10월 〈조선문학〉으로 다시 바꾸어 오늘에 이른다. 북한 제일의 월간 종합 문예지]의 창간 작업에도 관여하였다.

한국 전쟁 때에는 종군(從軍) 시인으로 북한군 775부대를 따라 낙동강(洛東江), 경상북도 영천(永川) 일대까지 내려왔다. 이 무렵 항일(抗日) 유격 대원들의 영웅적 성격을 보여 준 〈이 사람들 속에서〉를 비롯하여 〈달도 없는 어두운 밤〉, 북한군의 영웅적 투쟁을 형상화한 〈여기 한 사람을 묻는다〉 등이 실려 있는 전선 시집(戰線詩集) 〈이 사람들 속에서〉(1950)를 펴냈다.

1952년(38세)에 중국을 방문하였고, 같은 해 오스트리아의 수도(首都) 빈(Wien)에서 열린 세계인민평화대회에 북한 대표로 참가하였다. 〈문학예술〉 주필(主筆), 문예총출판사(文藝總出版社) 주필로 있으면서 창작 활동을 계속하였고, 김일성종합대학(金日成綜合大學, 1946년 10월 1일 개교) 문과대 교수가 되었으나 반종파 투쟁(反宗派鬪爭, 1956~1961) 과정에서 허가이(許哥而, 1890~1953, 북한의 공산주의 운동가)의 소련파(蘇聯派)와 함께 숙청(肅淸)당하였다. 1956년(42세)까지는 작품 활동을 하였으나 그 뒤 이태준(李泰俊, 1904~?, 북한의 소설가)과의 교분 때문에 집필 금지를 당하고 협동 농장으로 밀려났다가, 1960년(46세)에 복귀하여 작품 활동을 재개, '량강동 창작실(兩江洞創作室)'에 소속되어 후진을 양성하였다.

북한 체제에서도 과업시(課業詩)·선전시(宣傳詩) 등 체제나 이념시로부터 벗어나 전통 서정을 지킨 드문 북한 시인으로 알려져 있다. 북한 문학사에서 1974년(60세)까지 그의 창작 활동을 긍정적으로 보고 있는 것으로 보아, 그의 모더니즘 경향은 겉으로 드러나는 것은 아니었던 듯하다. 그 동안 규제 문인으로 묶여 있다가 1988년 7월 정부의 월북 문인 해금(解禁) 조치 발표로 그의 모든 작품이 해금되었다.

이 밖의 작품으로 〈귀족(貴族)〉(1944), 새 조국 건설에의 투쟁을 노래한 〈생활의 흐름〉(1946)·〈배움의 밤〉(1947), 비교적 긴 형식의 헌시(獻詩)로 '김일성이 창당한 당에 대한 칭송의 마음을 심오하게 일반화한 작품'으로 평가되는 〈북조선노동당 제2차 전당 대회에 올리는 시〉(1948), 보천보 전투(普天堡戰鬪, 1937. 6. 4.)를 소재로 한 서정시 〈대오(隊伍)는 이 밤을 걷는다〉(1950), 통일과 반미(反美)를 소재로 한 〈아침 독보회(獨步會)〉(1954), 농촌의 현실을 그린 〈포전(圃田) 오락회〉(1955), 〈어머니 환갑날에〉(1957), 노동 계급의 충성심을 노래한 〈수령께서 우리 공장에 오시다〉(1959), '미제(美帝)의 침략적 본성과 일제의 재침 책동을 폭로 단정한 서정시'로 소개된 〈미 제국주의(美帝國主義)를 단죄(斷罪)한다〉(1974), 김일성을 찬양한 〈그 하나만으로도〉(〈조선문학〉, 1988. 6.) 등이 있고, 1960년(46세) 〈김조규 시선집(金朝奎詩選集)〉을 펴냈다.

86

김종길

金宗吉 1926. 11. 5. ~

한국의 시인이며 영문학자.

본명(本名)은 치규(致逵).

경상북도 안동(安東)에서 태어났다.

1940년(14세) 대구사범학교[大邱師範學校. 경북대학교(慶北大學校) 사범대학의 전신(前身)]를 거쳐(~1945. 3.) 1945년(19세) 혜화전문학교[惠化專門學校. 동국대학교(東國大學校)의 전신] 국문과에 입학하였다가 1950년(24세) 고려대학교(高麗大學校) 영문과를 졸업하였고, 1960(34세)~1961년(35세) 잉글랜드 북동부 요크셔(Yorkshire)주 셰필드(Sheffield)의 셰필드대학교(University of Sheffield, 1905년 설립)에서 영문학을 공부하였다.

1947년(21세) 〈경향신문(京鄉新聞)〉 신춘 문예 시 부문에 〈문(門)〉이 가작으로 당선되었다.

1952년(26세)부터 교직(敎職) 생활을 하여, 대구공업고등학교(大邱工業高等學校), 경북대학교(慶北大學校)에 출강하였고(1954~1956), 청구대학[靑丘大學, 1967년 12월 대구대학(大邱大學)과 통합되면서 영남대학교(嶺南大學校)로 개편](1956~1958)와 고려대학교 영문학 교수(1958~1992)를 지냈다.

1955년(29세) 〈현대문학(現代文學)〉(월간 순수 문예지. 1955. 1.~현재) 제4호(1955. 4.)에 〈성탄제(聖誕祭)〉를 발표하며 등단(登壇)하였다.

평론 〈신낭만파(新浪漫派)와 운동파〉(1962)·〈엘리엇의 인간〉(1962)·〈시(詩)와 지성(知性)〉(1963)·〈아카데미시즘과 나르시즘〉(1963)·〈실험과 재능〉(1964) 등을 발표하였는데, 평론에서도 주지주의(主知主義, intellectualism), 특히 '신비평(新批評, new criticism)' 계열과 상통하고 있다.

1969년(43세) 처녀 시집 〈성탄제〉[삼애사(三愛社)]를 펴냈으며, 시 〈춘니(春泥)〉(1966)·〈설날 아침에〉(〈성탄제〉, 1969)·〈수국(水菊)〉(1970)·〈고고(孤高)〉(1971)·〈달〉(1971) 등을 발표하였는데, 시는 엘리엇(Thomas Stearns Eliot, 1888~1965, 미국 태생 영국의 시인이며 문학 평론가·극작가)·파운드(Ezra Weston Loomis Pound, 1885~1972, 미국의 시인)·흄(Thomas Ernest Hulme, 1883~1917, 영국의 시인이며 문학 평론가·철학자) 등 주지주의 영향을 받았다.

1973년(47세) 10월 김광림(金光林, 1929~, 한국의 시인)·김종해(金鍾海, 1941~, 한국의 시인)·박남수(→**175**)·박목월(→**461**)·이건청(李健淸, 1942~, 한국의 시인)·이형기(李炯基, 1933~2005, 한국의 시인) 등과 함께 〈심상(心象)〉(월간 시 전문지. 1973. 10.~현재)을 창간하였다.

이 밖에 번역서 〈20세기 영시선(英詩選)〉(1954), 시론집(詩論集) 〈시론〉(1965)·〈진실과 언어〉(1974)·〈시에 대하여〉(1986)·〈한국시의 위상(位相)〉(1986)·〈시와 시인들〉(1997)·〈시와 삶 사이에서〉(2005), 시집 〈하회(河回)에서〉[민음사(民音社), 1977]·〈황사 현상(黃砂現象)〉(민음사, 1986)·〈달맞이꽃〉(민음사, 1997)·〈해가 많이 짧아졌다〉(솔, 2004)·〈해거름 이삭줍기〉(현대문학사, 2008)·〈그것들〉[서정시학(抒情詩學), 2011], 〈김종길 시전집〉(민음사, 1986), 수필집 〈산문(散文)〉[정우사(正宇社), 1986], 시선집(詩選集) 〈천지현황(天地玄黃)〉[미래사(未來社), 1991], 영역(英譯) 한국 한시선(漢詩選) 〈Slow Chrysanthemums〉(런던 Anvil Press, 1987), 영문 시론집 〈The Darling Buds of May〉(1991)와 〈현대의 영시(英詩)〉(1998), 영역 김춘수(→**95**) 시선 〈The Snow Falling on Chagall's Village(샤갈의 마을에 내리는 눈)〉(1998), 시론 선집 〈시를 어떻게 읽을 것인가〉(1998), 독역(獨譯) 시선 〈Nachtkerze(달맞이꽃)〉(괴팅겐 Edition Peperkorn, 2001) 등을 펴냈다.

제26대 한국시인협회(韓國詩人協會) 회장(1988~1989), 예술원(藝術院) 회원(1993), 예술원 부회장(2004~2007)을 지냈으며, 1992년(66세) 국민 훈장 동백장(冬柏章), 1996년(70세) 제10회 인촌상(仁村賞), 1998년(72세) 은관문화 훈장(銀冠文化勳章), 2000년(74세) 제45회 대한민국 예술원상, 2005년(79세) 제5회 고산 문학 대상(孤山文學大賞)과 제2회 육사 시문학상(陸史詩文學賞), 2007년(81세) 제8회 청마 문학상(靑馬文學賞), 2009년(83세) 제13회 만해 대상(卍海大賞), 2011년(85세) 제1회 이설주 문학상(李雪舟文學賞)을 받았다.

서울 중구(中區) 청계천로(淸溪川路) 금세기빌딩 앞에 문학비(文學碑), 충청남도 보령시(保寧市) 성주면(聖住面) 개화리(開花里) 개화예술공원(開花藝術公園) 모산한국육필문예공원에 그의 〈솔개〉가 새겨진 시비(詩碑)가 있다.

87

김종문

金宗文 1919. 4. 22. ~ 1981. 1. 17.

한국의 시인이며 문학 평론가.

평양(平壤)에서 태어났다.

도쿄외국어학교(東京外國語學校) 프랑스 어과[아테네프랑세(Athine-France)]를 졸업하고 일본에서 출판사에 근무하였다.

광복된 뒤 입대하여 통위부(統衛部) 보도과장, 국방부 정훈국장을 지냈고, 1957년(38세) 육군 준장으로 예편하였다.

평론 〈문학의 문화에 미치는 영향〉[〈백민(白民)〉, 1948]을 발표하여 등단(登壇)하였다.

1952년(33세) 시 〈두 유령(幽靈)의 대화(對話)〉·〈신천지(新天地)〉·〈레지스탕스(Resistance)〉 등 모더니티를 중시한 작품을 발표하여 한국 전쟁(Korean War, 1950. 6. 25.~1953. 7. 27.)의 와중에서 시작(詩作) 활동을 개시

하였다. 같은 해 3월, 처녀 시집 〈벽(壁)〉[문헌사(文憲社)]을 펴내, 전쟁의 참혹상을 투명한 이미지로 조명하였으며, 폐허를 딛고 일어나려는 인간의 의지를 형상화하였다. 또한 문총구국대(文總救國隊) 육군종군작가단[陸軍從軍作家團, 1951년 5월 26일 대전(大田)에서 결성] 기관지 〈전선문학(戰線文學)〉(육군종군작가단의 부정기 간행 잡지. 1952. 4.~1953. 12. 통권 7호로 종간)에 시 〈6월의 항거〉를 발표하였다.

1953년(34세) 7월 제2시집 〈불안한 토요일〉[보문각(普文閣)]에서는 현대인의 불안을 수학·물리·화학 등의 기호를 사용하여 지적(知的)인 이미지로 묘사하였다. 초기에는 철저한 모더니즘과 영미(英美)의 주지주의(主知主義, intellectualism) 영향을 받아 시에 도식적(圖式的)인 활자나 과학적인 기호 등을 썼다. 특히 발레리(Paul Valéry, 1871~1945, 프랑스의 시인이며 문학 평론가·사상가)와 엘리엇(Thomas Stearns Eliot, 1888~1965, 미국 태생 영국의 시인이며 문학 평론가·극작가)의 영향을 받아 심화되어 신선한 감성을 발휘하였다.

평론 〈T.S. 엘리엇과 위기 의식의 극복〉[〈조선일보(朝鮮日報)〉, 1955. 11. 4.~11. 6.]·〈폴 발레리와 지성(知性)의 엄정(嚴正)〉(〈조선일보〉, 1955. 12. 15.~12. 17.)·〈현대시와 에즈라 파운드의 위치〉[〈동아일보(東亞日報)〉, 1959. 5. 3.] 등에서 보듯이 그의 비평적 관심은 주지주의 방법에 있었다.

1955년(36세) 11월 제3시집 〈시사 시대(詩史時代)〉(보문각)를 펴내면서 감정을 억제하고 현대 문명을 비판하는 시 세계로 바뀌었다. 모더니즘적인 감각과 초현실주의(超現實主義, surrealism)적인 기법을 통하여 실존주의(實存主義, existentialism)적 고뇌와 존재의 비밀을 응시하고자 하였던 후기 시는 차차 신선한 감정을 곁들여, 현대를 살아가는 지성인의 내면 세계를 읊었다. 〈파이프〉(〈시와비평〉, 1956. 8.)·〈오리 공화국〉(〈지성〉 제3호, 1958. 12.)·〈창(窓)〉[〈신태양(新太陽)〉, 1959. 3.] 등 특이한 제목의 시를 발표하였고 이국적인 언어와 소재를 많이 구사(驅使)하였다. 파이프를 소재로 한 여러 편의 시를 발표하여 일명 '파이프 시인'이라고 일컬어졌다.

1957년(38세)에는 김경린(金璟麟, 1918~?, 한국의 시인)·김규동(→53)·김수영(→75)·김춘수(→95)·이상로(→375)·이인석(→394)·이홍우·임진수(林眞樹, 1926~?, 한국의 시인이며 언론인) 등과 9인 시집 〈평화에의 증언(證言)〉[삼중당(三中堂), 1957. 12.]을 펴냈다.

예편한 뒤 펴낸 제4시집 〈인간 조형(人間造型)〉(보문각, 1958. 12.)에서는 '노래하는 시'와 '생각하는 시', 그리고 '비평하는 시'를 융합하려고 하였다.

1962년(43세) 자유문학자협회(自由文學者協會) 기관지 〈자유문학〉(월간 순수 문예지. 1956. 6.~1963. 8. 통권 71호로 종간) 주간(主幹)을 맡았으며, 같은 해 국제 펜클럽(International PEN) 아시아작가대회 한국 대표를 지냈다.

1967년(48세)에는 국제 펜클럽 작가 기금을 받아 신동엽(→253)·홍윤숙(洪允淑, 1925~, 한국의 여류 시인)과 함께 장시(長詩) 〈서울〉 등을 실은 〈3인 시집〉[을유문화사(乙酉文化社), 〈현대 한국 신작 전집〉 제5권]을 펴냈다.

1971년(52세) 국제 펜클럽 한국 대표를 비롯하여 자유문학자협회 중앙 위원, 전국문화단체총연합회(全國文化團體總聯合會, 文總) 사무총장, 한국현대시인협회(韓國現代詩人協會) 회장(1977~1980), 한국문학가협회(韓國文學家協會) 이사를 두루 지냈다.

1958년(39세) 시집 〈인간 조형〉으로 제1회 자유문학자협회 문학상, 1965년(46세) 〈신시집(新詩集)〉[계명문화사(啓明文化社), 1965]으로 제2회 한국 문학상, 1978년(59세) 제1회 한국 펜클럽 문학상을 받았다.

이 밖의 시집으로 〈강신제(降神祭)〉(마음의샘터사, 1977)·〈전환(轉換)〉(1978)·〈서울·베트남 시초(詩抄)〉 등을 펴냈고, 평론으로 〈현대시와 매스커뮤니케이션〉(〈자유문학〉, 1957. 6.)·〈엘리엇의 전통 정신〉(〈자유문학〉, 1957. 7.) 등이 있다.

묘소는 서울 동작구(銅雀區) 사당동(舍堂洞) 국립현충원(國立顯忠院) 장군 1묘역에 있으며, 경기도 파주시(坡州市) 조리읍(條里邑) 장곡리(獐谷里) 장곡휴게소 앞에 그의 〈소망(所望)〉을 새긴 시비(詩碑)가 세워졌다.

88

김종삼

金宗三 1921. 3. 19. ~ 1984. 12. 8.

한국의 시인.

본관(本貫)은 안산(安山).

황해도 은율(殷栗)에서 태어났다.

평양(平壤)의 광성보통학교(光成普通學校)를 졸업하고,

1934년(13세) 숭실중학교(崇實中學校)에 입학하였으나 중단하고, 1938년(17세) 일본으로 유학하여 도쿄 도요시마상업학교(豊島商業學校)를 졸업하였다.

이 무렵부터 영화인들과 접촉하면서 조감독으로 일하였고, 광복된 뒤에는 유치진(柳致眞, 1905~1974, 한국의 극작가이며 연출가)에게 배우면서 1947년(26세) 극예술협회[劇藝術協會, 1947. 5.~1950. 1. 극협(劇協)] 연출부에서 음향 효과를 맡았다.

한국 전쟁(Korean War, 1950. 6. 25.~1953. 7. 27.) 때 월남(越南)하여 피난지 대구(大邱)에서 시 〈원정(園丁)〉을 발표하였고, 1951년(30세) 〈현대예술(現代藝術)〉에 〈돌각담〉을 발표하여 문단(文壇)의 주목을 받았으며, 그 뒤 시작(詩作)에 전념하였다.

서울 환도(還都) 뒤에는 〈군사 다이제스트〉 기자, 국방부 정훈국(政訓局) 방송실 상임 연출자로 10여 년 동안 근무하다가, 1963년(42세)부터 동아방송(東亞放送, 1963. 4. 25.~1980. 11. 17.) 제작부에서 근무하였다.

1957년(36세) 5월에는 김광림(金光林, 1929~, 한국의 시인)·전봉건(→436) 등과 3인 공동 시집 〈전쟁과 음악과 희망과〉[자유문화사(自由文化社)]를 펴냈다. 이 시집에 〈개똥이〉·〈돌각담〉·〈G.마이나〉·〈음악(音樂)〉 등 초기 시가 실려 있다. 이 시들은 그의 세계를 음악의 영역과 연결짓는 시적(詩的) 환상(幻想)의 세계였다. 그러나 그의 삶의 대한 인식 태도는, 어린이는 무죄한 순결의 존재인 반면, 삶의 때가 묻은 어른들은 죄 많은 존재인 것이다. 이러한 죄의식은 후기 시에서 더욱 두드러지며, 시인이 겪는 삶의 참담함과 자신의 깊은 죄의식이 숨김 없이 드러나 있다.

초기에는 피난민들의 뿌리 뽑힌 삶과 허무(虛無)를 노래하였는데, 비약적인 상상력과 뜻밖의 어구를 연결하여 이해하기 어려운 이미지를 만들고, 시어(詩語)의 음향 효과를 높이려고 하였다.

후기에는 세계와의 불화 또는 인간 사이의 관계를 잃어버린 데서 나타난 정신적 방황을 노래하였는데, 스스로 이 방황은 세계와 조화를 이루기 위한 기나긴 여정이라고 하였다. 그래서 고전 음악(古典音樂) 마니아이며 소주 중독자인 그를 보헤미안(Bohemian)적 시인이라고도 불렀다. 또한 그의 시를 '여백의 시', '내용 없는 아름다움을 추구한 시'라고 말하기도 한다. 행(行)의 과감한 생략, 비약으로 불완전한 문장과 불안한 문체(文體)를 통하여 '여백'이 가지는 미적(美的) 효과를 높이려고 하였다. 그리하여 전통적으로 익숙한 정서를 지워 버리거나 독특한 질서로 바꾸어 존재하지 않는 세상을 묘사하였다. 즉 시의 기법을 통하여 비어 있는 세계를 깨닫게 하고 독특한 미를 창조한 것이다. 그 뒤에도 이 생각은 계속 이어져 소박한 세계에 대한 믿음으로 발전하였다.

1968년(47세) 11월 김광림·문덕수(文德守, 1928~, 한국의 시인)와 3인 공동 시집 〈본적지(本籍地)〉[성문각(成文閣)]를 펴냈고, 1969년(48세) 한국시인협회(韓國詩人協會) 후원으로 개인적으로는 처녀 시집인 〈십이음계(十二音階)〉[삼애사(三愛社)]를 펴냈다.

전쟁 때문에 파괴된 삶을 그린 〈민간인(民間人)〉[〈현대시학(現代詩學)〉 제31호, 1971. 10.]으로 1971년(50세) 현대시학사가 제정한 제2회 '현대 시학 작품상', 1978년(57세)에는 제10회 한국시인협회상, 1983년(62세)에는 시집 〈누군가 나에게 물었다〉[민음사(民音社), 1982]로 제4회 대한민국 문학상을 받았다.

이 밖의 시집으로 〈나의 본적(本籍)〉[〈현대문학(現代文學)〉, 1964]·〈북 치는 소년〉(민음사, 1969)·〈시인 학교(詩人學校)〉[신현실사(新現實社), 1977]·〈큰 소리로 살아 있다 외쳐라〉[청하출판사(淸河出版社), 1984]·〈평화롭게〉[고려원(高麗苑), 1984]·〈그리운 안니 로리〉(문학과비평사, 1989)가 있으며, 1989년 〈김종삼 전집〉(청하출판사)이 발간되었다.

1993년 경기도 포천시(抱川市) 소흘읍(蘇屹邑) 광릉수목원(光陵樹木園) 앞에 〈민간인〉을 새긴 시비(詩碑)가 세워졌고, 충청남도 청양군(靑陽郡) 청양읍 군량리(軍糧里) 고운식물원에도 그의 〈단풍(丹楓)〉을 새긴 시비가 있다.

89

김종한

金鍾漢 1916. 2. 28. ~ 1944. 9. 27.

한국의 시인이며 문학 평론가.

호(號)는 을파소(乙巴素), 창씨개명(創氏改名)한 이름은 월전무(月田茂).

함경북도 경성군(鏡城郡) 명천(明川)에서 태어났다.

일본으로 유학하여 도쿄 니혼대학(日本大學) 예술과를 졸업하였다.

1936년(20세) 〈동아일보(東亞日報)〉(1. 4.)에 시 〈망향

곡(望鄕曲)〉을 발표하였고, 1937년(21세) 〈조선일보(朝鮮日報)〉 신춘 문예에 시 〈낡은 우물이 있는 풍경(風景)〉(1937. 1. 1.)이 당선되었다.

1938년(22세) 〈여성(女性)〉(월간 여성 교양지. 1936. 4.~1940. 12. 통권 57호로 종간) 제31호(1938. 10.)에 민요 〈빨래질〉을 발표하였고, 1939년(23세) 정지용(→445)의 추천으로 〈문장(文章)〉(월간 순수 문예지. 1939. 2.~1941. 4. 통권 26호로 종간)에 〈계도(系圖)〉·〈고원(故園)의 시〉·〈귀로(歸路)〉·〈그늘〉·〈할아버지〉 등을 발표하여 시인으로서의 자리를 굳혔다.

작품 활동에 못지않게 평론 활동도 활발하여, 〈문장〉 제8호(1939. 9.)에 발표한 시론(詩論) 〈나의 작시 설계도(作詩設計圖)〉에서 정치나 사상에 예속된 작품이나 문명 비판을 기도하는 주지적(主知的) 경향을 비난하면서 이른바 '최고의 순간'을 표현하는 단시(短詩)를 주장하였는데, 이는 한국 현대시사에 등장한 최초의 선시 이론(禪詩理論)으로 꼽히기도 한다.

같은 해에 발표한 〈시문학(詩文學)의 정도(正道)〉에서는 시적(詩的) 상황을 그 자체로 파악하여 시화(詩化)하여야 한다는 현대의 시 정신을 다룬 순수시론(純粹詩論)을 폈다.

그의 시는 정지용의 추천사에서처럼 '솔직하고 명쾌하고 단순'하였으며 '비애(悲哀)를 기지(機知)로 포장'하는 기술이 있었고, 속도감이나 시각적 공간성을 추구하는 특성을 보였다. 특히 〈연봉제설(連峰霽雪)〉(1940)은 이러한 특성을 보인 대표작으로 꼽힌다. 이러한 표현은 1940년(24세)에 발표한 시 〈살구꽃처럼〉(〈문장〉 제20호, 1940. 11.)에서 그대로 시화되었다. '전쟁은 살구꽃처럼 만발하였소'에서 시작하여 '전쟁처럼 살구꽃이 만발하였소'로 끝나는 이 시는 전쟁 중의 낙하산 부대를 '낙화(落花)'로 비유, 표현주의(表現主義, expressionismus)적 감각을 미화(美化)한 '최고의 순간'의 미학적 표현이다.

〈남방(南方)에의 초대(招待)〉와 〈바다·효석(孝石)·하숙(下宿)〉(1942) 등의 수필이 있고, 이효석(李孝石, 1907~1942, 한국의 소설가)의 단편 소설 〈황제(皇帝)〉를 일본어로 번역하였다.

〈매일신보〉[한국어 일간지. 1904년 7월 18일 배설(裵說, 1872~1909, Ernes Thomas Bethell, 대한제국 때의 영국의 언론인)이 창간한 〈대한매일신보(大韓每日申報)〉를 일제(日帝)가 사들여 1910년 8월 30일부터 '대한' 두 자를 떼고 〈매일신보(每日申報)〉로 제호(題號)를 바꾸었다가, 1938년 4월 29일 〈매일신보(每日新報)〉로 바뀌었고, 1945년 11월 23일 〈서울신문〉으로 바뀌어 오늘에 이르고 있다.] 기자를 지냈고, 〈동양지광(東洋之光)〉(친일 종합 월간지. 1939. 1.~1945. 5. 통권 83호로 종간)과 함께 대표적인 부일 문학(附日文學) 잡지인 〈국민문학(國民文學)〉(친일 월간 문예지. 1941. 11.~1945. 2. 통권 38호로 종간)의 편집을 담당하게 된 것을 계기로 친일(親日) 문학자로서의 색채는 뚜렷해졌다.

이 밖에 〈해협(海峽)의 달〉(1938)·〈하기 휴가(夏期休暇)〉·〈길〉(1939) 등을 발표하였다. 도쿄에서 이용악(→388)과 시 동인지(同人誌) 〈이인(二人)〉을 펴내 민요풍의 서정시를 발표하였고, 처녀 시집 〈모친송(母親頌, たらちねのうた)〉[일본어판. 인문사(人文社), 1943]과 〈수유근지가(垂乳根之歌)〉(일본어판. 인문사, 1943)와 한시 일역(漢詩日譯) 〈설백집(雪白集)〉[박문서관(博文書館), 1943]을 펴냈다.

1980년 지식산업사(知識産業社)에서 〈박남수·김종한〉[〈한국 현대 시문학 대계(韓國現代詩文學大系)〉 제21권], 2005년 도쿄 료쿠인쇼보(綠蔭書房)에서 〈김종한 전집〉을 출판하였다.

한편, 2002년 8월 14일 '나라와 문화를 생각하는 국회의원 모임'·민족문제연구소(民族問題硏究所)·민족문학작가회의[民族文學作家會議. 1974년 11월 18일 자유실천문인협의회(自由實踐文人協議會)로 설립되어 1987년 9월 17일 '민족문학작가회의'로 이름을 바꾸었다가 2007년 12월 8일 '한국작가회의'로 다시 이름을 바꾸었다.]·'민족 정기를 세우는 국회 의원 모임'·〈실천문학(實踐文學)〉(계간 문예지. 1980. 3.~현재)이 공동 발표한 '친일 문학인 42인 명단', 2009년 11월 8일 민족문제연구소에서 출판한 〈친일 인명 사전(親日人名辭典)〉, 2009년 11월 27일 친일반민족행위진상규명위원회(親日反民族行爲眞相糾明委員會)가 발표한 '친일 반민족 행위 704인 명단'에 모두 포함되어 있다.

〈조광(朝光)〉(월간 종합 교양지. 1935. 11.~1944. 12. 통권 110호로 종간) 제53호(1940. 3.)에 발표한 평론 〈시단 개조론(詩壇改造論)〉 등 다음과 같은 22편의 친일 작품이 밝혀져 있다.

〈항공 애가(航空哀歌)〉(시, 〈문장〉 종간호)·〈원정(遠征)〉

(시, 〈국민문학〉, 1942. 1.)·〈춘복(春服)〉(시, 〈매일신보〉, 1942. 3. 16.)·〈일기(日記)의 윤리(倫理)〉(평론, 〈국민문학〉, 1942. 3.)·〈합창에 대해서〉(시, 〈국민문학〉, 1942. 4.)·〈풍속(風俗)〉(시, 〈국민문학〉, 1942. 5.)·〈유년(幼年) 징병(徵兵)의 시〉(시, 〈국민문학〉, 1942. 7.)·〈국어 공부기〉(평론, 〈매일신보〉, 1942. 9. 2.)·〈조선 시단(詩壇)의 진로(進路)〉(평론, 〈매일신보〉, 1942. 11. 13.)·〈영예의 유가족(遺家族)을 찾아서〉(평론, 〈매일신보〉, 1943. 1. 16.)·〈거종(巨鐘)〉[시, 〈춘추(春秋)〉 제25호, 1943. 2.]·〈신진 작가론(新進作家論)〉(평론, 〈국민문학〉, 1943. 3.)·〈해양(海洋)과 조선 문학〉(평론, 〈매일신보〉, 1943. 5. 26.)·〈사상의 탄생〉[평론, 〈신시대(新時代)〉 제30호, 1943. 6.]·〈님의 부르심을 받들고자〉(평론, 〈매일신보〉, 1943. 8. 6.)·〈병제(兵制)와 문학〉(평론, 〈신시대〉 제32호, 1943. 8.)·〈문화의 1년〉(평론, 〈신시대〉 제36호, 1943. 12.)·〈용비어천가(龍飛御天歌)〉(시, 〈신시대〉 제37호, 1944. 1.)·〈생성하는 문학 정신〉(평론, 〈매일신보〉, 1944. 7. 14.).

90

김주현

金周鉉 ?~?

조선(朝鮮, 1392~1910)의 시인.

자(字)는 낙원(洛元), 호(號)는 경암(景菴), 본관(本貫)은 광산(光山).

순조(純祖, 1790~1834, 조선의 제23대 왕. 재위 1800~1834) 때 활동하였으며, 특히 시에 뛰어나 240여 수(首)가 전하고 있다. 지은 책으로 〈경암거사 시고(景菴居士詩藁)〉가 있다.

91

김지하

金芝河 1941. 2. 4. ~

한국의 시인.

본명(本名)은 영일(英一).

전기 기술자인 아버지 김맹모(金孟模)와 어머니 정금성(鄭琴星)의 외아들로, 전라남도 목포시(木浦市) 대안동(大安洞)에서 태어났다.

1953년(12세) 목포중학교에 입학하였다가 1954년(13세) 원주중학교(原州中學校)로 편입, 1956년(15세) 졸업하였고, 1959년(18세) 중동고등학교(中東高等學校), 1966년(25세) 서울대학교 미학과(美學科)를 졸업하였다.

대학에 다닐 때 4·19 혁명(1960)과 6·3 사태(1964) 등을 겪으면서 학생 운동에 깊이 관여하였고, 졸업한 뒤에도 박정희(朴正熙, 1917~1979, 한국의 제5~9대 대통령. 재임 1963~1979) 정권(政權)에 반대하는 민주화 운동의 선두에서 활동하였다. 세계적인 명성을 얻게 된 1970년대의 문학 작품은 바로 이러한 정치 활동과 깊이 연관되어 있다.

1963년(22세) 3월 〈목포문학(木浦文學)〉 제2호에 '김지하(金之夏)'라는 이름으로 시 〈저녁 이야기〉를 발표하였다.

1964년(23세)에는 한·일 회담(韓日會談)을 반대하는 학생 시위에 참여하였다가 체포·투옥되어 4개월 동안 옥살이를 하였다.

1966년(25세) 8월, 7년 반 만에 대학을 졸업하였고, 1967년(26세) 2월 폐결핵의 악화로 서울시립서대문병원에 입원하였다가 1969년(28세) 6월에 퇴원하였다.

1969년 11월 김현(金炫, 1942~1990, 한국의 문학 평론가이며 프랑스 문학자)의 소개로 〈가벼움〉·〈녹두꽃〉·〈들녘〉·〈비〉·〈황톳길〉 등 시 5편을 〈시인(詩人)〉(월간 시 전문지. 1969~1970)에 '김지하(金地下)'라는 이름으로 발표하면서 작품 활동을 시작하였다.

1970년(29세) 5월 〈사상계(思想界)〉(월간 종합 교양지. 1953. 4.~1970. 5. 통권 205호로 종간)에 당시 권력층과 부유층을 판소리 가락을 통하여 비판·풍자한 담시(譚詩) 〈오적(五賊)〉을 발표하여 이른바 '오적 필화(筆禍) 사건'을 일으켰다. 〈사상계〉는 통권 205호로 폐간되었고, 그는 국가 보안법(國家保安法) 위반 혐의로 체포·투옥되었다.

같은 해 희곡 〈동상 이순신(銅像李舜臣)〉·〈나폴레옹 꼬냑〉, 평론 〈풍자냐 자살이냐〉(〈시인〉 6~7월호)를 발표하였고, 12월에는 처녀 시집 〈황토(黃土)〉(한얼문고)를 펴냈다.

1971년(30세)에는 시 〈아주까리 신풍(神風)〉(〈다리〉 3월호), 〈앵적가(櫻賊歌)〉(〈다리〉 7월호), 희곡 〈금관(金冠)의 예수〉를 발표하였고, 원주성당에서 가톨릭에 입교(入敎)하였다.

1972년(31세) 장편 담시 〈비어(蜚語)〉[〈창조(創造)〉(가톨릭계 월간지), 1972. 4.]를 발표하여 반공법(反共法) 위반으로 구속되었다가 2주일 만에 풀려났다.

1973년(32세) 서울 명동성당(明洞聖堂)에서 박경리(朴景利, 1926~2008, 한국의 여류 소설가)의 외동딸 김영주(金玲珠, 1946~, 한국의 여류 미술 사학자. 토지문화재단 이사장)와 결혼하였다. 이 해 9월 장편 풍자시 〈분씨물어(糞氏物語)〉, 희곡 〈진오귀(鎭惡鬼)〉를 발표하였다.

1974년(33세) 민청 학련 사건[民靑學聯事件, 전국민주청년학생총연맹 사건(全國民主靑年學生總聯盟事件), 1974년 4월]으로 4월 전라남도 신안군(新安郡) 흑산도(黑山島)에서 다시 붙잡혀, 7월 13일 긴급 조치 4호 위반과 내란죄(內亂罪) 등이 적용되어 사형 선고를 받았다가 7월 20일 무기 징역으로 감형되었다.

1975년(34세) 2월 형 집행 정지로 석방되었으나, 옥중기(獄中記) 〈고행(苦行)-1974〉[〈동아일보(東亞日報)〉, 2. 25.~2.27.]의 내용과 '인혁당(人革黨) 사건'의 진상을 밝히려고 한 기자 회견 내용이 문제 되어, 석방된 다음 달 13일 다시 체포되었다.

같은 해 일본·미국·유럽 등의 지식인들과 작가들에 의하여 노벨 문학상(The Nobel Prize in Literature)과 노벨 평화상(The Nobel Peace Prize) 후보로 추천되었고, 5월 옥중에서 '양심 선언'을 발표하여 6월 29일 모스크바에서 열린 아시아·아프리카작가회의로부터 '제3세계의 노벨상'이라고 일컬어지는 로터스상(Lotus賞) 특별상을 받았다. 〈김지하 전집〉[도쿄 한양사(漢陽社), 1975. 12.] 등 정치적 탄압으로 1970년대에 한국에서 펴내지 못하였던 그의 작품들이 일본에서 출판되었다.

전 세계의 주목 속에 오랜 재판 과정을 거쳐 앞선 무기 징역에 다시 7년형을 추가로 선고받았다. 6년 동안의 옥살이 끝에 정권이 바뀌자, 1980년(39세) 12월 형 집행 정지로 석방되었다. 그 뒤로는 정치적인 발언을 삼가면서 기독교 사상, 미륵 사상, 화엄(華嚴) 사상, 선불교(仙佛敎), 기(氣) 철학 등의 여러 사상을 재해석하여 독특한 생명 사상을 펼쳤고, 그에 따른 생명 운동을 벌이는 데 힘썼다. 시에서도 정치적 경향의 시보다는 주로 생명 사상을 바탕으로 한 담시와 서정시를 썼다.

1984년(43세) 사면(赦免) 복권(復權)되었으며, 작품 활동에 전념하는 한편 1990년(49세) 생명 운동 단체 '한살림모임'을 창립하였고, 1998년(57세) '율려학회(律呂學會)'를 조직하여 '율려 사상'과 '신인간 운동'을 주창하였다.

1993년(52세) 서강대학교(西江大學校)에서 명예 문학박사 학위를 받았고, 2005년(64세)부터 영남대학교(嶺南大學校)를 시작으로 한국예술종합학교·동국대학교(東國大學校)·원광대학교(圓光大學校) 등에서 석좌 교수(碩座敎授)로 출강하였다.

1981년(40세) 세계시인대회(世界詩人大會, World Congress of Poets, WCPs)에서 주는 '위대한 시인상', 브루노 크라이스키(Bruno Kreisky) 인권상위원회에서 주는 '브루노 크라이스키 인권상', 1993년 〈김지하 시 전집〉(1991)으로 제5회 이산 문학상(怡山文學賞), 2002년(61세) 시집 〈화개(花開)〉로 제10회 대산 문학상(大山文學賞)과 제17회 만해 문학상(卍海文學賞), 같은 해 시 〈백학봉(白鶴峰) 1〉로 제14회 '정지용 문학상(鄭芝溶文學賞)', 2003년(62세) 수묵 시화집(水墨詩華集) 〈절, 그 언저리의 물감〉으로 서울신문사가 제정한 제11회 공초 문학상(空超文學賞), 2006년(65세) 제10회 만해 대상(卍海大賞), 2010년(69세) 제8회 '영랑 시문학상(永郎詩文學賞)', 2011년(70세) 제2회 '민세상(民世賞)'을 받았다.

시집 〈타는 목마름으로〉(창작과비평사, 1982)·〈대설(大說) 남(南)〉(창작과비평사, 제1권 1982, 제2권 1984, 제3권 1985)·〈검은 산 하얀 밤〉[분도출판사(分道出版社), 1986]·〈애린(愛隣) 1·2〉[실천문학사(實踐文學社), 1986]·〈나의 어머니〉(1988)·〈이 가문 날의 비구름〉[동광출판사(東光出版社), 1988]·〈별밭을 우러르며〉(동광출판사, 1989)·〈한 사랑이 태어나므로〉(동광출판사, 1991)·〈중심의 괴로움〉(솔, 1994)·〈꽃과 그늘〉(실천문학사, 1999)·〈유목(遊牧)과 은둔(隱遁)〉(창비, 2004)·〈비단길〉[시학사(詩學社), 2006], 고희(古稀) 기념 시집 〈시삼백(詩三百)〉(모두 3권, 자음과모음, 2010) 등과 산문집 〈밥〉(분도출판사, 1983)·〈민족의 노래 민중의 노래〉(동광출판사, 1984)·〈남녘땅 뱃노래〉(두레출판사, 1985)·〈살림〉(동광출판사, 1987)·〈뭉치면 죽고 헤치면 산다〉(동광출판사, 1991)·〈타는 목마름에서 생명의 바다로〉(동광출판사, 1991)·〈생명〉(동광출판사, 1992)·〈옹치격(雍齒格)〉(솔, 1993)·〈예감에 찬 숲 그늘〉(실천문학사, 1999)·〈율려란 무엇인가〉(한문화, 1999)·〈옛 가야에서 띄우는 겨울 편지〉(두레, 2000), 작품 선집(選集) 〈모로 누운 돌부처〉[나남출판사(羅南出版社), 1922], 대담집 〈생명과 자치(自治)〉(솔, 1994), 〈김지하 사상 전집〉(모두 3권, 실천문학사,

2002), 회고록(回顧錄) 〈흰 그늘의 길〉[모두 3권, 학고재(學古齋), 2003] 등을 펴냈다.

92

김진태

金振泰 ?~?

조선(朝鮮, 1392~1910)의 시조(時調) 작가이며 위항 시인(委巷詩人).

자(字)는 군헌(君獻), 호(號)는 항은(巷隱).

영조(英祖, 1694~1776, 조선의 제21대 왕. 재위 1724~1776)·정조(定祖, 1752~1800, 조선의 제22대 왕. 재위 1777~1800) 때 활동하였으며, 이형상(李衡祥, 1653~1733, 조선의 문신)의 가집(歌集) 〈악학습령(樂學拾零)〉의 작가 목록에 신분이 서리(胥吏)로 밝혀져 있다.

영조 때 거문고를 잘 탔던 김수경(金壽慶)과 함께 김광익(金光翼, ?~?, 조선의 위항 시인)·김선여(金善餘)·안상덕(安尙德)·장도문(張道文)·장도순(張道純)·한욱(韓旭)·허서(許瑞) 등과 위항 시사(委巷詩社)인 금란사(金蘭社)를 결성하였다.

김수장(金壽長, 1690~?, 조선 숙종·영조 때 활약한 가객이며 시조 작가)·김천택(金天澤, ?~?, 조선 영조 때의 가객이며 시조 작가)을 중심으로 한 가인들의 모임 '경정산가단(敬亭山歌壇)'의 한 사람이다.

당시 가악계(歌樂界)의 중추로서 시조의 창작과 창(唱)의 발달에 크게 이바지한, 김수장이 중심이 된 가인들의 모임 '노가재가단(老歌齋歌壇)'에 출입한 가객(歌客)이라는 설도 있으나 확실하지는 않다.

김수장이 펴낸 〈해동가요(海東歌謠)〉(1746~1769) 권말 부록 〈청구가요(靑丘歌謠)〉(1769)에 〈입춘가(立春歌)〉와 〈진선가(眞仙歌)〉 등 시조 26수(首), 역관(譯官) 출신의 위항 시인 장혼(→433)과 천수경(→476)이 엮은 위항 시인 333인의 시 723수를 엮어 편찬한 한시집(漢詩集) 〈풍요속선(風謠續選)〉(모두 7권 3책, 1797)에 한시 9수가 전한다.

작품은 대체로 변화가 심한 세상사나 인심 속에서도 자연과 가까이하며 맑은 마음을 지니고 욕심 없이 살고자 하는 뜻이 주를 이루고 있다. 그 밖에 늙음을 탄식한 것, 임금에 대한 충성심과 절개를 노래한 것, 문장과 경륜에 대한 소망을 읊은 것 등이 있다.

93

김창립

金昌立 1666(현종 7). 8. 22. ~1683(숙종 9). 12. 26.

조선(朝鮮, 1392~1910)의 시인.

자(字)는 탁이(卓爾), 호(號)는 택재(澤齋), 본관(本貫)은 안동(安東).

아버지는 영의정(領議政) 김수항(金壽恒, 1629~1689, 조선 현종 때의 문신), 어머니는 안정(安定) 나씨(羅氏)로 나성두(羅星斗, 1614~1663, 조선의 문신)의 딸이다.

'육창(六昌)'으로 일컬어졌던 6형제 가운데 막내로, 창집(昌集, 1648~1722, 조선의 문신이며 학자. '노론 4대신'의 한 사람)·창협(昌協, 1651~1708, 조선의 문신이며 문인)·창흡(昌翕, 1653~1722, 조선의 유학자)·창업(昌業, 1658~1721, 조선의 문인이며 화가)·창즙(昌緝, 1662~1713, 조선의 문신이며 학자) 등이 형이었다.

셋째 형 창흡을 스승으로 삼아 시문(詩文)에 뛰어났으나 요절(夭折)하였다.

지은 책으로 시 85수(首)가 실려 있는 〈택재유타(澤齋遺唾)〉(1684)가 있다.

94

김창술

金昌述 1903(고종 40) ~ 1950

한국의 시인.

호(號)는 야인(野人).

전라북도 전주(全州)에서 태어났다.

생애에 대하여는 알려진 것이 별로 없고, 〈문예가명록(文藝家名錄)〉[〈문예월간(文藝月刊)〉 제3호, 1932. 1.]에 1930년(27세) 전후의 단편적인 기록이 남아 있으며, 한국 전쟁(Korean War, 1950. 6. 25.~1953. 7. 27.) 때에는 전북문화연맹(全北文化聯盟) 위원장을 맡았다.

1920년대 중엽부터 노동하면서 독학(獨學)으로 문학을 공부하였다.

1923년(20세) 〈동아일보(東亞日報)〉에 시 〈반항(反抗)〉(8. 26.)을 발표한 이후 주로 〈조선일보(朝鮮日報)〉에 많이 발표하였는데, 시 〈여명(黎明)의 설움〉(1924. 11. 3.)·〈허무(虛無)〉(1924. 12. 8.)·〈그리운 달〉(1925. 1. 1.)·〈거문고〉(1925. 2. 23.)·〈그이의 눈〉(1925. 2. 23.)·〈야

공(夜空)〉(1925. 2. 23.)·〈성숙기(成熟期)의 마음〉(1925. 3. 9.)·〈아-지금은 첫겨울〉(1925. 3. 23.)·〈푸른 하늘〉(1925. 5. 4.)·〈침통(沈痛)〉(1925. 6. 5.)·〈문 열어라〉(1925. 6. 8.)·〈실제(失題)〉(1925. 6. 17.)·〈여명〉(1925. 6. 21.)·〈불 꺼진 방 안〉(1925. 7. 27.)·〈수포(水泡)〉(1925. 7. 27.)·〈단장(斷章)〉(1925. 7. 27.)·〈과거 편상(過去片想)〉(1925. 11. 6.)·〈망각(忘却)〉(1925. 11. 8.)·〈구(鳩)〉(1925. 12. 9.)·〈매벌(賣罰)〉(1926. 1. 1.)·〈야박(夜迫)〉(1926. 1. 2.)·〈전선(戰線)으로〉(1926. 1. 2.)·〈옛날의 꿈〉(1926. 2. 23.)·〈조선을 찾아서〉(1926. 2. 23.)·〈1926년 3월 19일 야심(夜心)〉(1926. 4. 23.)·〈번열(煩熱)〉(1926. 4. 30.)·〈자전거의 민치(敏馳)〉(1926. 4. 30.)·〈출진(出陣)의 노래〉(1926. 11. 10.)·〈효(曉) 55〉(1926. 11. 20.)·〈도시의 얼굴〉(1927. 1. 3.)·〈폐병 환자같이 조잔(凋殘)한 이 세기(世紀)의 심장(心臟)을 파자〉(1927. 3. 21.)·〈군산(群山) 해안에서〉(1927. 5. 20.)·〈지형(地型)을 뜨는 무리〉(1927. 6. 22.)·〈무덤을 파는 무리〉(1927. 6. 26.)·〈진전(進展)〉(1927. 7. 21.)·〈전개(展開)〉(1927. 8. 12.), 산문 〈성묘(省墓)〉(1924. 11. 10.)·〈을축 문단개관(乙丑文壇槪觀)〉(1925. 12. 16.~12. 19.)·〈하일적화 영사막(夏日赤華映寫幕)〉(1927. 6. 6.~6. 12.) 등이 그것이다.

이 밖에도 시 〈모정(茅亭)에서〉[〈금성(金星)〉 종간호, 1924. 5.]·〈대도행(大道行)〉[〈개벽(開闢)〉 제56호, 1925. 2.]·〈긴 밤이 새여지이다〉(〈개벽〉 제61호, 1925. 7.)·〈촛불〉(〈개벽〉 제61호, 1925. 7.)·〈병아리의 꿈〉[〈조선문단(朝鮮文壇)〉 제15호, 1926. 4.]·〈쫓기어 가는 어둠〉(〈조선문단〉 제19호, 1927. 2.)·〈효(曉) 60〉(〈조선문단〉 제19호, 1927. 2.)·〈5월의 훈기(薰氣)〉[〈조선지광(朝鮮之光)〉 제87호, 1929. 9.]·〈가신 뒤〉[〈조선강단(朝鮮講壇)〉, 1929. 12.]·〈앗을 대로 앗으라〉(〈음악과시〉 창간호, 1930. 8.)·〈기차는 북으로 북으로〉(〈카프 시인집〉, 1931. 11.)·〈우리는 어찌해졌는가〉[〈문학건설(文學建設)〉 창간호로 종간, 1932. 12.] 등을 발표하였다.

초기 작품에서는 모순된 사회에 대한 울분과 반항, 무계급 사회에 대한 동경(憧憬)을 반영하였다.

같은 해 8월 사회주의(社會主義, socialism) 혁명을 위하여 조직된 문예 운동 단체 카프(KAPF, 조선프롤레타리아예술동맹. 에스페란토식 표기인 'Korea Artista Proleta Federatio'의 머리글자. Korea Proletarian Artist Federation)가 결성되자, 맹원(盟員)으로 참여하였다. 카프는, 1922년 9월 김두수(金斗洙, 1903~?, 한국의 사회주의 운동가)·김영팔(金永八, 1904~1950, 한국의 연극인)·김홍파(金紅波, ?~?, 〈북조선일보〉 기자)·박세영(→180)·박용대(朴容大, ?~?, 한국의 사회주의 운동가)·송영(宋影, 1903~1978, 한국의 소설가이며 극작가)·심훈(→261)·이적효(李赤曉, 1901~?, 한국의 사회주의 운동가)·이호(李浩, 1903~?, 한국의 사회주의 운동가)·최승일[崔承一, 1901~?, 한국의 작가이며 방송인·영화인. 최승희(崔承喜, 1911~1969, 북한의 무용가이며 안무가)의 오빠] 등 사회주의 경향의 문인(文人)들이 조직한 최초의 사회주의 예술 단체인 염군사(焰群社)와, 1923년 10월 김기진(→55)·김복진(金復鎭, 1901~1940, 한국의 조각가이며 미술 평론가·문예 이론가·연극인·사회 운동가. 한국 최초로 서구식 조각 교육을 받았다.)·김형원(→100)·박영희(→183)·안석주[安碩柱, 1901~1950, 한국 소설 삽화의 선구자이며 소설가·영화인. 〈우리의 소원은 통일〉의 작사가. 안석영(安夕影)으로 더 알려졌다.]·연학년(延鶴年, ?~1938, 한국의 연극인)·이상화(→378)·이익상(李益相, 1895~1935, 한국의 소설가이며 언론인) 등이 조직한 신경향파[新傾向派, 박영희가 〈신경향파의 문학과 그 문단적 지위〉(〈개벽〉 제64호, 1925. 12.)에서 '신경향파'라는 용어를 처음 사용하였다.] 문학 단체인 파스큘라(PASKYULA, 동인들의 이름 머리글자를 딴 것. 박영희의 'PA', 이익상의 'S', 김복진·김기진의 'K', 연학년의 'YU', 이상화의 'L', 안석주의 'A')가 1925년 8월에 하나로 통합된 최초의 전국적인 문학 예술가 조직이었다. 창립 당시 구성원은 김기진·김복진·김양(金陽)·김영팔·김온(金穩)·박영희·박용대·박팔양(→193)·송영·심훈·안석주·이기영(李箕永, 1895~1984, 북한의 소설가)·이상화·이익상·이적효·이호·조명희(→453)·최승일·한설야(韓雪野, 1900~1976?, 북한의 소설가이며 문학 평론가) 등이었다.

도쿄에서 활동하던 제3전선파[第三戰線派. 김두용(金斗鎔, 1903~?, 한국의 사회주의 운동가)·이북만(李北滿, ?~?, 한국의 문학 평론가이며 사회주의 혁명가)·조중곤(趙重滾, ?~?, 북한의 소설가이며 문학 평론가)·한식(韓植, 1907~?, 한국의 문학 평론가)·홍효민(洪曉民, 1904~1976, 한국의 문학 평론가이며 소설가) 등의 소장파(少壯派) 문인들이 1927년 하반기에 도쿄에서 결성한 좌익 조선 청년 단체. 카프 도쿄 지부]가 주도한 카프 제1차 방향 전환(1927. 9. 1.) 이후, 이전의 관념성과 소재주의(素材主義)를 극복한 근로 대중의 투쟁을 노래하였다. 그러나 서사적인 요소를 시에 적극 도입하고 강한 선전 선동을 꾀하는 등 예술적 가치에 대한 진지성은 약한 편이었다.

1927년(24세) 이후의 작품이 1931년(28세)에 펴낸 〈카프 시인집〉에 실려 있는데, 〈청년 동맹에게 보내는 시〉(1927)·〈끓는 유황〉(1931) 등에서는 당시 노동자와 농민들의 사상과 감정을 서정적으로 노래하였다.

지금까지 알려진 시는 약 50여 편 정도인데, 시작 생활을 통하여 무산 계급(無産階級)에 대한 목적 의식의 문학을 추구하였다.

이 밖에 시집 〈기관차(機關車)〉·〈열(熱)과 광(光)〉 등이 있다고 하는데, 확인되지는 않았다.

2002년 그의 시 50편과 산문 3편이 실린 〈김창술 시전집〉[문예연구사(文藝硏究社)]이 출판되었다.

95

김춘수

金春洙 1922. 11. 25. ~ 2004. 11. 29.

한국의 시인.

호(號)는 대여(大餘).

만석꾼 집안의 아버지 김영팔(金永八)과 어머니 허명하(許命夏)의 3남 1녀 중 맏아들로, 경상남도 통영읍(統營邑) 서정(曙町, 지금의 통영시 동호동)에서 태어났으며, 경기도 분당(盆堂) 서울대병원에서 죽었다.

1929년(7세) 통영 근처 안정(安井)의 간이 보통 학교에 입학하였다가 통영공립보통학교로 전학, 1935년(13세) 졸업하였다. 경성제일고등보통학교[京城第一高等普通學校, 지금의 경기고등학교(京畿高等學校)]에 입학하였으나, 1939년(17세) 11월 졸업을 불과 몇 달 앞두고 일본인 담임 선생이 마음에 들지 않는다는 이유로 5학년 때 자퇴(自退)하였다.

일본으로 유학하여 1940년(18세) 4월 도쿄 니혼대학(日本大學) 예술학원 창작과에 입학하였다가 사상 문제로 3학년 때인 1942년(20세) 12월 퇴학당하였다. 일본 천황과 총독 정치를 비방하는 등 사상이 불순하다는 혐의로 혼슈(本州) 가나가와현(神奈川縣) 요코하마(横濱) 헌병대에서 1개월 동안 유치(留置)되었고, 다시 도쿄 세다가야경찰서(世田谷警察署)에서 6개월 동안 구금되었다가 서울로 송치(送致)되었다.

1943년(21세) 금강산(金剛山) 장안사(長安寺)에서 요양하다가 1944년(22세) 명숙경(明淑瓊, 1926~1999)과 결혼하였고, 일제(日帝) 말기의 징병(徵兵)을 피하여 주로 처가에서 숨어 지내다가 광복을 맞았다.

유치환(→350)이 1945년(23세) 9월 15일 김상옥(→69)·윤이상(尹伊桑, 1917~1995, 한국의 작곡가)·전혁림(全爀林, 1916~2010, 한국의 서양화가)·정윤주(鄭潤柱, 1918~1997, 한국의 작곡가) 등 고향 후배들과 결성한 통영문화협회(統營文化協會)에 간사(幹事)로 참여하여 한글 강습회를 열고, 근로자들을 위한 야간 중학교와 유치원을 운영하면서 무용·문학·미술·연극·음악 등 다양한 예술 운동을 전개하였고, 극단(劇團)을 결성하여 경남 지방 일대를 순회 공연하는 한편 꾸준히 창작 활동도 병행하였다.

1946(24세)~1948년(26세) 통영중학교 교사로 재직하였다. 1946년 4월 4일에는 김진섭(金晉燮, 1903~?, 한국의 수필가이며 독문학자)·박종화(→190)·이하윤(→408) 등이 중심으로 있던 중앙문화협회(中央文化協會)의 불투명한 성격을 거부하고, 곽종원(郭鍾元, 1915~2001, 한국의 문학 평론가)·곽하신(郭夏信, 1920~?, 한국의 소설가)·김갑순(金甲順)·김광주(→51)·김남중(金南中, 1917~1987, 한국의 언론인이며 수필가)·김달진(→58)·김동리(→60)·김상옥·김수돈(→74)·김현승(→99)·박두진(→177)·박목월(→178)·박용덕[朴容德, ?~?, 〈단층(斷層)〉 편집·발행인]·박용구(朴容九, 1923~1999, 한국의 소설가)·백완기(白完基, 1914~?, 한국의 문학 평론가)·서정주(→226)·설창수(→230)·여세기(呂世基)·오영수(吳永壽, 1914~1979, 한국의 소설가)·유동준(俞東濬, 1921~, 한국의 문학 평론가)·유치환·이경순(李敬純, 1905~1985, 한국의 교육자이며 시인)·이광래(李光來, 1908~1968, 한국의 연극인)·이설주(李雪舟, 1908~2001, 한국의 시인)·이영도(→384)·이윤수(李潤守, 1914~1997, 한국의 시인)·이재춘(李在春)·이정호(李正浩, 1927~1991, 한국의 시인이며 언론인)·이한직(→409)·임서하(任西河, ?~?, 한국의 소설가)·정진업(鄭鎭業, 1916~1983, 한국의 시인이며 연극인)·조연현(→459)·조지훈(→461)·조진대(趙眞大, 1920~?, 한국의 소설가)·조향(→463)·최인욱(崔仁旭, 1920~1972, 한국의 소설가)·최태응(崔泰應, 1917~1998, 한국의 소설가)·황순원(→521) 등과 함께 조선청년문학가협회(朝鮮青年文學家協會)를 결성[1949년 12월 17일 한국문학가협회(韓國文學家協會)가 결성됨에 따라 발전적으로 해산]하여 활동하였다.

1946년 9월 조선청년문학가협회 경남본부에서 발행한 〈해방 1주년 기념 사화집(詞華集)〉에 시 〈애가(哀歌)〉를 발표하면서 본격적으로 작품 활동을 시작하였고, 김수돈 · 박목월 · 서정주 · 유치환 · 이호우(→410) · 조향 등과 함께 〈노만파(魯漫派)〉(시 동인지. 제4호 발간 후 폐간) 동인(同人)으로 활동하였다.

대구(大邱)에서 발간되던 동인지 〈죽순(竹筍)〉(시 전문지. 1946. 5.~1949. 7. 통권 12호로 종간, 1979. 1. 제13호 복간)에도 참여하여 제8호(1948. 3.)에 시 〈온실(溫室)〉 등을 발표하였고, 같은 해 8월 유치환이 머리말을 쓴 처녀 시집 〈구름과 장미(薔薇)〉[행문사(行文社)]를 자비(自費)로 펴냄으로써 등단(登壇)하여 시 〈산악(山嶽)〉[〈백민(白民)〉] · 〈사(蛇)〉[〈문예(文藝)〉, 1949. 8.] · 〈기(旗)〉(〈문예〉, 1949. 10.) · 〈모나리자에게〉 등을 발표하여 시인으로서의 자리를 굳혔다. 또한 평론 〈릴케와 천사(天使)〉(〈문예〉, 1949. 12.) · 〈릴케적 실존(實存)〉(〈문예〉, 1952. 1.) 등을 발표하였다.

1949년(27세) 마산중학교(馬山中學校)로 전근하여 1951년(29세)까지 근무하였고, 1950년(28세) 3월 서정주가 머리말을 쓴 제2시집 〈늪〉[문예사(文藝社)], 1951년 7월 제3시집 〈기〉(문예사)를 펴냈다.

초기에는 릴케(Rainer Maria Rilke, 1875~1926, 오스트리아 태생 독일의 시인)의 영향을 받은 상징주의(象徵主義, symbolisme) 시 이론을 받아들여, 그리움의 서정을 감각적으로 시를 썼으나, 1950년 이후부터는 이른바 의미의 시를 썼고, 그 뒤에는 사물의 본질을 의미보다는 이미지로 나타냈다.

1952년(30세) 11월 유치환을 발행인으로 구상(→31) · 김윤성(金潤成, 1926~, 한국의 시인) · 설창수 · 유치진(柳致眞, 1905~1974, 한국의 극작가이며 연출가) · 이정호 등과 함께 대구에서 문예 동인지 〈시와시론(詩論)〉[창간호로 종간. 1958년 4월 20일 경기도 안양(安養)에서 창간된 시 동인지 〈시와시론〉과는 다른 잡지]을 창간하여 시 〈꽃〉[〈현대문학(現代文學)〉 제9호(1955. 9.)에도 발표]과 시론 〈시 스타일 시론〉을 발표하였다.

1953년(31세) 4월 제4집 〈인인(燐人)〉(문예사), 1954년(32세) 4월에는 시선집(詩選集) 〈제1시집〉(문예사), 9월에는 〈세계 근대시 감상〉을 펴냈고, 〈현대공론(現代公論)〉(월간 종합 교양지. 1953. 10.~1955. 1. 통권 13호로 종간)에 소설 〈유다의 유서(遺書)〉를 발표하였다. 이 무렵 〈사상계(思想界)〉(월간 종합 교양지. 1953. 4.~1970. 5. 통권 205호로 종간) · 〈현대문학〉(월간 순수 문예지. 1955. 1.~현재) 등에도 많은 작품을 발표하였다.

1956년(34세) 고석규(→18) · 김현승 · 송욱(→242) · 유치환 등과 〈시연구(詩硏究)〉(시 전문 동인지. 1956. 5. 창간호로 종간)를 펴냈다.

1957년(35세) 7월 진보적 성향의 〈문학예술(文學藝術)〉(월간 순수 문예지. 1954. 4.~1957. 12. 통권 33호로 종간)에 〈꽃을 위한 서시(序詩)〉, 〈현대문학〉 제34호(1957. 10.)에 〈우수(雨秀)〉를 발표하였고, 김경린(金璟麟, 1918~?, 한국의 시인) · 김규동(→53) · 김수영(→75) · 김종문(→87) · 이상로(→375) · 이인석(→394) · 이홍우 · 임진수(林眞樹, 1926~?, 한국의 시인이며 언론인) 등과 9인 시집 〈평화에의 증언(證言)〉[삼중당(三中堂), 1957. 12.]을 펴냈다.

1958년(36세) 10월에는 〈문학예술〉에 연재한 글을 엮은 첫 시론집 〈한국 현대시 형태론〉[해동문화사(海東文化社)]을 펴내 같은 해 12월 제2회 한국시인협회상을 받았다.

1959년(37세) 4월, 문교부 교수 자격 심사 규정에 따라 국어국문학과 교수 자격을 인정받았고, 6월에는 〈능금〉 등이 실려 있는 제5시집 〈꽃의 소묘(素描)〉[백자사(白磁社)], 11월에 제6시집 〈부다페스트에서의 소녀의 죽음〉[춘조사(春潮社)]을 펴내 12월 전국문화단체총연합회(全國文化團體總聯合會, 文總)에서 주는 제7회 자유 문학상(自由文學賞, 1953~1959)을 받았다.

1960년(38세) 해인대학교[海印大學校. 경남대학교(慶南大學校)의 전신(前身)] 조교수로 임용되었고, 1961년(39세) 4월 경북대학교(慶北大學校) 국어국문학과 전임 강사로 자리를 옮겼다가 1964년(42세) 교수로 임용되어 1978년(56세)까지 재직하였다.

1961년 6월 시론집 〈시론(시작법을 겸함)〉[문호당(文豪堂)], 1969년(47세) 11월 제7시집 〈타령조 · 기타(打令調其他)〉[문화출판사(文化出版社)], 1972년(50세) 시론집 〈시론〉[송원문화사(松園文化社)], 1974년(52세) 9월 시선집 〈처용(處容)〉[민음사(民音社)], 1976년(54세) 5월 첫 수상집(隨想集) 〈빛 속의 그늘〉[예문관(藝文館)], 8월 시론집 〈의미와 무의미〉(문학과지성사), 10월 시선집 〈김춘수 시선〉[정음사(正音社)], 1977년(55세) 4월 시선집 〈꽃의 소묘〉(삼중당), 10월 제8시집 〈남천(南天)〉[근역서재(槿域書齋)], 1979년(57세) 4월 시론집 〈시의 표정〉(문학과지성사)과 수상집 〈오지 않는 저녁〉(근역서재) 등을 잇달아 펴냈다.

1979년 9월에는 영남대학교(嶺南大學校)로 옮겨 1981년(59세) 4월까지 국어국문학과 교수로 재직하였다.

1980년(58세) 1월 수상집 〈시인이 되어 나귀를 타고〉[문장사(文章社)], 11월 제9시집 〈비에 젖은 달〉(근역서재)을 펴냈다.

쿠데타로 집권한 신군부(新軍府) 치하에서 1981년 4월 제11대 국회 의원(1981~1985), 8월 예술원(藝術院) 회원으로 선출되었다.

1982년(60세) 2월 경북대학교에서 명예 문학 박사 학위를 받았고, 4월 시선집 〈처용 이후〉(민음사), 8월 〈김춘수 전집〉(모두 3권, 문장사)을 펴냈다.

1983년(61세) 지식산업사(知識産業社)에서 〈김춘수〉[〈한국 현대 시문학 대계(韓國現代詩文學大系)〉 제25권]를 펴냈으며, 한국문화예술진흥원(韓國文化藝術振興院, 2005년 1월 한국문화예술위원회로 개편) 고문(顧問)과 신문윤리위원회 위원으로 선출되었고, 1985년(63세) 12월 수상집 〈하느님의 아들, 사람의 아들〉(현대문학사)을 펴냈다.

1986년(64세) 7월 〈김춘수 시 전집〉[서문당(瑞文堂)]을 펴냈으며, 방송심의위원회(放送審議委員會) 위원장(1986~1988), 제25대 한국시인협회(韓國詩人協會) 회장(1986~1987)으로 추대(推戴)되었다.

1987년(65세) 시선집 〈꽃을 위한 서시〉[자유문학사(自由文學社)], 1988년(66세) 4월 제10시집 〈라틴 점묘(點描) 기타〉[탑출판사(塔出版社)], 시선집 〈너를 향하여 나는〉[문학사상사(文學思想社)], 1989년(67세) 시론집 〈시의 이해와 작법(作法)〉, 1990년(68세) 시선집 〈샤갈의 마을에 내리는 눈〉(신원문화사), 1991년(69세) 3월 시론집 〈시의 위상(位相)〉(둥지), 10월 제11시집 〈처용 단장(處容斷章)〉[미학사(美學社)]을 펴냈으며, 한국방송공사(韓國放送公社) 이사(理事)로 취임(1991~1993)하였다.

1992년(70세) 3월 시선집 〈돌의 볼에 볼을 대고〉(탑출판사), 1993년(71세) 4월 제12시집 〈서서 잠자는 숲〉(민음사), 7월 수상집 〈예술가의 삶〉[혜화당(惠和堂)], 11월 수상집 〈여자라고 하는 이름의 바다〉(제일미디어), 1994년(72세) 11월 〈김춘수 시 전집〉(민음사), 1995년(73세) 2월 수상집 〈사마천(司馬遷)을 기다리며〉(〈월간에세이〉), 1996년(74세) 2월 제13시집 〈호(壺)〉(한밭미디어), 1997년(75세) 1월 제14시집 〈들림, 도스토예프스키〉(민음사)와 장편 소설 〈꽃과 여우〉(민음사), 1999년(77세) 2월 제15시집 〈의자와 계단〉[문학세계사(文學世界社)], 2001년(79세) 4월 제16시집 〈거울 속의 천사〉(민음사), 2002년(80세) 4월 비평을 겸한 사화집 〈김춘수 사색 사화집〉(현대문학사), 10월 제17시집 〈쉰한 편의 비가(悲歌)〉(현대문학사) 등을 펴냈으며, 죽은 뒤에 〈김춘수 전집〉(모두 5권, 현대문학사, 2004)과 〈김춘수 시론 전집〉(모두 2권, 2004)이 출판되었다.

1966년(44세) 경상남도 문학상, 1984년(62세) 제29회 대한민국 예술원상, 1988년 제29회 경북 문화상과 제9회 대한민국 문학상, 1992년 은관 문화 훈장(銀冠文化勳章), 1997년 〈들림, 도스토예프스키〉로 제5회 대산 문학상(大山文學賞), 1998년(76세) 제12회 인촌상(仁村賞), 2000년(78세) 시집 〈의자와 계단〉으로 제1회 청마 문학상(靑馬文學賞), 2004년(82세) 제19회 소월시 문학상 특별상을 받았다.

경상남도 창원시(昌原市) 마산회원구(馬山會原區) 구암동(龜岩洞) 3·15국립묘지기념관에 그의 〈베꼬니아의 꽃잎처럼이나〉와 제주도 서귀포시(西歸浦市) 서홍동(西烘洞) 서귀포 칠십리 시 공원에 〈이중섭(李仲燮)〉이 새겨진 시비(詩碑)를 비롯하여 대구 동구(東區) 도동(道洞) 향산마을 제현사 시비공원(2007. 11. 21.), 경상북도 김천시(金泉市) 대항면(代項面) 운수동(雲水洞) 직지문화공원(直指文化公園), 고향인 통영시 항남동(港南洞) 버스 정류장 옆(2007. 11. 29.), 충청남도 보령시(保寧市) 성주면(聖住面) 개화리(開花里) 개화예술공원(開花藝術公園) 모산한국육필문예공원, 전라북도 군산시(群山市) 내흥동(內興洞) 금강(錦江) 하구 진포(鎭浦) 시비공원(2007. 6.)에 그의 대표시 〈꽃〉이 새겨진 시비가 세워졌다.

2008년 3월에는 통영시 봉평동(鳳平洞)에 김춘수 유품 전시관이 개관되었다.

96

김태오

金泰午 1903(고종 40). 7. 16. ~ 1970. 7. 25.

한국의 시인이며 아동 문학가·심리학자.

호(號)는 설강(雪崗)·정영(靜影).

광주(光州)에서 태어났다.

일본으로 유학하여 도쿄 니혼대학(日本大學) 법과를

졸업한 뒤, 경성보육학교(京城保育學校) 교사를 거쳐 중앙대학교(中央大學校) 학장 및 부총장 등을 지냈다.

1926년(23세) 〈아이생활〉(월간 어린이 잡지. 1925. 3.~1944. 4. 제19권 제1호로 종간)의 주요 필자로 창작 활동을 시작하였다.

1927년(24세)에는 윤극영(尹克榮, 1903~1988. 한국의 동요 작가이며 동요 작곡가 · 아동 문화 운동가) · 정지용(→445) · 한정동(→505) 등과 함께 조선동요연구회(朝鮮童謠研究會)를 만들어 동요를 알리는 데 힘썼다.

흥사단(興士團)의 국내 단체인 수양동우회(修養同友會) 기관지 〈동광(東光)〉(월간 종합 교양지. 1926. 5.~1933. 1. 통권 40호로 종간) 제10호(1927. 2.)에 동화 〈실 뽑는 색시〉, 제11호(1927. 3.)에 동요 〈나물캐기〉, 제13호(1927. 5.)에 〈겁장이 토끼〉 등을 발표하였다.

〈동요 잡고 단상(童謠雜考斷想)〉[〈동아일보(東亞日報)〉, 1929. 7. 2.] 등 동시(童詩)와 동요에 관한 평론을 발표하여 아동 문학의 이론적 바탕을 마련하였는데, 1931년(28세)에 발표한 평론 〈소년 문예 운동의 당면에 임무〉에서는 현실에 대한 안이한 한탄에 머물 것이 아니라 어린이에게 힘을 줄 수 있는 동요를 지어야 한다고 주장하였다.

1931년에는 〈아이생활〉에 동요 〈가을 추수〉 · 〈해변의 소녀〉, 1932년(29세)에는 서구(西歐)의 이론을 우리의 체질에 알맞게 흡수시켜 조직적이고 체계 있는 논리를 전개시킨 평론 〈현대 동요 연구〉를 발표하였다.

1933년(30세) 5월에 펴낸 시집 〈설강 동요집(雪崗童謠集)〉[한성도서주식회사(漢城圖書株式會社)] 끝 부분에 붙인 〈동요 작법(童謠作法)〉에서는 '속임 없는 노래, 참다운 글'로 된 동요의 필요성을 강조하였다. 그 뒤 시 〈새벽〉(1931) · 〈가을 하늘 휘파람〉(1934) · 〈소리 소리 무슨 소리〉[〈학등(學燈)〉, 1934. 9.] · 〈중조(中鳥)〉(1935) · 〈딸레〉[〈조광(朝光)〉 제13호, 1936. 11.] · 〈별 하나〉(〈조광〉 제13호, 1936. 11.) · 〈금붕어〉(〈조광〉 제42호, 1939. 4.) · 〈백마강(白馬江)〉[〈신천지(新天地)〉, 1954. 2.], 평론 〈동심(童心)과 예술감〉(1934) 등을 발표하였는데, 시는 자연의 정경과 향토를 소박하게 읊었다는 평을 받았다.

이 밖에 시집으로 〈초원(草原)〉[청색지사(青色紙社), 1939. 3.]이 있고, 지은 책으로 〈미학 개론(美學概論)〉(1956) · 〈민족 심리학(民族心理學)〉[동국문화사(東國文化社), 1956] · 〈심리학〉(동국문화사, 1956), 번역서 〈데히트 서양 철학사〉(1966) 등이 있다.

*** 김팔봉(金八峰) → 김기진(→55)**

97

김해강

金海剛 1903(고종 40). 4. 16. ~ 1987. 5. 21.

한국의 시인이며 교육자.

본명(本名)은 대준(大駿).

천도교 전주(全州) 교구(敎區) 종리원장(宗理院長)의 맏아들로, 전라북도 전주에서 태어났다.

천도교에서 세운 전주 창동학교(昌東學校)를 거쳐 1916년(13세) 서울에서 고모부가 교장으로 있는 보성중학교(普成中學校, 지금의 보성중 · 고등학교)에 입학하였다가, 1919년(16세) 3 · 1 운동이 일어나자 고향으로 내려와 혼인하였다.

1920년(17세) 전주 신흥학교(新興學校) 고등과 3학년에 편입하여 1922년(19세) 졸업하고, 서울 천도교 중앙총부에서 운영하던 종학원(宗學園)에 입학하였으나, 천도교 신구파(新舊派)의 싸움으로 다시 낙향(落鄕)하여 1925년(22세) 전북공립사범학교[全北公立師範學校, 전주교육대학교의 전신(前身)]를 마쳤다. 그 뒤 진안국민학교(鎭安國民學校) · 전주사범학교(1945~1952) · 전주고등학교(1952~1968) 등 교단(敎壇)에서 평생을 보냈다.

1925년 주요한(→466)의 추천으로 〈조선문단(朝鮮文壇)〉(월간 순수 문예지. 1924. 10.~1936. 6. 통권 26호로 종간) 제13호(1925. 11.)에 〈달나라〉, 제14호(1926. 3.)에 〈흙〉, 제17호(1926. 6.)에 〈무너진 옛 성터에서〉를 발표하였다.

1927년(24세) 〈동아일보(東亞日報)〉 신춘 문예 시 부문에 〈새 날의 기원(祈願)〉이 박아지(→182)의 〈어머니시여〉와 함께 당선되어 본격적인 문학 활동을 펼쳤다. 그 뒤 〈봄을 맞는 폐허(廢墟)에서〉[〈조선일보(朝鮮日報)〉, 1927. 5. 10.] · 〈출범(出帆)의 노래〉[〈조선지광(朝鮮之光)〉 제75호, 1928. 1.] · 〈5월의 태양〉(〈조선지광〉 제79호, 1928. 7.) · 〈훈풍(薰風)에 날으는 5월의 기폭(旗幅)〉[〈대조(大潮)〉 제3~4호, 1930. 6.~7.] 등을 발표하면서 시인으로서의 자리를 굳혔다.

사회주의(社會主義, socialism) 혁명을 위하여 1925년 8

월 조직된 문예 운동 단체 카프(KAPF, 조선프롤레타리아예술동맹. 에스페란토식 표기인 'Korea Artista Proleta Federatio'의 머리글자. Korea Proletarian Artist Federation)에 가입하면서 1930년(27세) 초에는 〈광명(光明)을 캐는 무리〉·〈용광로(鎔鑛爐)〉 등 경향시(傾向詩)를 썼으나, 1933년(30세) 이후에는 자연과 인간의 교감을 통한 전통적 정서를 노래하였다.

1934년(31세) 〈문학창조(文學創造)〉(문예지. 1934. 6. 창간호로 종간)에 시 〈태양 같은 나의 사나이여〉, 신백수(申百秀, 1915~1946, 한국의 시인이며 소설가)·이시우(李時雨, ?~?, 북한의 시인)·정현웅(鄭玄雄, 1910~1976, 한국의 서양화가)·조풍연(趙豊衍, 1914~1991, 한국의 언론인이며 수필가·아동 문학가)·한상직(韓相稷, 1915~?, 한국의 극작가) 등이 창간한 〈삼사문학(三四文學)〉(문예 동인지. 1934. 9.~1937. 4. 통권 6호로 종간) 창간호에 〈아름다운 술을 허공(虛空)에 뿌리노니〉, 민태규(閔泰奎)·윤곤강(→357)·이병각(李秉珏, 1910~1941, 한국의 시인) 등이 창간한 〈낭만(浪漫)〉(시 전문 동인지. 1936. 11. 9. 창간호로 종간)에 〈오 나의 옛 요람이여〉를 발표하였다.

동무 김남인(金嵐人, 1910~1951, 북한의 시인)의 도움으로 1936년(33세) 〈시건설(詩建設)〉(시 전문지. 1936. 11.~1940. 6. 통권 8호로 종간)을 창간할 무렵에는 동인(同人)으로 참여하여 전통적 정서에 호소하는 향수(鄕愁) 어린 서정시를 썼다.

전주에서 함께 활동하던 김창술(→94)과 처녀 시집 〈기관차(機關車)〉를 펴냈으나, 일제(日帝)의 출판 금지 조치로 발간하지 못하였다. 1940년(37세) 8월 김남인과 함께 실제의 처녀 시집이 된 〈청색마(青色馬)〉[명성출판사(明星出版社)]를 펴냈는데, 제1부에 8편, 제2부에 6편, 제3부에 8편 등 김남인의 시 22편을 실었고, 김해강의 시는 〈객수(客愁)〉·〈도회(都會)〉·〈레스토랑〉·〈모아산(帽兒山)〉·〈북방(北方)은〉·〈이역(異域)의 밤〉·〈호마차(胡馬車)〉 등 모두 34편이 실려 있다. 여기에는 몇 편의 친일시(親日詩)도 섞여 있다.

1940년대에는 〈동광신문(東光新聞)〉(광주에서 발간된 일간지. 1946. 7.~1950. 6.)에 연재 소설 〈사랑의 여명(黎明)〉·〈썩는 개살구〉·〈장설라(張雪羅)〉를 발표하였다.

초기에는 날카로운 현실 비판 의식을 담고 있으면서도 그것을 낯선 언어로 그리지 않고 강한 상징성으로 담아 냈다. 일제 강점기의 어려운 상황을 인정하였으나, 이에 순응하지 않고 그것을 깨뜨려 나가려는 의지를 보여 주어 현실에 대하여 진지하게 맞서는 태도를 엿볼 수 있는 시를 썼다.

광복된 뒤에는 전주에 살면서 1962(59세)~1963년(60세) 한국예술문화단체총연합회(韓國藝術文化團體總聯合會, 藝總) 전북 지부장을 지냈으며, 틈틈이 시를 써서 1968년(65세) 정년 퇴임 기념 시집 〈동방 서곡(東方序曲)〉[교육평론사(敎育評論社)]을 펴냈다.

1984년(81세)에는 〈기도하는 마음〉을 펴냈다.

1957년(54세) 전라북도 문화상, 1968년 전주 시민의 상을 받았으며, 1993년 전주시 덕진구(德津區) 덕진동 덕진공원에 그의 〈금강(錦江)의 달〉이 새겨진 시비(詩碑)가 세워졌다.

이 밖의 작품으로 〈가을의 향기(香氣)〉·〈내 마음 둘 곳 없어〉·〈마의 태자(麻衣太子) 묘를 지나면서〉·〈명경대(明鏡臺)에서〉·〈산상 고창(山上高唱)〉·〈슬픈 계절〉·〈오월(五月)의 노래에 합창을 하며〉[〈제일선(第一線)〉, 1932. 7.]·〈진주담(眞珠潭)에서〉·〈초적(草笛)을 불며〉·〈태양을 등진 무리〉·〈학으로만 살아야 하는가〉 등이 있으며, '전라북도 도민(道民)의 노래'를 작사하였다.

한편, 2002년 발표된 친일 문학인 42인 명단에 들어 있다. 〈조광(朝光)〉(월간 종합 교양지. 1935. 11.~1944. 12. 통권 110호로 종간) 제80호(1942. 6.)에 시 〈아름다운 태양〉을 비롯하여 〈매일신보〉[한국어 일간지. 1904년 7월 18일 배설(裵說, 1872~1909, Ernes Thomas Bethell, 대한제국 때의 영국의 언론인)이 창간한 〈대한매일신보(大韓每日申報)〉를 일제가 사들여 1910년 8월 30일부터 '대한' 두 자를 떼고 〈매일신보(每日申報)〉로 제호(題號)를 바꾸었다가, 1938년 4월 29일 〈매일신보(每日新報)〉로 바뀌었고, 1945년 11월 23일 〈서울신문〉으로 바뀌어 오늘에 이르고 있다.]에 평론 〈돌아오지 않는 아홉 장사〉(1942. 3. 13.)·〈호주(濠洲)여〉(1942. 3. 17.~3. 28.) 등 모두 3편의 친일 작품이 밝혀져 있다.

98

김현구

金炫耉 1904(고종 41). 11. 30. ~ 1950. 10. 3.

한국의 시인.

호(號)는 현구(玄鳩).

몰락한 관료 집안의 5남 1녀 중 셋째 아들로, 전라남도 강진군(康津郡) 강진읍 서성리(西城里)에서 태어났다.

강진공립보통학교를 거쳐 1920년(16세) 배재학당(培材學堂, 지금의 배재중·고등학교)에 입학하였다가 같은 해 중퇴한 뒤, 1921년(17세) 일본으로 유학하였다.

가정 사정으로 곧 귀국한 뒤, 향리(鄕里)에서 김영랑(→79)의 권유로 시를 쓰기 시작하였으며, 김영랑과 동인지(同人誌) 〈청구(靑丘)〉를 발간하였다.

1930년(26세) 10월, 박용철(→185)이 주관하던 〈시문학(詩文學)〉(시 동인지. 1930. 3.~1931. 10. 통권 3호로 종간) 제2호(1930. 5.)에 〈거룩한 봄과 슬픈 봄〉·〈님이여 강물이 몹시도 퍼렇습니다〉·〈물 위에 뜬 갈매기〉·〈적멸(寂滅)〉 등 4편을 발표하면서 문단(文壇)에 등장하였다.

1931년(27세) 박용철이 발행하고 김진섭(金晉燮, 1903~?. 한국의 수필가이며 독문학자)·이하윤(→408)·이헌구(李軒求, 1905~1983. 한국의 문학 평론가) 등이 참여한 〈문예월간(文藝月刊)〉(월간 순수 문예지. 1931. 11.~1932. 3. 통권 4호로 종간) 창간호에 〈풀 위에 누워〉, 1933년(29세) 〈문학(文學)〉(월간 문예 동인지. 1934. 1.~4. 통권 3호로 종간) 창간호에 〈내 마음 사는 곳〉, 1934년(30세) 4월까지 같은 잡지에 〈길〉(제3호)·〈산비달기 같은〉 등 8편의 시를 더 발표하였다. 그 뒤 낙향(落鄕)하여 계속 시를 썼으며, 그것을 묶어 시집 〈무상(無常)〉의 발간을 준비하였으나, 한국 전쟁(Korean War, 1950. 6. 25.~1953. 7. 27.) 중에 사망함으로써 좌절되었다.

1970년 5월 아들 원배(元培) 등이 〈현구 시집(玄鳩詩集)〉[문예사(文藝舍)]을 펴냈으나 비매품으로 만들어져 일반 독자에게는 소개되지 않았다. 이 시집에는 미발표 유고시(遺稿詩) 70편, 발표작 12편 등 82편의 시를 6부로 나누어 수록하고 있는데, 제1부 '검정 비둘기'에 17편, 제2부 '거룩한 봄과 슬픈 봄'에 24편, 제3부 '님이여 강물이 몹시도 퍼렇습니다'에 17편, 제4부 '갈매기'에 14편, 제5부 '기행시'에 8편, 제6부 '전시우감(戰時偶感)'에 2편이 실려 있다. 이 시집을 계기로 서울대학교 김용직(金容稷, 1932~) 교수와 서강대학교(西江大學校) 김학동(金學東) 교수 등이 연구 논문을 발표함으로써 세상에 알려졌다. 이들을 통하여 알려진 바에 따르면 '현구는 대표적인 간판시가 없으며 또한 졸작(拙作)도 없이 모두 일정한 수준의 작품을 남겼다. 시문학파에서 특히 영랑시(永郞詩)의 높은 음악성이 평가되나, 현구의 시어(詩語)는 그보다 폭이 넓고 유연하며 감각이 섬세하다.'는 것이다.

그의 작품은 몇몇 전문가들을 제외하고는 전혀 알려지지 않았다가, 1981년 김영랑·박용철의 시와 함께 〈한국 현대 시문학 대계(韓國現代詩文學大系)〉[지식산업사(知識產業社)] 제7권 〈김영랑·박용철〉에 작품 25편이 실림으로써 처음으로 공개되었다.

작품을 매우 아껴 쓴 시인이며, 강한 서정성을 기반으로 하여 자연과 인생에서 느낀 감정을 부드러운 가락에 담는 시경(詩境)으로 김영랑·박용철·신석정(→255)·이하윤·정인보(→442)·정지용(→445)과 함께 시문학파 시인으로 언급되고 있다. 그의 자화상(自畫像)이라고도 할 수 있는 시 〈검정 비둘기〉의 일부를 소개하면 다음과 같다.

'뉘 눈살에 시들리어 그 맵시 쓸쓸히/외로눈 넋 몰고 오는 검정 비둘기/해 늙은 느릅나무 가지에 앉아/구구꾸 목놓아 슬피 우노나/깨우면 꺼져 버릴 꿈 같은 세상/사랑도 미움도 물 위의 거품/ 그 설움 향화(香火)처럼 피워지련만/날마다 못 잊어 우는 비둘기…….'

2012년 3월 5일에는 〈시문학〉 창간일(1930. 3. 5.)에 맞추어, 김영랑의 생가(生家)가 있는 강진읍 남성리(南城里)에 우리나라 문학사상 최초의 문학 유파 문학관으로 기록된 '시문학파 기념관'이 개관되었다. 김현구를 비롯한 김영랑·박용철·변영로(→207)·신석정·이하윤·정인보·정지용·허보(許保, ?~?. 한국의 시인) 등 시문학파 동인 9명의 유품과 친필·저서·사진물 등을 전시하여 이들의 삶과 문학 세계를 체감할 수 있게 전시하고 있다. 이곳에 〈모란이 피기까지는〉이 새겨진 '영랑 시비(永郎詩碑)'(1975. 7.)가 마주보이는 자리에 〈님이여 강물이 몹시도 퍼렇습니다〉를 새긴 '현구 시비(玄鳩詩碑)'가 세워졌다.

99

김현승

金顯承 1913. 4. 4. ~ 1975. 4. 11.

한국의 시인.

호(號)는 남풍(南風)·다형(茶兄), 본관(本貫)은 김해(金海).

전북 출신의 장로교 목사인 아버지 김창국(金昶國, ?~1950)과 어머니 양응도(梁應道)의 6남매 중 둘째 아들로, 평양(平壤)에서 태어났다.

아버지의 목회지(牧會地)를 따라 제주시(濟州市)에서 유년 시절을 보냈으며, 1919년(6세) 광주(光州)로 이사하여, 그곳에서 1926년(13세) 기독교 계통의 숭일학교(崇一學校) 초등과를 마쳤다.

다시 평양으로 이사, 1927년(14세) 숭실중학교(崇實中學校)에 입학하여 1932년(19세) 졸업하고, 같은 해 숭실전문학교[崇實專門學校. 숭실대학교의 전신(前身). 1897년에 설립된 우리나라 최초의 종합 대학교]에 입학하여 1936년(23세) 문과 3년을 수료하였다.

문단(文壇) 활동은 숭실전문학교에 다닐 때 교지(校誌)에 투고(投稿)하였던 장시(長詩) 〈쓸쓸한 겨울 저녁이 올 때 당신들은〉·〈어린 새벽은 우리를 찾아온다 합니다〉가 양주동(→282)의 인정을 받아, 1934년(21세) 〈동아일보(東亞日報)〉에 발표됨으로써 시단(詩壇)에 등단(登壇)하였다.

1934년 〈새벽은 당신을 부르고 있습니다〉·〈아침〉, 1935년(22세) 〈까마귀〉·〈너와 너〉·〈동굴(洞窟)의 시편(詩篇)〉·〈떠남〉·〈묵상주계〉·〈밤마을〉·〈아침 혼을 더부리고 갈 수 있다면〉·〈새벽〉, 1936년 〈새벽 교실〉·〈유리창〉·〈이별의 곡(曲)〉·〈황혼(黃昏)〉 등 암울한 일제(日帝) 강점기에서도 민족의 희망을 노래한 시를 잇달아 발표, 민족적 낭만주의(浪漫主義, romanticism)의 경향을 나타내어 주목을 끌었다.

1936년 모교(母校) 숭일학교에서 교편(敎鞭)을 잡았다가, 1937년(24세) 신사 참배(神社參拜)를 거부하여 투옥되었고, 일제 말기에는 붓을 꺾고 침묵을 지켰다.

1938년(25세) 2월 아버지가 목사로 있는 광주 양림교회(楊林敎會)의 장로 장맹섭(張孟燮)의 딸이며 수피아여학교(須彼亞女學校) 음악 선생이던 장은순(張恩淳)과 결혼하여 평양에서 살림을 차렸다.

1946년(33세) 4월 4일에는 김진섭(金晉燮, 1903~?, 한국의 수필가이며 독문학자)·박종화(→190)·이하윤(→408) 등이 중심으로 있던 중앙문화협회(中央文化協會)의 불투명한 성격을 거부하고, 곽종원(郭鍾元, 1915~2001, 한국의 문학 평론가)·곽하신(郭夏信, 1920~?, 한국의 소설가)·김갑순(金甲順)·김광주(→51)·김남중(金南中, 1917~1987, 한국의 언론인이며 수필가)·김달진(→58)·김동리(→60)·김상옥(→69)·김수돈(→74)·김춘수(→95)·박두진(→177)·박목월(→178)·박용덕[朴容德, ?~?, 〈단층(斷層)〉 편집·발행인]·박용구(朴容九, 1923~1999, 한국의 소설가)·백완기(白完基, 1914~?, 한국의 문학 평론가)·서정주(→226)·설창수(→230)·여세기(呂世基)·오영수(吳永壽, 1914~1979, 한국의 소설가)·유동준(兪東濬, 1921~, 한국의 문학 평론가)·유치환(→350)·이경순(李敬純, 1905~1985, 한국의 교육자이며 시인)·이광래(李光來, 1908~1968, 한국의 연극인)·이설주(李雪舟, 1908~2001, 한국의 시인)·이영도(→384)·이윤수(李潤守, 1914~1997, 한국의 시인)·이재춘(李在春)·이정호(李正浩, 1927~1991, 한국의 시인이며 언론인)·이한직(→409)·임서하(任西河, ?~?, 한국의 소설가)·정진업(鄭鎭業, 1916~1983, 한국의 시인이며 연극인)·조연현(→459)·조지훈(→461)·조진대(趙眞大, 1920~?, 한국의 소설가)·조향(→463)·최인욱(崔仁旭, 1920~1972, 한국의 소설가)·최태응(崔泰應, 1917~1998, 한국의 소설가)·황순원(→521) 등과 함께 조선청년문학가협회(朝鮮靑年文學家協會)를 결성[1949년 12월 17일 한국문학가협회(韓國文學家協會)가 결성됨에 따라 발전적으로 해산]하여 활동하였다.

1946년 6월 숭일학교 교감으로 부임하였다가 1949년(36세) 6월 교직(敎職)에서 물러나 시작(詩作) 활동에 전념하여 〈창〉[〈경향(京鄕)〉, 1946. 5.]·〈내일〉[〈민성(民聲)〉, 1949. 6.]·〈동면(冬眠)〉·〈내가 나의 모국어(母國語)로 시를 쓰면〉(1952)·〈플라타너스〉[〈문예(文藝)〉, 1953. 6.]·〈내가 가난할 때〉(1954) 등 지적(知的)이고 건강한 생리를 지닌 시를 잇달아 내놓았다.

초기에는 자연 예찬(禮讚)을 통한 낭만주의 경향을 띠었으나, 광복된 뒤에는 인간의 내면 세계를 추구하는 기독교 정신과 인문주의(人文主義, humanism)를 바탕으로 하는 내용을 형상화하여 독특한 시 세계를 이루었다.

1950년대에는 기독교적 구원(救援) 의식을 바탕으로 하여 전쟁 뒤에 오는 허무(虛無)와 상실을 노래하였다.

1951(38세)~1959년(46세) 조선대학교(朝鮮大學校) 문리대 교수로 있으면서 박흡(→195)·서정주·신석정(→255)·이동주(→365)·이석봉(李石奉, 1928~1999, 한국의 여류 소설가)·장용건(張龍健) 등과 함께 〈신문학(新文學)〉(계간 문예 동인지. 1954년 창간)을 6집까지 발행, 향토 문화 발전에 이바지하였다.

1955년(42세) 4월 제1회 한국시인협회상(韓國詩人協會賞) 수상자로 결정되었으나 상 받기를 거부하였다. 같은 해 5월 한국문학가협회 중앙 위원에 선출되었으며, 7월 제1회 전라남도 문화상을 받았다.

1956년(43세)에는 고석규(→18)·김춘수·송욱(→242)·

유치환 등과 〈시연구(詩硏究)〉(시 전문 동인지. 1956. 5. 창간호로 종간)를 펴냈다.

1957년(44세) 5월 한국문학가협회 상임 위원이 되었으며, 12월 처녀 시집 〈김현승 시초(金顯承詩抄)〉[문학사상사(文學思想社)]를 펴냈다.

1960(47세)~1975년(62세)에는 숭전대학교(崇田大學校) 교수를 지냈으며, 1961년(48세) 한국문인협회(韓國文人協會. 文協) 이사로 선임되었다.

1963년(50세)에 펴낸 제2시집 〈옹호자(擁護者)의 노래〉[선명문화사(宣明文化社)]에 나타난 전반기의 시적(詩的) 경향은 주로 자연에 대한 주관적 서정과 감각적 인상을 노래하였으며, 점차 사회 정의에 대한 윤리적 관심과 도덕적 열정을 표현하였다. 여기에는 기독교 정신을 바탕으로 한 〈가을〉·〈가을의 기도(祈禱)〉[〈문학예술(文學藝術)〉, 1956. 11.]·〈눈물〉 등 가을 연작시(聯作詩)와 신적(神的) 세계 질서에 대한 열망과 자유를 노래한 〈지상(地上)의 시〉 등을 실었다.

그가 추구하는 이미지의 특징은 가을의 이미지로 많이 나타나는데, 덧없이 사라지는 비본질적이고 지상적(地上的) 가치를 상징하는 꽃잎·낙엽·재의 이미지와, 본질적이며 천상적(天上的)인 가치를 상징하는 뿌리·보석·열매의 단단한 물체의 이미지의 이원적 대립으로 표현되고 있다는 점이다. 그가 표현한 시적 방법의 특징은 절제된 언어를 통하여 추상적인 관념을 사물화(事物化)하거나, 구체적인 사물을 관념화하는 조소성(彫塑性)과 명징성(明澄性)에 있다고 할 수 있다.

후기 시 세계로의 전환을 보여 주는 1968년(55세)의 제3시집 〈견고(堅固)한 고독(孤獨)〉[관동출판사(關東出版社). 같은 제목으로 〈현대문학(現代文學)〉 제130호(1965. 10.)에 실음.]과 〈파도〉(〈현대문학〉 제154호, 1967. 10.)·〈아버지의 마음〉·〈절대 고독(絶對孤獨)〉 등을 실은 1970년(57세)의 제4시집 〈절대 고독〉[성문각(成文閣)]의 시 세계는 신(神)에 대한 회의(懷疑)와 인간적인 사랑과 고독을 시적 주제로 줄기차게 추구하는 원숙한 경지에 도달하였다.

한국문인협회 시 분과 위원장(1965)과 제9~11대 부이사장(1970~1974)을 지냈으며, 1973년(60세) 제22회 서울특별시 문화상을 받았다.

1972년(59세)에는 문학 개설서(槪說書) 〈한국 현대시 해설(韓國現代詩解說)〉(관동출판사), 1974년(61세)에는 〈김현승 시 전집〉(관동출판사)과 〈세계 문예 사조사(世界文藝思潮史)〉[고려출판사(高麗出版社)]를 펴냈다.

1975년 4월 11일 숭실대학교에서 채플 시간에 기도하다가 고혈압으로 갑자기 죽었다.

죽은 뒤에 유시집(遺詩集) 〈마지막 지상에서〉(창작과비평사, 1975)·〈김현승〉[지식산업사(知識産業社), 〈한국 현대시문학 대계(韓國現代詩文學大系)〉 제17권, 1982]·〈김현승의 명시(名詩)〉[혜원출판사(惠園出版社), 1987]·〈가을에는 기도하게 하소서〉(문학과비평사, 1989)와 산문집 〈고독과 시〉[지성산업사(知性産業社), 1977]가 출판되었다.

숭실대학교에 〈가을의 기도〉, 광주 북구(北區) 금곡동(金谷洞) 무등산도립공원(無等山道立公園) 관음암(觀音庵) 맞은편 기슭에 〈눈물〉, 전라남도 장흥군(長興郡) 장평면(長平面) 봉림리(鳳林里) '계명성 시비공원(鷄鳴聲詩碑公園)'에 〈가을〉이 새겨진 시비(詩碑)가 세워져 있다.

100
김형원
金炯元 1901(고종 38). 11. 16. ~ ?

북한의 시인이며 언론인.

호(號)는 석송(石松), 본관(本貫)은 김해(金海).

충청남도 논산군(論山郡, 지금의 논산시) 강경읍(江景邑)에서 태어났다.

서울 보성고등보통학교(普成高等普通學校, 지금의 보성중·고등학교)에 입학하였으나, 중퇴하였다.

1920년(19세) 〈동아일보(東亞日報)〉에 〈문학과 실생활의 관계를 논하여 신문학 건설의 급무(急務)를 제창(齊唱)함〉(1920. 4. 20.~4. 24.), 〈개벽(開闢)〉(우리나라 최초의 월간 종합 교양지. 1920. 6.~1926. 8. 통권 72호로 종간. 속간 1934. 11.~1935. 2. 통권 4호로 종간. 복간 1946. 1.~1949. 3. 통권 9호로 종간)에 〈이향(離鄕)〉을 발표하여 문단(文壇)에 나왔다.

1921년(20세) 〈개벽〉 창간 2주년 기념호에 휘트먼(Walt Whitman, 1819~1892, 미국의 민중 시인이며 저널리스트·수필가)을 소개하여 그의 시의 주제 방향이 민중 속에 있음을 명백히 하였다. 계속하여 〈개벽〉에 〈죽음의 미(美)〉(제8호, 1921. 2.)·〈무산자(無産者)의 절규(絶叫)〉(제12호, 1921. 6.)·〈햇빛 못 보는 사람들〉(제20호, 1922. 2.)·〈숨쉬는 목내이〉(제21호, 1922. 3.)·〈아이들 노래〉(제21호, 1922. 3.) 등을 발표하였다.

1923년(22세) 10월에는 김기진(→55)·김복진(金復鎭, 1901~1940, 한국의 조각가이며 미술 평론가·문예 이론가·연극인·사회 운동가. 한국 최초로 서구식 조각 교육을 받았다.)·박영희(→183)·안석주[安碩柱, 1901~1950, 한국 소설 삽화의 선구자이며 소설가·영화인. 〈우리의 소원은 통일〉의 작사가. 안석영(安夕影)으로 더 알려졌다.]·연학년(延鶴年, ?~1938, 한국의 연극인)·이상화(→378)·이익상(李益相, 1895~1935, 한국의 소설가이며 언론인) 등과 함께 신경향파[新傾向派, 박영희가 〈신경향파의 문학과 그 문단적 지위〉(〈개벽〉 제64호, 1925. 12.)에서 '신경향파'라는 용어를 처음 사용하였다.] 문학 단체 파스큘라(PASKYULA, 동인들의 이름 머리글자를 딴 것. 박영희의 'PA', 이익상의 'S', 김복진·김기진의 'K', 연학년의 'YU', 이상화의 'L', 안석주의 'A')를 조직하여, '인생을 위한 예술(art for life's sake)'을 지향하는 새로운 경향의 문예 운동을 전개하면서 경향시를 발표하였다.

1924년(23세) 〈개벽〉 제53호(1924. 11.)에 발표한 〈아! 지금은 새벽 네 시〉는 휘트먼의 영향을 받은 대표작이며, 제56호(1925. 2.)에는 평론 〈계급을 위함이냐 문예를 위함이냐〉를 발표하였는데, 민주주의(民主主義, democracy)를 신봉(信奉)하고 사회 제도와 역사의 구속에서 벗어난 개성(個性)의 발현(發顯)을 노래하였다.

1925년(24세) 8월, 사회주의(社會主義, socialism) 혁명을 위하여 조직된 카프(KAPF, 조선프롤레타리아예술동맹. 에스페란토식 표기인 'Korea Artista Proleta Federatio'의 머리글자. Korea Proletarian Artist Federation)가 결성되었을 때에는 참여하지 않았지만 〈불순(不純)의 피〉를 발표하여 항일기(抗日期) 동안 계속 반항적인 노래를 불렀다.

한편 카프는, 1922년 9월 김두수(金斗洙, 1903~?, 한국의 사회주의 운동가)·김영팔(金永八, 1904~1950, 한국의 연극인)·김홍파(金紅波, ?~?, 〈북조선일보〉 기자)·박세영(→180)·박용대(朴容大, ?~?, 한국의 사회주의 운동가)·송영(宋影, 1903~1978, 한국의 소설가이며 극작가)·심훈(→261)·이적효(李赤曉, 1901~?, 한국의 사회주의 운동가)·이호(李浩, 1903~?, 한국의 사회주의 운동가)·최승일[崔承一, 1901~?, 한국의 작가이며 방송인·영화인. 최승희(崔承喜, 1911~1969, 북한의 무용가이며 안무가)의 오빠] 등 사회주의 경향의 문인(文人)들이 조직한 최초의 사회주의 예술 단체인 염군사(焰群社)와, 파스큘라가 하나로 통합된 최초의 전국적인 문학 예술가 조직이었다. 창립 당시 구성원은 김기진·김복진·김양(金陽)·김영팔·김온(金穩)·박영희·박용대·박팔양(→193)·송영·심훈·안석주·이기영(李箕永, 1895~1984, 북한의 소설가)·이상화·이익상·이적효·이호·조명희(→453)·최승일·한설야(韓雪野, 1900~1976?, 북한의 소설가이며 문학 평론가) 등이었다.

1925년 〈생장(生長)〉(월간 순수 문예지. 1925. 1.~5. 통권 5호로 종간)을 주재(主宰)하였고, 그 뒤 중외일보사(中外日報社)·동아일보사 기자를 거쳐 사회부장을 지냈으며, 중앙일보(中央日報社)·조선일보사(朝鮮日報社)·매일신보사(每日申報社) 편집국장을 지냈다.

한국 시사(詩史)에서 신경향파 시를 처음으로 썼으며, 또한 가장 많이 썼다. 당시 〈장미촌(薔薇村)〉(1921. 5. 24. 창간호로 종간. 우리나라 최초의 시 동인지)·〈창조(創造)〉(문예 동인지. 1919. 2.~1921. 5. 통권 9호로 종간)·〈폐허(廢墟)〉(문예 동인지. 1920. 7.~1921. 1. 통권 2호로 종간) 등에서 보이던 퇴폐적 낭만주의(浪漫主義, romanticism)나 탐미주의(耽美主義, aestheticism, 唯美主義) 문학과 달리 당대(當代)의 비참한 생활과 불평등하고 부조리하며 자유 없는 현실을 거부하는 의식을 읊었다.

박팔양은 평론 〈조선 신시 운동 개관(朝鮮新詩運動槪觀)〉(〈조선일보〉, 1929. 2. 28.~3. 1.)에서 그의 시는 힘있고 굳센 특색이 있다고 하면서, 뒷날 신흥 계급 운동이 일어나는 데 선구자적 역할을 하였다고 평가하였다.

일제(日帝) 강점기 말에는 조선문인협회(朝鮮文人協會, 1939년 10월 29일 결성한 조선총독부 산하 어용 문학 단체. 文協) 발기인(發起人)을 지내는 등 조선총독부(朝鮮總督府) 통치에 적극 협력하였다.

광복된 뒤 복간된 조선일보사에 잠시 근무하였고, 이범석(李範奭, 1900~1972, 한국의 독립 운동가이며 정치가. 초대 국무 총리. 재임 1948. 7. 31.~1950. 4. 20.)의 민족청년단(民族靑年團)에서 활동하였으며, 대동신문사(大東新聞社) 부사장을 지냈다.

1948년(47세) 5월 10일 실시된 제헌 국회 의원(制憲國會議員) 선거에 논산에서 출마하였다가 낙선하였으며, 1949년(48세) 공보처(公報處) 차장으로 지내던 중 〈서울신문〉 반정부(反政府) 이적(利敵) 행위 사건과 관련되어 관계(官界)에서 물러났다.

한국 전쟁(Korean War, 1950. 6. 25.~1953. 7. 27.) 중 납북(拉北)되었다. 북한에서의 행적은 알려지지 않았으며, 출판사 교정원으로 일하다가 1956년(55세) 평안남도 안주(安州) 탄광에 노동자로 배치받은 뒤 소식이 끊겼다는 설이 있다.

1979년 가족들이 시 124편을 모아 〈석송 김형원 시집(石松金炯元詩集)〉[삼희사(三熙社)]을 펴냈다.

이 밖의 작품으로 〈내가 조물주(造物主)이면〉·〈벌거숭이의 노래〉·〈생명의 썩은 내〉·〈생장의 균등(均等)〉 등이 있으며, 안기영(安基永, 1900 ~1980, 한국의 작곡가이며 테너 가수)이 곡을 붙인 민요풍의 시 〈그리운 강남(江南)〉[〈별건곤(別乾坤)〉 제20호, 1929. 4.]은 가곡으로 널리 애창되었다.

101

김화산

金華山 1905(고종 42). 3. 6. ~ 1970. 11. 18.

한국의 문학 평론가이며 시인·법조인.

본명(本名)은 방준경(方俊卿), 창씨개명(創氏改名)한 이름은 야스다 유키테루(安田行輝), 본관(本貫)은 온양(溫陽).

서울에서 태어났으며, 경성제일고등보통학교[京城第一高等普通學校, 지금의 경기고등학교(京畿高等學校)]를 거쳐 1924년(19세) 경성법학전문학교[京城法學專門學校, 서울대학교 법과대학의 전신(前身)]를 졸업하였다.

지방 법원 서기(書記)로 지내다가 1930년(25세) 사법관 후보자 고시(考試)에 합격하여 법관이 되었다.

경성법전 시절부터 문학에 뜻을 두고 사회주의(社會主義, socialism) 혁명을 위하여 1925년(20세) 8월 조직된 문예 운동 단체 카프(KAPF, 조선프롤레타리아예술동맹. 에스페란토식 표기인 'Korea Artista Proleta Federatio'의 머리글자. Korea Proletarian Artist Federation) 맹원(盟員)이 되어 시와 소설, 평론을 발표하였다.

카프는, 1922년 9월 김두수(金斗洙, 1903~?, 한국의 사회주의 운동가)·김영팔(金永八, 1904~1950, 한국의 연극인)·김홍파(金紅波, ?~?, 〈북조선일보〉 기자)·박세영(→180)·박용대(朴容大, ?~?, 한국의 사회주의 운동가)·송영(宋影, 1903~1978, 한국의 소설가이며 극작가)·심훈(→261)·이적효(李赤曉, 1901~?, 한국의 사회주의 운동가)·이호(李浩, 1903~?, 한국의 사회주의 운동가)·최승일[崔承一, 1901~?, 한국의 작가이며 방송인·영화인. 최승희(崔承喜, 1911~1969, 북한의 무용가이며 안무가)의 오빠] 등 사회주의 경향의 문인(文人)들이 조직한 최초의 사회주의 예술 단체인 염군사(焰群社)와, 1923년 10월 김기진(→55)·김복진(金復鎭, 1901~1940, 한국의 조각가이며 미술 평론가·문예 이론가·연극인·사회 운동가. 한국 최초로 서구식 조각 교육을 받았다.)·김형원(→100)·박영희(→183)·안석주[安碩柱, 1901~1950, 한국 소설 삽화의 선구자이며 소설가·영화인. 〈우리의 소원은 통일〉의 작사가. 안석영(安夕影)으로 더 알려졌다.]·연학년(延鶴年, ?~1938, 한국의 연극인)·이상화(→378)·이익상(李益相, 1895~1935, 한국의 소설가이며 언론인) 등이 조직한 신경향파{新傾向派, 박영희가 〈신경향파의 문학과 그 문단적 지위〉[〈개벽(開闢)〉 제64호, 1925. 12.]에서 '신경향파'라는 용어를 처음 사용하였다.} 문학 단체인 파스큘라(PASKYULA, 동인들의 이름 머리글자를 딴 것. 박영희의 'PA', 이익상의 'S', 김복진·김기진의 'K', 연학년의 'YU', 이상화의 'L', 안석주의 'A')가 1925년 8월에 하나로 통합된 최초의 전국적인 문학 예술가 조직이었다. 창립 당시 구성원은 김기진·김복진·김양(金陽)·김영팔·김온(金穩)·박영희·박용대·박팔양(→193)·송영·심훈·안석주·이기영(李箕永, 1895~1984, 북한의 소설가)·이상화·이익상·이적효·이호·조명희(→453)·최승일·한설야(韓雪野, 1900~1976?, 북한의 소설가이며 문학 평론가) 등이었다.

1927년(22세) 초 카프 문학의 방향 전환기에 목적 의식론을 비판하고 아나키즘(anarchism, 無政府主義) 문학론을 펼쳤다. 아나키즘 입장에서 발표한 〈계급 예술론의 신전개〉[〈조선문단(朝鮮文壇)〉 제20호, 1927. 3.]에서 '종교 신자(信者)와 같은 심리적 미망(迷妄)이 현금(現今) 마르크스주의자(Marxist) 일부에 침윤되었다.'고 볼셰비즘(Bol'shevism)을 비판하고, 예술은 독립할 수 있고 독립할 가치가 있다고 하였다. 이 아나키즘과 볼셰비즘의 논쟁은 김기진·박영희의 '내용·형식 논쟁' 과정에서 나왔기 때문에 큰 파문(波紋)을 일으키며 아나키즘 논쟁을 촉발하였다.

그러나 박영희·윤기정(尹基鼎, 1903~1955, 한국의 소설가이며 문학 평론가)·임화(→419)·조중곤(趙重滾, ?~?, 북한의 소설가이며 문학 평론가)·한설야(韓雪野, 1900~1976?, 북한의 소설가이며 문학 평론가) 등이 아나키즘을 집중 공격하여 아나키즘 계열은 카프에서 제명당하였다. 아나키스트의 논리는 사회에서 지지받지 못하였으나, 아나키즘의 예술론에 대한 강한 집착을 보이는 글을 계속 발표하였다.

1933년(28세) 공주(公州)지방법원 판사로 임명된 뒤 부산(釜山) · 대전(大田, 1941) · 상주(尙州) · 통영(統營) · 인천(仁川) 등에서 판사를 지냈다. 판사로 근무하면서도 〈마르크스주의의 문학론 음미〉(1933)로 아나키즘 문예 이론 정립을 시도하고, 아나키즘 문학론을 대표하는 소설 〈이대장전(李大將傳)〉 등의 작품을 발표하였다.

1947년(42세) 변호사를 개업하였고, 1959년(54세)에 대법원 판사, 1960년(55세) 광주(光州) 고등법원장에 임명되었다. 1961년(56세) 다시 변호사로 돌아갔다가, 1964년(59세) 재차 대법관에 임용되어 1966년(61세)에 퇴직하였고, 그 뒤 공증인(公證人)으로 일하였다.

시 〈아름다운 사람〉[〈시종(詩宗)〉, 1927. 8.] · 〈4월 도상(四月途上)〉(1930) · 〈구월우일(九月雨日)〉[〈혜성(彗星)〉 제8호, 1931. 10.] · 〈행복(幸福)〉[〈신생(新生)〉 제37호, 1931. 11.], 소설 〈악마도(惡魔圖)〉(〈조선문단〉 제19호, 1927. 2.), 평론 〈설명에서 감각으로〉[〈조선일보(朝鮮日報)〉, 1925. 10. 23.] · 〈뇌동성 문예론(雷動性文藝論)의 극복〉[〈현대평론(現代評論)〉 제5호, 1927. 6.] 등이 있다.

102

김황원

金黃元 1045(정종 11) ~ 1117(예종 12)

고려(高麗, 918~1392)의 문신(文臣)이며 시인.

자(字)는 천민(天民), 시호(諡號)는 문절(文節), 본관(本貫)은 광양(光陽).

일찍이 문과에 급제(及第)하여 문장으로 이름을 얻었다. 이궤(李軌, ?~1122, 고려의 문신)와 함께 한림원(翰林院)에 있을 때 중국 요(遼)나라(907~1125) 사신을 맞아, 궁정(宮廷)에서 잔치하며 부르는 노래 '구호(口號)'를 지은 시로 환영하여, 요나라 사신들이 크게 감동하였다.

그 문명(文名)이 차차 높아지자, 이를 시기한 재상(宰相) 이자위(李子威, ?~?, 고려의 문신)가 그의 문장이 시속(時俗)을 따르지 않음을 미워하여 그의 모함으로 파직(罷職)되었다. 나중에 선종(宣宗, 1049~1094, 고려의 제13대 왕. 재위 1083~1094)에게 이름이 알려져 좌습유(左拾遺) · 지제고(知制誥)로 다시 기용되었고, 이어 경산[京山, 지금의 경상북도 성주(星州)] 부사(府使)가 되어 많은 치적(治績)을 쌓았다.

예종(睿宗, 1079~1122, 고려의 제16대 왕. 재위 1105~1122) 때 중서사인(中書舍人)으로 승진하여, 요나라에 사신으로 가는 도중 북부 지방에 대기근(大饑饉)이 있어 백성들이 굶어죽는 참상을 목격하고는 왕에게 상주(上奏)하여 주군(州郡)의 창고를 열게 하고 백성들을 구하였다.

귀국한 뒤 예부시랑(禮部侍郎) · 국자감(國子監) 좨주(祭酒, 학사 담당) · 한림학사(翰林學士) · 첨서추밀원사(簽書樞密院事)를 지냈다.

평양(平壤) 부벽루(浮碧樓)에 올랐다가 그곳에 걸린 평양의 산천을 읊은 시구(詩句)들이 한결같이 신통하지 못하다 하여 모두 태워 버리고, 스스로 지어 걸기로 하였으나, 경치에 감격한 나머지 해가 질 무렵에야 겨우 한 구(句) '긴 성벽 한쪽으로는 넘쳐 넘쳐 흐르는 물이요, 넓은 들 동쪽에는 한 점 한 점 산이로다.(長城一面溶溶水 大野東頭點點山)'를 짓고는 끝내 그 짝을 채우지 못하고 통곡을 하며 내려왔다는 일화(逸話)가 전해지고 있다.

영달을 하려고 남의 말이나 본뜨며 행세차로 짓는 시는 구역질이 난다고 크게 반발할 정도로 문학이 영달을 위한 수단이 되는 것을 반대하였다. 왕이 책을 보다가 의심나는 것이 있어 물으면 대답할 정도로 신임을 받고 있었으나, 성품이 청렴 강직하여 권세에 아부하지 않아 평탄한 삶을 영위하지는 못하였다.

학문에 힘써 고시(古詩)로 '해동(海東) 1인자'로 일컬어지는 등 이름을 떨쳤으며, 문장에서 정지상(→444) 이전의 제1인자라는 평을 받았다. 명성에 비하여 온전하게 전하는 작품이 거의 없어 부분적으로 그의 시 세계를 엿볼 수 있을 뿐이다. 〈파한집(破閑集)〉에 시 몇 편과 일화가 전해지고 있다.

103

나라신하 메타

Narasiṅha Mehta 1500? ~ 1580?

인도의 시인.

나르시 메타(Narsi Mehta)라고도 한다. 구자라트 어(語)(Gujart language)의 최초이며 최고(最古)의 시인으로 일컬어진다.

형수에 의하여 집에서 쫓겨나 신앙의 길에 전념하였다. 신(神)과의 접합의 환희를 일반인들에게 알리기 위하여 시를 지어 심벌즈에 맞추어 노래 부르고 춤추었다.

카스트[caste, 인도 사회 특유의 신분 제도. 브라만

(Brahman, 사제 · 성직자), 크샤트리아(Kshatriya, 귀족 · 무사), 바이샤(Vaisya, 상인 · 농민 · 지주), 수드라(Sudra, 소작농 · 청소부 · 하인)의 네 가지로 분류된다.]의 최고 계급인 브라만 출신이지만, 부녀자나 최하층의 불가촉(不可觸) 천민의 집에 가서도 찬가(讚歌)를 들려 주는 실천을 통하여 카스트의 배타성을 타파하고자 하였다.

주로 바가바타푸라나[Bhāgavata-purāna, 산스크리트(Sanskrit) 어로 쓴 힌두교 경전 18권 중의 하나]에 따라 크리슈나(Krishna, 힌두교의 신. 인도의 신들 가운데 가장 널리 숭배되고 사랑받는 신)를 찬양하고, 라마[Rāma, 인도 신화에 나오는 비슈누 신의 7번째 화신(化身)]와 크리슈나의 사랑을 주제로 하여 최고신 · 애인 · 벗으로서 소몰이 소녀의 열애를 통하여 신앙의 길을 설파하고, 때로는 자전적(自傳的) 시를 통하여 철학과 도덕을 설파하였다.

구전(口傳)되던 시는 1650년과 1678년에 편집되어 구자라트 문학에 큰 영향을 끼쳤고, 크리슈나 찬가는 시집으로 출판되어 현대에도 애창되고 있으며, 간디(Mohandas Karamchand Gandhi, 1869~1948, 인도의 민족주의 지도자이며 비폭력주의 제창자)도 애독하였다.

104

나바다스

Nābhāyaṇ-Dās ?~?

인도의 시인.

1600년께 활동하였다.

힌디 어(語)(Hindi language)로 쓴 〈성자 열전(聖者列傳, Bhaktamālā)〉(1585~1623?)의 저자이다. 이 책은 라마[Rāma, 인도 신화에 나오는 비슈누 신의 7번째 화신(化身)]와 크리슈나(Krishna, 힌두교의 신. 인도의 신들 가운데 가장 널리 숭배되고 사랑받는 신) 신도(信徒)들에 대하여 쓴 것으로, 108시구(詩句)와 약 200명의 성자에 관한 기록이 실려 있다.

105

나시흐

Nāsikh ?~1838

인도의 우르두 어(語)(Urdu language) 시인.

인도 북부 우타르프라데시(Uttar Pradesh) 주의 주도(州都) 러크나우(Lucknow)에서 태어났다.

가잘(ghazal, 서정시)에 뛰어났고, 철학적 · 교훈적인 테마를 다루었으며, 과장된 어법과 풍부한 비유를 썼다. 시작(詩作) 기법에 뛰어났으며, 힌디 어(Hindi language)계의 말을 배격하고 페르시아 어(Persian language) · 아라비아 어(Arabic language)의 어휘를 많이 썼다.

새로운 운율(韻律)을 소개, 동사 용법(動詞用法)의 변화, 명사(名詞)의 성별(性別)의 엄수 등 변혁을 시도하여 델리(Delhi)의 시풍(詩風)과 다른 새로운 시풍을 개척하였다.

시집으로 〈에우잡한 기록(Draftar-e-Parēshān)〉(1816)이 있다.

106

나은

羅隱 833~909

중국 당(唐)나라(618~907)의 시인.

자(字)는 소간(昭諫).

어려서부터 문재(文才)가 뛰어나 풍자하는 내용이 많았고, 특히 시에 뛰어나 이름을 높였으나, 재주를 지나치게 믿는 오만한 성격이었다.

과거(科擧)에 낙방하여 불운하였으나, 절도사(節度使)의 막료(幕僚)로 있는 동안에 전구(錢璆)에게 인정을 받아 저작좌랑(著作佐郎) · 간의대부(諫議大夫) · 급사중(給事中) 등으로 중용되었다. 뒷날 주전충[朱全忠, 852~912, 후량(後梁)의 태조. 재위 907~912]이 그의 인물을 아껴 불렀으나 응하지 않았다.

허망하고 이상한 이야기를 많이 썼으므로, 월(越)나라나 민(閩) 땅 사람들이 이상하고 허망한 일을 당하면 '이것은 나은이 이미 말하였던 일(此羅隱秀才說過)'이라고 말하였다고 한다.

많은 저작을 남겼으나, 지금은 〈갑을집(甲乙集)〉 · 〈양동서(兩同書)〉 · 〈참본(讒本)〉 · 〈참서(讒書)〉 · 〈회해우언(淮海寓言)〉 등만이 남아 있다.

107

나응서

羅應瑞 1584(선조 17)~1638(인조 16)

조선(朝鮮, 1392~1910)의 시인이며 학자 · 의병장.

자(字)는 해봉(海鳳), 호(號)는 남간(南磵), 본관(本貫)은 나주(羅州).

아버지는 궁궐도감(宮闕都監) 나덕양(羅德讓)이다.

강항(姜沆, 1567~1618, 조선의 문신이며 의병장)의 문인(門人)이며, 김장생(金長生, 1548~1631, 조선의 문신이며 학자)의 문하(門下)에서도 학문을 익혔으며, 그와 예(禮)를 논하였다.

1605년(21세, 선조 38) 사마시(司馬試)에 급제(及第)하고, 1617년(33세, 광해군 9) 별시 문과(別試文科)에 장원(壯元)으로 급제하였으나, 정론(正論)을 썼다는 이유로 시관(試官) 권진(權縉, 1572~1624, 조선의 문신)이 합격자 명단에서 제외하였다. 그 뒤 인조(仁祖, 1595~1649, 조선의 제16대 왕. 재위 1623~1649) 때 학행(學行)으로 천거(薦擧)되어 참봉(參奉)이 되었다.

인조반정(仁祖反正, 1623. 3. 13.)으로 경기전(慶基殿) 참봉에 임명되었으나 부임하지 않았다.

1624년(40세, 인조 2) 이괄(李适, 1587~1624, 조선의 무신)의 난이 일어나자 '토역괄모의격(討逆适募義檄)'과 1636년(52세, 인조 14) 병자호란(丙子胡亂, 1636. 12. 9.~1637. 1. 30.) 때 '토노적모의열읍격(討奴賊募義列邑檄)'이라는 제하(題下)의 격문(檄文)을 지어 의병(義兵)을 일으켰다.

1629년(45세, 인조 7) 동당 별시(東堂別試)에 급제하여 별제(別提)를 지냈다.

이른바 '한문 4대가[漢文四大家, 조선 중기 문장에 뛰어났던 신흠(申欽, 1566~1628, 조선의 문신) · 이식(李植, 1584~1647, 조선의 문신이며 학자 · 문장가) · 이정구(李廷龜, 1564~1635, 조선의 문인) · 장유(張維, 1587~1638, 조선의 문신) 등 네 사람을 일컫는 말. '사대 문장가(四大文章家)'라고도 하며, 이들의 호를 한 자씩 따서 '월상계택(月象谿澤)'이라고도 한다.]'의 한 사람인 장유와는 진사동방(進士同榜)으로서 교유(交遊)가 두터웠으며, 두 사람이 서로 주고받은 시 〈계간수창(谿間酬唱)〉은 널리 알려졌다.

시문(詩文)에 특히 뛰어나 이름이 높았으며, 지은 책으로 〈남간집(南磵集)〉 · 〈남간집선(南磵集選)〉이 있다.

108

나이두

Sarojini Naidu 1879. 2. 13. ~ 1949. 3. 2.

인도의 여류 시인이며 사회 운동가 · 정치가 · 저술가 · 페미니스트(feminist).

결혼 전의 성(姓)은 차토파디아이(Chattopadhyay).

카스트[caste, 인도 사회 특유의 신분 제도. 브라만(Brahman, 사제 · 성직자), 크샤트리아(Kshatriya, 귀족 · 무사), 바이샤(Vaisya, 상인 · 농민 · 지주), 수드라(Sudra, 소작농 · 청소부 · 하인)의 네 가지로 분류된다.]의 최고 계급인 브라만 출신으로, 하이데라바드(Hyderabad)의 명문(名門)이며 니잠대학(Niẓām's College) 학장 아고레나트 차토파디아이(Aghorenath Chattopadhyay)의 맏딸로 태어났다.

1891년(12세) 마드라스대학교(University of Madras)에 입학하였으며, 계속하여 런던대학교(University of London) 킹스 칼리지(King's College)(1895~1898)와 케임브리지대학교(Cambridge University) 거턴 칼리지(Girton College)에서 공부하였다.

1898년(19세) 의학 박사 나이두(Govindarajulu Naidu)와 결혼하였다.

영국에서 여성 참정권(參政權) 운동에 참여하여 경험을 쌓은 뒤, 인도의 국민회의(國民會議, Indian National Congress)와 마하트마(Mahatma, '위대한 영혼의 소유자') 간디(Mohandas Karamchand Gandhi, 1869~1948, 인도의 민족주의 지도자이며 비폭력주의 제창자)의 비협력 운동에 참여하였다. 그 뒤 여성 해방 운동과 자유와 독립을 위한 반영(反英) 민족 운동에 크게 활약하였다.

영어로 쓴 시집 〈금색(金色)의 입구(The Golden Threshold)〉(1905) · 〈시대의 새(The Bird of Time)〉(1912) · 〈찢어진 날개(The Broken Wing)〉(1918)를 펴내 근대 인도의 열정적인 서정시인으로, 또한 인생 시인 · 종교 시인으로도 알려져 있다.

적극적이고 활동적인 작가로, 아라비아 해(海)(Arabian Sea)에 면한 중서부 마하라슈트라(Maharashtra) 주 봄베이[Bombay, 지금의 뭄바이(Mombai)]에 있던 그녀의 살롱에는 인도의 저명한 지식인들이 모여들었으며, '인도의 나이팅게일(Florence Nightingale, 1820~1919, 영국의 간호사)'로 일컬어졌다.

1914년(35세) 왕립문예협회(王立文藝學會, Royal Society of Literature) 회원으로 선출되었고, 1923(44세)~1929년(50세)에는 봄베이 시의회 의원을 지냈다.

1924년(45세) 아프리카 동부와 남아프리카 연방(聯邦)에 사는 인도인들을 위하여 아프리카를 여행하였고, 1925년(46세) 인도 여성으로는 처음으로 국민회의 의장이 되었다. 국민회의 첫 번째 여성 의장은 이보다 8년 전에 의장이 된 영국의 페미니스트인 베전트[Annie Besant, 1847~1933, 영국의 사회 개혁가이며 신지론자(神智論者)]였다.

1928(49세)~1929년 북아메리카를 순회하면서 국민회의 운동에 대한 강연회를 열었고, 인도로 돌아온 뒤 영국에 반대하는 활동을 하였는데, 1930년(51세) 간디를 대신하여 전(全) 인도 운동의 지도자로 활약하다가 감옥에 갇히는 등 여러 번(1930, 1932, 1942~1943) 투옥되었다.

1931년(52세)에는 인도와 영국의 협력 문제를 논의하는 제2차 원탁 회의(Round Table Conference)에 간디와 함께 인도 대표로 런던으로 갔지만, 인도 자치(自治)에 대해서는 아무 결론도 얻지 못하였다.

1932년(53세)에는 남아프리카 주재(駐在) 인도 정부 요원 대리가 되었다.

2차 대전(1939. 9. 1.~1945. 9. 2.)이 일어나자 보수 정당 국민회의의 정책을 지지하였다. 국민회의는 처음에는 연합국의 명분에 냉담하였고, 이어 연합국을 공공연히 방해하였다.

1947년(68세) 연합주[지금의 인도 북부 우타르프라데시(Uttar Pradesh) 주] 장관이 되어 죽을 때까지 재직하였다.

영어로 쓴 시집 〈왕위에 오른 플루트(The Sceptred Flute)〉(1928)·〈새벽의 깃(The Feather of the Dawn)〉(1961) 등이 있다.

109

나지르

Nazir 1740 ~ 1830

인도의 시인.

본명(本名)은 왈리 무함마드(Wali Muhammad).

인도 북부 델리(Delhi)에서 태어났다.

본래 방종한 성격이었으나, 만년(晩年)에는 신비주의자(神秘主義者, mysticist)가 되어 도덕적인 생활을 하였다.

페르시아(Persia) 시풍(詩風)과 제재(題材)를 모방하지 않고, 이슬람 교도·힌두 교도의 풍속과 습관, 자연 풍물, 어린이들의 생활, 동식물 등을 제재로 하여 독특한 시풍을 이룩하였으며, 힌디 어(語)(Hindi language) 계통의 속어(俗語)를 자유롭게 구사(驅使)하였다.

많은 작품을 남겼으나 대부분 없어졌고 지금은 약 6,000구(句)가 남아 있다.

110

나차그도르지

Dashdorzhün Natsagdorzh 1906. 11. 17. ~ 1937. 7. 13.

몽골의 시인이며 작가.

가난한 귀족의 아들로, 몽골 남동부 수흐바타르 아이막(Sükhbaatar aimag) 바얀델게르(Bayandelger)에서 태어났다.

소년기에 몽골 혁명(1921)을 체험하였고, 1922년(16세) 몽골 인민당(蒙古人民黨, 나중에 인민혁명당)에 입당하여 당 활동에 종사하였다.

1925(19세)~1929년(23세) 소련과 독일로 유학하였고, 귀국한 뒤에 과학위원회[科學委員會, 러시아의 최고 학술 기관인 러시아 과학 아카데미(Russian Academy of Sciences, RAS)의 전신(前身)] 연구 위원으로 몽골 어(蒙古語, Mongol language)와 몽골사(史)를 연구하는 한편, 시인과 작가 활동을 시작하였다. 그러나 당시의 극좌적(極左的) 정치 상황 아래에서 1932년(26세) 체포되어 약 반 년 동안 투옥되었다.

1934년(28세)에 발표한 12연시(連詩) 〈나의 조국(My Homeland)〉은 자신을 키워 낸 몽골 대지(大地)의 아름다움과 몽골의 역사, 혁명에의 기대감을 노래한 몽골 근대시의 걸작으로 널리 읊어지고 있다.

창작 활동은 단편 소설·시·희곡 등 여러 장르에 걸쳤으며, 새로운 몽골 문학이 '형식적으로는 민족적이며 내용에서는 혁명적'이라고 하는 몽골의 국시(國是)를 실현하려고 노력하였고, '현대 몽골 문학의 아버지'로 일컬어지고 있다.

시 〈사계(四季, Four Seasons)〉(1934), 산문 〈옛 아이〉·〈정월(正月)과 쓰라린 눈물〉도 널리 알려졌으며, 〈구세계(舊世界)의 아들(Son of the Old World)〉·〈라마의 눈물(The Lama's Tears)〉(1930) 등 단편 소설에도 걸작이 많다. 희곡 〈세 언덕에서(At the Three Hills)〉(1934)는 지금도 해마다 몽골국립극장에서 상연되고 있다.

111

나카노 시게하루

中野重治 1902. 1. 25. ~ 1979. 8. 24.

일본의 소설가이며 문학 평론가·시인.

혼슈(本州) 중서부 후쿠이현(福井縣)에서 태어났으며, 도쿄에서 죽었다.

제4고등학교(第四高等學校) 시절부터 단카[短歌, 하이쿠(俳句)와 더불어 일본의 전통적 시가(詩歌)를 대표하는 단시(短詩). 정형시(定型詩)로, 5구 31음절로 되어 있다.]·시·소설을 습작하였으며, 무로 사이세이(→160)와 교유(交遊)하였다.

마르크스주의(Marxism)를 접하면서 1925년(23세) 신진카이(新人會)에 가입하였고, 1926년(24세) 마르크스주의문예연구회 결성에도 참여하였다. 같은 해 구보카와 쓰루지로(窪川鶴次郎, 1903~1974, 일본의 문학 평론가)·호리 다쓰오(堀辰雄, 1904~1953, 일본의 소설가) 등과 함께 잡지 〈로바(驢馬)〉를 창간하였고, 〈노래(歌)〉·〈새벽의 작별(夜明けのさよなら)〉 등을 발표하였다.

1927년(25세) 도쿄제국대학[東京帝國大學, 도쿄대학의 전신(前身)] 독문과를 졸업하고, 1928년(26세) 나프[NAPF(Nippona Artista Proleta Federacio), 전일본무산자예술동맹(全日本無産者藝術同盟)]에 참여하며 좌익(左翼) 문학의 구라하라 고레히토(藏原惟人, 1902~1991, 일본의 평론가)와 '예술 대중화 논쟁'을 벌여 널리 알려졌다.

1931년(29세) 일본 공산당(日本共産黨, Japan Communist Party, 1922년 창당)에 입당하였으며, 1932년(30세) 코프[KOPF(Federacio de Proletaj Kultur Organizoj Japanaj), 일본프롤레타리아문화연맹] 대탄압 때 검거되어 1934년(32세) 방향을 바꾸었다.

2차 대전(1939. 9. 1.~1945. 9. 2.) 뒤에는 민주주의(民主主義, democracy) 문학자들의 결집에 노력하여 신일본문학회(新日本文學會) 발기인(發起人)으로 활약하였다.

1947(45세)~1950년(48세) 일본 공산당 참의원(參議院) 의원을 지냈는데, 1964년(62세) 당 운영의 관료화를 비판하였다가 제명당하였다.

〈나카노 시게하루 시집〉(1935) 외에 소설 〈노래의 이별(歌のわかれ)〉(1939)·〈무라기모(むらぎも)〉(1954)·〈갑을병정(甲乙丙丁)〉(1965~1969)과 평론 〈사이토 모키치 노트(齋藤茂吉ノオト)〉(1940~1941)가 있다.

112

나카무라 구사타오

中村草田男 1901. 7. 24. ~ 1983. 8. 5.

일본의 시인.

중국 푸젠성(福建省) 아모이만[廈門灣, 중국어로는 샤먼. 1544년 이후 영국과 네덜란드의 선박이 드나들면서 '아모이(Amoy)'라고 부르게 되었는데, 그것이 땅 이름으로 굳어졌다.]의 항구 도시 아모이에서 태어났으며, 도쿄에서 죽었다.

1933년(32세) 도쿄제국대학[東京帝國大學, 도쿄대학의 전신(前身)] 국문과를 졸업하였으며, 미즈하라 슈오시(→169)로부터 하이쿠(俳句, 5·7·5의 3구 17자로 구성된 일본 고유의 짧은 시) 지도를 받았다.

1934년(33세) 하이쿠 잡지 〈호토토기스(ホトトギス)〉 동인(同人)이 되었다가 1946년(45세)에 탈퇴하였고, 〈반료쿠(萬綠)〉를 창간하여 인간성 탐구를 지향하는 독자적인 시풍(詩風)을 완성시켰다. 〈장자(長子)〉(1936)를 비롯하여 많은 하이쿠집(集)을 남겼다.

113

나카하라 주야

中原中也 1907. 4. 29. ~ 1937. 10. 22.

일본의 시인.

혼슈(本州) 남서부 야마구치현(山口縣)에서 태어났으며, 간토 평야(關東平野) 남서부 가나가와현(神奈川縣) 가마쿠라(鎌倉)에서 죽었다.

야마구치중학교(山口中學校) 재학 시절인 1922년(15세) 가집(歌集) 〈스구로노(末黑野)〉를 펴내 재능을 보였다.

처음에는 다다이스트(dadaist)풍의 시를 쓰다가 프랑스 상징파(象徵派)(French symbolists) 시인들, 특히 랭보(Jean-Nicolas-Arthur Rimbaud, 1854~1891, 프랑스의 시인)와 베를렌(Paul Verlaine, 1844~1896, 프랑스의 상징파 시인)의 영향을 강하게 받았다.

1926년(19세) 〈아침의 노래(朝の歌)〉 등을 발표하여 허무(虛無)와 권태로 가득 찬 삶의 일상을 노래하였고, 1929년(22세)에는 〈하쿠치군(白癡群)〉 동인(同人)으로 참여하였다.

1933년(26세) 도쿄외국어학교(東京外國語學校) 프랑스어과[아테네프랑세(Athine-France)]를 졸업하였다.

주로 고바야시 히데오(小林秀雄, 1902~1983, 일본의 문학 평론가)의 〈분가쿠카이(文學界)〉에 작품을 발표하였으며, 〈레키테이(歷程)〉·〈시키(四季)〉 등의 동인으로도 활동하였다.

깊은 상실감을 주제로 하여, 평이한 일상어로 보편적인 사랑과 행복에의 바람을 노래한 그의 시는 2차 대전(1939. 9. 1.~1945. 9. 2.) 뒤의 시인들에게도 영향을 주었다.

시집 〈염소의 노래(山羊の歌)〉(1934)와 죽은 뒤에 출판된 〈지난날의 노래(在うし日の歌)〉(1938)가 있다.

114

나키라르
Nakkīrar ?~?

고대 타밀(Tamil, 남인도)의 시인.

1~3세기께 고전(古典) 상감(Sangam) 문학에 실려 있는 〈네두날바다이[Neṭunalvāṭai(Long Pleasant Breeze of Winter, '상쾌하게 불어오는 북풍')]〉 외 몇 편의 서정시의 작자로 알려져 있다.

드라비다(Dravida)의 신(神) 무르간(Murugan)의 편력(遍歷)을 이야기하는 타밀 최고(最古)의 종교 문학 〈티루무르가루파다이[Tirumurugarruppatai(Guide to Lord Murugan, '무르간 신에 대한 안내')]〉도 그의 작품으로 알려져 있다. 또한 8세기쯤의 사람으로 남인도 시바파(Siva派)의 성전(聖典) 〈티루무라이(Tirumurai)〉 제11장에 들어 있는 종교 시편(詩篇)의 작가도 나키라르라는 이름으로 알려져 있다.

* **나해봉(羅海鳳) → 나응서**(→107)

115

낙빈왕
駱賓王 640?/650 ~ 684?

중국 당(唐)나라(618~907)의 시인.

저장성(浙江省) 이우(義烏)에서 태어났다.

7세 때부터 시를 지을 정도로 조숙한 천재였으나 출신이 낮아 불우하였다.

고종[高宗, 628~683, 중국 당나라의 제3대 황제. 재위 649~683. 이치(李治)] 때 수도(首都) 창안[長安, 지금의 산시성(陝西省) 시안(西安)]의 주부(主簿)가 되었으나, 측천무후(則天武后, 624~705, 중국 당나라의 제3대 황제 고종의 아내. 중국 역사상 유일한 여황제. 재위 690~705)의 노여움을 사서 저장성 린하이(臨海)의 승(丞)으로 좌천(左遷)되었다. 그래서 '낙임해(駱臨海)' 또는 '낙승(駱丞)'으로도 불렀다.

불운에 대한 불만으로 사임하였다가, 서경업(徐敬業, ?~684, 중국 당나라의 무장)이 장쑤성(江蘇省) 양저우(揚州)에서 측천무후에 대한 반란을 일으키자 이에 참여하여 격문(檄文)을 기초하였다. 반란이 실패된 뒤 처형되었다는 설이 있는가 하면 자취를 감추었다는 설도 있다.

노조린(→121) · 양형(→283) · 왕발(→307)과 더불어 '초당사걸(初唐四傑)' 또는 '왕양노락(王楊盧駱)'이라고 일컬었다.

육조 시대[六朝時代, 222~589, 중국 삼국 시대 오(吳)나라(222~280) · 동진(東晉, 317~419)과 남조(南朝)의 송(宋)나라(420~479) · 제(齊)나라(479~502) · 양(梁)나라(502~557) · 진(陳)나라(557~589)를 합한 시대]의 시풍(詩風)을 이어받으면서도 격조가 청려(淸麗)하였고, 특히 노조린과 함께 칠언가행(七言歌行)에 뛰어났다.

대표작 〈제경편(帝京篇)〉이 〈당시선(唐詩選)〉에 실려 널리 알려졌고, 시문집(詩文集) 〈낙빈왕 문집〉 · 〈낙임해집(駱臨海集)〉 등 10권이 있다.

116

남계하
南啓夏 ?~?

조선(朝鮮, 1392~1910)의 시인.

자(字)는 양백(養伯), 호(號)는 귀봉(龜峰), 본관(本貫)은 의령(宜寧).

시재(詩才)에 뛰어나 선조(宣祖, 1552~1608, 조선의 제14대 왕. 재위 1567~1608) 때 이름이 높았다. 시학 교관(詩學敎官)을 지냈는데, 시학이 설치된 것은 이 때가 처음이었다.

117

남궁벽
南宮璧 1894(고종 31) ~ 1921

한국의 시인.

호(號)는 초몽(草夢), 본관(本貫)은 함열[咸悅, 지금의 전라남도 익산(益山)].

평안북도 출신이라고 하는데, 확실하지 않다.

조선일보사(朝鮮日報社) 제3대 사장(1921. 4.~1924. 9.)이었던 남궁훈(南宮薰)의 외아들로, 천재 시인으로 촉망을 받았으나 27세로 요절(夭折)하였다.

1907년(13세) 〈대한자강회월보(大韓自强會月報)〉 1월호에 〈애국설(愛國說)〉을 발표하여, 당시 지도층의 각성(覺醒)과 청소년 교육의 중요성을 촉구하였다.

1912년(18세) 한성고등보통학교(漢城高等普通學校)를 졸업하였는데, 학업 성적이 우수한 야구 선수였으며, 변영로(→207)와 가깝게 지냈다.

졸업한 뒤 일본으로 가서 도쿄음악협회(東京音樂協會) 간사(幹事)를 지냈으며, 귀국하여 평안북도 정주(定州)의 오산학교(五山學校) 교사가 되었다.

1918년(24세) 최남선(→480)이 발행하는 〈청춘(靑春)〉(월간 종합 교양지. 1914. 10.~1918. 9. 통권 15호로 종간)에 〈고독(孤獨)은 너의 운명이다〉 등 5편의 일문시(日文詩)와 〈나의 사랑〉·〈나의 세상〉 등 3편의 영문시를 발표하였다.

1919년(25세) 일본 잡지 〈태양(太陽)〉 10월호에 고구려 벽화의 위대성을 논파한 논설 〈조선 문화상의 광휘점(光輝點)〉을 발표하여 이름을 날렸다.

1920년(26세) 7월 25일 김억(→78)·김영환[金永煥, 1898~1936, 한국의 영화 감독이며 대중 가요 작곡가·각본가·변사. 일명 김서정(金曙汀)]·김일엽(→83)·김찬영(金贊永, 1893~1960, 한국의 문학 평론가이며 극작가·서양화가)·나혜석(羅蕙錫, 1896~1949, 한국의 여류 화가이며 문필가)·민태원(閔泰瑗, 1894~1935 한국의 소설가이며 번역문학가·언론인)·변영로·염상섭(廉想涉, 1897~1963, 한국의 소설가)·오상순(→293)·이병도(李丙燾, 1896~1989, 한국의 사학자)·이익상(李益相, 1895~1935, 한국의 언론인이며 소설가)·이혁로(李赫魯)·황석우(→520) 등과 함께 창간한 〈폐허(廢墟)〉(문예 동인지. 1920. 7.~1921. 1. 통권 2호로 종간) 동인(同人)으로 참여하여 창간호에 '흙이여 기름져라/풀이여 싹 나거라/폐허여'로 시작되는 수상(隨想) 〈자연(自然)〉을 발표하였다.

1921년(27세) 직접 편집한 〈폐허〉 종간호에는 자연의 생명을 예찬(禮讚)한 〈대지(大地)의 생명〉·〈대지의 찬(讚)〉·〈생명의 비의(祕義)〉·〈풀〉 등 낭만적 경향의 시들을 발표하였고, 오상순과 둘이 편집 후기를 썼다. 특히 〈풀〉은 공원에 풀을 밟고 서서 거기에서 피가 통하는 친화감을 느끼면서, 그것을 윤회설(輪廻說)의 경지로 끌어올린 시인의 다정다감한 면목을 느끼게 하는 시로, 한국 현대시를 장식하는 초창기 대표작이다.

같은 해 〈조선일보〉에 〈신비의 인연〉·〈출생(出生)〉 등 7편의 시를 실었고, 이 밖에 〈편집 여록(編輯餘錄)〉·〈폐허 잡기(廢墟雜記)〉, 오상순의 인상기(印象記) 〈내외 양면의 인상〉를 발표하였다. 작품 활동은 〈조선일보〉·〈청춘〉·〈폐허〉, 일본 잡지 〈태양〉을 중심으로 전개되었는데, 일본어와 영어로 된 시와 수필도 있다.

죽은 뒤인 1922년 〈신생활(新生活)〉[순간(旬刊) 사회주의 잡지. 1922. 3.~1923. 1.] 8월호에 〈마(馬)〉·〈별의 아픔〉·〈자아(自我)의 존귀(尊貴)〉 등 4편의 유고시(遺稿詩)와 일기체의 산문 〈오산 편신(五山片信)〉이 실렸다.

작품 수가 극히 한정되어 있으나, 얼마 남기지 못한 유작들은 한국 근대시사(近代詩史)에서 특이한 시 세계를 보이고 있다. 즉 유년기의 민족주의(民族主義, nationalism)적 관념과 초기 시에서 보이는 '미(美)와 우주적(宇宙的) 조화'를 포함한 다양성, 〈폐허〉로부터 본격화한 시작(詩作)들이 지니는 자연 친근의 사상이 시적(詩的) 특색이 되고 있다. 또한 그의 문학은 당시 우리 문단(文壇)에 만연되고 있었던 병인적(病因的) 퇴폐성이나 감상(感傷)에 물들지 않고, 그 나름대로 자연의 순실미(純實美)와 '생명의 비의'와 대지 사상(大地思想) 등을 추구하였다.

118
남데브
Nāmdev 1270? ~ 1350?

인도의 시인.

재단사의 아들로, 아라비아 해(海)(Arabian Sea)에 면한 인도 중서부 마하라슈트라(Maharashtra) 주 나라시(Narasi) 지방에서 태어났으며, 바마니 판다르푸르(Bahmani Pandharpur)에서 죽었다.

카스트[caste, 인도 사회 특유의 신분 제도. 브라만(Brahman, 사제·성직자), 크샤트리아(Kshatriya, 귀족·무사), 바이샤(Vaisya, 상인·농민·지주), 수드라(Sudra, 소작농·청소부·하인)의 네 가지로 분류된다.] 계급이 낮았으며, 5명의 자녀를 두었다.

지냐나데바(→469)와 같은 시대의 사람이며, 마라티

(Marathi) 문학의 특색을 이루는 아방가[Abhangas, 비슈누 신(Visnu神)에게 바치는 찬가(讚歌)] 시인의 대가(大家)이다. 신에 대한 복종을 표현한 아방가를 많이 지었고, 마하라슈트라에서 4세기 동안 내려온 종교시 전통에 활기를 불어넣었는데, 이 종교시 전통은 그 뒤에 종교 시인 투카람(→488)에 이르러 절정을 이루었다.

젊은 시절에는 살인을 일삼는 산적 떼에 들어가 활동하였지만, 어느 날 자기가 죽인 남자의 아내가 비통에 싸여 있다는 이야기를 듣고 심한 죄책감에 사로잡혀, 스스로 목숨을 끊으려다가 비슈누 신의 계시를 받고 그 생각을 단념하였다. 그 뒤 신앙 생활에 몸을 바쳐 바라카리파(Varakari派)의 대표자가 되었다. 바라카리파는 바마니 판다르푸르에 가서 '비탈(Vitthal)' 또는 '비토바(Vithoba)'라고 하는 비슈누 신상(神像)에 참배하는 순례(巡禮) 여행을 중시하기 때문에 '순례파(Pilgrim School)'라고도 하는데, 바크티[bhakti, 신애(信愛). 인간의 모습과 감정을 가진 신에 대한 헌신적인 사랑] 사상을 지닌 점과, 종교적 계율에 카스트 제도의 제약이 전혀 없는 점으로 널리 알려졌다.

마하라슈트라와 북동부 펀자브(Punjab) 지방에서 명성을 떨쳤으며, 서부 힌디 어(語)(Hindi language)로 쓴 송시(頌詩)의 일부는 시크교(Sikhs教)의 성전(聖典) 〈아디 그란드(Ādi Granth)〉에 실려 있다.

119

노동

盧同 768? ~ 835

중국 당(唐)나라(618~907)의 시인.

호(號)는 옥천자(玉川子).

허베이성(河北省) 판양[范陽, 지금의 베이징(北京) 부근 줘현(涿縣)]에서 태어났다.

고고(孤高)하고 청절한 성격으로, 처음에는 쑹산산(嵩山)에 살다가 나중에 허난성(河南省) 뤄양(洛陽)의 누항(陋巷)에서 살았다. 극도로 궁핍한 생활을 하면서도 청렴한 인품을 굽히지 않아, 이에 감탄하여 조정(朝廷)에서 기용하려고 하였으나 굳이 사양하였다.

그의 시는 청렴한 인격을 반영하여 신비한 풍격을 갖추어 한때 허난령(河南令)으로 있던 한유(→504)가 높이 평가하였고, 그의 지우(知愚)를 받았다. 특히 붕당(朋黨)의 횡포를 풍자한 장시(長詩) 〈월식시(月蝕詩)〉는 '두꺼비가 달(月)을 먹는다.'는 이미지로 천문 현상(天文現象)인 월식(月蝕)을 받아들인 괴기한 시로 널리 알려졌다.

835년(67세) 11월, 재상(宰相) 이훈(李訓, ?~835) 등이 환관(宦官)의 소탕을 꾀하려다가 실패한 '감로(甘露)의 변(變)'에 휩쓸려 살해되었다.

지은 책으로 〈옥천자 시집〉(모두 2권)과 외집(外集) 1권이 있다.

120

노자영

盧子泳 1898(고종 35). 2. 7. ~ 1940. 10. 6.

한국의 시인이며 수필가.

호(號)는 꿈길·춘성(春城).

황해도 장연(長淵) 또는 송화군(松禾郡)에서 태어난 것으로 전해지고 있지만, 정확한 것은 알 수 없다.

평양(平壤)의 숭실중학교(崇實中學校)를 졸업하고, 잠시 향리(鄕里)의 양재학교(養材學校)에서 교편(敎鞭) 생활을 하였다.

1919년(21세) 서울로 와서 한성도서주식회사(漢城圖書株式會社)에 입사하였으며, 이 때 〈서울〉·〈학생(學生)〉의 기자 생활을 하며 감상문 등을 발표하였다. 같은 해 8월 〈매일신보〉[한국어 일간지. 1904년 7월 18일 배설(裵說, 1872~1909, Ernes Thomas Bethell, 대한제국 때의 영국의 언론인)이 창간한 〈대한매일신보(大韓每日申報)〉를 일제(日帝)가 사들여 1910년 8월 30일부터 '대한' 두 자를 떼고 〈매일신보(每日申報)〉로 제호(題號)를 바꾸었다가, 1938년 4월 29일 〈매일신보(每日新報)〉로 바뀌었고, 1945년 11월 23일 〈서울신문〉으로 바뀌어 오늘에 이르고 있다.]에 2등으로 당선한 시 〈월하(月下)의 몽(夢)〉을 비롯하여 11월에 〈낙목(落木)〉·〈파몽(破夢)〉 등이 계속 2등으로 당선되면서부터 본격적으로 작품 활동을 전개하여 시 〈애우(愛友)를 잃고〉·〈우천(雨天)〉 등을 잇달아 발표하였으며, 1920년(22세)에는 〈서광(曙光)〉(월간 종합 교양지. 1919. 12.~1921. 1. 통권 8호로 종간) 제7호(1920. 9.)에 평론 〈타고르의 자연 학원(自然學園)〉을 발표하였다.

1921년(23세) 박영희(→183)·박인덕(朴仁德, 1897~1980, 한국의 여성 독립 운동가이며 교육가)·박종화(→190)·변영로(→207)·신태악(辛泰嶽, 1902~1980, 한국의 법조인이며 정치가)·오상순(→293)·황석우(→520)와 함께 〈장미촌(薔薇村)〉(1921. 5. 2. 창간호로 종간. 우리나라 최초의 시 동인지) 창간 동인(同人)으로 참여하여 〈피어 오는 장미〉를 발표하였고, 1922년(24세)에는 휘문의숙(徽文義塾, 지금의 휘문중·고등학교) 동문 박종화·안석주[安碩柱, 1901~1950, 한국 소설 삽화의 선구자이며 소설가·영화인. 〈우리의 소원은 통일〉의 작사가. 안석영(安夕影)으로 더 알려졌다.]·홍사용(→515), 배재학당(培材學堂, 지금의 배재중·고등학교) 동문 나도향(羅稻香, 1902~1927, 한국의 소설가)·박영희, 이상화(→378)·현진건(玄鎭健, 1900~1943, 한국의 소설가) 등과 함께 창간한 〈백조(白潮)〉(문예 동인지. 1922. 1. 9.~1923. 9. 6. 통권 3호로 종간) 창간호에 시 〈객(客)〉·〈이별한 후에〉·〈하늘의 향연(饗宴)〉과 소설 〈표박(漂泊)〉을, 제2호(1922. 5.)에 수필 〈우연애(牛涎愛) 형에게〉, 종간호에 시 〈불 사루자〉 등 시와 수필을 잇달아 발표하였다.

1923년(25세)에 펴낸 연애 서간집 〈사랑의 불꽃〉[한성도서주식회사]이 선풍적인 인기를 얻어 이 무렵 입사하였던 동아일보사(東亞日報社) 사회부 기자 생활을 그만두고 청조사(靑鳥社)를 직접 경영하여, 소설 〈반항(反抗)〉(1923), 수필집 〈청춘의 광야(曠野)〉(1924), 처녀 시집 〈처녀(處女)의 화환(花環)〉(1924)을 펴냈다.

1925년(27세) 일본으로 유학하여 도쿄 니혼대학(日本大學) 문과에서 공부하고 귀국하였으나, 폐질환으로 5년 동안 병상 생활을 하였다. 같은 해 〈조선문단(朝鮮文壇)〉(월간 순수 문예지. 1924. 10.~1936. 6. 통권 26호로 종간) 제12호(1925. 10.)에 시 〈물결〉을 발표하였고, 감상문·기행문·시극(詩劇) 등을 모은 〈표박의 비탄(悲嘆)〉(청조사)을 펴냈다. 또한 이 무렵에 활동한 여류 문인 10명[김명순(→65)·김여순(金麗順)·김여운·김혜선·박혜라·손정규·오영준·유운봉·조금선·최성월]의 시와 수필을 엮은 〈금공작(金孔雀)의 애상(哀想)〉(청조사, 1925)을 펴냈다.

1928년(30세) 2월 제2시집 〈내 혼(魂)이 불탈 때〉(청조사)를 펴냈고, 1929년(31세) 소설집 〈무한애(無限愛)의 금상(金像)〉(청조사)과 수필집 〈영원의 몽상(夢想)〉[박문서관(博文書館)]을 펴냈다.

1934년(36세) 오랜 병상에서 일어나 〈신인문학(新人文學)〉(월간 순수 문예지. 1934. 8.~1936. 9. 통권 21호로 종간)을 창간하여 창간호에 소설 〈가면 행진곡(假面行進曲)〉·〈청묘(靑猫)〉, 평론 〈구주(歐洲)의 멸망(滅亡)과 신사회 연방(新社會聯邦)〉 등을 발표하였고 후진 양성에도 힘썼으나, 1936년(38세) 9월 자본 부족으로 중단하였다.

1935년(37세) 조선일보사(朝鮮日報社) 출판부에 입사하여 〈조광(朝光)〉(월간 종합 교양지. 1935. 11.~1944. 12. 통권 110호로 종간)·〈여성(女性)〉(월간 여성 교양지. 1936. 4.~1940. 12. 통권 57호로 종간) 편집에 관여하였다.

1938년(40세) 제3시집 〈백공작(白孔雀)〉[미모사서점, 1938. 5.]과 수상집(隨想集) 〈인생 안내(人生案內)〉, 1939년(41세)에는 〈나의 화환—문예 미문 서간집(文藝美文書簡集)〉을 펴냈다.

그의 시는 당시 문단(文壇)의 흐름인 낭만적 감상주의(感傷主義, sentimentalism)로 일관되고 있으나, 때로는 신선한 감각과 이미지를 보여 주었다. 부드러운 어조(語調)의 연애시를 즐겨 썼으며, 전래의 가락을 담았지만 부분적인 것에 그쳤다.

산문에서도 소녀적인 센티멘털리즘으로 명성을 떨쳤는데, 자기의 시에 '수필시(隨筆詩)'라는 장르를 붙였다. 그러나 당시의 인기에 비하여 후세에 그다지 거론되지 않는 것은 그의 작품이 지나치게 감상(感傷)에 흘러 시대성과 역사성을 외면한 데 그 이유가 있는 듯하다. 그러나 1920년대에 청춘기의 정서를 표현할 수 있는 작문 방법을 보여 준 점은 당시 크게 주목되었다.

121

노조린

盧照隣 637? ~ 689?

중국 당(唐)나라(618~907)의 시인.

자(字)는 승지(昇之), 호(號)는 유우자(幽憂子).

허베이성(河北省) 판양[范陽, 지금의 베이징(北京) 부근 줘현(涿縣)]에서 태어났다.

어려서부터 재질(材質)이 뛰어나 일찍부터 문명(文名)을 떨쳤다.

고조[高祖, 565~635, 중국 당나라의 창건자이며 초대 황제. 재위 618~626. 이연(李淵)]의 아들 등왕(鄧王)의 관아(官衙)에서 일하였으나, 20대 중반에 악질(惡疾)에 걸려 쓰촨성(四川省) 신도(新都)의 위(尉)에서 물러나 수도(首都) 창안[長安, 지금의 산시성(陝西省) 시안(西安)] 서쪽 태백산(太白山)에서 살았다. 그러나 병이 점점 더 위중해지자 여러 곳을 떠돌아다니며 투병 생활을 계속하였고, 구자산(具茨山) 기슭으로 옮겨 가서 자신의 무덤을 만들었다. 〈석질문(釋疾文)〉·〈오비(五悲)〉 등을 저술하며 비운(悲運)을 달래다가 끝내는 친족들과도 결별하고 투병하다가, 끝내 효험이 없자 근처에 있는 잉수이강(潁水)에 빠져 스스로 목숨을 끊었다.

〈당시선(唐詩選)〉에 있는 장대한 칠언가행(七言歌行) 〈장안고의(長安古意)〉가 널리 알려졌으며, 낙빈왕(→115)·양형(→283)·왕발(→307)과 더불어 '초당사걸(初唐四傑)' 또는 '왕양노락(王楊盧駱)'이라고 일컬어졌다.

시문집(詩文集) 〈유우자집(幽憂子集)〉(모두 7권)이 있다.

122

노천명

盧天命 1912. 9. 2. ~ 1957. 12. 10.

한국의 여류 시인.

초명(初名)은 기선(基善), 천주교 영세명(領洗名)은 베로니카(Veronica), 본관(本貫)은 풍천[豊天, 지금의 황해도 송화(松禾)].

아버지 노계일(盧啓一, ?~1918)과 어머니 김홍기(金鴻基)의 둘째 딸로, 황해도 장연군(長淵郡) 순택면(蓴澤面) 비석포리(碑石浦里)에서 태어났다.

1918년(6세) 아버지가 세상을 떠나자, 가족들과 함께 서울로 이사하였다. 1919년(7세) 진명여자보통학교(進明女子普通學校)에 입학하여 5학년 때인 1926년(14세) 검정고시(檢定考試)에 합격하여 1930년(18세) 진명여자고등보통학교(進明女子高等普通學校, 지금의 진명여자중·고등학교)를 졸업하였다. 진명여고보 시절에는 당시 일본에서 출판된 어린이 잡지에 응모하여 입상하는 등 시재(詩才)가 뛰어나, 시를 지어 학우들 앞에서 낭독하였다.

이화여자전문학교[梨花女子專門學校, 이화여자대학교의 전신(前身)] 영문과에 입학하였고, 재학 때부터 〈이화(梨花)〉에 시 〈고성허(古城墟)에서〉[나중에 〈만월대(滿月臺)〉로 개작] 등 5편과 수필 〈일편단심(一片丹心)〉(1931), 〈신동아(新東亞)〉(월간 종합 교양지. 1931. 11.~1936. 9. 통권 59호로 폐간. 1964년 9월 통권 60호로 복간)에 시 〈밤의 찬미(讚美)〉(제8호, 1932. 6.)·〈단상(斷想)〉(제9호, 1932. 7.)·〈포구(浦口)의 밤〉(제12호, 1932. 10.), 수필 〈신록(新綠)〉(제8호, 1932. 6.)과 단편 소설 〈닭 쫓던 개〉(제10호, 1932. 8), 〈신가정(新家庭)〉(월간 여성 교양지. 1933. 1.~1936. 9. 통권 45호로 종간) 제14호(1934. 2.)에 〈제석(除夕)〉을 발표하였다.

1934년(22세) 이화여전을 졸업한 뒤 3년 동안 조선중앙일보사(朝鮮中央日報社) 학예부 기자로 근무하였으며, 〈중앙(中央)〉(월간 종합 교양지. 1933. 11.~1936. 9. 통권 35호로 종간) 제14호(1934. 12.)에 단편 소설 〈결혼 전후(結婚前後)〉를 발표하였다.

1935년(23세) 2월에는 김광섭(→49)·김상용(→70)·모윤숙(→159)·오일도(→296) 등과 함께 〈시원(詩苑)〉(시 동인지. 1935. 2.~12. 통권 5호로 종간)을 창간하면서 창간호에 시 〈내 청춘(靑春)의 배는〉·〈눈 오는 밤〉·〈망향(望鄕)〉·〈사슴처럼〉, 〈조선문단(朝鮮文壇)〉(월간 순수 문예지. 1924. 10.~1936. 6. 통권 26호로 종간) 제22호(1935. 4.)에 〈단상〉 등 주로 애틋한 향수(鄕愁)를 노래한 시들을 발표하였고, 〈신가정〉 제34호(1935. 10.)에 단편 소설 〈하숙(下宿)〉, 〈조선중앙일보〉에 평론 〈익명 비평(匿名批評)의 유행에 대하여〉(1935. 10. 16.)를 발표하였다.

1936년(24세)에는 〈삼천리(三千里)〉(월간 종합 교양지. 1929. 6.~1942. 1. 통권 150호로 종간) 제8권 제1호(1936. 1.)에 시 〈청동(靑銅) 화롯가에〉와 제8권 제6호(1936. 6.)에 수필 〈꼭 다문 입술과 괴로움〉, 〈조광(朝光)〉(월간 종합 교양지. 1935. 11.~1944. 12. 통권 110호로 종간) 제11호(1936. 9.)에 기자를 소재로 한 시 〈호외(號外)〉를 발표하였다.

1937년(25세) 조선중앙일보사를 그만두고 잠시 만주(滿洲) 지린성(吉林省) 옌볜(延邊) 조선족 자치주 룽징(龍井)과 옌지(延吉) 등지를 여행하였고, 같은 해 5월 최정희(崔貞熙, 1906~1990, 한국의 여류 소설가)의 뒤를 이어 조선일보사(朝鮮日報社) 출판부에 입사하였다. 이 해 〈조광〉 제20호(1937. 6.)에 시 〈낯선 거리〉, 조선일보사의 〈여성(女性)〉(월간 여성 교양지. 1936. 4.~1940. 12. 통권 57호로 종간) 제15~16호(1937. 6.~7.)에 중편 소설 〈사월이〉를 발표하였다.

1938년(26세) 1월 처녀 시집 〈산호림(珊瑚林)〉[한성도서주식회사(漢城圖書株式會社)]을 펴냈는데, 여기에는 〈사슴〉을 비롯하여 〈국경(國境)의 밤〉·〈교정(校庭)〉·〈귀뚜라미〉·〈돌아오는 길〉·〈바다에의 향수〉·〈생가(生家)〉·〈연잣간〉·〈자화상(自畫像)〉·〈장날〉·〈푸른 5월〉 등 지금도 널리 읽히고 있는 초기 작품 49편이 실려 있다. 또한 〈삼천리〉의 자매지 〈삼천리문학(三千里文

學)〉(격월간 문예지. 1938. 1.~4. 통권 2호로 종간) 창간호에 시 〈슬픈 그림〉·〈황마차(幌馬車)〉, 〈삼천리〉 제10권 제5호(1938. 5)에 수필 〈야자수 그늘과 청춘의 휴식〉, 〈여성〉 제28호(1938. 7.)에 수필 〈어머님 전 상서(上書)〉를 발표하였다.

같은 해 김진섭(金晉燮, 1903~?, 한국의 수필가이며 독문학자)·서항석(徐恒錫, 1930~1985, 한국의 독문학자이며 극작가·연출가)·유치진(柳致眞, 1905~1974, 한국의 극작가이며 연출가) 등 주로 해외문학연구회(海外文學硏究會) 회원들과 유형목(俞亨穆)·이웅(李雄)·홍해성(洪海星, 1893~1957, 한국의 연출가) 등이 주관하여 결성한 극예술연구회(劇藝術硏究會, 1931. 7.~1938. 3.)에 참여하여, 체호프(Anton Parlovich Chekhov, 1860~1904, 19세기 말 러시아 사실주의를 대표하는 작가)의 〈앵화원(櫻花園)〉{또는 〈벚꽃 동산[Vishnyovyi sad(The Cherry Orchard)], 1904년 초연}을 상연할 때 모윤숙과 출연하여 아냐(Anya)역을 맡았다.

1939년(27세)에는 〈박문(博文)〉(월간 수필 잡지. 1938. 10.~1941. 1. 통권 23호로 종간) 제5호(1939. 2.)에 수필 〈눈 오는 밤〉, 1940년(28세)에는 〈여성〉 제37호(1939. 4.)에 단편 소설 〈우장(雨葬)〉을 발표하였다.

〈여성〉 편집부에서 일하다가, 1943년(31세)에는 〈매일신보〉[한국어 일간지. 1904년 7월 18일 배설(裵說, 1872~1909, Ernes Thomas Bethell, 대한제국 때의 영국의 언론인)이 창간한 〈대한매일신보(大韓每日申報)〉를 일제(日帝)가 사들여 1910년 8월 30일부터 '대한' 두 자를 떼고 〈매일신보(每日申報)〉로 제호(題號)를 바꾸었다가, 1938년 4월 29일 〈매일신보(每日新報)〉로 바뀌었고, 1945년 11월 23일 〈서울신문〉으로 바뀌어 오늘에 이르고 있다.] 학예부 기자로 근무하였다.

이 무렵 여러 잡지에 〈사슴처럼〉[〈인문평론(人文評論)〉 제4호, 1940. 1.]·〈춘분(春分)〉(〈인문평론〉 제7호, 1940. 4.)·〈망향〉(〈인문평론〉 제9호, 1940. 6.)·〈겨울밤 이야기〉(〈조광〉 제65호, 1941. 3.)·〈강변〉[〈신세기(新世紀)〉, 1941. 6.]·〈정(靜)의 소식〉(〈삼천리〉, 1941. 7.)·〈하일산중(夏日山中)〉[〈춘추(春秋)〉 제6호, 1941. 7.]·〈저녁별〉(〈삼천리〉, 1941. 9.)·〈산사(山寺)의 밤〉(〈삼천리〉, 1941. 11.)·〈향수〉(〈춘추〉 제19호, 1942. 8.)·〈천인금십(千人金十)〉(〈춘추〉 종간호, 1944. 10.) 등의 시와 수필 〈선경 묘향산(仙境妙香山)〉(〈삼천리〉, 1940. 7.)·〈강변〉(〈신세기〉, 1941. 6.)·〈아스파라커쓰의 조난(遭難)〉(〈춘추〉 제5호, 1941. 6.) 등을 발표하였다.

1945년(33세) 2월 제2시집 〈창변(窓邊)〉(매일신보사 출판부)을 펴냈는데, 여기에는 고독·애수(哀愁)·향수가 짙은 시들과, 향토적 소재를 무한한 애착을 가지고 노래한 〈남사당(男寺黨)〉(〈삼천리〉 제12권 제9호, 1940. 9.)·〈장미(薔薇)〉·〈춘향(春香)〉 등이 실려 있다.

초기 시는 고독과 향수, 소박하면서도 여성 특유의 섬세한 정감의 세계로 일관한 것이 특징이다. 이 무렵의 시 세계는 망향(望鄕)의 정을 담은 향토적이고 토속적인 풍물시들을 절제된 감정으로 투영(投影)시켜 표현하고 있다.

광복된 뒤에는 서울신문사 문화부와 부녀신문사(婦女新聞社) 편집부 차장을 지냈으며, 시 〈오월(五月)〉[〈독립신문(獨立新聞)〉, 1946. 5.]·〈약속된 날이 있거니〉[〈백민(白民)〉 제5호, 1946. 10.], 수필 〈진달래〉[〈민성(民聲)〉 제7호, 1946. 6.]·〈남행(南行)〉(〈백민〉 제8호, 1947. 5.) 등을 발표하였고, 수필집 〈집 이야기〉(〈민성〉, 1947. 11.)와 〈산딸기〉[정음사(正音社), 1948]를 펴냈다.

1949년(41세)에는 시집 〈노천명〉[동지사(同志社), 〈현대 시인 전집〉 제2권, 1949. 3.]과 〈여성 서간문 독본(女性書簡文讀本)〉[박문서관(博文書館)]을 펴냈으며, 시 〈신년송(新年頌)〉[〈부인(婦人)〉, 1949. 1.]·〈적적(寂寂)한 거리〉(〈신세기〉, 1949. 1.)·〈유관순(柳寬順) 누나〉(〈어린이나라〉, 1949. 3.)·〈한매(寒梅)〉[〈신여원(新女苑)〉, 1949. 3.]·〈단상〉[〈신원(新苑)〉, 1949. 4.], 수필 〈여인 소극장(女人小劇場)〉[〈신천지(新天地)〉, 1949. 7.]·〈수상(隨想)〉(〈신천지〉, 1949. 9.), 평론 〈인간 박종화(朴鍾和)〉[〈문예(文藝)〉, 1949. 9.]·〈최정희론〉(〈주간서울〉, 1949. 12, 평론)을 발표하였다.

1950년(42세) 3월에는 김기림(→54)·김영랑(→79)·정지용(→445)과 함께 4인 시집 〈현대 시집 I〉(정음사)을 펴냈다.

한국 전쟁(Korean War, 1950. 6. 25.~1953. 7. 27.) 때는 미처 피난하지 못하고 서울에 남아 있다가 임화(→419) 등이 주도하는 좌익(左翼) 문학 단체인 조선문학가동맹[朝鮮文學家同盟, 1945년 12월 6일 '조선문학동맹'으로 결성]에 참여한 죄로 9·28(1950) 서울 수복(收復) 뒤 부역(負役) 혐의를 받고 구속되어 한때 투옥되었다. 1951년(39세) 김광섭·이헌구(李軒求, 1905~1983, 한국의 문학 평론가) 등 여러 문인(文人)들의 도움으로 감옥에서 풀려났으나 마음의 큰 상처를 입었다. 이어 서울중앙방송국[1926년 11월 30일 경성방송국(京城放送局, JODK)으로 개국, 1927년 2월 16일 첫 방송, 1932년 4월 조선방송협회, 1945년 9월 서울중앙방송국(HLKA)으로 이름을 바꾸었다가 1973년 3월 문화공보부에서 독립하여 '한국방송공사(韓國放送公社)'로 전환하였다.] 촉탁으로 있으면서 서라벌예술대학[중앙대학교(中央大學校) 예술대학의 전신]에 출강하였다.

1953년(41세) 3월에 펴낸 제3시집 〈별을 쳐다보며〉[희망출판사(希望出版社)]에는 전쟁 당시 부역 혐의로 수감(收監)되었을 때의 옥중 체험과 출감한 뒤의 착잡한 심정, 거기에서 오는 현실 도피적인 시 〈영어(囹圄)에서〉를 비롯한 〈불덩어리 되어〉[〈자유예술(自由藝術)〉, 1952. 11.]·〈이름 없는 여인이 되어〉 등 21편과 〈검정 나비〉(〈문예〉, 1950. 1.)·〈그리운 마을〉·〈달빛〉[〈문학(文學)〉, 1950. 6.]·〈별을 쳐다보며〉·〈설중매(雪中梅)〉 등 반공애국시, 고향에의 향수 등을 노래한 시 등 모두 40편이 실려 있다.

그 뒤 여러 잡지에 시 〈유월(六月)〉[〈소년세계(少年世界)〉, 1953. 6.]·〈둘씩 둘씩〉[〈학원(學園)〉, 1953. 8.]·〈삼월의 노래〉(〈소년세계〉, 1954. 3.)·〈경례를 보내노라〉(〈학원〉, 1954. 5.)·〈어머니〉[〈사상계(思想界)〉 제22호, 1955. 2.]·〈여원부(女苑賦)〉[〈여원(女苑)〉 창간호, 1955. 10.]·〈해변(海邊)〉[〈전망(展望)〉, 1955. 11.]·〈네 가슴에 꽃을 피워라〉(〈학원〉, 1956. 1.)·〈독백(獨白)〉(〈사상계〉 제34호, 1956. 2.)·〈5월의 노래〉(〈여원〉 제8호, 1956. 5.)·〈감추어 놓고〉[〈현대공론(現代公論)〉, 1954. 6.]·〈가난한 사람들〉(〈사상계〉 제49호, 1957. 5.)·〈나에게 레몬을〉[〈자유문학(自由文學)〉, 1957. 7.]·〈자화상〉(〈자유문학〉, 1957. 8.)·〈사슴〉(〈자유문학〉, 1957. 8.)·〈고별(告別)〉(〈자유문학〉, 1957. 8.), 수필 〈서울에 와서〉(〈문예〉, 1953. 10.)·〈오월의 구상(構想)〉(〈신천지〉, 1954. 5.)·〈노변야화(路邊夜話)〉(〈새벽〉, 1956. 1.)·〈나비〉(〈자유문학〉, 1957. 8.), 평론 〈김상용 평전(金尙鎔評傳)〉(〈자유문학〉 제2호, 1956. 7.)·〈시의 소재에 대하여〉[〈한국일보(韓國日報)〉, 1956. 12.] 등을 발표하였고, 수필집 〈나의 생활 백서(生活白書)〉[대조사(大潮社), 1954]를 펴냈다.

1955년(43세) 서라벌예술대학에 다시 출강하였으며, 1956년(44세) 이화여자대학교 출판부에 근무하면서 〈이화 70년사(梨花七十年史)〉를 편집하였다. 이 무렵 극도로 쇠약해져 재생(再生) 불능성 뇌빈혈로 1957년(45세) 12월 서울위생병원에서 죽었다.

제4시집 〈사슴의 노래〉는 그녀가 죽은 뒤 1958년 한림사(翰林社)에서 출판하였는데, 〈나에게 레몬을〉·〈내 가슴에 장미를〉·〈비련송(悲戀頌)〉·〈사슴의 노래〉·〈유월의 언덕〉 등 미발표 유작시(遺作詩)도 실려 있다. 죽기 직전에 쓴 시 〈나에게 레몬을〉에서는 고독을 극복하려는 의지보다 그곳에 빠져들려는 모습이 더욱 강하여 절망과 허무(虛無)에 이르는 길이 되고 있음을 보여주고 있으며, 〈유월의 언덕〉에서는 〈사슴〉에서보다 훨씬 짙은 고독과 애수가 엿보인다.

1959년 9월 김남조(→56)가 현대 여류 시인 26명의 대표적인 작품 130편을 엮어 펴낸 〈수정(水晶)과 장미〉[정양사(正陽社)]에 〈자화상〉 등 그녀의 시 7편이 실려 있다.

한편, 1938년 〈벚꽃 동산〉을 상연할 때 보성전문학교[普成專門學校. 고려대학교(高麗大學校)의 전신] 교수이며 유부남인 김광진(金洸鎭, 1903~1986, 북한의 경제학자이며 정치가)을 알게 되어 연인으로 발전하였는데, 광복 후 김광진은 본처도 버리고 '유행가의 여왕' 왕수복(王壽福, 1917~2003, 북한의 대중 가수이며 공훈 배우)과 월북(越北), 이로 말미암아 노천명은 평생 독신으로 지냈다. 두 사람의 연애담은 유진오(兪鎭午, 1906~1987, 한국의 법학자이며 교육 행정가·정치인)의 소설 〈이혼(離婚)〉(1939)으로 발표되어 화제가 되기도 하였다.

자기 중심적인 내면 세계로 빠져들려는 모습은 그 뒤에 일관된 시 세계를 이루었는데, 흰 저고리에 남치마를 즐겨 입고, 약간의 골동(骨董) 취미도 있었으며, 다른 여성 시인들과 구분되는 명확한 시 세계가 있었다.

전통적인 여류시의 맥락을 현대적으로 이어받는 한편, 모순으로서의 인생, 고독과 비극으로서의 삶의 본질을 끊임없이 응시하고 그것을 견뎌 나가는 자세를 보여 줌으로써 당대(當代) 여류시의 수준을 한 단계 끌어올려 놓았다는 평을 받았다. 시다운 시를 최초로 쓴 여류 시인으로 평가되고 있으며, '사슴의 시인'으로 널리 애칭되고 있다.

죽은 뒤에도 수필 〈최정희 씨에게〉(〈사상계〉 제122호, 1963. 6.)와 〈나의 30대〉(〈여원〉 제146호, 1967. 11.)가 발표되었고, 시집 〈사랑의 노래〉(한림사, 1958. 6.)·〈노천명 전집〉[천명사(天命社), 1960. 12.]·〈산호림〉(천명사, 1961. 11.)·〈흰 오후(午後)〉(여원사, 1962. 2.)·〈장미〉(자유문학사, 1963. 6.)·〈꽃길을 걸어서〉[전위문학사(前衛文學社), 1967]·〈사슴〉(자유문학사, 1967. 12.)·〈노천명 시집래〉[서문당(瑞文堂), 1972]·〈모가지가 길어서 슬픈 사슴은〉[지문당(至文堂), 1981]·〈사슴과 별과 고독과〉(마당, 1983)·〈사슴의 노래〉(태성출판사, 1984)·〈꽃사슴〉[춘추각(春秋閣), 1984]·〈별을 쳐다보며〉[혜원출판사(惠園出版社), 1985]·〈슬픈 사슴의 노래〉(혜원출판사, 1985)·〈아름다운 새벽을〉[융성출판사(隆盛出版社), 1986]·〈모가지가 길어서 슬픈 짐승이여〉(문학과비평사, 1989)·〈가을은 깨끗한 새악시처럼〉(열음사, 1989)·〈지금은 홀로 있게 하소서〉(열음사, 1989)·〈사슴〉[미래사(未來社), 1991, 상아(象牙), 1995, 솔, 1997]·〈나비〉(솔, 1997), 수필집 〈겨울밤〉(서문당, 1972)·〈노천명 수필집〉(서문당, 1972)·〈사슴과 고독의 대화〉(서문당, 1973)·〈꽃길을 걸어서〉(전위문학사, 1978. 1967년 펴낸 시집 제목과 같음.)·〈나의 20대〉[민예사(民藝社), 1980]·〈노천명의 시와 수필〉(글방문고, 1986)·〈이름 없는 여인이 되어〉(한국해일출판사, 1990)·〈작가 최정희에게〉[서음출판사(瑞音出版社), 〈꿈엔들 차마 잊힐리야〉 공저, 1993]·〈나비〉(자유문학사, 1997) 등 많은 책이 쏟아져 나왔다.

경기도 고양시(高陽市) 덕양구(德陽區) 고양동 장명산(長命山) 천주교 묘역의 묘비에는 김충현(金忠顯, 1921~2006, 한국의 서예가)의 글씨로 그녀의 〈고별(告別)〉(1951) 일절이 새겨져 있다. 또한 대표시 〈사슴〉이 새겨진 시비(詩碑)가 부산 부산진구(釜山鎭區) 초읍동(草邑洞) 부산어린이대공원 '시가 있는 숲'(1991), 경기도 과천시(果川市) 막계동(莫溪洞) 서울대공원 다람쥐동산, 경상북도 김천시(金泉市) 대항면(代項面) 운수동(雲水洞) 직지문화공원(直指文化公園), 충청남도 보령시(保寧市) 성주면(聖住面) 개화리(開花里) 개화예술공원(開花藝術公園) 모산한국육필문예공원, 충청북도 음성군(陰城郡) 생극면(笙極面) 관성리(館成里) 큰바위얼굴조각공원, 제주도 제주시(濟州市) 애월읍(涯月邑) 광령리(光令里) 제주공룡원 '시가 있는 동산'에 있으며, 전라남도 진도군(珍島郡) 임해면(臨海面) 남성리(南城里) 동령개공원에는 〈저버릴 수 없어〉를 새긴 시비가 있다.

한편, 2002년 8월 14일 '나라와 문화를 생각하는 국회의원 모임'·민족문제연구소(民族問題研究所)·민족문학작가회의[民族文學作家會議. 1974년 11월 18일 자유실천문인협의회(自由實踐文人協議會)로 설립되어 1987년 9월 17일 '민족문학작가회의'로 이름을 바꾸었다가 2007년 12월 8일 '한국작가회의'로 다시 이름을 바꾸었다.]·'민족 정기를 세우는 국회 의원 모임'·〈실천문학(實踐文學)〉(계간 문예지. 1980. 3.~현재)이 공동 발표한 '친일(親日) 문학인 42인 명단', 2009년 11월 8일 민족문제연구소에서 출판한 〈친일 인명 사전(親日人名辭典)〉, 2009년 11월 27일 친일반민족행위진상규명위원회(親日反民族行爲眞相糾明委員會)가 발표한 '친일 반민족 행위 704인 명단'에 모두 포함되어 있다.

〈매일신보〉에 발표한 평론 〈시국(時局)과 소하법(銷夏法)〉(1941. 7. 8.) 등 다음과 같은 14편의 친일 작품이 밝혀져 있다.

〈나의 신생활 계획〉(평론, 〈매일신보〉, 1942. 2. 3.)·〈싱가폴 함락〉(시, 〈매일신보〉, 1942. 2. 19.)·〈진혼가(鎭魂歌)〉(시, 〈매일신보〉, 1942. 2. 28.)·〈부인 근로대(婦人勤勞隊)〉(시, 〈매일신보〉, 1942. 3. 4.)·〈노래하자 이 날을〉(시, 〈춘추〉 제14호, 1942. 3.)·〈승전(勝戰)의 날〉(시, 〈조광〉 제77호, 1942. 3.)·〈흰 비둘기를 날려라〉(시, 〈매일신보〉, 1942. 12. 8.)·〈만주 문학 대표 오 여사에게〉(평론, 〈춘추〉 제23호, 1942. 12.)·〈직업 여성과 취미〉[평론, 〈신시대(新時代)〉 제27호, 1943. 3.]·〈여인 연성(女人鍊成)〉[평론, 〈국민문학(國民文學)〉, 1943. 6.]·〈님의 부르심을 받들고서〉(시, 〈매일신보〉, 1943. 8. 5.)·〈출정(出征)하는 동생에게〉(평론, 〈매일신보〉, 1943. 11. 10.).

123

뇌연

雷淵 1186 ~ 1231

중국 금(金)나라(1115~1234)의 시인.

자(字)는 계묵(季默)·희안(希顏).

아버지는 뇌자(雷子)이며, 산시성(山西省) 훈유앤(渾源)에서 태어났다.

3세 때 아버지를 여의고 여러 형들 밑에서 자랐다. 태학(太學)에 입학하여 이순보(李純甫) 문하(門下)에서 학문을 닦고 차차 문명(文名)을 드날렸다.

진사(進士)·동평록사(東平錄事)·국사원(國史院) 편수관(編修官) 등의 벼슬을 지냈으며, 장대한 기골을 지녀 두주(斗酒)를 불사하였는데, 신기한 시풍(詩風)으로 뭇 사람의 칭송을 받았다.

124
누카타노 오키미
額田王 630? ~ 690?

일본의 여류 시인.

〈만요슈(萬葉集)〉[일본 고유의 시를 모아 엮은, 가장 오래된(8세기쯤) 최대 규모의 시가집(詩歌集)] 시인으로, 〈니혼쇼키(日本書紀)〉(모두 50권, 720)에는 후지와라 가마타리[藤原鎌足, 614~669, 9~12세기에 일본을 지배한 막강한 집안인 후지와라 가(家)의 창건자]의 아내가 된 가가미노 오키미(鏡王女, ?~683)의 딸이라고 되어 있는데, 가가미노 오키미의 동생이라는 설도 있다.

덴무 천황(天武天皇, 622~686, 일본의 제40대 천황. 재위 673~686)이 된 오아마 황자(大海人皇子)의 총애를 받아 도치 황녀(十市皇女)를 낳았지만, 나중에 덴지 천황(天智天皇, 602~671, 일본의 제38대 천황. 재위 668~672)의 후궁(後宮)이 된 것 같다.

〈만요슈〉에는 여왕 고교쿠 천황(皇極天皇, 594~661, 일본의 제35대 천황. 재위 642~645)의 행차에 동행하여 읊은 회상(回想)의 노래를 비롯하여, 지토 천황(持統天皇, 645~702, 일본의 제41대 천황. 재위 690~697) 치세(治世) 때 유게 황자(弓削皇子, ?~699)와 주고받은 작품까지 모두 조카(長歌) 3수(首), 단카[短歌, 하이쿠(俳句)와 더불어 일본의 전통적 시가(詩歌)를 대표하는 단시(短詩). 정형시(定型詩)로, 5구 31음절로 되어 있다.] 10수를 남겼다.

직업적인 와카[和歌, 중국의 한시(漢詩)와 대조되는 것으로, 일본 고유의 시] 시인이라는 설도 있으며, 개성이 뚜렷한 와카를 많이 남겼는데, 질적으로도 훌륭하며, 풍부한 감정, 뛰어난 기교, 힘찬 가락이 특징이다.

125
니랄라
Sūryakānt Tripāthī Nirālā 1896. 1. 22. ~ 1961. 10. 15.

인도의 시인으로 낭만·상징 시풍(詩風)의 선구자.

인도 북동부 서(西)벵골(West Bengal) 주 메디니푸르(Midnapore)에서 태어났다.

문예 잡지를 구독하여 힌디 어(語)(Hindi language)를 독학(獨學)하였으며, 베단타(Vedanta) 철학과 라마크리슈나 미션(Ramakrishna Mission)의 사상에 관심을 가졌으며, 타고르(→483) 등의 벵골 시풍의 영향을 강하게 받았다.

같은 시대의 벵골 문학에서도 많은 것을 배우고, 1차 대전(1914. 7. 28.~1918. 11. 11.) 뒤의 광범위한 낭만주의(浪漫主義, romanticism) 문학 운동의 창도자(唱導者)가 되어, 시의 운율(韻律)로부터의 해방을 주장하였다.

1923(27세)~1924년(28세)쯤 서벵골 주의 주도(州都) 캘커타[Calcutta, 1995년 전통 명칭인 콜카타(Kolkata)로 이름을 바꾸었다.]에서 주간지 〈마트와라〉 편집원이 되어 이 주간지에 많은 시를 발표하였다.

1929년(33세)에 펴낸 시집 〈방향(芳香)〉은 격식에 대한 반항, 하층민에 대한 동정으로 가득 찬 내용과 종래의 운율법을 버리고 영시(英詩)를 모방한 압운(押韻)으로 힌디 문학계에 새 바람을 불러일으켰다.

시집으로 〈가창(歌唱)〉(1936)이 있고, 서양식 음악에 적합한 〈시가집(詩歌集)〉(1937), 〈무명지(無名指)〉(1938)·〈투르시다스(Tulsidas)〉(1938)에서는 연애시·비가(悲歌)·서사시·연극시 등에 뛰어난 재능을 발휘하였다.

126
니시야마 소인
西山宗因 1605. 3. 28. ~ 1682. 5. 5.

일본의 시인.

본명(本名)은 도요이치(豊一).

히고구니[肥後國, 지금의 남부 규슈(九州) 구마모토현(熊本縣)]에서 태어났으며, 교토(京都, 794~1868년 일본의 수도)에서 죽었다.

젊었을 때 규슈에서 한 다이묘[大名, 일본의 막부 정권(幕府政權) 시대에 1만 석 이상의 독립된 영지를 소유한 영주(領主)]의 가신(家臣)으로 있었는데, 그의 격려에 힘입어 문학가의 길을 걷게 되었다.

1622년(17세) 교토로 가서 1633년(28세)까지 직업적인 렌가[連歌, 두 사람 이상이 와카(和歌)를 번갈아 읊어 나가는 형식의 시] 시인으로 활약하였다.

하이카이(俳諧, 코믹한 렌가)로 관심을 돌려 1673년(68세) 첫 하이카이 가집(歌集) 〈소인 센쿠(宗因千句)〉를 펴냈다. 이 가집에 실린 시들은 마쓰나가 데이토쿠(→151)풍으로 쓴 것으로, 이전의 하이카이에 비하여 훨씬 세련됨을 알 수 있다. 그의 하이카이는 마쓰나가 데이토쿠의 가볍고 재치 있는 하이카이와 마쓰오 바쇼(→152)의 무게 있고 심미적인 하이쿠(俳句, 5·7·5의 3구 17자로 구성된 일본 고유의 짧은 시)를 잇는 과도기적 작품이다.

종래의 렌가에 불만을 품은 오카니시 이추(岡西惟中, 1639~1711, 일본의 하이쿠 시인이며 학자)와 이하라 사이카쿠(→407)를 비롯한 많은 젊은 시인들이 모여들었으며, 1675년(70세) 하이카이 유파(流派)인 단린파(談林派)를 창시하였다.

이 밖에 〈소인 고햣쿠(宗因五百句)〉(1676)·〈바이오 소인 홋쿠슈(梅翁宗因發句集)〉(1681) 등 많은 시집이 있다.

127

니조 요시모토

二條良基 1320～1388

일본의 시인.

무로마치 시대(室町時代, 1336~1573) 초기의 관리(官吏)이며, 렌가[連歌, 두 사람 이상이 와카(和歌)를 번갈아 읊어 나가는 형식의 시] 시인.

아버지는 고다이고 천황(後醍醐天皇, 1288~1339, 일본의 제96대 천황. 재위 1318~1339)의 간파쿠(關白, 대신)였으며, 니조 역시 고다이고를 섬겼으나, 고다이고가 남조(南朝)를 세운 뒤부터는 북조(北朝)의 천황들을 섬겼다.

구사이(救濟, 1283?~1376?, 일본의 렌카 시인)의 도움을 받아 최초의 렌가집 〈쓰쿠바슈(菟玖波集)〉(1356)를 편찬하였으며, 1363년(43세) 시집 〈구몬켄추(愚問賢註)〉를 펴냈다.

렌가 작법을 다듬은 것으로 널리 알려졌으며, 1372년(52세) 렌가의 새로운 작법이 담긴 〈오안신시키(應安新式)〉[〈렌가신시키(連歌新式)〉라고도 한다.]를 완성하였다. 이 밖에 렌가 이론서 〈쓰쿠바몬도(筑波問答)〉(1372)와 〈규슈몬도(九州問答)〉(1376)를 썼다.

128

다이왕수

戴望舒 1905. 3. 5.～1950. 2. 28.

중국의 시인.

본명(本名)은 다이몽어우(戴夢鷗), 필명(筆名)은 아이양푸(艾昂甫)·장스(江思).

저장성(浙江省) 항셴(抗縣)에서 태어났다.

전단대학(震旦大學)을 졸업한 뒤 프랑스로 유학하였는데, 유학 중에 '제3종인(第三種人)'을 제창하여 루쉰[魯迅, 1881~1936, 20세기 중국 문학의 거장. 본명은 저우수런(周樹人). 저우쭤런(周作人, 1885~1967, 중국의 학자이며 수필가·번역가)의 형]으로부터 심한 비판을 받았다.

귀국한 뒤 잡지 〈현대(現代)〉에 참여하여 1932년(27세) 이후 중심 인물로 활약하였고, 1930년대 중국 지식인들의 방황과 비애를 노래하였다.

시집으로 〈왕수초(望舒草)〉(1932)·〈왕수 시고(望舒詩稿)〉(1937)·〈재난의 세월〉(1948)·〈다이왕수 시선(戴望舒詩選)〉(1957) 등이 있으며, 번역물로 〈프랑스 단편 문예 정선(短篇文藝精選)〉(1940)이 있다.

129

다치하라 미치조

立原道造 1914. 7. 30.～1939. 3. 29.

일본의 시인.

도쿄에서 태어났으며, 이곳에서 죽었다.

도쿄 제1고등학교(第一高等學校) 시절부터 호리 다쓰오(堀辰雄, 1904~1953, 일본의 소설가) 문하(門下)에서 배웠고, 호리 다쓰오가 주재(主宰)한 〈시키(四季)〉 동인(同人)이 되었으며, 그의 소개로 무로 사이세이(→160)에게 가르침을 받았다.

1937년(23세) 도쿄제국대학[東京帝國大學. 도쿄대학의 전신(前身)] 건축과를 졸업한 뒤 건축 사무소에서 근무하면서 시집 〈새벽과 저녁의 시(曉と夕の詩)〉·〈와스레구사니요스(萱草に寄す)〉를 펴냈으나, 늑막염으로 요절(夭折)하였다.

음악적 미감(美感)으로 일관된 시풍(詩風)으로 청춘의 아픔을 섬세하게 읊었으며, 죽은 뒤에 세 번째 시집 〈고운 노래(優しき歌)〉(1947)와 초기 작품집 〈시인의 출발(詩人の出發)〉(1961) 등이 출판되었다.

130

다카무라 고타로

高村光太郎 1883. 3. 13.～1956. 4. 2.

일본의 시인이며 조각가.

도쿄에서 태어났다.

쇠퇴해 가는 목조각(木彫刻)의 전통을 완고하게 지켜 나간 다카무라 고운(高村光雲, 1852~1934, 일본의 조각가)의 맏아들이며, 공예가 다카무라 도요치카(高村豊周, 1890~1972)의 형이다.

1897년(14세) 도쿄미술학교[東京美術學校, 도쿄예술대학(東京藝術大學)의 전신(前身)]에 입학하였으며, 요사노 히로시(與謝野寬, 1873~1935, 일본의 시인)·요사노 아키코(→321) 부부가 주재(主宰)하는 신시샤(新詩社)에 가입하여 동인지(同人誌) 〈묘조(明星)〉에 단카[短歌, 하이쿠(俳句)와 더불어 일본의 전통적 시가(詩歌)를 대표하는 단시(短詩). 정형시(定型詩)로, 5구 31음절로 되어 있다.]·희곡 등을 기고(寄稿)하였다.

1906년(23세) 미국으로 가서 조각 공부를 하고, 1907년(24세) 런던으로 가서 리치(Bernard Howell Leach, 1887~1979, 영국의 도예가)·오기와라 모리에(荻原守衛, 1879~1910, 일본의 조각가)와 알게 되었으며, 1908년(25세) 파리로 이주하였다. 여기에서 로댕(Auguste Rodin, 1840~1917, 프랑스의 조각가)의 조각에 심취하는 한편, 베를렌(Paul Verlaine, 1844~1896, 프랑스의 상징파 시인)과 보들레르(Charles-Pierre Baudelaire, 1821~1867, 프랑스의 시인이며 문학 평론가)의 시에서 깊은 영향을 받았다.

1909년(26세) 이탈리아를 거쳐 귀국하였으며, 아버지를 포함한 기성 미술계의 속물성(俗物性)·파벌주의(派閥主義, factionalism)를 혹독하게 비판하는 평론을 여러 편 발표하였다. 그 뒤 국외 미술의 소개나 수필에 주력하였는데, 평론 〈초록색 태양(緑色の太陽)〉(1910)은 일본 근대 미술사에 전기(轉機)를 마련한 대표적인 미술론이다. 또한 1908년 12월 기노시타 모쿠타로(→44)와 기타하라 하쿠슈(→46)가 결성한 문예 간담회(文藝懇談會)인 '판노카이(パンの會, '빵의 모임')'에 들어가 시작(詩作) 활동을 하였다.

1911년(28세) 화가 지망생 나가누마 지에코(長沼智恵子, 1886~1938, 일본의 여류 화가)와 만나 1914년(31세) 결혼하였다.

1914년 일본 근대시사에 획을 긋는 시집 〈도정(道程)〉을 발표하였는데, 구어체(口語體)를 구사(驅使)하여 인도주의(人道主義, humanitarianism)적인 격렬한 정열과 힘찬 가락의 독자적인 시풍(詩風)을 제시하였다. 이로써 하기와라 사쿠타로(→496)와 함께 '일본 근대시의 완성자'의 한 사람으로 평가받았다.

그 뒤 궁핍한 생활 속에서 조각 소품이나 시·번역·수필 등을 발표하였지만, 엄격한 창작 정신을 지켜 작품 수는 적었다.

2차 대전(1939. 9. 1.~1945. 9. 2.) 중에는 이제까지의 시와 전혀 다른 반(反)서양, 충군애국(忠君愛國) 사상을 고무하는 시를 발표하였는데, 전후(戰後)에 이를 깊이 반성하고 혼슈(本州) 북동부 이와테현(岩手縣) 교외(郊外)에서 7년 동안 힘겨운 농사일과 자취 생활을 하며 자기 성찰(省察)의 시간을 가졌다.

지은 책으로 〈로댕의 말(ロダンの言葉)〉(1916)·〈조형미론(造型美論)〉(1942), 시집으로 〈지에코쇼(智恵子抄)〉(1941)·〈전형(典型)〉(1950)이 있으며, 조각품으로 〈사자후(獅子吼)〉(1902, 도쿄예술대학)·〈지에코의 머리(智恵子の首)〉(1916)·〈손(手)〉(1918, 도쿄국립근대미술관) 등이 있다.

131

다카미 준

高見順 1907. 2. 18. ~ 1965. 8. 17.

일본의 소설가이며 시인.

본명(本名)은 다카마 요시오(高間義雄).

혼슈(本州) 중서부 후쿠이현(福井縣)에서 태어났으며, 남동단 지바현(千葉縣)에서 죽었다.

도쿄 제1고등학교(第一高等學校)를 거쳐 1930년(23세) 도쿄제국대학[東京帝國大學, 도쿄대학의 전신(前身)] 영문과를 졸업하였다.

노동 운동과 나프[NAPF(Nippona Artista Proleta Federacio), 전일본무산자예술동맹(全日本無産者藝術同盟)]에 참여하였다가 1933년(26세) 검거된 뒤에 방향을 바꾸었다. 전향(轉向)과 아내와의 이별이라는 이중고(二重苦) 속에서 〈고큐 와스레에베키(故舊忘れ得べき)〉(1935)로 제1회 아쿠타가와상(芥川賞) 후보에 올라 주목을 받았다.

평론 〈묘사 뒤에서 잠잘 수는 없다(描寫のうしろに寢ていられない)〉(1936)에서는 독자적인 요설적(饒舌的) 설화(說話) 형식을 주장하여 기성 현실주의(現實主義, realism)를 극복하고자 하였다. 또한 장편 〈어느 별 아래(如何なる星の下に)〉(1939~1940) 등을 발표하여 인텔리 작가로서 독자적인 경지를 구축하였다.

2차 대전(1939. 9. 1.~1945. 9. 2.) 뒤에는 장편 〈격류(激流)〉(제1부 1959~1963, 제2부 1963, 미완성)·〈불쾌한 느낌(いやな感じ)〉(1960~1963) 등을 써서 격동의 쇼와 시대(昭和時代, 1926~1989)와 그 시대를 살아가는 인간들을 성숙한 필치로 그려 냈다.

전쟁 중인 1941년(34세) 1월부터 1965년(58세) 숨을 거두기까지 쓴 〈다카미 준 일기(高見順日記)〉(1964~1966)·〈속(續) 다카미 준 일기〉(1975~1977)는 쇼와사(昭和史)의 귀중한 기록이다.

문단(文壇)의 큰 반향(反響)을 불러일으킨 시집 〈죽음의 심연에서(死の淵より)〉(1964)를 비롯하여 독특한 작품을 많이 남겼으며, 일본근대문학관(日本近代文學館)의 창립과 자료 수집에도 힘썼다.

132
다카하마 교시
高浜虛子 1874. 2. 22. ~ 1959. 4. 8.

일본의 시인.

시코쿠(四國) 북서부 에히메현(愛媛縣) 마쓰야마(松山)에서 태어났으며, 간토 평야(關東平野) 남서부 가나가와현(神奈川縣) 가마쿠라(鎌倉)에서 죽었다.

동무 가와히가시 헤키고토(河東碧梧桐, 1873~1937, 일본의 하이쿠 시인)의 소개로 마사오카 시키(→150)를 알게 되면서 하이쿠(俳句, 5·7·5의 3구 17자로 구성된 일본 고유의 짧은 시)를 썼다.

1898년(24세) 마사오카 시키가 창간한 하이쿠 잡지 〈호토토기스(ホトトギス)〉의 편집자가 되었으며, 마사오카 시키의 수제자로서 가와히가시 헤키고토와 쌍벽을 이루었다. 마사오카 시키가 죽은 뒤 두 사람은 서로 적대적인 관계가 되었다.

전통 양식을 무시한 새로운 양식의 하이쿠를 선도한 가와히가시 헤키고토에 비하여 다카하마 교시는 한동안 사실적(寫實的)이고 사생적(寫生的)인 소설을 쓰는 데 몰두하였으나, 결국은 다시 하이쿠로 돌아왔다.

〈호토토기스〉에 발표한 글을 통하여 하이쿠 시인들은 자연을 있는 그대로 보아야 한다고 강조하여, 가와히가시 헤키고토의 새로운 사조(思潮)에 반기(反旗)를 드는 하이쿠의 사실주의(寫實主義, realism)를 주창(主唱)하는 등 현대 일본의 하이쿠 문학을 발전시키는 데 중요한 역할을 하였다. 이러한 신념은 〈하이쿠가 나아가야 할 길(進むべき俳句の道)〉(1918)이라는 책으로 엮어졌다.

〈하이카이시(俳諧師)〉(1909)를 비롯한 소설도 여러 편 썼으며, 죽은 뒤 〈다카하마 교시 하이쿠 전집〉(모두 2권, 1980)이 출판되었다.

133
다타
Michael Madhusudan Datta(Dutt)
1824. 1. 25. ~ 1873. 6. 29.

인도의 시인이며 극작가.

인도 북동부 벵골(Bengal) 주 사가르다리(Sagardari)에서 태어났다.

서구식 교육을 받은 벵골 중산층으로, 북동부 서(西)벵골(West Bengal) 주의 주도(州都) 캘커타[Calcutta, 1995년 전통 명칭인 콜카타(Kolkata)로 이름을 바꾸었다.]의 힌두 칼리지(Hindu College)에서 공부하였고, 1843년(19세) 기독교 신자(信者)가 되었다.

초기에는 영어로 창작하였으나 성공을 거두지 못하자 마지못해 벵골 어(語)(Bengali language)로 전환하였다. 주요 작품은 대부분 1858(34세)~1862년(38세)에 쓴 산문극(散文劇), 이야기체 시[narrative poetry, narrative poem, 설화시(說話詩)], 서정시 등이다. 고대 산스크리트(Sanskrit) 대서사시 〈마하바라타(Mahābhārata)〉에 나오는 일화(逸話)를 소재로 쓴 첫 희곡 〈사르미슈타(Sarmishtha)〉(1858)는 좋은 반응을 얻었다.

'순다(Sunda)와 우파순다(Upasunda) 설화'에 바탕을 둔 이야기체 시 〈틸로타마삼바브(Tilottamasambhab)〉(1860), 〈라마야나[Rāmāyaṇa(Rama's Journey), '라마가 나아간 길']〉[고대 인도의 산스크리트 어로 된 대서사시. 모두 7편, 2만 4,000시절(詩節)로 이루어져 있으며, 〈마하바라타〉와 더불어 세계 최장편 서사시]에서 주제를 따 온 서사시 〈메그나드바드(Meghnadbadh)〉(1861), 〈라다 크리슈나(Rādhā-Kṛṣṇa)〉에서 주제를 빌려 온 연작(聯作) 서정시 〈브라장가나(Brajangana)〉(1861), 오비디우스(Publius Ovidius Naso, B.C.43~A.D.17?, 고대 로마의 시인)의 영웅시(英雄詩) 〈헤로이데스(Heroides)〉를 본뜬 21편의 서간체(書簡體) 연작시 〈비랑가나(Birangana)〉(1862) 등이 있다.

현대 벵골 문학 최초의 시인으로, 활동적이고 괴짜였

으며 뛰어난 독창성을 지닌 천재였다. 어법과 운문(韻文) 형식을 끊임없이 실험하여 '아미트락사르(amitraksar, 행간의 단절 없이 다양한 중간 휴지를 사용하는 무운시의 한 형식)' 및 페트라르카(Francesco Petrarca, 1304~1374, 이탈리아의 시인이며 인문주의자)풍과 셰익스피어(William Shakespeare, 1564~1616, 영국의 시인이며 극작가)풍을 혼합한 벵골식 소네트(sonnet, 서정시의 한 형식인, 14행으로 이루어지는 짧은 시) 기법을 비롯하여 독창적이고 서정적인 시련(詩聯)을 도입하였다.

134

단성식

段成式 803? ~ 863

중국 당(唐)나라(618~907)의 소설가이며 시인·학자.

자(字)는 가고(柯古).

산둥성(山東省) 린쯔(臨淄)에서 태어났다.

목종[穆宗, 795~824, 중국 당나라의 제12대 황제. 재위 820~824. 이항(李恆)] 때 재상(宰相)을 지낸 아버지 단문창(段文昌, 772~835)의 지원으로 교서랑(校書郎)에 임명되어 자기 집의 책뿐 아니라 궁정(宮廷)의 온갖 진귀한 도서를 자유로이 열람할 수 있었다. 또한 박학(博學)이라는 영예를 안으면서 연구에 정진하여, 비각(秘閣)의 책은 모두 읽었다고 한다. 그 결과로 이루어진 수필집 〈유양잡조(酉陽雜俎)〉(모두 20권)는 당시의 외교·정치 비문(秘聞), 언어와 괴이한 사건, 민간 습속·과학 기사 등이 실려 있어 당나라 연구에 귀중한 자료이다.

상서시랑(尚書侍郎)·장저우(江州) 자사(刺史)·태상소향(太常少卿) 등의 벼슬을 지냈다.

〈속집(續集)〉(모두 10권)이 있고, 시집 7권이 있었으나, 지금은 〈전당시(全唐詩)〉[모두 900권, 2,200여 명의 작품 4만 8,900여 수 수록. 1705년 3월에 편찬에 착수, 1745년 10월에 완성, 1746년 4월 양저우시국(揚州詩局)에서 간행]에 31수(首) 남짓 전해지고 있을 뿐이다.

135

담원춘

譚元春 1586 ~ 1631

중국 명(明)나라(1368~1644)의 시인이며 문학 평론가.

자(字)는 우하(友夏).

후베이성(湖北省) 징링(竟陵)에서 태어났으며, 같은 고향의 종성(→464)과 함께 '징링파(竟陵派)'라고 일컬어졌다.

1627년(41세) 향시(鄕試)에 급제(及第)하였으나 벼슬은 하지 않았다.

그가 중국 문학사에 남긴 업적은 선배인 종성과 함께 편집한 〈시귀(詩歸)〉 51권이다. 이것은 그 당시까지 문단(文壇)에서 지배적인 세력을 차지하고 있던 의고파(擬古派)의 시풍(詩風)에 대항하기 위한 것으로, 그들은 '참다운 시'를 선별한다는 명분을 내세워 고시(古詩)와 당시(唐詩)에 대한 전통적 평가를 모두 부정하고, 스스로의 독자적인 감상을 통하여 옛 시인들의 순수한 시 정신을 탐구하려고 시도한 것이다. 그들은 이 책의 곳곳에 평어(評語)를 써 넣고 대담하게 자기들의 견해를 밝혔다. 이 책은 세상에 널리 읽혀 이름이 알려졌으나, 이단적(異端的)인 견해와 강력한 개성주의(個性主義) 때문에 학자들 사이에 격렬한 비난을 불러일으켰다.

시문집(詩文集) 〈담우하합집(譚友夏合集)〉(모두 23권)이 있으며, 이 밖에도 지은 책이 많다.

136

담헌

譚獻 1832 ~ 1901

중국 청(淸)나라(1616~1912)의 시인.

초명(初名)은 정헌(廷獻), 자(字)는 중수(仲修), 호(號)는 복당(復堂).

저장성(浙江省) 런허현[仁和縣, 지금의 항저우(杭州)]에서 태어났다.

변려문[騈儷文, 4언·6언의 대구(對句)로 이루어진 문장. 변려체·변문·사륙문(四六文)·사륙변려문이라고도 한다.]에 뛰어났고, 사(詞)의 학문에 조예가 깊었다. 청대(淸代) 사인(詞人)들의 작품을 뽑은 〈협중사(篋中詞)〉를 엮었으며, 지은 책으로 〈복당 일기(復堂日記)〉가 있다.

137

당인

唐寅 1470. 3. 6. ~ 1523. 1. 7.

중국 명(明)나라(1368~1644)의 화가이며 시인·의학자.

자(字)는 백호(伯虎)·자외(子畏), 호(號)는 육여거사(六如居士).

장쑤성(江蘇省) 우셴[吳縣, 지금의 쑤저우(蘇州)]의 장사꾼 집안에서 태어났다.

같은 고향의 동갑내기 문징명(→163)과 절친하였으며, 화가인 심주(沈周, 1427~ 1509, 중국 명나라의 예술가. 문인화파의 대표적인 인물)의 제자였고, 문징명의 아버지 문림(文林)의 도움을 받았다.

어릴 때부터 학문과 재능에 뛰어났으며, 1498년(28세) 향시(鄕試)에 합격하였으나, 부정을 저질렀다고 고발당하였는데 이것은 부당한 고발이었다. 이 과거(科擧) 시험에 급제(及第)하였다면 학문 연구에 몰두할 수 있는 벼슬과 안락한 생활을 보장받을 수 있었을 것이다.

더 이상 출세할 수 없게 되자, 쑤저우에서 주색(酒色) 가운데 방종한 생활을 하면서 시와 술을 벗삼고 서화(書畫)를 팔아 생계를 꾸려 나갔다. 이러한 생활 때문에, 예술가가 자신의 독특한 예술 양식과 영감(靈感)을 추구하려면 반드시 금전(金錢)과는 동떨어져 있어야 한다고 생각하는 후세의 예술 평론가, 이를테면 동기창(董其昌, 1555~1636, 중국 명나라의 문인화가이며 서예가·화론가) 같은 사람들은 그를 혹평하였다.

남에게 구속을 받거나 매이지 않는 자유 분방한 성격과 문인적(文人的)인 생활 의식은 평생 동안 변하지 않았다.

'강남 제일 풍류 재자(江南第一風流才子)'라는 인장(印章)을 사용하여 정묘한 산수(山水)·인물·화조(花鳥)를 그렸다. 그림은 범관(范寬, ?~?, 중국 북송의 산수화가)·이성(李成, 919~967, 중국 북송의 화가)을 비롯하여 마원(馬遠, ?~?, 중국 남송의 화가)·이당(李唐, ?~?, 중국 북송의 화가)·하규(夏珪, ?~?, 중국 남송의 화가) 및 이른바 '원말 4대가(元末四大家)' 예찬(→290)·오진(吳鎭, 1280~1354, 중국 원나라의 화가)·왕몽(王蒙, 1322~1385, 중국 원나라의 화가)·황공망(黃公望, 1269~1354, 중국 원나라의 화가)에 이르기까지 정성을 들여 연구하지 않은 것이 없었다.

'당인'이라고 하면 주로 여성의 아름다움을 묘사한 그림을 연상하지만, 그의 〈산수화(山水畫)〉[1505, 워싱턴 프리어 미술관(Freer Gallery of Art, Washington D.C.)]는 그의 동료들 못지않은 다양성과 표현력을 보여 주어 그가 예술적 기량과 심오한 통찰력을 겸비한 뛰어난 예술가라는 것을 시사한다. 필치는 부드럽고 가는 주름의 금으로 윤색되어 있으며, 단단하게 짜인 치밀한 화태(畫態)를 나타냈다.

이당의 준법[皴法, 동양화에서 산애(山崖)나 암석의 굴곡 등의 주름을 그리는 화법. 산이나 흙더미 등의 입체감·양감을 표현하기 위한 일종의 동양적 음영법(陰影法)]을 배웠으며, 그 위에 주신(周臣, ?~?, 중국 명나라의 화가)에게 남종화(南宗畫)를 배우고 또한 심주에게도 배워, 남종화와 북종화(北宗畫)가 융합한 우수한 산수화를 만들어 냈다.

가정제[嘉靖帝, 1507~1566, 중국 명나라의 제12대 황제. 세종(世宗). 재위 1521~1566] 때 오파(吳派, 중국 명나라의 회화 유파. 북종화계의 절파에 대하여 남종화계 화가를 말한다.)의 문인화(文人畫)풍의 완성에 큰 영향을 주었다.

문징명·서정경(→225)·축윤명(祝允明, 1460~1526, 중국 명나라의 문인이며 서예가) 등과 더불어 '오중 사재자(吳中四才子)'라고 일컬어졌으며, 또한 구영(仇英, 16세기 중엽~?, 중국 명나라의 화가)·문징명·심주와 함께 '명나라 4대 화가'로 일컬어졌다.

작품으로 〈강산취우도(江山驟雨圖)〉·〈도곡증사(陶穀贈詞)〉·〈종음고사〉·〈추산도(秋山圖)〉[타이베이국립구궁박물원(臺北國立古宮博物院)] 등이 있고, 문장에도 뛰어나 〈당백호 선생집(唐伯虎先生集)〉·〈당백호 화보(唐伯虎畫譜)〉·〈당인집(唐寅集)〉을 남겼다.

138

대복고

戴復古 1167 ~ ?

중국 송(宋)나라(960~1279)의 시인.

자(字)는 식지(式之), 호(號)는 석병(石屛).

저장성(浙江省) 황옌(黃巖)에서 태어났다.

젊어서부터 집을 떠나 50년 동안 푸젠(福建)·광둥(廣東)·광시(廣西)·후난(湖南)의 여러 곳을 떠돌아다니면서 고관 대작(高官大爵)이나 부호(富豪)들에게 시문(詩文)을 팔아 생활하였다.

이종(理宗, 1205~1264, 중국 남송의 제5대 황제. 재위 1225~1264) 순우 연간(淳祐年間, 1241~1252)에도 80세를 넘어 건재하였다고 한다.

강호파(江湖派)의 대표적인 시인으로 널리 알려졌으

며, 육유(→356)에게 시를 배운 일도 있었다. 기교를 가하지 않은 청건경쾌(淸健輕快)한 그의 시는 당(唐)나라(618~907)의 시인 고적(→23)의 시와 비견(比肩)되었다. 기골(氣骨)이 있는 시인으로, 나라의 쇠미(衰微)를 탄식한 작품이 많다.

지은 책으로 〈석병집(石屛集)〉이 있다.

139

도연명

陶淵明 365 ~ 427

중국 동진(東晉, 317~419)·남조(南朝) 송(宋)나라(420~479) 때의 시인.

이름은 잠(潛), 자(字)는 연명(淵明) 또는 원량(元亮). 문 앞에 버드나무 5그루를 심어 놓고 스스로 '오류 선생(五柳先生)'이라고 일컬었다.

장시성(江西省) 장저우(江州) 심양군(尋陽郡) 주장(九江) 시상현[柴桑縣, 지금의 싱쯔현(星子縣)]에서 태어났다.

그의 집안은 대대로 남방의 토착 사족(士族)으로, 북조(北朝)로부터 내려온 귀족들이 절대적 실권을 장악하고 있던 당시의 남조 사회에서는 영달의 길에서 소외(疏外)된 압박받는 계층이었다. 평생 존경하였던 증조 할아버지는 서진(西晉, 265~316)의 명장(名將)이며 동진 왕조 초창기에 큰 공을 세운 군벌(軍閥)의 거물인 도간(陶侃, 259~334)으로, 창사군공(長沙郡公)·대사마(大司馬, 최고 군사령관)까지 승진하였다.

할아버지 도무(陶茂)도 후베이성(湖北省) 우창(武昌) 태수(太守)를 지냈다. 그러나 아버지는 은둔 생활을 하였기 때문에 이름조차 알려져 있지 않다. 어머니는 정서대장군(征西大將軍) 환온(桓溫)의 장사(長史, 막료장)이며 풍류를 즐긴 명사(名士) 맹가(孟嘉)의 넷째 딸이었다.

외아들이었던 도연명은 이와 같은 집안에서 태어났지만, 생활이 그렇게 풍족하지 못한 하급 귀족의 소지주(小地主) 정도의 가난한 집안에서 자랐다. 아버지를 일찍 여의고 젊어서부터 면학(勉學)에 힘쓰며 입신(立身)의 뜻을 품었다.

첫 번째 관료 생활은 394년(29세) 벼슬길에 올라, 고향 장저우의 좨주(祭酒, 학사 담당)가 되었지만, 얼마 안 가서 사임하였고, 이어 주부(主簿, 비서 담당)가 되었으나 부임하지 않았다. 그 뒤 군벌 항쟁의 세파(世波)에 밀리면서 생활을 위하여 하는 수 없이 400년(35세) 진(晉)나라(265~419) 최대 북부 군단(北府軍團)의 진군장군(鎭軍將軍) 유뢰지(劉牢之, ?~402)의 참군(參軍, 참모)이 되어 민란 토벌에 참전(參戰)하였으나, 곧 그만두었다.

유뢰지의 휘하를 떠난 직후인 401(36세)~402년(37세) 무렵, 후베이성 형주[荊州, 지금의 장링(江陵)] 자사(刺史) 군벌 환현(桓玄)의 막료(幕僚)에도 봉직(奉職)하였고, 건위 참군(建衛參軍) 등의 벼슬을 지냈다. 그러나 얼마 안 되어 모친상을 당하여 고향 심양으로 돌아가 3년상을 치렀다. 그 뒤 장저우 자사·참군 등의 관료 생활은 고향에서 가까운 심양군 안에서 지냈다.

항상 전원(田園) 생활에 대한 사모의 정을 달래지 못하여, 의희(義熙) 원년 405년(40세) 11월, 누이의 죽음을 구실삼아 고향에서 멀지 않은 펑쩌현(彭澤縣)의 현령(縣令)으로 80여 일 근무하다가 사임한 뒤 다시 관계(官界)에 나아가지 않고 은둔 생활에 들어갔다. 햇수로 12년에 걸친 벼슬 생활에 마침표를 찍은 것이다. 이 때의 퇴관(退官) 성명서라고도 할 수 있는 것이 〈귀거래사(歸去來辭)〉이다.

〈송서(宋書)〉 '은일전(隱逸傳)'에는 그가 퇴관한 결정적인 동기가 된, 널리 알려진 일화(逸話)가 실려 있다. 현(縣)의 사찰(査察)로 온 군(郡)의 말직(末職, 군 밑에 현이 있다.)인 독우(督郵, 순찰관)가 순찰을 온다고 하여 아랫사람이 '반드시 의관을 정제(整齊)하고 맞이하십시오.' 하고 진언하자, 도연명은 출영(出迎)을 거절하면서, '내 어찌 오두미(五斗米, 현령의 봉급)를 위하여 향리(鄕里)의 소인(小人)에게 허리를 굽히고 일을 할 수 있을쏘냐!'라고 개탄하며 현령의 직(職)을 팽개치고 집으로 돌아갔다고 한다. 그러고는 전원으로 돌아가는 심경(心境)을 토로한 것이 〈귀거래사〉와 〈귀전원거 오수(歸田園居五首)〉이다.

한편 이 때의 사퇴 동기에 대하여 도연명 자신은 다음과 같이 말하고 있다.

'현령으로 부임하여 어느 정도가 되자 집에 돌아가고 싶은 기분이 들었지만, 그럭저럭 벼가 익거든 빠져 나가려고 생각하던 차에, 누이의 부음(訃音)이 들려오자 조금도 참을 수 없게 되어, 스스로 사임하고 집에 돌아왔다.'(〈귀거래사〉 머리말)

〈귀거래사〉의 전반에는 벼슬에서 물러나 전원으로 돌아가는 해방감을 가을 정경 속에 그렸고, 후반에는 다가오는 노년(老年)의 삶을 천명(天命)에 맡기는 심경을 봄의 정경 속에 묘사하였다. '돌아가련다, 이제. 전원이 장차 거칠어지려고 한다. 어찌 돌아가지 않으리.'라는 명구(名句)로 시작되고 전체적으로 영탄조(詠嘆調)가 강하나 신선한 정경 묘사와 청아한 풍취가 넘쳐 흐르는 걸작이다. 벼슬을 내놓고 은일(隱逸) 생활을 하겠다는 선언의 뜻이 담겼다.

고향으로 돌아간 지 3년째 되던 해에 갑작스러운 화재로 생가(生家)가 타 버리자, 가족들을 데리고 고향을 떠나 심양 남쪽에 있는 남촌(南村, 또는 南里)으로 퇴거하였다. 이사한 뒤 술을 좋아하던 그는 차츰 빈궁한 생활로 접어들었다. 그러나 장저우 자사 왕홍(王弘)을 비롯하여 안연지(顔延之, 384~456, 중국 육조 시대 송나라의 문인)·은경인(殷景仁, 390~440, 중국 육조 시대 송나라의 문신) 등 많은 관료·지식인들과 친교를 맺었다. 그가 후세에 이름을 남길 수 있었던 것도 뒷날 남조 송나라의 조정(朝廷)과 문단(文壇)의 지도자가 된 왕홍과 안연지를 동무로 두고 있었기 때문이었다.

50세가 지날 무렵 조정으로부터 은사(隱士)에게 명목상으로만 주어지는 저작좌랑(著作佐郎)의 벼슬이 제수(除授)되었다. 20여 년 동안 전원에서 은둔 생활을 하면서, 스스로 괭이를 들고 농경 생활을 영위하며, 은사로 처세(處世)하여 가난과 병의 괴로움을 당하면서도 427년 62세에 깨달음의 경지에 도달한 것처럼 그 생애를 마쳤다. 나중에 그의 시호(諡號)를 '정절 선생(靖節先生)'이라고 일컬었다.

현재 남아 있는 그의 시는 사언시(四言詩) 9수(首)와 그 때에 유행하던 오언시(五言詩) 115수, 산문 11편이 전해지고 있는데, 이 가운데 저작 연대(年代)가 명확한 것이나 대강 알 수 있는 것은 80수뿐이다. 그 밖의 작품은 중년기 이후, 즉 은둔 생활을 보낸 약 20여 년 동안 지은 것으로 추측된다. 내용은 전원에서의 은사 생활을 노래한 것, 유유자적한 심경을 토로한 것, 주·현의 관리(官吏)들과의 증답시(贈答詩)와 영사시(詠史詩, 역사적 사실이나 인물을 소재로 한 시)·의고시(擬古詩) 등이 주를 이루고 있다.

그의 작품으로 가장 특색 있고 후세까지도 중시되고 있는 것은 오언시이다. 5언이라는 형태는 육조 시대[六朝時代, 222~589, 중국 삼국 시대 오(吳)나라(222~280)·동진과 남조의 송나라·제(齊)나라(479~502)·양(梁)나라(502~557)·진(陳)나라(557~589)를 합한 시대]를 통하여 시인들이 특히 애호한 보편적인 형식이었고 그의 시도 예외는 아니었다. 그러나 그의 시가 특히 주목되고 애송되는 까닭은 고요하고 자연스러운 읊조림과 멀리 세속의 티끌을 넘어서서 맑고 깊은 운치를 칭송하는 시의 경지 때문이다.

천성이 술을 좋아하여, 그의 시는 '편편(篇篇) 술이 있다.'고 할 정도이다. 그 중에도 가을밤의 지루함을 달래며 술을 마시고 마구 썼다고 하는 〈음주(飮酒)〉라고 제목 붙인 20수의 연작(聯作)은 독특한 시경(詩境)을 남김없이 전한다. 그 중에서도 널리 회자(膾炙)되는 그 다섯째를 보면 다음과 같다.

결려재인경(結廬在人境, '초려를 맺어 인경에 있고')
이무차마훤(而無車馬喧, '더구나 거마의 시끄러움이 없고')
문군하능이(問君何能爾, '그대에게 묻노니 무엇이 능하뇨.')
심원지자편(心遠地自偏, '마음이 머니 땅 또한 편벽되다.')
채국동리하(采菊東籬下, '국화꽃 동쪽 울 밑에서 꺾고')
유연견남산(悠然見南山, '유연히 남산을 보누나.')
산기일석가(山氣日夕佳, '산기운 낮밤으로 좋고')
비조상여환(飛鳥相與還, '나는 새 서로 더불어 돌아간다.')
차중유진의(此中有眞意, '이 가운데 참뜻이 있으나')
욕변이망언(欲辯已忘言, '말하려고 해도 이미 말을 잊었다.')

처음 4구의 서언(序言)은 자문자답형으로, '은일 생활은 산중에 살 필요 없이 마음가짐 하나로도 사회에서 멀어질 수가 있다.'라고 하였다. 중간 4구는 인생의 참뜻을 가을 황혼의 경치 속에 묘사한 것이다. 국화꽃을 꺾으면서 바라본 남산의 황혼녘 경치는 깊은 맛이 감돌아 시심(詩心)을 유감 없이 발휘하게 한다.

은사의 처세를 뛰어난 감각으로 노래한 최초의 시인이었다. 기교를 별로 부리지 않고 평담(平淡)한 시풍(詩風)이었기 때문에 당시의 사람들은 경시하였지만, 당 이후에는 육조 시대 최고의 시인으로 그 이름이 높아졌다. 왕유(→314)·위응물(→336)과 비슷한 시풍으로 위응물과 함께 '도위(陶韋)'라고 일컬어졌다.

평생의 거의 대부분을 민간인으로 보냈기 때문에 그의 시는 생활로부터 스며나온 마음의 부르짖음이었으며, 당시 유행하던 귀족적 생활에서 풍겨 나온 여유 있는 유희 문학(遊戱文學)이 아니라 민간 생활 그 자체를 노래한 문학이었다. 따라서 따스한 인간미가 있으며, 고담(枯淡)의 풍이 서려 있다. 형식면으로 보더라도 대구적(對句的) 기교나 전거(典據) 있는 표현은 별로 쓰지 않아, 같은 시대 시인 사영운(→216)과는 매우 대조적이었다.

종영[鍾嶸, ?~518?, 중국 위진 남북조 시대 남조 제(濟)·양나라의 문예 평론가]의 〈시품(詩品)〉에서는 '고금 은일 시인의 종(宗)'이라고 평가하고 있으며, 후세에도 똑같은 평가가 주어지고 있다. 한아(閑雅)한 정취 가운데서도 때로는 격렬한 감정이 표출되어 있어 북송(北宋, 960~1126)의 시인 소동파(→234)는 이것을 평하여 '그의 시는 질(質, 순박함)하나 실제는 기(綺, 아름다움)하며, 구(癯, 파리함)하나 실제는 유(腴, 살찜)하다.'고 하였다. 또한 상찬(賞讚)에 이르러서 '육조 제일(六朝第一)일 뿐 아니라 고금독보(古今獨步)하는 시인'이라는 명성을 얻었다.

그의 시풍은 당대(唐代)의 맹호연(→158)·왕유·위응물·유종원(→349)·저광희(儲光義) 등 자연파 시인의 찬탄을 받았고, 많은 시인들에게 영향을 미쳐, 문학사상(文學史上)으로 남긴 업적은 매우 크다.

작품도 널리 알려졌지만 그에 못지않게 저명 인사들과의 우정으로 널리 알려졌다.

양나라의 소명 태자(→236)는 〈문선(文選)〉[소명 태자가 엮은 시문집. 모두 30권. 〈소명 문선(昭明文選)〉이라고도 한다.]에 9편을 실어 전집을 편집하였다. 그 뒤에 판본(板本)·주석서(註釋書)가 많이 나왔다.

시 외에도 〈한정부(閑情賦)〉, 산문 〈자제문(自祭文)〉·〈자엄(子儼) 등에 주는 소(疏)〉 등과 잡전(雜傳) 〈도화원기(桃花源記)〉·〈사팔목(四八目)〉·〈오류 선생전(五柳先生傳)〉·〈오효전(五孝傳)〉·〈도정절집(陶靖節集)〉(모두 10권) 등이 전해지고 있으며, 지괴 소설집(志怪小說集) 〈수신후기(搜神後記)〉의 작자로도 알려져 있다.

140
도홍경
陶弘景 451/456 ~ 536

중국 남조(南朝) 양(梁)나라(502~557)의 학자이며 시인·서예가·의사·자연주의자(自然主義者, naturalist).

자(字)는 통명(通明·統明), 호(號)는 은거(隱居).

장쑤성(江蘇省) 말릉[秣陵, 지금의 난징(南京)]의 하급 귀족 집안에서 태어났으며, 쓰촨성(四川省) 화양(華陽)에서 죽었다.

어려서부터 총명하였으며, 고전(古典)과 의약학(醫藥學)을 비롯한 과학을 공부하였다. 젊은 나이에 궁정(宮廷)으로 들어가 황제의 자녀들을 가르쳤다.

아버지가 첩에게 살해된 사실로 말미암아 일생을 결혼하지 않았다.

29세 때 큰 병을 걸렸던 것을 계기로 도교(道教)에 심취하였으며, 손유악[孫游岳, ?~489, 중국 상청파(上淸派)의 제8대 종사(宗師)]에게 배워 상청파의 제9대 종사가 되어 도교 경전(經典)의 정통적 계승자가 되었다.

37세 때 벼슬길을 버리고, 492년 난징 남동쪽 취룽현(句容縣)에 있는 취취산[句曲山, 마오산산(茅山)]으로 들어가 호를 '화양은거(華陽隱居)'라고 하고 상청파 교단(教團)의 확립에 힘썼다. 도교를 연구하고 실천하는 생활에 열중하였으며, 산 속에 지은 그의 은둔처에서 온 가족이 그의 정신적인 지도를 받으며 생활하였다.

500년까지 전국의 명산(名山)을 순례(巡禮)하였으며, 상청 경전의 진본(眞本)을 수집하였다. 유·불·도(儒佛道) 삼교(三教)에 두루 통하였는데, 특히 음양오행(陰陽五行)·역산(曆算)·지리·물산(物産)·의술본초(醫術本草)에 밝았다.

제(齊)나라(479~502)·양나라 교체기에는 '양(梁)'이라는 국호(國號)를 지어 바쳐서 무제[武帝, 464~549, 중국 양나라의 창건자이며 초대 황제. 재위 502~549. 소연(蕭衍)]의 조언자이며 동무로 신임이 두터웠다. 국가의 길흉(吉凶)·정토(征討) 등 대사(大事)에는 반드시 그의 의견을 물었기 때문에 '산중 재상(山中宰相)'이라고 일컬어졌다. 산 속에서 숨어 살았기 때문에 504년 도교가 완전히 금지된 뒤에도 그의 종파(宗派)는 명맥을 유지할 수 있었다.

그의 주요 업적은 4세기에 도교 사상가들이 취취산에서 쓴 도교 서적들을 편집하고 주석(註釋)을 붙인 것이다. 이 방대한 작업에는 도교 경전과 주요 인물들의 전기(傳記) 및 환상(幻想)을 그대로 적어 놓은 것 등이 포함되어 있는데, 이것들은 신비주의(神祕主義, mysticism)적 도교가 형성되던 시기에 이루어진 최고의 업적이다. 취취산에 은거하면서 도교의 원류인 노장 철학(老莊哲學)에 바탕을 두고 있는 도교의 일상 수양 방법을 다시 형성하려고 애썼고, 도교의 경전으로 존중되고 있는 〈진고(眞誥)〉(모두 20권)과 〈등진은결(登眞隱訣)〉(모두 3권)·〈진령위업도(眞靈位業圖)〉 등에 기록하여 놓았다.

문집(文集)으로 〈화양도 은거집(華陽陶隱居集)〉(모두 2

권)이 있으며, 적절한 식사법과 생활 방식을 연구하는 과정에서 중국의 주요한 의약서 가운데 하나인 〈본초경집주(本草經集注)〉를 저술하였다.

천문학에도 능통하여 〈제대연력(帝代年曆)〉도 저술하였으며, 또한 취취산 문헌에 규정된 개인적이고 사사로운 수양 방법을 4세기의 영보(靈寶) 의식과 통합하였다. 당시 가장 널리 알려진 도교 사상가로, 영보파에 대한 그의 저서는 그가 도교 문학뿐 아니라 불교 문학에 관하여도 정통해 있던 사실을 보여 준다.

141

된티디엠

Doan Thi Diêm 1705? ~ 1749

베트남의 여류 시인.

단찬콘(鄧陳琨, 1710~1745)의 한문 장시(漢文長詩) 〈정부음(征婦吟, Chinh Phungâm)〉을 추놈 어(字喃語, 한자를 응용한 베트남 남부 문자)의 칠칠(七七)·육팔(六八)체로 번역한 것으로 널리 알려졌다.

〈정부음〉은 남편을 싸움터로 보낸 아내의 비탄(悲嘆)을 노래한 것으로, 전쟁의 찬부(贊否)·시비(是非)보다도 그 문체(文體)의 아름다움과 여성 특유의 심리 묘사가 감동을 준다. 이 밖에도 많은 시를 발표하였다.

142

두목

杜牧 803 ~ 852

중국 당(唐)나라(618~907)의 시인.

자(字)는 목지(牧之), 호(號)는 번천(樊川).

〈통전(通典)〉의 저자 두우(杜佑, 735~812, 중국 당나라의 사학가)의 손자로, 산시성(陝西省) 경조부[京兆府, 지금의 시안(西安) 일대] 만년현(萬年縣)에서 태어났다.

만당(晩唐, 문종[文宗, 809~840, 중국 당나라의 제14대 황제. 재위 826~840. 이앙(李昂)]의 대화(大和, 827)로부터 애제[哀帝, 892~908, 중국 당나라의 제20대 황제. 재위 904~907. 이축(李柷)]의 천우(天祐, 906)까지 약 80년간)의 문단(文壇)에서는 이상은(→376)과 더불어 '이두(李杜)'로 일컬어지며, 작품이 두보(→143)와 비슷하다고 하여 '소두(小杜)'로 일컬어졌다.

828년(25세) 진사시(進士試)에 급제(及第)하고, 우승유(牛僧儒, 779~847, 중국 당나라의 재상이며 권신)의 서기(書記)에서 굉문관(宏文館) 교서랑(校書郎)이 되고, 감찰 어사(監察御使)로 승진하였다. 아우의 병 때문에 잠시 벼슬에서 물러났다가 다시 선주(宣州)의 단련판관(團練判官)이 되었고, 이어서 황저우(黃州)·츠저우(池州)·무저우(睦州)·후저우(湖州) 등의 자사(刺史)를 지낸 뒤, 중서사인(中書舍人)까지 올랐다.

매사에 구애받지 않는 강직하고 호방한 성품으로, 정치적인 포부도 있었으며, 당나라의 쇠운을 만회하려고 무한히 노력하였다. 명신(名臣)으로 이름났으며, 스스로 병사무비(兵事武備)의 재략(才略)을 자랑하여 변경(邊境)의 방비책에 이름이 높았으나, 후세에는 시인으로 더 알려졌다.

병치(兵治)와 병법(兵法)을 연구하고, 시 〈아방궁(阿房宮)의 부(賦)〉를 지어서 경종[敬宗, 809~826, 중국 당나라의 제13대 황제. 재위 824~826. 이담(李湛)]을 충고하려고 애썼다. 이 시는 서사(敍事)·서정(抒情)·의론(議論)을 하나로 묶어 육조 시대[六朝時代, 222~589, 중국 삼국 시대 오(吳)나라(222~280)·동진(東晉, 317~419)과 남조(南朝)의 송(宋)나라(420~479)·제(齊)나라(479~502)·양(梁)나라(502~557)·진(陳)나라(557~589)를 합한 시대] 이래로 사부(辭賦)가 날로 화려한 변려체(辨麗體)로 되어 가던 추세를 뛰어넘었다.

산문은 엄격하면서도 맑고 유창하였고, 산문의 필법(筆法)과 구법(句法)으로 부(賦)를 지었다. 산문에도 뛰어났지만 시에 더 뛰어났으며, 근체시(近體詩) 특히 칠언절구(七言絕句)를 잘 하였다. 근체시는 서정적이며 풍경을 읊은 것이 많은데, 격조가 청신(清新)하고 감정이 완곡하고도 간명하다.

고시(古詩)는 두보·한유(→504)의 영향을 받아 사회와 정치에 관한 내용이 많다. 장시(長詩) 〈감회시(感懷詩)〉·〈군재독작(郡齋獨酌)〉 등은 필력(筆力)이 웅장하고 장법(章法)이 엄정하며 감개(感慨)가 깊다.

만당 시대의 시는 국정(國情)의 쇠퇴를 반영하여 이상은에 대표되는 기교·섬세·화려를 추구한 경향이 있었으나, 여전히 당나라 전기(前期)의 전통을 잇는 경향이 짙었고 내용을 중시하였다. 그러므로 역사에서 소재를 빌려 세속을 풍자한 영사적(映寫的) 작품이 나오고 함축성이 풍부한 서정시가 나왔다.

〈강남춘(江南春)〉·〈박진회(泊秦淮)〉·〈산행(山行)〉과 같은 소시(小詩)들은 예로부터 사람들이 즐겨 읊었으며, 〈과화청궁(過華淸宮)〉·〈적벽(赤壁)〉·〈제상산사호묘(題商山四皓廟)〉 등 사적지를 읊은 절구(絕句)는 그 필치가 기발하고도 힘이 넘쳤다.

송(宋)나라(960~1279)의 산문 선집(散文選集) 〈문장궤범(文章軌範)〉에 1편의 산문이 실려 있고, 시문집(詩文集) 〈번천 문집(樊川文集)〉(모두 20권), 청(淸)나라(1616~1912) 때의 풍집오(馮集梧)가 편찬한 〈번천 시집주(樊川詩集注)〉 등이 있다.

143

두보

杜甫 712. 2. 12. ~ 770

중국 당(唐)나라(618~907)의 시인.

자(字)는 자미(子美), 호(號)는 소릉(少陵). '소릉'이라고 일컬어지는 것은 수도(首都) 창안[長安, 지금의 산시성(陝西省) 시안(西安)] 남쪽 교외(郊外), 이름이 같은 지역에서 선조(先祖)가 살았기 때문이다.

중국 최고의 시인으로 '시성(詩聖)'이라고 일컬어졌으며, 이백(→369)과 아울러 일컬을 때에는 '이두(李杜)', 두목(→142)에 견줄 때에는 '노두(老杜)·대두(大杜)'라고 일컫는다.

본적(本籍)은 후베이성(湖北省) 샹양(襄陽)이지만, 허난성(河南省) 꿍셴(鞏縣)을 본거지로 하는 소호족(小豪族) 출신이다. 먼 조상은 육조 시대[六朝時代, 222~589, 중국 삼국 시대 오(吳)나라(222~280)·동진(東晉, 317~419)과 남조(南朝)의 송(宋)나라(420~479)·제(齊)나라(479~502)·양(梁)나라(502~557)·진(陳)나라(557~589)를 합한 시대] 진(晉)나라(265~419)의 명장(名將)이며 학자인 두예(杜預, 224~284)이고, 할아버지는 당나라 초기의 이름 높은 시인 두심언(→144)이다.

현종[玄宗, 685~762, 중국 당나라의 제6대 황제. 재위 712~756. 이융기(李隆基)]이 즉위한 해인 선천(先天) 1년(712)에 태어났는데, 현종 45년 동안의 치세(治世) 중 그 전반부인 개원 연간(開元年間; 713~741)은 당의 전성기였다.

6세 때부터 시를 짓는 등 소년 시절부터 시를 잘 지었으나, 과거(科擧)에는 급제(及第)하지 못하였다. 일찍 어머니를 여의고 허난성 뤄양(洛陽)의 숙모 밑에서 자랐는데, 시에 대한 재능은 일찍이 뤄양의 명사(名士)들에게 인정을 받았다. 젊었을 때부터 술을 좋아하였고 강직한 성품을 드러냈으며 연장자들과의 교류를 즐겼다.

20대 전반은 장쑤성(江蘇省)·저장성(浙江省)을 여행하였고, 735년(23세, 개원 23) 일단 뤄양으로 돌아왔으나 진사(進士) 시험에 낙방하고 다시 여행길에 나서 30세 중반까지는 허베이성(河北省)·산둥성(山東省) 등 여러 곳을 떠돌아다녔다. 이 때 명산대천(名山大川)을 보고 많은 시를 지었다고 하지만, 이 시기의 시는 전혀 전해지지 않고 있다. 740년(28세, 개원 28) 당시 산둥성 옌저우(兗州)에서 관리(官吏)로 있던 아버지 두한(杜閑)을 방문하였을 때 지은 시가 남아 있는 두보의 시 중 가장 초기의 것이다.

741년(29세, 개원 29) 산둥성에서 돌아와 평생의 반려자가 된 아내 양(楊)씨를 맞아들였다. 뒷날 '안사(安史)의 난(亂)[755~763, '안녹산(安祿山)의 난'이라고도 한다.]'이 일어난 뒤에 지극히 궁핍한 떠돌이 생활을 하는 중에도 늘 아내와 함께 다녔고, 잠시라도 떨어져 있게 되면 항상 가족들의 형편과 아내를 염려하는 애정이 넘치는 시를 짓곤 하였다.

744년(32세, 천보 3) 현종의 총신(寵臣) 고력사(高力士, 684~762, 중국 당나라 현종 때의 환관)의 미움을 받아 창안의 궁정에서 추방되어 산둥성으로 가고 있던 이백과 뤄양에서 만났다. 이백의 천재적인 풍격을 존경하던 두보는 이백과 함께 양송(梁宋, 지금의 허난성) 지방으로 유람을 떠났다. 유람 중에 시인 고적(→23)·잠삼(→422) 등과도 알게 되어 함께 술을 마시며 시를 지었다. 그 해 겨울 이백과 헤어진 두보는 강남(江南)으로 향하였고, 그 뒤 두 사람은 다시 만나지 못하였다. 그러나 두보는 오랫동안 이백을 사모하여 종종 그를 꿈 속에서 만나는 일도 있었는데, 사흘 밤이나 계속하여 이백을 만나는 꿈을 꾼 뒤 지은 것이 〈몽이백 이수(夢李白二首)〉이다.

746년(34세, 천보 5) 창안으로 가서 현종에게 부(賦)를 바쳤으나 벼슬에 오를 기회를 잡지 못하였고 과거 시험에 급제하지도 못하여 약 10년 동안 궁핍하였고 여전히 불우하였다. 명사들과 고관(高官)들의 집에도 드나들면서 추천을 희망하는 시를 지었고, 몇 번인가 시문(詩文)을 조정(朝廷)에 바쳐 인정받으려고 노력하였다.

751년(39세, 천보 10) 〈삼대례부(三大禮賦)〉를 바쳐 현종으로부터 칭찬을 받고 집현원(集賢院) 대제(待制)의 명을 받고 관리로 뽑힐 순서를 기다렸으나, 결국 임용되지는 못하였다. 한편 천보 연간(天寶年間, 742~755)에 들어서면서 정치적 파탄이 끊임없이 일어나, 751년 남조(南詔)·대식(大食)·거란(契丹)에게 크게 패하자, 병사(兵士)들을 보충하기 위하여 농민들을 끌어가고 조세(租稅)는 더욱 무겁게 부과하였다. 쓸데없는 전쟁에 내몰려가는 병사들과 그 가족들의 고통을 하소연한 시 〈병거행(兵車行)〉은 이 해에 쓴 작품이다.

754년(42세, 천보 13)에는 장마가 심하게 계속 되어 대기근(大饑饉)으로 생활이 점점 더 어려워지자 두보는 가족들을 봉선현(奉先縣)의 친척집 농가에 맡겼다.

755년(43세, 천보 14) 처음으로 우위솔부(右衛率府)의 주조 참군(胄曹參軍), 즉 금위군(禁衛軍)의 무기고(武器庫)를 관리하는 정8품 하(下)의 가장 낮은 벼슬을 얻었다. 일단 굶주림은 면하였다고 기뻐하며 서둘러 가족들이 있는 봉선현으로 향하였는데, 가는 도중 리산산(驪山) 기슭 온천에서 문무 백관을 거느리고 양귀비(楊貴妃, 719~756, 중국 당나라 현종의 귀비)와 함께 환락의 나날을 보내고 있는 현종을 보고, 세상에 대한 분노를 토로하였다.

봉선현에 겨우 이르러 보니 가족들은 굶주림에 시달리고 있었고, 어린 자식은 이미 굶어 죽어 있었다. 이 때 두보는 비분강개(悲憤慷慨)의 울분과 무겁게 덮쳐 누르는 서글픔을 강렬하게 호소한 장시(長詩) 〈자경부 봉선현 영회 오백자(自京赴奉先縣詠懷五百字)〉를 지었다.

그 해 11월 9일 '안사의 난'이 일어나자 가족들을 데리고 산시성 바이수이현(白水縣)·부주(鄜州) 등지로 난을 피하여 옮겨 다녔다. 어려운 피난길을 계속하다가 홍수를 만나 가족들을 부주 교외 강촌(羌村)에 남겨 두고, 닝샤성(寧夏省) 링우(靈武)에서 새로 즉위한 숙종[肅宗, 711~762, 중국 당나라의 제7대 황제. 재위 756~762. 이형(李亨)] 휘하로 가던 도중 반란군에게 붙잡혀 창안으로 도로 끌려갔다. 이 무렵 망국(亡國)의 비애와 가족들의 안부를 염려하면서 〈애강두(哀江頭)〉·〈애왕손(哀王孫)〉·〈월야(月夜)〉·〈춘망(春望)〉 등 많은 시를 지었다.

757년(45세, 지덕 2) 반란군에 내분이 일어나 안녹산(安祿山, 703~757, 중국 당나라의 무장)은 살해되고, 두보는 연금(軟禁)된 지 1년 만인 4월에 탈출, 숙종이 옮겨 있던 펑샹(鳳翔, 창안 서쪽) 행재소(行在所)에 급히 달려갔다. 그 공을 가상히 여긴 숙종은 5월, 좌습유(左拾遺)의 벼슬을 내렸다. 그러나 임관(任官)되자마자 곧 실각(失脚)된 재상(宰相) 방관(房琯, 696~763)의 죄를 변호하다가 숙종의 미움을 사서 휴직 처분을 받았다. 이 때 부주에 있던 가족들을 만나러 갔는데, 이 여행길에서도 많은 걸작시를 남겼다. 〈강촌 삼수(羌村三首)〉·〈구성궁(九成宮)〉·〈옥화궁(玉華宮)〉·〈행차소릉(行次昭陵)〉 및 장편 〈북정(北征)〉이 그것이다.

관군이 창안을 수복(收復)하자, 사면(赦免)되어 돌아와 조정에 출사(出仕)하였으나 1년 만인 758년(46세, 건원 1) 6월에 화저우(華州, 창안 서쪽)의 사공 참군(司功參軍)이라는 지방관(地方官)으로 좌천(左遷)되었다. 이 해 가을 무렵 관군의 세력이 한때 커져 뤄양으로 가는 길도 뚫렸으므로 오랜만에 고향으로 돌아갔다. 그러나 이듬해 뤄양이 다시 위험에 처하여 다시 화저우로 돌아왔다. 돌아오는 길에 말로 표현할 수 없는 백성들의 고난과 전란(戰亂)의 처참함을 보고 이른바 '삼리삼별(三吏三別)', 즉 〈동관리(潼關吏)〉·〈석호리(石壕吏)〉·〈신안리(新安吏)〉·〈무가별(無家別)〉·〈수로별(垂老別)〉·〈신혼별(新婚別)〉의 시로 읊었다.

기내(畿內) 일대의 대기근을 만나, 759년(47세, 건원 2) 벼슬을 버리고 식량을 구하려고 가족들과 함께 깐쑤성(甘肅省) 친저우(秦州, 天水市)로 갔다. 친저우에서도 겨우 4개월 머물렀지만 생활이 몹시 곤궁하여 다시 남쪽 퉁구(同谷, 成縣) 땅이 기후도 좋고 식량도 구하기 쉽다는 말을 듣고 10월 그곳으로 옮겨 1개월을 지냈지만 생활은 더욱더 궁해져서, 그 해 12월 초 쓰촨성(四川省) 수저우[蜀州, 지금의 청두(成都)]에 정착하였다. 산천이 험준하고 먹을 것은 떨어진데다가 가족들을 이끌고 가는 이 여정은 실로 악전고투의 연속이었다. 이 지독한 체험에서 생겨난 기행시 여러 편이 두보 시의 정점(頂點)을 이루고 있으며, 중국의 기행시 가운데서도 가장 중요한 것으로 손꼽힌다. 이 시기 퉁구에서의 생활을 노래한 시로 〈건원중우 거동곡현 작가 칠수(乾元中遇居同谷縣作歌七首)〉가 있다.

760년(48세, 건원 3) 봄, 친분이 있던 여러 사람들의 도움을 받아 청두 교외 완화계(浣花溪) 언저리에 초당을 세웠다. 이것이 완화 초당(浣花草堂)이다. 일시적으로는 지방 군벌(軍閥)의 내란(內亂) 때문에 동쪽 쓰촨(東四川)의 쯔저우[梓州, 지금의 삼대현(三臺縣)]·랑저우(閬州)로 잠시 피난한 일도 있으나, 전후 몇 년 동안에 걸친 이 초당에서의 생활은 비교적 평화로웠다. 이즈음 그의 시에는 국가의 운명과 백성의 고난을 우려하고, 멀리 떠돌아다니고 있는 아우들을 그리워하는 절절한 시도 있었지만, 자연을 읊은 절구(絕句) 등도 보여서 유유자적한 심경(心境)을 느낄 수 있다.

764년(52세, 광덕 2) 옛 동무인 청두의 절도사(節度使) 엄무(嚴武)의 막부(幕府)에 참모로 출사하여 그의 추천으로 검교공부(檢校工部) 원외랑(員外郎)의 벼슬을 지냈으므로 이로 말미암아 '두공부(杜工部)'라고 일컬어졌다. 그러나 동료들과 마음이 맞지 않았고 또한 관청 생활의 불편함을 견딜 수 없었다. 이전부터 폐병을 앓고 있는 데다가 중풍 기운까지 나타나서, 765년(53세, 광덕 3) 1월 벼슬을 사퇴하고 다시 초당 생활로 돌아갔다. 그러나 이 해 4월, 엄무가 갑자기 죽자 두보는 이제 이곳에 머무를 수 없었다.

765년 5월, 고향으로 돌아갈 뜻을 품고 가족들을 이끌고 청두를 떠나 배로 양쯔강[揚子江, 중국인들은 창장강(長江)이라고 한다.]을 따라 내려오면서 쓰촨성 동쪽 끝의 쿠이저우(夔州, 奉節縣)의 협곡에 이르렀을 때, 폐병과 중풍 때문에 여행을 계속 하기가 어려워 약 반 년 동안 이곳에서 요양 생활을 하였다. 이 때 쓰촨 지방에서는 내란이 일어났고 북방에서는 티베트족(族)과 웨이우얼족[維吾爾族, 위구르(Uighur)족]의 침입이 있어 시국(時局)은 점점 더 험악해졌고, 귀향하려던 두보의 꿈은 더욱더 멀어져 갔다.

766년(54세, 광덕 4) 늦은 봄, 병이 다소 나아지자 다시 강을 따라 내려가 쿠이저우 연안의 서각(西閣)에서 2년 동안 살았다. 이 동안 430여 수(首)에 이르는 많은 시를 지었는데, 〈영회고적 오수(詠懷古跡五首)〉·〈추흥팔수(秋興八首)〉는 칠언율시(七言律詩) 8수의 연작(聯作)으로 늙고 병든 두보의 절절한 우수(憂愁)를 읊은 명작이다.

767년(55세, 광덕 5) 봄에 다시 협곡에서 나와, 얼마 뒤 쿠이저우 도독(都督) 백무림(柏茂林)의 도움으로 적갑산(赤甲山) 기슭으로 옮겼고, 3월에는 양서(瀼西)·동둔(東屯)에서 관전(官田)을 빌려 농원을 가꾸는 등 비교적 여유가 있었다. 그러나 건강은 쇠약해져서 폐병·중풍·학질에 당뇨병까지 겹치고 가을이 되면서 왼쪽 귀도 들리지 않았다. 그 사이에도 시작(詩作)은 점점 더 많아졌다.

산골짜기에 있는 고장의 열악한 기후와 동무도 없는 적막함을 견디지 못하고, 768년(56세, 광덕 6) 정월 중순쯤 다시 양쯔강에 배를 띄워 산샤(三峽)를 내려가면서 그 뒤 2년 동안 후베이·후난(湖南)의 수상(水上)에서 방랑을 계속하였다.

후베이성 장링(江陵)을 거쳐 궁안(公安)에서 당분간 머물다가 후난성 웨저우[岳州, 지금의 웨양(岳陽)]로 내려갔다. 이 때는 이미 발도 부자유스럽고 귀도 반쯤 먹어서 젊은 사람들에게 모멸을 당하는 일도 많아졌으며 어디를 가도 안주할 곳이 없었다. 칠언율시 〈등악양루(登岳陽樓)〉는 이 때 지은 것으로, 이 시의 웅대하고도 침통한 멋은 실로 최고라고 일컬어지고 있다.

769년(57세, 광덕 7) 웨저우에서 다시 배를 타고 둥팅호(洞庭湖)에 들어가, 이로부터 1년 몇 개월 동안 두보 일가(一家)는 둥팅호를 떠돌아다녔다. 거적으로 위를 가린 배를 집삼아 지내며, 부자유스러운 몸으로 약초를 캐서 시장에서 팔았고, 닷새 동안 굶어 지방 현령이 술과 고기를 보내 주기도 하였다.

770년(58세, 광덕 8) 웨저우로 가는 도중, 배 안에서 병이 악화되어 둥팅호에서 58세를 일기로 그 고생스러운 일생을 마쳤다. 쇠고기와 술에 의한 중독이 사인(死因)이라는 것은 후대에 만들어 낸 이야기로 신빙성이 낮다.

가족들은 그의 관(棺)을 향리로 운반한 돈이 없어 오랫동안 웨저우에 두었는데, 그 뒤 40여 년이 지난 뒤 두보의 손자 두사업(杜嗣業)이 뤄양 옌스현(偃師縣)으로 운반하여 서우양산(首陽山) 기슭에 있는 선조 두예의 묘 근처인 할아버지 두심언의 묘 옆에 묻었다.

두보 자신의 말에 따르면, 이미 소년 시절에 1,000여 편의 시를 썼다고 하지만, 오늘날까지 전해져 오는 것은 30세 이후에 쓴 대략 1,470여 편의 시와 몇몇 산문뿐이다. 30세 이후의 시는 뚜렷한 시풍(詩風)의 변화 성장에 따라 4시기로 나뉜다.

제1기는 44세까지로, 이 시기의 두보는 외부 세계로 눈을 돌려 대상의 충실한 묘사와 여러 가지 사회악 고발에 열중하였다.

제2기는 48세까지로, 이 시기에는 '안사의 난' 동안 겪었던 여러 가지 경험으로 종래의 외부 세계로 향하던 눈길을 내부로 돌려 마음 속의 우수를 노래함과 동시에 자신의 우수를 다른 사람들의 우수와 일치시켜 다루었다.

제3기는 54세까지 청두에 살던 몇 년 동안으로 또 한 번의 전환을 이룬다. 이 때 그의 시선(視線)은 자연이 인간에게 보여 주는 선의(善意)로 향해진다.

제4기는 죽기 전인 59세까지의 시기로, 특히 쿠이저우에 머문 2년 동안은 원숙의 경지에 이른 작품을 많이 썼다. 이 시기의 시 세계는 많은 모순을 포함하면서도 영원히 지속한다는 새로운 철학을 확립한 진지함과 따스함이 스며 있다.

두보의 시에 일관되게 나타나게 된 것은 인간에 대한 위대한 성실성이다. 인간은 인간에 대하여 성실해야 된다는 중국 문학 정신은, 두보의 시 속에서도 매우 활발히 작용하고 있다. 이러한 성실이 낳은 우수를 바탕으로 하여 일상 생활에서 제재(題材)를 많이 따서, 인간의 생활상과 심리, 자연의 풍경 가운데서 그 때까지 다른 시인이 느끼거나 발견하지 못하였던 새로운 감동을 널리 찾아 내어 자유자재로 시를 지었는데, 그 표현에는 온 심혈을 기울였다.

〈북정〉·〈자경부 봉선현 영회 오백자〉의 2대 걸작을 포함한 장편의 고체시(古體詩)는 주로 사회성을 발휘하였으므로 시로 표현된 역사라는 뜻으로 '시사(詩史)'라고 일컬어진다.

단시(短詩)가 정형(定型)인 금체(今體)에서는 특히 율체(律體)에 뛰어나 엄격한 형식에 복잡한 감정을 세밀하게 노래하여 이 시형(詩形)의 완성자로서의 명예를 얻었다. 그에 앞선 육조 시대·초당[初唐, 고조[高祖, 565~635, 중국 당나라의 창건자이며 초대 황제. 재위 618~626. 이연(李淵)]의 무덕(武德, 618)으로부터 예종[睿宗, 662~716, 중국 당나라의 제5대 황제. 재위 684~690, 710~712. 이단(李旦)]의 태극(太極, 712)까지 약 95년간]의 시가 정신을 잃은 장식에 불과하고, 또한 고대의 시가 지나치게 소박한 데 대하여 두보는 고대의 순수한 정신을 되찾으면서도, 그것을 더욱 성숙된 기교로 표현함으로써 중국 시의 역사에 한 시기를 이루었고, 그 뒤의 시의 전형(典型)으로 조술(祖述)되어 왔다.

그의 시를 최초로 발견한 사람은 원진(→333)으로, 두보를 위하여 묘지명(墓地銘)을 썼다. 백낙천(→200)도 두보 숭배자로, 그의 사회 비판적인 시는 두보에게 배운 것이다. 두보에 대한 평가가 시단(詩壇)에서 확정된 것은 북송(北宋, 960~1126)의 소동파(→234)·왕안석(→312)·황정견(→522) 등에게 칭송됨으로써 이루어졌다. '시성'이라는 말도 이즈음 생긴 듯하며, 그 뒤 계속하여 중국시의 전형으로 평가되었다. 1966년 '프롤레타리아 문화 대혁명(文化大革命, the Great Cultural Revolution, 1966~1976. 文革)' 이후 직접적인 조술은 사라졌으나, 중국 최고의 시인으로서의 위치는 '문화 대혁명' 한 시기를 제외하고는 오늘날 중국에서도 확고하다.

〈구당서(舊唐書)〉(모두 200권, 940~945) '문원전(文苑傳)'에서 말하는 문집(文集) 60권은 전해지지 않고, 후세에 두집(杜集)의 원전이 된 것은 오대(五代, 909~979) 진(晉)나라(936~946, 後晉) 개운(開運) 2년(945)에 관서본(官書本) 〈두공부집(杜工部集)〉이 있었음이 남송(南宋, 1127~1279) 오약(吳若)의 〈두공부집 후기(杜工部集後記)〉에 나타나 있는데, 이것이 첫 간행본으로 추정된다. 북송의 왕수(王洙, 997~1075)가 편집한 〈두공부집〉 20권과 1,400여 편의 시와 소수의 산문이 있는데, 그것의 남송 간행본이 오늘날까지 전해지고 있다.

주석서(註釋書) 중에서 송나라 곽지달(郭知達)의 〈구가집주 두시(九家集註杜詩)〉는 훈고(訓詁)에 뛰어났으며, 청(淸)나라(1616~1912) 전겸익(→434)의 〈두시전주(杜詩箋注)〉는 사실(史實)에 정통·상세하며, 구조오(仇兆鰲, 1638~1717)의 〈두시상주(杜詩詳註)〉는 집대성된 것으로서 편리하다. 포기룡(浦起龍, 1679~?)의 〈독두심해(讀杜心解)〉, 두양륜(杜楊倫)의 〈두시경전(杜詩鏡銓)〉 등도 중요한 것으로 손꼽힌다.

전집 색인(全集索引)으로는 옌징대학(燕京大學)에서 편찬한 〈두시인득(杜詩引得)〉이 있고, 전기(傳記)로는 원이둬(→332)의 〈두소릉 선생 연보회전(杜少陵先生年譜會箋)〉이 뛰어나며, 펑즈(馮至, 1905~1993, 중국의 시인이며 독문학자·번역가)의 〈두보전(杜甫傳)〉은 종래의 연구 중에서 뛰어난 것이다. 쓰촨의 런민출판사(人民出版社)에서 펴낸 〈두보 연보(杜甫年譜)〉는 이 〈두보전〉을 많이 참고하였다.

궈모뤄(→38)의 〈이백과 두보(李白與杜甫)〉 등이 나와서 이백과 두보의 평가에 관한 여러 가지 논쟁이 계속되고 있는데, 오늘날에 이르기까지 두보는 이백과 더불어 여전히 중국 시인의 최고봉으로 평가되고 있다.

두보의 작품과 시풍은 우리나라도 큰 영향을 미쳤다. 고려(高麗, 918~1392)의 이색(李穡, 1328~1396, 고려 말의 문신이며 학자)과 이제현(→399)이 크게 영향을 받았고, 중국인 채몽필(蔡夢弼)의 저작 〈두공부 초당시전(杜工部初唐詩箋)〉, 황학(黃鶴) 보주(輔註)의 〈두공부시 보유(杜工部詩輔遺)〉 등이 복간(複刊)되었다고 전한다.

조선(朝鮮, 1392~1910) 시대에는 그의 작품이 특히 높이 평가되었는데, 〈찬주분류두시(纂註分類杜詩)〉가 다섯 차례나 간행되었고, 성종(成宗, 1457~1494, 조선의 제9대 왕. 재위 1469~1494) 12년(1481)에는 유윤겸(→346) 등이 왕명(王命)을 받들어 그의 시를 우리말로 번역한 전역서(全譯書) 〈분류두공부시언해(分類杜工部詩諺解, 杜詩諺解)〉(모두 25권)를 간행하였다. 또한 이른바 '한문 4대가[漢文四大家, 조선 중기 문장에 뛰어났던 신흠(申欽, 1566~1628, 조선의 문신)·이식(李植, 1584~1647, 조선의 문신이며 학자·문장가)·이정구(李廷龜, 1564~1635, 조선의 문인)·장유(張維, 1587~1638, 조선의 문신) 등 네 사람을 일컫는 말. '사대 문장가(四大文章家)'라고도 하며, 이들의 호를 한 자씩 따서 '월상계택(月象谿澤)'이라고도 한다.]'의 한 사람인 이식의 〈찬주두시택풍당비해(纂註杜詩澤風堂批解)〉(모두 26권)는 두시(杜詩)가 우리나라에 들어온 이후의 유일한 전문서이다.

그 뒤의 것으로 이병주(李丙疇, 1921~1992, 한국의 국문학자)의 〈두시언해비주(杜詩諺解批註)〉[통문관(通文館), 1958], 양상경(梁相卿, 1903~?, 한국의 시조 시인)의 〈두시선(杜詩選)〉(1973) 등이 있다.

144

두심언

杜審言 648? ~ 708

중국 당(唐)나라(618~907)의 시인.

자(字)는 필간(必簡).

후베이성(湖北省) 샹양(襄陽) 출신이라고 하는데, 일설에는 산시성(山西省) 시안(西安)이라고도 한다.

육조 시대[六朝時代, 222~589, 중국 삼국 시대 오(吳)나라(222~280)·동진(東晉, 317~419)과 남조(南朝)의 송(宋)나라(420~479)·제(齊)나라(479~502)·양(梁)나라(502~557)·진(陳)나라(557~589)를 합한 시대] 진(晉)나라(265~419)의 명장(名將)이며 학자인 두예(杜預, 224~284)의 후손이며, 성당{盛唐, 현종[玄宗, 685~762, 중국 당나라의 제6대 황제. 재위 712~756. 이융기(李隆基)]의 개원(開元, 713)으로부터 대종[代宗, 726~779, 중국 당나라의 제8대 황제. 재위 762~779. 이예(李豫)]의 영태(永泰, 765)까지 약 50년간}의 대시인(大詩人) 두보(→143)의 할아버지이다.

670년(22세) 진사시(進士試)에 급제(及第)하고, 허난성(河南省) 뤄양(洛陽)의 승(丞)·선부(膳部) 원외랑(員外郎) 등 지방의 벼슬을 지냈고, 측천무후(則天武后, 624~705, 중국 당나라의 제3대 황제 고종의 아내. 중국 역사상 유일한 여황제. 재위 690~705)의 부름을 받고 영신(佞臣) 장역지(張易之, ?~705)의 뒤를 이어 저작좌랑(著作佐郎)이 되었다. 측천무후 때 대표적인 궁정(宮廷) 시인으로 송지문(→243)·심전기(→260)와 견주었다. 그러나 측천무후 정권(政權)이 무너지고 장역지가 죽임을 당하자, 그의 보호를 받았던 사실 때문에 봉주[峰州, 북베트남의 교지(交地)]로 유배당하였다.

유배에서 풀려나온 뒤 수도(首都)로 돌아와 국자감(國子監) 주부(主簿)·수문관(修文館) 직학사(直學士)의 벼슬에까지 올랐다.

젊어서부터 문명(文名)을 떨쳐 소미도(蘇味道, 668~705, 중국 당나라의 문장가)·이교(→361)·최융(崔融, 652~705, 중국 당나라의 문장가)과 함께 '문장사우(文章四友)'라고 일컬어졌다.

오언율시(五言律詩)에 빼어나고 재능이 풍부하였으나 성품이 오만하여 사람들의 미움을 받았다. 오늘날 시 43수(首)만이 전하며, 〈당시선(唐詩選)〉에 8수가 실려 있다.

145

라이 산요

賴山陽 1780. 12. 27. ~ 1832. 9. 23.

일본의 시인.

이름은 노보루(襄).

혼슈(本州) 서부 아키 한(安藝藩)의 슌스이(春水, 1746~1816, 일본의 유학자이며 시인)의 맏아들로, 혼슈 서부 오사카(大阪)에서 태어났으며, 남서부 주고쿠(中國) 지방 히로시마(廣島)에서 자랐고, 교토(京都, 794~1868년 일본의 수도)에서 죽었다.

1798년(18세) 에도(江戶, 지금의 도쿄)로 유학하여 비토 지슈(尾藤二洲, 1745~1814, 일본의 유학자) 문하(門下)에서 공부하였다. 나중에 병 때문에 상속인 자격을 박탈당하고 고향을 떠나, 간차산(管茶山)의 사설 학교 사감(舍監)을 지내다가, 1811년(31세) 교토에 학교를 열고 시를 가르쳤다.

1818년(38세) 남부 규슈(九州) 지방 여행을 통하여 문인(文人)·유학자들과 널리 교유(交遊)하면서 시적(詩的) 재능을 발휘하였으며, 교토로 돌아온 뒤에는 시인·문장가로 활약하였다.

종래의 풍물시(風物詩) 외에도 새롭게 에이시(詠史, 역사적인 사건이나 인물을 읊은 시가)라는 장르를 개척하였고, 〈일본 악부(日本樂府)〉(1828)를 발표하였다. 또한 〈일본 외사(日本外史)〉(모두 22권, 1826)·〈일본 정기(日本政記)〉(모두 16권, 1832) 등의 통속적인 역사서를 저술하여 힘차고 생기 넘치는 문장으로 널리 사랑을 받았고, 후세의 사람들에게도 큰 영향을 끼쳤다.

이 밖에 〈산요 유고(山陽遺稿)〉·〈산요 시초(山陽詩鈔)〉(모두 8권, 죽은 뒤인 1833년 출판) 등이 있다.

146

류야쯔

柳亞子 1887. 5. 28. ~ 1958. 6. 21.

중국의 혁명 시인.

본명(本名)은 기츠(棄疾), 구명(舊名)은 웨가오(慰高), 자(字)는 안루(安如), 야쯔(亞子)는 호(號).

장쑤성(江蘇省)에서 태어났다.

1903년(16세) 장쑤성 상하이(上海)의 애국학사(愛國學社)에서 공부하였고, 1906년(19세) 동맹회(同盟會)·광복회(光復會)에 가입하였다.

1909년(22세) 장쑤성 쑤저우(蘇州)에서 천취빙(陳去病, 1874~1933) 등과 혁명적인 문학 단체 '남사(南社)'를 만들어 중심적인 역할을 하였고, 신해 혁명(辛亥革命, 1911. 10. 10.~1912. 2. 12.) 뒤에는 쑤만수(→262)와 교유(交遊)하였다.

1924년(37세) 중국 국민당(中國國民黨, Kuomintang of China, 1912년 창당)에 입당하여 중앙 감찰 위원 등을 지냈으나, 1926년(39세)의 제2회 전국대표대회에 실망, 1927년(40세) 장제스(蔣介石, 1887~1975, 중국의 군인이며 정치가. 국민 정부의 주석)의 4·12 쿠데타[1927년 4월 12일 상하이에서 벌어진 중국 공산당(中國共産黨, Chinese Communist Party, 1921년 창당)에 대한 국민당의 대대적인 공격을 가리킨다. '상하이 쿠데타' 또는 '4·12 사건'이라고 한다.] 뒤에 일본으로 망명하였다.

1928년(41세) 귀국하여 장제스 반대 활동을 하며, 상하이의 통지관장(通志館長)으로 상하이사(上海史) 연구를 지도하였다.

1941년(54세) 국민당에서 제명되어 홍콩(香港)에서 〈광명보(光明報)〉 편집에 참여하였고, 민주정단동맹(民主政團同盟) 결성을 도왔다.

중·일 전쟁[中日戰爭(Second Sino-Japanese War), 1937. 7. 7.~1945. 9. 2.] 중에는 쑹칭링[宋慶齡, 1890~ 1981, 쑨원(孫文, 1866~1925, 중국 혁명의 선도자이며 정치가)의 아내] 등과 항일(抗日) 운동에 참여하였다. 중·일 전쟁이 끝나기 직전에 쓰촨성(四川省) 충칭(重慶)에 와서 삼민주의동지연합회(三民主義同志聯合會)를 발기(發起)하였고, 1948년(61세) 홍콩에서 민주동맹 중앙 집행 위원·국민당 혁명위원회 비서장 등을 지냈다.

1949년(62세) 중화인민공화국 정권(政權)이 수립되자 중앙 인민 정부 위원, 1953년(66세) 화뚱(華東) 행정위원회 부주석(副主席)이 되었고, 1958년(71세)에는 전국인민대표대회 상무위원회 위원, 국민당 혁명위원회 중앙 상무 위원, 민주동맹 중앙 위원직을 겸하였다.

그의 비분강개(悲憤慷慨)가 넘치는 시풍(詩風)에 대하여 궈모뤄(→38)는 '현대의 굴원(→37)'이라고 평하였다.

그의 작품이 〈남사 총선(南社叢選)〉(1927)·〈승부집(乘桴集)〉(1929) 등에 실려 있으며, 쑤만수와의 친교가 두터워 〈쑤만수 전집〉(모두 5권, 1928)과 〈쑤만수 필기 소설집((蘇曼殊筆記小說集)〉(1936) 등을 편집하였다.

죽은 뒤에 〈류야쯔 시사선(柳亞子詩詞選)〉(1959)과 〈류야쯔 시선(柳亞子詩選)〉(1981) 등이 출판되었다.

147

리광톈

李廣田 1906 ~ 1968. 11. 2.

중국의 시인이며 소설가·산문 작가.

산둥성(山東省) 빈저우(濱州) 저우핑현(鄒平縣)에서 태어났다.

베이징대학(北京大學, Peking University, 1898년 설립) 영문과를 졸업한 뒤, 동문(同門)인 볜즈린(→208)·허치핑(→510)과 함께 시집 〈한원집(漢園集)〉(1935)을 펴내면서 '한원 3시인(漢園三詩人)'으로 일컬어졌다.

1937년(31세)까지 교사 생활을 하면서 노인·소년·작은 동물 등 섬약한 것에의 애정과 그리움을 서정적인 산문으로 묘사한 소품집 〈화랑집(畫廊集)〉(1936) 등을 발표하였다.

중·일 전쟁[中日戰爭(Second Sino-Japanese War), 1937. 7. 7.~1945. 9. 2.]이 일어나 학교가 이동함에 따라 쓰촨성(四川省)으로 자리를 옮겼다. 1941년(35세) 이후 윈난성(雲南省) 쿤밍(昆明)의 시난연합대학(西南聯合大學)에서 원이둬(→332)·주쯔칭(→467) 등과 문학을 강론(講論)하였고, 중국 국민당(中國國民黨, Kuomintang of China, 1912년 창당) 정책에 반대하는 민주화 운동에 참여하였다.

2차 대전(1939. 9. 1.~1945. 9. 2.) 뒤 잡지 〈문예부흥(文藝復興)〉에 중편 소설 〈인력(引力)〉을 연재, 점령하의 한 여교사가 민족 의식에 눈떠 가는 모습을 그려 호평을 받았다.

난카이대학(南開大學)·칭화대학(清華大學, Tsinghua University, 1911년 설립)에서 문예학을 강의하였고, 윈난대학(雲南大學) 부학장을 거쳐 1957년(51세) 5월 학장이 되었으며 중국작가협회(中國作家協會) 이사가 되었다. 그러나 1966년(60세) '프롤레타리아 문화 대혁명(文化大革命, the Great Cultural Revolution, 1966~1976. 文革)'에서 반동 교육자로 비판받았다.

그의 시론(詩論)에 대해서는 〈시적 예술(詩的藝術)〉(1943), 문학 교육론에 대해서는 〈시문학 교육(詩文學教育)〉(1951), 몇십 권의 산문집의 개요는 자선(自選) 〈산문 30편(散文三十篇)〉(1956)에서 살펴볼 수 있다.

148

리지

李季 1922 ~ 1980

중국의 시인.

본명(本名)은 리전평(李振鵬).

농부의 아들로, 허난성(河南省)에서 태어났다.

1938년(16세) 뤄촨(洛川)의 항일군정대학(抗日軍政大學) 분교(分校)에서 교육을 마친 뒤, 타이항산(太行山)에서 부대의 정치 지도원을 지냈으며, 1943년(21세)부터 산깡 닝변구(陝甘寧邊區)에 농촌 공작을 하였다.

1946년(24세) 서사시 〈왕귀(王貴)와 이향향(李香香)〉을 발표하였다. 산뻬이(陝北) 민요 신천유(信天遊)의 형식에 따라 활기에 넘친 문장으로, 이 시는 마오쩌둥(毛澤東, 1893~1976, 중국 공산주의 이론가이며 군인·정치가. 중화인민공화국의 주석. 재임 1949~ 1959)의 〈문예 강화(文藝講話)〉(1942) 뒤 새로운 시의 시대를 개척하였다.

1948년(26세) 산시성(陝西省) 옌안(延安)의 군중일보사(群衆日報社) 부간편집(副刊編集)을 지냈고, 1949년(27세) 중화인민공화국 정권(政權)이 성립된 뒤 후베이성(湖北省)의 성도(省都) 우한(武漢))의 〈장강문예(長江文藝)〉 편집장을 지냈다.

1953년(31세) 이후에는 서북 지방 여러 곳의 유전(油田)에서 생활하면서 시작(詩作) 활동도 계속하였다.

'프롤레타리아 문화 대혁명(文化大革命, the Great Cultural Revolution, 1966~1976. 文革)' 뒤에 〈시간(詩刊)〉·〈인민문학(人民文學)〉 편집장을 지냈다.

시집 〈국화석(菊花石)〉(1951), 서사시 〈생활의 노래〉(1954)·〈곤륜(崑崙)을 바라보며〉(1963), 3부로 된 장편 〈양고전(楊高傳)〉(1958~1960)이 있고, 〈옥문 시초(玉門詩抄)〉(1955) 등의 단시집(短詩集)을 펴냈다.

149

마명

馬鳴 80? ~ 150?

고대 인도의 불교 시인이며 철학자.

범명(梵名)은 아슈바고샤(Aśvaghoṣa).

인도 북부 우타르프라데시(Uttar Pradesh) 주 아요디아(Ayodhya)에서 태어났으며, 페샤와르[Peshāwar, 지금의 파키스탄 북서부 노스웨스트프런티어(North West Frontier) 주의 주도(州都)]에서 죽었다.

카스트[caste, 인도 사회 특유의 신분 제도. 브라만(Brahman, 사제·성직자), 크샤트리아(Kshatriya, 귀족·무사), 바이샤(Vaisya, 상인·농민·지주), 수드라(Sudra, 소작농·청소부·하인)의 네 가지로 분류된다.]의 최고 계급인 브라만 출신이었다.

전설에 의하면 대단한 불교 반대론자였는데, 전통적인 베단타(Vedanta)의 종교(힌두교)와 중도(衆徒)의 종교(불교)의 가치를 비교하는 열띤 토론을 이름난 불교 학자와 벌인 뒤 불교의 가치를 인정하고 이전에 자기의 논적(論敵)이었던 사람의 제자가 되었다고 한다. 그 뒤에 불교에 귀의(歸依)하여 뛰어난 대승 불교(大乘佛敎) 학자가 되었다.

또한 열렬한 불교도인 카니슈카 왕[Kaniska, ?~?, 인도 쿠샨 왕조(Kushan Empire, 30~375)의 제3대 왕. 재위 140?~170?]이 석가모니[釋迦牟尼, B.C.563?~B.C.483?, 불교의 개조(開祖)]가 처음으로 설법(說法)하였던 우타르프라데시 주 바라나시[Vārānasī, 베나레스(Benares)]를 정복하고 나서 엄청난 전쟁 배상금을 요구하였을 때 바라나시의 통치자는 석가모니와 마명이 사용하였다는 발우(鉢盂)를 상징적인 공물(供物)로 넘겨 주었다. 그 뒤 마명은 카니슈카 왕의 존숭(尊崇)을 받아 정신적인 고문관(顧問官) 지위에 올랐다.

빼어난 웅변가로서 자신이 일익을 담당하여 개최한 제4차 불교 결집에서 대승 불교 교리(敎理)를 상세히 설명하였고, 주로 대승 불교의 복잡한 개념들을 설명하는 능력으로 명망이 높았으며, 불교의 발전과 보급에 크게 이바지하였다.

〈라마야나[Rāmāyaṇa(Rama's Journey), '라마가 나아간 길']〉[고대 인도의 산스크리트(Sanskrit) 어(語)로 된 대서사시. 모두 7편, 2만 4,000시절(詩節)로 이루어져 있으며, 〈마하바라타(Mahābhārata)〉와 더불어 세계 최장편 서사시]의 영향을 받은 산스크리트 문학의 최고봉인 칼리다사(→482)의 선구자로, 기교적인 카비아(kavya, 美文體) 문학 발달의 초석이 되었던 점에서 고전(古典) 산스크리트 문학사상(文學史上) 불후(不朽)의 업적을 남겨 '산스크리트 희곡의 아버지'로 일컬어지고 있다.

〈불소행찬(佛所行讚, 부다차리타, Buddhacarita)〉과 〈손타리나타시(孫陀利羅陀詩, 사운다라난다 카비아, Saun-darānanda-Kāvya)〉는 그의 풍부한 시재(詩才)를 가장 잘 나타내고 있는 걸작이다. 전자(前者)는 석가모니의 생애와 교의(敎義)를 격조 높게 읊은 서사시이며, 후자(後者)는 아난타(阿難陀, ?~?, 인도의 승려. 석가모니의 10대 제자 가운데 한 사람. Ananda)가 빼어나게 아름다운 아내 순다리(孫陀利, Sundarī)에의 애집(愛執)을 버리고 성자(聖者)의 경지에 들어 대승 불교적인 사도(師徒)가 되기까지의 경위를 유려한 시로 표현한 작품이다.

〈대장엄론경(大莊嚴論經, Sūtrālaṃkāra)〉은 경건한 전설을 집록(集錄)하여 이를 유려한 운문(韻文)과 산문으로 옮겨 놓은 것이다.

이 밖에 예로부터 대승 불교의 입문서로 널리 읽히는 〈대승기신론(大乘起信論, Mahāyāna-śraddhotpāda śāstra)〉, 카스트 제도를 부인(否認)하는 〈금강침론(金剛針論, 바즈라수치, Vajrasūcī)〉, 불덕(佛德)을 찬탄하는 〈건추범찬[犍椎梵讚, 간디스토트라가타(Gaṇḍīstotragāthā)]〉도 그의 저작으로 전하여지는데 확실하지는 않다.

150

마사오카 시키

正岡子規 1867. 10. 14. ~ 1902. 9. 19.

일본의 시인이며 수필가·문학 평론가.

본명(本名)은 마사오카 스네노리(正岡常規).

시코쿠(四國) 북서부 에히메현(愛媛縣) 마쓰야마(松山)의 무사(武士) 집안에서 태어났다.

1883년(16세) 공부하기 위하여 도쿄로 갔으며, 1885년(18세)부터 시를 썼는데, 4년 뒤에 결핵에 걸려 평생 동안 병약(病弱)하게 살았다.

1890(23세)~1892년(25세) 도쿄제국대학[東京帝國大學, 도쿄대학의 전신(前身)]에서 공부하였으며, 그 뒤 출판사에 들어갔다. 이 무렵 이미 몇백 년 동안 시의 주제와 어휘를 규정해 온 낡은 규칙에서 시를 해방하려면 새로운 문학 정신이 필요하다는 것을 느꼈다.

1900년(33세) 신문 〈니혼(日本)〉에 발표한 평론 〈서사문(敍事文)〉에서 자기의 이론을 설명하기 위하여 '샤세이(寫生, 자연을 있는 그대로 묘사하는 것)'라는 낱말을 도입하였으며, 시인은 사물을 있는 그대로 제시하고 평상시에 쓰는 말로 표현해야 한다고 주장하였다. 또한 논설을 통하여 〈만요슈(萬葉集)〉[일본 고유의 시를 모아 엮은, 가장 오래 된(8세기쯤) 최대 규모의 시가집(詩歌集)]와 하이쿠(俳句, 5·7·5의 3구 17자로 구성된 일본 고유의 짧은 시) 시인인 요사 부손(→322)에 대한 관심을 새로 불러일으키는 등 하이쿠와 단카[短歌, 하이쿠와 더불어 일본의 전통적 시가를 대표하는 단시(短詩). 정형시(定型詩)로, 5구 31음절로 되어 있다.]를 되살리는 데 노력하였다.

시뿐 아니라 〈병상 육척(病床六尺)〉을 비롯한 수필에서도 자신의 병에 대하여 자주 이야기하였지만, 그의 작품은 놀랄 만큼 초연하여 자신에 대한 연민은 거의 찾아볼 수 없다.

151

마쓰나가 데이토쿠

松永貞德 1571～1654. 1. 3.

일본의 학자이며 시인.

본명(本名)은 마쓰나가 가쓰구마(松永勝熊). 쇼유켄(逍遊軒)·조즈마루(長頭丸)라고도 한다. 데이토쿠(또는 데이몬) 유파(流派)를 창시하였다.

전문적인 렌가[連歌, 두 사람 이상이 와카(和歌)를 번갈아 읊어 나가는 형식의 시] 시인의 아들로, 교토(京都, 794~1868년 일본의 수도)에서 태어났다.

당시의 시인들에게 교육을 받았으며, 하야시 라잔(林羅山, 1583~1657, 일본의 학자)과 알게 된 뒤에는 시민들에게 일본 고전 문학(古典文學)을 공개로 강의하였다.

1620년(49세)쯤부터 집에 데이토쿠학교(貞德學校)를 세우고 어린이 교육에 전념하였으며, 차츰 큰 뜻을 품은 젊은 시인들을 가르치는 일에 더 많은 관심을 기울였다. 교육에 열중하면서도 많은 시를 썼는데, 진지한 와카[和歌, 중국의 한시(漢詩)와 대조되는 것으로, 일본 고유의 시]와 렌가가 대부분이었지만 가벼운 하이카이(俳諧, 코믹한 렌가)도 있었다. 익살스러운 렌가인 하이카이[마쓰오 바쇼(→152)의 좀더 진지한 17음절 하이쿠(俳句)는 여기에서 유래하였다.]를 누구나 받아들일 만한 문학적인 수준으로 끌어올렸고 인기 있는 시 형식으로 발전시켰다.

제자들 중 한 사람이 그의 하이카이를 묶어서 문집 〈에노코슈(犬子集)〉(1633)를 펴냈다. 이 책 덕분에 17세기 초와 중엽의 지도적인 시인으로 자리를 굳혔으며, 많은 시인들이 영향을 받아서 하이카이를 지었다.

이 밖에도 〈다카쓰쿠바(鷹筑波)〉(1638)·〈신조이누쓰쿠바슈(新造犬筑波集)〉를 비롯한 여러 권의 시집을 펴냈다. 또한 〈고산(御傘)〉(1651)에서는 하이카이를 짓기 위하여 자신이 고안한 규칙을 설명하였다.

152

마쓰오 바쇼

松尾芭蕉 1644～1694. 11. 28.

일본의 시인.

본명(本名)은 무네후사(宗房).

이가구니[伊賀國, 지금의 혼슈(本州) 미에현(三重縣)] 우에노(上野)에서 태어났으며, 혼슈 서부 오사카(大阪)에서 죽었다.

일찍부터 하이쿠(俳句, 5·7·5의 17음절로 구성된 일본 고유의 짧은 시)에 관심을 가졌지만, 처음에는 문학에 대한 관심을 접어 두고 고향의 봉건(封建) 영주(領主)이며 하이쿠 시인이었던 도도 요시타다(藤堂良忠, 1642~1666) 밑에서 시종(侍從)으로 일하였다. 그러나 1666년(22세) 도도 요시타다가 요절(夭折)하자 사무라이(武士)의 지위를 버리고 시에 전념하였다.

도도 요시타다에게 처음으로 하이쿠를 배웠고, 기타무라 기긴(北村季吟, 1625~1705, 일본의 시인)에게 하이쿠와 고전(古典)을 배웠다.

1670년(26세) 에도(江戶, 지금의 도쿄)로 나와, 시인이며 문학 평론가로 차츰 명성을 얻었으며, 1672년(28세) 〈가이오오이(貝おほひ)〉를 펴냈다.

1679년(35세)에는 '새로운 형식'으로 된 첫 번째 시를 썼는데, 이 형식으로 널리 알려졌다. '마른 나뭇가지 위에/까마귀 한 마리가 내려앉았다/가을의 해질녘'과 같은 시구(詩句)가 불러일으키는 소박한 서술적 분위기와 서로 관계가 없는 두 현상을 비교하고 대조하는 기법은 바쇼 문체(文體)의 특징이 되었다.

하이쿠에 불교 선종(禪宗)의 정신을 불어넣고 이 형식을 널리 인정받는 예술 표현 수단으로 만들어, 하이쿠 형식의 의미와 전통을 풍부하게 해 주었다. 당시 하이쿠는 사소하지만 인기 있는 문학적 오락으로서 시중에 떠도는 덧없는 소문을 암시하고 형식에 지나치게 의존하는 것이 특징이었다. 그러나 그는 이러한 진부(陳腐)한 하이쿠의 테두리를 과감하게 뛰어넘으려고 애썼으며, 하이쿠는 참신하면서도 영원해야 한다고 주장하였다. 불교의 선종 철학을 바탕으로 하여 사소한 것 뒤에 숨겨진 가능성을 드러내고 삼라만상(森羅萬象)의 상호 의존 관계를 보여 줌으로써 세계의 의미를 단순한 시 형식에 압축·표현하려고 애썼다.

1683년(39세)에는 에노모토 기카쿠(榎本基角, 1661~1707, 일본의 문인)의 편집으로 〈쭉정밤(虛栗, みなしぐり)〉을 완성하였다.

1684년(40세)부터 여행을 시작하였는데, 나중에 이어진 숱한 여행은 그의 작품에서 중요한 역할을 하였다. 〈노자라시 기행(野ざらし紀行)〉 등 그의 여행 이야기는

여행길에서 본 다양한 광경을 기록한 하이쿠뿐 아니라 그 하이쿠의 배경을 설명해 주는 아름다운 산문으로도 높은 평가를 받고 있다.

1689년(45세) 3월 27일 에도를 떠나 그 해 9월 6일 오가키(大垣)까지 약 150일 동안 2,400km에 이르는 북부 지방을 여행하고 쓴 〈오쿠로 가는 작은 길(奧の細道)〉(1694)은 가장 아름다운 이론 문학 작품 가운데 하나이다. 또한 여행하는 동안에 현지의 시인들을 만나 렌가[連歌, 두 사람 이상이 와카(和歌)를 번갈아 읊어 나가는 형식의 시]를 짓는 솜씨를 겨루었는데, 솜씨가 워낙 뛰어났기 때문에 일부 문학 평론가들은 렌가를 그의 대표작으로 간주한다.

그가 렌가를 짓기 시작하였을 당시에는 이어지는 시구 사이의 관계가 대체로 말장난에 의존하고 있었지만, 그는 시인은 단순히 말솜씨만 좋아서는 안 되며 '향기'와 '메아리', '조화'를 비롯한 섬세한 이미지의 연상(聯想)에 따라 시구를 연결하여야 한다고 주장하였다.

그가 시를 묘사할 때 흔히 쓰는 용어는 '사비(寂)'였다. 이것은 예스러운 것, 한적한 것, 빛바랜 것, 은근한 것에 대한 사랑을 의미하였다. 이러한 특징은 '국화 향기……/그리고 나라(奈良)에 있는/고색 창연한 불타(佛陀)들'과 같은 시구에 잘 나타나 있다. 여기에서 시든 국화 향기는 옛 수도(首都) 나라에 있는 오래 된 불상(佛像)들, 먼지를 뒤집어쓰고 칠이 벗겨져 가는 불상들의 시각적인 형상과 어우러진다.

자신이 쓴 시의 온화한 정신과 일치하는 삶을 살면서, 당시에 널리 퍼져 있던 화려함과는 대조적인 검소하고 소박한 은둔 생활을 하였다. 사회와 완전히 관계를 끊고 '바쇼안(芭蕉庵)'이 있는 에도의 후카가와(深川)로 들어가곤 하였는데, '바쇼안'은 자신의 필명(筆名)을 따서 지은 소박한 오두막이었다. 후세 사람들은 그의 인간성과 그의 시를 기려 하이쿠의 성인(聖人)으로 추앙하였다.

주로 심오한 인생과 자연을 읊었으며, '쇼후(蕉風)'의 하이쿠를 확립하여 후세에 영향을 미쳐 많은 문인들을 배출하였다.

구집(句集)으로 '바쇼 칠부집(芭蕉七部集)'으로 일컬어지는 〈겨울날(冬の日)〉(1684)·〈봄날(春の日)〉(1686)·〈황야(荒野)〉(1689) 등이 있고, 하이분(俳文, 하이쿠의 맛을 지닌 산문) 〈환주암기(幻住庵記)〉(1690) 등이 있다.

153 막시룡

莫是龍 1539?~1589?

중국 명(明)나라(1368~1644)의 화가이며 시인.

자(字)는 운경(雲卿)·정한(廷韓), 호(號)는 추수(秋水)·후붕(後朋).

막여충(莫如忠, 1508~1588, 중국 명나라의 학자이며 관리)의 아들로, 장쑤성(江蘇省) 화팅[華亭, 지금의 상하이(上海)]에서 태어났다.

어려서부터 시와 서화(書畫)에 뛰어나 10세 때부터 문장을 지었으며, 14세에 군(郡)의 제생(諸生)에 보임(補任)되고 다시 공생(貢生)이 되었고, 정시(廷試)에서 1등을 하는 등 수재였다.

중년에 국학(國學)에 들어갔으나 한림원(翰林院) 대조(待詔) 벼슬을 사양하고 일생을 평민으로 청빈하게 보냈다.

시는 당(唐, 618~907)을, 문(文)은 전한(前漢, B.C.202~A.D.9)을 종(宗)으로 삼았으며, 글씨는 종요[鍾繇, 151~230, 중국 삼국 시대 위(魏)나라의 정치가이며 서가(書家)]·왕희지(王羲之, 307~365, 중국 동진의 서예가)·미불(米芾, 1051~1107, 중국 북송의 서예가이며 화가)을 법으로 삼았다.

산수화(山水畫)를 잘 그렸는데 황공망(黃公望, 1269~1354, 중국 원나라의 화가)을 배워 우아한 풍격이 있었다. 동기창(董其昌, 1555~1636, 중국 명나라의 문인이며 화가·서예가)과 함께 주창(主唱)한 남북이종론(南北二宗論)은 나중에 상남폄북설(尙南貶北說)이 되어 남종화(南宗畫)의 우위(優位)를 결정짓는 근본이 되었다. 이것은 그림의 기술을 중시하는 북화(北畫)에 대하여 휘호자(揮毫者)의 정신과 교양을 중시하는 남화(南畫)의 우위성을 강조한 것이다.

동기창의 남북이종론을 부연한 화론서(畫論書) 〈화설(畫說)〉이 있고, 이 밖에 지은 책으로 〈막정한 유고(莫廷韓遺稿)〉·〈석수재집(石秀齋集)〉 등이 있다.

154 매요신

梅堯臣 1002~1060

중국 북송(北宋, 960~1126)의 시인.

자(字)는 성유(聖俞), 호(號)는 원릉(宛陵).

안후이성(安徽省) 쉬안청(宣城)에서 태어났으며, 허난성(河南省) 변경[汴京, 지금의 카이펑(開封)]에서 죽었다.

인종(仁宗, 1010~1063, 중국 북송의 제4대 황제. 재위 1022~1063)의 명(命)으로 진사(進士)가 되고, 지방 관리(官吏)로 전전하다가 동무 구양수(→32)의 추천으로 중앙 관리인 국자감(國子監) 직강(直講, 대학 교수)이 된 것은 그의 나이 55세가 된 때로, 관리로서는 불우하였다.

그러나 구양수 · 소순흠(→237) 등과 같이 성당시(盛唐詩)를 본으로 하여 당시에 유행하던 서곤체(西崑體)의 시가 전고(典故)를 쓰고 너무 화려한 수식을 하는 섬세하고도 교묘한 폐풍을 일소하고, 이(蝨) · 지렁이 · 구더기 등을 소재로 한 일상적인 범사(凡事)를 통하여 자기 감정을 솔직하게 표현하는 시풍(詩風)을 주장하여 새로운 송시(宋詩)의 개조(開祖)가 되었다.

'시란 대상을 적확하게 잡아서 이것을 세밀하게 서술하는 데 있다.'고 말하며, 각고(刻苦)하여 고아(高雅)한 격조와 신선한 발상에 넘치는 시를 지었다. 세련되고 정밀한 구법(句法)이 특징이며, 두보(→143) 이후 최대의 시인이라고까지 상찬(賞讚)을 받았다. 그의 오언율시(五言律詩)는 왕유(→314)를 닮았다고 하며, 대구(對句)이면서 2구가 따로따로 떨어져 있는 것이 아니라 하나의 의미를 구성하는 '십자격(十字格)'이라는 특수한 기법을 사용하였다.

정의(情義)가 두터웠으며 권귀(權貴)에 아첨하지 않고, 담론과 음주(飮酒)를 즐겼으며, 명사(名士)들과의 교유(交遊)가 많았다.

시문집(詩文集) 〈원릉집(宛陵集)〉(모두 60권)이 있고, 〈손자(孫子)〉 13편의 주(註)와 〈당재기(唐載記)〉(모두 26권) 등이 전해지고 있다.

155

매창

梅窓 1573(선조 6) ~ 1610(광해군 2)

조선(朝鮮, 1392~1910)의 여류 시인.

본명(本名)은 이향금(李香今), 자(字)는 천향(天香), 매창은 호(號). 계유년(癸酉年)에 태어났으므로 계생(癸生) 또는 계랑(癸娘 · 桂娘)이라고도 하였다.

전라북도 부안읍(扶安邑) 아전 이탕종(李湯從)의 딸로, 아버지가 돌아가신 뒤 기녀(妓女)가 되었다. 시문(詩文)과 거문고에 뛰어나 당대(當代)의 문사(文士) 유희경(→353) · 이귀(李貴, 1557~1633, 조선의 문신) · 허균(許筠, 1569~1618, 조선의 문신이며 문학가) 등과 교유(交遊)가 깊었으며, 권필(權韠, 1569~1612, 조선의 문인) · 심광세(沈光世, 1577~1624, 조선의 문신) · 임서(林惰, 1570~1624, 조선의 문신) · 한준겸(韓浚謙, 1557~1627, 조선의 문신) 등 많은 문인(文人)들과 시를 주고받았다.

가사(歌詞)와 한시(漢詩)를 비롯하여 가무(歌舞) · 현금(玄琴)에 이르기까지 다재 다능한 예술인이었기 때문에 경기도 개성(開城)의 황진이(→524)와 더불어 조선 명기(名妓)의 쌍벽을 이루었다. 운초(→328) · 황진이와 함께 '조선 3대 시기(詩妓)'로, 허난설헌(→509) · 황진이와 함께 '조선 3대 여류 시인'으로 일컬어지고 있다.

시문의 특징은 가늘고 약한 선으로 자신의 숙명을 그대로 읊고 있으며, 시어(詩語)를 자유자재로 구사(驅使)하는 데서 그녀의 우수한 시재(詩才)를 엿볼 수 있다.

유희경의 시에 매창에게 주는 시가 10여 편이 있으며, 박효관(朴孝寬, ?~?, 조선의 가객)과 안민영(安玟英, ?~?, 조선의 가객)이 편찬한 시조집(時調集) 〈가곡원류(歌曲源流)〉에 실린 '이화우(梨花雨) 흣날릴 제 울며 잡고 이별한 님'으로 시작되는 매창의 시조는 유희경을 생각하며 지은 것이라는 주(註)가 붙어 있다.

허균의 〈성소부부고(惺所覆瓿藁)〉(모두 8권 1책, 1613)에도 매창과 시를 주고받은 이야기가 전하며, 매창의 죽음을 전해 듣고 애도(哀悼)하는 시와 함께 매창의 사람됨에 대한 간단한 기록이 있다.

1668년(현종 9) 여러 형태의 시 58수(首)를 모아 부안군 상서면(上西面) 감교리(甘橋里)에 있는 개암사(開巖寺)에서 목판본(木版本)으로 〈매창집(梅窓集)〉을 간행하였다고 하는데 전해지지 않으며, 가사와 한시 70여 수 외에 금석문(金石文)이 전해지고 있다.

이 밖의 작품으로 여성적인 정서를 읊은 〈견회(遣懷, '회포를 풀며')〉 · 〈무제(無題)〉 · 〈부안 회고(扶安懷古, '부안을 돌이켜 생각해 봄')〉 · 〈자한(自恨, '스스로 슬퍼함')〉 · 〈증취객(贈醉客, '취하신 임께')〉 · 〈추사(秋思, '가을의 마음')〉 · 〈춘원(春怨, '봄날의 시름')〉 등이 널리 알려졌다.

부안읍 봉덕리(奉德里)에 있는 묘비는 1655년(효종 6) 부풍시사(扶風詩社, 시를 즐기는 부안 풍류객들의 모임)가 세운 것인데, 내용 중에 1513년(중종 8)에 나서 1550년에 죽은 것으로 잘못 기록되어 있다. 〈매창집〉 발문(跋文)에 기록된 생몰 연대(生沒年代)가 정확한 것으로, 37살에 요절(夭折)하였다.

1974년 4월 27일 부안읍 서외리(西外里) 서림공원(西林公園)에 〈거문고를 타면서〉와 〈이화우(梨花雨)〉, 매창공원에 〈가을〉·〈님 그리워 병 낫어라(病中)〉(2010. 5. 14.)·〈어수대(御水臺)〉·〈옛 님을 생각하며〉·〈월명암(月明庵)에서〉·〈이화우〉·〈임 생각〉·〈취하신 님께〉 등과 유희경의 〈매화(梅花)를 생각하며〉를 새긴 시비(詩碑)가 세워졌다. 또한 이 공원에는 김민성(金民星, 1927~2003, 한국의 시인이며 수필가)의 〈매창 묘에서〉, 이병기(→370)의 〈매창뜸〉, 정비석(鄭飛石, 1911~1991, 한국의 소설가)의 〈매창 묘를 찾아서〉, 허균의 〈매창의 죽음을 슬퍼하며〉를 새긴 시비가 있다.

한편 1997년 7월 1일 부안군에서 서림공원에 〈백운사(白雲寺)〉를 새긴 시비를 세웠는데, 이 시는 매창의 시가 아닌 것으로, 잘못 알고 새긴 것이라고 한다.

2012년 9월 13일에는 서울 도봉구(道峰區) 도봉동 서울창포원(菖浦園)에 〈이화우〉가 새겨진 시비가 유희경의 〈매화를 생각하며〉를 새긴 시비와 나란히 세워졌다.

156

매화

梅花 ? ~ ?

조선(朝鮮, 1392~1910)의 여류 시조(時調) 시인이며 평양(平壤) 기녀(妓女).

황해도 곡산(谷山) 출신이라고 하는데, 확실하지는 않다.

'매화 녯 등걸에 춘절(春節)이 도라오니/녜 픠던 가지에 픠엄즉도 ᄒᆞ다마ᄂᆞᆫ/춘설(春雪)이 난분분(亂紛紛)ᄒᆞ니 필동말동 ᄒᆞ여라'라는 널리 알려진 시조 〈매화 옛 등걸에 봄철이〉의 지은이라고 한다. 이 시조는 유춘색(柳春色)이 평안 감사(平安監司)로 부임하여 매화와 가까이 지냈으나, 나중에는 춘설(春雪)이라는 기녀를 가까이 하자, 매화가 원망하며 지었다는 유래가 전해지는 작품이다. 세 사람의 이름을 넣어 지었으나 조금도 어색하지 않은 시조로, 문인화(文人畫)의 필치가 느껴지는 작품이다.

이 밖에 애절한 연정(戀情)을 읊은 〈꿈에 뵈는 님이 인연 없다〉·〈심중(心中)에 무한사(無限事)를 세세(細細)히〉·〈야심오경(夜深五更)토록 잠 못 이루어〉·〈죽어서 잊어야 하랴〉 등의 시조가 김천택(金天澤, ?~?, 조선 영조 때의 가객이며 시조 작가)의 시조집 〈청구영언(靑丘永言)〉(1728)에 전한다.

157

맹교

孟郊 751 ~ 814

중국 당(唐)나라(618~907)의 시인.

자(字)는 동야(東野), 시호(諡號)는 정요 선생(貞曜先生).

저장성(浙江省) 후저우(湖州) 우캉(武康)에서 태어났다.

진사시(進士試)에 두 차례나 낙방하였다가, 796년(45세)에 겨우 급제(及第)하였고, 여러 지방의 변변찮은 벼슬들을 맡아 보았다. 가정적으로도 불우하여 빈곤 속에서 죽었다.

장적(→431)·한유(→504)와 가까운 동무로 지냈으며, 시명(詩名)은 '한맹(韓孟)'으로 일컬어졌다. 한유와 비슷한 경향으로 표현의 기이(奇異)를 중시하였으며, 빈고(貧苦)·원한(怨恨)·우수(憂愁) 등을 읊은 시가 많다. 한유의 복고주의(復古主義, reactionism)에 동조하여 작품도 악부(樂府)나 고체시(古體詩)가 많았는데, 외면적인 고풍(古風) 속에 예리하고 창의적인 감정과 사상이 숨어 있다.

북송(北宋, 960~1126)의 강서파(江西派)에 영향을 끼쳤으며, 지은 책으로 〈맹동야 시집(孟東野詩集)〉(모두 10권)이 있다.

158

맹호연

孟浩然 689 ~ 740

중국 당(唐)나라(618~907)의 시인.

후베이성(湖北省) 샹양(襄陽)에서 태어났다.

젊은 시절에는 고향의 녹문산(鹿門山)에서 은둔 생활을 하며 공부에 힘썼다.

40세쯤에 처음으로 수도(首都) 창안[長安, 지금의 산시성(陝西省) 시안(西安)]으로 가서 왕유(→314)·장구령(→424) 등과 교유(交遊)하며 그 재능을 인정받았다. 그러나 진사시(進士試)에 낙방하여 고향으로 돌아왔다.

일찍이 왕유의 천거(薦擧)로 현종[玄宗, 685~762, 중국 당나라의 제6대 황제. 재위 712~756. 이융기(李隆基)]을 배알(拜謁)하였을 때 근작(近作)의 시를 올렸다가 '부재명주기(不才明主棄)'라는 구절 때문에 현종의 노여움을 사서 모처럼의 벼슬길을 놓쳤다는 일화(逸話)가 널리 전해지고 있으나, 사실이 아니라고 한다.

만년(晩年)에 재상(宰相)에서 좌천(左遷)되어 후베이성 형주[荊州, 지금의 장링(江陵)]의 수령을 지내던 장구령의 부탁으로 잠시 그 밑에서 일한 것 이외에는 벼슬에 오르지 못하였다.

왕유와는 '왕맹(王孟)'으로, 왕유·위응물(→336)·유종원(→349) 등과 함께 '왕맹위유(王孟韋柳)'라고 일컬어졌다. 산수 자연파(山水自然派)의 대표적인 시인으로, 왕유가 자연의 정적(靜的)인 면을 객관적으로 노래한 데 비하여, 그는 인간과 친화된 자연을 노래하였다. 자연의 한적한 정취를 사랑한 작품을 많이 남겼는데, 그 중에서도 '춘안불각효 처처문제조 야래풍우성 화락화다소(春眠不覺曉 處處聞啼鳥 夜來風雨聲 花落知多少)'라는 〈춘효(春曉)〉의 시가 널리 알려졌다.

시집으로 〈맹호연집(孟浩然集)〉(모두 4권)이 있으며, 200수(首) 남짓의 시가 남아 있다.

159

모윤숙

毛允淑 1910(순종 4). 3. 5. ~ 1990. 6. 7.

한국의 여류 시인.

호(號)는 영운(嶺雲).

함경남도 원산(元山)에서 태어났으며, 함흥(咸興)에서 성장하였다.

1927년(17세) 경기도 개성(開城)의 호수돈여자고등보통학교(好壽敦女子高等普通學校), 1931년(21세) 이화여자전문학교[梨花女子專門學校. 이화여자대학교의 전신(前身)] 영문과를 졸업하였으며, 1935년(25세) 경성제국대학[京城帝國大學. 서울대학교의 전신] 영문과 선과(選科)를 수료하였다.

만주(滿洲) 지린성(吉林省) 옌볜(延邊) 조선족 자치주 룽징(龍井)의 명신여학교[明新女學校, 1920년 6월 4일 개교. 은진중학교(恩眞中學校, 1920년 2월 4일 개교)·영신중학교(永新中學校, 1921년 5월 28일 개교)·동흥중학교(東興中學校, 1921년 10월 1일 개교)·대성중학교(大成中學校, 1921년 10월 8일 개교)·광명중학교(光明中學校, 1926년 4월 20일 개교) 등 5개 학교와 1945년 1월 룽징중학교로 통합되었다.] 교사(1931), 배화여자고등학교(培花女子高等學校) 교사(1932), 〈삼천리(三千里)〉(월간 종합 교양지. 1929. 6.~1942. 1. 통권 150호로 종간) 기자, 경성방송국[京城放送局. 1926년 11월 30일 개국, 1927년 2월 16일 첫 방송(JODK), 1932년 4월 조선방송협회, 1945년 9월 서울중앙방송국(HLKA)으로 이름을 바꾸었다가 1973년 3월 문화공보부에서 독립하여 '한국방송공사(韓國放送公社)'로 전환하였다.] 기자(1935) 등으로 근무하였다.

1931년 〈동광(東光)〉(월간 종합 교양지. 1926. 5.~1933. 1. 통권 40호로 종간) 제18호(1931. 2.)에 시 〈피로 새긴 당신의 얼굴을〉을 발표하여 등단(登壇)하였고, 수필 〈이역(異域)의 일여교원(一女敎員)〉(〈동광〉 제23호, 1931. 7.)·〈추수(秋收)〉(〈동광〉 제27호, 1931. 11.) 등을 발표하였다.

1932년(22세) 김진섭(金晋燮, 1903~?, 한국의 수필가이며 독문학자)·서항석(徐恒錫, 1930~1985, 한국의 독문학자이며 극작가·연출가)·유치진(柳致眞, 1905~1974, 한국의 극작가이며 연출가) 등 주로 해외문학연구회(海外文學研究會) 회원들과 유형목(俞亨穆)·이웅(李雄)·홍해성(洪海星, 1893~1957, 한국의 연출가) 등이 주관하여 결성한 극예술연구회(劇藝術研究會, 1931. 7.~1938. 3.)에 가입하여 연극 운동에 참여하였다. 또한 시 〈활약(活躍)의 웃음 전해 주리니〉(〈동광〉 제31호, 1932. 3.)·〈추억(追憶)〉(〈삼천리〉 제4권 제3호, 1932. 3.)·〈봄을 찾는 마음〉(〈삼천리〉 제4권 제4호, 1932. 4.)·〈영원의 탑(塔)이 되라, 그 웃음을 봄 하늘 아래서〉(〈동광〉 제33호, 1932. 5.)·〈광야(曠野)로 가는 이〉[〈신동아(新東亞)〉 제8호, 1932. 6.]·〈왜 우느냐고〉[〈신생(新生)〉 제42호, 1932. 6.]·〈기억하느냐?〉(〈동광〉 제35호, 1932. 7.)·〈나그네의 하소〉[〈동방평론(東邦評論)〉 종간호, 1932. 7.]·〈오빠의 눈에〉(〈신동아〉 제9호, 1932. 7.)·〈물 소리〉(〈동광〉 제38호, 1932. 10.)·〈꿈에 본 수도사(修道師)〉(〈신생〉 제47호, 1932. 11.)·〈이 땅의 아들에게〉[〈동광총서(東光叢書)〉, 1932. 11.], 수필 〈내가 좋아하는 시〉(〈신동아〉 제12호, 1932. 10.)·〈이화 야화(梨花夜話)〉(〈신생〉 제48호, 1932. 12.)·〈눈 속의 그 남자〉(〈신동아〉 제14호, 1932. 12.) 등을 발표하였다.

1933년(23세) 10월 김활란(金活蘭, 1899~1970, 한국의

여성 운동가이며 교육자)과 이광수(李光洙, 1892~1950, 한국의 소설가)가 머리말을 써 준 처녀 시집 〈빛나는 지역〉[조선창문사(朝鮮彰文社)]을 펴냈으며, 시 〈우리의 제단(祭壇)〉(〈동광총서〉, 1933. 7.), 수필 〈황혼 편감(黃昏片感)〉[〈신가정(新家庭)〉 창간호, 1933. 1.]·〈고요한 명상(冥想)〉(〈신가정〉 제3호, 1933. 3.)·〈무덤에 핀 바이올렛〉(〈신동아〉 제18호, 1933. 4.) 등을 발표하였다.

1934년(24세) 이광수의 중매로 보성전문학교[普成專門學校. 고려대학교(高麗大學校)의 전신] 철학과 교수 안호상(安浩相, 1902~1999, 한국의 교육자이며 민족 사학자)과 결혼하였다가 곧 이혼하고 평생 독신으로 지냈다. 같은 해 시 〈당신의 창문 앞에〉(〈동광총서〉, 1934. 2.)·〈방랑(放浪)〉(〈동광총서〉, 1934. 2.), 수필 〈매화(梅花) 앞에서〉(〈신가정〉 제14호, 1934. 2.) 등을 발표하였다.

1935년 2월에는 김광섭(→49)·김상용(→70)·노천명(→122)·오일도(→296) 등과 함께 〈시원(詩苑)〉(시 동인지. 1935. 2.~12. 통권 5호로 종간)을 창간하면서 동인(同人)으로 참여, 시 〈사공〉(창간호)·〈출발〉(종간호) 등을 발표하였다. 이 밖에도 시 〈비운(悲運)의 악사(樂士)에게〉(〈신가정〉 제25호, 1935. 1.)·〈겨울밤〉[〈중앙(中央)〉 제16호, 1935. 2.]·〈아내의 소원〉[〈개벽(開闢)〉 속간 종간호, 1935. 2.]·〈라일락 숲으로〉(〈삼천리〉 제7권 제4호, 1935. 4.)·〈봄〉(〈삼천리〉 제7권 제4호, 1935. 4.)·〈문을 여소서〉[〈조선문단(朝鮮文壇)〉, 1935. 11.]·〈사모(思慕)〉(〈신동아〉, 1936. 1.)·〈학창(學窓)〉(〈삼천리〉 제8권 제1호, 1936. 1.)·〈실제(失題)〉[〈조광(朝光)〉 제4호, 1936. 2.]·〈나그네〉(〈신동아〉 제51호, 1936. 7.)·〈쩔름발이〉[〈학등(學燈)〉, 1936. 7.]·〈분묘(墳墓) 앞에서〉(〈신동아〉 제59호, 1936. 9.)·〈두 육체(肉體)〉[〈시건설(詩建設)〉 제2호, 1936. 12.], 수필 〈떠나던 날〉(〈신동아〉 제40호, 1935. 2.)·〈진달래〉(〈신가정〉 제28호, 1935. 4.)·〈새 날의 암시(暗示)〉(〈조광〉 제3호, 1936. 1.)·〈렌의 애가(哀歌)〉[〈여성(女性)〉 창간호, 1936. 4.]·〈유월(六月)의 밤〉(〈신가정〉 제42호, 1936. 6.)·〈돌 위에서 새우던 결혼 전날 밤〉(〈신동아〉 제59호, 1936. 9.)·〈신량(新凉)이 오기 전에〉(〈조광〉 제11호, 1936. 9.), 평론 〈작가 교양에 대하여-조선 문학의 재건설〉[〈조선일보(朝鮮日報)〉, 1935. 1. 8.]·〈프란스 다이스-내가 사숙(私淑)하는 내외 작가〉[〈동아일보(東亞日報)〉, 1935. 7. 19.]·〈정지용(鄭芝溶) 시집을 읽고〉(〈동아일보〉, 1935. 12. 10.)·〈이데올로기의 노출-내가 본 조선 문단의 신경향〉(〈동아일보〉, 1936. 1. 5.)·〈어떻게 난 시인(詩人)이 되었나〉(〈신가정〉 제39호, 1936. 3.) 등을 발표하였다.

1937년(27세)에는 〈여성〉(월간 여성 교양지. 1936. 4.~1940. 12. 통권 57호로 종간) 창간호부터 연재하였던 일기체 장편 산문집 〈렌의 애가〉[일월서방(日月書房)]를 펴냈으며, 그 뒤 시 〈미인송(美人誦)〉[〈조선문학(朝鮮文學)〉 1938. 1.]·〈밤에 본 코스모스〉[〈삼천리문학(三千里文學)〉 창간호, 1938. 1.]·〈잠든 눈〉[〈웅계(雄鷄)〉, 1939. 1.]·〈밤없는 날의 노래〉[〈문장(文章)〉 창간호, 1939. 2.]·〈너를 생각할 때〉(〈조광〉 제43호, 1939. 5.)·〈뛰라, 맘대로〉(〈문장〉 제6호, 1939. 7.)·〈눈 오는 날〉(〈시건설〉 제7호, 1939. 10.)·〈갈 숲에서 오는 소리〉(〈문장〉 제10호, 1939. 11.)·〈잔영(殘影)〉[학우구락부(學友俱樂部), 1939. 11.], 수필 〈생(生)과 비극〉(〈조광〉 제25호, 1937. 11.)·〈생명의 색채〉(〈조광〉 제28호, 1938. 2.)·〈정열과 환상(幻想)〉(〈삼천리문학〉 종간호, 1938. 4.)·〈석심실(石心室)〉(〈문장〉 제2호, 1939. 3.)·〈부전호수(赴戰湖水)〉(〈조광〉 제49호, 1939. 11.), 단편 소설 〈전화(電話)〉(〈동아일보〉, 1938. 5.), 평론 〈가신 김유정(金裕貞) 씨〉(〈조광〉 제19호, 1937. 5.)·〈이즘의 해방론〉(〈동아일보〉, 1937. 6. 27.) 등과 〈여성 인물평(1)-향토혼(鄕土魂)의 예인(藝人) 배귀자(裵龜子) 여사〉(〈여성〉 제13호, 1937. 4.)·〈나의 수업 시대-작가의 올챙이 때 이야기〉(〈동아일보〉, 1937. 7. 22.~7. 28.)·〈노천명 시집 '산호림' 소개〉(〈조선일보〉, 1938. 1. 8.)·〈문단 야화(文壇夜話)〉(〈조광〉 제33호, 1938. 7.)·〈여류 작가 회의〉(〈삼천리〉, 1938. 10.)·〈'사랑' 후편을 읽고-특히 여주인공의 인간 투쟁을 감상함〉(〈조광〉 제46호, 1939. 8.) 등을 발표하였다.

1938년(28세) 6월 22일 조선총독부(朝鮮總督府)의 종용에 따라 김성수(金性洙, 1891~1955, 한국의 정치가이며 교육자·언론인. 제2대 부통령. 재임 1951. 5. 17.~1952. 5. 29.)·김활란·방응모[方應謨, 1890~1950, 한국의 언론인. 조선일보사 제9대 사주(社主). 재임 1933. 3.~1950. 7.] 등이 자발적인 총후(銃後) 봉사 활동을 내세우며 전시(戰時) 동원 선전 조직으로 '국민정신총동원조선연맹(國民精神總動員朝鮮聯盟)'을 결성하였는데, 여기에도 김동환(→63)·서정주(→226)·이광수·최남선(→480) 등과 동참하여 일상 생활에서의 일본화를 주장하였다.

1940년(30세) 〈이 생명을〉(〈빛나는 지역〉, 1933. 10.)·〈조선의 딸〉로 경기도 경찰에 구류(拘留)되었다. 계속하여 시 〈초롱불〉[〈인문평론(人文評論)〉 제5호, 1940. 2.]·〈돌배나무〉(〈조광〉 제54호, 1940. 4.)·〈하수(河水)로 간다〉(〈조광〉 제54호, 1940. 4.)·〈달 없는 밤에도〉(〈문장〉 제17호, 1940. 7.)·〈음성(音聲)〉(〈문장〉 제20호, 1940. 11.)·〈비파호(琵琶湖)〉(〈문장〉 제20호, 1940. 11.)·〈대동강(大同江)〉, 수필 〈반딧불〉(〈여성〉 제53호, 1940. 8.)·〈황혼기(黃昏期)〉(〈인문평론〉 제11호, 1940. 8.)·〈그 음성 꿈을 싣고〉(〈조광〉 제59호, 1940. 9.), 단편 소설 〈미명(未明)〉(〈문장〉 제15호, 1940. 3.) 등을 발표, 소녀적 감성과 이상주의(理想主義, idealism)를 표현하였다.

임전대책협의회(臨戰對策協議會, 1941년 8월 조직된 황국신민화 운동 추진 친일 단체)·조선교화단체연합회(朝鮮敎化團體聯合會, 1935년 10월 3일 조직된 조선총독부 산하 친일 단체)·조선문인협회(朝鮮文人協會, 1939년 10월 29일 결성한 조선총독부 산하 어용 문학 단체, 文協)·조선임전보국단(朝鮮臨戰報國團, 1941년 10월 22일 결성되어 일본의 황민화 정책에 선도적 역할을 하였던 친일 어용 단체)·국민의용대(國民義勇隊, 1945년 7월 8일 결성된 친일 조직) 총사령부에 가입하여 활동하면서 〈지원병(志願兵)들에게〉(〈삼천리〉 제13권 제1호, 1941. 1.)·〈어머님 영전(靈前)〉(〈삼천리〉 제13권 제7호, 1941. 7.)·〈해군(海軍)의 얼굴〉[〈춘추(春秋)〉 제29호, 1943. 6.]·〈꽃다발을 읽고〉(〈매일신보〉, 1944. 6.) 등의 친일(親日) 작품을 발표하였고, 〈대일본 제국의 서양 정복전에 협력하자〉·〈일본군의 싱가포르 함락을 찬양함〉·〈조선 학도여, 성전(聖戰)에 참여하라〉 등의 친일적인 내용의 글들을 신문에 연재하였다. 이 밖에도 시 〈장미(薔薇)의 말〉(〈삼천리〉 제13권 제3호, 1941. 3.)·〈속(續) 렌의 애가〉(〈춘추〉 제3호, 1941. 4.)·〈좋을시고 우리 집〉(〈삼천리〉 제13권 제9호, 1941. 9.) 등을 발표하였다.

광복된 뒤에는 문단(文壇)과 정계(政界)에서 폭넓은 활동을 전개, 메논(Krishna Menon, 1897~1974, 인도의 정치가이며 외교관·민족주의자) 유엔한국위원장이 남한 단독 선거에 반대하던 것을 설득하여 1948년(38세) 3월 12일 표결에서 남한의 독자적 선거안에 찬성표를 던지게 하였다. 또한 1948년(파리)과 1949년(39세, 뉴욕) 유엔 총회에 한국 대표로 참석하여 대한민국 정부 수립에도 이바지하였다.

1949년 문예사(文藝社)를 창립하여 〈문예〉(월간 순수 문예지, 1949. 8.~1954. 3. 통권 21호로 종간)를 창간, 창간호에 〈타지마할〉, 제2호(1949. 9.)에 〈위안(慰安)〉·〈하와이 색시들〉 등을 발표하였고, 소설집 〈그 아내의 수기(手記)〉[일문서관(一文書館)]를 펴냈다.

1950년(40세) 대한여자청년단(大韓女子靑年團) 단장, 1954년(44세)에는 국제 펜클럽(International PEN) 한국본부 창립에 참여하여 한국 펜클럽 부회장으로 활약하였고, 1955년(45세)에는 서울대학교 문리과대학 강사·자유문학자협회(自由文學者協會) 시 분과 위원장·전국문화단체총연합회(全國文化團體總聯合會, 文總) 최고 위원 등에 취임하였으며, 1957년(47세)에는 제29차 국제 펜클럽 도쿄 대회에 참석하였다.

1957~1981년(71세) 예술원(藝術院) 회원, 1958년(48세) 유네스코(UNESCO, United Nations Educational, Scientific and Cultural Organization, 국제연합교육과학문화기구) 총회 한국 대표, 1959년(49세) 아시아여성단체연합총회 한국 대표, 1960년(50세) 국제 펜클럽 한국위원회 의장, 1962년(52세) 여성단체협의회 이사, 1964(54세)~1970년(60세) 한국문인협회(韓國文人協會, 文協) 제2~9대 부이사장, 1968년(58세) 한·인협회(韓印協會) 부회장, 1969년(59세) 여류문인협회(女流文人協會) 회장, 1970년 서울에서 열린 국제 펜클럽 대회 준비 위원장으로 활약하였다.

1971년(61세) 제8대 국회의 민주공화당(民主共和黨, 1963년 2월 26일 창당) 전국 대표로 당선되었고, 1973년(63세) 한국현대시인협회(韓國現代詩人協會) 회장, 1974(64세)~1984년(74세) 통일원 고문(顧問), 1977(67세)~1983년(73세) 국제 펜클럽 한국 본부 회장, 1980년(70세)~1986년(76세) 한국문학진흥재단(韓國文學振興財團) 이사장, 1989년(79세) 예술원 원로 회원으로 추대(推戴)되는 등 많은 공직(公職)을 맡았다.

1963년(53세) 제8회 대한민국 예술원상을 받은 것을 비롯하여 이화여자대학교 문화 공로상(1968)·국민 훈장 모란장(牡丹章)(1970)·이화여자대학교 명예 문학 박사 학위(1976)·세네갈 문화 훈장(1979)·제21회 3·1 문화상(1980) 등을 받았으며, 1991년 금관 문화 훈장(金冠文化勳章)이 추서(追敍)되었다.

작품 활동도 매우 다양하여 1947년(37세) 2월 두 번째 시집 〈옥비녀〉[동백사(冬栢社)]를 비롯하여 〈국군은 죽어서 말한다〉가 실려 있는 시집 〈풍랑(風浪)〉[문성당(文成堂), 1951. 4.], 〈정경(情景)〉(일문서관, 1959. 3.)·〈모윤숙 선집(選集)〉[삼중당(三中堂), 1964]·〈얼룩진 미소(微笑)〉[예원각(藝元閣), 1967]·〈풍토(風土)〉[문원사(文苑社),

1970]·〈호반(湖畔)의 목소리〉[서문당(瑞文堂), 1973]·〈모윤숙 시 전집〉(경호출판사, 1974)·〈모윤숙 전집〉(서문당, 1974)·〈영원한 님의 노래〉[혜원출판사(惠園出版社), 1982]·〈국군은 죽어서 말한다〉[중앙출판사(中央出版社), 1983], 서사시집 〈논개(論介)〉[광명출판사(光明出版社), 1974] 등을 펴냈다.

1959년 9월 김남조(→56)가 현대 여류 시인 26명의 대표적인 작품 총 130편을 엮어 펴낸 〈수정(水晶)과 장미(薔薇)〉[정양사(正陽社)]에 그녀의 시 7편이 실려 있다.

이 밖에 시 작품으로 〈갑판(甲板)〉[〈민족문화(民族文化)〉, 1949. 9.]·〈달맞이〉(〈문예〉, 1950. 5.)·〈기다리던 그 날〉(〈문예〉, 1950. 12.)·〈밤〉[〈신사조(新思潮)〉, 1951. 11.]·〈바닷별〉(〈문예〉, 1952. 1.)·〈매화주(梅花酒)〉(〈문예〉, 1953. 2.)·〈창경원(昌慶苑) 온실에서〉(〈문예〉, 1953. 6.)·〈유혹〉(〈문예〉, 1953. 10.)·〈아씨 문을 열고 나오세요〉[신천지(新天地), 1953. 11.]·〈불면증(不眠症)〉(〈펜〉, 1954. 10.)·〈어서 이 시대(時代)를〉(〈새벽〉, 1954. 12.)·〈빈 길을 간다〉[〈이화(梨花)〉, 1955. 3.]·〈또 한 번 그 날을〉[〈종합민주공론(綜合民主公論)〉, 1955. 8.]·〈가을 잎이 지듯이〉[〈문학예술(文學藝術)〉, 1955. 12.]·〈새 촛불〉[〈여원(女苑)〉 제4호, 1956. 1.]·〈아무도 모르게〉(〈펜〉, 1956. 5.)·〈독백(獨白)〉[〈사상계(思想界)〉 제50호, 1957. 6.]·〈항쟁(抗爭)〉(〈자유문학〉, 1957. 8.)·〈선(仙)에게〉(〈자유문학〉, 1958. 1.)·〈어떤 오후〉(〈자유문학〉, 1958. 6.)·〈천명(天命)에게〉(〈자유문학〉, 1958. 7.)·〈출근〉(〈자유문학〉, 1958. 11.)·〈시련(試鍊)〉(〈자유문학〉, 1959. 11.)·〈산울림 속에서〉[〈문학(文學)〉, 1959. 12.]·〈검은 바위 옆에서〉(〈자유문학〉, 1960. 3.)·〈축배(祝杯)〉(〈자유문학〉, 1960. 8.)·〈물처럼〉(〈자유문학〉, 1961. 3.)·〈파성(巴城)께〉(〈자유문학〉, 1961. 10.)·〈귀로(歸路)〉[〈현대문학(現代文學)〉 제87호, 1962. 3.]·〈얼룩진 무늬를〉(〈자유문학〉, 1962. 3.)·〈목련(木蓮)나무 아래 너와 나〉[〈문학춘추(文學春秋)〉 제13호, 1965. 4.]·〈또 다른 전선(戰線)에서 국문을 본다〉(〈서울신문〉, 1966. 1. 8.)·〈이 지평선에서〉(〈사상계〉 제184호, 1968. 8.)·〈밤 11시〉[〈월간문학(月刊文學)〉 제2호, 1968. 12.]·〈유월 밤〉(〈월간문학〉 제9호, 1969. 7.)·〈북구 수첩(北歐手帖)에서〉(〈현대문학〉 제181호, 1970. 1.)·〈꽃타래에 부쳐〉(〈월간문학〉 제25호, 1970. 11.) 등이 있다.

수필집으로 〈내가 본 세상〉[수도문화사(首都文化社), 1953]·〈포도원(葡萄園)〉[중앙출판공사(中央出版公社), 1960]·〈구름의 연가(戀歌)〉(삼중당, 1964)·〈얼룩진 미소〉(중앙출판공사, 1967)·〈회상(回想)의 창가에서〉(중앙출판공사, 1969)·〈밀물 썰물〉(중앙출판공사, 1970)·〈호반의 목소리〉(예원각, 1973)·〈어느 여대생에게〉[박영사(博英社), 1974]·〈느티의 일월(日月)〉[범우사(汎友社), 1976]·〈시몬은 누구인가〉[갑인출판사(甲寅出版社), 1977]·〈고독(孤獨)을 부르는 시몬〉[어문각(語文閣), 1986]·〈사랑이 그립지 않은가〉(자유문학사, 1986)·〈나의 회상-폭풍(暴風) 속에 피는 과〉(중앙출판공사, 1987)·〈폭풍 속에 피는 꽃〉(중앙출판공사, 1987) 등을 펴냈다.

이 밖에 수필 작품으로 〈시베리아로 유형(流刑) 간 조카에게〉[〈문화(文化)〉, 1947. 4.]·〈우인 공포증(友人恐怖症)〉[〈백민(白民)〉 제8호, 1947. 5.]·〈세계 기행(世界紀行), 내가 본 세상〉(〈문예〉, 1949. 9.~10.)·〈하나의 고애(苦哀)-김남조(金南祚) 동지(同志)에게〉(〈문예〉, 1953. 9.)·〈동짓달 산조(散調)〉(〈문예〉, 1954. 1.)·〈그리운 보리비아〉(〈자유문학〉, 1956. 7.)·〈부랏셀로 가는 길〉(〈자유문학〉, 1958. 8.)·〈9·28 회상기(回想記)〉[〈신태양(新太陽)〉, 1958. 9.]·〈구경(逑景)스러운 시구들과〉(〈자유문학〉, 1958. 9.)·〈구라파(歐羅巴) 기행〉(〈자유문학〉, 1959. 3.) 등이 있다.

평론으로는 〈조선 여성의 자화상-이태준(李泰俊) 씨의 '딸 삼형제'〉(〈문예〉, 1953. 2.)가 있다.

한편, 2002년 2월 28일 '민족 정기를 세우는 국회 의원 모임'과 광복회(光復會)가 공동 발표한 '친일파 708인 명단', 2002년 8월 14일 '나라와 문화를 생각하는 국회의원 모임'·민족문제연구소(民族問題研究所)·민족문학작가회의[民族文學作家會議, 1974년 11월 18일 자유실천문인협의회(自由實踐文人協議會)로 설립되어 1987년 9월 17일 '민족문학작가회의'로 이름을 바꾸었다가 2007년 12월 8일 '한국작가회의'로 다시 이름을 바꾸었다.]·'민족 정기를 세우는 국회 의원 모임'·〈실천문학(實踐文學)〉(계간 문예지, 1980. 3.~현재)이 공동 발표한 '친일 문학인 42인 명단', 2009년 11월 8일 민족문제연구소에서 출판한 〈친일 인명 사전(親日人名辭典)〉, 2009년 11월 27일 친일반민족행위진상규명위원회(親日反民族行爲眞相糾明委員會)가 발표한 '친일 반민족 행위 704인 명단'에 모두 포함되어 있다.

〈매일신보〉[한국어 일간지. 1904년 7월 18일 배설(裵說, 1872~1909, Ernes Thomas Bethell, 대한제국 때의 영국의 언론인)이 창간한 〈대한매일신보(大韓每日申報)〉를 일제(日

帝)가 사들여 1910년 8월 30일부터 '대한' 두 자를 떼고 〈매일신보(每日申報)〉로 제호(題號)를 바꾸었다가, 1938년 4월 29일 〈매일신보(每日新報)〉로 바뀌었고, 1945년 11월 23일 〈서울신문〉으로 바뀌어 오늘에 이르고 있다.]에 발표한 평론 〈생활 운동과 오락 취미의 정화(淨化)〉(1940. 9. 10.) 등 다음과 같은 12편의 친일 작품이 밝혀져 있다.

〈창조적인 생활〉(〈매일신보〉, 1940. 9. 17.)·〈동창(東窓)〉(〈매일신보〉, 1942. 1. 6.)·〈동방(東邦)의 여인들〉[〈신시대(新時代)〉 제13호, 1942. 1.]·〈호산나, 소남도(小南島)〉(시, 〈매일신보〉, 1942. 2. 21.)·〈어머니의 힘〉(〈매일신보〉, 1942. 3. 9.)·〈여성도 전사(戰士)다〉[〈대동아(大東亞)〉 제14권 제5호, 1942. 5.]·〈아가야 너는-해군 기념을 맞아〉(시, 〈매일신보〉, 1943. 5. 27.)·〈내 어머니 한 말씀에〉(시, 〈매일신보〉, 1943. 11. 12.)·〈어린 날개-히로오카(廣岡) 소년 학도병(學徒兵)에게〉(시, 〈신시대〉 제36호, 1943. 12.)·〈오시지 않았는데〉(시, 〈신시대〉 제36호, 1943. 12.)·〈신년송(新年頌)〉(시, 〈매일신보〉, 1945. 1. 3.).

160

무로 사이세이

室生犀星 1889. 8. 1. ~ 1962. 3. 26.

일본의 시인이며 소설가.

혼슈(本州) 이시카와현(石川縣) 가나자와(金澤)에서 태어났으며, 도쿄에서 죽었다.

절의 양자(養子)로 자랐으며, 4년제 고등 소학교(高等小學校)를 중퇴하였다. 그 뒤 기타하라 하쿠슈(→46)에게 배웠으며, 동문(同門) 하기와라 사쿠타로(→496)와 교유(交遊)하였다.

시지(詩誌) 〈다쿠조훈스이(卓上噴水)〉(1915)를 거쳐 〈간조(感情)〉(1916)를 공동 주재(主宰)하여 '감정시파(感情詩派)'를 형성하였다.

〈사랑의 시집(愛の詩集)〉(1918)·〈서정 소곡집(抒情小曲集)〉(1918)·〈제2 사랑의 시집(第二愛の詩集)〉(1919)을 발표하여 하기와라 사쿠타로와 함께 다이쇼 시대(大正時代, 1912~1926) 시단(詩壇)의 새로운 기수(旗手)가 되었다.

소설가로도 활동하여 〈성에 눈뜰 무렵(性に眼覺める頃)〉(1919)·〈어떤 소녀의 죽음까지(或る少女の死まで)〉(1919)·〈유년 시대(幼年時代)〉(1919)에서 유년·소년기의 체험을 서정과 감성의 세계로 대상화하였다.

2차 대전(1939. 9. 1.~1945. 9. 2.) 뒤에도 〈안즈코(杏っ子)〉(1956~1957)·〈가게로후 일기 유문(かげろふの日記遺文)〉(1958~1959) 등의 작품을 남겼다.

161

무쿤다람 차크라바르티

Mukundarām Chakravarti ? ~ ?

인도의 종교 시인.

카스트[caste. 인도 사회 특유의 신분 제도. 브라만(Brahman, 사제·성직자), 크샤트리아(Kshatriya, 귀족·무사), 바이샤(Vaisya, 상인·농민·지주), 수드라(Sudra, 소작농·청소부·하인)의 네 가지로 분류된다.]의 최고 계급인 브라만 출신으로, 16세기 전반 북동부 서(西)벵골(West Bengal) 주 보르도 만(灣)(Bay of Bordeaux)에서 태어났다.

여신(女神) 찬디(Chaṇḍī)의 승리와 영광을 찬미한 3부 2만 5,000행으로 이루어졌으며, 오늘날 남아 있는 유일한 작품인 장편 대서사시 〈찬디 카브야(Chaṇḍī Kāvya)〉(1589)의 작자이다. 이 작품은 중세의 이슬람 교도 지배의 혼란 속에서 궁핍하게 방랑 생활을 하던 중 벵골 남부의 마을에서 영주(領主) 바알라그나트 라에의 비호(庇護) 아래 완성되었다고 한다.

신화적(神話的)·초현실적이었던 당시의 문학 풍조 속에서, 이 작품은 높은 종교성과 예리한 사회 관찰, 문학적 구성과 기교 등 보통의 인간의 감정과 당시의 일상생활의 모습을 있는 그대로 생생하게 묘사하고 있어, 그 현실성과 휴머니티가 높이 평가되고 있다.

＊문일다(聞一多) → 원이둬(→332)

162

문징명

文徵明 1470. 11. 28. ~ 1559. 3. 28.

중국 명(明)나라(1368~1644)의 문인화가(文人畫家)이며 서예가·시인.

이름은 벽(壁), 자(字)는 징명(徵明)·징중(徵仲), 호(號)는 형산(衡山).

장쑤성(江蘇省) 우셴[吳縣, 지금의 쑤저우(蘇州)] 창저우(長州)에서 태어났다.

1495년(25세)부터 1522년(52세)까지 10여 차례 과거(科擧)에 응시하였으나 끝내 급제(及第)하지 못하였다. 그러나 그의 학문과 인덕이 세상에 알려져 1523년(53세) 세공생(歲貢生)으로 베이징(北京)에 부임하여 한림원(翰林院) 대조(待詔)를 제수(除授)받아 〈무종 실록(武宗實錄)〉 편수(編修)에 참여하였다.

1526년(56세)에 나이 많음을 이유로 벼슬을 사양하고 향리(鄕里)로 돌아가 1527년(57세) '옥경산방(玉磬山房)'을 세우고 시문서화(詩文書畫)로 유유자적한 생활을 보냈다.

같은 고향 사람인 심주(沈周, 1427~1509, 중국 명나라의 예술가. 문인화파의 대표적인 인물)에게 그림을 배운 외에도 곽희(郭熙, ?~?, 중국 북송의 산수화가)·왕몽(王蒙, 1308~1385, 중국 원나라의 화가)·이당(李唐, ?~?, 중국 북송의 화가) 등 이른바 '원말 4대가(元末四大家)'를 배워 그들의 화풍(畫風)을 절충한 경향이 있으나, 그의 본령(本領)은 남종 산수화(南宗山水畫)에 있으며 심주와 함께 남종화 중흥의 중심 인물이었다.

산수·화훼·난죽(蘭竹)·인물 등에 뛰어났으며, 특히 산수화는 조맹부(趙孟頫, 1254~1322, 중국 원나라의 관리이며 서예가·화가)와 '원말 4대가', 그 중에서도 예찬(→290)과 왕몽을 이어받아 평범한 구도와 섬세한 묘사, 밝은 색채감과 투명한 필묵법(筆墨法)으로 심주의 영향을 벗어나 독자적인 화풍을 이루었다.

시문은 오관(吳寬, 1435~1504)에게, 글씨는 이응정(李應禎)에게 배웠는데, 왕희지[王羲之, 307~365, 중국 동진(東晉, 317~419)의 서예가]·조맹부의 영향을 많이 받았으며, 이지적(理智的)이고 정돈감 있는 명쾌한 서풍(書風)으로 대성(大成)하여 조맹부·축윤명(祝允明, 1460~1526, 중국 명나라의 문인이며 서예가) 이후 제일인자로 오중파(吳中派)를 대표하였다.

집안 중에는 문인·화가들이 많았는데, 맏아들 문팽(文彭, 1497~1572, 중국 명나라의 서화 전각가), 둘째 아들 문가(文嘉, 1501~1583, 중국 명나라의 문인화가), 조카 문백인(文伯仁, 1502~1575, 중국 명나라의 문인화가)을 비롯하여 왕곡상(王穀祥, 1501~1568)·육치(陸治, 1496~1576)·전곡(錢穀)·주천구(周天球, 1514~1595)·진순(陳淳, 1483~1544, 중국 명나라의 화가) 등 많은 문인들의 중심 인물로 심주 이후 쑤저우 화단(畫壇)을 이끌어 오파(吳派, 중국 명나라 때의 회화 유파. 북종화계의 절파에 대하여 남종화계 화가들을 말한다.)를 확립하였다. 당인(→137)·서정경(→225)·축윤명과 함께 '오중 사재자(吳中四才子)'로 일컬어졌다.

대표작으로 〈강남춘도(江南春圖)〉·〈관산적설도(關山積雪圖)〉·〈누거도(樓居圖)〉·〈춘심고수도(春深高樹圖)〉 등이 있고, 지은 책으로 〈보전집(甫田集)〉이 있다.

163
문천상
文天祥 1236. 6. 6. ~ 1282. 1. 9.

중국 남송(南宋, 1127~1279)의 정치가이며 시인.

자(字)는 송서(宋瑞)·이선(履善), 호(號)는 문산(文山). 장시성(江西省) 지수이현(吉水懸)에서 태어났다.

1256년(20세) 진사시(進士試)에 장원(壯元)으로 급제(及第)하였다.

1259년(23세) 몽골군이 쓰촨성(四川省)에 침입하여 합주(合州)가 포위되자 천도(遷都) 문제가 유력하게 떠올랐는데, 지방관(地方官)에 불과하였던 그가 천도를 강경하게 반대하는 글을 올렸다가 그 날로 면관(免官)되었다. 나중에 복직(復職)되었으나 1274년(38세) 권력자 가사도(賈似道, 1213~1275, 중국 남송의 재상)와 의견이 맞지 않아 사직하였다가 1275년(39세) 원군(元軍)이 남하하여 수도(首都) 임안[臨安, 지금의 저장성(浙江省) 항저우(杭州)]에 육박하자, 문관의 몸으로 근왕병(勤王兵) 1만 명을 이끌고 임안 방어에 급히 참전(參戰)하여 분전(奮戰)하였다.

마침내 송(宋)나라(960~1279)가 원(元)나라(1271~1368)에게 항복하자, 1276년(40세) 정월 원나라의 공격으로 무인화(無人化)된 중앙 정부의 재상(宰相)으로 발탁되어, 공종[恭宗, ?~1276, 중국 남송의 제7대 황제. 재위 1274~1276. 영국공(瀛國公)]의 명을 받아 화평(和平)의 사자(使者)로 원나라로 가서 강화를 청하여 원나라의 총수(總帥) 바얀(佰顔, 1236~1295, 중국 원나라의 대신이며 장군. 한족 억압 정책을 폈다.)과 회견하고, 항론(抗論)하다가 구류(拘留)당하였다.

그 동안에 임안은 함락되고, 송나라는 멸망하였다. 포로가 되어 북송(北送)되는 도중, 탈주하여 푸젠성(福建省) 푸저우(福州)에서 제왕으로 일컫고 있던 탁종(度宗, 1240~1274, 중국 남송의 제6대 황제. 재위 1264~1274)의 맏아들 익왕[益王, 중국 남송의 제8대 황제. 재위 1276~1278.

단종(端宗)]을 받들고 잔병(殘兵)을 모아 싸웠다.

그러나 좌승상(左丞相) 진의중(陳宜中) 등과 의견이 맞지 않아 장시성 방면의 회복을 위하여 떠돌아다니다가 광둥성(廣東省) 오파령(五坡嶺) 싸움에서 다시 체포당하자, 독약을 먹고 자살(自殺)을 기도하였으나 실패하고 대도[大都, 지금의 베이징(北京)]로 송치(送致)되어 3년 동안 감옥에 갇혔다.

세조[世祖, 1215~1294, 몽골제국의 제5대 황제이며 중국 원나라의 시조. 재위 1260~1294. 쿠빌라이 칸(忽必烈可汗)]는 그에게 원나라 조정(朝廷)에서 벼슬살이 할 것을 간절히 권하였으나, 충절을 굽히지 않고 끝내 거절하다가 형사(刑死)당하였다.

1281년(45세) 옥중(獄中)에서 지은 장시(長詩) 〈정기가(正氣歌)〉는 천지 간의 불변의 기(氣)를 송나라에 대한 자신의 충절을 비추어 노래한 것이다.

〈문산 전집(文山全集)〉(모두 20권)이 있으며, 두보(→143) 시의 집구(集句)도 만들었다.

164

미나모토 시타고

源順 911 ~ 983

일본의 시인.

사가 천황(嵯峨天皇, 786~842, 일본의 제52대 천황. 재위 809~823)의 후손으로 강력한 미나모토 일족(一族)[겐지(源氏)]의 한 사람이었지만, 당시 정부를 지배하고 있는 후지와라(藤原) 집안에 속하지 않았기 때문에 정치적으로 높은 지위는 얻을 수 없었다. 그 대신 학문과 문학에 몰두하여 고대 일본의 중요한 시인 가운데 한 사람으로 인정받았다.

〈고센슈(後撰集)〉 편찬에 한몫을 담당하였고, '나시쓰보(梨壺)의 5인' 가운데 한 사람이며 이른바 '36가선[三十六歌仙, 후지와라 긴토(藤原公任, 966~1041, 일본의 관리이며 시인)가 선정한 36명의 대표적인 와카 시인]'의 한 사람으로 〈만요슈(萬葉集)〉[일본 고유의 시를 모아 엮은, 가장 오래된(8세기쯤) 최대 규모의 시가집(詩歌集)]를 해석하는 일에도 참여하였다. 또한 시 경연 대회인 우타아와세(歌合)에도 자주 참여하였다.

쇼헤이 연간(昌平年間, 931~938)에는 일본어와 중국어 낱말을 종류별로 분류한 일본 최초의 사전 〈와묘루이주쇼(倭名類聚抄)〉를 편찬하였다.

작품집 〈미나모토 시타고슈(源順集)〉에서는 공직(公職) 생활에서 성공하지 못한 데 대한 불만과 좌절을 보여 주었다. 이 밖에 956(45세)~983년(72세)에 쓴 〈우쓰보 모노가타리(宇津保物語, '우쓰보 이야기')〉를 비롯하여 많은 작품을 쓴 것으로 여겨진다.

165

미라 바이

Mīrā Bāī 1498(1450) ~ 1563(1547)

인도의 여류 시인.

'미란 바이(Mīrān Bāī)'라고도 한다.

인도 북서부 라자스탄(Rajasthan)의 왕족으로 태어났다.

라나 상가(Rana Sanga)라고 널리 알려진 메와르[Mewar, 지금의 라자스탄 지방]의 왕 마하라나 상그람 싱(Maharana Sangram Singh, 1484~1527, 재위 1509~1527)의 아들 보이라이(Bhojraj Singh, ?~1526)에게 시집갔으나 젊어서 남편과 사별(死別)하였다. 열렬한 크리슈나(Krishna, 힌두교의 신. 인도의 신들 가운데 가장 널리 숭배되고 사랑받는 신) 신자(信者)였으나, 남편이 죽은 뒤에 시바[Siva, 힌두교 시바파(派)의 최고 신]의 광신자였던 사촌오빠의 냉대로 모든 영예를 버리고 메와르를 떠나, 여러 곳의 사원(寺院)을 순례(巡禮)하며 생애를 크리슈나 찬앙(讚仰)에 바쳤다.

힌디 어(語)(Hindi language)와 아울러 구자라트 어(Gujarati language)로 크리슈나 신앙의 종교시를 많이 남겼는데, 그 시는 향토 사람들에게 널리 애송되었다. 이슬람교 신비주의(神秘主義, mysticism)의 영향도 강하게 받아들여, 때로는 크리슈나의 모습을 한 신(神), 어느 때는 요가 행자(行者)의 자태를 한 신, 또 어느 때는 무속성(無屬性)의 신에 대한 사랑의 융합과 이별을 읊은 노래는 매우 아름답다.

작품으로 찬가집(讚歌集)이 알려져 있다.

166

미암 부인 송씨

眉巖夫人宋氏 1521(중종 16). 12. 20. ~ 1578(선조 11)

조선(朝鮮, 1392~1910)의 여류 시인.

호(號)는 덕봉(德峯), 자(字)는 성중(成仲), 본관(本貫)은 홍주[洪州, 지금의 충청남도 홍성(洪城)].

부제학(副提學)을 지낸 아버지 송준(宋駿, 1564~1643, 조선의 문신이며 학자)과 예조판서(禮曹判書)를 지낸 이인형(李仁亨)의 딸 함안(咸安) 이씨(李氏)의 3남 3녀 중 둘째 딸로, 전라남도 담양(潭陽)에서 태어났다.

그녀의 집안은 학문과 시문(詩文)에 힘쓰는 호남 명문가로 그녀 역시 어려서부터 이러한 분위기 속에서 공부하며 자랐으며, 1536년(15세) 12월 전라남도 해남(海南) 출신으로 호남의 다섯 현인으로 꼽히던 미암 유희춘(柳希春, 1513~1577, 조선의 문신)과 혼례를 올렸다.

남편은 1538년(17세) 별시 문과(別試文科)에 병과(丙科)로 급제(及第)하여 벼슬을 시작하였으나 1547년(26세) 9월 양재역 벽서 사건[良才驛壁書事件, 정미사화(丁未士禍)]에 무고(無辜)하게 연루되어 21년 동안 유배 생활을 하였다. 그녀는 이 기간 동안 시어머니를 봉양하고 시어머니의 삼년상(三年喪)을 치렀으며, 그 뒤 남편의 귀양지 함경북도 종성(鍾城)으로 홀로 찾아가 남편과 함께 유배 생활을 견디었다. 남편은 1567년(46세) 11월 복직(復職)되어 대사간(大司諫)·이조참판(吏曹參判)을 거쳐 부제학까지 벼슬이 올랐으며, 그녀는 정경 부인(貞敬夫人)에 봉하여졌다. 슬하에 1남 1녀를 두었다.

남편이 기록한 〈미암 일기초(眉巖日記草)〉[모두 14책이었으나, 현재 11책이 남아 있다. 1567. 10. 1.~1577. 5. 13. 1963년 1월 보물 260호로 지정되어 담양 모현관(慕賢館)에 있다.]는 조선 시대 개인 일기 중 가장 방대한 것으로, 여기에 남아 있는 그녀에 대한 기록들은 가부장(家父長) 제도가 강화되기 전 16세기를 살았던 조선 시대 여인들의 당당함과 호방한 기상을 소상히 전하고 있다. 이 기록에 전하는 그녀의 시문들은 정교하면서도 고아(高雅)한 멋을 지녔으며, 성품은 다정하고 순박하며 명민하였으며, 서사(書史)에도 두루 능하였다.

〈마천령 상음(磨天嶺上吟, '마천령 위에서 읊다')〉·〈제신사(題新舍, '새 집')〉·〈종미암 공자 종성적소(從眉庵公子鍾城謫所)〉·〈증미암(贈眉巖, '미암에게')〉·〈증친족 송진(贈親族宋震, '친족 송진에게')〉·〈취리음(醉裏吟, '취하여 읊다')〉·〈헌화 미암운(獻和眉巖韻)〉·〈희신사시(喜新舍詩, '새 집에 와서 기뻐서 읊다')〉 등의 작품과 시집으로 〈송씨시고(宋氏詩藁)〉가 있었으나, 전해지지 않는다.

167

미야자와 겐지

宮澤賢治 1896. 8. 27. ~ 1933. 9. 21.

일본의 시인이며 동화 작가.

혼슈(本州) 북동부 이와테현(岩手縣) 하나마키(花卷)에서 태어났으며, 이곳에서 죽었다.

1918년(22세) 모리오카고등농림학교(盛岡高等農林學校)를 졸업한 뒤, 지질 토양 비료 연구에 종사하였다. 특히 히에누키군(稗貫郡)의 토성(土性) 조사는 뒷날 그의 활동에 중요한 의미를 주었다.

농림 학교 재학 시절부터 단카[短歌, 하이쿠(俳句)와 더불어 일본의 전통적 시가(詩歌)를 대표하는 단시(短詩). 정형시(定型詩)로, 5구 31음절로 되어 있다.]를 짓고 산문 습작을 하였으며, 졸업한 뒤에는 동화도 몇 편 썼다.

열렬한 정토진종(淨土眞宗) 집안으로 어렸을 때부터 불교 경전(經典)을 접하여 왔는데, 중학 시절 법화경(法華經)을 읽고 감동을 받아 1920년(24세) 다나카 지가쿠(田中智學, 1861~1939)가 주재(主宰)하는 니치렌종(日蓮宗)의 신앙 단체인 고쿠추카이(國柱會)에 가입하였다. 종교의 차이로 부모와의 대립은 깊어만 갔으며, 1921년(25세) 몰래 도쿄로 와서 문필(文筆)이나 교정(校訂)으로 생계를 이어 가며 포교(布敎) 활동을 하였다.

1921년 12월 히에누키농학교(稗貫農學校) 교사가 되었고, 1922년(26세) 11월 여동생 도시(トシ)의 죽음을 겪었으며, 1926년(30세) 3월까지 계속 이 학교의 교사로 있었다. 이 시기에 그의 문학이 화려한 꽃을 피웠는데, 대표적인 작품들은 시집 〈봄과 수라(春と修羅)〉(1924)와 동화 〈주문이 많은 요리집(注文の多い料理店)〉(1924)에 실려 있다.

농학교 교사 시절 후반부터 농민들의 빈곤한 생활에 직면하여, 1926년 3월 고향 하나마키로 돌아갔다. 그곳에서 젊은 농민들에게 농학이나 예술론을 강의하는 한편, 벼농사 지도를 위하여 헌신적으로 노력하였다.

그러나 건강 상태가 악화되어 병석에 눕게 되었으며, 자신의 농업 기술로는 농민들을 가난에서 구할 수 없다는 자각에서 비롯된 절망감, 농민들의 도시 사람들에 대한 반감 등에 부딪혀 좌절감은 더욱 깊어 가다가, 1933년(37세) 급성 폐렴으로 요절(夭折)하였다.

일본 문학사상(文學史上) 중앙 문단(文壇)과 거의 관계가 없었던 이색적인 작가로, 시·동화에 커다란 영향을 미친 인물로 인정받고 있다.

이 밖에 동화 〈구스코 부도리의 전기(グスコーブドリの傳記)〉(1932)·〈바람의 마타사부로(風の又三郎)〉(1934)·〈은하 철도의 밤(銀河鐵道の夜)〉(1934)·〈폴라노 광장(ポラーノの廣場)〉(1934) 등이 있다.

168

미요시 다쓰지

三好達治 1900. 8. 23. ~ 1964. 4. 5.

일본의 시인.

혼슈(本州) 서부 오사카(大阪)에서 태어났으며, 도쿄에서 죽었다.

1921년(21세) 육군사관학교(陸軍士官學校)를 중퇴한 뒤, 제3고등학교(第三高等學校)를 거쳐 1928년(28세) 도쿄제국대학[東京帝國大學. 도쿄대학의 전신(前身)] 불문과(佛文科)를 졸업하였다.

잡지 〈시이노키(しいのき)〉·〈아(亞)〉·〈아오조라(青空)〉 등에 시를 발표하여 주목을 받았고, 1930년(30세) 처녀 시집 〈측량선(測量船)〉을 펴내 획기적인 '쇼와 신시(昭和新詩)'라는 평가를 받았다.

콕토(Jean Cocteau, 1889~1963, 프랑스의 시인이며 소설가·극작가)의 4행시의 발상에서 영향받아 〈남총집(南窗集)〉(1932)·〈한화집(閒花集)〉(1934)·〈산과집(山果集)〉(1935) 등을 펴냈다.

1933년(33세) 호리 다쓰오(堀辰雄, 1904~1953, 일본의 소설가) 등과 잡지 〈시키(四季)〉를 창간하여 '시키파(四季派)'의 주류를 형성하였다.

시집 〈초천리(艸千里)〉(1939)·〈일점종(一點鍾)〉(1941) 등에서는 영탄적(詠嘆的) 문어조(文語調)의 시풍(詩風)을 강하게 보였다.

1952년(52세)에 발표한 〈낙타(駱駝) 등에 올라타고〉에서는 만년(晩年)의 고전적인 풍격과 완성도를 보이는 경지에 올라섰다.

1953년(53세) 일본 예술원(藝術院)상을 받았다.

존경하는 스승을 논한 〈하기와라 사쿠타로(萩原朔太郎)〉(1963)도 높이 평가받았으며, 일본의 시적(詩的) 전통과 현대시의 통합이라는 과제를 의욕적으로 수행한 쇼와 시대의 대표적인 시인으로 일컬어졌다.

169

미즈하라 슈오시

水原秋櫻子 1892. 10. 9. ~ 1981. 7. 17.

일본의 시인이며 의사.

본명(本名)은 유타카(豊).

도쿄에서 태어났다.

도쿄 제1고등학교(第一高等學校)를 거쳐 도쿄제국대학[東京帝國大學. 도쿄대학의 전신(前身)] 의학부를 졸업한 뒤 가업(家業)인 산부인과 병원을 경영하는 한편, 쇼와의학전문학교(昭和醫學專門學校, 지금의 쇼와대학 의학부) 교수(1928) 등을 지냈다.

1922년(30세) '도다이 하이쿠카이(東大俳句會)' 부활에 참여하여 다카하마 교시(→132)의 지도 아래 하이쿠(俳句, 5·7·5의 3구 17자로 구성된 일본 고유의 짧은 시) 시인으로 두각을 나타냈으며, 다카노 스주(高野素十, 1893~1976, 일본의 의사이며 하이쿠 시인)·아와노 세이호(阿波野青畝, 1899~1992, 일본의 하이쿠 시인)·야마구치 세이시(山口誓子, 1901~1994, 일본의 하이쿠 시인)와 함께 이른바 '4S 시대'를 형성하였다. 그 뒤 다카노 스주 등의 세밀 사생(細密寫生)을 비판한 뒤 다카하마 교시의 문하(門下)를 떠나 '아시비(馬醉木)'로 옮겨 사실상 주재자(主宰者)가 되었다.

'자연의 진실'을 뛰어넘어 '문예상의 진실'을 찾으려는 시작(詩作) 태도를 견지하여 주체성 확립과 서정성 회복을 주장함으로써 야마구치 세이시와 함께 신흥 하이쿠 운동의 선구자가 되었으며, 가토 슈손(加藤楸邨, 1905~1993, 일본의 하이쿠 시인이며 국문학자)·이시다 하쿄(石田波鄉, 1913~1969, 일본의 하이쿠 시인) 등의 인재를 키워 냈다.

1964년(72세) 일본 예술원(藝術院)상을 받았으며, 1966년(74세) 예술원 회원으로 선출되었다.

하이쿠집으로 〈가쓰시카(葛飾)〉(1930)·〈슈엔(秋苑)〉(1935) 등이 있다.

170

바라비

Bhāravi ? ~ ?

인도의 시인.

5~6세기 무렵에 활동한 것으로 추정된다.

인도 서남부 카르나타카(Karnataka) 주의 역사적인 도시 아이홀레(Aihole)에서 발굴된 비명(碑銘, 634)에는 칼리다사(→482)의 이름과 함께 새겨져 있다.

작품으로 아르주나(Arjuna) 왕자가 산 속의 흉폭한 산간민(山間民) 키라타(Kirāta) 모습을 한 시바[Siva, 힌두교 시바파(派)의 최고 신]와 격투하여 천수(天授)의 무기를 얻는 이야기를 그린 서사시 〈키라타르주니야[Kirātārjunīya (Arjuna and the Mountain Man)]〉가 있는데, 고대 산스크리트(Sanskrit) 대서사시 〈마하바라타(Mahābhārata)〉에서 취재한 것으로 운율(韻律)과 수사상(修辭上)의 기교가 뛰어났다.

171

바라티

Subrahmanya Bhāratī 1882. 12. 11. ~ 1921. 9. 11.

인도의 시인.

인도 남부 타밀나두(Tamil Nadu) 주의 '국민 시인(National Poet)'이며, 타밀 근대시의 창시자이다.

타밀 구어체(口語體)의 가치를 재인식하고, 회화(繪畫)의 자유로운 표현과 민요의 리듬을 도입하여, 전통적인 시 형식을 혁신하였다. 종래의 시 개념에 구애되지 않고, 테마도 나날의 생활과 그것을 에워싼 상황에서 적극적으로 받아들였으며, 영국에 대항하는 독립 운동에 참여하면서 많은 정치시를 썼다.

샤크티(Śakti) 여신(女神)의 열렬한 신봉자(信奉者)로, 만년(晩年)에는 전통적인 베단타(Vedanta) 사상으로 회귀(回歸)하여 신비적이고 철학적인 시를 지었다.

단시(短詩)의 명인(名人)으로 알려져 있고, 장시(長詩)에도 뛰어나 대표작 〈쿠일 파투(Kuyil-pāṭṭu)〉가 있으며, 종교시로 크리슈나(Krishna, 힌두교의 신. 인도의 신들 가운데 가장 널리 숭배되고 사랑받는 신)를 찬양한 〈칸난 파투(Kaṇṇan-pāṭṭu)〉가 있다.

172

바르트리하리

Bhartṛhari 450? ~ 500?

인도의 산스크리트(Sanskrit) 어(語) 서정시인.

왕족 출신으로, 갠지스 강(江)(Ganges River) 유역의 아반티(Avanti)에서 태어났다.

17세기 중엽에 처음으로 유럽에 소개되었으며, 세 가지의 '자타카[śataka, 백송 시집(百頌詩集)]'의 작가로 널리 알려졌다. 〈슈링가라 자타카[Śṛṅgāra śataka, 연애 백송(戀愛百頌)]〉에서는 연애의 정서를 아름답게 노래하면서도 번뇌에서 해탈(解脫)하여야 한다고 가르치고 있으며, 〈니티 자타카[Niti śataka, 처생 백송(處生百頌)]〉와 〈바이라기야 자타카[Vairāgya śataka, 이욕 백송(離慾百頌)]〉에서는 이것을 더욱 강조하여 해탈에 이르는 길을 읊고 있다.

의정(義淨, 635~713, 중국 당나라의 승려이며 여행가·불교 경전 번역가)의 〈남해기귀전(南海奇歸傳)〉(모두 4권)에 실려 있는 문법학자이며 철학자 '벌치가리(伐致呵利)'는 바르트리하리를 말하는 것인데, 이 학자와 시인이 동일 인물인지에 관하여는 논란이 있다.

173

바바부티

Bhavabhūti ? ~ ?

700년쯤에 활동한 인도의 극작가이며 시인.

카스트[caste, 인도 사회 특유의 신분 제도. 브라만(Brahman, 사제·성직자), 크샤트리아(Kshatriya, 귀족·무사), 바이샤(Vaisya, 상인·농민·지주), 수드라(Sudra, 소작농·청소부·하인)의 네 가지로 분류된다.]의 최고 계급인 브라만 출신으로, 비다르바[Vidarbha, 지금의 인도 중서부 마하라슈트라(Maharashtra) 주 동부 베라르(Berar) 지방]에서 태어났으며, 주로 북부 우타르프라데시(Uttar Pradesh) 주 카나우지(Kanauj)의 야쇼바르만(Yashovarman, 재위 730~740?) 궁정(宮廷)에서 문학의 삶을 살았다.

산스크리트(Sanskrit) 어(語)로 쓴 그의 희곡은 긴장감과 생생한 성격 묘사로 널리 알려졌으며, 칼리다사(→482)의 탁월한 희곡에 필적(匹敵)한다.

〈라마야나[Rāmāyaṇa(Rama's Journey), '라마가 나아간 길']〉[고대 인도의 산스크리트 어로 된 대서사시. 모두 7편, 2만 4,000시절(詩節)로 이루어져 있으며, 〈마하바라타(Mahābhārata)〉와 더불어 세계 최장편 서사시]에서 라바나(Ravana)를 물리치고 라마[Rāma, 인도 신화에 나오는 비슈누 신의 7번째 화신(化身)]의 대관식(戴冠式)을 거행하는 것까지의 주요 사건을 7막으로 구성한 〈위대한 영웅의 모험[Mahāvīracarita(Exploits of the Great Hero)]〉, 때로는 개연성이 없었지만 매우 흥미진진한 사건들로 구성된 10막으로 이루어진 가정극 〈말라티 마다바(Mālatī Mādhava)〉, 대관식부터 아내 시타(Sītā)의 추방, 마지막의 그들의 재결합 등 라마의 이야기를 계속하여 다룬 〈라마의 후기 위업(偉業)[Uttararāmacarita(The Later Deeds of Rama)]〉 등 세 연극의 희곡 작가로 널리 알려졌다. 마지막 희곡은 다른 두 작품보다 일어나는 사건은 적지만, 등장 인물의 성격 묘사와 긴장감 및 극적인 클라이맥스에 이르게 하는 능력이 대단함을 보여 주었다.

174

바사

Bhāsa ?~?

고대 인도의 극작가이며 시인.

전기(傳記)와 연대(年代)는 명확하지 않지만, 극작가로서의 명성은 일찍부터 알려졌으며, 칼리다사(→482)가 그를 선배로 언급한 사실에서 3세기 무렵의 작가로 짐작된다.

그의 작품은 그 명성이 높았음에도 오랫동안 드러나지 않았는데, 1910년 남인도에서 그의 작품으로 짐작되는 13종의 희곡이 발견되었다. 이 희곡들이 같은 작가의 작품이라는 것은 짐작할 수 있으나, 그 중 어느 것에도 그의 작품이라고 적혀 있는 것은 없다. 이 희곡의 전부 또는 일부가 그의 작품인가는 확실하지 않으나, 초기 산스크리트(Sanskrit) 고전극(古典劇)의 뛰어난 작품임은 분명하다.

역사극 〈프라티주나야우간다라야나(Pratijnayaugandharayana)〉와 〈바사바다타의 꿈[Svapnavāsavadatta(The Dream of Vasavadatta)]〉·〈아비마라카(Avimaraka)〉는 걸작으로 평가되며, 고전극을 융성하게 한 선구적(先驅的)인 작품으로 인정된다.

175

박남수

朴南秀 1918. 5. 3.~1994. 9. 17.

한국의 시인.

평양(平壤) 진향리(趁香里)에서 태어났으며, 미국 뉴저지주에서 죽었다.

1932년(14세) 시 〈삶의 오료(悟了)〉를 발표하였고, 1933년(15세) 〈조선문단(朝鮮文壇)〉(월간 순수 문예지. 1924. 10.~1936. 6. 통권 26호로 종간)에 희곡 〈기생촌(妓生村)〉이 당선되었으나, 그 뒤 희곡은 쓰지 않았다.

김대봉(→59)·김상옥(→69)·김용호(→82)·윤곤강(→357)·임화(→419)·함윤수(咸允洙, 1916~1984, 한국의 시인) 등과 함께 창간한 〈맥(貘)〉(계간 시 전문지. 1938. 6.~1939. 4. 통권 5호로 종간) 동인(同人)으로 활동하면서 창간호에 〈행복(幸福)〉을 발표하였다.

1939년(21세) 김종한(→89)의 권유로 〈문장(文章)〉(월간 순수 문예지. 1939. 2.~1941. 4. 통권 26호로 종간)에 시 〈거리(距離)〉(1939)·〈마을〉(제9호, 1939. 10.)·〈초롱불〉(제10호, 1939. 11.)·〈밤길〉(제12호, 1940. 1.)·〈심야(深夜)〉(1939)·〈주막(酒幕)〉(1939) 등 6편을 정지용(→445)의 추천으로 발표하면서 문단(文壇)에 나왔으며, 〈시건설(詩建設)〉(시 전문지. 1936. 11.~1940. 6. 통권 8호로 종간) 제7호(1939. 10.)에 시 〈눈 오는 날〉·〈여수(旅愁)〉, 제8호(종간호, 1940. 6.)에 〈진남포(鎭南浦)〉를 발표하였다.

1937년(19세) 평양의 숭인상업학교(崇仁商業學校)를 졸업한 뒤 일본으로 유학하여 1941년(23세) 도쿄 주오대학(中央大學) 법학부를 졸업하였다. 대학에 다닐 때인 1940년(22세) 2월 도쿄에서 작품 18편을 묶어 자비(自費)로 처녀 시집 〈초롱불〉[산몬샤(三文社)]을 펴냈다.

1942년(24세)부터 조선식산은행(朝鮮殖産銀行) 진남포 지점에서 근무하였고, 1946년(28세) 평양 지점장으로 승진하였다.

1945년(27세) 9월, 김이석(金利錫, 1914~1964, 한국의 소설가)·김조규(→85)·김화청(金化淸, 1917~?, 한국의 소설가)·남궁만(南宮滿, 1915~1987, 북한의 극작가)·양명문(→278)·오영진(吳泳鎭, 1916~1974, 한국의 극작가이며 시나리오 작가·영화 이론가)·원응서(元應瑞, 1914~?, 한국의 번역 작가)·유항림(兪恒林, 1914~1980, 북한의 소설가)·장수철(張壽哲, 1916~1993, 한국의 시인이며 아동 문학가)·전재경(田在卿)·최명익(崔明翊, 1902~1946, 북한의 소설가)·한태천(韓泰泉, 1906~?, 북한의 극작가)·함윤수·황순원(→521) 등과 함께 우익 계열인 평양예술문화협회(平壤藝術文化協會, 평문협)를 결성하여 활동하였다.

1951년(33세) 1·4 후퇴 때 국군을 따라 월남(越南)하였고, 1952년(34세) 〈문예(文藝)〉(월간 순수 문예지. 1949. 8.~1954. 3. 통권 21호로 종간) 5·6월 합본호에 전쟁의 참혹상을 고발한 시 〈원죄(原罪)의 거리〉를 발표하면서 문학 활동을 다시 시작하였다.

1954년(36세) 〈문학예술(文學藝術)〉(월간 순수 문예지. 1954. 4.~1957. 12. 통권 33호로 종간) 편집 위원, 1957(39세)~1959년(41세) 〈사상계(思想界)〉(월간 종합 교양지. 1953. 4.~1970. 5. 통권 205호로 종간) 상임 편집 위원을 지냈고, 〈신사조(新思潮)〉(월간 문예지. 1962. 2.~9. 통권 8호로 휴간. 이후 복간) 창간호에 평론 〈문학인의 반성과 각오〉를 발표하였으며, 1973년(55세)부터 한양대학교(漢陽大學校) 문리과대학에 출강하였다.

1957년(39세) 한국시인협회(韓國詩人協會) 창립 회원으로 가입하였고, 같은 해 발표한 시 〈갈매기 소묘(素描)〉와 〈다섯 편의 소네트〉로 전국문화단체총연합회(全國文化團體總聯合會, 文總)에서 주는 제5회 자유 문학상(自由文學賞, 1953~1959)을 받았다.

주지주의(主知主義, intellectualism)적 감각으로 서경을 노래한 초기 시를 거쳐 중기에는 조형적인 이미지와 삶의 존재 문제를 깊이 알려고 하였다. 후기 시에서는 이미지가 좀더 다양해지고 현대 문명에 대한 좌절감과 삶의 무의미함을 원초적인 건강성으로 극복하려는 의지를 보여 주었다.

1973년 10월 김광림(金光林, 1929~, 한국의 시인)·김종길(→86)·김종해(金鍾海, 1941~, 한국의 시인)·박목월(→461)·이건청(李健淸, 1942~, 한국의 시인)·이형기(李炯基, 1933~2005, 한국의 시인) 등과 함께 〈심상(心象)〉(월간 시 전문지. 1973. 10.~현재)을 창간하였다.

시 〈생성(生成)의 꽃〉[〈현대문학(現代文學)〉 제34호, 1957. 10.]·〈새〉[〈신태양(新太陽)〉, 1959. 3.]·〈아침 이미지〉[〈사상계〉 제179호, 1968. 3.]·〈종 소리〉[〈새의 암장(暗葬)〉, 1970]·〈훈련〉(〈그리고 그 이후〉, 1993) 등이 있고, 시집으로 〈갈매기 소묘〉[춘조사(春潮社), 1958. 12.]·〈신(神)의 쓰레기〉[모음사(母音社), 1964]·〈새의 암장〉[문원사(文苑社), 1970]·〈박남수·김종한〉[지식산업사(知識産業社), 〈한국 현대 시문학 대계(韓國現代詩文學大系)〉 제21권, 1980]·〈사슴의 관(冠)〉[문학세계사(文學世界社, 1981]·〈새 소리〉[삼성출판사(三省出版社), 1992]·〈서쪽, 그 실은 동쪽〉[인문당(人文堂), 1992]·〈그리고 그 이후〉[문학수첩(文學手帖), 1993]·〈소로(小路)〉(시와시학사, 1994), 시선집(詩選集) 〈어딘지 모르는 숲의 기억〉[미래사(未來社), 1991] 등이 있다.

2년 전 떠난 피아니스트인 아내 강창희(姜昌姬)와 3남매의 뒤를 이어 1975년(57세) 4월 미국 플로리다로 이민, 청과상(靑果商)을 하며 생계를 꾸려 나갔다.

1994년(76세) 시 〈꿈의 물감〉으로 서울신문사가 제정한 제2회 공초 문학상(空超文學賞)을 받았다.

176

박노춘

朴魯春 1912. 11. 12. ~ ?

한국의 시인이며 국문학자.

자(字)는 자인(子仁), 호(號)는 노강(盧江).

충청남도 연기(燕岐)에서 태어났다.

1933년(21세) 대구사범학교[大邱師範學校. 경북대학교(慶北大學校) 사범대학의 전신(前身)]를 졸업하였고, 1937년(25세) 〈시인춘추(詩人春秋)〉(시 동인 문예지. 1937. 6.~1938. 통권 3호로 종간) 창간호에 시 〈항해(航海)〉를 발표하였다.

일본으로 유학하여 1940년(28세) 도쿄 호세이대학(法政大學) 고등과에 입학하여 일본어와 한문을 공부하였다. 1학년 겨울 방학 때 잠시 귀국하여 자비(自費)로 처녀 시집 〈여정(旅程)〉[창문인쇄소(彰文印刷所), 1940. 12.]을 펴냈다. 나라를 빼앗긴 민족의 슬픔을 서정적으로 노래한 이 시집은 윤곤강(→357)이 표지 장정(裝幀)을 하였으며, 〈가마귀〉·〈격랑(激浪)〉·〈고향(故鄕)〉·〈공상(空想)의 씨알〉·〈귀로(歸路)〉·〈미꾸리〉·〈바다〉·〈밤〉·〈밤차〉·〈부적(符籍)〉·〈비조(悲鳥)〉·〈삶의 기억(記憶)〉·〈술래잡기〉·〈여정〉·〈오막사리 풍경(風景)〉·〈유리창〉·〈정야(靜夜)〉·〈증언(證言)〉·〈지렁이〉·〈초조(焦燥)〉·〈추억(追憶)〉·〈탱자〉·〈항적(航笛)〉·〈해무(海霧)〉[〈비판(批判)〉 1939. 7.]·〈해바라기〉·〈화병(花甁)〉 등 26편의 시 작품이 실려 있다.

1942년(30세) 호세이대학을 졸업하였고, 1946년(34세)에 귀국하여 성신여자중학교(誠信女子中學校) 등에서 교사로 근무하였다. 같은 해 시 〈핏방울〉[〈학병(學兵)〉, 1946. 1.]·〈불여귀(不如歸)〉(〈우리문학〉 창간호, 1946. 2.) 등을 발표한 뒤, 시를 쓰지 않고 40여 년 동안 국어 교육과 국문학 연구에 몰두하였다.

1955년(43세) 경희대학교(慶熙大學校) 교수, 1962년(50세) 이후 건국대학교(建國大學校)·국제대학교(國際大學校)·상명여자사범대학교(祥明女子師範大學校. 상명대학교의 전신)·한국외국어대학교(韓國外國語大學校) 강사를 지냈고, 1966년(54세) 건국대학교 국문과 대학원을 졸업하고, 문교부 국정 교과 과정 편집 위원과 국어국문학회(國語國文學會) 위원을 지냈다.

1960년(48세) 이태극(→405)·하한주(河漢珠, 1909~1984, 한국의 성직자이며 시인) 등이 창간한 〈시조문학(時調文學)〉(계간 시조 동인지. 1960. 6.~현재) 창간호에 논단 〈자료 소개(資料紹介)〉를 실었다.

1972년(60세) 국어국문학회에서는 제55~57호 통합호에 '박노춘 교수 환력 기념호'라는 부제(副題)를 붙여 펴냈다.

평론 〈기류 시조 문학 잡고(妓流時調文學雜稿)〉[〈자유문학(自由文學)〉, 1958. 12.~1959. 1.]·〈고시조 작자의 신빙성 문제〉[〈사상계(思想界)〉 제102호, 1961. 10.] 등이 있으며, 〈고시가 주해(古詩歌註解)〉·〈자료 한국 문학사(資料韓國文學史)〉·〈주해 가사 문학 전집(註解歌辭文學全集)〉[집문당(集文堂), 김성배(金聖培, 1917~1985, 한국의 국문학자)·이상보(李相寶, 1927~, 한국의 국문학자이며 수필가)·정익섭(丁益燮)과 공저. 1961]·〈한국 신연극 50년 약사(略史)〉·〈한문 숙어 사전(漢文熟語辭典)〉 등을 펴냈다.

177

박두진

朴斗鎭 1916. 3. 10. ~ 1998. 9. 16.

한국의 시인.

호(號)는 혜산(兮山), 본관(本貫)은 경주(慶州).

경기도 안성(安城)에서 태어났으며, 향리(鄕里)의 초등학교를 졸업하였다.

1939년(23세) 정지용(→445)의 추천으로 〈문장(文章)〉(월간 순수 문예지. 1939. 2.~1941. 4. 통권 26호로 종간) 제5호(1939. 6.)에 시 〈묘지송(墓地頌)〉·〈향현(香峴)〉, 제8호(1939. 9.)에 〈낙엽송(落葉頌)〉, 제12호(1940. 1.)에 〈들국화〉·〈의(蟻)〉 등을 발표하여 문단(文壇)에 나왔다. 정지용은 그의 시에 대하여 '그의 새로운 자연의 발견은 삼림(森林)에서 풍기는 식물성의 체취'라고 평하였다.

초기에는 역사와 인류의 부조리에 소극적 저항을 보였고, 중기에는 그 저항을 심화시켰으며, 그 뒤 기독교 신앙 체험의 고백을 드러냈다.

일제(日帝) 강점기 말에는 침묵으로 절조를 지켰으며, 1946년(30세) 〈상아탑(象牙塔)〉(월간 순수 문예지. 1945. 12.~1946. 6. 통권 7호로 종간) 제6호(1946. 5.)에 〈해〉를 발표하였다. '해'의 시인이요, 자연 교감의 정신을 불러일으킨 두 번째 시집 〈해〉[청만사(靑巒舍), 1949]의 표제가 된 이 시는 광복이라는 벅찬 기쁨 속에서 민족의 웅대한 기대와 민족의 이상(理想)을 구가하던 시기에 썼다. 이 시에서는 '해'라는 구체적 사물을 통하여 광복의 기쁨을 제시하는 한편, 어둠이 걷힌 '청산(靑山)'에서 광명한 조국의 미래사, 민족의 낙원이 펼쳐지기를 간절히 소망하는 뜨거운 열망을 나타내고 있다.

같은 해 4월 4일에는 김진섭(金晋燮, 1903~?, 한국의 수필가이며 독문학자)·박종화(→190)·이하윤(→408) 등이 중심으로 있던 중앙문화협회(中央文化協會)의 불투명한 성격을 거부하고, 곽종원(郭鍾元, 1915~2001, 한국의 문학 평론가)·곽하신(郭夏信, 1920~?, 한국의 소설가)·김갑순(金甲順)·김광주(→51)·김남중(金南中, 1917~1987, 한국의 언론인이며 수필가)·김달진(→58)·김동리(→60)·김상옥(→69)·김수돈(→74)·김춘수(→95)·김현승(→99)·박목월(→178)·박용덕[朴容德, ?~?, 〈단층(斷層)〉 편집·발행인]·박용구(朴容九, 1923~1999, 한국의 소설가)·백완기(白完基, 1914~?, 한국의 문학 평론가)·서정주(→226)·설창수(→230)·여세기(呂世基)·오영수(吳永壽, 1914~1979, 한국의 소설가)·유동준(俞東濬, 1921~, 한국의 문학 평론가)·유치환(→350)·이경순(李敬純, 1905~1985, 한국의 교육자이며 시인)·이광래(李光來, 1908~1968, 한국의 연극인)·이설주(李雪舟, 1908~2001, 한국의 시인)·이영도(→384)·이윤수(李潤守, 1914~1997, 한국의 시인)·이재춘(李在春)·이정호(李正浩, 1927~1991, 한국의 시인이며 언론인)·이한직(→409)·임서하(任西河, ?~?, 한국의 소설가)·정진업(鄭鎭業, 1916~1983, 한국의 시인이며 연극인)·조연현(→459)·조지훈(→461)·조진대(趙眞大, 1920~?, 한국의 소설가)·조향(→463)·최인욱(崔仁旭, 1920~1972, 한국의 소설가)·최태응(崔泰應, 1917~1998, 한국의 소설가)·황순원(→521) 등과 함께 조선청년문학가협회(朝鮮靑年文學家協會)를 결성[1949년 12월 17일 한국문학가협회(韓國文學家協會)가 결성됨에 따라 발전적으로 해산]하여 활동하였으며, 1949년(33세) 한국문학가협회 발족에도 참여하였다.

1946년 6월에는 〈예술부락(藝術部落)〉(월간 종합 문예지. 1946. 1.~6. 통권 3호로 종간) 종간호에 시 〈너를 만나면서〉를 발표하였고, 박목월·조지훈과 3인 시집 〈청록집(靑鹿集)〉[을유문화사(乙酉文化社)]을 펴내 이른바 '청록파'라는 말을 들었으나 향토 정서보다는 기독교적 윤리 의식으로 기울었다.

1949년 5월 〈도봉(道峰)〉·〈묘지송〉·〈바다〉·〈비둘기〉·〈산아〉·〈설악부(雪岳賦)〉·〈오월에〉·〈청산도(靑山道)〉·〈하늘〉·〈해〉·〈해수(海愁)〉·〈해의 품으로〉·〈향현〉 등 31편을 묶어 〈해〉를 펴냈으며, 1950년(34세) 3월에는 박목월·서정주·조지훈과 함께 4인 시집 〈현대 시집 Ⅲ〉[정음사(正音社)]을 펴냈다.

한국 전쟁(Korean War, 1950. 6. 25.~1953. 7. 27.) 때는 문총구국대(文總救國隊) 공군종군문인단[空軍從軍文人團, 일명 창공구락부(蒼空俱樂部). 1951년 4월 대구(大邱)에서 결성]에 소속되어 육군종군작가단[1951년 5월 26일 대전(大田)에서 결성] 기관지 〈전선문학(戰線文學)〉(육군종군작가단의 부정기 간행 잡지. 1952. 4.~1953. 12. 통권 7호로 종간)에 시 〈아침에〉(1952)를 발표하였다.

1952년(36세) 11월 유치환을 발행인으로 구상(→31)·김윤성(金潤成, 1926~, 한국의 시인)·김춘수·설창수·유치진(柳致眞, 1905~1974, 한국의 극작가이며 연출가)·이정호 등이 대구에서 창간한 문예 동인지 〈시와시론(詩論)〉[창간호로 종간. 1958년 4월 20일 경기도 안양(安養)에서 창간된 시 동인지 〈시와시론〉과는 다른 잡지]에 〈악화초(惡火抄)〉를 발표하였다.

1962년(46세)에는 〈강(江) 2〉·〈꽃〉 등이 실려 있는 〈거미와 성좌(星座)〉[대한기독교서회(大韓基督敎書會)]를 펴냈다.

연세대학교(延世大學校)·우석대학교·국학대학교(國學大學校)·이화여자대학교(梨花女子大學校)·단국대학교(檀國大學校)·추계예술대학교(秋溪藝術大學校) 교수를 지냈고, 1981년(65세) 연세대학교에서 정년 퇴임하였다.

1956년(40세) 시 〈거미와 성좌〉와 〈고독(孤獨)의 강(江)〉으로 전국문화단체총연합회(全國文化團體總聯合會, 文總)에서 주는 제4회 자유 문학상(自由文學賞, 1953~1959)을 받은 것을 비롯하여 1963년(47세) 제12회 서울특별시 문화상, 1970년(54세) 제11회 3·1 문화상, 1976년(60세) 제21회 대한민국 예술원(藝術院)상, 1984년(68세) 은관 문화 훈장(銀冠文化勳章), 1988년(72세) 제2회 인촌상(仁村賞), 1989년(73세) 시 〈서한체(書翰體)〉로 제1회 '정지용 문학상(鄭芝溶文學賞)', 1993년(77세) 제15회 외솔상을 받았다.

이 밖의 시집으로 〈오도(午禱)〉[영웅출판사(英雄出版社), 1953. 7.]·〈박두진 시선(詩選)〉[성문사(成文社), 1956. 10.]·〈인간 밀림〉[일조각(一潮閣), 1963]·〈하얀 날개〉[향린사(香隣社), 1967]·〈청록집, 기타〉[현암사(玄岩社), 박목월·조지훈과 공저. 1968]·〈청록집 이후〉(현암사, 박목월·조지훈과 공저. 1968)·〈고산 식물(高山植物)〉[일지사(一志社), 1973]·〈사도행전(使徒行傳)〉(일지사, 1973)·〈수석 열전(壽石列傳)〉(일지사, 1973)·〈속(續) 수석 열전〉(일지사, 1976. 11.)·〈야생대(野生帶)〉(일조각, 1981)·〈에레미야의 노래〉(창작과비평사, 1981)·〈포옹 무한(抱擁無限)〉[범조사(汎潮社), 1981]·〈나 여기 있나이다, 주여〉[홍성사(弘盛社), 1982]·〈박두진〉[지식산업사(知識産業社), 〈한국 현대 시문학 대계(韓國現代詩文學大系)〉 제20권. 1984]·〈박두진 전집〉(범조사, 1984)·〈일어서는 바다〉[문학사상사(文學思想社), 1986]·〈불사조(不死鳥)의 노래〉[혜원출판사(惠園出版社), 1987]·〈성고독(聖孤獨)〉[자유문학사(自由文學社), 1987]·〈서한체(書翰體)〉(깊은샘, 1989)·〈빙벽(氷壁)을 깬다〉(신원문화사, 1990) 등이 있다.

수필집으로는 〈시인의 고향(故鄕)〉(범조사, 1958)·〈생각하는 갈대〉(을유문화사, 1970)·〈그대 가장 고독할 때〉[삼아출판사(三亞出版社), 1971]·〈언덕에 이는 바람〉[서문당(瑞文堂), 1973]·〈그래도 해는 뜬다〉[어문각(語文閣), 1986]·〈돌과의 사랑〉(청아출판사, 1986)·〈햇살, 햇볕, 햇빛〉[대원사(大圓社), 1991], 시론서(詩論書) 〈시와 사랑〉[신흥출판사(新興出版社), 1960]·〈한국 현대시론〉(일조각, 1970)·〈현대시의 이해와 체험〉(일조각, 1976) 등이 있다.

대표시 〈해〉를 새긴 시비(詩碑)가 서울 강동구청(江東區廳)(2000. 1. 1.), 경상북도 김천시(金泉市) 대항면(代項面) 운수동(雲水洞) 직지문화공원(直指文化公園), 충청남도 홍성군(洪城郡) 결성면(結城面) 성곡리(城谷里) 민족시비공원(民族詩碑公園), 전라북도 군산시(群山市) 내흥동(內興洞) 금강(錦江) 하구 진포(鎭浦) 시비공원(2007. 6.)에 있으며, 부산 부산진구(釜山鎭區) 초읍동(草邑洞) 부산어린이대공원 '시가 있는 숲'에는 〈낙엽송〉(1991), 충청남도 보령시(保寧市) 성주면(聖住面) 개화리(開花里) 개화예술공원(開花藝術公園) 모산한국육필문예공원에는 〈하늘〉을 새긴 시비가 있고, '박두진 문학관'이 있는 안성

시 보개면(寶蓋面) 양복리(陽福里) 보개도서관 3층에는 〈고향〉을 새긴 시비가 있다.

한편, 2001년 6월 프랑스 남부 프로방스알프코트다쥐르(Provence-Alpes-Côte d'Azur) 주 아비뇽(Avignon) 근처의 고대 로마 유적지 베종 라 로망(Vaison la Romaine)에 〈해〉의 첫 구절을 새긴 시비가 세워졌다. 앞면은 우리말로 써 있으며, 뒷면은 프랑스 어로 번역되어 있다.

178

박목월

朴木月 1916. 1. 6. ~ 1978. 3. 24.

한국의 시인.

본명(本名)은 영종(泳鍾). 필명(筆名) '木月'은 그가 좋아하였던 변영로(→207)의 호(號) 수주(樹州) '樹'의 '목(木)'과 김소월(→73)의 '월(月)'을 따서 지은 것이다.

수리 조합(水利組合) 이사(理事)인 아버지 박준필(朴準弼)과 열렬한 기독교 신앙을 지닌 어머니 박인재(朴仁哉)의 2남 2녀 중 맏아들로, 경상북도 경주시(慶州市) 건천읍(乾川邑) 모량리(毛良里)에서 태어났다.

1929년(13세) 향리(鄕里)의 건천보통학교를 졸업, 1930년(14세) 대구(大邱) 계성중학교(啓星中學校)에 입학하였는데, 중학교 재학 중인 1933년(17세) 〈어린이〉(월간 어린이 잡지. 1923. 3.~1934. 7. 통권 122호로 종간. 복간하여 1948. 5.~1949. 12. 통권 137호로 종간)에 동시(童詩) 〈통딱딱 통딱딱〉이 특선되었고, 같은 해 〈신가정(新家庭)〉(월간 여성 교양지. 1933. 1.~1936. 9. 통권 45호로 종간) 제6호(1933. 6.)에 동요 〈제비맞이〉가 당선된 이후 많은 동시를 썼다.

1935년(19세) 3월 중학교를 졸업한 뒤 경주의 동부금융조합(東部金融組合)에 취직하였으며, 1938년(22세) 유익순(劉益順, 1920~1997)과 결혼하였다.

1939년(23세) 정지용(→445)의 추천으로 〈문장(文章)〉(월간 순수 문예지. 1939. 2.~1941. 4. 통권 26호로 종간) 제8호(1939. 9.)에 시 〈그것은 연륜(年輪)이다〉·〈길처럼〉 등과 제11호(1939. 12.)에 〈산그늘〉, 제18호(1940. 9.)에 〈가을 어스름〉·〈연륜〉 등을 발표함으로써 등단(登壇)하였다. 이 때 정지용으로부터 '북(北)의 소월, 남(南)의 목월'(〈문장〉 제18호, 1940. 9.)이라는 찬사를 받을 만큼 문단(文壇)의 주목을 한몸에 받았다.

초기 시는 향토적 서정에 민요적 율조가 덧붙여진 짤막한 서정시로 독특한 전통적 시풍(詩風)을 이루고 있다. 이러한 그의 향토적 서정은 시인과 자연과의 교감에서 얻어진 특유의 것이면서도 보편적인 향수(鄕愁)의 미감(美感)을 아울러 담고 있다. 이러한 경향은 시집 〈청록집(靑鹿集)〉[을유문화사(乙酉文化社), 1946. 6.]·〈산도화(山桃花)〉[영웅출판사(英雄出版社), 1955. 12.] 등에서 잘 나타난다.

1941년(25세) 금융 조합을 휴직하고 일본으로 공부하러 갔다가 영화인들과 어울리다가 곧 귀국하였다.

1945년(29세) 금융 조합 부이사(副理事)로 승진하였으나 사임하고 모교(母校) 계성중학교에서 교편(敎鞭)을 잡았다.

1946년(30세) 4월 4일에는 김진섭(金晋燮, 1903~?, 한국의 수필가이며 독문학자)·박종화(→190)·이하윤(→408) 등이 중심으로 있던 중앙문화협회(中央文化協會)의 불투명한 성격을 거부하고, 곽종원(郭鍾元, 1915~2001, 한국의 문학 평론가)·곽하신(郭夏信, 1920~?, 한국의 소설가)·김갑순(金甲順)·김광주(→51)·김남중(金南中, 1917~1987, 한국의 언론인이며 수필가)·김달진(→58)·김동리(→60)·김상옥(→69)·김수돈(→74)·김춘수(→95)·김현승(→99)·박두진(→177)·박용덕[朴容德, ?~?, 〈단층(斷層)〉 편집·발행인]·박용구(朴容九, 1923~1999, 한국의 소설가)·백완기(白完基, 1914~?, 한국의 문학 평론가)·서정주(→226)·설창수(→230)·여세기(呂世基)·오영수(吳永壽, 1914~1979, 한국의 소설가)·유동준(兪東濬, 1921~, 한국의 문학 평론가)·유치환(→350)·이경순(李敬純, 1905~1985, 한국의 교육자이며 시인)·이광래(李光來, 1908~1968, 한국의 연극인)·이설주(李雪舟, 1908~2001, 한국의 시인)·이영도(→384)·이윤수(李潤守, 1914~1997, 한국의 시인)·이재춘(李在春)·이정호(李正浩, 1927~1991, 한국의 시인이며 언론인)·이한직(→409)·임서하(任西河, ?~?, 한국의 소설가)·정진업(鄭鎭業, 1916~1983, 한국의 시인이며 연극인)·조연현(→459)·조지훈(→461)·조진대(趙眞大, 1920~?, 한국의 소설가)·조향(→463)·최인욱(崔仁旭, 1920~1972, 한국의 소설가)·최태응(崔泰應, 1917~1998, 한국의 소설가)·황순원(→521) 등과 함께 조선청년문학가협회(朝鮮靑年文學家協會)를 결성[1949년 12월 17일 한국문학가협회(韓國文學家協會)가 결성됨에 따라 발전적으로 해산]하여 활동하였다.

같은 해 6월에는 〈예술부락(藝術部落)〉(월간 종합 문예지. 1946. 1.~6. 통권 3호로 종간) 종간호에 시 〈무궁화(無窮花)〉를 발표하였고, 박두진·조지훈과 〈나그네〉[〈상아탑(象牙塔)〉 제5호, 1946. 4.]·〈윤사월(閏四月)〉(〈상아탑〉 제6호, 1946. 5.)·〈산이 날 에워싸고〉·〈청노루〉 등이 실려 있는 3인 시집 〈청록집〉을 펴내 해방 시단에 큰 수확을 안겨 주었다.

또한 김수돈·김춘수·서정주·유치환·이호우(→410)·조향 등과 함께 〈노만파(魯漫派)〉(시 동인지. 제4호 발간 후 폐간) 동인(同人)으로 활동하였다.

이 무렵부터 이화여자고등학교(梨花女子高等學校) 교사를 거쳐 서울대학교·연세대학교(延世大學校) 등에서 교편을 잡았다. 또한 대구에서 〈박영종 동시집〉[조선아동회(朝鮮兒童會), 1946. 6.]·〈초록별〉[조선아동문화협회(朝鮮兒童文化協會), 1946. 10.]을 펴냈고, 〈아동(兒童)〉(1946)·〈동화(童話)〉(1947)·〈여학생(女學生)〉(1949)·〈시문학(詩文學)〉(1950~1951) 등을 편집하였다.

1947년(31세) 한국문필가협회(韓國文筆家協會) 발족과 더불어 상임 위원으로 문학 운동에 참여하여, 그 뒤 전국문화단체총연합회(全國文化團體總聯合會, 文總) 상임 위원·청년문학가협회(靑年文學家協會) 중앙 위원·한국문학가협회 사무국장 등으로 활약하였다.

1949년(33세)에는 서정주·조지훈과 함께 평론집 〈시창작법〉[선문사(宣文社)]을, 1950년(34세) 3월에는 박두진·서정주·조지훈과 함께 4인 시집 〈현대 시집 Ⅲ〉[정음사(正音社)], 6월에는 〈현대 명작 동요선〉[산아방(山雅房)]을 펴냈다.

한국 전쟁(Korean War, 1950. 6. 25.~1953. 7. 27.) 때는 문총구국대(文總救國隊) 공군종군문인단[空軍從軍文人團, 일명 창공구락부(蒼空俱樂部). 1951년 4월 대구에서 결성]에 소속되어 활약하였다.

1952년(36세) 11월 유치환을 발행인으로 구상(→31)·김윤성(金潤成, 1926~, 한국의 시인)·김춘수·설창수·유치진(柳致眞, 1905~1974, 한국의 극작가이며 연출가)·이정호 등이 대구에서 창간한 문예 동인지 〈시와시론(詩論)〉[창간호로 종간. 1958년 4월 20일 경기도 안양(安養)에서 창간된 시 동인지 〈시와시론〉과는 다른 잡지]에 시 〈손〉을 발표하였다.

전쟁을 겪으면서 향토적 서정의 시적(詩的) 경향도 변하여 1959년(43세) 12월 〈적막(寂寞)한 식욕(食慾)〉·〈하관(下棺)〉 등을 묶어 펴낸 〈난(蘭), 기타(其他)〉[신구문화사(新丘文化社)]와 〈나무〉·〈우회로(迂廻路)〉 등을 실은 〈청담(晴曇)〉[일조각(一潮閣), 1964. 12.]에 이르면 현실에 대한 관심이 표출되고 있다. 인간의 운명이나 사물의 본성에 관한 깊은 통찰(洞察)을 보이고 있으며, 주로 가족들이나 생활 주변에서 시의 소재를 택하여, 담담하고 소박하게 생활 사상(事象)을 읊었다.

1953년(37세) 서라벌예술대학[중앙대학교(中央大學校) 예술대학의 전신(前身)] 강사, 홍익대학교(弘益大學校) 조교수를 거쳐 1961년(45세) 한양대학교(漢陽大學校) 문리과대학 부교수, 1963년(47세) 같은 대학의 교수가 되었고, 예술원(藝術院) 회원으로 선출되었다.

1955년(39세) 〈나그네〉·〈달〉·〈불국사(佛國寺)〉·〈산도화·1〉 등이 실려 있는 첫 개인 시집 〈산도화〉로 전국문화단체총연합회에서 주는 제3회 자유 문학상(自由文學賞, 1953~1959)을 받았다.

1957년(41세) 한국시인협회(韓國詩人協會)가 창립할 때 출판 간사(幹事)를 지냈고, 1969(53세)~1977년(61세) 이 협회 회장(제10~18대)을 맡았다. 한때 출판사 산아방과 창조사(創造社) 등을 경영하였다.

1967년(51세)에 펴낸 장시집(長詩集) 〈어머니〉[삼중당(三中堂)]는 어머니를 찬미한 것으로 시인의 기독교적인 배경을 이해할 수 있다.

1968년(52세) 시집 〈청담〉으로 대한민국 문예상 본상(本賞)을 받았으며, 같은 해 〈가정(家庭)〉·〈이별가(離別歌)〉 등을 실은 〈경상도(慶尙道)의 가랑잎〉[민중서관(民衆書館)]부터는 현실 인식이 더욱 심화되어 소재가 생활 주변에서 역사적·사회적 현실로 확대되었으며 사물의 본질을 추구하려는 사념적 관념성을 보였다.

1969년에 제18회 서울특별시 문화상, 1972년(56세)에 국민 훈장 모란장(牡丹章), 1975년(59세)에 제20회 대한민국 예술원상을 받았다.

1970년(54세) 5월부터 이듬해 4월까지 〈현대시학(現代詩學)〉(월간 시 전문지. 1969. 4.~현재)에 연재된 〈사력질(砂礫質)〉에서는 사물의 본질이 해명되면서도 냉철한 통찰에 의하여 그 해명에 내재한 근원적인 한계성과 비극성이 천명되고 있다.

1973년 10월 김광림(金光林, 1929~, 한국의 시인)·김종길(→86)·김종해(金鍾海, 1941~, 한국의 시인)·박남수(→175)·이건청(李健淸, 1942~, 한국의 시인)·이형기(李炯基,

1933~2005, 한국의 시인) 등과 함께 〈심상(心象)〉(월간 시 전문지. 1973. 10.~현재)을 창간하였고, 1976년(60세)에는 한양대학교 문리과대학 학장에 취임하였다.

시사적(詩史的)인 면에서 김소월과 김영랑(→79)을 잇는 향토적 서정성을 심화시켰으며, 애국적 사상을 바탕으로 민요조(民謠調)를 개성 있게 수용하여 재창조한 시인으로 평가받고 있다.

수필 분야에서도 일가(一家)의 경지를 이루어 〈구름의 서정〉[박영사(博英社), 1956]·〈사람을 사랑함은 서러운 것을〉[인간사(人間社), 1956]·〈토요일의 밤하늘〉[범조사(汎潮社), 1958]·〈여인(女人)의 서(書)〉[홍자출판사(弘字出版社), 1959]·〈행복의 얼굴〉[청운출판사(靑雲出版社), 1964]·〈밤에 쓴 인생론(人生論)〉(삼중당, 1966)·〈구름에 달 가듯이〉[신태양사(新太陽社), 1967]·〈불이 꺼진 창(窓)에도〉[홍익출판사(弘益出版社), 1968]·〈흘러가는 것을 위하여〉[문명사(文明社), 1968]·〈뜨거운 점 하나〉[지식산업사(知識産業社), 1969]·〈사랑의 발견〉[국민문고사(國民文庫社), 1969]·〈밤하늘의 산책길〉[삼아출판사(三亞出版社), 1971] 등이 있으며, 그의 시작(詩作) 방법과 시 세계를 알 수 있는 자작시(自作詩) 해설서 〈보랏빛 소묘(素描)〉[신흥출판사(新興出版社), 1958]를 펴냈다.

아동 문학 저서로 〈현대 동요선(現代童謠選)〉(한길사, 1949)·〈동시 교실(童詩敎室)〉(아테네사, 1956)·〈세계 동시집〉[계몽사(啓蒙社), 1960]·〈산새알 물새알〉[문원사(文苑社), 1962]·〈동시의 세계〉[배영사(培英社), 1963]·〈소년 소녀 문장 독본〉[보진재(寶晉齋), 1963] 등이 있고, 시집 〈구원(久遠)의 연가(戀歌)〉[구문사(歐文社), 김남조(→56)와 공저. 1962]·〈청록집, 기타〉[현암사(玄岩社), 박두진·조지훈과 공저. 1968]·〈청록집 이후〉(현암사, 박두진·조지훈과 공저. 1968)·〈박목월 시선집(詩選集)〉(삼중당, 1971. 계성학교 개교 65주년 기념 시집)·〈구름에 달 가듯이〉(삼중당, 1975)·〈박목월 시선〉(정음사, 1975)·〈백일 편의 시〉(삼중당, 1975)·〈무순(無順)〉(삼중당, 1976. 11.), 이 밖에 〈문학의 기술(技術)〉·〈박목월 자선집(自選集)〉(모두 10권, 삼중당, 1972)·〈실용 문장 대백과(實用文章大百科)〉[삼성출판사(三省出版社), 1973]·〈육영수 여사(陸英修女史)〉(삼중당, 1976) 등이 있다.

1982년 지식산업사에서 〈박목월〉[〈한국 현대 시문학대계(韓國現代詩文學大系)〉 제18권]을 출판하였다.

대표시 〈나그네〉가 새겨진 시비(詩碑)는 2006년 3월 24일 경주시 진현동(進峴洞)에 건립된 '동리·목월 문학관(東里木月文學館)'을 비롯하여 서울 종로구(鐘路區) 당주동(唐珠洞) 로얄빌딩 앞, 부산(釜山) 강서구(江西區) 대저동(大渚洞) 동방마을 앞 낙동강(洛東江) 둑(1992), 부산진구(釜山鎭區) 초읍동(草邑洞) 부산어린이대공원 앞(2008), 대구 동구(東區) 도동(道洞) 향산마을 제현사 시비공원(2007. 11. 21.), 경상북도 김천시(金泉市) 대항면(代項面) 운수동(雲水洞) 직지문화공원(直指文化公園), 전라남도 구례군(求禮郡) 마산면(馬山面) 황전리(黃田里) 화엄사(華嚴寺) 입구 '시비 동산'에 있으며, 〈청노루〉를 새긴 시비는 서울 용산구(龍山區) 원효로(元曉路) 목월공원(木月公園)과 부산 부산진구 부전동(釜田洞) 부전역 교차로(2007)에 있다. 또한 서울 강북구(江北區) 수유동(水踰洞) 국립4·19민주묘지에 〈죽어서 영원히 사는 분들을 위하여〉(1995. 4. 17.), 종로구 적선동(積善洞) 목산빌딩 앞에 〈옥피리〉, 건국대학교에 〈황소 예찬(禮讚)〉, 한양대학교에 〈산도화〉(1993. 6.), 대구 중구(中區) 동인동(東仁洞) 국채보상운동기념공원과 경주시 충효동(忠孝洞) 황성공원(隍城公園)에 〈얼룩 송아지〉(1968), 전라북도 군산시(群山市) 내흥동(內興洞) 금강(錦江) 하구 진포(鎭浦) 시비공원에 〈윤사월〉(2007. 6.), 제주도 서귀포시(西歸浦市) 서홍동(西烘洞) 서귀포 칠십리 시 공원에 〈밤구름〉 등 여러 곳에 시비가 세워졌다.

박동규(朴東奎, 1939~, 한국의 국문학자이며 문학 평론가)가 그의 맏아들이다.

179

박문규

朴文逵 1805(순조 5)~1888(고종 25)

조선(朝鮮, 1392~1910)의 시인이며 문신(文臣).

자(字)는 제홍(霽鴻), 호(號)는 운소자(雲巢子)·천유자(天游子), 본관(本貫)은 순창(淳昌).

박유형(朴有馨)의 아들로, 경기도 개성(開城)에서 태어났다. 어려서부터 총명함이 뛰어났으며, 한 번 글을 읽으면 잊어버리는 일이 없었다. 장성한 뒤에는 채소밭을 경영하여 많은 재산을 모았으나 천성이 방탕하여 큰 장대(莊臺)를 세우고 첩을 두며 동무들과 매일 술을 마시는 방탕한 생활을 하여 몇 년 만에 가산(家産)을 탕진하였다.

40세에 이르러 뜻을 세워 시 공부에 열중하여 몇만 편의 고시(古詩)를 외었다. 특히 근체시(近體詩)에 뛰어나 중국 청(淸)나라(1616~1912)의 한림(翰林) 동문환(董文煥, 1833~1877)으로부터 극찬을 받아 그 문명(文名)을 떨쳤다.

1887년(82세, 고종 24) 개성 별시 문과(開城別試文科)에 병과(丙科)로 급제(及第)하였는데, 최고령 과거 급제자라는 기록을 남겼다. 고종(高宗, 1852~1919, 조선의 제26대 왕. 재위 1863~1907)의 특명으로 병조참의(兵曹參議)에 등용(登用)되었으며, 이듬해 가선대부(嘉善大夫) 행용양위호군(行龍驤衛護軍)에 올랐다.

만년(晩年)에는 성격이 깨끗하고 허욕(虛慾)이 없었다.

후진(後進)으로는 김재희(金載熙)·서창동(徐昌東)·윤진우(尹鎭佑)·최중건(崔中建) 등이 있으며, 지은 책으로 〈운소산방 시초(雲巢山房詩抄)〉·〈천유집고(天游集古)〉 등이 있다.

180

박세영

朴世永 1902(고종 39).7.7.~1989.2.28.

북한의 시인.

호(號)는 백하(白河).

가난한 선비의 아들로, 경기도 고양군(高陽郡) 한지면(漢芝面) 두모리(豆毛里)[지금의 서울 성동구(城東區) 옥수동(玉水洞)]에서 태어났다.

1917년(15세) 나도향(羅稻香, 1902~1927, 한국의 소설가)·송영(宋影, 1903~1978, 한국의 소설가이며 극작가)과 함께 배재학당(培材學堂, 지금의 배재중·고등학교)에 입학하여 강매(姜邁, 1878~1941, 한국의 독립 운동가이며 언론인)·이중화(李重華, 1881~1950, 한국의 국어학자) 등의 영향을 받아 문학을 하기 시작하였다. 당시 배재학당에는 1916년에 입학한 김복진(金復鎭, 1901~1940, 한국의 조각가이며 미술 평론가·문예 이론가·연극인·사회 운동가. 한국 최초로 서구식 조각 교육을 받았다.)·김기진(→55) 형제·박영희(→183)·박팔양(→193) 등과 같은 해 휘문의숙(徽文義塾, 지금의 휘문중·고등학교)에서 전학하여 온 박용철(→185)이 있었다.

1919년(17세) 3·1 운동 때에는 송영과 함께 등사(謄寫) 신문 〈새누리〉와 〈자유신종보(自由晨鍾報)〉(통권 6호로 종간)를 발간하여 독립 사상을 고취하였다.

1922년(20세) 배재학당을 졸업한 뒤, 중국으로 유학하여 상하이(上海)의 혜령전문학교(惠靈專門學校)에서 공부하였다.

같은 해 9월에는 김두수(金斗洙, 1903~?, 한국의 사회주의 운동가)·김영팔(金永八, 1904~1950, 한국의 연극인)·김홍파(金紅波, ?~?, 〈북조선일보〉 기자)·박용대(朴容大, ?~?, 한국의 사회주의 운동가)·송영·심훈(→261)·이적효(李赤曉, 1901~?, 한국의 사회주의 운동가)·이호(李浩, 1903~?, 한국의 사회주의 운동가)·최승일[崔承一, 1901~?, 한국의 작가이며 방송인·영화인. 최승희(崔承喜, 1911~1969, 북한의 무용가이며 안무가)의 오빠] 등 사회주의(社會主義, socialism) 경향의 문인(文人)들과 최초의 사회주의 예술 단체인 염군사(焰群社)를 조직하여 활동하면서 그 기관지 〈염군〉(문예지. 1922~1924. 3. 통권 3호로 종간) 창간호에 시 〈황포강반(黃浦江畔)〉 등을 발표하였다.

한편 김기진·김복진·김형원(→100)·박영희·안석주[安碩柱, 1901~1950, 한국 소설 삽화의 선구자이며 소설가·영화인. 〈우리의 소원은 통일〉의 작사가. 안석영(安夕影)으로 더 알려졌다.]·연학년(延鶴年, ?~1938, 한국의 연극인)·이상화(→378)·이익상(李益相, 1895~1935, 한국의 소설가이며 언론인) 등이 1923년(21세) 10월 신경향파{新傾向派, 박영희가 〈신경향파의 문학과 그 문단적 지위〉[〈개벽(開闢)〉 제64호, 1925. 12.]에서 '신경향파'라는 용어를 처음 사용하였다.} 문학 단체 파스큘라(PASKYULA, 동인들의 이름 머리글자를 딴 것. 박영희의 'PA', 이익상의 'S', 김복진·김기진의 'K', 연학년의 'YU', 이상화의 'L', 안석주의 'A')를 조직하였다.

1924년(22세) 귀국하여 1925년(23세) 연희전문학교[延禧專門學校. 연세대학교(延世大學校)의 전신(前身)]에 편입하였다. 같은 해 8월, 염군사와 파스큘라가 하나로 통합되어 카프(KAPF, 조선프롤레타리아예술동맹. 에스페란토식 표기인 'Korea Artista Proleta Federatio'의 머리글자. Korea Proletarian Artist Federation)가 조직되었다.

카프는 사회주의 혁명을 위한 문예 운동 단체로 최초의 전국적인 문학 예술가 조직이었다. 창립 당시 구성원은 김기진·김복진·김양(金陽)·김영팔·김온(金穩)·박영희·박용대·박팔양·송영·심훈·안석주·이기영(李箕永, 1895~1984, 북한의 소설가)·이상화·이익상·이적효·이호·조명희(→453)·최승일·한설야(韓雪野, 1900~1976?, 북한의 소설가이며 문학 평론가) 등이었다.

박세영은 카프의 맹원(盟員)으로 활동하였다.

〈문예시대(文藝時代)〉(문예지. 1926. 11.~1927. 1. 통권 2호로 종간) 종간호에 시 〈농부 아들의 탄식(嘆息)〉·〈산협(山峽)에서〉·〈어머니의 사랑〉·〈해빈(海濱)의 처녀〉로 문단(文壇)에 나왔으며, 〈타적〉[〈조선지광(朝鮮之光)〉 제81호, 1928. 11·12. 합본호]·〈바다의 여인〉(〈음악과시〉 창간호, 1930. 8.)·〈산골의 공장〉[〈신계단((新階段)〉 제2호, 1932. 11.]·〈강남(江南)의 봄〉[〈문학창조(文學創造)〉, 1934. 6. 창간호로 종간]·〈오후의 마천령(摩天嶺)〉[〈학등(學燈)〉, 1936. 3.]·〈산제비〉[〈낭만(浪漫)〉, 1936. 11. 9. 창간호로 종간]·〈암연(岩燕)〉(〈낭만〉)·〈최후에 온 소식〉(〈낭만〉)·〈시대병 환자(時代病患者)〉[〈풍림(風林)〉 창간호, 1936. 12.] 등을 발표하였다.

1926(24세)~1934년(32세)에는 〈별나라〉(월간 어린이 잡지. 1926. 6.~1935. 2. 통권 80호로 종간)의 편집 책임자를 맡으면서 수필 〈어린이날을 어떻게 맞을까〉(1929. 5.), 번역 〈세계 명작 동요〉(1929. 5.), 서사시 〈탈주 일만 리(脫走一萬里)〉(1930. 6.), 잡문 〈황하(黃河)와 양자강(楊子江)〉(1930. 7.), 동시(童詩) 〈할아버지와 헌 시계〉(1930. 10.)·〈가을 들〉(1931. 11.)·〈새해에 보내는 송가(頌歌)〉(1932. 1.), 우화(寓話) 〈길늠뱅이와 솔나무〉(1931. 1.), 동극(童劇) 〈홍개미〉(1931. 3.), 과학 소설 〈북구(北歐)의 일일(一日)〉(1931. 5.)·〈대지(大地)를 울리는 소리여〉(1931. 6.)·〈사막(沙漠)의 거인(巨人)〉(1931. 11.)·〈청복(青服)의 대지〉(1931. 12.), 동요(童謠) 〈제비〉(1931. 6.)·〈눈팔매〉(1932. 1.), 가사(歌詞) 〈대장간〉(1931. 8.), 소설 〈우랄 산(山)을 넘어서〉(1931. 9.), 단평(短評) 〈고식화(固式化)한 영역을 넘어서-동요·동시 창작가에게〉(1932. 3.) 등을 발표하였는데, 이 잡지에 야외극 〈어린 소제부(掃除夫)〉(1931. 8.)를 발표한 것이 빌미가 되어 경찰에 체포, 투옥당하였다.

1937년(35세)에는 모교(母校) 배재학당에서 근무하였고, 1938년(36세) 5월 시집 〈산제비〉[중앙인서관(中央印書館). 1946년 2월 별나라사에서 재간]를 펴냈다.

광복된 뒤 조선문학가동맹[朝鮮文學家同盟, 1945년 12월 6일 '조선문학동맹'으로 결성] 중앙 위원을 맡았다. 조선문학가동맹은, 1946년(44세) 2월 8~9일 이틀 동안 조선문학건설본부(朝鮮文學建設本部)와 조선프롤레타리아문학동맹이 함께 전국문학가대회를 개최하여 발족한 좌익(左翼) 문학 단체이다. 발족 당시 구성원은 권환(→41)·김기림(→54)·김남천[金南天, 1911~1953, 한국의 소설가이며 문학 평론가. 본명은 김효식(金孝植)]·김영건(金永鍵, ?~?, 한국의 문학 평론가)·김오성[金午星, 1908~1953?, 한국의 공산주의 이론가이며 문학 평론가. 본명은 김형준(金亨俊)]·박세영·박치우(朴致祐, 1909~?, 한국의 문학 평론가)·박팔양·배호(裵澔)·설정식(→229)·신남철(申南澈, 1907~?, 한국의 문학 평론가)·안회남(安懷南, 1909~?, 한국의 소설가)·양주동(→282)·이병기(→370)·이서향[李曙鄕, 1915~?, 한국의 극작가. 본명은 이영수(李榮秀)]·이원조[李源朝, 1905~1955, 한국의 문학 평론가. 이육사(→390)의 아우]·이태준(李泰俊, 1904~?, 북한의 소설가)·임화(→419)·정지용(→445)·현덕(玄德, 1909~?, 한국의 소설가이며 아동 문학가)·홍구[洪九, 1908~?, 한국의 소설가. 본명은 홍장복(洪長福)]·홍명희(洪命熹, 1888~1968, 장편 소설 〈임꺽정〉의 지은이이며 북한 부수상을 지낸 북한의 소설가이며 정치가) 등이었다.

1946년 6월 초 월북(越北)하였으며, 1947년(45세) 북한에서의 첫 시집 〈진리(眞理)〉를 비롯하여 〈승리의 나팔〉(1953)·〈박세영 시선집(詩選集)〉(1956)·〈박세영 동시 선집(童詩選集)〉(1962)을 펴냈다. 또한 1955년(53세) 1월 몽골을 방문한 뒤 〈사랑의 학원〉·〈울란바또르〉·〈초원(草原)의 아침〉 등 서정시를 묶어 〈몽고 방문 시초(蒙古訪問詩抄)〉를 펴냈다.

1947년 북조선문학예술총동맹[北朝鮮文學藝術總同盟, 1946년 3월 25일 '북조선예술총연맹'으로 결성, 1946년 10월 '북조선문학예술총동맹'으로 개칭, 1951년 3월 '조선문학예술동맹'으로 개편, 1961년 3월 2일 '조선문학예술총동맹(문예총)'으로 부활] 서기장(書記長), 1948년(46세) 최고인민회의(最高人民會議) 대의원, 1954년(52세) 조선문학예술동맹 중앙 위원, 1956년(54세) 조선문학예술동맹 산하 조선작가동맹 중앙위원회 상무 위원을 지냈고, 1959년(57세) 북한의 국가(國歌) 〈애국가(愛國歌)〉를 작사(1947. 6.)한 공로로 '공훈 작가' 칭호 및 국기 훈장(國旗勳章) 제2급을 받았다.

1961년(59세) 조국평화통일위원회 중앙 위원에 올랐으며, 1967년(65세) 조선작가동맹 상무 위원 및 공훈 시인을 지냈다. 1983(81세)~1984년(82세)에는 김일성[金日成, 1912~1994, 북한의 주석. 본명(本名)은 김성주(金成柱). 재임 1948~1994] 생일에 맞추어 축시(祝詩) 〈위대한 주체의 태양을 우러러〉·〈위대한 태양의 빛발 아래〉 등을 발표하였다.

공동 시집 〈횃불〉(우리문학사, 1946. 4.)이 있으며, 〈광휘(光輝)로운 당(黨)의 가치여〉·〈나팔수〉·〈순아〉(〈횃불〉) 등의 작품이 있다.

1962년(60세)에 펴낸 서사시집 〈밀림(密林)의 역사〉는 조기천(→451)의 장편 서사시 〈백두산(白頭山)〉(1947)과 함께 북한의 2대 걸작 서사시로 평가받았다.

그 동안 규제 문인으로 묶여 있다가 1988년 7월 정부의 월북 문인 해금(解禁) 조치 발표로 그의 모든 작품이 해금되었다.

181

박수일

朴遂一 1553(명종 8). 12. 28. ~ 1597(선조 30)

조선(朝鮮, 1392~1910)의 시인.

자(字)는 순백(純伯), 호(號)는 건재(健齋)·명경(明鏡), 본관(本貫)은 밀양(密陽).

생원(生員)인 아버지 박호(朴灝)와 어머니는 이종악(李宗諤)의 딸로, 경상북도 선산(善山)에서 태어났으며, 정유재란(丁酉再亂, 1597. 1.~1598. 12.) 때 전사(戰死)하였다.

노수신(盧守愼, 1515~1590, 조선의 문신이며 학자)과 이황(李滉, 1501~1570, 조선의 문신이며 학자)을 찾아가 경의(經義)를 토론하였으며, 학문을 인정받았다.

1576년(23세, 선조 9) 복시(覆試)에 낙방한 뒤 과거(科擧)에 뜻을 두지 않고 위기지학(爲己之學)에 몰두하였다.

1592년(39세, 선조 25) 임진왜란(壬辰倭亂, 1592. 4. 13. ~1598. 11. 19.)이 일어나자, 노경임(盧景任, 1569~1620, 조선의 문신)과 함께 의병(義兵)을 일으켜 항전(抗戰)하였으며, 그 공으로 군자감(軍資監) 참봉(參奉)이 되었다.

극진한 효도에 풍류(風流)가 높았고, 시문(詩文)에 뛰어났으며, 지은 책으로 〈건재일고(健齋逸稿)〉(모두 2권 1책)가 있다.

182

박아지

朴芽枝 1905(고종 42). 2. 2. ~ 1959. 6. 26.

북한의 시인이며 희곡 작가.

본명(本名)은 일(一).

함경북도 경성군(鏡城郡) 명천(明川)에서 태어났다.

일본으로 유학하여 1926년(21세) 도쿄 도요대학(東洋大學)을 중퇴하고, 1927년(22세) 귀국하여 사회주의(社會主義, socialism) 혁명을 위하여 조직(1925. 8.)된 문예 운동 단체 카프(KAPF, 조선프롤레타리아예술동맹. 에스페란토식 표기인 'Korea Artista Proleta Federatio'의 머리글자. Korea Proletarian Artist Federation)에 참여한 뒤, 프로문학(proletarian literature)에 관련된 농촌시와 서사시를 썼다.

〈별나라〉(월간 어린이 잡지. 1926. 6.~1935. 2. 통권 80호로 종간) 편집 동인(同人)으로 문학 활동을 시작하여 〈습작시대(習作時代)〉(문학 동인지. 1927. 2.~?. 통권 4호로 종간) 창간호에 시 〈흰 나라〉와 평론 〈농민 시가 소론(農民詩歌小論)〉, 〈동아일보(東亞日報)〉에 소설 〈눈을 뜰 때까지〉를 발표하여 등단(登壇)하였다. 〈눈에 뜰 때까지〉는 주인공 순희가 공상적 연애관을 버리고 건강한 인간관을 갖는 과정을 그린 작품이다.

초기에는 〈농부의 선물〉[〈조선문단(朝鮮文壇)〉 제20호, 1927. 3.]·〈밭갈이 준비〉[〈동광(東光)〉 제16호, 1927. 8.]·〈농민가(農民歌)〉[〈예술운동(藝術運動)〉 창간호, 1927. 11.]와 같이 농촌을 소재로 한 서정적인 목가(牧歌)를 노래하였는데, 나중에는 노동자와 농민들의 시각에서 농촌 현실을 고발하는 〈농가 9곡(農歌九曲)〉·〈농군 행진곡(農軍行進曲)〉·〈농부의 시름〉 등을 발표하면서 시적(詩的) 리얼리즘을 획득하는 방향으로 나아갔다.

1927년 12월 1일 〈동아일보〉 신춘 문예 시 부문에 〈어머니시여〉가 김해강(→97)의 〈새 날의 기원(祈願)〉과 함께 당선되어 본격적인 문학 활동을 펼쳤다.

1932년(27세)에는 〈매일신보〉[한국어 일간지. 1904년 7월 18일 배설(裵說, 1872~1909, Ernes Thomas Bethell, 대한제국 때의 영국의 언론인)이 창간한 〈대한매일신보(大韓每日申報)〉를 일제(日帝)가 사들여 1910년 8월 30일부터 '대한' 두 자를 떼고 〈매일신보(每日申報)〉로 제호(題號)를 바꾸었다가, 1938년 4월 29일 〈매일신보(每日新報)〉로 바뀌었고, 1945년 11월 23일 〈서울신문〉으로 바뀌어 오늘에 이르고 있다.] 신춘 문예 시 부문에 〈오직 이 어둠만이〉가 당선되었다.

1930년대에 발표한 시 〈명랑한 삶〉[〈조선문학(朝鮮文學)〉 제6호, 1934. 1.]·〈봄을 그리는 마음〉[〈문학창조(文學創造)〉, 1934. 6. 창간호로 종간]·〈창궁(蒼穹)〉[〈청년조선

(青年朝鮮)〉 창간호, 1934. 10. 5.]·〈만향(晩香)〉[〈풍림(風林)〉, 1937] 등에서는 감상(感傷)에 그치지 않고 끊임없이 새로운 세계에 대한 갈망을 노래하였다.

광복되기 전 8년 동안 시를 쓰지 않다가 광복 직후 〈심화(心火)〉[〈예술(藝術)〉(복간), 1945. 12.]·〈들으시나니까〉(〈우리문학〉 창간호, 1946. 2.) 등을 발표하여 광복의 기쁨을 노래하였다.

1946년(41세) 2월 8~9일 이틀 동안 조선문학건설본부(朝鮮文學建設本部)와 조선프롤레타리아문학동맹이 함께 전국문학가대회를 개최하여 발족한 좌익(左翼) 문학 단체인 조선문학가동맹[朝鮮文學家同盟, 1945년 12월 6일 '조선문학동맹'으로 결성]에 참여하였고, 〈우리문학〉(월간 문예지. 1946. 2.~3. 통권 2호로 종간) 편집에 관계하다가 월북(越北)하였다.

북한에서 '문예총[文藝總, 1946년 3월 25일 '북조선예술총연맹'으로 결성, 1946년 10월 '북조선문학예술총동맹'으로 개칭, 1951년 3월 '조선문학예술동맹'으로 개편, 1961년 3월 2일 '조선문학예술총동맹(문예총)'으로 부활]' 산하 조선작가동맹 기관지 〈조선문학〉[문예총 기관지. 1946년 7월 25일 〈문화전선(文化戰線)〉으로 창간, 1948년 1월 〈문학예술(文學藝術)〉로 제호를 바꾸었다가 1953년 10월 〈조선문학〉으로 다시 바꾸어 오늘에 이른다. 북한 제일의 월간 종합 문예지]을 편집하였다.

이 밖에 북한의 시인 박세영(→180)에 대한 평론 〈박세영론(朴世永論)〉[〈풍림(風林)〉 제5호, 1937. 4.]과 〈오직 실력〉(〈동아일보〉, 1937. 8. 13.)·〈이찬(李燦) 시집 '분향(焚香)'을 읽고〉(〈동아일보〉, 1938. 9. 1.), 희곡 〈어머니와 딸〉(〈조선문학〉 제7~9호, 1937. 1.~3.)·〈명일(明日)의 정서(情緖)〉(〈조선문학〉 제14~16호, 1937. 8.~10.)·〈관촌(官村)〉[〈비판(批判)〉 제67호, 1938. 11.] 등을 발표하였고, 시집 〈심화〉(우리문학사, 1946. 3.)·〈종다리〉(1959. 7.)를 펴냈다.

그 동안 규제 문인으로 묶여 있다가 1988년 7월 정부의 월북 문인 해금(解禁) 조치 발표로 그의 모든 작품이 해금되었다.

183
박영희
朴英熙 1901(고종 38). 12. 20. ~ ?

한국의 시인이며 소설가·문학 평론가.

아명(兒名)은 거복(巨福), 15세 때 '영희'로 개명하였다. 호(號)는 송은(松隱)·회월(懷月), 창씨개명(創氏改名)한 이름은 요시무라 고도(芳村香道), 본관(本貫)은 밀양(密陽).

모물전(毛物廛)을 하는 아버지 박병욱(朴秉旭)과 교회 전도사(傳道師)인 어머니 김승일(金昇日)의 3녀 1남 중 막내로, 서울 서대문구 천연동(天然洞)에서 태어났다. 그가 태어나기 전에 위로 세 누이가 모두 사망하고 아버지가 23세 때 외아들로 태어나 금지옥엽(金枝玉葉)으로 어린 시절을 보냈다.

1910년(9세) 공옥소학교(攻玉小學校)에 입학, 1916년(15세) 졸업하고 그 해 배재학당(培材學堂, 지금의 배재중·고등학교)에 입학하여 1920년(19세) 4년을 수료하였다. 배재학당에서는 함께 입학한 김복진(金復鎭, 1901~1940, 한국의 조각가이며 미술 평론가·문예 이론가·연극인·사회 운동가. 한국 최초로 서구식 조각 교육을 받았다.)·김기진(→55, 3년 동안 같은 반) 형제와 박팔양(→193), 같은 해 휘문의숙(徽文義塾, 지금의 휘문중·고등학교)에서 전학 온 박용철(→185), 1917년(16세) 입학한 나도향(羅稻香, 1902~1927, 한국의 소설가)·박세영(→180)·송영(宋影, 1903~1978, 한국의 소설가이며 극작가) 등과 교유(交遊)하였다.

1919년(18세) 3학년 학기말 시험이 끝나고 종로(鐘路) 탑골공원에 나가 3·1 운동에 참여한 뒤, 독립 선언서(獨立宣言書)를 돌리다가 김기진과 함께 체포되었다가 풀려났다.

1920년 3월, 졸업 시험을 치르기 전에 일본으로 유학하여 김기진과 같은 하숙집에서 지냈는데, 도쿄에 도착한 지 보름 만에 아버지의 위독으로 잠깐 귀국하였다가, 6월 김봉업(金鳳業, 1902~?)과 남대문 교회에서 결혼하였고, 10월 다시 일본으로 가서 도쿄 세이소쿠영어학교(正則英語學校)에서 8개월 동안 공부하였다.

1921년(20세) 귀국하여 노자영(→120)·박인덕(朴仁德, 1897~1980, 한국의 여성 독립 운동가이며 교육가)·박종화(→190)·변영로(→207)·신태악(辛泰嶽, 1902~1980, 한국의 법조인이며 정치가)·오상순(→293)·황석우(→520)와 함께 〈장미촌(薔薇村)〉(1921. 5. 24. 창간호로 종간. 우리나라 최초의 시 동인지) 동인(同人)으로 활동하면서 여기에 시 〈과거(過去)의 왕국〉·〈적(笛)의 비곡(悲曲)〉을 발표하였다. 또한 〈신청년(新靑年)〉(문예지. 1919. 1.~1921. 7. 통권 6호로 종간) 동인으로, 제4호(1921. 1.)에 시 〈목동(牧

童)의 적(笛)〉과 소설 〈애화(愛花)〉, 종간호에 그의 첫 평론인 나도향의 소설평 〈은하군(隱荷君)과 그의 작품〉 등을 발표하였다.

1922년(21세) 휘문의숙 동문 박종화 · 안석주[安碩柱, 1901~1950, 한국 소설 삽화의 선구자이며 소설가 · 영화인. 〈우리의 소원은 통일〉의 작사가. 안석영(安夕影)으로 더 알려졌다.] · 홍사용(→515), 배재학당 동문 나도향, 노자영 · 이상화(→378) · 현진건(玄鎭健, 1900~1943, 한국의 소설가) 등과 함께 창간한 〈백조(白潮)〉(문예 동인지. 1922. 1. 9.~1923. 9. 6. 통권 3호로 종간) 창간호에 〈객(客)〉 · 〈미소의 허화시(虛華市)〉 · 〈환영(幻影)의 황금탑(黃金塔)〉 · 〈황진이(黃眞伊)의 항로(航路)〉, 제2호(1922. 5.)에 〈꿈의 나라로〉 · 〈어둠 너머로〉 · 〈유령(幽靈)의 나라〉 · 〈하늘의 향연(饗宴)〉 등 4편, 종간호에 수필 〈생(生)의 비애(悲哀)〉와 시 〈미지(未知)의 상(像)〉 · 〈웃음의 여울〉 · 〈월광(月光)으로 짠 병실(病室)〉 · 〈이별한 후에〉 등을 발표하면서 본격적인 창작 활동을 전개하였다. 이 시기까지의 작품은 그의 문학 활동에서 제1기에 해당되는 것으로, 탐미적(耽美的)이고 감상적(感傷的)인 낭만주의(浪漫主義, romanticism) 경향을 띠었다.

그러나 1923년(22세) 이후 그러한 자기 자신을 비판하고 김기진의 영향으로 계급 의식에 눈을 뜨게 되고 작품 세계 또한 큰 변화를 겪어, 김기진과 함께 〈백조〉의 해체를 주도하였다. 같은 해 〈동명(東明)〉(시사 주간지. 1922. 9.~1923. 6. 통권 40호로 종간)에 시 〈가을의 애인(愛人)〉 · 〈밤하늘은 내 마음〉, 〈개벽(開闢)〉(우리나라 최초의 월간 종합 교양지. 1920. 6.~1926. 8. 통권 72호로 종간. 속간 1934. 11.~1935. 2. 통권 4호로 종간. 복간 1946. 1.~1949. 3. 통권 9호로 종간)에 〈기원(祈願)〉 등을 발표하였다.

1923년 10월에는 김기진 · 김복진 · 김형원(→100) · 안석주 · 연학년(延鶴年, ?~1938, 한국의 연극인) · 이상화 · 이익상(李益相, 1895~1935, 한국의 소설가이며 언론인) 등과 함께 신경향파{新傾向派, 박영희가 〈신경향파의 문학과 그 문단적 지위〉(〈개벽〉 제64호, 1925. 12.)에서 '신경향파'라는 용어를 처음 사용하였다.} 문학 단체 파스큘라(PASKYULA, 동인들의 이름 머리글자를 딴 것. 박영희의 'PA', 이익상의 'S', 김복진 · 김기진의 'K', 연학년의 'YU', 이상화의 'L', 안석주의 'A')를 조직하여, '인생을 위한 예술(art for life's sake)'을 지향하는 새로운 경향의 문예 운동을 전개하였다.

1924년(23세) 개벽사에 기자로 입사하여 학예부장을 맡아 〈개벽〉의 문예부 책임자로 있으면서, 평론 〈악(惡)의 꽃을 심은 뽀드레논(論)〉(제44호, 1924. 2.) · 〈자연주의(自然主義)에서 신이상주의(新理想主義)에 기울어지려는 조선 문단의 최근 경향〉(제44호, 1924. 2.) · 〈체홉 희곡에 나타난 로서아(露西亞) 환멸기(幻滅期)의 고통〉(제44호, 1924. 2.) · 〈조선을 지나가는 비너스〉(제54호, 1924. 12.), 소설 〈결혼 전일(結婚前日)〉(제47호, 1924. 5.) · 〈애(愛)의 만가(輓歌)〉(제48호, 1924. 6.) · 〈이중 병자(二重病者)〉(제53호, 1924. 11.)를 발표하였다.

이어서 1925년(24세) 〈개벽〉에 평론 〈문학상(文學上)으로 본 이광수(李光洙)〉(제55호, 1925. 1.) · 〈창작 비평과 평자(評者)〉(제56호, 1925. 2.) · 〈문학상 공리적(功利的) 가치 여하(價値如何)〉(제56호, 1925. 2.) · 〈시의 문학적 가치〉(제57호, 1925. 3.) · 〈진실을 잃어버린 합평(合評)〉(제60호, 1925. 6.) · 〈고뇌 문학의 필연성 문제에 대한 발단만을 논함〉(제61호, 1925. 7.) · 〈고민 문학(苦悶文學)의 필요성〉(제61호, 1925. 7.) · 〈화염(火焰) 속에 있는 서간철(書簡綴)〉(제63호, 1925. 11.) · 〈신경향파의 문학과 그 문단적 지위〉(제64호, 1925. 12.) · 〈준비 시대에 있는 빠사로프의 부정적 정신〉(제64호, 1925. 12.), 단편 소설 〈전투(戰鬪)〉(제55호, 1925. 1.) · 〈정순이의 설움〉(제56호, 1925. 2.) · 〈산양개〉(제58호, 1925. 4.) · 〈피의 무대〉(제63호, 1925. 11.) 등과 〈동정(同情)〉[〈신여성(新女性)〉 제12호, 1925. 1.] · 〈문단의 투쟁적 가치〉[〈조선일보(朝鮮日報)〉, 1925] · 〈문예 비평론〉(〈조선일보〉, 1925)을 발표하였다.

이 해 8월 23일 김기진과 함께 사회주의(社會主義, socialism) 혁명을 위하여 문예 운동 단체 카프(KAPF, 조선프롤레타리아예술동맹. 에스페란토식 표기인 'Korea Artista Proleta Federatio'의 머리글자. Korea Proletarian Artist Federation)를 조직, 프로 문학(proletarian literature) 운동에 참여하여 그 지도적인 이론가로 활약하며 극좌적(極左的)인 평론을 썼다.

카프는, 1922년 9월 김두수(金斗洙, 1903~?, 한국의 사회주의 운동가) · 김영팔(金永八, 1904~1950, 한국의 연극인) · 김홍파(金紅波, ?~?, 〈북조선일보〉 기자) · 박세영 · 박용대(朴容大, ?~?, 한국의 사회주의 운동가) · 송영 · 심훈(→261) · 이적효(李赤曉, 1901~?, 한국의 사회주의 운동가) · 이호(李浩, 1903~?, 한국의 사회주의 운동가) · 최승일[崔承一, 1901~?, 한국의 작가이며 방송인 · 영화인. 최승희

(崔承喜, 1911~1969, 북한의 무용가이며 안무가)의 오빠] 등 사회주의 경향의 문인(文人)들이 조직한 최초의 사회주의 예술 단체인 염군사(焰群社)와, 파스큘라가 1925년 8월에 하나로 통합된 최초의 전국적인 문학 예술가 조직이었다. 창립 당시 구성원은 김기진·김복진·김양(金陽)·김영팔·김온(金穩)·박영희·박용대·박팔양·송영·심훈·안석주·이기영(李箕永, 1895~1984, 북한의 소설가)·이상화·이익상·이적효·이호·조명희(→453)·최승일·한설야(韓雪野, 1900~1976?, 북한의 소설가이며 문학 평론가) 등이었다.

1926년(25세)에는 〈개벽〉 제65호(1926. 1.)에 〈문예쇄담(文藝鎖談)을 읽고〉와 단편 소설 〈사건(事件)〉, 프로 문학 반대 진영의 대표적인 염상섭(廉想涉, 1897~1963, 한국의 소설가)을 비판하는 〈신흥 예술의 이론적 근거를 논하여 염상섭 군의 무지(無知)를 박함〉(〈조선일보〉, 1926. 2. 3.~2. 19.), 〈조선지광(朝鮮之光)〉(월간 종합 교양지. 1922. 11.~1930. 11. 통권 100호로 종간) 제61호(1926. 11.)에 서울 변두리 빈민굴에 살던 주인공이 굶주린 끝에 느끼는 인간의 본능을 드러낸 단편 소설 〈지옥 순례(地獄巡禮)〉, 〈별건곤(別乾坤)〉(대중 월간지. 1926. 11.~1934. 7. 통권 74호로 종간) 창간호에 단편 소설 〈철야(徹夜)〉, 평론 〈문예 운동의 과거 1년간의 과정〉[〈중외일보(中外日報)〉]·〈신흥 문예의 내용〉(〈조선일보〉)을 발표하였다.

같은 해 말부터는 계급 문학(階級文學)과 카프의 노선(路線)을 놓고 김기진과 내용과 형식 중 어떤 것을 우선할 것이냐는 '내용과 형식 논쟁'을 벌였다. 김기진이 다소 유화적인 입장으로 포괄적 계급 문학을 주창한 데 반하여 박영희는 강경 노선을 택하여 이데올로기 우선을 내세웠다. 역시 강경파인 임화(→419)가 박영희 편에 가세하여 김기진을 공박하였고, 이어진 아나키즘(anarchism, 無政府主義) 논쟁을 거쳐 김화산(→101) 등 아나키스트 분파를 제명하면서 카프의 제1차 방향 전환(1927. 9. 1.)이 일어났다.

1927년(26세)에는 신간회(新幹會)에 가입하는 한편 카프 회장으로 활약하였다. 카프 활동과 더불어 시 대신 소설을 썼고, 또한 〈기성 문학(旣成文學)의 자연성과 계급 문학의 필연성〉(〈조선일보〉, 1927. 1. 2.)·〈문예 운동의 이론과 실제〉(〈조선지광〉, 제63호, 1927. 1.)·〈투쟁기(鬪爭期)에 있는 문예 비평가의 태도〉(〈조선지광〉 제63호, 1927. 1.)·〈'신경향파'의 문학과 '무산파(無産派)'의 문학〉(〈조선지광〉 제64호, 1927. 2.)·〈무산 예술 운동의 집단적 의의〉(〈조선지광〉 제65호, 1927. 3.)·〈문예 비평가의 형식파와 맑스주의〉[〈조선문단(朝鮮文壇)〉 제20호, 1927. 3.]·〈문예 운동의 방향 전환〉(〈조선지광〉 제66호, 1927. 4.)·〈문학 의식 구성과 계급 문학의 진출〉(〈조선지광〉 제68~69호, 1927. 6.~7.)·〈문예 운동의 목적 의식론〉(〈조선지광〉 제69호, 1927. 7.)·〈문예 시평과 문예 잡감〉(〈조선지광〉 제70~72호, 1927. 8.~10.)·〈무산 계급(無産階級) 문예 운동의 정치적 역할〉[〈예술운동(藝術運動)〉 창간호, 1927. 11.] 등 많은 양의 평론을 발표하였다. 이 무렵의 그의 작품과 평론은 모두 경직된 이데올로기를 앞세우고 있었고, 문학은 정치적 목적을 위한 방편으로 전락되었다.

1928년(27세)에도 〈문예 운동의 과거와 장래〉(〈조선일보〉, 1928. 1. 1.~1. 7.)·〈최근 문예 소감〉(〈조선일보〉, 1928. 10. 28.~11. 6.)·〈문학의 취미와 예술 운동의 임무, 대중적 의의에 대하여〉(〈조선일보〉, 1928. 12. 27.~12. 28.)·〈예술 운동에 대하여-약간의 오보(誤報)를 보고서〉(〈조선일보〉, 1928) 등의 평론을 발표하였다.

1929년(28세) 평론 〈조선 예술 운동의 전개책〉(〈조선일보〉, 1929. 1. 1.~1. 2.)·〈문예 시평(文藝時評)〉(〈조선일보〉)·〈만춘 시평(晩春時評)〉(〈조선일보〉)·〈예술이란 무엇인가?〉[〈조선문예(朝鮮文藝)〉] 등을 발표하였으며, 이후 문학이 계급 이론을 위한 시녀(侍女)로 전락되는 것에 대하여 회의(懷疑)를 느꼈고, 카프 안에서 프로 문학 운동에 대한 이론이 대립되었다.

1930년(29세)에는 〈1929년 예술 논전(論戰)의 귀결로 보아 신년(新年)의 우리 진로(進路)를 논함〉(〈조선일보〉, 1930. 1. 1.~1. 10.)·〈예술학의 과학적 가치〉[〈대조(大潮)〉 창간호, 1930. 3.]·〈조선의 문예 이론의 귀결은 필요한가?〉(〈대조〉)·〈객관적 존재와 주관적 의지의 상호관계〉(〈대조〉)·〈프로 문학이란 무엇이냐?〉(〈삼천리〉, 1930) 등을 발표하였고, 소설과 평론을 함께 엮은 평론집 〈소설·평론집〉[민중서원(民衆書院)]을 펴냈다.

같은 해 카프의 제1차 방향 전환에 일조한 임화의 도쿄 유학을 지원하였는데, 이듬해 철저히 볼셰비키화(Bol'sheviki化)되어 귀국한 임화가 '당(黨)의 문학'을 내걸고 도쿄 유학생 권환(→41)·김남천[金南天, 1911~1953, 한국의 소설가이며 문학 평론가. 본명은 김효식(金孝植)]·안막(安漠, 1910~?, 북한의 문학 평론가. 최승희의 남편) 등 소장파(少壯派)의 지지를 얻어 카프의 주도권을 장악하였고, 카프의 볼셰비키화를 위한 조직 개편을 시도하게 된 제2차 방향 전환 이후 박영희는 카프 내 주도권을 상실하고 입지가 약해졌다.

1931년(30세) 고경흠(高景欽, 1910~?, 일제 강점기 사회주의 항일 운동가)·김기진·안막·양명(梁明, 1902~?, 일제 강점기의 사회주의 운동가)·윤기정(尹基鼎, 1903~1955, 한국의 소설가이며 문학 평론가)·이기영·임화·한위건(韓偉鍵, 1896~1937, 일제 강점기의 사회주의 운동가) 등과 공산당재건동맹(共産黨再建同盟)을 조직, 지하 당 재건을 획책한 혐의로 70여 명이 검거되는 공산당 재건 사건과 관련된 이른바 '제1차 카프 검거 사건'에 연루되어 8월에 검거되어 서울 종로경찰서(鐘路警察署)에 구속되었다가 3개월 동안 옥살이한 뒤 불기소 처분으로 풀려났다.

1933년(32세) 12월 카프에 탈퇴원을 제출하였고, 1934년(33세) 〈동아일보(東亞日報)〉에 문단(文壇)에 큰 충격을 준 사설(社說) 〈최근 문예 이론의 신전개와 그 경향〉(1934. 1. 4.)을 발표하였다. 이 사설에서 '얻은 것은 이데올로기요, 잃은 것은 예술이었다.'라는 전향(轉向) 선언을 남기고 다시 예술주의(藝術主義)로 복귀하였다.

1934년 7월 이른바 '제2차 카프 검거 사건[신건설사 사건(新建設社事件)이라고도 한다.]'이 일어나면서 권환·김유영(金幽影, 1908~1940, 한국의 영화인)·나웅(羅雄, 1909~?, 한국의 연극인이며 영화 배우. 나도향의 사촌 동생)·박완식(朴完植)·백철(白鐵, 1908~1985, 한국의 문학 평론가)·송영·윤기정·이갑기(李甲基, 1908~?, 한국의 문학 평론가)·이기영·이동규(李東珪, 1911~1951, 한국의 시인이며 소설가·문학 평론가)·정청산(鄭青山)·최정희(崔貞熙, 1906~1990, 한국의 여류 소설가)·한설야(韓雪野, 1900~1976?, 북한의 소설가이며 문학 평론가)·홍구[洪九, 1908~?, 한국의 소설가. 본명은 홍장복(洪長福)] 등 23명과 함께 체포되었고, 10월에 기소(起訴)되어 전주형무소(全州刑務所)에 수감(收監)되었다가 두 달 뒤인 12월에 불기소 집행 유예로 풀려났다. 카프는 경기도 경찰부에 해산계(解散届)를 제출함으로써 공식적으로 해체되었다.

1936년(35세)에는 소설 〈반려(伴侶)〉[〈삼천리(三千里)〉]와 〈포도원(葡萄園)에서〉[〈조선문학(朝鮮文學)〉], 평론 〈민촌(民村)의 역작 '고향'을 읽고서〉(〈조선일보〉, 1936. 12. 1.)를 발표하였고, 1937년(36세) 문학 활동의 초기 시들을 묶어 시집 〈회월 시초(懷月詩抄)〉[중앙인서관(中央印書館), 1937. 5.]를 펴냈다.

1938년(37세) 작가론 〈현민 유진오론(玄民兪鎭午論〉(〈동아일보〉, 1938. 2. 18.)·〈민촌 이기영론(民村李箕永論)〉(〈동아일보〉, 1938. 2. 20.)을 발표하였다. 같은 해 6월 20일 도쿄에서 열린 시국대응전국위원회(時局對應全國委員會)에 김기진과 함께 조선 대표로 참가하고 돌아온 뒤, 7월 24일 부민관[府民館, 지금의 서울 중구(中區) 태평로(太平路) 서울시의회 의사당]에서 시국대응전선사상보국연맹(時局對應全鮮思想報國聯盟) 결성 위원으로 참여한 것을 계기로 친일(親日) 노선으로 방향을 바꾸었다.

1939년(38세)에는 일제(日帝)의 이른바 '총후봉공(銃後奉公, 전쟁 수행을 위하여 적극 협력하는 것)'이라는 미명(美名) 아래 군사 후원을 목적으로 결성(1939. 3. 14.)된 문인 종군 단체인 황군위문작가단(皇軍慰問作家團)에 참여하여 4월 15일부터 김동인(金東仁, 1900~1951, 한국의 소설가)·임학수(→418)와 함께 베이징(北京)과 중국 화북(華北) 지역 등 일선 군부를 방문하였고, 그 결과물로 〈북지 여행기(北支旅行記)〉·〈성전의 문학적 파악(聖戰の文學的把握)〉·〈전선 기행(戰線紀行)〉[수필집. 박문서관(博文書館), 1939. 10.] 등을 발표하였다. 같은 해 조선문인협회(朝鮮文人協會, 1939년 10월 29일 결성한 조선총독부 산하 어용 문학 단체. 文協) 간사(幹事)로 선출되었고, 북지 파견군(北支派遣軍)에 종군(從軍)하였으며, '요시무라 고도(芳村香道)'라고 창씨개명을 하여 친일 문학 운동에 적극 협력하였다.

1940년(39세) 소설 〈명암(明暗)〉[〈문장(文章)〉 제12호, 1940. 1.]을 발표하였다. 같은 해 국민총력조선연맹(國民總力朝鮮聯盟, 일제의 침략 정책 협력을 위하여 1940년 10월 16일 조직된 친일 어용 단체) 문화 위원으로 선출되었고, 1942년(41세) 11월 3일에 열린 제1회 대동아문학자대회(大東亞文學者大會)에 참석하였으며, 1943년(42세)에는 일제의 어용(御用) 문학 단체인 조선문인보국회(朝鮮文人輔國會, 1943. 4. 17.~1945. 8. 15.) 총무국장으로 선출되었다.

광복된 뒤 친일 경력 때문에 잠시 강원도 춘천(春川)으로 낙향, 춘천공립중학교 교사로 근무하였고(1945. 12~1946. 12.), 평론집 〈문학의 이론과 실제〉[일월사(日月社), 1947]를 펴냈다.

1948년(47세) 3월부터 서울대학교 사범대학·국민대학교(國民大學校)·홍익대학교(弘益大學校) 등에서 강사를 지냈다. 그 뒤 보도연맹(保導聯盟, 1949년 6월, 좌익 운동을 하다가 전향한 사람들로 조직한 반공 단체로, 정식 명칭은 '국민보도연맹')에 가입하여 선도 위원으로 정백(鄭栢, 1899~1950, 한국의 사회주의 운동가)과 함께 간부로 활동하였다.

한국 전쟁(Korean War, 1950. 6. 25.~1953. 7. 27.) 때 북한군에게 붙잡혀 정치보위부(政治保衛部)에 구금되어 김기림(→54)·정인택(鄭人澤, 1909~1953, 한국의 소설가이며 언론인)·정지용(→445) 등과 함께 서대문형무소(西大門刑務所)에 수용되었다가 납북(拉北)되어 그 뒤의 행적은 알 수 없다.

광복된 뒤에 집필되었을 것으로 추정되는 〈현대 조선 문학사(現代朝鮮文學史)〉가 백철의 도움으로 〈사상계(思想界)〉(월간 종합 교양지, 1953. 4.~1970. 5. 통권 205호로 종간)에 1958년 4월(제60호)부터 1959년 4월(제72호)까지 10회에 걸쳐 연재되었다.

한편, 2002년 2월 28일 '민족 정기를 세우는 국회 의원 모임'과 광복회(光復會)가 공동 발표한 '친일파 708인 명단', 2002년 8월 14일 '나라와 문화를 생각하는 국회의원 모임'·민족문제연구소(民族問題硏究所)·민족문학작가회의[民族文學作家會議, 1974년 11월 18일 자유실천문인협의회(自由實踐文人協議會)로 설립되어 1987년 9월 17일 '민족문학작가회의'로 이름을 바꾸었다가 2007년 12월 8일 '한국작가회의'로 다시 이름을 바꾸었다.]·'민족 정기를 세우는 국회 의원 모임'·〈실천문학(實踐文學)〉(계간 문예지, 1980. 3.~현재)이 공동 발표한 '친일 문학인 42인 명단', 2009년 11월 8일 민족문제연구소에서 출판한 〈친일 인명 사전(親日人名辭典)〉, 2009년 11월 27일 친일반민족행위진상규명위원회(親日反民族行爲眞相糾明委員會)가 발표한 '친일 반민족 행위 704인 명단'에 모두 포함되어 있다.

〈전선 기행〉을 비롯하여 〈매일신보〉[한국어 일간지. 1904년 7월 18일 배설(裵說, 1872~1909, Ernes Thomas Bethell, 대한제국 때의 영국의 언론인)이 창간한 〈대한매일신보(大韓每日申報)〉를 일제가 사들여 1910년 8월 30일부터 '대한' 두 자를 떼고 〈매일신보(每日申報)〉로 제호(題號)를 바꾸었다가, 1938년 4월 29일 〈매일신보(每日新報)〉로 바뀌었고, 1945년 11월 23일 〈서울신문〉으로 바뀌어 오늘에 이르고 있다.]에 발표한 서평(書評) 〈보리와 병정(兵丁)〉(1939. 7. 25.~7. 26.) 등 다음과 같은 18편의 친일 작품이 밝혀져 있다.

〈전쟁과 조선 문학〉[평론, 〈인문평론(人文評論)〉 창간호, 1939. 10.]·〈국민 문학(國民文學)의 건설〉(평론, 〈매일신보〉, 1940. 1. 1.)·〈문장 보국(文章輔國)의 의의〉(평론, 〈매일신보〉, 1940. 4. 25.)·〈문학 운동의 전시(戰時) 체제〉(평론, 〈매일신보〉, 1940. 7. 6.)·〈지식인의 이론〉(평론, 〈매일신보〉, 1940. 8. 4.)·〈포연(砲煙) 속의 문학〉(평론, 〈매일신보〉, 1940. 8. 15.~8. 20.)·〈신체제를 맞는 문학〉(평론, 〈매일신보〉, 1940. 11. 6.~11. 7.)·〈꾸밈없는 야심〉[평론, 〈신시대(新時代)〉 제3호, 1941. 3.]·〈문학의 새로운 과제〉(평론, 〈매일신보〉, 1941. 4. 11.~4. 16.)·〈부여 신궁 어조영 근로 봉사(夫餘神宮御造營勤勞奉仕)에 참례하여〉[평론, 〈춘추(春秋)〉 제3호, 1941. 4.]·〈국민적 신문화의 제안〉(평론, 〈매일신보〉, 1941. 7. 6.)·〈임전(臨戰) 체제하의 문학과 문학의 임전 체제〉[평론, 〈국민문학(國民文學)〉 창간호, 1941. 11.]·〈신시대의 문학적 이념〉(평론, 〈매일신보〉, 1942. 3. 16.)·〈대동아문학자대회 출석을 앞두고〉(평론, 〈매일신보〉, 1942. 10. 29.)·〈한층 더 좋은 작품을〉(평론, 〈신시대〉 제24호, 1942. 12.)·〈이천오백만의 기대〉(평론, 〈춘추〉 제25호, 1943. 2.).

184

박용래

朴龍來 1925. 8. 24. ~ 1980. 11. 21.

한국의 시인.

본관(本貫)은 밀양(密陽).

아버지는 박원태(朴元泰), 어머니는 김정자(金正子)로, 충청남도 논산군[論山郡, 지금의 논산시] 강경읍(江景邑) 본정리(本井里)에서 태어났다.

강경읍 중앙보통학교(中央普通學校)를 거쳐(1934~1939) 1939년(14세) 강경상업학교(江景商業學校)에 입학하였다.

1940년(15세) 읍내 황산교(黃山橋) 너머로 출가(出嫁)하였던 누이가 초산(初産)의 산고(産苦)로 죽어, 이 충격으로 삶에 회의(懷疑)를 품게 되었으며, 우울한 성격으로 변하였다.

1943년(18세) 강경상고를 수석(首席)으로 졸업하고, 같은 해 조선은행(朝鮮銀行) 서울 본점에 들어갔으며,

1944년(19세) 대전 지점(大田支店) 개설로 대전으로 전근(轉勤)하였다.

1945년(20세) 7월 초 징집 영장을 받아 은행을 그만두고, 8월 14일 대전역을 떠나 군용 열차편으로 서울로 올라와, 이튿날 용산역(龍山驛)에 도착하여 광복을 맞이하였다.

1946년(21세) 일본에서 귀국한 김소운(→72)을 만나 문학을 배웠다. 그 뒤 박희선(朴喜宣, 1923~, 한국의 시인)·원영한·이재복·정훈(丁薰, 1911~1992, 한국의 시인이며 시조 시인)·하유상(河有祥, 1928~, 한국의 극작가) 등 향토 문인(文人)들과 '동백시인회(冬柏詩人會)'를 조직하여 동인지(同人誌) 〈동백(冬柏)〉을 펴내면서 시를 발표하였다.

같은 해 호서중학교(湖西中學校) 교사로 국어와 상업을 가르치면서 문학 수업을 계속하였고, 1948년(23세) 대전 보문중학교(普門中學校)로 전근하였다.

한국 전쟁(Korean War, 1950. 6. 25.~1953. 7. 27.) 중에 부모를 모두 잃었고, 1953년(28세) 서울로 와서 출판사 창조사(創造社) 편집원으로 일하였다.

1955년(30세) 중학교 국어과 준교사 자격을 취득하여 대전철도학교(大田鐵道學校) 교사로 부임하였고, 원영한의 중매로 간호사였던 이태준과 결혼하여 4녀 1남[맏딸 노아(1957~), 둘째 딸 연(1959~, 한국의 여류 화가), 셋째 딸 수명(1961~), 넷째 딸 진아(1966~), 외아들 노성(1971~)]을 두었다.

같은 해 6월 〈현대문학(現代文學)〉(월간 순수 문예지. 1955. 1.~현재)에 시 〈가을의 노래〉로 박두진(→177)의 첫 추천을 받았고, 1956년(31세) 〈땅〉·〈황토(黃土)길〉 등을 발표함으로써 등단(登壇)하였다. 그 뒤 〈들판〉·〈뜨락〉·〈소묘(素描)〉·〈엉겅퀴〉·〈울타리 밖에도〉·〈저녁눈〉·〈코스모스〉(〈현대문학〉 제35호, 1957. 11.) 등을 발표하였다.

1960년(35세) 한밭중학교로 부임하였다가 1961년(36세) 충청남도 당진(唐津) 송악중학교(松岳中學校)로 전근하였고, 제5회 충청남도 문화상을 받았다.

1969년(44세) 한국시인협회(韓國詩人協會)가 주관하여 발간한 〈오늘의 한국 시인 선집〉으로 처녀 시집 〈싸락눈〉[삼애사(三愛社)]을 펴냈고, 1970년(45세) 8월 시집 〈저녁눈〉으로 현대시학사(現代詩學社)가 제정한 제1회 '현대 시학 작품상'을 받았다.

1971년(46세)에는 한국시인협회 주선으로 임강빈(任剛彬, 1931~, 한국의 시인)·조남익(趙南翼, 1935~, 한국의 시인)·최원규(崔元圭, 1933~, 한국의 시인)·한성기(韓性祺, 1923~1984, 한국의 시인)·홍희표(洪禧杓, 1946~, 한국의 시인) 등과 동인 시집 〈청와집(青蛙集)〉을 펴냈다.

1974년(49세) 한국문인협회(韓國文人協會. 文協) 충청남도 지부장에 선출되었다.

1975년(50세) 〈겨울밤〉·〈연시(軟柿)〉 등이 실려 있는 제2시집 〈강아지풀〉[민음사(民音社)]을 펴냈고, 1976년(51세) 3월 〈문학사상(文學思想)〉(월간 순수 문예지. 1972. 10.~현재)에 〈월훈(月暈)〉을 발표하였다.

1978년(53세)부터 〈문학사상〉에 에세이 〈호박잎에 모이는 빗소리〉를 연재하였고, 1979년(54세) 제4시집 〈백발(白髮)의 꽃대궁〉[문학예술사(文學藝術社)]을 펴냈다.

1980년(55세) 7월, 교통 사고로 입원 치료를 받다가 11월 21일 심장마비로 자택에서 별세, 대전 동구 삼괴동(三槐洞) 천주교 산내공원묘원에 안장(安葬)되었다.

같은 해 12월, 시 〈먼 바다〉와 시집 〈백발의 꽃대궁〉으로 한국문학사(韓國文學社)가 제정한 제7회 한국 문학 작가상을 받았다.

작품 세계는 전원적(田園的)·향토적인 서정의 세계를 심화 확대시킨 것이 특징이며, 언어의 군더더기를 배제한 시적(詩的) 여과(濾過)를 통하여 압축의 묘미를 보여주는, 간결하고 섬세하게 표현함으로써 한국 현대시의 한 갈래를 형성하였다. 〈저녁눈〉은 이러한 특성이 잘 드러나는 작품으로 그의 대표작으로 꼽히고 있다.

1984년 시 전집 〈먼 바다〉(창작과비평사), 1985년 산문집 〈우리 물빛 사랑이 풀꽃으로 피어나면〉[문학세계사(文學世界社)]이 출판되었다.

1984년 10월 27일 대전 보문산(寶文山) 사정공원(沙亭公園)에 〈저녁눈〉이 새겨진 시비(詩碑)가 세워졌으며, 1999년 대전일보사(大田日報社)에서는 그의 문학적 업적과 그 정신을 기리기 위한 '박용래 문학상'을 제정하여 해마다 시상하고 있다.

185

박용철

朴龍喆 1904(고종 41). 6. 21. ~ 1938. 5. 12.

한국의 시인이며 문학 평론가·번역가.

호(號)는 용아(龍兒), 본관(本貫)은 충주(忠州).

대대로 내려오는 지주(地主) 집안으로, 아버지 박하준(朴夏駿)과 어머니 고광(高光) 고씨[高氏, 또는 장택(長澤) 고씨]의 4남매 중 맏아들로, 전라남도 광산군(光山郡) 송정리(松汀里)에서 태어났다.

1911년(7세) 광주공립보통학교(光州公立普通學校)에 입학, 1915년(11세)에 졸업하였고, 1916년(12세) 휘문의숙(徽文義塾, 지금의 휘문중·고등학교)에 입학하였다가 같은 해 배재학당(培材學堂, 지금의 배재중·고등학교)으로 전학하였다. 이 무렵 휘문의숙에 다니고 있던 정백(鄭栢, 1899~1950, 한국의 사회주의 운동가. 박종화와 동기 동창, 홍사용과 같은 반)·홍사용(→515, 1900년생, 1916년 입학)·박종화(→190, 1901년생)·안석주[安碩柱, 1901~1950, 한국 소설 삽화의 선구자이며 소설가·영화인. 〈우리의 소원은 통일〉의 작사가. 안석영(安夕影)으로 더 알려졌다. 1916년 입학]와 정지용(→445, 1902년생, 1918년 입학)·김영랑(→79, 1903년생, 1917년 입학)·이승만(李承萬, 1903~1975, 한국의 삽화가)·이태준(李泰俊, 1904~?, 북한의 소설가, 1921년 입학)·이선근(李瑄根, 1905~1983, 한국의 언론인이며 교육가·역사학자. 1922년 졸업)·이무영(李無影, 1908~1960, 한국의 소설가. 1920년 입학) 등과 교유(交遊)하였고, 배재학당에서는 같은 해 입학한 김복진(金復鎭, 1901~1940, 한국의 조각가이며 미술 평론가·문예 이론가·연극인·사회 운동가. 한국 최초로 서구식 조각 교육을 받았다.)·김기진(→55) 형제와 박영희(→183)·박팔양(→193), 1917년에 입학한 나도향(羅稻香, 1902~1927, 한국의 소설가)·박세영(→180)·송영(宋影, 1903~1978, 한국의 소설가이며 극작가) 등과 교유하였다.

1919년(15세) 김회숙(金會淑)과 혼인하였다가 1929년(25세) 이혼하고, 1931년(27세) 5월 누이동생 봉자(鳳子, 1909~?)의 이화여자전문학교[梨花女子專門學校, 이화여자대학교의 전신(前身)] 동무였던 임정희(林貞姬)와 재혼하였다.

1920년(16세) 졸업하기 몇 달 전에 배재학당을 자퇴(自退)하고 귀향하였다. 1921년(17세) 일본으로 유학하여 도쿄 아오야마학원(靑山學院) 중학부 4학년으로 편입하여 졸업하였다. 고등 학교 재학 중에는 수리(數理) 과목에 재능을 보였는데, 문학에 관심을 가지게 된 것은 아오야마학원 재학 중 김영랑과의 교우 관계에서 비롯되었다. 문학 이외의 경력은 전혀 없다.

1923년(19세) 도쿄외국어학교(東京外國語學校) 독문학과에 입학하였다. 전공인 독일어뿐 아니라 영어 실력도 뛰어나 학창 시절부터 괴테(Johann Wolfgang von Goethe, 1749~1832, 독일의 시인이며 문학 평론가·언론인·화가·극작가·무대 연출가·정치가·교육가·과학자)·셸리(Percy Bysshe Shelley, 1792~1822, 영국의 낭만파 시인)·하이네(Heinrich Heine, 1797~1856, 유대계 독일의 시인) 등의 작품을 번역하였다.

9월 1일에 일어난 관동 대진재(關東大震災)로 학업을 중단하고 귀국한 뒤 연희전문학교[延禧專門學校, 연세대학교(延世大學校)의 전신]에 입학하였으나 몇 개월 만에 자퇴하고 문학에 전념하였다.

1924년(20세) 〈연희〉에 창작 희곡 〈해피나라〉를 발표하였고, 1926년(22세)에는 희곡 〈말 안 하는 시악시〉가 연희전문 학생극 대본(臺本)으로 선정되어 상연하였으며, 1928년(24세)에는 희곡 〈석양(夕陽)〉이 배화학당(培花學堂, 지금의 배화여자중·고등학교) 학생극 대본으로 선정되어 상연하였다.

1927년(23세)에는 해외문학연구회(海外文學硏究會)에 참여하여 그 기관지 〈해외문학〉(순문학 동인지. 1927. 1.~7. 통권 2호로 종간)의 동인(同人)으로 활동하였다. 해외문학연구회는 1926년 10월 일본 유학생 가운데 외국문학을 전공하던 김명엽(金明燁)·김온(金鰮)·김진섭(金晉燮, 1903~?, 한국의 수필가이며 독문학자)·손우성(孫宇聲, 1904~2006, 한국의 프랑스 문학자)·이선근·이하윤(→408)·정인섭(→443)·함대훈(咸大勳, 1906~1949, 한국의 소설가이며 러시아 어 번역 문학가·신극 운동가)·홍재범(洪在範, 1895~?, 한국의 소설가) 등이 결성하였으며, 그 뒤 김한용(金翰容)·이병호(李炳虎)·장기제(張起悌)·정규창(丁奎昶)·함일돈(咸逸敦) 등이 제1차로 참여하였고, 김광섭(→49)·김삼규(金三奎, 1908~1989, 한국의 언론인)·이동석(李東碩)·이헌구(李軒求, 1905~1983, 한국의 문학 평론가)·이홍종(李弘鍾) 등이 제2차로, 박용철·서항석(徐恒錫, 1930~1985, 한국의 독문학자이며 극작가·연출가)·유치진(柳致眞, 1905~1974, 한국의 극작가이며 연출가)·최정우(崔珽宇, 1907~1968년, 한국의 영문학자) 등이 제3차로 합류하였다.

1930년(26세) 3월, 김영랑과 의논하여 사재(私財)를 털어 이하윤·정인보(→442)·정지용 등과 함께 〈시문학(詩文學)〉(시 동인지. 1930. 3.~1931. 10. 통권 3호로 종간)을 창간하여 창간호에 대표작이라고 할 수 있는 〈떠나가는 배〉·〈밤 기차에 그대를 보내고〉·〈비 내리는 날〉·〈싸늘한 이마〉·〈이대로 가랴만은〉 등 5편의 시와 괴테의 〈미뇬의 노래[Lied der Mignon(Mignon's Song)]〉와 실러(Johann Cristoph Friedrich von Schiller, 1759~1805, 독일의 극작가이며 시인)의 〈헥토르의 이별[Hektors Abschied (Hector's Farewell)]〉 등을 번역하면서 시작(詩作) 활동이 본격적으로 비롯되었다.

'나 두 야 간다/나의 이 젊은 나이를/눈물로야 보낼거냐/나 두 야 간다.'로 시작되는 〈떠나가는 배〉는 어딘가 정박지(碇泊地)를 찾아 떠나가는 '배'에 인생을 비유한 작품이다. 즉 인정과 고향을 되돌아보는 현실과 '삶'의 행정(行程) 속에서 아무런 미련도 없이 또 다른 정박지를 향하여 떠나가는 이상(理想)과의 내적(內的) 갈등을 그리고 있다.

〈시문학〉 제2호(1930. 5.)에 〈사랑하던 말〉·〈시집 가는 시악시의 말〉·〈우리의 젖어머니〉·〈한 조각 하늘〉 등 창작시 4편과 〈나를 사랑하는 줄이야〉·〈남의 나라에서〉·〈내 눈물에서는〉·〈노래의 날개에 너를 싣고〉·〈따스한 봄밤〉·〈뺨에 뺨을 대어라〉·〈솔나무는 외로이 서서〉·〈아름다운 물고기잡이 아가씨〉·〈일어나며 묻는 말〉·〈한 마디 말씀에 다〉 등 하이네의 번역시 10편, 종간호에 시 〈선녀(仙女)의 노래〉와 시조 6수(首) 〈애구(哀詶) 중에서〉, 〈내 아내 되는 날에는〉·〈너를 사랑하므로〉·〈사랑을 보낸 다음에는〉·〈서투른 길에〉·〈숲 가운데로〉·〈아름다운 세상〉·〈아름다운 희망은〉·〈오월이〉·〈원망(怨望)도 않는다〉·〈저희 둘은〉 등 하이네의 번역시 10편을 발표하였다.

1931년 10월 〈시문학〉이 종간되자 다시 사재를 털어 같은 해 11월 〈문예월간(文藝月刊)〉(월간 순수 문예지. 1931. 11.~1932. 3. 통권 4호로 종간)을 창간하여 창간호에 시 〈고향(故鄕)〉·〈어디로?〉와 시조 6수, 평론 〈조선 문학의 과소 평가〉·〈효과주의적 비평론강(效果主義的批評論講)〉 등을 발표하였다. 이어 제2호(1931. 12. 1.)에 평론 〈문예 시평(文藝時評)〉(1931), 언터마이어(Louis Untermeyer, 1885~1977, 미국의 시인이며 명시 선집 편집자·평론가·편집자)의 〈석회 갱부(石灰坑夫)〉와 〈의심(疑心)〉, 브리지스(Robert Seymour Bridges, 1844~1930, 영국의 시인이며 수필가)의 〈나이팅게일〉, 부르크(S. Burg)의 〈지구(地球)와 사람〉 등의 번역시를 발표하였고, 〈중앙일보(中央日報)〉에 〈신미(辛未) 시단의 회고(回顧)와 비판(1·2)〉(1931. 12. 7.) 등을 발표하여 순수 문학 평론가로서 자리를 굳혔다.

1932년(28세)에는 〈문예월간〉 제3호(1932. 1. 1.)에 단평 〈문예계에 대한 신년 희망-소설계에〉와 시조 5수, 제4호로 종간호가 된 괴테 특집호(1932. 3. 1.)에 〈거친 들의 장미〉·〈냇가에서〉·〈멀리 간 이에게〉·〈목양자(牧羊者)〉·〈미뇬의 노래〉·〈이별〉·〈해금(奚琴) 타는 늙은이의 노래〉 등 괴테의 시 8편, 소설 〈젊은 베르테르의 슬픔[Die Leiden des jungen Werthers(The Sorrows of Young Werther)]〉(1774)을 번역하였고, '괴테 연표(年表)'를 편집하여 발표하였다. 또한 〈동아일보(東亞日報)〉에 평론 〈센티멘털리즘도 가(可)-32년 문단 전망〉(1932. 1. 12.), 번역시 〈애수(哀愁)〉(1932. 3. 22.), 연극 평론 〈실험무대(實驗舞臺) 제2회 시연(試演) 초일(初日)을 보고〉(1932. 6. 30.~7. 5.), 〈동방평론(東邦評論)〉(월간 종합 평론지. 1932. 4.~7. 통권 3호로 종간) 제2호(1932. 5.)에 무어(Thomas Moore, 1779~1852, 아일랜드의 시인이며 풍자가·작곡가·음악가)의 시 〈이름 없는 애국자의 무덤〉, 〈신생(新生)〉(월간 종합 교양지. 1928. 10.~1934. 1.) 제43호(1932. 7.)에 하우스먼(Alfred Edward Housman, 1859~1936, 영국의 고전학자이며 시인)의 〈근심〉과 파젠의 〈밤〉, 제46호(1932. 10.)에 머레이드의 〈노래〉 등의 번역시를 발표하였다.

1933년(29세)에는 김진섭·서항석·유치진 등 주로 해외문학연구회 회원들과 유형목(俞亨穆)·이웅(李雄)·홍해성(洪海星, 1893~1957, 한국의 연출가) 등이 주관하여 결성한 극예술연구회(劇藝術研究會, 1931. 7.~1938. 3.) 회원으로 참여하여 연극 공연을 위하여 제3회 공연 극본 해설 〈우정에 대하여〉[〈조선일보(朝鮮日報)〉, 1933. 2.], 제5회 공연 대본 피란델로(Luigi Pirandello, 1867~1936, 이탈리아의 극작가이며 소설가. 1934년 노벨 문학상을 받았다.)의 〈바보[L'imbecille(The Imbecile)]〉, 셰익스피어(William Shakespeare, 1564~1616, 영국의 시인이며 극작가)의 〈베니스의 상인(商人)(The Merchant of Venice)〉, 입센(Henrik Johan Ibsen, 1828~1906, 노르웨이의 시인이며 극작가) 원작의 〈인형의 집[Et dukkehjem(A Doll's House)]〉(1879)을 비롯하여 〈빈(Wien)의 비극(悲劇)〉 등 몇 편의 희곡을 번역하였다. 또한 극예술연구회의 기관지 〈극예술〉을 창간, 편집 겸 발행인으로 통권 5호(1934. 4. 18.~1936. 9. 우리나라 최초의 연극 전문지)까지 발행하였다.

또한 티즈데일(Sara Teasdale, 1884~1933, 미국의 여류 시인)의 〈오나라〉(〈동아일보〉, 1933. 6. 11.)와 휴퍼(Maddox Heuper)의 〈애국심(愛國心)〉(〈동아일보〉, 1933. 9. 15.)의 번역시, 쇼(George Bernard Shaw, 1856~1950, 아일랜드의 극작가이며 문학 비평가 · 사회주의 선전 문학가. 1925년 노벨 문학상을 받았다.)의 희곡 〈무기(武器)와 인간(Arms and the Man)〉의 번역(〈동아일보〉, 1933. 6. 11.), 평론 〈'바보'에 대하여〉(〈동아일보〉, 1933. 11. 25.~11. 26.) 등을 발표하였다.

1934년(30세) 〈문학(文學)〉(월간 문예 동인지. 1934. 1.~4. 통권 3호로 종간)을 창간하여 창간호에 후커(Brian Hooker, 1880~1946, 미국의 시인이며 작사가 · 대본 작가)의 〈꿈나라 장미(薔薇)의 노래〉, 러니어(Sidney Lanier, 1842~1881, 미국의 시인)의 〈저녁 노래〉 등의 번역시, 키에르케고르(Sø'ren Aabye Kierkegaard, 1813~1855, 합리론을 비판한 덴마크의 종교 철학자. 실존주의 철학의 창시자)의 〈Verschiedene 1(사망자)〉의 번역시론, 제2호(1934. 2.)에 하우스먼의 평론 〈시의 명칭과 성질〉의 번역, 번역시론 〈Verschiedene 2〉, 종간호에 릴리언 리온의 소설 〈거울〉의 번역, 하우스먼이 케임브리지대학교(Cambridge University)에서 강연한 시론 〈시의 명칭과 성질〉을 발표하는 등 많은 작품을 발표하였다. 발표되지 않고 유고(遺稿)로 전하여지다가 나중에 전집에 실려 있는 작품도 상당수에 이른다.

1935년(31세)에는 〈동아일보〉에 수필 〈봄을 기다리는 맘, 너를 어찌 참아〉(1935. 3. 1.)와 평론 〈을해 시단 총평(乙亥詩壇總評)〉(1935. 12. 24.~12. 28.), 〈시원(詩苑)〉(시 동인지. 1935. 2.~12. 통권 5호로 종간)에 시 〈밤〉(제2호, 1935. 4.) · 〈소악마(小惡魔)〉(제4호, 1935. 8.) · 〈그 전날 밤〉(종간호), 〈조광〉 제2호(1935. 12.)에 수필 〈한 걸음 비켜서면〉을 발표하였다. 또한 그가 주재(主宰)하였던 시문학사(詩文學社)에서 〈시문학〉 동인이었던 정지용의 〈정지용 시집(鄭芝溶詩集)〉(10. 27.)과 김영랑의 〈영랑 시집(永郞詩集)〉(11. 5.)을 펴냈다.

1936년(32세) 〈동아일보〉에 평론 〈기교주의설(技巧主義說)의 허망(虛妄)〉(1936. 3. 18.~3. 25.) · 〈기술의 문제〉(1936. 3. 21.~3. 25.)를 발표, 계급주의(階級主義)와 민족주의(民族主義, nationalism)를 동시에 배격하여 김기림(→54) · 임화(→419)와 논전(論戰)을 벌였다. 또한 〈조광〉 제6호(1936. 4.)에 〈백석 시집 '사슴' 평(評)〉, 〈여성(女性)〉(월간 종합 여성지. 1936. 4.~1940. 12. 통권 57호로 종간) 창간호에 〈여걸 4제(女傑四題)〉를 발표하였다.

1937년(33세) 〈동아일보〉에 평론 〈정축년 회고(丁丑年回顧) : 시단(詩壇)〉(1937. 12. 21.~12. 23.)을 발표하였고, 1938년(34세) 〈삼천리(三千里)〉(월간 종합 교양지. 1929. 6.~1942. 1. 통권 150호로 종간)의 자매지 〈삼천리문학(三千里文學)〉(격월간 문예지. 1938. 1.~4. 통권 2호로 종간) 창간호에 발표한 〈시적 변용(詩的變容)에 대하여〉는 지금도 널리 읽히고 있는 대표적인 평론으로 그의 시작 이론을 잘 드러내고 있다. 또한 종간호에 시 〈만폭동(滿幅洞)〉을 발표하였다.

그의 시가 김영랑이나 정지용의 시에 따르지 못한다고 하지만, 〈시문학〉 · 〈문예월간〉 · 〈문학〉 등 문예지를 펴냈고 방대한 역시편(譯詩篇) 등을 통하여 국외 문학의 전신자적(轉信者的) 구실을 하였다는 점은 한국 근대 문학사에서 큰 공적이 되고 있다. 서구 문학 사조(思潮)에 지나치게 편향되어 혼류를 이루었던 1920년대의 문단(文壇)을 크게 전환시켜 '살'과 '피'의 결정(結晶)으로 이루어진 보다 높은 차원의 시 창작, 즉 '민족 언어의 완성'이라는 큰 과제를 제시하였다.

이 밖에도 〈고은 날개〉 · 〈나는 네 것이 아니다〉 · 〈나두야 간다〉 · 〈너의 그림자〉 · 〈부엉이 운도〉 · 〈비〉 · 〈사랑하던 말〉 · 〈실제(失題)〉 · 〈이대로 가랴마〉 · 〈절망에서〉 등 창작시 90여 편과 몇십 편의 평론, 70여 편의 독일 시와 2백여 편의 영미 시(英美詩), 1백여 편의 외국 동요 등을 번역하였다.

정지용과 함께 시집과 문예지를 펴내는 등 문학 활동에 전념하였으면서도 자신의 작품집은 내지 못하고, 1938년 5월 12일 서울에서 후두 결핵(喉頭結核)으로 34년의 짧은 삶을 마감, 고향 송정읍 우산리(牛山里)에 안장(安葬)되었다.

죽은 뒤 1년 만인 1939년 5월 〈박용철 전집〉 제1권이 시문학사에서, 1940년 5월 제2권이 역시 시문학사에서 출판되었고, 이 두 권의 영인본(影印本)이 1963년 현대사(現代社)에서 출판되었다. 이 밖에도 〈박용철 시집〉[현대문학사(現代文學社), 1968], 〈영랑 · 용아 시선(永郞龍兒詩選)〉[세운문화사(世運文化社), 1970], 〈박용철 전집〉[모두 3권, 문학사상사(文學思想社), 1975], 〈김영랑 · 박용철〉[지식산업사(知識産業社), 〈한국 현대 시문학 대계(韓國現代詩文學大系)〉 제7권, 1981], 〈떠나가는 배〉[미래사(未來社),

1991] 등이 출판되었다.

1970년 12월 19일 광주 남구 구동(龜洞) 광주공원(光州公園)에 영랑의 시비(詩碑)와 함께 〈떠나가는 배〉의 한 구절이 새긴 시비가 세워졌으며, 〈떠나가는 배〉를 새긴 시비는 경상북도 김천시(金泉市) 대항면(代項面) 운수동(雲水洞) 직지문화공원(直指文化公園)과 광주 광산구(光山區) 소촌동(素村洞) 송정공원(松汀公園)(1985. 11. 15.)에도 있다. 또한 전라남도 장흥군(長興郡) 장평면(長平面) 봉림리(鳳林里) '계명성 시비공원(鷄鳴聲詩碑公園)'에는 〈어느 밤〉을 새긴 시비가 있다.

2012년 3월 5일에는 〈시문학〉 창간일(1930. 3. 5.)에 맞추어, 김영랑의 생가(生家)가 있는 전라남도 강진군(康津郡) 강진읍 남성리(南城里)에 우리나라 문학사상 최초의 문학 유파 문학관으로 기록된 '시문학파 기념관'이 개관되었다. 박용철을 비롯한 김영랑·김현구(→98)·변영로(→207)·신석정(→255)·이하윤·정인보·정지용·허보(許保, ?~?, 한국의 시인) 등 시문학파 동인 9명의 유품과 친필·저서·사진물 등을 전시하여 이들의 삶과 문학 세계를 체감할 수 있게 전시하고 있다.

186

박은

朴誾 1479(성종 10) ~ 1504(연산군 10)

조선(朝鮮, 1392~1910)의 학자이며 시인.

자(字)는 중열(仲說), 호(號)는 읍취헌(挹翠軒), 본관(本貫)은 고령(高靈).

아버지는 한성부(漢城府) 판관(判官) 박담손(朴聃孫)이며, 어머니는 제용감(濟用監) 직장(直長) 이이(李苡)의 딸로, 경상북도 고령에서 태어났다.

어려서부터 범상하지 않았으며, 정신과 골격이 맑고 눈썹과 눈이 그림처럼 아름다워 속세(俗世)에 사는 사람 같지 않았다고 한다. 이미 3살 때 책을 읽을 줄 알았으며, 7살에 대의(大義)를 알았다. 1493년(14세, 성종 24)에 이르러서는 문장에 능통하였으며, 대제학(大提學)이었던 신용개(申用漑, 1463~1519, 조선의 문신)가 이를 기특하게 여겨 그를 사위로 삼았다.

1495년(16세, 연산군 1) 진사시(進士試)에 급제(及第)하였고, 이듬해에는 식년 문과(式年文科)에 병과(兵科)로 급제하였다. 그 해 사가독서자(賜暇讀書者) 선발에 뽑힌 뒤, 승문원(承文院) 권지(權知)를 받고 홍문관(弘文館)에 선택되어 정자(正字)·수찬(修撰)을 지냈고 경연관(經筵官)으로 5년 동안 있었다.

1498년(19세, 연산군 4) 유자광(柳子光, ?~1512, 조선의 문신)의 간사함과 성준(成俊, 1436~1504, 조선의 문신)이 유자광에게 아첨함을 탄하는 소(疏), 이극균(李克均, 1437~1504, 조선의 문신)의 죄상을 연산군(燕山君, 1476~1506, 조선의 제10대 왕. 재위 1494~1506)에게 직고(直告)하였다가 그들의 모함을 받았고, 연산군은 '사사부실(詐似不實)'이라는 죄목으로 파직(罷職)시켰다.

1501년(22세, 연산군 7) 파직되어 옥에 갇힘으로써 생활은 불우한 쪽으로 기울어져 갔다. 파직으로 말미암아 경제적·정신적으로도 불안정하게 되자, 이 때부터 스스로 세속 사람들에게 용납되지 못할 것을 알고 자연에 묻혀 밤낮으로 술과 시로 독서에 열중하며 세월을 보냈다.

1503년(24세, 연산군 9) 어려운 가정을 힘겹게 꾸려 오던 아내 신씨(申氏)가 25세로 세상을 떠났다.

1504년(25세, 연산군 10) 지제교(知製敎)에 임명되었으나 나아갈 뜻이 없었다. 같은 해 일어난 갑자사화(甲子士禍) 때 경상남도 동래(東萊)로 유배되었다가 다시 의금부(議禁府)에 투옥되어 효수(梟首)되었다. 연산군은 그가 죽은 지 나흘 뒤에 의금부로 하여금 그의 동무들을 색출하여 곤장을 치게 하고 그들을 유배 보냈으며, 전교(傳教)를 내려 박은의 시체를 들판에 내버려 두게 하여 봉분 없이 묻게 하였고, 1505년에는 음사해인(陰邪害人)이라는 죄목을 추가하였다.

1506년 연산군의 폐위로 신원(伸寃)되었고 도승지(都承旨)로 추증(追贈)되었다.

해동 강서파(海東江西派)의 대표적인 시인으로, 조선에서 으뜸가는 한시인(漢詩人)으로 꼽히며, 동무 이행(李荇, 1478~1534, 조선의 문신)이 그의 시를 모아 〈읍취헌 유고(挹翠軒遺稿)〉를 펴냈다. 그의 시는 주로 파직된 때부터 아내가 죽기 전까지 쓴 것으로, 현실 세계에서 벗어나 온갖 고뇌로부터 정신적으로 평화로울 수 있는 현실 초극(超克)에의 노력과, 주변 인물들의 죽음을 통한 인생 무상(無常)을 노래하였다.

1984년 6월 10일, 묘소가 있는 경기도 용인시 처인구(處仁區) 양지면(陽智面) 식금리(植金里) 마을 입구에 '읍취헌 시비(揖翠軒詩碑)'가 세워졌다.

187

박인로

朴仁老 1561(명종 16)~1642(인조 20)

조선(朝鮮, 1392~1910)의 무인(武人)이며 시인.

자(字)는 덕옹(德翁), 호(號)는 노계(蘆溪)·무하옹(無何翁), 본관(本貫)은 밀양(密陽).

경상북도 영양군(英陽郡) 도천리[道川里, 지금의 영천군(永川郡) 북안면]에서 태어났다.

그의 시조(始祖)는 신라(新羅, B.C.57~A.D.935)의 박혁거세(朴赫居世, B.C.69~A.D.4, 신라 건국의 시조. 재위 B.C.57~A.D.4)라고 하지만, 세대가 너무 멀어 제43세손이 되는 박진록(朴晉祿, ?~?, 고려 공민왕 때의 문관)으로 중조(中祖)로 삼았으며, 아버지는 승의부위(承議副尉) 박석(朴碩)이다.

전반생(前半生)은 임진왜란(壬辰倭亂, 1592. 4. 13.~1598. 11. 19.)에 참전(參戰)한 무인으로서의 면모가 두드러졌고, 후반생(後半生)은 독서와 수행으로 초연하였던 선비요, 문인 가객(文人歌客)으로서의 면모가 지배적이었다.

어려서부터 시재(詩才)에 뛰어났으며, 이미 13살 때 칠언절구(七言絕句) 〈대승음(戴勝吟)〉을 지어, 보는 이들을 놀라게 하였다.

1592년(31세, 선조 25) 임진왜란이 일어나, 경상도 동래(東萊)·울산(蔚山)·경주(慶州) 지방을 비롯하여 영천 지역도 잇따라 함락되므로 분연히 붓을 던지고 의병(義兵) 활동에 참여하였다. 정세아(鄭世雅, 1535~1612, 임진왜란 때의 의병장) 막하(幕下)에서 별시위(別侍衛)가 되어 무공(武功)을 세우고 수군(水軍) 좌절도사(左節度使) 성윤문(成允文, ?~?, 조선의 무신)의 발탁으로 참전, 여러 차례 공을 세웠다.

1598년(37세, 선조 31) 왜군(倭軍)이 퇴각하자 사졸(士卒)들의 노고를 위로하는 가사(歌辭) 〈태평사(太平詞)〉를 지었다.

1599년(38세, 선조 32) 무과(武科)에 급제(及第)하여 수문장(守門將)·선전관(宣傳官)을 지내고, 이어 거제도(巨濟島) 조라포(助羅浦) 수군 만호(水軍萬戶)로 부임하여 군비(軍備)를 증강하는 한편, 군사력 배양을 꾀하고 선정(善政)을 베풀어 선정비가 세워졌다.

무인의 몸으로서도 주머니 속에는 언제나 붓과 먹이 있었고, 사선(死線)을 넘나들면서도 시정(詩情)을 잃지 않았다. 문인으로서 본격적인 활동을 한 것은 은거 생활에 든 40세 이후로, 성현(聖賢)의 경전(經典) 주석(註釋) 연구에 몰두하였고, 밤중에도 분향축천(焚香祝天)하여 성현의 기상(氣像)을 묵상(默想)하기 일쑤여서, 꿈 속에서 성·경·충·효(誠敬忠孝)의 네 글자를 얻어 평생의 좌우명으로 삼아 자성(自省)을 게을리하지 않았다.

1601년(40세, 선조 34) 이덕형(李德馨, 1561~1613, 조선의 문신)이 도체찰사(都體察使)가 되어 영천에 이르렀을 때, 초대면에 의하여 시조(時調) 〈조홍시가(早紅柿歌)〉 등을 지었다.

1605년(44세, 선조 38)에 〈선상탄(船上歎)〉을 지었고, 1611년(50세, 광해군 3) 이덕형이 용진강(龍津江) 사제[莎堤, 지금의 경기도 남양주시(南楊州市) 조안면(鳥安面) 송촌리(松村里) 사제 마을]에 은거하였을 때 그의 빈객(賓客)이 되어 〈누항사(陋巷詞)〉·〈사제곡(莎堤曲)〉을 지었다.

1612년(51세, 광해군 4) 경상북도 안동(安東)의 도산서원(陶山書院)에 참례하여 이황(李滉, 1501~1570, 조선의 문신이며 학자)의 유풍을 흠모하였고, 이 밖에도 장현광(張顯光, 1554~1637, 조선의 학자)·정구(鄭逑, 1543~1620, 조선의 문신이며 학자)·정연길(鄭延吉)·정임하(鄭林下)·조호익(曺好益, 1545~1609, 조선의 문신이며 학자)·최기남(崔起南, 1559~1619, 조선의 문신) 등과 교유(交遊)하였다.

퇴관(退官)한 뒤 고향에 은거하며 독서와 시작에 전념하여 많은 걸작을 남겼고, 1630년(69세, 인조 8)에는 노인직으로 용양위(龍驤衛) 부호군(副護軍)이라는 은전(恩典)을 받았다.

이 밖에 가사 〈소유정가(小有亭歌)〉(1617)·〈독락당(獨樂堂)〉(1619)·〈영남가(嶺南歌)〉(1635)·〈노계가(蘆溪歌)〉(1636)·〈입암별곡(立巖別曲)〉이 전하는데, 가사가 모두 9편이고 시조는 68수(首)에 이른다.

만년(晚年)에는 천석(泉石)을 벗하여 안빈낙도(安貧樂道)하는 삶을 살면서 여러 도학자들과 교유하였는데, 특히 동갑인 이덕형과는 의기가 서로 통하여 수시로 만나 교유하였다.

영천 남쪽 대랑산(大朗山)에 안장(安葬)되었으며, 향리(鄕里)의 선비들이 그를 흠모하여 1707년(숙종 33) 생장지인 도천리에 도계서원(道溪書院)을 세워 춘추 제향(春秋祭享)하고 있다.

작품은 〈노계집(蘆溪集)〉(모두 3권 2책)에 실려 있고,

이 밖에도 많은 시가(詩歌) 작품이 있었으나 흩어져 없어졌다. 시조를 즐겨 지었고, 완전히 그것을 생활화하였지만, 국문학사상(國文學史上) 의의는 가사 쪽에 더 큰 비중을 두며, 그의 문학적 재능도 그곳에 더 잘 나타나 있다고 할 수 있다. 비록 후반생부터 문인 활동을 하였지만, 작품 세계는 매우 풍요로웠으며, 도학(道學)과 애국심·자연애(自然愛)를 바탕으로 천재적 창작력을 발휘, 시정과 우국(憂國)에 넘치는 작품을 썼다.

윤선도(→359)·정철(→447)과 함께 '조선 시대 3대 가인(三大歌人)'으로 일컬어졌으며, 장가(長歌)로는 정철을 이어받아 독특한 시풍(詩風)을 이룩하고 가사 문학(歌辭文學) 발전에 크게 이바지하였다.

도계서원에 〈노계가〉가 새겨진 시비(詩碑)를 비롯하여 부산 수영구(水營區) 민락동(民樂洞) 현대아파트 앞에 〈선상탄〉(1988), 민락공원 무궁화동산에 〈태평사〉(2002), 경주시 산내면(山內面) 대현리(大賢里) 국민청소년수련원과 포항시(浦項市) 북구(北區) 죽장면(竹長面) 입암리(立巖里) 입암서원에 〈입암〉이 새겨진 시비가 세워져 있다.

188

박인환

朴寅煥 1926. 8. 15. ~ 1956. 3. 20.

한국의 시인.

본관(本貫)은 밀양(密陽).

아버지 박광선(朴光善)과 어머니 함숙형(咸淑亨)의 4남 2녀 중 맏아들로, 강원도 인제군(麟蹄郡) 인제읍 상동리(上東里)에서 태어났다.

1933년(7세) 인제공립보통학교에 입학하였다가 1936년(10세) 서울로 이사, 덕수공립보통학교(德壽公立普通學校, 지금의 덕수초등학교) 4학년에 편입, 1939년(13세)에 졸업하고, 경기공립중학교(京畿公立中學校, 지금의 경기고등학교)에 입학하였다가 1941년(15세) 자퇴(自退)하고, 한성학교(漢城學校) 야간반을 거쳐 1942년(16세) 황해도 재령(載嶺)의 명신중학교(明新中學校) 4학년에 편입, 1944년(18세) 졸업하였다.

아버지의 뜻에 따라 그 해 평양의학전문학교(平壤醫學專門學校)에 입학하였으나 광복으로 학업을 중단하였다. 1945년(19세) 말 서울 종로구(鐘路區) 낙원동(樂園洞) 입구에 오장환(→298)이 경영하던 스무 평 남짓의 서점을 인수하여 '마리서사(茉莉書舍)'를 경영하면서 김경린(金璟麟, 1918~?, 한국의 시인)·김광균(→48)·김광주(→51)·김기림(→54)·김병욱(金秉旭)·김수영(→75)·송지영(宋志英, 1916~1989, 한국의 소설가이며 언론인)·양병식(梁秉植)·오장환·이봉구(李鳳九, 1916~1983, 한국의 소설가)·이봉래(→373)·이한직(→409)·장만영(→426)·정지용(→445)·조향(→463)·최재덕(崔載德, 1916~?, 북한의 서양화가) 등 많은 문인(文人)들과 예술인들을 알게 되었다.

시작(詩作) 활동은 〈국제신보(國際新報)〉에 시 〈거리〉(1946. 12.)를 발표하면서부터 비롯되었다.

1947년(21세) 자유신문사(自由新聞社) 기자로 입사하였고, 〈신천지(新天地)〉(월간 종합 교양지. 1946. 1.~1954. 12. 통권 69호로 종간)에 시 〈군상(群像)〉·〈남풍(南風)〉, 영화 평론 〈아메리카 영화 시론(映畫試論)〉 등을 발표하였다.

1948년(22세) 봄, 서점 '마리서사'를 그만두면서 진명여자고등보통학교(進明女子高等普通學校, 지금의 진명여자중·고등학교) 출신의 이정숙(李丁淑, 1927~)과 덕수궁(德壽宮) 앞뜰에서 혼인하여 화제를 뿌렸다.

같은 해 4월, 김경린·김병욱·김수영·양병식·임호권(林虎權) 등과 동인지(同人誌) 〈신시론(新詩論)〉 제1집[산호장(珊瑚莊)]을 발간하였으며, 〈세계일보(世界日報)〉에 시 〈나의 생애에 흐르는 시간들〉, 〈민성(民聲)〉(월간 종합 교양지. 1945. 12.~1950. 5. 통권 45호로 종간)에 시 〈지하실(地下室)〉, 〈신천지〉에 〈사르트르와 실존주의(實存主義)〉(1948. 10.)·〈인도네시아 인민에게 주는 시〉 등을 발표하면서 본격적인 시작 활동을 전개하였다.

1949년(23세) 김경린·김수영·양병식·임호권 등과 함께 펴낸 신시론 동인들의 합동 시집 〈새로운 도시(都市)와 시민(市民)들의 합창(合唱)〉[도시문화사(都市文化社), 1949. 4.]에 〈남풍〉·〈열차(列車)〉·〈인도네시아 인민에게 주는 시〉·〈인천항(仁川港)〉·〈지하실〉 등 5편을 실으면서 모더니즘의 대열에 끼었는데, 특히 이 합동 시집은 광복된 뒤 시인들의 본격적인 등장을 알려 주는 신호가 되었다. 같은 해 〈민성〉에 시 〈정신의 행방을 찾아〉(1949. 4.)를 발표하였고, 경향신문사(京鄕新聞社)로 직장을 옮겼다.

한국 전쟁(Korean War, 1950. 6. 25.~1953. 7. 27.) 때 미처 피난하지 못하고 서울에 남아 있다가 1950년(24세) 12월 대구(大邱)로 피난, 1951년(25세) 부산(釜山)에서 문

총구국대(文總救國隊) 육군종군작가단[陸軍從軍作家團, 1951년 5월 26일 대전(大田)에서 결성]에 참여하였다. 이 무렵 〈고향(故鄕)에 가서〉·〈문제가 되는 것〉·〈벽(壁)〉·〈신호탄(信號彈)〉 등을 발표하였다.

부산에서 김경린·김규동(→53)·김차영(金次榮, 1922~?, 한국의 시인)·양병식·이봉래·이상로(→375)·임호권·조향 등과 함께 동인 '후반기(後半期)'에 참여하여 모더니즘 운동을 전개하였다. 이 때 〈목마(木馬)와 숙녀(淑女)〉[〈시작(詩作)〉, 1955. 10.]·〈밤의 미매장(未埋葬)〉 등을 발표하였는데, 이러한 작품들은 도시 문명의 우울과 불안을 감상적(感傷的)인 시풍(詩風)으로 노래하여 주목을 끌었다. 특히 〈목마와 숙녀〉에서는 우울과 고독 등 도시적 서정과 시대적 고뇌를 노래하였는데, 김기웅(金基雄, 1936~2013, 한국의 작곡가)이 곡을 붙이고 박인희(朴麟姬, 1945~, 한국의 여가수이며 작사가·작곡가·방송인)가 불러 널리 알려졌다.

1952년(26세) 경향신문사를 그만두고 대한해운공사(大韓海運公社)에 취직하였고, 〈주간국제(週刊國際)〉에 산문 〈현대시의 불행한 단면〉, 시 〈부드러운 목소리로 이야기할 때〉·〈살아 있는 것이 있다면〉·〈어떠한 날까지〉·〈종말(終末)〉 등을 발표하였다.

1955년(29세) 회사일로 화물선 남해호(南海號) 사무장으로 3개월 동안 미국에 다녀왔으며, 이 때의 여행을 시로 쓴 것이 모두 15편의 〈아메리카 시초(詩抄)〉이다.

같은 해 8월, 테네시 윌리엄스(Tennessee Williams, 1911~1983, 미국의 극작가)가 1947년 발표하였던 〈욕망이라는 이름의 전차(A Streetcar Named Desire)〉를 번역하여 유치진(柳致眞, 1905~1974, 한국의 극작가이며 연출가) 연출로 신협(新協, 1950년 1월 창단)에 의하여 서울 명동(明洞) 시공관(市公館)에서 상연하였다.

같은 해 10월, 〈검은 강(江)〉·〈목마와 숙녀〉·〈살아 있는 것이 있다면〉 등 56편의 시를 4부로 나뉘어 실은, 생전에 펴낸 유일한 시집 〈박인환 선시집(朴寅煥選詩集)〉(산호장)을 펴냈다.

1956년(30세) 심장마비로 요절(夭折)하였다. 죽기 1주일 전 명동 한 모퉁이에 자리한 막걸리집 '경상도집'에 김광주·김규동(→53)·송지영·이진섭(李眞燮, 1922~1983, 한국의 극작가) 등의 문인들이 모여 술을 마시고 있었다. 마침 그 자리에는 나애심(羅愛心, 1930~, 한국의 대중 여가수이며 영화 배우)도 함께 있었다. 몇 차례 술잔이 돌고 취기가 오르자 일행들은 나애심에게 노래를 청하였는데, 나애심은 마땅한 노래가 없다고 청을 거절하였다. 박인환이 '황량한 도시에 아름다움을 불어넣자'며 호주머니에서 종이를 꺼내더니 즉석에서 시를 써내려가고, 이 시를 넘겨받은 이진섭이 단숨에 악보를 그려 갔다. 나애심이 그 악보를 보고 노래를 불렀다. 이 노래가 바로 〈세월이 가면〉이다.

그 해 9월 19일, 문우(文友)들이 그의 묘소가 있는 서울 중랑구(中浪區) 망우동(忘憂洞) 망우리공원에 〈세월이 가면〉을 새긴 시비(詩碑)를 세웠으며, 인제읍 합강리(合江里) 합강정소공원(合江亭小公園)(1988. 8. 15.)과 강릉(江陵) 경포(鏡浦) 호반(湖畔)에 〈세월이 가면〉, 충청북도 음성군(陰城郡) 생극면(笙極面) 관성리(館成里) 큰바위얼굴조각공원에 〈목마와 숙녀〉가 새겨진 시비가 세워졌다.

1976년 5월, 20주기(周忌)를 맞아 맏아들 박세형(朴世馨, 1948~)이 〈목마와 숙녀〉[근역서재(槿域書齋)]를 펴냈다. 이 시집에는 〈박인환 선시집〉에 실렸던 56편 중 54편과 미수록 시 7편 등 모두 61편의 시가 실려 있다.

2000년 계간 시 전문지 〈시현실(詩現實)〉에서는 그의 문학적 업적과 그 정신을 기리기 위한 '박인환 문학상'을 제정하여 해마다 시상하고 있다.

2012년 10월 5일에는 고향 상동리 생가(生家) 터에 박인환문학공원이 건립되었다. 이 문학 공원에는 '박인환 문학관'과 시비, 청동상, 상징물, 서점 '마리서사'와 선술집 등 당시의 거리 모습을 재현해 놓은 문학 거리 등이 조성되어 있다.

189

박재삼

朴在森 1933. 4. 10. ~ 1997. 6. 8.

한국의 시인.

호(號)는 우전(又田).

모래 채취 노동자인 아버지 박찬홍(朴贊洪)과 어머니 김어지(金於之)의 둘째 아들로, 도쿄 도남다마군(稻南多摩郡) 성촌실야구(城村失野口)에서 태어났으며, 네 살 때 어머니의 고향 경상남도 삼천포(三千浦)로 이사를 와 이곳에서 자랐다.

1946년(13세) 히노데(日出)초등학교[지금의 삼천포초등학교]를 졸업한 뒤 가난한 집안 사정으로 중학교에 진학하지 못하고 삼천포여자중학교 여선생의 도움으로 사환으로 일하다가 이 학교에서 교편(敎鞭)을 잡던 시조(時調) 시인 김상옥(→69)을 만나 그의 영향으로 시를 쓰기로 결심하였다. 1953년(20세) 삼천포고등학교를 수석(首席)으로 졸업하고, 1955년(22세) 고려대학교(高麗大學校) 국문과에 입학하였다가 1957년(24세) 중퇴하였다.

1953년 〈문예(文藝)〉(월간 순수 문예지. 1949. 8.~1954. 3. 통권 21호로 종간) 송년호(1953. 11.)에 시조 〈강물에서〉가 모윤숙(→159)에 의하여 추천되고, 1955년 〈현대문학(現代文學)〉(월간 순수 문예지. 1955. 1.~현재) 제6호(1955. 6.)에 시조 〈섭리(攝理)〉가 유치환(→350)에 의하여, 제11호(1955. 11.)에 시 〈정적(靜寂)〉이 서정주(→226)에 의하여 추천되어 등단(登壇)하였다. 그 뒤 〈구름 곁에〉·〈조요(照耀)〉·〈밤바다에서〉(〈현대문학〉 제27호, 1957. 3.)·〈춘향이 마음〉(〈현대문학〉 제31호, 1957. 7.)·〈두 개의 못물〉(〈현대문학〉 제36호, 1957. 12.)·〈울음이 타는 가을 강(江)〉[〈사상계(思想界)〉 제71호, 1959. 3.]·〈현혹(眩惑)〉(〈현대문학〉 제55호, 1959. 7.)·〈그대 목소리〉[〈시조문학(時調文學)〉 창간호, 1960. 6.] 등을 발표하였다.

1961년(28세)에는 강위석(姜偉錫, 1931~, 한국의 시인이며 언론인)·구자운(→34)·박희순(朴喜錞)·박희진(朴喜璡, 1931~, 한국의 시인)·범대순(范大錞, 1930~, 한국의 시인)·성찬경(成贊慶, 1930~, 한국의 시인)·신기선(申基宣, 1932~, 한국의 시인)·이경남(李敬南)·이성교(李姓敎, 1932~, 한국의 시인)·이종헌(李種憲, 1931~, 한국의 시인)·이창대(李昌大, 1929~, 한국의 시인)·정현종(鄭玄宗, 1939~, 한국의 시인이며 번역 문학가)·주명영(朱命永, 1935~, 한국의 시인)·최원규(崔元圭, 1933~, 한국의 시인)·호영송(扈英頌, 1942~, 한국의 시인) 등과 〈60년대사화집(六十年代詞華集)〉(계간 시 동인지. 1961. 9.~1967. 5. 통권 12호로 종간)을 창간하여 동인(同人)으로 활동하면서 시 〈흥부 부부상(夫婦像)〉(제2호) 등을 발표하였다.

1962년(29세) 김정립(金正立, 1937~)과 혼인하였고, 같은 해 처녀 시집 〈춘향이 마음〉[신구문화사(新丘文化社)]을 펴냈다. 모두 30편의 시를 3부로 나누어, 제1부에는 〈녹음(綠陰)의 밤에〉·〈대인사(待人詞)〉·〈매미 울음에〉·〈무봉천지(無縫天地)〉·〈바람 그림자를〉·〈수정가(水晶歌)〉·〈자연(自然)〉·〈추억(追憶)에서〉·〈포도(葡萄)〉·〈한낮의 소나무에〉·〈화상보(華想譜)〉 등 10편, 제2부에는 〈광명(光明)〉·〈밀물결 치마〉·〈밤바다에서〉·〈봄바다에서〉·〈어지러운 혼(魂)〉 등 10편, 제3부에는 〈울음이 타는 가을 강〉·〈조국 사람〉·〈흥부 부부상〉 등 10편이 실려 있다. 한(恨)의 서정을 유창한 언어로 노래함으로써 한국 시의 전통적 서정을 가장 가까이 이어받은 시인으로 평가받고 있다.

현대문학사(現代文學社)(1955~1964)·문예춘추사(文藝春秋社)(1964)·〈바둑〉[한국기원(韓國棋院) 기관지. 1967. 8.~](1965)·대한일보사(大韓日報社)(1965~1968)·삼성출판사(三省出版社)(1969~1972) 등에서 일하였고, 1974년(41세)에는 한국시인협회(韓國詩人協會) 사무국장을 지냈다.

1957년 시 〈춘향이 마음〉으로 현대문학사 제2회 '현대 문학 신인상'을 받은 것을 비롯하여 1967년(34세) 문교부 문예상, 1976년(43세) 제8회 한국시인협회상, 1982년(49세) 제7회 노산 문학상(鷺山文學賞), 1983년(50세) 제10회 한국 문학 작가상, 1986년(53세) 제5회 중앙 시조 대상, 1987년(54세) 평화 문학상, 1988년(55세) 제7회 조연현 문학상, 1991년(58세) 제5회 인촌상(仁村賞), 1996년(63세) 제6회 올해의 애서가상(愛書家賞), 1997년(64세) 은관 문화 훈장(銀冠文化勳章) 등을 받았다.

이 밖의 시집으로 〈햇빛 속에서〉[문원사(文苑社), 1970]·〈천 년의 바람〉[민음사(民音社), 1975]·〈어린것들 옆에서〉[현현각(玄玄閣), 1976. 11.]·〈뜨거운 달〉[근역서재(槿域書齋), 1979]·〈비 듣는 가을나무〉[동화출판공사(同和出版公社), 1981]·〈추억에서〉(현대문학사, 1983)·〈거기 누가 부르는가〉[행림출판사(杏林出版社), 1984]·〈아득하면 되리라〉[정음사(正音社), 1984]·〈내 사랑은〉[영언문화사(永言文化社), 1985]·〈대관령(大關嶺) 근처〉(정음사, 1985)·〈간절한 소망〉[어문각(語文閣), 1986]·〈찬란한 미지수(未知數)〉(오상출판사, 1986)·〈가을 바다〉[자유문학사(自由文學社), 1987]·〈바다 위 별들이 하는 짓〉[문학사상사(文學思想社), 1987]·〈박재삼 시집〉[범우사(汎友社), 1987]·〈사랑이여〉[실천문학사(實踐文學社), 1987]·〈울음이 타는 가을 강〉[혜원출판사(惠園出版社), 1987]·〈햇빛에 실린 곡조(曲調)〉[지성문화사(知性文化社), 1988]·〈해와 달의 궤적〉(신원문화사, 1990)·〈꽃은 푸른빛을 피하고〉(민음사, 1991)·〈사랑하는 이의 머리칼〉[동서문학사(東西文學社), 1993]·〈허무(虛無)에 갇혀〉(시와시학사, 1993)·〈다시 그리움으로〉(실천문학사, 1996)·〈박재삼 시 전작선집(全作選集)〉(영하출판사, 1994)·〈사랑하는 사람을 남기고〉(오상출판사, 1997) 등이 있다.

수필집으로는 〈슬퍼서 아름다운 이야기〉(강미문화사, 1977) · 〈빛과 소리의 풀밭〉[고려원(高麗苑), 1978] · 〈노래는 참말입니다〉(열쇠, 1980) · 〈샛길의 유혹〉[태창문화사(泰昌文化社), 1982] · 〈숨가쁜 나무여 사랑이여〉(오상출판사, 1983) · 〈너와 내가 하나로 될 때〉[문음사(文音社), 1984] · 〈아름다운 삶의 무늬〉(어문각, 1986) · 〈울 밑에 선 봉선화〉(자유문학사, 1986) · 〈차 한 잔의 팡세〉(자유문학사, 1986) · 〈용서하며 용서받으며〉[혜문출판사(慧文出版社), 1987] · 〈슬픔과 허무의 그 바다〉(예가출판사, 1989) · 〈시 쓰듯 연애하듯〉[세명서관(世明書館), 1989] · 〈미지수에 대한 탐구〉[문이당(文以堂), 1990] · 〈아름다운 현재의 다른 이름〉(한미디어, 1994) 등이 있다.

시비(詩碑)는 경상남도 사천시(泗川市) 벌리동(閥里洞) 삼천포시 청사(廳舍)에 〈젊은 삼천포〉(1987. 5. 12.), 서금동(西錦洞) 노산공원(魯山公園)에 〈천 년의 바람〉(1988. 4. 10.), 경상북도 김천시(金泉市) 대항면(代項面) 운수동(雲水洞) 직지문화공원(直指文化公園)에 〈내 사랑은〉, 충청남도 보령시(保寧市) 성주면(聖住面) 개화리(開花里) 개화예술공원(開花藝術公園) 모산한국육필문예공원에 〈무제(無題)〉, 전라남도 구례군(求禮郡) 마산면(馬山面) 황전리(黃田里) 화엄사(華嚴寺) 입구 '시비 동산'에 〈울음이 타는 가을 강〉, 제주도 서귀포시(西歸浦市) 서홍동(西烘洞) 서귀포 칠십리 시 공원에 〈정방 폭포(正房瀑布) 앞에서〉가 새겨진 시비들이 세워졌다.

190

박종화

朴鍾和 1901(고종 38). 10. 29. ~ 1981. 1. 31.

한국의 시인이며 소설가 · 문학 평론가.

호(號)는 월탄(月灘), 필명(筆名)은 조수루 주인(棗樹樓主人 · 釣水樓主人) · 종화 · 춘풍(春風).

서울 중구(中區) 자암동(紫巖洞)에서 태어났다.

소년 시절 사숙(私塾)에서 12년 동안 한학(漢學)을 공부한 뒤, 1920년(19세) 휘문의숙(徽文義塾, 지금의 휘문중 · 고등학교)을 졸업하였다. 이 무렵 휘문의숙에 다니고 있던 정백(鄭栢, 1899~1950, 한국의 사회주의 운동가. 박종화와 동기 동창. 홍사용과 같은 반) · 홍사용(→515, 1900년생. 1916년 입학) · 안석주[安碩柱, 1901~1950, 한국 소설 삽화의 선구자이며 소설가 · 영화인. 〈우리의 소원은 통일〉의 작사가. 안석영(安夕影)으로 더 알려졌다. 1916년 입학] · 정지용(→445, 1902년생. 1918년 입학) · 김영랑(→79, 1903년생. 1917년 입학) · 이승만(李承萬, 1903~1975, 한국의 삽화가) · 박용철(→185, 1904년생. 1916년 입학, 같은 해 배재학당으로 전학) · 이태준(李泰俊, 1904~?, 북한의 소설가. 1921년 입학) · 이선근(李瑄根, 1905~1983, 한국의 언론인이며 교육가 · 역사학자. 1922년 졸업) · 이무영(李無影, 1908~1960, 한국의 소설가. 1920년 입학) 등과 교유(交遊)하였다.

1920년 5월 문학 동인지(同人誌) 〈문우(文友)〉(월간 문예지. 1920. 5.~?. 통권 4호로 종간)를 창간, 창간호에 시 〈미친 구름〉 · 〈왜 이리 슬퍼〉 · 〈제야(除夜)〉, 소설 〈백열(白熱)〉, 평론 〈심볼리즘(象徵主義)〉을 발표하면서 문학 수업을 시작하였고, 〈서광(曙光)〉(월간 종합 교양지. 1919. 12.~1921. 1. 통권 8호로 종간) 제7호(1920. 9.)에 〈쫓긴 이의 노래〉를 발표하였다.

1921년(20세) 노자영(→120) · 박영희(→183) · 박인덕(朴仁德, 1897~1980, 한국의 여성 독립 운동가이며 교육가) · 변영로(→207) · 신태악(辛泰嶽, 1902~1980, 한국의 법조인이며 정치가) · 오상순(→293) · 황석우(→520)와 함께 〈장미촌(薔薇村)〉(1921. 5. 24. 창간호로 종간. 우리나라 최초의 시 동인지) 동인이 되어 여기에 처녀작 〈오뇌(懊惱)의 청춘〉 · 〈우윳빛 거리〉의 두 편의 시를 발표하면서 본격적인 창작에 발을 내디뎠다.

1922년(21세) 1월, 휘문의숙 동문 안석주 · 홍사용, 배재학당(培材學堂, 지금의 배재중 · 고등학교) 동문 나도향(羅稻香, 1902~1927, 한국의 소설가) · 박영희, 노자영 · 이상화(→378) · 현진건(玄鎭健, 1900~1943, 한국의 소설가) 등과 함께 창간한 〈백조(白潮)〉(문예 동인지. 1922. 1. 9. ~1923. 9. 6. 통권 3호로 종간) 창간호에 〈만가(挽歌)〉와 〈밀실(密室)로 돌아가다〉의 두 편의 시와 수필 〈러시아의 민요(民謠)〉 · 〈영원(永遠)의 승방몽(僧房夢)〉, 편집 후기에 해당하는 〈육호잡기(六號雜記)〉를 발표하여 우리 문단(文壇)에 새로운 흐름을 만들었다. 이어 〈백조〉 제2호(1922. 5.)에 평론 〈오호 아문단(嗚呼我文壇)〉과 시 〈흑방비곡(黑房祕曲)〉, 제3호(1923. 9.)에 단편 〈목매이는 여자〉와 시 〈사(死)의 예찬(禮讚)〉, 희곡 〈죽음보다 아프다〉를 발표함으로써 대표적인 낭만주의(浪漫主義, romanticism) 작가로서의 위치를 굳혔다.

1923년(22세)에는 〈개벽(開闢)〉(우리나라 최초의 월간 종합 교양지. 1920. 6.~1926. 8. 통권 72호로 종간. 속간

1934. 11.~1935. 2. 통권 4호로 종간. 복간 1946. 1.~1949. 3. 통권 9호로 종간) 제31호(1923. 1.)에 〈문단의 1년을 추억하여〉, 제35호(1923. 5.)에 〈항의(抗議) 같지 않은 항의자에게〉를 발표하였다.

1924년(23세) 6월, 〈만가〉 등 55편을 실은 처녀 시집 〈흑방비곡〉[조선도서주식회사(朝鮮圖書株式會社)]을 펴냄으로써 문단에서의 지위를 확립, 단편 · 평론 · 수필 등 여러 방면에 걸쳐 활동하였으나, 초기에는 주로 시인으로 활약하였다.

〈순대국〉(1924) · 〈2년 후〉(〈개벽〉 제44호, 1924. 2.) · 〈아버지와 아들〉(〈개벽〉 제51호, 1924. 9.) · 〈여명(黎明)〉(〈개벽〉 제55호, 1925. 1.) · 〈시인(詩人)〉(〈조선문단〉 제5호, 1925. 2.) · 〈부세(浮世)〉(〈조선문단〉 제12호, 1925. 10.) 등 일련의 단편 소설을 발표함으로써 소설가로 방향을 바꾸어, 좌절로 끝난 낭만주의 시인으로서 현실 부정 의식의 출구를 열게 되는 역사 소설가로서의 기반을 닦았다.

사회주의(社會主義, socialism) 혁명을 위하여 1925년(24세) 8월 조직된 문예 운동 단체 카프(KAPF, 조선프롤레타리아예술동맹. 에스페란토식 표기인 'Korea Artista Proleta Federatio'의 머리글자. Korea Proletarian Artist Federation)가 등장하였을 때, 민족과 역사를 떠난 문학은 존재할 수 없다고 끝까지 역설하였다.

카프는, 1922년 9월 김두수(金斗洙, 1903~?, 한국의 사회주의 운동가) · 김영팔(金永八, 1904~1950, 한국의 연극인) · 김홍파(金紅波, ?~?, 〈북조선일보〉 기자) · 박세영(→180) · 박용대(朴容大, ?~?, 한국의 사회주의 운동가) · 송영(宋影, 1903~1978, 한국의 소설가이며 극작가) · 심훈(→261) · 이적효(李赤曉, 1901~?, 한국의 사회주의 운동가) · 이호(李浩, 1903~?, 한국의 사회주의 운동가) · 최승일[崔承一, 1901~?, 한국의 작가이며 방송인 · 영화인. 최승희(崔承喜, 1911~1969, 북한의 무용가이며 안무가)의 오빠] 등 사회주의 경향의 문인(文人)들이 조직한 최초의 사회주의 예술 단체인 염군사(焰群社)와, 1923년 10월 김기진(→55) · 김복진(金復鎭, 1901~1940, 한국의 조각가이며 미술 평론가 · 문예 이론가 · 연극인 · 사회 운동가. 한국 최초로 서구식 조각 교육을 받았다.) · 김형원(→100) · 박영희 · 안석주 · 연학년(延鶴年, ?~1938, 한국의 연극인) · 이상화 · 이익상(李益相, 1895~1935, 한국의 소설가이며 언론인) 등이 조직한 신경향파{新傾向派, 박영희가 〈신경향파의 문학과 그 문단적 지위〉(〈개벽〉 제64호, 1925. 12.)에서 '신경향파'라는 용어를 처음 사용하였다.} 문학 단체인 파스큘라(PASKYULA, 동인들의 이름 머리글자를 딴 것. 박영희의 'PA', 이익상의 'S', 김복진 · 김기진의 'K', 연학년의 'YU', 이상화의 'L', 안석주의 'A')가 1925년 8월에 하나로 통합된 최초의 전국적인 문학 예술가 조직이었다. 창립 당시 구성원은 김기진 · 김복진 · 김양(金陽) · 김영팔 · 김온(金穩) · 박영희 · 박용대 · 박팔양(→193) · 송영 · 심훈 · 안석주 · 이기영(李箕永, 1895~1984, 북한의 소설가) · 이상화 · 이익상 · 이적효 · 이호 · 조명희(→453) · 최승일 · 한설야(韓雪野, 1900~1976?, 북한의 소설가이며 문학 평론가) 등이었다.

문단 시평이나 문단 회고담(回顧談)을 계속 발표하였으며, 〈인생 생활의 필연적 발생의 계급 문학(階級文學)〉(〈개벽〉 제56호, 1925. 2.) · 〈대전 이후(大戰以後)의 문예 운동(文藝運動)〉[〈동아일보(東亞日報)〉, 1929]이라는 문제의 평론을 썼으나 당시 평론계의 논전(論戰)에는 참여하지 않았다.

1934년(33세)에는 노자영이 발행하는 〈신인문학(新人文學)〉(월간 순수 문예지. 1934. 8.~1936. 9. 통권 21호로 종간) 창간호에 시 〈아춘(餓春)〉을 발표하였다.

민족을 주제로 하는 역사 소설을 써서, 1935년(34세) 장편 〈금삼(錦衫)의 피〉[〈매일신보(每日申報)〉에 연재(1935. 3. 20.~12. 13.), 박문서관(博文書館), 모두 2권, 1938], 1937년(36세) 〈대춘부(待春賦)〉[〈매일신보〉에 연재(1937. 12.~1938. 12.), 을유문화사(乙酉文化社), 모두 2권, 1955], 1940년(39세) 단편 〈아랑의 정조(貞操)〉[〈문장(文章)〉 제21호, 1940. 12.] · 〈전야(前夜)〉와 장편 〈다정불심(多情佛心)〉(〈매일신보〉에 연재, 박문서관, 모두 2권, 1942) 등을 잇달아 발표함으로써 일제(日帝)에 항거하는 민족 정신을 역사 소설로 표현하였고, 역사 소설 작가로서의 재량을 인정받았다.

1942년(41세)에는 수필집 〈청태집(靑苔集)〉[영창서관(永昌書館)]을 펴냈으며, 1944년(43세)에는 두보(→143)와 이백(→369)의 한시(漢詩)를 번역한 〈지나 명시선(支那名詩選)〉[한성도서주식회사(漢城圖書株式會社), 모두 2권 중 제1권. 이병기(→370)와 공저]를 펴냈다.

일제 말기에도 끝까지 창씨개명(創氏改名)을 하지 않고 문인보국대(文人報國隊)에도 참여하지 않았는데, 일제가 그를 회유하기 위하여 명월관[明月館. 지금의 서울 종로구(鐘路區) 세종로(世宗路) 동아일보사 광화문(光化門) 사옥 일민문화관(一民文化館) 자리에 있었던 유흥 음식점. 1909

년 개점]에 초대하였을 때는 문인보국대에 참가한 문인들과 주먹다짐을 벌이기도 하였다.

광복된 뒤에는 적색 문학 운동(赤色文學運動)에 대항하는 민족 진영 문학 운동의 지도자로 등장, 1946년(45세) 3월 13일 결성된 우익(右翼) 진영의 문인 단체인 전조선문필가협회(全朝鮮文筆家協會) 초대 부회장을 맡아 중추적 역할을 담당하였다.

광복된 뒤의 감격과 흥분 속에서 쓴 〈민족(民族)〉(1945)은 앞서 발표한 〈여명〉·〈전야〉와 함께 3부작에 해당하는 작품이고, 장편 〈홍경래(洪景來)〉[〈동아일보〉에 연재(1946~1949), 정음사(正音社), 1954]와 〈청춘 승리(青春勝利)〉[〈자유신문(自由新聞)〉에 연재(1947. 6.~12. 27.), 수선사(首善社), 1949], 단편 〈논개(論介)〉[〈신세대(新世代)〉 1946. 6.~7.]를 통하여도 민족적 울분을 토로하였다.

1946년 5월에는 시집 〈청자부(青磁賦)〉[고려문화사(高麗文化社)]를 펴냈다.

1947년(46세)에는 성균관대학교(成均館大學校) 교수와 서울시 예술위원회 위원장을 맡았고, 공산주의(共産主義, communism)에 반대하는 우익 진영의 대표자로서 1949년(48세)에 발족한 한국문학가협회(韓國文學家協會) 초대 회장, 서울신문사 사장, 서울시 문화위원회 위원장이 되었다.

광복 직후 한국의 문학 단체는 민족 진영의 전조선문필가협회·중앙문화협회(中央文化協會)·조선청년문학가협회(朝鮮青年文學家協會)를 비롯하여 좌익(左翼) 계열의 조선문학가동맹[朝鮮文學家同盟, 1945년 12월 6일 '조선문학동맹'으로 결성] 등이 있었다. 1948년(47세) 정부 수립과 함께 조선문학가동맹은 해체되고, 민족 진영의 3개 단체가 좌익에서 전향(轉向)한 문인들까지 포섭하여 전국적인 통합 문학 단체로서 1949년 12월 17일 한국문학가협회로 발족하였다. 이로써 종래까지 혼란 속에 있었던 문단은 하나로 통합되었다. 초대 임원은 회장에 박종화, 부회장에 김진섭(金晋燮, 1903~?, 한국의 수필가이며 독문학자), 각 분과 회장에 소설 김동리(→60)·시 서정주(→226)·희곡 유치진(柳致眞, 1905~1974, 한국의 극작가이며 연출가)·평론 백철(白鐵, 1908~1985, 한국의 문학 평론가)·아동 문학 윤석중(尹石重, 1911~2003, 한국의 아동 문학가)·외국 문학 김광섭(→49)·고전 문학(古典文學) 양주동(→282) 등이었고, 사무국장으로 박목월(→178)이 선출되었다.

한국문학가협회는 창립 이후 대표적인 문학 단체로서 꾸준히 활동하여 왔으나, 1954년(53세) 예술원(藝術院) 회원 선거를 계기로 내분(內紛)이 일어났다. 그 결과 1955년(54세) 6월 자유문학자협회(自由文學者協會)가 분리·조직됨으로써 문단은 둘로 나누어지게 되었다. 그러다가 1961년(60세) 정부의 문화 단체 통합 조치에 따라 한국문학가협회가 해체되고, 그 회원은 한국문인협회(韓國文人協會, 文協)로 흡수·가입되었다.

1952년(51세) 〈월탄 문학선(月灘文學選)〉[수도문화사(首都文化社)]을 펴냈다.

1954년 서울신문사 사장을 사임하고, 예술원 회원으로 선출되었다. 같은 해 장편 〈임진왜란(壬辰倭亂)〉[〈조선일보(朝鮮日報)〉에 연재(1954. 5.~1957. 4. 모두 946회), 을유문화사, 1957]을 쓰면서 전란(戰亂)과 공무(公務)로 잠시 중단되었던 창작 생활을 다시 계속하였다. 바쁜 공직(公職) 가운데서도 대학에 나가 강의를 하였고 작품 활동에도 남다른 정력을 과시하였다.

1955년 예술원 회장으로 취임하였고(제2~17대, 1955. 7. 10.~1981. 8. 25.), 단편 〈황진이(黃眞伊)의 역천(逆天)〉(〈새벽〉, 1955. 11.)을 〈조선일보〉에 연재하였다. 1958년(57세)에는 장편 〈벼슬길〉, 1959년(58세)에는 〈삼국 풍류(三國風流)〉·〈여인 천하(女人天下)〉, 1962년(61세)에는 〈조선일보〉에 〈자고 가는 저 구름아〉와 〈부산일보(釜山日報)〉에 〈제왕 삼대(帝王三代)〉 등 거의 같은 무렵에 연재하여 인기를 모았다. 특히 1963년(62세)에는 〈한국일보(韓國日報)〉에 〈월탄 삼국지(月灘三國志)〉를 연재하여 1968년(67세)까지 6년 동안 1,603회에 걸쳐 집필하는 놀라운 정력을 보여 주었다.

1960년(59세) 이태극(→405)·하한주(河漢珠, 1909~1984, 한국의 성직자이며 시인) 등이 창간한 〈시조문학(時調文學)〉(계간 시조 동인지, 1960. 6.~현재) 창간호에 〈도시 삼편(禱詩三篇)〉을 실었다.

1961년 12월 회갑 기념으로 〈월탄 시선(月灘詩選)〉[현대문학사(現代文學社)]을 펴냈고, 1964년(63세)에는 한국예술문화단체총연합회(韓國藝術文化團體總聯合會, 藝總) 제3대 회장과 한국시조작가협회(韓國時調作家協會, 1977년 '한국시조시인협회'로 개편) 고문(顧問), 1963 ~1969년(68세)에는 한국문인협회 제2~8대 이사장을 지냈다.

1965년(64세)에는 수필집 〈달과 구름과 사상(思想)

과〉(휘문출판사)를 펴내는 한편, 장편 〈아름다운 이 조국을〉을 〈중앙일보(中央日報)〉에 연재하였으며, 1966년(65세)에도 장편 〈양녕 대군(讓寧大君)〉을 〈부산일보〉에 연재하였다.

1966년 제1회 5·16 민족상(학예 부문)을 받았는데, 그 상금으로 '월탄 문학상'을 창설하여, 같은 해 10월 제1회 수상자로 장시(長詩) 〈공원(公園) 파고다〉를 쓴 성춘복(成春福, 1936~, 한국의 시인)에게 시상하였다.

1969년에는 장편 〈세종 대왕(世宗大王)〉을 〈조선일보〉에 연재하였는데, 이는 1977년(76세)까지 장장 8년에 걸친 2,456회로 한국 신문 소설사상 최장 기록을 남겼다.

1970년(69세)에는 〈월탄 회고록(回顧錄)-20세기 한국의 증언(證言)〉을 펴냈으며, 칠순(七旬)을 맞는 이 해, 제3수필집 〈한 자락 세월(歲月)을 열고〉[동화출판공사(同和出版公社)]와 기념 사화집(詞華集) 〈영원히 깃을 치는 산(山)〉(동화출판공사)을 내놓았다.

1971년(70세)에는 수필집 〈달여울에 낚싯대〉(휘문출판사)를 펴냈다. 그 뒤 발표한 수상록(隨想錄) 〈화음·격음(和音激音)〉과 회고록 〈역사는 흐르는데 청산(靑山)은 말이 없네〉[삼경출판사(三慶出版社)] 등은 그의 문학적 생애를 증언하여 준다.

1984년 지식산업사(知識産業社)에서 〈이상화·박종화〉[〈한국 현대 시문학 대계(韓國現代詩文學大系)〉 제3권]를 출판하였다.

제1회 대한민국 예술원상(1955)을 받은 것을 비롯하여 문화 훈장 대통령장(1962), 국민 훈장 무궁화장(無窮花章)(1970) 등 그의 공로에 어울리는 많은 상을 받았으며, 1957년 성균관대학교에서 명예 문학 박사 학위를 받았다.

1920년대 낭만주의 시인으로 출발하여, 시대적인 고독과 절망과 좌절에서 탈출하고자 하는 1930년대의 식민지 시대의 비참한 현실에서의 이상(理想) 추구를 역사 소설을 통하여 실현하려고 하였다. 민족의 역사적 주체성과 민족혼을 부각시키는 데 주력하였으나, 확고한 현실 인식을 기반으로 과거를 투영(投影)하지 못하였으므로, 공유(共有)의 역사를 사유화(私有化)하였다는 평가를 받았다.

60년 동안의 문학 생활을 통하여 시집 3권, 장편 소설 18편, 단편 12편, 수필·평론집 3권과 회고록을 남겼는데, 장편은 거의가 2~6권의 방대한 분량이었다.

조연현(→459)은 그를 ① 한국 현대 문학을 개척한 선구자, ② 낭만주의 문학 운동의 선창자, ③ 민족주의(民族主義, nationalism)적인 낭만주의 고수자, ④ 최초의 전형적인 정사적(正史的) 역사 소설가, ⑤ 문학의 사회적 지위를 높인 공로자 등 5가지 방향에서 평가하였다.

경기도 양주시(楊州市) 장흥면(長興面) 부곡리(釜谷里)에 안장(安葬)되었으며, 〈청자부〉가 새겨진 시비(詩碑)가 세워졌다. 또한 2011년 9월 30일 강원도 춘천시(春川市) 서면(西面) 금산리(錦山里) 북한강변 문학공원(北漢江邊文學公園)에 시비가 세워졌다.

191

박지수

朴智帥 1924. 9. 15. ~ 1973. 3. 8.

한국의 시인.

호(號)는 효공(曉空), 본관(本貫)은 밀양(密陽).

대구(大邱)에서 태어났으며, 일본 교토문리학원(京都文理學園)을 졸업하였다.

1950년(26세) 〈영남일보(嶺南日報)〉에 시 〈오늘〉을 발표하면서 등단(登壇)하였으며, 1958년(34세)쯤부터 주로 자유문학자협회(自由文學者協會) 기관지 〈자유문학〉(월간 순수 문예지, 1956. 6.~1963. 8. 통권 71호로 종간)에 〈맥령(脈嶺)〉·〈장(場)〉·〈존엄(尊嚴)의 기(旗)〉 등을 발표하였고, 한때는 혁신계 정당에 관여하였다.

1961년(37세) 5·16 군사 정변 뒤에는 윤길중(尹吉重, 1916~2001, 한국의 정치가) 등과 함께 신민당(新民黨, 1960년 창당)에 입당하였으나 신체적인 결함(난청)과 내성적인 성격 때문에 정계(政界)에서는 빛을 보지 못하였다.

〈바보처럼〉·〈변두리에서〉·〈해토(解土) 머리에서〉 등 현실 의식이 강한 저항적 경향의 시를 썼으며, 시집으로 〈어느 조국의 도심(都心)에 서서〉 등 33편을 실은 〈삶의 노래〉[상구문화사(尙久文化社), 1959. 5.]가 있다.

묘소는 서울 도봉구(道峰區) 방학동(放鶴洞) 천주교 방학동묘원에 있는데, 시비(詩碑) 〈독수(獨囚)〉의 글씨는 윤길중이 쓴 것이다.

1975년 2월, 2주기(周忌)를 맞아 문우(文友)들이 유고

(遺稿) 시집 〈조어 단장(祖語斷章)〉[청자각(靑字閣)]을 출판하였다.

192

박창원

朴昌元 1683(숙종 9) ~ 1753(영조 29)

조선(朝鮮, 1392~1910)의 시인.

자(字)는 선장(善長), 호(號)는 담옹(澹翁), 본관(本貫)은 밀양(密陽).

아버지는 가선대부(嘉善大夫) 박흥준(朴興俊)이며, 어머니는 진성수(秦聖修)의 딸이다.

일찍이 부모를 여의어 외할아버지에게 배웠고, 이어 이동언(李東彦, 1662~1708, 조선의 문신)에게 학문을 익혔다.

아문(衙門)의 조보(朝報)를 담당하는 서리(胥吏)를 지냈는데, 신임사화(辛壬士禍, 1721~1722) 때인 1722년(39세, 경종 2) '요사이 조지(朝紙)의 소계(疏啓)는 그 내용이 더러워 쓰지 못하겠다.' 하면서 벼슬을 그만두고 산사(山寺)로 들어갔다.

지조(志操)가 굳고 여간해서는 사람들과 교류하지 않았으며, 항간의 속되고 촌스러운 말은 입에 담지도 않았고 들으려고 하지도 않았다. 끼니조차 잇기 어려운 형편이었지만 손에서 책을 놓지 않고 부지런히 경전(經典)을 두루 읽어서 상당한 수준에 올랐다. 특히 〈주역(周易)〉에 해박하여 독특한 괘도인 〈원괘방위도(原卦方位圖)〉와 〈원괘차서도(原卦次序圖)〉를 남겼는데, 경전에 대한 자신의 지식과 이론을 전개하였다. 이 밖에 성력(星曆)·음률(音律)·지리·의복(醫卜)에 통달하였다.

육일옹(六一翁)이라는 사람은 위항 문인(委巷文人) 서기(徐起, 1523~1591, 조선의 학자)와 송익필(宋翼弼, 1534~1599, 조선의 학자)에게 비유하였는데, 당시 사람들은 그의 일생을 '이인(異人)의 행적(行蹟)'이라고 말하였다.

위항 시인들이 활동하였던 필운대(弼雲臺)와 북한산 기슭 등지에서 노닐었으며, 김원행(金元行, 1702~1772, 조선의 학자이며 문신)과 유척기(兪拓基, 1691~1767, 조선의 문신) 등 주로 노론계(老論系) 인사들과 교유(交遊)하였다. 그의 문하(門下)에서는 시인 백윤구(白胤耈)·윤득관(尹得觀, 1710~?, 조선의 문신)·홍준해(洪準海, 1715~1771, 조선의 문신) 등이 배출되었다.

지은 책으로 〈담옹집(澹翁集)〉(모두 3권 1책)이 있다.

193

박팔양

朴八陽 1905(고종 42). 8. 2. ~ 1988. 10. 4.

북한의 시인이며 문학 평론가.

호(號)는 여수(麗水·如水), 필명(筆名)은 금려수(金麗水)·김니콜라이·여수산인(麗水山人).

가난한 농가의 막내 아들로, 경기도 수원군(水原郡) 안룡면(安龍面) 곡반정리[谷伴亭里, 지금의 수원시 권선구(勸善區) 곡반정동]에서 태어났다.

서울 재동공립보통학교(齋洞公立普通學校)를 거쳐 1916년 (11세) 배재학당(培材學堂, 지금의 배재중·고등학교)에 입학하였는데, 같은 해 입학한 김복진(金復鎭, 1901~1940, 한국의 조각가이며 미술 평론가·문예 이론가·연극인·사회 운동가. 한국 최초로 서구식 조각 교육을 받았다.)·김기진(→55) 형제와 박영희(→183), 휘문의숙(徽文義塾, 지금의 휘문중·고등학교)에서 전학 온 박용철(→185), 1917년에 입학한 나도향(羅稻香, 1902~1927, 한국의 소설가)·박세영(→180)·송영(宋影, 1903~1978, 한국의 소설가이며 극작가) 등과 교유(交遊)하였다.

1920년(15세) 배재학당을 졸업한 뒤, 경성법학전문학교[京城法學專門學校. 서울대학교 법과대학의 전신(前身)]에 입학하였다. 경성법전 재학 때인 1921년(16세) 좌익(左翼) 계열의 '서울청년회'에 가입하여 활동하였으며, 김화산(→101)·박제찬[朴濟瓚, 1905~1995, 한국의 정치가. 본명은 제환(濟煥)]·정지용(→445) 등과 함께 등사판(謄寫版) 동인지(同人誌) 〈요람(搖藍)〉을 발간하였다.

1923년(18세) 〈동아일보(東亞日報)〉 신춘 문예에 필명 박승만(朴勝萬)으로 시 〈신(神)의 주(酒)〉가 당선되면서 등단(登壇)하였다.

1924년(19세) 4월 경성법전을 졸업한 뒤, 1925년(20세) 6월까지 동아일보사 사회부 기자로 근무하였다.

1925년 8월 '서울청년회' 회원으로서, 사회주의(社會主義, socialism) 혁명을 위하여 조직된 문예 운동 단체 카프(KAPF, 조선프롤레타리아예술동맹. 에스페란토식 표기인 'Korea Artista Proleta Federatio'의 머리글자. Korea Proletarian Artist Federation)에 가입, 맹원(盟員)으로 활동하다가 1930년(25세) 초 탈퇴하였다.

카프는, 1922년 9월 김두수(金斗洙, 1903~?, 한국의 사회주의 운동가)·김영팔(金永八, 1904~1950, 한국의 연극인)·김홍파(金紅波, ?~?, 〈북조선일보〉 기자)·박세영·박용대(朴容大, ?~?, 한국의 사회주의 운동가)·송영·심훈(→261)·이적효(李赤曉, 1901~?, 한국의 사회주의 운동가)·이호(李浩, 1903~?, 한국의 사회주의 운동가)·최승일[崔承一, 1901~?, 한국의 작가이며 방송인·영화인. 최승희(崔承喜, 1911~1969, 북한의 무용가이며 안무가)의 오빠] 등 사회주의 경향의 문인(文人)들이 조직한 최초의 사회주의 예술 단체인 염군사(焰群社)와, 1923년 10월 김기진·김복진·김형원(→100)·박영희·안석주[安碩柱, 1901~1950, 한국 소설 삽화의 선구자이며 소설가·영화인. 〈우리의 소원은 통일〉의 작사가. 안석영(安夕影)으로 더 알려졌다.]·연학년(延鶴年, ?~1938, 한국의 연극인)·이상화(→378)·이익상(李益相, 1895~1935, 한국의 소설가이며 언론인) 등이 조직한 신경향파{新傾向派, 박영희가 〈신경향파의 문학과 그 문단적 지위〉[〈개벽(開闢)〉 제64호, 1925. 12.]에서 '신경향파'라는 용어를 처음 사용하였다.} 문학 단체인 파스큘라(PASKYULA, 동인들의 이름 머리글자를 딴 것. 박영희의 'PA', 이익상의 'S', 김복진·김기진의 'K', 연학년의 'YU', 이상화의 'L', 안석주의 'A')가 1925년 8월에 하나로 통합된 최초의 전국적인 문학 예술가 조직이었다. 창립 당시 구성원은 김기진·김복진·김양(金陽)·김영팔·김온(金穩)·박영희·박용대·박팔양·송영·심훈·안석주·이기영(李箕永, 1895~1984, 북한의 소설가)·이상화·이익상·이적효·이호·조명희(→453)·최승일·한설야(韓雪野, 1900~1976?, 북한의 소설가이며 문학 평론가) 등이었다.

1926년(21세) 조선일보사(朝鮮日報社)에 입사하였고, 1928년(23세) 중외일보사(中外日報社) 사회부장으로 일하였다.

1934년(29세) 6월에는 구인회(九人會)에 가입하였다. 구인회는 1933년 8월 15일, 김기림(→54)·김유영(金幽影, 1908~1940, 한국의 영화 감독이며 시나리오 작가)·유치진(柳致眞, 1905~1974, 한국의 극작가이며 연출가)·이무영(李無影, 1908~1960, 한국의 소설가)·이종명(李鍾鳴)·이태준(李泰俊, 1904~?, 북한의 소설가)·이효석(李孝石, 1907~1942, 한국의 소설가)·정지용·조용만(趙容萬, 1909~1995, 한국의 영문학자이며 소설가) 등이 순수 문학을 표방하며 결성한 문학 친목 단체였다. 1934년 6월, 김유영·이종명이 탈퇴하고, 박태원(朴泰遠, 1909~1986, 한국의 소설가)·박팔양·조벽암(→454)이 가입하여 10명이 되었다가, 다시 유치진·이무영·이효석·조벽암·조용만 대신에 김상용(→70)·김유정(金裕貞, 1908~1937, 한국의 소설가)·김환태(金煥泰, 1909~1944, 한국의 문학 평론가)·이상(→374)으로 교체되어, 다시 9명의 회원을 유지하였다. 1930년대 경향 문학(傾向文學)이 쇠퇴하고 문단의 주류가 된 구인회는 계급주의(階級主義) 및 공리주의(功利主義) 문학을 배격하고 순수 문학을 확립하는 데 크게 이바지하여 당시 순수 문학의 가장 유력한 단체로 활동하였으나 3~4년 만에 해체되었다. 박태원과 이상이 중심이 되어 〈시와소설〉(동인지. 1936. 3. 창간호로 종간)을 펴냈다.

1937년(32세) 10월 만주(滿洲)로 가서 〈만선일보(滿鮮日報)〉{1933년 8월 25일 만주 신징[新京, 지금의 지린성(吉林省) 창춘(長春)]에서 창간한 한국어 신문 〈만몽일보(滿蒙日報)〉가 1936년 11월 지린성 옌볜(延邊) 조선족 자치주 룽징(龍井)의 〈간도일보(間島日報)〉를 매수·통합하여 1937년 10월 21일 제호(題號)를 바꾸었다.} 사회부장과 학예부장을 지냈고, 이곳에서 광복을 맞았다.

광복 뒤 평안북도 신의주(新義州)에 정착하였고, 1946년(41세) 좌익 문학 단체인 조선문학가동맹[朝鮮文學家同盟, 1945년 12월 6일 '조선문학동맹'으로 결성]에 가입하였다. 조선문학가동맹은, 1946년 2월 8~9일 이틀 동안 조선문학건설본부(朝鮮文學建設本部)와 조선프롤레타리아문학동맹이 함께 전국문학가대회를 개최하여 발족한 좌익 문학 단체이다. 발족 당시 구성원은 권환(→41)·김기림·김남천[金南天, 1911~1953, 한국의 소설가이며 문학 평론가. 본명은 김효식(金孝植)]·김영건(金永鍵, ?~?, 한국의 문학 평론가)·김오성[金午星, 1908~1953?, 한국의 공산주의 이론가이며 문학 평론가. 본명은 김형준(金亨俊)]·박세영·박치우(朴致祐, 1909~?, 한국의 문학 평론가)·박팔양·배호(裵澔)·설정식(→229)·신남철(申南澈, 1907~?, 한국의 문학 평론가)·안회남(安懷南, 1909~?, 한국의 소설가)·양주동(→282)·이병기(→370)·이서향[李曙鄕, 1915~?, 한국의 극작가. 본명은 이영수(李榮秀)]·이원조[李源朝, 1905~1955, 한국의 문학 평론가. 이육사(→390)의 아우]·이태준(李泰俊, 1904~?, 북한의 소설가)·임화(→419)·정지용·현덕(玄德, 1909~?, 한국의 소설가이며 아동 문학가)·홍구[洪九, 1908~?, 한국의 소설가. 본명은 홍장복(洪長

福)]·홍명희(洪命熹, 1888~1968, 장편 소설 〈임꺽정〉의 지은이이며 북한 부수상을 지낸 북한의 소설가이며 정치가) 등이었다.

1946년 10월 조선 공산당(朝鮮共産黨, 1925년 4월 17일 창당)에 입당하였고, 월북(越北)하였다. 북한에서는 평안북도 당위원회 기관지 〈바른말〉 신문사 편집국장, '문예총[文藝總, 1946년 3월 25일 '북조선예술총연맹'으로 결성, 1946년 10월 '북조선문학예술총동맹'으로 개칭, 1951년 3월 '조선문학예술동맹'으로 개편, 1961년 3월 2일 '조선문학예술총동맹(문예총)'으로 부활]' 중앙 위원, 당중앙위원회 기관지 〈정로(正路)〉 초대 편집국장과 그 후신(後身)인 〈노동신문(勞動新聞)〉 편집국장·부주필 등으로 일하였다.

1949년(44세) 김일성종합대학(金日成綜合大學, 1946년 10월 1일 개교) 어문학부 신문학과(新文學科) 강좌장으로 있다가 한국 전쟁(Korean War, 1950. 6. 25.~1953. 7. 27.) 당시 종군(從軍) 작가로 활약한 공으로 국기 훈장(國旗勳章) 제3급을 받았으며, 1951년(46세) 대학으로 복귀하였다.

1956년(51세) 조선문학예술동맹 산하 조선작가동맹 중앙위원회 부위원장, 1957년(52세) 최고인민회의(最高人民會議) 대의원, 1958년 조소친선협회(朝蘇親善協會) 중앙 위원을 지냈으며, 한때 평양문학대학(平壤文學大學) 교수로 있었다. 1966년(61세) 한동안 사상 검토 대상으로 곤욕을 치러 숙청된 것으로 알려졌으나, 송가(頌歌) 장편 서사시 〈눈보라 만 리〉(1961) 등의 창작 기여를 인정받아 복권(復權)되었다.

월북하기 전에 〈여명(黎明) 이전〉(〈개벽〉 제61호, 1925. 7.)·〈윤전기와 사층집〉[〈조선문단(朝鮮文壇)〉 제18호, 1927. 1.]·〈밤차〉[〈조선지광(朝鮮之光)〉 제71호, 1927. 9.]·〈최초의 은인(恩人)〉(〈조선지광〉 제75호, 1928. 1.)·〈데모〉(〈조선지광〉 제79호, 1928. 7.)·〈도시 정취〉(〈조선지광〉 제80호, 1928. 9.)·〈오후 여섯 시〉(〈조선지광〉 제80호, 1928. 9.)·〈태양을 등진 거리〉(〈조선지광〉 제80호, 1928. 9.)·〈너무도 슬픈 사실-봄의 선구자(先驅者) '진달래'를 노래함〉[〈학생(學生)〉, 1930. 4.]·〈승리의 봄〉[〈문학(文學)〉, 1939. 1.]·〈내가 흙을〉[시대공론(時代公論)]·〈소복(素服) 입은 손이 오다〉·〈여름 거리〉·〈여름밤 하늘 위에〉, 평론 〈조선 신시 운동 개관(朝鮮新詩運動槪觀)〉(〈조선일보〉, 1928. 2. 28.~3. 1.) 등을 발표하였고, 시집 〈여수시초(麗水詩抄)〉[박문서관(博文書館), 1940. 3.]를 펴냈으며, 〈만주 시인집(滿洲詩人集)〉[제일협화구락부문화부(第一協和俱樂部文化部), 1942. 9.]에 〈계절(季節)의 환상(幻像)〉·〈사랑함〉 등을 발표하였다.

북한에서의 작품으로 〈노래는 강산에 울려 퍼지네〉(1956)·〈밀림의 5·1절〉(1959)·〈인민(人民)을 노래한다〉(1962)·〈건설의 노래〉·〈민족의 노래〉·〈승리의 깃발〉·〈위대한 그분〉 등이 있고, 〈박팔양 시집〉[문예총출판사(文藝總出版社), 1947]·〈박팔양 시선집(詩選集)〉(1949)·〈서정 서사시-황해의 노래〉(문예총출판사, 1958) 등을 펴냈으며, 저항 시인 이상화에 대한 평론집이 있다.

그 동안 규제 문인으로 묶여 있다가 1988년 7월 정부의 월북 문인 해금(解禁) 조치 발표로 그의 모든 작품이 해금되었다.

194
박화목
朴和穆 1924. 2. 15. ~ 2005. 7. 9.

한국의 시인이며 아동 문학가.

호(號)는 은종(銀鍾).

박승환(朴承煥)의 셋째 아들로, 황해도 황주(黃州)[다른 일부 자료에서는 평양(平壤)]에서 태어났으며, 서울 서대문구 홍제동(弘濟洞)에서 죽었다.

평양신학교(平壤神學校)를 수료하고, 1942년(18세) 만주(滿洲)로 가서 하얼빈영어학원(哈爾濱英語學院)·펑톈 둥베이신학교(奉天東北神學校)에서 공부하였고, 한국신학대학[韓國神學大學. 한신대학교(韓神大學校)의 전신(前身)] 선교신학대학원(宣敎神學大學院)을 졸업하였다.

1941년(17세) 동시(童詩) 〈겨울밤〉·〈피라미드〉가 〈아이생활〉(월간 어린이 잡지. 1925. 3.~1944. 4. 제19권 제1호로 종간)에 추천되어 작품 활동을 시작하였다.

윤용하(尹龍河, 1922~1965, 한국의 작곡가)가 1952년(28세) 작곡한 가곡 〈보리밭〉과 1972년(48세) 김공선(金公善)이 작곡한 동요 〈과수원길〉의 작사자로, 기독교 신앙에 바탕을 두고 동심의 세계에 빠져든 작품 세계 속에서 활발한 작품 활동을 펼쳤다.

1946년(22세) 월남(越南)하여 서울중앙방송국[1926년 11월 30일 경성방송국(京城放送局, JODK)으로 개국, 1927년 2월 16일 첫 방송, 1932년 4월 조선방송협회, 1945년 9월 서울중앙방송국(HLKA)으로 이름을 바꾸었다가 1973년 3월 문화공보부에서 독립하여 '한국방송공사(韓國放送公社)'로 전환하였다.] 문예 담당 프로듀서(1947~1950), 한국일보사(韓國日報社) 문화부장(1950), 한국 전쟁(Korean War, 1950. 6. 25.~1953. 7. 27.) 당시 종군(從軍) 작가, 기독교방송(基督教放送, Christian Broadcasting System, CBS. 1954년 12월 15일 개국한 대한민국 최초의 민영 방송) 교양부장과 편성국장(1964~1970), 한국방송회관 상무 이사 등 언론계에서도 활동하였으며, 국제 펜클럽(International PEN) 한국 본부 이사, 한국문인협회(韓國文人協會. 文協) 아동 문학 분과회장 등을 지냈고, 동요동인회(童謠同人會)·크리스천문학가협회·한국아동문학회(韓國兒童文學會)·한국열린문학회 등 여러 문학 단체의 회장을 지냈다.

1972년(48세) 동시 〈봄밤〉으로 제4회 한정동(→505) 아동 문학상을 받은 것을 비롯하여 기독교 문학상(1975), 시집 〈겨레의 소원을 풍선에 실어서〉로 제1회 대한민국 문학상(1980), 제38회 서울특별시 문화상(1989), 옥관 문화 훈장(玉冠文化勳章)(1993), 대한민국 문화 훈장(1994), 시집 〈환상(幻想)의 성지 순례(聖地巡禮)〉로 제4회 헤로도투스상(1995), 한국 아동 문학 공로상(1996), 천등(天燈) 아동 문학상(2002), 한맥 문학상 공로 대상(2002), 한국 아동 문화 대상(2011), 제1회 한국 음악 저작권 대상 가곡 부문 작사가상(2011), 한국 전쟁 문학상, 황희 문화 예술상 등을 받았다.

소년 소설집 〈밤을 걸어가는 아이〉[정음사(正音社), 1954]·〈박화목 아동 문학 독본〉[을유문화사(乙酉文化社), 1962]·〈비바람 속의 아이들〉[계몽사(啓蒙社), 1980]·〈마징가의 꿈〉(1981)·〈개똥벌레 삼형제〉(〈꿈동산〉, 1983)·〈저녁 눈처럼〉(새벗출판사, 1983), 동화집 〈부엉이와 할아버지〉(기독교문화관, 1955)·〈꽃팔이 소녀의 그림〉[계진문화사(啓進文化社), 1963]·〈저녁놀처럼〉(1970)·〈봄을 파는 가게〉(보이스사, 1980)·〈아파트 소녀와 나비〉·〈아기별과 개똥벌레〉·〈인형의 눈물〉, 동시집 〈초롱불〉[인간사(人間社), 1957]·〈꽃이파리가 된 나비〉(아중문화사, 1972)·〈아이들의 행진〉(아중문화사, 1978), 시집 〈시인과 산양(山羊)〉[장학출판사(奬學出版社), 1958. 12.]·〈그대 내 가슴의 창가에 서서〉[보문출판사(寶文出版社), 1960]·〈주(主)의 곁에서〉[대한기독교서회(大韓基督教書會), 1961]·〈천사(天使)와의 씨름〉[한국문학사(韓國文學社), 1975]·〈이 사람을 보라〉(보림출판사, 1986)·〈그 음성을 들을 수 있다면〉·〈이처럼 꽃잎 흩날리는 날에〉·〈순례자의 기도〉(두란노서원, 1989)·〈시인과 세월〉[창조문예사(創造文藝社), 2003], 수필집 〈보리밭 그 추억의 길목에서〉[광음사(光音社), 1972]·〈보리밭〉(에이엠, 1992) 등과 〈아동 문학 개론(兒童文學概論)〉[민문고(民文庫), 1989]을 남겼다.

부산 부산진구(釜山鎭區) 초읍동(草邑洞) 부산어린이대공원 '시가 있는 숲'에 〈산여울〉(1991), 서울 강북구(江北區) 수유동(水踰洞) 국립4·19민주묘지에 〈4월〉(1995. 4. 17.), 대구 동구(東區) 도동(道洞) 향산마을 제현사 시비공원에 〈과수원길〉(2007. 11. 21.)이 새겨진 시비(詩碑)가 세워졌으며, 2009년 8월 30일에는 1957년(33세)쯤부터 평생 살았던 서대문구 홍제3동('문화촌') 근처 홍제근린공원에 〈과수원길〉을 새긴 시비가 세워졌다.

195

박흡

朴洽 1912 ~ 1962. 10. 17.

한국의 시인.

본명(本名)은 증구(曾求).

전라남도 장성(長城)에서 태어났으며, 이리농업학교(裡里農業學校)를 졸업한 뒤 일본으로 유학하였다.

광복 전에는 전라남도 영광(靈光) 군청에 근무하다가 광복된 뒤에 교육계에 투신하여 숙명여자대학교(淑明女子大學校) 강사를 지냈으며, 한국 전쟁(Korean War, 1950. 6. 25.~1953. 7. 27.) 직전에 귀향하여 광주서중학교(光州西中學校) 교사로 재직하면서 조선대학교(朝鮮大學校) 강사로도 출강하였다. 그 뒤 광주중앙여자고등학교(中央女子高等學校)로 옮겨 총무과장으로 지내던 중 고혈압과 당뇨병으로 시달리다가 세상사에 싫증을 느끼고 스스로 목숨을 끊었다.

광주서중학교 교사로 재직할 때부터 시를 썼으며, 1954년(42세) 광주에서 김현승(→99)·서정주(→226)·신석정(→255)·이동주(→365)·이석봉(李石奉, 1928~1999, 한국의 여류 소설가)·장용건(張龍健) 등과 함께 〈신문학(新文學)〉(계간 문예 동인지) 창간에 참여하여 동인(同人)으로 활동하였고, 한국예술문화단체총연합회(韓國藝術文化團體總聯合會, 藝總) 목포(木浦) 지부에서 발행한 〈시정신(詩精神)〉(1956~1966)에도 작품을 발표하였으며, 목포의 해군 기지에서 발행한 월간지 〈갈매기〉의 편집을 맡았다.

작품으로 시 〈못〉[〈신천지(新天地)〉, 1950. 8.]·〈종(鐘)〉[〈현대문학(現代文學)〉 제18호, 1956. 6.]·〈역도(逆禱)〉(〈현대문학〉 제52호, 1959. 4.)·〈악(惡)의 초단(初段)〉(〈현대문학〉 제58호, 1959. 10.)·〈이암(泥庵)〉·〈니암(尼庵)에서〉[〈자유문학(自由文學)〉, 1959. 10.] 등이 있으며, 호남 지역 문학 발전에 크게 이바지하였다.

생전에 펴낸 책은 없고, 2013년 1월 국학자료원(國學資料院)에서 그의 시 81편과 산문·평론 23편을 모아 〈박흡 문학 전집〉을 출판하였다.

196

반소

班昭 45 ~ 117?

중국 후한(後漢, 25~220)의 여류 시인이며 재녀(才女). 자(字)는 혜반(惠班).

〈한서(漢書)〉의 편찬자 반고(班固, 32~92, 중국 후한의 역사가이며 문학가)와, 서역(西域) 경영에 활약한 무장(武將) 반초(班超, 32~102)의 누이동생으로, 산시성(陝西省) 셴양(咸陽)에서 태어났다.

조세숙(曹世叔)에게 출가(出嫁)하였으나 일찍 사별(死別)하고 '조대가(曹大家)'라고 일컬어졌다.

큰오빠 반고가 〈한서〉를 완성하지 못하고 죽자, 화제[和帝, 79~106, 중국 후한의 제4대 황제. 재위 88~106]의 명을 받고 그 일을 이어받아 〈한서〉 중의 8편(八編) 〈표(表)〉와 〈천문지(天文志)〉를 완성함으로써 〈한서〉 편찬을 완결하였다. 그 뒤 화제의 명으로 궁정(宮廷)에 초빙되어 황후를 비롯한 여러 귀부인들의 교육을 담당하였다. 그녀가 쓴 〈여계(女誡)〉는 7편의 책으로, 정숙한 부녀의 도(道)를 7개 조로 정리하여 논술(論述)한 것이다.

이 밖에 여행의 체험에 따라 지은 〈동정부(東征賦)〉가 있고, 부(賦)·송(頌)·명(銘)·뇌(誄)·문(問)·주(注)·애사(哀辭) 등을 합하여 16편이 있다.

197

반악

潘岳 247 ~ 300

중국 서진(西晉, 265~316)의 시인이며 문인(文人). 자(字)는 안인(安仁).

허난성(河南省) 중머우현(中牟縣) 잉양(滎陽)에서 태어났으며, 어릴 때부터 신동(神童)이라고 일컬어졌고, 또한 미남이었다.

무제[武帝, 236~290, 중국 서진의 창건자이며 초대 황제. 재위 266~290. 사마염(司馬炎)] 때 〈적전(籍田)의 부(賦)〉를 만들어 이름을 떨쳤으나, 사람들의 질투를 받아 10년 동안 은둔 생활을 하였다.

사공태위(司空太尉) 가충(賈充, 217~282, 중국 진나라 무제 때의 권신)의 서기관(書記官)을 지낸 뒤 여러 벼슬을 지냈으나, 조왕(趙王) 사마륜(司馬倫, ?~301)이 정권(政權)을 장악하였을 때 그의 측근이며 아버지의 옛 부하 손수(孫秀, 235~?)에게 모함당하여 일족과 함께 주살(誅殺)되었다.

문학적 재능에 뛰어나 당시의 권세가 가밀[賈謐, ?~300, 혜제(惠帝, 259~306, 중국 삼국 시대 서진의 제2대 황제. 재위 290~306) 가황후(賈皇后, 257~300)의 조카]의 문인 집단 '24우(二十四友)' 가운데 제1인자였으며, 육기(→355)와 함께 서진 문학의 대표적인 작가로 일컬어졌다. 육기가 논리적 표현에 탁월한 데 반하여 반악은 정서적 표현에 뛰어났으며, 철저한 기교주의자(技巧主義者, manirist)로 감각적인 애상(哀想)의 시와 산수시(山水詩)의 걸작을 남겼다.

용모가 수려하여 많은 여성들이 따랐고, 그의 시에는 감상적(感傷的)인 것이 많았다. 애처(愛妻)의 죽음을 비통해하며 지은 〈도망(悼亡)의 시〉 3수(首)는 진정이 넘쳐흘렀고, 또한 방향을 모색하고 있던 당시의 수사주의적(修辭主義的) 문학에 하나의 전기(轉機)를 만들었다.

이 밖에 〈금곡시집(金谷詩集)〉·〈서정부(西征賦)〉·〈추흥부(秋興賦)〉 등이 널리 알려졌다.

198

발라그타스

Francisco Balagtas 1788. 4. 2. ~ 1862. 2. 20.

필리핀의 시문학자(詩文學者).

가난한 대장장이의 아들로, 루손 섬(Luzon Island) 남부 불라칸(Bulacan) 주 비가(Bigaa)에서 태어났다.

11살 때 수도(首都) 마닐라(Manila)의 번화가 톤드(Tondo)의 부유한 집안에 시종(侍從)으로 들어갔으며, 주인의 도움으로 산호세학원(Colegio de San José)과 산판 데 레투란 칼리지(San Juan de Letran College)를 졸업하였다. 당시의 톤드는 크루즈(José de la Cruz, 1746~1829) 등 저명한 타갈로그 어(語)(Tagalog language) 시인들이 모이는 도시였고, 그의 천부적인 시재(詩才)는 여기에서 꽃을 피웠다.

1835년(47세) 무렵부터 2~3년 동안과 1856년(68세)부터 4년 동안 억울하게 감옥 생활을 하였다.

생활비를 얻기 위하여 많은 운문시(韻文詩)와 운문 이야기를 썼는데, 그 중에서 〈플로란테와 라울라(Florante at Laura)〉(1838)가 가장 돋보이는 작품이다.

1924년에 그의 문학적 공적을 기념하여 '발라그타산(Balagtasan)'이라는, 번갈아 가면서 시를 짓는 경쟁 형식이 창안되었는데, 오늘날에도 활발히 이루어지고 있다.

* **방준경(方俊卿) → 김화산**(→101)
* **백거이(白居易) → 백낙천**(→200)

199

백기만

白基萬 1902(고종 39). 5. 12. ~ 1967. 8. 7.

한국의 시인이며 문학 평론가.

호(號)는 목우(牧牛), 필명(筆名)은 백웅(白熊)·흰곰, 본관(本貫)은 수원(水原).

아버지 백양걸(白亮杰)과 어머니 유덕림(劉德林)의 2남 3녀 중 둘째 아들로, 대구(大邱) 남산동(南山洞)에서 태어났다.

대구공립보통학교(大邱公立普通學校)(1905~1912)·대구공립고등보통학교(1917~1919)를 거쳐 중앙불교전문학교[中央佛敎專門學校. 동국대학교(東國大學校)의 전신(前身)]를 졸업한 뒤 일본으로 유학하여 1920년(18세) 도쿄 와세다대학(早稻田大學) 영문과에 입학하였다가 1922년(20세) 중퇴하였다. 대학 재학 중 학생 문예지 〈초적(草笛)〉에 습작시 〈고별(告別)〉을 발표하였으며, 1년 뒤에 같은 대학 예과(豫科) 불문과(佛文科)에 입학한 양주동(→282)·유엽(→343)과 교유(交遊)하였다.

동향(同鄕)·동년배의 이상화(→378, 1901년생)·이장희(→395, 1900년생)·현진건(玄鎭健, 1900~1943, 한국의 소설가)과 매우 절친하게 지냈는데, 1917년(15세) 대구에서 이상화·이상백(李相佰, 1904~1966, 한국의 사회학자이며 사학자·체육인. 이상화의 둘째 형)·현진건과 함께 습작집 〈거화(炬火)〉를 프린트판으로 내면서 시작(詩作) 활동을 전개하였다.

1919년(17세) 3·1 운동 때 이상화와 함께 대구에서 학생들을 동원하여 독립 만세 시위 운동을 주도하다가 붙잡혀 투옥된 것을 비롯, 부산(釜山)·김천(金泉)·상주(尙州)·안성(安城)·북만주(北滿洲) 등에서 옥살이를 하는 등 광복 전까지 꾸준히 항일(抗日) 저항 운동을 벌인 지사적(志士的) 시인이다.

〈개벽(開闢)〉(우리나라 최초의 월간 종합 교양지. 1920. 6.~1926. 8. 통권 72호로 종간. 속간 1934. 11.~1935. 2. 통권 4호로 종간. 복간 1946. 1.~1949. 3. 통권 9호로 종간) 제33호(1923. 3.)에 시 〈가엾은 청춘〉·〈고별〉·〈예술〉을 발표하였으며, 손진태(孫晋泰, 1900~?, 한국의 국사학자이며 민속학자)·양주동·유엽·이장희 등과 함께 〈금성(金星)〉(문예 동인지. 1923. 11.~1924. 5. 통권 3호로 종간) 동인(同人)으로 창간호에 〈기쁨〉·〈꿈의 예찬(禮讚)〉·〈내 살림〉·〈청개구리〉와 타고르(→483)의 번역시 〈그대의 뜻을〉, 제2호(1924. 1.)에 〈거화〉와 타고르의 번역시 〈구름과 물결〉·〈영웅(英雄)〉·〈적고 큰 사랑〉, 종간호에 〈은행나무 그늘〉을 발표하면서 문단(文壇) 활동을 시작하였다.

그 뒤 〈개벽〉·〈여명(黎明)〉(문예 동인지. 1925. 7.~1927. 1. 통권 4호로 종간) 등의 편집을 맡았으며, 감상문 〈공연히 울고 싶습니다〉(〈개벽〉 제52호, 1924. 10.), 시 〈새해를 맞자〉[〈조선일보(朝鮮日報)〉 1925. 1.], 〈만인(萬人)의 도전〉(〈개벽〉 제58호, 1925. 4.), 〈갈매기 날던 저녁 하늘이〉(〈조선일보〉, 1925. 4.), 〈갈매기〉(〈조선일보〉, 1925. 5.), 평론 〈조선 문단 합평회에 대한 소견〉(〈개벽〉 제60호, 1925. 6.), 시 〈산촌 풍경〉(〈여명〉 제2호, 1925. 8.), 〈저주(咀呪)의 눈〉[〈신민(新民)〉 제6호, 1925. 10.] 등을 발표하였다.

1926년(24세)에는 평론 〈춘원(春園) 이광수(李光洙) 군의 '중용(中庸)과 철저(徹底)'를 읽고〉(〈조선일보〉 1926. 1. 17.~18.), 시 〈시들은 월견화(月見花)〉[〈동아일보(東亞日報)〉, 1926. 9.], 〈도야지〉(〈조선일보〉, 1926. 12.) 등을 발표하였다. 또한 우리나라 최초의 사화집(詞華集)으로 1920년대 전반을 결산한 〈조선 시인 선집(朝鮮詩人選集)〉[조선통신중학관(朝鮮通信中學館), 1926. 10.]을 편간(編

刊)하면서 〈고별〉·〈실제(失題)〉·〈산촌 풍경〉·〈은행나무 그늘〉·〈청개구리〉 등 5편의 시를 실었다.

계속하여 시 〈영사막(映寫幕)〉(〈신민〉 제24호, 1927. 4.)·〈허공(虛空)〉(〈신민〉 제25호, 1927. 5.)·〈아름다운 달〉[〈현대평론(現代評論)〉 제5호, 1927. 6.]·〈폭풍우(暴風雨)〉(〈동아일보〉, 1927. 6.)·〈아기의 얼굴〉(〈현대평론〉 제6호, 1927. 7.)·〈독백(獨白)〉[〈불교(佛敎)〉, 1928. 6.], 〈대구의 연혁·명승·고적〉[〈별건곤(別乾坤)〉 제27호, 1930. 3.] 등 많은 작품을 발표하였다.

1929년(27세)에는 대구에서 서동진(徐東辰, 1900~1970, 한국의 화가이며 정치가)·오상순(→293)·이상화 등과 함께 '고월 이장희 유작 시화전(古月李章熙遺作詩畫展)'을 열었다.

1933년(31세) 4월 경상북도 상주에 있는 장인[1924년(22세) 김일순(金一順)과 결혼, 1933년 2월 혼인 신고를 마쳤다.] 소유의 옥산광산(玉山鑛山)으로 가서 경영을 돕다가, 1939년(37세) 만주 한인촌(韓人村)에 교사로 소개받아 고국을 떠났으며, 1942년(40세) 북만주 빈강성(賓江省)에서 가신농장(嘉信農場) 회장으로 활동하였다.

1945년(43세) 일시 귀향 중에 광복을 맞았으며, 1946년(44세) 〈대구시보(大邱時報)〉 주필(主筆)로 활동하였고, 그 뒤 줄곧 대구에서 살았다.

1948년(46세) 3월 14일, 김소운(→72)의 발의(發意)와 박종화 등의 도움으로 대구 중구(中區) 달성동(達成洞) 달성공원에 이상화의 시비(詩碑)를 건립하는 데 앞장서서 실현시켰다. 이것은 우리나라 최초의 문학비(文學碑)가 되었다. 문학비의 앞면에는 당시 열한 살이던 이상화의 셋째 아들 태희가 쓴 〈나의 침실(寢室)로〉[〈백조(白潮)〉 종간호, 1923. 9. 6.]의 한 구절이 새겨져 있으며, 뒷면에는 김소운의 글이 새겨져 있다.

1950년(48세) 이상화의 맏형 이상정(李相定, 1897~1947, 한국의 독립 운동가) 장군의 유고집 〈중국 유기(中國遊記)〉를 펴냈으며, 1951년(49세) 경북문학가협회(慶北文學家協會)를 결성하였다. 같은 해 9월에는 이상화와 이장희의 시를 정리하여 〈상화(尙火)와 고월(古月)〉[청구출판사(靑丘出版社)]을 펴냈다. 이상화와 이장희의 작품은 대부분 이 책에 실려 있는데, 이 방면을 연구하는 데 필수적인 참고 자료 구실을 할 정도로 중요한 의미를 지닌다.

1953년(51세) 대구일보사(大邱日報社) 상무 이사, 1956년(54세) 영남일보사(嶺南日報社) 논설 위원으로 활동하였고, 같은 해 6월 대구시에서 제정한 〈대구 시민의 노래〉를 작사하였다.

1957년(55세) 7월 경북문학협회(慶北文學協會)를 창립하고 대표직을 맡았으며, 1958년(56세) 3월 경북문학협회 기관지 〈문학계(文學界)〉 편집인으로 활동하였다.

1959년(57세) 2월 경상북도 작고(作故) 예술가 평전(評傳) 〈씨 뿌린 사람들〉[사조사(思潮社)]을 펴내고, 5월 경북문화단체총연합회(慶北文化團體總聯合會)를 결성, 대표 최고 위원을 맡는 등 대구와 경북 지역의 향토 시인을 정리하는 데 힘을 기울이는 등 지역 문단에 크게 이바지하였다.

1960년(58세) 사회대중당(社會大衆黨) 경상북도 당위원장에 취임한 뒤 참의원(參議員)에 출마하였다가 낙선하였고, 1961년(59세) 구혁신(舊革新) 계열로 분류, 체포되어 혁명 재판(革命裁判)에 회부되었다가 병 보석으로 석방되었다. 그 뒤 뇌졸중으로 기억력 및 언어 장애를 일으켜 두문불출하였다.

1963년(61세) 대구 시민 문학상(大邱市民文學賞)을 받았다.

그의 시는 신선한 감각과 신비주의(神祕主義, mysticism)적 감수성을 바탕으로 하며, 시형(詩形)은 산문적인 호흡을 지니고 있는 것이 특징이다. 서정적이고 신비적인 분위기가 흐르는 대표작 〈은행나무 그늘〉의 한 연을 소개하면 다음과 같다.

'어머니, 나는 꿈에 그이를, 그이를 보았어요/흰 옷 입고 초록띠 드리운 성자(聖者) 같은 그이를 보았어요/그 흰 옷과 초록띠가 어떻게 내 마음을 흔들었는지 누가 알으시리이까?/오날도 은행나무 그늘에는 가는 노래가 떠돕니다/고양이는 나무가리 옆에서 어제같이 조을고요/하지만, 그 노래는 늦은 봄바람처럼 괴롭습니다.'

대구 동구(東區) 신암동(新岩洞) 신암선열공원에 안장(安葬)되었으며, 1991년 7월 15일 달서구(達西區) 두류동(頭流洞) 두류공원 인물 동산에 구상(→31)이 비문(碑文)을 쓰고 〈산촌 모경(山村暮景)〉을 새긴 시비가 세워졌다.

200

백낙천

白樂天 772. 3. 3. ~ 846

중국 당(唐)나라(618~907)의 시인.

낙천(樂天)은 자(字), 이름은 거이(居易), 호(號)는 취음선생(醉吟先生)·향산거사(香山居士), 시호(諡號)는 문공(文公), 본적(本籍)은 산시성(山西省) 병주(并州) 진양[晉陽, 지금의 타이위안(太原)].

허난성(河南省) 뤄양(洛陽) 부근의 신정현(新鄭縣)에서 태어났으며, 뤄양 교외(郊外) 룽먼(龍門)에서 죽었다.

이백(→369)이 죽은 지 10년, 두보(→143)가 죽은 지 2년 뒤에 태어났으며, 같은 시대의 한유(→504)와 더불어 '이두한백(李杜韓白)'으로 일컬어졌다.

중당{中唐, 대종[代宗, 726~779, 중국 당나라의 제8대 황제. 재위 762~779. 이예(李豫)]의 대력(大曆, 766)으로부터 경종[敬宗, 809~826, 중국 당나라의 제13대 황제. 재위 824~826. 이담(李湛)]의 보력(寶曆, 826)까지 약 60년간} 시대에는 과거(科擧) 제도가 효과를 거두어 그 시험에 통과한 진사(進士) 출신의 새로운 관료 집단이 진출하여 옛 문벌(門閥)들을 압도하였는데, 백낙천이 이 시기에 태어난 것은 그로서는 행운이었다.

어려서부터 총명하여 말도 채 하기 전에 '之(지)'자와 '無(무)'자를 구별할 수 있었고, 4세 때부터 시 짓는 법을 공부하였으며, 14세가 지나자 주위 사람을 놀라게 하는 시재(詩才)를 보였다.

대대로 가난한 관리(官吏) 집안으로 여기저기 옮겨 살았으나, 열심히 공부하여 800년(28세) 최연소로 진사시에 급제(及第)하였고, 이어서 서판발췌과(書判拔萃科)·재식겸무명어체용과(才識兼茂明於體用科)에 연속 합격하였다. 803년(31세) 황제의 친시(親試)를 거쳐 마침내 그 시대의 선택된 사람의 하나가 되었다.

807년(35세) 한림학사(翰林學士)가 되었고, 이듬해 좌습유(左拾遺)가 되어 혈기 왕성하게 정치 사회의 결함을 비판하는 일군(逸群)의 작품을 계속 써내며 문학으로 정치에 참여하였다.

808년(36세) 양씨(楊氏)와 결혼하였다. 현종[玄宗, 685~762, 중국 당나라의 제6대 황제. 재위 712~756. 이융기(李隆基)]과 양귀비(楊貴妃, 719~756, 중국 당나라 현종의 귀비)의 비련(悲戀)을 노래한 장시(長詩) 〈장한가(長恨歌)〉에는 아내에 대한 애정이 잘 반영되어 있다.

유교적(儒教的) 이상주의(理想主義, idealism)를 내세워 젊은 정열을 기울여 사회의 모순을 날카롭게 비판하는 이 시기의 대표작 〈신악부(新樂府) 50수(首)〉(809)·〈진중음(秦中吟)〉 등 일련의 풍자시와 〈한림제고(翰林制誥)〉처럼 이상에 불타 정열을 쏟은 작품을 잇달아 지었다. 그러나 인간의 죽음의 문제는 유교로는 해결할 수 없다고 믿고 도교(道教)와 불교 교리(教理)에 관심을 보였으며, '감상시(感傷詩)'와 '한적시(閑適詩)'로 일컬어지는 시가(詩歌)를 지어 냈다.

811년(39세) 어머니를 여의고 상(喪)을 치르기 위하여 고향으로 돌아왔다가 이듬해에 어린 딸마저 잃자 인생에서의 죽음의 문제를 깊이 생각하게 되었고 불교에 대한 더욱 관심이 커졌다.

814년(42세) 비교적 한직(閑職)인 태자 좌찬선태부(左贊善太夫)에 임용되어 수도(首都) 창안[長安, 지금의 산시성(陝西省) 시안(西安)]에 복귀하였으나, 815년(43세) 일찍이 사회를 비판하는 그의 시가의 대상이 되었던 고위 관료들의 반감을 샀고 재상(宰相) 무원형(武元衡, 758~815) 암살 사건에 관한 상주(上奏)가 월권 행위라는 비난을 받아 엉뚱한 죄명으로 장시성(江西省) 주장(九江)의 장저우(江州) 사마(司馬)로 좌천(左遷)되었다. 이 사건은 관계(官界)에 입문한 이래 처음 겪은 좌절이었으며, 또한 그의 시심(詩心)을 '한적'·'감상'으로 향하게 한 계기가 되었다. 여기에서 인생에 대한 회의(懷疑)에 사로잡혔고 문학에 대한 반성도 시작되었다. 다시 도교와 불교를 회고(回顧)하게 되어 장저우 루산(廬山) 둥린사(東林寺)와 초당(草堂) 생활이 이어졌다.

오랜 괴로움 끝에 새로운 구상이 태동하여 〈비파행(琵琶行)〉(816)이 나왔고, '향로봉설발렴간(香爐峰雪撥簾看, '향로봉의 눈은 발을 걷어올리고 본다.')'라는 시구(詩句)도 나왔다.

818년(46세) 중저우(忠州) 자사(刺史)가 되었는데 임기를 마치고 창안으로 돌아왔다. 820년(48세) 헌종[憲宗, 778~820, 중국 당나라의 제11대 황제. 재위 805~820. 이순(李純)]이 죽고 목종[穆宗, 795~824, 중국 당나라의 제12대 황제. 재위 820~824. 이항(李恒)]이 즉위하자 낭중(郎中)이 되었고, 중서사인(中書舍人)의 직책에 올라 조칙(詔勅) 제작의 임무를 맡게 되었다. 이 같은 황제의 배려에 감격하여 국가의 이념을 천명하는 데 온 힘을 기울였다. 그러나 관료들의 권력 다툼이 격화되었으므로 그 소용돌이를 피하기 위하여 822년(50세) 자원(自願)하여 저장성(浙江省) 항저우(杭州) 자사가 되었다.

항저우의 아름다운 풍광(風光)에 촉발되어 시작(詩作)은 계속되었고 일찍부터 문학적 지기(知己)로 트고 지내던 원진(→333)이 멀지 않은 저장성 웨저우(越州)의 자사로 부임하였으므로 창화(唱和)가 거듭되었다.

백낙천은 문학으로써 정치 이념을 표현하고 독자의 감정에 호소하여 실제 행동에 옮기도록 하는 것을 문학 활동의 목적으로 삼았다. 그러나 815년 장저우 사마로의 좌천과 824년(52세) 목종의 죽음은 그에게 큰 좌절을 안겨 주었으며, 이를 계기로 정치 문학으로부터 벗어나 인생의 문학을 추구하게 되었다. 장경(長慶) 4년(824) 목종이 죽은 지 얼마 되지 않아 원진에게 의뢰하여 편찬한 것이 〈백씨 장경집(白氏長慶集)〉[모두 50권, 〈백향산집(白香山集)〉이라고도 한다.]이다. '장경'은 목종의 죽음과 동시에 새로이 바뀐 연호(年號)였다. 따라서 〈백씨 장경집〉은 죽은 황제에 대한 후한 대접을 그리워함과 동시에 자신의 인생에서 새로운 전환점을 기념하는 것이었다.

825년(53세) 장쑤성(江蘇省) 쑤저우(蘇州) 자사로 전임하였다가 827년(55세)에는 중앙으로 불려 가 비서감(祕書監)에 임명되었다. 그러나 관료들의 권력 투쟁이 더욱 심해지는 것을 보고, 829년(57세) 뤄양에 영주(永住)하기로 결심, 형부시랑(刑部侍郎)·허난부(河南府) 장관이 되었던 때도 있었으나 대개 태자 빈객분사(太子賓客分司)·태자 소부분사(太子少傅分司)라는 명목적인 직책에 스스로 만족해하면서 시와 술과 거문고를 삼우(三友)로 삼아 '취음 선생'이라는 호를 쓰며 유유자적하는 나날을 보냈다. 이러한 생활 속에서 유우석(→344)과 글로써 교유(交遊)하는 일이 깊어지고, 창화집도 권수가 늘어났다.

한림학사 시절의 동료 5명은 모두 재상이 되었으나, 그는 스스로 '어옹(漁翁)'이라고 일컬으며 만족해하였다. 이러한 성실하고 신중한 태도로 말미암아 정계(政界)의 격심한 당쟁(黨爭)에 휘말린 적이 없었다.

831년(59세) 원진 등 옛 동무들이 하나둘씩 세상을 떠나자 인생의 황혼을 의식하고, 룽먼의 여러 절을 자주 찾았고, 그곳 향산사(香山寺)를 보수(補修) 복원하여 '향산거사'라는 호를 쓰며 불교로 기울어져 갔다. 이에 문학에 대한 충동도 번뇌로 보여서 참회(懺悔)하는 입장에서 시문(詩文)을 모았는데, 이는 시를 짓는 것을 '광언기어(狂言綺語)'로 보는 참회의 행위였으며, 835년(63세)에 문집 〈유백 창화집(劉白唱和集)〉(모두 5권)과 〈백씨 문집(白氏文集)〉(모두 60권)을 둥린사에 봉납(奉納)하였고, 836년(64세)에 다시 65권을 뤄양의 성선사(聖善寺)에, 839년(67세)에 67권을 쑤저우의 남선사(南禪寺) 등 연고 있는 사찰에 봉납하였다. 두보·이백·한유 등 그와 이름을 나란히 하는 시인들의 작품에는 송대(宋代) 이래 많은 주석서(註釋書)가 있는 데 반하여, 〈백씨 문집〉에는 그러한 주석서가 없는 것이 특기할 만하다. 종래의 주석서는 이해하기 어려운 말에 관한 출전(出典)을 찾아내어 설명하는 것이 주된 목적이었는데, 그의 작품에는 이러한 주석서가 필요 없었던 것이다.

842년(70세) 형부상서(刑部尙書)의 대우로 관직에서 퇴직하였다. 그 뒤로도 '광영(狂詠)'은 계속되었고, 룽먼의 팔절석탄(八節石灘)의 험한 곳을 열었고, '칠로회(七老會)'를 거쳐 정부의 불교 탄압 정책을 풍자하는 작품을 통하여 자기 시대의 종말을 예감하고 인생의 마무리로서 842년 이전의 50권 이외에 '후집(後集)' 20권을 정리하고 이어서 845년(73세) 5권의 '속후집(續後集)'를 편찬함으로써 모두 75권의 '대집(大集)'을 완성하였다.

문학 창작을 삶의 보람으로 여겼던 그의 작품 수는 약 3,840편이라고 하는데, 문학 작가와 작품의 수가 크게 증가한 중당{中唐, 대종[代宗, 726~779, 중국 당나라의 제8대 황제. 재위 762~779. 이예(李豫)]의 대력(大曆, 766)으로부터 경종[敬宗, 809~826, 중국 당나라의 제13대 황제. 재위 824~826. 이담(李湛)]의 보력(寶曆, 826)까지 약 60년간} 시대라고 하더라도 이같이 많은 작품을 창작하였다는 것은 놀라운 일이다. 또한 작품의 형식이 다양하여 가행(歌行)·고체시(古體詩)·금체시(今體詩, 율시)·부(賦)의 시가·악부(樂府)에서부터 게(偈)·기(記)·서(序)·서간(書簡)·제고(制誥)·제문(祭文)·조칙·주장(奏狀)·지명(誌銘)·찬(贊)·책(策)·판(判)의 산문 작품에 이르기까지 모든 문학 형식을 망라하였다.

긴 생애 동안에 그의 문학은 자주 변모하였다. 즉 젊은 날의 낭만주의(浪漫主義, romanticism)적인 경향은 지적(知的)인 빛을 띠며 이상주의적 입장으로 옮겨 갔고, 문학의 존재 의의를 주장하며 정치와 사회를 비판하다가 마침내는 정치나 사회 가운데서 개인을 발견하여 자기의 내면을 응시하는 방향으로 나아갔으며, 다시 개인에 비추어 널리 인간의 생활 자세를 추구하여 인생의 지혜를 표상하는 문학을 지향하였다. 그러는 사이에 정형(定型)의 한계적 조건 아래에서 언어의 온갖 기능을 다 구사(驅使)하는 '창화'에 전념하였으며 '원화체(元和

體)'라는 새로운 형태의 창조에 힘을 기울였다.

작품 가운데에는 정치 이념을 주장한 것도 있고 자신의 감정을 표현한 것도 있는데, 모두 평담한 언어로 알기 쉽게 표현하였으며, 시에 봉급의 액수까지 언급하는 등 매우 당당하였다. 이 때문에 평이하고 속되다는 비판을 받기도 하였지만 그것은 비상(非常)한 노력과 식견에 의하여 달성된 것이다. 한 편의 시가 완성될 때마다 노파에게 읽어 주고 어려워하는 부분을 찾아 고치기까지 할 정도로 퇴고(推敲)를 열심히 하였다.

시문에 일상어를 유효 적절하게 구사한 것도 그의 표현을 간명하게 한 큰 이유 중의 하나였다. 일상어를 사용한 것은 구어 문학(口語文學)을 추구하였기 때문이 아니라 문언(文言)의 전통을 이어받으면서도 구어를 자신의 언어 속에서 활용하려고 하였기 때문이었다. 또한 어휘를 매우 신중하게 선택하였다. 고금 문학(古今文學)에 나타난 어휘를 천지(天地)·산천(山川)·인사(人事)·조수(鳥獸)·초목(草木)에 이르기까지 1,870개 부문으로 분류하여 〈백씨 육첩(白氏六帖)〉(모두 30권)을 펴냈다. 이 책을 통하여 그가 어휘를 선택하고 그 의미를 확인하는 데 얼마나 많은 노력을 들였는지를 알 수 있다. 이 밖에 시문을 짓는 편의를 위하여 고사 성어를 모은 〈백씨 육첩사류집(白氏六帖事類集)〉(모두 30권)도 있다.

한편, 훌륭한 동무들을 많이 사귀었는데, 동무들과 서로 주고받은 시문에는 친애의 정이 물씬 배어 있다. 특히 원진과 유우석과 주고받은 글들을 모은 〈원백 창화집(元白唱和集)〉과 〈유백 창화집〉은 중당 시대의 문단(文壇)을 화려하게 장식한 우정의 결실이다.

그는 문학을 두 가지 차원에서 이해하였다. 초기에는 왕자(王者)의 정치 이념은 문학에 의해서 표현되는 것이며, 동시에 그것이 위정자(爲政者)를 움직이는 것이라고 생각하였다. 그러한 생각은 이상에 불타던 젊은 시절의 작품에 잘 나타나 있다. 〈신악부서(新樂府書)〉에서 '글은 임금·신하·백성·만물을 위하여 짓는 것이지 글을 위하여 짓는 것이 아니다.'라고 선언하였다. 글을 쓰는 사람은 본래 천하의 정치에 책임을 져야 하고, 그 작품은 백성의 뜻을 군주에게 전달함과 동시에 정치의 옳고 그름을 풍유하여야 한다는 것이다.

그는 〈시경(詩經)〉이야말로 이 같은 문학의 본질을 잘 나타낸 작품이며, 후세 특히 육조 시대[六朝時代, 222~589, 중국 삼국 시대 오(吳)나라(222~280)·동진(東晉, 317~419)과 남조(南朝)의 송(宋)나라(420~479)·제(齊)나라(479~502)·양(梁)나라(502~557)·진(陳)나라(557~589)를 합한 시대] 이후의 문학은 기교만을 중시한 나머지 본래의 이념을 상실하였다고 비판하였다. 그의 이러한 주장은 809년(37세)에 완성된 통렬한 풍유시 〈신악부〉(모두 50편)을 비롯하여 〈백씨 문집〉에 실려 있는 100분야에 대한 '판(判)'과 75편의 '책(策)', 200편의 〈한림제고〉, 233편의 〈중서제고(中書制誥)〉 등에 잘 나타나 있다.

그가 지은 '조(詔)'·'칙(勅)'·'제(制)'·'고(誥)' 등은 한림학사들에게 〈육전(六典)〉보다도 더 존중받았다. 〈육전〉은 칙명에 의하여 편찬된 것으로 당대 관계에서 최고 권위를 가지고 있었다. 당시 글을 짓는 궁극적인 목적은 황제 대신 황제의 세계관과 이념을 그에 걸맞은 전아(典雅)한 문장으로 표현하는 것이었고, 조·칙·제·고 등은 그 주요한 서술 형식이었다. 칙명을 받아 그러한 글을 짓기 위하여는 정확한 식견과 웅장한 필치를 지녀야 하였다. 뛰어난 작가는 '대수필(大手筆)'이라고 하여 큰 영예를 부여받았는데, 그는 그 중 한 사람이었다.

만년(晩年)에는 노장(老莊)과 석불(釋佛)의 높은 입장에서 권력에 대한 인간의 욕망을 풍자하였다. 그러나 항상 그 속에 일관하고 있던 것은 '문학은 인간을 대상으로 하며 생활 의식이나 생활 감정이 뒷받침되지 않으면 안 된다.'는 자각이었다. 따라서 제재(題材)는 경험적이고 언어는 일상성을 띠며, 발상은 심리의 자연에 따르고, 구성은 논리의 필연에 따르며, 두보의 '웅혼(雄渾)', 이백의 '표일(飄逸)'에 대하여 주제는 보편적이어서 '유려평이(流麗平易)'로 표징되는 그의 문학은 폭을 더욱 넓혀 당(唐) 일대(一代)를 통하여 두드러진 개성을 형성하였다.

그가 죽은 뒤 선종[宣宗, 810~859, 중국 당나라의 제16대 황제. 재위 846~859. 이침(李忱)]은 그의 사회에 대한 문화적 공헌을 들어 '문공'이라는 시호를 보냈다.

그가 살아 있을 때부터 이미 그의 시는 민중 속에 파고들어 소 치는 아이나 말몰이꾼들의 입에까지 오르내리고, 배(船)나 절의 기둥이나 벽에 써 붙여졌으며, 한국·일본·베트남 등 나라 밖에까지 미쳐서 흘러 퍼지는 넓이는 고금에 일찍이 그 예를 찾아볼 수 없었다.

그의 시는 우리나라에도 일찍부터 전해져서 널리 애송되었다. 현재 전하고 있는 것은 〈백씨 장경집〉 75권 가운데 71권이 있고, 〈백향산 시집(白香山詩集)〉 40권도 있다. 〈비파행〉·〈유오진사시(遊悟眞寺詩)〉·〈장한가〉는 불멸의 걸작이다. 현대에도 중국은 물론 동아시아 전체, 나아가서는 미국·유럽 여러 나라에서 높이 평가되고 있다.

201

백대붕
白大鵬 ?~1592(선조 25)

조선(朝鮮, 1392~1910)의 위항 시인(委巷詩人).

자(字)는 만리(萬里), 본관(本貫)은 임천[林川, 지금의 충청남도 부여(扶餘)].

언제 태어났는지는 분명하지 않으나, 유희경(→353)·정치(鄭致)와 함께 노닐었다는 〈이향견문록(里鄕見聞錄)〉[유재건(劉在建, 1793~1880, 조선의 문인)이 조선 초기 이래의 하층 계급 출신으로 각 방면에 뛰어난 인물 308명의 행적을 기록한 책. 모두 10권 3책. 1862]을 보거나, 심희수(沈喜壽, 1548~1622, 조선의 문신)·허봉(許篈, 1551~1588, 조선의 문인) 등과 더불어 터놓고 교유(交遊)하였다는 〈학산초담(鶴山樵談)〉(1593)의 기록을 참조한다면 1550년 전후에 태어났을 것으로 추정된다.

자신의 시에서 군함(軍艦)과 수운(輸運)을 맡고 있는 전함사(典艦司)의 노비(奴婢)라고 자신의 신분을 밝히고 있으나 사실인지는 알 수 없다. 천인(賤人) 신분으로 시를 잘 지어 이름을 날렸으며, 같은 천인으로 시를 잘 지은 유희경과 함께 '유백(劉白)'으로 일컬어졌다.

허균(許筠, 1569~1618, 조선의 문신이며 문학가)은 그가 궁궐의 열쇠와 왕명(王命)의 전달을 책임맡은 액정서(掖庭署)의 사약(司鑰)이 되었다고 기록하였는데, 잡직(雜職)이었지만 정6품의 자리였다. 그가 어떠한 경로로 그 지위까지 올랐는지 알 수 없으나, 그의 시를 본뜨는 시체(詩體)를 사약체(司鑰體)라고 일컬어졌다. 대체로 중국 당(唐)나라(618~907) 말기의 풍을 본떠 위약(萎弱)한 시를 지었다.

유희경과 함께 강옥서(姜玉瑞)·공억건(孔億建)·권청동(權千同)·박계강(朴繼姜, ?~?, 조선의 문장가)·박인수(朴仁壽, 1521~1592, 조선의 시인)·박지화(朴枝華, 1513~1592, 조선의 학자이며 위항 시인)·정치·최기남(→479) 등 같은 처지의 위항인들끼리 시 짓는 모임 '풍월향도(風月香徒)'를 주도하였다. 그의 시는 〈추일(秋日, '가을날')〉·〈취음(醉吟)〉 두 편밖에 남아 있지 않아 구체적인 시 세계는 알 수 없으나, 불평원울지기(不平寃鬱之氣)를 반영하고 있다고 한다.

1590년(선조 23) 황윤길(黃允吉, 1536~?, 조선의 문신)이 일본에 통신사(通信使)로 갈 때 서장관(書狀官) 허성(許筬, 1548~1612, 조선의 문신)을 따라 다녀왔고, 이 때문에 일본을 잘 안다고 하여 1592년(선조 25) 임진왜란(壬辰倭亂, 1592. 4. 13.~1598. 11. 19.)이 일어나자 순변사(巡邊使) 이일(李鎰, 1538~1601, 조선의 무신)을 따라 참전(參戰)하였다가 경상북도 상주(尙州)에서 전사(戰死)하였다.

202

백석
白石 1912. 7. 1. ~ 1995. 1.

북한의 시인이며 소설가·번역 문학가.

본명(本名)은 기행(夔行), 본관(本貫)은 수원(水原).

아버지 백시박[白時璞, 1875~?, 자(字)는 용삼(龍三), 나중에 영옥(榮鈺)으로 개명]과 어머니 이봉우(李鳳宇, 1888~?)의 맏아들로, 평안북도 정주군(定州郡) 갈산면(葛山面) 익성동(益城洞)에서 태어났다.

젊은 시절에 사진 기술을 익힌 아버지는 조만식(曺晩植, 1882~1950, 한국의 독립 운동가이며 교육자·정치가)과 친분이 두터웠으며, 방응모[方應謨, 1890~1950, 한국의 언론인. 조선일보사(朝鮮日報社) 제9대 사주(社主). 재임 1933. 3.~1950. 7.]와도 잘 알고 지내는 사이로, 뒷날 〈조선일보〉 사진반장을 지내기도 하였다. 서울에서 시집 와서 하숙을 친 어머니는 매우 활동적이었으며, 음식 솜씨가 정갈하여 조만식이 오산학교(五山學校) 교장 시절 언제나 그 하숙집에 기거하였다.

아버지의 영향으로 일찍부터 신식 교육을 받았는데, 어린 시절의 이야기를 북방(北方) 정서를 통하여 시화(詩化)하였다.

1918년(6세) 향리(鄕里)의 오산학교 소학부(小學部), 1924년(12세) 중학부에 입학하였는데, 같은 학교를 다닌 선배 시인 김소월(→73, 1915년 입학)을 몹시 선망하였다.

1929년(17세) 오산학교 중학부를 졸업한 뒤, 1930년 18세의 최연소 나이로 〈조선일보〉 신춘 문예에 단편 소설 〈그 모(母)와 아들〉로 당선되어 문단(文壇)에 등단(登

壇)하였다. 조선일보사에서 후원하는 장학생으로 일본으로 유학하여 1934년(22세) 도쿄 아오야마학원(青山學院) 전문부 영어사범과를 졸업하였다.

1934년 귀국하여 조선일보사 출판부에 입사, 〈조선일보〉 자매지 〈여성(女性)〉(월간 여성 교양지. 1936. 4.~1940. 12. 통권 57호로 종간)에서 편집을 맡아 보다가, 〈조선일보〉에 산문 〈이설(耳說) 귀고리〉(1934. 5. 16.), 시 〈정주성(定州城)〉(1935. 8. 31.)을 발표하면서 본격적으로 작품 활동을 시작하였다.

1935년(23세) 6월 초, 절친한 동료 기자 허준(許俊. 평북 출신의 한국의 언론인이며 소설가)과 경상남도 통영(統營) 출신의 동료 기자 신현중(愼弦重, 1910~1980, 한국의 언론인이며 교육자)의 여동생 신순영과의 결혼 피로연(披露宴)에서 통영 출신의 이화여자고등보통학교[梨花女子高等普通學校. 지금의 이화여자고등학교] 학생이던 란(蘭, 1917~?, 본명은 박경련)을 만나 청혼까지 하게 되었으나 거절당하였는데, 이 때 시 〈통영〉[〈조광(朝光)〉 제2호, 1935. 12.]을 발표하였다. 그녀가 신현중{이 때 신현중은 〈동아일보(東亞日報)〉 편집국장을 지내다가 옥고를 치르고 나온 김준연(金俊淵, 1895~1971, 한국의 언론인이며 정치가)의 맏딸 김자옥[金子玉, 조규찬(曺圭瓚, 1909~1997, 한국의 독립 운동가이며 의학자)의 아내]과 약혼한 사이였다.}과 1937년(25세) 4월 7일 결혼함으로써 사랑하는 여인과 소중한 동무를 모두 잃게 되었고, 이러한 아픔은 시 〈내가 생각하는 것은〉(1938. 4.)에 묘사되어 있다.

〈조선일보〉 자매지 〈조광〉(월간 종합 교양지. 1935. 11.~1944. 12. 통권 110호로 종간)에 실은 〈여우 난 곬족(族)〉(제2호, 1935. 12.)·〈통영〉·〈고야(古夜)〉(제3호, 1936. 1.)에서처럼 고향의 땅 이름이나 이웃의 이름, 무술(巫術) 소재가 자주 등장하며 정주 사투리와 고어(古語)를 그대로 썼는데, 이것은 일제(日帝) 강점기에 모국어(母國語)를 지키려는 그의 의지를 보여 주고 있다.

1936년(24세) 1월, 〈조광〉과 〈조선일보〉에 발표한 7편의 시를 포함한 33편의 시를 묶어 시집 〈사슴〉을 100부 한정판으로 자비(自費)로 펴냈다. 이 시집에 〈가즈랑집〉·〈모닥불〉·〈여승(女僧)〉 등 그의 시 대부분이 실려 있으며, 〈여승〉에서 보이듯 외로움과 서러움의 정조(情調)를 바탕으로 하였다. 〈사슴〉 이후에는 시집을 펴내지 못하였다.

같은 해 3월에는 순수 문학을 표방하는 문학 친목 단체 구인회(九人會, 1933년 8월 결성)의 〈시와소설〉(동인지. 1936. 3. 창간호로 종간)에 시 〈이두국태대도(伊豆國湊待道)〉와 〈탕약(湯藥)〉을 발표하였다.

같은 해 4월, 조선일보사를 그만두고 함경남도 함흥(咸興) 영생여자고등보통학교(永生女子高等普通學校) 교사가 되었다.

그 해 가을, 기녀(妓女) 김영한[金英韓, 1916~1999, 예명(藝名)은 진향(眞香), 백석이 지어 준 이름은 자야(子夜), 법명(法名)은 길상화(吉祥華)]을 만나 사랑에 빠졌다. 기녀와 만나고 있다는 사실이 알려져 1938년(26세) 영생여고보를 그만두게 되었고, 서울 청진동(清進洞)에서 그녀와 동거하면서 다시 〈여성〉 편집일을 잠시 하였다. 함께 만주(滿洲)로 떠나자는 그의 제안이 거절되자 시 〈나와 나타샤와 흰 당나귀〉(〈여성〉 제24호, 1938. 3.)를 남기고, 1939년(27세) 만주 신징[新京, 지금의 지린성(吉林省) 창춘(長春)]으로 떠났다.{평생 백석을 기리던 김영한은 백석에 대한 자신의 사랑을 담은 수필집 〈백석, 내 가슴 속에 지워지지 않는 이름〉(창작과비평사, 1989)·〈내 사랑 백석〉(문학동네, 1995)을 펴냈다. 또한 삼청각(三淸閣)·청운각(青雲閣)과 함께 서울의 3대 요정(料亭)의 하나였던 대원각(大苑閣)을 1995년에 시주하여 조계종(曹溪宗) 송광사(松廣寺)의 말사(末寺) 대법사(大法寺)로 등록하였는데, 1997년 법정[法頂, 1932~2010, 한국의 승려이며 수필가. 속명(俗名)은 박재철(朴在喆)]이 길상사(吉祥寺)로 이름을 바꾸었다. 또한 1997년 사비(私費)를 들여 백석의 문학적 업적과 그 정신을 기리기 위한 '백석 문학상'을 제정, 창작과비평사에서 주관하여 해마다 시상하고 있다.}

만주국[일본이 중국 둥베이(東北) 지방에 세운 국가. 1932~1945] 국무원 경제부 소속 측량 보조원으로 일하다가 일제의 창씨개명(創氏改名)에 반발하여 1940년(28세) 9월 말 그만두고, 신징 근교(近郊) 백구둔(白狗屯)에서 농사를 지으며 소작인 생활을 하면서 생계를 이어 나갔다. 이 무렵 하디(Thomas Hardy, 1840~1928, 영국의 소설가이며 시인)의 〈테스(Tess of the d'Urbervilles)〉(1891)를 번역하여 〈테쓰〉(조광사, 1940. 9.)로 펴냈으며, 시 〈귀농(歸農)〉(〈조광〉 제66호, 1941. 4.)을 썼다.

1942년(30세) 안둥현[安東縣, 지금의 랴오닝성(遼寧省) 단둥(丹東)] 현청(縣廳) 건설국에서 근무하던 염상섭(廉想涉, 1897~1963, 한국의 소설가)의 주선으로 안동세관(安東稅關)에서 일하였다. 부모의 강권과 문학수[文學洙, 1916~1988, 북한의 화가. 본명은 문경덕(文鏡德). 평양(平壤)의 부호(富豪)이며 변호사인 문봉의(文鳳儀)의 서자(庶子)]의 중신으로 그의 배다른 누이동생 문경옥(文鏡玉, 1920~1979, 북한의 여류 피아니스트이며 작곡가. 북한에서는 우리나라 최초의 여성 작곡가로 인정하고 있다.)과 결혼하여 함께 안둥으로 돌아갔다(1944년쯤 이혼).

같은 해 수필 〈사생첩(寫生帖)의 삽화(揷畫)〉[〈매신사진순보(每新寫眞旬報)〉, 1942. 2. 1.]·〈당나귀〉(〈매신사진순보〉, 1942. 8.), 〈조광〉 제86호(1942. 12.)에 바이코프(Nikolai Apollonovich Baikov, 1872~1958, 러시아의 소설가이며 화가)의 소설 〈위대한 왕[Velikii Van(The Great King)]〉(1936)을 번역, 〈산령(山の靈)〉으로 발표하였다.

광복된 뒤 고향 정주로 돌아왔으며, 조만식의 통역비서 겸 외사과장(外事課長)을 맡아 보았는데, 1945년(33세) 10월 평남인민정치위원회 주최로 평양의 일본 요정 '가센(歌扇)'에서 열린 김일성[金日成, 1912~1994, 북한의 주석. 본명은 김성주(金成柱). 재임 1948~1994] 환영 만찬에 조만식과 함께 참석하여 〈장군 돌아오시다〉라는 즉흥시를 낭독하기도 하였다.

1945년 12월 평양에서 당시 20세였던 이윤희와 재혼하였다.

1946년(35세) 4월, 개편된 북조선문학예술총동맹[北朝鮮文學藝術總同盟, 1946년 3월 25일 '북조선예술총연맹'으로 결성, 1946년 10월 '북조선문학예술총동맹'으로 개칭, 1951년 3월 '조선문학예술동맹'으로 개편, 1961년 3월 2일 '조선문학예술총동맹(문예총)'으로 부활] 산하 조선작가동맹 외국 문학 분과에 소속되었으며, 같은 해 시모노프(Konstantin Milhailovich Simonov, 1915~1979, 러시아의 시인이며 평론가·소설가·극작가)의 중편 소설 〈낮과 밤(Days and Nights)〉, 1948년(36세) 파데예프(Aleksandr Aleksandrovich Fadeev, 1901~1956, 러시아의 소설가)의 장편 소설 〈젊은 친위대(親衛隊)[Molodaya gvardiya (The Young Guard)]〉, 1949년(37세) 이사콥스키(Mikhail Vasil'evich Isakovskii, 1900~1973, 러시아의 시인)의 시집을 번역하였고, 숄로호프(Mikhail Aleksandrovich Sholokhov, 1905~1984, 러시아의 작가. 1965년 노벨 문학상을 받았다.)의 〈고요한 돈 강(江)[Tikhii Don(And Quiet Flows the Don)]〉(1928~1940) 등을 번역(모두 2권, 1949년에 제1권, 1950년에 제2권)하였다. 김일성종합대학(金日成綜合大學, 1946년 10월 1일 개교)에서 국문학을 강의하였으며, 한국 전쟁(Korean War, 1950. 6. 25.~1953. 7. 27.) 중에는 중국에 머물다가 휴전한 뒤 귀국하였다.

1956년(44세) 〈동화 문학의 발전을 위하여〉를 비롯한 일련의 아동 문학에 관한 글을 발표하였으며, 같은 해 10월 〈문학신문(文學新聞)〉 편집 위원으로 일하면서 다양한 활동을 전개하였다.

1957년(45세) 4월 동화 시집 〈집게네 네 형제〉를 펴냈고, 〈아동문학(兒童文學)〉(월간 어린이 잡지. 1947. 7. 4~현재) 4월호에 〈멧돼지〉 등 동시(童詩) 3편을 발표하면서 아동 문학 논쟁이 일어났으며, 〈아동 문학의 협소화를 반대하는 위치에서〉를 발표하면서 본격적인 논쟁을 불러일으켰다.

1958년(46세) 8월 〈사회주의적 도덕에 대한 단상(斷想)〉을 발표하였고, 10월 무렵부터 부르주아 잔재에 대한 비판이 제기되면서 활동이 위축되었다.

1959년(47세) 이른바 '붉은 편지 사건'[북한에서 천리마운동(千里馬運動)이 한창이던 1959년 당성(黨性)이 약한 것으로 지목받은 작가들을 지방 생산 현장으로 내려 보낸 일]에 휘말려 함경북도 삼수군(三水郡) 관평리(館坪里)에 있는 국영 협동 조합으로 내려가 협동 농장 축산반 양떼 목장의 현지 파견 작가로 활동하면서 그 동안 발표하지 않았던 시를 쓰기 시작하였다.

1962년(50세) 10월쯤부터 문화계 전반에 내려진 복고주의(復古主義, reactionism)에 대한 비판과 연관되어 일체의 창작 활동을 중단하였다.

시 작품으로 〈남행 시초(南行詩抄)〉(〈조선일보〉, 1936. 3. 5.~3. 8.), 〈추야일경(秋夜一景)〉[〈삼천리문학(三千里文學)〉 창간호, 1938. 1.], 〈고향(故鄕)〉·〈석양(夕陽)〉·〈절망(絕望)〉(세 편 모두 〈삼천리문학〉 종간호, 1938. 4. 통권 2호로 종간), 〈팔원(八院)-서행 시초(西行詩抄) 3〉(〈조선일보〉, 1939. 11. 10.), 〈수박씨 호박씨〉[〈인문평론(人文評論)〉 제9호, 1940. 6.], 〈적막강산(寂寞江山)〉[〈신천지(新天地)〉 제21호, 1947. 11·12. 합본호], 〈마을은 맨천 구신이 돼서〉[〈신세대(新世代)〉 제23호, 1948. 5.], 〈남신의주 유동 박시봉방(南新義州柳洞朴時逢方)〉[〈학풍(學風)〉 창간호, 1948. 10.], 〈칠월 백중(七月百中)〉[〈문장(文章)〉 속간호, 1948. 10.] 등 60여 편과 수필 〈동해(東海)〉(〈조선일보〉, 1938. 6. 7.) 등이 있다.

그 동안 규제 문인으로 묶여 있다가 1988년 7월 정부의 월북(越北) 문인 해금(解禁) 조치 때 그의 모든 작품이 해금되었다. 평북 사투리와 사라져 가는 옛것을 소재로 삼아 특유의 향토주의 정서를 바탕으로 하고 있으면서도 뚜렷한 자기 관조(觀照)로 한국 모더니즘의 또 다른 측면을 개척하였다는 평을 받고 있다.

1987년 창작사(創作社)에서 〈백석 시 전집〉, 1988년 새문사에서 전작 시집 〈가즈랑집 할머니〉, 1989년 고려원(高麗苑)에서 전작 시집 〈흰 바람벽이 있어〉 등을 출판하였다.

통영시 명정동(明井洞) 충렬사(忠烈祠) 맞은편 쌈지공원에 〈통영 2〉, 충청남도 홍성군(洪城郡) 결성면(結城面) 성곡리(城谷里) 민족시비공원(民族詩碑公園)에 〈모닥불〉을 새긴 시비(詩碑)가 세워졌다.

203

백인준

白寅俊 1919. 10. 27. ~ 1999. 1. 20.

북한의 시인이며 극작가.

평안북도 운산군(雲山郡) 위연면(委延面) 영웅리(英雄里)에서 태어났다.

1938년(19세) 평양고등보통학교(平壤高等普通學校)를 졸업한 뒤, 연희전문학교[延禧專門學校. 연세대학교(延世大學校)의 전신(前身)] 2년을 중퇴하고 일본으로 유학, 도쿄 릿쿄대학(立教大學)에 입학하여 철학과 문학을 공부하였는데, 졸업 직후 중 일본군의 학도병(學徒兵)으로 징집(徵集)당하여 중국 각지를 전전하였다.

1946년(27세) 귀국선을 타고 부산(釜山)으로 귀국하였으며, 서울로 왔다가 5월 1일 평양으로 귀환하였다. 그 뒤 북조선문학예술총동맹[北朝鮮文學藝術總同盟, 1946년 3월 25일 '북조선예술총연맹'으로 결성, 1946년 10월 '북조선문학예술총동맹'으로 개칭, 1951년 3월 '조선문학예술동맹'으로 개편, 1961년 3월 2일 '조선문학예술총동맹(문예총)'으로 부활]에서 활동하였고, 조선노동당(朝鮮勞動黨, 1949년 창당) 중앙위원회 지도원과 과장으로 조선 인민군 문화선전부에서 일하였다.

한국 전쟁(Korean War, 1950. 6. 25.~1953. 7. 27.) 중에는 조선 인민군 군관으로 참전(參戰)하였다.

1947년(28세) 첫 작품 〈김일성 장군님을 우리의 태양이라 노래함은〉을 발표한 뒤 〈인민(人民)의 노래〉(1948) · 〈새 시대에 대한 이야기〉(1950) · 〈지리산 지구(智異山地區)〉(1950) 등을 발표하여 북한 정권과 인민이 사랑하는 문학 예술계의 거장(巨匠)으로 성장하였다.

1956년(37세)부터 조선문학예술동맹 산하 조선작가동맹 중앙위원회 현역 작가를 거쳐 평안북도 지부장으로 활동하였다.

1960년(41세) 후반부터는 영화 문학에 관여하여 시나리오 〈마을 사람들 속에서〉 · 〈포화(砲火)의 수림(樹林) 속에서〉 · 〈할아버지의 심정〉, 기독교인을 모두 친미 사대주의자(親美事大主義者)로 묘사한 희곡 〈최학신의 일가(一家)〉(1966) 등을 집필, 영화 제작에 참여하였고, 서정시 〈큰 손〉(1960) · 〈대동강(大同江)에 흐르는 이야기〉(1962) · 〈끝없어라 나의 희망〉(1964) 등과 반미(反美) 작품 〈벌거벗은 아메리카〉(1961) · 〈단죄(斷罪)한다 아메리카〉(1963) · 〈아이젠하워 발작증〉 · 〈얼굴을 붉혀라 아메리카여〉 등을 발표하였다.

1966년(47세) '인민 예술가' 칭호를 받았고, 1967년(48세) 2월에 창립한 백두산창작단(白頭山創作團) 단장을 맡았는데, 여기에서 이른바 '5대 혁명 가극[북한의 혁명 가극 중에서 가장 작품 완성도가 높다는 〈금강산(金剛山)의 노래〉 · 〈꽃 파는 처녀〉 · 〈당(黨)의 참된 딸〉 · 〈밀림아 이야기하라〉 · 〈피바다〉 등 5개 작품을 일컫는 말]'을 만들어 냈다.

이 밖에도 연극 〈성황당(城隍堂)〉을 재창작하였으며, 시나리오 〈누리에 붙는 불〉 · 〈민족과 태양〉 · 〈성장의 길에서〉, 희곡 〈묘향 산맥(妙香山脈)〉 등을 집필하였다.

북한 문학 예술에서 김일성[金日成, 1912~1994, 북한의 주석. 본명(本名)은 김성주(金成柱). 재임 1948~1994]과 김정일(金正一, 1942~2011, 북한의 정치가. 국방위원장 재임 1994~2011)을 칭송하며, 김일성의 혁명 역사를 형상한 많은 작품을 창작하였다. 이러한 경력을 바탕으로 철저히 김일성의 기호에 맞는 사상성과 선동성으로 신임을 받아 정무원(政務院) 문화선전성(文化宣傳省) 예술국장을 비롯한 내각(內閣)의 요직을 두루 거쳤다.

1972년(53세) 북한에서 문예 부문 최고의 상훈인 '김일성상 계관인(金日成賞桂冠人)' 칭호를 가장 먼저 받았으며, 같은 해 '노력 영웅(努力英雄)' 칭호도 첫 번째로 받았다.

1974년(55세) 9월 '김일성 훈장'을 받았으며, 1982년(63세) 2월 최고인민회의(最高人民會議) 제7기 대의원으로 선출되었고, 1985년(66세) 9월 20~23일에는 남북고향방문단(南北韓故鄕訪問團) 평양예술단 단장으로 서울을 방문하였다.

1986년(67세) 3월 조선문학예술총동맹 위원장에 임명되면서 그 해 11월 최고인민회의 제8기 대의원, 12월 조선노동당 제6기 12차 회의에서 중앙 위원으로 선출되었다. 계속하여 1990년(71세) 2월 최고인민회의 제9기 대의원 선거위 위원, 4월 제9기 대의원, 5월 최고인민회의 상설 회의 부의장(1990~1998), 1991년(72세) 1월 조국통일범민족연합(祖國統一汎民族聯合, 범민련. 1991년 1월 25일 결성) 북측본부 부의장에 이어 의장(1993~1999), 1994년(75세) 7월 9일 김일성 국가장의위원회(國家葬儀委員會) 위원, 1995년(76세) 2월 25일 오진우(吳振宇, 1917~1995, 북한의 정치가) 국가장의위원회 위원 등을 지냈다.

1995년 8월 15일에는 '조국 통일상'을 받았다.

대표적인 작품으로 김정숙(金正淑, 1919~1949, 북한의 사회주의 운동가. 김일성의 첫 번째 아내이며 김정일의 생모)을 형상화한 영화 문학 〈사령부를 멀리 떠나서〉(1978)·〈미래를 꽃피운 사랑〉(1982)·〈친위 전사(親衛戰士)〉(1982) 등과 김일성의 가정을 형상화한 영화 문학 〈여명(黎明)〉(1987) 등을 발표하였고, 1991년 〈백인준 시선집〉을 펴냈다.

1988년(69세) 7월 정부의 월북(越北) 문인 해금(解禁) 조치 때 이기영(李箕永, 1895~1984, 북한의 소설가)·조명암(→452)·한설야(韓雪野, 1900~1976?, 북한의 소설가이며 문학 평론가)·홍명희(洪命熹, 1888~1968, 장편 소설 〈임꺽정〉의 지은이이며 북한 부수상을 지낸 북한의 소설가이며 정치가)와 함께 제외되었다가 1989년(70세) 2월 해금 추가 조치 발표 때 광복 전에 발표한 작품에 대하여 해금되었다.

204

백진남

白振南 1564(명종 19) ~ 1618(광해군 10)

조선(朝鮮, 1392~1910)의 시인이며 서예가.

자(字)는 선명(善鳴), 호(號)는 송호(松湖), 본관(本貫)은 해미(海美).

옥봉(玉峰) 백광훈(白光勳, 1537~1582, 조선의 시인)의 아들이다.

1578년(14세, 선조 11) 사학(四學)의 과시(課試)에서 시부(詩賦)에 뛰어난 재주를 보여, 이이(李珥, 1536~1584, 조선의 문신이며 학자)가 찬탄해 마지않았다.

1590년(26세, 선조 23) 진사시(進士試)에 급제(及第)하고, 정유재란(丁酉再亂, 1597. 1.~1598. 12.) 때 통제사(統制使) 이순신(李舜臣, 1545~1598, 조선 선조 때의 명장)의 진중(陣中)으로 피란하였다. 그 때 중국 명(明)나라(1368~1644) 장군 계금(季金)·피승덕(皮承德) 등이 그의 시초(詩草)를 보고 크게 감탄하였다.

1606년(42세, 선조 39) 명나라 사신 주지번(朱之蕃, ?~1624)이 왔을 때는 관반(館伴) 유근(柳根, 1544~1627, 조선의 문신)이 천거(薦擧)하여 백의(白衣)로써 사신을 영접하였는데, 당시 중국에서 문장과 필법(筆法)으로 명성이 높았던 주지번도 그의 필적(筆跡)을 보고는 절찬하였고, 그도 '옥봉서실 옥동연하(玉峰書室 玉洞煙霞)' 8자와 〈무이구곡시(武夷九曲詩)〉를 써 주는 등 서로 필적을 선물하는 등 교의(交誼)가 두터웠다.

김상헌(金尙憲, 1570~1652, 조선의 문신)·조희일(趙希逸, 1575~1638, 조선의 문신)과 교유(交遊)하여, 서울집을 그 이웃인 백악(白嶽) 아래 두고 별서(別墅)를 송호(松湖)에 꾸몄다.

작품으로 〈송호 시고(松湖詩稿)〉가 있다.

205

범성대

范成大 1126 ~ 1193

중국 남송(南宋, 1127~1279)의 정치가이며 시인.

자(字)는 치능(致能), 호(號)는 석호거사(石湖居士), 시호(諡號)는 문목공(文穆公).

장쑤성(江蘇省) 우셴[吳縣, 지금의 쑤저우(蘇州)]에서 태어났다.

1154년(28세)에 진사시(進士試)에 급제(及第)하고, 지방관(地方官)을 거쳐, 1178년(52세) 부재상(副宰相)에 해당하는 참지정사(參知政事)에까지 이르렀다.

고종(高宗, 1107~1187, 중국 남송의 초대 황제. 재위 1127~1162)의 신임이 두터웠고, 1170년(44세) 금(金)나라(1115~1234)에 사절(使節)로 파견되었을 때 부당한 요구에 꺾이지 않고 소신을 관철한 일은 사가(史家)들의 칭송을 들었다.

육유(→356)와 교유(交遊)하였고, 청신(淸新)한 시풍(詩

風)으로 전원(田園)의 풍경을 읊은 시가 널리 알려졌으며, 양만리(→277)·우무(尤袤, 1127~1194, 중국 남송의 문신이며 장서가)·육유와 함께 이른바 '남송 4대가(南宋四大家)'의 한 사람으로 꼽히고 있다.

글씨는 소동파(→234)·황정견(→522)을 배우고, 미불(米芾, 1051~1107, 중국 북송의 서예가이며 화가)의 필의(筆意)를 터득하였다.

쑤저우 교외(郊外) 석호(石湖)에 별장을 두어, 만년(晩年)에 그곳에서 시작(詩作)에 몰두하였다.

지은 책으로 〈석호거사 시집(石湖居士詩集)〉(모두 34권)·〈석호사(石湖詞)〉가 있고, 이 밖에 〈계해우형지(桂海虞衡志)〉·〈오군지(吳郡志)〉·〈오선록(吳船錄)〉과 기행문이 있다.

206

베이다오

北島 1949. 8. 2. ~

중국의 시인.

본명(本名)은 자오전카이(趙振開).

저장성(浙江省) 후저우(湖州) 사람으로, 베이징(北京)에서 태어났다.

1969년(20세) 고등 학교를 졸업한 뒤 건축 공사장에 배치되어, 약 11년 동안 콘크리트공과 도가니공으로 일하면서 노동자의 삶을 살았다.

1970년대 초부터 시를 쓰기 시작하였으며, 1976년(27세) 4월 4~7일에 일어난 '톈안먼(天安門) 대중 반란'에 참여하였던 전위(前衛) 시인으로, 1978년(29세) 망커(芒克, 1950~, 중국의 시인)와 함께 지하 시 전문지 〈진톈(今天, '오늘')〉을 창간하여 주간(主幹)을 맡으면서 중국 내 시 창작 운동을 이끌었다. 지하에서 편지 형식으로 전파되던 그의 시는 '톈안먼 대중 반란' 이후 1979년(30세) 〈시간(詩刊)〉에 처녀작 〈대답(對答)〉을 발표하면서 뛰어난 저항시들이 공개적으로 발표되었다.

1980년(31세)에는 중국보도사(中國報道社)에서 근무하다가, 1989년(40세) 6월 4일에 일어난 '톈안먼 사건'에 연루되어 방문 작가 자격으로 미국으로 간 뒤, 약 20년 동안 베를린·오슬로·덴마크·네덜란드·스웨덴·프랑스 등 유럽 여러 나라를 떠돌아다녔다.

현실에 대한 깊은 성찰이 깃든 많은 서정시를 발표하여 1992년(43세)에는 노벨 문학상(The Nobel Prize in Literature) 후보에까지 오르는 등 당대(當代) 가장 영향력 있는 청년 시인 가운데 한 사람이 되었다. 1990년대 중반 미국에 정착, 뉴욕주립대학교(State University of New York, SUNY. 1948년 설립)와 미시간대학교(University of Michigan. 1817년 설립)에서 객좌(客座) 교수로 재직하였다.

2001년(52세) 아버지의 병환으로 베이징을 일시 방문하였고, 그 뒤 두 차례 더 방문하여 중국 공안의 엄중한 감시 속에 부친상을 치른 뒤 곧바로 출국하였다.

2007년(58세)부터 홍콩중문대학(香港中文大學, The Chinese University of Hong Kong. 1963년 설립) 교수로 재직하였으며, 2011년(62세) 8월, 칭하이(青海省) 시닝(西寧)에서 열린 제3회 칭하이후(青海湖) 국제 시가 축제(國際詩歌祝祭) 초청으로 22년 만에 귀국하였다.

중국 신시기(新時期) '몽롱시(朦朧詩)'의 대표 시인으로, 깊이 있는 자아 의식(自我意識)과 철학 의식으로 역사를 되돌아보고 있으며, 냉엄하고 심오한 필치로 상징과 암시, 순간적인 예술 표현을 주로 사용하고 있다.

오랜 망명 생활로 '중국의 솔제니친(Aleksandr Isaevich Solzhenitsin, 1918~2008, 러시아의 소설가이며 역사가. 1970년 노벨 문학상을 받았다.)'으로도 불리며, 2010년(61세) 장쑤성(江蘇省) 작가협회가 주관하는 중국의 대표적인 문학지 〈종산(鍾山)〉은 1979년부터 2009년까지 30년을 대표하는 동시대 10대 시인을 선정하여 발표하면서 베이다오를 '현존하는 중국 최고의 시인'으로 선정하였다.

주요 작품에는 '톈안먼 사건'을 배경으로 당시의 사회적 현상을 폭로하고 비판한 〈회답(回答)〉을 비롯하여 〈가자〉·〈겨울을 향하여〉·〈결말과 시작〉·〈비 내리는 밤〉·〈선언〉 등이 있으며, 시집 〈베이다오 고성시선(北島顧城詩選)〉·〈낯선 해변(陌生的海)〉(1978)·〈베이다오 시선(北島詩選)〉(1986)·〈하늘 가에서(在天涯)〉(1993)·〈한밤의 가수(午夜歌手)〉(1995)·〈영도 이상의 풍경선(零度以上的風景線)〉(1996)·〈자물쇠를 열다(開鎖)〉(1999)·〈태양 성 찰기(太陽城札記)〉와 번역 시집 〈북구 현대시선(北歐現代詩選)〉, 소설집 〈파동(波動)〉(1981), 〈돌아온 이방인(歸來的陌生人)〉(1987), 〈푸른 집(藍房子)〉(1999), 산문집 〈실패한 글(失敗之書)〉(2004), 〈푸른 등(青燈)〉(2008) 등을 펴냈다.

207

변영로

卞榮魯 1898(고종 35). 5. 9. ~ 1961. 3. 14.

한국의 시인이며 영문학자.

어릴 적 이름은 영복(榮福), 호(號)는 수주(樹州), 본관(本貫)은 밀양(密陽).

중추원(中樞院) 부참의(副參議)를 지낸 아버지 변정상(卞鼎相, 1861~1935)과 어머니 강재경(姜在卿)의 3남 4녀 중 셋째 아들로, 서울 종로구(鐘路區) 가회동(嘉會洞)에서 태어났다. 이른바 '한국의 삼소(三蘇)'·'변씨 삼절(卞氏三絕)'로 불린 변영만(卞榮晩, 1889~1954, 한국의 법률가이며 학자)·변영태(卞榮泰, 1892~1969, 한국의 정치가이며 영문학자. 제5대 부통령. 재임 1954. 6. 27.~11. 28.)가 형들이다.

1904년(6세) 서울 재동보통학교(齋洞普通學校)에 입학하였다가 계동보통학교(桂洞普通學校)를 거쳐 1910년(12세) 중앙학교(中央學校, 지금의 중앙중·고등학교)에 입학하였으나 1912년(14세) 체육 교사와 마찰로 3학년 때 자퇴(自退)하였다. 만주(滿洲) 안둥현[安東縣, 지금의 랴오닝성(遼寧省) 단둥(丹東)]을 유람하다가 같은 해 이흥순(李興順)과 결혼하였다.

1915년(17세) 조선중앙기독교청년회학교(朝鮮中央基督教青年會學校) 영어반에 입학하여 3년 과정을 6개월 만에 수료하였다

1918년(20세) 모교(母校) 중앙학교 영어 교사로 들어갔고, 1919년(21세) 3·1 운동 때는 YMCA 구석진 방에서 경찰의 눈을 피해 가며 독립 선언서를 영역(英譯)하여 국외로 발송하였다.

시작(詩作) 활동은 1918년 최남선(→480)이 발행하는 〈청춘(青春)〉(월간 종합 교양지. 1914. 10.~1918. 9. 통권 15호로 종간) 제14호(1918. 6. 16)에 영시(英詩) 〈코스모스(Cosmos)〉를 발표하면서 비롯되었는데, 발표 당시에는 천재 시인이라는 찬사(讚辭)를 받았다.

1920년(22세) 7월 25일 김억(→78)·김영환[金永煥, 1898~1936, 한국의 영화 감독이며 대중 가요 작곡가·각본가·변사. 일명 김서정(金曙汀)]·김일엽(→83)·김찬영(金贊永, 1893~1960, 한국의 문학 평론가이며 극작가·서양화가)·나혜석(羅蕙錫, 1896~1949, 한국의 여류 화가이며 문필가)·남궁벽(→117)·민태원(閔泰瑗, 1894~1935, 한국의 소설가이며 번역 문학가·언론인)·염상섭(廉想涉, 1897~1963, 한국의 소설가)·오상순(→293)·이병도(李丙燾, 1896~1989, 한국의 사학자)·이익상(李益相, 1895~1935, 한국의 언론인이며 소설가)·이혁로(李赫魯)·황석우(→520) 등과 함께 〈폐허(廢墟)〉(문예 동인지. 1920. 7.~1921. 1. 통권 2호로 종간) 창간 동인(同人)으로 참여하여 활동하면서, 〈폐허〉 종간호에 평문 〈메텔링크와 예이츠의 신비 사상〉, 〈신천지(新天地)〉(월간 종합 교양지. 1921. 7.~1923. 8. 통권 8호로 종간)에 평론 〈종교의 오의(奧義)〉, 시 〈꿈 많은 나에게〉·〈나의 꿈은〉 등 5편을 발표하면서부터 본격적으로 문학 활동을 전개하였다.

1921년(23세) 노자영(→120)·박영희(→183)·박인덕(朴仁德, 1897~1980, 한국의 여성 독립 운동가이며 교육가)·박종화(→190)·신태악(辛泰嶽, 1902~1980, 한국의 법조인이며 정치가)·오상순·황석우와 함께 〈장미촌(薔薇村)〉(1921. 5. 24. 창간호로 종간. 우리나라 최초의 시 동인지) 동인으로 참여하였고, 〈신민공론(新民公論)〉(1921년 5월 26일 창간) 주필(主筆)을 지냈다.

1922년(24세)에는 〈신생활(新生活)〉[순간(旬刊) 사회주의 잡지. 1922. 3.~1923. 1.] 제2호(1922. 4.)에 〈봄비〉, 제3호(1922. 5.)에 〈논개(論介)〉 등을 발표하였고, 그 뒤 〈개벽(開闢)〉(우리나라 최초의 월간 종합 교양지. 1920. 6.~1926. 8. 통권 72호로 종간. 속간 1934. 11.~1935. 2. 통권 4호로 종간. 복간 1946. 1.~1949. 3. 통권 9호로 종간)을 통하여 해학(諧謔)이 넘치는 수필과 발자크(Honoré de Balzac, 1799~1850, 프랑스의 소설가)의 작품 등을 번역하여 발표하였다. 1923년(25세) 이화여자전문학교[梨花女子專門學校. 이화여자대학교의 전신(前身)] 강사로 부임하였다.

1924년(26세) 〈폐허이후(廢墟以後)〉[조선문인회(朝鮮文人會) 기관지, 1924. 2. 창간호로 종간]에 〈생시에 못 뵈올 님〉을 발표하였고, 8월 일제(日帝)하의 민족적 울분을 노래한 시화집(詩華集) 〈조선의 마음〉[평문관(平文館)]을 펴냈는데, 여기에는 〈버러지도 싫다 하올 이 몸이〉를 비롯한 〈님아〉·〈님이시여〉·〈벗들이여〉·〈생시에 못 뵈올 님〉·〈친애하는 벗이여〉 등 28편의 시와 수상(隨想) 8편이 실렸다. 생전에 펴낸 유일한 이 시화집은 내용이 불온하다고 하여 발행과 동시에 곧 조선총독부(朝鮮總督府)가 압수하여 폐기 처분되었다.

1927년(29세) '우리의 것'을 알아보기 위하여 김상용

(→70) · 안재홍(安在鴻, 1891~1965, 한국의 정치가이며 사학자 · 언론인) 등과 함께 백두산(白頭山)에 올라가 〈두만강(豆滿江) 상류 끼고 가며〉 · 〈온 고원(高原)이 꽃으로 덮임〉 · 〈정계비(定界碑)〉 · 〈천지(天池)가에 누워〉 등 10여 편의 시를 발표하였다.

1931년(33세)에는 〈시문학(詩文學)〉(시 동인지. 1930. 3.~1931. 10. 통권 3호로 종간) 제2호(1930. 5.)에 시 〈고운 산길〉을 발표하여 시문학파 동인으로 활동하였다.

1931년 미국으로 유학하여 서부 캘리포니아 주의 산호세시립대학(San Jose City College, SJCC)에서 공부하고, 1933년(35세) 귀국하여 동아일보사(東亞日報社)에 입사하였으며, 1934년(36세) 〈신가정(新家庭)〉(월간 여성 교양지. 1933. 1.~1936. 9. 통권 45호로 종간) 주간(主幹)을 맡았다.

〈신가정〉 표지에 손기정(孫基禎, 1912~2002, 한국의 체육인. 마라톤 선수로 1936년 제11회 베를린 올림픽 대회에서 금메달을 획득하였다.) 선수의 다리만을 게재하고 '조선의 건각(健脚)'이라는 제목을 붙이는 등 조선총독부의 비위를 건드려 그들의 압력으로 회사를 물러났다.

1946년(48세) 성균관대학교(成均館大學校) 영문학 교수, 1950년(52세) 해군사관학교(海軍士官學校) 영어 교관으로 부임하였다.

1949년(51세) 제1회 서울특별시 문화상을 받았고, 1953년(55세) 서울신문사 이사(理事)를 거쳐 대한공론사(大韓公論社) 이사장에 취임하였으며, 국제 펜클럽(International PEN) 한국 본부 초대 위원장이 되었고, 1955년(57세)에는 제27차 빈(Wien) 국제 펜클럽 대회에 한국 대표로 참석하였다.

창작 활동 초기부터 과작(寡作)의 시인으로, 〈개벽〉 · 〈동명(東明)〉(시사 주간지. 1922. 9.~1923. 6. 통권 40호로 종간) · 〈신생활〉 등을 통하여 한 해에 5~6편 정도 발표하였다. 시는 가락이 부드럽고 시어(詩語)가 정서적이어서 한때 시단(詩壇)의 주목을 받았으며, 작품의 밑바탕에는 민족혼을 일깨우고자 한 의도도 깔려 있었다.

그의 시 세계는 크게 3기로 구분한다.

1기는 1924년 시집 〈조선의 마음〉을 발간하기까지인데, 민족 시인으로서의 의식이 표출된 시기이다. 대표작으로 〈논개〉를 들 수 있다.

2기는 그 뒤부터 광복까지의 시기로, 자신을 둘러싼 상황 인식에서 오는 절망감 속에서도 선비적 절개와 지조(志操)를 지키려는 태도가 잘 드러나 있다. 이 시기의 대표작으로 〈사벽송(四壁頌)〉 · 〈실제(失題)〉 등을 들 수 있다.

3기는 광복부터 죽기까지의 시기로 〈돐은 되었건만〉과 같이 민족의 앞날을 걱정하는 우국적(憂國的)인 시를 주로 썼다.

시작 활동 이외에도 영미(英美) 문학을 소개하고 국내 작품의 영역도 하였는데, 남궁벽(→117)의 유고(遺稿) 일문시(日文詩)를 〈신생활〉에 소개하여, 별로 알려지지 않은 시인들의 위치를 확고하게 하는 등 시사(詩史)에 이바지한 바가 크다.

이 밖에 영문 시집 〈진달래동산(Grove of Azalea)〉(1948), 수필집 〈명정 40년(酩酊四十年)〉(서울신문사, 1953) · 〈수주 시문선(樹州詩文選)〉[경문사(耕文社), 1959. 10.]이 있다.

1981년 3월, 유족(遺族)들이 20주기(周忌)를 맞아 새로 발견된 그의 작품까지를 실어 〈수주 변영로 문선집(樹州卞榮魯文選集)〉을 펴냈고, 그 뒤 시집 〈차라리 달 없는 밤이 드면〉(1983)과 〈논개〉(1987)가 출판되었다.

경기도 부천시(富川市) 오정구(梧亭區) 고강동(古康洞) 밀양 변씨 묘역에 안장(安葬)되었고, 〈생시에 못 뵈올 님〉을 새긴 시비(詩碑)가 세워졌다. 2001년 10월에는 고강동 중앙공원에 〈봄비〉를 새긴 시비가 세워졌으며, 대표시 〈논개〉를 새긴 시비가 부천시 원미구(遠美區) 중동(中洞) 중앙공원, 경상남도 진주시(晋州市) 본성동(本城洞) 남강(南江) 진주성 촉석문(矗石門) 앞(1991), 충청남도 홍성군(洪城郡) 결성면(結城面) 성곡리(城谷里) 민족시비공원(民族詩碑公園), 전라북도 장수군(長水郡) 장수읍 의암사(義巖祠) 앞에 세워졌다.

2012년 3월 5일에는 〈시문학〉 창간일(1930. 3. 5.)에 맞추어, 김영랑(→79)의 생가(生家)가 있는 전라남도 강진군(康津郡) 강진읍 남성리(南城里)에 우리나라 문학사상 최초의 문학 유파 문학관으로 기록된 '시문학파 기념관'이 개관되었다. 변영로를 비롯한 김영랑 · 김현구(→98) · 박용철(→185) · 신석정(→255) · 이하윤(→408) · 정인보(→442) · 정지용(→445) · 허보(許保, ?~?, 한국의 시인) 등 시문학파 동인 9명의 유품과 친필 · 저서 · 사진물 등을 전시하여 이들의 삶과 문학 세계를 체감할 수 있게 전시하고 있다.

208
볜즈린
卞之琳 1910. 12. 8. ~ 2000. 2. 2.

중국의 시인이며 번역 작가.

쓰촨성(四川省)에서 태어났으며, 베이징대학(北京大學, Peking University, 1898년 설립)을 졸업하였다.

1930년대 일본과의 전운(戰雲)이 감도는 과도기적 긴박 상태에서, 고민하는 지식인의 심정을 예리한 감성적 필치로 표현하였는데, 그의 작품은 이해하기 어렵다는 평을 받았다.

베이징대학 동문(同門)인 리광톈(→147)·허치팡(→510)과 함께 시집 〈한원집(漢園集)〉(1935)을 펴내면서 '한원 3시인(漢園三詩人)'으로 일컬어졌다.

중·일 전쟁[中日戰爭(Second Sino-Japanese War), 1937. 7. 7.~1945. 9. 2.] 중에는 윈난성(雲南省) 쿤밍(昆明)의 시난연합대학(西南聯合大學)에서 교수를 지냈으며, 2차 대전(1939. 9. 1.~1945. 9. 2.) 뒤에는 옥스퍼드대학교(Oxford University)에 유학하였다.

1949(39세)~1952년(42세) 베이징대학 교수, 1957(47세)~1960년(50세)에는 〈시간(詩刊)〉 편집 위원을 지냈다.

이 밖에 시집 〈삼추초(三秋草)〉(1933)·〈수행집(數行集)〉·〈어목집(漁目集)〉(1935)·〈위로신집(慰勞信集)〉(1940)·〈10년 시초(十年詩草)〉(1942)·〈조충기력(雕蟲紀歷)〉(1979) 등이 있으며, 말라르메(Stéphane Mallarmé, 1842~1898, 프랑스의 상징파 시인)·지드(André Gide, 1869~1951, 프랑스의 작가이며 인도주의자·모럴리스트. 1947년 노벨 문학상을 받았다.) 등의 번역 작품이 있다.

209
봉원 부인 정씨
蓬原夫人鄭氏 1541(중종 36) ~ 1620(광해군 12)

조선(朝鮮, 1392~1910)의 규중 시인(閨中詩人).

본관(本貫)은 동래(東萊).

1554년(13세, 명종 9년) 문양 부원군(文陽府院君) 유자신(柳自新, 1541~1612, 조선의 문신)과 혼인하여 6남 4녀를 두었다. 1588년(47세, 선조 21년) 셋째 딸(1573~1623)이 세자(世子)였던 광해군(光海君, 1575~1641, 조선의 제15대 왕. 재위 1608~1623)과 혼인, 1608년(67세, 선조 41년) 광해군이 즉위하면서 왕비가 되자, 왕비의 어머니로서 외명부(外命婦) 정1품인 부부인(府夫人)에 봉작(封爵)되어 봉원부 부인(蓬原府夫人)이라는 작호(爵號)를 받았다.

1620년(79세, 광해군 12년)에 죽었지만, 인조반정(仁祖反正, 1623. 3. 13.)으로 광해군이 폐위되자 왕비였던 딸도 폐비(廢妃)되어 문성군 부인(文城郡夫人)으로 강봉(降封)되자 삭탈 관직(削奪官職)되었다.

어려서부터 시재(詩才)가 뛰어나 틈틈이 〈출왕 서빙고 강사(出往西氷庫江舍)〉 등 많은 작품을 썼으며, 정재륜[鄭載崙, 1648~1723, 효종(孝宗, 1619~1659, 조선의 제17대 왕. 재위 1649~1659)의 부마(駙馬)]의 〈공사 견문록(公私見聞錄)〉에 시 4수(首)가 전해진다.

*** 부용(芙蓉) → 운초**(→328)

210
비디아파티
Vidyāpati 1352? ~ 1448?

인도의 시인.

인도 북동부 미틸라[Mithira, 지금의 인도 북부 우타르프라데시(Uttar Pradesh) 주와 북동부 비하르(Bihar) 주, 네팔의 일부] 지방에서 태어났다.

스스로 기록한 단편적인 서술에 따르면, 카스트[caste, 인도 사회 특유의 신분 제도. 브라만(Brahman, 사제·성직자), 크샤트리아(Kshatriya, 귀족·무사), 바이샤(Vaisya, 상인·농민·지주), 수드라(Sudra, 소작농·청소부·하인)의 네 가지로 분류된다.]의 최고 계급인 브라만 출신으로 1380년 태어났다고 한다.

어릴 때부터 아버지를 따라 가네슈발 왕의 궁정(宮廷)에 출사(出仕)하였으며, 1424년에 죽었다고 하는데 분명하지 않은 부분이 많다.

작품에는 시바[Siva, 힌두교 시바파(派)의 최고 신] 신앙과 비슈누(Visnu) 신앙에 대한 사상이 들어 있으며, 고전어(古典語)인 산스크리트(Sanskrit) 어(語)와 근대어의 고층(古層)인 아바하타(Abahatta)로 쓴 저작이 있는 등 문화적인 변동기의 시대 배경이 짙게 반영되어 있다.

근대어 작품으로 크리슈나(Krishna, 힌두교의 신. 인도의 신들 가운데 가장 널리 숭배되고 사랑받는 신)와 여자 양치기 라다[Rādhā, 힌두 문화에 나오는 인물. 크리슈나가 브린다반(Vrindavan. 우타르프라데시 주 서쪽 끝에 있는 힌두교의 성지)의 소 치는 사람들 사이에서 살던 시절에 그의 애인이었다.]의 연애를 주제로 하여 북인도에서 처음으로 찬가(讚歌)로 만든 〈파다발리(Padavali)〉, 가네슈발 왕의 왕자 키르티신프가 아버지를 살해한 술탄(Sultan)을 격퇴시키고 스스로 왕위에 오르는 경위를 그린 〈키르틸라타(Kīrttilatā)〉 등이 있다. 〈키르틸라타〉는 1402년 또는 1404년 무렵 쓴 것이라고 하며, 후기 아파브랑샤(Apabhramsa)의 문어(文語)인 아바하타의 대표적인 문헌으로 언어사(言語史)에 중요한 자료이다.

211

비하리랄

Bihārī Lāl 1595 ~ 1663

인도의 힌디 어(語)(Hindi language) 시인.

비하리(Bihārī)라고도 한다.

인도 중부 마디아프라데시(Madhya Pradesh) 주 괄리오르(Gwalior)에서 태어났다.

'작시법 시대(作詩法時代, 1650~1850)'의 대표적인 시인이며, 자이푸르[Jaipur, 인도 북부의 옛 토후국(土候國). 지금의 북서부 라자스탄(Rajasthan) 주의 주도(州都)] 왕의 비호(庇護)를 받아 궁정(宮廷) 시인이 되었다.

애욕에 빠져서 정사(政事)를 돌보지 않는 왕을 간(諫)한 시가 인정을 받아, '송가(頌歌) 한 편에 금화 한 닢'이라는 조건으로 시를 읊어, 그 뒤부터는 시 한 편마다 금화 한 닢씩을 보답으로 받고 〈비하리 7백 시집[Bihari Satsai(Seven Hundred Verses of Bihari)]〉(1662)을 엮었다. 시는 모두 2행시로 뛰어난 수사법(修辭法)을 구사(驅使)하고 있으며, 가장 짧은 시형(詩形) 속에 깊은 뜻을 담은, 이른바 '촌철살인(寸鐵殺人)'의 시집이었다.

당시의 작풍(作風)을 따라 9정조(九情調)를 다루고 있으나 대부분 연애 정조의 시이며, 특히 여주인공의 머리 끝부터 발가락 끝까지의 서술이 있고, 크리슈나(Krishna, 힌두교의 신. 인도의 신들 가운데 가장 널리 숭배되고 사랑받는 신)와 여자 양치기 라다[Rādhā, 힌두 문화에 나오는 인물. 크리슈나가 브린다반[Vrindavan. 인도 북부 우타르프라데시(Uttar Pradesh) 주 서쪽 끝에 있는 힌두교의 성지]의 소 치는 사람들 사이에서 살던 시절에 그의 애인이었다.]의 감미로운 사랑을 묘사하고 있다.

17~18세기 무렵의 '작시법 시대'와 '연애시 시대'의 발단이 되었으며, 많은 주석서(註釋書)가 있다.

212

빌하나

Bilhana ? ~ ?

인도의 산스크리트(Sanskrit) 어(語) 시인이며 극작가.

카스트[caste, 인도 사회 특유의 신분 제도. 브라만(Brahman, 사제 · 성직자), 크샤트리아(Kshatriya, 귀족 · 무사), 바이샤(Vaisya, 상인 · 농민 · 지주), 수드라(Sudra, 소작농 · 청소부 · 하인)의 네 가지로 분류된다.]의 최고 계급인 브라만 출신으로, 11세기에 인도 북부 카슈미르(Kashmir)에서 활약하였으며, 문법과 수사학(修辭學)에 통달하였다.

중서부 찰루키아 왕조(Western Chalukya Empire, 973~1189)의 비크라마디티아 6세(Vikramditya Ⅵ, 1076~1126)의 총애를 받았다. 왕의 위업(偉業)을 찬양한 역사적 서사시 〈비크라만카데바 차리타(Vikramankadeba charita)〉를 썼으며, 카르나데바 왕(재위 1064~1094)의 결혼을 소재로 한 희곡 〈카르나순다리(Karuna-sundari)〉를 남겼다.

그의 명성을 가장 높게 한 것은 한 공주와의 금지된 사랑의 즐거움을 생생하게 노래한 연애 서정시 〈차우라판차시카[Caurapancasika(The Love-Thief), '숨겨진 사랑의 50송가']〉이다.

213

사공도

司空圖 837 ~ 908

중국 당(唐)나라(618~907)의 시인.

자(字)는 표성(表聖).

산시성(山西省) 허중위샹(河中虞鄕)에서 태어났다.

의종[懿宗, 중국 당나라의 제17대 황제. 833~873, 재위 859~873. 이최(李漼)] 함통 연간(咸通年間) 말인 869년(32세) 진사시(進士試)에 급제(及第), 예부시랑(禮部侍郎, 副大臣) 왕응(王凝)에게 인정을 받고, 재상(宰相) 노휴(盧携,

?~880, 중국 당나라의 문신이며 서예가)에게 높은 절개가 알려져, 제관(諸官)을 거쳐 예부낭중(禮部郎中)이 되었다.

황소(黃巢, 835~884, 중국 당나라의 반란 지도자)의 무리가 수도(首都) 창안[長安, 지금의 산시성(陝西省) 시안(西安)]으로 쳐들어와 희종[僖宗, 862~888, 중국 당나라의 제18대 황제. 재위 873~888. 이현(李儇)]이 쓰촨성(四川省) 수저우[蜀州, 지금의 청두(成都)]로 피난하였을 때, 이를 따르려다가 허중(河中)으로 돌아갔다.

나중에 희종이 환행(還幸) 도중 산시성 봉상(鳳翔)에서 불러 지제고(知制詔)에 임명하였다. 뒤이어 희종이 산시성 보계(寶雞)로 피신하는 난이 일어났을 때도 따르려던 뜻을 이루지 못하여 다시 허중으로 돌아갔다. 그 뒤 소종[昭宗, 867~904, 중국 당나라의 제19대 황제. 재위 888~904. 이엽(李曄)]의 부름을 여러 차례 받았으나, 병이라고 하여 가지 않고 산시성 중조산(中條山) 왕관곡(王官谷)에 은퇴, 스스로 내욕거사(耐辱居士)라고 일컬으며 유영속문(遊詠屬文)을 일삼았다.

주전충[朱全忠, 852~912, 후량(後梁)의 태조. 재위 907~912]이 당조(唐朝)를 찬탈(簒奪)한 뒤 그를 불렀으나 가지 않고, 908년(71세) 애제[哀帝, 892~908, 중국 당나라의 제20대 황제. 재위 904~907. 이축(李柷)]가 살해되었다는 소식을 듣고는 식음을 전폐하다가 죽었다.

그의 시는 당나라 말기에 으뜸으로 꼽혔고, 특히 기품 있기로 알려졌다. 〈이십사시품(二十四詩品)〉은 시의 의경(意境)을 24품(品)[1. 웅혼(雄渾) : 웅장하고 혼연함. 2. 충담(沖澹) : 고요하고 깨끗함. 3. 섬농(纖穠) : 섬세하고 아름다움. 4. 침착(沈着) : 가라앉고 차분함. 5. 고고(高古) : 고상하고 예스러움. 6. 전아(典雅) : 법도에 맞아 아름다움. 7. 세련(洗鍊) : 씻어 내고 연마함. 8. 경건(勁健) : 굳세고 강건함. 9. 기려(綺麗) : 표현력의 다양하며 곱고 아름다움. 10. 자연(自然) : 조화의 힘에 이루어지는 모든 것. 11. 함축(含蓄) : 깊은 뜻이 집약되어 간직됨. 12. 호방(豪放) : 의기가 강하여 거리낌이 없음. 13. 정신(精神) : 물질과 육체에 대한 마음의 목적 의식. 14. 진밀(縝密) : 섬세하고 신중하여 빈틈이 없음. 15. 소야(疎野) : 활달하여 예법에 얽매이지 않음. 16. 청기(淸奇) : 청신하고 기이함. 17. 위곡(委曲) : 내용이 자세하고 소상함. 18. 실경(實景) : 생각과 마음의 대상이 되는 실제. 19. 비개(悲慨) : 슬퍼하고 개탄하는 감정. 20. 형용(形容) : 사물의 어떠함을 나타냄. 21. 초예(超詣) : 초연하고 조예가 깊음. 22. 표일(飄逸) : 품격이 청신하고 뜻이 고원함. 23. 광달(曠達) : 내용의 도량이 너그럽고 큼. 24. 유동(流動) : 지장 없이 부드럽게 흘러감, 흘러 움직여 변화함.]으로 나누어, 각각 4언(言)의 운어(韻語) 12구(句)를 가지고 상징적으로 해설한 것이다. 이 밖에 〈사공표성문집(司空表聖文集)〉(모두 10권)과 시집 5권이 전하여지고 있다.

214

사공서

司空曙 740 ~ 790?

중국 당(唐)나라(618~907)의 시인.

자(字)는 문명(文明) · 문초(文初).

허베이성(河北省) 꽝핑(廣平)에서 태어났다.

검남(劍南) 절도사(節度使)의 막료(幕僚)에서 허난성(河南省) 뤄양(洛陽)의 주부(主簿), 후베이성(湖北省) 창린현[長林縣, 지금의 형문현(荊門縣)]의 승(丞) 등을 거쳐 좌습유(左拾遺)가 되었으며, 785년(45세)쯤 우부낭중(右府郎中)에 이르렀다.

인품이 결벽하여 권신(權臣)들과 가까이 하지 않고 가난을 감수하였다고 하며,'대력 십재자(大曆十才子)'의 한 사람으로 꼽힌다.

오언율시(五言律詩)에 뛰어났으며, 자연 경색을 그리고 송별 증답(送別贈答)과 떠도는 이의 망향(望鄕)에 관한 시를 많이 썼다. 선시(禪詩) 몇십 편이 전하며, 시집으로 〈사공문명시집(司空文明詩集)〉이 있다.

한편, '대력 십재자'는 당나라 초의 시인들의 문학사상(文學史上) 명칭이다. 〈신당서(新唐書)〉(모두 225권, 1044~1060) '문예전(文藝傳)'에 따르면, 사공서를 비롯하여 경위(耿湋) · 길중부(吉中孚) · 노륜(盧綸, 739~799) · 묘발(苗發) · 이단(李端, 743~782) · 전기(→435) · 최동(崔峒) · 하후심(夏侯審) · 한굉(韓翃)의 열 사람을 말하는데, 낭사원(郎士元, 727~280?) · 냉조양(冷朝陽) · 이가우(李嘉祐) · 이익(→393) · 황보증(皇甫曾) 등을 덧붙이는 설도 있다. 이들은 사회와 문학에 큰 충격을 준 '안사(安史)의 난(亂)[755~763, '안녹산(安祿山)의 난'이라고도 한다.]'의 뒤를 이은 대력 연간(大曆年間, 766~779)에 시로 명성을 얻었으므로 '대력 십재자'로 일컬어졌다. 이들은 쇠운에서 중흥에 이르는 과도기의 시인들이며, 그 특징을 통틀어 논하기는 어렵지만 각기 근체시(近體詩)를 장기(長技)로 삼았으며, 시의 형식면에서 성당(盛唐, 현종[玄宗,

685~762, 중국 당나라의 제6대 황제. 재위 712~756. 이융기(李隆基)]의 개원(開元, 713)으로부터 대종[代宗, 726~779, 중국 당나라의 제8대 황제. 재위 762~779. 이예(李豫)]의 영태(永泰, 765)까지 약 50년간]보다 세련미를 높인 공을 세웠으며, 내용적으로는 자연을 읊어 새로운 경지를 열었다. 이들은 '안사의 난'을 겪은데다가 자신의 영달도 이루지 못한 사람이 많았으므로 작품에 비분강개(悲憤慷慨)하는 색채를 띤다.

215

사신행
查愼行 1650 ~ 1727

중국 청(淸)나라(1616~1912)의 시인.

초명(初名)은 사련(嗣璉), 자(字)는 하중(夏重) · 해여(海餘) · 회여(悔余), 호(號)는 사전(查田) · 초백(初白) · 초전(初田) · 타산(他山).

저장성(浙江省) 하이닝(海寧)에서 태어났다.

전징지(錢澄之, 1612~1693, 중국 명나라 말 청나라 초의 문인이며 학자)와 황종희(黃宗羲, 1610~1695, 중국 명나라 말 청나라 초의 문인이며 학자)에게 경사(經史)를 배웠으며, 북송(北宋, 960~1126)의 시인 소동파(→234)와 남송(南宋, 1127~1279)의 시인 육유(→356)로부터 깊은 영향을 받았다.

1703년(53세) 진사시(進士試)에 급제(及第)하여 한림원(翰林院) 편수관(編修官)에 임명되었다.

강희제[康熙帝, 1654~1722, 중국 청나라의 제4대 황제. 성조(聖祖). 재위 1661~1722]의 신임이 두터워 황제가 여행할 때 동행하며 많은 시를 지어 황제의 칭송을 받았으며, 칙찬(勅撰)인 〈패문재영물시선(佩文齋詠物詩選)〉 등의 편찬에도 참여하였다.

관료 생활이 마음에 들지 않아 1713년(63세) 한림원 시강(侍講)을 마지막 벼슬로 사직하고 향리(鄕里)로 돌아갔다. 만년(晩年)에 아우의 일에 연루되어 불경죄로 투옥되기도 하였으나 자유 생활을 즐겼다.

그의 시는 송시(宋詩), 특히 소동파의 작품을 본보기로 하여 수식에 기울지 않고 자기 의사를 서술하면서도 묘취를 얻는 풍이었다. 자연 경물을 잘 묘사하였으며, 민간의 고통을 적나라하게 반영하였다. 자연의 취향을 존중하는 온건한 멋에서 특색을 드러냈으며, 그 때까지 유행하였던 왕사진(王士禛, 1634~1711, 중국 청나라의 문인)이나 주이존(朱彝尊, 1629~1709, 중국 명나라 말 청나라 초의 문인이며 학자) 등의 시인들이 주로 격조를 중시하던 시풍(詩風)을 일소하여 청나라 초기 시단(詩壇)에 일대 혁명을 가져왔다. 그가 나온 이후 청조에서는 오랫동안 송(宋)나라(960~1279) 시풍이 크게 유행하였다.

〈주역(周易)〉에 조예가 깊었는데, 제가(諸家)의 설을 모아 고증한 〈주역완사집해(周易玩辭集解)〉를 지었고, 〈경사정와(經史正訛)〉 · 〈보주 동파 선생 편년시(補註東坡先生編年詩)〉(모두 50권) · 〈타산시초(他山詩鈔)〉를 펴냈으며, 그의 시를 모은 〈경업당 시집(敬業堂詩集)〉(모두 50권) · 〈경업당 속집(敬業堂續集)〉(모두 6권)이 있다.

216

사영운
謝靈運 385 ~ 433

중국 남조(南朝) 송(宋)나라(420~479)의 시인.

자(字)는 선명(宣明). 강락공(康樂公)의 작위를 이어받았으므로 '사강락(謝康樂)'이라고도 한다.

허난성(河南省) 진군(陳郡) 양하[陽夏, 지금의 타이강(太康)]에서 태어났다.

육조 시대[六朝時代, 222~589, 중국 삼국 시대 오(吳)나라(222~280) · 동진(東晉, 317~419)과 남조의 송나라 · 제(齊)나라(479~502) · 양(梁)나라(502~557) · 진(陳)나라(557~589)를 합한 시대] 2대 문벌 귀족의 하나인 사씨(謝氏) 출신으로, 진(晉)나라(265~419)의 동천(東遷)과 함께 저장성(浙江省) 시녕(始寧)으로 이사하였다.

할아버지는 383년 11월 페이수이 대전(淝水大戰)에서 부견[符堅, 중국 전진(前秦, 351~394)의 제3대 왕. 재위 371~383]을 격파한 차기장군(車騎將軍) 사현(謝玄, 343~388)이다. 사현이 죽은 뒤 이 집안을 이끈 사람은 종숙(從叔)인 사혼(謝混, ?~412)이었다. 당시 장쑤성(江蘇省) 건강[建康, 지금의 난징(南京)] 오의항(烏衣巷)에 있었던 사씨 저택에서 사혼은 종종 사영운 등 어린 조카들을 모아 문유(文遊)를 하였다. 그런데 진나라와 송나라의 왕조 교체기에 정세 판단을 잘못하여 사혼이 무제[武帝, 363~422, 중국 송나라의 창건자이며 초대 황제. 재위 420~422. 유유(劉裕)]에게 죽음을 당하자 사영운의 입장은 갑자기 복잡해지고 송 왕조 성립 뒤에도 정치적으로 불우한 처지에 놓였다.

진나라가 망하고 송나라가 들어서자, 벼슬자리가 떨어져 저장성 회계[會稽, 지금의 사오싱(紹興)]·융자(永嘉) 등의 태수(太守)와 비서감(祕書監) 등을 지냈으나, 중앙 정치에 관여할 수 없는 불만으로 모든 공직(公職)에서 물러났다. 그러한 불만을 자연으로 위로하고 산수(山水)의 아름다움을 시 속에 재현하였다.

독실한 불교 신자(信者)였으며, 루산사[廬山寺, 지금의 장시성(江西省)에 있다.]를 후원하였는데, 불교 경전(經典)을 번역하고 종교적인 작품을 썼다. 그러나 문학적인 명성을 얻게 된 것은 그의 시, 특히 드넓은 남부 산천에서 영적(靈的)인 감흥을 얻은 데서 비롯되었다. 주로 자연 시인으로 알려져 있으며, 환상적(幻想的)이고도 내용이 풍부하였던 그의 시는 당시의 시풍(詩風)을 선도하였다.

물려받은 많은 재산으로 자연미로 이름난 고향 시녕의 옛집을 수축하고, 일족노복(一族奴僕) 몇백 명을 거느리는 한편, 산수를 찾아다니면서 주연(酒宴)을 폈으므로 모반(謀叛)의 뜻이 있다고 자주 상주(上奏)되어 마침내 광둥성(廣東省) 광저우(廣州)에서 참죄(斬罪)에 처하여졌다.

고향에서 지은 〈산거부(山居賦)〉를 비롯한 그의 시는 호방하면서도 섬세하고 풍운(風雲)이 넘쳐 있다. 일찍이 평론가들은 그와 같은 고향이며 같은 시대의 시인인 도연명(→139)의 목가적(牧歌的)인 전원시(田園詩)보다 그의 산수시(山水詩)를 높이 평가하였다. 도연명의 시가 기교를 부리지 않고 평탄하였던 데 비하여 한 자 한 구절을 갈고 닦아, 애써 자연의 모습을 객관적으로 포착함으로써 종래의 서정(抒情)을 주로 하는 중국 문화사에 산수시의 길을 열어 놓았다.

운율(韻律)이 갖추어진 격조 높은 그의 작품은, 족제(族第) 사혜련(謝惠連, 407~433)이나 안연지(顔延之, 384~456, 중국 육조 시대 송나라의 문인)·포조(→492) 등의 작품과 함께 제나라와 양나라에 이어져, 마침내 당(唐)나라(618~907)의 율시(律詩)와 절구(節句)를 낳게 한 큰 힘이 되었다. 안연지·포조와 함께 '원가(元嘉) 3대 작가'로 꼽히며, 사영운을 '대사(大謝)', 제나라의 사조(→219)를 '소사(小謝)'라고 하며, 사조·사혜련과 그를 합쳐 '삼사(三謝)'라고 한다.

〈문선(文選)〉[소명 태자(→236)가 엮은 시문집. 모두 30권. 〈소명 문선(昭明文選)〉이라고도 한다.]에서도 그의 시는 다른 육조 시대 시인들의 시보다 많이 실려 있으며, 지은 책으로 〈사강락집(謝康樂集)〉이 있다.

217

사우다

Saudá 1713 ~ 1781

인도의 우르두 어(語)(Urdu language) 시인.

본명(本名)은 미르자 무함마드 라피 사우다(Mirza Muhammad Rafi Sauda).

인도 북부 델리(Delhi)에서 태어났다.

미르[Mir, 1723~1810, 인도의 우르두 어 시인. 본명은 미르 타키 미르(Mir Taqi Mir)]와 함께 이른바 '미르와 사우다 시대'를 구축하였다.

1757년(44세) 델리를 떠나 오우드 번 왕국(Oudh藩王國)으로 옮겨 만년(晩年)은 북부 우타르프라데시(Uttar Pradesh) 주의 주도(州都) 러크나우(Lucknow)에서 보냈다.

그의 시는 페르시아 어(Persian language)의 비유와 관용구를 많이 도입한 화려한 시구(詩句)와 기교적인 구성이 특징이다. 송시(頌詩)와 풍자시의 거장(巨匠)으로, 당시에는 그에 서로 맞설 만한 시인이 없었다.

죽은 뒤에 〈사우다 전집〉(1803)이 출판되었다.

218

사이교

西行 1118. 2. 16. ~ 1190. 3. 23.

일본의 승려이며 시인.

사토 노리키요(佐藤義淸)라고도 하며, 혼슈(本州) 남서부 기이 반도(紀伊半島) 와카야마현(和歌山縣) 고야산(高野山)에서 입적(入寂)하였다.

아버지 사토 야스키요(佐藤康淸)의 뒤를 이어 무사(武士)가 되었다. 당시는 화려한 궁정(宮廷) 생활을 특징으로 하는 헤이안 시대(平安時代, 794~1192)가 12세기 후반 차츰 내란기(內亂期)로 전환되는 때였으므로 재난이 곧 닥칠 것이라는 불안이 일본을 지배하였고, 그도 다른 사람들과 마찬가지로 이러한 불안에 짓눌렸다.

1135년(17세) 좌병위위(左兵衛尉)가 되고, 1137년(19세) 도바(鳥羽, 1103~1156, 일본의 제74대 천황. 재위 1107~

1123) 상황(上皇)의 북면무사(北面武士)가 되었다가, 1141년(23세) '사이교'라는 법명(法名)을 받아 승려가 되었다. 출가(出家) 직후 구라마산(鞍馬山)에 은거하였으며, 1144년(26세) 혼슈 동북부 도호쿠(東北) 지방으로 여행을 떠났다가 1149년(31세) 고야산에 다시 은거하였다. 1168년(50세) 고야산을 떠나, 1190년(72세) 입적하기 전까지 일본 전역을 두루 돌아다니며 일생을 보냈다. 그 동안 정기적으로 궁정 의식(儀式)에 참여하러 교토(京都, 794~1868년 일본의 수도)에 돌아오곤 하였다.

단카[短歌, 하이쿠(俳句, 5·7·5의 3구 17자로 구성된 일본 고유의 짧은 시)와 더불어 일본의 전통적 시가(詩歌)를 대표하는 단시(短詩). 정형시(定型詩)로, 5구 31음절로 되어 있다.]의 대가(大家) 중 한 사람으로, 주로 자연, 특히 꽃과 달에 대한 사랑, 그리고 불교에 대한 헌신을 시로 표현하였다. 2,000여 수(首)가 넘는 와카[和歌, 중국의 한시(漢詩)와 대조되는 것으로, 일본 고유의 시]를 지었다고 하는데, 많은 작품 가운데 중요한 것으로 선집(選集) 〈미모스소가와 우타아와세(御裳濯河歌合)〉와 〈산카슈(山家集)〉가 있다. 전자는 자신이 지은 시들을 한 수씩 짝지어 우열을 가리게 한 걸작시이다. 그의 시는 대부분 8번째 칙찬 와카집(勅撰和歌集) 〈신고킨와카슈(新古今和歌集)〉(모두 20권, 1,978수, 1205)에 실려 있다.

후세 시인들, 특히 하이쿠의 대가 마쓰오 바쇼(→152)에게 많은 영향을 주었으며, 그의 생애와 작품은 많은 이야기와 희곡, 인형극의 주제가 되었다.

219

사조

謝朓 464 ~ 499

중국 육조 시대[六朝時代, 222~589, 중국 삼국 시대 오(吳)나라(222~280)·동진(東晉, 317~419)과 남조(南朝)의 송(宋)나라(420~479)·제(齊)나라(479~502)·양(梁)나라(502~557)·진(陳)나라(557~589)를 합한 시대] 제나라의 시인.

자(字)는 현휘(玄暉).

아버지는 산기시랑(散騎侍郎), 어머니는 송나라의 장성 공주(長城公主)인 귀족의 아들로, 허난성(河南省) 진군(陳郡) 양하[陽夏, 지금의 타이강(太康)]에서 태어났다.

안후이성(安徽省) 선성군(宣城郡) 태수(太守)를 지냈으므로 '사선성(謝宣城)'이라고도 한다.

제나라의 영명 연간(永明年間, 483~493)에 무제[武帝, 440~493, 중국 남조 제나라의 제2대 황제. 재위 482~493. 소색(蕭賾)]의 둘째 아들 소자량[蕭子良, 460~494. 경릉왕(竟陵王)]은 많은 문학사(文學士)들을 두었는데, 그도 소연[蕭衍, 464~549, 중국 양나라의 창건자이며 초대 황제. 재위 502~549. 무제(武帝)]·심약(沈約, 441~513, 중국 남조 시대 양나라의 문학가)·왕융(王融, 467~493) 등과 함께 소자량의 저택에 드나들었다. '영명체(永明體)'라는 음조(音調)에 뜻을 담은 시풍(詩風)은 이 무렵에 생겼는데, 여기에 관여한 작가 중에서 가장 뛰어났다.

서경(敍景)에 뛰어나고, 남조 송나라의 사영운(→216)의 산수시(山水詩)를 이어받았으며, 미(美)를 통찰(洞察)하는 감수성이 예민하였다. 사영운을 '대사(大謝)', 그를 '소사(小謝)'라고 하며, 사영운·사혜련(謝惠連, 407~433)과 그를 합쳐 '삼사(三謝)'라고 한다.

시는 오언체(五言體)에 뛰어났고, 사경(寫景)에 묘하며 청신(淸新)한 기풍이 풍부하였다. 사영운의 시풍과 비슷하였는데, 착상과 표현은 사영운보다도 섬세하였다.

그의 시는 당대(當代)에도 칭찬을 받았고, 당시(唐詩)를 앞장서서 개척하였으며, 당나라의 시인 두보(→143)·이백(→369)도 그를 높이 평가하였다. 또한 심약은 그의 오언시(五言詩)를 '200년 이래 이러한 시는 찾아볼 수 없었다.'라고 극구 찬양하였다.

상서이부랑(尙書吏部郞)에 발탁되었으나 황제 폐위 음모에 말려들어 35세로 옥사(獄死)하였다.

남아 있는 〈사선성 시집(謝宣城詩集)〉(모두 5권)은 누소(樓炤, 1073~1145, 중국 남송의 문신이며 학자)가 10권의 책에서 부(賦)와 시(詩)만을 골라 펴낸 것이다.

220

사카이 호이쓰

酒井抱一 1761. 8. 1. ~ 1829. 1. 3.

일본의 화가이며 시인.

본명(本名)은 사카이 다다나오(酒井忠因).

에도(江戶, 지금의 도쿄)에서 태어났으며, 이곳에서 죽었다.

봉건(封建) 영주(領主)를 형으로 둔 덕분에 폭넓은 예술적 소양을 닦을 수 있었다.

1797년(36세) 건강상의 이유로 승려가 되어 교토(京都,

794~1868년 일본의 수도) 니시혼간지(西本願寺)에 적(籍)을 두고 높은 지위에까지 올라갔다.

1809년(48세)부터 에도의 네기시(根岸)에 은거하면서 재능 있는 예술 애호가로 활동하였다.

여러 유파(流派)의 거장(巨匠)들에게 그림을 배웠는데, 특히 오가타 고린(尾形光琳, 1658~1716, 일본의 화가)의 장식적 화풍(畫風)에 영향을 받고 그의 화풍을 부흥시켰다. 오가타 고린의 100주기(周忌)를 기념하여 〈고린햐쿠즈(光琳百圖)〉·〈오가타류랴쿠인후(尾形流略印譜)〉를 펴냈다. 이 작품집들로 말미암아 오가타 고린의 예술은 사후(死後)에도 큰 영향력을 떨쳤다.

고전(古典)을 부흥시키는 데 이바지하였을 뿐 아니라 화가로는 물론 하이쿠(俳句, 5·7·5의 3구 17자로 구성된 일본 고유의 짧은 시) 시인으로도 성공을 거두었다.

병풍화(屛風畫) 〈가슈소즈(夏秋草圖)〉(도쿄국립박물관)가 있다.

221

사토 하루오

佐藤春夫 1892. 4. 9. ~ 1964. 5. 6.

일본 시인이며 소설가·문학 평론가.

대대로 의사를 지낸 집안으로, 혼슈(本州) 남서부 기이 반도(紀伊半島) 와카야마현(和歌山縣) 히가시무로군(東牟婁郡)에서 태어났으며, 도쿄 자택에서 방송용 자서전(自敍傳) 녹음 도중에 죽었다.

1910년(18세) 도쿄 게이오기주쿠대학(慶應義塾大學) 예과(豫科) 문학부에 입학하여 시가(詩歌)에 전념하였다. 일찍부터 시재(詩才)와 평론의 재능을 발휘하였으며, 요사노 히로시(與謝野寬, 1873~1935, 일본의 시인)·요사노 아키코(→321) 부부가 주재(主宰)하는 신시샤(新詩社)에 가입하였고, 이쿠타 조코(生田長江, 1882~1936, 일본의 소설가이며 번역가)에게 배웠다.

1914년(22세) 대학을 중퇴하고 〈미타분가쿠(三田文學)〉(계간 문예지, 1910년 5월 창간)·〈스바루(昴星, スバル)〉[반자연주의(反自然主義, antinaturalism)적 잡지, 1909년 1월 창간] 등에 시가를 발표하였으며, 그림에도 흥미를 느껴 이과전(二科展)[제2회 〈자화상(自畫像)〉·〈정물(靜物)〉, 제3회 〈고양이와 여인(猫と女の畫〉·〈여름 풍경(夏の風景)〉, 제4회 〈우에노 정거장 부근(上野停車場附近)〉·〈정물〉]에 입선하기도 하였다.

1916년(24세) 처녀작이라고 할 수 있는 단편 소설 〈에스파냐 개가 있는 집(西班牙犬の家)〉[이와나미분코(岩波文庫)]이 일부의 주목을 끌었으며, 1917년(25세) 다니자키 준이치로(谷崎潤一郎, 1886~1965, 일본의 소설가)와 알게 되면서 작품과 생활면에 크게 영향을 받았다.[두 사람의 우정은 1915년 결혼한 아내 이시카와 지요코(石川千代子, 1896~?)가 1921년부터 사토 하루오와 깊은 관계를 맺으면서 깨졌고, 1930년 이혼, 같은 해 그녀는 사토 하루오와 결혼하였다.]

1918년(26세) 첫 창작집 〈병든 장미(病める薔薇)〉(이와나미분코)를 펴냈는데, 특이한 감각과 신경을 발휘한 단편집으로 높이 평가되었다.

1919년(27세)에 펴낸 산문시(散文詩, prose poem) 〈전원의 우울(田園の憂鬱)〉[신초샤(新潮社)]에서, 현실 생활에서의 평범과 지나친 감수성과의 격차로 말미암아 고뇌하는 권태로운 시정(詩情)을 세밀하게 서술하여 그의 문학의 특색을 결정지었다. 연인(戀人)과의 애절한 이별의 슬픈 심정을 노래한 처녀 시집 〈순정 시집(殉情詩集)〉(1920)을 비롯하여 소설 〈도시의 우울(都會の憂鬱)〉(1922년 발표, 이와나미분코, 1923년 펴냄)·〈너무나 쓸쓸하다(佗しすぎる)〉[개조사(改造社), 1923]·〈창이 열리다(窓展く)〉(개조사, 1924)·〈여계선기담(女誡扇綺談)〉[다이이치쇼보(第一書房), 1925] 등을 발표하였다.

중국 문학과 한시(漢詩)에도 조예가 깊어 〈이태백(李太白)〉[이립사(而立社), 1924] 등 많은 번역 시집을 펴냈고, 몇 편의 장편 소설도 썼다.

자유롭고 아름다운 언어를 구사(驅使)하여 전통적인 시풍(詩風)에 새로운 사상과 감정을 일으켜 20세기 전반 일본의 전통적·고전적 서정시의 제1인자로 평가되는 지성인으로 일컬어졌으며, 평론·수필집 〈따분한 읽을거리(退屈讀本)〉(신초샤, 1926)는 명저(名著)로 꼽힌다.

1938년(46세) 중·일 전쟁[中日戰爭(Second Sino-Japanese War), 1937. 7. 7.~1945. 9. 2.]에 참전(參戰), 우한 작전(武漢作戰, 1938. 8. 22.~10. 27.)에 종군(從軍)하였고, 2차 대전(1939. 9. 1.~1945. 9. 2.) 중인 1943년(51세)에는 말레이시아와 자바에 작가로 종군하였다.

만년(晩年)에는 일종의 전기(傳記) 문학풍의 작품을 시도하여 요사노 아키코를 추모(追慕)하는 소설 〈아키코 만다라(晶子曼陀羅)〉[고단샤(講談社), 1954] 등의 역작(力作)을 남겼다.

1948년(56세) 일본 예술원(藝術院) 회원으로 선출되었고, 1952년(60세) 〈사토 하루오 전시집(佐藤春夫全詩集)〉으로 제4회 요미우리 문학상(讀賣文學賞, 시 부문), 1954년(62세) 〈아키코 만다라〉로 요미우리 문학상(소설 부문), 1960년(68세) 문화 훈장을 받았다.

222

살도랄

薩都剌 1272?～1355?

중국 원(元)나라(1271~1368)의 시인.

자(字)는 천석(天錫), 호(號)는 직재(直齋).

색목인(色目人) 이슬람교 간부층인 몽골의 타시만부(答失蠻部) 출신의 선교사로, 할아버지 대에서부터 산시성(山西省) 옌먼(雁門)에서 살았다.

1327년(55세) 진사시(進士試)에 급제(及第)하여 어사(御使)로 등용(登用)되었고, 지방관(地方官)이 되어 여러 곳에 부임하였다. 권력자를 탄핵(彈劾)하여 좌천(左遷)되었다가, 회서강북도(淮西江北道) 경력(經歷)이 되었다.

이슬람 출신으로 소수 민족이었지만, 한어(漢語)에 정통하고 한민족의 옛 문화에 대한 대단한 소양을 가졌으며, 재주가 뛰어났고, 시와 사(詞)를 잘 지었다.

몽골의 풍습과 변방의 풍경을 그린 〈상경즉사(上京卽事)〉는 변새시(邊塞詩) 가운데에서도 독특한 면이 있으며, 〈과가흥(過嘉興)〉에서는 강남의 수려한 강(江) 풍경을 매우 신선한 지방적인 색조로 읊고 있다. 〈과거용관(過居庸關)〉·〈조발황하즉사(早發黃河卽事)〉 등은 전쟁의 참혹한 면을 폭로하여 평화에 대한 갈망을 드러내기도 하고 백성들의 고통을 동정하고 수탈을 일삼는 자들의 사치와 음란한 생활을 비난하기도 하는 등 사상성이 비교적 강하였다. 〈금릉회고(金陵懷古)〉·〈등석두성(登石頭城)〉·〈만강홍(滿江紅)〉·〈백자령(百字令)〉 등에서는 부귀와 영화는 뜬구름과 같으며 오직 자연 산수(山水)만이 영원하다는 감회를 표현하고 있는데, 정조(情調)가 침울하고도 감상(感傷)에 젖어 있다.

만년(晩年)에는 저장성(浙江省) 무림[武林, 지금의 항저우(杭州)]에 살면서, 명승(名勝)을 두루 찾아다니며 산수에 노닐고 경승(景勝)에 취하여 시를 읊으면서 시경(詩景)을 즐겼다. 신선한 서정성(敍情性)과 함께 당시(唐詩)의 격조를 갖춘 호방한 일면을 지닌 그의 시풍(詩風)은, 원나라 말기의 새로운 면을 개척하여 루쉰[魯迅, 1881~1936, 20세기 중국 문학의 거장. 본명(本名)은 저우수런(周樹人). 저우쭤런(周作人, 1885~1967, 중국의 학자이며 수필가·번역가)의 형]을 비롯한 많은 애독자들이 있었다.

시는 특히 서정에 뛰어나 유려한 '궁사(宮詞)'의 작자로 알려져 있을 뿐 아니라 청신함과 호매함도 겸비하여, 게혜사(揭傒斯, 1274~1344, 중국 원나라의 학자)·범형(范梈, 1272~1330, 중국 원나라의 시인)·양재(楊載, 1271~1323, 중국 원나라의 시인)·우집(→326) 등과 전후하여 당대(當代) 시단(詩壇)에 새로운 시풍을 열었다.

할아버지 때부터 옌먼에서 산 인연으로 시집의 이름을 〈옌먼집(雁門集)〉(모두 14권)이라고 하였고, 이 밖의 저서로 〈집외집(集外集)〉과 〈천석사(天錫詞)〉 등이 있다. 그의 전기(傳記)는 1920년 커사오민(柯劭忞, 1848~1933, 중국의 국학자이며 역사가)이 〈원사(元史)〉의 내용을 보완하여 257권으로 새로 편찬한 기전체(紀傳體) 사서(史書) 〈신원사(新元史)〉에 실려 있다.

223

상관의

上官儀 608～665. 1. 4.

중국 당(唐)나라(618~907)의 정치가이며 시인.

자(字)는 유소(遊韶).

허난성(河南省) 산저우(陝州) 산현(陝縣)에서 태어났다.

627년(19세) 진사시(進士試)에 급제(及第)하여 홍문관(弘文館) 직학사(直學士)를 거쳐 비서소감(祕書少監)이 되었다. 태종[太宗, 599~649, 중국 당나라의 실질적인 창건자이며 제2대 황제. 재위 626~649. 이세민(李世民)]의 작시(作詩) 상담역을 지냈고, 육조 시대[六朝時代, 222~589, 중국 삼국 시대 오(吳)나라(222~280)·동진(東晋, 317~419)과 남조(南朝)의 송(宋)나라(420~479)·제(齊)나라(479~502)·양(梁)나라(502~557)·진(陳)나라(557~589)를 합한 시대]의 화려함을 이어받아 섬세한 기교를 구사(驅使)한 시풍(詩風)은 당시 '상관체(上官體)'라고 일컬어져 크게 유행하였다.

고종[高宗, 628~683, 중국 당나라의 제3대 황제. 재위 649~683. 이치(李治)] 때 서대시랑(西臺侍郎)이 되어, 664년(56세) 폐태자(廢太子) 이충(李忠, 643~664)과 함께 측천무후(則天武后, 624~705, 중국 당나라의 제3대 황제 고종의 아내. 중국 역사상 유일한 여황제. 재위 690~705)의 전횡

(專橫)을 억압하려는 고종을 도와 측천무후의 폐위를 꾀하였으나 실패하여 투옥되었다가 처형되었다.

그의 손녀 상관완아(上官婉兒, 664~710)는 재색(才色)을 겸비한 여류 문인(文人)이며 궁인(宮人)으로, 측천무후의 총애를 받으며 중종(中宗, 656~710, 중국 당나라의 제4대 황제. 재위 705~710) 때에도 권세를 누리다가 현종[玄宗, 685~762, 중국 당나라의 제6대 황제. 재위 712~756. 이융기(李隆基)]에게 살해되었다.

224

서기

徐璣 1162 ~ 1214

중국 남송(南宋, 1127~1279)의 시인.

자(字)는 문연(文淵) 또는 치중(致中), 호(號)는 영연(靈淵).

저장성(浙江省) 융자(永嘉)에서 태어났다.

섭적(葉適, 1150~1223, 중국 남송의 철학자)의 문하(門下)에서 배우고, 중·만기(中晚期) 당(唐)나라(618~907)의 시풍(詩風)을 주종(主宗)으로 삼았다.

현관(縣官)에서 무당령(武當令)을 거쳐 장태령(長太令)에 올랐지만 나아가지 않았다. 건안(建安) 주부(主簿)와 용계승(龍溪丞) 등을 지냈다.

동향 동문(同鄕同門)인 서조[徐照, ?~1211, 자는 영휘(靈暉)]·옹권[翁卷, ?~?, 자는 영서(靈舒)]·조사수(趙師秀, 1170~1220, 자는 영수(靈秀)]와 함께 '영가학파(永嘉學派)의 4령(四靈)', 또는 '사령시파(四靈詩派)'라고 일컬어졌다.

지은 책으로 〈천산시고(泉山詩稿)〉가 있었는데 전해지지 않고, 〈이미정집(二薇亭集詩)〉과 〈산천집(山泉集)〉이 전하고 있다.

225

서정경

徐禎卿 1479 ~ 1511

중국 명(明)나라(1368~1644)의 시인.

자(字)는 창곡(昌穀)·창국(昌國).

장쑤성(江蘇省) 우셴[吳縣, 지금의 쑤저우(蘇州)]에서 태어났다.

1505년(26세) 진사시(進士試)에 급제(及第)하였고, 국자 박사(國子博士)에 올랐다.

20세까지는 당(唐)나라(618~907)의 백낙천(→200)·유우석(→344)의 쉬운 시를 좋아하였고, 육조 시대[六朝時代, 222~589, 중국 삼국 시대 오(吳)나라(222~280)·동진(東晉, 317~419)과 남조(南朝)의 송(宋)나라(420~479)·제(齊)나라(479~502)·양(梁)나라(502~557)·진(陳)나라(557~589)를 합한 시대]의 염시(艶詩)를 즐겼다.

동향(同鄕)의 축윤명(祝允明, 1460~1526, 중국 명나라의 문인이며 서예가)·당인(→137)·문징명(→163) 등과 교유(交遊)하여 '오중 사재자(吳中四才子)'라고 일컬어졌으며, 또한 변공(邊貢, 1476~1532, 중국 명나라의 문학가)·이몽양(→367)·하경명(→495)과 함께 '홍정4걸(弘正四傑)'이라고 불리었다.

진사가 되어 수도(首都)로 나아가 이몽양·하경명 등과 알게 된 뒤, 그들의 영향을 받아 한(漢, B.C.202~220)·위(魏, 225~265) 시대와 성당{盛唐, 현종[玄宗, 685~762, 중국 당나라의 제6대 황제. 재위 712~756. 이융기(李隆基)]의 개원(開元, 713)으로부터 대종[代宗, 726~779, 중국 당나라의 제8대 황제. 재위 762~779. 이예(李豫)]의 영태(永泰, 765)까지 약 50년간}의 시를 배워 '3웅(三雄)'으로 일컬어졌으며, 그들과 함께 '전칠자[前七子, 홍치 칠자(弘治七子)]'의 한 사람으로, 복고(復古)를 주창(主唱)한 전칠자 중에서 유일한 강남(江南) 출신이다.

7언은 5언보다 우수하였으며, 서정적인 절구(絕句)에 특히 능숙하여 왕창령(→317)·이백(→369)에게 뒤지지 않는다는 평을 들었다. 이를테면 '양년위객봉추절 천리고주제수제 홀견황화배추창 고원명일역중양(兩年爲客逢秋節 千里孤舟濟水際 忽見黃花倍惆悵 故園明日亦重陽)'(濟上作)의 절구 등에서 당대(當代) 시인의 풍조를 엿볼 수 있다.

지은 책으로 자선집(自選集) 〈적공집(迪功集)〉(모두 6권)과 시론(詩論) 〈담예록(談藝錄)〉이 있다. 따로 〈적공외집(迪功外集)〉과 〈별고오집(別稿五集)〉이 있으며, 대체로 이몽양·하경명과 교유하기 이전의 작품들이 실려 있다.

한편, '전칠자'는 명나라 홍치 연간(弘治年間, 1487~1505)·정덕 연간(正德年間, 1505~1521)의 7명의 문인(文人)으로, 서정경을 비롯하여 강해(康海, 1475~1540, 중국 명나라의 잡극 작가)·변공(邊貢, 1476~1532, 중국 명나라의 문학가)·왕구사(王九思, 1468~1551, 중국 명나라의 문학가)·왕정상(王廷相, 1474~1544, 중국 명나라의 사상가)·이몽양·하경명 등을 가리킨다. 뒷날 이반룡(→368)을 비롯한 7명의 후계자 '후칠자(後七子)'가 나왔으므로 이들과 구별하여 이르는 말이다. 온아함과 평담(平淡)함을 존중하던 당시의 문학에 반대하여 웅건한 작풍을 강조하였다.

'후칠자'는 사진(謝榛, 1495~1575, 중국 명나라의 문학가) · 서중행(徐中行, ?~1578, 중국 명나라의 문학가) · 양유예(梁有譽, 1521~1556, 중국 명나라의 문학가) · 오국륜(吳國倫, 1524~1593, 중국 명나라의 문학가) · 왕세정(王世貞, 1526~1590, 중국 명나라의 문학가이며 역사학자) · 이반룡 · 종신(宗臣, 1525~1560, 중국 명나라의 문학가) 등을 가리킨다. 가정 연간(嘉靖年間, 1522~1566)의 사람들이기 때문에 '가정 칠자(嘉靖七者)'라고도 한다. 우두머리는 이반룡이었는데, 일찍 죽었기 때문에 그 뒤 왕세정이 중심이 되었다. '전칠자'의 뒤를 이어 더욱 철저하게 의고주의(擬古主義, archaism)를 주창하였으며, 전한(前漢, B.C.202~A.D.9)의 문장과 성당시(盛唐詩)만을 존중하는 것을 특색으로 삼았으며, 당시의 문단(文壇)에 압도적인 세력을 가지고 있었다.

226

서정주

徐廷柱 1915. 5. 18. ~ 2000. 12. 24.

한국의 시인.

호(號)는 궁발(窮髮) · 미당(未堂). 창씨개명(創氏改名)한 이름은 다쓰시로 시즈오(達城靜雄), 본관(本貫)은 달성(達城).

아버지 서광한(徐光漢, ?~1942)과 어부(漁父) 과붓집 딸인 어머니 김정현(金貞賢)의 3남 2녀 중 맏아들로, 전라북도 고창군(高敞郡) 부안면(富安面) 선운리(仙雲里)에서 태어났으며, 1970년(55세)부터 30년 동안 서울 관악구(冠岳區) 남현동(南峴洞) 관악산 기슭 봉산산방(蓬蒜山房)에서 살다가, 삼성서울병원에서 죽었다.

아버지는 노름빚 때문에 풍비박산난 집안을 살리기 위하여 소년 훈장 노릇을 하였고, 고창 군청 측량 기사(技士)를 거쳐 호남의 대지주(大地主) 김기중[金祺中, 1859~1933, 조선의 육영 사업가. 김성수(金性洙, 1891~1955, 한국의 정치가이며 교육자 · 언론인. 제2대 부통령. 재임 1951. 5. 17.~1952. 5. 29.)의 큰아버지이며 양부(養父)]의 집에서 오랫동안 마름 노릇을 하였다.

향리(鄕里)의 사숙(私塾)에서 한자를 공부한 뒤, 김기중 · 김경중(金暻中, 1863~1945, 조선의 관리. 김성수의 생부) 등이 설립한 줄포공립보통학교(茁浦公立普通學校)에 들어가 5~6학년 과정을 한 해에 마쳤다.

1929년(14세) 김성수가 경영하던 중앙고등보통학교(中央高等普通學校, 지금의 중앙중 · 고등학교)에 입학하였다가, 광주 학생 운동(光州學生運動, 1929. 11. 3.)을 계기로 1930년(15세) 중앙고보에서 일어난 학생 운동에 참가하여 구속되었으나, 나이가 어리다는 이유로 기소 유예되어 석방되었다. 아버지는 이 일로 말미암아 김성수 집안의 마름일을 그만두었다.

1931년(16세) 고창고등보통학교에 편입하였으나 곧 자퇴(自退)하였고, 그 해 초겨울 아버지 돈 3백 원을 훔쳐 서울로 올라와 경성부립도서관(京城府立圖書館) 종로분관(鐘路分館)에서 이듬해 여름까지 일본어로 번역된 서양 문학 작품을 탐독하며 지냈다.

1933년(18세) 가을에는 서울 마포구(麻浦區) 도화동(桃花洞)에서 빈민 구제 활동을 벌이고 있던 일본인 하마다(濱田)의 운동에 참가, 톨스토이즘[Tolstoyism, 톨스토이(Lev Nikolaevich Tolstoi, 1828~1920, 19세기 러시아 문학을 대표하는 작가)의 사상이나 주장. 흔히 그의 무정부주의(無政府主義, anarchism)나 인도주의(人道主義, humanitarianism)를 이른다.]을 실현시킨다며 넝마주이로 떠돌아다녔다. 그 해 겨울, 동대문 밖 개운사(開運寺) 대원암(大圓庵)에서 박한영[朴漢永, 1870~1948, 한국의 고승(高僧). 정호(鼎鎬)] 문하(門下)에 들어가 불경(佛經)을 공부하였으며, 금강산(金剛山)에 구도(求道) 여행을 다녀왔다. 한편 이 해 12월 24일치 〈동아일보〉에 '열흘 전에 일본 간 내 아들에게 편지를 써 달라고 종남 어머니가 봉투를 가지고 왔다'라는 부제(副題)가 붙은 시 〈그 어머니의 부탁〉을 발표하였다.

1935년(20세) 박한영의 권유로 중앙불교전문학교[中央佛敎專門學校. 동국대학교(東國大學校)의 전신(前身)]에 입학하였다가 1936년(21세) 중퇴하였다.

1936년 8월 9일치 〈동아일보〉에 시 〈감꽃〉을 발표하였고, 같은 해 〈동아일보〉 신춘 문예 시 부문에 〈벽〉이 당선되어 등단(登壇)한 뒤, 김광균(→48) · 김달진(→58) · 김동리(→60) · 여상현(呂尙玄, 1914~?, 북한의 시인) · 오장환(→298) · 함형수(→508) 등과 함께 〈시인부락〉(격월간 문예 동인지. 1936. 11.~1937. 12. 통권 5호로 종간)을 창간하여 주간(主幹)을 맡으면서 창간호에 〈문둥이〉, 제2호(1936. 12.)에 〈화사〉 등을 발표하면서 본격적인 작품 활동을 시작하였다.

1937년(22세)에는 김광균·민태규(閔泰奎)·박재륜(朴載崙, 1910~2001, 한국의 시인)·신백수(申百秀, 1915~1946, 한국의 시인이며 소설가)·신석초(→256)·오장환·윤곤강(→357)·이병각(李秉珏, 1910~1941, 한국의 시인)·이성범(李成範, 1915~?, 한국의 시인)·이육사(→390)·정호승(→449)·함형수 등과 함께 〈자오선〉(시 전문 동인지. 1937. 11. 10. 창간호로 종간) 동인(同人)으로 참여하여 시 〈입맞춤〉을 발표하였다.

1938년(23세) 5살 아래인 전라북도 정읍(井邑) 출신의 방옥숙(方玉淑, 1920~2000)과 결혼하여 슬하에 2남[서승해(徐升海, 1940~, 미국 노스캐롤라이나 주 변호사)와 서윤(徐潤, 1957~, 미국 앨라배마주립대학교 의과대학병원 내과의사)] 5녀를 두었다.[처제(妻弟) 방옥례(方玉禮, 1938~?)는 1954년 1월 서울에서 최남선(→480)의 주례(主禮)로 김관식(→47)과 혼인, 서정주와 김관식은 동서(同壻) 간이다.]

같은 해 6월 22일 조선총독부(朝鮮總督府)의 종용에 따라 김성수·김활란(金活蘭, 1899~1970, 한국의 여성 운동가이며 교육자)·방응모[方應謨, 1890~1950, 한국의 언론인. 조선일보사(朝鮮日報社) 제9대 사주(社主). 재임 1933. 3.~1950. 7.] 등이 자발적인 총후(銃後) 봉사 활동을 내세우며 전시(戰時) 동원 선전 조직으로 '국민정신총동원조선연맹(國民精神總動員朝鮮聯盟)'을 결성하였는데, 여기에 김동환(→63)·모윤숙(→159)·이광수(李光洙, 1892~1950, 한국의 소설가)·최남선(→480) 등과 동참하여 일상 생활에서의 일본화를 주장하였다.

1930년대 후반에는 오장환·이용악(→388)과 함께 '시단(詩壇)의 3대 천재', 또는 '시삼재(詩三才)'로 일컬어졌다.

1940년(25세) 고창 군청의 임시 고용원으로 서무일을 거들다가, 그 해 가을 만주(滿洲)로 가서 만주양곡주식회사(滿洲糧穀株式會社)에 취직하여 겨울을 났다.

1941년(26세) 서울로 돌아왔으며, 2월 처녀 시집 〈화사집〉을 펴냈다. 〈문둥이〉·〈자화상〉·〈화사〉 등 그 동안 쓴 시 24편을 실은 이 시집에서 인간의 원죄(原罪) 의식과 전율·통곡·형벌·비원(悲願) 등의 운명적 업고(業苦)를 시화(詩化)하였다. 같은 해 〈문들레꽃〉·〈살구꽃 필 때〉·〈엉겅퀴꽃〉·〈귀촉도〉를 발표하였는데, 초기의 원죄적 형벌과 방황에서 벗어나 동양적인 사상으로 접근하여 분열이 아닌 화해를 주제로 삼았다. 같은 해 동대문여학교(東大門女學校)와 동광학교(東光學校)에서 1년간 학생들을 가르쳤으며, 〈옥루몽(玉樓夢)〉 등 한문 소설 번역일을 하다가 1942년(27세) 늦가을 부친상을 당하여 고향으로 내려갔다가 유산(遺産)을 정리하고 서울로 다시 올라왔다.

같은 해 최재서(崔載瑞, 1908~1964, 한국의 영문학자이며 문학 평론가)의 주선으로 인문사에 입사하여 1944년(29세)까지 〈국민문학〉(친일 월간 문예지. 1941. 11.~1945. 2. 통권 38호로 종간)과 〈국민시가(國民詩歌)〉(친일 월간 문예지) 편집일을 하면서 본격적으로 친일(親日) 작품들을 양산하였다. 창씨개명한 '다쓰시로 시즈오'로 〈매일신보〉[한국어 일간지. 1904년 7월 18일 배설(裵說, 1872~1909, Ernes Thomas Bethell, 대한제국 때의 영국의 언론인)이 창간한 〈대한매일신보(大韓每日申報)〉를 일제(日帝)가 사들여 1910년 8월 30일부터 '대한' 두 자를 떼고 〈매일신보(每日申報)〉로 제호(題號)를 바꾸었다가, 1938년 4월 29일 〈매일신보(每日新報)〉로 바뀌었고, 1945년 11월 23일 〈서울신문〉으로 바뀌어 오늘에 이르고 있다.]에 평론 〈시의 이야기-주로 '국민시가'에 대하여〉를 비롯하여 〈인보의 정신〉·〈스무 살 된 벗에게〉·〈징병 적령기의 아들을 둔 조선의 어머니에게〉·〈항공일에〉·〈경성 사단 대연습 종군기〉·〈최 체부의 군속 지원〉·〈헌시〉·〈보도행〉·〈무제〉·〈마쓰이 오장 송가〉 등을 잇달아 발표하였다. 이 작품들에서 학도병(學徒兵) 지원을 권유하거나 징병의 정당화 내지는 신성화(神聖化)를 노골적으로 드러내었으며, 일제의 군국주의(軍國主義, militarism) 파시즘(fascism) 정책에 동조하여야 한다는 당위성을 강조하거나 태평양 전쟁(太平洋戰爭, 1937. 7. 7.~1945. 8. 15.)을 일본인들의 표현대로 성전(聖戰)으로 미화(美化)하였다.

1946년(31세) 4월 4일에는 김진섭(金晉燮, 1903~?, 한국의 수필가이며 독문학자)·박종화(→190)·이하윤(→408) 등이 중심으로 있던 중앙문화협회(中央文化協會)의 불투명한 성격을 거부하고, 곽종원(郭鍾元, 1915~2001, 한국의 문학 평론가)·곽하신(郭夏信, 1920~?, 한국의 소설가)·김갑순(金甲順)·김광주(→51)·김남중(金南中, 1917~1987, 한국의 언론인이며 수필가)·김달진·김동리·김상옥·김수돈(→74)·김춘수(→95)·김현승(→99)·박두진(→177)·박목월(→178)·박용덕[朴容德, ?~?, 〈단층(斷層)〉 편집·발행인]·박용구(朴容九, 1923~1999, 한국의 소설가)·백완기(白完基, 1914~?, 한국의 문학 평론가)·설창수(→230)·여세기(呂世基)·오영수(吳永壽, 1914~1979, 한국의 소설가)·유동준(俞東濬, 1921~, 한국의 문학 평론가)·유치환

(→350)·이경순(李敬純, 1905~1985, 한국의 교육자이며 시인)·이광래(李光來, 1908~1968, 한국의 연극인)·이설주(李雪舟, 1908~2001, 한국의 시인)·이영도(→384)·이윤수(李潤守, 1914~1997, 한국의 시인)·이재춘(李在春)·이정호(李正浩, 1927~1991, 한국의 시인이며 언론인)·이한직(→409)·임서하(任西河, ?~?, 한국의 소설가)·정진업(鄭鎭業, 1916~1983, 한국의 시인이며 연극인)·조연현(→459)·조지훈(→461)·조진대(趙眞大, 1920~?, 한국의 소설가)·조향(→463)·최인욱(崔仁旭, 1920~1972, 한국의 소설가)·최태응(崔泰應, 1917~1998, 한국의 소설가)·황순원(→521) 등과 함께 조선청년문학가협회(朝鮮青年文學家協會)를 결성[1949년 12월 17일 한국문학가협회(韓國文學家協會)가 결성됨에 따라 발전적으로 해산]하여 시 분과 위원장으로 활동하였고, 한국문학가협회에서도 시 분과 위원장을 맡았다.

또한 김수돈·김춘수·박목월·유치환·이호우(→410)·조향 등과 함께 〈노만파(魯漫派)〉(시 동인지. 제4호 발간 후 폐간) 동인으로도 활동하였다.

1946년 최재서와 함께 부산(釜山) 남조선대학[南朝鮮大學, 동아대학교(東亞大學校)의 전신] 전임 강사로 있으면서 김좌진(金佐鎭, 1889~1930, 한국의 독립 운동가) 전기(傳記)를 쓰다가, 1947년(32세) 민중일보사(民衆日報社) 사장이며 이승만박사기념사업회(李承晩博士紀念事業會) 회장이던 윤보선(尹潽善, 1897~1990, 한국의 제4대 대통령. 재임 1960~1962)의 주선으로 이승만(李承晩, 1875~1965, 한국의 독립 운동가이며 초대 대통령. 재임 1948~1960)의 전기를 집필하기 위하여 학교를 그만두고 서울로 올라왔다[1949년 10월 삼팔사(三八社)에서 〈이승만 박사전〉이라는 제목으로 출판하였는데, 출판되자마자 이승만의 지시로 발매 금지 처분을 당하였다가, 1995년 화산문화기획(華山文化企劃)에서 〈우남 이승만전〉으로 출판되었다.].

1948년(33세) 김성수가 경영하는 동아일보사에 입사하여 잠깐 동안 사회부장과 문화부장을 지냈으며, 정부 수립과 동시에 문교부 초대 예술과장으로 부임하였다가 11개월 만에 사임하였다.

1949년(34세) 박목월·조지훈과 함께 평론집 〈시 창작법〉, 1950년(35세) 3월에는 김소월(→73)·김영랑(→79)·박용철(→185)·신석정(→255)·이상(→374)·이상화(→378)·이장희(→395)·한용운(→503)의 작품을 엮은 〈작고 시인선〉과 박두진·박목월·조지훈과 함께 4인 시집 〈현대 시집 Ⅲ〉을 펴냈다.

한국 전쟁(Korean War, 1950. 6. 25.~1953. 7. 27.)이 일어났을 때에는 문총구국대(文總救國隊) 육군종군작가단[陸軍從軍作家團, 1951년 5월 26일 대전(大田)에서 결성]에서 활동하였다. 이 무렵 자살 유혹과 극심한 실어증(失語症)에 시달렸다.

1952년(37세)에는 광주(光州) 조선대학교(朝鮮大學校) 부교수로 취임하였다.

1954년(39세)에는 김현승·박흡(→195)·신석정·이동주(→365)·이석봉(李石奉, 1928~1999, 한국의 여류 소설가)·장용건(張龍健) 등과 함께 〈신문학(新文學)〉(계간 문예 동인지) 창간에 참여하여 동인으로 활동하였으며, 서라벌 예술대학[중앙대학교(中央大學校) 예술대학의 전신] 강사로도 출강하였다.

1956년(41세) 6월에 펴낸 〈서정주 시선〉에서는 〈국화 옆에서〉를 비롯하여 〈무등을 보며〉·〈상리과원〉·〈춘향 유문—춘향의 말·3〉·〈추천사—춘향의 말·1〉·〈다시 밝은 날에—춘향의 말·2〉·〈풀리는 한강 가에서〉 등으로 한민족의 전통적 한(恨)과 자연과의 화해를 읊었고, 〈기도〉·〈학〉 등에서는 원숙한 자기 통찰(洞察)과 달관(達觀)을 보여 주고 있다. 이와 같은 달관적인 세계는 시집 〈신라초〉에 이르러 새로운 질서로 확립되기에 이르렀다.

1968년(53세)에 펴낸 시집 〈동천〉에서는 불교의 상징 체계에 대한 관심이 엿보인다. 이 시집에 실린 〈푸르른 날〉은 송창식(宋昌植, 1947~, 한국의 가수)이 곡을 붙여 노래로 널리 불렸다.

1981년(66세) 전두환(全斗煥, 1931~, 한국의 군인이며 제11·12대 대통령. 재임 1980. 9.~1988. 2.) 대통령 후보 텔레비전 지원 연설을 하였고, 1986년(71세) 10월에는 민중 문학을 비판하는 〈문학정신(文學精神)〉(월간 종합 문예지)을 창간, 운영하였으며, 1987년(72세)에는 전두환의 56회 생일을 맞이하여 〈처음으로—전두환 대통령 각하 56회 탄신일에 드리는 송시〉를 발표하였다.

1954년 예술원(藝術院) 설립에 참여, 종신 위원으로 추대(推戴)되어 문학 분과 위원장을 맡았으며, 동국대학교 교수(1959~1979), 한국문인협회(韓國文人協會. 文協) 제2~11대 부이사장(1964~1974)을 거쳐 제13대(1977~1978) 이사장이 되었고, 한국현대시인협회(韓國現代詩人協會) 회장(1971)·불교문학가협회 회장(1972)·범세계한국예술인회의 이사장(1984) 등을 지냈다.

1955년(40세) 〈서정주 시선〉으로 전국문화단체총연합회(全國文化團體總聯合會, 文總)에서 주는 제3회 자유문학상(自由文學賞, 1953~1959)을 받은 것을 비롯하여 1962년(47세) 제1회 오월 문예상(五月文藝賞), 1967년(52세) 제12회 대한민국 예술원상, 1976년(61세) 숙명여자대학교(淑明女子大學校)에서 명예 문학 박사 학위, 1980년(65세) 중앙일보(中央日報) 문화 대상 본상, 1984년(69세) 제5회 대한민국 문학상, 1986년 동국 문화상(東國文化賞), 1987년 제22회 5·16 민족상(학술 부문)을 받았으며, 2000년 금관 문화 훈장(金冠文化勳章)이 추서(追敍)되었다.

2001년 중앙일보사에서는 그의 문학적 업적과 그 정신을 기리기 위한 '미당 문학상(未堂文學賞)'을 제정하여 해마다 시상하고 있다.

2001년 10월 1일 고향 선운리의 생가(生家)가 복원되었고, 11월 3일에는 선운초등학교 봉암분교에 '미당 시문학관(未堂詩文學館)'이 건립되었다. 문학관 앞에 〈다섯 살 때〉를 새긴 시비(詩碑)를 비롯하여 부산 부산진구(釜山鎭區) 백양산로(白楊山路)에 〈푸르른 날〉, 경기도 과천시(果川市) 막계동(莫溪洞) 서울대공원 조절저수지 광장에 〈신록(新綠)〉, 강원도 춘천시(春川市) 서면(西面) 금산리(錦山里) 북한강변 문학공원(北漢江邊文學公園)에 〈동천〉(2011. 9. 30.), 충청남도 보령시(保寧市) 성주면(聖住面) 개화리(開花里) 개화예술공원(開花藝術公園) 모산한국육필문예공원에 〈난초(蘭草)〉, 전라남도 구례군(求禮郡) 마산면(馬山面) 황전리(黃田里) 화엄사(華嚴寺) 입구 '시비동산'에 〈동천〉, 고창군 아산면(雅山面) 삼인리(三仁里) 선운사(禪雲寺) 일주문(一柱門) 앞에 〈선운사 동구〉가 새겨진 시비들이 있다. 또한 대표시 〈국화 옆에서〉가 새겨진 시비로는 모교(母校) 중앙고보(2008. 6. 20.)를 비롯하여 서울 중구(中區) 무교동(武橋洞) 효령빌딩 앞, 부산 부산진구 범천동 만리산(萬里山) 체육공원 입구(2007), 대구 동구(東區) 도동(道洞) 향산마을 제현사 시비공원(2007. 11. 21.), 경기도 이천시(利川市) 관고동(官庫洞) 설봉공원(雪峯公園) 문학 동산, 경상북도 김천시(金泉市) 대항면(代項面) 운수동(雲水洞) 직지문화공원(直指文化公園), 충청북도 음성군(陰城郡) 생극면(笙極面) 관성리(館成里) 큰바위얼굴조각공원 등에 있다.

한편, 2002년 2월 28일 '민족 정기를 세우는 국회 의원 모임'과 광복회(光復會)가 공동 발표한 '친일파 708인 명단', 2002년 8월 14일 '나라와 문화를 생각하는 국회의원 모임'·민족문제연구소(民族問題硏究所)·민족문학작가회의[民族文學作家會議. 1974년 11월 18일 자유실천문인협의회(自由實踐文人協議會)로 설립되어 1987년 9월 17일 '민족문학작가회의'로 이름을 바꾸었다가 2007년 12월 8일 '한국작가회의'로 다시 이름을 바꾸었다.]·'민족 정기를 세우는 국회 의원 모임'·〈실천문학(實踐文學)〉(계간 문예지. 1980. 3.~현재)이 공동 발표한 '친일 문학인 42인 명단', 2009년 11월 8일 민족문제연구소에서 출판한 〈친일 인명 사전(親日人名辭典)〉, 2009년 11월 27일 친일반민족행위진상규명위원회(親日反民族行爲眞相糾明委員會)가 발표한 '친일 반민족 행위 704인 명단'에 모두 포함되어 있다.

서정주의 작품 연표

시기	작품 이름	장르	발표 매체	비 고
1933. 12. 24.	〈그 어머니의 부탁〉	시	〈동아일보(東亞日報)〉	
1936. 8. 9.	〈감꽃〉	시	〈동아일보〉	
1936. 11.	〈문둥이〉	시	〈시인부락(詩人部落)〉 창간호	
1936. 12.	〈화사(花蛇)〉	시	〈시인부락〉 제2호	
1936	〈벽(壁)〉	시	〈동아일보〉	신춘 문예 당선작
1937. 11. 10.	〈입맞춤〉	시	〈자오선(子午線)〉 창간호	
1938. 10.	〈모(母)〉	시	〈맥(貘)〉 제3호	
1938. 12.	〈여름밤〉	시	〈시건설(詩建設)〉 제6호	
1939. 10.	〈자화상(自畫像)〉	시	〈시건설〉 제7호	
1939. 11.	〈행진곡(行進曲)〉	시	〈신세기(新世紀)〉	친일 작품
1940	〈만주(滿洲)에서〉	시		

시기	작품 이름	장르	발표 매체	비 고
1941. 4.	〈문들레꽃〉	시	〈삼천리(三千里)〉 제13권 제4호	
	〈살구꽃 필 때〉	시	〈문장(文章)〉 종간호	
1941	〈화사집(花蛇集)〉	시집	남만서고(南蠻書庫)	첫 시집
1942. 7. 13. ~7. 17.	〈시의 이야기-주로 국민 시가(國民詩歌)에 대하여〉	평론	〈매일신보〉	친일 작품
1942. 9.	〈엉겅퀴꽃〉	수필	〈조광(朝光)〉 제83호	
1943. 9. 1. ~9. 10.	〈인보(隣保)의 정신〉	수필	〈매일신보〉	친일 작품
1943. 10.	〈귀촉도(歸蜀途)〉	시	〈춘추(春秋)〉 제32호	
	〈스무 살 된 벗에게〉	수필	〈조광〉 제96호	친일 작품
	〈징병(徵兵) 적령기(適齡期)의 아들을 둔 조선의 어머니에게〉	수필	〈춘추〉 제32호	친일 작품
	〈항공일(航空日)에〉	시	〈국민문학(國民文學)〉	친일 작품
1943. 11. 16.	〈헌시(獻詩)〉	시	〈매일신보〉	친일 작품
1943. 11.	〈경성 사단 대연습 종군기(京城師團大練習從軍期)〉	르포	〈춘추〉 제33호	친일 작품
	〈최 체부(崔遞夫)의 군속(軍屬) 지원〉	단편 소설	〈조광〉 제97호	친일 작품
1943. 12.	〈보도행(報道行)〉	수필	〈조광〉 제98호	친일 작품
1944. 8.	〈무제(無題)〉	시	〈국민문학〉	친일 작품
1944. 12. 9.	〈마쓰이 오장 송가(松井伍長頌歌)〉	시	〈매일신보〉	친일 작품
1947. 2·3	〈밀어(密語)〉	시	〈백민(白民)〉 제7호	
1947. 4.	〈신록(新綠)〉	시	〈문화(文化)〉	
1947. 11. 9.	〈국화(菊花) 옆에서〉	시	〈경향신문(京鄕新聞)〉	
1948. 3.	〈한강(漢江) 가에서〉	시	〈신천지(新天地)〉	
1948. 4.	〈귀촉도〉	시집	선문사(宣文社)	
1948	〈김좌진 장군전(金佐鎭將軍傳)〉	전기	을유문화사(乙酉文化社)	
1949	〈시 창작법(詩創作法)〉	평론집	선문사	공저
1950. 2.	〈현대 조선 명시선(現代朝鮮名詩選)〉	시선집	온문사(溫文舍)	
1950. 3.	〈작고 시인선(作故詩人選)〉	시선집	정음사(正音社)	
	〈현대 시집 Ⅲ〉	시선집	정음사	공저
1950. 5.	〈아지랑이〉	시	〈문예(文藝)〉	
1950. 6.	〈선덕 여왕찬(善德女王讚)〉	시	〈문예〉	
1951. 11.	〈무제〉	시	〈영문(嶺文)〉	
1953. 6.	〈흑산호(黑珊瑚)〉	시집	우생출판사(友生出版社)	
1954. 8.	〈무등(無等)을 보며〉	시	〈현대공론(現代公論)〉	
1954. 11.	〈상리과원(上里果園)〉	시	〈현대공론〉	
1955. 4.	〈전주 우거(全州寓居)〉	시	〈현대문학(現代文學)〉 제4호	
1955. 6.	〈산하일지초(山下日誌抄)〉	시	〈문학예술(文學藝術)〉	
1955. 7.	〈나의 시〉	시	〈새벽〉	
1955. 8.	〈광화문(光化門)〉	시	〈현대문학〉 제8호	
1955. 11.	〈고풍(古風)〉	시	〈동국문학(東國文學)〉 창간호	
1955	〈춘향 유문(春香遺文)-춘향의 말·3〉	시	〈서정주 시선〉	
1956. 6.	〈서정주 시선(徐廷柱詩選)〉	시선집	정음사	
1956. 11.	〈신라(新羅)의 상품(商品)〉	시	〈문학예술〉	
	〈어떤 새벽에〉	시	〈현대문학〉 제23호	
1956	〈기도(祈禱)〉·〈다시 밝은 날에-춘향의 말·2〉·〈추천사(鞦韆詞)-춘향의 말·1〉·〈풀리는 한강 가에서〉·〈학(鶴)〉	시	〈서정주 시선〉	

시기	작품 이름	장르	발표 매체	비 고
1956	〈시 창작 교실〉	평론집	인간사(人間社)	
1957. 1.	〈백결가(百結歌)〉	시	〈현대문학〉 제25호	
1957. 2./3.	〈근업초(近業抄)〉	시	〈현대문학〉 제26호/〈문학예술〉	
1957. 4.	〈노인 헌화가(老人獻花歌)〉	시	〈현대문학〉 제28호	
1957. 9.	〈8월 15일의 편지〉	시	〈현대문학〉 제33호	
1957. 11.	〈진주(晋州) 가서〉	시	〈영문〉 제15호	
1958. 5.	〈어느 날 오후〉	시	〈한국평론(韓國評論)〉 창간호	
1958. 6.	〈꽃밭의 독백(獨白) : '사소(娑蘇)'의 단장(斷章)〉	시	〈사조(思潮)〉 창간호	
	〈두 번째의 사소의 편지 : 장시(長詩) '파소의 단장〉	시	〈현대문학〉 제42호	
1958. 9.	〈모란꽃과 나의 인연(因緣)의 기억〉	시	〈현대문학〉 제45호	
	〈추일미음(秋日微吟)〉	시	〈사상계(思想界)〉	
1958. 12.	〈가을의 편지〉	시	〈현대문학〉 제48호	
	〈파소 단장 : 파소 산중 서신 단편(婆蘇山中書信斷片)〉	시	〈예술원보(藝術院報)〉 제2호	
1959. 2.	〈무(無)의 의미〉	시	〈현대문학〉 제50호	
1959. 3.	〈서민(庶民)의 호수(湖水)〉	시	〈신문예(新文藝)〉 제9호	
1959. 7.	〈마른 여울목〉	시	〈현대문학〉 제55호	
1959. 8.	〈마흔다섯〉	시	〈사상계〉	
1959. 10.	〈9월〉	시	〈현대문학〉 제58호	
1959. 12. /1961. 3.	〈동지(冬至)의 시〉	시	〈예술원보〉 제3호/〈사상계〉	
1959	〈시문학 개론(詩文學槪論)〉	평론집	정음사	
1960. 1.	〈파소 두 번째의 편지〉	시	〈사상계〉	
1960. 3.	〈내 영원(永遠)은〉	시	〈현대문학〉 제63호	
1961. 12.	〈신라초(新羅抄)〉	시집	정음사	
1962. 8.	〈고요〉	시	〈현대문학〉 제92호	
1962. 12.	〈미인을 찬양하는 신라적(新羅的) 어법(語法)〉	시	〈사상계〉	
1963. 7.	〈외할머니네 마당에 올라온 해일(海溢)〉	시	〈현대문학〉 제103호	
1963. 9.	〈무제〉	시	〈사상계〉	
1963. 12.	〈나를 다시 유랑해 가게 하는 것은〉	시	〈현대문학〉 제108호	
1964. 2.	〈파소의 사랑〉	시	〈신사조(新思潮)〉 제23호	
1964. 6.	〈무제〉	시	〈현대문학〉 제114호	
1964. 9.	〈여기는〉	시	〈신동아(新東亞)〉 복간 제1호	
1965. 4.	〈기인 여행가(旅行歌)〉	시	〈문학춘추(文學春秋)〉	
1965. 5.	〈나 그대의 꽃다발〉	시	〈문학춘추〉	
1965. 6.	〈죽음의 교훈〉	시	〈세대(世代)〉 제23호	
1965. 12.	〈고요〉·〈기인 여행가〉·〈나그네의 꽃다발〉	시	〈예술원보〉 제9호	
1966. 3. /1973. 8.	〈피는 꽃〉	시	〈사상계〉/〈상황(狀況)〉 제6호	
1966. 4.	〈무궁화 같은 내 애기야〉	시	〈자유공론(自由公論)〉	
1966. 5./10.	〈동천(冬天)〉	시	〈현대문학〉 제137호/〈예술원보〉 제10호	
1966. 5.	〈춘천(春川)의 봄 햇볕〉	시	〈신동아〉 제21호	
1966. 8.	〈여행가(3)〉·〈칡꽃 위에 뻐꾸기 울 때〉	시	〈현대문학〉 제139호	
1967. 1.	〈토함산(吐含山) 재중(再中)〉	시	〈현대문학〉 제145호	
1967. 4.	〈무제〉	시	〈현대문학〉 제148호	

시기	작품 이름	장르	발표 매체	비 고
1967. 12.	〈달빛〉·〈선운사(禪雲寺) 동구(洞口)〉·〈여행가〉·〈춘천의 봄 햇빛〉	시	〈예술원보〉 제11호	
	〈연꽃 위의 방(房)〉	시	〈신동아〉 제40호	
1968. 2.	〈실한 머슴 : 마르꼬 샤가르 화풍(畫風)으로〉	시	〈사상계〉	
1968. 6.	〈나는 잠도 깨어 자도다〉·〈내 그대를 남 모르게 사랑하는 마음은〉·〈님은 주무시고〉·〈여자의 손톱의 분홍 속에서는〉	시	〈현대문학〉 제162호	
1968. 8.	〈산수유꽃나무에 말한 비밀〉	시	〈현대문학〉 제164호	
1968. 11.	〈눈 오는 날〉·〈산나리꽃〉·〈연꽃 속의 방〉·〈옛날의 시간〉·〈채권〉·〈칡꽃 위에 뻐꾸기 울 때〉	시	〈예술원보〉 제12호	
	〈목단(牧丹)꽃 핀 오후〉	시	〈월간문학(月刊文學)〉 창간호	
1968. 11. ~1969. 8, 10, 12, 1970. 3, 5, 8, 10, 12, 1974. 2.	〈천지유정(天地有情) : 내 시의 편력〉	시	〈월간문학〉 창간호~10, 12, 14, 17, 19, 22, 24, 26, 60호	
1968	〈동천〉	시집	민중서관(民衆書館)	
	〈푸르른 날〉	시	〈동천〉	
1969. 3.	〈겨울에 흰 무명 손수건으로 하는 기술〉·〈노우트〉·〈방한암 선사(方漢岩禪師)의 죽음〉·〈사경(四更)〉	시	〈세대〉 제68호	
1969. 5.	〈춘궁(春窮)〉	시	〈여류문학(女流文學)〉 제2호	
1969. 6.	〈모란 그늘의 돌〉	시	〈신동아〉 제58호	
1969. 9.	〈머리에 석남(石南) 꽃을 꽂고〉	시	〈시인(詩人)〉	
1969	〈한국의 현대시〉	평론집	일지사(一志社)	
1970. 1.	〈석공石工)(1)〉	시	〈월간문학〉 제15호	
1970. 12.	〈나룻목의 설날〉·〈남해 보타락가 산정(南海補陀落迦山頂)〉·〈내 데이트 시간〉·〈보릿고개〉·〈백월산 찬(白月山讚)〉·〈할머니의 인상(印象)〉	시	〈예술원보〉 제14호	
1971. 11.	〈그 애의 손톱〉·〈낮잠〉·〈발견〉·〈서경(敍景)〉·〈한라산(漢拏山)〉·〈호남 광주(湖南光州)〉	시	〈예술원보〉 제15호	
1971. 12.	〈무제〉	시	〈지성(知性)〉	
1972. 2.	〈질마재 마을의 신화(神話) 5편〉	시	〈시문학(詩文學)〉 제7호	
1972. 3, 1974. 2, 3, 5~8, 10~12, 1975. 1, 3, 4, 6.	〈속(續) 질마재 신화〉	시	〈현대문학〉 제207호, 〈시문학〉 제31, 32, 34~37, 39~42, 44, 45, 47호	
1972. 4.	〈무제〉	시	〈월간문학〉 제41호	
1972. 5.	〈질마재 신화〉	시	〈문학과지성〉 제8호	
1972. 7.	〈목석(木石)의 무늬 옆의 장난감 보초가 말하기를〉	시	〈풀과별〉 창간호	
1972. 7·8.	〈추천사 : 춘향 연가(春香戀歌)〉·〈국화 옆에서〉	시	〈새시대문학〉 제13호	
1972. 8.	〈곡(哭) 중화민국 여공사(余公使)〉	시	〈월간문학〉 제45호	
1972. 12.	〈새해의 소원〉	시	〈풀과별〉 제4호	
1972	〈서정주 문학 전집〉	전집	일지사	모두 5권
1973. 11.	〈뻔디기〉	시	〈시문학〉 제28호	
1973. 12.	〈이조진사(李朝辰砂)〉	시	〈기원〉	
1974. 1.	〈사과하늘〉	시	〈월간문학〉 제59호	
1974. 2~4, 8~12.	〈봉산산방 시화(蓬蒜山房詩話)〉	시	〈현대시학(現代詩學)〉 제59~61, 65~69호	

시기	작품 이름	장르	발표 매체	비 고
1974. 3~5, 9, 10.	〈속(續) 천지유정〉	시	〈월간문학〉 제61~63, 67, 68호	
1974. 4.	〈산사(山査)꽃〉	시	〈심상(心象)〉 제7호	
1974. 5, 6.	〈영원의 미소(微笑)〉	시	〈문학사상(文學思想)〉 제20, 21호	
1974. 8.	〈내소사 근처 3편(來蘇寺近處三篇)〉	시	〈문학과지성〉 제17호	
1974. 10.	〈한국 종 소리〉	시	〈문학사상〉 제25호	
1974	〈서정주 시선〉	시선집	민음사(民音社)/정음사	
	〈학생 국제 펜팔〉		삼지사(三志社)	
1975. 1, 12.	〈문치헌 일기초(聞雉軒日記抄)〉	시	〈문학사상〉 제28, 39호	
1975. 9.	〈떠돌이의 시〉	시	〈창작과비평〉	
1975	〈질마재 신화〉	시집	일지사	
	〈국화 옆에서〉	시집	삼중당(三中堂)	
	〈나의 문학적 자서전〉	자서전	민음사	
	〈서정주 육필 시선(肉筆詩選)〉	시선집	문학사상사	
1976. 1.	〈박용래(朴龍來)〉	시	〈문학사상〉 제40호	
1976. 7.	〈개나리 유감(有感)〉	시	〈한국문학(韓國文學)〉 제33호	
	〈통영(統營)의 미더덕 찜〉	시	〈문학사상〉 제46호	
1976. 9.	〈노처 소묘(老妻素描)〉	시	〈세계의문학〉 창간호	
1976. 12.	〈홍도 풍류초(紅島風流抄)〉	시	〈문학사상〉 제51호	
1976	〈떠돌이의 시〉	시집	민음사	
	〈미당 수상록(隨想錄)〉	수필집	민음사	
1977	〈나의 문학, 나의 인생〉	수필집	세종출판공사(世宗出版公社)	
	〈내 영원은 물빛 라일락〉	수필집	갑인출판사(甲寅出版社)	
	〈도깨비 난 마을 이야기〉	자서전	백만사(百萬社)	
	〈하느님의 에누리〉	수필집	문음사(文音社)	
	〈한국의 명시선(名詩選)〉	시선집	현암사(玄岩社)	
1979. 5.~12.	〈서(西)으로 가는 달처럼〉	시	〈문학사상〉 제80~87호	
1979	〈서정주의 명시〉	시선집	한림출판사(翰林出版社)	
	〈현대 작가론〉	평론집	형설출판사(螢雪出版社)	공저
1980	〈떠돌며 머물며 무엇을 보려느뇨?〉	여행기	동화출판공사(同和出版公社)	모두 5권
	〈서으로 가는 달처럼〉	시집	문학사상사	
	〈안 끝나는 노래〉	시집	정음사	
	〈한 송이의 국화꽃을 피우기 위해〉	수필집	민예사(民藝社)	
1982	〈문학을 좋아하는 젊은 벗에게〉	수필집	세종출판공사	
	〈학이 울고 간 날들의 시〉	시집	소설문학사(小說文學社)	
1983	〈만해 한용운 한시 선역(卍海韓龍雲漢詩選譯)〉	번역 시집	예지각(禮知閣)	
	〈미당 서정주 시 전집〉	전집	민음사	
	〈서정주 시선〉	시선집	마당	
	〈안 잊히는 일들〉	시집	현대문학사	
1984	〈국화 옆에서〉	시집	동서문화사(東西文化社)	
	〈노래〉	시집	정음문화사(正音文化社)	
1985	〈육자배기가락에 타는 진달래〉	수필집	예전사	
1987. 1. 18.	〈처음으로-전두환 대통령 각하 56회 탄신일에 드리는 송시(頌詩)〉	시		

시기	작품 이름	장르	발표 매체	비 고
1987	〈국화 옆에서〉	시집	자유문학사(自由文學社), 혜원출판사(惠園出版社)	
	〈서정주 시집〉	시집	범우사(汎友社)	
	〈시인과 국화〉	수필집	갑인출판사	
	〈이런 나라를 아시나요〉	시선집	고려원(高麗苑)	
	〈한 사발의 냉수〉	수필집	자유문학사	
1988	〈팔할(八割)이 바람〉	시집	혜원출판사	
1989	〈눈이 부시게 푸르른 날은〉	수필집	열음사	
	〈연꽃 만나고 가는 바람아〉	시집	신원문화사	
1991	〈산시(山詩)〉	시집	민음사	
	〈서정주 시 전집〉	전집	민음사	모두 2권
	〈세계 민화집(世界民話集)〉	민화집	민음사	모두 5권
	〈푸르른 날〉	시선집	미래사(未來社)	
	〈피는 꽃〉	시집	백록(白鹿)	
1992	〈노자(路資) 없는 나그네길〉	수필집	신원문화사	
1993	〈늙은 떠돌이의 시〉	시집	민음사	
	〈서정주 문학 앨범〉	수필집	웅진출판사(熊津出版社)	
1994	〈미당 시 전집〉	전집	민음사	모두 3권
	〈미당의 세계 방랑기〉	여행기	민예당(民藝堂)	모두 3권
	〈미당 자서전〉	자서전	민음사	
	〈민들레꽃〉	시집	정우사(正宇社)	
1995	〈우남(雩南) 이승만전(李承晩傳)〉	전기	화산문화기획(華山文化企劃)	
1997	〈견우(牽牛)의 노래〉	시집	좋은날	
	〈80 소년 떠돌이의 시〉	시집	시와시학사	

*** 서지마(徐志摩) → 쉬즈모**(→247)

227

설도

薛濤 768? ~ 831?

중국 당(唐)나라(618~907)의 명기(名妓)이며 여류 시인. 자(字)는 홍도(洪度).

수도(首都) 창안[長安, 지금의 산시성(陝西省) 시안(西安)]의 양가(良家)에서 태어났다.

아버지 설운(薛鄖)이 하급 지방관(地方官)으로 부임하여 쓰촨성(四川省) 수저우[蜀州, 지금의 청두(成都)]로 이주(移住)하였는데, 얼마 되지 않아 아버지가 이곳에서 돌아가시는 바람에 가난에 시달리다가 나중에 폐가(廢家)가 되었다.

덕종[德宗, 742~805, 중국 당나라의 제9대 황제. 재위 779~805. 이괄(李适)] 때 위고(韋皐, 745~805)가 쓰촨성 안무사(安撫使)로 이 지방을 다스렸을 때, 16세 무렵에 그의 부름으로 가기(歌妓)가 되어 술자리 등에서 시를 짓곤 하였다.

8살 때부터 시를 지을 줄 알았으며, 총명하고 기지(奇智)가 풍부하며 시작(詩作)에 뛰어나 널리 알려졌다. 원진(→333) 등 많은 선비들의 보살핌을 받았으며, 단문창(段文昌, 772~835, 중국 당나라의 재상)·무원형(武元衡, 758~815, 중국 당나라의 재상)·영호초(令狐楚, 765~837, 중국 당나라의 정치가이며 문인)·우승유(牛僧儒, 779~847, 중국 당나라의 재상이며 권신) 등 여러 벼슬아치들과 두목(→142)·백낙천(→200)·유우석(→344)·장적(→431)·장호(張祜, ?~?, 중국 당나라의 문인) 등 당시의 이름난 문인(文人)들과 두루 교유(交遊)하였다.

특히 위고는 조정(朝廷)에 청원을 넣어서 그녀에게 비서성(祕書省) 교서랑(校書郎)의 벼슬을 하사(下賜)해 달라고

하였는데, 비록 그 청원은 받아들여지지 않았지만 이로 말미암아 당시 사람들은 그녀를 '설교서(薛校書)' 또는 '여교서(女校書)'라고 불렀는데, 후세에 기녀(妓女)를 교서라고 일컫게 된 것은 여기에서 유래한다.

평생 결혼하지 않았으며, 만년(晩年)에는 두보(→143)의 초당(草堂)으로 널리 알려진 청두의 서교(西郊)에 있는 완화계[浣花溪, 일명 백화담(百花潭)] 근처 만리교(萬里橋) 근방에서 살았다. 이 지역에서는 질 좋은 종이가 생산되었는데, 설도는 특히 작은 크기의 심홍색 종이를 만들게 하여 그것으로 촉의 명사(名士)들과 섬세하고 감상적(感傷的)인 정취의 시를 증답(贈答)하였다. 이것이 풍류인들 사이에 평판이 높아, 이런 식의 종이를 '설도전(薛濤箋)' 또는 '완화전(浣花箋)'이라고 하여 크게 유행하여 많은 사람들이 애용하였고, 지금까지도 전한다. 만당{晩唐, 문종[文宗, 809~840, 중국 당나라의 제14대 황제. 재위 826~840. 이앙(李昻)]의 대화(大和, 827)로부터 애제[哀帝, 892~908, 중국 당나라의 제20대 황제. 재위 904~907. 이축(李柷)]의 천우(天祐, 906)까지 약 80년간}의 이상은(→376)의 시에도 '완화의 전지(箋紙), 도화(桃花)의 색'이라는 구절로 표현되어 있다.

1889년에 조성한 청두의 망강루공원(望江樓公園)에는 '당 여교서 설홍도 묘(唐女校書薛洪度墓)'가 새겨진 묘비가 있는 묘소를 비롯하여 '설도 기념관'과 동상(銅像), 그녀가 종이를 떴던 설도정(薛濤井), 그녀가 차를 마셨다는 명완루(茗碗樓) 등의 유적이 남아 있다.

시집 〈금강집(錦江集)〉(모두 5권)을 남겼으나 지금은 원본이 남아 있지 않고, 〈전당시(全唐詩)〉[모두 900권, 2,200여 명의 작품 4만 8,900여 수(首) 수록. 1705년 3월에 편찬에 착수, 1745년 10월에 완성, 1746년 4월 양저우시국(揚州詩局)에서 간행]에 〈설도시(薛濤詩)〉가 실려 있다.

228

설손

偰遜 ? ~ 1360(공민왕 9)

고려(高麗, 918~1392)의 귀화인(歸化人)으로 시인.

초명(初名)은 백료손(百遼遜).

중국 신강성(新疆省) 토로번(吐魯番) 고창(高昌)에서 살던 웨이우얼족[維吾爾族, 위구르(Uighur)족]으로, 조상 대대로 설련하(偰輦河, 중국·몽골 국경 지대)에서 살았으므로 성(姓)을 설(偰)이라고 하였다.

고조부(高祖父) 위래티무르(嶽璘帖穆爾) 이래 원(元)나라(1271~1368)에서 벼슬을 하였는데, 아버지 철독(哲篤)은 강서행성(江西行省) 우승(右丞)을 지냈다.

학문이 깊고 문장에 뛰어났으며, 순제(順帝, 1320~1370, 중국 원나라의 마지막 황제. 재위 1333~1368) 때 진사시(進士試)에 급제(及第)하여 한림 응봉문자(翰林應奉文字)·선정원(宣政院) 단사관(斷事官) 등을 지냈고, 단본당(端本堂) 정자(正字)로 뽑혀 황태자에게 경전(經典)을 가르쳤다. 이 때 원나라에 와 있던 고려의 강릉 대군[江陵大君, 뒷날의 공민왕(恭愍王, 1330~1374, 고려의 제31대 왕. 재위 1351~1374)]을 알게 되었다. 그 뒤 승상(丞相) 합마(哈麻)의 시기를 받아 단주[單州, 지금의 산둥성(山東省) 단현(單縣)]로 나가 지방관(地方官)을 지내던 중 부친상을 당하여 대녕(大寧)에서 살았다.

1358년(공민왕 7) 홍건적(紅巾賊)의 난(1351~1366)을 피하여 고려에 귀화하였다. 공민왕이 즉위하기 전에 원나라에서 친교가 있었으므로 왕의 후대(厚待)를 받았다.

1360년(공민왕 9) 고창백(高昌伯)에 봉해지고 다시 부원후(富原侯)에 승봉(承奉)되었으며, 부원(富原)의 전토를 하사(下賜)받았다.

아들은 장수(長壽, 1341~1399, 고려의 문신)·연수(延壽)·복수(福壽)·경수(慶壽)·미수(眉壽, 1359~1415, 고려 말 조선 초의 문신)가 있는데, 장수는 문명(文名)이 높았다.

고려 시대의 대표적인 시인이며, 지은 책으로 〈근사재일고(近思齋逸藁)〉가 있다.

229

설정식

薛貞植 1912. 9. 18. ~ 1953

북한의 시인이며 소설가·평론가.

호(號)는 오원(梧園).

개화 운동에 참여하였던 한말(韓末) 관리(官吏) 설태희(薛泰熙, 1875~1940)와 어머니 이정경(1881~1961)의 4남 1녀 중 셋째 아들로, 함경남도 단천(端川)에서 태어났다.

형 설의식(薛義植, 1900~1954, 한국의 언론인이며 평론가)은 동아일보사(東亞日報社) 편집국장으로 있던 1936년 8월, 손기정(孫基禎, 1912~2002, 한국의 체육인. 마라톤 선수로 1936년 제11회 베를린 올림픽 대회에서 금메달을 획득하였다.) 선수의 '일장기 말살 사건(日章旗抹消事件)'으로 물러났던 언론인이다.

1920년(8세) 단천보통학교(端川普通學校)를 졸업하고 부모님을 따라 서울로 이주, 교동공립보통학교(校洞公立普通學校, 지금의 교동초등학교)를 거쳐 경성공립농업학교[京城公立農業學校, 서울시립대학교의 전신(前身)]에 입학하였으나, 1929년(17세) 광주 학생 운동(光州學生運動, 1929. 11. 3.)에 참여한 이유로 퇴학당하였다. 그 뒤 만주(滿洲) 봉천[奉天, 지금의 랴오닝성(遼寧省)의 성도(省都) 선양(瀋陽)]으로 가서 랴오닝성 제3고급중학교에 다니다가, 1931년(19세) 7월 2일 만보산 사건(萬寶山事件)이 일어나 베이징(北京)으로 피신하였다가 귀국하여 1933년(21세) 연희전문학교[延禧專門學校, 연세대학교(延世大學校)의 전신] 별과에 입학하였다.

1932년(20세) 〈중앙일보(中央日報)〉 현상(懸賞) 모집에 희곡 〈중국은 어디로 가는가〉(1932. 1. 2.)가 1등에 당선되어 문단(文壇)에 등장하였으며, 같은 해 3월 〈동광(東光)〉(월간 종합 교양지, 1926. 5.~1933. 1. 통권 40호로 종간)에서 주최한 학생 문예 공모에 시 〈거리에서 들려 주는 노래〉가 3등으로, 4월 〈새 그릇에 담은 노래〉가 1등으로 입선하였고, 그 뒤 〈동광〉·〈신동아(新東亞)〉(월간 종합 교양지, 1931. 11.~1936. 9. 통권 59호로 폐간, 1964년 9월 통권 60호로 복간)·〈조선일보(朝鮮日報)〉 등에 장편(掌篇) 소설 〈단발(斷髮)〉 등을 발표하였다.

1936년(24세) 3월 26일, 숙명여자고등보통학교(淑明女子高等普通學校, 지금의 숙명여자중·고등학교)를 졸업한 함경북도 명천(明川) 출신의 김증련(金曾蓮, 1914~1977)과 결혼, 연희전문학교를 휴학하고, 일본으로 유학하여 도쿄 메지로상업학교(目白商業學校)에 편입, 졸업하고 귀국하여 연희전문학교 문과에 복학하였다.

1937년(25세) 연희전문학교 문과를 최우등으로 졸업한 뒤, 같은 해 7월 미국으로 유학하여 북서부 오하이오주 얼라이언스(Alliance)에 있는 마운트유니언대학교(University of Mount Union, 1846년 설립)를 졸업하였다. 그 뒤 뉴욕의 컬럼비아대학교(Columbia University, 1754년 설립)에서 영문학을 공부하던 중 1940년(28세) 아버지의 병환으로 귀국하였다가, 형 의식이 경영하던 광산(鑛山)·농장·과수원 일을 도왔다.

1945년(33세) 8월 18일 결성된 조선문학건설본부(朝鮮文學建設本部) 회원으로 참여하였고, 그 해 11월 〈동아일보〉 복간(復刊) 문제로 교섭이 있던 미군정청(美軍政廳)에 들어가 공보처 여론국장을 지냈다.

1946년(34세) 9월 김남천[金南天, 1911~1953, 한국의 소설가이며 문학 평론가. 본명은 김효식(金孝植)]·임화(→419) 등의 권유로 조선 공산당(朝鮮共産黨, 1925년 4월 17일 창당)에 입당하였다.

1947년(35세) 1월에는 남조선 과도 입법 위원(南朝鮮過度立法委員)의 사무직인 부비서장으로 일하다가, 8월 사직하고 조선문학가동맹[朝鮮文學家同盟, 1945년 12월 6일 '조선문학동맹'으로 결성] 외국 문학부 위원장으로 선출되었다. 조선문학가동맹은, 1946년 2월 8~9일 이틀 동안 조선문학건설본부와 조선프롤레타리아문학동맹이 함께 전국문학가대회를 개최하여 발족한 좌익(左翼) 문학 단체이다. 발족 당시 구성원은 권환(→41)·김기림(→54)·김남천·김영건(金永鍵, ?~?, 한국의 문학 평론가)·김오성[金午星, 1908~1953?, 한국의 공산주의 이론가이며 문학 평론가. 본명은 김형준(金亨俊)]·박세영(→180)·박치우(朴致祐, 1909~?, 한국의 문학 평론가)·박팔양(→193)·배호(裵澔)·설정식·신남철(申南澈, 1907~?, 한국의 문학 평론가)·안회남(安懷南, 1909~?, 한국의 소설가)·양주동(→282)·이병기(→370)·이서향[李曙鄕, 1915~?, 한국의 극작가. 본명은 이영수(李榮秀)]·이원조[李源朝, 1905~1955, 한국의 문학 평론가. 이육사(→390)의 아우]·이태준(李泰俊, 1904~?, 북한의 소설가)·임화·정지용(→445)·현덕(玄德, 1909~?, 한국의 소설가이며 아동 문학가)·홍구[洪九, 1908~?, 한국의 소설가. 본명은 홍장복(洪長福)]·홍명희(洪命熹, 1888~1968, 장편 소설 〈임꺽정〉의 지은이이며 북한 부수상을 지낸 북한의 소설가이며 정치가) 등이었다.

1948년(36세) 11월에는 영문 일간지 〈서울 타임즈(The Seoul Times)〉 주필(主筆)로 활동하다가 〈서울 타임즈〉가 폐간되고 체포령이 내려지자 1949년(37세) 12월 보도연맹(保導聯盟, 1949년 6월, 좌익 운동을 하다가 전향한 사람들로 조직한 반공 단체로, 정식 명칭은 '국민보도연맹')에 가입하여 그 기관지 〈애국자(愛國者)〉에 반공시를 발표하는 등으로 체포를 면하였다.

한국 전쟁(Korean War, 1950. 6. 25.~1953. 7. 27.)이 일어나자 자진 입대, 조선 인민군 전선사령부 문화훈련국 제7부원으로 활동하다가, 아내와 3남 1녀(희한, 정혜, 희순, 희관)를 두고 월북(越北)하였다[김보성(1966~, 한국의 영화 배우. 본명은 허석)이 외동딸의 아들, 즉 외손자이다.].

1951년(39세) 소좌(少佐)의 계급으로 정전 회담(停戰會談) 통역을 담당하였고, 1953년(41세) 조선 인민군 최고 사령부 총정치국원에 올랐으나, 같은 해 8월 북한 정권(政權) 숙청(肅淸) 때 최고 재판소 군사 재판부의 법정에서 박헌영(朴憲永, 1900~1955, 한국의 공산주의 운동가)의 남조선노동당(南朝鮮勞動黨, 1946년 11월 서울에서 창당. 남로당) 재판에서 국가 반란죄와 미제(美帝) 스파이라는 간첩 행위 누명을 쓰고 이강국(李康國, 1906~1955, 북한의 공산주의 운동가이며 정치가) · 이승엽(李承燁, 1905~1953, 북한의 공산주의 운동가) · 이원조 · 임화 · 조일명[趙一明, 1903~1953, 북한의 공산주의 운동가. 본명은 조두원(趙斗元)] 등과 사형 선고를 받고 처형당한 것으로 알려져 있다.

그 동안 규제 문인으로 묶여 있다가 1988년 7월 정부의 월북 문인 해금(解禁) 조치 발표로 그의 모든 작품이 해금되었다.

감수성이 뛰어난 낭만적이고 서정적인 재능을 지닌 시인으로, 1932년부터 다양한 장르를 넘나들면서 왕성한 창작 활동을 하다가 광복을 맞은 뒤 본격적인 작품 활동을 보였으나 1948년이 끝난 해부터 냉각기를 가졌다.

작품으로 시 〈종(鐘)〉[〈문학(文學)〉 제2호, 1946. 7.] · 〈해바라기 3〉(〈종〉, 1947. 4.) 등이 있고, 장편 소설 〈청춘(青春)〉[〈한성일보(漢城日報)〉, 1946. 5.]을 비롯하여 〈산신령(山神靈)〉[〈춘추(春秋)〉 제16호, 1942. 5.] · 〈프란시스 두셋〉(〈동아일보〉, 1946. 12. 13.~12. 22.) · 〈한 화가의 최후〉(〈문학〉, 1948. 4.) · 〈해방(解放)〉[〈신세대(新世代)〉 제29호, 1948. 12.] · 〈마카오(Macao) 신사〉 · 〈척사(擲柶) 제조자〉 등의 단편 소설, 평론 〈김기림 시집 '바다와 나비'에 대하여〉 · 〈토마스 울프에 관한 노트-시(時)와 하(河)를 중심으로〉[〈인문평론(人文評論)〉 제15호, 1941. 2.] · 〈현대 미국 소설〉[〈조광(朝光)〉 제60호, 1940. 10.] · 〈문학과 기교〉[〈중앙신문(中央新聞)〉, 1947. 10. 26.] · 〈여성과 문화〉(〈신세대〉, 1948. 2.) · 〈시(詩)의 위치〉[〈신인(新人)〉, 1948. 3.] · 〈실사구시(實事求是)의 시〉[〈조선중앙일보(朝鮮中央日報)〉, 1948. 6. 29.~7. 1.], 번역 작품으로 만(Thomas Mann, 1875~1955, 독일의 소설가이며 평론가. 1929년 노벨 문학상을 받았다.)의 평론 〈마(魔)의 민족〉{원제(原題)는 〈독일과 독일인[Deutschland und die Deutschen (Germany and the Germans)]〉}, 헤밍웨이(Ernest Miller Hemingway, 1899~1961, 미국의 소설가. 1954년 노벨 문학상을 받았다.)의 소설 〈불패자(不敗者, The Undefeated)〉(〈인문평론〉 제14호, 1941. 1.), 셰익스피어(William Shakespeare, 1564~1616, 영국의 시인이며 극작가)의 〈햄릿(Hamlet)〉(1600~1601)을 번역한 〈하므렡〉[백양당(白楊堂), 1949. 9.] 등이 있다.

시집 〈종〉(백양당, 1947. 4.) · 〈포도(葡萄)〉[정음사(正音社), 1948. 1.] · 〈제신(諸神)의 분노(憤怒)〉[신학사(新學社), 1948. 11.]와 소설 〈청춘〉[민교사(民敎社), 1949]을 펴냈다.

230
설창수
薛昌洙 1916. 1. 16 ~ 1998. 6. 26.

한국의 시인이며 소설가.

호(號)는 파성(巴城), 본관(本貫)은 순창(淳昌).

경상남도 창원(昌原)에서 태어났다.

1937년(21세) 진주농업학교[晋州農業學校. 진주산업대학교의 전신(前身)]를 졸업한 뒤, 일본으로 유학하여 1939년(23세) 교토(京都, 794~1868년 일본의 수도) 리쓰메이칸 대학(立命館大學) 예과(豫科)에 다니다가 중퇴하고, 1942년(26세) 도쿄 니혼대학(日本大學) 법문학부 예술과를 2년 수료하였고, 같은 해 사상범으로 체포되어 2년 동안 옥고(獄苦)를 치렀다.

1946년(30세) 4월 4일에는 김진섭(金晉燮, 1903~?, 한국의 수필가이며 독문학자) · 박종화(→190) · 이하윤(→408) 등이 중심으로 있던 중앙문화협회(中央文化協會)의 불투명한 성격을 거부하고, 곽종원(郭鍾元, 1915~2001, 한국의 문학 평론가) · 곽하신(郭夏信, 1920~?, 한국의 소설가) · 김갑순(金甲順) · 김광주(→51) · 김남중(金南中, 1917~1987, 한국의 언론인이며 수필가) · 김달진(→58) · 김동리(→60) · 김상옥(→69) · 김수돈(→74) · 김춘수(→95) · 김현승(→99) · 박두진(→177) · 박목월(→178) · 박용덕[朴容德, ?~?, 〈단층(斷層)〉 편집 · 발행인] · 박용구(朴容九, 1923~1999, 한국의 소설가) · 백완기(白完基, 1914~?, 한국의 문학 평론가) · 서정주(→226) · 여세기(呂世基) · 오영수(吳永壽, 1914~1979, 한국의 소설가) · 유동준(兪東濬, 1921~, 한국의 문학 평론가) · 유치환(→350) · 이경순(李敬純, 1905~1985, 한국의 교육자이며 시인) · 이광래(李光來, 1908~1968, 한국의 연극인) · 이설주(李雪舟, 1908~2001, 한국의 시인) · 이영도(→

384)·이윤수(李潤守, 1914~1997, 한국의 시인)·이재춘(李在春)·이정호(李正浩, 1927~1991, 한국의 시인이며 언론인)·이한직(→409)·임서하(任西河, ?~?, 한국의 소설가)·정진업(鄭鎭業, 1916~1983, 한국의 시인이며 연극인)·조연현(→459)·조지훈(→461)·조진대(趙眞大, 1920~?, 한국의 소설가)·조향(→463)·최인욱(崔仁旭, 1920~1972, 한국의 소설가)·최태응(崔泰應, 1917~1998, 한국의 소설가)·황순원(→521) 등과 함께 조선청년문학가협회(朝鮮青年文學家協會)를 결성[1949년 12월 17일 한국문학가협회(韓國文學家協會)가 결성됨에 따라 발전적으로 해산]하여 활동하였다.

1946년부터 26년 동안 경남일보사(慶南日報社) 주필(主筆) 겸 사장을 지냈으며, 1947년(31세) 〈등불〉[진주시인협회(晉州詩人協會) 시지(詩誌). 1946. 6. 5.~1947. 1. 15. 통권 4호로 종간]에 시 〈창명(滄溟)〉 등을 발표하면서 본격적인 작품 활동을 전개하였다.

1949년(33세) 문교부 예술과 과장을 지냈으며, 같은 해 10월 3일 제1회 영남 예술제[嶺南藝術祭, 1959년 개천예술제(開天藝術祭)로 이름을 바꾸었다.] 창설에 중심 역할을 하였다.

1952년(36세) 11월 유치환을 발행인으로 구상(→31)·김윤성(金潤成, 1926~, 한국의 시인)·김춘수·유치진(柳致眞, 1905~1974, 한국의 극작가이며 연출가)·이정호 등과 함께 대구(大邱)에서 문예 동인지 〈시와시론(詩論)〉[창간호로 종간. 1958년 4월 20일 경기도 안양(安養)에서 창간된 시 동인지 〈시와시론〉과는 다른 잡지]를 창간하여 여기에 시론 〈시와 혁명〉을 발표하였다.

진주의 영남문학회(嶺南文學會) 동인으로 활동하였고, 〈등불〉을 〈영남문학〉(영남문학회 동인지. 1947. 6. 5.~1948. 1. 10. 통권 2호로 종간)으로 바꾸었다가 다시 〈영문(嶺文)〉(1949. 4. 5.~1960. 11. 20. 통권 12호로 종간)으로 이름을 바꾸어 1960년(44세)까지 발간하였다.

1963년(47세)부터 전국의 여러 곳에서 223회의 시화전(詩畫展)을 열었으며, 1972년(56세) 도쿄와 오사카(大阪)에서도 두 차례 열었다.

1957년(41세)·1965년(49세)·1975년(59세)·1988년(72세) 국제 펜클럽(International PEN) 한국 대표를 지냈고, 1960년(44세) 초대 참의원(參議院) 의원에 당선된 데 이어 전국문화단체총연합회(全國文化團體總聯合會, 文總) 대표 의장에 선출되었으며, 1981년(65세) 한국문학협회(韓國文學協會) 이사장, 1986(70세)~1994년(78세) 광복회(光復會) 부회장을 지냈으며, 1994년 '인간 상록수(常綠樹)'로 추대(推戴)되었다.

1959년(43세) 제1회 눌원 문화상(訥園文化賞)을 받은 것을 비롯하여 진주시 문화상·대통령 표창 독립 유공상·경남 문화상·한국예술문화단체총연합회(韓國藝術文化團體總聯合會, 藝總) 예술 대상·건국 훈장 애족장(愛族章)(1990)·은관 문화 훈장(銀冠文化勳章)(1990)·향토문화 대상 등을 받았다.

작품으로 〈개폐교(開閉橋)〉(1950)·〈무명묘(無名錨)〉(1954)·〈파초(芭蕉) 제3장〉(1955)·〈깨뜨려진 이조 화병(李朝花瓶)〉(1956)·〈분황사 탑(芬皇寺塔)〉(1956)·〈동백(冬栢)을 심어 놓고〉(1957)·〈노후선(老朽船) 6601호〉[〈신태양(新太陽)〉, 1959. 6.]·〈향편유정(香片有情)〉(1989)·〈석란(石蘭)〉·〈적막(寂寞)〉 등이 있으며, 시집 〈개폐교〉(영남문학회, 공저. 1952)와 이경순·조진대와 함께 펴낸 사화집(詞華集) 〈삼인집(三人集)〉(영남문학회, 공저. 1952), 〈설창수 시선(詩選)〉(1976)·〈설창수 문학 전집(全集)〉(모두 6권, 1984), 수필집 〈성좌(星座) 있는 대륙〉(1960), 산문집 〈청수헌 산고(聽水軒散稿)〉(1960)를 펴냈다.

국립대전현충원(國立大田顯忠院) 애국 지사 묘역에 안장(安葬)되었으며, 경상남도 진주시(晉州市) 본성동(本城洞) 남강(南江) 진주성 맞은편 공원에 흉상(胸像)과 〈남강가에서〉가 새겨진 시비(詩碑)가 있다. 한편 1954년 진주성 안 의기사(義妓祠) 앞에 세워진 '의랑(義娘) 논개(論介)의 비(碑)'의 비문을 썼다.

1990년 그의 문학적 업적과 그 정신을 기리기 위한 '파성 문학상(巴城文學賞)'이 제정되었으나, 5회 수상자를 낸 뒤 중단되었다.

231

세이쇼 나곤

清少納言 966/967 ~ 1025?

일본의 여류 시인이며 일기(日記) 작가.

헤이안 시대(平安時代, 794~1192) 궁정인(宮廷人) 기요하라 모토스케(清原元輔, 908~990. '36가선'의 한 사람)의 딸로, 교토(京都, 794~1868년 일본의 수도)에서 태어났다.

981년 무렵 다치바나 노리미쓰(橘則光, 965~1028 이후)와 결혼하여 이듬해 아들 노리나가(則長, 982~1034)를 낳았지만, 무골(武骨)이었던 남편과의 반목으로 곧 이혼하였고, 후지와라 무네요(藤原棟世)와 재혼하여 딸 고바노 묘부(小馬命婦)를 얻었다.

991년쯤~1000년 이치조 천황(一條, 980~1011, 일본의 제66대 천황. 재위 986~1011)의 아내 후지와라 사다코(藤原定子, 977~1001)를 섬겼다.

궁정에서 생활하던 시절을 다룬 〈마쿠라노소시(枕草子)〉(1002?)는 자신이 받은 인상과 관찰을 생생하게 이야기한 회고록(回顧錄) 부분과, '성가신 일들'이나 '따분할 때 기분을 전환해 주는 일들'처럼 주변의 사람·사건·사물을 열거하고 분류한 부분으로 이루어져 있다. 이 작품은 자연과 일상 생활에 대한 섬세한 묘사로도 널리 알려졌지만, 세련된 궁정 여인 특유의 초연하고 신랄한 가치 판단과 감성이 풍부한 정서가 뒤섞여 있는, 독창적인 산문 문체(文體)를 구사(驅使)한 것이 특징이다. 오늘날 헤이안 시대의 일본 궁정 생활에 대한 정보를 얻을 수 있는 훌륭한 자료이다. 가모노 조메이(→5)의 〈호조키(方丈記)〉(1212)·요시다 겐코(→323)의 〈쓰레즈레구사(徒然草)〉(1330?)와 함께 이른바 '일본의 3대 수필'로 일컬어지는데, 웨일리(Arthur David Waley, 1889~1966, 영국의 동양학자이며 시인)(1929)와 모리스(Ivan Morris, 1925~1976, 미국의 작가이며 교사·일본 문학자)(1967)가 영어로도 소개하였다.

미나모토 노부카타(源宣方, ?~998, 일본의 귀족)·미나모토 쓰네후사(源經房, 969~1023, 일본의 신하)·후지와라 다다노부(藤原濟信, 967~1035, 일본의 귀족)·후지와라 사네카타(藤原實方, ?~998, 일본의 귀족이며 가인)·후지와라 유키나리(藤原行成, 972~1027, 일본의 신하) 등과 교유(交遊)하였으며, 미인은 아니지만 번득이는 재치와 지성(知性)으로 궁정에서 확고한 지위를 얻었다. 같은 시대의 무라사키 시키부(紫式部, 978?~ 1016?, 일본의 여류 작가)의 일기에 따르면 그녀는 이러한 자질 때문에 미움도 많이 받았다고 한다.

남에게 매우 상냥하게 대하기도 하였지만 매몰차게 자신의 재치를 드러내는 때도 많았고, 무지(無知)와 가난으로 그녀의 눈에 어리석게 보인 사람들을 조금도 동정하지 않았다. 암시를 재빨리 파악하거나 경우에 딱 들어맞는 즉흥시를 짓는 능력은 〈마쿠라노소시〉에 실려 있는 머리말 메모에도 뚜렷이 드러나 있다.

만년(晩年)은 매우 비참하고 쓸쓸하게 보냈다. 42수(首)의 소규모 가집(歌集) 〈세이쇼 나곤집(淸少納言集)〉이 있다.

232

셍게

Dashzevegiyn Sengee 1916 ~ 1959

몽골의 시인.

모스크바 고리키문학대학(Gorky Literary Institute)을 졸업하였다.

1935년(19세)부터 문학 활동을 시작하였는데, 재능을 발휘한 것은 2차 대전(1939. 9. 1.~1945. 9. 2.) 때부터이다. 〈조국(祖國)〉(1943)·〈늙은 유격 대원의 이야기〉(1954)·〈들불 옆에서〉(1954)·〈비둘기〉(1954)·〈요리사(料理師)〉 등의 시가 널리 알려졌다.

소설 〈아요시〉(1956)에서는 몽골 인의 훌륭한 기개와 행위, 현대 군인상을 선명하게 묘사하였다. 작품의 내용은 조국애로 가득 차 있고, 서술에는 정치 용어를 많이 쓰고 있는 것이 특징이다.

몽골작가협회(蒙古作家協會) 제1서기(書記)를 지냈다.

233

셰빙신

謝氷心 1900. 10. 5. ~ 1999. 2. 28.

중국의 여류 작가이며 시인.

본명(本名)은 셰완잉(謝婉瑩).

해군 장교 셰바오장(謝葆璋, 1865~1940)의 딸로, 푸젠성(福建省) 민허우현(閩侯縣)에서 태어났으며, 베이징(北京)에서 죽었다.

1913년(13세) 베이징으로 가서 1914년(14세) 기독교계의 바이만여학교(貝滿女學校)에 입학하였으며, 1918년(18세) 협화여자대학(協和女子大學)에서 공부하였다. 옌징대학(燕京大學) 예과(豫科) 재학 중인 1919년(19세) 5·4운동(五四運動)을 경험하였으며, 창작을 시작하여 청신한 신시(新詩)·산문·소설 등으로 신문학에서 주목받았다.

초기에는 이상주의(理想主義, idealism)적 색채가 강하였으나 차차 사회 문제를 다루었다. 창작의 기조(基調)가 청순한 인간의 애정과 모성애에 둔 조용한 작품으로, 소설·산문 모두 아름다운 표현으로 정평이 나 있다.

타고르(→483)를 배운 시집 〈번성(繁星)〉(1921)·〈춘수(春水)〉(1922) 등으로 널리 알려졌고, 유년기와 자연을 서정적으로 묘사한 단편 소설 〈초인(超人)〉(1923)을 발표하였으며, 중국 근대 문학 초창기의 대표적인 소설가의 한 사람이 되었다.

1921년(21세), 5·4 운동 뒤의 중국 근대 문학 개화기에 경제지(耿濟之, 1899~1947)·구세영(瞿世英)·궈샤오위(郭紹虞, 1893~1984, 중국의 학자)·라오화성[落華生, 1894~1941, 중국의 문학가이며 인도학자·교수. 본명은 쉬디산(許地山)]·쑨푸위안(孫伏園, 1894~1966, 중국의 학자이며 작가)·예사오쥔[葉紹鈞, 1894~1988, 중국의 작가. 본명은 예성타오(葉聖陶)]·왕퉁자오(→319)·장바이리(蔣百里, 1882~1938, 중국의 군인이며 이론가)·저우쭤런[周作人, 1885~1967, 중국의 학자이며 수필가·번역가. 루쉰[魯迅, 1881~1936, 20세기 중국 문학의 거장. 본명은 저우수런(周樹人)]의 아우]·정전둬(鄭振鐸, 1898~1958, 중국의 문학사가)·주희조(朱希祖, 1879~1944, 중국의 사학자)·천옌빙[沈雁冰, 1896~1981, 중국의 작가이며 문학 평론가. 본명은 마오둔(茅盾)] 등이 창립한 문학 단체 문학연구회(文學硏究會)의 기관지 〈소설월보(小說月報)〉에 많은 작품을 발표하였다.

1923년(23세) 옌징대학을 졸업한 뒤 미국으로 유학하여 북동부 매사추세츠 주의 웰즐리 칼리지(Wellesley College, 1870년 설립)에서 문학 석사 학위를 받고 1926년(26세) 귀국하였다.

1929년(29세) 미국에서 만난 사회학자 우원자오(吳文藻, 1901~1985)와 결혼하고, 옌징대학·칭화대학(清華大學, Tsinghua University, 1911년 설립) 여자문리학원(女子文理學園) 등에서 교편(敎鞭)을 잡았다.

중·일 전쟁[中日戰爭(Second Sino-Japanese War), 1937. 7. 7.~1945. 9. 2.] 중에는 윈난(雲南)·충칭(重慶) 등지에 있었으며, 1946년(46세) 주일(駐日) 대표부에 근무하게 된 남편과 함께 일본으로 가서 도쿄대학(東京大學)에서 가르치다가, 1952년(52세) 베이징으로 돌아왔다. 그 뒤 문학예술계연합회(文學藝術界聯合會) 전국 위원, 중국작가협회(中國作家協會) 서기(書記), 〈아동문학(兒童文學)〉(1963년 창간) 편집 위원, 전국인민대표대회(全國人民代表大會) 대표 등의 요직을 지내며, 국제적으로 저명한 작가로서 문화계·여성계를 대표하여 국제 교류에 온 힘을 기울였다.

1960년대 초반 이후 거의 작품을 쓰지 않았으나, 중국 공산당(中國共産黨, Chinese Communist Party, 1921년 창당) 정부의 문화 사업, 특히 아동 문학 부문에서는 매우 적극적으로 활동하였다.

이 밖에 〈이별〉(1931)·〈여인에 관하여(關於女人)〉(1943)과 미국 유학 중의 통신집 〈어린 독자에게(寄小讀者)〉(1923~1926), 아동 문학 〈타오치의 여름 방학 일기(陶奇的署期日記)〉(1956)·〈다시 어린 독자에게(再寄小讀者)〉(1958) 등과 1959(59세)~1964년(64세)에 쓴 수필을 모은 수필집 〈시수소찰(詩隨小察)〉이 있다.

234

소동파

蘇東坡 1036. 12. 19. ~ 1101. 7. 28.

중국 북송(北宋, 960~1126)의 시인이며 정치가.

이름은 식(軾), 자(字)는 자첨(子瞻), 호(號)는 동파거사(東坡居士), 애칭(愛稱)은 파공(坡公)·파선(坡仙).

구양수(→32)·왕안석(→312) 등과 교유(交遊)하며 이름을 날린 문장가였던 소순(蘇洵, 1009~1066, 중국 북송의 문학가)의 아들로, 쓰촨성(四川省) 메이산현(眉山縣)에서 태어났으며, 소철(→239)의 형으로 '대소(大蘇)'라고도 일컬어졌으며, 아버지 소순, 아우 소철과 함께 '3소(三蘇)'라고도 일컬어졌다.

부유한 지식인 집안으로 명망이 높았으며, 1057년(21세) 아우 소철과 함께 진사시(進士試)에 급제(及第)하고, 과거(科擧) 시험의 위원장이었던 구양수에게 인정을 받아 그의 후원으로 문단(文壇)에 등장하였다.

모친상으로 고향에서 3년 시묘살이를 마친 뒤 허난성(河南省) 변경[汴京, 지금의 카이펑(開封)]으로 돌아와, 1062년(26세) 제과(制科, 특별 임용 시험)에 장원(壯元)으로 급제하였으며(아우 소철이 차석), 산시성(陝西省) 펑샹부(鳳翔府) 사무관인 첨판(簽判)으로 부임하여 첫 관직을 수행하였다. 펑샹부에서 임기를 마치고 곧 중앙 정부 변경으로 옮겼으나, 신종(神宗, 1048~1085, 중국 북송의 제6대 황제, 재위 1067~1085)이 기용한 왕안석과 정치적 입장의 차이로 대립적 관계가 되었다.

당시 정치적 실세로 재정 혁신법을 추진하는 왕안석의 개혁 정책인 '신법(新法)'이 실시되자 '구법당(舊法黨)'에 속하였던 그는 이에 반대하여, 1071년(35세) 저장성(浙江省) 항저우(杭州)의 지방관(地方官)으로 전출되었다. 통판(通判)이라는 한직(閑職)을 맡았지만 그 반면 그의 문학적 재능을 발현하기에 좋은 기회가 되었다. 항저우로 좌천(左遷)된 이후 4년 동안 많은 시를 남겼다. 특히 항저우 서쪽 시후호(西湖)는 그의 문학적 감수성을 자극하는 좋은 장소가 되었다. 1074년(38세)에는 산둥성(山東省) 밀주(密州), 1077년(41세)에는 장쑤성(江蘇省) 쉬저우(徐州) 태수(太守)로 부임하였다.

저장성 후저우(湖州) 자사(刺史)로 있을 때, 천성이 자유인이었던 그는 기질적으로도 신법을 싫어하였으며 '독서가 만 권에 이르러도 율(律)은 읽지 않는다.'고 하였다. 이 일이 재앙을 불러 사상 초유의 필화(筆禍) 사건을 일으켜 1079년(43세) 수도(首都)로 호송되어 어사대(御史臺)의 감옥에 갇혔다. 심한 취조를 받은 뒤에 사형을 받을 위기에 놓였으나 황제의 은총으로 겨우 죽음을 면하고 후베이성(湖北省) 황저우(黃州)로 유배(流配)되었다. 그곳에서 〈적벽부(赤壁賦)〉를 써내어 '동파거사'라는 호를 받았다. 이 작품은 1082년(46세) 황저우의 양쯔강[揚子江, 중국인들은 창장강(長江)이라고 한다.]에 배를 띄워 적벽에서 선유(船遊)하면서 지은 것으로, 음력 7월 16일에 지은 〈전적벽부(前赤壁賦)〉와 음력 10월 15일에 지은 〈후적벽부(後赤壁賦)〉가 있다.

전편은 적벽에서 벌어졌던 삼국 시대의 고사(古事)를 생각하고 덧없는 인생에서 벗어나 자연과의 합일(合一)을 노래한 것이고, 후편은 적벽 야유(夜遊)의 즐거움을 구가(謳歌)한 것이다. 여기에 담긴 그의 무위자연(無爲自然)의 인생관과 호연지기(浩然之氣)의 정신은 문인(文人)들이 추구하는 이상(理想)에 부합되었고, 더욱이 시서화(詩書畫) 일치를 주장하였기 때문에 불후(不朽)의 명작으로 널리 애창되었고, 이를 주제로 많은 문인화가들에 의하여 그려졌다.

1085년(49세) 철종(哲宗, 1077~1100, 중국 북송의 제7대 황제. 재위 1085~1100)이 즉위하면서 구법당이 득세하여 예부상서(禮部尙書) 등의 대관(大官)을 지냈다.

황태후(皇太后)의 죽음을 계기로 신법당이 다시 세력을 잡자, 최남단 하이난 섬(海南島)으로 유배되었다. 그곳에서 7년 동안 귀양살이를 하던 중 1100년(64세) 휘종(徽宗, 1082~1135, 중국 북송의 제8대 황제. 재위 1100~1125)의 즉위와 함께 귀양살이가 풀렸으나, 돌아오던 도중 장쑤성 창저우(常州)에서 죽었다.

'당송 팔대가[唐宋八大家, 중국 당나라의 유종원(→**349**)·한유(→**504**), 송나라의 구양수·소동파·소순·소철·왕안석·증공(曾鞏, 1019~1083, 중국 북송의 문학가)]'의 한 사람이며, 송(宋)나라(960~1279)를 대표하는 사대부(士大夫)로 제1의 시인이며, 이지적(理智的) 학자이면서 섬세한 감각의 시인이었다.

폭넓은 재능을 발휘하여 시문서화(詩文書畫) 등에 훌륭한 작품을 남겼으며, 좌담(座談)을 잘 하고 유머를 좋아하여 누구에게나 호감을 주었으므로 많은 문인들이 모여들었다. 당시(唐詩)가 서정적인 데 대하여 그의 시는 철학적 요소가 짙었고 새로운 시경(詩經)을 개척하였다.

글씨는 미불(米芾, 1051~1107, 중국 북송의 학자이며 서예가·화가)·채양(蔡襄, 1012~1060, 중국 북송의 정치가이며 서예가)·황정견(→**522**)과 함께 이른바 '북송 4대가(北宋四大家)'의 한 사람으로 일컬어지고 있다.

또한 중국에서 묵죽(墨竹)을 사대부의 화목(畫目)으로 발달시킨 학자는 문동(文同, 1018~1079, 중국 북송의 문인이며 화가)·소동파·황정견 세 사람인데, '흉중성죽(胸中成竹, '대나무 그림을 그리려면 가슴 속에 대나무를 담아야 한다')'을 제창하여 성정(性情)의 의경(意境)을 추구한 이들을 '송대(宋代) 문인삼걸(文人三傑)'로 일컬었다.

산문 선집(散文選集) 〈문장궤범(文章軌範)〉에 12편의 산문이 실려 있고, 지은 책으로 〈구지필기(仇池筆記)〉·〈논어설(論語說)〉·〈동파악부(東坡樂府)〉·〈동파지림(東坡志林)〉·〈동파칠집(東坡七集)〉·〈애자잡설(艾子雜說)〉이 있다.

235
소마데바
Somadeva ?~?

인도의 작가이며 시인.

카스트[caste, 인도 사회 특유의 신분 제도. 브라만(Brahman, 사제·성직자), 크샤트리아(Kshatriya, 귀족·무사), 바이샤(Vaisya, 상인·농민·지주), 수드라(Sudra, 소작농·청소부·하인)의 네 가지로 분류된다.]의 최고 계급인 브라만 출신으로, 인도 북부 카슈미르(Kashmir)의 시바파(Siva派)였으며, 1070년쯤에 활동하였다.

그의 이야기는 인도의 고대 민간 전설을 운문(韻文)으로 된 이야기 전집에 많이 보존되어 있다.

카슈미르의 아난타데바 왕(Anantadeva, 재위 1063~1081)의 궁정(宮廷) 시인이었으며, 정치 위기 동안 일련의 재미있는 이야기를 지어 수리아마티 여왕(Suryamati)을 즐겁게 하고 진정시켜 달라는 위촉을 받았다.

아난타데바 왕의 통치가 중단되었던 두 기간(1077년에 통치가 회복되었다.)에 자신의 기념비적인 작품을 썼다.

아름다운 산스크리트(Sanskrit) 어(語)로 쓴 설화집(說話集) 〈카타사리트사가라[Kathāsaritsāgara(Ocean of the Streams of Stories, '이야기가 흘러들어가는 바다')]〉(모두 18권, 1063~1081)는 재미있는 이야기가 많이 실려 있는데, 중세 유럽의 옛날 이야기와 매우 닮았다. 마술, 악마, 잔인한 연회(宴會)들, 흡혈귀, 사랑, 격심한 모험이 '타랑가(taranga, 물결)'로 알려진 124개 장(章)에서 펼쳐진다. 이 작품은 구나댜(→29)가 중기 인도 아리안(Indo-Aryan) 속어의 일종인 파이샤티(Paisaci) 어로 쓴 방대한 이야기책 〈브리하트카타[Bṛhat-kathā(The Great Tale/Great or Long Story, '긴 이야기')]〉를 모방하였는데, 앞선 시기의 불교 자료를 이용한 듯하다. 토니(Charles H. Tawney, 1837~1922, 영국의 교육자이며 인도 문학자)가 번역하여 1880년과 1884년에 두 권으로 〈이야기의 바다(The Ocean of Story)〉로 펴냈다.

236

소명 태자

昭明太子 501 ~ 531

중국 남조(南朝) 양(梁)나라(502~557)의 시인.

무제[武帝, 464~549, 중국 양나라의 창건자이며 초대 황제. 재위 502~549. 소연(蕭衍)]의 맏아들로, 이름은 통(統), 자(字)는 덕시(德施), 소명(昭明)은 시호(諡號).

아버지 무제가 즉위한 해인 502년(1세) 11월에 황태자에 책봉(冊封)되었지만 531년(30세) 뱃놀이를 하던 도중 배가 뒤집혀 즉위하기 전에 죽었다. 뒷날 셋째 아들 소찰[蕭詧, 519~562, 재위 555~562. 선제(宣帝)]이 후량(後梁, 554~587)을 건국하면서 고종(高宗)의 묘호(廟號)와 소명 황제(昭明皇帝)의 시호를 받았다.

어렸을 때 벌써 〈논어(論語)〉·〈오경(五經)〉·〈효경(孝經)〉을 욀 수 있었고, 기억력도 출중하였다. 부왕(父王)과 마찬가지로 불교를 신봉(信奉)하고, 정사(政事)나 법리(法理)를 맡기면 즉결회답(卽決回答)하였다.

그의 동궁(東宮)에는 3만 권의 서책(書冊)이 있어서 명재현사(名才賢士)를 거느리고 시문(詩文)을 짓고 저술하였으므로 문학이 크게 번성하였다. 그의 〈소명 태자집(昭明太子集)〉(모두 20권)에는 그 당시의 아름답고 유려한 작품들도 실려 있다.

유효작(劉孝綽, 481~539, 중국 남조 양나라의 문학가) 등 절친한 시인들의 협력을 받아 진·한(秦漢) 시대[진(秦)나라(B.C.221~B.C.207)가 중국을 통일한 때부터 후한(後漢, 25~220) 멸망까지의 시대. 기원전 221~기원후 220] 이래의 대표적인 시문을 골라 〈문선(文選)〉[모두 30권, 〈소명 문선(昭明文選)〉이라고도 한다.]을 편찬하였다.

237

소순흠

蘇舜欽 1008 ~ 1048. 12.

중국 북송(北宋, 960~1126)의 시인.

자(字)는 자미(子美), 호(號)는 창랑옹(滄浪翁).

공부낭중(工部郎中)을 지낸 소기(蘇耆)의 아들로, 허난성(河南省) 카이펑(開封)에서 태어났다.

음보(蔭補)로 관직에 올랐으며, 1035년(27세) 진사시(進士試)에 급제(及第)하여 현령(縣令)·대리평사(大理評事) 등 하급 벼슬살이를 하였다.

용모가 우람하고 씩씩한 성격으로 술을 좋아하였고, 결혼한 뒤 처가에서 살았는데, 장인(丈人)은 재상(宰相) 겸 추밀사(樞密使)를 지낸 두연(杜衍, 978~1057, 중국 북송의 정치가)이었다.

젊어서부터 큰 뜻을 품어 목수(穆修, 979~1032, 중국 북송의 시인)와 함께 고문시가(古文詩歌)를 즐겨 지으면서 당시 많은 호걸들과 교유(交遊)하였다.

1039년(31세) 범중엄(范仲淹, 989~1052, 중국 북송의 학자이며 개혁가)의 천거(薦擧)로 집현전(集賢殿) 교리(校理)로 있으면서 진주원(進奏院)을 감독하였다.

두연과 범중엄이 주도하는 정치 개혁에 참여하였다가 자주 모함을 받았는데, 1040년(32세) 11월 관례대로 진주원에 쌓여 있던 폐지와 옛 지전(紙錢)을 팔아 기악(妓樂)을 불러 빈객(賓客)들과 잔치를 열었다가 탄핵(彈劾)을 받아 실각(失脚), 장쑤성(江蘇省) 쑤저우(蘇州)로 좌천(左遷)되었다. 이 때 그를 비롯하여 일가 친척들이 거의 관련자로 붙잡혀 '일망타진(一網打盡)'이라는 고사(故事)의 유래가 되었다. 그 뒤 쑤저우에 은거하면서 창랑정

(滄浪亭)을 짓고 시와 술로 시름을 달랬다. 1044년(36세) 복직(復職)되어 저장성(浙江省) 후저우(湖州) 장사(長史, 막료장)로 있다가 죽었다.

서곤체(西崑體)의 화려한 문풍(文風)에 반대하고 고문 운동(古文運動)을 제창하여 구양수(→32)·매요신(→154) 등과 새로운 송시(宋詩) 창조에 앞장섰으며, 매요신과 함께 '소매(蘇梅)'로 일컬어졌다. 시의 특징은 '초매횡절(超邁橫絕)'이라고 하여 거칠었으나 기력이 넘쳤고, 담백한 서경시(敍景詩)를 그렸다.

작품으로 〈대주(對酒, '술을 대하고서')〉·〈서중잡영(暑中雜咏, '여름날 두서없이 읊다')〉·〈성남감회정영숙(城南感懷呈永叔)〉·〈오문(吾聞)〉·〈회중만박독두(淮中晚泊犢頭)〉 등과 지은 책으로 〈소학사 문집(蘇學士文集)〉[모두 16권, 〈소미자집(蘇子美集)〉이라고도 한다.]이 있다.

*** 소식(蘇軾) → 소동파**(→234)

238

소옹

邵雍 1011. 1. 21. ~ 1077. 7. 27.

중국 북송(北宋, 960~1126)의 학자이며 시인.

자(字)는 요부(堯夫), 호(號)는 백원 선생(百源先生)·안락 선생(安樂先生)·이천옹(伊川翁), 시호(諡號)는 강절(康節). '소강절(邵康節)'이라고도 한다.

허베이성(河北省) 판양[范陽, 지금의 베이징(北京) 부근 줘현(涿縣)]에서 태어났으며, 나중에 허난성(河南省)에서 살았다. 주염계[周濂溪, 1017~1073, 중국 북송의 유학자. 주돈이(周敦頤)]와 같은 시대의 사람으로, 젊어서부터 뜻을 품어 소문산(蘇門山) 백원(百源)에서 공부하였다.

이지재(李之才, ?~1045)로부터 도서(圖書)·천문(天文)·역수(易數)를 배웠다.

인종(仁宗, 1010~1063, 중국 북송의 제4대 황제. 재위 1022~1063) 가우 연간(嘉祐年間, 1056~1063)에는 장작감(將作監) 주부(主簿)로 임명되었으나, 벼슬을 사양하고 일생을 뤄양(洛陽)에 묻혀 살았다.

부필(富弼, 1004~1083, 중국 북송의 정치가)·사마광(司馬光, 1019~1086, 중국 북송의 정치가이며 사학자)·여공저[呂公著, 1018~1089, 중국 북송의 재상. 여본중(→287)의 증조부] 등 정계(政界) 중진인 구법당(舊法黨)과 교유(交遊)하면서 정자 형제[程子兄弟, 정호(程顥, 1032~1085, 程明道)와 정이(程頤, 1033~1107, 程伊川). 중국 북송의 이학(理學)을 철학 학파로 발전시킨 형제 철학자] 등 학자들과 벗으로 지내면서 시정(市井)의 학자로 평생을 마쳤다.

도가(道家) 사상의 영향을 받고 유교(儒敎)의 역철학(易哲學)을 발전시켜 특이한 수리 철학(數理哲學)을 만들었다. 즉 역(易)이 음(陰)과 양(陽)의 2원(二元)으로 우주의 여러 현상을 설명하고 있음에 대하여, 음·양·강(剛)·유(柔)의 4원(四元)을 근본으로 하고, 4의 배수(倍數)로 모든 것을 설명하였다. 이 철학은 라이프니츠(Gottfried Wilhelm von Leibniz, 1646~1716, 독일의 철학자이며 수학자·정치 고문)의 2치논리(二値論理, binary numeral system)에 힌트를 주었다고 한다.

선천학(先天學)을 창시하고 만물은 모두 태극(太極)에서 말미암아 변화 생성된다고 주장하였다. 〈황극경세서(皇極經世書)〉(모두 62편)를 써서 장대한 우주론적 역사관을 펼쳤고, 천지간 모든 현상의 전개를 수리로 해석하고 그 장래를 예시하였으며, 또한 〈관물내외편(觀物內外編)〉(모두 2편)에서 허심(虛心)·내성(內省)의 도덕 수양법을 설명하였다.

자유로운 시체(詩體)의 시집 〈이천 격양집(伊川擊壤集)〉(모두 20권)에서는 자유인의 기쁨을 솔직하게 읊었으며, 〈어초문답(漁樵問答)〉 등은 후세에 많은 영향을 주었고, 〈선천도(先天圖)〉 등의 저서가 있다.

도학(道學, 뒷날의 주자학)의 계보에서 조금 벗어났으나 그의 역학(易學)은 주희[朱熹, 1130~1200, 중국 남송의 사상가. 주자(朱子)]에게 큰 영향을 주었으며, 주희는 주염계·정자 형제와 함께 소옹을 도학의 중심 인물로 간주하였다.

239

소철

蘇轍 1039 ~ 1112. 10.

중국 북송(北宋, 960~1126)의 정치가이며 문학가·시인.

자(字)는 동숙(同叔)·자유(子由), 호(號)는 난성(欒城)·영빈(潁濱), 시호(諡號)는 문정(文定).

구양수(→32)·왕안석(→312) 등과 교유(交遊)하며 이름을 날린 문장가였던 소순(蘇洵, 1009~1066, 중국 북송의 문학가)의 아들로, 쓰촨성(四川省) 메이산현(眉山縣)에서 태어났으며, 동파(東坡) 소식(→234)의 아우로 '소소(小蘇)'라고도 일컬어졌으며, 아버지 소순, 형 소식과 함께 '3소(三蘇)'라고도 일컬어졌다.

부유한 지식인 집안으로 명망이 높았으며, 1057년(18세) 형 동파와 함께 진사시(進士試)에 급제(及第)하고, 모친상으로 고향에서 3년 시묘살이를 마친 뒤 허난성(河南省) 변경[汴京, 지금의 카이펑(開封)]으로 돌아와, 1062년(23세) 제과(制科, 특별 임용 시험)에도 차석(次席)으로 급제하였다(형 소식이 장원).

신종(神宗, 1048~1085, 중국 북송의 제6대 황제. 재위 1067~1085)이 기용한 왕안석과 정치적 입장의 차이로 대립적 관계가 되었다. 당시 정치적 실세로 재정 혁신법을 추진하는 왕안석의 개혁 정책인 '신법(新法)'이 실시되자 '구법당(舊法黨)'에 속하였던 그는 이에 반대하여, 지방으로 좌천(左遷), 허난성 추관(推官)·천저우[陳州, 화이양(淮陽)] 교관(敎官)·장쑤성(江蘇省) 응천부[應天府, 지금의 난징(南京)] 첨서판관(簽書判官) 등을 지냈다.

1085년(46세) 철종(哲宗, 1077~1100, 중국 북송의 제7대 황제. 재위 1085~1100) 때 구법당이 정권(政權)을 잡자, 비서성(祕書省) 교서랑(校書郎)·우사간(右司諫)·어사중승(御史中丞)·상서우승(尙書右丞)을 거쳐 문하시랑(門下侍郎)이 되었다. 그러나 또다시 신법당에 의하여 1097년(58세) 광둥성(廣東省) 레이저우(雷州)로 귀양 갔고, 1100년(61세) 휘종(徽宗, 1082~1135, 중국 북송의 제8대 황제. 재위 1100~1125)의 즉위와 함께 귀양살이가 풀려 사면(赦免)된 뒤 조청대부(朝請大夫)로 강등되어 관직에서 물러나 허난성 영창(潁昌)으로 은퇴하였다.

'당송 팔대가[唐宋八大家, 중국 당나라의 유종원(→349)·한유(→504), 송나라의 구양수(→32)·소동파·소순·소철·왕안석·증공(曾鞏, 1019~1083, 중국 북송의 문학가)]'의 한 사람으로 산문에 뛰어났으며, 시풍(詩風)은 온화하다.

시문(詩文) 외에도 많은 고전(古典)의 주석서(註釋書)와 〈고사(古史)〉(모두 60권)·〈난성응조집(欒城應詔集)〉·〈난성집(欒城集)〉(모두 84권)·〈노자해(老子解)〉(모두 2권)·〈논어습유(論語拾遺)〉·〈도덕경해(道德經解)〉·〈맹자해(孟子解)〉·〈시경전(詩經傳)〉·〈시집전(詩集傳)〉(모두 26권)·〈용천별지(龍川別志)〉(모두 8권)·〈용천약지(龍川略志)〉(모두 10권)·〈춘추집해(春秋集解)〉(모두 12권) 등 철학·문학책을 펴냈다.

240

소초

宗長 1448~1532. 4. 11.

일본의 시인이며 연대기(年代記) 작가.

소칸(宗鑑, 사이오쿠켄)이라고도 한다.

스루가구니[駿河國, 지금의 혼슈(本州) 시즈오카현(靜岡縣)] 시마다(島田)에서 태어났다.

어린 시절은 거의 알려진 바가 없으며, 1465년(17세) 이마가와 요시타다(今川義忠, 1436~1476, 일본의 무장) 밑에서 일하였으며, 이마가와 요시타다가 전사(戰死)한 뒤 렌가[連歌, 두 사람 이상이 와카(和歌)를 번갈아 읊어 나가는 형식의 시]의 대가(大家) 이오 소기(→386)의 제자로 평생을 보냈다.

1488년(40세) 초 쇼하쿠(→244)와 이오 소기와 함께 교토(京都, 794~1868년 일본의 수도)와 혼슈 서부 오사카(大阪) 사이에 있는 미나세(水無瀨) 마을에서 〈미나세산긴햐쿠인(水無瀨三吟百韻)〉을 지었다. 이 시는 당시 전성기를 맞이하였던 렌가의 최고 걸작 가운데 하나라는 평가를 받고 있다.

1502년(54세) 이오 소기가 죽자, 스승을 추모(追慕)하기 위하여 서술적인 〈소기 종언기(宗祇終焉記)〉를 썼다.

후기 작품으로 렌가와 하이카이(俳諧, 코믹한 렌가)를 이용하여 자신의 여행담을 묘사한 〈소초 수기(宗長手記)〉(1522~1527)와 〈소초 일기(宗長日記)〉(1530~1531)가 있다.

*** 송덕봉(宋德奉) → 미암 부인 송씨**(→166)

241

송옥

宋玉 B.C.290?~B.C.222?

중국 춘추 전국 시대(春秋戰國時代, B.C.770~B.C.403, B.C.403~B.C.221) 초(楚)나라(B.C.771~B.C.221)의 시인.

자(字)는 자연(子淵), 호(號)는 녹계자(鹿溪子).

옛 기록으로 미루어 초나라 언[鄢, 지금의 후베이성(湖北省) 의성현(宜城縣)]에서 태어났다.

가계(家系)나 생애에 대하여 알려진 바는 거의 없다. 가난한 선비 출신으로, 경양왕(頃襄王, ?~B.C.263, 중국 전국 시대 초나라의 제39대 왕. 재위 B.C.298~B.C.263)을 섬겨 소관을 거쳐 대부(大夫)가 되었다.

굴원(→37)에게 배웠으며, 경차[景差, ?~?, 중국 초나라의 사부(辭賦) 작가]·당륵(唐勒, B.C.290?~B.C.223, 중국 초나라의 사부 작가)과 함께 초나라 궁정(宮廷) 문단(文壇)에 참여하여 그윽한 정취를 풍기는 아름다운 작풍(作風)으로 두각을 나타냈다. 굴원 다음가는 부(賦)의 작가로 명성을 얻어 '굴송(屈宋)'이라고 일컬어졌다.

그의 작품은 16편이라고 하는데, 남아 있는 것은 〈초사(楚辭)〉에 실려 있는 〈구변(九辨)〉과 〈초혼(招魂)〉 등 6편이 있으며, 모두 감미롭고 애절한 정서에 넘치는 작품이다. 〈구변〉은 굴원의 〈구장(九章)〉과 〈이소(離騷)〉에서 받은 영향이 강하며, 참언(讒言)에 의하여 충성(忠誠)을 의심받았고, 그래서 쫓겨나게 된 굴원의 심정을 슬퍼하여 문하(門下)인 송옥이 이것에 가을의 서글픔을 붙여 썼다고 한다. 거기에는 굴원과 같이 정열적인 자기 주장은 없고, 다만 비애의 서정만이 있을 뿐이다.

문체(文體)가 화려한 것으로 널리 알려졌으며, 〈문선(文選)〉[소명 태자(→236)가 엮은 시문집. 모두 30권. 〈소명문선(昭明文選)〉이라고도 한다.]에 실려 있는 것으로 〈고당(高唐)〉·〈등도자호색(登徒子好色)〉·〈신녀(神女)〉·〈풍(風)〉의 여러 부(賦), 〈대언(大言)〉·〈대초왕문(對楚王問)〉·〈무(舞)〉의 여러 부, 〈소언(小言)〉·〈조(釣)〉·〈풍(諷)〉·〈피리(笛)〉의 여러 부, 〈고당대(高唐對)〉의 14편이 있는데, 후세 사람들의 위작(僞作)으로 의심받고 있다.

부(賦)의 재능을 타고나서 〈문선〉에 실려 있는 작품들은 초왕(楚王)에 대한 풍자도 약간 있지만, 미사여구(美辭麗句)를 마음대로 구사(驅使)하여 청각 문학(聽覺文學)의 수작(秀作)이라고 할 수 있다.

중국 비추 문학(悲秋文學)의 개조(開祖)로 알려졌으며, 무제[武帝, B.C.156~B.C.87, 중국 한나라의 제7대 황제. 재위 B.C.141~B.C.87. 유철(劉徹)]의 〈추풍사(秋風辭)〉나 반악(→197)의 〈추흥부(秋興賦)〉를 비롯하여 후세의 시문(詩文)과 속문학(俗文學)에까지 그 영향이 미쳤다.

242

송욱

宋稶 1925. 4. 19. ~ 1980. 4. 21.

한국의 시인이며 영문학자.

아버지 송양호[宋良浩, 1887~?, 일제(日帝) 때 군수 등을 지낸 관료]와 어머니 김동성(金東成)의 3남 7녀 중 셋째 아들로, 충청남도 홍성(洪城)에서 태어났다.

1942년(17세) 경기공립중학교(京畿公立中學校, 지금의 경기고등학교) 4학년을 수료하고, 같은 해 일본으로 유학하여 가고시마 제7고등학교(鹿兒島第七高等學校)에 입학하였다. 교토제국대학[京都帝國大學. 교토대학의 전신(前身)] 문학부와 구마모토의과대학(熊本醫科大學)을 거쳐 경성제국대학(京城帝國大學. 서울대학교의 전신) 의학부에 편입하였다.

광복을 맞아 서울대학교 문리대 영문과로 편입학, 1948년(23세) 졸업하였다. 대학을 졸업한 뒤 모교(母校) 경기공립중학교 교사와 서울대학교 강사를 지내다가 한국 전쟁(Korean War, 1950. 6. 25.~1953. 7. 27.) 때 해군에 입대하여, 해군사관학교(海軍士官學校) 교관으로 근무하다가 대위로 제대하였다.

1953년(28세) 시 〈꽃〉·〈비 오는 창(窓)〉·〈장미(薔薇)〉가 〈문예(文藝)〉(월간 순수 문예지. 1949. 8.~1954. 3. 통권 21호로 종간)에 추천되면서 등단(登壇)하였고, 〈문예〉에 〈서정주론(徐廷柱論)〉을 비롯하여 많은 평론을 발표하였다.

1954년(29세) 3월 처녀 시집 〈유혹(誘惑)〉[사상계사(思想界社)]을 펴냈고, 같은 해 서울대학교 전임 강사가 된 뒤, 1972년(47세) 박사 학위를 받았고, 문리대 교수를 거쳐 1975(50세)~1977년(52세) 인문대학장을 지냈다.

고석규(→18)·김춘수(→95)·김현승(→99)·유치환(→350) 등과 〈시연구(詩研究)〉(시 동인지. 1956. 5. 창간호로 종간)를 펴냈으며, 영미(英美)의 주지주의(主知主義, intellectualism) 영향을 받은 〈하여지향(何如之鄕)〉[〈현대문학(現代文學)〉 제31호, 1957. 7.]으로 주목을 끌었다.

1957년(32세)에는 미국으로 유학하여 시카고대학교(University of Chicago)에서 1년 동안 영문학을 연구하였다.

1961년(36세) 2월에는 〈하여지향〉과 〈해인연가(海印戀歌)〉(〈사상계〉 제77호, 1959. 9.) 등을 실은 제2시집 〈하여지향〉[일조각(一潮閣)], 1963년(38세) 평론 〈시학 평전(詩學評傳)〉(일조각), 1969년(44세) 〈문학 평전(文學評傳)〉, 1971년(46세) 〈월정가(月精歌)〉, 1974년(49세) 〈한용운 시집 님의 침묵—전편(全篇) 해설—〉, 1978년(53세) 〈문물(文物)의 타작(打作)〉을 펴냈다. 그의 평론들은 서구 문학 연구 경험을 바탕으로 동서 문학에 대한 배경 연구와 작가들에 대한 비교 문학적 접근을 시도하였다는 평을 받았다.

1963년 한국일보사(韓國日報社) 출판 문화상 저작상, 1964년(39세) 제13회 서울특별시 문화상을 받았다.

생전에 연구에 매진하는 학구적인 태도를 보였으며, 많은 기행(奇行)으로 주목을 받았다. 작품은 사회 세태와 모순된 현실에 대하여 풍자적 경향을 띠었다. 시선집(詩選集) 〈나무는 즐겁다〉(1978)가 있으며, 1981년 유고집(遺稿集) 〈시신(詩神)의 주소(住所)〉가 발간되었다.

서울 강북구(江北區) 수유동(水踰洞) 국립4·19민주묘지에 〈소리치는 태양〉(1995. 4. 17.), 경기도 남양주시(南楊州市) 화도읍(和道邑) 월산리(月山里) 모란공원(牡丹公園)의 그의 묘소에 〈아악(雅樂)〉이 새겨진 시비(詩碑)가 세워져 있다.

243

송지문

宋之問 656? ~ 712?

중국 당(唐)나라(618~907)의 시인.

자(字)는 연청(延淸). 소련(小連)이라고도 한다.

산시성(山西省) 편양현(汾陽縣) 서하(西河)에서 태어났다.

675년(15세) 진사시(進士試)에 급제(及第), 20세쯤에 측천무후(則天武后, 624~705, 중국 당나라의 제3대 황제 고종의 아내. 중국 역사상 유일한 여황제. 재위 690~705)에게 불려 가서 시재(詩才)를 인정받아 습예관(習藝館)으로 출사(出仕), 그 뒤 상방감승(尙方監丞)·좌봉신(左奉宸) 공봉(供奉)이 되었다.

측천무후의 영신(佞臣) 장역지(張易之, ?~705)에게 아첨하여 그 죄로 말미암아 지방으로 쫓겨났으나, 다시 돌아오자 역시 권력자 무삼사[武三思, ?~707, 중국 당나라의 권신. 측천무후의 이복 오빠 무원경(武元慶)의 아들]에게 아첨하고 비위를 맞추어 벼슬을 차지하는 등 파렴치하고 추악한 행실이 많았다.

그러나 그의 재주를 아끼던 중종[中宗, 656~710, 중국 당나라의 제4대 황제. 재위 684, 705~710. 이현(李顯)]은 그를 수문관(修文館) 직학사(直學士)로 기용하여 문학의 좋은 상대로 삼아 군신(君臣)의 신분을 망각한 주연(酒宴)에 빠졌다. 태평 공주(太平公主, 663?~713, 고종과 측천무후의 막내딸)에게 아첨하였고, 그 뒤 예종[睿宗, 662~716, 중국 당나라의 제5대 황제. 재위 684~690, 710~712. 이단(李旦)]이 즉위하자 영신을 추종하였다는 죄로 광둥성(廣東省) 친저우[欽州, 지금의 친센현(欽縣)]으로 유배되었다가 그곳에서 죽었다.

심전기(→260)와 함께 측천무후와 중종의 궁정(宮廷) 시인으로, 연석(宴席)에서의 시의 경작(競作) 등에 활약하여 '심송(沈宋)'이라고 일컬어졌다.

인품은 좋은 편이 못 되었으나 시풍(詩風)은 육조 시대[六朝時代, 222~589, 중국 삼국 시대 오(吳)나라(222~280)·동진(東晉, 317~419)과 남조(南朝)의 송(宋)나라(420~479)·제(齊)나라(479~502)·양(梁)나라(502~557)·진(陳)나라(557~589)를 합한 시대] 이래의 화려함이 짙게 깔려 있으며, 특히 오언시(五言詩)에 재능이 있었다. 또한 율시체(律詩體)의 정비에 힘을 기울여 두심언(→144)·심전기 등과 같이 초당{初唐, 고조[高祖, 565~635, 중국 당나라의 창건자이며 초대 황제. 재위 618~626. 이연(李淵)]의 무덕(武德, 618)으로부터 예종[睿宗, 662~716, 중국 당나라의 제5대 황제. 재위 684~690, 710~712. 이단(李旦)]의 태극(太極, 712)까지 약 95년간} 후반의 문단(文壇)을 짊어지고 율시 유행의 선봉으로 그 공적이 컸다.

지은 책으로 〈송지문집(宋之問集)〉(모두 10권)이 있다.

244

쇼하쿠

肖柏 1443 ~ 1527. 5. 4.

일본의 학자이며 시인.

호(號)는 로카겐(弄花軒)·무안(夢庵)·보탄게(牡丹花).

어린 시절에 대하여는 거의 알려진 바가 없으며, 정확한 시기는 알 수 없지만 렌가[連歌, 두 사람 이상이 와카(和歌)를 번갈아 읊어 나가는 형식의 시]의 대가(大家) 이오 소기(→386)의 제자가 되었다.

1488년(45세) 초에 소초(→240)와 이오 소기와 함께 교토(京都, 794~1868년 일본의 수도)와 혼슈(本州) 서부 오사카(大阪) 사이에 있는 미나세(水無瀨) 마을에서 〈미나세 산긴햐쿠인(水無瀨三吟百韻)〉을 지었다. 렌가의 인기가 한창 높았을 때 쓴 이 시는 렌가의 최고 걸작 가운데 하나라는 평가를 받고 있다.

1495년(52세)에는 이오 소기를 도와 개정된 작시(作詩)

규칙을 첨부한 렌가 선집(選集) 〈신센쓰쿠바슈(新撰菟玖波集)〉를 편찬하였다.

작품으로 〈이세 모노가타리(伊勢物語, '이세 이야기')〉에 대한 주석서(註釋書) 〈이세 모노가타리 쇼분쇼(伊勢物語小文抄)〉와 렌가에 관한 학술 논문 〈쇼하쿠코덴(肖柏口傳)〉이 있다.

245
수르다스
Sūrdās 1478? ~ 1580/1584?

인도의 시각 장애인 시인이며 가수.

카스트[caste, 인도 사회 특유의 신분 제도. 브라만(Brahman, 사제 · 성직자), 크샤트리아(Kshatriya, 귀족 · 무사), 바이샤(Vaisya, 상인 · 농민 · 지주), 수드라(Sudra, 소작농 · 청소부 · 하인)의 네 가지로 분류된다.]의 최고 계급인 브라만 출신으로, 인도 북부 델리(Delhi) 교외(郊外)에서 태어났다.

집이 가난하고 눈이 보이지 않았기 때문에 야무나(Yamuna) 강가에서 혼자 살았으며, 크리슈나(Krishna, 힌두교의 신. 인도의 신들 가운데 가장 널리 숭배되고 사랑받는 신)의 열렬한 비슈누(Visnu) 신도(信徒)였다.

1510년(32세) 스승 발라바[Vallabha, 1479~1531, 남인도의 베단타(Vedanta) 학파의 철학자]를 만나 가르침을 받고 신앙의 길로 들어섰으며, 발라바가 개설한 북부 우타르프라데시(Uttar Pradesh) 주 고바르단(Govardhan)의 슈리나트 사원(寺院)(Srinath Temple)의 찬가(讚歌) 영창자(詠唱者)로서 즉흥적인 크리슈나 찬가를 불러, 시인 · 가수로 명성을 얻었다.

그의 작품이라는 방대한 서정적 단시(短詩)는 〈수르사가르[Sūr Sāgar(Ocean of Melody, '수르의 바다')]〉에 들어 있는데, 그 대다수는 힌두교 경전(經典) 〈바가바타푸라나(Bhagavata-Purana)〉, 특히 그 10장에 바탕을 두고 크리슈나의 행적(行蹟)을 기린 것이다. 어린 크리슈나의 장난, 그것을 바라보는 주위 사람들의 애정, 크리슈나의 모험과 위난과 어머니의 걱정, 여자 양치기 라다[Rādhā, 힌두 문화에 나오는 인물. 크리슈나가 브린다반(Vrindavan, 우타르프라데시 주 서쪽 끝에 있는 힌두교의 성지)의 소 치는 사람들 사이에서 살던 시절에 그의 애인이었다.]와 크리슈나의 사랑, 이별의 슬픔 등을 노래하여 서정시의 걸작으로 일컬어지며, 인도 문학에 큰 영향을 주었다.

우타르프라데시 주 마투라(Mathura) 부근의 한 방언(方言)에 지나지 않았던 브라지(Braj)는 그의 찬가가 널리 퍼짐에 따라 시어(詩語)나 문어(文語)로서의 자리를 굳혀, 브라지바사 어(語)(Braj Bhāsā language, 브라지 지방의 언어)라고 하게 되었다.

246
순톤 푸
Sunthon Phu 1786. 6. 26. ~ 1855

타이의 시인.

수도(首都) 방콕(Bangkok)에서 태어났다.

라마 2세[Rama II, 1766~1824, 타이 차크리 왕조(Chakri Dynasty, 1782~현재)의 제2대 왕. 재위 1809~1824]에게 시인으로서의 재능을 인정받아 왕의 문필(文筆) 활동을 보좌하였다.

라마 3세(Rama III, 1787~1851, 타이 차크리 왕조의 제3대 왕. 재위 1824~1851)를 거쳐 라마 4세(Rama IV, 1804~1868, 타이 차크리 왕조의 제4대 왕. 재위 1851~1868) 때 활동하였으며, 50년 동안에 걸쳐 작가로서의 생명을 유지하였다. 그러나 권위에 아부하지 않고 존대(尊大)한 태도가 오히려 라마 3세에게 미움을 사서 불행한 만년(晩年)을 보냈다.

괴팍한 언행과 불손한 태도에 두주불사(斗酒不辭)의 주벽(酒癖)으로 주위 인물들로부터 빈축을 사서 이곳저곳을 떠돌아다니는 불우한 시절이 많았다. 그러나 넘쳐흐르는 풍부한 시재(詩才)와 운율법(韻律法)에 구애받지 않고 속어(俗語)를 많이 사용하고, 쉬운 구어(口語)를 구사(驅使)하는 문체(文體)를 이용하여 '8언(八言) 클론'이라는 시 형식을 완성하여 귀족들의 전유물이었던 문학을 민중 속으로 끌여들여, 이른바 '국민 문학 운동'의 기수(旗手)로서 민중으로부터 많은 사랑을 받았다. 타이 문학사상(文學史上) 최고의 '국민 시인(National Poet)' · 음유 시인(吟遊詩人)으로 일컬어지고 있다.

스케일이 큰 장편 극시(劇詩) 〈프라 아파이 마니 이야기(Phra Aphai Mani)〉와 〈황금 언덕 기행시(Nirat Phukaothong)〉(1828) · 〈쿤창 쿤팬(Khun Chang Khun Phaen)〉 등이 있으며, 이 밖에도 많은 니라트(Nirat, 일종의 여행시)와 희곡 · 잠언집(箴言集) 등이 있다.

247

쉬즈모

徐志摩 1896. 1. 15. ~ 1931. 11. 19.

중국의 시인.

본명(本名)은 장서(章垿), 자(字)는 쉬위썬(徐槱森), 필명(筆名)은 난후(南湖)·스저(詩哲).

저장성(浙江省) 하이닝현(海寧縣) 샤스(硤石)에서 태어났으며, 산둥성(山東省) 지난(濟南)에서 비행기 사고로 죽었다.

장쑤성(江蘇省) 상하이(上海)의 후장대학(滬江大學, University of Shanghai, 1906~1952)과 베이징대학(北京大學, Peking University, 1898년 설립)에서 공부하였고, 1918년(22세) 정치학과 경제학을 공부하기 위하여 유학, 미국 북동부 매사추세츠 주 우스터셔(Worcestershire) 클라크 대학교(Clark University)에서 역사학을 공부하였으며, 1920년(24세) 다시 영국 케임브리지대학교(Cambridge University)에 다니면서부터 문학을 지망하였다.

1922년(26세) 10월에 귀국한 뒤 베이징대학·칭화대학(清華大學, Tsinghua University, 1911년 설립) 등 각 대학에서 교편(敎鞭)을 잡으면서 시인으로서 많은 작품을 발표하였다.

1924년(28세) 4월, 타고르(→483)가 중국을 방문하였을 때 순회 강연 통역을 맡았고, 그 뒤부터 그의 영향을 크게 받았으며, 중국에 타고르를 소개하는 데 크게 이바지하였다. 같은 해 8월, 처녀 시집 〈즈모의 시(志摩的詩)〉를 펴냈다.

1925년(29세) 량스추(梁實秋, 1902~1987, 중국의 현대 작가이며 번역가·문학 평론가)·뤄룽지(羅隆基, 1896~1965, 중국의 학자이며 정치 평론가)·원이둬(→332)·천위안(陳源, 1896~1970, 중국의 문학가)·후스(胡適, 1891~1962, 중국 국민 정부의 외교관이며 학자·사상가) 등과 함께 문학 단체 신웨사(新月社)를 결성하였다.

1926년(30세) 베이징에서 〈천바오(晨報)〉 부간(副刊)으로 〈시전(詩鐫)〉을 창간하여, 새로운 격률시(格律詩) 창조를 제창하고 신시(新詩) 운동을 시작하였다.

1927년(31세) 9월에는 두 번째 시집 〈피렌체에서의 하룻밤(翡冷翠的一夜)〉을 펴냈다.

1928년(32세) 3월, 신웨사의 기관지 〈신웨〉(월간 문예지. 1928. 3.~1931. 11. 제4권 7집으로 종간)를 창간하면서 신웨파를 조직하여 중국 현대시의 개척자가 되었다. 주의(主義)나 당파(黨派)에 반대하고 '건강과 존엄'을 주장하여 문단(文壇)의 부르주아파로 여겨져 혁명 문학파(革命文學派)와 대립하였다.

이 밖에 시집 〈맹호집(猛虎集)〉(1931)·〈운유(雲遊)〉, 서간집(書簡集) 〈애미소찰(愛眉小札)〉, 일기 〈즈모 일기(志摩日記)〉 등이 있으며, 이상주의(理想主義, idealism)적 정열과 새로운 형식미로 한 시대를 풍미하였다.

248

시규장

施閏章 1618 ~ 1683

중국 청(清)나라(1616~1912)의 시인이며 정치가.

자(字)는 상백(尙白), 호(號)는 우산(愚山)·확재(蠖齋).

안후이성(安徽省) 쉬안청(宣省)에서 태어났다.

1649년(31세) 진사시(進士試)에 급제(及第), 형부 주사(刑部主事)에 올랐다. 지방관(地方官)으로 나아가 선정(善政)을 베풀어 '시불자(施佛者)'로 일컬어졌다. 한때 벼슬에서 물러났으나, 1679년(61세) 한림원(翰林院) 시강(侍講)으로 제수(除授)되어 〈명사(明史)〉(모두 336권, 1735) 편찬에 종사하다가, 1683년(65세) 시독(侍讀)에 올랐다.

시인으로는 송완(宋琬, 1614~1674, 중국의 시인이며 정치가)과 함께 '남시북송(南施北宋)'으로 일컬어져, 청나라 초기 시단(詩壇)의 일각을 대표하였다. 성당시(盛唐詩)를 중히 여기고, 특히 두보(→143)·맹호연(→158)·왕유(→314)을 본보기로 삼았다.

지은 책으로 〈구재잡기(矩齋雜記)〉·〈시원빙연(試院冰淵)〉·〈청원지략 보집(青原志略補輯)〉·〈학여당 문집(學餘堂文集)〉(모두 28권)·〈학여당 시집(學餘堂詩集)〉(모두 50권)·〈학여당 외집(學餘堂外集)〉(모두 2권)·〈확재시화(蠖齋詩話)〉 등이 있다.

249

시마자키 도손

島崎藤村 1872. 3. 25. ~ 1943. 8. 22.

일본의 시인이며 소설가.

본명(本名)은 시마자키 하루키(島崎春樹).

혼슈(本州) 중부 기후현(岐阜縣)에서 태어났으며, 간토평야(關東平野) 남서부 가나가와현(神奈川縣) 오이소정(大磯町)에서 죽었다.

1891년(19세) 메이지학원(明治學院) 보통학부를 졸업하고, 이듬해 메이지여학교(明治女學校) 교사가 되었다.

1893년(21세) 1월 기타무라 도코쿠(→45) · 호시노 덴치(星野天知, 1862~1950, 일본의 작가이며 교육자 · 서예가) 등과 함께 월간 문예지 〈분가쿠카이(文學界)〉를 창간, 극시(劇詩) · 수상(隨想) 등을 발표하였고, 낭만주의(浪漫主義, romanticism) 문학 운동에 참여하는 등 젊은 시절을 방황하며 보냈다.

1897년(25세) 8월 근대시의 여명(黎明)을 알린 처녀 시집 〈약채집(若菜集, わかなしゅう)〉을 펴내면서 신체(新體) 시인으로 명성을 얻었고, 〈여름 풀(夏草)〉(1898) · 〈일엽주(一葉舟)〉(1898) · 〈낙매집(落梅集)〉(1901)을 펴냄으로써 일본 근대시사상 불멸의 이름을 새겼으며, 시단(詩壇)의 제1인자로 군림하였다. 그 뒤 시작(詩作)을 그만두고 산문으로 방향을 바꾸어, 1903년 〈짚신(藁草履)〉, 1906년(34세) 3월 최초의 단편 소설 〈파계(破戒)〉를 발표하여 크게 성공을 거두어 자연주의(自然主義, naturalism) 문학의 선구자적 지위를 확립하였다.

1913년(41세) 프랑스로 갔다가 1차 대전(1914. 7. 28.~1918. 11. 11.)이 일어나 1916년(44세)에야 귀국할 수 있었다. 그 뒤 소설 〈신생(新生)〉(1919) · 〈어떤 여인의 생애(ある女の生涯)〉(1921) 등에 이어 아버지에 대한 추억과 메이지유신{明治維新, 1853년에서 1877년을 전후하여, 메이지 천황[明治天皇, 1852~1912, 일본의 제122대 천황. 무쓰히토(睦仁). 재위 1867~1912] 때 막번(幕藩) 체제를 무너뜨리고 왕정 복고를 이룩한 변혁 과정} 전후의 동란(動亂)을 묘사한 대작(大作) 〈날이 샐 무렵(夜明け前)〉(1935)을 발표하였다. 이것은 그의 노년을 장식할 만한 작품으로 평가되고 있다.

1913년과 1936년(64세)의 두 차례에 걸친 외유(外遊)의 체험으로 〈바다로〉(1918) · 〈순례(巡禮)〉(1940) 등 뛰어난 기행 · 문명 비평을 탄생시켰다.

1936년 아사히 문화상(朝日文化賞)을 받았고, 같은 해 국제 펜클럽(International PEN) 회장, 1940년(68세) 일본 예술원(藝術院) 회원으로 선출되었다.

이 밖에 장편 소설 〈봄(春)〉[1908. 4. 7.~8. 19. 〈도쿄아사히신문(東京朝日新聞)〉에 연재, 10월 출판] · 〈집(家)〉[1910. 1. 1.~5. 4. 〈요미우리신문(讀賣新聞)〉에 연재, 1911년 11월 출판] · 〈아지랑이(嵐)〉(1926) 등이 있으며, 마지막 작품이 된 〈동방의 문(東方の門)〉(1943) 집필 중에 뇌일혈로 갑자기 죽었다.

250

시 프라트

Si Prat 1653? ~ 1683?

타이의 시인.

아유타야 왕조(Ayutthaya Kingdom, 1350~1767)의 나라이 왕(Narai, 1632~1688, 시암 아유타야 왕조의 제29대 왕. 재위 1656~1688)을 섬긴 궁정(宮廷) 시인이었던 아버지 밑에서 시를 배웠고, 그것이 인연이 되어 왕의 시동(侍童)이 되었다.

1665년(12세) 왕의 시를 대작(代作)하였다는 일화(逸話)가 있을 정도로 조숙한 천재였다. 나중에 왕의 미움을 받아 남부의 성벽 도시 나콘시탐마라트(Nakhon Si Thammarat)로 유배되어, 1683년(30세) 젊은 나이로 형사(刑死)당하였다.

그의 시는 격식에 얽매이지 않는 자유롭고 기지(奇智)에 찬 것으로, 그 현란한 문체(文體)는 모방자가 속출하여 후세에서는 '시종(詩宗)'으로 추앙받았다.

〈캄수안[Kamsuan, '비가(悲歌)']〉은 유적지(流謫地)로 배를 타고 가면서 고향에 두고 온 아내에게 이별의 슬픔을 하소연한 연가(戀歌)이며, 이 밖에 인도 설화(說話)에 근거를 둔 우화시(寓話詩) 〈아니루트(Anirut)〉가 있다.

251

신경림

申庚林 1936. 4. 6. ~

한국의 시인.

본명(本名)은 응식(應植).

4남 2녀 중 맏아들로, 충청북도 충주시(忠州市) 노은면(老隱面) 연하리(蓮河里)에서 태어났다.

향리(鄕里)의 노은초등학교[1943년(7세) 입학] · 충주사범병설중학교[1948년(12세) 입학] · 충주고등학교를 거쳐, 1955년(20세) 동국대학교(東國大學校) 영문과에 입학, 1960년(25세) 졸업하였다.

1955년(19세) 2월, 진보적 성향의 〈문학예술(文學藝術)〉(월간 순수 문예지. 1954. 4.~1957. 12. 통권 33호로 종간)에 이한직(→409)의 추천으로 〈갈대〉·〈낮달〉·〈묘비(墓碑)〉·〈석상(石像)〉·〈탑(塔)〉 등을 발표하면서 등단(登壇)하였다.

건강이 나빠 고향으로 내려가 초등 학교 교사로 근무하다가, 다시 서울로 올라와 현대문학사(現代文學社)·휘문출판사(徽文出版社)·동화출판공사(同和出版公社) 등에서 편집일을 맡았다.

10여 년 동안 시를 쓰지 않다가 1965년(29세)부터 〈겨울밤〉[〈한국일보(韓國日報)〉, 1965. 4.]·〈시제(詩祭)〉[〈월간중앙(月刊中央)〉, 1969. 11.]·〈원격지(遠隔地)〉(〈동국대논문집〉, 1970. 1.)·〈파장(罷場)〉(〈창작과비평〉 가을호, 1970. 10.)·〈경칩(驚蟄)〉[〈문학(文學)〉, 1971. 3.]·〈농무(農舞)〉(〈창작과비평〉 가을호, 1971. 10.)·〈폭풍(暴風)〉(〈문학과지성〉 제7호, 1972. 3.)·〈장마 뒤〉[〈문화비평(文化批評)〉, 1972. 7.]·〈산읍 기행(山邑紀行)〉(〈월간다리〉, 1972. 8.)·〈목계 장터〉[〈경향신문(京鄕新聞)〉, 1973. 8. 11.]·〈달빛〉(〈창작과비평〉 가을호, 1973. 9.)·〈50년 그 여름〉[〈문학사상(文學思想)〉 제18호, 1974. 3.]·〈어둠 속에서〉(〈창작과비평〉 겨울호, 1974. 12.)·〈군자(君子)에서〉[〈현대문학(現代文學)〉 제248호, 1975. 8.]·〈어허 달구〉(〈세계의문학〉, 1976. 9.) 등 농촌을 배경으로 한 시를 많이 썼다.

초기의 인간 존재를 다룬 관념적인 세계에서 벗어나 주관적인 표현 대신 객관적인 표현을 사용함으로써 단편 소설적인 이야기체 시[narrative poetry, narrative poem. 설화시(說話詩)]의 형식을 보여 주었다. 또한 농촌 현실을 시적(詩的) 대상으로 하여 농촌의 여러 현상을 구체적으로 파헤쳤고, 민중 현실과의 공감대 형성을 시도하였다.

1974년(38세) 고은(→21)·박태순(朴泰洵, 1942~, 한국의 소설가)·백낙청(白樂晴, 1938~, 한국의 문학 평론가이며 교수)·염무웅(廉武雄, 1941~, 한국의 문학 평론가이며 교수)·이문구(李文求, 1941~2003, 한국의 소설가)·조태일(趙泰一, 1941~1999, 한국의 시인)·황석영(黃晳暎, 1943~, 한국의 소설가) 등과 함께 자유실천문인협의회[自由實踐文人協議會. 1974년 11월 18일 설립하여 1987년 9월 17일 '민족문학작가회의(民族文學作家會議)'로 이름을 바꾸었다가 2007년 12월 8일 '한국작가회의'로 다시 이름을 바꾸었다.]를 창립하여 고문(顧問)을 맡았고, 1980년(44세) 7월에는 김대중(金大中, 1925~2009, 한국의 제15대 대통령. 재임 1998~2002) 내란(內亂) 음모 사건에 연루되어 고은·구중서(具仲書, 1936~, 한국의 문학 평론가이며 시인)·송기원(宋基元, 1947~, 한국의 시인이며 소설가)·조태일 등과 함께 서대문구치소(西大門拘置所)에 갇혀 있다가 두 달 만에 공소 기각으로 풀려났다.

1983년(47세) 민요연구회(民謠硏究會)를 창립하여 그 동안 혼자 해 오던 민요 채집을 여럿이 함께 하며 문화 운동 차원으로 끌어올렸다.

자비(自費)로 펴낸 처녀 시집 〈농무〉[월간문학사(月刊文學社), 1973]로 1974년(38세) 제1회 만해 문학상(卍海文學賞)을 받은 것을 비롯하여 1981년(45세) 제8회 한국 문학 작가상, 1987년(51세) 제1회 동국 문학상(東國文學賞), 1990년(54세) 기행 시집 〈길〉(창작과비평사)로 제2회 이산 문학상(怡山文學賞), 1993년(57세) 시집 〈쓰러진 자의 꿈〉(창작과비평사)으로 제8회 단재상(丹齋賞), 1998년(62세) 〈어머니와 할머니의 실루엣〉(창작과비평사)으로 제6회 공초 문학상(空超文學賞)과 제6회 대산 문학상(大山文學賞), 2001년(65세) 4·19 문화상과 〈특급 열차를 타고 가다가〉로 제6회 현대 불교 문학상(現代佛敎文學賞), 2002년(66세) 은관 문화 훈장(銀冠文化勳章)과 제6회 만해 대상(卍海大賞), 2007년(71세) 스웨덴에서 동아시아 시인에게 주는 시카다상(Cikada Prize), 2009년(73세) 호암상(湖巖賞)을 받았다.

1987년(51세) 민족문학작가회의 부회장, 1988년(52세) 한국민족예술인총연합(韓國民族藝術人總聯合, 민예총) 상임 의장, 1992년(56세) 민족문학작가회의 회장 및 한국민족예술인총연합 공동 의장, 1997년(61세) 동국대학교 석좌 교수(碩座敎授)·환경운동연합(環境運動聯合) 공동 대표, 1998년 민족문학작가회의 이사장, 2001년 만해 시인학교 교장 등을 지냈으며, 2004년(68세) 예술원 회원으로 선출되었다.

이 밖의 시집으로 〈새재〉(창작과비평사, 1979)·〈달 넘세〉(창작과비평사, 1983)·〈새벽을 기다리며〉[신영출판사(信永出版社), 1985]·〈한밤중에 눈을 뜨면〉[나남출판사(羅南出版社), 1985]·〈남한강(南漢江)〉(창작과비평사, 1987)·〈씻김굿〉(나남, 1987)·〈저 푸른 자유의 하늘〉(창작과비평사, 1987)·〈가난한 사랑 노래〉[실천문학사(實踐文學社), 1988]·〈우리들의 북〉[문학세계사(文學世界社, 1988]·〈쓰러진 자의 꿈〉(창작과비평사, 1993)·〈갈대〉(솔, 1996)·〈목계 장터〉(찾을모, 1999)·〈뿔〉(창작과비평사, 2002)·〈신경림 시 전집〉(창작과비평사, 2004)·〈낙타(駱駝)〉(창비, 2008) 등이 있다.

평론으로 〈농촌 현실과 농민 문학〉(〈창작과비평〉 여름호, 1972. 6.)·〈문학과 민중〉[〈창작과비평〉 봄호, 1973. 3. 민음사(民音社), 1977]·〈김광섭론(金珖燮論)〉(〈창작과비평〉 가을호, 1975. 9.)·〈한국 현대시의 이해〉[진문출판사(眞文出版社), 공저, 1981]·〈농민 문학론〉(온누리출판사, 1983)·〈삶의 진실과 시적 진실〉[전예원(傳藝苑), 1983]·〈역사와 현실에 진지하게 대응하는 시〉(오늘의책, 1984)·〈우리 시의 이해〉(한길사, 1986)·〈나의 노래, 우리들의 노래〉(〈창작과비평〉 겨울호, 1990. 12.), 기행 문집 〈민요 기행·1〉[문이당(文以堂), 1985]·〈민요 기행·2〉(문이당, 1989)·〈강(江) 따라 아리랑 찾아〉(문이당, 1992), 산문집 〈작가의 편지〉[어문각(語文閣), 공저, 1983]·〈한밤중에 눈을 뜨면〉(나남출판사, 1985)·〈다시 하나가 되라〉(어문각, 1986)·〈진실의 말 자유의 말〉(문학세계사, 1988)·〈시인을 찾아서〉(우리교육, 1998)·〈바람의 풍경〉(문이당, 2000)·〈못난 놈들은 서로 얼굴만 봐도 흥겹다〉(문학의문학, 2009), 동시집(童詩集) 〈엄마는 아무것도 모르면서〉(실천문학사, 2012) 등을 펴냈다.

이 밖에도 〈반시선집(反詩選集)〉(실천문학사, 1981)·〈그대가 밟고 가는 모든 길 위에 : 16인 신작 시집〉(창비, 공저, 1985)·〈신경림 문학선〉(나남출판사, 1987)·〈신경림 문학 앨범〉[웅진출판사(熊津出版社), 1992]·〈송강문학 연구(松江文學硏究)〉[국학자료원(國學資料院), 공저, 1993]·〈신경림의 시인을 찾아서〉(우리교육, 1998)·〈나의 고전(古典) 읽기〉(북섬, 2006) 등 많은 책을 펴냈다.

2002년 5월 충주시 엄정면(嚴政面) 목계리(牧溪里) 목계나루 가로공원에 〈목계 장터〉를 새긴 시비(詩碑)가 세워졌으며, 부산 부산진구(釜山鎭區) 범천동(凡川洞) 신암 삼거리에 〈동해 바다-후포(厚浦)에서〉, 강원도 인제군(麟蹄郡) 북면(北面) 용대리(龍垈里) 백담사(百潭寺) 만해마을에 〈파장〉이 새겨진 시비가 있다.

252

신기질

辛棄疾 1140. 5. 28. ~ 1207. 10. 3.

중국 남송(南宋, 1127~1279)의 시인이며 정치가.

자(字)는 유안(幼安), 호(號)는 가헌(稼軒), 시호(諡號)는 충민(忠敏). '가헌'은 그가 은퇴하였을 때 살았던 집의 이름으로, 농업을 중히 여기고 상공업을 경시하는 그의 사상을 상징한다.

산둥성(山東省) 지난부(濟南府) 리청현(歷城縣)에서 태어났다.

여진족(女眞族)의 금(金)나라(1115~1234) 지배 아래에서 자랐으며, 어른이 되어 경경(耿京, ?~1162)이 항금병(抗金兵)을 일으키자 그 휘하에서 싸우다가 경경이 죽은 뒤 정식으로 남송을 섬겨 효종(孝宗, 1127~1194, 중국 남송의 제2대 황제. 재위 1162~1189)의 인정을 받았다.

장시성(江西省)의 제점형옥(提點刑獄)이 되어 반란 진압에 성공하였고, 또한 후베이(湖北)·후난(湖南)·장시·저둥(浙東) 등의 안무사(按撫使)를 지냈으며, 후난에서 편성한 비호군(飛虎軍)은 용맹스럽다는 평판이 높아 대강(大江) 주변의 중진이 되었다. 산둥을 되찾기 위하여 군사 전략을 마련하고 이를 논한 문집으로 〈미근십론(美芹十論)〉을 썼으나, 실현되지는 못하였다.

1182년(42세) 탄핵(彈劾)을 받아 직(職)을 잃었으나, 얼마 뒤 다시 기용되어 용도각(龍圖閣) 대제(待制)에 임명되고 추밀도승지(樞密都承旨)에 이르렀다.

금나라에 대한 강경책을 주장하였고, 여러 차례 북벌(北伐)하여 실지(失地) 회복을 적극적으로 건의하였으나 주화파(主和派)의 득세로 그의 건의가 받아들여지지 않았을 뿐 아니라 조정(朝廷)에서 중용하지 않아 벽지의 한직(閑職)에서 20여 년을 보냈다.

육유(→356)·주희[朱熹, 1130~1200, 중국 남송의 사상가. 주자(朱子)] 등과 교유(交遊)하였다. 시인으로는 북송(北宋, 960~1126)의 소동파(→234)의 흐름을 담은 사(詞)의 명수로, 그와 함께 '소신(蘇辛)'이라고 일컬어지면서 남송에서 호방파(豪放派)의 제1인자로 일컬어졌다.

시사(時事)를 깊이 생각하는 감회어린 작품이 많으며, 소동파가 시에서 사(詞)를 만든 데 대하여, 그는 사로 논의를 하였다고 평가되고 있다. '천고강산 영웅무멱(千古江山 英雄無覓, '산하는 영원히 있으나, 영웅은 얻을 수 없다.')' 등 강개무량(慷慨無量)한 구절을 남긴 반면, 섬세한 정서를 노래한 작품도 적지 않다.

〈논어(論語)〉·〈장자(莊子)〉 등 경사(經史)의 글을 비롯하여 선인(先人)의 시부(詩賦)에 나타난 어구를 자유자재로 구사(驅使)한 점, 사로서는 다소 산문에 가까운 형식이 엿보이는 점 등이 특징이라고 할 수 있다.

강기(姜夔, 1155?~1221?, 중국 남송의 사인이며 음악가)·유영(柳永, 987?~1053, 중국 북송의 사의 작가)·주방언(周邦彦, 1056~1121, 중국 북송의 사의 대가이며 음악가)과 아울러 '4대 사인(四大詞人)'으로 일컬어진다.

남송이 금을 치기 위하여 북벌을 준비하던 시절에 지은 〈영우악. 경구북고정회고(永遇樂. 京口北固亭懷古)〉 등 강개우분(慷慨憂憤)한 작품이 많고, 600여 수(首)의 많은 사를 남겼으며, 송(宋)나라(960~1279)의 산문 선집(散文選集) 〈문장궤범(文章軌範)〉에 1편의 산문이 실려 있고, 지은 책으로 사집(詞集) 〈가헌사(稼軒詞)〉(모두 4권)·〈가헌장단구(稼軒長段句)〉(모두 12권)가 있다.

253

신동엽

申東曄 1930. 8. 18. ~ 1969. 4. 7.

한국의 시인.

시작(詩作) 초기에는 석림(石林)이라는 필명(筆名)을 썼다. 본관(本貫)은 평산(平山).

아버지 신연순(申淵淳)과 어머니 김영희(金英嬉)의 1남 4녀 중 맏아들로, 충청남도 부여군(扶餘郡) 부여읍(扶餘邑) 동남리(東南里)에서 태어났다.

1943년(13세) 부여국민학교를 졸업한 뒤, 1945년(15세) 전주사범학교[全州師範學校, 전주교육대학교의 전신(前身)]에 입학하였으나, 1948년(18세) 4학년 때 시대의 문제점(토지 개혁 미실시와 친일 미청산)을 지적하는 동맹 휴학에 참여하여 퇴학당하였다. 1949년(19세) 단국대학교(檀國大學校) 사학과에 입학하였다가, 한국 전쟁(Korean War, 1950. 6. 25.~1953. 7. 27.)이 일어나 그 해 12월 국민 방위군(國民防衛軍)에 소집되어 전쟁터에 끌려갔다가 죽을 고생 끝에 병든 몸으로 돌아왔다.

1951년(21세) 대전전시연합대학(大田戰時聯合大學)에서 공부를 계속하였고, 1953년(23세) 단국대학교를 졸업하였다. 이 해 가을, 인정식[印貞植, 1907~?, 한국의 농업경제학자이며 친일 공산주의 이론가. 창씨개명(創氏改名)한 이름은 도쇼 이치오(桐生一雄). 월북한 뒤 북한의 농림상 장관을 지냈다.]의 외동딸 인병선(印炳善, 1935~, 한국의 짚풀문화학자이며 민속학자·시인)을 만나 1957년(27세) 고향에서 결혼하였다.

1955년(25세) 경기도 동두천(東豆川)에서 현지 입대하여 육군단 공보실에서 근무하다가 구상회(1929~, 한국의 시인)와 함께 서울 육군본부로 전속되었다.

1956년(26세) 가을, 아내 인병선의 노력으로 의가사(依家事) 제대하였고, 1958년(28세) 충청남도 보령(保寧)의 주산농업고등학교(珠山農業高等學校)에서 교편(教鞭)을 잡았다.

1959년(29세) 〈조선일보(朝鮮日報)〉 신춘 문예에 장시(長詩) 〈이야기하는 쟁기꾼의 대지(大地)〉가 입선되어 등단(登壇)하였으며, 같은 해 〈조선일보〉에 시 〈진달래 산천(山川)〉(1959. 3. 24.)·〈향(香)아〉(1959. 11. 9.), 〈세계일보(世界日報)〉에 〈새로 열리는 땅〉(1959. 11. 2.)을 발표하였다.

1960년(30세)에는 월간 교육평론사(教育評論社)에 근무하면서 〈싱싱한 종자(種子)를 위하여〉(〈교육평론〉 1960. 1.)·〈풍경(風景)〉[〈현대문학(現代文學)〉 제62호, 1960. 2.]·〈정본 문화사 대계(正本文化史大系)〉[세계(世界), 1960. 6.]·〈아사녀(阿斯女)〉(교육평론사, 〈학생 혁명 시집〉, 1960. 7.)·〈그 가을〉(〈조선일보〉, 1960. 10. 17.) 등을 발표하였다.

1961년(31세) 명성여자고등학교(明星女子高等學校) 야간부로 옮겨 1969년(39세)까지 재직하였고, 시 〈힘이 있거든 그리로 가세요〉(〈서울일일신문〉, 1961. 4. 11.)·〈내 고향(故鄉)은 아니였었네〉[〈약업신문(藥業新聞)〉, 1961. 10.]·〈아사녀를 울리는 축고(祝鼓)〉[〈자유문학(自由文學)〉, 1961. 11.]·〈별밭에〉(〈성원〉 제3집, 1962. 3.)·〈나의 나〉[〈신사조(新思潮)〉 제5호, 1962. 6.]·〈이곳은〉(〈현대문학〉 제92호, 1962. 8.)·〈너는 모르리라〉[〈경향신문(京鄉新聞)〉, 1962] 등을 발표하였다.

1963년(33세) 3월, 아사녀의 사랑을 그린 〈아사녀를 울리는 축고〉를 비롯한 〈눈 날리는 날〉·〈미쳤던〉·〈빛나는 눈동자〉·〈산사(山死)〉·〈산에 언덕에〉·〈아니오〉·〈완충 지대(緩衝地帶)〉·〈원추리〉 등 18편의 시를 실은 첫 장시집 〈아사녀〉[문학사(文學社)]를 펴냈으며, 〈기계(機械)야〉[〈시단(詩壇)〉, 1963]·〈주린 땅의 지도 원리(指導原理)〉[〈사상계(思想界)〉 제127호, 1963. 11.] 등을 발표하였다.

1964년(34세) 건국대학교(建國大學校) 대학원 국문과를 수료하였고, 계속하여 〈진이(眞伊)의 체온(體溫)〉[〈동아일보(東亞日報)〉, 1964. 12. 19.]·〈응〉(〈시단〉, 1965)·〈초가을〉(〈사상계〉 제150호, 1965. 10.)·〈발〉(〈현대문학〉

第135호, 1966. 3.)·〈산에도 분수(噴水)를〉[〈신동아(新東亞)〉 제86호, 1966. 11.]·〈담배 연기처럼〉(〈한글문학〉 겨울호, 1966) 등을 발표하였다.

1967년(37세) 〈52인 시집〉[신구문화사(新丘文化社), 〈현대 한국 문학 전집〉 제18권]에 〈껍데기는 가라〉·〈3월〉(〈현대문학〉 제125호, 1965. 5.)·〈4월은 갈아 엎는 달〉(〈조선일보〉, 1966. 4.)·〈아니오〉·〈우리가 본 하늘〉·〈원추리〉·〈주린 땅의 지도 원리〉 등 7편의 시, 〈자유공론(自由公論)〉(월간 종합 교양지. 1966. 4.~현재)에 〈창가에서〉(1967. 4.), 〈동서춘추(東西春秋)〉에 〈종로 5가(鐘路五街)〉(1967. 6.) 등을 실었다.

같은 해, 동학 농민 운동(東學農民運動, 1894~1895)을 소재로 한 장편 서사시 〈금강(錦江)〉을 발표함으로써 문단(文壇)에서의 위치가 떠올랐다. 4,800여 행에 이르는 〈금강〉은 그의 시 세계를 대변(代辯)해 주는 방대한 작품으로, 주로 역사적 소재를 중심으로 민족사의 수난과 역사 의식을 바탕으로 강렬한 민중의 저항 의식을 시화(詩化)하였다. 역사에 대한 재해석과 비판, 민족적 운명에 대한 사랑이 맑은 감성과 은유로 표현되어 미의식(美意識)과 조화를 이루고 있다. 다른 작품들과 마찬가지로 이 작품에서도 단지 이야기의 전개만을 주안점으로 하지 않고 과거를 통하여 현재의 상황을 원근법적(遠近法的)으로 조명하고 있다는 점에서 주목되었다.

같은 해 12월, 아시아재단 국제 펜클럽 작가 기금을 받아 김종문(→87)·홍윤숙(洪允淑, 1925~, 한국의 여류 시인)과 함께 〈금강〉 등을 실은 〈3인 시집〉[을유문화사(乙酉文化社), 〈현대 한국 신작 전집〉 제5권]을 펴냈다.

1968년(38세) 〈한국일보(韓國日報)〉에 〈봄은〉(1968. 2. 4.), 〈창작과비평〉 여름호(1968. 6.)에 〈고향〉·〈그 사람에게〉·〈보리밭〉·〈술을 많이 마시고 잔 어젯밤은〉·〈여름 고개〉·〈여름 이야기〉 등 6편, 〈동아일보〉에 〈수운(水雲)이 말하기를〉(1968. 6. 27.), 〈월간문학(月刊文學)〉 창간호(1968. 11.)에 〈산문시(散文詩) 1〉, 1969년에는 〈여자의 삶〉[〈여성동아(女性東亞)〉, 1969. 1.]·〈누가 하늘을 보았다 하는가〉[〈고대문화(高大文化)〉, 1969. 5.]·〈조국(祖國)〉(〈월간문학〉 제8호, 1969. 6.)·〈영(影)〉(〈현대문학〉 제175호, 1969. 8.)·〈서울〉[〈상황(狀況)〉 창간호, 1969]을 발표하였다.

시적(詩的) 경향은 광복된 뒤 구미(歐美) 문학의 영향을 보인 이른바 '1950년대 모더니즘'을 거치지 않고, 토착 정서에 역사 의식을 담은 민족적 현실주의(現實主義, realism)를 추구하였다는 점에서 특징적인 면모를 찾을 수 있다.

시작 외에도 시론(詩論)과 시극(詩劇) 운동에도 참여하여, 시론으로 〈시인 정신론(詩人精神論)〉(〈자유문학〉, 1961. 2.)·〈60년대 시단 분포도(分布圖)〉(〈조선일보〉, 1961. 3. 30.)·〈시와 사상성(思想性)〉(〈동아일보〉, 1963. 12. 11.)·〈지맥(地脈) 속의 분수(噴水)〉(〈한국일보〉, 1968. 6.)·〈시인. 가인(歌人). 사업가〉[〈대학신문(大學新聞)〉, 1969. 3. 24.]·〈선우휘(鮮于煇) 씨의 홍두깨〉(〈월간문학〉 제6호, 1969. 4.) 등이 있고, 시극 〈그 입술에 파인 그늘〉을 1966년(36세) 6월 시극동인회(詩劇同人會)가 서울 국립극장에서, 1968년 5월 오페레타 〈석가탑(釋迦塔)〉을 드라마센터에서 상연하였다.

수필로는 〈서둘고 싶지 않다〉(〈동아일보〉, 1962. 6. 5.)·〈사족(蛇足)〉(시집 〈아사녀〉 후기, 1963. 3.)·〈금강 잡기(錦江雜記)〉[〈재무(財務)〉, 1963. 10.]·〈노동(勞動)과 서정(抒情)의 이성(理性)〉(〈52인 시집〉, 1967)·〈공예품(工藝品) 같은 현대시〉[〈중앙일보(中央日報)〉, 1967. 7. 19.]·〈낯선 외래어의 작희(作戲)〉(〈중앙일보〉, 1967. 8.)·〈확트인 이야기로 빛을 본 모국어(母國語)들〉(〈중앙일보〉, 1967. 9.)·〈시끄러움 노이로제〉[〈국세(國稅)〉, 1968. 1.] 등이 있다.

편저로 〈학생 혁명 시집(學生革命詩集)〉(교육평론사, 1960)이 있고, 죽은 뒤에 〈신동엽 전집〉(창작과비평사, 1975)·〈누가 하늘을 보았다 하는가〉(창작과비평사, 1979)·〈꽃같이 그대 쓰러진〉[실천문학사(實踐文學社), 1988]·〈금강〉(1989)·〈젊은 시인의 사랑〉(1989) 등이 출판되었다.

1969년 4월 9일 경기도 파주시(坡州市) 금촌읍(金村邑) 월롱산(月龍山) 기슭에 안장(安葬)되었다가 1993년 11월 부여읍 능산리(陵山里) 백제 왕릉 앞산으로 이장(移葬)되었다.

1970년 4월 18일 고향 동남리 백마강(白馬江) 기슭의 송림공원(松林公園)에 〈산에 언덕에〉를 새긴 시비(詩碑)를 비롯하여 모교(母校) 단국대학교(1990. 4.)와 〈금강〉 한 구절을 새긴 부여초등학교(1999), 〈껍데기는 가라〉를 새긴 전주교육대학교(2001. 5.), 충청남도 홍성군(洪城郡) 결성면(結城面) 성곡리(城谷里) 민족시비공원(民族詩碑公園)에도 〈껍데기는 가라〉를 새긴 시비가 세워졌다.

1982년 창작과비평사에서는 그의 문학적 업적과 그

정신을 기리기 위한 '신동엽 문학상'을 제정하여 해마다 시상하고 있으며, 1985년 5월 유족(遺族)들과 문인(文人)들이 그의 생가(生家)를 복원하였으며, 2003년 2월 부여군에 기부하였다.

2003년 은관 문화 훈장(銀冠文化勳章)이 추서(追敍)되었으며, 2013년 5월 생가 뒤편에 '신동엽 문학관'이 건립되었다.

254

신동집

申瞳集 1924. 3. 5. ~ 2003. 8. 20.

한국의 시인.

본명(本名)은 동집(東集), 호(號)는 현당(玄堂), 본관(本貫)은 평산(平山).

대구(大邱)에서 태어났다.

1938년(14세) 대구 수창공립보통학교(壽昌公立普通學校. 지금의 수창초등학교)를 졸업한 뒤 일본으로 유학하여 1944년(20세) 혼슈(本州) 남서부 야마구치현(山口縣) 호후시(防府市) 다타라중학교(多多良中學校)를 졸업하였다. 1947년(23세) 서울대학교 이과대학 예과(豫科) 문과(文科)를 수료하고, 1951년(27세) 서울대학교 정치학과를 졸업하였다. 1959(35세)~1960년(36세)에는 미국 인디애나대학교(Indiana University) 대학원에서 영문학을 공부하였다.

서울대학교 재학 중인 1948년(24세) 8월에 펴낸 처녀시집 〈대낮〉[교문사(敎文社)]으로 주목을 받았으며, 1949년(25세)에는 대구에서 발간되던 동인지(同人誌) 〈죽순(竹筍)〉(시 전문지. 1946. 5.~1949. 7. 통권 12호로 종간. 1979. 1. 제13호 복간) 제11호(1949. 5·6. 합본호)에 〈길〉 등을 발표하여 본격적인 시작(詩作) 활동을 시작하였다.

작품으로 〈악수(握手)〉(1953)·〈목숨〉(1954)·〈나의 원주(圓周)가에서〉[〈현대문학(現代文學)〉 제36호, 1957. 12.]·〈눈을 위한 시〉[〈사상계(思想界)〉 제74호, 1959. 6.]·〈사랑에 눈뜬 자여〉(1960)·〈염열(炎熱)에 끓는 돌이여〉(1961)·〈추일별곡(秋日別曲)〉(1968)·〈돌아온 자〉(1970)·〈항아리〉(1971)·〈산수도(山水圖)〉[〈시문학(詩文學)〉 창간호, 1971. 8.]·〈하나의 슬픔〉(1972)·〈오렌지〉(1989)·〈기슭의 논리〉·〈비가(悲歌)〉·〈상(像)〉·〈아버지〉·〈어느 하오(下午)〉·〈어떤 사람〉·〈추일서정(秋日抒情)〉·〈현훈(眩暈)〉 등을 발표하였다. 주로 인간·존재·자연 등을 추구하였으며, 특히 형이상학적(形而上學的)인 시에서 파운드(Ezra Weston Loomis Pound, 1885~1972, 미국의 시인)를 거쳐 엘리엇(Thomas Stearns Eliot, 1888~1965, 미국 태생 영국의 시인이며 문학 평론가·극작가)에 이르는 모더니즘 경향을 보였다. 그 뒤 서정(抒情)의 존재론적 관점에서 사물의 내용적 의미의 탐구에도 기울었으며, 동양적 관조(觀照)의 철학도 시도하였다.

1953년(29세) 육군사관학교(陸軍士官學校)를 시작으로 영남대학교(嶺南大學校)(1954~1969)·청구대학[靑丘大學, 1967년 12월 대구대학(大邱大學)과 통합되면서 영남대학교로 개편](1956)·효성여자대학교[曉星女子大學校. 대구가톨릭대학교의 전신(前身)](1960~1969)·계명대학교(啓明大學校)(1970~1987) 등에서 강의하였다. 한국현대시인협회(韓國現代詩人協會) 명예 회장(1980)을 지냈으며, 1983년(59세) 예술원(藝術院) 회원으로 선출되었고, 1985년(61세) 경북대학교(慶北大學校)에서 명예 문학 박사 학위를 받았다.

1954년(30세) 10월 〈목숨〉 등이 실려 있는 두 번째 시집 〈서정의 유형(流刑)〉[영웅출판사(英雄出版社)]으로 전국문화단체총연합회(全國文化團體總聯合會, 文總)에서 주는 제2회 자유 문학상(自由文學賞, 1953~1959)을 받은 것을 비롯하여 1961년(37세) 제6회 경북 문화상, 1975년(51세) 현대 시문학상, 1980년(56세) 한국 현대 시인상, 1981년(57세) 대한민국 문화 예술상, 1987년(63세) 옥관 문화 훈장(玉冠文化勳章), 1989년(65세) 제3회 세계 시인상, 1990년(66세) 도천 문학상(陶泉文學賞), 1992년(68세) 제37회 대한민국 예술원상, 1994년(70세) 제2회 한국 순수 문학상을 받았다.

이 밖의 시집으로 〈제2의 서시(序詩)〉[한국출판사(韓國出版社), 1958. 5.]·〈모순(矛盾)의 물〉(영웅출판사, 1963)·〈들끓는 모음(母音)〉[신구문화사(新丘文化社), 1965]·〈빈 콜라병〉[형설출판사(螢雪出版社), 1968]·〈새벽녘의 사람〉(형설출판사, 1970)·〈귀환(歸還)〉(한국시인협회, 1971)·〈송신(送信)〉[학문사(學文社), 1973]·〈행인(行人)〉(1975)·〈해 뜨는 법〉(학문사, 1977)·〈세 사람의 바다〉(1979)·〈진혼(鎭魂)·반격(反擊)〉[일지사(一志社), 1981]·〈송별(送別)〉[문학세계사(文學世界社), 1983]·〈암호(暗號)〉(학문사, 1983)·〈고독(孤獨)은 자라〉(1985)·〈여로(旅路)〉(문학세계사, 1987)·〈귀화자(歸化者)〉(1988)·〈누가 묻거든〉[종

로서적(鐘路書籍), 1989]·〈자전(自轉)〉(1989)·〈백조(白鳥)의 노래〉(1990)·〈귀향 이향(歸鄕離鄕)〉(1991)·〈안드로메다〉(1992)·〈목인(牧人)의 일기장〉(1993)·〈그리고 숲이여〉(1994)·〈시인의 출발〉(1994) 등이 있다.

시선집(詩選集) 〈신동집 시선〉(학문사, 1974)·〈미완(未完)의 밤〉[신라출판사(新羅出版社), 1976]·〈장기판〉(신라출판사, 1979)·〈고독은 자라〉[혜원출판사(惠園出版社), 1990], 전집(全集) 〈신동집 시 전집〉(학문사, 1985)이 있으며, 회고록(回顧錄) 〈나의 시론(詩論), 나의 팡세〉[청학사(青鶴社), 1992], 번역 시집 〈싹 트는 봄〉(한국출판사, 1960)·〈휘트먼 역시집(譯詩集)〉[정음사(正音社), 1981]과 〈괴테의 일생〉[범조사(汎潮社), 1955]·〈신동집 시 연구〉(1987)·〈신동집 시가 있는 명상 노우트〉(1987)·〈신동집과 영미시(英美詩)〉(1989)·〈예술가의 삶〉[혜화당(惠和堂), 1992] 등을 펴냈다.

255

신석정

辛夕汀 1907(순종 1). 7. 7. ~ 1974. 7. 6.

한국의 시인.

본명(本名)은 석정(錫正). 아호(雅號)는 사라(砂羅)·서촌(曙村)·석정(夕汀·釋靜·石汀)·석지영(石志永)·소적(蘇笛)·호성(胡星).

아버지 신기온(辛基溫)과 어머니 이윤옥(李允玉)의 3남 2녀 중 둘째 아들로, 전라북도 부안군(扶安郡) 부안읍 선은리(仙隱里)에서 태어났다.

1923년(16세) 3월 부안보통학교를 졸업하고, 6월 박소정(朴小汀)과 결혼하였으며, 향리(鄕里)의 사숙(私塾)에서 한문을 공부하였다.

시작(詩作) 활동은 1924년(17세) 4월 19일치 〈조선일보(朝鮮日報)〉에 '소적'이라는 필명(筆名)으로 〈기우는 해〉를 발표하면서 비롯되었다.

1930년(23세) 서울로 와서 중앙불교전문강원[中央佛敎專門講院. 중앙승가대학교(中央僧伽大學校)의 전신(前身)]의 박한영[朴漢永, 1870~1948, 한국의 고승(高僧). 정호(鼎鎬)] 문하(門下)에서 약 1년 동안 불전(佛典)을 공부하며, 회람지 〈원선(圓線)〉을 편집하였다.

1931년(24세) 박용철(→185)이 주관하던 〈시문학(詩文學)〉(시 동인지. 1930. 3.~1931. 10. 통권 3호로 종간) 종간호에 〈너는 비둘기를 부러워하더구나〉·〈선물〉을 발표하여 〈시문학〉 동인(同人)으로 참여하면서부터 본격적인 작품 활동을 전개하였다. 그 해에 〈그 꿈을 깨우면 어떻게 할까요〉·〈임께서 부르시면〉[〈동광(東光)〉 제24호, 1931. 8.] 등을 발표하였고, 〈나의 꿈을 엿보시겠습니까〉[〈문예월간(文藝月刊)〉 제3호, 1932. 1.]·〈봄의 유혹〉·〈아직 촛불을 켤 때가 아닙니다〉(〈조선일보〉, 1933. 11. 30.)·〈어느 작은 풍경〉·〈오월(五月)의 아침〉[〈신인문학(新人文學)〉 창간호, 1934. 8.)]·〈나는 어둠을 껴안는다〉[〈시원(詩苑)〉 창간호, 1935. 2.]·〈황혼(黃昏)이 떠날 임시(臨時)〉[〈풍림(風林)〉 제4호, 1937. 3.] 등 목가적(牧歌的)인 서정시를 잇달아 발표하여 독보적인 위치를 굳혔다.

1939년(32세) 11월에는 〈그 먼 나라를 알으십니까〉를 비롯한 초기의 주옥 같은 전원시(田園詩)가 주류를 이룬 작품 33편을 모아 처녀 시집 〈촛불〉[인문사(人文社)]을 펴냈다. 그 뒤에도 〈들길에 서서〉[〈문장(文章)〉 제5호, 1939. 6.]·〈작은 짐승〉(〈문장〉 제7호, 1939. 8.)·〈지도(地圖)〉[〈시건설(詩建設)〉 제7호, 1939. 10.]·〈어느 지류(支流)에 서서〉(〈문장〉 제24호, 1941. 3.) 등을 발표하였다.

광복된 뒤에는 시작과 후진 양성에 전념하였으며, 1947년(40세) 7월에는 광복 전의 작품을 묶은 제2시집 〈슬픈 목가(牧歌)〉[낭주문화사(浪州文化社)]를 펴냈다.

1950년(43세) 3월에는 김광균(→48)·유치환(→350)·장만영(→426)과 함께 4인 시집 〈현대 시집 Ⅱ〉[정음사(正音社)]을 펴냈다.

한국 전쟁(Korean War, 1950. 6. 25.~1953. 7. 27.) 이후 3년 동안 태백신문사(太白新聞社) 고문(顧問)을 지내다가, 1954년(47세) 전주고등학교(全州高等學校) 교사로 근무하였으며, 1955년(48세)부터는 전북대학교(全北大學校)에서 시론(詩論)을 강의하였다.

1958년(51세)에는 이병기(→370)와 함께 〈고금 명시 감상(古今名詩鑑賞)〉을 펴냈다.

1961년(54세) 김제고등학교(金堤高等學校), 1963년(56세)부터 1972년(65세) 정년 퇴직 때까지 전주상업고등학교(全州商業高等學校) 교사로 근무하였다.

1967년(60세)에는 한국예술문화단체총연합회(韓國藝術文化團體總聯合會, 藝總) 전북 지부장을 지냈으며, 1968년(61세) 시집 〈산의 서곡(序曲)〉[가림출판사(嘉林出版社), 1967]으로 제5회 한국 문학상, 1972년 문화 포장(文化褒

章), 1973년(66세) 한국 예술 문학상을 받았다.

1970년(63세) 5월 문예사(文藝舍)에서 펴낸 김현구(→98)의 유고(遺稿) 시집 〈현구 시집(玄鳩詩集)〉에 '서문(序文)'을 실었다.

시풍(詩風)은 잔잔한 전원적인 정서를 음악적인 리듬에 담아 노래하는 데 특색이 있고, 주로 농촌에 살면서 자연에 귀의(歸依)하려는 시상(詩想)을 계속 추구하였던 점에서 목가 시인으로 일컬어졌으며, 그 맑은 시정(詩情)은 읽는 이의 마음까지 순화시키는 감동적인 호소력을 지니고 있다. 김동명(→61)·김상용(→70)과 함께 '3대 전원파 시인'으로 일컬어졌다.

이 밖에 대표작으로 〈슬픈 구도(構圖)〉[〈조광(朝光)〉 제48호, 1939. 10.]·〈꽃덤불〉[〈신문학(新文學)〉 제2호, 1946. 6.]·〈전아사(餞迓詞)〉(〈산의 서곡〉, 1967) 등이 있으며, 시집 〈빙하(氷河)〉(정음사, 1956. 11.)·〈대바람 소리〉[문원사(文苑社), 1970]·〈신석정〉[지식산업사(知識産業社), 〈한국 현대 시문학 대계(韓國現代詩文學大系)〉 제11권, 1985] 등과 유고 수필집 〈난초잎에 어둠이 내리면〉(지식산업사, 1974), 대역(對譯) 〈중국 시선(中國詩選)〉(1954)·〈매창 시집(梅窓詩集)〉(1958)을 펴냈다.

1976년 7월 6일 전주시 덕진구(德津區) 덕진동 덕진공원에 세운, 〈네 눈망울에서는〉이 새겨진 시비(詩碑)를 비롯하여 부안군 변산면(邊山面) 대항리(大項里) 해변 석정공원에 〈파도〉(1991. 8.), 부안군 행안면(幸安面) 역리(驛里) 묘소 앞에 〈소년을 위한 목가〉(2004. 4. 25.), 전라북도 군산시(群山市) 내흥동(內興洞) 금강(錦江) 하구 진포(鎭浦) 시비공원(詩碑公園)에 〈빙하〉(2007. 6.), 부산 부산진구(釜山鎭區) 가야동(伽倻洞) 동의대학교(東醫大學校) 입구에 〈들길에 서서〉(2007), 충청남도 청양군(靑陽郡) 청양읍 군량리(軍糧里) 고운식물원에 〈목련(木蓮)이 피던 밤〉을 새긴 시비가 세워졌다. 2011년 10월 29일에는 그의 생가(生家) 터에 '석정 문학관'이 개관되었고, 그 앞에 시비 〈기우는 해〉를 세웠다.

2012년 3월 5일에는 〈시문학〉 창간일(1930. 3. 5.)에 맞추어, 김영랑(→79)의 생가가 있는 전라남도 강진군(康津郡) 강진읍 남성리(南城里)에 우리나라 문학사상 최초의 문학 유파 문학관으로 기록된 '시문학파 기념관'이 개관되었다. 신석정을 비롯한 김영랑·김현구·박용철·변영로(→207)·이하윤(→408)·정인보(→442)·정지용(→445)·허보(許保, ?~?, 한국의 시인) 등 시문학파 동인 9명의 유품과 친필·저서·사진물 등을 전시하여 이들의 삶과 문학 세계를 체감할 수 있게 전시하고 있다.

256

신석초

申石艸 1909(순종 3). 6. 4. ~ 1976. 3. 8.

한국의 시인이며 언론인.

본명(本名)은 응식(應植), 일명 유인(唯仁), 석초(石艸)는 호(號), 또는 석초(石初), 본관(本貫)은 고령(高靈).

신긍우(申肯雨)의 2남 중 맏아들로, 충청남도 서천(舒川)에서 태어났으며, 향리(鄕里)에서 보통 학교(普通學校, 지금의 초등 학교)를 졸업한 뒤 한학(漢學)을 공부하였다.

서울로 와서 1925년(16세) 경성제일공립고등보통학교[京城第一公立高等普通學校, 지금의 경기고등학교(京畿高等學校)]에 입학하였으나 신병(身病)으로 중퇴하고, 1931년(22세) 일본으로 유학하여 도쿄 호세이대학(法政大學) 철학과에 입학하였다. 이 때 본격적으로 사회주의(社會主義, socialism) 사상의 영향을 받아, 사회주의 혁명을 위하여 1925년 8월 조직된 문예 운동 단체 카프(KAPF, 조선프롤레타리아예술동맹. 에스페란토식 표기인 'Korea Artista Proleta Federatio'의 머리글자. Korea Proletarian Artist Federation)에 참여하여 맹원(盟員)으로 활동하였다. 이즈음 프랑스 문학, 특히 발레리(Paul Valéry, 1871~1945, 프랑스의 시인이며 문학 평론가·사상가)에 크게 심취하였다.

카프는, 1922년 9월 김두수(金斗洙, 1903~?, 한국의 사회주의 운동가)·김영팔(金永八, 1904~1950, 한국의 연극인)·김홍파(金紅波, ?~?, 〈북조선일보〉 기자)·박세영(→180)·박용대(朴容大, ?~?, 한국의 사회주의 운동가)·송영(宋影, 1903~1978, 한국의 소설가이며 극작가)·심훈(→261)·이적효(李赤曉, 1901~?, 한국의 사회주의 운동가)·이호(李浩, 1903~?, 한국의 사회주의 운동가)·최승일[崔承一, 1901~?, 한국의 작가이며 방송인·영화인. 최승희(崔承喜, 1911~1969, 북한의 무용가이며 안무가)의 오빠] 등 사회주의 경향의 문인(文人)들이 조직한 최초의 사회주의 예술 단체인 염군사(焰群社)와, 1923년 10월 김기진(→55)·김복진(金復鎭, 1901~1940, 한국의 조각가이며 미술 평론가·문예 이론가·연극인·사회 운동가. 한국 최초로 서구식 조각 교육을 받았다.)·김형원(→100)·박영희(→183)·안석주[安

碩柱, 1901~1950, 한국 소설 삽화의 선구자이며 소설가 · 영화인. 〈우리의 소원은 통일〉의 작사가. 안석영(安夕影)으로 더 알려졌다.] · 연학년(延鶴年, ?~1938, 한국의 연극인) · 이상화(→378) · 이익상(李益相, 1895~1935, 한국의 소설가이며 언론인) 등이 조직한 신경향파{新傾向派, 박영희가 〈신경향파의 문학과 그 문단적 지위〉[〈개벽(開闢)〉 제64호, 1925. 12.]에서 '신경향파'라는 용어를 처음 사용하였다.} 문학 단체인 파스큘라(PASKYULA, 동인들의 이름 머리글자를 딴 것. 박영희의 'PA', 이익상의 'S', 김복진 · 김기진의 'K', 연학년의 'YU', 이상화의 'L', 안석주의 'A')가 1925년 8월에 하나로 통합된 최초의 전국적인 문학 예술가 조직이었다. 창립 당시 구성원은 김기진 · 김복진 · 김양(金陽) · 김영팔 · 김온(金穩) · 박영희 · 박용대 · 박팔양(→193) · 송영 · 심훈 · 안석주 · 이기영(李箕永, 1895~1984, 북한의 소설가) · 이상화 · 이익상 · 이적효 · 이호 · 조명희(→453) · 최승일 · 한설야(韓雪野, 1900~1976?, 북한의 소설가이며 문학 평론가) 등이었다.

문단(文壇) 활동은 1931년 '신유인'이라는 이름으로 〈중앙일보(中央日報)〉에 〈문학 창작의 고정화에 항(抗)하여〉를 발표하면서부터 비롯되었다. 이 평론은 볼셰비키화(Bol'sheviki化)한 카프의 창작 방법론의 강요에 항의하는 내용으로, 격렬한 논쟁을 불러일으켰다.

그러나 자신의 가정 환경과 발레리의 소설 〈테스트 씨와의 하룻밤[La Soirée avec Monsieur Teste(An Evening with Monsieur Teste)]〉[1896, 30년 뒤에 다른 산문 작품을 덧붙여 〈테스트 씨(Monsieur Teste)〉로 펴냄]을 읽은 감동, 카프의 도시주의적(都市主義的) 경향에 실망하는 등 사상적으로 고민을 계속하다가 마침내 박영희의 전향(轉向) 선언과 때를 같이하여 1933년(24세) 탈퇴원을 제출하고, 1935년(26세) 5월 카프의 해산과 함께 완전히 관계를 끊었다.

1935년 초 정인보(→442)의 소개로 이육사(→390)를 알게 되어 막역한 지기(知己)가 되었다. 이 무렵 〈신조선(新朝鮮)〉(월간 종합 교양지. 1927. 2. 10.~3. 통권 2호로 종간. 1930년대 초 복간) 편집을 맡아 보면서 이 잡지에 〈비취 단장(翡翠斷章)〉[크게 개작하여 〈문장(文章)〉 제19호(1940. 10.)에 다시 게재]을 발표하였다.

1937년(28세)에는 김광균(→48) · 민태규(閔泰奎) · 박재륜(朴載崙, 1910~2001, 한국의 시인) · 서정주(→226) · 신백수(申百秀, 1915~1946, 한국의 시인이며 소설가) · 오장환(→298) · 윤곤강(→357) · 이병각(李秉珏, 1910~1941, 한국의 시인) · 이성범(李成範, 1915~?, 한국의 시인) · 이육사 · 정호승(→449) · 함형수(→508) 등과 함께 〈자오선(子午線)〉(시 전문 동인지. 1937. 11. 10. 창간호로 종간) 동인(同人)으로 참여하여 시 〈무녀(巫女)의 춤〉 · 〈호접(胡蝶)〉을 발표하면서부터 본격적인 작품 활동을 전개하였다. 1939년(30세)에는 〈시학(詩學)〉(격월간 문예지. 1939. 3.~10. 통권 4호로 종간)에 〈파초(芭蕉)〉(창간호) · 〈가야금〉(제2호, 1939. 6.) · 〈배암〉(제3호, 1939. 8) · 〈묘(墓)〉(종간호) 등을 발표하였고, 이어 〈검무랑(劍舞娘)〉 · 〈바다에〉 · 〈바라춤〉 · 〈서사(序詞)〉 등을 발표하였다.

대체로 과작(寡作)에 속하는 그의 작품 가운데서 45연 427행으로 된 장시(長詩) 〈바라춤〉은 대표작으로 꼽히고 있다. 이 시는 이승의 내적(內的) 갈등을 다룬 작품으로, 동양 정신과 서구시적(西歐詩的) 요소의 이중적인 구조를 잘 보여 주고 있다.

일제(日帝) 말기에 〈문장〉(월간 순수 문예지. 1939. 2.~1941. 4. 통권 26호로 종간)과 〈인문평론(人文評論)〉(월간 순수 문예지. 1939. 10.~1941. 4. 통권 16호로 종간)이 폐간되자, 친일(親日) 문학에 동조하기를 거부하고 고향에 묻혀 침묵을 지켰다.

광복된 뒤 다시 서울로 와서 광복 전에 쓴 작품 23편을 모아 1946년(37세) 6월 처녀 시집 〈석초 시집(石艸詩集)〉[을유문화사(乙酉文化社)]을 펴냈다.

1959년(50세) 7월, 〈석초 시집〉에 실었던 〈가야금〉 · 〈사비수(泗沘水)〉 · 〈최후의 물결〉 · 〈춤추는 여신(女神)〉을 제외하고 나머지 19편을 크게 개작(改作)하여 제2시집 〈바라춤〉[통문관(通文館)]을 펴냈으며, 1970년(61세) 제3시집 〈폭풍(暴風)의 노래〉[문원사(文苑社)], 1974년(65세) 3월 제4시집 〈처용(處容)은 말한다〉[조광출판사(朝光出版社)]와 〈수유동운(水踰洞韻)〉(조광출판사)을 펴냈다. 〈처용은 말한다〉는 202행의 장시로, 1938년(29세)에 구상하여 〈현대문학(現代文學)〉(월간 순수 문예지. 1955. 1.~현재) 제48호(1958. 6.)에 발표한 것으로 크게 고쳐서 제113호(1964. 5.)에 재수록되었다가 약간의 시행(詩行)의 변화를 주어 펴낸 것이다.

대체로 엄격한 구성과 고전적 심미성(審美性)을 추구하는 작품 세계를 전개하였는데, 이러한 작품 세계는 발레리와 노장 사상(老莊思想) 사이에서 발견되는 공통점을 바탕으로 구축되고 있다. 즉 사고(思考)의 조직성을 추구한 발레리의 엄밀성과 명석성을 형태적인 바탕으로 삼고, 여기에 노장 사상의 출세간적 달관(出世間的達觀)의 경지를 담아 보려는 시도로 이해할 수 있을 것이다.

1949년(40세) 한국문학가협회(韓國文學家協會) 중앙 위원, 1954년(45세) 한국일보사(韓國日報社)에 입사하여 논설 위원 겸 문화부장(1957~1974), 1960년(51세) 예술원(藝術院) 회원, 1961년(52세) 서라벌예술대학[중앙대학교(中央大學校) 예술대학의 전신(前身)] 교수, 1965(56세)~1966년(57세) 한국문인협회(韓國文人協會. 文協) 시분과 위원장, 1967(58세)~1968년(59세) 한국시인협회(韓國詩人協會) 회장(제8~9대) 등을 지냈고, 1968년 제13회 대한민국 예술원상을 받았다.

이 밖에 시 〈물 끓는 성(城)〉[〈사상계(思想界)〉 제69호, 1959. 1.]·〈꽃잎 절구(絕句)〉[〈시문학(詩文學)〉 제11호, 1972. 6.], 산문 〈어위정 산고(語葦亭散藁)〉(〈현대문학〉 제71호, 1960. 11.)·〈이육사의 추억〉(〈현대문학〉 제96호, 1962. 12.), 번역서 〈시경(詩經)〉[서문당(瑞文堂), 1975]·〈이백 시선집(李白詩選集)〉(서문당, 1975), 유고(遺稿) 시집 〈신석초·윤곤강〉[지식산업사(知識産業社), 〈한국 현대시문학 대계(韓國現代詩文學大系)〉 제10권, 1984], 수상록(隨想錄) 〈시는 늙지 않는다〉[융성출판사(隆盛出版社), 1985] 등이 있다.

경기도 하남시(河南市) 창우동(倉隅洞) 장기영(張基榮, 1916~1977, 한국의 언론인이며 체육인·경제인·정치인) 묘소에 〈바라춤 찬가(讚歌)〉가 새겨진 시비(詩碑)를 비롯하여 충청남도 보령시(保寧市) 성주면(聖住面) 개화리(開花里) 개화예술공원(開花藝術公園) 모산한국육필문예공원(2005. 7. 27.)에 〈천지(天池)〉, 서천군 한산면(韓山面) 지현리(芝峴里) 한산모시관(2000)과 서천 묘역(墓域)(2009. 11. 7.)에 〈꽃잎 절구〉를 새긴 시비가 각각 세워졌다.

257

신위

申緯 1769(영조 45). 8. 11. ~ 1845(헌종 11)

조선(朝鮮, 1392~1910)의 문신(文臣)이며 시인·서화가.

자(字)는 한수(漢叟), 호(號)는 경수당(警修堂)·자하(紫霞), 본관(本貫)은 평산(平山).

아버지는 대사헌(大司憲) 신대승(申大升, 1731~1795)이며, 어머니는 이영록(李永祿, 1707~?)의 딸로, 서울 장흥방[長興坊, 지금의 종로구(鐘路區) 적선동(積善洞)과 내자동(內資洞) 사이에 있던 마을]에서 태어났으며, 이곳에서 죽었다.

신동(神童)으로 소문이 나서 14세 때 정조(定祖, 1752~1800, 조선의 제22대 왕. 재위 1777~1800)가 궁정(宮廷)에 불러들여 칭찬하였다.

1784년(15세) 조윤형(曺允亨, 1725~1799, 조선의 문신)의 딸과 혼인하였으나 자녀는 없었고, 부실(副室) 조씨(趙氏)에게서 4남 2녀를 얻었다.

1799년(30세, 정조 23) 알성 문과(謁聖文科)에 을과(乙科)로 급제(及第)하여 초계문신(抄啓文臣)으로 발탁되었다.

1812년(43세, 순조 12) 진주 겸 주청사(陳奏兼奏請使)의 서장관(書狀官)으로 중국 청(淸)나라(1616~1912)에 갔다. 이 때 베이징(北京)에서 중국의 학문과 문학에 대하여 실지로 확인하면서 자신의 안목을 넓히는 기회로 삼아 중국의 학자들과 문인(文人)들과의 교유(交遊)를 돈독히 하였다. 특히 당대(當代)의 대학자 옹방강(翁方綱, 1733~1818, 중국 청나라의 서예가이며 문학가·금석학자)과의 교유는 그의 문학 세계에 많은 영향을 주었다.

1814년((45세, 순조 14)에 병조참지(兵曹參知)를 거쳐 이듬해 황해도 곡산(谷山) 부사(府使)로 나갔다. 이 때 피폐한 농촌의 현실을 확인하고 농민의 고통을 덜어 주기 위하여 조정(朝廷)에 세금을 탕감하여 달라는 탄원을 하였다.

1816년(47세, 순조 16) 승지(承知)를 거쳐 1818년(49세, 순조 18) 강원도 춘천(春川) 부사로 나갔다. 이 때 그 지방의 토호들의 횡포를 막기 위하여 맞서다가 파직(罷職)까지 당하였다.

1822년(53세, 순조 22) 병조참판(兵曹參判)에 올랐으나 당쟁(黨爭)의 여파로 다시 파직되었다가 곧 복관(復官)되어 1828년(59세, 순조 28) 강화 유수(江華留守)로 부임하였다. 그러나 윤상도(尹尙度, 1768~1840, 조선의 문신)의 탄핵(彈劾)으로 2년 만에 또다시 물러나 경기도 시흥(始興) 자하산(紫霞山)에서 묻혀 학문을 닦고 예술을 연마하였다.

1832년(63세, 순조 32) 다시 도승지(都承旨)에 제수(除授)되었으나 벼슬 생활에 환멸을 느낀 끝에 사양하여 나아가지 않았다.

1833년((64세, 순조 33) 대사간(大司諫)에 제수되어 나아갔으나, 경기 암행 어사 이시원[李是遠, 1790~1866, 조선의 문신이며 의사(義士)]이 강화 유수 때의 실정(失政)을 거론, 상소(上訴)함으로써 황해도 평산(平山)에 유배되었다. 그 뒤 복직(復職)되어 이조참판(吏曹參判)·병조참판 등을 지냈다.

당시 시(詩)·서(書)·화(畫)의 '삼절(三節)'이라고 일컬어졌고 많은 업적을 남겼는데, 후세의 시인들도 그의 작시법(作詩法)을 본받았다.

시에 있어 한국적인 특징을 찾으려고 노력하였다. 특히 사라져 가는 악부(樂府)를 보존하고자 하였는데, 한역(漢譯)한 〈소악부(小樂府)〉와 시사평(詩史評)을 통한 〈동인론시(東人論詩)〉 35수(首)와 관우희(觀優戱)를 읊은 〈관극 절구(觀劇絕句)〉 12수가 그것이다. 또한 왕사정(→311)의 출세작 〈추류(秋柳)〉를 본떠 지은 〈후추류시(後秋柳詩)〉, 신분 제도·화폐 개혁 등 현실 문제를 다룬 〈잡서(雜書)〉 등이 있다. 이러한 그의 시를 김택영(金澤榮, 1850~1927, 조선의 학자)은 시사적(詩史的)인 위치로 볼 때 500년 이래의 대가(大家)라고 칭송하였다. 이러한 그의 영향은 강위(→13)·황현(→525)·이건창(李建昌, 1852~1898, 조선의 문신이며 대문장가)·김택영으로 이어져 조선의 한문학을 마무리하는 구실을 하였다. 그뿐 아니라 서얼 차대(庶孼差待)의 폐지, 붕당(朋黨) 정치의 배격 등을 시로 읊었다.

그림은 산수(山水)와 묵죽(墨竹)에 뛰어났는데, 당대 최고의 문인화가(文人畫家)이며 이론가인 강세황(姜世晃, 1713~1791, 조선의 문인이며 문학 평론가·화가)에게 묵죽을 배웠으며, 남종화(南宗畫)의 기법을 이어받아 조선 후기의 남종화의 꽃을 피웠다. 그의 묵죽화풍은 아들 신명준(申命準, 1803~1842, 조선의 선비 화가)·신명연(申命衍, 1809~1892, 조선의 문인화가)을 비롯하여 조희룡(趙熙龍, 1789~1866, 조선의 문인이며 화가) 등 추사파(秋史派) 화가들에게까지 영향을 미쳤다.

유덕장(柳德章, 1675~1756, 조선의 묵죽화가)·이정(李霆, 1541~1622, 조선의 종친 사대부이며 묵죽화가)과 함께 '조선 시대 3대 묵죽화가'로 손꼽힌다. 또한 신경(神境)에 이른 필법(筆法)은 동기창(董其昌, 1555~1636, 중국 명나라의 화가이며 서예가·화론가)체(體)를 따랐으며, 조선 시대에 이 서체가 유행하는 데 계도적 구실을 하였다.

지은 책으로 시 4,000여 수를 수록한 〈경수당집(警修堂集)〉(모두 16책 85권)과 당시(唐詩) 가운데 화의(畫意)가 풍부한 작품만을 뽑아 편집한 〈당시화의(唐詩畫意)〉와 〈분여록(焚餘錄)〉 등이 있고, 김택영이 600여 수를 정선(精選)한 〈신자하 전집(申紫霞全集)〉(모두 2권)과 이건창이 엮은 〈자하 시초(紫霞詩抄)〉가 있다. 아들 신명연이 아버지의 유고(遺稿)를 거두어 문집을 엮었다.

그림 작품으로는 〈묵죽도(墨竹圖)〉와 〈방대도(訪戴圖)〉(서울 국립중앙박물관)가 전한다.

그가 어렸을 적부터 학문을 닦고 예술을 연마하던 시흥의 자하산 기슭은 지금 서울대학교 관악캠퍼스의 일부가 되었는데, 이곳에 그의 호에서 따 온 '자하연(紫霞淵)'이라는 인공 연못이 조성되었고, '긴 대나무가 구름 위로 솟아'로 시작하는 한시비(漢詩碑)와 동상(銅像)이 세워져 있다.

258

심덕잠

沈德潛 1673 ~ 1769

중국 청(清)나라(1616~1912)의 문학자이며 시인.

자(字)는 확사(確士), 호(號)는 귀우(歸愚).

장쑤성(江蘇省) 쑤저우(蘇州) 창저우현(長州縣)에서 태어났다.

일찍부터 시명(詩名)은 높았지만 과거(科擧)에는 실패만 거듭하다가, 1739년(66세, 건륭 4)에야 진사시(進士試)에 급제(及第)하였다. 그 뒤 건륭제[乾隆帝, 1711~1799, 중국 청나라의 제6대 황제. 고종(高宗). 재위 1735~1796]의 총애를 받고 예부시랑(禮部侍郎)까지 승진하였으며, 1747년(74세, 건륭 12) 고령(高齡) 때문에 직(職)을 그만두고 고향에 돌아가 여생을 시작(詩作)과 저술로 보냈다.

어릴 때부터 당시(唐詩)를 좋아하였고, 특히 성당{盛唐, 현종[玄宗, 685~762, 중국 당나라의 제6대 황제. 재위 712~756. 이융기(李隆基)]의 개원(開元, 713)으로부터 대종[代宗, 726~779, 중국 당나라의 제8대 황제. 재위 762~779. 이예(李豫)]의 영태(永泰, 765)까지 약 50년간}을 존중하였으며, 역대 시에 대해서도 온화하고 공평한 태도를 취하였다.

시의 평론가·작자로 널리 알려졌고, 청대 초기에 왕사정(→311)이 시에 신운설(神韻說)을 제창한 데 대하여 격조설(格調說)을 주창(主唱)하였다. 이 시설(詩說)은 '온유돈후(溫柔敦厚)한 것은 시의 가르침이다.'[〈예기(禮

記)〉]라는 도덕적인 문학관(文學觀)에 기반을 두고 바른 골격 위에 음률(音律)의 조화를 찾는 것이다.

사상적으로는 유교(儒敎) 논리를 엄격하게 신봉(信奉)하고, 명(明)나라(1368~1644) 말기의 왕차회[王次回, 1593~1642, 중국 명나라의 시인. 본명(本名)은 왕언홍(王彦泓)]와 같은 염체(艶體)는 멀리하였다. 또한 송(宋, 960~1279)·원(元, 1271~1368)의 시에 대해서는 혹독하여 '송시(宋詩)는 부(腐)에 가깝고 원시(元詩)는 섬(纖)에 가깝다.'고 비판하였다. 이러한 문학적 주장은 건륭제의 신임을 얻는 데 힘이 되었다.

한(漢, B.C.202~220)·위(魏, 225~265) 시대·육조 시대[六朝時代, 222~589, 중국 삼국 시대 오(吳)나라(222~280)·동진(東晉, 317~419)과 남조(南朝)의 송(宋)나라(420~479)·제(齊)나라(479~502)·양(梁)나라(502~557)·진(陳)나라(557~589)를 합한 시대]의 시를 선록하고 평론을 덧붙인 〈고시원(古詩源)〉은 고대 민가(民歌)를 많이 수록한 보기 드문 시선집(詩選集)이다. 또한 〈당시 별재집(唐詩別裁集)〉·〈명시 별재집(明詩別裁集)〉 등을 합하여 고대로부터 청나라 초기에 이르는 역대의 시선집을 편집하였고, 거기에 자기가 주장하는 시론(詩論)이 표출되도록 노력하였다.

시풍(詩風)은 구수하고 담백하지만 도학적인 냄새를 풍겨 '성령설(性靈說)'을 주장하는 원매(→331)와는 날카롭게 대립하였다. 대개 공덕을 칭송한 시나 과거 시험용 문장이 많아 높은 평가를 받고 있지는 못하다.

이 밖에 지은 책으로 〈귀우시문초(歸愚詩文鈔)〉·〈당송 팔대가문 독본(唐宋八大家文讀本)〉(모두 30권)·〈설시쉐어(說詩晬語)〉·〈심귀우 시문 전집(沈歸愚詩文全集)〉·〈죽소헌 시초(竹嘯軒詩鈔)〉가 있다.

259

심아지

沈亞之 781 ~ 832

중국 당(唐)나라(618~907)의 전기 작가(傳記作家)이며 시인.

자(字)는 하현(下賢).

저장성(浙江省) 우싱[吳興, 지금의 후저우(湖州)]에서 태어났다.

810년(29세) 진사시(進士試)에 급제(及第)하여 비서성(祕書省) 정자(正字)·역양령(櫟陽令)이 되었고, 거듭 승진하여 전중승어사(殿中丞御史) 공봉(供奉)까지 올랐다.

829년(48세) 대관(大官) 백기(柏耆)의 밑에서 판관(判官)이 되었다가, 백기가 실각(失脚)하자 난캉(南康)으로 유배되었고, 다시 후베이성(湖北省) 잉저우(郢州)로 옮겨져 불우한 생애를 보냈다.

시인으로서는 한유(→504)의 문인(門人)으로 명성이 높았으나, 오히려 〈상중원사(湘中怨辭)〉(812)·〈이몽록(李夢錄)〉(815)·〈진몽기(秦夢記)〉(827)·〈풍연전(馮燕傳)〉 등의 전기 소설 작가로 더 알려졌다. 작품집으로 〈심하현 문집(沈下賢文集)〉(모두 12권)이 있다.

260

심전기

沈佺期 656? ~ 714?

중국 당(唐)나라(618~907)의 시인.

자(字)는 운경(雲卿).

허난성(河南省) 상저우(相州) 네이황(內黃)에서 태어났다.

675년(19세) 진사시(進士試)에 급제(及第)하여 통사사인(通事舍人)에 올라 〈삼교주영(三敎珠英)〉 편찬에 참여하였고, 협률랑(協律郎)을 거쳐 급사중(給事中)과 고공(考功) 원외랑(員外郎)에 올랐다.

측천무후[則天武后, 624~705, 고종[高宗, 628~683, 중국 당나라의 제3대 황제. 재위 649~683. 이치(李治)]의 아내. 중국 역사상 유일한 여황제. 재위 690~705] 때부터 중종[中宗, 656~710, 중국 당나라의 제4대 황제. 재위 684, 705~710. 이현(李顯)]의 영신(佞臣) 장역지(張易之, ?~705)에게 아첨한 죄로 중종 때 베트남 북부 환주(驩州)로 유배(流配)되었다. 나중에 기거랑(起居郎)에 오르고 수문관(修文館) 직학사(直學士)·중서사인(中書舍人)·태자첨사(太子詹事)를 지냈다.

당나라 초기에는 육조 시대[六朝時代, 222~589, 중국 삼국 시대 오(吳)나라(222~280)·동진(東晉, 317~419)과 남조(南朝)의 송(宋)나라(420~479)·제(齊)나라(479~502)·양(梁)나라(502~557)·진(陳)나라(557~589)를 합한 시대]의 영향을 받아 시의 중심이 궁정(宮廷)에 있었으므로 그의 작품도 자연히 응수(應酬)의 작품이 많았고 궁정 시인의 색채를 띠었다. 그러나 유배된 뒤의 작품에는 개인의 감정이 잘 나타나 있다.

송지문(→243)과 함께 '심송(沈宋)'이라고 일컬어졌고, '초당사걸[初唐四傑, 낙빈왕(→115) · 노조린(→121) · 양형(→283) · 왕발(→307)]'의 육조 시학(六朝詩學)을 이어받아 근체시(近體詩, 칠언율시)의 정형을 완성시킨 시인으로서 그의 공적은 매우 크며, 성당시(盛唐詩) 시풍(詩風)으로 이어지는 교량적 존재가 되었다.

인품에 고결하지 못한 점이 있었으나, 시풍은 청려(清麗)하였고, 특히 칠언율시(七言律詩)에 뛰어났다. '노가(盧家)의 소부(少婦) 울금향(鬱金香)'으로 시작되는 칠언율시 〈고의(古意)〉는 〈당시선(唐詩選)〉에도 실릴 정도로 널리 알려졌다.

지은 책으로 〈심전기집(沈佺期集)〉이 있다.

261

심훈

沈熏 1901(고종 38). 9. 12. ~ 1936. 9. 16.

한국의 소설가이며 시인 · 영화인.

호(號)는 금강생(金剛生) · 금호어초(琴湖漁樵) · 백랑(白浪) · 해풍(海風), 본명(本名)은 대섭(大燮), 아명(兒名)은 삼준(三俊) 또는 삼보(三保), 본관(本貫)은 청송(青松).

아버지 심상정(沈相珽)과 어머니 해평(海平) 윤씨(尹氏)의 3남 1녀 중 막내아들로, 서울 노량진(鷺梁津)에서 태어났으며, 장티푸스로 서울에서 죽었다.

1915년(14세) 교동보통학교(校洞普通學校, 지금의 교동초등학교)를 졸업한 뒤, 경성고등보통학교[京城高等普通學校, 지금의 경기고등학교(京畿高等學校)]에 입학하였는데, 이범석(李範奭, 1900~1972, 한국의 독립 운동가이며 정치가)이 재학하고 있었고, 같이 입학한 동급생으로는 박렬(朴烈, 1902~1974, 한국의 독립 운동가이며 무정부주의자 · 혁명가) · 박헌영(朴憲永, 1900~1955, 한국의 공산주의 운동가) · 윤극영(尹克榮, 1903~1988, 한국의 동요 작가이며 동요 작곡가 · 아동 문화 운동가) 등이 있었다.

1917년(16세) 3월, 왕족 이해영(李海暎, 1899~?)과 혼인하였다. 아내 이해영은 풍선군(豊善君) 이한용(李漢鎔, 1875~1890)의 딸이며, 오빠는 1910년 21세의 나이에 일본 정부로부터 후작(侯爵) 작위를 받은 청풍군(清豐君) 이해승(李海昇, 1890~?)이었다.

재학 중 1919년(18세) 3 · 1 운동에 참여하였다가 경찰에 붙잡혀 8개월 동안 복역(服役)하고 퇴학당하였다. 그 해 겨울 중국으로 망명하였고, 베이징(北京)에서 신채호(申采浩, 1880~1936, 한국의 독립 운동가이며 역사가 · 언론인)와 이회영(李會榮, 1867~1932, 한국의 독립 운동가)을 만났는데, 이들에게서 큰 영향을 받았다.

1920년(19세) 감옥에서의 기억을 바탕으로 〈신청년(新青年)〉(문예지. 1919. 1.~1921. 7. 통권 6호로 종간) 제3호(1920. 8.)에 단편 〈찬미가(讚美歌)에 싸인 원혼(冤魂)〉을 발표하였고, 같은 해 장쑤성(江蘇省) 상하이(上海)의 위안장대학(元江大學) 철학과에 입학하였다가 1922년(21세) 저장성(浙江省) 항저우(杭州)의 즈장대학(之江大學) 극문학부(劇文學部)에 재입학하였다.

같은 해 9월에는 김두수(金斗洙, 1903~?, 한국의 사회주의 운동가) · 김영팔(金永八, 1904~1950, 한국의 연극인) · 김홍파(金紅波, ?~?, 〈북조선일보〉 기자) · 박세영(→180) · 박용대(朴容大, ?~?, 한국의 사회주의 운동가) · 송영(宋影, 1903~1978, 한국의 소설가이며 극작가) · 이적효(李赤曉, 1901~?, 한국의 사회주의 운동가) · 이호(李浩, 1903~?, 한국의 사회주의 운동가) · 최승일[崔承一, 1901~?, 한국의 작가이며 방송인 · 영화인. 최승희(崔承喜, 1911~1969, 북한의 무용가이며 안무가)의 오빠] 등 사회주의(社會主義, socialism) 경향의 문인(文人)들과 최초의 사회주의 예술 단체인 염군사(焰群社)를 조직하였다.

1923년(22세) 귀국하여 연극 · 영화 · 소설 집필에 몰두하였는데, 처음에는 특히 영화에 많은 관심을 가져 김영팔 · 나도향(羅稻香, 1902~1927, 한국의 소설가) · 임남산(林南山) · 최승일 등과 신극(新劇) 연구 단체 극문회(劇文會)를 조직하였다.

1924년(23세) 이해영과 이혼하였고, 같은 해 동아일보사(東亞日報社) 사회부에 입사하여 기자 생활을 하면서 소설 〈미인(美人)의 한(恨)〉 후반부를 번안(飜案)하였다.

1925년(24세) 조중환(趙重桓, 1863~1944, 한국의 소설가이며 신극 운동가) 번안의 〈장한몽(長恨夢)〉이 영화화될 때 이수일(李守一) 역으로 출연하였다.

1926년(25세) 〈문예시대(文藝時代)〉(문예지. 1926. 11.~1927. 1. 통권 2호로 종간) 종간호에 수필 〈몽유병자(夢遊病者)의 일기〉를 발표하였고, 〈동아일보〉에 한국 최초의 영화 소설 〈탈춤〉(1926. 11. 9.~12. 16.)을 연재한 것이 계기가 되어 영화계에 투신하였다. 〈탈춤〉을 발표할 때부터 '대섭'이라는 본명 대신에 '훈'이라는 이름을 썼다.

한편 이 해 봄, '철필구락부(鐵筆俱樂部) 사건'으로 박헌영·임원근(林元根, 1899~1963, 한국의 사회주의 계열 독립 운동가이며 언론인)·허정숙(許貞淑, 1902~1991, 북한의 독립 운동가이며 여성 운동가·사회주의자) 등과 함께 동아일보사에서 해직당하였다. 순종(純宗, 1874~1926, 조선의 제27대 왕이며 최후의 왕. 재위 1907~1910)의 붕어(崩御)의 분노와 한으로 〈시대일보(時代日報)〉(일간지. 1924. 3. 31.~1926. 11. 14.)에 시 〈통곡 속에서〉(1926. 5. 16.)를 발표하였다.

1927년(26세) 일본으로 유학하여 본격적인 영화 수업을 받은 뒤 귀국하여 영화 〈먼동이 틀 때〉를 원작 집필·각색(脚色)·감독으로 제작하였으며, 이를 서울 단성사(團成社)에서 개봉(10. 26.)하여 큰 성공을 거두었다. 식민지 시대의 비참한 현실을 다루었던 이 영화는 〈어둠에서 어둠으로〉라는 제목이 말썽을 빚자 개작(改作)한 작품이며, 영화 제작은 이것으로 마지막이었고, 그 뒤 그의 관심은 소설 쪽으로 기울었다.

1928년(27세) 조선일보사(朝鮮日報社)에 입사하였고, 〈우리 민중은 어떠한 영화를 요구하는가〉 등의 평론으로 프로 문학(proletarian literature) 작가들과 논쟁을 벌이기도 하였으며, 단편 소설 〈기남의 모험〉(〈새벗〉, 1928. 11.)·〈오월비상(五月飛霜)〉(〈조선일보〉, 1929. 3. 20.~3. 21.) 등을 발표하였다.

1930년(29세) 3월 1일 시 〈그 날이 오면〉을 발표하였고, 〈조선일보〉에 장편 소설 〈동방(東方)의 애인(愛人)〉(1930. 10. 29.~12. 10.)을 시작으로 본격적으로 소설을 썼는데, 이 소설은 연재 도중 검열에 걸려 중단하였다. 같은 해 12월 안정옥(安貞玉, 1913~?)과 재혼하였다.

1931년(30세) 경성방송국[京城放送局. 1926년 11월 30일 개국. 1927년 2월 16일 첫 방송(JODK). 1932년 4월 조선방송협회. 1945년 9월 서울중앙방송국(HLKA)으로 이름을 바꾸었다가 1973년 3월 문화공보부에서 독립하여 '한국방송공사(韓國放送公社)'로 전환하였다.]으로 옮겼으나 사상(思想) 문제를 일으켜 곧 퇴직하였고, 같은 해 단편 소설 〈불사조(不死鳥)〉를 〈조선일보〉에 연재(1931. 8. 16.~12. 29.)하다가 다시 중단당하였다.

1932년(31세) 고향인 충청남도 당진군(唐津郡) 송악읍(松岳邑) 부곡리(富谷里)로 낙향(落鄕)하여 집필에 전념하였고, 향리(鄕里)에서 시집 〈그 날이 오면〉을 펴내려다가 검열로 말미암아 무산되었다. 이는 1949년 유고집(遺稿集)으로 출판되었다.

1933년(32세) 서울로 와서 조선중앙일보사(朝鮮中央日報社) 학예부장으로 입사하였다가 곧 낙향하였다.

같은 해 〈영원(永遠)의 미소(微笑)〉를 〈조선중앙일보〉(일간지. 1933. 3. 7.~1937. 11. 5.)에 연재(1933. 7. 10.~1934. 1. 10.)하였는데, 이 작품에서는 가난한 인텔리의 계급적 저항 의식, 식민지 사회의 부조리에 대한 비판 정신, 귀농 의지(歸農意志)를 묘사하였다. 같은 해 단편 〈황공(黃公)의 최후(最後)〉를 탈고(脫稿)하였다. 이 단편은 〈신동아(新東亞)〉(월간 종합 교양지. 1931. 11.~1936. 9. 통권 59호로 폐간. 1964년 9월 통권 60호로 복간) 제51호(1936. 1.)에 발표되었다.

1934년(33세)에는 장편 소설 〈직녀성(織女星)〉을 〈조선중앙일보〉에 연재(1934. 3. 24.~3. 25.)하였고, 그 고료(稿料)로 '필경사(筆耕舍)'라고 이름 지은 서재를 세웠다.

1935년(34세)에 발표한 장편 〈상록수(常綠樹)〉는 〈동아일보〉 창간 15주년 기념 장편 소설 특별 공모(公募)에 당선되어 그 해 9월 10일부터 1936년(35세) 2월 15일까지 연재되어 크게 각광을 받았으며, 그 상금으로 당진에 상록학원(常綠學院)을 설립하였다. 이 소설은 젊은이들의 희생적인 농촌 사업을 통하여 강한 휴머니즘과 저항 의식을 고취시켰으며, 이광수(李光洙, 1892~1950, 한국의 소설가)의 〈흙〉과 함께 당시의 시대적 풍조였던 '브나로드 운동(V narod運動, '브 나로드'는 '민중 속으로'의 뜻. 1870년 러시아에서, 학생 등이 농민을 주체로 한 사회 개혁을 이루고자 일으킨 계몽 선전 운동)'의 모범작으로 꼽혔다. 같은 해 8월 28일 한성도서주식회사(漢城圖書株式會社)에서 단행본으로 발간하였는데, 표지는 당시 〈동아일보〉 전속 화가였던 이상범(李象範, 1897~1972, 한국의 동양화가)이 그렸고, 머리말은 홍명희(洪命熹, 1888~1968, 장편 소설 〈임꺽정〉의 지은이이며 북한 부수상을 지낸 북한의 소설가이며 정치가)가 썼다. 같은 해 이 소설을 직접 각색·감독하여 영화로 만들려고 하였으나 일제(日帝)의 방해로 실현하지 못하였다. 1981년에는 일본에서도 번역·출판되어 좋은 반응을 얻었다.

〈동방의 애인〉과 〈불사조〉 등 두 번에 걸친 연재 중단 사건과 애국시 〈그 날이 오면〉·〈오오 조선의 남아(男兒)여!〉 등에서 알 수 있듯이, 그의 작품에는 강한 민족의식이 흐르고 있다. 저항적이고 행동적인 지성인이었던 그의 작품에는, 당시 일고 있던 좌익적(左翼的) 사상을 긍정적으로 그리고 있으며, 민족주의(民族主義, nationalism)와 계급적 저항 의식과 휴머니즘의 기본 정신을 결합시키고 있다. 특히 농민 계몽 문학에서 그 뒤의 현실주의(現實主義, realism)를 바탕으로 한 본격적인 농민 문학의 장(場)을 여는 데 크게 이바지하였다.

1949년 7월 한성도서주식회사에서 〈만가(輓歌)〉 등이 실린 시집 〈그 날이 오면〉을 출판하였다.

2000년 건국 훈장 애국장(愛國章)이 추서(追敍)되었으며, 당진시에서는 그의 문학적 업적과 그 정신을 기리기 위하여 '심훈상록문화제(沈熏常綠文化祭)'를 1977년 10월 28일 제1회를 시작으로 현재까지 해마다 열고 있다.

경기도 안산시(安山市) 상록구(常綠區) 본오동(本五洞) 상록수역 상록수공원과 상록구 성포동(聲浦洞) 성포예술공원에 문학비(文學碑)가 세워졌으며, 대표시 〈그 날이 오면〉을 새긴 시비(詩碑)가 부곡리 옛집 필경사, 당진시 읍내동(邑內洞) 남산공원(南山公園), 천안시(天安市) 동남구(東南區) 목천읍(木川邑) 남화리(南化里) 독립기념관, 홍성군(洪城郡) 결성면(結城面) 성곡리(城谷里) 민족시비공원(民族詩碑公園)에 세워졌다.

262

쑤만수

蘇曼殊 1884 ~ 1918. 5. 2.

중국 청(淸)나라(1616~1912) 말 민국(民國) 초의 시인이며 문학자.

본명(本名)은 쑤쉬안잉(蘇玄瑛), 자(字)는 자곡(子穀), 만수(曼殊)는 승명(僧名).

아버지 쑤지에성(蘇杰生)은 광둥(廣東)의 장사꾼이며 시인이었고, 어머니는 일본 사람으로, 도쿄에서 태어났으며[또는 요코하마(橫濱)라고도 한다.], 병을 얻어 상하이(上海)에서 죽었다. 어머니는 태어난 지 3개월도 되지 않았을 때 가족을 버리고 달아나, 아버지의 첩 하합씨(河合氏)에게 양육되었다.

1889년(5세) 가족들과 함께 광둥·상하이를 떠돌아다니다가, 1898년(14세) 일본으로 유학하여 도쿄미술학교[東京美術學校. 도쿄예술대학(東京藝術大學)의 전신(前身)], 1902년(18세) 와세다대학(早稻田大學) 예과(豫科), 세이조고등학교(成城高等學校)에서 공부하였다.

혁명에 관계하였으므로 집과 연락을 끊고 1903년(19세) 귀국하여 청년회와 군국민교육회(軍國民敎育會)에 관여하였으며, 장쑤성(江蘇省) 쑤저우(蘇州)의 우중공학(吳中公學) 교사가 되었다. 상하이 국민일보사(國民日報社)에서 천두슈(陳獨秀, 1879~1942, 중국의 정치가. 중국 공산당 창당자의 한 사람)와 함께 위고(Victor-Marie Hugo, 1802~1885, 프랑스의 낭만파 시인이며 소설가·극작가)의 〈레 미제라블[Les Misérables(The Legend of the Centuries)]〉(1862)을 번안(飜案)하여 〈비참 세계(悲慘世界)〉라는 제목으로 발표하는 등 번역·논설 등으로 활약하다가 갑자기 머리를 깎고 승려가 되었다.

1904년(20세) 홍콩(香港)에서 캉유웨이(康有爲, 1858~1927, 중국의 학자이며 개혁 운동 지도자)의 암살을 시도하였으나 이루지 못하였다. 시암(Siam, 타이)·자바(Java)·실론[Ceylon, 지금의 스리랑카(Sri Lanka)]·싱가포르 등을 떠돌아다니며 격조 높은 시작(詩作)을 하였고, 영어·독일어·프랑스 어·산스크리트(Sanskrit) 어를 잘 하였고 서양시를 중국에 번역 소개하였다.

고시(Aurobindo Ghosh, 1872~1950, 인도의 사상가이며 철학자·정치 지도자) 원작의 〈사라해병돈적기(娑羅海浜遯跡記)〉를 번역하였으며, 바이런(George Gordon, 6th Baron Byron, 1788~1824, 영국의 낭만파 시인)에게 심취하여 〈바이런 시선(詩選)〉을 펴냈다.

1907년(23세) 다시 일본으로 가서 장빙린(章炳麟, 1868~1936, 중국의 민족주의 혁명 지도자이며 유학자)의 국수혁명론(國粹革命論)·아주 화친회 운동(亞洲和親會運動)의 영향을 받아 배청적(排淸的)인 글을 썼으며, 중국의 혁명 지사들과 교유하며 중국혁명동맹회(中國革命同盟會) 기관지에 시를 발표하여 문학 혁명의 선구자가 되었다.

1909년(25세) 자바에서 영어 강사를 지냈으며, 쑤저우에서 류야쯔(→146)·천취빙(陳去病, 1874~1933) 등이 이끄는 혁명적인 문학 단체 '남사(南社)'에도 참여하였다.

신해 혁명(辛亥革命, 1911. 10. 10.~1912. 2. 12.) 뒤 혼란의 와중에서 울분을 안고 중국·일본 등지를 떠돌아다니며 상징주의(象徵主義, symbolisme)적 성향을 띤 시·소설 등을 썼고, 그림에도 뛰어났다.

지은 책으로 중국과 일본을 무대로 한 자전적(自傳的) 비련(悲戀)의 소설 〈단홍령안기(斷鴻零雁記)〉(1912), 〈쑤만수 시집(蘇曼殊詩集)〉(모두 5권, 죽은 뒤인 1928년 출판)이 있다.

263
아기에이
Saccidānand Hīrānand Agyey 1911. 3. 7. ~ 1987. 4. 4.

인도의 힌디 어(語)(Hindi language) 시인이며 소설가·편집자.

인도 북부 우타르프라데시(Uttar Pradesh) 주 데오리아(Deoria District) 쿠시나가르(Kushinagar) 마을에서 태어났으며, 북부 뉴델리(New Delhi, 1931년 인도의 수도가 되었다.)에서 죽었다.

1927년(16세) 남부 타밀나두(Tamil Nadu) 주의 주도(州都) 마드라스[Madras, 영어 표기로는 첸나이(Chennai)]의 마드라스 크리스천 대학(Madras Christian College)과 파키스탄 북동부 펀자브(Punjab) 주의 주도 라호르(Lahore)의 포먼 크리스천 대학(Forman Christian College)에서 물리학을 공부하였고, 펀자브 대학교(Panjab University)를 졸업하였다.

1930년(19세) 영문학 석사 과정 중 민족 운동·테러 조직에 참여하였다가 그 해 11월 체포되어 3년 반 동안 옥고(獄苦)를 치렀다.

시집 〈타르 사프타크(Taar Saptak)〉(1943~1979)와 〈상징(象徵)〉(1947~1974)의 편집 출판으로, 1940년대 이후의 정치에 의한 문학 지배에 항의하는 문학 운동 논쟁에 지도적인 역할을 하였다.

반자전적(反自傳的) 소설 〈세카르, 어떤 생애(生涯)(Shekhar : Ek Jeevani)〉(1940~1944), 시집 〈안마당 저쪽의 문(Sunahale Shaivaal)〉(1965), 에세이집 〈추도록(追悼錄)〉(1982) 등이 있다.

1964년(53세) 사히티아 아카데미상(賞)(Sahitya Akademi Award, '인도문학회'상), 1978년(67세) 즈냔피트상(Jnanpith Award, '인도 도서관'상), 1983년(72세) 마케도니아의 '스트루가 국제 시 축제(Struga Poetry Evenings)'에서 주는 황금 화환상(Golden Wreath)을 받았다.

264
아리와라 나리히라
在原業平 825 ~ 880. 5. 28.

일본의 시인.

헤이제이 천황(平城天皇, 774~824, 일본의 제51대 천황. 재위 806~809)의 맏아들 아보 친왕(阿保親王, 792~842)의 다섯째 아들로, 826년(1세) 성(姓) '아리와라'를 하사(下賜)받았다.

이른바 '36가선[三十六歌仙, 후지와라 긴토(藤原公任, 966~1041, 일본의 관리이며 시인)가 선정한 36명의 대표적인 와카 시인]'의 한 사람으로 〈36인집(三十六人集)〉 중에 그의 와카 모음 〈나리히라슈(業平集)〉가 실려 있다.

〈이세 모노가타리(伊勢物語, '이세 이야기')〉의 주인공으로 설정되었으며, 자유 분방한 행동과 더불어 정감 넘치는 와카[和歌, 중국의 한시(漢詩)와 대조되는 것으로, 일본 고유의 시]를 써서 오노 고마치(小野小町, 809~901, 일본의 여류 와카 시인. '36가선'의 한 사람)와 어깨를 겨룬다. 〈고킨슈(古今集)〉 뒤에 편찬된 여러 칙찬집(勅撰集)에 90수(首) 정도 실려 있다.

니조(二條) 왕후 후지와라 다카이코[藤原高子, 842~910. 요제이 천황(陽成天皇, 869~949, 일본의 제57대 천황. 재위 876~884)의 어머니]나 사이구[齋宮, 혼슈(本州) 남부 미에현(三重縣) 이세 신궁((伊勢の神宮)에서 봉사하는 미혼의 여자 황족] 덴시 등과의 사랑, 아즈마쿠다리[東下, 교토(京都, 794~1868년 일본의 수도)에서 동쪽 지방, 특히 가마쿠라(鎌倉) 지방으로 내려가는 것], 고레타카 친왕(惟喬親王, 844~897)과의 친교 등이 허구(虛構)가 곁들여 전해져서, 요쿄쿠[謠曲, 일본 가무극(歌舞劇)의 사장(詞章)·각본(脚本)]·〈이즈쓰(井筒)〉·〈제비붓꽃(杜若)〉을 비롯한 많은 문예 작품의 소재가 되었다.

용모가 수려하여 미남의 대명사가 되었으며, 아들 시게하루(在原滋春)와 무네야나(在原棟梁, ?~898), 손자 모토카타(在原元方, 888~953) 등도 시인이 되었다.

265
아마루
Amaru ? ~ ?

고대 인도의 시인.

인도 북부 카슈미르(Kashmir)에서 태어났으며, 7~8세기께 활동하였다.

산스크리트(Sanskrit) 어(語)로 된 연애 서정시집 〈아마루 백송 시집(百頌詩集, The Hundred Stanzas of Amaru)〉의 저자이다. 약 100송(頌)으로 이루어져 있는 이 시집은 관능적(官能的)인 연애 정서를 여러 가지 면에서 관찰하고, 섬세한 감정과 세련한 사상을 수려한 필치로 표현하였으며, 간결한 회화(繪畫) 등을 사이사이에 섞음으로써 내용과 시형(詩形)의 효과적인 조화를 나타내고 있다. 4종류의 이본(異本)이 전해지고 있으나 시구(詩句)의 수는 일치하지 않아 90송 내지 115송이며, 그 중에 공통되는 것은 51송이다.

266

아미르 함자

Amir Hamzah 1911. 2. 28. ~ 1946. 3. 20.

인도네시아의 시인.

동(東)수마트라(Sumatra) 토후(土侯) 집안 출신으로, 오랜 관습이 지배하는 이슬람교 환경에서 자랐으며, 고등 교육은 자바(Java)에서 받았다.

1933년(22세)에 시작되는 문학 운동 '푸장가바루[Poedjangga Baroe/Pudjangga Baru, '새로운 시인(New Writer)']'의 추진자이며, 같은 이름의 잡지 창간 멤버의 한 사람이다.

말레이 문학·자바 문학·인도 문학에도 조예가 깊었다. 낭만적이고 종교적 경향을 띠었으며, 당대(當代) '푸장가바루 시인의 왕(King of the Poedjangga Baroe-era Poets)'으로 일컬어졌다.

인도네시아 독립 전쟁(Indonesian War of Independence. 1945. 8. 17.~1949. 12. 27.) 때 살해되었으며, 1975년에는 '인도네시아 국가 영웅(National Hero of Indonesia)' 중의 한 사람이 되었다.

시집으로 〈고독(孤獨)의 노래[Njanji Sunji(Silent Song)]〉(1937)가 있다.

267

아미르 호스라우

Amīr Khosrau 1253 ~ 1325

인도의 시인이며 역사가.

인도 북부 우타르프라데시(Uttar Pradesh) 주 에타(Etah)에서 태어났으며, 북부 델리(Delhi)에서 죽었다.

아버지는 이란 동부 호라산(Khorāsān) 지방 출신으로 델리 술탄 왕조(Delhi Sultanate, 1206~1526)의 일투트미시[Iltutmish, ?~1236, 인도 노예 왕조(Mamluk Sultanate, 1206~1290)의 제3대 술탄. 재위 1211~1236]의 군대에서 근무한 터키계 장군이었다.

일찍부터 시재(詩才)를 발휘하여 궁정(宮廷) 시인으로서 일생 동안 노예 왕조·힐지 왕조(Khilji dynasty, 1290~1320)·투글루크 왕조(Tughlaq dynasty, 1320~1414)의 술탄들을 섬겼는데, 특히 술탄 기야스 웃 딘 발반(Ghiyas-ud-Din Balban, 인도 노예 왕조의 제5대 술탄. 재위 1266~1287)과 그의 둘째 아들 물탄의 무함마드 칸(Muhammad Khan)의 후원을 받았다.

계관 시인(桂冠詩人, Poet Laureate)으로 여러 분야에 걸쳐 많은 가작(佳作)을 남겼으며, 인도의 페르시아 어(語)(Persian language) 시인 중에서 가장 걸출하여 '인도의 앵무새(the Parrot of India)'로 비유되었다. 송시집(頌詩集) 5권, 로맨스 서사시 5편, 역사 서사시 5편과 산문 작품이 있다. 송시집은 청년 시절부터 만년(晩年)에 이르는 작품집으로 〈완벽한 빛[Ghurratul-Kamaal(The Prime of Perfection)]〉·〈인생의 한가운데[Wastul-Hayat(The Middle of Life)]〉·〈청춘(靑春)의 선물[Tuhfatus-Sighr(Offering of a Minor)]〉 등의 제목이 붙어 있다.

가장 높이 평가되는 작품으로는 니자미(Ganjawi Nizāmī, 1141?~1209?, 페르시아의 낭만주의 시인)의 로맨스 서사시 〈5부작[Khamseh(Pentalogy)]〉을 모방하여 지은 5수(首)의 긴 전원시(田園詩) 모음 〈5연시(Khamsa-e-Nizami)〉(1298~1313)인데, 〈라일라와 마츠눈[Leylā ve Mecunun(Layla and Majnun)]〉·〈빛의 상승(Matlaul-Anwar)〉·〈시린과 호스라우[Sheerin-Khusrau(Khosrow and Shirin)]〉·〈알렉산드로스의 거울(Aaina-Sikandari)〉·〈여덟 개의 천국[Hasht-Bihisht(The Eight Paradises)]〉으로, 이슬람 문학에서 널리 알려진 일반적인 주제들을 다루고 있다.

역사 서사시에는 〈행운의 두 별의 결합[Qiran-us-Sa'dain(Meeting of the Two Auspicious Stars)]〉(1289)·〈승리의 열쇠[Miftah-ul-Futooh(Key to the Victories)]〉(1291)·〈구천[九天, Nuh Sipihr(The Nine Heavens)]〉(또는 〈아홉 개의 하늘〉, 1318)·〈투글루크의 책[Tughluq-nāmah(The Book of Tughluq)]〉(1320) 등이 있다.

40만 구(句)의 작품이 있다고 스스로 일컬었을 정도로 다작(多作)이었다. 시 외에도 〈귀족(貴族)의 역사[Tārīkh-e 'Alāī(The History of 'Alā)]〉라는 제목으로도 알려진 〈승리의 보물 창고[Khazāin al-futūḥ(The Treasures of

Victories)]〉(1311~1312)를 포함한 많은 작품이 있다.

치슈티파(派)(Chishti Order)의 신비주의(神祕主義, mysticism) 성자(聖者) 니잠 웃딘 아울리야(Nizamuddin Auliya, 1238~1325)의 헌신적인 제자였으며, 결국 그는 그 성자의 무덤 옆에 묻혔다.

268

아이칭

艾青 1910. 3. 27. ~ 1996. 5. 5.

중국의 시인.

본명(本名)은 장하이청(蔣海澄).

유복한 지주(地主) 집안의 3남 2녀 중 맏아들로, 저장성(浙江省) 진화현(金華縣)에서 태어났으며, 베이징(北京)에서 죽었다.

5살 때까지 유모 다옌허(大堰河)에게 양육되었고, 1916(6세)~1919년(9세) 향리(鄉里)의 초등 학교에 다녔는데, 그림 그리는 것을 좋아하였다.

1925년(15세) 진화 성립(省立) 제7중학에 입학하였고, 1928년(18세) 저장성 항저우(杭州)의 국립시후호예술학원(國立西湖藝術學院)에서 회화(繪畫)를 공부한 뒤, 교장의 권유로 1929년(19세) 프랑스로 유학하였다. 파리 북쪽 몽마르트르(Montmartre)의 화실에서 후기 인상파(後期印象派, post-impressionism)의 영향을 받으며 미술을 공부하였고, 프랑스 현대시를 탐독하였다. 뒷날 이 무렵을 〈마르세유(馬賽)〉·〈오렌지(ORANGE)〉·〈파리(巴黎)〉 등의 시로 묘사하였다.

1931년(21세) 중국 선양[瀋陽, 지금의 랴오닝성(遼寧省)의 성도(省都)]이 만주 사변(滿洲事變, 1931. 9. 18.~1932. 2. 18.)에 의해서 일본 관동군(關東軍)에 점령되었을 때, 파리에서 세계반제대동맹(世界反帝大同盟)에 참가하여 시 〈동방부의 모임(東方部的會合)〉을 발표하였는데, 이 시는 1932년(22세) 7월 잡지 〈베이더우(北斗)〉{딩링(丁玲, 1904~1986, 중국의 여류 작가)과 야오펑즈[姚蓬子, 1891~1969, 중국의 문학가이며 번역가·시인. '프롤레타리아 문화대혁명' 4인방(四人幇)의 한 사람인 야오원위안(姚文元, 1931~2005, 중국의 문인이며 정치가)의 아버지]가 1930년에 창간한 좌경 잡지}에 발표되었다.

시를 쓰기 시작하면서 그의 작품은 점차 정치성을 띠게 되었는데, 특히 중국 인민에 대한 배려와 마오쩌둥(毛澤東, 1893~1976, 중국 공산주의 이론가이며 군인·정치가. 중화인민공화국의 주석. 재임 1949~1959)의 문학적인 교시(教示)에 대한 자신의 동의를 반영하였다.

1932년 봄, 프랑스 남부 프로방스알프코트다쥐르(Provence-Alpes-Côte d'Azur) 지방 부슈뒤론(Bouches-du-Rhône) 주 마르세유 항(港)(Marseille)에서 배를 타고 귀국한 뒤, 반(反)파시즘(anti-fascism) 시인으로 등단(登壇)하였고, 중국좌익예술가연맹(中國左翼藝術家聯盟)에 가입하여 루쉰[魯迅, 1881~1936, 20세기 중국 문학의 거장. 본명은 저우수런(周樹人). 저우쭤런(周作人, 1885~1967, 중국의 학자이며 수필가·번역가)의 형]이 지지하는 미술단체 '춘지화회(春地畫會)' 회원이 되어 좌익 활동을 하였다.

같은 해 7월, '삼민주의(三民主義)에 어긋나는 주의를 선전하였다'는 죄명으로 6년 징역형을 선고받고 투옥되었다. 옥중에서 시작(詩作)에 착수, 1935년(25세) 출옥하기까지 3년 남짓 기간 동안 〈나의 계절(我的季候)〉·〈노적(盧笛)〉·〈투명한 밤(透明的夜)〉 등 25편쯤의 시를 썼다.

출옥한 뒤에도 장쑤성(江蘇省) 상하이(上海)에서 시작 활동을 계속하였는데, 이 시기의 작품에는 상징주의(象徵主義, symbolisme)적인 것이 많으며, 1939년(29세) 〈한 나사렛 사람의 죽음〉 등 그 동안 써 두었던 시를 모아 자비(自費)로 처녀 시집 〈다옌허-나의 보모(大堰河-我的保姆)〉를 발표하여 주목을 끌었다.

중·일 전쟁[中日戰爭(Second Sino-Japanese War), 1937. 7. 7.~1945. 9. 2.]이 일어난 뒤에는 중국의 여러 지역을 여행하면서 민중과 결합하여 민중의 고통과 반발을 직접 호소하였다.

1942년(32세) 산시성(陝西省) 옌안(延安) 문예 좌담회에 참여하여 〈작가를 이해하고 작가를 존중하고(了解作家尊重作家)〉를 발표하여 창작의 자유가 없음을 호소하였고, 1949년(39세) 중화인민공화국 정권(政權)이 수립되자 중화전국문학예술연합위원회(中華全國文學藝術聯合委員會) 위원이 되었고, 같은 해 10월부터 1953년(43세)까지 〈인민문학(人民文學)〉을 편집하였다.

1957년(47세) 8월 반당 분자(反黨分子)로 비판받아 1958년(48세) 4월 모든 공직(公職)을 박탈당한 뒤 1961년(51세)까지 우파 분자(右派分子)로 몰려 헤이룽장성(黑龍江省) 베이다황(北大荒)과 신장(新疆) 웨이우얼[維吾爾, 위구르(Uighur)] 자치구의 국영 농장에 억류되어 노동으로 생활하며 온갖 고초를 겪었다.

1966년(56세) '프롤레타리아 문화 대혁명(文化大革命, the Great Cultural Revolution, 1966~1976. 文革)' 비판 뒤 1978년(68세) 4월 정치적으로 복권(復權)되었고, 1979년(69세) 중국작가협회(中國作家協會) 부주석(副主席)으로 선임되었다.

시풍(詩風)은 아폴리네르(Guillaume Apollinaire, 1880~1918, 프랑스의 시인이며 소설가)·예세닌(Sergei Aleksandrovich Esenin, 1895~1925, 러시아의 시인)의 영향을 받아 상징적 기법을 구사(驅使)하였다. 작품에 드러나는 깊은 감정, 전투적 정신, 숙련된 예술, 풍부한 내용 등으로 중국 현대 신시(新詩)에 현대적 시풍을 가져다 주어 중국 현대시 발전 과정에 새로운 기념비를 세웠으며, 이른바 '인민의 시인'으로 불리며, 중국 신문학의 대표적 시인 중 한 명으로 평가되고 있다.

이 밖의 작품으로 〈개척자의 노래〉(1958)·〈들판에 불을 놓아〉(1958)·〈젊은 성(城)〉(1960)·〈청명(淸明)날 비가 내리는데〉(1976)·〈그녀의 노래를 사랑하며〉(1977)·〈붉은 깃발(紅旗)〉(1978)·〈빛의 찬가(光的讚歌)〉(1978)·〈담〉(1979)·〈바닷물과 눈물〉(1979)·〈희망(希望)〉(1979)·〈눈같이 흰 연꽃〉(1980)·〈니스의 아침〉(1980)·〈물소〉(1980)·〈백조(白鳥)의 호수(湖水)〉(1980)·〈생명과 시간〉(1980) 등이 있고, 시집 〈태양을 향하여(向太陽)〉(1940)·〈횃불(火把)〉(1941)·〈북방(北方)〉(1942)·〈고향(故鄕)에 바치는 시〉(1945)·〈여명(黎明)의 조짐〉(1948)·〈환호집(歡呼集)〉(1950)·〈흑뱀장어(黑鰻)〉(1955)·〈봄(春)〉(1956)·〈돌아온 노래(歸來的歌)〉(1980)·〈채색된 시(彩色的詩)〉(1980)·〈낙엽집(落葉集)〉(1981)·〈오만유(吳滿有)〉 등이 있고, 평론집 〈시론(詩論)〉(1942)·〈신민주주의(新民主主義) 문학론〉(1949) 등을 펴냈다.

1982년(72세) 〈아이칭 시선집(艾靑詩選集)〉을 펴냈으며, 1989년(79세) 주홍흥(周紅興, 중국의 교육자이며 작가)이 그의 생애를 정리하여 전기(傳記) 〈아이칭의 발자취(艾靑的游踪)〉를 펴냈다.

269

아자드

Muhammad Husayn Azad 1830 ~ 1910

인도 우르두 어(語)(Urdu language) 문학자이며 시인.

인도 북부 델리(Delhi)에서 태어났으며, 파키스탄 북동부 펀자브(Punjab) 주의 주도(州都) 라호르(Lahore)에서 죽었다.

1845(15세)~1854년(24세) 델리 칼리지(Delhi College)에서 아라비아 어(Arabic language)를 공부하였고, 세포이 항쟁(Sepoy Rebellion, 1857. 5. 10.~1859) 이후에 델리를 떠나 평생 라호르에서 살았다.

〈생명의 샘[Āb-e Hayāt(Water of Life/Elixir)]〉(1880)은 우르두 어사(語史)와 시인전(詩人傳)에 관한 최초의 연대기적(年代記的)인 작품인데, 이 작품으로 당대(當代) 일류의 저술가로 인정을 받았다. 화려한 문체(文體)로 이름이 높으며, 할리(→507)와 함께 우르두 근대시의 개척자로, 산문의 발달에 크게 이바지하였다.

만년(晩年) 20년 동안은 정신 이상 증세를 보이다가 생애를 마쳤다.

이 밖에 〈인도 이야기집[Qisas ul-hind(Stories of India)]〉(1869)·〈상상(想像)의 매혹(魅惑)[Nairang-e Khiyāl(The Wonder-World of Thought)]〉(1880)·〈악바르의 궁정(宮廷)[Darbār-e akbarī(The Court of Akbar)]〉(1898)·〈페르시아 시인론[Sukhandān-e fārs(On Iranian Poets)]〉(1907) 등 많은 저술이 있다.

270

안석경

安錫儆 1718(숙종 44) ~ 1774(영조 50). 8. 18.

조선(朝鮮, 1392~1910)의 시인이며 학자.

자(字)는 숙화(淑華)·자화(子華), 호(號)는 삽교(霅橋)·완양(完陽), 본관(本貫)은 순흥[順興, 지금의 경상북도 영주(榮州)].

아버지는 안중관(安重觀, 1683~1752, 조선의 문신), 어머니는 박회년(朴會年)의 딸이며, 4형제 중 둘째 아들로 충청북도 충주시(忠州市) 소태면(蘇台面) 오량리(五良里)에서 태어났으며, 강원도 횡성군(橫城郡) 둔내면(屯內面) 삽교리(霅橋里)에서 죽었다.

아버지는 김창흡(金昌翕, 1653~1722, 조선의 유학자)의 문인(門人)으로 민우수(閔遇洙, 1694~1756, 조선의 문신이며 학자)·이병연(→371) 등 당시 노론계(老論系) 인사들과 홍세태(→516) 같은 중인(中人) 출신 시인들과도 교유(交遊)한 노론계 학자였다.

1752년(34세, 영조 28) 아버지가 돌아가실 때까지 이곳저곳 아버지의 임소(任所)를 따라 생활하였다. 당시 신흥 도시가 형성된 강원도 원주(原州)·홍천(洪川)·충청북도 제천(堤川) 등이었는데, 청년기를 이러한 도시적인 분위기 속에서 지냈다. 젊은 시절에는 명예나 권력을 좇는 무리들이 날뛰는 환로(宦路)에서 자신의 이상을 실현할 수 없었고, 그렇다고 하여 과거(科擧)가 아니고는 자신의 포부를 실현할 수 없는 사회 현실 속에서 심한 갈등을 겪었다. 결국 세 차례 과거에 모두 낙방하였다.

1752년은 과거에 응한 마지막 해였지만, 그 해 아버지가 돌아가시자, 가산(家産)을 정리하여 1757년(39세, 영조 33) 원주 손곡리(蓀谷里) 안산(安山)으로 거처를 옮겼다가 1765년(47세, 영조 41) 두메 산골인 삽교에 들어갔다. 삽교를 중심으로 시작되는 후반기는 도시적인 생활을 떠나 벼슬을 단념한 채 산중에 숨어 사는 처사적(處士的)인 생활이었다.

영조(英祖, 1694~1776, 조선의 제21대 왕. 재위 1724~1776) 때 유일(遺逸)로 천거(薦擧)되어 참봉(參奉)이 되었다.

시문(詩文)에 뛰어났고, 1761년(43세, 영조 37) 금강산(金剛山) 일대를 유람하고 지은 여행기 〈동행기(東行記)〉를 썼으며, 지은 책으로 〈삽교 만록(雪橋漫錄)〉·〈삽교 별집(雪橋別集)〉·〈삽교 예학록(雪橋藝學錄)〉·〈삽교집(雪橋集)〉(모두 7권 4책) 등이 있다.

271
안와르
Chairil Anwar 1922. 7. 26. ~ 1949. 4. 28.

인도네시아의 혁명 시인.

인도네시아 대(大)순다 열도(列島)(Greater Sunda Islands) 수마트라 섬(Sumatra Islands) 북부 수마테라우타라(Sumatera Utara) 주 메단(Medan)에서 태어났으며, 수도(首都) 자카르타(Jakarta)에서 죽었다.

1940년(18세) 자카르타에서 중등 학교를 마쳤다. 소년 시절부터 독서에 열중하는 한편, 일제(日帝) 군정기(軍政期)(1942. 3.~1945. 8. 17.) 때부터 작품을 발표하였다.

1943년(21세)에 발표한 〈나[Aku(Me)]〉는 인도네시아 독립 전쟁(Indonesian War of Independence, 1945. 8. 17. ~1949. 12. 27.)의 개막을 알리는 것으로 큰 영향을 끼쳤으며, 인도네시아 현대시의 창시자로 일컬어졌다.

동무집을 떠돌아다니다가 27세로 요절(夭折)하였는데, 죽은 뒤에 그에 관한 평론이 많이 발표되었다.

시집 〈먼지 속의 고동[Deru Tjampur Debu(Roar Mixed with Dust)]〉(1949)·〈뾰족한 자갈, 빼앗기고 그리고 단절되는 것[Kerikil Tadjam dan Jang Terampas dan Terputus (Sharp Pebbles and the Seized and the Broken)]〉(1949)·〈세 가지 개척(開拓)[Tiga Menguak Takdir(Three Against Fate)]〉 등이 있다.

272
안용만
安龍灣 1916 ~ ?

북한의 시인.

평안북도 신의주(新義州)에서 태어났다.

1930(14세)~1934년(18세)에는 일본 도쿄에서 활동하면서 〈별나라〉(월간 어린이 잡지. 1926. 6.~1935. 2. 통권 80호로 종간)·〈신소년(新少年)〉(월간 어린이 잡지. 1923. 10.~1934. 2. 통권 125호로 종간) 등에 아동 문학 작품을 발표하였다.

1934년 7월 이른바 '제2차 카프 검거 사건[신건설사 사건(新建設社事件)이라고도 한다.]' 이후부터 본격적으로 시를 쓰기 시작하였다.

1935년(19세) 〈조선일보(朝鮮日報)〉와 〈조선중앙일보(朝鮮中央日報)〉(일간지. 1933. 3. 7.~1937. 11. 5.) 신춘 문예 시 부문에 〈저녁의 지구(地區)〉와 〈강동(江東)의 품〉이 각각 당선되어 등단(登壇)하였다.

1946년(30세) 2월 8~9일 이틀 동안 조선문학건설본부(朝鮮文學建設本部)와 조선프롤레타리아문학동맹이 함께 전국문학가대회를 개최하여 발족한 좌익(左翼) 문학 단체인 조선문학가동맹[朝鮮文學家同盟, 1945년 12월 6일 '조선문학동맹'으로 결성]에 참여하였고, 1948년(32세) 월북(越北)하여 〈고국(故國)으로 와〉·〈당(黨)의 깃발 아래〉 등과 한국 전쟁(Korean War, 1950. 6. 25.~1953. 7. 27.) 중에 〈나의 따발총〉(1950)·〈붉은 별 이야기〉·〈조선이 싸우고 있다〉 등의 시를 발표하였다.

1962년(46세)에는 체제 찬양물 가운데 최고의 작품으로 꼽히는 〈낙원 산수도(樂園山水圖)〉를 발표하였다. 〈바다에서 온 처녀〉 등이 모스크바에서 번역, 소개되었는데, 북한의 현대 시인 가운데 소련에 가장 많이 알려졌다. 김일성[金日成, 1912~1994, 북한의 주석. 본명(本名)은 김성주(金成柱). 재임 1948~1994]의 교시(教示)를 시적(詩的) 작업으로 충실히 형상화하였다. 초기 작품들은 세련된 시어(詩語)와 시적 구성으로 큰 감동을 지니고 있을 뿐 아니라, 남한에서 창작된 민족 민중 문학과 궤를 같이할 정도로 뛰어났다. 후기 시편(詩篇)들은 서정적인 경향을 지니면서도 풍자적인 요소가 짙은 작품을 창작하여 시적 재능을 발휘하였다.

이 밖에 작품으로 '김일성 수령'이 만들어 준 노동 법령을 접한 노동자들의 기쁨과 감격을 노래한 〈축제(祝祭)의 날도 가까워〉(1947)를 비롯하여 〈수령님의 이름과 함께〉(1951) · 〈새 날의 찬가(讚歌)〉(1964) · 〈전쟁광(戰爭狂) 닉슨놈에게〉(1969) 등이 있다.

그 동안 규제 문인으로 묶여 있다가 1988년 7월 정부의 월북 문인 해금(解禁) 조치 발표로 그의 모든 작품이 해금되었다.

한편 카프(KAPF, 조선프롤레타리아예술동맹. 에스페란토식 표기인 'Korea Artista Proleta Federatio'의 머리글자. Korea Proletarian Artist Federation)는, 1922년 9월 김두수(金斗洙, 1903~?, 한국의 사회주의 운동가) · 김영팔(金永八, 1904~1950, 한국의 연극인) · 김홍파(金紅波, ?~?, 〈북조선일보〉 기자) · 박세영(→180) · 박용대(朴容大, ?~?, 한국의 사회주의 운동가) · 송영(宋影, 1903~1978, 한국의 소설가이며 극작가) · 심훈(→261) · 이적효(李赤曉, 1901~?, 한국의 사회주의 운동가) · 이호(李浩, 1903~?, 한국의 사회주의 운동가) · 최승일[崔承一, 1901~?, 한국의 작가이며 방송인 · 영화인. 최승희(崔承喜, 1911~1969, 북한의 무용가이며 안무가)의 오빠] 등 사회주의(社會主義, socialism) 경향의 문인(文人)들이 조직한 최초의 사회주의 예술 단체인 염군사(焰群社)와, 1923년 10월 김기진(→55) · 김복진(金復鎭, 1901~1940, 한국의 조각가이며 미술 평론가 · 문예 이론가 · 연극인 · 사회 운동가. 한국 최초로 서구식 조각 교육을 받았다.) · 김형원(→100) · 박영희(→183) · 안석주[安碩柱, 1901~1950, 한국 소설 삽화의 선구자이며 소설가 · 영화인. 〈우리의 소원은 통일〉의 작사가. 안석영(安夕影)으로 더 알려졌다.] · 연학년(延鶴年, ?~1938, 한국의 연극인) · 이상화(→378) · 이익상(李益相, 1895~1935, 한국의 소설가이며 언론인) 등이 조직한 신경향파(新傾向派, 박영희가 〈신경향파의 문학과 그 문단적 지위〉[〈개벽(開闢)〉 제64호, 1925. 12.]에서 '신경향파'라는 용어를 처음 사용하였다.) 문학 단체인 파스큘라(PASKYULA, 동인들의 이름 머리글자를 딴 것. 박영희의 'PA', 이익상의 'S', 김복진 · 김기진의 'K', 연학년의 'YU', 이상화의 'L', 안석주의 'A')가 1925년 8월에 하나로 통합된 최초의 전국적인 문학 예술가 조직이었다. 창립 당시 구성원은 김기진 · 김복진 · 김양(金陽) · 김영팔 · 김온(金穩) · 박영희 · 박용대 · 박팔양(→193) · 송영 · 심훈 · 안석주 · 이기영(李箕永, 1895~1984, 북한의 소설가) · 이상화 · 이익상 · 이적효 · 이호 · 조명희(→453) · 최승일 · 한설야(韓雪野, 1900~1976?, 북한의 소설가이며 문학 평론가) 등이었다.

273

야마노우에 오쿠라
山上憶良 660? ~ 733?

일본의 시인.

젊은 시절에 대하여는 거의 알려져 있지 않으며, 고전(古典) 시인들 중에서 가장 개성적이고 괴팍한 존재로 꼽힌다. 백제(百濟)의 도래인(渡來人)이라는 설도 있지만 확실하지는 않다.

701년(41세) 견당사(遣唐使)에 참여하여 중국 당(唐)나라(618~907)에 다녀왔으며, 726(66세)~732년(72세)에 지쿠젠구니[筑前國, 지금의 남부 규슈(九州) 후쿠오카현(福岡縣)]의 지방관(地方官)을 지냈다. 이곳에서 규슈의 지배자이며 시인으로 문인(文人)들의 후원자였던 오토모다비토(大伴旅人, 665~731)와 가깝게 지냈다. 두 사람은 돈독한 문우(文友) 관계를 맺었는데, 그에게 많은 영향과 격려를 받았다.

일본 고유의 시가 중국 문학의 자극을 받아 급속한 발전과 과감한 실험을 거듭하던 시기에 독특한 유교(儒教) 도덕을 강조한 와카[和歌, 중국의 한시(漢詩)와 대조되는 것으로, 일본 고유의 시]를 썼다. 그의 엄격하고 유교적인 도덕관은 전형적인 일본의 세계관과 조화되는 불교적 체념의 영향을 받아 다소 유연하였다.

한문 소양이 풍부하여 사회와 인생을 주제로 한 와카와 한문시를 많이 썼다. 가장 널리 알려진 시로는 〈빈궁문답가(貧窮問答歌)〉로 제목의 글자 그대로 가난한 사람끼리 이야기를 주고받는 형식으로 가난에 대한 고통을 노래한 것이다.

이 밖에 자녀들에 대한 사랑, 아들의 죽음, 인생의 무상(無常)함, 자기의 병과 늙음 등에 대한 비탄(悲嘆)을 그린 사상성이 풍부한 와카가 있다. 가집(歌集) 〈루이주카린(類聚歌林)〉을 편집하였으며, 현재 남아 있는 그의 시 78수(首)가 〈만요슈(萬葉集)〉[일본 고유의 시를 모아 엮은, 가장 오래 된(8세기쯤) 최대 규모의 시가집(詩歌集)]에 실려 있다.

274

야마베 아카히토

山部赤人 ?~736?

일본의 시인.

〈만요슈(萬葉集)〉[일본 고유의 시를 모아 엮은, 가장 오래 된(8세기쯤) 최대 규모의 시가집(詩歌集)]에 조카(長歌) 13수(首), 단카[短歌, 하이쿠(俳句)와 더불어 일본의 전통적 시가(詩歌)를 대표하는 단시(短詩). 정형시(定型詩)로, 5구 31음절로 되어 있다.] 37수가 실려 있다.

〈만요슈〉의 창작 연대(年代)로 미루어 724~736년에 생존한 것은 확실하지만, 사료(史料)에 이름이 보이지 않는 것으로 보아 하급 관료로 추정된다.

쇼무 천황(聖武天皇, 660~759, 일본의 제45대 천황. 재위 724~749) 행차에 수행하면서 읊은 작품이 많아, 일종의 궁정(宮廷) 시인으로 활약한 것으로 알려져 있다. 이 밖에 지방으로 여행하면서 읊은 작품도 많다.

조카나 단카 모두 정연하고 단정한 음률(音律)에 개성이 엿보이지만, 조카는 가키노모토 히토마로(→10)의 영향을 받았는데 그를 뛰어넘지 못하여, 내용면에서 빈약하다는 평을 받고 있다. 그에 비하여 단카, 특히 자연을 노래한 작품은 완전히 새로운 경지를 개척하여 일류급 자연 시인·서경(敍景) 시인으로 평가되고 있으며, 이른바 '36가선[三十六歌仙, 후지와라 긴토(藤原公任, 966~1041, 일본의 관리이며 시인)가 선정한 36명의 대표적인 와카 시인]'의 한 사람이다.

275

야마자키 소칸

山崎宗鑑 1465?~1554. 10. 28.

일본의 시인.

오미구니[近江國, 지금의 혼슈(本州) 중서부 시가현(滋賀縣)]에서 태어났으며, 시코쿠(四國)에서 죽었다.

생애에 대하여는 거의 알려져 있지 않은데, 전해지는 이야기에 따르면 쇼군[將軍, 일본의 역대 무신 정권(武臣政權)인 막부(幕府)의 수장(首長)을 가리키는 칭호] 아시카가 요시히사[足利義久, 1465~1489, 일본 무로마치 바쿠후(室町幕府, 1338~1573)의 제9대 세이이다이쇼군(征夷大將軍). 재위 1474~1489]의 가신(家臣)이었으며, 1489년(24세) 아시카가 요시히사가 죽은 뒤 승려가 되었다고 한다.

자유 분방한 삶을 살았기 때문에 가난에 찌들고 실성한 사람이었다는 이야기가 전해 내려오지만, 역사적 자료에 따르면 렌가[連歌, 두 사람 이상이 와카(和歌)를 번갈아 읊어 나가는 형식의 시]를 가르치거나 글씨에 뛰어났던 덕분에 꽤 안정된 수입이 있었다고 한다.

〈신센이누쓰쿠바슈(新撰犬筑波集)〉[1615, '잡렌가집(雜連歌集)'이라는 뜻]의 편자(編者)로 알려졌는데, 이 시집은 하이카이(俳諧, 코믹한 렌가) 시집의 효시(嚆矢)가 되었다. 여러 작가들의 하이카이가 실려 있는 이 시집은 몇 년 이상 장기간에 걸쳐 쓴 것으로 추정되는데, 완성된 뒤 100년이 지나도록 출판되지 않았다. 이처럼 출판이 늦어진 것은 소칸이 그의 제자들을 가르치는 데만 사용하기 위하여 이 책을 만들었을 뿐 출판할 의도는 없었기 때문이었다고 한다.

그러나 좀더 타당성 있는 이유는 실려 있는 렌가들이 조잡하고 불경스러운 내용이었기 때문이라고 한다. 이러한 세속적인 내용에도 불구하고, 기지(機智)와 신선함이 넘치는 시들이 17세기의 야심 있는 하이카이 시인들에게 큰 호응을 얻었다. 특히 단린파(談林派) 하이카이 시인들은 흔히 그 스타일을 모방하려고 노력하였다.

276

양거원

楊巨源 770?~?

중국 당(唐)나라(618~907)의 시인.

자(字)는 경산(景山).

산시성(山西省) 허중(河中)에서 태어났다.

789년(19세) 진사시(進士試)에 급제(及第), 처음에 장홍정(張弘靖, 760~824, 중국 당나라의 권신)의 종사(從事)로 일하였고, 비서랑(祕書郎)·태상박사(太常博士)·우부(虞部) 원외랑(員外郎)·봉상(鳳翔) 소윤(少尹)이 되었다가 국자사업(國子司業)까지 올랐으며, 840년(70세) 무렵에 벼슬에서 물러났다.

시를 잘 지어 밤낮 읊조리면서 그칠 줄 몰랐다고 한다. 특히 음률(音律)을 중시한 작품이 많은데, 〈전당시(全唐詩)〉[모두 900권, 2,200여 명의 작품 4만 8,900여 수 수록. 1705년 3월에 편찬에 착수, 1745년 10월에 완성, 1746년 4월 양저우시국(揚州詩局)에서 간행]에 시 158수(首)가 전한다. 대부분 황제에게 올리거나 화답한 내용이고, 몇 편은 나랏일을 염려한 심정을 담은 것도 있다. 백낙천(→200)·왕건(→305)·원진(→333)·유우석(→344)과도 교유(交遊)가 있었다.

277

양만리

楊萬里 1127 ~ 1206

중국 남송(南宋, 1127~1279)의 시인.

자(字)는 정수(廷秀), 호(號)는 성재(誠齋).

장시성(江西省) 지저우(吉州) 길수현(吉水縣)에서 태어났다.

1154년(27세) 진사시(進士試)에 급제(及第)하여 봉신지현(奉新知縣)이 되고, 천거(薦擧)를 받아 국자감 박사(國子監博士)·태상박사(太常博士)·광둥성(廣東省) 제점형옥(提點刑獄)·태자시독(太子侍讀)·비서감(祕書監)·보모각(寶謨閣) 직학사(直學士) 등을 지냈다.

금(金)나라(1115~1234)에 대한 항전파(抗戰派)로, 강직한 성격과 시정(施政)에 대한 직언(直言) 때문에 중앙에서는 출세하지 못하고, 여러 곳의 지방관(地方官)을 지냈다. 당시 권력을 잡고 있던 재상(宰相) 한탁주(韓侂胄, 1152~1207, 중국 남송의 정치가)를 위하여 〈남원기(南園記)〉를 지으라는 명을 거절하여 사람들의 칭송을 받았다. 몇 차례 상소(上訴)를 통하여 조정(朝廷)의 잘못을 지적하였으나, 여의치 않자 두문불출하고 15년 동안을 칩거하다가 울분으로 병을 얻어 죽었다.

초기에는 강서파(江西派)의 시를 배웠으나, 이 시파의 폐단을 자각하고 1162년(35세) 그 때까지 지은 시를 모두 불태워 버렸다고 한다. 중기에는 왕안석(→312)과 만당(晩唐, 문종[文宗, 809~840, 중국 당나라의 제14대 황제. 재위 826~840. 이앙(李昻)]의 대화(大和, 827)로부터 애제[哀帝, 892~908, 중국 당나라의 제20대 황제. 재위 904~907. 이축(李柷)]의 천우(天祐, 906)까지 약 80년간}의 시를 배웠으며, 나중에 '자연을 본받는다(師法自然)'는 나름대로의 작시법을 개척하여 독특한 시풍(詩風)을 이룩하여 이른바 '양성재체(楊誠齋體)'라고 하였다.

그의 시는 변화가 다채롭고 구상과 구성이 기발하였다. 생기 있고 자연스러운 시어(詩語)를 사용하였고, 상상력이 풍부하여 참신하고도 정교한 것이 특징이다. 또한 풍경의 특성과 변화를 잘 포착하였으며, 해학(諧謔)과 유머가 가득하여 당시 사람들은 '살아 있는 필치(活法)'라고 일컬었다.

동무 누약(樓鑰, 1137~1213, 중국 남송의 학자이며 문인)이 '하나의 벼슬마다 하나의 시집을 정하여 유전(流傳)하기를 거의 1,000권'이라고 할 정도로 각 임지(任地)에서 시집 한 권씩을 정리하여 〈강호집(江湖集)〉에서 〈퇴휴집(退休集)〉까지 모두 9권을 펴냈다. 다산(多産)의 작가로 심덕잠(→258)의 〈설시췌어(說詩萃語)〉에 따르면 20,000여 수(首)를 지었다고 하는데, 지금 전해지고 있는 것은 4,200여 수뿐이다. 다작(多作)으로는 동무 육유(→356)에 버금가는 양이었다.

'만상(萬象)이 모두 와서 나에게 시재(詩才)를 바친다.'라고 하였고, 폭넓은 제재(題材)를 속어적(俗語的) 발상에 의하여 표현함으로써 자유롭고 활달한 시풍을 이루었으며, '나의 유거 침식(遊居寢食)은 시가 아니면 더불어 돌아가지 않았다.'라고 노래하여 순일(純一)한 시인으로 자부하였다.

성실한 인격의 학자로서 범성대(→205)·우무(尤袤, 1127~1194, 중국 남송의 문신이며 장서가)·육유와 함께 이른바 '남송 4대가(南宋四大家)'의 한 사람으로 꼽히고 있다.

작품으로 〈오계부(浯溪賦)〉·〈천려책(千慮策)〉 등이 있고, 지은 책으로 〈성재집(誠齋集)〉(모두 132권)과 고전(古典)의 주석(註釋) 〈성재역전(誠齋易傳)〉을 남겼다.

278

양명문

楊明文 1913. 11. 1. ~ 1985. 11. 21.

한국의 시인.

호(號)는 자문(紫門), 본관(本貫)은 남원(南原).

평양(平壤)에서 태어났으며, 서울에서 죽었다.

1939년(26세) 도쿄에서 27편의 시를 실은 처녀 시집 〈화수원(華愁園)〉[세이주샤(青樹社)]을 펴내 시단(詩壇)에 등단(登壇)하였다.

1942년(29세) 도쿄 센슈대학(專修大學) 법학부를 졸업하였으며, 1944년(31세)까지 도쿄에서 살면서 문학 창작을 연구하였다. 이 무렵 〈국민문학(國民文學)〉(친일 월간 문예지. 1941. 11.~1945. 2. 통권 38호로 종간)에 친일시(親日詩) 〈후지산(富士山)에 기(寄)함〉(1943. 2.)을 발표하였다.

광복된 뒤 북한에 있다가, 1945년(32세) 9월 김이석(金利錫, 1914~1964, 한국의 소설가)·김조규(→85)·김화청(金化清, 1917~?, 한국의 소설가)·남궁만(南宮滿, 1915~1987, 북한의 극작가)·박남수(→175)·오영진(吳泳鎭, 1916~1974, 한국의 극작가이며 시나리오 작가·영화 이론가)·원응서(元應瑞, 1914~?, 한국의 번역 작가)·유항림(俞恒林, 1914~1980, 북한의 소설가)·장수철(張壽哲, 1916~1993, 한국의 시인이며 아동 문학가)·전재경(田在卿)·최명익(崔明翊, 1902~1946, 북한의 소설가)·한태천(韓泰泉, 1906~?, 북한의 극작가)·함윤수(咸允洙, 1916~1984, 한국의 시인)·황순원(→521) 등과 함께 우익 계열인 평양예술문화협회(平壤藝術文化協會, 평문협)를 결성하여 활동하였다.

1951년(38세) 1·4 후퇴 때 월남(越南)하여 문총구국대(文總救國隊) 육군종군작가단[陸軍從軍作家團, 1951년 5월 26일 대전(大田)에서 결성]에서 활동하였다.

1955(42세)~1958년(45세) 서울대학교 문리과대학·사범대학 교수를 지낸 뒤, 국방부 전시연합대학교(戰時聯合大學校)·수도의과대학[首都醫科大學. 고려대학교(高麗大學校) 의과대학의 전신(前身)]·청주대학교(清州大學校) 등에서 시론(詩論)과 문예 사조(文藝思潮)를 강의하였다.

1956(43세)~1960년(47세) 자유문학자협회(自由文學者協會) 중앙 위원·전국문화단체총연합회 중앙 위원을 지냈고, 1957(44세)~1960년에는 한국시인협회(韓國詩人協會) 이사를 지냈다.

1957~1974년(61세) 국제 펜클럽(International PEN) 한국 본부 중앙 위원으로 있으면서, 1957년 한국에서 열린 국제 펜클럽 제29차 세계작가회의(世界作家會議), 1970년(57세) 타이완(臺灣, Taiwan)에서 열린 아시아작가회의에 한국 대표로 참석하였다. 이 밖에도 한국문학가협회(韓國文學家協會)·한국문인협회(韓國文人協會. 文協) 이사 등을 지내면서 문단(文壇) 발전에 크게 이바지하였다.

1960~1965년(52세)에는 이화여자대학교(梨花女子大學校)에서 시론을 강의하였으며, 1966(53세)~1979년(66세)에는 국제대학교(國際大學校) 국어국문학과 교수, 1981(68세)~1985년(72세)에는 세종대학교(世宗大學校) 교수를 지냈다.

시작(詩作)에서는 생활 속의 서정을 진솔하게 읊었으며, 언어의 섬세하고 연약한 기교미를 배척하고 솟구쳐 오르는 느낌과 생각을 그대로 직정적(直情的)으로 토로하였고, 자연과 생활에 대한 관조적(觀照的) 경지를 보이는 작품과, 반공과 민족 정신을 바탕으로 한 현실 참여적인 작품이 특징이다. 월남 시인이라는 조건 때문에 민족의 현실과 같은 무거운 제재를 주로 택하였는데, 감정을 다소 직선적으로 드러내는 시풍(詩風)을 지녔다고 평가되었다.

작품으로 〈7월의 노래〉(1951. 4.)·〈부두의 만가(輓歌)〉[〈문화세계(文化世界)〉 제3호, 1953. 9.]·〈푸른 비둘기〉[〈현대문학(現代文學)〉 제8호, 1955. 8.]·〈두루미의 노래〉(〈자유문학〉, 1957. 8.)·〈송가(頌歌)〉(〈자유문학〉, 1959. 7.)·〈나의 역정(歷程)을 위한 담시(譚詩)〉(〈자유문학〉, 1959)·〈밤나무〉(〈현대문학〉 제164호, 1968. 8.)·〈민족의 대행진〉[〈자유공론(自由公論)〉, 1982. 8.] 등을 발표하였다.

시집 〈송가〉[중앙문화사(中央文化社), 1947]·〈화성인(火星人)〉[장왕사(章旺社), 1955]·〈푸른 전설〉[동신문화사(東信文化社), 1959. 12.], 시선집(詩選集) 〈이목구비(耳目口鼻)〉[정음사(正音社), 1965]·〈묵시묵(默示默)〉(정음사, 1973), 3인 신앙 시집 〈신비한 사랑〉(연산출판사, 1983)·〈지구촌(地球村)〉[양림사(羊林社), 1984], 장편 서사시 〈원효(元曉)〉, 시론 〈한국 시학(詩學)에 관한 연구〉·〈6·25가 한국시에 미친 영향〉(1980) 등 많은 시론과 연구 논문이 있으며, 수필집 〈사색·감흥·구상·표현〉(1955)·〈나무와 인간〉(1957)을 펴냈다.

그가 쓴 노랫말 〈명태(明太)〉는 변훈(邊焄, 1926~2000, 한국의 작곡가이며 외교관)이 곡을 붙이고, 오현명(吳鉉明, 1924~2009, 한국의 성악가이며 오페라 연출가)이 불러 가곡으로 널리 알려졌으며, 아내는 희곡 작가로 활약하였던 동향(同鄕)의 김자림(金兹林, 1926~1994)이다.

279

양억
楊億 974 ~ 1020

중국 북송(北宋, 960~1126)의 시인.

자(字)는 대년(大年), 시호(諡號)는 문공(文公).

푸젠성(福建省) 건주(建州) 푸젠현(浦城縣)에서 태어났다.

어릴 때부터 문재(文才)가 뛰어나 984년(10세) 태종(太宗, 939~997, 중국 북송의 제2대 황제. 재위 976~997)에게 시부(詩賦)를 인정받고, 992년(18세) 진사(進士)로 관계(官界)에 진출하여 비서성(祕書省) 정자(正字)가 되었다.

1006년(32세) 한림학사(翰林學士)를 거쳐 1018년(44세) 공부시랑(工部侍郞)에 이르렀으며, 사관수찬(史館修撰)을 겸하였다.

〈태종 실록(太宗實錄)〉 편찬에 참여하였고, 왕흠약(王欽若, 962~1025, 중국 북송의 문신)과 함께 〈책부원귀(冊府元龜)〉 편찬을 총괄하였는데, 그 공이 대단히 컸다.

성격이 강개(剛介)하고 곧곧하였으며, 교유(交遊)를 중시하여 사강(謝絳, 994~1039, 중국 북송의 문신)·왕단(王旦, 957~1017, 중국 북송의 문신)·유균(劉筠, 971~1031, 중국 북송의 문신) 등과 가깝게 사귀었다. 전장 제도(典章制度)에 정통하였고, 후진들을 이끄는 일에도 앞장섰다. 글을 지을 때 문사(文思)가 민첩하였고, 정밀하여 규모를 갖추었다.

동료 유균·전유연(錢惟演, 977~1034, 중국 북송의 문신) 등과 창화(唱和)하였던 시 200여 수(首)를 모아 〈서곤수창집(西崑酬唱集)〉(모두 2권)을 펴냈으며, 시의 형식을 '서곤체(西崑體)'라고 하였다. 그들은 오로지 당(唐)나라(618~907) 말기의 시인 이상은(→376)의 근체시(近體詩)를 모방하였기 때문에 전고(典故)를 많이 사용하는 화려한 수사(修辭)를 특징으로 하였는데 내용의 수준은 비교적 낮았다.

지은 책으로 〈무이신집(武夷新集)〉(모두 20권)·〈양문공 담원(楊文公談苑)〉·〈포성 유서(浦城遺書)〉 등이 있다.

280

양웅
揚雄 B.C.53 ~ A.D.18

중국 전한(前漢, B.C.202~A.D.9)의 시인이며 철학자.

자(字)는 자운(子雲).

쓰촨성(四川省) 수저우[蜀州, 지금의 청두(成都)]에서 태어났으며, 산시성(陝西省) 창안[長安, 지금의 시안(西安)]에서 죽었다.

성격이 차분하고 학문을 좋아하였으며, 부(賦)에 매료되어 부를 즐겨 지었으며, 부로 널리 알려졌다. 사마상여(司馬相如, B.C.179~B.C.117, 중국 전한의 문인)처럼 말더듬이였으나 박학다식하였다. 경학(經學)은 물론 사장(辭章)에도 뛰어났다.

40여 세가 되었을 때 수도(首都) 창안에서 살고 있었는데, 성제(成帝, B.C.52~B.C.7, 중국 전한의 제11대 황제. 재위 B.C.32~B.C.7)는 양웅의 사부(辭賦)가 사마상여 못지않다는 말을 듣고 그를 불러들였으며, 시인으로서의 명성 덕분에 벼슬을 얻을 수 있었다. 성제의 여행을 수행하며 사냥을 내용으로 한 〈감천부(甘泉賦)〉와 〈우렵부(羽獵賦)〉를 지었는데, 성제의 사치를 꼬집는 풍자도 잊지 않았다. 〈감천부〉·〈우렵부〉·〈장양부(長楊賦)〉·〈하동부(河東賦)〉 등은 사마상여의 〈자허부(子虛賦)〉·〈상림부(上林賦)〉를 모방하였고, 〈광소(廣騷)〉·〈반뢰수(畔牢愁)〉 등은 굴원(→37)의 〈이소(離騷)〉·〈구장(九章)〉을 모방하였다. 이 밖에도 시대에 적응하지 못한 자신의 불우한 처지를 묘사한 산문부(散文賦) 〈해난(解難)〉·〈해조(解嘲)〉와 〈축빈부(逐貧賦)〉 등이 있다.

일생을 곤궁하게 지냈으나 저술에만 힘썼고, 정치에는 큰 관심을 갖지 않았다. 9년(62세) 왕망[王莽, B.C.45~A.D.23, 중국 전한의 정치가이며, 신(新) 왕조(8~24)의 건국자]이 제위(帝位)를 찬탈하고 나서 많은 유명 인사들을 처형하거나 감옥에 가둘 때 곧 잡힐 처지에 놓였는데, 이를 두려워하여 높은 건물의 창 밖으로 몸을 던져 크게 다쳤다. 이에 왕망은 그가 정치에 뜻이 없음을 알고 그에 대한 조사를 중지하였다. 왕망의 대부(大夫)가 되어 '망대부(莽大夫)'라고 불리었고, 진(秦)나라(B.C.221~B.C.207)의 과실을 폭로하고 신 왕조의 미덕을 칭찬하였는데, 이를 '극진미신(劇秦美新, '진은 혹독하였고, 신은 아름다움')'이라고 한다. 이렇듯 왕망의 새 정권에 협조하고 찬미하는 문장을 쓰는 등으로 말미암아 지조(志操)가 없는 사람으로 송학(宋學) 이후에는 비난의 대상이 되기도 하였으나, 그의 식견은 당대(當代)를 대표하였다.

말년에 시에서 철학으로 관심을 돌렸는데, 유교(儒教)

와 도교(道教)의 영향을 크게 받았다. 인간 본성에 관한 학설로 널리 알려졌는데, 맹자(孟子, B.C.371쯤~B.C.289, 중국의 고대 철학자)의 성선설(性善說)이나 순자[荀子, B.C.298?~B.C.238?, 중국 조(趙)나라의 사상가이며 철학자]의 성악설(性惡說) 같은 극단적인 입장을 떠나 인간의 본성에는 선과 악이 뒤섞여 있다고 보았다.

학자로서 각 지방의 언어를 집성한 〈방언(方言)〉, 〈논어(論語)〉의 문체(文體)를 모방하여 윤리와 역사에 대한 글로 13장(章)으로 이루어져 있는 수상록(隨想錄) 〈법언(法言)〉, 유교 경전(經典)인 〈주역(周易)〉의 형식을 모방한 15편의 수필로 이루어져 있는 철학서 〈태현경(太玄經)〉이 있다. 〈법언〉과 〈태현경〉은 모두 유가(儒家)의 관점에서 문제를 파악한, 철학과 사회에 관한 자신의 견해였다.

왕망의 포역(暴逆)에 반대하여 모반을 꾀하였다가 실패하여 스스로 목숨을 끊은 유흠(劉歆, B.C.53?~B.C.23, 중국 전한의 학자)의 죄에 연루되어 체포당하게 되자 높은 누각에서 몸을 던져 죽었다.

281

양유정

楊維楨 1296 ~ 1370

중국 원(元)나라(1271~1368) 말 명(明)나라(1368~1644) 초의 시인이며 문학자.

자(字)는 염부(廉夫), 호(號)는 동유자(東維子)·철애(鐵厓). 철적(鐵笛, 쇠피리) 불기를 좋아하여 스스로 철적도인(鐵笛道人)이라고 불렀다.

저장성(浙江省) 웨저우(越州) 산인현[山陰縣, 지금의 사오싱(紹興)]에서 태어났다.

1327년(31세) 진사시(進士試)에 급제(及第)하여 천태현윤(天台縣尹)에 올랐으나 윗사람에게 거역한 탓으로 승진의 길이 막혔다가 겨우 장시성(江西省)의 유학제거(儒學提擧)로 승진되었다. 그러나 공교롭게도 원말(元末)의 병란(兵亂)이 일어나 부임하지 못하고 저장성 부춘산(富春山)으로 피난하였다가, 저장성 항저우(杭州)로 옮겼다.

생애의 대부분을 명나라와 항쟁한 군웅(群雄) 장사성(張士誠, 1321~1367, 원나라의 무인)이 여러 차례 불렀지만 나가지 않았다. 다시 송강(松江)으로 옮겨 은거, 예술적 탐미(耽美) 생활에 빠져서 여러 명사(名士)들과 시주(詩酒)의 응수(應酬)로 여생을 보냈다.

원나라가 멸망한 뒤, 1369년(73세) 태조[太祖, 1328~1398, 중국 명나라의 초대 황제. 재위 1368~1398. 주원장(朱元璋). 홍무제(洪武帝)]의 부름을 받아 장쑤성(江蘇省) 난징(南京)에 왔다가 응하지 않고 향리(鄕里)로 돌아왔다.

시풍(詩風)은 이백(→369)과 이하(→406)를 배워 화려하고 강한 상징성을 보였으며, 원시(元詩)의 주류와는 달랐다. 시는 고악부(古樂府)에 가장 화려한 재능을 보였으며, 복고(復古)를 주장하여 후대에 큰 가능성을 시사하였다.

당시 강남 시단(詩壇)과 사회의 지도적 존재였으므로 '철애체(鐵崖體)'라는 문체(文體)가 유행하였다. 기교(奇矯)한 언행과 장려괴기(壯麗怪奇)한 시상(詩想)은 침체하였던 그 때의 문인(文人) 사회에 강렬한 충격을 주었으나, 반면에 불건전하고 퇴폐적인 경향은 오늘날 좋게 평가되지 않고 있다.

지은 책으로 〈동유자 문집(東維子文集)〉(모두 31권)·〈복고 시집(復古詩集)〉(모두 10권)·〈철애 고악부(鐵厓古樂府)〉(모두 10권) 등이 있으며, 그의 전기(傳記)는 〈명사(明史)〉(모두 336권, 1735) '문원전(文苑傳)'에 기록되어 있다.

282

양주동

梁柱東 1903(고종 40). 6. 24. ~ 1977. 2. 4.

한국의 시인이며 국문학자·영문학자.

호(號)는 무애(无涯, 無涯), 본관(本貫)은 남해(南海).

아버지는 양원장(梁元章)이며 어머니는 강릉(江陵) 김씨(金氏)로, 경기도 개성(開城)에서 태어났으며, 이듬해 황해도 장연(長淵)으로 이사하여 대부분의 어린 시절을 이곳에서 보냈다.

1914년(11세) 보통학교를 졸업하고 평양고등보통학교(平壤高等普通學校)에 입학하였으나 곧 자퇴(自退)하고 고향으로 돌아가 한학(漢學)과 한시(漢詩)에 몰두하였다. 이 무렵 결혼하였다가 곧 이혼하였다.

1920년(17세) 서울 중동학교(中東學校, 지금의 중동중·고등학교) 고등속성과에 입학하여 1년 동안 중학 전과(全科)를 마치고 졸업한 뒤 일본으로 유학하여 1921년(18세) 도쿄 와세다대학(早稻田大學) 예과(豫科) 불문과(佛文科)

에 입학하였다. 이 무렵 같은 과의 유엽(→343)과 영문과에 1년 먼저 입학한 백기만(→199)과 교유(交遊)하였고, 1925년(22세) 사학과 청강생으로 온 동갑내기 이은상(→391)과 가깝게 지냈다.

1923년(20세) 잠시 귀국하여 〈개벽(開闢)〉(우리나라 최초의 월간 종합 교양지. 1920. 6.~1926. 8. 통권 72호로 종간. 속간 1934. 11.~1935. 2. 통권 4호로 종간. 복간 1946. 1.~1949. 3. 통권 9호로 종간) 제36호(1923. 6.)에 첫 평론 〈'작문계'의 김억(金億) 대 월탄(月灘)의 논전(論戰)을 보고〉를 발표하였고, 백기만·손진태(孫晉泰, 1900~?, 한국의 국사학자이며 민속학자)·유엽·이장희(→395) 등과 함께 〈금성(金星)〉(문예 동인지. 1923. 11.~1924. 5. 통권 3호로 종간)을 창간하여 창간호에 시 〈기몽(記夢)〉·〈꿈 노래〉·〈영원(永遠)의 비밀〉, 제2호(1924. 1.)에 〈악도(惡禱)〉, 종간호에 〈풍경〉을 발표하였는데, 주로 민족주의(民族主義, nationalism) 성향의 시를 썼다. 이 무렵 장연 출신의 강경애(姜敬愛, 1907~1943, 한국의 여류 소설가)와 1년 동안 동거하였다.

1925년 와세다대학 불문과에서 영문과로 전과(轉科)하였고, 귀국하여 여순옥(呂順玉, 1907~?)과 재혼하였다.

이 무렵 〈조선문단(朝鮮文壇)〉(월간 순수 문예지. 1924. 10.~1936. 6. 통권 26호로 종간)에 〈춘빈 애가(春賓哀歌)〉(제10호, 1925. 7.)·〈해곡 3장(海曲三章)〉(제12호, 1925. 10.)·〈무덤〉(제13호, 1925. 11.)·〈문단 전망(文壇展望)〉(제19호, 1927. 2.)·〈영시 강화(英詩講話)〉(제20호, 1927. 3.), 〈동아일보(東亞日報)〉에 평론 〈예술과 인격〉(1925. 7. 19.)·〈예술과 생활〉(1926. 2. 5.~2. 6.)·〈예술의 가치와 도덕성〉(1926. 5. 2.)·〈문예 비평가의 태도, 기타(其他)〉(1927. 2. 28.~3. 4.)·〈다시 문예 비평의 태도에 취(就)하여〉(1927. 7. 12.~7. 22.)·〈잡상 수칙(雜想數則)〉(1927. 12. 23.)·〈정묘 평론 총관(丁卯評論總觀)-국민 문학(國民文學)과 무산 문학(無産文學)의 제문제(諸問題)를 검토 비판함〉(1928. 1. 1.~1. 18.), 〈조선일보(朝鮮日報)〉에 〈철저(徹底)와 중용(中庸)〉(1926. 1. 10.~1. 24.), 〈신민(新民)〉(월간 종합 교양지. 1925. 5.~1932. 6. 통권 73호로 종간)에 〈중국 고가 초역(中國古歌抄譯)〉(제16호, 1926. 8.)·〈문단 잡설(文壇雜說)〉(제17~20호, 1926. 9.~12.)·〈문단 삼분야(文壇三分野)〉(제24호, 1927. 4.), 〈문예시대(文藝時代)〉(문예지. 1926. 11.~1927. 1. 통권 2호로 종간) 창간호와 종간호에 수필 〈수상록(隨想錄)〉, 흥사단(興士團)의 국내 단체인 수양동우회(修養同友會) 기관지 〈동광(東光)〉(월간 종합 교양지. 1926. 5.~1933. 1. 통권 40호로 종간)에 〈병인 문단 개관(丙寅文壇概觀)〉(제9호, 1927. 1.) 등을 잇달아 발표하였다.

한편 최남선(→480)이 〈조선문단〉 제16호(1926. 5.)에 평론 〈조선 국민 문학으로서의 시조〉를 발표하여 '국민 문학'이라는 용어를 처음으로 사용하였는데, 양주동을 비롯하여 염상섭(廉想涉, 1897~1963, 한국의 소설가)·이광수(李光洙, 1892~1950, 한국의 소설가)·이병기(→370)·이은상·정인보(→442)·조운(曺雲, 1898~?, 한국의 시조 시인, 한국 전쟁 때 월북)·주요한(→466) 등 당시 문단의 중견 작가들을 주축으로 한 이 유파를 '국민 문학파'라고 일컬었다.

1928년(25세) 와세다대학 영문과를 졸업한 뒤, 같은 해 평양의 숭실전문학교[崇實專門學校. 숭실대학교의 전신(前身). 1897년에 설립된 우리나라 최초의 종합 대학교] 교수로 부임하였다.

1929년(26세) 5월 염상섭과 함께 〈문예공론(文藝公論)〉(월간 순수 문예지. 1929. 5.~7. 통권 3호로 종간)을 창간하며 본격적인 평론 활동을 벌였으며, 창간호에 대표작 시 〈조선의 맥박(脈搏)〉과 수필 〈인생·예술·잡감(雜感)〉 등을 발표하였다. 또한 종간호에 평론 〈문예상의 내용과 형식의 문제〉를 발표함으로써 프로 문학(proletarian literature)과 민족 문학의 절충주의(折衷主義, eclecticism) 문학론을 폈다. 그의 평론은 문학사가(文學史家)들에 의하여 절충론이라고 일컬어진다. 박영희(→183)와 염상섭 사이의 문학 논쟁을 이어받아 경향파(傾向派)의 기수(旗手)였던 김기진(→55)과 벌였던 문단 논쟁은 특히 널리 알려졌다. 이 무렵 광주 학생 운동(光州學生運動, 1929. 11. 3.)에 감분(感憤)하여 시 〈사론(史論)〉·〈정사 오편(靜思五篇)〉 등을 발표하였다.

1932년(29세) 2월 같은 제목의 처녀 시집 〈조선의 맥박〉을 평양의 문예공론사에서 펴냈는데, 여기에 실린 작품들은 그의 시들이 가지는 성격을 잘 보여 주는 것이라고 할 수 있다.

그러나 그의 업적은 고시가(古詩歌)에 대한 해독(解讀)과 주석(註釋)에 대한 연구이다. 신라(新羅, B.C.57~A.D.935) 향가(鄕歌)에 대한 연구가 일본인 학자에 의하여 주도된 데 비분(悲憤)하여 〈향가의 해독(解讀)에 취하여〉(〈조선일보〉, 1936. 1. 1.~1. 23.)를 발표하여 그 때까지 향가 해독의 독무대를 차지하였던 경성제국대학(京城帝國大學, 서울대학교의 전신) 교수 오구라 신페이(小創進平)의 〈향가와 이두의 연구(郷歌及び吏讀の硏究)〉(1929) 소론에 반대되는 의견을 제시하였으며, 1937년(34세)부터 고증학적(考證學的)인 향가의 해독에 몰입, 서울의 일본인 학자들이 중심이 된 〈청구학총(靑丘學叢)〉 제19호에 논문 〈향가의 해독, 특히 원왕생가(願往生歌)에 취하여〉를 발표하면서 주로 고시가의 주석에 전념하는 국학자로 전신(轉身)하였다.

1933년(30세) 〈조광(朝光)〉(월간 종합 교양지. 1935. 11.~1944. 12. 통권 110호로 종간)에 시 〈상대어(上代語) 연구의 길에서〉와 〈신동아(新東亞)〉(월간 종합 교양지. 1931. 11.~1936. 9. 통권 59호로 폐간. 1964년 9월 통권 60호로 복간) 제26호(1933. 12.)에 〈서경 지명고(西京地名考) 1·2·3〉를 발표하였다.

1938년(35세) 일제(日帝)의 탄압으로 숭실전문학교가 폐쇄되자, 서울로 와서 경신학교(儆新學校, 지금의 경신중·고등학교)로 옮겨 재직하다가 광복을 맞았다.

1938년부터 조선어학연구회(朝鮮語學硏究會)에서 발표한 〈어의고 수칙(語義攷數則)〉을 비롯하여 〈문장론(文章論)〉[〈문장(文章)〉 창간호, 1939. 2.]·〈문장론 수칙(文章論數則)〉(〈문장〉 창간호, 1939. 2.)·〈향가 주석 산고(鄕歌註釋散稿)〉[〈진단학보(震檀學報)〉 제11호, 1939. 10.]·〈고어법 수칙(古語法數則)〉(조선어학연구회, 1939)·〈어학적(語學的) 약간의 통속 문제(通俗問題)〉(〈조광〉, 1939)·〈근고동서 기문선(近古東西奇文選)〉(〈문장〉 제7호, 1939. 8.)·〈화한서(和漢書)에 나타난 조선 고어 집록약고(朝鮮古語集略攷)〉(〈조광〉, 1940)·〈사뇌가 석주 서설(詞腦歌釋注序說)〉(〈문장〉 제21호, 1940. 12.)·〈신발견 훈민정음(新發見訓民正音)에 대하여〉(조선어학연구회, 1941)·〈고전 문학(古典文學)의 현실 문제〉[〈대조(大潮)〉, 1946]·〈고가금석(古歌今釋)〉[〈백민(白民)〉 제19호, 1949. 5·6. 합본호]·〈고가전답의(古歌箋答疑)〉[〈학풍(學風)〉, 1949.]·〈이태동잠초(異苔同岑抄)〉[〈사상계(思想界)〉 제65~69호, 1958. 9.~1959. 1.]·〈고어 연구초(古語硏究抄)〉[〈사조(思潮)〉 제5~7호, 1958. 10.~12.]·〈국사고어휘고(國史古語彙考)〉(〈새벽〉, 1959)·〈근대 영문학 잡고(近代英文學雜考)〉(〈사상계〉 제78호, 1959. 10.)·〈님·년·놈고(考)〉[〈민족문화(民族文化)〉, 1959]·〈도령과 아리랑〉(〈민족문화〉 제32호, 1959)·〈덕자변(德字辨)〉(동국대 〈국어국문학논문집〉 3집, 1962)·〈신라 가요의 불교 문학적 우수성〉[〈불교사상(佛敎思想)〉, 1962]·〈단오(端午)·유두(流頭)·추석고(秋夕考)〉[〈한양(漢陽)〉, 1963]·〈문주 회구기(文酒懷舊記)〉[〈현대문학(現代文學)〉, 1963]·〈아리랑 고설〉(〈한양〉, 1963)·〈문단 교우록(文壇交友錄)〉[〈신사조(新思潮)〉 제3권 제2호, 1964. 2.]·〈고려 시대의 시가(詩歌)〉(예술원 〈한국예술총람개관〉, 1964)·〈상대(上代) 및 신라 가요, 상대 문학 점묘(點描)〉(예술원 〈한국예술총람개관〉, 1964)·〈건국 신화(建國神話)와 삼국 시문(三國詩文)〉(〈한양〉, 1965)·〈고려 가요(高麗歌謠)〉(〈한양〉, 1965)·〈신라 가요의 우수성〉(〈한양〉, 1965)·〈엘리엇 시의 점묘〉(〈현대문학〉, 1965)·〈국어 어휘의 성조미(聲調美)·구성미(構成美)〉[〈세대(世代)〉, 1966]·〈한국어의 음성미(音聲美)·조어미(造語美)〉(〈새교육〉, 1966)·〈국사고어휘차자원의고(國史古語彙借字原義考)〉(〈명지대학교 논문집〉 1집, 1968)·〈고가 전제강(古歌箋提綱) 및 답의(剳疑)〉(〈명지대학교 논문집〉 3집, 1969) 등 많은 논문과 평론을 발표하였다.

1939년(36세)에는 〈박문(博文)〉(월간 수필 잡지. 1938. 10.~1941. 1. 통권 23호로 종간) 제5호(1939. 2.)에 수필 〈나의 서재(書齋)〉를 발표하였다.

1942년(39세)에는 한국 사람으로는 처음으로 향가 25수(首) 전편을 해독한 〈조선 고가 연구(朝鮮古歌硏究)〉[박문서관(博文書館)]를 펴냈다. 이 책은 〈균여전(均如傳)〉[1075년(고려 문종 29)에 혁련정(赫連挺)이 지은 균여의 전기]과 〈삼국유사(三國遺事)〉[1281년(고려 충렬왕 7)에 일연(一然, 1206~1289, 고려의 승려)이 편찬한 사서(史書)]에 실려 있는 향가를 해독·주석한 것으로, 1957년(54세) 단순히 〈고가 연구(古歌硏究)〉라는 제목으로 정보판(訂補版)과 1965년(62세)의 개정 증보판(增補版)으로 출판되었다.

1944년(39세) 8월에는 백낙천(→200)의 한시를 번역한 〈지나 명시선(支那名詩選)〉[한성도서주식회사(漢城圖書株式會社), 모두 2권 중 제2권. 김억(→78)과 공저]를 펴냈다.

광복된 뒤에는 문학 평론과 시는 거의 발표하지 않았고, 영문학 강의와 영시(英詩)를 번역하며 작품집의 편저를 보였으나, 향가의 해독과 고려 가요의 주석에 대한 관심은 정정과 보충을 지속하면서 문필(文筆) 활동을 중단하지 않았다.

김구(金九, 1876~1949, 한국의 독립 운동가이며 정치가)

가 소장으로 있던 건국실천원양성소(建國實踐員養成所, 1947. 3.~1948. 9.)에서 강사를 지냈고, 1947년(44세) 동국대학교(東國大學校) 교수로 부임, 중간에 몇 년 동안 연세대학교(延世大學校) 교수로 옮겨 있었던 것(1958~1961)을 빼고는 종신(終身)토록 동국대학교에 헌신하였다. 그러나 이 두 학교 이외에 다른 대학에도 출강하였기 때문에 그로부터 직접·간접의 영향을 입은 후학(後學)이 많다. 젊었을 때에는 영문학을 강의하면서 한편으로는 시인과 문학 이론가로서의 활약이 화려하였다.

1947년 고려 가요에 대한 주석을 집대성한 〈여요전주(麗謠箋注)〉[을유문화사(乙酉文化社)]를 펴냈는데, 이는 〈고가 연구〉의 자매편이라고 할 수 있다. 평소 고시가 연구를 3부작으로 펴낼 것을 공언(公言)하였으나, 그 제3부에 해당하는 것은 끝내 공간(公刊)되지 못하였다. 그러나 1965년에 펴낸 개정 증보판 〈증정(增訂) 고가 연구〉[일조각(一潮閣)] 증보 부분에서 그 제3부의 일부를 볼 수 있다.

1949년(46세) 12월 17일 발족한 한국문학가협회(韓國文學家協會) 고전 문학 분과 위원장을 맡았다.

1954년(51세) 학술원(學術院) 종신 회원으로 선출되었으며, 1957년 연세대학교에서 명예 문학 박사 학위를 받았고, 1958년(55세) 연세대학교 교수에 취임하였다가 1962년(59세) 다시 동국대학교로 옮겨 대학원장(~1977)을 지냈다.

1962년에 펴낸 〈국학 연구 논고(國學硏究論攷)〉(을유문화사)에 실린 논문들에서 새로운 의견을 볼 수 있는데, 〈고가 연구〉나 〈여요전주〉의 개정판에 그 내용이 반영되어 있다.

이 밖에 지은 책으로 〈민족 문화 독본(民族文化讀本)〉[청년사(青年社), 1946]·〈국문학 청화(國文學菁華) 상(上)〉[민중서관(民衆書館), 1948]·〈문장 독본(文章讀本)〉[수선사(首善社), 1948]·〈상주 국문학 고전 독본(詳註國文學古典讀本)〉[박문출판사(博文出版社), 1948]·〈세계 문화 독본(世界文化讀本)〉[문헌사(文憲社), 1955]·〈대학 교양 국문선(大學教養國文選)〉[정연사(精研社), 1958] 등이 있다.

시집 〈무애 시문선(无涯詩文選)〉[경문사(耕文社), 1960. 4.], 수필집 〈문주 반생기(文酒半生記)〉[신태양사(新太陽社), 1960]·〈인생 잡기(人生雜記)〉[탐구당(探求堂), 1962]·〈지성(知性)의 광장(廣場)〉(탐구당, 1969), 번역서 〈현대 영시선(現代英詩選)〉(수선사, 1946)·〈세계 기문선(世界奇文選)〉(청년사, 1948)·〈시경초(詩經抄)〉(을유문화사, 1948)·〈영시 백선(英詩百選)〉[백양사(白洋社), 1948]·〈근대 영미 희곡선(近代英美戲曲選)〉(탐구당, 1954)·〈밀턴 수필집〉(을유문화사, 1954)·〈T.S. 엘리엇 시선집(詩選集)〉(탐구당, 1955)·〈세계 명언 대사전(世界名言大事典)〉[유문사(唯文社), 1973]·〈삼국지(三國志)〉[모두 7권, 진현서관(進賢書館), 1976] 등을 펴냈다.

한편, 1950년대 이후 스스로 '국보 1호'라고 일컬었으며, 이와 관련된 다양한 일화(逸話)가 전해지고 있다.

1957년 제2회 학술원상(공로상), 1962년 문화 훈장 대통령장(大統領章), 1970년(67세) 국민 훈장 무궁화장(無窮花章)을 받았다.

2001년 서울 강남구(江南區) 일원동(逸院洞)에 있는 모교(母校) 중동고등학교 교정에 〈어머니 마음〉이 새겨진 시비(詩碑)가 세워졌다.

283
양형
楊炯 650～693?

중국 당(唐)나라(618~907)의 시인.

산시성(陝西省) 화저우(華州) 화인(華陰)에서 태어났다.

661년(11세) 신동과(神童科)에 급제(及第)하여 홍문관(弘文館) 대제(待制)가 되고, 675년(25세) 진사시(進士試)에 급제하였고, 676년(26세) 제거(制擧)에 급제하여 교서랑(校書郎)이 되었다.

681년(31세) 숭문관 학사(崇文館學士)에 올랐고, 태자첨사사직(太子詹事司直)으로 옮겼다. 측천무후(則天武后, 624~705, 중국 당나라의 제3대 황제 고종의 아내. 중국 역사상 유일한 여황제. 재위 690~705) 때 친족의 죄에 연좌되어 685년(35세) 쓰촨성(四川省) 쯔저우[梓州, 지금의 삼대현(三臺縣)]의 사법 참군(司法參軍)으로 좌천(左遷)되었다. 그 뒤 허난성(河南省) 뤄양(洛陽)으로 돌아와 692년(42세) 저장성(浙江省) 잉촨[盈川, 지금의 취셴(衢縣)]의 현령(縣令)이 되고 나서 얼마 뒤에 죽었다.

예종[睿宗, 662~716, 중국 당나라의 제5대 황제. 재위 684~690, 710~712. 이단(李旦)] 때의 문인(文人) 재상(宰相) 장열(→429)의 충고에도 불구하고 가혹한 정치를 집행하였다. 장열은 그의 시를 '양잉촨(楊盈川)의 문상(文想)은 현하(懸河)의 물을 쏟는 것과 같아 아무리 퍼내

어도 다하지 않는다'고 평하였다. 악부(樂府)에도 뛰어났다.

관리(官吏)로서는 오만하고 가혹하였으나 박학하였고, 변려문[駢儷文, 4언 · 6언의 대구(對句)로 이루어진 문장. 변려체 · 변문 · 사륙문(四六文) · 사륙변려문이라고도 한다.]에 뛰어나 왕발(→307)과 함께 오언율시(五言律詩)에 정통하였다. 근체시(近體詩) 성립에 이바지하여 낙빈왕(→115) · 노조린(→121) · 왕발 등과 더불어 '초당사걸(初唐四傑)' 또는 '왕양노락(王楊盧駱)'이라고 일컬어졌다.

지은 책으로 시문집(詩文集) 〈양잉촨집(楊盈川集)〉(모두 10권)이 있다.

284

어무적

魚無迹 ?～?

조선(朝鮮, 1392～1910)의 시인.

자(字)는 잠부(潛夫), 호(號)는 낭선(浪仙), 본관(本貫)은 함종(咸從).

생원(生員)이었던 어변문(魚變文)의 손자이며, 아버지는 사직(司直)을 지낸 어효량(魚孝良)이다.

성종(成宗, 1457～1494, 조선의 제9대 왕. 재위 1469～1494) · 연산군(燕山君, 1476～1506, 조선의 제10대 왕. 재위 1494～1506) 연간에 관인(官人)으로 현달하였던 어세겸(魚世謙, 1430～1500, 조선의 문신)과 어세공(魚世恭, 1432～1486, 조선의 문신)과는 재종 형제간이다.

할아버지 때 경상남도 김해(金海)로 내려갔다. 아버지는 사대부(士大夫)였으나 어머니가 관비(官婢)였으므로 법에 규정된 바에 따라 그도 관노(官奴)가 되었던 것이며, 어떤 속신(贖身)의 방법을 취하여 천한 신분을 면하였을 것으로 추정된다.

한때 말직(末職)인 율려습독관(律呂習讀官)을 지냈으나, 그 직은 대개 서얼(庶孼)에게 주어지는 보잘것 없는 자리여서 오히려 자기 신분을 판박아 주는 데 불과하였다.

아버지 쪽의 교양을 물려받아 천인(賤人)으로는 드물게 어려서부터 한문을 익힐 수 있었고, 뛰어난 시재(詩才)를 계발할 수 있었다. 신분 제도 때문에 과거(科擧)에 응시하지 못하였으며 불우하게 살았지만, 인품이 매우 의연하고 진실하였다.

1501년(연산군 7) 김해에서 장문(長文)으로 상소(上訴)를 올렸는데 여기에서, "나는 천민이므로 벼슬할 생각은 하지 않지만, 옛말에 '집이 위에서 새는 것을 아래서는 잘 안다.'고 일렀듯이, 지금 세상에 밑에 있으면서 새는 구멍을 잘 아는 사람은 나만한 자가 없다."고 하고 백성의 어려운 사정을 낱낱이 밝히면서 향락의 근절, 민생의 보호, 군주다운 자세 확립, 선비의 각성 및 언로(言路)의 창달을 간절히 소망하는 글이었다. 이 '신유상소(辛酉上疏)'는 〈조선 왕조 실록(朝鮮王朝實錄)〉[연산군 7년 신유(辛酉) 7월 을해조(乙亥條)]에 기록되어 있다. 그러나 그의 상소는 받아들여지지 않았다.

또한 그가 살던 마을에서, 관(官)에서 매화나무에까지 무리한 세금을 부과하자, 마을의 어떤 사람이 그 나무를 베어 버린 사건을 보고 〈작매부(斫梅賦)〉를 지어 관의 학정(虐政)과 횡포를 신랄하게 규탄하였다. 그러자 원이 크게 노하여 그를 잡아 다스리려고 하므로, 도망하여 유랑하다가 어느 역사(驛舍)에서 객사(客死)하였다.

미미한 신분이었으므로 생애가 구체적으로 나타나지 않으나 시에서 뛰어난 재주를 보여서 〈국조시산(國朝詩刪)〉[허균(許筠, 1569～1618, 조선의 문신이며 문학가)이 엮은 시선집. 모두 9권 4책]과 〈속(續) 동문선(東文選)〉[1518년 김전(金詮, 1458～1523, 조선의 문신) · 남곤(南袞, 1471～1527, 조선의 문신) · 신용개(申用漑, 1463～1519, 조선의 문신) 등이 만든 시문집. 모두 23권 11책], 〈명시종(明詩綜)〉[주이존(朱彝尊, 1629～1709, 중국 명나라 말 청나라 초의 문인이며 학자)이 편찬한 중국 명나라 시집]에 그의 시가 실릴 정도로 평가를 받았다. 이 밖에도 유랑하는 백성의 어려움을 대변(代辯)한 〈신력탄(新曆嘆)〉 · 〈유민탄(流民嘆)〉 등과 〈미인수(美人睡)〉 · 〈봉설(逢雪)〉 같은 작품이 널리 알려졌다. 3 · 5 · 7언의 고시(古詩) 〈유민탄〉은 유민(流民)들을 바라보며 비통해하는 내용인데, 허균은 이 시를 가리켜 조선 전기의 최대 걸작이라고 격찬하였다.

285

어현기

魚玄機 843?(844?)～868?(871?)

중국 당(唐)나라(618～907)의 여류 시인.

자(字)는 유미(幼微) · 혜란(惠蘭).

수도(首都) 창안[長安, 지금의 산시성(陝西省) 시안(西安)]의 창가(娼家)에서 태어났다.

뛰어난 미모에 총명하고 독서를 좋아하였으며, 시재(詩才)가 뛰어나 창안의 풍류 인사들에게 알려져 그들과 시를 주고받았다.

18세 때 보궐(補闕, 왕에게 간언하는 벼슬) 이억(李億)의 첩으로 들어갔다가 2년 만에 버림을 받았다. 이에 크게 상심하여 도교(道敎)의 사찰 함의관(咸宜觀)으로 출가(出家)하여 여도사(女道士)가 되었다. 당시 여도사는 일반 부인들과는 달리 남성들과 자유롭게 접할 수가 있어, 그녀는 시로써 창안의 명사(名士)들과 교류가 많아 사교계에서 독특한 지위를 차지하였다. 그러나 애인이었던 이근인(李近仁)과 하녀 녹교(綠翹)와의 사이를 의심하고 녹교를 살해한 죄로 사형에 처해져 짧은 생애를 마쳤다.

그녀의 작품은 염정(艶情)을 섬세한 필치로 표현한 것이 많은데, 특히 온정균(溫庭筠, 812?~870, 중국 당나라의 시인)과의 교류는 널리 알려졌으며, 현재 46수(首)가 작품집 〈당녀랑 어현기 시(唐女郎魚玄機詩)〉에 남아 있다.

286

얼현

蘖玄 ?~?

조선(朝鮮, 1392~1910)의 여류 시인.

호(號)는 취죽(翠竹).

안동(安東) 권씨(權氏) 집안의 비(婢).

출중한 미모에 시재(詩才)가 뛰어났다. 당시의 여종 출신으로는 가까이 하기 어려웠던 한시(漢詩)를 지었다.

많은 작품을 지었으나, 조선 후기에 편찬된 편자(編者)를 알 수 없는 시화집(詩華集) 〈해동시화(海東詩話)〉에 〈방석전고거(訪石田故居)〉·〈추사(秋思, '가을의 마음')〉 두 편만이 전하고 있다. 〈추사〉는 골짜기의 맑은 물과 으스름 달빛, 낙엽과 서리 등의 가을 경물(景物)을 내세운 뒤, 열두 폭 비단 발과 옥 병풍의 원앙새와 독수공방(獨守空房)하는 외로움을 대비하여 그린 한시이다.

287

여본중

呂本中 1084~1145

중국 북송(北宋, 960~1126)의 시인.

본명(本名)은 대중(大中), 자(字)는 거인(居仁), 호(號)는 동래 선생(東萊先生)·자미(紫微), 시호(諡號)는 문청(文淸).

여호문(呂好問, 1064~1131, 중국 북송의 문신이며 학자)의 맏아들로, 안후이성(安徽省) 수저우[壽州, 지금의 서우현(壽縣)]에서 태어났으며, 장시성(江西省) 상라오(上饒)에서 죽었다.

증조부 여공저(呂公著, 1018~1089)가 재상(宰相)을 지낸 덕으로 관직에 들어섰지만, 신법(新法)·구법(舊法)의 당쟁(黨爭)에 말려들어 여공저가 추방되자 그 역시 벼슬에서 물러났다.

1136년(52세)에 진사시(進士試)에 급제(及第)하였으며, 승무랑(承務郞)·중서사인(中書舍人)·권직 학사원(權直學士院)을 지냈다. 재상 진회(秦檜, 1090~1155, 중국 북송의 정치가)의 뜻을 거역하여 파면되었다.

그의 시는 진사도(→470)와 황정견(→522)의 시풍(詩風)을 이어받았으며, 황정견의 시풍을 배운 25명의 시인들을 모은 〈강서시사 종파도(江西詩社宗派圖)〉를 썼는데, 이 책에 의하여 이들을 일컬어 이른바 강서파(江西派)라고 하며, 강서파는 한때 크게 유행하여 송나라 시의 새 기원(紀元)을 열었다.

1166년 증기(曾幾, 1084~1166, 중국 북송의 시인)의 머리말이 실린 〈동래 선생 시집(東萊先生詩集)〉(모두 20권)이 간행되었는데, 여기에는 취미로 지은 시가 많으나, 금(金)나라(1115~1234) 침략하의 〈병란 후 잡시(兵亂後雜詩)〉 29수(首) 등에는 나라를 걱정하는 침통한 작품 등 시사(時事)를 읊은 것도 있다.

〈동몽훈(童蒙訓)〉·〈자미 시화(紫微詩話)〉 등을 써서 시학(詩學) 계몽에 크게 이바지하였고, 이 밖에 지은 책으로 〈사우연원록(師友淵源錄)〉·〈춘추집해(春秋集解)〉 등이 있다.

288

여악

厲鶚 1692~1752

중국 청(淸)나라(1616~1912)의 시인.

자(字)는 웅비(雄飛)·태홍(太鴻), 호(號)는 남호화은(南湖花隱)·번사(樊榭)·서계어자(西溪漁者).

저장성(浙江省) 첸탕현[錢塘縣, 지금의 항저우(杭州)]에서 태어났다.

1720년(28세) 과거(科擧)에 급제(及第)하였다.

집안이 가난하였지만 성품이 고결하여 세상과 구차하게 합류하지 않았다. 요(遼)나라(916~1125)·송(宋)나라(960~1279)의 역사·문예에 정통하였고, 〈남송원화록(南宋院畫錄)〉(모두 8권)·〈동성잡기(東城雜記)〉·〈송시기사(宋詩紀事)〉(모두 100권)·〈요사습유(遼史拾遺)〉(모두 24권) 등 많은 저술이 있다.

시는 도연명(→139)·사영운(→216)·왕유(→314) 등의 자연시를 배웠고 독자적인 청아한 정취를 지녔다.

사(詞)에도 뛰어났는데, 남송 대가(大家)들의 장점을 따서 청진아정(淸眞雅正)하다는 평을 들었으며, 같은 저장성 출신인 주이존(朱彝尊, 1629~1709, 중국 명나라 말 청나라 초의 문인이며 학자)의 뒤를 이어 절서파(浙西派)의 대가로 꼽힌다.

동무 사위인(査爲仁, 1695~1749)과 함께 〈절묘호사전(絕妙好詞箋)〉(모두 7권)을 지었고, 시문집(詩文集) 〈번사산방집(樊榭山房集)〉(모두 37권)이 있다.

289

영수합 서씨

令壽閤徐氏 1753(영조 29) ~ 1823(순조 23)

조선(朝鮮, 1392~1910)의 여류 시인.

영수합(令壽閤)은 당호(堂號), 본관(本貫)은 달성(達城).

대사간(大司諫)과 강원도 관찰사(觀察使)를 지낸 서형수(徐迥修, 1725~1779, 조선의 문신)의 딸이며, 승지(承知) 홍인모(洪仁謨, 1755~1812, 조선의 문신)의 아내이다.

어려서부터 총명하고 글읽기를 좋아하였으나 여자가 글을 배우면 박명(薄命)하다고 부모가 꺼려 남동생들 어깨너머로 한문을 배워 문장가가 되었다.

출가(出嫁)하여 세 아들과 두 딸을 두었는데, 석주(奭周, 1774~1842, 조선의 문신)·길주(吉周, 1786~1841, 조선의 문신)·현주(顯周, 1793~1865, 조선의 제22대 왕 정조의 외동 사위) 등 세 아들은 당대(當代)의 문장가로 널리 알려졌고, 두 딸 중 유한당(幽閒堂) 원주(原周)(→351)도 형제에게 못지않은 시인이 되었다.

시인·문장가로 명성이 높았으며, 군자(君子)의 예의 범절과 소인(小人)들의 진퇴 거동을 알기 위하여 경전(經典)을 두루 읽었으며, 현모양처로 이름이 높았다. '정경부인(貞敬夫人)'의 칭호를 받았으며, 죽은 뒤 경기도 장단읍(長湍邑) 공덕리(孔德里)에 남편과 합장(合葬)되었다.

대표작으로 〈정야팽다(靜夜烹茶, '고요한 밤에 차를 끓이며')〉·〈차계아동가십영(次季兒東嘉十詠)〉·〈차귀거래사(次歸去來辭)〉·〈차당인방은자불우(次唐人訪隱者不遇)〉·〈차이백(次李白)〉·〈차이백추하형문(次李白秋下荊門)〉·〈형화(螢火, '반딧불')〉 등이 있다.

〈농서모춘(隴西暮春)〉·〈동야공부(冬夜共賦)〉·〈송별양아(送別兩兒)〉·〈화두초월(和杜初月)〉 등 36편의 작품이 실려 있는 〈영수합고(令壽閤稿)〉가 남편의 시문집(詩文集) 〈족수당집(足睡堂集)〉 제6권에 부록으로 전한다.

290

예찬

倪瓚 1301 ~ 1374

중국 원(元)나라(1271~1368) 말 명(明)나라(1368~1644) 초의 산수화가(山水畫家)이며 시인.

아명(兒名)은 정(珽), 자(字)는 원진(元鎭), 호(號)는 무주암주(無住菴主)·운림산인(雲林散人)·정명거사(淨名居士)·주양관주(朱陽館主)·형만민(荊蠻民)·환하생(幻霞生).

장쑤성(江蘇省) 우시(無錫)의 부유한 명문(名門) 집안에서 태어났다.

원나라 초에 조정(朝廷)의 부름을 받았으나 이민족인 몽골족이 세운 원나라의 조정에 출사(出仕)하기를 거부하여 벼슬길에 나아가지 않고, 은일(隱逸)과 방랑 속에 평생을 보냈다.

1353년(52세) 가재(家財)를 정리하여 가까운 친척들에게 모두 나누어 준 뒤, 도교(道敎)의 은자(隱者)가 되어 가족들과 함께 유랑의 길을 떠나 쑤저우(蘇州)·오호(五湖) 등 20여 년 동안 떠돌아다녔다.

1368년(67세) 한족(漢族)이 중국을 수복(收復)한 뒤 명나라를 세우자 1374년(73세) 귀향하였고, 그 해에 병으로 죽었다.

세상일에 어두워 '예우(倪迂)'라고 불리었으며, 갖가지 일화(逸話)를 남겼다. 학문과 예술을 좋아하여 집 안에 운림당(雲林堂)·청비각(淸閟閣)을 세워 고서화(古書畫)·고기물(古器物)·서적을 수집하였고, 비슷한 취향을 가진 장우(張雨, 1283~1350, 중국 원나라의 문학가)와 황공망(黃公望, 1269~1354, 중국 원나라의 화가)을 비롯한 많은 문인(文人)들과 교유(交遊)하면서 풍류적인 은둔 생활을 하였다.

지나칠 정도로 결벽·견개(狷介)한 인품으로 자연과 학문, 예술을 사랑하였고, 선종(禪宗)과 도교에 열중하였으며, 이러한 사상이 작품에도 반영되어 간결한 필법(筆法) 속에 높은 풍운(風韻)을 느끼게 한다.

오진(吳鎭, 1280~1354, 중국 원나라의 화가)·왕몽(王蒙, 1322~1385, 중국 원나라의 화가)·황공망 등과 함께 이른바 '원말 4대가(元末四大家)'라고 일컬어진다. 간소한 묘법(描法)으로 깊은 운치를 느끼게 하는 산수와 고목죽석(枯木竹石)을 그렸는데, 4대가 중에서 가장 품격이 있었다.

관동(關同, ?~?, 형호의 제자)·형호(荊浩, ?~?, 910~950년쯤에 활동한 중국 오대의 산수화가이며 문장가)를 비롯하여, 특히 동원(董源, ?~962, 중국 오대에서 북송 초기의 화가)이나 미불(米芾, 1051~1107, 중국 북송의 학자이며 서예가·화가)의 필법을 배워 구도와 묘법에 독특한 간원(簡遠)함을 덧붙였다. '예(倪)의 간원'이라는 평을 받듯이 예찬은 4대가 중에서도 '풍운 제1'이라고 일컬어지며, 형태에 구애되지 않는 공활(空闊)하고 소조(蕭條)한 정취는 후세의 문인화(文人畫)에 큰 영향을 끼쳤다.

후대(後代)에 그의 그림을 모사(模寫)한 화가들이 많았기 때문에 진품을 감정(鑑定)해 내기가 어렵다. 산수화를 위주로 한 그의 그림들은 대개 수묵(水墨)만을 사용하였으며, 여백을 많이 살렸기 때문에 화면 대부분이 비어 있다. 그의 그림에는 흔히 사람의 흔적이 보이지 않는 오두막 한 채와 나무 몇 그루, 이 밖에 전원(田園) 생활을 나타내 주는 약간의 요소들, 온통 쓸쓸하고 적막한 원초적인 땅의 형태가 그려져 있다.

그를 비롯한 동료 화가들의 그림은 먹을 다루는 뛰어난 솜씨와 믿을 만한 회화적(繪畫的)인 실제를 통하여, 즉각적으로 눈에 띄는 그림을 그렸던 전대(前代) 남송(南宋, 1127~1279)의 회화와는 크게 대조를 보이고 있다. 이 새로운 양식은 화폭이 큰 그림을 볼 때 정신을 집중하고 보아야 복잡한 먹의 효과를 감지할 수 있게 된다.

그의 산수화는 조용한 취향의 독자적인 화경(畫境)에 도달한 양식으로 '소산체(蕭散體)'라고 한다. 추림죽석산수(秋林竹石山水)를 즐겨 제재(題材)로 하였으며, 〈육군자도(六君子圖)〉[상하이 박물관(上海博物館), 33.3×61.9cm, 1345]·〈어장추제도(漁莊秋霽圖)〉(상하이 박물관, 1355)·〈산수도(山水圖)〉(1362)·〈용슬재도(容膝齋圖)〉[타이베이 국립 구궁 박물원(臺北國立古宮博物院), 35.5×74.7cm, 1371]·〈우산임학도(虞山林壑圖)〉[뉴욕 왕기천(王己千) 미술관(Sammlung C. C. Wang, New York), 35.8×95.3cm, 1371]·〈사자림도(獅子林圖)〉(1373)·〈강안망산도(江岸望山圖)〉·〈계산도(溪山圖)〉·〈기수추풍도(琪樹秋風圖)〉(43.4 ×62cm)·〈고목유황도(古木幽篁圖)〉·〈서림선실도(西林禪室圖)〉·〈소림노옥도(疎林老屋圖)〉·〈소산죽수도(小山竹樹圖)〉·〈송림정자도(松林亭子圖)〉·〈수죽거도(水竹居圖)〉[중국국가박물관(中國國家博物館), 28.2×53.5cm]·〈수죽도(修竹圖)〉·〈신안제시도(新雁題詩圖)〉·〈오죽수석도(梧竹秀石圖)〉·〈유간한송도(幽澗寒松圖)〉·〈자란산방도(紫蘭山房圖)〉·〈죽수야석도(竹樹野石圖)〉·〈추림산색도(秋林山色圖)〉·〈춘우신황도(春雨新篁圖)〉 등이 남아 있다.

시인으로는 원나라 말기의 농려섬교(濃麗纖巧)한 시풍(詩風)에 물들지 않고, 소탈하고 꾸밈없는 시를 지었는데, 시집으로 〈운림 시집(雲林詩集)〉·〈청비각집(淸閟閣集)〉(모두 12권)이 있다.

291

오로빈도

Śrī Aurobindo 1872. 8. 15. ~ 1950. 12. 5.

인도의 철학자이며 시인·민족주의자(民族主義者, nationalist)·요가 지도자.

본명(本名)은 오로빈도 고세(Aurobindo Ghose)이며, Aurobindo는 Aravinda라고도 쓴다.

부유한 외과 의사의 셋째 아들로, 북동부 서(西)벵골(West Bengal) 주의 주도(州都) 캘커타[Calcutta, 1995년 전통 명칭인 콜카타(Kolkata)로 이름을 바꾸었다.]에서 태어났으며, 남동부 퐁디셰리[Pondicherry, 2006년 9월 푸두체리(Puducherry)로 이름을 바꾸었다.] 주의 주도 퐁디셰리에서 죽었다.

1877년(5세) 두 형들과 함께 서벵골 주 다르질링(Darjeeling)에 있는 기독교 수도회(修道會)에서 세운 학교(Loreto Convent, 1846년 설립)에 입학하였다가, 1879년(7세) 영국으로 유학하여 서구식 교육을 받았다. 런던의 세인트폴 스쿨(St. Paul's School)을 거쳐 케임브리지 대학교(University of Cambridge, 1209년 설립) 킹스 칼리지(King's College, 1441년 설립)에 입학, 두 가지 고전(古典) 언어와 세 가지 현대 유럽 언어를 능숙하게 구사(驅使)할 수 있게 되었다.

1893년(21세) 인도로 돌아와서 서부 구자라트(Gujarat) 주 바로다(Baroda)와 캘커타에서 여러 행정직과 교수직을 두루 거쳤다. 모국(母國)의 문화에 관심을 갖고 라마크리슈나(Ramakrishna, 1836~1886, 인도의 신비주의적 종교가) 등에 기울어서 요가와 산스크리트(Sanskrit) 어(語)를 비롯한 인도 언어를 연구하였고, 〈우파니샤드(Upaniṣad, 고대 인도의 철학 경전)〉나 〈바가바드기타[Bhagavadgītā(The Lord's Song), '신의 노래']〉를 탐독하였다.

1902(30세)~1910년(38세) 영국의 지배에서 인도를 독립시키려는 활동에 참여하여 파란만장한 시기를 보냈다. 커즌(George Nathaniel Curzon, 1st Marquess Curzon of Kedleston, 1859~1925, 영국의 정치가. 인도 총독. 재임 1899~1905) 총독의 벵골 분할법안(Partition of Bengal)에 반대하는 전인도적인 민족 운동에 몸을 던지고(1906), 틸라크(Bal Gangadhar Tilak, 1856~1920, 인도의 민족주의자이며 언론인 · 사회 개혁가 · 법률가) 등과 함께 국민회의파(國民會議派, Indian National Congress)의 과격파를 지도, 〈유간타르[Jugantar/Yugantar(New Era/Transition of an Epoch)]〉를 주재(主宰)하였다.

1906년(34세)과 1908년(36세) 정치 활동과 혁명적인 글 때문에 투옥되었다가 1909년(37세) 출옥한 뒤부터는 정치에서 멀어져, 1910년 영국령(領) 인도를 떠나 프랑스 식민지였던 퐁디셰리에서 은거하였다. 이곳에서 영적(靈的) 진화를 통한 '보편적 구원(久遠)'의 철학을 창시하여 그것을 발전시키는 데 남은 삶을 바쳤다.

1914년(42세) '마더(The Mother)'로 널리 알려진 영적 동반자 미라 알파사(Mirra Alfassa, 1878~1973, 유대계 프랑스의 여류 철학자)를 만났고, 1926년(54세) 마더와 함께 요가와 현대 과학을 결합한 힌두교 수양지 '스리 오로빈도 아슈람(Sri Aurobindo Ashram)'을 세워 영적 발전을 위한 국제적인 중심지로 발전시킴으로써 전세계로부터 학생들을 받아들였다. '통합 요가(integral yoga)'라는 새로운 영성(靈性)의 길과 종교 · 국경 · 인종을 초월한 영성 개혁을 실천하였다.[1968년 마더는 오로빈도의 뜻을 이어받아 퐁디셰리에 국제적인 영적 공통체 오로빌(Auroville)을 세웠다.]

'보편적 구원'에 대한 그의 사상에 따르면 인간은 두 가지 길의 상호 작용을 통하여 카스트[caste, 인도 사회 특유의 신분 제도. 브라만(Brahman, 사제 · 성직자), 크샤트리아(Kshatriya, 귀족 · 무사), 바이샤(Vaisya, 상인 · 농민 · 지주), 수드라(Sudra, 소작농 · 청소부 · 하인)의 네 가지로 분류된다.]의 최고 계급인 브라만과 합일(合一)될 수 있다고 한다. '깨달음이 위에서부터 오는 동안'(正), '영적인 의식은 요가적 조명(照明)'을 통하여 '아래에서 위로 접근하려 애쓴다.'(反). '이 두 가지 움직임이 합쳐질 때 영지(靈智)를 지닌 인간이 탄생한다.'(合).

이러한 요가적 조명은 이성과 직관(直觀)을 넘어서며, 궁극적으로 개별성의 굴레에서 개인을 해방시키고 나아가서는 모든 사람들이 해방(mukti)을 얻게 한다. 이렇게 개인뿐 아니라 인류 전체를 위한 구원의 변증법(辨證法)을 만들어 냈다.

다양한 분야에 걸쳐 매우 복잡하고 때로는 혼란스럽게까지 보이는 많은 책을 썼는데, 철학적인 저술 · 시 · 희곡이 그 주류를 이룬다.

작품으로 〈바가바드기타에 대한 소론(小論)(Essays on the Gita)〉(1928) · 〈신(神)의 삶(The Life Divine)〉[1940, 〈신적 생활(神的生活)〉이라고도 번역한다.] · 〈시(詩) · 희곡 선집(選集)(Collected Poems and Plays)〉(1942) · 〈요가의 종합(The Synthesis of Yoga)〉(1948) · 〈인간의 윤회(輪回)(The Human Cycle)〉(1949) · 〈인간의 통일이라는 이상(理想)(The Ideal of Human Unity)〉(1949) · 〈사비트리, 그 전설과 상징 체계(Savitri, A Legend and a Symbol)〉(1950) · 〈베다에 대하여(On the Veda)〉(1956) 등이 있다.

292

오리쿠치 시노부

折口信夫 1887. 2. 11. ~ 1953. 9. 3.

일본의 문학자이며 민속학자 · 와카[和歌, 중국의 한시(漢詩)와 대조되는 것으로, 일본 고유의 시] 작가 · 시인.

필명(筆名)은 샤쿠초쿠(釋迢空).

혼슈(本州) 서부 오사카(大阪)에서 태어났으며, 도쿄에서 죽었다.

1905년(18세) 도쿄 고쿠가쿠인대학(國學院大學)에 입학하여 1910년(23세) 졸업한 뒤, 야나기타 구니오(柳田國男, 1875~1962, 일본 민속학의 창시자이며 사상가)의 일본 민속학에 영향을 받아 민속학적 입장에서 일본 문학의 발생과 성립을 조명하여 독자적인 이론 체계를 수립하였다.

일찍부터 관심을 갖고 있던 단카[短歌, 하이쿠(俳句)와 더불어 일본의 전통적 시가(詩歌)를 대표하는 단시(短詩). 정형시(定型詩)로, 5구 31음절로 되어 있다.]를 본격적으로 써서 1917년(30세) 단카 동인지(同人誌) 〈아라라키(アララキ)〉에 기고(寄稿)하였다.

1921년(34세) 오키나와(沖繩)를 비롯하여 여러 곳을 여행하면서 민간 전승, 민속 예능을 채집·조사하였다.

1922년(35세) 고쿠가쿠인대학, 1928년(41세) 도쿄 게이오기주쿠대학(慶應義塾大學) 교수로 문학사·예능사·민속학·고전(古典) 연구·신도학(神道學) 등을 강의하였다.

1924년(37세)에는 기타하라 하쿠슈(→46) 등과 함께 〈닛코(日光)〉를 창간하였고, 1925년(38세) 처녀 시집 〈海やまのあひだ〉[개조사(改造社)]를 펴냈다.

1932년(45세) 〈만요슈(萬葉集)〉[일본 고유의 시를 모아 엮은, 가장 오래 된(8세기쯤) 최대 규모의 시가집(詩歌集)] 연구로 박사 학위를 받았다.

단카 외에 희곡·소설·시·하이카이(俳諧, 코믹한 렌가)에도 재능을 발휘하였던 작품에는 소설 〈사자의 서(死者の書)〉(1939), 일본 예술원(藝術院)상을 받은 시집 〈고대 감애집(古代感愛集)〉(1947)이 있다.

근대 일본이 낳은 가장 개성 있는 문학자 중에 한 사람으로, 그가 죽은 뒤에 제자들이 오리쿠치 박사 기념 고대연구소(古代研究所)를 설립하여, 여기에서 〈오리쿠치 시노부 전집〉(모두 31권)를 발간하였고, 이는 1956년 일본 예술원 은사상(恩賜賞)을 받았다.

293

오상순

吳相淳 1894(고종 31). 8. 9. ~ 1963. 6. 3.

한국의 시인.

호(號)는 공초(空超)·상현(想絢)·선운(禪雲), 본관(本貫)은 해주(海州). 〈폐허(廢墟)〉(문예 동인지. 1920. 7.~1921. 1. 통권 2호로 종간) 창간호에서는 성해(星海)라는 필명(筆名)을 썼다.

목재상을 하는 오태연(吳泰兗)의 4남 1녀 중 둘째 아들로, 서울 장충동(奬忠洞)에서 태어났으며, 서울 서대문(西大門) 적십자병원에서 죽었다.

1900년(6세) 어의동공립보통학교[於義洞公立普通學校, 지금의 효제초등학교(孝悌初等學校)]에 입학하였고, 1906년(12세) 경신학교(儆新學校, 지금의 경신중·고등학교)를 졸업하였다.

1912년(18세) 일본으로 유학하여 1918년(24세) 교토(京都, 794~1868년 일본의 수도) 도시샤대학(同志社大學) 종교철학과를 졸업하였다.

1919년(23세) 귀국하여 한동안 전도사(傳道師)로 교회 일을 맡아 보았는데, 머리카락을 길게 늘어뜨리고 성서(聖書)와 철학책을 항상 지니고 다녔다.

1920년(24세) 7월 25일 김억(→78)·김영환[金永煥, 1898~1936, 한국의 영화 감독이며 대중 가요 작곡가·각본가·변사. 일명 김서정(金曙汀)]·김일엽(→83)·김찬영(金贊永, 1893~1960, 한국의 문학 평론가이며 극작가·서양화가)·나혜석(羅蕙錫, 1896~1949, 한국의 여류 화가이며 문필가)·남궁벽(→117)·민태원(閔泰瑗, 1894~1935 한국의 소설가이며 번역 문학가·언론인)·변영로(→207)·염상섭(廉想涉, 1897~1963, 한국의 소설가)·이병도(李丙燾, 1896~1989, 한국의 사학자)·이익상(李益相, 1895~1935, 한국의 언론인이며 소설가)·이혁로(李赫魯)·황석우(→520) 등과 함께 창간한 〈폐허〉 창간 동인(同人)으로 참여하여, 창간호에 처음으로 자신의 인생관과 문학관(文學觀)을 담은 논설적 수필 〈시대고(時代苦)와 그 희생〉을 발표하면서부터 그의 문학 활동이 비롯되었다. 이 글에서 자신의 '폐허 의식'이 새로운 생명의 창조와 결부된 것임을 밝히고 있다. 이어 〈폐허〉 종간호에 〈가위쇠〉·〈돌아!〉·〈때때신〉·〈혁명(革命)〉·〈힘의 동경(憧憬)〉·〈힘의 비애(悲哀)〉·〈힘의 숭배〉 등 시 17편과 평론 〈종교와 예술〉 등을 잇달아 발표하였는데, 〈폐허〉 동인 중 가장 많은 작품을 〈폐허〉에 게재하였다.

1920년 〈개벽(開闢)〉(우리나라 최초의 월간 종합 교양지. 1920. 6.~1926. 8. 통권 72호로 종간. 속간 1934. 11.~1935. 2. 통권 4호로 종간. 복간 1946. 1.~1949. 3. 통권 9호로 종간) 제5호(1920. 11.)에 〈나의 고통〉·〈어느 친구에게〉·〈의문(疑問)〉 등을 발표하였다.

초기 시편(詩篇)들은 주로 운명을 수용하려는 순응주의(順應主義, conformism)와 동양적 허무(虛無) 사상이 짙게 깔려 있다.

1921년(25세) 불교로 개종(改宗)하여 조선중앙불교학교(朝鮮中央佛敎學校)에서 교편(敎鞭)을 잡았다. 같은 해 노자영(→120)·박영희(→183)·박인덕(朴仁德, 1897~1980, 한국의 여성 독립 운동가이며 교육가)·박종화(→190)·변영로 · 신태악(辛泰嶽, 1902~1980, 한국의 법조인이며 정치가) · 황석우와 함께 〈장미촌(薔薇村)〉(1921. 5. 24. 창간호로 종간. 우리나라 최초의 시 동인지) 창간 동인으로 활동하였다.

1923년(27세)부터 서울 보성고등보통학교(普成高等普通學校, 지금의 보성중 · 고등학교)에서 교직(敎職) 생활을 하였으며, 〈동명(東明)〉(시사 주간지. 1922. 9.~1923. 6. 통권 40호로 종간) 제18호(1923. 1.)에 대표작으로 일컬어지는 〈방랑(放浪)의 마음〉과 〈허무혼(虛無魂)의 선언〉을 발표하였는데, 그의 일생은 이 시에서 표현된 것처럼 대부분의 세월을 방랑과 담배 연기와 고독과 허무혼으로 보냈다. 일반적으로 그의 시는 어휘 구사(驅使)가 생경하고 언어의 감각적 사용에도 그리 뛰어난 편은 아니다. 그러나 대표작으로 일컬어지는 〈방랑의 마음〉 등 몇몇 작품에서는 사물의 심상화(心象化)를 성공적으로 시도하고 있음을 볼 수 있다.

1926년(32세)에는 부산(釜山) 금정산(金井山) 범어사(梵魚寺)에 들어가 2년 동안 참선(參禪)하였고, 그 뒤 전국을 떠돌아다녔다.

1929년(35세)에는 대구(大邱)에서 백기만(→199) · 서동진(徐東辰, 1900~1970, 한국의 화가이며 정치가) · 이상화(→378) 등과 함께 '고월 이장희 유작 시화전(古月李章熙遺作詩畫展)'을 열었다.

1930년(36세)에는 중앙불교전문학교[中央佛敎專門學校. 동국대학교(東國大學校)의 전신(前身)] 교수를 지냈다.

학교를 그만둔 뒤로는 광복 때까지 방랑 생활을 하였는데, 그의 방랑벽과 담배를 하루에 10갑 넘게 피우던 습관은 문단(文壇)에 널리 알려져 있다. 전국 여러 사찰을 떠돌아다니며, 참선과 방랑 생활을 계속하면서 시 〈폐허의 제단(祭壇)〉[〈폐허이후(廢墟以後)〉, 조선문인회(朝鮮文人會) 기관지. 1924. 2. 창간호로 종간] 등을 발표하여 일제(日帝) 강점기의 삶을 허무와 세속에서의 일탈(逸脫)로 영위하려는 몸부림을 보였다. 광복 뒤에는 서울로 돌아와 역경원(譯經院) 등을 전전하다가 조계사(曹溪寺)에서 지냈다.

1954년(60세) 예술원(藝術院) 종신(終身) 회원으로 선출되었고, 1956년(62세) 제2회 대한민국 예술원상, 1962년(68세) 제11회 서울특별시 문화상을 받았다.

이 밖에 대표작으로 꼽히는 것으로 〈아시아의 마지막 밤풍경〉(1922)을 들 수 있는데, 호흡이 길고 주제를 부각시키기 위하여 여러 사실을 차례로 제시하는 기법을 보여 주고 있다. 이 밖에 시 〈몽환시(夢幻詩)〉(1920) · 〈생(生)의 서곡(序曲)〉[〈조선일보(朝鮮日報)〉, 1936] · 〈첫날 밤〉[〈백민(白民)〉 제21호, 1950. 3.] · 〈한 잔 술〉[〈문예(文藝)〉, 1949. 12.] · 〈항아리〉(〈문예〉, 1950. 1.) · 〈나와 시와 담배〉[〈신천지(新天地)〉, 1950. 2.] · 〈백일몽(白日夢)〉[〈자유세계(自由世界)〉, 1952. 8 · 9. 합본호] · 〈해바라기〉[〈영문(嶺文)〉, 1953. 11.] · 〈한 마리 벌레〉(〈신천지〉, 1953. 12.) · 〈일진(一塵)〉[〈문화세계(文化世界)〉 창간호, 1953. 7.] · 〈생명의 비밀 : 너의 결혼송(結婚頌)〉(〈새벽〉 창간호, 1954. 9.) · 〈녹원(鹿苑)의 여명(黎明)〉(〈불교지록원〉, 1957. 1.) · 〈불나비〉[〈자유문학(自由文學)〉, 1958. 11.] · 〈아시아의 여명〉[〈예술원보(藝術院報)〉, 1962. 8.] 등 50여 편이 있으며, 수필 〈짝 잃은 거위를 곡하노라〉(〈자유문학〉, 1963) 등을 발표하였다.

생전에 펴낸 시집은 없고, 죽은 뒤에 1963년 제자들이 〈공초 오상순 시선(空超吳相淳詩選)〉[자유문화사(自由文化社)]을 펴냈고, 그 뒤 시집 〈방랑의 마음〉(1977)과 〈허무혼의 선언〉(1987)이 출판되었다.

서울 강북구(江北區) 수유동(水踰洞) 북한산국립공원(北漢山國立公園) 입구에 안장(安葬)되었는데, 1963년 여기에 〈방랑의 마음〉 첫머리를 새긴 시비(詩碑)가 세워졌다.

294

오승은

吳承恩 1500? ~ 1582?

중국 명(明)나라(1368~1644)의 소설가이며 시인.

자(字)는 여충(汝忠), 호(號)는 사양산인(射陽山人).

매우 가난한 소상공인의 아들로, 장쑤성(江蘇省) 산양[山陽, 지금의 화이안(淮安)]에서 태어났으며, 장쑤성에서 죽었다.

전통적인 유학(儒學) 교육을 받았으며, 어려서부터 고전(古典) 양식의 시와 산문에 뛰어났지만 벼슬과는 인연이 없어 여러 차례 과거(科擧)에 응시하였으나 합격하지 못하였고 43세 때에야 비로소 세공생(歲貢生)이 되었다.

그림과 서예에 뛰어났고, 글짓기와 작곡을 즐겼을 뿐 아니라 바둑에 대해서도 정통하였다. 또한 명인(名人)들의 서화(書畫)를 소장하기를 좋아하였다.

60여 세에 저장성(浙江省) 장흥(長興) 현승(縣丞)이 되었으나, 2년도 안 되어 그만두고 귀향하여 시를 짓고 술을 마시며 방랑 생활을 하였다. 평생 동안 구전(口傳)과 기록된 민간 설화(說話) 등의 괴담에 각별한 흥미를 가졌는데, 이것들은 장편 소설 〈서유기(西遊記)〉의 바탕이 되었다.

〈금병매(金瓶梅)〉{이개선[李開先, 1502~1568, 중국 명나라의 문신이며 문학가 · 희곡 작가 · 평론가. 필명은 소소생(笑笑生)]이 썼다고 전해지는 전편(全篇) 100회의 장회(章回) 소설} · 〈삼국지연의(三國志演義)〉[나관중(羅貫中, 1330?~1400, 중국 원나라의 소설가이며 극작가)이 지은 장편 역사 소설] · 〈수호전(水滸傳)〉[나관중과 시내암(施耐庵, 1296?~1370?, 중국 원나라의 소설가)이 지은 장회 역사 소설]과 함께 이른바 '중국 4대 기서(四大奇書)'의 하나인 〈서유기〉는 중년 이후에 쓰기 시작하여 만년(晩年)에 탈고(脫稿)한 것으로, 그가 죽은 지 10년 뒤인 1592년에 처음 발표되었다. 100장(章)으로 된 이 책은 재치 있는 원숭이 손오공(孫悟空)이 삼장 법사[三藏法師, 경(經) · 율(律) · 논(論)의 3장을 번역한 중국 당(唐)나라(618~907)의 승려] 현장(玄奘, 602?~664, 중국 당나라의 승려)을 모시고 인도로 가는 도중에 겪는 모험을 묘사한 것이다. 그 당시의 모든 소설과 마찬가지로 이 책도 공식적으로 인정된 문어(文語)가 아닌 백화[白話, 일상 생활에서 쓰는 구어(口語)]로 쓴 것인데, 저자의 명성을 지키기 위하여 익명(匿名)으로 발표되었기 때문에 저자의 이름이 고향 외의 지역에서는 오랫동안 알려지지 않았다.

이 밖에도 많은 저작들이 있었으나 모두 흩어져 없어졌고, 후세 문인들이 유고(遺稿)를 모아 〈사양 선생 존고(射陽先生存稿)〉(모두 4권)를 펴냈는데, 1958년 류슈예(劉修業)가 〈오승은 시문집(吳承恩詩文集)〉으로 이름을 바꾸어 출판하였다. 다른 작품 가운데 오늘날까지 남아 있는 것은 〈우현지서(禹縣志序)〉 · 〈화초신편(花草新編)〉 등 두 권뿐이다. 이 작품들은 황궁(皇宮)에서 발견되어 1930년에 다시 출판되었다.

295

오위업

吳偉業 1609 ~ 1671

중국 명(明)나라(1368~1644) 말 청(淸)나라(1616~1912) 초의 시인이며 화가.

자(字)는 준공(駿公), 호(號)는 매촌(梅村).

장쑤성(江蘇省) 타이창(太倉)에서 태어났으며, 이곳에서 죽었다.

어렸을 때 장부(張溥, 1602~1641, 중국 명나라의 문학가)를 스승으로 삼았으며, 1631년(22세) 진사시(進士試)에 급제(及第), 한림원(翰林院) 편수(編修) · 동궁 시독(東宮侍讀) · 난징(南京) 국자사업(國子司業)에 이르렀다. 재야(在野) 주자학(朱子學) 계통의 학술과 정치 결사(結社)인 복사(復社)에 가입하였고, 정의파로서 정계(政界)에서 활동하였다.

명나라가 멸망한 뒤에 다시 복왕(福王) 주유숭[朱由崧, 1607~1646, 중국 명나라의 제18대 황제이며 남명의 초대 황제. 안종(安宗). 재위 1644~1646]을 섬겨 잠시 소첨사(小詹事)를 지냈으나, 곧 은퇴하고 고향으로 돌아갔다.

1652년(43세) 양강(兩江) 총독(總督) 마국주(馬國柱, 총독 재직 1647~1654)의 천거(薦擧)를 거절하지 못하고 청나라 조정(朝廷)의 요청으로 부득이 벼슬길에 나아가 국자감(國子監) 좨주(祭酒, 학사 담당)가 되었으나 2년도 채우지 못하고 모친상을 당하여 그 핑계로 사직하고 고향으로 돌아왔는데 평생 그 일을 크게 후회하였으며, 그 일로 〈술회시(述懷詩)〉를 썼다.

당시(唐詩)를 숭상하여 청대(淸代) 초기 시파 가운데 하나인 종당파(宗唐派)를 주도하였으며, 당(唐)나라(618~907) 초기의 화려한 작풍(作風)의 영향을 받아 재기가 넘치며, 후기에는 장편 7언시(七言詩)로 망국(亡國)의 비극을 노래한 많은 작품을 남겨, 명청 교체(明淸交替)라는 폭풍 시대의 증인이 되었다. 〈영화궁사(永和宮詞)〉 · 〈원원곡(圓圓曲)〉 · 〈임회노기행(臨淮老妓行)〉 등은 모두 당시의 일을 서술하고 망국의 아픔을 서술한 것이다.

서화(書畫)에도 뛰어났으며, 공정자(龔鼎孳, 1615~1673, 중국 청나라의 시인) · 전겸익(→434)과 함께 '강좌(江左)의 3대 시인'이라고 일컬어졌다.

전기(傳記) 〈말릉춘(秣陵春)〉, 잡극(雜劇) 〈임춘각(臨春閣)〉 · 〈통천대(通天臺)〉 외에 〈수기기략(綏寇紀略)〉 등 명나라 말기의 사록(史錄)도 있으며, 지은 책으로 〈매촌가장고(梅村家藏稿)〉(모두 60권) · 〈매촌집(梅村集)〉(모두 40권) · 〈태창 십자 시선(太倉十子詩選)〉 등이 있다.

296

오일도

吳一島 1901(고종 38). 2. 24. ~ 1946. 2. 28.

한국의 시인.

본명(本名)은 희병(熙秉), 본관(本貫)은 낙안[樂安, 지금의 전라남도 순천(順天)].

아버지 오익휴(吳益休)와 어머니 의흥(義興) 박씨(朴氏)의 둘째 아들로, 경상북도 영양군(英陽郡) 영양읍 감천리(甘川里)에서 태어났으며, 서울 여의전병원[女醫專病院, 지금의 고려대 부속 우석병원(高麗大附屬友石病院)]에서 죽었다.

1914년(13세)까지 향리(鄕里)의 사숙(私塾)에서 한문 공부를 한 뒤, 1915년(14세) 조필현(趙畢賢)과 결혼하였다.

1918년(17세) 영양보통학교(英陽普通學校)를 졸업하고, 서울로 와서 경성고등보통학교[京城高等普通學校, 지금의 경기고등학교(京畿高等學校)]에 입학하였으나 졸업하지는 않았다.

1922년(21세) 일본으로 유학하여 도쿄의 강습소에서 공부한 뒤, 릿쿄대학(立教大學) 철학부에 입학하여 1929년(28세) 졸업하였다.

1925년(24세) 〈조선문단(朝鮮文壇)〉(월간 순수 문예지. 1924. 10.~1936. 6. 통권 26호로 종간) 제4호(1925. 1.)에 〈한(漢)가람 백사장에서〉를 발표하였다.

귀국한 뒤 1년 동안 근화학교[槿花學校, 지금의 덕성여자중 · 고등학교(德成女子中高等學校)]에서 무보수 교사로 근무하다가 1931년(30세)을 전후하여 문단(文壇)에 나왔다. 박용철(→185)이 주관하던 〈시문학(詩文學)〉(시 동인지. 1930. 3.~1931. 10. 통권 3호로 종간)과 박용철이 발행하고 김진섭(金晉燮, 1903~?, 한국의 수필가이며 독문학자) · 이하윤(→408) · 이헌구(李軒求, 1905~1983, 한국의 문학 평론가) 등이 참여한 〈문예월간(文藝月刊)〉(월간 순수 문예지. 1931. 11.~1932. 3. 통권 4호로 종간) 등에 서정시 여러 편을 발표하였다.

1935년(34세) 2월, 고향에 있는 맏형 오희태(吳熙台, 1888~1966, 한국의 서예가)로부터 사재(私財)를 얻어 김광섭(→49) · 김상용(→70) · 노천명(→122) · 모윤숙(→159) 등과 함께 〈시원(詩苑)〉(시 동인지. 1935. 2.~12. 통권 5호로 종간)을 창간하고, 문단에 '예술 지상주의[藝術至上主義, art for art's sake, 예술을 위한 예술(l'art pour l'art)]'의 꽃을 피우게 하였으며, 이를 통하여 본격적인 창작 활동에 들어갔다. 여기에 〈노변(爐邊)의 애가(哀歌)〉(창간호) · 〈창(窓)을 남쪽으로〉(제2호, 1935. 4.) · 〈내 소녀(少女)〉(제4호, 1935. 8.) · 〈내 연인(戀人)이여! 가까이 오렴〉(종간호) · 〈누른 포도잎〉(종간호) · 〈벽서(壁書)〉 등 동양적 서정을 바탕으로 암울한 시대를 읊은 작품을 발표하였다.

〈시원〉 제2호(1935. 4.)에 발표한 〈눈이여! 어서 내려다오〉에서 보이는 '서리의 독배(毒杯)에 터진 입술'이나 '피투성이 낙엽', '대지(大地)의 상처'와 같은 심상(心象)을 통해서도 낭만과 애상(哀想), 영탄(詠嘆)이 얽힌 암울한 정서를 엿볼 수 있으며, 이러한 애상과 영탄은 그로 하여금 어둡고, 그늘지고, 암울한 정서를 노래하게 만들었다.

그 동안 동향(同鄕)의 조헌영[趙憲泳, 1900~1988, 한국의 민족 운동가이며 한의학자. 조지훈(→461)의 아버지], 문단의 김광섭 · 이헌구 등과 가깝게 지냈고, 또한 〈시원〉 발행을 중단한 뒤에도 〈을해 명시선(乙亥名詩選)〉(시원사, 1936. 3.)과 요절(夭折)한 조지훈의 맏형 조동진(趙東振, 1917~1937, 한국의 시인)의 유고(遺稿) 시집 〈세림 시집(世林詩集)〉(1938)을 펴냈다.

2차 대전(1939. 9. 1.~1945. 9. 2.)이 막바지에 이르러 일제(日帝)의 통제가 강화되자 1942년(41세) 낙향(落鄕)하여 〈과정기(瓜亭記)〉 등의 수필을 쓰면서 들어박혀 지냈다.

광복된 뒤 곧 서울로 와서 문학 활동을 재개하면서 〈시원〉 복간(復刊)을 위하여 노력하였으나 뜻을 이루지 못하고 우울한 심정으로 폭음을 계속하다가 간경화증으로 삶을 마감하였다.

서울 미아리(彌阿里) 공동 묘지에 안장(安葬)되었다가, 1961년 경기도 양주군(楊州郡) 도농(陶農)에 있는 가족 묘지에 이장(移葬)되었다.

작품은 낭만주의(浪漫主義, romanticism)의 기조(基調) 위에 애상과 영탄이 교차되고 있는 경향을 보이며, 동양적인 서정성을 지니고 있다. 따라서 그의 시는 지성(知性)으로 감정을 절제하기보다는 오히려 감정의 자유로운 표출에 역점을 두었다. 기교보다는 소박한 시풍(詩風)으로 청춘의 번뇌와 시대의 우수(憂愁)를 노래하였으며, 황량(荒凉)과 조락(凋落)이 주조(主潮)를 이룬다. 그러나 작품 활동보다는 〈시원〉을 창간하여 한국 현대시의 발전에 이바지하였다는 점에서 더 중요한 시사적(詩史的) 의미를 갖는다.

이 밖의 시 〈가을 하늘〉·〈검은 구름〉·〈그믐밤〉·〈내 창이 바다를 향하였기에〉·〈도요새〉·〈돌팔매〉·〈멀리 오시는 님 어이 맞으오리까!〉·〈바람이 붑니다〉·〈백말(白沫)〉·〈별〉·〈봄비〉·〈봄아침〉·〈송원(松園)의 밤〉·〈시월(十月)의 정두원(井頭園)〉·〈아기의 눈〉·〈5월의 화단(花壇)〉·〈올빼미〉·〈인생의 광야(曠野)〉·〈저녁놀〉·〈지하실(地下室)의 달〉·〈찬 벽〉·〈코스모스꽃〉·〈해방(解放)의 거리〉 등이 있으며, 한시(漢詩)와 한시담(漢詩譚)을 많이 남겼으나 시집은 한 권도 내지 못하였다.

1976년 12월 근역서재(槿域書齋)에서 〈저녁놀〉, 1977년 문화공론사(文化公論社)에서 〈지하실의 달〉을 출판하였다.

생가(生家)가 있는 감천리 도로공원에 그의 〈저녁놀〉이 새겨진 시비(詩碑)가 세워졌다.

297

오자키 고요

尾崎紅葉 1869. 1. 10. ~ 1903. 10. 30.

일본의 소설가이며 수필가·하이쿠(俳句) 시인.

본명(本名)은 오자키 도쿠타로(尾崎德太郎).

에도(江戶, 지금의 도쿄)에서 태어났으며, 이곳에서 죽었다.

1885년(16세) 2월, 야마다 비묘(山田美妙, 1868~1910, 일본의 소설가이며 시인)·이시바시 시안(石橋思案, 1867~1927, 일본의 소설가)·마루오카 규카(丸岡九華, 1868~1910, 일본의 소설가이며 시인) 등과 함께 잡지 겸 문학 결사(結社)인 겐유샤(硯友社)를 조직하고, 5월에는 기관지 가라쿠타 문고(我樂多文庫)를 창간하였는데, 겐유사는 그 뒤 거의 20년 동안 일본의 소설 발전에 지대한 영향을 미쳤다.

1888년(19세) 도쿄제국대학[東京帝國大學. 도쿄대학의 전신(前身)] 정치과에 입학하였다가 이듬해 국문과로 전과(轉科)하였고, 1890년(21세) 중퇴하였다.

대학 재학 중인 1889년(20세) 12월 요미우리신문사(讀賣新聞社)에 입사하여 여기에 비극 소설 〈정염참회(情炎懺悔)〉(1889) 등을 발표하였다.

에도 시대(1603~1867) 문학을 공부하여, 17세기의 작가 이하라 사이카쿠(→407)에 대한 관심을 다시 불러일으킴으로써 사이카쿠의 날카로운 감각과 자신의 시적(詩的)인 탐미주의(耽美主義, aestheticism, 唯美主義)를 혼합시켜 낭만적 사실주의(寫實主義, realism)를 창조하였다. 또한 새로운 구어체(口語體) 문학 운동에 적극적이었는데, 그의 정교한 문체(文體)는 사랑의 테마와 여성 묘사에 안성맞춤이었다.

〈두 여승의 참회(二人比丘色懺悔)〉(1889)·〈침향 목침(伽羅枕)〉(1890)·〈두 아낙네(二人女房)〉(〈요미우리신문〉 연재, 1891~1892)·〈3인처(三人妻)〉(〈요미우리신문〉 연재, 1892) 같은 초기의 소설은 17~18세기 문학에 대한 그의 관심을 반영하고 있다. 그 뒤의 〈마음의 어둠(心の闇)〉(〈요미우리신문〉 연재, 1893)·〈다정다한(多情多恨)〉(〈요미우리신문〉 연재, 1896. 2.~12, 1897년 출판)에서는 좀더 사실주의적인 경향이 엿보인다.

대표작인 장편 소설 〈금색야차(金色夜叉)〉(〈요미우리신문〉 연재, 1897. 1.~1902. 5.)는 인간의 애정이나 사회적 의무보다 돈의 힘이 중시되는 현대 사회의 비극을 묘사하였다. 특히 이 소설은 조중환(趙重桓, 1863~1944, 한국의 소설가이며 신극 운동가)이 〈장한몽(長恨夢)〉으로 번안(飜案)하여 〈매일신보〉[한국어 일간지. 1904년 7월 18일 배설(裵說, 1872~1909, Ernes Thomas Bethell, 대한제국 때의 영국의 언론인)이 창간한 〈대한매일신보(大韓每日申報)〉를 일제(日帝)가 사들여 1910년 8월 30일부터 '대한' 두 자를 떼고 〈매일신보(每日申報)〉로 제호(題號)를 바꾸었다가, 1938년 4월 29일 〈매일신보(每日新報)〉로 바뀌었고, 1945년 11월 23일 〈서울신문〉으로 바뀌어 오늘에 이르고 있다.]에 연재[전편(上) 1913. 5. 13.~10. 1, 속편(中·下) 1915. 5. 25.~12. 26.]하였고, 1913년 유일서관(唯一書館)에서 펴냈으며, 같은 해 8월 연극으로 유일단(唯一團)에서 처음으로 상연되었다.

일본의 근대 문학 개척자 중의 한 사람이며 당대(當代) 사회상(社會相)을 사실적으로 그려 낸 풍속 소설의 1인자로, 젊은 작가들이 열렬히 추종하여 모여들었는데, 그 중 널리 알려진 문하생(門下生)은 도쿠다 슈세이(德田秋聲, 1871~1943, 일본 자연주의의 네 기둥이라고 일컬어지는 소설가)와 이즈미 교카(泉鏡花, 1873~1939, 일본의 낭만주의 단편 작가)였다.

298

오장환

吳章煥 1918. 5. 5. ~ 1951. 6.

북한의 시인.

아버지 오학근과 어머니 한학수의 셋째 아들(서자)로, 충청북도 보은군(報恩郡) 회인면(懷仁面) 중앙리(中央里)에서 태어났으며, 경기도 안성군(安城郡) 읍내면(邑內面) 서리(西里)로 이사하여 어린 시절을 이곳에서 보냈다.

1930년(12세) 안성보통학교(安城普通學校)를 졸업하고, 1931년(13세) 휘문고등보통학교(徽文高等普通學校, 지금의 휘문중 · 고등학교)에 입학하였다. 이곳에서 국어 교사로 있던 정지용(→445)을 만나 문학에 눈을 떠 시를 배웠으며, 문예반 활동을 하며 교지(校誌) 편집에 참여하여 1933년(15세) 2월 22일 발간된 〈휘문〉 임시호에 첫 작품 〈아침〉과 〈화염(火焰)〉 두 편의 시를 실었다.

같은 해 휘문고보 재학 중 〈조선문학(朝鮮文學)〉(월간 순수 문예지. 1933. 5.~11. 제4호로 휴간, 1936. 5. 1. 속간, 1937. 8. 1. 다시 휴간, 1939. 1. 1. 속간. 6월, 통권 19호로 종간) 제4호(1933. 11.)에 산문시(散文詩, prose poem) 〈목욕간〉을 발표하여 등단(登壇)하였다.

1936년(18세) 〈낭만(浪漫)〉(시 전문 동인지. 1936. 11. 9. 창간호로 종간) · 〈시인부락(詩人部落)〉(격월간 문예 동인지. 1936. 11.~1937. 12. 통권 5호로 종간) 등의 동인(同人)으로 활동하면서 〈낭만〉에 〈수부(首府)-수부는 비만하였다. 신사(紳士)와 같이〉, 〈시인부락〉 창간호에 〈모촌(暮村)〉, 〈성벽(城壁)〉 제2호(1936. 12.)에 〈어육(魚肉)〉 · 〈어포(漁浦)〉 · 〈온천지(溫泉地)〉 · 〈해항도(海航圖)〉 등을 발표하였다.

1937년(19세) 일본으로 유학하여 도쿄 메이지대학(明治大學) 전문학부 문예과에 입학하였다가 1938년(20세) 중퇴하였는데, 도쿄에서는 최하층 노동 생활을 하면서 마르크스주의(Marxism) 이념에 동조하는 습작시를 썼다.

1938년 귀국하여 서울 종로구(鐘路區) 관훈동(貫勳洞)에 헌 책방 '남만서방(南蠻書房)'을 열었으며, 이 무렵 김광균(→48) · 김기림(→54) · 임화(→419) 등과 교유하였다.

한편, 1937년 김광균 · 민태규(閔泰奎) · 박재륜(朴載崙, 1910~2001, 한국의 시인) · 서정주(→226) · 신백수(申百秀, 1915~1946, 한국의 시인이며 소설가) · 신석초(→256) · 윤곤강(→357) · 이병각(李秉珏, 1910~1941, 한국의 시인) · 이성범(李成範, 1915~?, 한국의 시인) · 이육사(→390) · 정호승(→449) · 함형수(→508) 등과 함께 〈자오선(子午線)〉(시 전문 동인지. 1937. 11. 10. 창간호로 종간) 동인으로 참여하여 여기에 시 〈황무지(荒蕪地)〉를 발표하였고, 〈황혼(黃昏)〉(〈성벽〉, 1937) · 〈종가(宗家)〉[〈풍림(風林)〉 제3호, 1937. 2.] · 〈소야(小夜)의 노래〉[〈사해공론(四海公論)〉 제42호, 1938. 10.] · 〈나의 노래〉[〈시학(詩學)〉 종간호(제4호), 1939. 10.] 등을 잇달아 발표하였다.

1946년(28세) 2월 8~9일 이틀 동안 조선문학건설본부(朝鮮文學建設本部)와 조선프롤레타리아문학동맹이 함께 전국문학가대회를 개최하여 발족한 좌익(左翼) 문학 단체인 조선문학가동맹[朝鮮文學家同盟, 1945년 12월 6일 '조선문학동맹'으로 결성]에서 맹원(盟員)으로 활동하다가, 1948년(30세) 2월 이태준(李泰俊, 1904~?, 북한의 소설가) · 임화와 함께 월북(越北)하였다[그의 월북이 확인된 것은 1948년 4월호 문예총 기관지 〈문학예술(文學藝術)〉에 실린 그의 시 〈2월의 노래〉의 내용에서 밝혀진다.].

초기에는 모더니즘의 영향을 받아 〈성씨보(姓氏譜)-오래인 관습, 그것은 전통을 말함이다〉[〈조선일보(朝鮮日報)〉, 1936. 10. 10.] · 〈수부〉(1936) · 〈여수(旅愁)〉 [〈조광(朝光)〉 제15호, 1937. 1.] 등 전통적인 행과 연을 무시한 새로운 형식에, 문명을 비판하는 퇴폐적 분위기의 시와 고향을 잃은 지식인의 자의식(自意識)을 읊었다. 그러다가 1939년(21세)부터 내면화된 의식과 서정성을 조화시킨 시 세계로 변화하였는데, 〈The Last Train〉 [〈비판(批判)〉, 1938. 5.] · 〈헌사(獻詞)〉[〈청색지(靑色紙)〉 제3호, 1938. 12.] 등이 그러한 작품이다. 이 시들에서 운명적 상황 의식과 죽음의 비극적 이미지를 통한 시대적 위기 상황과 역사적 전망을 보여 준다. 이어 발표한 〈고향(故鄕) 앞에서〉[〈인문평론(人文評論)〉 제7호, 1940. 4.] · 〈향토 망경시(鄕土望景詩)〉(〈인문평론〉 제7호, 1940. 4.) · 〈귀향(歸鄕)의 노래〉[〈춘추(春秋)〉 제9호, 1941. 10.] · 〈성묘(省墓)하러 가는 길〉[〈동아일보(東亞日報)〉, 1946. 11. 20.] 등 귀향을 소재로 한 시에서는 상실감에 대한 대응 방법으로서 고향에 되돌아가려는 탐구의 노력을 엿볼 수 있다. 광복된 뒤에는 그 역사적 의미를 되새기고 어지러운 정치 상황을 비판하는 시와 〈병든 서울〉[〈상아탑(象牙塔)〉 창간호, 1945. 12.] · 〈내 나라, 오 사랑하는 내 나라〉[〈학병(學兵)〉, 1946. 3.] 등의 서정시를 썼다.

처녀 시집 〈성벽〉[풍림사(風林社), 1937. 8.]을 비롯하여 〈헌사〉(남만서방, 1939. 7.) · 〈병든 서울〉[정음사(正音社), 1946. 7.] · 〈나 사는 곳〉[헌문사(獻文社), 1947. 6.], 번역 시집 〈에세닌 시집〉[동향사(動向社), 1946] 등을 펴냈으며, 월북한 뒤에는 러시아 기행 시집 〈붉은 깃발〉을 펴냈다. 김광균의 회고(懷古)에 따르면 한국 전쟁(Korean War, 1950. 6. 25.~1953. 7. 27.) 때 문화공작대(文化工作隊)로 서울에 내려와 시집 〈붉은 깃발〉을 보여 주었다고 한다.

작품은 청각적(聽覺的) 이미지에 서정성을 곁들인 것으로, 〈성벽〉과 〈헌사〉 두 권의 시집으로 한때 정지용에 이어 '시단(詩壇)의 왕'으로까지 일컬어졌으며, 1930년대 후반에는 서정주·이용악(→388)과 함께 '시단의 3대 천재', 또는 '시삼재(詩三才)'라고 불리었으나, 광복된 뒤 프로 문학(proletarian literature)을 지향하는 시적(詩的) 변모를 보였다.

이 밖의 대표작으로 〈카메라, 룸〉(〈조선일보〉, 1934)·〈가을〉(〈조선일보〉, 1936)·〈면사무소〉(〈조선일보〉, 1936)·〈역(易)〉(〈조선일보〉, 1936)·〈고전(古典)〉(1937)·〈싸늘한 화단(花壇)〉(1937)·〈체온표(體溫表)〉(1937)·〈화원(花園)〉(1937)·〈무인도(無人島)〉(1938)·〈북방(北方)의 길〉(1938)·〈불길한 노래〉(1938)·〈애서취미(愛書趣味)〉(1938)·〈푸른 열매〉(1938)·〈강(江)을 건너〉(1940)·〈구름과 눈물의 노래〉(1940)·〈마리아〉(1940)·〈첫 서리〉(1940)·〈병상 일기(病床日記)〉(〈춘추〉, 1942)·〈비둘기 내 어깨에 앉으라〉(〈춘추〉, 1942)·〈깽〉(1945)·〈노래〉(1945)·〈붉은 산〉(1945)·〈이름도 모르는 누이에게〉(1945)·〈지도자(指導者)〉(1945)·〈가거라 벗이여〉(1946)·〈너는 보았느냐〉(1946)·〈밤의 노래〉(1946)·〈삼일 기념의 날을 맞으며〉(1946)·〈어둔 밤의 노래〉(1946)·〈어린 누이야〉(1946)·〈어머니 서울에 오시다〉(1946)·〈입원실에서〉(1946)·〈봄 노래〉(1947)·〈어린 동생에게〉(1947)·〈첫겨울〉(1947)·〈초봄의 노래〉(1947)·〈경(鯨)〉·〈나포리의 부랑자〉·〈다시 미당리(美堂里)〉·〈독초(毒草)〉·〈영원한 귀향〉·〈정문(旌門)〉·〈해수(海水)〉 등이 있으며, 월북한 뒤의 작품으로 〈김일성(金日成) 모스크바에 오시다〉·〈모두 바치자〉·〈씨비리 달밤〉·〈김유천(金裕天) 거리〉(1949)·〈남포 병원(南浦病院)〉(1949)·〈레닌 묘에서〉(1949)·〈변강(邊疆) 당의 하룻밤〉(1949)·〈설중도시〉(1949)·〈탑(塔)〉(1949) 등이 있다.

1987년 창작과비평사에서 〈오장환 전집(全集)〉(모두 2권)을 출판하였다. 그 동안 규제 문인으로 묶여 있다가 1988년 7월 정부의 월북 문인 해금(解禁) 조치 발표로 그의 모든 작품이 해금되었다.

2006년 10월 생가(生家)가 있는 중앙리에 월북 문인 문학관으로는 처음으로 '오장환 문학관'이 건립되었으며, 이곳에 그의 〈나의 노래〉를 새긴 시비(詩碑)가 세워졌다.

2008년 실천문학사(實踐文學社)와 보은문화원(報恩文化院) 공동으로 그의 문학적 업적과 그 정신을 기리기 위한 '오장환 문학상'을 제정하여 해마다 시상하고 있다.

299

오토모 야카모치

大伴家持 718? ~ 785. 8. 28.

일본의 정치가이며 시인.

아버지 오토모 다비토(大伴旅人, 665~731, 일본의 정치가이며 시인)와 어머니 다지히노 이라쓰메(丹比郎女)의 맏아들이며, 아내 사카노우에 오이라쓰메(坂上大孃)는 당대(當代) 대표적인 여류 시인 사카노우에 이라쓰메(坂上郎女)의 맏딸이다.

746년(28세) 엣추[越中, 지금의 혼슈(本州) 중북부 도야마현(富山縣)] 지방의 수령으로 있다가, 751년(33세) 쇼나곤[小納言, 영제(令制)의 판관에 해당하는 벼슬로 태정관(太政官)의 제3등관]이 되어 수도(首都) 나라(奈良, 710~784년 일본의 수도)로 올라왔다.

754년(36세) 병부(兵部) 소보(少輔)로 사키모리[防人, 북규슈(北九州) 지방과 쓰시마(對馬島) 등지의 변방(邊方)을 지켰던 병사(兵士)] 등을 관장하였다. 그 뒤 오토모 집안의 운명이 걸린 큰 사건들이 연속되는 가운데에서도 그는 제3자의 입장을 고수하였다.

780년(62세) 참의(參議)가 되어 우다이벤[右大辨, 영제에서 태정관의 제4등관]을 겸하였고, 782년(64세) 황족의 난에 연루되어 벼슬을 박탈당하였으나 곧 복직(復職)되어 783년(65세) 주나곤(中納言, 태정관의 차관)에 진급하였고, 2년 뒤 주나곤 종3품, 무쓰(陸奧) 안찰사 진수부(鎭守府) 장군이 되었다가 이곳에서 죽었다.

죽은 뒤에도 암살 사건에 연루되어 유해(遺骸)가 추벌(追罰)되는 등 명문 출신의 정치가로서는 꽤 불우하였다.

후지와라 긴토(藤原公任, 966~1041, 일본의 관리이며 시인)가 선정한 36명의 대표적인 와카[和歌, 중국의 한시(漢詩)와 대조되는 것으로, 일본 고유의 시] 시인인 이른바 '36가선(三十六歌仙)'의 한 사람으로, 〈만요슈(萬葉集)〉[일본 고유의 시를 모아 엮은, 가장 오래 된(8세기쯤) 최대 규모의 시가집(詩歌集)]에 조카(長歌) 46수(首), 단카[短歌, 하이쿠(俳句)와 더불어 일본의 전통적 시가(詩歌)를 대표하는 단시(短詩). 정형시(定型詩)로, 5구 31음절로 되어 있다.] 432수, 세도카(旋頭歌, 각각 5·7·7음절로 된 3행의 연이 상·하 2개의 구를 이룬 '첫머리 반복시') 1수 등 〈만요슈〉 시인 중 가장 많은 작품을 남겼다. 〈만요슈〉 편집에도 깊이 관여하여 최종적으로 집대성한 것으로 보이며, 와카로서 서정의 극치라고도 할 독자적인 경지를 수립하였다.

300

오화룡

吳化龍 1915. 3. 30. ~ 1972. 9. 10.

한국의 시인.

함경북도 경성(鏡城)에서 태어났으며, 광주(光州)에서 죽었다.

1937년(22세) 〈시인부락(詩人部落)〉(격월간 문예 동인지. 1936. 11.~1937. 12. 통권 5호로 종간) 종간호에 〈월야(月夜)〉·〈창굴(娼窟)〉을 발표하여 문단(文壇)에 나왔으며, 〈초산(峭山)〉[〈조선일보(朝鮮日報)〉, 1938. 6. 6.]·〈바우〉(〈조선일보〉, 1938. 8. 8.)·〈왕뇌(王惱) Ⅰ·Ⅱ〉[〈백지(白紙)〉 창간호, 1939. 7.] 등과 평론 〈길〉(1941) 등 주로 상징적인 서정시를 썼다.

1940년(25세) 혜화전문학교[惠化專門學校. 동국대학교(東國大學校)의 전신(前身)]를 졸업하고 교편(敎鞭) 생활을 시작하여 광주제일고등학교(光州第一高等學校) 교사로 근무하였다.

많은 글을 남기지 않았으나 〈가슴 위에 묻히지 아니하랴〉[〈현대문학(現代文學)〉 제54호, 1959. 6.]·〈까마귀〉(〈현대문학〉 제57호, 1959. 9.)·〈무쇠 고리〉·〈정문(正門)〉 등 인상파(印象派, impressionism)에 가까운 글을 썼다.

시집으로 〈밀림(密林)〉[북청문화주식회사(北青文化株式會社), 1945]이 있다.

301

오횡묵

吳宖默 ?~?

조선(朝鮮, 1392~1910)의 시인이며 학자.

자(字)는 성규(聖圭), 호(號)는 채원(茝園), 본관(本貫)은 해주(海州).

19세기 말에 정선(旌善) 군수(郡守)(1887. 3. 23.~1888. 8.)·자인(慈仁) 현감(縣監)(1888. 8. 2.~1889. 4. 17.)·함안(咸安) 군수(1889. 4. 21.~1893. 2.)·고성(高城) 부사(府使)(1893. 2.~1894. 11.)·공상소(工桑所) 감동(監董)·지도(智島) 군수(1896. 1. 22.~1897. 5. 17.)·여수(麗水) 군수(1897. 5. 25.~?) 등을 두루 거쳤다.

부임한 지방의 수령으로 있을 기간 동안 〈고성 총쇄록(高城叢瑣錄)〉·〈여수 총쇄록(麗水叢瑣錄)〉·〈자인 총쇄록(慈仁叢瑣錄)〉·〈정선 총쇄록(旌善叢瑣錄)〉·〈지도 총쇄록(智島叢瑣錄)〉·〈함안 총쇄록(咸安叢瑣錄)〉 등 자신의 많은 시문(詩文)은 물론 관청에서 집행되었던 중요한 업무들과 안팎에서 일어났던 중대한 일 등을 일기체로 엮어 놓았는데, 오늘날 귀중한 자료로 남겨져 전해지고 있다.

벼슬에서 물러난 뒤로는 학문과 저술 활동에만 전념하였으며, 평민 출신 문인(文人)들의 모임인 '칠송정 시사(七松亭詩社)'를 조직하였다.

1894년(고종 31)에는 지리서(地理書) 〈여재촬요(輿載撮要)〉를 펴냈는데, 서구식 지리서의 영향을 받았으며, 학교 교육의 필요에서 편찬된 지리 교과서의 과도기적(過渡期的) 산물로 주목된다. 이 밖에 지은 책으로 〈미산문집(眉山文集)〉·〈수원집(嫂園集)〉·〈채원집(茝園集)〉 등이 있다.

302

옥봉 이씨

玉峰李氏 ?~?

조선(朝鮮, 1392~1910)의 여류 시인.

이름은 숙원(淑媛), 옥봉(玉峰)은 호(號), 본관(本貫)은 전주(全州).

선조(宣祖, 1552~1608, 조선의 제14대 왕. 재위 1567~1608) 때 충청북도 옥천(沃川) 군수(郡守)를 지낸 이봉지(李逢之)의 서녀(庶女)로, 신분 때문에 조원(趙瑗, 1544~1595, 조선의 문신)의 소실(小室)이 되었다.

15살 때 출가(出嫁)하여 40살 전에 임진왜란(壬辰倭亂, 1592. 4. 13.~1598. 11. 19.)을 만나 젊은 나이에 죽은 것으로 보인다. 조원이 문과(文科)에 급제(及第)한 것이 28세 때인 1572년(선조 5)이고 임진왜란은 이보다 20년 뒤인

1592년에 일어났다. 옛 관습으로 보면 급제하기 전에 부실(副室)을 두는 예는 극히 드물었는데, 조원도 급제한 뒤에 옥봉을 맞아들였다면, 계년(笄年, 여자가 처음으로 비녀를 꽂던 나이. 시집갈 나이)이 15세이므로 죽은 나이는 대략 35살 안팎이 될 것이다.

〈명시종(明詩綜)〉[주이존(朱彝尊, 1629~1709, 중국 명나라 말 청나라 초의 문인이며 학자)이 편찬한 시집. 모두 100권]·〈명원시귀(名媛詩歸)〉[종성(→464)이 편찬한 여성 시집]·〈열조 시집(列朝詩集)〉[1652년 전겸익(→434)이 편찬한 중국 명나라 약 2천 명의 시선집(詩選集). 모두 81권] 등에 작품이 전해져 왔고, 한 권의 시집이 있었다고 한다. 그러나 1704년(숙종 30) 조원의 현손(顯孫) 조정만(趙正萬, 1656~1739, 조선의 문신이며 학자)이 〈가림세고(嘉林世稿)〉 끝에 옥봉이 남긴 시 32편을 부록으로 실은 〈옥봉집(玉峰集)〉 1권만이 오늘날까지 전해진다.

그녀의 시는 대부분 이별이 주제인데, 〈규정(閨情, '기다리는 여인의 마음')〉과 남편에게 보낸 〈증운강(贈雲江, '운강에게 주는 시')〉[〈몽혼(夢魂, '꿈 속의 혼')〉이라고도 한다.] 등은 재치와 기교가 번뜩이는 대표적인 작품이다. 이 밖에도 〈계미북란(癸未北亂, '계미년 북쪽의 난리')〉·〈고별리(告別離, '이별을 알리며')〉·〈누상(樓上, '누각 위에서')〉·〈만흥증랑(謾興贈郎, '임에게 어리광을 부리다')〉·〈반죽원(班竹怨)〉·〈별한(別恨, '이별의 슬픔')〉·〈보천탄즉사(寶泉灘卽事, '보천탄에서')〉·〈송별(送別, '이별의 아쉬움')〉·〈영설(詠雪, '찬 눈을 노래함')〉·〈영월 도중(寧越途中, '영월 가는 길에서')〉·〈옥봉가 소지(玉峯家小池, '옥봉집 작은 연못')〉·〈위인송원(爲人訟寃, '원통함을 풀어 주기 위함')〉·〈이원(離怨, '이별의 사무침')〉·〈자적(自適, '홀로 있는 모습')〉·〈증적자(贈嫡子, '맏아들에게 주는 시')〉·〈채연곡(採蓮曲)〉·〈추사(秋思, '가을의 마음')〉·〈추한(秋恨, '가을의 슬픔')〉·〈칠석가(七夕歌)〉 등이 있다.

허난설헌(→509)과 함께 조선 중기를 대표하는 여류 시인으로, 이미 당대(當代)에서부터 높은 평가를 받았다. 허균(許筠, 1569~1618, 조선의 문신이며 문학가)은 시평서(詩評書) 〈학산초담(鶴山樵談)〉(1593)에서 그녀의 시가 매우 밝고 강건하여 자못 부인의 화장기 나는 말이 아니라고 하였고, 〈성수시화(惺叟詩話)〉(1611)에서도 그녀의 시는 맑고 건장하여 화장기가 없다고 하여, 시경(詩境)이 여성답지 않고 높음을 극구 칭찬하였다. 또한 이른바 '한문 4대가{漢文四大家, 조선 중기 문장에 뛰어났던 신흠(申欽, 1566~1628, 조선의 문신)·이식(李植, 1584~1647, 조선의 문신이며 학자·문장가)·이정구(李廷龜, 1564~1635, 조선의 문인)·장유(張維, 1587~1638, 조선의 문신) 등 네 사람을 일컫는 말. '사대 문장가(四大文章家)'라고도 하며, 이들의 호를 한 자씩 따서 '월상계택(月象谿澤)'이라고도 한다.}'의 한 사람인 신흠은 '근래 규수(閨秀)의 작품 중 승지 조원의 첩 이씨가 제일이다.'라고 높이 평가하였다. 또한 홍만종(洪萬宗, 1643~1725, 조선의 문신이며 학자·시평가)도 〈시평보유(詩評補遺)〉에서 〈춘일즉사시(春日卽事詩)〉가 만당{晩唐, 문종[文宗, 809~840, 중국 당나라의 제14대 황제. 재위 826~840. 이앙(李昻)]의 대화(大和, 827)로부터 애제[哀帝, 892~908, 중국 당나라의 제20대 황제. 재위 904~907. 이축(李柷)]의 천우(天祐, 906)까지 약 80년간}의 조격(調格)이 있다고 칭찬하였고, 〈소화시평(小華詩評)〉에서도 '조원의 첩 옥봉 이씨를 조선 제일의 여류 시인이라고 일컫는다.'고 하였다.

*** 완유(阮攸) → 구엔주**(→33)

303

완적

阮籍 210 ~ 263

중국 삼국 시대 위(魏)나라(225~265)의 사상가이며 문학자·시인.

자(字)는 사종(嗣宗). 보병 교위(步兵校尉)를 지냈으므로 '완보병(阮步兵)'이라고도 일컬어진다.

허난성(河南省) 진류[陳留, 지금의 카이펑(開封) 근처]에서 태어났다.

후한(後漢, 25~220)의 명문(名門) 호족(豪族) 출신으로, 아버지는 후한 말기의 명사(名士)이며 '건안 칠자[建安七子, 공융(孔融, 153~208)·서간(徐幹, 171~217)·완우(阮瑀, ?~212)·왕찬(→316)·유정(劉楨, ?~217)·응창(應瑒, ?~217)·진림(陳琳, ?~217)]'의 한 사람인 완우로, 조조[曹操, 155~220, 중국 후한의 장군. 위나라 무제(武帝)] 밑에서 일하였다.

세 살 때 아버지를 여의어 고아로 가난하게 자랐으나, 어려서부터 유학(儒學)의 가르침을 받아 왔고, 전통적 도덕 가치를 중요하게 생각하였다. 재주가 뛰어나고 책 읽기를 좋아하였고, 성격이 호탕하여 무엇에 얽매이지 않고 자유로웠으며, 술을 좋아하고 가야금을 잘 탔다.

죽림칠현[竹林七賢, 중국의 후한 말에서 위나라를 거쳐 서진(西晉, 265~316)에 이르는 동안, 문학을 사랑하고 술과 바둑과 거문고를 즐기면서 세상을 등지고 대나무 숲에 모여서 청담(淸談)을 나누었던 산도(山濤, 205~283, 중국 진나라의 학자이며 정치가) · 완적 · 완함(阮咸, ?~?, 중국 위진 시대의 비파 연주가이며 문인. 완적의 조카) · 왕융(王戎, 234~305, 중국 진나라의 문인이며 정치가) · 유령(劉伶, 221?~300?, 중국 위진 시대의 문인) · 향수(向秀, 227?~277, 중국 위진 시대의 철학자이며 천문학자) · 혜강(→512) 등 일곱 사람의 지식인들을 일컫는 말.] 중에 가장 널리 알려졌다.

위나라 말기의 사회는 나중에 진(晉)나라(265~419) 왕실을 세운 사마씨[司馬氏. 사마염(司馬炎), 236~290, 서진의 창건자이며 초대 황제. 재위 266~290. 무제(武帝)]의 세력이 점차 강대해지고 왕조 교체에 따른 위기감이 분출하였다. 사마씨는 완적에 대하여 호의적이었으며, 그도 보병 교위의 벼슬에 오르는 등 막료(幕僚)를 지냈으나, 권력을 둘러싼 인간의 추악함은 그의 절망감을 더욱 깊게 하였고, 노장 사상(老莊思想)에 대한 근원적인 도달을 촉진시켜, 곤란한 처세(處世)와 고독한 사상을 시문(詩文)에 의탁하도록 하였다.

이러한 정치적 위기 속에서 강한 개성, 자아(自我)와 반예교적(反禮敎的) 사상을 관철하기 위하여 술과 기행(奇行)으로 자신을 위장하고 살았으나, 그의 자기 도회(自己韜晦)는 노장 사상이 바탕에 있었다고 해도 쓰디쓴 것이었다. 그의 많은 기행 중 '청안백안[靑眼白眼, 그와 마음이 맞는 사람은 '청안(부드러운 눈)'으로 대하고, 싫은 사람에게는 '백안(노려보는 눈)'으로 대함.]'의 옛 일은 널리 알려졌다.

대표작 〈영회(詠懷)〉(모두 82수)는 자기의 내면 세계를 제재(題材)로 한 철학적 표백의 연작(聯作)으로, 고독한 영혼의 독백(獨白)을 읊은 것이다. 그것은 뒷날의 도연명(→139)의 〈음주(飮酒)〉(모두 20수)에서 이백(→369)의 〈고풍(古風)〉(모두 59수)에 이르는 장대한 오언시(五言詩) 연작의 선구(先驅)가 되었다.

전통적인 유교(儒敎) 사상이나 기성 권력에 반항하는 자세를 노래한 몇 편의 부(賦) 외에 〈대인 선생전(大人先生傳)〉 등 원초적(原初的)인 노장 사상을 추구하는 작품을 남겼다.

이 밖에 〈달장론(達莊論)〉 · 〈완보병집(阮步兵集)〉 · 〈통역론(通易論)〉 등이 있으며, 〈문선(文選)〉[소명 태자(→236)가 엮은 시문집. 모두 30권. 〈소명 문선(昭明文選)〉이라고도 한다.]에 그의 시문 약간이 실려 있고, 그의 전기(傳記)는 〈삼국지(三國志)〉 권21, 〈진서(晉書)〉 권49에 실려 있다.

304

왈리

Walī 1667? ~ 1707?

인도의 시인.

본명(本名)은 왈리 무함마드 왈리(Wali Muhammad Wali).

인도 서부 마하라슈트라(Maharashtra) 주 아우랑가바드(Aurangabad)에서 태어났으며, 서부 구자라트(Gujarat) 주 아마다바드(Ahmedabad)에서 죽었다.

다키니 어(語)(Dakhinī language)라고 일컬어지는 데칸 우르두 어(Deccan Urdu language)의 대표적인 시인이다.

1700년(33세) 북부 델리(Delhi)를 방문하여 다키니 어로 쓴 시를 발표, 그 무렵 페르시아 어(Persian language)로만 시를 쓰던 북인도의 시인들에게 큰 충격을 주었다. 그 결과 그 때까지 단순히 구어(口語)로만 여겨졌던 우르두 어를 시에 쓰게 되었고, 델리를 중심으로 우르두 시의 전성기를 맞이하였다.

그의 시는 미(美)에 대한 상찬(賞贊)을 주제로 하고, 전체적으로 밝은 표현과 쉬운 비유 등을 특징으로 한다. 특히 서정시에 뛰어나 페르시아적 기법을 교묘히 도입하였다.

〈왈리 시 전집〉(1927) 등이 있다.

305

왕건

王建 767? ~ 830?

중국 당(唐)나라(618~907)의 시인.

자(字)는 중초(仲初).

허난성(河南省) 영천[穎川, 지금의 쉬창(許昌)]에서 태어났다.

775년 진사시(進士試)에 급제(及第)하였으나, 신분이 낮은 집안 출신이었기 때문에 높은 벼슬에는 오르지 못하여 지방관(地方官) · 대부시승(大府寺丞) · 시어사(寺御史) 등 소관(小官)을 지냈고, 만년(晩年)에는 변방(邊方)에서 종군(從軍) 생활을 하였다.

이러한 상황은 그를 곤궁한 민중의 동정자가 되게 하였고, 문학 활동에서는 쉬운 표현을 으뜸으로 하는 민가 형식(民歌形式)의 악부시(樂府詩)를 이용하여 현실을 날카롭게 비판하였으며, 당나라 중기 신악부(新樂府) 운동의 일환을 담당하였다.

그와 문학 경향을 같이하였던 같은 시대의 장적(→431)과 함께 '장왕악부(張王樂府)'라고 일컬어졌으며, 〈궁사(宮詞)〉 100수(首)는 당시 세평이 높았다. 작품으로 칠언절구(七言絶句) 〈15야 망월(十五夜望月)〉이 있고, 〈왕건시집(王建詩集)〉(모두 9권)이 있다.

*** 왕마힐(王摩詰) → 왕유**(→314)

306
왕명성
王鳴盛 1720 ~ 1797. 1.

중국 청(淸)나라(1616~1912)의 고증학자(考證學者)이며 시인.

자(字)는 봉개(鳳喈), 호(號)는 서장(西莊)·서지(西沚)·예당(禮堂).

장쑤성(江蘇省) 자딩현(嘉定縣)에서 태어났다.

건륭제[乾隆帝, 1711~1799, 중국 청나라의 제6대 황제. 고종(高宗). 재위 1735~1796] 때 시단(詩壇)의 중진이었던 심덕잠(→258)의 제자가 되어 당시(唐詩)의 작풍(作風)을 좋아하여 시재(詩才)를 칭찬받았다. 경학(經學)은 한(漢)나라(B.C.202~220)의 학설에 중점을 두었던 혜동(惠棟, 1697~1758, 중국 청나라의 고전학자)과 교유(交遊)하여 그의 영향을 받았다.

1754년(34세) 진사시(進士試)에 급제(及第)하여 한림원(翰林院)에 들어간 뒤, 내각 학사(內閣學士) 겸 예부시랑(禮部侍郎)을 지냈다. 그러나 역마(驛馬)를 남용하였다는 혐의를 받고 광록시경(光祿寺卿)으로 좌천(左遷)되었고, 어머니의 상(喪)을 당하여 벼슬을 그만두었다. 그 뒤 장쑤성 쑤저우(蘇州)에서 세상과 인연을 끊고 30년 동안 독서와 저술에만 열중하며 여생을 보냈다.

그의 학문은 청나라의 '고증 사학(考證史學)'이라고 일컬어졌고, 경사자집(經史子集)에 두루 밝았으며, 여러 방면에 걸쳐 책을 지었다.

역대의 정사(正史)를 평론한 그의 〈십칠사 상각(十七史商榷)〉은 같은 시대의 전대흔(錢大昕, 1728~1804, 중국 청나라의 학자. 왕명성의 매제)의 〈이십이사 고이(二十二史考異)〉, 조익(→460)의 〈이십이사 차기(二十二史箚記)〉(모두 36권)와 함께 청나라 고증 사학의 3대 명저(名著)로 일컬어진다.

이 밖에 지은 책으로 〈상서후안(尙書後案)〉·〈주례군부설(周禮軍賦說)〉·〈춘추지전고(春秋之傳考)〉, 해설 평론집 〈아술편(蛾術編)〉 등이 있고, 시문집(詩文集)으로 〈경양재 시문집(耕養齋詩文集)〉·〈서장시존고(西莊始存稿)〉·〈서지거사집(西沚居士集)〉 등이 있다.

307
왕발
王勃 648? ~ 675?

중국 당(唐)나라(618~907)의 시인.

자(字)는 자안(子安).

왕통[王通, 584~617, 중국 수(隋)나라(581~618)의 유학자이며 철학자]의 후손이며 왕적(王績, 585~644, 중국 당나라의 시인)의 조카로, 산시성(山西省) 강주(絳州) 용문[龍門, 지금의 허진현(河津縣)]에서 태어났다. 일설에는 산시성 병주(并州) 진양[晉陽, 지금의 타이위안(太原)] 출신이라고도 한다.

조숙한 천재로 6세 때 문장을 지었으며, 9세 때에는 안사고(顔師古, 581~645, 중국 당나라의 학자)가 주(註)를 단 〈한서(漢書)〉를 읽고 그 오류를 지적하였다고 한다. 그 재능을 인정받아 664년(16세)에 조산랑(朝散郎)의 벼슬을 받았으며, 666년(18세) 유소과(幽素科)에 급제(及第)하였다.

고종[高宗, 628~683, 중국 당나라의 제3대 황제. 재위 649~683. 이치(李治)]의 여섯째 아들 패왕(沛王) 현(賢, 654~684)의 부름을 받고 그를 섬겼으나, 패왕이 당시 유행하였던 투계(鬪鷄)를 너무 좋아하자 장난으로 〈격영왕계문(檄英王鷄文)〉을 지었는데, 이 격문(檄文)이 고종의 노여움을 사서 중앙에서 쫓겨난 뒤 쓰촨성(四川省) 지방을 떠돌아다녔다. 그 뒤 허난성(河南省) 괵주(虢州)의 참군(參軍)이 되었으나, 얼마 뒤에 관노(官奴)를 죽였다는 죄로 벼슬을 빼앗겼다. 이 사건에 연좌되어 교지(交趾, 베트남 북부)의 영(令)으로 좌천(左遷)된 아버지 왕복치(王福畤)를 만나러 갔다가 돌아오던 도중, 배에서 바다로 떨어져 요절(夭折)하였다.

종래의 완미(婉媚)한 육조시(六朝詩)에서 벗어나 참신하고 건전한 정감을 읊어 성당시(盛唐詩)의 선구자가 되었다. 시 〈등왕각(滕王閣)〉(671) 등 화려하면서도 격조를 느끼게 하는 시풍(詩風)을 지녔고, 특히 오언절구(五言絕句)에 뛰어났으며, 근체시(近體詩)의 성립에도 중요한 역할을 하였다.

낙빈왕(→115) · 노조린(→121) · 양형(→283)과 더불어 '초당사걸(初唐四傑)' 또는 '왕양노락(王楊盧駱)'이라고 일컬었다.

시문집(詩文集) 〈왕자안집(王子安集)〉(모두 16권)을 남겼다.

308

왕방연

王邦衍 ? ~ ?

조선(朝鮮, 1392~1910)의 문신(文臣)이며 시인.

세조(世祖, 1417~1468, 조선의 제7대 왕. 재위 1456~1468) 때 의금부(議禁府) 도사(都事)로 있었다.

사육신(死六臣)을 중심으로 단종(端宗, 1441~1457, 조선의 제6대 왕. 재위 1452~1455)을 복위(復位)시키려는 움직임이 발각되어, 1457년(세조 3) 6월 왕명(王命)에 따라 상왕(上王) 단종이 노산군(魯山君)으로 격하되어 강원도 영월(寧越) 남면(南面) 광천리(廣川里) 청령포(淸泠浦)로 귀양갈 때 호송하였고, 같은 해 10월 24일 단종에게 사약(賜藥)이 내려질 때 그 책임을 맡았다. 영월에 이르러 사약을 받들고 노산군 앞으로 나아가려 하였으나, 감히 어찌할 바를 몰라 머뭇거렸다. 나장(羅將)이 시각이 늦어진다고 재촉하자 하는 수 없이 뜰 가운데 엎드려 있으니, 단종이 익선관(翼蟬冠)과 곤룡포(袞龍袍)를 갖추고 나와서, 온 까닭을 물었을 때 대답을 하지 못하였다. 이 때 단종을 항상 곁에서 모시고 있던 공생(貢生, 관가나 향교에서 심부름하던 통인과 같은 사람)이 이 일을 담당하였다.

그 당시의 괴로웠던 자신의 심경(心境)을 읊은, '천만리 머나먼 길의 고은 님 여희옵고'로 시작하는 시조(時調)는 널리 알려졌다. 〈장릉지(莊陵誌)〉에는 금부 도사(그 이름은 알려지지 않았다)가 밤중에 굽이치는 여울의 언덕 위에 앉아 슬퍼하면서 노래를 지었는데, 그 뒤 1617년 김지남(金止男, 1559~1631, 조선의 문신)이 금강(錦江)에 이르러, 여자아이들이 부르는 노래를 듣고 한문으로 단가(短歌)를 지었다고 전한다. 김천택(金天澤, ?~?, 조선 영조 때의 가객이며 시조 작가)의 시조집 〈청구영언(靑丘永言)〉(1728)에 이 시조가 실려 있다.

1984년 11월 2일 청령포 선착장에 이 시조를 새긴 시조비(時調碑)가 세워졌다.

309

왕범지

王梵志 590? ~ 670?

중국 당(唐)나라(618~907)의 승려이며 시인.

본명(本名)은 범천(梵天).

쓰촨성(四川省) 바저우(巴州) 집양(集陽)에서 태어났다. 일설에는 허난성(河南省) 위주(衛州) 여양[黎陽, 지금의 준현(浚縣)] 출신이라고도 한다.

어릴 때에는 집안이 상당히 부유하여 책을 많이 읽었고 처자까지 있었는데, 중년 이후 가업(家業)이 기울어지자 불교에 귀의(歸依)하였다.

당나라 전성기 전후에 활약한 설교승(說敎僧)이라고 추정되는데, 그의 경력을 알 수 있는 자료나 시집은 없었으나, 20세기 초 깐쑤성(甘肅省) 둔황(敦煌) 막고굴(莫高窟)에서 출토된 장서(藏書) 속에서 사본 시집(寫本詩集)의 단편(斷片)이 몇 점 발견되었다. 파리 국립 도서관(Bibliothèque nationale de France, BnF)에 둔황의 잔본(殘本) 3권이 있는데, 하네다 도루(羽田亨, 1882~1955, 일본의 사학자) 영인본(影印本)에 이 잔본이 포함되어 있다. 금(金)나라(1115~1234) 때 편찬된 〈왕범지 시교집(王梵志詩敎輯)〉에는 320여 수(首)의 시가 실려 있다.

서민을 위하여 불교 교의(敎議)를 쉽게 풀이한 권세시(勸世詩)와 탈속적(脫俗的)인 은둔 사상을 노래한 작품이 당나라 말기부터 북송(北宋, 960~1126) 때까지 널리 읽혔다.

주로 불교의 내용을 시의 소재로 삼고 있음에도 설교적인 데가 없었으며, 속어(俗語)를 많이 사용하였고 민중적 감각이 풍부한 것이 특색이다. 백성들의 가난한 삶과 전쟁으로 말미암은 비참한 생활을 묘사한 것, 선업(善業)을 짓고 공덕(功德)을 쌓는 것에 대한 불교적 가르침을 전한 것이 많았다.

원래 3권이었던 시집은 단편을 종합하면 상당한 부분의 복원이 가능하지만, 완본(完本)은 전해지지 않는다.

310

왕부지

王夫之 1619. 10. 7. ~ 1692. 2. 18.

중국 청(淸)나라(1616~1912)의 철학자이며 사학자·시인.

자(字)는 이농(而農), 호(號)는 강재(薑齋)·석당(夕堂). 선산 선생(船山先生)·일표도인(一瓢道人)이라고도 한다.

몰락한 지주(地主) 집안으로, 후난성(湖南省) 형주[衡州, 지금의 헝양(衡陽)]에서 태어났으며, 이곳에서 죽었다.

일찍부터 영재라는 칭찬이 높았고, 1642년(23세) 향시(鄕試)에 우등으로 합격하였으나, 회시(會試)에 나아갈 기회가 없던 중에 명(明)나라(1368~1644)가 멸망하였다.

만주족의 중국 지배에 대하여 맹렬히 저항한 애국자로, 향리(鄕里)와 광둥성(廣東省)·광시성(廣西省) 각지에서 병사(兵士)를 일으켜 남명(南明, 1646~1661)의 마지막 황제 영력제(永曆帝, 1623~1662, 재위 1646~1662)를 추종하는 유신(遺臣)들이 이끄는 반청(反淸) 운동에 참여하였다. 그러나 1650년(31세)에 이르러 이 운동이 가망 없다는 것을 깨닫고 은퇴하였다. 이 시기에 스스로 체험한 사실(史實)을 기록한 것이 〈영력실록(永曆實錄)〉이다.

1651년(32세) 고향의 석선산(石船山)으로 내려가 평생을 학문에 힘쓰면서 역사·철학·문학에 관한 저술에 몰두하였다. 그의 학문은 경세치용(經世致用)의 의식에 입각한 것으로, 경학(經學)·사학(史學)·문학 등의 여러 분야에 통달하고 있었으며, 주자학(朱子學)의 정통적 입장에서 〈사서오경(四書五經)〉을 연구하여 독자적 견해를 더하였다.

가장 널리 알려진 저작은 사론(史論) 〈독통감론(讀通鑑論)〉·〈송론(宋論)〉인데, 이 책들을 통하여 유교(儒敎) 경전(經典)에서 인정하는 고대 중국의 제도와 그 경전들이 기록된 봉건(封建) 시대 이후의 국가 제도 사이의 명백한 차이점을 제시하였다. 그는 그러한 고대 제도가 자신의 시대와 아무런 관련이 없으며, 나라의 목표는 백성을 섬기는 것이 되어야 한다고 주장하였다.

아직 민족주의(民族主義, nationalism) 풍조가 중국에 알려지지 않은 시대에, 정부의 궁극적인 목표는 중국인과 그 문화를 보존하는 데 있어야 하며, 윤리는 우선 민족 보존에 이바지한 다음에라야 의미가 있다고 역설하였다. 이민족 통치자들은 아무리 중국화된 것처럼 보일지라도 받아들일 수 없다고 여겼으므로, 중앙 아시아 여러 이민족의 침입으로부터 중국 땅을 지키기 위하여 싸운 과거의 영웅들을 칭송하였다.

〈서경(書經)〉·〈시경(詩經)〉·〈주역(周易)〉 등에서 단편적으로 나타나는 유물 사상(唯物思想) 및 음양오행(陰陽五行)에 바탕을 둔 기론적(氣論的) 세계관 전통의 집대성자로, 고염무(顧炎武, 1613~1682, 중국 청나라의 학자이며 충신)·황종희(黃宗羲, 1610~1695, 중국 명나라 말 청나라 초의 사상가)와 함께 명말 청초(明末淸初)의 3대 사상가로 꼽힌다.

이(理)와 기(氣)의 관계에서 '이(理)가 있은 뒤에 기(氣)가 있다.'는 정주학파(程朱學派)의 사상을 비판하고 기(氣)를 세계의 실체로 보았다. 도(道)와 기(器)의 관계에서는 '천하는 오로지 기(器)임(天下惟器)'을 내세워 세계에는 구체적인 사물만이 존재함을 강조하였다. 즉 도(道, 규율)는 기(器)의 도일 뿐, 기(器)가 도의 기(器)라고 할 수는 없다는 것이다. 이로써 규율이 사물을 초월한다고 본 정주학파의 유심주의(惟心主義) 관점을 배척하였다.

지행(知行)의 문제에서는 육구연(陸九淵, 1139~1192, 중국 남송의 사상가)·주희[朱熹, 1130~1200, 중국 남송의 사상가. 주자(朱子)]의 지선행후설(知先行後說)을 비판하고, 지와 행은 서로 의지하며 각자 구별이 있음을 주장하였다. 그는 행은 지를 포함하나, 지는 행을 대체할 수 없다고 하였다. 또한 행은 지의 효과를 얻을 수 있으나, 지는 행의 효과를 얻을 수 없다고 하여 행은 지의 바탕이 된다고 보았다.

100여 종 400여 권에 이르는 저작이 있었으나 세상을 떠난 뒤에도 오랫동안 매몰되었다. 만년(晩年)에 너무 궁핍하게 생활하여 책은 물론 저술에 필요한 종이나 붓마저도 살 수 없어서 친한 동무들이나 문생(門生)들에게 빌려 썼다. 저작이 완성되면 그들에게 주었기 때문에 그의 후손에 남겨진 것은 없었다. 또한 어떠한 유명 인사와도 교유(交遊)가 없이 오로지 학문 연구에만 몰두하여 이름이 거의 알려지지 않았으며, 청조(淸朝)에 끝까지 저항하였기 때문에 그의 저작들은 대부분 금서(禁書)

로 지목되었다.

죽은 뒤 10여 년 만에 둘째 아들 왕어(王敔, ?~1730, 중국 청나라의 학자)가 친지들의 도움을 받아 10종의 유저(遺著)를 정리하여 간각(刊刻)하였지만 널리 알려지지는 못하였다. 그 뒤 그의 저작들이 수집되고, 민족주의자들의 관심이 높아지자 몇 차례 간각이 진행되었다. 1842년 왕부지 후손의 수장본(收藏本)이 〈선산유서(船山遺書)〉로 간각되었는데 모두 18종이었고, 1865년 증국번(曾國藩, 1811~1872, 중국 청나라의 정치가이며 학자)·증국전(曾國筌, 1824~1890, 중국 청나라의 관료이며 군인) 형제가 금릉[金陵, 지금의 장쑤성(江蘇省) 난징(南京)]에서 〈선산유서〉를 간각하였는데 56종 288권이었다. 1933년에 상하이(上海) 태평양서점(太平洋書店)에서 70종에 이르는 〈선산유서〉를 출판하였다. 또한 후난성 창사(長沙)의 악록서사(嶽麓書社)에서 1988년에서 1996년까지 장기간의 계획을 세워 〈선산유서〉(모두 16책)를 출판하였다.

이러한 저작으로 〈노자연(老子衍)〉·〈독사서대전설(讀四書大全說)〉·〈사서훈의(四書訓義)〉·〈상서인의(尙書引義)〉·〈소수문(搔首問)〉·〈악몽(噩夢)〉·〈장자정몽주(張子正蒙注)〉·〈장자해(莊子解)〉·〈주역내전(周易內傳)〉·〈주역외전(周易外傳)〉·〈황서(黃書)〉 등과 시론(詩論) 〈석당영일서론(夕堂永日緖論)〉·〈시탁(詩鐸)〉 등이 있다.

311

왕사정

王士禎 1634. 8. 26. ~ 1711. 5. 11.

중국 청(淸)나라(1616~1912)의 시인.

본명(本名)은 진(禛), 자(字)는 이상(貽上)·자진(子眞), 호(號)는 어양산인(漁洋山人)·완정(阮亭), 시호(諡號)는 문간(文簡). 본명이 옹정제[雍正帝, 1678~1735, 중국 청나라의 제5대 황제. 세종(世宗). 재위 1722~1735]의 이름 '애신각라 윤진(愛新覺羅胤禛)'과 같았으므로 이름을 '사정(士正)'이라고 고쳤는데, 건륭제[乾隆帝, 1711~1799, 중국 청나라의 제6대 황제. 고종(高宗). 재위 1735~1796]가 '사정(士禎)'이라는 이름을 하사(下賜)하였다.

산둥성(山東省) 지난부(濟南府) 신청[新城, 지금의 환타이현(桓臺縣)]에서 태어났으며, 아버지는 국자감(國子監) 좨주(祭酒, 학사 담당)였다.

1644년(10세) 청나라 병사(兵士)들이 베이징(北京)에 입성(入城), 명(明)나라(1368~1644) 말기의 동란(動亂)을 소년 시절에 체험하였다.

1658년(24세) 진사시(進士試)에 급제(及第)하였으며, 그 뒤 45년 동안 관리(官吏) 생활을 하였다. 장쑤성(江蘇省) 양저우(揚州) 추관(推官)·시독(侍讀)을 거쳐 1704년(70세) 형부상서(刑部尙書)에까지 오른 뒤 사직하고 향리(鄕里)로 돌아왔다. 양저우에 있을 때, 그의 둘째 아들을 위하여 당시(唐詩)의 5·7언 율시(律詩)와 절구(絶句)를 뽑아서 〈신운집(神韻集)〉을 엮었다.

만년(晩年)에 오위업(→295)·전겸익(→434)의 지우(知遇)를 받았고, 형 왕사록(王士祿, 1626~1673, 중국 청나라의 정치가이며 시인)·왕사호(王士祜, 1632~1681, 중국 청나라의 시인)와 더불어 '3왕(三王)'으로 불리었으며, 주이존(朱彝尊, 1629~1709, 중국 명나라 말 청나라 초의 문인이며 학자)과 함께 '남주북왕(南朱北王)'이라고 일컬어졌다.

청조풍(淸朝風) 시의 확립자로 그 대표적인 시인이며, 4대 시설[四大詩說, 격조설(格調說)·기리설(肌理說)·성령설(性靈說)·신운설(神韻說)] 중 신운설의 주창자(主唱者)였다. 신운이란, 평담(平淡)한 상태에서 완곡하고 청명한 묘사 가운데 무한(無限)의 정서에 의탁하여 고담(枯淡)의 경지에 이르는 것을 뜻한다. 어렸을 때 형 왕사록이 맹호연(→158)·왕유(→314)·왕창령(→317)·위응물(→336)·유종원(→349)의 시를 본받도록 한 것이 그의 주장에 큰 영향을 주었다고 한다.

출세작 〈추류(秋柳)〉(1658) 4수(首)로 상징적이고도 청려(淸麗)한 시풍(詩風)을 확립하여, 약간 인위적인 느낌이 나는 평담하고 정밀(靜謐)한 작품 세계를 전개하였다.

그가 편집한 〈당현삼매집(唐賢三昧集)〉(모두 3권)에서는 맹호연·왕유의 시를 가장 많이 취하였고, 두보(→143)·이백(→369)의 시는 고르지 않았다. 이로써 어느 시인에게 시운이 많이 나타나 있는지를 알 수 있다. 과거의 시론(詩論) 중에서는 엄우(嚴羽, ?~?, 중국 북송의 시론가)의 〈창랑시화(滄浪詩話)〉를 존중하였다.

시문집(詩文集)으로 〈대경당집(帶經堂集)〉(모두 92권)이 있으며, 명작을 정선한 〈어양산인 정화록(漁洋山人精華錄)〉(모두 12권)이 널리 유행하였다.

〈감구집(感舊集)〉·〈거이록(居易錄)〉(모두 34권)·〈고부우정잡록(古夫于亭雜錄)〉·〈분감여화(分甘餘話)〉·〈어양문략(漁洋文略)〉·〈어양 시집(漁洋詩集)〉·〈잠미집(蠶尾集)〉·

〈지북우담(池北偶談)〉(모두 26권)·〈향조필기(香祖筆記)〉(모두 12권, 1704) 등과 기행문 〈촉도역정기(蜀道驛程記)〉이 있으며, 이 밖에 〈어양산인 전집(漁洋山人全集)〉도 간행되었다.

312

왕안석

王安石 1021. 12. 18. ~ 1086. 5. 21.

중국 북송(北宋, 960~1126)의 정치가이며 시인·문필가. 자(字)는 개보(介甫), 호(號)는 반산(半山). 형국공(荊國公)이 되었기 때문에 '형공(荊公)'이라고도 한다.

원외랑(員外郞)을 지낸 왕익(王益)의 아들로, 장시성(江西省) 린촨[臨川, 푸저우(撫州)]에서 태어났으며, 장쑤성(江蘇省) 장닝[江寧, 지금의 난징(南京)]에서 죽었다.

1042년(21세) 진사시(進士試)에 급제(及第)하였으나 지방관(地方官)을 자원(自願)하여 10여 년 동안 화난[華南, 중국 남동부 하이난성(海南省)·광둥성(廣東省)·광시(廣西)·좡족(壯族) 자치구가 포함되는 지역을 통틀어 일컫는 말] 지방에서 각급 지방관직을 유능하게 수행하였다.

벼슬길에 오른 초기에는 곧은 성격, 뛰어난 문장력, 탁월한 행정 능력으로 정평이 나서 후원자들에 의하여 고위직에 오를 만한 인물로 천거(薦擧)받았다. 그러나 가족 문제를 이유로 중앙 정부의 직위를 번번이 거절하였다.

1058년(37세) 중앙으로 올라와, 인종(仁宗, 1010~1063, 중국 북송의 제4대 황제. 재위 1022~1063)에게 지방에서의 경험을 정리한 〈만언서(萬言書)〉를 올렸다. 이 글은 나중에 그가 시행하게 될 정책과 정치 이론의 바탕을 서술한 것이었지만, 당시에는 이러한 제안이 실행에 옮겨지지 않았다. 이 글은 정치 개혁을 역설한 것으로, 주로 관료제(官僚制)에 초점을 맞추고 자신의 직무에 필요한 기술을 갖춘 능력 있는 관리(官吏)들을 육성·선발할 것을 주장하였다.

1060년(39세) 조정(朝廷)에 들어갔고, 1067년(46세) 신종(神宗, 1048~1085, 중국 북송의 제6대 황제. 재위 1067~1085)이 즉위한 뒤에는 한림학사(翰林學士)가 되어 정치 고문(顧問)으로 황제의 신뢰를 얻었다.

1069년(48세) 부재상(副宰相)에 해당하는 참지정사(參知政事)가 되어, 1076년(55세)까지 신법(新法)이라는 혁신 정책을 단행하여 균수법(均輸法)·보갑법(保甲法)·보마법(保馬法)·시역법(市易法)·청묘법(靑苗法) 등을 실시하였다. 황제 직속의 심의 기관인 제치삼사조례사(制置三司條例司)를 설치하여 새로운 정책을 입안하게 하였고, 다양한 내용의 개혁 정책을 실행에 옮겼다. 실용주의(實用主義, pragmatism)적인 경향이 강한 남부 출신의 신법당(新法黨)에 속하여 구양수(→32)·사마광(司馬光, 1019~1086, 중국 북송의 정치가이며 사학자)·소동파(→234)·한기(韓琦, 1008~1075, 중국 북송의 정치가) 등 구법당(舊法黨) 인물들을 몰아 내고 이재(理財)에 능한 강남 출신 신진 관료들을 대거 발탁 기용하여 신법을 과감히 추진하였다. 따라서 대토지를 소유한 북부 출신의 보수적인 구법당과 심하게 대립하였다.

개혁의 바탕은 재정 문제였다. 경제 성장을 촉진시키기 위하여는 건전한 국가 경제에서 단지 경제적인 조처뿐 아니라 정부와 백성에게 모두 유익한 어떤 자극이 필요하다고 주장하였는데, 이것은 정통 유가(儒家) 이론과는 거리가 있는 견해였다. 이 정책의 일환으로 먼저 기금을 만들어 농민들에게 대부(貸付)해 줌으로써 농민들이 고리 대금(高利貸金)에 시달리지 않게 하였다. 이것이 이른바 청묘법이다. 아울러 정부 자금으로 소규모 장사꾼들의 물자를 매입하여 주거나 저리(低利)로 대부받을 권리를 주었다. 이것이 이른바 시역법이다. 또한 화폐 경제에 활력을 주고 확대된 국가 재정에 필요한 재원(財源)을 마련하기 위하여 화폐를 많이 만들어 유통시켰다.

무엇보다도 보수파의 반대를 불러일으킨 것은 방전균세법(方田均稅法)과 균수법이었다. 방전균세법은 부세(賦稅)를 고르게 하기 위하여 토지를 해마다 측량하게 한 것이다. 균수법은 여러 곳에서 중앙 정부에 필요한 물자를 공급하는 공납제(公納制)를 개선하여, 정부는 발운사(發運使)로 하여금 가장 편리한 곳에서 가장 싼 값으로 물자를 사들이게 하고 농민들에게는 생산물 중 가장 많이 생산되는 것으로 대납시키게 한 제도이다.

이 밖에도 지방의 치안을 담당하고 농한기에 군사 훈련을 실시할 목적으로 설립한 민병 제도인 보갑제가 있었다. 또한 모역법(募役法)을 실시하여, 각 농가가 등급에 따라 면역전(免役錢)을 내게 하고 이 돈으로 희망자를 모집하여 차역(差役)을 대신하게 하였다. 무기(武器) 개량을 위하여 군기감(軍器監)을 설치하였고, 군마(軍馬)의 수입을 막기 위하여 농민들에게 관마(官馬)를 위탁·사육시키는 보마법을 실시하였다.

그의 새로운 정책을 통틀어 '왕안석의 신법'이라고 하는데, 북송 중기 이래의 재정 적자를 해소하고 국력을 증강시키는 것이 목적이었다. 또한 관료 양성 기관인 한림원(翰林院)을 재편하여 법률·의학·군사학 등의 실용적인 학문에 중점을 두었다. 또한 과거(科擧) 제도를 개혁하여 경전(經典)을 외고 시문(詩文)을 짓는 명경과(明經科)를 폐지하였으며, 진사과에서도 경의(經義)와 책론(策論)만을 출제하였다. 관리들의 고과(考課)를 엄격히 하여 공이 있는 사람만 승진시키도록 하였다.

유교(儒敎) 경전의 실용적인 응용을 중시하였으며, 〈서경(書經)〉·〈시경(詩經)〉·〈주례(周禮)〉를 독창적으로 해석하여 이를 '주관신의(周官新義)'라고 부르고 과거 시험의 기본서로 채택하고자 하였다. 이에 대하여 보수파들은 매우 놀랐다.

중국에 통일 제국이 세워진 이래 전례 없는 규모로 단행된 그의 개혁은 비록 항상 기대하였던 결과를 낳은 것은 아니었지만, 백성들의 도덕적 기준을 향상시키고 그들에게 물질적인 풍요를 가져다 주며, 나아가서는 국가를 부강하게 만드는 데 본래의 목표가 있었다. 그러나 이러한 개혁의 노력에도 불구하고 당쟁(黨爭)이 격화되고 정치가 혼란에 빠지면서 큰 성과를 거두지는 못하였다.

강한 신념을 가진 사람이었으나 때로는 다른 사람의 의견을 무시하여 자신의 행동과 그 행동의 동기에 대하여 오해나 공격을 받기 일쑤였다. 고위 관리들은 그에게 협력하지 않았으며, 하급 관료들은 무능력하고 비양심적이어서 그의 정책들은 결국 반발을 살 수밖에 없었다.

그의 개혁은 일부를 제외하고는 20세기까지도 비방의 대상이 되었다. 그의 개인적인 단점과 정치적 결함들 때문이었지만, 주로 보수파들이 품었던 맹렬한 반감 때문이었다. 일부 개혁 조처에 대한 대중적인 불만이 높아 가고 1074년(53세) 심한 기근(饑饉)까지 겹치자, 그에 반대하는 보수파의 입지가 강화되었다. 결국 안팎의 압력에 밀려 물러날 수밖에 없었다.

1075년(54세) 다시 재상(宰相)이 되었지만 황제로부터 전권(全權)을 위임받지는 못하였다. 이와 같은 좌절을 겪은데다가 아들까지 죽자 의욕을 잃고 1076년 말 재상직에서 물러나, 장닝 종산(鐘山)에서 자연을 읊은 빼어난 작품을 지으며 여생을 보냈다.

개혁의 기본 골격은 신종이 살아 있는 동안은 그대로 유지되었지만, 1085년(64세) 신종이 죽자 신법은 적의(敵意)에 찬 사마광을 비롯한 개혁 반대파들에 의하여 폐지되었다. 그 뒤 몇십 년 동안 신법당·구법당의 당쟁이 이어지는 가운데 신법은 1093~1125년에 완화된 형태로 부활되었다.

은퇴한 뒤에는 어원(語源) 연구에 관한 저술 및 학문을 계속하여 조용한 여생을 보냈다. 조정에 있을 때조차 검소하여 옷차림에 신경을 쓰지 않았는데, 때로는 그 차림이 기이하기까지 하였다.

산문은 구양수를 스승으로 삼고, 뛰어난 발상으로 명석하고 박력 있는 문체(文體)를 만들었는데, 그의 문장력은 동료들과 적대자들 모두에게 인정을 받았고, 우아하고 깊이 있는 글로 '당송 팔대가[唐宋八大家, 중국 당나라의 유종원(→**349**)·한유(→**504**), 송나라의 구양수·소동파(→**234**)·소순(蘇洵, 1009~1066, 중국 북송의 문학가)·소철(→**239**)·왕안석·증공(曾鞏, 1019~1083, 중국 북송의 문학가)]' 중의 한 사람으로 꼽혔다.

시인으로서는 두보(→143)의 진가를 처음으로 높이 평가하여, 이후의 송시(宋詩)의 세계에 두보를 존경하는 풍조를 개척하였다. 유려한 시문들, 특히 선종(禪宗)의 분위기가 느껴지는 만년(晩年)의 작품들은 높이 평가받고 있다.

지은 책으로 당시선집(唐詩選集) 〈당백가 시선(唐百家詩選)〉(모두 20권), 시문집 〈임천 선생 문집(臨川先生文集)〉(모두 100권)이 있다.

313

왕우칭

王禹偁 954 ~ 1001

중국 북송(北宋, 960~1126)의 시인.

자(字)는 원지(元之).

제분업자(製粉業者)의 아들로, 산둥성(山東省) 지저우[濟州, 지금의 런핑(茌平)]에서 태어났다.

983년(29세) 진사시(進士試)에 급제(及第)하여, 산둥성 성무현(成武縣) 주부(主簿), 988년(34세) 우습유(右拾遺)가 되었는데, 성격이 강직하여 직간(直諫)을 잘 해 자주

관직(官職)이 깎였다. 991년(37세) 산시성(陝西省) 상저우(商州), 995년(41세) 안후이성(安徽省) 추저우(滁州), 998년(44세) 후베이성(湖北省) 황저우(黃州)로 세 차례나 좌천(左遷)되었다. 1001년(47세) 후베이성 치저우(蘄州) 장관이 되었을 때 죽었다.

송(宋)나라(960~1279)의 독자적인 시가 아직 생기지 않았던 중에 두보(→143)로부터 오언시(五言詩)를, 백낙천(→200)으로부터 칠언시를 배워 평약(平弱)하다고는 하지만 평정담백(平靜淡白)함 속에 지성(知性)과 사회 풍자를 담아 송나라 시풍(詩風)의 선구(先驅)가 되었으며, 인물화에도 뛰어났다.

지은 책으로 〈소축집(小畜集)〉(모두 30권)·〈소축외집(小畜外集)〉(모두 20권)이 있다.

314

왕유

王維 699? ~ 761?

중국 당(唐)나라(618~907)의 시인이며 화가.

자(字)는 마힐(摩詰).

사마(司馬)를 지낸 왕처렴(王處廉)의 맏아들로, 산시성(山西省) 포주(蒲州)에서 태어났으며, 수도(首都) 창안[長安, 지금의 산시성(陝西省) 시안(西安)]에서 죽었다.

어머니가 독실한 불교도였기 때문에 어려서부터 불교의 영향을 크게 받았으며, 그의 이름 '유(維)'와 자 '마힐(摩詰)'도 〈유마경(維摩經)〉에 나오는 거사(居士) '유마힐(維摩詰)'의 이름에서 비롯된 것이다.

8세 때 이미 시를 썼으며, 서(書)와 음곡(音曲)에도 재주가 뛰어났다.

713년(14세) 무렵 창안으로 가서 황족 귀현(皇族貴顯)의 저택에 드나들면서, 수려한 용모와 시·음악·미술 등 여러 방면의 재능으로 현종[玄宗, 685~762, 중국 당나라의 제6대 황제. 재위 712~756. 이융기(李隆基)] 초기 사교계의 인기를 얻었다. 아우 왕진(王縉, 700~781)과 함께 일찍부터 문명(文名)이 높았으며, 기왕[岐王, ?~726, 현종의 아우 이범(李範)]의 사랑을 받았다.

721년(22세) 진사시(進士試)에 급제(及第)하여 태악승(太樂丞)이 되었다. 그러나 곧 산둥성(山東省) 지저우[濟州, 지금의 런핑(茌平)]의 사창 참군(司倉參軍)으로 좌천(左遷)되었다가, 734년(35세) 우습유(右拾遺)로 발탁되어 감찰 어사(監察御使)·좌보궐(左補闕)·고부낭중(庫部郎中)을 지냈고, 이부낭중(吏部郎中)에서 급사중(給事中)이 되었다.

현종 천보 연간(天寶年間, 742~755)에도 순조롭게 승진하여 상서우승(尙書右丞)의 자리까지 올라갔다. 그 때문에 '왕우승(王右丞)'이라고 일컬어졌다.

755년(56세) 11월 9일 '안사(安史)의 난(亂)[755~763, '안녹산(安祿山)의 난'이라고도 한다.]'을 당하여 포로가 되어 반란군의 수도 허난성(河南省) 뤄양(洛陽)으로 끌려가 협박을 받고 할 수 없이 출사(出仕)하여 억지 벼슬을 받았다. 반란이 평정된 뒤 그 죄가 문책되었으나 아우 왕진의 조력(助力)과 반란군 진중(陣中)에서 황제에 대한 충성을 표현한 시가 인정받아 가벼운 벌로 치죄(治罪)되었다.

속세(俗世)에 환멸을 느낀데다가 아내와 어머니의 죽음으로 더욱 슬픔에 빠져, 창안 남쪽 교외(郊外) 중난산(終南山)의 남전현(藍田縣) 망천(輞川) 옆에 망천장(輞川莊)을 짓고 이곳에 틀어박혀 불교 연구에 몰두하는 한편, 동무들과 함께 예술과 신앙을 논하며 시인으로 이름을 떨쳤다. 그의 시 가운데 가장 뛰어난 작품으로 꼽히는 것들은 대부분 시골 풍경에서 영감(靈感)을 받은 것이다. 이 때의 작품을 모은 〈망천집(輞川集)〉은 오언절구(五言絕句) 20수(首), 동무 배적(裵迪, 716~?)의 작품을 합쳐 40수의 연작(聯作)으로 서경시의 걸작으로 꼽힌다.

또한 육조 시대[六朝時代, 222~589, 중국 삼국 시대 오(吳)나라(222~280)·동진(東晉, 317~419)과 남조(南朝)의 송(宋)나라(420~479)·제(齊)나라(479~502)·양(梁)나라(502~557)·진(陳)나라(557~589)를 합한 시대]의 궁정(宮廷) 시인의 전통을 이어받은 시인이라고 하여 창안 귀족 사회에서는 칭찬이 자자하였고 존경도 받았다.

두보(→143)·이백(→369)과 함께 성당[盛唐, 현종의 개원(開元, 713)으로부터 대종[代宗, 726~779, 중국 당나라의 제8대 황제. 재위 762~779. 이예(李豫)]의 영태(永泰, 765)까지 약 50년간]의 대시인으로, 맹호연(→158)과 함께 '왕맹(王孟)'으로, 맹호연·위응물(→336)·유종원(→349)과는 '왕맹위유(王孟韋柳)'로 일컬어졌다.

객관적이고 고요한 서경(敍景)뿐 아니라 송별시·궁정시 분야에서도 뛰어났다. 그의 시는 산수(山水)와 자연의 청아한 정취를 노래한 수작(秀作)이 많은데, 당대(當代) 자연시(自然詩)의 제1인자로 일컬어진다. 또한 경건한 불교도이기도 하여 '시불(詩佛)'이라고 일컬어진다. 시 속에 불교 사상의 영향을 찾아볼 수 있는 것도 특색의 하나이다.

그의 시를 좋아하였던 대종이 '천하의 문종(文宗)'이라고 찬양하였듯이 당나라 최고의 시인으로 인정받았다.

그림은 수묵(水墨)을 주체로 한 산수화에 뛰어났고, 금벽휘영화(金碧輝映畫)에도 손을 대고 있어 화풍(畫風) 또한 다양하였다. 순정·고결한 성격의 소유자로, 탁세(濁世)를 멀리하고 자연을 즐기는 태도 등은 남송 문인화(南宗文人畫)의 시조(始祖)로 받들어지는 원인이 되었다.

북송(北宋, 960~1126)의 시인 소동파(→234)는 '시 속에 그림이 있고, 그림 속에 시가 있다.(詩中有畫 畫中有詩)'고 평하였고, 동기창(董其昌, 1555~1636, 중국 명나라의 문인화가이며 서예가·화론가)은 〈화선실수필(畫禪室隨筆)〉의 남북화론(南北畫論)에서 왕유를 북종화의 이사훈(李思訓, 651~718, 중국 당나라의 화가)과 견주어 '남종화(南宗畫)의 시조이며 수묵 산수화의 창시자'라고 하였다.

창안에 있는 자은사(慈恩寺) 벽에 백묘화(白描畫, 엷고 흐릿한 곳이 없이 먹으로 선만을 그리는 동양화 화법)와 금벽청록(金碧青綠)·장벽 산수화(牆壁山水畫)·〈눈 온 뒤의 산수 절경〉[호놀룰루 미술 아카데미(Honolulu Academy of Art)]·〈망천도(輞川圖)〉·〈창주도(滄州圖)〉 등이 알려져 있었으나 확실한 유품은 전하여진 것이 없다. 왕유의 그림을 모사(模寫)하였다는 〈망천도〉가 많이 있으나, 확실한 유품이 전하여지지 않기 때문에 어떠한 양식의 산수화를 그렸는지는 자세히 알 수 없다.

지은 책으로 〈왕우승 문집(王右丞文集)〉(모두 28권) 등이 남아 있다.

315
왕지환
王之渙 688 ~ 742. 3. 25.

중국 당(唐)나라(618~907)의 시인.

자(字)는 계릉(季凌).

산시성(山西省) 병주(并州) 진양[晉陽, 지금의 타이위안(太原)]에서 태어났으며, 만년(晩年)에 허베이성(河北省) 문안현(文安縣) 위(尉)를 지냈고, 임지(任地)에서 죽었다.

허베이성 기주(冀州) 형수이현(衡水縣) 주부(縣主簿)가 되었다가 모함을 당한 데 격분하여 곧 사직하고 15년 동안 황허강(黃河) 남북을 떠돌아다니며 시인으로 많은 명사(名士)들과 교유(交遊)하면서 자유로운 생애를 보냈다.

유행가 작사가로도 널리 알려져, 그가 시 한 수(首)를 지으면 악공(樂工)들이 서로 앞다투어 그 시에 곡을 붙였다고 한다. 〈전당시(全唐詩)〉[모두 900권, 2,200여 명의 작품 4만 8,900여 수 수록. 1705년 3월에 편찬에 착수, 1745년 10월에 완성, 1746년 4월 양저우시국(揚州詩局)에서 간행]에 실려 있는 시 6수가 전하며, '황허강 멀리 오르는 백운(白雲) 사이'로 시작되는 칠언절구(七言絕句) 〈양주사(涼州詞)〉와 오언절구 〈등관작루(登鸛雀樓, '관작루에 오르다')〉는 특히 널리 알려졌다.

316
왕찬
王粲 177 ~ 217. 1. 24.

중국 후한(後漢, 25~220) 말 위(魏)나라(225~265)의 시인이며 문인(文人).

자(字)는 중선(仲宣).

하진(何進, ?~189, 중국 후한 말 백정 출신의 대장군)의 장사(長史, 막료장)를 지낸 왕겸(王謙)의 아들로, 산둥성(山東省) 산양[山陽, 지금의 추현(鄒縣)] 고평(高平)의 귀족 집안에서 태어났으며, 조조[曹操, 155~220, 중국 후한의 장군. 위나라 무제(武帝)]를 따라 오(吳)나라(222~280)로 출정(出征)하였다가 허난성(河南省) 업성(鄴城)에서 병으로 죽었다.

190년(13세) 헌제(獻帝, 181~234, 중국 후한의 마지막 황제. 재위 189~220)가 동탁(董卓, ?~192, 권력의 찬탈과 폭정으로 후한을 멸망시키고 제국을 분열시킨 장군)의 강요에 못 이겨 산시성(陝西省) 창안[長安, 지금의 시안(西安)]으로 천도(遷都)하였을 때 배종(倍從)하였고, 그곳에서 당대(當代) 제1의 학자 채옹(蔡邕, 133~192, 중국 후한의 문인)의 눈에 들었다.

치밀한 두뇌와 풍부한 재능으로 193년(16세) 사도(司徒)로 임명되었으나 사양하였다. 얼마 뒤에 동탁이 암살되어 창안이 혼란에 빠지자 후베이성(湖北省) 형주[荊州, 지금의 장링(江陵)]로 몸을 피하여 유표(劉表, 142~208, 중국 후한의 군웅)에게 의지하여 약 15년 동안 머물렀다.

208년(31세) 유표가 죽자 그의 둘째 아들 유종(劉琮)을 설득하여 조조에게 귀순시키고 자신도 승상연(丞相椽)이 되어 관문후(關門侯)의 작위를 받았고, 군모(軍謀) 좨주(祭酒, 학사 담당)로 옮겼다. 213년(36세) 조조가 위나라 왕이 되자 시중(侍中)으로서 법령 제도 개혁에 온 힘을 다하는 한편, 조씨 집안을 중심으로 하는 문학 집단에서 문인으로 활약하였다. 조조의 셋째 아들 조식(→458)은 그를 높이 평가하여 〈왕중선뢰((王仲宣誄)〉를 지어, '문장은 봄꽃과 같고, 생각은 샘처럼 솟아오른다. 하는 말마다 읊조릴 만하고, 붓을 놀리면 작품이 된다.(文若春華 思若湧泉 發言可詠 下筆成篇)'라고 칭송하였다.

〈문선(文選)〉[소명 태자(→236)가 엮은 시문집. 모두 30권. 〈소명 문선(昭明文選)〉이라고도 한다.]에 실린 〈등루부(登樓賦)〉 등은 당시 사회 상황을 반영한 대표작이다.

그의 시문(詩文) 재능이 높이 평가되어 많은 사람들의 존경을 받았다. '건안 칠자[建安七子, 공융(孔融, 153~208) · 서간(徐幹, 171~217) · 완우(阮瑀, ?~212) · 왕찬 · 유정(劉楨, ?~217) · 응창(應瑒, ?~217) · 진림(陳琳, ?~217)]'의 대표적인 시인으로, 가장 표현력이 풍부하고 유려하면서도 애수(哀愁)에 찬 시를 남겼는데, 〈종군시(從軍詩)〉 5수(首)와 현실주의(現實主義, realism)적 경향이 강한 〈칠애시(七哀詩)〉 3수는 널리 알려졌다. 지은 책으로 〈왕시중집(王侍中集)〉이 있다.

317

왕창령

王昌齡 698 ~ 755?

중국 당(唐)나라(618~907)의 시인.

자(字)는 소백(少伯).

산시성(陝西省) 경조부[京兆府, 지금의 시안(西安) 일대] 또는 장쑤성(江蘇省) 강녕[江寧, 지금의 난징(南京)]에서 태어났다.

727년(29세) 진사시(進士試)에 급제(及第)하여 비서성(祕書省) 교서랑(校書郎)이 되었고, 734년(36세) 박학굉사과(博學宏詞科)에 급제하여 허난성(河南省) 판수이[氾水, 지금의 성고현(成皐縣)]의 위(尉)가 되었다. 그러나 예의 작법을 무시하고 소행이 좋지 못하다고 하여 강녕의 승(丞), 다시 후난성(湖南省) 룽뺘오[龍標, 지금의 검양(黔陽)]의 위로 좌천(左遷)되었다. '왕강녕(王江寧) · 왕룽뺘오(王龍標)'로 일컬어지는 것은 그 임지(任地)의 이름에서 따온 것이다.

755년(57세) 11월 9일 '안사(安史)의 난(亂)[755~763, '안녹산(安祿山)의 난'이라고도 한다.]'이 일어나 고향으로 돌아가다가, 안후이성(安徽省) 보저우(亳州)에서 자사(刺史) 여구효(閭丘曉)에게 죽임을 당하였다.

그의 시는 구성이 긴밀하고 착상이 청신하며, 특히 칠언절구(七言絕句)에서 뛰어난 작품이 많아 '칠언절구의 성인(聖人)'이라고 하며, 변방(邊方)의 요새(要塞)나 독수공방(獨守空房)의 애한(哀恨)을 읊은 시가 뛰어났다.

여인의 사랑이나 비탄(悲嘆)을 노래한 〈규원(閨怨)〉 · 〈월녀(越女)〉 · 〈장신추시(長信秋詩)〉 · 〈채련곡(采蓮曲, '연꽃을 따는 여인의 노래')〉, 변경(邊境)의 풍물과 병사(兵士)들의 향수(鄕愁)를 노래한 〈새상곡(塞上曲)〉 · 〈종군행(從軍行)〉 · 〈출새(出塞)〉가 널리 알려졌다. 〈왕창령 시집(王昌齡詩集)〉(모두 5권)과 그의 저술로 전하여지는 시론서(詩論書) 〈시격(詩格)〉 · 〈시중밀지(詩中密旨)〉가 남아 있다.

318

왕태

王太 ? ~ ?

조선(朝鮮, 1392~1910)의 시인.

일명 한상(漢相). 자(字)는 보수(步瘦), 호(號)는 수리(數里).

가난한 집에서 태어났으나, 무과(武科)에 급제(及第)하여 조령(鳥嶺) 별장(別將)에 이르렀다.

1786년(정조 10) 여름, 천수경(→476)을 중심으로 김낙서(金洛瑞, 1757~?, 조선의 문인) · 김태욱(金泰郁) · 노윤적(盧允迪, 1772~?) · 박윤묵(朴允默, 1771~1849, 조선의 문신) · 이경연(李景淵) · 이의수(李宜秀, 1745~1814, 조선의 서화가) · 임득명(林得明, 1767~?, 조선의 서화가) · 장혼(→433) · 조수삼(→456) · 차좌일(車佐一, 1753~1809, 조선의 문인) 등과 함께 송석원시사[松石園詩社. '서사(西社)' · '서원시사(西園詩社)' · '옥계시사(玉溪詩社)'라고도 하였다.]의 한 사람으로 시를 읊었고, 윤행임(尹行恁, 1762~1801, 조선의 문신)의 천거(薦擧)로 어전(御前)에서 시를 짓는 등 시문(詩文)에 뛰어났다.

319

왕퉁자오

王統照 1899. 2. 9. ~ 1957. 11. 29.

중국의 소설가이며 시인.

자(字)는 검삼(劍三).

산둥성(山東省) 주청현(諸城縣)에서 태어났으며, 산둥성 지난(濟南)에서 죽었다.

지난육영중학(濟南育英中學)을 거쳐 1918년(19세) 베이징(北京)의 중궈대학(中國大學) 예과(豫科) 영문과에 입학하였다. 재학 중에는 〈서광(曙光)〉의 편집에 참여하여 미학론(美學論)·시·소설 등을 발표하였다.

1921년(22세), 5·4 운동(五四運動, 1919) 뒤의 중국 근대 문학 개화기에 경제지(耿濟之, 1899~1947)·구세영(瞿世英)·궈샤오위(郭紹虞, 1893~1984, 중국의 학자)·라오화성[落華生, 1894~1941, 중국의 문학가이며 인도학자·교수. 본명(本名)은 쉬디산(許地山)]·쑨푸위안(孫伏園, 1894~1966, 중국의 학자이며 작가)·예사오쥔[葉紹鈞, 1894~1988, 중국의 작가. 본명은 예성타오(葉聖陶)]·장바이리(蔣百里, 1882~1938, 중국의 군인이며 이론가)·저우쭤런(周作人, 1885~1967, 중국의 학자이며 수필가·번역가. 루쉰[魯迅, 1881~1936, 20세기 중국 문학의 거장. 본명은 저우수런(周樹人)]의 아우)·정전둬(鄭振鐸, 1898~1958, 중국의 문학사가)·주희조(朱希祖, 1879~1944, 중국의 사학자)·천옌빙[沈雁冰, 1896~1981, 중국의 작가이며 문학 평론가. 본명은 마오둔(茅盾)] 등과 함께 문학연구회(文學研究會) 창립에 발기인(發起人)으로 참여하여 창작 활동을 시작하였다.

대학을 졸업한 뒤에는 베이징대학(北京大學, Peking University, 1898년 설립) 강사와 중등 학교 교원이 되었다.

베이징에서 〈문학순간(文學旬刊)〉 편집 주임이 되었고, 1933년(34세) 문학연구회 동인(同人)들이 모여 만든 문학사(文學社)의 잡지 〈문학〉의 편집을 맡았다. 이 때 장편 소설 〈산우(山雨)〉(1933)를 발표하였는데, 이 작품을 통하여 일제(日帝)의 침략에 의한 민족적 위기를 배경으로 토비(土匪)와 군벌(軍閥)·지주(地主)들의 압박으로 고통받는 북방 농민들의 상황을 극명하게 그렸다.

1936년(37세) 〈문학〉 주간(主幹), 1941년(42세) 개명서점(開明書店) 편집인이 되었다.

중·일 전쟁[中日戰爭(Second Sino-Japanese War), 1937. 7. 7.~1945. 9. 2.] 중에는 숨어 지내다가, 전쟁이 끝난 뒤 중국 정부가 수립된 뒤에 산둥성으로 돌아와 칭다오(青島)의 산둥대학(山東大學) 교수가 되었고, 중국작가협회(中國作家協會) 상무 이사, 산둥성 인민위원회 위원, 산둥성 문화국장 등을 지냈다.

작풍(作風)은 남녀 간의 애정을 제재(題材)로 하여 미(美)와 사랑을 추구하는 이상주의(理想主義, idealism)적이었다. 단편집 〈봄비의 밤(春雨之夜)〉(1924)·〈상흔(霜痕)〉(1929), 장편 〈일엽(一葉)〉(1924)·〈황혼(黃昏)〉(1930)·〈봄꽃(春花)〉(1936), 산문집 〈조각구름(片雲)〉(1934), 시집 〈동심(童心)〉(1925)·〈이 시대(这時代)〉(1934)·〈강남곡(江南曲)〉(1940) 등이 있다.

320

왕한

王翰 687? ~ 735?

중국 당(唐)나라(618~907)의 시인.

'王瀚'이라고도 쓴다. 자(字)는 자우(子羽).

산시성(山西省) 병주(并州) 진양[晉陽, 지금의 타이위안(太原)]에서 태어났으며, 후난성(湖南省) 다오저우(道州)에서 죽었다.

710년(23세) 진사시(進士試)에 급제(及第)하였고, 예종[睿宗, 662~716, 중국 당나라의 제5대 황제. 재위 684~690, 710~712. 이단(李旦)] 때의 문인(文人) 재상(宰相) 장열(→429)의 인정을 받아 산둥성(山東省) 창러(昌樂)의 위(尉)가 되었다.

721년(34세) 장열이 중앙의 요직(要職)으로 영전(榮轉)하자 함께 중앙으로 나아가 비서정자(祕書正字)와 하부(駕部) 원외랑(員外郎)에 등용(登用)되었다. 그러나 성격이 호방하여 자부심이 강하고 자유 분방한 생활을 하였으며, 주연(酒宴)이나 사냥을 좋아하였고, 스스로를 왕후(王侯)로 여겨 사람을 마구 부렸기 때문에 인심을 크게 잃었다.

726년(39세) 장열의 실각(失脚)과 동시에 허난성(河南省) 루저우(汝州) 장사(長史, 막료장)로 좌천(左遷)되었고, 이어 선주(仙州) 별가(別駕), 다시 후난성 도주 사마(司馬)로 밀려나 그곳에서 죽었다.

전해지는 시는 불과 14편에 지나지 않으나, '포도미주야광배(葡萄美酒夜光杯, '포도로 빚은 좋은 술에 야광의 술잔')'로 시작되는 〈양주사(涼州詞)〉는 당나라 칠언절구(七

言絕句) 중 걸작으로 꼽힌다.

321

요사노 아키코

與謝野晶子 1878. 12. 7. ~ 1942. 5. 29.

일본의 여류 시인.

본명(本名)은 호쇼(鳳晶).

화과자(和菓子, 일본의 전통 과자) 가게의 셋째 딸로, 혼슈(本州) 서부 오사카(大阪) 근처 사카이(堺)에서 태어났으며, 도쿄에서 죽었다.

11세 무렵부터 가게일을 도우며 최신 문예지와 신소설을 탐독하는 등 문학에 흥미를 가졌다. 사카이여학교(堺女學校)를 졸업하였는데, 학창 시절에는 동무들과 함께 문학회 활동을 하면서 개인 시 잡지를 발행하였다.

1899년(21세) 서일본 지방 문학 청년들의 모임인 관서청년문학회(關西青年文學會)에 들어가 활동하였다.

1900년(22세) 낭만파 시인이며 유부남이었던 요사노 히로시(與謝野寬, 1873~1935, 일본의 시인)를 만났으며, 그가 중심이 된 신시샤(新詩社)에 가입하여 동인지(同人誌) 〈묘조(明星)〉의 발간을 도왔다. 요사노 히로시를 놓고 동무였던 야마카와 도미코(山川登美子, 1879~1909, 일본의 여류 시인)와 사랑의 경쟁을 거쳐, 이듬해인 1901년(23세) 가출(家出)하여 도쿄로 가서 그와 결혼하였다.

같은 해 8월 신시샤에서 펴낸 처녀 시집 〈헝클어진 머리(みだれ髮)〉는 참신하면서도 인습(因習)에 구애받지 않는 시풍(詩風)과 자유 분방한 관능적(官能的)인 표현으로 주목을 받았는데, 그녀의 새로운 시풍은 일본 문단(文壇)에 일대 센세이션을 불러일으켰다.

1904년(26세) 러·일 전쟁(Russo-Japanese Wars, 1904. 2. 8.~1905. 9. 5.)에 육군 소위로 참전(參戰)하여 '뤼순 공위전(旅順攻圍戰, 1904. 8. 19.~1905. 1. 1.)'에 투입된 남동생에 대한 시 〈너는 죽지 말아라(君死にたまふことなかれ)〉(〈묘조〉, 1904. 9.)는 당시 국가 정책과 사회적 분위기를 거스르는 작품으로 사회적으로 큰 반향을 일으켰다. 〈꿈의 꽃(夢の華)〉(1906)·〈무희(舞姬)〉(1906) 등에서는 그녀의 예술적인 발전을 보여 주었다.

1911년(33세) 〈푸른 버선(青鞜)〉(월간 여성 문예지, 1911. 9.~1916. 2. 통권 52호로 종간) 창간호에 〈산이 움직이는 날이 오리니(山の動く日きたる)〉로 시작되는 시를 기고(寄稿)하였고, 〈요미우리신문(讀賣新聞)〉에 첫 번째 '신여성(新女性)'으로 꼽혔다.

1912년(34세)에는 남편을 따라 프랑스로 가서 4개월 동안 지냈는데, 〈여름에서 가을로(夏より秋へ)〉(1914)는 이 시기에 쓴 시집이며, 남편과 함께 〈파리에서(巴里より)〉(1914)를 펴냈다.

12명(1명은 태어난 지 이틀 만에 사망)의 자녀들을 낳았지만 남편의 시가 평가받지 못하여 가족의 생계를 위하여 시·소설·수필·평론·동화·고전(古典) 연구 등 닥치는 대로 써냈다.

프랑스에서 돌아오자마자 무라사키 시키부(紫式部, 978?~1016?, 일본의 여류 작가)가 쓴 11세기의 장편 소설 〈겐지 모노가타리(源氏物語, '겐지 이야기')〉(모두 54권)를 현대어로 번역하는 일을 시작하여 〈신역 겐지 모노가타리(新譯源氏物語)〉를 펴냈다.

1921년(43세)에는 남편과 함께 분카학원(文化學院)을 설립하여 남녀 평등 교육을 주창하여 일본 최초의 남녀 공학을 성립시켰다. 만년(晩年)에는 문학 평론가로도 활약하였다.

〈사랑의 옷〉·〈손부채〉 등 20권의 가집(歌集)을 펴냈으며, 유고집(遺稿集) 〈하얀 벚꽃집(白櫻集)〉(1942)에는 1935년(57세) 남편이 죽은 뒤의 나날들에 대한 감회가 실려 있다.

322

요사 부손

與謝蕪村 1716 ~ 1784. 1. 17.

일본의 화가이며 시인.

본명(本名)은 다니구치 부손(谷口蕪村)이며, 부손(蕪村)이라고도 한다.

셋쓰구니[攝津國, 지금의 혼슈(本州) 서부 오사카(大阪) 서부와 효고현(兵庫縣) 남동부] 게마(毛馬)에서 태어났으며, 교토(京都, 794~1868년 일본의 수도)에서 죽었다.

부유한 집안에서 태어났지만, 예술가가 되기 위하여 집을 떠나 북동부 지방을 여행하면서 여러 대가(大家)들에게 하이쿠(俳句, 5·7·5의 3구 17자로 구성된 일본 고유의 짧은 시)를 배웠다. 스승 중에는 하야노 하진(早野巴人, 1676~1742, 일본의 하이쿠 시인)도 있었는데, 부손은 〈호쿠주로센에게 경의(敬意)를 표하다(北壽老仙をいたむ)〉

(1745)에서 하야노 하진을 칭송하였다.

1751년(35세)에 직업 화가로 교토에 정착하여 거의 평생 동안 이곳에서 살다가 죽었다.

1754(38세)~1757년(41세)에는 경치가 아름답기로 이름난 단고구니[丹後國, 지금의 교토부 교탄고시(京丹後市)]의 요사(與謝)에서 지냈는데, 여기에서 시와 그림 솜씨를 향상시키기 위하여 노력하였다. 이 무렵에 성(姓)을 '다니구치'에서 '요사'로 바꾸었다.

1772년(56세) 이후 시인으로 명성을 얻었다. 선배 마쓰오 바쇼(→152)의 전통을 되살리자고 주장하였지만, 마쓰오 바쇼만큼 인간성을 완전히 이해하지는 못하였다.

그의 시는 그림에 대한 관심을 반영하여 지나치게 수사적(修辭的)·감각적이며 시각적인 세부 묘사가 많다. '구어적(口語的)인 표현을 초월하기 위하여 구어체를 사용하라.'고 촉구하였으며, 하이쿠에서 '사람은 시를 말하여야 한다.'고 선언하였다. 시를 말하려면 정확한 귀, 경험이 풍부한 눈과 아울러 중국과 일본의 고전 문학(古典文學)에 대한 지식이 필요하다고 생각하여, 긴 시에서 가끔 한자(漢字)를 사용하였으며, 전통적인 하이쿠 형식도 실험하였다.

이케노 다이가(池大雅, 1723~1776, 일본의 문인화가)와 함께 문인화(文人畫)를 확립하였는데, 이 양식의 그림은 지금까지도 일본에 남아 있다. 원래 중국에서 비롯된 문인화는 처음에는 남종화(南宗畫)라고 일컬어졌으며 학문이나 문학과 밀접한 관계를 갖고 있다.

1771년(55세) 이케노 다이가와 함께 시화집(詩華集) 〈십편십의첩(十便十宜帖)〉[가와바타 야스나리 기념관(川端康成記念館)]을 제작하였는데, 이어[李漁, 1611~1685, 중국 명나라 말 청나라 초의 희곡 작가. 이입옹(李笠翁)]의 작품에 삽화를 그려 넣은 이 시화집에서 이케노 다이가는 10가지 유익한 점에 대한 삽화를 그렸고, 부손은 10가지 즐거움에 대한 삽화를 그렸다.

이 밖의 그림으로 〈노자라시 기행도(野ざらし紀行圖)〉(개인 소장)·〈부악열송도(富嶽列松圖)〉[혼슈 아이치현미술관(愛知縣美術館)]·〈산수도(山水圖)〉[도쿄 이데미쓰미술관(東京出光美術館), 1763]·〈산야행락도(山野行樂圖)〉[도쿄국립박물관(東京國立博物館)]·〈소철도(蘇鐵圖)〉[시코쿠(四國) 가가와현(香川縣) 묘호지(妙法寺)]·〈신록두견도(新綠杜鵑圖)〉[일본 문화청(文化廳)]·〈아미노정도(峨嵋露頂圖)〉(개인 소장)·〈야색누대도(夜色樓臺圖)〉(개인 소장)·〈연오도(鳶烏圖)〉[교토 기타무라미술관(北村美術館)]·〈오쿠로 가는 작은 길(奧の細道)〉[두루마리, 교토국립박물관(京都國立博物館), 1778/병풍, 혼슈 야마가타현(山形縣) 야마가타미술관(山形美術館), 1779/화첩, 오사카 이쓰오미술관(逸翁美術館), 1779]·〈죽계방은도(竹溪訪隱圖)〉(개인 소장)·〈죽림모옥·유음기로도(竹林茅屋·柳蔭騎路圖)〉(개인 소장)·〈춘광청우도(春光晴雨圖)〉(개인 소장)·〈홍백매도(紅白梅圖)〉[교토 스미야 모테나시문화미술관(京都, 角屋もてなしの文化美術館)] 등이 있다.

323

요시다 겐코

吉田兼好 1283?~1350/1352? 5. 14.

일본의 승려 시인이며 수필가.

본명(本名)은 우라베 가네요시(卜部兼好).

요시다 신사(吉田神社) 신관(神官)의 셋째 아들로, 교토(京都, 794~1868년 일본의 수도)에서 태어났으며, 교토 근처에서 죽었다.

어려서부터 궁정(宮廷)에서 일하였으며, 1313년(30세) 출가(出家)하여 주로 교토 히에이잔(比叡山) 요코카와(橫川)에 머물면서 간토(關東) 지역을 여행하였고, 이가구니[伊賀國, 지금의 혼슈(本州) 미에현(三重縣)]의 구니미야마(國見山) 닌나지(仁和寺) 근처에 풀로 만든 암자를 짓고 살았다.

1324년(41세) 고우다 천황(後宇多天皇, 1267~1324, 일본의 제91대 천황. 재위 1274~1287)이 죽은 뒤 불문(佛門)에 들어갔다. 그러나 승려가 되었다고 하여 속세(俗世)를 완전히 멀리한 것은 아니었으며 오히려 수필에서 드러나듯이 사회 활동에 지속적이며 적극적인 관심을 기울였다.

그의 시는 틀에 박히고 진부(陳腐)한 편이지만, 수필집 〈쓰레즈레구사(徒然草)〉(1330?)는 통찰력(洞察力)과 기지(機智)가 엿보이는 작품으로, 미학적(美學的)인 문제를 다룸으로써 14세기 이래 독자들의 사랑을 받았다. 가모노 조메이(→5)의 〈호조키(方丈記)〉(1212)·세이쇼나곤(→231)의 〈마쿠라노소시(枕草子)〉(1002?)와 함께 이른바 '일본의 3대 수필'로 일컬어지는 이 작품은 특히 17세기 이후 일본 교육의 근간을 이루었고, 그의 사상은 일본의 일상 생활에서 중요한 역할을 하였다. 옛 관습이 사라지는 것에 대한 통탄을 통하여, 삶이 지난날의 영화(榮華)로부터 비참하게 몰락하였다고 하는 평소 신념을 드러내 보이고 있다. 그에게 있어 아름다움이란 덧없는 것을 암시하였으며, 아름다움은 그 순간이나 대상이 단명(短命)하면 단명할수록 더욱 값지다고 생각하였다.

가집(歌集) 〈겐코법사 가집(兼好法師家集)〉·〈속천재집(續千載集)〉 등을 남겼으며, 게이운(慶運, 1293~1299, 일본의 승려 시인)·돈아(頓阿, 1289~1372, 일본의 승려 시인)·조벤(淨弁, ?~1356?, 일본의 승려 시인)과 함께 일본 남북조 시대(南北朝時代, 1336~1392)의 '와카 사천왕(和歌四天王)'이라고 일컬어졌다.

324

우에다 빈

上田敏 1874. 10. 30. ~ 1916. 7. 9.

일본의 시인이며 문학 평론가·영문학자·소설가.

호(號)는 야나기무라(柳村).

도쿄에서 태어났으며, 이곳에서 죽었다.

사립 도쿄영어학교(東京英語學校)를 거쳐 1889년(15세) 도쿄 제1고등학교(第一高等學校)에 입학하였으며, 〈분가쿠카이(文學界)〉 동인(同人)으로 참여하였다.

1894년(20세) 도쿄제국대학[東京帝國大學. 도쿄대학의 전신(前身)] 영문과에 진학하여 〈데이코쿠분가쿠(帝國文學)〉 창간에 참여, 창간호부터 벨기에 문학과 프랑스 상징파(象徵派)(French symbolists) 등 국외 문학을 소개하는 데 주력하였다.

1897년(23세) 대학원에 진학하여 고이즈미 야쿠모[小泉八雲, 1850~1904, 영국의 작가. 아일랜드의 군의관과 그리스 부인과의 혼혈아로, 1896년 일본으로 귀화하였다. 영국명은 헌(Lafcadio Hearn)]·케베르(Raphael von Koeber, 1848~1923, 러시아의 철학자이며 교수)에게 사사(私事)하였다.

이듬해 〈프랑스 시단(詩壇)의 신성(神性)〉으로 고답파(高踏派, parnassiens)와 함께 프랑스·벨기에의 데카당(décadent) 문학 및 상징시를 소개, 일본 상징시 운동의 선구자적 역할을 하면서 상징시 발전에 큰 영향을 주었다.

1901년(27세)에는 평론집 〈문예론집(文藝論集)〉[순요도(春陽堂)]·〈최근의 해외 문학(最近海外文學)〉[분유칸(文友館)], 수필 번역 문집 〈정성을 다하여(みをつくし)〉(분유칸)와 〈시성 단테(詩聖ダンテ)〉[긴코도(金港堂)]를 펴냈고, 유럽 문학 소개와 페이터(Walter Horatio Pater, 1839~1894, 영국의 비평가이며 수필가·인문주의자)풍의 심미적 비평 수립에 이바지하였다.

도쿄고등사범학교[東京高等師範學校, 쓰쿠바대학(筑波大學)의 전신. 1872년 설립] 교수를 거쳐, 1903년(29세) 나쓰메 소세키(夏目漱石, 1867~1916, 일본의 소설가이며 평론가·영문학자) 등과 함께 도쿄제국대학 영문과 강사 등을 지냈다.

1904년(30세) 1월 베르하렌(Émile Verhaeren, 1855~1916, 벨기에의 상징파 시인)의 〈백로(白鷺)의 노래(The Song of Heron)〉를 〈묘조(明星)〉에 번역하여 실었는데, 이것은 일본에서 최초의 의식적인 상징시가 되었다. 〈게이분(藝文)〉[나중에 〈만넨구사(萬年艸)〉로 이름을 바꾸었다.]·〈게이엔(藝苑)〉·〈묘조〉 등의 잡지에 서양 문학 번역 작품이나 예술 평론을 꾸준히 발표하여 모리 오가이(森鷗外, 1862~1922, 일본의 소설가이며 문학 평론가·번역가·군의. 일본 근대 문학의 창시자 가운데 한 사람)와 함께 탐미주의(耽美主義, aestheticism, 唯美主義) 사조(思潮)의 지도적 이론가로 주목받았다. 특히 프랑스의 고답파나 상징파의 시를 모은 역시집(譯詩集) 〈해조음(海潮音)〉[혼고쇼인(本鄕書院), 1905]은 시단(詩壇)에 큰 영향을 끼쳤다.

1907(33세)~1908년(34세) 미국과 프랑스 등지를 여행하였으며, 1909년(35세)에는 교토제국대학(京都帝國大學. 교토대학의 전신) 교수가 되었고, 1910년(36세)에는 게이오기주쿠대학(慶應義塾大學) 문학과 고문(顧問)으로 부임하였다. 또한 모리 오가이와 함께 〈미타분가쿠(三田文學)〉[1910년 5월 창간한 계간 문예지]·〈스바루(昴星, スバル)〉[1909년 1월 창간한 반자연주의(反自然主義, anti-naturalism)적 잡지]의 고문으로도 활약하였다.

'판노카이(パンの會, '빵의 모임')[1908년 12월 기노시타 모쿠타로(→44)와 기타하라 하쿠슈(→46)가 결성한 문예 간담회(文藝懇談會)]'에 들어간 뒤에 펴낸 탐미적 자전(自傳) 소설 〈소용돌이(うづまき)〉[오쿠라쇼텐(大倉書店), 1910]는 자신의 분신(分身)인 주인공을 통하여 유년기의 회상(回想)과 인생관·예술관을 피력한 장편(長篇)으로, 탐미주의 이론이 구체화된 작품으로 평가받았다.

이 밖에 〈예수-세계 역사 이야기(耶蘇-世界歷史譚)〉

[하쿠분칸(博文館), 1899]·〈최근의 해외 문학 속편(續編)〉(분유칸, 1902)·〈문예 강화(文藝講話)〉[가나오분에이도(金尾文淵堂), 1907]·〈고타 찬주(小唄撰注)〉[오란다쇼보(阿蘭陀書房), 1915]·〈현대 예술(現代の藝術)〉[지쓰교노닛폰샤(實業之日本社), 1916] 등을 펴냈다.

325

우에다 아키나리

上田秋成 1734. 7. 25. ~ 1809. 8. 8.

일본의 소설가이며 시인.

본명(本名)은 우에다 센지로(上田善次郎), 호(號)는 전지기인(剪枝畸人).

혼슈(本州) 서부 오사카(大阪) 소네자키(曾根)의 기생집에서 사생아(私生兒)로 태어났으며, 한평생 가난에 시달리며 방황하다가, 교토(京都, 794~1868년 일본의 수도)에서 죽었다.

4살 때 기름과 종이를 파는 장사꾼 우에다 모스케(上田茂助)의 양자(養子)가 되어 우에다(上田)라는 성(姓)을 물려받았다. 많은 사랑을 받으며 자랐으나, 5살 때쯤 천연두를 앓아 손이 약간 마비되었는데, 만년(晩年)에 실명(失明)한 것도 그것이 원인이었던 것 같다.

정통적 학문보다는 해학(諧謔)과 통속 오락 소설을 즐겼고, 25세를 전후하여 일본과 중국의 고전(古典)에 관심을 가졌다. 역사와 언어학을 공부하였고, 고전 문학의 부활과 언어의 개혁을 부르짖었으며, 초자연적인 이야기로 널리 알려졌다.

양부(養父)가 죽은 뒤(1761) 양부에게 물려받아 경영하던 가업(家業)이 모두 불타 버렸을 때, 우키요조시(浮世草子, 화류계를 중심으로 한 세태·인정 따위를 묘사한 대중 풍속 소설)를 썼으며, 전 생애를 바쳐서 집필에 몰두할 수 있는 좋은 기회로 삼았다.

1776년(42세) 귀신 이야기 〈우게쓰 모노가타리(雨月物語, '비 오는 밤의 달 이야기')〉(모두 9편)를 펴냈다. 이 작품에서는 본문이 단순히 책의 중심인 삽화에 대한 설명에 지나지 않았던 당시 대부분의 대중 소설과는 달리 문학 양식에 대하여 관심을 보였다. 이 내용은 미조구치 겐지(溝口健二, 1898~1956, 일본의 영화 감독)가 〈우게쓰(雨月)〉(1953)로 영화화하여 성공을 거두었다.

이 밖에 단편 소설집 〈하루사메 모노가타리(春雨物語, '봄비 이야기')〉(1808)가 있다.

326

우집

虞集 1272 ~ 1348. 5.

중국 원(元)나라(1271~1368)의 유신(儒臣)이며 시인·문학자.

자(字)는 백생(伯生), 호(號)는 도원(道園)·소암(邵庵), 시호(諡號)는 문정(文靖).

송(宋)나라(960~1279) 때 후베이성(湖北省) 황강(黃岡)의 위(尉)를 지낸 우급(虞汲)의 아들로, 장시성(江西省) 린촨[臨川, 지금의 푸저우(撫州)]에서 태어났으며, 어려서는 어려운 환경에서 학문에 힘썼다. 전란(戰亂) 중에 책이 없어 어머니 양씨(楊氏)의 구전(口傳)으로 〈논어(論語)〉·〈맹자(孟子)〉와 구양수(→32)·소동파(→234)의 글들을 배우고 외웠다.

원나라 개조(開朝) 이래의 몽골 지상주의(蒙古至上主義)가 중반 이후에 완화되면서, 만년(晩年)에 몽골 인의 조정(朝廷)이 그 때까지의 전통적인 한문화(漢文化) 경시의 풍조를 바꾸어 이를 존중하려는 기운을 따라 그 지도적 역할을 하였다.

1297년(25세) 대도[大都, 지금의 베이징(北京)]로 나아가 대도로 유학 교수(大都路儒學教授)·태상박사(太常博士)·국자사업(國子司業)·한림원(翰林院) 직학사(直學士)·집현원(集賢院) 수찬(修撰)·한림원 대제(待制)가 되는 등 유신으로 봉직(奉職)하였다.

1329년(57세) 문종(文宗, 1304~1332, 중국 원나라의 제13대 황제. 재위 1329~1332)이 즉위하자 학문소인 규장각(奎章閣)을 창설하고 그 시서학사(侍書學士)가 되어 신임을 받았으며, 〈경세대전(經世大典)〉(모두 880권)의 편집을 주재(主宰)하였다.

동향(同鄕)의 오징(吳澄, 1249~1333, 중국 원나라의 유학자)과 친하게 지냈으며, 그의 영향으로 육구연(陸九淵, 1139~1192, 중국 남송의 사상가)·주희[朱熹, 1130~1200, 중국 남송의 사상가. 주자(朱子)]의 학문을 종합하려는 성향을 보였다.

당시(唐詩)의 박력을 이어받아 명시(明詩)의 당시 존중의 원류를 이룩한 시인으로, 원나라 말기 문단(文壇)의 중진으로 격조 높은 시문(詩文)은 첫째로 꼽히고 있다.

게헤사(揭傒斯, 1274~1344)·범곽(範槨, 1272~1330)·양재(楊載, 1271~1323)와 함께 이른바 '원시 4대가(元詩四大家)'의 으뜸으로 일컬어진다.

지은 책으로 〈도원 유고(道園遺稿)〉(모두 15권)·〈도원 학고록(道園學古錄)〉(모두 50권)·〈평요기(平猺記)〉 등이 있다.

327

우친우

U Kyin U 1780?~1850?

미얀마의 극작가이며 시인.

콘바웅 왕조(Konbaung Dynasty, 1752~1885) 때 활동하였다. 그 때까지 유행하였던 희곡이 흥미 위주의 장황한 문장으로 썼던 것에 대하여, 처음으로 쉽고 명쾌한 문체(文體)로 상연할 수 있을 정도의 희곡을 썼다.

문학을 특권 계층으로부터 민중에게로 되돌리려는 이른바 '국민 문학 운동'의 기수(旗手)로서 연극을 궁정(宮廷)에서 민간으로 옮기는 데 선구자적 역할을 하였다.

〈마호우타다〉·〈웨탄타야〉·〈파파헤인〉 등 7편의 희곡을 남겼다.

328

운초

雲楚 ?~?

조선(朝鮮, 1392~1910)의 기녀(妓女)이며 여류 시인.

본명(本名)은 김부용(金芙蓉), '운초'는 호(號).

가난한 선비의 무남독녀(無男獨女)로, 평안남도 성천(成川)에서 태어났으며, 서울 남산(南山) 근처 녹천당(綠泉堂)에서 죽었다.

16세 때 성천군 백일장에서 장원(壯元)을 할 정도로 시재(詩才)에 뛰어났으나, 부모를 모두 여의고 나이 많은 퇴기(退妓)의 수양딸로 들어가 기녀가 되었다.

가무(歌舞)와 시문(詩文)에 뛰어난 명기(名妓)로, 19살 때 77살인 평안 감사(平安監司) 김이양(金履陽, 1755~1845, 조선의 문신)과 인연을 맺게 되었다. 김이양은 그녀의 재능을 인정하여 '운초'라는 별호(別號)를 내리고 가까이 하다가, 서울로 돌아올 때 함께 데리고 와서 소실(小室)로 삼았으며, 그 뒤 기녀 생활을 청산하고 시와 거문고로 여생을 보냈다.

금원 김씨(→43)가 남편 김덕희(金德熙)의 별장인 서울 용산(龍山) 삼호정(三湖亭)에 이른바 '삼호정 시단(詩壇)'을 열었을 때 경산[瓊山, 이정신(李鼎臣, 1792~1858, 조선의 문신)의 소실]·경춘[瓊春, 금원의 아우, 홍태수(洪太守)의 소실]·죽서(→468) 등 같은 처지의 여류 시인들과 동인(同人)을 이루어 시를 읊곤 하였다.

매창(→155)·허난설헌(→509)·황진이(→524)가 '조선 3대 여류 시인'으로 일컬어지는 데 대하여 매창·황진이와 함께 '조선 3대 시기(詩妓)'로 일컬어지고 있다.

작품집 〈운초당 시고(雲楚堂詩稿)〉[〈부용집(芙蓉集)〉이라고도 한다.]에 실려 있는 시 30여 수(首)는 규수 문학(閨秀文學)의 정수(精髓)로 꼽히고 있다.

작품으로 〈강루칠석(江樓七夕, '칠석날 강가 누각에서')〉·〈대황강 노인(待黃岡老人, '황강 노인을 기다리며')〉·〈부용 상사곡(芙蓉相思曲)〉·〈삼호정 만조(三好亭晩眺, '삼호정에서 늦게 바라보다')〉·〈억가형(憶家兄, '가형을 추억하며')〉·〈오강루 소집(五江樓小集, '오강루에서')〉·〈유회(遺懷, '회포를 풀다')〉·〈증영남 노기(贈嶺南老妓, '영남의 노기에게')〉·〈증별금영(贈別錦營, '금영을 떠나며')〉·〈춘소(春宵, '봄밤')〉 등이 있다.

충청남도 천안시(天安市) 광덕산(廣德山) 자락에 있는 그녀의 묘소는 지방 기념물 제65호로 지정되어 있지만, 그 근거는 뚜렷하지 않다.

329

원결

元結 723~772. 5. 26.

중국 당(唐)나라(618~907)의 시인.

자(字)는 차산(次山), 호(號)는 만랑(漫郎)·만수(漫叟)·오수(聱叟)·원자(元子)·의간자(猗玕子).

북조(北朝) 후위(後魏, 386~534) 왕손의 후예로, 허난성(河南省) 노산현(魯山縣)에서 태어났다.

754년(31세) 진사시(進士試)에 급제(及第)하였다.

755년(32세) 11월 9일에 일어난 '안사(安史)의 난(亂)[755~763, '안녹산(安祿山)의 난'이라고도 한다.]'을 피하여 장시성(江西省)에 은거하고 있었는데, 정치에도 능력이 있어 759년(36세) 숙종[肅宗, 711~762, 중국 당나라의 제7대 황제. 재위 756~762. 이형(李亨)]의 부름을 받아 우금오

(右金吾) 병조 참군(兵曹參軍)이 되어 반란군 토벌에 큰 공을 세웠다.

763년(40세) 후난성(湖南省) 다오저우(道州) 자사(刺史)를 거쳐 768년(45세) 용관 경략사(容管經略使)를 지냈다.

성품이 고결하고 우국(憂國)의 충정이 넘쳤으며, 시인으로서는 비교적 자유로운 시형(詩形)을 취하여, 정치 체험에서 우러나온 사회와 정치에 대한 내용을 주로 표현하였는데, 전란(戰亂)으로 말미암은 백성들의 고통과 사회상(社會相)에 눈길을 돌린 침통한 작품이 많았다. 표현의 기교보다는 내용을 중시하는 간고(簡古)한 그의 작풍(作風)과 문장은 유종원(→349) · 한유(→504)의 고문운동(古文運動)에 영향을 끼쳤다.

과다한 세금으로 말미암은 백성들의 고통과 자기의 임무 수행에 따르는 곤란한 입장을 담은 〈용릉행(舂陵行)〉은 두보(→143)를 크게 감동시켜 거기에 답하는 시를 짓게 하였을 정도였으며, 민성(民聲)을 황제에게 들려주려는 의도에서 만들어진 풍자적인 내용을 담은 〈계악부(系樂府)〉는 백낙천(→200)의 〈신악부(新樂府)〉(809)의 선구(先驅)가 되었다. 또한 자유로운 노동 생활을 묘사한 〈만가팔전(漫歌八典)〉이 있다.

중국에서는 두보에 다음가는 국민적 시인으로 손꼽히며, 시문집(詩文集) 〈원차산집(元次山集)〉(모두 10권)과 그가 찬(撰)한 〈협중집(篋中集)〉이 오늘날까지 전해지고 있다. 송(宋)나라(960~1279)의 산문 선집(散文選集) 〈문장궤범(文章軌範)〉에도 1편의 산문이 실려 있다.

330

원굉도

袁宏道 1568 ~ 1610

중국 명(明)나라(1368~1644)의 시인이며 문학자.

자(字)는 중랑(中郎), 호(號)는 석공(石公).

후베이성(湖北省) 공안현(公安縣)에서 태어났다.

형 종도(宗道, 1560~1600, 중국 명나라의 문학가), 아우 중도(中道, 1570~1623, 중국 명나라의 문학가)와 함께 '3원(三袁)'으로 일컬어지며, 출신지 이름을 따서 '공안파(公安派)'라고 한다.

1592년(24세) 회시(會試)에 급제(及第)한 뒤, 1594년(26세) 장쑤성(江蘇省) 우셴[吳縣, 지금의 쑤저우(蘇州)]의 지현(知縣)으로 치적(治績)을 올렸으며, 그 뒤 국자감(國子監) 조교(助敎) · 예부(禮部) 의제사(儀制司) 주사(主事) · 이부(吏部) 계훈시랑(稽勳侍郞) 등을 지냈다.

형제들과 함께 이지(李贄, 1527~1602, 중국 명나라의 사상가이며 문학가)의 문하(門下)에서 공부하여 반(反)전통 · 반(反)권위 사상의 감화를 받았고, 왕세정(王世貞, 1526~1590, 중국 명나라의 문학가이며 역사학자) · 이반룡(→368) 등의 '고문사파(古文辭派)'에 의한 의고 운동(擬古運動)에 반대하여, 시의 진수(眞髓)는 개성이 자유로운 표출에 있으며, 격조에 얽매여서는 안 된다고 주장하였다. 그러나 원래가 문인(文人) 기질이어서 평속(平俗)이라는 비난을 받았으나, 평명(平明)하고 경묘(輕妙)한 시문(詩文)은 복고(復古)의 풍조 속에 청신(淸新)한 기풍을 도입하였다.

그의 시론(詩論)을 문학사상(文學史上) '성령설(性靈說)'이라고 하는데, 청(淸)나라(1616~1912) 원매(→331)의 성령설의 선구(先驅)가 되었다. 그러나 만년(晩年)에 당시 문단(文壇)을 지배하고 있던 의고주의(擬古主義, archaism)를 개혁하기 위해서는 다른 개혁파인 담원춘(→135) · 종성(→464) 등의 징링파(竟陵派)가 등장하여야 한다고 주장하였다.

〈병사(甁史)〉 · 〈상정(觴政)〉 등과 같이 꽃이나 술에 대한 작품이 있으며, 지은 책으로 〈명사(明史)〉 · 〈원중랑집(袁中郎集)〉(모두 40권) · 〈파연재집(破硏齋集)〉 등이 있다.

331

원매

袁枚 1716. 3. 25. ~ 1798. 1. 3.

중국 청(淸)나라(1616~1912)의 시인이며 문인(文人).

자(字)는 자재(子才), 호(號)는 간재(簡齋) · 수원(隨園).

저장성(浙江省) 첸탕현[錢塘縣, 지금의 항저우(杭州)]에서 태어났다.

1739년(23세) 진사시(進士試)에 급제(及第)한 뒤, 장쑤성(江蘇省) 리수이(溧水) 등 여러 현지사(縣知事)를 두루 지내면서 명지사(名知事)로 이름이 났다. 장쑤성 장닝[江寧, 지금의 난징(南京)] 재임 중에 성서(城西)의 샤오창산(小倉山)에 큰 저택을 지어 이곳을 '수원(隨園)'이라고 하였고, 그 뒤 '수원 선생(隨園先生)'이라고 일컬어졌다.

1755년(39세) 벼슬을 사임하고 죽을 때까지 재야(在野)의 시인·문인으로 활약하였다. 주로 문필(文筆) 활동으로 호사스러운 생활을 유지하였으며, 많은 남녀 제자들을 거느리고 시단(詩壇)의 2대 거인의 한 사람으로 건륭연간(乾隆年間, 1736~1795)을 빛냈고, 장사전(→427)·조익(→460)과 함께 '강좌 삼대가(江左三大家)' 또는 '건륭삼대가(乾隆三大家)'라고 일컬어졌다.

심덕잠(→258)의 격조설(格調說)에 반대하여 명(明)나라(1368~1644)의 원굉도(→330) 등 공안파(公安派)와 상통하는 성령설(性靈說)을 주장하였다. 복고주의(復古主義, reactionism) 경향에 반대하였고, 시는 성정(性情)이 흐르는 대로 자유롭게 노래하여야 하며 옛 사람의 모방과 기교에 흘러서는 안 된다고 하였다. 일부 작품에서는 한대(漢代)의 유학(儒學)과 정주학파(程朱學派)의 이학(理學)을 비판하기도 하였으며, 민생의 고통을 반영하였다.

〈수서정야좌(水西亭夜坐)〉 등 서정시를 좋아하였고, 학력으로 시를 쓰는 시류(時流)를 피한 쉬운 시풍(詩風)은 백낙천(→200)을 연상(聯想)시키지만 본인은 그것을 부정하였다. 또한 공안파와의 관계도 언급이 없었고, 심덕잠과의 논쟁에서는 왕차회[王次回, 1593~1642, 중국 명나라의 시인. 본명(本名)은 왕언홍(王彦泓)]의 연애시를 비호(庇護)하였다.

생활 태도는 쾌락주의(快樂主義, hedonism)적이었으며, 식도락가(食道樂家)로 〈수원 식단(隨園食單)〉을 남겼다.

고문(古文)과 변려문[騈儷文, 4언·6언의 대구(對句)로 이루어진 문장. 변려체·변문·사륙문(四六文)·사륙변려문이라고도 한다.]에 모두 뛰어나 〈제매문(祭妹文)〉 등을 남겼고, 시문집(詩文集) 〈소창산방집(小倉山房集)〉(모두 82권), 시론(詩論) 〈수원 시화(隨園詩話)〉(모두 26권)·〈자불어(子不語)〉가 있으며, 전집 〈수원 삼십종(隨園三十種)〉이 있다.

332

원이둬

聞一多 1899. 11. 24. ~ 1946. 7. 15.

중국의 시인이며 문학자.

본명(本名)은 이둬(亦多) 또는 자화(家驊), 나중에 둬(多)라고 개명(改名)하였고, 이둬(一多)는 필명(筆名), 자(字)는 유산(友山)·유싼(友三)이다.

후베이성(湖北省) 시수이현(浠水縣)에서 태어났으며, 윈난성(雲南省) 쿤밍(昆明)에서 죽었다.

1912년(13세) 베이징(北京)의 칭화학교[清華學校, 칭화대학(清華大學, Tsinghua University, 1911년 설립)의 전신(前身)]에 입학하였으며, 재학 중인 1919년(20세) 5·4 운동(五四運動)을 통하여 신문화(新文化)에 눈을 떴으며, 신시(新詩) 〈서안(西岸)〉(1920) 등을 발표하였다.

졸업한 뒤 1922년(23세) 그림을 공부하기 위하여 미국으로 유학하여 시카고 미술관 부설 학교(School of the Art Institute of Chicago)에서 공부하였는데, 서양의 근대 문학, 특히 영시(英詩)에 큰 관심을 갖고 문학으로 방향을 바꾸었으며, 1923년(24세) 처녀 시집 〈홍촉(紅燭)〉을 펴냈다.

1925년(26세) 5월 귀국한 뒤, 량스추(梁實秋, 1902~1987, 중국의 현대 작가이며 번역가·문학 평론가)·뤄룽지(羅隆基, 1896~1965, 중국의 학자이며 정치 평론가)·쉬즈모(→247)·천위안(陳源, 1896~1970, 중국의 문학가)·후스(胡適, 1891~1962, 중국 국민 정부의 외교관이며 학자·사상가) 등과 함께 문학 단체 신웨파(新月派)를 결성하고 이를 중심으로 시와 시론(詩論)을 발표하였으며, 격률시(格律詩)를 제창하였다.

1926년(27세) 3·18 학살 사건[일제(日帝)와 연합한 군벌(軍閥)에 반대하는 청년 학생들과 시민들의 시위를 무참히 진압한 사건]이 발생하였을 때에는 희생당한 지사(志士)들에 대한 동정과 찬양을 표시하였다.

1927년(28세) 봄 후베이성의 성도(省都) 우한(武漢)으로 가서 북벌군(北伐軍) 총정치부 공작에 참여하였고, 같은 해 가을부터 장쑤성(江蘇省) 난징(南京)의 국립 제4중산대학[第四中山大學, 1928년 중앙대학(中央大學), 1949년 난징대학(南京大學)으로 이름이 바뀌었다.] 외국어과 주임을 맡았다.

1928년(29세) 1월 두 번째 시집 〈사수(死水)〉를 펴냈으며, 3월부터 신웨사에서 발행하는 〈신웨〉(월간 문예지, 1928. 3.~1931. 11. 제4권 7집으로 종간) 편집을 맡았다. 1930년(31세)부터는 칭다오대학(青島大學) 문학원장 겸 국문과 주임을 지냈다.

1932년(33세) 모교(母校) 칭화대학에 중국문학과 교수로 취임한 뒤로는 당시(唐詩)와 〈시경(詩經)〉·〈장자(莊子)〉·〈주역(周易)〉·〈초사(楚辭)〉 등 중국의 고전(古典)과 신화(神話)를 학술적으로 연구하여 높은 성과를 거두었다. 그의 학풍은 실증적(實證的) 고증학을 바탕으로 새로운 문학의 연구와 민속적·신화학 등의 방법을 도입하여 고전 연구에 새 국면을 열었다.

중·일 전쟁[中日戰爭(Second Sino-Japanese War), 1937. 7. 7.~1945. 9. 2.] 중에는 쿤밍의 시난연합대학(西南聯合大學)으로 옮겨 학문을 연구하는 한편, 1943년(44세)부터는 독재를 반대하고 민주를 쟁취하려는 투쟁에 적극적으로 참가하였다.

1945년(46세) 중국 민주 동맹(民主同盟) 중앙 위원을 맡고 중국 국민당(中國國民黨, Kuomintang of China, 1912년 창당)이 내전(內戰)을 일으키려는 데 대하여 격렬하게 반대하였는데, 1946년(47세) 7월 15일, 쿤밍에서 국민당 특수 공작원에게 암살당하였다.

고전 연구서로 〈역림경지(易林瓊枝)〉(1939)·〈악부시전(樂府詩箋)〉(1940)·〈초사교보(楚辭校補)〉(1941)·〈시경신의(詩經新義)〉(1945), 신화 연구서 〈복희고(伏羲考)〉 등이 있으며, 궈모뤄(→38)·쉬웨이위(許維遹)와 함께 춘추 시대[春秋時代, 기원전 770년 주(周)나라(B.C. 1046~B.C.770)의 동천(東遷) 이후부터 기원전 221년 진(秦)나라(B.C.221~B.C.207) 시황제(始皇帝, B.C.259~B.C.210, 중국 진나라(B.C.900?~B.C.221)의 제31대 왕이며 중국 최초의 황제. 재위 B.C.221~B.C.210)의 통일까지의 시기] 제(齊)나라(B.C.1046~B.C.221)의 재상(宰相) 관중(管仲, ?~B.C. 645)이 지었다고 하는 〈관자(管子)〉의 주해서(註解書) 〈관자집교(管子集校)〉를 펴냈다.

주요 저술은 주쯔칭(→467) 등이 편집한 〈원이둬 전집(聞一多全集)〉(모두 4권, 1948)에 실려 있다.

1993년 고향 시수이현에 옛 정원(庭園)을 갖춘 '원이둬 기념관(聞一多紀念館)'이 건립, 개관되었다.

333

원진

元稹 779 ~ 831

중국 당(唐)나라(618~907)의 시인이며 작가.

자(字)는 미지(微之).

허난성(河南省) 뤄양(洛陽)에서 태어났으며, 후베이성(湖北省) 우창(武昌)에서 죽었다.

북조(北朝) 후위(後魏, 386~534) 왕실의 후예였으나 몰락하여 집안이 매우 가난하였고, 8세 때 아버지를 여의고 어머니의 손에서 자랐으며, 불우한 소년기를 보냈다.

806년(27세) 황제의 친시(親試) 발췌과(拔萃科)에 급제(及第)하여 이름을 떨쳤으며, 비서성(祕書省) 교서랑(校書郎)을 지냈다.

822년(43세) 재상(宰相)이 되었으나 환관(宦官)들과의 충돌로 산시성(山西省) 퉁저우(同州)로 좌천(左遷)되었으며, 그 뒤 저장성(浙江省) 웨저우(越州) 등 지방관(地方官)으로 여러 벼슬을 전전하였고, 얼마 뒤에 우창 절도사(節度使)로 있다가 그곳에서 죽었다.

풍자를 주제로 악부시(樂府詩)를 지어 새로운 분야를 개척하였으며, 창화시(唱和詩)에 차운 형식(次韻形式)을 도입하여 이목을 끌었다.

관직(官職)에 있으면서 백낙천(→200)과 교유(交遊)하였고, 그와 더불어 '원백(元白, 원진과 백낙천)'으로 일컬어졌다.

824년(45세)에는 백낙천의 의뢰로 그의 시문 2,191수(首)를 모아 〈백씨 장경집(白氏長慶集)〉[모두 50권, 〈백향산집(白香山集)〉이라고도 한다.]을 편찬하였다.

자신의 시를 고체(古體)·고풍(古諷)·신제악부(新題樂府)·악풍(樂諷)·염시(艶詩)·율시(律詩) 등 6가지 형(型)으로 분류하였는데, 이를 크게 나누어 보면 전통적인 악부의 신체시(新體詩)를 목표로 한 사회시(社會詩), 즉 신악부(新樂府)와 개인적 정감을 토로한 서정시와 사교적인 증답시(贈答詩)의 두 종류로 나눌 수 있다. 특히 후자는 '원백'으로부터 시작되어 당시 유행하던 원화체(元和體) 시와 더불어 중요한 위치를 차지하였다.

문사(文辭)에서도 새로운 체제의 산문을 추진하였고, 단편 소설 영역에서 주도적 역할을 한 전기 소설(傳記小說) 〈앵앵전(鶯鶯傳)〉[〈유문기(遺文記)〉·〈회진기(會眞記)〉라고도 한다.]과 〈원씨 장경집(元氏長慶集)〉(모두 60권)을 저술하여 중국 문학에서 설화(說話) 장르의 새로운 기준을 마련하였다.

그의 모든 작품은 예리한 감각과 재능으로 가득 찼고 시대적 동향에 따르면서도 전통에서 벗어나려는 시도로 후대에도 많은 영향을 끼쳤다.

장사꾼들의 불로소득(不勞所得)을 풍자한 〈고객악(估

客樂)〉, 궁인(宮人)들의 대화 형식을 이용하여 현종[玄宗, 685~762, 중국 당나라의 제6대 황제. 재위 712~756. 이융기(李隆基)]의 사치하고 황음무도(荒淫無道)함을 폭로한 〈연창궁사(連昌宮詞)〉, 계속된 전쟁으로 고통을 받는 농민의 애환을 그린 〈전가사(田家詞)〉 등이 대표적인 작품이다. 이 밖에도 〈견비회(遣悲懷)〉·〈고축성곡(古築城曲)〉·〈방언(放言, '거리낌 없이 말하다')〉·〈해수시(解愁詩)〉 등이 있고, 〈소집(小集)〉(모두 10권)을 펴냈다.

334

원호문

元好問 1190. 7. 8. ~ 1257. 10. 12.

중국 금(金)나라(1115~1234)의 시인이며 학자.

자(字)는 유지(裕之), 호(號)는 유산(遺山).

당(唐)나라(618~907) 원결(→329)의 자손으로, 산시성(山西省) 병주(并州) 진양[晉陽, 지금의 타이위안(太原)] 수용[秀容, 지금의 신저우(忻州)]에서 태어났으며, 허베이성(河北省) 후워루(獲鹿)에서 죽었다.

어려서부터 신동(神童)으로 불리었고, 학문에 뜻을 두어 14세 때부터 학천정(郝天挺, 1161~1217, 중국 금나라의 문학자)에게 배웠으며, 당시의 풍조인 과거(科擧)를 위한 공부에만 편중하지 않고 경자백가(經子百家)의 학문을 폭넓게 공부하였다.

1221년(31세) 진사시(進士試)에 급제(及第)하였으나 벼슬을 지내지 않고 몇 년 동안 떠돌아다녔다. 그 뒤 관직(官職)에 나아가 국사 편수관(國史編修官), 진평(鎮平, 1226)·내향(內鄕, 1227)·남양(南陽, 1231) 현령(縣令) 등 지방관(地方官)을 지냈다.

1232년(42세) 몽골군의 허난성(河南省) 카이펑(開封) 공략 때는 문서관으로 중앙에 있었으며, 금나라가 멸망할 당시인 1234년(44세)에는 좌우사(左右司) 원외랑(員外郎)으로 있었다.

정복자(征服者) 원(元)나라(1271~1368)의 벼슬은 거부하고 출사(出仕)하지 않았으며, 망국(亡國)의 비참한 모습을 보고 많은 작품을 만들었는데, 침울하고 처절한 정서가 뛰어났다. 국사 편찬을 자임하였으나, 다른 사람의 방해로 말미암아 야사(野史) 편찬을 결심하고 '야사정(野史亭)'에서 금나라의 사적(史蹟) 채록에 힘써, 전국을 다니면서 숨겨진 이야기를 수집하였는데, 그것이 100여 만 자에 이르렀다. 그 뒤에도 화북(華北) 각지를 유랑하면서 오로지 문인(文人)으로서 유유자적한 생활을 보냈다.

그의 시는 도연명(→139)·두보(→143)·소동파(→234)·황정견(→522)의 시풍(詩風)을 이어받아 끊어졌던 중국 시의 정통을 계승하였다. 특히 두보의 시에 조예가 깊었는데, 두보의 시구(詩句)를 요령 있게 이용하여 때로는 두보의 시를 능가하는 중후함을 보였다. 오언고시(五言古詩)는 풍격이 높으며, 악부(樂府)는 금제(今題)를 사용하여 신선미가 돋보인다. 나아가 5·7·9언을 뒤섞은 잡언(雜言)의 장편시도 많이 써서 새로운 분야를 개척하였다.

지은 책으로는 금나라 시대 시인들의 작품을 정선한 〈중주악부(中州樂府)〉와 〈중주집(中州集)〉(모두 10권), 〈동파시아(東坡詩雅)〉·〈두시학(杜詩學)〉·〈시문자경(詩文自警)〉 등 시의 선본(選本)과 평론도 펴냈다. 특히 〈논시 절구 30수(論詩絕句三十首)〉는 한(漢, B.C.202~220)·위(魏, 225~265) 시대 이래의 시가(詩歌)를 통하여 비교적 체계적으로 자기의 문학 주장을 표명한 것으로, 문학 비평을 연구하는 데 중요한 자료이다. 산문에서도 정통을 계승하여 높은 평가를 받고 있으며, 많은 국가 유공자들의 비명(碑銘)을 지었다.

이 밖에 〈남관록(南冠錄)〉·〈속이견지(續夷堅志)〉(모두 4권)·〈유산 선생 문집(遺山先生文集)〉(모두 40권, 부록 1권)·〈유산 선생 신악부(遺山先生新樂府)〉(모두 5권)·〈유산악부(遺山樂府)〉(모두 3권)·〈임진잡편(壬辰雜編)〉 등이 있다.

335

위안수이파이

袁水拍 1916 ~ 1982. 10. 29.

중국의 시인.

본명(本名)은 위안광메이(袁光楣), 필명(筆名)은 마판퉈(馬凡陀).

장쑤성(江蘇省) 쑤저우(蘇州)에서 태어났으며, 베이징(北京)에서 죽었다.

1934년(18세) 쑤저우고등학교를 거쳐 장쑤성 상하이(上海)의 루장대학(滬江大學)을 졸업하였고, 상하이 저장상업은행(浙江商業銀行)과 중국은행(中國銀行)에서 근무하였다.

1942년(26세) 중국 공산당(中國共産黨, Chinese Communist Party, 1921년 창당)에 입당하였으며, 중·일 전쟁[中日戰爭(Second Sino-Japanese War), 1937. 7. 7.~1945. 9. 2.] 중에는 쓰촨성(四川省) 충칭(重慶)과 홍콩(香港)에서 활동하였다.

1944(28세)~1948년(32세)에는 상하이에서 〈대공보(大公報)〉와 〈신민보(新民報)〉를 편집하였으며, 정치 풍자시를 많이 발표하였다. 산가(山歌)라는 경쾌한 민요조(民謠調)를 사용하여 권력자의 허위와 부패 등을 비판하였다.

시집 〈인민(人民)〉(1940)·〈겨울이야, 겨울이야〉(1943)·〈시 40수(首)〉(1954)·〈마판퉈 산가(馬凡陀山歌)〉(1955) 등이 있고, 이 밖에 〈시론집(詩論集)〉(1958) 등이 있다.

336

위응물

韋應物 737? ~ 792?

중국 당(唐)나라(618~907)의 시인.

장쑤성(江蘇省) 쑤저우(蘇州) 자사(刺史)로 벼슬을 마쳤기 때문에 '위소주(韋蘇州)'라고도 하였다.

산시성(陝西省) 경조부[京兆府, 지금의 시안(西安) 일대] 만년현(萬年縣)에서 태어났으며, 쑤저우에서 죽었다.

젊었을 때에는 의협심이 강하여 현종[玄宗, 685~762, 중국 당나라의 제6대 황제. 재위 712~756. 이융기(李隆基)]의 근위 사관(近衛士官)으로 자유 분방한 생활을 하였으나, 755년(18세) 11월 9일에 일어난 '안사(安史)의 난(亂)[755~763, '안녹산(安祿山)의 난'이라고도 한다.]'으로 직(職)을 잃고 난 뒤 마음을 바꾸어 학문에 힘썼다.

763년(26세) 관계(官界)에 진출하여, 허난성(河南省) 뤄양(洛陽)의 승(丞), 산시성 리양(櫟陽)의 영(令)·비부(比部) 원외랑(員外郎)(781), 안후이성(安徽省) 추저우(滁州) 자사(783), 장시성(江西省) 장저우(江州) 자사(785)·좌사낭중(左司郎中)(787)·쑤저우 자사(788) 등을 지냈다.

당나라 자연파 시인의 대표자로, 맹호연(→158)·왕유(→314)·유종원(→349) 등과 함께 '왕맹위유(王孟韋柳)'라고 일컬어졌으며, 고황(顧況, ?~?, 중국 당나라의 시인이며 화가)·교연[皎然, ?~789?, 중국 당나라의 선승(禪僧)이며 시인]·백낙천(→200)·유장경(→348) 등과 교유(交遊)하면서 시를 주고받았다.

시풍(詩風)은 도연명(→139)·왕유와 비슷하여 도연명과 함께 '도위(陶韋)'라고 일컬어졌고, 징담정치(澄淡精緻)하다는 평을 들었으며, 전원 산림(田園山林)의 고요한 정취를 소재로 한 작품이 많다. 당시의 정치와 민생의 괴로움을 주제로 삼은 작품 중에도 뛰어난 작품이 많이 전해지고 있다.

지은 책으로 〈습유(拾遺)〉와 〈위소주집(韋蘇州集)〉(모두 10권)이 있으며, 〈전당시(全唐詩)〉[모두 900권, 2,200여 명의 작품 4만 8,900여 수 수록. 1705년 3월에 편찬에 착수, 1745년 10월에 완성, 1746년 4월 양저우시국(揚州詩局)에서 간행]에 그의 시 536수(首)가 남아 있다.

337

위장

韋莊 836? ~ 910. 8.

중국 당(唐)나라(618~907)의 시인.

자(字)는 단기(端己), 시호(諡號)는 문정(文靖).

산시성(陝西省) 창안[長安, 지금의 시안(西安)] 두릉(杜陵)에서 태어났으며, 쓰촨성(四川省) 수저우[蜀州, 지금의 청두(成都)]에서 죽었다.

위응물(→336)의 4세손으로 한때는 집안의 명성이 대단하였으나 그가 태어날 쯤에는 가세(家勢)가 기울었고, 부모님이 일찍 돌아가셨기 때문에 어린 시절을 매우 힘들게 보냈다. 그러한 빈곤함에도 불구하고 학문을 좋아하여 게을리하지 않았다.

881년(45세) 수도(首都) 창안으로 가서 진사시(進士試)에 응시하였으나, 황소(黃巢, 835~884, 중국 당나라의 반란 지도자)의 난(875~884)이 일어나 수도가 점령되었기 때문에 결국 객지 생활을 하게 되었다. 허난성(河南省) 뤄양(洛陽)으로 갔을 때, 창안에서 난을 피하여 온 한 부인으로부터 도읍의 황폐상과 백성들의 참상을 듣고 1,660자의 장편 칠언고시(七言古詩) 〈진부음(秦婦吟)〉(883)을 읊었다. 진(秦)나라(B.C.221~B.C.207)의 부녀자를 주인공으로 하여 당시 백성들이 의지할 곳을 잃고 떠돌아다니는 고통스럽고 처참한 상황을 묘사한 이 장시(長詩)를 통하여 처음으로 문명(文名)을 떨치게 되었다.

그 뒤에 또 다시 난을 피하여 강남(江南)으로 갔고, 10

년 동안 여러 곳을 떠돌아다니다가 창안으로 돌아왔으며, 894년(58세) 진사시에 급제(及第)하여 교서랑(校書郎)이 되었다.

901년(65세) 서촉(西蜀)으로 갔고, 907년(71세) 당나라가 멸망하자 쓰촨성에서 모반(謀叛)한 왕건[王建, 847~918, 중국 전촉(前蜀, 907~925)의 창건자. 고조(高祖). 재위 907~918]의 선무(宣撫) 책임을 띠고 부관으로 파견되었다. 그러나 스스로 황제라고 참칭(僭稱)하고 제위(帝位)에 올라 전촉의 시조(始祖)가 된 왕건을 섬겨 재상(宰相)이 되어 모든 개국(開國)의 제도를 기획하였다.

그의 시는 쉽고 명확하며 애상(哀想)에 찬 것이 많은데, 당나라 말기의 사회 혼란과 황폐한 상태를 묘사하고 유랑 생활의 감정을 읊은 감상적(感傷的)인 작품은 독자의 심금을 울린다. 또한 입촉(入蜀) 뒤에 지은 새로운 형식의 사(詞)에도 뛰어나 온정균(溫庭筠, 812?~870, 중국 당나라의 시인)과 함께 대표 사인(詞人)이 되었다.

그의 사풍(詞風)은 아름답고 맑은데, 〈시여(詩餘)〉는 만당{晩唐, 문종[文宗, 809~840, 중국 당나라의 제14대 황제. 재위 826~840. 이앙(李昂)]의 대화(大和, 827)로부터 애제[哀帝, 892~908, 중국 당나라의 제20대 황제. 재위 904~907. 이축(李柷)]의 천우(天祐, 906)까지 약 80년간} 이후 성행하던 이 형식에 독자적인 새로운 경지를 개척하였다. 이욱(→389)을 비롯한 10세기 중엽의 사 작가들이 모두 그의 영향을 받았으며, 그의 영향으로 말미암아 사는 곧 송대(宋代) 서정 문학 작품의 주요한 체재가 되었다.

그의 사 작품은 현재 54수(首)밖에 전하지 않는데, 〈화간집(花間集)〉[중국 오대 후촉(後蜀, 934~965)의 조숭조(趙崇祚)가 940년에 편집한 사선집(詞選集). 작가 18명의 500여 수가 실려 있다.]에 48수가 실려 있다.

〈고이별(古離別)〉·〈보살만(菩薩蠻)〉·〈여관자(女冠者)〉·〈잔화(殘花, '시들어 가는 꽃')〉·〈장대야은(章臺夜恩, '장대에서 밤을 맞아')〉·〈하엽배(荷葉杯)〉 등의 작품과 지은 책으로 〈완화사집(浣花詞集)〉 등이 있으며, 이 밖에 당시선집(唐詩選集) 〈우현집(又玄集)〉을 편찬하였다.

시 작품은 903년(67세) 그의 동생 위애(韋靄)가 〈완화집(浣花集)〉(모두 10권)에 수록하였고, 1969년 장충핑(江聰平)이 편찬한 〈위단기 시 교주(韋端己詩校注)〉가 타이베이(臺北)에서 출판되었다.

338 위핑보
兪平伯 1899~1990

중국의 시인이며 산문 작가·문학 평론가.

본명(本名)은 위밍헝(兪銘衡).

유월(兪樾, 1821~1906, 중국 청나라의 고증학자)의 손자로, 저장성(浙江省) 더칭(德淸)의 학자 집안에서 태어났다.

1919년(20세) 베이징대학(北京大學, Peking University, 1898년 설립)을 졸업한 뒤 유럽에서 유학하였는데, 재학 중에 문학 혁명의 영향을 받고 구어 자유시(口語自由詩) 초창기에 크게 이바지하였다.

처음에는 시인으로 출발하여 신문학 운동 초기의 주요 시인 중의 한 사람이었다. 나중에 저우쭤런{周作人, 1885~1967, 중국의 학자이며 수필가·번역가. 루쉰[魯迅, 1881~1936, 20세기 중국 문학의 거장. 본명은 저우수런(周樹人)]의 아우}의 영향을 받고 산문에 독특한 경지를 개척하여 산문 작가로 활약하였으며, 루쉰·저우쭤런 형제와 함께 〈어사(語絲)〉(주간 문학지. 1924. 11.~1931. 1. 통권 156호로 종간)에도 깊이 관여하였다.

베이징대학 등 베이징의 여러 대학 교단(敎壇)에 서면서부터 산문에서 고전 문학(古典文學)의 고증과 평론으로 방향을 바꾸었으며, 시작(詩作) 역시 구체시사(舊體詩詞)에 주력하였다. 옛 취향과 근대적 지성(知性)이 미묘하게 균형을 이루는 것이 그의 특징이다.

〈겨울밤(冬夜)〉(1921)·〈서환(西還)〉(1924)·〈생각(憶)〉(1925)의 세 권의 시집과 독특하고 어려운 문체(文體)를 구사(驅使)한 산문집 〈연지초(燕知草)〉(1928)·〈잡반아(雜拌兒, '여러 글을 모은 것')〉(1933)를 펴냈고, 사(詞)의 분야에서도 평석(評釋) 〈독사우득(讀詞偶得)〉(1934) 등 독자(獨自)의 인상주의(印象主義, impressionism)적 감상문을 발표하였다.

문학 평론가로 알려지게 된 것은 고전 소설 〈홍루몽(紅樓夢)〉을 다룬 〈홍루몽변(紅樓夢辨)〉[1923, 1952년에 증정(增訂)되어 〈홍루몽 연구〉로 출판되었다.]에 의해서였다. 특히 〈홍루몽 연구〉는 중화인민공화국 정권(政權)이 수립된 뒤인 1954년(55세) 말 리시판(李希凡, 1927~, 중국의 문학 평론가이며 문학사가) 등이 그의 연구 방법을 비판한 것을 계기로 하여, 중화인민공화국 문화계에 '홍루몽 논쟁(紅樓夢論爭)'이라는 사상 운동이 일어났으며, '홍학(紅學)'이라는 말까지 생겼다.

이 밖의 지은 책으로 〈당송사선석(唐宋詞選釋)〉·〈독시경예기(讀詩經禮記)〉·〈지연재 홍루몽 집평(脂硯齋紅樓夢輯評)〉(1955)·〈홍루몽 80회 교본(紅樓夢八十回校本)〉(1959)이 있고, 색다른 풍격을 지닌 회삽(晦澁)한 에세이집도 몇 권 펴냈다.

339

유경환

劉庚煥 1936. 11. 23. ~ 2007. 6. 29.

한국의 시인이며 아동 문학가.

호(號)는 솔내.

황해도 장연군(長淵郡) 대구면(大救面) 송천리(松川里)에서 태어났으며, 경기도 고양시(高陽市) 일산(一山) 백병원(白病院)에서 죽었다.

경성제2고등보통학교[京城第二高等普通學校, 지금의 경복고등학교(景福高等學校)]와 연세대학교(延世大學校) 정치외교학과를 졸업하였고, 미국 하와이대학교(University of Hawaii, 1907년 설립) 신문학 과정을 마친 뒤, 연세대학교 대학원에서 행정학 석사(1982)와 언론학 박사 학위(1989)를 받았다.

한국 전쟁(Korean War, 1950. 6. 25.~1953. 7. 27.) 중인 1953년(17세) 부산(釜山) 피난 시절, 중학생으로 〈소년세계(少年世界)〉(월간 아동지. 1952. 7.~1956. 9. 통권 40호로 종간)에 투고(投稿)한 〈오누이 가게〉가 특선되어 제1회 소년 세계 문학상을 받았고, 1954년(18세) 〈호슷가〉로 제1회 학원 문학상(學園文學賞), 같은 해 제1회 새벗 문학상을 받았다.

1955년(19세)에는 김종원(金鍾元, 1937~, 한국의 영화 평론가이며 시인·기자)·정규남(丁奎南, 1937~?, 한국의 시인)과 함께 우리나라 최초의 고등 학생 시집 〈생명의 장(章)〉[민성문화사(民聲文化社)]을 펴냈다.

1957년(21세) 〈조선일보(朝鮮日報)〉 신춘 문예에 동시(童詩) 〈아이와 우체통〉이 입선되었고, 1958년(22세) 〈현대문학(現代文學)〉(월간 순수 문예지. 1955. 1.~현재)에 〈바다가 내게 묻는 말〉·〈석화(石花)〉·〈혈화산(血火山)〉 등이 추천되어 등단(登壇)하였다.

1965년(29세) 〈사상계(思想界)〉(월간 종합 교양지. 1953. 4.~1970. 5. 통권 205호로 종간) 기자로 입사하였다가, 육군에 입대, 육군본부 정훈감실에서 〈육군신문(陸軍新聞)〉을 편집하였고, 유엔군사령부 방송국에 파견 근무하였다.

그 뒤 〈사상계〉 기자·편집부장을 거쳐 1968년(32세) 조선일보사에 입사하여 문화부장·논설 위원을 거쳐 유신 체제(維新體制, 1972. 10. 17.~1979. 10. 29.) 말기에는 미국 미시간대학교(University of Michigan, 1817년 설립) 교환 교수를 지냈다. 귀국한 뒤 다시 언론계에 복귀하여 〈조선일보〉 논설 위원, 〈문화일보(文化日報)〉 편집국장 대리·논설 위원 실장을 지냈다. 아동 문학계에서는 한국동요동인회(韓國童謠同人會) 회장(1989), 한국아동문학인협회 공동 대표·회장(1991~1998), 한국아동문학교육원 원장(1998)을 지냈다.

사물의 내면에 깃들인 생명력을 추구한 초기 작품 〈속니웃음〉 등을 〈세대(世代)〉(월간 종합 교양지. 1963. 6.~1979. 12.)에 발표하면서부터는 대상의 즉물적 관조(觀照)와 그것의 참신한 이미지 형상화에 주력하였으며, 전통적인 서정을 흡수, 소화하면서 작품의 폭을 넓혀 나갔다.

1971년(35세) 시 〈겨울 저녁 바다〉로 현대문학사(現代文學社) 제16회 '현대 문학 신인상'을 받은 것을 비롯하여 1974년 〈아기 사슴〉[일지사(一志社), 1974]으로 제9회 소천 아동 문학상(小泉兒童文學賞), 1981년(45세) 시집 〈풀꽃 편지〉[견지사(堅志社)]로 제2회 대한민국 문학상, 1989년(53세) 시집 〈난 별이 되는 법을 알아요〉[동화문학사(童話文學社), 1988]로 제9회 이주홍 아동 문학상(李周洪兒童文學賞), 1990년(54세) 제1회 박홍근 아동 문학상(朴洪根兒童文學賞), 1996년(60세) 제19회 한국 동시동화상(韓國童詩童話賞), 2002년 동시집 〈꽃씨 안이 궁금해〉로 제39회 한국 문학상, 2003년(67세) 시 〈낙산사(洛山寺) 가는 길 3〉으로 제15회 '정지용 문학상(鄭芝溶文學賞)', 2005년(69세) 제4회 '시인들이 뽑는 시인상' 등을 받았다.

이 밖에 〈감정 지도(感情地圖)〉[삼애사(三愛社), 1969]·〈산 노을〉[신일인쇄사(信一印刷社), 1972]·〈흑태양(黑太陽)〉[일조각(一潮閣), 1974]·〈고전(古典)의 눈밭에서〉(일조각, 1975)·〈이 작은 나의 새는〉(일지사, 1977)·〈새가 그리는 시월〉[근역서재(槿域書齋), 1979]·〈누군가는 땅을 일구고〉(일지사, 1981)·〈혼자 선 나무〉(일지사, 1985)·

〈촛불 한 자루 마주하고〉[융성출판사(隆盛出版社), 1986]·〈겨울 오솔길〉[문학세계사(文學世界社), 1987]·〈노래로 가는 배〉(문학아카데미사, 1992)·〈원미동(遠美洞) 시집〉(문학아카데미사, 1997)·〈시간의 빈터〉(세손출판사, 2000)·〈낙산사 가는 길〉[문학수첩(文學手帖), 2002] 등 50여 권의 시집과 동시집 〈꽃사슴〉[숭문사(崇文社), 1966]·〈나무가 무슨 생각을 하는지〉[문원사(文苑社), 2000], 동화집 〈오누이 가게〉(새벗출판사, 1971)·〈비단조개〉(1978)·〈햇볕의 호수(湖水)〉(일지사, 1979), 번역집으로 〈호밀밭의 파수꾼〉(1963)과 외국 동시 동화집 〈흰 사슴〉[삼화인쇄주식회사(三和印刷株式會社), 1972], 소설집 〈툇돌의 낙수(落水)〉[태창문화사(泰昌文化社), 1978], 수필집 〈한 그루 꿈나무를 위하여〉[동화출판공사(同和出版公社), 1986], 평론집 〈한국 현대 동시론(韓國現代童詩論)〉[배영사(培英社), 1979] 등이 있다.

340

유극장

劉克莊 1187 ~ 1269

중국 남송(南宋, 1127~1279)의 시인.

자(字)는 잠부(潛夫), 호(號)는 후촌(後村), 시호(諡號)는 문정(文定).

푸젠성(福建省) 푸톈현(莆田縣)에서 태어났다.

1209년(22세) 음보(蔭補)로 장사랑(將仕郎)이 되었고, 진주(眞州) 녹사 참군(錄事參軍)과 조주 통판(潮州通判)을 지냈다.

초기에는 서기[→224, 자는 영연(靈淵)]·서조[徐照, ?~1211, 자는 영휘(靈暉)]·옹권[翁卷, ?~?, 자는 영서(靈舒)]·조사수(趙師秀, 1170~1220, 자는 영수(靈秀)] 등 '영가학파(永嘉學派)의 4령(四靈)[또는 '사령시파(四靈詩派)]'의 영향을 받았고, 당(唐)나라(618~907) 말기 시풍(詩風)의 근체시(近體詩)를 많이 썼다.

강호파(江湖派)의 대표적인 시인으로, 시 〈낙매(落梅)〉로 말미암아 필화(筆禍) 사건을 일으켜 파직(罷職)을 당한 뒤 20여 년 동안 출사(出仕)하지 못하였다.

1246년(59세) 비서소감(祕書少監)·중서사인(中書舍人)에 임명되어 사숭지(史嵩之, 1189~1257, 중국 남송의 재상)를 탄핵(彈劾)하였다가 푸젠성 장저우(漳州) 지주(知州)로 좌천(左遷)되었다. 그 뒤 공부상서(工部尙書) 겸 시강(侍講)으로 옮겼고, 환장각(煥章閣) 학사(學士)를 끝으로 벼슬에서 물러났다.

만년(晩年)에는 농촌에서 지내면서 육유(→356)의 시를 많이 닮아 갔다.

그가 지은 〈천가시(千家詩)〉(모두 22권)와 시인들을 논한 〈후촌시화(後村詩話)〉는 후배들의 시학(詩學)에 크게 이바지하였다.

지은 책으로 〈후촌별조(後村別調)〉·〈후촌 선생 대전집(後村先生大全集)〉(모두 196권)·〈후촌 장단구(後村長短句)〉 등이 있다.

341

유도순

劉道順 1904(고종 41) ~ 1938

한국의 시인이며 대중 가요 작사가·동요 작가.

필명(筆名)은 범오(凡吾)·서두성(徐斗成).

평안북도 출생으로, 만년(晩年)에는 신의주(新義州)에서 살았다.

일본으로 유학하여 도쿄 니혼대학(日本大學) 영문과를 졸업하고 4년 동안 기자 생활을 하였다.

1923년(19세) 〈동아일보(東亞日報)〉 신춘 문예 동요 부문에 〈별〉이 당선되었고, 〈조선문단(朝鮮文壇)〉(월간 순수 문예지. 1924. 10.~1936. 6. 통권 26호로 종간) 제4호(1925. 1.)에 시 〈갈잎 밑에 숨은 노래〉를 추천받아 등단(登壇)하였다. 그 뒤 제5호(1925. 2.)에 〈어떤 날 밤〉과 〈옛날의 한때〉, 제6호(1925. 3.)에 〈대낮〉 등 주로 전통적인 서정 속에 인생과 관념을 배합한 시를 발표하였다.

1926년(22세) 3월 처녀 시집 〈혈흔(血痕)의 묵화(墨華)〉[청조사(靑鳥社)]를 펴냈으며, 〈별건곤(別乾坤)〉(대중 월간지. 1926. 11.~1934. 7. 통권 74호로 종간) 제9호(1927. 10.)에 민요 〈꿈길〉·〈달밤〉, 제15호(1928. 8.)에 〈님의 배〉를 발표하였다.

1928년(24세)에는 전통적이며 향토적인 서정을 소곡(小曲) 형식으로 한 동요를 발표, 〈어린이〉(월간 어린이 잡지. 1923. 3.~1934. 7. 통권 122호로 종간. 복간하여 1948. 5.~1949. 12. 통권 137호로 종간) 2월호에 〈닭알〉, 7월호에 〈개똥벌레〉와 〈조희배〉, 〈소년조선(少年朝鮮)〉(월간 어린이 잡지. 1927. 12.~1929. 8.) 8월호에 〈딸기와 구슬〉 등과 번역 동화를 발표하였다. 어린이 소설집으로 〈아동 심청전(兒童沈淸傳)〉이 있다.

한편, 1930년대 대중 가요를 가장 많이 작사하여 50여 곡의 유행가를 남겼다. '봄은 왔네 봄이 와, 숫처녀의 가슴에도'로 시작되는 〈처녀 총각〉(1934)을 비롯하여 〈청춘 타령〉(1932)·〈개나리 고개〉(1934)·〈군밤 타령〉(1934)·〈먼동이 터 온다네〉(1934)·〈봉자(峯子)의 노래〉(1934)·〈처녀 사냥〉(1934)·〈고향(故鄕)을 찾아가니〉(1935)·〈아내의 무덤 안고〉(1935)·〈아득한 천리길〉(1935)·〈갈까 보다〉(1936)·〈낙화암(落花岩)의 천년몽(千年夢)〉(1936)·〈유쾌한 시골 영감〉(1936)·〈처녀 시절〉(1936)·〈봄 총각 봄 처녀〉(1938)·〈국경(國境)의 부두〉(1939)·〈통군정(統軍亭)의 노래〉(1942)·〈가여운 여자〉·〈순풍(順風)에 돛을 달고〉·〈낙랑 공주(樂浪公主)〉·〈아들의 하소연〉 등이 있다.

〈가시옵소서〉·〈가여운 여자〉·〈고향을 찾아가니〉 등 40여 곡은 일본 음반 회사인 콜럼비아 레코드(Columbia Records)에서 녹음되었으며, 〈문예시대(文藝時代)〉(문예지. 1926. 11.~1927. 1. 통권 2호로 종간) 창간호에 〈물에〉, 〈동광(東光)〉(월간 종합 교양지. 1926. 5.~1933. 1. 통권 40호로 종간) 제31호(1932. 3.)에 〈청춘의 노래〉, 〈삼천리(三千里)〉(월간 종합 교양지. 1929. 6.~1942. 1. 통권 150호로 종간) 제45호(1935. 2.)의 〈명작 유행 가요선(名作流行歌謠選)〉에 〈님의 무덤〉·〈조선 타령〉(1934)·〈진달래〉, 〈조선문학(朝鮮文學)〉(월간 순수 문예지. 1933. 5.~11. 제4호로 휴간, 1936. 5. 1. 속간, 1937. 8. 1. 다시 휴간, 1939. 1. 1. 속간. 6월, 통권 19호로 종간) 제2권 1호(1936. 5.)에 〈울릉도 타령〉 등이 각각 소개되었다.

또한 〈그리운 광한루(廣寒樓)〉는 우리나라 최초의 유성 영화(有聲映畫) 〈춘향전(春香傳)〉(1935)의 주제가로, 홍난파(洪蘭坡, 1897~1941, 한국의 작곡가이며 바이올리니스트·지휘자)가 곡을 붙이고 김복희(金福姬, 1916~?, 북한의 여가수)가 노래하였다.

342

유신

庾信 513 ~ 581

중국 남북조 시대[南北朝時代, 중국 남조(南朝)의 송(宋)나라(420~479) 때부터 진(陳)나라(557~589) 때까지의 시대(420~589)]의 시인.

자(字)는 자산(子山).

궁체 시인(宮體詩人) 유견오(庾肩吾, 487~551)의 아들로, 허난성(河南省) 남양군(南陽郡) 신야(新野)에서 태어났다.

어려서부터 총명 다재하여 많은 책을 열독(閱讀)하였으며, 아름다운 시부(詩賦)를 쓰는 것으로 널리 알려졌는데, 특히 〈춘추좌씨전(春秋左氏傳)〉에 통달하였다.

간문제[簡文帝, 503~551, 중국 남조 양(梁)나라(502~557)의 제2대 황제. 소강(蕭綱). 재위 549~551]가 태자로 있을 때, 아버지와 함께 문학 단체의 문인(文人)으로 두터운 신임을 받았다.

궁체시의 명수로, 그의 화려한 문풍(文風)은 같은 시대의 서릉(徐陵, 507~583, 중국 육조 시대의 문학가이며 정치가)과 함께 '서유체(徐庾體)'로 일컬어져 문학 단체에서 유행하여 후진들이 다투어 학습하였다.

후경(侯景)의 난(548~552)이 평정된 뒤, 554년(41세) 원제[元帝, 508~554, 중국 남조 양나라의 제4대 황제. 재위 552~554. 소역(蕭繹)]의 명을 받아 북조(北朝) 서위(西魏, 535~556)의 수도(首都) 창안[長安, 지금의 산시성(陝西省) 시안(西安)]에 사절로 파견되었으나 서위의 침공으로 양나라가 멸망하였다.

창안에서 억류당하였지만, 남조를 대표하는 문인이었던 유신은 서위에 이어 북주(北周, 557~581)에서 평생토록 두터운 예우를 받았으며, 관직(官職)이 개부의동삼사(開府義同三司)에까지 이르러 '유개부(庾開府)'라고 하였다. 그러나 양나라에 대한 연모의 정을 잊지 못하여 망향(望鄕)의 비극과 그 비통한 심정을 부영(賦詠)이나 시문(詩文)에 결집시켜 청신한 형식으로 표현하였다. 이 시기의 작품은 양나라 시절의 화려한 작풍(作風)과는 전혀 그 형식을 달리하는 것으로, 남북조 시대의 시문을 집대성하고 당(唐)나라(618~907) 율시(律詩)의 선구(先驅)가 되었다.

이백(→369)의 청신성(淸新性)과 두보(→143)의 침울성(沈鬱性)이 상통하는 육조 시대[六朝時代, 222~589, 중국 삼국 시대 오(吳)나라(222~280)·동진(東晋, 317~419)과 남조의 송나라·제(齊)나라(479~502)·양나라·진나라를 합한 시대] 최후를 장식하는 대시인이었다.

〈경부(鏡賦)〉·〈고수부(枯樹賦)〉·〈대촉부(對燭賦)〉·〈등부(燈賦)〉·〈상심부(傷心賦)〉·〈소원부(小園賦)〉·〈의련주(擬連珠)〉·〈춘부(春賦)〉·〈탕자부(蕩子賦)〉 등의 서

정적인 소부(小賦)는 문장의 수사(修辭)와 정취가 모두 뛰어났고 특색이 있다. 〈애강남부(哀江南賦)〉와 〈의영회(擬詠懷)〉 27수(首)가 대표작이며, 〈유자산 문집(庾子山文集)〉(모두 16권)이 있다.

＊유아자(柳亞子) → 류야쯔(→146)

343

유엽

柳葉 1902(고종 39). 10. 13. ~ 1975

한국의 시인.

호(號)는 화봉(華峰), 일명 춘섭(春燮).

전라북도 전주(全州)에서 태어났다.

전주 신흥학교(新興學校)를 졸업한 뒤 일본으로 유학하여 도쿄 와세다대학(早稻田大學) 예과(豫科) 불문과(佛文科)에서 2년간 공부하였다. 이 무렵 같은 과의 양주동(→282)과 1년 먼저 영문과에 입학한 백기만(→199)과 교유(交遊)하였다.

1923년(21세) 백기만·손진태(孫晋泰, 1900~?, 한국의 국사학자이며 민속학자)·양주동·이장희(→395) 등과 함께 〈금성(金星)〉(문예 동인지. 1923. 11.~1924. 5. 통권 3호로 종간)을 창간하여 창간호에 시 〈낙엽(落葉)〉과 평론 〈시와 만유(漫遊)〉, 제2호(1924. 1.)에 〈감상(感傷)의 단편〉·〈금성 노래〉·〈소녀(少女)의 죽음〉 등을 발표하였다.

자비(自費)로 펴낸 처녀 시집 〈임께서 나를 부르시니〉(1931. 2.)를 비롯하여 장편 소설 〈꿈길을 밟아〉(1934)·〈꿈은 아니언만〉[고려사(高麗社), 1939], 수필집 〈화봉섬어(華峰譫語)〉[국제신보사(國際新報社), 1962]를 펴냈다.

광복 이후 불가(佛家)에 귀의(歸依)하여 작품 활동을 거의 중단하였고, 해인대학교(海印大學校) 학장 서리(署理), 서울신문사 논설 위원, 영남일보사(嶺南日報社) 주필(主筆) 겸 부사장, 국제신보사 논설 위원, 경기도 고양시(高陽市) 신도읍(神道邑) 쌍수암(雙水庵) 주지(主持) 등을 지냈다.

이 밖에 〈아비디아〉[〈자유문학(自由文學)〉, 1959]·〈38도선(三八度線)〉[〈문예(文藝)〉, 1960]·〈눈은 장벽(障壁)을 본다〉[〈현대문학(現代文學)〉, 1961]·〈약해졌다〉(〈자유문학〉, 1962) 등을 발표하였다.

344

유우석

劉禹錫 772 ~ 842

중국 당(唐)나라(618~907)의 시인이며 철학자.

자(字)는 몽득(夢得).

허베이성(河北省) 딩저우(定州)에서 태어났다. 일설에는 장쑤성(江蘇省) 팽성[彭城, 지금의 쉬저우(徐州)] 출신이라고도 한다.

한(漢)나라(B.C.202~220) 중산(中山, 허베이성) 정왕(靖王) 유승[劉勝, ?~B.C.113, 경제(景帝, B.C.188~B.C.141, 중국 한나라의 제6대 황제. 재위 B.C.157~B.C.141)의 아홉째 아들]의 자손이라고 스스로 말하였지만, 실은 흉노족(匈奴族)의 후예로 조상이 북조(北朝) 후위(後魏, 386~534) 때 허난성(河南省) 뤄양(洛陽)으로 옮겨 왔다.

793년(21세) 유종원(→349)과 함께 진사시(進士試)에 급제(及第)하였고, 795년(23세)에는 박학굉사과(博學宏詞科)에 급제하여 화이난(淮南) 절도사(節度使) 두우(杜佑, 735~812, 중국 당나라의 사학자)의 막료(幕僚)가 되었다.

얼마 뒤에 중앙의 감찰 어사(監察御使)로 영전(榮轉)되어 805년(33세) 왕숙문(王叔文, 753~806, 중국 당나라의 정치가)·유종원 등과 함께 순종[順宗, 761~806, 중국 당나라의 제10대 황제. 재위 805. 이송(李誦)]을 후원자로 하여 추진한 정치 개혁에 참여하였다. 그러나 이 개혁은 환관(宦官)들과 옛 관료들의 반격을 받고 좌절되었다. 그 해 9월 그 때 지은 시가 비판의 대상이 되어 10월에 광둥성(廣東省) 연주(連州) 자사(刺史)로 좌천(左遷)되었다가 다시 후난성(湖南省) 낭주(朗州) 사마(司馬)로 좌천되었다. 순종은 퇴위하였고, 왕숙문은 이듬해 사형에 처해졌으며, 유종원은 후난성 융저우[永州, 지금의 영릉(零陵)] 사마로 좌천되는 등 개혁의 주역(主役)을 맡았던 8명이 모두 변방(邊方)의 사마로 유배되어 '8사마 사건'이라고 한다.

828년(56세) 배도(裵度, 765~839, 중국 당나라의 재상)의 적극적인 추천으로 검교(檢校) 예부상서(禮部尙書)와 태자 빈객(太子賓客, 황태자의 스승)이 되어 뤄양으로 소환되었다가 생애를 마쳤다. '유빈객(劉賓客)'으로 불리었고, 유종원과 교분이 매우 두터워서 '유유(劉柳)'라고도 하였으며, 동갑인 백낙천(→200)과 시문(詩文)을 주고받는 등 사이가 좋았기 때문에 '유백(劉白)'이라고도 일컬어졌다. 835년(63세) 백낙천이 유우석과 주고받은 글들을 모은 문집 〈유백 창화집(劉白唱和集)〉(모두 5권)은 중당{中唐, 대종[代宗, 726~779, 중국 당나라의 제8대 황제. 재위 762~779. 이예(李豫)]의 대력(大曆, 766)으로부터 경종[敬宗, 809~826, 중국 당나라의 제13대 황제. 재위 824~826. 이담(李湛)]의 보력(寶曆, 826)까지 약 60년간} 시대의 문단(文壇)을 화려하게 장식한 우정의 결실이다.

지방관(地方官)으로 있을 때 농민의 생활 감정을 노래한 〈죽지사(竹枝詞)〉는 중국 문학사에서 세련된 작품으로 인정받고 있다. 이 밖에도 〈누실명(陋室銘)〉·〈서새산회고(西塞山懷古)〉·〈오의항(烏衣巷)〉·〈유지사(柳枝詞)〉·〈삽전가(揷田歌)〉·〈재유현도관(再游玄都觀)〉·〈현도관도화(玄都觀桃花)〉 등의 많은 작품이 있는데, 담백한 표현 속에 깊은 뜻을 포함한 작풍(作風)이 특징이며, 시문집 〈유빈객 문집(劉賓客文集)〉(모두 30권)과 〈외집(外集)〉(모두 10권), 철학서 〈천론(天論)〉이 있다.

345

유위

柳偉 ?~1592?(선조 25)

조선(朝鮮, 1392~1910)의 시인이며 서예가.

자(字)는 수원(秀源), 본관(本貫)은 문화(文化).

경기도 광주군(廣州郡) 세촌(細村)의 가난한 집안에서 태어나 어려서부터 가업(家業)을 도와 농상(農桑)에 힘쓰는 한편, 학문과 독서에 열중하였다.

11세 때 부친상을 당하였으나 남의 힘을 빌리지 않고 스스로 장례(葬禮)의 예를 갖추어 조금도 그릇됨이 없었고, 형제간의 우애가 매우 두터웠다. 이러한 행의(行誼)의 결과 벼슬에 천거(薦擧)되어 전라남도 창평(昌平)의 현령(縣令)에 이르렀다.

1592년(선조 25) 임진왜란(壬辰倭亂, 1592. 4. 13.~1598. 11. 19.)이 일어나자 도원수(都元帥) 권율(權慄, 1537~1599, 조선의 문신이며 명장)의 종사관(從事官)으로 출정(出征)하여 활약하였으나, 병을 얻어 귀가한 뒤에 병사(病死)하였다.

경세치용(經世致用)의 학문에 관심에 깊었으며, 문무(文武)를 겸비하여 시사(詩思)·필법(筆法)·사기(射技)에 뛰어나 '삼절(三絕)'이라고 일컬었다.

346

유윤겸

柳允謙 1420(세종 2)~?

조선(朝鮮, 1392~1910)의 문신(文臣)이며 시인.

자(字)는 형수(亨叟), 본관(本貫)은 서산(瑞山).

전라도 관찰사(觀察使)를 지낸 서흥 부원군(瑞興府院君) 유기(柳沂, ?~1410, 조선의 문신)의 손자이며, 아버지는 유방선(柳方善, 1388~1443, 조선의 학자), 어머니는 이원(李原, 1368~1429, 고려 말 조선 초의 문신)의 딸이다.

할아버지는 민무구(閔無咎, ?~1410, 조선의 문신)·민무질(閔無疾, ?~1410, 조선의 문신) 사건에 연루되어 전라남도 해남(海南)에 유배되었다가 죽음을 당하였고, 아버지는 관노(官奴)가 되었다가 얼마 뒤에 사면(赦免)되어 평민이 되었다.

두보(→143)의 시에 정통하였던 아버지에게 배워 과거(科擧)를 치르기 전에 세종(世宗, 1397~1450, 조선의 제4대 왕. 재위 1419~1450)의 부름을 받아 두시찬주(杜詩撰註)에 벼슬 없이 참여하였다.

1455년(35세, 세조 1) 과거 응시를 허락하여 달라고 상언(上言)한 결과 그 허락을 받았다.

1462년(42세, 세조 8) 별시 문과(別試文科)에 병과(兵科)로 급제(及第)하였고, 1465년(45세, 세조 11) 사헌부(司憲府) 감찰(監察)이 되었는데, 사간원(司諫院)에서 할아버지의 죄를 지적하면서 규찰 임무를 맡길 수 없다는 주장이 있었으나 이미 벼슬길이 허용되었던 관계로 그대로 감찰직이 제수(除授)되었다.

1466년(46세, 세조 12)에는 교리(校理)로 발영시(拔英試)에 2등으로 급제하였다. 1467년(47세, 세조 13) 〈경국대전(經國大典)〉 편찬 작업에 참여하여 새로 만들어진 대전에 고열(考閱)하였다. 그 뒤 성균관(成均館) 사성(司成)을 지냈으며, 1480년(60세, 성종 11) 중국에서 오는 사신들과 창화(唱和)를 할 수 있는 젊은 문신들에게 두시(杜詩)를 가르쳤다.

1481년(61세, 성종 12) 왕명을 받아 의침(義砧, ?~?, 조선 성종 때의 승려)·조위(曺偉, 1454~1503, 조선의 문신) 등과 함께 두보의 시를 한글로 번역한 〈분류두공부시언해(分類杜工部詩諺解, 杜詩諺解)〉(모두 25권)를 완성하여 을해자[乙亥字, 강희안(姜希顔, 1417~1464, 조선의 문신) 필체의 활자]로 간행, 문학사상(文學史上) 큰 업적을 남겼다.

1482년(62세, 성종 13) 홍문관(弘文館) 부제학(副提學)이 되었을 때는 언로(言路)를 널리 개방할 것(開廣言路), 현인(賢人)과 재능 있는 자를 등용(登用)할 것(任用賢才) 등을 상언하여 성종(成宗, 1457~1494, 조선의 제9대 왕. 재위 1469~1494)의 인정을 받았다.

1483년(63세, 성종 14) 공조참의(工曹參議)가 되었고, 이 해 왕명으로 노사신(盧思愼, 1427~1498, 조선의 문신)·서거정(徐居正, 1420~1488, 조선의 문신이며 학자)·어세겸(魚世謙, 1430~1500, 조선의 문신)·유순(柳洵, 1441~1517, 조선의 문신)·허종(許琮, 1434~1494, 조선의 문신) 등과 함께 중국 원(元)나라(1271~1368) 때의 작시법(作詩法) 책인 〈연주시격(聯珠詩格)〉과 〈황산곡 시집(黃山谷詩集)〉을 우리말로 번역하였다.

1484년(64세, 성종 15) 대사간(大司諫)을 거쳐 다시 부제학이 되어 시관(試官)으로 문신들의 강서(講書)를 맡았다.

1487년(67세, 성종 18) 동부승지(同副承旨)를 지냈고, 1488년(68세, 성종 19) 호조참의(戶曹參議)를 거쳐 돈령부(敦寧府) 도정(都正)에 임명되었다.

347

유인

劉因 1249 ~ 1293

중국 송(宋)나라(960~1279) 말 원(元)나라(1271~1368) 초의 학자이며 사상가·시인.

자(字)는 몽기(夢驥)·몽길(夢吉), 호(號)는 정수(靜修). 초명(初名)은 인(駰), 시호(諡號)는 문정(文靖).

허베이성(河北省) 슝저우(雄州) 룽청(容城)에서 태어났다.

어려서부터 시문(詩文)에 뛰어났으며, 처음에는 훈고학(訓詁學)을 공부하였으나, 나중에 주자학(朱子學) 계통의 조강한(趙江漢)으로부터 송대(宋代)의 주염계[周濂溪, 1017~1073, 중국 북송의 유학자. 주돈이(周敦頤)]에서 주희[朱熹, 1130~1200, 중국 남송의 사상가. 주자(朱子)]에 이르기까지 도학(道學)을 익히고, 이에 전념하였다.

1282년(33세) 승덕랑(承德郞)과 우찬선대부(右贊善大夫)가 되었으나, 얼마 뒤에 어머니의 병환으로 관직을 그만두고 귀향하였다. 허형(許衡, 1209~1281, 중국 원나라의 학자)이 도(道)를 보급하기 위하여 원나라 조정(朝廷)을 섬긴 데 반하여, 유인은 도의 존엄을 위하여 1291년(42세) 세조[世祖, 1215~1294, 몽골제국의 제5대 황제이며 중국 원나라의 시조. 재위 1260~1294. 쿠빌라이 칸(忽必烈可汗)]로부터 집현학사(集賢學士) 가의대부(嘉議大夫)에 임명되었으나 병을 핑계로 사양하여 섬기지 않았던 일은 널리 알려졌다.

오징(吳澄, 1249~1333, 중국 원나라의 유학자)·허노재(許魯齋, 1209~1281, 중국 원나라의 유학자) 등과 함께 원대(元代)의 거유(巨儒)로 일컬어졌다.

시사(詩詞)에 뛰어났으며, 〈산가(山家)〉 등 시대를 통탄한 작품을 많이 남겼다. 〈사서어록(四書語錄)〉·〈사서집의정요(四書集義精要)〉(모두 30권)·〈역계사설(易繫辭說)〉 등과 시집 〈정해집(丁亥集)〉(모두 10권)이 있으며, 죽은 뒤에 문하생(門下生)들과 동무들이 편찬한 〈소학사서 어록(小學四書語錄)〉·〈정수집(靜修集)〉(모두 10권)이 있다.

348

유장경

劉長卿 725? ~ 791?

중국 당(唐)나라(618~907)의 시인.

자(字)는 문방(文房).

허베이성(河北省) 하간(河間)에서 태어났으며, 장쑤성(江蘇省) 양저우(揚州) 장양현(江陽縣) 수유촌(茱萸村)에서 죽었다.

젊었을 때는 허난성(河南省) 숭양(嵩陽)에서 살았고, 만년(晩年)에는 허베이성 쑤이저우(隨州) 자사(刺史)를 지냈기 때문에 '유수주(劉隨州)'라고도 하였다.

현종[玄宗, 685~762, 중국 당나라의 제6대 황제. 재위 712~756. 이융기(李隆基)] 천보 연간(天寶年間, 742~755)에 진사시(進士試)에 급제(及第)하였으나, '안사(安史)의 난(亂)[755~763, '안녹산(安祿山)의 난'이라고도 한다.]'이 일어나 허난성 뤄양(洛陽)에서 장둥(江東)으로 피난하였고, 756년(31세)에 청차우현(長洲縣) 위(尉)가 되었다가 3년 만에 저장성(浙江省) 하이옌(海鹽) 영(令)이 되었다.

760년(35세) 남파(南巴)의 위로 옮겼다가 2년 뒤에 돌아와 강남으로 유람을 떠났다. 762년(37세) 다시 조정(朝廷)에 들어가 전중시(殿中侍) 어사[御史. 일설에는 감찰 어사(監察御使)고도 한다.]을 지냈으며, 769년(44세) 검교사부(檢校祠部) 원외랑(員外郎)으로 전운사(轉運使) 판관(判官)이 되었다.

후베이성(湖北省) 어저우[鄂州, 지금의 우창(武昌)] 관찰사(觀察使) 오중유(吳仲孺)의 모함으로 저장성 무저우(睦州) 사마(司馬)로 좌천(左遷)되었다가 다시 쑤이저우 자사가 되었다.

782년(57세) 회서(淮西) 절도사(節度使) 이희열(李希烈, ?~786, 중국 당나라의 장군)이 난을 일으켜 관직을 그만두고 수유촌으로 내려왔다.

성격은 강직하였으나 오만한 점이 있어, 시에 서명할 때는 지명도(知名度)를 자부하여 성(姓)을 빼고 '장경(長卿)'이라고만 서명하였다. 권력자의 뜻을 거슬러 두 차례나 좌천당하였다.

정치적 실의(失意)에 대한 심정, '안사의 난' 때의 사회현실, 변방의 풍운을 반영하는 시들을 썼으며, 특히 오언시(五言詩)에 뛰어나 '오언장성(五言長城)'이라고 일컬어졌다.

〈강중대월(江中對月, '강물에 뜬 달')〉·〈봉설숙부용산(逢雪宿芙蓉山, '눈을 만나 부용산에 묵다')〉·〈심남계상산도인은거(尋南溪常山道人隱居, '남계 상산으로 도인의 은거를 찾아갔다가')〉·〈장사과가의댁(長沙過賈誼宅, '장사에서 가의의 집을 지나며')〉·〈탄금(彈琴, '거문고를 타며')〉 등의 작품이 있는데, 시의 동일 표현이 돋보이며, 전원(田園)의 산수(山水) 묘사는 도연명(→139)·맹호연(→158)·왕유(→314)과 통하는 바가 있다.

지은 책으로 〈유수주 문집(劉隨州文集)〉(모두 10권)·〈외집(外集)〉이 있으며, 〈전당시(全唐詩)〉[모두 900권, 2,200여 명의 작품 4만 8,900여 수 수록. 1705년 3월에 편찬에 착수, 1745년 10월에 완성, 1746년 4월 양저우시국(揚州詩局)에서 간행]에 그의 시 507수(首)가 남아 있다.

349

유종원

柳宗元 773 ~ 819. 11. 28.

중국 당(唐)나라(618~907)의 시인.

자(字)는 자후(子厚). 후세에는 출신지를 따서 '유하동(柳河東)', 또는 그 임지(任地)를 따서 '유유주(柳柳州)'라고 하였다.

산시성(山西省) 하동[河東, 지금의 영제현(永濟縣)]에서 태어났으며, 광시성(廣西省) 류저우(柳州)에서 죽었다.

793년(20세) 유우석(→344)과 함께 진사시(進士試)에 급제(及第)하였는데, 교분이 매우 두터워서 '유유(劉柳)'라고 일컬어졌다.

혁신적 진보자로 805년(32세) 감찰 어사(監察御使) 이행(裏行) 때는 왕숙문(王叔文, 753~806, 중국 당나라의 정치가)·유우석 등과 함께 순종[順宗, 761~806, 중국 당나라의 제10대 황제. 재위 805. 이송(李誦)]을 후원자로 하여 추진한 정치 개혁에 참여하였다. 그러나 이 개혁은 환관(宦官)들과 옛 관료들의 반격을 받고 좌절되었다.

순종은 퇴위하였고, 왕숙문은 이듬해 사형에 처해졌으며, 유종원은 후난성(湖南省) 융저우[永州, 지금의 영릉(零陵)] 사마(司馬)로 좌천(左遷)되는 등 개혁의 주역(主役)을 맡았던 8명이 모두 변방(邊方)의 사마로 유배되어 '8사마 사건'이라고 한다. 이러한 좌절과 13년 동안에 걸친 변경(邊境)에서의 생활은 그의 사상과 문학을 더욱 심화하였다. 10년 뒤인 815년(42세) 류저우의 지방관(地方官)에 천거(薦擧)된 뒤에는 노비(奴婢)를 해방하는 등 많은 개혁 정책을 꾀하였다.

시에는 산수시(山水詩)를 특히 잘하여 도연명(→139)과 비교되었고, 당나라의 자연파 시인의 대표자로 맹호연(→158)·왕유(→314)·위응물(→336) 등과 함께 '왕맹위유(王孟韋柳)'라고 일컬어졌다. 남쪽 지방 산수의 아름다움을 묘사한 〈융저우 팔기(永州八記)〉 가운데 〈담서소구기(潭西小丘記)〉는 돌을, 〈소석담기(小石潭記)〉는 담수어(淡水魚)를, 〈원가갈기(袁家渴記)〉는 초목(草木)을 묘사하였는데, 서로 다른 각각의 사물을 생생하게 그리고 있다. 또한 세상에 대한 울분을 자연 풍경에 옮겼고, 속세(俗世)와 떨어져 있는 기이한 산수에 마음의 울분을 작품에 반영하였다.

송별시·우언시(寓言詩)에도 뛰어나 우분애원(憂憤哀怨)의 정을 표현하는 기법은 굴원(→37)의 영향을 받은 것으로 평가되며, 시로는 〈강설(江雪)〉·〈남간중(南澗中)에 제(題)한다〉·〈어옹(漁翁)〉 등이 있다.

문장가로는 한유(→504)와 함께 형식에 구애받지 않는 고문 운동(古文運動)을 제창하여, 육조 시대[六朝時代, 222~589, 중국 삼국 시대 오(吳)나라(222~280)·동진(東晉, 317~419)과 남조(南朝)의 송(宋)나라(420~479)·제(齊)나라(479~502)·양(梁)나라(502~557)·진(陳)나라(557~589)를

합한 시대] 이래 몇백 년 동안 귀족 출신의 문인(文人)들에게 애용되며 이어져 온 변려문[騈儷文, 4언·6언의 대구(對句)로 이루어진 문장. 변려체·변문·사륙문(四六文)·사륙변려문이라고도 한다.]으로 정해져 있던 흐름을 변화시켰다.

'당송 팔대가[唐宋八大家, 중국 당나라의 유종원·한유, 송나라의 구양수(→32)·소동파(→234)·소순(蘇洵, 1009~1066, 중국 북송의 문학가)·소철(→239)·왕안석(→312)·증공(曾鞏, 1019~1083, 중국 북송의 문학가)]'의 한 사람이며, 고문(古文)의 대가(大家)로 한유와 함께 '한유(韓柳)'라고 일컬어졌으나, 사상적 입장에서는 서로 대립적이었다.

한유가 전통주의(傳統主義)인 데 반하여, 유종원은 유·도·불(儒道佛)을 참작하고 신비주의(神祕主義, mysticism)를 배격한 자유·합리주의(合理主義, rationalism) 입장을 취하였으며, 또한 우언 형식을 취한 풍자문(諷刺文)과 산수를 묘사하는 산문에도 뛰어났다. 이러한 작품들을 통하여 관료를 비판하고 현실을 반영하는 한편, 자신의 우울과 고민을 술회하였는데, 그 자구(字句)의 숙련미와 표현의 간결함과 정채함은 특히 뛰어났다. 한편, 한유는 유종원이 죽었을 때 절절히 애도(哀悼)하는 〈유자후묘지명(柳子厚墓誌銘)〉을 썼다.

잡문(雜文)에서 전형적인 사물을 예로 들어 심오한 철리(哲理)를 제시하였는데, 〈부판전(蝜蝂傳)〉·〈삼계(三戒)〉·〈융저우 철로보지(永州鐵爐步誌)〉·〈종수곽탁타전(種樹郭駝傳)〉·〈포사자설(捕蛇者說, '뱀 잡는 사람의 이야기')〉 등은 모두 정론(政論)과 철리를 예술적인 형상과 융합시킨 것으로, 구상이 참신하며 문체(文體)가 생동감 있었다.

송(宋)나라(960~1279)의 산문 선집(散文選集) 〈문장궤범(文章軌範)〉에 5편의 산문, 시문집(詩文集) 〈유하동집(柳河東集)〉(모두 45권)에는 160수(首) 가량의 시가 실려 있으며, 〈보유(補遺)〉·〈외집(外集)〉(모두 2권) 등이 있다.

이 밖에 역사적 정치론 〈봉건론(封建論)〉·〈비국어(非國語)〉·〈천설(天說)〉 등이 있다.

350

유치환

柳致環 1908(순종 2). 7. 14. ~ 1967. 2. 13.

한국의 시인이며 교육자.

호(號)는 청마(靑馬), 본관(本貫)은 진주(晉州).

한의사인 아버지 유준수(柳焌秀)와 어머니 박우수(朴又守)의 5남 3녀 중 둘째 아들이며, 유치진(柳致眞, 1905~1974, 한국의 극작가이며 연출가)의 아우로, 외가(外家)인 경상남도 거제군(巨濟郡) 둔덕면(屯德面) 방하리(芳下里)에서 태어났으며, 부산(釜山)에서 죽었다.

1918년(10세)까지 외가에서 서당에 다니며 한문을 배웠고, 본가(本家)가 있는 통영군(統營郡) 충무읍(忠武邑)으로 옮겨와 1922년(14세) 통영보통학교 4년을 마쳤으며, 일본으로 유학하여 형 치진이 3학년에 재학 중이던 도요야마중학교(豊山中學校)에서 4년 동안 공부하였다. 이 무렵 형이 중심이 된 동인지(同人誌) 〈토성(土聲)〉에 시를 발표하였다.

집안 형편이 기울어 1926년(18세) 4학년 때 귀국하여, 동래고등보통학교(東萊高等普通學校, 지금의 동래고등학교) 5학년에 편입하여 1927년(19세) 졸업하였고, 같은 해 연희전문학교[延禧專門學校, 연세대학교(延世大學校)의 전신(前身)] 문과에 입학하였으나 퇴폐적인 분위기에 불만을 품고 1년 만에 중퇴하였다.

1928년(20세) 10월, 통영보통학교 때부터 동무이며 연희전문을 중퇴하고 진명유치원(進明幼稚園) 교사를 하던 권재순(權在順, 1909~1992)과 혼인하였다. 이 때 화동(花童)으로 꽃바구니를 들고 서 있던 어린아이 중의 하나가 김춘수(→ 95)였다.

같은 해 말, 다시 일본에 갔다가 사진 기술을 배우고 귀국하였다. 당시 시단(詩壇)을 풍미하던 일본의 아나키스트(anarchist, 무정부주의자)들과 정지용(→445)의 시에서 감동을 받아 시를 쓰기 시작하였는데, 형 치진과 함께 회람 잡지 〈소제부(掃除夫)〉(1929)를 만들어 시 〈축복(祝福)〉 등 26편을 발표하였다.

1931년(23세) 박용철(→185)이 발행하고 김진섭(金晉燮, 1903~?, 한국의 수필가이며 독문학자)·이하윤(→408)·이헌구(李軒求, 1905~1983, 한국의 문학 평론가) 등이 참여한 〈문예월간(文藝月刊)〉(월간 순수 문예지. 1931. 11.~1932. 3. 통권 4호로 종간) 제2호(1931. 12.)에 시 〈정적(靜寂)〉을 발표함으로써 시단에 등단(登壇)하였다.

1932년(24세) 평양(平壤)에서 사진관을 경영하다가 몇 개월 만에 폐업하였고, 1934년(26세) 부산으로 가서 화신연쇄점(和信連鎖店)에서 점원으로 1년 동안 일하는 등 여러 직업을 전전하였다.

1937년(29세) 통영협성상업학교(統營協成商業學校) 교사가 된 뒤부터 평생 교육계에 종사하였다. 같은 해 7월 1일 부산에서 박영포(朴永浦, 1913~1939, 한국의 시인)·염주용(廉周用, 1891~1953, 한국의 소설가이며 시인)·장응두(張應斗, 1913~1972, 한국의 시조 시인)와 함께 〈생리(生理)〉(시 동인지. 1937. 7.~?. 통권 5호로 종간)를 발행하여 제5호까지 펴냈는데, 창간호에 〈바다〉·〈소어(小魚)〉·〈심야(深夜)〉·〈창공(蒼空)〉, 제2호에 〈까치〉 등을 발표하였다.

1939년(31세) 〈시학(詩學)〉(격월간 문예지. 1939. 3.~10. 통권 4호로 종간)에 〈가마귀의 노래〉(제2호, 1939. 6.)와 〈추료(秋寥)〉(종간호), 〈시건설(詩建設)〉(시 전문지. 1936. 11.~1940. 6. 통권 8호로 종간) 제7호(1939. 10.)에 〈오랜 태양〉을 발표하였다.

같은 해 12월, 김소운(→72)의 주선으로 구본웅(具本雄, 1906~1953, 한국의 서양화가)의 아버지 구자혁(具滋爀)이 경영하던 청색지사(青色紙社)에서 처녀 시집 〈청마 시초(青馬詩抄)〉를 펴냈다. 구본웅이 표지를 그린 이 시집에는 〈조선문단(朝鮮文壇)〉(월간 순수 문예지. 1924. 10.~1936. 6. 통권 26호로 종간) 제25호(1936. 1.)에 발표하였던 그의 대표작으로 일컬어지는 허무(虛無)와 낭만의 절규(絕叫) 〈깃발〉을 비롯하여 〈고양이〉·〈군중(群衆)〉·〈그리우면〉·〈그리움〉·〈노오란 태양〉·〈박쥐〉·〈분묘(墳墓)〉·〈시일(市日)〉·〈심야(深夜)〉·〈아버님〉·〈원수(怨讐)〉·〈이별〉·〈일월(日月)〉[〈문장(文章)〉 제3호, 1939. 4.]·〈입추(立秋)〉·〈죽(竹)〉·〈조춘(早春)〉·〈청조(青鳥)여〉·〈추해(秋海)〉·〈향수(鄕愁)〉 등 초기의 시 55편이 실려 있는데, 동양적 관념의 세계를 노래한 것이 많다.

1940년(32세) 봄, 통영협성상업학교를 그만두고 일제(日帝)의 압제를 피하여 가족들을 거느리고 만주(滿洲) 하얼빈(哈爾濱) 옌서우현(煙首縣)로 이주하였다. 그곳에서 형 치진이 개간하여 이룬 농장의 관리인 등으로 일하면서 5년여에 걸쳐 외아들을 잃는 등 온갖 어려움을 겪다가 광복되기 두 달 전에 귀국하였다. 이 때 만주의 황량한 광야를 배경으로 한 허무 의식과 가열한 삶의 의지, 고독감과 각박한 체험을 읊은 시 〈바위〉[〈삼천리(三千里)〉 제13권 제4호, 1941. 4.]·〈수(首)〉·〈절도(絕島)〉·〈절명지(絕命地)〉 등과 〈만주 시인집(滿洲詩人集)〉[제일협화구락부문화부(第一協和俱樂部文化部), 1942. 9.]에 〈귀고(歸故)〉·〈편지〉·〈하얼빈 도리 공원(哈爾濱道裡公園)〉, 〈재만 조선 시인집(在滿朝鮮詩人集)〉[옌지(延吉) 예문당(藝文堂), 1942. 10.]에 〈노한 산(山)〉·〈생명(生命)의 서(書)〉[〈동아일보(東亞日報)〉, 1938. 10. 19.]·〈음수(陰獸)〉 등을 잇달아 발표하였다.

1945년(37세) 9월 15일, 김상옥(→69)·김춘수·윤이상(尹伊桑, 1917~1995, 한국의 작곡가)·전혁림(全爀林, 1916~2010, 한국의 서양화가)·정윤주(鄭潤柱, 1918~1997, 한국의 작곡가) 등 고향 후배들과 함께 통영문화협회(統營文化協會)를 결성하여 한글 강습회를 열고, 근로자들을 위한 야간 중학교와 유치원을 운영하면서 무용·문학·미술·연극·음악 등 다양한 예술 운동을 전개하였고, 극단(劇團)을 결성하여 경남 지방 일대를 순회 공연하는 한편 꾸준히 창작 활동도 병행하였다.

같은 해 10월부터 통영여자중학교에서 교편(敎鞭)을 잡는 한편, 경북대학교(慶北大學校) 문리대학에서 시론(詩論)을 강의하기도 하였다. 이 무렵 통영여자중학교에서 함께 근무하던 이영도(→384)를 알게 되었다[이영도는 20세 때인 1936년 대구의 부호(富豪) 집안의 막내 아들 박기주와 결혼하여 딸 동지(1939~?. 나중에 진아로 이름을 고쳤다.)를 낳았으나, 1945년 남편과 사별(死別)하고, 같은 해 가을 통영여자중학교 가사(家事) 교사 부임하였다.]. 아내는 귀국 직후부터 통영에서 문화유치원(文化幼稚園)을 운영하였다.

1946년(38세) 4월 4일에는 김진섭(金晉燮, 1903~?, 한국의 수필가이며 독문학자)·박종화(→190)·이하윤 등이 중심으로 있던 중앙문화협회(中央文化協會)의 불투명한 성격을 거부하고, 곽종원(郭鍾元, 1915~2001, 한국의 문학 평론가)·곽하신(郭夏信, 1920~?, 한국의 소설가)·김갑순(金甲順)·김광주(→51)·김남중(金南中, 1917~1987, 한국의 언론인이며 수필가)·김달진(→58)·김동리(→60)·김상옥·김수돈(→74)·김춘수·김현승(→99)·박두진(→177)·박목월(→178)·박용덕[朴容德, ?~?, 〈단층(斷層)〉 편집·발행인]·박용구(朴容九, 1923~1999, 한국의 소설가)·백완기(白完基, 1914~?, 한국의 문학 평론가)·서정주(→226)·설창수(→230)·여세기(呂世基)·오영수(吳永壽, 1914~1979, 한국의 소설가)·유동준(兪東濬, 1921~, 한국의 문학 평론가)·이경순(李敬純, 1905~1985, 한국의 교육자이며 시인)·이광래(李光來, 1908~1968, 한국의 연극인)·이설주(李雪舟, 1908~2001, 한국의 시인)·이영도·이윤수(李潤守, 1914~1997, 한국의 시인)·이재춘(李在春)·이정호(李正浩, 1927~1991, 한국의 시인이며 언론인)·이한직(→

409)·임서하(任西河, ?~?, 한국의 소설가)·정진업(鄭鎭業, 1916~1983, 한국의 시인이며 연극인)·조연현(→459)·조지훈(→461)·조진대(趙眞大, 1920~?, 한국의 소설가)·조향(→463)·최인욱(崔仁旭, 1920~1972, 한국의 소설가)·최태응(崔泰應, 1917~1998, 한국의 소설가)·황순원(→521) 등과 함께 조선청년문학가협회(朝鮮靑年文學家協會)를 결성[1949년 12월 17일 한국문학가협회(韓國文學家協會)가 결성됨에 따라 발전적으로 해산]를 결성하여 부회장으로 활동하면서 민족 문학 운동을 전개하였다.

같은 해, 대구(大邱)에서 발간되던 〈죽순(竹筍)〉(시 전문지. 1946. 5.~1949. 7. 통권 12호로 종간, 1979. 1. 제13호 복간) 동인으로 활동하면서 창간호에 〈동정(冬庭)〉·〈6년 후〉 등을 발표하였다.

또한 김수돈·김춘수·박목월·서정주·이호우(→410)·조향 등과 함께 〈노만파(魯漫派)〉(시 동인지. 제4호 발간 후 폐간) 동인으로 활동하였다.

1947년(39세)에는 조선청년문학가협회 제2대 회장을 선출되었고, 〈생명의 서〉와 만주 시절에 쓴 〈광야(曠野)에 와서〉·〈귀고〉·〈박쥐〉·〈춘신(春信)〉 등 59편을 묶어 제2시집 〈생명의 서〉[행문사(行文社), 1947. 6.]를 펴냈고, 시작(詩作)을 계속하여 1948년(40세) 9월 〈동백꽃〉 등 34편을 실은 제3시집 〈울릉도(鬱陵島)〉(행문사), 1949년(41세) 5월 〈심산(深山)〉 등 65편을 실은 제4시집 〈청령 일기(蜻蛉日記)〉(행문사)를 펴냈다.

1950년(42세) 3월에는 김광균(→48)·신석정(→255)·장만영(→426)과 함께 4인 시집 〈현대 시집 II〉[정음사(正音社)]을 펴냈다.

한국 전쟁(Korean War, 1950. 6. 25.~1953. 7. 27.) 때는 문총구국대(文總救國隊) 육군종군작가단[陸軍從軍作家團, 1951년 5월 26일 대전(大田)에서 결성]에 소속되어 보병(步兵) 3사단 22연대에 종군(從軍) 문인(文人)으로 참전(參戰)하여, 기관지 〈전선문학(戰線文學)〉(육군종군작가단의 부정기 간행 잡지. 1952. 4.~1953. 12. 통권 7호로 종간)에 시 〈낙과집(落果集)〉(1950) 등을 발표하였고, 당시의 체험을 종군 시집 〈보병과 더불어〉[문예사(文藝社), 1951. 9.]로 펴냈다. 이 시집에는 〈금강(金剛)〉·〈들꽃과 같이〉 등 33편이 실려 있다.

1953년(45세) 다시 고향으로 돌아가, 줄곧 교직(敎職)으로 일관하면서 교육과 글 쓰기를 병행, 시 〈선한 나무〉 등 57편을 실은 수상록(隨想錄) 〈예루살렘의 닭〉(1953)을 펴냈다.

1954년(46세) 예술원(藝術院) 회원으로 선출되었고, 〈저녁놀〉·〈행복(幸福)〉[〈문예(文藝)〉 초하호, 1953] 등 111편이 실려 있는 〈청마 시집(靑馬詩集)〉[문성당(文成堂), 1954. 10. 〈기도가(祈禱歌)〉와 〈행복은 이렇게 오더니라〉를 합본한 것인데, 청마는 이를 두 권의 시집으로 간주하였다.]를 펴냈다. 한편 '산에 산에 산에는 산에 사는 메아리'로 시작되는 동요 〈메아리〉(1954)는 김대현(金大賢, 1917~1985, 한국의 작곡가)이 곡을 붙여 널리 알려졌다.

1956년(48세)에는 고석규(→18)·김춘수·김현승·송욱(→242) 등과 〈시연구(詩研究)〉(시 전문 동인지. 1956. 5. 창간호로 종간)를 펴냈으며, 1957년(49세)에는 한국시인협회(韓國詩人協會) 초대 대표 간사(幹事)로 선임되었고, 〈동양의 봄〉 등 시 40편과 단장(短章) 95편을 실은 〈제9시집〉[한국출판사(韓國出版社), 1957. 12.]을 펴냈다.

1937년 통영협성상업학교를 시작으로 통영여자중학교(1945~1948)·경남고등학교(1948)·통영여자고등학교(1951)·안의중학교(安義中學校)(1952~1954)·경주고등학교(慶州高等學校)(1955~1959)·경주여자중고등학교(1961)·대구여자고등학교(1962)·경남여자고등학교(1963~1964) 등 여러 학교의 교장을 거쳐 1965년(57세) 부산남여자상업고등학교(釜山南女子商業高等學校, 지금의 부산영상예술고등학교) 교장으로 부임하여 재직 중 교통사고로 죽었다.

40여 년에 걸친 그의 시작은 한결같이 남성적 어조(語調)로 일관하여 생활과 자연, 애련(哀憐)과 의지 등을 노래하고 있다. 그의 시 세계를 '비정(非情)의 철학', '생명에의 의지', '신채호적(申采浩的)인 선비 기질의 시인', '허무의 의지'로 평가하는 것은 바로 이 때문이다. 그의 시는 도도하고 웅혼(雄渾)하며 격조 높은 시심(詩心)을 거침없이 읊은 데 그 특징이 있는데, 이는 자칫 생경한 느낌을 주지만 어떤 기교보다도 더 절실한 감동을 준다.

생명의 긍정에서 서정주와 함께 이른바 '생명파 시인'으로서의 그의 생명에 대한 애정은, 자연 속에 존재하는 온갖 사물의 미세한 부분까지 관찰하는 것으로 드러난다. 이러한 생명에 대한 애정이 그의 시의 바탕을 이루고, 그 바탕 위에서 동양적인 허정(虛靜)·무위(無爲)의 세계를 추구하며, 또한 이러한 허무의 세계를 극복하려는 강인한 원시적인 의지가 살아 있다. 그의 시에 허무 의지의 극치인 '바위'와 고고(孤高)함의 상징인 '나무'가 빈번하게 등장하고 있는 것이 바로 그것이다.

1947년 제1회 조선청년문학가협회 시인상을 받은 것을 비롯하여 1950년 제2회 서울특별시 문화상, 1956년 제1회 경북 문화상, 1957년 〈영역(領域)〉으로 전국문화단체총연합회(全國文化團體總聯合會, 文總)에서 주는 제5회 자유 문학상(自由文學賞, 1953~1959), 1958년(50세) 제2회 한국시인협회상, 1962년(54세) 제7회 대한민국 예술원상, 1964년(56세) 부산시 문화상을 받았으며, 무려 14권의 시집과 수상록을 펴냈다.

2000년 그의 문학 정신과 업적을 기리기 위한 '청마문학상(靑馬文學賞)'이 제정되어 해마다 시상하고 있다.

이 밖에 시 〈수선화(水仙花)〉[〈문학(文學)〉 창간호, 1934. 1.]·〈전야(前夜)〉[〈춘추(春秋)〉 제34호, 1943. 12.]·〈뜨거운 노래는 땅에 묻는다〉(〈동아일보〉, 1960. 3. 13.)와 수필 〈사고(思考)와 직관(直觀)〉[〈현대문학(現代文學)〉 제28~30호, 1957. 4.~6.]·〈기호(嗜好)와 취미〉(〈현대문학〉 제33호, 1957. 9.) 등이 있고, 시집 〈유치환 선집(柳致環選集)〉(정음사, 1958. 12.)·〈유치환 시초(柳致環詩抄)〉[신구문화사(新丘文化社), 1958]·〈뜨거운 노래는 땅에 묻는다〉[동서문화사(東西文化社), 1960. 12.]·〈미루나무와 남풍(南風)〉[평화사(平和社), 1964. 11.]·〈파도야 어쩌란 말이냐〉(평화사, 1965. 11.) 등이 있으며, 자작시(自作詩) 해설집 〈구름에 그린다〉[신흥출판사(新興出版社), 1959. 12.], 수상록 〈동방(東邦)의 느티〉(신구문화사, 1959. 3.)·〈나는 고독(孤獨)하지 않다〉[평화당(平和堂), 1963. 12.] 등이 있다.

한편, 서간집(書簡集) 〈사랑하였으므로 행복하였네라〉[중앙출판공사(中央出版公社), 1967. 7.]는 청마가 이영도에게 보낸 사랑의 편지들을 모아 그가 죽은 뒤에 출판한 것이다. 통영여자중학교 교사로 함께 근무하면서 알게 된 이영도에게 1947년부터 거의 하루도 빠짐없이 편지를 보냈다. 그러나 청마가 기혼자였으므로 이들의 사랑은 이루어질 수 없었다. 청마가 교통 사고로 죽을 때까지 편지를 계속 보냈고 이영도는 그 편지를 꼬박꼬박 보관해 두었다. 그러나 한국 전쟁 이전 것은 전쟁 때 불타 버렸고 남은 편지는 5,000여 통이었다. 이들의 '아프고도 애틋한 관계'를 박성룡(朴成龍, 1934~2002, 한국의 시인)이 〈주간한국(週刊韓國)〉(시사 종합 주간지, 1964. 9. 27.~현재)에 〈사랑했으므로 나는 행복하였네라〉라는 제목으로 실은 것이 계기가 되어 5,000여 통 중 200통을 추려 단행본으로 출판한 것이다. 이영도는 이 책의 인세(印稅) 수입을 한국문학사(韓國文學社)가 주관하는 정운 시조상(丁芸時調賞, '정운'은 이영도의 호, 1979. 12. 제1회 시상) 기금으로 쓰게 하였다.

1981년 지식산업사(知識産業社)에서 〈유치환〉[〈한국 현대 시문학 대계(韓國現代詩文學大系)〉 제15권]을 출판하였다.

부산 사하구(沙下區) 하단동(下端洞) 승학산(乘鶴山) 산기슭에 안장(安葬)되었다가 경상남도 양산시(梁山市) 백운공원(白雲公園)으로 이장(移葬)되었고, 다시 고향 방하리로 옮겼다.

2000년 2월 통영 망일봉(望日峰) 기슭에 '청마 문학관', 2008년 1월 2일 방하리에 '청마 유치환 기념관'이 개관되었다.

부산에는 교통 사고가 난 동구(東區) 수정동(水晶洞) 부산진역 앞 수정가로공원(水晶街路公園)에 그의 〈바위〉(1993)를 새긴 시비(詩碑)를 비롯하여 수정동 경남여고 교정에 〈겨레의 밭〉, 하단동 에덴공원에 〈깃발〉(1974), 영도구(影島區) 신선동(新仙洞) 부산영상예술고교에 〈바위〉(1968. 10. 30.), 중구(中區) 남포동(南浦洞) 용두산공원(龍頭山公園) '시의 거리'에 〈그리움〉(1994) 등을 새긴 시비가 있다. 이 밖에도 서울 종로구(鍾路區) 당주동(唐珠洞) 세양빌딩 앞에 〈깃발〉, 경상북도 경주(慶州) 불국사(佛國寺) 석굴암(石窟庵) 가는 길에 〈석굴암 대불(大佛)〉, 경상남도 통영시 동호동(東湖洞) 남망산조각공원(南望山彫刻公園)에 〈깃발〉, 충청남도 보령시(保寧市) 성주면(聖住面) 개화리(開花里) 개화예술공원(開花藝術公園) 모산한국육필문예공원에 〈그리움〉, 홍성군(洪城郡) 결성면(結城面) 성곡리(城谷里) 민족시비공원(民族詩碑公園)에 〈바위〉, 충청북도 음성군(陰城郡) 생극면(笙極面) 관성리(館成里) 큰바위얼굴조각공원에 〈행복〉이 새겨진 시비들이 세워졌다.

351

유한당 홍씨

幽閒堂洪氏 1791(정조 15)~?

조선(朝鮮, 1392~1910)의 여류 시인.

이름은 원주(原周), 본관(本貫)은 풍산(豊山).

헌종(憲宗, 1827~1849, 조선의 제24대 왕. 재위 1834~1849) 때 활동하였다.

승지(丞知)를 지낸 아버지 홍인모(洪仁謨, 1755~1812, 조선의 문신)와 어머니 영수합 서씨(→289)의 3남 2녀 중 맏딸로, 심의석(沈宜奭)의 아내이다.

어머니를 닮아 시재(詩才)에 뛰어났으며, 두 오빠 석주(奭周, 1774~1842, 조선의 문신)·길주(吉周, 1786~1841, 조선의 문신)와 숙선 옹주[淑善翁主, 1793~1836, 순조(純祖, 1790~1834, 조선의 제23대 왕. 재위 1801~1834)의 누이동생]와 혼인한 남동생 현주(顯周, 1793~1865, 조선의 제22대 왕 정조의 외동 사위. 영명위(永明尉)]도 당대(當代)의 문장가로 널리 알려졌다.

그녀의 작품에는 당시 조선에서 여성으로 살아가는 아픔 등이 절실하게 표현한 것들은 없다. 이는 그녀의 집안이나 주변 환경이 넉넉하였기 때문이다. 당시 여성들이 겪었던 한(恨)과 가난 등은 보이지 않으며, 기녀(妓女)들의 시에 흔히 나오는 연인에 대한 실연(失戀)이나 애정에 관한 표현들도 별로 없는, 일종의 귀족적 시풍(詩風)을 지녔다. 또한 정서적이고 청신하면서 주로 형제의 우애와 규방(閨房)의 부덕(婦德)과 규범 등을 읊었다.

정서(情緖)와 긴장미를 띤 작품집 〈유한당 시고(幽閒堂詩稿)〉[〈공인 홍씨 시집(恭人洪氏詩集)〉이라고도 한다.]는 양자(養子) 심성택(沈誠澤)이 사위 이대우(李大愚, ?~?, 조선의 문인)의 머리말을 실어 편집한 것으로 187편의 5언과 7언의 장단(長短) 시가 실려 있다.

작품으로 〈경차(敬次, '공경하며')〉·〈도운각한음(道雲閣閒吟)〉·〈매화(梅花)〉·〈몽귀(夢歸, '꿈길에 고향 가다')〉·〈송사제(送舍弟)〉·〈억향매(憶鄕梅)〉·〈월초출 설초청(月初出雪初晴, '달이 뜨니 눈이 개네')〉·〈유녀(遊女)〉·〈차당인매화(次唐人梅花)〉·〈차두(次杜)〉·〈차두강상(次杜江上)〉·〈차영명(次永明)〉·〈차운사시[次韻社詩, '토지신(土地神)에게 운치(韻)를 붙이며]〉·〈차운송사제(次韻送舍弟)〉·〈춘야문적(春夜聞笛)〉 등이 있다.

경기도 포천시(抱川市) 일동면(一東面) 길명리(吉明里)에 남편과 합장(合葬)되었으며, 죽은 뒤에 정경 부인(貞敬夫人)으로 추증(追贈)되었다.

352

유호인

兪好仁 1445(세종 27)~1494(성종 25). 4.

조선(朝鮮, 1392~1910)의 문신(文臣)이며 시인.

자(字)는 극기(克己), 호(號)는 뇌계(㵢溪)·임계(林溪), 본관(本貫)은 고령(高靈).

유음(兪蔭)의 3남 4녀 중 셋째 아들로, 김종직(金宗直, 1431~1492, 조선의 문신이며 학자)의 문인(門人)이다.

1462년(17세, 세조 8) 생원시(生員試)와 진사시(進士試)에 모두 합격하였고, 1474년(29세, 성종 5) 식년(式年) 문과(文科)에 합격하여 봉상시(奉常寺) 부봉사(副奉事)가 되었다.

1476년(31세, 성종 7) 경기도 개성(開城)을 유람하고 〈유송도록(遊松都錄)〉을 남겼다.

1478년(33세, 성종 9) 사가독서(賜暇讀書)를 하였으며, 1480년(35세, 성종 11) 경상남도 거창(巨昌) 현감(縣監)이 되었다. 이어 공조좌랑(工曹佐郎)·검토관(檢討官)을 거쳐 1487년(42세, 성종 18) 노사신(盧思愼, 1427~1498, 조선의 문신) 등이 찬진(撰進)한 〈동국여지승람(東國輿地勝覽)〉 50권을 다시 정리하여 53권으로 만드는 데 참여하였다. 그 뒤 홍문관(弘文館) 교리(校理)로 있다가 1488년(43세, 성종 19) 경상북도 의성(義城) 현령(縣令)으로 나갔으나, 백성의 괴로움은 돌보지 않고 시만 읊는다고 하여 파면되었다.

1490년(45세, 성종 21)에는 〈유호인 시고(兪好仁詩藁)〉를 편찬하여 성종(成宗, 1457~1494, 조선의 제9대 왕. 재위 1469~1494)에게 옷감을 상으로 받았다.

1494년(49세, 성종 25) 사헌부(司憲府) 장령(將令)을 거쳐 경상남도 합천(陜川) 군수(郡守)로 나갔다가 1개월도 안 되어 병으로 죽었다.

시·문장·글씨에 뛰어나 당대(當代)의 '삼절(三節)'로 일컬어졌다. 특히 성종의 총애가 지극하였는데, 늙은 어머니를 봉양하기 위하여 외관직(外官職)을 청하여 나아가자, 성종이 직접 시조(時調)를 읊어 헤어짐을 아쉬워하였다.

전라북도 장수(長水)의 창계서원(蒼溪書院), 경상남도 함양(咸陽)의 남계서원(藍溪書院) 등에 제향(祭享)되었다.

지은 책으로 〈임계유고(林溪遺稿)〉가 있다.

353

유희경

劉希慶 1545(인종 1)~1636(인조 14)

조선(朝鮮, 1392~1910)의 학자이며 위항 시인(委巷詩人).

자(字)는 응길(應吉), 호(號)는 촌은(村隱), 본관(本貫)은 강화(江華).

1557년(12세, 명종 12) 아버지[계공랑(啓功郎) 유업동(劉業仝)]의 상(喪)을 당하자 하루도 떠나지 않고 시묘(侍墓)하였고, 편묘(偏母)를 극진하게 공양하였다.

서경덕(徐敬德, 1489~1546, 조선 중종 때의 학자)의 문인(門人)이었던 남언경(南彦經, ?~?, 조선 선조 때의 학자)에게 주희[朱熹, 1130~1200, 중국 남송의 사상가. 주자(朱子)]의 〈가례(家禮)〉를 배워 모든 예문(禮文)에 밝았고, 특히 상례(喪禮)의 일인자로 사대부가(士大夫家)의 상은 물론 국상(國喪) 절차도 그에게 문의하였다.

1591년(46세, 선조 24) 당시 18세였던 부안(扶安) 기녀(妓女) 매창(→155)을 알게 되어 〈증계량(贈癸娘, '계랑에게')〉 등 10여 편의 시를 지어 주는 등 시로써 화답하였다. 박효관(朴孝寬, ?~?, 조선의 가객)과 안민영(安玟英, ?~?, 조선의 가객)이 편찬한 시조집(時調集) 〈가곡원류(歌曲源流)〉에 실린 '이화우(梨花雨) 훗날닐 제 울며 잡고 이별한 님'으로 시작되는 매창의 시조는 유희경을 생각하며 지은 것이라는 주(註)가 붙어 있다.

1592년(47세, 선조 25) 임진왜란(壬辰倭亂, 1592. 4. 13. ~1598. 11. 19.)이 일어나자 의사(義士)들을 규합하여 관군(官軍)을 도왔으며 재정난 해결에 큰 도움을 주었다. 이 공으로 선조(宣祖, 1552~1608, 조선의 제14대 왕. 재위 1567~1608)로부터 포상과 교지(敎旨)를 받았다.

광해군(光海君, 1575~1641, 조선의 제15대 왕. 재위 1608~1623) 때에는 이이첨(李爾瞻, 1560~1623, 조선의 문신)이 폐모(廢母)의 소(疏)를 올리기를 간청하였으나, 거절하고 그와 절교(絕交)하였다. 1623년(78세, 광해군 15) 인조반정(仁祖反正, 1623. 3. 13.) 뒤 왕은 그 절의(節義)를 가상히 여겨 가선대부(嘉善大夫)로 올려 주었고, 1624년(79세, 인조 2) 가의대부(嘉義大夫)로 승진시켰다.

박순(朴淳, 1523~1589, 조선의 문신이며 학자)으로부터 당시(唐詩)를 배웠다. 한시(漢詩)를 잘 지어 사대부들과 교유(交遊)하였는데, 정업원(淨業院) 아래쪽에 있던 자기 집 뒤 시냇가에 돌을 쌓아 대(臺)를 만들어 '침류대(枕流臺)'라고 하고 이곳에서 신흠(申欽, 1566~1628, 조선의 문신)·유몽인(柳夢寅, 1559~1623, 조선의 문신이며 설화 문학가)·이수광(李睟光, 1563~1628, 조선의 문신이며 학자·정치가)·허균(許筠, 1569~1618, 조선의 문신이며 문학가) 등 이름 있는 문인(文人)들과 가깝게 지냈다. 그 화답한 시를 모아 〈침류대 시첩(枕流臺詩帖)〉을 만들었다. 그의 시는 한가롭고 담담하여 당시에 가깝다는 평을 듣는다.

천인(賤人) 신분으로 시에 뛰어났던 백대붕(→201)과 함께 시 짓는 모임 '풍월향도(風月香徒)'를 만들어 주도하였는데, 이 모임에는 강옥서(姜玉瑞)·공억건(孔億建)·권청동(權千同)·박계강(朴繼姜, ?~?, 조선의 문장가)·박인수(朴仁壽, 1521~1592, 조선의 시인)·박지화(朴枝華, 1513~1592, 조선의 학자이며 위항 시인)·정치(鄭致)·최기남(→479) 등 중인(中人) 신분의 시인들이 참여하였다.

허균은 그의 〈성수시화(惺叟詩話)〉에서 천인으로서 한시에 능통한 사람으로 유희경을 꼽았다.

지은 책으로 〈상례초(喪禮抄)〉와 〈촌은집(村隱集)〉(모두 3권)이 있다.

354

육구몽

陸龜蒙 ? ~ 881

중국 당(唐)나라(618~907)의 시인이며 농학자(農學者).

자(字)는 노망(魯望), 호(號)는 강호산인(江湖山人)·보리 선생(甫里先生)·천수자(天隨子).

장쑤성(江蘇省) 우셴[吳縣, 지금의 쑤저우(蘇州)]의 명문(名門) 집안에서 태어났다.

어렸을 때 이미 육경(六經)에 능통하였으며, 특히 〈춘추(春秋)〉에 조예가 깊었다. 진사시(進士試)에 추천되었으나 급제(及第)하지 못하고 잠시 장박(張搏)의 막료(幕僚) 생활을 하였다. 이어 고향 송강(松江)의 보리(甫里)에 은거하며 농경(農耕)을 장려하고 개간과 농업의 개량 사업에 힘쓰는 한편, 시서(詩書)를 즐기며 차를 마시고 낚시를 즐기는 등 유유자적한 생활을 보냈다.

얼마 뒤에 조정(朝廷)에서 좌습유(左拾遺)의 벼슬을 내리고 불렀으나 곧 죽었다.

시문(詩文)에 뛰어나 피일휴(皮日休, 833?~883?, 중국 당나라의 문인)와 절친하게 지냈으므로 '피륙(皮陸)'이라고도 일컬어졌으며, 그와 주고받은 화답시(和答詩)가 널리 알려졌다. 전원(田園) 생활을 노래한 시에는 송대(宋代)의 전원시와 일맥상통하는 섬세한 관찰력이 엿보인다.

농서(農書) 〈뇌사경(耒耜經)〉, 시문집 〈당보리 선생 문집(唐甫里先生文集)〉(모두 20권)·〈송릉 창화집(松陵唱和集)〉

(모두 10권)·〈입택총서(笠澤叢書)〉(모두 4권) 등이 있다.

355

육기

陸機 261~303

중국 진(晋)나라(265~419)의 시인.

자(字)는 사형(士衡).

명문(名門) 출신으로, 장쑤성(江蘇省) 우셴[吳縣, 지금의 쑤저우(蘇州)] 화정(華亭)에서 태어났다.

할아버지 육손(陸孫, 183~245)은 육조 시대[六朝時代, 222~589, 중국 삼국 시대 오(吳)나라(222~280)·동진(東晋, 317~419)과 남조(南朝)의 송(宋)나라(420~479)·제(齊)나라(479~502)·양(梁)나라(502~557)·진(陳)나라(557~589)를 합한 시대] 오나라의 재상(宰相)이었으며, 아버지 육항(陸抗, 226~274)은 군사령관인 대사마(大司馬)였다. 아버지의 군대 밑에서 아문장(牙門將)이 되었으나, 20세 때 오나라가 진나라에 패망하였기 때문에 10여 년 동안 고향에 은둔하며 학문에만 전념하였다. 〈변망론(辨亡論)〉은 이 무렵에 쓴 사론(史論)이다.

289년(28세) 아우 육운(陸雲, 262~303, 중국 진나라의 문인)과 함께 허난성(河南省) 뤄양(洛陽)으로 나아가 당시 지식인들의 중심 인물이었던 장화[張華, 232~300, 중국 서진(西晋, 265~316) 시대의 문인이며 정치가]의 지우(知遇)를 받았고, 외척 세력가 가밀[賈謐, ?~300, 혜제(惠帝, 259~306, 중국 삼국 시대 서진의 제2대 황제. 재위 290~306) 가황후(賈皇后, 257~300)의 조카]과 함께 문인(文人) 집단 '24우(二十四友)'에 가입하여 북방의 문인들과 교유(交遊)하였다.

얼마 뒤 혜제의 대에 이르러 정국이 혼란하고 남조 송나라 왕실의 권력 투쟁인 '8왕(王)의 난(291~306)' 때 허베이(河北) 대도독(大都督)으로 출전하였다가 아우와 함께 사형당하였다.

미문가(美文家)로 아우 육운과 함께 '이륙(二陸)'이라고 일컬어졌다. 그의 시는 수사(修辭)에 중점을 두고 미사여구(美辭麗句)와 대구(對句)의 기교를 살려 육조 시대의 화려한 시풍(詩風)의 선구자가 되었다. 악부(樂府)의 형식을 취한 오언시는 대구와 전례(典例), 고사(故事)가 두드러지는데, 육조의 수사주의(修辭主義)로서 내용은 사변적(思辨的)이며 어두웠다.

〈문부(文賦)〉는 그의 문학 평론의 방법을 논한 내용으로 널리 알려졌으며, 작품으로 〈군자행(君子行)〉·〈맹호행(猛虎行)〉·〈양보음(梁父吟)〉·〈육사형 문집(陸士衡文集)〉(모두 10권)이 있고, 시문(詩文)은 〈문선(文選)〉[소명태자(→236)가 엮은 시문집. 모두 30권. 〈소명 문선(昭明文選)〉이라고도 한다.]에 많이 실려 있다.

356

육유

陸游 1125. 11. 13. ~ 1210. 1. 26.

중국 남송(南宋, 1127~1279)의 시인.

자(字)는 무관(務觀), 호(號)는 방옹(放翁).

저장성(浙江省) 웨저우(越州) 산인현[山陰縣, 지금의 사오싱(紹興)]에서 태어났으며, 이곳에서 죽었다.

2세 때 금(金)나라(1115~1234)의 침략으로 수도(首都) 허난성(河南省) 변경[汴京, 지금의 카이펑(開封)]이 함락당하자, 아버지를 따라 피난하였다. 재능이 뛰어나 12세 때 시문(詩文)을 지었으며, 25세쯤 당시 애국 사상을 지녔던 증기(曾幾, 1084~1166, 중국 북송의 시인)에게 시를 배웠다.

1154년(29세) 진사시(進士試)에 1등으로 급제(及第)하였으나, 재상(宰相) 진회(秦檜, 1090~1155, 중국 북송의 정치가)의 방해를 받아 전시(殿試)에서 낙제하였다. 진회가 죽은 뒤 1159년(34세) 처음으로 관계(官界)에 들어갔으나 중앙의 미관(微官)과 여러 곳의 지방관(地方官)을 전전하였고, 잠깐 동안 중앙의 역사 편집관으로 일하는 등 불우한 일생을 보냈다. 더욱이 요직에 있는 사람들을 비판하여 몇 차례나 면직(免職)을 당하였고 중앙 정부에서도 강경론을 주장하여 고립되는 등 좌절을 거듭하였다.

항상 나라를 걱정하고 금나라에 대한 철저한 항쟁을 주장한 항전주의자(抗戰主義者)로 격렬한 기질의 소유자였으며, 그것을 시로 읊은 애국 시인이었다. 1190년(65세) 향리(鄕里)에 은퇴하여 농촌에 묻혀 지냈다.

1156년(31세)부터 1209년(84세)까지의 약 50년 동안에 1만 수(首)에 이르는 시를 남겨 중국 시사상(詩史上) 최다작(最多作)의 시인으로 꼽히고 있으며, 당시풍(唐詩風)의 강렬한 서정을 부흥시킨 점이 최대의 특색이라고 할 수 있다.

자신의 파란만장한 생애와 국토 회복의 절규(絕叫)를 담은 비통한 우국(憂國)의 시와 가난하면서도 평화스러운 전원(田園) 생활의 기쁨을 노래하는 한적한 시를 짓는 등 매우 진폭이 넓은 시인으로 알려져 있다. 그 바탕에는 동심(童心)과 비슷한 순수한 정신이 있고, 본성을 추구하는 경향이 짙다.

시를 통하여 일편단심인 포부를 노래하였고, 권문 세가(權門勢家)의 부패상을 분개하였으며, 죽는 순간까지 국토 회복에 대한 희망을 노래하는 것으로 일생을 일관하였다. 이러한 격정적인 시를 쓰는 한편, '작은 누각에서 하룻밤 봄비 소리를 듣는다. 깊숙한 동네에도 내일 아침 살구꽃이 팔리겠지.(小樓一夜春雨聽 深巷明朝杏花賣)'처럼 평정한 심경(心境)으로 일상적인 삶을 즐기면서 살아가는 행복감을 신변의 일상적 사물에 투영(投影)시켜 부드럽게 노래하였다.

쓰촨성(四川省) 기주[夔州, 지금의 충칭(重慶)]에 부임하였던 1170년(45세) 때의 일기 〈입촉기(入蜀記)〉는 기행문 가운데 가장 뛰어났다. 범성대(→205) · 양만리(→277) · 우무(尤袤, 1127~1194, 중국 남송의 문신이며 장서가)와 함께 이른바 '남송 4대가(南宋四大家)'의 한 사람으로 꼽히고 있다.

지은 책으로 〈가세구문(家世舊文)〉 · 〈검남 시고(劍南詩稿)〉(모두 85권, 시집) · 〈남당서(南唐書)〉(모두 18권, 역사서) · 〈노학암필기(老學庵筆記)〉(모두 10권, 수필집) · 〈방옹가훈(放翁家訓)〉 · 〈방옹일고(放翁逸稿)〉(모두 2권) · 〈위남 문집(渭南文集)〉(모두 50권, 문집)이 있다.

357

윤곤강

尹崑崗 1911. 9. 22. ~ 1950. 1. 7.

한국의 시인.

본명(本名)은 붕원(朋遠), 곤강은 호(號), 본관(本貫)은 칠원[漆原, 지금의 경상남도 함안(咸安)].

아버지 윤병규(尹炳奎), 어머니 김안수(金安洙)의 3남 2녀 중 맏아들로, 충청남도 서산(瑞山)의 1,500석(石)을 하는 부농(富農) 집안에서 태어났으며, 서울에서 죽었다.

1924년(13세) 3년 위의 이용완과 결혼하였는데, 결혼할 때까지 향리(鄉里)의 사숙(私塾)에서 한학(漢學)을 공부하였다. 1925년(14세) 서울로 와서 보성고등보통학교(普成高等普通學校, 지금의 보성중 · 고등학교) 3학년에 편입, 1928년(17세)에 졸업하였고, 같은 해 혜화전문학교[惠化專門學校, 동국대학교(東國大學校)의 전신(前身)]에 입학하였으나 5개월 만에 중퇴하였다. 그 뒤 잠깐 초등학교 교사를 지냈다.

1930년(19세) 일본으로 유학하여 1933년(22세) 도쿄 센슈대학(專修大學)을 졸업하였다. 재학 중인 1931년(20세) 〈비판(批判)〉(월간 평론지, 1931. 5.~1940. 1. 통권 114호로 종간) 제7호(1931. 11.)에 〈옛 성터에서〉를 발표함으로써 등단(登壇)하였다.

1933년 귀국한 뒤, 〈신계단(新階段)〉[월간 종합 교양지, 1932. 10.~1933. 9. 통권 11호로 종간. 〈조선지광(朝鮮之光)〉의 후신(後身)] 제8호(1933. 5.)에 평론 〈반종교 문학의 기본적 문제〉를 발표하면서 평론 활동도 병행하였다.

1934년(23세) 2월 10일, 사회주의(社會主義, socialism) 혁명을 위하여 1925년 8월 조직된 문예 운동 단체 카프(KAPF, 조선프롤레타리아예술동맹. 에스페란토식 표기인 'Korea Artista Proleta Federatio'의 머리글자. Korea Proletarian Artist Federation)에 참여하여 맹원(盟員)으로 활동하였다.

카프는, 1922년 9월 김두수(金斗洙, 1903~?, 한국의 사회주의 운동가) · 김영팔(金永八, 1904~1950, 한국의 연극인) · 김홍파(金紅波, ?~?, 〈북조선일보〉 기자) · 박세영(→180) · 박용대(朴容大, ?~?, 한국의 사회주의 운동가) · 송영(宋影, 1903~1978, 한국의 소설가이며 극작가) · 심훈(→261) · 이적효(李赤曉, 1901~?, 한국의 사회주의 운동가) · 이호(李浩, 1903~?, 한국의 사회주의 운동가) · 최승일[崔承一, 1901~?, 한국의 작가이며 방송인 · 영화인. 최승희(崔承喜, 1911~1969, 북한의 무용가이며 안무가)의 오빠] 등 사회주의 경향의 문인(文人)들이 조직한 최초의 사회주의 예술 단체인 염군사(焰群社)와, 1923년 10월 김기진(→55) · 김복진(金復鎭, 1901~1940, 한국의 조각가이며 미술 평론가 · 문예 이론가 · 연극인 · 사회 운동가. 한국 최초로 서구식 조각 교육을 받았다.) · 김형원(→100) · 박영희(→183) · 안석주[安碩柱, 1901~1950, 한국 소설 삽화의 선구자이며 소설가 · 영화인. 〈우리의 소원은 통일〉의 작사가. 안석영(安夕影)으로 더 알려졌다.] · 연학년(延鶴年, ?~1938, 한국의 연극인) · 이상화(→378) · 이익상(李益相, 1895~1935, 한국의 소설가이며 언론인) 등이 조직한 신경향파[新傾向派, 박영희가 〈신경향파의 문학과 그 문단적 지위〉[〈개벽(開闢)〉 제64호, 1925.

12.]에서 '신경향파'라는 용어를 처음 사용하였다.} 문학 단체인 파스큘라(PASKYULA, 동인들의 이름 머리글자를 딴 것. 박영희의 'PA', 이익상의 'S', 김복진 · 김기진의 'K', 연학년의 'YU', 이상화의 'L', 안석주의 'A')가 1925년 8월에 하나로 통합된 최초의 전국적인 문학 예술가 조직이었다. 창립 당시 구성원은 김기진 · 김복진 · 김양(金陽) · 김영팔 · 김온(金穩) · 박영희 · 박용대 · 박팔양(→193) · 송영 · 심훈 · 안석주 · 이기영(李箕永, 1895~1984, 북한의 소설가) · 이상화 · 이익상 · 이적효 · 이호 · 조명희(→453) · 최승일 · 한설야(韓雪野, 1900~1976?, 북한의 소설가이며 문학 평론가) 등이었다.

1934년 소설 〈이순신(李舜臣)〉[〈형상(形象)〉 창간호, 1934. 2.], 평론 〈시적(詩的) 창조에 관한 시감(時感)〉[〈문학창조(文學創造)〉, 1934. 6. 창간호로 종간]을 발표하였으며, 같은 해 7월 '제2차 카프 검거 사건[신건설사 사건(新建設社事件)이라고도 한다.]' 때 체포되어 전라북도 전주(全州)에서 옥고(獄苦)를 치르고 그 해 12월 석방되어 충청남도 당진(唐津)으로 낙향(落鄕)하였다. 이 때의 수감(收監) 생활을 〈일기초(日記抄) 1 · 2〉 · 〈창공(蒼空)〉 · 〈향수(鄕愁) 1 · 2 · 3〉 등에서 묘사하였다.

경향파 시인으로 등단하였고, 다시 서울로 온 1936년(25세)부터 시와 시론(詩論)을 발표하면서 활발한 창작 활동을 시작하였다. 그 해 11월 민태규(閔泰奎) · 이병각(李秉珏, 1910~1941, 한국의 시인) 등과 함께 〈낭만(浪漫)〉(시 전문 동인지. 1936. 11. 9. 창간호로 종간)을 창간하여 시 〈대지(大地)〉 · 〈바다〉 등 2편을 실었다.

비교적 다작(多作)에 속하는 그의 시 세계는 항상 새로운 시 세계를 개척해 보려는 의욕은 있었으나, 지나치게 묘사나 설명에 의존하려는 시작(詩作) 태도 때문에 전체적으로 응축력이 다소 결여되었다는 평을 받았다.

1937년(26세) 서울 현저동(峴底洞)의 사립 화산학교(華山學校)에서 교원으로 근무하면서, 같은 학교 여교사였던 김원자를 알게 되어 동거 생활을 시작하였다.

같은 해 4월, 처녀 시집 〈대지〉[풍림사(風林社)]를 펴냈다. 시는 현실적 · 시대적 진실의 열정적 표현이 되어야 한다는 자신의 시론에 충실한 이 시집에는 〈가두(街頭)에 흘린 시(詩)〉 · 〈가을의 송가(頌歌)〉 · 〈갈망(渴望)〉 · 〈계절(季節)〉 · 〈고별(告別) 1 · 2〉 · 〈광상(狂想)〉 · 〈광풍(狂風)〉 · 〈대지 1 · 2〉 · 〈동면(冬眠)〉 · 〈드을〉 · 〈바다〉 · 〈봄의 환상(幻想)〉 · 〈삼부곡(三部曲)〉 · 〈애상(哀想)〉 · 〈일기초(日記抄) 1 · 2〉 · 〈창공〉 · 〈항가점경(港街點景)〉 · 〈향수 1 · 2 · 3〉 등 23편의 시가 실려 있다.

같은 해 11월, 김광균(→48) · 민태규 · 박재륜(朴載崙, 1910~2001, 한국의 시인) · 서정주(→226) · 신백수(申百秀, 1915~1946, 한국의 시인이며 소설가) · 신석초(→256) · 오장환(→298) · 이병각 · 이성범(李成範, 1915~?, 한국의 시인) · 이육사(→390) · 정호승(→449) · 함형수(→508) 등과 함께 〈자오선(子午線)〉(시 전문 동인지. 1937. 11. 10. 창간호로 종간) 동인(同人)으로 참여하였다. 또한 김대봉(→59) · 김상옥(→69) · 김용호(→82) · 박남수(→175) · 임화(→419) · 함윤수(咸允洙, 1916~1984, 한국의 시인) 등과 함께 창간한 〈맥(貘)〉(계간 시 전문지. 1938. 6.~1939. 4. 통권 5호로 종간)에 시 〈오열(嗚咽)〉(제3호, 1938. 10.), 평론 〈시와 고전(古典)〉(제4호, 1938. 12.)을 발표하였다.

광복 전의 초기 작품은 암흑과 절망을 노래하는 퇴폐적 시풍(詩風)을 띠면서 풍자적 사조(思潮)를 보였다. 〈대지〉와 두 번째 시집 〈만가(輓歌)〉[중앙인서관(中央印書館), 1938. 6.]는 소극적 저항의 시기에 쓴 작품들로 자연이나 인생보다는 고통스러운 현실을 우울한 정서로 노래하고 있다. 〈만가〉에는 〈고백(告白)〉 · 〈공작(孔雀)〉 · 〈과거(過去)〉 · 〈기우(杞憂)〉 · 〈동쪽〉 · 〈만가 1 · 2 · 3〉 · 〈배암〉 · 〈빙점(氷點)〉 · 〈석문(石門)〉 · 〈소시민 철학〉 · 〈암야(暗夜)〉 · 〈야음화(夜陰花)〉 · 〈얼어붙은 밤〉 · 〈염불(念佛)〉 · 〈적료(寂廖)〉 · 〈정물(靜物)〉 · 〈제비 있는 풍경〉 · 〈추억(追憶)〉 · 〈춘부근(春附近)〉 · 〈코끼리〉 · 〈토요일〉 등 모두 62편을 실었는데, 카프의 영향과 영어(囹圄) 생활의 체험을 바탕으로 식민지 지식인의 허탈과 무력감을 고백하고 있는 그의 시는 결국 자기 자신에 대한 만가를 스스로 지어 부르는 자조(自嘲)로까지 진전되고 있음을 볼 수 있다.

1939년(28세)에는 〈시학(詩學)〉(격월간 문예지. 1939. 3.~10. 통권 4호로 종간) 동인으로 활약하면서 시 〈빙하(氷河)〉(종간호)를 발표하였고, 〈시건설(詩建設)〉(시 전문지. 1936. 11.~1940. 6. 통권 8호로 종간) 제7호(1939. 10.)에 시 〈꿈의 해석〉을 발표하였다.

제3시집 〈동물 시집〉[한성도서주식회사(漢城圖書株式會社), 1939. 7.]에서는 〈나비〉[〈시문학(詩文學)〉 제2호, 1930. 5.]를 비롯하여 올빼미 · 원숭이 · 낙타 등 동물을 소재로 하고 있다는 점에서 그 때까지의 우리의 시사(詩史)에서 찾아보기 어려운 특이한 면모를 보였다. 그러나 여기에서도 시의 소재인 동물을 자연물이 아니라 현실의 객관적 상관물(相關物)로 묘사하고 있다는 면에서 시 세계의 본질은 거의 변함이 없다.

1940년(29세)에는 〈대야초(待夜抄)〉·〈마을〉·〈벽(壁)〉·〈분수(噴水)〉·〈빙하〉·〈언덕〉·〈자화상(自畫像)〉·〈황혼(黃昏)〉 등 27편을 실은 제4시집 〈빙화(氷華)〉(한성도서주식회사, 1940. 8.)를 펴냈다. 〈동물 시집〉과 〈빙화〉에서는 대상과의 객관적인 거리를 통하여 감정 과잉이라는 자신의 시적(詩的) 결함을 어느 정도 극복하고 있다는 면에서 진일보한 경지를 보여 주었다.

1943년(32세) 명륜전문학교[明倫專門學校. 성균관대학교(成均館大學校)의 전신] 도서관에서 근무하였으며, 조선문인보국회(朝鮮文人輔國會, 일제(日帝)의 어용 문학 단체. 1943. 4. 17.~1945. 8. 15.) 시부회(詩部會) 간사(幹事)로 임명되었다.

1944년(35세) 동거하던 김원자와 사별(死別)한 뒤, 징용(徵用)을 피하여 낙향, 면서기(面書記)로 근무하다가 광복된 뒤 다시 서울로 왔다.

1946년(35세) 2월 8~9일 이틀 동안 조선문학건설본부(朝鮮文學建設本部)와 조선프롤레타리아문학동맹이 함께 전국문학가대회를 개최하여 발족한 좌익(左翼) 문학 단체인 조선문학가동맹[朝鮮文學家同盟, 1945년 12월 6일 '조선문학동맹'으로 결성]에 가입하여 이용악(→388)과 함께 시부(詩部)위원회 위원으로 활약하다가, 모교(母校) 보성고등학교 교사로 근무하였고, 조선문학가동맹에서 탈퇴하였다.

1947년(36세) 성균관대학교 강사로 있으면서 편저(編著) 〈근고조선 가요찬주(近古朝鮮歌謠撰註)〉[생활사(生活社)]를 펴냈으며, 1948년(37세) 중앙대학교(中央大學校)로 옮겼다.

1948년에는 제5시집 〈피리〉[정음사(正音社), 1948. 1.], 마지막 시집 〈살어리〉[시문학사(詩文學社), 1948. 7.]를 펴냈다. 〈피리〉에는 〈가을〉·〈공작부(孔雀賦)〉·〈구름에게〉·〈길〉·〈나도야〉·〈나뭇잎 밟고 가노라〉·〈나비〉·〈나의 창(窓)〉·〈낙엽(落葉)〉·〈느티나무〉·〈단장(斷章)〉·〈달밤〉·〈마슬〉·〈바다에서〉·〈밤의 노래〉·〈별〉·〈부르는 소리〉·〈빛을 기리는 노래〉·〈사슴〉·〈새해 노래〉·〈서라벌〉·〈슬픈 하늘〉·〈야원 밤〉·〈옛집〉·〈외갓집〉·〈월광곡(月光曲)〉·〈입추(立秋)〉·〈잉경(人定)〉·〈자류(柘榴)〉·〈제운 밤〉·〈지렁이의 노래〉·〈진리(眞理)에게〉·〈찬 달밤에〉·〈추풍부(秋風賦)〉·〈축혼사(祝婚辭)〉·〈피〉·〈피리〉·〈하늘 보면〉 등 38편, 〈살어리〉에는 〈기다리는 봄〉·〈꽃나비〉·〈마음길〉·〈바다〉·〈바닷가에〉·〈바람의 철〉·〈반딧불〉·〈봄〉·〈봄밤에〉·〈살어리〉·〈아침 바다〉·〈유월〉·〈잠 못 자는 밤〉·〈흰 나리〉·〈흰 달밤에〉 등 43편이 실려 있다.

광복된 뒤 그의 시는 초기의 어둠에 대한 의식에서 벗어나 시집 〈피리〉·〈살어리〉에 나타나는 바와 같이 전통적 정서를 대상으로 하는 고전 세계에 대한 애착과 탐구로 기울어져, 밝고 건강한 세계로의 지향을 보여준다. 고려 가요(高麗歌謠)의 율조(律調)나 그 속에 담긴 정서를 되살려 보려는 실험을 시도한 흔적이 보이는데, 고려 가요의 어투를 차용(借用)하거나 율조를 되풀이하는 차원에서 벗어나지 못하였기 때문에 큰 성과를 보이지 못하였다.

이 밖에 시 〈아지랑이〉[〈신세대(新世代)〉, 1946. 7.], 시론 〈포에지(Poesie)에 대하여〉[〈조선일보(朝鮮日報)〉, 1936. 2.]·〈표현에 관한 단상(斷想)〉[〈조선문학(朝鮮文學)〉 제2권 제2호, 1936. 6.]·〈시와 현실의 상극(相剋)〉(1937)·〈이데아를 상실한 현조선(現朝鮮)의 시문학〉[〈풍림(風林)〉, 1937]·〈시의 부정론(否定論)〉(〈조선문학〉, 1938. 6.)·〈시의 3차원〉[〈동아일보(東亞日報)〉 1938. 10.]·〈코스모스의 결여〉[〈인문평론(人文評論)〉 제4호, 1940. 1.]·〈시 정신의 저조(低調)〉(〈인문평론〉 제5호, 1940. 2.)·〈감각(感覺)과 주지(主知)〉(〈동아일보〉, 1940. 6.) 등이 있고, 시론집 〈시와 진실〉(정음사, 1948), 찬주서(纂注書) 〈고산가집(孤山歌集)〉(정음사, 1948) 등이 있다.

1984년 지식산업사(知識産業社)에서 〈신석초·윤곤강〉[〈한국 현대 시문학 대계(韓國現代詩文學大系)〉 제10권]을 출판하였다.

1993년 4월 서산시 읍내동(邑內洞) 서산문화회관 앞에 〈나비〉를 새긴 시비(詩碑)를 비롯하여 모교 보성고 교정에 〈잉경〉(1992. 3. 14.), 서울 광진구(廣津區) 능동(陵洞) 서울어린이대공원에 〈반달〉을 새긴 시비가 있다.

358

윤동주

尹東柱 1917. 12. 30. ~ 1945. 2. 16.

한국의 시인.

아명(兒名)은 해환(海煥), 본관(本貫)은 파평(坡平).

기독교 장로(長老)이며 보통 학교(普通學校, 지금의 초등 학교) 교사인 아버지 윤영석(尹永錫, 1895~1962)과 어머니 김룡(金龍, 1891~1947)의 7남매[누이 2명과 남동생 범환은 요절(夭折)] 중 맏아들로, 만주(滿洲) 북간도(北間島) 지린성(吉林省) 허룽현(和龍縣) 명동촌(明東村)에서 태어났으며, 일본 남부 규슈(九州) 후쿠오카형무소(福岡刑務所)에서 복역(服役) 중 28세의 젊은 나이로 옥사(獄死)하였다.

역시 장로였던 할아버지 윤하현(尹夏鉉, 1875~1947)의 영향을 받고 자랐으며, 당숙 윤영춘(尹永春, 1912~1978, 한국의 시인이며 영문학자·중문학자)과 아우 윤일주(→360)도 시인이다.

1925년(8세) 4월 명동소학교(明東小學校)에 입학하였고, 1928년(11세) 4학년 때부터 서울에서 발간되던 〈어린이〉(월간 어린이 잡지. 1923. 3.~1934. 7. 통권 122호로 종간. 복간하여 1948. 5.~1949. 12. 통권 137호로 종간)·〈아이생활〉(월간 어린이 잡지. 1925. 3.~1944. 4. 제19권 제1호로 종간) 등의 어린이 잡지를 정기적으로 구독하였다. 1929년(12세) 동갑이며 명동촌에서 태어난 고종사촌 송몽규(宋夢奎, 1917~1945, 한국의 독립 운동가) 등 급우들과 함께 신문 형태의 등사판(謄寫版) 문예지 〈새 명동(明東)〉 발간에 참여하여 동요·동시(童詩) 등을 발표하였다.

1931년(14세) 3월 송몽규와 함께 명동소학교를 졸업하고, 대랍자[大拉子, 명동촌에서 동쪽으로 10리쯤 떨어진 지린성 허룽현 현청 소재지]의 중국인 관립 학교인 허룽현립 제일소학교(和龍縣立第一小學校)에 1년 동안 같이 다녔다. 이 해 늦가을 가족들이 지린성 옌볜(延邊) 조선족 자치주 룽징(龍井)으로 이사하였다.

1932년(15세) 4월, 송몽규와 소학교 후배 문익환(文益煥, 1918~2002, 한국의 목사이며 재야 운동가)과 함께 룽징의 기독교계 은진중학교[恩眞中學校, 1920년 2월 4일 개교. 명신여학교(明信女學校, 1920년 6월 4일 개교)·영신중학교(永新中學校, 1921년 5월 28일 개교)·동흥중학교(東興中學校, 1921년 10월 1일 개교)·대성중학교(大成中學校, 1921년 10월 8일 개교)·광명중학교(光明中學校, 1926년 4월 20일 개교) 등 5개 학교와 1945년 1월 룽징중학교로 통합되었다.]에 입학하였다. 이 학교에서도 급우들과 교내 문예지를 만들었고, 축구 선수로 활동하는 한편, 웅변 대회에서 '땀한 방울'이라는 제목으로 1등상을 받았다.

1934년(17세) 처녀작 〈내일은 없다〉(12. 24.)·〈삶과 죽음〉(12. 24.)·〈초 한 대〉(12. 24.) 등을 썼는데, 그 수준이 상당한 것으로 미루어 습작은 이미 그 이전부터 있었던 것으로 짐작된다.

1935년(18세) 은진중학교 4학년 1학기를 마치고 평양(平壤)의 숭실중학교(崇實中學校)로 3학년 2학기에 편입(編入)하여 문예부에서 펴내는 잡지 〈숭실활천(崇實活泉)〉 제15호(1935. 10.)에 시 〈공상(空想)〉을 발표하였는데, 〈공상〉은 그의 작품 가운데 처음으로 활자화된 것이다. 이 무렵 〈거리에서〉(1. 18.)·〈창공(蒼空)〉(10. 20.)·〈남쪽 하늘〉(10.)·〈조개 껍질〉(동시, 12.) 등을 썼다.

1936년(19세) 신사 참배(神社參拜) 문제가 발생하여 숭실중학교가 폐교당하자, 다시 룽징으로 돌아가 광명중학교 4학년에 편입하였다. 이곳에서, 영신중학교에 입학하였다가 이 학교로 통합되어 온 동갑내기 정일권(丁一權, 1917~1994, 한국의 군인이며 정치가. 제9대 국무 총리. 재임 1964. 5. 10.~1970. 12. 20.)을 만났다.

천주교 간도 옌지교구(延吉敎區)에서 발행하던 〈가톨릭소년〉(가톨릭계 소년·소녀 월간지. 1934~1940)에 '윤동주(尹童柱, 童舟)'라는 필명(筆名)으로 동시와 동요를 발표하였다. 이 해에 〈고향집〉·〈병아리〉(동시, 1. 6.)·〈오줌싸개 지도(地圖)〉(동시, 1.)·〈기왓장 내외〉(동시)·〈비둘기〉·〈이별〉·〈식권(食券)〉(3. 20.)·〈모란봉(牡丹峯)에서〉(3. 24.)·〈황혼(黃昏)〉·〈가슴 1〉(3. 25.)·〈무얼 먹구 사나〉(3.)·〈종달새〉(3.)·〈산상(山上)〉·〈오후의 구장(球場)〉(5.)·〈이런 날〉(6. 10.)·〈양지쪽〉·〈산림(山林)〉(6. 26.)·〈닭〉·〈가슴 2〉(7. 24.)·〈꿈은 깨어지고〉(7. 27.)·〈곡간(穀間)〉(여름)·〈빨래〉·〈햇비〉(동시, 9. 9.)·〈비행기〉(동시, 10.)·〈가을밤〉(10. 23.)·〈굴뚝〉(동시)·〈봄〉(동시, 10.)·〈빗자루〉(12.)·〈참새〉(동시, 12.)·〈개〉(동시)·〈편지〉(동시)·〈버선본〉(동시, 12.)·〈눈〉(동시, 12.)·〈사과〉(동시)·〈눈〉(동시)·〈닭〉(동시)·〈아침〉·〈겨울〉(동시, 겨울)·〈호주머니〉(동시, 12.) 등을 썼고, 1937년(20세)에는 〈황혼이 바닷가 되어〉(1.)·〈둘 다〉(동시)·〈반딧불〉(동시)·〈밤〉(3.)·〈할아버지〉(동시, 3. 10.)·〈만돌이〉(동시)·〈나무〉(동시)·〈장〉(봄)·〈달밤〉(4. 15.)·〈풍경〉(5. 29.)·〈한란계(寒暖計)〉(7. 1.)·〈그 여자〉(7. 26.)·〈소낙비〉(8. 9.)·〈비애(悲哀)〉(8. 18.)·〈명상(冥想)〉(8. 20.)·〈바다〉·〈산협(山峽)의 오후〉·〈비로봉(毘

盧峰)〉(9.)·〈거짓부리〉(동시, 10.)·〈창(窓)〉(10.)·〈유언(遺言)〉(10. 24.) 등을 썼다.

1938년(21세) 2월 17일 광명중학교를 졸업하고, 4월 송몽규와 함께 연희전문학교[延禧專門學校. 연세대학교(延世大學校)의 전신(前身)] 문과에 입학하였는데, 최현배(崔鉉培, 1894~1970, 한국의 국어학자이며 국어 운동가·교육자)에게 조선어를, 이양하(李敭河, 1904~1963, 한국의 영문학자이며 수필가)에게 영시(英詩)를 수강하였으며, 2년 후배 정병욱(鄭炳昱, 1922~1982, 한국의 국문학자)과 매우 가깝게 사귀었다. 이 해에 〈새로운 길〉(5. 10.)·〈산울림〉(동시, 5.)·〈비 오는 밤〉(6. 11.)·〈사랑의 전당(殿堂)〉·〈이적(異蹟)〉(6. 19.)·〈아우의 인상화(印象畫)〉(9. 15.)·〈코스모스〉(9. 20.)·〈고추밭〉(9. 26.)·〈슬픈 족속(族屬)〉(9.)·〈햇빛〉·〈바람〉(동시)·〈해바라기 얼굴〉(동시)·〈애기의 새벽〉(동시)·〈귀뚜라미와 나와〉(동시)·〈달을 쏘다〉(산문, 10.) 등을 썼다.

1939년(22세) 〈조선일보(朝鮮日報)〉 학생란에 산문 〈달을 쏘다〉를, 교지(校誌) 〈문우(文友)〉에 시 〈새로운 길〉·〈자화상(自畫像)〉(9.)을 각각 발표하였고, 〈달같이〉·〈장미(薔薇) 병들어〉(9.)·〈트르게네프의 언덕〉(산문, 9.)·〈산골물〉·〈소년〉(9.) 등을 썼다. 또한 〈소년(少年)〉[신문관(新文館). 월간 계몽지. 1908. 11.~1911. 5. 통권 23호로 종간. 우리나라 근대적 종합 잡지의 효시]에 동요 〈산울림〉을 발표하여 처음으로 원고료를 받았다. 이 무렵 교토(京都, 794~1868년 일본의 수도) 도시샤대학(同志社大學)을 졸업하고 바로 모교(母校) 휘문고등보통학교(徽文高等普通學校, 지금의 휘문중·고등학교)에서 교사로 재직하면서 활발한 시작(詩作)과 문단(文壇) 활동을 하고 있던 정지용(→445)을 방문, 문학에 관하여 토론하며 의견을 주고받았다.

1940년(23세)에는 〈팔복(八福)〉·〈위로(慰勞)〉(12. 3.)·〈병원(病院)〉(12.) 등을 썼다.

학제(學制) 단축으로 3개월 앞당겨 1941년(24세) 12월 27일 연희전문학교를 졸업하였는데, 졸업 기념으로 19편의 자작시(自作詩)를 묶은 〈하늘과 바람과 별과 시〉를 펴내려고 하였으나 뜻을 이루지 못하고 자필(自筆)로 3부를 만들어 은사(恩師) 이양하와 후배 정병욱에게 한 부씩 주고 자기가 한 부를 가졌다. 이 해에 〈무서운 시간〉(2. 7.)·〈눈 오는 지도〉(3. 12.)·〈태초(太初)의 아침〉·〈또 태초의 아침〉(5. 31.)·〈새벽이 올 때까지〉(5.)·〈십자가(十字架)〉·〈눈 감고 간다〉(5. 31.)·〈못 자는 밤〉·〈돌아와 보는 밤〉(6.)·〈간판 없는 거리〉·〈바람이 불어〉(6. 2.)·〈또 다른 고향〉(9.)·〈길〉(9. 31.)·〈별 헤는 밤〉(11. 5.)·〈서시(序詩)〉(11. 20.)·〈간(肝)〉(11. 29.) 등을 썼다.

창씨개명(創氏改名)을 강요하는 분위기에서 일본으로 유학하기 위하여 성(姓)을 '히라누마(平沼)'로 고친 뒤, 1942년(25세) 4월 도쿄 릿쿄대학(立教大學) 영문과에 입학하였고, 송몽규는 교토제국대학(京都帝國大學. 교토대학의 전신) 문학부 사학과에 입학하였다. 여름 방학에 룽징의 고향집에 다녀왔는데, 이것이 마지막 방문이 되었다. 같은 해 10월, 도시샤대학 영문과로 전학하였다. 이 해에 〈참회록(懺悔錄)〉(1. 24.)·〈흰 그림자〉(4. 14.)·〈흐르는 거리〉(5. 12.)·〈사랑스런 추억〉(5. 13.)·〈쉽게 씌여진 시〉(6. 3.)·〈봄〉 등을 썼다.

1943년(26세) 7월 14일, 여름 방학을 맞아 귀국 직전에 항일(抗日) 운동을 한 혐의로 송몽규와 함께 경찰에 체포되어 교토 가모가와경찰서(鴨川警察署)에 구금되었다.

1944년(27세) 4월, 교토지방재판소에서 윤동주는 2년형, 송몽규는 3년형을 선고받고 후쿠오카형무소에 투옥, 윤동주는 1945년(28세) 2월 16일, 송몽규는 3월 7일 옥사하였다. 3월 초에 고향 룽징의 동산교회(東山教會) 묘지에 안장(安葬)되었다.

1947년 2월 13일, 광복 후 처음으로 〈쉽게 씌여진 시〉가 당시 편집국장이었던 정지용의 소개문과 더불어 〈경향신문(京鄉新聞)〉에 발표되었다.

1948년 1월에는 정병욱이 1941년에 받았던 윤동주의 자필 시집 〈하늘과 바람과 별과 시〉를 간직해 두었다가 아우 윤일주와 함께 정음사(正音社)에서 펴냈다. 이 시집에는 〈간〉·〈길〉·〈또 다른 고향〉·〈별 헤는 밤〉·〈병원〉·〈서시〉·〈쉽게 씌여진 시〉·〈십자가〉·〈아우의 인상화〉·〈오줌싸개 지도〉·〈자화상〉·〈참회록〉·〈초 한 대〉 등 유고(遺稿) 31편이 실려 있다(1976년 3판에서는 모두 116편이 실렸다.). 이 시집이 세상에 나옴으로써 비로소 알려졌으며, 일제(日帝) 말기의 저항 시인으로 크게 각광을 받았다. '죽는 날까지 하늘을 우러러/한 점 부끄럼이 없기를/잎새에 이는 바람에도/나는 괴로워하였다.'로 시작되는 〈서시〉는 오늘날에도 많은 사람들에게 애송되는 시로, 특히 '하늘·바람·별'의 이미지가 서로 대응되어 그의 생애와 시의 전체 모습을 단적으로 암시하여 준다.

1955년 2월, 10주기(周忌)를 기념하여 유고 전집 〈하늘과 바람과 별과 시〉(정음사)가 출판되었고, 1980년 지식산업사(知識産業社)에서 〈이육사 · 윤동주〉[〈한국 현대 시문학 대계(韓國現代詩文學大系)〉 제8권]를 출판하였다.

1985년 월간문학사(月刊文學社)에서 '윤동주 문학상'을 제정하여 해마다 시상하고 있으며, 1990년 8월 15일 건국 훈장 독립장(獨立章)이 추서(追敍)되었다.

2012년 7월 25일 서울 종로구(鐘路區) 청운동(靑雲洞) '윤동주 시인의 언덕'에 '윤동주 문학관'이 건립되었으며, 그의 대표시 〈서시〉를 새긴 시비(詩碑)가 세워졌다. 2013년 2월 27일에는 연희전문학교 시절인 1922년 학생 기숙사로 준공된 핀슨홀(Pinson Hall)을 개조하여 '윤동주 기념관' 현판식을 가졌다.

교우 관계는 소학교 후배 문익환을 비롯하여 초간 시집에 추모시(追慕詩)를 쓴 유령(柳玲, 1917~?, 한국의 시인이며 영문학자), 연희전문학교 후배 장덕순(張德順, 1921~1996, 한국의 국문학자), 연희전문학교 재학시 함께 하숙 생활을 한 정병욱 등이 있다.

그의 시는 초기 시에서부터 마지막 작품으로 보이는 〈쉽게 씌여진 시〉에 이르기까지 상당한 시적(詩的) 변모를 드러내고 있다. 대부분 현실 세계의 모순과 그 모순을 초월하려는 의식을 내포하고 있지만, 초기의 시 몇 편은 평화롭고 훼손되지 않은 자연을 주로 읊었는데, 행복한 유년 시절을 노래한 동시 〈햇비〉와 아름답고 평화로운 동심(童心)을 노래한 시 〈굴뚝〉 · 〈반딧불〉 · 〈병아리〉 등이 그러한 작품이다.

또한 〈겨울〉 · 〈버선본〉 · 〈조개 껍질〉 · 〈햇빛 · 바람〉 등에서는 암울한 분위기와 더불어 동시에 깃들인 유년적 평화를 지향하고자 하는 현실 파악 태도를 볼 수 있다. 그러한 사춘기(思春期)의 낙관적인 생각은 시 〈눈〉에 와서 어느 정도 걸러지고 1937~1938년에는 시대와 사회에 대한 고뇌와 갈등을 읊었다.

연희전문학교 재학 시절에 쓴 후기의 작품 〈또 다른 고향〉 · 〈별 헤는 밤〉 · 〈서시〉 · 〈자화상〉 등에서는 일제 말기의 암흑기를 살아간 역사 감각을 지닌, 암울한 민족의 현실을 극복하려는 독특한 자아 성찰(省察)의 시 세계를 보여 준다.

1938~1941년 20세를 전후하여 10여 년 동안 쓴 그의 시에는 기독교 세계관을 바탕으로 한 청년기의 불안감과 고독감, 정신적 방황과 절망, 조국을 잃음으로써 삶의 현장을 박탈당한 동일성의 상실 등이 그 원천을 이루는데, 이를 극복하고 희망과 용기로 현실을 돌파하려는 강인한 정신이 표출되어 있다. 또한 이 시기에는 자아(自我)와 세계 사이의 갈등을 나타낸 성숙해진 시를 썼는데, 이 때의 시 의식은 때로 자전적(自傳的) 성격에서 출발하거나 종교적 의식의 천착(穿鑿)으로 이어지고, 때로 민족 의식과 시대 의식으로 발전하거나 고향 지향성으로 나타났다.

〈달밤〉 · 〈아우의 인상화〉 · 〈유언〉 등에서는 고독과 비애를 실감나게 담아 냈으며, 〈자화상〉은 자전적 시로 실존적 의식 세계의 출발점이 되며, 〈별 헤는 밤〉 · 〈참회록〉 등에 나타나는 자아 성찰과 미래를 향한 낙관적 의지, 실존적 윤리 의식으로 이어진다. 이러한 자전적 성격은 〈별 헤는 밤〉의 결구(結句)에 집약되어 있는데, 그것은 부끄러움과 절망으로 표현될 수 있는 자신의 지나간 삶을 바탕으로 자랑스러운 밝은 시대가 올 것이라는 확신의 목소리였다.

또한 〈사랑의 전당〉에서 보이는 새로운 삶에 대한 의욕은 〈십자가〉에 이르면 기독교적 신앙에 바탕을 둔 비장미(悲壯美)로 바뀌게 된다. 일제 강점기의 암담한 현실 속에서 자아의 갈등을 극복하려는 결의를 실존적인 성실성에서 찾은 것이다. 그것은 자기 자신의 희생이라는 이미지로 나타나며 신앙인으로서의 실천의 모습이기도 하다. 이러한 자기 희생과는 또 다른 기독교적 세계 인식을 보여 준 시로 〈태초의 아침〉 · 〈또 태초의 아침〉 · 〈새벽이 올 때까지〉 등을 들 수 있는데. 이 작품들은 인간의 근원적 부조리와 더불어 기독교적인 예언을 담고 있다.

일제에 억압받는 민족의 현실에 정서적 연원(淵源)을 둔 작품을 많이 썼는데, 〈십자가〉를 비롯하여 〈간〉 · 〈또 다른 고향〉 · 〈무서운 시간〉 · 〈쉽게 씌여진 시〉 · 〈슬픈 족속〉 등이 그 보기인데, 어느 한 편을 보더라도 거기에는 울분과 자책, 봄(광복)을 기다리는 간절한 소망이 담겨져 있다.

〈간〉에서는 구토지설(龜兎之說)과 프로메테우스[Prometheus, 그리스 신화에 나오는 티탄족 이아페토스(Iapetos)의 아들. 제우스(Zeus)가 감추어 둔 불을 훔쳐 인간에게 내줌으로써 인간에게 맨 처음 문명을 가르친 신]의 신화(神話)를 연결시켜 고통스러운 현실과 맞서 유혹과 억압으로부터 자기를 지키려는 의지를 보여 주었고, 〈또 다른 고향〉에서는 상황 의식에 따른 자아 성찰과 행동을 위한 결단을 내비치고 있다. 〈무서운 시간〉에서는 행동이 불가능한 상황에서 오히려 행동을 요구하는 상황이 나온다는 아이러니를 제시하였다. 일본 유학 중에 쓴 〈쉽게 씌여진 시〉는 자신의 삶에 대한 반성과 고독을 토로하고 시대의 아픔에 대하여 시로 대응한 주목할 만한 작품이다.

그의 시는 한 마디로 어두운 시대를 살면서도 자신이 명령하는 바에 따라 순수하게 살아가고자 하는 내면의 의지를 노래하였다. 자신의 개인적 체험을 역사적 국면의 경험으로 확장함으로써 한 시대의 삶과 의식을 노래하는 동시에 특정한 사회·문화적 상황 속에서의 체험을 인간의 항구적 문제에 관련지음으로써 보편적인 공감대에 도달하였다.

자전적이고 내성적인 시, 기독교 신앙에 바탕을 둔 실존적 윤리 의식, 시대와 갈등에 성실하였던 민족 의식을 나타낸 그의 시는, 이러한 주제를 고도의 상징과 은유적 기법으로 독특하게 형상화하였다는 점에서 한국 시사(詩史)에서 중요하게 평가되고 있다.

1968년 11월 2일 연세대학교 핀슨홀 앞에 〈서시〉를 새긴 시비가 세워진 것을 비롯하여, 1992년 9월 23일 룽징의 룽징중학교, 1995년 도시샤대학에도 도시샤대학 선배 정지용(1923년 영문과 입학, 1929년 졸업)의 시비(2005년 12월 18일 건립)와 나란히 세워졌다. 이 밖에도 〈서시〉를 새긴 시비는 청운동 '윤동주 문학관'을 비롯하여 서울 중구(中區) 소공동(小公洞) 동양화학빌딩 앞, 부산 부산진구(釜山鎭區) 양정동(楊亭洞) 로터리(2007. 4. 21.), 대구 중구(中區) 동인동(東仁洞) 국채보상운동기념공원, 경기도 부천시(富川市) 소사구(素砂區) 괴안동(槐安洞) 유한대학교(柳韓大學校), 이천시(利川市) 관고동(官庫洞) 설봉공원(雪峯公園) 문학 동산, 충청남도 천안시(天安市) 목천읍(木川邑) 남화리(南化里) 독립기념관, 전라북도 군산시(群山市) 내흥동(內興洞) 금강(錦江) 하구 진포(鎭浦) 시비공원 등 여러 곳에 있다.

또한 서울 마포구(麻浦區) 도화동(桃花洞)에는 〈새로운 길〉, 부산 서구(西區) 서대신동(西大新洞) 구덕문화공원(九德文化公園)에 〈내 인생의 가을이 오면〉, 충청남도 보령시(保寧市) 성주면(聖住面) 개화리(開花里) 개화예술공원(開花藝術公園) 모산한국육필문예공원에 〈민들레〉, 홍성군(洪城郡) 결성면(結城面) 성곡리(城谷里) 민족시비공원(民族詩碑公園)에 〈간〉, 전라남도 장흥군(長興郡) 장평면(長平面) 봉림리(鳳林里) '계명성 시비공원(鷄鳴聲詩碑公園)'에 〈팔복〉이 새겨진 시비가 있다.

359
윤선도
尹善道 1587(선조 20). 6. 22. ~ 1671(현종 12). 6. 11.

조선(朝鮮, 1392~1910)의 문신(文臣)이며 시인.

자(字)는 약이(約而), 호(號)는 고산(孤山)·해옹(海翁), 시호(諡號)는 충헌(忠憲), 본관(本貫)은 해남(海南).

정치적으로 열세(劣勢)에 있던 남인(南人) 집안에서, 예빈시(禮賓寺) 부정(副正)을 지낸 아버지 윤유심(尹惟深, 1551~1604)과 어머니 순흥(順興) 안씨[安氏, 1551~1609, 좌의정을 지낸 안현(安玹, 1501~1560)의 손녀]의 셋째 아들로, 서울 연화방[蓮花坊, 지금의 종로구(鐘路區) 연지동(蓮池洞)]에서 태어났다.

1594년(7세, 선조 27) 강원도 관찰사(觀察使)를 지낸 숙부 윤유기(尹惟幾, 1554~1619)의 양자(養子)가 되었다.

1603년(16세, 선조 36) 판서(判書) 윤돈(尹暾, 1551~1612)의 딸 남원(南原) 윤씨(尹氏, 1588~1655)와 혼인하였고, 1655년(68세) 사별(死別)한 뒤 한양(漢陽) 조씨(趙氏)와 재혼하였으며, 경주(慶州) 설씨(薛氏, 1620~?)를 첩으로 들였다.

1603년 진사(進士) 초시(初試)에 급제(及第)하였고, 1606년(19세, 선조 39) 승보시(陞補試)에 장원(壯元)으로 급제하였으며 향시(鄕試)에도 잇달아 합격하였다. 이 무렵 금서(禁書)였던 〈소학(小學)〉을 보고 감명을 받아 평생의 좌우명으로 삼았다.

1612년(25세, 광해군 4) 진사시에 장원으로 급제하였고, 1616년(29세, 광해군 8) 12월 21일 성균관(成均館) 유생(儒生)으로 권신(權臣) 박승종(朴承宗, 1562~1623, 조선의 문신)·유희분(柳希奮, 1564~1623, 조선의 문신)·이이첨(李爾瞻, 1560~1623, 조선의 문신) 등 당시 집권 세력의 난정(亂政)과 죄상을 격렬하게 규탄하는 상소문(上訴文) 〈병진소(丙辰疏)〉를 올렸다가, 이로 말미암아 이이첨 일파의 모함을 받아 1617년(30세, 광해군 9) 2월 함경북도 경원(慶源)으로 유배되었다.

귀양 가 있는 사람들 가운데 나라를 원망하는 자들이 나라의 기밀(機密)을 가지고 오랑캐와 내통(內通)한다고 하여 모두 남쪽 변방으로 옮길 때, 그도 1618년(31세,

광해군 10) 경상남도 기장(機張)으로 유배지가 옮겨졌다.

1623년(36세, 광해군 15) 인조반정(仁祖反正, 1623. 3. 13.)으로 이이첨 일파가 처형된 뒤 풀려나 서울로 돌아와 4월 의금부(義禁府) 도사(都事)에 제수(除授)되었으나 3개월 만에 사직하고 해남으로 내려갔다. 그 뒤 의금부 도사(1625. 1.)·안기(安奇) 찰방(察訪)(1626. 11.)·사포서(司圃署) 제조(提調)(1627. 10.) 등 여러 벼슬에 임명되었으나 모두 사퇴하였다.

1628년(41세, 인조 6) 별시 문과(別試文科) 초시에 장원으로 급제하여, 이조판서(吏曹判書) 장유(張維, 1587~1638)의 천거(薦擧)로 인조(仁祖, 1595~1649, 조선의 제16대 왕. 재위 1623~1649)의 둘째 아들 봉림 대군[鳳林大君, 1619~1659, 나중에 효종(孝宗, 1619~1659, 조선의 제17대 왕. 재위 1649~1659)]과 셋째 아들 인평 대군(麟坪大君, 1622~1658)의 사부(師傅)가 되었다.

사부는 벼슬을 겸할 수 없음에도 인조의 신임을 얻어 특명으로 1629년(42세, 인조 7) 공조좌랑(工曹佐郎)(1629. 12.)을 겸하였고, 1630년(43세, 인조 8) 10월 별시 초시에 2등으로 급제, 12월 공조정랑(工曹正郎)(1629. 12.)에 임명되었다. 그 뒤 호조정랑(戶曹正郎) 겸 총융랑(摠戎郎)(1631. 6.)·형조정랑(刑曹正郎)(1631. 11.)·호조정랑(1632. 1.)·사복시(司僕寺) 첨정(僉正)(1632. 2.)·한성부(漢城府) 서윤(庶尹)(1632. 3.)을 지냈다.

1633년(46세, 인조 11) 봄 증광 문과(增廣文科) 별시에 장원 급제한 뒤, 예조정랑(禮曹正郎)(1633. 4.)·시강원(侍講院) 문학[文學, 정오품(正五品) 관직](1633. 5.)·세자시강원(世子侍講院) 문학(1633. 9.)·사헌부(司憲府) 지평(持平)(1633. 10.) 등에 올랐다.

1634년(47세, 인조 12) 강석기(姜碩期, 1580~1643, 조선의 문신)의 모함으로 경상북도 성산(星山, 지금의 성주) 현감(縣監)으로 좌천(左遷)된 뒤, 이듬해인 1635년(48세, 인조 13) 경상도 관찰사 유백증(俞伯曾, 1587~1646, 조선의 문신)의 탄핵(彈劾)으로 파직(罷職)되어 해남으로 내려갔다.

해남에서 지내던 1636년(49세, 인조 14), 병자호란(丙子胡亂, 1636. 12. 9.~1637. 1. 30.)이 일어나 왕이 항복하고 적과 화의(和議)하였다는 소식에 접하자, 1637년(50세, 인조 15) 1월 가복(家僕) 몇백 명을 거느리고 강화도(江華島)에 이르렀으나 이미 함락된 뒤였다. 이를 욕되게 생각하여 제주도(濟州道)에서 은거하려고 가던 중 태풍을 만나, 전라남도 완도(莞島) 앞바다 보길도(甫吉島)의 수려한 경치에 이끌려 황원포(黃原浦)에 정착하였다. 정착한 그 일대를 '부용동(芙蓉洞)'이라고 이름하고 격자봉(格紫峰) 아래 집을 지어 '낙서재(樂書齋)'라고 하였다. 또한 조상이 물려준 막대한 재산으로 십이정각(十二亭閣)·세연정(洗然亭)·회수당(回水堂)·석실(石室) 등을 지어 놓고 마음껏 풍류를 즐겼다.

1638년(51세, 인조 16) 난이 평정된 뒤, 대동(大同) 찰방과 사도시정(司䆃寺正)에 임명되었으나 병을 핑계로 부임하지 않았을 뿐 아니라 서울로 돌아와서도 왕에게 문안드리지 않았다는 죄목으로 3월 15일 경상북도 영덕(盈德)에 귀양갔다가 1639년(52세, 인조 17) 2월에 풀려났다. 이로부터 10여 년 동안 정치와는 관계 없이 보길도의 부용동과 새로 발견한 금쇄동(金鎖洞)의 산수(山水) 자연 속에서 시(詩)·가(歌)·무(舞)를 즐기며 한가하게 살았다.

효종이 즉위한 이래 여러 차례 부름이 있었으나 벼슬길에 나아가지 않고 곡수당(曲水堂)·무민거(無悶居)·정성당(靜成堂) 등을 짓고, 정자를 증축하며 큰 못을 파는 등 호화로운 생활을 즐기면서 제자들을 가르쳤으며, 정신적 안정 속에서 보길도를 배경으로 봄·여름·가을·겨울 각 10수(首)씩 읊은 〈어부사시사(漁父四時詞)〉(1651, 40수) 등 많은 시를 지었다.

1652년(65세, 효종 3) 왕명으로 복직(復職), 승정원(承政院) 동부승지(同副承旨)(1652. 3. 27.)·예조참의(禮曹參議)(1652. 8. 11.) 등에 이르렀으나 서인(西人)들에게 밀려 사직하고, 경기도 양주(楊州) 고산(孤山)에 은거하였다. 마지막 작품인 〈몽천요(夢天謠)〉는 이곳에서 지었으며, 〈시무팔조소(時務八條疏)〉(1652. 10. 22.)·〈논원두표소(論元斗杓疏)〉(1652. 11. 7.) 등을 올려 왕권의 확립을 강력히 주장하였다.

1657년(70세, 효종 8) 다시 벼슬길에 올라 첨지중추부사(僉知中樞府事)에 복직되었고(1657. 11.), 공조참의(工曹參議)에 이르렀으나, 남인 정개청(鄭介淸, 1529~1590, 조선의 문신이며 학자)의 서원(書院) 철폐를 놓고 송시열[宋時烈, 1607~1689, 조선의 문신이며 학자, 노론(老論)의 영수(領袖)] 일파와 논쟁, 탄핵을 받고 삭탈 관직(削奪官職)되어 다시 고산 별채로 내려왔다.

1659년(72세, 효종 10) 5월 4일 효종이 승하(昇遐)하자 남인의 거두(巨頭)로 산릉간심관(山陵看審官)이 되어 효종의 장지(葬地) 문제와 자의 대비[慈懿大妃, 1624~1688, 인조의 계비(繼妃). 장렬 왕후(莊烈王后)]의 복상(服喪) 문제 등 예론(禮論) 문제를 가지고 송시열·송준길(宋浚吉, 1606~1672, 조선의 문신이며 학자) 등 서인의 세력을 꺾으려다가 패배, 1660년(73세, 현종 1) 4월 삭탈 관직되어 함경북도 삼수(三水)로 유배당하였고, 1661년(74세, 현종 2) 6월 13일 위리안치(圍籬安置, 죄인이 유배소에서 달아나지 못하게 하기 위하여 귀양 간 곳의 집 둘레에 가시가 많은 탱자나무를 돌리고 그 안에 가두는, 중죄인에 대한 형벌)에 처해졌다.

1665년(78세, 현종 6) 6월 전라남도 광양(光陽)의 백운산(白雲山) 아래 옥룡동(玉龍洞)으로 옮겨졌다가, 1667년(80세, 현종 8) 7월 유배에서 풀려나 보길도의 부용동에서 살다가 1671년(84세, 현종 12) 6월 11일 낙서재에서 영욕(榮辱)의 삶을 마감하였다.

1675년(숙종 1) 남인의 집권으로 신원(伸寃)되어 이조판서에 추증(追贈)되었다.

집권 세력인 서인 일파에 강력하게 맞서 왕권 강화를 주장하면서 치열한 당쟁(黨爭)으로 20여 년 동안 벽지 유배 생활과 19년의 은거 생활을 하면서, 많은 시조(時調)를 지었다. 그러나 조상으로부터 물려받은 막대한 유산(遺産)으로 화려한 은거 생활을 누릴 수 있었고, 그의 탁월한 문학적 역량은 이러한 생활 속에서 표출되었다.

경사(經史)에 해박하고 음악을 좋아하는 풍류인으로, 의약·복서(卜筮)·음양 지리에도 통하였으며, 특히 시조에 뛰어났다. 문집 〈고산 유고(孤山遺稿)〉(모두 6권 6책, 목판본, 1791)에 한시문(漢詩文)이 실려 있는데, 특히 별집(別集) 하권(下卷)에는 물(水)·돌(石)·소나무(松)·대나무(竹)·달(月)을 다섯 벗으로 하여 그 특징을 노래한 〈오우가(五友歌, '다섯 벗을 노래함')〉(1642, 6수)를 비롯하여 〈기세탄(饑世嘆, '흉년을 탄식함')〉(1641)·〈야심요(夜深謠, '깊은 밤의 노래')〉(1641)·〈일모요(日暮謠, '날 저문 때의 노래')〉(1641)·〈조무요(朝霧謠, '아침 안개를 노래함')〉(1641) 각 1수, 〈만흥(漫興, '흥에 겨움')〉(1642, 6수), 〈하우요(夏雨謠, '여름비를 노래함')〉(1642, 2수) 등 18수로 구성된 〈산중신곡(山中新曲)〉(1642), 〈춘효음(春曉吟)〉(1646)과 〈추야조(秋夜操)〉(1645) 각 1수로 구성된 〈산중속신곡(山中續新曲)〉(1645), 〈견회요(遣懷謠, '회포를 푸는 노래')〉(1616, 5수)·〈고금영(古琴詠, '옛 가야금을 타며 읊음')〉(1645)·〈몽천요〉(1652, 3수)·〈어부사시사〉·〈어부사여음(漁父詞餘音)〉·〈우후요(雨後謠, '비 온 뒤의 노래')〉(1618)·〈증반금(贈伴琴, '반금에게')〉(1645)·〈초연곡(初筵曲)〉(2수)·〈파연곡(罷宴曲)〉(2수) 등 한시문 35수의 시조, 40수의 단가(短歌)가 실려 있다.

또한 〈증반금〉·〈추야조〉·〈춘효음〉 등 시조 3수와 한시가 실려 있는 가첩(歌牒) 〈금쇄동집고(金鎖洞集古)〉가 있다.

이러한 시가들은 일반적 주제인 자연과의 화합을 주제로 담았으며, 우리말에 새로운 뜻을 창조하여 활용한 뛰어난 서정적 작품으로, 우리말을 쉽고 간소하며 자연스럽게 구사(驅使)하여 한국어의 예술적 가치를 발현시켰다는 평가를 받고 있다.

박인로(→187)·정철(→447)과 함께 '조선 시대 3대 가인(三大歌人)'으로 일컬어졌는데, 다른 두 사람과는 달리 가사(歌辭)는 짓지 않고 75수의 단가와 시조만 창작하였다.

자연을 문학의 제재(題材)로 채택한 시조 작가 가운데 가장 탁월한 역량을 나타낸 것으로 평가되는데, 자연을 제재로 하되 그것을 사회의 공통적 언어 관습과 결부시켜 나타냈고, 또한 개성적 판단에 의한 어떤 관념을 표상하기 위하여 그것을 임의로 선택하였다. 대부분의 경우 작품에 나타난 자연은 엄격한 유교적(儒教的) 윤리 세계와 관련을 맺는 것으로 나타난다. 그러나 자연과 직접적인 대결을 보인다든지 생활 현장으로서의 생동(生動)하는 자연은 보이지 않는데, 이것은 그가 자연이 주는 시련이나 고통을 전혀 체험하지 못하고 유족한 삶만을 누렸기 때문이다.

한편 보길도 부용동의 세연정 부근은 인공미와 자연미를 잘 조화시킨 조선 중기 정원(庭園)의 걸작으로, 이 정원의 복원을 위하여 1989년 발굴 조사를 실시, 세연정 부근과 동천 석실(洞天石室)을 복원하였다.

묘소는 해남군 현산면(縣山面) 구시리(九市里)에 있으며, 옛집이 있던 해남 연동마을 녹우당(綠雨堂)에는 그의 유물 전시관이 건립되었으며, 〈어부사시사〉가 새겨진 시조비가 있다. 또한 2005년 2월 부산 기장군(機張郡) 일광면(日光面) 삼성리(三聖里) 삼성대(三聖臺)에 〈증별소제(贈別少弟, '아우와 이별하며')〉와 〈병중견회(病中遣懷, '병중에 스스로 마음을 달램')〉가 새겨진 시조비가 세워졌으며, 그가 태어난 연지동 현대그룹 본사 옆에 〈오우가 서시(序詩)〉(1993. 9. 25.)와 〈오우가〉(2002. 5. 18.)를 비롯하여 종로구(鐘路區) 동숭동(東崇洞) 마로니에공원, 부산 부산진구(釜山鎭區) 초읍동(草邑洞) 부산어린이대공원 '시가 있는 숲'(1991), 광주 남구(南區) 사동(社洞) 사직공원(社稷公園), 강원도 춘천시(春川市) 서면(西面) 금산리(錦山里) 북한강변 문학공원(北漢江邊文學公園)(2011. 9. 30.), 충청남도 보령시(保寧市) 성주면(聖住面) 개화리(開花里) 개화예술공원(開花藝術公園) 모산한국육필문예공원에 〈오우가〉를 새긴 시조비가 있다.

360

윤일주

尹一柱 1927. 11. 23. ~ 1985. 11. 28.

한국의 시인이며 건축학자.

본관(本貫)은 파평(坡平).

일본 남부 규슈(九州) 후쿠오카형무소(福岡刑務所)에서 복역(服役) 중 28세의 젊은 나이로 옥사(獄死)한 시인 윤동주(→358)의 아우이다.

기독교 장로(長老)이며 보통 학교(普通學校, 지금의 초등학교) 교사인 아버지 윤영석(尹永錫, 1895~1962)과 어머니 김룡(金龍, 1891~1947)의 7남매[누이 2명과 남동생 범환은 요절(夭折)] 중 둘째 아들로, 만주(滿洲) 북간도(北間島) 지린성(吉林省) 허룽현(和龍縣) 명동촌(明東村)에서 태어났으며, 서울에서 죽었다.

지린성 옌볜(延邊) 조선족 자치주 룽징(龍井)의 공립홍중소학교(公立弘中小學校), 영신중학교[永新中學校, 1921년 5월 28일 개교. 은진중학교(恩眞中學校, 1920년 2월 4일 개교) · 명신여학교(明信女學校, 1920년 6월 4일 개교) · 동흥중학교(東興中學校, 1921년 10월 1일 개교) · 대성중학교(大成中學校, 1921년 10월 8일 개교) · 광명중학교(光明中學校, 1926년 4월 20일 개교) 등 5개 학교와 1945년 1월 룽징중학교로 통합되었다.]를 다녔으며, 만주에서 의과대학에 진학하였다.

1945년(18세) 월남(越南)하여 피난지 부산(釜山)에서 서울대학교 공과대학 건축과에 입학하였으며, 졸업한 뒤 해군에 입대하여 시설 장교로 근무하였다.

광복되기 전에 시 〈축도(縮圖)〉(1944) · 〈황혼(黃昏)〉, 동시(童詩) 〈대낮〉 · 〈병어리 오뚝이〉 등을 썼으며, 1946년(19세) 〈주간소학생(週刊小學生)〉에 동시 〈봄〉을 발표하였고, 1947년(20세) 〈학생문예신보(學生文藝新報)〉 대학생 백일장에서 시 〈들〉이 장원(壯元)에 뽑혔다.

1955년(28세) 6월, 진보적 성향의 〈문학예술(文學藝術)〉(월간 순수 문예지. 1954. 4.~1957. 12. 통권 33호로 종간)에 시 〈설조(雪朝)〉 · 〈전야(前夜)〉가 추천되어 등단(登壇)하였으며, 1959년(32세) 1월 〈사상계(思想界)〉(월간 종합 교양지. 1953. 4.~1970. 5. 통권 205호로 종간) 제69호에도 시 〈돌 던질 만한 거리에서〉를 발표하여 문학적 능력을 발휘하였다.

1961년(34세) 중령(中領)으로 예편(豫編)한 뒤 부산대학교(釜山大學校) 교수로 부임하였으며, 한국 근대 건축사 연구에 주력하여 논문 〈1910년 이전의 부산의 양풍(洋風) 건축〉(1963)과 〈부산 상품 진열관 건축에 대한 사적(史的) 고찰〉을 발표하였다.

1966년(39세)에 펴낸 〈한국 양식(洋式) 건축 80년사〉[야정문화사(冶庭文化社)]는 한국의 현대 건축과 건축 의장학(意匠學)의 고전(古典)으로 평가되며 현재까지 지속적인 영향을 끼치고 있다. 또한 색채학 분야에서도 연구 성과를 내놓았으며, 부산대학교(1960~1967) · 동국대학교(東國大學校)(1968~1971) · 성균관대학교(成均館大學校)(1971~1985) 등에서 많은 제자들을 길러 냈다.

죽은 뒤에 제자들이 〈한국 근대 건축사 연구(韓國近代建築史研究)〉[기문당(技文堂), 1988]를 펴냈다.

이 밖에 시 〈당신의 시계〉(1960) · 〈거울 속의 구도(構圖)〉(1961) · 〈언덕길〉(1961) · 〈신호(信號)〉(1962) · 〈이 사람을 보라〉(1963) · 〈동백(冬柏)〉 등이 있고, 동시집 〈민들레 피리〉[정음사(正音社), 1987], 시 전집(全集) 〈동화(童畫)〉(솔출판사, 2004)가 있다.

건축 관련으로는 〈색채학 입문〉[민음사(民音社), 1974] · 〈한국 현대 미술사-건축편〉(1978)을 펴냈고, 번역서로 〈예술이란 무엇인가?〉(1969) · 〈건축 의장론〉(1970) · 〈기본 색채론 총서〉(1977) · 〈근대 건축은 왜 실패하였는가?〉(기문당, 1980) · 〈건축학 개론〉(1983) 등이 있다.

* **응우옌 주**(Nguyen Du) → **구엔주**(→33)

361

이교

李嶠 644? ~ 713?

중국 당(唐)나라(618~907)의 시인이며 재상(宰相).

자(字)는 거산(巨山).

허베이성(河北省) 자오저우(趙州) 찬황(贊皇)에서 태어났다.

658년(14세)에 오경(五經)을 통달하고, 663년(19세) 진사시(進士試)에 급제(及第)하였으며, 깐쑤성(甘肅省) 안딩현(安定縣) 위(尉)로 출발하여 감찰 어사(監察御史)·이부상서(吏部尙書)·중서령(中書令)에 이르렀다.

698년(54세) 측천무후(則天武后, 624~705, 중국 당나라의 제3대 황제 고종의 아내. 중국 역사상 유일한 여황제. 재위 690~705) 때 동봉각난대평장사(同鳳閣鸞臺平章事), 즉 재상이 되었으며, 또한 수문전(修文殿) 대학사(大學士)를 겸하여 〈삼교주영(三敎珠英)〉(모두 1,300권)의 편찬 총재(編纂總裁)에 임명되는 등 정치·문화 양면으로 중용되었으나, 측천무후가 죽은 뒤에는 실각(失脚)하였다.

현종[玄宗, 685~762, 중국 당나라의 제6대 황제. 재위 712~756. 이융기(李隆基)] 때 안후이성(安徽省) 추저우(滁州) 별가(別駕)로 좌천(左遷)되고, 이어 여주(廬州) 별가로 옮겨졌다.

낙빈왕(→115)·왕발(→307)과 교유(交遊)하였으며, 젊어서부터 문명(文名)을 떨쳐 소미도(蘇味道, 668~705, 중국 당나라의 문장가)와 함께 '소이(蘇李)'라고 일컬어졌고, 두심언(→144)·소미도·최융(崔融, 652~705, 중국 당나라의 문장가)과 함께 '문장사우(文章四友)'라고 일컬어졌다.

만년(晩年)에는 궁정(宮廷) 시인의 거두(巨頭), 문단(文壇)의 원로가 되었다.

시집 〈이교잡영(李嶠雜詠)〉(모두 2권)이 전한다.

362

이근상

李根庠 1903(고종 40) ~ 1934

한국의 시인.

호(號)는 소정(小庭)·송석(松石).

대구보통학교(大邱普通學校)를 거쳐 대구협성학교(大邱協成學校) 2년 수료한 뒤, 1918년(15세) 서울의 중앙학교(中央學校, 지금의 중앙중·고등학교)에 입학하여 1년 동안 다니다가 중퇴하였다.

일본으로 유학하여 도쿄 아오야마학원(青山學院) 중학부에 입학하였으나 4학년 때 퇴학당하였다.

1922년(19세) 귀국하여 백아회(白雅會, 성격이 분명하지 않은 문학 동호회)를 결성하였다. 그 뒤 향리(鄕里)에서 백기만(→199)·오상순(→293)·이상화(→378)·이장희(→395) 등과 교유(交遊)하면서, 1925년(22세) 〈불종(佛鐘)이 울려 온다〉로 문단(文壇) 생활을 시작하였다.

그의 작품 세계는 다음 몇 가지로 분류될 수 있다.

첫째, 〈겨울비의 밤거리〉·〈통곡합니다〉 등에서 보이는 감상성(感傷性) 짙은 낭만적인 세계로, 이는 1920년대 시단(詩壇)의 일반적 경향이다.

둘째, 〈삼위 예찬(三位禮讚)〉·〈원단(元旦)〉 등에 나타난 민족 감정과 인간성 중시의 경향이다. 특히 인간성 중시의 경향은 그의 평론 〈문사(文士)와 유탕병(遊蕩病)〉에 잘 나타나 있으며, 이는 당시 팽배하였던 문학에서의 데카당티즘(décadentism)을 공박한 글이다. 이러한 휴머니즘 정신은 당시 일본 문단에서의 자연주의(自然主義, naturalism)를 뒤이은 '시라카바파(白樺派)' 문학의 영향으로 풀이할 수 있는데, 그와 함께 괴테(Johann Wolfgang von Goethe, 1749~1832, 독일의 시인이며 문학평론가·언론인·화가·극작가·무대 연출가·정치가·교육가·과학자)·셰익스피어(William Shakespeare, 1564~1616, 영국의 시인이며 극작가)·아리시마 다케오(有島武郎, 1878~1923, 일본의 소설가)를 사숙(私淑)하였다.

셋째, 시조(時調) 〈선죽교(善竹橋)〉 등에 나타난 충효 사상과 대부분의 한시에 나타난 서경풍(敍景風)의 한정(閑情)인데, 몇몇 시에서 보인 민족 감정을 노래한 시에 비하면 복고적(復古的)이고 퇴영적(退嬰的)이라고 할 수 있다.

1934년(31세) 심장병을 얻어 요절(夭折)하였는데, 문학의 내용이나 형식의 완전성에 앞서 그의 짧은 생애를 문학에 바쳤다는 일과, 불과 10년 정도의 문필(文筆) 생활에서 시 10편, 시조 4수(首), 한시 11편, 평론 1편, 단편 희곡 1편, 추도문(追悼文) 1편 등 여러 장르에 걸쳐 28편의 작품을 남김으로써 근대 초창기 시단의 발전에 크게 이바지하였다. 대부분 미발표 작품으로 후손이 보관하고 있는 필사본(筆寫本)에 담겨 있고, 그 중 3편의 시와 1편의 추도문만 〈동아일보(東亞日報)〉에 발표되었다.

363

이달

李達 1539(중종 34) ~ 1612(광해군 4)

조선(朝鮮, 1392~1910)의 시인.

자(字)는 익지(益之), 호(號)는 동리(東里)·서담(西潭)·손곡(蓀谷), 본관(本貫)은 신평[新平, 지금의 충청남도 당진(唐津)].

부정(副正) 이수함(李秀咸)과 홍주[洪州, 지금의 충청남도 홍성(洪城)] 관기(官妓)의 아들로, 홍주에서 태어났다.

서얼(庶孽) 출신이었지만, 어려서부터 독서에 힘써 문장에 뛰어났다. 송시(宋詩)와 정사룡(鄭士龍, 1491~1570, 조선의 문신)으로부터 두보(→143)의 시를 비롯한 당시(唐詩)를 익혔다.

박순(朴淳, 1523~1589, 조선의 문신이며 학자)의 문인(門人)으로, 문장에 뛰어나 선조(宣祖, 1552~1608, 조선의 제14대 왕. 재위 1567~1608) 때 한림 학관(翰林學官)이 되었으나 곧 사퇴하였다.

〈문선(文選)〉[소명 태자(→236)가 엮은 시문집. 모두 30권. 〈소명 문선(昭明文選)〉이라고도 한다.]·〈성당 십이가(盛唐十二家, 중국 당나라 때의 유명한 열두 명의 시인)〉·〈이태백집(李太白集)〉 등을 모두 욀 정도로 한시(漢詩)의 대가(大家)로, 백광훈(白光勳, 1537~1582, 조선의 문인)·최경창(→477)과 함께 이름을 떨쳐 '삼당 시인(三唐詩人)'이라고 일컬어졌다.

어느 한 곳에 예속되기를 싫어하여 전국을 문전걸식(門前乞食)하며 돌아다닌 유랑 시인으로, 시 짓는 재주로 지방 수령 및 양반들의 애호를 받으며 오직 시 창작에 심혈을 쏟아 탁월한 경지에 이르렀다. 일흔이 넘도록 자식도 없이 평양(平壤)의 한 여관에 얹혀 살다가 죽었다.

허균(許筠, 1569~1618, 조선의 문신이며 문학가)·허난설헌(→509) 남매의 스승으로, 특히 허균에게 많은 영향을 주었는데, 허균은 그의 전기 소설(傳記小說) 〈손곡산인전(蓀谷山人傳)〉을 썼으며, 평소에 암기하고 있던 이달의 시 200여 수(首)와 홍유형(洪有炯)으로부터 얻은 130여 수를 서얼 출신의 이재영(李再榮, 1553~1623, 조선의 문신)에게 편집하게 하여 〈손곡집(蓀谷集)〉(모두 6권 1책, 목활자본. 1618)을 간행하였다.

작품으로 〈만랑가(漫浪歌)〉·〈박조요(撲棗謠, '대추 따는 노래')〉·〈별이예장(別李禮長, '이예장과 헤어지며')〉·〈봉김이옥별(逢金爾玉別, '김이옥을 만났다가 헤어지며')〉·〈산사(山寺)〉·〈습수요(拾穗謠)〉·〈예맥요(刈麥謠, '보리 베는 노래')〉·〈이가원(移家怨)〉·〈전가사(田家詞)〉·〈패강사(浿江詞)〉·〈한식사(寒食詞)〉·〈호운(呼韻)〉·〈화학(畫鶴)〉 등이 있다.

홍성읍 오관리(五官里) 남산공원(南山公園)과 벼슬에서 물러난 뒤 살았던 강원도 원주시(原州市) 부론면(富論面) 손곡리(蓀谷里)에 그의 문학비(文學碑)가 세워졌다.

364
이동양
李東陽 1447 ~ 1516

중국 명(明)나라(1368~1644)의 정치가이며 시인·문학평론가.

자(字)는 빈지(賓之), 호(號)는 서애(西涯), 시호(諡號)는 문정(文正).

후난성(湖南省) 차링(茶陵)에서 태어났으며, 베이징(北京)에서 죽었다.

어렸을 때 신동(神童)으로 그 이름이 황제에까지 알려졌으며, 1464년(17세) 최연소자로 진사시(進士試)에 급제(及第)하였다. 편수(編修)에 임명되고, 시강학사(侍講學士)로 옮긴 뒤 동궁강관(東宮講官)을 맡았다.

1495년(48세) 예부시랑(禮部侍郎) 겸 문연각(文淵閣) 대학사(大學士)가 되어 내각(內閣)으로 기무(機務)에 참여하였다.

관리(官吏)로 근무한 50여 년 동안 성화제[成化帝, 1447~1487, 중국 명나라의 제9대 황제. 헌종(憲宗). 재위 1464~1487]·홍치제[弘治帝, 1470~1505, 중국 명나라의 제10대 황제. 효종(孝宗). 재위 1487~1505]·정덕제[正德帝, 1491~1521, 중국 명나라의 제11대 황제. 무종(武宗). 재위 1505~1521]의 3대에 걸쳐 원로 대접을 받았다.

자신의 작품뿐 아니라 그 제자들의 작품·학설 역시 명나라 시학(詩學) 발전에 큰 영향을 미쳤다. 당시(唐詩)가 송시(宋詩)보다 낫다고 보았는데, 이러한 견해 때문에 의고파(擬古派)로 분류되었다. 그러나 그 자신은 고인(古人)의 작품을 모방하자는 의고파의 주장에 반대하였으며, 시는 법도(法度)와 음조(音調)가 중요하다고 강조하였다.

그러나 그의 작품 중 101수(首)의 시는 옛 악부(樂府)를 모방한 것으로 이는 완전히 한대(漢代) 및 육조 시대[六朝時代, 222~589, 중국 삼국 시대 오(吳)나라(222~280)·동진(東晉, 317~419)과 남조(南朝)의 송(宋)나라(420~479)·제(齊)나라(479~502)·양(梁)나라(502~557)·진(陳)나라

(557~589)를 합한 시대] 악부 체제를 본뜬 것으로 추측된다.

시집으로 〈회록당집(懷麓堂集)〉(모두 100권)이 있는데, 그 중에서도 역대의 사실(史實)을 노래한 〈의고악부(擬古樂府)〉(모두 100편)는 널리 알려졌다. 또한 시의 인상비평과 작시(作詩)의 기술론을 상세히 전개한 〈회덕당시화(懷德堂詩話)〉가 있으며, 그 밖에 〈연대록(燕對錄)〉이 있다.

365

이동주

李東柱 1920. 2. 28. ~ 1979. 1. 28.

한국의 시인.

호(號)는 심호(心湖), 본관(本貫)은 전주(全州).

아버지 이해영(李海瑛)과 어머니 이현숙(李賢淑)의 1남 2녀 중 맏외아들로, 전라남도 해남군(海南郡) 현산면(縣山面) 읍호리(揖湖里)에서 태어났으며, 서울에서 죽었다.

향리(鄕里)의 달산공립보통학교[達山公立普通學校, 지금의 현산초등학교(縣山初等學校)]를 거쳐 공주고등보통학교(公州高等普通學校, 지금의 공주고등학교)(1933~1939)를 졸업하고, 서울로 와서 신문 · 우유 배달 · 빵팔이 · 노동 등으로 어렵게 생활하며 학원에 다녔다.

1940년(20세) 〈조광(朝光)〉(월간 종합 교양지. 1935. 11.~1944. 12. 통권 110호로 종간) 제56호(1940. 6.)에 시 〈귀농(歸農)〉을 발표하였다.

1941년(21세) 혜화전문학교[惠化專門學校. 동국대학교(東國大學校)의 전신(前身)] 불교과에 입학하였다가 1942년(22세) 중퇴하였고, 1943년(23세) 〈조광〉 제95호(1943. 9.)에 시 〈상렬(喪列)〉, 제97호(1943. 11.)에 〈별리부(別離賦)〉 등을 발표하였다.

1946년(26세)에는 〈호남신문(湖南新聞)〉 목포(木浦) 주재 기자로 있으면서 심인섭 · 오덕 · 정철 등과 4인 합동시집 〈네 동무〉[목포예술문화동맹(木浦藝術文化同盟)]를 펴냈다.

1949년(29세)에는 부산(釜山)에서 〈연합신문(聯合新聞)〉[1949년 1월 22일 창간, 1960년 7월 11일 〈서울일일신문〉으로 개제(改題) 발행, 1962년 1월 1일 폐간] 문화부 차장을 지냈다.

1950년(30세) 서정주(→226)의 추천을 받아 〈문예(文藝)〉(월간 순수 문예지. 1949. 8.~1954. 3. 통권 21호로 종간)에 시 〈황혼(黃昏)〉(1950. 1) · 〈새댁〉(1950. 3) · 〈혼야(婚夜)〉(1950. 4) 등을 발표하여 본격적으로 문단(文壇) 활동을 시작하였다.

1951년(31세) 3월 처녀 시집 〈혼야〉[호남공론사(湖南公論社)]를, 1955년(35세) 12월 제2시집 〈강강술래〉[호남출판사(湖南出版社)]를 펴냈다.

1954년(34세)에는 광주(光州)에서 김현승(→99) · 박흡(→195) · 서정주 · 신석정(→255) · 이석봉(李石奉, 1928~1999, 한국의 여류 소설가) · 장용건(張龍健) 등과 함께 〈신문학(新文學)〉(계간 문예 동인지) 창간에 참여하여 동인(同人)으로 활동하였다.

1959년(39세) 이후 전북대학교(全北大學校) · 원광대학교(圓光大學校) · 숭실대학교(崇實大學校) · 서라벌예술대학[중앙대학교(中央大學校) 예술대학의 전신] · 성신여자사범대학교(誠信女子師範大學校. 성신여자대학교의 전신) 등에서 강사를 지냈다.

작품 성향은 우리 고유의 가락을 시적(詩的) 운율(韻律)로 잡아 미적(美的) 체험을 질료(質料)로 삼고 한국적 정서에 바탕을 둔 향토적 서정성을 보여 주었다. 이러한 시적 특성은 1964년(44세) 〈문학춘추(文學春秋)〉(월간 순수 문예지. 1964. 4.~1965. 6. 통권 15호로 종간) 제8호(1964. 11.)에 발표한 평론 〈현대시와 서정의 문제〉를 통해서도 잘 대변(代辯)되고 있다. 또한 자연을 사랑하는 마음이 강렬하여, 순수성에 바탕을 둔 인간애를 기본 정서로 시작 활동에 전념하였다.

주로 〈현대문학(現代文學)〉에 작품을 꾸준히 발표하였는데, 〈대불(大佛)〉(제2호, 1955. 2.) · 〈꽃샘〉(제18호, 1956. 6.) · 〈마을〉(제28호, 1957. 4.) · 〈노을〉(제33호, 1957. 9.) · 〈고도 산견(古都散見)〉(제35호, 1957. 11.) · 〈뮤즈의 초상(肖像)〉(제39호, 1958. 3.) · 〈우주 엽신(宇宙葉信)〉(제44호, 1958. 8.) · 〈흥 타령〉(제46호, 1958. 10.) · 〈산조(散調)〉[제51호(1959. 3.)와 제55호(1959. 7.)] · 〈한(恨)〉(제73호, 1961. 1.) · 〈광한루(廣寒樓)〉(제92호, 1962. 8.) · 〈독백(獨白)〉(제97호, 1963. 1.) · 〈나의 피〉(제136호, 1966. 4.) · 〈강강술래〉(제156호, 1967. 12.) · 〈삼등 열차(三等列車)〉(제164호, 1968. 8.) · 〈잡가(雜歌)〉(제169호, 1969. 1.) · 〈금지 구역(禁止區域)〉(제181호, 1970. 1.) · 〈꽃〉(제235호, 1974. 7.) · 〈사나이는〉(제245호, 1975. 5.) · 〈휘파람〉(제257호, 1976. 5.) · 〈우리들의 가난은〉(제272호, 1977. 8.) · 〈산조여록(散調餘錄) Ⅰ~Ⅷ〉(연작시, 제284~291호, 1978. 8.~1979.

3.) 등이 있다.

이 밖에도 〈목련(木蓮)·봄〉[〈신천지(新天地)〉, 1954. 4.]·〈진달래〉[〈현대공론(現代公論)〉 1954. 5.]·〈초상(肖像)〉[〈문학예술(文學藝術)〉, 1955. 8.]·〈낙엽(落葉)〉[〈사조(思潮)〉 제7호, 1958. 12.]·〈오월(五月)의 시〉[〈여원(女苑)〉 제44호, 1959. 5.]·〈태교(胎敎)〉[〈사상계(思想界)〉 제87호, 1960. 7.]·〈수렵(狩獵)〉(〈문학춘추〉 제14호, 1964. 5.)·〈꽃과 여인〉[〈시문학(詩文學)〉 제7호, 1965. 10.]·〈춘한(春恨)〉[〈문학(文學)〉, 1966. 6.]·〈파고다 공원〉(〈시문학〉 제16호, 1966. 7.)·〈여수(旅愁)〉(〈사상계〉 제181호, 1968. 5.)·〈잔월(殘月)〉[〈월간문학(月刊文學)〉 창간호, 1968. 11.]·〈박수〉[〈한국일보(韓國日報)〉, 1970. 1. 11.]·〈선유도(仙遊島)〉(〈월간문학〉 제114호, 1978. 8.) 등을 여러 매체에 발표하였다.

이 밖에 〈무기교(無技巧) 상태의 기교라야 최고다〉(〈월간문학〉, 1968)·〈김현승론(金顯承論)-시와 차(茶)와 고독(孤獨)한 산책〉(1975) 등 많은 평론을 발표하였으며, 1967년(47세) 이후에는 '실명 소설(實名小說)'이라는 소설 분야를 개척하여 〈현대문학〉(월간 순수 문예지. 1955. 1.~현재)에 〈박종화(朴鐘和)〉(제146호, 1967. 2.)·〈김영랑(金永郎)〉(제147호, 1967. 3.)·〈유치환(柳致環)〉(제148호, 1967. 4.)·〈김소월(金素月)〉(제149호, 1967. 5.) 등 저명 문인(文人)들의 일대기를 소설화한 작품을 발표하였다.

1952년(32세) 전라남도 문화상, 1960년(40세) 시집 〈강강술래〉로 제6회 한국문학가협회(韓國文學家協會)상, 1962년(42세) 제1회 오월 문예상(五月文藝賞) 장려상, 1963년(43세) 제2회 오월 문예상 본상 등을 받았으며, 1959년(39세) 〈월간문학〉(월간 순수 문예지. 1968. 11.~현재) 상임 편집 위원, 1969년(49세) 한국문인협회(韓國文人協會. 文協) 시 분과 위원장을 맡은 데 이어 1973년(53세) 사업 간사(幹事), 1977(57세)~1978년(58세) 제13대 부이사장 등을 지냈다.

유고집(遺稿集)으로 실명 소설집 〈빛에 싸인 군무(群舞)〉[문예비평사(文藝批評社), 1979], 시선집(詩選集) 〈언제까지나 : 영원한 한국의 명시(名詩)〉[한림출판사(翰林出版社), 1967]·〈산조〉[우일문화사(宇一文化社), 1979]·〈산조 여록〉(우일문화사, 1980), 시집 〈이동주 시집〉[범우사(汎友社), 1987] 등이 있다.

경기도 양주시(楊州市) 장흥면(長興面) 일영리(日迎里) 신세계공원묘지에 안장(安葬)되었다. 1980년 11월 3일 해남읍 삼산면(三山面) 구림리(九林里) 두륜산(頭輪山) 대흥사(大興寺) 입구에 〈강강술래〉가 새겨진 시비(詩碑)를 비롯하여 광주 남구(南區) 사동(社洞) 사직공원(社稷公園) 분수대 옆에 〈강강술래〉, 충청남도 보령시(保寧市) 성주면(聖住面) 개화리(開花里) 개화예술공원(開花藝術公園) 모산한국육필문예공원에 〈무서운 시간〉, 전라남도 장흥군(長興郡) 장평면(長平面) 봉림리(鳳林里) '계명성 시비공원(鷄鳴聲詩碑公園)'에 〈대흥사에서〉, 해남읍 남외리(南外里) 서림공원(瑞林公園)에 〈헌시(獻詩)〉, 제주도 서귀포시(西歸浦市) 서홍동(西烘洞) 서귀포 칠십리 시 공원에 〈서귀포(西歸浦)〉가 새겨진 시비가 세워졌다.

* 이매창(李梅窓) → 매창(→155)

366

이명한

李明漢 1595(선조 28). 3. 16. ~ 1645(인조 23). 4. 16.

조선(朝鮮, 1392~1910)의 문신(文臣)이며 시인.

자(字)는 천장(天章), 호(號)는 백주(白洲), 본관(本貫)은 연안(延安), 시호(諡號)는 문정(文靖).

이른바 '한문 4대가[漢文四大家. 조선 중기 문장에 뛰어났던 신흠(申欽, 1566~1628, 조선의 문신)·이식(李植, 1584~1647, 조선의 문신이며 학자·문장가)·이정구(李廷龜, 1564~1635, 조선의 문인)·장유(張維, 1587~1638, 조선의 문신) 등 네 사람을 일컫는 말. '사대 문장가(四大文章家)'라고도 하며, 이들의 호를 한 자씩 따서 '월상계택(月象谿澤)'이라고도 한다.]'의 한 사람인 좌의정(左議政) 이정구의 아들이다.

1610년(15세, 광해군 2) 사마시(司馬試)와 1616년(21세, 광해군 8) 증광 문과(增廣文科)에 을과(乙科)로 급제(及第)한 뒤, 승문원(承文院) 권지정자(權知正字)가 되었다.

전적(典籍)을 거쳐 공조좌랑(工曹佐郎)이 되었는데, 앞서 있었던 인목 대비[仁穆大妃. 1584~1632, 조선의 제14대 왕인 선조(宣祖)의 계비(繼妃). 영창 대군(永昌大君)의 어머니] 폐모론(廢母論)이 일어났을 때 정청(庭請)에 참여하지 않았다고 하여 파직(罷職)되었다. 그 뒤 병조좌랑(兵曹佐郎)·교리(校理) 등을 지냈다.

1623년(28세, 광해군 15) 인조반정(仁祖反正, 1623. 3. 13.) 뒤 경연(經筵) 시독관(試讀官)이 되었고, 이어 이조좌랑(吏曹佐郎)이 되어 어사(御使)로 관동(關東)에 나아가

이정(吏政)과 민막(民瘼)을 살펴보았다. 다시 옥당(玉堂)에서 근무하다가 이조로 옮겨 호당(湖堂)에 들어가 사가독서(賜暇讀書)를 하면서 승문원 제술관(製述官)·한학교수(漢學敎授)·교리·사국수찬(史局修撰) 등을 겸대하다가 이조정랑(吏曹正郞)이 되었다.

1624년(29세, 인조 2) 이괄(李适, 1587~1624, 조선의 무신)의 난 때 왕을 충청남도 공주(公州)로 호종(扈從)하였으며, 이식과 함께 팔도에 보내는 교서(敎書)를 지었다. 이어 응교(應敎)·사간(司諫)으로 승진된 뒤 검상(檢詳)·사인(舍人)·집의·이조참의(吏曹參議)로 승진하고, 다시 호당에 사가독서를 허락받고 승문원 부제조(副提調)가 되었다. 그 뒤 병조참의·우승지·형조참의·좌승지·남양(南陽) 부사(府使)·대사간(大司諫)·성균관(成均館) 대사성(大司成)·부제학(副提學) 등을 지냈다.

1636년(41세, 인조 14) 병자호란(丙子胡亂, 1636. 12. 9.~1637. 1. 30.) 때 중국 선양[瀋陽, 지금의 랴오닝성(遼寧省)의 성도(省都)]까지 잡혀 갔던 치욕에 대한 울분을 노래한 시조(時調) 6수(首)가 김천택(金天澤, ?~?, 조선 영조 때의 가객이며 시조 작가)의 시조집(時調集) 〈청구영언(靑丘永言)〉(1728)에 전한다.

1639년(44세, 인조 17) 도승지(都承旨) 등을 거쳐 1641년(46세, 인조 19) 한성부(漢城府) 우윤(右尹)·대사헌(大司憲)이 되고, 이 해 도승지로서 홍문관(弘文館)과 예문관(禮文館)의 양관(兩館) 대제학(大提學), 이조판서(吏曹判書) 등을 지냈다.

1643년(48세, 인조 21) 신익성(申翊聖, 1588~1644, 조선의 문신)·이경여(李敬輿, 1585~1657, 조선의 문신) 등과 함께 척화파(斥和派)로 지목되어 선양으로 잡혀 가 억류되었다.

1644년(49세, 인조 22) 세자이사(世子貳師)가 되어 볼모로 잡혀 간 소현 세자[昭顯世子, 1612~1645, 조선의 제16대 왕 인조(仁祖)의 맏아들]를 환행(還幸)하기 위하여 다시 선양으로 가서 소현 세자와 함께 돌아왔다.

1645년(50세, 인조 23)에는 중국 명(明)나라(1368~1644)와 밀통하는 자문(咨文)을 썼다고 하여 청(淸)나라(1616~1912)에 잡혀 갔다가 풀려 나와 예조판서(禮曹判書)가 되었다.

성리학(性理學)에 밝았고 시와 글씨에 뛰어났다. 아버지 정구, 아들 이일상(李一相, 1612~1666, 조선의 문신)과 더불어 3대 대제학으로 널리 알려졌다.

지은 책으로 〈백주집(白洲集)〉(모두 20권)이 있다.

367

이몽양

李夢陽 1475 ~ 1529

중국 명(明)나라(1368~1644)의 시인.

자(字)는 헌길(獻吉), 호(號)는 공동자(空同子).

산시성(陝西省) 경양(慶陽)에서 태어났다.

1493년(18세) 진사시(進士試)에 급제(及第)한 뒤, 홍치제[弘治帝, 1470~1505, 중국 명나라의 제10대 황제. 효종(孝宗). 재위 1487~1505]·정덕제[正德帝, 1491~1521, 중국 명나라의 제11대 황제. 무종(武宗). 재위 1505~1521]를 섬겼는데, 강직한 성품으로 말미암아 몇 차례나 투옥·좌천(左遷)되었으며, 이로 더욱 널리 알려졌다.

문학에서는 이동양(→364)의 영향을 받아, 복고주의(復古主義, reactionism)를 주창(主唱)한 서정경(→225)·하경명(→495) 등과 함께 지도적인 입장에 있었다. '문(文)은 진·한(文必秦漢), 시는 성당(詩必盛唐)'이라고 하는 이른바 '고문사(古文辭)'라고 일컬어지는 고전주의(古典主義, classicism) 문학 운동을 제창, '전칠자[前七子, 홍치 칠자(弘治七子)]'의 한 사람으로 꼽혔으며, 또한 하경명과 '하이(何李)'라고 일컬어졌다. 나중에 이몽양은 모의(模擬)를, 하경명은 창조(創造)를 주장하여 대립하였다.

시단(詩壇)을 진·한의 고문(古文)과 성당[盛唐, 현종[玄宗, 685~762, 중국 당나라의 제6대 황제. 재위 712~756. 이융기(李隆基)]의 개원(開元, 713)으로부터 대종[代宗, 726~779, 중국 당나라의 제8대 황제. 재위 762~779. 이예(李豫)]의 영태(永泰, 765)까지 약 50년간]의 두보(→143)와 이백(→369)의 시를 최고의 규범으로 하고 시의 격조를 중시하였기 때문에 '격조설(格調說)'이라고 하여 문단(文壇)을 주도하였고, 그 뒤 100년 동안의 문학이 모두 이 조류(潮流)에 지배받았다. 그러나 결국 피상적인 옛 사람의 모방에 빠져 웅장한 조사(措辭)조차도 자주 관념적이고 공소한 여운이 있다는 평과 모의 표절(模擬剽竊)의 비난도 받았다.

변공(邊貢, 1476~1532, 중국 명나라의 문학가)·서정경·하경명과 함께 '홍정4걸(弘正四傑)'이라고 불리었다.

지은 책으로 〈이공동집(李空同集)〉(모두 66권)과 그 부록 2권, 〈홍덕집(弘德集)〉이 있으며, 그의 전기(傳記)는 〈명사(明史)〉(모두 336권, 1735) '문원전(文苑傳)' 권2에 실려 있다.

한편, '전칠자'는 중국 명나라 홍치 연간(弘治年間, 1487~1505)·정덕 연간(正德年間, 1505~1521)의 7명의 문인(文人)으로, 이몽양을 비롯하여 강해(康海, 1475~1540, 중국 명나라의 잡극 작가)·변공(邊貢, 1476~1532, 중국 명나라의 문학가)·서정경·왕구사(王九思, 1468~1551, 중국 명나라의 문학가)·왕정상(王廷相, 1474~1544, 중국 명나라의 사상가)·하경명 등을 가리킨다. 뒷날 이반룡을 비롯한 일곱 명의 후계자 '후칠자(後七子)'가 나왔으므로 이들과 구별하여 이르는 말이다. 온아함과 평담(平淡)함을 존중하던 당시의 문학에 반대하여 웅건한 작풍을 강조하였다.

'후칠자'는 명나라의 7명의 문학가로, 사진(謝榛, 1495~1575, 중국 명나라의 문학가)·서중행(徐中行, ?~1578, 중국 명나라의 문학가)·양유예(梁有譽, 1521~1556, 중국 명나라의 문학가)·오국륜(吳國倫, 1524~1593, 중국 명나라의 문학가)·왕세정(王世貞, 1526~1590, 중국 명나라의 문학가이며 역사학자)·이반룡·종신(宗臣, 1525~1560, 중국 명나라의 문학가) 등을 가리킨다. 가정 연간(嘉靖年間, 1522~1566)의 사람들이기 때문에 '가정 칠자(嘉靖七者)'라고도 한다. 우두머리는 이반룡이었는데, 일찍 죽었기 때문에 그 뒤 왕세정이 중심이 되었다. '전칠자'의 뒤를 이어 더욱 철저하게 의고주의(擬古主義, archaism)를 주창하였으며, 전한(前漢, B.C.202~A.D.9)의 문장과 성당시(盛唐詩)만을 존중하는 것을 특색으로 삼았으며, 당시의 문단에 압도적인 세력을 가지고 있었다.

368

이반룡

李攀龍 1514 ~ 1570

중국 명(明)나라(1368~1644)의 시인.

자(字)는 우린(于鱗), 호(號)는 창명(滄溟).

산둥성(山東省) 지난부(濟南府) 리청현(歷城縣)에서 태어났다.

어려서 아버지를 여의고 어머니와 매우 빈한하게 자랐다. 어려서부터 시문(詩文)과 고서(古書)에 치우쳐 미쳤다는 소리까지 들었고, 커서도 벼슬을 그만두고 백설루(白雪樓)에서 은거하면서 찾아오는 사람들을 사절하는 등 대범하고 오만하다는 평을 들었다.

1544년(30세) 진사시(進士試)에 급제(及第), 형부주사(刑部主事)로 출발하여 산시성(陝西省) 제학부사(提學副使)로 발탁되었으나 병으로 말미암아 벼슬을 사임하고 향리(鄕里)로 돌아갔다. 10년 뒤에 다시 기용되었고, 나중에 허난성(河南省) 안찰사로 발탁되었다가 어머니의 죽음으로 다시 귀향하여 애통해하다가 죽었다.

이몽양(→367)·하경명(→495)을 경모하였으며, 이 두 사람을 중심으로 하는 '전칠자[前七子, 홍치 칠자(弘治七子)]'의 '복고설(復古說)'을 이어받아, '후칠자(後七子)'와 더불어 '고문사설(古文辭說)'을 제창, '고문사파(古文辭派)'를 지도하는 역할을 하였다. 고문사파는 '의고파(擬古派)' 또는 '격조파(格調派)'라고도 하는데, 진·한(秦漢) 시대[진(秦)나라(B.C.221~B.C.207)가 중국을 통일한 때부터 후한(後漢, 25~220) 멸망까지의 시대. 기원전 221~기원후 220]의 고문(古文)을 모범으로 삼고, 한(漢, B.C.202~220)·위(魏, 225~265) 시대·성당시(盛唐詩)의 격조를 중시하였으며, 명나라 중반에는 그 무렵의 문단(文壇)을 풍미하였다.

송(宋, 960~1279)·원(元, 1271~1368)의 시를 배척하고, 두보(→143)·이백(→369)을 추앙하고, 백낙천(→200)·원진(→333)을 배격하였다.

문장은 힘차고 수사학(修辭學)에 뛰어났지만 이해하기 어렵고, 시는 격조가 높지만 지나치게 모방하였다는 평을 들었다. 명나라 말기에 이르러서는 그의 작품이 문학을 타락시키는 것으로 호된 비판을 받았다.

지은 책으로 〈고금시산(古今詩刪)〉(모두 34권)·〈시학사류(詩學事類)〉(모두 24권)·〈이창명 선생 전집〉(모두 30권)이 있으며, 이 밖에 〈당시선(唐詩選)〉과 〈시학 원시(詩學原始)〉도 있으나, 그가 지은 것인지는 확실하지 않다.

한편, '전칠자'는 중국 명나라 홍치 연간(弘治年間, 1487~1505)·정덕 연간(正德年間, 1505~1521)의 7명의 문인(文人)으로, 강해(康海, 1475~1540, 중국 명나라의 잡극 작가)·변공(邊貢, 1476~1532, 중국 명나라의 문학가)·서정경(→225)·왕구사(王九思, 1468~1551, 중국 명나라의 문학가)·왕정상(王廷相, 1474~1544, 중국 명나라의 사상가)·이몽양·하경명 등을 가리킨다. 뒷날 이반룡을 비롯한 일곱 명의 후계자 '후칠자'가 나왔으므로 이들과 구별하여 이르는 말이다. 온아함과 평담(平淡)함을 존중하던 당시의 문학에 반대하여 웅건한 작풍을 강조하였다.

'후칠자'는 명나라의 7명의 문학가로, 이반룡을 비롯하여 사진(謝榛, 1495~1575, 중국 명나라의 문학가) · 서중행(徐中行, ?~1578, 중국 명나라의 문학가) · 양유예(梁有譽, 1521~1556, 중국 명나라의 문학가) · 오국륜(吳國倫, 1524~1593, 중국 명나라의 문학가) · 왕세정(王世貞, 1526~1590, 중국 명나라의 문학가이며 역사학자) · 종신(宗臣, 1525~1560, 중국 명나라의 문학가) 등을 가리킨다. 가정 연간(嘉靖年間, 1522~1566)의 사람들이기 때문에 '가정 칠자(嘉靖七者)'라고도 한다. 우두머리는 이반룡이었는데, 일찍 죽었기 때문에 그 뒤 왕세정이 중심이 되었다. '전칠자'의 뒤를 이어 더욱 철저하게 의고주의(擬古主義, archaism)를 주창하였으며, 전한(前漢, B.C.202~A.D.9)의 문장과 성당시만을 존중하는 것을 특색으로 삼았으며, 당시의 문단에 압도적인 세력을 가지고 있었다.

369

이백

李白 701~762.10.22.

중국 당(唐)나라(618~907)의 시인.

자(字)는 태백(太白), 호(號)는 청련거사(靑蓮居士). 적선인(謫仙人) 또는 벼슬 이름을 따서 이한림(李翰林)이라고도 한다.

두보(→143)와 함께 '이두(李杜)'로 일컬어지는 중국 최대의 시인이며, 현재 약 1,100여 편의 작품이 남아 있다. 두보를 '시성(詩聖)', 왕유(→314)를 '시불(詩佛)', 이백은 '시선(詩仙)'이라고 한다.

그의 생애는 분명하지 않은 점이 많아, 태어난 때를 비롯하여 상당한 부분이 추정에 의존하고 있다. 태어난 곳은 쓰촨성(四川省) 수저우[蜀州, 지금의 청두(成都)] 장밍현(彰明縣)이며, 어린 시절을 진저우(錦州) 창룽현[昌隆縣, 지금의 장요우(江油)] 청련향(靑蓮鄕)에서 보냈다. 그의 집안은 깐쑤성(甘肅省) 룽시군(隴西郡) 성기현[成紀縣, 지금의 진안현(秦安縣) 부근]에서 살았으며, 아버지는 서역(西域)의 호상(豪商)이었다는 설과 서북 지방의 이민족이었다는 설 등 일정하지 않다.

경제적으로 매우 풍족한 가정에서 자랐으나 아버지가 무역상이었기 때문에 정규 교육은 받지 못하였다. 어려서부터 시문(詩文)에 천재성을 발휘하는 한편, 검술(劍術) 등 남성적이고 용감한 것을 좋아하였다. 쓰촨성 익주(益州) 자사(刺史) 소정(蘇頲, 670~727, 중국 당나라의 재상이며 문인)에게 재능을 인정받았고, 은자(隱者) 동엄자(東嚴子)와 함께 민산(岷山) 남쪽에서 살면서 도교(道敎)를 수양하면서 아버지의 유산(遺産)으로 세속에서 누릴 수 없는 풍요롭고 자유로운 생활을 하였다.

725년(24세) 고향 수저우를 떠나 양쯔강[揚子江, 중국인들은 창장강(長江)이라고 한다.]을 따라 강남(江南) · 산둥성(山東省) · 산시성(山西省) 등지를 돌아다녔고, 후난성(湖南省) 안릉(安陵) · 산둥성 동로(東魯)에 머무른 적도 있으며, 둥팅호(洞庭湖) 주변에서 오(吳)나라(222~280) · 월(越)나라[지금의 장쑤성(江蘇省) 난징(南京) · 저장성(浙江省) 항저우(杭州) 일대] 등을 주유(周遊)하였다.

젊었을 때 도교에 심취하여 선계(仙界)에 대한 동경심(憧憬心)을 가졌으며, 산 속에서 지낸 적도 많았다. 그의 시에 나타나는 환상성(幻想性)은 대부분 도교적 발상에 의한 것이며, 산중은 그의 시적(詩的) 세계의 중요한 무대였다.

732년(31세) 후베이성(湖北省) 안루현(安陸縣)에서 그 지방의 명문 허어사(許圉師, ?~679, 중국 당나라의 정치가이며 재상)의 손녀와 결혼하여 딸 평양(平陽)과 아들 백금(伯禽, ?~792)을 두었다. 10년 동안의 세월을 보냈으나, 그 사이에도 가정에 정착하지 못하였다. 아내 허씨와 사별(死別)한 뒤 난링(南陵) 유씨(劉氏)와 재혼하였다가 이혼하였고, 종초객(宗楚客, ?~710, 중국 당나라의 재상이며 시인)의 손녀와 결혼하였다. 그 동안 두보 · 맹호연(→158) · 원단구(元丹邱) 등 많은 시인들과 교유(交遊)하였고, 그의 발자취는 중국 여러 곳에 닿지 않은 곳이 없을 정도이다.

740년(39세)쯤 산둥성 런청(任城)과 안후이성(安徽省) 난링(南陵)에 집을 장만하였고, 741년(40세)쯤 후베이성 주시현(竹溪縣) 추라이산(徂徠山) 기슭 주시(竹溪)에서 은일(隱逸)하는 지식인들과 벗하며 술과 문학에 취하여 지냈는데, 이백을 비롯한 여섯 현인(賢人) 공소보(孔巢父, ?~784) · 도면(陶沔) · 배정(裵政) · 장숙명(張叔明) · 한준(韓準)을 '죽계(竹溪)의 육일(六逸)'이라고 하였다.

과거(科擧)를 보지 않았고 불우한 생애를 보냈으나, 742년(41세)쯤 도사(道士) 오균(吳筠, ?~778)의 천거(薦擧)로 수도(首都) 창안[長安, 지금의 산시성 시안(西安)]에 들어갔으며, 자극궁(紫極宮, 도교 사원)에서 태자 빈객(太

子賓客, 황태자의 스승) 하지장(→501)을 만나 '천상(天上)의 적선인'으로 찬양되면서, 그 명성이 순식간에 창안의 시단(詩壇)에 퍼졌다. 그 뒤 현종[玄宗, 685~762, 중국 당나라의 제6대 황제. 재위 712~756. 이융기(李隆基)]의 부름을 받아 시문의 재능을 인정받아 한림원(翰林院) 공봉(供奉)에 임명되었는데, 이 1~2년 동안이 그의 생애 가운데 유일한 영광의 시기였다. 그의 일생 중 관직에 몸담았던 것은 이 때뿐이며, '이한림'·'이공봉(李供奉)'·'적선인' 등의 호칭이 이 때 나왔다.

자신의 정치적 포부를 실현하기 위하여 조정(朝廷)에 나가는 것이 바라는 일이었지만, 한낱 궁정(宮廷) 시인으로 지위를 감수하지 않을 수 없었다. 현종·양귀비(楊貴妃, 719~756, 중국 당나라 현종의 귀비)의 모란의 향연(饗宴)에서 〈청평조사(淸平調詞)〉 3수(首)를 지어 그의 시명(詩名)은 더욱 떨치게 되었으나, 그의 자유 분방한 성격은 결국 궁정 분위기와는 맞지 않았다.

하지장 등과 술에 빠져 '술 속의 팔선(八仙)'으로 일컬어졌고, 이들이 즐기는 모습은 두보의 〈음중팔선가(飮中八仙歌)〉{이백일두시백편(李白一斗詩百篇, '이백은 술 한 말에 백 편의 시를 짓고'), 장안시상주가면(長安市上酒家眠, '장안 저잣거리의 술집에서 잠자며'), 천자호래불상선(天子呼來不上船, '황제가 불러도 배에 오르지 않고'), 자칭신시주중선[自稱臣是酒中仙, '스스로 일컫기를 신(臣)은 주중(酒中)의 신선(神仙)이라고 말한다.']}에 잘 나타나 있으며, 그 무렵 이백의 모습이 잘 그려져 있다.

방약무인한 태도와 법도와 체면을 중시하는 궁정 사회에 적응할 수 없었기 때문에 현종의 총신(寵臣) 고력사(高力士, 684~762, 중국 당나라 현종 때의 환관)의 미움을 받아 참언(讒言)을 자초하게 되었고, 마침내 744년(43세) 궁정에서 쫓겨났다.

창안을 떠나 허난성(河南省)으로 향하여 뤄양(洛陽)·량위안[梁園, 지금의 카이펑(開封) 동남쪽] 사이를 유력(遊歷)하고, 그 해 여름 뤄양에서 11세 아래의 두보를 만났는데, 두보는 이백에게 큰 영향을 받았다. 량위안에서는 고적(→23)과 지기지교(知己之交)를 맺었다. 두보와 산시성(陝西省) 석문(石門)에서 헤어진 뒤, 산시성·허베이성(河北省)의 여러 곳을 떠돌아다니고, 더 남하하여 장쑤성 광링[廣陵, 지금의 양저우(揚州)]·금릉(金陵, 지금의 난징)에서 머물렀고, 다시 저장성 회계[會稽, 지금의 사오싱(紹興)]를 찾았다.

755년(54세) 11월 9일 '안사(安史)의 난(亂)[755~763, '안녹산(安祿山)의 난'이라고도 한다.]'이 일어나, 12월 뤄양이 함락되어 현종은 쓰촨성으로 도망하고, 숙종[肅宗, 711~762, 중국 당나라의 제7대 황제. 재위 756~762. 이형(李亨)]이 닝샤(寧夏) 후이족(回族) 자치구에서 즉위하였는데, 이 때 이백은 아내 종씨(宗氏)와 함께 장시성(江西省) 루산(廬山)으로 피난하였다.

현종의 열여섯째 황자(皇子)이며 숙종의 아우 영왕(永王) 인(璘, ?~757)이 군사를 일으켜 동쪽으로 향하자, 이백은 그의 막료(幕僚)로 발탁되어 반란에 참여하였으나 숙종에게 패하였으므로 그도 체포되어 장시성 장저우(江州) 심양군(尋陽郡) 주장(九江)의 옥중(獄中)에 갇혔다. 한때 사형 선고를 받았으나 얼마 뒤에 감형되었고, 뒤이어 구이저우성(貴州省) 야랑(夜郎)으로 유배되어, 759년(58세) 3월 양쯔강을 거슬러 올라가 산샤(三峽) 백제성(白帝城)을 지날 때 곽자의(郭子儀, 697~781, 중국 당나라의 무장)에 의하여 구명, 사면(赦免)되었다. 이 무렵 둥팅호 부근에서 가지(→9)를 만났다. 그 뒤에도 노쇠한 몸으로 금릉·안후이성 쉬안청(宣城) 사이를 떠돌아다니다가, 762년(61세) 안후이성 당도(唐塗) 현령(縣令)이었던 친척 이양빙[李陽氷, ?~?, 756년 전후 중국 당나라의 문인이며 전서(篆書)의 명인(名人)]에게 몸을 의지하다가 그곳에서 병으로 죽었다.

이백의 생애는 방랑으로 시작하여 방랑으로 끝났다. 청소년 시절에는 독서와 검술에 정진하였고, 때로는 유협(遊俠)의 무리들과 어울렸고, 쓰촨성 여러 곳의 산천을 유력하였으며, 민산에서 선술(仙術)을 닦았다. 그러나 그의 방랑은 단순한 방랑이 아니고, 정신의 자유를 찾는 '대붕(大鵬)의 비상(飛翔)'이었다.

그에게도 현실 사회나 국가에 관한 강한 관심이 있었고, 인생의 우수(憂愁)와 적막에 대한 절실한 응시가 있었다. 그러나 관심을 가지는 방식과 응시의 양태는 두보와는 크게 달랐다. 두보가 언제나 인간으로서 성실하게 살고 인간 속에 침잠(沈潛)하는 방향을 취한 데 대하여, 이백은 오히려 인간을 초월하고 인간의 자유를 비상하는 방향을 취하고 있다. 인생의 고통이나 비수(悲愁)까지도 그것을 혼돈화(混沌化)하여, 그곳으로부터 비상하려고 하였다. 그 혼돈화와 비상의 실천 수단은 술이었다.

이백의 시를 밑바닥에서 지탱하고 있는 것은 협기(俠

氣)와 신선(神仙)과 술이었다. 젊은 시절에는 협기가 많았고, 만년(晩年)에는 신선이 관심의 대상이었으나, 술은 전 생애를 통하여 그의 문학과 철학의 원천이었다.

두보의 시가 조탁(彫琢)이 극에 이르는 데 대하여, 이백의 시는 흘러 나오는 말이 바로 시가 되는 시풍(詩風)이다. 두보의 오언율시(五言律詩)에 대하여 이백은 악부(樂府) 칠언절구(七言絕句)를 장기(長技)로 한다. 이를테면 '양인대작산화개(兩人對酌山花開) 일배일배부일배(一杯一杯復一杯)' 등은 규범에 관계 없이 자유스러운 발상과 리듬을 구사(驅使)한 좋은 본보기이다.

성당(盛唐, 현종의 개원(開元, 713)으로부터 대종[代宗, 726~779, 중국 당나라의 제8대 황제. 재위 762~779. 이예(李豫)]의 영태(永泰, 765)까지 약 50년간}의 기상을 대표하는 시인으로, 인간·시대·자기에 대한 큰 기개와 자부에 불타 시로 노래하였다. 이를테면 〈고풍(古風)〉(모두 59수) 가운데의 한 구절인 '대아(大雅) 오래 생기지 않고 내가 쇠하면 마침내는 누가 말할 것이다.', 〈장진주(將進酒, '술 들어 권하노니')〉 가운데 한 구절인 '하늘이 나에게 재능을 준 것은 반드시 유용하게 쓰라고 그랬을 것이다.' 등이 있다.

그러나 다른 한편으로는 그 기개와 자부심의 시대는 개원 연간(開元年間, 713~741)에서 천보 연간(天寶年間, 742~755)로 이행되어 감에 따라 차츰 전제(專制)와 독재 아래의 부패·오탁(汚濁)의 현실에 젖어들어, 사는 기쁨에 정면으로 대하는 시인은 동시에 '만고(萬古)의 우수(憂愁)'를 언제나 마음 속에 품지 않을 수 없었다.

〈장진주〉에서 '인생에서 뜻을 얻으려면 반드시 기쁜 마음으로 힘을 다하여야 하느니'라고 하였듯이 산다는 기쁨에 정면으로 대결하였으며, 동시에 그가 말하는 '만고지수(萬古之愁)', 즉 살기 위하여 생기는 걱정을 항상 마음에 지니고 살았다. 또한 즐겨 술·달·산을 노래하였고, 여정(旅情)·이별·규정(閨情)을 노래하였으며, 수심(愁心)을 격조 높게, 때로는 잔잔하게 펼쳐 보였다.

이백에 대한 전설과 일화(逸話)는 유례가 없을 정도로 많은데, 어머니가 태백성(太白星, 금성)이 품에 들어오는 태몽을 꾸었다고 하여 그 이름이 생겼다는 출생 이야기, 창안에 있을 때 현종이 불렀는데 크게 취한 상태에서 환관(宦官) 고력사에게 신을 신기게 하며 즉석에서 시를 지었다는 일화, 채석산(彩石山) 촉월대(促月臺) 아래 양쯔강에 비친 달 그림자를 떠내려고 하다가 물에 빠져 죽었다는 전설 등은 널리 알려졌다.

그의 시로 인구(人口)에 회자(膾炙)된 것이 매우 많은데, 몇 구절만 들어 보면 다음과 같다.

'백발삼천장(白髮三千丈, '걱정 근심으로 흰 머리카락이 이처럼 길어지고')'〈추포가(秋浦歌)〉

'장안일편월(長安一片月, '집집마다 다듬이질 소리')'〈자야오가(子夜吳歌)〉

'고인(故人) 황학루(黃鶴樓)를 떠나 연화삼월(煙花三月) 양저우(揚州)로 내려간다.'〈황학루에서 맹호연을 보내고〉

'촉도(蜀道)는 하늘에 오르기보다 어렵고'〈촉도난(蜀道難)〉

'왜 벽산(碧山)에서 사느냐고 나에게 묻는데, 웃기만 하고 대답을 아니하니 마음은 절로 한가롭다.'〈산중문답(山中問答)〉

'칼을 뽑아 물을 베어도 물은 여전히 그냥 흐르고 술잔을 들어 걱정을 지우지만 걱정은 여전히 걱정으로 남아 있다.'〈선주(宣州) 사도루(謝朓樓)에서 교서(校書) 숙운(叔雲)과 더불어 전별(餞別)하며〉

이 밖에 〈독좌 경정산(獨坐敬亭山, '홀로 경정산에 앉아')〉·〈월하독작(月下獨酌, '달 아래에서 홀로 술을 마시다')〉·〈장간행(長干行, '장간으로 가며')〉·〈조발백제성(早發白帝城, '아침에 백제성을 떠나며')〉·〈증왕륜(贈王倫, '왕륜에게')〉·〈파릉행 송별(灞陵行送別, '파릉길에 송별하다')〉 등 걸작 1,100여 수가 남아 있다.

이백 시문의 텍스트로는 동무 위호(魏顥)가 편찬한 〈이한림집(李翰林集)〉과 이양빙이 편찬한 〈초당집(草堂集)〉(모두 10권)이 있으나 지금은 없다. 현재 남아 있는 것 가운데 가장 오래 된 그의 시문집은 요사(樂史, 930~1007, 중국 북송의 학자이며 작가)가 편찬한 〈이한림집〉(모두 30권)과 송민구(宋敏求, 1019~1079, 중국 북송의 문신이며 학자)가 편찬한 〈이태백 문집(李太白文集)〉[모두 30권, 도쿄 세이카도 문고(靜嘉堂文庫)]이 있다.

주석본(註釋本)으로는 남송(南宋, 1127~1279)의 시인 양제현(楊齊賢)의 주(註) 〈이한림집〉(모두 25권), 여기에 원(元)나라(1271~1368)의 학자 소자윤(蕭子贇)이 보충한 〈분류보주 이태백시(分類補註李太白詩)〉[모두 25권, 〈분류보주 이태백집(分類補注李太白集)〉이라고도 한다.], 청(淸)나라(1616~1912)의 학자 왕기(王琦)의 주 〈이태백 문집 집주(李太白文集輯註)〉[모두 36권, 〈이태백 전집(李太白全集)〉

이라고도 한다.] 등이 있다.

370

이병기

李秉岐 1891(고종 28). 3. 5. ~ 1968. 11. 29.

한국의 국문학자이며 시조(時調) 시인 · 수필가.

호(號)는 가남(柯南) · 가람(嘉藍 · 伽藍), 본관(本貫)은 연안(延安).

변호사 이채(李係)와 파평(坡平) 윤씨(尹氏)의 6남 6녀 중 맏아들로, 전라북도 익산시(益山市) 여산면(礪山面) 원수리(源水里) 진시동(眞絲洞)에서 태어났으며, 이곳에서 죽었다.

1898년(7세, 고종 35)부터 엄격한 할아버지의 명으로 향리(鄕里)의 사숙(私塾)에서 한학(漢學)을 공부하다가 량치차오(梁啓超, 1873~1929, 중국의 학자이며 사상가 · 정치가)의 〈음빙실 문집(飮氷室文集)〉을 읽고 신학문에 뜻을 두었다.

1906년(15세) 12월 5일 김문수(金文洙)와 혼인하였다.

1910년(19세) 전주공립보통학교(全州公立普通學校)를 졸업하고, 한성사범학교(漢城師範學校)에 재학 중이던 1912년(21세) 조선어강습원(朝鮮語講習院)에서 주시경(周時經, 1876~1914, 한국의 국어학자이며 국어 운동가 · 교육자)으로부터 조선어 문법을 배웠다.

1913년(22세) 한성사범학교를 졸업한 그 해부터 남양공립보통학교(南陽公立普通學校) · 전주제2공립보통학교(全州第二公立普通學校) · 여산공립보통학교 등에서 교편(敎鞭)을 잡으면서, 국어 국문학과 고문헌(古文獻) · 국사에 관한 자료를 수집하였으며, 시조를 중심으로 하는 시가 문학(詩歌文學)의 연구와 창작에 몰두하였다. 이 때부터 수집한 서책(書冊)은 뒷날 방대한 장서(藏書)를 이루었는데, 말년(末年)에 서울대학교에 기증하여 중앙도서관에 '가람 문고(嘉藍文庫)'가 설치되었다.

1920년(29세) 9월 〈공제(共濟)〉[조선노동공제회(朝鮮勞動共濟會) 기관지. 1920. 9.~1921. 6.] 창간호에 일종의 산문시(散文詩, prose poem)와 같은 〈수레 뒤에서〉를 발표하였는데, 이것은 그가 처음으로 문학 작품을 활자화한 작품이다.

1921년(30세) 12월 3일 휘문고등보통학교(徽文高等普通學校, 지금의 휘문중 · 고등학교)에서 권덕규(權悳奎, 1890~1950, 한국의 국어학자) · 김윤경(金允經, 1884~1969, 한국의 국어학자) · 신명균(申明均, 1889~1941, 한국의 국어학자) · 이규방(李奎昉, 한국의 국어학자이며 교사) · 이상춘(李常春, 1882~?, 한국의 국어학자) · 이승규(李昇圭, 1860~?, 한국의 독립 운동가) · 임경재(任璟宰, 1876~1955, 한국의 한글학자) · 장지영(張志映, 1887~1976, 한국의 회계학자이며 교육자) · 최두선[崔斗善, 1894~1974, 한국의 교육가이며 언론인 · 정치가. 제8대 국무 총리. 재임 1963. 12. 17. ~1964. 5. 9. 최남선(→480)의 아우] 등과 함께 조선어연구회[朝鮮語硏究會. 한글을 연구하는 민간 단체로, 한글학회의 전신(前身)]를 발기(發起), 조직하여 간사(幹事)의 일을 보았다.

1922년(31세)부터 동광학교[東光學校, 나중에 보성고등보통학교(普成高等普通學校, 지금의 보성중 · 고등학교)에 통합]와 휘문고등보통학교(1924~1942)에서 교편을 잡으면서, 이화여자전문학교(梨花女子專門學校. 이화여자대학교의 전신)와 연희전문학교[延禧專門學校. 연세대학교(延世大學校)의 전신]에서 조선 문학사를 강의하였다.

1924년(33세) 무렵부터 시조 창작에 관심을 보였는데, 이즈음 시조 부흥론이 일고 있었으며, 이 시기의 그의 시조는 다분히 의고조(擬古調)를 띠고 있었다.

1925년(34세) 〈조선문단(朝鮮文壇)〉(월간 순수 문예지. 1924. 10.~1936. 6. 통권 26호로 종간) 제12호(1925. 10.)에 최초의 시조 〈한강(漢江)을 지나며〉를 발표한 것이 계기가 되어 시조 시인으로 출발하였다. 또한 우리 고전(古典)에 대한 주석(註釋)과 연구 논문을 발표하여 국문학자로서의 자리도 굳혔다.

한편 최남선이 〈조선문단〉 제16호(1926. 5.)에 논문 〈조선 국민 문학으로서의 시조〉를 발표하여 '국민 문학'이라는 용어를 처음으로 사용하였는데, 최남선을 비롯하여 양주동(→282) · 염상섭(廉想涉, 1897~1963, 한국의 소설가) · 이광수(李光洙, 1892~1950, 한국의 소설가) · 이병기 · 이은상(→391) · 정인보(→442) · 조운(曺雲, 1898~?, 한국의 시조 시인, 한국 전쟁 때 월북) · 주요한(→466) 등 당시 문단의 중견 작가들을 주축으로 한 이 유파를 '국민 문학파'라고 일컬었다.

1926년(35세) 시조 혁신에 자각을 가지게 되어 '시조회(時調會)'를 발기하여 시조 창작에 더욱 주력하였다. 1928년(37세) 이를 '가요연구회(歌謠硏究會)'로 이름을 바꾸어 조직을 확장하면서 시조 혁신을 제창하는 일련의 논문 〈시조란 무엇인가〉[〈동아일보(東亞日報)〉, 1926. 11. 24.~12. 13.]·〈시조와 한시(漢詩)〉[〈조선일보(朝鮮日報)〉, 1927. 1. 5.]·〈시조는 부흥할 것이냐〉[〈신민(新民)〉 제23호, 1927. 3.]·〈노래와 소리〉[〈현대평론(現代評論)〉 제7호, 1927. 8.]·〈율격(律格)과 시조〉(〈동아일보〉 1928. 11. 28.~12. 1.)·〈시조 원류론(時調源流論)〉[〈신생(新生)〉 제4~9호, 1929. 1.~6.]·〈시조는 창(唱)이냐 작(作)이냐〉(〈신민〉 제55호, 1930. 1.)·〈학생 문예 강좌(學生文藝講座)-시조와 그 연구〉[〈학생(學生)〉, 1930. 1.~11.]·〈시조는 혁신하자〉(〈동아일보〉, 1932. 1. 23.~2. 4.)·〈시조의 발생과 가곡과의 구분〉[〈진단학보(震檀學報)〉 창간호, 1934. 11.]·〈시조 강좌—시조 감상과 그 작법(作法)〉[〈삼천리(三千里)〉 제53호, 1935. 12, 속편 제72호, 1936. 4, 제74호, 1936. 6, 제81호, 1937. 1.]·〈시조와 그 연구〉 등 20여 편의 시조론을 신문과 잡지에 잇달아 발표하여 시조의 현대화에 앞장섰다. 특히 〈시조는 혁신하자〉는 시조 혁신의 방향을 구체적으로 명시한 기념비적인 논문이다.

1930년(39세) 조선어철자법 제정 위원이 되었고, 연희전문학교·보성전문학교[普成專門學校. 고려대학교(高麗大學校)의 전신] 강사를 겸하면서 조선 문학을 강의하였다. 한편 〈신민〉(월간 종합 교양지. 1925. 5.~1932. 6. 통권 73호로 종간) 제60호(1930. 8.)에 발표한 〈납량 음악회(納涼音樂會)〉는 동무 백우용(白禹鏞, 1883~1930, 한국 최초의 서양식 군악대원이며 작곡가·지휘자·클라리넷 연주가)이 해마다 여름이면 종로(鐘路) 탑골공원에서 납량 음악회를 열었던 것을 회상(回想)하면서 쓴 만사(挽詞)이다.

1935년(44세)에는 조선어 표준어 사정 위원이 되었다.

1938년(47세) 〈삼천리〉(월간 종합 교양지. 1929. 6.~1942. 1. 통권 150호로 종간)의 자매지 〈삼천리문학(三千里文學)〉(격월간 문예지. 1938. 1.~4. 통권 2호로 종간) 창간호에 〈향토 문학에 대하여〉를 발표하였다.

이 무렵 〈동아일보〉의 시조 모집 '고선(考選)'을 통하여 신인의 발굴과 지도에 힘썼다. 즉 1939년(48세)부터는 〈문장(文章)〉(월간 순수 문예지. 1939. 2.~1941. 4. 통권 26호로 종간)에 김상옥(→69)·오신혜(吳信惠, 1913~?, 한국의 여류 시인)·이호우(→410)·장응두(張應斗, 1913~1972, 한국의 시조 시인)·조남령(曺南嶺, 1920~?) 등 우수한 신인들을 추천하여 시조 중흥의 기틀을 마련하는 한편, 창간호부터 〈한중록 주해(恨中錄註解)〉[백양당(白楊堂), 1947]를 발표하였고, 또한 〈시학(詩學)〉(격월간 문예지. 1939. 3.~10. 통권 4호로 종간) 제3호(1939. 8.)에 평론 〈시와 시조〉를 발표하는 등 고전 연구에 정진하였다.

1939년 8월 〈구름〉·〈난초(蘭草)〉·〈박연 폭포(朴淵瀑布)〉·〈비 2〉·〈수선화(水仙花)〉·〈저무는 가을〉·〈젖〉 등 시조 71수(首)를 실은 첫 시조집 〈가람 시조집〉[문장사(文章社)]을 300부 한정판으로 펴냈다. 이 시조집을 통하여 시조와 현대시를 동질로 보고 시조창으로부터의 분리, 시어(詩語)의 조탁(彫琢)과 관념의 형상화, 연작(聯作) 등을 주장하여 시조 혁신을 선도하였고, 그 이론을 실천하였다. 이 시조집에 실려 있는 전기(前期) 시조들은 〈난초〉로 대표되는 자연 관조(觀照)와 〈젖〉에 나타난 인정물 등 순수 서정 일변도였다. 그 뒤 옥중작(獄中作)인 〈홍원저조(洪原低調)〉 등에서 사회성이 다소 나타났다.

1942년(51세) 10월 22일 조선어학회(朝鮮語學會) 사건(1942. 10. 1.~1945. 1.)으로 경찰에 검거되어, 함흥형무소(咸興刑務所)에 수감(收監)되어 1년 가까이 옥고(獄苦)를 치르고, 1943년(52세) 9월 18일 기소 유예(起訴猶豫)로 출감한 뒤 귀향하여 농사와 고문헌 연구에 몰두하였다.

1944년(53세)에는 두보(→143)와 이백(→369)의 한시(漢詩)를 번역한 〈지나 명시선(支那名詩選)〉[한성도서주식회사(漢城圖書株式會社), 모두 2권 중 제1권, 박종화(→190)와 공저]을 펴냈다.

광복된 뒤 서울로 와서 미군정청(美軍政廳) 편수관을 지냈으며, 1946년(55세)부터 서울대학교 문리과대학 교수와 각 대학 강사로 동분서주하였다.

1948년(57세)에는 〈근조내간집(近朝內簡集)〉[국제문화관(國際文化館)]·〈의유당 일기(意幽堂日記)〉(백양당) 등을 역주(譯註)하여 펴냈다.

1951년(60세) 전주명륜대학(全州明倫大學. 1948년 8월 개교, 1951년 10월 전북대학교로 통합)·전라북도 전시연합대학교(戰時聯合大學校)·원광대학교(圓光大學校) 교수, 1952년(61세) 전북대학교(全北大學校) 문리과대학장을 지냈다.

1954년(63세) 학술원(學術院) 회원으로 선출되었고, 1956년(65세)에는 중앙대학교(中央大學校) 문리과대학 교수를 끝으로 정년 퇴임하였으며, 1957년(66세) 학술원 추천 회원을 거쳐 1960년(69세) 학술원 임명 회원으로 선출되었고, 1962년(71세) 전북대학교에서 명예 문학 박사 학위를 받았다.

1957년 백철(白鐵, 1908~1985, 한국의 문학 평론가)과 함께 〈국문학 전사(國文學全史)〉[신구문화사(新丘文化社)]를 펴내 국문학사를 체계적으로 정리 분석하였고, 〈현대문학(現代文學)〉(월간 순수 문예지, 1955. 1.~현재) 6월호(제30호)에 〈구일기초(舊日記抄)〉, 8월호(제32호)에 〈외로운 이 마음〉을 발표하였다.

1958년(67세)에는 이태극(→405)과 함께 〈현대 시조선총(現代時調選叢)〉(새글사), 신석정(→255)과 함께 〈고금명시 감상(古今名詩鑑賞)〉을 펴냈으며, 1960년 이태극·하한주(河漢珠, 1909~1984, 한국의 성직자이며 시인) 등이 창간한 〈시조문학(時調文學)〉(계간 시조 동인지, 1960. 6.~현재) 창간호에 〈산놀이〉를 실었다.

스스로 술복·문복(文福)·제자복이 있는 '삼복지인(三福之人)'이라고 자처할 만큼 술과 시와 제자를 사랑한 훈훈한 인간미의 소유자였다.

후기작은 한국 전쟁(Korean War, 1950. 6. 25.~1953. 7. 27.)의 격동을 겪으면서 사회적 관심이 더욱 뚜렷해졌다. 〈탱자울〉 등에서 보이는 것과 같은 비리(非理)의 고발, 권력의 횡포에 대한 저항이 후기의 특징으로 꼽히는데, 이것은 현대 시조의 새로운 일면을 개척한 것이었다.

그의 주된 공적은 시조에서 이루어졌지만 서지학(書誌學)과 국문학 분야에서도 많은 업적을 남겼다. 특히 묻혀 있던 고전 작품 〈인현 왕후전(仁顯王后傳)〉[박문서관(博文書館), 1940]·〈요로원 야화기(要路院夜話記)〉[을유문화사(乙酉文化社), 1949], 〈춘향가(春香歌)〉를 비롯한 신재효(申在孝, 1812~1884, 조선의 판소리 이론가이며 작가)의 '극가(劇歌)', 즉 판소리를 발굴하여 소개한 공로가 크다. 많은 수필을 썼고, 특히 1906년부터 평생 동안 극명하게 쓴 일기는 한국 문학사·국어사·사회사 연구에 귀중한 자료가 되고 있다.

1960년 제5회 학술원상(공로상), 1962년 문화 포장(文化褒章)을 받았으며, 한국예술문화단체총연합회(韓國藝術文化團體總聯合會, 藝總) 전북 지부장(支部葬)으로 장례(葬禮)가 치러졌다.

이 밖에 시 〈오동꽃〉(〈신생〉 제49호, 1933. 1.), 수필 〈낙화암(落花岩)을 찾는 길에〉(〈신생〉 제9호, 1929. 6.)·〈풍란(風蘭)〉[〈원광문화(圓光文化)〉, 1954] 등이 있으며, 〈역대 시조선(歷代時調選)〉(박문서관, 1940)·〈표준 국문학사(標準國文學史)〉(신구문화사, 1956)·〈현대 시조선총(現代時調選叢)〉(새글사, 이태극과 공저, 1958)·〈국문학 개설(國文學概說)〉[일지사(一志社), 1962]·〈가람 문선(嘉藍文選)〉(신구문화사, 1966) 등을 펴냈다. 〈가람 문선〉에는 〈가섭봉(迦葉峰)〉·〈고향(故鄕)으로 돌아가자〉·〈매화(梅花)〉·〈비〉·〈비오리〉·〈송별(送別)〉·〈아차산(峨嵯山)〉·〈총석정(叢石亭)〉·〈혼자 앉아서〉 등의 시조, 〈난초〉·〈백련(白蓮)〉 등 15편의 수필과 〈사비성(泗沘城)을 찾는 길에〉·〈해산유기(海山遊記)〉 등 4편의 기행문, 〈시조 감상과 작법〉·〈시조는 혁신하자〉·〈시조와 그 연구〉·〈시조 원류론〉·〈시조의 개설〉·〈시조의 발생과 가곡과의 구분〉 등 6편의 시조론, 〈한국 서지(書誌)의 연구〉를 비롯한 고전 연구, 〈극가와 소설〉·〈민요잡고(民謠雜攷)〉·〈시가 문학의 본질과 종류〉 등 15편의 잡고 등이 실려 있다.

죽은 뒤에 〈남도(南道) 아지랑이〉[금강출판사(錦江出版社), 1971]·〈가람 시조선〉[삼중당(三中堂), 1975]·〈이병기·이은상〉[지식산업사(知識產業社), 〈한국 현대 시문학 대계(韓國現代詩文學大系)〉 제5권, 1984] 등이 출판되었다.

첫 시조집 〈가람 시조집〉은 광복 이후 시조 문학의 최대 집대성으로 평가받는 〈한국시조큰사전〉[을지출판사(乙支出版社), 1985. 3. 현대 시조 18,331수와 고시조 3,660수 수록]에 영인본(影印本)으로 실려 있다.

시조의 이론적 체계화에 힘쓰고 현대 시조의 풍격을 확립하는 데 크게 이바지한 그의 업적을 기리고 문학정신을 계승하기 위하여 1979년 시조문학사(時調文學社)에서 그의 호를 따서 '가람 시조 문학상(嘉藍時調文學賞)'을 제정하여 해마다 시상하고 있다.

고향 원수리 생가(生家)에 세워진 시조비(時調碑)를 비롯하여 여산초등학교에 기념비가 있고, 여산남초등학교(礪山南初等學校) 교정에는 〈별〉이 새겨진 흉상(胸像), 충청남도 청양군(青陽郡) 청양읍 군량리(軍糧里) 고운식물원에 〈꽃〉, 충청북도 음성군(陰城郡) 생극면(笙極面) 관성리(館成里) 큰바위얼굴조각공원에 〈낙화(落花)〉, 전주 완산동(完山洞) 다가공원(多佳公園)에 〈시름〉(1969. 11. 30.), 전라북도 부안군(扶安郡) 부안읍 서외리(西外里) 매창공원(梅窓公園)에 〈매창뜸〉이 새겨진 시비(詩碑)가 세워졌다.

371

이병연

李秉淵 1671(현종 12) ~ 1751(영조 27)

조선(朝鮮, 1392~1910)의 시인.

자(字)는 일원(一源), 호(號)는 백악하(白嶽下)·사천(槎川), 본관(本貫)은 한산(韓山).

한성(漢城) 북부 순화방(順化坊) 유란동[幽蘭洞, 지금의 서울 종로구(鐘路區) 청운동(淸雲洞)]에서 태어났으며, 백산(白山)이라는 곳에서 살았다.

진경시(眞景詩) 문학의 기틀을 마련한 김창흡(金昌翕, 1653~1722, 조선의 학자)의 문인(門人)으로, 음보(蔭補)로 벼슬에 나아가 1732년(61세, 영조 8) 삼척(三陟) 부사(府使)에 이르렀다.

김창흡의 문하(門下)에서 함께 공부한 정선(鄭敾, 1676~1759, 조선의 화가)과는 같은 동네에서 태어나 어렸을 적부터 동무로, 글과 그림을 주고받으며 평생 절친하게 지냈는데, 정선의 그림에 많은 제화시(題畫詩)를 썼다.

1710년(39세, 숙종 36) 강원도 금화(金化) 현감(縣監)으로 부임하였고(~1715), 1711년(40세, 숙종 37) 8월 스승 김창흡과 그의 제자 김시보(→77)·정동후(鄭東後, 1659~1735, 조선의 문신)와 정선을 초대하여 금강산(金剛山)을 여행하였다. 정선으로는 이것이 금강산 첫 여행이었는데, 이 때 〈신묘년 풍악도첩(辛卯年楓嶽圖帖)〉(37.4×36cm, 모두 21폭 중 13폭이 남아 있다. 서울 국립중앙박물관)을 제작하였다. 1년 만인 1712년(41세, 숙종 38) 8월 가족들[아버지 이속(李涑, 1647~1720), 동생 이병성(李秉成, 1675~1735)]과 후배 시인 장응두(張應斗, 1670~1729), 그리고 정선과 함께 다시 금강산을 여행하였다. 이 때 정선은 김창흡이 폭마다 시를 붙인 〈해악전신첩(海岳傳神帖)〉(모두 30폭, 전하지 않음.)을 제작하여 이병연에게 선물하였고, 또한 〈망천 십이경도첩(輞川十二景圖帖)〉을 제작하였다. 이 때의 경험은 중년이 된 정선에게 커다란 감동으로 지속되어, 정선은 58세 때인 1734년(63세, 영조 10) 금강산 그림의 하나의 모델이 되는 〈금강전도(金剛全圖)〉[94.1×130.7cm, 국보 제217호, 경기도 용인(龍仁) 호암미술관(湖巖美術館)]를 완성하였다.

또한 1740년(69세, 영조 16) 정선이 양천[楊川, 지금의 서울 강서구(江西區) 일대] 현감으로 부임할 때 이병연은 자기의 시문(詩文)과 정철의 그림을 바꿔 보자고 제안[시화상간(詩畫相看)]하여, 정철이 그린 한강(漢江) 주변의 많은 풍광들과 시문을 주고받았다. 이병연은 목멱산[木覓山, 서울 남산(南山)의 본이름]의 아침 해돋이를 그린 〈목멱조돈(木覓朝暾, '목멱산에 아침 해가 솟아오르다')〉(29.4×23㎝)에 대한 화답으로 시를 짓고, 안산(鞍山, 서울 서대문구에 있는 산)의 봉화대(烽火臺)를 바라보고 있을 정선을 생각하며 〈안현석봉(鞍峴夕烽)〉이라는 시를 썼다. 이렇게 하여 탄생한 화첩이 33점의 한강 주변의 경치를 화폭에 담은 〈경교명승첩(京郊名勝帖)〉[간송미술관(澗松美術館), 16.8~41×20.8~31cm, 1740~1741]이다.

정선이 71세 때인 1747년(영조 23) 세 번째로 금강산을 여행하였을 때 〈해악전신첩〉[간송미술관. 1712년에 그린 것과 구별하여 〈정묘년(丁卯年) 해악전신첩〉이라고도 한다.]을 다시 제작하였는데, 이병연이 제화시를 다시 써 주었다.

또한 정선의 진경 산수화의 걸작 〈인왕제색도(仁王霽色圖)〉(리움미술관, 138.2×79.2cm, 국보 제216호)는 1751년(80세, 영조 27) 임종(臨終)을 나흘 앞둔 이병연의 쾌유를 빌며 그린 것이다.

중국의 자연 시인 도연명(→139)을 흠모하였으며, 영조(英祖, 1694~1776, 조선의 제21대 왕. 재위 1724~1776) 시대 최고의 시인으로 일컬어졌다. 김익겸(金益謙, 조선의 문인이며 학자)이 그의 시초(詩抄) 한 권을 가지고 중국에 갔을 때 강남(江南)의 문사(文士)들이 '명나라 이후의 시는 이 시에 비교가 안 된다.'라고 그의 시를 극찬하였다.

〈고도(故都, '옛날의 서울')〉·〈보덕굴중석실(普德窟中石室, '보덕굴 안의 석실')〉·〈춘망(春望, '봄 들녘에서')〉 등 그의 시는 대부분 산수시(山水詩)와 영물시(靈物詩)로, 서정이 두드러지며 깊은 감회를 불러일으킨다. 특히 매화를 소재로 55수(首)나 되는 시를 지었는데, 자연의 은일적(隱逸的)인 기분을 삶에 대한 깊은 애정으로 표현하는 데 뛰어났다. 또한 조선의 경개 절승을 남다른 감수성과 정감으로 읊어 냄으로써 조국 산천에 대한 애착과 애정을 표출하였다.

80살이 넘도록 시작(詩作) 생활을 하였으며, 일생 동안 무려 1만 300여 수에 이르는 많은 시를 썼다고 하는데, 현재 전하는 것은 500여 수뿐이다. 지은 책으로 〈사천 시초(槎川詩鈔)〉(모두 2책)가 있다.

372
이복현
李復鉉 1767(영조 43) ~ 1853(철종 4)

조선(朝鮮, 1392~1910)의 문신(文臣)이며 시인.

자(字)는 견심(見心), 호(號)는 석견루(石見樓), 본관(本貫)은 전주(全州).

능원 대군(綾原大君) 이보[李俌, 1592~1656, 조선의 제16대 왕 인조(仁祖)의 아우]의 5대손이다.

1786년(19세, 정조 10) 참봉(參奉)이 되었으며, 비인(庇仁) 현감(縣監)·고성(高城) 군수(郡守)를 거쳐 1817년(50세, 순조 17) 청풍(淸風) 부사(府使), 1839년(72세, 헌종 5) 첨지중추부사(僉知中樞府使)에 이르렀다.

많은 시를 남겼고, 담백하고 탈속적(脫俗的)인 시풍(詩風)으로 김정희[金正喜, 1786~1856, 조선의 서화가이며 문신·문인·금석학자. 완당(阮堂)·추사(秋史)]·김조순(金祖淳, 1765~1832, 조선의 안동 김씨 세도 정치의 바탕을 다진 인물)·서영보(徐榮輔, 1759~1816, 조선의 문신)·신위(→257)·이만수(李晩秀, 1752~1820, 조선의 문신이며 학자) 등 당시의 문인(文人)들로부터 극찬을 받았다.

〈백우도강래(白雨渡江來, '소나기가 강을 넘어오다')〉 등은 성당시(盛唐詩) 시풍에 영향을 받은 것으로 보이지만 개성이 뚜렷하고 독창적이며, 한원(閒遠)·담박한 것으로 평가되고 있다. 또한 불교적 취향을 드러낸 작품이 많아 사상적 배경을 읽을 수 있다.

지은 책으로 〈석견루 시초(石見樓詩抄)〉가 있으며, 1857년(철종 8) 증손(曾孫) 이응인(李應寅)이 그의 시조를 모은 유고집(遺稿集)을 간행하였다.

373
이봉래
李奉來 1922. 4. 6. ~ 1998. 6. 12.

한국의 시나리오 작가이며 영화 감독·시인.

함경북도 청진(淸津)에서 태어났다.

청진의 나남중학교(羅南中學校)를 거쳐 1945년(23세) 부산수산대학교(釜山水産大學校) 양식과(養殖科) 2년을 수료하고, 일본으로 유학하여 1947년(25세) 도쿄 릿쿄대학(立敎大學) 문학부를 중퇴하였다.

유정(柳呈, 1922~1999, 한국의 시인)과 함께 '일어 시 운동(日語詩運動)'에 참여하여 일본 시단(詩壇)의 유력지 〈시학(詩學)〉·〈신시파(新詩派)〉 등에 일본어로 쓴 40여 편의 작품을 발표하였고, 도요(東洋)의 〈국제 타임스〉 문화부장을 지냈다.

한국 전쟁(Korean War, 1950. 6. 25.~1953. 7. 27.)이 끝난 뒤에 귀국하여 피난지 부산에서 김경린(金璟麟, 1918~?, 한국의 시인)·김규동(→53)·김차영(金次榮, 1922~?, 한국의 시인)·박인환(→188)·양병식(梁秉植)·이상로(→375)·임호권(林虎權)·조향(→463) 등과 함께 '후반기(後半期)' 동인(同人)으로 활동하면서 김경린·조향과 합작시 〈불모(不毛)의 에레지〉를 발표하였다. 모더니즘 시 운동을 전개하는 한편, 평론과 시나리오에도 관심을 기울였다. 특히 '후반기' 동인들의 시대적 타당성을 밝히려는 한편 청록파(青鹿派)를 비판하면서 시 정신에 대한 근본적인 변혁을 '감정의 조직화'와 '언어의 객관화'로 이루어야 한다고 주장하였다.

1950년대 초기에 보여 준 모더니즘적 경향은 도시와 문명에 대한 사상(事象)의 시대 감각과 생활 현실을 반영하고 있으며, 아울러 내면적 언어의 연상 작용이 두드러진 작시법(作詩法)을 구사(驅使)한 것이 특징이다. 특히 〈손〉(1955)·〈단애(斷崖) 1, 2〉(1958)·〈서적(書籍)〉 등을 통하여 현실에 대한 강렬한 의식을 포착하여 관념적인 세계로 승화시키는 독특한 시풍(詩風)을 보여 주었다.

또한 평론에도 손을 대어 한때 평론 분야에서 더 비중 있는 업적을 보였다. 재학 시절부터 관심을 둔 영화에도 손을 대어 1960년대 이후에는 영화 평론을 쓰는 한편, 시나리오 창작에 종사하여 그 방면에 뚜렷한 재능을 발휘하였고, 영화 감독으로 활동하였다.

1956년(34세) 영화 각본 〈행복의 조건〉으로 감독이 되었으며, 〈견습 부부(見習夫婦)〉·〈구름이 흩어질 때〉·〈다시 피는 꽃〉 등의 극본을 직접 쓰고 영화화하였다.

1959년(37세) 〈백주(白晝)의 암흑〉, 1961년(39세) 〈삼등 과장(三等課長)〉 등 사회 고발성 영화를 발표하였으며, 1961년(39세) 5·16 군사 정변 이후에는 〈마이동풍(馬耳東風)〉·〈마포(麻浦) 사는 황부자(黃富者)〉(1965)·〈새댁〉 등 서민적 희극 영화를 만들었다. 상징화·미화(美化)를 거부하고 비속적(卑俗的)·희화적(戲畫的) 통속성을 띤 작품을 감독하였다.

한국영화평론가협회 회장(1955~1957), 시나리오작가협회 회장(1958~1959), 영화감독협회 회장(1963~1967), 영화인협회 이사장(1967~1971), 국제 펜클럽 한국 본부 부위원장(1970~1978), 한국예술문화단체총연합회 제11~14대 회장(1973~1980), 한국현대시인협회(韓國現代詩人協會) 회장(1989~1992)을 지내는 등 영화와 문화 양면에서 활발하게 활동하였다.

〈꽃의 의미〉(1969)·〈타인(他人)의 관(棺)〉(1973)·〈침묵의 나무〉(1975)·〈꿈 꿀 시간〉(1989)·〈가을에〉·〈구름산에서〉·〈라일락꽃이 필 때면〉·〈수유리(水踰里)의 봄〉 등 많은 시를 발표하였고, 시집 〈영광의 신(神)〉·〈이봉래 시선(李奉來詩選)〉(1973)·〈침묵의 모음(母音)〉, 평론집 〈수직(垂直)의 사상(思想)〉(1973)·〈우리들의 시를 위하여〉(1984)가 있다.

조봉암(曺奉岩, 1899~1959, 한국의 독립 운동가이며 정치가)의 맏딸 조호정(曺滬晶, 1928~?)과 결혼하였다.

374

이상

李箱 1910(순종 4). 9. 23.(음 8. 20.) ~ 1937. 4. 17.

한국의 시인이며 소설가·수필가.

본명(本名)은 김해경(金海卿), 본관(本貫)은 강릉(江陵).

아버지 김연창(金演昌, 1884~1937)과 어머니 박세창(朴世昌)의 2남 1녀[남동생 운경(雲卿, 1913~?, 한국 전쟁 때 납북), 여동생 옥희(玉姬, 1916~?)] 중 맏아들로, 서울 종로구(鐘路區) 사직동(社稷洞)에서 태어났으며, 도쿄에서 죽었다.

아버지는 얼굴이 얽은 사람으로, 조선총독부(朝鮮總督府) 상공과(商工課)의 하급 관리직이었던 큰아버지 김연필(金演弼, 1883~1932)의 주선으로 궁내부(宮內府) 활판소(活版所)에서 일하다가 사고로 손가락 세 개를 잘린 뒤 작은 이발소에서 생활을 꾸려 나갔다.

1912년(2세) 할아버지 김병복(金秉福)의 뜻으로 자손이 없는 큰아버지의 양자(養子)로 들어가, 종로구 통인동(通仁洞) 본가(本家)에서 성장하였다.

1917년(7세) 4월 인왕산(仁王山) 아래 누상동(樓上洞)에 있는 4년제 신명학교(新明學校)에 입학하였는데, 특히 지리(地理)와 도화(圖畫) 과목에 뛰어난 소질을 보였고, 체육 과목은 몹시 싫어하였다.

1921년(11세) 3월 신명학교를 졸업한 뒤, 불교 재단에서 경영하는 견지동(堅志洞)의 동광학교(東光學校)에 입학하였는데, 4년째 되던 1924년(14세) 동광학교가 조선불교중앙교무원[朝鮮佛教中央教務院. 동국대학교(東國大學校)의 전신(前身)]이 인수한 보성고등보통학교(普成高等普通學校, 지금의 보성중·고등학교)에 통합되어 4학년으로 편입하였다. 그림을 잘 그려 미술 교사로 있던 고희동(高羲東, 1886~1965, 한국의 동양화가. 우리나라 최초로 정규 미술 학교에서 서양화 교육을 받았다.)의 사랑을 독차지하였으며, 교내 미술 전람회에서 〈풍경(風景)〉으로 1등상을 받았다.

1926년(16세) 3월 5일 보성고보를 졸업하였고, 경성고등공업학교(京城高等工業學校. 서울대학교 공과대학의 전신) 건축과에 입학하였다. 12명의 입학생 중에 한국인은 불과 2명이었는데, 그는 3년 동안 수석(首席)을 다툴 정도로 뛰어난 성적을 유지하였다. 미술에 집착하여 학교 공방(工房)에 화실을 차려 놓고 그림을 그렸으며, 일본인 동기생 가와카미(川上) 집에서 그림 공부를 하면서 일본 여자와 교제하기도 하였다. 2학년 때에는 교내 회람지 〈난파선(難破船)〉의 편집을 주도하였으며, 여기에 삽화와 자작시(自作詩)를 실었다.

1929년(19세) 3월, 경성고공을 수석으로 졸업하였는데, 졸업 작품은 '수상(水上) 경찰서 겸 소방서 설계안'이었다. 그 해 4월 조선총독부 내무국 건축과 기사(技士)로 취직하여 의주통[義州通, 지금의 중구(中區) 의주로] 전매청사(專賣廳舍) 설계를 입안하였고, 공사 현장에서 감독으로 일하였다. 같은 해 11월 관방회계과(官房會計課) 영선계(營繕系) 기수(技手)로 자리를 옮겼다. 12월 조선건축학회 기관지 〈조선과건축(朝鮮と建築)〉(건축 잡지. 1922~1945) 표지 도안 현상(懸賞) 공모에 1등과 3등으로 당선되었다.

1930년(20세) 〈조선(朝鮮)〉(조선총독부 기관지. 1920. 7.~1944. 11·12. 합본호. 통권 354호로 종간)에 처녀작 〈십이월 십이일〉을 연재(제148~158호, 1930. 2.~12.)하면서부터 작품 활동이 본격적으로 시작되었다. 이 소설은 그의 최초의 한글 창작 소설이며 최초의 소설이고 또한 유일한 장편 소설이었다. 그 해 여름, 뒷날 그를 죽음으로 내몰게 되는 첫 각혈(咯血)을 하게 되어 건강이 쇠약해졌다. 이 무렵 공사장에서 일하면서 기녀(妓女)들과 접촉하였고, 대학 부속 병원에서 성병(性病) 또는 폐병으로 추정되는 어떤 질환 판정을 받았다.

1931년(21세) 〈조선과건축〉 표지 도안 현상 공모에 당

선된 인연으로 제10집 제7호(1931. 7.) '만필(漫筆)'란에 일본어로 쓴 시 〈공복(空腹)〉·〈수염-(鬚·髭·그밖에수염일수있는것들·모두를이름)〉·〈▽의 유희(▽の遊戲)-▽은 나의 AMOUREUSE이다〉·〈이상한 가역 반응(異常ナ可逆反應)〉·〈파편의 경치(破片ノ景色)〉·〈BOITEUX·BOITEUSE('절름발이')〉, 제10집 제8호(1931. 8. 18.)에 시 〈신경질적으로 비만한 삼각형(神經質に肥滿した三角形)-△은 나의 AMOUREUSE이다.〉·〈운동(運動)〉·〈이인(二人)……1……〉·〈이인……2……〉·〈흥행물 천사(興行物天使)-어떤 후일담(後日譚)으로〉와 연작시(聯作詩) 〈조감도(鳥瞰圖)〉[오랫동안 '오감도(烏瞰圖)'로 알려져 왔으나, 일본어 시 원문에는 '鳥瞰圖'로 표기되어 있다.], 제10집 제10호(1931. 10.)에 〈삼차각 설계도(三次角設計圖)〉·〈선에 관한 각서(線に關する覺書)〉(모두 7편) 등 21편을 발표하였다. 같은 해 제10회 조선미술전람회(朝鮮美術展覽會, 鮮展)에 〈자화상(自畫像)〉이 입선되었다.

이 무렵 구본웅(具本雄, 1906~1953, 한국의 서양화가)을 알게 되었는데, 구본웅의 집은 당대(當代)의 시인·소설가·화가·영화 감독 등이 모여들던 문화인들의 집합 장소였으며, 특히 구인회(九人會) 회원들이 많이 드나들었다. 이즈음 병원으로부터 폐결핵 진단을 받았다.

1932년(22세) 〈조선〉에 소설 〈지도(地圖)의 암실(暗室)〉(제173호, 1932. 3.)·〈휴업(休業)과 사정(事情)〉(제174호, 1932. 4.)을 '비구(比久)'라는 필명(筆名)으로 발표하였고, 〈조선과건축〉 제11집 제7호(1932. 7.)에 시 〈건축무한 6면각체(建築無限六面角體)〉를 발표{모두 7편. 〈AU MAGASIN DE NOUVEAUTES〉[프랑스 어. '신기성(神奇性)의 백화점에서']·〈열하약도(熱河略圖) No.2)〉(미완성)·〈진단 0:1〉·〈이십이 년〉·〈출판법(出版法)〉·〈차8씨의 출발(且8氏の出發)〉·〈대낮〉}하면서 처음으로 '이상(李箱)'이라는 이름으로 발표하였다. '이상'이라는 이름을 쓰게 된 것은 건축 공사장 인부들이 그를 잘 모르고 '리상(李さん, '이씨')'이라고 부르니까 그대로 '이상'이라고 썼다고 하는데, 경성고공 졸업 앨범 사진에 이미 '이상'이라는 이름을 썼다.

1933년(23세) 2월, 심한 각혈로 건축 기수직을 그만두었고, 양부(養父)의 죽음(1932. 5. 7.)으로 양부의 유산을 정리하여 효자동(孝子洞)에 두 칸 방의 집을 얻어 할머니와 친부모, 동생들을 옮겨와 21년 만에 가족들과 합쳐졌다. 그러나 보름을 견디지 못하고 3월, 구본웅과 함께 황해도 배천(白川) 온천에 들어가 잠시 동안 요양하였다. 이 때부터 폐병에서 오는 절망을 이기기 위하여 본격적으로 문학을 시작하였다.

같은 해 5월, 서울로 돌아왔으며, 6월부터 요양지에서 동거하던 작부(酌婦) 금홍[錦紅, 1912~?, 본명은 연심(蓮心)]과 관철동(貫鐵洞)에서 함께 살았다. 통인동 양부의 집을 처분하여 7월 14일 종로에 다방 '제비'를 열어, 금홍을 마담으로 앉히고 함께 일하였다. 이곳에 김기림(→54)·박태원(朴泰遠, 1909~1986, 한국의 소설가)·윤태영(尹泰榮, 1907년 〈한문학 교과서〉를 엮음)·이태준(李泰俊, 1904~?, 북한의 소설가)·정인택(鄭人澤, 1909~1953, 한국의 소설가이며 언론인)·정지용(→445)·조용만(趙容萬, 1909~1995, 한국의 영문학자이며 소설가) 등이 드나들면서 문단(文壇) 교유(交遊)가 시작되었다.

휘문고등보통학교(徽文高等普通學校, 지금의 휘문중·고등학교) 교사로 있으면서 〈가톨릭청년〉(천주교 월간지. 1933. 6.~1936. 12. 통권 43호로 종간. 1947년 4월 제5권 1호로 복간, 한국 전쟁으로 휴간, 1955년 1월 속간, 1971년 9월 폐간) 편집 고문(顧問)으로 있던 정지용의 추천으로 이 잡지에 시 〈꽃나무〉(제2호, 1933. 7.)·〈이런 시(詩)〉(제2호, 1933. 7.)·〈1933년 6월 1일(一九三三, 六, 一)〉(제2호, 1933. 7.)·〈거울〉(제5호, 1933. 10.) 등을 잇달아 발표하였다.

1934년(24세) 6월, 구인회에 가입하였다. 구인회는 1933년 8월 15일 문단의 중견급 작가 김기림·김유영(金幽影, 1908~1940, 한국의 영화 감독이며 시나리오 작가)·유치진(柳致眞, 1905~1974, 한국의 극작가이며 연출가)·이무영(李無影, 1908~1960, 한국의 소설가)·이종명(李鍾鳴)·이태준·이효석(李孝石, 1907~1942, 한국의 소설가)·정지용·조용만 등 9명이 순수 문학을 표방하며 결성한 문학 친목 단체였다. 1934년 6월, 김유영·이종명이 탈퇴하고, 박태원·박팔양·조벽암(→454)이 가입하여 10명이 되었다가, 다시 유치진·이무영·이효석·조벽암·조용만 대신에 김상용·김유정(金裕貞, 1908~1937, 한국의 소설가)·김환태(金換泰, 1909~1944, 한국의 문학 평론가)·이상으로 교체되어, 다시 9명의 회원을 유지하였다. 1930년대 경향 문학(傾向文學)이 쇠퇴하고 문단의 주류가 된 구인회는 계급주의(階級主義) 및 공리주의(功利主義) 문학을 배격하고 순수 문학을 확립하는 데 크게 이바지하여 당시 순수 문학의 가장 유력한 단체로 활동하였으나 3~4년 만에 해체되었다. 박태원과 이상이 중심이 되어 〈시와소설〉(동인지. 1936. 3. 창간호로 종간)을 펴냈는데, 여기에 이상은 총 6연으로 이루어진 장편 산문시로 결핵을 시의 제재로 내세워 자신의 위악성을 현란하게 펼쳐 놓은 실험시 〈가외가전(街外街傳)〉을 실었다.

같은 해 박태원이 〈조선중앙일보(朝鮮中央日報)〉(일간지. 1933. 3. 7.~1937. 11. 5.)에 중편 소설 〈소설가 구보씨(仇甫氏)의 1일〉을 연재(1934. 8. 1.~9. 19. 구인회 동인지 〈시와소설〉에 다시 실음.)하였을 때 '하융(河戎)'이라는 화명(畫名)으로 삽화를 그려 주었고, 〈월간매신(月刊每申)〉[매일신보사(每日申報社)에서 1934년 11월 창간한 월간지]에 시 〈보통 기념(普通記念)〉(1934. 6.)과 단편 〈지팽이 역사(轢死) : 희문(戲文)〉(1934. 8.), 〈신여성(新女性)〉(월간 여성 교양지. 1923. 9.~1926. 10. 제31호 발간 후 휴간, 1931. 1. 속간, 1934. 6. 제41호로 종간, 통권 72호로 종간) 제60호(1933. 6.)에 수필 〈혈서 삼태(血書三態)〉, 〈중앙(中央)〉(월간 종합 교양지. 1933. 11.~1936. 9. 통권 35호로 종간) 제11호(1934. 9.)에 시 〈소영위제(素榮爲題)〉 등을 발표하였다.

같은 해 7월 24일, 〈조선중앙일보〉에 '13人(인)의 兒孩(아해)가 道路(도로)로 疾走(질주)하오.(길은 막다른 골목이 적당하오.)'(원작품은 띄어쓰기를 하지 않고 모두 붙여 썼다.)로 시작하는 우리말 시 〈오감도〉(시 제1호)를 발표하였다. 한국 시사(詩史)의 기념비적인 〈오감도〉는 당시 이 신문사 학예부장으로 있던 이태준의 배려로 7월 24일부터 9월에 걸쳐 30회 연재하기로 예정되어 있었는데, 발표되자마자 문학계에 큰 충격을 일으켰으며, 이해하기 어렵다는 독자들의 빗발치는 항의로 15편(7. 24.~8. 8.)으로 중단되고 말았다. 연재가 중단되자 '왜 미쳤다고들 그러는지 대체 우리는 남보다 수십 년(數十年)씩 떨어져도 마음 놓고 지낼 작정(作定)이냐'로 시작하는 〈산묵집(散墨集)-오감도 작자의 말〉(1934. 8.)을 발표하였다.

1935년(25세) 9월 10일 다방 '제비'를 폐업하였고, 외간 남자들과 바람을 피우며 가출(家出)을 일삼던 금홍과도 헤어졌다. 인사동(仁寺洞)에 카페 '쓰루(鶴)', 종로에 다방 '69', 명치정[明治町, 지금의 중구 명동(明洞)]에 다방 '무기(麥)' 등을 인수하여 개업하였으나 모두 경영에 실패하였다. 아우 운경의 청소부 봉급으로 생활을 지탱하였으며, 셋방을 전전하다가 방세를 내지 못하여 거리로 쫓겨나기도 하였다.

금홍이 떠난 직후 다시 여급(女給) 출신의 권순옥[權順玉, 본명은 권순희(權順姬)]과 사귀었다. 그러나 권순옥을 연모하며 괴로워하던 동무 정인택이 음독 자살을 기도하는 일이 생기자, 이상은 정인택과 권순옥을 맺어 주었고, 8월 29일 두 사람이 성북구(城北區) 돈암동(敦岩洞) 신흥사[神興寺, 1396~1794년에는 흥천사(興天寺), 1794~1865년에는 신흥사, 1865년 이후 다시 흥천사라고 하였다.]에서 박종화(→190)의 주례(主禮)로 결혼할 때 사회를 보아 주었는데, 이 일은 당시 큰 화제가 되었다.

거듭된 경영 실패, 쇠잔한 몸, 연애의 후유증 등으로 말미암은 고독이 극에 이르자, 뒤늦게 구인회에 가입하며 절친한 사이가 된 김유정에게 같이 자살하자는 제안까지 하였다. 두 사람은 집안 형편이 비슷하고 문학관(文學觀)도 어느 정도 통하는데다가 특히 폐결핵을 같이 앓고 있어서 더욱 가깝게 지냈다. 이 해에 시 〈정식(正式) Ⅰ·Ⅱ·Ⅲ·Ⅴ·Ⅵ〉(〈가톨릭청년〉 제23호, 1935. 4.)과 〈지비(紙碑)〉(〈조선중앙일보〉, 1935. 9. 15.), 수필 〈산촌여정(山村餘情)-성천(成川) 기행 중의 몇 절(節)〉(〈매일신보〉, 1935. 9. 27.~10. 11.)을 발표하였다.

1936년(26세) 〈중앙〉 제27호(1936. 1.)에 시 〈지비 1~3-어디 갔는지 모르는 아내-)〉와 수필 〈나의 애송시(愛誦詩)〉·〈아름다운 조선말〉, 제32호(1936. 6.)에 단편 소설 〈지주회시(鼅鼄會豕)〉, 제33호(1936. 7.)에 수필 〈약수(藥水)〉, 〈가톨릭청년〉 제33호(1936. 2.)에 시 〈가정(家庭)〉·〈아침〉·〈행로(行路)〉·〈화로(火爐)〉와 연작시 〈역단(易斷)〉, 〈매일신보〉에 수필 〈조춘점묘(早春點描)-단지(斷指)한 처녀〉(1936. 3. 3.~3. 26.)·〈추등잡필(秋燈雜筆)〉(1936. 10.), 〈시와소설〉(동인지. 1936. 3. 13. 창간호로 종간)에 수필 〈어느 시대에도……〉, 〈조광(朝光)〉(월간 종합 교양지. 1935. 11.~1944. 12. 통권 110호로 종간) 제5호(1936. 3.)에 수필 〈서망율도(西望栗島, '서쪽으로 밤섬을 바라보며')〉, 제7호(1936. 5.)에 수필 〈내가 좋아하는 화초(花草)와 내 집의 화초〉, 제12호(1936. 10.)에 수필 〈가을의 탐승처(探勝處)〉, 〈가톨릭소년〉(가톨릭계 소년·소녀 월간지. 1934~1940) 제2호(1936. 5.)에 동시(童詩) 〈목장(牧場)〉, 〈여성(女性)〉(월간 여성 교양지. 1936. 4.~1940. 12. 통권 57호로 종간) 창간호에 수필 〈여상 4제(女像四題)〉, 제2호(1936. 5.)에 시 〈명경(明鏡)〉, 제7호(1936. 10.)에 수필 〈행복(幸福)〉, 〈조선일보〉에 연작시 〈위독

危篤)〉[〈금제(禁制)〉(1936. 10. 4.)·〈추구(追求)〉(1936. 10. 4.)·〈침몰(沈沒)〉(1936. 10. 4.)·〈문벌(門閥)〉(1936. 10. 6.)·〈백화(白畫)〉(1936. 10. 6.)·〈절벽(絕壁)〉(1936. 10. 6.)·〈매춘(賣春)〉(1936. 10. 7.)·〈생애(生涯)〉(1936. 10. 7.)·〈위치(位置)〉(1936. 10. 7.)·〈내부(內部)〉(1936. 10. 9.)·〈육친(肉親)〉(1936. 10. 9.)·〈자상(自像)〉(1936. 10. 9.)], 〈삼사문학(三四文學)〉(문예 동인지. 1934. 9.~1937. 4. 통권 6호로 종간) 제5호(1936. 10.)에 시 〈I WED A TOY BRIDE〉 등을 잇달아 발표하였고, 〈조광〉 제11호(1936. 9.)에 단편소설 〈날개〉를 발표하여 큰 화제를 일으켰다.

구본웅의 아버지 구자혁(具滋爀)이 경영하던 창문사(彰文社)에 취직하여 구인회 동인지 〈시와소설〉을 편집하다가, 이 잡지가 발간(3. 21.)되자 곧 퇴사하였다.

이 해 6월 구본웅의 이복 동생 김향안(金鄕岸, 1916~2004)과 신흥사에서 혼인(결혼 신고는 하지 않았다.)한 뒤 황금정[黃金町, 지금의 중구 을지로(乙支路)]의 허름한 셋집에서 살다가, 10월 17일 도쿄로 갔다.{김향안은 본명이 변동림(卞東琳)으로, 경기여자고등학교(京畿女子高等學校)와 이화여자전문학교(梨花女子專門學校. 이화여자대학교의 전신) 영문과를 졸업하고, 도쿄외국어학교(東京外國語學校) 프랑스 어과[아테네프랑세(Athine-France)]에서 공부하였다. 한때 수필가로 필명(筆名)을 날렸으며[1959년 범조사(汎潮社)에서 김성진(金晟鎭, 1905~1991. 한국의 의사이며 수필가·교육자·정치가)·김향안·윤고종(尹鼓鍾, 1912~1977. 한국의 문학 평론가)·이상로(→375)·최성실(崔誠實) 등의 5인 수필집 〈쑥꽃 사어록(私語錄)〉을 발간하였다.], 재능과 미모로 당시 문화계에서 요정(妖精) 대접을 받았다. 1936년 20세에 이상을 만나 결혼, 불과 넉 달이 채 못 되는 결혼 생활을 하였고, 이상이 27세에 도쿄에서 세상을 떠날 때 임종(臨終)을 지켰다. 28세 때인 1944년 5월 김환기(金煥基, 1913~1974. 한국의 서양화가)와 재혼하면서 이름을 김향안으로 바꾸었고, 1955년부터 파리에서 살다가 1964년 뉴욕에 정착하였다. 1974년 김환기가 죽은 뒤, 뉴욕에서 남편의 유작(遺作)과 유품을 관리하며 살았으며, 1978년 남편의 이름을 딴 '환기재단(煥基財團)'을 설립하였고, 1992년 서울 부암동(付岩洞)에 '환기 미술관'을 건립하였다. 2004년 2월 29일 88세로 타계, 뉴욕 교외(郊外) 웨스트체스터(West Chester) 공동 묘지에 있는 김환기의 묘소 옆에 안장(安葬)되었다.}

폐결핵과 싸우다가 갱생(更生)할 뜻으로 도쿄행을 결행, 간다구(神田區) 진보초(神保町) 삼정목(三町目) 니시카와가(西川家)에서 지냈다. 이곳에서 〈삼사문학〉 동인(同人)들과 교유하였고, 〈여성〉 제9호(1936. 12.)에 단편소설 〈봉별기(逢別記)〉를 발표하였으며, 김기림·안회남(安懷南, 1909~?. 한국의 소설가), 아우 운경과 편지를 주고받기도 하였지만 도쿄 생활에는 환멸을 느꼈다.

1937년(27세) 2월 12일 '불령선인[不逞鮮人. 일제(日帝) 강점기에, 불온하고 불량한 조선 사람이라는 뜻으로, 자기네 말을 따르지 않는 한국 사람을 이르던 말]'으로 경찰에 체포되어 니시간다경찰서(西神田警察署)에 34일 동안 수감(收監)되었다가 건강이 악화되어, 3월 16일 병 보석(保釋)으로 풀려났다. 이로 말미암아 지병(持病)이었던 폐병이 더욱 나빠져, 한 달 뒤인 4월 17일 새벽 도쿄제국대학(東京帝國大學. 도쿄대학의 전신) 부속 병원에서 '레몬 향기를 맡고 싶소.'라는 유언(遺言)을 남기고 짧은 삶을 마감하였다.

유해(遺骸)는 화장(火葬)되어 5월 4일 아내 김향안이 가지고 돌아왔으며, 5월 15일 부민관[府民館, 지금의 서울 중구 태평로(太平路) 서울시의회 의사당]에서 20일 전(1937. 3. 29.)에 먼저 유명(幽明)을 달리한 김유정과 함께 합동 추도식을 올린 뒤, 서울 미아리(彌阿里) 공동 묘지에 안장하였으나, 그 뒤 도시 개발로 유실(遺失)되었다.

이 해에 소설 〈동해(童骸)〉(〈조광〉 제16호, 1937. 2.)·〈종생기(終生記)〉(〈조광〉 제19호, 1937. 5.), 동화 〈황소와 도깨비〉(〈매일신보〉, 1937. 3. 5.~3. 9.), 동시 〈눈 삼제(三題)〉(〈가톨릭소년〉, 1937. 4.), 수필 〈19세기식〉(〈삼사문학〉 종간호)·〈권태(倦怠)〉(〈조선일보〉 1937. 5. 4.~5. 11.)·〈슬픈 이야기-어떤 두 주일(週日) 동안〉(〈조광〉 제20호, 1937. 6.), 시 〈공포(恐怖)의 기록〉(〈매일신보〉, 1937. 4. 15.~5. 15.)·〈파첩(破帖)〉[〈자오선(子午線)〉 창간호, 1937. 11. 10.]이 발표되었다.

1938년 6월 구본웅이 창간한 〈청색지(青色紙)〉(격월간 또는 계간 문예 교양지. 1938. 6.~1939. 12. 통권 8호로 종간) 창간호에 소설 〈환시기(幻視記)〉, 제5호(1939. 5.)에 〈김유정 : 소설체로 쓴 김유정론(金裕貞論)〉 등이 발표되었고, 김대봉(→59)·김상옥(→69)·김용호(→82)·박남수(→175)·윤곤강(→357)·임화(→419)·함윤수(咸允洙, 1916~1984. 한국의 시인) 등이 창간한 〈맥(貘)〉(계간 시 전문지. 1938. 6.~1939. 4. 통권 5호로 종간) 제3호(1938. 10.)에 시 〈무제(無題)〉('내 마음에……')가 발표되었고, 1939년에도 〈맥〉 제4호(1939. 2.)에 시 〈무제〉['선행(先行)하는……'], 〈조광〉 제40호(1939. 2.)에 수필 〈실락원(失樂園)〉, 〈문장(文章)〉(월간 순수 문예지. 1939. 2.~1941. 4. 통권 26호로 종간) 제2호(1939. 3.)에 소설 〈실화(失花)〉, 〈조선문학(朝鮮文學)〉(월간 순수 문예지. 1933. 5.~11. 제4호로 휴간, 1936. 5. 1. 속간, 1937. 8. 1. 다시 휴간, 1939. 1. 1. 속간. 6월, 통권 19호로 종간)에 소설 〈단발(斷髮)〉(1939. 4.)과 수필 〈최저 낙원(最低樂園)〉(1939. 5.), 〈청색지〉 제5호(1939. 5.)에 수필 〈병상 이후(病床以後)〉 등이 발표되었다.

1930년대를 전후하여 세계를 풍미하던 자의식(自意識) 문학 시대에 한국을 대표하는 자의식 문학의 선구자인 동시에 초현실주의(超現實主義, surrealism)적 시인으로 일컬어지고 있다. 그의 문학에 스며 있는 감각의 착란, 객관적 우연의 모색 등 비상식적인 세계는 그의 시를 이해하기 어려운 것으로 성격짓는 요인으로서 개인적인 기질이나 환경, 자전적(自傳的) 체험과 무관한 것은 아니지만, 근본적으로는 현실에 대한 그의 비극적이고 지적(知的)인 반응에 주로 기인한다. 그러한 지적 반응은 당대(當代)의 시적(詩的) 상황에 비추어 볼 때 한국 시의 주지적(主知的) 변화를 대변(代辯)함과 동시에 현대시의 새로운 경지를 개척하는 계기가 되었다. 그러한 지적 태도는 의식의 내면 세계에 대한 새로운 해명을 가능하게 하였으며, 무의식의 메커니즘을 시 세계에 도입하여 시상(詩想)의 영토를 확장하게 하였다.

그의 시는 전반적으로 억압된 의식과 욕구 좌절의 현실에서 새로운 대상(代償) 세계에로의 탈출을 시도하는 초현실주의적 색채를 강하게 풍기고 있다. 정신을 논리적 사고 과정에서 해방시키고자 함으로써 그의 문학에서는 무력한 자아(自我)가 주요한 주제로 나타나게 된다. 시 〈거울〉이나 소설 〈날개〉 등은 이러한 경향이 두드러지게 드러나는 대표적인 작품이다.

또한 시 〈오감도〉에서도 다다이즘(dadaism)과 초현실주의적인 측면이 강하게 드러나고 있다. 육체적 정력의 과잉, 말하자면 발산되어야 하면서도 발산되지 못한 채 억업된 리비도(libido)의 발작으로 말미암은 자의식 과잉을 보여 주는 작품으로, 대상을 정면으로 다루지 못하고 역설적으로 파악하는 시적 현실이 잘 드러나 있다. 바로 이 같은 역설에서 비롯되는 언어적 유희는 그의 인식 태도를 반영하고 있는 동시에 독특한 시작(詩作) 방법이 되고 있다.

그리하여 억압받은 성년(成年)의 욕구가 나르시시즘(narcissism)의 원고향인 유년 시대로 퇴행함으로써 욕구 충족을 위한 자기 방어의 메커니즘을 마련하였고, 유희로서의 시작은 그러한 욕구 충족의 한 방법이 되는 것이다. 그만큼 인간 모순을 언어적 유희와 역설로 표현함으로써 시적 구제(詩的救濟)를 꾀한 시인이었다.

1943년 8월에 출판된 김소운(→72)의 번역 시집 〈조선시집(朝鮮詩集)〉[도쿄 흥풍관(興風館), 전기(前期) 1943. 8, 중기(中期) 1943. 10. 모두 2권. 1953년 3월 합책(合冊)하여 도쿄 소겐샤(創元社)에서 재간, 1954년 11월 이와나미분코(岩波文庫)에서 재간] '전기'에는 〈청령(蜻蛉, '잠자리')〉·〈한 개의 밤(一つの夜)〉 등 두 편이 실려 있다.

1949년 3월 시집 〈이상 선집(李箱選集)〉[백양당(白楊堂)], 1956년 7월 80여 편의 작품이 실려 있는 〈이상 전집〉{태성사(泰成社), 모두 3권, 제1권 창작집, 제2권 시집[〈가구(街衢)의 추위-일구삼삼년이월십칠일의실내의건〉·〈거리(距離)〉·〈골편(骨片)에 관한 무제〉·〈내과(內科)〉·〈수인(囚人)이 만들은 소정원(小庭園)〉·〈아침〉·〈육친의 장(章)〉·〈척각(隻脚, '외다리')〉·〈최후(最後)〉 등이 실려 있다.], 제3집 수필집}, 1977~1978년 〈이상 시 전작집(李箱詩全作集)〉[갑인출판사(甲寅出版社)], 1982년 〈이상〉[지식산업사(知識産業社), 〈한국 현대 시문학 대계(韓國現代詩文學大系)〉 제9권]이 출판되었다.

한편, 〈현대문학〉에 〈무제('손가락 같은~')〉(제71호, 1960. 11.)·〈일구삼일년(작품 제1번)〉(제71호, 1960. 11.)·〈습작(習作) 쇼오윈도우 수점(數點)〉(제74호, 1961. 2.)·〈애야(哀夜)〉(제139호, 1966. 7.)·〈회한의 장(悔恨の章)〉(제139호, 1966. 7.)과 수필 〈모색(暮色)〉(제72호, 1960. 12.)·〈이 아해들에게 장난감을 주라〉(제72호, 1960. 12.)·〈어리석은 석반(夕飯)〉(제73호, 1961. 1.)이 발표되었고, 〈문학사상(文學思想)〉 제46호(1976. 7.)에 시 〈무제('어젯밤~')〉·〈불행한 계승(繼承)〉·〈여전준일(與田準一, '요다 준이치')〉·〈월원등일랑(月原橙一郎, '쓰기하라 도이치로')〉과 수필 〈객혈(喀血)의 아침〉(원문은 일본어)·〈작품 제삼번〉(원문은 일본어)·〈첫 번째 방랑〉, 제169호(1986. 10.)에 수필 〈무제('나의~')〉·〈야색(夜色)〉·〈공포의 성채(城砦)〉·〈공포의 기록 : 서장(序章)〉 등이 발표되었다.

1977년 문학사상사에서는 그의 문학적 업적을 기리고, 문학 발전에 이바지한 역량 있는 작가를 격려하기 위하여 '이상 문학상(李箱文學賞)'을 제정, 해마다 문예지와 신문 등에 발표된 단편 소설과 중편 소설을 대상으로 1편을 선정, 시상하고 있다.

1990년 5월, 모교(母校) 보성고 교정에 동문(同門)들과 아내였던 김향안이 이상의 천재성과 파격성을 강조하기 위하여 추상 조각으로 문학비(文學碑)를 세웠으며, 문학비 앞에 이상의 얼굴 그림과 연보(年譜), 대표시 〈오감도〉를 새긴 시비(詩碑)를 따로 마련하였다.

2003년 김수근문화재단(金壽根文化財團)에서 그의 문학과 예술을 기리는 뜻으로, 이상이 3살 때부터 약 20여 년 동안 살았던 통인동 본가의 일부를 사들여 '제비 다방'이라는 작은 공간을 꾸며, 일반인에게 개방 운영하고 있다.

2008년 현대불교신문사와 계간 〈시와세계〉에서도 '이상 시문학상'을 제정하여 해마다 수상자를 내고 있다.

375

이상로

李相魯 1916. 10. 8. ~ 1973. 8. 2.

한국의 시인이며 수필가 · 언론인.

호(號)는 소향(素鄕), 필명(筆名)은 이오류(李午柳).

경기도 부천(富川)에서 태어났으며, 일본으로 유학하여 1943년(27세) 도쿄 메이지학원(明治學院) 고등문학부를 중퇴하였다.

1946년(30세) 조선청년문학가협회(朝鮮靑年文學家協會) 회원이 되면서 문학 활동을 시작하였으며, 김경린(金璟麟, 1918~?, 한국의 시인) · 김규동(→53) · 김차영(金次榮, 1922~?, 한국의 시인) · 박인환(→188) · 양병식(梁秉植) · 이봉래(→373) · 임호권(林虎權) · 조향(→463) 등과 함께 '후반기(後半期)' 동인(同人)으로 활동하였다.

1947년(31세) 민중일보사(民衆日報社)에 입사, 언론계에 투신하면서 본격적으로 시를 썼다. 그 뒤 〈민성(民聲)〉(월간 종합 교양지. 1945. 12.~1950. 5. 통권 45호로 종간) · 〈신천지(新天地)〉(월간 종합 교양지. 1946. 1.~1954. 12. 통권 69호로 종간) 편집장을 지냈다.

한국 전쟁(Korean War, 1950. 6. 25.~1953. 7. 27.) 때에는 문총구국대(文總救國隊) 공군종군문인단[空軍從軍文人團, 일명 창공구락부(蒼空俱樂部). 1951년 4월 대구(大邱)에서 결성]에 입단하여 그 기관지 〈코메트(Comet)〉의 편집장으로 활동하였다.

환도(還都)한 뒤 서울신문사 월간부장, 동아일보사(東亞日報社) 기자 · 기획 위원 등 주로 신문과 잡지의 편집에 종사하면서 시와 수필을 계속 발표하였다. 한동안 교회 신학원 교수를 지낸 적도 있다.

시에는 〈나무〉(1947) 이후 〈별빛 아래〉[〈백민(白民)〉 제16호, 1948. 10.] · 〈구름의 일기〉(〈신천지〉, 1949) · 〈색광(色光) 속의 요철(凹凸)〉[〈현대문학(現代文學)〉 제50호, 1959. 2.] · 〈세월(歲月) 속에서〉[〈자유문학(自由文學)〉, 1959. 3.] · 〈장미 시계(薔薇時計)〉(1970) 등이 있다.

1953년(37세) 7월 처녀 시집 〈귀로(歸路)〉[백조사(白鳥社)], 1955년(39세) 김관식(→47) · 이형기(李炯基, 1933~2005, 한국의 시인)와 함께 시집 〈해 넘어가기 전의 기도(祈禱)〉(현대문학사), 1957년(41세) 김경린 · 김규동 · 김수영(→75) · 김종문(→87) · 김춘수(→95) · 이인석(→394) · 이흥우 · 임진수(林眞樹, 1926~?, 한국의 시인이며 언론인) 등과 9인 시집 〈평화에의 증언(證言)〉[삼중당(三中堂), 1957. 12.]을 펴냈고, 이어 〈불온 서정(不穩抒情)〉[신교출판사(新敎出版社), 1957. 12.] · 〈세월 속에서〉[일조각(一潮閣), 1961. 5.] · 〈이상로 전시집(李相魯全詩集)〉[보문각(普文閣), 1970]을 펴냈다.

수필도 많이 발표하였는데, 수필집 〈문장 보감(文章寶鑑)〉[성봉각(聖峰閣), 편저, 1953], 현실을 날카롭게 고발한 〈옥석혼효(玉石混淆)〉(1956), 김성진(金晟鎭, 1905~1991, 한국의 의사이며 수필가 · 교육자 · 정치가) · 김향안[金鄕岸, 1916~2004, 본명(本名)은 변동림(卞東琳). 이상(→374)의 첫 아내이며 김환기(金煥基, 1913~1974, 한국의 서양화가)의 아내] · 윤고종(尹鼓鍾, 1912~1977, 한국의 문학 평론가) · 최성실(崔誠實) 등과 함께 엮은 5인 수필집 〈쑥꽃 사어록(私語錄)〉[범조사(汎潮社), 1959], 〈어느 나비가 주는 기억(記憶)만치도〉[수도문화사(首都文化社), 1960] · 〈피어린 4월의 증언〉(1960) · 〈인생 비어록(人生祕語錄)〉(1964) 등과 〈한국 전래 동화 독본(韓國傳來童話讀本)〉[을유문화사(乙酉文化社), 1962]이 있다.

그의 시 세계는 관념적인 현실 추구와 거기에 곁들인 동양적인 서정의 이상적(理想的) 미학(美學)을 보여 주고 있으며, 수필은 현실 고발과 일상적인 생활 감상 등을 서정적으로 표현한 것이다.

1976년 그의 묘소가 있는 경기도 안산시(安山市) 상록구(常綠區) 양상동(楊上洞) 남현교회 묘역에 〈밤이 새면〉을 새긴 시비(詩碑)가 세워졌다.

376

이상은

李商隱 813? ~ 858

중국 당(唐)나라(618~907)의 시인.

자(字)는 의산(義山), 호(號)는 번남생(樊南生)·옥계생(玉谿生).

허난성(河南省) 회주(懷州) 하내(河內) 친양현(沁陽縣)에서 태어났으며, 허난성 싱양(滎陽)에서 죽었다.

10세 때 아버지를 여의었으며, 829년(16세) 진사파(進士派)의 대관(大官) 우당(牛黨)의 영호초(令狐楚, 765~837, 중국 당나라의 정치가이며 문인)에게 문재(文才)를 인정받아 변려문[騈儷文. 4언·6언의 대구(對句)로 이루어진 문장. 변려체·변문·사륙문(四六文)·사륙변려문이라고도 한다.]을 배우고 그의 후원을 받아 막료(幕僚)가 되었다.

그 때까지 유종원(→349)·한유(→504)의 고문(古文)을 신봉하고 있었으나 영호초가 당시 변려문의 대가(大家)였으므로 곧 그의 작문법을 배우게 되었으며, 나중에는 단성식(→134)·온정균(溫庭筠, 812?~870, 중국 당나라의 시인)과 함께 변려문으로 이름을 날리게 되었다. 영호초를 만남으로써 그의 문학이 꽃을 피우고 관리(官吏)로 출발하게 된 반면 그의 생애에 걸친 불운이 시작되었다.

837년(24세) 진사시(進士試)에 급제(及第)하였다. 당시 관계(官界)는 진사파 우승유(牛僧儒, 779~847, 중국 당나라의 재상이며 권신)·이종민(李宗閔, ?~843, 중국 당나라의 권신)과 귀족파(貴族派) 이덕유(李德裕, 787~850, 중국 당나라의 재상)로 나누어져 파벌 싸움[이른바 '우이 당쟁(牛李黨爭)']이 되풀이되었다. 이상은은 이당(李黨)의 왕무원(王茂元, ?~843, 중국 당나라의 관리)의 서기(書記)가 되어 그의 딸 왕안미(王晏媄, ?~851)를 아내로 맞았고, 왕무원의 추천으로 838년(25세) 비서성(祕書省) 교서랑(校書郞), 이어 허난성 홍농현(弘農縣) 위(尉)가 되었기 때문에 우당이었던 영호초의 아들 영호도(令狐綯, ?~?, 중국 당나라의 정치가)로부터 배반자라고 하여 미움을 받았다. 이 때부터 절도사(節度使)의 막료와 하급 관리로 전전하는 등 불우한 생애를 보냈다. 그의 탐미주의(耽美主義, aestheticism, 唯美主義) 경향은 이 소외감(疏外感)에서 비롯된 바가 크다.

변려문의 명수로, 그의 시는 한(漢, B.C.202~220)·위(魏, 225~265)·육조 시대[六朝時代, 222~589, 중국 삼국시대 오(吳)나라(222~280)·동진(東晉, 317~419)과 남조(南朝)의 송(宋)나라(420~479)·제(齊)나라(479~502)·양(梁)나라(502~557)·진(陳)나라(557~589)를 합한 시대]의 정수(精髓)를 이어받았고, 당시(唐詩)에서는 두보(→143)를 배웠으며, 이하(→406)의 상징적 기법을 사랑하였다.

정교한 형식미를 지닌 율시(律詩)에 뛰어났고, 다채로운 전고(典故)를 자주 인용하여 상징적인 세계를 쌓아올리는 등 풍려(豊麗)한 자구(字句)를 구사(驅使)하여 당대(當代) 수사주의(修辭主義) 문학의 극치를 보여 주었다. 또한 만당[晩唐, 문종[文宗, 809~840, 중국 당나라의 제14대 황제. 재위 826~840. 이앙(李昻)]의 대화(大和, 827)로부터 애제[哀帝, 892~908, 중국 당나라의 제20대 황제. 재위 904~907. 이축(李柷)]의 천우(天祐, 906)까지 약 80년간]의 섬세하면서도 유미적인 경향을 대표하는 것으로 북송(北宋, 960~1126) 초기에 '서곤체(西崑體)'라는 모방작을 낳을 만큼 사랑을 받았다. 또한 내면에는 깊은 자기 성찰(省察)과 현실적인 인식을 가져 두보의 후계자라는 평을 받을 만큼 질적으로 높은 서정성을 지녔다. 두목(→142)과 함께 '만당의 이두(李杜)'로 불리며, 온정균과 더불어 '온이(溫李)'라고 일컬어졌다.

대표작으로 〈금슬(錦瑟)〉·〈기영호랑중(寄令狐郎中)〉·〈기영호학사(寄令狐學士)〉·〈도상후부동촉벽지산관우설(悼傷後赴東蜀辟至散關遇雪)〉·〈두공부 촉중리석(杜工部蜀中離席)〉·〈몽영호학사(夢令狐學士)〉·〈무릉(茂陵)〉·〈벽성 3수(碧城三首)〉·〈부평소후(富平少侯)〉·〈북제 2수(北齊二首)〉·〈수별영호보궐(酬別令狐補闕)〉·〈수사동(隨師東)〉·〈수영호랑중견기(酬令狐郎中見寄)〉·〈악유원(樂游原)〉·〈안정성루(安定城樓)〉·〈야우기북(夜雨寄北)〉·〈연태시(燕台詩)〉·〈영호사인설작야서액완월인희증(令狐舍人說昨夜西掖玩月因戲贈)〉·〈유감 2수(有感二首)〉·〈중과성녀사(重過聖女祠)〉·〈춘일기부(春日寄怀)〉·〈한비(韓碑)〉·〈행차서교작일백운(行次西郊作一百韻)〉 등 사회적 현상을 반영시킨 서사시, 위정자를 풍자하는 영사시(詠史詩, 역사적 사실이나 인물을 소재로 한 시) 등이 있으며, 애정을 주제로 한 〈무제(無題)〉에서 그의 창작력은 유감 없이 발휘되었다.

지은 책으로 〈당이의산 시집(唐李義山詩集)〉(모두 6권)·〈번남 문집(樊南文集)〉(모두 8권)·〈옥계생시(玉谿生詩)〉(모두 3권)·〈이의산 문집(李義山文集)〉(모두 5권)이 있으며, 이른바 '일본의 3대 수필'로 일컬어지는 세이쇼 나곤(→231)의 〈마쿠라노소시(枕草子)〉(1002?)에 영향을 준 〈이의산 잡찬(雜纂)〉도 그의 저작으로 전해지고 있고, 이하의 시작(詩作) 모습을 묘사한 〈이장길 소전(李長吉小傳)〉[장길(長吉)은 이하의 자(字)]이 있다.

주석서(註釋書)로는 주학령(朱鶴齡, 1606~1683, 중국 명나라 말 청나라 초의 학자)의 〈이의산 시집〉(모두 3권), 풍호(馮浩, 1719~1801, 중국 명나라 말 청나라 초의 학자)의 〈번남 문집 상주(樊南文集詳注)〉(모두 8권)와 〈옥계생시전주(玉谿生詩箋注)〉(모두 6권)가 대표적이며, 연보(年譜)로 장차이톈(張采田, 1874~1947, 중국의 의학자)의 〈옥계생 연보회전(玉谿生年譜會箋)〉(모두 4권)이 있다.

377

이상적

李尚迪 1804(순조 4)~1865(고종 2)

조선(朝鮮, 1392~1910)의 위항 시인(委巷詩人)이며 역관(譯官).

자(字)는 혜길(惠吉), 호(號)는 우선(藕船), 본관(本貫)은 우봉[牛峰, 지금의 황해도 금천(金川)].

우봉 이씨 원외랑공파(員外郎公派) 이연직(李延稷)의 맏아들로, 한어 역관(漢語譯官) 집안의 서얼(庶孼)로 태어났다.

김정희[金正喜, 1786~1856, 조선의 서화가이며 문신·문인·금석학자. 완당(阮堂)·추사(秋史)]의 문인(門人)이 되었으며, 잡과(雜科)에 급제(及第)하였다.

1828년(24세, 순조 28) 춘당대(春塘臺)에서 개강할 때 순조(純祖, 1790~1834, 조선의 제23대 왕. 재위 1801~1834)의 특별한 관심을 받았으며, 역관의 신분으로 12차례에 걸쳐 중국 청(淸)나라(1616~1912)를 다녀왔는데, 그 공로를 인정받아 1845년(41세, 헌종 11) 헌종(憲宗, 1827~1849, 조선의 제24대 왕. 재위 1834~1849)으로부터 논밭과 노비(奴婢)를 하사(下賜)받았다.

중국에 왕래하는 동안 오숭량(吳崇梁)·유희해(劉喜海, 1794~1852, 중국 청나라의 고증학자) 등 당대(當代)의 저명한 문인(文人)들과 교유(交遊)하였다. 그러한 인연으로 그의 시문(詩文)은 청나라에서도 명성을 얻었으며, 1847년(43세, 헌종 13) 베이징(北京)의 우선계관(藕船谿館)에서 시문집 〈은송당집(恩誦堂集)〉(모두 24권. 헌종이 그의 시를 읊어 준 은혜에 감격하여 문집 이름을 〈은송당집〉이라고 하였다.)이 간행되었다.

1847년까지 다섯 번에나 품계가 올라 지중추부사(知中樞府事)가 되었다.

1848년(44세, 헌종 14)에는 비서성(祕書省)에서 정조(定祖, 1752~1800, 조선의 제22대 왕. 재위 1777~1800)·순조·헌종의 〈국조보감(國朝寶鑑)〉 간행에 참여하였고, 교정역관(校正譯官)이 되어 〈동문고략(同文考略)〉·〈동문휘고(同文彙考)〉·〈통문관지(通文館志)〉 등을 속간(續刊)하였다.

1862년(58세, 철종 13) 1월 왕의 특명으로 영구히 지중추부사직을 받았으며, 1863년(59세, 철종 14) 7월 온양(溫陽) 군수(郡守)로 부임하였다.

스승 김정희의 영향으로 시 외에도 고서(古書)·고완(古玩)·금석(金石)·묵적(墨滴)·서화(書畫) 등에도 조예가 깊어, 김정희의 〈세한도(歲寒圖)〉를 베이징에 가지고 가서 청나라의 문사(文士) 16명의 제찬(題贊)을 받아왔다. 또한 유희해가 조선의 금석문을 모아 편찬한 〈해동 금석원(海東金石苑)〉의 제사(題詞)를 썼다. 그의 시는 이러한 다양한 관심을 반영하고 있으며, 역관으로서의 언어에 대한 탁월한 기교를 구사(驅使)하여, 섬세하고 화려한 것이 특징이며, 때로는 청아하다는 평을 받았다.

당대(當代) 위항 문학[委巷文學. 여항 문학(閭巷文學)·중인 문학(中人文學)·서리 문학(胥吏文學)이라고도 한다.]의 대표적인 인물로, 이른바 '역관4가[譯官四家. 조선 후기에 글과 시에 뛰어났던 통역관 네 사람. 이상적·이언진(→383)·정지윤(→446)·홍세태(→516)]'의 한 사람이다.

시 〈거중기몽(車中記夢)〉으로 사대부(士大夫)들에게 명성을 얻었으며, 시 〈동작진(銅雀津)〉은 도광제[道光帝, 1782~1850, 중국 청나라의 제8대 황제. 선종(宣宗). 재위 1820~1850]의 칭찬을 받기까지 하였다.

이 밖에 오숭량·유희해 등 청나라 문인 39명으로부터 받은 간찰(簡札)을 모아 엮은 〈해린척소(海隣尺素)〉가 부분적으로 전하는데, 당시 청나라와의 문화 교류사를 연구하는 데 중요한 자료가 되고 있다.

이 밖에 〈영지연(詠紙鳶)〉·〈제로방거은비(題路傍去恩碑)〉 등이 널리 알려졌는데, 〈거중기몽〉과 함께 청나라에서의 여정을 묘미 있게 나타내거나 위항인들의 불만과 비판적 안목을 보여 주고 있다.

378

이상화

李相和 1900(고종 37). 4. 5.(음) ~ 1943. 4. 25.

한국의 시인.

호(號)는 무늬·무량(無量)·무성(無星)·백아(白啞)·상화(尙火·想華), 본관(本貫)은 경주(慶州).

아버지 이시우(李時雨)와 어머니 김신자(金愼子)의 4형제 중 둘째 아들로, 대구(大邱) 서문로(西門路)에서 태어났으며, 대구 명치마치[明治町, 지금의 계산동(桂山洞)]에서 죽었다.

1907년(7세) 아버지를 여의었고, 1913년(13세)까지 가정 사숙(私塾)에서 대지주(大地主)이며 대구의 명망가(名望家)인 큰아버지 이일우(李一雨)의 훈도(訓導)를 받으며 공부하였다.

1915년(15세) 서울 중앙학교(京城中央學校, 지금의 중앙중·고등학교)에 입학하여 1918년(18세) 3년을 수료하고, 강원도 금강산(金剛山) 일대를 떠돌아다녔다.

백기만(→199)이 1951년 9월 펴낸 〈상화(尙火)와 고월(古月)〉[청구출판사(靑丘出版社)]에 따르면, 1917년(17세) 대구에서 동향(同鄕)·동년배의 백기만·이상백(李相佰, 1904~1966, 한국의 사회학자이며 사학자·체육인. 이상화의 둘째 형)·현진건(玄鎭健, 1900~1943, 한국의 소설가)과 함께 습작집 〈거화(炬火)〉를 프린트판으로 내면서 시작(詩作) 활동을 전개하였다.

1919년(19세) 3·1 운동이 일어나자 대구에서 백기만과 함께 학생 시위 운동을 주도하였다가 발각되어 서울로 피신하였다. 이 해 10월 13일 큰아버지의 권유로 충청남도 공주(公州) 출신의 서온순(徐溫淳)과 결혼하였다.

1921년(21세) 5월쯤 현진건의 소개로 박종화(→190)를 만나, 배재학당(培材學堂, 지금의 배재중·고등학교) 동문 나도향(羅稻香, 1902~1927, 한국의 소설가)·박영희(→183)와 휘문의숙(徽文義塾, 지금의 휘문중·고등학교) 동문 박종화·안석주[安碩柱, 1901~1950, 한국 소설 삽화의 선구자이며 소설가·영화인. 〈우리의 소원은 통일〉의 작사가. 안석영(安夕影)으로 더 알려졌다.]·홍사용(→515), 노자영(→120)·현진건(玄鎭健, 1900~1943, 한국의 소설가)과 함께 창간한 〈백조(白潮)〉(문예 동인지. 1922. 1. 9.~1923. 9. 6. 통권 3호로 종간) 창간호에 〈단조(單調)〉·〈말세(末世)의 희탄(欷嘆)〉을 비롯하여 제2호(1922. 5.)에 〈가을의 풍경〉, 종간호에 〈나의 침실(寢室)로〉·〈독백(獨白)〉·〈마음의 꽃〉·〈이중(二重)의 사망(死亡)〉·〈To-〉 등을 발표하면서 본격적인 문단(文壇) 활동을 시작하였다. 특히 〈나의 침실로〉는 1920년대 초기의 온갖 주제가 한데 결합한 전형(典型)이라고 할 수 있는데, 어떠한 외적 금제(外的禁制)로도 다스려질 수 없는 생명의 강렬한 욕망과 호흡이 있고, 복합적인 인습(因習)에의 공공연한 반역과 도전이 있으며, 이 모두를 포용하는 낭만적 도주(逃走)의 상징이며 죽음의 다른 표현인 '침실'이 등장한다.

1922년(22세) 파리 유학을 목적으로 일본으로 가서 도쿄외국어학교(東京外國語學校) 프랑스 어과[아테네프랑세(Athine-France)]에서 2년 동안 프랑스 어와 프랑스 문학을 공부하였다. 1923년(23세) 9월 1일에 일어난 관동대진재(關東大震災)를 겪고, 1924년(24세) 봄에 귀국하여 〈개벽(開闢)〉(우리나라 최초의 월간 종합 교양지. 1920. 6.~1926. 8. 통권 72호로 종간. 속간 1934. 11.~1935. 2. 통권 4호로 종간. 복간 1946. 1.~1949. 3. 통권 9호로 종간) 제54호(1924. 12.)에 〈방문 거절〉·〈지반 정경(池畔靜景)〉·〈허무교도(虛無敎徒)의 찬송가(讚頌歌)〉 등을 발표하였다.

1925년(25세) 〈빈촌(貧村)의 밤〉(〈개벽〉 제55호, 1925. 1.) 등을 발표하면서 신경향파{新傾向派, 박영희가 〈신경향파의 문학과 그 문단적 지위〉(〈개벽〉 제64호, 1925. 12.)에서 '신경향파'라는 용어를 처음 사용하였다.}에 참여하면서, 김기진(→55)·김복진(金復鎭, 1901~1940, 한국의 조각가이며 미술 평론가·문예 이론가·연극인·사회 운동가. 한국 최초로 서구식 조각 교육을 받았다.)·김형원(→100)·박영희·안석주·연학년(延鶴年, ?~1938, 한국의 연극인)·이익상(李益相, 1895~1935, 한국의 소설가이며 언론인) 등이 1923년 10월에 조직한 문학 단체 파스큘라(PASKYULA, 동인들의 이름 머리글자를 딴 것. 박영희의 'PA', 이익상의 'S', 김복진·김기진의 'K', 연학년의 'YU', 이상화의 'L', 안석주의 'A')에 참여하였다.

1925년은 작품 활동이 가장 왕성하였던 해로, 산문시(散文詩, prose poem) 〈금강 송가(金剛頌歌)〉[〈여명(黎明)〉 제3호, 1925. 6.]를 비롯하여 평론, 번역 소설, 단평 등을 〈개벽〉 등에 발표하였다. 〈나의 침실로〉 계열 성향의 작품으로 〈개벽〉에 〈가장 비통한 기욕(祈慾)-간도(間島) 이민을 보고〉(제55호, 1925. 1.)·〈비음(緋音)〉, 〈조선문단(朝鮮文壇)〉(월간 순수 문예지. 1924. 10.~1936. 6. 통권 26호로 종간)에 〈몽환병(夢幻病)〉(제12호, 1925. 10.)·〈이별을 하느니〉를 발표하였고, 이와는 달리 〈개벽〉 제59호(1925. 5.)에 경향파적 작품으로 〈가상(街相)〉·〈거러지〉·〈구루마꾼〉·〈엿장사〉 등을 발표하였다.

같은 해 8월에는 사회주의(社會主義, socialism) 혁명을 위하여 조직된 문예 운동 단체 카프(KAPF, 조선프롤레타리아예술동맹. 에스페란토식 표기인 'Korea Artista Proleta Federatio'의 머리글자. Korea Proletarian Artist Federation)의 창립 회원으로 참여하였다.

카프는, 1922년 9월 김두수(金斗洙, 1903~?, 한국의 사회주의 운동가)·김영팔(金永八, 1904~1950, 한국의 연극인)·김홍파(金紅波, ?~?, 〈북조선일보〉 기자)·박세영(→180)·박용대(朴容大, ?~?, 한국의 사회주의 운동가)·송영(宋影, 1903~1978, 한국의 소설가이며 극작가)·심훈(→261)·이적효(李赤曉, 1901~?, 한국의 사회주의 운동가)·이호(李浩, 1903~?, 한국의 사회주의 운동가)·최승일[崔承一, 1901~?, 한국의 작가이며 방송인·영화인. 최승희(崔承喜, 1911~1969, 북한의 무용가이며 안무가)의 오빠] 등 사회주의 경향의 문인(文人)들이 조직한 최초의 사회주의 예술 단체인 염군사(焰群社)와, 파스큘라가 1925년 8월에 하나로 통합된 최초의 전국적인 문학 예술가 조직이었다. 창립 당시 구성원은 김기진·김복진·김양(金陽)·김영팔·김온(金穩)·박영희·박용대·박팔양(→193)·송영·심훈·안석주·이기영(李箕永, 1895~1984, 북한의 소설가)·이상화·이익상·이적효·이호·조명희(→453)·최승일·한설야(韓雪野, 1900~1976?, 북한의 소설가이며 문학 평론가) 등이었다.

1926년(26세) 사회 참여적인 색조로 원숙한 분위기의 시 〈빼앗긴 들에도 봄은 오는가〉(〈개벽〉 제70호, 1926. 6.)를 발표하였는데, 반일(反日) 민족 의식을 표현한 대표시로 비탄과 허무, 저항과 애탄이 깔려 있다. 이 시는 〈개벽〉의 폐간의 계기가 된 작품인 만큼 치열한 반골(反骨) 기질의 표현으로 주목된다. 이 계열의 작품으로 〈개벽〉에 발표한 〈선구자(先驅者)의 노래〉(1925)·〈어머니의 웃음〉(제55호, 1925. 1.)·〈조소(嘲笑)〉(제55호, 1925. 1.)·〈통곡(慟哭)〉(제68호, 1926. 4.)·〈비 갠 아침〉(1926)·〈조선병(朝鮮病)〉(1926)과 평론 〈무산(無産) 작가와 무산 문학〉(제65~66호, 1926. 1.~2.), 〈문예운동(文藝運動)〉(카프 기관지. 1926. 2.~6. 통권 3호로 종간)에 〈문예의 시대적 변위와 작가의 의식적 태도론〉(창간호), 시 〈도-쿄에서〉·〈먼 기대(企待)〉(제2호, 1926. 5.)·〈서러운 조화(調和)〉(제2호, 1926. 5.), 수필 〈심경일매(心境一枚)〉(제2호, 1926. 5.), 〈신여성(新女性)〉(월간 여성 교양지. 1923. 9.~1926. 10. 제31호 발간 후 휴간, 1931. 1. 속간, 1934. 6. 제41호로 종간, 통권 72호로 종간)에 〈파-란 비〉(1926), 〈별건곤(別乾坤)〉(대중 월간지. 1926. 11.~1934. 7. 통권 74호로 종간) 창간호에 〈지구 흑점(黑點)의 노래〉, 〈조선지광(朝鮮之光)〉(월간 종합 교양지. 1922. 11.~1930. 11. 통권 100호로 종간)에 〈병적 계절(病的季節)〉(제61호, 1926. 11.)과 〈비를 다고〉(제79호, 1928. 7.)·〈저무는 놀 안에서〉(제79호, 1928. 7.)가 있다.

1927년(27세) 의열단 이종암(李鍾巖, 1896~1930, 한국의 독립 운동가) 사건에 관련되어 옥고(獄苦)를 치렀다. 이 무렵 신간회(新幹會) 대구지회 출판 간사(幹事)로 있으면서 자기 집 사랑방을 담교장(淡交莊)이라고 불렀는데, 이곳에 많은 항일(抗日) 인사들이 드나들었다.

1929년(29세)에는 대구에서 백기만·서동진(徐東辰, 1900~1970, 한국의 화가이며 정치가)·오상순(→293) 등과 함께 '고월 이장희 유작 시화전(古月李章熙遺作詩畫展)'을 열었다.

〈조선문예(朝鮮文藝)〉(월간 순수 문예지. 1929. 5.~6. 통권 2호로 종간)에 〈곡자사(哭子詞)〉를 발표한 것을 비롯하여 〈별건곤〉 제33호(1930. 10.)에 〈삼남(三南)의 웅도(雄都)-대구 행진곡〉, 〈신여성〉에 단편 소설 〈초동(初冬)〉(1932), 〈신가정(新家庭)〉(월간 여성 교양지. 1933. 1.~1936. 9. 통권 45호로 종간) 제7호(1933. 7.)에 〈반딧불〉, 〈조선중앙일보(朝鮮中央日報)〉(일간지. 1933. 3. 7.~1937. 11. 5.)에 〈농촌의 집〉(1933), 1935년 〈시원(詩苑)〉(시 동인지. 1935. 2.~12. 통권 5호로 종간) 제2호(1935. 4.)에 〈역천(逆天)〉, 〈조광(朝光)〉(월간 종합 교양지. 1935. 11.~1944. 12. 통권 110호로 종간) 제2호(1935. 12.)에 〈나는 해를 먹다〉를 잇달아 발표하였다.

1934년(34세)에는 조선일보사(朝鮮日報社) 경북총국을 맡아 경영하였다가 1년 만에 실패하였다.

1937년(37세) 3월에는 맏형 이상정(李相定, 1897~1947, 한국의 독립 운동가)을 만나러 중국 만경(滿京)에 3개월 동안 갔다 왔는데, 이 일로 20일 동안 구금되어 가혹한 고문을 당한 뒤 11월 말쯤 석방되었다. 그 뒤 3년 동안 대구 교남학교[嶠南學校, 지금의 대륜중·고등학교(大倫中高等學校)] 무보수 교사로 영어와 작문을 지도하면서 교가(校歌)를 작사하였고, 권투부를 창설하였다.

1940년(40세) 교남학교를 그만두었고, 1941년(41세) 〈문장(文章)〉(월간 순수 문예지. 1939. 2.~1941. 4. 통권 26호로 종간) 종간호에 〈서러운 해조(諧調)〉를 발표하였으며, 독서와 연구에 몰두하여 〈춘향전(春香傳)〉을 영역(英譯)하고 〈국문학사(國文學史)〉·〈불란서 시 평석(評釋)〉 등의 집필을 기획하였으나 이루지 못하고, 위암으로 죽었다.

1948년 3월 14일, 김소운(→72)의 발의(發意)와 박종화·백기만 등의 도움으로 대구 중구(中區) 달성동(達成洞) 달성공원에 시비(詩碑)가 세워졌는데, 이것은 우리나라 최초의 문학비(文學碑)가 되었다. 문학비의 앞면에는 당시 열한 살이던 이상화의 셋째 아들 태희가 쓴 〈나의 침실로〉의 한 구절이 새겨져 있으며, 뒷면에는 김소운이 쓴 그의 일대기가 새겨져 있다.

초기에는 〈창조(創造)〉(문예 동인지. 1919. 2.~1921. 5. 통권 9호로 종간)·〈폐허(廢墟)〉(문예 동인지. 1920. 7.~1921. 1. 통권 2호로 종간) 등의 상징주의(象徵主義, symbolisme)·퇴폐주의(頹廢主義, decadence) 운동에 참여하여 여러 경향의 시를 썼으나, 후기 작품은 현실 세계로 눈을 돌리고 신경향파가 나타난 것과 함께 경향성을 띤 작품으로 철저한 회의(懷疑)와 좌절의 경향을 보여 주었다.

어떤 외부적 금제로도 억누를 수 없는 개인의 존엄성과 자연적 충동의 가치를 역설한 이광수(李光洙, 1892~1950, 한국의 소설가)의 논리의 연장선상에 놓여 있는 〈백조〉 동인(同人)의 한 사람이면서 동시에 그 한계를 뛰어넘은 시인으로, 방자한 낭만과 미숙성, 사회 개혁과 일제(日帝)에의 저항, 우월감에 가득한 계몽주의(啓蒙主義, enlightenment)와 로맨틱한 혁명 사상을 노래하고 쓰고 외쳤던 문학사적 의의를 보여 주고 있다.

이 밖의 작품으로 〈문단 측면사〉(1925)·〈새로운 동무〉(1925)·〈겨울 마음〉(1926)·〈반딧불〉(1933)·〈비음(緋音)의 서사(序詞)〉·〈이별〉 등 여러 편이 있으며, 발굴된 작품으로 백기만의 〈상화와 고월〉에 실려 있는 16편을 비롯하여 58편이 있다.

시집으로 〈늪의 우화(寓話)〉[선명문화사(宣明文化社), 1969]·〈나의 침실로〉[문화공론사(文化公論社), 1977]·〈석인상(石人像)〉[수서원(修書院), 1984]·〈이상화·박종화〉[지식산업사(知識産業社), 〈한국 현대 시문학 대계(韓國現代詩文學大系)〉 제3권, 1984]·〈이상화 시집〉[범우사(汎友社), 1985]·〈빼앗긴 들에도 봄은 오는가〉[청목사(靑木社), 1986]·〈이별을 하느니〉[융성출판사(隆盛出版社), 1986] 등이 출판되었다.

대표시 〈빼앗긴 들에도 봄은 오는가〉가 새겨진 시비는 계산동 옛집을 비롯하여 모교(母校) 중앙고교 교정, 대구 달서구(達西區) 두류동(頭流洞) 두류공원 인물 동산(1996. 11. 9.), 경상북도 김천시(金泉市) 대항면(代項面) 운수동(雲水洞) 직지문화공원(直指文化公園), 충청남도 천안시(天安市) 목천읍(木川邑) 남화리(南化里) 독립기념관, 전라북도 군산시(群山市) 내흥동(內興洞) 금강(錦江) 하구 진포(鎭浦) 시비공원(2007. 6.) 등에 있으며, 이 밖에 충청남도 홍성군(洪城郡) 결성면(結城面) 성곡리(城谷里) 민족시비공원(民族詩碑公園)에 〈가장 비통한 기욕-간도 이민을 보고〉를 새긴 시비가 세워졌다.

379

이서구

李書九 1754(영조 30) ~ 1825(순조 25)

조선(朝鮮, 1392~1910)의 문신(文臣)이며 시인.

자(字)는 낙서(洛瑞), 호(號)는 강산(薑山)·석모산인(席帽山人)·소완정(素玩亭)·척재(惕齋), 시호(諡號)는 문간(文簡), 본관(本貫)은 전주(全州).

아버지는 덕흥 대원군[德興大院君, 1530~1559, 선조(宣祖, 1552~1608, 조선의 제14대 왕. 재위 1567~1608)의 아버지]의 후손으로 대광보국숭록대부(大匡輔國崇祿大夫) 의정부(議政府) 영의정(領議政)을 증직(贈職)받은 이원(李遠)이며, 어머니는 신사관(申思觀, 1687~?)의 딸로 정경 부인(貞敬夫人)을 증직받았다.

1758년(4세, 영조 34) 어머니를 여의었고, 새어머니는 이한복(李漢復)의 딸이며 역시 정경 부인이 되었다.

외할머니집에서 자랐으며, 외숙(外叔)으로부터 당시(唐詩)와 〈사기(史記)〉·〈통감(通鑑)〉 등을 배웠다. 외가에서 7년을 지내고 1765년(11세) 아버지에게 돌아와 여러 경전(經典)을 읽었다.

1769년(15세, 영조 45) 박지원[朴趾源, 1737~1805, 조선의 문신이며 북학(北學)의 대표적인 학자]의 문하(門下)에서 학문과 문장을 배웠고, 1770년(16세, 영조 46) 귀양에서 돌아온 아버지를 잃었다. 이 때까지 일정한 스승이 없이 시문(詩文)과 금석(金石)·육서(六書) 등을 읽다가, 1774년(20세, 영조 50) 가을에 정시(庭試) 병과(丙科)에 제

16인으로 뽑혔고, 10월에 섭기주(攝記注)로 첫 벼슬을 받았다.

1775년(21세, 영조 51)부터 5~6년 동안은 오로지 학문에만 뜻을 두고, 특히 사서(史書)를 탐독하였는데, 이 무렵 박제가(朴齊家, 1750~?, 조선의 실학자)·유득공(柳得恭, 1749~?, 조선의 실학자)·이덕무(李德懋, 1741~1793, 조선의 실학자) 등과 함께 〈한객건연집(韓客巾衍集)〉에 참여하였기 때문에 '4가시인(四家詩人)' 또는 '실학 4대가(實學四大家)', '한학4가(漢學四家)'라는 칭호를 얻었다. '4가시인' 중에서는 유일한 적출(摘出)이었고, 벼슬도 순탄하게 올라갔다. 그러나 어려서 어머니를 여읜 외로움이 일생 동안 영향을 미쳤고, 벼슬보다는 은거(隱居)에 미련을 가졌으며, 아들이 없음과 늙어 감과 벼슬을 한 일, 이 세 가지를 평생의 한(恨)으로 여겼다.

1785년(31세, 정조 9) 시강원(試講院) 사서(司書), 1786년(32세, 정조 10) 홍문관(弘文館) 교리(校理)를 거쳐 한성부(漢城府) 판윤(判尹)·평안도 관찰사(觀察使)·형조판서(刑曹判書)·우의정(右議政)·판중추부사(判中樞府使) 등을 지내면서 정조(正祖, 1752~1800, 조선의 제22대 왕. 재위 1777~1800)의 총애를 받았다.

문자학(文字學)과 전고(典故)에 대한 조예가 깊고 글씨에 뛰어났다. 한 번도 중국을 다녀온 적은 없으나 박지원과 홍대용(洪大容, 1731~1783, 조선의 실학자이며 과학사상가) 문하를 드나들면서 박제가·유득공·이덕무 등 실학파(實學派) 문사(文士)들과 교유(交遊)하며 학문과 문학을 익히고 시국(時局)을 논하였으므로, 자연히 현실 문제, 조선의 역사와 자연에 대한 관심을 표현하는 독창적이고 개성 있는 문학을 하였다.

박지원의 고문관(古文觀)을 이어받아 한층 발전시켰는데, 과거의 고문에만 따르는 데에서 벗어나 당대(當代)의 문장을 중시하며 그곳에서 고의(古意)를 찾았다. 문장은 간단하고 쉬운 것을 귀하게 여기고 복잡한 것은 천하게 여겼다. 고문은 요약하여 기술하였는데 매우 높은 경지에 이르렀고, 지금의 문(文)은 번다(繁多)하여 막혀 있다고 하였다. 정조가 문제 삼은 문체(文體)의 타락은 세도(世道)의 타락과 직결된다고 보고 이를 극복하기 위하여는 이의(理義)와 사실(事實)을 통하여 써야 한다고 주장하였다.

그의 시는 그의 개인적 성향 관계로 혁신적이거나 현실에만 치우치기보다는 온유돈후(溫柔敦厚)하고 사색적이며, 사물을 관조(觀照)하는 자세로 담백하게, 고묘(高妙)한 정신 세계를 표현하였다. 고요하고 아름다운 자연 세계와 고귀한 내면의 깊이를 아울러 그려 냄으로써 시의 격조를 높이는 데 힘썼다.

문집으로 〈강산집(薑山集)〉·〈강산초집(薑山初集)〉(모두 4권 1책)·〈척재집(惕齋集)〉(모두 16권 7책)이 있으며, 편서(編書)로 〈규장전운(奎章全韻)〉(모두 2권 1책)·〈여지고(輿地考)〉·〈장릉사보(莊陵史補)〉(모두 9권 3책)가 전한다.

＊이숙원(李淑媛) → 옥봉 이씨(→302)

380

이숭인

李崇仁 1349(충정왕 1)~1392(태조 1)

고려(高麗, 918~1392)의 학자이며 시인.

자(字)는 자안(子安), 호(號)는 도은(陶隱), 본관(本貫)은 성주(星州).

아버지 이원구(李元具)와 어머니 언양(彦陽) 김씨(金氏)의 2남 3녀 중 맏아들로, 경산부(京山府, 지금의 경상북도 성주군)에서 태어났다.

1360년(11세, 공민왕 9) 국자감시(國子監試)에 합격하여 이색(李穡, 1328~1396, 고려의 문신이며 학자)의 문하(門下)에 있었으며, 1362년(13세, 공민왕 11) 등과(登科)하여 숙옹부승(肅雍府丞)을 제수(除授)받고 나중에 장흥(長興) 고사(庫使)로서 진덕 박사(進德博士)를 겸하였다.

1367년(18세, 공민왕 16) 성균관(成均館) 생원(生員)이 되면서 이색 문하에서 권근(權近, 1352~1409, 고려 말 조선 초의 문신이며 학자)·김구용(金九容, 1338~1384, 고려의 문신)·김자수(金自粹, 1351~1413, 고려의 문신이며 학자)·박상충(朴尙衷, 1332~1357, 고려의 문신이며 학자)·정도전(鄭道傳, 1342~1398, 고려 말 조선 초의 정치가이며 학자)·정몽주(鄭夢周, 1337~1392, 고려의 문신이며 학자) 등과 깊이 교유(交遊)하였다.

1370년(21세, 공민왕 19) 중국의 과거(科擧)에 응시할 인재를 뽑는 시험에서 장원(壯元)으로 급제(及第)하였으나 나이가 미달하여 가지 못하였다. 그 뒤 성균관 직강(直講)·예문관(禮文館) 응교(應敎)·전리총랑(典理摠郎)을 지냈다.

우왕(禑王, 1364~1389, 고려의 제32대 왕. 재위 1375~

1388) 즉위년(26세)에는 친명파(親明派)라고 하여 대구현(大邱縣, 지금의 대구광역시)에 유배(流配)되었다가, 4년 뒤 소환되어 성균사성(成均司成)·전리판서(典吏判書)·밀직제학(密直提學)을 지냈으며, 1386년(37세, 우왕 12) 이색 등과 하정사(賀正使)로 중국 명(明)나라(1368~1644)에 다녀왔다.

1388년(39세, 우왕 14) 최영(崔瑩, 1316~1388, 고려의 무신이며 재상) 일파의 참소(讒訴)로 통주[通州, 지금의 평안북도 선천(宣川)]에 유배되었으나, 최영의 몰락으로 다시 소환되어 지밀직사사(知密直司事)가 되었다.

1392년(43세, 태조 1) 정몽주가 피살되자 그 일파로 몰려 전라남도 순천(順天)에 유배되었다가 조선(朝鮮, 1392~1910) 개국에 앞서 정도전의 심복 황거정(黃居正, ?~?, 고려 말 조선 초의 문신)에게 장살(杖殺)되었다. 그 뒤 태종(太宗, 1367~1422, 조선의 제3대 왕. 재위 1400~1418)이 그의 죽음이 무고(誣告)함을 밝히고, 1406년 이조판서(吏曹判書)를 증직(贈職)하고 문충(文忠)이라는 시호(諡號)를 내렸다.

문사(文士)로서 국내외에 이름을 떨쳤고, 문재(文才)로서 고려의 국익을 위하여 이바지하였으며, 시는 후대에 많은 극찬을 받았다. 또한 이색으로부터 성리학(性理學)을 전수받아 유풍(儒風)을 새롭게 하는 데도 크게 이바지하였다.

그의 문학관(文學觀)을 살펴보면, 첫째, 경전(經典) 위주의 문학관으로 사장(詞章) 위주의 문예보다는 도학적(道學的)인 면에 힘써야 한다고 주장하였다. 둘째, 시는 성정(性情)의 정(情)에 근본하여야 한다고 하여, 학문이 사무사(思無邪)의 경지에 들어가서 성정의 정을 얻은 뒤면 시는 저절로 된다고 하였다. 셋째, 시의 효용을 교화(敎化) 위주에 두었으며, 넷째, 자연 발로(自然發露)의 문학관으로 시는 억지로 생각하는 데서 나오는 것이 아니라 무심한 가운데 저절로 이루어진다고 하였다.

고려 후기의 문학을 대변(代辯)하는 문인(文人)으로 그의 도학적인 문학관은 권근·변계량(卞季良, 1369~1430, 조선의 문신)에게로 이어졌으며, 목은(牧隱) 이색, 포은(圃隱) 정몽주와 함께 고려 말기의 '삼은(三隱)'으로 일컬어진다.

그의 시는 정연하고 고아(高雅)하다는 평을 들었는데, 대표적인 작품으로 〈오호조(嗚呼島)〉·〈제승사(題僧舍)〉 등이 있다. 산문은 표문(表文, 외교 문서)이 많은데, 이는 그가 대외 관계에 필요한 많은 글을 썼기 때문이다.

지은 책으로 〈도은집(陶隱集)〉(모두 5권)이 전한다.

381

이시카와 다쿠보쿠

石川啄木 1886. 2. 20. ~ 1912. 4. 13.

일본의 시인이며 문학 평론가.

본명(本名)은 이시카와 하지메(石川一).

사찰 조코지(常光寺) 주지(住持) 이시카와 잇테이(石川一禎)의 2녀 1남 중 막내아들로, 혼슈(本州) 북동부 이와테현(岩手縣) 히노토[日戶, 지금의 모리오카시(盛岡市) 다마야마구(玉山區)]에서 태어났으며, 도쿄에서 죽었다.

어려서부터 병약(病弱)하였으나 유복한 가정에서 부모의 각별한 사랑을 받으며 성장하였다.

1887년 아버지가 모리오카시 시부타미(渋民) 마을의 호토쿠지(寶德寺) 주지로 자리를 옮기면서 시부타미보통소학교(1891~1895), 모리오카보통고등소학교 고등과(1895~1898)를 졸업하였고, 1898년(12세) 모리오카보통중학교 입학하였다. 중학교에 다닐 때 뒷날 아내가 되는 호리아이 세쓰코(堀合節子, 1886~1913)를 만났으며[1904년(18세) 2월 약혼, 1905년(19세) 6월 결혼], 1900년(14세) 5월 회람 잡지 〈정이잡지(丁二雜誌)〉, 1901년(15세) 9월 회람 잡지 〈니기타마(爾伎多麻)〉를 발행하였고, 12월 3일부터 이듬해 1월 1일까지 〈백양회영초(白羊會詠草)〉 25수(首)를 '스이코(翠江)'라는 필명(筆名)으로 〈이와테일보(岩手日報)〉에 발표하였다.

1902년(16세) 10월, 몇 차례의 시험 부정 행위와 지나친 결석이 원인으로 중학교를 중퇴한 뒤 소설가를 꿈꾸어 도쿄로 나왔으며, 11월 요사노 히로시(與謝野寬, 1873~1935, 일본의 시인)를 만났다. 그의 인정을 받아 1903년(17세) 10월 요사노 히로시·요사노 아키코(→321) 부부가 주재(主宰)하는 신시샤(新詩社)에 가입하여 동인지(同人誌) 〈묘조(明星)〉에 단카[短歌, 하이쿠(俳句)와 더불어 일본의 전통적 시가(詩歌)를 대표하는 단시(短詩). 정형시(定型詩)로, 5구 31음절로 되어 있다.]와 시를 발표하였다. 이 무렵부터 '다쿠보쿠(啄木)'라는 필명을 사용하였다. 비록 학업을 마치지는 못하였으나, 폭넓은 독서를 통하여 일본은 물론 서양의 문학을 두루 섭렵하였다.

1905년 3월 아버지가 종비(宗費)를 체납하였다는 이

유로, 조동종(曹洞宗) 총무원으로부터 호토쿠지 주지 자리에서 면직당하였는데, 이 때부터 끝없는 가난의 나락 속으로 빠져들었다. 5월 자비(自費)로 처녀 시집 〈동경(憧憬, あこがれ)〉[오다시마쇼보(小田島書房)]을 펴내 조숙한 낭만적 시재(詩才)를 발휘하였다.

1906년(20세) 4월 모교(母校) 시부타미소학교의 임시 교원 자리를 얻었으며, 7월 소설 〈구름은 천재로소이다〉와 〈모습(面影)〉을 썼고, 12월 〈묘조〉에 소설 〈장렬(葬列)〉을 발표하였다.

1907년(21세) 4월, 교장 배척과 학교 개혁을 위한 스트라이크에 학생들을 선동하였다는 이유로 실직하였고, 유달리 강한 자부심 때문에 생활고를 겪었다. 직장을 구하기 위하여 5월 북부 홋카이도(北海道) 하코다테(函館)로 이주하여 문예 잡지 〈빨간 클로버〉를 주재(主宰)하였고, 6월에 야요이(彌生)보통소학교 임시 교원이 되었다.

1908년(22세) 도쿄에 정착하여 연애 지상주의적 낭만파 시인들의 모임인 묘조파(明星派) 시인들과 접촉하면서 차츰 자연주의(自然主義, naturalism)에 기울었으나, 결국 정치적 성향의 시풍(詩風)으로 방향을 바꾸었다. 같은 해 11월 〈도쿄마이니치신문(東京每日新聞)〉에 소설 〈새 그림자(鳥影)〉를 연재하였다.

1909년(23세) 1월 반자연주의(反自然主義, antinaturalism)적 잡지 〈스바루(昴星, スバル)〉 창간에 발행 명의인으로 참여하였고, 2월 〈스바루〉 2월호에 소설 〈발자취(足跡)〉를 발표하였다. 도쿄에서 낭비벽에서 비롯된 경제적인 어려움을 견뎌 내면서 아사히신문사(朝日新聞社) 교정원 겸 시 편집자로 생계를 유지하였다. 이 무렵의 생활은 죽은 뒤에 출판된 〈로마자 일기(ローマ字日記)〉(1954)에 잘 묘사되어 있다. 그의 아내가 읽지 못하도록 로마자로 쓴 이 일기에서 자신의 복잡하고 감정적이며 지적(知的)인 삶을 정직하게 드러내고 있다.

같은 해 10월, 어머니와의 불화와 생활고를 견디다 못한 아내가 딸[교코(京子), 1906년 12월 29일생]을 데리고 모리오카의 친정으로 가 버려 정신적으로 충격을 받았다. 11월에는 평론 〈먹어야 할 시(食ふべき詩)〉를 발표하였다.

1910년(24세) 5월, 소설 〈우리의 일단과 그(我等の一團と彼)〉를 썼다. 같은 해 6월, 천황을 암살하려고 하였다는 죄목으로 고토쿠 슈스이(幸德秋水, 1871~1911, 일본의 저널리스트이며 사상가 · 사회주의자 · 무정부주의자)를 비롯하여 당시 일본 전국의 사회주의자(社會主義者, socialist) · 무정부주의자(無政府主義者, anarchist)들이 대대적으로 검거된 사건, 이른바 '고토쿠 슈스이 대역(大逆) 사건'이 발생하였는데, 그 사건의 진상을 알게 되면서 사회주의 사상에 관심을 가지게 되었다.

같은 해 8월 평론 〈시대 폐색의 현상(時代閉塞の現狀)〉을 집필하였으며, 한일 병합(韓日併合, 1910. 8. 29.)이 되었을 때 '地圖の上朝鮮國にくろぐろと墨を塗りつつ秋風を聽く(지도 위 조선땅에 시꺼멓게 먹칠을 하면서 가을바람 소리를 듣는다)'는 글을 남겼다. 한편, 10월 27일 맏아들 신이치(眞一)가 태어난 지 24일 만에 죽었다. 12월에는 대표 가집(歌集) 〈한 줌의 모래(一握の砂)〉[동운당(東雲堂)]를 펴냈다. 이 시집의 551편의 시는 전통적인 3행 형식의 단카 형식으로 쓴 것이지만, 언어 자체는 생기 있는 현대적인 언어들로 표현되었으며, 일본 근대 단카사(短歌史)에 새로운 획을 그었다는 평가를 받았다.

1911년(25세) 2월 도쿄제국대학[東京帝國大學, 도쿄대학의 전신(前身)] 병원에서 만성 복막염 수술을 받았고, 6월 비전통적인 형식으로 쓴 시집 〈호루라기와 휘파람(呼子と口笛)〉을 펴냈다. 여기에서도 사회주의 · 아나키즘 사상의 영향이 엿보인다.

1912년(26세) 3월 어머니가 폐결핵으로 세상을 떠났으며, 4월 13일 영양 실조로 지병(持病)이던 폐결핵이 악화되어 요절(夭折)하였다. 도키 젠마로(土岐善麿, 1885~1980, 일본의 학자이며 작사가)와 잡지 〈나무와 열매(樹木と果實)〉를 기획하는 등 신시대 청년의 계몽을 위하여 노력하였으나 결국 이루지 못하였다. 6월 14일 둘째 딸 후사에(房江)가 태어났으며, 6월 20일 도키 젠마로가 편집하고 시집의 제목을 붙인 〈슬픈 장난감(悲しき玩具)〉이 출판되었다. 1913년 5월 5일 아내 호리아이 세쓰코도 모리오카에서 폐결핵으로 죽었다.

그의 시는 심오한 인간미로 널리 알려졌으나 그가 개척한 단카의 경지는 지적이며 종종 냉소적이다. 소설도 썼지만 번득이는 재기(才氣)에도 불구하고 시보다는 수준이 떨어졌으며 그다지 호응도 얻지 못하였다.

그의 사상과 문학은 변전무상(變轉無常)하지만, 그의 진면목은 1909년 이후에 볼 수 있으며, 특히 〈슬픈 장난감〉에 나타나 있는, 비평 정신을 매개로 한 솔직한 '생활의 노래'는 이후의 일본 가단(歌壇)에 많은 영향을 주었다.

동운당에서 1913년 〈다쿠보쿠 유고(啄木遺稿)〉와 〈다쿠보쿠 가집(啄木歌集)〉, 1915년 〈우리의 일단과 그〉를 출판하였다.

382

이안눌

李安訥 1571(선조 4) ~ 1637(인조 15)

조선(朝鮮, 1392~1910)의 문신(文臣)이며 시인.

자(字)는 자민(子敏), 호(號)는 동악(東岳), 시호(諡號)는 문혜(文惠), 본관(本貫)은 덕수[德水, 지금의 경기도 개풍(開豊)].

좌의정(左議政) 이행(李荇, 1478~1534, 조선의 문신)의 증손(曾孫)으로 진사(進士) 이형(李泂)의 아들이며, 어머니는 경주(慶州) 이씨(李氏)이다.

재종숙부(再從叔父)인 사헌부(司憲府) 감찰(監察) 이필(李泌)에게 입양(入養)되었고, 이른바 '한문 4대가[漢文四大家, 조선 중기 문장에 뛰어났던 신흠(申欽, 1566~1628, 조선의 문신) · 이식(李植, 1584~1647, 조선의 문신이며 학자 · 문장가) · 이정구(李廷龜, 1564~1635, 조선의 문인) · 장유(張維, 1587~1638, 조선의 문신) 등 네 사람을 일컫는 말. '사대 문장가(四大文章家)'라고도 하며, 이들의 호를 한 자씩 따서 '월상계택(月象谿澤)'이라고도 한다.]'의 한 사람인 이식의 종숙(從叔)이다.

1589년(18세, 선조 22) 진사시(進士試)에 장원(壯元)으로 급제(及第)하였으나 동료들의 모함을 받아 정거(停擧)되자, 이 때부터 과거(科擧) 볼 생각을 버리고 문학에만 열중하였다. 선배 윤근수(尹根壽, 1537~1616, 조선의 문신) · 이호민(李好閔, 1553~1634, 조선의 문신)과 동년배 권필(權韠, 1569~1612, 조선의 문인) · 이정구 · 홍서봉(洪瑞鳳, 1572~1645, 조선의 문신) 등과 교유(交遊)하여 시 모임(詩會)을 가졌는데, 이 모임을 '동악시단(東岳詩壇)'이라고 하였다.

1599년(28세, 선조 32) 다시 과거에 나아가 정시 문과(庭試文科)에 을과(乙科)로 급제하고, 여러 언관직(言官職)을 거쳐 이조(吏曹) · 형조(刑曹) · 호조(戶曹)의 좌랑(佐郎)을 지냈다.

1601년(30세, 선조 34) 예조(禮曹) 좌랑이 되어 서장관(書狀官)으로 진하사(進賀使) 정광적(鄭光績, 1551~?, 조선의 문신)을 수행하여 중국 명(明)나라(1368~1644)에 다녀온 뒤 성균관(成均館) 직강(直講) 겸 봉조하(奉朝賀)가 되었다.

공조(工曹)로 옮겼다가 주시관(主試官)으로 호서(湖西)와 관서(關西)에 나아갔으며, 다시 예조에 들어왔다가 단천(端川) 군수(郡守)가 되었다.

1607년(36세, 선조 40) 홍주[洪州, 지금의 충청남도 홍성(洪城)] 목사(牧使) · 동래(東萊) 부사(府使)를 거쳐 1610년(39세, 광해군 2) 담양(潭陽) 부사 · 안동(安東) 부사가 되었으며, 1년 만에 병을 이유로 돌아왔다.

3년 뒤에 경주(慶州) 부윤(府尹)이 되었다가 1615년(44세, 광해군 7) 호조참의(戶曹參議) 겸 승문원(承文院) 부제조(副提調)로 임명되었다. 그 뒤 동부승지(同副承旨)에서 좌부승지(左副承旨)가 된 뒤 사직하고, 강화(江華) 부윤 · 부사과(副司果)가 되었으나, 광해군(光海君, 1575~1641, 조선의 제15대 왕. 재위 1608~1623)의 폭정(暴政)에 분개하여 사직하였다.

어머니의 3년상을 마치고, 1623년(52세, 인조 1) 인조반정(仁祖反正, 1623. 3. 13.) 때 예조 참판(參判)이 된 뒤 여러 벼슬을 지냈고, 특진관으로 있다가 새 조정(朝廷)의 일에 잘잘못을 가려 극언(極言)하여 고관(高官)들의 미움을 사서 사직하였다.

1624년(53세, 인조 2) 이괄(李适, 1587~1624, 조선의 무신)의 난 때 방관(傍觀)하였다는 이유로 함경북도 경원(慶源)으로 귀양을 갔다. 평안북도 철산(鐵山)에 있었던 그는 서울로 가는 길목이 반란군에게 막혀서 난을 진압하는 데 참여하지 못하였던 것이다.[일설에는, 명나라에서 광해군을 폐하고 인조를 추대한 이유를 따지기 위하여 철산으로 사신을 보냈을 때, 이 사문(査問) 중에 실언(失言)한 일로 말미암아 귀양을 갔다고 한다.]

1626년(55세, 인조 4) 강원도 홍천(洪川)으로 귀양지를 옮겼다가, 1627년(56세, 인조 5) 정묘호란(丁卯胡亂, 1627. 1. 14.~3. 3.) 때 사면(赦免)되어, 왕의 피난처인 강화 유수(留守)가 되었다가 형조 참판에 임명되었다.

1631년(60세, 인조 9) 함경도 관찰사(觀察使)를 지내고, 1632년(61세, 인조 10) 주청 부사(奏請副使)로 명나라에 가서 인조(仁祖, 1595~1649, 조선의 제16대 왕. 재위 1623~1649)의 아버지 정원군[定遠君, 1580~1619, 조선의 제14대 왕 선조의 다섯째 아들. 이부(李琈)]의 추존(追尊)을 허락받아 원종(元宗)이라는 시호를 받아 가지고 돌아왔다. 그 공으로 예조판서(禮曹判書) 겸 예문관(禮文館) 제학(提學)을 거쳐 충청도 도순찰사(道巡察使)에 제수(除授)되었고, 많은 노비와 토지를 상으로 받았다.

1636년(65세, 인조 14) 조정에서 청렴 근면한 관리(官吏)를 뽑는 데 들어 숭정대부(崇政大夫)의 가자(加資)를 받고, 형조판서 겸 홍문관(弘文館) 제학에 임명되었다. 이 해 겨울 병자호란(丙子胡亂, 1636. 12. 9.~1637. 1. 30.)이 일어나자, 병중의 몸을 이끌고 왕을 남한산성(南漢山城)에 호종(扈從)하였다가 환도(還都)한 뒤에 병세가 악화되어 죽었다.

시작(詩作)에 주력하여 문집에 4,379수(首)라는 방대한 양의 시를 남겼다. 두보(→143)의 시를 만 번이나 읽었다고 하며, 시를 지을 때 매우 신중하여 일자일구(一字一句)도 가벼이 쓰지 않았다고 한다. 시문(詩文)에 뛰어나 권필과 쌍벽을 이루었으며, 당시(唐詩)에 뛰어나 이백(→369)에 비유되었고, 글씨도 잘 썼다. 정철(→447)의 가사(歌辭) 〈사미인곡(思美人曲)〉의 창(唱)을 듣고 지은 〈문가(聞歌)〉가 특히 애창되었다.

임진왜란(壬辰倭亂, 1592. 4. 13.~1598. 11. 19.)이 끝난 뒤 동래 부사로 부임하여 동래가 함락된 날을 두고 지은 장시(長詩) 〈동래 사월 십오일(東萊四月十五日)〉은 국난을 형상화한 사실적(寫實的)인 작품으로, 왜적이 동래에 쳐들어왔을 때 관민이 함께 막으려다가 장렬하게 전사(戰死)한 사연을 담고 있다.

그의 시는 고답적(高踏的) 표현을 버리고 절실한 주제를 기발한 시상(詩想)으로 표현한 점에서 높이 평가된다. 그의 문집에 실린 시는 자신이 옮겨 다닌 고장을 중심으로 묶여 있어서 그 지방의 민중 생활사와 사회사적 자료를 담고 있으며, 특히 그의 생애가 임진왜란과 병자호란의 양란(兩亂)에 걸쳐 있으므로 국난에 피폐해진 당시의 상황을 추적하여 볼 수 있다. 또한 명나라로 사행 가면서 지은 그의 시에서는 대명 교섭사(對明交涉史)의 자료를 발견할 수 있다.

죽은 뒤 청백리(淸白吏)에 녹선(祿選)되었고, 숭록대부 의정부 좌찬성(崇祿大夫議政府左贊成) 겸 홍문관 대제학(大提學)·예문관 대제학에 추증(追贈)되었으며, 담양의 구산서원(龜山書院)과 면천(沔川)의 향사(享社)에 배향(配享)되었다.

지은 책으로 〈동악집(東岳集)〉(모두 26권)이 있다.

1996년 부산(釜山) 해운대구(海雲臺區) 중동(中洞) 해운대 해수욕장에 〈해운대에 올라(登海雲臺)〉가 새겨진 시조비(時調碑)가 세워졌다.

한편, '동악시단'을 열었던 곳은 지금의 서울 중구(中區) 필동(筆洞) 동국대학교(東國大學校) 학림관(鶴林館) 옆이었다. 이에 관한 기록이 이안눌의 후손 이석(李湧)의 〈동강유고(桐江遺稿)〉 '동원기(東園記)'에 실려 있다. 이에 따르면 이곳에서 당시 대표적인 시인들이 시를 짓고 풍악을 즐기면서 놀던 다락을 '시루(詩樓)'라고 하였고, 그 단을 '시단(詩壇)'이라고 하였다. 그의 현손(玄孫) 이주진(李周鎭, 1692~1749, 조선의 문신)이 이 시단을 기념하기 위하여 마루터기 바위에 '동악 선생 시단(東岳先生詩壇)'이라고 새겨 놓았다. 이 바위는 1984년 동국대학교에서 고시학관(考試學館)을 지을 때 그대로 떠다가 '시루' 자리인 학생 회관 옆으로 옮기려고 하였으나 심한 풍화로 쪼개져 그 조각들을 모아 대학 박물관에 보관하였다.

383

이언진

李彦瑱 1740(영조 16)~1766(영조 42)

조선(朝鮮, 1392~1910)의 역관(譯官)이며 위항 시인(委巷詩人).

자(字)는 우상(虞裳), 호(號)는 송목관(松穆館)·창기(滄起), 본관(本貫)은 강양[江陽, 지금의 경상남도 합천(陜川)].

서울에서 대대로 역관을 지낸 집안에서 태어났다.

어려서부터 시문(詩文)과 서예에 뛰어나 스승 이용휴(李用休, 1708~1782, 조선의 학자이며 문인)에게 영이적(靈異的) 천재로 인정받았다.

1759년(19세, 영조 35) 역과(譯科)에 급제(及第), 사역원(司譯院) 주부(主簿)가 되었고, 1763년(23세, 영조 39) 통신사(通信使) 조엄(趙曮, 1719~1777, 조선의 문신)을 수행, 역관으로 일본에 다녀왔다.

그의 시는 성당시(盛唐詩) 시풍(詩風)에서 많은 영향을 받았으며, 자연·궁원(宮怨)·변새(邊塞)·회고(回顧)·영물(靈物)·풍자 등 다양한 내용을 소재로 다루고 있는데, 대개 수준 높은 걸작이다. 이른바 '역관4가[譯官四家. 조선 후기에 글과 시에 뛰어났던 통역관 네 사람. 이상적(→377)·이언진·정지윤(→446)·홍세태(→516)]'의 한 사람이다.

1766년(영조 42) 26세로 요절(夭折)하였고, 죽기 전 모든 초고(草稿)를 직접 불살라 버려 작품은 많이 남아 있지 않으나, 초고를 불사를 때 그의 아내가 빼앗아 둔 일부의 유고(遺稿)가 〈송목관 신여고(松穆館燼餘稿)〉[모두 2권 1책. 1860. 〈송목관집(松穆館集)〉이라고도 한다.]라는 이름으로 편집되어 전한다. 박지원[朴趾源, 1737~1805, 조선의 문신이며 북학(北學)의 대표적인 학자]이 그의 전기소설(傳記小說) 〈우상전(虞裳傳)〉을 썼다.

384

이영도

李永道 1916. 10. 22. ~ 1976. 3. 5.

한국의 여류 시조(時調) 시인.

호(號)는 정운(丁芸).

일제(日帝) 강점기에 군수(郡守)를 지낸 아버지 이종수(李鐘洙)와 어머니 구봉래(具鳳來)의 1남[시조 시인 이호우(→410)] 2녀 중 막내딸로, 경상북도 청도군(淸道郡) 청도읍 내호리(內湖里)에서 태어났으며, 서울에서 죽었다.

부유한 집안에서 가정 교사를 두고 공부하였으며, 향리(鄕里)의 의명학당(義明學堂)을 거쳐 밀양보통학교(密陽普通學校)를 졸업한 뒤, 대구여자고등보통학교[大邱女子高等普通學校, 지금의 경혜여자중학교(慶惠女子中學校)]에 입학하였다가 중퇴하였다.

1936년(20세) 대구(大邱)의 부호(富豪) 집안의 막내 아들 박기주와 결혼하여 딸 동지(1939~?, 나중에 진아로 이름을 고쳤다.)를 낳았으나, 1945년(29세) 결핵으로 남편과 사별(死別)하였다.

1945년 가을 통영여자중학교(統營女子中學校) 가사(家事) 교사 부임을 시작으로 부산(釜山) 남성여자고등학교(南星女子高等學校)(1953)·마산(馬山) 성지여자중학교(誠志女子中學校)(1955) 등에서 교편(敎鞭)을 잡았고, 부산여자대학교(釜山女子大學校)에도 출강(1970)하였다.

1946년(30세) 4월 4일에는 김진섭(金晋燮, 1903~?, 한국의 수필가이며 독문학자)·박종화(→190)·이하윤(→408) 등이 중심으로 있던 중앙문화협회(中央文化協會)의 불투명한 성격을 거부하고, 곽종원(郭鍾元, 1915~2001, 한국의 문학 평론가)·곽하신(郭夏信, 1920~?, 한국의 소설가)·김갑순(金甲順)·김광주(→51)·김남중(金南中, 1917~1987, 한국의 언론인이며 수필가)·김달진(→58)·김동리(→60)·김상옥(→69)·김수돈(→74)·김춘수(→95)·김현승(→99)·박두진(→177)·박목월(→178)·박용덕[朴容德, ?~?, 〈단층(斷層)〉 편집·발행인]·박용구(朴容九, 1923~1999, 한국의 소설가)·백완기(白完基, 1914~?, 한국의 문학 평론가)·서정주(→226)·설창수(→230)·여세기(呂世基)·오영수(吳永壽, 1914~1979, 한국의 소설가)·유동준(俞東濬, 1921~, 한국의 문학 평론가)·유치환(→350)·이경순(李敬純, 1905~1985, 한국의 교육자이며 시인)·이광래(李光來, 1908~1968, 한국의 연극인)·이설주(李雪舟, 1908~2001, 한국의 시인)·이윤수(李潤守, 1914~1997, 한국의 시인)·이재춘(李在春)·이정호(李正浩, 1927~1991, 한국의 시인이며 언론인)·이한직(→409)·임서하(任西河, ?~?, 한국의 소설가)·정진업(鄭鎭業, 1916~1983, 한국의 시인이며 연극인)·조연현(→459)·조지훈(→461)·조진대(趙眞大, 1920~?, 한국의 소설가)·조향(→463)·최인욱(崔仁旭, 1920~1972, 한국의 소설가)·최태응(崔泰應, 1917~1998, 한국의 소설가)·황순원(→521) 등과 함께 조선청년문학가협회(朝鮮青年文學家協會)를 결성[1949년 12월 17일 한국문학가협회(韓國文學家協會)가 결성됨에 따라 발전적으로 해산]하여 활동하였다.

대구에서 발간되던 동인지(同人誌) 〈죽순(竹筍)〉(시 전문지. 1946. 5.~1949. 7. 통권 12호로 종간, 1979. 1. 제13호 복간)에서 활동하면서 창간호에 시조 〈제야(除夜)〉를 발표함으로써 문재(文才)를 인정받아 같은 잡지에 잇달아 〈낙화(落花)〉(제2호, 1946. 8., 제10호, 1949. 1·2. 합본호)·〈맥령(麥嶺)〉(제3호, 1946. 12.)·〈병고(病孤)〉(제4호, 1947. 5.)·〈제승당(制勝堂)〉(제5호, 1947. 8.)·〈세병관(洗兵館)〉(제8호, 1948. 3.)·〈가는 길〉(종간호)과 〈폭포(瀑布)〉[〈영남문학(嶺南文學)〉, 1948. 10.] 등을 발표하였다.

1954년(38세) 1월 첫 시조집 〈청저집(靑苧集)〉[문예사(文藝社)]을 펴냈으며, 수필 〈소리〉[〈현대문학(現代文學)〉 제28호, 1957. 4.]·〈잡초(雜草)처럼〉(〈현대문학〉 제34호, 1957. 10.)을 발표하였다.

1959년(43세) 9월 김남조(→56)가 현대 여류 시인 26명의 대표적인 작품 총 130편을 엮어 펴낸 〈수정(水晶)과 장미(薔薇)〉[정양사(正陽社)]에 시조 16수(首)를 실었다.

1964년(48세)에는 부산어린이회관 관장으로 운영 책임을 맡았고, 〈현대시학(現代詩學)〉(월간 시 전문지. 1969. 4.~현재) 편집 위원 등을 지냈다.

1966년(50세) 문학을 통한 사회 봉사의 공로로 제8회 눌월 문화상(訥月文化賞)을 받았다.

1968년(52세)에는 오빠 이호우와 함께 오누이 시조집 〈비가 오고 바람이 붑니다〉[중앙출판공사(中央出版公社)]

중의 2권인 두 번째 시집 〈석류(石榴)〉를 펴내 화제를 모았으며[1권은 이호우의 〈휴화산(休火山)〉], 같은 해 오빠가 창립한 영남시조문학회(嶺南時調文學會) 동인으로 활동하였다.

1975년(59세)에는 한국시조작가협회(韓國時調作家協會, 1977년 '한국시조시인협회'로 개편) 부회장과 한국여류문학인회 부회장을 맡았다.

민족 정서를 바탕으로, 잊혀 가는 고유의 가락을 시조에서 재현하고자 힘썼으며, 여성의 맑고 경건한 계시주의(啓示主義), 한국적 전래의 기다림, 연연한 낭만적 정서를 간결하고 섬세하고 감각적인 언어로 표현하였으며, 관조적(觀照的)인 인생관을 보여 주었다.

〈황혼(黃昏)에 서서〉(1958)는 애모(愛慕)를 주제로 한 것이면서도 나약하지 않은 강렬한 자기 분신(分身)에 이르는 종교적인 애정을 노래하였고, 〈아지랭이〉(1966)에서는 현대 시조의 연작(聯作) 형식을 벗어나 자유시 이상의 자재성(自在性)을 보인 새로운 형식을 실험하였다.

작품으로 〈영문(嶺文)〉[진주시인협회(晋州詩人協會) 시지(詩誌) 〈등불〉(1946. 6. 5.~1947. 1. 15. 통권 4호로 종간)이 진주 영남문학회(嶺南文學會) 동인지 〈영남문학〉(1947. 6. 5.~1948. 1. 10. 통권 2호로 종간)으로 이름을 바꾸었다가 다시 〈영문〉(1949. 4. 5.~1960. 11. 20. 통권 12호로 종간)으로 바꾸었다.]에 〈어디로 가야 하리〉(제3호, 1951. 11.)·〈화관(花冠)〉(제11호, 1953. 11.), 〈시조연구(時調研究)〉(고시조 문예지) 창간호(1953. 1.)에 〈봄〉, 〈전선문학(戰線文學)〉[육군종군작가단(陸軍從軍作家團)의 부정기 간행 잡지. 1952. 4.~1953. 12. 통권 7호로 종간]에 〈고가(古家)〉(1953. 2.), 〈현대문학〉(월간 순수 문예지. 1955. 1.~현재)에 〈시조 3수(三首)〉[제15호, 1956. 3. 같은 제목으로 〈문예(文藝)〉(1953. 9.)에도 게재]·〈시조 2제(二題)〉(제23호, 1956. 11.)·〈지리산 시초(智異山詩抄)〉(제32호, 1957. 8.)·〈한라산 시초(漢拏山詩抄)〉(제41호, 1958. 5.)·〈설악산 시초(雪嶽山詩抄)〉(제57호, 1959. 9.)·〈경주 시초(慶州詩抄)〉[제64호, 1960. 4. 같은 제목으로 〈시조문학(時調文學)〉 창간호(1960. 6.)에도 게재]·〈4월의 하늘 아래서〉(제66호, 1960. 6.)·〈목련화(木蓮花)〉(제128호, 1965. 8.)·〈수혈(輸血)〉(제132호, 1965. 12.)·〈나목(裸木)〉(제147호, 1967. 3.)·〈백록담(白鹿潭)〉(제159호, 1968. 3.)·〈미소(微笑)〉(제169호, 1969. 1.), 〈시조문학〉(계간 시조 동인지. 1960. 6.~현재)에 〈세월(歲月)〉(1966. 4.)·〈어린이집〉(1966. 9.)·〈바람〉(1967. 2.)·〈저녁놀〉(1968. 8.)·〈흐름 속에서〉(1976. 4.), 〈월간문학(月刊文學)〉(월간 순수 문예지. 1968. 11.~현재)에 〈들에서〉(제5호, 1969. 3.)·〈제야에〉(제22호, 1970. 8.)·〈달무리〉(1971. 3.)·〈봄〉(1971. 8.)·〈종(鐘)〉(제48호, 1972. 11.)·〈란(蘭)〉(1973. 7.), 〈여류문학(女流文學)〉(계간 순문예지. 1968. 11. 창간) 제2호(1969. 5.)에 〈등불〉, 〈시인(詩人)〉(월간 시 전문지. 1969~1970)에 〈추청(秋晴)을 갈(磨)다〉(1969. 12.), 〈현대시학〉에 〈구천동 소묘(九千洞素描)〉(제18호, 1970. 9.)·〈단풍(丹楓) 앞에서〉(제35호, 1972. 2.)·〈차창춘색(車窓春色)〉(제54호, 1973. 9.), 〈한국문학(韓國文學)〉(계간 문예지. 1973. 11. 창간)에 〈어머님〉(창간호)·〈돌이킬 하늘도 없는가, 1975년의 입춘(立春)에〉(1975. 3.)·〈비익사(飛翼詞)〉(1975. 12.)·〈흐름 속에서〉[1976. 5. 같은 제목으로 〈시조문학〉(1976. 4.)에도 게재], 〈문학사상(文學思想)〉(월간 순수 문예지. 1972. 10.~현재)에 〈천계(天啓), 사월(四月)의 탑 앞에서〉(제26호, 1974. 11.) 등이 있다.

수필집으로는 〈춘근집(春芹集)〉[청구출판사(青丘出版社), 1958]·〈비둘기 내리는 뜨락〉[민조사(民潮社), 1966]·〈머나먼 사념(思念)의 길목〉(중앙출판공사, 1971)·〈한국 대표 수필 문학 전집〉[제7권, 을유문화사(乙酉文化社), 공저, 1975] 등이 있으며, 죽은 뒤에 시조집 〈언약(言約)〉(중앙출판공사, 1976)·〈너는 저만치 가고〉[태학사(太學社), 2001. 1.], 수필집 〈내 그리움은 오직 푸르고 깊은 것〉(중앙출판공사, 1976)·〈애정은 기도처럼〉[범우사(汎友社), 1976]·〈한국 수필 문학 대전집〉(제11권, 범우사, 공저, 1981)·〈현대 한국 수상록(隨想錄)〉[제23권, 〈금성(金星)〉, 공저, 1984]·〈그리운 이 있어 내 마음 밝아라〉[문학세계사(文學世界社), 1986]·〈인생의 길목에서〉[자유문학사(自由文學社), 1986] 등이 출판되었다.

첫 시조집 〈청저집〉은 광복 이후 시조 문학의 최대 집대성으로 평가받는 〈한국시조큰사전〉[을지출판사(乙支出版社), 1985. 3. 현대 시조 18,331수와 고시조 3,660수 수록]에 영인본(影印本)으로 실려 있다.

생가(生家)가 있는 내호리 오누이공원에는 〈달무리〉가 새겨진 시비(詩碑)가 오빠의 〈살구꽃 핀 마을〉이 새겨진 시비와 나란히 세워져 있으며, 부산 동래구(東萊區) 온천동(溫泉洞) 금강공원(金剛公園)에도 〈단란〉·〈석류〉·〈모란〉을 나란히 새긴 시비가 있다.

한편, 서간집(書簡集) 〈사랑하였으므로 행복하였네라〉

(중앙출판공사, 1967. 7.)는 유치환이 이영도에게 보낸 사랑의 편지들을 모아 유치환이 죽은 뒤에 출판한 것이다. 1945년 가을, 유치환은 통영여자중학교 교사로 함께 근무하면서 알게 된 이영도에게 1947년부터 거의 하루도 빠짐없이 편지를 보냈다. 그러나 유치환이 기혼자였으므로 이들의 사랑은 이루어질 수 없었다. 유치환은 교통 사고로 죽을 때(1967. 2. 13.)까지 편지를 계속 보냈고 이영도는 그 편지를 꼬박꼬박 보관해 두었다. 그러나 한국 전쟁(Korean War, 1950. 6. 25.~1953. 7. 27.) 이전 것은 전쟁 때 불타 버렸고 남은 편지는 5,000여 통이었다. 이들의 '아프고도 애틋한 관계'를 박성룡(朴成龍, 1934~2002, 한국의 시인)이 〈주간한국(週刊韓國)〉(시사 종합 주간지, 1964. 9. 27.~현재)에 〈사랑했으므로 나는 행복하였네라〉라는 제목으로 실은 것이 계기가 되어 5,000여 통 중 200통을 추려 단행본으로 출판한 것이다. 이영도는 이 책의 인세(印稅) 수입을 한국문학사가 주관하는 정운 시조상(丁芸時調賞, '정운'은 이영도의 호, 1979. 12. 제1회 시상) 기금으로 쓰게 하였다.

385

이영순

李永純 1922. 10. 4. ~ 1989. 11. 20.

한국의 시인이며 소설가.

호(號)는 두암(杜岩)·파륜(坡崙).

충청북도 영동군(永同郡) 양강면(陽江面) 가동리(佳洞里)에서 태어났다.

1930년(8세) 일본으로 유학하였고, 도쿄 제1고등학교(第一高等學校)를 거쳐 1941년(19세) 도쿄제국대학[東京帝國大學, 도쿄대학의 전신(前身)] 경제학부에 입학하였다.

1943년(21세) 학도병(學徒兵)으로 입대, 장교로 만주(滿洲)에 배치되어 있다가 광복을 맞았다.

광복된 뒤 귀국, 군정청(軍政廳) 군사영어학교(軍事英語學校)를 나와 창군(創軍) 멤버로 활약, 1947년(25세) 임관(任官)하였다. 이 무렵 장편 소설 〈분연(憤煙)〉[〈전남일보(全南日報)〉, 1948], 〈육탄(肉彈)〉(〈서울신문〉, 1949)을 발표하여 등단(登壇)하였다.

한국 전쟁(Korean War, 1950. 6. 25.~1953. 7. 27.) 때에는 주한 미8군 연락장교단장(連絡將校團長)으로 인천(仁川)·원산(元山)의 상륙 작전에 참전(參戰)하였고, 이어 육군하사관학교(陸軍下士官學校) 부교장, 제2사단장 등을 지냈다.

1951년(29세) 6월, 참전 체험을 바탕으로 한 장시집(長詩集) 〈연희 고지(延禧高地)〉[정민문화사(正民文化社)]를 펴내면서 시작(詩作)에 전념하였다. 초기 작품은 전쟁의 체험을 소재로 인간의 자유 추구와 반공 민족주의(民族主義, nationalism)적 경향을 띠었으나, 후기에는 주로 모더니즘 계열의 작품을 발표하였다.

1952년(30세) 미 극동군(美極東軍) 제8240부대 특수 부대 사령관을 지냈고, 제2시집 〈지령(地靈)〉[문총사(文叢社), 1952. 10.]을 펴낸 데 이어 〈연합신문(聯合新聞)〉에 장편 〈초연(硝煙)의 시(詩)〉를 연재하였다.

1953년(31세) 대령으로 예비역 편입, 그 뒤 〈가교(架橋)〉·〈그러한 일화(逸話)〉·〈바람과 햇빛의 상실자(喪失者)〉·〈보이스다·브라이언〉[〈시와시론(詩論)〉 창간호, 1958. 4.]·〈상진(喪塵)〉·〈세계(世界)〉[〈자유문학(自由文學)〉, 1959. 3.]·〈신화(神話)〉·〈죽음의 우편(郵便)〉 등의 시편(詩篇)을 계속 발표하였다.

1958년(36세) 11월 선우휘(鮮于煇, 1922~1986, 한국의 언론인이며 소설가)·이어령(李御寧, 1934~, 한국의 문학 평론가이며 수필가·교육자) 등과 함께 동인지(同人誌) 〈문학평론(文學評論)〉을 발간하였다.

제3시집 〈제3의 혼돈(渾沌)〉[인문사(人文社), 1958. 12.] 외에 장편 소설 〈북위 삼팔도(北緯三八度)〉와 〈아·유·마인〉(〈서울신문〉, 1951), 수필집으로 〈세기(世紀)의 가교〉와 김용호(→82)와 함께 엮은 〈헝가리 비가(悲歌)〉[자유문학자협회(自由文學者協會), 1956. 12.], 번역서 〈20세기 시집〉[동아출판사(東亞出版社), 〈세계 문학 전집〉 제18권, 일본편, 1958]·〈일본 현대시(日本現代詩)〉(1970), 공역(共譯)으로 〈발레리 시집〉(1958) 등을 펴냈다.

〈현대문학(現代文學)〉(월간 순수 문예지, 1955. 1.~현재)에 〈고개를 들게〉(1965)·〈산(山)돼지 떼 속에〉(1965)·〈만월(滿月)〉(1967)·〈멧돼지〉(1968)·〈왕도(王道)〉(1968)·〈얼굴 2〉(1969) 등을 발표하였고, 이 밖의 대표작으로 〈간이 비행장(簡易飛行場)에서〉·〈기함(旗艦) 마운트 매킨리〉·〈끝없는 시작〉·〈등산(登山)을 할 때면〉·〈망향(望鄕)〉·〈밤의 여가(旅歌)〉·〈아점(餓點)〉·〈월미도(月尾島)의 전말(顚末)〉[〈시문학(詩文學)〉, 1966]·〈잠을 깼을 때〉·〈1960년의 권태(倦怠)〉·〈크리스마스 이브〉·〈토양 견본(土壤見本)〉 등 많은 작품을 발표하였다.

1978년(56세) 〈연희 고지〉·〈왕도〉·〈토양 견본〉를 한 질(帙)로 〈이영순 장시집(長詩集)〉[모두 3권, 본국출판사(本國出版社)]을 펴냈다.

1993년 12월 4일, 영동군 양산면(陽山面) 송호리(松湖里)의 송호국민관광지에 〈나비〉가 새겨진 시비(詩碑)가 세워졌다.

386

이오 소기

飯尾宗祇 1421～1502. 9. 1.

일본의 승려이며 시인.

호(號)는 자연재(自然齋)·종옥암(種玉庵).

오미쿠니[近江國, 지금의 혼슈(本州) 중서부 시가현(滋賀縣)]의 비천한 집안에서 태어났으며, 간토 평야(關東平野) 남서부 가나가와현(神奈川縣) 하코네(箱根)에서 죽었다.

1457년(36세) 이전의 행적에 대하여는 전혀 알려져 있지 않다. 후기 저작을 통하여, 교토(京都, 794~1868년 일본의 수도)에서 불교 선종(禪宗)의 승려 노릇을 하다가 30대에 직업적인 렌가[連歌, 두 사람 이상이 와카(和歌)를 번갈아 읊어 나가는 형식의 시] 작가인 렌가시(蓮歌師)가 된 것으로 추측할 수 있다.

지방의 렌가 대가(大家)들뿐 아니라 궁정(宮廷) 귀족들을 스승으로 두었는데, 이러한 훈련은 그의 시에 도움을 주었지만 한편으로는 그의 감정을 억제하는 구실도 하였다. 귀족적 전통에 따른 정교한 작품들을 자기의 대표작으로 꼽았는데, 오늘날 그의 명성은 좀더 소박하고 개인적인 시에서 찾아볼 수 있는 감동적인 성격에 바탕을 두고 있다.

방랑 시인으로 40년 동안 수도(首都)와 지방을 오가며 살았으며, 전쟁으로 교토가 황폐해진 1466(45세)~1472년(51세)에는 주로 일본 동부에서 살았다.

1473년(52세) 교토로 돌아오면서 그의 인생에서 가장 풍부한 결실을 거둔 시대가 열렸다. 그의 집은 교토의 문학 활동의 중심지가 되었고, 여러 권의 시집을 편찬하였다.

1480년(59세) 남부 규슈(九州)를 여행하였는데, 이 여행기는 〈쓰쿠시노미치노키(筑紫道記)〉에 기록되어 있다. 이 때 전통적인 방법, 즉 떠돌이중 행색으로 문전걸식(門前乞食)하며 돌아다닌 것이 아니라 명사(名士)로서 가는 곳마다 환대를 받았다.

주로 2편의 렌가 연작(聯作) 〈미나세산긴햐쿠인(水無瀨三吟百韻)〉(1486)·〈유야마산긴햐쿠인(湯山三吟百韻)〉(1491)을 통하여 명성을 얻었다. 이 연작은 제자 소초(→240)·쇼하쿠(→244)와 함께 번갈아 차례로 짤막한 구(句)를 하나씩 지어, 정조(情調)와 주제가 자주 변화하는 1편의 시로 만든 것이다.

렌가 선집(選集), 일기, 시론(詩論), 입문서를 비롯하여 90권이 넘는 저서를 남겼다.

＊이옥봉(李玉峰) → 옥봉 이씨((→302)

387

이와노 호메이

岩野泡鳴 1873. 1. 20.～1920. 5. 9.

일본의 시인이며 소설가.

본명(本名)은 이와노 요시에(岩野美衛).

혼슈(本州) 서부 효고현(兵庫縣)에서 태어났으며, 도쿄에서 죽었다.

효고현 스모토(洲本)에서 초등 학교를 마치고, 혼슈 서부 오사카(大阪)의 다이세이학관[泰西學館, 오사카상업대학(大阪商業大學)의 전신(前身)]과 도쿄의 메이지학원(明治學院, 메이지대학의 전신)·센슈학교(專修學校, 센슈대학의 전신) 등을 다녔으나, 졸업하지는 않았다.

1890년(17세) 구니키다 돗포(→30) 등과 〈분단(文壇)〉을 창간하여 에머슨(Ralph Waldo Emerson, 1803~1882, 미국의 사상가이며 시인)론(論)과 신체시(新體詩)를 발표하였고, 1891(18세)~1894년(21세)에는 센다이신학교[仙台神學校, 도호쿠대학(東北大學)의 전신]에서 신학을 배웠다.

영어 교사 등을 하면서 1901년(28세) 처녀 시집 〈세월(露じも)〉을 펴낸 데 이어 〈석조(夕潮)〉(1904)·〈비련비가(悲戀悲歌)〉[히다카유린도(日高有倫堂), 1905]를 펴냈다.

1903년(30세) 마에다 린가이(前田林外, 1864~1946, 일본의 시인)·소마 교후(相馬御風, 1883~1950, 일본의 시인이며 문학 평론가) 등과 함께 〈묘조(明星)〉에서 탈퇴하여 잡지 〈시라유리(白百合)〉를 창간하여 낭만주의(浪漫主義, romanticism) 운동을 일으켰다.

1906년(33세) 평론 〈신비적 반수주의(神祕的半獸主義)〉[사쿠라쇼보(左久良書房)]를 발표하여 현재의 순간적·본능적·찰나적인 쾌락을 중시하는 문예관(文藝觀)과 행동주의(行動主義, behaviorism)를 주장하여 주목을 끌었으며, 평론집 〈신자연주의(新自然主義)〉(히다카유린도, 1908)·〈비통의 철리(悲痛の哲理)〉[류분칸(隆文館), 1920]로 발전시켰다.

자연주의(自然主義, naturalism) 경향이 짙은 소설 〈탐닉(耽溺)〉[신초샤(新潮社), 1909]으로 작가로서의 기반을 굳혔고, 〈방랑(放浪)〉[도운도(東雲堂), 1910]·〈단교(斷橋)〉(신초샤, 1911)·〈발전(發展)〉(신초샤, 1911~1912)·〈독약을 마시는 여자(毒薬を飲む女)〉(1914)·〈원령(憑き物)〉(신초샤, 1918) 등 이른바 '호메이 5부작'을 썼다. 이들은 모두 분방하고 노골적인 필치로 대담한 반수주의(半獸主義)의 주장에 근거하여 자신의 실생활을 표현하였다. 문장 표현에서 다야마 가타이(田山花袋, 1871~1930, 일본의 소설가) 등의 평면 묘사를 부정하고 시점(視點)을 고정하여 묘사하는 '일원 묘사(一元描寫)'를 주장하여 실행하였고, 평론집 〈일원 묘사론〉(1917)을 펴냈다.

〈플루타르크 영웅전(プルターク英雄傳)〉(1915~1916)을 완역(完譯)하였고, 고신도(古神道)의 세계성을 논한 평론집 〈일본주의(日本主義)〉(1916), 일원 묘사의 성공적인 소설집 〈오세이의 실패(おせいの失敗)〉(1920) 등을 남겼다.

독특한 개성에 의한 인생관으로 평생 세 차례나 아내를 바꾸었으며, 사생활에서도 여성 관계가 복잡하고 방탕한 생활을 하여 세간의 지탄을 받았으나, 시종일관 생생발전(生生發展)의 찰나주의자(刹那主義者, momentalist)로 행동하였다.

이 밖에 〈다섯 명의 여인(五人の女)〉[슌요샤(春陽社), 1913]·〈비범한 사람(非凡人)〉[덴유샤(天佑社), 1919]·〈여자의 집착(女の執着)〉[효론샤(評論社), 1920] 등의 시집과 평론집 〈신체시 작법(新體詩の作法)〉[슈분칸(修文館), 1907]·〈남녀와 정조 문제-나의 별거 사실과 자유 연애론(男女と貞操問題-僕の別居事実と自由戀愛論)〉(신초샤, 1915)·〈근대 생활의 해부(近代生活の解剖)〉[고분도쇼텐(廣文堂書店), 1915]·〈찰나 철학의 건설(刹那哲學の建設)〉(류분칸, 1920) 등을 펴냈다.

388
이용악
李庸岳 1914. 11. 23. ~ 1971. 2. 15.

북한의 시인.

이석준의 5남 2녀 중 셋째 아들로, 함경북도 경성군(鏡城郡) 경성면 수성동(壽星洞)에서 태어났다. 그의 집안은 여러 대에 걸쳐 두만강(豆滿江) 국경을 넘나드는 소상업에 종사해 왔다.

그의 부모는 러시아 연해주(沿海州)의 항만 도시 블라디보스토크(Vladivostok, 그의 작품에 나오는 '우라지오') 등지를 넘나들던 밀수꾼(주로 소금)이었으며, 그는 어린 시절 어머니 등에 업혀서부터 러시아를 떠돌아다녔다. 아버지는 어렸을 때 객사(客死)하였으며, 어머니가 국수집을 하여 생계를 꾸려 갔으나, 줄곧 궁핍한 생활에서 벗어나지 못하였다.

1928년(14세) 향리(鄕里)의 경성보통학교 6학년을 졸업하고 경성농업학교에 입학하였다가, 1932년(18세) 4학년 재학 중에 일본으로 유학하여 혼슈(本州) 남서부 주고쿠(中國) 지방 히로시마(廣島) 고분중학교(興文中學校) 4학년에 편입하였다.

1933년(19세) 중학교를 졸업한 뒤, 도쿄 니혼대학(日本大學) 예술과에 입학하여 1년을 수료하고, 2년 남짓 막노동으로 생계를 이어 갔다.

1935년(21세) 〈신인문학(新人文學)〉(월간 순수 문예지, 1934. 8.~1936. 9. 통권 21호로 종간) 3월호에 시 〈패배자(敗北者)의 소원(所願)〉을 발표하면서 등단(登壇)하였으며, 계속하여 〈신인문학〉에 〈무숙자(無宿者)〉·〈애소·유언(哀訴·遺言)〉, 〈신가정(新家庭)〉(월간 여성 교양지, 1933. 1.~1936. 9. 통권 45호로 종간)에 〈너는 왜 울고 있느냐〉, 〈조선일보(朝鮮日報)〉에 〈벌레 소리〉·〈북국(北國)의 가을〉(1935. 9. 26.)·〈임금원(林檎園)의 오후〉·〈오정(午正)의 시〉 등 6편을 발표하였다.

1936년(22세) 4월 도쿄 조치대학(上智大學, Sophia University, 1913년 설립) 신문학과에 입학하여 여전히 막노동꾼으로 생활하면서 김종한(→89)과 함께 시 동인지(同人誌) 〈이인(二人)〉을 5~6회에 걸쳐 발간하였고, 11월 민태규(閔泰奎)·윤곤강(→357)·이병각(李秉珏, 1910~1941, 한국의 시인) 등이 창간한 〈낭만(浪漫)〉(시 전문 동인지, 1936. 11. 9. 창간호로 종간)에 시 〈5일〉, 〈조선중앙일보(朝鮮中央日報)〉(일간지, 1933. 3. 7.~1937. 11. 5.)에 시 〈다방(茶房)〉을 발표하였다.

유학 시절에도 방학 때면 서울을 거쳐 귀향하였고, 만주(滿洲) 등지를 다니며 유이민(流移民)들의 비극적인 실상을 체험, 그것을 시화(詩化)하였다. 그 결실로 1937년(23세) 5월 30일 〈국경(國境)〉·〈나를 만나거든〉·〈도망하는 밤〉·〈만추(晩秋)〉·〈병〉·〈북쪽〉·〈쌍두 마차(雙頭馬車)〉·〈오늘도 이 길을〉·〈풀벌레 소리 가득 차 있었다〉·〈항구(港口)〉·〈해당화(海棠花)〉 등 20편의 시를 실은 처녀 시집 〈분수령(分水嶺)〉[도쿄 산몬샤(三文社)]을 펴냈다.

이듬해 11월 10일 두 번째 시집 〈낡은 집〉(산몬샤)을 펴냈다. 〈검은 구름이 모여든다〉·〈고향(故鄕)아 꽃은 피지 못했다〉·〈그래도 남으로만 달린다〉·〈낡은 집〉·〈너는 피를 토하는 슬픈 동무였다〉·〈두만강 너 우리의 강아〉·〈등불이 보고 싶다〉·〈밤〉·〈아이야 돌다리 위로 가자〉·〈앵무새〉·〈연못〉·〈우라지오 가까운 항구에서〉·〈장마 개인 날〉 등 15편을 실은 이 시집에서는 〈분수령〉의 시편(詩篇)들과 비교하여 형식적인 면에서는 생경한 관념어(觀念語)와 한자어투(漢字語套)에서 벗어나 보다 정서적이고 다듬어진 언어를 구사(驅使)하였다. 주제나 내용면에서는 이 두 시집의 작품들을 같은 범주로 유형화할 수 있는데, 일제(日帝) 치하의 피폐한 농촌 현실과 빈궁 속에서 살아가는 유이민들의 망국적(亡國的) 비애와 고통을 노래하였다.

1939년(25세) 극도의 궁핍 속에서 힘겨운 고학(苦學) 끝에 조치대학을 졸업하였고, 귀국한 뒤 최재서(崔載瑞, 1908~1964, 한국의 영문학자이며 문학 평론가)가 주관하던 인문사(人文社)에 입사하여 편집 기자로 근무하면서, 〈순문예(純文藝)〉(문예 동인지. 1939. 8. 창간호로 종간)에 〈두메 산골〉, 〈시학(詩學)〉(격월간 문예지. 1939. 3.~10. 통권 4호로 종간)에 〈전라도 가시내〉(제3호, 1939. 8.)·〈강가〉(종간호), 〈인문평론(人文評論)〉(월간 순수 문예지. 1939. 10.~1941. 4. 통권 16호로 종간)에 만주 등지를 유랑하는 한민족의 피폐한 삶을 탁월한 시어(詩語)로 형상화하여 망국의 비애를 노래한 〈오랑캐꽃〉(창간호), 〈조선일보〉에 〈버드나무〉를 발표하였다.

1930년대 후반에는 서정주(→226)·오장환(→298)과 함께 '시단(詩壇)의 3대 천재', 또는 '시삼재(詩三才)'로 일컬어졌다.

1940년대 초에도 〈조선일보〉에 〈어둠에 젖어〉(1940. 2. 10.)·〈뒷길로 가자〉(1940. 6. 15.), 〈인문평론〉에 〈등을 동그리고〉·〈술에 잠긴 센트헬레나〉(제7호 1940. 4.)·〈해가 솟으면〉, 〈삼천리(三千里)〉(월간 종합 교양지. 1929. 6.~1942. 1. 통권 150호로 종간)에 〈바람 속에서〉(1940. 6.), 〈여성(女性)〉(월간 여성 교양지. 1936. 4.~1940. 12. 통권 57호로 종간)에 〈푸른 한나절〉(제53호, 1940. 8.), 〈문장(文章)〉(월간 순수 문예지. 1939. 2.~1941. 4. 통권 26호로 종간)에 〈슬픈 일 많으면〉(제21호, 1940. 11.), 〈동아일보(東亞日報)〉에 〈무자리와 꽃〉, 〈매일신보〉[한국어 일간지. 1904년 7월 18일 배설(裵說, 1872~1909, Ernes Thomas Bethell, 대한제국 때의 영국의 언론인)이 창간한 〈대한매일신보(大韓每日申報)〉를 일제가 사들여 1910년 8월 30일부터 '대한' 두 자를 떼고 〈매일신보(每日申報)〉로 제호(題號)를 바꾸었다가, 1938년 4월 29일 〈매일신보(每日新報)〉로 바뀌었고, 1945년 11월 23일 〈서울신문〉으로 바뀌어 오늘에 이르고 있다.]에 〈꽃가루 속에〉·〈불〉·〈열두 개의 층층계〉, 〈춘추(春秋)〉(월간 종합 교양지. 1941. 2.~1944. 10. 통권 39호로 종간)에 〈벌판을 가는 것〉(1941)·〈구슬〉(제17호, 1942. 6.)·〈노래 끝나면〉, 〈국민문학(國民文學)〉(친일 월간 문예지. 1941. 11.~1945. 2. 통권 38호로 종간)에 〈길〉(1942. 3.) 등을 발표하며 꾸준히 시작(詩作)에 몰입하였다.

그의 시는 만주 유랑 체험과 가난, 노동으로 지탱하였던 유학 체험이 바탕을 이룬다. 초기의 시 가운데 일제의 수탈로 황폐해진 고향을 배경으로 한 〈두메 산골〉·〈북국의 가을〉·〈오랑캐꽃〉 등은 대체로 모더니즘적 취향을 드러내고 있으며, 뛰어난 감각적 이미지의 구사에도 불구하고 그 예술적 형상이 단편적이라는 지적도 받고 있다. 그의 시의 탁월함은 모더니즘에의 유혹이 축소·완화되고 대신 구체적인 자기 삶에 굳건히 뿌리를 둔 이야기체 시[narrative poetry, narrative poem. 설화시(說話詩)]를 지향할 때 비로소 드러난다. 〈눈 나리는 거리에서〉[〈조광(朝光)〉 제77호, 1942. 3.]·〈슬픈 사람들끼리〉 등의 이야기체 시가 가진 매력은 당시 조선 민중의 삶을 압박하는 정치·경제적 고통을 구체적인 경험에 긴밀히 관련시켜 하나의 분명한 예술적 형상, 또는 문학적 전형(典型)을 창출해 보이는 데서 찾아진다.

일제 강점기의 고단한 삶을 치열한 현실 인식으로 형상화하고 있는데, 〈강가〉·〈시굴 사람의 노래〉[〈신문예(新文藝)〉 창간호, 1945. 12.]·〈전라도 가시내〉 등에서 만주 유민들의 삶을 서정적이고 날카롭게 담아 내고 있다.

광복된 뒤 〈중앙신문(中央新聞)〉(좌익계 일간지. 1945. 11. 1. 창간) 기자로 있으면서, 새나라 건설로의 열려진 가능성과 투쟁을 노래한 〈거리에서〉[〈신천지(新天地)〉, 1946. 12.]를 비롯하여 〈나라에 슬픔 있을 때〉[〈신문학(新文學)〉, 1946]·〈노한 눈들〉(〈서울신문〉, 1946)·〈오월에의 노래〉[〈문학(文學)〉, 1946. 7.]·〈월계(月季)는 피어〉[〈생활문화(生活文化)〉, 1946]·〈그리움〉[〈협동(協同)〉, 1947. 2.]·〈기관구(機關區)에서〉(〈문학〉, 1947)·〈하늘만 곱구나〉[〈개벽(開闢)〉(복간), 1948. 1.]·〈빗발 속에서〉[〈신세대(新世代)〉, 1948. 1.]·〈유정(柳呈)에게〉(〈신세대〉, 1948) 등을 발표하여 민족시의 다양한 진로를 모색하였다.

1946년(32세) 2월 8~9일 이틀 동안 조선문학건설본부(朝鮮文學建設本部)와 조선프롤레타리아문학동맹이 함께 전국문학가대회를 개최하여 발족한 좌익(左翼) 문학 단체인 조선문학가동맹[朝鮮文學家同盟, 1945년 12월 6일 '조선문학동맹'으로 결성]에 가입하여 윤곤강(→357)과 함께 시부(詩部)위원회 위원으로 활약하였다.

1947년(33세) 〈꽃가루 속에〉·〈다시 항구에 와서〉·〈두메 산골 1~4〉·〈뒷길로 가자〉·〈밤이면 밤마다〉·〈버드나무〉·〈벽을 향하면〉·〈불〉·〈슬픈 사람들끼리〉·〈오랑캐꽃〉·〈전라도 가시내〉·〈항구에서〉 등 모두 29편을 모아 세 번째 시집 〈오랑캐꽃〉[아문각(雅文閣), 1947. 4. 20.]을 펴냈다. 같은 해 11월, 남조선노동당[南朝鮮勞動黨, 1946년 11월 서울에서 창당. 남로당(南勞黨)]에 입당하였다.

1949년(35세) 〈농림신문(農林新聞)〉 기자로 일하면서 〈등장 밑〉·〈벨로우니카에서〉·〈빗발 속에서〉·〈38도선(三八度線)〉·〈소원〉·〈우리의 거리〉·〈하나씩의 별〉·〈흙〉 등을 모아 네 번째 시집 〈이용악집〉[〈현대 시인 전집〉 제1권, 동지사(同志社), 1949. 1. 25.]을 펴냈다.

1950년(36세) 2월 6일 '남로당 서울시 문화 예술 사건'에 연루되어 군정 당국에 의하여 징역 10년을 선고받고 서대문형무소(西大門刑務所)에 수감(收監)되었다가 한국전쟁(Korean War, 1950. 6. 25.~1953. 7. 27.) 중에 월북(越北)하였다. 전쟁 중에는 〈원쑤의 가슴팍에 땅크를 굴리자〉[〈조선인민일보(朝鮮人民日報)〉, 1950. 7. 20.]와 같은 구호 일변도의 시를 썼으며, 1951년(37세) 3월부터 1952년(38세) 7월까지 조선문학예술동맹[朝鮮文學藝術同盟, 1946년 3월 25일 '북조선예술총연맹'으로 결성, 1946년 10월 '북조선문학예술총동맹'으로 개칭, 1951년 3월 '조선문학예술동맹'으로 개편, 1961년 3월 2일 '조선문학예술총동맹(문예총)'으로 부활] 산하 조선작가동맹 시 분과 위원장을 지냈다.

1956년(42세) 조선작가동맹의 기관지 〈조선문학〉[문예총 기관지. 1946년 7월 25일 〈문화전선(文化戰線)〉으로 창간, 1948년 1월 〈문학예술(文學藝術)〉로 제호를 바꾸었다가 1953년 10월 〈조선문학〉으로 다시 바꾸어 오늘에 이른다. 북한 제일의 월간 종합 문예지] 9월호에 〈격류(激流)하라 사회주의에로〉·〈덕치마을에서(1·2)〉·〈두 강물은 한 곬으로〉·〈열두 부자 동뚝〉·〈위대한 사랑〉·〈전설 속의 이야기〉·〈흘러들라 십리굴에〉 등 10여 편의 연작시(聯作詩) 〈평남 관개 시초(平南灌漑詩抄)〉를 발표하여 조선인민군 창건 5주년 기념 문학예술상 시 부문 1등상을 받았고, 11월부터 문예총출판사(文藝總出版社) 부주필로 근무하였다. 1960년대 초반부터는 '평양창작실(平壤創作室)'에서 근무하면서 창작에 전념하였고, 1963년(49세) 월북 시인들과 〈역대 악부 시가(歷代樂賦詩歌)〉를 번역하였다.

1957년(43세) 〈격류하라 사회주의에로〉·〈깃발은 하나〉·〈석탄(石炭)〉·〈어선(漁船) 민청호(民青號)〉·〈위대한 사랑〉·〈평남 관개 시초〉 등을 실은 〈이용악 시선집(詩選集)〉(문예총출판사)을 펴냈으며, 이 밖의 작품으로 〈우리 당의 행군로(行軍路)〉(1961)·〈땅의 노래〉[〈문학신문(文學新聞)〉, 1967]·〈붉은 충성을 천백 배 불태워〉(1967) 등이 있다.

그 동안 규제 문인으로 묶여 있다가 1988년 7월 정부의 월북 문인 해금(解禁) 조치 발표로 그의 모든 작품이 해금되어 〈이용악 시 전집〉(창작과비평사, 1988)·〈북쪽은 고향〉[고려원(高麗苑), 1989]·〈두만강 너 우리의 강아〉[문학사상사(文學思想社), 1989]·〈이용악 전집〉[미래사(未來社), 1991] 등이 출판되었다.

389

이욱

李煜 937 ~ 978. 8. 15?

중국 오대(五代) 남당(南唐, 937~975)의 마지막 왕[후주 무왕(後主 武王). 재위 961~975]이며 시인.

본명(本名)은 종가(從嘉), 이후주(李後主)라고도 하며, 자(字)는 중광(重光), 호(號)는 백련거사(白蓮居士)·연봉거사(蓮峰居士)·종봉은자(鐘峰隱者)·종산은사(鐘山隱士).

장쑤성(江蘇省) 금릉[金陵, 지금의 난징(南京)]에서 태어났으며, 허난성(河南省) 변경[汴京, 지금의 카이펑(開封)]에서 죽었다.

시인이기도 하였던 아버지 이경[李璟, 916~961, 중국 오대 남당의 제2대 왕. 재위 943~961. 중주 원종(中主元宗)]의 여섯째 아들로, 그 뒤를 이어 961년(24세) 수도(首都) 금릉에서 왕위에 올랐다.

아버지 이경은 이승(李昪, 888~943, 중국 남당의 건국자. 재위 937~943)에 이어 왕위를 이었으나, 통치자로서 자질이 부족하여 송(宋)나라(960~1279)에 조공(朝貢)을 바치며 왕조의 명맥을 유지하였다.

아버지의 이러한 기질을 이어받은 이욱도 송나라의 창건자 태조[太祖, 927~976, 중국 북송의 초대 황제. 재위 960~976. 조광윤(趙匡胤)]에게 해마다 공물(貢物)을 바쳤으며, 971년(34세) 국호(國號)를 '강남(江南)'으로 바꾸었음에도 불구하고 974년(37세) 침입을 받았다.

975년(38세) 12월 금릉이 함락되자 항복하고 이듬해 1월 북송(北宋, 960~1126)의 수도 변경으로 끌려갔다. 그곳에서 이름뿐인 위명후(違命侯)라는 벼슬을 받았으나 생활은 비참하였다.

976년(39세) 태조가 죽고 새로 등극한 그의 아우 태종[太宗, 939~997, 중국 북송의 제2대 황제. 재위 976~997. 조광의(趙匡義)] 때에는 농서공(隴西公)으로 더욱 낮아졌다. 978년(41세) 태종은 이욱이 지은 시구(詩句) '고국불감회수(故國不堪回首)'·'일강춘수향동류(一江春水向東流)' 등에 분노하여 그를 독살하였다.

급박한 정치 정세에 대책을 세우지 못하고 안일과 호화로운 주연(酒宴)에 빠져 국가 멸망을 초래하였지만, 학문과 문예를 좋아하고 서화(書畫)의 기법과 감상(鑑賞)에도 뛰어났으며, 음률(音律)에 정통하고 사(詞)의 대가(大家)였다. 〈낭도사(浪淘沙, '물결치는 모래사장')〉·〈망강남(望江南, '강남을 바라보며')〉·〈삼대령(三臺令)〉·〈우미인(虞美人)〉·〈자야가(子夜歌)〉·〈파진자(破陣子)〉 등 40수(首)가 넘는 시가 남아 있다. 초기에 지은 시들은 낭만적이면서도 우울한 정조(情調)를 띤 것도 일부 있으나, 대부분 궁정(宮廷)의 즐겁고 사치스러운 삶을 반영하고 있다. 후기 시에서는 나라를 잃은 슬픔과 절망을 표현하여 시인으로서의 뛰어난 자질을 드러냈다. 꾸밈없는 감정을 강하게 묘사한 그의 시는 꾸준히 사랑을 받았으며, 또한 화가이며 서예가·수집가·음악가였다.

390

이육사

李陸史 1904(고종 41). 5. 18.(음4. 4.) ~ 1944. 1. 16.

한국의 시인이며 독립 운동가.

본명(本名)은 원록(源祿), 또는 원삼(源三). 원삼은 주로 집에서만 불렀다고 한다. 필명(筆名)은 활(活), 자(字)는 태경(台卿), 호(號)는 육사(陸史), 본관(本貫)은 진성[眞城, 지금의 경상북도 의성(義城)].

이황(李滉, 1501~1570, 조선의 문신이며 학자)의 13대손인 아버지 이가호(李家鎬, ?~1941)와 항일(抗日) 의병장 허형(許蘅, 1843~1922)의 딸인 어머니 허길(許佶, 1876~1942)의 6형제[원기(源祺, 1899~1942, 한국의 독립 운동가)·원록(육사)·원일(源一, 1906~?)·원조(源朝, 1909~1955, 한국의 문학 평론가이며 언론인. 1947년 월북)·원창(源昌, 1914~?)·원홍(源洪, ?~?)] 중 둘째 아들로, 경상북도 안동군(安東郡) 도산면(陶山面) 원천리(遠川里)에서 태어났다.

할아버지 이중직(李中稙, ?~1916)에게 한학(漢學)을 배우고, 1919년(15세) 할아버지가 숙장(塾長)이었던 경상북도 예안(禮安, 지금의 안동) 보문의숙(普文義塾)[도산공립보통학교(陶山公立普通學校)로 개편] 제1회로 졸업하였다.

1920년(16세) 온 가족이 대구(大邱) 남산동(南山洞)으로 이사하였고, 잠시 교남학교[嶠南學校, 지금의 대륜중·고등학교(大倫中高等學校)]에서 공부하였다.

1921년(17세) 4월 경상북도 영천(永川)의 안용락(安庸洛)의 딸 안일양(安一陽, 1905~1983)과 결혼하였고, 처가에서 가까운 옛 백학서원(白鶴書院)인 백학학교(白鶴學校, 1921년 설립)에서 1년 동안 공부하였으며, 이듬해 9개월 동안 이 학교에서 교편(敎鞭)을 잡았다.

1924년(20세) 4월 일본으로 유학[경찰 기록에는 도쿄 세이소쿠예비학교(正則豫備學校), 니혼대학(日本大學) 전문부, 검찰 조서에는 긴조고등예비학교(錦城高等豫備學校) 1년 간 재학]하였다가 1925년(21세) 1월 귀국하였다.

경력은 항일 운동가로서의 활약이 두드러지는데, 1925년(21세) 형 원기, 아우 원일과 함께 대구에서 독립 운동 단체인 의열단(義烈團)에 가입하였다.

1926년(22세) 7월 중국으로 유학하여 베이징(北京) 중궈대학(中國大學)과 광둥성(廣東省) 광저우(廣州) 중산대학(中山大學)에서 공부하였다.

1927년(23세) 여름, 국내에 들어왔다가 10월 18일에 일어난 장진홍(張鎭弘, 1895~1930, 한국의 독립 운동가)의 조선은행(朝鮮銀行) 대구 지점 폭파 사건에 연루되어 원기·원일과 함께 체포되어 대구형무소(大邱刑務所)에서 옥고(獄苦)를 치렀다. 그 때의 수인(囚人) 번호 '64'를 따서 호를 '육사'라고 지었다.

1930년(26세) 〈조선일보(朝鮮日報)〉 1월 3일치에 시 〈말(馬)〉을 발표하였고, 광주 학생 운동(光州學生運動, 1929. 11. 3.)의 파급으로 1월 10일 대구청년동맹 간부로 체포되었다가 열흘 만에 풀려났다. 2월부터 중외일보사(中外日報社) 대구 지국에 근무하면서 〈별건곤(別乾坤)〉(대중 월간지. 1926. 11.~1934. 7. 통권 74호로 종간) 제33호(1930. 10.)에 평문 〈대구 사회 단체 개관(大邱社會團體槪觀)〉 등을 발표하면서 문단(文壇) 활동을 시작하였다.

1931년(27세) 1월 대구 격문 사건(大邱檄文事件)에 연루되어 구속되었다가 3월에 석방되었다. 8월 조선일보사 대구 지국으로 옮겼으며, '육사생(肉瀉生)'이라는 필명으로 〈대구의 자랑 약령시(藥令市)의 유래〉(1932. 1. 14. 이후 4회 연재), '이활'이라는 이름으로 〈대구 '장' 연구회 창립을 보고서〉(1932년 3월 6일과 3월 9일 2회 연재), 〈신진 작가 장혁주(張赫宙) 군 방문기〉(1932. 3. 29.) 등을 게재하였다.

1932년(28세) 3월 말 조선일보사를 퇴사하고 6월 초 중국으로 갔으며, 장쑤성(江蘇省) 상하이(上海) 만국빈의사[萬國殯儀社, 중국의 혁명 원로 양싱푸(楊杏佛, 1893~1933)의 장례식]에서 루쉰[魯迅, 1881~1936, 20세기 중국 문학의 거장. 본명은 저우수런(周樹人). 저우쭤런(周作人, 1885~1967, 중국의 학자이며 수필가·번역가)의 형]을 만나게 되어 동양의 정세를 논하였다. 1936년(32세) 루쉰이 죽었을 때 평론 〈노신 추도문(魯迅追悼文)〉(〈조선일보〉, 1936. 10. 23.~10. 29.)을 게재하고, 루쉰의 소설 〈고향(故鄕)〉을 번역하여 국내에 소개하였다.

10월 22일 장쑤성 난징(南京)의 조선혁명군사정치간부학교(朝鮮軍事政治幹部學校)에 입교(6개월 과정)하여 군사 간부 교육을 받고, 1933년(29세) 4월 23일 제1기생(26명)으로 졸업한 뒤 7월에 귀국하였는데, 이 때부터 경찰의 감시 아래 체포와 구금 생활이 되풀이되었다. 이 해 4월, 미리 투고하였던 평론 〈자연 과학(自然科學)과 유물변증법(唯物辨證法)〉이 〈대중(大衆)〉 창간 임시호에 게재되었다.

1934년(30세) 〈신조선(新朝鮮)〉(월간 종합 교양지. 1927. 2. 10.~3. 통권 2호로 종간, 1930년대 초 복간)에 '이활'이라는 필명으로 평론 〈국제 무역주의의 동향〉(1934. 10.), 1935년(31세) 평론 〈1935년과 노불(露佛) 관계 전망〉(1935. 1.), 시조 〈춘수 삼제(春愁三題)〉(1935. 6.), 시 〈황혼(黃昏)〉(1935. 12.), 1936년(32세) 시 〈실제(失題)〉(1936. 1.) 등을 발표하여 시단(詩壇)에 등단(登壇), 시작(詩作) 활동이 본격적으로 전개되었다. 또한 〈개벽(開闢)〉(속간 제3호, 1935. 1.)에 평론 〈위기에 임한 중국 정국의 전망〉·〈중국 청방 비사(中國靑幇祕史)〉[속간 종간호(제4호), 1935. 2.]를 발표하였다.

〈풍림(風林)〉(월간 순수 문예지. 1936. 12.~1937. 5. 통권 6호로 종간) 창간호에 〈한 개의 별을 노래하자〉를 비롯하여 〈문장(文章)〉(월간 순수 문예지. 1939. 2.~1941. 4. 통권 26호로 종간)·〈비판(批判)〉(월간 평론지. 1931. 5.~1940. 1. 통권 114호로 종간)·〈인문평론(人文評論)〉(월간 순수 문예지. 1939. 10.~1941. 4. 통권 16호로 종간)·〈조광(朝光)〉(월간 종합 교양지. 1935. 11.~1944. 12. 통권 110호로 종간)·〈청색지(靑色紙)〉(격월간 또는 계간 문예 교양지. 1938. 6.~1939. 12. 통권 8호로 종간) 등에 30여 편의 수필·소설·문학 평론·일반 평문 등 많은 작품을 발표하였다.

1937년(33세)에는 김광균(→48)·민태규(閔泰奎)·박재륜(朴載崙, 1910~2001, 한국의 시인)·서정주(→226)·신백수(申百秀, 1915~1946, 한국의 시인이며 소설가)·신석초(→256)·오장환(→298)·윤곤강(→357)·이병각(李秉珏, 1910~1941, 한국의 시인)·이성범(李成範, 1915~?, 한국의 시인)·정호승(→449)·함형수(→508) 등과 함께 〈자오선(子午線)〉(시 전문 동인지. 1937. 11. 10. 창간호로 종간) 동인(同人)으로 참여하여 여기에 〈노정기(路程記)〉를 발표하였고, 〈풍림〉 제5호(1937. 4.)에 시 〈해조사(海潮詞)〉를 발표하였으며, 〈조선일보〉에 〈문외한(門外漢)의 수첩〉(수필, 1937. 8. 3.~8. 6. 3회)·〈황엽전(黃葉箋)〉(첫 소설, 1937. 10. 31.~11. 5. 4회)·〈전조기(剪爪記)〉(수필, 1938. 3. 2.)·〈계절(季節)의 오행(五行)〉(수필, 1938. 11. 24.)·〈광인(狂人)의 태양〉(시, 1940. 4. 27.) 등을 발표하였다.

1941년(37세) 지병(持病)인 폐결핵으로 한동안 요양 생활을 하였다.

중국을 자주 오가면서 독립 운동을 하던 중 1943년(39세) 5월 잠시 서울에 왔다가, 6월 동대문경찰서(東大門警察署) 형사에게 체포되어 베이징으로 압송, 1944년(40

세) 1월 16일 베이징 일본 총영사관 감옥에서 옥사(獄死)하였다. 육사와 함께 독립 운동을 하다가 1943년 9월에 체포되어 베이징 감옥에 갇혀 있던 중, 결혼을 조건으로 1월 11일 석방된 이병희(李丙禧, 1918~2012, 한국의 여성 독립 운동가)가 육사의 시신(屍身)을 화장(火葬)하고 유품을 정리하여 육사의 아우 원창에게 전달하였다. 유해(遺骸)는 서울 미아리(彌阿里) 공동 묘지에 안장(安葬)되었다가, 1960년 봄 고향 원촌리로 이장(移葬)하였다.

그의 생애는 끊임없는 옥고(모두 17차례)와 빈궁으로 엮어진 행정(行程)으로, 오직 조국의 독립과 광복만을 염원하고 지절(志節)로써 일관된 구국 투쟁은 민족사에 큰 공적으로 남았다.

시 〈초가(草家)〉(《비판》 제60호, 1938. 4.)·〈강(江) 건너간 노래〉(《비판》 제63호, 1938. 7.)·〈소공원(小公園)〉(《비판》 제65호, 1938. 9.)·〈아편(鴉片)〉(《비판》 제67호, 1938. 11.)·〈남한산성(南漢山城)〉(《비판》 제71호, 1939. 3.)·〈연보(年譜)〉[《시학(詩學)》 창간호, 1939. 3.]·〈호수(湖水)〉(《시학》 제2호, 1939. 6.)·〈청포도(靑葡萄)〉(《문장》 제7호, 1939. 8.)를 비롯하여 〈절정(絕頂)〉(《문장》 제12호, 1940. 1.)·〈교목(喬木)〉(《인문평론》 제10호, 1940. 7.)·〈자야곡(子夜曲)〉(《문장》 종간호)·〈파초(芭蕉)〉[《춘추(春秋)》 제11호, 1941. 12.]·〈광야(曠野)〉[《자유신문(自由新聞)》, 1945. 12. 17, 《육사 시집(陸史詩集)》, 1946]·〈꽃〉(《자유신문》, 1945. 12. 17, 《육사 시집》, 1946) 등을 발표, 상징주의(象徵主義, symbolisme)적이면서도 호사한 시풍(詩風)으로 일제(日帝) 강점기의 민족의 비극을 노래하였다.

그의 시 세계는 〈청포도〉 등에 나타난 실향(失鄕) 의식과 비애, 〈절정〉에서 보인 저항적 주제, 〈광야〉·〈꽃〉에서 보인 초인 의지(超人意志)와 조국 광복에 대한 염원 등으로 나누어 볼 수 있다. 그의 의식 공간은 항시 쫓기고 있는 불안한 마음의 강박 관념에 사로잡혀 있으면서도 빼앗긴 조국에 대한 망국민(亡國民)의 비애와 조국 광복에 대한 염원을 그의 시에 새겨 놓은 것이다. 일제 암흑기에 끝까지 민족의 양심을 지키며 죽음으로써 일제에 항거한 시인으로 목가적이면서도 웅혼(雄渾)한 필치로 민족의 의지를 노래하였다.

이 밖에 수필로 〈창공(蒼空)에 그리는 마음〉(《신조선》 제6호, 1934. 10.)·〈무희(舞姬)의 봄을 찾아서-박외선(朴外仙) 양 방문기〉(1937)·〈질투의 반군성(叛軍城)〉(《풍림》, 1937)·〈모멸(侮蔑)의 서(書)〉(《비판》 제66호, 1938. 10.)·〈조선 문화는 세계 문화의 일륜(一輪)〉(《비판》 제67호, 1938. 11.)·〈횡액(橫厄)〉(《문장》, 1939)·〈은하수(銀河水)〉[《농업조선(農業朝鮮)》, 1940. 10.]·〈청란몽(靑蘭夢)〉(《문장》, 1940)·〈현주(玄酒)·냉광(冷光)〉(《여성》, 1940)·〈연인기(戀人記)〉(《조광》 제63호, 1941. 1.)·〈연륜(年輪)〉(《조광》 제68호, 1941. 6.)·〈산사기(山寺記)〉(《조광》 제70호, 1941. 8.)·〈계절의 표정(表情)〉(《조광》 제75호, 1942. 1.)·〈고란(皐蘭)〉(《매일신보》, 1942) 등을 발표하였다.

또한 영화 예술 부문의 평론 〈영화에 대한 문화적 촉망〉(《비판》 제70호, 1939. 2.)·〈예술 형식의 변천과 영화의 집단성〉(《청색지》 제5호, 1939. 5.) 등을 발표하였다.

살아 있을 때에는 작품집이 발간되지 않았고, 1946년 10월 아우 이원조의 발문(跋文)과 김광균·신석초·오장환·이용악(→388) 등의 공동 머리말에 〈강 건너간 노래〉·〈광야〉·〈교목〉·〈꽃〉·〈나의 뮤즈〉·〈노정기〉·〈독백(獨白)〉·〈반묘(斑猫)〉·〈소년에게〉·〈아미(娥眉)〉·〈아편〉·〈연보〉·〈일식(日蝕)〉·〈자야곡〉·〈절정〉·〈청포도〉·〈파초〉·〈해후(邂逅)〉·〈호수〉·〈황혼〉 등 20편의 시를 실은 《육사 시집》[서울출판사]이 출판되었다. 여기에 시 〈편복(蝙蝠)〉과 수필 〈산사기〉를 추가하여 재간본 《육사 시집》[범조사(汎潮社), 1956], 여기에 다시 〈실제〉·〈춘수 삼제〉, 1943년 쓴 한시(漢詩) 3수(首) 〈근하 석정 선생 육순(謹賀石庭先生六旬)〉·〈만등 동산(晩登東山)〉·〈주난흥여(酒暖興餘)〉과 〈노신 추도문〉을 덧붙여 3판본 《육사 시문집 청포도》(범조사, 1964), 여기에 〈한 개의 별을 노래하자〉와 수필 〈계절의 오행〉과 〈연인기〉를 더하여 4판본 《육사 시집 광야》[형설출판사(螢雪出版社), 1971]가 출판되었다.

이 밖에 《이육사·윤동주》[지식산업사(知識産業社), 《한국 현대 시문학 대계(韓國現代詩文學大系)》 제8권, 1980], 시와 산문을 총정리한 《광야에서 부르리라》[문학세계사(文學世界社), 1981]·《이육사 전집》(새문사, 1986) 등이 있다.

1968년 5월 5일 낙동강(洛東江) 도로변에 〈광야〉를 새긴 육사 시비(陸史詩碑)를 세웠는데, 1978년 안동시 성곡동(城谷洞) 안동민속박물관으로 이전하였다. 〈광야〉를 새긴 시비는 부산 부산진구(釜山鎭區) 연지동(蓮池洞) 연지자이아파트 입구(2007)와 충청남도 천안시(天安市) 목천읍(木川邑) 남화리(南化里) 독립기념관에도 있다.

1976년 4월, 안동댐 수몰로 원천리에 있던 생가(生家)를 태화동(太華洞)으로 옮겼으며, 1993년 안동군에서 물에 잠긴 생가 터를 흙으로 돋우어 높이고, 그의 대표시 〈청포도〉를 새긴 시비를 세웠다. 〈청포도〉를 새긴 시비는 대구 중구(中區) 동인동(東仁洞) 국채보상운동기념공원, 경상북도 포항시(浦項市) 남구(南區) 호미곶면(虎尾串面) 대보리(大甫里) 등대박물관 옆 해맞이공원(1999), 김천시(金泉市) 대항면(代項面) 운수동(雲水洞) 직지문화공원(直指文化公園), 전라북도 군산시(群山市) 내흥동(內興洞) 금강(錦江) 하구 진포(鎭浦) 시비공원(2007. 6.)에도 세워졌다. 또한 〈절정〉이 새겨진 시비는 충청남도 홍성군(洪城郡) 결성면(結城面) 성곡리(城谷里) 민족시비공원(民族詩碑公園)과 전라남도 장흥군(長興郡) 장평면(長平面) 봉림리(鳳林里) '계명성 시비공원(鷄鳴聲詩碑公園)'에 있다.

2004년 7월 31일 탄신 100주년, 순국 60주기(周忌)에 맞추어 원천리 불미골에 생가가 복원되었으며, '이육사 문학관'이 건립되었고, 이곳에도 〈절정〉과 〈청포도〉를 새긴 시비가 세워졌다. 2003년 10월 12일에는 대륜고등학교 도서관 앞에 육사와 아우 원조의 문학비가 세워졌다.

1977년 건국 포장(建國褒章. 1990년 건국 훈장 애국장으로 격상되었다.), 1983년 금관 문화 훈장(金冠文化勳章)이 추서(追敍)되었다.

391

이은상

李殷相 1903(고종 40). 10. 22. ~ 1982. 9. 18.

한국의 시조(時調) 시인이며 사학자.

호(號)는 강산유인(江山遊人)·노산(鷺山)·노산학인(鷺山學人), 필명(筆名)은 남천(南川)·두우성(斗牛星), 본관(本貫)은 전주(全州).

이승규(李承奎, 1860~1922, 한국의 한의사이며 개화기의 선구자)의 둘째 아들로, 경상남도 마산 상남동[上南洞, 지금의 창원시(昌原市) 마산합포구(馬山合浦區) 노산동(鷺山洞)]에서 태어났으며, 아버지가 설립한 마산 창신학교(昌信學校, 지금의 창신고등학교) 보통과(1914), 고등과(1918)를 졸업하였다.

1920년(17세) 연희전문학교[延禧專門學校. 연세대학교(延世大學校)의 전신(前身)] 문과에 입학하였다가 1923년(20세) 중퇴하고, 창신학교 고등과 교원으로 근무하였다.

1921년(18세) '두우성'이라는 필명으로 〈아성〉(조선청년회연합회 기관지. 1921. 3. 15.~10., 통권 4호로 종간) 종간호에 시 〈혈조〉를 발표하였고, 1922년(19세) 시 〈꿈을 깬 뒤〉·〈아버님을 여의고〉 등을 발표하여 등단(登壇)하였다.

1924년(21세) 창간된 〈조선문단〉(월간 순수 문예지. 1924. 10.~1936. 6. 통권 26호로 종간)에 〈새벽이면〉·〈애사〉·〈영사행〉 등 시와 평론·수필 등을 발표하면서부터 본격적인 문학 활동을 시작하였다. 이즈음에는 그의 본령(本領)이라고 할 수 있는 국학(國學)이나 시조는 거의 등한시하고, 서구의 자유시 쪽에 기울어 있었다. 이 무렵에 발표한 자유시는 30편을 헤아리고 있는 데 비하여 시조는 단 한 편에 불과하였다.

1925(22세)~1927년에(24세)는 일본으로 유학하여 도쿄 와세다대학(早稻田大學) 사학부 청강생으로 수업하였다. 이 때 이 학교에 1921년 불문과에 입학하였다가 1925년 영문과로 전과(轉科)한 동갑내기 양주동(→282)과 가깝게 지냈다.

1926년(23세) 시조 부흥 논의가 본격화되면서 서구의 자유시 경향에서 벗어나 시조를 비롯한 전통 문학과 국학 쪽으로 기울었다. 시조는 문학이 아니라고 낮추어 생각하였다가 시조 논의가 일어나자 비로소 시조를 문학시(文學視)하게 되었다고 술회한 바 있으나, 한동안 자유시와 시조의 창작을 병행하다가 1930년대 후반부터 이병기(→370)와 함께 한국의 대표 시조 시인으로서의 자리를 굳혔다. 시조를 쓰는 한편, 당시(唐詩)를 시조 형식으로 번역하고 시조에 관한 이론을 전개, 논고(論攷)를 통하여 자수(字數)로써가 아니라 음수율(音數率)로써 시조의 정형성을 구명하려고 시도하였다.

한편 〈조선문단〉 제16호(1926. 5.)에 평론 〈조선 국민 문학으로서의 시조〉를 발표하여 '국민 문학'이라는 용어를 처음으로 사용하였는데, 최남선(→480)을 비롯하여 양주동·염상섭(廉想涉, 1897~1963, 한국의 소설가)·이광수(李光洙, 1892~1950, 한국의 소설가)·이병기·이은상·정인보(→442)·조운(曺雲, 1898~?, 한국의 시조 시인, 한국 전쟁 때 월북)·주요한(→466) 등 당시 문단의 중견 작가들을 주축으로 한 이 유파를 '국민 문학파'라고 일컬었다.

1931년(28세) 이화여자전문학교(梨花女子專門學校. 이화여자대학교의 전신) 교수(~1932)가 되고, 동아일보사

기자(~1935), 〈신가정(新家庭)〉(월간 여성 교양지. 1933. 1. ~1936. 9. 통권 45호로 종간) 편집인, 조선일보사(朝鮮日報社) 출판국 주간(主幹) 등을 지냈다.

1932년(29세) 4월에 펴낸 첫 개인 시조집 〈노산 시조집〉[한성도서주식회사(漢城圖書株式會社)]은 향수(鄕愁)·감상(感傷)·무상(無常)·자연 예찬 등의 특질로 집약되어 있다. 여기에 실린 〈가고파〉·〈고향(故鄕) 생각〉·〈그 집 앞〉·〈동무 생각〉·〈봄처녀〉·〈산 위에 올라〉·〈새가 되어 배가 되어〉·〈성불사(成佛寺)의 밤〉·〈소경되어지이다〉·〈옛 동산에 올라〉·〈이 마음〉·〈진달래〉 등의 많은 시조들은 쉽고 감미로운 서정성이 가곡(歌曲)에 걸맞아 노래로서 인구(人口)에 회자(膾炙)되고 있으며, 이 밖에도 〈가는 곳마다〉·〈금강 귀로(金剛歸路)〉·〈금강행(金剛行)〉·〈꿈은 지나가고〉·〈달 아래 서서〉·〈송도(松都) 노래〉·〈심산 풍경(深山風景)〉·〈십이폭〉·〈쓸쓸한 그 날〉·〈천지송(天地頌)〉·〈흐르는 불빛〉 등 112편 282수(首)가 실려 있다.

1942년(39세) 10월 조선어학회(朝鮮語學會) 사건(1942. 10. 1.~1945. 1.)에 연루되어 홍원경찰서(洪原警察署)와 함흥형무소(咸興刑務所)에 구금되었다가, 1943년(40세) 기소 유예(起訴猶豫)로 석방되었다.

1945년(42세) 사상법 예비 검속으로 광양경찰서(光陽警察署)에 갇혔다가 광복을 맞아 풀려났으며, 같은 해 호남신문사(湖南新聞社) 사장으로 취임하였다.

광복된 뒤 그의 시조는 국토 예찬, 조국 분단의 아픔, 통일에의 염원, 우국 지사(憂國志士)들에 대한 추모(追慕) 등 개인적 정서보다는 사회성을 강조하는 방향으로 기울어 갔다. 이러한 작품은 시조집 〈노산 시조 선집〉(1958. 5.)을 비롯하여 〈푸른 하늘의 뜻은〉(1970)과 통일의 염원을 담아 205수를 실은 마지막 시조집 〈기원-분계선을 밟고〉(1982)에서 절정을 이루었다.

광복된 뒤에는 문학보다 사회 사업에 더 많이 힘을 기울였고, 일생을 시조와 민족 의식 앙양 운동의 두 길을 위하여 온 힘을 쏟았다.

1949년(46세) 동국대학교(東國大學校) 문리대학 강사를 지낸 이후 청구대학[靑丘大學, 1967년 12월 대구대학(大邱大學)과 통합되면서 영남대학교(嶺南大學校)로 개편](1950~1974)·서울대학교 등에서 교수를 지냈다.

1963년(60세) 2월 26일 민주공화당(民主共和黨)이 창당될 때 창당 선언문의 초안을 작성하였다.

1954년(51세) 예술원(藝術院) 회원으로 선출된 뒤, 이충무공기념사업회(李忠武公記念事業會) 이사장(1955~), 동방고서국역회(東方古書國譯會) 회장(1959~1961), 안중근의사숭모회(安重根義士崇慕會) 회장(1959~), 민족문화협회(民族文化協會) 회장(1965~), 한국시조작가협회(韓國時調作家協會, 1977년 '한국시조시인협회'로 개편) 회장(1966, 1969~1972, 1975~1976), 한글학회 이사(1966~), 한국에스페란토협회 회장 겸 세계에스페란토협회 이사(1967~), 한국산악회(韓國山岳會) 회장(1967~), 숙명학원(淑明學園) 이사장(1968~), 독립운동사편찬위원회 위원장(1969~), 숙명여자대학교(淑明女子大學校) 재단 이사장(1972~), 세종대왕기념사업회 이사(1972~), 문화재보호협회(文化財保護協會) 이사(1972~), 백범선생문헌편찬위원회(白凡先生文獻編纂委員會) 위원장(1974~), 한국·네팔협회 이사장(1974~), 성곡학술문화재단(省谷學術文化財團) 이사장(1976~), 총력안보국민협의회(總力安保中央協議會) 의장(1976~) 등 많은 문화 사회 단체의 일을 맡았다.

1964년(61세) 제9회 대한민국 예술원상, 1969년(66세) 대통령상, 1970년(67세) 경희대학교(慶熙大學校)에서 문학 박사 학위, 국민 훈장 무궁화장(無窮花章), 1973년(70세) 제8회 5·16 민족상(학예 부문), 1974년(71세) 연세대학교에서 명예 문학 박사 학위를 받았으며, 같은 해 노산 문학상(鷺山文學賞)을 제정하였다.

1976년(73세) 한국시조작가협회 종신(終身) 회장이 되었고, 1977년(74세) 건국 포장(建國褒章, 1990년 건국 훈장 애국장으로 격상되었다.)을 받았으며, 1978년(75세) 예술원 종신 회원으로 추대(推戴)되었고, 1981년(78세) 신군부(新軍部) 체제에서 국정 자문 위원(國政諮問委員)에 위촉되었다.

1982년 금관 문화 훈장(金冠文化勳章)이 추서(追敍)되었다.

사학가이며 수필가였으며, 해박한 역사적 지식과 유려한 문장으로 국토 순례(巡禮) 기행문과 선열(先烈)의 전기(傳記)를 많이 써서 애국 사상을 고취하는 데 힘썼고, 여러 해 동안 민족적 위인들에 대한 현창(顯彰) 사업을 전개하였다.

장례(葬禮)는 사회장(社會葬)으로 치러져 서울 동작구(銅雀區) 사당동(舍堂洞) 국립현충원(國立顯忠院) 제1국가유공자 묘역에 안장(安葬)되었다.

그의 시조는 대체로 쉽고 기발한 표현으로 독자에게 친근감을 주고 있다. 한때 주요한에 이어 두 번째로 독특한 이론으로 '양장 시조론(兩章時調論)'을 시험하여, 시조의 단형화를 시도한 바도 있으나 말기에 이르러서는 오히려 음수(音數)가 많이 늘어나는 경향을 띠었다.

또한 〈고양이 노래〉·〈기러기 노래〉·〈길 가리키는 노래〉·〈까치 노래〉·〈꾀꼬리의 노래〉·〈나비 노래〉·〈단풍(丹楓) 노래〉·〈달 노래〉·〈닭 노래〉·〈두꺼비 노래〉·〈등산지기 노래〉·〈매화(梅花) 노래〉·〈봄 노래〉·〈선녀(仙女) 노래〉·〈소나무 노래〉·〈아들 노래〉·〈제비 노래〉·〈종달새 노래〉·〈진달래 노래〉·〈편지 노래〉 등 많은 동요의 노랫말을 썼다.

첫 시조집 〈노산 시조집〉은 광복 이후 시조 문학의 최대 집대성으로 평가받는 〈한국시조큰사전〉[을지출판사(乙支出版社), 1985. 3. 현대 시조 18,331수와 고시조 3,660수 수록]에 영인본(影印本)으로 실려 있다.

상남동 생가(生家) 터에는 '은상샘[井]'이 있고, 창원 산호동(山湖洞) 산호공원 '시의 거리' 〈가고파〉를 새긴 '가고파 노래비'(1970. 10. 24.)가 있으며, 월영동(月影洞) 돝섬과 회원동(檜原洞) 무학산(舞鶴山) 약수터에도 〈가고파〉를 새긴 시비(詩碑)가 있다. 또한 부산(釜山)에는 1992년 2월 14일 강서구(江西區) 대저동(大渚洞) 강서다목적운동장 입구에 〈낙동강(洛東江)〉을 새긴 시비를 비롯하여 대저동 국도2호선 교차로 낙동강 둑에 〈고향길〉(1992), 금정구(金井區) 금정산 고당봉(高幢峯) 정상에 한시비(漢詩碑) 〈돌우물 금빛 고기〉, 부산진구(釜山鎭區) 초읍동(草邑洞) 부산어린이대공원 '시가 있는 숲'에 〈심산 풍경(深山風景)〉(1991), 중구(中區) 남포동(南浦洞) 용두산공원(龍頭山公園) '시의 거리'에 〈부산탑 찬가(釜山塔讚歌)〉가 새겨진 시비가 있다.

서울에는 강북구(江北區) 수유동(水踰洞) 통일교육원과 은평구(恩平區) 진관외동(津寬外洞) 북한산(北漢山) 백운대(白雲臺) 정상에 〈통일 서원(統一誓願)〉을 새긴 시비가 있으며, 경상남도 거제시(巨濟市) 옥포동(玉浦洞) 옥포마을 '시비 동산'에 〈옥포대첩(玉浦大捷)〉(2007. 12. 1.), 충청남도 태안군(泰安郡) 안면읍(安眠邑) 승언리(承彦里) 안면도 자연휴양림 수목원에 〈나무의 마음〉이 새겨진 시비가 있다.

2005년 10월 28일에는 상남동 생가 부근에 마산문학관(馬山文學館)이 건립되었으며, 2012년 6월 20일 이곳에 〈옛 동산에 올라〉가 새겨진 시비가 세워졌다.

이은상의 작품 연표

발표 시기	작품 이름	장르	발표 매체	비 고
1921. 10.	〈혈조(血潮)〉	시	〈아성(我聲)〉 종간호	
1922	〈꿈을 깬 뒤〉·〈아버님을 여의고〉	시		
1924	〈새벽이면〉·〈애사(哀史)〉·〈영사행(瑩士行)〉	시	〈조선문단(朝鮮文壇)〉	
1925. 1. 30. ~2. 23.	〈아관 남구 문학(我觀南歐文學)〉	평론	〈동아일보(東亞日報)〉	
1925. 10.~11.	〈영시사(英詩史) 강좌〉(1)~(2)	평론	〈조선문단〉 제12~13호	
1925	〈봄처녀〉	시		
	〈시인 휘트만론(論)〉·〈테니슨의 사세시(四歲詩)〉	평론	〈조선문단〉	
1926. 5.	〈조선 국민 문학으로서의 시조(時調)〉	평론	〈조선문단〉 제16호	
1926. 6.	〈예술적 이념의 본연성〉	평론	〈조선문단〉 제17호	
1926. 11.	〈나는 대답 없는 사람이다〉 〈합리적인 잠언(箴言)〉	시 평론	〈문예시대(文藝時代)〉 창간호	
	〈내 거문고〉 〈청상 민요 소고(靑孀民謠小考)〉	시 평론	〈동광(東光)〉 제7호	
1926. 12.	〈조선 이언론 서론(朝鮮俚諺論序論)〉	평론	〈동광〉 제8호	
1927. 2.	〈이언의 의의 및 그 형식에 관하여 : 조선 이언의 연구〉	평론	〈동광〉 제10호	

발표 시기	작품 이름	장르	발표 매체	비 고
1927. 5.	〈특수 이언과 공통 이언 : 조선 이언 연구〉	평론	〈동광〉 제13호	
1927. 9.	〈향가(鄕歌)의 가요사적(歌謠史的) 지위〉	평론	〈현대평론(現代評論)〉 제8호	
1928. 4. 18. ~4. 25.	〈시조 단형추의(短型芻議)〉	평론	〈동아일보〉	
1928	〈옛 동산에 올라〉	시		
1929. 3.	〈조선 문학 어희고(語戱考)〉	평론	〈신생(新生)〉 제6호	
1929. 10.	〈조선 이언의 전와(轉訛)에 대한 일고(一考)〉	평론	〈신생〉 제12호	
1929. 11.	〈흑노 해방(黑奴解放)의 모(母) 스토우 부인(夫人) : 서구(西歐)의 여류 위인(女流偉人)〉	평론	〈신생〉 제13호	
1929~1930	〈남산(南山)에 올라〉·〈님 향한 생각이야〉·〈말 노래〉·〈말몰이〉·〈매화동(賣花童)〉·〈새 타령〉·〈조선의 꽃〉	시		
	〈문학상으로 본 조선의 어희(語戱)〉·〈풍수(風水)를 믿던 이들〉	평론		
1931	〈성불사(成佛寺)의 밤〉	시		
	〈조선 사화집(朝鮮史話集) : 고려편(高麗篇)〉	저서	한성도서주식회사(漢城圖書株式會社)	
	〈향산 유기(香山遊記)〉	수필집		
1932. 1. 8.	〈가고파〉	연시조	〈동아일보〉	
1932. 2.	〈재만 동포 조위가(在滿同胞弔慰歌)〉	가사	〈동광〉 제30호	
1932. 3. 30. ~4. 10.	〈시조 창작 문제〉	평론	〈동아일보〉	
1932. 4.	〈노산 시조집(鷺山時調集)〉	시조집	한성도서주식회사	
1933. 1.	〈고려 시대의 여류 문학〉	평론	〈신가정(新家庭)〉 창간호	
1933. 7.	〈황진(黃眞)의 일생과 그의 예술〉	평론	〈신가정〉 제7호	
1933. 10.	〈학등〉	시	〈학등(學燈)〉 창간호	
1934. 10. 5.	〈수수당난고(愁愁堂亂藁)〉	수필	〈청년조선(靑年朝鮮)〉 창간호	
1934	〈오륙도(五六島)〉	시		
1935. 2.	〈한산(寒山)의 삼언시(三言詩)〉	시	〈시원(詩苑)〉 창간호	
1935. 4.	〈봄처녀〉·〈할미꽃〉	시	〈예술(藝術)〉 제2호	
1935. 10.	〈노방초(路傍草)〉	수필집	창문사(彰文社)	
1935	〈천지송(天地頌)〉	시		
1936. 11. 23.	〈무상(無常)〉	수필집	정상장학회(正相奬學會)	배재고보(培材高普)
1937	〈꽃동산〉	동요극	녹양음악사	
	〈탐라 기행 한라산(耽羅紀行漢拏山)〉	기행문	조선일보사 출판부	
1940	〈푸른 하늘〉	시		
1942	〈노산 문선(鷺山文選)〉	문집	영창서관(永昌書館)	1958 재간
1946	〈이 충무공 일대기(李忠武公一代記)〉	전기	국학도서(國學圖書) 출판부	
1947	〈대도론(大道論)〉	저서	국학도서 출판부	
1950. 1.	〈명량대첩비 역주(鳴梁大捷碑譯註)〉	평론	〈민성(民聲)〉 제42호	
1950. 3.	〈3·1 정신의 파악 : 3·1 정신의 계승을 위하여〉	평론	〈신경향(新傾向)〉	
1951	〈민족의 맥박〉	저서	민족문화사(民族文化社)	
1953	〈노변 필담(爐邊筆談)〉	수필집	민족문화사	
1954. 7.	〈조국 강산(祖國江山)〉	수필집	민족문화사	
1956. 6./ 1976. 12.	〈고지(高地)가 바로 저긴데〉	시	〈자유문학(自由文學)〉 창간호/〈시조문학(時調文學)〉 제41호	

발표 시기	작품 이름	장르	발표 매체	비 고
1956. 11.	〈독서 편력(讀書遍歷) : 가치 세계의 확충〉	수필	〈사상계(思想界)〉 제43호	
1957. 4.	〈고전 국역 소의(古典國譯小議)〉	수필	〈현대문학(現代文學)〉 제28호	
1957	〈녹원송(鹿苑頌)〉	시	〈불교지록원(佛敎指鹿苑)〉 제1권	
	〈사임당(師任堂)의 생애와 예술〉	저서	성문각(成文閣)	
1958. 2.	〈육당(六堂)·춘원(春園)의 시대적 배경〉	평론	〈사상계〉 제58호	
1958. 5.	〈너라고 불러 보는 조국아〉	시	〈현대문학〉 제41호	1951. 4. 18.
	〈노산 시조 선집(鷺山時調選集)〉	시조집	남향문화사(南鄕文化社)	
1958	〈충무공과 그의 시문(詩文)〉	평론	〈청구대학기념논문집〉 제1집	
1959. 1. 1960. 4.	〈충무공의 서한(書翰) : 특히 관찰사 이원익 공(李元翼公)에게 보내는 편지를 읽어 본다〉	평론	〈민족문화〉	
1959. 2.	〈충무공 종횡담(忠武公縱橫談) 1〉	평론	〈사상계〉 제70호	
1959. 3.	〈충무공을 구출한 정탁(鄭琢)의 신구답(伸救答)〉	평론	〈사상계〉 제71호	
1959. 4.	〈충무공과 원균(元均)을 논란(論難)한 어전 회의(御前會議)〉	평론	〈사상계〉 제72호	
1959. 6.	〈충무공과 목포(木浦) 고하도(高下島)〉	평론	〈사상계〉 제74호	
1959	〈한국 야담 사화 전집(韓國野談史話全集)〉	저서	동국문화사(東國文化社)	공저, 모두 20권
1960. 2.	〈노산 시문선(鷺山詩文選)〉	문집	경문사(耕文社)	
1960. 5.	〈시가(詩歌)에 나타난 한국의 얼 : 시가를 통해 본 충무공의 인간성과 애국 정신〉	평론	〈코메트〉 제43호	
1960. 6.	〈동해송(東海頌)〉·〈삼월(三月)〉	시	〈시조문학(時調文學)〉 창간호	
1960	〈이 충무공 전서(全書)〉	저서	충무공기념사업회	모두 2권
1961. 11.	〈새길론〉	평론	〈새길〉 제87호	
1961	〈애국심이라는 것〉	평론	〈미사일〉 제5호	
1962. 12.	〈인간으로의 환원 : 지난 한 해를 돌아본다〉	평론	〈새길〉 제99호	
1962	〈가야 문화(伽倻文化)의 고찰〉	평론	〈새벽〉	
	〈입지도천(入支渡天) 신라(新羅) 법승약초(求法僧略抄)〉	평론	〈불교사상(佛敎思想)〉 제12호	
	〈창공부(蒼空賦)〉	시	〈예술원보(藝術院報)〉 제8호	
	〈피어린 6백리(六百里)〉	수필집	교육신문사(敎育新聞社) 출판부	
1963. 1.	〈도향 회상(稻香回想)〉	평론	〈사상계〉 제117호	
1963. 8.	〈성불사(成佛寺) 깊은 밤에…〉	평론	〈신사조(新思潮)〉 제2권 제8호	
1963. 11.	〈탁(濁)·약주(藥酒)의 질은 향상할 수 있다〉	평론	〈재무(財務)〉 제95호	
1963. 12.	〈시국(時局)의 측면(側面)에서〉	평론	〈신사조〉 제21호	
1963	〈민주 정신과 군인 정신〉	평론	〈공군(空軍)〉 제77호	
	〈야학교(夜學校)〉·〈횡보천고(橫步千古)〉	시	〈자유문학〉	
1964. 7.	〈'고향 생각'과 '천지송(天地頌)' : 나의 처녀작·내가 고른 대표작〉	평론	〈현대문학〉 제115호	
	〈한자(漢字) 중독증과 신문 문학(新聞文學)〉	평론	〈신문평론(新聞評論)〉 제4호	
1964. 9.	〈20여 종의 저서 : 나의 저서〉	수필	〈현대문학〉 제117호	
1964	〈노산 문학선(鷺山文學選)〉	문집	탐구당(探求堂)	
1965. 3.	〈하나의 작은 '선'이 아쉽다〉	평론	〈새길〉 제122호	
1965. 8.	〈옛 동산에 올라 : 영원한 가곡(歌曲)〉	평론	〈사상계〉 제148호	
1965. 10.	〈우위설(愚蝟說)〉	평론	〈현대문학〉 제130호	
1965. 11.	〈청매자(靑梅子)〉	시	〈문학춘추(文學春秋)〉	
1965. 12.	〈어느 날 밤의 독백(獨白)〉	시조	〈예술원보〉 제9호	

발표 시기	작품 이름	장르	발표 매체	비 고
1965	〈상아탑(象牙塔)의 오후〉	수필집	삼학사(三學社)	
1966. 9.	〈자연론(自然論)〉	평론	〈예술논문집(藝術論文集)〉 제5호	
	〈장관론(長官論)〉	평론	〈정경연구(政經研究)〉	
1966. 10.	〈율곡 선생(栗谷先生)의 유지(柳枝)에게 준 시〉	평론	〈예술원보〉 제10호	
1966. 11.~12.	〈민족 교육을 어떻게 하여야 할 것인가〉	평론	〈교육평론(敎育評論)〉 제97~98호	
1966	〈가을을 안고〉	수필집	아인각(亞人閣)	
	〈사임당과 율곡〉	저서	성문각	
	〈산 찾아 물 따라〉	저서	박영사(博英社)	
	〈중학 작문〉(1)(2)(3)	저서	삼화출판사(三和出版社)	공저, 모두 3권
1967. 1.~2.	〈민족사(民族史)의 불기둥〉	평론	〈교육평론〉 제99~100호	
1967. 3.	〈민족사의 불기둥 : 민족 정기의 표상 안중근 의사〉	평론	〈교육평론〉 제101호	
1967. 5.	〈민족사의 불기둥 : 남궁억(南宮檍) 선생〉	평론	〈교육평론〉 제103호	
1967. 6.	〈민족사의 불기둥 : 이조(李朝) 불교의 중흥조(中興祖) 휴정 대사(休靜大師)〉	평론	〈교육평론〉 제104호	
1967. 7.	〈민족사의 불기둥 : 삼국 통일의 원훈(元勳) 김경신(金庚信) 장군〉	평론	〈교육평론〉 제105호	
1967. 8.	〈민족사의 불기둥 : 학자적 양심과 정의(正義)의 노선(路線) 정암(靜庵) 조광조(趙光祖)〉	평론	〈교육평론〉 제106호	
	〈짧은 일생을 영원한 조국에〉	평론	〈새길〉 제145호	
1967. 9	〈민족사의 불기둥 : 민족의 영웅 강감찬(姜邯瓚)〉	평론	〈교육평론〉 제107호	
1967. 10.	〈민족사의 불기둥 : 원효(元曉)〉	평론	〈교육평론〉 제108호	
1967. 11.	〈민족사의 불기둥 : 비원(悲願)으로 일관한 생애 김구(金九)〉	평론	〈교육평론〉 제109호	
1967. 12.	〈민족사의 불기둥 : 국토의 개척자 윤관(尹瓘)〉	평론	〈교육평론〉 제110호	
	〈탑골공원 삼일문(三一門) 상량문(上樑文)〉	평론	〈예술원보〉 제11호	
1968. 2.	〈새 인간성의 창조〉	평론	〈새길〉 제149호	
	〈영원히 사는 교육자의 길〉	평론	〈교육평론〉 제112호	
1968. 3.	〈가고파-내 마음 가 있는 그 벗에게〉	시	〈현대문학〉 제159호	
1968. 4.	〈풍물 따라 경전선(慶全線)을 가다〉	수필	〈신동아(新東亞)〉 제44호	
1968. 8.	〈대구어찬(大口魚饌) : 나의 식도락(食道樂)〉	수필	〈신동아〉 제48호	
1968. 11.	〈묵상록(黙想錄)〉	수필	〈월간문학(月刊文學)〉 창간호	
1968. 12.~ 1969. 3.	〈나의 강산 순례기(江山巡禮記)〉	수필	〈월간문학〉 제2~5호	
1968	〈난중 일기 해의(亂中日記解義)〉	역주서	현암사(玄岩社)	
	〈충무공 정신〉	저서	육군본부(陸軍本部)	
	〈표준 한문(標準漢文)〉	저서	교학사(敎學社)	공저
1969. 2.	〈민족 교육과 주체성〉	평론	〈교단(敎壇)〉 제26호	
1969	〈명승과 자연 자원의 보호 : 법적인 보장과 국민의 의식을 위하여〉	평론	〈문화재(文化財)〉 제4호	
	〈성웅(聖雄) 이순신〉	저서	횃불사	
	〈짧은 일생을 영원한 조국에〉	수필집	횃불사	
1970. 3.	〈한국의 산맥(山脈)〉	평론	〈등산(登山)〉 제9호	
1970. 4.	〈봄 3제(三題)〉	시	〈월간문학〉 제18호	
1970. 9.	〈너무나 절실한 민족의 염원 : 통일 의욕에 불을 지르자〉	평론	〈경영과노동〉 제14호	
1970. 10.	〈서산 대사(西山大師)와 그의 문학〉	평론	〈불교(佛敎)〉	

발표 시기	작품 이름	장르	발표 매체	비 고
1970. 12.	〈해학(諧謔)의 동양적 특성〉	평론	〈예술원보〉 제14호	
1970	〈푸른 하늘의 뜻은〉	시조집	금강출판사(錦江出版社)	
1971. 6.	〈충무공 정신의 분석〉	평론	〈해군(海軍)〉 제213호	
1971	〈거북선〉	시조집	한국시조작가협회	
	〈오늘도 탑을 쌓고 : 나의 인생관〉	수필집	휘문출판사(徽文出版社)	
	〈한국 대표 야담 전집(韓國代表野談全集)〉	저서	서정출판사(書正出版社)	공저, 모두 15권
1972. 4.	〈백두산(白頭山)을 그리는 마음〉	평론	〈북한(北韓)〉	
	〈충무공 정신으로 귀일(歸一)하자〉	평론	〈해군〉 제220호	
1972. 7.	〈새 가치관의 확립〉	평론	〈교육제주(敎育濟州)〉 제18호	
1972. 8, 1973. 6, 9, 12, 1974. 2, 4.~6, 9, 10.	〈태양이 비치는 길로〉	평론	〈해군〉 제222, 229, 232, 235, 236, 238~240, 243, 244호	1973년 대광문화사(大光文化社)와 삼중당(三中堂)에서 단행본으로 각각 출판
1973. 3.	〈충무공 이순신 장군〉	평론	〈공군〉 제132호	
1973. 8.	〈낙동강(洛東江) 유역의 문화〉	평론	〈영우구락부(嶺友俱樂部)〉 제53호	
	〈충무 정신과 국민 교육〉	평론	〈전남교육(全南敎育)〉 제42호	
	〈한국 수필 문학의 전통〉	평론	〈수필문학(隨筆文學)〉 제17호	
1973. 12.	〈무저항의 저항자, 잊을 수 없는 환산(桓山) 이윤재(李允宰) 선생〉	평론	〈나라사랑〉	
	〈서리 묻은 새벽길의 역정(歷程) : 이육사(李陸史) 총정리〉	평론	〈시문학(詩文學)〉 제29호	
1973	〈민족의 향기〉	저서	교학사	
	〈한국의 여행〉	저서	삼중당	공저, 모두 8권
1974. 2.	〈충무 정신의 재평가〉	평론	〈신인간(新人間)〉 제314호	
	〈해외 산악계 순방기(海外山岳界巡訪記)〉	평론	〈한국산악(韓國山嶽)〉 제9호	
1974. 8.	〈사임당의 인간과 예술 : 인간과 예술이 조화 이룬 구원(久遠)의 여인상(女人像)〉	평론	〈월간서예(月刊書藝)〉 제11호	
1974. 11.	〈농보(農甫) 정문부(鄭文孚)의 생애와 시〉	평론	〈예술논문집〉 제13호	
1974. 11, 12, 1975. 5, 10, 11.	〈성웅 이순신〉	평론	〈해군〉 제245, 246, 250, 255, 256호	
1975	〈노산 산행기(鷺山山行記)〉	저서	한국산악회	
	〈충무공의 생애와 사상〉	저서	삼성문화재단(三星文化財團)	
1976. 4.	〈인간 충무공 : 충무공과 그 정신〉	평론	〈시사(時事)〉 제151호	
1976. 7.	〈한국의 얼과 교육의 과제〉	평론	〈문교경북(文敎慶北)〉 제53호	
1976. 10.	〈한국의 재발견과 문예 진흥의 방향〉	평론	〈문예진흥(文藝振興)〉	
	〈고지(高地)가 바로 저긴데〉	시		
1976	〈노산 시조선〉	시조집	삼중당	
1977. 6.	〈허위(許蔿)의 행적과 사상〉	평론	〈나라사랑〉 제27호	
1977	〈바람과 달의 밀어(密語)〉	수필집		
	〈이순신〉	저서	동서문화사(東西文化社)	
1978. 5.	〈충무공 정신의 재평가, 충무공 433주년을 맞이하여, 충무공 정신〉	평론	〈해군〉 제274호	
1978. 8.	〈해외 동포와 조국 의식 : 나라 사랑의 길〉	평론	〈한민족〉	
1978. 10. 2.	〈오늘과 내일 그리고〉	수필집	동서문화원(東西文化院)	공저

발표 시기	작품 이름	장르	발표 매체	비 고
1979. 4.	〈이 충무공의 구국 노선(救國路線)〉	평론	〈정훈(政訓)〉 제64호	
1979. 9.	〈안중근 의사와 민족사(民族史) 100년 안 의사 탄신 100주년을 맞으며〉	평론	〈정경문화(政經文化)〉 제175호	
1979	〈안중근 의사 자서전(自敍傳)〉	전기	안중근의사숭모회	
	〈웃음의 철학〉	수필집	〈새밭〉	
1980. 9.	〈새 대통령에게 바란다, 새 시대·새 역사의 지도자상(指導者像)〉	평론	〈정경문화〉 제187호	
1982. 2.	〈주인 의식과 주체성〉	평론	〈노동(勞動)〉	
1982	〈기원(祈願)-분계선(分界線)을 밟고〉	시조집	경희대학교(慶熙大學校) 출판부	시조 42편, 205수. 마지막 저술
1984	〈이병기·이은상〉	전집	지식산업사(知識産業社)	〈한국 현대 시문학 대계(韓國現代詩文學大系)〉 제5권
1998	〈국역 농포집(農圃集)〉	역주서	정문부 해주 정씨 송산종중 충의공파(鄭文孚海州鄭氏松山宗中忠毅公派)	

392

이응창

李應昌 1906(고종 43). 10. 28. ~ 1973. 11. 13.

한국의 시인이며 아동 문학가.

호(號)는 창주(滄洲).

이시영(李始榮, 1869~1953, 한국의 독립 운동가이며 정치가. 초대 부통령. 재임 1948. 7. 24.~1951. 5. 9.)의 외아들로, 대구(大邱)에서 태어났다.

1926년(20세) 경성사범학교[京城師範學校, 1922~1946. 서울대학교 사범대학의 전신(前身)]를 졸업한 뒤 경주(慶州) 산내초등학교 교사를 시작으로 평생 겸허한 교육자로 재직하면서 작품 활동을 하였다.

1929년(23세) 동시집(童詩集) 〈석양(夕陽) 잠자리〉를 펴내는 등 동요와 동시 창작에 힘썼으며, 1934년(28세) 〈농민독본(農民讀本)〉 편집 위원을 맡았고, 광복된 뒤 대구에서 발간되던 〈죽순(竹筍)〉(시 전문지. 1946. 5.~1949. 7. 통권 12호로 종간, 1979. 1. 제13호 복간) 동인(同人)으로 활동하면서 시 〈전설(傳說)·산정(山情)〉(1946. 8.)·〈전원 생활(田園生活)〉(1947. 5.)·〈신라(新羅) 천년 푸른 꿈〉(1947. 8.)·〈산(山)의 환희(歡喜)〉(1947. 10.)·〈그 전날 밤〉(1948. 3.)·〈푸른 대지(大地)〉(제9호, 1949. 1.)·〈십 년(十年)〉(제10호, 1949. 4.)·〈돌아온 사나이〉(종간호) 등을 발표하였다.

초기에는 7·5조의 외형률(外形律)에 맞춘 작품을 썼으나 광복된 뒤부터는 정형률(定型律)의 탈피를 시도하였다. 창작 활동보다는 아동 문학의 보급과 아동 문화 운동에 온 힘을 기울였다.

1955년(49세) 원화여자고등학교(源花女子高等學校)를 설립하여 초대 교장을 지냈고, 1957년(51세) 3월 대구아동문학회를 창립하고 동인지 〈달 뜨는 마을〉을 발간하면서 지역 아동 문학의 뿌리를 다졌다.

1962년(56세) 한국예술문화단체총연합회(韓國藝術文化團體總聯合會, 藝總) 경북 지부장, 1963년(57세) 경북문화위원을 지냈다.

1971년(65세) 제12회 경북 문화상을 받은 것을 계기로 창주 문학상(滄洲文學賞)을 제정하여 1973년(67세) 3월 첫 수상자를 낸 이래 현재까지 참신하고 유능한 신인을 배출하고 있다.

이 밖에 작품으로 〈과수원(果樹園)〉·〈봄을 기다리며〉[〈한국아동문학(韓國兒童文學)〉 제2호, 1973. 2.]·〈실버들에 배를 매니〉·〈약손〉[〈동아일보(東亞日報)〉, 1934]·〈철공(鐵工)의 노래〉[〈건국공론(建國公論)〉, 1946. 4.] 등이 있으며, 시집 〈물오리〉[문호사(文豪社), 1945]·〈길〉[일심사(一心社), 1966], 동시집 〈고추 잠자리〉(1968), 동화집 〈오손도손〉[문예사(文藝社), 1966], 수필집 〈가꾸는 마음〉[문화출판사(文化出版社), 1969]·〈기다리는 마음〉(일심사, 1973) 등을 펴냈다.

393

이익

李益 748 ~ 829?

중국 당(唐)나라(618~907)의 시인.

자(字)는 군우(君虞).

깐쑤성(甘肅省) 농서고장[隴西姑藏, 지금의 무위(武威)]에서 태어났다.

769년(21세) 진사시(進士試)에 급제(及第)하였고, 화저우(華州) 정현(鄭縣)의 위(尉)를 거쳐 주부(主簿)가 되었다.

806년(58세) 이후 중서사인(中書舍人)·허난부(河南府) 소윤(少尹)·비서소감(祕書少監)·집현전(集賢殿) 학사(學士) 등을 지냈으며, 827년(79세) 예부상서(禮部尙書)가 되었다.

시가(詩歌)에 뛰어났고 변경(邊境)의 비장감(悲壯感)을 노래한 칠언절구(七言絕句)는 성당[盛唐, 현종[玄宗, 685~762, 중국 당나라의 제6대 황제. 재위 712~756. 이융기(李隆基)]의 개원(開元, 713)으로부터 대종[代宗, 726~779, 중국 당나라의 제8대 황제. 재위 762~779. 이예(李豫)]의 영태(永泰, 765)까지 약 50년간]의 고적(→23)·잠삼(→422)의 시풍(詩風)으로 이어졌다.

대표작으로 〈도중기이이(途中寄李二)〉·〈변하곡(汴河曲)〉·〈산자고사(山鷓鴣詞)〉·〈정인(征人)〉·〈조행(早行)〉 등이 있다.

한편, '대력 십재자(大曆十才子)'는 당나라 초의 시인들의 문학사상(文學史上) 명칭이다. 〈신당서(新唐書)〉(모두 225권, 1044~1060) '문예전(文藝傳)'에 따르면 경위(耿湋)·길중부(吉中孚)·노륜(盧綸, 739~799)·묘발(苗發)·사공서(→214)·이단(李端, 743~782)·전기(→435)·최동(崔峒)·하후심(夏侯審)·한굉(韓翃)의 열 사람을 말하는데, 낭사원(郎士元, 727~280?)·냉조양(冷朝陽)·이가우(李嘉祐)·이익·황보증(皇甫曾) 등을 덧붙이는 설도 있다. 이들은 사회와 문학에 큰 충격을 준 '안사(安史)의 난(亂) [755~763, '안녹산(安祿山)의 난'이라고도 한다.]'의 뒤를 이은 대력 연간(大曆年間, 766~779)에 시로 명성을 얻었으므로 '대력 십재자'로 일컬어졌다. 이들은 쇠운에서 중흥에 이르는 과도기의 시인들이며, 그 특징을 통틀어 논하기는 어렵지만 각기 근체시(近體詩)를 장기(長技)로 삼았으며, 시의 형식면에서 성당기(盛唐期)보다 세련미를 높인 공을 세웠으며, 내용적으로는 자연을 읊어 새로운 경지를 열었다. 이들은 '안사의 난'을 겪은데다가 자신의 영달도 이루지 못한 사람이 많았으므로 작품에 비분강개(悲憤慷慨)하는 색채를 띤다.

394

이인석

李仁石 1917. 12. 8. ~ 1979. 7. 3.

한국의 시인.

황해도 해주(海州)에서 태어났으며, 서울에서 죽었다.

해주고등보통학교(海州高等普通學校)를 졸업한 뒤, 평안남도 도립도서관(道立圖書館) 관장으로 일하였다.

광복된 뒤에 월남(越南)하여 인천(仁川)에서 〈노자공보(勞資公報)〉 편집국장, 경인일보사(京仁日報社) 논설 위원으로 있다가 서울로 와서 세계일보사(世界日報社) 문화부장으로 재직하였다.

1948년(31세) 김광섭(→49)의 추천으로 〈백민(白民)〉(월간 종합 교양지. 1945. 12.~1950. 5. 통권 22호로 종간)에 등단(登壇)하면서 그 뒤 시작(詩作)에 온 힘을 기울였다.

1955년(38세) 1월 애정과 서정의 세계를 노래한 처녀시집 〈사랑〉[청춘사(靑春社)]을 펴냈고, 1957년(40세)에는 김경린(金璟麟, 1918~?, 한국의 시인)·김규동(→53)·김수영(→75)·김종문(→87)·김춘수(→95)·이상로(→375)·이홍우·임진수(林眞樹, 1926~?, 한국의 시인이며 언론인) 등과 9인 시집 〈평화에의 증언(證言)〉[삼중당(三中堂), 1957. 12.]을 펴냈다. 같은 해 제21차 국제 펜클럽(International PEN) 대회 한국 대표로 참석하였다.

1959년(42세) 시 〈시늉〉[사상계(思想界)〉, 1959. 8.]·〈용(龍)〉·〈탄피(彈皮)와 감초(甘草)〉 등으로 자유문학자협회(自由文學者協會) 문학상을 받았다.

1960년(43세) 이후 시극(詩劇)을 발표하여 시의 새로운 영역을 개척하였고, 1961년(44세) 8월 〈도시(都市)〉·〈시신(詩神)의 웃음〉·〈하루를 멋지게 살기엔〉 등이 실려 있는 현실 고발적인 내용의 제2시집 〈종이집과 하늘〉[태성사(泰成社)]을 펴냈다. 제1시집 〈사랑〉에서는 애정과 서정의 세계가 주류를 이루고 있었으나, 〈종이집과 하늘〉에서는 시인의 눈이 사회로 쏠려 현실 고발적인 내용으로 발전하였다.

1963년(46세) 고원(高遠, 1925~2008, 한국의 시인)·김정옥(→84)·박용구(朴容九, 1923~1999, 한국의 소설가)·

장호[章湖, 1929~1999, 한국의 시인. 본명 김장호(金長好)] · 최재복(崔載福) · 홍윤숙(洪允淑, 1925~, 한국의 여류 시인) 등과 함께 동인(同人) 단체 시극동인회(詩劇同人會)를 조직하여 1965년(48세) 2월부터 간사(幹事)로 일하였고, 희곡 〈고분(古墳)〉(제1회 상연, 1963. 10. 21.) · 〈사다리 위의 인형(人形)〉(제2회 상연, 1966. 2.) 등을 발표하였다.

전국문화단체총연합회(全國文化團體總聯合會, 文總) 인천 지부 창립 회원이었으며, 한국문인협회(韓國文人協會, 文協) 부이사장, 한국방송작가협회(韓國放送作家協會) 이사장 등을 지냈다.

1980년 유고(遺稿) 시집 〈우짖는 새여, 태양이여〉(창작과비평사)가 출판되었다.

395

이장희

李章熙 1900(고종 37). 1. 1. ~ 1929. 11. 3.

한국의 시인.

호(號)는 고월(古月), 본명(本名)은 양희(樑熙), 본관(本貫)은 인천(仁川). 1920년(20세) 장희(樟熙)로 개명(改名)하였으나, 필명(筆名)으로 장희(章熙)를 사용한 것이 본명처럼 되었다.

조선총독부(朝鮮總督府) 중추원(中樞院) 참의(參議)를 지냈으며 대구(大邱)의 부호(富豪)인 아버지 이병학(李炳學, 1866~1942)의 세 아내에게서 태어난 12남 9녀 중 셋째로, 대구 계산동(桂山洞)에서 태어났으며, 이곳에서 죽었다.

다섯 살 때 어머니 박금련(朴今連)을 여의었고, 계모 슬하에서 자랐다. 1912년(12세) 대구공립보통학교(大邱公立普通學校)를 졸업한 뒤 일본으로 유학하여 1917년(17세) 교토중학교(京都中學校)를 졸업하였다.

1924년(24세) 5월에는 백기만(→199) · 손진태(孫晉泰, 1900~?, 한국의 국사학자이며 민속학자) · 양주동(→282) · 유엽(→343) 등이 창간한 〈금성(金星)〉(문예 동인지. 1923. 11.~1924. 5. 통권 3호로 종간) 동인(同人)으로 합류하여 종간호에 〈무대(舞臺)〉 · 〈봄은 고양이로다〉 · 〈불놀이〉 · 〈새 한 마리〉 · 〈실바람 지나간 뒤〉 · 〈청천(靑天)의 유방(乳房)〉 등 6편의 시와 톨스토이(Lev Nikolaevich Tolstoi, 1828~1920, 19세기 러시아 문학을 대표하는 작가) 원작의 번역 소설 〈장구(長久)한 귀양〉을 발표하면서 등단(登壇)하였다. 〈봄은 고양이로다〉는 다분히 보들레르(Charles-Pierre Baudelaire, 1821~1867, 프랑스의 시인이며 문학 평론가)적 발상법을 바탕으로 하고 있는데, '고양이'라는 한 동물이 예리한 감각으로 조형되어 생생한 감각미를 보이고 있다. 이 시는 작자의 순수 지각(純粹知覺)에서 포착된 대상인 고양이를 통하여 봄이 주는 감각을 집약적으로 표현하고 있다.

베를렌(Paul Verlaine, 1844~1896, 프랑스의 상징파 시인)의 시를 가장 좋아하였으며, 보들레르의 〈악(惡)의 꽃[Les Fleurs du Mal(The Flowers of Evil)]〉(1857)과 두보(→143) · 변영로(→207) · 예이츠(William Butler Yeats, 1865~1939, 아일랜드의 시인이며 극작가) · 하기와라 사쿠타로(→496)를 좋아하였다.

우울하고 비사교적이며 주변의 모든 사람들을 속물시(俗物視)하는 성격 때문에 지기(知己)도 적고 따라서 작품도 많이 남기지 못하였다. 지나친 고고벽(孤高癖)과 은성적(隱性的)이고도 찌를 듯이 예리한 감각의 소유자로, 의지력이 굳세고 자존심이 무척 강하였는데, 이러한 비사교적 성격과 결벽증(潔癖症)은 남다른 가정 환경, 즉 세 어머니에게서 태어난 12남 9녀라는 대가족에서 빚어지는 갈등과, 일제(日帝)의 식민지 정책에 참여한 관리(官吏)로서 그에게 항상 일인(日人)과의 통역(通譯)을 종용하던 아버지와의 사상적 대립에서 오는 소외감으로부터 온 것으로 여겨진다.

동향(同鄕) · 동년배의 백기만(1902년생) · 이상화(→378, 1901년생) · 현진건(玄鎭健, 1900~1943, 한국의 소설가)과 절친하게 지냈으며, 그 밖의 문단(文壇)의 교우(交友)로는 김영진(金永鎭, 1899~?, 한국의 시조 시인) · 양주동 · 오상순(→293) · 유엽 등 극히 제한되어 있었고, 세속적인 것을 싫어하였다. 그러나 안으로 파고드는 깊은 감성은 그의 시적(詩的) 특징인 섬세한 감각과 심미적인 이미지를 작품에 표출시켜 〈봄은 고양이로다〉 등의 주옥 같은 시편(詩篇)을 낳았으며, 당시 시단(詩壇)에 신선한 충격을 주었다.

일정한 직업 없이 항상 집에 틀어박혀 고독하게 지냈으며, 복잡한 가정 환경과 친일파(親日派)인 아버지와의 갈등 때문에 고민하다가 병적(病的)인 환상(幻想)과 극심한 신경 쇠약증까지 겹쳐 29세의 젊은 나이로 대구의 자기 집에서 독약을 먹고 스스로 목숨을 끊었다.

1929년 대구에서 백기만 · 서동진(徐東辰, 1900~1970,

한국의 화가이며 정치가) · 오상순 · 이상화 등이 '고월 이장희 유작 시화전(古月李章熙遺作詩畫展)'을 열었다.

이 밖에도 〈신여성(新女性)〉(월간 여성 교양지. 1923. 9.~1926. 10. 제31호 발간 후 휴간, 1931. 1. 속간, 1934. 6. 제41호로 종간, 통권 72호로 종간)에 〈동경(憧憬)〉(제11호, 1924. 12.) · 〈석양구(夕陽丘)〉(제12호, 1925. 1.), 〈생장(生長)〉(월간 순수 문예지. 1925. 1.~5. 통권 5호로 종간) 종간호에 〈겨울밤〉 · 〈고양이의 꿈〉, 〈여명(黎明)〉(문예 동인지. 1925. 7.~1927. 1. 통권 4호로 종간) 창간호에 〈비 오는 날〉 · 〈청천의 유방〉, 제3호(1926. 6.)에 〈봄하늘에 눈물이 돌다〉, 〈신민(新民)〉(월간 종합 교양지. 1925. 5.~1932. 6. 통권 73호로 종간) 제5호(1925. 9.)에 〈비인 집〉 · 〈사상(沙上)〉, 제6호(1925. 10.)에 〈달밤 모래 위에서〉 · 〈연(鳶)〉, 제9호(1926. 1.)에 〈겨울의 모경(暮景)〉, 제16호(1926. 8.)에 〈하일소경(夏日小憬)〉, 제19호(1926. 11.)에 〈눈〉 · 〈들에서〉, 제26호(1927. 6.)에 〈눈은 나리네〉 · 〈봄철의 바다〉, 제28호(1927. 8.)에 〈어느 밤〉[〈중외일보(中外日報)〉(1929. 11. 14.)에도 게재] · 〈저녁〉, 제45호(1929. 1.)에 〈귀뚜라미〉 · 〈벌레 우는 소리〉, 〈조선문단(朝鮮文壇)〉(월간 순수 문예지. 1924. 10.~1936. 6. 통권 26호로 종간) 제20호(1927. 3.)에 〈가을밤〉, 〈여시(如是)〉(불교 잡지. 1928. 6.~?. 통권 2호로 종간) 창간호에 〈여름밤 공원에서〉 · 〈저녁〉, 〈문예공론(文藝公論)〉(월간 순수 문예지. 1929. 5.~7. 통권 3호로 종간) 창간호에 〈눈 내리는 날〉 · 〈봉선화〉 · 〈적은 노래〉 등 30여 편의 시를 발표하였다. 주로 쓸쓸하고 애달픈 느낌을 주는 것을 시적 대상으로 삼아 섬세한 감각과 시각적 이미지로 나타냈다.

독자적으로 펴낸 시집은 없고, 백기만이 펴낸 〈상화(尙火)와 고월(古月)〉[청구출판사(靑丘出版社). 1951. 9.]에 실린 〈금붕어〉 · 〈쓸쓸한 시절〉 · 〈여름밤〉 등 시 11편이 전해지다가, 1970년대 초반부터 그의 시 연구가 본격화되면서 1982년 〈봄과 고양이〉[문장사(文章社). 이장희 전집]와 1983년 〈봄은 고양이로다〉[문학세계사(文學世界社). 이장희 전집. 평전]가 발간되면서 그의 유작들이 총정리되었다.

시편에 나타난 시적 특색은 섬세한 감각과 시각적 이미지, 계절의 변화에 따른 시적 소재의 선택에 있다. 길이가 짧고 명징(明澄)한 언어로 윤곽이 선명하게 드러나며, 운율면(韻律面)에서도 작품의 구조와 잘 조화되고 있다.

서구 문예 사조(思潮)의 무비판적 수용으로 낭만주의(浪漫主義, romanticism) · 상징주의(象徵主義, symbolisme) · 자연주의(自然主義, naturalism) · 퇴폐주의(頹廢主義, decadence) 등이 혼재하여 퇴폐성이나 감상성(感傷性)이 지나치게 드러나 있던 1920년대 초반의 우리 시단에서, 그의 시는 참신한 감각과 이미지의 조형성을 보여 주었고, 감정을 절제한 짧은 형식의 시를 발표하여 신선한 충격을 줌으로써 바로 뒤를 이어 활동한 정지용(→445)과 함께 새로운 시적 경지를 개척하였다.

1996년 11월 9일 대구 달서구(達西區) 두류동(頭流洞) 두류공원 인물 동산에 〈봄은 고양이로다〉를 새긴 시비(詩碑)가 세워졌다.

396
이재철
李在徹 1931. 10. 21. ~ 2011. 7. 7.

한국의 아동 문학 평론가이며 시인 · 국문학자.

호(號)는 사계(史溪), 본관(本貫)은 하빈[河濱, 지금의 대구광역시 달성(達城)].

경상북도 청도읍(淸道邑) 고수동(高樹洞)에서 태어났으며, 서울에서 죽었다.

1951년(20세) 경북공립중학교(慶北公立中學校)를 졸업한 뒤 경북대학교(慶北大學校) 한국문학과(1956)와 대학원(1959)을 졸업하고, 1963(32세)~1973년(42세) 대구교육대학교(大邱敎育大學校), 1979(48세)~1997년(61세) 단국대학교(檀國大學校)에서 국어국문학과 교수로 재직하였으며, 1978년(47세) 이 대학교에서 문학 박사 학위를 받았다.

1950년(19세) '풍선(風船)' 동인(同人), 1952년(21세) '전형파(典型派)' 동인으로 활동하였다.

1960년(29세) 자유문학자협회(自由文學者協會) 기관지 〈자유문학〉(월간 순수 문예지. 1956. 6.~1963. 8. 통권 71호로 종간) 2월호에 시 〈도산부(陶山賦)〉 · 〈밤길〉 · 〈산맥(山脈)에서〉 등을 발표하여 등단(登壇)하였으며, 〈보리밭〉(〈자유문학〉 종간호) · 〈석상(石像)의 노래〉[〈계간문예(季刊文藝)〉, 1965. 1.] · 〈실내악(室內樂)〉[〈현대문학(現代文學)〉 제187호, 1971. 7.] · 〈산협 서정(山峽抒情)〉(1965) · 〈잠이 오지 않는 밤의 시〉(1968) · 〈가을 단상(斷想)〉

(1971)·〈나르시스의 연가(戀歌)〉(1971)·〈에델바이스〉(1971) 등의 동양적 서정과 인생을 읊은 시를 발표하였다.

동양적 취향과 서구적 교양을 접목시키는 시작(詩作) 활동을 해 왔으나, 대구교육대학교에 재직할 때부터 아동 문학 이론·아동 문학 평론 분야의 기틀 확립에 힘썼다.

1971년(40세) 경북문화위원, 1971~1973년 전국 교육대학 국어연구회 대표 이사, 1973년 한국아동문학가협회 상임 이사, 1988년(57세) 한국아동문학회 회장, 1997년(66세) 아시아아동문학학회 공동 회장 등을 지냈다.

1971~1972년(41세) 대구문학회 회지(會誌) 〈순수문학(純粹文學)〉(1971. 8. 창간)을 주재(主宰)하였고, 1976년(45세) 한국아동문학연구원을 열고 계간지 〈아동문학평론(兒童文學評論)〉을 창간, 발행하는 등 아동 문학 연구에 업적을 남겼다.

1968년(37세) 제11회 경북 문화상, 1984년(53세) 제2회 일석(一石) 학술상, 1988년 제22회 소천 아동 문학상(小泉兒童文學賞), 1989년(58세) 제7회 불교 아동 문학상, 2004년(73세) 〈방정환론(方定煥論)〉으로 제43회 한국 문학상을 받았다.

2010년(79세) 아동 문학 도서 및 자료 2만 여 점을 경희대학교(慶熙大學校)에 기증하여 사계아동문학문고(史溪兒童文學文庫) 및 한국아동문학연구센터를 개설하였다.

시집 〈풍선〉(1950. 7인 공저)·〈석상의 노래〉[문리당(文理堂), 1961. 1.]·〈비상(飛翔), 그 이후〉[형설출판사(螢雪出版社), 1971]·〈나목(裸木)의 고향〉[교음사(敎音社), 1985]과 수필집 〈에델바이스의 철학〉(교음사, 1982), 이론서 〈아동 문학 개론(兒童文學槪論)〉[문운당(文運堂), 1967. 서문당(瑞文堂), 2003]·〈아동 문학의 이해〉(1977)·〈한국 현대 아동 문학사〉[일지사(一志社), 1978]·〈아동 문학의 이론〉(형설출판사, 1983)·〈한국 아동 문학 연구〉[개문사(開門社), 1983]·〈세계 아동 문학 대사전〉[계몽사(啓蒙社), 1989]·〈한국 현대 아동 문학 작가 작품론〉[집문당(集文堂), 1997] 등이 있다.

397

이정보

李鼎輔 1693(숙종 19)~1766(영조 42)

조선(朝鮮, 1392~1910)의 문신(文臣)이며 시조(時調) 시인. 자(字)는 사수(士受), 호(號)는 보객정(報客亭)·삼주(三洲), 본관(本貫)은 연안(延安), 시호(諡號)는 문간(文簡).

아버지는 호조참판(戶曹參判) 이우신(李雨臣, 1670~1744), 어머니는 승지(承旨) 윤빈(尹彬, 1630~1693)의 딸이다.

1721년(28세, 경종 1) 진사시(進士試)에 급제(及第)하여 익릉(翼陵) 참봉(參奉)이 되었으나 곧 사퇴하였고, 1732년(39세, 영조 8) 정시문과(庭試文科)에 급제하여 검열(檢閱)이 되었으나, 1735년(42세, 영조 11) 사헌부(司憲府) 지평(持平)으로서 탕평책(蕩平策)을 반대하여 파직(罷職)되었다. 나중에 다시 홍문관(弘文館) 부수찬(副修撰)에 기용되어 부제학(副提學)·대사간(大司諫)·성균관(成均館) 대사성(大司成)·승지를 지냈고, 1750년(57세, 영조 26) 다시 탕평책을 반대하여 인천(仁川) 부사(府使)로 좌천(左遷)되었다. 그 뒤 이조판서(吏曹判書)·대제학(大提學)·예조판서(禮曹判書) 등을 지냈고, 만년(晩年)에 판중추부사(判中樞府事)에 이르렀다.

성품이 엄하고 강직하여 바른 말을 잘하여 여러 번 파직당하였다. 문(文)에서는 주의(奏議)와 변려문[騈儷文, 4언·6언의 대구(對句)로 이루어진 문장. 변려체·변문·사륙문(四六文)·사륙변려문이라고도 한다.]에 뛰어났고, 시조에서는 평시조뿐 아니라 사설시조(辭說時調)와 엇시조에도 뛰어났다.

김수장(金壽長, 1690~?, 조선 숙종·영조 때 활약한 가객이며 시조 작가)의 시조집 〈해동가요(海東歌謠)〉(1746~1769)에 실려 있는 시조 78수(首)를 비롯하여 모두 99수의 시조가 여러 시조집에 실려 있으며, 시조는 회고류(懷古類)가 가장 많다. 이 가운데 역사상 뛰어난 인물에 대한 회고와 추모(追慕)를 나타낸 20여 수는 착상이 독특하다. 이 밖에도 탈속(脫俗)의 경지와 흥취 있게 노는 것을 동경(憧憬)하거나, 늙어 감을 서러워하고 애정을 노래하는 등의 다양한 주제로 되어 있다.

소재나 시어(詩語)도 다채롭고 개성적이다. 특히 사설시조는 내용과 소재, 시어에서 파격적이라 할 만큼 사대부(士大夫) 시조로서의 기풍을 벗어났다. 이는 위항(委巷)의 가객(歌客)들과 가까이 하며 시조를 즐겼기 때문에 시풍(詩風)이 근엄한 격조에서 벗어나 당시 유행하던 풍류적 경향에 가깝게 된 것으로 보인다.

영조(英祖, 1694~1776, 조선의 제21대 왕. 재위 1724~1776)대(代)를 최후로 장식한 사대부 시조 작가로 시조의 주축을 평민층으로 옮기는 교량 역할을 하였다.

398

이제하

李祭夏 1937. 4. 20. ~

한국의 소설가이며 시인.

경상남도 밀양군(密陽郡) 부북면(府北面) 사포리(砂浦里)에서 1남 2녀 중 막내이며 외아들로 태어났다.

1953년(16세) 마산동중학교(馬山東中學校) 3학년 때 피난지 대구(大邱)에서 유일하게 발행되던 〈학원(學園)〉(월간 학생 종합지. 1952. 11.~1979. 2. 통권 293호로 종간) 독자 문단(文壇)에 산문 〈비 오는 날〉이 우수작으로 뽑혔으며, 마산고등학교 재학 중인 1954년(17세) 시 〈청솔 그늘에 앉아〉로 제1회 학원 문학상(學園文學賞)을 받았다. 이 시는 1960년대 중학교 국어 교과서에 실려 널리 읽혔는데, 여기에 나오는 '서울 친구'는 당시 경성제2고등보통학교[京城第二高等普通學校, 지금의 경복고등학교(景福高等學校)]에 다니던 유경환(→339)이었다. 고교 시절에는 김만옥(金萬玉, 1938~, 한국의 여류 소설가)·송상옥(宋相玉, 1938~2010, 한국의 소설가)·이광석(李光碩, 1935~, 한국의 시인) 등과 문학 동인(同人) '백치(白痴)'를 결성하여 활동하였다.

1956년(19세) 동화 〈수정 구슬〉과 동시(童詩) 〈눈 오는 날〉이 〈월간새벗〉(기독교계 월간 아동지. 1952. 1. 1. 창간, 1969년 정간, 1978. 10. 복간, 2002. 9. 종간)에 당선되었고, 〈서울신문〉 신춘 문예 시 부문에 〈꽃주전자와 꿈〉이 가작으로 당선되었다. 이 무렵 강소천(姜小泉, 1915~1963, 한국의 아동 문학가)의 영향을 받았다.

1956년 홍익대학교(弘益大學校) 조각과에 입학하였으나 곧 중퇴하고, 1961년(24세) 같은 대학교 서양화과 3학년에 편입하였다가 다시 중퇴하였다.

1957년(20세) 서정주(→226)의 추천을 받아 〈현대문학〉(월간 순수 문예지. 1955. 1.~현재)에 시 〈노을〉·〈바다〉·〈설야〉 등을 발표하였고, 〈소설계〉(월간 문예지. 1958. 6.~)에 현상(懸賞) 공모에 소설 〈나팔 산조〉가 준당선되었다. 이 무렵 카뮈(Albert Camus, 1913~1960, 프랑스의 소설가이며 극작가·평론가. 1957년 노벨 문학상을 받았다.)와 포크너(William Cuthbert Faulkner, 1897~1962, 미국의 소설가. 1949년 노벨 문학상을 받았다.), 표현주의(表現主義, expressionismus)와 초현실주의(超現實主義, surrealism)에 심취하였다.

1959년(22세) 단편 〈황색의 개〉[나중에 '황색 강아지'로 개제(改題)]가 〈신태양〉(월간 대중지. 1949. 3.~1959. 6. 1. 통권 80호로 종간)에 당선되었다. 이러한 시작(詩作)을 통하여 자의식(自意識)의 내면 탐구를 시도하여 즉물적(卽物的) 심리의 연상(聯想) 작용으로 환각적 상징 이미지를 구사(驅使)하는 독특한 작품 세계를 보여 주었다. 이러한 경향은 소설에서 한층 확대되어 현실 저항과 전통적 요소의 파괴로 나타나 인간의 일상적 사고와 생활을 깨뜨리는 내면적 사실주의(寫實主義, realism)를 추구하였다.

1960년(23세) 〈한국일보〉 신춘 문예에 단편 〈손〉이 당선되었으며, 1962년(25세) 〈60년대사화집(六十年代詞華集)〉(계간 시 동인지. 1961. 9.~1967. 5. 통권 12호로 종간) 동인(同人)으로 활동하면서 시 〈사랑이〉(제3호)를 발표하였다.

1975년(38세) 〈소설문예(小說文藝)〉(월간 문예지. 1975. 5. 창간, 1977. 11. 혁신 중간판 창간) 창간 편집 위원, 1978년(41세) 〈월간수상(月刊隨想)〉(월간 종합 교양지. 1977. 3. 창간) 주간(主幹), 1979년(42세) 〈미술춘추(美術春秋)〉(격월간 미술 전문지. 1979. 5. 창간) 주간으로 일하였다.

회화적인 문체(文體)와 시적(詩的)인 상징 기법을 통하여 초현실적 은유를 활용하는 '환상적(幻想的) 리얼리즘' 작가로 불리었으며, 문학·미술·음악·영화에 걸쳐 '전방위 예술가'란 호칭에 걸맞은 다양한 자기 표출을 시도하였다.

1973년(36세)에 펴낸 첫 창작집 〈초식〉으로 1974년(37세) 현대문학사(現代文學社) 제19회 '현대 문학 신인상' 수상자로 결정되었으나 상 받기를 거부하였고, 1985년(48세) 중편 〈나그네는 길에서도 쉬지 않는다〉로 제9회 '이상 문학상(李箱文學賞)', 1987년(50세) 장편 〈광화사〉로 제20회 한국일보 문학상(韓國日報文學賞), 1999년(62세) 시집 〈빈 들판〉으로 제9회 편운 문학상(片雲文學賞), 2008년(71세) 장편 〈능라도에서 생긴 일〉로 제11회 동리문학상(東里文學賞)을 받았다.

1982년(45세) 관훈화랑(寬勳畫廊)에서 제1회 개인전을 연 것을 비롯하여 1984년(47세) 서양화 10인 소품전[낙산공방(駱山工房)], 1993년(56세) 제2회 개인전(녹색갤러리), 1998년(61세) 김영태(金榮泰, 1936~2007, 한국의 시인이며 화가·예술 평론가)·이제하 2인 드로잉전(녹색갤러리), 2007년(70세) 제3회 개인전(고흥펜하우스), 2009년(72세) 네 번째 그림전[경인미술관(耕仁美術館)]을 열었다.

1995년(58세) 서울예전[서울예술대학교의 전신(前身)]·한국예술종합학교 영상원 객원 교수·명지대학교(明知大學校) 객원 교수, 1999년(62세) 명지대학교 문예창작학과 겸임 교수로 후진을 양성하였다.

이제하의 작품 연표

발표 시기	작품 이름	장르	발표 매체	비 고
1953	〈비 오는 날〉	산문	〈학원(學園)〉	독자 문단 우수작
1954	〈청솔 그늘에 앉아〉	시	〈학원〉	제1회 학원 문학상
1956	〈꽃주전자와 꿈〉	시	〈서울신문〉	신춘 문예 가작
	〈눈 오는 날〉	동시	〈새벗〉	당선
	〈수정 구슬〉	동화	〈새벗〉	당선
1957	〈노을〉·〈바다〉·〈설야(雪夜)〉	시	〈현대문학(現代文學)〉	
1958	〈나팔 산조(喇叭散調)〉	단편	〈소설계(小說界)〉	현상 공모 준당선
1959. 4.	〈내 마을 12월의 뒷골목〉·〈목탄(木炭) 데생〉·〈자정(子正)〉	시	〈현대문학〉 제52호	
1959	〈황색(黃色)의 개〉	단편	〈신태양(新太陽)〉	당선
1960	〈손〉	단편	〈한국일보(韓國日報)〉	신춘 문예 당선
	〈축하회(祝賀會)의 선생님〉	단편	〈신사조(新思潮)〉	
1962	〈사랑이〉	시	〈60년대 사화집(六十年代詞華集)〉 제3호	
1964. 12.	〈소경 눈뜨다〉·〈태평양(太平洋)〉	단편	〈현대문학〉 제120호	
1964	〈기적(奇蹟)〉	단편	〈공군(空軍)〉	
1966	〈노래하는 돌〉	동화	〈신아일보(新亞日報)〉	연재
	〈불멸(不滅)의 청자(靑瓷)〉	단편	〈문학(文學)〉	
	〈유원지(遊園地)의 거울〉	단편	〈여원(女苑)〉	
1967. 1.	〈기차, 기선, 바다, 하늘〉	단편	〈현대문학〉 제145호	
	〈한양고무공업사〉	단편	〈문학〉	
1967	〈조(朝)〉	단편	〈동서춘추(東西春秋)〉	
	〈흰 제비의 여름〉	단편	〈소설계〉	
1968. 4.	〈물의 기원(起源)〉	단편	〈현대문학〉 제160호	
1968	〈바람의 추(錘)〉	단편	〈여성동아(女性東亞)〉	
1969. 3.	〈임금님의 귀〉	단편	〈현대문학〉 제171호	
1969. 11.	〈스미스 씨의 약초(藥草)〉	단편	〈월간문학(月刊文學)〉 제13호	
	〈유자약전(劉子略傳)〉	중편	〈현대문학〉 제179호	
1969/1992. 7.	〈느림보의 다섯 가지 수수께끼〉	동화	〈대한일보(大韓日報)〉	연재/현암사(玄岩社)에서 동화집으로 출판
1969	〈비〉	단편	〈세대(世代)〉	
	〈우리들의 시대〉	단편	〈지방행정(地方行政)〉	
1970. 8.	〈고인(故人)의 사진〉	단편	〈현대문학〉 제188호	
1970	〈군화(軍靴)〉	단편	〈새생명〉	
	〈환상지(幻想志)〉	단편	〈세대〉	
1971	〈행인(行人)〉	단편	〈주간기독교(週刊基督敎)〉	
1972	〈초식(草食)〉	단편	〈지성(知性)〉	
1973. 10.	〈초식〉	단편집	민음사(民音社)	

발표 시기	작품 이름	장르	발표 매체	비 고
1977	〈근조(謹弔)〉	단편	〈문학과지성〉	
	〈새〉	콩트 스케치선	수문서관(修文書館)	
	〈자매 일기(姉妹日記)〉	중편	〈향장(香粧)〉	
1978	〈기차, 기선, 바다, 하늘〉	단편집	홍성사(弘盛社)	
1981	〈유자약전〉	중편집	고려원(高麗苑)	
1982	〈굴절(屈折)〉	단편	〈현대문학〉	
	〈밤의 창변(窓邊)〉	단편	〈문예중앙(文藝中央)〉	
	〈양말〉	단편	〈월간조선(月刊朝鮮)〉	
	〈저 어둠 속 등빛들을 느끼듯이〉	시집	청하출판사(淸河出版社)	
1983. 6.	〈사라(沙羅)의 눈물〉	단편집	우석출판사(宇石出版社)	
1983	〈눈(眼) 이야기-색맹(色盲)〉	단편	〈문학사상(文學思想)〉	
	〈자매 일기〉	중편집	고려원	
1984. 1.	〈나그네는 길에서도 쉬지 않는다〉	단편	〈현대문학〉 제349호	1987년 영화화
1984	〈권투(拳鬪)〉	단편	〈문학사상〉	
	〈밤의 수첩〉	선집	나남출판사(羅南出版社)	
1985. 10.	〈나그네는 길에서도 쉬지 않는다〉	단편집	문학사상사(文學思想社)	
1985. 12.	〈용(龍)〉	단편집	문학과지성사	
1985	〈소렌토에서〉	단편	〈현실과언어〉	
	〈용〉	중편	〈한국문학(韓國文學)〉	
	〈풀밭 위의 식사〉	단편	〈동서문학(東西文學)〉	
1986. 1.	〈강설(降雪)〉	단편	〈문학사상〉 제160호	
1986	〈광화사(狂畵師)〉	장편	〈한국일보〉	연재
	〈노래하는 돌〉	동화집	샘터사	
1987. 4.	〈광화사〉	소설집	문학사상사	
1987. 6.	〈흰 제비의 여름〉	단편집	인동출판사(忍冬出版社)	
1987. 11.	〈새와 나그네〉	단편집	청림출판사(青林出版社)	김채원(金采原)· 서영은(徐永恩)· 송영(宋影) 공저
1987/1988. 9.	〈소녀 유자(少女劉子)〉	장편	〈문학사상〉	연재/고려원에서 단행본으로 출판
1988. 11.	〈길 떠나는 사람에게〉	수필집	도서출판 동아(東亞)	
1988	〈시습(時習)의 아내〉	장편	〈경남매일(慶南每日)〉	연재
1989	〈어느 낯선 별에서〉	중편	〈레이디경향〉	
1990. 6.	〈진눈깨비 결혼〉	장편	청맥	〈시습의 아내〉를 개제
1990. 12.	〈혼선(混線)〉	중편집	경향신문사(京鄕新聞社)	김지원(金知原)· 안정효(安正孝) 공저
1991. 5.	〈지요 : 어느 미친 사랑에 관한 보고서〉	장편	미학사(美學社)	
1991. 9.	〈모래와 모래 사이에 바다가 있다〉	콩트집	동화문학사(童話文學社)	
1991. 10.	〈풀밭 위의 식사〉	선집	강천	
1992. 12.	〈이제하의 시네마 천국〉	영화 칼럼집	우리문학사	
1993. 8.	〈어느 낯선 별에서〉	선집	청아출판사	
1993	〈바다〉	산문 소묘집	산책	
1994. 2.	〈괴짜들, 짱구들, 젊은 영화들〉	영화 칼럼집	웅진출판사(熊津出版社)	
1994. 10.	〈사막, 그리고 지중해(地中海)에 바친다〉	산문집	문학동네	김채원·서영은· 송영 공저

발표 시기	작품 이름	장르	발표 매체	비 고
1996. 2.	〈소렌토에서〉	선집	솔출판사	
1996	〈난쟁이 삼형제(三兄弟〉	동화집	삼성출판사(三省出版社)	
	〈누가 무얼 기다리나〉	동화집	신태양사(新太陽社)	
1997. 7.	〈빼꾹아씨, 빼꾹귀신〉	그림 소설	열림원	회갑 기념집
	〈열망(熱望)〉	단편집	문학동네	
1997	〈눈사람 돌이〉	동화집	금성출판사(金星出版社)	
	〈대산(對山)〉	단편	〈21세기문학〉	
	〈모래틈〉	장편	〈문학동네〉	연재
1998. 6.	〈빈 들판〉	시집	나무생각	
1998. 10.	〈기차, 기선, 바다, 하늘〉	전집	문학동네	모두 2권
1999	〈견인(牽引)〉	단편	〈작가세계(作家世界)〉	
	〈독충(毒蟲)〉	단편	〈문예중앙〉	
2000. 2.	〈풍경의 내부〉	장편집	작가정신(作家精神)	
2000	〈담배의 해독(害毒)〉	단편	〈현대문학〉	
2001. 3.	〈독충〉	단편집	세계사(世界社)	
2005. 1.	〈유자약전〉	그림 소설	이다미디어	
2006/2007. 7.	〈능라도(綾羅島)에서 생긴 일〉	장편	〈작가세계〉	연재/세계사에서 단행본으로 출판
2010. 9.	〈마초를 죽이려고〉	단편	웅진문학에디션뿔	
2011. 7.	〈그대의 먼 사랑보다 따뜻한 술집〉	미니픽션	우리글	21명 공저
2012. 10.	〈코〉	단편집	달봄	

399

이제현

李齊賢 1287(충렬왕 13) ~ 1367(공민왕 16)

고려(高麗, 918~1392)의 문신(文臣)이며 학자·정치가·시인.

초명(初名)은 지공(之公), 자(字)는 중사(仲思), 호(號)는 실재(實齋)·역옹(櫟翁)·익재(益齋), 본관(本貫)은 경주(慶州), 시호(諡號)는 문충(文忠).

아버지는 검교문하시중(檢校門下侍中) 이진(李瑱, 1244~1321, 고려의 문신), 어머니는 진한국대부인 박씨(辰韓國大夫人朴氏)이며, 어려서부터 남달리 숙성하였고, 글을 잘 지었다.

1301년(14세, 충렬왕 복위 3년) 성균시(成均試)에 장원(壯元)으로 급제(及第)하였으며, 이어 대과(大科)에도 급제하였다.

같은 해 〈사서집주(四書集註)〉를 간행하여 성리학(性理學)의 보급에 크게 노력한 대학자 권보(權溥, 1262~1346, 고려의 문신이며 학자)의 딸 길창국부인 권씨(吉昌國夫人權氏, 1288~1332)와 혼인하였고, 슬하에 3남 4녀를 두었다. 권씨와 사별(死別)한 뒤 1333년(46세, 충숙왕 복위 원년) 박거실(朴居實)의 딸 수춘국부인 박씨(壽春國夫人朴氏)와 재혼하여 1남 3녀를 두었고, 나중에 서중린(徐仲麟)의 딸 서원군부인 서씨(瑞原郡夫人徐氏)를 삼취(三娶)로 맞이하여 2녀를 두었다. 또한 몇 명의 첩이 있었는데, 그 중 한 명의 첩에게서 두 딸을 얻었다.

1303년(16세, 충렬왕 복위 5년) 권무봉선고 판관(權務奉先庫判官)과 연경궁(延慶宮) 녹사(錄事)를 거쳐 1308년(21세, 충렬왕 복위 10년) 예문춘추관(藝文春秋館), 1309년(22세, 충선왕 복위 원년) 사헌부(司憲府) 규정(糾正), 1311년(24세, 충선왕 복위 3년) 전교시승(典校寺丞)과 삼사판관(三司判官), 1312년(25세, 충선왕 복위 4년) 서해도(西海道) 안렴사(按廉使) 등 여러 벼슬을 지냈다.

1314년(27세, 충숙왕 1) 고려에 성리학을 처음 들여온 백이정(白頤正, 1247~1323, 고려의 유학자)의 문하(門下)에서 정주학(程朱學)을 공부하였다. 그 해 중국 원(元)나라(1271~1368) 옌징[燕京, 지금의 베이징(北京)]에 있던 상왕(上王) 충선왕(忠宣王, 1275~1325, 고려의 제26대 왕. 재위 1298, 1308~1313)이 만권당(萬卷堂)을 짓고 서사(書史)를 즐기며 원나라의 학자·문인들을 드나들게 하였는데, 그들과 상대할 고려의 인물로 이제현을 불러들였다. 이제현은 옌징으로 가서 염복(閻復, 1236~1312, 중국 원나라의 문신이며 학자)·요수(姚燧, 1238~1313, 중국 원나라의 학자)·우집(→326)·원명선(元明善, 1269~1322, 중국 원나라의 문신이며 학자)·조맹부(趙孟頫, 1254~1322, 중국 원나라의 관리이며 서예가·화가)·주덕윤(朱德潤, 1294~1365, 중국 원나라의 화가이며 학자) 등과 교유(交遊)하여 학문과 식견을 넓히며 함께 고전(古典)을 연구하였다. 이 때 진감여(陳鑑如, ?~?, 중국 원나라의 화원)가 그리고 탕병룡(湯炳龍, ?~?, 중국 원나라의 학자)이 찬(贊)을 쓴 이제현의 초상화 〈익재 영정(益齋影幀)〉(93×177.3㎝)은 국보 제110호로 지정되어 국립중앙박물관(國立中央博物館)에 보관되어 있다.

1316년(29세, 충숙왕 3)에는 충선왕을 대신하여 서촉(西蜀)의 명산 아미산(峨眉山)에 치제(致祭)하기 위하여 그곳을 다녀왔으며, 1319년(32세, 충숙왕 6)에는 충선왕이 저장성(浙江省)의 보타사(寶陀寺)에 강향(降香)하기 위하여 행차하는 데 시종(侍從)하였다.

만권당에 머물며 활동하는 동안에도 때때로 고려에 들어와서 관리(官吏)로 일하면서 성균관(成均館) 좨주(祭酒, 학사 담당)·판전교(判典校) 시사(寺事)·선부(選部) 전서(典書)를 지냈다. 1320년(33세, 충숙왕 7)에는 지밀직사사(知密直司事)가 되면서 단성익찬공신(端誠翊贊功臣)의 호를 받았고, 지공거(知貢擧)가 되어 과거(科擧)를 주재(主宰)하였다. 같은 해 겨울, 충선왕이 모함을 받아 원나라 조정으로부터 참소(讒訴)를 받아 토번[吐蕃, 티베트 왕국]으로 유배되었다. 그러나 그는 충선왕의 방환(放還) 운동을 적극 추진하여 유배지를 토번에서 깐쑤성(甘肅省) 타사마(朶思麻)로 옮겨 놓는 데 결정적인 역할을 하였다. 그 뒤에도 충선왕의 석방을 적극 청원하여 1323년(36세, 충숙왕 10) 풀려나오게 하였다.

1321년(34세, 충숙왕 8) 아버지의 상(喪)을 치렀고, 1323년에는 유배된 충선왕을 만나 위로하기 위하여 타사마를 방문하여 또 한번 중국의 외진 절경과 문화재를 둘러볼 기회를 갖게 되었다. 세 차례에 걸친 중국에서의 먼 여행은 일찍이 우리나라 사람이 경험해 보지 못하였던 것으로 그의 견문을 넓히는 데 크게 이바지하였다.

1324년(37세, 충숙왕 11) 밀직사(密直司)를 거쳐 1325년(38세, 충숙왕 12) 첨의평리(僉議評理)·정당문학(政堂文學)에 전임됨으로써 재상(宰相)의 지위에 올랐다.

1339년(52세, 충숙왕 복위 7년) 조적(曹頔, ?~?, 고려의 역신)의 난이 일어난 끝에, 충숙왕(忠肅王, 1294~1339, 고려의 제27대 왕. 재위 1313~1330, 1332~1339)과 충혜왕(忠惠王, 1315~1344, 고려의 제28대 왕. 재위 1330~1332, 1339~1344) 부자(父子)가 중조(重祚)하는 어지러운 때를 당하여 충혜왕이 원나라에 붙잡혀가자 그를 따라가 사태를 수습하고 복위(復位)되는 데 중요한 역할을 하였다. 그러나 그로부터 몇 년 동안 조적의 여당(餘黨)에 눌려 관직에서 물러나 두문불출했는데, 이 기간 동안에 〈역옹패설(櫟翁稗說)〉(모두 2권)을 썼다.

1344년(57세, 충혜왕 복위 5년) 충목왕(忠穆王, 1337~1348, 고려의 제29대 왕. 재위 1344~1348)이 즉위한 직후 판삼사사(判三司事)에 임명되어 문란해진 정치 기강을 바로잡고 새로운 시책을 펴는 데 참여하여 여러 항목에 걸친 개혁안을 제시하여 격물치지(格物致知)와 성의정심(誠意正心)의 도(道)를 강조하였다.

1348년(61세, 충목왕 4) 충목왕이 승하(昇遐)하자 원나라로 가서 왕기[王祺, 뒷날의 공민왕(恭愍王, 1330~1374, 고려의 제31대 왕. 재위 1351~1374)]를 왕으로 추대(推戴)하기 위한 운동을 벌였으나 실패하였다.

1351년(64세, 충정왕 3) 공민왕이 즉위한 뒤 우정승·권단정동성사(權斷征東省事)를 거쳐 도첨의정승(都僉議政丞)을 지냈다.

1353년(66세, 공민왕 2) 두 번째로 지공거가 되어 이색(李穡, 1328~1396, 고려 말의 문신이며 학자) 등 35명을 등과자(登科者)로 선발하였다.

1356년(69세, 공민왕 5) 기철(奇轍, ?~1356, 고려의 권신) 등을 죽이는 반원(反元) 운동이 일어나자, 1357년(70세, 공민왕 6) 문하시중(門下侍中)이 되어 사태를 수습하였다.

1359년(72세, 공민왕 8) 4월 24일, 두 번째 아내 수춘국부인 박씨에게서 낳은 1남 3녀 중 맏딸 혜비 이씨{惠妃李氏, ?~1408, 1374년 공민왕이 시해된 뒤 비구니(比丘尼)가 되어 정업원[淨業院, 고려·조선 시대 도성(都城) 내에 있었던 여승방(女僧房)]에 들어갔으며, 조선이 건국된 뒤에는 혜화궁주(惠和宮主)로 불리었다.}가 공민왕의 후비(后妃)로 들어가 1362년(75세, 공민왕 11) 계림 부원군(鷄林府院君)에 봉해졌으나 사직하고 학문과 저술에 몰두하였다. 그 뒤에도 국가의 중대사에 대해서 자문에 응하였으며, 홍건적(紅巾賊)의 난(1351~1366)이 일어나 수도(首都) 개경(開京)이 함락되었을 때에도 경상북도 상주(尙州)에서 왕을 배알하고 호종(扈從)하였다.

정치가로서의 그는 당시 고려가 원나라의 부마국(駙馬國)이라는 현실을 시인하고, 그 테두리 안에서 국가의 존립과 사회 모순의 시정을 위하여 노력하였다. 그러나 급격한 변화를 달가워하지 않았고 온건한 태도로 현실에 임하였다. 원나라와 고려를 넘나들며 복잡하고 미묘한 상황에 처하기도 하였지만 화를 당하거나 유배된 적은 없었다.

문학 부문에서는 도와 문(文)을 본말(本末)의 관계로 파악하여 이들을 같은 선상에 두면서도 도의 전달에 상대적인 비중을 두는 문학관(文學觀)을 지니고 있었다. 그의 시는 형식과 내용이 조화를 이루면서도 수기치인(修己治人)과 관계되는 충효 사상·관풍기속(觀風記俗)·현실 고발의 내용과 주제도 담고 있는데, 전아(典雅)하고 웅혼(雄渾)하다는 평을 받았고, 영사시(詠史詩, 역사적 사실을 소재로 하여 읊은 시)가 많은 부분을 차지하는 것이 특징이다. 산문은 앞시대의 형식 위주의 문학을 배격하고 내용을 위주로 한 재도적(載道的)인 문학을 추구하였다. 사(詞)의 장르에서도 독보적 존재로 일컬어지고 있다. 고려의 한문학을 세련되면서도 한 단계 높게 끌어올렸다는 점에서 한국 문학사의 중요한 위치를 차지하고 있다.

빼어난 유학 지식과 문학적 소양을 바탕으로 사학(史學)에도 많은 업적을 남겼다. 민지(閔漬, 1248~1326, 고려의 문신)의 〈본조편년강목(本朝編年綱目)〉을 중수(重修)하는 일을 맡았고, 충렬왕(忠烈王, 1236~1308, 고려의 제25대 왕. 재위 1274~1308)·충선왕·충숙왕의 실록(實錄)을 편찬하는 데 참여하였다. 특히 말년(末年)에 〈국사(國史)〉를 편찬하였는데, 기년전지(紀年傳志)의 기전체(紀傳體)를 계획하여 백문보(白文寶, 1303~1374, 고려의 문신)·이달충(李達衷, 1309~1384, 고려의 문신)과 함께 진행하였으나 완성시키지는 못하였다. 〈국사〉의 유고(遺稿)는 뒷날 조선 건국 초기 〈고려사(高麗史)〉(139권 75책. 1449~1451) 편찬의 자료로 활용되었다.

그의 저술로 현존하는 것은 〈익재난고(益齋亂藁)〉(모두 10권)와 〈역옹패설〉이다. 흔히 이것을 합하여 〈익재집(益齋集)〉이라고 한다. 〈익재난고〉의 〈소악부(小樂府)〉에 고려의 민간 가요를 칠언절구(七言絕句)로 번역한 17수(首)가 실려 있는데, 오늘날 고려 가요(高麗歌謠) 연구에 귀중한 자료가 된다.

경주의 구강서원(龜岡書院), 금천(金川)의 도산서원(道山書院)에 제향(祭享)되고, 공민왕 묘정(廟廷)에 배향(配享)되었다.

1504년(연산군 10년) 후손 이사균(李思鈞, 1471~1536, 조선의 문신)에 의하여 충청북도 청원군(淸原郡) 수락영당(水洛影堂)이 세워져 제향되었고, 1546년(명종 2년) 전라남도 영암군(靈巖郡) 영암읍 망호리(望湖里)에 후손 이반기(李磻琦)가 영호사(靈湖祠)를 세웠으며, 그 뒤 전라남도 장성군(長城郡)의 가산서원(佳山書院)과 강진군(康津郡)의 구곡사(龜谷寺) 등에도 배향되었다.

400

이즈미 시키부
和泉式部 976? ~ 1036?

일본의 여류 시인.

다감하고 청신한 시풍(詩風)의 와카[和歌, 중국의 한시(漢詩)와 대조되는 것으로, 일본 고유의 시]를 여럿 남겼다.

아버지는 에치젠구니[越前國, 지금의 혼슈(本州) 중서부 후쿠이현(福井縣)]의 지방관(地方官) 오에 마사무네(大江雅致), 어머니는 엣추구니[越中國, 지금의 혼슈 중부 도야마현(富山縣)]의 지방관 다이라 야스히라(平保衡)의 딸로, 일찍이 그녀의 부모와 혈연 관계가 있었던 레이제이 천황(冷泉天皇, 950~1011, 일본의 제63대 천황. 재위 967~969)의 중궁(中宮) 마사코 내친왕(昌子內親王, 950~1000)의 여동(女童)으로 있었던 것으로 추정된다.

20세 전후에 이즈미구니[和泉國, 지금의 혼슈 서부 오사카(大阪) 남서부]의 지방관 다치바나 미치사다(橘道貞, ?~1016)와 결혼하여 교토(京都, 794~1868년 일본의 수도)에서 이즈미구니로 들어갔다. '이즈미 시키부'라는 이름도 이 때 남편의 부임지 '이즈미(和泉)'와 관직명 '시키부(式部, 국가의 주요 의식과 인사를 담당하는 관리)'를 합쳐서 부른 것이다. 딸 고시키부 나이시(小式部內侍, 999~1025)를 낳았지만, 레이제이 천황의 셋째 아들 다메타카 친왕(爲尊親王, 977~1002)과 가까이 지내면서 다치바나 미치사다와는 이혼하였다. 신분이 다른 다메타카 친왕과의 열애담은 세상을 떠들썩하게 하였고, 결국 부모와 의절(義絶)까지 하게 되었다.

1002년(26세) 다메타카 친왕과 사별(死別)하였고, 이듬해 여름 무렵부터 그의 아우 아쓰미치 친왕(敦道親王, 981~1007)의 저택으로 들어가 격렬한 연애에 빠졌다. 이 일로 친왕의 정비(正妃)였던 후지와라 나리토키(藤原濟時, 941~995, 일본의 귀족이며 정치가)의 딸이 집을 나가기도 하였다. 아쓰미치 친왕 사이에서 아들 에이가쿠(永覺)를 얻었지만 1007년(31세) 그와도 사별하였다.

1009년(33세)쯤부터 이치조 천황(一條天皇, 980~1011, 일본의 제66대 천황. 재위 986~1011)의 중궁 후지와라 쇼시(藤原彰子, 988~1074)의 시녀(侍女)로 다시 입궐하였다. 1013년(37세) 후지와라 쇼시의 아버지 후지와라 미치나가(藤原道長, 966~1028, 일본의 귀족이며 정치가)의 게시(家司, 집안을 관리하는 직무)로서 무용(武勇)으로 이름이 높던 후지와라 야스마사(藤原保昌, 958~1036)와 재혼하여 남편의 부임지 단고구니[丹後國, 지금의 교토부 교탄고시(京丹後市)]로 내려갔다. 1025년(49세)에는 딸 고시키부 나이시를 잃는 불행을 겪었다.

생애 마지막 노래는 1027년(51세) 산조 천황(三條天皇, 976~1017, 일본의 67대 천황. 재위 1011~1011)의 중궁 후지와라 겐시(藤原妍子, 994~1027)를 추모(追慕)하는 와카이다.

연가(戀歌)·애상가(哀傷歌)·찬불가(讚佛歌)에서 진정성이 두드러지게 보이고 있으며, 특히 연가에는 정열적인 분위기의 수작(秀作)이 많아, 같은 시대의 후지와라 긴토(藤原公任, 966~1041, 일본의 관리이며 시인)로부터 극찬받았다.

세 번째 칙찬 와카집(勅撰和歌集) 〈슈이와카슈(拾遺和歌集)〉(모두 20권, 1,351수, 1005~1007)에 246수(首)의 와카가 실려 있으며, 그녀가 죽은 뒤의 출판된 네 번째 칙찬 와카집 〈고슈이와카슈(後拾遺和歌集)〉(모두 20권, 1,218수, 1087)에 가장 많은 노래가 실려 있다. 이 밖에 개인 문집으로 〈이즈미 시키부 정집(和泉式部正集)〉·〈이즈미 시키부 속집(續集)〉, 뛰어난 와카를 엄선한 〈신한본 이즈미 시키부집(宸翰本和泉式部集)〉이 있다. 〈이즈미 시키부 일기(日記)〉는 아쓰미치 친왕과 이루어진 애정의 애틋한 사연을 술회(述懷)한 것인데, 이에 대해서는 그녀 본인의 작품이 맞는지 의심하는 설이 있다.

연애 편력이 많아서 후지와라 미치나가로부터 '나대는 여자(浮かれ女)'라는 평을 들었으며, 같은 시대의 동료 무라사키 시키부(紫式部, 978?~1016?, 일본의 여류 작가)로부터는 '연문(戀文)이나 와카는 훌륭한데, 행실이 감동할 만한 것이 없다.'는 비평을 받았다. 그녀에 얽힌 설화(說話)·전설은 민간 신앙과 결부되어 일본 여러 곳에 퍼져 있다.

401

이찬

李燦 1910(순종 4). 1. 15. ~ 1974. 1. 5.

북한의 시인.

본명(本名)은 이무종(李務鍾).

함경남도 북청군(北靑郡) 북청읍에서 태어났다.

북청공립보통학교(1918~1924)를 거쳐 1924년(14세) 경성제2고등보통학교[京城第二高等普通學校, 지금의 경복고등학교(景福高等學校)]에 입학하였다.

경성제2고보 재학 중인 1927년(17세) 〈조선일보(朝鮮日報)〉 학생 문예란에 〈나팔〉, 〈중외일보(中外日報)〉(일간지. 1926. 11. 15.~1931. 9. 2.)에 〈전진하라〉 등 단시(短詩) 10여 편을 발표하였으며, 1928년(18세) 〈신시단(新詩壇)〉(시 전문 동인지. 1928. 8. 1. 창간호로 종간)에 〈봄은 간다〉·〈잃어진 화원(花園)〉을 발표하여 본격적인 작품 활동을 시작하였다.

1929년(19세) 3월 경성제2고보를 졸업한 뒤 일본으로 유학하여 도쿄 릿쿄대학(立敎大學)을 거쳐 1930년(20세) 와세다대학(早稻田大學) 노문과(露文科)에 입학하였고, 사회주의 혁명을 위하여 조직된 문예 운동 단체 카프(KAPF, 조선프롤레타리아예술동맹. 에스페란토식 표기인 'Korea Artista Proleta Federatio'의 머리글자. Korea Proletarian Artist Federation)의 도쿄 지부인 무산자사(無産者社)와 관계하여 임화(→419) 등을 만났다.

1930년 2월 말에 잠시 귀국하여 연희전문학교[延禧專門學校. 연세대학교(延世大學校)의 전신(前身)]에 등록하였으나 수강은 하지 않았으며, 그 해 5월에 다시 일본으로 돌아갔다.

1931년(21세) 11월 도쿄에서 연구 단체 동지사(同志社)를 결성하여 편집 위원으로 참여하였으며, 〈문학건설(文學建設)〉(문예지. 1932. 12. 창간호로 종간) 창간에 적극 참여하여 시 〈너희들을 보내고〉를 발표하였다.

1932년(22세) 2월 박석정(朴石丁)·안막[安漠, 1910~?, 북한의 문학 평론가. 최승희(崔承喜, 1911~1969, 북한의 무용가이며 안무가)의 남편]과 함께 코프[KOPF(Federacio de Proletaj Kultur Organizoj Japanaj), 일본프롤레타리아문화연맹]에 참여하였다. 같은 해 5월 귀국하여 카프에 참여하여 중앙 위원에 선출되었다.

카프는, 1922년 9월 김두수(金斗洙, 1903~?, 한국의 사회주의 운동가)·김영팔(金永八, 1904~1950, 한국의 연극인)·김홍파(金紅波, ?~?, 〈북조선일보〉 기자)·박세영(→180)·박용대(朴容大, ?~?, 한국의 사회주의 운동가)·송영(宋影, 1903~1978, 한국의 소설가이며 극작가)·심훈(→261)·이적효(李赤曉, 1901~?, 한국의 사회주의 운동가)·이호(李浩, 1903~?, 한국의 사회주의 운동가)·최승일(崔承一, 1901~?, 한국의 작가이며 방송인·영화인. 최승희의 오빠) 등 사회주의 경향의 문인(文人)들이 조직한 최초의 사회주의 예술 단체인 염군사(焰群社)와, 1923년 10월 김기진(→55)·김복진(金復鎭, 1901~1940, 한국의 조각가이며 미술 평론가·문예 이론가·연극인·사회 운동가. 한국 최초로 서구식 조각 교육을 받았다.)·김형원(→100)·박영희(→183)·안석주[安碩柱, 1901~1950, 한국 소설 삽화의 선구자이며 소설가·영화인. 〈우리의 소원은 통일〉의 작사가. 안석영(安夕影)으로 더 알려졌다.]·연학년(延鶴年, ?~1938, 한국의 연극인)·이상화(→378)·이익상(李益相, 1895~1935, 한국의 소설가이며 언론인) 등이 조직한 신경향파{新傾向派, 박영희가 〈신경향파의 문학과 그 문단적 지위〉[〈개벽(開闢)〉 제64호, 1925. 12.]에서 '신경향파'라는 용어를 처음 사용하였다.} 문학 단체인 파스큘라(PASKYULA, 동인들의 이름 머리글자를 딴 것. 박영희의 'PA', 이익상의 'S', 김복진·김기진의 'K', 연학년의 'YU', 이상화의 'L', 안석주의 'A')가 1925년 8월에 하나로 통합된 최초의 전국적인 문학 예술가 조직이었다. 창립 당시 구성원은 김기진·김복진·김양(金陽)·김영팔·김온(金穩)·박영희·박용대·박팔양(→193)·송영·심훈·안석주·이기영(李箕永, 1895~1984, 북한의 소설가)·이상화·이익상·이적효·이호·조명희(→453)·최승일·한설야(韓雪野, 1900~1976?, 북한의 소설가이며 문학 평론가) 등이었다.

1930년대 전반 좌익(左翼) 계열의 문학 활동을 하면서 카프 시인들이 많이 보여 주었던 이야기 구조를 이용한 이야기체 시[narrative poetry, narrative poem. 설화시(說話詩)]를 주로 창작하였다. 이러한 이야기체 시를 통하여 일제(日帝) 강점기 민족의 현실, 압박받는 민중의 수난과 고통, 주로 노동자·농민의 삶을 구체적이고도 사실적으로 보여 주었다. 〈일꾼의 노래〉[〈학지광(學之光)〉 종간호, 1930. 4.]·〈기계 같은 사나이〉[〈대중공론(大衆公論)〉 제5호, 1930. 6.]·〈가고야 말려느냐〉[〈매일신보(每日新報)〉, 1932. 5. 6.]·〈아내의 죽음을 듣고〉[〈신여성(新女性)〉 제53호, 1932. 11.]·〈잠 안 오는 밤〉[〈제일선(第一線)〉 제2권 제10호, 1932. 11.] 등은 카프 시기의 이러한 시적(詩的) 경향을 보여 주는 작품이다.

1932년 11월 19일 이른바 '별나라 잡지 사건'으로 신고송(申鼓頌, 1907~?, 북한의 동시인이며 희곡 작가)과 함께 검거되었다가 1934년(24세) 9월 만기(滿期) 석방되어 북청으로 강제 귀향되었다.

1934년 〈형상(形象)〉(월간 문예지. 1934. 2.~3. 통권 2호로 종간) 창간호에 평론 〈예술 시감(藝術時感)〉, 1936년(26세) 〈할 곳 없는 하소연〉[〈조선중앙일보(朝鮮中央日報)〉, 1936. 7. 21.], 11월 민태규(閔泰奎)·윤곤강(→357)·이병각(李秉珏, 1910~1941, 한국의 시인) 등이 창간한 〈낭만(浪漫)〉(시 전문 동인지. 1936. 11. 9. 창간호로 종간)에 시 〈환영하는 이 없는 정거장〉 등 2편을 발표하였다.

1937년(27세)부터는 북청·삼수(三水)·혜산진(惠山津) 등지에서 관납상회와 북청문화주식회사(인쇄업)·양조장 등에 종사하면서 창작 활동을 하였다. 자신의 일상적 경험과 일제 말기의 북방에서 겪은 암울한 민족 현실을 노래하였는데, 그 대표작이 1930년대 중반에 발표한 〈달밤〉·〈등대(燈臺)〉·〈만기(滿期)〉·〈면회(面會)〉 등이다.

1937년 11월에 펴낸 처녀 시집 〈대망(待望)〉[중앙인서관(中央印書館)]을 비롯하여 제2시집 〈분향(焚香)〉[한성도서주식회사(漢城圖書株式會社), 1938. 7.], 제3시집 〈망양(茫洋)〉[박문서관(博文書館), 1940. 6.]을 펴냈다. 또한 〈갈망(渴望)〉·〈국경(國境)의 밤〉·〈그대들을 보내고〉·〈눈 내리는 보성(堡城)의 밤〉·〈대망〉·〈백산령산(白山嶺山)에서〉·〈어화(漁火)〉·〈이 사람을 보이라〉·〈출범(出帆)〉·〈포플라〉·〈향수(鄕愁)〉 등에서는 광복에 대한 신념과 적극적인 행동을 할 수 없는 지식인의 자기 고뇌와 부끄러움을 표현하였다.

광복 직후 조선문학가동맹[朝鮮文學家同盟, 1945년 12월 6일 '조선문학동맹'으로 결성]의 일원으로 해방 기념 시집

〈횃불〉(우리문학사, 1946. 4.)을 발간하고 곧바로 월북(越北)하였다. 새로운 조국을 맞는 환희와 더불어 아직도 끝날 줄 모르는 민중의 고통을 〈강(江)〉·〈녹음 방초(綠陰芳草)〉·〈새 바람 휩쓴 뒤〉·〈아오라지 나루〉·〈피난민 열차〉[〈중앙일보(中央日報)〉] 등에서 드러내었다.

월북한 뒤 북조선문학예술총동맹[北朝鮮文學藝術總同盟, 1946년 3월 25일 '북조선예술총연맹'으로 결성, 1946년 10월 '북조선문학예술총동맹'으로 개칭, 1951년 3월 '조선문학예술동맹'으로 개편, 1961년 3월 2일 '조선문학예술총동맹(문예총)'으로 부활] 서기장(書記長), 함경남도 혜산군 인민위원회 부위원장, 함남일보사(咸南日報社) 편집국장, 1961년(51세) 조선문학예술총동맹 중앙위원회 부위원장, 1964년(54세) 아시아·아프리카단결위원회 부위원장, 조소문화협회(朝蘇文化協會, North Korea-Soviet Cultural Association) 서기장·부위원장, 문화선전성(文化宣傳省) 문화국 부국장 등을 지냈다.

〈새소식〉(1946)·〈8·15부터〉(1946)·〈달과 딸과 어머니〉(1947)·〈록음(綠陰)〉(1949) 등 주로 공산 체제를 찬양하는 시들을 창작하여 혁명 시인의 칭호를 받았다. 김일성[金日成, 1912~1994, 북한의 주석. 본명(本名)은 김성주(金成柱). 재임 1948~1994]을 미화·찬양하는 〈김일성 장군의 노래〉를 작사하였는데, '불멸의 혁명 송가'라고 일컬어지는 이 노래는 1947년(37세)에 처음 발표된 이래로 북한에서 공식 국가인 애국가보다도 많이 불리어 왔다. 작곡자는 북한 애국가를 작곡한 김원균(金元均, 1917~2002, 북한의 작곡가)이다.

이 밖의 작품으로 〈몸과 마음 다 바쳐 우리는 받들리〉(1972)·〈물의 노래〉(1959)·〈물지게〉(1957)·〈밀림의 횃불〉·〈밝아 오는 남녘의 밤〉·〈밝은 세월〉(1957)·〈북청 사과〉(1952)·〈비단 폭포 쏟아지네〉(1972)·〈새 철길〉·〈생각〉·〈소련 시초(蘇聯詩抄)〉(1947)·〈수로 천리(水路千里)〉(1957)·〈승리의 기록〉(1949)·〈어느 고지(高地)에서〉(1951)·〈우리는 수령님만 따르렵니다〉(1973)·〈우리는 충직한 수령님의 전사(戰士)〉·〈자랑하노라〉·〈조국 만세〉·〈천지 개벽(天地開闢)〉(1957)·〈첫 대답〉(1958)·〈화원(花園)〉(1946)·〈후판의 노래〉 등이 있고, 죽은 뒤에 65편의 작품을 실은 네 번째 시집 〈태양의 노래〉[추모 시선집, 조선노동당(朝鮮勞動黨) 문예편집부, 1982. 8.]가 출판되었다.

그 동안 규제 문인으로 묶여 있다가 1988년 7월 정부의 월북 문인 해금(解禁) 조치 발표로 그의 모든 작품이 해금되었다.

한편, 2002년 8월 14일 '나라와 문화를 생각하는 국회의원 모임'·민족문제연구소(民族問題硏究所)·민족문학작가회의[民族文學作家會議, 1974년 11월 18일 자유실천문인협의회(自由實踐文人協議會)로 설립되어 1987년 9월 17일 '민족문학작가회의'로 이름을 바꾸었다가 2007년 12월 8일 '한국작가회의'로 다시 이름을 바꾸었다.]·'민족 정기를 세우는 국회 의원 모임'·〈실천문학(實踐文學)〉(계간 문예지, 1980. 3.~현재)이 공동 발표한 '친일(親日) 문학인 42인 명단', 2009년 11월 8일 민족문제연구소에서 출판한 〈친일 인명 사전(親日人名辭典)〉, 2009년 11월 27일 친일반민족행위진상규명위원회(親日反民族行爲眞相糾明委員會)가 발표한 '친일 반민족 행위 704인 명단'에 모두 포함되어 있다.

〈조광(朝光)〉(월간 종합 교양지, 1935. 11.~1944. 12. 통권 110호로 종간) 제80호(1942. 6.)에 발표한 평론 〈어서 너의 키타를〉을 비롯하여 〈병정(兵丁)〉[평론, 〈신시대(新時代)〉 제27호, 1943. 3.]·〈세월(歲月)〉(희곡, 〈조광〉 제92~94호, 1943. 6.~8.)·〈송(送) 출진 학도(出陣學徒)〉(〈매일신보〉, 1944. 1. 19., 〈신시대〉 제38호, 1944. 2.)·〈그나마 잘 죽어서〉[평론, 〈동양지광(東洋之光)〉, 1944. 3.]·〈보내는 사람들〉(희곡, 〈신시대〉 제44호, 1944. 8.)·〈잔사(殘寺)〉[평론, 〈동광(東光)〉, 1944. 10.] 등 모두 8편의 친일 작품이 밝혀져 있다.

402

이청조

李淸照 1084. 3. 13. ~ 1155. 5. 12.

중국 송(宋)나라(960~1279)의 여류 시인.

호(號)는 수옥(漱玉)·이안거사(易安居士).

저명한 학자의 집안으로, 소동파(→234)의 문인(文人)으로 후사학사(後四學士)를 지낸 이격비(李格非)의 딸로, 산둥성(山東省) 지난부(濟南府) 장추현(章丘縣)에서 태어났으며, 저장성(浙江省) 진화현(金華縣)에서 죽었다.

1101년(17세) 금석문(金石文) 연구가이며 골동품 수집가였던 조명성(趙明誠, 1081~1129)과 결혼하였는데, 이부시랑(吏部侍郞)을 지낸 시아버지 조정지(趙挺之)와는 갈등을 빚었다. 조정지는 권력욕이 많았으며 정치적인 술수에 뛰어난 인물로 소동파와 이격비를 탄핵(彈劾)하기도 하였다.

벼슬길에서 물러나 실의에 빠진 남편을 도와 10여 년 동안 금석학(金石學)에 몰두하여 〈금석록(金石錄)〉(모두 30권)을 완성하였다.

1126년(42세) 북송(北宋, 960~1126) 말기 금(金)나라(1115~1234)의 침입[정강(靖康)의 변(變)]으로 수도(首都) 카이펑(開封)이 점령되어 강남(江南)으로 피난하였는데, 대부분의 귀중한 소장품을 모두 잃고, 1129년(45세) 동란기(動亂期)에 남편과 사별(死別)하였다.

만년(晩年)에는 저장성의 여러 곳을 유랑하며 재혼과 이혼을 경험하면서 고초를 겪는 등 불우하게 보내다가 진화현에 살고 있는 동생 이항(李迒)에게 의지하였다.

문학과 예술에 재능이 뛰어나, 당시 유행하였던 문체(文體)인 사(詞)의 작가로 널리 알려졌는데, 작풍(作風)은 이욱(→389)·진관(秦觀, 1049~1100, 중국 북송의 문인)·주방언(周邦彦, 1056~1121, 중국 북송의 사의 대가이며 음악가) 등의 이른바 '완약파(婉約派)'의 계열에 속한다.

우미 섬세를 기조(基調)로 하고 있으나, 당시의 구어(口語)를 대담하게 삽입한 재기에 넘치는 작품도 있다. 여성 특유의 예리함과 강렬한 어법(語法) 구사(驅使), 청신한 감각과 경발(警拔)한 표현으로, 여류 사인(詞人) 중 일인자였다. 특히 유랑한 뒤의 작품에는 인생의 고독과 불안을 투시한, 청렬(淸洌)한 맛이 덧붙여진 송사(宋詞)의 최고 수준을 나타내고 있다. 〈이안거사집(易安居士集)〉 등 7권의 수필과 6권의 사집(詞集)을 펴냈으나 모두 없어지고 지금은 50여 편의 사만 전해지고 있다. 그녀의 작품이 극히 일부만 남아 있지만, 그녀가 살았을 때와 다름없이 지금도 높은 평가를 받고 있다.

작품으로 중양절(重陽節)에 남편에게 부친 〈취화음(醉花陰)〉을 비롯하여 〈감자목란화(減字木蘭花)〉·〈고안인(孤雁兒)〉·〈다려(多麗)〉·〈무릉춘(武陵春)〉·〈보살만(菩薩蠻)〉·〈성성만(聲聲慢)〉·〈소중산(小重山)〉·〈억진아(憶秦娥)〉·〈여몽령(如夢令)〉·〈여몽령취(如夢令驟)〉·〈염노교(念奴嬌)〉·〈일전매(一翦梅)〉·〈전조만정방(轉調滿庭芳)〉·〈청평악(淸平樂)〉·〈하일절구(夏日節句)〉·〈호사근(好事近)〉 등이 있고, 사집으로 〈수옥사(漱玉詞)〉가 있다. 후세에 시문(詩文)이 함께 실려 있는 〈이청조집(李淸照集)〉(1962)이 편집 출판되었다.

403

이케다 다이사쿠

池田大作 1928. 1. 2. ~

일본의 종교가이며 교육가·시인·작가.

아버지 네노키치(子之吉)와 어머니 이치(一)의 다섯째 아들로, 도쿄에서 태어났다.

1940년(12세) 3월 심상소학교(尋常小學校)를 졸업한 뒤 형이 일하던 니가타 철공소(新潟鐵工所)에 취직하였으며, 9월 신바시(新橋)의 쇼분도인쇄(昭文堂印刷)에서 문선공(文選工)으로 일하였고, 도요상업고등학교(東洋商業高等學校)에 편입하였다.

1946년(18세) 도요상고를 졸업하면서 쇼분도인쇄에서 퇴사하고 중소 기업 조합 가마타공업회(蒲田工業會)에서 일하였다.

1947년(19세) 8월 24일 창가학회[創價學會, 니치렌종(日蓮宗), 우리나라에서는 '한국일련정종불교회'라고 한다.]에 입회하였고, 1948년(20세) 1월 가마타공업회를 그만두고 창가학회 이사장 도다 조세이(戶田城聖, 1900~1958, 일본 창가학회 제2대 회장)가 운영하는 회사로 이직, 출판 업무에 종사하면서 창가학회 포교(布敎) 확대의 핵심 역할을 하였다. 같은 해 다이세이학원[大世學院, 후지단기대학(富士短期大學)의 전신(前身)]에 입학하였다가 1949년(21세) 5월 중퇴하였다.

1952년(24세) 5월 이케다 가네코(池田香峯子, 1932~)와 결혼하였고, 1960년(32세) 5월 3일 창가학회 제3대 회장에 취임하였으며, 1975년(47세) 1월 26일 국제창가학회(SGI)를 창립, 그 회장에 취임하였다.

창가대학(創價大學, 1971. 4. 1. 설립)·민주음악협회(民主音樂協會, 民音)·후지미술관(富士美術館)·동양철학연구소(東洋哲學硏究所) 등을 창립하였다.

베이징대학(北京大學, Peking University, 1898년 설립)·모스크바대학교(Moskovskii universitet)·조치대학(上智大學, Sophia University, 1913년 설립) 등 세계 300여 대학으로부터 명예 박사 학위를 받았고, 1983년(55세) 유엔 평화상을 받은 것을 비롯하여 1988년(60세) 유엔 영예표창, 제1회 타고르 평화상, 프랑스 예술 문학 훈장, 오스트리아 학술 예술 최고 훈위 영예장, 브라질 남십자 국가 훈장, 러시아 우호 훈장 등 세계 27개 나라로부터 훈장을 받았다. 또한 계관 시인(桂冠詩人, Poet Laureate,

1982)·세계 계관 시인(1996)·세계 민중 시인(2007) 칭호를 받았다.

지은 책으로 토인비(Arnold Joseph Toynbee, 1889~1975, 영국의 역사학자이며 문명 비평가)와의 대담집 〈21세기를 여는 대화(對話)〉, 페체이[Aurelio Peccei, 1908~1984, 이탈리아의 실업가. '로마 클럽(The Club of Rome)' 창설자]와의 대담집 〈21세기의 경종(警鐘)〉이 있고, 이 밖에 〈중국의 인간 혁명(中國の人間革命)〉[마이니치신문사(每日新聞社), 1974. 11.]·〈인간 혁명(人間革命)〉[세이쿄신문사(聖教新聞社), 모두 10권] 등이 있다.

404

이크발

Muḥammad Iqbāl 1877. 11. 9. ~ 1938. 4. 21.

파키스탄의 시인이며 사상가.

파키스탄 북동부 펀자브(Punjab) 주 시알코트(Siālkot)에서 태어났으며, 펀자브 주 라호르(Lahore)에서 죽었다.

신앙심 깊은 직공의 집안으로 가난하였으나, 재능을 인정받아 고등 교육을 받았다. 라호르의 주립(州立) 대학을 졸업하고, 1905(28세)~1908년(31세) 유럽으로 유학하여 케임브리지대학교(Cambridge University)에서 법률과 철학 석사 학위를 받았고, 런던에서 법정 변호사 자격을 갖춘 뒤, 뮌헨대학교(Ludwig-Maximilians Universität München)에서 박사 학위를 받았다. 학위 논문 〈페르시아에서의 형이상학(形而上學)의 발달(The Development of Metaphysics in Persia)〉은 당시 유럽에서는 알려지지는 않았던 이슬람 신비주의(神祕主義, mysticism)에 관한 여러 양상을 논술한 것이다.

1908년 귀국한 뒤 '자아(自我)'의 사상을 장시(長詩)로 읊었다. 주립 대학에서 철학 및 영문학 교수를 거쳐 변호사가 되었는데, 그의 명성은 일반인들이 읊을 수 있게 고전체(古典體)로 쓴 시에서 비롯되었다.

유럽으로 가기 전까지 그의 시는 〈새로운 제단(梯團)(Nayā shawālā)〉에서처럼 인도의 민족주의(民族主義, nationalism)를 표방하였으나 인도를 떠난 뒤 그의 견해는 변하였다.

1910년(33세) 인도 북부 우타르프라데시(Uttar Pradesh) 주 알리가르(Alīgarh)에서 '사회적·정치적 이상(理想)으로서의 이슬람'이라는 제목으로 한 연설에서 자신이 열망하던 새로운 범(汎)이슬람적 방향을 제시하였다. 이 무렵에 쓴 〈불평(不平, Shikwah)〉·〈불평에 대한 답(Jawāb-e-shikwah)〉·〈안내자 히즈르(Khizr-e-rāh)〉 등은 1924년(47세) 우르두 어(語)(Urdu language) 시선집(詩選集) 〈종(鐘)의 울림[Bāng-e-darā(The Call of the Marching Bell)]〉으로 출판되었다. 이 시선집에서 이슬람 사회의 무력함에 대한 고뇌를 강하게 표현하였다.

평판이 나빠진 것은 페르시아 어(Persian language)로 쓴 장시집 〈자아의 비밀[Asrār-i-Khūdī(The Secrets of the Self)]〉을 펴낸 1915년(38세)이었다. 이 작품에서 전형적인 이슬람 신비주의에서 자아를 부정하는 정적주의(靜寂主義, 완전함과 정신적 평화가 하느님과 거룩한 것들을 관조할 때 수동적인 전념에 의하여 달성된다는 믿음)를 심하게 비난한 '자아의 이론'을 제시하였다. 이 이론은 많은 사람들에게 충격을 주었으며 논쟁을 불러일으켰다. 평론가들은 그가 니체(Friedrich Wilhelm Nietzsche, 1844~1900, 독일의 시인이며 철학자)의 논지(論旨)를 이슬람에 억지로 끼워 맞춘 것이라고 주장하였다.

그의 사상에는 니체와 베르그송(Henri-Louis Bergson, 1859~1941, 프랑스의 철학자) 등 서양 철학의 영향이 강하게 작용하였다. 그의 사고의 변증법적(辨證法的) 특성이 잘 나타난 작품은 페르시아 어로 쓴 장시 〈무아(無我)의 신비[Rumūz-e-bīkhūdī(Hints of Selflessness)]〉(1918)이다. 〈자아의 비밀〉에서 설파한 개인주의(個人主義, individualism)와는 대조적인 이 시는 자기 포기를 요구한 것이다

1922년(45세)에는 조지 5세[George V, 1865~1936, 영국 하노버 왕가(王家)(House of Hanover, 1714~1901)의 제8대 왕. 재위 1910~1936. 1917년에 윈저 왕가(House of Windsor, 1901~)로 이름을 바꾸었다.]로부터 기사(騎士, knight) 작위를 받았다.

페르시아 어로 쓴 〈동(東)의 소식[Payām-e-Mashriq(The Message of the East)]〉(1924)은 괴테(Johann Wolfgang von Goethe, 1749~1832, 독일의 시인이며 문학평론가·언론인·화가·극작가·무대 연출가·정치가·교육가·과학자)의 〈서동 시집[西東詩集, Westöstlicher Diwan(The West- Eastern Divan)]〉(1819)에 대한 답으로 쓴 것으로 이슬람의 보편 타당성을 입증한 작품이다.

1927년(50세)에는 〈페르시아 인들의 시편(詩篇)[Zabūr-e-'Ajam(Persian Psalms)]〉을 발표하였는데, 이 작품을

영어로 번역한 아베리(Arthur John Arberry, 1905~1969, 영국의 동양학자)는 머리말에서 '이크발은 이 작품에서 전체 페르시아 문학 양식 가운데 가장 섬세하고 유쾌한 가잘(ghazal, 서정시)에 뛰어난 재능을 발휘하였다.'고 쓰고 있다.

그의 철학적 견해는 1928(51세)~1929년(52세) 인도 남부 타밀나두(Tamil Nadu) 주의 주도(州都) 마드라스[Madras, 영어 표기로는 첸나이(Chennai)]·남동부 안드라 프라데시(Andhra Pradesh) 주의 주도 하이데라바드(Hyderabad)·알리가르에서 한 여섯 차례의 강의를 바탕으로 펴낸 〈이슬람에서의 종교 사상의 재건(再建)(The Reconstruction of Religious Thought in Islam)〉(1930)에 나타나 있다.

단테(Alighieri Dante, 1265~1321, 이탈리아가 낳은 최고의 시인이며 서유럽 문학의 거장)의 〈신곡[神曲, La Divina Commedia(The Divine Comedy)]〉을 회상(回想)하게 하는 〈영원의 노래[Jāvīd-nāmeh(Book of Javed)]〉(1932)는 그의 걸작으로, 작품의 주제는 13세기 페르시아의 신비주의자 잘랄 아드딘 아르 루미(Jalāl ad-Dīn ar-Rūmī, 1207?~1273, 페르시아의 수피이며 시인)에 의하여 모든 면의 사색과 경험을 거쳐 궁극적인 만남으로 시인이 인도된다는 것이다.

우르두 어로 쓴 후기 시들 중에는 〈가브리엘의 날개[Bāl-e-Jibrīl(Wings of Gabriel)]〉(1935)·〈모세의 도망[Zarb-e-kalīm(The Rod of Moses)]〉(1936) 등이 있고, 우르두 어와 페르시아 어로 쓴 시들이 실려 있는 유저(遺著) 〈히자즈의 선물[Armaghān-e-Hijāz(The Gift of Hijaz)]〉(1938)이 있다.

한편, 1930년(53세) 무슬림연맹(All India Muslim League)의 알라하바드(Allahabad) 대회에서 의장직을 맡는 등 정치 활동도 하였는데, 1931년(54세) 런던에서의 두 차례 강연회 참석을 비롯하여 프랑스·에스파냐·이탈리아·예루살렘 등의 각종 회의에 참석하였다. 이슬람교를 현대의 체계적인 정치·사회 이데올로기로서 구상하였는데, 이것이 파키스탄의 국체론(國體論)에 연결되었다.

현대 사상을 우르두 어와 페르시아 어의 시로 표현하여 1차 대전(1914. 7. 28.~1918. 11. 11.)·2차 대전(1939. 9. 1.~1945. 9. 2.) 동안과 1947년 인도 분리 독립 이후의 이슬람 교도의 지식층·청년층에게 큰 영향을 주었으며, 20세기의 가장 위대한 우르두 어 시인으로 평가되었다.

파키스탄에서는 건국의 사상적 지도자로 국민의 절대적 존경을 받으며 '국민 시인(National Poet)'으로 자리를 굳혔고, '파키스탄의 아버지(Father of Pakistani)'로 일컬어지고 있으며, 파키스탄 인들은 해마다 '이크발의 날(Iqbal Day, 11. 9.)'을 기념하고 있다. 살아 있을 때와 마찬가지로 현대에서도 교양 있는 인도인들, 파키스탄의 이슬람 교도 대다수가 그의 시를 인용하고 있다.

405

이태극

李泰極 1913. 7. 16. ~ 2003. 4. 24.

한국의 시조(時調) 시인이며 국문학자.

호(號)는 동망(東望)·월하(月河).

아버지 이근욱(李根旭)과 어머니 김경진(金慶珍)의 맏아들로, 강원도 화천군(華川郡) 간동면(看東面) 방천리(芳川里) 방현포(芳峴浦)에서 태어났으며, 경기도 분당(盆唐)에서 죽었다.

양구보통학교(楊口普通學校)(1924~1928), 춘천고등보통학교(春川高等普通學校, 지금의 춘천고등학교)(1928~1933)를 졸업한 뒤 강원도청 농무과(農務課)에서 근무하였다(1933. 5.~1934. 4.).

도쿄 와세다대학(早稻田大學) 전문부 문과에서 2년 동안 공부하였고(1936. 4.~1938. 5.), 1947년(34세) 9월 서울대학교 문리과대학 국어국문학과에 편입하여 1950년(37세) 5월 졸업하였다.

1934년(21세) 5월 모교(母校) 춘천고등보통학교에서 교편(教鞭)을 잡기 시작하여 1945년(32세) 10월까지 춘천·홍천(洪川)·인제(麟蹄) 등에서 보통학교 교원으로 근무하였으며, 춘천여자고등학교(春川女子高等學校)(1945. 10.~1947. 9.)·동덕여자중·고등학교(同德女子中高等學校)(1947. 10.~1952)에서 근무하다가 1952년(39세) 서울대학교 강사를 거쳐 1953(40세)~1978년(65세) 이화여자대학교(梨花女子大學校) 교수로 정년 퇴임하고, 1979(66세)~1980년(67세) 상명여자사범대학[祥明女子師範大學, 상명대학교의 전신(前身)] 대우 교수(待遇教授)로 재직하였다.

광복 전에 〈하루살이〉(1935. 8.)·〈서리〉(1945. 8.) 등 30여 수(首)와 광복 뒤에 〈안마사(按摩師)〉(1946. 5.)·

〈조동식 교장〉(동덕여고 교지 〈동덕〉, 1948), 〈뇌우탄막(雷雨彈幕)〉 등 약 300수(1950~1953) 등 교직 생활을 시작한 뒤부터 틈틈이 시조를 써 오다가 1953년 시조 문예 잡지 〈시조연구(時調研究)〉 창간호(1953. 1.)에 시조 〈갈매기〉를 발표하면서 문단(文壇) 활동을 시작하였다. 그 뒤 〈산딸기〉[〈한국일보(韓國日報)〉, 1955. 9.]·〈시조령(始祖靈)〉(〈새교육〉, 1955. 9.)·〈머루〉[〈이대학보(梨大學報)〉, 1955. 11.]·〈추음 2제(秋吟二題)〉[〈자유신문(自由新聞)〉, 1955. 11.]·〈삼월(三月)은〉(〈서울신문〉, 1956. 1.)·〈영신보(迎新譜)〉(〈서울신문〉, 1956. 1.)·〈서해상(西海上)의 낙조(落照)〉·〈왕관봉(王冠峯)에 내려서서〉(〈서울대신문〉, 1957. 10.)·〈노들 언덕에서〉[〈현대문학(現代文學)〉 제41호, 1958. 5.]·〈개천절(開天節)〉[〈자유문학(自由文學〉, 1959. 8.]·〈청산(靑山)이여〉(〈현대문학〉 제92호, 1962. 8.)·〈거목 5제(巨木五題)〉(〈현대문학〉 제111호, 1964. 3.)·〈내 산하(山河)에 서다〉(1965. 6.), 평론 〈현대 시조의 작품관(作品觀)〉(〈현대문학〉 제28~29호, 1957. 4.~5.) 등 많은 작품을 발표하였다.

1955년(42세) 〈시조 문학과 국민 사상〉[국민사상연구원(國民思想研究院)], 1958년(45세) 〈현대 시조 선총(現代時調選叢)〉[새글사, 이병기(→370)와 공저], 1959년(46세) 〈시조 개론(時調概論)〉(새글사)을 펴냈다.

1960년(47세) 하한주(河漢珠, 1909~1984, 한국의 성직자이며 시인) 등과 함께 〈시조문학(時調文學)〉(계간 시조 동인지. 1960. 6.~현재)을 창간하여 편집·발행인으로 창간호에 〈교차로(交叉路)〉·〈월하고정(月河古情)〉 등을 싣는 등 시조 운동에 앞장섰으며, 국문학 연구에 몰두하여 많은 저술과 40여 편의 논문을 발표하였다. 국문학도로서의 고유한 시가(詩歌) 형식인 시조에 심취, 문단 진출 이후 문학적 업적은 작품으로보다 시조 부흥에 대한 공헌에서 더 높이 평가되고 있다. 멀리는 박인로(→187)·윤선도(→359)·정철(→447)의 시가에서 가깝게는 이병기·이희승(李熙昇, 1896~1989, 한국의 국어국문학자)·이은상(→391)의 영향을 받아 현대 시조로서의 시 세계를 이루었으며, 문단의 시조의 문학적 지위를 높이고 많은 신인을 배출하는 데 노력을 기울였다. 그의 시조의 문학적 특성은 일상이나 자연 풍물에서 소재를 얻어 시조가 지닌 외형과 내용을 적절히 조화시킨 데 있다.

1985년(72세) 3월에는 박병순(朴炳淳, 1918~2008, 한국의 시조 시인)·한춘섭(韓春燮, 1941~, 한국의 시조 시인)과 함께 광복 이후 시조 문학의 최대 집대성으로 평가받는 〈한국시조큰사전〉[을지출판사(乙支出版社)]을 펴냈다. 1978년부터 자료 수집에 착수, 8년 만에 출판한 이 사전은 현대 시조 18,331수와 고시조 3,660수를 실었으며, 인물 사진과 인명, 스냅 사진, 육필(肉筆) 원고, 필적(筆跡), 대표 작품을 체계적으로 정리하였고, 희귀한 개인 시조집 19권을 영인(影印)하여 부록으로 꾸몄다. 희귀 시조집 영인본은 발간 연대순으로 최남선(→480)의 〈백팔번뇌(百八煩惱)〉[동광사(東光社), 1926. 12.], 이은상의 〈노산시조집(鷺山時調集)〉[한성도서주식회사(漢城圖書株式會社), 1932. 4.], 이병기의 〈가람 시조집〉[문장사(文章社), 1939. 8.], 김상옥(→69)의 〈초적(草笛)〉[수향서헌(水鄕書軒), 1947. 4.], 이영도(→384)의 〈청저집(靑苧集)〉[문예사(文藝社), 1954. 1.] 등을 실었으며, 김소월(→73)의 시조도 발굴하여 선을 보였다.

1955~1993년(80세) 세종대왕기념사업회 이사, 1956(43세)~1961년(48세) 국어국문학회(國語國文學會) 대표이사, 1964년(51세) 한국시조작가협회(韓國時調作家協會, 1977년 '한국시조시인협회'로 개편) 부회장(~1972, 1975~1976)·회장(1973~1974, 1977~1990), 1966(53세)~1973년(60세) 한국문인협회(韓國文人協會, 文協) 시조 분과 회장 등을 지냈다.

1974년(61세) 이화여자대학교에서 문학 박사 학위를 받았으며, 1977년(64세) 시조 〈꽃과 여인〉으로 제2회 노산 문학상(鷺山文學賞), 1978년 제4회 동곡 문화상(東谷文化賞), 1983년(70세) 제12회 외솔상, 1985년 〈박제(剝製)〉로 제4회 중앙 시조 대상, 1986년(73세) 육당 시조 학술상(六堂時調藝術賞), 1990년(77세) 대한민국 문화예술상, 1994년(81세) 보관 문화 훈장(寶冠文化勳章)을 받았다.

이 밖에 지은 책으로 〈시조 연구 논총(時調研究論叢)〉[을유문화사(乙酉文化社), 1965]·〈고전 문학 연구 논고(古典文學研究論攷)〉(이화여자대학교 출판부, 1973)·〈시조의 사적 연구(史的研究)〉[선명문화사(宣明文化社), 1974]·〈한국 명시조선(韓國名時調選)〉[정음사(正音社), 1974. 8.]·〈현대 시조 작법(現代時調作法)〉(정음사, 1981. 11.)·〈세종대왕(世宗大王)의 어린 시절〉(세종대왕기념사업회, 1984)·〈시조의 이론과 실제〉[동백문화(冬柏文化), 1990. 12.]·〈덜고 더한 시조 개론〉[반도출판사(半島出版社), 1992. 4.], 회고록(回顧錄) 〈먼 영마루를 바라 살아온 길손〉[국학자료원(國學資料院), 1996. 1.] 등이 있다.

시조집으로는 향토적 자연을 대상으로 한 첫 번째 시조집 〈꽃과 여인〉[동민문화사(東民文化社), 1970. 11.]을 비롯하여 〈노고지리〉[일지사(一志社), 1976. 8.]·〈소리·소리·소리〉[문학신조사(文學新潮社), 1982. 1.]·〈날빛은 저기에〉[시민문화사(市民文化社), 1990. 6.]·〈자하산사(紫霞山寺) 이후〉[토방출판사(土房出版社), 1995. 5.], 시조 선집 〈진달래 연가(戀歌)〉[태학사(太學社), 2001. 1.] 등을 펴냈다.

화천군 간동면(看東面) 구만리(九萬里) 파로호(破虜湖) 근처에 〈산딸기〉를 새긴 시비(詩碑)가 있으며, 1996년(83세) 그의 문학적 업적을 기리기 위하여 '월하 시조 문학상(月河時調文學賞)'이 제정되었고, 2010년 7월 17일 화천읍 동촌리(東村里)에 '월하 이태극 문학관'이 건립되었다.

*** 이태백(李太白) → 이백**(→369)

406

이하

李賀 790 ~ 816

중국 당(唐)나라(618~907)의 시인.

자(字)는 장길(長吉).

당나라 황실(皇室)의 후예이며, 중국 최고의 시인으로 '시성(詩聖)'이라고 일컬어지는 두보(→143)의 먼 친척으로, 허난성(河南省) 복창현(福昌縣) 창곡[昌谷, 지금의 의양현(宜陽縣)]에서 태어났으며, 이곳에서 죽었다.

소지주(小地主)였던 아버지 이진숙(李晉肅)은 변경(邊境)의 관리(官吏)로 근무하다가 일찍 세상을 떠났다.

어려서부터 매우 총명하여 이미 일곱 살 때부터 시를 짓고 문장을 쓰기 시작하였다.

810년(20세) 그의 재능을 인정한 한유(→504)의 추천으로 진사시(進士試)를 치르려고 하였으나, 그의 재주를 질투하는 사람들로부터 아버지의 휘(諱, 생전에 쓰던 이름)가 진숙(晉肅)인데 진(晉)과 진사(進士)의 진(進)은 동음(同音)이라고 하여 아버지의 휘를 범한다는 이의(異義)가 나오는 바람에 시험을 치르지 말라는 묘한 주장으로 단념하였다. 이듬해 의전(儀典)을 담당하는 봉예랑(奉禮郎)이라는 매우 낮은 직위에 2년 동안 근무하였을 뿐인데, 그것은 그의 일생에 크게 영향을 끼쳐, 사상적 경향은 염세적(厭世的) 색채가 짙다.

그의 시는 극히 낭만적이고 풍부한 상상력에 의하여 현란과 처절이 합쳐진 화려한 환상적(幻想的)인 세계를 창조하였다. 작풍(作風)은 생생한 표현, 이상한 어투, 염세주의(厭世主義, pessimism, 悲觀主義)와 데카당(décadent)의 색채가 짙어서 어둡다.

좌절된 인생에 대한 절망감을 굴절된 표현으로 노래하였기 때문에 예부터 이해하기 어렵다는 평을 듣고 있지만, 특이한 매력을 지녀 애호자도 많았다. 특출한 재능과 초자연적 제재(題材), 이를테면 미녀(美女)의 망령, 심산(深山)의 요물, 무덤의 도깨비불 등을 즐겨 시제(詩題)로 다루었기 때문에 후세의 평론가들이 '귀재절[鬼才絕, 명계(冥界)의 이능력자(異能力者)]'·'시귀(詩鬼)'라는 명칭을 붙여 주었다. 이 명칭은 북송(北宋, 960~1126)의 수필집 〈남부신서(南部新書)〉와 그 밖의 책에 적혀 있다.

26세로 요절(夭折)하였는데, 그 때 '천제(天帝)가 백옥(白玉)의 높은 누각을 세운 기념으로 시를 짓게 하려고 나를 부르신다.'고 그의 어머니에게 말하였다고 한다. 그 뒤 문인(文人)이나 묵객(墨客)의 죽음을 '백옥루(白玉樓) 사람이 된다.'는 표현을 하게 되었다.

대표작으로 〈금동선인사한가(金銅仙人辭漢歌)〉·〈남원(南園)〉·〈노부채옥가(老夫採玉歌)〉·〈몽천(夢天, '하늘에서 꿈을 꾸다')〉·〈미인소두가(美人梳頭歌, '아름다운 여인이 머리를 빗으며')〉·〈상심행(傷心行)〉·〈소소소의 노래(蘇小小歌)〉·〈신현곡(神絃曲)〉·〈안문 태수행(雁門太守行)〉·〈제귀몽(題歸夢, '돌아가는 꿈을 짓다')〉 등이 있는데, 가장 널리 알려진 작품은 〈장진주(將進酒)〉로 후세에 원대(元代)의 통속적 시문집(詩文集) 〈고문진보(古文眞寶)〉에 실려 있다. 이 작품은 〈수호전(水滸傳)〉[나관중(羅貫中, 1330? ~1400, 중국 원나라의 소설가이며 극작가)과 시내암(施耐庵, 1296?~1370?, 중국 원나라의 소설가)이 지은 장회 역사 소설]의 원형(原型)인 〈선화유사(宣和遺事)〉에서도 인용하고 있다.

지은 책으로 〈외집(外集)〉·〈이장길 가시(李長吉歌詩)〉(모두 4권)가 있다.

407

이하라 사이카쿠

井原西鶴 1642 ~ 1693. 9. 9.

일본의 시인이며 소설가.

본명(本名)은 히라야마 도고(平山藤五), 사이카쿠는 호(號).

혼슈(本州) 서부 오사카(大阪)에서 태어났으며, 이곳에서 죽었다.

1656년(14세)부터 하이카이(俳諧, 코믹한 렌가)를 배우고, 1662년(20세)에는 그것을 평점하는 사람이 되었지만, 20대의 그의 작품은 아직 미숙하였다.

처음에는 하이쿠(俳句, 5 · 7 · 5의 3구 17자로 구성된 일본 고유의 짧은 시)의 모태가 된 코믹 렌가[連歌, 두 사람 이상이 와카(和歌)를 번갈아 읊어 나가는 형식의 시]인 하이카이 작가로 뛰어난 재능을 발휘하여 명성을 얻었다.

1671년(29세) 〈일주야독음(一晝夜獨吟)〉에서 1,600구(句)에 이르는 시구(詩句)를 읊었다.

1673년(31세) 같은 시풍(詩風)의 시인들을 이끌고 오사카의 이쿠타마 신사(生玉神社)에서 다작(多作) 하이쿠 모임을 가졌다. 이 때 발표된 작품을 모아 시집 〈이쿠타마 만구(生玉萬句)〉(1673. 6.)를 펴냈는데, 이것이 그의 첫 작품이다. 그 뒤에도 1분에 1구의 속도로 시를 읊는 데 만족하지 않고, 자주 다작 하이쿠 모임을 갖고 작품 활동에 몰두하였다.

1680년(38세)에는 남부 규슈(九州) 후쿠오카현(福岡縣) 스미요시 신사(住吉神社)에서 24시간 동안에 4,000구를 읊는 기록을 세우고 시집 〈사이카쿠 오야카즈(西鶴大矢數)〉(1681. 4.)를 펴냈다.

1684년(42세)에는 24시간 동안에 2만 3,500구를 읊는 놀랄 만한 기록을 세웠다. 이것은 1분당 16구 이상의 하이카이를 읊은 셈이며, 이러한 일을 해냄으로써 '이만옹(二萬翁)'이라는 별명이 붙었다. 한결 정상적인 속도로 하이카이를 계속 읊어 나갔으나 작풍(作風)이 워낙 기괴하였기 때문에 경쟁 시인들은 그 이국적인 기이함을 꼬집어 '오란다류(阿蘭陀流)'라고 일컬었다.

하이카이 시인으로서 훈련을 쌓은 결과 터득한, 템포가 빠르고 암시적이며 함축성 있는 스타일의 소설로 널리 알려졌다. 당시 일본 사회에서는 상인 계층의 지위가 높아져 그들의 취향이 예술계를 풍미하였고, 그들의 변덕에 천하 공인(天下公認)의 환락가들이 영합하고 있었는데, 그의 소설에는 당시의 사회상(社會相)이 잘 반영되어 있다.

근대 소설의 일종인 우키요조시(浮世草子, 화류계를 중심으로 한 세태 · 인정 따위를 묘사한 대중 풍속 소설) 〈호색 일대남(好色一代男, 고쇼쿠이치다이오토코)〉(모두 8권 8책, 1682. 11.)을 발표하여 호평을 받았다. 환락가를 다룬 그의 많은 소설 가운데 최초로 쓴 것으로, 주인공 요노스케(世之介)가 겪은 6세 때의 조숙한 경험에서부터 60세 때 '여인의 섬[뇨고 섬(女護島)]'으로 떠날 때까지의 호색적인 경험을 묘사하고 있다. 비슷한 성격의 작품 중에서는 〈호색 오인녀(好色五人女, 고쇼쿠고닌온나)〉(1686. 2.) · 〈호색 일대녀(好色一代女, 고쇼쿠이치다이온나)〉(모두 6권 6책, 1686. 6.)가 뛰어났다.

어떠한 주제를 다루든지 등장 인물의 성격이나 환경을 자세하게 연상할 수 있도록 하는 풍자적인 유머와 기교에 뛰어났다. 대개는 가정을 중심으로 오사카의 생생한 분위기를 소재로 다루었는데, 일본 전체를 무대로 쓴 소설도 있다. 단편집 〈사이카쿠 제국담(西鶴諸國譚, 사이카쿠 쇼코쿠바나시)〉(1685)은 여행하는 동안 수집한 많은 이야기를 기록한 것이다.

또한 사무라이(武士)에 관한 이야기도 썼는데, 이러한 소설들은 그의 호색적인 이야기나 부(富)를 축적한 이야기를 모은 단편집 〈일본 영대장(日本永代藏, 니혼에이타이구라)〉(1688. 1.)보다 훨씬 뒤떨어진다는 평을 받았다.

일본 문예 부흥기의 가장 두드러진 인물 중 한 사람으로, 상인 계급이나 화류계의 연애 사건이나 돈에 얽힌 이야기를 생생하게 그려 내어 독자들을 매료시켰다. 여러 지방에서 대단한 인기를 얻었으며, 그가 소설에 끼친 영향은 죽은 뒤에도 지속되었다.

이 밖의 작품으로 소설 〈남색 대감(男色大鑑)〉(1687. 1.), 단편집 〈세상 주먹구구(世間胸算用, 세켄무네잔요)〉(1692. 1.) · 〈사이카쿠가 남긴 선물(西鶴置土産)〉(1693) 등이 있다.

408
이하윤
異河潤 1906(고종 43). 4. 9. ~ 1974. 3. 12.

한국의 시인이며 영문학자 · 번역 문학가.

호(號)는 연포(蓮圃), 아명(兒名)은 대벽(大闢), 나중에 항렬을 따라 하윤으로 개명(改名)하였다.

아버지는 이종석(異宗錫), 어머니는 이정순(李貞順)으로, 강원도 이천(伊川)에서 태어났다.

1918년(12세) 이천공립보통학교(伊川公立普通學校)를 거쳐 1923년(17세) 경성제일공립고등보통학교[京城第一公立高等普通學校, 지금의 경기고등학교(京畿高等學校)]를 수료한 뒤 일본으로 유학하여 1926년(20세) 도쿄 호세이대학(法政大學) 예과(豫科)에 입학하여 1929년(23세) 법문학부 문학과를 수료하였다. 전공은 영문학이었지만 재학 중에 프랑스 어·이탈리아 어·독일어를 공부하였다.

호세이대학 재학 중인 1926년 〈시대일보(時代日報)〉(일간지, 1924. 3. 31.~1926. 11. 14.)에 시 〈잃어진 무덤〉과 평론 〈단편 소설의 사적 연구(史的硏究)〉(1926. 7. 5.~7. 26.)와 〈동아일보(東亞日報)〉에 시 〈석양(夕陽)에 먼 길을 떠났드러니〉(1926. 7. 16.)를 발표하면서 문학 활동을 시작하였다.

1927년(21세) 도쿄에서 해외문학연구회(海外文學硏究會)의 기관지 〈해외문학〉(순문학 동인지, 1927. 1.~7. 통권 2호로 종간) 동인(同人)으로 활동하면서 종간호에 〈애송(愛誦) 9편〉 등을 발표하였다. 해외문학연구회는 1926년 10월 일본 유학생 가운데 외국 문학을 전공하던 김명엽(金明燁)·김온(金鎾)·김진섭(金晋燮, 1903~?, 한국의 수필가이며 독문학자)·손우성(孫宇聲, 1904~2006, 한국의 프랑스 문학자)·이선근(李瑄根, 1905~1983, 한국의 언론인이며 교육가·역사학자)·이하윤·정인섭(→443)·함대훈(咸大勳, 1906~1949, 한국의 소설가이며 러시아 어 번역 문학가·신극 운동가)·홍재범(洪在範, 1895~?, 한국의 소설가) 등이 결성하였으며, 그 뒤 김한용(金翰容)·이병호(李炳虎)·장기제(張起悌)·정규창(丁奎昶)·함일돈(咸逸敦) 등이 제1차로 참여하였고, 김광섭(→49)·김삼규(金三奎, 1908~1989, 한국의 언론인)·이동석(李東碩)·이헌구(李軒求, 1905~1983, 한국의 문학 평론가)·이홍종(李弘鍾) 등이 제2차로, 박용철(→185)·서항석(徐恒錫, 1930~1985, 한국의 독문학자이며 극작가·연출가)·유치진(柳致眞, 1905~1974, 한국의 극작가이며 연출가)·최정우(崔珽宇, 1907~1968년, 한국의 영문학자) 등이 제3차로 합류하였다.

한편 〈동아일보〉에 외국시의 오역(誤譯) 문제로 설전(舌戰)을 벌인 〈해외 문학 독자 양주동(梁柱東) 씨에게〉(1927. 3. 19.~3. 20.)와 〈형식과 내용―운문(韻文)과 산문(散文)·시가(詩歌)의 운율(韻律)〉(1928. 6. 30.부터 모두 6회 연재) 등을 기고(寄稿)하였다.

1929년 학업을 마치고 귀국하여 경성여자미술학교(京城女子美術學校) 교사(1929~1930), 1930년(24세) 중외일보사(中外日報社) 학예부 기자로 일하였으며, 박용철이 주관하던 〈시문학(詩文學)〉(시 동인지, 1930. 3.~1931. 10. 통권 3호로 종간) 동인으로 참여하여 창간호에 시 〈물레방아〉를 발표하면서 본격적으로 문학 활동을 전개하였고, 〈학생(學生)〉 4월호에 평론 〈유행가(流行歌)의 건실화(健實化)〉, 〈동아일보〉에 평론 〈현대 시인 연구〉(1930. 11. 2.~12. 28.)를 발표하였다.

1931년(25세) 김진섭·서항석·유치진 등 주로 해외문학연구회 회원들과 유형목(兪亨穆)·이웅(李雄)·홍해성(洪海星, 1893~1957, 한국의 연출가) 등이 주관하여 결성한 극예술연구회(劇藝術硏究會, 1931. 7.~1938. 3.)의 기관지 〈극예술〉(1934. 4.~1936. 9. 통권 5호로 종간. 우리나라 최초의 연극 전문지) 동인으로 활동하였고, 11월에는 박용철이 주관하고 김진섭·이헌구 등이 참여한 〈문예월간(文藝月刊)〉(월간 순수 문예지, 1931. 11.~1932. 3. 통권 4호로 종간) 편집인으로 참여하여 창간호에 창간사, 제2호(1931. 12.)에 〈크리스마스 시가집(詩歌集)―성탄송(聖誕頌)〉을 실었으며, 1934년(28세)에는 〈문학(文學)〉(월간 문예 동인지, 1934. 1.~4. 통권 3호로 종간) 동인으로도 활동하면서 창간호에 평론 〈시인 드 라 메어 연구〉 등을 발표하였다.

1932년(26세) 〈중앙일보(中央日報)〉에 평론 〈근대 미국 문학의 발전과 그 동향〉(1932. 1. 1.~1. 18.)을 발표하였고, 경성방송국[京城放送局, 1926년 11월 30일 개국, 1927년 2월 16일 첫 방송(JODK), 1932년 4월 조선방송협회, 1945년 9월 서울중앙방송국(HLKA)으로 이름을 바꾸었다가 1973년 3월 문화공보부에서 독립하여 '한국방송공사(韓國放送公社)'로 전환하였다.] 편성계에서 일하였다.

1933년(27세)부터는 일본 음반 회사인 빅타 레코드(Victa Records)·콜럼비아 레코드(Columbia Records)·폴리돌 레코드(Polydor Records)에서 많은 신민요·유행가·신가요를 작사하였고, 〈동아일보〉에 〈유행가 작사 문제 일고(一考)〉(1933. 9. 22.)·〈유행 가요곡의 제작 문제〉(1934. 4. 2.~4. 5. 모두 3회 연재)·〈유행 가요곡에 대하여〉(1934. 4. 11.~4. 12.)를 발표하였다.

1935년(29세) 콜럼비아주식회사 조선문예부장으로 취임하였으며, 〈삼천리(三千里)〉(월간 종합 교양지, 1929. 6.~1942. 1. 통권 150호로 종간) 제45호(1935. 2.)의 '명작 유행 가요선(名作流行歌謠選)'에 그가 작사한 〈눈물어린 그림자〉·〈비 내리는 밤〉·〈애달픈 피리〉(1935. 8.)가 소개되었고, 〈중앙(中央)〉(월간 종합 교양지. 1933. 11.~1936. 9. 통권 35호로 종간) 제17호(1935. 3.)에 〈레코드와 라디오고(考)〉를 발표하였다. 조선문예부장으로 있었던 2년여 동안 유행가 〈가두(街頭)의 피에로〉·〈가슴에 지는 꽃〉·〈가시면 언제 오시랴〉·〈강산(江山)의 신록(新綠)〉·〈그 곡조(曲調)〉·〈애상곡(哀傷曲)〉(1934)·〈우리의 가을〉·〈울지 마오〉·〈처량한 기타-솔〉(1938)·〈포구(浦口)에 우는 여자〉(1938) 등 80여 곡을 남겼는데, 〈단장애곡(斷腸哀曲)〉이 가장 널리 알려졌다. 특히 〈애상곡〉은 전수린(全壽麟, 1907~1984, 한국의 작곡가이며 작사가)이 곡을 붙이고 김복희(金福姬, 1916~?, 북한의 여가수)가 불러 큰 인기를 얻었다.

1936년(30세)에도 〈삼천리〉 제70호(1936. 2.)에 〈신춘(新春)에는 어떤 노래 유행할까-조선 사람 심금(心琴)을 울리는 노래〉, 제79호(1936. 11.)에 〈명가수(名歌手)를 어떻게 발견하였더나-거리에 흐르는 군밤 타령으로 무명(無名) 가수〉를 발표하였다.

창작시보다는 외국시를 번역 소개하여 한국 근대 서정시에 많은 영향을 미쳤는데, 〈동아일보〉에 실은 〈로셋티 탄생 백 년〉(1928. 5. 20.부터 모두 2회)·〈톨스토이 탄생 백 년〉(1928. 9. 2.부터 모두 2회)·〈동방(東邦) 인도(印度)의 시성(詩聖) R·타고르 옹(翁)〉(1930. 12. 25.)·〈현대 불란서 시단(現代佛蘭西詩壇)-시인을 중심으로 하여〉(1931. 9. 30.부터 모두 10회 연재) 등을 비롯하여 〈전쟁 소설 패배(敗北)-영국 골즈워터 작〉(1939. 9. 15.부터 모두 10회 연재)을 발표하였다.

1933년 12월에 펴낸 번역 시집 〈실향(失香)의 화원(花園)〉[시문학사(詩文學社)]은 이 방면에서 1930년대 번역 문학의 대표적인 작품이다. 블레이크(William Blake, 1757~1827, 영국의 시인이며 화가·판화가·신비주의자)·예이츠(William Butler Yeats, 1865~1939, 아일랜드의 시인이며 극작가) 등 주로 영국·아일랜드·프랑스의 시를 번역하였는데, 번역 시집 〈불란서 시선(佛蘭西詩選)〉[수선사(首善社), 1948]·〈영국 애란 시선(英國愛蘭詩選)〉(1954)이 있다.

1937년(31세) 9월부터 〈동아일보〉가 일제(日帝)로부터 강제 폐간되는 1940년(34세) 8월까지 학예부 기자로 활약하였다.

일제 강점기 말 태평양 전쟁(太平洋戰爭, 1937. 7. 7.~1945. 8. 15.)을 정당화하기 위하여 정책적으로 보급된 군국(軍國) 가요 〈총후(銃後)의 기원(祈願)〉(1937)·〈승전(勝戰)의 쾌보(快報)〉(1938)를 작사하였고, 〈고향(故鄕)의 노래〉와 같은 대중 가요도 작사하였으며, 〈사해공론(四海公論)〉(월간 종합 문예지. 1935. 5.~1939. 11. 통권 55호로 종간) 제41호(1938. 9.)에 〈조선 유행가의 변천-대중 가요 소고〉를 실었다.

1939년(33세) 1월, 〈그 곡조(曲調)〉·〈근심 2〉·〈노구(老狗)의 회상곡(回想曲)〉·〈눈물어린 그림자〉·〈다듬이 소리〉·〈들국화〉·〈버드나무 그림자에〉·〈산 넘어 그리운 님〉·〈석양에 먼 길을 떠났드러니〉·〈잃어진 무덤〉·〈자취 없는 길〉·〈청춘(靑春)의 고향〉 등 모두 109편을 실은 처녀 시집 〈물레방아〉[청색지사(靑色紙社)]를 펴냈는데, 시상(詩想)이나 리듬의 단조로움으로 말미암아 큰 반향(反響)을 불러일으키지 못한 채 주목을 받지 못하였다. 대체로 애조(哀調)를 띤 민요조(民謠調)의 서정시가 주류를 이루고 있는 그의 시는 같은 서정시 계열의 김소월(→73)이나 김영랑(→79)의 그늘에 묻혀 버린 느낌을 주었다.

〈가정의벗(家庭の友)〉 제21호(1939. 6.)에 〈유행 가요에 대하여-사로(邪路)에 방황하는 대중 가요〉를 실었으며, 민요에도 남다른 관심을 보여 〈민요의 채집 문제〉[〈매일신보(每日申報)〉, 1939. 7. 6.]를 발표하였고, 〈서정(抒情)의 정수(精髓)-나의 애송시〉[〈문장(文章)〉 제7호 1939. 8.]·〈조선 문화 20년-신시(新詩)의 발아기(發芽期)〉(〈동아일보〉, 1940. 5. 26.)를 게재하였다.

1942년(36세)부터 광복 때까지 동구여자상업학교(東邱女子商業學校)에서 교편(敎鞭)을 잡았으며, 광복 직후에는 혜화전문학교[惠化專門學校. 동국대학교(東國大學校)의 전신(前身)](1945) 교수 겸 문과 과장을 맡았고, 1946년(40세) 3월 13일 좌익(左翼)의 프로 문학(proletarian literature)에 대항하여 결성된 우익(右翼) 진영의 문인(文人) 단체인 전조선문필가협회(全朝鮮文筆家協會) 총무를 맡았고, 4월 4일에는 김진섭·박종화(→190) 등과 함께 중앙문화협회(中央文化協會)를 창설하여 상무 위원을 맡았다.

1949년(43세) 서울대학교 법과대학으로 옮겼다가 1952년(46세) 다시 같은 대학교 사범대학으로 옮겼다.

1954년(48세) 전국문화단체총연합회(全國文化團體總聯合會, 文總) 최고 위원으로 선출되었고, 1956년(50세) 도쿄에서 열린 유네스코(UNESCO, United Nations

Educational, Scientific and Cultural Organization, 국제연합교육과학문화기구) 아시아회의에 한국 대표로 참석한 것을 필두로 한국 문화계와 문학계를 대표하여 각종 국제 회의에 10여 차례나 참석하였다.

1959년(53세) 한국비교문학회(韓國比較文學會) 회장에 선임되고, 방송용어심의위원회(放送用語審議委員會) 위원장에 취임하였으며, 이 밖에도 민주일보사(民主日報社)·서울신문사 논설 위원과 유네스코 한국위원회 부위원장, 한국문인협회(韓國文人協會. 文協) 이사 등 많은 공직(公職)을 두루 지냈다.

1970년(64세) 국민 훈장 동백장(冬柏章)을 받았고, 1971년(65세) 서울대학교 명예 교수, 성공회 신학원(聖公會神學院, 성공회대학교의 전신) 이사를 지냈으며, 1973년(67세) 서울대학교에서 정년 퇴직하였다. 퇴직한 뒤에도 덕성여자대학교(德成女子大學校) 교수 겸 교양학부장으로 있다가 작고하였다.

이 밖에 〈현대 서정시선(現代抒情詩選)〉[박문서관(博文書館), 1939. 2.]·〈현대 국문학 정수(現代國文學精髓)〉[중앙문화협회(中央文化協會), 1946]·〈현대 한국 시집(現代韓國詩集)〉[한성도서주식회사(漢城圖書株式會社), 1955] 등의 편저(編著)가 있다.

1984년 경기도 용인시(龍仁市) 기흥구(器興區) 보라동(甫羅洞) 한국민속촌(韓國民俗村)에 그의 대표시 〈물레방아〉를 새긴 시비(詩碑)가 세워졌다.

2012년 3월 5일에는 〈시문학〉 창간일(1930. 3. 5.)에 맞추어, 김영랑의 생가(生家)가 있는 전라남도 강진군(康津郡) 강진읍 남성리(南城里)에 우리나라 문학사상 최초의 문학 유파 문학관으로 기록된 '시문학파 기념관'이 개관되었다. 이하윤을 비롯한 김영랑·김현구(→98)·박용철·변영로(→207)·신석정(→255)·정인보(→442)·정지용(→445)·허보(許保, ?~?, 한국의 시인) 등 시문학파 동인 9명의 유품과 친필·저서·사진물 등을 전시하여 이들의 삶과 문학 세계를 체감할 수 있게 전시하고 있다.

409

이한직

李漢稷 1921. 7. 31. ~ 1976. 7. 14.

한국의 시인이며 수필가.

호(號)는 목남(木南)·율아당(栗雅堂), 본관(本貫)은 전의[全義. 지금의 세종특별자치시(世宗特別自治市) 연기면(燕岐面)].

아버지는 이진호(李軫鎬), 어머니는 김숙경(金淑卿)으로, 경기도 고양(高陽)에서 태어났으며[일설에는 전라북도 전주(全州)], 도쿄 네리마구(練馬區) 미하라다이(三原臺)에서 죽었다.

1939년(18세) 경성중학교(京城中學校, 지금의 서울고등학교)를 졸업하고, 그 해 일본으로 유학하여 도쿄 게이오기주쿠대학(慶應義塾大學) 법과에서 공부하였다.

같은 해 5월, 정지용(→445)의 추천으로 〈문장(文章)〉(월간 순수 문예지. 1939. 2.~1941. 4. 통권 26호로 종간) 제4호(1939. 5.)에 시 〈가정(家庭)〉과 〈풍장(風葬)〉, 제5호(1939. 6.)에 〈기려(羈旅)〉·〈북극권(北極圈)〉, 제7호(1939. 8.)에 〈낙타(駱駝)〉·〈온실(溫室)〉 등을 발표하여 등단(登壇)하였다. 이 때 정지용은 그의 작품에 대하여 '패기도 있고 꿈도 슬픔도 넘치는 청춘이라야 쓸 수 있는 시'라고 하면서 '선이 활달하였으나 치밀하지 못한 것이 흠'이라는 것과 외국어를 많이 쓴 것을 지적하였다.

등장 초기부터 경향시(傾向詩)의 정치 지향성과 모더니즘계 시에 대하여 모두 반발하면서, 대체로 초기의 시 〈풍장〉에서 보이듯이 산뜻하고 감각적인 언어 구사(驅使)와 함축적인 표현을 통하여 그 나름대로의 순수시로서의 시작(詩作)을 추구하였다. 〈문장〉 제8호(1939. 9.)에 발표한 김종한(→89)의 시론(詩論) 〈나의 작시 설계도(作詩設計圖)〉의 추천 완료 소감에서 이러한 자세를 표명한 바 있다.

〈문장〉 제14호(1940. 3.)에 시 〈놉새가 불면〉을 발표하였는데, 산뜻한 풍경화를 보는 듯한 감각미를 지닌 그의 시는 크게 주목을 끌었다. 그 뒤 〈동양의 산(山)〉[〈시문학(詩文學)〉, 1951. 6.]처럼 격변의 세월을 거치면서 현실 극복의 초탈(超脫)한 내면 지향의 시를 추구하였다.

재학 중인 1943년(22세) 학도병(學徒兵)으로 징병(徵兵)되었다가 1945년(24세) 귀국하였다.

1946년(25세) 4월 4일에는 김진섭(金晉燮, 1903~?, 한국의 수필가이며 독문학자)·박종화(→190)·이하윤(→408) 등이 중심으로 있던 중앙문화협회(中央文化協會)의 불투명한 성격을 거부하고, 곽종원(郭鍾元, 1915~2001, 한국의 문학 평론가)·곽하신(郭夏信, 1920~?, 한국의 소설가)·

김갑순(金甲順) · 김광주(→51) · 김남중(金南中, 1917~1987, 한국의 언론인이며 수필가) · 김달진(→58) · 김동리(→60) · 김상옥(→69) · 김수돈(→74) · 김춘수(→95) · 김현승(→99) · 박두진(→177) · 박목월(→178) · 박용덕[朴容德, ?~?, 〈단층(斷層)〉 편집 · 발행인] · 박용구(朴容九, 1923~1999, 한국의 소설가) · 백완기(白完基, 1914~?, 한국의 문학 평론가) · 서정주(→226) · 설창수(→230) · 여세기(呂世基) · 오영수(吳永壽, 1914~1979, 한국의 소설가) · 유동준(俞東濬, 1921~, 한국의 문학 평론가) · 유치환(→350) · 이경순(李敬純, 1905~1985, 한국의 교육자이며 시인) · 이광래(李光來, 1908~1968, 한국의 연극인) · 이설주(李雪舟, 1908~2001, 한국의 시인) · 이영도(→384) · 이윤수(李潤守, 1914~1997, 한국의 시인) · 이재춘(李在春) · 이정호(李正浩, 1927~1991, 한국의 시인이며 언론인) · 임서하(任西河, ?~?, 한국의 소설가) · 정진업(鄭鎭業, 1916~1983, 한국의 시인이며 연극인) · 조연현(→459) · 조지훈(→461) · 조진대(趙眞大, 1920~?, 한국의 소설가) · 조향(→463) · 최인욱(崔仁旭, 1920~1972, 한국의 소설가) · 최태응(崔泰應, 1917~1998, 한국의 소설가) · 황순원(→521) 등과 함께 조선청년문학가협회(朝鮮靑年文學家協會)를 결성[1949년 12월 17일 한국문학가협회(韓國文學家協會)가 결성됨에 따라 발전적으로 해산]하여 활동하였다.

한국 전쟁(Korean War, 1950. 6. 25.~1953. 7. 27.) 때는 문총구국대(文總救國隊) 공군종군문인단[空軍從軍文人團, 일명 창공구락부(蒼空俱樂部). 1951년 4월 대구(大邱)에서 결성]에 소속되어 활약하였다.

1955년(34세)에는 〈전망(展望)〉(월간 종합 교양지)를 주재(主宰)하였다.

1956년(35세) 조지훈 등과 함께 진보적 성향의 〈문학예술(文學藝術)〉(월간 순수 문예지. 1954. 4.~1957. 12. 통권 33호로 종간)의 시 추천을 담당하였으며, 1957년(36세) 한국시인협회(韓國詩人協會)가 창립할 때 기획 간사(幹事)로 활동하였다.

1960년(39세) 문화공보부 문정관(文政官)으로 일본으로 가서 도쿄에 정착, 한국에 돌아오지 않고 1976년(55세) 그곳에서 죽었다.

광복 전의 작품으로 〈범람(氾濫)〉 · 〈붕괴(崩壞)〉, 광복 뒤의 작품으로 〈상아 해안(象牙海岸)〉 · 〈여백(餘白)에〉[〈문예(文藝)〉, 1953. 9.] 등이 있다. 과작(寡作)의 시인으로 생전에는 시집을 내지 않았으나, 죽은 뒤인 1976년 〈이한직 시집(李漢稷詩集)〉[문리사(文理社)], 1985년 지식산업사(知識産業社)에서 〈함형주 · 이한직〉[〈한국 현대 시문학 대계(韓國現代詩文學大系)〉 제23권]을 출판하였다.

1995년 4월 17일 서울 강북구(江北區) 수유동(水踰洞) 국립4 · 19민주묘지에 〈진혼(鎭魂)의 노래〉를 새긴 시비(詩碑)가 세워졌다.

*** 이향금(李香今) → 매창(→155)**

410

이호우

李鎬雨 1912. 3. 1. ~ 1970. 1. 6.

한국의 시조(時調) 시인.

호(號)는 본명(本名)에서 음을 따서 이호우(爾豪雨)라고 하였다. 본관(本貫)은 경주(慶州).

일제(日帝) 강점기에 군수(郡守)를 지낸 아버지 이종수(李鐘洙)와 어머니 구봉래(具鳳來)의 1남 2녀 중 맏아들로, 경상북도 청도군(淸道郡) 청도읍 내호리(內湖里)에서 태어났으며, 시조 시인 이영도(→384)는 누이동생이다.

부유한 집안에서 가정 교사를 두고 공부하였으며, 향리(鄕里)의 의명학당(義明學堂)을 거쳐 밀양보통학교(密陽普通學校)를 졸업한 뒤, 1924년(12세) 경성제일공립고등보통학교[京城第一公立高等普通學校, 지금의 경기고등학교(京畿高等學校)]에 입학하였으나 1928년(16세) 신경 쇠약 증세로 낙향(落鄕)하였다.

일본으로 유학하여 1929년(17세) 도쿄예술대학(東京藝術大學)에 입학하였으나 신경 쇠약 증세의 재발과 위장병으로 학업을 포기하고 이듬해 귀국하였다.

1934년(22세) 김순남(金順南)과 혼인하였고, 1936년(24세) 〈동아일보(東亞日報)〉 신춘 문예 시조 부문에 〈영춘송(迎春頌)〉이 당선작 없는 가작에 입선하여 등단(登壇)하였다.

1939년(27세) 〈동아일보〉 투고란(投稿欄)에 〈낙엽(落葉)〉을 발표하였고, 1940년(28세) 이병기(→370)의 추천으로 〈문장(文章)〉(월간 순수 문예지. 1939. 2.~1941. 4. 통권 26호로 종간) 제17호(1940. 7.)에 시조 〈달밤〉이 실리면서 본격적으로 전개되었다.

광복된 뒤 대구(大邱)에서 살면서 주로 대구일보사(大

邱日報社)에 몸을 담고 편집과 경영에도 참여하며 문화부장과 논설 위원을 지냈으며, 대구에서 발간되던 동인지(同人誌) 〈죽순(竹筍)〉(시 전문지. 1946. 5.~1949. 7. 통권 12호로 종간, 1979. 1. 제13호 복간)에도 참여하였다. 또한 김수돈(→74)·김춘수(→95)·박목월(→178)·서정주(→226)·유치환(→350)·조향(→463) 등과 함께 〈노만파(魯漫派)〉(시 동인지. 제4호 발간 후 폐간) 동인으로 활동하였다.

1952년(40세) 11월 유치환을 발행인으로 구상(→31)·김윤성(金潤成, 1926~, 한국의 시인)·김춘수·설창수(→230)·유치진(柳致眞, 1905~1974, 한국의 극작가이며 연출가)·이정호(李正浩, 1927~1991, 한국의 시인이며 언론인) 등이 대구에서 창간한 문예 동인지 〈시와시론(詩論)〉[창간호로 종간. 1958년 4월 20일 경기도 안양(安養)에서 창간된 시 동인지 〈시와시론〉과는 다른 잡지]에 시 〈창〉을 발표하였다.

1955년(43세) 6월 〈가는 봄〉·〈구열(龜裂)〉·〈깃발〉·〈낙화(落花)〉·〈달밤〉·〈무덤〉·〈바람벌〉·〈병실(病室)〉·〈봄〉·〈비(碑)〉·〈산길에서〉·〈살구꽃 핀 마을〉·〈새벽〉·〈이끼〉·〈이향(離鄕)〉·〈작은 기원(祈願)〉·〈적일(寂日)〉·〈첫 설움〉·〈초원(草原)〉·〈한낮〉 등 모두 70수(首)를 묶은 첫 시조집 〈이호우 시조집(爾豪雨詩調集)〉[영웅출판사(英雄出版社)]을 펴냈고, 이 시조집으로 1956년(44세) 제1회 경북 문화상을 받았다.

1956년에는 대구매일신문사(大邱每日新聞社) 편집국장과 논설 위원을 지냈으며, 한국시조작가협회(韓國時調作家協會, 1977년 '한국시조시인협회'로 개편) 부회장(1966~1967, 1969), 1968년(56세) 영남시조문학회(嶺南時調文學會)를 창립하여 동인지 〈낙강(洛江)〉을 발행하는 등 지방 문화 창달과 후진 양성에 힘썼다.

누이동생 영도와 함께 오누이 시조집 〈비가 오고 바람이 붑니다〉[중앙출판공사(中央出版公社), 1968] 중의 1권인 〈휴화산(休火山)〉을 펴내 화제를 모았는데[2권은 이영도의 〈석류(石榴)〉], 〈이호우 시조집〉 이후의 작품을 모아 엮은 것이다.

그의 시조관(時調觀)은 〈이호우 시조집〉 후기에 잘 나타나 있다. 여기에서 한 민족과 한 국가에는 반드시 그 민족의 호흡인 국민시가 있어야 하는데, 그것을 시조에서 찾아야 한다고 밝히면서, 국민시는 간결한 형(型)과 서민적이고 주변적이며 평명(平明)한 내용을 갖추어야 한다고 하였다. 추천 작품 〈달밤〉에는 이러한 점이 잘 나타나고 있는데, '아무 억지도, 꾸밈도, 구김도 없다.'는 추천자의 말과도 같이 범상적인 제재(題材)를 선택하여 쉽게 쓴 것이 특징이다. 〈달밤〉에서와 같이 범상적인 제재를 선택하여 쉽게 쓴 것이 초기 작품의 특징이라면 〈휴화산〉에서는 인간 욕정의 승화와 안주적 경지를 나타내고 있다.

종래의 시조에서 벗어나 제한된 시조 형식을 고수하면서 우리의 고전적 시조를 현대적인 감각과 생활 정서로 전환시켜 독특한 시적(詩的) 경지를 개척하였다.

이 밖에 대표작으로 〈개화(開花)〉[〈현대문학(現代文學)〉 제89호, 1962. 5.]·〈매우(賣牛)〉·〈목숨〉·〈바위 앞에서〉·〈별〉·〈삼불야(三佛也)〉·〈염불(念佛)〉·〈진주(眞珠)〉·〈학(鶴)〉[〈시문학(詩文學)〉 제17호, 1966. 8.] 등이 있고, 편저(編著)로 〈고금 시조 정해(古今時調精解)〉[윤계현(尹啓鉉)과 공저, 1954]가 있으며, 1983년 지식산업사(知識産業社)에서 〈김상옥·이호우〉[〈한국 현대 시문학 대계(韓國現代詩文學大系)〉 제22권]를 출판하였다.

생가(生家)가 있는 내호리 오누이공원에는 〈살구꽃 핀 마을〉이 새겨진 시비(詩碑)가 누이동생 영도의 〈달무리〉가 새겨진 시비와 나란히 세워져 있으며, 청도군 화양면(華陽面) 남성현(南省峴) 고개에 〈살구꽃 핀 마을〉, 부산 부산진구(釜山鎭區) 당감동(堂甘洞) 황령산(荒嶺山) 옥세정(玉洗井) 약수터에 〈살구꽃 핀 마을〉(2008), 대구 남구(南區) 봉덕동(鳳德洞) 앞산공원에 〈개화〉(1972. 1. 6.), 중구(中區) 동인동(東仁洞) 국채보상운동기념공원 등에도 그의 시비가 있다.

411

이효상

李孝祥 1906(고종 43). 1. 4. ~ 1989. 6. 18.

한국의 시인이며 독문학자·교육자·정치가.

호(號)는 한솔.

대구(大邱)에서 태어났으며, 이곳에서 죽었다.

대구 해성학교[海星學校, 지금의 효성초등학교(曉星初等學校)](1912~1915)를 거쳐 대구고등보통학교(大邱高等普通學校)를 졸업한 뒤, 일본으로 유학하여 1926년(20세) 도쿄제국대학[東京帝國大學, 도쿄대학의 전신(前身)] 독문과(獨文科)에 입학, 1930년(24세) 졸업하였다.

재학 중인 1927년(21세) 가톨릭 연구회 학생 잡지 〈히까리(光)〉 편집장을 맡았으며, 〈천주교회보(天主敎會報)〉(1927. 4. 1.~1933. 3. 1949년 4월 1일 제74호로 복간. 1953년 3월 7일 제122호부터 〈가톨릭신보〉로 개칭, 1954년 1월 15일 제137호부터 〈가톨릭시보〉로 다시 개칭, 1960년 1월 3일 제210호부터 격주간에서 주간으로 증간, 1980년 4월 6일 창간 53주년을 맞이하여 〈가톨릭신문〉으로 이름이 바뀌어 현재에 이르고 있다.) 창간에 참여, 편집 위원을 맡아 가톨릭 교구(敎區) 홍보에 온 힘을 다하는 한편, 1928년(22세) 〈천주교회보〉에 '효상(曉相)'이라는 필명(筆名)으로 16편의 시와 산문을 발표하였다.

도쿄제국대학을 졸업한 뒤 귀국하여 대구 교남학교[嶠南學校, 지금의 대륜중·고등학교(大倫中高等學校)]에서 교편(敎鞭)을 잡은 뒤 1940년(34세) 교장이 되었다.

1936년(30세) 〈가톨릭청년〉(천주교 월간지. 1933. 6.~1936. 12. 통권 43호로 종간. 1947년 4월 제5권 1호로 복간, 한국 전쟁으로 휴간, 1955년 1월 속간, 1971년 9월 폐간)에 시 〈기적(奇蹟)〉·〈생활〉·〈숨바꼭질〉 등을 발표하여 등단(登壇)하였다.

1945년(39세) 초대 경상북도 학무국장에 취임하였고, 1952년(46세) 경북대학교(慶北大學校) 문리과대학 교수로 부임하였으며, 1954년(48세) 벨기에 루뱅대학교(Katholieke Universiteit te Leuven, KUL)에서 철학과 문학을 공부하고 온 뒤 경북대학교 문리과 대학 학장을 지냈다.

1960년(54세) 초대 참의원(參議院) 의원에 당선되면서 정치에 입문하였고, 1961년(55세) 한국문인협회(韓國文人協會, 文協) 창립 회원, 1962년(56세) 대구매일신문사(大邱每日新聞社) 이사에 취임하였으며, 1963(57세)~1971년(65세) 제6~7대 국회 의원에 당선, 국회 의장(1963. 12.~1971. 6.)을 지냈고, 1965년(59세) 경북대학교에서 명예 문학 박사 학위를 받았다.

1966년(60세) 국제의원연맹(International Parliamentary Union, IPU)·아시아의원연맹(Asian Parliamentary Union, APU) 한국위원회 위원장을 겸직하였으며, 1967년(61세) 영남학원(嶺南學園) 이사장에 취임하였다.

1973년(67세) 제9대 국회 의원에 당선, 그 해 3월 민주공화당(民主共和黨, 1963년 2월 26일 창당) 의장 서리(署理) 겸 당무 위원이 되었고, 1979년(73세) 제10대 국회 의원에 당선, 공화당 총재 상임 고문(顧問)에 취임하였으며, 1981년(75세) 국정자문회의(國政諮問會議) 위원, 1985년(79세) 민족중흥동지회(民族中興同志會) 명예 회장을 지냈다.

제3회 경북 문화상(1958), 서독(西獨) 1급 대십자 훈장(1965), 교황청 대십자 기사(騎士) 훈장, 말레이시아 판쿠안네가라 최고 훈장 등을 받았고, 1989년 국민 훈장 무궁화장(無窮花章)이 추서(追敍)되었다.

독문학자로는 릴케(Rainer Maria Rilke, 1875~1926, 오스트리아 태생 독일의 시인) 연구를 비롯하여 여러 편의 논문과 번역이 있다.

그의 시 세계는 종교적 명상(冥想) 속에 신성(神性)과 자연의 섭리에 대한 경건한 심정적 사념과 조국 강산에 대한 애국적 관념을 표현하였다.

지은 책으로 〈한솔 이효상 선집(選集)〉[모두 6권, 문호사(文豪社), 1966. 〈교육의 근본 문제〉·〈나의 강산(江山)아〉·〈릴케와 시 정신〉·〈문화와 종교〉·〈인간 문제〉·〈평화한 아침〉]·〈한솔 이효상 문학 선집〉(모두 5권, 1970)·〈이효상 국회 의장 연설 문집〉(국회도서관 입법조사국, 1970)·〈정치와 종교〉(모두 3권, 1984) 등이 있고, 시집으로 〈산(山)〉[조선출판중앙총사(朝鮮出版中央總社), 1948. 12.]·〈바다〉[대건출판사(大建出版社), 1951. 6.]·〈인생(人生)〉(대건출판사, 1954. 3.)·〈사랑〉(양양출판사, 1955. 11.)·〈안경〉[구미서관(歐美書館), 1960. 11.] 등이 있으며, 역저(譯著)로 〈벨라뎃트의 노래〉(대건출판사, 1962)·〈붓덴부르크 일가〉(1963)·〈현대 유럽 철학 총서〉(모두 5권, 1968)·〈떼이야르 드 샤르뎅 전집〉[모두 16권, 삼성출판사(三省出版社), 1971]·〈문학과 종교〉[모두 4권, 이문출판사(以文出版社), 1984~1987]가 있다.

1999년 6월 18일 대구 동구(東區) 용수동(龍水洞) 팔공산(八空山) 동화사(桐華寺) 집단 시설 지구에 〈산〉을 새긴 시비(詩碑)가 세워졌다.

412

인푸

殷夫 1909. 6. 11. ~ 1931. 2. 7.

중국의 시인.

본명(本名)은 쉬보팅(徐柏庭), 필명(筆名)은 런푸(任夫)·바이망(白莽)·쉬바이(徐白).

저장성(浙江省) 샹산현(象山縣)의 농촌에서 태어났으며, 장쑤성(江蘇省) 상하이(上海)에서 살해되었다.

11세 때인 현립고등소학교(縣立高等小學校) 때부터 시를 쓰기 시작하였다. 1927년(18세) 상하이 퉁지대학(同濟大學)에 입학하여 프랑스 문학을 전공하였으나, 중퇴하였다.

시작(詩作)은 1928(19세)~1930년(21세)에 활발하였는데, 초기에는 섬세한 언어를 구사(驅使)하여 내면적 고뇌를 표현한 서정시 〈어린 아이들의 탑(孩兒塔)〉 등을 발표하였고, 후기에는 혁명적 열정을 노래한 율동적 시 〈우리의 시〉·〈혈자(血字)〉 등을 발표하였다.

1928년 태양사[太陽社, 1928년 1월 1일 중국에서 급진적 혁명 문학을 추구하던 문학인 멍차오(孟超, 1902~1976)·양춘런(楊邨人, 1901~1955, 중국의 작가)·장광츠(→423)·첸싱춘(錢杏邨, 1900~1977, 중국의 문학 평론가) 등 4명이 결성한 문학 단체]에 가입한 뒤, 다시 1930년 중국 공산당(中國共産黨, Chinese Communist Party, 1921년 창당) 청년단과 중국좌익작가연맹{中國左翼作家聯盟, 1930년 3월 상하이에서 궈모뤄(→38)·딩링(丁玲, 1904~1986, 중국의 여류작가)·로스(柔石, 1902~1931, 중국의 작가)·루쉰[魯迅, 1881~1936, 20세기 중국 문학의 거장. 본명은 저우수런(周樹人). 저우쭤런(周作人, 1885~1967, 중국의 학자이며 수필가·번역가)의 형]·위링(于伶, 1907~1997, 중국의 작가)·천옌빙[沈雁冰, 1896~1981, 중국의 작가이며 문학 평론가. 본명은 마오둔(茅盾)]·펑쉐펑(→491) 등 좌익계와 진보적 작가들이 결성한 문학 단체}에 가입하여 적극적으로 청년 노동 운동을 하였다. 〈레닌 청년(列寧青年)〉·〈모던 청년(摩登青年)〉 등을 편집하였으며, 페퇴피(Sándor Petőfi, 1823~1849, 헝가리의 시인)에 관한 번역 작업을 통하여 루쉰과 알게 되었다.

22년이라는 짧은 생애에 많은 시를 남겼다. 1930년에 펴낸 시집 〈어린 아이들의 탑〉에 65편이 실려 있고, 죽은 뒤인 1951년에 출판된 〈인푸 선집(殷夫選集)〉에는 〈어린 아이들의 탑〉에 실려 있지 않은 33편이 수록되어 있다. 전반기 시에서는 조숙한 소년의 순진한 환상(幻想)과 인생의 길에 대한 탐구 및 갖가지 모순된 심정이 담겨 있고, 후반기 시에서는 혁명의 요구에 자각적으로 결합하면서 새로운 스타일과 혁명가의 기백을 과시하였다.

1931년(22세) 2월 7일, 중국 국민당(中國國民黨, Kuomintang of China, 1912년 창당) 정부의 특무대(特務隊)에 의하여 같은 날 상하이 룽화(龍華)에서 재판 절차 없이 비밀리에 처형당한 중국좌익작가연맹의 로스·리웨이썬(李偉森, 1903~1931, 중국의 작가)·펑컹(馮鏗, 1907~1931, 중국의 작가이며 시인)·후야핀[胡也頻, 1903~1931, 중국의 현대 문학가. 딩링의 첫 남편]과 함께 이른바 '좌련 오열사(左聯五烈士)'의 한 사람이다.

413

임벽당 김씨

林碧堂金氏 1492(성종 23)~1549(명종 4)

조선(朝鮮, 1392~1910)의 여류 시인.

본관(本貫)은 의성(義城).

별좌(別座) 김수천(金壽千)의 맏딸로, 충청남도 부여군(扶餘郡) 부여읍 중정리(中井里)에서 태어났다.

사간원(司諫院) 사간을 지낸 할아버지 김축(金軸)에게 시문(詩文)과 글씨를 익혔다. 1509년(17세) 충청남도 서천군(舒川郡) 비인면(庇仁面) 남당리(南唐里) 유여주(俞汝舟, 1480~?)의 후실(後室)이 되었으며, 아들 유위(俞緯)를 두었다.

남편은 중종(中宗, 1488~1544, 조선의 제11대 왕. 재위 1506~1544) 때 현량과(賢良科)에 선발되었으나 기묘사화(己卯士禍, 1519, 중종 14)가 일어나자 고향으로 돌아가 은거하여 임벽당(林碧堂)을 짓고 독서와 서예로 일생을 마쳤는데, 명필(名筆)로 이름이 있었다.

문장에 뛰어났고 서법(書法)에도 식견이 있어 글씨를 잘 썼다. 그녀의 시집 〈임벽당집(林碧堂集)〉이 규장각(奎章閣)과 다카하시 도루(高橋亨, 1878~1967, 일본의 식민 사학자이며 조선학 연구가)에게 있었다고 하지만, 현재는 전해지지 않는다.

〈국조시산(國朝詩刪)〉[허균(許筠, 1569~1618, 조선의 문신이며 문학가)이 엮은 시선집. 모두 9권 4책]과 허난설헌(→509)의 〈난설헌집(蘭雪軒集)〉, 〈열조 시집(列朝詩集)〉[1652년 전겸익(→434)이 편찬한 중국 명나라 약 2천 명의 시선집(詩選集). 모두 81권]에 그녀의 시 일부가 전한다. 깊은 산골 벽촌에서 집이 가난하여 술대접도 제대로 못하고 손님을 밤에 돌려 보내는 안타까운 심정을 진솔하게 나타낸 오언절구(五言絕句) 〈빈녀음(貧女吟, '가난한 처녀의 노래')〉과 오랫동안 객지에 나가 있는 임을 그리워하는 애절한 심정을 노래한 오언율시(五言律詩) 〈증별(贈別, '떠나는 임에게')〉 등 시 7수(首)이다.

〈난설헌집〉에도 〈증별〉을 제외한 〈가객사(賈客詞)〉·

〈빈녀음〉·〈양류사(楊柳詞)〉(모두 2수)·〈즉경(卽景)〉 등 시 5수가 실려 있다. 〈빈녀음〉은 같은 제목으로 한시 선집(漢詩選集) 〈대동시선(大東詩選)〉[모두 12권, 신문관(新文館), 1918]과 〈동양 역대 여사 시선(東洋歷代女史詩選)〉[모두 6권 1책. 중국 상고(上古)부터 청(淸)나라까지의 중국 여류 문인 500여 명, 한국 여류 문인 50명, 일본 여류 문인 20명의 시를 모은 책. 1909]에 각기 다른 작품이 실려 있는데, 〈동양 역대 여사 시선〉에 실려 있는 작품은 〈난설헌집〉에도 실려 있어 난설헌의 작품으로 추정된다.

죽은 해는 명확하지 않으나 날짜는 2월 21일로 알려져 있으며, 묘는 서천군 비인(庇仁)에 있다고 〈기계 유씨 족보(杞溪兪氏族譜)〉에 전한다.

414

임인수

林仁洙 1919～1967. 7. 31.

한국의 시인이며 아동 문학가.

호(號)는 구촌(九村)·현석(玄石).

경기도 김포(金浦)에서 태어났으며, 1944년(25세) 조선신학원[朝鮮神學院. 한신대학교(韓神大學校)의 전신(前身)]을 졸업하였다.

〈아이생활〉(월간 어린이 잡지. 1925. 3.～1944. 4. 제19권 제1호로 종간)에 동시(童詩) 〈봄 노래〉(1940. 4.)·〈불어라 봄바람〉(1940. 4.)·〈겨울밤〉(1941. 1.)을 발표하여 문단(文壇)에 나왔으며, 한때 동인(同人) 회람지 〈동원(東園)〉을 주재(主宰)하여 일제(日帝) 말 암흑기의 아동 문학 운동에 힘썼다.

광복된 뒤에는 〈매일신보〉[한국어 일간지. 1904년 7월 18일 배설(裵說, 1872～1909, Ernes Thomas Bethell, 대한제국 때의 영국의 언론인)이 창간한 〈대한매일신보(大韓每日申報)〉를 일제(日帝)가 사들여 1910년 8월 30일부터 '대한' 두 자를 떼고 〈매일신보(每日申報)〉로 제호(題號)를 바꾸었다가, 1938년 4월 29일 〈매일신보(每日新報)〉로 바뀌었고, 1945년 11월 23일 〈서울신문〉으로 바뀌어 오늘에 이르고 있다.]·〈소년(少年)〉·〈어린이나라〉 등에 시·동시·동화 등 아동 문학 작품 외에 성인 시(成人詩)도 발표하면서 주로 잡지 편집일을 하였다.

한국 전쟁(Korean War, 1950. 6. 25.～1953. 7. 27.) 뒤에 피난지 부산(釜山)에서 〈사랑의 세계〉를 편집하였고, 환도(還都)한 뒤에도 〈기독교문화(基督敎文化)〉·〈현대공론(現代公論)〉(월간 종합 교양지. 1953. 10.～1955. 1. 통권 13호로 종간)·〈어린이동산〉 등을 편집하였다.

〈현대문학(現代文學)〉(월간 순수 문예지. 1955. 1.～현재)에 〈간이역(簡易驛)〉(제15호, 1956. 3.)과 〈주(主)는 저만치 계시었다〉(제28호, 1957. 4.), 〈여원(女苑)〉(월간 여성 교양지. 1955. 10.～1970. 4. 통권 175호로 종간)에 〈소곡(小曲)〉(제8호, 1956. 5.)과 〈바다로 가는 길〉(제12호, 1956. 9.) 등의 시를 발표하였다.

온화한 인품 그대로 작품도 신앙을 바탕으로 한 잔잔한 사랑의 사상으로 충만되어 있다. 모든 작품에 흐르는 주제는 기독교적 선의(善意)를 바탕으로 믿음·소망·사랑에 의하여 허무(虛無)를 극복하려는 의지가 뚜렷하며, 특히 아동 문학 작품에는 기독교 사상이 강조되어 있다.

〈눈이 큰 아이〉·〈아빠의 일기〉·〈피리 부는 집〉과 같은 동화는 어린이들의 일상적인 생활을 바탕으로 한 현실적 이상주의(理想主義, idealism)를 추구하고 있다. 〈개구리와 봄〉·〈불어라 봄바람〉 등에서는 초현실적 상상력을 보여 주었으나, 역시 현실에 바탕을 둔 것이었다. 이러한 경향은 동시에서 두드러지게 나타나는데, 〈아기 예수 나신 날〉은 지나치게 종교적 의도가 드러나 있다. 따라서 그의 아동 문학은 어린이 세계의 표현을 넘어서서 자기의 사상을 표현하기 위한 수단으로서의 색채도 짙게 나타나 있다.

동화집 〈어디만큼 왔나〉[동지사(同志社), 1948]·〈봄이 오는 날〉[대한기독교서회(大韓基督敎書會), 1949]·〈눈이 큰 아이〉[종로서관(鐘路書館), 1960], 시집 〈땅에 쓴 글씨〉(새사람사, 1955. 11.), 번역서 〈이상한 풍금〉[기독교아동문화사(基督敎兒童文化社), 1956]·〈일본 명작 동화집〉[보진재(寶晉齋), 1962], 동시집 〈종아, 다시 울려라〉[교학사(敎學社), 박홍근(朴洪根, 1919～?, 한국의 아동 문학가)·정상묵(鄭相黙, 1929～, 한국의 아동 문학가)과 공저, 1964]가 있다.

이 밖에 〈글짓기를 위한 어린이 문학 독본〉[춘조사(春潮社), 1962]·〈임인수 아동 문학 독본(林仁洙兒童文學讀本)〉[을유문화사(乙酉文化社), 1962] 등이 있고, 공저(共著)로 〈눈 오는 밤의 대화(對話)〉·〈단독자(單獨者)의 시법(詩法)〉·〈도상(途上)의 변증(辨證)〉·〈밤의 영토(領土)에서〉·〈베다니 서정(敍情)〉·〈베로니카에게〉·〈성야초(聖

夜抄)〉·〈순간(瞬間)〉·〈엠마오 도상〉 등 18편이 실려 있는 〈주의 곁에서〉[대한기독교서회, 박화목(→194)과 공저, 1961]와 〈한국 동화 선집(韓國童話選集)〉(교학사, 1963)이 있다.

415

임제

林悌 1549(명종 4). 11. 20. ~ 1587(선조 20). 8. 11.

조선(朝鮮, 1392~1910)의 시인이며 문신(文臣).

자(字)는 자순(子順), 호(號)는 겸재(謙齋)·백호(白湖)·벽산(碧山)·소치(嘯痴)·풍강(楓江), 본관(本貫)은 나주(羅州).

절도사(節度使)를 지낸 아버지 임진(林晉)과 어머니 남원(南原) 윤씨(尹氏)의 5남 2녀 중 맏아들로, 전라남도 나주시 다시면(多侍面) 회진리(會津里)에서 태어났으며, 이곳에서 죽었다.

젊어서부터 방랑과 술과 여자와 동무를 매우 좋아하였고 호협한 성격과 불편부당을 고집하는 사람으로, 교속(敎束)에 얽매이기보다는 창루(娼樓)와 주사(酒肆)를 배회하며 살았다.

지나치게 자유 분방하여 스승이 따로 없다가, 1570년(21세, 선조 3) 어느 겨울날, 호서(湖西)를 거쳐 서울로 가는 길에 우연히 지은 시가 속리산(俗離山)에 있던 성운(成運, 1497~1579, 조선의 학자)에게 전해진 것이 계기가 되어 그를 스승으로 모셨다고 한다. 그로부터 3년 동안 학업에 정진하였는데 그 때 〈중용(中庸)〉을 800번이나 읽었다는 것은 널리 알려진 일화(逸話)이다.

1571년(22세, 선조 4) 어머니를 여의었으며, 이에 창루와 주사를 그만두고 글공부에 뜻을 두고 몇 번 과거(科擧)에 응시하였으나 번번이 낙방하였다. 창루와 주사에서 벗어나 현실 세계로 뛰어든 그의 눈에는 부조리와 당쟁(黨爭)만이 가득 찼다.

1576년(27세, 선조 9) 속리산에서 성운과 하직하였으며, 생원시(生員試)·진사시(進士試)에 급제(及第)하고 이듬해 알성 문과(謁聖文科)에 급제, 흥양(興陽) 현감(縣監)·서도 병마사(西道兵馬使)·북도(北道) 병마사·예조 정랑(禮曹正郎) 등을 거쳐 홍문관(弘文館) 지제교(知製敎)를 지냈다.

그러나 동서 양당으로 나뉘어 서로 헐뜯고 비방하고 질시하면서 편당(便黨)을 지어 공명(功名)을 탈취하려는 당시 정계(政界) 속물(俗物)들의 비열한 몰골이 그의 호방한 성격에 용납되지 않았다. 벼슬에 대한 선망과 매력, 흥미와 관심은 차차 멀어져 가고 절망과 울분과 실의(失意)가 가슴 속에 사무쳤다. 그러기에 10여 년 동안의 벼슬 생활은 아무런 의미가 없었다.

벼슬에 있으면서도 숱한 일화를 남겼는데, 서도 병마사로 임명되어 부임하는 길에 황진이(→524)의 무덤에 제사를 지내고 '청초(靑草) 우거진 골에'로 시작하는 시조(時調) 1수(首)를 지었다가, 임지(任地)에 부임하기도 전에 파직(罷職)당하였으며, 평양(平壤) 기녀(妓女) 한우(寒雨)와 주고받은 시조[한우가(寒雨歌)]의 일화, 그녀와 얽힌 로맨스 등이 널리 알려졌다. 한우는 재색(才色)을 겸비하여 시와 글에 뛰어났으며, 거문고와 가야금을 매우 잘 탔고 노래 또한 절창(絕唱)이었다.

벼슬에 환멸을 느끼고 명산(名山)을 찾아다니면서 술과 음풍영월(吟諷詠月)을 벗하여 유람하였는데, 남으로 탐라(耽羅, 제주도)·광한루[廣寒樓, 전라북도 남원(南原)]에서 북으로 용만[龍灣, 평안북도 의주(義州)]·부벽루(浮碧樓, 평양)에 이르렀으며, 가는 곳마다 숱한 일화를 남겼다. 특히 기녀나 여인과의 일화가 많은데, 당시 평양에서 으뜸가는 기녀 일지매(一枝梅)가 전국을 다녀도 마음에 드는 이가 없던 차에 마침 밤에 어물상(魚物商)으로 변장하고 정원(庭園)에 들어온 임제의 화답시(和答詩)에 감동되어 인연을 맺은 일, 영남(嶺南) 어느 지방에서 화전(花煎)놀이 나온 부인들에게 육담(肉談)적인 시를 지어주어 음식을 제공받고 종일 더불어 논 일, 박팽년(朴彭年, 1417~1456, 조선의 문신) 사당(祠堂)에 짚신을 신고 들어간 일 등은 널리 알려졌다.

기인(奇人)이라고 하고 또한 법도에 어긋난 사람이라고 하여 글은 취하되 사람은 사귀기를 꺼렸다. 세상을 등진 이래 지기(知己)가 끊어지고, 이리저리 방황하다가 고향 회진리에서 죽었다.

운명하기 전에 여러 아들들에게 '천하의 여러 나라가 제왕(帝王)을 일컫지 않은 나라가 없었는데, 오직 우리 나라만은 끝내 제왕을 일컫지 못하였으니, 이같이 못난 나라에 태어나서 죽는 것이 무엇이 아깝겠느냐! 너희들은 조금도 슬퍼할 것이 없느니라.'고 한 뒤 '내가 죽거든 곡을 하지 말라.'는 유언(遺言)을 남겼다.

칼과 피리를 좋아하였고, 문장과 시에 뛰어나 당대(當

代)의 명문장가로 이름을 떨쳤으며, 호방하고 쾌활한 시풍(詩風)을 지녔다.

인간의 심성을 의인화(擬人化)한 〈수성지(愁城誌)〉, 꿈의 세계를 통하여 세조(世祖, 1417~1468, 조선의 제7대 왕. 재위 1456~1468)의 왕위 찬탈이라는 정치 권력의 모순을 풍자한 〈원생몽유록(元生夢遊錄)〉[〈원자허전(元子虛傳)〉이라고도 한다.], 식물 세계를 통하여 인간 역사를 풍자한 〈화사(花史)〉 등의 한문 소설을 남겼으며, 시조 3수와 〈부벽루 상영록(浮碧樓觴詠錄)〉 등이 부록으로 실려 있는 〈임백호집(林白湖集)〉(모두 4권 2책, 1621)이 있다.

고향 회진리에 임제 기념관, 다시면 가운리(佳雲里)의 묘소에 한시비(漢詩碑), 광주 남구(南區) 사동(社洞) 사직공원(社稷公園)에 '청초 우거진 골에'로 시작하는 시비(詩碑)가 세워져 있다.

416

임종국

林鍾國 1929. 10. 26. ~ 1989. 11. 12.

한국의 시인이며 문학 평론가·재야(在野) 사학자.

일제(日帝) 강점기에 천도교(天道教) 당수(黨首)와 조선농민사(朝鮮農民社) 사장을 지낸 아버지 임문호(林文虎, 1900~1972)의 두 번째 아내 김태강(?~1965)의 4남 3녀(종국·종철·종한·종욱·신화·순화·경화) 중 맏아들로 [첫 번째 아내 이홍순(1902~1964)과의 사이에서는 1남 1녀(종원·종옥)를 낳았다.], 경상남도 창녕군(昌寧郡) 창녕읍 신당리(新堂里)에서 태어났으며, 서울에서 죽었다.

1933년(4세) 온 가족이 서울로 올라왔으며, 1942년(13세) 재동소학교(齋洞小學校, 지금의 재동초등학교)를 졸업하고 경성공립농업학교[京城公立農業學校, 서울시립대학교의 전신(前身)]에 진학하였다. 재학 중에 태평양전쟁(太平洋戰爭, 1937. 7. 7.~1945. 8. 15.)이 종전(終戰)되었다.

1952년(23세) 고려대학교(高麗大學校) 정치외교학과에 입학하였다가 경제적 사정으로 2학년을 마치고 중퇴하였다[1968년(39세) 재입학하여 1969년(40세)에 졸업하였다.]. 이 때부터 자료를 모아 〈이상 전집(李箱全集)〉[태성사(泰成社), 모두 3권, 1956]을 펴내면서 재야 문학 평론가로 활동을 시작하였고, 1957년(28세) 신구문화사(新丘文化社)에 입사하였다.

진보적 성향의 〈문학예술(文學藝術)〉(월간 순수 문예지. 1954. 4.~1957. 12. 통권 33호로 종간)에 이한직(→409)의 추천으로 발표한 시 〈비(碑)〉(1956. 8.)와 〈사상계(思想界)〉(월간 종합 교양지. 1953. 4.~1970. 5. 통권 205호로 종간) 제81호(1960. 1.)에 〈자화상(自畫像)〉 등을 발표함으로써 등단(登壇)하였다.

1965년(36세) 한·일 회담(韓日會談)의 반민족적 행위에 대한 인식을 계기로 본격적인 친일(親日) 연구에 몰두하여 〈친일 문학론(親日文學論)〉[평화출판사(平和出版社), 1966]을 펴냈다. 친일파 연구의 효시(嚆矢)가 된 이 책에서 일제 강점기의 우리나라 작가·시인·비평가들 중에서 친일 작품을 발표하였던 인물들과 그 작품을 비판적으로 거론하였다.

〈흘러간 성좌(星座)〉[국제출판사(國際出版社), 박노준(朴魯埻)과 공저, 1966]에서는 권덕규(權悳奎, 1890~1950, 한국의 국어학자)·신채호(申采浩, 1880~1936, 한국의 독립운동가이며 역사가·언론인)·안창호(安昌浩, 1878~1938, 한국의 독립 운동가이며 교육자)·윤심덕(尹心悳, 1897~1926, 평양 출신의 여류 성악가이며 배우)·이상(→374)·한용운(→503)·홍난파(洪蘭坡, 1897~1941, 한국의 작곡가이며 바이올리니스트·지휘자)·황석우(→520) 등 일제 치하의 문학 예술가 및 사상가들을 전기적(傳記的) 측면에서 다루었다. 특히 일제의 가혹한 억압에도 꺾이지 않고 사상적 일관성을 굳게 지켜 냈던 점을 주요하게 드러내어 민족 의식을 주축으로 하여 저술하였다.

1970년대 이후부터 연구 영역은 정치·경제·사회·교육·종교·군사·예술 등 사회 전역에 걸친 '친일 문제'로 확산되었고, 철저한 자료 조사를 통한 실증적 고찰에 힘을 기울였다.

1980년(51세) 11월 집필에 전념하기 위하여 충청남도 천안(天安) 교외(郊外)에 '요산재(樂山齋)'를 짓고 이곳에서 일제 침략사와 친일파들의 배족사(背族史)를 구명해 나갔다. 〈일제 침략과 친일파〉[청사(靑史), 1982]·〈밤의 일제 침략사〉(한빛문화사, 1984)·〈일제하의 사상 탄압〉(평화출판사, 1985)·〈친일 문학 작품 선집〉[실천문학사(實踐文學社), 1986]·〈친일 논설 선집〉(실천문학사, 1987)·〈일본군의 조선 침략사〉[일월서각(日月書閣), 모두 2권, 1988, 1989]를 잇달아 펴냈으며, 1994년 친일파 총서(叢書) 10권 완간 계획으로 나머지 4권['총론'·'사상 침략과 친일파'·'정치 침략과 친일파'·'해방 이후 친일파']의 집필을 준비하다가 폐기종(肺氣腫)으로 민족 정기를 바르게 세우기 위한 삶을 마감하였다.

이 밖에 〈한국 문학의 사회사〉[정음사(正音社), 1974]·〈정신대(挺身隊)〉(일월서각, 1981)·〈한국 문학의 민중사 : 일제하 문학의 민중 의식〉(돌베개, 1986), 편저(編著)로 〈이상 전집〉[문성사(文成社), 1968]이 있다.

1991년 2월 27일 그가 남긴 자료를 바탕으로 친일파 문제를 전문적으로 연구하는 '반민족문제연구소(反民族問題研究所)'가 설립되었고(1995년 '민족문제연구소'로 개칭), 1992년 제6회 심산상(心山賞)이 주어졌다. 2005년 3월 임종국기념사업회가 발족되었고, 10월 보관 문화 훈장(寶冠文化勳章)이 추서(追敍)되었으며, 11월 친일 청산에 공을 세운 사람에게 주는 '임종국상'이 제정되었다.

417

임포

林逋 967~1028

중국 북송(北宋, 960~1126)의 시인.

자(字)는 군복(君復), 시호(諡號)는 화정 선생(和靖先生).

저장성(浙江省) 첸탕현[錢塘縣, 지금의 항저우(杭州)]에서 태어났다.

몸이 부자유하였기 때문에 부귀(富貴)를 취하지 않고 항저우 서쪽 시후호(西湖)의 구산(孤山)에 살면서 20년 동안 도시에 발을 들여 놓지 않았고, 300그루의 매화를 완상하며 학(鶴) 두 마리를 기르면서 일생을 독신의 은둔 생활로 생애를 마쳤다.

그의 시는 풍화설월(風花雪月)을 평담(平淡)한 표현으로 읊은 것이 많고, '매화 시인'으로 불릴 정도로 매화를 노래한 걸작이 많은데, '소영횡사(疎影橫斜)하니 수청천(水淸淺)하고, 암향부동(暗香浮動)하여 월황혼(月黃昏)이라'와 같은 명구(名句)가 있다.

당(唐)나라(618~907) 말기풍의 신변의 조그마한 감각 세계에 안주하려고 하는 내용이 많고, 염려섬세(艶麗纖細)의 영향이 남아 있으며, 청신 담백한 시풍(詩風)은 송시(宋詩)의 선구(先驅)라고 할 수 있다.

지은 책으로 〈송임화정 선생 시집(宋林和靖先生詩集)〉(모두 6권)과 〈임화정집(林和靖集)〉(모두 4권)이 있다.

418

임학수

林學洙 1911. 7. 3. ~ 1982. 6. 21.

한국의 시인.

본명(本名)은 악이(岳伊)로, 호(號)로도 썼다. 족보에는 임영택(林榮澤)으로 기재되어 있으며, 임내홍(林乃洪)이라고도 썼다. 본관(本貫)은 순천(順天).

전라남도 순천에서 태어났다.

경성제일공립고등보통학교[京城第一公立高等普通學校, 지금의 경기고등학교(京畿高等學校)]를 졸업하고, 1931년(20세) 경성제국대학[京城帝國大學, 서울대학교의 전신(前身)] 법문학부 영문과에 입학하였다.

1930년(19세) 초부터 시를 써서 〈동아일보(東亞日報)〉에 〈나그네의 꿈〉·〈여름의 일순(一瞬)〉·〈우울(憂鬱)〉 등을 발표하였다. 대학에서는 영국 낭만주의(浪漫主義, romanticism)를 전공하였는데, 일제(日帝) 강점기에 발표한 시들은 주로 낭만주의적이고 서정적인 시 세계를 펼쳐 보여 〈5월 밤〉(〈가톨릭청년〉 제7호, 1933. 12.)·〈면곡조(曲調)〉[〈문학(文學)〉 제2호, 1934. 2.]·〈주인은 어데 가고〉(〈가톨릭청년〉 제10호, 1934. 3.)·〈달에 빛 외인 정자(亭子)〉(〈문학〉 종간호, 1934. 4.)·〈피리〉[〈중앙(中央)〉 제8호, 1934. 6.]·〈초밤별〉(〈가톨릭청년〉 제14호, 1934. 7.)·〈밤 그늘〉(〈가톨릭청년〉 제19호, 1934. 12.)·〈다리 위에 서서〉[〈조광(朝光)〉 제13호, 1936. 11.] 등을 발표하였다.

1936년(25세) 경성제국대학 졸업과 함께 조교수를 맡았고, 9월 순천에서 〈전남평론(全南評論)〉을 주재(主宰)하였다. 그 뒤 호수돈여자고등보통학교(好壽敦女子高等普通學校)·성신여학교(誠信女學校, 성신여자대학교의 전신)·한성상업학교(漢城商業學校)·배화여자고등학교(培花女子高等學校) 교사로 근무하였다.

1937년(26세) 8월 경기도 개성(開城)에서 자비(自費)로 〈견우(牽牛)〉(1935)·〈조선의 소녀〉 등을 실은 처녀 시집 〈석류(石榴)〉[한성도서주식회사(漢城圖書株式會社)]를 펴냈고, 단편 소설 〈금혼식(金婚式)〉과 〈침전(沈澱)한 미소(微笑)〉를 발표하였다. 이듬해 두 번째 시집 〈팔도 풍물 시집(八道風物詩集)〉[인문당(人文堂), 1938. 9.]을 펴냈다. 이 무렵 시 〈독수리〉(〈조광〉 제15호, 1937. 1.)·〈전파(電波)〉[〈백광(白光)〉, 1937. 2.]·〈가신 님〉[〈사해공론(四海公

論)〉 제23호, 1937. 3.]·〈슬픈 뮤즈〉(〈조광〉 제20호, 1937. 6.)·〈길〉(〈조광〉 제21호, 1937. 7.)·〈호접몽(胡蝶夢)〉(〈조광〉 제30호, 1938. 4.)·〈재〉(〈조광〉 제35호, 1938. 9.)·〈사랑이여 바다로〉(〈조광〉 제40호, 1939. 2.)·〈광야집(曠野集)〉(〈조광〉 제42호, 1939. 4.)·〈광야에 서서〉[〈문장(文章)〉 제3호, 1939. 4.]·〈불〉(〈문장〉 제4호, 1939. 5.)·〈느티나무 아래〉[〈여성(女性)〉 제38호, 1939. 5.]·〈낭자관(娘子關)〉(〈문장〉 제7호, 1939. 8.)·〈동방(東方)의 영산(靈山)〉[〈인문평론(人文評論)〉 창간호, 1939. 10.]·〈북경(北京)의 신부(新婦)〉(〈문장〉 제9호, 1939. 10.)·〈표박(漂迫)하는 혼(魂)〉[인문사(人文社), 1939. 10.] 등을 발표하였다.

1939년(28세)에는 세 번째 시집 〈후조(候鳥)〉(한성도서주식회사, 1939. 1.)와 번역 시집 〈현대 영시선(現代英詩選)〉[학예사(學藝社), 1939. 5.]을 펴냈다. 이 무렵부터 일제의 이른바 '총후봉공(銃後奉公, 전쟁 수행을 위하여 적극 협력하는 것)'이라는 미명(美名) 아래 군사 후원을 목적으로 결성(1939. 3. 14.)된 문인 종군 단체인 황군위문작가단(皇軍慰問作家團)에 참여하여 4월 15일부터 김동인(金東仁, 1900~1951, 한국의 소설가)·박영희(→183)와 함께 베이징(北京)과 중국 화북(華北) 지역 등 일선 군부를 방문하였고, 그 결과물로 〈북지 견문록(北支見聞錄)〉(〈문장〉 제7호 1939. 8.)·〈대황하반(大黃河畔)을 찾아〉·〈북지(北支)에 심부름을 하고〉·〈운성(運城)의 4일간〉·〈전선 병사(戰線兵士)를 위문하고〉·〈전지에서의 로맨티시즘(戰地へのロマンチシズム)〉·〈펜 부대 보고(ペン部隊報告)〉[〈국민신보(國民新報)〉, 1939. 5. 21.]·〈보정성(保定城)의 인상(印象)〉(〈조광〉 제46호, 1939. 8.)·〈야연(夜宴)〉(시, 〈조광〉 제47호, 1939. 9.)·〈야전(夜戰)〉(시, 〈조광〉 제47호, 1939. 9.) 등을 발표하였고, 〈전선 시집(戰線詩集)〉(인문사, 1939. 9.)을 펴냈다.

같은 해 조선문인협회(朝鮮文人協會, 1939년 10월 29일 결성한 조선총독부 산하 어용 문학 단체. 文協) 발기인(發起人)으로 참여하였으며, 12월 이 협회가 주최한 '문예의 밤'에서 시 〈농성 50일(籠城五十日)〉을 발표하였다.

1940년(29세) 시 〈밤〉(〈인문평론〉 제4호, 1940. 1.)·〈산(山)〉(〈문장〉 제13호, 1940. 2.)·〈포박(捕縛)된 독수리〉(〈문장〉 제17호, 1940. 5.)·〈산보(散步)〉(〈여성〉 제52호, 1940. 7.)·〈출전(出戰)한 우인(友人)〉(〈인문평론〉 제10호, 1940. 7.)·〈피로(疲勞)〉(〈조광〉 제57호, 1940. 7.)·〈요람(搖籃)〉(〈인문평론〉 제11호, 1940. 8.)·〈추풍령(秋風嶺)에 올라 북방(北方)을 바라며〉(〈문장〉 제22호, 1940. 12.)를 발표하였고, 12월에는 〈가톨릭청년〉(천주교 월간지. 1933. 6.~1936. 12. 통권 43호로 종간. 1947년 4월 제5권 1호로 복간. 한국 전쟁으로 휴간, 1955년 1월 속간, 1971년 9월 폐간)에 단편 소설 〈가마귀〉를 발표하였다.

이듬해 〈춘추(春秋)〉(월간 종합 교양지. 1941. 2.~1944. 10. 통권 39호로 종간)에 시 〈달은 구름 뒤로 숨고〉(제5호, 1941. 6.)·〈그 여자의 일생〉(제8호, 1941. 9.)·〈신년송(新年頌)〉(제12호, 1942. 1.)을 발표하였다.

1943년(32세) 조선문인협회 간사(幹事)로 선출되었고, 징병제(徵兵制) 실시 기념 라디오 프로그램에서 작사한 군국(軍國) 가요 〈용사가 되는 날(勇士になる日)〉을 방송하였다.

광복된 뒤에는 서울여자대학에서 강의를 맡았으며, 〈민성(民聲)〉(월간 종합 교양지. 1945. 12.~1950. 5. 통권 45호로 종간)에 초대 주간(主幹)을 맡으면서 시 〈비추(悲秋)〉 등을 발표하였다.

고려대학교(高麗大學校) 교수로 재직하던 중 한국 전쟁(Korean War, 1950. 6. 25.~1953. 7. 27.) 중에 납북(拉北)되었다. 북한에서는 김일성종합대학(金日成綜合大學, 1946년 10월 1일 개교) 교수를 지냈는데, 1966년(55세)에는 종파분자(宗派分子)로 몰려 수난을 당하기도 하였다. 외국 문학을 번역 소개하는 사업을 적극 벌이면서 〈돔비와 아들〉·〈바이런 시선(詩選)〉·〈차일드 해럴드의 편력기〉·〈허영(虛榮)의 시장〉 등을 번역 출판하였다. 특히 이찬(→401)이 작사한 북한의 대표적인 김일성[金日成, 1912~1994, 북한의 주석. 본명(本名)은 김성주(金成柱). 재임 1948~1994] 미화·찬양 가요 〈김일성 장군의 노래〉와 조기천(→451)의 장편 서사시 〈백두산(白頭山)〉(1947)을 비롯한 많은 작품들을 영역(英譯)함으로써 북한 문학을 널리 선전하는 사업에도 이바지하였다.

초기 작품은 자연과의 동화, 자연의 신비와 구원(久遠)을 추구하는 탐미주의(耽美主義, aestheticism, 唯美主義) 경향이 짙었으나, 후기의 〈전선 시집〉에 이르러서는 중국의 거대한 자연을 통하여 광막호탕(廣漠浩蕩)한 시경(詩境)과 일종의 호연지기(浩然之氣)를 노래하는 현실 초탈(超脫)의 시풍(詩風)을 보여 주었다.

광복 이후의 작품으로 시 〈나그네의 꿈〉[〈신생(新生)〉, 1947]·〈즐거운 설날〉[〈백민(白民)〉 제13호, 1948. 3.]·〈C 정거장〉[〈학풍(學風)〉 제5호, 1949. 4.]·〈피리 흘러오는 밤〉(〈신생〉, 1949)이 있고, 시집 〈필부(匹夫)의 노래〉[고려문화사(高麗文化社), 1948. 7.]·〈시집〉(한성도서주식회사, 1949)과 번역 시집 〈초생달〉[문호사(文豪社), 1948], 번역서 〈일리아드〉(학예사, 1940)·〈은전(銀錢) 한 푼〉[대조사(大潮社), 1946]·〈파리 애화(巴里哀話)〉[신대한도서주식회사(新大韓圖書株式會社), 1949], 편저(編著) 〈세계 단편 선집〉[신조사(新潮社), 1946]·〈블레익 시초(詩抄)〉[산호장(珊瑚莊), 1948] 등을 펴냈다.

한편, 2002년 8월 14일 '나라와 문화를 생각하는 국회의원 모임'·민족문제연구소(民族問題研究所)·민족문학작가회의[民族文學作家會議. 1974년 11월 18일 자유실천문인협의회(自由實踐文人協議會)로 설립되어 1987년 9월 17일 '민족문학작가회의'로 이름을 바꾸었다가 2007년 12월 8일 '한국작가회의'로 다시 이름을 바꾸었다.]·'민족 정기를 세우는 국회 의원 모임'·〈실천문학(實踐文學)〉(계간 문예지. 1980. 3.~현재)이 공동 발표한 '친일(親日) 문학인 42인 명단', 2009년 11월 8일 민족문제연구소에서 출판한 〈친일 인명 사전(親日人名辭典)〉, 2009년 11월 27일 친일반민족행위진상규명위원회(親日反民族行爲眞相糾明委員會)가 발표한 '친일 반민족 행위 704인 명단'에 모두 포함되어 있다.

〈전선 시집〉을 비롯하여 〈자화상(自畫像)〉[〈여성〉 제45호, 1939. 12, 〈국민문학(國民文學)〉 창간호, 1941. 11.]·〈펜 부대 보고〉·〈보정성의 인상〉·〈야연〉·〈야전〉·〈출전한 우인〉·〈학도 총진군(學徒總進軍)〉[시, 〈매일신보(每日新報)〉, 1943. 11. 8.] 등 모두 8편의 친일 작품이 밝혀져 있다.

419

임화

林和 1908(순종 2). 10. 13. ~ 1953. 8. 6.

북한의 시인이며 문학 평론가.

본명(本名)은 인식(仁植). 필명(筆名)은 여러 가지를 썼는데, 문필(文筆) 활동을 시작하였던 1926년(18세)에는 성아(星兒), 1928년(20세)부터는 김철우(金鐵友)·쌍수대인(雙樹臺人)·임다다·임화(林化·林華)·청로(靑爐) 등을 썼다.

서울 낙산(駱山)에서 태어났으며, 평양(平壤)에서 죽었다.

1921년(13세) 서울 보성고등보통학교(普成高等普通學校, 지금의 보성중·고등학교)에 입학하였고, 이 학교에서 윤기정(尹基鼎, 1903~1955, 한국의 소설가이며 문학 평론가)·이강국(李康國, 1906~1955, 북한의 공산주의 운동가이며 정치가)·이상(→374)·조중곤(趙重滾, ?~?, 북한의 소설가이며 문학 평론가) 등과 사귀었다. 1925년(17세) 졸업 직전에 중퇴하였고, 일본으로 유학하여 도쿄 니혼대학(日本大學)에서 문학을 공부하였다.

1926년부터 시와 평론을 발표하였는데, 시 〈지구와 빡테리아〉·〈담-1927〉 등에서처럼 다다이즘(dadaism)에 흥미를 느끼고 있었으며, 바로 이러한 전위 사조(前衛思潮)에 대한 모방욕이 무산 계급 문학 운동에의 열정과 의지를 낳은 것이다.

1928년 박영희(→183)를 만났으며, 학예사(學藝社) 주간(主幹)을 거쳐 윤기정과 가까이 하면서 사회주의(社會主義, socialism) 혁명을 위하여 조직된 문예 운동 단체 카프(KAPF, 조선프롤레타리아예술동맹. 에스페란토식 표기인 'Korea Artista Proleta Federatio'의 머리글자. Korea Proletarian Artist Federation)에 가입하여 중앙 위원이 되었다.

카프는, 1922년 9월 김두수(金斗洙, 1903~?, 한국의 사회주의 운동가)·김영팔(金永八, 1904~1950, 한국의 연극인)·김홍파(金紅波, ?~?, 〈북조선일보〉 기자)·박세영(→180)·박용대(朴容大, ?~?, 한국의 사회주의 운동가)·송영(宋影, 1903~1978, 한국의 소설가이며 극작가)·심훈(→261)·이적효(李赤曉, 1901~?, 한국의 사회주의 운동가)·이호(李浩, 1903~?, 한국의 사회주의 운동가)·최승일[崔承一, 1901~?, 한국의 작가이며 방송인·영화인. 최승희(崔承喜, 1911~1969, 북한의 무용가이며 안무가)의 오빠] 등 사회주의 경향의 문인(文人)들이 조직한 최초의 사회주의 예술 단체인 염군사(焰群社)와, 1923년 10월 김기진(→55)·김복진(金復鎭, 1901~1940, 한국의 조각가이며 미술 평론가·문예 이론가·연극인·사회 운동가. 한국 최초로 서구식 조각 교육을 받았다.)·김형원(→100)·박영희·안석주[安碩柱, 1901~1950, 한국 소설 삽화의 선구자이며 소설가·영화인. 〈우리의 소원은 통일〉의 작사가. 안석영(安夕影)으로 더 알려졌다.]·연학년(延鶴年, ?~1938, 한국의 연극인)·이상화(→378)·이익상(李益相, 1895~1935, 한국의 소설가이며 언론인) 등이 조직한 신경향파{新傾向派, 박영희가 〈신경향파의 문학과 그 문단적 지위〉[〈개벽(開闢)〉 제64호, 1925. 12.]에서 '신경향파'라는 용어를 처음 사용하였다.} 문학 단체인 파스큘라(PASKYULA, 동인들의 이름 머리글자를 딴 것. 박영희의 'PA', 이익상의 'S', 김복진·김기진의 'K', 연학년의 'YU', 이상화의 'L', 안석주의 'A')가 1925년 8월에 하나로 통합된 최초의 전국적인 문학 예술가 조직이었다. 창립 당시 구성원은 김기진·김복진·김양(金陽)·김영팔·김온(金穩)·박영희·박용대·박팔양(→193)·송영·심훈·안석주·이기영(李箕永, 1895~1984, 북한의 소설가)·이상화·이익상·이적효·이호·조명희(→453)·최승일·한설야(韓雪野, 1900~1976?, 북한의 소설가이며 문학 평론가) 등이었다.

또한 1928년에는 영화와 연극에도 뛰어들어 〈유랑(流浪)〉·〈혼가(昏街)〉 등의 영화에 주연 배우로 출연하였다.

1929년(21세) 시인으로 두각을 나타낸 것은 이 무렵부터로, 〈조선지광〉(월간 종합 교양지. 1922. 11.~1930. 11. 통권 100호로 종간)에 〈네거리의 순이〉·〈우리 오빠와 화로〉·〈우산 받은 요코하마의 부두〉와 같은 단편 서사시 계열의 시를 발표, 경향시(傾向詩)가 지향할 수 있는 하나의 가능성을 제시하였고, 일약 대표적인 프로 문학(proletarian literature) 시인의 자리를 차지하였다. 또한 〈조선지광〉에 〈탁류에 항하여〉·〈김기진 군에게 답함〉 등 카프를 중심으로 하는 그의 평론은 조직론에서부터 창작 방법론에 이르기까지 모든 분야에 걸쳐 가장 강력한 지도력을 발휘하였다.

1930년(22세) 박영희의 후원으로 일본으로 가서 이북만(李北滿, ?~?, 한국의 문학 평론가이며 사회주의 혁명가) 중심의 '무산자(無產者)' 그룹에서 활동하였고, 1931년(23세) 귀국하였다. 같은 해 도쿄에서부터 동거하던 이북만의 누이 이귀례(李貴禮)와 결혼하였으며, 8~10월 무렵 조선공산당협의회(朝鮮共產黨協議會) 사건과 연루된 이른바 '카프 제1차 사건' 때 체포되었으나 불기소 석방되었고, 영화 〈지하촌(地下村)〉에 주연으로 출연하였다.

1932년(24세) 권환(→41)·김남천[金南天, 1911~1953, 한국의 소설가이며 문학 평론가. 본명은 김효식(金孝植)]·안막(安漠, 1910~?, 북한의 문학 평론가. 최승희의 남편)·윤기정 등과 함께 카프의 제2차 방향 전환을 주도한 뒤 서기장(書記長)이 되었으며, 기관지 〈집단(集團)〉(1932. 1. 10. 창간)의 편집 책임을 맡았다.

1933년(25세)에는 김남천의 단편 소설 〈물〉[〈대중(大衆)〉, 1933. 6.]과 이기영의 중편 소설 〈서화(鼠火)〉[〈조선일보(朝鮮日報)〉, 1933. 5. 30.~7. 1.]에 대한 평가를 둘러싸고 김남천과 벌인 '물·서화 논쟁'을 통하여 카프 지도자들이 지녔던 도식성과 사회적 편향을 극복할 수 있는 가능성을 보여 주었다.

1934년(26세) 낭만주의론을 발표하여 카프 내부의 우익적 일탈과 객관주의적 편향을 비판하였으며, 2월 카프 전주(全州) 사건이 터지고, 7월 시작된 2차 검거 때에는 해산계(解散屆)를 경기도 경찰부에 제출하였다. 1935년(27세)에는 카프 해산파의 주류를 형성, 이 해 5월 카프 해산을 관철시켰다.

그 해 8월부터 1937년(29세) 9월 초순까지 경상남도 마산(馬山)에 있는 처가에서 폐결핵을 치료하고, 서울로 올라와 10월부터 학예사를 경영하면서 성격과 환경이 조화를 이루는 본격 소설을 문학의 정도(正道)로 파악하고, 이에 이르는 방법으로 사실주의(事實主義, realism)론을 전개하였다.

카프가 해산되고 1930년대 후반기에 들어서면서 정세 악화로 말미암아 정치 투쟁에의 길이 막히자, 그의 평론 활동은 좀더 문학 내적(內的) 방향으로 회귀(回歸)하게 되었다. 1938년(30세)에는 프로 문학이 퇴조한 한국 문학의 경향을 내성 소설론·본격 소설론·세태 소설론·통속 소설론 등으로 규정하여 일련의 '소설론'을 제기하였다. 당시 수준 높은 사실주의론을 수립할 수 있게 된 것도 이러한 이론적 노력이 바탕이 되었으며, 그의 사실주의론은 세계관과 방법의 변증법적(辨證法的) 연관에 대한 깊은 인식에서 나온 것으로, 근대 문예 비평사에서 주목할 만한 성과를 올렸다.

1938년 2월, 〈눈물의 해협〉·〈다시 네거리에서〉·〈암흑의 정신〉·〈주리라 네 탐내는 모든 것을〉·〈해협의 로맨티시즘〉·〈현해탄〉 등 모두 41편을 실은 처녀 시집 〈현해탄〉[동광당서점(東光堂書店), 1947년 4월 조벽암(→454)의 건설출판사(建設出版社)에서 〈회상 시집(回想詩集)〉으로 개제(改題)하여 출판]을 펴냈다.

1939년 1월에는 〈현대 조선 시인 선집〉(편저, 학예사), 3월에는 〈조선 민요선(朝鮮民謠選)〉(학예사)를 펴냈다. 소설론을 본격적으로 쓰는 한편, 다른 한편으로 신문학사(新文學史)의 서술에도 관심을 기울였는데, 특히 〈개설 신문학사〉[〈개설 신문학사〉(〈조선일보〉, 1939. 9. 2.~10. 31.), 〈신문학사〉(〈조선일보〉, 1939. 12. 8.~12. 27.), 〈속(續) 신문학사〉(〈조선일보〉, 1940. 2. 2.~5. 10.), 〈개설 조선 신문학사〉(〈인문평론〉, 1940. 1.~1941. 4.). 연재 도중 중단되어 완결되지 못하였다.]에서 체계적인 방법론을 갖춘 최초의 근대 문학사가 시도되었다는 점, 문학사 방법론이 제시되었다는 점에서 주목할 만한 작품이다.

또한 1939년에는 일제(日帝)의 이른바 '총후봉공(銃後奉公, 전쟁 수행을 위하여 적극 협력하는 것)'이라는 미명(美名) 아래 군사 후원을 목적으로 결성(1939. 3. 14.)된 문인 종군 단체인 황군위문작가단(皇軍慰問作家團)에 참여하여 이태준(李泰俊, 1904~?, 북한의 소설가)·최재서(崔載瑞, 1908~1964, 한국의 영문학자이며 문학 평론가)와 함께 중심적인 역할을 수행하였다.

1940년(32세) 6월쯤에는 조선반공협회(朝鮮反共協會) 기관지 〈반공의벗〉에 〈북한 산맥(北韓山脈)〉·〈태평통(太平通)〉 등의 수필을 발표하였고, 8월부터 고려영화사(高麗映畫社) 문예부 촉탁으로 근무하였다.

1943년(33세) 일제의 어용(御用) 문학 단체인 조선문인보국회(朝鮮文人輔國會, 1943. 4. 17.~1945. 8. 15.)에 가입하였으며, 조선영화문화연구소(朝鮮映畫文化研究所) 촉탁으로 있으면서 〈조선 영화 연감(朝鮮映畫年鑑)〉·〈조선 영화 발달사(朝鮮映畫發達史)〉를 편집하였다.

광복이 될 때까지 그의 삶은 폐결핵, 〈조선 신문학사〉 집필, 학예사 운영, 일제 신체제 문화 운동에의 협조 등으로 점철되었다.

광복 이틀 뒤인 8월 17일, 김남천 등과 함께 조선문학건설본부(朝鮮文學建設本部)의 간판을 내걸어 서기장으로 좌익(左翼) 문인(文人)들을 규합하였고, 〈해방 기념 시집〉[중앙문화협회(中央文化協會), 1945. 12.]을 펴냈다.

1946년(38세) 조선문학가동맹[朝鮮文學家同盟, 1945년 12월 6일 '조선문학동맹'으로 결성] 중앙 집행 위원으로 참여하였다. 조선문학가동맹은, 1946년 2월 8~9일 이틀 동안 조선문학건설본부와 조선프롤레타리아문학동맹이 함께 전국문학가대회를 개최하여 발족한 좌익 문학 단체이다. 발족 당시 구성원은 권환·김기림(→54)·김남천·김영건(金永鍵, ?~?, 한국의 문학 평론가)·김오성[金午星, 1908~1953?, 한국의 공산주의 이론가이며 문학 평론가. 본명은 김형준(金亨俊)]·박세영·박치우(朴致祐, 1909~?, 한국의 문학 평론가)·박팔양·배호(裵澔)·설정식(→229)·신남철(申南澈, 1907~?, 한국의 문학 평론가)·안회남(安懷南, 1909~?, 한국의 소설가)·양주동(→282)·이병기(→370)·이서향[李曙鄕, 1915~?, 한국의 극작가. 본명은 이영수(李榮秀)]·이원조[李源朝, 1905~1955, 한국의 문학 평론가. 이육사(→390)의 아우]·이태준·임화·정지용(→445)·현덕(玄德, 1909~?, 한국의 소설가이며 아동 문학가)·홍구[洪九, 1908~?, 한국의 소설가. 본명은 홍장복(洪長福)]·홍명희(洪命熹, 1888~1968, 장편 소설 〈임꺽정〉의 지은이이며 북한 부수상을 지낸 북한의 소설가이며 정치가) 등이었다.

1947년(39세) 2월에는 〈깃발을 내리자〉·〈9월 12일 -1945년, 또다시 네거리에서〉 등이 실려 있는 시집 〈찬가〉(건설출판사)를 펴냈다. 그 해 11월, 두 번째 아내 지하련(池河蓮, 1912~1960, 북한의 여류 소설가)과 함께 월북(越北)하기 전까지는 박헌영(朴憲永, 1900~1955, 한국의 공산주의 운동가)·이강국 노선(路線)의 민주주의민족전선(民主主義民族戰線, 1946년 2월 결성. 民戰) 기획차장으로 활동하였으며, 한국 전쟁(Korean War, 1950. 6. 25.~1953. 7. 27.) 직전까지 조·소문화협회(朝蘇文化協會) 중앙위원회 부위원장, 북조선문학예술총동맹[北朝鮮文學藝術總同盟, 1946년 3월 25일 '북조선예술총연맹'으로 결성, 1946년 10월 '북조선문학예술총동맹'으로 개칭, 1951년 3월 '조선문학예술동맹'으로 개편, 1961년 3월 2일 '조선문학예술총동맹(문예총)'으로 부활] 상무 위원 등을 지냈다.

한국 전쟁 때 서울로 와서 조선문화총동맹(朝鮮文化總同盟)을 조직하고 부위원장을 맡았으며, 낙동강(洛東江) 전선(戰線)에 참전(參戰)하여 〈너 어디 있느냐?〉·〈바람이여 전하라, 흰눈을 붉게 물들인 나의 피 위에〉·〈인민항쟁가(人民抗爭歌)〉 등의 선동시(煽動詩)를 발표하였다.

1953년(45세) 8월, 북한 정권(政權) 숙청(肅淸) 때 국가 반란죄와 미제(美帝) 스파이라는 간첩 행위 누명을 쓰고 남조선노동당(南朝鮮勞動黨, 1946년 11월 서울에서 창당. 남로당) 중심 인물들과 함께 최고 재판소 군사 재판부의 법정에서 사형 선고를 받고 처형당한 것으로 알려져 있다. 그의 옆에는 설정식·이강국·이승엽(李承燁, 1905~1953, 북한의 공산주의 운동가이며 정치가)·이원조·조일명[趙一明, 1903~1953, 북한의 공산주의 운동가. 본명은 조두원(趙斗元)] 등도 있었다.

시집 〈너 어느 곳에 있느냐〉[전선문고(戰線文庫), 1951]·〈설〉·〈초상(初喪)〉·〈향수(鄕愁)〉, 소설 〈강호 협객전(江湖俠客傳)〉[일본공론사(日本公論社), 1935], 평론집 〈문학의 논리〉(학예사, 1940)·〈세태 소설론(世態小說論)〉(학예사, 1940)과 〈공효(公曉)〉[총문각(叢文閣), 1921]·〈비설(祕說) 강호 일대녀(江湖一代女)〉(일본공론사, 1935) 등을

펴냈다.

생전에 100편에 가까운 시와 300편에 이르는 평론을 썼으며, 현국 현대시사와 비평사에서 중요한 위치를 차지하고 있다. 특히 1920~1930년대의 프로 문학과 광복 직후의 좌익 문학을 논할 때 필수적으로 살펴보아야 할 존재이다. 그뿐 아니라 진보적 문학 운동사 또는 문학 단체사 등으로서의 한국 현대 문학사에서는 핵심적인 인물이라고 할 수 있다. 그 동안 규제 문인으로 묶여 있다가 1988년 7월 정부의 월북 문인 해금(解禁) 조치 발표로 그의 모든 작품이 해금되었다.

임화의 평론 작품 연표

발표 시기	작품 이름	발표 매체	비 고
1926. 1. 1.	〈근대 문학상에 나타난 연애〉	〈매일신보(每日申報)〉	
1926. 1. 31.	〈젊은이 순이와 영철이〉	〈매일신보〉	
1926. 2. 7.	〈잡지 문학의 해설〉	〈매일신보〉	
1926. 3. 7.	〈문학사상(文學史上)의 2월 25일〉	〈매일신보〉	
1926. 4. 4.~4. 10.	〈폴테스파의 선언〉	〈매일신보〉	
1926. 5. 23.	〈근대 문예 잡감(雜感)〉	〈매일신보〉	
1926. 6. 13.	〈위기에 임한 조선 영화계〉	〈매일신보〉	
1926. 8. 8.	〈심심풀이로〉	〈매일신보〉	
1926. 10. 3.	〈환멸(幻滅)의 철인(哲人)〉	〈매일신보〉	
1926. 11. 22.~11. 24.	〈정신 분석학을 기초로 한 계급 문학의 비판〉	〈조선일보(朝鮮日報)〉	
1926. 12. 1.~12. 24.	〈무산 계급(無產階級)을 주제로 한 세계적 작가와 작품〉	〈조선일보〉	
1926. 12. 27.~12. 28.	〈무산 계급 문화의 장래와 문예 작가의 행정〉	〈조선일보〉	
1927. 1. 16.~1. 23.	〈최후의 면회인(面會人)〉	〈매일신보〉	
1927. 1. 21.~2. 8.	〈무산 계급을 주제로 한 세계적 작가와 작품의 속〉	〈조선일보〉	
1927. 3. 30.~4. 2.	〈자본주의(資本主義) 사회에 대한 문학 운동의 전개 경향〉	〈조선일보〉	
1927. 5. 8.	〈영춘부(迎春賦)〉	〈매일신보〉	
1927. 5. 16.~5. 21.	〈분화(分化)와 전개(展開)-목적 의식 문예론의 서론적 도입〉	〈조선일보〉	
1927. 9. 4.~9. 11.	〈착각적 문예 이론〉	〈조선일보〉	
1927. 10. 2.	〈각서(覺書)〉	〈조선일보〉	
1927. 11. 20.~11. 24.	〈미술 영역에 재한 주체 이론의 확립〉	〈조선일보〉	
1928. 1. 1.	〈신건설 도정(道程)에 오르는 1928년의 문단〉	〈조선일보〉	
1928. 1.	〈효용을 위한 문학〉	〈조선지광(朝鮮之光〉 제75호	
1928. 3. 30.	〈'판토마임'을 흉내낸 지하실의 소식〉	〈조선일보〉	
1928. 10. 19.~10. 22.	〈연애의 종말〉	〈조선일보〉	
1928. 11. 22.~11. 29.	〈서화협전(書畫協展의 진로(進路)〉	〈조선일보〉	
1928. 11·12.	〈토월회 57회 공연을 보고〉	〈조선지광〉 제81호	
1929. 1.	〈기술적 능력의 확충과 조직〉	〈조선지광〉 제82호	
1929. 2.	〈최근 세계 영화의 동향〉	〈조선지광〉 제83호	
1929. 5.	〈라인하르트 극장〉	〈조선문예(朝鮮文藝)〉 창간호	
1929. 6.	〈제1회 '녹향회(綠鄉會)'전(展)의 비판〉·〈영화적 시평〉	〈조선지광〉 제85호	
	〈표현주의의 예술 백순재(白淳在) 문고 : 한화출판박물관〉	〈조선문예〉 종간호	
1929. 8.	〈탁류(濁流)에 항(抗)하여〉	〈조선지광〉 제86호	
1929. 11.	〈김기진(金基鎮) 군에게 답함〉	〈조선지광〉 제88호	
1930. 5. 15.~5. 19.	〈노풍(蘆風) 시평(詩評)에 항의함〉	〈조선일보〉	
1930. 6. 28.~?.	〈조선 프로 예술 운동의 당면의 중심적 임무〉	〈중외일보(中外日報)〉	

발표 시기	작품 이름	발표 매체	비 고
1930. 6.	〈시인이여! 일보(一步) 전진하자〉	〈조선지광〉 제91호	
1930. 7.	〈기사 대탈선 대혼선〉	〈철필(鐵筆)〉	
1931. 3. 25.~4. 3.	〈'화륜(火輪)'에 대한 비판〉	〈조선일보〉	
1931. 4.	〈한자(漢字) 아는 것이 급무(急務)〉	〈동광(東光)〉 제20호	
1931. 12. 7.~12. 13.	〈1931년간의 카프 예술 운동의 정황〉	〈중앙일보(中央日報)〉	
1932. 1. 1.~1. 28.	〈1932년을 당하여 조선 문학 운동의 신단계〉	〈조선중앙일보〉	
1932. 1. 1.~2. 10.	〈당면 정세의 특질과 예술 운동의 일반적 방향〉	〈조선일보〉	
1932. 1·2.	〈소위 해외 문학파의 정체와 임무〉·〈전후(戰後) 자본주의 제3기의 제문제(諸問題)〉	〈조선지광〉 제100호	
1932. 5.	〈조선 근대극 발전 과정〉	〈연극운동(演劇運動)〉 창간 준비호	
1932. 11.	〈국제 스파이 이야기〉·〈제2트로츠키 사건〉	〈신계단(新階段)〉 제2호	
1932. 12, 1933. 2.	〈전쟁과 종교 번역〉	〈신계단〉 제3, 5호	
1933. 2.	〈정신 문화의 위기와 천도교적 문화 운동〉	〈신계단〉 제5호	
1933. 3.	〈세계 경제 공황의 발전과 노동자 계급의 신상태〉·〈수운주의 문화 철학 비판〉	〈신계단〉 제6호	
1933. 5.	〈농업 집단화의 발전과 소비에트 국방의 공고화〉·〈세계 공황과 예산 위기〉	〈신계단〉 제8호	
1933. 6. 14.~6. 17.	〈동지(同志) 백철(白鐵) 군을 논함〉	〈조선일보〉	
1933. 6.	〈영인(英人) 기사(技師) 중심의 반소비에트 음모 사건의 의의〉·〈중국에 있어서의 장개석(蔣介石) 지배의 새로운 동요(動搖)〉	〈신계단〉 제9호	
1933. 7. 12.~7. 19.	〈6월 중의 창작〉	〈조선일보〉	
1933. 7.	〈나치스의 문화 폭압과 파시즘의 파도〉	〈신계단〉 제10호	
	〈아메리카 금본위제(金本位制) 붕괴의 정치적 의의〉	〈대중(大衆)〉	
1933. 8. 11.~8. 18.	〈카톨릭 문학 비판〉	〈조선일보〉	
1933. 8·9.	〈구라파에서 제일 영양이 좋은 소련의 아동들!〉·〈이야기의 세계〉·〈태평양 연안 제국의 농업 노동자〉	〈신계단〉 종간호	
1933. 10. 5.~10. 8.	〈예술 운동 전후-문단(文壇)의 그 시절을 회상(回想)한다〉	〈조선일보〉	
1933. 10. 13.	〈진실과 당파성(黨派性)〉	〈동아일보(東亞日報)〉	
1933. 11. 9.~11. 10.	〈비평의 객관성 문제〉	〈동아일보〉	
1933. 11. 25.~12. 2.	〈문학에 있어서의 형상의 성질 문제〉	〈조선일보〉	
1933. 11.	〈문예 좌담회〉	〈조선문학〉 제4호	
1933. 12. 19.~12. 21.	〈비평에 있어 작가와 그 실천의 문제〉	〈동아일보〉	
1934. 1. 1.~1. 12.	〈33년을 통하여 본 현대 조선의 시문학〉	〈조선중앙일보(朝鮮中央日報)〉	
1934. 1. 1.~1. 14.	〈1933년의 조선 문학의 제경향(諸傾向)과 전망〉	〈조선일보〉	
1934. 1.	〈설문〉	〈조선문학〉 제6호	
1934. 2. 18.~2. 25.	〈신춘 창작 개평(概評)〉	〈조선일보〉	
1934. 2.	〈1934년에 임하여 문단에 대한 희망 설문〉·〈현대의 문학에 관한 단상(斷想)〉	〈형상(形象)〉 창간호	
1934. 3. 13.~3. 20.	〈집단과 개성의 문제〉	〈조선중앙일보〉	
1934. 3.	〈현대 문학의 제경향〉	〈우리들〉	
1934. 4. 19.~4. 25.	〈낭만적 정신의 현실적 구조〉	〈조선일보〉	
1934. 6.	〈언어와 문학〉	〈문학창조(文學創造)〉 창간호	
1934. 12.	〈언어와 문학〉	〈예술(藝術)〉 창간호	〈문학창조〉 창간호에 실은 글과는 다른 글

발표 시기	작품 이름	발표 매체	비 고
1935. 6. 25.~6. 27.	〈조선적 비평의 정신〉	〈조선중앙일보〉	
1935. 7. 4.~7. 16.	〈역사적 반성에의 요망〉	〈조선중앙일보〉	
1935. 9. 1.	〈질풍노도(疾風怒濤)를 초극(超克)하는 위대한 정열〉	〈조선일보〉	
1935. 10. 9.~11. 13.	〈조선 신문학사론 서설(序說)〉	〈조선중앙일보〉	
1935. 11.	〈거울로서의 톨스토이〉	〈조광(朝光)〉 창간호	
1935. 12.	〈금년 조선 문학 수확·조선 문학 규정 앙케이트〉·〈담천하(曇天下)의 시단(詩壇) 1년〉	〈신동아(新東亞)〉 제50호	
1936. 1. 1.~1. 4.	〈위대한 낭만적 정신〉	〈동아일보〉	
1936. 1. 8.~1. 10.	〈문학과 행동의 관계〉	〈조선일보〉	
1936. 1. 26.~2. 13.	〈조선 문학의 신정세(新情勢)와 현대적 제상(諸相)〉	〈조선중앙일보〉	
1936. 1. 28.~2. 4.	〈문학의 비규정성의 문제〉	〈동아일보〉	
1936. 1.	〈시와 시인과 그 명예〉	〈학등(學燈)〉 제22호	
	〈시의 일반 개념〉	〈삼천리(三千里)〉 제69호	
1936. 1·2.	〈그 뒤의 창작적 노선〉	〈비판(批判)〉 제30·31호 합본호	
1936. 2.	〈금년에 하고 싶은 문학적 활동기〉	〈삼천리〉 제70호	
	〈기교파와 조선 시단〉	〈중앙(中央)〉 제28호	
	〈투르게네프가 만든 영원한 엘레나〉	〈조광〉 제4호	
1936. 3. 8.~3. 24.	〈조선어와 위기하의 조선 문학〉	〈조선중앙일보〉	
1936. 3.	〈언어의 마술성〉	〈비판〉 제32·33호 합본호	
1936. 4.	〈나의 경구(警句)〉·〈할미꽃 의젓이 피는 낙타 산록(山麓)의 춘색(春色)〉	〈조광〉 제6호	
	〈문예 시평-창작 기술에 관련하는 소감〉	〈사해공론(四海公論)〉 제12호	
	〈아동이 성인(成人)과 신장 겨누기-조선 문학의 세계적 수준관〉	〈삼천리〉 제72호	
1936. 5.	〈말의 빈곤〉·〈언어의 현실성〉	〈조선문학〉 속간 제6호	
	〈외우(畏友) 송영(宋影) 형께-송영론〉	〈신동아〉 제55호	
	〈푸른 골짝의 유혹〉	〈조광〉 제7호	
1936. 6. 10.~6. 19.	〈현대적 부패의 표징(表徵)인 인간 탐구와 고민의 정신〉	〈조선중앙일보〉	
1936. 6.	〈밀림에의 일 고언(苦言)〉	〈신동아〉 제56호	
	〈사회주의 리얼리즘 재검토〉·〈예술적 인식 표현의 수단으로서의 언어〉	〈조선문학〉 속간 제7호	
	〈현해탄 상의 일야(一夜)〉	〈조광〉 제8호	
1936. 7. 18.~7. 29.	〈7월의 창작 월평(月評)〉	〈조선중앙일보〉	
1936. 7.	〈문단 논단의 분야와 동향〉	〈사해공론〉 제15호	
	〈설천야(雪天夜)의 대동강반(大同江畔)〉	〈조광〉 제9호	
1936. 8.	〈객관적 사정에 의하여 규정된다〉	〈삼천리〉 제76호	
1936. 9.	〈조선 문학의 개념 규정에 반하는 소감〉	〈조선문학〉 속간 제9호	
	〈학예 자유의 옹호〉	〈사해공론〉 제17호	
1936. 10.	〈가을의 탐승처(探勝處)〉·〈문학상의 지방주의 문제〉	〈조광〉 제12호	
	〈문인 임화 씨와의 잡담집〉	〈신인문학(新人文學)〉	
1936. 11.	〈나의 묘지명(墓誌銘)〉	〈삼천리〉 제79호	
	〈암흑기의 문예는 융성하는가〉	〈조선문학〉 속간 제11호	
1937. 1.	〈진보적 시가(詩歌)의 작금(昨今)〉	〈풍림(風林)〉 제2호	
1937. 3.	〈사랑의 진리〉	〈조광〉 제17호	
1937. 4.	〈문예 이론으로서의 신휴머니즘에 대하여〉	〈풍림〉 제5호	
	〈조선 문화와 신휴머니즘론〉	〈비판〉 제5권 제4호	

발표 시기	작품 이름	발표 매체	비 고
1937. 4.	〈춘래불사춘(春來不似春)〉	〈조광〉 제18호	
1937. 4·5.	〈르네상스와 신휴머니즘론〉·〈우리 문단의 희귀한 작가 무영(無影)〉	〈조선문학〉 속간 제17호	
1937. 6.	〈작가의 눈과 문학의 세계〉	〈조선문학〉 속간 제18호	
	〈1905년 전의 고리키〉	〈조광〉 제20호	
1937. 7. 15.~7. 20.	〈복고 현상(復古現狀)의 재흥(再興)〉	〈동아일보〉	
1937. 8. 5.	〈타도! 추종 비평〉	〈동아일보〉	
1937. 10. 8.~10. 14.	〈사실주의의 재인식〉	〈동아일보〉	
1937. 11. 11.~11. 16	〈주체의 재건과 문학의 세계〉	〈동아일보〉	
1937. 12. 12.~12. 15.	〈사상은 신념화 방황하는 시대 정신-정축년(丁丑年) 문단 회고〉	〈동아일보〉	
1938. 1. 1.~1. 3.	〈명일(明日)의 조선 문학-좌담〉	〈동아일보〉	
1938. 1.	〈나와 호랑이〉	〈조광〉 제27호	
	〈작가 단편 자서전〉	〈삼천리문학〉 창간호	
1938. 2. 8.	〈지난날 논적(論敵)들의 면영(面影)〉	〈조선일보〉	
1938. 2. 22.~2. 24.	〈작가 한설야론(韓雪野論)〉	〈동아일보〉	
1938. 2.	〈내 애인(愛人)의 면영〉	〈조광〉 제28호	
	〈우수(憂愁)의 서(書)〉	〈신세기(新世紀)〉	
1938. 3. 1.~3. 2.	〈극작가 유치진론(柳致眞論)〉	〈동아일보〉	
1938. 3. 5.	〈언제나 지상(地上)은 아름답다〉	〈조선일보〉	
1938. 3. 15.	〈엄흥섭(嚴興燮) 단편집 '길'을 독(讀)함〉	〈동아일보〉	
1938. 3. 24.	〈조벽암(趙碧岩)의 시집 '향수(鄕愁)'를 읽고〉	〈동아일보〉	
1938. 3. 23.~3. 27.	〈현대 문학의 정신적 기축(基軸)〉	〈조선일보〉	
1938. 3.	〈빙설(氷雪) 녹을 때〉	〈조광〉 제29호	
1938. 4. 1.~4. 6.	〈세태 소설론(世態小說論)〉	〈동아일보〉	
1938. 4. 13.~4. 17.	〈경궤연선(京軌沿線)〉	〈동아일보〉	
1938. 4. 28.~5. 7.	〈5월 창작평〉	〈동아일보〉	
1938. 4.	〈작가와 문학과 잉여(剩餘)의 세계-의도와 작품의 낙차와 비평〉	〈비판〉 제60호	
	〈휴머니즘 논쟁의 총결산〉	〈조광〉 제30호	
1938. 5. 7.	〈비상(飛翔)하는 작가 정신〉	〈조선일보〉	
1938. 5. 14.	〈애드벌룬〉	〈조선일보〉	
1938. 5. 24.~5. 28.	〈최근 조선 소설계 전망-본격 소설론〉	〈조선일보〉	
1938. 5.	〈잡지 문화론〉	〈비판〉 제61호	
1938. 6. 18.~6. 22.	〈수필론〉	〈동아일보〉	
1938. 6. 22.	〈번역 문학의 중흥(中興)〉	〈조선일보〉	
1938. 6. 26.	〈몽롱 중에 투명한 것을?〉	〈조선일보〉	
1938. 6.	〈문학과 저널리즘과의 교섭〉	〈사해공론〉 제38호	
	〈문화 기업론〉	〈청색지(靑色紙)〉 창간호	
	〈문화 월보-문단〉	〈비판〉 제62호	
1938. 7. 16.	〈현대 조선 문학 전집 '평론집'을 독함〉	〈조선일보〉	
1938. 7. 17.~7. 23.	〈문단적인 문학의 시대〉	〈조선일보〉	
1938. 7.	〈예문(藝文)의 융성과 어문 정리〉	〈사해공론〉 제39호	
1938. 8. 11.	〈때를 기다리는 월세계(月世界) 여행〉	〈조선일보〉	
1938. 8. 24.~8. 28.	〈사실의 재인식〉	〈동아일보〉	
1938. 8.	〈작가 기질론〉	〈청색지〉 제2호	

발표 시기	작품 이름	발표 매체	비 고
1938. 9. 20.~9. 28.	〈10월 창작평〉	〈동아일보〉	
1938. 9. 24.	〈박승극(朴勝極) 수필집 '다여집(多餘集)' 서평〉	〈조선일보〉	
1938. 10.	〈비평의 시대-문예 시평〉	〈비판〉 제66호	
	〈전형기(轉形期)의 조선 극단(劇團)의 전망〉	〈사해공론〉 제42호	
1938. 11. 4.	〈김대봉(金大鳳) 시집 '무심(無心)'을 독함〉	〈조선일보〉	
1938. 11. 12.~11. 27.	〈통속 문학(通俗文學)의 대두(擡頭)와 예술 문학의 비극 통속 소설론〉	〈동아일보〉	
1938. 11. 17.~11. 20.	〈'대지(大地)'의 세계성(世界性)〉	〈조선일보〉	
1938. 12. 23.~12. 25.	〈저회(低徊)하는 시 정신〉	〈동아일보〉	
1938. 12.	〈신극론(新劇論)〉	〈청색지〉 제3호	
1939. 1. 1.~1. 4.	〈신건(新建)할 조선 문학의 성격-좌담〉	〈동아일보〉	
1939. 1. 3.	〈문학 건설 좌담회-좌담〉	〈조선일보〉	
1939. 1.	〈문예 시평-비평의 고도〉	〈조선문학〉 제15호	
1939. 2. 5.	〈사온(四溫)〉	〈조선일보〉	
1939. 2. 17./1939. 3.	〈박태원(朴泰遠) 저 '천변 풍경(川邊風景)' 평〉	〈조선일보〉/〈박문〉 제6호	
1939. 2. 18.~3. 1.	〈역사·문화·문학 혹은 '시대성'이란 것에의 일 각서〉	〈동아일보〉	
1939. 2. 26.~3. 2.	〈전체주의 문학론〉	〈조선일보〉	
1939. 2	〈신인론(新人論)〉	〈비판〉 제70호	
1939. 3.	〈고균전(古均傳) 잡감(雜感)〉	〈삼천리〉	
	〈문학어로서의 조선어〉	〈한글〉 제7권 제3호	
	〈소화(昭和) 13년도 개관-창작계〉	〈조선문예연감(朝鮮文藝年鑑)〉	
1939. 4. 13.	〈현대의 매력〉	〈조선일보〉	
1939. 4. 30.	〈내지(內地) 문단인에의 공개장〉	〈국민신보(國民新報)〉	
1939. 4.~7.	〈문예 잡지론(文藝雜誌論)〉	〈조선문학〉 속간 제17호	
1939. 5. 2.	〈독서력에 반영된 세상〉	〈동아일보〉	
1939. 5. 2.~5. 4.	〈카톨리시즘과 현대 정신〉	〈조선일보〉	
1939. 5. 6.	〈신인불가외(新人不可畏)〉	〈동아일보〉	
1939. 5. 12.~5. 14.	〈19세기의 청산(清算)〉	〈동아일보〉	
1939. 5. 21.	〈조선의 시가와 여성〉	〈국민신보〉	
1939. 5. 22.	〈김태오(金泰午) 씨 시집 '초원(草原)'〉	〈조선일보〉	
1939. 5.	〈김문집(金文輯) 저서 '비평 문학'에 대한 각계의 일가견〉·〈잡록(雜錄)〉	〈청색지〉 제5호	
1939. 6. 29.~7. 2.	〈신세대론-소설과 신세대의 성격〉	〈조선일보〉	
1939. 6.	〈최근 십 년간 문예 비평의 주조(主潮)와 변천〉	〈비판〉 제74호	
1939. 6.?	〈연애의 자유〉	〈신세기〉	
1939. 7. 5.~7. 9.	〈제1회 신인 문학 콩쿠르 심사회를 마치고〉	〈동아일보〉	
1939. 7. 19.~7. 28.	〈7월 창작평-현대 소설의 귀추(歸趨)〉	〈조선일보〉	
1939. 7. 30.	〈경성 풍토기(京城風土記)〉	〈국민신보〉	
1939. 8. 11.~8. 14.	〈하일몽환(夏日夢幻)〉	〈매일신보〉	
1939. 8. 16.~8. 20.	〈말을 의식한다〉	〈경성일보(京城日報)〉	日文
1939. 8. 18.~8. 26.	〈시단과 신세대〉	〈조선일보〉	
1939. 8.	〈폭우(暴雨) 내리는 날〉	〈신세기〉	
1939. 9. 1.~9. 26. 1939. 10. 5.~10. 31. 1939. 12. 5.~12. 27.	〈개설(概說) 신문학사(新文學史)〉	〈조선일보〉	

발표 시기	작품 이름	발표 매체	비 고
1939. 9.	〈교육의 문화〉	〈신세기〉	
	〈최근 소설의 주인공-현대 소설의 주인공〉	〈문장(文章)〉 제8호	
1939. 10.	〈관찰의 정신과 실험의 세계-실험 소설론〉·〈단편 소설의 조선적 특성〉	〈인문평론(人文評論)〉 창간호	
	〈농민과 문학〉	〈문장〉 제9호	
	〈악서담의(惡書談議)〉	〈신세기〉	
1939. 11. 5.	〈낙엽 일기〉	〈국민신보〉	
1939. 11.	〈교양과 조선 문단〉	〈인문평론〉 제2호	
1939. 12. 10.	〈세모(歲暮)-수필〉	〈국민신보〉	
1939. 12. 28.~12. 30.	〈신극의 새 활로-고협(高協) 중앙 공연을 보고〉	〈조선일보〉	
1939. 12.	〈창작계의 1년-각계 1년간 총결산〉	〈조광〉 제50호	
	〈창작계의 1년-중견 작가 13인론〉	〈문장〉 제11호	
1940. 1. 1.~1. 4.	〈문화 현세(文化現勢)의 총검토-좌담〉	〈동아일보〉	
1940. 1. 4.	〈신극은 어디로 갔나-영화 조선의 새 출발〉	〈조선일보〉	
1940. 1. 6.	〈시민 문화의 종언(終焉)〉	〈매일신보〉	
1940. 1. 9.	〈경계할 아류(亞流) 의식〉	〈조선일보〉	
1940. 1. 13.~1. 17.	〈시단의 현상과 희망-대담〉	〈조선일보〉	
1940. 1. 13.~1. 20.	〈조선 문학 연구의 일 과제-신문학사의 방법〉	〈동아일보〉	
1940. 1.	〈기계미(機械美)〉·〈모던 문예 사전〉·〈일본 농민 문학의 동향〉	〈인문평론〉 제4호	
	〈'리얼리즘'의 변모-생활의 발견〉	〈태양(太陽)〉 창간호	
1940. 1./1941. 1.	〈문학의 제문제-좌담〉	〈문장〉 제12호/제23호	
1940. 1.~1941. 4.	〈개설 조선 신문학사〉	〈인문평론〉 제4~16호	
1940. 2. 2.~5. 10.	〈속(續) 신문학사〉	〈조선일보〉	
1940. 2. 12.	〈'전망'의 윤리〉	〈조선일보〉	
1940. 2. 15.~2. 16.	〈이광수(李光洙) 씨의 '무명(無明)'에 대하여〉	〈경성일보〉	日文
1940. 2.	〈어떤 청년의 참회(懺悔)〉	〈문장〉 제13호	
1940. 4. 12.~4. 20.	〈소설 문학의 20년〉	〈동아일보〉	
1940. 4.	〈모던 문예 사전〉·〈생산 소설론〉	〈인문평론〉 제7호	
1940. 5. 11.~5. 15.	〈소설의 현상 타개의 길〉	〈조선일보〉	
1940. 5.	〈시와 현실과의 교섭-시단 월평〉	〈인문평론〉 제8호	
1940. 6. 1.~6. 4.	〈시정담의(市井談議)〉	〈매일신보〉	
1940. 6. 19.	〈시집 '망양(茫洋)'〉	〈매일신보〉	
1940. 6. 29.	〈문화의 신대륙〉	〈조선일보〉	
1940. 6.	〈동경(東京) 문단과 조선 문학〉	〈인문평론〉 제9호	
	〈조선 문학 통신〉	〈문예(文藝)〉	日文
1940. 6.?	〈북한 산맥(北韓山脈)〉·〈태평통(太平通)〉	〈반공의 벗〉	
1940. 7.	〈현대 조선 문학의 환경〉	〈문예〉	日文
1940. 8. 21.~8. 27.	〈예술의 수단〉	〈매일신보〉	
1940. 10.	〈신문화와 신문〉	〈조광〉 제60호	
	〈창조적 비평〉	〈인문평론〉 제12호	
1940. 11.~1941. 4.	〈조선 신문학사(朝鮮新文學史)〉	〈인문평론〉 제13~종간호	
1940. 12. 9.~12. 16.	〈시단은 이동한다〉	〈매일신보〉	
1940. 12.	〈고전의 세계〉	〈조광〉 제62호	
1941. 1.	〈기독교와 신문화〉	〈조광〉 제63호	

발표 시기	작품 이름	발표 매체	비 고
1941. 1.	〈현대의 서정 정신〉	〈신세기〉	
1941. 2. 7.	〈유진오(俞鎭午) 저 '봄'〉	〈매일신보〉	
1941. 3.	〈문예 시평-여실한 것과 진실한 것〉	〈삼천리〉	
	〈총력 연맹 문화부장 야나베 에이사부로·임화 대담〉	〈조광〉 제65호	
1941. 4.	〈농촌과 문화〉	〈조광〉 제66호	
1941. 7.	〈유진오 저 '화상보(華想譜)'를 독함〉	〈춘추(春秋)〉 제6호	
1941. 8.	〈조선 주택 문제 좌담〉	〈춘추〉 제7호	
1941. 10.	〈조어비의(釣魚秘義)〉	〈춘추〉 제9호	
	〈학생론〉	〈조광〉 제72호	
1941. 11.	〈조선 영화론〉	〈춘추〉 제10호	
1942. 1. 31.~2. 3.	〈'성길사한(成吉思汗)' 소감-연극 시평〉	〈매일신보〉	
1942. 2.	〈영화의 극성(劇性)과 기록성〉	〈춘추〉 제13호	
1942. 10. 14.	〈윤승한(尹昇漢) 저 '대원군(大院君)'〉	〈매일신보〉	
1942. 11.	〈'백조(白潮)'의 문학사적 의의〉	〈춘추〉 제22호	
1942. 12.	〈연극 경연 대회의 인상〉	〈춘추〉 제23호	
1943. 1.	〈소설의 인상〉	〈춘추〉 제24호	
1943. 3. 11.~3. 12.	〈신서 시평(新書詩評)〉	〈매일신보〉	
1944. 11. 7.	〈아랑의 '대동강' 극평(劇評)〉	〈매일신보〉	
1945. 2. 7.	〈권환(權煥) 저 시집 '윤리(倫理)'〉	〈매일신보〉	
1945. 10.	〈우리는 이론보다 실천을 위주로 한다〉	〈선구(先驅)〉 창간호	
1945. 10.?	〈건국과 청년〉	〈조선인민보(朝鮮人民報)〉	
1945. 11. 15.	〈현하(現下)의 정세와 문화 운동의 당면 임무〉	〈문화전선(文化戰線)〉 창간호	
1945. 12. 6.~12. 14.	〈문학의 인민적 기초〉	〈중앙신문(中央新聞)〉	
1945. 12.	〈문화에 있어서 봉건적 잔재와의 투쟁 임무〉	〈신문예〉 창간호	
	〈아동 문학 앞에는 미증유(未曾有)의 큰 임무가 있다〉	〈아동문학(兒童文學)〉 창간호	
	〈조선 문화의 방향〉	〈민성(民聲)〉 창간호	
1946. 1.	〈조선 문학의 지향-좌담〉	〈예술〉 제3호	
1946. 2.	〈문학자의 자기 비판-좌담〉	〈중성(衆聲)〉 창간호	〈인민예술〉 2(1946. 10.)에 재수록
	〈박헌영〉	〈신천지(新天地)〉 창간호	
1946. 3.	〈민주주의 민족 전선〉	〈인민평론(人民評論)〉	
1946. 4. 9.	〈민주적 문화 정책〉	〈조선인민보〉	
1946. 5. 1.	〈비평의 재건(再建)〉	〈독립신보(獨立新報)〉	
1946. 5. 8.	〈서평에 관하여〉	〈현대일보(現代日報)〉	
1946. 5.?	〈칼 맑스의 예술〉	〈현대일보〉	
1946. 5.?	〈박아지(朴芽枝) 시집 '심화(心火)' 서평〉	〈현대일보〉	
1946. 6. 6.	〈김기림(金起林) 시집 '바다와 나비'〉	〈현대일보〉	
1946. 6. 18.	〈고리키와 세계 문학〉	〈조선인민보〉	
1946. 6.	〈조선 민족 문학 건설의 기본 과제에 관한 일반 보고〉·〈조선 소설에 관한 보고〉	〈건설기의 조선문학〉	
1946. 7.	〈조선에 있어 예술적 발전의 새로운 가능성에 관하여〉	〈문학(文學)〉	
1946. 8. 29.	〈망국(亡國)의 교훈〉	〈조선인민보〉	
1946. 8.	〈혁명 극장과 삼일 공연(三一公演)에 제(際)하여〉	〈영화시대(映畵時代)〉 제2호	

발표 시기	작품 이름	발표 매체	비 고
1947. 2.	〈인민 항쟁과 문학 운동〉	〈문학〉	
	〈진정한 민족 문학의 건설〉	〈선구〉	
1947. 4. 19.	〈북조선의 민주 건설과 문학 예술의 위대한 발전〉	〈문학평론(文學評論)〉 제3호	
	〈작품에 관한 서간(書簡)〉		안회남(安懷南)과 공편(共編)
1947. 4.	〈민족 문학의 이념과 문학 운동의 사상적 통일을 위하여〉	〈문학〉	
1952. 4.	〈러시아의 위대한 사실주의 작가 니콜라이 바실리예비치 고골리〉	〈인민(人民)〉	
1952. 11.	〈크레믈린의 붉은 별〉	〈조쏘문화(朝蘇文化)〉	

임화의 시 작품 연표

발표 시기	작품 이름	발표 매체	비 고
1926. 4. 16.	〈무엇 찾니〉	〈매일신보〉	
1926. 10. 10.	〈서정 소시(抒情小詩)〉	〈매일신보〉	
1926. 12. 19.	〈향수(鄕愁)〉	〈매일신보〉	
1927. 1. 2.	〈설(雪)〉·〈혁토(赫土)〉	〈조선일보〉	
1927. 1. 31.	〈선시(宣詩)〉·〈초상(肖像)〉	〈조선일보〉	
1927. 3. 8.	〈혼광(昏光)의 아들〉	〈조선일보〉	
1927. 5. 8.	〈화가(畵家)의 시〉	〈조선일보〉	
1927. 8.	〈지구(地球)와 빡테리아〉	〈조선지광〉 제70호	
1927. 10.	〈탱크의 출발(タンクの出發)〉	〈프롤레타리아 예술(プロレタリア藝術)〉	
1927. 11.	〈담(曇)-1927〉	〈예술운동〉 창간호	
1928. 3·4.	〈젊은 순라(巡邏)의 편지〉	〈조선지광〉 제77호	
1929. 1./ 1935. 3.	〈네거리의 순이(順伊)〉	〈조선지광〉 제82호/〈삼천리〉 제7권 제7호	
1929. 2.	〈우리 오빠와 화로(火爐)〉	〈조선지광〉 제83호	
1929. 4.	〈어머니〉	〈조선지광〉 제84호	
1929. 5.	〈봄이 오는구나〉	〈조선문예〉 창간호	
1929. 8.	〈다 없어졌는가〉	〈조선지광〉 제86호	
	〈병감(病監)에서 죽은 녀석〉	〈무산자(無產者)〉	
1929. 9.	〈우산 받은 요코하마(橫濱)의 부두〉	〈조선지광〉 제87호	
1930. 3.	〈양말 속의 편지〉	〈조선지광〉 제92호	
1930. 6.	〈제비〉	〈조선지광〉 제95호	
1933. 3. 15.	〈오늘 밤 아버지는 퍼렁 이불을 덮고〉	〈제일선(第一線)〉 종간호	
1933. 9. 28.	〈한 톨의 벼알도〉	〈동아일보〉	
1934. 2.	〈만경(萬頃)벌〉	〈우리들〉	
1934. 6. 10.	〈영원한 청춘 세월〉·〈유적구(柳赤駒)〉	〈문학창조〉 창간호	〈현해탄(玄海灘)〉에서는 〈세월〉로 개제
1934. 10. 5.	〈암흑(暗黑)의 정신〉	〈청년조선(靑年朝鮮)〉 창간호	
1935. 7. 27.	〈다시 네거리에서〉	〈조선중앙일보〉	
1935. 7.	〈주리라〉	〈중앙〉 제21호	
1935. 8. 4.	〈골프장〉	〈조선중앙일보〉	
1935. 8. 11.	〈야행차(夜行車) 속〉	〈동아일보〉	

발표 시기	작품 이름	발표 매체	비 고
1935. 9.	〈옛 책〉	〈신동아〉 제47호	
1935. 11.	〈안개〉·〈최후의 염원(念願)〉	〈조광〉 창간호	
1935. 12.	〈버러지〉	〈신동아〉 제50호	〈현해탄〉에서는 〈벌레〉로 개제
1935. 12./1937. 7. 8.	〈일 년〉	〈조광〉 제2호/〈동아일보〉	
1936. 1.	〈가을 바람〉	〈중앙〉 제27호	
	〈들〉	〈조광〉 제3호	
1936. 2.	〈강가로 가자〉	〈조광〉 제4호	
1936. 3.	〈현해탄〉	〈중앙〉 제29호	〈현해탄〉에서 〈해협(海峽)의 로맨티시즘〉으로 개제
1936. 4.	〈달밤〉	〈신동아〉 제54호	
1936. 5.	〈적(敵)〉	〈중앙〉 제31호	
1936. 8./1938. 10.	〈하늘〉	〈신인문학〉 제12호/〈사해공론〉 제42호	
1936. 11. 9.	〈단장(斷章)〉	〈낭만〉 창간호	
1937. 2.	〈지상(地上)의 시〉	〈풍림〉 제3호	
1937. 3.	〈너 하나 때문에〉	〈풍림〉 제4호	
1937. 5.	〈안개 속〉	〈조선문학〉 제11호	
	〈주유(侏儒)의 노래〉	〈조광〉 제19호	
1937. 6. 23.	〈바다의 찬가(讚歌)〉·〈어린 태양이 말하되〉	〈동아일보〉	
1937. 6. 24.	〈홍수 뒤〉	〈조선일보〉	
1937. 6.	〈밤길〉	〈조광〉 제20호	
1937. 10. 22.	〈내 청춘에 바치노라〉	〈동아일보〉	
1937. 10. 24.	〈새 옷을 갈아입으며〉	〈동아일보〉	
1937. 11. 3.	〈지도(地圖)〉	〈동아일보〉	
1938. 4.	〈사랑의 찬가〉	〈조광〉 제30호	
1938. 5.	〈별들이 합창하는 밤〉	〈비판〉 제6권 제5호	
1938. 6.	〈한 잔 포도주를〉	〈청색지〉 창간호	
1938. 10. 30.	〈차중(車中)〉	〈맥(貘)〉 제3호	
1938. 11.	〈자선 시초(自選詩抄)〉	〈삼천리〉 제10권 제11호	
1939. 2.	〈실제(失題)〉	〈문장〉 창간호	〈찬가〉에서는 〈자고 새면〉으로 개제
1939. 3.	〈한여름밤의 꿈〉	〈조선문학〉 제16호	〈찬가〉에서는 〈한여름밤〉으로 개제
1945. 9. 19.	〈9월 12일-1945년, 또다시 네거리에서〉	〈해방일보(解放日報)〉	
1945. 11. 15.	〈해방 조선의 노래〉	〈문화전선〉 창간호	
1945. 12./1946. 1.	〈헌시(獻詩)〉	〈조선인민보〉/〈건설(建設)〉	
1946. 1. 28./1946. 2.	〈초혼(招魂)〉	〈자유신문(自由新聞)〉/〈학병(學兵)〉 제2호	
1946. 1.	〈인민(人民)의 소리〉	〈예술신보〉	
	〈학병 돌아오다〉	〈학병〉 창간호	
1946. 2. 25.	〈3월 1일이 온다〉	〈자유신문〉	
1946. 3.	〈발자욱〉	〈적성(赤星)〉 창간호	
1946. 5. 1.	〈나의 눈은 핏발이 서서 감을 수가 없다〉	〈현대일보〉	
1946. 5. 5.	〈손을 들자〉	〈조선인민보〉	
1946. 5. 9.	〈제사(祭詞)〉	〈해방일보(解放日報〉	
1946. 5. 19.	〈깃발을 내리자〉	〈현대일보〉	

발표 시기	작품 이름	발표 매체	비 고
1946. 6. 10.	〈청년의 6월 10일로 가자〉	〈조선인민보〉	
1947. 6. 19.	〈박헌영 선생이시어 '노력 인민'이 나옵니다〉	〈노력인민(努力人民)〉	
1947. 6. 23.	〈박헌영 선생이시어 우리에게로 오시라〉	〈문화일보〉	
1947. 7. 5.	〈민애청가(民愛靑歌)〉	〈노력인민〉	
1951. 4.	〈평양(平壤)〉	〈문학예술〉	
1951. 5.	〈너 어느 곳에 있느냐〉·〈바람이여 전하라〉·〈밟으면 아직도 뜨거운 모래밭 건너〉·〈서울〉·〈한 번도 본 일이 없는 고향 땅에〉·〈한 전호(戰壕) 속에서〉·〈흰 눈을 붉게 물들인 나의 피 위에〉	〈너 어느 곳에 있느냐〉	문화전선사(文化戰線社)
1951. 6.	〈모스크바〉	〈젊은 투사의 깃발〉	청년생활사(靑年生活社)
1952. 2. 7.	〈기지(基地)로 돌아가거든〉	〈노동신문(勞動新聞)〉	
1952. 4.	〈40년〉	〈문학예술〉	

* 잇사(一茶) → 고바야시 잇사(→16)

420
자야데바
Jayadeva ?~?

12세기쯤에 활약한 인도의 서정시인.

카스트[caste, 인도 사회 특유의 신분 제도. 브라만(Brahman, 사제·성직자), 크샤트리아(Kshatriya, 귀족·무사), 바이샤(Vaisya, 상인·농민·지주), 수드라(Sudra, 소작농·청소부·하인)의 네 가지로 분류된다.]의 최고 계급인 브라만 출신이며, 아버지 보자데바(Bhojadeva)와 어머니 라마데비(Ramadevi)의 아들로, 인도 북동부 벵골(Bengal) 지방 켄둘리(Kenduli)에서 태어났다.

파드마바티(Padmāvatī)와 결혼하였으며, 벵골족(族) 나바드비파(Navadvīpa)의 라크슈마나세나 왕(Laksmanasena, 재위 1178?~1205?)의 궁정(宮廷) 시인으로, 왕의 '5명의 보물'이라고 일컬어진 시인 중의 한 사람이다.

열렬한 비슈누 신(Visnu神, 힌두교의 3주신의 하나)의 숭배자로, 모두 12장(章)으로 된 산스크리트(Sanskrit) 어(語) 서정시 〈기타고빈다[Gitagovinda(Song of the Cowherd), '양치기의 노래']〉를 남겼다. 이 시는 양치기로 태어난 비슈누 신의 권화(權化) 크리슈나(Krishna, 힌두교의 신. 인도의 신들 가운데 가장 널리 숭배되고 사랑받는 신)가 여자 양치기 라다{Rādhā, 힌두 문화에 나오는 인물. 크리슈나가 브린다반[Vrindavan, 인도 북부 우타르프라데시(Uttar Pradesh) 주 서쪽 끝에 있는 힌두교의 성지]의 소 치는 사람들 사이에서 살던 시절에 그의 애인이었다.}를 사랑하는 이야기를 주제로 하고 있으며, 관능적(官能的)인 연애 서정시의 배후에는 신과 사람과의 관계를 설명하였다고 한다. 각종 운율(韻律)을 쓰는 등 수사학적(修辭學的) 기교를 구사(驅使)한 이 시는 비슈누파 문학의 선구적(先驅的) 역할을 하였으며, 신애적(信愛的) 힌두교를 대중화하는 데 크게 이바지하였다.

지난 몇백 년 동안 그의 출생지 켄둘리에서 해마다 그를 기리는 축제가 열렸는데, 축제가 벌어지는 동안 그의 시가 낭송된다. 〈기타고빈다〉에 실렸던 노래들은 축제 기간 동안 사원(寺院)에서는 물론 키르타나(kirtanas, 각 부락의 노래를 통한 숭배 의례)를 거행할 때 계속 불리어 왔다.

421
자이시
Malik Muhammad Jāysi 1492?~1542?

인도의 힌디 어(語)(Hindi language) 시인이며 이슬람교 신비주의자(神祕主義者, mysticist).

잔시[Jhansi, 지금의 인도 북부 우타르프라데시(Uttar Pradesh) 주의 도시]에 살았기 때문에 '자이시'라고 부르며, 선조(先祖)가 이란의 지주(地主)였기 때문에 '말리크(Malik)'라는 칭호가 붙었다.

인도에서 수피즘(Ṣūfism, 금욕·신비주의적 경향이 있는 이슬람교 일파) 교의(敎義)를 대중에게 알아듣기 쉽게 설명하기 위하여 힌두 지역의 대표적인 방언(方言)인 아와디 어(Awadhi language)를 사용한 연애 설화시(說話詩)가 유행하였는데, 그러한 연애 설화시의 제1인자였다.

장시(長詩) 몇 편을 남겼는데, 그 중에서도 〈파드마바트(Padmavat)〉(1520~1540)로 불후(不朽)의 명성을 얻었으며, 이 밖에 〈아크라바트(Akhrāvat)〉·〈아케리 칼람(Ākheri kalām)〉 등이 있다. 전반에는 인도의 전래 민화(民話)에서 소재를 딴 아름다운 연애담 속에 이슬람 신비주의 사상을 주제로 하였으며, 후반에는 사실(史實)에 근거하여 왕비를 지켜 싸운 왕의 죽음과 이에 뒤이은 왕비의 분사(焚死)를 그렸는데, 특히 〈파드마바트〉는 대중에게 큰 인기를 얻었고, 수피 시인들의 모범이 되었다. 또한 쉬운 문체(文體)로 인도의 전통적 시형(詩形)에 다분히 인도적 사고와 풍습을 짜넣어, 인도·이슬람 두 문화의 융합의 문학이라고 할 수 있으며, 양쪽 교도들이 다 좋아하였다.

만년(晚年)에는 아메티 왕의 존경을 받으며, 궁정(宮廷) 부근에 있는 삼림(森林)에서 살았다.

422

잠삼

岑參 715 ~ 770

중국 당(唐)나라(618~907)의 시인.

후베이성(湖北省) 형주[荊州, 지금의 장링(江陵)]에서 태어났으며, 쓰촨성(四川省) 수저우[蜀州, 지금의 청두(成都)]에서 죽었다.

태종[太宗, 599~649, 중국 당나라의 실질적인 창건자이며 제2대 황제. 재위 626~649. 이세민(李世民)] 때의 재상(宰相) 잠문본(岑文本, 595~645)의 증손(曾孫)으로, 744년(29세) 진사시(進士試)에 급제(及第)하여 우내솔부(右內率府) 병조참군(兵曹參軍)에 임명되었다.

749년(34세) 안서[安西, 신강성(新疆省) 토로번(吐魯番) 근처] 사진절도사(四鎭節度使) 고선지(高仙芝, ?~755, 당나라에서 활동한 고구려 유민 출신의 장군)의 막부(幕府)에서 서기(書記)로 일하게 된 것을 계기로 북서 변방(邊境)에서 활동하였고, 754년(39세) 안서 북정(北征) 절도사 봉상청(封常淸, ?~756, 중국 당나라의 무장)의 판관(判官)으로 재차 출새(出塞)하였다.

두 차례에 걸친 변방 사막 지대의 참전(參戰) 체험을 살려서 쓴 새외시(塞外詩)는 풍부한 상상력 가운데 이국적인 정서가 생생하게 그려져 있어 당시(唐詩) 가운데서는 독자적인 지위를 차지한다. '자염녹안(紫髥綠眼)의 호인(胡人)이 부는, 가장 슬프게 들리는 호가(胡笳) 소리를 임은 듣지 못하는가.'라는 구절로 시작되는 〈호가의 노래〉는 특히 널리 알려졌다.

어법과 운율을 혁신함으로써 율시(律詩)에 새로운 활력을 불어넣었으며, 능숙한 표현 양식, 틀에 박히지 않은 은유와 풍부한 상상력으로 당대 사람들에게 칭송을 받았다.

'안사(安史)의 난(亂)[755~763, '안녹산(安祿山)의 난'이라고도 한다.]'이 진압된 뒤 757년(42세) 5월 좌습유(左拾遺)의 벼슬에 있었던 두보(→143)를 알게 되었고, 그의 천거(薦擧)로 좌보궐(左補闕)이 되었다. 황제에 대한 충성을 지켜 768년(53세) 은퇴할 때까지 계속 여러 지방의 지방장관 자리를 유지하였다. 그의 시집을 〈잠가주집(岑嘉州集)〉이라고 한 것도 마지막 벼슬이 쓰촨성 가주[嘉州, 지금의 요산현(樂山縣)] 자사(刺史)였기 때문이다.

401편의 시와 1편의 산문이 전해지고 있으며, 고적(→23)과 더불어 '고잠(高岑)'이라고 일컬어진다.

* **장광자(蔣光慈) → 장광츠**(→423)

423

장광츠

蔣光慈 1901 ~ 1931. 8. 31.

중국의 소설가이며 시인.

본명(本名)은 장루헝(蔣如恒), 다른 이름으로 장광츠(蔣光赤)를 쓰기도 하였다. 필명(筆名)은 웨커터(魏克特)·화시리(華西里).

안후이성(安徽省) 류안시(六安市) 진자이현(金寨縣) 바이타판향(白塔畈鄕)에서 태어났으며, 폐병으로 장쑤성(江蘇省) 상하이(上海) 퉁런의원(同仁醫院)에서 죽었다.

1917년(16세) 안후이성 우후(蕪湖)의 성립오중(省立五中)에 입학하였고, 1919년(18세) 5·4 운동(五四運動) 때 참여하였으며, 교지(校誌) 〈자유화(自由花)〉 편집장이 되어 우후 지역의 학생 운동을 적극적으로 이끌었으며 우후학생연합회의 부회장을 맡았다.

1920년(19세) 천두슈(陳獨秀, 1879~1942, 중국의 정치가. 중국 공산당 창당자의 한 사람)의 소개로 상하이에서 사회주의청년단(社會主義靑年團)에 가입하였다.

1921년(20세) 5월 모스크바로 가서 동방노동자공산주의대학(東方勞動者共産主義大學. 1921년 10월 21일 설립, 1938년 폐교)에 입학하여 사회 과학과 문학 공부를 하면서 창작을 병행하였다.

아나키즘(anarchism, 無政府主義)을 거쳐 마르크스주의자(Marxist)가 되어 1922년(21세) 중국 공산당(中國共産黨, Chinese Communist Party, 1921년 창당)에 입당하였다.

1924년(23세) 가을, 유학을 마치고 귀국하여 상하이대학(上海大學) 사회학과 교수로 있으면서 선쩌민(沈澤民, 1902~1933) 등과 춘뢰문학사(春雷文學社)를 설립하였고, 〈신청년(新青年)〉(사상 계몽지. 1915. 9.~1922. 7.)에 평론 〈프롤레타리아 혁명과 문화〉 등을 실었다.

1925년(24세) 1월 처녀 시집 〈새로운 꿈(新夢)〉을 펴냈으며, 2월 창조사[創造社, 1921년 7월 상하이에서 궈모뤄(→38) · 위다푸(郁達夫, 1896~1945, 중국의 소설가) · 장쯔핑(張資平, 1893~1947?, 중국의 작가) · 청팡우(成仿吾, 1897~1984, 중국의 교육자이며 문학가 · 번역가) · 톈한(→487) 등이 결성한 낭만주의(浪漫主義, romanticism) 문학 단체]에 가입하였다. 4월 베이징(北京)으로 가서 북방구(北方區) 집행 위원회에서 일하였고, 허베이성(河北省) 장자커우(張家口)로 가서 펑위샹(馮玉祥, 1882~1948, 중국의 군벌이며 정치가)과 함께 그곳에 파견된 소련 고문(顧問)의 통역을 맡았다. 이 때 6년 동안 편지로만 알고 지내던 허난성(河南省) 카이펑(開封) 출신의 쑹뤄위(宋若瑜)를 만나 사랑하게 되면서 7월에 약혼하였고, 11월 상하이로 돌아와 상하이대학에 복직(復職)하였다.

1926년(25세) 8월부터 쑹뤄위와 상하이에서 동거하였으나 그들의 결혼 생활은 채 한 달도 가지 못하였다. 전부터 앓고 있었던 아내의 폐병이 도진 것이다. 장시성(江西省) 루산(廬山)의 푸런의원(普仁醫院)에서 요양하며 치료하였으나 끝내 11월 6일 삶을 마감하였다. 아내가 죽은 뒤 장광츠는 비통에 젖어 1주기(周忌) 때에는 그들의 연애 편지를 묶어 〈기념비(記念碑)〉로 펴냈으며, 2주기 때에는 단편 〈구링의 남은 한(牯嶺遺恨)〉을 써서 애도(哀悼)하였다.

1926년 5 · 4 운동기의 혁명을 그린 중편 소설 〈소년 표박자(少年漂泊者)〉를 펴내면서 큰 반향을 일으켰고, 1927년(26세) 11월 상하이 폭동에 참가한 혁명가 군상(群像)을 그린 〈반바지당(短袴黨)〉 등을 펴냈는데, 이는 중국 프롤레타리아 혁명 문학의 최초 성과 가운데 하나로 손꼽히는 작품으로, 혁명 후의 러시아 문학을 소개하여 가장 먼저 혁명 문학을 제창하였다.

창조사를 떠나 1928년(27세) 멍차오(孟超, 1902~1976) · 양춘런(楊邨人, 1901~1955, 중국의 작가) · 첸싱춘(錢杏邨, 1900~1977, 중국의 문학 평론가) 등과 함께 태양사(太陽社)를 설립하여 〈시대문예(時代文藝)〉 · 〈태양월간(太陽月刊)〉 · 〈해풍주보(海風週報)〉를 편집하며 프롤레타리아 혁명 문학을 주도하였다. 특히 〈태양월간〉 창간호에 실은 평론 〈현대 중국 사회와 사회 생활〉 · 〈혁명 문학에 관하여〉는 창조사와 루쉰[魯迅, 1881~1936, 20세기 중국 문학의 거장. 본명은 저우수런(周樹人). 저우쭤런(周作人, 1885~1967, 중국의 학자이며 수필가 · 번역가)의 형]과 대립하여 혁명 문학 논쟁을 불러일으켰다.

1929년(28세) 4월 장편 소설 〈리사의 애원(麗莎的哀怨)〉을 펴냈는데, 이 소설에서 백러시아계의 귀족 여성을 동정하였다는 이유로 당 안팎의 비판과 좌익(左翼) 문예계로부터 혹평을 받았다. 같은 해 일본으로 외유(外遊)를 떠났다가 11월 태양사 도쿄 지부를 설립하고 계속 문학 창작에 몰두하였다.

같은 해 말 귀국하여 로스(柔石, 1902~1931, 중국의 작가) · 루쉰 · 펑쉐펑(→491) 등과 중국좌익작가연맹(中國左翼作家聯盟) 주비소조(籌備小組)를 조직하였으며, 1930년(29세) 3월 연맹이 성립된 뒤 후보 상무 위원으로 선임되었다.

그 뒤 리리산(李立山, 1899~1967, 중국의 정치가이며 노동 운동 지도자) 좌경(左傾) 모험주의 노선(路線)에 반대하여 당에서 제명되었으며, 실의(失意) 속에 30세로 요절(夭折)하였다.

6년 동안의 짧은 문학 활동으로, 혁명과 연애를 주제로 하는 작품이 많고 관념적이어서 구상화(具象化)가 모자라다는 평을 받았으나, 후난성(湖南省)의 농민 운동을 그린 장편 소설 〈포효하는 대지(咆哮了的土地)〉(1930. 11.)에서는 그것을 극복하고 있다. 가장 성숙한 작품으로 평가받는 이 소설에서 1927년 혁명이 실패한 뒤 농촌의 첨예한 계급 투쟁을 반영하고 있다.

이 밖에 대표작으로 국민 혁명기의 농민 운동을 그린 〈들 제사(野祭)〉(1932)를 비롯하여 〈감람(橄欖)〉, 〈도망병(逃兵)〉, 애국 청년들을 총검으로 탄압하는 사회에 대한 강한 분노를 나타낸 〈부서진 마음(碎了的心)〉, 〈부치지 않은 편지 한 통(一封未寄的信)〉, 인격이나 능력, 사랑

같은 정신적인 것보다도 물질적인 것을 더 중시하는 사회의 배금주의(拜金主義)를 날카롭고도 해학적(諧謔的)으로 풍자한 〈사랑을 찾아서(尋愛)〉, 백성을 괴롭히는 군벌(軍閥)들에 대한 분노, 무지몽매한 백성들에 대한 연민과 더불어 6년 동안 편지 연애 끝에 결혼한 아내를 1년 만에 병으로 잃은 자신의 심경이 그대로 드러나 있는 〈쉬저우 여관의 하룻밤(徐州旅館之一夜)〉, 일제(日帝) 강점기 착취하의 조선인의 고통과 독립에 대한 투지를 중국인의 시선으로 묘사한 〈압록강(鴨綠江)에서〉[아동도서관(亞東圖書館), 1927], 신식 문물에 눈뜬 지식인이 고향의 인습을 이겨 내려는 모습을 그린 〈형제 야화(兄弟夜話)〉 등이 있다.

424
장구령
張九齡 678 ~ 740

중국 당(唐)나라(618~907)의 문신(文臣)이며 시인.

자(字)는 박물(博物)·자수(子壽), 시호(諡號)는 문헌(文獻).

광둥성(廣東省) 사오관(韶關) 취장(曲江)에서 태어났으며, 이곳에서 죽었다.

글재주가 뛰어나 702년(24세)에 진사시(進士試)에 급제(及第)하여 비서성(祕書省) 교서랑(校書郎)이 되었고, 예종[睿宗, 662~716, 중국 당나라의 제5대 황제. 재위 684~690, 710~712. 이단(李旦)] 때의 문인(文人) 재상(宰相) 장열(→429)에게 인정받았다.

좌습유(左拾遺)로 있을 때 현종[玄宗, 685~762, 중국 당나라의 제6대 황제. 재위 712~756. 이융기(李隆基)]의 생일을 맞아 〈천추금감록(千秋金鑑錄)〉(모두 5권)이라는 제목의 권계십장(勸戒十章)을 바쳐 간관(諫官)의 성의를 보였다.

장열의 추천을 받아 중서사인(中書舍人)·중서시랑(中書侍郎)을 거쳐 733년(55세) 동중서문하평장사(同中書門下平章事), 즉 재상이 되었다.

조정(朝廷)에서 경골한(硬骨漢)으로 알려졌으며, 종실(宗室) 이임보(李林甫, ?~752, 중국 당나라 현종 때의 재상), 장수 우선객(牛仙客, 675~742)의 등용(登用)을 반대하였다가 이임보와 격렬하게 대립하였다. 736년(58세) 이임보의 참소(讒訴)에 의하여 후베이성(湖北省) 형주[荊州, 지금의 장링(江陵)] 대도독부(大都督府) 장사(長史, 막료장)로 좌천(左遷)되었다.

일찍이 안녹산(安祿山, 703~757, 중국 당나라의 무장)을 제거하여야 한다고 주장하였는데, 755년(40세) '안사(安史)의 난(亂)[755~763, '안녹산의 난'이라고도 한다.]'이 일어났을 때 현종이 그의 선견지명을 칭찬하였다고 한다.

문학사에서도 진자앙(→471)을 이어받아 시의 복고(復古)에 힘을 기울인 것으로 알려져 있으며, 고전풍(古典風)의 시문(詩文)에 뛰어났다. 〈당승상 취장 장선생 문집(唐丞相曲江張先生文集)〉(모두 20권)이 전해지고 있으며, 그의 시 〈감우(感遇, '느낀 대로 노래함')〉·〈자군지출의(自君之出矣, '그대가 떠난 뒤부터')〉·〈조경견백발(照鏡見白髮, '거울에 비친 백발을 보며')〉 등은 〈당시선(唐詩選)〉에 실려 꾸준하게 애독되고 있다. 〈신당서(新唐書)〉(모두 225권, 1044~1060) '예문지(藝文志)'에 〈장구령 사적(張九齡事跡)〉 1권이 실려 있다.

425
장뢰
張耒 1054 ~ 1114

중국 북송(北宋, 960~1126)의 시인.

자(字)는 문잠(文潛), 호(號)는 가산(柯山).

장쑤성(江蘇省) 화이인[淮陰, 지금의 화이안(淮安)]에서 태어났다.

소년 시절부터 뛰어난 재능을 보였고, 유학 중에 소동파(→234)에게 인정받아 그의 문인(門人)이 되었으며, 나중에 조보지(晁補之, 1053~1110, 중국 북송의 문인)·진관(秦觀, 1049~1100, 중국 북송의 문인)·황정견(→522)과 함께 이른바 '소문 4학사(蘇門四學士)'의 한 사람이 되었다.

1073년(19세) 진사시(進士試)에 급제(及第)하여 주부(主簿)가 되었다. 관계(官界)에서는 신법(新法)·구법(舊法)의 양당 싸움에 말려들어 부침(浮沈)을 되풀이하여 1078년(24세) 수안(壽安)의 위(尉), 1084년(30세) 함평(咸平)의 승(丞)으로 옮겼으며, 1086년(32세) 비서성(祕書省) 정자(正字)·비서승(祕書丞)·저작랑(著作郎)을 거쳐 기거사인(起居舍人)에 이르렀다.

1106년(52세) 허난성(河南省) 천저우[陳州, 화이양(淮陽)]에 살면서 많은 문인(文人)들을 지도하였으며, '완구 선생(宛丘先生)'이라고 일컬어졌다.

그의 시는 설리(說理)가 주종을 이루며, 만년(晩年)에는 당(唐)나라(618~907)의 백낙천(→200)을 본받아 평담(平談)에 힘썼는데, 특히 악부체(樂府體)에 뛰어났다.

지은 책으로 〈가산집(柯山集)〉(모두 50권)·〈명도잡지(明道雜志)〉·〈시설(詩說)〉·〈완구집(宛邱集)〉이 있다.

426

장만영

張萬榮 1914. 1. 25. ~ 1975. 10. 8.

한국의 시인.

호(號)는 초애(草涯), 본관(本貫)은 안동(安東).

아버지 장완식(張完植)과 어머니 김숙자(金淑子)의 3대 독자로, 황해도 연백군(延白郡) 은천면(銀川面) 영천리(令泉里)에서 태어났으며, 서울 평동(平洞)에서 죽었다.

원래 양조장을 경영하던 아버지가 논에서 김이 솟아오르는 것을 보고 온천을 발견하여 배천온천(白川溫泉)의 대주주가 되었다.

황해도 배천공립보통학교(白川公立普通學校)를 거쳐(1923~1927) 홑몸으로 서울로 가서 1927년(13세) 경성제2고등보통학교[京城第二高等普通學校, 지금의 경복고등학교(景福高等學校)]에 입학하였는데, 집안이 넉넉하여 학교에 다니기 편하도록 서대문(西大門) 밖 천연동(天然洞)에 독채집을 가질 수 있었고, 읽든 안 읽든 갖고 싶은 책을 마음대로 살 수 있었다.

1931년(17세) 흥사단(興士團)의 국내 단체인 수양동우회(修養同友會) 기관지 〈동광(東光)〉(월간 종합 교양지. 1926. 5.~1933. 1. 통권 40호로 종간)의 독자 투고란(投稿欄)에 습작품을 발표하면서부터 시를 썼다.

1932년(18세) 경성제2고등보통학교를 졸업하였다. 고보(高普) 시절에는 뒷날 〈삼사문학(三四文學)〉(문예 동인지. 1934. 9.~1937. 4. 통권 6호로 종간)을 창간한 신백수(申百秀, 1915~1946, 한국의 시인이며 소설가)·이시우(李時雨)·정현웅(鄭玄雄, 1910~1976, 한국의 서양화가)·조풍연(趙豊衍, 1914~1991, 한국의 언론인이며 수필가·아동 문학가)·한상직(韓相稷, 1915~?, 한국의 극작가) 등과 더불어 교지(校誌)를 발간하면서 습작 활동을 하였다.

고보를 졸업한 뒤에는 서면(書面)으로만 알아 왔던 김억(→78)과 두터운 사제(師弟) 관계를 맺었다. 또한 김기림(→54)·박영희(→183)·서정주(→226)·신석정(→255)·오장환(→298)·정지용(→445)·최재서(崔載瑞, 1908~1964, 한국의 영문학자이며 문학 평론가) 등과도 친교를 맺는 등 비교적 많은 교우(交友)·문우(文友)들과 교유(交遊)하였다.

〈동광〉 제33호(1932. 5.)에 투고한 동시(童詩) 〈봄 노래〉가 김억의 추천을 받으면서 등단(登壇)하였다. 그 뒤 〈조선일보(朝鮮日報)〉에 〈물장난〉과 〈동무여!〉(1932. 7. 3.), 〈동광〉 제38호(1932. 10.)에 〈마을의 여름밤〉, 제40호(1933. 1.)에 〈자네는 와서〉·〈정처 없이 떠다니고 싶지 않나?〉, 〈신동아(新東亞)〉(월간 종합 교양지. 1931. 11.~1936. 9. 통권 59호로 폐간. 1964년 9월 통권 60호로 복간)에 〈비 걷은 아침〉(제18호, 1933. 4.)·〈나비여!〉·〈알밤〉(제24호, 1933. 10.)과 〈겨울밤의 환상(幻想)〉·〈산과 바다〉 등 모더니즘 경향의 작품을 잇달아 발표하였다.

1934년(20세) 일본으로 유학하여 도쿄 미사키영어학교(三崎英語學校) 고등과에 입학하였으나 1936년(22세) 부모의 강권으로 학교를 그만두고 귀국하였다. 같은 해 신석정의 소개로 전라북도 김제(金堤) 출신의 그의 처제 박영규(朴榮奎, 1919~?)와 혼인하였다.

1937년(23세) 12월에는 시작 활동 초기에 해당하는 작품 30편을 모아 처녀 시집 〈양(羊)〉을 자비(自費)로 펴내 최재서 등으로부터 격찬을 받았는데, 〈가을 아침 풍경〉·〈귀로(歸路)〉·〈달〉·〈달·포도·잎사귀〉[〈시건설(詩建設)〉 창간호, 1936. 11.]·〈바다〉·〈바람과 구름〉·〈봄들기 전〉·〈비〉·〈새로 3시〉·〈새벽〉·〈선물〉·〈섬〉·〈아직도 거문고 소리가 들리지 않습니까〉·〈아침 창(窓)에서〉·〈알밤〉·〈양〉·〈해안에서〉 등 모더니즘적인 신선한 감각을 풍기는 작품들이 실려 있다.

1939년(25세) 11월 30일, 〈가마귀〉·〈귀거래(歸去來)〉·〈누나〉·〈매소부(賣笑婦)〉·〈바다〉·〈바다로 가는 여인〉·〈병든 아가씨와 앵무〉·〈병실(病室)〉·〈복녀(福女) 1〉·〈복녀 2〉·〈소년〉·〈순이와 나와〉·〈슬픈 조각달〉·〈아가〉·〈여인(女人) 1〉·〈여인 2〉·〈조개〉·〈향수(鄕愁)〉·〈호수로 가는 길〉·〈Initial〉 등 모두 20편을 실은 제2시집 〈축제(祝祭)〉[인문사(人文社)]를 펴냈는데, 이 시집에는 각박한 현실 체험에 따른 지적(知的) 고뇌와 표박 의식(漂迫意識)이 드러나 있다.

〈맥(貘)〉(계간 시 전문지. 1938. 6.~1939. 4. 통권 5호로 종간) 제3호(1938. 10.)에 〈들꽃이 핀 두덕〉, 1939년(25세) 〈시건설〉(시 전문지. 1936. 11.~1940. 6. 통권 8호로 종

간) 제7호(1939. 10.)에 시 〈향수(鄕愁)〉를 발표하였다.

1944년(30세)에는 한때 아버지가 경영하던 고향의 온천을 운영하였는데, 이 무렵 서울에서 알게 된 많은 문인(文人)들이 온천을 자주 찾아왔다.

1948년(34세) 서울 중구(中區) 회현동(會賢洞) 자택에서 출판사 산호장(珊瑚莊)을 경영하면서 김기림 등 문우들의 시집을 펴냈고, 제3시집 〈유년송(幼年頌)〉(산호장, 1948. 10.)을 펴낸 뒤에도 〈바람이 지나간다〉·〈시장에 가는 날〉·〈유엔 묘지(墓地)〉·〈일기초(日記抄)〉 등을 잇달아 발표하였다.

1950년(36세) 3월에는 김광균(→48)·신석정·유치환(→350)과 함께 4인 시집 〈현대 시집 Ⅱ〉[정음사(正音社)]을 펴냈다.

한국 전쟁(Korean War, 1950. 6. 25.~1953. 7. 27.) 때에는 문총구국대(文總救國隊) 육군종군작가단[陸軍從軍作家團, 1951년 5월 26일 대전(大田)에서 결성]에 편성된 문인들과 어울려 〈전선문학(戰線文學)〉(육군종군작가단의 부정기 간행 잡지. 1952. 4.~1953. 12.)을 펴냈다.

1952년(38세) 11월 유치환을 발행인으로 구상(→31)·김윤성(金潤成, 1926~, 한국의 시인)·김춘수(→95)·설창수(→230)·유치진(柳致眞, 1905~1974, 한국의 극작가이며 연출가)·이정호(李正浩, 1927~1991, 한국의 시인이며 언론인) 등이 대구에서 창간한 문예 동인지 〈시와시론(詩論)〉[창간호로 종간. 1958년 4월 20일 경기도 안양(安養)에서 창간된 시 동인지 〈시와시론〉과는 다른 잡지]에 시론 〈자작시(自作詩) 감상〉을 발표하였다.

1954년(40세) 서울신문사에 입사하여 출판국장을 지내면서 〈신천지(新天地)〉(월간 종합 교양지. 1946. 1.~1954. 12. 통권 69호로 종간)와 〈신문예(新文藝)〉(좌익 문예지. 1945. 12. 창간)를 주관하였다.

1956년(42세) 6월 제4시집 〈밤의 서정(抒情)〉[정양사(正陽社)], 1957년(43세) 11월 제5시집 〈저녁 종 소리〉(정양사), 1962년(48세) 시와 산문집 〈그리운 날에-시와 수필〉[한일출판사(韓一出版社)]를 펴냈고, 1964년(50세) 제6시집 〈장만영 시선집(張萬榮詩選集)〉[성문각(成文閣)], 1973년(59세) 제8시집 〈저녁놀 스러지듯이〉[규문각(奎文閣)] 등을 펴냈는데, 후기 작품에서는 자연과 현실에 대한 관조(觀照)와 융화의 자세를 보여 주고 있다. 1970년(56세) 제7시집으로 펴내려던 〈놀 따라 등불 따라〉는 여러 사정으로 미루어지다가, 그가 죽은 뒤인 1988년 경운출판사에서 유고(遺稿) 시집으로 출판되었다.

1977년에 출판된 유고 시집 〈어느 날의 소녀에게〉[서림문화사(瑞林文化社)]에 있는 시 〈사랑〉은 최헌(崔憲, 1948~2012, 한국의 대중 가수이며 작사가)의 〈순아〉로 불려 널리 알려졌다.

이 밖에도 〈세계 서정 시선〉[世界抒情詩選, 제1권 〈불란서(佛蘭西) 시집〉, 제2권 〈영국 시집〉, 제3권 〈독일 시집〉, 제4권 〈미국 시집〉, 제5권 〈남구(南歐) 시집〉, 제6권 〈중국 시집〉, 제7권 〈한국 시집〉](정양사, 1953~1956), 번역 시집 〈바이런 시집〉(1961)·〈하이네 시집〉[동국문화사(東國文化社), 1961], 자작시 해설집 〈이정표(里程標)〉[신흥출판사(新興出版社), 1958], 수필집 〈그리운 날에〉(1965) 등이 있고, 〈고등 문예 독본(高等文藝讀本)〉(산호장, 1952)·〈소월시 감상(素月詩鑑賞)〉(1957)·〈현대시의 이해와 감상〉(1957)·〈현대시 감상〉(산호장, 1959) 등을 펴냈다.

1958년(44세)에는 한국시인협회(韓國詩人協會) 부회장, 1965(51세)~1966년(52세)에는 회장(제6~7대)을 맡았고, 1968년(54세)에는 한국신시(新詩)60년기념사업회 부회장을 지냈는데, 만년(晩年)에는 별로 시작 활동을 하지 않았다.

1982년 지식산업사(知識産業社)에서 〈김광균·장만영〉[〈한국 현대 시문학 대계(韓國現代詩文學大系)〉 제13권]을 출판하였다.

그의 시는 전반적으로 모더니즘의 영향을 받았으면서도 도시 대신 농촌, 문명 대신 자연을 소재로 하여 전원적(田園的)인 정서를 현대적인 감성으로 읊은 이미지스트의 경향을 지닌다. 그의 시에 보이는 선명한 시각적 이미지, 관념과 형상의 조화는 특히 이미지의 조형에 뛰어난 재능을 가지고 있음을 보여 준다. 흔히 김광균과 신석정의 특성을 고루 갖춘 시인으로 평가되는데, 대상을 이미지화한 점에서는 김광균 등의 모더니스트와 맥을 같이하고, 농촌의 감수성을 바탕으로 하고 동심(童心)과 감상적(感傷的) 서정을 지닌 점에서는 신석정과 통한다. 최재서는 이 점에 대하여 '이미지와 운동이 합쳐서 세련된 위트의 시'라고 하였다.

경기도 양주시(楊州市) 장흥면(長興面) 일영리(日迎里) 천주교 청파묘원(靑坡墓園)에 안장(安葬)되었다가 1982년 6월 경기도 용인시(龍仁市) 처인구(處仁區) 모현면(慕賢面) 오산리(吳山里) 천주교 용인공원묘원으로 이장(移葬)되었고, 1983년 7월 8주기(周忌)를 맞아 〈길손〉을 새긴 시비(詩碑)가 세워졌다. 또한 1995년 4월 17일에는 서울 강북구(江北區) 수유동(水踰洞) 국립4·19민주묘지에 〈조가(弔歌)〉를 새긴 시비가 세워졌다.

427

장사전

蔣士銓 1725 ~ 1785

중국 청(淸)나라(1616~1912)의 시인이며 희곡 작가.

자(字)는 심여(心余)·초생(苕生), 호(號)는 장원(藏園)·청용(淸容).

장시성(江西省) 옌산현(鉛山縣)에서 태어났다.

1757년(32세) 진사시(進士試)에 급제(及第)하였고, 한림원(翰林院) 편수(編修)를 지냈다.

퇴관(退官)한 뒤에는 즙산(蕺山)·숭문(崇文)·안정(安定) 등 강남(江南)의 서원(書院)에서 주강(主講, 원장)으로 있으면서 지방 사람들을 위하여 일하였다.

시는 북송(北宋, 960~1126)의 황정견(→522)을 사숙(私淑)하였으며, 원매(→331)·조익(→460)과 함께 '강좌 삼대가(江左三大家)' 또는 '건륭 삼대가(乾隆三大家)'라고 일컬어졌다.

희곡은 늘 존경하던 고향 사람 탕현조(→485)의 작품을 따랐고 사장(詞章)과 함께 곡률(曲律)도 중요시하였으며, 잡극(雜劇)과 남곡(南曲)도 썼다.

성령설(性靈說)을 취하고 격조설(格調說)과 대항하였는데, 시에 온유돈후(溫柔敦厚)의 본지(本旨)를 합쳐서 충효 절의(忠孝節義)의 정신을 제창하였다. 인간의 성정(性情)의 발로(發露)를 존중하였기 때문이다.

많은 극작을 썼으나, 현재 알 수 있는 것은 잡극과 전기(傳奇) 16편뿐으로, 그 중 9편을 묶은 〈장원구종곡(藏園九種曲)〉이 있다. 즉 〈비파기(琵琶記)〉를 보충하여 극화한 〈사현추(四絃秋)〉를 비롯한 〈일편석(一片石)〉과 〈제이비(第二碑)〉 등 잡극 3편과 탕현조의 생애를 낭만적으로 극화한 〈임천몽(臨川夢)〉을 비롯한 전기 〈계림상(桂林霜)〉·〈공곡음(空谷音)〉·〈동청수(冬青樹)〉·〈설중인(雪中人)〉·〈향조루(香祖樓)〉 등 6편이다. 이 가운데에서도 〈사현추〉와 〈임천몽〉이 높은 평가를 받고 있다.

희곡과 시문(詩文)의 대부분은 〈충아당 전집(忠雅堂全集)〉에 실려 있다.

428

장서언

張瑞彦 1912. 3. 5. ~ 1979

한국의 시인.

서울에서 태어났다.

1930년(18세) 흥사단(興士團)의 국내 단체인 수양동우회(修養同友會) 기관지 〈동광(東光)〉(월간 종합 교양지. 1926. 5.~1933. 1. 통권 40호로 종간)에 시 〈이발사의 봄〉 등 6편을 발표하면서 등단(登壇)하였다.

1931년(19세) 소설 〈병원(病院)〉을 발표하였고, 1933년(21세)에는 〈신동아(新東亞)〉(월간 종합 교양지. 1931. 11.~1936. 9. 통권 59호로 폐간. 1964년 9월 통권 60호로 복간) 제18호(1933. 4.)에 시 〈수인(囚人)의 과정〉·〈실제(失題)〉를 발표하였다.

1934년(22세) 〈가톨릭청년〉(천주교 월간지. 1933. 6.~1936. 12. 통권 43호로 종간. 1947년 4월 제5권 1호로 복간. 한국 전쟁으로 휴간. 1955년 1월 속간. 1971년 9월 폐간) 제9호(1934. 2.)에 시 〈고화병(古花瓶)〉을 발표하였고, 〈삼사문학(三四文學)〉(문예 동인지. 1934. 9.~1937. 4. 통권 6호로 종간) 동인(同人)으로 참여하여 창간호에 〈풍경(風景) 노서아(露西亞), 박〉 등 신선한 감각미를 살린 이미지즘(imagism) 계열의 작품을 발표하여 주목을 끌었다. 특히 당시 김기림(→54) 등과 같이 문단의 한 주조(主潮)를 이루던 모더니즘 계열의 시를 써서 각광을 받았다.

1937년(25세) 연희전문학교[延禧專門學校. 연세대학교(延世大學校)의 전신(前身)] 문과를 졸업하였으며, 일본여행사(日本旅行社, JTB)에 입사하였고, 광복된 뒤에는 대한여행사(大韓旅行社) 상무 이사를 지냈다.

정부 수립 뒤에는 휘문고등학교(徽文高等學校) 영어 교사로 여러 해 동안 근무하였고, 이어 성북고등학교(城北高等學校)를 거쳐 1971년(59세)부터 정년 퇴임 때까지 홍익공업전문학교(弘益工業專門學校. 홍익대학교의 전신) 교수를 지냈다.

극예술협회[劇藝術協會, 1947. 5.~1950. 1. 극협(劇協)] 동인이었으며, 극단 신협(新協)의 단원으로 이해랑(李海浪, 1916~1989. 한국의 연극 배우이며 연출가)과 함께 연극 운동을 하였다.

작품으로 〈신천지(新天地)〉(월간 종합 교양지. 1946. 1.~1954. 12. 통권 69호로 종간)에 시 〈단념(斷念)〉(1947. 7.)·

〈차표팔이 노래〉(1948. 1.)·〈비 올지 눈 올지〉(1948. 9.)·〈우리 죽어 다시 좋은 낙원에서는〉(1954. 3.), 〈민성(民聲)〉(월간 종합 교양지. 1945. 12.~1950. 5. 통권 45호로 종간)에 〈산아〉(1949. 3.), 〈문학예술(文學藝術)〉(월간 순수 문예지. 1954. 4.~1957. 12. 통권 33호로 종간)에 〈시인의 길〉(1955. 6.)·〈나무와 시인〉(1957. 4.), 〈자유문학(自由文學)〉(월간 순수 문예지. 1956. 6.~1963. 8. 통권 71호로 종간)에 〈새마음〉(창간호)·〈푸른 하늘〉(1958. 7.)·〈나무〉(1960. 9.), 〈현대문학(現代文學)〉(월간 순수 문예지. 1955. 1.~현재)에 〈나무와 시인〉(제33호, 1957. 9)·〈나무와 시인 3〉(제37호, 1958. 1.)·〈비〉(제94호, 1962. 10.), 연작시(聯作詩) 〈나무〉(제97호, 1963. 1.), 〈동아일보(東亞日報)〉에 〈여인상(女人像)〉(1955. 4. 20.), 〈사조(思潮)〉 제7호(1958. 12.)에 〈우는 나무〉, 〈사상계(思想界)〉(월간 종합 교양지. 1953. 4.~1970. 5. 통권 205호로 종간)에 〈나무〉(제78호, 1959. 10.)·〈나무 9〉(제95호, 1961. 3.)·〈비화(祕話)〉(제103호, 1961. 11.), 〈월간문학(月刊文學)〉(월간 순수 문예지. 1968. 11.~현재) 제3호(1971. 8.)에 〈비〉 등을 발표하였다.

시집은 없고, 1959년(47세) 12월 신구문화사(新丘文化社)에서 발간한 〈장서언 시집〉(〈한국 시인 전집〉 제8권)에 〈나무 1〉을 비롯한 작품 25편이 실려 있다.

429

장열

張說 667 ~ 730

중국 당(唐)나라(618~907)의 재상(宰相)이며 시인.

자(字)는 열지(說之), 도제(道濟), 시호(諡號)는 문정(文貞).

허난성(河南省) 뤄양(洛陽)에서 태어났으며, 688년(21세) 사표문원과(詞標文苑科)에 급제(及第)하였다.

측천무후(則天武后, 624~705, 중국 당나라의 제3대 황제 고종의 아내. 중국 역사상 유일한 여황제. 재위 690~705) 때 태자 교서랑(太子校書郎)에서 봉각사인(鳳閣舍人)이 되었으나 영신(佞臣) 장역지(張易之, ?~705)의 명(命)을 거역하여 광둥성(廣東省) 친저우[欽州, 지금의 친센현(欽縣)]로 유배되었다. 장역지가 죽은 뒤에 다시 천거(薦擧)되어 공부시랑(工部侍郎) 등을 지냈다.

예종[睿宗, 662~716, 중국 당나라의 제5대 황제. 재위 684~690, 710~712. 이단(李旦)]이 즉위한 뒤 동중서문하평장사(同中書門下平章事), 즉 재상이 되었으며, 현종[玄宗, 685~762, 중국 당나라의 제6대 황제. 재위 712~756. 이융기(李隆基)] 때에는 연국공(燕國公)에 봉해졌다. 나중에 문벌 관료(門閥官僚)들과 대립하여 좌천(左遷)과 파면을 당하였으나 그 때마다 복귀하여 좌승상(左丞相)에까지 이르렀다.

문학자로도 당시 문단(文壇)의 지도적인 자리에 있었으며, 허국공(許國公) 소정(蘇頲, 670~727)과 함께 그들의 봉호(封號)를 따서 '연허대수필(燕許大手筆)'이라고 일컬어졌다.

지은 책으로 〈장열지 문집(張說之文集)〉이 있다.

한편, 716년(49세) 후난성(湖南省) 웨저우[岳州, 지금의 웨양(岳陽)]의 태수(太守)로 있을 때 노숙[魯肅, 172~217, 중국 삼국 시대 오(吳)나라(222~280)의 정치가이며 명장]이 군사적 목적으로 215년에 세운 망루 열군루(閱軍樓)를 수리하여 다시 세우면서 '악양루(岳陽樓)'라고 이름을 바꾸었는데, 이곳은 그 때부터 문인 재사(文人才士)들이 시를 읊는 이름난 장소가 되었다.

430

장염

張炎 1248 ~ 1320?

중국 남송(南宋, 1127~1279) 말 원(元)나라(1271~1368) 초의 문인(文人)이며 시인.

자(字)는 숙하(叔夏), 호(號)는 낙소옹(樂笑翁)·옥전(玉田).

남송 초기의 공신(功臣) 순왕(循王) 장준(張俊, 1086~1154)의 5대손으로, 깐쑤성(甘肅省) 텐수이(天水)[또는 저장성(浙江省) 항저우(杭州)]에서 태어났으며, 저장성 임안[臨安, 지금의 항저우]에서 살았다.

명문(名門) 출신으로 풍요로운 문학적인 환경 속에서 성장하였고, 그것이 문학에 반영되어 사풍(詞風)이 쾌락적이고 화려한 격조를 띠었다. 그러나 31세 때 남송이 멸망하고 원나라가 천하를 통일하자 벼슬할 뜻을 버리고 저장 일대를 유랑하며 일생을 마쳤다.

처음에 〈춘수사(春水詞)〉로 문명(文名)을 얻어 '장춘수(張春水)'라는 이름으로 일컬어졌다. 음악에 정통하고 사(詞)의 작가와 이론가로 널리 알려졌다. 그의 사는 격조 높은 비극적인 시풍(詩風)이 넘쳤고, 왕기손(王沂孫, 1240?~1297, 중국 남송 말 원나라 초의 문인이며 사인)·주밀(周密, 1232~1298, 중국 남송 말 원나라 초의 문인이며 사인)과 함께 남송 문인사(南宋文人詞)의 말미를 장식하였다.

사의 이론과 작가·작품에 대한 평론을 실은 〈사원(詞源)〉(모두 2권)은 상권(上卷)은 음악 이론이고, 하권(下卷)은 문예로 송나라 때 사론서(詞論書)로는 가장 자세하다. 이 밖에 사집(詞集) 〈산중 백운사(山中白雲詞)〉(모두 8권)와 〈악부지미(樂府指迷)〉가 있다.

431

장적

張籍 766? ~ 830?

중국 당(唐)나라(618~907)의 시인.

자(字)는 문창(文昌).

장쑤성(江蘇省) 우셴[吳縣, 지금의 쑤저우(蘇州)]에서 태어났다.

799년(33세) 진사시(進士試)에 급제(及第)하였으나 한문(寒門) 출신으로 806년(40세)부터 10년 가까이 태상시(太常寺) 태축(太祝)에 머물렀고, 821년(55세) 한유(→504)의 추천으로 국자조교(國子助敎)·비서랑(秘書郎)·수부(水部) 원외랑(員外郎)·주객낭중(主客郎中)·국자사업(國子司業) 등을 지냈다. 이러한 벼슬을 지내 '장수부(張水部)' 또는 '장사업(張司業)'으로도 불려졌다.

강직하고 완고한 반면에 성실하고 이해심이 많았으며, 많은 명사(名士)들과 교유(交遊)하였다. 한유는 평생의 은인이었고, 백낙천(→200)은 시우(詩友)였다. 한유는 장적을 위하여 지은 시 〈조장적(調張籍)〉 첫머리에서 '이백과 두보의 문장은(李杜文章在)/그 빛이 만 길이나 뻗는다(光焰萬丈長)./어리석은 아이들이 그것도 모르니(不知群兒愚),/어찌 고의로 헐뜯는고(那用故謗傷)./왕개미가 큰 나무를 흔드는 격이니(蚍蜉撼大樹),/가소롭다 자신의 역량도 모르는구나(可笑不自量).'라고 읊었고, 백낙천은 장적에게 보내는 시 〈우중초장사업숙(雨中招張司業宿)〉에서 '와서 함께 묵을 수는 없겠소, 비바람 소리 들으며 침상 마주하고 잠듭시다(能來同宿否 風雨對牀眠)'라고 읊었다.

쉬운 시어(詩語)로 사람의 마음을 전하는 그의 악부(樂府)는 백낙천에게 칭찬을 받은 이래 오늘날까지 높은 평가를 받고 있다. 예리한 풍유성(諷喩性)과 직절적(直截的) 필치에 특색이 있으며, 민요적인 작품도 있다. 같은 시대의 왕건(→305)과 함께 '장왕악부(張王樂府)'로 일컬어졌다.

〈가악부(賈樂府)〉·〈목동사(牧童詞)〉·〈산농사(山農詞)〉·〈서주(西州)〉·〈성도곡(成都曲)〉·〈야로가(野老歌)〉·〈이부(離婦)〉·〈장군행(將軍行)〉·〈정부원(征婦怨)〉·〈정서장(征西將)〉·〈축성사(築城詞, '성 쌓는 노래')〉 등의 작품을 통하여 봉건 통치 계급들이 농민에게 가져다 준 고통을 폭로하고 고난에 허덕이는 농민들에게 동정을 나타내고 있다. 시의 소재는 대개 전란(戰亂) 속에서 백성들의 고통과 관리(官吏)들의 횡포, 부녀자들의 비극 등이 그 근간을 이루는데, 소시(小詩)로서 자연을 읊거나 우정을 기념하는 것들도 보여 시 역량을 넓혔다.

70~80수(首)의 악부를 비롯하여 시 418수가 전해지고 있으며, 지은 책으로 〈장사업 시집(張司業詩集)〉(모두 8권)이 있다.

432

장정심

張貞心 1898(고종 35). 9. 2. ~ 1947

한국의 여류 시인.

경기도 개성(開城)에서 태어났다.

1914년(16세) 개성의 호수돈여자고등보통학교(好壽敦女子高等普通學校)를 마치고 서울로 와서 이화학당(梨花學堂, 지금의 이화여자고등학교) 유치사범과(幼稚師範課)와 협성여자신학교[協成女子神學校. 감리교신학대학교(監理敎神學大學校)의 전신(前身). 1887년에 설립된 한국 최초의 신학교]를 졸업하였으며, 한때 감리교 여자사업부 선교 사업에 종사하였다.

1927년(29세)께부터 시를 쓰기 시작하여 죽을 때까지 많은 시 작품을 신문과 잡지에 발표하였다. 기독교 신자(信者)로 교회 활동을 한 까닭도 있겠으나, 주로 〈청년(靑年)〉[조선중앙기독교청년회(YMCA)에서 발행한 기독교 잡지. 1921. 3.~1941] 학생란에 종교와 윤리 의식을 바탕으로 한 〈기도실(祈禱室)〉·〈병상(病床) 눈을 밟으며〉·〈이 잔을 받으셔요〉·〈주(主)의 궁궐〉 등의 서정시를 발표하면서 등단(登壇)하였다.

1932년(34세) 〈신생(新生)〉(월간 종합 교양지. 1928. 10. ~1934. 1.)에 자연에서 제재(題材)를 택한 시조(時調) 〈산수(山水)〉를 발표하였다.

1933년(35세) 10월 처녀 시집 〈주의 승리〉[한성도서주식회사(漢城圖書株式會社)]는 11수(首)의 시조 등 신앙 생활을 주제로 하여 쓴 단장(短章)으로 엮었다.

1934년(36세) 7월에 펴낸 제2시집 〈금선(琴線)〉[경천애인사(敬天愛人社)]에는 〈국화(菊花)〉·〈금선〉·〈당신에게〉·〈두견성(杜鵑聲)〉·〈옛날과 새 날〉·〈임의 노래〉·〈행주치마〉 등 서정시 90편, 〈난초〉·〈마음꽃〉·〈물망초(勿忘草)〉·〈색시 편지〉·〈편지 속의 꽃〉 등 시조(時調) 88수, 〈내일〉·〈단풍(丹楓)〉·〈반달〉·〈소꿉놀이〉·〈어린이〉 등 동시(童詩) 21편, 모두 199편을 실었다.

'내게 당신이 한 마디도 안 하였어도/오늘은 확실히 알았습니다/말은 없어도 당신의 눈동자에/맑고 진실한 사랑을 알았습니다(〈맑은 그 눈〉)'와 같이 윤리 의식과 독실한 신앙심을 바탕으로 한 종교적 색채가 짙고, 맑고 고운 서정성의 종교시를 씀으로써 선구자적 소임을 다한 여류 시인으로 높이 평가되고 있다.

1959년 9월 김남조(→56)가 현대 여류 시인 26명의 대표적인 작품 총 130편을 엮어 펴낸 〈수정(水晶)과 장미(薔薇)〉[정양사(正陽社)]에 그녀의 시 7편이 실려 있다.

433
장혼
張混 1759(영조 35)～1828(순조 28)

조선(朝鮮, 1392~1910)의 학자이며 위항 시인(委巷詩人).

자(字)는 원일(元一), 호(號)는 공공자(空空子)·이기(而已)·이이엄(而已广), 본관(本貫)은 결성[結城, 지금의 충청남도 홍성(洪城)].

서울에서 대대로 살던 중인(中人) 출신으로, 증조(曾祖) 장필한(張弼漢, 1590~1651)도 위항 시인으로 〈소대풍요(昭代風謠)〉[고시언(→20)이 세조(世祖, 1417~1468, 조선의 제7대 왕. 재위 1456~1468) 때부터 영조(英祖, 1694~1776, 조선의 제21대 왕. 재위 1724~1776) 때까지 161명의 서민시(庶民詩) 685편을 수집하여 편찬한 책. 모두 9권 2책. 1737]에 시가 실렸고, 아버지 장우벽(張友璧, 1735~1809, 조선 가곡의 대가)은 문음(門蔭)으로 통례원(通禮院) 우통례(右通禮)에 보직(補職)되었으나 곧 그만두고 가객(歌客)으로 일생을 보냈다. 장혼의 아들 창(昶)과 욱(旭, 1789~?), 손자 효무(孝懋, 1808~?)도 시로 이름이 있었던 것으로 보아 상당한 문학 세가(文學勢家)였음을 알 수 있다.

어린 시절부터 지극한 효자로 이름이 났다. 특히 시에 천재적인 소질을 보여 그가 시 한 수(首)를 지으면 서로 읊어 전해지고는 하였다고 한다.

인왕산(仁王山) 옥류천(玉流川) 골짜기[지금의 서울 종로구(鐘路區) 옥인동(玉仁洞)·통인동(通仁洞) 일대]에 '이이엄'이라는 집을 짓고 자기와 같이 중인에 속하는 위항 시인들과 더불어 시주(詩酒)를 즐겼다. 그의 시는 표현이 새롭고 용어의 구사(驅使)가 자유로우며, 특히 고체(古體)에 뛰어났다는 평을 받았다. 초서(草書)와 예서(隸書)에도 뛰어났다.

1786년(27세, 정조 10) 여름, 천수경(→476)을 중심으로 김낙서(金洛瑞, 1757~?, 조선의 문인)·김태욱(金泰郁)·노윤적(盧允迪, 1772~?)·박윤묵(朴允默, 1771~1849, 조선의 문신)·왕태(→318)·이경연(李景淵)·이의수(李宜秀, 1745~1814, 조선의 서화가)·임득명(林得明, 1767~?, 조선의 서화가)·조수삼(→456)·차좌일(車佐一, 1753~1809, 조선의 문인) 등과 함께 송석원시사[松石園詩社. '서사(西社)'·'서원시사(西園詩社)'·'옥계시사(玉溪詩社)'라고도 하였다.]를 결성하여 그 모임을 이끌어 가는 중추적 역할을 담당하였다.

1790년(31세, 정조 14) 정조(定祖, 1752~1800, 조선의 제22대 왕. 재위 1777~1800)가 감인소(監印所)를 설치하자 대제학(大提學) 오재순(吳載純, 1727~1792, 조선의 문신이며 학자)의 추천으로 교서관(校書館) 사준(司準)이 되어 서적 편찬에 종사하였다. 1816년(57세, 순조 16)쯤까지 교서관에서 근무하면서 사서삼경(四書三經)을 비롯한 많은 어정서(御定書)를 교정하였고, 〈율곡 전서(栗谷全書)〉 등 문집류를 수교(修校), 간행하였다.

김정희[金正喜, 1786~1856, 조선의 서화가이며 문신·문인·금석학자. 완당(阮堂)·추사(秋史)]·김조순(金祖淳, 1765~1832, 조선의 안동 김씨 세도 정치의 바탕을 다진 인물)·홍석주(洪奭周, 1774~1842, 조선의 문신) 등 당대(當代)의 사대부(士大夫) 문사(文士)들의 지우(知遇)를 받았으며, 특히 홍석주와는 4대에 걸친 인연으로 더욱 친밀하였다.

1797년(38세, 정조 21) 천수경과 함께 위항 시인 333인의 시 723수를 엮어 한시집(漢詩集) 〈풍요속선(風謠續選)〉(모두 7권 3책)을 간행하였다. 또한 '이이엄 활자'라는 목활자(木活字)를 만들어 그의 많은 편저(編著)를 인쇄하고, 주변의 위항 시인들의 시문집(詩文集)을 인쇄, 간행하였다.

그의 편저작은 대단히 많은데 〈호산외사(壺山外史)〉[조희룡(趙熙龍, 1789~1866, 조선의 문인이며 화가)이 엮은 인물 전기집. 미천한 계층 출신의 인물 중 학문 · 문장 · 서화 · 의술 · 점술에 뛰어난 사람들의 행적을 기록한 일종의 열전(列傳). 1844]에 책 이름이 소개되어 있다. 자신의 문집 〈비단집(篚段集)〉(모두 20권)이 있었으나 현재 전하지 않고, 중국 고대로부터 명대(明代)까지의 시가(詩歌)를 수집 · 분류한 〈시종(詩宗)〉과 〈근취편(近取篇)〉 · 〈당률집영(唐律集英)〉 · 〈동습수방도(童習數方圖)〉 · 〈몽유편(蒙喩篇)〉 · 〈아희원람(兒戲原覽)〉 · 〈이견(利見)〉 · 〈절용방(切用方)〉 등이 간행되었다.

〈고문가칙(古文柯則)〉 · 〈대동고식(大東故寔)〉 · 〈동민수지(東民須知)〉 · 〈문단성보(文壇姓譜)〉 · 〈소단광악(騷壇廣樂)〉 · 〈정하지훈(庭下至訓)〉 · 〈제의도식(祭儀圖式)〉 · 〈집영리견(集英利見)〉 · 〈초학자휘(初學字彙)〉 등이 가장(家藏)되어 있었다고 하는데, 전하지는 않는다. 현재 전하는 것으로는 〈동사촬요(東史撮要)〉 · 〈이이자초(而已自艸)〉와 문집 〈이이엄집(而已广集)〉(모두 14권)이 있다.

그의 저술은 상당히 광범위한 분야에 걸쳐 있는데, 특히 어린이용 교과서가 많은 양을 차지하고 있어서 주목된다. 그 중 〈계몽편(啓蒙篇)〉은 1913~1937년 열 차례나 간행되어 아동 교육에 지대한 영향을 끼쳤다.

* **전간(田間) → 톈젠**(→486)

434

전겸익

錢謙益 1582 ~ 1664. 5. 24.

중국 명(明)나라(1368~1644) 말 청(淸)나라(1616~1912) 초의 학자이며 시인.

자(字)는 수지(受之), 호(號)는 동간유로(東澗遺老) · 목재(牧齋) · 몽수(蒙叟) · 어초사(漁樵史) · 우산종백(虞山宗伯).

장쑤성(江蘇省) 창서우(常熟)에서 태어났으며, 이곳에서 죽었다.

1610년(28세) 진사시(進士試)에 급제(及第)한 뒤 편수(編修)와 첨사(詹事)를 지냈고, 승진을 거듭하여 예부(禮部) 우시랑(右侍郎)에 이르렀으나, 정의파(正義派)의 정치결사(結社)와 정부에 비판적인 동림당(東林黨)의 지도자로 중요한 역할을 하였기 때문에 순조롭게 출세하지는 못하였다.

1644년(62세) 청나라의 군대가 베이징(北京)를 공략하여 명나라가 멸망한 직후, 장쑤성 난징(南京)에 복왕(福王) 주유숭[朱由崧, 1607~1646, 중국 명나라의 제18대 황제이며 남명의 초대 황제. 안종(安宗). 재위 1644~1646]을 옹립하여 예부상서(禮部尙書)가 되었으나, 1645년(63세) 청군이 다시 강남(江南)을 공략, 난징이 함락되자 항복하였다. 청조(清朝)는 예부 우시랑으로 임명하여 〈명사(明史)〉의 편집을 맡겼으나, 곧 병을 핑계 대고 고향으로 돌아가 그곳에서 죽었다.

뒷날 건륭제[乾隆帝, 1711~1799, 중국 청나라의 제6대 황제. 고종(高宗). 재위 1735~1796] 때 두 왕조를 섬긴 그의 변절이 크게 문제 되었고, 전겸익의 영향력을 없애고자 그의 모든 저작물을 금서화(禁書化)하고 불태워 버렸다.

당시 문단(文壇)의 영수(領袖)로서 소동파(→234)와 원호문(→334)을 좋아하였고, 송(宋) · 원(元)의 시를 높게 평가하여 종송파(宗宋派)를 창시하였다. 또한 '명대 7자(明代七子, '전칠자' · '후칠자'를 이른다.)'의 의고적(擬古的)인 주장에 반대하여 문학은 형식보다 내용을 중시하여야 한다고 주장하였다.

그의 처세(處世)에는 절조(節操)가 결여된 면이 있었으나, 시작(詩作)에는 뛰어나 붓 끝에 막힘이 없었으며, 당시 문단의 중진으로서 깊은 학식을 배경으로 뛰어난 시문(詩文)을 지어 오위업(→295)과 쌍벽을 이루었고, 그의 박학(博學)은 불전(佛典) 연구에까지 미쳤다. 공정자(龔鼎孳, 1615~1673, 중국 청나라의 시인) · 오위업과 함께 '강좌(江左)의 3대 시인'이라고 일컬어졌다.

장서가(藏書家)로도 알려졌는데, 명기(名妓) 유여시(柳如是, ?~1664)와 혼인하여 서고(書庫) 강운루(絳雲樓)를 짓고 많은 장서를 비치하였으나 1650년(68세) 화재로 모두 불타 없어졌다.

편저(編著)에 명나라 약 2천 명의 시선집(詩選集) 〈열조시집(列朝詩集)〉(모두 81권, 1652)이 있고, 지은 책으로 〈국초 군웅사략(國初群雄史略)〉과 시문집 〈유학집(有學集)〉(모두 50권) · 〈초학집(初學集)〉(모두 110권) · 〈투필집(投笔集)〉 등이 있다.

한편, '전칠자[前七子, 홍치 칠자(弘治七子)]'는 명나라 홍치 연간(弘治年間, 1487~1505)·정덕 연간(正德年間, 1505~1521)의 7명의 문인(文人)으로, 강해(康海, 1475~1540, 중국 명나라의 잡극 작가)·변공(邊貢, 1476~1532, 중국 명나라의 문학가)·서정경(→225)·왕구사(王九思, 1468~1551, 중국 명나라의 문학가)·왕정상(王廷相, 1474~1544, 중국 명나라의 사상가)·이몽양·하경명 등을 가리킨다. 뒷날 이반룡(→368)을 비롯한 7명의 후계자 '후칠자(後七子)'가 나왔으므로 이들과 구별하여 이르는 말이다. 온아함과 평담(平淡)함을 존중하던 당시의 문학에 반대하여 웅건한 작풍을 강조하였다.

'후칠자'는 사진(謝榛, 1495~1575, 중국 명나라의 문학가)·서중행(徐中行, ?~1578, 중국 명나라의 문학가)·양유예(梁有譽, 1521~1556, 중국 명나라의 문학가)·오국륜(吳國倫, 1524~1593, 중국 명나라의 문학가)·왕세정(王世貞, 1526~1590, 중국 명나라의 문학가이며 역사학자)·이반룡·종신(宗臣, 1525~1560, 중국 명나라의 문학가) 등을 가리킨다. 가정 연간(嘉靖年間, 1522~1566)의 사람들이기 때문에 '가정 칠자(嘉靖七者)'라고도 한다. 우두머리는 이반룡이었는데, 일찍 죽었기 때문에 그 뒤 왕세정이 중심이 되었다. '전칠자'의 뒤를 이어 더욱 철저하게 의고주의(擬古主義, archaism)를 주창하였으며, 전한(前漢, B.C.202~A.D.9)의 문장과 성당시(盛唐詩)만을 존중하는 것을 특색으로 삼았으며, 당시의 문단에 압도적인 세력을 가지고 있었다.

435

전기

錢起 710?~780?

중국 당(唐)나라(618~907)의 시인.

자(字)는 중문(仲文).

저장성(浙江省) 우싱현[吳興縣, 지금의 후저우(湖州)]에서 태어났으며, 생몰년(生沒年)과 경력에 불분명한 점이 많다.

750년(40세) 진사시(進士試)에 급제(及第)한 뒤 비서성(祕書省) 교서랑(校書郎)을 시작으로 산시성(陝西省) 란톈현(藍田縣) 위(尉)를 거쳐 고공낭중(考功郎中)으로 승진하였으므로 '전고공(錢考功)'이라고도 한다. 그 뒤 성당[盛唐, 현종[玄宗, 685~762, 중국 당나라의 제6대 황제. 재위 712~756. 이융기(李隆基)]의 개원(開元, 713)으로부터 대종[代宗, 726~779, 중국 당나라의 제8대 황제. 재위 762~779. 이예(李豫)]의 영태(永泰, 765)까지 약 50년간]에서 중당[中唐, 대종의 대력(大曆, 766)으로부터 경종[敬宗, 809~826, 중국 당나라의 제13대 황제. 재위 824~826. 이담(李湛)]의 보력(寶曆, 826)까지 약 60년간]으로의 전환기였던 대력 연간(大曆年間, 766~779)에는 태청궁사(太淸宮使)·한림학사(翰林學士)를 지냈다.

대종 때부터 활약한 다른 시인들과 함께 청신수려한 시로 '대력 십재자(大曆十才子)'의 필두로 칭송받았고, 같은 십재자인 낭사원(郎士元, 727~280?, 중국 당나라의 시인)과 함께 '전랑(錢郎)'이라고 일컬어졌다.

〈귀안(歸雁, '돌아가는 기러기')〉·〈봉협자(逢俠者, '협객을 만나다')〉·〈여조창다연(與趙莒茶宴, '조영과 함께 차를 즐기며')〉·〈증궐하 배사인(贈闕下裴舍人, '궁궐에서 배 사인께 드리다')〉 등 감성적이고 독자적인 시풍(詩風)으로, 서경시(敍景詩)와 송별·증수(贈酬)를 주제로 한 작품이 많으며, 동무들과 주고받은 이야기이며 자연을 제재(題材)로 삼은 온화한 시를 많이 썼는데, 근체시(近體詩) 특히 오언율시(五言律詩)에 뛰어났으므로 당시의 사람들은 '앞에 심송[沈宋, 심전기(沈佺期, →260)·송지문(宋之問, →243)]이 있고, 뒤에 전랑(錢郎, 전기와 낭사원)이 있다.'고 하였다.

그가 진사시 때 지었던 시 〈상령고슬(湘靈鼓瑟)〉에서의 '곡종불견인 강상수봉청(曲終不見人 江上數峰青, 노래가 끝나도 사람은 보이지 않고, 강 너머로 봉우리들만 푸르네.)'이라는 2구(句)는 널리 알려졌다.

지은 책으로 〈전고공집(錢考功集)〉(모두 10권) 외에 부(賻) 13편이 남아 있다.

한편, '대력 십재자'는 당나라 초의 시인들의 문학사상(文學史上) 명칭이다. 〈신당서(新唐書)〉(모두 225권, 1044~1060) '문예전(文藝傳)'에 따르면 전기를 비롯하여 경위(耿湋)·길중부(吉中孚)·노륜(盧綸, 739~799)·묘발(苗發)·사공서(→214)·이단(李端, 743~782)·최동(崔峒)·하후심(夏侯審)·한굉(韓翃)의 열 사람을 말하는데, 낭사원·냉조양(冷朝陽)·이가우(李嘉祐)·이익(→393)·황보증(皇甫曾) 등을 덧붙이는 설도 있다.

이들은 사회와 문학에 큰 충격을 준 '안사(安史)의 난(亂)[755~763, '안녹산(安祿山)의 난'이라고도 한다.]'의 뒤를 이은 대력 연간에 시로 명성을 얻었으므로 '대력 십재자'로 일컬어졌다. 이들은 쇠운에서 중흥에 이르는 과도기의 시인들이며, 그 특징을 통틀어 논하기는 어렵지만 각기 근체시를 장기(長技)로 삼았으며, 시의 형식면에서 성당기(盛唐期)보다 세련미를 높인 공을 세웠으며, 내용적으로는 자연을 읊어 새로운 경지를 열었다. 이들은 '안사의 난'을 겪은데다가 자신의 영달도 이루지 못한 사람이 많았으므로 작품에 비분강개(悲憤慷慨)하는 색채를 띤다.

436

전봉건

全鳳健 1928. 10. 5. ~ 1988. 6. 13.

한국의 시인.

공무원이었던 전형순(全亨淳)의 일곱째 아들로, 평안남도 안주(安州)에서 태어났다. 시인 전봉래(全鳳來, 1923~1951)의 아우이며, 음악가 전봉초(全鳳楚, 1919~2002, 한국의 첼로 연주가)의 종제(從弟)이다.

1945년(17세) 평양(平壤)의 숭인상업학교(崇仁商業學校)를 졸업하였고, 광복된 뒤 월남(越南)하였다. 지방 학교의 교직(教職)에 있으면서 형 봉래의 영향으로 문학 수업을 시작하였다.

1950년(22세) 〈문예(文藝)〉(월간 순수 문예지. 1949. 8.~1954. 3. 통권 21호로 종간)에 〈사월(四月)〉·〈원(願)〉·〈축도(祝禱)〉 등을 발표, 김영랑(→79)과 서정주(→226)의 추천을 받음으로써 등단(登壇)하였고, 〈신세계(新世界)〉(월간 종합 교양지. 1956. 2.~?)·〈예술시보(藝術時報)〉·〈희망(希望)〉 등 월간지 편집에 종사하였다.

한국 전쟁(Korean War, 1950. 6. 25.~1953. 7. 27.) 때 입대하였다가 중동부 전선(戰線)에서 부상하여 제대한 뒤 본격적인 작품 활동을 시작하였다. 참전(參戰)한 경험을 살려, 1957년(29세) 5월 김광림(金光林, 1929~, 한국의 시인)·김종삼(→88) 등과 3인 공동 시집 〈전쟁과 음악과 희망과〉[자유문화사(自由文化社)]를 펴내, 전쟁 세대의 의식 형성에 촉매 역할을 하였다.

한국 전쟁을 전후하여 발표한 〈어느 토요일〉(〈문예〉, 1953)·〈차폐물(遮蔽物)〉[영문(嶺文), 1953]·〈또 하나의 차폐물과 탄피(彈皮)〉[〈문학세계(文學世界)〉, 1954]·〈0157584〉[〈신천지(新天地)〉, 1954. 4.]·〈장미(薔薇)의 의미〉(〈신세계〉 창간호, 1956. 2.)·〈사랑을 위한 되풀이〉[〈문학예술(文學藝術)〉, 1957. 9.]·〈은하(銀河)를 주제로 한 바리아시옹〉(〈문학예술〉, 1957)·〈암흑을 지탱하는〉[〈자유문학(自由文學)〉, 1958. 6.]·〈검은 항아리〉·〈속의 바다〉 등에서 볼 수 있듯이 그의 시는 독특한 형태와 감각적인 언어 사용을 특징으로 한다. 이와 같은 작품을 통하여 초기의 '순수 이미지의 추구'라는 실험을 거쳤으며, 이어 '사상은 시가 아니지만, 시는 사상이 될 수 있다.'는 주장을 내세워 의미의 부여와 기교의 천착(穿鑿)이라는 양면성을 계속 추구하였다.

한국 전쟁 이후 출판계에 몸담고, 1964년(36세) 〈문학춘추(文學春秋)〉(월간 순수 문예지. 1964. 4.~1965. 6. 통권 15호로 종간) 주간(主幹), 1966년(38세) 〈여상(女像)〉 편집장, 1969(41세)~1980년대에 걸쳐 〈현대시학(現代詩學)〉(월간 시 전문지. 1969. 4.~현재) 주간을 맡았다. 한때 시극(詩劇)에도 관심을 가져 〈꽃소라〉[〈세대(世代)〉 제5호, 1963. 10.]·〈모래와 산소(酸素)〉[〈현대문학(現代文學)〉 제166호, 1968. 10.] 등을 발표하였다.

자유문학자협회(自由文學者協會) 상임 위원, 전국문화단체총연합회(全國文化團體總聯合會, 文總) 중앙 위원, 한국시인협회(韓國詩人協會) 간사(幹事) 등을 지냈다.

1959년(31세) 처녀 시집 〈사랑을 위한 되풀이〉[춘조사(春潮社), 1959. 11.]로 제3회 한국시인협회상, 1980년(52세) 시집 〈피리〉(문학예술사, 1980)로 제1회 대한민국 문학상, 1984년(56세) 대한민국 문화 예술상을 받았다.

이 밖에 시 〈너와 구름과 나〉[〈사상계(思想界)〉 제47호, 1957. 3.]·〈마지막에 누구도〉(〈사상계〉 제64호, 1958. 8.)·〈새벽〉·〈손〉·〈태양(太陽)〉, 연작시(聯作詩) 〈고전적인 속삭임 속의 꽃〉[〈신태양(新太陽)〉, 1959. 3. 〈사상계〉 제73호, 1959. 5. 〈문학(文學)〉 1959. 11.] 등을 발표하였고, 시집 〈소월 시화첩(素月詩畫帖)〉(성대학사, 1958)·〈신풍토(新風土)〉[백자사(白磁社), 1959]·〈춘향 연가(春香戀歌)〉[성문각(成文閣), 1967]·〈별 하나의 영원을〉[삼애사(三愛社), 1968]·〈속의 바다〉[문원사(文苑社), 1970]·〈북(北)의 고향(故鄕)〉[명지사(明知社), 1982]·〈돌〉(현대문학사, 1984), 시선집(詩選集) 〈꿈 속의 뼈〉[근역서재(槿域書齋), 1979]·〈새들에게〉[고려원(高麗苑), 1983]·〈전봉건 시선(全鳳健詩選)〉[탐구당(探求堂), 1985]·〈트럼펫 천사〉(1986)·〈기다리기〉[문학사상사(文學思想社), 1987]·〈아지랑이 그리고 아픔〉[혜원출판사(惠園出版社), 1987] 등을 펴냈다.

수필집으로 〈뱃길 끊긴 나루에서〉(고려원, 1968)·〈플루트와 갈매기〉[어문각(語文閣), 1986] 등이 있으며, 평론으로 〈시의 비평에 대하여〉(〈문예〉 1953. 12.)·〈현대시의 위상(位相)〉(〈현대문학〉 제5호, 1955. 5.)·〈오늘의 시인의 모습〉[〈예술집단(藝術集團)〉, 1955. 12.]·〈박목월의 사력질(砂礫質)〉·〈시를 찾아서〉[문명사(文明社), 1962]·〈시인과 독자(讀者)의 광장〉·〈음악(音樂)의 의미〉(〈신천지〉, 1954), 편저(編著)에 〈현대 서정시선(現代抒情詩選)〉 등이 있다.

서울 종로구(鐘路區) 정부 종합 청사 별관 주차장에 〈새들에게〉를 새긴 시비(詩碑)가 세워져 있다.

437

정내교

鄭來僑 1681(숙종 7)~1757(영조 33)

조선(朝鮮, 1392~1910)의 위항 시인(委巷詩人)이며 문장가.

자(字)는 윤경(潤卿), 호(號)는 완암(浣巖)·현와(玄窩), 본관(本貫)은 창녕(昌寧).

아버지는 첨지중추부사(僉知中樞府事) 정차징(鄭次徵)이며, 어머니는 부호군(副護軍) 강사일(姜泗逸)의 딸인데, 후처였다. 4남 중 셋째이며, 시인 정민교(→439)의 형이다.

1705년(24세, 숙종 31) 통신사(通信使)의 역관(譯官)으로 일본에 갔을 때 독특한 시문(詩文)의 재능을 드러내 그곳에서도 이름을 날렸다. 그의 시문은 스승 홍세태(→516)의 계통을 이은 것으로, 시와 문장이 하나같이 천기(天機)에서 나온 것과 같은 품격을 지녔다는 평을 받았으며, 자신의 처지를 되돌아보며 사회를 비판하는 적극적인 자세를 보여 주었다.

지체가 낮은 사인(士人) 출신이었으나, 시문에 뛰어나 문명(文名)이 높았고 거문고와 노래 솜씨가 대단하여 널리 이름을 얻었다. 인의(引儀)·찰방(察訪)·승문원(承文院) 제술관(製述官)을 지냈다.

김창협(金昌協, 1651~1708, 조선의 학자이며 문신)·김창흡(金昌翕, 1653~1722, 조선의 유학자) 등 당대(當代) 사대부(士大夫)들과 교유(交遊)하였고, 1722년(41세, 경종 2)에는 당화(黨禍)를 피하여 계룡산(鷄龍山) 완암곡(浣巖谷)으로 피신하였으며, 만년(晩年)에는 학동들을 모아 글을 가르쳤다.

김천택(金天澤, ?~?, 조선 영조 때의 가객이며 시조 작가)의 시조집(時調集) 〈청구영언(靑丘永言)〉(1728)에 머리말을 써 주었는데, 이 글에서 그는 한시(漢詩)와 민간의 노래는 원래 하나였다가 분리되었다고 하여 시조의 의의를 설명하였다.

작품으로 농민의 참상을 상세히 다룬 〈농가탄(農家歎)〉과 가게 보는 노인의 처지를 그린 〈성환점(成歡店)〉 등이 있으며, 지은 책으로 〈완암집(浣巖集)〉(모두 2책 4권)이 있다.

438

정노풍

鄭蘆風 1903(고종 40)~?

한국의 시인이며 문학 평론가.

본명(本名)은 철(哲.)

평양(平壤) 근교에서 태어났다.

교토제국대학[京都帝國大學. 교토대학의 전신(前身)]에서 공부한 뒤, 평양에서 기독교 계열의 학교 교사로 근무한 것으로 알려졌는데, 그의 생애와 문학적 성과에 대해서는 아직 제대로 밝혀진 것이 없다.

1920년대 후반부터 1930년대 전반기까지 국민 문학파(國民文學派)의 한 사람으로 활동하였다.

염상섭(廉想涉, 1897~1963, 한국의 소설가)과 함께 국민 문학과 계급 문학(階級文學)의 대립을 인정하면서 그 타협 방법을 찾고자 하였으며, 당대(當代) 민족이 처한 비참한 현실에 관심을 기울이면서도 프로 문학(proletarian literature)의 도식주의(圖式主義)에 함몰되지 않고 예술적인 형상성을 획득하였다.

평론 〈조선 문학 건설의 이론적 기초〉[〈조선일보(朝鮮日報)〉, 1929. 10.~11. 10.]에서 '프로 문학가들은 민족과 계급을 기계적으로 대립시키려고 하였고, 이광수(李光洙, 1892~1950, 한국의 소설가)·이병기(→370)·최남선(→480) 등은 계급 의식을 부정하고 맹목적인 민족 의식만 강조하였으며, 양주동(→282) 등의 절충파는 양자(兩者)를 기계적으로 교착시키려고 하였기 때문에 관념론적 오류에 빠졌다.'고 비판하였다. 평론 〈문예 이론의 청산기(淸算期)〉[〈중외일보(中外日報)〉 1930. 1. 10.~2. 11.]에서는 이러한 오류를 막기 위하여 민족 의식은 계급적 민족 의식일 수밖에 없음을 강조하였다.

〈장래 10년에 자랄 생명! 언론계, 교육계 등〉[〈삼천리

(三千里)〉 제4호, 1930. 1.] 등의 평론 외에 시 〈금리저창(衾裡低唱)〉[〈신민(新民)〉 제20호, 1926. 12.]·〈병중고음(病中苦吟)〉(〈신민〉 제31호, 1927. 11.)·〈님 생각〉·〈웃는 낮이 그리워〉(〈삼천리〉 제6호, 1930. 5.)·〈낙엽집(落葉集)〉[〈대중공론(大衆公論)〉 제5호, 1930. 6.] 등과 수필 〈나의 장적(葬赤)〉(〈신민〉 제44호, 1928. 12.), 소설 〈병든 인간〉[〈예술문화(藝術文化)〉, 1946. 8.] 등을 발표하였다.

2004년에 그의 시 98편, 문학 평론 24편, 번역시·화답시 8편, 시론·수필 5편을 실은 〈정노풍 문학의 재인식〉[역락(亦樂)]이 출판되었다.

439

정민교

鄭敏僑 1697(숙종 23) ~ 1731(영조 7)

조선(朝鮮, 1392~1910)의 위항 시인(委巷詩人).

자(字)는 계통(季通), 호(號)는 한천(寒泉), 본관(本貫)은 창녕(昌寧).

아버지는 첨지중추부사(僉知中樞府事) 정차징(鄭次徵)이며, 어머니는 부호군(副護軍) 강사일(姜泗逸)의 딸인데, 후처였다. 4남 중 막내로 태어났으며, 정내교(→437)의 아우이다.

형에게 글을 배웠으며, 8세 때 '눈이 녹으니 청산이 드러난다.(雪盡見青山)'라는 글을 지어 사람들을 놀라게 하는 등 어려서부터 시재(詩才)가 있어 칭송을 받았다.

한때는 황해도 배천(白川)으로 가서 독서를 하였으며, 1725년(28세) 진사시(進士試)에 급제(及第)하여 성균관(成均館)에 들어갔으나 곧 그만두고 위항 시인으로 자처하였다. 형에 이어 홍세태(→516)의 문하(門下)로 들어갔는데, 시재가 뛰어나 당시 사대부(士大夫)들 사이에 시로 이름이 있었다.

집이 가난하여 전라남도 화순(和順)의 한천(寒泉)으로 내려가 농사를 지었는데, 이 때문에 '한천'이라는 호를 가졌다. 백성들의 가난한 생활에 많은 관심을 가졌으며, 여기에 관계되는 시 작품이 많이 전한다. 군정(軍丁)의 폐해에 대하여 쓴 시 〈군정탄(軍丁歎)〉에서는 조선 후기의 삼정 문란(三政紊亂)에 시달리는 백성들의 삶을 적나라하게 보여 주고 있다.

관서(關西) 지방 안찰사(按察使) 밑에서 세금 걷는 일을 한 적이 있는데, 가난한 백성들에게 차마 세금 내라고 할 수 없어 빈손으로 돌아오고는 하였다는 일화(逸話)가 전해지고 있다.

평생 벼슬에 오른 적이 없으며, 다만 남의 집 기실(記室)을 지낸 것이 고작이었다. 홍석보(洪錫輔, 1672~1729, 조선의 문신)는 그를 서기(書記)로 삼아 가까이 하였으며, 영남백(嶺南伯)이었던 조현명(趙顯命, 1690~1752, 조선의 문신)은 그를 객사(客舍)에 머무르게 하고 함께 시를 수창(酬唱)하는 한편 자제 교육을 맡겼다. 조현명의 객사에서 학질을 앓다가 34세로 요절(夭折)하였다. 시 재능뿐 아니라 효행으로 알려졌던 그가 죽자 당시 사람들은 가사(佳士)가 죽었다고 하였다.

형 내교가 그의 유고(遺稿)를 모아 〈한천 유고(寒泉遺稿)〉(모두 2권 1책)를 간행하였다.

440

정사초

鄭思肖 1241? ~ 1318?

중국 송(宋)(960~1279) 말 원(元)나라(1271~1368) 초의 시인이며 화가.

자(字)는 억옹(憶翁), 호(號)는 삼외야인(三外野人)·소남(所南).

푸젠성(福建省) 롄장[連江, 지금의 푸저우(福州)]에서 태어났으며, 장쑤성(江蘇省) 쑤저우(蘇州)에서 죽었다. 태어난 해나 죽은 해가 확실하지 않으나 70세 이상까지 산 것은 확실하다.

태학상사생(太學上舍生)으로 박학굉사과(博學宏詞科)에 합격하였으나 송나라가 망하자 쑤저우에 은거하였는데, 앉거나 누울 때는 항상 남쪽을 향하였다고 한다. 스스로 호를 '소남(所南)'이라고 하여, 송나라를 그리워함과 결코 원나라의 신하는 되지 않겠다는 의지를 보였다.

어떤 사람이 난초를 그릴 때 흙을 그리지 않는 이유를 묻자 '땅을 오랑캐들이 다 빼앗아갔소.'라고 대답하여 망국(亡國)의 아픔을 나타내기도 하였고, 지방관(地方官)이 그에게 그림을 청하였을 때 단호히 거절하며 '내 머리는 얻을 수 있더라도 그림은 얻을 수 없을 것이다.'라고 말하였다고 한다.

〈국향도(國香圖)〉와 〈묵란도(墨蘭圖)〉[일본 오사카시립미술관(大阪市立美術館)]가 지금까지 전해오는데, 드문드문 필획(筆劃)을 가하여 흙도 뿌리도 없는 것이 오히려 중후하고 견고하여 그의 절조(節操)가 잘 반영되어 있다. 또한 묵죽(墨竹)에도 뛰어났는데, 그윽한 정취와 여운이 있다.

시는 대체로 송나라를 그리워하는 내용들이며, 제화시(題畫詩)에 특히 가작(佳作)과 명구(名句)가 많다.

지은 책으로 〈일백이십도 시집(一百二十圖詩集)〉과 〈정소남 선생 문집(鄭所南先生文集)〉이 있고, 이 밖에 〈심사(心史)〉(모두 7권)가 있는데, 판본(板本)이 전해지지 않다가 명나라 말에 쑤저우 승천사(承天寺) 우물 속에서 발견되었다. 쇠로 만든 함 속에 봉함되어 있어서 '철함심사(鐵函心史)'라고도 하는데, 이를 위작(僞作)으로 여기는 학자들도 있다.

* 정수동(鄭壽銅) → 정지윤(→ 446)

441

정완영

鄭椀永 1919. 11. 11. ~

한국의 시조(時調) 시인.

호(號)는 백수(白水).

경상북도 김천시(金泉市) 봉산면(鳳山面) 예지리(禮智里)에서 태어났다.

1927년(8세) 봉계공립보통학교(鳳溪公立普通學校)에 입학하였는데, 4학년 때 여름 홍수로 논밭 5마지기가 유실(流失)되어 살 길을 찾아 일본으로 건너간 뒤 3년 동안 일본 각지를 떠돌아다녔다.

1932년(13세) 혼슈(本州) 서부 오사카(大阪)의 천황사(天皇寺) 야간 부기(簿記) 학교에 입학하여 2년 수료한 뒤 귀국하였고, 향리(鄉里)에서 보통학교를 마쳤다.

1946년(27세) 향리에서 동인지(同人誌) 〈오동(梧桐)〉을 발간하며 문필 활동을 시작하였다.

1960년(41세) 〈국제신보(國際新報)〉 신춘 문예 시조 부문에 〈해바라기〉가 당선되었고, 〈서울신문〉 신춘 문예에 동시(童詩) 〈골목길 담모롱이〉가 입선되었다. 〈현대문학(現代文學)〉(월간 순수 문예지. 1955. 1.~현재)에 시조 〈애모(愛慕)〉(제66호. 1960. 6.)·〈어제 오늘〉(제74호. 1961. 2.)·〈강(江)〉(제90호, 1962. 6.) 등이 추천되었으며, 1962년(43세) 〈조선일보(朝鮮日報)〉 신춘 문예에 〈조국(祖國)〉이 당선되어 문단(文壇)에 나왔다. 1967년(48세)에는 〈동아일보(東亞日報)〉 신춘 문예 동시 부문에 〈해바라기처럼〉이 당선되었다.

다양한 시적(詩的) 소재를 사용하여 한국적인 한(恨)의 정서를 조국에 대한 애정으로 승화시켜 표현하였으며, 투철한 자연 관조(觀照)와 전통적 서정 세계를 바탕으로 한 작품들을 잇달아 발표하여 한국 현대 시조의 중흥기를 여는 데 크게 이바지하였다.

〈춘소우(春宵雨)〉(〈현대문학〉 제99호, 1963. 3.)·〈만경평야(萬頃平野)에 와서〉(〈현대문학〉 제105호, 1963. 9.)·〈제주도 기행 시초(濟州道紀行詩抄)〉(〈현대문학〉 제111호, 1964. 3.)·〈편력 시초(遍歷詩抄)〉(〈현대문학〉 제121호, 1965. 1.)·〈낚싯대를 손질하며〉[〈문학춘추(文學春秋)〉 종간호, 1965. 6.]·〈산거 일기(山居日記)〉(〈현대문학〉 제151호, 1967. 7.)·〈버들꽃 날리는 날〉(〈현대문학〉 178호, 1969. 10.)·〈산이 나를 따라와서〉(〈시인〉, 1969. 12.)·〈봄이 더딘 이 창가에〉[〈문학(文學)〉, 1970. 4.]·〈달〉(〈현대문학〉 제189호, 1970. 9.)·〈수수편편(首首片片)〉[연작 시조(聯作時調), 〈현대문학〉 제198호, 1971. 6.]·〈수수청청(首首聽聽)〉[〈현대시학(現代詩學)〉 제28호, 1971. 7.]·〈불국사(佛國寺) 봄에 와서〉(〈문학〉, 1972. 3.)·〈봄의 찬가(讚歌)〉(〈풀과별〉 제10호, 1973. 4.)·〈회향(懷鄉)〉(〈문학〉, 1973. 6.)·〈연(蓮)밭에서〉(〈현대문학〉 제238호, 1974. 10.)·〈마포 가을 강에 와서〉(〈문학사상〉 제26호, 1974. 11.)·〈가을 하루〉[〈시문학(詩文學)〉 제42호, 1975. 1.]·〈세월이 간다〉(〈문학〉 제74호, 1975. 4.)·〈하일산중(夏日山中)〉(〈현대문학〉 제248호, 1975. 8.)·〈일월(日月)의 궁문(宮門)〉(〈시문학〉 제50호, 1975. 9.)·〈판소리로 가는 가을〉(〈문학〉 제80호, 1975. 10.)·〈다시 봄 오는 숲 속〉(〈현대시학〉 제87호, 1976. 6.)·〈간만(干滿)의 사이〉(〈시문학〉 제59호, 1976. 6.)·〈차오른 만파(萬波)〉(〈시문학〉 제61호, 1976. 8.)·〈가을은〉(〈현대문학〉 제263호, 1976. 11.) 등 많은 시조를 발표하였다.

시조집으로는 50수(首)를 실은 처녀 시집 〈채춘보(採春譜)〉[동화출판공사(同和出版公社), 1969]를 비롯하여 〈묵로도(墨鷺圖)〉[월간문학사(月刊文學社), 1972]·〈실일(失日)의 명(銘)〉(월간문학사, 1974)·〈꽃가지를 흔들듯이〉(가람출판사, 1979)·〈백수 시선(白水詩選)〉(가람출판사, 1979, 회갑 기념 시조집)·〈연(蓮)과 바람〉(가람출판사, 1984)·〈난(蘭)보다 푸른 돌〉(신원문화사, 1990)·〈오동잎 그늘에 서서〉[토방출판사(土房出版社), 1994]·〈엄마 목소리〉(토방출판사, 1998)·〈세월이 무엇입니까〉[태학사(太學社), 2000]·〈이승의 등불〉(토방출판사, 2001)·〈청산(靑山)아 너는 왜 말이 없이〉(시인생각, 2013) 등을 펴냈다. 또한 시선집(詩選集)으로 〈산이 나를 따라와서〉[대정출판사(大正出版社), 1976], 시조 전집(全集)으로 〈노래는 아직 남아〉(토방출판사, 2006)를 펴냈다.

동시집 〈꽃가지를 흔들듯이〉(가람출판사, 1979), 산문집 〈다홍치마에 씨 받아라〉(부름, 1980)·〈차 한 잔의 갈증〉(햇빛출판사, 1992)·〈나비야 청산 가자〉(1995)·〈백수산고(白水散稿)〉(토방출판사, 1995)·〈시인 일기(詩人日記)〉(토방출판사, 2003)가 있고, 이 밖에 〈시조 창작법〉[중앙일보사(中央日報社), 1981]·〈고시조 감상(古時調鑑賞)〉(중앙일보사, 1982)·〈시조 산책〉(가람출판사, 1985) 등을 펴냈다.

한국시조작가협회(韓國時調作家協會, 1977년 '한국시조시인협회'로 개편) 부회장(1971~1974, 1977)·회장(1992~1994), 한국문인협회(韓國文人協會. 文協) 이사(1976), 온나라시조짓기추진회 회장(1996) 등을 지냈다.

1974년(55세) 시조 〈실일의 명〉으로 제11회 한국 문학상을 받은 것을 비롯하여 1979년(60세) 제1회 가람 시조문학상(嘉藍時調文學賞), 1984년(65세) 〈겨울 관악〉으로 제3회 중앙 시조 대상, 1995년(76세) 은관 문화 훈장(銀冠文化勳章), 1999년(80세) 제3회 만해 대상(卍海大賞), 2004년(85세) 제1회 육사 시문학상(陸史詩文學賞), 2008년(89세) 제5회 유심 작품상(惟心作品賞) 특별상, 2012년(93세) 제2회 이설주 문학상(李雪舟文學賞)을 받았다.

생가(生家)가 있는 예지리에 〈사모곡(思母曲)〉을 새긴 시비(詩碑)를 비롯하여 부곡동(富谷洞) '김천 시민의 탑'에 〈김천 시민탑명〉(1975. 12. 22.), 남산동(南山洞) 남산공원에 〈고향(故鄕) 생각〉(1982. 12.), 대항면(代項面) 운수리(雲水里) 직지문화공원(直指文化公園)에 〈고향 생각〉(1994), 운수리 황악산(黃鶴山) 직지사(直指寺) 입구에 〈직지사운(直指寺韻)〉(1994), 삼락동(三樂洞) '김천 시민 대종(大鐘)'에 〈김천 시민 대종명(大鐘銘)〉(1999. 10. 15.), 봉산면 신리(信里) 봉계초등학교(鳳溪初等學校) 앞에 〈고향 가는 길〉(2000. 10.)을 새긴 시비들이 있으며, 2008년 12월 10일 운수리에 '백수 문학관'이 건립되었다.

또한 강원도 인제군(麟蹄郡) 북면(北面) 용대리(龍垈里) 백담사(百潭寺) 만해마을에 〈분이네 살구꽃〉, 경상남도 고성군(固城郡) 고성읍(固城邑) 동외리(東外里) 남산공원(南山公園) 문학 동산에 〈감꽃〉(2011. 4. 15.), 제주도 서귀포시(西歸浦市) 서홍동(西烘洞) 서귀포 칠십리 시 공원에 〈바람〉을 새긴 시비가 있다.

442

정인보

鄭寅普 1893(고종 30). 6. 19.(음5. 6.) ~ 1950. 9. 7.

한국의 시조(時調) 시인이며 한학자(漢學者)·교육자·언론인.

아호(雅號)는 경시(景施), 자(字)는 경업(經業), 호(號)는 담원(薝園)·미소산인(薇蘇山人)·수파(守坡)·위당(爲堂), 본관(本貫)은 동래(東萊).

영의정(領議政)을 지낸 정원용(鄭元容, 1783~1873, 조선의 문신)의 4대손으로, 호조참판(戶曹參判)을 지낸 아버지 정은조(鄭誾朝, 1856~?, 조선의 문신)와 어머니 달성(達成) 서씨(徐氏)의 외아들로, 서울 종현[鐘峴, 지금의 중구(中區) 명동(明洞)]에서 태어났다.

1905년(12세) 성계숙(成癸淑)과 결혼하였고, 이건방(李建芳, 1861~1939, 대한제국의 양명학자)의 문하(門下)에서 경학(經學)과 양명학(陽明學)을 공부하였다.

1910년(17세) 국권(國權)이 피탈(被奪)되자 중국으로 망명, 산시성(山西省) 화이런현(懷仁縣) 흥도촌(興道村)과 지린성(吉林省) 류허현(柳河縣) 삼원보(三源堡) 등지에서 활동하였다. 이곳에서 독립 기지를 건설하고 있던 이회영(李會榮, 1867~1932, 한국의 독립 운동가)·이시영(李始榮, 1869~1953, 한국의 독립 운동가이며 정치가. 초대 부통령. 재임 1948. 7. 24.~1951. 5. 9.) 형제를 만나, 선대(先代)로부터 물려받은 경기도 부평(富平)의 논밭을 모두 팔아 신흥강습소[新興講習所, 신흥무관학교(新興武官學校)의 전신(前身)] 등 이회영 형제의 독립군 양성소를 위한 군자금으로 지원하였다.

베이징(北京)·상하이(上海)·난징(南京) 등지를 오가면서 신규식(申圭植, 1879~1922, 한국의 독립 운동가이며 대종교인)이 중심이 되어 김규식(金奎植, 1881~1950, 한국의 독립 운동가이며 정치가)·문일평(文一平, 1888~1936, 한국의 사학자이며 언론인)·박은식(朴殷植, 1859~1925, 한국의 언론인이며 독립 운동가, 대한민국 임시 정부 제2대 대통령)·신채호(申采浩, 1880~1936, 한국의 독립 운동가이며 역사가 · 언론인) · 홍명희(洪命熹, 1888~1968, 장편 소설 〈임꺽정〉의 지은이이며 북한 부수상을 지낸 북한의 소설가이며 정치가) 등이 조직(1912. 7.)한 독립 운동 단체 동제사(同濟社)에 참여하여 독립 운동을 전개하였다.

1913년(20세) 9월, 딸 정완[鄭貞婉, 1913~2007, 한국의 중요 무형 문화재 침선장(針線匠) 보유자]을 출산한 뒤 엿새 만에 산고(産苦)로 타계하였다는 아내의 부음(訃音)을 듣고 급히 귀국하였다. 그리고 이 때부터 검은색 한복과 모자, 검은색 안경과 고무신 차림으로 다녔다.

1917년(24세) 조경희(趙慶姬, 1895~1979)와 재혼하여 4남 3녀{둘째 딸 정경완[鄭庚婉, 1919~?, 홍명희의 둘째 아들 홍기무(洪起武, 북한의 국학자)와 결혼하여 평양(平壤) 대동강(大同江) 구역에서 살았다.], 맏아들 정연모(1923~), 둘째 아들 정상모(鄭尙謨, 1926~), 셋째 딸 정양완(鄭良婉, 1929~, 한국의 국문학자), 넷째 딸 정평완, 셋째 아들 정흥모[鄭興謨, 한국 전쟁 때 제5사단에 참전하였다가 강원도 철원(鐵原) 지구에서 전사], 넷째 아들 정양모(鄭良謨, 1934~, 한국의 미술 사학자)}를 두었다.

1918년(25세)에는 문일평 · 박승빈(朴勝彬, 1880~1943, 한국의 법률가이며 교육자 · 국어 연구가) · 오세창(吳世昌, 1864~1953, 한국의 독립 운동가이며 언론인 · 서예가) · 이능화(李能和, 1869~1943, 한국의 역사학자이며 민속학자) · 이윤재(李允宰, 1888~1943, 한국의 국어학자이며 사학가 · 독립 운동가) · 임규(林圭, 1867~1948, 한국의 독립 운동가) · 최남선(→480) 등 당시 지식인 33명과 함께 계명구락부(啓明俱樂部)를 만들어 학술지 〈계명〉(1921. 5.~1933. 1. 통권 24호로 종간)을 발간하였다.

1922년(29세) 4월부터 연희전문학교[延禧專門學校. 연세대학교(延世大學校)의 전신]를 비롯하여 이화여자전문학교(梨花女子專門學校. 이화여자대학교의 전신), 세브란스의학전문학교(연세대학교 의과대학의 전신), 중앙불교전문학교[中央佛敎專門學校. 동국대학교(東國大學校)의 전신] 등에서 한학(漢學)과 역사학을 강의하였다.

일찍이 문학에 전념하여 〈동아일보(東亞日報)〉에 오언율시(五言律詩) 〈내장산 벽련암(內藏山碧蓮菴)〉(1924. 9. 4.) · 〈청명(淸明)〉(1924. 9. 12.), 시조 〈사모정(思母情)〉(〈계명〉 제16호, 1926. 12.) 등을 발표하였다.

한편 최남선이 〈조선문단(朝鮮文壇)〉(월간 순수 문예지. 1924. 10.~1936. 6. 통권 26호로 종간) 제16호(1926. 5.)에 논문 〈조선 국민 문학으로서의 시조〉를 발표하여 '국민 문학'이라는 용어를 처음으로 사용하였는데, 최남선을 비롯하여 양주동(→282) · 염상섭(廉想涉, 1897~1963, 한국의 소설가) · 이광수(李光洙, 1892~1950, 한국의 소설가) · 이병기(→370) · 이은상(→391) · 정인보 · 조운(曺雲, 1898~?, 한국의 시조 시인, 한국 전쟁 때 월북) · 주요한(→466) 등 당시 문단의 중견 작가들을 주축으로 한 이 유파를 '국민 문학파'라고 일컬었다.

돌아가신 어머니에 대한 그리움을 시조 〈가신 님〉[〈동광(東光)〉 제9호, 1927. 1.] · 〈자모사(子母思)〉(〈한빛〉, 1928. 3.) 등으로 발표하였고, 국민 문학파를 중심으로 전개되었던 시조 부흥 운동에도 참여하였다. 〈가신 님〉 · 〈자모사〉와 〈근화사 삼첩(槿花詞三疊)〉 · 〈유모(乳母) 강씨(姜氏)의 상행(喪行)을 보내면서〉(〈동아일보〉, 1930. 2. 14.) · 〈조춘(早春)〉 등 이 때 발표한 시조 46수(首)를 모아 〈담원 시조(薝園時調)〉[을유문화사(乙酉文化社), 1948. 2.]로 펴냈다. 〈담원 시조〉에 실려 있는 시조들은 주정적(主情的) · 내향적인 특징을 지니며, 토속어를 개발하고 옛말을 새롭게 풀어 씀으로써 고유의 멋과 정조(情調)를 드러내고 있다. 이러한 시도는 현대 시조의 독보적인 영역을 개척하고 시조 문학의 문학적 가치를 새롭게 하였다는 평을 받고 있다. 그러나 언어를 다듬는 것이나 격조(格調)의 변화에는 관심이 없었고 회고적(回顧的)인 취향에서 오는 고어(古語)를 남용함으로써 재래의 시조 작풍(作風)만을 고집하였다는 평가도 받았다.

1930년대에는 순수시 운동에 앞장섰던 박용철(→185)이 주관하던 〈시문학(詩文學)〉(시 동인지. 1930. 3.~1931. 10. 통권 3호로 종간) 동인(同人)으로 참여하였으나, 작품은 발표하지 않고 〈목란시(木蘭詩)〉 등 주로 중국의 한시(漢詩)를 번역하였다.

시대일보사(時代日報社) · 동아일보사 논설 위원으로 일하면서 조선총독부(朝鮮總督府)의 식민(植民) 정책을 신랄하게 비판하였다. 〈조선 고전 해제(朝鮮古典解題)〉(1931. 1.~5.) · 〈양명학 연론(陽明學演論)〉(1933. 9. 8.~12. 17.) · 〈5천 년간 조선의 얼〉(1935. 1. 1.~1936. 8. 29.) 등을 〈동아일보〉에 연재하여 한국사에 대한 관심과 자긍심을 환기시키고 주체적인 민족 의식을 고취하는 데 주력하였는데, 특히 〈5천 년간 조선의 얼〉에서 조선 역사 연구의 근본을 '단군조(檀君祖) 이래 5천 년 동안 맥맥히 흘러온 얼'에서 찾고 조선 역사는 곧 한민족의 '얼의 역사'임을 강조하였으며, '국학(國學)'이라는 말을 처음 썼고, 국학 연구의 바탕을 실학(實學)에서 찾았다.

한문학의 대가(大家)로 서지학(書誌學)과 국사학(國史學)·국문학에 두루 관여하였다. 주자학자(朱子學者)들의 공리공론(空理空論)과 존화(尊華) 사상을 없애고자 유학(儒學)의 개혁을 주장하였고, 조선 후기의 양명학과 실학 연구를 주도하는 등 조선 유학의 폭넓은 이해를 시도하였으며, 특히 양명학을 바탕으로 국권(國權) 회복에 힘썼다.

일제(日帝) 강점기 말 민족 지사에 대한 탄압이 심해지고 창씨개명(創氏改名)을 강요하는 분위기에 저항하여 전라북도 익산(益山)에 은거하였다.

광복된 뒤 서울로 와서, 1946년(53세) 3월 13일 결성된 우익(右翼) 진영의 문인(文人) 단체인 전조선문필가협회(全朝鮮文筆家協會) 초대 회장을 지냈다. 국학의 부흥에 힘썼으며, 1950년(57세) 4월 개천절(開天節)·광복절(光復節)·삼일절(三一節) 노랫말을 직접 지었다.

1947년(54세) 국학대학(國學大學) 초대 학장, 1948년(55세) 초대 감찰 위원장을 지냈다.

한국 전쟁(Korean War, 1950. 6. 25.~1953. 7. 27.) 때 서울 낙원동(樂園洞) 자택에서 잠시 피신하여 있다가 7월 31일 납북(拉北)되었다. 같은 해 11월 하순 묘향산(妙香山) 근처 희천(熙川)에서 죽었다고 알려져 왔다.[북한에서의 공식 사망일은 9월 7일이며, 북행 직후 황해도에서 폭격을 받아 죽은 것으로 되어 있다.]

그의 역사 의식은 민족주의(民族主義, nationalism) 사학의 전통을 이어받되, 사료(史料)에 따른 사실의 인식과 그에 대한 민족사적 의미를 부각시키려는 신민족주의(新民族主義) 사학의 입장에 있었다. 이 밖에도 시조·한시·서예에 일가(一家)를 이루었다.

〈동아일보〉에 연재되었던 〈5천 년간 조선의 얼〉을 단행본으로 묶은 〈조선사 연구(朝鮮史硏究)〉(서울신문사, 모두 2권. 상권 1946. 9. 하권 1947. 7.)를 비롯하여 〈담원국학산고(薝園國學散藁)〉[문교사(文敎社), 1955]와 시문집(詩文集) 〈담원문록(薝園文錄)〉(연세대학교 출판부, 1967), 지행일치(知行一致)의 〈양명학 연론〉[삼성문화재단(三星文化財團), 1972]이 출판되었고, 1983년 연세대학교 출판부에서 〈담원 정인보 전집〉(모두 6권)을 펴냈다.

1990년 건국 훈장 독립장(獨立章)이 추서(追敍)되었으며, 2001년 연세대학교는 민족 사관의 정립과 국학 진흥에 헌신한 그를 기리기 위하여 제2인문관을 위당관(爲堂館)으로 지정하였다.

2009년 11월 11일 충청북도 진천군(鎭川郡) 진천읍(鎭川邑) 벽암리(碧岩里) 포석문학공원(抱石文學公園)에 〈조춘〉을 새긴 시비(詩碑)가 세워졌다.

2012년 3월 5일에는 〈시문학〉 창간일(1930. 3. 5.)에 맞추어, 김영랑(→79)의 생가(生家)가 있는 전라남도 강진군(康津郡) 강진읍 남성리(南城里)에 우리나라 문학사상 최초의 문학 유파 문학관으로 기록된 '시문학파 기념관'이 개관되었다. 정인보를 비롯한 김영랑·김현구(→98)·박용철·변영로(→207)·신석정(→255)·이하윤(→408)·정지용(→445)·허보(許保, ?~?, 한국의 시인) 등 시문학파 동인 9명의 유품과 친필·저서·사진물 등을 전시하여 이들의 삶과 문학 세계를 체감할 수 있게 전시하고 있다.

443

정인섭

鄭寅燮 1905(고종 42). 3. 31. ~ 1983. 9. 16.

한국의 시인이며 문학 평론가·영문학자.

호(號)는 눈솔, 필명(筆名)은 설송(雪松)·화장산인(花藏山人), 창씨개명(創氏改名)한 이름은 도하라 인세쓰(東原寅燮).

경상남도 울주군(蔚州郡) 언양면(彦陽面) 서부리(西部里)에서 태어났다.

일본으로 유학하여 1922년(17세) 도쿄 와세다대학(早稻田大學) 제1고등학원(第一高等學院)을 다녔으며, 재학 중인 1923년(18세) 방정환(方定煥, 1899~1931, 한국의 아동 문학가)을 중심으로 마해송(馬海松, 1905~1966, 한국의 아동 문학가이며 수필가)·윤극영(尹克榮, 1903~1988, 한국의 동요 작가이며 동요 작곡가·아동 문화 운동가) 등과 함께 '색동회' 발기인(發起人)으로 참여하였고, 〈어린이〉(월간 어린이 잡지, 1923. 3.~1934. 7. 통권 122호로 종간, 복간하여 1948. 5.~1949. 12. 통권 137호로 종간)에 동시(童詩)·동극(童劇)·동화를 발표하였다.

1926년(21세) 10월, 일본 유학생 가운데 외국 문학을 전공하던 김명엽(金明燁)·김온(金鎾)·김진섭(金晉燮, 1903~?, 한국의 수필가이며 독문학자)·손우성(孫宇聲, 1904~2006, 한국의 프랑스 문학자)·이선근(李瑄根, 1905~1983, 한국의 언론인이며 교육가·역사학자)·이하윤(→408)·함대훈(咸大勳, 1906~1949, 한국의 소설가이며 러시아 어 번역문학가 · 신극 운동가) · 홍재범(洪在範, 1895~?, 한국의 소설가) 등과 함께 해외문학연구회(海外文學硏究會)를 결성하였다. 그 뒤 김한용(金翰容) · 이병호(李炳虎) · 장기제(張起悌) · 정규창(丁奎昶) · 함일돈(咸逸敦) 등이 제1차로 참여하였고, 김광섭(→49) · 김삼규(金三奎, 1908~1989, 한국의 언론인) · 이동석(李東碩) · 이헌구(李軒求, 1905~1983, 한국의 문학 평론가) · 이홍종(李弘鍾) 등이 제2차로, 박용철(→185) · 서항석(徐恒錫, 1930~1985, 한국의 독문학자이며 극작가 · 연출가) · 유치진(柳致眞, 1905~1974, 한국의 극작가이며 연출가) · 최정우(崔珽宇, 1907~1968년, 한국의 영문학자) 등이 제3차로 합류하였다. 이듬해 1월 17일 기관지 〈해외문학〉(순문학 동인지. 1927. 1.~7. 통권 2호로 종간) 창간호에 필명 '화장산인'으로 외국 문학 연구의 필요성을 언급한 〈포오론(論)〉을 발표하였다.

1927년(22세) 우리 전래의 설화(說話)와 동화를 일본어로 번역한 〈온돌 야화(溫突夜話)〉[도쿄 니혼서원(日本書院), 1927. 3.]를 펴냈고, 평론 〈에드가 아렌 포를 논하며 외국 문학 연구에 급(及)하고 해외 문학의 창간을 축함〉 · 〈조지 버나드 쇼 극의 작품과 사상〉 등을 발표하였다. 이는 한국 문학을 풍요롭게 하고 올바로 세우기 위하여 국외 문학을 받아들여야 한다는 해외 문학파의 입장을 대변(代辯)한 것이었다. 이어 〈번역 예술의 유기적(有機的) 직능〉(1927)에서 이 같은 입장을 더욱 적극적으로 내세웠는가 하면, 〈조선 현문단에 소(訴)함〉(1931)에서는 우리 문단을 크게 민족 문학파, 프로 문학파, 해외 문학파로 나누고 민족 문학 진영과 프로 문학(proletarian literature) 진영 모두가 반성해야 할 점이 있다고 지적하였다.

1929년(24세) 대학을 졸업하고 귀국하여 1929~1946년(41세) 연희전문학교[延禧專門學校. 연세대학교(延世大學校)의 전신(前身)] 교수를 지냈다.

1931년(26세)에는 김진섭 · 서항석 · 유치진 등 주로 해외문학연구회 회원들과 유형목(兪亨穆) · 이웅(李雄) · 홍해성(洪海星, 1893~1957, 한국의 연출가) 등이 주관하여 결성한 극예술연구회(劇藝術硏究會, 1931. 7.~1938. 3.) 동인으로 신극(新劇) 운동에 참여하였다.

1932년(27세) 4월에는 손진태(孫晉泰, 1900~?, 한국의 국사학자이며 민속학자) · 송석하(宋錫夏, 1904~1948, 한국의 민속학자)와 함께 한국민속학회(韓國民俗學會)를 발족하여 〈조선민속(朝鮮民俗)〉(민속학 전문 학술지. 1933. 1.~1940. 통권 3호로 종간)을 창간하여, 창간호에 〈진주 오광대(晉州五廣大)-탈놀음〉을 발표하였고, 1933년(28세)에는 〈신여성(新女性)〉(월간 여성 교양지. 1923. 9.~1926. 10. 제31호 발간 후 휴간, 1931. 1. 속간, 1934. 6. 제41호로 종간, 통권 72호로 종간) 제62호(1933. 8.)에 〈여학생극(女學生劇) 금강산(金剛山)〉, 1938년(33세)에는 〈삼천리(三千里)〉(월간 종합 교양지. 1929. 6.~1942. 1. 통권 150호로 종간)의 자매지 〈삼천리문학(三千里文學)〉(격월간 문예지. 1938. 1.~4. 통권 2호로 종간) 창간호에 〈조선 시가(詩歌)의 영역(英譯)〉을 발표하였다.

또한 영문학에 관한 글 〈영문학 연구의 조선적 방법론〉 · 〈영문학의 현단계와 우리〉, 시 〈고국(故國)을 떠나는 L군에게〉, 소설 〈이태리 방문기〉 등을 발표하였다.

1939년(34세) 조선문인협회(朝鮮文人協會, 1939년 10월 29일 결성한 조선총독부 산하 어용 문학 단체. 文協) 간사(幹事)로 선출되었고, 1941년(36세) 같은 협회 상무 간사가 되었다. 또한 1943년(38세) 4월 17일 결성된 일제(日帝)의 어용(御用) 문학 단체인 조선문인보국회(朝鮮文人輔國會, 1943. 4. 17.~1945. 8. 15.) 간사로 선임되어 활동하였다.

이 밖에도 한글학회 회원(1930), 한국음성학회(韓國音聲學會) 발기인(1935), 제4회 국제언어학자대회 한국 대표(1936) 등 다방면에 걸쳐 활동하였다.

광복된 뒤에는 시 이론에 관한 평론에 주력하여 〈시의 기교론〉 · 〈한국 문학의 전통과 현대성〉 · 〈해학(諧謔)의 사상적 배경과 수사학(修辭學)〉 · 〈현대시와 제유파(諸流派)〉 등을 발표하였다.

1946년부터 중앙대학교(中央大學校) 교수를 지냈고, 1948년(43세)에는 한국시를 영역한 〈대한 현대시 영역대조집〉[문화당(文化堂)]을 펴냈다.

1950(45세)~1953년(48세)에는 런던대학교(University of London)에서 영문학을 공부하였고, 1953~1956년(51세)에는 교토(京都, 794~1868년 일본의 수도)의 덴리대학(天理大學) 교수 및 교토제국대학(京都帝國大學. 교토대학의 전신) 강사로 있으면서 1953년 런던대학교 대학원을 수료하였다.

1954년(49세) 국제 펜클럽(International PEN) 한국 본부 창설에 발기인으로 참여하였고, 1956년 서울대학교 대우 교수(待遇敎授)로 있으면서 국제 펜클럽 한국 본부 부위원장을 지냈으며, 1957(52세)~1964년(59세) 중앙대학교 대학원장 및 문리대 학장 서리(署理) 등을 지냈고, 1958년(53세) 이 대학에서 명예 박사 학위를 받았다.

1963년(58세)에는 한국셰익스피어협회 이사로 있으면서 영어로 번역한 한국 시선(詩選) 〈한국시의 허식(虛飾)(A Pageant of Korean Poetry)〉[어문각(語文閣)]을 펴내 국제 펜클럽 한국 본부에서 주는 제4회 번역 문학상을 받았으며, 1970년(65세)에는 국민 훈장 모란장(牡丹章)을 받았다.

1958~1964년 서울특별시 전국사설학원연합위원회 위원장, 1962(57세)~1972년(67세) 한글기계화연구소 부소장, 1966년(61세) 국제연극협회(國際演劇協會) 한국 본부 위원장, 1968년(63세) 한국외국어대학교(韓國外國語大學校) 교수 및 대학원장, 1970년 국제 펜클럽 아시아 문학 번역국 초대 회장, 1974년(69세) 색동회 회장 등을 지냈다.

이 밖에 평론집 〈세계 문단 주조론(世界文壇主潮論)〉·〈한국 문단 논고(韓國文壇論攷)〉(1959)·〈세계 문학 산고(世界文學散考)〉[동국문화사(東國文化社), 1960]와 〈Fork Tales from Korea〉[뉴욕 글로브 프레스(New York Globe), 1952]·〈Modern Short Stories from Korea〉(1952)·〈Plays from Korea〉(1968)·〈An Introduction to Korea Literature〉(1970)·〈국어 음성학 연구(國語音聲學研究)〉[휘문출판사(徽文出版社), 1973]·〈종합 변증법적 세계 문학론(綜合辨證法的世界文學論)〉(1973), 시집 〈산 넘고 물 건너〉(1968)·〈별같이 구름같이〉[세종문화사(世宗文化社), 1975], 수필집 〈비 소리 바람 소리〉(1963)·〈버릴 수 없는 꽃다발〉(1968)·〈일요 방담(日曜放談)〉[중앙출판공사(中央出版公社), 1974]·〈못다한 인생〉(1976)·〈생각은 파도처럼〉[언어문화사(言語文化社), 1979]·〈애란 기행(愛蘭紀行)〉·〈애급(埃及)의 여수(旅愁)〉, 아동 문학 〈색동저고리〉[정연사(精研社), 1962], 어린이극 〈금강산(金剛山)〉·〈오뚜기〉·〈쳉기통〉 등이 있다.

1983년 11월 20일 색동회에서 경기도 의왕시(義王市) 청계동(淸溪洞) 천주교 공원 묘지에 〈산들바람〉을 새긴 동요비(童謠碑)를 세웠다.

한편, 2002년 8월 14일 '나라와 문화를 생각하는 국회의원 모임'·민족문제연구소(民族問題研究所)·민족문학작가회의[民族文學作家會議. 1974년 11월 18일 자유실천문인협의회(自由實踐文人協議會)로 설립되어 1987년 9월 17일 '민족문학작가회의'로 이름을 바꾸었다가 2007년 12월 8일 '한국작가회의'로 다시 이름을 바꾸었다.]·'민족 정기를 세우는 국회 의원 모임'·〈실천문학(實踐文學)〉(계간 문예지. 1980. 3.~현재)이 공동 발표한 '친일(親日) 문학인 42인 명단', 2009년 11월 8일 민족문제연구소에서 출판한 〈친일 인명 사전(親日人名辭典)〉, 2009년 11월 27일 친일반민족행위진상규명위원회(親日反民族行爲眞相糾明委員會)가 발표한 '친일 반민족 행위 704인 명단'에 모두 포함되어 있다.

〈매일신보〉[한국어 일간지. 1904년 7월 18일 배설(裵說, 1872~1909, Ernes Thomas Bethell, 대한제국 때의 영국의 언론인)이 창간한 〈대한매일신보(大韓每日申報)〉를 일제가 사들여 1910년 8월 30일부터 '대한' 두 자를 떼고 〈매일신보(每日申報)〉로 제호(題號)를 바꾸었다가, 1938년 4월 29일 〈매일신보(每日新報)〉로 바뀌었고, 1945년 11월 23일 〈서울신문〉으로 바뀌어 오늘에 이르고 있다.]에 발표한 〈애국 문학의 제창(齊唱)〉(1940. 1. 3.~1. 5.)·〈총후 문학(銃後文學)과 개척 문학〉(1940. 7. 6.)·〈건전한 오락은 씩씩한 국민의 표징(表徵)〉(1940. 9. 9.)·〈문인 순회 강연 통신 반〉(1940. 12. 24.)·〈엄숙한 순간〉(1942. 1. 29.)·〈꿈이 아니다〉(1942. 2. 18.)·〈영국 문화의 위기〉(1942. 2. 24.~3. 2.)와 〈나의 보고서〉[〈신시대(新時代)〉 제2호, 1941. 2.]·〈서양 문학에의 반성〉[〈국민문학(國民文學)〉, 1942. 1.]·〈대동아전(大東亞戰)을 맞는 나의 결의〉(〈국민문학〉, 1942. 12.) 등 모두 11편의 친일 작품이 밝혀져 있다.

444

정지상

鄭知常 ?~1135(인종 13)

고려(高麗, 918~1392)의 시인이며 문신(文臣).

초명(初名)은 지원(之元), 호(號)는 남호(南湖), 본관(本貫)은 서경[西京, 지금의 평양(平壤)].

서경에서 태어났으며, 어려서 아버지를 여의고 편모(偏母) 슬하에서 자랐다. 그의 시적(詩的) 재능에 관하여는 이미 5세 때 강 위에 뜬 해오라기를 보고 '어느 누가 흰 붓을 가지고 乙자를 강물에 썼는고(何人將白筆乙字寫江波)'라는 시를 지었다는 일화(逸話)가 전해올 만큼 뛰어났다.

서경에 두었던 분사국자감시(分司國子監試)에서 진사

(進士)가 된 뒤, 수도(首都) 개경(開京)으로 와서 최종 고시인 예부시(禮部試)를 준비하였다.

1112년(예종 7)에 문과(文科)에 급제(及第), 1113년(예종 8)에 지방직으로 벼슬을 시작하여 1114년(예종 9) 개경에 올라왔으며, 사신의 일행으로 송(宋)나라(960~1279)에 다녀왔다.

1127년(인종 5) 척준경(拓俊京, ?~1144, 고려의 무신)이 이자겸(李資謙, ?~1126, 고려 인종 때의 척신)을 제거한 공을 믿고 발호(跋扈)하므로 좌정언(左正言)으로서 이를 탄핵(彈劾)하는 상소(上疏)를 올렸는데, 그것을 인종(仁宗, 1109~1146, 고려의 제17대 왕. 재위 1123~1146)이 받아들여 척준경을 유배시키는 데 결정적인 역할을 하였다. 이로부터 정계(政界)에 두각을 나타내고 인종의 총애를 받게 되었다. 척준경을 유배시킨 그 날로 왕명(王命)에 의하여 기린각(麒麟閣)에서 〈서경(書經)〉을 강론하고 주식(酒食)을 하사(下賜)받았다.

1129년(인종 7) 좌사간(左司諫)으로 기거랑(起居郎) 윤언이(尹彦頤, ?~1149, 고려의 문신) 등과 시정(時政)의 득실을 논하는 소(疏)를 올리니 왕이 이를 받아들였다. 정치에 깊이 관여하면서 음양 비술(陰陽祕術)에도 관심이 많아 묘청(妙淸, ?~1135, 고려 인종 때의 승려)·백수한[白壽翰, ?~1135, 고려 인종 때의 일관(日官)] 등과 함께 '삼성(三聖)'이라는 칭호를 받았다.

1130년(인종 8) 지제고(知制誥)로 있을 때 선왕(先王) 예종(睿宗, 1079~1122, 고려의 제16대 왕. 재위 1105~1122)의 벗이며 총신이었던 곽여(郭輿, 1058~1130, 고려의 문신)가 죽자 왕명에 따라 제문(祭文)과 〈동산재기(東山齋記)〉를 지었다.

시에서뿐 아니라 문장에도 뛰어나 당대(當代)에 김부식(金富軾, 1075~1151, 고려의 유학자이며 역사가·정치가)과 쌍벽을 이루었으며, '고려 12시인'의 한 사람으로 꼽혔고, 나중에 기거랑이 되었다.

서경 출신으로 묘청과 함께 수도를 서경으로 옮길 것(西京遷都)을 주장하며, 김부식을 중심으로 한 유교적(儒敎的)이고 사대적(事大的) 성향이 강하던 개경 세력과 대립하였다.

1135년(인종 13) 서경을 거점으로 묘청 등이 난을 일으키자 여기에 적극 참여하여, 금(金)나라(1115~1234)를 징벌할 것(征金論)과 고려 왕도 황제로 일컬을 것(稱帝建元)을 주장하였다. 그러나 이에 맞선 개경 세력의 김부식이 이끄는 토벌군에게 패하여 김안(金安, ?~1135, 고려의 문신)·백수한과 함께 개경에서 참살(斬殺)되었다.

고려 중기의 정치적 인물로서만이 아니라 문인(文人)으로서 뛰어난 시인으로 문학사에서 차지하는 비중이 매우 크다. 역학(易學)과 불전(佛典)에도 조예가 깊었고, 그림·글씨에도 뛰어났는데, 특히 변려문[騈儷文, 4언·6언의 대구(對句)로 이루어진 문장. 변려체·변문·사륙문(四六文)·사륙변려문이라고도 한다.]을 잘 썼으며, 노장철학(老莊哲學)에도 밝았다.

시는 절구(絕句)에 뛰어났다고 하는데 현재 전하는 것은 율시(律詩)가 더 많다. 객관적이고 사실적(寫實的)인 묘사보다는 섬세하고 감각적인 표현에 뛰어났다. 문자의 수식과 조탁(彫琢)에 비중을 두는 만당[晩唐, 문종[文宗, 809~840, 중국 당나라의 제14대 황제. 재위 826~840. 이앙(李昻)]의 대화(大和, 827)로부터 애제[哀帝, 892~908, 중국 당나라의 제20대 황제. 재위 904~907. 이축(李柷)]의 천우(天祐, 906)까지 약 80년간] 시풍(詩風)을 이루면서도 세속의 번거로움과 갈등을 초월한 맑고 깨끗한 세계를 그렸다.

고사(古事)의 인용이 적으며, 감각을 통하여 섬세하고 구체적으로 전달되는 그의 시 세계를 두고 뒷날 홍만종(洪萬宗, 1643~1725, 조선의 문신이며 학자·시평가)은 '입신(入神)의 경지에 이르렀다.'고 평하였다. 그러나 시어(詩語)가 너무 다듬어져 만당 시풍의 시가 가지는 단점도 지니는데, 이를 두고 최자(崔滋, 1188~1260, 고려의 문신)는 '웅휘(雄輝)하고 깊은 대작(大作)은 없다.'고 평하였다. 최치원(崔致遠, 857~?, 신라의 학자이며 문장가) 이후 고려 전기(前期) 한시(漢詩) 문학을 주도하였던 시인으로 평가받는다.

칠언절구(七言絕句)의 〈송인(送人)〉은 천 년 동안 이보다 나은 작품이 없었다는 평을 들었으며, 널리 알려진 이별의 노래이다. 고사나 전례(典例)를 쓰지 않고, 진솔하고 직접적으로 이별의 슬픔을 읊어 공감을 얻은 이 시는 다음과 같다.

우헐장제초색다(雨歇長堤草色多, '비 갠 긴 언덕에는 풀빛이 푸르기도 한데,')

송군남포동비가(送君南浦動悲歌, '그대를 남포에서 보내며 슬픈 노래로 울먹이네.')

대동강수하시진(大同江水何時盡, '대동강물은 어느 때라야 다 없어질 것인가.')

별루년년첨록파(別淚年年添綠波, '이별의 눈물이 해마다 푸른 물결에 덧보태지니.')

이 밖의 작품으로 〈동문선(東文選)〉에 〈신설(新雪)〉·〈향연치어(鄕宴致語)〉, 〈동경잡기(東京雜記)〉에 〈백률사(栢律寺)〉·〈서루(西樓)〉 등 시가 상당수 전한다.

문집 〈정사간집(鄭司諫集)〉이 있었으나 전하지 않고, 〈고려사(高麗史)〉·〈동국여지승람(東國輿地勝覽)〉·〈백운 소설(白雲小說)〉·〈파한집(破閑集)〉 등에도 시 몇 수(首)가 실려 있다.

445

정지용

鄭芝溶 1902(고종 39). 6. 20.(음력 5. 15.) ~ 1950. 9. 25.

한국의 시인.

아명(兒名)은 지용(池龍), 세례명(洗禮名)은 프란시스코(方濟角), 본관(本貫)은 연일(延日).

한의사인 아버지 정태국(鄭泰國)과 어머니 정미하(鄭美河)의 외아들로, 충청북도 옥천군(沃川郡) 옥천읍 하계리(下桂里)에서 태어났다.

1913년(11세) 동갑내기 송재숙(宋在淑, 1902~1971, 세례명 프란치스카)과 혼인하였으며, 1914년(12세) 아버지의 영향으로 가톨릭에 입교(入敎)하였다.

1914년 3월 향리(鄕里)의 옥천공립보통학교를 졸업하고, 서울에 있는 처가(妻家) 친척집에서 한학을 공부하다가, 1918년(16세) 4월 휘문고등보통학교(徽文高等普通學校, 지금의 휘문중·고등학교)에 입학, 이 때부터 습작 활동을 시작하였다. 이 무렵 휘문의숙에 다니고 있던 정백(鄭栢, 1899~1950, 한국의 사회주의 운동가. 박종화와 동기동창, 홍사용과 같은 반)·홍사용(→515, 1900년생. 1916년 입학)·박종화(→190, 1901년생)·안석주[安碩柱, 1901~1950, 한국 소설 삽화의 선구자이며 소설가·영화인. 〈우리의 소원은 통일〉의 작사가. 안석영(安夕影)으로 더 알려졌다. 1916년 입학]·김영랑(→79, 1903년생. 1917년 입학)·이승만(李承萬, 1903~1975, 한국의 삽화가)·박용철(→185, 1904년생. 1916년 입학, 같은 해 배재학당으로 전학) 등의 선배들과 이태준(李泰俊, 1904~?, 북한의 소설가. 1921년 입학)·이선근(李瑄根, 1905~1983, 한국의 언론인이며 교육가·역사학자. 1922년 졸업)·이무영(李無影, 1908~1960, 한국의 소설가. 1920년 입학) 등과 교유(交遊)하였다.

1919년(17세) 3·1 운동이 일어나자 이선근과 함께 '학교를 잘 만드는 운동'으로 반일(半日) 수업제를 요구하는 학생 대회를 열었고, 이로 말미암아 무기 정학(無期停學) 처분을 받았다가 박종화·홍사용 등의 구명 운동으로 풀려났다.

같은 해 〈서광(曙光)〉(월간 종합 교양지. 1919. 12.~1921. 1. 통권 8호로 종간) 창간호에 '경성휘문고등보통학교 2년생'이라고 밝힌 그의 유일한 소설 〈3인(三人)〉을 발표하였으며, 김화산(→101)·박제찬[朴濟瓚, 1905~1995, 한국의 정치가. 본명은 제환(濟煥)]·박팔양(→193) 등과 함께 등사판(謄寫版) 동인지(同人誌) 〈요람(搖籃)〉을 발간하였다.

1922년(20세) 3월 휘문고보를 졸업한 뒤 휘문고보 출신의 문우회(文友會)에서 발간하는 〈휘문〉 편집 위원을 맡았다.

1923년(21세) 5월, 휘문고보 교비생(校費生)으로 일본으로 유학하여 교토(京都, 794~1868년 일본의 수도) 도시샤대학(同志社大學) 영문과에 입학하였다. 대학 시절에는 일본 유학생 잡지 〈학조(學潮)〉 창간호(1926. 6.)에 전위적(前衛的)인 모더니즘의 실험성을 보여 주는 〈슬픈 인상화(印象畫)〉와 〈마음의 일기에서〉·〈슬픈 기차〉·〈카페·프란스〉 등 9편의 시를 발표하여 시단(詩壇)에 큰 충격을 주었다. 특히 같은 해 기타하라 하쿠슈(→46)가 창간한 문예지 〈근대풍경(近代風景)〉 제1권 제2호(1926. 12.)에 〈카페·프란스〉의 뒷부분 4연이 일본어로 실렸고, 그 뒤에도 〈금단추의 애가(哀歌)〉(1927. 3.)·〈기차〉·〈발열(發熱)〉·〈비둘기〉·〈새빨간 기관차〉·〈옛이야기 구절〉·〈오월(五月) 소식〉·〈풍랑몽(風浪夢)〉·〈해협(海峽)〉·〈호면(湖面)〉 등 모두 22편의 일본어 시가 잇달아 게재되었는데, 이는 〈도시샤문학(同志社文學)〉에 꾸준히 기고(寄稿)한 〈마(馬)·2〉(제3호, 1928. 10.) 등의 시들을 기타하라 하쿠슈가 절찬하였기 때문이었다.

〈신민(新民)〉(월간 종합 교양지. 1925. 5.~1932. 6. 통권 73호로 종간)에 〈Dahlia〉(제19호, 1926. 11.)·〈이른 봄 아침〉(제22호, 1927. 2.), 〈문예시대(文藝時代)〉(문예지. 1926. 11.~1927. 1. 통권 2호로 종간) 창간호에 〈산엣색시 들녘사내〉, 〈조선지광(朝鮮之光)〉(월간 종합 교양지. 1922. 11.~1930. 11. 통권 100호로 종간)에 〈바다〉(제64호, 1927. 2.)·〈향수(鄕愁)〉(제65호, 1927. 3.)·〈말〉(제69호, 1927. 7.) 등 신선한 감각과 이미지를 보여 주는 작품을 잇달

아 발표하였다.

1927년(25세)에는 김태오(→96)·윤극영(尹克榮, 1903~1988, 한국의 동요 작가이며 동요 작곡가·아동 문화 운동가)·한정동(→505) 등과 함께 조선동요연구회(朝鮮童謠研究會)를 만들어 동요를 알리는 데에도 힘썼다.

한편, 재학 중인 1927년 12월 4일 대학 내 교회에서 호리 데이이치(堀貞一, 1863~1943, 일본의 목사)에게 세례를 받고 개신교(改新敎)로 옮겼다가 1928년(26세) 7월 22일 성 프란치스코 하비에르 성당[Cathedral Basilica of St. Francis Xavier, 가와라마치 성당(河原町聖堂)]에서 파리외방전교회(外邦傳敎會, Société des Missions Étrangères de Paris) 선교사 뒤튀(Y. B. Duthu, 1865~1932) 신부(神父)에게 세례를 받고 가톨릭으로 돌아왔다.

1929년(27세) 6월 대학을 졸업하였는데, 졸업 논문은 블레이크(William Blake 1757~1827, 영국의 시인이며 화가·판화가·신비주의자)에 대한 것이었다. 귀국한 뒤 9월부터 모교(母校) 휘문고보에서 영어 교사로 부임하여 1945년(43세)까지 16년 동안 재직하였다.

1930년대에는 박용철이 주관하던 〈시문학(詩文學)〉(시 동인지. 1930. 3.~1931. 10. 통권 3호로 종간) 동인으로 참여, 창간호에 〈이른 봄 아츰〉을 비롯하여 〈교토 압천(京都鴨川)〉('압천'은 도시샤대학 근처에 있는 가모가와강의 한자 표기)·〈선취(船醉)〉, 제2호(1930. 5.)에 〈갑판(甲板) 위〉·〈바다〉·〈저녁 햇살〉·〈피리〉·〈호수(湖水) 1·2〉·〈홍춘(紅椿)〉, 종간호에 〈그의 반(半)〉·〈무제(無題)〉·〈바람은 부옵는데〉 등을 발표하였다. 또한 〈조선지광〉 제90호(1930. 1.)에 〈유리창 1〉, 〈문예월간(文藝月刊)〉(월간 순수 문예지. 1931. 11.~1932. 3. 통권 4호로 종간) 제2호(1931. 12.)에 〈아침〉, 〈동방평론(東邦評論)〉(월간 종합 평론지. 1932. 4.~7. 통권 3호로 종간) 종간호에 〈고향(故鄕)〉, 〈신생(新生)〉(월간 종합 교양지. 1928. 10.~1934. 1.) 제37호(1932. 11.)에 〈난초(蘭草)〉를 발표하였다.

1933년(31세) 〈가톨릭청년〉(천주교 월간지. 1933. 6.~1936. 12. 통권 43호로 종간. 1947년 4월 제5권 1호로 복간, 한국 전쟁으로 휴간, 1955년 1월 속간, 1971년 9월 폐간) 창간에 장면(張勉, 1899~1966, 한국의 정치가. 제2대 국무 총리. 재임 1950. 11. 23.~1952. 4. 23., 제4대 부통령. 재임 1956. 8. 15.~1960. 4. 23., 제7대 국무 총리 재임 1960. 8. 19.~1961. 5. 18.)·장발(張勃, 1901~2001, 한국의 서양화가) 형제와 함께 편집 고문(顧問)으로 참여하여 〈비로봉(毘盧峰)〉(창간호, 1933. 6.)과 〈해협의 오전 2시〉, 〈별〉과 〈임종(臨終)〉(제4호, 1933. 9.), 〈시계를 죽임〉(제5호, 1933. 10.), 〈다른 한울〉과 〈또 하나 다른 태양(太陽)〉(제9호, 1934. 2.), 〈불사조(不死鳥)〉와 〈나무〉(제10호, 1934. 3.), 〈승리자 김안드레아〉(제16호, 1934. 9.) 등 주로 가톨릭 신앙시를 발표하였다. 이러한 작품들은 한국 기독교 시문학사(詩文學史)에 중요한 업적으로 평가되며, 특히 〈가톨릭청년〉 편집 고문으로 있으면서 이상(→374)의 시를 실어 시단에 등장시켜 본격적으로 작품을 발표하게 한 것은 특기할 만한 일이다.

같은 해 8월 15일, 정지용을 비롯하여 김기림(→54)·김유영(金幽影, 1908~1940, 한국의 영화 감독이며 시나리오 작가)·유치진(柳致眞, 1905~1974, 한국의 극작가이며 연출가)·이무영·이종명(李鍾鳴)·이태준·이효석(李孝石, 1907~1942, 한국의 소설가)·조용만(趙容萬, 1909~1995, 한국의 영문학자이며 소설가) 등 9명이 모여 순수 문학을 표방하는 문학 친목 단체 구인회(九人會)를 결성하였다. 1934년(32세) 6월, 김유영·이종명이 탈퇴하고, 박태원(朴泰遠, 1909~1986, 한국의 소설가)·박팔양·조벽암(→454)이 가입하여 10명이 되었다가, 다시 유치진·이무영·이효석·조벽암·조용만 대신에 김상용(→70)·김유정(金裕貞, 1908~1937, 한국의 소설가)·김환태(金煥泰, 1909~1944, 한국의 문학 평론가)·이상으로 교체되어, 다시 9명의 회원을 유지하였다. 1930년대 경향 문학(傾向文學)이 쇠퇴하고 문단의 주류가 된 구인회는 계급주의(階級主義) 및 공리주의(功利主義) 문학을 배격하고 순수 문학을 확립하는 데 크게 이바지하여 당시 순수 문학의 가장 유력한 단체로 활동하였으나 3~4년 만에 해체되었다. 박태원과 이상이 중심이 되어 〈시와소설〉(동인지. 1936. 3. 창간호로 종간)을 펴냈는데, 정지용은 여기에 수수께끼 같은 질문을 던져 놓은 시 〈유선형 애상(流線型哀傷)〉을 실었다.

1935년(33세)에는 〈시원(詩苑)〉(시 동인지. 1935. 2.~12. 통권 5호로 종간)에 〈다른 하늘 또 하나 다른 태양〉(제2호, 1935. 4.)과 〈바다 2〉(종간호)를 발표하였고, 처녀 시집 〈정지용 시집〉[시문학사(詩文學社), 1935. 10. 건설출판사(建設出版社)에서 1946년에 재간]을 펴냈다. 〈갈릴레아 바다〉·〈또 하나 다른 태양〉·〈말〉(연작)·〈바다〉(연작)·〈병(甁)〉·〈삼월 삼질날〉·〈유리창〉(연작)·〈카페·프란스〉·〈할아버지〉·〈해협〉·〈향수〉·〈홍시〉·〈홍역

(紅疫)〉 등 모두 87편의 시와 산문 2편이 실려 있으며, 맨 뒤에 박용철의 발문(跋文)이 붙어 있다.

1937년(35세)에는 〈조광(朝光)〉(월간 종합 교양지. 1935. 11.~1944. 12. 통권 110호로 종간) 제25호(1937. 11.)에 〈옥류동(玉流洞)〉을 발표하였다.

1938년(36세) 〈삼천리(三千里)〉(월간 종합 교양지. 1929. 6.~1942. 1. 통권 150호로 종간)의 자매지 〈삼천리문학(三千里文學)〉(격월간 문예지. 1938. 1.~4. 통권 2호로 종간) 종간호에 〈삽사리〉·〈온정(溫井)〉, 8월에는 그 해 6월 구본웅(具本雄, 1906~1953, 한국의 서양화가)이 창간한 〈청색지(靑色紙)〉(격월간 또는 계간 문예 교양지. 1938. 6.~1939. 12. 통권 8호로 종간) 제2호(1938. 8.)에 〈구성동(九城洞)〉·〈비로봉〉(〈가톨릭청년〉 창간호에 발표한 작품과는 다른 작품)을 발표하였다.

1939년(37세) 〈문장(文章)〉(월간 순수 문예지. 1939. 2. ~1941. 4. 통권 26호로 종간) 추천 위원으로 박두진(→177)·박목월(→178)·조지훈(→461) 등 이른바 청록파(靑鹿派) 시인과 김종한(→89)·박남수(→175)·이한직(→409) 등을 추천하여 등장시키는 등 후배 시인들의 육성에도 크게 이바지하였다. 이 무렵 〈문장〉에 〈장수산(長壽山) 1〉(제2호, 1939. 3.)·〈백록담(白鹿潭)〉(제3호, 1939. 4.)·〈춘설(春雪)〉(제3호, 1939. 4.)·〈비〉(제22호, 1941. 1.)·〈인동차(忍冬茶)〉(제22호, 1941. 1.)·〈조찬(朝餐)〉(제22호, 1941. 1.)를 연이어 발표하였다.

1941년(39세) 9월에는 〈백록담〉·〈별〉·〈비〉·〈비로봉〉·〈선취〉·〈소곡(小曲)〉·〈슬픈 우상(偶像)〉·〈유선형 애상〉·〈인동차〉·〈장수산 1〉·〈조찬〉·〈춘설〉·〈파라솔〉 등 25편의 시와 〈꾀꼬리와 국화(菊花)〉·〈노인과 꽃〉 등 8편의 산문시(散文詩, prose poem)를 실은 두 번째 시집 〈백록담〉[문장사(文章社)]을 펴냈다.

광복과 함께 휘문고보 영어 교사직을 사임하고 10월부터 이화여자전문학교[梨花女子專門學校. 이화여자대학교의 전신(前身)] 문과 교수로 옮겨 한국어와 라틴 어를 가르쳤다.

1946년(44세) 2월 8~9일 이틀 동안, 조선문학건설본부(朝鮮文學建設本部)와 조선프롤레타리아문학동맹이 함께 개최한 제1회 조선문학가대회에서 아동 문학에 관한 보고를 하기로 되어 있었으나 참석하지 않아 박세영(→180)이 대신하였고, 이 대회가 끝난 뒤 발족한 좌익(左翼) 문학 단체인 조선문학가동맹[朝鮮文學家同盟, 1945년 12월 6일 '조선문학동맹'으로 결성] 중앙 집행 위원에 추대(推戴)되었으나 적극적으로 참여하지는 않고 바로 방향을 바꾸었다. 발족 당시 구성원은 권환(→41)·김기림·김남천[金南天, 1911~1953, 한국의 소설가이며 문학 평론가. 본명은 김효식(金孝植)]·김영건(金永鍵, ?~?, 한국의 문학 평론가)·김오성[金午星, 1908~1953?, 한국의 공산주의 이론가이며 문학 평론가. 본명은 김형준(金亨俊)]·박세영·박치우(朴致祐, 1909~?, 한국의 문학 평론가)·박팔양·배호(裵澔)·설정식(→229)·신남철(申南澈, 1907~?, 한국의 문학 평론가)·안회남(安懷南, 1909~?, 한국의 소설가)·양주동(→282)·이병기(→370)·이서향[李曙鄕, 1915~?, 한국의 극작가. 본명은 이영수(李榮秀)]·이원조[李源朝, 1905~1955, 한국의 문학 평론가. 이육사(→390)의 아우]·이태준·임화(→419)·정지용·현덕(玄德, 1909~?, 한국의 소설가이며 아동 문학가)·홍구[洪九, 1908~?, 한국의 소설가. 본명은 홍장복(洪長福)]·홍명희(洪命熹, 1888~1968, 장편 소설 〈임꺽정〉의 지은이이며 북한 부수상을 지낸 북한의 소설가이며 정치가) 등이었다.

같은 해 〈대동신문(大東新聞)〉[일간지. 1945년 11월 25일 창간하였다가 1947년 〈대동신문(大同新聞)〉으로 제호(題號)를 바꾸었고, 1957년 4월 15일 〈한국경제신문(韓國經濟新聞)〉로 개제(改題), 발간되었다.]에 시 〈추도가(追悼歌)〉를 발표하였고, 10월부터 경향신문사(京鄕新聞社) 주간(主幹)이 되어 '여적(餘滴)'과 사설을 맡았으며, 6월에는 박두진이 〈백록담〉과 〈정지용 시집〉에서 25편을 가려 뽑아 세 번째 시집 〈지용 시선(芝溶詩選)〉[을유문화사(乙酉文化社)]을 펴냈다.

1947년(45세) 8월 경향신문사 주간직을 사임하고 이화여전 교수로 복직(復職)하였으며, 서울대학교 문리과대학 강사로도 출강하였다.

1948년(46세) 2월 산문 〈사시안(斜視眼)의 불행〉 등 시문·수필·기행문 등 37편을 실은 산문집 〈지용 문학독본(芝溶文學讀本)〉[박문출판사(博文出版社)]을 펴냈으며, 평론 〈조선 시의 반성〉(〈문장〉 속간 창간호, 1948. 10.)을 발표하였다. 한편, 2월에 이화여자대학교를 사임하고, 잠시 서대문(西大門) 밖 녹번리[碌磻里. 지금의 서울 은평구(恩平區) 녹번동] 초당(草堂)에서 서예를 하며 지냈다.

1949년(47세) 평론 〈문학으로 사는 길〉[〈세계일보(世界日報)〉, 1949. 1. 5.]을 발표하였고, 3월 55편의 수필을 실은 〈산문(散文)〉[동지사(同志社)]을 펴냈다. 9월에는 문교부가 중등 학교에서 '좌익 필자' 26명의 글을 삭제하도록 지시하였는데, 이 때 정지용의 〈고향〉·〈노인과 꽃〉 등 작품 10편이 삭제당하여 큰 충격을 받았다. 같은 해 11월, 조선문학가동맹에 가입하였던 이유로 보도연맹(保導聯盟, 1949년 6월, 좌익 운동을 하다가 전향한 사람들로 조직한 반공 단체로, 정식 명칭은 '국민보도연맹')에 강제로 가입되어 강연 등에 동원되었다.

1950년(48세) 2월 〈문예(文藝)〉(월간 순수 문예지. 1949. 8.~1954. 3. 통권 21호로 종간)에 〈곡마단(曲馬團)〉·〈사사조 오수(四四調五首)〉를 발표하였고, 3월에는 김기림·김영랑·노천명(→122)과 함께 4인 시집 〈현대 시집 Ⅰ〉[정음사(正音社)]을 펴냈다.

한려수도(閑麗水道)를 여행하던 중 한국 전쟁(Korean War, 1950. 6. 25.~1953. 7. 27.)이 일어나 서울 녹번리 집으로 왔다가, 북한군에게 붙잡혀 정치보위부(政治保衛部)에 구금되어 김기림·박영희(→183)·정인택(鄭人澤, 1909~1953, 한국의 소설가이며 언론인) 등과 함께 서대문 형무소(西大門刑務所)에 수용되었다가 납북(拉北)되었다. 평양(平壤) 감옥으로 이송되어 계광순(桂珖淳, 1909~1990, 한국의 정치가)·이광수(李光洙, 1892~1950, 한국의 소설가) 등 33명과 함께 수용되었다가 폭격으로 숨진 것으로 추정되고 있다.[북한의 〈통일신보(統一新報)〉(1993. 4. 24, 5. 1, 5. 7.)는 1950년 9월 납북 과정에서 경기도 동두천(東豆川) 인근에서 미군의 폭격으로 사망하였다는 내용의 기사를 발표하였고, 〈조선 대백과 사전(朝鮮大百科事典)〉(2001)에는 정지용의 사망 원인이나 장소는 밝히지 않은 채 '1953년 9월 25일 사망하였다.'라고만 적혀 있다.]

월북(越北)한 것으로 잘못 알려져 오랫동안 규제 문인으로 묶여 있다가 1988년 3월 정부의 월북 문인 해금(解禁) 조치 발표로 그의 모든 작품이 해금되었다.

번역시로는 〈시문학〉 제2호(1930. 5.)에 블레이크의 〈봄에게〉와 〈초밤별〉, 최재서(崔載瑞, 1908~1964, 한국의 영문학자이며 문학 평론가)가 엮은 〈해외 서정시집(海外抒情詩集)〉[인문사(人文社), 1938]에는 위 2편의 시를 포함한 블레이크의 시 5편이 실려 있으며, 산문집 〈산문〉에는 휘트먼(Walt Whitman, 1819~1892, 미국의 민중 시인이며 저널리스트·수필가)의 시 12편이 실려 있다. 그의 번역시는 정확하고 높은 수준이라는 정평을 받고 있다.

1988년 민음사(民音社)에서 단행본에 실리지 않은 시와 산문들을 모아서 〈정지용 전집〉(모두 2권)을 출판하였다.

이 밖에도 1942년(39세) 2월 〈국민문학(國民文學)〉(친일 월간 문예지. 1941. 11.~1945. 2. 통권 38호로 종간)에 발표한 〈이토(異土)〉, 〈해방 기념 시집〉[중앙문화협회(中央文化協會), 1945. 12.]에 발표한 〈그대들 돌아오시니-재외 혁명 동지에게〉 등 상당수 미수록 작품이 있다.

독실한 가톨릭 신자(信者) 순수 시인으로, 그의 시는 흔히 모더니즘 계열로 간주되고 있으나, 이미지즘(imagism) 계열의 시, 특히 초기의 신앙시와 이 밖의 몇 편을 제외한 대부분의 시는 바탕에 무욕(無慾)의 철학이 깔린 사물시(physical poetry)로서 감각적 이미지와 신선한 토착어의 활용, 지성(知性)에 의한 감정의 절제, 반(反)휴머니즘에의 지향 등이 돋보인다. 섬세하고 독특한 언어를 구사(驅使)하여 대상을 선명하게 묘사, 1930년대 전후에 한국 현대시의 새로운 경지를 개척한 그의 시는 진정한 의미에서 한국 현대시의 출발점이라는 평가를 받고 있다.

한편, 초기 시로 1927년(24세) 〈조선지광〉 제65호(1927. 3.)에 발표하였고 처녀 시집 〈정지용 시집〉(1935)에도 실려 있는 〈향수〉는 가곡(歌曲)으로 작곡되어 지금도 널리 애창되고 있다. 이 작품은 주권(主權)과 국토는 물론, 민족과 그 혼의 상징으로서의 우리글과 말마저 핍박받고 억압당한 일제(日帝) 강점 아래에서의 고통스러운 상황 속에서, 고향에 대한 그리움과 고향 상실의 비애감을 시로 표현한 대표작이다.

그의 시에서 가장 지속적으로 드러나는 것은 향수라고 할 수 있다. 향수란 고향에 대한 그리움이지만, 그 바탕에는 상실된 낙원을 회복하고자 하는 소망을 간직하고 있다. 이것은 비관적인 현실 인식에서 비롯되며, 따라서 그리움과 함께 비애의 정조(情調)를 띠게 된다. 이 작품의 배경은 평범한 한 농촌으로, 실개천이 흐르고 얼룩배기 황소가 울음을 우는 풍경으로서의 한국적인 농촌 모습이 구체적으로 제시되어 있다. 여기에 다시 가족사적(家族史的)인 그리움이 결합된다.

겨울밤에 늙으신 아버지가 짚베개를 돋우어 괴시는 정겨운 모습이 다가오는 것이다. 아울러 '질화로, 재, 뷔인 밭, 밤바람 소리' 등의 소재가 유년 회상(回想)을 강하게 환기시켜 주는 촉매가 된다. 이제는 돌아갈 수 없는 시절로서의 소년 시절이 아프게 떠오른다. 이 소년 시절이란 흙과 하늘의 대조 속에서 '화살을 쏘는' 상징적인 행위로 요약된다. 그것은 꿈 많던 시절 끊임없이 솟구쳐 오르기만 하던 비상 의지(飛翔意志)의 발현이며, 이상(理想)을 향한 몸부림을 반영한다.

여기에 다시 가족사적인 풍정(風情)이 연결된다. '누이'와 '안해'에 대한 그리움이 그것이다. 누이와 아내는 둘 다 그리움의 표상이며 모성적인 따뜻함과 편안함을 일깨워 주는 대상이 된다. 그렇지만 이 모든 것을 현재와 연속되는 것으로 받아들여지지는 않는다.

마지막 연에서 드러나는 '석근 별, 모래성, 서리 까마귀, 초라한 지붕, 흐릿한 불빛' 등의 대응 속에는 이제 추억 속에서만 살아 있는 고향에 대한 그리움과 함께 비애감이 담겨져 있다. 이와 같이 고향에 대한 그리움과 낙원에 대한 지향을 시로 표현한 〈향수〉는 일제 강점기의 비극을 상징적으로 노래한 정지용 시의 대표시 중 하나라고 할 수 있다.

1988년부터 고향인 옥천군에서는 해마다 그의 생일인 5월 15일을 전후하여 지용 문학제(芝溶文學祭)를 거행하여 그의 문학적 업적을 기리고 있으며, 1989년 '시와시학사'에서는 그의 문학적 업적과 그 정신을 기리기 위한 '정지용 문학상'을 제정하여 해마다 시상하고 있다.

또한 옥천군과 옥천문화원은 1997년부터 그의 문학 정신을 기리고 유망한 국외 동포 문학인을 발굴하기 위하여 만주(滿洲) 지린성(吉林省) 옌볜(延邊)에서 옌볜작가협회와 함께 옌볜지용제(延邊芝溶祭)를 열고 있다.

한편, 1943년(41세)부터 서울로 가기 전까지 3년 동안 경기도 부천군(富川郡) 소사읍(素砂邑)에서 살면서 소사성당(素砂聖堂) 창립에 앞장서 부천 천주교회사에 큰 업적을 남긴 인연으로, 1993년 5월 30일 그 집터를 알리는 표지석이 세워졌으며, 2000년 10월 30일 부천시 중앙공원과 2003년 7월 소사본동 주민자치센터 앞뜰, 부천시 원미구(遠美區) 중동(中洞) 중앙공원에 〈고향〉을 새긴 시비(詩碑)를 세웠다.

고향 옥천에는 1989년 5월 14일 옥천문화원 관성회관 앞에 〈유리창〉과 〈향수〉를 새긴 시비와 1990년에 세운 흉상(胸像)을 비롯하여 옥천역 앞에 〈고향〉과 〈할아버지〉(2002. 1. 2.), 교육청 앞 '문화의 거리'에 〈풍랑몽 1〉 등(2003. 6.), 마성산(馬城山) 정상에 〈홍춘〉(2005. 1. 23.), 옥천문화예술회관 앞에 〈산에서 온 새〉(2005. 7. 29.), 삼금교 양쪽에 〈따순 봄〉과 〈호수 2〉, 옥천읍사무소 앞 향수공원에 〈바다 8〉, 죽향초등학교(竹香初等學校) 교정에 〈해바라기씨〉(2003. 5.) 등이 새겨져 있는 시비들이 세워졌다.

2005년 5월 14일에는 옥천군과 옥천문화원이 하계리 생가(生家) 옆에 '지용 문학관(芝溶文學館)'을 건립하였다. 그의 생애와 문학 세계를 탐구할 수 있는 전시 영상실과 창작 문학 교실, 시 낭송실 등이 갖추어져 있으며, 〈향수〉를 새긴 시비와 흉상이 세워져 있고, 주변에는 〈향수〉에 등장하는 실개천과 돌다리 등을 복원하였다.

같은 해 12월 18일에는 도시샤대학 교정 시세이칸(至誠館) 앞에 〈교토 압천〉을 새긴 시비가 도시샤대학 후배 윤동주(→358)(1942년 영문과 입학)의 시비와 나란히 세워졌다.

이 밖에도 모교 휘문고교 교정에 〈향수〉, 경기도 고양시(高陽市) 일산(一山) 호수공원 한울광장에 〈호수〉, 경상남도 통영(統營) 미륵산(彌勒産) 신선대(神仙臺) 전망대에 〈통영 5〉(2010. 2. 26.), 경상북도 김천시(金泉市) 대항면(代項面) 운수동(雲水洞) 직지문화공원(直指文化公園)에 〈향수〉, 충청남도 홍성군(洪城郡) 결성면(結城面) 성곡리(城谷里) 민족시비공원(民族詩碑公園)에 〈고향〉, 제주도 서귀포시(西歸浦市) 서홍동(西烘洞) 서귀포 칠십리 시 공원 〈백록담〉 등이 새겨진 시비들이 세워졌다.

2012년 3월 5일에는 〈시문학〉 창간일(1930. 3. 5.)에 맞추어, 김영랑의 생가가 있는 전라남도 강진군(康津郡) 강진읍 남성리(南城里)에 우리나라 문학사상 최초의 문학 유파 문학관으로 기록된 '시문학파 기념관'이 개관되었다. 정지용을 비롯한 김영랑 · 김현구(→98) · 박용철 · 변영로(→207) · 신석정(→255) · 이하윤(→408) · 정인보(→442) · (→445) · 허보(許保, ?~?, 한국의 시인) 등 시문학파 동인 9명의 유품과 친필 · 저서 · 사진물 등을 전시하여 이들의 삶과 문학 세계를 체감할 수 있게 전시하고 있다.

446

정지윤

鄭芝潤 1808(순조 8) ~ 1858(철종 9)

조선(朝鮮, 1392~1910)의 위항 시인(委巷詩人).

자(字)는 경안(景顔), 호(號)는 하원(夏園), 별호(別號)는 수동(壽銅), 본관(本貫)은 동래(東萊).

태어날 때 손바닥에 '수(壽)'자의 문신(文身)이 있었고, 이름 지윤의 '지(芝)'가 〈한서(漢書)〉에 '지생동지(芝生銅池)'로 있다고 하여 '동(銅)'자를 따서 '수동'이라는 별호를 사용하였다.

왜어 역관(倭語譯官)의 집안에서 태어났으나, 문인(文人)으로 생활하였다. 아들 정낙술(鄭樂述)은 〈역과방목(譯科榜目)〉에 이름이 올라 있는 역관이다.

본디 규칙적인 생활을 싫어하고 생업(生業)을 돌보지 않았으며, 자유 분방한 생활을 좋아하는 위항 시인으로서 방랑 생활을 즐겨, 늘 가난하였다. 평생 포의 시객(布衣詩客)으로 만족하였고, 두뇌가 명석하여 아무리 뜻이 깊고 어려운 문장도 한 번 훑어보고는 그 요지를 잘 파악하였는데, 모르는 것처럼 겸손해하였다고 한다.

사회적 여러 가지 모순에 불만을 느껴 평생을 광인(狂人)처럼 행동하였고, 그의 시는 권력과 금력(金力)에 저항하고 예리한 풍자와 야유로 일관하여 많은 일화(逸話)가 전해지고 있다. '기발한 익살꾼 정수동'으로 널리 알려졌으며, 설화(說話)의 주인공처럼 일생을 살았다.

시를 짓는 것은 구속에서 벗어나는 길이라고 생각하여, '성령(性靈)이 한 번 붙으면 붓 끝을 다할 따름이지, 시체(詩體)나 신풍(新風)을 좇거나 교묘하고 섬세한 것을 다투지 않는다.'는 성령론(性靈論)을 구현한 시인으로, 번잡한 문장이나 텅 빈 형식을 배격하고, 간결하면서도 격조 높은 시를 썼다.

그의 시는 기발하면서도 품격을 잃지 않아 자연스럽게 일가(一家)를 이루고 있다. 최성환(崔瑆煥, 1858년 〈고문비략(顧問備略)〉을 편찬한 중인 출신의 학자)은 그의 시를 일컬어 고법(古法)에 얽매이지 않으면서도 고법을 저버리지 않았다고 평하였다.

술을 좋아하였으며, 당대(當代)의 명사(名士) 김정희(金正喜, 1786~1856, 조선의 문신) · 김흥근(金興根, 1796~1870, 조선의 문신) · 조두순(趙斗淳, 1796~1870, 조선의 문신) 등과 친분이 두터웠으며, 그들이 그의 재주를 아껴 도우려고 하였으나 거절하고 자유롭게 살다가 과음(過飮)으로 죽었다.

이른바 '역관4가[譯官四家. 조선 후기에 글과 시에 뛰어났던 통역관 네 사람. 이상적(→377) · 이언진(→383) · 정지윤 · 홍세태(→516)]'의 한 사람이다.

민간 전승에서는 그를 평양(平壤)의 김선달[金先達, 조선 후기의 재사. 별호는 봉이(鳳移). 가공의 인물이라고도 한다.], 경주(慶州)의 정만서(鄭萬瑞, 조선 후기의 풍자적인 인물) 같은 인물들처럼 기발한 술책으로 남을 골탕먹이는 건달로 다루었다. 문헌 설화는 〈일사유사(逸士遺事)〉[장지연(張志淵, 1864~1921, 조선의 언론인이며 애국 계몽 운동가)이 편찬한 조선 시대의 중인을 비롯한 하층민들의 전기를 모은 열전(列傳)류의 책. 모두 6권 1책]에 전하며, 구전(口傳) 설화는 서울을 중심으로 수원(水原) · 의정부(議政府) 등의 중부 지방에 퍼져 있다.

작품으로 〈관동상매(關東賞梅)〉 · 〈남한시(南漢詩)〉 · 〈전춘시(餞春詩)〉가 있고, 지은 책으로 〈하원 시초(夏園詩鈔)〉(모두 2권)가 있다.

447

정철

鄭澈 1536(중종 31). 12. 18(윤 12. 6.) ~1593(선조 26). 12. 18.

조선(朝鮮, 1392~1910)의 문신(文臣)이며 학자 · 시인 · 정치가.

자(字)는 계함(季涵), 호(號)는 송강(松江) · 칩암거사(蟄菴居士), 시호(諡號)는 문청(文淸), 본관(本貫)은 연일(延日).

돈녕부(敦寧府) 판관(判官)을 지낸 정유침(鄭惟沈, 1493~1570, 조선의 문신)과 대사간(大司諫)을 지낸 안팽수(安彭壽)의 딸 죽산(竹山) 안씨(安氏)의 4남 3녀 중 막내 아들로, 서울 종로방(鐘路坊) 장의동[藏義洞, 지금의 종로구 청운동(靑雲洞)]에서 태어났으며, 경기도 강화(江華) 송정촌(松亭村)에서 죽었다.

맏누이가 인종(仁宗, 1515~1545, 조선의 제12대 왕. 재위 1544~1545)의 귀인(貴人, 왕의 후궁)이며, 둘째 누이가 계림군(桂林君) 이유[李瑠, ?~1545, 성종(成宗)의 형 월산 대군(月山大君)의 손자이며, 성종의 셋째 아들 계성군(桂城君)의 양자]의 아내가 되었기 때문에 어려서부터 궁정(宮廷)에 드나들었으며, 이 때 비슷한 나이의 경원 대군[慶源大君, 나중에 명종(明宗, 1534~1567, 조선의 제13대 왕. 재위 1546~1567)]과 친하게 지냈다.

1545년(9세, 인종 1년) 을사사화(乙巳士禍)에 계림군이 관련되어 역모죄로 붙잡혀 처형을 당하자, 그의 일족도 화를 입어, 맏형 정자(鄭滋, 1515~1547, 조선의 문신)는 전라남도 광양(光陽)으로 유배되었다가 다시 양재역 벽서사건[良才驛壁書事件, 1547년 9월 양재역 벽에 익명(匿名)의 주서(朱書)가 나붙었던 사건]에 휘말려 함경북도 경원(慶源)으로 이배(移配)되는 도중에 죽고, 둘째 형 정소(鄭沼, 1518~1572)는 벼슬에 뜻을 두지 않고 전라남도 순천(順天)에 은둔하였으며, 아버지는 관북(關北)·정평(定平)·연일 등으로 유배당하였는데, 그도 아버지의 배소(配所)에 따라다녔다.

1551년(15세, 명종 6) 원자[元子, 순회 세자(順懷世子, 1551~1563)] 탄생 기념으로 아버지가 귀양살이에서 풀려나 특사(特赦)되어 온 가족이 선친의 고향인 전라남도 담양군(潭陽郡) 창평(昌平) 당지산(唐旨山) 아래로 이주하였고, 이곳에서 과거(科擧)에 급제(及第)할 때까지 10여 년을 보냈다. 이곳에서 임억령(林億齡, 1496~1568, 조선의 문신)에게 시를 배우고, 김윤제(金允悌, 1501~1572, 조선의 문신)의 문하(門下)가 되어 성산(星山) 기슭의 송강(松江)가에서 공부할 때 기대승(奇大升, 1527~1572, 조선의 문신이며 학자)·김인후(金麟厚, 1510~1560, 조선의 문신이며 유학자)·송순(宋純, 1493~1583, 조선의 문신)·유희춘(柳希春, 1513~1577, 조선의 문신) 등 당대(當代)의 석학(碩學)들에게 학문을 배웠다.

고경명(高敬命, 1533~1592, 조선의 문인이며 의병장)과 스승 김윤제의 조카 김성원(金成遠, 1525~1597, 조선의 문신이며 학자)과 동문수학(同門修學)하였으며, 성혼(成渾, 1535~1598, 조선의 성리학자)·송익필(宋翼弼, 1534~1599, 조선의 학자이며 위항 시인)·양응정(梁應鼎, 1519~1581, 조선의 문신)·이이(李珥, 1536~1584, 조선의 문신이며 학자) 등과 같은 유학자들과도 교유(交遊)하였다. 그의 호 '송강'은 이 때 그가 지내던 곳에서 따 온 것이다.

1552년(16세, 명종 7) 김윤제의 외손녀이며 담양군 성산 지방의 부호(富豪)였던 유강항(柳强項)의 딸과 혼인하여 4남 2녀를 두었다.

1561년(25세, 명종 16) 진사시(進士試)에 장원(壯元)으로 급제하였고, 1562년(26세, 명종 17) 별시 문과(別試文科)에서도 장원으로 급제하였다. 첫 벼슬인 사헌부(司憲府) 지평(持平)에 이어 좌랑(佐郎)·현감(縣監)·전적(典籍)·경기도 도사(都事) 등을 지냈다.

1566년(30세, 명종 21) 형조(刑曹) 정랑(正郎)·성균관(成均館) 직강(直講)·헌납(獻納)·지평을 거쳐 함경도 암행 어사를 지낸 뒤, 1568년(32세, 선조 1) 이이와 함께 사가독서(賜暇讀書)하였다. 이어 수찬(修撰)·좌랑·종사관(從事官)·교리(校理)·전라도 암행 어사를 지냈다.

1570년(34세, 선조 3) 부친상을 당하여 3년상을 치르고 복직(復職)하였다가, 1574년(38세, 선조 7) 다시 모친상을 당하여 경기도 고양(高陽)으로 내려가 3년상을 치렀다.

1575년(39세, 선조 8) 5월 복직하여 성균관 사성(司成)·사간원(司諫院) 사간 등을 지내다가, 심의겸(沈義謙, 1535~1587, 조선의 문신)과 김효원(金孝元, 1542~1590, 조선의 문신) 사이의 일로부터 시작된 동인(東人)과 서인(西人)의 분쟁에 휘말려 서인의 편을 들었다가 벼슬을 버리고 창평으로 돌아갔다.

그 뒤 몇 차례 벼슬을 제수(除授)받았으나 사양하였다가, 1578년(42세, 선조 11) 다시 조정(朝廷)에 나와 장악원정(掌樂院正)으로 기용되었다. 사간·집의(執義)·직제학(直提學)을 거쳐 승지(承旨)에 올랐으나, 진도(珍島) 군수(郡守) 이수(李銖)의 뇌물 사건[1578년의 이수 진도 미옥 사건(李銖珍島米獄事件)]으로 동인의 탄핵(彈劾)을 받아 사직하고 다시 고향으로 돌아왔다.

1580년(44세, 선조 13) 강원도 관찰사(觀察使)로 등용(登用)되어 강원도에 1년 동안 머물렀는데, 이 때 그의 최초의 가사(歌辭) 〈관동별곡(關東別曲)〉을 지었고, 또한 시조(時調) 〈훈민가(訓民歌)〉 16수(首)를 지어 시조와 가사 문학의 대가(大家)로서 재질을 발휘하였으며, 널리 낭송하게 함으로써 백성들의 교화(敎化)에 힘썼다.

1581년(45세, 선조 14) 병조(兵曹) 참지(參知)·성균관 대사성(大司成)을 지내다가 노수신(盧守愼, 1515~1590, 조선의 문신이며 학자)에의 비답(批答)이 논핵(論劾)에 가깝다고 비방하는 사람들이 있어 관직에서 물러나 창평으로 돌아갔으나, 곧 전라도 관찰사를 제수받아 1582년(46세, 선조 15)까지 1년 동안 지냈다. 도승지·예조참판(禮曹參判)에 이어 함경도 관찰사가 되어 그곳의 시폐(時弊)를 상소로 올렸다.

1583년(47세, 선조 16) 예조판서(禮曹判書)로 승진하였고, 1584년(48세, 선조 17) 대사헌(大司憲)이 되었다.

1585년(49세, 선조 18) 동인의 탄핵을 받아 벼슬을 떠나 창평으로 돌아가 4년 동안 은거하면서 작품 생활을 하였다. 이 때 〈사미인곡(思美人曲)〉·〈성산별곡(星山別曲)〉·〈속미인곡(續美人曲)〉 등 가사와 단가(短歌) 등 많은 작품을 지었다.

1589년(53세, 선조 22) 정여립(鄭汝立, 1546~1589, 조선의 사상가이며 혁명가)의 모반(謀叛) 사건이 일어나자 우의정(右議政)으로 발탁되어 서인의 영수(領袖)로서 최영경(崔永慶, 1529~1590, 조선의 학자이며 정치가)의 옥사(獄事)를 다스리면서 동인 세력 1,000여 명을 철저하게 추방하였고[기축옥사(己丑獄事)], 1590년(54세, 선조 23) 좌의정(左議政)에 올랐고 인성 부원군(寅城府院君)이 되었다.

1591년(55세, 선조 24) 세자(世子) 책립 문제인 건저 문제(建儲問題)를 제기하여 동인의 거두(巨頭)인 영의정(領議政) 이산해(李山海, 1539~1609, 조선의 문신)와 함께 광해군(光海君, 1575~1641, 조선의 제15대 왕. 재위 1608~1623)의 책봉(冊封)을 건의하기로 하였다가 이산해의 계략에 빠져 혼자 광해군의 책봉을 건의하였다. 이 때 신성군(信城君, ?~1592, 조선의 제14대 왕인 선조의 넷째 아들)을 책봉하려던 왕의 노여움을 사서 '대신(大臣)으로서 주색(酒色)에 빠졌으니 나랏일을 그르칠 수밖에 없다.'는 논척(論斥)을 받고 파직(罷職), 함경북도 경성군(鏡城郡) 명천(明川)으로 유배되었다가 경상남도 진주(晉州), 이어 평안북도 강계(江界)로 이배되었고, 위리안치(圍籬安置, 죄인이 유배소에서 달아나지 못하게 하기 위하여 귀양 간 곳의 집 둘레에 가시가 많은 탱자나무를 돌리고 그 안에 가두는, 중죄인에 대한 형벌)에 처해졌다.

1592년(56세, 선조 25) 임진왜란(壬辰倭亂, 1592. 4. 13.~1598. 11. 19.)이 일어나자 5월, 귀양에서 풀려나 다시 부름을 받아 벼슬길에 나서 평양(平壤)에서 왕을 맞이하고 왕을 의주(義州)까지 호종(扈從), 왜군이 아직 평양 이남을 점령하고 있을 때 경기도·충청도·전라도의 체찰사(體察使)를 지내고, 1593년(57세, 선조 26) 사은사(謝恩使)로 중국 명(明)나라(1368~1644)에 다녀왔다. 그러나 얼마 뒤 동인들의 모함으로 사직하고 강화 송정촌에 우거(寓居)하면서 만년(晩年)을 보냈다.

정치인이면서도 당대(當代) 가사 문학의 대가로, 시조의 윤선도(→359)와 함께 우리 시가사상(詩歌史上) 쌍벽으로 일컬어지며, 박인로(→187)·윤선도와 함께 '조선시대 3대 가인(三大歌人)'으로 일컬어졌다.

숙종(肅宗, 1661~1720, 조선의 제19대 왕. 재위 1675~1720) 때의 김만중(金萬重, 1637~1692, 조선의 문신)은 〈서포만필(西浦漫筆)〉에서 정철의 〈관동별곡〉·〈사미인곡〉·〈속미인곡〉을 중국 전국 시대(戰國時代, B.C.403~B.C.221) 초(楚)나라(B.C.771~B.C.221)의 비극 시인 굴원(→37)이 지은 〈이소(離騷)〉에 비겨 '동방(東邦)의 이소'라고 절찬하였다.

시조는 107수가 전해져 오는데, 〈송강 별집 추록 유사(松江別集追錄遺詞)〉 권2에 〈단가 잡편(短歌雜篇)〉 32수, 〈서하당 벽오가(棲霞堂碧梧歌)〉 1수, 〈성은가(聖恩歌)〉 2수, 〈속적지연가(俗傳紙鳶歌)〉 1수, 〈장진주사(將進酒辭)〉, 〈주문답(酒問答)〉 3수, 〈훈민가〉 16수 등이 실려 있으며, 상당히 중복되었으나 성주본(星州本)과 이선본(李選本) 〈송강가사(松江歌辭)〉에도 많은 창작 시조가 실려 있다.

지은 책으로 1894년(고종 31)에 간행한 시문집(詩文集) 〈송강집(松江集)〉(모두 7책)과 시가집(詩歌集) 〈송강가사〉가 있다. 〈송강가사〉는 목판본(木版本)으로 황주본(黃州本)·의성본(義城本)·관북본(關北本)·성주본·관서본(關西本)의 다섯 종류가 알려져 있는데, 그 중 관북본은 전하지 않고, 나머지도 책의 일부만 전한다.

필사본(筆寫本)으로는 〈송강 별집 추록 유사〉와 〈문청공 유사(文清公遺詞)〉가 있으며, 주로 한시(漢詩)를 실은 〈서하당 유고(棲霞堂遺稿)〉(모두 2권 1책)도 판각본(板刻本)으로 전한다.

창평의 송강서원(松江書院), 연일의 오천서원(烏川書院) 별사(別祠)에 배향(配享)되었다.

서울 종로구(鐘路區) 청운동(靑雲洞) 청운초등학교 앞에 〈관동별곡〉 등 4수, 부산(釜山) 서구(西區) 서대신동(西大新洞) 대신공원에 〈훈민가〉 등 16수(1994), 광주(光州) 북구(北區) 충효동(忠孝洞) 환벽당(環碧堂) 앞에 〈자미탄 기념비(紫薇灘紀念碑)〉, 강원도 강릉시(江陵市) 저동(苧洞) 경포대(鏡浦臺) 앞에 〈관동별곡〉, 삼척시(三陟市) 성내동(城內洞) 죽서루(竹西樓) 앞에 〈관동별곡〉, 경기도 고양시 덕양구(德陽區) 신원동(新院洞) 송강마을 송강 문학관에 〈훈민가〉, 충청북도 진천군(鎭川郡) 문백면(文白面) 봉죽리(鳳竹里) 송강사(松江祠)에 〈사미인곡〉과 〈훈민가〉, 담양군 고서면(古西面) 원강리(院江里) 송강정(松江亭) 앞 '가사 문학의 터'에 〈사미인곡〉, 담양군 남면(南面) 지곡리(芝谷里) 식영정(息影亭) 앞에 〈성산별곡〉을 새긴 시비(詩碑)들이 있다.

448

정한모

鄭漢模 1923. 10. 27. ~ 1991. 2. 23.

한국의 시인이며 국문학자.

호(號)는 일모(一茅).

충청남도 부여(扶餘)에서 태어났다.

일본 혼슈(本州) 서부 오사카(大阪)의 나니와상업학교(浪速商業學校)를 졸업한 뒤 귀국하여, 경성제국대학[京城帝國大學. 서울대학교의 전신(前身)]에서 청강하던 중 1944년(21세) 강제 징용에 끌려가 일본 전역의 노역장을 전전하였다.

일본에서 광복을 맞았으며, 그 해 11월 징용당한 젊은 이들과 정신대((挺身隊)로 끌려갔던 소녀 등 몇백 명을 이끌고 귀국하였다.

일본에서 공부할 때부터 문학에 뜻을 품고 습작에 몰두하였는데, 대학을 졸업할 무렵까지도 공식적인 경로를 통하여 문단(文壇)에 진출하는 대신 문우(文友)들과의 동인(同人) 활동에 주력하였다.

광복된 뒤 최초로 등장한 동인지 〈백맥〉에 〈귀향 시편〉을 발표하여 등단(登壇)하였다. 〈백맥〉은 1945년(22세) 10월 구경서(具慶書, 1921~, 한국의 시인)가 주가 되고 김윤성(金潤成, 1926~, 한국의 시인)·남정훈(南廷勳)·윤호영(1926~1991, 한국의 의사이며 소설가)·조남사(趙南史, 1923~1996, 한국의 방송 작가) 등과 함께 왕성한 의욕만으로 1만 부를 찍어 팔았으나 창간호로 종간(終刊)되었다.

1946년(23세)에는 공중인(→26)·김윤성·전광용(全光鏞, 1919~1988, 한국의 국문학자이며 소설가)·정한숙(鄭漢淑, 1922~1997, 한국의 소설가)·조남사 등과 〈시탑(詩塔)〉(제6호까지 발간) 동인으로 활동하였다.

광복 후 서울대학교 문리대 국문학과에 입학하였지만 한국 전쟁(Korean War, 1950. 6. 25.~1953. 7. 27.)을 겪으면서 휴학을 거듭하여 1955년(32세) 졸업하였고, 1959년(36세) 같은 대학교 대학원을 졸업하였으며, 1973년(50세) 같은 대학교에서 문학 박사 학위를 받았다.

1948년(25세) 전광용·전영경(全榮慶, 1930~?, 한국의 시인)·정한숙과 함께 '주막(酒幕)'을 결성하였는데, 이 동인은 동인지를 내는 대신 각자의 작품을 돌려 가며 읽고 합평(合評)을 하는 형식으로 이어졌으나 전쟁이 터지면서 뿔뿔이 흩어졌다. 전쟁이 끝난 뒤 각자 고등 학교 교사로 일하면서 다시 모인 이들은 공식적인 경로를 통하여 정식으로 등단하자고 약속하였는데, 1955년 전광용이 〈조선일보(朝鮮日報)〉에서 소설 〈흑산도(黑山島)〉로, 전영경이 〈조선일보〉에서 시 〈선사 시대(先史時代)〉로, 정한모가 〈한국일보(韓國日報)〉에서 시 〈멸입(滅入)〉으로, 정한숙이 〈한국일보〉에서 소설 〈전황당 인보기(田黃堂印譜記)〉로 각각 신춘 문예에 당선하여 등단함으로써 그 약속을 지켰다.

시의 주조(主潮)가 되는 것은 바람이나 꽃·계절·산이나 시내 등 자연을 소재로 따뜻한 인간의 눈길이나 정을 곁들여서 읊조린 정신 자세로, 휴머니즘의 옹호와 생명 탐구라는 말로 요약될 수 있다

공주사범대학(公州師範大學) 강사(1952~1954), 휘문고등학교(徽文高等學校) 교사(1954~1958), 동덕여자대학교(同德女子大學校) 교수(1958~1966)를 거쳐 서울대학교 교수(1966~1988)로 정년 퇴임하였다.

1974년(51세) 국제 펜클럽(International PEN) 한국 본부 이사, 1978(55세)~1981년(58세) 제19~22대 한국시인협회(韓國詩人協會) 회장, 1980(57세)~1982년(59세) 제3대 한국방송통신대학교 학장, 1981년 예술원(藝術院) 회원, 1984(61세)~1988년(65세) 제3대 한국문화예술진흥원(韓國文化藝術振興院, 2005년 1월 한국문화예술위원회로 개편) 원장, 1985년(62세) 교육개혁심의위원회 위원 등을 거쳐 1988년 문화공보부 장관으로 입각(入閣), '첫 시인 장관'이라는 기록을 남겼다. 재임(1988. 2. 25.~12. 4.) 중이던 7월 문단의 해묵은 과제였던 월북(越北) 문인 100여 명의 광복 이전 작품 해금(解禁)을 단행하였다.

1972년(49세) 시집 〈아가의 방〉으로 제4회 한국시인협회상, 1983년(60세) 제32회 서울특별시 문화상, 1987년(64세) 제32회 대한민국 예술원상, 1991년(68세) 시집 〈원점에 서서〉로 제12회 대한민국 문학상을 받았다.

1995년 4월 17일 서울 강북구(江北區) 수유동(水踰洞) 국립4·19민주묘지에 〈빈 의자〉를 새긴 시비(詩碑)를 비롯하여 충청남도 공주시(公州市) 반포면(反浦面) 학봉리(鶴峰里) 계룡산(鷄龍山) 동학사(東鶴寺) 입구에 〈하나 될 세상을〉, 부여읍 구교리(舊校里) 구드래조각공원에 〈새〉, 홍성군(洪城郡) 결성면(結城面) 성곡리(城谷里) 민족시비공원(民族詩碑公園)에 〈나비의 여행〉, 제주도 서귀포시(西歸浦市) 서홍동(西烘洞) 서귀포 칠십리 시 공원 〈해양시초(海洋詩抄)〉 등이 새겨진 시비들이 세워졌다.

정한모의 작품 연표

발표 시기	작품 이름	장르	발표 매체	비 고
1945. 1.	〈귀향 시편(歸鄕詩篇)〉	시	〈백맥(白脈)〉 제1집	
1955. 7.	〈음영(陰影)〉	시	〈사상계(思想界)〉 제27호	
1955. 10.	〈밤에 : 음영 Ⅱ〉	시	〈문학예술(文學藝術)〉	
1955. 12.	〈얼굴〉	시	〈현대문학(現代文學)〉 제12호	
1956. 2.	〈설원(雪原)〉	시	〈문학예술〉	
1956. 3.	〈오늘〉	시	〈현대문학〉 제15호	
1956. 8. 9. 12.	〈문체(文體)로 본 동인(東仁)과 효석(孝石)〉	평론	〈문학예술〉	
1956. 9.	〈바위의 의장(意匠)〉	시	〈현대문학〉 제21호	
1956. 12.	〈효석과 EXOTICISM〉	평론	〈국어국문학〉 제15호	
1957. 2.	〈어둠이 쌓이는 밤의 깊이에서〉	시	〈문학예술〉	
1957. 3.	〈빙화(氷花)〉	시	〈현대문학〉 제27호	
1957. 10.	〈6월〉	시	〈현대시〉 창간호	
1957/1959. 12.	〈여백(餘白)을 위한 서정(抒情)〉	시집	청구문화사(靑丘文化社)/신구문화사(新丘文化社)	
1958. 8.	〈전송(餞送)〉	시	〈사상계〉 제64호	
1958. 9.	〈태도습유(態都拾遺) : 까만 장정(裝幀)〉·〈태도습유 : 밀어(密語)〉·〈태도습유 : 양분(兩分)된 질서〉	시	〈현대문학〉 제45호	
1958. 10.	〈리얼리즘 문학의 한국적 양상(樣相)〉	평론	〈사조(思潮)〉 제5호	
	〈카오스(Chaos)의 사족(蛇足)〉	시집	범조사(汎朝社)	처녀 시집
1958. 11.	〈영롱한 시 정신의 구조 : 박목월(朴木月) 저(著) 자작시 해설 '보라빛 소묘(素描)'를 중심삼아〉	평론	〈신문예(新文藝)〉 제5호	
1958. 12.	〈바다의 기억(記憶)〉	시	〈지성(知性)〉 제3호	
1959. 3.	〈효석 문학에 나타난 외국 문학의 영향〉	평론	서울대학교	석사 학위 논문
1959. 6. 1959. 8.	〈화방심서(花房心書)〉	시	〈현대문학〉 제54호 〈사상계〉 제76호	
1959. 7.	〈별리(別離)〉	시	〈자유문학(自由文學)〉	
1959. 8. 9.	〈소월(素月) 시의 이해 : 소월의 시를 말한다〉	평론	〈신문예〉 제14호	
1959. 8.~9.	〈한국 현대시사(韓國現代詩史)〉	평론	〈현대문학〉 제56~57호	
1959. 11.	〈속돌 : 탐라(耽羅)에게〉	시	〈현대문학〉 제59호	
1959	〈가을에〉	시		
	〈현대 작가 연구〉	시론집	범조사	
1960. 3.	〈한 마리 새〉	시	〈청파문학(靑坡文學)〉 제2호	
	〈한목(寒木)〉	시	〈자유문학〉	
1960. 5.	〈어두운 숲〉	시	〈사상계〉 제85호	
1960. 7.	〈나의(儺儀)〉	시	〈새벽〉	
1960. 10.	〈꽃의 탄생(誕生)〉	시	〈현대문학〉 제70호	
1961. 1.	〈꽃의 여정(旅程)〉	시	〈자유문학〉	
1961. 3.	〈Limit time〉	시	〈사상계〉 제95호	
1961. 9.	〈길 위에서〉	시	〈사상계〉 제101호	
	〈불면(不眠)의 눈〉	시	〈현대문학〉 제81호	
1962. 12.	〈난시(亂視)와 색약(色弱) : 시인의 시각〉	평론	〈사상계〉 제116호	
1963. 3.	〈서정의 언어 : 자운(滋雲)·광림(光林)·성룡(成龍)의 시세계〉	평론	〈세대(世代)〉	
1963. 10.	〈그라디오라스〉	시	〈사상계〉 제126호	

발표 시기	작품 이름	장르	발표 매체	비 고
1964. 2.	〈연(鳶)〉	시	〈청파문학〉 제4호	
1964. 10.	〈주제면에서 본 한국의 현대시 : 한국 현대시의 새 진단〉	평론	〈현대문학〉 제118호	
1964. 12.	〈조밀한 서정의 탄주(彈奏) : 김영랑론(金永郎論)〉	평론	〈문학춘추(文學春秋)〉 제7호	
1964	〈문학 개론(文學槪論)〉	이론서	문명사(文明社)	김춘수(→95)·문덕수(文德守)·박목월(→178) 공저
1965. 1.	〈아가의 방(房)-서곡(序曲)〉	시	〈문학춘추〉 제10호	
1965. 2.	〈문학적 모럴리티의 출발 : 동인 작품의 성윤리(性倫理)〉	평론	〈세대〉 제19호	
1965. 4.	〈인고(忍苦)와 아픔의 계보 : 문학 작품에서 본 한국의 여인상〉	평론	〈사상계〉 제144호	
1965. 5.	〈봄의 아가〉	시	〈청파문학〉 제5호	
1965. 9.	〈감상주의(感傷主義)는 과연 금기(禁忌)인가 : 현대시와 릴리시즘, 현대 문학의 숙제〉	평론	〈세대〉 제26호	
1965. 10.	〈옥상 화원(屋上花園)〉	시	〈신동아(新東亞)〉 제73호	
1965. 11.	〈나비의 여행(旅行) : 아가의 방(5)〉	시	〈사상계〉 제151호	
1966. 6.	〈꽃 체험(體驗)〉	시	〈현대문학〉 제138호	
1966. 11.	〈한국 현대시의 기점(起點)〉	평론	〈성심어문논집(聖心語文論集)〉 제1집	
1967. 4.	〈하늘의 깊이에서〉	시	〈청파문학〉 제7호	
1968. 1.	〈현대시와 독자 : 이 달의 화제〉	평론	〈현대문학〉 제157호	
1968. 2.	〈'현대시의 진단'에 대하여 : 이 달의 화제〉	평론	〈현대문학〉 제158호	
1968. 3.	〈든든한 작가 : 이 달의 화제〉	평론	〈현대문학〉 제159호	
1968. 4.	〈돌의 노래〉	시	〈사상계〉 제180호	
1968. 6.	〈귀향〉	시	〈신동아〉 제105호	
1968. 8.	〈뜨거운 여름의 자락 아래서〉	시	〈현대문학〉 제164호	
1968. 10.	〈현대시와 작품 의식 : 이 달의 화제〉	평론	〈현대문학〉 제166호	
1968. 11.	〈시극(詩劇)의 가능성 : 이 달의 화제〉	평론	〈현대문학〉 제167호	
1968. 12.	〈수확의 달 : 이 달의 화제〉	평론	〈현대문학〉 제168호	
1969. 1.	〈시어론(詩語論) : 현대시의 제문제〉	평론	〈월간문학(月刊文學)〉 제3호	
1969. 1.~6. 10.~12. 1970. 1.~5./1988. 3.	〈작문 교육을 위한 문장 강화〉	평론	〈횃불〉/ 전국문화원(全國文化院) 제18호	
1969. 5. 7.~12. 1970. 1. 7. 9. 11. 12. 1971. 1. 3. 5. 7. ~10. 12. 1972. 1. 3. 5. ~7. 11. 1973. 2. 4. 6. 11. 1974. 1. 2.	〈한국 현대시사〉	평론	〈현대시학(現代詩學)〉 제2, 4~10, 16, 18, 20, 21, 22, 24, 26, 28~31, 33, 34, 36, 38~40, 44, 47, 49, 51, 56, 58, 59호	
1969. 7.	〈그 고운 마음을〉	시	〈월간문학〉 제9호	
1970	〈아가의 방〉	시집	문원사(文苑社)	
1971. 1.	〈한국의 소설 문장 : 문장론(文章論)〉	평론	〈월간문학〉 제27호	
1971. 10.	〈'소년'기(期) 이전의 시가(詩歌)-'대몽최(大夢崔)'의 소작(所作)들 : 신시(新詩) 형성 과정 연구를 위한 소고〉	평론	〈동대논총(同大論叢)〉 제2집	동덕여대(同德女大)
1972. 1.	〈새벽〉	시	〈월간문학〉	

발표 시기	작품 이름	장르	발표 매체	비 고
1972. 2.	〈구비 문학 개설(口碑文學槪說) : 장덕순(張德順) 저 서평〉	평론	〈도서관보(圖書館報)〉	
	〈서장(序章)〉	시	〈현대시학〉 제35호	
1972. 7.	〈1920년대 한국시의 조류(潮流)〉	평론	〈성심어문논집(誠心語文論集)〉 제3집	
1973. 2.	〈근대시의 형성과 그 전개 : 주요한(朱耀翰)의 시를 중심으로〉	평론	〈동대논총〉 제3집	
1973. 3.	〈염상섭(廉想涉)의 문체와 어휘 구성의 특성, 형성 과정에서의 그의 가능성을 중심으로 : 한국 현대 문학의 재정리〉	평론	〈문학사상(文學思想)〉 제6호	
1973. 4.	〈빈 의자〉	시	〈다리〉	
1973. 5.	〈근대 민요시와 두 시인 : 소월과 안서(岸曙)의 작품론〉	평론	〈문학사상〉 제8호	
	〈사실(史實)의 복원과 역사적 인식 : 김윤식(金允植) 저 1. 근대 한국 문학 연구 2. 한국 근대 문예 비평사 연구 서평〉	평론	〈문학과지성〉 제12호	
1973. 8.	〈한국 근대시의 형성 과정고(形成過程考)〉	평론	서울대학교 대학원	박사 학위 논문
1973. 10.	〈20년대 시인들의 세계와 그 특성 : 한국 현대 문학의 재정리〉	평론	〈문학사상〉 제13호	
1973	〈문학 개론〉	이론서	박영사(博英社)	공저
	〈문학 개설(文學槪說)〉	이론서	박영사	김용직(金容稷) 공저
	〈현대 시론(現代詩論)〉	시론집	민중서관(民衆書館)	
1974. 4.	〈네 개의 작품 세계, 영랑 · 석정(夕汀) · 이산(怡山) 및 김용호(金容浩)의 시를 어떻게 읽을 것인가〉	평론	〈심상(心象)〉 제7호	
1974. 5.	〈한국 근대시 형성에 미친 역시(譯詩)의 영향 : 안서 김억의 작업을 중심으로〉	평론	〈동대논총〉 제4집	
1974. 8.	〈직유(直喩)와 은유(隱喩)의 기법 : 언어 생명의 변혁(變革)과 새로운 창조〉	평론	〈심상〉 제11호	
1974. 9.	〈내면(內面)을 투시하는 '눈' : 작시(作詩) 지도(指導)〉	평론	〈심상〉 제12호	
	〈서정주의의 한 극치 : 김영랑(金永郎)의 시문학사적 위치 : 한국 현대 문학의 재정리〉	평론	〈문학사상〉 제24호	
	〈육사(陸史) 시의 특질과 시사적(詩史的) 의의〉	평론	〈나라사랑〉 제16호	
1974. 10.	〈해변 점묘(海邊點描)〉	시	〈현대문학〉 제238호	
1974. 12.	〈건강성의 회복 : 현대시의 반성〉	평론	〈심상〉 제14호	
1974	〈한국 현대 시문학사(韓國現代詩文學史)〉	시론집	일지사(一志社)	
	〈한국 현대시 요람(韓國現代詩要覽)〉	이론서	박영사	김용직 공저
1975. 1.	〈상징주의 시론(詩論)의 한국적 상륙(上陸) : 그 이론과 배경, 한국 문학의 사조적(思潮的) 정리〉	평론	〈월간문학〉 제71호	
1975. 2.	〈김종길(金宗吉) 저 '진실과 언어' 외 : 한국 현대시에 대한 몇 가지 질문과 반성〉	평론	〈문학과지성〉 제19호	서평
	〈동주(東柱) 시의 특질과 시사적 의미 : 윤동주 연구〉	평론	〈심상〉	
1975. 4.	〈60년대 시단(詩壇)에서의 독자적 정진(精進) : 동인시지(同人詩誌) '청미(靑眉)'〉	평론	〈심상〉 제19호	
1975. 5.	〈봄〉	시	〈현대시학〉 제74호	
1975. 6.	〈한국 개화기 문학의 제문제〉	평론	〈한국학(韓國學)〉 제6집	
1975	〈새벽〉	시집	일지사	
	〈아미엘 일기(日記)〉	번역서	신구문화사	아미엘
	〈어머니 · 6〉	시	〈새벽〉	
1976. 2.	〈기독교 전교 시대(傳敎時代)와 한국 문학 : 기독교와 한국 문학〉	평론	〈한국문학(韓國文學)〉 제28호	

발표 시기	작품 이름	장르	발표 매체	비 고
1976	〈혈(血)의 누(淚) : '은세계(銀世界)' 외〉	이론서	정음사(正音社)	이인직(李人稙) 저 해제(解題)
1977	〈베토벤 : '운명(運命)을 넘어서'〉	번역서	신구문화사	로맹 롤랑
1979	〈한국 현대시의 정수(精髓)〉	시론집	서울대학교 출판부	
1981	〈논문 작성법(論文作成法) : 그 이론과 실제〉	이론서	박영사	공저
1982	〈문학의 이해〉	이론서	방송통신대 출판부	공저
1983. 11.	〈현대시의 이해〉	평론	〈태릉어문(泰陵語文)〉 제2집	서울여자대학
1983	〈나비의 여행〉	시집	현대문학사	
	〈바람과 함께 살아온 세월〉	수필집	문음사(文音社)	
	〈사랑 시편(詩篇)〉	시선집	고려원(高麗苑)	
	〈아가의 방 별사(別詞)〉	시집	문학예술사	
	〈한국 대표시 평설(韓國代表詩評說)〉	이론서	문학세계사	김재홍(金載弘) 공저
	〈한국 현대시의 현장(現場)〉	시론집	박영사	
1987. 3.	〈한국의 미래 지향적 문화 발전〉	평론	〈문화예술〉 제110호	
1989	〈원점(原點)에 서서〉	시집	문학사상사	
1990. 12.	〈현대와 시-한국 전후(戰後) 시의 양상 : 6·25 동란 40주년에 즈음하여〉	평론	〈예술원보(藝術院報)〉 제34호	
1990	〈동래 정씨 문헌록(東萊鄭氏文獻錄)〉	이론서	정문율	
1991	〈내 유년(幼年)의 하늘엔〉	시집	미래사(未來社)	
1993	〈한국 현대시 평설(韓國現代詩評說)〉	이론서	문학세계사	공저

449

정호승

鄭昊昇 1916. 1. 5. ~ ?

한국의 시인.

본명(本名)은 영택(英澤).

정철(→447)의 13세손(世孫)으로, 아버지 정운익(鄭雲益)과 어머니 이순세(李淳世)의 3남 1녀 중 맏아들로, 충청북도 충주군(忠州郡) 충주면[지금의 충주시 교현동(校峴洞)]에서 태어났다.

향리(鄕里)의 충주공립보통학교(지금의 교현초등학교)를 졸업하고(1923~1929), 서울로 와서 1929년(13세) 중앙고등보통학교(中央高等普通學校, 지금의 중앙중·고등학교)에 입학하였으나, 사회주의(社會主義, socialism) 서적을 탐독한 영향으로 좌익(左翼) 사상에 기울어져 무기정학(無期停學)과 정학을 되풀이하다가 4년 만에 2학년을 마치고 자퇴(自退)하였다.

1933년(17세) 최덕용(崔德容)과 혼인하였는데, 1935년(19세) 아내가 스스로 목숨을 끊음으로써 사별(死別)하였다.

1935년 서울 종로(鐘路)에 경충무역사(京忠貿易社)라는 운수업을 차려 동향(同鄕)인 지봉문(池奉文, ?~?, 한국의 소설가이며 편집 발행인)과 함께 운영하였다.

1936년(20세) 5월, 농민 문학의 선구자인 이무영(李無影, 1908~1960, 한국의 소설가)이 편집 겸 발행인으로 경성각(京城閣)에서 발행하던 〈조선문학(朝鮮文學)〉(월간 순수 문예지, 1933. 5.~11. 제4호로 휴간, 1936. 5. 1. 속간, 1937. 8. 1. 다시 휴간, 1939. 1. 1. 속간, 6월, 통권 19호로 종간)을 속간(續刊)하여 시 〈불안이 풀리던 날〉(1936. 6.)·〈뻔히 알면서〉(1936. 9.)·〈소작인(小作人)〉(1936. 11.) 등을 발표하였다. 그 뒤 〈조선문학〉은 1930년대 대표적인 문예지가 되었다.

이무영과 교분이 두터웠고 그의 시에서도 여러 곳에서 농민 문학적인 성향이 엿보인다.

1937년(21세) 〈풍림(風林)〉(월간 순수 문예지, 1936. 12.~1937. 5. 통권 6호로 종간) 제2호(1937. 1.)에 시 〈잡스런 이 몸〉을 발표하였고, 김광균(→48)·민태규(閔泰奎)·박재륜(朴載崙, 1910~2001, 한국의 시인) · 서정주(→226) · 신백수(申百秀, 1915~1946, 한국의 시인이며 소설가) · 신석초(→256) · 오장환(→298) · 윤곤강(→357) · 이병각(李秉珏, 1910~1941, 한국의 시인) · 이성범(李成範, 1915~?, 한국의 시인) · 이육사(→390) · 함형수(→508) 등과 함께 〈자오선(子午線)〉(시 전문 동인지, 1937. 11. 10. 창간호로 종간) 동인(同人)으로 참여하여 시 〈노래를 잊은 이 몸〉을 발표하였다.

1938년(22세) 8월 24일, 충주공립보통학교의 교사로 정호승의 집에 하숙하던 정정순(鄭丁順)과 열애 끝에 재혼하였다.

1939년(23세) 9월, 첫 시집이자 마지막 시집 〈모밀꽃〉(조선문학사)을 펴냈다. 연작시(聯作詩) 〈모밀꽃〉을 비롯하여 〈나는 탕아(蕩兒)〉 · 〈무지개〉 · 〈봄비 나리는 밤〉 · 〈서투른 도적(盜賊)아〉 · 〈풀무고개에서 소작인〉 · 〈호들기여〉 등 모두 34편을 실은 이 시집에는 식민지 시대를 살아가는 지식인의 무기력(無氣力)한 모습과 농촌 풍경을 배경으로 일제(日帝) 강점 아래 우리 민족의 좌절을 형상화하여 서정성과 민족의 비극을 사실적(寫實的)으로 묘사하였다. 10월에는 〈시건설(詩建設)〉(시 전문지, 1936. 11.~1940. 6. 통권 8호로 종간) 제7호(1939. 10.)에 시 〈우울(憂鬱)〉을 발표하였다.

일제의 강화된 폭압 정책 속에 사찰(査察) 대상이 되어 고등계 형사들의 잦은 출입 수색을 받게 되었고, 이에 아내가 정호승의 애지중지하는 서적들과 작품 원고들을 모두 불태웠다고 한다.

1946년(30세) 남조선노동당(南朝鮮勞動黨, 1946년 11월 서울에서 창당, 남로당) 입당과 좌익 운동, 정치적 색채가 짙은 급진적인 동인지(同人誌) 〈아우성(我友聲)〉을 발간한 일로 6개월 동안 감옥살이를 하였다.

남북 협상[南北協商, 1948. 4. 19.~4. 30, 남한만의 단독 정부 수립 노선(路線)에 대항하여, 56개의 정당 · 사회 단체 대표 695명이 참가하여 평양(平壤)에서 가진 연석 회의와 일련의 정치 회담] 때 김구(金九, 1876~1949, 한국의 독립 운동가이며 정치가)를 수행하여 북한을 다녀와서, 청주교도소(淸州矯導所)에서 1년 동안 다시 복역(服役)하였다.

그 뒤 보도연맹(保導聯盟, 1949년 6월, 좌익 운동을 하다가 전향한 사람들로 조직한 반공 단체로, 정식 명칭은 '국민보도연맹') 가입하여 일시적으로 전향(轉向)하는 듯하였으나, 정치적 혼란 속에서 줄곧 도피 생활을 하다가 다시 좌익과 관계를 맺음으로써 사상적 압박에 번민하였다.

한국 전쟁(Korean War, 1950. 6. 25.~1953. 7. 27.)이 일어나자 충주 지역 예술동맹위원장을 맡았다가 북한군이 후퇴할 때 홀몸으로 월북(越北)하였다.

1968년(52세), 한국 정부의 정보 기관에서 정호승이 북한의 대학 교수직에 있다는 소식을 가족들에게 알려 주었다고 하는데, 가족들은 연좌제(緣坐制)로 말미암아 극심한 고통을 겪었다고 한다.

그 동안 규제 문인으로 묶여 있다가 1988년 7월 정부의 월북 문인 해금(解禁) 조치 발표로 그의 모든 작품이 해금되어, 1995년 10월 유족(遺族)들이 시집 〈모밀꽃〉(온누리출판사)을 펴냈다.

충청남도 보령시(保寧市) 성주면(聖住面) 개화리(開花里) 개화예술공원(開花藝術公園) 모산한국육필문예공원에 시비(詩碑)가 세워져 있다.

450
정훈
鄭勳 1563(명종 18) ~ 1640(인조 18)

조선(朝鮮, 1392~1910)의 시인.

자(字)는 방로(邦老), 호(號)는 수남방옹(水南放翁), 본관(本貫)은 경주(慶州).

고려(高麗, 918~1392) 때 대제학(大提學)을 지낸 정현영(鄭玄英)의 후손이며, 효도로 당대(當代)에 이름이 널리 알려진 능참봉(陵參奉) 정금엄(鄭金嚴)과 효부(孝婦) 조씨 부인[趙氏夫人, 옥천(玉川) 조영(趙瑛)의 딸]의 둘째 아들로, 전라북도 남원(南原)의 전형적인 양반 집안에 태어났다.

형(鄭點)이 18세에 병으로 죽은 탓으로 부모들이 명(命)이나 길라고 하여 수학(修學)의 기회를 주지 않아서 독학(獨學)으로 공부하였고, 평생 관직(官職)에는 나아가지 않았다.

임진왜란(壬辰倭亂, 1592. 4. 13.~1598. 11. 19.) · 인조반정(仁祖反正, 1623. 3. 13.) · 정묘호란(丁卯胡亂, 1627. 1. 14.~3. 3.) · 병자호란(丙子胡亂, 1636. 12. 9.~1637. 1. 30.) 등을 겪으면서, 비록 관계(官界)에 나아가지는 않았으나 시대적인 영향을 많이 받았다. 특히 성품이 강직하고 정의를 제일로 내세우며 적극적이었으며, 불의(不義)를 방관(傍觀)하지 못하였다.

1624년(61세, 인조 2) 이괄(李适, 1587~1624, 조선의 무

신)의 난 때에는 노구(老軀)에도 불구하고 모병(募兵)하여 출동하였고, 정묘·병자 두 차례의 호란 때에는 노경(老境)에 이르러 스스로 출정(出征)하지 못하자, 아들을 대신 출정시킬 만큼 우국지성(憂國至誠)이 놀라웠다.

일생을 남원 동문(東門) 밖 초야(草野)에 묻혀 살면서 많은 문학 작품을 남겼다. 강한 국가 의식이 드러난 작품으로 〈계해반정 후계공신가(癸亥反正後戒功臣歌)〉·〈민여임 청백 찬가(閔汝任淸白讚歌)〉·〈성주 중흥가(聖主中興歌)〉·〈탄강도함몰대가 출성가(歎江都陷沒大駕出城歌)〉·〈탄북인작변가(歎北人作變歌)〉·〈탄오성한음 완평찬적가(歎鰲城漢陰完平竄謫歌)〉 등이 있다.

생활 주변의 아름다운 자연 경관을 읊은 시가(詩歌)로 〈수남방옹가(水南放翁歌)〉·〈용추유영가(龍湫遊詠歌)〉 등이 있고, 일상 생활을 읊은 것으로 〈오활가(迂闊歌)〉·〈탄궁가(歎窮歌)〉 등의 가사(歌辭)와 〈곡처(哭妻)〉·〈기우인(寄友人)〉·〈월곡답가(月谷答歌)〉·〈자경(自警)〉 등의 시조(時調)가 있다.

그의 시가는 시어(詩語) 선택이나 조사(助詞)면에서 독창적인 데가 있으며, 섬세한 예술적 관찰력과 대담한 자기 의식 노출은 개성 있는 시 세계를 창조하고 있다. 특히 시가의 군데군데에 보이는 대담한 고발 부분은 당시 다른 작품에서는 찾아보기 어렵다.

이 밖에 한글 가사 5편과 시조 20수(首)가 있고, 한시문(漢詩文)도 30여 편이 전한다.

451

조기천

趙基天 1913. 11. 6. ~ 1951. 7. 31.

북한의 시인.

러시아 극동부 프리모르스키[Primorsky Krai, 연해주(沿海州)] 지방 스파스크달니(Spassk-Dál'niy)의 가난한 농가에서 태어났다.[북한 자료에는 대부분 함경북도 회령(會寧)를 출생지로 표기하고 있다.]

일제(日帝)의 압박과 착취를 피하여 어릴 때 온 가족이 시베리아(Siberia)로 이주하였다.

1929년(16세) 스파스크의 초·중학교를 졸업하고, 1930년(17세) 국비생(國費生)으로 연해주 우수리스크(Ussuriysk) 조선사범전문학교(朝鮮師範專門學校)에 입학하여 1933년(20세) 졸업하였다. 이 무렵 〈파리꼼무나〉[〈선봉(先鋒)〉, 1930]·〈공격대원에게〉(1931)·〈야외 연습(野外練習)〉(1932) 등 소련의 지방 신문이나 잡지에 짤막한 시를 발표하였다.

1937년(24세)부터 시작된 스탈린(Iosif Vissarionovich Stalin, 1879~1953, 소련의 정치가)의 소수 민족 이주 정책에 따라 조선인들이 극동 지역에서 중앙 아시아로 강제 이주될 때 중앙 아시아 북부 카자흐(Kazakh)로 이주하였다.

1938년(25세) 7월 중남주 옴스크(Omsk) 주의 주도(州都) 옴스크의 고리키 사범대학 러시아 문학부를 졸업하고, 그 해 9월부터 카자흐스탄(Kazakhstan, 1991년 러시아 연방에서 독립) 크질오르다(Kzyl-Orda)의 조선사범대학 문학부에서 세계 문학사를 강의하였다.

1939년(26세) 8월 모스크바 대학교(M.V. Lomonosov Moscow State University, MSU. 1755년 설립) 대학원에 파견되었으나 일본 간첩 혐의로 경찰에 구속되어 크질오르다로 돌아왔다. 그 뒤 대학의 교편(敎鞭) 생활을 접고 1940년(27세)부터 1945년(32세)까지 알마아타(Alma Ata)에서 발행되는 고려인 한글 신문 〈레닌 기치(Lenin旗幟)〉[1938년 5월 창간, 1991년 5월 〈고려일보(高麗日報)〉로 이름을 바꾸었다.]에서 기자·문화부장으로 활동하였다.

광복이 되자 소련군에 지원 입대하여 소련군 대위로 북한에 들어왔으며, 소련 군정(軍政) 기관지 〈조선신문(朝鮮新聞)〉에서 문예부장으로 활동하였다.

1946년(33세) 3월 시 〈두만강(豆滿江)〉을 발표하여 북한 문단(文壇)에 등단(登壇)하였는데, 〈두만강〉은 일제 강점기에 고통받는 민중들의 모습을 회상(回想)하면서 두만강의 흐름을 통하여 광복된 조국의 현실과 미래를 그려 낸 작품이다. 이어 토지 개혁을 묘사한 〈땅의 노래〉, 광복의 감격을 노래한 〈을밀대(乙密臺)에서 부른 노래〉 등의 서정시를 발표하였다.

1947년(34세) 북조선문학예술총동맹[北朝鮮文學藝術總同盟, 1946년 3월 25일 '북조선예술총연맹'으로 결성, 1946년 10월 '북조선문학예술총동맹'으로 개칭, 1951년 3월 '조선문학예술동맹'으로 개편, 1961년 3월 2일 '조선문학예술총동맹(문예총)'으로 부활]으로 자리를 옮겨 일하면서 활발한 창작 활동을 시작하였다. 장편 서사시집 〈백두산(白頭山)〉[노동신문사(勞動新聞社), 1947. 4. 30.]은 보천보 전투(普天堡戰鬪, 1937. 6. 4.)를 소재로 하여 북한의 혁명 전통 사상을 표현한 작품으로, 박세영(→180)의 서사시집 〈밀림(密

林)의 역사〉(1962)와 함께 북한의 2대 걸작 서사시로 평가받았다. 7장 6절의 3천여 행(行)으로 구성되어 있으며, 당시 당 기관지 〈노동신문〉에 하루에 2백~3백여 행씩 10회에 걸쳐 연재되었다. 같은 해 열린 제1회 '북조선 예술 축전'에서 1등상을 받았고, 이 작품으로 북한 문단에서 일급 작가가 되었다.

1948년(35세) 북한 정권(政權)이 수립되자 그가 소속된 부대는 소련으로 복귀하였으나, 그는 계속 평양(平壤)에 남아 조선신문사(朝鮮新聞社) 문예부에서 활동하다가 편집국장을 맡았고, 1951년(38세) 3월 조선문학예술동맹 부위원장으로 선출되었고, 5월에는 국기 훈장(國旗勳章) 제2급을 받았다.

북한 시인들의 시를 러시아 어로 번역·소개하거나 마야콥스키(Vladimir Vladimrovich Mayakovskii, 1893~1930, 소련의 시인) 같은 러시아 시인들의 시를 우리말로 번역·소개하였고, 시 〈눈길〉·〈문경(聞慶) 고개〉·〈우리는 조선 청년이다〉·〈조선의 어머니〉·〈첫 새벽을 맞으면서〉 등을 발표하였고, 조·소 친선 사상을 주제로 한 〈우리의 길〉[국립출판사(國立出版社), 1948], 여수·순천 사건[麗水順天事件, 1948년 10월 19일 여수 지역에 주둔하고 있는 국군 제14연대가 봉기(蜂起)를 일으켜 정부 진압군이 이를 진압한 사건. 여순 사건]을 다룬 연시(聯詩) 〈항쟁(抗爭)의 여수(麗水)〉[문예총출판사(文藝總出版社), 1949], 2개년 북한 인민 경제 계획을 초과 달성하는 흥남(興南) 공장 노동자들의 생활과 체험을 다룬 장편 서사시 〈생(生)의 노래〉(1950. 6.), 단시집 〈조선은 싸운다〉(문예총출판사, 1951) 등 많은 시집을 펴냈다.

한국 전쟁(Korean War, 1950. 6. 25.~1953. 7. 27.)이 일어나자 종군(從軍) 작가로 낙동강(洛東江)까지 내려왔고, 〈나의 고지(高地)〉·〈불타는 거리에서〉·〈죽음을 원쑤에게〉 등 전의(戰意)를 고취시키는 많은 작품을 발표하였다.

1951년 7월 31일 평양에서 미군 B-29기의 폭격을 맞아 전사(戰死)하였다.

남한에서도 널리 알려진 북한의 대표적인 대중 가요 〈휘파람〉을 비롯하여 〈범 노래〉·〈어머니〉 등 서정성 짙은 작품과 〈비행기 사냥꾼〉 등과 같은 많은 장편 서사시를 남겼으며, 유고집(遺稿集)으로 〈조기천 선집(選集)〉(문예출판사, 상·하권, 1952)이 있다.

그 동안 규제 문인으로 묶여 있다가 1988년 7월 정부의 월북(越北) 문인 해금(解禁) 조치 발표로 그의 모든 작품이 해금되었다.

452

조명암

趙鳴岩 1913. 11. 10. ~ 1993. 5. 8.

북한의 시인이며 시나리오 작가.

본명(本名)은 영출(靈出), 예명(藝名)은 금운탄(金雲灘)·김다인(金茶人)·김호(金湖)·남려성(南麗星)·부평초(浮萍草)·산호암(珊瑚岩)·양훈(楊薰)·이가실(李嘉實)·함경진(咸璟進) 등 다양하였고, 법명(法名)은 중련(重連), 원적(原籍)은 철원(鐵原).

아버지는 조경희, 어머니는 조희정으로, 충청남도 아산군(牙山郡) 영인면(靈仁面) 아산리에서 태어났으며, 평양(平壤)에서 죽었다.

아버지의 독립 운동으로 말미암아 집안이 풍비박산되어 1916년(3세) 어머니와 함께 서울로 피신하였다. 아버지를 일찍 여의고, 어려운 가정 환경으로 1918년(5세) 어머니는 함경남도 안변(安邊)의 석왕사(釋王寺)에서 법명 묘심(妙心)으로 비구니가 되었고, 조명암도 강원도 고성(高城)의 건봉사(乾鳳寺)에서 법명 중련으로 한용운(→503)의 손자뻘 상좌(上座)로 출가(出家), 승려 생활을 하였다.

1927년(14세) 건봉사에서 세운 봉명학교(鳳鳴學校)에서 소학교(小學校, 지금의 초등 학교)와 중학교 과정을 마치고, 1932년(19세) 4월 한용운의 도움으로 서울 보성고등보통학교(普成高等普通學校, 지금의 보성중·고등학교)에 입학하여 1935년(22세) 졸업하였다. 재학 중에 〈신동아(新東亞)〉(월간 종합 교양지. 1931. 11.~1936. 9. 통권 59호로 폐간. 1964년 9월 통권 60호로 복간)에 시 〈이 동굴을 거니는 자여〉를 비롯하여 〈전선(戰線)〉·〈조선일보(朝鮮日報)〉·〈형상(形象)〉(월간 문예지. 1934. 2.~3. 통권 2호로 종간) 등 다양한 지면(紙面)을 통하여 시를 발표하였다.

1934년(21세) 〈동아일보(東亞日報)〉 신춘 문예 시가(詩歌) 부문에 〈동방(東方)의 태양을 쏘라〉(1934. 1. 1.)가 당선되었고, 가요 부문에서 〈농부가(農夫歌)〉와 〈서울의 노래〉(1934. 1. 3.)가 각각 가작(佳作)으로 당선되어 등단(登壇)하였다. 이 노래는 같은 해 5월 일본 음반 회사인 콜럼비아 레코드(Columbia Records)에서 안일파(安一波)

작곡, 니키 다키오(仁木他喜雄, 1901~1958, 일본의 작곡가) 편곡, 채규엽(蔡奎燁, 1911~?, 한국의 대중 가요 가수) 노래로 취입 발매되었다. 이 노래의 노랫말이 일제(日帝)에 항거하는 내용이 암시적으로 표현되어 있다고 하여 발매 일주일 만에 판매 금지곡이 되었고, 레코드사에서는 조명암에게 〈서울의 노래〉를 개작해 줄 것을 부탁하여 개작된 〈서울 노래〉로 재발매되었다.

1936년(23세) 일본으로 유학하여 도쿄 와세다대학(早稻田大學) 제2고등학원(第二高等學院)을 거쳐 1941년(28세) 와세다대학 불문과(佛文科)를 졸업하였다.

〈노스탈자〉·〈북행 열차(北行列車)〉·〈제3해협〉·〈추억(追憶)의 건축〉·〈항로(航路)〉 등 주로 모더니즘 계열의 시를 써서 〈신동아〉 제51호(1936. 1.)·〈인문평론(人文評論)〉(월간 순수 문예지. 1939. 10.~1941. 4. 통권 16호로 종간) 등에 많은 작품을 기고(寄稿)하였다.

1939년(26세)에는 노양근(盧良根, 1900~?, 한국의 아동문학가. 한국 전쟁 때 월북)·이해문(李海文, 1911~1950, 한국의 시인. 한국 전쟁 때 총살당함) 등과 〈초원(草原)〉(시 동인지. 1939. 9. 5. 창간호로 종간) 동인(同人)으로 활동하였다.

대중 가요 작사가로도 활약하여 일본 유학 중에도 계속 대중 가요 가사를 발표하였는데, 많은 인기곡을 배출하여 일제 강점기의 작사가로 박영호(朴英鎬, 1911~1953, 북한의 극작가이며 대중 가요 작사가)와 쌍벽(雙璧)을 이루었다. 그의 노랫말은 박영호에 비하여 섬세한 면이 돋보였다.

1940년대에 들어서는 악극·연극 대본(臺本)을 쓰기 시작하여 극작가·시나리오 작가·연출가로도 활동하였다. 대표적인 작품으로 〈추석제(秋夕祭)〉(1941)·〈영(嶺) 넘어 팔십 리〉(1943)·〈왕소군(王昭君)〉(1943)·〈노예선(奴隸船)〉(1944)·〈승리에의 길〉(1944)·〈열사의 화원(熱砂の花園)〉(1944)·〈도화만리(桃花萬里)〉(1945)·〈맹강녀(孟姜女)〉(1945)·〈유충렬(劉忠烈)〉(1945) 등이 있는데, 작품 중 상당수는 조선악극단(朝鮮樂劇團)에서 상연하였다.

1942년(29세) 가요 〈목포(木浦)는 항구(港口)다〉를 발표한 것을 비롯하여 광복을 전후하여 서정성 어린 노랫말 약 5백여 편을 남겨 '가요 시인'이라고 일컬어졌다. 그 중 대표작을 살펴보면 다음과 같다.

〈가거라 초립동(草笠童)〉(1941)·〈겁쟁이 촌처녀〉(1939)·〈경기(京畿) 나그네〉(1942)·〈고향 설(故鄕雪)〉(1942)·〈고향 소식〉(1943)·〈고향초(故鄕草)〉(1948)·〈괄세를 마오〉·〈구십 리 고개〉(1937)·〈그리운 장미화(薔薇花)〉(1946)·〈기로(岐路)의 황혼(黃昏)〉(1938)·〈꼬집힌 풋사랑〉(1938)·〈꼴망태 목동〉(1938)·〈꽃 없는 화병(花甁)〉·〈꽃 피는 지나가(支那街)〉·〈꿈꾸는 백마강(白馬江)〉(1940)·〈꿈꾸는 처녀원(處女園)〉·〈꿈인가 추억인가〉·〈나그네 설움〉(1942)·〈나무아미타불〉(1939)·〈낙화 삼천(落花三千)〉(1942)·〈낙화유수(落花流水)〉(1942)·〈남매(男妹)〉(1942)·〈남아 일생(男兒一生)〉(1943)·〈남장 미인(男裝美人)〉·〈내 고향〉(1942)·〈내 어이 왔나요〉·〈눈감은 포구(浦口)〉·〈눈 오는 네온가(街)〉(1940)·〈눈물의 태평양(太平洋)〉·〈님 실은 퐁퐁선〉(1941)·〈님 전(前) 상서(上書)〉·〈님 전 화풀이〉(1938)·〈다방(茶房)의 푸른 꿈〉(1939)·〈담뱃집 처녀〉·〈대지(大地)의 사나이〉·〈더벅머리 과거〉(1942)·〈돈 반 정(情) 반〉·〈목화(木花)를 따며〉(1942)·〈몽고(蒙古)의 밤〉(1948)·〈무너진 오작교(烏鵲橋)〉·〈무정 고백(無情告白)〉·〈무정 천 리(無情千里)〉(1941)·〈미녀도(美女圖)〉(1939)·〈바다의 교향시(交響詩)〉(1938)·〈바다의 꿈〉·〈방랑 극단〉·〈병든 장미(薔薇)〉·〈분 바른 청조(靑鳥)〉·〈북경(北京)의 달밤〉(1940)·〈불어라 쌍고동〉(1940)·〈비 오는 상삼봉(上三峯)〉·〈뻐꾹새 우는 밤〉(1941)·〈산동(山東) 아가씨〉·〈산호빛 하소연〉·〈서귀포(西歸浦) 칠십 리〉(1943)·〈선창(船窓)〉(1941)·〈세상은 요지경(瑤池鏡)〉(1939)·〈소주(蘇州) 뱃사공〉(1942)·〈순정 특급(純情特級)〉(1939)·〈시를 쓰고 싶었노라〉·〈신접살이 풍경〉·〈쓸쓸한 여관방〉(1940)·〈아내의 노래〉(1948)·〈아리랑 목동〉·〈아주까리 등불〉(1941)·〈아주까리 수첩〉(1942)·〈알뜰한 당신〉(1938)·〈알성 급제(謁聖及第)〉(1943)·〈양양 팔경가(襄陽八景歌)〉·〈앵화 폭풍(櫻花暴風)〉(1938)·〈야류강 춘색(野柳江春色)〉(1941)·〈양산도(陽山道) 봄바람〉(1943)·〈어머님 안심하소서〉(1943)·〈어머님 전 상백(上白)〉(1939)·〈역마차(驛馬車)〉(1941)·〈연락선(連絡船) 비가(悲歌)〉·〈연락선은 떠난다〉(1939)·〈열일곱 낭낭〉(1941)·〈오로라의 눈썰매〉·〈외로운 화장대(化粧臺)〉·〈요즈음 찻집〉(1941)·〈울리는 만주선(滿洲線)〉·〈울며 헤어진 부산항(釜山港)〉(1939)·〈울산 타령(蔚山打令)〉(일명 '울산 아가씨')·〈울어라 문풍지〉·〈울어라 은방울〉(1948)·〈이별의 포도주〉·〈인도(印度)의 달밤〉[〈신라(新羅)의 달밤〉의 원곡]·

〈인생 간주곡(人生間奏曲)〉·〈인생록(人生錄)〉(1942)·〈인생선(人生線)〉(1942)·〈인생 출발〉(1941)·〈잘 있거라 단발령(斷髮嶺)〉(1940)·〈정든 땅〉(1942)·〈진달래 시첩(詩帖)〉(1941)·〈진주(晉州)라 천리길〉(1941)·〈집 없는 천사(天使)〉(1941)·〈차이나 달밤〉(1941)·〈처녀 야곡(處女夜曲)〉·〈천리정처(千里定處)〉(1942)·〈청공 일기(青空日記)〉·〈청년 고향〉(1942)·〈청노새 탄식(嘆息)〉(1938)·〈청춘 문제〉·〈청춘 부두〉(1935)·〈청춘 야곡(青春夜曲)〉·〈청춘 항구〉·〈총각 진정서〉(1938)·〈추억의 등대〉·〈추억의 소야곡(小夜曲)〉(1935)·〈코스모스 탄식〉(1939)·〈타향(他鄕)의 술집〉(1938)·〈토라진 눈물〉(1938)·〈파묻은 편지〉·〈편지와 전화〉(1939)·〈하누님 맙쇼〉(1938)·〈한 많은 단발령〉·〈한양(漢陽)은 천리 원정(千里遠程)〉(1938)·〈항구 일기(港口日記)〉·〈항구마다 괄세더라〉(1938)·〈항구의 무명초(無名草)〉(1939)·〈해 저문 황포강(黃布江)〉(1941)·〈향수 열차(鄕愁列車)〉(1940)·〈화류춘몽(花柳春夢)〉(1940)·〈화륜선(火輪船) 아가씨〉(1940)·〈황포 돛대〉(1943).

다카라즈카 가극단(寶塚歌劇團, 1913년에 설립된 일본의 미혼 여성 극단)에서 공연하였던 뮤지컬 〈난화선(蘭花扇)〉을 번안(飜案) 각색(脚色)하여 〈도화선(桃花扇)〉이라는 제목으로 김형래(金炯來, 1919~?, 한국의 대중 가요 작곡가. 한국 전쟁 때 납북) 작곡·이민자(李敏子) 안무로 공연되었다. 또한 1945년 2월 조선총독부(朝鮮總督府)가 주관하고 조선연극문화협회(朝鮮演劇文化協會, 1942. 7.~1945. 8.)가 주최하는 '국민 연극' 제3회 경연 대회에 참가 작품으로 희곡 〈현해탄(玄海灘)〉을 썼고, 극단 신생극단(新生劇團)이 서울 동양극장(東洋劇場, 1935년 10월 준공, 1976년 2월 폐관)에서 상연하였다.

1946년(33세) 1월 1일 동양극장이 신정(新正) 공연 작품으로 여가수 김백희(金白姬)를 중심으로 새로 조직된 조선악극단의 제1회 작품으로 톨스토이(Lev Nikolaevich Tolstoi, 1828~1920, 19세기 러시아 문학을 대표하는 작가) 원작의 〈부활(復活, Resurrection)〉(1899)을 각색 연출한 〈카츄샤〉를 무대에 올렸으며, 같은 해 5월 28일 서울 을지로4가에 있던 성보극장(城寶劇場)이 국도극장(國都劇場, 1999년 10월 폐관)으로 이름을 바꾸어 개관할 때 첫 작품으로 예명 '이가실'로 신작 가극 〈가면 무도회(假面舞蹈會)〉로 막을 올렸다.

한편, 사회주의(社會主義, socialism) 성향을 보여 1946년 2월 8~9일 이틀 동안 조선문학건설본부(朝鮮文學建設本部)와 조선프롤레타리아문학동맹이 함께 전국문학가대회를 개최하여 발족한 좌익(左翼) 문학 단체인 조선문학가동맹[朝鮮文學家同盟, 1945년 12월 6일 '조선문학동맹'으로 결성]에 참여하였고, 그 해 11월 〈예술운동(藝術運動)〉(카프 기관지. 1927. 11.~1928. 통권 2호로 종간)에 〈슬픈 역사의 밤은 새다〉를 발표하였다. 또한 조선문학가동맹 산하의 조선연극동맹(朝鮮演劇同盟) 부위원장으로 있으면서 항일(抗日) 빨치산 활동을 주제로 한 희곡 〈독립군(獨立軍)〉을 썼으며, 이 희곡은 1946년 동양극장에서 상연되었다.

1947년(34세) 라미라 가극단(羅美羅歌劇團)에서 상연한 〈산하 유정(山河有情)〉·〈항우(項羽)와 우미인(虞美人)〉의 극본, 다분히 경향적인 작품인 희곡 〈소낙비〉도 발표하였다. 또한 극단 조선예술극장(朝鮮藝術劇場)에서 상연한 〈논개(論介)〉를 비롯하여 낙랑극회(樂浪劇會)가 문화극장(文化劇場)·민중극장(民衆劇場)과 공동 상연하여 많은 관객을 모은 안영일[安英一, 1909~?, 북한의 연극인. 본명은 안정호(安禎浩)] 연출의 〈위대한 사랑〉(1947)이 이 시기의 대표작이다.

1948년(35세) 가을쯤 월북(越北)하여 문화선전성(文化宣傳省) 창작위원회 소속으로 북한 문학 예술계에서 중용되었고, 한국 전쟁(Korean War, 1950. 6. 25.~1953. 7. 27.) 중에는 북한군을 위한 〈조국 보위(保衛)의 노래〉·〈청년 유격대〉를 발표하는 등 진중(陣中) 가요를 작사하며 활발히 활동하였다.

인텔리 연극인으로 인정받아 1954년(41세) 동독(東獨)에서 열린 문학 기념 행사에 북한 대표로 참석하는 등 북한 예술단을 이끌고 버마·불가리아·중국 등 공산권 국가들을 방문하여 공연하였다.

1956년(43세) 10월 조선문학예술동맹[朝鮮文學藝術同盟, 1946년 3월 25일 '북조선예술총연맹'으로 결성, 1946년 10월 '북조선문학예술총동맹'으로 개칭, 1951년 3월 '조선문학예술동맹'으로 개편, 1961년 3월 2일 '조선문학예술총동맹(문예총)'으로 부활] 산하 조선작가동맹 중앙위원회 위원, 1957년(44세) 영화문학(시나리오)창작사 초대 주필(主筆), 민족예술극장 총장, 1960년(47세) 10월 교육문화성 부상(副相, 차관), 1962년(49세) 12월 조선문학예술총동맹 중앙위원회 부위원장, 1966년(53세) 평양가무단(平壤歌舞團) 단장, 1977년(64세) 평양 학생소년예술단 단장,

1982년(69세) 8월 조선·중국친선협회 중앙위원회 부위원장 등 북한 문예계 고위직을 두루 지냈다.

1957년 그 때까지 지은 시를 모아 〈조영출 시선집(詩選集)〉을 펴냈으며, 월북한 뒤의 작품으로는 〈모란봉(牡丹峯)〉·〈압록강(鴨綠江) 2천리〉·〈어머니 우리 당(黨)이 바란다면〉·〈얼룩소야 어서 가자〉·〈조국 산천에 해 등실 떠 온다〉을 비롯한 대중 가요 작품들과 민족 가극 〈금강산 8선녀(金剛山八仙女)〉·〈밝은 태양 아래〉·〈춘향전(春香傳)〉(1960) 등이 있다. 특히 고전(古典) 〈춘향전〉을 재해석한 민족 가극 〈춘향전〉은 김정일(金正一, 1942~2011, 북한의 정치가. 국방위원장 재임 1994~2011)의 특별한 관심을 받아 1980년대 후반 재창작되면서 북한 공연계에서 중요한 작품으로 다루어지고 있다.

1964년(51세) 〈조영출 희곡집〉을 펴냈으며, 이른바 '5대 혁명 가극[북한의 혁명 가극 중에서 가장 작품 완성도가 높다는 〈금강산의 노래〉·〈꽃 파는 처녀〉·〈당의 참된 딸〉·〈밀림아 이야기하라〉·〈피바다〉 등 5개 작품을 일컫는 말]'을 무대화하는 대본의 창작 책임자를 지내는 등 시나리오 작가로 활약하였다. 1973년(60세) 국기 훈장(國旗勳章) 제1급을 받았으며, 1982년 4월 북한에서 문예 부문 최고의 상훈인 '김일성상 계관인(金日成賞桂冠人)'이 되었다.

1989년(76세) 평양에 있는 윤이상음악연구소(尹伊桑音樂硏究所)에서 발행한 〈음악연구(音樂硏究)〉 창간호(1989. 6. 5.)에 남한에서 발표하였던 가요에 대한 〈잊을 수 없는 가요들에 대한 치욕의 범죄 행위〉를 게재하였는데, 이 글은 1988년 10월 28일 〈월북 작가 음반 제작 공연 제작 허용〉이라는 기사(記事) 중에서 박영호·이건우(李健雨, 1919~?, 북한의 바이올리니스트이며 작곡가)·이면상(李冕相, 1908~1989, 북한의 작곡가이며 예술 행정가) 등의 작품은 해금되었는데, 자기의 작품만은 제외된 것에 대한 분노의 표시였다.

그의 시는 모더니즘과 민족주의(民族主義, nationalism)를 결합한 독특한 경지를 개척한 것으로 평가를 받고 있는데, 시보다 대중적으로 더 가까운 것은 질적으로도 우수하며 시적(詩的)으로도 유려한 그의 가요 노랫말이다. 그의 작품은 남북 분단 이후 금지곡으로 사장(死藏)되어 왔으나, 1992년(79세) 해금(解禁)되어 CD로 제작·출반되었다.

이 밖의 주요 작품으로 가극 대본 〈견우 직녀(牽牛織女)〉·〈물새〉·〈바다의 처녀들〉·〈배뱅이굿〉·〈선화 공주(善花公主)〉, 연극 대본 〈맑은 태양이야〉·〈심청전(沈淸傳)〉, 영화 대본 〈사랑 사랑 내 사랑〉 등이 있다.

1997년 제주도 서귀포시 서홍동(西烘洞) 서귀포 칠십리 시 공원에 〈서귀포 칠십 리〉가 새겨진 노래비가 세워진 것을 비롯하여 2001년 1월 고성 건봉사에 〈칡넝쿨〉이 새겨진 노래비, 충청남도 예산군(禮山郡) 덕산면(德山面) 시량리(柿梁里) 매헌 윤봉길 의사 기념관(梅軒尹奉吉義士紀念館) 앞에 예산 출신의 고운봉(高雲峰, 1920~2001, 한국의 대중 가요 가수)이 노래한 〈선창〉의 노래비가 세워져 있다.

2003년 5월, 광복 전에 각종 신문과 잡지에 발표한 작품과 분단 이후 북한에서 발간한 〈조영출 시선집〉에 실었던 시와 그가 작사한 5백여 곡 가운데 고른 2백여 편의 노래를 실은 〈조명암 시 전집〉(선출판사)이 출판되었고, 2013년 11월에는 탄생 100주년을 맞아 대중 가요·시·산문·희곡 등을 망라하여 〈조영출 전집〉(모두 3권, 소명출판사)이 출판되었다.

2006년 9월, 한국예술문화단체총연합회(韓國藝術文化團體總聯合會, 藝總) 아산 지부에서 제18회 설화 예술제의 일환으로 '조명암 가요제'를 열 계획을 세웠다가 그의 친일(親日) 행적 및 친북 활동이 드러나면서 2005년 제1회 '아산 시민 가요제'에 이어 제2회에도 같은 명칭으로 행사를 치렀다.

한편, 2009년 11월 8일 민족문제연구소에서 출판한 〈친일 인명 사전(親日人名辭典)〉, 2009년 11월 27일 친일반민족행위진상규명위원회(親日反民族行爲眞相糾明委員會)가 발표한 '친일 반민족 행위 704인 명단'에 모두 포함되어 있다. 그가 작사한 군국(軍國) 가요로는 〈감격의 수평선(水平線)〉·〈감격의 언덕〉·〈강남(江南)의 나팔수〉·〈결사대(決死隊)의 아내〉(1942)·〈군사 우편(軍事郵便)〉(1942)·〈그대와 나〉(영화 주제가)·〈남양 통신(南洋通信)〉·〈남쪽의 달밤〉·〈낭자 일기(娘子日記)〉·〈단심옥심(丹心玉心)〉(1943)·〈마지막 필적(筆跡)〉(1942)·〈망루(望樓)의 밤〉(1942)·〈모자 상봉(母子相逢)〉(1942)·〈목단강(牧丹江) 편지〉(1942)·〈반도(半島)의 아내〉(1942)·〈병원선(病院船)〉·〈복지 만리(福地萬里)〉(1942)·〈부모 이별〉(1942)·〈산 천 리 물 천 리〉(1943)·〈소년초(少年草)〉(1942)·〈신춘 엽서(新春葉書)〉(1942)·〈쌍두 마차(雙頭馬車)〉)·〈아가씨 위문〉(1943)·〈아들의 혈서(血書)〉

(1942) · 〈애국반(愛國班)〉(1942) · 〈위문 편지(慰問便紙)〉(1942) · 〈이동 천막〉(1942) · 〈이 몸이 죽고 죽어〉(1942) · 〈이천오백만의 감격〉 · 〈잘 있거라 전우(戰友)야〉 · 〈정든 땅〉 · 〈즐거운 상처〉(1942) · 〈지원병(志願兵)의 어머니〉(1941) · 〈지원병의 집〉(1943) · 〈총후(銃後)의 자장가〉(1943) · 〈혈서 지원(血書志願)〉 · 〈화랑(花郎)〉(1942) 등이 알려져 있다.

453

조명희

趙明熙 1894(고종 31). 8. 10. ~ 1938. 5. 11.

한국의 시인이며 극작가 · 소설가.

호(號)는 목성(木星) · 포석(抱石), 필명(筆名)은 적로(笛蘆), 본관(本貫)은 양주(楊州).

가난한 양반 집안의 아들로, 충청북도 진천군(鎭川郡) 진천면 벽암리(碧岩里)에서 태어났으며, 러시아 극동부 시베리아(Siberia) 하바롭스크(Khabarovsk)에서 죽었다.

3살 때 아버지를 여의었고, 향리(鄕里)의 사립 문명학교[文明學校, 지금의 상산초등학교(常山初等學校)]를 졸업한 뒤, 1913년(19세) 서울 중앙학교(中央學校, 지금의 중앙중 · 고등학교)를 입학하였다가 중퇴하였는데, 3 · 1 운동에 참가하여 몇 달 동안 투옥되기도 하였다.

1919년(25세) 일본으로 유학하여 도쿄 도요대학(東洋大學) 동양철학과에 입학하여 어렵게 고학(苦學)하면서 무정부주의(無政府主義, anarchism) 계열의 사상 단체 흑도회(黑濤會)에 가입하여 새로운 사상에 접하게 되었고, 조선 유학생들과 시 창작과 연극 공연을 전개하였다. 유학 시절에는 낭만적인 시를 썼으나, 뒷날 연극 운동가로 변신하였다가 나중에는 소설가로 활약하였다.

1920년(26세) 봄, 도쿄에서 근대극 연구를 위하여 고한승(高漢承, 1902~1950, 한국의 아동 문학가이며 신극 운동가) · 김영팔(金永八, 1904~1950, 한국의 연극인) · 김우진[金祐鎭, 1897~1926, 한국의 극작가이며 연극 이론가. 1926년 8월 소프라노 가수 윤심덕(尹心悳, 1897~1926, 평양 출신의 여류 성악가이며 배우)과 현해탄(玄海灘)에 투신하여 정사(情死)하였다.] · 손봉원(孫奉元) · 유엽(→343) · 조춘광[趙春光, ?~?, 한국의 연극인. 본명은 조준기(趙俊基)] · 진장섭(秦長燮, 1903~?, 한국의 아동 문학가) · 최승일[崔承一, 1901~?, 한국의 작가이며 방송인 · 영화인. 최승희(崔承喜, 1911~1969, 북한의 무용가이며 안무가)의 오빠] · 홍해성(洪海星, 1893~1957, 한국의 연출가) 등과 함께 극예술협회(劇藝術協會, 1920~1923. 8.)를 조직하여 창립 동인(同人)으로 참여하였고, 이듬해인 1921년(27세) 동우회(同友會) 순회 극단의 단원으로 전국을 순회하며 연극 활동을 하였다. 이 때 순회 극단의 극본으로 도쿄 유학생들의 가난과 사상적 갈등을 묘사한 〈김영일(金英一)의 사(死)〉(1921. 7.)를 발표하였는데, 7월 8일 부산(釜山)을 시작으로 8월 18일 함경남도 함흥(咸興)까지 40일 동안 전국 25개 도시를 순회, 선풍적인 인기를 끌었다. 여기에 힘입어 같은 이름의 희곡집[동양서원(東洋書院), 1923]으로 출판되었다.

1923년(29세)에는 〈개벽(開闢)〉(우리나라 최초의 월간 종합 교양지. 1920. 6.~1926. 8. 통권 72호로 종간. 속간 1934. 11.~1935. 2. 통권 4호로 종간. 복간 1946. 1.~1949. 3. 통권 9호로 종간) 제41~42호(1923. 11.~12.)에 상[商, B.C.1600~B.C.1046. 중국 고대의 왕조. 은(殷)나라라고도 한다.]나라 주왕(紂王, ?~B.C.1046, 중국 상나라의 마지막 왕. 재위 B.C. 1075~B.C. 1046)의 잔인한 학정(虐政)을 그린 간접적인 현실 비판 역사극 〈파사(婆娑)〉를 발표하였다. 그의 문필(文筆) 활동은 이러한 관념적이고 추상적이지만 현실과 인간성의 문제를 거론한 희곡으로부터 시작되었다.

1924년(30세)에는 필명 '적로'로 〈나의 고향(故鄕)이〉 · 〈내 영혼의 한쪽 기행(紀行)〉 등 43편을 실은 시집 〈봄잔디밭 위에〉[춘추각(春秋閣), 1924. 6.]를 펴냈으며, 조선일보사(朝鮮日報社) 학예부 기자로 입사하여 투르게네프(Ivan Sergeyevich Turgenev, 1818~1883, 러시아의 시인이며 소설가 · 극작가)의 장편 소설 〈그 전날 밤[Nakanune(On the Eve)]〉(1860)을 번역 연재하였고, 톨스토이(Lev Nikolaevich Tolstoi, 1828~1920, 19세기 러시아 문학을 대표하는 작가)의 희곡 〈산 송장[Zhivoi Trup(The Living Corpse)]〉(1900)을 번역하였다.

1925년(31세) 8월에는 사회주의(社會主義, socialism) 혁명을 위한 문예 운동 단체 카프(KAPF, 조선프롤레타리아예술동맹. 에스페란토식 표기인 'Korea Artista Proleta Federatio'의 머리글자. Korea Proletarian Artist Federation)를 결성하였다.

카프는, 1922년 9월 김두수(金斗洙, 1903~?, 한국의 사회주의 운동가) · 김영팔 · 김홍파(金紅波, ?~?, 〈북조선일보〉 기자) · 박세영(→180) · 박용대(朴容大, ?~?, 한국의 사회주의 운동가) · 송영(宋影, 1903~1978, 한국의 소설가이며 극작가) · 심훈(→261) · 이적효(李赤曉, 1901~?, 한국의 사회주의 운동가) · 이호(李浩, 1903~?, 한국의 사회주의 운동가) · 최승일 등 사회주의 경향의 문인(文人)들이 조직한 최초의 사회주의 예술 단체인 염군사(焰群社)와, 1923년 10월 김기진(→55) · 김복진(金復鎭, 1901~1940, 한국의 조각가이며 미술 평론가 · 문예 이론가 · 연극인 · 사회 운동가. 한국 최초로 서구식 조각 교육을 받았다.) · 김형원(→100) · 박영희(→183) · 안석주[安碩柱, 1901~1950, 한국 소설 삽화의 선구자이며 소설가 · 영화인. 〈우리의 소원은 통일〉의 작사가. 안석영(安夕影)으로 더 알려졌다.] · 연학년(延鶴年, ?~1938, 한국의 연극인) · 이상화(→378) · 이익상(李益相, 1895~1935, 한국의 소설가이며 언론인) 등이 조직한 신경향파{新傾向派, 박영희가 〈신경향파의 문학과 그 문단적 지위〉(〈개벽〉 제64호, 1925. 12.)에서 '신경향파'라는 용어를 처음 사용하였다.} 문학 단체인 파스큘라(PASKYULA, 동인들의 이름 머리글자를 딴 것. 박영희의 'PA', 이익상의 'S', 김복진 · 김기진의 'K', 연학년의 'YU', 이상화의 'L', 안석주의 'A')가 1925년 8월에 하나로 통합된 최초의 전국적인 문학 예술가 조직이었다. 창립 당시 구성원은 김기진 · 김복진 · 김양(金陽) · 김영팔 · 김온(金穩) · 박영희 · 박용대 · 박팔양(→193) · 송영 · 심훈 · 안석주 · 이기영(李箕永, 1895~1984, 북한의 소설가) · 이상화 · 이익상 · 이적효 · 이호 · 조명희 · 최승일 · 한설야(韓雪野, 1900~1976?, 북한의 소설가이며 문학 평론가) 등이었다.

낭만적 경향의 시, 궁핍한 식민지 시대의 현실 고발과 인도주의(人道主義, humanitarianism) 바탕 위에서 인습(因習) 타파 · 자유 평등을 그린 희곡, 반항적인 사회주의 사상이 나타난 소설에서 그의 작품 세계를 엿볼 수 있는데, 구성상의 취약점과 의식 과잉을 보이고 있다.

이 무렵 수필 〈집 없는 나그네의 무리〉(〈개벽〉 제45호, 1924. 3.) · 〈느껴 본 일 몇 가지〉(〈개벽〉 제70호, 1926. 6.) · 〈생활 기록의 단편(斷片)〉[〈조선지광(朝鮮之光)〉 제65호, 1927. 3.] 등을 발표하였다. 주로 단편 소설을 많이 썼는데, 〈땅 속으로〉(〈개벽〉 제56~57호, 1925. 2.~3.) · 〈R군에게〉(〈개벽〉 제66호, 1926. 2.) · 〈저기압(低氣壓)〉(〈조선지광〉 제61호, 1926. 11.) · 〈새 거지〉(〈조선지광〉 제62호, 1926. 12.) · 〈마음을 갉아먹는 사람들〉(1926) · 〈농촌 사람들〉[〈현대평론(現代評論)〉 창간호, 1927. 1.] · 〈동지(同志)〉(〈조선지광〉 제65호, 1927. 3.) · 〈한여름 밤〉(〈조선지광〉 제67호, 1927. 5.) · 〈낙동강(洛東江)〉(〈조선지광〉 제69호, 1927. 7.) · 〈춘선이〉(〈조선지광〉 제75호, 1928. 1.) · 〈이쁜이와 룡이〉[〈동아일보(東亞日報)〉, 1928. 2. 7.~2. 15.] · 〈아들의 마음〉(〈조선지광〉 제80호, 1928. 9.) 등을 발표하여 프롤레타리아 소설의 형성과 발전에 이바지하였다. 이 소설들에서는 초기의 시나 희곡에서 보여 주었던 낭만적이고 관념적인 표현에서 벗어나 사실주의(寫實主義, realism)에 입각하여 일제(日帝) 강점기의 지식인의 고뇌, 농촌의 궁핍, 노동자 · 농민의 계급적 연대와 사회주의 이상을 담아 냈다. 대표작 〈낙동강〉은 이전까지 자연 발생적인 수준에 머물던 신경향파 문학을 목적 의식적인 프로 문학(proletarian literature)으로 발전시킨 작품으로 평가되었고, 또한 민족적 · 계급적 전망의 수용과 동시에 소설적 형상화에도 어느 정도 성공함으로써 카프의 제2기 목적 의식적 방향 전환을 실현한 걸작으로 평가되고 있다.

1920년대 중반 신경향파 작가에서 1920년대 후반에 다시 산문 문학으로서의 문학적 변모를 일으키는데, 그 속에서 완연한 세계관의 전환을 드러내고 있다. 즉 그의 소설에는 구체적인 역사 인식의 체계와 함께 민족과 계급 해방의 이념이 갖추어져 있다. 그 뒤 서정시 양식으로 문학적 변모를 하였는데, 그의 시는 자기와 다른 세계에 대한 성찰(省察)과 그를 바탕으로 한 좌절감과 절망감을 과장하여 표출하는 내용이 주류를 이루고 있으며, 궁극적으로는 그러한 모순의 극복이 열정적으로 추구되고 있다.

프롤레타리아 이념에 중독된 뒤에는 매우 급진적 작품을 썼고, 결국 1928년(34세) 7월 일제의 탄압을 피하여 시베리아로 망명하였다. 한인촌(韓人村) 교사로 일하였고, 연해주(沿海州) 한인 신문 〈선봉(先鋒)〉과 잡지 〈노력자의 조국〉 등에 식민지 민족의 한(恨)을 노래한 산문시(散文詩, prose poem) 〈짓밟힌 고려〉(1928. 10.)와 사회주의 리얼리즘 문학 운동에 앞장서 농업 집단화 정책을 선전 · 선동하는 시 〈볼쉐비크의 봄〉 · 〈10월의 노래〉 · 〈여자 돌격대〉 등을 발표하였다.

소설집으로 〈그 전날 밤〉[박문서관(博文書館), 1925]과 〈낙동강〉 · 〈농촌 사람들〉 · 〈마음을 갉아먹는 사람들〉 · 〈저기압(低氣壓)〉 · 〈한여름 밤〉 등 5편을 묶은 〈낙동강〉(1928. 4.)이 있으며, 평론으로 〈나는 이렇게 생각한다〉(〈개벽〉 제60호, 1925. 6.)·〈직업·노동·문예 작품〉[〈중외일보(中外日報)〉, 1926. 12. 1.~12. 2.] 등을 발표하였다. 이 밖에 장편 소설 〈만주(滿洲) 빨치산〉과 〈붉은 깃발 아래에서〉 등을 집필하였다고 하는데 전해지지 않는다.

1920년대 최초의 문제성을 띤 작품을 발표한 작가로 평가되며, 1920년대 프로 문학을 목적 의식적 단계로 발전시켰으며, 소련으로 망명한 뒤 재소 한인(在蘇韓人) 문학 건설에 힘썼다.

1932년(38세) 소련 전역의 작가를 통합한 문학 단체 소련작가동맹(蘇聯作家同盟, Soyuz pisatelei SSSR)이 창립될 때 그 맹원(盟員)으로 활동하였고, 1936년(42세) 소련작가동맹의 원동(遠東) 지부 간부를 지내면서 잡지 〈노력자의 조국〉 책임 편집 위원으로 일하였다.

1937년(43세) 스탈린(Iosif Vissarionovich Stalin, 1879~1953, 소련의 정치가)의 소수 민족 이주 정책에 따라 중앙 아시아로 강제 이주되었으며, 같은 해 9월 18일 탄압 정책의 와중에서 일본 간첩이라는 누명을 쓰고 소련 내무 위원회(NKVD)에 체포되었고, 1938년(44세) 4월 사형 언도를 받고 하바롭스크 감옥에서 총살당하였다. 그의 강렬한 민족주의 의식이 당시 스탈린의 외교 정책 노선과 배치되었던 데서 빚어진 사건으로, 스탈린이 죽은 뒤 흐루쇼프[Nikita Sergeyevich Khrushchyov, 1894~1971, 러시아의 정치가. 소련 공산당의 제1서기(재임 1953~1964) 및 소비에트 정부의 총리(재임 1958~1964)]의 스탈린 격하 운동과 결부된 해빙(解氷) 정책에 따라 1956년 18년 만에 소련 극동군(極東軍) 관구(管區) 군법 회의에서 복권(復權)이 결정되었다.

한편, 1959년 모스크바에서 〈포석 조명희 선집〉(소련 과학원 동방도서출판사)이 출판되었으며, 북한에서는 〈조명희 선집〉[문예총출판사(文藝總出版社), 1955. 12. 25.], 〈현대 조선 문학 선집-조명희편〉(현대조선문학선집 편찬위원회, 1960)이 출판되었고, 문예총출판사 주필(主筆)과 평양문학대학(平壤文學大學) 및 김일성종합대학(金日成綜合大學, 1946년 10월 1일 개교) 교수를 지낸 엄호석(嚴浩錫, 1912~1975, 북한의 문학 평론가)이 〈조명희 연구-그의 인간과 예술〉(1956)를 펴냈다.

1988년 12월, 우즈베키스탄의 수도(首都) 타슈켄트(Tashkent)의 나보이 국립 문학 박물관(Alisher Navoiy Nomidagi Adabiyot Muzeyi)에 조명희 기념실이 만들어졌으며, 남쪽 '조명희 거리'라고 명명된 거리에는 그의 동상(銅像)이 세워져 있다.

1994년 탄생 100주년을 기념하여 진천군 진천읍 벽암리(碧岩里) 포석문학공원(抱石文學公園)에 〈경이(驚異)〉를 새긴 시비(詩碑)를 세웠고, 제1회 조명희 문학제를 개최하여 해마다 열고 있다. 만주 지린성(吉林省) 옌볜(延邊)에서도 2001년 '포석 조명희 문학회'가 설립되었고, 중국 조선족 청소년들을 대상으로 하는 '조명희 청소년 문학상' 행사가 열리고 있다.

454

조벽암

趙碧巖 1908(순종 2). 10. 9. ~ 1985. 11. 24.

북한의 시인이며 소설가.

본명(本名)은 중흡(重洽), 본관(本貫)은 양주(楊州).

아버지 조태희(趙兌熙)와 어머니 평산(平山) 신씨(申氏)의 2남 3녀 중 맏아들로, 충청북도 진천군(鎭川郡) 진천면 벽암리(碧岩里)에서 태어났다.

향리(鄕里)의 진천보통학교를 거쳐 1927년(19세) 경성제2고등보통학교[京城第二高等普通學校, 지금의 경복고등학교(景福高等學校)]를 졸업하고, 1932년(24세) 경성제국대학[京城帝國大學. 서울대학교의 전신(前身)] 법학부를 졸업하였다. 대학 재학 중인 1933년(25세) 2월 이무영(李無影, 1908~1960, 한국의 소설가)과 함께 〈문학 타임스〉[순간(旬刊) 문예지. 1933. 2.~5, 1933년 10월 〈조선문학(朝鮮文學)〉으로 개제(改題)]를 펴냈으며, 조명희(→453)의 조카로 어렸을 때부터 삼촌의 영향을 받아 '동반자 작가(同伴者作家, 1925년대 전후 프로 문학에 사상적으로 동조한 작가들을 통틀어 일컫는 말.)' 활동을 하였다.

사회주의(社會主義, socialism) 혁명을 위하여 1925년 8월 조직된 문예 운동 단체 카프(KAPF, 조선프롤레타리아예술동맹. 에스페란토식 표기인 'Korea Artista Proleta Federatio'의 머리글자. Korea Proletarian Artist Federation) 이후, 사회 비판적 작품 경향을 이어받은 대표적인 작가 중의 한 사람이다.

카프는, 1922년 9월 김두수(金斗洙, 1903~?, 한국의 사회주의 운동가)·김영팔(金永八, 1904~1950, 한국의 연극인)·김홍파(金紅波, ?~?, 〈북조선일보〉 기자)·박세영(→

180)·박용대(朴容大, ?~?, 한국의 사회주의 운동가)·송영(宋影, 1903~1978, 한국의 소설가이며 극작가)·심훈(→261)·이적효(李赤曉, 1901~?, 한국의 사회주의 운동가)·이호(李浩, 1903~?, 한국의 사회주의 운동가)·최승일[崔承一, 1901~?, 한국의 작가이며 방송인·영화인. 최승희(崔承喜, 1911~1969, 북한의 무용가이며 안무가)의 오빠] 등 사회주의 경향의 문인(文人)들이 조직한 최초의 사회주의 예술 단체인 염군사(焰群社)와, 1923년 10월 김기진(→55)·김복진(金復鎭, 1901~1940, 한국의 조각가이며 미술 평론가·문예 이론가·연극인·사회 운동가. 한국 최초로 서구식 조각 교육을 받았다.)·김형원(→100)·박영희(→183)·안석주[安碩柱, 1901~1950, 한국 소설 삽화의 선구자이며 소설가·영화인. 〈우리의 소원은 통일〉의 작사가. 안석영(安夕影)으로 더 알려졌다.]·연학년(延鶴年, ?~1938, 한국의 연극인)·이상화(→378)·이익상(李益相, 1895~1935, 한국의 소설가이며 언론인) 등이 조직한 신경향파{新傾向派, 박영희가 〈신경향파의 문학과 그 문단적 지위〉[〈개벽(開闢)〉 제64호, 1925. 12.]에서 '신경향파'라는 용어를 처음 사용하였다.} 문학 단체인 파스큘라(PASKYULA, 동인들의 이름 머리글자를 딴 것. 박영희의 'PA', 이익상의 'S', 김복진·김기진의 'K', 연학년의 'YU', 이상화의 'L', 안석주의 'A')가 1925년 8월에 하나로 통합된 최초의 전국적인 문학 예술가 조직이었다. 창립 당시 구성원은 김기진·김복진·김양(金陽)·김영팔·김온(金穩)·박영희·박용대·박팔양(→193)·송영·심훈·안석주·이기영(李箕永, 1895~1984, 북한의 소설가)·이상화·이익상·이적효·이호·조명희·최승일·한설야(韓雪野, 1900~1976?, 북한의 소설가이며 문학 평론가) 등이었다.

1931년(23세) 〈조선일보(朝鮮日報)〉에 소설 〈건식(健植)의 길〉(1931. 8. 1.~8. 21.)과 시 〈구고(舊稿)를 사르며〉·〈향수(鄕愁)〉를 발표하면서 신경향파 작가로 등단(登壇)하였다.

1932년(24세)에는 〈동방평론(東邦評論)〉(월간 종합 평론지. 1932. 4.~7. 통권 3호로 종간) 종간호에 소설 〈벽촌(僻村)〉을 발표하였고, 〈비판(批判)〉(월간 평론지. 1931. 5.~1940. 1. 통권 114호로 종간)에 〈구인몽(蚯蚓夢)〉을 연재(1932. 11.~1933. 1.)하였다.

1933년(25세)에는 시 〈새 아침〉[〈신동아(新東亞)〉 제15호, 1933. 1.]·〈만추(晩秋) 4경(景)〉[〈동아일보(東亞日報)〉, 1933. 12. 6.~12. 7.]·〈나는 돌이 아니며〉·〈물에 걸친 가을〉·〈침체(沈滯)〉·〈황성(荒城)의 가을〉 등과 소설 〈농군(農軍)〉(〈비판〉, 1933. 3.)·〈구직(求職)과 고양이〉(〈신동아〉 제24호, 1933. 10.)·〈처녀촌(處女村)〉(〈조선문학〉 제4호, 1933. 11.), 평론 〈김안서(金岸曙) 씨의 정형시론(定型詩論)에 대하여〉(〈조선일보〉, 1933. 1.)·〈탄식하는 시신(詩神)〉(〈조선일보〉, 1933. 10.) 등을 발표하였다.

1934년(26세) 이후 소설 〈결혼 전후(結婚前後)〉[〈신가정(新家庭)〉 제13호, 1934. 1.]·〈수심고(獸心苦)〉(〈조선문학〉, 1934. 1.)·〈실직(失職)과 강아지〉[〈형상(形象)〉 종간호, 1934. 3.]·〈풍차(風車)〉(〈신가정〉 제18호, 1934. 6.)·〈불멸(不滅)의 노래〉(〈조선일보〉, 1934. 10. 24.~11. 3.)·〈파종(破鍾)〉(〈신동아〉 제45호, 1935. 7.)·〈노승(老僧)〉(〈조선문학〉, 1936. 5.)·〈파행기(跛行記)〉(〈신동아〉 제57호, 1936. 7.)·〈취직(就職)과 양(羊)〉[〈조광(朝光)〉 제17호, 1937. 3.] 등과 시 〈새 설계도(設計圖)〉(〈동아일보〉, 1934. 2. 10.)·〈봄〉(〈신동아〉 제28호, 1934. 2.)·〈빈사(瀕死)의 병인(病人)〉[〈청년조선(靑年朝鮮)〉 창간호, 1934. 10.], 평론 〈문단 부패성과 고독성(孤獨性)〉(〈동아일보〉, 1935. 5.)·〈대담한 나파륜(奈巴崙)의 길〉·〈창작 방법 리얼리즘 작가〉[〈조선중앙일보(朝鮮中央日報)〉, 1935. 7.] 등을 발표하였다.

1934년 6월, 박태원(朴泰遠, 1909~1986, 한국의 소설가)·박팔양과 구인회(九人會)에 가입하였다가 이듬해 2월 탈퇴하였다. 구인회는 1933년 8월 15일, 김기림(→54)·김유영(金幽影, 1908~1940, 한국의 영화 감독이며 시나리오 작가)·유치진(柳致眞, 1905~1974, 한국의 극작가이며 연출가)·이무영·이종명(李鍾鳴)·이태준(李泰俊, 1904~?, 북한의 소설가)·이효석(李孝石, 1907~1942, 한국의 소설가)·정지용(→445)·조용만(趙容萬, 1909~1995, 한국의 영문학자이며 소설가) 등이 순수 문학을 표방하며 결성한 문학 친목 단체였다. 1934년 6월 김유영·이종명이 탈퇴하고, 박태원·박팔양·조벽암이 가입하여 10명이 되었다가, 다시 유치진·이무영·이효석·조벽암·조용만 대신에 김상용(→70)·김유정(金裕貞, 1908~1937, 한국의 소설가)·김환태(金換泰, 1909~1944, 한국의 문학 평론가)·이상(→374)으로 교체되어, 다시 9명의 회원을 유지하였다. 1930년대 경향 문학(傾向文學)이 쇠퇴하고 문단의 주류가 된 구인회는 계급주의(階級主義) 및 공리주의(功利主義) 문학을 배격하고 순수 문학을 확립하는 데 크게 이바지하여 당시 순수 문학의 가장 유력한 단체로 활동하였으나 3~4년 만에 해체되었다.

일제(日帝) 강점기 지식인의 비참한 현실을 그린 1930년대의 일련의 소설들은 실업 지식인과 전과자(前科者) 지식인의 불우한 처지를 동물에 비유·표현하고 있는 것이 대부분으로, 자본주의(資本主義, capitalism) 사회에 대한 비판과 지식인적 윤리 의식을 드러내었다. 경향적인 성격이 강하여 사회 현실을 비판하고 계급적 모순을 드러내는 것이 많았다. 특히 〈농군〉은 목적이 매우 강한 작품으로 그의 작품 경향을 잘 보여 주고 있다.

광복된 뒤에는 좌익(左翼) 문학 단체인 조선프롤레타리아문학동맹의 중앙 집행 위원을 지내는 등 주로 사회주의 문학 단체에서 활동하였다.

1946년(54세)에 발표한 서사시 〈가사(家史)〉는 한 가족의 36년 동안의 역사를 노래하는 형식으로 일제 식민(植民) 통치에 희생된 민초(民草)들의 모습을 그린 작품이며, 〈고토(故土)〉[〈건설(建設)〉, 창간호]·〈초석(礎石)〉[〈예술운동(藝術運動)〉, 속간호]·〈해방의 정(情)〉[〈시인춘추(詩人春秋)〉, 속간호]·〈환희(歡喜)의 날〉(〈건설〉, 창간호) 등에서는 광복의 환희와 미래에 대한 각고(刻苦)의 삶을 영탄적(詠嘆的) 목소리로 읊고 있다.

1949년(41세) 6월 월북(越北)하여 1953년(45세)쯤 평양문학대학(平壤文學大學) 부학장, 1956년(48세) 조선문학예술동맹[朝鮮文學藝術同盟, 1946년 3월 25일 '북조선예술총연맹'으로 결성, 1946년 10월 '북조선문학예술총동맹'으로 개칭, 1951년 3월 '조선문학예술동맹'으로 개편, 1961년 3월 2일 '조선문학예술총동맹(문예총)'으로 부활] 산하 조선작가동맹 중앙위원회 편집부장과 〈문화전선(文化戰線)〉[문예총 기관지. 1946년 7월 25일 창간, 1948년 1월 〈문학예술(文學藝術)〉로 제호를 바꾸었다가 1953년 10월 〈조선문학〉으로 다시 바꾸어 오늘에 이른다. 북한 제일의 월간 종합 문예지] 주필(主筆) 등을 지내는 등 북한 문단(文壇)을 주도하였다.

1957년(49세) 이태준 계열의 숙청 때 강선제강소[降仙製鋼所, 지금의 천리마제강소(千里馬製鋼所)]로 현지 파견 작가가 되었다가, 1959년(51세) 재기하여 1961년(53세) 조선·몽고친선협회 부위원장과 평양문학대학 학장을 지냈다.

북한에서는 '조국 해방 전쟁('한국 전쟁'을 북한에서 이르는 말)'의 승리를 경축하고 김일성[金日成, 1912~1994, 북한의 주석. 본명(本名)은 김성주(金成柱). 재임 1948~1994]의 풍모를 노래한 〈광장(廣場)에서〉(1953)와 민족 분열의 고통과 통일 지향을 절절한 감정으로 생동감 있게 묘사한 〈삼각산(三角山)이 보인다〉(1956)를 비롯하여 〈동궁(東宮) 앞에서〉(〈조쏘문화〉 제8호)·〈떼비둘기 날을 때까지〉[〈조선여성(朝鮮女性)〉, 1950. 4.]·〈싸우는 제주도(濟州道)〉[청년생활(青年生活)〉, 1950. 4.]·〈서운한 종점(終點)〉(1957)·〈행복에 겨울수록〉(1971)·〈알뜰한 창성〉(1972)·〈눈자국〉·〈발자국 소리〉·〈영원한 형제〉·〈진격(進擊)의 노래〉 등을 발표하였다. 그러나 주제 의식이 지나치게 강조되어 예술성이 있는가에 대한 비판을 받기도 하였다.

월북 전에 시집 〈향수〉[이문당서점(以文堂書店), 1938. 3.]·〈지열(地熱)〉[이문각(離文閣), 1948. 7.] 등 2권을 발표하였으며, 월북한 뒤에는 〈벽암 시선(碧巖詩選)〉[문예총출판사(文藝總出版社), 1957]을 펴냈다. 이 밖에 역서(譯書)로 퀴리[Eve Curie, 1904~2007, 프랑스와 미국 국적을 가진 여류 작가이며 언론인·피아니스트. 마리 퀴리(Marie Curie, 1867~1934, 프랑스의 여류 물리학자이며 화학자. 1903년 노벨 물리학상, 1911년 노벨 화학상을 받았다.)의 둘째 딸]의 〈퀴리 부인(Madame Curie)〉(1937)을 번역한 〈퀴리 부인전(夫人傳)〉(모두 2권, 서울출판사, 1947. 2.)과 고리키[Maksim Gor'kii, 1868~1936, 러시아 사회주의 리얼리즘(socialist realism)을 창시한 소설가]의 〈문학론(文學論)〉(서울출판사, 1947. 12)이 있다.

월북 작가로 오랫동안 규제를 받아 오다가, 1988년 7월 정부의 월북 문인 해금(解禁) 조치 발표로 그의 모든 작품이 해금되었다.

2004년 1월 〈조벽암 시 전집〉(소명출판사)이 발간되었는데, 여기에는 일제 강점기와 광복 직후에 발표한 138편과 북한에서 발표한 95편을 시, 〈나는 시를 이렇게 썼다〉를 비롯한 산문 7편이 실려 있다.

2009년 11월 11일 고향 벽암리 포석문학공원(抱石文學公園)에 〈향수〉를 새긴 시비(詩碑)가 세워졌다.

455

조병화

趙炳華 1921. 5. 2. ~ 2003. 3. 8.

한국의 시인.

호(號)는 편운(片雲), 본관(本貫)은 한양(漢陽).

아버지 조두원(趙斗元)과 어머니 진종(陳鍾)의 5남 2녀 중 막내 아들로, 경기도 안성시(安城市) 양성면(陽城面) 난실리(蘭室里)에서 태어났으며, 서울에서 죽었다.

1928년(7세) 천자문(千字文)을 가르쳐 주던 아버지를 여의었고, 그 해 용인군(龍仁郡) 송전공립보통학교(松田公立普通學校, 지금의 송전초등학교)에 입학하였다가 서울 미동공립보통학교(渼洞公立普通學校, 지금의 미동초등학교)로 전학, 1936년(15세) 졸업하고 경성사범학교[京城師範學校, 서울대학교 사범대학의 전신(前身)] 보통과에 입학하였다. 미술부·육상부·럭비부에서 활동하였는데, 특히 럭비는 중등부 조선 대표로 일본에 원정(遠征)을 다녀오기도 하였다.

1943년(22세) 3월 경성사범학교를 졸업한 뒤 일본으로 유학하여 4월 도쿄고등사범학교[東京高等師範學校, 쓰쿠바대학(筑波大學)의 전신, 1872년 설립] 이과(理科)에 입학하여 물리·화학을 공부하다가 광복을 맞아 학업을 중단하고 귀국하였다. 도쿄고등사범학교에서도 럭비부에서 활동하였다. 같은 해 9월, 경성여자의학전문학교[京城女子醫學專門學校, 고려대학교(高麗大學校) 의과대학의 전신] 졸업반인 김준(金俊, 1924~1998, 한국의 내과 여의사)과 결혼하였다.

1945년(24세) 경성사범학교 물리 교사로 교단(敎壇) 생활을 시작하여 인천중학교[仁川中學校, 지금의 제물포고등학교(濟物浦高等學校)]·서울중학교 교사로 근무하였다.

1949년(28세) 7월 〈목련화(木蓮花)〉·〈바다〉·〈소라〉·〈초상(肖像)〉·〈추억(追憶)〉·〈해변(海邊)〉 등 26편을 묶은 처녀 시집 〈버리고 싶은 유산〉을 펴내면서 등단(登壇)하여, 창작 시집 52권과 시선집(詩選集) 28권, 시론집(詩論集) 8권, 화집(畫集) 5권, 수필집 37권, 번역서 2권 등 160여 권의 책을 펴냈다. 현대적 도시풍의 서정시인으로, 인간의 존재와 고독을 주제로 한 자신의 독특한 시 세계를 구축하였으며, 일상의 쉬운 문맥으로 진술하게 그려 일반 대중의 호응을 받았다.

1955년(34세) 중앙대학교(中央大學校) 강사 등을 거쳐 1959년(38세) 4월 경희대학교(慶熙大學校) 조교수로 근무하기 시작하여 1981년(60세)까지 초대 출판국장(1960)·문리과대학장(1973)·교육대학원장(1979) 등을 지냈다. 1981년 인하대학교(仁荷大學校) 문과대학장에 취임한 이후 부총장(1982~1984)·대학원장(1984)을 지내고 1986년(65세) 정년 퇴임하였다.

1946년(25세) 3월 대한럭비축구협회(1999년 1월 대한럭비협회로 개칭)가 창립할 때부터 1963년(42세)까지 협회 이사를 지내는 등 평생을 럭비와 각별한 사이로 지냈다.

또한 '조병화 시화전(詩畫展)-그리운 사람이 있다는 건'(부산 현대아트갤러리, 1996. 12. 17.~12. 25.)·'시와 그림전'(서울 갤러리 삼성플라자, 1998. 9. 9.~9. 21.) 등 1973년(52세)부터 20여 차례의 유화전(油畫展)과 시화전을 가졌다.

1980년(59세)에는 전두환(全斗煥, 1931~, 한국의 군인이며 제11·12대 대통령. 재임 1980. 9.~1988. 2.)의 대통령 당선을 축하하는 시 〈청렴·온후·참신한 새 출발…국운이여 영원하여라-새 대통령 당선을 경축하며〉를 발표하였다.

한국문인협회(韓國文人協會, 文協) 제12대(1975~1976)와 제17대(1986~1988) 부이사장을 거쳐 제18대(1989~1991) 이사장, 1979년(58세) 제4차 세계시인회의 한국위원회 회장, 1981년 대한민국 예술원(藝術院) 회원, 1982(61세)~1983년(62세) 제23대 한국시인협회(韓國詩人協會) 회장, 1995년(74세) 예술원 회장(제27~28대, 1995. 12. 20.~1999. 12. 19.)을 맡았다.

1974년(53세) 타이완(臺灣, Taiwan) 중국문화대학(中國文化大學)에서 명예 철학 박사 학위, 1981년 미국 샌프란시스코에서 열린 제5차 세계시인대회(世界詩人大會, World Congress of Poets, WCPs)에서 한국 최초의 '계관 시인(桂冠詩人, Poet Laureate)' 칭호, 1982년 중앙대학교에서 명예 문학 박사 학위, 1999년(78세) 6월에는 캐나다 빅토리아대학교(University of Victoria, 1963년 설립)에서 명예 문학 박사 학위 등을 받았다.

시집 〈기다리며 사는 사람들〉로 1959년 전국문화단체총연합회(全國文化團體總聯合會, 文總)에서 주는 제7회 자유 문학상(自由文學賞, 1953~1959)을 받은 것을 비롯하여 1974년 제6회 한국시인협회상, 1976년(55세) 국민 훈장 동백장(冬柏章), 1981년 제30회 서울특별시 문화상, 1985년(64세) 제30회 예술원상, 1986년 국민 훈장 모란장(牡丹章), 1990년(69세) 제31회 3·1 문화상, 1991년(70세) 세계시인대회 공로상, 1992년(71세) 시집 〈타향에 핀 작은 들꽃〉으로 제13회 대한민국 문학상, 1996년(75세) 금관 문화 훈장(金冠文化勳章), 1997년(76세) 제32회 5·16 민족상(학예 부문) 등을 받았다.

1991년 자신의 호를 딴 '편운 문학상'을 제정하였고, 1993년(72세) 고향 난실리에 '조병화 문학관'을 건립하였다.

1999년에는 자신이 소장(所藏)한 도서 6,000여 권을 경원대학교[暻園大學校. 가천대학교(嘉泉大學校)의 전신]에 기증하였다.

죽기 직전까지도 활발한 창작 활동을 벌여 2003년(82세) 2월 〈편운재에서의 편지〉를 펴내는 등 정열적인 집필을 쉬지 않았다. 자신의 호 '한 조각 구름(片雲)'처럼 살다가, 고향 난실리 선영(先塋)에 묻혔다.

'조병화 문학관'의 〈우리 난실리〉·〈해마다 봄이 되면〉이 새겨진 시비(詩碑)를 비롯하여 서울 종로구(鐘路區) 세종로(世宗路) 세종로공원에 〈빛과 소리의 고향〉, 종로구 적선동(積善洞) 적선현대빌딩 앞 〈솔개〉, 강원도 춘천시(春川市) 서면(西面) 금산리(錦山里) 북한강변 문학공원(北漢江邊文學公園)(2011. 9. 30), 경기도 용인시(龍仁市) 처인구(處仁區) 양지면(陽智面) 양지리 세중돌박물관(世中博物館)에 〈돌〉, 충청남도 보령시(保寧市) 성주면(聖住面) 개화리(開花里) 개화예술공원(開花藝術公園) 모산한국육필문예공원에 〈나의 자화상(自畫像)〉, 충청북도 음성군(陰城郡) 생극면(笙極面) 관성리(館成里) 큰바위얼굴조각공원 〈돌〉, 전라남도 구례군(求禮郡) 마산면(馬山面) 황전리(黃田里) 화엄사(華嚴寺) 입구 '시비 동산'에 〈종달새〉가 새겨진 시비들이 있다.

조병화의 작품 연표

발표 시기	작품 이름	장르	발표 매체	비 고
1949. 6.	〈후조(候鳥)〉	시	〈백민(白民)〉 제20호	
1949. 7.	〈버리고 싶은 유산(遺産)〉	시집	산호장(珊瑚莊)	제1시집
1949. 8.	〈항해(航海)〉	시	〈민성(民聲)〉	
1949. 11.	〈해녀(海女)〉	시	〈신천지(新天地)〉	
1950. 2.	〈귀가 커서〉	시	〈문예(文藝)〉	
1950. 3.	〈하루만의 휴식〉	시	〈백민〉 제21호	
1950. 4.	〈하루만의 위안(慰安)〉	시집	산호장	제2시집
1950. 6.	〈낙엽(落葉) 위에 누워 산다〉	시	〈문예〉	
1951. 6.	〈결혼식장〉	시	〈갈매기〉	
1951. 11.	〈너와 나〉	시	〈영문(嶺文)〉	
1952. 5.	〈주점(酒店) 에트란제〉	시	〈문예〉	
1952. 8.	〈패각(貝殼)의 침실(寢室)〉	시집	정음사(正音社)	제3시집
1952. 11.	〈통근 버스〉	시	〈시와시론〉	
1953. 10.	〈인간 피고(人間被告)〉	시	〈신천지〉	
1954. 1.	〈군란 부스러진 사람들〉/〈당나귀〉	시	〈신천지〉/〈현대공론(現代公論)〉	
1954. 2.	〈포도원(葡萄園)〉	소설	〈문화세계(文化世界)〉 종간호	
1954. 3.	〈그늘〉	시	〈문예〉	
	〈인간 고도(人間孤島)〉	시집	산호장	제4시집
1954. 11.	〈가을은 당신과 나의 계절〉	시	〈시작(詩作)〉	
1955. 4.	〈노래를 불러도 소리를 잃은 피리〉	시	〈현대문학(現代文學)〉 제4호	
1955. 7.	〈사랑이 가기 전에〉	시	〈문학예술(文學藝術)〉	
1955. 10.	〈비행기〉	시	〈시작〉	
1955. 11./1958	〈사랑이 가기 전에〉	시집	정음사	제5시집/창신문화사(昌新文化社)에서 영역본 〈Before Love Fades Away〉로 출판
1956. 3.	〈동면(冬眠)〉	시	〈새벽〉	

발표 시기	작품 이름	장르	발표 매체	비 고
1956. 5.	〈서울 시초(詩抄)〉	시	〈문학예술〉	
1956. 10.	〈현대 시론(現代詩論)〉	번역서	정음사	C.D.Lewis
1956. 12.	〈여숙(旅宿)〉	시집	정음사	
1957. 2.	〈나 사는 땅에서〉	시	〈사상계(思想界)〉 제46호	
1957. 8.	〈유예(猶豫)-배정된 시간 속에서〉	시	〈문학예술〉	
	〈Stopping by〉	번역 시집	성문각(成文閣)	김동성(金東晟) 영역
1957. 11.	〈서울〉	시집	성문각	제6시집
1958. 3./12.	〈석아화(石阿花)〉	시집	정음사	제7시집/대북중국문학사에서 중국어역 〈石阿花〉로 출판[곽의동(郭衣洞) 역]
1958. 3.	〈타이완의 밤은〉	시	〈자유문학(自由文學)〉	
1958. 8.	〈지금 나와 당신의 열차는〉	시	〈사조(思潮)〉 제3호	
1958. 12.	〈Voyage 존재한다는 것〉	시	〈자유문학〉	
1958	〈밤이 가면 아침이 온다〉	시론집		영역본
1959. 3, 4, 10./ 1961. 10.	〈밤의 이야기〉	시	〈자유문학〉, 〈사상계〉 제72호, 〈신문예(新文藝)〉 제10호	연작시/정음사에서 제9시집으로 출판
1959. 10.	〈The World's Love Poetry〉	번역 시	Bantam Books, New York	수록
1959. 11.	〈기다리며 사는 사람들〉	시집	성문각	제8시집
1959	〈현대 시작법(現代詩作法)〉	번역서	정음사	C.D.Lewis
1960. 1.	〈1960년〉	시	〈새벽〉	
1960. 3.	〈어느 벌판에서 무에게〉	시	〈자유문학〉	
1962. 11.	〈낮은 목소리로〉	시집	중앙문화사(中央文化社)	제10시집
1963. 1.	〈밤차〉	시	〈자유문학〉	
1963. 6.	〈공존(共存)의 이유〉	시집	선명문화사(宣明文化社)	제11시집
1963. 10.	〈쓸개 포도(葡萄)의 비가(悲歌)〉	시집	동아출판사(東亞出版社)	제12시집
1964. 10.	〈시간의 숙소(宿所)를 더듬어서〉	시집	양지사(陽地社)	제13시집
1965. 3.	〈자유〉	시	〈문학춘추(文學春秋)〉 제12호	
1965. 6.	〈인도교(人道橋)〉	시	〈문학춘추〉 종간호	
1965. 7.	〈인간 곤충〉	시	〈신동아(新東亞)〉 제70호	
1965. 11.	〈내일 어느 자리에서〉	시집	춘조사(春潮社)	제14시집
	〈영원한 사람 알버트 슈바이처〉/〈조국(祖國) 3〉	시	〈사상계〉 제151호/〈문학춘추〉	
1966. 11.	〈마음이 운다〉	시	〈문학(文學)〉	
1966. 12.	〈가을에 남은 거에〉	시집	성문각	제15시집
1967. 1.	〈Poesia Coreana〉	번역 시		Hyun chang Kim 에스파냐어역, 수록
1967. 3.	〈때로 좀 만납시다〉·〈오, 기(旗)는 하늘에 청마(青馬)는 돌아가다-청마 유치환(柳致環) 사백(舍伯)을 추도하며〉	시	〈세대(世代)〉	
1968. 4.	〈가숙(假宿)의 램프〉	시집	민중서관(民衆書館)	제16시집
1968. 8.	〈기일(忌日)에〉·〈해남(海南) 기행(紀行)-보리고개 버스 차창가에서〉	시	〈현대문학〉 제164호	
1968. 11.	〈산사(山寺)에서 내려온 편지〉	시	〈월간문학(月刊文學)〉 창간호	
1968	〈고독(孤獨)한 하이웨이〉	시집	성문각	
1969. 4.	〈사람은 누구나〉	시	〈현대시학(現代詩學)〉 창간호	

발표 시기	작품 이름	장르	발표 매체	비 고
1969. 11.	〈꿈 속에서〉	시	〈현대문학〉 제179호	
1969. 12.	〈내 고향(故鄕) 먼 곳에〉	시집	중앙출판공사(中央出版公社)	제17시집
1970. 2.	〈금하 다방〉	시	〈월간문학〉 제16호	
1970. 5.	〈달〉	시	〈중앙(中央)〉	
1970. 11.	〈그 말씀〉	시	〈현대문학〉 제191호	
1971. 2.	〈오산(烏山) 인테체인지〉	시집	문원사(文苑社)	제18시집
1971. 3.	〈난실리(蘭室里)〉	시	〈현대문학〉 제195호	
1971. 4.	〈영원으로의 일순(一瞬)들〉	시	〈현대시학〉 제25호	
1971. 11.	〈별의 시장(市場)〉	시집	동화출판공사(同和出版公社)	제19시집
1972. 2.	〈現代詩の アンソロジ(현대시의 안소로지)〉	번역 시	일본 北川冬彦編-世界詩人詩集	일어 수록
1972. 5.	〈도시(都市)〉	시	〈시문학(詩文學)〉 제10호	
1972. 7.	〈그래 네가 이긴다고 하자〉	시	〈풀과별〉 창간호	
1972. 8.	〈편운재 유숙기(片雲齋留宿記)〉	시	〈현대시학〉 제41호	
1972. 10.	〈먼지와 바람 사이〉	시집	동화출판공사	제20시집
1972. 11./1988. 11.	〈공항(空港)〉	시	〈시문학〉 제16호/ 〈심상(心象)〉 제182호	
1972. 12.	〈벗〉	시	〈문학사상(文學思想)〉 제3호	
1973. 1.	〈고향〉	시	〈현대문학〉 제217호	
1973. 2.	〈떠나는 자 머무는 자 그 모노로그〉	시	〈현대시학〉 제47호	
1973. 3.~6, 8.~12. 1974. 1.~4, 10.~12, 1975. 1, 2, 7.	〈남남〉	시	〈현대시학〉 제48~51, 53~61, 67~71호	일지사(一志社)에서 제22시집으로 출판
1973. 9.	〈시가 팔리지 않는 마을〉/〈해후(邂逅)-이용범(李龍範) 군에게〉	시	〈월간문학〉 제55호/ 〈시문학〉 제26호	
	〈Fourteen Poems〉	번역 시집	경희대학교	Kevin O'Rourke 영역
1973. 12.	〈어머니〉	시집	중앙출판공사	제21시집
1973	〈해마다 봄이 되면〉	시		
1974. 1.	〈기별(奇別)〉	시	〈시문학〉 제30호	
1974. 2.	〈세계 시인 대회〉	시	〈한국문학(韓國文學)〉 제4호	
1974. 9.	〈묘지(墓地)로 떠나는 벗들〉	시	〈현대문학〉 제237호	
1974. 10.	〈귀국(歸國)〉	시	〈한국문학〉 제12호	
1974. 11.	〈Where Clouds Pass by〉	번역 시집	중앙출판공사	Kevin O'Rourke 영역
1974. 12.	〈괌의 밤〉/〈남부 기행〉/〈시장 풍경〉	시	〈월간문학〉 제70호/〈심상〉 제14호/〈문학사상〉 제27호	
1975. 4.	〈일요일〉	시	〈한국문학〉 제18호	
1975. 5.	〈봄은 어머님 목소리로부터〉	시	〈현대시학〉 제74호	
1975. 6.	〈나는 내 어둠을〉	시집	민음사(民音社)	
	〈어머님 절 늙게 해 주십시오〉	시	〈현대문학〉 제246호	
1975. 7.	〈어느 생애〉	시	〈월간문학〉 제77호	
1975. 10.	〈인도(印度) 기행 시화첩〉	시	〈현대시학〉 제79호	
1975. 12.	〈세월은 팔랑개비〉	시	〈현대문학〉 제252호	
1975	〈조병화 시화집〉	시화집	동화출판공사	
1976. 1.	〈하늘로 열린 신작로(新作路)에서〉	시	〈월간문학〉 제83호	
1976. 2.	〈겨울 나그네〉	시	〈현대시학〉 제83호	

발표 시기	작품 이름	장르	발표 매체	비 고
1976. 3.	〈속(續) 출발〉/〈수안보((水安堡)〉/ 〈조병화 시선(詩選)〉	시	〈창작과비평〉 제39호/ 〈한국문학〉 제29호	
		시집	정음사	
1976. 5.	〈때로 때때로〉	시집	삼중당(三中堂)	〈어머니〉를 개제(改題)
1976. 6.	〈Twenty Poems〉	번역 시집	경희대학교	Kevin O'Rourke 영역
1976. 7.	〈어머님 시비(詩碑) 제막하던 날(1976. 5. 6. 석가의 날) 밤의 일〉	시	〈한국문학〉 제33호	
1976. 10.	〈창 안에 창 밖에〉	시집	열화당(悅話堂)	제23시집
	〈寂寥の炎〉	시집	경희대학교	일본어
1977. 3.	〈직선(直線)을 배우면서〉	시	〈현대문학〉 제267호	
1977. 5.	〈혜화동(惠化洞) 로타리〉	시	〈시문학〉 제70호	
	〈Ein Leben〉	번역 시집	경희대학교	Hans-Jurgen Zaborowski 독일어 역
1977. 7.	〈재회(再會)〉/〈전화(電話)〉	시	〈현대시학〉 제100호/ 〈한국문학〉 제45호	
1977. 9.	〈남도(南道) 기행〉/〈지중해(地中海)〉	시	〈현대시학〉 제102호/ 〈현대문학〉 제273호	
	〈시인의 비망록(備忘錄)〉	수필집	문학예술사	제1집
1977. 12.	〈Whispers at Night〉	번역 시집	경희대학교	Kevin O'Rourke 영역
1978. 6.	〈낮달〉	수필집	태창문화사(泰昌文化社)	제2집
	〈딸의 파이프〉	시집	일지사	제24시집
	〈적도(赤道)를 넘어서〉	시	〈현대시학〉 제111호	
1978. 7.	〈가는 길에〉/〈어느 오후〉	시	〈시문학〉 제84호/ 〈현대문학〉 제283호	
1978. 11.	〈업(業)〉	시	〈한국문학〉 제61호	
1979. 1.	〈만나는 거와 떠나는 거와〉	시집	정음사	
	〈어느 존재〉	시	〈문학사상〉 제76호	
1979. 4.	〈십 년여 일〉	시	〈현대시학〉 제121호	
	〈En Un Lieu Secret〉	번역 시집	정음사	Roger Leverrier 프랑스 어역
1979. 10.	〈나의 종교〉	시	〈현대문학〉 제298호	
1979. 11.	〈약한 자만이 듣는 소리 베트남 난민(難民)을 응시하며〉	시	〈한국문학〉 제73호	
1979. 12.	〈Trumpet Shell〉	번역 시집	경희대학교	Kevin O'Rourke 영역
1979	〈조병화의 명시(名詩)〉	시집	한림출판사(翰林出版社)	
1980. 4.	〈반 되만 더〉	시	〈현대시학〉 제133호	
1980. 5.	〈어느 회신(回信)-H시인에게〉/〈이순(耳順)〉	시	〈한국문학〉 제79호/ 〈현대문학〉 제305호	
1980. 8. 28.	〈청렴(淸廉)·온후(溫厚)·참신(斬新)한 새 출발… 국운(國運)이여 영원하라-새 대통령 당선을 경축하며〉	시	〈경향신문(京鄉新聞)〉	
1980. 8.	〈영하의 회신-캐나다에서 온 편지〉	시	〈현대시학〉 제137호	
1980. 9.	〈만 미터 상공(上空)에서〉	시	〈월간조선(月刊朝鮮)〉	
1980. 10.	〈겨울 바다에서〉	시	〈월간문학〉 제140호	
1980. 11.	〈나는 지금〉	시	〈현대문학〉 제311호	

발표 시기	작품 이름	장르	발표 매체	비 고
1980. 12.	〈안개에 뿌리내리는 나무〉	수필집	운성사(芸聲社)	제3집
1981. 1.	〈한강(漢江) 하류 어느 멜타에서〉	시	〈한국문학〉 제27호	
1981. 1.~10.	〈혜화동 풍경 1~10〉	시	〈현대시학〉 제142~151호	
1981. 6.	〈안개로 가는 길〉	시	〈현대문학〉 제318호	
1981. 9.	〈안개로 가는 길〉	시집	일지사	제25시집
1981. 11.	〈순탄과 좌절〉	평론	〈현대문학〉 제323호	
1982. 1.	〈가시는 세상 부디 안녕하시길-고(故) 최영해(崔暎海) 선생 영결식에서〉/〈근조(謹弔) 하얀 탱자나무 꽃-1981년 11월 4일 고 김소운(金素雲) 선생 영결식에서〉/〈투명한 저음(低音) 고 조연현(趙演鉉) 님을 추모하여〉	시	〈현대문학〉 제325호/ 〈한국문학〉 제99호/ 〈월간문학〉 제155호	
1982. 3.	〈현지 보고(現地報告)〉	시	〈문학사상〉 제114호	
1982. 4.	〈예약된 길〉	시	〈현대시학〉 제157호	
1982. 7.	〈남부 기행-경주(慶州) 부근을 지나며〉/〈머나먼 약속〉	시	〈한국문학〉 제105호/ 〈현대문학〉 제331호	
1982. 10.	〈절벽(絕壁)〉	시	〈소설문학(小說文學)〉	
1982. 12.	〈여행〉	시	〈현대문학〉 제336호	
1983. 3.	〈산을 깎아 먹는 기계〉/〈이봉구(李鳳九)〉	시	〈월간문학〉 제169호/ 〈현대문학〉 제339호	
1983. 4.	〈흙바람 속에 피는 꽃들〉	수필집	문음사(文音社)	제4집
1983. 5.	〈이진섭(李眞燮)〉	시	〈한국문학〉 제115호	
1983. 6.	〈벼랑의 램프〉	시집	고려원(高麗苑)	
1983. 10.	〈머나먼 약속〉	시집	현대문학사	제26시집
1984. 4.	〈이민(移民)을 가는 소년〉	시	〈현대문학〉 제352호	
	〈The Nest of Cloud〉	번역 시집	시인사(詩人社)	영어, 프랑스 어, 독일어, 중국어, 에스파냐 어
1984. 6.	〈카리브 기행〉	시	〈한국문학〉 제128호	
1984. 7.	〈꿈을 꾸는 파이프〉	수필집	오상출판사	제5집
1984. 8.	〈Korin-Verlag Limburg/Lahn〉	번역 시집		독일어 역
1984	〈New Europe〉	번역 시	Luxembourg, No.45	특집
1985. 3.	〈눈〉/〈모로코의 조랑말〉·〈여수(旅愁)〉	시	〈월간문학〉 제193호/ 〈신동아〉 제306호	
	〈저 바람 속에 저 구름 속에〉	수필집	문학세계사(文學世界社)	제6집
1985. 4.	〈구라파(歐羅巴)의 소〉	시	〈월간조선〉 제61호	
	〈순간처럼 영원처럼〉	시집	고려원	
1985. 5.	〈바위〉/〈불타(佛陀)의 세계〉	시	〈한국문학〉 제144호/ 〈소설문학〉 제114호	
1985. 6.	〈나귀의 눈물〉	시집	정음사	제27시집
	〈어두운 밤에도 별은 떠서〉	시집	혜진서관(惠珍書館)	제28시집
1985. 7.	〈THALATTA〉	번역 시	Euroeditor, Luxembourg	수록
1985. 10.	〈구름이 흘린 것들〉	수필집	현대문학사	제7집
1985. 11.	〈가을〉	시	〈동서문학(東西文學)〉 제136호	
	〈바다를 잃은 소라〉	시집	학원사(學園社)	
1985. 12.	〈빛을 그리는 어둠〉	시집	학원사	

발표 시기	작품 이름	장르	발표 매체	비 고
1985. 12.	〈사랑, 그 영원한 고독〉	시집	학원사	〈낮은 목소리〉·〈공존의 이유〉·〈쓸개 포도의 비가〉 합본
	〈해가 뜨고 해가 지고〉	시집	오상출판사	제29시집
	〈Selected Poems〉	번역 시집	오상출판사	Kevin O'Rourke 영역
1985	〈순결한 영혼을 찾아서〉	수필집	해냄출판사	
1986. 1.	〈그리움이 지면 별이 뜨고〉	시집	예전사	
1986. 2.	〈마지막 그리움의 등불〉	수필집	학원사	제8집
1986. 3.	〈자유로운 삶을 위하여〉	수필집	어문각(語文閣)	제9집
1986. 5.	〈사랑의 계절〉/〈이승과 저승〉	시	〈월간문학〉 제207호/〈현대문학〉 제377호	
1986. 6.	〈비로봉(毘盧峯)〉	시	〈소설문학〉 제127호	
1986. 8./1987. 8.	〈바다〉	시	〈소설문학〉 제129호/〈심상〉 제167호	
1986. 8.	〈언제나처럼 그 자리에 서서〉	시집	융성출판사(隆盛出版社)	제10집
	〈왜 사는가〉	수필집	자유문학사	제11집
1986. 9.	〈머물지 않는 바람〉	시집	학원사	
	〈서울로 가는 도야지들〉·〈호르무주 해협〉/〈편지〉	시	〈한국문학〉 제155호/〈월간문학〉 제211호	
1986. 10.	〈노변(路邊)의 꽃들〉	시	〈문학정신(文學精神)〉 창간호	
1986. 11.	〈이렇게 될 줄 알면서도〉	시집	융성출판사	
1986. 12.	〈있는 거와 없는 거와〉	시집	학원사	
	〈고독과 사색(思索)의 창가에서〉	수필집	자유문학사	제12집
1986	〈조병화 시집〉/〈홀로 있는 곳에〉	시집	범우사(汎友社)/어문각	
1987. 1.	〈오산역을 스칠 때〉/〈이승에 단 램프〉	시	〈현대문학〉 제385호/〈한국문학〉 제159호	
1987. 2.	〈1987년 봄〉	시	〈문학사상〉 제173호	
1987. 3.	〈고통 없는 세월처럼〉/〈저승으로 가는 연습〉	시	〈현대문학〉 제387호/〈문학정신〉 제6호	
1987. 5.	〈너와 나의 시간에〉	시집	동문선	제13집
	〈어머님 방의 등불을 바라보며〉	수필집	삼중당	제14집
	〈외로운 혼자들〉	시집	한국문학사	제30시집
1987. 5./6.	〈노고단(老姑壇)〉	시	〈문학사상〉 제176호/〈동서문학〉 제155호	
1987. 6.	〈Nuages〉	번역 시집	룩셈부르크	Roger Leverrier 프랑스어역
1987. 8.	〈言葉の遺跡〉	번역 시집	세계시인회의 한국위원회	일본어
1987. 9.	〈구름처럼 바람처럼-조영수 시인에게〉/〈생후감(生後感) 1〉/〈창조의 교역(交易)〉	시	〈심상〉 제168호/〈문학정신〉 제12호/〈문학사상〉 제180호	
	〈내일로 가는 길에〉	수필집	영언문화사(永言文化社)	제15집
1987. 10.	〈되돌아오는 편지〉/〈여행길에서〉	시	〈문학사상〉 제181호/〈문학정신〉 제13호	
1987. 11.	〈추억(追憶)〉	수필집	자유문학사	제16집

발표 시기	작품 이름	장르	발표 매체	비 고
1987. 12.	〈길〉	시집	동문선	
	〈길은 나를 부르며〉	시집	청하출판사(淸河出版社)	제31시집
	〈홀로 지다 남은 들꽃처럼〉	수필집	해문출판사	제17집
1987	〈추억〉	시집	자유문학사	
1988. 1.	〈사랑, 그 홀로〉	수필집	백양출판사(白羊出版社)	제18집
	〈삼백육십오일〉/〈추영(追影)〉	시	〈현대문학〉 제397호/ 〈심상〉 제172호	
1988. 2.	〈여숙의 바람 소리〉	시집	혜원출판사(惠園出版社)	
1988. 3.	〈나무〉	시	〈세계의문학〉 제47호	
1988. 4.	〈눈을 감으면〉	시	〈시대문학(時代文學)〉	
1988. 5.	〈마침내 사랑이 그러하듯이〉	수필집	백상	제19집
	〈어머님의 집〉	시	〈한국문학〉 제175호	
1988. 5, 9.	〈떠난 세월 떠난 사람-명동(明洞) 문인(文人) 이야기〉	수필	〈현대문학〉 제401, 405호	
1988. 6.	〈사랑은 아직도〉	수필집	백양출판사	제20집
1988. 7.	〈나무를 심으며〉/〈염적(炎寂)〉	시	〈문학정신〉 제189호/ 〈문학사상〉 제190호	
	〈새벽은 꿈을 안고〉	수필집	신원문화사	제21집
1988. 8.	〈갈릴리 바다에서〉/〈미(美)와 힘과 사랑과〉	시	〈심상〉 제179호/ 〈문학사상〉 제191호	
	〈꿈과 사랑, 그리고 내일〉	수필집	현대문화센터	제22집
	〈Night Talk〉·〈Strangers〉	번역 시집	우일문화사(宇一文化社)	Kevin O'Rourke 영역/ 김동성 영역
1988. 9.	〈베드윈〉/〈사해(死海)에서-편운재로 띄우는 편지〉/〈편운재로 띄우는 편지〉	시	〈현대시학〉 제234호/ 〈동서문학〉 제170호/ 〈월간문학〉 제235호	
1988. 10.	〈럭비〉	시	〈동양문학(東洋文學)〉	
	〈혼자 가는 길〉	시집	우일문화사	제32시집
1988	〈구름으로 바람으로〉	시집	문학사상사	
1989. 7.	〈떠난 세월 떠난 사람〉	수필집	현대문학사	제23집
	〈장미(薔薇)〉	시	〈문학사상〉 제202호	
1989. 8.	〈마음이 외로울 때〉	수필집	자유문학사	제24집
	〈사랑은 비치다 사라지는 무지개〉	시집	융성출판사	
1989. 9.	〈바다 1〉	시	〈심상〉 제191호	
1989. 11.	〈지나가는 길에〉	시집	신원문화사	제33시집
	〈하늘 아래 그 빈 자리에〉	수필집	성정출판사(成正出版社)	제25집
1989. 12.	〈가을〉/〈가을날〉	시	〈월간문학〉 제250호/ 〈현대문학〉 제420호	
1990. 4./1993	〈꿈〉	시집	동문선/예당음향(육성 시집)	
1990. 5.	〈후회 없는 고독〉	시집	미학사(美學社)	제34시집
1990. 6.	〈시간 속에 지은 집〉	수필집	인문당(人文堂)	제26집
1990. 7.	〈The Fact that I am lonely〉	번역 시집	우일문화사	Kevin O'Rourke 영역
1990. 9.	〈現代韓國詩選〉	번역 시집	가신샤(花神社, 일본)	茨木のり子 일역
1990	〈고독하다는 건〉	시집	우일문화사	영한 대역, 케빈오록 역
1991. 3.	〈나의 생애, 나의 사상〉	수필집	도서출판 둥지	제27집
	〈찾아가야 할 길〉	시집	인문당	제35시집

발표 시기	작품 이름	장르	발표 매체	비 고
1991. 8.	〈꿈은 너와 나에게〉	수필집	해냄출판사	제28집
1991. 11.	〈숨어서 우는 노래〉	시집	미래사(未來社)	
1992. 1.	〈낙타의 울음소리〉	시집	동문선	제36시집
1992. 4.	〈타향(他鄕)에 핀 작은 들꽃〉	시집	시와시학사	제37시집
1992. 5.	〈시의 오솔길을 가며〉	시집	서울신문사	제29집
1992. 10.	〈꿈이 있는 정거장〉	수필집	고려원	제30집
1992. 11.	〈다는 갈 수 없는 세월〉	시집	혜화당(惠和堂)	제38시집
1993. 2.	〈그리움〉·〈사랑의 노숙(露宿)〉	시집	동문선	
1993. 9.	〈잠 잃은 밤에〉	시집	동문선	제39시집
	〈Dröm〉	번역 시집	스톡홀름	최병은 스웨덴 어역
1993	〈황홀한 모순(矛盾)〉	시집	예당음향	육성 시집
1994. 7.	〈개구리의 명상(瞑想)〉	시집	동문선	제40시집
1994. 12.	〈내일로 가는 밤길에서〉	시집	문학수첩(文學手帖)	제41시집
1995. 6.	〈세월은 자란다〉	수필집	문학수첩	
1995. 10.	〈시간의 속도〉	시집	융성출판사	제42시집
1996. 4.	〈너를 살며 나를 살며〉	수필집	고려원	제31집
	〈서로 따로 따로〉	시집	예니출판사	제43시집
	〈雲の笛〉	번역 시집	가신샤	강창중(姜晶中) 일역
1996. 9.	〈나보다 외로운 사람에게〉	수필집	둥지	
1997. 5.	〈아내의 방(房)〉	시집	동문선	제44시집
1997. 8.	〈Songs at Twilight〉	번역 시집	Macedonia Poetry Festival	Seoul Poets Club
1997. 9.	〈이젠 내가 할 일은〉	시	〈문예중앙(文藝中央)〉	
1997. 10.	〈황혼(黃昏)의 노래〉	시집	마을	제45시집
	〈旅,一近くて 遠い 異國の 友へ〉	번역 시집	가이후샤(海風社, 일본)	신윤식(申潤植) 일역
1997. 11.	〈그리운 사람이 있다는 것은〉	시집	동문선	제46시집
1998. 2.	〈헤어지는 연습을 하며〉	시집	오상출판사	
1998. 4.	〈먼 약속〉	시집	마을	제47시집
1998. 10.	〈외로우며 사랑하며〉	수필집	가야넷	
1998. 11.	〈기다림은 아련히〉	시집	가야미디어	제48시집
1999. 1.	〈내게 슬픔과 기쁨이 삶이듯이〉	수필집	미래사	제32집
1999. 4.	〈시와 그림〉	시화집	동문선	
1999. 11.	〈따뜻한 슬픔〉	시집	동문선	제49시집
2000. 3.	〈고요한 귀향(歸鄕)〉	시집	시와시학사	제50시집
2001. 9.	〈Miit Leiser Stimme〉	번역 시집	Peperkorn	Whaseon Roske-Cho 독일어 역
2001. 11.	〈세월의 이삭〉	시집	월간에세이	제51시집
2002. 5.	〈남은 세월의 이삭〉	시집	동문선	제52시집
2003. 2.	〈편운재에서의 편지〉	서간집	문학수첩	
2003. 3.	〈사랑이 그러하듯이〉	시집	우리글	유고 시집
2003. 5.	〈The Dream Goes Home〉	번역 시선집	Universal Press	Kevin O'Rourke 영역
2005. 3.	〈넘을 수 없는 세월〉	시집	동문선	유고 시집

456

조수삼

趙秀三 1762(영조 38)~1849(헌종 15)

조선(朝鮮, 1392~1910)의 위항 시인(委巷詩人).

초명(初名)은 경유(景濰), 자(字)는 자익(子翼)·지원(芝園), 호(號)는 경원(經畹)·추재(秋齋), 본관(本貫)은 한양(漢陽).

가선대부(嘉善大夫) 한성부(漢城府) 좌윤(左尹) 겸 오위도총부(五衛都摠府) 부총관(副摠管)에 추증(追贈)된 조원문(趙元文)의 아들로, 전라북도 전주(全州)에서 태어났다. 위항 시인 조경렴(趙景濂)의 아우이고, 조중묵(趙重默, ?~?, 조선의 화가)은 손자이다.

구자균(具滋均, 1912~1964, 한국의 국문학자)은 〈한국 평민 문학사(韓國平民文學史)〉에서 그의 신분을 서리(胥吏)일 것이라고 추정하였으나 확실한 근거는 없고, 대개 역과(譯科) 출신의 중인(中人)이었던 것으로 알려지고 있다.

어려서부터 문장과 시에 천재적 재질이 있어 시명(詩名)을 날렸고, 중국어에도 뛰어났다. 신분 탓으로 벼슬을 못한 대신 여행을 즐겼는데, 1789년(27세, 정조 13) 이상원(李相源)을 따라 처음으로 중국에 간 이래 여섯 차례나 연행(燕行)하여, 당대(當代) 중국의 일류 문사(文士)인 강련(江漣)·오숭량(吳崇梁)·유희해(劉喜海, 1794~1852, 중국 청나라의 고증학자)·주문한(朱文翰) 등과 교유(交遊)하였다.

국내에도 전국에 발 닿지 않은 곳이 없을 정도로 여러 곳을 유람하며 자연과 풍물을 읊은 많은 시를 남겼다.

1786년(정조 10) 여름, 천수경(→476)을 중심으로 김낙서(金洛瑞, 1757~?, 조선의 문인)·김태욱(金泰郁)·노윤적(盧允迪, 1772~?)·박윤묵(朴允默, 1771~1849, 조선의 문신)·왕태(→318)·이경연(李景淵)·이의수(李宜秀, 1745~1814, 조선의 서화가)·임득명(林得明, 1767~?, 조선의 서화가)·장혼(→433)·차좌일(車佐一, 1753~1809, 조선의 문인) 등과 함께 송석원시사[松石園詩社. '서사(西社)'·'서원시사(西園詩社)'·'옥계시사(玉溪詩社)'라고도 하였다.]를 결성하여 그 핵심 인물로 활동하면서 강진(姜溍, 1807~1858, 조선의 서화가)·이단전(李亶佃, 1755~1790, 조선의 천민 시인)·정이조(丁彝祚)·조희룡(趙熙龍, 1789~1866, 조선의 문인이며 화가) 등의 위항 시인들과 교유하였다. 또한 김명희(金命喜, 1788~?, 조선의 서예가)·김정희(金正喜, 1786~1856, 조선의 문신)·남상교(南尙敎, 1783~1866, 조선의 가톨릭 순교자)·이만용(李晩用, 1792~?, 조선의 시인)·조만영(趙萬永, 1776~1846, 조선의 문신)·조인영(趙寅永, 1782~1850, 조선의 문신)·한치원(韓致元, 1821~1881, 조선의 무신이며 학자) 등 당대(當代) 일류 사대부(士大夫)들과도 친밀하게 지냈다. 특히 조만영·조인영은 풍양(豊陽) 조씨(趙氏) 세도 정치의 중추 인물이었는데, 조수삼의 후원자 역할을 하였다.

강기(强記, 기억력)·공령(功令, 과문)·담론(談論, 웅변)·복택(福澤, 덕행)·수고(壽考, 병 없이 오래 삶)·시문(詩文)·의학(醫學)·자묵(字墨, 글씨)·풍도(風渡, 풍모)·혁기(奕棋, 바둑)의 이른바 '10복(福)'을 갖춘 사람으로 일컬어졌다.

초기에는 생활 주변이나 자연을 소재로 하여 대상과의 조화를 추구한 작품이 대부분이었는데, 후기로 올수록 사회 현실을 사실적(寫實的)으로 묘사한 작품이 많아지며, 이러한 장시(長詩)도 눈에 뜨이게 양산되고 있다. 이에 대하여 김정희는 두보(→143)의 시풍(詩風)과 근접한다고 지적하였다. 특히 '평안도 농민 전쟁[平安道農民戰爭, 1811. 12. 18.~1812. 4. 19. 홍경래(洪景來, 1780~1812, 조선의 민란 지도자) 난이라고도 한다.]'을 사실적으로 묘사한 장편 오언고시(五言古詩) 〈서구도올(西寇檮杌)〉, 60세 때 관북 지방을 여행하면서 백성들의 비참한 생활을 묘사한 〈북행백절(北行百絕)〉 등이 이러한 시풍을 대변(代辯)하고 있다.

도시 하층민의 생기발랄한 모습을 산문으로 쓰고 칠언절구(七言絕句)의 시를 덧붙인 형식으로 되어 있는 〈추재기이(秋齋紀異)〉, 중국 주변의 여러 나라에 대한 짧은 산문과 시의 결합으로 구성되어 있는 〈외이죽지사(外夷竹枝詞)〉 등은 당대를 살아간 민중의 생활상과 지식인들의 의식 수준을 잘 반영하고 있는, 한문학사상(漢文學史上) 독특한 위치를 차지하는 작품이다.

글씨도 잘 썼으며, 〈추재집(秋齋集)〉(모두 8권 4책)·〈추재 시초(秋齋詩抄)〉 등을 펴냈다.

1844년(헌종 10) 82세의 나이로 사마시(司馬試)에 급제(及第)하여 세상 사람들의 격찬을 받았다.

이 밖에 〈경원 선생 자전(經畹先生自傳)〉·〈동리 선생전(東里先生傳)〉이 있고, 〈병치행(病齒行)〉·〈석고가(石鼓歌)〉·〈억석행(憶昔行)〉 등도 장편 거작으로 인구(人口)

에 회자(膾炙)되었다.

457
조슈
Jōsh 1894. 12. 5. ~ 1982. 2. 22.

파키스탄의 우르두 어(語)(Urdu language) 시인.

인도 북부 우타르프라데시(Uttar Pradesh) 주 말리하바드(Malihabad)에서 태어났으며, 1955년(61세) 파키스탄으로 옮겨 파키스탄 국민이 되었고, 수도(首都) 이슬라마바드(Islamabad)에서 죽었다.

'혁명 시인(革命詩人, Poet of the Revolution)'이라고 일컬어졌으며, 현대시로는 이크발(→404) 다음가는 명성을 얻었다. 그의 시는 서정시의 전통을 이어받으면서 주제의 다양성, 표현의 아름다움, 어휘의 풍부함, 교묘한 비유 등이 특징이다.

1930년대에는 사회주의(社會主義, socialism)와 반영주의(反英主義)를 노래한 일련의 시가 큰 반향(反響)을 불러일으켰다.

지은 책으로 〈문학의 정수(精髓)〉(1921)·〈불꽃과 밤이슬〉(1936) 등 몇십 권의 시집과 자서전(自敍傳) 〈추억(追憶)의 행렬〉(1970) 등이 있다.

458
조식
曹植 192 ~ 232. 12. 27.

중국 삼국 시대 위(魏)나라(225~265)의 시인.

자(字)는 자건(子建), 시호(諡號)는 사(思). 마지막 봉지(封地)가 허난성(河南省) 천저우[陳州, 화이양(淮陽)]이었기 때문에 '진사왕(陳思王)'이라고도 일컬어진다.

조조[曹操, 155~220, 중국 후한(後漢, 25~220)의 장군. 위나라 무제(武帝)]의 셋째 아들로, 패국(沛國) 초[譙, 안후이성(安徽省) 박현(亳縣)]에서 태어났다.

군웅(群雄)이 할거하던 난세(亂世)에 탁월한 솜씨를 발휘하여 화베이(華北)를 통일한 아버지 조조는 당대(當代)의 풍운아였고 문학을 애호한 시인이었다. '건안 칠자[建安七子, 공융(孔融, 153~208)·서간(徐幹, 171~217)·완우(阮瑀, ?~212)·왕찬(→316)·유정(劉楨, ?~217)·응창(應瑒, ?~217)·진림(陳琳, ?~217)]'로 대표되는 문인(文人) 집단은 조조 정권(政權)의 확립과 함께 형성되었고 문학사에 획기적인 변혁을 가져왔다.

또한 그 때까지는 민간의 가요였던 소박한 오언시형(五言詩形)을 복잡한 사상과 감정의 표현이 가능한 지식인의 문학 형식으로까지 수준을 끌어올렸으며, 부(賦)에서 시(詩) 쪽으로 문학의 주류가 옮겨지는 길을 열었다.

조비[曹丕, 187~226, 중국 삼국 시대 위나라의 초대 황제. 문제(文帝). 재위 220~226]의 아우이기도 한데, 조조·조비·조식 세 사람을 '삼조(三曹)'라고 하며, 건안 문학(建安文學)의 중심적 존재로 '문학사상(文學史上)의 주공[周公, ?~?, 기원전 11세기 무렵 중국 주(周) 왕조의 개국 공신. 문왕(文王)의 아들]·공자[孔子, B.C.551~B.C.479, 중국 춘추(春秋) 시대의 교육자이며 철학자·정치 사상가. 유교의 개조(開祖)]'라고 칭송되었다.

조식은 건안 문인의 최연소자였고, 그 문학 활동기는 후한에서 위나라에 걸쳐 있으며, 건안 문학을 집대성하고 오언시 완성에 가장 크게 이바지하였다. '건안 칠자'들과 교유(交遊)하여 당시의 문학적 중심을 이루었고, 오언시를 서정시로 완성시켜 문학사상 후세에 끼친 영향이 크다.

어린 나이로 조조의 사랑을 받아 211년(19세) 평원후(平原侯)에 봉해지고, 214년(22세) 임치후(臨淄侯)로 옮겨 봉해졌다. 조조는 재기가 넘치는 조식을 사랑하였지만, 절도가 없다는 점에서 실망하여 217년(25세) 맏아들 조비를 후계자로 정하였다. 조비도 훌륭한 문장가였고 시인이었지만 조식만큼 화려하지는 못하였다.

맏형 조비와 태자(太子) 계승 문제로 양쪽의 측근들이 정치적으로 암투(暗鬪)를 하다가, 220년(28세) 아버지 조조가 세상을 떠나고 형이 위나라의 초대 황제로 즉위하였다. 그 뒤 황제의 권력 강화를 꾀하여 황실 일족은 오히려 핍박을 받았으며, 정의(丁儀, ?~220, 중국 위나라의 문신) 등 조식의 측근자들은 거의 죽음을 당하였고, 그도 형과의 생긴 균열이 오랫동안 계속되어 평생 정치적 위치가 불우하였다.

그의 재주와 인품을 싫어한 형 문제에 의하여 거의 해마다 새 봉지에 옮겨 살도록 강요당하였고[안향후(安鄕侯, 221)·견성후(鄄城侯, 221~222)·견성왕(鄄城王, 222~223)·옹구왕(雍丘王, 223~227)·준의왕(浚儀王, 227~228)·옹구왕(228~229)·동아왕(東阿王, 229~232)·진왕

(陳王, 232)], 엄격한 감시 아래 항상 신변의 위험을 느끼며 불우한 나날을 보냈다.

명제[明帝, 중국 삼국 시대 위나라의 제2대 황제. 재위 226~239. 조비의 맏아들 조앙(曹昻)] 때에도 불우하게 지내다가, 마지막 봉지 천저우에서 41세로 죽었다.

어느 날 연회(宴會)에서 형 문제가 '7보를 걷는 사이에 시 한 수(首)를 짓지 못하면 대법(大法)으로 다스리겠다(사형)'고 하였다. 조식은 형의 그 말이 끝나기가 무섭게 '콩을 삶기 위하여 콩대를 태우니, 콩이 가마솥에서 소리 없이 우노라. 본디 한 뿌리에서 같이 태어났거늘 서로 괴롭히기가 어찌 이리 심한고.(煮豆燃豆萁 豆在釜中泣 本是同根生 相煎何太急)'라고 읊어, 형을 민망하게 만들었다. 자기를 콩에, 형을 콩대에 비유하여 육친(肉親)의 불화를 상징적으로 노래한 이 시가 바로 〈칠보시(七步詩)〉이다.

인생 후반의 비극이 반영된 그의 작품에는 격정과 비애가 짙게 깔려 있고, 자신의 환경을 암시하고 형상화하는 역량은 위·진(晉)(265~419)을 거쳐 당(唐)나라(618~907)의 이백(→369)이나 두보(→143)가 나오기까지, 그는 시인들의 이상상(理想像)이었다.

작품에는 역경(逆境)과 고난을 읊은 〈증백마왕표 7수(贈白馬王彪七首, '백마왕 조표에게 주는 7수')〉와 〈공후인(箜篌引)〉·〈기부시(棄婦詩)〉·〈칠애시(七哀詩)〉 등과 악부(樂府) 〈명도편(名都篇)〉·〈미녀편(美女篇)〉·〈백마편(白馬篇)〉·〈야전황작행(野田黃雀行)〉·〈칠애(七哀)〉 등이 있다. 부(賦)·송(頌)·명(銘)·표(表) 등에도 뛰어났는데, 특히 〈낙신부(洛神賦)〉·〈동작대부(銅雀臺賦)〉·〈유사부(幽思賦, '깊은 생각에 잠겨')〉 등이 널리 알려졌다.

〈조자건집(曹子建集)〉(모두 10권)이 남아 있고, 그의 작품은 〈문선(文選)〉[소명 태자(→236)가 엮은 시문집. 모두 30권. 〈소명 문선(昭明文選)〉이라고도 한다.]·〈옥대신영집(玉臺新詠集)〉 등에 실려 있다.

459

조연현

趙演鉉 1920. 7. 26. ~ 1981. 11. 24.

한국의 시인이며 문학 평론가.

호(號)는 석재(石齋), 창씨개명(創氏改名)한 이름은 덕전연현(德田演鉉), 본관(本貫)은 함안(咸安).

아버지 조문태(趙文台)와 어머니 김복선(金福善)의 맏아들로, 경상남도 함안에서 태어났으며, 부부 동반 동남아 순방 여행 중 귀국길에 도쿄 가이엔(外園) 호텔에서 심근경색(心筋梗塞) 증세를 일으켜 죽었다.

1938년(18세) 배재고등보통학교(培材高等普通學校, 지금의 배재중·고등학교)를 졸업하고, 정태용(鄭泰榕, 1919~1972, 한국의 문학 평론가) 등과 〈시림〉(월간 시 동인지. 1939. 3.~6. 통권 3호로 종간)을 펴내면서 창간호에 〈밤〉·〈여급 카츄사〉 등을 실었다.

1939년(19세) 〈매일신보〉[한국어 일간지. 1904년 7월 18일 배설(裵說, 1872~1909, Ernes Thomas Bethell, 대한제국 때의 영국의 언론인)이 창간한 〈대한매일신보(大韓每日申報)〉를 일제(日帝)가 사들여 1910년 8월 30일부터 '대한' 두 자를 떼고 〈매일신보(每日申報)〉로 제호(題號)를 바꾸었다가, 1938년 4월 29일 〈매일신보(每日新報)〉로 바뀌었고, 1945년 11월 23일 〈서울신문〉으로 바뀌어 오늘에 이르고 있다.]에 평론 〈결별적에 답함〉·〈농민 문학에 대하여〉 등을 발표하여 문단(文壇)에 나왔다.

1940년(20세) 만주(滿洲) 하얼빈(哈爾濱)에 잠시 가 있다가 귀국, 혜화전문학교[惠化專門學校, 동국대학교(東國大學校)의 전신(前身)]에 입학하여 조지훈(→461) 등과 교유(交遊)하였으나, 1941년(21세) 학생 사건에 연루되어 학교를 그만두었다.

1946년(26세) 〈예술부락〉(월간 종합 문예지. 1946. 1.~6. 통권 3호로 종간)을 주재(主宰), 창간호에 〈새로운 문학의 방향〉과 종간호에 〈순수의 위치-김동석론〉을 발표하면서 본격적인 평론 활동을 시작하였다.

1946년 4월 4일에는 김진섭(金晉燮, 1903~?, 한국의 수필가이며 독문학자)·박종화(→190)·이하윤(→408) 등이 중심으로 있던 중앙문화협회(中央文化協會)의 불투명한 성격을 거부하고, 곽종원(郭鍾元, 1915~2001, 한국의 문학 평론가)·곽하신(郭夏信, 1920~?, 한국의 소설가)·김갑순(金甲順)·김광주(→51)·김남중(金南中, 1917~1987, 한국의 언론인이며 수필가)·김달진(→58)·김동리(→60)·김상옥(→69)·김수돈(→74)·김춘수(→95)·김현승(→99)·박두진(→177)·박목월(→178)·박용덕[朴容德, ?~?, 〈단층(斷層)〉 편집·발행인]·박용구(朴容九, 1923~1999, 한국의 소설가)·백완기(白完基, 1914~?, 한국의 문학 평론가)·서정주(→226)·설창수(→230)·여세기(呂世基)·오영수(吳永壽, 1914~1979, 한국의 소설가)·유동준(俞東濬, 1921~,

한국의 문학 평론가) · 유치환(→350) · 이경순(李敬純, 1905~1985, 한국의 교육자이며 시인) · 이광래(李光來, 1908~1968, 한국의 연극인) · 이설주(李雪舟, 1908~2001, 한국의 시인) · 이영도(→384) · 이윤수(李潤守, 1914~1997, 한국의 시인) · 이재춘(李在春) · 이정호(李正浩, 1927~1991, 한국의 시인이며 언론인) · 이한직(→409) · 임서하(任西河, ?~?, 한국의 소설가) · 정진업(鄭鎭業, 1916~1983, 한국의 시인이며 연극인) · 조지훈 · 조진대(趙眞大, 1920~?, 한국의 소설가) · 조향(→463) · 최인욱(崔仁旭, 1920~1972, 한국의 소설가) · 최태응(崔泰應, 1917~1998, 한국의 소설가) · 황순원(→521) 등과 함께 조선청년문학가협회(朝鮮青年文學家協會)를 결성[1949년 12월 17일 한국문학가협회(韓國文學家協會)가 결성됨에 따라 발전적으로 해산]하여 평론 분과 위원장으로 활동하였다.

이 무렵 역사적 · 사회적 혼란에 자극을 받아 시보다 평론을 많이 발표하였으며, 특히 조선문학가동맹[朝鮮文學家同盟, 1945년 12월 6일 '조선문학동맹'으로 결성]을 겨냥하여 〈백민〉(월간 종합 교양지. 1945. 12.~1950. 5. 통권 22호로 종간)에 발표한 평론 〈논리와 생리〉는 문단의 주목을 받았다.

민주일보사(民主日報社) · 민중일보사(民衆日報社) · 민국일보사(民國日報社) 등에서 기자 · 편집국장으로 근무하면서 민족 진영 문화 단체의 총본산인 전국문화단체총연합회(全國文化團體總聯合會, 文總)가 결성하는 데 산파역을 맡았다. 그 뒤 〈문학정신(文學精神)〉을 주재하면서, 조선문학가동맹의 문인(文人)들과 민족 문학론을 둘러싸고 격렬한 논쟁을 전개, 순수 문학을 적극 옹호하는 평론을 발표하였다.

1948년(28세) 언론계를 떠나 문예사(文藝社) 편집장으로 활동하면서 많은 평론을 발표하였다.

한편, 광복 직후 우리 문학 단체는 민족 진영의 전조선문필가협회(全朝鮮文筆家協會) · 중앙문화협회 · 조선청년문학가협회를 비롯하여 좌익 계열의 조선문학가동맹 등이 있었다. 1948년 정부 수립과 함께 조선문학가동맹은 해체되고, 민족 진영의 3개 단체가 좌익에서 전향(轉向)한 문인들까지 포섭하여 전국적인 통합 문학 단체로 1949년(29세) 한국문학가협회로 발족하였다. 이로써 종래까지 혼란 속에 있었던 문단은 하나로 통합되었다. 초대 임원은 회장에 박종화, 부회장에 김진섭, 각 분과 회장에 소설 김동리 · 시 서정주 · 희곡 유치진(柳致眞, 1905~1974, 한국의 극작가이며 연출가) · 평론 백철(白鐵, 1908~1985, 한국의 문학 평론가) · 아동 문학 윤석중(尹石重, 1911~2003, 한국의 아동 문학가) · 외국 문학 김광섭(→49) · 고전 문학(古典文學) 양주동(→282) 등이었고, 사무국장으로 박목월이 선출되었다.

한국문학가협회는 창립 이후 대표적인 문학 단체로서 꾸준히 활동하여 왔으나, 한국 전쟁(Korean War, 1950. 6. 25.~1953. 7. 27.) 이후 1954년(34세) 예술원(藝術院) 회원 선거를 계기로 내분(內紛)이 일어났다. 그 결과 1955년(35세) 6월 자유문학자협회(自由文學者協會)가 분리 · 조직됨으로써 문단은 둘로 나누어지게 되었다. 그러다가 1961년(41세) 정부의 문화 단체 통합 조치에 따라 자유문학자협회가 해체되고, 그 회원은 한국문인협회(韓國文人協會, 文協)로 흡수 · 가입되었다.

1949년 〈문예〉(월간 순수 문예지. 1949. 8.~1954. 3. 통권 21호로 종간)를 창간하여 주간(主幹)을 맡으면서 좌익계 문인들과의 대립에서 민족 진영의 이론가로서의 위치를 확고히 다졌다. 〈근대 정신의 해체〉 · 〈원죄(原罪)의 형벌〉 · 〈자의식(自意識)의 비극〉 · 〈허무(虛無)에의 의지〉 등이 실려 있는 첫 평론집 〈문학과 사상〉에는 광복된 뒤 사회적으로 어지러운 때에 문학의 자율성을 주장하고 급진적 선전 문학(宣傳文學)과 견해를 달리한 문예적 창조성을 중요한 비평적 논거(論據)로 삼았다.

1953년(33세) 한국문학가협회 평론 분과 위원장, 1954년 예술원 회원으로 선출되었다.

1955년 〈현대문학〉(월간 순수 문예지. 1955. 1.~현재)을 창간하여 주간을 맡으면서 〈한국 현대 문학사〉를 연재하였고, 1956년(36세)부터 동국대학교 · 서울대학교 · 성균관대학교(成均館大學校) · 수도여자사범대학교[首都女子師範大學校. 세종대학교(世宗大學校)의 전신] · 숙명여자대학교(淑明女子大學校) 등에 출강하였다. 후진 양성에도 힘써 추천을 통하여 김상일(金相一, 1926~, 한국의 소설가이며 문학 평론가) · 김우종(金宇鍾, 1930~, 한국의 문학 평론가) · 김윤식(金允植, 1936~, 한국의 문학 평론가) · 정창범(鄭昌範, 1932~, 한국의 문학 평론가) · 천이두(千二斗, 1930~, 한국의 문학 평론가) 등 많은 문학 평론가를 배출하였다.

1961년에는 한국 평론 문학의 중요한 거점을 세운 〈한국 현대 문학사〉를 펴냈다. 〈현대문학〉에 연재하였던 것을 보완하여 펴낸 이 책은 갑오경장(甲午更張) 이후의 신문학사를 정리하여 체계화한 것으로, 백철의 〈신문학 사조사(新文學思潮史)〉[상권 근대편 1947년 수선사(首善社), 하권 현대편 1949년 백양당(白楊堂)]와 더불어 한국 현대 문학사를 개척해 놓은 큰 업적으로 평가받고 있다.

1966년(46세)에 펴낸 〈한국 신문학고〉에서는 한국 신문학의 몇 가지 중요한 문제를 제시하고 지금까지 발견되지 않았던 사실을 지적하며 역사적으로 재평가하였다.

1963년(43세) 대한민국 문화 포상(文化褒賞), 1966년 제11회 대한민국 예술원상, 1970년(50세) 국민 훈장 동백장(冬柏章), 1972년(52세) 제13회 3·1 문화상을 받았다.

1970년 한국예술문화윤리위원회 위원장, 국제 펜클럽(International PEN) 아시아작가대회 한국 대표, 1971년(51세) 한국문학평론가협회(韓國文學評論家協會) 초대 회장, 세계작가대회 한국 대표, 한국문인협회 제10대 부이사장(1971~1972)을 거쳐 제11~12대(1973~1976), 제14~15대(1979~1982) 이사장, 1972년(52세) 국제 펜클럽 한국 본부 위원장, 1976년(56세) 현대문학사 사장, 1978년(58세) 한양대학교(漢陽大學校) 문리과대학 학장 등을 지냈고, 1979년(59세) 동국대학교에서 명예 문학 박사 학위를 받았다.

1982년 한국문인협회에서는 그의 문학적 업적과 그 정신을 기리기 위한 '조연현 문학상'을 제정하여 해마다 시상하고 있다.

한국의 근대·현대 문학을 체계적으로 정립하는 데 크게 이바지하였다. 당대(當代)의 우리 문학사가 정치적 판단에 따른 공식의 나열이나 외래 문학 사조(思潮)를 바탕으로 한 개념풀이 등을 주로 한 데 반해, 문학 사상을 바탕으로 가치 창조의 비평을 확립하고자 하였다. 한낱 사료(史料)에 지나지 않는 과거의 형태에 생명을 불어넣는 것이 문학사의 집필 태도이며 사명임을 강조하고, 또한 사실(史實)에 대한 충실보다 우리 문학에 대한 올바른 인식과 애정을 중요시하고, 나아가 서구 문학 사조와 한국 문학사를 비교·검토하면서 한국 현대사의 특수성 및 부자연성과 후진성, 기형성(畸形性)을 지적하여 서구 문학 사조의 수입을 전후로 탄생한 한국 시문학(詩文學)의 생성 과정을 문헌 중심으로 분석하였다.

한편 〈현대문학〉 주간으로 오랫동안 근무하면서 전횡을 하였다는 평가나 한국문인협회 이사장직을 두고 김동리와 벌인 암투(暗鬪) 등의 뒷이야기와 함께, 권력 지향적이고 체제 순응적인 성향 때문에 비판도 적지 않다.

2011년 9월 30일 강원도 춘천시(春川市) 서면(西面) 금산리(錦山里) 북한강변 문학공원(北漢江邊文學公園)에 시비(詩碑)가 세워졌다.

한편, 2002년 8월 14일 '나라와 문화를 생각하는 국회의원 모임'·민족문제연구소(民族問題研究所)·민족문학작가회의[民族文學作家會議. 1974년 11월 18일 자유실천문인협의회(自由實踐文人協議會)로 설립되어 1987년 9월 17일 '민족문학작가회의'로 이름을 바꾸었다가 2007년 12월 8일 '한국작가회의'로 다시 이름을 바꾸었다.]·'민족 정기를 세우는 국회 의원 모임'·〈실천문학(實踐文學)〉(계간 문예지. 1980. 3.~현재)이 공동 발표한 '친일(親日) 문학인 42인 명단', 2009년 11월 8일 민족문제연구소에서 출판한 〈친일 인명 사전(親日人名辭典)〉에 모두 포함되어 있다.

〈동양지광(東洋之光)〉(친일 종합 월간지. 1939. 1.~1945. 5. 통권 83호로 종간)에 발표한 평론 〈동양에의 향수〉를 비롯하여 〈아세아 부흥론 서설〉·〈오카쿠라 덴신에 대해서〉·〈문학자의 입장〉과 〈국민문학(國民文學)〉(친일 월간 문예지. 1941. 11.~1945. 2. 통권 38호로 종간)에 〈자기의 문제로부터〉, 〈신시대(新時代)〉(친일 월간 문예지. 1941. 1.~1945. 6. 통권 54호로 종간)에 〈평단의 1년〉 등 모두 6편의 친일 작품이 밝혀져 있다.

조연현의 작품 연표

발표 시기	작품 이름	장르	발표 매체	비 고
1939. 3.	〈하나의 향락(享樂)〉	시	〈조광(朝光)〉 제41호	
	〈밤〉·〈여급(女給) 카츄사〉	시	〈시림(詩林)〉 창간호	
1939. 10.	〈과제(課題)〉	시	〈시건설(詩建設)〉 제7호	
1939	〈결별적에 답함〉·〈농민 문학에 대하여〉	평론	〈매일신보(每日新報)〉	
	〈비 내리는 밤의 향수(鄕愁)〉·〈창백한 정열〉	시	〈아(芽)〉	
1942. 5.	〈동양에의 향수〉	평론	〈동양지광(東洋之光)〉	친일 작품

발표 시기	작품 이름	장르	발표 매체	비 고
1942. 6.	〈아세아 부흥론 서설(亞細亞復興論序說)〉	평론	〈동양지광〉	친일 작품
1942. 10.	〈오카쿠라 덴신(岡倉天心)에 대해서〉	평론	〈동양지광〉	친일 작품
1943. 1.	〈문학자의 입장〉	평론	〈동양지광〉	친일 작품
1943. 8.	〈자기의 문제로부터〉	평론	〈국민문학(國民文學)〉	친일 작품
1943. 12.	〈평단(評壇)의 1년〉	평론	〈신시대(新時代)〉 제36호	친일 작품
1946. 1.	〈새로운 문학의 방향〉	평론	〈예술부락(藝術部落)〉 창간호	
1946. 6.	〈순수의 위치-김동석론(金東錫論)〉	평론	〈예술부락〉 종간호	
1947. 9.	〈논리(論理)와 생리(生理)〉	평론	〈백민(白民)〉 제10호	
1947. 10.	〈막다른 골목〉	시	〈죽순(竹筍)〉	
1948. 1.	〈무시(無試)의 폭로 : 김동석 씨의 '김동리론(金東里論)'을 박(駁)함〉	평론	〈구국(救國)〉	
1948. 3.	〈고갈(枯渴)한 비평 정신-진정한 가치 판단을 위하여〉	평론	〈백민〉 제13호	
1948. 3・4.	〈새로운 인간에의 지향(志向) : 새로운 현대의 형성을 위하여〉	평론	〈해동공론(海東公論)〉	
1948. 4・5.	〈문학의 영역〉	평론	〈백민〉 제14호(합본호)	
1948. 5.	〈비평 문학론 : 본격 문학으로서의 비평 문학〉	평론	〈해동공론〉	
1948. 7・8./ 1949	〈문학과 사상〉	평론	〈백민〉 제15호(합본호)	세계문학사(世界文學社)에서 단행본으로 출판
1948. 8.	〈구국 문학론(救國文學論)의 정체〉	저서	〈대조(大潮)〉 제7호	
1948. 10.	〈애욕(愛慾)의 문학-윤리의 상실과 가장(假裝)〉	평론	〈백민〉 제16호	
1948	〈희롱(戱弄)의 진실-김문집론(金文輯論)〉	평론	〈영남문학(嶺南文學)〉	
1949. 1.	〈자의식(自意識)의 비극(悲劇) : 최명익론(崔明翊論)〉	평론	〈백민〉 제17호	
1949. 3・4.	〈비평의 논리와 생리〉	평론	〈백민〉 제18호(합본호)	
1949. 3.	〈성진(星辰)에의 신앙 : 박두진론(朴斗鎭論)〉	평론	〈해동공론〉	
	〈창조 정신의 거세(去勢) : 1946년도의 문단의 회고(回顧)와 전망〉	평론	〈한중문화(韓中文化)〉 창간호	
1949. 4.	〈본격 소설론(本格小說論) : 소설의 정도(正道)와 그 구경(究竟)〉	평론	〈조선교육(朝鮮教育)〉	
1949. 3・4.	〈한설야(韓雪野) 씨에게 보내는 서한(書翰) : 국민이 호소하는 서한〉	평론	〈대조〉 제9호(합본호)	
1949. 5・6.	〈국어 교육과 문학〉	평론	〈조선교육〉	
1949. 6.	〈나의 문학적 산보(散步)〉	수필	〈백민〉 제19호(합본호)	
1949. 8.	〈개념의 공허(空虛)와 그 모호성(模糊性) : 백철(白鐵) 씨의 '조선 신문학 사조사(朝鮮新文學思潮史)'를 중심으로〉	평론	〈문예(文藝)〉 창간호	
	〈근대 조선 소설 사상 계보론 서설(近代朝鮮小說思想系譜論序說) : 우리의 근대 소설이 시험한 사상적 과업〉	평론	〈신천지(新天地)〉	
1949. 9.	〈문학과 전통〉	평론	〈문예〉 제2호	
1949. 11.	〈근대 정신의 해체(解體) : 고 이상(李箱)의 문학적 의의〉	평론	〈문예〉 제4호	
1949	〈나의 문학적 산보〉	수필집	문예사	
1950. 1.	〈1949년도 문단 총평(總評)〉	평론	〈문예〉 제6호	
	〈문학계의 1년 : 문화계 1년의 회고와 전망(展望)〉	평론	〈신천지〉	
	〈반자연주의(反自然主義) 소설 : 부루제의 '제자(弟子)'에 대하여〉	평론	〈신사조(新思潮)〉	
	〈서정주론(徐廷柱論)〉	평론	〈주간(週刊)서울〉	

발표 시기	작품 이름	장르	발표 매체	비 고
1950. 2. 8. ~2. 12.	〈민족 문학의 당면 과제〉	평론	〈국도신문(國都新聞)〉	
1950. 2.	〈구원(救援)에의 갈망(渴望) : 생(生)의 창조로서의 문학〉	평론	〈민족문화(民族文化)〉	
1950. 3.	〈구경(究竟)을 상징하는 사람들 : 도스토예프스키의 작품 속에 등장하는 인물〉	평론	〈문예〉 제8호	
	〈도스토예프스키의 생활〉	평론	〈혜성(彗星)〉	
1950. 4.	〈단편 소설과 장편 소설 : 황순원(黃順元) 씨의 '별과 같이 살다'를 중심으로〉	평론	〈문예〉 제9호	
1950. 5.	〈신인(新人)과 신세대(新世代) : 일군(一群)의 신진 작가에 대하여〉	평론	〈신천지〉	
1950	〈공산주의(共產主義)의 운명〉	평론	〈문예〉	
	〈속(續) 도스토예프스키론〉	평론	〈문예〉	
1951. 11.	〈메커니즘의 경계(警戒)〉	평론	〈신사조〉	
1951. 12.	〈현실성과 예술성〉	평론	〈신천지〉	
1951	〈맥 원수(元帥)의 절규〉	저서	창인사(創人社)	공저
	〈작가 수업 : 문단인의 걸어온 길〉	저서	수도문화사(首都文化社)	
1951/1953	〈문학 개론(文學槪論)〉	이론서	창인사/고려출판사(高麗出版社)	김윤성(金潤成)과 공저
1952. 3.	〈자라나는 신인군(新人群) : 소개와 비판〉	평론	〈신천지〉	
1952. 8・9.	〈현대의 위기와 문학 정신의 방향〉	평론	〈자유세계(自由世界)〉	
1952	〈한국 현대 작가론〉	평론집	청운출판사(青雲出版社)	
1953. 2.	〈병(病)과 건강, 인간과 인격〉	평론	〈문예〉	
1953. 5.	〈한국 전쟁과 한국 문학 : 경험의 기록과 경험의 형상화〉	평론	〈전선문학(戰線文學)〉 제5호	
1953. 7.	〈문학의 목표에 대한 일고(一考) : 문학론 노트〉	평론	〈문화세계(文化世界)〉 창간호	
	〈문화보호법(文化保護法) 시비(是非)〉	평론	〈수도평론(首都評論)〉	
1953. 8.	〈주제의 의의〉	평론	〈문화세계〉 제2호	
1953. 10.	〈독서론〉	평론	〈신천지〉	
1954. 1.	〈문학 연구에 관한 기본적 자세〉	평론	〈문예〉	
1954. 3.	〈동란(動亂)이 가져온 남녀 윤리관의 양상과 의견〉	평론	〈신태양(新太陽)〉	
	〈실존주의 해의(解義)〉	평론	〈문예〉 종간호	
1954. 6.	〈한국 해방 문단 10년사〉	평론	〈문학예술(文學藝術)〉	
1954. 7.	〈우리 문학의 걸어온 길 : 8・15 이전까지의 족적(足跡)〉	평론	〈협동(協同)〉 제43호	
1954. 8.	〈현대 문학과 니힐리즘〉	평론	〈현대공론(現代公論)〉	
1954	〈문학 입문(文學入門)〉	저서	창인사	
1955. 2.	〈학예술원(學藝術院) 성립의 현대적 배경 : 그 조직 경위와 반대 여론의 분석〉	평론	〈현대문학(現代文學)〉 제2호	
1955. 4.	〈병자(病者)의 노래 : 손창섭(孫昌涉)의 작품 세계〉	평론	〈현대문학〉 제4호	
	〈염상섭론(廉想涉論)〉	평론	〈신태양〉	
1955. 5.	〈4월의 창작〉	평론	〈현대문학〉 제5호	
	〈자기(自己)에의 귀의(歸依) : 최정희(崔貞熙)의 문학적 경로(經路)〉	평론	〈신태양〉	
1955. 6. ~1961. 12./ 1956/1961/1969	〈한국 현대 문학사(韓國現代文學史)〉	평론	〈현대문학〉 제6~84호(34회)	현대문학사에서 제1부(19회분) 출판/인간사에서 제1, 2부 출판/성문각(成文閣)

발표 시기	작품 이름	장르	발표 매체	비 고
1955. 11.	〈육당(六堂) 최남선론(崔南善論) : 선구자(先驅者)의 비애(悲哀)〉	평론	〈동국문학(東國文學)〉 창간호	
1955	〈학생을 위한 세계 명작 감상〉	저서	고려출판사	
1956. 1.	〈우리나라의 비평 문학 : 그 회고와 전망〉	평론	〈문학예술〉	
1956. 3.	〈비평의 신세대(新世代)〉	평론	〈문학예술〉	
	〈한국 현대 문학사(제1부)〉	저서		
1957. 2.	〈편집자(編輯者)의 변(辯) : '현대문학'지 주간(主幹)의 입장에서〉	평론	〈문학예술〉	
1957. 6.	〈한국 현대 작가론 : 염상섭 편〉	평론	〈새벽〉	
1957. 8.	〈민족적 특성과 인류적 보편성〉	평론	〈문학예술〉	
1957. 9.	〈휴일(休日)의 의장(意匠)〉	평론집	인간사(人間社)	
1957	〈감상(感賞)과 비평(批評)〉	저서	평범사(平凡社)	
	〈중등 작문(中等作文)〉	저서	홍지사(弘志社)	공저
1957/1959	〈세계 명작 해설(世界名作解說)〉	저서	희문사(希文社)/고려출판사	
1958. 3.	〈젊은 평론가의 죽음 : 김종후(金鍾厚)의 최후 경위(經緯)와 그 비평적 위치〉	평론	〈현대문학〉 제39호	
1958. 6.	〈무대(舞臺)의 확대와 사상의 심화(深化) : 김동리 제4창작집 '실존무(實存舞)'에 대하여〉	평론	〈현대문학〉 제42호	
1958. 8.	〈어문 일치(語文一致) 이후의 우리 문장의 변천〉	평론	〈사조(思潮)〉 제3호	
1958. 9.	〈한국 예술의 기본 자세〉	평론	〈한국평론(韓國評論)〉	
	〈'회귀선(回歸線)' 문제에 대하여〉	평론	〈현대문학〉 제45호	
1958. 11.	〈문화인의 정치 참여와 보수 세력 합동 문제 : 보수 세력 합동 시비〉	평론	〈한국평론〉 제6호	
1958. 11./1975. 6.	〈손수건의 사상(思想) : 문학적 인생론〉	수필	〈현대문학〉 제47호	관동출판사(關東出版社)에서 단행본으로 출판
1958. 12.	〈문학적 인생론(人生論)〉	수필	〈예술원보(藝術院報)〉 제2호	
1958	〈문학과 그 주변〉	평론집	인간사	
1959. 9.	〈신화(神話)와 전설과 문학〉	평론	〈현대문학〉 제57호	
1959. 12.	〈문화 비평의 여러 주제들〉	평론	〈예술원보〉 제3호	
1959	〈문학과 정치〉	평론	〈자유공론(自由公論)〉	
	〈문학적 인생론〉	수필집	정음사(正音社)	
	〈비평적 단상(斷想)〉	평론	〈자유공론〉	
	〈추천 작품 전집(推薦作品全集)〉	저서	현대문학사	모두 2권
1960. 1.	〈윤리적 의미의 결핍과 의식(意識)의 과잉 : '태양의 계곡과 표류도(漂流島)'에 대하여〉	평론	〈현대문학〉 제61호	
1960. 2.	〈강신재(康信哉) 단상(斷想)〉	평론	〈현대문학〉 제62호	
	〈냉정(冷靜)과 고독(孤獨)〉	평론	〈문예〉	
1960. 3.	〈자살(自殺)의 사상 : 문학적 인생론〉	평론	〈청파문학(青坡文學)〉 제2호	
1960. 3.~5.	〈여백(餘白)의 사상〉	수필	〈현대문학〉 제63~65호	
1960. 9. 1965. 11.	〈한국 신문학사 방법론 서설(序說)〉	평론	〈예술원보〉 제4호 〈문학춘추(文學春秋)〉	
1960	〈세계 명작 감상〉	저서	철리문화사(哲理文化社)	
	〈한국 현대 소설의 개요〉	평론	〈문예〉 복간호	
1961. 6.	〈우리나라 신문학사상(新文學史上)의 수필의 위치와 그 성격〉	평론	〈수필(隨筆)〉	
1961. 8・9.	〈종교와 문학〉	평론	〈기독교사상(基督教思想)〉	

발표 시기	작품 이름	장르	발표 매체	비 고
1961. 12.	〈소설의 구성과 우연성의 문제〉	평론	〈예술논문집〉 창간호	
1961	〈문학의 기술적 보수성과 그 정신적 우위성〉	평론	〈예술원보〉 제6호	
	〈한국 현대 비평 문학사(批評文學史) 개요〉	평론	〈예술원보〉 제7호	
1962. 1.	〈회의(懷疑)와 신념(信念)〉	평론	〈현대문학〉 제85호	
1962. 3.	〈여백의 사상 : 문학과 인생에 관한 45장(章)〉	수필집	정음사	
1962. 5.	〈사랑과 인생〉	수필	〈신사조〉	
1962. 9.	〈손소희(孫素熙) 편모(片貌) : '그 날의 햇빛은'을 읽고〉	평론	〈현대문학〉 제93호	
1962	〈문장 교범(文章敎範)〉	저서	정음사	
	〈불교의 현대화〉	평론	〈불교사상(佛敎思想)〉 제10호	
	〈이광수(李光洙)의 문학과 불교 사상〉	평론	〈불교사상〉 제12호	
	〈한국 현대 비평 문학의 사적(史的) 개요〉	평론	〈동국대 국어국문학논문집〉 제3집	
1963. 1.	〈문학은 암호(暗號) 이상의 것이다〉	평론	〈현대문학〉 제97호	
	〈유언(遺言)의 정신과 혈서(血書)의 형식〉	평론	〈자유문학(自由文學)〉	
1963. 3.	〈신화와 비극을 삼킨 임화(林和)〉	평론	〈동아춘추(東亞春秋)〉	
	〈자유의 한국적 자세〉	평론	〈가톨릭청년〉	
1963. 12.	〈12일간의 일본 여행〉	수필	〈현대문학〉 제108호	
	〈일본 문단 별견(瞥見)〉	수필	〈신사조〉 제21호	
1964. 3.	〈소설에 있어서의 우연성의 문제〉	평론	〈동국대 논문집〉 제1집	
	〈요절(夭折)한 여류 시인 노천명(盧天命)〉	평론	〈신사조〉 제24호	
1964. 7.	〈문학과 생활〉	평론집	탐구당(探求堂)	
1964. 11.	〈황순원 단장(斷章) : 그의 전집(全集) 간행에 즈음하여〉	평론	〈현대문학〉 제119호	
1964. 12.	〈불혹(不惑)의 감상(感傷)〉	수필집	어문각(語文閣)	
	〈요절한 천재(天才)의 의미〉	평론	〈문학춘추〉 제9호	
	〈황순원론〉	평론	〈예술논문집〉 제3집	
1964	〈나도향론(羅稻香論)〉	평론	〈문학춘추〉	
	〈한국 현대 문학사 개관〉	저서	정음사	
1965. 1.	〈고(故) 최재서(崔載瑞)의 인간과 문학〉	평론	〈현대문학〉 제121호	
1965. 8.	〈청년문학가협회의 창립 : 20년의 영광과 비애 : 1946년〉	평론	〈신동아(新東亞)〉 제12호	
1965. 9. 14.~11. 6.	〈문학 논쟁 그 행방〉	평론	〈서울신문〉	
1965. 12.	〈교직(敎職)의 감상(感傷)〉	수필	〈예술원보〉 제9호	
1965. 12.~ 1966. 2.	〈논쟁(論爭)의 주제와 그 행방 : 한국 문예 비평사(文藝批評史)의 일측면(一側面)〉	평론	〈현대문학〉 제132~134호	
1965	〈한국 신문학사 방법론〉	평론	〈동국대 논문집〉 제2집	
1966. 3.	〈월평(月評) : 채우(彩雨)의 '대화(對話)'〉	평론	〈현대문학〉 제135호	
1966. 4.	〈신소설 형성 과정고(過程考) : 이인직(李仁稙) '혈(血)의 누(淚)'를 중심으로〉	평론	〈현대문학〉 제136호	
1966. 5.	〈문화의 자율과 진로〉	평론	〈종교계(宗敎界)〉 제4호	
	〈한국 소설 문장 변천고(變遷考) : 설화적(說話的) 문장에서 문장의 예술적 독립에 이르기까지〉	평론	〈현대문학〉 제137호	
1966. 6.~7.	〈문학 Journalism고(考) : 한국에 있어서의 문학과 저널리즘과의 관계〉	평론	〈현대문학〉 제138~139호	
1966. 9.	〈개화기(開化期) 문학 형성 과정고〉	평론	〈예술논문집〉 제5집	
	〈소설 속의 공무원상(公務員像)〉	평론	〈지방행정(地方行政)〉 제155호	
1966. 10.	〈사회의 안정에 따른 장단편들, 출판 20년사 : 창작 출판물편〉	평론	〈출판문화(出版文化)〉	

발표 시기	작품 이름	장르	발표 매체	비 고
1966. 11.	〈김동리와 성불(成佛)의 미학(美學), 그의 최근작을 중심으로 : 문제 작가 문제 작품〉	평론	〈현대문학〉 제143호	
	〈한국 신문학고(韓國新文學考)〉	저서	문화당(文化堂)	
1966	〈한국 현대 소설의 이해〉	저서	일지사(一志社)	
1967. 1.	〈한국 신파 소설고(新派小說考) : 한국 현대 문학 연구 노우트 초(抄)〉	평론	〈현대문학〉 제145호	
1967. 3.~1968. 1.	〈순문예지(純文藝誌) 그 주변 : '문예'·'현대문예' 여화(餘話)〉	수필	〈현대문학〉 제147~157호	
1967. 7.	〈무보수 위원직(無報酬委員職)〉	수필	〈세대(世代)〉 제48호	
1967	〈전통과 전통적 요소〉	평론	〈국어국문학〉 제34·35권	
1968. 4.~8.	〈세월의 앙금〉	수필	〈현대문학〉 제160~164호	
1968. 6.	〈내가 살아온 한국 문단 : 문단 측면 회고록(回顧錄)〉	저서	현대문학사	
1968. 8.	〈문학 평론 60년의 문제들 : 신문화 60년 기념 심포지움〉	평론	〈신동아〉 제107호	
	〈불모(不毛)의 문학 20년 : 정부 수립 20년의 결산서〉	평론	〈사상계(思想界)〉 제184호	
	〈한국 문학의 사회학적 연구〉	평론	〈예술논문집〉 제7집	
1968. 9.~1969. 3.	〈무상유상(無常有常)〉	수필	〈현대문학〉 제165~171호	
1968. 11.	〈잡지인(雜誌人)의 자세와 편집상의 제문제〉	평론	〈잡지계(雜誌界)〉 제6호	
1968. 12.	〈한국 문학의 세계적 진출은 가능한가 : 가와바다 야스나리의 노벨 문학 수상을 계기로 : 신문학 60년의 작가 상황 (1)〉	평론	〈사상계〉 제188호	
1968	〈외로움 속에서〉	수필집	문원각(文元閣)	
1969. 5.	〈한국 작가와 독자의 실태〉	평론	〈여류문학(女流文學)〉 제2호	
1969. 8.	〈문학에 있어서의 외설(猥褻) 문제〉	평론	〈잡지계〉	
	〈8·15 그 날로부터의 문화 : 가장 값진 민족적 재보(財寶)의 형성〉	평론	〈자유공론〉 제37호	
1969. 9.	〈동화(童話)의 현대적 과제〉	평론	〈횃불〉	
1969	〈표준 작문(標準作文)〉	저서	어문각	
1970. 4.	〈법시(法施)와 재시(財施)〉	평론	〈법시〉 제60호	
1970. 12.	〈사랑은 저만큼〉	수필집	세종출판공사(世宗出版公社)	
1970	〈순간의 통정(通情)〉	저서	예원사(藝苑社)	
1971. 12.~1972. 5.	〈벙어리 세계 여행 : 그 실패와 성공의 이야기〉	수필	〈현대문학〉 제204~209호	
1971	〈조선 문학사(朝鮮文學史)〉	저서	북망사(도쿄)	김사엽(金思燁)과 공저
1972. 2.	〈유명(幽明)을 달리한 정태용(鄭泰榕) 형〉	평론	〈월간문학(月刊文學)〉 제39호	
1972. 3.	〈영화의 예술성과 논리성〉	평론	〈코리아시네마〉 창간호	
	〈한국 현대 소설 개관(概觀)〉	평론	〈월간문학〉 제40호	
1972. 5.	〈안보 영화(安保映畵)의 소재와 그 구성 : 국민 총화를 위한 영화 예술〉	평론	〈코리아시네마〉 제3호	
1972. 9.	〈예술의 자율성과 그 사회적 기능 : 제1회 아시아 예술 아카데미 세미나 주제 발표 초고(草稿)〉	평론	〈현대문학〉 제213호	
	〈창작의 자유 없는 공산 체제하의 예술〉	평론	〈자유공론〉	
1973. 2.	〈문학과 사회 : 벙어리 세계 여행〉	저서	어문각	
1973. 8.	〈내 하나 우주(宇宙) 되어〉	시	〈시문학(詩文學)〉 제25호	
1973. 12.	〈서술 방법과 정신 : 민족의 정신적 내력의 재입상(再立像), 한국 근대 문학사 서술 방법상 문제점〉	평론	〈서강(西江)〉 제4호	
	〈전통의 개념과 그 가치 : 서정주와 김동리의 전통에 대한 태도를 중심으로, 한국 문학과 전통 문제〉	평론	〈보운(寶雲)〉 제3호	
1973	〈개고(改稿) 문학 개론〉	저서	정음사	

발표 시기	작품 이름	장르	발표 매체	비 고
1973	〈낙엽(落葉)을 태우면서〉	저서	지원사	
1974. 2.	〈문화 단체의 허(虛)와 실(實)〉	평론	〈영우구락부(嶺友俱樂部)〉 제56호	
1974. 7.	〈현대 한국 작가론〉	저서	정음사	
1974. 8.	〈다시 로마에 : 이탈리아 기행〉	수필	〈현대문학〉 제236호	
1974	〈일상의 사상〉	수필집	세종출판공사	
1975. 6.	〈서정주 연구〉	저서	동화출판공사(同和出版公社)	공저
1975. 7.	〈언어 활동으로부터의 휴식 : 나의 해외 여행론〉	평론	〈현대문학〉 제247호	
1975. 9.	〈만화 소재 선택의 문제점과 만화 제작자의 책임〉	평론	〈문교월보(文敎月報)〉 제70호	
1975. 10.	〈개선해야 될 문화 행정의 구체적 방향〉	평론	〈입법조사월보(立法調査月報)〉 제91호	
	〈원형적(原型的)인 인물들의 드라마 : 도스토예프스키의 작중(作中) 인물〉	평론	〈현대문학〉 제250호	
1975. 11.	〈원전(原典)의 정신과 육신(肉身)의 문학〉	평론	〈현대문학〉 제251호	
1976. 2.	〈삶의 몸부림으로서의 비평 : 비평의 근원과 그 방식〉	평론	〈현대문학〉 제254호	
1976. 6.	〈문학과 인생〉	평론집	을유문화사(乙酉文化社)	
1976. 10.	〈문학 진흥의 방향〉	평론	〈문예진흥(文藝振興)〉	
1976. 11.	〈이끼의 연륜(年輪)〉	수필집	범우사(汎友社)	
1976	〈문학과 그 현장〉	평론집	관동출판사(關東出版社)	
1977. 2.	〈조연현 문학 전집〉	전집	어문각	모두 6권
1977. 6.	〈불교와 한국 문학, 전통 속의 불교를 점검한다〉	평론	〈불광(佛光)〉 제32호	
1977. 7.	〈어머니를 닮아 가는 아내, 불교의 여인상(女人像)〉	평론	〈법륜(法輪)〉 제101호	
1977. 11.	〈현대와 종교〉	평론	〈자유공론〉 제130호	
1978. 9.	〈내가 살아가는 인생〉	수필집	태창출판사(泰昌出版社)	
1978. 10.	〈현대 문학 개관〉	저서	이우출판사(二友出版社)	
1979. 6.	〈나의 동남아 견문(東南亞見聞)〉	수필	〈월간문학〉 제124호	
1979. 10.	〈문학에 있어서의 민족주의와 국제주의〉	평론	〈광장(廣場)〉 제75호	
1980. 7.	〈문학 강연과 수필〉	저서	어문각	
1980. 9.	〈민족 문화론(民族文化論)〉	평론	〈정경문화(政經文化)〉 제187호	
1980	〈문장론(文章論)〉	저서	형설출판사(螢雪出版社)	
1981. 10.	〈남기고 싶은 이야기들〉	저서	부름	
1981	〈최남선과 이광수의 문학〉	저서	새문사	공저
	〈한국 현대 작가 연구〉	저서	새문사	
1982. 9.	〈문학과 사상과 인생〉	수필집	문학세계사(文學世界社)	유고집
1982	〈사랑하고 미워하고〉	수필집	한진출판사(韓振出版社)	유고집
2001	〈나를 찾아 떠나는 17일간의 여행〉	수필집	한겨레신문사	유고집

＊조영출(趙靈出) → 조명암(→452)

460

조익

趙翼 1727 ~ 1812(1814)

중국 청(淸)나라(1616~1912)의 학자이며 시인.

자(字)는 운송(耘松 · 雲崧), 호(號)는 구북(甌北).

상인(商人)의 아들로, 장쑤성(江蘇省) 창저우(常州) 우진현(武進縣)에서 태어났다.

어려서부터 신동(神童)이라는 말을 들었고, 1750년(23세) 순천부[順天府, 지금의 베이징(北京)]에서 거인(擧人)되어 군기처(軍機處)에 들어갔다.

1761년(34세) 전시(殿試) 제일석(第一席)과 진사시(進士

試)에 3등으로 급제(及第)하여 한림원(翰林院) 편수(編修)가 되어 칙선서(勅選書) 〈통감집람(通鑑輯覽)〉 편집에 참여하였다.

1766년(39세) 광시성(廣西省) 진안부(鎭安府)의 지부(知府)로 변경(邊境)에서 민정(民政)을 관장하였으며, 광둥성(廣東省) 광저우(廣州)에서 구이저우(貴州)로 옮겨 다니면서 치적(治績)을 올려 귀서병비도(貴西兵備道)까지 올랐으나 더 이상 출세하지는 못하였다.

1772년(45세) 퇴관(退官)하여 향리(鄕里)로 돌아와 늙은 어머니에게 효도를 다하며, 독서와 저술·교육에 힘썼다.

1787년(60세) 민절(閩浙) 총독(總督) 이시요(李侍堯, ?~1788)의 간청으로 그의 막료(幕僚)가 되었으나, 또다시 귀향하여 안정서원(安定書院) 주강(主講, 원장)이 되어 저술에 전념하였다.

그가 지은 5언시와 7언시에는 이학(理學)을 풍자하거나 당시의 정치에 대한 불만을 담은 작품이 많다.

정사(正史)를 고증한 〈이십이사 차기(二十二史箚記)〉(모두 36권)는 같은 시대의 왕명성(→306)의 〈십칠사 상각(十七史商榷)〉, 전대흔(錢大昕, 1728~1804, 중국 청나라의 학자)의 〈이십이사 고이(二十二史考異)〉와 함께 청나라 고증 사학(考證史學)의 3대 명저(名著)로 일컬어진다.

〈해여총고(陔餘叢考)〉(모두 43권)는 언어와 사물(事物) 등의 기원(起源)과 전거(典據)를 기록한 청조(淸朝) 고증학을 대표하는 저작이며, 〈구북 시화(甌北詩話)〉(모두 2권)는 이백(→369)과 두보(→143) 등 역대 시인을 논평한 책이다.

시명(詩名)이 전국에 알려져 있었고, 원매(→331)·장사전(→427)과 함께 '강좌 삼대가(江左三大家)' 또는 '건륭 삼대가(乾隆三大家)'라고 일컬어졌다.

이 밖에 지은 책으로 〈첨폭잡기(簷曝雜記)〉(모두 7권)·〈황조무공기성(皇朝武功紀盛)〉(모두 4권)과 시집 〈구북시초(甌北詩鈔)〉(모두 20권)·〈구북집(甌北集)〉(모두 53권) 등이 있다.

461

조지훈

趙芝薰 1920. 12. 3. ~ 1968. 5. 17.

한국의 시인이며 국문학자.

본명(本名)은 동탁(東卓), 본관(本貫)은 한양(漢陽).

광복 직후 국회 의원을 지낸 아버지 조헌영(趙憲泳, 1900~1988, 한국의 민족 운동가이며 한의학자)과 어머니 전주(全州) 이씨(李氏)의 3남 1녀 중 둘째 아들로, 경상북도 영양군(英陽郡) 일월면(日月面) 주곡리(注谷里, 주실마을)에서 태어났으며, 서울에서 죽었다.

맏형 조동진(趙東振, 1917~1937, 한국의 시인)은 20세에 요절(夭折)하였으나, 〈세림 시집(世林詩集)〉[오일도(→296)가 1938년에 펴냄]을 펴낸 시인이었다.

엄격한 가풍 속에서 어렸을 때 할아버지로부터 한학(漢學)을 배웠으며, 3년 동안 향리(鄕里)의 영양보통학교를 다녔다.

서울로 올라와 1936년(16세) 동향(同鄕)의 오일도가 운영하는 시원사(詩苑社)에 입사하여 습작하였고, 1939년(19세) 혜화전문학교[惠化專門學校, 동국대학교(東國大學校)의 전신(前身)] 문과에 입학하여 〈백지(白紙)〉(문예 동인지, 1939. 7.~10. 통권 3호로 종간) 동인(同人)으로 참여하였으며, 동갑이며 급우인 조연현(→459)과 친하게 지냈다.

정지용(→445)의 추천으로 〈문장(文章)〉(월간 순수 문예지, 1939. 2.~1941. 4. 통권 26호로 종간) 제3호(1939. 4.)에 시 〈고풍 의상(古風衣裳)〉을 발표하면서 작품 활동을 시작하였다. 이어 제11호(1939. 12.)에 〈승무(僧舞)〉, 제13호(1940. 2.)에 〈봉황수(鳳凰愁)〉·〈향문(香紋)〉을 발표함으로써 추천이 완료되어 시단(詩壇)에 등단(登壇)하였다. 이 추천 작품들은 우리의 역사적 연면성(連綿性)을 의식하고 고전적인 미(美)의 세계를 찬양한 내용이 주류를 이루고 있다. 〈고풍 의상〉에서는 전아(典雅)한 여인상을 표현하였고, 〈승무〉에서는 승무의 동작과 분위기가 융합된 고전적인 경지를 노래하였다. 〈봉황수〉에서는 주권(主權) 상실의 슬픔과 민족의 역사적 연속성이 중단됨을 고지(告知)시키고 있다. 전아한 한국어의 묘미를 살리면서 고전적 풍물을 소재로 하여 우아하고 섬세하게 민족 정서와 전통에 대한 향수(鄕愁), 불교적 선미(禪味)를 노래한 시풍(詩風)으로 기대를 모았다. 이어 〈백지〉에 〈계산표(計算表)〉·〈공작(孔雀) 1, 2〉·〈귀곡지(鬼哭誌)〉·〈백접(白蝶)〉·〈월광곡(月光曲)〉·〈인쇄 공장〉·〈재단실(裁斷室)〉·〈진단서(診斷書)〉·〈화비기(華悲記)〉 등을 발표하였다.

1940년(20세) 안동(安東) 출신의 김위남[金渭男, 나중에 김난희(金蘭姬)로 개명]과 혼인하였으며, 이듬해인 1941

년(21세) 혜화전문학교를 졸업하였다.

1941년 일제(日帝)의 탄압을 피하여 오대산(五臺山) 월정사(月精寺)로 들어가 불교전문강원(佛敎專門講院) 강사를 지내면서 〈금강경 오가해(金剛經五家解)〉·〈화엄경(華嚴經)〉 등의 불경(佛經)과 노장 사상(老莊思想), 당시(唐詩)를 탐독하였다.

1942년(22세) 조선어학회(朝鮮語學會) 〈큰사전〉 편찬 위원으로 참여하였고, 조선어학회 사건(1942. 10. 1.~1945. 1.)으로 검거되어 신문(訊問)을 받았다.

1943년(23세) 고향으로 내려가 지내다가 광복이 되자 다시 서울로 와서 명륜전문학교[明倫專門學校. 성균관대학교(成均館大學校)의 전신]·경기여자고등학교(京畿女子高等學校)에서 강의하였다. 이 해 12월 〈해방 기념 시집〉[중앙문화협회(中央文化協會)]에 〈산상(山上)의 노래〉를 발표하였다.

1946년(26세) 4월 4일에는 김진섭(金晉燮, 1903~?, 한국의 수필가이며 독문학자)·박종화(→190)·이하윤(→408) 등이 중심으로 있던 중앙문화협회의 불투명한 성격을 거부하고, 곽종원(郭鍾元, 1915~2001, 한국의 문학 평론가)·곽하신(郭夏信, 1920~?, 한국의 소설가)·김갑순(金甲順)·김광주(→51)·김남중(金南中, 1917~1987, 한국의 언론인이며 수필가)·김달진(→58)·김동리(→60)·김상옥(→69)·김수돈(→74)·김춘수(→95)·김현승(→99)·박두진(→177)·박목월(→178)·박용덕[朴容德, ?~?, 〈단층(斷層)〉 편집·발행인]·박용구(朴容九, 1923~1999, 한국의 소설가)·백완기(白完基, 1914~?, 한국의 문학 평론가)·서정주(→226)·설창수(→230)·여세기(呂世基)·오영수(吳永壽, 1914~1979, 한국의 소설가)·유동준(俞東濬, 1921~, 한국의 문학 평론가)·유치환(→350)·이경순(李敬純, 1905~1985, 한국의 교육자이며 시인)·이광래(李光來, 1908~1968, 한국의 연극인)·이설주(李雪舟, 1908~2001, 한국의 시인)·이영도(→384)·이윤수(李潤守, 1914~1997, 한국의 시인)·이재춘(李在春)·이정호(李正浩, 1927~1991, 한국의 시인이며 언론인)·이한직(→409)·임서하(任西河, ?~?, 한국의 소설가)·정진업(鄭鎭業, 1916~1983, 한국의 시인이며 연극인)·조연현·조진대(趙眞大, 1920~?, 한국의 소설가)·조향(→463)·최인욱(崔仁旭, 1920~1972, 한국의 소설가)·최태응(崔泰應, 1917~1998, 한국의 소설가)·황순원(→521) 등과 함께 조선청년문학가협회(朝鮮靑年文學家協會)를 결성[1949년 12월 17일 한국문학가협회(韓國文學家協會)가 결성됨에 따라 발전적으로 해산]하여 고전 문학 분과 위원장으로 활동하였다.

또한 전조선문필가협회(全朝鮮文筆家協會)에도 참여하여 중앙 위원으로 활동하였다. 같은 해 〈상아탑(象牙塔)〉(월간 순수 문예지. 1945. 12.~1946. 6. 통권 7호로 종간) 제5호(1946. 4.)에 박목월의 〈나그네〉에 화답하는, '목월(木月)에게'라는 부제(副題)가 붙은 시 〈완화삼(玩花衫)〉을 발표하였다.

또한 이 해 6월 박두진·박목월과 함께 시집 〈청록집(靑鹿集)〉[을유문화사(乙酉文化社)]을 펴내 '청록파'라고 일컬어졌다. 이 시편(詩篇)에서는 주로 민족의 역사적 맥락과 고전적인 전아한 미의 세계에 대한 찬양과 아울러 '선취(禪趣)'의 세계를 노래하였다. 여기에 실린 〈고사(古寺) 1〉·〈고사 2〉·〈낙화(落花)〉가 그 대표적인 예이다. 이들 시편에 담긴 불교적 인간 의식은 사상적으로 심화되지 않고 한유(閑悠)의 미에 머무르고 있었으나, 유교적(儒敎的) 도덕주의(道德主義, moralism)의 격조 높은 자연 인식과 삶의 융합을 보인다는 점에서 시문학사적(詩文學史的) 의의가 있다고 평가받고 있다.

1947년(27세) 동국대학교 강사를 거쳐 1948년(28세)부터 고려대학교(高麗大學校) 교수로 재직하였다.

1949년(29세)에는 박목월·서정주와 함께 평론집 〈시창작법〉[선문사(宣文社)]을, 1950년(30세) 3월에는 박두진·박목월·서정주와 함께 4인 시집 〈현대 시집 Ⅲ〉[정음사(正音社)]을 펴냈다.

한국 전쟁(Korean War, 1950. 6. 25.~1953. 7. 27.) 때는 문총구국대(文總救國隊) 기획 위원장으로 있으면서 공군 종군문인단[空軍從軍文人團, 일명 창공구락부(蒼空俱樂部). 1951년 4월 대구(大邱)에서 결성] 부단장으로 중부 전선(戰線)에서 종군 작가로 활약하였다.

1952년(32세) 11월 〈고사〉·〈고풍 의상〉·〈그리움〉[〈문예(文藝)〉, 1950. 6.]·〈낙화〉·〈달밤〉·〈마을〉·〈민들레꽃〉·〈밤〉·〈봉황수〉·〈산방(山房)〉·〈석문(石門)〉·〈승무〉·〈아침〉·〈완화삼〉·〈절정(絕頂)〉·〈창(窓)〉·〈파초우(芭蕉雨)〉·〈풀잎 단장(斷章)〉 등 모두 35편을 묶어 처녀 시집 〈풀잎 단장〉[창조사(創造社)]을 펴냈다.

1956년(36세) 12월에는 〈고사 1〉·〈고풍 의상〉·〈그리움〉·〈길〉·〈꽃새암〉·〈낙화 1〉·〈마을〉·〈밤〉·〈방〉·〈봉황수〉·〈산우집(山雨集)〉·〈손〉·〈영상(影像)〉·〈완화삼〉·〈유곡(幽谷)〉·〈정야(靜夜) 1〉·〈지옥기(地獄記)〉·

〈창〉·〈파초우〉·〈풀잎 단장〉·〈호수(湖水)〉 등 모두 70편을 모아 〈조지훈 시선(趙芝薰詩選)〉(정음사)을 펴냈는데, 이 시집들은 〈청록집〉에서 보인 전통 지향적 시 세계를 심화시켰다는 점에서 의미가 있다.

1956년에 발표한 시 〈역사 앞에서〉로 전국문화단체총연합회(全國文化團體總聯合會, 文總)에서 주는 제4회 자유 문학상(自由文學賞, 1953~1959)을 받았다.

자유당(自由黨, 1951년 창당) 말기에는 정치 현실에 관심을 갖게 되어 민권수호국민총연맹(民權守護國民總聯盟), 공명선거추진위원회 등에 적극 참여하였다.

그는 불교 의식이나 서정 세계만을 읊은 것이 아니라 현실 사회를 시 창작의 대상으로 삼기도 하였다. 일제 강점기 말 민족의 참상을 보면서 쓴 〈동물원의 오후〉에는 시대적 처지가 역설적으로 나타나 있다.

서정성을 바탕으로 하여 고전적인 미의 세계를 찬양하는 내용이 주류를 이루고 있지만, 시집 〈역사 앞에서〉[신구문화사(新丘文化社), 1959. 12.]는 현실에 대응하는 시들이 주를 이루고 있어 일대 시적(詩的) 전환을 보여 주었다. 이 시에서는 광복 당시의 격심한 사상적 분열 현상과 국토의 양분화 현실과 전쟁이라는 역사적 소용돌이 속에서의 분노를 표현하였다. 〈다부원(多富院)에서〉·〈패강 무정(浿江無情)〉 등이 그러한데, 특히 〈다부원에서〉는 전쟁 뒤 황폐화된 다부원[경상북도 칠곡군(漆谷郡) 가산면(架山面) 다부리]에 무수히 널린 시체더미를 목격하고 전쟁의 비참함과 파괴성, 참상을 사실적(寫實的)으로 묘사한 시로 동족상잔(同族相殘)의 비극적인 국면이 절실하게 나타나 있다.

1957년(37세) 한국시인협회(韓國詩人協會)가 창립할 때 사무 간사(幹事)를 지냈고, 1960(40세)~1961년(41세) 제 4~5대 회장을 맡았으며, 같은 해 9월 벨기에에서 열린 국제시인회의에 한국 대표로 참가하였다.

1963년(43세) 고려대학교 민족문화연구소 초대 소장에 취임하여 〈한국 문화사 대계(韓國文化史大系)〉 발간을 기획·추진하였고, 〈신라 가요 연구 논고(新羅歌謠研究論攷)〉(고려대 민족문화연구소, 1964)·〈한국 문화사 서설(韓國文化史序說)〉[탐구당(探求堂), 1964]·〈한국 민족 운동사(韓國民族運動史)〉[고려대 민족문화연구소, 1964, 일지사(一志社), 1973] 등의 논저(論著)를 남겼다.

'4월 혁명의 사회시'라는 부제를 붙인 시집 〈여운(餘韻)〉[일조각(一潮閣), 1964]에는 불교 사상의 기본 원리를 설명한 〈범종(梵鐘)〉, 자유당 말기 정치 풍토의 고발과 4·19 혁명(1960)의 정치적 개선을 읊은 〈터져오르는 함성〉 등의 시가 실려 있다.

1964년(44세) 동국대학교 역경원(譯經院) 심의 위원, 1965년(45세) 성균관대학교 대동문화연구원 편찬 위원, 1966년(46세) 민족문화추진위원회 편집 위원, 1968년(48세) 한국신시(新詩)60년기념사업회 회장 등을 지냈다.

1968년 토혈(吐血)로 사망하여 경기도 양주군(楊州郡) 마석리(馬石里)에 안장(安葬)되었다.

전통적 생활에 깃든 미의식(美意識)을 노래한 시인인 동시에 지사(志士)요 학자이며 논객(論客)으로, 문화·예술·사상·역사 등 다양한 분야에서 폭넓게 활동하였다.

1973년 〈조지훈 전집〉(모두 7권, 일지사), 1982년 〈조지훈〉[지식산업사(知識産業社), 〈한국 현대 시문학 대계(韓國現代詩文學大系)〉 제18권]이 출판되었으며, 같은 해 금관 문화 훈장(金冠文化勳章)이 추서(追敍)되었다.

이 밖에 평론 〈민족 문학의 당면 과제〉[〈문화(文化)〉, 1947. 4.]·〈정치주의 문학의 정체〉[〈백민(白民)〉 제14호, 1948. 4·5. 합본호], 시 〈색시〉[〈죽순(竹筍)〉 제11호, 1949. 5·6. 합본호]·〈편지〉[〈민성(民聲)〉 제40호, 1949. 11.]·〈빛〉[〈사상계(思想界)〉 제74호, 1959. 6.]·〈꿈 이야기〉[〈사상계〉 제100호, 1961. 8.]·〈병(病)에게〉[〈사상계〉 제177호, 1968. 1.] 등이 있다.

시집 〈청록집, 기타〉[현암사(玄岩社), 1968. 박두진·박목월과 공저]·〈청록집 이후〉(현암사, 1968. 박두진·박목월과 공저), 수상록(隨想錄) 〈창(窓)에 기대어〉[범조사(汎潮社), 1956], 수필집 〈시와 인생〉[박영사(博英社), 1953]·〈지조론(志操論)〉[삼중당(三中堂), 1962]·〈돌의 미학(美學)〉(고려대학교 출판부, 1964), 시론집(詩論集) 〈시의 원리〉[산호장(珊瑚莊), 1953], 번역서 〈대학(大學)·중용(中庸)〉(현암사, 1951)·〈신채근담(新採根譚)〉(현암사, 1959)·〈신역 사서(新譯四書)〉(현암사, 1965) 등과 〈고등 작문(高等作文)〉[춘추사(春秋社), 이숭녕(李崇寧, 1908~1994, 한국의 국어학자)과 공저, 1957]·〈중등 작문(中等作文)〉(춘추사, 이숭녕과 공저, 1957)·〈매천록(梅泉野)〉(삼중당, 1962)·〈20세기의 한국〉[박우사(博友社), 홍이섭(洪以燮, 1914~1974, 한국의 역사학자)과 공저, 1963]·〈동양 고전 선집(東洋古典選集)〉(현암사, 1965)·〈표준 중등 한자어 교본(標準中等漢字語敎本)〉[양문사(陽文社), 1965]·〈동상기전 열전(列傳)〉(현암사, 1966)·〈모범 중학 작문〉(일지사, 1968)·

〈최신 중학 작문〉(양문사, 1968) 등을 펴냈다.

2001년 나남출판사(羅南出版社)에서는 그의 문학적 업적과 역사적 의의를 기념하여 '지훈 문학상(芝薰文學賞)'을 제정, 해마다 문학인과 국학자에게 시상하고 있다.

2007년 5월 18일 개관한 고향 주실마을의 '지훈 문학관'에 〈빛을 찾아가는 길〉과 〈승무〉를 새긴 시비(詩碑)가 세워진 것을 비롯하여 서울 강북구(江北區) 수유동(水踰洞) 국립4·19민주묘지에 〈진혼가(鎭魂歌)〉(1995. 4. 17.), 고려대학교 교정에 〈뉘들 믿음을 우리가 안다〉와 〈승무〉(2006. 9. 29.), 중구(中區) 예장동(藝場洞) 남산공원(南山公園) 북쪽 순환 도로에 〈파초우〉(1972), 부산(釜山) 강서구(江西區) 대저동(大渚洞) 동방마을 앞 낙동강(洛東江) 둑에 〈완화삼〉(1992), 대구 동구(東區) 도동(道洞) 향산마을 제현사 시비공원에 〈승무〉(2007. 11. 21.), 대구 중구 동인동(東仁洞) 국채보상운동기념공원, 광주(光州) 남구(南區) 구동(龜洞) 광주공원에 〈4·19 추모시(追慕詩)〉, 경기도 이천시(利川市) 관고동(官庫洞) 설봉공원(雪峯公園) 문학 동산에 〈승무〉, 다부리의 다부동전적기념관(多富洞戰績紀念館) 앞에 〈다부원에서〉, 충청남도 보령시(保寧市) 성주면(聖住面) 개화리(開花里) 개화예술공원(開花藝術公園) 모산한국육필문예공원, 홍성군(洪城郡) 결성면(結城面) 성곡리(城谷里) 민족시비공원(民族詩碑公園)에 〈낙화〉, 전라남도 구례군(求禮郡) 마산면(馬山面) 황전리(黃田里) 화엄사(華嚴寺) 입구 '시비 동산'에 〈승무〉가 새겨진 시비 등이 세워져 있다.

462

조집신

趙執信 1662 ~ 1744

중국 청(淸)나라(1616~1912)의 시인.

자(字)는 중부(仲符), 호(號)는 이산(飴山)·추곡(秋谷).

산둥성(山東省) 이두현(益都縣)에서 태어났다.

1679년(17세) 진사시(進士試)에 급제(及第)하였고, 한림원(翰林院) 서길사(庶吉士)를 거쳐 1684년(22세) 산서(山西省) 향시(鄕試) 정고관(正考官)이 되었다.

1686년(24세) 우춘방 우찬선(右春坊右贊善)에 발탁되었으나, 1689년(27세) 강희제[康熙帝, 1654~1722, 중국 청나라의 제4대 황제. 성조(聖祖). 재위 1661~1722]의 어머니의 국상(國喪) 기간 중에 동무들과 함께 관극(觀劇) 〈장생전(長生殿)〉을 상연하였던 일로 탄핵(彈劾)을 받아 관적(官籍)을 박탈당하였다. 그 뒤 주로 고향에서 시와 술을 벗삼아 50여 년의 여생을 보냈다.

모기령(毛奇齡, 1623~1716, 중국 청나라의 문인)·염약거(閻若璩, 1636~1704, 중국 청나라의 학자)·주이존(朱彝尊, 1629~1709, 중국 명나라 말 청나라 초의 문인이며 학자)·진유숭(陳維崧, 1631~1688, 중국 청나라의 문인)과 교유(交遊)하였고, 풍반(馮班, 1614~1681, 중국 청나라의 문인)을 흠모하여 스스로를 '사숙제자(私淑弟子)'라고 불렀다.

그의 시는 아름답고 섬세한 시풍(詩風)으로 널리 알려졌다. 왕사진(王士禛, 1634~1711, 중국 청나라의 문인)의 조카사위이면서 그의 신운설(神韻說)을 비판한 〈담룡록(談龍錄)〉·〈성조보(聲調譜)〉를 저술하였다. 이 밖의 지은 책으로 〈이산당 시집(飴山堂詩集)〉(모두 13권)이 있다.

463

조향

趙鄕 1917. 12. 9. ~ 1985. 7. 12.

한국의 시인.

아명(兒名)은 희제(嬉濟), 본명(本名)은 섭제(燮濟).

경상남도 사천군(泗川郡) 곤양면(昆陽面) 환덕리(還德里)에서 태어났으며, 서울에서 죽었다. 시인 조봉제(趙鳳濟, 1926~2012)가 그의 아우이다.

1937년(20세) 진주고등보통학교(晉州高等普通學校)를 졸업하고, 1938년(21세) 대구사범학교[大邱師範學校. 경북대학교(慶北大學校) 사범대학의 전신(前身)] 강습과를 수료한 뒤, 일본으로 유학하여 1941년(24세) 도쿄 니혼대학(日本大學) 상경과를 중퇴하였다. 이 때 반일(反日) 사상 혐의로 경찰에 체포되기도 하였다.

1940년(23세) 〈매일신보〉[한국어 일간지. 1904년 7월 18일 배설(裵說, 1872~1909, Ernes Thomas Bethell, 대한제국 때의 영국의 언론인)이 창간한 〈대한매일신보(大韓每日申報)〉를 일제(日帝)가 사들여 1910년 8월 30일부터 '대한' 두 자를 떼고 〈매일신보(每日申報)〉로 제호(題號)를 바꾸었다가, 1938년 4월 29일 〈매일신보(每日新報)〉로 바뀌었고, 1945년 11월 23일 〈서울신문〉으로 바뀌어 오늘에 이르고 있다.] 신춘 문예에 시 〈첫날 밤〉이 당선되어 문단(文壇)에 나왔다.

1946년(29세) 4월 4일에는 김진섭(金晉燮, 1903~?, 한

국의 수필가이며 독문학자) · 박종화(→190) · 이하윤(→408) 등이 중심으로 있던 중앙문화협회(中央文化協會)의 불투명한 성격을 거부하고, 곽종원(郭鍾元, 1915~2001, 한국의 문학 평론가) · 곽하신(郭夏信, 1920~?, 한국의 소설가) · 김갑순(金甲順) · 김광주(→51) · 김남중(金南中, 1917~1987, 한국의 언론인이며 수필가) · 김달진(→58) · 김동리(→60) · 김상옥(→69) · 김수돈(→74) · 김춘수(→95) · 김현승(→99) · 박두진(→177) · 박목월(→178) · 박용덕[朴容德, ?~?, 〈단층(斷層)〉 편집 · 발행인] · 박용구(朴容九, 1923~1999, 한국의 소설가) · 백완기(白完基, 1914~?, 한국의 문학 평론가) · 서정주(→226) · 설창수(→230) · 여세기(呂世基) · 오영수(吳永壽, 1914~1979, 한국의 소설가) · 유동준(俞東濬, 1921~, 한국의 문학 평론가) · 유치환(→350) · 이경순(李敬純, 1905~1985, 한국의 교육자이며 시인) · 이광래(李光來, 1908~1968, 한국의 연극인) · 이설주(李雪舟, 1908~2001, 한국의 시인) · 이영도(→384) · 이윤수(李潤守, 1914~1997, 한국의 시인) · 이재춘(李在春) · 이정호(李正浩, 1927~1991, 한국의 시인이며 언론인) · 이한직(→409) · 임서하(任西河, ?~?, 한국의 소설가) · 정진업(鄭鎭業, 1916~1983, 한국의 시인이며 연극인) · 조연현(→459) · 조지훈(→461) · 조진대(趙眞大, 1920~?, 한국의 소설가) · 최인욱(崔仁旭, 1920~1972, 한국의 소설가) · 최태응(崔泰應, 1917~1998, 한국의 소설가) · 황순원(→521) 등과 함께 조선청년문학가협회(朝鮮靑年文學家協會)를 결성[1949년 12월 17일 한국문학가협회(韓國文學家協會)가 결성됨에 따라 발전적으로 해산]하여 활동하였다.

마산상업고등학교(馬山商業高等學校) 교사로 있으면서 1946년 〈노만파(魯漫派)〉(시 동인지, 제4호 발간 후 폐간)를 창간하여 주재(主宰)하였는데, 동인(同人)은 김수돈 · 김춘수 · 박목월 · 서정주 · 유치환 · 이호우(→410) 등이었다.

1947년(30세) 동아대학교(東亞大學校) 전임 강사로 옮겼으며, 김경린(金璟麟, 1918~?, 한국의 시인) · 김규동(→53) · 김차영(金次榮, 1922~?, 한국의 시인) · 박인환(→188) · 양병식(梁秉植) · 이봉래(→373) · 이상로(→375) · 임호권(林虎權) 등과 함께 '후반기(後半期)' 동인으로 활동하면서 김경린 · 이봉래와 합작시 〈불모(不毛)의 에레지〉를 발표하였다.

〈금붕어의 죽음〉 · 〈무덤(墓)〉 · 〈소녀(少女)〉 · 〈춘수(春愁)〉 · 〈황혼(黃昏)과 담배와〉 등 초기 시들은 주관적인 감정을 읊조리거나 감상성(感傷性)이 짙은 서정시였고, 후기에는 〈파아란 항해(航海)〉 · 〈사후란(沙后蘭)의 노래〉 등 문명에 대한 절망과 현실 생활의 암담성을 어둠 · 부정 · 황혼 등의 어두운 이미지로 과감하게 표현하였으며, 외래어를 대담하게 사용하였고, 설명적 요소를 없앤 초현실주의(超現實主義, surrealism) 계열의 시를 썼다.

1952년(35세) 〈주간(週刊) 썬데이〉[주간 대중지, 1952. 10. 16. 창간호가 종간호] 제2호(1952. 11. 9.)에 실었던 소설 〈구관조(九官鳥)〉(1950)는 관능(官能) 묘사 때문에 필화(筆禍) 사건을 일으켜, 잡지는 2호를 내지 못하고 판매 금지 처분을 받으면서 폐간되었다.

1953년(36세) 국어국문학회(國語國文學會) 상임 위원이 되었고, 동인회 현대문학연구회를 조직하고 회장을 맡았다.

1955년(38세) 전위(前衛) 극단 '예술 소극장' 대표가 되어 주로 표현주의(表現主義, expressionismus) 연극을 상연하였다. 1956년(39세) 동인지 〈가이거(Geiger)〉 제1집을 발간하고, 시론(詩論) 〈네오슈레알리즘〉을 연재하였다.

1961년(44세)에는 〈한국 전후 문제 시집(韓國戰後問題詩集)〉[신구문화사(新丘文化社), 〈세계 전후 문학 전집〉 제8권]에 시 13편과 시작(詩作) 노트를 실었다.

1962년(45세) 동인회 '일요문학회(日曜文學會)'를 조직하여 동인지 〈일요문학〉을 발행하였고, 1966년(49세) 동아대학교 교수직을 사임하고 서울로 옮겼다.

1973년(56세) '초현실주의연구회'를 조직하여 회장을 맡으면서 1974년(57세) 동인지 〈아시체(雅屍體)〉를 발행하였다. 그 뒤 연구 모임 '아시체 그룹'을 이끌면서 1984년(67세)까지 현대의 예술 사상 과학 등에 걸친 강의를 계속하였다.

생전에 시집을 펴내지 않았으며, 시 〈Sara de Espera〉[〈문화세계(文化世界)〉 제2호, 1953. 8.] · 〈녹색의 지층(地層)〉[〈자유문학(自由文學)〉 창간호, 1956. 6.] · 〈검은 신화(神話)〉[〈문학예술(文學藝術)〉, 1956. 12.] · 〈바다의 층계(層階)〉[〈신문예(新文藝)〉, 1958. 10.] · 〈검은 Series〉[〈사상계(思想界)〉 제67호, 1958. 11.] · 〈검은 전설(傳說)〉(〈자유문학〉, 1958. 12.) · 〈장미(薔薇)와 수녀(修女)의 오브제〉[〈현대문학(現代文學)〉 제48호, 1958. 12.] · 〈쥬노의 독백(獨白)〉(〈사상계〉 제78호, 1959. 10.) · 〈가을과 소녀의 노래〉 · 〈검은 드라마(Drama)〉 · 〈검은 부정(否定)의 아

라베스크(Arabesque)〉·〈문명의 황무지(荒蕪地)〉·〈어느 날의 메뉴(Menu)〉·〈어느 날의 지구(地球)의 밤〉·〈투명한 오후〉 등을 발표하였다. 특히 〈바다의 층계〉는 낯설고 이질적인 사물들을 통하여 바다의 모습을 입체적으로 읊은 작품이다.

평론으로 〈시의 감각성(感覺性)〉(〈문학〉, 1950. 6.)·〈20세기의 문예 사조(文藝思潮)〉[〈사상(思想)〉, 1952. 8.~12.]·〈네오슈레알리즘 시론〉(1956)·〈다다(DADA) 운동의 회고(回顧)〉(〈신호문학〉 1958. 5.)·〈현대 소설론〉·〈현대 시론〉(1961) 등을 발표하였다.

지은 책으로 〈고전 문학수(古典文學粹)〉·〈현대 국문학수(現代國文學粹)〉 등이 있다.

부산(釜山) 중구(中區) 남포동(南浦洞) 용두산공원(龍頭山公園) '시의 거리'(1994)와 경상남도 창원시(昌原市) 마산합포구(馬山合浦區) 노산동(鷺山洞) 마산문학관(馬山文學館) 앞(2012. 6. 20.)에 그의 〈에피소드〉를 새긴 시비(詩碑)가 세워져 있다.

464

종성

鍾惺 1574 ~ 1625. 6.

중국 명(明)나라(1368~1644)의 시인이며 시론가(時論家).

자(字)는 백경(伯敬), 호(號)는 만지거사(晩知居士)·퇴곡(退谷)·퇴암(退庵).

후베이성(湖北省) 징링[竟陵, 지금의 천문현(天門縣)]에서 태어났다.

1610년(36세) 회시(會試)에 급제(及第)하여 진사(進士)가 되어 행인(行人)에 오르고, 난징(南京) 예부(禮部) 주사(主事)를 지냈고, 푸젠성(福建省) 제학첨사(提學僉事)까지 올랐다.

뇌사패(雷思霈, 1565~1611, 중국 명나라의 문인)에게 배웠고 공안파(公安派)의 영향을 받았다.

아버지가 돌아가시자 제학첨사를 사임하고 귀향할 때 우이산(武夷山)에서 한유(閑遊)하였다는 사실이 재임 중의 과거(科擧) 부정과 함께 탄핵(彈劾)을 받아 만년(晩年)은 불우하여 〈능엄경(楞嚴經)〉에 침잠(沈潛)하였다. 오계(五戒)를 받고 '단잔(斷殘)'이라는 이름을 지었다. 자신이 주장하는 진시(眞詩)를 구하기 위하여 산수(山水)를 주유(周遊)하는 한편, 스스로 사람을 멀리하였으므로 나중에 전겸익(→434)으로부터 '귀취(鬼趣)'·'시요(詩妖)'라는 혹평을 들었다.

산사(山寺)에 들어가 동향(同鄕)의 후배 담원춘(→135)과 〈고시귀(古詩歸)〉·〈당시귀(唐詩歸)〉·〈명원시귀(名媛詩歸)〉를 같이 편집하고, 선록(選錄)한 시인들과 시에 평론을 달았다. 이러한 〈시귀(詩歸)〉가 일세를 풍미하게 되어 징링파(竟陵派)를 형성하여 그 중심 인물로 주목받았다.

명나라 만력 연간(萬曆年間, 1573~1619)에 원굉도(→330) 등 공안파들이 자신의 심정을 평명하게 읊었지만 너무 부박(浮薄)으로 흐른 탓에 그 폐단을 바로잡기 위하여 유심(幽深)·기취(奇趣)에 넘치는 시의 창조를 제창하였다. 시작(詩作)에서 감정의 솔직한 표현을 중요시하였는데, 그 표현의 기교에 지나친 나머지 현실성이 결여되었다는 평을 받았다.

지은 책으로 〈모시해(毛詩解)〉·〈송문귀(宋文歸)〉·〈시합고(詩合考)〉·〈은수헌집(隱秀軒集)〉(모두 32권)·〈종평좌전(鍾評左傳)〉·〈주문귀(周文歸)〉이 있다.

465

좌사

左思 250(252)? ~ 305(307)?

중국 서진(西晉, 265~316)의 시인이며 문인(文人).

자(字)는 태충(太沖).

하급 관리(官吏)의 아들로, 산둥성(山東省) 린쯔(臨淄)에서 태어났으며, 허베이성(河北省) 지저우(冀州)에서 죽었다.

어려서부터 문재(文才)가 뛰어났으나, 용모가 추할 뿐 아니라 태어나면서부터 말을 더듬었기 때문에 사람들과의 접촉을 싫어하여 교우(交友) 관계가 좋지 못하였다.

글재주가 뛰어난 누이동생 좌분(左芬, 253~300)이 무제[武帝, 236~290, 중국 서진의 창건자이며 초대 황제, 재위 266~290, 사마염(司馬炎)]의 귀빈(貴嬪)이 되었기 때문에 거처를 허난성(河南省) 뤄양(洛陽)으로 옮겼다.

이곳에서 제(齊)나라(B.C.1046~B.C.221)의 도읍이었던 린쯔의 모습을 운문(韻文)으로 엮은 서사시 〈제도부(齊都賦)〉를 쓰고, 이어서 10년에 걸쳐 〈삼도부(三都賦)〉를 지어, 문단(文壇)의 영수(領袖)였던 장화(張華, 232~300, 중국 서진의 문인이며 정치가)에게 절찬을 받았다.

당시 황보밀(皇甫謐, 215~282, 중국 진나라의 학자) 등 뤄양의 지식인들이 서(序)와 주석(註釋)을 달아 가며 이것을 찬양하자 상류 사회에서는 다투어 필사(筆寫)하였기 때문에 '뤄양의 지가(紙價)를 올린다.(洛陽紙高價)'라는 말이 생겼을 정도였다. 〈삼도부〉는 후한(後漢, 25~220)의 반고(班固, 32~92, 중국 후한의 역사가)의 〈양도부(兩都賦)〉, 장형(張衡, 78~139, 중국 후한의 문인이며 과학자)의 〈남도부(南都賦)〉·〈동경부(東京賦)〉·〈서경부(西京賦)〉 등과 마찬가지로 주객(主客)의 문답 형식으로 촉(蜀, 221~265)의 도읍인 청두(成都), 오(吳, 222~280)의 도읍인 건업[建業, 난징(南京)], 위(魏, 225~265)의 도읍인 업(鄴) 등 세 나라 수도(首都)의 장관(壯觀)을 과시한 것이다.

일찍이 비서랑(祕書郎)과 사공(司空) 좨주(祭酒, 학사 담당)를 지냈고, 당시의 문인 집단 '24우(二十四友)'에 참여하였으며, 또한 권세가 가밀[賈謐, ?~300, 혜제(惠帝, 259~306, 중국 삼국 시대 서진의 제2대 황제. 재위 290~306) 가황후(賈皇后, 257~300)의 조카]에게 〈한서(漢書)〉를 강론하기도 하였다.

300년(50세) 가밀이 피살되자 허난성 루난현(汝南縣) 의춘리(宜春里)에 은거하여 전적(典籍)에 전념하였다.

303년(53세) 하간왕(河間王) 사마옹(司馬顒, ?~306, 중국 서진 때 '팔왕(八王)의 난' 중 한 사람. 재위 277~306)의 부장(部將) 장방(張方, ?~306)이 뤄양에서 난동을 일으키자 지저우로 옮겼으며, 이곳에서 삶을 마감하였다.

시는 〈영사시(詠史詩)〉 8수(首)와 〈초은시(超隱詩)〉 2수가 특히 뛰어났다. 〈영사시〉는 역사적 사실을 빌려 자신의 감정을 표출하고 있는데, 능력은 있으나 불우한 처지를 분개하는 한편 개인의 재능을 억압하는 문벌 제도를 공격하고 있다. 또한 오언시(五言詩)에도 빼어나서 섬세화해 가는 시풍(詩風) 속에 있으면서도 기골찬 작풍(作風)으로 특이한 존재였고, 오늘날 서진 제일의 시인으로 평가를 받고 있다. 그 중에서도 아가씨의 응석을 농담조로 노래한 〈교녀시(嬌女詩)〉는 매우 독특한 작품으로 주목되고 있다.

이 밖에 〈도리증매시(悼離贈妹詩)〉 2수가 전해지며, 지은 책으로 〈좌사집(左思集)〉(모두 5권)이 있다.

466

주요한

朱耀翰 1900(고종 37). 10. 14. ~ 1979. 11. 17.

한국의 시인이며 언론인·정치가.

호(號)는 낭림산(狼林山)·송생(頌生)·송아(頌兒)·송아지, 필명(筆名)은 낙양(落陽)·벌꽃, 창씨개명(創氏改名)한 이름은 마쓰무라 고이치(松村紘一), 본관(本貫)은 능성(綾城).

목사 주공삼(朱孔三)의 4남 4녀 중 맏아들이며, 주요섭(朱耀燮, 1902~1972, 한국의 소설가)·주영섭[朱永涉, 1912~?, 한국의 연극인이며 연극 배우·극작가·연출가. 창씨개명한 이름은 마쓰무라 나가루(松村永涉)]의 형으로, 평양(平壤)에서 태어났다.

1912년(12세) 평양 숭덕소학교(崇德小學校)를 졸업하고, 같은 해 도쿄 조선인 유학생 선교 목사로 파견된 아버지를 따라 일본으로 가서 1913년(13세) 메이지학원(明治學院) 중등부에 입학, 1918년(18세) 졸업하였다. 메이지학원 재학 중에 학우들과 회람지를 발행한 것을 계기로 문학에 뜻을 두었고, 그 때 스승이었던 가와지 류코(川路柳虹, 1888~1959, 일본의 시인. 일본 구어체 자유시의 창시자) 문하(門下)에서 근대시를 공부하면서 많은 영향을 받았다.

1917년(17세) 최남선(→480)이 발행하는 〈청춘(青春)〉(월간 종합 교양지. 1914. 10.~1918. 9. 통권 15호로 종간) 제11호(1917. 11.)에 '낙양'이라는 필명으로 소설 〈마을집〉을 투고(投稿)하면서 등단(登壇)하였다. 이 소설은 한 유학생이 조선 현실을 개혁하겠다는 뜻을 품고 일본에서 귀향하였다가 현실의 완강한 힘에 좌절당하고 다시 일본으로 도망치듯 돌아간다는 이야기로, 그가 지니고 있던 근대관(近代觀)과 개혁 사상의 허(虛)와 실(實)을 잘 보여 주고 있다. 이어 〈학지광(學之光)〉(도쿄 조선유학생 학우회 기관지. 연2회 발행. 1914. 4.~1930. 4. 통권 29호로 종간)에 번역 소설 〈밥〉[아르치바셰프(Mikhail Petrovich Artsybashev, 1878~1927, 러시아의 소설가) 원작]을 발표하였다.

1918년 도쿄 제1고등학교(第一高等學校)에 입학하였고, 이 무렵 〈서(曙)〉·〈현대 시가(現代詩歌)〉 등에 일본어로 시를 발표하였다.

1919년(19세) 1월에 펴낸 교토(京都, 794~1868년 일본의 수도) 유학생회 동인지(同人誌) 〈학우(學友)〉 창간호에 〈에튜우드(etude)〉라는 큰 제목으로 창작시 〈기억(記憶)〉·〈눈〉·〈봄〉·〈시내〉·〈이야기〉 등 5편을 발표하였고, 같은 해 2월, 김명순(→65)·김동인(金東仁, 1900~1951, 한국의 소설가)·전영택(田榮澤, 1894~1968, 한국의 소설가이며 목사)과 더불어 〈창조(創造)〉(문예 동인지. 1919. 2.~1921. 5. 통권 9호로 종간) 동인으로 참여하여 창간호에 〈불놀이〉·〈새벽 꿈〉·〈선물〉·〈하이얀 안개〉 등을 발표함으로써 문단에 진출하여 본격적으로 시를 썼다. 특히 〈불놀이〉는 서유럽적인 형태의 최초의 근대시로 평가되고 있으며, 한국 근대시의 형성기에 그 선구자적 공적을 남긴 시로 평가되고 있다.

3·1 운동이 일어나자 5월 중국 장쑤성(江蘇省) 상하이(上海)로 망명, 상하이에서 발간되는 대한민국 임시 정부의 기관지 〈독립신문(獨立新聞)〉의 편집을 맡아 보면서 '목신(牧神)'·'송아지' 등의 필명으로 〈대한의 누이야 아우야〉·〈조국(祖國)〉 등 민족 의식을 고취하는 작품을 발표하였고, 안창호(安昌浩, 1878~1938, 한국의 독립 운동가이며 교육자)·이광수(李光洙, 1892~1950, 한국의 소설가)와 교유(交遊)하였다.

1921년(21세) 후장대학(滬江大學, University of Shanghai, 1906~1952) 응용화학과에 입학하였다.

1924년(24세) 2월 〈폐허이후(廢墟以後)〉[조선문인회(朝鮮文人會) 기관지, 1924. 2. 창간호로 종간]에 〈아침 처녀〉·〈빗소리〉 등을 발표하였고, 8월에는 김관호(金觀鎬, 1890~1959, 한국의 서양화가)·김동인·김소월(→73)·김억(→78)·김여제(金輿濟, 1893~?, 한국의 시인이며 교육자)·김찬영(金贊永, 1893~1960, 한국의 문학 평론가이며 극작가·서양화가)·이광수·오천석(吳天錫, 1901~1987, 한국의 교육학자)·임장화[林長和, ?~?, 한국의 소설가이며 문학 평론가. 〈영대(靈臺)〉 편집인 겸 발행인]·전영택 등과 〈영대〉(문예 동인지. 1924. 8.~1925. 1. 통권 5호로 종간) 창간에 참여하여 창간호에 〈묵은 일기책에서〉 등 낭만적인 서정시를 발표하였다.

같은 해 〈조선문단(朝鮮文壇)〉(월간 순수 문예지. 1924. 10.~1936. 6. 통권 26호로 종간)이 창간되자 심사 위원으로 위촉되었고, 창간호에 민요시 〈가신 누님〉, 창간호·제2호(1924. 11.)·제3호(1924. 12.)에 시론(詩論) 〈노래를 지으시려는 이에게〉를 연재하였다.

초기에는 휘트먼(Walt Whitman, 1819~1892, 미국의 민중 시인이며 저널리스트·수필가)과 일본 낭만파 시인들의 영향을 받았지만, 그들과는 달리 전원(田園)과 자연을 바탕으로 하여 맑고 차분한 서정의 시 세계를 이룩하고 있다. 이러한 특색은 처녀 시집 〈아름다운 새벽〉(조선문단사, 1924. 12.)에 잘 나타나 있다.

1925년(25세) 후장대학을 졸업하고 귀국하여 동아일보사(東亞日報社) 기자로 입사, 학예부장(1927), 평양 지국장(1928), 편집국장(1929), 논설 위원(1932)을 지냈다.

한편 최남선이 〈조선문단〉 제16호(1926. 5.)에 논문 〈조선 국민 문학으로서의 시조(時調)〉를 발표하여 '국민문학'이라는 용어를 처음으로 사용하였는데, 최남선을 비롯하여 양주동(→282)·염상섭(廉想涉, 1897~1963, 한국의 소설가)·이광수·이병기(→370)·이은상(→391)·정인보(→442)·조운(曺雲, 1898~?, 한국의 시조 시인, 한국 전쟁 때 월북)·주요한 등 당시 문단의 중견 작가들을 주축으로 한 이 유파를 '국민 문학파'라고 일컬었다.

〈문예시대(文藝時代)〉(문예지. 1926. 11.~1927. 1. 통권 2호로 종간) 종간호에 수필 〈한문 글자를 없애자〉, 〈조선지광(朝鮮之光)〉(월간 종합 교양지. 1922. 11.~1930. 11. 통권 100호로 종간) 제71호(1927. 9.)에 〈새로운 곡조(曲調)〉를 발표하였고, 김동환(→63)·이광수와 함께 〈3인 시가집(三人詩歌集)〉[삼천리사(三千里社), 1929. 10.], 시조집 〈봉사꽃〉[세종서원(世宗書院), 1930. 10.]을 펴냈다.

광주 학생 운동(光州學生運動, 1929. 11. 3.) 때 잠시 투옥된 적도 있었다.

1932년(32세) 9월 조선일보사(朝鮮日報社)로 옮겨 편집국장(~1933. 8.)과 전무(專務)(~1934. 1.)를 지냈으며, 1935년(35세)부터 실업계에 투신하여 박흥식(朴興植, 1903~1994, 한국의 기업가)이 운영하는 화신상회(和信商會) 중역으로 근무하였다.

1934년(34세) 10월 5일 김복진(金復鎭, 1901~1940, 한국의 조각가이며 미술 평론가·문예 이론가·연극인·사회 운동가. 한국 최초로 서구식 조각 교육을 받았다.)·김기진(→55) 형제가 창간한 〈청년조선(靑年朝鮮)〉(월간지. 1934. 10.~11. 통권 2호로 종간) 창간호에 시 〈추풍인(秋風引)〉을 발표하였다. 이러한 작품 경향은 초기에 해당되는 것이고, 광복된 뒤에는 정치와 경제 분야에 관여함에 따라 그에 관한 논문을 많이 발표하였다.

1937년(37세) 6월 '수양동우회(修養同友會) 사건'[1937년 6월~1938년 3월 일제(日帝)가 수양동우회에 관련된 180여 명의 지식인들을 검거한 사건]으로 검거되어 1년 8개월 동안 복역하였다.

1938년(38세) 6월 29일 전향(轉向) 성명을 발표하고, '마쓰무라 고이치(松村紘一)'로 창씨개명하였는데, '紘一'은 '八紘一宇(팔굉일우)'에서 따 온 것이다. '팔굉일우'

는 일본 역사책 〈니혼쇼키(日本書紀)〉(모두 50권, 720)에 나오는 말로 '천하를 덮어 지붕으로 삼는다'는 뜻이며, 2차 대전(1939. 9. 1.~1945. 9. 2.) 중 고노에 후미마로[近衛文麿, 1891~1945, 일본의 정치가. 제34(1937. 6. 4.~1939. 1. 5.)·38(1940. 7. 22.~1941. 7. 18.)·39대(1941. 7. 18. ~10. 18.) 총리 대신]가 연설에서 '황국(皇國)의 국시(國是)는 팔굉을 일우하는 국가의 정신에 근거한다'고 말한 것에서, 주로 일제가 다른 나라를 침략할 때 정당화하는 정책 구호로 쓴 말이다.

같은 해 12월 수양동우회를 대표하여 국방 헌금으로 서울 종로경찰서(鐘路警察署)에 4,000원을 기탁하면서 본격적으로 친일(親日) 행위를 시작하였다.

1939년(39세) 조선문인협회(朝鮮文人協會, 1939년 10월 29일 결성한 조선총독부 산하 어용 문학 단체. 文協) 간사(幹事)로 선출되었다. 그 뒤 조선임전보국단(朝鮮臨戰報國團, 1941년 10월 22일 결성되어 일본의 황민화 정책에 선도적 역할을 하였던 친일 어용 단체) 발기인(發起人)으로 참여하여 간부를 맡아 부민관[府民館, 지금의 서울 중구(中區) 태평로(太平路) 서울시의회 의사당]에서 열린 미영 타도 대강연회(米英打倒大講演會, 1941. 12. 14.)에서 '루즈벨트여 답하라'라는 제목으로 연설하였으며, 1943년(43세) 11월 4일 화신백화점(和信百貨店, 1931년 9월 15일 서울 종로2가에 설립된 우리나라 최초의 근대식 백화점)에서 있었던 종로익찬위원회(鐘路翼贊委員會)에 참여, 연설을 통하여 호별(戶別) 방문, 권유문 발송, 지역별 간담회 및 학교 강연회 개최 등을 통하여 학도병(學徒兵) 권유를 결의하였다. 또한 11월 5~9일에 진명여자고등보통학교(進明女子高等普通學校, 지금의 진명여자중·고등학교) 교정 등 10군데에서 열린 학도병 권유 부형(父兄) 간담회에 송문화(宋文華, 1886~?, 일제 강점기의 관료. 창씨개명한 이름은 山本文華)·양재창(梁在昶, 1885~1968, 일제 강점기의 관료. 창씨개명한 이름은 梁川在昶)·이광수 등과 함께 연사(演士)로 참여하여 〈비약(飛躍)의 시대〉라는 글로 '출진(出陣) 학도의 구두 소리는 아시아 부흥의 진군이 되고 조선의 일본적 재생의 새벽 종 소리가 될 것'이라며 학도병 출전을 적극 권유하였다.

1943년 조선문인보국회(朝鮮文人報國會, 일제의 어용 문학 단체. 1943. 4. 17.~1945. 8. 15.) 시부(詩部) 회장으로 선출되어 그 해 12월 4~5일 대동아 전쟁[大東亞戰爭, 태평양 전쟁(太平洋戰爭, 1937. 7. 7.~1945. 8. 15.)을 일본에서 이르는 말] 2주년 기념 결전 예문 전국 대회(決戰藝文全國大會)의 행사 중의 하나로 만주(滿洲) 신징[新京, 지금의 지린성(吉林省) 창춘(長春)]에서 열린 '만주국 예문가 회의'에 조선문인보국회의 특파 사절로, 국민총력조선연맹(國民總力朝鮮聯盟, 일제의 침략 정책 협력을 위하여 1940년 10월 16일 조직된 친일 어용 단체)의 데라모토 기이치(寺本喜一, 1906~?, 일본의 문인)와 조선연극문화협회(朝鮮演劇文化協會, 1942. 7.~1945. 8.)의 유치진(柳致眞, 1905~1974, 한국의 극작가이며 연출가)과 함께 참가하여 개회식에서 축사를 낭독하였으며, 〈결전하 만주의 예문 태세(決戰下滿洲の藝文態勢)〉[〈신시대(新時代)〉, 1944. 1.]라는 참관기(參觀記)를 남겼다.

또한 대화동맹[大和同盟, 이른바 황국 공민으로서의 충성과 신도(臣道) 실천을 촉진시키기 위하여 1945년 2월 11일 조직된 친일 민간 단체], 조선언론보국회(朝鮮言論報國會, 1945. 6. 8.~8. 15.) 회원, 대의당[大義黨, 이른바 황도주의(皇道主義) 확산과 전쟁 협력을 목적으로 1945년 6월 24일 조직된 친일 민간 단체] 위원으로 참여하는 등 수많은 친일 단체의 간부를 지내면서 많은 시국 논설을 통하여 이른바 '내선 일체(內鮮一體)'의 완성, 황국 신민(皇國臣民)으로서의 임무 완수, 자발적인 성전(聖戰) 참여 독려, 국민생활의 최저화 등을 부르짖었다.

광복된 뒤에는 문단 활동을 중단하고, 흥한무역회사(興韓貿易會社)(1945. 10.)·상호무역(相互貿易)(1946)·영풍기업사(永豊企業社)(1946) 등을 설립하였고, 대한상공회의소(大韓商工會議所) 특별 위원, 대한무역협회(大韓貿易協會) 회장(1948), 〈동아일보〉 논설 위원(1952. 9.)·〈경향신문(京鄕新聞)〉 논설 위원(1954), 국제문제연구소 소장 등을 지냈다.

1954년(54세) 호헌동지회(護憲同志會, 1954. 11. 29. 설립)에 참여한 뒤 민주당(民主黨, 1955년 창당) 정치인으로 활동하여 1958년(58세) 민의원 초선과 1960년(60세) 재선 등 정치계와 언론계에 진출하여 〈밑으로부터의 민주주의(民主主義)〉[〈자유세계(自由世界)〉 제6호, 1952. 10.] 등 정치·경제 부문의 논평을 많이 썼다.

1960년 4·19 혁명이 일어난 뒤 민주당 정권(政權) 때에는 제6대와 제9대 부흥부 장관(~1960. 9.,~1961. 5.)·제15대 상공부 장관(1961. 5.)을 지냈으며, 1961년(61세) 5·16 군사 정변 뒤에는 대한일보사(大韓日報社) 회장(1965~1973), 경제과학심의회의(經濟科學審議會議) 의장

(1967), 대한선주협회(大韓船主協會) 회장(1968), 대한해운공사(大韓海運公社) 사장(1970), 한국특허협회(韓國特許協會) 회장(1973), 한국능률협회(韓國能率協會) 회장(1975), 전국경제인연합회(全國經濟人聯合會) 부회장(1977) 등을 지냈다.

1970년(70세)에는 한양대학교(漢陽大學校)에서 명예경제학 박사 학위를 받았다.

소설집 〈사막의 꽃〉[대성서림(大成書林), 1935], 논저(論著) 〈자유의 구름다리〉[태성사(泰成社), 1959]·〈부흥 논의〉[대성문화사(大成文化社), 1963]·〈안도산 전서(安島山全書)〉[삼중당(三中堂), 1963] 등을 펴냈다.

경기도 고양시(高陽市) 벽제동(壁蹄洞) 새문안동산에 안장(安葬)되었고, 1979년 국민 훈장 무궁화장(無窮花章)이 추서(追敍)되었으며, 1993년 12월 서울 종로구(鐘路區) 세종로(世宗路) 세종로공원에 〈빗소리〉를 새긴 시비(詩碑)가 세워졌다.

한편, 2002년 2월 28일 '민족 정기를 세우는 국회 의원 모임'과 광복회(光復會)가 공동 발표한 '친일파 708인 명단', 2002년 8월 14일 '나라와 문화를 생각하는 국회의원 모임'·민족문제연구소(民族問題硏究所)·민족문학작가회의[民族文學作家會議. 1974년 11월 18일 자유실천문인협의회(自由實踐文人協議會)로 설립되어 1987년 9월 17일 '민족문학작가회의'로 이름을 바꾸었다가 2007년 12월 8일 '한국작가회의'로 다시 이름을 바꾸었다.]·'민족 정기를 세우는 국회 의원 모임'·〈실천문학(實踐文學)〉(계간 문예지. 1980. 3.~현재)이 공동 발표한 '친일 문학인 42인 명단', 2009년 11월 8일 민족문제연구소에서 출판한 〈친일 인명 사전(親日人名辭典)〉, 2009년 11월 27일 친일반민족행위진상규명위원회(親日反民族行爲眞相糾明委員會)가 발표한 '친일 반민족 행위 704인 명단'에 모두 포함되어 있다.

〈삼천리〉(월간 종합 교양지. 1929. 6.~1942. 1. 통권 150호로 종간)에 발표한 시 〈동양 해방(東洋解放)〉(제12권 제12호, 1940. 12.) 등 다음과 같은 43편의 친일 작품이 밝혀져 있다.

〈첫 피〉(시, 〈신시대〉 제3호, 1941. 3.)·〈임전 조선(臨戰朝鮮)〉(〈신시대〉 제9호, 1941. 9.)·〈손에 손을(手に手を)〉[〈국민문학(國民文學)〉 창간호, 1941. 11.]·〈루즈벨트여 답하라〉(〈신시대〉 제13호, 1942. 1.)·〈명기(明記)하라 12월 8일〉(시, 〈신시대〉 제13호, 1942. 1.)·〈태평양의 시대〉[〈매일신보(每日新報)〉, 1942. 1. 7.]·〈국민시가(國民詩歌)의 경향〉(〈매일신보〉, 1942. 1. 8.)·〈팔굉일우(八紘一宇)〉(시, 〈삼천리〉 제14권 제1호, 1942. 1.)·〈미영(米英)의 동아 침략〉(〈신시대〉 제14호, 1942. 2.)·〈상해 조계(租界) 진주일(進駐日)에 왕군에게 보냄〉[시, 〈조광(朝光)〉 제76호, 1942. 2.]·〈대동아 행진곡(大東亞行進曲)〉[시, 〈춘추(春秋)〉 제13호, 1942. 2.]·〈싱가폴 함락가(陷落歌)〉(시, 〈매일신보〉, 1942. 2. 18.)·〈동아(東亞)의 새 봄〉(시, 〈매일신보〉, 1942. 2. 23.)·〈마음 속의 싱가폴〉(시, 〈신시대〉 제15호, 1942. 3.)·〈대동아권(大東亞圈)과 문화의 문제〉(〈매일신보〉, 1942. 3. 23.)·〈승리의 태평양〉(시, 〈춘추〉 제15호, 1942. 4.)·〈전필승 공필취(戰必勝攻必取)〉(〈신시대〉 제16호, 1942. 4.)·〈노무(勞務)와 의용화(義勇化) 문제〉(〈대동아〉 제14권 제5호, 1942. 5.)·〈징병령(徵兵令) 실시와 조선 청년〉(〈신시대〉 제18호, 1942. 6.)·〈새로운 각오〉(〈대동아〉 제14권 제7호, 1942. 7.)·〈12월 7일의 꿈〉(시, 〈신시대〉 제24호, 1942. 12.)·〈성전 찬가(聖戰讚歌)〉(시, 〈매일신보〉, 1942. 12. 8.)·〈반도 청년(半島靑年) 궐기하라〉(〈매일신보〉, 1942. 12. 11.)·〈최저 생활의 실천〉(〈신시대〉 제27호, 1943. 3.)·〈아침 햇발〉(시, 〈매일신보〉, 1943. 5. 13.)·〈바다로 가리〉(시, 〈춘추〉 제29호, 1943. 6.)·〈다섯 가지 사명(五つの使命)〉(〈신시대〉 제30호, 1943. 6.)·〈이기지 않으면 안 된다〉(〈국민문학〉, 1943. 6.)·〈손에 손을〉[와카(和歌) 형식으로 쓴 일어 시집. 박문서관(博文書館), 1943. 7. 30. 제5회 조선 예술상 문학상 수상. 〈소집(召集)되는 아들들〉·〈송가(頌歌)〉·〈승리의 보(譜)〉·〈오늘에서야〉·〈우리들 황국 신민〉 등 19편의 일문시 수록]·〈선서식(宣誓式)〉(〈신시대〉 제32호, 1943. 8.)·〈불타는 희망〉(〈신시대〉 제33호, 1943. 9.)·〈직장(職場), 도장(道場), 전장(戰場)〉(〈신시대〉 제34호, 1943. 10.)·〈나서라 지상 명령(至上命令)이다〉(〈매일신보〉, 1943. 11. 18.)·〈결전하 만주의 예문 태세〉·〈나의 결전 좌우명(座右銘)〉(〈신시대〉 제37호, 1944. 1.)·〈천인침(千人針)〉(〈매일신보〉, 1944. 1. 19.)·〈싸우는 연극의 자세〉(〈신시대〉 제39호, 1944. 3.)·〈우후(雨後, '비 온 뒤')〉(시, 〈신시대〉 제41호, 1944. 5.)·〈정밀〉(시, 〈신시대〉 제43호, 1944. 7.)·〈적(敵) 미국의 사상 모략(謀略)〉(〈신시대〉 제46호, 1944. 10.)·〈파갑폭뇌(破甲爆雷)〉(시, 〈매일신보〉, 1945. 1. 29.).

이 밖에도 친일시 〈대군에게〉·〈댕기〉(〈국민문학〉 창간호, 1941. 11.)·〈임시 대제(大祭)의 날에〉 등이 알려져 있다.

467

주쯔칭

朱自淸 1898. 11. 22. ~ 1948. 8. 12.

중국의 시인이며 산문 작가·문학 평론가.

원명(原名)은 쯔화(自華), 자(字)는 페이셴(佩絃), 호(號)는 추스(秋實).

장쑤성(江蘇省) 둥하이현(東海縣)에서 태어났으며, 베이징(北京)에서 죽었다.

어려서 온 가족이 장쑤성 양저우(揚州)로 옮겨 갔기 때문에 스스로 양저우 사람이라고 하였다.

1920년(22세) 베이징대학(北京大學, Peking University, 1898년 설립) 철학과를 졸업하였고, 장쑤성과 저장성(浙江省)에서 중학교 교사로 재직하는 한편, 재학 때부터 시작(詩作)에 전심(專心)하여 잡지 〈신조(新潮)〉 등에 기고(寄稿)하였다.

1923년(25세) 장시(長詩) 〈훼멸(毁滅)〉을 〈소설월보(小說月報)〉에 발표하여 명성을 얻었고, 1924년(26세) 시집 〈종적(踪迹)〉을 펴내, 현실 긍정의 입장에 선 그 작풍(作風)의 신선미로 말미암아 시단(詩壇)에 받아들여졌다.

1925년(27세) 칭화대학(淸華大學, Tsinghua University, 1911년 설립) 교수로 부임할 무렵부터 산문 창작과 중국 고전 문학(古典文學) 연구로 바꾸어, 많은 책을 집필하였다.

1928년(30세) 단편 〈뒷모습(背影)〉을 발표하였고, 위다푸(郁達夫, 1896~1945, 중국의 소설가)와 쌍벽을 이루는 산문 작가로 일컬어졌다.

1931(33세)~1932년(34세) 유럽에 외유(外遊)하였고, 귀국하여 칭화대학 중국문학계 주임으로 복귀하였다. 1934년(36세) 정전둬(鄭振鐸, 1898~1958, 중국의 문학사가) 등과 함께 〈문학계간(文學季刊)〉을 편집하였으며, 천왕다오(陳望道, 1891~1977, 중국의 학자이며 교육자)와 산문 잡지 〈태백(太白)〉을 편집하였다.

중·일 전쟁[中日戰爭(Second Sino-Japanese War), 1937. 7. 7.~1945. 9. 2.] 중에는 칭화대학의 남천(南遷)에 따라 윈난성(雲南省) 쿤밍(昆明)의 시난연합대학(西南聯合大學) 중국문학계 주임으로 있었고, 이 동안 시·소설 등의 평론, 고전 문학의 연구에 많은 업적을 남겼다. 전쟁이 끝난 뒤에는 중국 국민당(中國國民黨, Kuomintang of China, 1912년 창당) 통치에 반대하는 학생 운동을 적극적으로 지지하였다.

〈중국 신문학 대계·시집(中國新文學大系詩集)〉(1935)·〈원이둬 전집(聞一多全集)〉(모두 4권, 1948)을 편집하는 등 문예 평론가로도 이름을 떨쳤다.

이 밖에 단편 소설 〈별(別)〉(1921)·〈웃음의 역사(笑的歷史)〉(1923), 산문집으로 〈구유 잡기(歐游雜記)〉(1934)·〈너와 나(你我)〉·〈런던 잡기(倫敦雜記)〉(1943)가 있는데, 그의 시와 산문은 어두운 현실에 대한 불만과 밝은 미래에 대한 기대를 표현하고 있으며, 특히 산문은 언어가 세련되고 문장이 유창하였다. 문예론 저서로는 〈논아속공상(論雅俗共賞)〉·〈시언지변(詩言志辨)〉 등이 있으며, 새로운 문학론 〈표준과 척도(標準和尺度)〉(1948) 등에서는 고전 문학과 신문학과의 통일적인 연구법을 확립하였다. 저술의 대부분은 〈주쯔칭 문집(朱自淸文集)〉(모두 4권, 1953)으로 전해지고 있다.

468

죽서 박씨

竹西朴氏 1817(순조 17)? ~ 1851(철종 2)?

조선(朝鮮, 1392~1910)의 여류 시인.

호(號)는 반아당(半啞堂)·죽서(竹西), 본관(本貫)은 반남[潘南, 지금의 전라남도 나주(羅州)].

박종언[朴宗彦, 조선의 학자. 시문집 〈신재유고(新齋遺稿)〉(모두 2권 1책, 1864)의 저자]의 서녀(庶女)이며, 부사(府使) 서기보(徐箕輔, 1785~1870)의 소실(小室)이다.

아버지에게 글을 배워 어려서부터 〈소학(小學)〉과 경사(經史)·고시문(古詩文) 등을 탐독하였고, 10세에 이미 뛰어난 시를 지어 천재적인 문학적 재능을 발휘하였다. 중국의 문장가 소동파(→234)·한유(→504)를 숭모(崇慕)하고 그 영향을 크게 받았다. 시문(詩文)은 매우 서정적·감상적(感傷的)이고, 대개 임을 애타게 그리워하는 여심(女心)과 기다리다 지친 규원(閨怨)을 나타내는 내용이 많다.

병약(病弱)하였으나 미모가 출중하였고 침선(針線)에 뛰어났으며, 같은 시대의 여류 시인 금원 김씨(→43)와는 같은 원주(原州) 사람으로 시문을 주고받으며 깊이 교유(交遊)하였다.

1847년(30세, 헌종 13) 금원이 남편 김덕희(金德熙)의 별장인 서울 용산(龍山) 삼호정(三湖亭)에 이른바 '삼호정 시단(詩壇)'을 열었을 때 경산[瓊山, 이정신(李鼎臣, 1792~1858, 조선의 문신)의 소실]·경춘[瓊春, 금원의 아우. 홍태수(洪太守)의 소실]·운초(→328) 등 같은 처지의 여류 시인들과 동인(同人)을 이루어 시를 읊곤 하였다.

1851년(철종 2)에는 〈죽서 시집(竹西詩集)〉(서울국립중앙도서관과 고려대학교 도서관)을 간행하였는데, 이 시집에 발문(跋文)을 쓴 금원은 평생 남자로 태어나지 못한 것을 한탄하여, '죽서와 함께 후생(後生)에는 남자로 태어나, 서로 창화(唱和)를 하였으면 좋겠다.'고 하였다.

〈견회(遣懷, '회포를 풀며')〉·〈기유랑(寄柳郎)〉·〈기정(寄呈, '임에게 보냅니다')〉·〈농금(籠禽, '새장')〉·〈동각매화(東閣梅花, '동쪽 누각의 매화')〉·〈동류수(東流水, '동쪽으로 흐르는 물')〉·〈동야(冬夜, '겨울밤')〉·〈두견화(杜鵑花, '진달래꽃')〉·〈만춘(晩春, '늦봄')〉·〈매화(梅花)〉·〈모춘서회(暮春書懷, '늦봄에 임 그리워')〉·〈문적(聞笛, '피리 소리를 들으며')〉·〈병중(病中)〉·〈병후(病後)〉·〈봉정(奉呈, '삼가 받들어 드림')〉·〈부구선자(不求仙子)〉·〈사고향(思故鄕, '고향 그리워')〉·〈술회(述懷, '마음에 품은 생각을 말함')〉·〈십세작(十歲作, '10세 때 쓴 글')〉·〈야음(夜吟, '밤에 읊다')〉·〈야좌(夜坐, '밤에 홀로 앉아')〉·〈야중(夜中, '한밤중에')〉·〈억군(憶君, '임을 생각하며')〉·〈연견금원서(連見錦園書, '금원의 편지를 연이어 보고')〉·〈우음(偶吟, '우연히 읊음')〉·〈유회(有懷, '감회가 있어')〉·〈이한(離恨, '이별의 슬픔')〉·〈인생 무정(人生無精)〉·〈재작강서행(再作江西行)〉·〈재첩(再疊)〉·〈절구(絕句)〉·〈제석(除夕, '섣달 그믐날 밤')〉·〈제야(除夜, '섣달 그믐날 밤')〉·〈제획(題劃)〉·〈지척천리(咫尺千里)〉·〈천일방(天一方, '하늘의 한쪽 끝')〉·〈추일(秋日, '가을날')〉·〈추일귀금원(秋日歸錦園)〉·〈춘조(春鳥, '봄날의 새')〉·〈한금(寒衾, '차가운 이불')〉·〈현제우제(懸齊偶題)〉·〈회백형(懷伯兄, '오빠를 그리워하며')〉·〈효좌(曉坐, '새벽에 일어나 앉아')〉·〈희소식(喜消息, '기쁜 소식')〉 등 166수(首)의 시가 전해진다.

469

지냐나데바

Jñānadeva 1275 ~ 1296

인도 신비주의(神秘主義, mysticism) 시의 선구자.

지냐네슈바라(Jñāneśvara)라고도 한다.

아라비아 해(海)(Arabian Sea)에 면한 중서부 마하라슈트라(Maharashtra) 주 알란디(Alandi)에서 태어났으며, 이곳에서 죽었다.

〈바가바드기타[Bhagavadgītā(The Lord's Song), '신(神)의 노래']〉를 마라티 어(語)(Marāthī language) 운문(韻文)으로 주석(註釋)한 작품으로 극찬을 받은 〈지냐네슈바리(Jñāneśvarī)〉의 저자로, 이 주석서는 1290년(15세)쯤에 쓴 것이다.

바라카리파(Varakari派)로 알려진 헌신적인 신비주의 교파의 창시자인데, 바라카리파는 바마니 판다르푸르(Bahmani Pandharpur)에 가서 '비탈(Vitthal)' 또는 '비토바(Vithoba)'라고 하는 비슈누(Vishnu) 신상(神像)에 참배하는 순례(巡禮) 여행을 중시하기 때문에 '순례파(Pilgrim School)'라고도 한다. 바크티[bhakti, 신애(信愛). 인간의 모습과 감정을 가진 신에 대한 헌신적인 사랑] 사상을 지닌 점과 종교적 계율에 카스트[caste, 인도 사회 특유의 신분 제도. 브라만(Brahman, 사제·성직자), 크샤트리아(Kshatriya, 귀족·무사), 바이샤(Vaisya, 상인·농민·지주), 수드라(Sudra, 소작농·청소부·하인)의 네 가지로 분류된다.]의 제약이 전혀 없는 점으로 널리 알려졌다.

〈우파니샤드(Upaniṣad, 고대 인도의 철학 경전)〉 철학서 〈암리타누바바(Amṛtānubhava)〉와 신애를 주제로 하는 여러 편의 찬가(讚歌)도 썼다.

470

진사도

陳師道 1053 ~ 1101

중국 북송(北宋, 960~1126)의 시인이며 정치가.

자(字)는 무기(無己)·이상(履常), 호(號)는 후산거사(後山居士).

장쑤성(江蘇省) 팽성[彭城, 지금의 쉬저우(徐州)]에서 태어났다.

가난 속에서 공부하였고 시로 말미암아 소동파(→234)와 증공(曾鞏, 1019~1083, 중국 북송의 문학가)을 알게 되었으며, 그들의 추천으로 벼슬길에 올라 쉬저우 교수(教授)·태상박사(太常博士)를 지냈으나 1100년(47세) 비서성(祕書省) 정자(正字)를 끝으로 벼슬에서 떠나는 불운을 겪었다. 일생 동안 가난하게 살았기 때문에 죽었을 때 동무가 관(棺)을 사 주어 장례를 치렀다고 한다.

소동파의 문인(門人) 가운데에서 황정견(→522)과 함께 '황진(黃陳)'이라고 일컬어졌다. 두 사람은 강서파(江西派)의 시조(始祖)로 모두 두보(→143)를 숭배하여 그의 작품과 사상을 본받아 서술하고 밝힘으로써 송시(宋詩)의 전기(轉機)를 마련하였다. 또한 진여의(陳與義, 1096~1138, 중국 남송의 시인)·황정견과 함께 '송시 삼종(宋詩三宗)'으로 불리었다.

'이 삶의 온 힘을 시에 바친다.'고 하면서 불우한 가운데서도 시작(詩作)에 힘을 쏟았으며, 황정견이 시에서 '문을 닫고 시구(詩句)를 찾는 진무기(陳無己)'라고 노래하였듯이 고음형(苦吟型)의 시인이었다.

지은 책으로 〈장단구(長短句)〉(모두 2권)·〈후산담총(後山談叢)〉·〈후산 시화(後山詩話)〉·〈후산집(後山集)〉(모두 20권) 등이 있다.

471

진자앙

陳子昂 661~702

중국 당(唐)나라(618~907)의 시인.

자(字)는 백옥(伯玉).

쓰촨성(四川省) 쯔저우[梓州, 지금의 삼대현(三臺縣)] 서홍현(射洪縣)에서 태어났다.

소년 시절에는 용감한 기상을 좋아하였으나, 18세쯤부터 학문에 전념하여 682년(21세, 일설에는 684년) 진사시(進士試)에 급제(及第)하였다.

국사(國事)에 관한 상소문을 올려 측천무후(則天武后, 624~705, 중국 당나라의 제3대 황제 고종의 아내. 중국 역사상 유일한 여황제. 재위 690~705)의 칭찬을 받고 인대정자(麟臺正字)와 우위솔부(右衛率府) 주조 참군(胄曹參軍)을 거쳐 693년(32세) 우습유(右拾遺)에 올랐다.

696년(35세) 우무위장군(右武衛將軍) 무유의(武攸宜)의 참모로 거란(契丹) 정벌에 참여하였다가, 698년(37세) 아버지를 봉양하기 위하여 사임하고 귀향하였다. 아버지가 돌아가신 뒤 그 재산을 노린 현령(縣令) 단간(段簡)의 모함으로 투옥되어 무고(無辜)한 죄명으로 옥중(獄中)에서 죽었다.

당시의 시는 일반적으로 육조 시대[六朝時代, 222~589, 중국 삼국 시대 오(吳)나라(222~280)·동진(東晉, 317~419)과 남조(南朝)의 송(宋)나라(420~479)·제(齊)나라(479~502)·양(梁)나라(502~557)·진(陳)나라(557~589)를 합한 시대]의 궁정시(宮廷詩)를 이어받아 수사(修辭)에 편중하고 형식미로 흐른 시풍(詩風)의 경향이 있었다. 이를 비판하고 '한(漢, B.C.202~220)·위(魏, 225~265) 시대의 풍골(風骨)'을 중히 여겨 소박하고 강건 중후한 시를 지음으로써 특히 시의 내용에 사상성이 있어야 한다고 주장하여 두보(→143)·이백(→369) 등 초당{初唐, 고조[高祖, 565~635, 중국 당나라의 창건자이며 초대 황제. 재위 618~626. 이연(李淵)]의 무덕(武德, 618)으로부터 예종[睿宗, 662~716, 중국 당나라의 제5대 황제. 재위 684~690, 710~712. 이단(李旦)]의 태극(太極, 712)까지 약 95년간}에서 성당{盛唐, 현종[玄宗, 685~762, 중국 당나라의 제6대 황제. 재위 712~756. 이융기(李隆基)]의 개원(開元, 713)으로부터 대종[代宗, 726~779, 중국 당나라의 제8대 황제. 재위 762~779. 이예(李豫)]의 영태(永泰, 765)까지 약 50년간}으로 넘어가는 시풍의 전환에 큰 영향을 끼쳤다.

〈감우(感遇, '느낀 대로 노래함')〉 38수(首)는 시세(時世)에 대한 감개(感慨)를 어두운 필치로 읊은 것으로, 위나라 완적(→303)의 〈영회(詠懷)〉(모두 82수)를 이어받았고, 또한 이백의 〈고풍(古風)〉(모두 59수)도 그 영향을 받아 만들어진 것이라고 한다. 조정(朝廷)의 폐단을 비판하고 변방의 군인들과 백성들의 고통을 반영하였으며, 재능은 있으면서도 인정받지 못하는 자신의 비애감을 나타냈다. 내용이 드넓고 풍격이 호탕하여 당시(唐詩) 혁신의 선구적인 작품이 되었다.

대표적인 작품 〈등유주대가(登幽州臺歌)〉는 고금(古今)을 살펴보고 깊은 울분을 표현하였으며 비분강개(悲憤慷慨)하는 정조가 드러나 역대로 전송되고 있다. 그의 산문 또한 육조 시대 변려문[騈儷文, 4언·6언의 대구(對句)로 이루어진 문장. 변려체·변문·사륙문(四六文)·사륙변려문이라고도 한다.]의 기풍을 개혁하였는데, 질박하고 고아한 언어 구사(驅使)는 후대의 고문 운동(古文運動)에 영향을 주었다.

문집으로 시를 포함한 〈진백옥 문집(陳伯玉文集)〉(모두 10권)이 있다.

한편, 신라(新羅, B.C.57~A.D.935) 출신 설요[薛瑤, ?~693, 신라의 여류 시인. 당나라로 건너가 좌무장군(左武將軍)을 지낸 설승충(薛承沖)의 딸로, 병부상서(兵部尙書) 곽원진(郭元振, 656~713)의 첩]를 위하여 비문(碑文)과 명문(銘文)을 썼다.

472

진홍수

陳洪綬 1598 ~ 1652

중국 명(明)나라(1368~1644) 말 청(淸)나라(1616~1912) 초의 특이한 인물화가이며 시인.

서안(胥岸)이라고도 하였으며, 초명(初名)은 연자(蓮子), 자(字)는 장후(章侯), 호(號)는 노련(老蓮)·노지(老遲)·물지(勿遲)·불지(弗遲)·운문승(雲門僧)·지운(遲雲)·지화상(遲和尙)·해지(海遲)·회승(悔僧)·회이지(悔已遲)·회지(悔遲).

저장성(浙江省) 주지(諸暨)에서 태어났다.

과거(科擧)에 거듭 실패하여 1642년(44세)쯤 베이징(北京)에서 공봉(供奉)을 임명받았지만 화사(畫師)로 대접받는 것을 부끄럽게 여겨 귀향하여 '광사(狂師)'라고 부를 만큼 방종한 생활을 하였다. 시(詩)·서(書)·화(畫)에 뛰어났고 많은 문인(文人)들과 교유(交遊)하였다. 그림은 남영(藍瑛, 1584~1664?, 중국 명나라 말 청나라 초의 화가)에게 배웠으나 손체(孫杕)의 영향을 받았으며, 당·송화(唐宋畫)의 임모(臨模)를 통하여 독자적인 화풍(畫風)을 수립하였다.

1645년(47세) 과거에 급제(及第)하여 관리(官吏)가 되었으나, 청나라를 세운 만주족(滿洲族)의 침공으로 도피길에 올랐다. 명나라가 멸망하였을 때 나라를 위하여 스스로 목숨을 버리지 않았음을 부끄럽게 여기며, 주색(酒色)에 빠져 퇴폐적인 생활을 하였다. 그의 그림은 고풍스러운 주제와 인물 양식의 처리에서 그러한 갈등의 일부를 표출하고 있다.

1646년(48세) 저장성 웨저우(越州) 영흥[永興, 지금의 사오싱(紹興)] 운문사(雲門寺)에 들어가 승려가 되었으나, 유교적인 출사(出仕)의 이상(理想)과 불교적인 은둔 사이에서 방황을 거듭하였다.

산둥성(山東省) 출신의 최자충(崔子忠, ?~1644, 중국 명나라의 화가)과 함께 '남진북최(南陳北崔)'라는 말을 들을 정도로 도석 인물화[道釋人物畫, 신선(神仙)이나 불교의 고승(高僧)·나한(羅漢) 등의 인물을 그린 그림, 道釋畫]·산수화(山水畫)·화조화(花鳥畫)에서 뛰어나 높은 품격을 보이고 있어, 당대(當代)의 인기 작가로서 그를 따르는 많은 아류(亞流)를 낳았다.

송(宋)나라(960~1270) 이후 부진하였던 인물의 영역에 간결하지만 힘이 넘치는 새로운 생명과 위엄을 부여하였으며, 인물의 정밀한 외모 묘사보다 그들의 성격을 나타내고자 하였다. 인물·불화(佛畫) 등 고도로 세련된 작품은 모두 과장된 형태와 특이한 움직임을 묘사하는 우아한 선(線)과 장식적인 색채가 조화를 이루고 있다.

〈구가(九歌)〉·〈서상기(西廂記)〉 등 당시 인기 있는 통속 문학 서적에 인물 삽화를 그려 중국 판화에 새로운 길을 열었다.

그림으로 〈오설도(五泄圖)〉[1624~1625, 클리블랜드 미술관(The Cleveland Museum of Art, Ohio)]·〈희상미초도(喜上眉梢圖)〉[1627, 뉴욕 메트로폴리탄 미술관(Metropolitan Museum of Art, New York)]·〈수호협자(水滸協子)〉(1633)·〈교송선수도(喬松仙壽圖)〉[1635, 타이베이 국립 구궁 박물원(臺北國立古宮博物院)]·〈선문군 수경도(宣文君授經圖)〉(1638, 클리블랜드 미술관)·〈황류거진도(黃流巨津圖)〉[1644, 베이징 구궁 박물원(北京故宮博物院)]·〈매화서옥도(梅花書屋圖)〉[1649, 안후이성 박물관(安徽省博物館)]·〈선인헌수도(仙人獻壽圖)〉[1649, 인디애나폴리스 미술관(Indianapolis Museum of Art)]·〈아집도감(雅集圖鑒)〉[1649, 상하이 미술관(上海美術館)]·〈초림작주도(蕉林酌酒圖)〉[1649, 톈진 예술 박물관(天津藝術博物館)]·〈도연명 고사도(陶淵明故事圖)〉[1650, 호놀룰루 미술 아카데미(Honolulu Academy of Art)]·〈추림책장도(秋林策杖圖)〉(1650)·〈박고엽자(博古葉子)〉(1651)·〈은거 십륙관도(隱居十六觀圖)〉(1651, 타이베이 국립 구궁 박물원)·〈춘풍협접도(春風蛺蝶圖)〉(1651, 상하이 미술관)·〈귀거래도(歸去來圖)〉(1652, 호놀룰루 미술 아카데미)·〈굴자행음도(屈子行吟圖)〉·〈기룡보곤도(夔龍補袞圖)〉(베이징 구궁 박물원)·〈노자기우도(老子騎牛圖)〉(클리블랜드 미술관)·〈답설심매도(踏雪尋梅圖)〉(상하이 미술관)·〈매석도(梅石圖)〉(베이징 구궁 박물원)·〈매화산조도(梅花山鳥圖)〉(타이베이 국립 구궁 박물원)·〈방조천리산수(仿趙千里山水)〉(베이징 구궁 박물원)·〈송계대혁도(松溪對奕圖)〉(상하이 미술관)·〈승암잠화도(升庵簪花圖)〉(베이징 구궁 박물원)·〈연지응화도(蓮池應化圖)〉(타이베이 국립 구궁 박물원)·〈영매도(咏梅圖)〉[난징 박물원(南京博物院)]·〈옥당주석도(玉堂柱石圖)〉(베이징 구궁 박물원)·〈용왕예불도(龍王禮佛圖)〉[워싱턴 프리어 미술관(Freer Gallery of Art, Washington D.C.)]·〈원앙총교홍기(鴛鴦塚嬌紅記)〉·〈잡화도(雜畫圖)〉(베이징 구궁 박물원)·〈진작도(晉爵圖)〉(베이징 구궁 박물원)·〈하천장 행락도(何天章行樂圖)〉·

〈하화원앙도(荷花鴛鴦圖)〉(베이징 구궁 박물원) · 〈합환다자도(合歡多子圖)〉[도쿄국립미술관(東京國立美術館)] 등 많은 작품이 있으며, 시집으로 〈보륜당집(寶綸堂集)〉이 있다.

473

차상찬

車相瓚 1887(고종 24). 2. 12. ~ 1946. 2. 21.

한국의 시인이며 수필가 · 언론인.

호(號)는 청오(靑吾), 도호(道號)는 노암(蘆菴), 필명(筆名)은 가회동인(嘉會洞人) · 각살이 · 강촌생(江村生) · 고고생(考古生) · 관상자(觀相者) · 독두박사(禿頭博士) · 명월산인(月明山人) · 문외한(門外漢) · 방청생(傍聽生) · 사외산인(史外山人) · 삼각산인(三角山人) · 수춘산인(壽春山人) · 주천자(酒賤子) · 차기생(車記生) · 차돌이 · 차부자(車夫子) · 차천자(車賤子) · 첨구생(尖口生) · 취서산인(鷲棲山人) · 취운생(翠雲生) · 풍류랑(風流郎) · 향로봉인(香爐峯人) · CSC생(生).

성균관(成均館) 진사(進士) 차두영(車斗永)과 청주(淸州) 한씨(韓氏)의 5남 1녀 중 막내로, 강원도 춘성군[春城郡, 지금의 춘천시(春川市)] 신동면(新東面) 송암리(松岩里)에서 태어났다.

1904년(17세)에는 두 형 상학(車相鶴, 1879~1918) · 상준(車相俊)과 함께 진보회(進步會)에 가입하여 천도교(天道敎)의 갑진 개화 운동(甲辰開化運動, 상투를 자르고 검은 옷을 입으며 생활 개선의 의지를 표명하는 등 전국적으로 추진한 대중 문화 혁신 운동)에 참여하였으며, 〈천도교회월보(天道敎會月報)〉 발행인(1910. 8.~1918. 8.)이었던 형 상학과 함께 평생을 천도교에 몸담게 되었다. 그 뒤 천도교 도사(道師)와 종법사(宗法師), 청년회 중앙 간사(幹事)와 중앙 집행 위원 등으로 활발하게 활동하였는데, 교단(敎團) 내에서는 〈개벽(開闢)〉(우리나라 최초의 월간 종합 교양지. 1920. 6.~1926. 8. 통권 72호로 종간. 속간 1934. 11.~1935. 2. 통권 4호로 종간. 복간 1946. 1.~1949. 3. 통권 9호로 종간)의 주간(主幹)으로 활동한 인물로만 알려져 있다.

1906년(19세) 서울 보성고등보통학교(普成高等普通學校, 지금의 보성중 · 고등학교)에 입학, 1910년(23세) 졸업(제1회)하였다. 재학 중에는 주시경(周時經, 1876~1914, 한국의 국어학자이며 국어 운동가 · 교육자)의 지도로 〈보중친목회보(普中親睦會報)〉(1910. 6. 10. 창간)를 창간할 때 변영태(卞榮泰, 1892~1969, 한국의 정치가이며 영문학자. 제5대 부통령. 재임 1954. 6. 27.~1954. 11. 28.) 등과 함께 참여하여 활동하였다. 같은 해 9월부터는 〈천도교회월보〉 학술부란에 〈무기화학(無機化學)〉을 연재(6회)하였다.

1912년(25세) 보성전문학교[普成專門學校, 고려대학교(高麗大學校)의 전신(前身)] 법과를 졸업(제6회)한 뒤 잠시 모교(母校) 보성고보에서 교편(敎鞭)을 잡았고, 1913년(26세) 8월부터 1918년(31세) 9월까지 보성전문에서 간사로 일하였다.

1920년(33세) 〈개벽〉 동인(同人)으로 참여하여 폐간될 때까지 기자 · 편집 주간 · 발행인 등을 지냈다. 개벽사에서는 〈부인(婦人)〉(월간 종합 여성지. 1922. 6.~1923. 8. 통권 14호로 종간) · 〈신여성(新女性)〉(월간 여성 교양지. 1923. 9.~1926. 10. 제31호 발간 후 휴간, 1931. 1. 속간, 1934. 6. 제41호로 종간, 통권 72호로 종간) · 〈어린이〉(월간 어린이 잡지. 1923. 3.~1934. 7. 통권 122호로 종간. 복간하여 1948. 5.~1949. 12. 통권 137호로 종간) · 〈조선농민(朝鮮農民)〉(월간 농민 계몽지. 1925. 12.~1930. 1. 통권 38호로 종간) · 〈별건곤(別乾坤)〉(대중 월간지. 1926. 11.~1934. 7. 통권 74호로 종간) · 〈학생(學生)〉(월간 학생 잡지. 1929. 3.~1930. 1. 통권 11호로 종간) · 〈혜성(彗星)〉(월간 종합 교양지. 1931. 3.~1932. 4. 통권 13호로 종간) · 〈제일선(第一線)〉[월간 종합 교양지. 1932. 5.~1933. 3. 통권 11호로 종간. 〈혜성〉의 후신(後身)] 등 여러 잡지를 창간 발행하였는데, 편집 기자로서뿐 아니라 이러한 잡지를 통하여 만필(漫筆) · 민속 설화(民俗說話) · 사화(史話) · 사회 풍자 · 소화(笑話) · 수필 · 인물 만평(漫評) · 한시(漢詩) 등 410편에 이르는 다양한 글을 발표하였다. 필명이 20여 개에 이르는 것을 보면 얼마나 많은 글을 썼는가를 알 수 있는데, 필명이 많은 것은 일제(日帝)의 검열을 피하는 목적도 있었지만 그보다는 한 잡지에 여러 편의 글을 썼기 때문이었다.

1921년(34세) 11월 27일에 결성된 우리나라 최초의 기자 단체 '무명회(無名會)'에 가입하여 활동하였고, 1922년(35세) 4월 구중회(具中會, 1897~?, 한국의 독립 운동가이며 교육자 · 정치가. 한국 전쟁 때 월북) · 김기전(金起田, 1894~1948?, 한국의 언론인이며 천도교인) · 박달성(朴達成, 1883~1960, 한국의 독립 운동가이며 언론인) · 방정환

(方定煥, 1899~1931, 한국의 아동 문학가) 등과 함께 '천도교 소년회'를 발족하여 어린이 운동에도 참여하여 '어린이날'(1923. 5. 5.)을 제정하였다.

1924년(37세) 6월 7일 동아일보사(東亞日報社)·'무명회'·시대일보사(時代日報社)·조선일보사(朝鮮日報社) 등 언론계를 비롯한 31개 사회 단체가 결성한 언론집회압박탄핵회(言論集會壓迫彈劾會)에서 실행 위원으로 선출되어 항일(抗日) 언론 투쟁 운동에도 활약하였다.

1925년(38세) 3월 15일 '무명회'에서 주관하여 신문·잡지 기자들로 결성된 전조선기자대회(全朝鮮記者大會) 준비위원회에서 김기전·송진우(宋鎭禹, 1890~1945, 한국의 독립 운동가이며 교육가·언론인·정치가)·안재홍(安在鴻, 1891~1965, 한국의 정치가이며 사학자·언론인)·조봉암(曺奉岩, 1899~1959, 한국의 독립 운동가이며 정치가) 등 34명으로 구성된 서무부 위원으로 활동하였고, 4월 15일부터 사흘 동안 열린 이 대회에서 서기(書記)로 선출되어 우리나라 언론 신장의 일익을 담당하였다.

1931년(44세) 조선잡지협회(朝鮮雜誌協會) 창립 위원으로 우리나라 100년 잡지 언론사에 크게 이바지하였고, 1934년(47세) 11월 사재(私財)를 털어 〈개벽〉을 속간(續刊)하여 주간을 맡았으나 일제 탄압과 재정 여건이 어려워 제4호(1935. 2.)까지 발간하고 다시 폐간하였다.

1936년(49세) 조선어학회(朝鮮語學會) 조선어표준어사정위원회(朝鮮語標準語査定委員會) 위원으로 한글 운동에도 이바지하였고, 경성방송국[京城放送局, 1926년 11월 30일 개국, 1927년 2월 16일 첫 방송(JODK), 1932년 4월 조선방송협회, 1945년 9월 서울중앙방송국(HLKA)으로 이름을 바꾸었다가 1973년 3월 문화공보부에서 독립하여 '한국방송공사(韓國放送公社)'로 전환하였다.] 방송 위원으로 야사(野史)와 민담(民譚)을 방송하였다.

1937년(50세) 이후에는 저술에 전념하여 〈야담(野談)〉(월간 야담 전문지. 1935. 12.~1945. 2. 통권 110호로 종간)에 〈야사와 민담〉(1937), 1938년(51세) 〈조선중앙일보(朝鮮中央日報)〉(일간지. 1933. 3. 7.~1937. 11. 5.)에 역사 소설 〈장희빈(張禧嬪)〉, 1939년(52세) 〈조선일보〉에 〈조선 명인전(朝鮮名人傳)〉, 〈매일신보〉[한국어 일간지. 1904년 7월 18일 배설(裵說, 1872~1909, Ernes Thomas Bethell, 대한제국 때의 영국의 언론인)이 창간한 〈대한매일신보(大韓每日申報)〉를 일제가 사들여 1910년 8월 30일부터 '대한' 두 자를 떼고 〈매일신보(每日申報)〉로 제호(題號)를 바꾸었다가, 1938년 4월 29일 〈매일신보(每日新報)〉로 바뀌었고, 1945년 11월 23일 〈서울신문〉으로 바뀌어 오늘에 이르고 있다.]에 〈징기스칸〉을 연재하였다.

한시 〈가야 회고(伽倻懷古)〉·〈경주 회고(慶州懷古)〉·〈관동잡영(關東雜詠)〉·〈남한산성(南漢山城)〉 등의 시제(詩題)에서 볼 수 있듯이 우리의 역사·유적·명승지에 관한 회고적인 것이 근간을 이루고 있다.

〈사화(士禍)와 당쟁(黨爭)〉(〈개벽〉 제71호, 1926. 7.)·〈민요(民謠)에 나타난 애화(哀話)-산유화(山有花) 노래와 박향낭(朴香娘)〉(〈별건곤〉 제57호, 1932. 11.)·〈관동 민요(關東民謠)〉(〈별건곤〉 제63호, 1933. 5.)·〈충청도 민요-묘파러 가세, 점심고리〉(〈별건곤〉 제64호, 1933. 6.)·〈용강(龍岡) 민요〉(〈별건곤〉 제64호, 1933. 6.)·〈조선 여류 기인(奇人)-명기(名妓) 황진이(黃眞伊)〉[〈월간야담(月刊野談)〉 제6호, 1935. 3.]·〈조선 신문 발달사(朝鮮新聞發達史)〉[〈조광(朝光)〉 제13호, 1936. 11.]·〈명부인 열전(名夫人列傳)-메나리 노래의 주인공 정녀(貞女) 박향낭〉[〈가정지우(家庭之友)〉 제9호, 1938. 3.]·〈명부인 열전-조선 최초의 여류 음악가 여옥(麗玉)〉(〈가정지우〉 제12호, 1938. 6.)·〈동서 요부 기화(東西妖婦奇話)-한말 요희 조비연(漢末妖姬趙飛燕)〉(〈조광〉 제33호, 1938. 7.)·〈박연 폭포(朴淵瀑布) 이야기〉(〈가정지우〉 제13호, 1938. 7.)·〈덕수궁(德壽宮)으로 온 홍천종(興天鐘)의 내력(來歷)〉(〈조광〉 제34호, 1938. 8.) 등 야사를 바탕으로 한 야담류·사화적(史話的)인 내용이 많으며, 문체(文體)는 한문적인 어투를 완전히 벗어나지 못하였는데, 다음의 예문에서도 이것을 볼 수 있다.

'경성(京城)은 나의 고향이 아니지마는 근 이십 년 성상(星霜)을 차(此)에서 성장하고 차에서 방랑하야 가장 인연이 많고 한누(恨淚)가 많고 애정이 많은 제2고향이다.'[〈개벽〉 제34호(1923. 4.)-'우리의 족적(足蹟), 경성에서 함양(咸陽)까지'에서]

지은 책으로 〈통속 조선 4천 년 비사(通俗朝鮮四千年祕史)〉[북성당서점(北星堂書店), 1934. 10.]·〈해동 염사(海東艶史)〉[한성도서주식회사(漢城圖書株式會社), 1937. 12.] 등이 있으며, 유고집(遺稿集)으로 〈조선사 외사(朝鮮史外史)〉[명성사(明星社), 1947. 5.]·〈한국 야담 사화 전집(韓國野談史話全集)〉 제5권[동국문화사(東國文化社), 1959. 10.]·〈한국 야담 사화 전집〉 제4권[서정출판사(書正出版社), 1971]·〈조선 백화집(朝鮮百話集)〉 등이 있다.

2010년 은관 문화 훈장(銀冠文化勳章)이 추서(追敍)되었다.

474

찬디다스

Caṇḍīdās ?~?

인도의 시인.

14세기 말에서 15세기 초에 인도 북동부 벵골(Bengal)에서 활동하였다.

세탁을 업으로 하는 계급에 속한 여인 라미(Rami)에게 바친 그의 사랑의 노래 〈찬디다스의 노래(The Song of Chandidas)〉는 중세 인도에 널리 유행하였으며, 인간적인 사랑과 신적(神的)인 사랑 사이에 유사성을 추구해 온 비슈누파(Visnu派)와 사하지야[sahajiyā, 산스크리트(Sanskrit) 어(語)로 '자연스러운'이라는 뜻]파의 종교 운동에 영감(靈感)의 원천을 제공하였다.

그의 노래들은 널리 유행하여 모작(模作)이 많았기 때문에 어느 것이 그의 작품인지 확정하기는 매우 힘들다. 더욱이 그의 생애는 전설적인 이야기들로 짙게 윤색되어 있다. 그의 작품으로 인정되는 시들에 따르면, 카스트[caste, 인도 사회 특유의 신분 제도. 브라만(Brahman, 사제 · 성직자), 크샤트리아(Kshatriya, 귀족 · 무사), 바이샤(Vaisya, 상인 · 농민 · 지주), 수드라(Sudra, 소작농 · 청소부 · 하인)의 네 가지로 분류된다.]의 최고 계급인 브라만 출신으로, 반쿠라(Bankura) 지역의 차트나(Chhatna) 마을 또는 비르붐(Birbhum) 지역의 난누르(Nannur) 마을에서 사제(司祭)로 있었는데, 자기보다 훨씬 낮은 계급에 속하는 여인 라미에 대한 사랑을 공개적으로 밝힘으로써 보수적인 전통과 결별하였다.

그와 라미의 관계를 비유하면 크리슈나(Krishna, 힌두교의 신. 인도의 신들 가운데 가장 널리 숭배되고 사랑받는 신)와 여자 양치기 라다{Rādhā, 힌두 문화에 나오는 인물. 크리슈나가 브린다반[Vrindavan, 인도 북부 우타르프라데시(Uttar Pradesh) 주 서쪽 끝에 있는 힌두교의 성지]의 소 치는 사람들 사이에서 살던 시절에 그의 애인이었다.} 사이의 신성한 사랑과 가장 가까운 성스러운 것이라고 생각하였다.

사제로서의 직분과 라미에 대한 사랑 어느 쪽도 포기하기를 거부하였으며, 그의 가족들은 그러한 그를 매우 수치스럽게 여겼다. 가족들은 마을의 브라만 계급 사람들을 달래기 위하여 잔치를 준비하였으나, 그 장소에 갑자기 라미가 나타남으로써 잔치는 엉망이 되어 버렸다. 그 뒤 어떤 일이 일어났는지에 대하여는 서로 다른 여러 설들이 전해지고 있다. 즉 찬디다스가 비슈누 신의 형상으로 변하였다는 설이 있는가 하면, 또 다른 설에 따르면 사제직을 박탈당한 뒤 이에 대한 항거로 단식(斷食) 도중 죽었다가 자신의 시신(屍身)을 화장(火葬)하기 위한 장작더미 위에서 다시 살아났다고 한다.

라미가 썼다고 하는 시들에 근거한 설에 따르면 그는 가우르(Gaur) 지방 태수(太守) 아내의 시선(視線)을 끌었다는 죄목으로 그 태수에게 붙잡혀 코끼리 등에 매달린 채 채찍을 맞다가 죽었다고도 한다.

벵갈 고전 문학(古典文學) 최초의 작가로 그의 시는 후대 벵골의 예술 · 문학 · 종교 사상 등에 강한 영향을 주었다. 이를테면 16세기 사하지야파의 사하지야 운동에서는 직접적인 느낌을 통한 종교 체험을 추구하였으며, 다른 사람의 아내 또는 자신보다 훨씬 낮은 계급의 여인에 대한 사랑을 그 어떤 사랑보다 훨씬 더 찬미하였는데, 그러한 사랑은 사회적 비난마저 무릅쓸 정도로 강렬하기 때문이라고 주장하였다.

475

천상병

千祥炳 1930. 1. 29.~1993. 4. 28.

한국의 시인이며 문학 평론가.

호(號)는 심온(深溫).

아버지 천두용(千斗用)과 어머니 김일선(金一善)의 2남 2녀 중 둘째 아들로, 일본 혼슈(本州) 서부 효고현(兵庫縣) 히메지시(嬉路市)에서 태어났으며, 경기도 의정부(議政府)에서 죽었다.

1933년(3세) 부모를 따라 아버지의 고향인 경상남도 창원군[昌原郡, 지금의 창원시 마산합포구(馬山合浦區)] 진동면(鎭東面)에서 살다가 1938년(8세) 때 다시 일본으로 가서 소학교(小學校, 지금의 초등 학교)를 마쳤다. 중학교 2학년 때 광복이 되어 마산(馬山)으로 와서 자랐다.

마산중학교 5학년 때인 1949년(19세) 7월 담임 교사이던 김춘수(→95)의 주선으로 대구(大邱)에서 발간되던 동인지(同人誌) 〈죽순(竹筍)〉(시 전문지. 1946. 5.~1949. 7. 통권 12호로 종간, 1979. 1. 제13호 복간) 종간호에 시 〈공상

(空想)〉 외 1편을 발표하였다.

한국 전쟁(Korean War, 1950. 6. 25.~1953. 7. 27.) 중인 1951년(21세) 피난지 부산(釜山)에서 서울대학교 상과대학에 입학, 1954년(24세) 졸업을 한 학기 앞두고 중퇴하였는데, 재학 중에 김재섭(金載燮)·송영택(宋永擇, 1933~, 한국의 시인이며 번역 문학가) 등과 함께 동인지 〈처녀지(處女地)〉를 발간하였다. 전시(戰時) 중에도 고석규(→18)·김일곤(金日坤)·손경하(孫景河)·송영택·조영서(曺永瑞, 1932~, 한국의 시인이며 언론인)·하연승(河然承, 1933~, 한국의 시인) 등과 〈신작품(新作品)〉 동인으로 활동하면서 시를 발표하였으며, 문총구국대(文總救國隊) 육군종군작가단[陸軍從軍作家團, 1951년 5월 26일 대전(大田)에서 결성] 기관지 〈전선문학(戰線文學)〉(육군종군작가단의 부정기 간행 잡지. 1952. 4.~1953. 12. 통권 7호로 종간)에 시 〈무명 전사(無名戰死)〉(1953) 등을 발표하였다.

1952년(22세) 유치환(→350)에 의하여 시 〈강물〉이 〈문예(文藝)〉(월간 순수 문예지. 1949. 8.~1954. 3. 통권 21호로 종간) 신년호(1952. 1.)에 추천되었고, 모윤숙(→159)에 의하여 시 〈갈매기〉가 합본호(1952. 5·6.)에 추천 완료되어 등단(登壇)하였으며, 1953년(23세) 같은 잡지 신춘호(新春號)에 평론 〈나는 거부하고 저항할 것이다〉와 송년호(1953. 11.)에 〈사실(寫實)의 한계(限界)-허윤석론(許允碩論)〉이 조연현(→459)에 의하여 추천 완료되어 본격적으로 평론 활동을 시작하였다.

〈현대문학(現代文學)〉(월간 순수 문예지. 1955. 1.~현재)에 평론 〈한국의 현역 대가(現役大家)〉(제5호, 1955. 5.)·〈비평의 방법〉(제31호, 1957. 7.), 시 〈덕수궁(德壽宮)의 오후〉(제21호, 1956. 9.)·〈어두운 밤에〉(제33호, 1957. 9.)·〈김관식(金冠植)의 입관(入棺)〉(제191호, 1970. 11.) 등을 발표하였다.

1964년(34세)부터 약 2년 동안은 김현옥(金玄玉, 1926~1997, 한국의 군인이며 행정 관료) 부산시장(釜山市長)의 공보 비서로 일하였다.

1967년(37세) 7월 8일 이른바 '동(東)베를린(Berlin) 사건[동백림 간첩단 사건(東伯林間諜團事件)]'에 연루되어 약 6개월 동안 옥고(獄苦)를 치렀다. 고문의 후유증과 지나친 음주(飮酒)로 거리에서 쓰러져 행려병자(行旅病者)로 서울시립정신병원에 수용되었다. 이것이 실종(失踪)으로 알려져 동료 문인(文人) 김구용(→52)·김시철(金時哲, 1924~, 한국의 시인)·김영태(金榮泰, 1936~2007, 한국의 시인이며 화가·예술 평론가)·민영(閔暎, 1934~, 한국의 시인)·박재삼(→189)·성춘복(成春福, 1936~, 한국의 시인)·이형기(李炯基, 1933~2005, 한국의 시인)·정인영(鄭麟永, 1933~, 한국의 소설가) 등이 〈갈대〉·〈광화문(光化門)에서〉·〈귀천(歸天)〉·〈김관식의 입관〉·〈나의 가난은〉·〈들국화〉·〈만추(晩秋)〉·〈미소〉·〈바다 생선〉·〈새〉·〈소릉조(小陵調)〉·〈아가야〉·〈어두운 밤에〉·〈편지〉 등 모두 60편의 시를 묶어 유고(遺稿) 시집으로 〈새〉[조광출판사(朝光出版社), 1971]를 발간하였던 일화(逸話)가 전해지고 있다.

가난과 무직(無職), 구걸, 주벽(酒癖), 무절제한 생활 등으로 많은 일화를 남긴, 무소유(無所有)의 방랑 시인이며 자유 시인으로, '문단(文壇)의 마지막 기인(奇人)'으로 불리며 오랜 유랑 생활을 하다가 1972년(42세) 김동리(→60)의 주례(主禮)로 목순옥(睦順玉, 1935~2010)과 결혼하여 비로소 안정된 생활을 하였다.

그의 시는 티없이 맑고 깨끗한 서정을 바탕으로 하여 자연의 아름다움과 인간의 순수성을 되비쳐 보여 준다. 동심(童心)에 가까운 이러한 순진성은 가난과 죽음, 고독 등 세상사의 온갖 번거로움을 걸러 내고 있으며, 일상적인 쉬운 말로 군더더기 없이 간결 명료하게 표현하기 때문에 친근감을 느끼게 한다.

이 밖에 평론 〈독자성(獨自性)과 개성에 대하여〉(1959)·〈4·19 전의 문학적 속죄(贖罪)〉[〈자유문학(自由文學)〉, 1960]·〈젊은 동양 시인의 운명〉(1970) 등을 발표하였고, 시집으로 〈주막(酒幕)에서〉[민음사(民音社), 1979]·〈천상병은 천상 시인이다〉(오상출판사, 1984)·〈저승 가는데도 여비가 든다면〉[일선출판사(日善出版社), 1987]·〈귀천〉(시선집, 살림, 1989)·〈도적놈 셋이서〉[답게, 이외수(李外秀, 1946~, 한국의 소설가)·중광(重光, 1934~2002, 한국의 승려이며 화가)과 공저, 1989]·〈요놈 요놈 요이쁜놈〉(답게, 1991), 문학 선집 〈구름 손짓하며는〉[문성당(文成堂), 1985], 산문집 〈괜찮다 괜찮다 다 괜찮다〉(도서출판 강천, 1990), 〈아름다운 이 세상 소풍 끝나는 날〉[미래사(未來社), 1991], 동화집 〈나는 할아버지다 요놈들아〉(민음사, 1992), 수필집 〈한낮의 별빛을 너는 보느냐〉[영언문화사(永言文化社), 1994]가 있다.

1993년 8월 미망인(未亡人) 목순옥이 글모음집 〈날개 없는 새 짝이 되어〉[청산출판사(青山出版社)]를 펴내면서 유고 시집 〈나 하늘로 돌아가네〉를 함께 펴냈다. 이 시집에는 〈겨울 이야기〉·〈매화꽃〉·〈봄 1〉·〈봄 2〉·〈봄비〉·〈신록(新綠)이 한창이다〉·〈신춘(新春)〉·〈아내〉·〈오월의 신록〉[〈월간조선(月刊朝鮮)〉의 청탁으로 쓴 마지막 시]·〈우리 집 뜰〉·〈초록빛〉·〈초롱꽃〉·〈추억(追憶)〉·〈하나님은 어떻게 탄생했을까?〉·〈하나님은 어찌 생겼을까?〉 등 모두 40편의 시와 일기가 실려 있으며, 뒷부분에는 박완서(朴婉緖, 1931~2011, 한국의 여류 소설가)·박재삼·신봉승(辛奉承, 1933~, 한국의 극작가이며 시인) 등이 쓴 〈천상병 이야기〉 19편이 실려 있다.

1994년 12월 목순옥이 서울 인사동(仁寺洞)에 민가(民家)를 사들여 조촐한 '천상병 기념관'을 꾸몄다. 2003년에는 은관 문화 훈장(銀冠文化勳章)이 추서(追敍)되었다. 또한 왕성한 집필 활동을 펼쳤던 1982년(52세)부터 1990년(60세)까지 7년 동안 서울 노원구(蘆原區) 상계동(上溪洞) 노원골에 살았던 인연으로 2009년 4월 24일 상계동 수락산(水落山) 입구에 '천상병공원'이 조성되었으며, 이곳에 〈새〉[〈사상계(思想界)〉 제73호, 1959. 5.] 등 15편의 작품을 새긴 시비(詩碑)들이 세워졌다.

이 밖에도 부산 서구(西區) 서대신동(西大新洞) 구덕문화공원(九德文化公園)에 〈아침〉을 새긴 시비를 비롯하여 그의 대표시 〈귀천〉을 새긴 시비들이 의정부 시청 앞 평화광장(2003. 6.), 창원시 마산합포구 산호동(山湖洞) 산호공원 '시의 거리', 경상북도 김천시(金泉市) 대항면(代項面) 운수동(雲水洞) 직지문화공원(直指文化公園), 충청남도 보령시(保寧市) 성주면(聖住面) 개화리(開花里) 개화예술공원(開花藝術公園) 모산한국육필문예공원에 세워졌다.

476

천수경

千壽慶 1757? ~ 1818(순조 18)

조선(朝鮮, 1392~1910)의 학자이며 위항 시인(委巷詩人). 자(字)는 군선(君善), 호(號)는 처음에 희헌(羲軒)으로 썼다가, 나중에 송석원(松石園)·송석도인(松石道人)으로 바꾸었다. 본관(本貫)은 금계(金溪).

가난한 집안 출신으로 시를 잘 지었으며, 독서를 좋아하고 공부에 힘썼다.

시인이며 교육자로, 위항의 부호(富豪)들이 자식을 가르치기 위하여 다투어 초청하였다고 한다. 학생이 모두 50~60명이나 되어 반(班)을 나누어 가르칠 정도였으며, 법도가 매우 엄하였다. 당시 재산을 모은 중인(中人)이나 상인(常人)들이 지위 상승을 염원하는 단계에 이르자 유학(儒學)과 한시문(漢詩文)의 교육을 절실하게 요청하였기 때문에 그의 활약이 매우 컸던 듯하다.

서울 인왕산(仁王山) 옥류천(玉流川) 골짜기[지금의 종로구(鐘路區) 옥인동(玉仁洞)·통인동(通仁洞) 일대] 소나무 바위(松石) 아래 초라한 초가집을 짓고 '송석도인'이라고 자처하며 동인(同人)들을 모아 시를 읊었는데, 당시 시인으로 이곳에 참여하지 못한 사람은 수치로 여길 만큼 널리 알려졌다.

1786년(29세, 정조 10) 여름, 이 모임을 '서사(西社)'·'서원시사(西園詩社)'·'송석원시사(松石園詩社)'·'옥계시사(玉溪詩社)'라고 하였는데, 주로 서민 출신이 많아 나중에 서민 문단(文壇)의 모체가 되었다. 당시 이 모임에 참여한 사람은 김낙서(金洛瑞, 1757~?, 조선의 문인)·김태욱(金泰郁)·노윤적(盧允迪, 1772~?)·박윤묵(朴允默, 1771~1849, 조선의 문신)·왕태(→318)·이경연(李景淵)·이의수(李宜秀, 1745~1814, 조선의 서화가)·임득명(林得明, 1767~?, 조선의 서화가)·장혼(→433)·조수삼(→456)·차좌일(車佐一, 1753~1809, 조선의 문인) 등이 있으며, 차천로(車天輅, 1556~1615, 조선의 문신이며 문인)의 후손인 차좌일과는 특히 친하였다.

1791년(34세, 정조 15)에는 시사에서 읊은 시들을 모아 〈옥계아집(玉溪雅集)〉을 만들었으며, 1793년(36세, 정조 17)에는 송석아회(松石雅會)를 연 뒤 시첩(詩帖)을 만들었다.

1797년(40세, 정조 21)에 333명이나 되는 많은 시인들의 작품 723수(首)를 모아 장혼과 함께 한시집(漢詩集) 〈풍요속선(風謠續選)〉(모두 7권 3책)을 간행하여 〈소대풍요(昭代風謠)〉[고시언(→20)이 세조(世祖, 1417~1468, 조선의 제7대 왕. 재위 1456~1468) 때부터 영조(英祖, 1694~1776, 조선의 제21대 왕. 재위 1724~1776) 때까지 161명의 서민시(庶民詩) 685편을 수집하여 편찬한 책. 모두 9권 2책. 1737] 이후 60년 동안 위항 문학[委巷文學. 여항 문학(閭巷文學)·중인 문학(中人文學)·서리 문학(胥吏文學)이라고도 한다.]이 성장한 자취를 보여 주는 등 장혼·차좌일 등과 함께 위항 문학의 전성기에 가장 크게 활약하였다.

그의 묘비에 '시인 천수경지묘(詩人千壽慶之墓)'라고 새겼을 만큼 시인으로서의 자부심이 대단하였으나, 남긴 작품은 그리 많지 않다. 시는 두보(→143)와 한유(→504)의 풍을 띠고 있다는 평을 얻었는데, 개인 문집은 없고

〈풍요속선〉에 시 7수와 차좌일의 〈사명자집(四名子集)〉, 장혼의 〈이이엄집(而已广集)〉(모두 14권), 위백규(魏伯珪, 1727~1798, 조선의 실학자)의 〈존재집(存齋集)〉(모두 24권 12책. 1875)에 시 몇 수가 전한다.

477

최경창

崔慶昌 1539(중종 34) ~ 1583(선조 16). 3.

조선(朝鮮, 1392~1910)의 시인이며 학자.

자(字)는 가운(嘉運), 호(號)는 고죽(孤竹), 본관(本貫)은 해주(海州).

최충(崔沖, 984~1068, 고려의 문신이며 학자)의 18대손이고 최자(崔滋, 1188~1260, 고려의 문신)의 13대손이며, 최수인(崔守仁)의 아들로, 전라남도 영암(靈巖)에서 태어났다.

영의정(領議政) 박순(朴淳, 1523~1589, 조선의 문신이며 학자)의 문인(門人)으로, 백광훈(白光勳, 1537~1582, 조선의 시인)·이후백(李後白, 1520~1578, 조선의 문신)과 함께 양응정(梁應鼎, 1519~?, 조선의 문신이며 문장가)의 문하(門下)에서 공부하였다.

문장과 학문에 뛰어나 송익필(宋翼弼, 1534~1599, 조선의 학자이며 위항 시인)·이이(李珥, 1536~1584, 조선의 문신이며 학자)·최립(崔岦, 1539~1612, 조선의 문신) 등과 무이동[武夷洞. 지금의 서울 마포구(麻浦區) 성산동(城山洞)]에서 수창(酬唱)하였으며, 또한 서익(徐益, 1542~1587, 조선의 문신)·정철(→447) 등과 삼청동(三淸洞)에서 교유(交遊)하였다.

시와 서화(書畫)에 뛰어났으며, 피리도 잘 불었다. 시는 청절하고 담백하다는 평을 들었다. 백광훈·송익필·윤탁연(尹卓然, 1538~1594, 조선의 문신)·이산해(李山海, 1539~1609, 조선의 문신)·이순인(李純仁, 1533~1592, 조선의 문신이며 학자)·최립·하응림(河應臨, 1536~ 1567, 조선의 문신) 등과 함께 '8문장(八文章)'으로 일컬어졌고, 당시(唐詩)에도 뛰어나 백광훈·이달(→363)과 함께 '삼당 시인(三唐詩人)'으로도 일컬어졌다.

1555년(16세, 명종 10) 을묘왜란(乙卯倭亂)으로 왜구(倭寇)를 만나자, 퉁소를 구슬피 불어 왜구들을 향수(鄕愁)에 젖게 하여 물리쳤다는 일화(逸話)가 전해지고 있다.

1561년(22세, 명종 16) 때부터 상상[上庠. 성균관(成均館)]에서 공부하였고, 1568년(29세, 선조 1) 증광문과(增廣文科) 을과(乙科)에 장원(壯元)으로 급제(及第)하여 1573년(34세, 선조 6) 함경북도 경성(鏡城) 지방의 북평사(北評事)가 되었다. 경성에서 지낼 때 경성 관아(官衙)의 관기(官妓)였던 홍랑(洪娘)과의 교유(交遊)는 널리 알려졌다. 그 뒤 중앙으로 올라와 예조(禮曹)·병조(兵曹) 원외랑(員外郎)을 거쳐 1575년(36세, 선조 8) 사간원(司諫院) 정언(正言)에 올랐다.

3년 동안 소식이 끊겼다가 최경창의 병문안으로 서울에 온 홍랑과의 관계가 문제가 되어 1576년(37세, 선조 9) 영광(靈光) 군수(郡守)로 좌천(左遷)되었는데, 뜻밖의 외직(外職)에 충격을 받고 사직하였다. 그 뒤 가난에 시달리다가 1577년(38세, 선조 10) 대동도[大同道. 조선 시대 평양(平壤)의 대동역(大同驛)을 중심으로 한 역도(驛道)] 찰방(察訪)으로 복직(復職)하였고, 1582년(43세, 선조 15) 선조(宣祖, 1552~1608, 조선의 제14대 왕. 재위 1567~1608)가 함경북도 종성(鍾城) 부사(府使)로 특수(特授)하였다. 그러나 북평사의 무고(無辜)한 참소(讒訴)가 있자, 대간(臺諫)에서는 갑작스러운 승진을 문제삼았으므로 성균관 직강(直講)으로 명(命)을 고쳤다.

1583년(44세, 선조 16) 방어사(防禦使)의 종사관(從事官)에 임명되었으나 상경(上京) 도중 종성 객관(客館)에서 죽었다. 이 때 홍랑은 3년 동안 시묘(侍墓)하였다.

숙종(肅宗, 1661~1720, 조선의 제19대 왕. 재위 1675~1720) 때 청백리(淸白吏)에 녹선(錄選)되었고, 전라남도 강진(康津)의 서봉서원(瑞峰書院)에 봉향(奉享)되었다.

대표작으로 〈대은암(大隱巖)〉·〈영월루(映月樓)〉·〈증승(贈僧)〉 등이 있고, 지은 책으로 〈고죽 유고(孤竹遺稿)〉·〈고죽집(孤竹集)〉이 있다.

경기도 파주시(坡州市) 교하읍(交河邑) 다율동(多栗洞) 해주 최씨 문중(門中) 묘역에 안장(安葬)되었으며, 이곳에 앞면에 홍랑의 시조(時調)를 최경창이 한문으로 번역한 〈번방곡(飜方曲)〉이, 뒷면에는 '묏버들 가려 꺾어'로 시작하는 홍랑의 시조가 새겨진 시조비가 세워져 있으며, 그 옆에는 홍랑의 묘소와 시비 홍랑가비(洪娘歌碑, 1969. 6.)가 있다. 또한 다율동 청석초등학교(靑石初等學校) 앞에도 그의 한시비(漢詩碑)가 있으며, 영암군 군서면(郡西面) 동구림리(東鳩林里) 구림한옥마을에는 〈번방곡〉과 홍랑의 시조를 함께 새긴 '고죽 시비(孤竹詩碑)'가 있다.

478

최계락

崔啓洛 1930. 9. 30. ~ 1970. 7. 4.

한국의 시인이며 아동 문학가.

최경호의 맏아들로, 경상남도 진양군[晋陽郡, 지금의 진주(晉州)] 지수면(智水面) 승내리(勝內里)에서 태어났다.

1949년(19세) 진주고등학교를 졸업하고, 1950년(20세) 동아대학교(東亞大學校) 국문학과를 중퇴하였다.

경남일보사(慶南日報社), 〈소년세계(少年世界)〉(월간 아동지. 1952. 7.~1956. 9. 통권 40호로 종간)·〈전선문학(戰線文學)〉(육군종군작가단의 부정기 간행 잡지. 1952. 4.~1953. 12.)·〈희망(希望)〉 등의 편집 기자를 거쳐 국제신보사(國際新報社) 문화부장·정경부장·부국장 등을 지냈다.

고등 학교 때부터 〈어린이나라〉에 동시(童詩)를 발표하였고, 1947년(17세) 9월 〈소학생(小學生)〉(월간 아동지. 1946. 2.~1950)에 동시 〈수양버들〉을 발표하면서 작품 활동을 시작하여 〈영문(嶺文)〉[진주시인협회(晉州詩人協會) 시지(詩誌) 〈등불〉(1946. 6. 5.~1947. 1. 15. 통권 4호로 종간)이 진주 영남문학회(嶺南文學會) 동인지 〈영남문학〉(1947. 6. 5.~1948. 1. 10. 통권 2호로 종간)으로 이름을 바꾸었다가 다시 〈영문〉(1949. 4. 5.~1960. 11. 20. 통권 12호로 종간)으로 바꾸었다.]에 〈청산도(青山圖)〉·〈해변(海邊)〉, 〈죽순(竹筍)〉(시 전문지. 1946. 5.~1949. 7. 통권 12호로 종간, 1979. 1. 제13호 복간) 제11호(1949. 5·6. 합본호)에 시 〈고가촌상(古家寸想)〉(1949. 4.) 등을 발표하면서 본격적으로 아동 문학가로 활동을 전개하였다.

1951년(21세)에는 이형기(李炯基, 1933~2005, 한국의 시인)와 함께 동인지(同人誌) 〈이인(二人)〉을 발간하여 동시 〈꽃씨〉 등을 발표하였다. 〈꽃씨〉에서 보여 주는 모습은 종래의 운율(韻律)을 벗어나 순전한 내재율(內在律)에 의하여 시를 처리하여, 동시도 시라는 생각으로 동시의 운율과 이미지와 내용의 3요소가 적절히 조화되는 동시를 썼다. 그러면서 복합적이고 입체적인 의미 구조를 지닌 작품을 썼고, 조용한 관조(觀照)의 자세를 보여 주었다. 또한 형태적인 측면에서도 요적(謠的) 외형률(外形律)을 완전히 배제하고 행(行)의 구분이나 연(聯)의 처리, 언어의 배치나 호흡·생략·절제·도치(倒置) 등의 다양한 시적(詩的) 기교를 구사(驅使)함으로써 보다 높은 차원 높은 경지로 끌어올렸다.

1952년(22세) 〈문예(文藝)〉(월간 순수 문예지. 1949. 8.~1954. 3. 통권 21호로 종간) 신년호(1952. 1.)에 〈애가(哀歌)〉를 발표, 시단(詩壇)에도 등단(登壇)하였다.

1959년(29세) 〈꽃씨〉[해동문화사(海東文化社)], 1966년(36세) 〈철둑길의 들꽃〉[청운문화사(青雲文化社)] 등의 동시집을 펴냈으며, 〈가을 바닷가〉·〈눈 오는 날〉·〈8월의 노래〉·〈편지〉 등이 대표적인 동시이다.

초기 1950년대 통속(通俗)의 팽배 속에 혼란과 침체에 빠졌던 동시단(童詩壇)에 박홍근(朴洪根, 1919~?, 한국의 아동 문학가)·이종기(李鍾琦, 1929~1995, 한국의 아동 문학가이며 재야 사학자)·이종택(李鍾澤, 1928~?, 한국의 아동 문학가)과 더불어 시의 순수성 옹호에 힘썼고, 1960년대 본격 동시 형성의 가교(架橋) 구실을 하였으며, 시어(詩語)의 정선(精選)과 연마로써 한국적 순수 서정을 노래한 대표적인 시인으로 평가받았다.

1960년대에는 성인 시(成人詩)의 창작에도 의욕을 보여 동시적(童詩的) 구조의 단순성을 특징으로 한 소박하고 전원적(田園的)인 시를 썼다.

1965년(35세) 7월 〈아동문학(兒童文學)〉(아동 문학 이론 연구지. 1962. 10.~1969. 5.) 제12호에 발표한 〈엽서 한 장에〉, 1966년 1월 〈월간새벗〉(기독교계 월간 아동지. 1952. 1. 1. 창간, 1969년 정간, 1978. 10. 복간, 2002. 9. 종간)에 발표한 〈밤골목〉 등의 동시에서는 전원적 감성이 도시화 또는 소시민화의 경향으로 변모하였다.

같은 해 어린이날에는 아동 문학가들의 모임 '동시인(童詩人)'을 발족하고 동인지 〈동시인〉을 발간하였다.

1963년(33세) 부산시(釜山市) 문화상, 1967년(37세) 〈꽃씨〉·〈철둑길의 들꽃〉으로 제3회 소천 아동 문학상(小泉兒童文學賞)을 받았다.

이 밖에 평론 〈동시의 위치〉(〈전선문학〉 제4호, 1953. 4.), 시 〈거리(距離)〉[〈신태양(新太陽)〉, 1953. 10.]·〈낙엽〉(〈영문〉 제11호, 1953. 11.)·〈가을〉(〈전선문학〉 종간호)·〈눈〉[〈예술집단(藝術集團)〉 제2호, 1955. 2.]·〈황혼(黃昏)에서〉[〈현대문학(現代文學)〉 제46호, 1958. 10.]·〈나무 그늘에 누워〉(〈현대문학〉 제59호, 1959. 11.)·〈조춘(早春)〉[〈사상계(思想界)〉 제97호, 1961. 5.]·〈막차〉(〈사상계〉 제142호, 1965. 2.)·〈정거장에서〉(〈현대문학〉 제133호, 1966. 1.)·〈골목〉[〈시문학(詩文學)〉 제12호, 1966. 3.]·〈창문을 바르면서〉(〈현대문학〉 제147호, 1967. 3.)·〈우중(雨中)의

자화상(自畫像)〉[〈동서춘추(東西春秋)〉, 1967. 6.]·〈눈 오는 날 2〉[〈월간문학(月刊文學)〉 제4호, 1969. 2.]·〈풍란(風蘭)〉(〈현대문학〉 제171호, 1969. 3.)·〈무제(無題)〉(〈월간문학〉 제23호, 1970. 9.) 등을 발표하였고, 역서(譯書) 〈알프스의 소녀(Girl of the Alps)〉[대양출판사(大洋出版社), 1957], 편저(編著) 〈어린이 세계 문학〉(모두 3권, 해동문화사, 1958), 현대 동시 선집(童詩選集) 〈창경원(昌慶苑) 동물들〉을 엮었으며, 유고 시집(遺稿詩集) 〈꼬까신〉[문학수첩(文學手帖), 1998]이 출판되었다.

2001년 그의 문학 정신을 기리기 위하여 '최계락 문학상'이 제정되었다.

부산에 세워진 시비(詩碑)로는 동래구(東萊區) 온천동(溫泉洞) 금강공원(金剛公園)에 〈꽃씨〉(1971. 7. 3.), 서구(西區) 서대신동(西大新洞) 대신공원에 〈해변〉(1994)과 구덕문화공원(九德文化公園)에 〈외갓길〉, 중구(中區) 남포동(南浦洞) 용두산공원(龍頭山公園) '시의 거리'에 〈바위〉·〈외갓길〉(1994), 남구(南區) 용호3동(龍湖三洞) 이기대도시자연공원(二妓臺都市自然公園)에 〈봄이 오는 길〉(2005. 8.) 등이 있으며, 경상남도 진주시 신안동(新安洞) 시민녹지공원에 〈해 저문 남강(南江)〉(2000), 고성군(固城郡) 개천면(介川面) 가천리(佳川里) 가족 묘원(2010. 9. 5.)과 고성읍(固城邑) 동외리(東外里) 남산공원(南山公園) 문학 동산에 〈꼬까신〉(2011. 4. 15.)이 새겨진 시비들이 세워졌다.

479

최기남

崔奇男 1586(선조 19) ~ 1669?

조선(朝鮮, 1392~1910)의 위항 시인(委巷詩人).

자(字)는 영숙(英叔), 호(號)는 구곡(龜谷)·묵헌(默軒), 본관(本貫)은 천녕[川寧, 지금의 경기도 여주(驪州)].

집안에 대하여는 자세히 알 수 없는데, 다만 그의 시 〈구체온천의두공부동곡칠가(久滯溫泉擬杜工部同谷七歌)〉를 보면, 당시 칠순(七旬)의 노모(老母)를 모셨고 아내는 일찍 죽었으며, 동생과 어린 자식들은 서울에 살고 있었음을 짐작할 수 있다.

어려서 신익성(申翊聖, 1588~1644, 조선의 문신)의 문하(門下)에 궁노(宮奴)로 드나들었는데, 그의 아버지이며 이른바 '한문 4대가[漢文四大家, 조선 중기 문장에 뛰어났던 신흠(申欽, 1566~1628, 조선의 문신)·이식(李植, 1584~1647, 조선의 문신이며 학자·문장가)·이정구(李廷龜, 1564~1635, 조선의 문인)·장유(張維, 1587~1638, 조선의 문신) 등 네 사람을 일컫는 말. '사대 문장가(四大文章家)'라고도 하며, 이들의 호를 한 자씩 따서 '월상계택(月象谿澤)'이라고도 한다.]'의 한 사람인 신흠의 눈에 띄어 시재(詩才)를 인정받았다.

성품이 깨끗하고 명예나 이익을 구하지 않아 가난한 생활을 하였다. 경전(經典)에 밝았고, 〈주역(周易)〉을 좋아하여 직접 베껴서 탐독하였다.

유희경(→353)이 주도한 시 짓는 모임 '풍월향도(風月香徒)'에 참여하였는데, 이 모임에는 강옥서(姜玉瑞)·공억건(孔億建)·권청동(權千同)·박계강(朴繼姜, ?~?, 조선의 문장가)·박인수(朴仁壽, 1521~1592, 조선의 시인)·박지화(朴枝華, 1513~1592, 조선의 학자이며 위항 시인)·백대붕(→201)·정치(鄭致) 등 중인(中人) 신분의 시인들이 참여하였다.

시재가 뛰어나 사대부(士大夫)들 사이에서도 이름을 날렸으며, 1643년(57세, 인조 21)에는 서리(胥吏)의 자격으로 윤순지(尹順之, 1591~1666, 조선의 문신)를 따라 일본으로 가서 문명(文名)을 떨쳤다. 1648년(62세, 인조 26) 병이 나서 누워 있으면서도 도연명(→139)을 흉내내어 만시(輓詩) 3장(章)을 지었고, 1656년(70세, 효종 7) 병이 위독하여지자 자신의 제문(祭文)을 지었다.

1660년(74세, 현종 1)에는 교유(交遊)하던 김효일(金孝一)·남응침(南應琛, 1596~?)·정담수(鄭聃壽, 1550~1604)·정예남(鄭禮男, ?~?, 조선의 의관)·최대립(崔大立, ?~?, 조선의 역관을 지낸 위항 시인) 등 위항 시인들과 최초의 위항 시집 〈육가잡영(六家雜詠)〉을 간행하였다.

1661년(75세, 현종 2)에는 실록감(實錄監) 인원(印員)이 되어 〈효종 실록(孝宗實錄)〉(모두 21권 22책) 편찬에 참여하였다.

그의 시는 당시(唐詩)에 가깝다는 평을 받았고, 특히 이경석(李景奭, 1595~1671, 조선의 문신)은 그의 율시(律詩)를 두보(→143)의 풍이라고 하였다. 또한 신익성은 '그의 고체시(古體詩)는 육조 시대[六朝時代, 222~589, 중국 삼국 시대 오(吳)나라(222~280)·동진(東晉, 317~419)과 남조(南朝)의 송(宋)나라(420~479)·제(齊)나라(479~502)·양(梁)나라(502~557)·진(陳)나라(557~589)를 합한 시대]의 것과 같고, 가행(歌行)은 당나라 시인들의 풍이며, 율조(律調)는 장경{長慶, 목종[穆宗, 795~824, 중국 당나라의 제12대 황제. 재위 820~824. 이항(李恆)] 때의 연호, 821~824} 이전의 어투를 본받았다.'고 평하였다.

위항 시인들의 스승으로 존경을 받아 문하에 훌륭한 시인들을 많이 길러 냈다. 그의 아들 승태(承太, ?~1684)와 승주(承冑)도 이름난 시인이었으며, 그의 문하에서 유찬홍(庾纘洪, 1628~1697, 조선의 사인)·이득원(李得元, 1600~1639, 조선의 역관)·임준원(林俊元, ?~1697, 조선의 위항 시인) 등 위항 문학[委巷文學. 여항 문학(閭巷文學)·중인 문학(中人文學)·서리 문학(胥吏文學)이라고도 한다.] 시대를 이끌어 갈 위항 시인들이 많이 배출되는 등 조선 후기 위항 문학의 발달에 매우 큰 영향을 끼쳤다.

언제 죽었는지는 알 수 없으나 그의 시 가운데 1668년(82세, 현종 9)에 쓴 시가 있어서 그 뒤에 죽은 것으로 추정된다.

지은 책으로 〈구곡집(龜谷集)〉(모두 2권)이 있는데, 문(文)은 자서전(自敍傳)격인 〈졸옹전(拙翁傳)〉 한 편뿐이고, 나머지는 447수(首)의 시로 채워져 있다.

1712년(숙종 38) 홍세태(→516)가 편찬한 시선집(詩選集) 〈해동유주(海東遺珠)〉에 가장 많은 32수가 실려 있다. 〈해동유주〉는 최기남을 비롯하여 박계강·백대붕·유찬홍·유희경(→353)·윤홍찬(尹弘璨)·임준원·정치·최대립·최승태 등 위항 시인 48명의 시 2,300여 수를 모은 것으로 위항 문학의 발달에 중요한 역할을 하였다.

또한 〈소대풍요(昭代風謠)〉[고시언(→20)이 세조(世祖, 1417~1468, 조선의 제7대 왕. 재위 1456~1468) 때부터 영조(英祖, 1694~1776, 조선의 제21대 왕. 재위 1724~1776) 때까지 161명의 서민시(庶民詩) 685편을 수집하여 편찬한 책. 모두 9권 2책. 1737]에도 30여 수의 시가 실려 있다.

그에 대한 전기(傳記)는 〈이향견문록(里鄕見聞錄)〉[유재건(劉在建, 1793~1880, 조선의 문인)이 조선 초기 이래의 하층 계급 출신으로 각 방면에 뛰어난 인물 308명의 행적을 기록한 책. 모두 10권 3책. 1862]과 〈일사유사(逸士遺事)〉[장지연(張志淵, 1864~1921, 조선의 언론인이며 애국 계몽 운동가)이 편찬한 조선 시대의 중인들을 포함한 하층민들의 전기를 모은 열전(列傳)류의 책. 모두 6권 1책]에 실려 있다.

480

최남선

崔南善 1890(고종 27). 4. 26. ~ 1957. 10. 10.

한국의 시인이며 수필가·사학자.

아명(兒名)은 창흥(昌興), 교명(敎名)은 베드루, 자(字)는 공륙(公六), 호(號)는 곡교인(曲橋人)·남악주인(南嶽主人)·대몽(大夢)·대몽최(大夢崔)·백운향도(白雲香徒)·육당(六堂)·육당학인(六堂學人)·일람각주인(一覽閣主人)·축한생(逐閑生)·한샘, 본관(本貫)은 동주[東州, 지금의 강원도 철원(鐵原)].

관상감(觀象監) 기사(技師)로 근무하면서 한약재상(韓藥材商)을 경영하였던 아버지 최헌규(崔獻圭, 1859~?)와 어머니 진주(晉州) 강씨(姜氏)의 3남 3녀{최화경(1882~?)·최월경(1885~?)·최창선(崔昌善, 1888~?)·최남선·최두선(崔斗善, 1894~1974, 한국의 교육가이며 언론인·정치가. 제8대 국무 총리. 재임 1963. 12. 17.~1964. 5. 9.)·최설경[崔雪卿, 1899~?, 남편 박석윤(朴錫胤, 1898~1950)은 일제(日帝) 강점기의 언론인이며 공작원으로, 만주국[滿洲國. 일본이 중국 둥베이(東北) 지방에 세운 국가. 1932~1945] 폴란드 바르샤바 초대 총영사를 지낸 관료. 만주에서 활동하였던 일제의 밀정 조직 민생단(民生團)을 창단하였다.]} 중 둘째 아들로, 서울 사정동[絲井洞, 중구(中區) 저동(苧洞) 1가·을지로(乙支路) 2가 부근]에서 태어났다.

어릴 때 한글과 한문을 깨쳤으며, 1901년(11세) 3살 연상(年上)인 현씨(玄氏)와 결혼하였다.

1902년(12세) 경성학당(京城學堂)에 입학하여 일본어를 공부하였고, 1904년(14세) 10월 황실 유학생으로 뽑혀 도쿄부립제일중학교(東京府立第一中學校)에 입학하였으나, 3개월 만에 자퇴(自退)하고 귀국하였다.

1905년(15세) 〈황성신문(皇城新聞)〉(국한문 혼용 일간지. 1898. 9. 5.~1910. 8. 29.)에 투고(投稿)한 글로 필화(筆禍)를 입어 1개월 동안 구금되었고, 1906년(16세) 다시 일본으로 유학하여 도쿄 와세다대학(早稻田大學) 고등사범학부 지리역사과에 입학, 유학생 회지(會誌) 〈대한흥학회보(大韓興學會報)〉 편집에 참여하였다.

그러나 입학 3개월 만인 6월, 이 학교에서 열린 모의국회(模擬國會)에서 경술국치(庚戌國恥) 문제를 의제(議題)로 내걸자 격분한 조선인 학생 70여 명이 총동맹 휴학으로 중퇴하는 사건이 벌어졌다. 최남선은 남은 학비로 인쇄 기구를 구입하여 1907년(17세) 귀국한 뒤, 1908년(18세) 자기 집에서 형 창선과 함께 신문관(新文館)을 설치하고 인쇄·출판업을 시작하였다. 이 무렵부터 이광수(李光洙, 1892~1950, 한국의 소설가)와 함께 이른바 '2인 문단 시대(二人文壇時代)'가 시작되어 3·1 운동 때까지 지속되었다.

신문관에서 발행한 〈소년(少年)〉(월간 계몽지. 1908. 11.~1911. 5. 통권 23호로 종간)은 근대적 종합 잡지의 효시(嚆矢)가 되었으며, 창간호에 최초의 신체시(新體詩) 〈해(海)에게서 소년에게〉[김일엽(→83)의 〈동생의 죽음〉이 1907년 어린 아우가 죽었을 때 순한글로 쓴 자유시라는 점에서 이 시가 사실상 우리나라 신체시의 효시라는 논란이 제기되고 있다.]와 창가(唱歌) 〈가을 뜻〉과 가사(歌詞) 〈흑구자(黑軀子)의 노래〉, 제2호(1908. 12.)에 창가 〈소년 대한(少年大韓)〉과 장편 창가 〈경부 철도가(京釜鐵道歌)〉[1908년 3월 신문관에서 단행본으로 출판], 제6호(1909. 4.)에 신체시 〈구작 3편(舊作三篇)〉, 제7호(1909. 5.)에 신체시 〈꽃 두고〉, 제8호(1909. 6.)에 시조(時調) 〈맑은 물〉, 제10~12호(1909. 8.~10.)에 기행 수필 〈반순성기(半巡城記)〉, 제12호에 〈평양행(平壤行)〉 등을 발표하였다. 또한 신문관에서는 〈신자전(新字典)〉(1915)·〈시문 독본(時文讀本)〉(1918) 등을 펴냈다. 한편 1965년 10월 20일 한국잡지발행인협회(韓國雜誌發行人協會, 지금의 한국잡지협회)에서는 〈소년〉이 창간된 11월 1일을 '잡지의 날'로 정하였다.

1909년(19세) 8월 서울에서 안창호(安昌浩, 1878~1938, 한국의 독립 운동가이며 교육자)를 중심으로 청년학우회(青年學友會)를 창립하여 순회 강연을 다녔으며, 당시 민족주의자(民族主義者, nationalist)로서 무실역행(務實力行)의 준비론과 계몽주의(啓蒙主義, enlightenment)를 추구하였다.

1910년(20세)에는 박은식(朴殷植, 1859~1925, 한국의 언론인이며 독립 운동가, 대한민국 임시 정부 제2대 대통령)·현채(玄采, 1856~1925, 조선의 사학자이며 서예가) 등과 함께 조선광문회(朝鮮光文會)를 설립하여 20여 종의 육전소설(六錢小說, 주로 문고판으로 발행된, 값이 싼 소설책)과 〈금오신화(金鰲新話)〉·〈기보(碁譜)〉(1912)·〈당의통략(黨議通略)〉·〈대동운부군옥(大東韻府群玉)〉·〈도리표(道里表)〉(1912)·〈동경잡기(東京雜記)〉(1913)·〈동국병감(東國兵鑑)〉(1911)·〈동국세시기(東國歲時記)〉·〈동국통감(東國通鑑)〉·〈동사강목(東史綱目)〉·〈동언해(東言解)〉·〈매월당집(梅月堂集)〉·〈발해고(渤海攷)〉·〈사씨남정기(謝氏南征記)〉·〈산경표(山徑表)〉(1913)·〈산림경제(山林經濟)〉·〈산수경(山水經)〉·〈삼국사기(三國史記)〉·〈삼국유사(三國遺事)〉·〈성호사설(星湖僿說)〉·〈심청전(沈清傳)〉·〈아언각비(雅言覺非)〉(1912)·〈연려실기술(練藜室記述)〉·〈열양세시기(洌陽歲時記)〉·〈열하일기(熱河日記)〉·〈옥루몽(玉樓夢)〉·〈용비어천가(龍飛御天歌)〉·〈율곡 전서(栗谷全書)〉·〈이 충무공 전서(李忠武公全書)〉·〈익재난고(益齋亂藁)〉·〈임 충민공 실기(林忠愍公實記)〉(1913)·〈장화홍련전(薔花紅蓮傳)〉·〈조웅전(趙雄傳)〉·〈중경지(中京誌)〉·〈지봉유설(芝峯類說)〉·〈춘향전(春香傳)〉·〈택리지(擇里志)〉·〈해동 명장전(海東名將傳)〉(1911)·〈해동 소학(海東小學)〉·〈해동 역사(海東繹史)〉(1912)·〈해동 역사속(海東繹史續)〉(1913)·〈해동 제국기(海東諸國記)〉·〈훈몽자회(訓蒙字會)〉·〈흥부 놀부전〉 등 각종 고서(古書)를 펴내면서 옛 문헌 보전에 힘썼다.

1911년(21세) 〈소년〉이 폐간되자 〈붉은저고리〉(반월간 아동지. 1913. 1. 1.~6.)·〈새별〉(1913. 4.)·〈아이들보이〉(월간 아동지. 1913. 9. 5.~1914. 8.)·〈청춘(青春)〉(월간 종합 교양지. 1914. 10. 1.~1918. 9. 통권 15호로 종간) 등의 월간지를 발행하여 계몽 운동에 힘썼다.

1913년(23세)에는 필명 '남악주인'으로 596수(首)의 시조를 엮은 〈가곡선(歌曲選)〉(신문관)을 펴냈다.

1918년(28세) 〈청춘〉 제14호(1918. 6.)에 우리나라 고대사(古代史)에 관한 논문 〈계고차존(稽古箚存)〉과 수필 〈십 년(十年)〉을 발표하였고, 문일평(文一平, 1888~1936, 한국의 사학자이며 언론인)·박승빈(朴勝彬, 1880~1943, 한국의 법률가이며 교육자·국어 연구가)·오세창(吳世昌, 1864~1953, 한국의 독립 운동가이며 언론인·서예가)·이능화(李能和, 1869~1943, 한국의 역사학자이며 민속학자)·이윤재(李允宰, 1888~1943, 한국의 국어학자이며 사학가·독립 운동가)·임규(林圭, 1867~1948, 한국의 독립 운동가)·정인보(→442) 등 당시 지식인 33명과 함께 계명구락부(啓明俱樂部)를 설립하여 그 학술지 〈계명〉(1921. 5.~1933. 1. 통권 24호로 종간)을 발간, 〈백두산(白頭山) 의식(意識)을 쉬려(勵)합시다〉(제14호, 1926. 10.)·〈삼국유사 해제(解題)〉(제18호, 1927. 3.)·〈금오신화 해제〉(제19호, 1927. 5.)·〈살만교차기(薩滿敎箚記)〉(제19호, 1927. 5.)를 발표하였다.

1919년(29세) 3·1 운동 때에는 민족 대표 33인의 한 사람으로 〈독립 선언문(獨立宣言文)〉을 작성하여 2년 6개월 형을 선고받았다가 1921년(31세) 가출옥으로 석방되었다.

1922년(32세) 신문관을 해산한 뒤 동명사(東明社)를 설립하여 우리나라 최초의 주간 종합지 〈동명〉[시사 주간지. 1922. 9.~1923. 6. 통권 40호로 종간. 1923년 7월 17일 〈시대일보(時代日報)〉로 바뀜.]을 펴내고, 이 잡지에 〈조선 역사 통속 강화(朝鮮歷史通俗講話)〉를 연재하였다.

1924년(34세) 3월 31일 시대일보사를 설립하여 사장에 취임하였다가 9월 사임하고, 1925년(35세) 8월부터 1928년(38세) 10월까지 동아일보사(東亞日報社) 객원(客員) 기자로 있으면서 〈단군론(檀君論)〉(모두 77회 연재, 1926. 3.~7.)·〈백두산 근참기(覲參記)〉[모두 89회 연재, 1926. 7. 29.~1927. 1. 23. 1927년 한성도서주식회사(漢城圖書株式會社)에서 출판]·장편 창가 〈조선 유람가(朝鮮遊覽歌)〉[모두 10회 연재, 1928. 6. 1.~6. 10., 1947년 동명사에서 단행본으로 출판] 등 많은 논설과 기사, 탐방기와 작품을 발표하였다. 그 뒤에도 〈동아일보〉에 〈단군과 상황 오제(上皇五帝)〉(모두 72회 연재, 1928. 8.~12.)와 〈조선 역사 강화(朝鮮歷史講話)〉[모두 52회 연재, 1930. 1. 12.~3. 15., 1946년 〈조선 역사〉로 동명사에서 출판] 등을 발표하였다.

1926년(36세)에는 〈문예시대(文藝時代)〉(문예지. 1926. 11.~1927. 1. 통권 2호로 종간) 창간호에 시조 〈일람각즉사(一覽閣卽事)〉를 발표하였고, 1927년(37세)에는 〈동광(東光)〉(월간 종합 교양지. 1926. 5.~1933. 1. 통권 40호로 종간) 제14호(1927. 6.)에 휘문고등보통학교(徽文高等普通學校, 지금의 휘문중·고등학교) 교가(校歌)를 발표하였다.

한편 〈조선문단(朝鮮文壇)〉(월간 순수 문예지. 1924. 10.~1936. 6. 통권 26호로 종간) 제16호(1926. 5.)에 논문 〈조선 국민 문학으로서의 시조〉를 발표하여 '국민 문학'이라는 용어를 처음으로 사용하였는데, 최남선을 비롯하여 양주동(→282)·염상섭(廉想涉, 1897~1963, 한국의 소설가)·이광수·이병기(→370)·이은상(→391)·정인보·조운(曺雲, 1898~?, 한국의 시조 시인, 한국 전쟁 때 월북)·주요한(→466) 등 당시 문단의 중견 작가들을 주축으로 한 이 유파를 '국민 문학파'라고 일컬었다.

1928년 조선총독부(朝鮮總督府)가 식민(植民) 정책의 하나로 조직한 조선사편수회(朝鮮史編修會)의 촉탁이 되면서 본격적인 친일(親日) 행위를 하였다.

1929년(39세) 9월 전적(典籍) 조사차 현지에 나갔다가 그 때까지 윤관(尹瓘, 1040~1111, 고려의 문신이며 장군)의 비(碑)로 알려졌던 마운령 진흥왕 순수비[摩雲嶺眞興王巡狩碑, 북한 국보 111호. 568년(신라 진흥왕 28)에 만들어진 순수비로, 함경남도 이원군(利原郡) 동면(東面) 사동(寺洞) 운시산(雲施山) 마운령에 있던 것을 함흥 본궁(咸興本宮, 북한 국보 107호)으로 옮겨와 황초령비(黃草嶺碑, 북한 국보 110호)와 함께 보존하고 있다.]를 발견하였다.

1932년(42세)에는 중앙불교전문학교[中央佛敎專門學校. 동국대학교(東國大學校)의 전신(前身)] 강사를 지냈다.

1937년(47세)에는 〈매일신보〉[한국어 일간지. 1904년 7월 18일 배설(裵說, 1872~1909, Ernes Thomas Bethell, 대한제국 때의 영국의 언론인)이 창간한 〈대한매일신보(大韓每日申報)〉를 일제가 사들여 1910년 8월 30일부터 '대한' 두 자를 떼고 〈매일신보(每日申報)〉로 제호(題號)를 바꾸었다가, 1938년 4월 29일 〈매일신보(每日新報)〉로 바뀌었고, 1945년 11월 23일 〈서울신문〉으로 바뀌어 오늘에 이르고 있다.]에 강토편(疆土篇)·세시편(歲時篇)·풍속편(風俗篇) 등 16편 456항목의 '조선 상식'을 연재(모두 160회, 1. 30.~9. 22.)하였는데, 1946년(56세) 6월 〈조선 상식 문답(朝鮮常識問答)〉(동명사)으로 펴냈다. 또한 국토 순례기 〈송막연운록(松漠燕雲錄)〉을 연재(〈매일신보〉, 1937~1938)하였다.

같은 해 5월 2일 조선총독부 학무국 주관으로 친일 문예 단체 조선문예회(朝鮮文藝會)를 결성할 때 이광수와 함께 중심 인물로 참여하였으며, 중·일 전쟁[中日戰爭(Second Sino-Japanese War), 1937. 7. 7.~1945. 9. 2.]이 일어나자 이른바 '총후 보국(銃後報國)의 애국 가요 운동'을 전개, 〈장성(長城)의 파수(把守)〉·〈정의(正義)의 개가(凱歌)〉·〈종군(從軍) 간호부의 노래〉 등을 작사하였다. 이어 9월 30일 부민관[府民館, 지금의 서울 중구 태평로(太平路) 서울시의회 의사당]에서 열린 '총후 반도(半島)의 애국 가요 대회'에서 발표하여 널리 보급시켰다.

1938년(48세) 6월 22일 조선총독부의 종용에 따라 김성수(金性洙, 1891~1955, 한국의 정치가이며 교육자·언론인. 제2대 부통령. 재임 1951. 5. 17.~1952. 5. 29.)·김활란(金活蘭, 1899~1970, 한국의 여성 운동가이며 교육자)·방응모[方應謨, 1890~1950, 한국의 언론인. 조선일보사(朝鮮日報社) 제9대 사주(社主). 재임 1933. 3.~1950. 7.] 등이 자발적인 총후 봉사 활동을 내세우며 전시(戰時) 동원 선전 조직으로 '국민정신총동원조선연맹(國民精神總動員朝鮮聯盟)'을 결성하였는데, 여기에도 김동환(→63)·모윤숙(→

159)·서정주(→226)·이광수 등과 동참하여 일상 생활에서의 일본화를 주장하였다.

이러한 친일 업적이 인정되어 같은 해 조선총독부 중추원(中樞院) 참의(參議)에 임명되었으며, 만주 신징[新京, 지금의 지린성(吉林省) 창춘(長春)]으로 가서 〈만선일보(滿鮮日報)〉[1933년 8월 25일 신징에서 창간한 한국어 신문 〈만몽일보(滿蒙日報)〉가 1936년 11월 지린성 옌볜(延邊) 조선족 자치주 룽징(龍井)의 〈간도일보(間島日報)〉를 매수·통합하여 1937년 10월 21일 제호(題號)를 바꾸었다.] 고문(顧問)으로 있다가 1939년(49세) 재만(在滿) 일본 관동군(關東軍)이 만주에 세운 건국대학(建國大學) 교수로 취임, 약 4년 동안 교편(敎鞭)을 잡았다.

1943년 재일(在日) 조선인 유학생들의 학도병(學徒兵) 지원을 권유하기 위하여 김연수[金季洙, 1896~1979, 한국의 실업가. 김성수(金性洙, 1891~1955, 한국의 정치가이며 교육자·언론인. 제2대 부통령. 재임 1951. 5. 17.~1952. 5. 29.)의 아우]·이광수·이성근[李聖根, 1887~?, 경찰 하급직 순사(巡査)에서 충청남도 지사까지 오른 친일파] 등과 일본에까지 가서 순회 강연을 하였다.

광복이 되자 서울로 와서 우이동(牛耳洞)에 '소원(素園)'이라고 이름 지은 집에서 사료(史料) 수집과 조선 역사 사전 편찬 작업에 몰두하였다.

1949년(59세) 2월 친일 행위로 말미암아 반민족 행위자로 기소(起訴)되어 수감(收監)되었다가 병 보석(保釋)으로 출감하였다.

한국 전쟁(Korean War, 1950. 6. 25.~1953. 7. 27.) 중에는 해군전사편찬위원회(海軍戰史編纂委員會) 촉탁을 지냈고, 서울시사편찬위원회(市史編纂委員會) 고문으로 추대되었다.

1957년(67세) 필생(畢生)의 사업인 조선 역사 사전을 집필하다가 뇌일혈로 죽었으며, 경기도 용인시(龍仁市) 처인구(處仁區) 모현면(慕賢面) 오산리(吳山里) 천주교 용인공원묘원에 안장(安葬)되었다.

전통적인 시조 문학의 진흥과 계몽성을 드러낸 창가·신체시·기행 수필 등을 썼고, 단군 조선(檀君朝鮮)을 비롯한 민족의 상고사(上古史) 연구에 심혈을 기울였다. 그러나 일제 강점기 말기에 학도병 권유 등의 친일 행위를 하여 전반기에 보여 주었던 민족주의자로서의 활동에 오점을 남겼다.

그가 문학 방면에서 보여 준 공적은 이광수와 더불어 신문학의 선구자이며 1910년대 계몽주의 문학가의 양대 산맥으로 평가된다.

창가로 〈한양가(漢陽歌)〉(1906)·〈세계 일주가(世界一周歌)〉(〈청춘〉 창간호, 1914. 10.) 등이 있고, 문학적 관심을 표명한 작품으로 시조집 〈백팔번뇌(百八煩惱)〉[동광사(東光社), 1926. 12.]·〈심춘순례(尋春巡禮)〉[백운사(白雲社), 1926. 5.]·〈시조유취(時調類聚)〉(한성도서주식회사, 1928. 4.)·〈금강 예찬(金剛禮讚)〉(한성도서주식회사, 1928) 등이 있다.

역사와 민족 문화에 관계된 것으로 〈불함 문화론(不咸文化論)〉[1925년 완성하여 1928년 일본어로 발행한 총서 〈조선급조선민(朝鮮及朝鮮民)〉에 실렸다.]·〈아시조선(兒時朝鮮)〉[동양서원(東洋書院), 1927]·〈단군급기연구(壇君及其硏究)〉(1928)·〈고사통(故事通)〉[삼중당(三中堂), 1943]·〈신정(新訂) 삼국유사〉(삼중당, 1943)·〈신판(新版) 조선 역사-부록 독립 운동의 경과〉(동명사, 1945. 12.)·〈조선 독립 운동사(朝鮮獨立運動史)〉(동명사, 1946)·〈조선 독립 운동 소사(小史)〉(동명사, 1946)·〈쉽고 빠른 조선 역사〉(동명사, 1946. 11.)·〈국민 조선 역사(國民朝鮮歷史)〉(동명사, 1947)·〈성인 교육 국사 독본(成人敎育國史讀本)〉(동명사, 1947)·〈역사일감(歷史日鑑)〉(동명사, 1947)·〈조선의 고적(故蹟)〉(동명사, 1948)·〈조선 역사 요령(朝鮮歷史要領)〉(국문사, 1950)·〈국난 극복론(國難克服論)〉[〈자유세계(自由世界)〉 제5호, 1952. 8·9. 합본호]·〈삼국유사〉[민중서관(民衆書館), 1954]·〈우리나라 역사〉[동국문화사(東國文化社), 1955]·〈고등 국사(高等國史)〉[사조사(思潮社), 1957], 종교와 민속에 관계된 것으로 〈서양 음악이 언제부터 어떻게 조선인에게 알려졌나〉[〈괴기(怪奇)〉 창간호, 1929. 5.]·〈조선 불교(朝鮮佛敎)〉(조선불교청년회, 1930)·〈조선 상식 문답 속편(續篇)〉(동명사, 1947)·〈조선의 산수(山水)〉(동명사, 1947)·〈천만인의 상식〉(동명사, 1947)·〈조선 상식(朝鮮常識)〉(동명사, 1948)·〈조선의 문화〉(동명사, 1948)·〈조선의 신화(神話)〉·〈조선의 민담 동화〉, 고전(古典) 정리와 주석(註釋)에 관계된 것으로 〈대동 지명 사전(大同地名辭典)〉·〈신교본(新校本) 춘향전(春香傳)〉·〈신자전(新字典)〉 등이 있다.

강연집으로 〈육당 최남선 강연집〉(모두 2권, 1947·1948, 동명사/1953, 국문사)이 있다.

1974년 현암사(玄岩社)에서 모두 14권, 1975년 고려대학교(高麗大學校) 아세아문제연구소에서 모두 15권에 이르는 방대한 양의 〈육당 최남선 전집〉을 각각 펴냈으며, 1984년 지식산업사(知識産業社)에서 〈최남선〉[〈한국 현대 시문학 대계(韓國現代詩文學大系)〉 제1권]을 출판하였다. 또한 시조집 〈백팔번뇌〉는 광복 이후 시조 문학의 최대 집대성으로 평가받는 〈한국시조큰사전〉[을지출판사(乙支出版社), 1985. 3. 현대 시조 18,331수와 고시조 3,660수 수록]에 영인본(影印本)으로 실려 있다.

이 밖에 작품으로 시 〈삼랑성(三郎城)〉[〈일광(日光)〉, 1936. 10.]·〈한일유성(閒日偶成)〉[〈예술집단(藝術集團)〉 창간호, 1955. 1.]·〈춘우(春雨)〉[〈시정신(詩精神)〉 제4호, 1956. 9.]·〈시조(時調)〉[〈녹원(鹿苑)〉, 1957. 2.], 수필 〈아득하여 꿈 같을 따름〉(〈조선문단〉 제6호, 1925. 3.)·〈영원동(靈源洞)의 단풍(丹楓)〉[〈현대문학(現代文學)〉 제7호, 1955. 7.], 평론 〈동정받을 필요 있는 자 되지 말라〉[〈유심(唯心)〉 창간호, 1918. 9.]·〈하백호(賀百號)〉[〈천도교회월보(天道敎會月報)〉, 1919. 1.]·〈기쁜 보람〉[〈개벽(開闢)〉 제17호, 1921. 11.]·〈얼른 정력(精力)의 남비(濫費)로부터 벗어납시다〉(〈개벽〉 제53호, 1924. 11.)·〈대행애사(大行哀辭)〉[〈신민(新民)〉 제14호, 1926. 6.]·〈암석 숭배(巖石崇拜)로서 거석 문화(巨石文化)까지〉(〈동광〉 제9호, 1927. 1.)·〈조선 역사 강화〉(〈한빛〉 창간호, 1928. 1.)·〈삼국 시대 문화의 개관 : 조선사 강화〉[〈청년(靑年)〉, 1928. 4.]·〈민족적 구심기(求心期)의 조선〉(〈청년〉, 1928. 5.)·〈삼국 시대 문화의 개관〉(〈청년〉, 1928. 6.)·〈민족적 시련기의 조선〉[〈여시(如是)〉 창간호, 1928. 6.]·〈통일기의 신라(新羅)〉(〈청년〉, 1928. 7.)·〈고려 초의 내수(內修)〉(〈청년〉, 1928. 8.)·〈단군굴(檀君窟)의 영적(靈蹟)을 가진 영변(寧邊)의 묘향산(妙香山)〉(〈한빛〉 종간호, 1928. 8.)·〈신라의 발흥(勃興)〉(〈한빛〉 종간호, 1928. 8.)·〈상고 문화(上古文化)의 기조(基調)〉[〈신생(新生)〉 창간호, 1928. 10.]·〈영인 대산어첩서(影印臺山御牒敍)〉[〈불교(佛敎)〉 제59호, 1929. 5.]·〈단군 소고(小考)〉(〈조선〉 제147호, 1930. 1.)·〈조선 불교 : 동방 문화사상(東方文化史上)에 있는 그 지위〉(〈불교〉 제74호, 1930. 8.)·〈신라 진흥왕의 재래 삼비(在來三碑)와 신출현(新出現)한 마운령비〉(〈조선〉 제157호, 1930. 11.)·〈삼국 문학 약년표(三國文學略年表)〉(〈일광〉, 1931. 1.)·〈산왕추대(山王推戴)〉[〈금강산(金剛山)〉, 1935. 9.]·〈문수산성(文殊山城)〉(〈일광〉, 1936. 1.)·〈조선 문화 당면의 문제(朝鮮文化當面の問題)〉[〈재만조선인통신(在滿朝鮮人通信)〉, 1937. 3.]·〈동방(東方) 민족의 중원(中原) 진출과 역사상으로 본 아세아(亞細亞) 제민족(諸民族)의 동향〉(〈재만조선인통신〉, 1937. 10.)·〈만주가 우리에게 있다〉(〈재만조선인통신〉, 1937. 11.)·〈북지의 역사적 특수성(北支の歷史的特殊性)〉(〈재만조선인통신〉, 1937. 11.)·〈첩학(帖學)과 비학(碑學)〉[〈춘추(春秋)〉 제4호, 1941. 5.]·〈한일 관계의 역사적 고찰〉[〈신천지(新天地)〉, 1953. 4.]·〈해상 세력의 전이(轉移)와 왜구(倭寇)〉(〈신천지〉, 1953. 6.)·〈전함(戰艦) 화포(火砲)의 발달〉(〈신천지〉, 1953. 7.)·〈대마도(對馬島)의 내속(內屬) 문제〉(〈신천지〉, 1953. 12.)·〈단군 고기 전석(檀君古記箋釋)〉[〈사상계(思想界)〉 제12호, 1954. 2.]·〈3·1 운동의 사적(史的) 고찰〉[〈현대공론(現代公論)〉, 1954. 3.]·〈삼포(三浦)의 개방과 계해조약(癸亥條約)〉(〈신천지〉, 1954. 4.)·〈진실 정신(眞實精神)〉(〈새벽〉 창간호, 1954. 6.)·〈일본의 한국 침략의 죄악적 역사성〉[〈정보(情報)〉, 1954. 10.]·〈한국 문단의 초창기를 말함〉[〈현대문학(現代文學)〉 창간호, 1955. 1.]·〈내가 쓴 독립 선언서〉(〈새벽〉, 1955. 3.)·〈한국의 역사와 문화 (1)〉[〈청사(靑史)〉 창간호, 1955. 6.]·〈성경(聖經)은 온 인류의 책〉[〈성서한국(聖書韓國)〉, 1955. 7.]·〈실학(實學) 경시(輕視)에서 온 한민족의 후진성〉(〈새벽〉, 1955. 7.)·〈학문의 근본 정신〉[〈숙대학보(淑大學報)〉, 1955. 7.]·〈인생과 종교〉(〈가톨릭청년〉, 1956. 1.)·〈3·1 운동의 현대적 고찰〉[〈신세계(新世界)〉 제2호, 1956. 3.]·〈정당무용지변(政黨無用之辯)〉(〈새벽〉, 1956. 3.)·〈어문 소고(語文小考)〉(〈신세계〉, 1956. 10.)·〈국난을 이기는 길〉[〈현대(現代)〉 창간호, 1957. 11.]·〈백제구강(百濟舊疆)으로〉(〈사상계〉 제56호, 1957. 12.) 등을 발표하였다.

1958년 우이동 '소원'에 기념비가 건립되었고, 강원도 춘천시(春川市) 서면(西面) 금산리(錦山里) 북한강문학공원(北漢江文學公園)에 〈낙동강(洛東江)에서〉(2011. 9. 30.), 충청남도 보령시(保寧市) 성주면(聖住面) 개화리(開花里) 개화예술공원(開花藝術公園) 모산한국육필문예공원에 〈봄길〉이 새겨진 시비(詩碑)가 세워졌다.

한편, 2002년 2월 28일 '민족 정기를 세우는 국회 의원 모임'과 광복회(光復會)가 공동 발표한 '친일파 708인 명단', 2002년 8월 14일 '나라와 문화를 생각하는 국회의원 모임'·민족문제연구소(民族問題硏究所)·민족문학작가회의[民族文學作家會議. 1974년 11월 18일 자유실천문인협의회(自由實踐文人協議會)로 설립되어 1987년 9월 17일 '민족문학작가회의'로 이름을 바꾸었다가 2007년 12월 8일

'한국작가회의'로 다시 이름을 바꾸었다.]·'민족 정기를 세우는 국회 의원 모임'·〈실천문학(實踐文學)〉(계간 문예지. 1980. 3.~현재)이 공동 발표한 '친일 문학인 42인 명단', 2009년 11월 8일 민족문제연구소에서 출판한 〈친일 인명 사전(親日人名辭典)〉, 2009년 11월 27일 친일반민족행위진상규명위원회(親日反民族行爲眞相糾明委員會)가 발표한 '친일 반민족 행위 704인 명단'에 모두 포함되어 있다.

〈매일신보〉에 발표한 평론 〈내일의 신광명(新光明) 약속〉(1937. 8. 15.)을 비롯하여 〈만주 건국의 역사적 유래〉[〈신시대(新時代)〉 제27호, 1943. 3.]·〈보람 있게 죽자〉(〈매일신보〉, 1943. 11. 4.)·〈나가자 청년 학도여〉(〈매일신보〉, 1943. 11. 20.)·〈보람 있게 죽자〉[〈조광(朝光)〉 제98호, 1943. 12.]·〈아세아의 해방〉(〈매일신보〉, 1944. 1. 1.)·〈성전(聖戰)의 설문〉(〈신시대〉 제38호, 1944. 2.) 등 모두 7편의 친일 작품이 밝혀져 있다.

481

최승구

崔承九 1892(고종 29) ~ 1917

한국의 시인.

호(號)는 소월(素月), 본관(本貫)은 해주(海州).

아버지는 최대현(崔大鉉)이며, 경기도 시흥(始興)에서 태어났다.

보성전문학교[普成專門學校. 고려대학교(高麗大學校)의 전신(前身)]를 졸업하고 1910년(18세)쯤 일본으로 유학하여 도쿄 게이오기주쿠대학(慶應義塾大學) 예과(豫科)에 입학하였다. 처음에는 사학(史學)을 공부하려고 하였으나, 학비난에 폐결핵까지 겹쳐 학업을 중단하고 귀국하였다.

당시 전라남도 고흥(高興) 군수(郡守)로 있던 둘째 형 승칠(承七)의 집에서 요양하다가 25세로 요절(夭折)하였다.

재기 발랄하고 다정다감한 그의 시재(詩才)는 일찍이 최남선(→480)에게 높은 평가를 받았으며, 시작(詩作)뿐 아니라 연극에도 뛰어난 재능을 보여 직접 극본을 써서 연출·연기를 맡았다.

문단(文壇) 활동은 일본 유학 중이던 1914년(22세) 〈학지광(學之光)〉(도쿄 조선유학생학우회 기관지. 연2회 발행. 1914. 4.~1930. 4. 통권 29호로 종간) 편집에 참여하면서부터 비롯되었는데, 제3호(1914. 12.)에 수필 〈남조선(南朝鮮)의 신부(新婦)〉·〈정감적(情感的) 생활의 요구〉, 제4호(1915. 2.)에 〈벨지엄의 용사(勇士)〉를 발표하여 일제(日帝) 강점기의 울분과 저항 정신을 고취하였고, 제5호(1915. 5.)에 〈너를 혁명하라〉 등의 평문류(評文類)를 발표하였다.

경제적인 어려움과 폐결핵으로 고생하면서도 시·수필·평론을 쓰는 한편, 나혜석(羅蕙錫, 1896~1949, 한국의 여류 화가이며 문필가)과의 사랑으로 화제에 오르기도 하였다.

그의 시편(詩篇)은 대체로 그 이전의 개화기 시가(詩歌)에서 보이는 집단적이고 민중적인 발상법과는 달리 주정적(主情的)이고 개아(個我)의 서정성을 바탕으로 하고 있다. 특히 〈미(美)〉·〈보월(步月)〉·〈조(潮)에 접(蝶)〉을 비롯한 일련의 시작들에 나타난 서정성, 즉 감상(感傷)과 향수(鄕愁)를 바탕으로 한 낭만적 속성은 당시 민족주의(民族主義, nationalism)를 표방하였거나 아니면 그것을 주제로 하여 직설적이고 웅변적인 어조(語調)로 노래하고 있는 개화기 시가들보다는 한층 진전된 단계의 것으로 간주된다.

최남선의 〈해(海)에게서 소년에게〉[〈소년(少年)〉 창간호, 1908. 11.]로부터 주요한(→466)의 〈불놀이〉[〈창조(創造)〉 창간호, 1919. 2.] 등 일련의 시작에 이르는 한국 근대시사에서 중간적 위치를 차지하면서 시적(詩的) 전환을 보여 주고 있는 시인으로, 그가 담당한 과도기의 교량적 구실은 우리 근대시사에서 매우 중요한 것으로 평가된다.

이 밖에 유고 시집(遺稿詩集) 노트에 실려 있는 시편이 대부분을 차지하고 있는데, 〈나의 고리(故里)〉·〈박사 왕인(博士王仁)의 무덤〉·〈불여귀(不如歸)〉·〈사랑의 보금자리〉·〈종(鐘)〉 등 시 25편과 유저(遺著) 〈최소월 작품집(崔素月作品集)〉(1982)이 있다.

482

칼리다사

Kālidāsa ? ~ ?

4~5세기에 걸쳐 활약한 고대 인도의 시인이며 극작가. 대부분의 고전적인 인도 작가들과 마찬가지로, 칼리

다사의 전기(傳記)나 연대(年代), 인격이나 역사적인 관계에 대해서는 거의 알려진 것이 없다. 그의 시에서 그가 카스트[Brahman, 인도 사회 특유의 신분 제도. 브라만(Brahman, 사제 · 성직자), 크샤트리아(Kshatriya, 귀족 · 무사), 바이샤(Vaisya, 상인 · 농민 · 지주), 수드라(Sudra, 소작농 · 청소부 · 하인)의 네 가지로 분류된다.]의 최고 계급인 브라만 출신임이 암시되고 있으나 명백히 드러나고 있는 부분은 없다. 글자 그대로는 '칼리[Kālī, 힌두교 신화에 나오는 죽음과 파괴의 여신. 산스크리트(Sanskrit) 어(語)로 '검은 여자']의 종'이라는 뜻의 그의 이름으로 보아 그가 비록 다른 신들, 특히 비슈누 신(Visnu神, 힌두교의 3주신의 하나)을 이따금 칭송하였지만 시바파[Siva派, 시바 신의 숭배자, 시바의 배우자는 칼리]였음을 짐작할 수 있다.

전승(傳承)에 따르면 인도 중부 마디아프라데시(Madhya Pradesh) 주에 있는 고대 도시 우자인(Ujjain)의 비크라마디티아 왕(Vikramaditya, '용기의 태양'이라는 뜻으로, 일반적인 제왕을 일컫는다.)의 궁정(宮廷) 시인으로, 그의 '구보(九寶)'라고 일컫던 9인의 시인 중 한 사람이라고 한다. 이 왕이 굽타 왕조(Gupta Empire, 320~550년쯤까지 북인도를 통일 · 지배한 왕조)의 찬드라굽타 2세(Candra Gupta II, 374~415, 북인도의 강력하였던 황제. 재위 380~415)이므로 그의 연대도 이 무렵이라고 추정된다.

인도 문학사상(文學史上) 최대의 작가로 '최고의 시인' 또는 '대시인'으로 일컬어졌으며, 굽타 왕조 최전성기 문화를 반영하는 건전한 사상, 섬세한 감각, 유려한 필치, 기묘한 수사적(修辭的) 기교에 의한 불후(不朽)의 걸작들을 남겼다. 고전(古典) 산스크리트 문학은 그의 출현으로 완성의 영역에 이르렀고, 그 뒤 몇백 년 동안 많은 계승자들이 나와 황금기를 이루었다.

그의 작품으로 여겨지는 것은 상당한 수에 이르나, 확실하다고 인정되고 있는 것은 〈라구방샤[Raghuvaṃśa(Dynasty of Raghu), '라구 왕조']〉와 〈쿠마라상바바[Kumāra -sambhava(Birth of Kumara), '군신(軍神) 쿠마라의 탄생']〉 등 서사시 2편과 서정시 〈메가두타[Meghadūta(Cloud Messenger), '구름의 사자(使者)']〉 1편, 〈말라비카그니미트라[Mālavikāgnimitram(Mālavikā and Agnimitra), '말라비카와 아그니미트라']〉 · 〈비크라모르바시[Vikramōrvaśīyam(Urvashi Won by Valour), '용기로 얻은 우르바시']〉 · 〈샤쿤탈라(Sakuntala)〉 등 희곡 3편으로 모두 6편이다. 이들 작품은 인도의 전통 속에서 산스크리트의 문학적 특성을 구현하였다고 평가된다.

서사시 〈라구방샤〉는 라마[Rāma, 인도 신화에 나오는 비슈누 신의 7번째 화신(化身)]의 탄생과 후손의 전설이 그 주제이며 산스크리트 수사학(修辭學)이 규정하는 마하카비야체(體)(Mahakavya)의 가장 뛰어난 작품이며, 〈쿠마라상바바〉는 시바[Siva, 힌두교 시바파의 최고 신]와 히말라야 산신(山神)의 딸 우마의 사랑과 히말라야 정경을 아름답게 묘사한 작품이다.

〈메가두타〉는 구름에 빗대어 멀리 떨어진 아내에게 사랑의 편지를 보내는 서정시로, 북인도의 산 · 강 · 숲을 묘사하였고, 뛰어나고 통찰력 있는 삽화가 군데군데 들어 있다.

〈말라비카그니미트라〉는 아그니미트 왕(Agnimit)과 말라비카(Malavika) 공주의 결혼을 제재(題材)로 후궁(後宮) 처첩(妻妾)들의 음모를 그리고 있는데, 희극적이고 재미있으면서도 높은 목적을 잃지 않고 있다. 이 작품은 유일하게 시대 추정이 가능한 근거가 몇 가지 있어서 그 역사적 사실성이 자주 논의되고 있다.

〈비크라모르바시〉는 천녀(天女) 우르바시(Urvashi)와 푸루라바스 왕(Pururavas)과의 기구한 연애 이야기를 주제로 하고 있다.

〈샤쿤탈라〉는 유럽에 소개되면서 유럽 문단(文壇)의 평가가 매우 좋아 '인도의 셰익스피어(William Shakespeare, 1564~1616, 영국의 시인이며 극작가)'라고 일컬어졌으며, 괴테(Johann Wolfgang von Goethe, 1749~1832, 독일의 시인이며 문학 평론가 · 언론인 · 화가 · 극작가 · 무대 연출가 · 정치가 · 교육가 · 과학자)가 이 작품을 읽고 시 '여기에는 하늘과 땅의 모든 것이 있다'를 썼다. 모두 7막으로 된 운문(韻文) 음악극으로 원제(原題)는 〈아비지냐나샤쿤탈라[Abhijñānaśākuntalam(The Recognition of Śakuntalā/ The Sign of Śakuntalā), '샤쿤탈라의 앎'/'추억의 샤쿤탈라']〉이며, 고대 산스크리트 대서사시 〈마하바라타(Mahābhārata)〉와 힌두교의 성전(聖典) 〈파드마 프라나(Padma Prana)〉 등에서 취재하여 각색(脚色)한 것이다.

이 밖에 서정시로 사계절의 자연을 정교하고 치밀하게 묘사하고 섬세한 사랑의 정서를 짜넣어 여러 운율(韻律)을 써서 쉽게 서술한 〈리투상하라[Ṛtusaṃhāra(Medley of Seasons/Garland of Seasons), '계절의 순례(巡禮)']〉가 있다.

483
타고르
Rabindranath Tagore 1861. 5. 7. ~ 1941. 8. 7.

인도의 시인이며 철학자·교육자·극작가·작곡가.

본명(本名)은 라빈드라나타 타쿠르(Rabīndranāth Thākur).

인도 북동부 벵골(Bengal) 명문(名門)의 대성(大聖)이라고 일컬어지는 아버지 데벤드라나트 타고르(Debendranāth Tagore, 1817~1905)와 어머니 데비(Sarada Devi, 1830~1875)의 15명의 아들 중 14번째로, 북동부 서(西)벵골(West Bengal) 주의 주도(州都) 캘커타[Calcutta, 1995년 전통 명칭인 콜카타(Kolkata)로 이름을 바꾸었다.]에서 태어났으며, 이곳에서 죽었다.

타고르 가(家)는 벵골 문예 부흥의 중심이었고, 형들도 문학적 천분(天分)이 있었다. 전통적인 인도 고유의 종교와 문학에 친숙해짐과 동시에 영국 문학도 공부하였으며, 진보적인 아버지의 사상적 영향을 받았다. 이와 같은 분위기 속에서 성장하여, 11세께부터 시를 썼고, 1877년(16세) 처녀 시집 〈들꽃[Bhānusiṃha(Sun Lion)]〉을 펴내 '벵골의 셸리(Percy Bysshe Shelley, 1792~1822, 영국의 낭만파 시인)'라고 일컬어졌다.

1877년 영국으로 유학하여 런던 대학교(University of London, 1836년 설립) 유니버시티 칼리지(University College London, UCL, 1826년 설립)에서 약 1년 동안 법률학을 공부하며 유럽 사상과 친숙하게 되었다.

1880년(19세) 말 귀국한 뒤 우울과 번민 속을 헤매다가 1883년(22세) 10세의 평범한 소녀 바바타리니[Bhavatarini, 1873~1902, 결혼 직후 타고르는 '므리날리니(Mrinalini Devi)'라는 새 이름을 지어 주었다.]와 결혼하였고, 시집 〈아침의 노래〉를 발표하여 예술적 기초를 확립하였다.

1890년(29세) 유럽을 여행하였고, 그 해 말 성숙된 천재성을 보여 주는 시집 〈마나시[Mānasī(The Ideal One), '마음의 화현(化現)']〉를 펴냈는데, 형식에서 오드(Ode, 송가)를 비롯하여 벵골에서는 시도되지 않았던 시형(詩形)을 지닌 시들과 최초의 사회적이고 정치적인 시들이 실려 있다.

1891년(30세) 아버지의 지시로 지금의 방글라데시 북부 쿠시티아(Kushtia)의 실라이다(Shelaidaha)와 사이드푸르(Saidpur)에 있는 아버지 소유의 부동산을 관리하였다. 이곳에서 마을 사람들과 친밀하게 지냈는데, 그들의 빈곤과 후진성에 대한 깊은 동정심은 나중에 〈한 다발의 이야기들(Galpaguccha)〉(1912) 등 많은 저작의 핵심적인 주제가 되었다. 초기 작품은 유미적(唯美的)이었으나, 아버지의 농촌 소유지를 관리하면서 가난한 농민 생활과 접촉하게 되어 농촌 개혁에 뜻을 둠과 동시에, 작품에 현실미(現實美)를 더하게 되었다. 정치적·사회적 문제들에 대하여도 관심이 있었으나, 결코 인도의 독립을 지상(至上) 목표로 하지는 않았다.

실라이다에서 벵골의 전원(田園)을 사랑하게 되었고, 무엇보다도 갠지스 강(江)(Ganges River)을 사랑하여 그의 문학의 중심 이미지로 삼게 되었다. 이곳에 머무는 동안 〈황금 조각배[Sonār Tari(The Golden Boat)]〉(1893)·〈경이(驚異, Citrā)〉(1896)·〈늦은 추수(Caitāli)〉(1896)·〈꿈(Kalpanā)〉(1900)·〈찰나(Kṣaṇīkā)〉(1900)·〈희생(犧牲, Naibedya)〉(1901) 등의 작품집과 함께 〈치트란가다(Chitrāṇgadā)〉[1892, 〈치트라(Chitra)〉라는 제목으로 1913년 재출판]와 서정적 희곡 〈정원사(庭園師)의 아내(Mālinī)〉(1895)를 펴냈다.

1901년(40세) 사재(私財)를 털어 아버지가 '명상(冥想)의 땅'으로 삼고 있던 캘커타에서 북서쪽으로 약 154km 떨어진 볼푸르(Bolpur) 근처 산티니케탄(Santiniketan)에 학교를 세우고, 인도와 서양의 각 전통에서 최상의 것을 선별하여 조화시켜 가르치고자 하는 특수 교육을 실시하였다. 1921년(60세) 이곳에 국제적인 비슈바바라티대학교(Visva-Bharati University)를 세웠고, 오늘날에는 국립 대학교가 되었다.

1902(41세)~1907년(46세)에 아내와 딸의 죽음을 겪은 뒤 종교적으로 되었으며, 울적한 심경(心境)을 훌륭한 시로 형상화하였다.

1905년(44세) 벵골 분할 반대 투쟁 때에는 '스와라지 운동(Swaraji Movement)'의 지도적 이데올로기의 한 사람이 되는 등 독립 운동에도 힘을 쏟았다. 또한 다재다능하여 문학적 활동 외에 그림과 음악에도 조예가 깊은 예술가였으며, 실천가로서 교육자·사회 개혁론자·독립 운동을 지원하는 애국자였다.

1910년(49세) 157편의 시를 묶어 시집 〈기탄잘리[Gītāñjalī(Song Offerings), '신(神)에게 바치는 송가(頌歌)']〉를 펴냈으며, 그 중 57편을 추려 1912년(51세) 영역본(英譯本)으로 영국에서 펴내, 1913년(52세) 아시아 사람으로는 최초로 노벨 문학상(The Nobel Prize in Literature)을 받았다.

1915년(54세) 영국으로부터 기사(騎士, knight) 작위를 받았으나, 1919년(58세) 4월 13일 북동부 펀자브(Punjab) 주 서부 암리차르(Amritsar)에서의 대학살['암리차르 대학살(Amritsar Massacre)' 또는 '잘리안왈라 바그 대학살(Jallianwala Bagh Massacre)'이라고 한다.]에 대한 항거의 표시로 작위를 반납하였다.

모국어(母國語)인 벵골 어(語)(Bengali language)로 작품을 발표하는 동시에 스스로 작품의 대부분을 영역하였는데, 다른 사람들의 영역본들은 벵골 어 원작에 비하여 문학적 가치가 상당히 떨어진다. 산문·희곡·평론 등에도 문재(文才)를 발휘하여 인도의 각성(覺醒)을 촉구하였다. 문단(文壇)에서의 그의 위치가 확고해졌으며, 서정시 외에 소설과 희곡을 많이 발표하였고, 동시에 문학·종교·교육·사회 문제에 관한 논문도 썼다.

일찍이 동서 문화의 융합과 사상 교류에 착안하여 세계 여러 나라를 순방하였고, 인도 문학의 정수(精髓)를 서양에 소개하고 서양 문학의 정수를 인도에 소개하는 데 크게 이바지하였다.

생애의 후기 25년 동안 21권의 책을 펴내는 등 300권이 넘는 저술은 그 내용이 다양한데, 만년(晩年)의 대부분을 유럽·아메리카·중국·일본·말레이 반도·인도네시아 등지를 여행하며 강연하는 일로 보냈다.

시집 〈신월(新月, The Crecent Moon)〉(1913)·〈정원사(The Gardener)〉(1913), 희곡 〈암실(暗室)의 왕[Raja(The King of the Dark Chamber)]〉(1914)·〈우체국[Dak Ghar(The Post Office)]〉(1914), 소설 〈고라[Gorā(Fair-Faced, '피부가 흰')]〉(1907~1910, 영역 1924)·〈카불에서 온 과일 장수〉, 평론 〈내셔널리즘(Nationalism)〉(1917)·〈인간의 종교[Manusher Dhormo(The Religion of Man)]〉(1931)·〈문명의 위기〉(1941) 등이 있다.

벵골 지방의 옛 민요를 바탕으로 많은 곡을 만들었는데, 그가 작시·작곡한 〈자나 가나 마나(Jana Gana Mana)〉는 1950년 1월 24일 인도의 국가(國歌)로 정식 지정되었으며, 1971년 방글라데시가 파키스탄으로부터 독립하면서 공식 국가가 된 〈나의 금빛 방글라(My Golden Bengal)〉도 그가 작시·작곡한 것이다.

오늘날에도 간디(Mohandas Karamchand Gandhi, 1869~1948, 인도의 민족주의 지도자이며 비폭력주의 제창자)와 함께 국부(國父)로 존경을 받고 있다.

한편, 타고르는 한국을 소재로 두 편의 시 〈동방(東方)의 등불〉과 〈패자(敗者)의 노래〉를 남겼다.

〈패자의 노래〉는 최남선(→480)의 요청에 의하여 쓴 것이고, 다음에 전문(全文)을 든 〈동방의 등불〉은 1929년(68세) 타고르가 일본에 들렀을 때 동아일보사(東亞日報社) 기자가 한국 방문을 요청하자 이에 응하지 못함을 미안하게 여겨 그 대신으로 〈동아일보〉에 기고(寄稿)한 것이다.

일찍이 아시아의 황금 시기에,
빛나던 등촉의 하나인 코리아,
그 등불 한 번 다시 켜지는 날에,
너는 동방의 밝은 빛이 되리라.
마음엔 두려움이 없고,
머리는 높이 쳐들린 곳,
지식은 자유스럽고
좁다란 담벽으로 세계가 조각조각 갈라지지 않은 곳,
진실의 깊은 속에서 말씀이 솟아나는 곳,
끊임없는 노력이 완성을 향하여 팔을 벌리는 곳,
지성(知性)의 맑은 흐름이
굳어진 습관의 모래 벌판에 길 잃지 않은 곳,
무한히 퍼져 나가는 생각과 행동으로 우리의 마음이 인도되는 곳,
그러한 자유의 천당으로
나의 마음의 조국 코리아여 깨어나소서.

[주요한(→466) 옮김, 〈동아일보〉, 1929. 4. 2.]

484

타킨 코도 흐마잉

Thakin Kodaw Hmaing 1876. 3. 23. ~ 1964. 7. 23.

미얀마의 소설가이며 시인·평화 운동가.

본명(本名)은 Maung Lun.

미얀마 남부 바고(Bago) 주 피이(Pyay)에서 태어났으며, 양곤[Yangon, 2006년 3월 수도(首都)를 네피도(Naypyidaw)로 이전하기 전까지 미얀마의 수도]에서 죽었다.

신문 〈맹마 아린〉·〈투라[Thuriya(Sun)]〉, 잡지 〈다공(Dagon)〉 등의 편집장으로 활약하면서 민족주의(民族主義, nationalism)적 색채가 짙은 소설을 발표하였다.

2차 대전(1939. 9. 1.~1945. 9. 2.) 이전에는 민족주의 단체 '도바마 아시아용[Dobama Asiayone(We Burmans

Association)]'의 지도적 인물로, 1954년(78세) 미얀마 세계평화회의(World Peace Congress) 의장으로 선출되었고, 같은 해 레닌 평화상[International Lenin Peace Prize, 또는 스탈린 평화상(International Stalin Peace Prize)이라고도 한다.]을 받았다.

1960년(84세)에는 함부르크 대학교[Universität Hamburg (University of Hamburg). 1919년 설립]에서 명예 박사 학위를 받았다.

작품으로 〈칙령(勅令) 이야기(Hmadawbon Wutthu)〉(1916~1921) · 〈공작(孔雀)의 주석(註釋)[Daung Tika(On Peacocks)]〉(1919) · 〈개(犬)의 주석[Khwe Tika(On Dogs)]〉 (1925) · 〈열사(烈士)의 관(館)(Azani Beikman)〉(1948) 등이 있다.

485
탕현조
湯顯祖 1550. 9. 24. ~ 1616. 7. 29.

중국 명(明)나라(1368~1644)의 극작가이며 시문가(詩文家).

자(字)는 의잉(義仍), 호(號)는 약사(若士) · 옥명(玉茗) · 청원도인(淸遠道人) · 해약(海若).

장시성(江西省) 린촨[臨川, 지금의 푸저우(撫州)]에서 태어났으며, 쓰촨성(四川省) 수저우[蜀州, 지금의 청두(成都)]에서 죽었다.

1583년(33세) 진사시(進士試)에 급제(及第)하여 장쑤성(江蘇省) 난징(南京)의 태상박사(太常博士)가 되었고, 예부주사(禮部主事)로 승진하였다.

1591년(41세) 시정(施政)을 비난하며 대학사(大學士) 신시행(申時行, 1535~1614, 중국 명나라의 문신)을 탄핵(彈劾)하는 상소문(上訴文) 〈논보신과신소(論輔臣科臣疏)〉가 화근(禍根)이 되어 광둥성(廣東省) 쉬원현(徐聞縣) 지사(知事)로 좌천(左遷)되었고, 얼마 뒤에 저장성(浙江省) 쑤창현(遂昌縣) 지사가 되는 등 미관(微官)을 전전하였다.

1596년(46세) 벼슬에서 물러나 고향에 '옥명당(玉茗堂)'을 짓고 이곳에서 극작에 힘쓰며 유유자적한 생활을 하였다.

1598년(48세) 〈모란정 환혼기(牧丹亭還魂記)〉(〈환혼기〉라고도 한다.)을 지었으며, 계속하여 1600년(50세) 〈남가기(南柯記)〉, 1601년(51세) 〈한단기(邯鄲記)〉를 썼다. 1587년(37세)에 쓴 〈자채기(紫釵記)〉와 더불어 그의 서재(書齋) 이름을 따서 '옥명당 사몽(玉茗堂四夢)'[또는 '린촨 사몽(臨川四夢)']이라고 한다. 구성에서 모두가 꿈이 깊게 관련되었기 때문에 '사몽'이라는 이름이 붙었는데, 모두 몽환(夢幻)의 세계에서 봉건적(封建的) 압제 아래 굴곡된 인간의 '정(情)'의 고뇌와 번민을 어떻게 해방 · 구제할 것인가의 시대적 문제를 추구한 것이다. 특히 〈모란정 환혼기〉의 가사(歌辭)는 미사여구(美辭麗句)를 나열하여 상찬(賞贊)되었다.

명나라의 가장 걸출한 극작가로, 문사(文辭)를 중요시하였는데, 곡률(曲律)을 존중하는 심경(沈璟, 1553~1610, 중국 명나라의 희곡 작가) 등은 곤곡(崑曲, 중국 연극의 한 파)의 음조에 맞지 않는다고 하여 자구(字句)를 수정하였기 때문에 탕현조는 격노하여 논쟁이 전개되었다.

사상적으로는 달관(達觀, 1543~1603, 중국 명나라의 승려) · 이지(李贄, 1527~1602, 중국 명나라의 사상가이며 문학가)의 영향을 강하게 받았으며, 시문(詩文)에서는 진 · 한(秦漢) 시대[진(秦)나라(B.C.221~B.C.207)가 중국을 통일한 때부터 후한(後漢, 25~220) 멸망까지의 시대. 기원전 221~기원후 220]의 문장과 성당시(盛唐詩)만을 존중하는 왕세정(王世貞, 1526~1590, 중국 명나라의 문학가이며 역사학자) 등의 '고문사파(古文辭派)'를 비판하고 원굉도(→330) 등의 반(反)고문파를 이끌어 냈다.

사우(師友) 관계에서 당시의 혁명적 문인(文人) 그룹이었던 동림당(東林黨)이나 태주학파(泰州學派) 등과 깊은 관계를 가졌는데, 그의 사상은 체제 비판적인 방향을 지향하였다.

명 · 청대의 희곡가들이 탕현조의 문사(文詞) 풍격을 모방하여 '옥명당파' 또는 '린촨파'라고 불리었다.

시문집으로 〈문극우초(問棘郵草)〉 · 〈옥명당 문집(玉茗堂文集)〉 · 〈옥명당 척독(玉茗堂尺牘)〉 · 〈홍천일초(紅泉逸草)〉 등과 소설 〈속우초신지(續虞初新志)〉가 있다.

486
톈젠
田間 1916 ~ 1985

중국의 시인.

본명(本名)은 퉁톈젠(童天鑑).

안후이성(安徽省) 우에이현(無爲縣)에서 태어났다.

장쑤성(江蘇省) 상하이(上海)의 광화대학(光華大學)에서 공부하였다.

1934년(18세) 중국좌익작가연맹{中國左翼作家聯盟, 1930년 3월 상하이에서 궈모뤄(→38) · 딩링(丁玲, 1904~1986, 중국의 여류 작가) · 로스(柔石, 1902~1931, 중국의 작가) · 루쉰[魯迅, 1881~1936, 20세기 중국 문학의 거장. 본명은 저우수런(周樹人). 저우쭤런(周作人, 1885~1967, 중국의 학자이며 수필가 · 번역가)의 형] · 위링(于伶, 1907~1997, 중국의 작가) · 천옌빙[沈雁冰, 1896~1981, 중국의 작가이며 문학 평론가. 본명은 마오둔(茅盾)] · 펑쉐펑(→491) 등 좌익계와 진보적 작가들이 결성한 문학 단체}에 가입하고 〈신시가(新詩歌)〉를 편집하였다.

1935년(19세)께부터 작품을 썼으며, 일본으로 유학하여 마야콥스키(Vladimir Vladimrovich Mayakovskii, 1893~1930, 소련의 시인)의 영향을 받았다.

1938년(22세) 산시성(陝西省) 옌안(延安)으로 가서 항일(抗日) 운동 주요 근거지였던 진차지(晉察冀) 지구에서 과격한 저항시를 발표하며 가두시(街頭詩) 운동을 제창하였고, 1958년(42세)에는 허베이성(河北省)에서 시가(詩歌) 운동의 모델 지도에 온 힘을 기울였다.

중 · 일 전쟁[中日戰爭(Second Sino-Japanese War), 1937. 7. 7.~1945. 9. 2.] 기간부터 1966년(50세) '프롤레타리아 문화 대혁명(文化大革命, the Great Cultural Revolution, 1966~1976. 文革)' 기간에 활약하였고, 1978년(62세) 중국문학작가연맹 위원, 제5회 전국인민대표대회 대표를 지냈다.

그의 시는 단행(短行) 형식에 의한 약동적인 리듬으로 일관되어 있으며, 생기 있고 활발하며 생활이 사상화되어 있다. 시집 〈미명집(未明集)〉(1935) · 〈중국 목가(中國牧歌)〉(1936) · 〈항전 시초(抗戰詩抄)〉(1949) · 〈전투자에게〉(1954) · 〈간차전(赶車傳)〉(1960) · 〈마두 금가집(馬頭琴歌集)〉(1960), 장편 서사시 〈인력거꾼 이야기〉(모두 2권, 1959, 1961) 등 20권 이상이 된다.

이 밖에 시론집(詩論集) 〈신국 풍찬(新國風讚)〉과 〈해연송(海燕頌)〉(1958) 등의 산문도 있다.

487

톈한

田漢 1898. 3. 12 ~ 1968. 12. 10.

중국의 연극인이며 극작가 · 시인.

본명(本名)은 서우창(壽昌), 필명(筆名)은 백홍(伯鴻) · 수인(漱人) · 진유(陳瑜) · 철서장(鐵瑞章) · 한선(漢仙).

후난성(湖南省) 창사(長沙)에서 태어났으며, 베이징(北京)에서 죽었다.

유년 시절에 이미 희곡 작품을 발표하였으며, 1912년(14세) 창사사범학교(長沙師範學校)에 입학하였고, 1916년(18세) 일본으로 유학하여 도쿄고등사범학교[東京高等師範學校, 쓰쿠바대학(筑波大學)의 전신(前身). 1872년 설립]를 졸업하였다. 이 무렵 궈모뤄(→38)와 교유(交遊)하였으며, 구미(歐美)의 근대 희곡에 많은 흥미를 느꼈다.

1920년(22세) 귀국하여 역수유(易漱瑜)와 결혼하였다가 1925년(27세) 이혼하였고, 그 뒤 황대림(黃大琳, 1927년 재혼, 1929년 이혼) · 임유중(林維中, 1931년 재혼, 1946년 이혼)과 살다가 1938년(40세) 안아(安娥, 1905~1976, 중국의 여류 극작가)와 재혼하였다.

1921년(23세) 7월 장쑤성(江蘇省) 상하이(上海)에서 궈모뤄 · 위다푸(郁達夫, 1896~1945, 중국의 소설가) · 장쯔핑(張資平, 1893~1947?, 중국의 작가) · 청팡우(成仿吾, 1897~1984, 중국의 교육자이며 문학가 · 번역가) 등과 함께 낭만주의(浪漫主義, romanticism) 문학 단체 창조사(創造社)를 결성하고, 연극 운동을 하면서 〈찻집에서의 하룻밤(咖啡店的一夜)〉(1920) · 〈호랑이를 잡은 밤(獲虎之夜)〉(1921) 등 감상적(感傷的)이고 낭만적인 화극(話劇) 20여 편을 발표하였으며, 셰익스피어(William Shakespeare, 1564~ 1616, 영국의 시인이며 극작가)의 〈로미오와 줄리엣(Romeo and Juliet)〉(1594~1596) · 〈햄릿(Hamlet)〉(1600~1601) 등을 번역 소개하였다.

1922년(24세)에는 어우양위첸(歐陽予倩, 1889~1961, 중국의 극작가) · 홍선(洪深, 1894~1955, 중국의 극작가) 등과 '상하이 희극협사(上海戲劇協社)'를 설립하여 활동하였고, 1923년(25세)에는 상하이에서 '남국사(南國社)'를 창립하여 본격적인 신극(新劇) 운동을 전개하며 낭만적 · 감상적인 작품으로 연극계를 이끌었다. 그 뒤의 대표작으로 〈명배우의 죽음(名優之死)〉 · 〈쑤저우 야화(蘇州夜話)〉(1928) · 〈호상의 비극(湖上的悲劇)〉(1929) 등이 있고, 와일드(Oscar Wilde, 1854~1900, 아일랜드 시인이며 소설가 · 극작가 · 문학 평론가)의 〈살로메(Salomé)〉(1893), 메리메(Prosper Mérimée, 1803~1870, 프랑스의 소설가)의 〈카르멘(Carmen)〉(1845) 등을 각색(脚色)하여 상연하였다. 중국의 많은 신극 배우와 무대 관계자들은 대부분 그의 극단 출신이었다.

1930년(32세) 중국좌익작가연맹{中國左翼作家聯盟, 1930년 3월 상하이에서 궈모뤄 · 딩링(丁玲, 1904~1986, 중국의 여류 작가) · 로스(柔石, 1902~1931, 중국의 작가) · 루쉰[魯迅, 1881~1936, 20세기 중국 문학의 거장. 본명은 저우수런(周樹人). 저우쭤런(周作人, 1885~1967, 중국의 학자이며 수필가 · 번역가)의 형] · 위링(于伶, 1907~1997, 중국의 작가) · 천옌빙[沈雁冰, 1896~1981, 중국의 작가이며 문학 평론가. 본명은 마오둔(茅盾)] · 펑쉐펑(→491) 등 좌익계와 진보적 작가들이 결성한 문학 단체}에 참여하였고, 1932년(34세) 중국 공산당(中國共産黨, Chinese Communist Party, 1921년 창당)에 입당하여 〈난종(難鐘)〉 · 〈소사(掃射)〉 · 〈폭풍우 속의 여인 7명(暴風雨中的七個女性)〉(1932) · 〈회춘지곡(回春之曲)〉(1935) 등을 창작하는 등 좌익 연극 운동에도 참여하였다.

1935년(37세) 좌익극단연맹(左翼劇團聯盟)을 조직하였다가 체포되었으며, 이듬해 전향(轉向)하여 난징(南京) 정부의 선전 각본을 써서 자유의 몸이 되었다. 난징 정부 보호 아래 민족주의(民族主義, nationalism) 연극 운동에도 관여하였다.

노구교 사건(盧構橋事件, 1937. 7. 7. 루거우차오 사건) 발발과 함께 〈보위노구교(保衛蘆溝橋)〉를 집필 · 상연하여, 항전 지구(抗戰地區)의 연극 공작대를 지도하였다.

중 · 일 전쟁[中日戰爭(Second Sino-Japanese War), 1937. 7. 7.~1945. 9. 2.] 중에는 희곡 창작으로 방향을 바꾸었으며, 이 무렵 희곡 극본 〈강한어가(江漢漁歌)〉 · 〈신아여영웅전(新兒女英雄傳)〉 · 〈신안문관(新雁門關)〉 · 〈악비(岳飛)〉 등 10여 편을 발표하였다. 또한 실연(實演)에 정열을 기울여 오랫동안 연극단을 이끌고 상하이 · 난징 · 쑤저우 · 광둥(廣東) 등 여러 지방을 돌며 상연하였다.

전쟁이 끝난 뒤 그가 만든 화극 〈여인행(儷人行)〉, 평극(平劇) 〈비파행(琵琶行)〉, 월극[越劇, 중국 저장성(浙江省) 지방에서 나온 민속극과 그 음악] 〈산호행(珊瑚行)〉 등을 베이징 · 상하이 · 톈진(天津)에서 상연하여 한동안 선풍을 일으켰다.

그가 작사한 〈의용군 진행곡(義勇軍進行曲)〉은 1949년(51세) 9월 27일에 열린 전국인민정치협상회의(全國人民政治協商會議) 제1차 전체 회의에서 중국 국민들의 의견을 수렴한 끝에 중국의 국가(國歌)로 공식 제정되었다.

1949년 이후 베이징연극실험학교(北京演劇實驗學校) 교장, 중국대륙연극가협회(中國大陸演劇家協會) 주석(主席), 중화전문예술계연합회 부주석 등을 지냈다. 주로 연극 사업을 시도하였으며, 〈관한경(關漢卿)〉 · 〈문성 공주(文成公主)〉 · 〈백사전(白蛇傳)〉 · 〈사요환(謝瑤環)〉(1961) 등 신작을 내놓았다.

1966년(68세) '프롤레타리아 문화 대혁명(文化大革命, the Great Cultural Revolution, 1966~1976. 文革)' 중에는 비판의 대상이 되었으며, 1968년(70세) 12월 10일 장칭[江靑, 1914~1991, 중국의 정치가. 마오쩌둥(毛澤東, 1893~1976, 중국 공산주의 이론가이며 군인 · 정치가. 중화인민공화국의 주석. 재임 1949~1959)의 세 번째 아내] 집단의 박해로 죽었다.

488

투카람

Tukārām 1608 ~ 1649

인도의 종교 시인.

수드라[Sudra, 인도 사회 특유의 신분 제도인 카스트(caste)에서, 세 번째 계급. 브라만(Brahman, 사제 · 성직자), 크샤트리아(Kshatriya, 귀족 · 무사), 바이샤(Vaisya, 상인 · 농민 · 지주), 수드라(소작농 · 청소부 · 하인)의 네 가지로 분류된다.] 계급으로, 아라비아 해(海)(Arabian Sea)에 면한 마하라슈트라(Maharashtra) 주의 중심 도시 푸나(Poona) 근교 데후(Dehu)의 장사꾼 집안에서 태어났으며, 네팔의 수도(首都) 카트만두(Kathmandu) 근처 인드라야니(Indrayani) 마을에서 죽었다.

태어난 해는 학자에 따라 1577, 1602, 1608, 1618, 1639년 등 여러 가지 설이 있다.

어려서 고아가 되어, 가난한 환경과 불편한 가족 관계 때문에 신앙 생활을 시작하였으며, 가업(家業)을 이어받아 평생 자그마한 가게의 주인으로 살았다.

신(神)에 대한 봉사의 삶으로 바크티[bhakti, 신애(信愛). 인간의 모습과 감정을 가진 신에 대한 헌신적인 사랑] 신앙의 체현자(體現者)로 존경을 받았다. 신 · 신도(信徒) · 창명(唱名)이 일체가 되는 찬가(讚歌)야말로 대중을 구하는 것이라고 믿었다. 카스트에 의한 차별에 대한 불만을 비난하고, 농촌을 중심으로 바이샤나 수드라 등 낮은 카스트의 대중의 입장을 대변(代辯)하였다.

힌두교 삼주신(三主神)의 하나인 비슈누(Visnu)의 화신(化身) '비탈(Vitthal)'에 대한 헌신과 기도의 노래를 즉흥적으로 노래하고 춤추었다. 열렬한 비슈누 교도로, 비슈누 신에게 바치는 많은 찬가를 속어(俗語) 마라티어(語)(Marāthī language)로 남겼다.

그의 시는 유일신에 대한 바크티의 기쁨을 소박하고 도 정열적으로 노래하였고, 쉬운 구어(口語)였으며, 서민적인 겸허함을 지니고 있어 민중에게 널리 애창되었다.

남아 있는 작품은 약 5,000편쯤 되며, 마라타 왕국(Maratha Empire, 1674~1818)의 창설자 시바지(Śivājī, 1630~1680, 재위 1674~1680)와 라나드(Mahadev Govind Ranade, 1842~1901, 인도 봄베이 고등 법원 판사이며 역사가 · 사회 경제 개혁 운동가)에게도 큰 영향을 주었다. 정치 권력과의 관계에 무관심하며, 항상 대중의 일상 생활에 시점을 두었다.

489

툴시다스

Gōswāmī Tulsīdās 1497/1532? ~ 1623?

인도의 사상가이며 힌디 어(語)(Hindi language) 종교 시인.

카스트[caste, 인도 사회 특유의 신분 제도. 브라만(Brahman, 사제 · 성직자), 크샤트리아(Kshatriya, 귀족 · 무사), 바이샤(Vaisya, 상인 · 농민 · 지주), 수드라(Sudra, 소작농 · 청소부 · 하인)의 네 가지로 분류된다.]의 최고 계급인 브라만 출신으로, 인도 북부 우타르프라데시(Uttar Pradesh) 주 자무나 강(江)(Jamuna River) 남쪽 반다(Banda) 지방 라자푸르(Rājāpur)에서 태어났으며, 대부분의 생애를 우타르프라데시 주 바라나시(Varanasi)에서 보냈으며, 이곳에서 죽었다.

어려서 부모를 잃고 거지 생활을 하며 구걸하는 고통을 겪었으나 라마[Rāma, 인도 신화에 나오는 비슈누 신의 7번째 화신(化身)] 사원(寺院)의 보호를 받으며 교양을 익혔다.

1583년 가정을 이루었으나 회의(懷疑)에 빠져 유행자(遊行者)가 되었다. 그 뒤 아내의 권고에 따라 출가(出家)하여 신앙 생활을 시작하여, 비슈누파(Visnu派) 중 라마를 숭배하는 종파(宗派)의 스승을 따라 라마와 그의 아내 시타(Sītā)가 살았다는 치트라쿠타(Chitrakuta)의 산중에 들어가 수행하였다. 라마의 철저한 신봉자였지만, 배타적인 종파주의적 태도를 취하지 않고 힌두교의 일반적인 기존 전통과 관습을 따르는 정통파 비슈누 신앙자였다. 따라서 그의 시에는 라마에 대한 철저한 헌신과 더불어 힌두교의 불이일원론적(不二一元論的)인 정통 교리(敎理)와 다신적(多神的) 신앙이 상당히 표현되고 있다. 이처럼 교리 문제에 절충적으로 접근함으로써 북인도에서 라마에 대한 숭배와 지지가 널리 확산되는 데 이바지하였다.

1574년(42세) 우타르프라데시 주 아요디야[Ayodhya, 힌두교 7대 성지(聖地)의 하나]에서 라마 신앙의 대시편(大詩篇) 〈람 차리트 마나스[Ram Carit Manas(Sacred Lake of the Acts of Rama), '라마의 생애를 비추는 성스러운 호수(湖水)']〉를 집필하기 시작하여 1584년(52세)쯤 바라나시에서 완성하였다. 이것은 〈라마야나[Rāmāyaṇa(Rama's Journey), '라마가 나아간 길']〉[고대 인도의 산스크리트(Sanskrit) 어로 된 대서사시. 모두 7편, 2만 4,000시절(詩節)로 이루어져 있으며, 〈마하바라타(Mahābhārata)〉와 더불어 세계 최장편 서사시]와는 전혀 다르며, 라마를 비슈누 신(神)의 화신인 최고신으로 가정하여 그에 대한 절대적인 귀의(歸依)를 역설한 것이다. 아와디 어(Awadhi language)로 쓴 이 종교서는 북인도에서 라마 숭배가 크리슈나(Krishna, 힌두교의 신. 인도의 신들 가운데 가장 널리 숭배되고 사랑받는 신) 숭배를 대치하여 주도적인 종교적 영향력을 행사하도록 하는 데 결정적인 역할을 하여, 당시 사회에 큰 영향을 끼쳤을 뿐 아니라 오늘날에도 '툴시 라마야나(Tulsī Ramayana)'라고 일컬어지며 북인도에서는 가장 중요한 책이 되어 있다.

시 쓰는 재능이 뛰어나 자유시 · 소시(小詩) · 서사시 등에 두루 실력을 발휘하였다. 특히 크리슈나를 찬양하는 61편의 시로 이루어진 라마 이야기 노래집 〈기타발리[Kṛṣṇa gītāvalī(Collection of Songs)]〉(1574), 라마와 시타를 비롯하여 힌두교의 여러 신들 및 성지에 대한 279편의 시를 담고 있는 간원(懇願)의 노래집 〈비나에파트리카[Vinay pattrikā(Petition of Humility)]〉(1609), 브라지바사 어(Braj Bhāsā language, 브라지 지방의 언어)에 의한 라마에 관한 일화(逸話)들을 담고 있는 라마 신앙시집 〈카비타발리[Kavitāvalī(Collection of Kavittas)]〉(1612)로 명성을 떨쳤다.

당대(當代)에 으뜸가는 학자로 저작도 많아 그 수가 37종이나 된다고 하는데, 현재까지 확실하게 알려진 것으로 주로 라마에 관한 약 12편의 명저(名著)를 남겼다. 힌디 어 중의 두 방언(方言)으로 세련된 문체(文體)와 각종 시형(詩形)을 구사(驅使)하였다.

490

티루발루바르

Tiruvaḷḷuvar ?~?

인도의 시인이며 철학자.

인도 남부 타밀나두(Tamil Nadu) 주 최남단 케냐쿠마리(Kanyakumari)에서 태어났다.

드라비다 어(語)(Dravidian language)계 타밀 문학(Tamil Literature)을 대표하는 〈티루쿠랄(Thirukkural)〉의 저자로, 인도의 '시성[詩聖, Theiva Pulavar(Divine Poet)]'으로 일컬어지고 있다.

〈티루쿠랄〉은 단시(短詩) 1,330송(頌)으로 이루어진 잠언집(箴言集)으로, 인도인들이 인생의 3대 목표로 내세우는 덕(德)·부(富)·애(愛) 3장(章)으로 구성되어 있다. 제1장에서는 여성을 존중하며 일반인들이 지켜야 할 도덕률을, 제2장에서는 권력자가 공정한 정치를 할 수 있는 정치 윤리를, 제3장에서는 남녀 간의 사랑을 서정적으로 노래하였다.

전체적으로 자이나교(Jaina教) 윤리관이 깔려 있으며, 전통적인 타밀 사람들의 인생관과 미의식(美意識)을 2행시로 표현한 걸작이다.

한편, 그가 태어난 케냐쿠마리 앞 바위섬에는 40.6m의 거대한 전신 석상(全身石像)이 세워져 있는데, 1990년 공사를 시작하여 1999년에 완공하고, 2000년 1월 1일 일반에게 공개되었다.

491

펑쉐펑

馮雪峰 1903. 6. 2. ~ 1976

중국의 시인이며 문예 이론가.

저장성(浙江省) 이우현(義烏縣)에서 태어났으며, 저장사범학교(浙江師範學校)를 졸업한 뒤 일본으로 유학하였다.

처음에는 시인으로 출발하였으나, 1927년(24세) 중국공산당(中國共産黨, Chinese Communist Party, 1921년 창당)에 입당하면서 러시아 문학의 번역과 평론으로 방향을 바꾸었다.

1928년(25세) 로스(柔石, 1902~1931, 중국의 작가)의 소개로 장쑤성(江蘇省) 상하이(上海)에서 루쉰[魯迅, 1881~1936, 20세기 중국 문학의 거장. 본명(本名)은 저우수런(周樹人). 저우쭤런(周作人, 1885~1967, 중국의 학자이며 수필가·번역가)의 형]을 알게 되었고, 그와 협력하여 국방 문학 논쟁, 중국좌익작가연맹{中國左翼作家聯盟, 1930년 3월 상하이에서 궈모뤄(→38)·딩링(丁玲, 1904~1986, 중국의 여류 작가)·로스·루쉰·위링(于伶, 1907~1997, 중국의 작가)·천옌빙[沈雁冰, 1896~1981, 중국의 작가이며 문학 평론가. 본명은 마오둔(茅盾)] 등 좌익계와 진보적 작가들이 결성한 문학 단체} 주간(主幹) 등으로 문학 활동을 함께 하였다.

1930년(27세) 1월에는 루쉰·위다푸(郁達夫, 1896~1945, 중국의 단편 소설 작가)와 함께 월간지 〈맹아(萌芽)〉를 창간하였다.

'옌안 장정(延安長征, 1934. 10. 15.~1936. 12.)'에 참전(參戰)하고 항일 통일 전선(抗日統一戰線) 결성 공작 등에 온 힘을 기울였으나 1937년(34세)에 탈당하였고, 고향에 돌아왔다가 1941년(38세) 중국 국민당(中國國民黨, Kuomintang of China, 1912년 창당) 정부에 체포되어 2~3년 동안 수용소에 구금되었다.

다시 복당(復黨)하였으며, 1949년(46세) 중화인민공화국 정권(政權)이 수립된 뒤에는 인민문학출판사 사장, 〈문예보(文藝報)〉(월간 문예 이론 지도지, 1949. 9.~1966. 5.) 주임 편집원(1952~1954), 중국작가협회(中國作家協會) 부주석(副主席) 등을 지내는 등 문학계의 지도적 지위에 있었고, 평론 활동도 활발하게 전개하였으며, 마르크스주의(Marxism) 문예 이론에 관한 외국 서적을 많이 번역하였다.

1957년(54세) 반우파(反右派) 투쟁 때 딩링 등과 함께 우파 분자(右派分子)라고 비판받았고, 반당(反黨) 그룹으로 단죄(斷罪)되어 문학계에서 모습이 사라졌다.

죽은 뒤에 명예가 회복되었다.

지은 책으로 〈과거(過去)〉·〈루쉰 회억(回憶魯迅)〉(1952)·〈쉐펑 우언(雪峰寓言)〉(1952)·〈시골과 도시〉·〈전진(前進)〉 등이 있으며, 시집으로 〈영산가(靈山歌)〉 등이 있다.

492

포조

鮑照 414(421)? ~ 466

중국 남조(南朝) 송(宋)나라(420~479)의 시인.

자(字)는 명원(明遠), 벼슬 이름을 따라 '포참군(鮑參軍)'

이라고도 한다.

지체가 낮은 집안 출신으로, 장쑤성(江蘇省) 둥하이현(東海縣)에서 태어났으며, 장쑤성 건강[健康, 지금의 난징(南京)]에서 살았다. 신분 때문에 평생 낮은 벼슬로 지냈다.

처음에 황족 임천왕(臨川王) 유의경(劉義慶, 403~444, 중국 남조 송나라 황실의 종친)을 섬겨 국시랑(國侍郎)이 되고, 해우령(海虞令)·태학박사(太學博士)·중서사인(中書舍人)·말릉령(秣陵令) 등을 지냈다.

마지막에 임해왕(臨海王) 유자욱(劉子頊, 456~466)의 밑에서 전군형옥(前軍刑獄) 참군사(參軍事)가 되었으나, 466년 임해왕 등이 반란을 일으켰다가 실패하였을 때 후베이성(湖北省) 형주[荊州, 지금의 장링(江陵)] 성 안에서 난군(亂軍)에게 피살되었다.

그의 문장은 기취(奇趣)·신선하며, 당대(當代)의 문인(文人)들 중에서도 사영운(→216)·안연지(顔延之, 384~456, 중국 육조 시대 송나라의 문인) 등과 함께 '원가(元嘉) 3대 작가'로 꼽힌다.

당시 황허강(黃河)과 지수이강(濟水)의 두 강물이 맑아 그것이 황제의 덕 때문이라는 소문이 떠돌았을 때 〈하청송(河淸頌)〉이라는 서(序)를 지어 호평을 받았다.

오언시(五言詩)가 전성하던 육조 시대[六朝時代, 222~589, 중국 삼국 시대 오(吳)나라(222~280)·동진(東晉, 317~419)과 남조의 송나라·제(齊)나라(479~502)·양(梁)나라(502~557)·진(陳)나라(557~589)를 합한 시대]에 칠언시(七言詩)에 손을 댄 사람 중의 한 사람으로, 뒷날 당(唐)나라(618~907)의 시인들에게 큰 영향을 끼쳤다.

걸작 〈출자계북문행(出自薊北門行)〉은 형식면에서 칠언시를 가장 먼저 시도한 작품이며, 또한 오가서곡(吳歌西曲)을 문학 작품으로 끌어올린 공적도 있다.

시·부(賦)·잡문 10권이 있는데, 특히 악부(樂府)에 뛰어났으며, 육기(→355)·조식(→458)에 심취하였고, 웅건한 한(漢)나라(B.C.202~220) 악부를 좋아하였다. 대표작은 〈의행로난(擬行路難)〉 18수(首)로, 속마음을 터놓고 불우한 자신의 신세에 대한 분노를 묘사하여 권문세가(權門勢家)들에게 불만을 표시하였다. 풍격이 웅장하고 분방하여 후대에 많은 영향을 끼쳤다. 전쟁을 제재로 쓴 시가 많은데, 파수병의 불행한 환경을 동정하거나 참전(參戰)하여 나라에 보답하는 열정을 찬미하였다.

사부(辭賦)로 〈무성부(蕪城賦)〉가 널리 알려졌는데, 이는 예전에 번화하였던 광링[廣陵, 지금의 장쑤성 양저우(揚州)]의 모습을 전쟁이 끝난 뒤의 황량한 풍경과 대비시켜 세상사가 덧없다는 비애를 드러낸 서정성이 짙은 작품이다. 산문 〈등대뢰안여매서(登大雷岸與妹書)〉도 경치를 읊은 작품이다.

두보(→143)는 그를 '준일(俊逸)'하다고 높이 평가하였고, 송나라의 육시옹(陸時雍)은 그를 '길 없는 곳에 길을 연 사람'이라고 칭송하였다. 두보·이백(→369)을 포조에 비교하여 칭송한 것은 그의 시가 성당[盛唐, 현종[玄宗, 685~762, 중국 당나라의 제6대 황제. 재위 712~756. 이융기(李隆基)]의 개원(開元, 713)으로부터 대종[代宗, 726~779, 중국 당나라의 제8대 황제. 재위 762~779. 이예(李豫)]의 영태(永泰, 765)까지 약 50년간] 시인들에게 크게 영향을 미쳤음을 시사한다.

지은 책으로 〈포씨집(鮑氏集)〉(모두 10권)이 있으며, 1980년 첸충롄(錢仲聯, 1908~2003, 중국의 학자)이 〈포참군 집주(鮑參軍集注)〉를 펴냈다.

493
프라사드
Jaysankar Prasad 1889. 1. 30. ~ 1937. 1. 14.

인도의 힌디 어(語)(Hindi language) 시인이며 극작가.

담배 상인(商人)의 아들로, 인도 북부 우타르프라데시(Uttar Pradesh) 주 바라나시(Varanasi)의 부유한 집안에서 태어났으며, 이곳에서 죽었다.

어려서부터 시 쓰기를 좋아하였고, 힌디 어·산스크리트(Sanskrit) 어·영어·우르두 어(Urdu language)·페르시아 어(Persian language) 등의 개인 지도를 받았다.

큰아버지가 발행하는 월간지 〈달(月)〉의 편집에 참여하여, 1909년(20세)부터 이 잡지에 시를 발표한 뒤 주로 힌디 어로 시·단편·장편·희곡 등 많은 작품을 발표하였다. 문학의 각 장르에 순도 높은 문체(文體)로 재능을 발휘하였는데, 시인으로서의 재질이 뛰어나 습작 시대를 거친 시 〈눈물[Ānsū(The Tear)]〉(1925)은 감수성이 풍부한 서정성이 넘친다.

낭만적 상징 신비주의(神祕主義, mysticism) 시풍(詩風)의 3거장(巨匠)의 한 사람으로 꼽히는데, 원인(原人) 마누(Manu, 인도 신화에 나오는 첫 번째 인간)를 주인공으로 한 후기의 대표적인 서사시 〈카마야니(Kāmāyanī)〉

(1935)에서는 깊은 인간 통찰(洞察)과 고전적 이상미(理想美)의 세계에 이르러, 특히 명성을 얻었다.

근대 연극의 확립자로도 높이 평가를 받았다. 역사, 특히 굽타 왕조(Gupta Empire, 320~550년쯤까지 북인도를 통일·지배한 왕조) 시대에서 소재를 얻은 심리 묘사에 뛰어난 작품이 많은데, 문장 해독(解讀)이 어렵고 무대에 올리기 어려운 점이 있다.

역사극에도 뛰어나 〈잔메자야의 사사제(蛇祀祭)(Janmejay kā nāg yajña)〉(1926)·〈스칸다굽타[Skandagupta(On Emperor Skandagupta)]〉(1928)·〈찬드라굽타[Chandragupta(On Emperor Chandragupta Maurya I)]〉(1931)에서는 역사·민족·문화 의식의 각성(覺醒)과 고양(高揚)을 부르짖었고, 〈둘부스와미니(Dhruvasvāminī)〉(1933) 등을 발표하였는데, 이 작품들은 근대 인도 연극의 최고봉으로 일컬어진다.

이 밖에도 단편 〈그림자[Chāyā(The Shadow)]〉·〈메아리[Pratidhvani(The Echo)]〉·〈천상(天上)의 등불[Ākāshdīp(Ethereal Lamp)]〉·〈최면[催眠, Indrajāl(Hypnosis)]〉·〈폭풍우[暴風雨, Āṃdhī(The Storm)]〉 등이 있고, 소설로 현실의 자연주의(自然主義, naturalism)적 묘사를 시도한 〈나비[Titlī(The Butterfly)]〉(1934)와 〈이라와디 강(江)[Irāvatī(The Irrawaddy)]〉·〈해골[骸骨, Kankāl(The Skeleton)]〉 등을 남겼다.

494

피천득

皮千得 1910(순종 4). 5. 29.(음 4. 21.) ~ 2007. 5. 25.

한국의 시인이며 수필가·영문학자.

호(號)는 금아(琴兒), 본관(本貫)은 홍천(洪川).

서울 종로구(鐘路區) 청진동(淸進洞)에서 태어났으며, 서울 아산병원(峨山病院)에서 죽었다.

경성제일고등보통학교[京城第一高等普通學校, 지금의 경기고등학교(京畿高等學校)] 부속초등학교(1919~1923)를 거쳐 1923년(13세) 제일고보에 입학하였다가 1926년(16세) 중국으로 유학하여 장쑤성(江蘇省) 상하이(上海)의 공보국중학교(公報局中學校, Thomas Hanbury Public School)를 거쳐 1931년(21세) 후장대학(滬江大學, University of Shanghai, 1906~1952) 영문과에 입학, 1937년(27세) 졸업하였다.

일제(日帝) 강점기 때 경성중앙산업학원(京城中央産業學院) 교사로 근무하였고, 1945년(35세) 경성제국대학[京城帝國大學, 서울대학교의 전신(前身)] 예과(豫科) 교수를 거쳐 1946(36세)~1974년(64세) 서울대학교 사범대학 교수, 1963(53세)~1968년(58세) 같은 대학교 대학원 영문학과 주임 교수를 지냈다. 1954년(44세) 미국 국무부 초청으로 하버드대학교(Harvard University, 1636년 설립)에서 영문학을 공부하였다.

1930년(20세) 〈신동아(新東亞)〉(월간 종합 교양지, 1931. 11.~1936. 9. 통권 59호로 폐간, 1964년 9월 통권 60호로 복간)에 〈서정 소곡(抒情小曲)〉·〈파이프〉를 발표하면서 등단(登壇)하였고, 〈동광(東光)〉(월간 종합 교양지, 1926. 5.~1933. 1. 통권 40호로 종간)에 시 〈소곡(小曲)〉(1932)과 수필 〈눈보라치는 밤의 추억〉(1933), 〈신가정(新家庭)〉(월간 여성 교양지, 1933. 1.~1936. 9. 통권 45호로 종간)에 동요 〈유치원에서 오는 길〉(제28호, 1935. 4.)·〈아가의 슬픔〉(제30호, 1935. 6.) 등을 발표하여 호평을 받았다.

대체로 투명한 서정으로 일관하였으며, 사상·관념·대상을 배제한 순수한 정서에 의하여 시정(詩情)이 넘치는 생활을 노래하였다. 그의 문학 세계는 시보다 오히려 수필을 통하여 진수(眞髓)가 드러나는데, 일상의 정감을 섬세한 필체로 그려 산문화된 서정시처럼 곱고 아름답다. 특히 〈수필(隨筆)〉은 수필 형식으로 쓴 수필론으로, 수필의 본질을 파고든 대표작이다.

시집 〈서정 시집〉[상호출판사(相互出版社), 1947. 1.]·〈A Flute Player〉[삼화출판사(三和出版社), 1968]·〈금아시선〉[일조각(一潮閣), 1980]·〈생명(生命)〉[동학사(東學社), 1993. 7.]·〈삶의 노래-내가 사랑한 시, 내가 사랑한 시인〉(동학사, 1994.), 수필집 〈금아 문선(琴兒文選)〉(일조각, 1959)·〈수필〉[범우사(汎友社), 1976]·〈생명〉(샘터사, 1996)·〈인연(因緣)〉(샘터사, 1996)·〈A Skylark〉(샘터사, 영문판, 2001)·〈어린 벗에게〉[여백(餘白), 2003]·〈산호(珊瑚)와 진주(眞珠)와 금아〉(샘터사, 2003), 시문선(詩文選) 〈금아시문선〉[경문사(耕文社), 1959. 7./일조각, 1960. 1969년 〈산호와 진주〉로 제목을 바꾸어 재출판], 번역서 〈소네트의 시집〉[정음사(正音社), 1976]·〈셰익스피어 소네트의 시집〉(샘터사, 1996)·〈내가 사랑하는 시〉(샘터사, 1997) 등이 있다.

이 밖에 평론으로 〈노산 시조집(鷺山時調集)을 읽고〉(1932)·〈춘원 선생(春園先生)〉(1961) 등이 있다.

1977년(67세) 제1회 한국 수필 문학상, 1979년(69세) 제7회 새싹 문학상(번역상), 1991년(81세) 은관 문화 훈장(銀冠文化勳章), 1995년(85세) 제9회 인촌상(仁村賞)을 받았으며, 2009년 6월 5일 서울 송파구(松坡區) 잠실동(蠶室洞) 롯데월드 3층에 '금아 피천득 기념관'이 개관되었다.

495

하경명

何景明 1483 ~ 1521

중국 명(明)나라(1368~1644)의 시인.

자(字)는 중묵(仲默), 호(號)는 대복산인(大復山人)·백파(白坡).

허난성(河南省) 신양(信陽)에서 태어났다.

1502년(19세) 진사시(進士試)에 급제(及第)하여 중서사인(中書舍人)·이부(吏部) 원외랑(員外郎)·산시(陝西) 제학부사(提學副使) 등을 지냈다.

복고주의(復古主義, reactionism)를 주창(主唱)한 이몽양(→367)에게 배웠다. 이몽양과 함께 지도적인 입장에 있었으며, '문(文)은 진·한(文必秦漢), 시는 성당(詩必盛唐)'이라고 하는 이른바 '고문사(古文辭)'라고 일컬어지는 고전주의(古典主義, classicism) 문학 운동을 제창, '전칠자[前七子, 홍치 칠자(弘治七子)]'의 한 사람으로 꼽혔다.

변공(邊貢, 1476~1532, 중국 명나라의 문학가)·서정경(→225)·이몽양과 함께 '홍정4걸(弘正四傑)'이라고 불리었으며, 또한 이몽양과 '하이(何李)'라고 일컬어졌다. 나중에 이몽양은 모의(模擬)를, 하경명은 창조(創造)를 주장하여 대립하였다.

시는 온화한 시상(詩想)과 유연한 표현을 지녔으며, 칠언고체(七言古體)의 장시(長詩) 〈명월편(明月篇)〉은 시에 대한 신격을 나타내는 머리말과 함께 걸작으로 널리 알려졌다.

지은 책으로 〈대복론(大復論)〉·〈사잠잡언(四箴雜言)〉·〈옹대기(雍大記)〉·〈율려직해(律呂直解)〉·〈하대복 선생집(何大復先生集)〉(모두 38권)·〈하대복집(何大復集)〉(모두 2권)·〈하씨집(何氏集)〉(모두 26권)·〈하자잡언(何子雜言)〉·〈하중묵집(何仲默集)〉(모두 10권) 등이 있으며, 그의 전기(傳記)는 〈명사(明史)〉(모두 336권, 1735) '문원전(文苑傳)'에 실려 있다.

한편, '전칠자'는 명나라 홍치 연간(弘治年間, 1487~1505)·정덕 연간(正德年間, 1505~1521)의 7명의 문인(文人)으로, 하경명을 비롯하여 강해(康海, 1475~1540, 중국 명나라의 잡극 작가)·변공·서정경·왕구사(王九思, 1468~1551, 중국 명나라의 문학가)·왕정상(王廷相, 1474~1544, 중국 명나라의 사상가)·이몽양 등을 가리킨다. 뒷날 이반룡(→368)을 비롯한 일곱 명의 후계자 '후칠자(後七子)'가 나왔으므로 이들과 구별하여 이르는 말이다. 온아함과 평담(平淡)함을 존중하던 당시의 문학에 반대하여 웅건한 작풍을 강조하였다.

'후칠자'는 명나라의 7명의 문학가로, 사진(謝榛, 1495~1575, 중국 명나라의 문학가)·서중행(徐中行, ?~1578, 중국 명나라의 문학가)·양유예(梁有譽, 1521~1556, 중국 명나라의 문학가)·오국륜(吳國倫, 1524~1593, 중국 명나라의 문학가)·왕세정(王世貞, 1526~1590, 중국 명나라의 문학가이며 역사학자)·이반룡·종신(宗臣, 1525~1560, 중국 명나라의 문학가) 등을 가리킨다. 가정 연간(嘉靖年間, 1522~1566)의 사람들이기 때문에 '가정 칠자(嘉靖七者)'라고도 한다. 우두머리는 이반룡이었는데, 일찍 죽었기 때문에 그 뒤 왕세정이 중심이 되었다. '전칠자'의 뒤를 이어 더욱 철저하게 의고주의(擬古主義, archaism)를 주창하였으며, 전한(前漢, B.C.202~A.D.9)의 문장과 성당시(盛唐詩)만을 존중하는 것을 특색으로 삼았으며, 당시의 문단(文壇)에 압도적인 세력을 가지고 있었다.

＊하기방(何基芳) → 허치팡(→510)

496

하기와라 사쿠타로

萩原朔太郎 1886. 11. 1. ~ 1942. 5. 11.

일본의 시인.

의사의 맏아들로, 혼슈(本州) 중부 군마현(群馬縣) 마에바시(前橋)에서 태어났으며, 도쿄에서 죽었다.

군마현 사범학교 부속 소학교를 거쳐(1893~1900) 1900년(14세) 마에바시중학교에 입학하였는데, 이 무렵부터 요사노 히로시(與謝野寬, 1873~1935, 일본의 시인)·요사노 아키코(→321) 부부가 주재(主宰)하는 신시사(新詩社) 동인지(同人誌) 〈묘조(明星)〉에 〈하룻밤의 인연(ひと夜えにし)〉 등 단가(短歌) 5수(首)를 투고하면서 창작 활동을 시작하였다.

중학교를 졸업한 뒤 고향을 떠나 다른 도시의 고등학교[1907년 규슈(九州) 구마모토(熊本)의 제5고등학교(第五高等學校) 입학, 1908년 혼슈 서부 오카야마(岡山)의 제6고등학교(第六高等學校)로 전학]에 진학하였지만 몇 번의 낙제를 거듭하여 모두 중퇴하였고, 1910년(24세) 도쿄 게이오기주쿠대학(慶應義塾大學)에 입학하였다가 곧 중퇴한 뒤 고향으로 돌아왔으며, 1913년(27세) 기타하라 하쿠슈(→46)의 잡지 〈주란(朱欒)〉에 〈길을 감(みちゆき)〉 등 5편의 시를 실음으로써 등단(登壇)하였다.

그 뒤 도쿄와 고향을 오가는 생활을 계속하면서 시작(詩作)에 전념하였으며, 1916년(30세) 무로 사이세이(→160)와 함께 잡지 〈감정(感情)〉을 창간, 지적(知的) 시풍(詩風)에 빠져 있던 시단(詩壇)에 서정성이 풍부한 시를 발표하여 새로운 바람을 일으켰다.

1917년(31세) 〈고양이(猫)〉·〈대(竹)〉·〈주정(酒精) 중독자(中毒者)의 얼굴〉 등을 실은 처녀 시집 〈달을 보며 울부짖다(月に吠える)〉와 1923년(37세) 시집 〈우울한 고양이(青猫)〉[신초샤(新潮社)]를 펴냈는데, 이 두 시집으로 시인으로서의 부동(不動)의 자리를 확립하면서 다카무라 고타로(→130)와 함께 '일본 근대시의 완성자'의 한 사람으로 평가받았다. 〈달을 보며 울부짖다〉에서는 근대인들의 고독감과 신경 쇠약, 우울증을 구어체(口語體)로 섬세하게 표현하였고, 〈우울한 고양이〉에서는 니체(Friedrich Wilhelm Nietzsche, 1844~1900, 독일의 시인이며 철학자)와 쇼펜하우어(Arthur Schopenhauer, 1788~1860, 독일의 염세주의 철학자), 불교의 영향을 받은 염세적(厭世的) 허무(虛無) 의식과 관능적(官能的)이며 퇴폐적인 시상(詩想)이 주를 이루며 우울함과 무료함, 권태로움을 '우울한 고양이 스타일'이라고 불리는 독특한 시 형식으로 표현하였다.

1925년(39세)에 펴낸 세 번째 시집 〈순정 소곡집(純情小曲集)〉에는 〈고이데 신도(小出新道)〉·〈달을 보며 울부짖다〉·〈마음〉·〈밤차(夜汽車)〉·〈신마에바시역(新前橋驛)〉 등 모두 28편을 실었는데, 여기에서는 일본어의 부드러운 구어체를 버리고 강한 문어체(文語體)로 표현하고 있다.

1934년(48세)의 마지막 시집 〈얼음섬(氷島)〉에서는 격월(激越)한 한어조(漢語調)를 사용하는 시풍을 보였다. 그 뒤로는 아포리즘(aphorism, 깊은 체험적 진리를 간결하고 압축된 형식으로 나타낸 짧은 글. 금언·격언·경구·잠언 따위를 가리킨다.)과 문화 평론에 전념하였다.

근대인의 섬세하며 병적(病的)인 심경(心境)을 구체적인 언어를 구사(驅使)하여 근대시를 승화시켰으며, 느낀 것을 직설적이고 구체적으로, 때로는 아름답지 못한 이미지로 묘사함으로써 일본 문학에 혁신적인 기법을 주도하여 '일본 근대시의 아버지'라고 일컬어졌다.

1935년(49세) 제8회 분가쿠카이상(文學界賞), 1940년(54세) 제4회 도코쿠 문학상(透谷文學賞)을 받았다.

고향 마에바시 시키시마(敷島) 공원 장미원(薔薇園)에 '하기와라 사쿠타로 기념관'이 있으며, 1955년 5월 〈귀향(歸鄕)〉이 새겨진 시비(詩碑)가 세워졌다.

이 밖에 평론 〈새로운 욕정(新しき欲情)〉(1925)·〈허망의 정의(虛妄の正義)〉(1929)·〈절망의 도주(絶望の逃走)〉(1935)·〈향수의 시인 요사 부손(鄕愁の詩人與謝蕪村)〉(1936)·〈일본에의 회귀(日本への回歸)〉(1938), 산문 시집 〈숙명(宿命)〉(1939), 소설 〈고양이 마을(猫町)〉(1935) 등과 시론집(詩論集) 〈시의 원리(詩の原理)〉(1928)·〈순정시론(純正詩論)〉[다이이치쇼보(第一書房), 1935]이 있다.

497

하리슈찬드라

Harishchandra 1850. 9. 9. ~ 1885. 1. 6.

인도의 시인이며 극작가·저널리스트.

인도 북부 우타르프라데시(Uttar Pradesh) 주 바라나시(Varanasi)에서 태어났으며, 이곳에서 죽었다.

1867년(17세) 최초의 힌디 어(語)(Hindi language) 문학잡지 〈시인들의 감로(甘露)와 같은 언어(Kavi-vachana-sudha)〉와 1872년(22세) 〈하리슈찬드라의 잡지(Harish-chandra Magazine)〉를 창간하였으며, 뒤의 것은 나중에 〈하리슈찬드라의 달빛(Harishchandra Chandrika)〉으로 일컬어졌다.

뛰어난 시인들과 문예가들이 그의 막대한 후원을 받으면서 그의 주변에 모여들었고, 그의 잡지를 통하여 산출된 그들의 작업은 힌디 어와 힌디 문학을 크게 변화시켰다. 새로운 힌디 어 산문 전통을 세우는 데 바쳐진 그의 공헌은 그 짧았던 생애로 말미암아 더욱 두드러졌으며, 인도인들은 그를 칭송하여 '바르텐두[Bhartendu(Moon of India, '인도의 달')]'·'현대 힌디 어의 아버지

(Father of modern Hindi)'라고도 한다.

소박하면서도 서정성 있는 풍자적 광대극과 비극, 현대 힌디 어와 브라지바사 어(Braj Bhāsā language, 브라지 지방의 언어) 운문(韻文)으로 된 많은 희곡을 썼다. 이 작품들은 1650년대에서 1850년대까지 이어지는 힌두 문학의 '리티 시대(Riti period)'를 마감시키고 '바르텐두 시대'를 열었다. 또한 우르두 어(Urdu language)를 중시하는 것이 부당함을 지적하고 정치적 변화를 이끌어 냈으며, 이 변화로 현대 힌디 어가 인도의 표준어로 확립되었다.

여러 편의 풍자적 광대극과 비극의 각본을 통하여 몇 세기 동안 외세의 지배를 받으며 가난하고 무능력해진 인도 및 쇠락한 인도의 문명에 대한 자신의 참담한 심경을 강렬하게 표현하였다. 그러면서도 사회 사업 및 교육 사업에 정열적으로 참여하면서 자신이 살고 있는 세계의 밝은 면을 바라보는 것을 잊지 않았다. 뛰어난 배우, 예리하고 재치 있는 논객(論客)으로도 알려졌으며, 자신이 속한 카스트[caste, 인도 사회 특유의 신분 제도. 브라만(Brahman, 사제 · 성직자), 크샤트리아(Kshatriya, 귀족 · 무사), 바이샤(Vaisya, 상인 · 농민 · 지주), 수드라(Sudra, 소작농 · 청소부 · 하인)의 네 가지로 분류된다.] 및 종교 공동체 내의 친지들 사이에서는 엉뚱한 익살꾼이었다.

498

하만리

河萬里 1597(선조 30) ~ 1671(현종 2)

조선(朝鮮, 1392~1910)의 시인.

자(字)는 자장(子長), 호(號)는 양진당(養眞堂), 본관(本貫)은 진주(晉州).

최연(崔衍, 1576~1651, 조선의 문신) · 최온(崔蘊, 1583~1659, 조선의 문신) 등의 문하(門下)에서 공부하였고, 경전(經典)을 연구하며 과거(科擧)에 뜻을 두지 않고 오로지 학문에만 전념하였다.

1636년(39세, 인조 14) 병자호란(丙子胡亂, 1636. 12. 9.~1637. 1. 30.)이 일어나자 최온 · 황위(黃暐, 1605~1654, 조선의 문신) 등과 함께 의병을 일으켜 북진(北進)하였다.

효성이 지극하여 언 강(江)에서 고기를 잡아 부모를 봉양하였고, 부모의 병환이 위독할 때 손가락을 베어 그 피를 마시게 하였다는 일화(逸話)가 전해지고 있다.

시 작품으로 풍월(風月)을 읊은 〈유거십팔운(幽居十八韻)〉 · 〈종호팔경시(鍾湖八景詩)〉 등이 있으며, 문집 〈양진당 유고(養眞堂遺稿)〉가 있다.

499

하소기

何紹基 1799 ~ 1873

중국 청(淸)나라(1616~1912)의 학자이며 서가(書家) · 시인.

자(字)는 자정(子貞), 호(號)는 동주거사(東洲居士) · 원수(蝯叟).

호부상서(戶部尙書) 하능한(何凌漢, 1772~1840)의 맏아들로, 후난성(湖南省) 다오저우(道州)에서 태어났으며, 장쑤성(江蘇省) 쑤저우(蘇州)에서 죽었다.

소업(何紹業, 1799~1839, 하소기와 쌍둥이 아우) · 소기(何紹祺) · 소경(何紹京) 등 아우 셋이 모두 글씨를 뛰어나게 잘 써서 '하씨사걸(何氏四傑)'이라고 일컬어졌다.

1836년(37세) 진사시(進士試)에 급제(及第), 서길사(庶吉士)를 거쳐 한림원(翰林院) 편수(編修)가 되었고, 1852년(53세) 푸젠성(福建省) 향시(鄕試) 정고관(正考官) · 쓰촨성(四川省) 학정(學政)을 지냈으며, 1855년(56세)에 벼슬에서 물러났다.

〈소학(小學)〉에 정통하였고, 금석학(金石學)을 좋아하였으며, 북송(北宋, 960~1126)의 시인 소동파(→234)와 황정견(→522)의 시에 깊이 빠져, 시인으로도 일가(一家)를 이루었다.

처음에는 안진경(顔眞卿, 709~784?, 중국 당나라의 서예가)의 서체(書體)를 배우다가, 나중에 북비(北碑)의 수창자(首唱者) 포세신(包世臣, 1775~1855, 중국 청나라의 서예가)과 교유(交遊)하였다. 난죽(蘭竹) · 산수(山水)를 그렸으며, 서(書)에서는 도광제[道光帝, 1782~1850, 중국 청나라의 제8대 황제. 선종(宣宗). 재위 1820~1850] 때 북파의 제1인자였다.

완원(阮元, 1764~1849, 중국 청나라의 화가)에게 금석 비첩(金石碑帖)을 배워 한비(漢碑) · 북비를 연구, 한비의 전례(篆隷)를 중심으로 한 임서(臨書)에 전념하였으며, 독자적인 서경(書境)을 열어 제1류의 서가가 되었다. 그의 행초서(行草書)는 특이한 분위기를 지니고 있는데, 전필

(顫筆, 떨리는 붓)을 구사(驅使)한 예서(隸書)와 행서(行書)는 높이 평가되었다.

지은 책으로 〈동주 초당 금석시(東洲草堂金石詩)〉·〈동주 초당 문초(東洲草堂文鈔)〉·〈석도미재경설(惜道味齋經說)〉·〈설문단주박정(說文段注駁正)〉 등이 있다.

500
하손
何遜 480 ~ 517(520)?

중국의 남조(南朝) 양(梁)나라(502~557)의 시인.

자(字)는 중언(仲言).

하승천[何承天, 370~447, 중국 남조 송(宋)나라(420~479)의 문인이며 학자]의 증손(曾孫)으로, 장쑤성(江蘇省) 둥하이현(東海縣)에서 태어났다.

8세 때 시·부(詩賦)를 지었다는 조숙한 천재였다.

20세 무렵에 문단(文壇)의 거성(巨星) 범운(范雲, 451~503)에게 시재(詩才)를 인정받아, 두 사람은 나이 차이가 많았음에도 불구하고 망년지교(忘年之交)가 있었다고 한다.

건안왕(建安王)·여릉왕(廬陵王) 등 왕족들의 사랑을 받아 막료(幕僚)를 지냈고, 유효표(劉孝標, 462~521, 중국 남조 양나라의 시인)와 더불어 '하류(何劉)'라고 일컬어졌으며, 청신한 시풍(詩風)의 가작(佳作)을 남겼다.

501
하지장
賀知章 659 ~ 744

중국 당(唐)나라(618~907)의 시인이며 서가(書家).

자(字)는 계진(季眞)·유마(維摩), 호(號)는 비서외감(祕書外監)·사명광객(四明狂客)·석창(石窗).

저장성(浙江省) 웨저우(越州) 영흥[永興, 지금의 사오싱(紹興)]에서 태어났으며, 어릴 때부터 문사(文詞)로 이름을 얻었다.

695년(36세) 진사시(進士試)에 급제(及第), 태상박사(太常博士)를 거쳐 725년(66세) 예부시랑(禮部侍郎), 이듬해 공부시랑(工部侍郎), 이어 태자 빈객(太子賓客, 황태자의 스승)·비서감(祕書監)을 지냈으며, 744년(85세) 귀향한 뒤 병으로 죽었다.

현종[玄宗, 685~762, 중국 당나라의 제6대 황제, 재위 712~756, 이융기(李隆基)]을 섬겼고, 시인 이백(→369)을 발견한 사람으로 알려져 있다. 그 자신도 풍류 시인으로 이름이 높아 두보(→143)의 〈음중팔선가(飮中八仙歌)〉에도 읊어져 있다. 장약허(張若虛, 660~720, 중국 당나라의 시인)·장욱(張旭, ?~?, 중국 당나라의 서예가)·포융(包融, ?~?, 중국 당나라의 시인)과 더불어 '오중사사(吳中四士)'라고 일컬어진다.

〈영류(詠柳, '버들을 읊다')〉·〈제원씨별업(題袁氏別業, '원씨네 별장에 써서 붙이다')〉·〈회향우서(回鄕偶書, '고향으로 돌아오는 길에')〉 등의 절구(絕句)가 널리 알려져 있고, 〈전당시(全唐詩)〉[모두 900권, 2,200여 명의 작품 4만 8,900여 수 수록. 1705년 3월에 편찬에 착수, 1745년 10월에 완성, 1746년 4월 양저우시국(揚州詩局)에서 간행]에도 20수(首)가 실려 있다.

지은 책으로 〈하비감집(賀祕監集)〉이 있고, 〈효경(孝經)〉 외에 법첩(法帖)을 남겼을 뿐이지만, 힘찬 필력(筆力)과 고아한 취향의 행서(行書)와 초서(草書)에 뛰어났다.

502
한악
韓偓 844 ~ 923

중국 당(唐)나라(618~907)의 시인.

자(字)는 치광(致光)·치요(致堯), 호(號)는 옥산초인(玉山樵人).

수도(首都) 창안[長安, 지금의 산시성(陝西省) 시안(西安)]에서 태어났다.

889년(55세) 진사시(進士試)에 급제(及第), 한림학사(翰林學士) 승지(承旨)·병부시랑(兵部侍郎)에까지 승진하였다.

소종[昭宗, 867~904, 중국 당나라의 제19대 황제, 재위 888~904, 이엽(李曄)]의 신뢰가 두터웠고 멸망 직전의 당나라에 충절을 다하였으나, 주전충[朱全忠, 852~912, 후량(後梁)의 태조(太祖), 재위 907~912]의 미움을 받고 허난성(河南省) 복주(濮州)·등주(鄧州) 사마(司馬)로 좌천(左遷)되었다. 만년(晩年)에는 푸젠성(福建省) 민(閩)의 지배자 왕심지[王審知, 민국(閩國), 909~945)의 초대 황제, 태조, 재위 909~925]의 비호(庇護)를 받으며 그곳에서 죽었다.

염체(艶體)의 시집 〈향렴집(香奩集)〉(1권, 또는 3권)으로 널리 알려졌으며, 온정균(溫庭筠, 812?~870, 중국 당나라의 시인)이나 이상은(→376)만큼 깊이는 없었으나 관능적(官能的)인 정경을 염려(艶麗)하게 직설적으로 나타내고 있다. 그 시풍(詩風)은 후세에 '향렴체(香奩體)'로 일컬어졌다.

〈우계도중(尤溪道中, '우계로 가는 길에')〉·〈이량(已涼, '이미 서늘한데')〉·〈초서 병풍(草書屛風, '초서로 쓴 병풍')〉·〈효최국보체 3수[效崔國輔體三首, '최국보의 시체(詩體)를 본받아서 3수']〉·〈취저(醉著, '술에 취하여')〉 등의 절구(絕句)가 널리 알려져 있고, 염체 이외의 작품집으로 〈금란밀기(金鑾密記)〉·〈옥초산인집(玉樵山人集)〉[또는 〈한한림집(韓翰林集)〉, 모두 3권]·〈한내한별집(韓內翰別集)〉이 있다.

503

한용운

韓龍雲 1879(고종 16).8.29.(음 7.12.)~1944.6.29.

한국의 독립 운동가이며 승려·시인.

아명(兒名)은 유천(裕天), 자(字)는 정옥(貞玉), 계명(戒名)은 봉완(奉玩), 법명(法名)은 용운(龍雲), 호(號)는 만해(萬海·卍海), 본관(本貫)은 청주(淸州).

충청남도 홍성군(洪城郡) 관아(官衙)의 하급 임시 관리(官吏)였던 아버지 한응준(韓應俊, ?~1905)과 어머니 온양(溫陽) 방씨(方氏)의 둘째 아들로, 홍성군 결성면(結成面) 성곡리(城谷里)에서 태어났으며, 서울에서 죽었다.

어린 시절에 관하여는 본인의 술회(述懷)도 없고 측근에게도 잘 알려지지 않았다. 유년 시대는 흥선 대원군[興宣大院君, 1820~1898, 조선의 왕족이며 정치가. 조선의 제26대 왕 고종(高宗)의 아버지. 이름은 이하응(李昰應)]의 집정(執政)과 외세의 침략 등으로 나라 안팎이 어수선한 시기였다. 이러한 시대적 배경과 사회적 여건은 결국 그를 독립 운동가로 성장시킨 간접적 요인이 되었다.

1882년(3세, 고종 19) 임오군란(壬午軍亂, 1882. 6. 9.)이 일어났으며, 1884년(5세, 고종 21) 향리(鄕里)의 사숙(私塾)에 들어가 10년 동안 한학(漢學)을 공부하였고, 1892년(13세, 고종 29) 고향에서 전정숙(全貞淑, 1877~?)와 성혼(成婚)의 예식을 올렸다.[1904년 12월 21일 태어난 아들 보국(輔國)은 한국 전쟁 때 월북하여 1977년 북한에서 죽었다.]

읍내 서당에서 아이들을 가르치다가 1894년(15세, 고종 31) 동학 농민 운동(東學農民運動, 1894~1895)이 일어나자 김복한(金福漢, 1860~1924, 조선의 문신이며 유학자·의병장)·이설(李偰, 1850~1906, 조선의 문신이며 순국 지사)·임한주(林翰周, 1871~1954, 조선의 의병) 등이 일으킨 홍주(洪州, 지금의 홍성)의 을미 의거(乙未義擧)에 참여하였으나 실패하자 피신하였다. 동학 농민 운동 때 아버지는 홍주 감영(監營) 관군의 중군(中軍)이 되어 농민군을 토벌하는 데 참여하였다.

1895년(16세, 고종 32) '나는 왜 중이 되었나'라는 그 자신의 술회대로 세상에 대한 관심과 생활의 방편으로 집을 떠나, 설악산(雪嶽山) 오세암(五歲庵)에 들어가 머슴으로 일하면서 불교의 기초 지식을 두루 익히면서 선(禪)을 닦았다.

1897년(18세, 고종 34) 귀향하였고, 그 뒤 처가에서 은신하였다.

1905년(26세, 고종 42) 1월 다시 입산하여 강원도 인제(麟蹄) 백담사(百潭寺)에 가서 연곡(連谷)을 스승으로 하여 정식으로 득도(得道)하고 승려가 되었고, 만화(萬化, 1850~1919, 조선의 승려)에게 법을 받았다. 을사조약(乙巳條約, 1905. 11. 17.)이 체결된 직후 홍성에서는 제2차 의병 운동이 일어났고, 이 때 아버지가 의병들에 의하여 살해되었다. 불교에 입문한 뒤로는 주로 교학적(敎學的) 관심을 가지고 대장경(大藏經)을 열람하였으며, 특히 한문으로 된 불경(佛經)을 우리말로 옮기는 일, 즉 불교의 대중화 작업에 주력하였다.

1907년(28세, 고종 44, 순종 원년) 하산(下山)하였고, 세계에 대한 관심이 깊어져 블라디보스토크(Vladivostok) 등 시베리아(Siberia)와 만주(滿洲) 등을 순력(巡曆)하다가 돌아와 함경남도 안변(安邊)의 석왕사(釋王寺) 등 이곳저곳을 떠돌아다녔다.

1908년(29세, 순종 2) 3월 6일 전국 사찰 대표 52인의 한 사람으로 전라북도 장수군(長水郡) 팔공산(八公山) 원흥사(元興寺)에서 원종 종무원(圓宗宗務院) 설립에 참여하였다. 이 해 4월부터 약 6개월 동안 원종 종무원 시찰단의 한 사람으로 일본을 여행하였다. 주로 도쿄·교토(京都, 794~1868년 일본의 수도)·시모노세키(下關)를 중심으로 새로운 문물과 풍물을 체험하고 10월 귀국하였다. 이 여행 중에 뒷날 3·1 운동 때 동지가 된 최린(崔麟, 1878~?, 3·1 운동 때 민족 대표 33인 가운데 한 사람. 나중에 철저한 친일파가 되었다.) 등과 교유(交遊)하였다.

같은 해 12월 서울에 경성명진측량강습소(京城明進測量講習所)를 개설하여 소장에 취임하였고, 1909년(30세, 순종 3) 7월 금강산(金剛山) 표훈사(表訓寺) 불교 강사가 되었다.

1910년(31세, 순종 4) 5월 승려의 결혼을 공식적으로 허락해 달라는 문건을 청원서 형식으로 중추원(中樞院)과 통감부(統監府, 1906. 2.~1910. 8.)에 제출하였다. 이 무렵 불교의 유신(維新)을 주장하는 논저 〈조선 불교 유신론(朝鮮佛教維新論)〉[회동서관(匯東書館), 1913. 5.]을 저술하였다.

1911년(32세) 1월 전라남도 순천(順天) 송광사(松廣寺)에서 김종래(金鍾來)·박한영[朴漢永, 1870~1948, 한국의 고승(高僧). 정호(鼎鎬)]·진진응(陳震應) 등과 승려 궐기 대회를 열어 일본의 조동종(曹洞宗)과 한국 불교의 통합을 꾀한 이회광(李晦光, 1862~1933, 한국의 승려) 등의 친일적(親日的)인 불교 행위를 규탄·저지하였다. 3월 송광사에서 조선 임제종(臨濟宗) 종무원을 설치하여 원장으로 취임하고 5월 종무원을 부산(釜山) 금정산(金井山) 범어사(梵魚寺)로 옮겼다.

그 해 가을, 중국 동북 삼성(東北三省)으로 가서 만주·시베리아 등지를 떠돌아다니면서 여러 곳에 흩어져 있던 독립군 군관(軍官) 학교를 순방하고, 그들에게 독립 정신과 민족혼을 심어 주는 일에 온 힘을 쏟았다.

1913년(34세) 불교학원(佛教學院)과 불교사범학교[佛教師範學校, 동국대학교(東國大學校)의 전신(前身)]에서 교편(教鞭)을 잡았고, 박한영 등과 조선불교종무원(朝鮮佛教宗務院)을 창설하였다. 이 해 말 범어사에 들어가 〈불교대전(佛教大典)〉(1914. 4.)을 저술, 대승 불교(大乘佛教)의 반야 사상(般若思想)을 바탕으로 하여 종래의 무능한 불교를 개혁하고 불교의 현실 참여를 주장하였다. 불교 정신을 펴는 데 힘썼으며, 중국 청(淸)나라(1616~1912) 승려 내림(來琳)의 증보본(增補本)에 따라 주해본(註解本) 〈정선 강의 채근담(精選講義菜根譚)〉[신문관(新文館), 1917. 4.]을 저술하였다.

1914년(35세) 불교 포교(布教)의 보편화 대중화를 선언하고 조선불교청년동맹(朝鮮佛教青年同盟)을 결성하여 그 강령(綱領)을 지었으며, 4월 불교강구회(佛教講究會) 총재, 8월 조선불교회(朝鮮佛教會) 회장에 취임하였다.

1918년(39세) 9월 1일 서울 계동(桂洞)에서 제자 춘성(春城, 1891~1977, 한국의 승려이며 독립 운동가·문인)과 함께 불교에 관한 월간 종합 잡지 〈유심(唯心)〉(1918. 9.~12. 통권 3호로 종간)을 발간, 창간호에 논설 〈고통(苦痛)과 쾌락(快樂)〉·〈고학생(苦學生)〉·〈전로(前路)를 택하여 나아가라〉·〈조선 청년과 수양(修養)〉을 비롯하여 신체시(新體詩)에서 벗어난 신시(新詩) 〈심(心)〉, 제2호(1918. 10.)에 〈마(魔)는 자조물(自造物)이다〉, 종간호에 〈무용(無用)의 노심(勞心)〉·〈자아(自我)를 해탈(解脫)하라〉·〈천연(遷延)의 해(害)〉·〈훼예(毁譽)〉, 수필 〈전가(前家)의 오동(梧桐)〉을 발표하였다. 불교의 전도와 민족 정신의 고취를 목적으로 펴낸 이 잡지는 뒷날 그가 관계한 〈불교〉(월간 불교 잡지. 1914년 창간)와 함께 가장 괄목할 만한 문화 사업의 하나였다.

1919년(40세) 1월에 창간한 〈신청년(新青年)〉(문예지. 1919. 1.~1921. 7. 통권 6호로 종간)에 창간사를 실었으며, 3·1 운동 때에는 백용성[白龍城, 1864~1940, 한국의 승려이며 독립 운동가. 3·1 운동 때 민족 대표 33인 가운데 한 사람이며, 대각교(大覺教)를 창시하였다.] 등과 함께 불교계를 대표하여 민족 대표 33인의 한 사람으로 독립 선언서에 서명하였다. 이 때 독립 선언문의 내용을 둘러싸고 최남선(→480)과 의견 충돌이 있었다. 즉 한용운은 내용이 좀더 과감하고 현실적이어야 한다고 생각하였으나, 결국 마지막의 행동 강령인 '공약 3장(公約三章)'만을 집어넣는 데 그쳤다.

명월관[明月館. 지금의 서울 종로구(鐘路區) 세종로(世宗路) 동아일보사(東亞日報社) 광화문(光化門) 사옥 일민문화관(一民文化館) 자리에 있었던 유흥 음식점. 1909년 개점]의 지점 태화관[泰和館, 종로구 인사동(仁寺洞)에 1918년 개점]에서 민족을 대표하여 독립 선언 연설을 한 뒤 주동자로 체포되어 3년형을 선고받고 서대문형무소(西大門刑務所)에서 옥살이를 하였다. 옥중에서 일본 검사의 신문(訊問)에 대한 답변으로 작성한 〈조선 독립의 서(書)〉(1919. 7. 10.)는 상하이(上海)에서 발간되는 대한민국 임시 정부의 기관지 〈독립신문(獨立新聞)〉 1919년 11월 4일치 부록에 〈조선 독립에 대한 감상의 개요〉라는 제목으로 발표되었는데, 이 글을 통하여 제국주의(帝國主義, imperialism)에 대한 비교적 정확한 이해와 민족의 독립 근거에 대한 확고한 신념을 제시하였다.

1921년(42세) 12월 권동진(權東鎭, 1861~1947, 한국의 독립 운동가이며 정치인)·김창준(金昌俊, 1889~1959, 한국

의 목사이며 독립 운동가)·오세창(吳世昌, 1864~1953, 한국의 독립 운동가이며 언론인·서예가)·이종일(李種一, 1858~1925, 조선의 문신이며 언론인이며 독립 운동가·국문학자)·최린·함태영[咸台永, 1873~1964, 한국의 독립 운동가이며 정치가·종교인. 제3대 부통령. 재임 1952. 8. 15.~1956. 8. 14.] 등과 함께 출옥하였고, 그 뒤에도 경찰의 감시 아래에서 강연과 〈동아일보〉에 〈조선급조선인(朝鮮及朝鮮人)의 번민(煩悶)〉(1923. 1. 1.~1. 11.)·〈사회 운동과 민족 운동〉(1925. 1. 2.~1. 5.), 〈개벽(開闢)〉(우리나라 최초의 월간 종합 교양지. 1920. 6.~1926. 8. 통권 72호로 종간. 속간 1934. 11.~1935. 2. 통권 4호로 종간. 복간 1946. 1.~1949. 3. 통권 9호로 종간) 제27호(1922. 9.)에 시 〈무궁화(無窮花) 심으라〉를 기고(寄稿)하는 등 여러 방법으로 조국 독립의 열변을 토하였다.

1924년(45세)에는 조선불교청년회(朝鮮佛敎青年會) 회장에 취임하였고, 1925년(46세)에는 오세암에서 〈십현담 주해(十玄談註解)〉를 탈고(脫稿)하였다.

1926년(47세) 5월 근대 한국시의 기념비적인 작품으로 시집 〈님의 침묵(沈黙)〉(회동서관)을 펴냈다. 이 시집에는 〈나룻배와 행인(行人)〉·〈논개(論介)의 애인이 되어 그의 묘에〉·〈님의 얼굴〉·〈당신을 보았습니다〉·〈명상(冥想)〉·〈복종(服從)〉·〈비밀(祕密)〉·〈알 수 없어요〉·〈이별은 미(美)의 창조〉·〈정천 한해(情天恨海)〉·〈찬송(讚頌)〉·〈첫 키스〉·〈타고르의 시 Gardenisto를 읽고〉 등 88편의 시가 실려 있는데, 대체로 독립에 대한 신념과 희망을 사랑의 노래로 형상화한 것으로 볼 수 있다. 이즈음부터 문학 활동을 전개하여 저항 문학에 앞장섰다.

1927년(48세) 2월 김병로(金炳魯, 1887~1964, 한국의 법조인이며 정치가)·이인(李仁, 1896~1979, 한국의 독립 운동가이며 법률가·정치인)·조병옥(趙炳玉, 1894~1960, 한국의 독립 운동가이며 교육자·정치가)·허정숙(許貞淑, 1902~1991, 북한의 독립 운동가이며 여성 운동가·사회주의자)·허헌(許憲, 1885~1951, 북한의 독립 운동가이며 법조인·정치인) 등과 함께 일제(日帝)에 대항하는 단체 신간회(新幹會) 결성에 불교계 대표로 참여하여 주도적 소임을 맡았으며, 이듬해 중앙 집행 위원이 되어 경성 지회장(京城支會長)의 일을 겸직하였다. 나중에 신간회는 광주 학생 운동(光州學生運動, 1929. 11. 3.) 등 전국적인 민족 운동을 전개, 추진하였다.

같은 해 12월 조선불교청년회를 조선불교청년동맹으로 이름을 바꾸고, 불교를 통한 청년 운동을 강화하였으며, 많은 논문을 발표하여 불교의 대중화와 독립 사상 고취에 힘썼다.

이 무렵 〈가갸날에 대하여〉(〈동아일보〉, 1926. 12. 7.)·〈여성의 자각(自覺)이 인류 해방 요소〉(〈동아일보〉, 1927. 7. 3.)·〈죽었다가 살아난 이야기〉[〈별건곤(別乾坤)〉 제8호, 1927. 8.]·〈천하 명기(天下名妓) 황진이(黃眞伊)〉(〈별건곤〉 제11호, 1928. 1.)·〈전문 지식을 갖추자〉(〈별건곤〉 제14호, 1928. 6.)·〈소작 농민의 각오〉[〈조선농민(朝鮮農民)〉 종간호, 1930. 1.]·〈남 모르는 나의 아들〉(〈별건곤〉 제25호, 1930. 1.) 등을 발표하였다.

1930년(51세) 5월 김법린(金法麟, 1899~1964, 한국의 승려이며 독립 운동가·정치가·학자)·김상호(金尙昊, 1889~1965, 한국의 승려이며 독립 운동가)·만공선사[滿空禪師, 1871~1946, 한국의 승려이며 독립 운동가. 본명은 송월면(宋月面)]·최범술(崔凡述, 1904~1979, 한국의 승려이며 독립 운동가·정치가) 등이 조직한 청년 법려(法侶) 비밀 결사인 만당(卍黨)의 당수(黨首)로 추대되었다.

1931년(52세) 6월에는 권상로(權相老, 1879~1965, 한국의 승려이며 불교학자)가 맡아 오던 잡지 〈불교〉를 인수하여 사장으로 취임하여 속간(續刊), 〈정·교(政敎)를 분립하라〉·〈인도 불교 운동의 편신(片信)〉 등 많은 논설을 발표하면서 불교의 포교에 온 정력을 기울였는데, 특히 고루한 전통에 안주하는 불교를 통렬히 비판하였으며, 승려의 자질 향상과 기강 확립, 생활 불교 등을 제창하였다.

1933년(54세) 종로구 단성사(團成社) 옆 진성당병원(進誠堂醫院) 간호사였던 유숙원(俞淑元, 1898~1966)과 재혼하여 딸 한영숙(韓英淑, 1934~)을 얻었고, 지인(知人)들이 뜻을 모아 지어 준 성북구(城北區) 성북동 심우장(尋牛莊)에 살면서 〈유마힐 소설경 강의(維摩詰所說經講義)〉를 번역하였다.

1935년(56세) 회고담(回顧談) 〈북대륙(北大陸)의 하룻밤〉(1935. 3. 8.~3. 13.)과 첫 장편 소설 〈흑풍(黑風)〉(1935. 4. 9.~1936. 2. 4.)을 〈조선일보(朝鮮日報)〉에 연재하였고, 1936년(57세) 〈조선중앙일보(朝鮮中央日報)〉(일간지. 1933. 3. 7.~1937. 11. 5.)에 장편 〈후회(後悔)〉(모두 50회), 1937년(58세) 〈불교〉에 장편 〈철혈미인(鐵血美人)〉(신집 제1~2호), 1938년(59세) 〈조선일보〉에 장편

〈박명(薄命)〉(1938. 5. 18.~1939. 3. 12.)을 연재하였다. 이러한 소설과 번역을 발표한 까닭은 원고료로 생활에 보탬을 얻기 위한 것도 있지만, 그보다는 소설을 통하여 민족 운동을 전개하려는 의도가 더 큰 것으로 이해된다.

1937년 11월에는 그가 직접 지도해 오던 비밀 항일(抗日) 단체 만당을 조사하는 과정에서 만당 사건(卍黨事件)이 일어났고, 많은 후배 동지들과 함께 그도 배후자로 검거되어 고초를 겪었다.

1939년(60세) 8월 회갑을 맞아 서울 청량리동(淸凉里洞) 청량사(淸凉寺)와 경상남도 사천(泗川) 다솔사(多率寺)에서 몇몇 동지들과 함께 조촐한 자축연(自祝宴)을 가졌다. 다솔사는 당시 민족 독립 운동을 주도하던 본거지였다. 11월에는 〈조선일보〉에 〈삼국지(三國志)〉(1939. 11. 1.~1940. 8. 11.) 연재를 시작하였다.

1940년(61세) 창씨개명(創氏改名) 반대 운동과 1943년(64세) 조선인 학도병(學徒兵) 출정 반대 운동을 전개하였다. 그 뒤에도 불교의 혁신과 작품 활동을 계속하다가, 1944년(65세) 심우장에서 중풍으로 죽었다. 동지들에 의하여 미아동(彌阿洞) 사설 화장장(火葬場)에서 다비(茶毘)된 뒤 망우동(望憂洞) 공동 묘지에 안치(安置)되었다.

친하던 벗으로는 김규식(金奎植, 1881~1950, 한국의 독립 운동가이며 정치가)·김동삼(金東三, 1878~1937, 한국의 독립 운동가)·김성수(金性洙, 1891~1955, 한국의 정치가이며 교육자·언론인. 제2대 부통령. 재임 1951. 5. 17.~1952. 5. 29.)·김일엽(→83)·만공선사·박광(朴珖)·방응모[方應謨, 1890~1950, 한국의 언론인. 조선일보사 제9대 사주(社主). 재임 1933. 3.~1950. 7.]·백용성·송진우(宋鎭禹, 1890~1945, 한국의 독립 운동가이며 교육가·언론인·정치가)·신채호(申采浩, 1880~1936, 한국의 독립 운동가이며 역사가·언론인)·안재홍(安在鴻, 1891~1965, 한국의 정치가이며 사학자·언론인)·이광수(李光洙, 1892~1950, 한국의 소설가)·이시영(李始榮, 1869~1953, 한국의 독립 운동가이며 정치가. 초대 부통령. 재임 1948. 7. 24.~1951. 5. 9.)·정인보(→442)·최남선·최린·최범술·홍명희(洪命熹, 1888~1968, 장편소설 〈임꺽정〉의 지은이이며 북한 부수상을 지낸 북한의 소설가이며 정치가) 등이 있는데, 신채호의 비문(碑文)은 그가 짓고 오세창이 쓴 것이다. 그러나 이광수·최남선·최린 등 변절한 친일 인사에 대해서는 친분이 깊거나 함께 독립 운동을 하였더라도 단호히 절교하고 결코 상대하지 않았다.

그의 문학의 특징은 불교 사상과 독립 사상, 문학 사상이 탁월하게 예술적으로 결합되어 삼위 일체(三位一體)를 이룬다는 점이다. 자유와 평등 사상, 민족 사상과 민중 사상으로 요약되는 불교적 세계관과 독립 사상은 그의 문학의 뼈대이며 피와 살이라고 할 수 있다.

시에서 퇴폐적인 서정성을 배격하고 불교적인 '님'을 자연(自然)으로 형상화하였으며, 고도의 은유법을 구사(驅使)하여 일제에 저항하는 민족 정신과 불교에 의한 중생 제도(衆生濟度)를 노래하였다.

1962년 대한민국 건국 공로 훈장 중장(重章)이 추서(追敍)되었고, 1970년 3월 1일 종로구 종로2가 탑골공원에 '용운당 만해 대선사비(龍雲堂萬海大禪師碑)'가 세워졌다.

그의 문학적 업적과 그 정신을 기리기 위하여 창작과비평사에서 1974년 '만해 문학상(卍海文學賞)', 만해사상실천선양회에서 1997년부터 '만해 대상(卍海大賞)'을 제정하여 해마다 시상하고 있다.

1973년 신구문화사(新丘文化社)에서 〈한용운 전집〉(모두 6권), 1981년 지식산업사(知識産業社)에서 〈한용운〉[〈한국 현대 시문학 대계(韓國現代詩文學大系)〉 제2권]을 출판하였고, 심우장에 '만해 기념관'이 개관되었다[1990년 경기도 광주시(廣州市) 중부면(中部面) 산성리(山城里) 남한산성(南漢山城) 안으로 이전 건립].

1989년 12월 24일 성곡리 생가(生家) 터는 충청남도 기념물 제75호로 지정되었고, 1991년에는 만해학회(萬海學會)가 설립되었다. 1992년 생가가 복원되었고, 1995년 추모 사당 '만해사(萬海祠)', 1997년 11월 강원도 인제군 북면(北面) 용대리(龍垈里) 백담사 만해마을에 '만해 문학 박물관', 2007년 10월에는 생가 앞에 '만해 문학 체험관'이 건립되었다.

대표시 〈님의 침묵〉이 새겨진 시비(詩碑)는 1987년 8월 15일 동국대학교 교정에 세워진 것을 비롯하여 부산 부산진구(釜山鎭區) 전포동(田浦洞) 홍제사(弘濟寺) 앞 보광원(普光院)(1978), 남구(南區) 대연5동(大淵五洞) 보광선원(普光禪院), 대구(大邱) 달성군(達城郡) 유가면(瑜伽面) 양리(陽里) 비슬산(琵瑟山) 유가사(瑜伽寺) 일연공원(一然公園) 산책로(2009. 4. 25.), 경상북도 김천시(金泉市) 대항면(代項面) 운수동(雲水洞) 직지문화공원(直指文化公園), 전라북도 군산시(群山市) 내흥동(內興洞) 금강(錦江) 하구 진포(鎭浦) 시비공원(2007. 6.)에 있으며, 〈나룻배와 행인〉이 새겨진 시비는 심우장과 인천(仁川) 강화군(江華

郡) 강화읍 남산리 강화시외버스터미널 앞(1995. 11. 22.), 백담사 만해마을(〈오도송〉 시비도 있다.), 산성리 만해기념관, 성곡리에 조성된 민족시비공원(民族詩碑公園)에 세워져 있다.

이 밖에도 탑골공원[〈춘주(春晝)〉·〈우리 님〉 등, 1967], 중구(中區) 장충동(獎忠洞) 장충단공원, 망우동 묘소에서 용마산(龍馬山) 가는 길(〈사랑하는 까닭〉), 대구 동구(東區) 도동(道洞) 향산마을 제현사 시비공원(〈알 수 없어요〉, 2007. 11. 21.), 대전 보문산(寶文山) 사정공원(沙亭公園)(〈꿈이라면〉), 충청남도 천안시(天安市) 목천읍(木川邑) 남화리(南化里) 독립기념관['어록비(語錄碑)', 1996. 8. 15.], 생가가 있는 성곡리 민족시비공원(〈복종〉), 홍성읍 오관리(五官里) 남산공원(南山公園)(〈알 수 없어요〉), 전라남도 구례군(求禮郡) 마산면(馬山面) 황전리(黃田里) 화엄사(華嚴寺) 입구 '시비 동산'(〈알 수 없어요〉) 등 여러 곳에 시비가 세워져 있다. 또한 홍성읍 남산공원과 읍내 장터에는 그의 동상(銅像)이 세워졌다.

504
한유
韓愈 768 ~ 824

중국 당(唐)나라(618~907)의 문학가이며 사상가, 산문의 대가(大家)이며 시인.

자(字)는 퇴지(退之), 호(號)는 창려(昌黎), 한문공(韓文公)이라고도 한다.

수도(首都) 창안[長安, 지금의 산시성(陝西省) 시안(西安)]에서 벼슬살이를 하던 한중경(韓仲卿)의 막내 아들로, 허난성(河南省) 등주(鄧州)[또는 회주(懷州) 수무현(修武縣)]에서 태어났으며, 창안에서 죽었다.

어려서 고아가 되어 형수의 손에서 자랐다. 786년(18세) 과거(科擧)에 응시하였는데, 인습(因習)에 얽매이지 않은 문체(文體) 때문에 좋은 평가를 받지 못하여 낙방하였다. 792년(24세) 진사시(進士試)에 급제(及第), 796년(28세) 지방 절도사(節度使)의 속관(屬官)을 거쳐 802년(34세) 국자감(國子監) 사문박사(四門博士), 803년(35세) 감찰 어사(監察御使)가 되었다.

〈어사대상론천한인기장(御史臺上論天旱人饑狀)〉을 지어 경조윤(京兆尹) 이실(李實, ?~815)의 폭정(暴政)을 규탄하였다가 도리어 광둥성(廣東省) 롄저우(連州) 양산현(陽山縣) 현령(縣令)으로 좌천(左遷)되었다. 804년(36세) 소환된 뒤로는 주로 국자감에서 근무하였으며, 열두 번째 조카 노성(老成)을 잃었을 때 〈제십이랑문(祭十二郎文)〉을 지었다.

811년(43세) 국자박사(國子博士)가 되어, 학자는 오로지 자기 수양과 학문 탐구에만 전념하여야 한다고 역설한 〈진학해(進學解)〉를 지었는데, 논리가 정연하고 유려한 문장으로 널리 알려졌다.

815년(47세) 재상(宰相) 배도(裴度, 765~839)를 따라 오원제[吳元濟, 783~817, 중국 당나라의 역신. 회서 절도사(淮西節度使)로서 반란을 일으켰다.]의 반란 평정에 공을 세워 817년(49세) 형부시랑(刑部侍郎)이 되었다. 이 때 〈평회서비(平淮西碑)〉를 지었다.

819년(51세) 독실한 불교 신자(信者)였던 헌종[憲宗, 778~820, 중국 당나라의 제11대 황제. 재위 805~820. 이순(李純)]이 불사리(佛舍利)를 궁중에 들여 놓고 참배한 데 대하여 끝까지 반대하여 〈간영불골표(諫迎佛骨表, '불골을 논하는 표')〉를 올려 간(諫)한 일로 말미암아 1년 동안 광둥성 차오저우(潮州) 자사(刺史)로 밀려났다. 820년(52세) 헌종이 죽은 뒤에 소환되어 국자감 좨주(祭酒, 학사 담당)에 임명되었고, 이부시랑(吏部侍郎)까지 지냈다.

유학(儒學)이 침체되어 가던 시기에 유학을 옹호하였고, 유학을 옹호하기 위하여 그 때까지 유학자들이 다소 소홀히 하던 〈대학(大學)〉·〈맹자(孟子)〉·〈주역(周易)〉·〈중용(中庸)〉을 광범위하게 인용하였다. 후대의 성리학자(性理學者)들은 기초 개념을 이 책들에서 취하였고, 한유는 성리학의 기초를 놓았다.

당시에 유행하던 규칙적인 운율(韻律)과 고사 성어(古事成語)로 가득 찬 변려문[騈儷文, 4언·6언의 대구(對句)로 이루어진 문장. 변려체·변문·사륙문(四六文)·사륙변려문이라고도 한다.]을 배격하였고, 위의 책들을 만든 옛 학자들처럼 자유롭고 간결한 문체의 사용을 주장하였다. 그가 쓴 〈원귀(原鬼)〉·〈원도(原道)〉·〈원성(原性)〉·〈원인(原人)〉·〈원훼(原毁)〉 등 이른바 '5원(五原)'의 논문은 중국 문학의 백미(白眉)이며, 그가 주장한 고문체(古文體) 문장의 대표작이 되었다. 시문학(詩文學)에서도 기존의 문학적 형식을 뛰어넘으려고 하였으나, 문학에서 그가 기울인 노력의 많은 부분은 실패로 끝났다.

'당송 팔대가[唐宋八大家, 중국 당나라의 유종원(→**349**)·한유, 송나라의 구양수(→**32**)·소동파(→**234**)·소순(蘇洵, 1009

~1066, 중국 북송의 문학가) · 소철(→239) · 왕안석(→312) · 증공(曾鞏, 1019~1083, 중국 북송의 문학가)]'의 한 사람이며, 고문(古文)의 대가로 유종원과 함께 '한유(韓柳)'라고 일컬어졌으나, 사상적 입장에서는 서로 대립적이었다.

새롭고 기이한 어구를 많이 쓰는 난해한 시풍(詩風)이 특징으로, 평이하면서 통속적인 시풍을 특징으로 하던 백낙천(→200)에 맞서 중당{中唐, 대종[代宗, 726~779, 중국 당나라의 제8대 황제. 재위 762~779. 이예(李豫)]의 대력(大曆, 766)으로부터 경종[敬宗, 809~826, 중국 당나라의 제13대 황제. 재위 824~826. 이담(李湛)]의 보력(寶曆, 826)까지 약 60년간} 시단(詩壇)의 한 흐름을 형성하였으며, 중국과 일본에 광범위한 영향을 미친 후대 성리학의 원조로, 가도(→4) · 맹교(→157) · 왕건(→305) · 이하(→406) · 장적(→431) 등 '한문(韓門)의 제자'로 일컬어지는 시인들을 배출하였다.

죽은 뒤에 예부상서(禮部尙書)로 추증(追贈)되었고, 문공(文公)이라는 시호(諡號)를 받는 영예를 누렸다.

이 밖에도 〈과홍구(過鴻溝)〉 · 〈답진상서(答陳商書)〉 · 〈답진생서(答陳生書)〉 · 〈마설(馬說)〉 · 〈모영전(毛穎傳)〉 · 〈부독서성남(符讀書城南)〉 · 〈사설(師說)〉 · 〈상병부이시랑서(上兵部李侍郎書)〉 · 〈송궁문(送窮文)〉 · 〈송부도문창사서(送浮屠文暢師序)〉 · 〈송석처사서(送石處士序)〉 · 〈송이원귀반곡서(送李愿歸盤谷序)〉 · 〈여맹간상서서(與孟簡尙書書)〉 · 〈여최군서(與崔君書)〉 · 〈오자왕승복전(圬者王承福傳)〉 · 〈용설(龍說)〉 · 〈유자후 묘지명(柳子厚墓誌銘)〉 · 〈응과목시여인서(應科目時與人書)〉 · 〈장중승전후서(張中丞傳後敍)〉 · 〈쟁신론(諍臣論)〉 · 〈정녀협(貞女峽)〉 · 〈제정부인문(祭鄭夫人文)〉 · 〈조장적(調張籍)〉 등 널리 알려진 많은 글이 남아 있다.

송(宋)나라(960~1279)의 산문 선집(散文選集) 〈문장궤범(文章軌範)〉에 31편의 산문이 실려 있고, 작품은 〈창려선생집(昌黎先生集)〉[모두 40권, 〈한창려집(韓昌黎集)〉이라고도 한다.] · 〈외집(外集)〉(모두 10권) · 〈유문(遺文)〉에 실려 있다.

505

한정동

韓晶東 1894(고종 31). 12. 7. ~ 1976. 6. 23.

한국의 시인이며 아동 문학가.

호(號)는 백민(白民) · 서학산인(棲鶴山人) · 성수(星壽).

평범한 농부의 셋째 아들로, 평안남도 강서(江西)에서 태어났으며, 11세까지 한문을 공부하다가 12세부터 신학문을 공부하였다.

1918년(24세) 평양고등보통학교(平壤高等普通學校)를 졸업하였는데, 졸업하기 전후 평양 시청에서 서기(書記)로 잠시 근무하였다.

1925년(31세) 〈동아일보(東亞日報)〉 신춘 문예에 〈따오기〉가 당선, 〈소금쟁이〉가 2석, 〈어머니 생각〉이 입선하면서 등단(登壇)하였다. 특히 〈따오기〉는 윤극영(尹克榮, 1903~1988, 한국의 동요 작가이며 동요 작곡가 · 아동 문화 운동가)이 작곡하여 광복 전부터 널리 애창되었다.

1927년(33세)에는 김태오(→96) · 윤극영 · 정지용(→445) 등과 함께 조선동요연구회(朝鮮童謠硏究會)를 만들어 동요를 알리는 데 힘썼다.

1929년(35세)에는 〈별건곤(別乾坤)〉(대중 월간지. 1926. 11.~1934. 7. 통권 74호로 종간) 제20호(1929. 4.)에 민요 〈물방아색〉과 서도(西道) 민요 〈오월녀(五月女) 탄식(嘆息)〉, 제21호(1929. 6.)에 서도 민요 〈일편단심(一片丹心)〉과 〈진달네-강서 메나리〉를 발표하였다. 그 뒤에도 〈강서 메나리-장탄곡(長歎曲)〉[〈농민(農民)〉 창간호, 1930. 5.] · 〈메나리야 메나리야〉[〈삼천리(三千里)〉 제76호, 1936. 8.] · 〈민요 타령-행화원(杏花怨)〉[〈야담(野談)〉 제34호, 1938. 10.] · 〈내 고향(故鄕)의 민요 정조(情調), 평안도편(平安道篇)〉[〈조광(朝光)〉 제5권 2호, 1939. 10.] · 〈민요 타령-제초원(除草怨) · 농중조(籠中鳥)〉(〈야담〉 제38호, 1939. 2.) · 〈민요 타령-춘적적(春寂寂)〉(〈야담〉 제45호, 1939. 9.) · 〈민요 타령-시달려 반사십(半四十)〉(〈야담〉 제53호, 1940. 5.) · 〈민요 타령-물방아색〉(〈야담〉 제54호, 1940. 6.) · 〈민요 타령-반딧불, 장풍따기, 토서낭버들〉(〈야담〉 제55호, 1940. 7.) 등 많은 민요를 발굴하여 발표하였다.

1936(42세)~1939년(45세) 동아일보사 · 조선일보사(朝鮮日報社) 진남포(鎭南浦) 지국장 겸 기자로 활동하였고, 1939년 이후 진남포중학교 교사로 재직하다가 광복을 맞았다. 광복된 뒤 진남포 영정국민학교를 설립하고 교장이 되었다.

1951년(57세) 1 · 4 후퇴 때 국군을 따라 월남(越南)하여 1951~1952년(58세) 부산(釜山) 국제신보사(國際新報社) 기자로 활동하다가, 1954년(60세) 서울 덕성여자고등학교(德成女子高等學校)로 전직한 뒤 교직(敎職)에 있으면서 창작 활동에 전념하였고, 한때 한국아동문학회(韓國兒童文學會) 회장을 맡았다.

1968년(74세) '노래동산회'에서 주는 '고마우신 선생님 상'을 받았는데, 이 상금과 그 동안 모아 둔 원고료로 1969년(75세) '한정동 아동 문학상(韓晶東兒童文學賞)'을 제정하였다.

초기 작품은 주로 민족적인 슬픔을 향토적인 애상(哀想)으로 표현하였고, 후기의 작품은 천진스러운 동심(童心)의 세계를 표현하였으며, 표현의 간결성이 특징이다. 그의 동요에서 찾아볼 수 있는 특색은 관용적인 문어체(文語體)나 재롱 등을 구사(驅使)하거나 영합주의(迎合主義)에 빠지지 않았고, 선행·친애·동정 등 도덕심 함양의 방편으로 삼지 않았으며, 시각적인 효과를 많이 사용하였다.

작품으로 동요 〈가을 나뭇잎〉·〈가을 소풍〉·〈갈닢 피리〉(〈어린이〉, 1926. 5.)·〈고향(故鄕) 생각〉·〈반딧불〉·〈봄나비〉·〈수양버들〉·〈제비〉(〈어린이〉, 1926. 5.)·〈의좋은 동무〉(〈어린이〉, 1931. 12.), 동화 〈거룩한 선물〉·〈눈보라 속의 우정〉·〈새 동무〉·〈제비와 복남〉·〈촛불〉·〈혹과 나〉 등이 있다.

동요·동시(童詩)·동화·동극(童劇)을 함께 엮은 〈갈닢 피리〉[청우출판사(青羽出版社), 1957], 유치원 어린이를 위한 동화집 〈꿈으로 가는 길〉[문예출판사(文藝出版社), 1968]을 펴냈다.

1977년 6월, 1주기(周忌)를 맞아 경기도 시흥시(始興市) 물왕동(物旺洞) 물왕저수지 부근에 있는 그의 묘소 앞에 〈따오기〉를 새긴 노래비가 세워졌다.

506

한하운

韓何雲 1919. 3. 20. ~ 1975. 2. 28.

한국의 시인.

본명(本名)은 태영(泰永).

소지주(小地主)였던 아버지 한종규(韓鍾奎)의 2남 3녀 중 맏아들로, 함경남도 함주군(咸州郡) 동촌면(東村面) 쌍봉리(雙峰里)에서 태어났으며, 인천(仁川) 십정동(十井洞)에서 죽었다.

함흥제일공립보통학교(咸興第一公立普通學校)를 거쳐(1926~1932) 1937년(18세) 이리농림학교(裡里農林學校) 수의축산과(獸醫畜産科)를 졸업하였는데, 1936년(17세) 봄, 경성제국대학[京城帝國大學. 서울대학교의 전신(前身)] 의학부 부속의원(지금의 서울대학교병원)에서 한센병[Hansen's disease, 나병(癩病)] 확정 진단을 받았다.

1937년 일본으로 유학하여 도쿄 세이케이고등학교(成蹊高等學校) 입학하였다가 한센병이 악화되어 1939년(20세) 2년을 수료하고 귀국하였다. 그 해 10월 중국 베이징(北京)으로 가서 1941년(22세) 베이징대학(北京大學, Peking University, 1898년 설립) 농학원 축목학계(畜牧學系)에 입학, 1943년(24세) 졸업하고 귀국하였다.

1944년(25세)부터 함경남도 도청(道廳) 축산과에 근무하기 시작하여 장진군(長津郡)·경기도 용인군(龍仁郡)에서 근무하였으나, 1945년(26세) 한센병 재발로 사직하고 고향에서 서점 건국서사(建國書肆)를 경영하였다. 광복이 되었으나 가산(家産) 일체를 몰수당하고 거리로 내쫓겼다.

1946년(27세)에는 함흥 학생 운동(咸興學生運動, 1946. 3. 13.)에 혐의를 받고 체포되었다가 석방되었다.

1947년(28세) 8월 한센병 치료약을 구하러 월남(越南)하여 여기저기를 떠돌아다녔다.

1949년(30세) 이병철[李秉哲, ?~?, 한국의 시인. 1946년 〈전위 시인집〉 편집, 조선문학가동맹(朝鮮文學家同盟, 1945년 12월 6일 '조선문학동맹'으로 결성)에 참여, 한국 전쟁(Korean War, 1950. 6. 25.~1953. 7. 27.) 이후 행방 불명]의 소개로 〈신천지(新天地)〉(월간 종합 교양지. 1946. 1.~1954. 12. 통권 69호로 종간) 4월호에 '소록도(小鹿島)로 가는 길'이라는 부제(副題)가 붙은 〈전라도 길〉과 함께 12편의 시 〈나시인 한하운 시초(癩詩人韓何雲詩抄)〉를 발표하면서 문단(文壇) 활동을 시작하였다.

같은 해 5월, 〈목숨〉·〈벌(罰)〉·〈삶〉·〈손가락 한 마디〉·〈여인(女人)〉·〈전라도 길〉·〈파랑새〉 등 모두 25편의 시를 실은 처녀 시집 〈한하운 시초〉[정음사(正音社)]를 펴내 한센병 시인으로 화제를 불러일으켰다.

같은 해 8월부터 경기도 수원시(水原市) 세류동(細柳洞) 정착촌인 하천 부락(河川部落)에 입주하여 투병 생활을 하다가 1950년(31세) 3월 경기도 부평[富平, 지금의 부천(富川)]의 성혜원(成蹊園)으로 옮겼고, 1952년(33세) 신명보육원(新明保育院)을 설립, 운영하였다.

1953년(34세) 용인에 동진원(東震園)을 설립하였고, 대한한센연맹위원회(大韓Hansen聯盟委員會) 회장으로 취임하여 한센병 환자 구제 사업을 전개하였다.

같은 해 10월 17일 〈서울신문〉에 '하운(何雲) 서울에 오다-레프라(lepra, '한센병') 왕자 환자 수용을 지휘'라는 제목의 기사와 함께 시 〈보리피리〉를 게재하였는데, 오소백(吳蘇白, 1921~2008, 한국의 언론인) 사회부장의 사임으로까지 비화(飛火)되며 큰 화제를 불러일으켰다.

1955년(36세) 3월 제2시집 〈보리피리〉[인간사(人間社)]를 펴냈고, 〈평화신문(平和新聞)〉에 시 〈비창(悲愴)〉(1955. 4. 5.)을 발표하였으며, 〈희망(希望)〉에 자서전(自敍傳) 〈나의 슬픈 반생기(半生期)〉(1955. 5.~1957. 1. 1957년 인간사에서 출판)를 연재하였다.

1956년(37세) 6월 시 48편을 실은 제3시집 〈한하운 시전집〉(인간사)을 펴냈고, 수필 〈나의 시작(詩作) 수업〉[〈현대문학(現代文學)〉 제24~25호, 1956. 12.~1957. 1.], 시 〈은진미륵불(恩津彌勒佛)〉[〈자유문학(自由文學)〉 제7호, 1956. 12.]을 발표하였다.

1958년(39세) 청운보육원(青雲保育院)을 설립하였고, 1959년(40세) 한센병이 음성(陰性)으로 진단받아 사회에 복귀하여 한미제역회사를 설립, 회장에 취임하였다.

1959년 〈한하운 자작시(自作詩) 해설집〉(인간사), 1960년(41세) 자작시 해설집 〈황토(黃土)길〉[신흥출판사(新興出版社)], 1962년(43세) 〈한하운 시화집(詩畫集)〉[문화교육출판사(文化教育出版社)]을 펴냈다.

1960년 7월 출판사 무하문화사(無何文化社)를 설립하여 경영하면서 〈정본(定本) 한하운 시집〉(1960)을 펴냈고, 1963년(44세)에는 가축 개량 사업으로 경인종축장(京仁種畜場)을 부평에 설립하였으며, 1964년(45세) 〈새빛〉을 창간하여 〈세계 나문학 소사(世界癩文學小史)〉를 연재하였다.

1966년(47세)에는 신안농업기술학교(新安農業技術學校) 교장과 한국사회복귀협회(韓國社會復歸協會) 회장을 지냈다.

그의 작품은 한센병 환자라는 독특한 체험을 바탕으로 하면서도 감성적으로 흐르지 않고 객관적인 어조(語調)를 유지하였으며, 온전한 인간이 되기를 바라는 간절한 염원을 서정적이고 민요적인 가락으로 노래하였다. 자신의 천형(天刑)의 병고(病苦)를 구슬프게 읊은 애조(哀調) 띤 가락으로 하여 많은 사람들의 심금을 울렸다.

이 밖에 수필 〈큰 코 다친다〉[〈신문예(新文藝)〉, 1958. 7.]·〈인간에 대한 반항 정신으로〉(〈신문예〉, 1958. 9.)·〈어느 날의 단상(斷想)〉(〈신문예〉, 1958. 12.)·〈사진에 대한 불연속적 관견(觀見)〉[〈사진문화(寫眞文化)〉 제12호, 1958]·〈벽화에 붙이는 글〉(이리농림학교 〈새싹〉 제6호, 1959)·〈영원한 민족의 서정시-소월의 시를 말한다〉(〈신문예〉, 1959. 8.)·〈첫사랑의 요오델가(歌)〉[〈여원(女苑)〉 제54호, 1960. 3.]·〈방랑과 향수(鄕愁)〉(〈새벽〉, 1960. 10.)·〈애염전(愛染箋)〉[〈여상(女像)〉, 1963]·〈분뇨소(糞尿所)〉(1964)·〈물 전쟁〉[〈재무(財務)〉 제120호, 1965]·〈나의 소하(銷夏)〉(〈새교실〉, 1968), 시 〈인간 추방〉(〈사진문화〉 제12호, 1958)·〈세월이여〉(〈새빛〉, 1963)·〈오마도(五馬島)〉(〈새빛〉, 1963)·〈포인세치아 꽃〉[〈국회평론(國會評論)〉, 1964]·〈천하대장군 지하여장군(天下大將軍地下女將軍)〉(〈신문예〉, 1964)·〈회심(回心)〉[〈인천신문(仁川新聞)〉, 1966]·〈금유월(今六月)〉[〈일요신문(日曜新聞)〉, 1966]·〈올봄에도 꽃은 피는데〉(〈새길〉 제151호, 1968)·〈장승〉[〈사상계(思想界)〉 제181호, 1968. 5.]·〈귀향(歸鄕)〉(〈새길〉 제159호, 1969)·〈귀로(歸路)〉[〈교정(矯正)〉 제129호, 1970]·〈낙엽〉[〈시인(詩人)〉, 1970]·〈어떤 인생〉(〈새길〉 제168호, 1970)·〈춘와(春窩)〉(〈시인〉, 1970)·〈춘일지지(春日遲遲)〉(〈시인〉, 1970)·〈파고다 공원〉(〈시인〉, 1970) 등 많은 작품을 발표하였다.

경기도 김포시(金浦市) 풍무동(豊舞洞) 김포공원묘지에 안장(安葬)되었으며, 〈보리피리〉를 새긴 시비(詩碑)가 세워졌다. 또한 전라남도 고흥군(高興郡) 도양읍(道陽邑) 소록도 중앙공원(1973)과 제주도 제주시(濟州市) 애월읍(涯月邑) 광령리(光令里) 제주공룡원 '시가 있는 동산'에도 〈보리피리〉를 새긴 시비가 세워졌다.

507
할리
Hālī 1837 ~ 1914

인도의 우르두 어(語)(Urdu language) 시인이며 작가. 본명(本名)은 알타프 후사인 할리(Altaf Hussain Ḥālī), '할리'는 아호(雅號).

인도 북부 하리야나(Haryana) 주 파니파트(Panipat)에서 태어났으며, 주로 델리(Delhi)에서 활동하였다.

갈리브(→11)의 제자이며, 아자드(→269)와 비견(比肩)

한 우르두 근대시 운동의 선구자로, 대표적인 우르두 문학자 5인 중의 한 사람으로 꼽힌다.

아흐마드 칸(Syed Ahmad Khan, 1817~1898, 인도의 이슬람교 철학자이며 정치가 · 교육자)에 의한 인도 이슬람교도 각성 운동(覺醒運動)의 열렬한 협력자로 시종일관하였다. 아흐마드 칸의 요청으로 쓴 6행시 〈이슬람의 간조(干潮)와 만조(滿潮)[Musaddas e-Madd o-Jazr e-Islam(An Elegiac Poem on the Ebb and Tide of Islam)]〉는 이슬람 교도의 과거의 업적을 칭송하고 현재의 쇠퇴를 한탄한 대표작으로, 발표 이래 100판을 넘었으며, 민족 시로서 최고의 평가를 받았다.

산문으로는 이란의 시인을 묘사한 〈사디〉(1886), 〈시와 시작 서론(詩作序論)〉(1893), 〈시인 갈리브의 추억〉(1893), 아흐마드 칸의 전기(傳記) 〈영원한 생명〉(1910) 등이 널리 알려졌으며, 어느 것이나 힘차고 쉽고 명석한 문장이 특징이다. 여성의 자질 향상에 관한 시집 〈미망인(未亡人)의 기도〉 · 〈침묵의 호소〉도 널리 알려졌다.

508

함형수

咸亨洙 1914. 1. 1. ~ 1946. 1. 1.

한국의 시인.

함경북도 경성(鏡城)에서 태어났다.

함흥고등보통학교(咸興高等普通學校) 재학 때 학생 운동에 참여하여 퇴학당한 뒤 서울로 와서, 중앙불교전문학교[中央佛敎專門學校. 동국대학교(東國大學校)의 전신(前身)]에 다니다가 집안 형편이 어려워져 1937년(23세) 중퇴하였다. 이 때 김동리(→60) · 서정주(→226)를 알게 되어 문학의 뜻을 세웠다.

1935년(21세) 시 〈마음의 단편(斷片)〉을 〈동아일보(東亞日報)〉에 발표하였다.

1936년(22세) 11월 김광균(→48) · 김달진(→58) · 김동리 · 여상현(呂尙玄, 1914~?, 북한의 시인) · 서정주 · 오장환(→298) 등과 함께 〈시인부락(詩人部落)〉(격월간 문예 동인지. 1936. 11.~1937. 12. 통권 5호로 종간)을 창간하여 창간호에 〈그 애〉 · 〈해바래기의 비명(碑銘)〉 · 〈형화(螢火, '반딧불')〉 · 〈홍도(紅桃)〉 등을 발표하였는데, '내 무덤 앞에 빗돌을 세우지 말고 노란 해바라기를 심어 달라'는 〈해바래기의 비명〉은 그의 대표작으로 문학사(文學史)에 자주 인용되고 있다.

〈시인부락〉 제2호(1936. 12.)에서는 〈소년행(少年行)〉이라는 제목 아래 〈교상(橋上)의 소녀〉 · 〈구화행(求花行)〉 · 〈도깨비〉 · 〈무서운 밤〉 · 〈부친 후일담(父親後日譚)〉 · 〈성야(星夜)〉 · 〈손 있는 그림〉 · 〈신기루(蜃氣樓)〉 · 〈어떤 애사략(愛史略)〉 · 〈유폐행(幽閉行)〉 · 〈자전차상(自轉車上)의 소년〉 · 〈해골의 추억〉 · 〈회상(回想)의 방(房)〉 등을 발표하였는데, 유년 시절에 대한 어두운 기억을 암울하고 애상적(哀想的)인 어조로 표현하는 한편, 소년적인 동경(憧憬)의 세계도 아름답게 표현하였다.

1937년에는 김광균 · 민태규(閔泰奎) · 박재륜(朴載崙, 1910~2001, 한국의 시인) · 서정주 · 신백수(申百秀, 1915~1946, 한국의 시인이며 소설가) · 신석초(→256) · 오장환 · 윤곤강(→357) · 이병각(李秉珏, 1910~1941, 한국의 시인) · 이성범(李成範, 1915~?, 한국의 시인) · 이육사(→390) · 정호승(→449) 등과 함께 〈자오선(子午線)〉(시 전문 동인지. 1937. 11. 10. 창간호로 종간) 동인(同人)으로 참여하였다.

노동자 숙박소를 전전하다가 1937년 가을 만주(滿洲)로 가서, 소학교(小學校, 지금의 초등 학교) 훈도(訓導) 시험에 합격하여 지린성(吉林省) 옌볜(延邊) 조선족 자치주 투먼(圖們)의 공립백봉우급학교(公立白鳳優級學校)에서 교사 생활을 하였다.

1940년(26세) 〈동아일보〉 신춘 문예에 시 〈마음〉이 당선되었으며, 〈인문평론(人文評論)〉(월간 순수 문예지. 1939. 10.~1941. 4. 통권 16호로 종간) 제12호(1940. 10.)에 〈개아미와 같이〉를 발표하였다.

〈만주 시인집(滿洲詩人集)〉[제일협화구락부문화부(第一協和俱樂部文化部), 1942. 9.]에 시 〈귀국(歸國)〉 · 〈나는 하나의 손바닥 위에〉 · 〈나의 신(神)은〉 · 〈비애(悲哀)〉, 〈재만 조선 시인집(在滿朝鮮詩人集)〉[옌지(延吉) 예문당(藝文堂), 1942. 10.]에 〈가족(家族)〉 · 〈개아미와 같이〉 · 〈호접몽(胡蝶夢)〉 · 〈화석(化石)의 고개〉 등을 발표하였다.

광복 당시 고향에 있었는데, 심한 정신 착란증에 시달리다가 죽었다. 살았을 때 시집은 펴내지 못하였다.

509

허난설헌

許蘭雪軒 1563(명종 18) ~ 1589(선조 22). 3. 19.

조선(朝鮮, 1392~1910)의 여류 시인.

본명(本名)은 옥혜(玉惠)·초희(楚姬), 호(號)는 난설재(蘭雪齋)·난설헌, 별호(別號)는 경번(景樊), 본관(本貫)은 양천(陽川).

강원도 명주군[溟州郡, 지금의 강릉시(江陵市)] 사천면(沙川面) 사천리에서 태어났으며, 서울에서 죽었다.

그녀의 집안은 현상(賢相) 허공(許珙, 1233~1291, 고려의 문신)의 혈통을 이은 명문(名門)으로, 누대(累代)의 문한가(文翰家)로 이름난 학자와 인물을 배출하였다. 부제학(副提學)을 지낸 아버지 허엽(許曄, 1517~1580, 조선의 문신)이 한숙창(韓叔昌, 1479~1537, 조선의 문신)의 딸인 첫 아내 청주(淸州) 한씨(韓氏)에게 성(筬, 1548~1612, 조선의 문신)과 두 딸을 얻고 사별(死別)한 뒤, 예조판서(禮曹判書)를 지낸 김광철(金光轍, 1493~1550, 조선의 문신)의 딸 강릉 김씨(金氏)를 재취하여 봉(篈, 1551~1588, 조선의 문신)·초희(난설헌)·균(筠, 1569~1618, 조선의 문신이며 문학가) 3남매를 두었다. 이러한 집안에서 성장하면서 어릴 때 오빠와 남동생의 틈바구니에서 어깨 너머로 글을 배웠다.

허씨 집안과 교유(交遊)가 있었던 이달(→363)에게 시를 배워 천재적인 시재(詩才)를 발휘하였다. 아름다운 용모와 천품이 뛰어났으며, 8세 때 〈광한전 백옥루 상량문(廣寒殿白玉樓上樑文)〉을 짓는 등 신동(神童)으로 일컬어졌다.

1577년(14세, 선조 10) 김성립(金誠立, 1562~1593, 조선의 문신)과 결혼하였으나, 고부(姑婦) 간에 불화하여 시어머니의 학대와 질시 속에 살았으며, 어린 남매를 잃고 뱃속의 아이까지 유산(流産)하는 아픔을 겪었다. 또한 친정집에서 옥사(獄事)가 있었고, 남동생 허균마저 귀양 가는 등 겹친 화액(禍厄)으로 결혼 생활은 매우 원만하지 못하였다. 남편은 급제(及第)한 뒤 벼슬에 나아갔으나, 가정의 화목함보다 기방(妓房) 노류장화(路柳墻花)의 풍류를 즐겼다. 이러한 비극의 연속으로 삶의 의욕을 잃고 불행한 자신의 처지를 책과 시작(詩作)으로 달래며, 섬세한 필치와 여인의 독특한 감상을 노래하였다.

봉건(封建) 사회의 모순과 잇단 가정의 참화(慘禍)로, 그녀의 시 213수(首) 가운데 128수가 속세(俗世)를 떠나고 싶은 심정을 읊은 신선시(神仙詩)일 만큼 신선 사상을 가졌던 것으로 보이며, 애상적(哀想的)인 시풍(詩風)의 독특한 시 세계를 이루고 있다.

작품의 일부를 허균이 중국 명(明)나라(1368~1644)의 사신 주지번(朱之蕃, ?~1624)에게 주어 중국에서 시집 〈난설헌집(蘭雪軒集)〉(1608)이 간행되어 격찬을 받았고, 1711년 분다이야 지로(文台屋次郎)에 의하여 일본에서도 간행, 애송되었다. 여기에 실린 작품은 시 210수, 사(辭) 1수, 〈몽유광상산시서(夢遊廣桑山詩序)〉 1편, 〈광한전 백옥루 상량문〉 1편, 부록으로 주지번의 머리말, 양유년(梁有年, ?~?, 중국 명나라의 문신)의 〈난설헌집 제사(蘭雪軒集題辭)〉가 있다. 그러나 〈난설헌집〉에 실려 있는 작품들이 실제로 모두 그녀의 작품인지에 대해서는 많은 의문이 제기되었다.

매창(→155)·운초(→328)·황진이(→524)가 '조선 3대 시기(詩妓)'로 일컬어지는 데 대하여 매창·황진이와 함께 '조선 3대 여류 시인'으로 일컬어지고 있다.

작품으로 시 〈감우(感遇, '느낀 대로 노래함')〉·〈견흥(遣興)〉·〈곡자(哭子)〉·〈동선요(洞仙謠)〉·〈망선요(望仙謠)〉·〈빈녀음(貧女吟, '가난한 여인의 노래')〉·〈유선시(遊仙詩)〉 등이 있고, 국한문 가사(國漢文歌辭) 〈규원가(閨怨歌)〉·〈봉선화가(鳳仙花歌)〉 등이 있다. 〈원부사(怨夫詞·怨婦詞)〉 또는 〈원부가(怨婦歌)〉라고도 하는 〈규원가〉는 허균의 첩 무옥[巫玉, ?~?, 조선의 여류 문인. 〈원부사(怨婦辭)〉의 저자]이, 〈봉선화가〉는 정일당 김씨(貞一堂南氏)가 지었다고도 한다.

강릉시 초당동(草堂洞) 허균·허난설헌 유적공원(遺蹟公園)에 〈죽지사(竹枝詞).3〉(1991), 강문동(江門洞) 허균·허난설헌 시비공원(詩碑公園)에 〈몽유광상산시〉(1998), 경기도 광주시(廣州市) 초월읍(草月邑) 지월2리(池月二里) 경수마을 안동(安東) 김씨(金氏) 광주 재실(齋室)에 〈곡자〉(1985), 용인시(龍仁市) 처인구(處仁區) 원삼면(遠三面) 맹리(孟里) 허균 묘역에 〈한견고인서(閒見古人書)〉가 새겨진 시비(詩碑)가 세워졌다.

510

허치팡

何其芳 1912. 2. 5. ~ 1977. 7. 24.

중국의 시인이며 문학 평론가.

본명(本名)은 허융팡(何永芳), 필명(筆名)은 디디(荻荻)·라오바이싱(勞百行)·양잉레이(楊應雷)·추러(秋若)·푸루빙(傅履冰)·허즈(禾止)·허치팡(何啓放).

쓰촨성(四川省) 충칭(重慶) 완셴(萬縣)에서 태어났다.

어려서부터 중국 고대 시가(詩歌)와 소설 읽기를 좋아하였으며, 1929년(17세) 상하이(上海)의 중국공학예과(中國公學豫科)에서 공부하면서 신문학에 기울어져 많은 신시(新詩)들을 접하였는데, 특히 세빙신(→233)의 시가와 산문을 좋아하였다.

1930년(18세) 칭화대학(淸華大學, Tsinghua University, 1911년 설립) 외국어과에 입학하였다가 이듬해 베이징대학(北京大學, Peking University, 1898년 설립) 철학과로 전학하였다. 베이징대학 재학 중 프랑스 시의 영향을 강하게 받고 시작(詩作)으로 발을 내디뎠다.

1935년(23세) 베이징대학 동문(同門)인 리광톈(→147)·벤즈린(→208)과 함께 시집 〈한원집(漢園集)〉을 펴내면서 '한원 3시인(漢園三詩人)'으로 일컬어졌다.

1936년(24세) 산문 시집 〈화몽록(畫夢錄)〉으로 대공보(大公報) 제1회 문학상을 받았고, 이듬해 〈개탄(慨嘆)〉·〈구름(雲)〉·〈기후병(季候病)〉·〈애정(愛情)〉·〈예언(豫言)〉·〈우천(雨天)〉 등 모두 34편을 실은 처녀 시집 〈예언〉을 펴냈다.

중·일 전쟁[中日戰爭(Second Sino-Japanese War), 1937. 7. 7.~1945. 9. 2.]이 일어나자 1938년(26세) 산시성(陝西省) 옌안(延安)으로 가서 루쉰예술학원(魯迅藝術學院) 문학계 주임으로 교편(敎鞭)을 잡는 한편, 〈어느 미장공의 이야기(一個泥水匠的故事)〉·〈즐거운 사람들(快樂的人們)〉 등 모두 26편의 시를 묶은 두 번째 시집 〈야가(夜歌, '밤의 노래')〉(1945)를 펴냈다.

문학 평론가로도 활동하였고, 1949년(37세) 중화인민공화국 정권(政權)이 수립된 뒤에는 중국사회과학원(中國社會科學院) 문학연구소(文學硏究所) 소장 등을 지냈으나, 1966년(54세) '프롤레타리아 문화 대혁명(文化大革命, the Great Cultural Revolution, 1966~1976. 文革)' 중에는 비판의 대상이 되었다.

이 밖에 소설 〈각의집(刻意集)〉(1938), 산문집 〈환향 일기(還鄕日記)〉(1939)·〈환향 잡기(還鄕雜記)〉(1943)·〈야가화백천적가(夜歌和白天的歌, '밤의 노래와 낮의 노래')〉(1952, 〈야가〉 증보판)·〈성화집(星火集)〉(1945)·〈성화집 속편(星火集續編)〉(1949)·〈산문 선집(散文選集)〉(1957), 논문집 〈관우현실주의(關于現實主義)〉(1950)·〈서원집(西苑集)〉(1952)·〈관우사시화독시(關于寫詩和讀詩)〉(1956)·〈시가흔상(詩歌欣賞)〉(1962) 등을 펴냈다.

511

허혼

許渾 791? ~ 854?

중국 당(唐)나라(618~907)의 시인.

자(字)는 용회(用晦)·중회(仲晦).

장쑤성(江蘇省) 윤주(潤州) 단양현(丹陽縣)에서 태어났다.

832년(41세) 진사시(進士試)에 급제(及第), 당도(當塗)·태평(太平) 두 현(縣)의 현령(縣令)이 되었으나 지병(持病)으로 파면되었다. 그 뒤 윤주 사마(司馬)가 되었고, 감찰어사(監察御史, 849), 우부(虞部) 원외랑(員外郎)·저장성(浙江省) 무저우(睦州)·후베이성(湖北省) 영주(郢州) 등의 자사(刺史)를 지내다가 다시 신병(身病)으로 벼슬에서 물러났다.

만년(晩年)에는 정묘간(丁卯澗) 촌장(村莊)에서 살았다는 뜻으로 그 논집(論集)을 〈정묘집(丁卯集)〉(모두 2권)이라고 하였다.

〈사정송별(謝亭送別, '사정에서 송별하다')〉·〈추석완월(秋夕玩月, '가을 저녁에 달을 구경함')〉·〈함양성 동루(咸陽城東樓)〉 등 자연의 정취를 즐기는 시가 많았는데, 은거하는 일반 문인(文人)들과는 달리 현실에 비분강개(悲憤慷慨)할 줄 아는 정열이 있었다.

512

혜강

嵇康 223 ~ 262?

중국 삼국 시대 위(魏)나라(225~265)의 시인이며 철학자.

자(字)는 숙야(叔夜).

안후이성(安徽省) 초국질[譙國銍, 지금의 쑤셴(宿縣) 서남쪽]에서 태어났다.

유력한 집안으로 전통적인 교육을 받았고, 패목왕(沛穆王) 조림(曹林, ?~?, 중국 삼국 시대 위나라의 왕족)의 딸과 결혼하여 중산대부[中散大夫, 시종직(侍從職)]라는 벼슬을 받았으나 정치에는 관심이 없어, 집 근처 대나무 숲에서 대장간을 운영하며 동무들과 어울려 바둑·춤·술 등을 즐겼다.

자신의 괴벽에 대한 해학적(諧謔的)인 묘사와 함께 그의 사상이 섞여 있는 시와 산문들은 도덕과 관습을 벗어나 무위자연(無爲自然)을 노래한 것으로 널리 알려졌다. 부(富)와 빈(貧), 강과 약, 선과 악의 모든 경계가 사라질 것이라고 믿었으며, 나중에는 숙련된 금속 세공인이 되었고 연금술(鍊金術)에 몰두함으로써 당시 손으로 하는 노동을 천하게 여기던 유학자들을 경악시켰다. 이러한 인습을 벗어난 행동과 선동적 성격이 다분한 그의 사상은 불행의 원인이 되었다. 또한 부정을 용서하지 않는 강직한 성격과 반유교적(反儒敎的) 사상으로, 당시 권력층의 미움을 받았다.

상국(相國)을 지낸 종요[鍾繇, 151~230, 중국 삼국 시대 위나라의 정치가이며 서가(書家)]의 막내 아들 종회(鍾會, 225~264, 중국 삼국 시대 위나라의 장수)에게 무례한 태도로 대함으로써 그의 분노를 샀고, 이 때문에 동무가 일으킨 사건에 말려들어 반란죄의 누명을 쓰고 사형을 선고받았다. 이 때 3,000명이 넘는 제자들이 그를 대신하여 극형을 받기를 원하였으나 그는 평온하게 피리를 불며 처형당하였다.

죽림칠현[竹林七賢, 중국의 후한(後漢, 25~220) 말에서 위나라를 거쳐 서진(西晉, 265~316)에 이르는 동안, 문학을 사랑하고 술과 바둑과 거문고를 즐기면서 세상을 등지고 대나무 숲에 모여서 청담(淸談)을 나누었던 산도(山濤, 205~283, 중국 진나라의 학자이며 정치가)·완적(→**303**)·완함(阮咸, ?~?, 중국 위진 시대의 비파 연주가이며 문인. 완적의 조카)·왕융(王戎, 234~305, 중국 진나라의 문인이며 정치가)·유령(劉伶, 221?~300?, 중국 위진 시대의 문인)·향수(向秀, 227?~277, 중국 위진 시대의 철학자이며 천문학자)·혜강 등 일곱 사람의 지식인들을 일컫는 말.]의 중심 인물로, 노장(老莊) 사상을 숭상하여 양생(養生)·복식(服食)의 방법을 실천하였고, 〈양생론(養生論)〉·〈여산거원 절교서(與山巨源絶交書)〉 등 많은 철학적·정치적 논문과 서간문(書簡文)을 썼다. 이러한 글에서 전통적 유교 사상과 인생관을 통렬하게 비판하고, 인간 본래의 진실성을 키워야 한다고 하면서 자연으로 돌아갈 것을 주장하였다.

참신하고 기발한 발상으로 논쟁을 벌이는 한편, 자손에게 주는 〈가계(家誡)〉에서는 상식적이고 건전한 훈계(訓戒)를 남기고 있다.

거문고의 명수로 〈금부(琴賦)〉가 있는 외에도 시인으로는 당시의 주류를 이루어 가고 있던 오언시(五言詩)가 아니라 〈시경(詩經)〉 이래의 사언시(四言詩)를 사랑하여 철학적 사색을 노래하는 것으로 일관하여 완적과 더불어 이름이 높았다.

지은 책으로 〈고사전(高士傳)〉·〈관자연호학론(觀自然好學論)〉·〈석사론(釋私論)〉 등이 있으며, 사언시에 뛰어나 〈유분시(幽憤詩, '깊은 울분의 시')〉·〈증수재입군(贈秀才入軍)〉 등이 있고, 〈성무애락론(聲無哀樂論)〉 등의 음악책도 썼다.

513

호리구치 다이가쿠

堀口大學 1892. 1. 8. ~ 1981. 3. 15.

일본의 시인이며 프랑스 문학자.

호리구치 구마이치(堀口九萬一, 1865~1945, 일본의 외교관이며 수필가)의 맏아들로, 도쿄에서 태어났으며, 간토평야(關東平野) 남서부 가나가와현(神奈川縣) 하야마(葉山)에서 죽었다.{호리구치 구마이치는 도쿄제국대학[東京帝國大學, 도쿄대학의 전신(前身)] 법학부에 수석(首席)으로 입학, 1894년 일본에서 첫 번째로 시행된 외교관 및 영사관 시험에 합격하여 외무성(外務省) 영사관보(領事官補)로 인천(仁川)에 부임하였다. 이듬해 을미사변[乙未事變, 1895년 8월 20일(양력 10월 8일) 새벽 일본의 공권력 집단이 서울 경복궁(景福宮)에서 자행한 조선 황후 살해 사건. '명성 황후 시해 사건(明成皇后弑害事件)'이라고도 한다.]이 일어났을 때, 궁성 침입과 황후 시해에 적극 가담하였지만 범죄 관련자 전원과 함께 무죄(無罪) 방면(放免)되었고, 정직(停職) 처분만 받았다. 1896년 복직(復職)한 뒤 1911년 임시 대리 공사(公使)로 멕시코에 부임, 그 뒤 1925년까지 네덜란드·벨기에·스웨덴·에스파냐·브라질·루마니아 등지에서 외교관으로 일하였다.}

혼슈(本州) 남서부 동해(東海) 니카타현(新潟縣) 나가오카(長岡)에서 소학교(小學校)와 중학교를 마치고, 1910년(18세) 도쿄 게이오기주쿠대학(慶應義塾大學) 문학부 예과(豫科)에 입학하였다가 1911년(19세) 멕시코로 부임하는 아버지를 따라가, 멕시코·네덜란드·벨기에·스웨덴·에스파냐·브라질·루마니아 등지에서 10여 년 동안 국외 생활을 한 뒤, 1925년(33세) 아버지와 함께 귀국하였다.

서구적 발상에 근거한 상징주의(象徵主義, symbolisme) 시집 〈달빛과 피에로(月光とピエロ)〉(1908)·〈물 위에 쓰며(水の面に書きて)〉(1921)·〈모래베개(砂の枕)〉(1926)를 펴내면서 지적(知的)인 서정시인으로 등장하였다. 프랑스 어에 정통하여 번역 시집 〈월하의 일군(月下の一群)〉(1925)이 열광적인 인기를 끌었다.

사이조 야소(西條八十, 1892~1970, 일본의 시인이며 작사가 · 프랑스 문학자) · 히나쓰 고노스케(日夏耿之介, 1890~1971, 일본의 시인이며 영문학자) 등과 함께 시 잡지 〈판테온(パンテオン, Pantheon)〉(1928~1929)을 창간하였으며, 독자적으로 〈오르페온(オルフエオン)〉(1929~1930)을 펴내 후진을 양성하였다.

1957년(65세) 일본 예술원(藝術院) 회원으로 선출되었으며, 1959년(67세) 시집 〈저녁 무지개(夕の虹)〉(1958)로 제10회 요미우리 문학상(讀賣文學賞)을 받았고, 1967년(75세) 훈삼등(勳三等) 서보장(瑞寶章), 1974년(82세) 훈이등(勳二等) 서보장, 1979년(87세) 문화 훈장을 받았다.

이 밖에 신감각파 성립에 영향을 준 번역 소설 〈밤은 열리다(夜ひらく)〉(1924)와 시집 〈인간의 노래(人間の歌)〉(1947) 등을 펴냈다.

514

홍간

洪侃 ? ~ 1304(충렬왕 30)

고려(高麗, 918~1392)의 문신(文臣)이며 시인.

자(字)는 운부(雲夫) · 자운(子雲) · 평보(平甫), 호(號)는 홍애(洪崖), 본관(本貫)은 풍산(豊山). 풍산 홍씨의 시조(始祖) 홍지경(洪之慶)의 아들이다.

1266년(원종 7) 민지(閔漬, 1248~1326, 고려의 문신)가 장원(壯元)으로 급제(及第)하였던 과방(科榜)에 함께 등제(登第)하였다.

비서윤(祕書尹)을 거쳐 도첨의 사인(都僉議舍人) 지제고(知製誥)에 이르렀다. 나중에 강원도 원주(原州) 주관(州官)까지 올랐으나, 언사(言事) 때문에 동래(東萊) 현령(縣令)으로 좌천(左遷)되었다가 그곳에서 죽었다.

시문(詩文)에 뛰어났고 시풍(詩風)이 청려(淸麗)한 것으로 이름이 높았다. 이제현(→399)은 〈역옹패설(櫟翁稗說)〉에서 '그가 시 한 편을 지어 낼 때마다 어진 사람이나 그렇지 못한 사람이나 모두 그 시를 좋아하여 서로 전해 가며 외웠다.'고 하였다. 그의 시가 뛰어나서 널리 애호되었음을 알 수 있다.

허균(許筠, 1569~1618, 조선의 문신이며 문학가)도 〈성수시화(惺叟詩話)〉에서 그의 시가 '아름다우면서도 맑고 곱다.'고 평하였고, 홍만종(洪萬宗, 1643~1725, 조선의 학자이며 시평가)도 〈소화시평(小華詩評)〉에서 중국 명(明)나라(1368~1644)의 사신 주지번(朱之蕃, ?~1624)이 허균이 뽑아 준 우리나라 사람들의 시선집(詩選集)을 밤새워 읽고 '이인로(李仁老, 1152~1220, 고려의 문인)와 홍간의 시가 가장 좋다.'고 하였다는 내용을 전하고 있다.

특히 송(宋)나라(960~1279) 시를 배웠음에도 당시풍(唐詩風)으로 높이 평가되는데, 허균은 '〈고안행(孤雁行, '외로운 기러기')〉 · 〈난부인(嬾婦引, '게으른 아낙네의 노래')〉 등이 매우 뛰어난데, 성당(盛唐, 현종[玄宗, 685~762, 중국 당나라의 제6대 황제. 재위 712~756. 이융기(李隆基)]의 개원(開元, 713)으로부터 대종[代宗, 726~779, 중국 당나라의 제8대 황제. 재위 762~779. 이예(李豫)]의 영태(永泰, 765)까지 약 50년간)의 작품과 같다.'고 하였으며, 홍만종은 '당조(唐調)를 깊이 얻어 송나라 사람의 기습(氣習)을 벗어났다.'고 하였다.

이 밖에 〈원산(遠山, '먼 산')〉 · 〈조조마상(早朝馬上, '이른 아침에 말을 타고')〉 등의 작품이 있고, 12대손 홍방(洪霶, 1573~1638, 조선의 문신)이 여러 시선집에 전하는 것을 모아 〈홍애집(洪厓集)〉을 편찬하였다. 또한 고려 말의 한시 선집(漢詩選集) 〈삼한시 귀감(三韓詩龜鑑)〉에 16편의 시가 실려 있다.

2000년 10월 경상북도 안동시(安東市) 풍천면(豊川面) 신성리(申城里) 창암정(蒼巖亭) 아래 〈창암정운(蒼巖亭韻)〉을 새긴 시비(詩碑)가 세워졌다.

515

홍사용

洪思容 1900(고종 37). 5. 17. ~ 1947. 1. 7.

한국의 시인이며 극작가.

호(號)는 노작(露雀) · 백우(白牛) · 소아(笑啞)가 있는데, 주로 '노작'으로 작품 활동을 하였다. 본관(本貫)은 남양(南陽).

대한제국(大韓帝國, 1897. 10. 12.~1910. 8. 29.) 통정대부(通政大夫) 육군 헌병 부위(副尉)를 지낸 아버지 홍철유(洪哲裕)와 어머니 이한식(李韓植)의 외아들로, 경기도 용인군(龍仁郡) 기흥면(器興面) 용수리[지금의 용인시 기흥구 농서동(農書洞)]에서 태어났으며, 서울 공덕동(孔德洞)에서 죽었다.

태어난 지 100일 만에 서울 재동(齋洞)으로 이사 와서 자랐으나, 아버지가 돌아가시자 큰아버지의 양자(養子)로 들어가 경기도 화성(華城)으로 이사하였고, 이곳의 서당에서 한학(漢學)을 공부하였다.

1916년(16세) 휘문의숙(徽文義塾, 지금의 휘문중·고등학교)에 입학하였는데, 이 무렵 휘문의숙에 다니고 있던 정백(鄭栢, 1899~1950, 한국의 사회주의 운동가. 박종화와 동기 동창, 홍사용과 같은 반)·박종화(→190, 1901년생)·안석주[安碩柱, 1901~1950, 한국 소설 삽화의 선구자이며 소설가·영화인. 〈우리의 소원은 통일〉의 작사가. 안석영(安夕影)으로 더 알려졌다. 1916년 입학]·정지용(→445, 1902년생. 1918년 입학)·김영랑(→79, 1903년생. 1917년 입학)·이승만(李承萬, 1903~1975, 한국의 삽화가)·박용철(→185, 1904년생. 1916년 입학, 같은 해 배재학당으로 전학)·이태준(李泰俊, 1904~?, 북한의 소설가. 1921년 입학)·이선근(李瑄根, 1905~1983, 한국의 언론인이며 교육가·역사학자. 1922년 졸업)·이무영(李無影, 1908~1960, 한국의 소설가. 1920년 입학) 등과 교유(交遊)하였다.

1919년(19세) 휘문의숙을 졸업하고, 3·1 운동에 참여하였다가 경찰에 체포되었다. 얼마 뒤 풀려나 고향으로 돌아와 정백과 함께 수필 〈청산백운(靑山白雲)〉과 시 〈푸른 언덕 가으로〉를 썼는데, 이 두 작품은 유고(遺稿)로 전해지다가 최근에 공개된 것으로 지금까지 알려진 그의 최초의 작품이 되고 있다.

1920년(20세) 박종화·정백 등 휘문의숙 교우들과 함께 등사판(謄寫版) 동인지(同人誌) 〈피는 꽃〉과 문흥사(文興社)에서 〈문우(文友)〉(월간 문예지. 1920. 5.~?. 통권 4호로 종간)를 발간하여 창간호에 시 〈크다란 집의 찬 밤〉을 발표하였고, 재종형(再從兄) 홍사중(洪思中)을 설득하여 출판사 문화사(文化社)를 설립하였다.

1922년(22세) 휘문의숙 동문 박종화·안석주와 배재학당(培材學堂, 지금의 배재중·고등학교) 동문 나도향(羅稻香, 1902~1927, 한국의 소설가)·박영희(→183), 노자영(→120)·이상화(→378)·현진건(玄鎭健, 1900~1943, 한국의 소설가) 등과 함께 〈백조(白潮)〉(문예 동인지. 1922. 1. 9.~1923. 9. 6. 통권 3호로 종간)를 창간하고 사상지 〈흑조(黑潮)〉를 기획하였으나, 〈백조〉만 제3호까지 간행되었다. 〈백조〉 창간호의 권두시(卷頭詩) 〈꿈이면은〉·〈백조는 흐르는데 별 하나 나 하나〉를 비롯하여 제2호(1922. 5.)에 〈봄은 가더이다〉·〈시악시 마음은〉, 종간호에 〈그것은 모두 길었지마는〉·〈그것은 모두 꿈이었지마는〉·〈나는 왕(王)이로소이다〉·〈묘장(墓場)-시악시 무덤〉·〈묘장-커다란 무덤을 껴안고〉·〈흐르는 물을 붙들고서〉 등 향토적이며 감상적(感傷的)인 서정시 20여 편과 소설 〈봉화(烽火)가 켜질 때〉·〈뺑덕이네〉·〈저승길〉, 수필 〈그리움 한 묶음〉, 희곡 〈출가(出家)〉 등을 발표하였다. 평론 〈조선은 메나리 나라〉[〈별건곤(別乾坤)〉 제12·13호 합본호, 1928. 5.]에서는 메나리(민요)를 우리나라의 '둘도 없는 보물, 특색 있는 예술'이라고 강조하였다.

그의 시작(詩作) 활동은 〈백조〉 창간과 함께 본격화되어 〈동명(東明)〉(시사 주간지. 1922. 9.~1923. 6. 통권 40호로 종간)에 〈비 오는 밤〉(제7호, 1921. 10.)·〈그러면 마음대로〉(제17호, 1922. 12.)·〈바람은 불어요!〉(제17호, 1922. 12.)·〈별, 달, 또 나, 나는 노래만 합니다〉(제17호, 1922. 12.)·〈키스 뒤에〉(제17호, 1922. 12.)·〈희게 하얗게〉(제17호, 1922. 12.) 등을 비롯하여 〈동아일보(東亞日報)〉에 〈노래는 회색(灰色)〉(1923. 1.), 〈개벽(開闢)〉(우리나라 최초의 월간 종합 교양지. 1920. 6.~1926. 8. 통권 72호로 종간. 속간 1934. 11.~1935. 2. 통권 4호로 종간. 복간 1946. 1.~1949. 3. 통권 9호로 종간) 제37호(1923. 7.)에 〈그의 화상(畫像)을 그릴 제〉·〈어머니에게〉·〈해 저문 나라에〉 등을 발표하였고, 〈매일신보(每日申報)〉·〈불교(佛敎)〉(월간 불교 잡지. 1914년 창간)·〈삼천리(三千里)〉(월간 종합 교양지. 1929. 6.~1942. 1. 통권 150호로 종간)·〈여시(如是)〉(불교 잡지, 1928. 6.~?, 통권 2호로 종간) 등에 많은 시·소설·희곡 작품을 발표하였다.

신극(新劇) 운동에도 참여하여 1923년(23세) 연극 단체 '토월회(土月會)'에 가입, 김기진(→55)·김복진(金復鎭, 1901~1940, 한국의 조각가이며 미술 평론가·문예 이론가·연극인·사회 운동가. 한국 최초로 서구식 조각 교육을 받았다.)·김을한(金乙漢, 1905~1992, 한국의 언론인이며 수필가)·박승목(朴勝木)·박승희(朴勝熙, 1901~1964, 한국의 극작가)·이서구(李瑞求, 1899~1981, 한국의 극작가)·이제창(李濟昶, 1896~1954, 한국의 화가) 등과 함께 본격적으로 활동하면서 〈산유화(山有花)〉(상연, 1924. 1.)·〈회색의 꿈〉(1924. 1.)·〈오남매(五男妹)〉(1928. 10.)을 번안 연출하였고, 문예부장을 맡으면서 재정도 지원하였다.

1927년(27세) 토월회가 활동하지 않는 동안에는 박진(朴珍, 1905~1974, 한국의 연출가이며 극작가)·이소연(李素然)과 함께 극단 '산유화회(山有花會)'를 조직하여 창립

기념으로 자작(自作) 희곡 〈향토심(鄕土心)〉(1927. 5.) 등을 상연하였으며, 1930년(30세) 8월 최승일[崔承一, 1901~?, 한국의 작가이며 방송인 · 영화인. 최승희(崔承喜, 1911~1969, 북한의 무용가이며 안무가)의 오빠] · 홍해성(洪海星, 1893~1957, 한국의 연출가)과 함께 신흥극장(新興劇場)을 조직하였다. 자신이 손수 희곡 작품을 써서 직접 출연하는 등 연극 활동에 정열을 쏟았다.

1928년(28세) 5월, 불교사(佛敎社)에서 주최하는 석가모니[釋迦牟尼, B.C.563?~B.C.483?, 불교의 개조(開祖)] 탄신 경축 공연에 희곡 〈태자(太子)의 출가(出家)〉를 상연하였고, 〈불교〉 제49호(1928. 5.)에 희곡 〈벙어리굿〉과 제50 · 51호(합본호, 1928. 9.)에 〈흰 젖〉, 제53호(1928. 11.)에 수필 〈귀향(歸鄕)〉, 제56호(1929. 2.)에 〈제석〉, 〈여시〉 창간호(1928. 6.)에 희곡 〈할미꽃〉을 발표하였다.

1929년(29세)쯤부터 박진의 집에서 기거하는 등 한동안 방랑 생활을 하다가 각혈이 시작되자 1935년(35세)쯤부터 서대문 자하문(紫霞門) 밖 세검정(洗劍亭) 근처에서 잠시 한약방을 경영하며 한방 의학을 공부하였다.

이 무렵 〈신조선(新朝鮮)〉(월간 종합 교양지. 1927. 2. 10.~3. 통권 2호로 종간, 1930년대 초 복간) 제6호(1934. 10.)에 〈한탄(恨歎)〉, 〈삼천리문학(三千里文學)〉(격월간 문예지. 1938. 1.~4. 통권 2호로 종간) 창간호에 민요시 〈각시풀〉 · 〈붉은 시름〉 · 〈시악시 마음이란〉, 종간호에 〈감출 수 없는 것은〉 · 〈고초 당초 맵다 한들〉 · 〈이한(離恨)〉 · 〈호젓한 걸음〉, 〈매일신보〉[한국어 일간지. 1904년 7월 18일 배설(裵說, 1872~1909, Ernes Thomas Bethell, 대한제국 때의 영국의 언론인)이 창간한 〈대한매일신보(大韓每日申報)〉를 일제(日帝)가 사들여 1910년 8월 30일부터 '대한' 두 자를 떼고 〈매일신보(每日申報)〉로 제호(題號)를 바꾸었다가, 1938년 4월 29일 〈매일신보(每日新報)〉로 바뀌었고, 1945년 11월 23일 〈서울신문〉으로 바뀌어 오늘에 이르고 있다.]에 수필 〈산거(山居)의 달〉(1938. 7.) · 〈우송(牛頌)〉(1938. 8. 7.) · 〈진여(眞如)〉(1938. 8. 9.) · 〈궂은 비〉(1938. 9. 4) · 〈추혹(秋惑)〉(1938. 10. 16.) · 〈처마의 인정〉(1938. 10. 27.) · 〈향상(向上)〉(1938. 12. 5.) · 〈정총대(町總代)〉(1939. 2. 9.) · 〈궁(窮)과 달(達)〉(1939. 3. 12.) · 〈두부 만필(豆腐漫筆)〉(1939. 4. 25.), 〈월간매신(月刊每申)〉(1934년 11월 매일신보사에서 창간한 월간지)에 〈월병(月餠)〉(1934. 11.), 〈조선일보(朝鮮日報)〉에 수필 〈빵덕이네〉(1938. 12. 2.) 등을 발표하였다.

또한 희곡 〈모란등기(牧丹燈記)〉(1930. 10.)와 〈명성(明星)이 빛날 시〉(1936. 1.)가 각각 신흥극장(新興劇場)과 예천좌(藝天座)에서 상연되었다.

1941년(41세) 일제의 강요로 희곡 〈김옥균전(金玉均傳)〉을 쓰다가 검열에 걸려 주거(住居)까지 제한받자 과감히 붓을 꺾고 병중임에도 전국의 사찰을 순례하였는데, 친일(親日)하지 않고 끝내 민족적 정신을 지킨 시인으로 널리 알려졌다.

광복을 맞아 근국청년단(槿國靑年團)에 가입하여 청년운동에 참여하였으나 그 뜻을 펴지 못하였고, 극단 운영에 가산(家産)을 탕진한 뒤에는 청빈 속에 살다가 1947년(47세) 지병(持病)인 폐결핵으로 세상을 떠났다. 향리(鄕里) 화성시 동탄면(東灘面) 석우동(石隅洞)에 안장(安葬)되었다.

1984년 5월 26일 석우동의 노작공원(露雀公園)과 2010년 3월 개관한 '노작 홍사용 문학관'에 〈나는 왕이로소이다〉 등 4수(首)를 새긴 시비(詩碑)가 세워졌으며, 전라남도 장흥군(長興郡) 장평면(長平面) 봉림리(鳳林里) '계명성 시비공원(鷄鳴聲詩碑公園)'에도 〈시악시 마음은〉을 새긴 시비가 있다.

그의 시 세계는 감정의 과잉으로 표출되는 비애의 눈물과 허망감을 형상화한 초기의 사설적(辭說的)인 장시(長詩)와 민요의 율조를 바탕으로 하여 민족 관념을 노래한 민요시로 구분된다. 〈그것은 모두 꿈이었지마는〉과 〈나는 왕이로소이다〉 등 일련의 작품은 장시를, 〈봄은 가더이다〉 · 〈해 저문 나라에서〉 등은 민요시를 대표하는 작품이다. 시문학사적(詩文學史的) 위치로 볼 때 1920년대 초 낭만주의(浪漫主義, romanticism) 운동의 선두에 섰던 그의 공적은 매우 크다.

매우 섬세한 구조로 되어 있는 산문시(散文詩, prose poem) 〈나는 왕이로소이다〉에서 보인 '어머니'와 동심적(童心的)인 비애, 향토적 서정, 자전적(自傳的) 전기(傳記) 등의 감상적 색채는 그의 시적(詩的) 특징이라고 할 수 있으며, 이러한 비애 의식을 민족적 차원으로 끌어올린 시인으로 평가되고 있다.

시 · 수필 · 희곡 등 발표 작품은 많지만 생전에 책으로 되어 나온 것은 없고, 1976년 유족(遺族)들이 시와 산문을 모아 〈나는 왕이로소이다〉[근역서재(槿域書齋)]를 펴냈다.

2001년 그의 문학적 업적과 그 정신을 기리기 위한

'노작 문학상(露雀文學賞)'을 제정하여 해마다 시상하고 있다.

516

홍세태

洪世泰 1653(효종 4). 12. 7. ~ 1725(영조 1). 1.

조선(朝鮮, 1392~1910)의 위항 시인(委巷詩人).

자(字)는 도장(道長), 호(號)는 유하(柳下)·창랑(滄浪), 본관(本貫)은 남양(南陽).

중인(中人) 무관(武官)이었던 아버지 홍익하(洪翊夏)와 어머니 강릉(江陵) 유씨(劉氏)의 맏아들이다.

일찍부터 문장에 재능을 보였으나, 중인 신분이었으므로 제약이 많았다. 경사(經史)와 시에 능통하여 김창협(金昌協, 1651~1708, 조선의 학자이며 문신)·김창흡(金昌翕, 1653~1722, 조선의 유학자)·이규명(李奎明) 등의 사대부(士大夫)들과 수창(酬唱)하며 친하게 지냈다. 또한 김부현(金富賢, ?~1714)·김충렬(金忠烈)·유찬홍(庾纘洪, 1628~1697, 조선의 사인)·임준원(林俊元, ?~1697, 조선의 위항 시인)·최대립(崔大立, ?~?, 조선의 역관을 지낸 위항 시인)·최승태[崔承太, ?~?, 조선의 서리(書吏)를 지낸 위항 시인. 최기남(→479)의 아들] 등의 중인들과 '낙사(洛社)'라는 시사(詩社)를 만들어 시를 짓고 풍류를 즐겼다.

1675년(22세, 숙종 1) 식년시(式年試)에 잡과인 역과(譯科)에 응시하여 한학관(漢學官)으로 뽑히고 이문학관(吏文學官)에 제수(除授)되었다. 그러나 이문학관에 부임하게 된 것은 이로부터 16년 뒤인 1691년(38세)이었다.

1682년(29세) 도쿠가와 쓰나요시(德川綱吉, 1646~1709, 일본 도쿠가와 바쿠후의 5대 쇼군. 재위 1680~1709)의 쇼군[將軍, 일본의 역대 무신 정권(武臣政權)인 막부(幕府)의 수장(首長)을 가리키는 칭호] 취임을 축하하는 통신사(通信使)의 일행으로 윤지완(尹趾完, 1635~1718, 조선의 문신)의 부사(副使) 자제군관(子弟軍官)으로 일본에 갔을 때 많은 사람들이 그의 시묵(詩墨)을 얻어 간직하였다.

1698년(45세) 중국 청(淸)나라(1616~1912) 사신 박화낙(博和諾)이 왔을 때 좌의정(左議政) 최석정(崔錫鼎, 1646~1715, 조선의 문신이며 학자)이 추천하여 시를 지어 보인 것이 숙종(肅宗, 1661~1720, 조선의 제19대 왕. 재위 1675~1720)에게 인정받아 제술관(製述官)에 임명되었다.

이광좌(李光佐, 1674~1740, 조선의 문신)의 도움으로 1719년(66세, 숙종 45) 경상북도 울산(蔚山) 감목관(監牧官)이 되었고, 1722년(69세, 경종 2) 제술관, 1723년(70세, 경종 3) 충청남도 남양 감목관 등을 지냈다.

1712년(59세, 숙종 38) 박계강(朴繼姜, ?~?, 조선의 문장가)·백대붕(→201)·유찬홍·유희경(→353)·윤홍찬(尹弘璨)·임준원·정치(鄭致)·최기남·최대립·최승태 등 위항 시인 48명의 시 2,300여 수(首)를 모아 시선집(詩選集) 〈해동유주(海東遺珠)〉를 편찬하는 등 위항 문학[委巷文學. 여항 문학(閭巷文學)·중인 문학(中人文學)·서리 문학(胥吏文學)이라고도 한다.]의 발달에 중요한 역할을 하였다.

이른바 '역관4가[譯官四家. 조선 후기에 글과 시에 뛰어났던 통역관 네 사람. 이상적(→377)·이언진(→383)·정지윤(→446)·홍세태]'의 한 사람이다.

평생 가난하게 살았으며, 8남 2녀의 자녀가 모두 앞서 죽어 불행한 생애를 보냈다. 이러한 생활의 궁핍과 가정의 불행은 시풍(詩風)에도 영향을 끼쳐 암울한 분위기의 시를 많이 남겼다. 특히 중인 신분으로서의 좌절과 사회 부조리에 대한 갈등이 시 속에 우수(憂愁)와 감분(感憤)을 담게 하였다. 한시(漢詩)에 대한 재능을 널리 인정받았으며, 비절(悲切)하고 그윽한 서정의 세계를 표현하는 데에 특히 뛰어났다.

1731년(영조 7) 사위와 문인(文人)들이 시문집(詩文集) 〈유하집(柳下集)〉(모두 14권)을 간행하였다.

517

홍유손

洪裕孫 1431(세종 13) ~ 1529(중종 24)

조선(朝鮮, 1392~1910)의 위항 시인(委巷詩人).

자(字)는 여경(餘慶), 호(號)는 광진자(狂眞子)·소총(篠叢), 본관(本貫)은 남양(南陽).

부리(府吏)를 지낸 홍순치(洪順致)의 아들로, 서울에서 태어났다.

1455년(24세, 단종 3, 세조 원년) 세조(世祖, 1417~1468, 조선의 제7대 왕. 재위 1456~1468) 찬위(簒位) 뒤에 세속의 영화(榮華)를 버렸고, 1482년(51세, 성종 13)부터 남효온(南孝溫, 1454~1492, 조선의 문신)·우선언(禹善言, ?~?, 조선의 학자)·이정은(李貞恩, ?~?, 조선의 왕족. 태종의 손자)·이총(李摠, ?~1504, 조선의 왕족. 태종의 증손)·조자지(趙自知, ?~?, 조선의 학자)·한경기(韓景琦, 1472~1529,

조선의 문신) 등과 모임을 갖고 죽림칠현[竹林七賢, 중국의 후한(後漢, 25~220) 말에서 위(魏)나라(225~265)를 거쳐 서진(西晉, 265~316)에 이르는 동안, 문학을 사랑하고 술과 바둑과 거문고를 즐기면서 세상을 등지고 대나무 숲에 모여서 청담(淸談)을 나누었던 산도(山濤, 205~283, 중국 진나라의 학자이며 정치가) · 완적(→303) · 완함(阮咸, ?~?, 중국 위진 시대의 비파 연주가이며 문인, 완적의 조카) · 왕융(王戎, 234~305, 중국 진나라의 문인이며 정치가) · 유령(劉伶, 221?~300?, 중국 위진 시대의 문인) · 향수(向秀, 227?~277, 중국 위진 시대의 철학자이며 천문학자) · 혜강(→512) 등 일곱 사람의 지식인들을 일컫는 말.]을 자처하였다.

이들은 노자[老子, ?~?, 중국 고대의 도가(道家) 사상의 시조(始祖)]와 장자[莊子, B.C.365?~B.C.290?, 중국 전국시대(戰國時代)의 사상가, 도가의 대표자]를 논하며 술과 시로 세월을 보내 이른바 '청담파(淸談派)'로 일컬어졌다.

김수온(金守溫, 1410~1481, 조선의 문신이며 학자) · 김시습[金時習, 1435~1493, 조선의 학자, 생육신(生六臣)의 한 사람] · 남효온 등과는 특히 자주 어울렸는데, 김시습이 서거정(徐居正, 1420~1488, 조선의 문신이며 학자)에게 홍유손만큼 시를 지을 수 있느냐며 비아냥거렸다는 일화(逸話)가 전해지고 있다.

1481년(50세, 성종 12) 문장에 뛰어나 당시 남양 부사(府使)였던 채수(蔡壽, 1449~1515, 조선의 문신)가 향리(鄕吏)의 역(役)을 면하게 해 주었다. 그러자 곧 영남(嶺南)으로 가서 김종직(金宗直, 1431~1492, 조선의 문신이며 학자)을 찾아가 문인(門人)이 되었다.

1498년(67세, 연산군 4) 무오사화(戊午士禍) 때 제주도(濟州島)에 유배되고 노비(奴婢)가 되었다가, 1506년(75세, 중종 1) 중종반정(中宗反正)으로 풀려났다.

같은 해 75세로 처음으로 장가를 들어 아들을 하나 둔 뒤 명산(名山)을 돌아다녔는데, 어디로 갔는지 알 수 없다고 한다. 98세까지 장수(長壽)하여 조선 시대 역사 인물 중 가장 오래 산 사람으로 알려져 있다.

지은 책으로 〈소총유고(篠叢遺稿)〉가 있다.

518

황경인

黃景仁 1749 ~ 1783. 4. 25.

중국 청(淸)나라(1616~1912)의 시인.

자(字)는 중칙(仲則) · 한용(漢鏞) · 회존(悔存), 호(號)는 녹비자(鹿菲子).

장쑤성(江蘇省) 이싱(宜興)에서 태어났으며, 산시성(山西省) 윈청(運城) 제저우(解州)에서 죽었다.

어려서 아버지와 형을 여의고 어머니와 함께 빈곤하게 살았으며, 시문(詩文)을 공부하면서 의지할 곳을 찾아 일생을 방랑 생활로 지내며 불우한 가운데 죽었다.

처음에는 두보(→143) · 한유(→504)의 시풍(詩風)을 배웠으나, 나중에는 낭만성이 짙은 이백(→369)의 시풍에 가까운 시를 썼으며, 풍경 · 곤궁의 감상적(感傷的)인 묘사나 청신한 취향의 시가 많다.

대싱(大興)의 주균(朱筠, 1729~1781, 중국 청나라의 학자 관료)과 옹방강(翁方綱, 1733~1818, 중국 청나라의 서예가이며 문학가 · 금석학자) 등으로부터 재능을 인정받았고, 특히 건륭 연간(乾隆年間, 1736~1795)의 시인들 중에서 가장 개성적이며 서정성이 풍부한 시인으로 평가받았다. 위다푸(郁達夫, 1896~1945, 중국의 단편 소설 작가)의 소설 〈채석기(采石磯)〉는 황경인을 주인공으로 한 작품이다.

같은 고향의 홍양길(洪亮吉, 1746~1809, 중국 청나라의 문인이며 학자)과 교유(交遊)가 있었으며, 지은 책으로 〈양당헌 시문집(兩當軒詩文集)〉(모두 22권) · 〈죽면사(竹眠詞)〉 · 〈회존 시초(悔存詩鈔)〉(모두 8권) 등이 있다.

519

황동규

黃東奎 1938. 4. 9. ~

한국의 시인.

본관(本貫)은 제안[濟安, 지금의 황해도 황주(黃州)].

아버지 황순원(→521)과 어머니 양정길(楊正吉, 1915~2014)의 3남 1녀 중 맏아들로, 평안남도 숙천(肅川)에서 태어났다.

1946년(8세) 가족과 함께 월남(越南)하여 서울에서 성장하였다. 평양(平壤) 종로국민학교(鐘路國民學校) · 서울 남산국민학교(南山國民學校) · 서울중 · 고등학교를 거쳐 1966년(28세) 서울대학교 문리과대학 영문학과와 같은 대학교 대학원을 졸업한 뒤, 1967년(29세) 영국 에든버러대학교(University of Edinburgh, 1583년 설립) 대학원 과정을 수료하였다.

1968년(30세) 서울대학교 강사, 1971년(33세) 미국 아이오와 대학교(University of Iowa, UI. 1847년 설립) 연구원을 거쳐 1975년(37세)부터 모교(母校) 교수로 재직하다가 2003년(65세) 8월 정년 퇴임하였고, 2006년(68세) 예술원(藝術院) 회원으로 선출되었다.

1954년(16세) 시 〈어머니〉로 제1회 학원 문학상(學園文學賞)을 받았으며, 1958년(20세) 서정주(→226)의 추천으로 〈동백나무〉·〈시월(十月)〉·〈즐거운 편지〉 등으로 〈현대문학(現代文學)〉(월간 순수 문예지. 1955. 1.~현재)을 통하여 등단(登壇)하였다.

1966년 김주연(金柱演, 1941~, 한국의 문학 평론가이며 독문학자)·김화영(金華榮, 1941~, 한국의 시인)·박이도(朴利道, 1938~, 한국의 시인)·정현종(鄭玄宗, 1939~, 한국의 시인이며 번역 문학가) 등과 함께 문학 동인 모임 '사계(四季)'를 결성하여 활동하였다.

1968년 '산문시대(散文時代)'의 강호무(姜好武, 1941~, 한국의 소설가)·김성일(金成一, 1940~, 한국의 소설가)·김승옥(金承鈺, 1941~, 한국의 소설가)·김치수(金治洙, 1940~, 한국의 문학 평론가)·김현(金炫, 1942~1990, 한국의 문학 평론가)·염무웅(廉武雄, 1941~, 한국의 문학 평론가)·최하림(崔夏林, 1939~, 한국의 시인) 등과 '사계'의 동인들과 합쳐 문학 동인 그룹 '68그룹'을 결성하여 활동하였는데, 이 모임은 이듬해 1월 〈68문학〉 제1집을 발간하고 해체되었다.

시집 〈어떤 개인 날〉[중앙문화사(中央文化社), 1961. 5.]·〈비가(悲歌)〉[창우사(創又社), 1965]·〈태평가(太平歌)〉(1968)·〈평균율(平均律) 1〉[김영태(金榮泰, 1936~2007, 한국의 시인이며 화가·예술 평론가)·마종기(馬鍾基, 1939~, 한국의 시인)와 공저, 1968]·〈열하일기(熱河日記)〉(1972)·〈삼남(三南)에 내리는 눈〉[민음사(民音社), 1975]·〈나는 바퀴를 보면 굴리고 싶어진다〉(문학과지성사, 1978)·〈풍장(風葬)〉(문학과지성사, 1984)·〈악어를 조심하라고?〉(문학과지성사, 1986)·〈외계인(外界人)〉(문학과지성사, 1997)·〈황동규 시 전집〉(문학과지성사, 1998)·〈버클리풍의 사랑 노래〉(문학과지성사, 2000)·〈우연히 기댈 때도 있었다〉(문학과지성사, 2003)·〈꽃의 고요〉(문학과지성사, 2006)·〈겨울밤 0시 5분〉(현대문학사, 2009) 등과 영역 시선(英譯詩選) 〈Wind Burial〉(1990), 시론집(時論集) 〈사랑의 뿌리〉(문학과지성사, 1975), 산문집 〈겨울 노래〉[지식산업사(知識產業社), 1979]·〈나의 시의 빛과 그늘〉(중앙M&B, 1994)·〈시가 태어나는 자리〉(문학동네, 2001)·〈젖은 손으로 돌아보라〉(문학동네, 2001)·〈삶의 향기 몇 점〉(Human&Books, 2008) 등을 펴냈다.

시 〈기항지(寄港地)·1〉(〈현대문학〉 제149호, 1967. 6.)·〈조그만 사랑 노래〉(〈나는 바퀴를 보면 굴리고 싶어진다〉, 1978)·〈풍장·1〉(〈풍장〉, 1984) 등이 널리 알려졌다.

1968년 시 〈사행 시초(四行詩抄)〉(1968)로 현대문학사 제13회 '현대 문학 신인상'을 받은 것을 비롯하여 1988년(50세) 시집 〈견딜 수 없이 가벼운 존재들〉(문학과비평사, 1988)로 제1회 연암 문학상(燕巖文學賞), 1991년(53세) 제1회 김종삼 문학상과 시집 〈몰운대행(沒雲臺行)〉(문학과지성사, 1991)으로 제3회 이산 문학상(怡山文學賞), 1995년(57세) 〈미시령(彌矢嶺) 큰바람〉(문학과지성사, 1993)으로 제3회 대산 문학상(大山文學賞), 2002년(64세) 시 〈탁족(濯足)〉으로 제2회 미당 문학상(未堂文學賞), 2003년(65세) 홍조 근정 훈장(紅條勤政勳章), 2006년(68세) 제10회 만해대상(卍海大賞), 시집 〈겨울밤 0시 5분〉(2008)으로 2009년(71세) 제20회 김달진 문학상(金達鎭文學賞)과 2011년(73세) 제3회 구상 문학상(具常文學賞)을 받았다.

강원도 인제군(麟蹄郡) 북면(北面) 용대리(龍垈里) 백담사(百潭寺) 만해마을에 〈초겨울날〉을 새긴 시비(詩碑)가 세워졌다.

520

황석우

黃錫禹 1895(고종 32) ~ 1960

한국의 시인이며 문학 평론가.

호(號)는 상아탑(象牙塔).

서울에서 태어났으며, 이곳에서 죽었다.

일본으로 유학하여 도쿄 와세다대학(早稻田大學) 정경학부를 중퇴하였다. 미키 로후(三木露風, 1889~1964, 일본의 시인)의 영향을 받아 상징주의(象徵主義, symbolisme) 시를 써서, 재학 중에 조선 유학생들이 발행하는 〈여자계(女子界)〉(여성 교양지. 1917. 12.~1920. 6. 통권 5호로 종간)에 〈고읍(苦泣)〉 등과 일본 잡지에 여러 편의 글을 발표하였다고 하는데 정확하지는 않다.

우리 문단(文壇)에 처음 등장한 것은 1919년(24세) 〈태서문예신보(泰西文藝新報)〉(주간 문예지. 1918. 9.~1919. 2. 16. 우리나라 최초의 주간지. 통권 16호로 종간) 제14호

(1919. 1. 13.)에 시 〈봄〉·〈어린 제매(弟妹)에게〉·〈은자(隱者)의 가(歌)〉를 발표하면서부터였고, 이어 〈매일신보〉[한국어 일간지. 1904년 7월 18일 배설(裵說, 1872~1909, Ernes Thomas Bethell, 대한제국 때의 영국의 언론인)이 창간한 〈대한매일신보(大韓每日申報)〉를 일제(日帝)가 사들여 1910년 8월 30일부터 '대한' 두 자를 떼고 〈매일신보(每日申報)〉로 제호(題號)를 바꾸었다가, 1938년 4월 29일 〈매일신보(每日新報)〉로 바뀌었고, 1945년 11월 23일 〈서울신문〉으로 바뀌어 오늘에 이르고 있다.]에 〈시화(詩話)〉(1919. 9. 22.)·〈조선 시단(詩壇)의 발족점(發足點)과 자유시(自由詩)〉(1919. 11. 10.) 등의 평론을 발표하였다.

1920년(25세) 7월 25일 김억(→78)·김영환[金永煥, 1898~1936, 한국의 영화 감독이며 대중 가요 작곡가·각본가·변사. 일명 김서정(金曙汀)]·김일엽(→83)·김찬영(金贊永, 1893~1960, 한국의 문학 평론가이며 극작가·서양화가)·나혜석(羅蕙錫, 1896~1949, 한국의 여류 화가이며 문필가)·남궁벽(→117)·민태원(閔泰瑗, 1894~1935 한국의 소설가이며 번역 문학가·언론인)·변영로(→207)·염상섭(廉想涉, 1897~1963, 한국의 소설가)·오상순(→293)·이병도(李丙燾, 1896~1989, 한국의 사학자)·이익상(李益相, 1895~1935, 한국의 언론인이며 소설가)·이혁로(李赫魯) 등과 함께 〈폐허(廢墟)〉(문예 동인지. 1920. 7.~1921. 1. 통권 2호로 종간) 창간 동인(同人)으로 참여하여, 창간호에 〈망모(亡母)의 영전(靈前)에 받드는 시(詩)〉·〈벽모(碧毛)의 묘(猫)〉·〈석양(夕陽)은 꺼지다〉·〈애인(愛人)의 인도(引渡)〉·〈태양의 침몰(沈沒)〉 등 시 10편과 상징주의 문학을 소개한 평론 〈일본 시단의 2대 경향(傾向)〉을 발표하면서 본격적으로 문학 활동을 전개하였다. 특히 시 〈벽모의 묘〉는 상징파 시의 영향을 받은 것으로 평가되고 있다.

스스로 초창기의 한국 근대 시단의 기수(旗手)로 자처하였으나, 우리말 사용과 시어(詩語) 선택은 매우 서투른 면을 보여 주었고, 시의 주조(主潮)가 관능적(官能的)·퇴폐적인 관념어로 되어 있어 이해하기 어렵다는 평을 받았다. 〈태양의 침몰〉은 초기 대표작으로 일컬어지는 시임에도 불구하고, 이와 같은 시어의 조야성(粗野性)을 여실히 드러내고 있다.

1921년(26세) 노자영(→120)·박영희(→183)·박인덕(朴仁德, 1897~1980, 한국의 여성 독립 운동가이며 교육가)·박종화(→190)·변영로·신태악(辛泰嶽, 1902~1980, 한국의 법조인이며 정치가)·오상순과 함께 〈장미촌(薔薇村)〉(1921. 5. 24. 창간호로 종간. 우리나라 최초의 시 동인지) 창간하여 여기에 〈장미촌의 향연(饗宴)〉을 발표하면서 동인으로 활동하였으며, 평론 〈최근의 시단〉[〈개벽(開闢)〉 제5호, 1920. 11.]·〈현 문단의 해부〉(1921)·〈현 일본 사상계(思想界)의 특질과 그 주소〉(1923) 등을 발표하였다.

1927년(32세) 11월 〈조선시단(朝鮮詩壇)〉(시 전문지. 1927. 11.~1930. 1. 통권 6호로 종간)을 창간하여 창간호에 〈가을 시 및 6호 잡곡(六號雜曲)〉에 발표하면서 시지(詩誌)를 주재(主宰)하였고, 조선일보사(朝鮮日報社)·중외일보사(中外日報社) 기자를 거쳐 〈대동신문(大東新聞)〉[일간지. 1945년 11월 25일 창간하였다가 1947년 〈대동신문(大同新聞)〉으로 제호(題號)를 바꾸었고, 1957년 4월 15일 〈한국경제신문(韓國經濟新聞)〉로 개제(改題), 발간되었다.] 논설 위원을 지냈다.

1929년(34세) 4월에는 무명(無名)의 문학 청년 102명의 작품을 모은 〈청년 시인 백인집(青年詩人百人集)〉(조선시단사), 11월에는 유일한 시집 〈자연송(自然頌)〉(조선시단사)을 펴냈다. '자연시 소곡(小曲)'이라는 표제를 붙인 이 시집은 제목에서도 알 수 있듯이 태양·달·별 등 천체(天體)나 꽃·이슬과 같은 자연물들을 주된 소재로 택하여 의인화(擬人化)하였다는 점에서 독특한 면을 보여 준다.

1920년대에는 변영로·오상순·주요한(→466)·홍사용(→515) 등과 더불어 선구적(先驅的)인 시인으로 활약하였으나 곧 시단에서 은퇴하였다.

1931년(36세) 〈불교(佛教)〉(월간 불교 잡지. 1914년 창간) 제89호(1931. 10.)에 〈일본 민요 음미(日本民謠吟味)〉를 발표하였고, 〈부평초(浮萍草)〉(1932)·〈일몰(日沒)과 월출(月出)〉(1933) 등의 시를 발표하였다.

광복된 뒤에는 교육계에 투신하여 국민대학교(國民大學校) 교무처장을 지냈고, 시 〈나의 호흡과 말〉[〈현대문학(現代文學)〉 제40호, 1958. 4.]·〈개나리꽃〉(〈현대문학〉 제42호, 1958. 6.)·〈숨길 구멍〉(〈현대문학〉 제49호, 1959. 1.)·〈웃음에 잠긴 우주(宇宙)〉[〈자유문학(自由文學)〉, 1959. 1.]·〈우주의 혈맥(血脈)〉(〈현대문학〉 제52호, 1959. 4.)·〈초대장(招待狀)〉(〈자유문학〉, 1959. 6.)·〈우주〉(〈자유문학〉, 1959. 12.)·〈눈동자 뒤의 전망(展望)〉(1959) 등을 발표하여 재기하는 듯하였으나 좋은 반응을 얻지는 못하였다.

국문학사에서 〈장미촌〉·〈폐허〉 동인으로 중요한 위

치를 차지하고 있으며, 한때 퇴폐적인 어휘를 많이 쓴 것으로 말미암아 세기말적(世紀末的) 분위기에 싸인 〈폐허〉 동인의 대표격으로 평가하기도 한다.

521

황순원

黃順元 1915. 3. 26. ~ 2000. 9. 14.

한국의 소설가이며 시인.

자(字)는 만강(晩岡), 본관(本貫)은 제안[齊安, 지금의 황해도 황주(黃州)].

평양(平壤)의 숭덕학교(崇德學校) 고등과 교사였던 아버지 황찬영(黃贊永, ?~1972)과 어머니 장찬붕(張贊朋, ?~1974)의 3남 중 맏아들로, 평안남도 대동군(大同郡) 재경면(在京面) 빙장리(氷庄里)[지금의 평양 순안 구역(順安區域) 재경리]의 지주(地主) 집안에서 태어났으며, 서울에서 죽었다.

아버지는 3·1 운동 때 태극기와 독립 선언서(獨立宣言書)를 평양 시내에 배포하였다가 경찰에 붙잡혀 1년 6개월 동안 징역살이를 하였다.

1929년(14세) 숭덕소학교를 졸업하고 같은 해 평안북도 정주(定州)의 오산학교(五山學校)에 입학하였다가 한 학기 뒤에 평양의 숭실중학교(崇實中學校)로 전학하여 1934년(19세) 졸업하였다. 숭실중학교 시절 〈동광(東光)〉(월간 종합 교양지. 1926. 5.~1933. 1. 통권 40호로 종간) 제23호(1931. 7.)에 시 〈나의 꿈〉·〈아들아 무서워 말라〉를 발표하였다.

1933년(18세) 〈동아일보(東亞日報)〉 신춘 문예 시 부문에 〈우리의 새 날을 피바다에 떠서〉가 가작으로 당선되어 문단(文壇)에 나왔으며, 시 창작에 몰두하는 동안은 당시 문단의 큰 흐름이었던 모더니즘 시를 주로 썼다.

1934년 일본으로 유학하여 도쿄 와세다 제2고등원(早稻田第二高等院)에 입학하였으며, 재학 시절에는 김동원(金東園, 1916~2006, 한국의 연극 배우)·이해랑(李海浪, 1916~1989, 한국의 연극 배우이며 연출가) 등과 극예술 연구 단체 '도쿄학생예술좌(東京學生藝術座)'를 조직하여 활동하였다.

같은 해 여름 방학을 이용하여 귀국하였다가, 조선총독부(朝鮮總督府)의 검열을 피하기 위하여 시집 〈방가(放歌)〉(도쿄학생예술좌 문예부, 1934. 11.)를 펴냈다는 이유로 평양경찰서(平壤警察署)에 29일 동안 갇혔다가 풀려났다. 처녀 시집인 〈방가〉에는 양주동(→282)의 머리말과 〈나의 꿈〉·〈나의 노래〉·〈미래에 사는 사나이〉·〈석별(惜別)〉·〈잡초(雜草)〉·〈젊은이여〉·〈8월의 노래〉 등 시 27편이 실려 있다.

1935년(20세) 1월, 평양 숭의여자고등학교(崇義女子高等學校) 문예반장 출신으로 혼슈(本州) 아이치현(愛知縣) 나고야(名古屋)의 금성여자전문학교(金城女子專門學校)에 재학 중인 문학 소녀 양정길(楊正吉, 1915~2014)과 결혼하였고, 슬하에 3남 1녀[맏아들 동규(→519), 둘째 아들 남규(南奎), 외동딸 선혜(鮮惠), 셋째 아들 진규(軫奎)]를 두었다.

같은 해 3월, 신백수(申百秀, 1915~1946, 한국의 시인이며 소설가)·이시우(李時雨, ?~?, 북한의 시인)·정현웅(鄭玄雄, 1910~1976, 한국의 서양화가)·조풍연(趙豊衍, 1914~1991, 한국의 언론인이며 수필가·아동 문학가)·한상직(韓相稷, 1915~?, 한국의 극작가) 등이 창간한 〈삼사문학(三四文學)〉(문예 동인지. 1934. 9.~1937. 4. 통권 6호로 종간) 동인(同人)으로 참여하여 시와 소설을 발표하였다.

1936년(21세) 와세다대학 문학부 영문과에 입학하였고, 5월 두 번째 시집 〈골동품(骨董品)〉[한성도서주식회사(漢城圖書株式會社)]을 자비(自費)로 펴냈다.

1937년(22세) 도쿄에서 발행하는 동인지 〈창작(創作)〉(제3집, 1937. 7.)에 첫 단편 소설 〈거리의 부사(副詞)〉를 발표한 뒤에는 소설 창작에만 전념, 1938년(23세) 10월 단편 〈돼지계(系)〉를 발표하였다.

1939년(24세) 3월 와세다대학을 졸업하고 귀국하여, 1940년(25세) 〈황순원 단편집〉(한성도서주식회사. 나중에 〈늪〉으로 책 이름을 바꾸었다.)을 펴냈으며, 고향에서 지내다가 공산 치하에서 지주 계급으로 몰려 신변의 위협을 느껴 1946년(31세) 가족들과 함께 월남(越南)하였다.

1946년 4월 4일에는 김진섭(金晉燮, 1903~?, 한국의 수필가이며 독문학자)·박종화(→190)·이하윤(→408) 등이 중심으로 있던 중앙문화협회(中央文化協會)의 불투명한 성격을 기부하고, 곽종원(郭鍾元, 1915~2001, 한국의 문학평론가)·곽하신(郭夏信, 1920~?, 한국의 소설가)·김갑순(金甲順)·김광주(→51)·김남중(金南中, 1917~1987, 한국의 언론인이며 수필가)·김달진(→58)·김동리(→60)·김상옥(→69)·김수돈(→74)·김춘수(→95)·김현승(→99)·박두진(→177)·박목월(→178)·박용덕[朴容德, ?~?, 〈단층(斷層)〉 편집·발행인]·박용구(朴容九, 1923~1999, 한국의 소설가)·백완기(白完基, 1914~?, 한국의 문학 평론가)·서정주(→226)·설창수(→230)·여세기(呂世基)·오영수(吳永壽, 1914~1979, 한국의 소설가)·유동준(俞東濬, 1921~, 한국의 문학 평론가)·유치환(→350)·이경순(李敬純, 1905~1985, 한국의 교육자이며 시인)·이광래(李光來, 1908~1968, 한국의 연극인)·이설주(李雪舟, 1908~2001, 한국의 시인)·이영도(→384)·이윤수(李潤守, 1914~1997, 한국의 시인)·이재춘(李在春)·이정호(李正浩, 1927~1991, 한국의 시인이며 언론인)·이한직(→409)·임서하(任西河, ?~?, 한국의 소설가)·정진업(鄭鎭業, 1916~1983, 한국의 시인이며 연극인)·조연현(→459)·조지훈(→461)·조진대(趙眞大, 1920~?, 한국의 소설가)·조향(→463)·최인욱(崔仁旭, 1920~1972, 한국의 소설가)·최태응(崔泰應, 1917~1998, 한국의 소설가) 등과 함께 조선청년문학가협회(朝鮮青年文學家協會)를 결성[1949년 12월 17일 한국문학가협회(韓國文學家協會)가 결성됨에 따라 발전적으로 해산]하여 활동하였다.

1946년 9월 서울중·고등학교 국어 교사로 부임하였고, 1957년(42세) 4월 경희대학교(慶熙大學校) 문리대학 교수가 된 뒤 23년 반 동안 아무 보직(補職) 없이 평교수로만 근무하다가 1980년(65세) 정년 퇴임하였고, 1993년(78세) 이후 같은 대학교 명예 교수를 지냈다.

시인으로 등단(登壇)하여 뛰어난 단편 소설가로, 다시 장편 소설가로 거듭 변신(變身)하면서 문학 세계를 넓혔다. 초기 단편 〈별〉[〈인문평론(人文評論)〉 제15호, 1941. 2.]·〈그늘〉[〈춘추(春秋)〉, 1942]·〈눈〉(1944)·〈암콤〉[〈백제(百濟)〉 제2호, 1947. 1.]·〈술〉[〈신천지(新天地)〉 제12호, 1947. 2.]·〈아버지〉[〈문학(文學)〉, 1947. 2.]·〈술 이야기〉(〈신천지〉 제13~14호, 1947. 3.~4.)·〈두꺼비〉(〈우리공론〉, 1947. 4.)·〈황소들〉(〈문학〉, 1947. 7.)·〈담배 한 대 피울 동안〉(〈신천지〉, 1947. 9.)·〈목넘이 마을의 개〉[〈개벽(開闢)〉(복간), 1948. 3. 같은 해 육문사(育文社)에서 출판]·〈검부러기〉(〈신천지〉, 1949. 2.)·〈몰이꾼〉(〈신천지〉, 1949. 2.)·〈솔개와 고양이와 매와〉(〈신천지〉, 1949. 5·6. 합본호)·〈곰녀〉[〈대조(大潮)〉, 1949. 7.]·〈산골 아이〉[〈민성(民聲)〉, 1949. 7. 가교출판사에서 1997년 출판]·〈맹산 할머니〉[〈문예(文藝)〉 창간호, 1949. 8.]·〈황 노인(黃老人)〉(〈신천지〉, 1949. 9.)·〈노새〉(〈문예〉 제5호, 1949. 12.)·〈기러기〉(〈문예〉 제6호, 1950. 1.)·〈병든 나비〉[〈혜성(彗星)〉, 1950. 2.]·〈'이리'도〉[〈백민(白民)〉 제20호, 1950. 2. 어문각(語文閣)에서 1985년 출판]·〈모자〉(〈신천지〉, 1950. 3.)·〈독 짓는 늙은이〉[〈문예〉, 1950. 4. 삼중당(三中堂)에서 1975년 출판] 등은 빼어난 서정성을 바탕으로 인간의 섬세한 내면 세계와 인간 사이의 교감을 그려 내는 휴머니즘이 주조(主潮)를 이룬다. 또한 시적(詩的) 정취를 자아내는 간결하고 서정적인 문체(文體)는 당시 문체 미학(美學)의 새로운 경지를 이루었다는 평가를 받았다.

한국 전쟁(Korean War, 1950. 6. 25.~1953. 7. 27.) 때는 문총구국대(文總救國隊) 공군종군문인단[空軍從軍文人團, 일명 창공구락부(蒼空俱樂部). 1951년 4월 대구(大邱)에서 결성]에 소속되어 활약하였고, 단편 〈목숨〉[〈신조(新潮)〉 창간호, 1951. 4.]·〈어둠 속에 찍힌 판화(版畫)〉(〈신천지〉, 1951. 12. 삼중당에서 1975년 출판)·〈곡예사(曲藝師)〉[〈문예〉, 1952. 1. 같은 해 6월 명세당(明世堂)에서 출판]·〈과부(寡婦)〉[〈문예〉, 1952. 12. 1958년 영화화, 1962년 〈열녀문(烈女門)〉으로 영화화]·〈크리스마스와 함께〉[〈창공(蒼空)〉, 1952]·〈소나기〉[〈신문학(新文學)〉, 1953. 5. 신태양사(新太陽社)에서 1959년 출판]·〈학(鶴)〉[〈신천지〉, 1953. 5. 중앙문화사(中央文化社)에서 1956년 출판]·〈간도 삽화(間島挿話)〉(〈신천지〉, 1953. 10.)·〈왕모래〉(1953. 10.)·〈여인(女人)들〉(1953)·〈태동(胎動)〉[〈문화세계(文化世界)〉, 1953]·〈윤삼이〉(〈신천지〉, 1954. 1.)·〈사나이〉[〈문학예술(文學藝術)〉 창간호, 1954. 4.]·〈부끄러움〉(1955)·〈무서움〉[〈현대문학(現代文學)〉 제2호, 1955. 2.]·〈필묵(筆墨) 장수〉(〈현대문학〉 제6호, 1955. 6.)·〈불가살〉(〈문학예술〉, 1956. 1.)·〈산허리에 오솔길이〉(〈새벽〉, 1956. 1.)·〈산〉(〈현대문학〉 제19호, 1956. 7.)·〈비바리〉(〈문학예술〉, 1956. 10.)·〈내일〉(〈현대문학〉 제26호, 1957. 2.)·〈소리〉[〈현대문학〉 제29호, 1957. 5. 학원사(學園社)에서 1987년 출판]·〈너와 나만의 시간〉[〈현대문학〉 제37호, 1958. 1. 정음사(正音社)에서 1964년 출판]·〈다시 내일〉(〈현대문학〉 제37호, 1958. 1.)·〈링반데룽〉(〈현대문학〉 제40호, 1958. 4.)·〈꽁뜨 3제〉[〈사상계(思想界)〉 제63호, 1958. 7.]·〈모든 영광은〉(〈현대문학〉 제43호, 1958. 7.)·〈한 벤치에서〉(1958. 10.)·〈안개 구름 끼다〉(〈사상계〉 제69호, 1959. 1.)·〈뎃상〉(〈사상계〉 제78호, 1959. 10.) 등과 시 〈제주도 말〉(1952)·〈향수(鄕愁)〉(1952) 등을 발표하였고, 세 번째 단편집 〈기러기〉(명세당, 1951)를 펴냈다.

첫 장편 소설 〈별과 같이 살다〉(1947년부터 여러 잡지에 나누어 싣다가 정음사에서 1950년 출판)를 발표한 뒤, 단편 소설보다 장편 소설에 주력하여 잇따라 주목할 만한 작품을 내놓았다. 〈인간 접목(人間接木)〉[1951년 1월부터 1956년 12월까지 〈새가정〉에 〈천사(天使)〉로 연재, 중앙문화사에서 1957년 출판]·〈카인의 후예(後裔)〉(1953년 9월부터 1954년 3월까지 〈문예〉에 연재, 중앙문화사에서 1954년 출판)·〈잃어버린 사람들〉(〈현대문학〉 제13호, 1956. 1. 중앙문화사에서 1958년 출판)·〈나무들 비탈에 서다〉[〈사상계〉 제81~87호(1960. 1.~7.)에 연재, 사상계사에서 1960년 출판] 등은 한국 전쟁이 끝난 뒤의 사회적 혼란과 인간의 실존적 고뇌를 그려 낸 데 반하여, 〈일월(日月)〉[제1부 〈현대문학〉 제85~89호(1962. 1.~5.), 제2부 제94~100호(1962. 10.~1963. 4.), 제3부 제116~119호(1964. 8.~11.)에 각각 연재]·〈움직이는 성(城)〉[제1부 〈현대문학〉 제161~166호(1968. 5.~10.), 제2부 제185~198호(1970. 5.~1971. 6.), 제3부와 제4부 제208~214호(1972. 4.~10.)에 각각 연재]·〈신(神)들의 주사위〉[〈문학사상(文學思想)〉 제107~116호(1981. 8.~1982. 5.)에 연재. 문학과지성사에서 1982년 출판] 등은 신분적 질곡, 현대 사회의 윤리와 전통의 문제, 종교 문제 등을 다루면서 소설적 주제가 매우 다양해졌다.

〈별과 같이 살다〉는 '곰녀'라는 한 여인의 짧은 생애를 통하여 일제(日帝) 강점기의 민족 수난사를 그려 냈다. '곰녀'는 〈카인의 후예〉에 나오는 '오작녀'와 매우 닮은 인물로, 그의 소설에 나오는 인물의 한 원형을 이룬다. 〈카인의 후예〉는 광복 직후 북한의 토지 개혁 과정을 통하여 인간의 소유욕과 윤리적 패덕(悖德)에 대한 강한 응징을 보여 준 작품이며, 〈나무들 비탈에 서다〉는 전쟁 체험이 낳은 비극적인 인간성 파괴를 다룬 작품으로 장편 소설가로서의 진가를 유감 없이 발휘한 문제작으로 꼽힌다.

1960~1970년대에도 계속하여 〈내 고향(故鄕) 사람들〉(〈현대문학〉 제75호, 1961. 3. 마당출판사에서 1982년 출판)·〈가랑비〉[〈자유문학(自由文學)〉, 1961. 5.]·〈송아지〉(〈사상계〉 제101호, 1961. 9.)·〈가난한 족속(族屬)이 '별과 같이 살다'〉[〈여원(女苑)〉 제79호, 1962. 4.]·〈그래도 우리끼리는〉(〈사상계〉 제124호, 1963. 8.)·〈비늘〉(〈현대문학〉 제106호, 1963. 10.)·〈달과 발과〉(〈현대문학〉 제110호, 1964. 2.)·〈소리 그림자〉(〈사상계〉 제144호, 1965. 4.)·〈어머니가 있는 유월(六月)의 대화〉(〈현대문학〉 제127호, 1965. 7.)·〈메마른 것들〉(〈사상계〉 제151호, 1965. 11.)·〈조고만 섬마을에서〉[〈예술원보(藝術院報)〉 제9호, 1965. 12.]·〈원색(原色) 오뚜기〉(〈현대문학〉 제133호, 1966. 1.)·〈수컷 퇴화설(退化說)〉(〈문학〉, 1966. 6.)·〈자연〉(〈현대문학〉 제140호, 1966. 8.)·〈우산을 접으며〉(〈문학〉, 1966. 11.)·〈닥터 장의 경우〉[〈신동아(新東亞)〉 제86호, 1966. 11.]·〈피〉(〈현대문학〉 제145호, 1967. 1.)·〈겨울 개나리〉(〈현대문학〉 제152호, 1967. 8.)·〈차라리 내 목을〉(〈신동아〉 제95호, 1967. 8.)·〈막을 내렸는데〉(〈현대문학〉 제157호, 1968. 1.)·〈숫자풀이〉(〈문학사상〉 제22호, 1974. 7.)·〈이 날의 지각〉(〈문학사상〉 제31호, 1975. 4.)·〈주검의 장소〉(〈문학과지성〉 제22호, 1975. 11.)·〈들과 나무, 그리고〉(〈현대문학〉 제255호, 1976. 3.)·〈탈〉(〈문학과지성〉 제24호, 1976. 5.)·〈그물을 거둔 자리〉(〈창작과비평〉, 1977. 9.) 등 많은 단편을 발표하였다.

많은 작가들이 일제의 조선어 말살 정책에 굴복하여 일본어로 작품을 쓰거나 친일(親日) 작품을 썼지만 그는 모국어로 작품 쓰기를 고집하고 '작가는 작품으로 말한다'며 평생 잡문을 쓰지 않은 작가로 크게 존경받았다.

1957년 예술원(藝術院) 회원으로 선출되었으며, 1954년(39세) 〈카인의 후예〉로 전국문화단체총연합회(全國文化團體總聯合會, 文總)에서 주는 제2회 자유 문학상(自由文學賞, 1953~1959)을 받은 것을 비롯하여 〈나무들 비탈에 서다〉로 1961년(46세) 제6회 대한민국 예술원상, 〈일월〉로 1966년(51세) 제7회 3·1 문화상, 1970년(56세) 국민 훈장 동백장(冬柏章), 1983년(68세) 〈신들의 주사위〉로 제4회 대한민국 문학상, 1987년(72세) 제1회 인촌상(仁村賞)을 받았으며, 2000년 금관 문화 훈장(金冠文化勳章)이 추서(追敍)되었다. 한편 1990년(75세) 아버지가 건국 훈장 애족장(愛族章)을 받았으며, 1996년(81세) 10월, 정부에서 주는 은관 문화 훈장(銀冠文化勳章)을 '받을 만한 특별한 이유가 없다.'고 공식 통보하여 작은 파문(波紋)을 일으켰다.

이 밖에 고희(古稀) 기념 산문집 〈말과 삶의 자유〉(문학과지성사, 1985), 전집(全集)으로 〈황순원 전집〉[모두 6권, 창우사(創又社), 1964/모두 12권, 문학과지성사, 1983]·〈황순원 대표작 선집(選集)〉[모두 6권, 조광출판사(朝光出版社), 1969]·〈황순원 문학 전집〉(모두 7권, 삼중당, 1973) 등이 있다.

2001년 중앙일보사(中央日報社)에서 그의 문학적 업적과 그 정신을 기리기 위한 '황순원 문학상'을 제정하여 해마다 시상하고 있다.

2009년 6월 경기도 양평군(楊平郡) 서종면(西宗面) 수

능리(水陵里) 황순원 문학촌 소나기마을에 '황순원 문학관'이 건립되었다.

522

황정견

黃庭堅 1045～1105. 9. 30.

중국 북송(北宋, 960~1126)의 시인이며 화가 · 서예가.

자(字)는 노직(盧直 · 魯直), 호(號)는 부옹(涪翁) · 산곡도인(山谷道人).

장시성(江西省) 홍저우(洪州) 분녕[分寧, 지금의 슈수이현(修水縣)]에서 태어났으며, 광시성(廣西省) 이저우[宜州, 지금의 이산현(宜山縣)]에서 죽었다.

1066년(21세) 진사시(進士試)에 급제(及第), 국자감(國子監) 교수(敎授)를 거쳐 장시성 지저우(吉州) 등 여러 곳의 지방 관리(官吏)를 지냈다.

1085년(40세)에 중앙 관직에 부임, 교서랑(校書郎)이 되어 〈신종 실록(神宗實錄)〉 등 국사(國史) 편찬에 종사하였다.

1095년(50세) 왕안석(→312)의 신법당(新法黨)이 부활됨과 동시에 구법당(舊法黨)이었던 그는 신법을 비난하였다는 죄목으로 쓰촨성(四川省) 치안저우[黔州, 지금의 펑수이현(彭水縣)]에 유배되었다.

1100년(55세) 휘종(徽宗, 1082~1135, 중국 북송의 제8대 황제. 재위 1100~1125)이 즉위하면서 사면(赦免) 복직(復職)되었으나, 1102년(57세) 다시 무고(誣告)를 당하고 이저우로 유배되어, 그곳에서 병으로 죽었다.

소동파(→234)의 문하(門下)에서 배웠고 그의 문인화파(文人畫派)에 속하였다. 이 두 사람은 '소황(蘇黃)'으로 일컬어지는 송대(宋代)를 대표하는 시인으로 꼽히며, 화풍(畫風)이 비슷한 것 외에도 정치적으로 불우하였으므로 함께 거론되는 경우가 많다. 황정견은 소동파보다 학구적이고 내향적이었고, 창작 기법면에서 더 신비적인 면을 보인다. 한편, 중국에서 묵죽(墨竹)을 사대부(士大夫)의 화목(畫目)으로 발달시킨 학자는 문동(文同, 1018~1079, 중국 북송의 문인이며 화가) · 소동파 · 황정견 세 사람인데, '흉중성죽(胸中成竹, '대나무 그림을 그리려면 가슴속에 대나무를 담아야 한다')'을 제창하여 성정(性情)의 의경(意境)을 추구한 이들을 '송대 문인삼걸(文人三傑)'로 일컬었다.

도연명(→139) · 두보(→143)의 시의 영향을 받았으나 서정성을 억제하고 대상을 이지적(理智的)으로 파악하는 독자적인 시풍(詩風)을 개척하였고, 고전주의(古典主義, classicism)적인 작풍(作風)을 지녔으며, 학식에 의한 전고(典故)와 수련을 거듭한 조사(措辭)를 특색으로 한다.

시인으로 명성이 높았고, 북송 말에서 남송(南宋, 1127~1279) 초에 걸쳐 그의 시풍이 널리 유행하였다. 그의 시풍을 이어받은 여본중(→287)이 황정견의 시풍을 배운 25명의 시인들의 시를 모아 〈강서시사 종파도(江西詩社宗派圖)〉를 썼는데, 이 책에 의하여 이들을 일컬어 이른바 강서파(江西派)라고 하며, 그를 시조(始祖)로 하는 강서파는 한때 크게 유행하여 송나라 시의 새 기원(紀元)을 열었다.

장뢰(→425) · 조보지(晁補之, 1053~1110, 중국 북송의 문인) · 진관(秦觀, 1049~1100, 중국 북송의 문인)과 함께 이른바 '소문 4학사(蘇門四學士)'의 한 사람이 되었다.

글씨는 단정하지만 일종의 억양(抑揚)을 지녔으며, 활동성을 내포한 밝은 행초서(行草書)에 뛰어났다. 회소(懷素, 725~785, 중국 당나라의 승려이며 서예가)의 맥을 잇는 자유 분방한 초서체(草書體)로 널리 알려졌다. 미불(米芾, 1051~1107, 중국 북송의 학자이며 서예가 · 화가) · 소동파 · 채양(蔡襄, 1012~1060, 중국 북송의 정치가이며 서예가)과 함께 이른바 '북송 4대가(北宋四大家)'의 한 사람으로 일컬어지고 있다.

문집으로 〈산곡 금취외편(山谷琴趣外篇)〉 · 〈산곡 전집(山谷全集)〉(모두 39권) · 〈예장 황선생 문집(豫章黃先生文集)〉(모두 30권)이 있다.

523

황준헌

黃遵憲 1848. 4. 27. ～ 1905. 3. 28.

중국 청(淸)나라(1616~1912)의 외교관이며 시인.

자(字)는 공도(公度), 호(號)는 동해(東海) · 인경려주인(人境廬主人) · 포대화상(布袋和尙).

광둥성(廣東省) 자잉(嘉應)에서 태어났으며, 이곳에서 죽었다.

1876년(28세) 향시(鄉試)에 급제(及第), 이듬해 초대 주일 공사(駐日公使) 허루장(何如璋, 1838~1891, 중국 청나라의 외교관)을 수행하여 일본으로 가서 외교관 생활을 시작하였다.

1880년(32세) 김홍집(金弘集, 1842~1896, 조선의 문신이며 정치가)이 수신사(修信使)로 일본에 갔을 때 국제 관계에 대한 의견을 교환, 그의 주장을 피력한 〈사의 조선책략(私擬朝鮮策略)〉을 김홍집에게 기증하였다. 김홍집이 일본에서 돌아와 고종(高宗, 1852~1919, 조선의 제26대 왕. 재위 1863~1907)에게 복명하고 그 책자를 올렸는데, 조정(朝廷)에서는 이에 대한 찬부(贊否) 양론이 벌어져 김홍집이 인책당하였다. 1882년(34세)에는 한미수호조약(韓美修好條約) 조약문을 초안(草案), 조약 체결에 참고가 되도록 전하였다.

18여 년 동안 일본·미국·영국·싱가포르 등지에서 외교관으로 활동하면서 견문을 넓혔고, 1894년(46세) 귀국한 뒤 캉유웨이(康有爲, 1858~1927, 중국의 학자이며 개혁 운동의 지도자)·량치차오(梁啓超, 1873~1929, 중국의 학자이며 정치가) 등과 함께 입헌 군주제(立憲君主制) 수립을 위한 개혁 운동에 참여하였다. 당시 러시아의 남하 정책에 대한 대책으로 한·중·일 3국이 협력하여 미국과 연합 세력을 구축하는 것이 최선책이라고 주장하였다.

일찍부터 구어(口語) 사용을 주장하였으며, 일반인들의 대화를 주의 깊게 듣고 새로운 문체(文體)를 창조하여 그것을 시에 재현함으로써 주목을 받았고, 나아가 백화[白話, 일상 생활에서 쓰는 구어]와 민요조의 어투를 사용함으로써 중국 시문학의 새 장을 열었다. 문학의 진화와 의식의 근대화 등에 바탕을 둔 자유 신시(自由新詩)를 주창하였고, 전통 형식에 구애됨이 없이 눈이나 귀로 보고 들은 것을 자유롭게 읊은 신파시(新派詩)로 문학 혁명의 선구(先驅)가 되었다.

지은 책으로 〈일본국지(日本國志)〉(모두 40권, 1898)·〈일본 잡사시(日本雜事詩)〉(모두 2권)가 있고, 시집 〈인경려 시초(人境廬詩草)〉(모두 11권, 1911)에 1천여 편의 시를 남겼다.

* **황중칙**(黃仲則) → **황경인**(→518)

524

황진이

黃眞伊 ?~?

조선(朝鮮, 1392~1910)의 명기(名妓)이며 여류 시인.

본명(本名)은 진(眞), 일명 진랑(眞娘), 기명(妓名)은 명월(明月).

경기도 개성(開城)에서 태어났다.

확실한 생몰 연대(生沒年代)는 알 수 없으나, 중종(中宗, 1488~1544, 조선의 제11대 왕. 재위 1506~1544)·명종(明宗, 1534~1567, 조선의 제13대 왕. 재위 1546~1567) 때 사람이며, 비교적 단명(短命)하였던 것으로 보고 있다. 학자에 따라서는 1506(연산군 12, 중종 원년)~1567년(명종 22)이라고도 한다.

그의 전기(傳記)에 대하여 상고(詳考)할 수 있는 직접적인 사료(史料)가 없어서 간접 사료인 야사(野史)에 의존할 수밖에 없는데, 이 계통의 자료는 비교적 많은 반면에 각양각색으로 다른 이야기를 전하고 있을 뿐 아니라 너무나 신비화한 흔적이 많아서 그 허실(虛實)을 가리기가 매우 어렵다.

출생에 관하여는 황 진사(黃進士)의 서녀(庶女)라고도 하고, 진현금(陳玄琴)이라고 불리던 시각 장애인의 딸이었다고도 하는데, 황 진사의 서녀로 다룬 기록이 숫자적으로는 우세하지만 기녀(妓女) 신분이라는 점에서 시각 장애인의 딸로 태어났다는 설이 오히려 유력시되고 있다.

기녀가 된 동기에 대하여도, 15세 무렵에 동네 총각이 자기를 연모하다가 상사병(相思病)으로 죽자 기계(妓界)에 투신하였다고도 하고, 서녀 출신임을 비관하여 스스로 기녀가 되었다는 설 등 사실 여부는 알 수가 없다.

어머니에게 사서 삼경(四書三經)과 예의범절을 배웠으며, 성리학(性理學) 지식이 해박하였다. 시(詩)·서(書)·음률(音律)에 모두 뛰어났으며, 출중한 용모로 더욱 널리 알려졌고, 뛰어난 총명과 민감한 예술적 재능을 갖추어 그에 대한 일화(逸話)가 많이 전해지고 있다. 또한 뛰어난 가창 재능과 용모로 당대(當代)의 문인(文人)·석유(碩儒)들과 교유(交遊)하며 탁월한 시재(詩才)로 그들을 매혹시켰다고 한다.

당대의 석학(碩學) 서경덕(徐敬德, 1489~1546, 조선 중종 때의 학자)을 사숙(私淑)하여 거문고와 주효(酒肴)를 가지고 그의 집을 자주 방문, 당시(唐詩)를 정공(精工)하였다고 한다. 서경덕을 유혹하려고 하였으나 실패한 뒤 사제 관계(師弟關係)를 맺었다는 이야기는 널리 알려졌다. 그러한 만큼 자존심도 강하여, 당시 10년 동안 수도(修道)에 정진하여 생불(生佛)이라고 일컬어지던 천마산(天

馬山) 지족암(知足庵)의 지족선사(知足禪師)를 정욕으로 유혹하여 파계(破戒)시키기도 하였다.

당대의 일류 명사(名士)들과 정을 나누었고, 종친(宗親) 벽계수[碧溪守, 세종(世宗, 1397~1450, 조선의 제4대 왕. 재위 1419~1450)의 증손 이종숙(李終叔, 1508~?)]와 깊은 정을 나누며 난숙한 시작(詩作)을 통하여 독특한 애정관(愛情觀)을 표현하였다.

소세양(蘇世讓, 1486~1562, 조선의 문신)이 소문을 듣고 '나는 30일만 같이 살면 능히 헤어질 수 있으며, 추호도 미련을 갖지 않겠다'라고 장담하였다가 황진이와 30일을 살고 이별하는 날 황진이가 작별의 시 〈송별소양곡(送別蘇陽谷)〉을 지어 주자 감동하여 애초의 장담을 꺾고 다시 머물렀다고 한다.

풍류 묵객(風流墨客)들과 함께 명산 대첩(名山大捷)을 두루 찾아다니기도 하였는데, 재상(宰相)의 아들인 이생(李生)과 금강산(金剛山)을 유람할 때는 절에서 걸식하거나 몸을 팔아 식량을 얻기도 하였다. 죽을 때 곡(哭)을 하지 말고 고악(鼓樂)으로 전송해 달라, 산에 묻지 말고 큰 길에 묻어 달라, 관(棺)도 쓰지 말고 동문(東門) 밖에 시체를 버려 뭇 벌레의 밥이 되게 하여 천하 여자들의 경계를 삼게 하라는 등의 유언을 남겼다는 야담(野談)도 전해 온다.

묘소는 경기도 개풍군(開豐郡) 장단면(長湍面) 판교리[지금의 개성특급시(開城特級市) 판문군(板門郡) 선적리(善積里)]에 있다. 임제(→155)가 서도 병마사(西道兵馬使)로 임명되어 부임하는 길에 황진이의 무덤에 제사를 지내고 '청초(青草) 우거진 골에'로 시작하는 시조(時調) 1수(首)를 지었다가, 임지(任地)에 부임하기도 전에 파직(罷職) 당하였다는 일화도 널리 전해져 온다.

'동짓달 기나긴 밤을 한 허리를 둘에 내어'는 대표적인 시조(時調)이다. 그녀의 작품은 주로 술자리나 풍류장(風流場)에서 지어졌고, 또한 기녀의 작품이라는 제약 때문에 후세에 많이 전해지지 못하고 없어진 것이 더 많을 것으로 추측된다.

서경덕 · 박연 폭포(朴淵瀑布)와 함께 '송도 삼절(松都三絕)'로 일컬어졌으며, 매창(→155) · 운초(→328)와 함께 '조선 3대 시기(詩妓)'로, 매창 · 허난설헌(→509)과 함께 '조선 3대 여류 시인'으로 일컬어지고 있다.

기발한 이미지와 세련된 언어 구사(驅使), 알맞은 형식 등으로 조선 시조 문학의 백미(白眉)로 꼽히는데, 한시(漢詩)로는 〈등만월대 회고(登滿月臺懷古)〉 · 〈박연(朴淵)〉 · 〈별김경원(別金慶元)〉 · 〈송도(松都)〉 · 〈영반월(詠半月)〉 등이 전하고 있다.

시조로는 〈내 언제 신이 없어〉 · 〈동짓달 기나긴 밤을〉 · 〈산은 옛 산이로되〉 · 〈어져 내일이여〉 · 〈청산리 벽계수(青山裏碧溪水)야〉 등 6수가 〈만월대 회고시(滿月臺懷古詩)〉 · 〈박연 폭포(朴淵瀑布) 시〉 · 〈봉별 소양곡시(奉別蘇陽谷詩)〉 · 〈영초월시(咏初月詩)〉 등의 제목으로 김천택(金天澤, ?~?, 조선 영조 때의 가객이며 시조 작가)의 시조집 〈청구영언(青丘永言)〉(1728) 진본(眞本)과 김수장(金壽長, 1690~?, 조선 숙종 · 영조 때 활약한 가객이며 시조 작가)의 시조집 〈해동가요(海東歌謠)〉(1746~1769)의 각 이본(異本)을 비롯하여 후대의 많은 시조집에 전하고 있다.

〈금계필담(錦溪筆談)〉[1873년 서유영(徐有英, 1801~1874?, 조선의 문인)이 엮은 문헌 설화집] · 〈동국시화휘성(東國詩話彙成)〉[단군(檀君) 시대부터 조선 영조(英祖) 때까지의 시와 일화를 모아 엮은 책. 엮은이는 알 수 없다.] · 〈송도기이(松都紀異)〉[1631년 이덕형(李德泂, 1566~1645, 조선의 문신)이 쓴 송도에 얽힌 기이한 이야기를 모은 야담 설화집] · 〈식소록(識小錄)〉 · 〈어우야담(於于野談)〉[유몽인(柳夢寅, 1559~1623, 조선의 문신이며 설화 문학가)이 엮은 우리나라 최초의 야담집] · 〈조야휘언(朝野彙言)〉[김시민(金時敏, 1681~1747, 조선의 문신이며 학자)이 우리나라 정치 · 제도 · 풍습 등에 관한 글을 각종 문헌에서 뽑아 부문별로 엮은 책] · 〈중경지(中京誌)〉[1824년 김이재(金履載, 1767~1847, 조선의 문신)가 편찬한 것을 1855년 조병기(趙秉夔, 1821~1858, 조선의 문신) 등이 증보하여 간행한 개성부의 읍지(邑誌)] 등의 문헌에 그녀에 관한 일화가 실려 전한다.

한편, 〈청산(青山)은 내 뜻이요〉는 황진이의 작품이라고 전하고 있으나 〈근화악부(槿花樂府)〉와 〈대동풍아(大東風雅)〉의 두 가집(歌集)에만 전하며, 작가도 〈근화악부〉에는 무명씨(無名氏)로 되어 있고, 〈대동풍아〉에서만 황진이로 되어 있다. 두 가집에 전하는 내용이 완전 일치하지도 않다. 특히 초장(初章)은 〈근화악부〉에서 '내 정은 청산이요 님의 정은 녹수(綠水)로다.'라고 되어 있는데, 〈대동풍아〉에서는 '청산은 내 뜻이요 녹수는 님의 정'이라고 바뀌어 그 맛이 훨씬 달라졌다. 〈대동풍아〉는 1908년에 편집된 책으로, 작가의 표기도 정확성이 별로 없는 가집이라는 점에서 그 기록이 의문시되고 있다.

많은 시와 그림을 작품으로 남겼다고 하는데, 임진왜

란(壬辰倭亂, 1592. 4. 13.~1598. 11. 19.)과 병자호란(丙子胡亂, 1636. 12. 9.~1637. 1. 30.) 등으로 대부분 흩어져 없어졌고, 남은 작품들도 기녀라는 신분 때문에 저평가되고 제대로 보존되지도 않아 대부분 없어졌다.

1982년 5월 경기도 파주시(坡州市) 문산읍(汶山邑) 마정리(馬井里) 임진각(臨津閣) 앞에 〈박연 폭포〉·〈청산리 벽계수야〉가 새겨진 시비(詩碑)가 세워졌다.

2000년 〈탐미문학(耽美文學)〉(문학 운동지. 1977년 창간)에서, 그녀의 문학적·미학적 진수(眞髓)와 그 업적을 기리고 현재 활동하고 있는 여성 문인들을 발굴하기 위하여 '황진이 문학상'을 제정하여 해마다 시상하고 있다.

＊황쭌셴(黃遵憲) → 황준헌(→523)

525

황현

黃玹 1855(철종 6). 12. 11. ~ 1910. 9. 10.

조선(朝鮮, 1392~1910)의 순국 지사(殉國志士)이며 시인·학자.

자(字)는 운경(雲卿), 호(號)는 매천(梅泉), 본관(本貫)은 장수(長水).

아버지 황시묵(黃時默)과 어머니 풍천(豊川) 노씨(盧氏)의 2남 3녀 중 맏아들로, 전라남도 광양군(光陽郡) 봉강면(鳳岡面) 서석촌(西石村)에서 태어났으며, 1886년(31세, 고종 23) 구례군(求禮郡) 간전면(艮田面) 수평리(壽坪里) 만수동(萬壽洞)으로 이사하였다가 1902년(47세, 고종 39)부터 순절(殉節)할 때까지 구례군 광의면(光義面) 수월리(水月里)에서 살았다.

어려서부터 총명하고 학문에 대한 열성이 있었으며, 1865년(10세, 고종 2)부터 왕석보(王錫輔, 1816~1868, 조선의 유학자이며 시인)를 스승으로 하여 시문(詩文)을 본격적으로 배웠다. 특히 시와 문장에 뛰어나 17세 때 순천영(順天營)의 백일장에 응시하여 이름을 날렸다.

1875년(20세, 고종 12) 과거(科擧)를 보려고 서울에 와서 이건창(李建昌, 1852~1898, 조선의 문신이며 대문장가)에게 시를 추천받아 당시 문명(文名)이 높던 강위(→13)·김택영(金澤榮, 1850~1927, 조선의 학자)·정만조(鄭萬朝, 1858~1936, 조선의 학자) 등과 깊이 교유(交遊)하였다. 이들은 이른바 '한말 4대가(韓末四大家)'로 일컬어졌다.

1883년(28세, 고종 20) 보거과(保擧科)에 응시하여 그의 글이 초시(初試) 초장에서 장원(壯元)으로 뽑혔으나 시험관 한장석(韓章錫, 1832~189, 조선의 문신)이 그가 시골 출신이라는 이유로 둘째로 내려놓으니 조정(朝廷)의 부패를 절감하여 회시(會試)·전시(殿試)에 응시하지 않고 관계(官界)에 뜻을 잃은 채 고향으로 돌아왔다. 그 뒤 구례 만수동으로 옮겨 학문에만 전념하다가, 1888년(33세, 고종 25) 아버지의 명을 어기지 못하고 다시 생원회시(生員會試)에 응시하여 장원으로 급제(及第), 성균관(成均館) 생원이 되었다.

당시 나라의 형편은 임오군란(壬午軍亂, 1882. 6. 9.)과 갑신정변(甲申政變, 1884. 12. 4.~12. 6.)을 겪은 뒤 중국 청(淸)나라(1616~1912)의 적극 간섭 정책 아래에서 수구파(守舊派) 정권(政權)의 가렴주구(苛斂誅求)와 부정 부패가 극심하였다. 이렇듯 시국(時局)이 극도로 혼란하였으므로 이를 개탄, 부패한 관료계와 완전 결별을 선언하고 1890년(35세, 고종 27) 다시 귀향하였다.

만수동에 작은 서재 구안실(苟安室)을 마련하여 3,000여 권의 서책(書冊)을 쌓아 놓고, 독서와 함께 시문 짓기와 역사 연구·경세학(經世學) 공부에 열중하였다.

1894년(39세, 고종 31) 동학 농민 운동(東學農民運動, 1894~1895), 갑오경장(甲午更張), 청·일 전쟁[淸日戰爭(First Sino-Japanese War), 1894. 8. 1.~1895. 4. 17.]이 연이어 일어나자 급박한 위기감을 느끼고, 후손에게 남겨 주기 위하여 〈매천야록(梅泉野錄)〉[1864~1910년의 역사를 편년체(編年體)로 서술한 역사책. 모두 6권 7책]과 야사(野史) 〈동비기략(東匪紀略)〉·〈오하기문(梧下記聞)〉을 지어, 경험하거나 견문한 바를 기록해 놓았다. 특히 한말(韓末) 풍운사(風雲史)를 담은 〈매천야록〉은 1955년 국사편찬위원회(國史編纂委員會) 사료 총서(史料叢書) 제1권으로 발간되어 한국 최근세사 연구에 귀중한 사료가 되고 있다.

1905년(50세, 고종 42, 광무 9) 11월 17일, 일제(日帝)가 을사조약(乙巳條約)을 강제 체결하여 국권(國權)이 박탈되자, 당시 중국 장쑤성(江蘇省) 화이난(淮南) 지방에 있던 김택영과 국권 회복 운동을 하려고 망명을 시도하였으나 뜻을 이루지 못하였다. 을사조약 직후 민영환(閔泳煥, 1861~1905, 조선의 문신이며 순국 지사), 우의정을 지낸 조병세(趙秉世, 1827~1905, 조선의 문신이며 순국 지사), 갑신정변을 일으켜 사대당(事大黨)을 제거하고 신정부를 조직한 홍영식(洪英植, 1855~1884, 조선의 문신)의 형 홍만식(洪萬植, 1842~1905, 조선의 문신이며 순국 지사) 등이 잇달아 자결(自決)하자 〈오애시(五哀詩)〉·〈혈죽(血竹)〉 등을 지어 이들을 추모하였다.

1910년(55세, 순종 4, 융희 4) 8월 29일, 일제에 의하여 합병이 강요되자 국권 피탈(被奪)을 통분하여 며칠 동안 식음을 전폐하다가 〈절명시(絕命詩)〉 4수(首)를 남기고 아편을 먹고 스스로 목숨을 끊었다. 〈절명시〉는 장지연(張志淵, 1864~1921, 조선의 언론인이며 애국 계몽 운동가)이 주필(主筆)로 있던 〈경남일보(慶南日報)〉에 실려 '경남일보 필화(筆禍) 사건'을 일으켰고, 〈경남일보〉는 정간(停刊) 처분을 받았다.

이 밖의 지은 책으로 가전체(假傳體) 소설 〈황의 공자전(黃衣公子傳)〉과 〈매천 시집(梅泉詩集)〉 등이 있으며, 1911년 김택영과 영·호남 선비들의 성금으로 〈매천집(梅泉集)〉(모두 3권)이 출판되었다.

1962년 건국 훈장 독립장(獨立章)이 추서(追敍)되었다.

구례군 토지면(土旨面) 용두리(龍頭里)에 그의 문하생(門下生)들이 세운 용호정(龍湖亭)이 있고, 평생 살았던 수월리에는 1955년 후손들과 유림(儒林)이 세운 사당 매천사(梅泉祠)와 유물 전시관이 있으며, 마산면(馬山面) 황전리(黃田里) 화엄사(華嚴寺) 입구 '시비 동산'에 4장의 오석(烏石)에 〈절명시〉를 새긴 시비들과 구례읍 봉북리(鳳北里) 서시천체육공원(西施川體育公園)에 그의 시비가 있다.

526

후지와라 노부자네

藤原信實 1176 ~ 1265?

일본의 와카[和歌, 중국의 한시(漢詩)와 대조되는 것으로, 일본 고유의 시] 시인이며 화가.

20대 전반까지는 후지와라 다카자네(藤原隆實)라고 하였으며, 만년(晩年)에 출가(出家)하여 법호(法號)를 자쿠시(寂西)라고 썼다.

아버지 후지와라 다카노부(藤原隆信, 1142~1205, 일본의 초상화가)가 시작한 사실적(寫實的) 초상화의 전통을 이어받았으며, 13세기 일본의 화단(畫壇)을 이끌었다.

1218년(42세) 〈중전어회도(中殿御會圖)〉을 제작하였으며, 1221년(45세)에는 고토바(後鳥羽, 1180~1239, 일본의 제82대 천황. 재위 1184~1198) 상황(上皇)의 초상화 〈고도바인상(後鳥羽院像)〉[혼슈(本州) 서부 오사카(大阪)의 미나세 신궁(水無瀨神宮)]을 제작한 것으로 추정되고 있다.

그가 그린 것으로 추정되는 많은 작품 중에 〈36가선(三十六歌仙)〉[그 중 일부는 워싱턴 프리어 미술관(Freer Gallery of Art, Washington D.C.)에 있다.]이 가장 널리 알려졌다. 이 작품은 원래 하나의 두루마리에 그린 것인데, 나중에 여러 장의 초상으로 나누어졌다. 이 초상화들은 '니세에(似繪, '닮은 그림'이라는 뜻)'의 대표적인 예이다. 그의 니세에는 가늘고 모서리진 윤곽선 안에 짙은 색깔을 다량으로 칠하여 딱딱한 궁정 예복을 묘사하였으며, 약간의 스케치 선을 통하여 얼굴의 특징과 인물의 개성을 연상(聯想)하게 하는 것이었다.

니세에는 그의 아들 다메쓰구(藤原爲繼), 손자 고레노부(藤原維信), 증손 다메노부(藤原爲信)에 의하여 대대로 이어졌다.

또한 칙찬(勅撰) 시인으로 9번째 칙찬 와카집(勅撰和歌集) 〈신초쿠센와카슈(新勅撰和歌集)〉(모두 20권, 1,374수, 1235)에 와카 10수(首)와 그 뒤의 칙찬 와카집에 122수의 와카가 실려 있으며, 〈후지와라 노부자네 조신집(藤原信實朝臣集)〉과 설화집(說話集) 〈지금 이야기(今物語)〉(1240)를 편찬하였다.

527

후지와라 사다이에

藤原定家 1162 ~ 1241. 9. 26.

일본의 시인.

'사다이에(定家)'를 한자로 음독(音讀)하여 후지와라 데이카(ていか)라고도 한다. 법명(法名)은 묘조(明靜).

일본의 7번째 칙찬 와카집(勅撰和歌集) 〈센자이와카슈(千載和歌集)〉(모두 20권, 1,288수, 1188)의 편찬자 후지와라 슌제이(藤原俊成, 1114~1204, 후지와라 도시나리라고도 한다.)의 아들로, 교토(京都, 794~1868년 일본의 수도)에서 태어났으며, 이곳에서 죽었다.

아버지로부터 시적(詩的) 재능을 이어받았으며, 이복형 후지와라 다카노부(藤原隆信, 1142~1205)는 널리 알려진 초상화가가 되었다.

문학적인 면에서 지극히 세련되고 독창적인 와카[和歌, 중국의 한시(漢詩)와 대조되는 것으로, 일본 고유의 시]

시인으로, 그의 이상(理想)이었던 '요엔(妖艶, '그윽한 아름다움'이라는 뜻)'의 경지는 독특한 시적 전통을 이루어 와카를 서서히 변혁시켜 갔다. 요엔을 표방하는 그의 와카에서는 새로운 방법으로 전통적인 언어를 구사(驅使)하였다. 즉 아버지로부터 물려받은 '고전적인 용어를 쓰되 표현은 새롭게 하라'는 규범적인 이상 아래 고전적인 언어와 문체(文體)를 보존하면서도 변혁과 실험을 잘 조화시키며 새로운 와카를 창출하였다.

시적 재능이 있는 젊은 고토바(後鳥羽, 1180~1239, 일본의 제82대 천황. 재위 1184~1198) 상황(上皇)의 인정을 받음으로써 미나모토 미치토모[源通具, 1171~1227, 본명(本名)은 호리카와 미치토모(堀川通具)]·소쿠렌(寂蓮, 1139~1202)·후지와라 마사쓰네[藤原雅經, 1170~1221, 본명은 아스카이 마사쓰네(飛鳥井雅經)]·후지와라 아리이에(藤原有家)·후지와라 이에타카(藤原家隆, 1158~1237)와 함께 8번째 칙찬 와카집 〈신고킨와카슈(新古今和歌集)〉(모두 20권, 1,978수, 1205) 편찬자의 한 사람으로 선정되었다.

40대에 심각한 내적(內的) 갈등을 겪으면서 창작 활동이 크게 저해되었고, 따라서 그는 자신이 추구해 온 시적 이상을 부분적으로 수정할 수밖에 없었다. 아버지의 업적을 더욱 확고히 다진 위에 자신의 소질을 보태는 한편, 집안의 정치적 지위를 높이려고 노력하였다. 그러나 50대가 되기까지 정계(政界)에 진출하지 못하였다.

1232년(70세)에는 9번째 칙찬 와카집 〈신초쿠센와카슈(新勅撰和歌集)〉(모두 20권, 1,374수, 1235)의 단독 편자가 되어 역사상 두 권의 칙찬 와카집을 편찬한 최초의 인물이 되었다. 〈신초쿠센와카슈〉는 산뜻하고 우아하며 격조 높은 시풍(詩風)을 특색으로 한다.

무라사키 시키부(紫式部, 978?~1016?, 일본의 여류 작가)가 쓴 11세기의 장편 소설 〈겐지 모노가타리(源氏物語, '겐지 이야기')〉(모두 54권)와 기노 쓰라유키[紀貫之, 866(872)?~945, 일본의 시인]가 시코쿠(四國) 지방 도사(土佐)에서 임기를 마치고 나루토(鳴門)를 거쳐 교토에 도착하기까지의 55일 동안의 일기 〈도사 닛키(土佐日記)〉 등 고전(古典)의 필사(筆寫)나 주석(註釋)도 하였으며, 〈마쓰우라노미야 이야기(松浦宮物語)〉의 작자라는 설이 유력하다.

또한 우쓰노미야 요리쓰나(宇都宮頼綱, 1172~1259, 일본의 무장이며 시인)의 의뢰로 그의 산장(山莊)을 장식하기 위한 시가(詩歌)를 편집하였는데, 이것이 100명의 시인들의 와카를 한 사람에 한 수씩 집대성한 와카 시집 〈오구라햐쿠닌잇슈(小倉百人一首)〉이다.

만년(晩年)에 추구한 주된 시적 이상은 '우신(有心)'이었다. 이것은 '느낌에 대한 확신'을 뜻하는데, 요엔을 추구하는 와카가 기교적으로 복잡한 데 비하여 우신을 추구하는 와카는 좀더 직설적으로 표현하고 문체도 단순하였다. 만년에 도달한 이러한 경지는 매우 인상적이었으나, 여생을 주로 문학 평론가·편집자·와카 이론가로 지냈다.

'6가집(六家集)'의 하나로 꼽히는 가집(歌集) 〈습유우초(拾遺愚草)〉가 있고, 와카 이론서나 와카 시집 중에 〈긴다이슈카(近代秀歌)〉(1209)·〈마이게쓰쇼(毎月抄)〉(1219)·〈슈카노다이타이(秀歌の大體)〉·〈에이가타이가이(詠歌大概)〉 등은 후대의 궁정(宮廷) 시인들 사이에서 성서(聖書)와 같이 여겨졌다.

18세부터 74세까지 약 56년에 걸쳐 쓴 일기 〈메이게쓰키(明月記)〉를 남겼는데, 2000년 일본의 국보로 지정되었다. 특히 1201년(39세) 고토바 천황이 혼슈(本州) 미에현(三重縣) 구마노(熊野)로 행차하였을 때 수행하였다가 기록한 부분은 따로 〈구마노 어행기(熊野御幸記)〉라고 하며, 마찬가지로 일본의 국보이다.

528

후펑

胡風 1902. 11. 1. ~ 1985. 6. 8.

중국의 문예 이론가이며 시인.

본명(本名)은 장광런(張光人). 구페이(谷非)라고도 한다.

후베이성(湖北省) 치춘(蘄春)에서 태어났으며, 베이징(北京)에서 죽었다.

베이징대학(北京大學, Peking University, 1898년 설립)과 칭화대학(清華大學, Tsinghua University, 1911년 설립)에서 문학을 공부한 뒤, 1928년(26세) 일본으로 유학하여 도쿄 게이오기주쿠대학(慶應義塾大學) 영문과에서 공부하였고, 좌익(左翼) 작가 단체인 일본반전동맹(日本反戰同盟)과 일본 공산당(日本共産黨, Japan Communist Party, 1922년 창당)에 관여하였다.

1933년(31세) 귀국한 뒤 장쑤성(江蘇省) 상하이(上海)에서 중국좌익작가연맹[中國左翼作家聯盟, 1930년 3월 상하이에서 궈모뤄(→38)·딩링(丁玲, 1904~1986, 중국의 여류 작가)·로스(柔石, 1902~1931, 중국의 작가)·루쉰[魯迅, 1881~1936, 20세기 중국 문학의 거장. 본명은 저우수런(周樹人). 저우쭤런(周作人, 1885~1967, 중국의 학자이며 수필가·번역가)의 형]·위링(于伶, 1907~1997, 중국의 작가)·천옌빙[沈雁冰, 1896~1981, 중국의 작가이며 문학 평론가. 본명은 마오둔(茅盾)]·펑쉐펑(→491) 등 좌익계와 진보적 작가들이 결성한 문학 단체}에 참여하여 선전부장과 행정 서기(行政書記)를 맡는 등 주도적인 역할을 하였으며, 루쉰의 주변에서 문화 활동에 종사하였다.

중·일 전쟁[中日戰爭(Second Sino-Japanese War), 1937. 7. 7.~1945. 9. 2.] 중에는 후베이성의 성도(省都) 우한(武漢)·쓰촨성(四川省) 충칭(重慶) 등지에서 잡지 〈7월(七月)〉·〈희망(希望)〉을 편찬하였다.

1949년(47세) 이후에는 잡지 〈인민문학(人民文學)〉 편집 위원 및 중국작가협회(中國作家協會) 상무 이사를 지냈으며, 전국인민정치협상회의(全國人民政治協商會議) 전국위원회 위원과 전국인민대표대회 대표를 맡았다.

문예 정책의 수정을 요구하는 장문(長文)의 의견서를 중국 공산당 중앙당에 제출하여 비판의 대상이 되었고, 더욱이 중국 국민당(中國國民黨, Kuomintang of China, 1912년 창당) 정부의 특무 기관과 연관된 사신(私信)이 폭로되어 반혁명 분자로 1955년(53세) '후펑 반혁명 집단 사건'으로 재판을 받고 투옥되었다.

1980년(78세) 중국 공산당 중앙위원회의 시정(市政)으로 복권(復權)되었고, 나중에 중국작가협회 고문(顧問)과 전국인민정치협상회의 제5차 전국위원회 상무 위원을 지냈다.

지은 책으로 〈구름 낀 날의 모습(密雲期風習小記)〉·〈문예 필담(文藝筆談)〉·〈현실주의의 길을 논함(論現實主義的路)〉, 시집 〈야화여전(野花與箭)〉·〈조국을 위한 노래(爲祖國而歌)〉, 장시(長詩) 〈시간은 시작되었다(時間開始了)〉, 평론집 〈후펑 평론집(胡風評論集)〉(모두 3권) 등이 있다.

529

히구치 이치요

樋口一葉 1872. 5. 2. ~ 1896. 11. 23.

일본의 여류 시인이며 소설가.

본명(本名)은 히구치 나쓰(樋口奈津). 히구치 나쓰코(樋口夏子)라고도 한다.

도쿄부(東京府)의 하급 관리(官吏)였던 아버지 히구치 노리요시(樋口則義)와 어머니 다키(多喜, 아야메)의 둘째 딸로, 도쿄에서 태어났으며, 이곳에서 폐결핵으로 죽었다.

비교적 안락한 유년 시절을 보냈으며, 어려서부터 총명하였다. 1877년(5세) 오시카와소학교(吉川小學校)에 입학하였다가 1881년(9세) 아오미학교(青海學校)로 전학하였고, 1883년(11세) 12월 소학고등과(小學高等科) 제4급(第四級)을 수석(首席)으로 수료하였으나 졸업하지는 않았다.

이치요의 뛰어난 재능과 문학에 대한 열정을 인정한 아버지는 1886년(14세) 8월 나카지마 우타코(中島歌子, 1845~1903, 일본의 여류 시인)가 운영하는 개인 교습소 하기노야(萩の舍)에 보내 주었다. 이곳에서 와카[和歌, 중국의 한시(漢詩)와 대조되는 것으로, 일본 고유의 시]와 고전 문학(古典文學)과 서예를 배웠는데, 이 때 소설 출판업에 종사하는 한 급우가 성공하는 것을 보고 생계 수단으로 글을 써야겠다고 생각하였다.

그러나 아버지의 퇴직과 큰오빠의 죽음(1887), 1889년(17세) 아버지가 세상을 떠나자 집안이 크게 기울어, 약혼자 시부야 사부로(澁谷三郎)에게 파혼당하였다. 스승 나카지마 우타코의 집에 얹혀 살면서 삯바느질과 빨래일 등 허드렛일을 하면서 어머니와 여동생을 돌보았다. 그 뒤 24세로 요절(夭折)할 때까지 줄곧 고통과 가난의 역경 속에 살았다.

1891년(19세) 도쿄 아사히신문사(朝日新聞社) 소설 기자였던 나카라이 도스이(半井桃水, 1860~1926, 일본의 대중 소설가)를 소개받아 그 제자가 되었고, 이 때부터 '이치요'라는 이름을 썼다.

1892년(20세) 나카라이 도스이가 창간한 잡지 〈무사시노(武藏野)〉 창간호(1892. 3.)에 처녀 소설 〈암앵(闇櫻, '밤 벚꽃')〉을 발표하였고, 그 뒤 〈이별의 서리(別れ霜)〉[〈카이신신문(改進新聞)〉, 1892. 4.]·〈장마(五月雨)〉(〈무사시노〉, 1892. 7.)를 발표하였다. 나카라이 도스이를 연모(戀慕)하게 되었고, 나카라이는 1887(15세)~1896년(24세)에 쓴 그녀의 방대한 문학 일기에 상당한 영감(靈感)을 주었다. 이 일기는 〈신록의 그늘(若葉かげ)〉이라는 제목으로 출판되었는데, 그녀의 생애의 고뇌와 메이지 문단(明治文壇)의 뒷얘기를 전하는 귀중한 기록으로, 작품 못지않게 높은 가치를 지니고 있는 것으로 평가되었다.

고다 로한(幸田露伴, 1867~1947, 일본의 소설가이며 수필가)의 작품을 모방하여 섬세한 여성 심리를 묘사한 소설 〈매목(埋木)〉(1892. 11.~12.)을 잡지 〈미야코노하나(都の花)〉에 연재하면서 주목을 받았으며, 도가와 슈코쓰(戸川秋骨, 1869~1940, 일본의 영문학자이며 문학 평론가 · 교육자 · 번역가 · 수필가) · 바바 고초(馬場孤蝶, 1869~1940, 일본의 영문학자이며 문학 평론가 · 번역가 · 시인 · 교수) · 호시노 덴치(星野天知, 1862~1950, 일본의 작가이며 교육자 · 무도가 · 서예가) · 히라타 도쿠보쿠(平田禿木, 1873~1943, 일본의 영문학자이며 번역가 · 수필가) 등 〈문학계(文學界)〉 동인(同人)들과 교유(交遊)하며 그들을 통하여 서구 문학에 눈뜨게 되었다.

1893년(21세) 7월 생활고로 유곽(遊廓) 근처에 장난감과 과자 등을 파는 작은 구멍가게를 열었지만 잘 되지 않아, 1년 만에 문을 닫았다.

〈눈 오는 날(雪の日)〉(〈문학계〉 제3호, 1893. 3.)을 발표한 뒤 사실적(寫實的) 경향으로 나아가 〈거문고 소리(琴の音)〉(〈문학계〉 제12호, 1893. 12.) · 〈꽃 속에 묻혀(花ごもり)〉(〈문학계〉 제14호, 1894. 2.) · 〈섣달 그믐날(大つごもり)〉(〈문학계〉 제24호, 1894. 12.), 유곽 주변에서 싹튼 어린 소년 · 소녀의 섬세하고 민감한 사랑과 성장 이야기를 그린 중편 〈키재기(たけくらべ)〉[〈문학계〉 제25~27호, 제32호, 제35~37호(1895. 1.~1896. 1.) 등 단속적(斷續的)으로 연재], 〈가는 구름(ゆく雲)〉[〈태양(太陽)〉 제1권 제5호, 1895. 5.], 창부(娼婦)들의 삶과 의식을 다룬 〈흐린 강(濁り江)〉[〈문예구락부(文藝俱樂部)〉, 1895. 9.], 〈열사흘 밤(十三夜)〉(〈문예구락부〉, 1895. 12.), 〈갈림길(わかれ道)〉[〈고쿠민노토모(國民の友)〉, 1896], 〈내 탓으로(われから)〉(〈문예구락부〉, 1896. 5.) 등을 발표하여 문명(文名)을 높였다.

작품에서 구어체(口語體)를 사용하는 것이 좋겠다는 나카라이 도스이의 의견을 듣지 않고, 이하라 사이카쿠(→407)의 문체(文體)를 이어받아 메이지 시대(明治時代, 1867~1912) 여성의 낭만적 애수(哀愁)를 섬세하게 묘사하였고, 독특한 고전적 산문 문체를 구사(驅使)하였다. 도쿄 서민층의 정서와 유곽 풍경 등을 소재로 다루었는데, 특히 옛 도쿄의 시타마치(下町, 도시의 저지대로, 서민들이 모여 사는 상공업 지대) 여성들의 심리를 섬세하게 묘사하여, 산업화 물결 속에 사라져 가는 당시의 전통 사회 모습을 소설에 담았다.

여성 작가의 개념이 드물었던 1890년대에 문단에 나옴으로써 '최초의 여성 작가' · '메이지 문단의 천재' · '구일본(舊日本)의 마지막 여인'이라는 별칭을 듣고 있다. 소설 외에 일기와 4천여 수(首)의 와카를 남겼으며, 〈통속 서간문(通俗書簡文)〉(1896. 5.), 수필 〈아키아와세(あきあはせ)〉 · 〈우라와카쿠사(うらわか草)〉(1896. 5.) · 〈붓 가는 대로〉(〈문예구락부〉, 1896. 7.) 등이 있다.

일본 지폐에 그려진 최초의 여성으로 2004년 11월 1일 발행한 5천 원권 지폐의 앞면에 그녀의 초상이 사용되었다.

The World's Poets IN the Orient
세계 시인 사전

동양편 부록

부록❶

시인 연대별 찾아보기

부록❷
시인 나라별 찾아보기

중국

타이

파키스탄

필리핀

한국

부록❸

찾아보기

* 굵은 숫자는 해당 시인의 설명이 있는 쪽수.

【ㄱ】

【ㄷ】

【ㄹ】

【ㅂ】

【ㅅ】

【ㅇ】

【ㅈ】

【ㅊ】

【ㅋ】

【ㅌ】

【ㅍ】

【ㅎ】

【ABC】

엮은이 원영섭

휴대폰 : 010-9603-3314

이메일 : yswon@ksa.or.kr

세계 시인 사전_**동양편**

2014년 9월 30일 초판 1쇄 펴냄

엮은이 원영섭

발행인 이은경

발행처 이 회

등록 2001년 9월 21일 제307-2006-55호

주소 서울특별시 성북구 보문동7가 11번지

전화 922-4884(편집), 922-2246(영업)

팩스 922-6990

메일 kanapub3@naver.com

http://www.bogosabooks.co.kr

ⓒ 원영섭, 2014 by Iheomunhwasa Co.

ISBN 978-89-8107-549-1 01800

978-89-8107-548-4(Set)

정가 60,000원

사전 동의 없는 무단 전재 및 복제를 금합니다.

잘못 만들어진 책은 바꾸어 드립니다.

The World's Poets IN the Orient

세계 시인 사전

동양편